Don Aureliano Fernandez-Guerra y Orbe

Biblioteca de autores españoles

Tomo 1

Don Aureliano Fernandez-Guerra y Orbe

Biblioteca de autores españoles

Tomo 1

Reimpresión del original, primera publicación en 1846.

1ª edición 2022 | ISBN: 978-3-36810-181-7

Verlag (Editorial): Outlook Verlag GmbH, Zeilweg 44, 60439 Frankfurt, Deutschland
Vertretungsberechtigt (Representante autorizado): E. Roepke, Zeilweg 44, 60439 Frankfurt, Deutschland
Druck (Imprenta): Books on Demand GmbH, In de Tarpen 42, 22848 Norderstedt, Deutschland

BIBLIOTECA

DE

AUTORES ESPAÑOLES,

DESDE LA FORMACION DEL LENGUAJE HASTA NUESTROS DIAS.

OBRAS

DE

DON FRANCISCO DE QUEVEDO VILLEGAS.

COLECCION COMPLETA,

CORREGIDA, ORDENADA É ILUSTRADA

POR DON AURELIANO FERNANDEZ-GUERRA Y ORBE.

TOMO PRIMERO.

MADRID.

IMPRENTA Y ESTEREOTIPÍA DE M. RIVADENEYRA

SALON DEL PRADO, 8.

AL Excmo. Sr. D. FERNANDO FERNANDEZ DE CÓRDOVA, GRAN CRUZ DE LA ÓRDEN MILITAR DE SAN FERNANDO, DE LA DE CÁRLOS III, DE LA AMERICANA DE ISABEL LA CATÓLICA, DE LA DE SAN GENARO DE NÁPOLES, DE LA PIANA EN BRILLANTES DE ROMA, GENTILHOMBRE DE CÁMARA DE S. M., TENIENTE GENERAL DE LOS EJÉRCITOS NACIONALES, ETC., ETC., ETC.

MI RESPETABLE GENERAL:

Cuando la BIBLIOTECA DE AUTORES ESPAÑOLES tenia *puesto ya el pié en el estribo, con las ansias de la muerte*, á un rasgo magnífico de V. E., rasgo digno de alta loa entre todos los amantes de las letras, se debió el vigor y lozanía que por entónces adquirió esta empresa. Sin la generosa y espontánea proteccion de V. E., la BIBLIOTECA DE AUTORES ESPAÑOLES yaceria á estas horas en el sepulcro del olvido.

En nombre, pues, de la literatura española, y como un pequeño testimonio de mi cordialísima y eterna gratitud, dignese V. E. aceptar la dedicatoria de la presente obra, una de las mas excelentes de mi desgraciada Biblioteca.

B. L. M. á V. E.

MANUEL RIVADENEYRA

DISCURSO PRELIMINAR.

PASAR con admiracion y aplauso á las generaciones todas, y ser constantemente su deleite, provecho y enseñanza, es privilegio de los ingenios extraordinarios, así como obligacion de los estudiosos limpiar y conservar libres de profanaciones y manchas las obras de estos hombres ilustres. Ni podian, pues, las de DON FRANCISCO DE QUEVEDO VILLEGAS faltar en una BIBLIOTECA DE AUTORES ESPAÑOLES, ni era lícito á su editor reimprimir con vulgar diligencia los rasgos del valiente político, del profundo filósofo, del gran hablista, del padre de los donaires y de las gracias, el más regocijado, entretenido y popular de nuestros escritores.

La claridad y viveza de su imaginacion, el despejo de su talento y la fuerza de su memoria, unidos á un fogoso amor al estudio, le dieron ya desde la niñez la celebridad que van quilatando los siglos. Antes de cumplir quince años ceñia laureles en teología por la famosa universidad complutense; era á los veinte y tres reconocido como uno de los poetas más ilustres, y llamado por Lipsio á los veinte y cuatro *la mayor prez y más alta gloria de los españoles*. ¿Qué extraño pues que Lope de Vega le apellide *príncipe de los líricos*, é *hijo de Apolo* el inmortal autor del *Quijote*? Con estímulos tan poderosos ambicionó poseer todos los conocimientos humanos. La filosofía, la moral, la física y la medicina, las ciencias sagradas, los derechos civil y canónico, los historiadores y los poetas antiguos y modernos, las lenguas sabias, y de las vivas las más útiles, apénas saciaron su hidrópico anhelo de saber é indagar. ¡Prodigiosa índole de aquel entendimiento, no desvirtuarse ni ofuscarse con la multitud y variedad de los estudios, ántes con ellas adquirir robustez, fineza y temple!

Ya sea por esta curiosidad ingénita, ya porque le arrastrase á ello su humor burlon, festivo y maleante, nuestro autor buscó siempre entretenimiento y enseñanza en todas las clases y estados de los hombres. No descansó hasta poseer llave de oro para asistir á las secretas conferencias de los príncipes, para entrar en la cámara de los monarcas, en los palacios de los próceres y ministros, y con igual franquicia en las casas de prostitucion, en los garitos de los jugadores, y en los zaquizamíes de los matones y pordioseros. Así pudo sorprender lo más secreto del corazon humano, conocer y retratar con pincel valiente y asombroso colorido la sociedad entera, sus imperfecciones, sus extravagancias y delirios. Pero las circunstancias especiales de estos reinos fijaron el carácter y rumbo de los escritos del Menipo castellano.

Criado en palacio, abrió los ojos entre el oleaje de la malévola ambicion, del favor receloso y de la emponzoñada envidia: entre la batahola de los públicos negocios. Llegó á la mayor lozanía de su juventud reinando Felipe III. Completa ya, pero mal afianzada, la unidad y contigüidad de España, era cada provincia un reino, con su legislacion especial, con opuestas costumbres; rivales entre sí cada uno, cada ciudad, cada villa, cada aldea. O moradoras ó transeuntes vagaban por la Península familias de toda la redondez de la tierra; la mala distribucion de la propiedad y la mucha gente licenciosa y valdía tenian las costumbres derramadas á todos excesos; y convertida la fuerza y la atencion del gobierno á reprimir y domar apartadas regiones, brazo y nervio faltaban para evitar los delitos, y era fuerza aterrar á los criminales con prontos y crueles escarmientos.

A la sazon hallábase envilecida la plebe; el generoso espíritu de libertad ó independencia ya no inflamaba el corazon español: aquellos que habian pactado con los primeros monarcas leyes y forma de gobierno, dándoles imperio en la ejecucion de ellas, pero jamás autoridad para romperlas ni alterarlas, forjaban ahora las cadenas de la servidumbre. El labio enmudecia cobarde, el valor sacrificábase al antojo de un tirano, y la adulacion extendia el poder de los reyes, subiéndolo más de lo que la razon y el derecho piden [1]. Atentos á engrandecer sus casas, ya los próceres no llevaban al combate sus propios vasallos, ni para ellos eran con una vida activa y laboriosa amparo y beneficio constante: regalones, holgazanes y viciosos, habíanse trocado en sanguijuelas de sus pueblos, no siempre bien adquiridos; exprimíanlos como á esponja, desustanciábanlos, destruíanlos. No se desvivian ya por adquirir estados y señoríos, pero se disputaban sañuda y porfiadamente las presidencias de los tribunales y consejos, los vireinatos, embajadas y encomiendas. Todo iba por un rasero: los oficiales y ministros no llevaban á sus destinos y gobiernos otro deseo que el grandísimo de enriquecerse, ni ponian jamas la mira en el provecho comun, sino en el propio. No se hallaba oficio de mayor ni menor cuantía, civil ó eclesiástico, que no se granjease con alguna suerte de cohecho; y gracias al espantoso cáos donde se perdia la jurisprudencia, al mayor postor se daba siempre en los tribunales la razon y la justicia [2].

[1] «Los estados del gran rey de España (Felipe IV) tuvieron su origen más de repúblicas que de dominios de príncipe absoluto, segun sus antecesores se llamaban y deseaban ser. Sus vasallos así lo entendieron, porque entre sus abuelos y los reinos capitularon leyes y forma de regimiento. De suerte que eran absolutos en la ejecucion dellas, mas no en alterarlas. Pero la continuacion larga de reyes sagaces y políticos que tuvo España, introdujo haberse hecho dueños del poder absoluto en todo; á que no desayudó la astucia de don Felipe II, que fué quien más cautamente estiró la soberanía, teniendo ó sabiendo ganar de su parte á los propios ministros, que eran interesados en que los reyes no excediesen la autoridad absoluta de la que tuvieron sus antepasados. Esta soberanía que se adjudicaron los reyes fué causa de graves inconvenientes, dando muchas veces poco gusto á los vasallos, y no pudiendo estos hablar con libertad, como ántes, en las materias de justicia, ni aun en las que consisten en gracia.» (Don José de Pellicer y Osau, Introduccion á la *Historia de Felipe IV.*—Biblioteca Nacional, G. 136.)

[2] «Para remediar estos males (dice el padre Juan de Mariana), bien se entiende que presta poco lo que en España se hace, digo en Castilla, que es llamar los procuradores á córtes; porque los más dellos son poco á propósito, como

sacados por suerte, gente de poco ajobo en todo, y que van resueltos, á costa del pueblo miserable, de henchir sus bolsas; demas que las negociaciones son tales, que darian en tierra con los cedros del Líbano. Bien lo entendemos, y que como van las cosas, ninguna querrá el Príncipe á que no se rindan; y que será mejor, para excusar cohechos y costas, que nunca allá fuesen ni se juntasen.»

Véase alguno de los medios que propone con espartana entereza el Livio castellano para acudir á las necesidades del reino:

«La segunda traza seria que el Rey acortase en las mercedes. Yo no juzgo que el Rey se muestre miserable ni que deje de remunerar á sus vasallos, pero débense mirar dos cosas: la una, que no hay reino en el mundo que tenga tantos premios públicos, encomiendas, pensiones, beneficios y oficios. Con distribuirlos bien y con órden se podria ahorrar de tocar tanto en la hacienda. Lo segundo advierto, que no son las mercedes demasiadas á propósito para ganar las voluntades y ser bien servido: la causa es que los hombres más se mueven por esperanza que por agradecimiento. El Rey tiene el acostamiento del reino para acudir á las cosas públicas; cumplido con ellas, se podrá extender á otros gastos, y no ántes ni de otra suerte.

» Item, que el Rey excuse empresas y guerras no necesa-

¿ Qué mejores frutos podia ofrecer un príncipe, de intencion recta si, pero que ignoraba que el arte de reinar estriba únicamente en colocar dignos y sabios á la cabeza de los puestos principales? Qué otra cosa de un rey que se despoja del cetro y la corona, que resigna la dignidad imperatoria, y hasta lo material de suscribir los decretos, en un inepto favorito, avaro é impudente? Qué esperanza de unos ministros que para los cargos no buscaban méritos ni servicios, sino compradores y malvados [1]?

Ni los gritos de las diputaciones, ni el proceso del conde de Villalonga, de su mujer, hijos, yernos y nueras, ni la caída de Lerma y Uceda, ni el suplicio de Calderon, serán ya bastantes á cauterizar la llaga de aquella sociedad corrompida, orígen del descrédito, decadencia y ruina de España. Tras un valido habrá de levantarse otro; al prevaricador reemplazará el sicario; serán la adulacion y el envilecimiento méritos y servicios, el adulterio granjería, el despojo y la rapiña blasones y nobleza, hábitos y honores lo que debiera ser horca y cuchillo. La virtud se encerraba en su casa, la caridad y la piedad acogíanse en los hospitales y monasterios.

Providenciales son los hombres de grande y generoso espíritu. Aparecen de siglo en siglo para despertar, alumbrar y encaminar rectamente á una generacion aletar-

---

rias; que corte los miembros encancerados y que no se pueden curar. — Buen consejo fué el que tomó el rey don Felipe el Segundo, en dividir lo de Flándes, si lo apartara más y lo hiciera años ántes; que desde el dia que yo ví aquellas tierras, las di por desesperadas.....

» El cuarto aviso sea que el Rey haga visitar sus criados en primer lugar, luego todos los jueces y que tienen oficios públicos ó administraciones. Punto deleznable es este y que se debe caminar con tiento en él; pero es cosa miserable lo que se dice y lo que se ve. Dicese que de *pocos años acá* no hay oficio ni dignidad que no se venda por los ministros, hasta las audiencias y obispados; no debe de ser verdad, pero harta miseria es que se diga. Vemos de los ministros salidos del polvo de la tierra, en un momento cargados de millaradas de renta. ¿De dónde ha salido esto sino de sangre de los pobres, de las entrañas de negociantes y pretendientes? Muchas veces, visto este desórden, he pensado que, como los obispos entran en aquellas dignidades con inventario de sus bienes, á propósito de testar dellos, y no más, así los que entran á servir los reyes en oficios de su casa, ó en consejos ó audiencias, le hiciesen, para que al tiempo de la visita diesen por menudo cuenta de cómo han ganado todo lo demas. Yo aseguro que si abriesen estos vientres comedores, que sacasen injundia para remediar gran parte de las necesidades. Dicese que los que tratan la hacienda real entran á la parte de los prometidos, que son grandes intereses; lo mesmo los corregidores, por su ejemplo sus ministros. Demas que venden las premáticas reales todos los años para no ejecutallas, rematan las rentas y admiten las pujas y las fianzas de quien de secreto les untan las manos. No se acabaran de contar las maneras de cohecho que tienen y sacaliñas. En particular se sabe que un privado del rey pasado supo que querian subir las coronas de trecientos cincuenta maravedises, en que andaban, á cuatrocientos; recogió el oro que vino de las Indias todo, y sacó grande ganancia. Los tesoreros compran los oficios en grave daño, quieren pagar á costa de las libranzas y juros de particulares: el dinero que cobran pónenlo en granjería, y acaece no pagar en dos ó tres años, y los que mejor lo hacen, llevan uno ó dos ter-

cios atrasados, y aun dello pagan dos ó tres por ciento por la paga, como se conciertan con la parté. Desórdenes que se podian atajar con visitallos y penallos como está dicho. Verdad es que se dice no hay ninguno destos que no tenga quien les haga espaldas en la casa real, en las audiencias, que deben entrar á la parte; pero es otra miseria y daño. Sobre todo convendria que las rentas reales y hacienda se administrase bien y fielmente, no como al presente, que se tiene por cierto que de un escudo no llega á poder del Rey medio: como pasa por muchas manos, en cada parte deja algo... Si alguno se desabriere de lo que aqui se dice, aprenda que no son peores las medicinas que tienen del picante y del amargo, y que en negocio que á todos toca, todos tienen licencia de hablar y avisar de su parecer, quier sea errado, quier acertado. Yo suplico á nuestro Señor abra los ojos á los que ponen las manos en el gobierno destos reinos, y les dé su santa gracia, para que sin pasion se dejen convencer de la razon, y visto lo que conviene, se atrevan á aconsejallo y ejecutallo. » (*Discurso sobre la moneda de vellon.*—Biblioteca Nacional, Q., 104.)

[1] Véase, en prueba, lo que aparece en un documento de aquellos tiempos:

«*Item.* Si saben que en la ocasion que se dice haber hecho que se ofreciesen cien mil pesos al duque de Uceda y ocho mil á Juan de Salazar (*su secretario*) por la prorogacion del gobierno (*del duque de Osuna para virey de Nápoles en* 1617), fué público y se dijo públicamente en esta corte y en Nápoles que un señor ofreció cien mil pesos, y de otro se ofrecian sirviendo con ochenta mil; y que en este mismo tiempo se decia que se habian hecho otras prorogaciones en las Indias en la *misma forma, con sabiduria* y voluntad de S. M. que está en el cielo; y creyendo el Duque que esto era ansi como se decia y se lo habian escrito en cartas, escribió á don Octavio (de Aragon) lo que parece por su carta, creyendo siempre que habia de ser con permision real, y no de otra manera. » (*Interrogatorio por el cual se han de examinar los testigos que presenta el señor duque de Osuna en el pleito contra el fiscal de su causa, don Juan de Chumacero.*—Biblioteca Nacional, I., 62.)

gada, ó para entregar su memoria á la execracion de las venideras, si persiste sorda
y rebelde en no salir del atolladero de sus delitos y del fango de leyes y costumbres
absurdas, bastardeadas y prostituidas.

Espántase Quevedo al aspecto de aquella sociedad, al contemplar que las verdades
y argumentos de la filosofía eran impotentes, y servian solo de entretenimiento curioso
á filólogos ó pedantes; al ver que la hipocresía responde cuando más á las dulces advertencias, á los caritativos consejos, al clamor y severas amenazas de cristianos varones; y entónces enarbola en su indignacion el látigo de Juvenal, ó con la carcajada
del desprecio insulta y denuesta en su despecho á aquella generacion miserable. Duda
aun que sea realidad, y no sueño, lo que miran sus ojos, y bosqueja y escribe los
sueños satírico-morales, olvidados desde Luciano.

Aplicó primero el cauterio á los vicios del individuo aislado, luego á los desórdenes de
las familias, á las corporaciones despues, á los gobiernos últimamente. De entónces se
ve al escritor consagrado todo á la política, hacer de ella el principal objeto de sus
investigaciones, dedicarle el precioso tesoro de sus conocimientos, el fruto de sus
viajes, el estudio práctico de los negocios, y la experiencia adquirida en los pequeños
y sagacísimos estados de Italia. Hostiga con habilidad la privanza de Lerma, y combate, armado de valor, el tiránico valimiento de Olivares; inspira energía y dignidad al
Príncipe, avisa al favorito, señala el único y verdadero camino de acertar rey y reino
en sus acciones; y ni las amenazas traban su lengua, ni los premios y dádivas embar-
gan su voz, ni los hierros y persecuciones quebrantan su entereza. Muere escribiendo
para enseñanza de los ministros, de los monarcas y de los pueblos.

Desentrañando su vida y sus escritos, se descubre que el elemento político es principalmente lo que en ellos predomina. Y en verdad que no podia ser otra cosa: natural, estudios, cargos y destinos, vínculos sociales, aficiones privadas, todo se
combinó para formar un republico, un hombre de estado. Bajo este aspecto ha de
apreciarse con preferencia á Quevedo. Colocadas sus obras cronológicamente, forman
un periódico de oposicion contra las costumbres y privanzas de la primera mitad del
siglo xvii.

Su libro de la *Política de Dios y gobierno de Cristo* debe considerarse como un sistema completo de gobierno, el más acertado, noble y conveniente. No se funda en
los secos y amargos aforismos de Tácito, ni en las execrables máximas del impío Maquiavelo, ni ménos en la codiciosa ostentacion de prepotencia, rematada incredulidad
y disimulacion invencible de la razon de estado. Resístese el autor á creer que sea
posible nunca justificar ni cohonestar la expropiacion y el robo del territorio ajeno, el
mentir y negar la palabra, el romper los juramentos sagrados y solemnes; y desacredita y abomina las inicuas fórmulas de absolver toda vileza, tiranía y sacrilegio.

El Evangelio es el libro de gobernar. — Allí la segura y hermosa regla para hacer
venturosos los pueblos; allí la pauta para ajustar sus acciones monarcas y súbditos;
allí los medios de afrontar los grandes peligros y resolver las situaciones difíciles. Si,
como afirma san Gregorio, toda la vida de Cristo fué leccion para nuestro enseñamiento, ¿no será mayor para los reyes y potentados, como que á su ejemplo se compone todo el mundo? En aquella preciosa vida es donde encuentra el político el secreto
y la ciencia de mandar. «Viendo (dice) la suma sabiduría del Padre cuán mal se gobernaban los hombres por sí despues que fueron posesion del pecado, y que unos de
otros no podian aprender sino dotrina defectuosa y mal entendida y peor acreditada,

por la vanidad de los deseos, — determinó bajar en una de las personas á gobernar y á redimir el mundo, y á enseñar la *política de la verdad y de la vida.*»

Desplega QUEVEDO todas las galas de su fantasía al retratar con terrible pincel los reyes comedores de pueblos, el príncipe tirano, el ateo, el débil, el esclavo, el liron y descuidado. «¿Es (pregunta) ser rey, como quiere Salustio, hacer cualquier cosa sin temer castigo?¿Decir: «Así lo quiero, así lo mando; valga por razon mi voluntad?» Quien á todos da y á nadie quita; quien á todos da lo que les falta; quien á todos da lo que han menester y desean lícitamente, ese rey es, ese es el prometido, es el que se espera, y con él no hay más que esperar. Pobladas están de coronas y cetros estas acciones. Jesucristo no dijo : «Yo soy rey»; sino mostróse rey. No dijo : «Yo soy el prometido»; sino cumplió lo prometido. No dijo : «No hay que esperar á otro»; sino obró de suerte que no dejó que esperar de otro.»

»Sacra, católica, real majestad (añadia dirigiéndose á Felipe IV), bien puede alguno mostrar encendido su cabello en corona ardiente en diamantes, y mostrar inflamada su persona con vestidura, no solo teñida, sino embriagada con repetidos hervores de la púrpura; y ostentar soberbio el cetro con el peso del oro; y dificultarse á la vista, remontado en trono desvanecido; y atemorizar su habitacion con las amenazas bien armadas de su guarda, llamarse rey y firmarse rey; mas serlo y merecer serlo, si no imita á Cristo en dar á todos lo que les falta, no es posible, Señor.

»Verdad es que no podeis obrar aquellos milagros de Jesus, mas tambien lo es que podeis imitar sus efectos. Si os descubris donde os vea el que no dejan que pueda veros, ¿no le dais vista? Si dais entrada al que, necesitando della, se la negaban, ¿no le dais piés y pasos? Si oyendo á los vasallos á quien tenia oprimido el mal espíritu de los codiciosos, los remediais, ¿no les dais libertad de tan mal demonio? Si ois al que la venganza y el odio tiene condenado al cuchillo ó al cordel, y le haceis justicia, ¿no resucitais un muerto? Si os mostrais padre de los huérfanos y de las viudas, que son mudos y para quien todos son mudos, ¿nó les dais voz y palabras? Si, socorriendo los pobres y disponiendo la abundancia con la blandura del gobierno, estorbais la hambre y la peste, y en una y otra todas las enfermedades, ¿no sanais los enfermos? Pues si no puede ser buen rey el que no diere á los suyos salud, vida, ojos, lengua, piés y libertad, ¿que será el que les quitare todo esto?»

¡Tan elocuente doctrina halla al propósito en las acciones del hijo de Dios el escritor político! Ellas le persuaden á inculcar al Príncipe qué deba hacer cuando parientes y palaciegos monopolizan y amayorazgan los destinos y cargos; qué si se conjuran en su descrédito y ruina bastardas influencias, ingratos ó desobligados, traidores ó codiciosos; cómo arrojar de sí al ministro Satanás, ladron y tentador, que le embriaga con deleites, le dificulta á las quejas y súplicas de sus vasallos, y le usurpa el oficio real, que el cielo, puesto que se lo dió á él, no quiso que el otro le sirviese. Decia QUEVEDO que el cetro y la corona son trastos de la figura, embarazosos y vanos. «El rey es persona pública, su corona son las necesidades de su reino. El reinar no es entretenimiento, sino tarea; mal rey el que goza sus estados, y bueno el que los sirve. Rey que se esconde á las quejas, y que tiene porteros para los agraviados, y no para quien los agravia, — ese retírase de su oficio y obligacion, y cree que los ojos de Dios no entran en su retiramiento; y está de par en par á la perdicion y al castigo del Señor, de quien no quiere aprender á ser rey.»

Toma vuelo con las plumas de los evangelistas, inflámase en caridad y en libertad

cristiana, y despierta de su letargo á los reyes, amonestándoles que «reinar es velar;
que quien duerme no reina, y que el rey que duerme, gobierna entre sueños, y cuando mejor le va, sueña que gobierna ¹.»

Hácese en esta importante obra severo escrutinio de toda clase de altos funciona-
rios. Truena el autor y relampaguea contra los validos, porque halla que Jesus, dechado perfectísimo del buen rey, tuvo discípulos, pero no privados que le descansa-
sen y apocasen el poder; que él los descansó á ellos; que su oficio fué su amor, su
caridad, su desvelo; que vino á redimir, no á ensoberbecer con vanidad á ambiciosos
ni entremetidos.

Discurre con prodigioso tino sobre las condiciones de un ministro recto, viendo para
él llena de laureles y palmas la hermosa via de la justicia y de la prudencia; pero no
vacila en señalar con el dedo al malvado, y en el capítulo xxi de la primera parte da
reglas para diferenciar al uno del otro. Hé aquí su epígrafe : *Quién son ladrones y quién
son ministros, y en qué se conocen.* « ¡Qué honroso sustento el que dan sus manos á los
consejeros y allegados de los monarcas! Qué sospechoso y deslucido el que tienen de
otra manera! Vengan al Rey los que amen su servicio, el bienestar de los pueblos, la
conservacion de la fe. Sean ministros los que hiciere huérfanos la justificacion, y viudos la piedad, y solos la virtud, aunque la naturaleza lo dificulte; no aquellos á quienes descamina la templanza de los ánimos en el valimiento y grandeza, el ansia de
llenar con lo que se debe á otros méritos la codicia de su parentela. ¿A qué no se atreve
un poderoso por preferir sus padres, por adelantar sus hijos, por acallar su mujer,
por engrandecer sus hermanos, por desvanecer sus hermanas, por levantar sus aduladores y lisonjeros? El peligro que los magnates corren al lado de los príncipes está
(dice el político) en no dejar nada para otro y en tomárselo todo para sí ².»

Asesta sus dardos contra los procuradores de las comunidades en cortes que asuelan y destruyen los vasallos y encomendados; contra las justicias que á los desvalidos
echan todas las cargas; contra los gobernadores que les encarecen á precio de sangre
el mal año y el socorro; contra los jueces, tenderos y venteros de las leyes. Terrible
censura dirige á los logreros que, con pretexto de religion, hacen hacienda; á los que
compran prelacías, á los que comen la renta de los pobres, y aun más terrible á los
obispos y prelados si venden en el templo las ovejas que Dios les encomendó para que
apacentasen; sordos y endurecidos á las miserias, prontos á la adulacion y á la vani-

---

¹ No era QUEVEDO solo quien á la sazon despertaba en el
pueblo las ideas de moralidad, justicia y libertad. Óigase
qué hermosas palabras pone el enérgico don Fernando de
Zárate en boca del rey de Polonia, en la comedia de *Mudarse por mejorarse:*

    No nació ningun hombre á ser mandado;
    Que aquella suma Accion, de todo autora,
    Le crió libre; y cuando mal lo goce,
    Aunque sufra lo injusto, lo conoce.
      Para vivir de los demas seguro,
    Se rinde á un rey, que se eligió caudillo,
    Cuya asistencia de cualquiera es muro,
    Pudiendo de cualquiera ser cuchillo.
    Órden quiere, no imperio que le es duro;
    Tener puede señor, mas no sufrillo :
    Su justicia es el rey, nunca la fuerza;
    Que no será gobierno, sino fuerza.
      Lo justo es del señor, no lo violento;
    Ni al faltar ni al sobrar es suyo su dia;
    No obrar con la razon es rendimiento,
    Y obrar con el poder es tirania.

No pueda estar quejoso el descontento;
Duela y no injurie el mal que el cetro envia;
A la igualdad no más sirva el empeño;
Todos teman su culpa, nadie al dueño.

    ² PRÍNCIPE.

      Debemos
Más dar hombres á los cargos,
Que dar cargos á los hombres.

    Pedid hacienda, y no ruido;
    Mirad que los puestos altos
    Son de vergüenza al indigno,
    Si al merecedor de aplauso.

    Seguid el rumbo primero;
    Que esto de trocar las manos
    A los puestos á los hombres,
    Es hacer que dos caballos
    Caigan, por trocar los frenos
    Con que andaban bien entrambos.

        (En la comedia citada.)

dad. Imaginando tales hombres prostituidos, arrebátase el celo del escritor, preséntasele vivo el ejemplo del Redentor del mundo, arrojando con el azote á los que en el templo traficaban ; y clama, instiga, apremia al rey que ve en su casa y reino este género de gentes, para que no aguarde á que otro los eche y los castigue, porque, para éstos, mejor que el cetro parece el azote en su mano.

La provision de los empleos, el premio y el castigo, la milicia en todas sus fases, la paz, la guerra con sus prósperos y adversos accidentes, las sucesiones dinásticas, las minorías; cuanto, en fin, necesita dominar un hombre de estado, tanto es objeto de esta preciosa obra, que, aspirando á milagros, consigue maravillas [1]. ¡ Lástima que la deslustren un estilo enigmático y afectado á veces, algun resabio de mal gusto, erudicion no siempre bien colocada, y sobre todo, la falta absoluta de órden y método en el plan y en el contexto de los discursos ! Hacinados empero están allí profusamente las perlas y los diamantes ; falta el engaste y colocacion para el lucimiento del artífice : la diadema está por hacer. Sin embargo, á pesar del desabrimiento que ocasionan aquellos lunares, el estudioso, el repúblico, cuantos pretendan conocer la materia de estado, acudirán en todas épocas á este raudal inagotable de doctrina, de excelentes máximas, de provechosísimos advertimientos. La aplicacion práctica del libro es de todos tiempos : siempre habrá fuertes y débiles, vicios y abusos, pasiones y crímenes, imperio y obediencia.

Dos libros más completan el sistema general político de Quevedo, uno traducido, original otro : el *Rómulo* y el *Marco Bruto*. Obra el primero del jóven marqués Virgilio Malvezzi, se acomodaba en índole, máximas y aforismos tan al gusto y genio de nuestro escritor, que no fué en su mano dejar de hacerla suya á todo vuelo, por medio de una version esmerada y elegante. Parecia haberle el Marqués arrebatado del pensamiento el mejor de sus propósitos, cual era retratar el alma del afortunado caudillo fundador de un nuevo estado, que, sin trabas ni vínculos antiguos á su intento contrarios, lo crea todo y echa los cimientos del imperio más grande de la tierra. Objeto digno del filósofo, señalar con ánimo desapasionado en los hechos de este varon famoso los aciertos y sus causas, los errores morales, las aberraciones políticas.

El tratado tocaba puntos de suma curiosidad para un hombre decidido por este género de estudios. Desenredaba las cuestiones que se rozan con el principio de que la felicidad pública estriba en la seguridad y libertad de cada individuo, y por ello se fabrican ciudades, se aceptan príncipes y se toleran imposiciones. Decia cómo de estas necesidades nacen las leyes conservadoras de los hombres y las sustentadoras del Estado, convenciendo de la perpetuidad santa de las unas, y de la mudanza de las otras conveniente y necesaria. Contemplaba el publicista en las primeras guerras brotando del valor las palmas, y en las demás, de la reputacion. Discurria si conviene mantener en pié los ejércitos por ahogar los levantamientos en su cuna, y abandonar al arbitrio de los generales el poder hacerse dueños de las repúblicas, tiranizarlas y oprimirlas. Y á tan útiles investigaciones añadíase el exámen de la mujer y de su poderoso influjo en la sociedad, como que constituye la esencia de la familia, guia y forma el corazon de los hijos, refrena sus ímpetus ; y desarmando al hombre con su debilidad valiente, con su sagacidad y artificio, siempre le domina y subyuga. En fin, no se olvidaba en este tratado el medir á los héroes, en quienes la dicha que nace con ellos se llama

---

[1] ¡Qué arrojo, qué talento se necesitan para tratar sin caer á tierra los asuntos de las páginas 49, 51, 58, 65, 66 y 68!

ardimiento, y en cuya mente infunde acierto, claridad y tino el general aplauso, dictando muchas veces el entusiasmo palabras de persuasion en labios rudos. Y ménos quedaban por escudriñar los movimientos del pueblo, que, no con el entendimiento, sino con la vista, juzga de todo, no dejándose persuadir sino de lo que ve; inclinado, como las aguas, á sustentar las cosas ligeras y raheces, y á sumergir con estrépito las graves y de valía; pronto como ellas á alterarse con cualquiera viento.

Sin embargo de estas circunstancias, que ponen fuera de duda el mérito del libro, le desdora un estilo afectadamente agudo y sentencioso, acompasado, seco, sin la debida trabazon ni dulce modo: lunares y defectos que el traductor aceptó como bellezas, que puso empeño en imitar, y que aprópió á las obras originales que á la sazon tenia entre manos.

Precisamente en la que entónces se ocupaba con más ahinco era el *Marco Bruto*, y de allí vinieron las manchas que afean este excelente libro. En la vida del matador de César «es elevado (afirma Capmany), docto y sentencioso; pero usa de oraciones demasiadamente concisas y dislocadas, sembradas de frases simétricas ó por correlacion de voces ó por contraste de su significado, en que descubre con un género de empeño su artificio y esmero, con lo cual viene á formar un estilo emblemático, preñado de máximas y advertimientos redundantes, que era el decir grave y culto de los escritores de aquel tiempo, cuando querian filosofar ó politiquear. Sin embargo, se encuentran en esta misma *Vida* pasajes y frases nobles, expresadas con especial energía y con toda la dignidad de la lengua castellana».

Para mí lo más grande y digno es el fin y objeto de la obra. Redúcese el pensamiento del *Marco Bruto* á indagar si puede una república restituirse al estado antiguo, perdidas las costumbres antiguas; y si allí habrá igualdad de derecho civil y estarán en su lugar las leyes, donde pelean y luchan millares de hombres, no por si deben servir, sino por á quién han de servir; y donde se cree, que ahuyentando ó exterminando un tirano, ha de faltar otro que ambicione sustituirle. Pretende el autor hacer oficio de espejo, en que miren su deformidad la plebe y poderosos, magnates y príncipe. No fué su ánimo doctrinar conjuras, sino hacerlas innecesarias; mostrar que vivió César en las batallas, donde se muere, y murió en los palacios, donde se vive; que es tirano aquel que á la paz quita la comodidad, la gloria á la guerra, á sus vasallos las mujeres, á los hombres las vidas; que obedece al apetito, no á la razon; que prefiere el ser aborrecido, al amor y respeto de todos los suyos; y advertir á estos monstruos que teman sus propias maldades, como á los buenos reyes que teman sus propios beneficios. Anheló tambien considerasen los monarcas, al elegir gobernadores y ministros, que en las personas de estos se eligen á sí propios, sabiendo que suyas serán las alabanzas que ocasionen los buenos, como las quejas que susciten los prevaricadores. Preceptuó finalmente á los pueblos la reverencia y sufrimiento para el buen príncipe, y para el malo, á quien deben tolerar, puesto que Dios le tolera. ¡Laudable propósito del escritor, consolar y mejorar al hombre, no desesperarle ni corromperle!

Amenizan el discurso pinceladas y rasgos de todo un maestro. Valiente es el bosquejo de los hombres que solo con un reposo dormido y una melancolía desapacible adquieren nombre de políticos, y admirable el retrato de Cinna, que esmaltan las páginas 146 y 155.

Pero sobre todo, en la 139, es lozano, ingenioso, magnífico, comparar el oficio del príncipe con el del sol, haciendo con un mismo calor diferentes efectos, llenando con su luz toda la esfera, fertilizándolo todo, llevando adonde va, la vida y la abundancia. En una parte sorprende ver alzarse por señor del orbe al oro, peste del corazon humano, extirpador de los afectos más puros y nobles, que desbarata los atrincheramientos de las leyes, y las atierra y aniquila. Más allá se descubre acabado y mendigo el mundo, no á causa de los premios que se piden por los servicios, sino de los premios que se piden por los premios. «Infame modo de enriquecer han hallado los facinerosos: pedir que les dén porque pidieron, pedir que les vuelvan á dar porque les dieron.»

No ha faltado quien moteje á QUEVEDO de que en sus tiros apuntó siempre ó demasiado alto ó demasiado bajo. Censura tan inmerecida no puede comprender al libro de que se trata, donde los dardos van, sin declinar, al centro. La hidalguía y la nobleza se hace en esta obra consistir en la ciencia y en la virtud, no en el abolengo; se proclama que no es culpa nacer del ruin, sino imitarle, y que el noble vicioso no es hijo de ninguno.

Fruto de cincuenta y un años de aprovechada experiencia, de una verdadera sabiduría y de un espíritu fortalecido por los desengaños y persecucion de la fortuna, incesantemente adversa, el *Marco Bruto* es de las obras serias y políticas que han valido mayor reputacion á nuestro autor. Él la distinguió sobre todas; á limarla consagró sus últimos dias, y en concluirla se ocupaba cuando le atajó la muerte.

Pero los escritos á que desde su niñez debió la fama y popularidad que ilustra su nombre, son los satírico-morales y festivos. Muy pronto conocidos de la corte y del pueblo por copias de mano, que prodigiosamente se multiplicaban, permanecieron veinte y cinco años sin entrar en el dominio de la prensa, colmando al autor de aplausos en todos los reinos de España, excitando siempre la curiosidad, y haciendo esperar de ellos alguna enmienda en la corrupcion general de las costumbres.

A ser impresos luego, la ruina de DON FRANCISCO habria sido inevitable y segura. Denunciar en los moldes de Colonia y en el idioma de los sabios los abusos y males públicos del reino, atrajo sobre las venerables canas y ancianidad virtuosa del padre Juan de Mariana persecucion terrible, la vejacion, molestias y desabrigo de una cárcel. QUEVEDO, que engalanaba el abril de su juventud con los sazonados frutos de la doctrina de aquel varon excelente, á quien debia la mayor ternura, escarmentó con el fracaso, y abstúvose de dar á la estampa ninguno de sus borrones, contentándose con que corriesen manuscritos. Aun de esta manera el vulgo, que paga y sufre, podia saborear la sátira contra los males que en todos los estados ocasionó el desastroso gobierno de un monarca nulo. Cuando la cabeza está enferma, los miembros todos se resienten doloridos; cuando los vasallos se quejan, el rey les duele.

Hizo alarde nuestro político moralista de buen instinto, envolviendo el acíbar de sus sátiras entre chuscadas y bizarrías, y abroquelándose en la holgura, desórden y licencia de un sueño para reprender sin usurpar los fueros del púlpito, censurar sin daño de barras, y decir amargas verdades, que en el severo idioma de la filosofía se hubieran hecho desapacibles. Yo estimo los *Sueños* como los trabajos preparatorios del república para allanar el camino á sus proyectos de reforma. Sacó primero á la vergüenza los descuidos y demasías de los oficiales, sin condenar los oficios, y tendió muy pronto el látigo contra los excesos de aquellos miembros que la sociedad ha constituido para su amparo, salud, firmeza y sostenimiento. Anatematizó la falsedad en los procuradores, la iniquidad en los escribanos, en los letrados el embrollo y la mentira, la impudencia y prevaricacion en los jueces, el desenfreno y la avaricia en los ministros. No perdonó al militar que cifra su medra ántes en bajas intrigas y reprobadas artes, que en el esfuerzo del brazo y en la entereza y virtud del corazon; ni dejó de avisar discretamente á alguno que, teniendo por oficio santo la humildad y el dejamiento de todas las cosas, todas las codicia, y de sí y del cielo olvidado, se echa en brazos de la ambicion, del logro y de la vanidad.

Iba la dureza de esta represion templada con el donaire, é interrumpida por chistes y escenas imprevistas, de figuras extravagantes, para que, divertida la atencion con las burlas y saltos repentinos de un asunto á otro, no se viese disparada la piedra á tejado conocido. Nadie pues á incuria ó defecto atribuya el desórden en la colocacion de los asuntos, la brusca transicion de lo grave á lo jocoso y grotesco, y la continua mezcla de personas y clases. Misterios encierra este cáos, por el cual se libró de persecucion el autor, y tuvieron los discursos carta blanca para correr sin alarmar la suspicacia de los aduladores y entremetidos, la vanidad de los mezquinos de corazon y la irritabilidad de los poderosos. Aquí entretiene y distrae la desvergüenza de una cortesana, la miseria de un remendon y la fatuidad de un lindo galancete; allí un filósofo ocupando su entendimiento en discursos contra su salvacion; á esta parte desatan la risa y la chacota los Galenos con ridículas recetas, y los letrados con estupendos pareceres; acullá los ademanes de hipócritas y lisonjeros; acá los alquimistas, astrólogos, quirománticos, ensalmadores, y cuantos supersticiosos y embusteros prostituyen las ciencias y retrasan é imposibilitan la pública ilustracion, y á cada instante se ofrecen blanco de la dicacidad del escritor los fraudes y engaños de los gremios, un mercader usurero y charlatan, un excelente amigo de conveniencia, un sastre aprovechado, un pastelero ingenioso, un tabernero cristiano, un ventero rapante. Tal, en resúmen, es la esencia, giro y disposicion de los *Sueños* [1].

Maravillosamente retrata la *Casa de locos de amor*, en todas las edades, estados y situaciones de la vida, este fuego y alimento del corazon humano. Ha sido y será siempre inagotable raudal de caractéres y personajes dramáticos, y estudio constante de los que merecen el nombre de poetas.

Del *Sueño de las calaveras* citó Capmany la descripcion del solio desde donde ha de juzgar Dios á los hombres en el dia del juicio, como uno de los rasgos más felices que tiene el castellano.

Esfuerzo de talento resalta en el *Alguacil alguacilado*, poniéndose en boca del diablo la predicacion más útil, verdades bastantes á convertir una piedra, para que el demonio diga que las pronuncia por hacer mal, y porque no haya ninguno que pueda excusarse con que faltó quien lo advirtiese. Pero sobre todo, recomienda el tratado la preciosa aunque desconsoladora aparicion de la justicia buscando por la tierra un asilo que no halla, y refugiándose al cielo, miéntras algunas varas usurpan su nombre en concejos y tribunales.

Deben las *Zahurdas de Pluton* estimarse como uno de los más brillantes destellos del ingenio de nuestro moderno Luciano. Tienen por asunto discurrir por qué prefiera el

---

[1] «No á pocos ha maravillado que un ingenio, tan templado y grave en las veras, escríbiese con tanto chiste y donaire en los asuntos burlescos y jocosos. Estas sátiras morales son las producciones legítimas de su genio y de su ingenio. Aquí es donde se hallan las agudezas, las alusiones festivas, las metáforas más felices, las imágenes más vivas, que han quedado como proverbios y dechado de la frase familiar é idiotismos naturales de nuestra lengua. Pero en ninguno de sus escritos muestra más maestría y variedad en la locucion, más conocimiento y manejo de la índole y riqueza de esta misma lengua, mas valentia en las descripciones, ni más inventiva en los términos de los retratos que dibuja, como en los *Sueños*.» (*Capmany.*)

hombre el vicio á la virtud, y en ella menosprecie seguros bienes, trocándolos por desengaños y dolores. Al diseñar el moralista la estrecha senda de la una y el ancho y frecuentado camino del otro, saca de la paleta las tintas más agradables y vivas, engalanando el cuadro con léjos encantadores, soberbias fábricas y animadísimos grupos. Dante le inflama con sus cantos; Fratelli Organna y el Bosco le prestan su inventiva y la entretenida variedad y el fuego de sus frescos y tablas [1]. Muy pronto nuestro censor echa mano del ridículo (arma irresistible) contra aquella generacion afanosa de fundar mayorazgos á precio de iniquidades, para saciar brutales instintos de hijos derrochadores y ociosos; y tan interesada, que decia por refran: « ¡Dichoso el hijo que tiene á su padre en el infierno! » Asesta punzantes invectivas contra los nobles que libran su vanidad en la virtud ajena, y la afean y ultrajan con acciones propias [2]. Duélese de que el mundo lo entienda todo al revés : llame bobo al que no es sedicioso, alborotador ni maldiciente; sabio al mal acondicionado y escandaloso; valiente al desvergonzado y perturbador del sosiego, y cobarde al que con bien compuestas costumbres, escondido de las ocasiones, no da lugar á que le pierdan el respeto. Y moteja, en fin, al mundo por haber puesto en lo más interesable y frágil las prendas de mayor estima : la honra en arbitrio de las mujeres, la salud en manos de los médicos, y la hacienda en las plumas de los escribanos.

Reparando, al visitar las infernales regiones, los tormentos de los condenados, excédese Quevedo á sí mismo cuando pinta el torcedor y martirio cruel de los que supieron en el mundo, tuvieron letras y discurso, y de nada les sirvió el mal aprovechado caudal de razon, doctrina y buen entendimiento. Es vehemente cuando retrata los castigos de los que se dedicaron á escribir obras perniciosas, á forjar tratados para entronizar errores y preocupaciones, á encadenar y entorpecer los adelantamientos científicos y la popular ilustracion. Esto le lleva á un curioso escrutinio de hombres y libros, á la manera del donoso y grande que hizo el cura de Argamasilla en la librería del Hidalgo manchego, con el cual rivaliza, si no en elegancia y lozanía, en lo oportuno de la crítica, en lo justo de la sátira y en la utilidad del vejámen.

Amaestrado en la descripcion del infierno que fantaseó el cisne mantuano, y mejoró el cantor de la *Divina comedia*, con vigorosas figuras morales adorna las puertas de las oscuras grutas, donde no puede entrar jamas el rayo consolador de la esperanza. Extiéndense cerca del umbral los embaucadores y herejes de todos los siglos; las memorias é imágenes de la edad antigua y de los tiempos modernos atraviesan lentamente las sombras y embellecen y completan la pintura.

A vueltas de estos grandes rasgos, procesa nuestro Menipo á los que tienen enfermiza la conciencia y dañada el alma; á los que de las palabras hacen mercancía, ora se apelliden médicos, saludadores ó químicos, y deslumbran con su charla y embelecos á incautos é inocentes; á los poetas de roncon y terremoto, á los llamados cronistas, embusteros y aduladores con cédula; sin olvidar ninguna de aquellas clases donde los vicios tenian más hondas y aferradas raíces.

El mundo por de dentro se limita á probar que el hombre es todo mentira, por cualquier concepto que se le examine, y á condenar el congojoso anhelo de todos por pa-

---

[1] El padre Sigüenza, en la *Historia de san Jerónimo*, se muestra muy entusiasta del último de estos pintores, y dice que llama á sus obras disparates gente que repara poco en lo que mira.

[2] Para ver si apuntó Quevedo alto ó bajo, léase la página 312.

recer otra cosa de lo que son. Cuida el sastre de pasar en la calle por caballero; el hidalgo presume de señor, y empeña y desencaja su escaso patrimonio; el grande remeda ceremonias de rey por aparentarlo; aciago de cara el mentecato, alábase, aspirando á pasar plaza de sabio, de que tiene poca memoria, quéjase de melancolías, vive descontento y préciase de mal regido. Queda en este *Sueño* todo hipócrita mal parado. ¿Qué esperanza es la del hipócrita? Ninguna; pues ni la tiene por lo que es, pues es malo; ni por lo que parece, pues lo parece y no lo es.

La vanidad de los entierros, la soberbia de los difuntos, la fingida tristeza de los amigos, llena de hiel la pluma, que nos echa en rostro la fria indiferencia con que miramos el camino del sepulcro y los féretros precursores de nuestro viaje. Y ofrece, por último, ancho campo á la mordacidad del filósofo nuestra viciosa naturaleza, rigiendo los ímpetus del corazon, no por generosos, ántes por mezquinos móviles: la viuda se consuela en la pérdida del marido con la esperanza de que le sustituirá el amante; en seguimiento del criminal, solo por hurtar al ladron el hurto, aventura el alguacil su persona; el amigo es oficioso con su amigo para deshonrarle; el cortesano con el magnate por la medra interesada.

En la *Visita de los chistes*, último de los *Sueños*, donosamente graceja el señor de Juan Abad con aquellos personajes que el vulgo ha convertido en mitos, como don Diego de Noche, Juan de la Encina y el marqués de Villena, ó con aquellos otros hijos de la fantasía del pueblo, creados para bordon de sus conversaciones y exposicion de sus afectos, como el rey que rabió, para hiperbolizar las antigüedades; Mateo Pico, los desatinos; Chisgaravis, los bulliciosos; Troche-moche, los desalumbrados. Pero á vueltas de tales civilidades, entre las bufonadas y chanzonetas que sazonan el discurso, descúbrense miras de mayor interés, de alta y verdadera política. QUEVEDO cuenta el dinero á España, examina sus fuerzas y su crédito, busca remedio á sus males, anatematiza sus preocupaciones, el sistema de sus estudios, el embrollo de su legislacion y la farándula de su foro, recomendando la administracion de justicia en los siglos XIV y XV por más sencilla y más útil. ¡Debilidad de la humana condicion, rendir á lo antiguo la alabanza que niega á lo presente!

Completan las obras satírico-morales el *Discurso de todos los diablos* (que ahora conocemos con el nombre de *El entremetido, la dueña y el soplon*), y *La hora de todos y la fortuna con seso*, ambos de un mérito sobresaliente y de profunda y práctica filosofía.

Opúsculo enigmático y figurativo el primero, brotó del libro de la *Política de Dios y gobierno de Cristo*, y sugirió el pensamiento del *Marco Bruto*. Retratando la situacion de España, consolidado ya el gobierno de Felipe IV, disparaba agudas saetas contra la tiranía y soberbia del poder, viéndose muchos de los dignatarios retratados al vivo en cada una de las cláusulas. El interés, animacion y vida que tales alusiones prestaban á este rasgo, ha desaparecido con el tiempo: hoy solo queda en pié la pureza de su moral, lo útil de su política, lo galano y chistoso del estilo. En vano los unos aparentaban tomarlo por los otros: la sátira escocia, el intento humillaba, enfurecia el arrojo. DON FRANCISCO aumentó con ello el número de sus enemigos. Pero ¿cómo reprimir la impetuosidad natural, contemplando el cetro amarrado siempre al despotismo de avaros y estólidos validos; los más caros intereses de los reyes y de los pueblos sujetos al provecho particular de un hombre, al antojo de una dama y á merced de un adulador; en acrecentamiento los males públicos; mancillados por el cohecho el decoro y la santidad de la magistratura? Todo el discurso es una alegoría: el infierno, aquella sociedad tan parecida á muchas; los diablos, aquellos criminales y sus vicios dorados por la desvergüenza y la fortuna; aquellos tiranos, los de todos los siglos, reproduciéndose como la cizaña de los campos en cada primavera. A cada paso preséntanse á los ojos del autor, vagando por los consejos y pórticos, vinolentos sátrapas, Clitos y Seyanos, Tiberios y Calígulas; llegando su indignacion hasta poner en boca de Clito «que para advertir cuán poco caso hacen los dioses de los imperios de la tierra, basta ver á quién suelen darlos algunas veces».

Pero si condena tan duramente al hombre inicuo, ciña bayeta ó púrpura, jamas estorba ni escatima la admiracion y el elogio á los que aman la justicia, premian la virtud, honran los soldados, se sirven de los doctos, se esconden á los aduladores, buscan ministros severos que repartan con igualdad los premios y los castigos. No es mala condicion suya la ponzoña que parece destilan sus escritos, sino que aquel pone en su punto la medicina que sabe hacer remedios de los venenos.

Endúlzase lo acerbo del opúsculo con la grotesca y no limpia descripcion de las plagas que abruman la humana vida, con el chistosísimo y peregrino sistema de hacer testamentos, y con el parangon de las diversas raleas y castas de poetas. Su fin se encierra en estas breves y preciosas palabras: «La prosperidad es la peste del corazon. El rico dice: Hay que comer, que guardar y que gozar. Y el pobre: ¡Ay, Dios mio! ¡Dios me remedie! Y pide con Dios y come por Dios; y al uno le llaman pordiosero, y al otro hombre sin Dios. Trabajos délos el sumo Señor; descanso, buenaventura y felicidad el infierno.»

Quevedo no tiene á mi ver obra ninguna de pensamiento más filosófico, más grande ni más profundamente ingenioso que *La hora de todos y la fortuna con seso*. Sorprende al lector señalando para todos en el mundo una hora en que se vea sujeta la fortuna al imperio de la razon, de la prudencia y del juicio; y desconcierta al que estudia y medita con que, despues de tan liberal providencia, el mundo sigue el mismo que era, los mismos los oficios y estados, los mismos los hombres; demostrando que los favores ó desdenes de aquella caprichosa deidad por sí no son malos, pues sufriendo estos y despreciando aquellos, son tan útiles los unos como los otros.

Llama Júpiter y residencia á la fortuna: «Tus locuras, tus disparates y maldades son tales, que persuaden á la gente mortal que, pues no te vamos á la mano, que no hay dioses; que el cielo está vacío, y que soy un dios de mala muerte. Quéjanse que das á los delitos lo que se debe á los méritos, y los premios de la virtud al pecado; que encaramas en los tribunales á los que habias de subir á la horca; que das las dignidades á quien habias de quitar las orejas, y que empobreces y abates á quien habias de enriquecer.» El padre del olimpo decreta que en un dia y en una propia hora se hallen de repente todos los hombres con lo que cada uno merece. Verifícase esto el 20 de junio de 1635, á las cuatro de la tarde. Arrebátase en huracan la fortuna; confúndese todo. En esta hora, los que por verse despreciados y pobres eran humildes, se han desvanecido y endemoniado; y los que abundaban en honras y riquezas, siendo por ello viciosos, tiranos, arrogantes y delincuentes, viéndose pobres y abatidos, están con arrepentimiento y retiro y piedad: los hombres de bien se han hecho pícaros; los pícaros, hombres de bien. Júpiter, para satisfaccion de las quejas de los mortales, díceles que pocas veces saben lo que piden, siendo tal su flaqueza, que el que hace mal cuando puede, le deja de hacer cuando no puede; y esto no es arrepentimiento, sino dejar de ser malos á más no poder. El abatimiento y la miseria los encoge, no los enmienda; la honra y la prosperidad les hace hacer lo que si las hubieran alcanzado siempre, hubieran hecho. Cúmplese la hora : un decreto soberano manda que no se prolongue. La fortuna vuelve á engarbullar los cuidados del mundo y á desandar lo devanado; resbálase por los aires, y encamina su rueda y bola por las rodadas antiguas. Mírese pues cuán sazonados eran los frutos y comunicativa la experiencia de quien por largos años habia tratado en la adversa y próspera suerte á hombres bajos y humildes encumbrados en altas dignidades, y habia visto rodar hasta el polvo y la miseria próceres ilustres; ministros presa de la soberbia y de la iniquidad en los palacios, y ejemplo de resignacion, de virtud y de santidad en el patíbulo; tronos vacilantes, príncipes huidos, ó despojados, ó muertos violentamente; la supersticion, la herejía acosando la pureza de la fe y fanatizando la tierra.

Tienen lugar en este libro, propia y verdaderamente político, cuestiones de gobierno que absorbian la pública atencion en 1635; examínanse, para desarrebozar sus proyectos, la condicion y carácter de los potentados de Europa, las fuerzas de cada principado, la índole de sus pueblos; partiendo de aquí para discurrir con acierto sobre sus destinos futuros. El tratadillo, burla burlando (afirma su autor), es de veras; tiene cosas de las cosquillas, pues hace reir con enfado y desesperacion. Pudiera añadirse que está el plan trazado con la mayor unidad; que es oportuna y agradable la distribucion de los miembros y figuras, y aquellos personajes que se traslucen en la obra tienen un parecido extremado.

Quevedo, que ciertamente no fué un miserable zoilo, ni emponzoñó su alma al soplo de asquerosa envidia, ni censuró sin corregir, ni derribó sin edificar, y siempre calificó la doctrina con el ejemplo, concluye la parte doctrinal del discurso con un programa de gobierno que él mismo sin duda hubiera seguido, á tomar parte, como deseaba el monarca español, en los públicos negocios.

No ha de estar siempre tirante la cuerda del arco : horas de recreacion apetece el fatigado y afligido espíritu del que escribe y del que lee, pudiendo sacar en ellas no escaso provecho de los ejercicios honestos y agradables. Quevedo (como el autor del *Persiles*) puso tambien con obras festivas su mesa de trucos en la plaza de nuestra república para solaz y entretenimiento del vulgo. Y si quedó inferior al rey de los escritores-españoles en la belleza clásica de las figuras, en el decoro y decencia del estilo, y en lo inofensivo y ejemplar del asunto, dejó todavía modelos dificilísimos de imitar, que vivirán mientras viva y se estudie la hermosa lengua castellana.

Son pues en extremo apreciables los discursos festivos de nuestro caballero de Santiago. En ellos campean el gracejo, las sales picantes, el donaire y el chiste, buscando más la risa y deleite que la enseñanza, sin que por esto á veces (como dice elegantemente el señor Quintana) deje de descubrirse la garra del leon, y bajo la máscara de Momo, al pensador filósofo y al escritor grande y sublime [1]. Recomiéndanse por una superioridad pasmosa á todas las preocupaciones de aquel siglo, y por un singular conocimiento de los gustos, inclinaciones, instintos, errores y vicios que en el corazon humano imprimen la educacion, el territorio, las tradiciones de familia, las vicisitudes de la fortuna y estado de cada persona. Ya parece que jugando con la espuma arroja pompillas al aire, cuando ridiculiza los dicharachos, refranes y desperdicios de nues-

---

« En las obras satírico-morales vierte con liberalidad las sales y gracejos de la lengua, y los conceptos de su inventiva imaginacion, que parece agotó este caudal para los venideros. Así han sido ménos desgraciados los que le han robado sus gracias que los que han querido imitarlas. » (*Capmany.*)

tra conversacion. Ya como que se goza en mortificar á los poetas hueros y granzones, sacando á plaza sus debilidades, insolencias y barbarismos. Ya tiene embobado al lector con la genealogía, parentescos, usos y costumbres de las innumerables clases de necios y mentecatos que pueblan toda la redondez de la tierra, clasificándolos y definiéndolos. Ya cuenta la vida y ocupacion de los truhanes, ociosos y entretenidos de la corte, y forma inventario y registro de sus alimañas, gusarapos y sabandijas.

En las *Cartas del caballero de la tenaza*, sorprenden las saladísimas excusas y razones que halla el cofrade para zafarse de embestimentos masculinos, restreñir la faltriquera, y desahuciar las enfadosas demandas de pedigüeñas y busconas de oficio ú ejercicio. Esta letra lleva por divisa el caballero:

Solamente un dar me agrada,
Que es el dar en no dar nada.

En el *Libro de todas las cosas y otras muchas más*, bajo la máscara de trivial y regocijado pasatiempo, desconcierta las cavilaciones supersticiosas del vulgo, ahuyenta de la pública ilustracion los restos de barbarie y de gótica rudeza, extirpa los errores que profanaban las ciencias, desacredita la farsa de los charlatanes y embusteros, humilla las pretensiones de entendimientos botos y medianos, y purifica la lengua de las peligrosas novedades de los afectados, del gongorismo y de la ignorancia.

Es la novela del *Buscon* lo mejor de sus rasgos festivos, inspirada por el *Lazarillo de Tórmes*, y escrita para emular con ventaja al *Pícaro Guzman de Alfarache*. Recomiéndanla singular economía en la narracion, interés en los sucesos, verdad en los retratos, viveza en las descripciones, aventuras amorosas delineadas con gallardía, sales y agudezas á manos llenas prodigadas. Aféanla algunas palabras y escenas que repugnan, como la patente y burlas que por nuevo hicieron á Pablos los estudiantes de Alcalá; pero no es cierto (como expresa M. Ticknor) que llegue en una ó dos ocasiones el desatino hasta la blasfemia. Ni la religiosidad y sabiduría del autor lo hubieran consentido, ni ménos la suspicacia de la censura ni el cristiano celo de los calificadores.

QUEVEDO comunicó á la fábula toda la frescura y lozanía de sus juveniles años; y es por ello de sus escritos el más libre de afectacion, el más rico en gracias vivas y naturales, el más claro, llano y corriente, y donde se acercó á la amenidad, sencillez deleitosa y blando estilo del *Quijote*. Prendas tales justifican la popularidad que siempre ha gozado, el aprecio de los doctos, el interés con que es leido y las muchas impresiones que cuenta.

En él, como en todo lo de nuestro autor, resalta un objeto político de aplicacion inmediata, y domina y se desprende un pensamiento filosófico y una leccion provechosa á la humanidad: la de que, viciado el corazon en la niñez con fatales ejemplos, ni los estudios ni el desarrollo de un ingenio despejado alcanzan luego á enderezar sus torcidos y bastardeados instintos. El héroe, de ruin y baja prosapia, aficionado á la vida holgona y á sustentarla rateramente con trapazas y engaños, es todo un petardista, un caballero de industria, ambicioso de figurar en las aulas, en las grandes ciudades y en la corte como hidalgo y caballero, sin que jamás ni aun siquiera le pasase por las mientes (segun aventura Bouterwek) capitanear bandoleros por las sierras de Castilla. En vano un descalabro y otro en cuantos reprobados medios pone en juego para medrar, le avisan que reforme su conducta, y busque en el honesto y virtuoso trabajo el pan de cada dia ; en vano la razon le llama al buen sendero y el entendimiento le persuade para que emplee dignamente sus fuerzas : ha perdido el tino ; y como el enfermo piensa encontrar alivio, volviéndose de un lado á otro, así imagina el *Buscon* hallarle mudando de lugar, y no de vida y costumbres. Prueba de ingenio y habilidad, poner instintos de caballero en el hijo de un ahorcado y sobrino de un verdugo, y hacerle vivir de la estafa, para cargar pesadamente la mano sobre vicio tan comun en la aristocracia de aquel tiempo.

Se ve pues en estos juegos y travesuras cómo no se oscurece el escritor político, pues que todos sus rasgos tienden á mejorar al hombre y la sociedad, poniéndole delante el espejo de sus imperfecciones y los medios prácticos de corregirlas.

Con algun detenimiento he juzgado hasta aqui las obras que determinan el peculiar carácter del señor de Juan Abad, y que forman precisamente la materia de este primer volúmen, de los tres que ha de publicar la Biblioteca de Autores Españoles. A cada cual de ellos precederá un juicio de las que abrace, y por lo tanto cúmpleme solo adelantar ahora las especies que basten á conocer el escritor y la índole de sus estudios.

Quien afrontaba la colosal empresa de reformar las costumbres y la gobernacion de la monarquía en los reinados del tercero y cuarto Filipo, debia de ser por necesidad político profundo, teólogo, asceta, moralista, filósofo, y lo que parece un delirio, poeta.

Efecto de antiguas instituciones, del ferviente espíritu religioso que sostuvo una contienda de ocho siglos, y de las especiales circunstancias en que á la sazon se hallaban estos reinos respecto de Europa, desgarrada por la herejía, aquella generacion vivia en la Iglesia y dedicada á la Iglesia. Estudiaban con el mayor ahinco la teología y sagradas letras los médicos y los políticos, los guerreros y los jurisconsultos, cuantos aspiraban á captarse el respeto y la consideracion general. Los más de los escritores y sabios honrábanse con la dignidad del sacerdocio ; parte á las armas, parte al altar dedicaban los próceres sus hijos ; una mitad de las ciudades eran templos, monasterios, conventos, santuarios, ermitas, capillas y retablos ; sus funciones, ejercicios y actos piadosos constituian la ocupacion de las familias hidalgas y acomodadas, y asimismo el honesto esparcimiento de los gremios y oficios. En su seno abrigaban las cofradías y oratorios lo principal de la corte, fomentándolas con su frecuente asistencia el monarca, la reina, los príncipes y el privado [1]. Las fiestas y solemnidades celebrábanse con certámenes poéticos, distribuyendo premios á los vencedores y haciendo de los templos unos cristianos liceos ; habíalos invadido, en fin, el teatro con los autos sacramentales y el aliño de sus loas y entremeses, y se habian introducido á su vez en los coliseos las comedias de santos. Aquella sociedad moraba pues dentro de la iglesia. ¿No habian de rozarse con ella todas las conversaciones? ¿Qué otro tema las alimentaria más de ordinario que la censura de tal sermon, de cuál arenga? ¿Dónde hallar más á mano puntos de comparacion, imágenes, metáforas, hipérboles, sino en las ceremonias, palabras, erudicion y objetos eclesiásticos? ¿Cómo un escritor popular, que bosquejaba los rasgos satírico-morales y festivos tan solamente para su siglo, no le habia de reflejar en todo, siguiéndole el humor y el genio, y hablando su idioma y valiéndose de sus propias frases y modismos? A pro-

[1] En el oratorio de la calle del Olivar, muy favorecido de Felipe III, de la real familia y del duque de Lerma, encontrábanse alistados Quevedo, Cervantes, Lope de Vega, Salas Barbadillo, Espinel, el maestro Paravicino, Valdivielso, el príncipe de Esquilache, Pellicer, Miguel Silveira, Vincencio Carducho y otros floridos ingenios.

ceder de otra manera, fuera el manjar desabrido á aquella sociedad, y muy amarga la medicina :

> *Così all' egro fanciul porgiamo aspersi*
> *Di soave licor gli orli del vaso.*

Considerado QUEVEDO con relacion á su siglo, pierde su fuerza la grave inculpacion con que cierra Capmany, en su *Teatro crítico*, el juicio de este hablista excelente, llamando (á veces con harta injusticia) aquellas metáforas, comparaciones é imágenes, gracias de entremeses de sacristanes y escolares; y pierde por último casi todo su valor la pincelada brillante de M. Adolfo de Puibusque, haciendo que Lope y QUEVEDO se crucen en su camino; aquel saliendo del mundo para entrar en la Iglesia, este de la Iglesia para entrar en el mundo.

Para valer ante el público era en nuestro autor una imprescindible necesidad mostrarse familiar con los escritos de los santos Padres, empapado en su doctrina, rico y poderoso con los tesoros de su irresistible elocuencia. De cuanto habian aguzado y esclarecido su ingenio, dió solemne muestra con sus obras teológico-ético-políticas, entre las que se llevan la palma la *Vida de san Pablo*, la de *Santo Tomás de Villanueva*, la *Cuna y la sepultura*, la *Virtud militante* y la *Providencia de Dios*, mina preciosa é inagotable para el cristiano filósofo y orador sagrado, para el espíritu religioso y para el hombre apasionado por saber y por ilustrar sólidamente su alma. Como asceta, no creyó prestar más obsecuente servicio que vertiendo al castellano la *Introduccion á la vida devota de san Francisco de Sales*.

Profundamente docto en letras humanas, sazonó todos sus escritos con la mejor doctrina, máximas y apotegmas de los filósofos y poetas de la antigüedad; se ocupó en indagar el *Orígen de los estóicos*, y en la *Defensa de Epicuro*; y mereciéndole una predileccion singularísima las obras de Séneca, consagróse á traducir, comentar é ilustrar algunas de ellas; de cuyos trabajos parte goza la prensa, parte se halla aun sin publicar, y parte creo que enteramente ha perecido.

Quien rebosaba en tan vasta y peregrina erudicion, hondamente impregnado en todos los humanos conocimientos, debia comunicar novedad é interes al menor de los rasgos de su pluma. Sus cartas, los incidentes de sus muchos pleitos, su intervencion en graves negocios de estado, algo de las secretas causas de sus persecuciones y amarguras, y gran número de papeles relativos á sus prolijas prisiones, serán estimados y ávidamente leidos en el *Epistolario y documentos* de su vida, que formarán una de las más curiosas secciones del segundo tomo.

Compondrán otra del mismo los *Discursos críticos literarios*, donde entrarán á porfía juicios, aprobaciones, prólogos y curiosas advertencias á tratados ajenos, cuestiones filológicas, altercados, escaramuzas literarias, y polémicas. ¿Cómo no excitar la envidia tanto mérito? Cómo no promover alborotos quien tenia que habérselas con el gremio irascible de los poetas? Cómo no venir á las manos quien andaba siempre lanza en ristre contra toda clase de malandrines y vestiglos? La guerra es la vida y el aliento del mundo. Los elementos chocan entre sí, el mar se revuelve en sus entrañas. ¿No ha de luchar el hombre con el hombre? Acaso pudiera por este general estilo cohonestarse entre los escritores la guerra como aguzadora del entendimiento, si para avivarle, robustecerle y arrancarle con el choque brillantes centellas, se midiesen armas iguales, y no traidoras y vedadas. Pero la medra del escándalo, y una exagerada vani-

dad en los ingenios baladíes, el resentimiento y la venganza en otros más granados,
y en alguno la perversidad de vida y costumbres, envilecen el fecundo y pacífico laurel
de las letras con la calumnia, la sucia personalidad, el tabernario chiste, la falsedad
insolente, el cobarde anónimo. Los tiempos todos son iguales : en todos han existido
Cínicos y Bernias, Zoilos y Aretinos. ¿Habíanle de faltar á QUEVEDO sapos que digan,
como el de la fábula de nuestro insigne Hartzenbusch,

> No te escupiera yo si no brillaras?

En estas luchas, indignas de los que aspiran al nombre de sabios, y no saben ser dueños de sí mismos, se perdona á QUEVEDO el ímpetu y destrozo de la acometida, porque
la verdad y la justicia le acompañan en el arranque. No le dictaron ciertamente la
buena fe ni un aliento generoso y bizarro la *Perinola*, donde muele como aleña y cibera, trilla, desmenuza y despolvorea el *Para todos* de Montalban; y sin embargo, ni
una sola censura hay en ella injusta é infundada. Ménos críticos y más ciegos sus enemigos, dejaron ilesa la parte vulnerable de sus obras, y se estrellaron contra la más
fuerte, dando manifiesta prueba de impericia, de ignorantes ó de apasionados. Perez
de Montalban, los padres Niseno y Aliaga, don Luis Pacheco de Narvaez, Góngora y
el famoso don Juan de Jáuregui, y otros émulos de menor cuantía, pudieron en sátiras
y epigramas, en la *Apología al sueño de la muerte*, en la *Venganza de la lengua española*,
en las *Anotaciones á la Política de Dios*, en la comedia del *Retraido*, y en el *Tribunal de
la justa venganza*, colmar de insultos y denuestos á DON FRANCISCO, mortificarle, azuzar
contra él á los poderosos; pero uno á uno y todos juntos no lograron hacer mella en su
renombre ni cortar el vuelo de su fama. Tales diatribas harán parte de los apéndices.
Estériles para el mejoramiento de los estudios, aprovechan para reprension de los
vivientes, y advertencia de los más sutiles y almidonados. Pero volvamos á nuestro
propósito.

Hemos dicho que el político no podia prescindir de ser todo un poeta. Era entónces
la de hacer versos manía y enfermedad pegadiza. Componíanlos desde el príncipe
hasta la ínfima plebe : Felipe IV, el infante don Cárlos, los duques de Nocera, Osuna
y Pastrana, el marqués de Alcañices, el conde de Olivares, los de Salinas, Villamediana, Saldaña y Lémos (autor de un bellísimo romance *A la Soledad*), el príncipe de
Esquilache, y otros próceres y capitanes ilustres. Para ser oido de ministros y jueces
trovadores, ¿cómo no hablar en consonantes ? Mercurio, en el *Viaje del Parnaso*, á
vueltas de zapateros y sastres, criollos y mestizos, con una criba

> Zarandó mil poetas de gramalla.

¿Cómo no aprovecharse del hechizo de la rima para herir vivamente la imaginacion
de aquel pueblo coplero, que tenia

> En cada esquina cuatro mil poetas [1]?

Pícaros poetas, con zumbido de abejon y canto de cigarra; que no á todos, aun

---

[1] *Rimas humanas y divinas*, del licenciado Tomé de Burguillos. *Madrid*, 1634.

cuando se llamen tales, otorga la naturaleza el verdadero y hermoso don de la poesía, casta vírgen, á quien llama Cervantes

La gala de los cielos y la tierra,
Gloria de la virtud, pena del vicio.

QUEVEDO recibió de sus manos, para lograr cuantas dotes y prendas quilatan á un hombre extraordinario, los más brillantes laureles, que las nueve hermanas le ciñeron propicias.

«Sus versos (dice el excelentísimo señor don Manuel José Quintana) son de ordinario llenos y sonoros. Y aunque este mérito, el primero que debe tener un poeta, no sea el principal, nuestro escritor sabe acompañarle de muchos rasgos, excelentes unos por la viveza de los colores, otros por la robustez y el vigor. Su poesía, nerviosa y fuerte, va impetuosamente á su fin; y si sus movimientos se resienten demasiado de los esfuerzos, afectacion y mal gusto del escritor, se la ve marchar no pocas veces con una fiereza, una audacia y una singularidad que sorprende. Sus versos de cuando en cuando salen del fondo general, y sin necesidad del auxilio de los otros, vienen á herir el oído con su vibracion fuerte y sonora, ó á grabarse en la mente por la profundidad de la sentencia que contienen, ó por la novedad y energía de la expresion. De nadie se pueden citar tantos bellos versos aislados como de él; de nadie períodos poéticos más pomposos y valientes. Despues de tributarles la admiracion que se les debe, no puede ménos de sentirse un movimiento de indignacion, viendo el lastimoso abuso que QUEVEDO ha hecho de sus talentos, y empleados en equilibrios vanos y suertes de volteador los vigorosos músculos y fuerzas de un Alcídes. Yo bien sé que se divierte con lo que escribe, y delira porque quiere; pero todo tiene su término. La misma incorreccion y mal gusto que hay en su estilo, compuesto de frases y voces altas y nobles, unidas á otras triviales y bajas, se halla en sus imágenes y pensamientos, los cuales se ven mezclados unos con otros, sin economía, sin juicio y sin decoro. A pesar de estos defectos, que sin duda alguna son grandes, QUEVEDO será leido con estimacion, y admirado justamente en muchos pasajes.»

Suavizó el señor Quintana este su parecer tan fundado y tan verdadero, reconociendo cómo no era posible juzgar completa y acertadamente al gran poeta, cuando solo habia llegado á nosotros por acaso una mínima parte de sus obras, ni escogida ni dispuesta para ser publicada. Añádase que sus versos no fuéron hechos nunca sino inspirados y nacidos al fuego germinador de un estro irresistible. Unos eran chispazos de aquel vehementísimo ingenio; otros el suceso del dia, la carta al amigo, el vejámen al adversario, la intriguilla amorosa, el fugaz piropo al bostezo de Fílis, el cebo para ablandar á una esquiva hermosura; estos el desenfado de un instante de buen humor; aquellos el compromiso de una academia (el enojoso album no se conocia entónces, pero no faltaba qué le sustituyese). Ceñíase QUEVEDO á nutrir de pensamientos y sentencias estas fugitivas composiciones, y fiado en la destreza única y sola con que sabia utilizar frases comunes y vulgares asuntos, resistíase á la enmendacion y lima, cayendo desde lo sublime á cada paso en vulgaridades y bajezas. Pero si revisó alguna vez sus versos, los mejoró siempre.

Tuvo la desgracia de hacer poca estimacion de ellos, presumiendo más de otras erudiciones. Ejecutábanle, sin embargo, y apremiábanle sus amigos por la diligencia de formar de aquellas flores un escogido ramillete : al fin venciéronle, y repitiéndolas de poseedores extraños, juntáronse en grandes volúmenes. Concibió con esto distribuirlas en clases diversas, á que las nueve musas diesen sus nombres, y llevaba muy adelante la tarea por los años de 1632. Daban de sí las poesías tres copiosas colecciones : *Las musas; Obras varias de donaire, en verso; Sonetos morales, y traducciones de latinos y griegos.* Pero la esperanza, que alucina al hombre, de que jamás ha de faltarle tiempo en que realizar sus proyectadas empresas, malogró esta, postergándola á otras ocupaciones, á la publicacion de libros ya de antemano concluidos ó muy adelantados, ya más graves, ya de mayor interés y curiosidad política del momento. Vinieron en seguida negocios de gobierno, contiendas literarias, atenciones domésticas, persecuciones terribles, secuestro de papeles, y todo se combinó en contra de aquellas tan anheladas composiciones, cuyo destino era ser derrotadas y destruidas míseramente.

Viendo llegar nuestro caballero su fin á toda prisa, macerado el cuerpo con los dolores y mortales padecimientos, y postrado el espíritu con los trabajos y desengaños, cediendo á las exhortaciones del padre Tébar, de la Compañía, su confesor y grande amigo, hizo arrojar á las llamas sus poesías, con todos los manuscritos satíricos y de donaire. No fué de veinte partes una la que se salvó de aquellos versos [1]; y de estas ruinas y débiles despojos, tres años despues de la muerte del poeta, alzó digna fábrica don Jusepe Antonio Gonzalez de Salas, publicando, bajo el amparo del duque de Medinaceli, *El Parnaso español,* con adorno de preciosas estampas y un retrato, de la mano, y en alguna ocasion del buril, del Miguel Angel de nuestros pintores, Alonso Cano : primer digno monumento levantado á la memoria de varon tan insigne por un generoso Mecénas, un colector hábil y esmerado y un pintor incomparable. ¡Loor á don Jusepe Antonio, que en su tarea supo escoger de Persio esta divisa :

Scire tuum nihil est, nisi te scire hoc sciat alter!

Todos los tonos recorrió en su lira nuestro poeta, siendo en todos siempre filósofo, político y moralista. Perdidas sus comedias, es imposible conocer hoy si acertó á preparar, conducir y hacer interesante una accion dramática. No alcanzan á llenar este vacío diez entremeses (tres de los cuales aun no han visto la pública luz) y otros tantos preciosísimos bailes; porque el furor báquico, la holgura y licencia con que se improvisaban, los ponen fuera de las condiciones del arte. Recomiéndanse por lo fácil y bien cortado del diálogo, rico en chistosas ocurrencias y agudos epigramas. Tienen comunmente algo de lo fantástico, y los caractéres verdad y conveniencia. Aprecio como los mejores entremeses *El marido pantasma* y *Los refranes del viejo celoso.*

En burlas y en veras hizo QUEVEDO resonar la épica trompa. Mostró en el poema *A Cristo resucitado* que sabia concebir un plan sencillo é interesante, valerse de los modelos de la antigüedad y aprovechar el raudal de su grande erudicion cristiana. El infierno está bosquejado con bizarría. Los padres del limbo hablan digna y propiamente; y cuando, rota la oscuridad, cortan el aire claro acompañando al Salvador triunfante, es bello y muy tierno que Adan salude al pasar la antigua patria, la tierra. ¡Lástima que ofusquen este y otros delicados rasgos, resabios sin cuento de mal gusto y un punible desaliño, que hace desmerecer toda la composicion! Moratin no

---

[1] *Prevenciones al lector,* de don Jusepe Antonio de Salas, en *El Parnaso español.* Madrid, 1648. — *Censura* del reverendo padre maestro Juan Manuel de Árguedas, de la compañía de Jesús, en la coleccion de Madrid de 1713.

desdeñó comenzar la suya á *La toma de Granada* con las mismas palabras que, imitando á Virgilio y al Taso, dan principio á la octava sexta del poema :

> Era la noche, y el comun sosiego
> Los cuerpos desataba del cuidado....

En el poema de *Las necedades y locuras de Orlando el enamorado*, donde canta

> Los embustes de Angélica y su amante,
> Niña buscona y doncellita andante,

sin que nada le pueda ir á la mano, disparata y delira QUEVEDO por cuenta propia, regocijada y donosísimamente. El desatino es su asunto, y su fin que el lector se desternille de risa con tanta novedad y gusto de enredos é invenciones, de imposibles que trae al retortero, de epítetos extravagantes y graciosos, de subidos y ridículos encarecimientos. Suena un cuerno, por ejemplo, Ferragut, guerrero endemoniado, y

> Espeluznóse el monte encina á encina;
> El sol dicen que dió diente con diente.

Cuando lo extremado de la sentencia parece que apura la hilaridad del lector, óyese esta demanda de boca de Ferragut :

> Daca tu hermana ú daca la asadura ;
> Escoge el que más quieres destos dacas.

Tal vez no tenga ninguna otra composicion en prosa ó verso donde más luzca el escritor su dominio y absoluto imperio en la lengua, y donde á sus intentos se la vea más presta, dócil y sumisa, propia y abundante, animada y pintoresca. A desperdicios de este rasgo épico debe *El murciélago alevoso*, del maestro Gonzalez, sus mayores aplausos. Un dolor es que no hubiese QUEVEDO escrito ménos sonetos amorosos, y más octavas, para concluir con mayor fama suya y deleite del público un poema tan en su cuerda y en su genio.

En sus epigramas y sonetos burlescos son una gran belleza la exageracion, la hipérbole, el retruécano y la metáfora, que tanto desairan al vate en sus obras serias. Véase en este soneto á *Apolo siguiendo á Dafne* :

> Bermejazo platero de las cumbres,
> A cuya luz se espulga la canalla,
> La ninfa Dafne, que se afufa y calla,
> Si la quieres gozar, paga y no alumbres.
> Si quieres ahorrar de pesadumbres,
> Ojo del cielo, trata de compralla,
> En confites gastó Marte la malla,
> Y la espada en pasteles y en azumbres.
> Volvióse en bolsa Júpiter severo;
> Levantóse las faldas la doncella
> Por recogerle en lluvia de dinero :
> Astucia fué de alguna dueña estrella;
> Que de estrella sin dueña no lo infiero.
> Febo, pues eres sol, sírvete de ella.

Llena está de dignidad y decoro, de vivas descripciones, de movimiento dramático, de sentencias briosas y frases bizarras, su epístola en tercetos al Conde-Duque, instigándole á que, así como los trajes, reforme la educacion y viciadas costumbres de los españoles :

> No he de callar, por más que con el dedo,
> Ya tocando la boca ó ya la frente,
> Silencio avises ó amenaces miedo.
>   ¿ No ha de haber un espíritu valiente ?
> ¿ Siempre se ha de sentir lo que se dice ?
> ¿ Nunca se ha de decir lo que se siente ?
>   Hoy sin miedo que libre escandalice
> Puede hablar el ingenio, asegurado
> De que mayor poder le atemorice.
>   En otros siglos pudo ser pecado
> Severo estudio y la verdad desnuda,
> Y romper el silencio el bien hablado.
>   Pues sepa quien lo niega y quien lo duda,
> Que es lengua la verdad de Dios severo,
> Y la lengua de Dios nunca fué muda.

Rica de gigantescas imágenes aparece la *Silva*, en que retrata á Roma dando leyes al mundo y peso al Océano. Llena de filosofía aquella otra en que anatematiza al codicioso de oro, advirtiéndole que la naturaleza,

> Por dañoso y contrario á quien le estima
> Y por más escondernos sus lugares,
> Los montes le echó encima,
> Sus caminos borró con altos mares.

El escarmiento y desengaño de las vanidades del mundo (dice el señor Quintana), el elogio de la soledad y del retiro, no se han cantado jamas con el énfasis y solemnidad que presenta la cancion :

> Oh tú, que con dudosos pasos mides,
> Huésped fatal, del monte la alta frente....

Con rara y envidiable destreza habia de manejar un escritor popular el metro del pueblo, el romance. Susceptible de toda entonacion, desde la oda á la jácara, libre del empalago y traba de la rima, sonoro con la fuerza de los acentos, cadencioso con la blandura y delicadeza de la asonancia, aprovecha entera la inspiracion de un momento, y absorbe todo el espíritu del poeta. Las agudezas y los chistes no se despuntan ; ni en la sátira y la burla desparece la frescura y lozanía de una imaginacion hirviente. En manos de QUEVEDO préstase á realzar maravillosamente las galas de su ingenio, y salen en fin, entre el atavío de nuevas é ingeniosas locuciones, armados y perfectos los pensamientos, como Minerva de la cabeza de Júpiter. Aquí derramando tesoros de agudeza, chistes y sales irónicas, se halla QUEVEDO en su centro dominando, como el sol, la naturaleza entera.

En el romance que principia :

> Desde esta Sierra-Morena,
> En donde, huyendo del siglo ,
> Conventual de las jaras,
> Entre peñascos habito,

describe la corte y la aldea con tal novedad que enamoran :

> Por acá Dios solo es grande,
> Porque todos nos medimos
> Con lo que habemos de ser,
> Y ansí todos somos chicos.

Una boda y acompañamiento de frutas y legumbres; una vieja que busca en los muladares *los abuelos del papel*, *El rigor de las desdichas*, *Los cuatro animales fabulosos*, y los suspiros de un malavenido con las suegras, asuntos son de otros romances, donde lo bueno, lo chistoso y bello es tanto como las palabras.

Si graceja con Neron y el rey don Pedro, es para hacer, en son irónico de burlas, una valiente apología de este príncipe, tan difícil de apreciar justa y desapasionadamente :

> Si á don Tello derribó,
> Fué porque se alzó don Tello;
> Y si mató á don Fadrique,
> Mucho le importó el hacerlo.
>   De su muerte y de otras muchas
> Sabe las causas el cielo;
> Que aun fuera mayor castigo
> Si rompiera su silencio.

Cuando más enfrascado se oye al poeta en la jerigonza de la germanía, refiriendo los descalabros y vicisitudes de la vida de un rufian, toma alto vuelo su inspiracion, aliviando con este magnífico arranque el peso de la cadena :

> Todo este mundo es prisiones,
> Todo es cárcel y penar :
> Los dineros están presos
> En la bolsa donde están.
>   La cuba es cárcel del vino,
> La trox es cárcel del pan;
> La cáscara , de las frutas;
> Y la espina, del rosal.
>   Las cercas y las murallas
> Cárcel son de la ciudad,
> El cuerpo es cárcel del alma,
> Y de la tierra la mar.
>   Del mar es cárcel la orilla,
> Y en el órden *que hoy están*,
> Es un cielo, de otro cielo,
> Una cárcel de cristal.

¡Qué verdad, qué viveza y qué fuego no admira en la pendencia de los bravos y matones,

> Hubo mientes como el puño,
> Hubo puño como el mientes,
> Granizo de sombrerazos
> Y diluvio de cachetes!

¡Qué conocimiento y estudio del corazon y de la sociedad revela el retrato de una cortesana ociosa, asunto del romance

> A la jineta sentada
> Sobre un bajo taburete!...

¿Qué caricatura es comparable con la que encierran estos versos:

> Dame nuevas de tu tia,
> Aquella águila imperial,
> Que asida de los escudos
> En todas partes está;
>   Toda pico y uñas toda,
> Pues para haber de volar,
> De mi caudal hizo plumas,
> Por ser águila caudal?

Pero no es tiempo ahora de detenernos más en un exámen que debe hacerse con oportunidad y holgura en el tomo III de la presente publicacion.

En el desenfado, en las sales picarescas y en el donaire picante de las letrillas se identifican Góngora y Quevedo; no dan paz á médicos y letrados, á la buscona, al marido fácil, al caballero de industria, al viejo que se pinta, á los embelesos de las mujeres.

De estos romances y letrillas dice por último el respetable señor Quintana, que han divertido y divertirán al mundo miéntras dure nuestra lengua, manejada en ellos con un conocimiento y una destreza que admiran, confunden y desesperan.

Enemigo de revisar y pulir, poco esmerado, falto de calma, resuelto siempre á romper trabas y arrollar los embarazos que se le opusiesen en su camino, Quevedo carecia de las dotes, depurado gusto y exquisito esmero que son necesarios para que no parezcan las versiones tapices vueltos del reves, y se acerquen al valor del original. Tradujo en versos fáciles y numerosos á *Anacreonte*, aunque separándose ménos del espíritu que de la expresion del lírico de Teyo. En la version de *Epicteto* es desaliñado y prosáico; pero en la de *Focílides* se levanta con inspiracion verdadera. Más feliz es siempre que engalana sus composiciones con sentencias sueltas de los poetas hebreos, de Epicuro, Marcial, Persio, Juvenal y Catulo, ó hace de ellas germinar un buen epigrama, una buena oda, una excelente sátira. Bebiendo á Juvenal el espíritu, en la *del matrimonio* le superó en estro, malicia, viveza, hermosura y gala de versificacion.

Vemos, por lo dicho hasta aquí, unidos natural, estudios, hados y fortuna, para formar un varon de quien no puede olvidarse un momento la historia política y literaria de la época. Hállale encaminando, en el seno íntimo de la amistad, los intentos y empresas del célebre vírey de Nápoles, duque de Osuna, ya rompa toda la armada de los turcos, ya acorrale tanto pirata, ya avergüence á los venecianos y les dispute el absoluto dominio que pretendian tener en el Adriático. Mírale haciendo vacilar y caer el desastroso valimiento del conde-duque de Olivares. En él tienen las ciencias sagradas, morales y políticas un atleta para luchar contra la supersticion y la herejía, contra la corrupcion y el maquiavelismo. Contémplasele fatigando en prolongar, con Juan Jacobo Chifflet, Vicente Mariner y Justo Lipsio, el siglo de oro de las letras, en la regeneracion de los estudios y en la ilustracion de los autores clásicos. Juntamente con Pedro de Valencia, Francisco de Cascales, Lope y Jáuregui, defiende la entereza y buen lustre de nuestra lengua, y desconcierta la audacia del culteranismo, que se abroquelaba en el gusto de Italia y se sostenia por la escuela de Córdoba. Llama al buen sendero á la juventud, estragada con el pestífero ejemplo de Góngora, dándole modelos para su estudio en la gravedad y magnificencia de las obras poéticas de fray Luis de Leon, del ignorado Francisco de la Torre y del maestro Francisco Sanchez de las Brozas, sacándolas del polvo y del olvido. El teatro se regocija y alborota con sus bailes y jácaras. En los romances vulgares, que habian subido de punto y levantado á una perfeccion extrema el canónigo Juan de Salinas, Lope y Góngora, desenvuelve lo exquisito y lo íntimo, abriendo nuevos caminos de perfeccion. Formado en la era más floreciente del lenguaje castellano, cuando al nervio y eficacia de su majestuosa diccion añadieron número, dulzura y armonía Antonio Perez, los padres fray Luis de Leon, Sigüenza y Marquez, y el inmortal autor del *Quijote*, — escribe con felicidad indecible; todo se lo halla dicho; y en su pluma aparece como por encanto la fórmula más propia, gráfica y pintoresca de significar una idea con la vehemencia y atavío que la concibió el entendimiento. Ejerciendo mero mixto imperio sobre el idioma nativo, echa mano del inagotable tesoro de las palabras, frases y modismos del pueblo, facilitando la expresion de los afectos, y ensanchando de este modo el caudal impreso de la lengua española. No hay obra suya que no camine á un gran objeto, y donde no se vea siempre algo nuevo y galante. En una palabra, entrelaza su nombre con los de Mariana, Cervantes y Lope de Vega, cuatro soles que, al nacer el siglo xvii, contempló desvaneciendo las rezagadas sombras de la barbarie, esplendorando la hermosura de la verdad, y llenando de seductor hechizo los movimientos del corazon y la fantasia.

Quevedo tiene grandes defectos, como extremados primores : grande en todo, sus yerros son como los yerros del entendido. Estos mismos quilatan sus soberanías y grandezas :

Aequalis liber est, Critice, qui malus est.
(Mart., lib. 7, epist. 89.)

Vicios capitales. — No puede perdonársele nunca la falta de plan, de proporcion en los miembros, y de método en la expresion de las ideas, que hace desmerecer muchas de sus obras, y especialmente aquellas donde es indispensable el buen órden y concierto. Fatiga y aburre con la erudicion demasiada que empiedra sus escritos; y desconoce el arte de labrar, exprimiendo diversas flores, panal de blancas y riquísimas mieles. ¡Oh, si hubiera, como Cervantes, sabido parecer poltron y perezoso de andarse buscando autores que dijesen lo que él se sabia decir bizarramente sin ellos!

No habria entónces autorizado con su ejemplo la secta de los pedantes y de los eruditos indigestos é impertinentes.

Defectos de estilo. — Deslústranle en discursos que lo rechazan, exceso de agudeza, de sentencias y de equívocos; ornatos superfluos y ambiciosos; abuso de palabras de vario sentido, y forzadas alusiones; mezcla de voces altas y nobles con otras bajas y aun soeces; descompasados é inarmónicos períodos, construidos alguna vez absurdamente; aspereza y afectacion. Baraja el escritor imágenes y pensamientos; préndase de una idea, y no acierta á dejar de ponderarla y encarecerla hasta que la saca de quicio. Pónese á riesgo de caer, intentando peligros á cada momento. Exagerado é hiperbólico, suele desvirtuar el fuego, valentía y verdad con que retrata, recargando las figuras de harapos y colorines, y convirtiendo los cuadros en caricaturas, bamboches y mojigangas. En vano es pedirle sobriedad ni templanza: su genio inflexible é impetuoso arrástrale siempre á los extremos. Quiere enmendar y curar las enfermedades del alma, y no conoce el lenitivo, sino el cauterio. Austero en sus obras graves, atemoriza y no seduce; sus burlas traspasan la barra del decoro; el sarcasmo de sus sátiras é invectivas irrita y endurece. Estos vicios, la referencia á cosas desconocidas de aquel tiempo, las cavilaciones metafísicas, la oscuridad de que se rodean, un diluvio de metáforas, y algunos dejos de gongorismo suelen hacer pesada, intrincada y enfadosa la lectura del escritor, después de Cervantes, el más ingenioso de todos los españoles [1]. De muchos de estos vicios se aprovecharon sus adversarios, los consejeros y el valido de Felipe IV, para deslucir su talento y doctrina, para neutralizar la fuerza y el influjo de sus escritos, y para hacerle parecer á los ojos del vulgo únicamente como un ridículo bufon, un decidor juglar, un truhan chocarrero y gracioso. Esta detestable política y venenosa maña han desnaturalizado la significacion de un ingenio tan eminente, cuanto hombre de peregrina historia.

Sus escritos son muy alusivos, los rumbos de su fantasía muy erráticos é inciertos, su erudicion inmensa; no lo es ménos la generalidad de sus conocimientos y la variedad de asuntos que toca, sacros, profanos, graves, jocosos, burlescos; en prosa llana, en estilo remontado; en versos juguetones de musa pedestre, en los más sublimes, afectuosos y bien sentidos. Hacen sudar sus genialidades y agudezas; y sobre todo, su lenguaje es tan idiótico y exquisito, que pone á prueba para solo entenderlo á veces á los talentos más ejercitados en el estudio de nuestro riquísimo idioma. ¡Ardua empresa pues la de una impresion correcta y completa de las obras de Quevedo! Pero alguna vez y álguien ha de llegar á acometerla; y cuando los más competentes, doctos y atildados la desdeñan y enmudecen, obligarán á que la tome sobre sí quien confiesa la debilidad de sus hombros, pero no que esté seco su corazon y cerrado á la fe y al entusiasmo.

La tarea es prolija y difícil: pocos de los rasgos de nuestro Quevedo se dieron á la estampa á vista del autor; casi todos por copias diferentes y con alteraciones de entidad suma, veian á la vez en muchos puntos la pública luz fuera de los reinos de Castilla. Buscábanse con ansia las obras de un hombre tan popular; de ninguno quizá se cuenten más ediciones. Facilitaban la impresion las dimensiones cortas de los opúsculos; en la venta pensaban tan solamente los libreros, y á toda furia llovian las erratas y desatinos.

---

[1] Sin ser perfecto, no era depravado el gusto de Quevedo: inficionóse cuando la corrupcion general anegó su siglo. Vivo Góngora, fué vencido por nuestro poeta; muerto, le venció y le amarró á su carro de triunfo.

Es vergonzoso, indigno, que la última impresion venga siempre enriqueciéndose, además de los propios yerros y equivocaciones, con la deplorable herencia de disparates y absurdos sin cuento que han ido acumulando en cada una de las precedentes, ya la dificultad de descifrar los originales, ya la incuria y pereza de editores y libreros. Es punible la fria indiferencia, conociendo el mal, y viendo con impasibilidad estóica desaparecer las ediciones príncipes, los originales y cuantos elementos son precisos para remediarlo. ¿Qué nombre, si tal sucediese, habria comedido para quien, erizando la empresa de inconvenientes y dificultades, ayudase á la depredacion y al despojo? Cada dia se pierde una parte de nuestros tesoros literarios : dificultosísimo es hoy preparar en España una edicion de QUEVEDO; dentro de quince años imposible.

Veamos qué debe y puede exigirse á quien tiene valor en las presentes circunstancias de aceptar comision tan delicada y espinosa.

Debe, lo primero (adoptando contrario sistema del seguido hasta aquí), buscar el agua en su fuente y orígen, desdeñando la turbia y encenagada, por más que se deslice entre jaspes y pórfidos con pasamanos de oro.

Estudiar al propósito con detenimiento y aprovechar con espacio los manuscritos originales, las copias antiguas, las impresiones del tiempo de QUEVEDO, singularmente las primeras y las enmendadas y añadidas por él, y las póstumas de mayor mérito.

Coleccionar los discursos por su órden lógico y natural.

Clasificarlos en grupos segun su diferente índole y esencia.

Dentro del órden metódico atender al cronológico.

Dar noticia de la época y motivos en que y por que se escribió cada discurso, no omitiendo su bibliografía.

Purificar el texto, ofreciendo uno claro, limpio, fijo y autorizado.

Sacar al pié las variantes de más importancia que se hallan en impresos y manuscritos, y al fin del tomo las de ménos consideracion.

Evacuar y rectificar las innumerables citas de antiguos y modernos escritores, haciendo que no sean letras esparcidas al acaso el italiano, el latin, el griego y el hebreo.

Facilitar en notas breves los datos biográficos é históricos congruentes para la pronta y amplia inteligencia del texto.

Y en fin, aspirar á comprender el espíritu del autor, á llevarle el genio, á conocer el valor y la intencion propia ó traslaticia de cada palabra, y distinguir lo apócrifo de lo genuino.

Para acopiar esta material é intelectual riqueza, un colector esmerado no perdona desvelo, fatiga ni sacrificio; por más que repugne al amor propio y alguna vez le mortifique, toca á todas las puertas, á riesgo de hallar cerrada la que debiera serle más familiar y franca; y no fiando en la opinion propia, consulta á cada paso el voto leal, desapasionado y competente de los que mejor lo saben decir y hacer.

Tal balumba pues de obligaciones y deberes ha sido norte de mi tarea. El mayor estudio, mi atencion entera, van consagrados á purificar el texto y desenredar el monstruoso laberinto en que se perdian los discursos, careando al propósito muchas veces seis, ocho y más ejemplares impresos y manuscritos [1]. He respetado las incon-

[1] Era entre libreros, por lo absurdo y arbitrario de la ortografía, moneda corriente dislocar periodos, truncar el sentido, y buscándole alguno por los cerros de Úbeda, ingerir en el contexto frases y voces las más descabelladas que pueden imaginarse.

secuencias y contradicciones gramaticales en que todos conforman, y los distintos sonidos que modifican una misma palabra. Desde el último siglo estaban en posesion los editores de remozar á su gusto el lenguaje de Quevedo, y de corregir las genialidades de su estilo, enmendándole siempre que encadena la oracion con muchas conjunciones, ó no se vale de ellas, ó declina mal el artículo y el pronombre. Los famosos Ibarra y Sancha extremaron esta licencia: por demás es decir que abrazo opuesto camino. Siempre tiro al blanco de que puedan los casuistas filólogos argüir con la autoridad de Quevedo, y no con el desatino y la errata de copiantes é impresores. Vuelven á su ser por vez primera en la edicion presente los nombres de personajes históricos, pueblos y cosas peregrinas, casi todos viciados y corruptos [1]. Ajústanse ahora los innumerables pasajes hebreos, griegos, latinos é italianos que salpican estas obras á las impresiones más autorizadas, antiguas y modernas; y restauro no pocos versos y fragmentos castellanos y latinos incrustados en el texto como prosa [2].

Citar los absurdos que hoy desaparecen fuera proceder en lo infinito. Ya en los *Sueños* no se nombra á los entremetidos *solapas* de la ambicion; estámpase que *son lapas* de la ambicion y pulpos de la prosperidad. No se imprime que los abogados deslumbran á los clientes leyendo de prisa y *remendándoles una anexion*, sino *arremedando un abejon*; al significar lo que importa que esté dispuesto el hombre para la muerte, no se dice *descomponer*, en lugar de *disponer* la muerte; ni *fineza, mal tiempo, muerte y usages*, que vuelven el juicio al lector, en vez de *fiereza, maricon, monte y usagres*; ni *aplanar* por *lanaplenar*, rellenar de lana un cojin ó cosa parecida. A los que en futura sucesion reciben un empleo, y á quienes el escritor satírico motejó donosamente de *pobres futurados*, no se apellida, como hasta aquí, *pobres fistulados*. Ni hablando enfáticamente de los triunfos del célebre virey duque de Osuna, y de haber hecho prisionero al capitan de las galeras turcas para que *almohazase* al caballo de Nápoles (como si dijéramos el leon de España), se deja correr que aprisionó al capitan para que se lo *almorzase* el caballo. Ni pasa, en fin, sin enmienda en la *Visita de los chistes* aquello de que toda la librería de los antiguos letrados españoles era un Fuero-Juzgo *con su mujer y su cuerno*, cuando muy en veras escribió el moralista un Fuero-Juzgo *con su ma-*

---

[1] Han desaparecido entre los nombres de escritores alabados ó reprendidos en estas obras, *Artesio, Blendo, Bucardino, Máximo, Pedro Albano y Trimenio*, en vez de Artesio, Blondo, Boccalini, Magino, Pedro de Abano y Trithemio, etc., etc.; entre los de herejes y sus sectas, *Aspad* en lugar de Saddoc, *Abion, Dorileo, Prisca y Valentiniano*, por Ebion, Dositheo, Priscilla y Valentino; *dathalitas, eliogaristas divictiáticos, muscoritos y pateoritas*, en lugar de bahalitas, heliognósticos devictiacos, musoritos y putcoritas; idólatras de *Temphan* y de *Shamar*, en vez de Renfan y Thamur, etc., etc.

Entre los varones griegos, *Anaxágoras* por Anaxarco; de los romanos, *Esernicio, Estalio, Mesino, Quinto Ligario y Savareno*, por Esernino, Statilio, Mescinio, Cayo Ligario y Santabareno; el emperador *Britilo* por Vitelio, etc.

Entre los guerreros del siglo xvii, *Betlem Gavar, Biboy*, en vez de Bethlehem Gabor, Bucuoy, etc.

De los nombres geográficos ya no corren *Aiocena, Corchula, Historia, Justiniano napolitano y Rellia*, por Oxogna, Caorla, Histria, Justinópolis y Veglia; *Bierna, Breva y Bruns, Wlig*, por Viena, Bredá y Brunswic; *Abonas, Goys, Lafert, Manense y San Emont*, en lugar de Avesnas, Iboix, la Frette, Maubeuge y Saliertmont. Y en fin, de los

de farmacia enmiéndanse *rulpti talmus, opoponach, leontopelatum, tragoricarum y potamegolum*, sustituyendo estos destinos con buphthalmus, opopanax, leontopétalon, tragoriganum y potamogéton; y así en todos los de ciencias y artes.

Véanse para confirmacion las notas de las páginas 321, 340 y 505.

[2] Repasando cuidadosamente los sermones de san Pedro Crisólogo, al publicar las noticias del famoso don Juan de Espina, insertas en la página 219, pude evitar el yerro que acaba de cometer un curioso dándolas á luz hace poco tiempo. En el Códice, único donde aquellas se encuentran, léese: *Manus pauperis* abrè *sinus est*. El editor ha estampado *ab rè sinus est*, que no dice nada. El santo escribió: «La mano del pobre es el seno de Abraham, Abrahae sinus est.»

Para significar mi paciencia y escrupulosidad en este punto (que alguno, y quizá con razon harta, califique de niñería), basta decir que, anhelando confrontar y saber cúyo fuese el fragmento latino de la página 566, impreso como prosa, ni advertí que era un verso y parte de otro, ni sospeché que pudiera ser de Juvenal hasta despues de hojeadas todas las oraciones de Ciceron contra Verres.

güer y su cuemo (aun-que y como), partículas que se repiten frecuentísimamente en aquel código venerable.

He logrado fijar y determinar la época en que se trazaron casi todos los escritos. Tengo la gloria de publicar muchos, buenos y genuinos, desconocidos hasta ahora. Doy en el comienzo de todos amplias noticias históricas y bibliográficas, procurando lealmente decir lo que sé de cierto, sin aventurar lo que imagino. Cuando me es dado conseguirlo, descifro las alusiones y alegorías de estas obras tan simbólicas y figurativas, y desarrebozo los personajes disfrazados en la sátira con anagramas y seudónimos [1]. Trayendo el autor á una mano la historia y literatura de todos los siglos, las costumbres de su tiempo, ya casi desconocidas para nosotros, la gramática, los dicharachos, apodos y muletillas vulgares, facilito curiosos datos, sin que por eso pretenda jamás plaza de comentador por ningun título. Restituyo á estos tratados pedazos importantes que ya desde lo antiguo venian por autoridad propia suprimiendo los impresores, de lo cual se quejó amargamente el biógrafo Tarsia : este beneficio han recibido, sobre todo, el *Memorial por el patronato de Santiago*, la *Visita de los chistes* y la *Fortuna con seso*. En cada materia busco las mismas fuentes donde estudió el autor, para seguirle con firmeza en su discurso : así he podido ver cuándo se equivocó manejando á Plutarco en el *Marco Bruto*, á Séneca en las *Suasorias*, á Psello en el *Alguacil alguacilado*, á Filastrio en *Las Zahurdas de Pluton*, al obispo de Mondoñedo en el *Infierno enmendado*, los diplomas y privilegios reales en el *Memorial por el patronato de Santiago*, etc., etc. Enmiendo el yerro, le saco á las variantes, y esquivo notas y advertencias impertinentes.

Meditando con detenimiento sobre la esencia y espíritu de las obras de Quevedo, sin hacer caso de la forma, del nombre y de la máscara con que suelen encubrirse, me decidí á clasificarlas en *políticas*, *satírico-morales*, y *festivas*; en *ascéticas* y *filosóficas*, en *crítico-literarias*, en *referentes á su vida pública y privada*, y finalmente en *poéticas*. Más propia considero tal division que las de don Nicolas Antonio y Capmany, hechas ambas á vuela-pluma [2].

Una biografía, un índice metódico bibliográfico é histórico á la vez de todas las obras, copiosos registros de impresos y manuscritos, aprobaciones, elogios y juicios críticos en este primer volúmen; por apéndice en el último los tratados perdidos que vayan pareciendo, los apócrifos de mayor estima, todos los opúsculos que dispararon contra Quevedo sus adversarios, un índice de las voces que usa y no se hallan en diccionarios y de las oscuras y envejecidas, y algun curioso trabajo análogo, completan la materia de toda la presente publicacion.

Tres años ha durado la impresion de este primer tomo. Infinitas veces, pareciendo un buen original ó datos para mejorar el texto, se han deshecho los moldes, y no pocas inutilizado las planchas estereotípicas. El editor, prestándose á tales sacrificios, quiere más hacer algo por las letras que tener pronto y á la menor costa bulto en las librerías;

---

[1] Véase, por ejemplo, la página 414 señalando algunos de *La Hora de Todos*, y la 500 sobre otros de *El Buscon*.

[2] Don Nicolás Antonio separa las obras de prosa, de las de verso. En estas acepta la clasificacion de don Jusepe Antonio de Salas. Divide aquellas en *sagradas*, *profanas* y *jocosas*. Subdivide las sagradas en propiamente *sacras*, *sacro-históricas* y *sacro-políticas*; que abrazan los números 90, 98, 93; 87, 86; 1, 2, 9 y 12 de mi catálogo. Las profanas son *históricas*, *histórico-morales* y *político-morales*: comprenden los números 161, 4, 3; 109 y 91. Parte las jocosas en *joco-serias* y *satírico-morales*, á cuyas secciones tocan los números 65, 72, 115, 114; 76, 167, 47, 48, 49, 50, 52, 51, 53, 48 y 11.

Más acertadamente Capmany parece que viene á clasificarlas en *sagradas*, *filosóficas*, *políticas*, *satírico-morales* y *jocosas*. Las poesias en *serias*, *festivas* y *burlescas*.

el colector no ha visto su provecho ni lucimiento, sino el mayor lustre y la gloria del gran satírico.

Debo los materiales precisos para mi empresa á las bibliotecas públicas de esta corte y de muchos puntos del reino, al museo Británico y á algunas otras de Francia y de Alemania, y á no pocas de personas ilustres por su ciencia y valía.

Réstame consignar aquí mi eterna gratitud á cuantos me han favorecido, cuyos nombres estampo gozoso en los registros de manuscritos é impresos: irán siempre así unidos á las preciosidades que saben atesorar para enseñanza de los estudiosos y común aprovechamiento de extranjeros y españoles. Tócame, en fin, rendir gracias á mis entrañables y sabios amigos los señores don Juan Eugenio Hartzenbusch y don Juan de Cueto y Herrera, canónigo del Sacro Monte de Granada, cuyas incesantes advertencias y doctas censuras me han sacado airoso de muchos laberintos. Soy además deudor al señor Cueto y Herrera de conocer íntimamente la época de QUEVEDO, por haberme franqueado con desprendimiento sin igual el caudal riquísimo de documentos que junta para la historia española del siglo XVII.

Ya sabe el público lo que he pretendido hacer; no abrigo la más remota confianza de haber acertado. Harto sé que á la diligencia no acompaña siempre la buena fortuna, y que soy pobre de aquella perspicuidad de entendimiento que vivifica, sazona y avalora las obras de los ingenios bizarros. Aspiro á la gloria del arrojo, no á los laureles del vencimiento.

Madrid, 14 de setiembre de 1852.

AURELIANO FERNANDEZ-GUERRA Y ORBE.

EL SEÑOR DON JOSÉ FERNANDEZ-GUERRA.

PADRE MIO:

Vos, que sin duda desde la eterna mansion de paz habeis continuado inspirándome amor al estudio, á las letras y á los ingenios de nuestra patria, de lo cual tan dignos ejemplos me dísteis en este mundo; vos, á quien la severa profesion de la jurisprudencia no impidió trazar la *Historia analítica del teatro español*, y á quien no fué dado llevar á término la empresa de juzgar á *Quevedo y su siglo*; vos, que estais mirando toda la sinceridad de mi corazon, bendecid el purísimo recuerdo que os consagra vuestro hijo·

AURELIANO.

VIDA

DON FRANCISCO DE QUEVEDO VILLEGAS.

ENTRE los linajes que hacian famoso el valle de Toranzo, en las montañas de Búrgos (1), era reputado por de la primera nobleza el de los QUEVEDOS, que venía de los ricos hombres de Castilla. Mediaba su casa infanzona y solariega entre los lugares de Bárcena y Bejoris, en una eminencia que se dice barrio de Cerceda. De ella era señor, al promediar el siglo XVI, Pedro Gomez de Quevedo, natural del último de estos pueblos, donde vivia juntamente con su hermano Juan, bien que ambos fuesen de gustos é inclinaciones opuestas (2). Aficionado á las costumbres del campo y á los placeres de la caza, nunca anheló Juan pasar á la otra parte de los montes, contenta su ambicion con los puestos y oficios honoríficos que se distribuian entre los hidalgos de aquel valle, y pagado y satisfecho con ver su nombre y armas (3) en los recamos de los ornamen-

(1) En la provincia de Santander.

(2) Hijos ambos de Pedro Gomez de Quevedo el viejo, natural de Bejoris, y de Maria Saenz de Villegas, natural de Villasevil, del mismo valle de Toranzo. (*Nota autógrafa de* DON FRANCISCO DE QUEVEDO, *en el archivo del tribunal especial de las Ordenes militares.*)

«Por lo Villegas tuvo DON FRANCISCO por sus ascendientes á Pedro Ruiz de Villegas, adelantado mayor de Castilla y señor de Muñon y Caracena, que casó con Teresa de la Vega, hija única de Gonzalo Ruiz de la Vega el del Salado. Y tambien á Sancho Ruiz de Villegas, comendador de la órden y caballería de Santiago, capitan de la guarda del rey don Juan el Segundo, corregidor de la ciudad de Alcaraz, el cual estuvo casado con doña María Andino, é hizo muchos y muy señalados servicios á la corona de Castilla. Y asimismo lo fué don Alonso Ortiz de Villegas, caballero de Toledo, de quien descienden los marqueses del Villar; el cual, de su nobilísima mujer doña María de Silva, tuvo por hijos á don Diego Ortiz de Villegas, que pasó á Portugal por confesor de la princesa doña Juana, y el rey don Juan el Segundo de aquel reino le hizo su capellan mayor y obispo de Ceuta, y lo fué despues de Viseo. Y tambien á doña Mencía de Villegas, que casó con Pedro Fernandez de Villanueva, descendiente de don Luis de Villanueva, muy nombrado en las historias de España. Pasando despues estos caballeros á Portugal, llamados del obispo don Diego Ortiz de Villegas, su hermano, asentaron casa en Moura, y el rey don Manuel honró mucho á sus hijos. El año de 1538 el rey don Juan el Tercero, en remuneracion de los servicios que le hizo su nieto Pedro de Villanueva, le dió nuevas armas, que son una serpiente, llamada Tiro, de oro, con pintas negras en campo verde, y por timbre medio tiro

del mismo color, que están registradas en el archivo real de aquel reino, que llaman Torre de Tombo. Es su legítimo descendiente don Diego Enriquez de Villegas, caballero y comendador en el órden de Cristo, capitan de corazas, muy conocido por su calidad y escritos, y fué estimado de DON FRANCISCO por su pariente y amigo, y mucho más por sus letras y erudicion.» (*Vida de don Francisco de Quevedo y Villegas,* escrita por el abad don Pablo Antonio de Tarsia. Madrid, 1663, pág. 8.)

(3) Hé aqui los blasones de esta familia. Escudo trino partido en pal : tres lises de oro en campo azul (una sobre otra) componen el primer cuartel ; caldera sable en plata, el segundo ; y el tercero, en campo de plata un pendon con su asta mitad blanco, mitad colorado. Por orla y divisa la siguiente desaforada letra :

Yo soy aquel *que-vedó*
El que los moros no entrasen,
Y que de aquí se tornasen,
Porque así lo mandé yo.

Preciándose los Quevedos de que por su arrojo no pisaron los alarbes el valle de Toranzo, eran los más hinchados de la montaña, y anduvieron en bandos contra la familia de Castañeda, hasta que á unos y á otros los ajustó, ya con la negociacion, ya con la fuerza, el rey don Pedro el Justiciero.

Cuando visitó nuestro poeta la casa de sus mayores escribió en sus arruinados muros :

Es mi casa solariega
Más *solariega* que otras,
Pues por no tener tejado
Le da el sol á todas horas (a).

(a) Biblioteca Nacional, M. 276. — *Informacion de don Manuel de Quevedo.*

tos suntuosos, ó en la multitud de vasos sagrados, lámparas y relicarios de plata que de su mano enriquecian continuamente la parroquial de Santo Tomás de Bejorís (1).

Otro género de ambicion estimulaba á Pedro, amigo de las letras y deseoso de hacerlas brillar calificando su hidalguia en el palacio imperial de Cárlos V. Empeñado á la sazon el rayo de la guerra en empresas militares, gobernaba el reino su hija la princesa María, quien recibió por secretario al montañés, y lo llevó consigo cuando su esposo Maximiliano se coronó emperador de Alemania. Largos años permaneció Gomez de Quevedo en su servicio; pero, anhelando regresar al suelo patrio, recibió de aquella augusta señora, ya viuda, una carta fecha en Praga á 29 de agosto de 1578, para el rey de España su yerno y hermano, encareciendo los méritos del servidor y la mucha estimacion en que le tenia. Felipe II, feliz sobremanera en la eleccion de hombres dignos para los puestos y cargos, acreditó la prudencia, sagacidad y tino de nuestro caballero, honrándole con la plaza de secretario de su cuarta mujer Ana de Austria (2). Probable parece fuera entónces cuando se prendó de una virtuosa dama, natural de Madrid, pero oriunda de la montaña, que asistia á la cámara de la Reina y se nombraba doña Maria de Santibañez (3), y que ambos se uniesen en matrimonio á fines de 1579.

De este vínculo nació en Madrid nuestro DON FRANCISCO DE QUEVEDO VILLEGAS, el cual fué bautizado en la parroquia de San Ginés á 26 de setiembre de 1580 (4). Desde los albores de la niñez mostró en esperanza el fruto cierto de su fácil y claro ingenio, que muy temprano comenzó á florecer y arrebatar la vista en la carrera de los estudios. De tierna edad perdió a su padre; pero admitida su madre en la servidumbre de la infanta doña Isabel Clara Eugenia (á quien Felipe II amaba como á ninguno de sus hijos), logró atender con holgura á la educacion del huérfano, animándole para que se apoderase de las ciencias, y con su especulacion adestrase la voluntad y enriqueciese el entendimiento. A lo mejor se le murió tambien su madre, cuyo amor y prudencia eran freno á la viveza sin igual de su imaginacion, á la fogosidad de su espíritu y á la vehemencia de su carácter, en el tiempo en que comienzan á desarrollarse las pasiones. Quedóle por tutor el protonotario de Aragon Agustin de Villanueva, y pudo más libremente el pupilo dar rienda suelta á los ímpetus de su genio y curiosidad nativa, entrando á conocer de lleno el mundo por experiencia propia: escuela donde se necesita manejar hombres, y no libros. Pero entónces tenia ya formado el corazon y doctrinado el discurso con noticia de muchas ciencias y facultades, á que se consagró en su insaciable ansia de saber (5).

Aprendió latin y griego, y en la universidad de Alcalá de Henares se abrió la puerta á las letras humanas, que aguzan y avaloran el talento; viniendo á entrar en deseo de poseer, como poseyó más adelante, las lenguas sabias arábiga y hebrea, y la francesa é italiana con tanto primor, que en todas ellas era reputado excelente. Sobre tales cimientos supo levantar edificio de más serios estudios, mereciendo, con regocijo indecible de sus maestros y admiracion de ancianos y doctos, ser graduado en teologia cuando aun no contaba cumplidos quince años (6).

A los veinte y tres le habia granjeado ya su erudicion la correspondencia epistolar de Justo Lipsio y de otros sabios humanistas españoles y extranjeros; y animábale aquel en 1605, desde Lovaina, juntamente con don Bernardino de Mendoza, á tomar la defensa de Homero; apellidándole *el mayor y más alto honor de los españoles* (7).

(1) Tarsia, pág. 8.—*Informacion de nobleza de don Manuel de Quevedo Villegas.*

Casó Juan Gomez de Quevedo con Maria de Cevallos, y tuvieron sucesion dilatada. Tercer nieto suyo fué don Manuel de Quevedo Villegas, que en los años de 1703 y 1704 hizo informacion de nobleza, donde á más del escudo y armas de su familia, un árbol genealógico, las partidas de bautismo y testamentos de sus abuelos, trasladó el testamento y codicilo de nuestro insigne escritor. El fecundo poeta venezolano don José Heriberto Garcia de Quevedo, que, juntamente con el apellido, heredó tan curioso documento, me ha proporcionado la satisfaccion de disfrutarle.

(2) Tarsia, pág. 7.

(3) Su padre Juan Gomez de Santibañez Cevallos, originario de San Vicente de Toranzo, habia sido aposentador de palacio de la emperatriz Isabel, y gozaba desde el año de 1566 plaza de contino en la casa real. Su madre, doña Felipa de Espinosa y Rueda, era azafata de la Reina: entrambos de noble prosapia. (*Nota autógrafa de* QUEVEDO.—Tarsia, pág. 10.)

(4) Archivo de esta iglesia, libro 6 de bautismos, fol. 160 vuelto.

(5) Tarsia; páginas 12 y 16. Llama con error manifiesto don Jerónimo al protonotario Villanueva, confundiéndole con el célebre amigo del conde-duque de Olivares, á quien persiguió terriblemente la Inquisicion.

(6) Tarsia, pág. 16.—Por las vicisitudes de la famosa universidad de Alcalá de Henáres, se ha perdido el libro donde constaba el grado del jóven teólogo.

(7) Tarsia, pág. 17 y 25.—*Vincentii Marinerii valentini opera omnia.* Turnon, 1633, pág. 333, 340, etc.

De aquellos sabios eran Juan Queralt, maestro primario de humanidades en Salamanca; Gaspar Scioppio; Martin

Demas de estos ejercicios y disciplinas, fué muy versado en los derechos civil y canónico, matemática, astronomía, medicina y filosofía natural, aventajándose sobre todo en la moral y en la política, ciencias que mejoran al hombre y le adiestran en el arte de dirigir á los demás. Debia quien era tan docto en letras humanas aspirar á serlo tambien en las divinas, fuente inagotable de las vivas aguas de la sabiduría y de la verdad; y en efecto, al profundo conocimiento de la Sagrada Escritura y de los Santos Padres consagró QUEVEDO mayor atencion á medida que los sinsabores é infortunios de su azarosa vida iban reclamando este eficacísimo consuelo (1).

Arrebatóle el cultivo ameno de la poesía las más lozanas horas de su niñez y juventud, y por él comenzó á introducirse en la estimacion general; hasta el extremo de que al formar Pedro de Espinosa las *Flores de poetas ilustres* dedicadas á don Alonso Lopez de Zúñiga y Sotomayor, sétimo duque de Béjar, en 20 de setiembre de 1603, le incluyó en aquella coleccion preciosa como uno de los vates más célebres y fecundos de su tiempo. El colector advirtió haber escogido de un libro manuscrito de poesías de don FRANCISCO, las diez y siete que publicaba (2), con las cuales, particularmente con las letrillas, el novel ingenio le iba á los alcances al gran don Luis de Góngora en el donaire, desenfado mordicante y riqueza de los chistes picarescos. En todos estos rasgos aparece formado ya el gusto y el estilo, valiendo á su autor el renombre de poeta satírico y epigramático; pero ni remotamente el de apasionado y amoroso, que es el *a-be-ce* de cuantos cultivan las musas.

Cursando niño QUEVEDO las escuelas, haciendo camarada con estudiantes y pícaros, que era todo uno, y con nobles estragados, ántes vió las rosas de Chipre regalar sus sentidos, que las pudiera apetecer el alma y adivinar la fantasía. Con su orfandad adelantada careció QUEVEDO de padres: ¿cómo extrañar que aquella mocedad fogosa rompiese todo freno, desconociese todo respeto y se entregase con desapoderada locura á los ciegos naturales impulsos del brutal apetito? Sin madre que vele en la infancia y que encamine la juventud; sin madre que desde temprano siembre y cultive en nuestros corazones la semilla del amor puro, y con ella todas las virtudes; sin madre que ilumine con la llama inmensa de su cariño las futuras sendas de nuestra vida, ¿quién sin riesgo atraviesa el alborotado mar de las pasiones? Inficionaron pues el corazon del mancebo corrompidas mujeres, y extinguieron en él cuando nacia ese instinto misterioso y santo de castidad, que es la flor del alma, y que brota en el hombre con la llama de la vida; conoció el deleite ántes que el amor, invirtiendo asi el órden de las cosas, y aprendiendo á despreciar á las que dan el uno sin sentir el otro. Con esto, andando en poco tiempo mucho mundo, careció, si no de toda sensibilidad, á lo ménos de aquella pura, exquisita, inmaculada, que solo nace y se desarrolla en la escuela materna ó con el comercio honesto de las mujeres que son lustre de la sociedad y encanto y honra de su sexo. El mozo, que en esa mitad de su ser no vió nunca sino lo interesable y ridículo, no podia emular y hacer propia la ternura y delicadeza de Garcilaso, del bachiller de la Torre, ni de Lope de Vega. Fuerza era que á los veinte años escribiese burlas y sátiras, apólogos y vejámenes, las *Cartas del caballero de la Tenaza*, y el romance

Yo, el menor padre de todos.

Fué, sin embargo, en QUEVEDO el amor una violenta necesidad para los sentidos, que no pudo subyugar en ninguna época de su vida, que se la puso á riesgo infinitas veces, pero que jamas le dictaba dulcísimos cantos; ocasionábale si cuchilladas y pendencias, escándalos y prisiones. Muchacho estudiante en Alcalá, quita la dama á un camarada que decian don Diego Carrillo; es motejado de cobarde, y hiere á punto de muerte al ofendido compañero. Fulmínase proceso contra el desatalentado mozo, y salvale la vida, por intercesion del duque de Medinaceli, doña Catalina de la Cerda, mujer del favorito del Monarca (3). En Nápoles se enamoró de la mujer de

---

de Sevilla, don Alonso Maranta, don Francisco Lopez de Aguilar Coutiño, del hábito de San Juan, y don Jerónimo de Ribera, cuyas hazañas van unidas á las del gran virey de Nápoles. El padre Mariana, en sus más delicadas tareas literarias, confiaba á QUEVEDO el exámen y correccion de los textos hebreos, por la seguridad que tenia de sus grandes conocimientos en este idioma.

(1) Tarsia, páginas 21 y 55.

(2) Compónense de una linda fábula mitológica, de dos

canciones burlescas, encareciendo la hermosura de una dama entre rota y remendada, y la suma flaqueza de otra; de varios epigramas, sonetos y epítafios imitando á Marcial y á los antiguos, y de tres letrillas satíricas con los estribillos de *Punto en boca*, *Con su pan se lo coma*, y *Poderoso caballero es don Dinero*.

(3) El mismo QUEVEDO lo confiesa en carta de 25 de febrero de 1636.

un magnate de la corte llamado Menardini, quien se la llevó á Raguza despues de haber tenido fuertes contestaciones con QUEVEDO, y hubieran parado en desafio á no ser por el duque de Osuna. Sus aventuras de Italia no tienen cuento. Alguna de España le sacó de las cadenas y calabozos; otra fué estímulo para la última persecucion que le llevó al sepulcro. A los cincuenta y nueve años creia poder bizarrear como en los hervores de la juventud, y exclamar como entónces :

>Si va á decir la verdad,
>De nadie se me da nada;
>Que el ánima apicarada
>Me ha dado esta libertad.
>Solo llamo majestad
>Al rey, con que hago la suerte;
>No temo en damas la muerte
>Tanto como en un doctor;
>Que las cosas del amor
>Como me vienen las tomo.
>Yo me soy el rey Palomo,
>Yo me lo guiso y yo me lo como.

Pero no adelantemos tiempos ni sucesos, y vengamos á los presentes.

El duque de Lerma, recelando para su favor riesgos en el amoroso respeto que á la emperatriz Maria (retirada hacia veinte años en las Descalzas Reales de Madrid) profesaba el Monarca, trasladó á Valladolid la capital del reino, saliendo para esta ciudad los príncipes á 11 de enero de 1601. QUEVEDO siguió la casa real. Tres años vivió suspirando por su patria; al saludarla por breves dias en el de 1604, escribió el romance que comienza :

>De Valladolid la rica;

y cuando, muerta la Emperatriz, y ganado con regalos cuantiosísimos el ánimo del Duque, tornó á Madrid la corte en febrero de 1606, hizo el poeta resonar su lira con un romance burlesco. Vemos por uno y otro que á su salud era contrario el destemplado clima de las márgenes del Pisuerga, y puede sospecharse que su enfermedad estaba en el espíritu, cuando debió alivio prodigioso á una carta de Justo Lipsio, recibida por noviembre del año anterior en los momentos en que empezaba á traslucirse el regreso de la regia familia á las orillas del Manzanares (1).

Las quejas públicas y acriminaciones contra el mal gobierno calentaron por aquellos dias la imaginacion del jóven poeta, y abrieron nuevos caminos al empleo de su entendimiento.

Con entrada en palacio, relacionado con los áulicos y próceres, con el estado llano y la plebe, estimado de los sabios de dentro y fuera de España, muy presto siempre á buscar la amistad y doctrina de los ancianos y experimentados, hacia en verdes años harto caudal de experiencia. Escuchaba por aquellos dias con suma aficion al venerable Juan de Mariana, y de sus labios la causa de los males públicos del reino, recibiendo de este varon incomparable los opimos frutos de su vasta erudicion y maduro juicio. Entónces convirtió su atencion entera á la reforma de las costumbres y á la especulacion de la ciencia de gobierno; sugiriéndole los escritos de Luciano la idea de envolver con las sombras de un sueño la censura de los vicios. Hasta allí nadie habia imitado en Europa aquel modelo (2), ¿quién desde entónces no peca en

>Lo de sueño me ha dado y visioncita?

Para ensayo escribió la *Casa de locos de amor*, donde cargó la mano en los devotos de monjas, ya porque le repugnase esta desacordada costumbre, ya por imitar á Góngora, que los habia zaherido en muchas ocasiones, y gallardamente en la letrilla

>Mandadero es el arquero,
>Y sí que era mandadero.

_____

(1) Tarsia, pág. 37.

(2) Muchos antiguos y modernos escritores adoptaron para sus composiciones la forma de un sueño. En el de Escipion agitó el padre de la elocuencia las más importantes cuestiones de la filosofía. Dante, Petrarca, Boccacio, Cervántes, y posteriormente don Diego de Saavedra, se valieron de igual resorte para desplegar las galas de su ingenio; pero no tuvo ninguno el intento moralizador del filósofo de Siria.

Encarecer el desastroso precipicio á que vino la monarquía en este tiempo, regida, á nombre de Felipe III, por un indigno favorito, fuera cansar al lector con lo que ya tiene olvidado. El desgobierno se habia reducido á sistema, los premios no buscaban al benemérito, desaparecian los tesoros de América, y esquilmábase al pueblo miserable con gabelas y derramas para ayudas de costa y gajes del favorito y de sus cómplices (1). La pobreza desconsoladora reprimia el enojo de los espíritus sabios y valientes, y el riesgo de la persecucion heló más de una vez los festivos raudales del alma. A toda prisa hacía degenerar el crímen la raza española, y los jueces, gobernadores y ministros, que en el anterior reinado fuéron modelos de lealtad, rectitud y desinterés, se habian repentinamente convertido en lobos y buitres devoradores (2). Treinta y seis años sirvió á Felipe II don Pedro Franqueza, conde de Villalonga, sin ser jamas reconvenido civil ni criminalmente; y á los nueve de ejercer cargos por Felipe III subió á tanto el escándalo y nota de sus excesos, que hubo que sujetar á prision, perseguir con violencia, y dejar morir en la cárcel á este secretario de Estado (3). Ocioso es decir cómo andarian los oficios menores.

Lo ejemplar de semejante proceso pudo alentar al jóven escritor con la esperanza de que, por grande que sea el desenfreno de los vicios de un pueblo, rinde tributo á la verdad y á la justicia. Quiso decirla y hacerla, y se decidió á blandir el arma de la inteligencia y del saber contra el desórden y la general corrupcion, bosquejando un *Sueño del juicio final*, para juzgar todas las clases del Estado, y remover y limpiar el cieno de aquella sociedad degenerada. Los pintores, desde Orgagna hasta Miguel Angel, y los poetas, desde el cantor de Aquíles hasta el de la *Divina comedia*, habian tratado el propio asunto. Luciano le facilitó el camino, QUEVEDO no le desamparó nunca. Quince años tardó en completar los *Sueños*, y cada uno de ellos aventaja al precedente, á proporcion que el estudio y la experiencia mejoran el juicio y robustecen el ingenio. El moralista español arrebató al siriaco la gracia en el decir, la felicidad en inventar, el donaire en las burlas, en la sátira lo picante; con él compitió en el artificio de disfrazar las alusiones que escuecen; en el decir las verdades riendo, y de reirse diciendo la verdad, y en la pintura de las costumbres, cuidados é inclinaciones de los hombres.

Ademas tomaba puntos para sus lecciones satíricas en las eternas obras de Miguel de Cervántes Saavedra, con quien le unia estrecha amistad, utilizando el inagotable tesoro de las novelas ejemplares *El licenciado Vidriera* y el *Coloquio de los perros Cipion y Berganza*.

El primero de los *Sueños* fué dedicado y leido en 3 de abril de 1607 á don Pedro Fernandez de Castro, conde de Lémos, que, por el favor de su suegro el duque de Lerma, ocupaba á los treinta y un años la presidencia de Indias, y en quien las letras tuvieron un Mecénas ilustrado, que eternizó su nombre socorriendo á Cervántes con algunos desperdicios de su grandeza.

Dos meses ántes se habia ofrecido un lance á QUEVEDO, que por lo muy frecuente retrata la época y la fiereza de nuestros antiguos españoles. Iba cierta noche de enero por la calle Mayor: un capitan llamado Rodriguez se atreve á quitarle la acera; esgrimen las espadas, hiere el capitan á su adversario en la frente, pero este de una estocada le atraviesa el brazo derecho. Andando el tiempo fuéron los dos muy amigos (4).

En marzo de 1608 acometió á DON FRANCISCO una enfermedad aguda. Varios parientes de su madre, avecindados en el Fresno de Torote, le instaron porque pasase á convalecer en aquella villa del partido de Alcalá de Henares, donde logró pronto restablecimiento. Hizo allí los romances

Diéronme ayer la minuta...;
Villodres con Guirindaina...;
Mi marido, aunque es chiquito...;

(1) Solamente las donaciones que se hicieron al duque de Lerma pasan de cuarenta y cuatro millones, segun acusacion del fiscal don Juan Chumacero y Sotomayor. (Biblioteca Nacional, Ff. 157.) Decia el Duque á don Rodrigo Calderon que las mercedes se han de sacar de los monarcas una á una, como los juncos.

(2) Mariana, *Discurso sobre la moneda de vellon*. (Biblioteca Nacional, Q. 104.)

(3) Enero de 1607. (Biblioteca Nacional, Cc. 96.)

«Yo sé que no hay ningun género de oficio destos de mayor cuantía, que no se granjee con alguna suerte de cohecho, cual más, cual ménos», decia el Duque á Sancho Pan-

za confirmándole su nombramiento de gobernador de la ínsula Barataria. Por pragmática de 19 de marzo de 1614, noticioso Felipe III de que se pretendian con dádivas y por otros medios ilícitos, asi las prelacías y dignidades eclesiásticas como los gobiernos y judicaturas, impuso graves penas á los pretendientes, á los que prometian valimiento; y mandó que las dignidades, oficios y mercedes se proveyesen en personas dignas, sin intervencion de ninguna suerte de cohecho.

(4) Nota del sobrino de QUEVEDO, don Pedro Aldrete, no publicada.

el soneto contra cierto capellan de aquel pueblo,

Erase un hombre á una nariz pegado…;

y dió cabo al *Sueño del Infierno*, ó séase *Las zahurdas de Pluton*, á postrero de abril, dejándolo consignado en el discurso, como tambien que se hallaba en los veinte y ocho años de su edad. Remitiólo tres dias despues á un amigo de Zaragoza (á no dudar, Lupercio Leonardo de Argensola), quejándose ya de las maliciosas calumnias que al parto de sus obras anticipaban sus enemigos. Habiendo regresado á Madrid á fines de mayo, leyó este opúsculo al conde de Lémos, y partió á pasar el verano en la Torre de Juan Abad (1). A su vuelta á Castilla se le encojó la mula, y tuvo que pernoctar en Argamasilla de Alba, en la casa del párroco. Visitáronle los caciques y ricachos, é instándole juntamente con el huésped á que improvisase algunas coplas, rompió el rasgo, haciendo en un romance el *Testamento de Don Quijote*. ¡Tanta era ya la popularidad de *El ingenioso hidalgo de la Mancha*!

Hallóse por este tiempo en un concurso de los mayores señores de la corte en casa del conde de Miranda, presidente de Castilla. Era ocupacion de los nobles é hidalgos el juego y ejercicios de las armas, y armas y letras asunto de sus tertulias y reuniones. Acababa de publicar el diestro de profesion don Luis Pacheco de Narvaez, caballero andaluz, sus *Cien conclusiones*, para conocimiento científico de la verdadera destreza; y en presencia del autor disputaban los concurrentes acerca de su aplicacion y eficacia. Impugnaba QUEVEDO cierto género de acometimiento que en el tratado se afirma no tener reparo ni defensa; y empeñándose la disputa con las diferentes opiniones, se remite el censor á la práctica, convidando á la prueba. Excúsase el maestro, alegando que únicamente se habia reunido la academia para pelear con razones, y que las del libro eran de todo punto incontrovertibles. Exáltase DON FRANCISCO, y grita : «Saque vuestra merced la espada, y dígame todo eso con las manos.» Estrechados por los circunstantes, empuñan uno y otro las negras de esgrima; santigua QUEVEDO á su contrario al primer encuentro, y le hace por último saludar á la asamblea, derribándole el sombrero de un botonazo, divirtiendo á la concurrencia con este chiste : «Probó muy bien el señor don Luis Pacheco la verdad de su conclusion; que, á haber reparo en el acometimiento, yo de ningun modo le pegara.» Ambos fuéron siempre enemigos. Uno formó parte del *Tribunal de la justa venganza*; el otro diseñó ridiculamente al esgrimidor en la novela del *Buscon*, escrita poco tiempo despues de este suceso (2).

Trabó amistad nuestro escritor á principios del año siguiente de 1609 con uno de los más famosos personajes de aquel reinado, el ilustre don Pedro Tellez Giron, duque de Osuna, que con el renombre de atrevido y valiente, lleno de heridas y de deudas, tornaba en aquellos días de las campañas de Flándes. Cien hechos gloriosos habian allí desvanecido la memoria de los excesos que le arrojaran en prisiones por julio de 1602 en un lugar del Condestable. Rompiéndola, huyó á la nacion vecina; y sin que fuesen parte á detenerle en Paris el recibimiento y agasajo que el magno Enrico le hizo, sentó plaza de soldado en los ejércitos españoles, donde ascendió á capitan de caballería. Habria en los Paises-Bajos recorrido todos los grados de la milicia, á no instar al Rey y el archiduque Alberto porque le sacasen á Osuna de sus estados, como se verificó inmediatamente (3). Don Pedro habia nacido para mandar, no para obedecer; presentia sus prósperos destinos, y acercábase la hora de hacer resonar su nombre entre las gentes. Por un rasgo de suma habilidad capituló á su hijo, entónces único, don Juan Tellez Giron, marqués de Peñafiel, con doña Isabel de Sandoval, hija del duque de Uceda y nieta del valido, con lo cual se abria camino á los puestos más importantes del Estado. Para tener todas las dotes de insigne ministro y sagacísimo soldado, á más de la natural gallardía y ánimo generoso, abrigaba íntimo convenci-

---

(1) En los famosos campos de Montiel, tres leguas de Villanueva de los Infantes, catorce de Ciudad-Real y treinta y seis de Madrid. Confina por el cierzo con la villa de Cózar, por el oriente con Almedina, por el mediodia con Villamanrique, y al ocaso tiene á Santa Cruz de Mudela. Es punto que aun no he logrado averiguar si de sus padres vino á DON FRANCISCO el censo y jurisdiccion que tuvo contra aquella villa y su concejo, si lo adquirió su tutor, ó el mismo QUEVEDO luego que entró en la administracion de su ha-

cienda. El señorio no lo tuvo hasta despues del año de 1622. Voy á los alcances de datos muy seguros para conseguir la certeza de este y algun otro punto.

(2) Tarsia, en la vida del autor, pág. 39; Lope de Vega, en la *Circe*, impresa en 1624.

(3) Carta autógrafa de 28 de octubre de 1608. —Opondríase tal vez á alguna condicion de las treguas con Holanda, en que tenia el Archiduque tan vivo y justo empeño.

miento de que el valor y el poder, si van acompañados del consejo, cooperacion y alabanzas de los sabios, resplandecen y pasan á las generaciones con laureles inmarcesibles. Reparó en la prepotencia intelectual de QUEVEDO, amó su ingenio; buscáronse aquellas dos almas que tanto necesitaban la una de la otra, y cuyas fuerzas unidas habian de ser un torrente impetuoso.

Dedicó DON FRANCISCO al Duque dos obras de muy diversa indole : *Anacreon castellano*, rico de comentarios é ilustraciones, y la version de *Focílides*; con un obsequio hablaba á los sentidos del mecénas, con otro á su razon y entendimiento, puesto que las máximas del filósofo religioso tienden á labrar en el hombre la perfeccion, y con ella la felicidad. En 1.° de julio siguiente escribió la *Premática de las cotorreras*, poniendo tasa á toda clase de mujeres: rasgo saladísimo, pero nada limpio ni decente, hecho para solazar alguna bacanal de mozos libres y desocupados. Poco despues, en los primeros dias de agosto, se ve al escritor que se confesaba malo y lascivo inscribirse como esclavo del Santísimo Sacramento en el oratorio de la calle del Olivar, de donde eran ya hermanos Salas Barbadillo, Espinel y Cervántes, y lo fuéron muy luego Paravicino y Lope. No entibiaban entónces el fervor religioso los apetitos carnales.

La última memoria literaria de nuestro autor en aquel año es la traza de un libro con título de *España defendida y los tiempos de ahora de las calumnias de noveleros y sediciosos*: tratado lleno de curiosidades.

Murió en el año siguiente de 1610, á los veinte y siete años de edad, con sentimiento de toda la corte, don Luis Carrillo y Sotomayor, del hábito de Santiago, comendador de la Fuente del Maestre y cuatralbo de las galeras de España. Era hijo este caballero y celebrado poeta del presidente del consejo de Hacienda don Fernando, y de la nobleza de Córdoba; pero se habia distinguido sobre todo por el sello particular que imprimió á la poesia, introduciendo el primero el culteranismo en España. Con una cancion y un largo epitafio latino honró QUEVEDO su memoria.

A dar nuevo sesgo á la vida de nuestro cantor elegíaco vino un muy desagradable acontecimiento el juéves santo 24 de marzo de 1611. Hallábase en la iglesia de San Martin asistiendo á las tinieblas, y de rodillas allí, no léjos de él, una mujer al parecer de porte, de lindo arte y extremada compostura, cuando con poca razon y ninguna reverencia, por debates que hubo de tener con ella, un hombre le dió una bofetada. La santidad del lugar y del dia, el escándalo de los circunstantes, el desacato y la afrenta de una mujer honrada, todo encendió la indignacion en QUEVEDO, y asiendo violentamente del brazo al agresor, que ya en su frenesi intentaba contra la mujer demostracion más sangrienta, le sacó al atrio del templo, afeándole su audacia y desafuero. Ciega á los dos la cólera, desenvainan las espadas, riñen con furor indecible, y mortalmente herido, viene el de la bofetada á tierra y exhala pocas horas despues el último suspiro. Personas de cuenta la familia del muerto, por todos caminos apréstanse á la venganza; pero acogiendo DON FRANCISCO la cuerda opinion de algunos amigos leales y templados, resolvióse á poner tierra en medio, dando lugar á que la negociacion y buenos oficios calmasen el dolor y despuntasen el enojo. Habia poco ántes la majestad del tercer Filipo nombrado para el vireinato de Sicilia al duque de Osuna, quien hizo á nuestro hidalgo vivas instancias y magníficos ofrecimientos por llevársele consigo, aun cuando en él halló siempre tenaz resistencia. El Duque pensaba rivalizar con el conde de Lémos, teniendo en su compañia un poeta bastante á contrapesar con la colonia de ellos que llevó este en el año anterior de 1610 á su gobierno de Nápoles. Ya por abril empuñaba Osuna las riendas del gobierno de Sicilia, cuando tuvo la agradable sorpresa de ver entrar por huésped en su palacio á quien habia solicitado por camarada. Proporcionabale suceso de tanto gusto un varon docto y sagaz para el consejo, para el descanso un apoyo, para los azares del mundo un amigo, y para el esparcimiento un dulcísimo deleite (1).

Ya los negocios domésticos ó ya las resultas del desafío reclamasen la presencia de QUEVEDO en España, encuéntrasele retirado á la Torre de Juan Abad en 12 de abril de 1612. Con esta fecha dirigió al virey don Pedro Tellez Giron el sueño del *Mundo por de dentro*; y en 12 de noviembre al cronista don Tomás Tamayo de Vargas el discurso acerca del *Nombre, orígen, intento, recomendacion y descendencia de la doctrina estóica*, y su version de *Epicteto*: en la epistola misiva ponderaba á Tamayo su reconocimiento por los señalados favores que le habia merecido. A la sazon cundia por toda España la nueva de estar en la Torre el escritor festivo y maleante, y era universal el aprecio con que se buscaban y copiaban las cartas, aun todavia no impresas, del

(1) Tarsia, pág. 61 y siguientes.

Caballero de la Tenaza. Explícase de este modo haberle disparado una con dos reales de porte (17 de enero de 1613) cierto monje Bernardo, conventual de Galicia, religioso de buen humor, con el fin único de sangrarle el bolsillo, sin que el ingenioso caballero tuviese arbitrio para sacudirse de aquel masculino embestimiento (1).

Desde la villa de Juan Abad, á 8 de mayo siguiente, consagró al padre de los pobres y amparo de la virtud y de la sabiduría, al gran don Bernardo de Sandoval y Rojas, cardenal arzobispo de Toledo, las *Lágrimas de Jeremías castellanas, ordenando y declarando la letra hebráica con paráfrasi y comentario*; en cuyo discurso nómbrase *licenciado* DON FRANCISCO GOMEZ DE QUEVEDO VILLEGAS, *teólogo complutense* (2). La musa de la religion por aquellos dias inflamaba su espíritu. Entónces fué cuando obsequió enviándole á su tia doña Margarita de Espinosa y Rueda las *Poesías morales y lágrimas de un penitente*, que se imprimieron en la musa Urania. Residia en Madrid aquella señora, hermana de la abuela materna de nuestro vate, y en su ancianidad y viudez habíale traido la voz de las mocedades y travesuras del sobrino (escandalosa á todos) amarguras y pesadumbres sin cuento. El mancebo tiraba á consolarla confesándose arrepentido, haciendo propósito de enmienda, y abominando de la ceguedad y desenfreno de sus cantos en los verdores juveniles, esclavo del apetito y las pasiones.

Con tales enemigos luchaba todavía, si no es que aun los tenia por señores, en aquel verano de 1613, segun resalta en cierto lindísimo romance, ménos edificante que estos ayes religiosos. Contesta á la pregunta de cierto amigo, médico de la corte, curioso de saber cómo le iba en el retiro de Sierra-Morena :

Yo me salí de la corte
A vivir en paz, conmigo,
Que bastan treinta y tres años
Que para los otros vivo.

¿Si me hallo, preguntais,
En este dulce retiro?
Y es aquí donde me hallo,
Pues andaba allá perdido.

Aquí me sobran los dias;
Y los años fugitivos
Parece que en estas sierras
Entretienen su camino.

El tiempo gasto en las eras
Mirando rastrar los trillos,
Y hecho hormiga, no salgo
De entre montones de trigo.

A las que allá dan diamantes,
Acá las damos pellizcos;
Y aquí valen los listones
Lo que allá los cabestrillos.

Las mujeres desta tierra
Tienen muy poco artificio;
Mas son de lo que las otras,
Y me saben á lo mismo.

Si nos piden, es perdon,
Con rostro blando y sencillo...
Buenas son estas sayazas
Y estas faldas de silicio...

Las caras saben á caras,
Los besos saben á hocicos;
Que besar labios con cera
Es besar un hombre cirios.

Esta, en fin, es fértil tierra
De contentos y de vicios,
Donde engordan bolsa y hombre
Y anda holgado el albedrío.

De plata son estas breñas,
De brocado estos pellicos,
Ángeles estas serranas,
Ciudades estos ejidos.

En el delicioso albergue de Sierra-Morena, y en la continua conversacion con las musas, no desaparecia el hombre político. Los negocios de España, las alteraciones de los saboyanos y el recelo de que el Turco molestase las costas de Nápoles y Sicilia, agitaban el pensamiento de QUEVEDO. Traia continua correspondencia con personas ilustres y hábiles políticos de dentro y fuera del reino, recibia prontas y exactas noticias de todo, y su viva imaginacion y sólido juicio le hacian ir delante de los sucesos, calificando con especial tino los presentes y adivinando los venideros. No abrigaba el estudioso hidalgo temores de guerras ó trastornos por parte de Francia, recogida entónces en sí misma, atenta á las novedades que ocasiona la menor edad de los reyes; pero infundíaselos la veleidad y osadía de uno de los potentados de Italia, cuyos desacuerdos sacaban de quicio el cálculo de los varones más experimentados y prudentes, y de quien nos cumple dar aquí alguna noticia. Este era Cárlos Emanuel, duque de Saboya, díscolo y ambicioso por carácter, receloso por necesidad, ingrato por costumbre. Su presuncion y vanidad, halagadas por su

(1) Tarsia, pág. 103.

(2) De este trabajo quiso que disfrutase Fr. Lúcas de   Montoya, insigne teólogo y predicador de los mínimos de Madrid, enviándoselo al efecto con un lisonjero billete.

enlace con la casa de Austria, le llevaron á soñar en el título de libertador de Italia, y hacer su familia tronco de una vasta monarquía. Audaz y alentado, no se descorazonó jamas, viendo siempre convertirse en humo sus victorias. Cuando las disensiones de los franceses al espirar el siglo anterior, apoderóse del marquesado de Saluzzo, antigua pretension de su casa, hizo á los de Ginebra la guerra, y entró con las armas en la Provenza y Delfinado, resuelto á subyugar estas tierras, y aun á ceñir la corona de Francia si la fortuna patrocinaba su arrojo. Desvanecidos tan agradables ensueños, unióse á su enemigo Enrique de Borbon, contra su cuñado y bienhechor Felipe III de España. El puñal de Ravaillac desbarató los aprestos militares del francés; la generosidad española olvidó la felonía del saboyano.

Cárlos Emanuel invadió el Monferrato en la primavera de 1613, hostilizando al nuevo duque de Mantua, y movió tanto la pluma como el acero para cohonestar el atentado. La autoridad del Emperador y la intervencion de España desvanecieron, sin embargo, en ménos de tres meses aquellas fáciles conquistas. Puso el Rey Católico decidido empeño en el desarme de Cárlos, para que se disipasen los justos celos y fundados temores de los estados confinantes, estableciendo una paz beneficiosa y duradera en la recíproca confianza. Hallando en esto una resistencia pasiva el monarca español, previno al gobernador de Milan que hiciese *obedecer* al Duque. Esta palabra inconveniente irritó la altivez del de Saboya, le hizo olvidar el parentesco y amistad con Felipe, los grandes beneficios que de su mano recibian el y sus hijos, devolver el toison de Oro, y empeñarle en una lucha á brazo partido (1). Contaba con la bolsa de Venecia, confiaba en que el francés le enviaria gente á la deshilada, y queria probar fortuna valiéndose de la maña y de la intriga para atacar á un contrario poderoso, cuyas fuerzas se podian contrastar comprando la infidelidad de algunos agentes y capitanes. Por el estío del año que nos ocupa hubo de significar á Quevedo el virey de Sicilia la necesidad que de él tenia para tratar reservadamente con los ministros de Nápoles y Milan, con el Pontífice y los potentados, sobre la campaña que se abria en el Piamonte: ello es que el mismo DON FRANCISCO nos refiere que se encontraba en Nizza por el otoño. Las demasías de Cárlos, que le enajenaron muchas voluntades, tenian disgustados á los habitantes de aquella ciudad marítima; y poco dispuestos á tolerar la insolencia de un secretario suyo, le asesinaron, arrastrandole por las calles públicas. Vino allí el Duque, disimulando su venganza con bailes y banquetes, hasta que, acercándose con tropas el príncipe Tomás, su hijo, degolló á todos los principales del estado (2). Quevedo espió los ánimos de aquellos vasallos, y la determinacion en que estaban de entregarse a la majestad del Rey Católico; notó que se hallaba mal provisto y con solos ciento cincuenta soldados el castillo, estimó fáciles de tomar los pasos del Piamonte, y no difíciles de mantener con poca gente, y reparó, en fin, que las murallas del puerto de Villafranca eran débiles, muy acomodadas para un desembarco, y aptas para fortificarse despues.

No fué tan secreta, que no se trasluciese la venida á Nizza del príncipe Tomás armado y con proyectos de venganza, ni los huéspedes en cuya casa alojaba Quevedo se veian tan libres de culpa, que no temiesen gravísimo castigo. De aquella ansiedad sacólos nuestro galan caballero, poniendo la noche ántes por mar en Génova al hijo y dos hermosas hijas del huésped. De allí partió para Sicilia, y dió á Osuña cuenta de sus aventuras y comisiones, facilitando las empresas militares contra Onela y Nizza, que se hubieran venturosamente logrado á no estar (segun afirman graves autores) entregado todo al saboyano el marqués de la Hinojosa, gobernador de Milan (3).

Pasó nuestro Quevedo el año de 1614 y la mitad del siguiente compartiendo con el Duque las fatigas del mando, acompañándole en el riesgo, pronto á cruzar los mares y desempeñar delicadas comisiones para extinguir la guerra de Lombardía. Encuéntrasele en este tiempo encaminando con el desinteresado consejo y cuerdo aviso los instintos generosos del Virey, á la vez que templando con el gracejo la violencia de su natural fogoso y arrebatado (4). Osuña corres-

(1) Recibia rentas en los estados de Nápoles y Milan por valor de doscientos mil ducados anuales, sin hacer mérito de los pingües productos del gran priorato de Castilla y del de Ocrato, en Portugal, que gozaban sus hijos.

(2) Quevedo, *Lince de Italia*, pág. 237.

(3) Pedro Juan Capriata, *Guerras de Italia*, lib. i, cap. 3 y siguientes; lib. iii, capítulos 4, 5, 9; lib. iv, cap. 1. — *Proceso del Marqués*, existente en la Biblioteca Nacional.

(4) De que estuvo por julio en Madrid nos dejó Cervántes una insigne memoria en la carta que supone le escribió Apolo Délfico desde el Parnaso:

«Si DON FRANCISCO DE QUEVEDO *no hubiere partido* para venir á Sicilia, donde le esperan, tóquele vuestra merced la mano, y dígale que no deje de llegar á verme, pues estarémos tan cerca.»

Comienza por esta época la celebridad de Osuna, y á re-

pondió á los buenos oficios del filósofo su amigo, procurando que se hallase presente en la junta popular que celebró por agosto de 1615 el reino de Sicilia, y fuese elegido embajador para traer y presentar al rey don Felipe los pliegos del Parlamento (1).

Concediéronse en el mismo cinco mil ducados á QUEVEDO por gajes de la procuracion, y podia esperarse de la munificencia real una pension anua en albricias del mensaje. Desde Mesina escribió el Virey en 2 de setiembre á don Cárlos de Oria, para que proveyese de una galera al Embajador en que hacer su viaje hasta Marsella con la seguridad y ostentacion debidas. En aquel puerto desembarcó felizmente; pero, estando toda la Francia en armas por el príncipe de Condé, que era cabeza de los herejes rebelados contra el Rey, fué preso en Mompeller por los hugonotes, que dentro de tres dias, con buenas palabras y no mal tratamiento, le soltaron. Otras tres prisiones padeció ademas ántes de llegar á Salsas, de donde partió para Búrgos, en cuya capital se encontraban el Rey y el duque de Uceda, con ocasion de los mútuos casamientos de España y Francia. Preparábanse, para solemnizar el suceso, grandes fiestas y regocijos (2).

Traia DON FRANCISCO particular encargo del duque de Osuna de indagar la opinion que en los consejos de Estado y de Italia engendraba el continuo clamoreo de los agraviados y quejosos de sus providencias; y órden tambien de que se volviesen á untar aquellos carros para que no rechinasen, aun cuando *estaban ya más untados que brujas*. Al propósito recibió letra de treinta mil ducados; y al acusar desde Madrid el recibo en 16 de diciembre, decíale á su amigo el efecto que la sola noticia de la aceptacion produjo en la corte, donde los hombres se habian vuelto rameras, que no las alcanza quien no da, siendo para los porterillos un *attollite portas*, para los oidos un encanto, para los ojos un hechizo, y para él de gran séquito, autoridad y reputacion el negociar (3). Cuando, reducido á prision, cinco años más adelante se le hizo, entre varios cargos, uno por esta carta, declaró que habia dado cuenta de aquella suma al de Uceda, á su secretario Juan de Salazar, á don Andres Velazquez, espía mayor y fiscal de los cohechos, al protonotario de Aragon Agustin de Villanueva (curador del declarante), al marques de Siete-Iglesias y al confesor del Rey fray Luis de Aliaga, no embarazándose en decir claramente que á los unos por amigos del valido, á los otros porque era voz comun que recibian y tomaban. A tanto habia llegado la prostitucion de aquella gente, que el mismo *fiscal* don Andres Velazquez escribia al de Osuna: «M. es muy de vuestra excelencia; desea una alfombra: envíele vuestra excelencia dos, y ruegue á Dios que otro no le dé tres.» Pasman los regalos que en sus dos gobiernos hizo el Virey: solamente á Uceda envió en dinero contante cerca de dos millones, tiestos de plata esmaltados con ramos de naranjas y cidras, que pesaban ciento veinte y cinco li-

sonar Italia en vítores y aclamaciones por los aciertos de tan activo capitan cuanto excelente ministro. Al empuñar las riendas del gobierno habia contemplado el reino de Sicilia en la última miseria; por falta de crédito cerrada la caja de Palermo (que este era el nombre del erario público); adulterada la moneda, maldad que se ejercia sin el menor recato. Pronto aquel príncipe restituyó la caja en su crédito, la moneda en su peso y ley, castigó los delitos, hizo florecer el reino, y que respirase el patrimonio real enajenado, igualando los productos con las cargas.

Al entrar en el mando se saqueaban á la mitad del dia en Mesina las tiendas de los mercaderes, y sin escolta de guerra no se podia viajar de modo alguno. A poco tiempo vióse la ciudad libre de aquella plaga y asegurados los caminos de salteadores y facinerosos. Halló repletas las cárceles de delincuentes detenidos de diez y más años, y las despobló y dejó yermas: Restituyó en su autoridad y libertad á los ministros de justicia, puestos en tanto aniñamiento y asombro, que en tocando la causa á algun hombre principal del reino, ya no osaban determinarla. Desarmada la escuadra, hecha ludibrio de aquellos golfos, y sin otra reputacion los tercios que la de cobardes, fuéron en su poder lustre de las armas españolas y envidia de todas las naciones.

Males tan grandes pedian remedios enérgicos, ocasionando precisamente quejosos y agraviados. Pero el general

aplauso confundió sus clamores, y al reunirse el parlamento de Sicilia no solo confirmó los donativos ordinarios y extraordinarios, concediendo á la majestad católica por nueve años más el de trescientos mil ducados con que en el anterior congreso le habia servido el reino, sino que, aprobando con grandes elogios el acertado gobierno del Duque, envió por embajador á don Pedro Celeste para que lo encareciese en Madrid y disipase las quejas y calumnias. (*Memorial del pleito que el señor don Juan Chumacero y Sotomayor, fiscal del consejo de las Ordenes y de la Junta, trata con el duque de Uceda:* pliegos C, fol. 8 v., y A, fol. 4. v.)

(1) Votóse en ella un donativo por valor de treinta mil ducados para don Cristóbal Gomez de Sandoval, duque de Uceda, gentilhombre de la real cámara y sumiller de corps del príncipe don Felipe. Mostrándose espléndida Sicilia, y poniendo en la corte de España á cargo de tan elevado personaje el cuidado, proteccion y buen despacho de las materias graves y arduas, granjeaba al duque de Osuna, y tenia un agente rendido en el hijo del atlante de la monarquía, futuro sucesor en la privanza y en el manejo universal de los negocios. (*Memorial* citado: pliego g, fol. 13. v. —Tarsia, pág. 64.)

(2) *Memorial*, g. 13.—El mismo QUEVEDO en el *Lince de Italia*, pág. 257.—Tarsia, páginas 64 y 88.

(3) *Memorial*, pliego 2, fol. 1.

bras, trescientos abanicos de ébano y marfil, caballos, jaeces, mazas, alfanges y cuchillos damasquinos: piezas ménos ricas y preciosas por el oro, rubíes, diamantes y esmeraldas, que por el primoroso trabajo de los artífices (1). Cuidó nuestro viandante caballero, á nombre de aquel príncipe, de prendar tambien al confesor fray Luis de Aliaga con altares, relicarios, cruces de diamantes, y otras joyas, para que encaminase la conciencia del Monarca (2).

A los pocos dias recibió QUEVEDO, en albricias del parlamento siciliano, merced de cuatrocientos ducados de pension, por decreto de 2 de marzo de 1616, á consulta del consejo de Italia; y entre tantas satisfacciones fué la mayor el nombramiento de Osuna para el vireinato de Nápoles. A fin de que no se malograse, y por encargo de Uceda y Aliaga, despachó DON FRANCISCO en 13 del inmediato abril un correo con el mayor sigilo apremiando al gran Giron á que se partiese para su nuevo gobierno, sin dar lugar al ínterin, negocio que á su favor se habia ganado contra la voluntad del duque de Lerma (3).

Ocho dias despues, embebecido con la batahola de negocios, manejos y cábalas, vió caer en el sepulcro, desde el olvido y la pobreza, al anciano venerable á quien debió el mayor cariño y en cuyas obras tantas veces tomó vuelo, al manco sano, al escritor alegre, al regocijo de las musas, á la más grande gloria del ingenio humano; y el cortesano que se deslizó en alabanzas junto al féretro de un adinerado poeta *culto*, no tuvo ni siquiera una flor que arrojar sobre la tierra que oprimia los restos de Miguel de Cervántes Saavedra.

Como politico mañoso é interesable, fué ménos descuidado en estrechar desde Madrid los vínculos de amistad que le unian en Sicilia con tan ilustres personajes como el cardenal Juanetin Doria, arzobispo de Palermo, discreto y virtuoso príncipe; el grecizante don Mariano Valguarnera, amigo intimo del florentin Barberino (que fué luego papa con nombre de Urbano VIII), monseñor don Martin Lafarina de Madrigal, refrendario de entrambas signaturas, capellan mayor de aquel reino, y el esclarecido mesaniense Antonio Amigo (4).

Enfermo el duque de Osuna de la antigua herida de arcabuz que recibió en Flándes, no pudo ir tan pronto á su nuevo destino. Desde el lecho hízose al fin embarcar, zarpando la expedicion del puerto de Palermo. Adelantóse la fama pregonera de sus hazañas, é impacientes aguardaban los napolitanos á aquel guerrero ilustre, que en las campañas flamencas habia sido el primero en el peligro, y que, metiéndose en medio de cinco mil soldados revueltos en motin, los redujo con su valor; á aquel que, levantando la envilecida escuadra siciliana, se acababa de apoderar de siete galeras del Turco, con la real y el estandarte. Contábanse unos á otros (encareciéndola por extremo, como era justo) su acertada administracion en Sicilia, y esperaban contemplar las costas de Italia cubiertas de trofeos y hechas expectacion del mundo. Tales esperanzas sugirieron al napolitano Francisco Zázzera, *académico ocioso*, el pensamiento de escribir un *Diario*, consignando menudamente en él todas las acciones del Duque (5). A este registro curioso y desconocido del

(1) Este era el siglo de oro, que no el pasado.

(2) Traian gran útil al Virey los bajeles y galeras de su propiedad que andaban al corso. Tuvo de Felipe III el Duque esta licencia para armar, con merced del quinto en las presas que se tomaban, perteneciente á la corona. En cambio, obtenida la gracia por intercesion del de Uceda, constituyóse este en parcietario, y percibia, sacada la costa, la mitad del despojo. Hállanse en el proceso contra Uceda cartas de Osuna de 22 de julio de 1616 y 5 de enero de 1619, noticiándole haber vuelto de corso las galeras y caberle una parte de consideracion en la presa. La licencia de armar, concedida á tan valeroso caudillo, tenia ocupada, ejercitada y en buena disciplina la gente de guerra, y descargados los pueblos de molestias y alojamientos. Ni un descalabro sufrieron aquellos bajeles; sus victorias no pudieron reducirse á número: siempre volvian á las costas de Sicilia y Nápoles triunfantes de sus enemigos. (*Memorial*, pliego C. fol. 8 v.; G. fol. 15 v.; l. fol. 21; m. fol. 24 v.; F. fol. 14; b. fol. 3; todo el pliego d.)

(3) Siempre se tuvo por ascension ordinaria y escala del de Sicilia el gobierno de Nápoles: ambicionábale Osuna, y así que entendió la venida del conde de Lémos, formó en ello el mayor empeño con Uceda, quien alcanzó, no sin gran

trabajo, complacer á su consuegro, haciendo que en él se publicase el cargo en el consejo de Italia á 22 de mayo del año precedente de 1615. Solo con auxilio de Aliaga pudo vencerse la fuerte resistencia del de Lerma, nacida del escrúpulo que en S. M. habia infundido el bárbaro castigo que dió Osuna á un paje de Natoli porque no descubrió los secretos de su amo. Pesaron más que los desaciertos las grandes ventajas obtenidas en Sicilia por aquel príncipe, y facilitaron al fin el logró de sus deseos. (En el *Memorial*, pliegos E. fol. 11, C. fol. 7, F. fol. 13 v., H. fol. 18 y K. folio 22 v. — Tarsia, pág. 64.)

(4) Tarsia, pág. 77. — Los lazos de afecto con el último aparecen consignados en un hermoso códice escrito en vitela al promediar el siglo XIV, que contiene todas las tragedias de Séneca, y perteneció á nuestro insigne poeta. Se guarda en la famosa biblioteca del Escorial. En su primera hoja tiene autógrafa la siguiente dedicatoria:

«Admodum Illustri D. D. Francisco de Chevedo, Sancti Jacobi Equiti, trium linguarum peritissimo, ac bonarum artium Patrono et Cultori eminentissimo, *Antonius Amicus* Cl. Messanensis L. Ann. Senecae tragoedias has M. S. observantiae et benevolentiae tesseram D. D.»

(5) *Giornali di Francesco Zazzera napolitano, Acade-*

público debemos no pocas noticias de Quevedo. Véase cómo refiere su aparicion en Nápoles (1). « Miércoles 27 de setiembre.—Media hora antes de oscurecer montó S. E. en el carruaje de un solo caballo, con un hidalgo que ha hecho venir de España por la posta, y á quien profesa tan grande simpatía, que sin él no se encuentra en modo alguno. De donde infiero yo que debe de ser personaje no ménos ilustre por su nobleza que por su virtud, y que llena cumplidamente el delicado gusto de S. E. » Más adelante declara el académico su nombre (2).

Hay memoria en el *Diario* de haber paseado varias veces juntos Osuna y Quevedo la ciudad, visitando el palacio de la *Vicaría*, recorriendo los tribunales, examinando las causas de los encarcelados, oyendo á estos sus quejas y ofreciéndoles que para la próxima Pascua habian de estar castigados segun sus crímenes, ó puestos en libertad, comprobada que fuese su inocencia. Apercibimientos á carceleros, multas y procesos contra escribanos, señalamiento de términos perentorios á los jueces y oficiales para sustanciar y determinar las causas, fuéron, con general aplauso, ocupacion de aquellos dos dias; y cada cual de los siguientes va señalado por un rasgo de actividad, de celo y de entereza (3). El biógrafo Tarsia refiere los siguientes: Halló el Duque en la visita de cárceles un preso encerrado hacia veinte y cuatro años; le otorgó al punto la libertad, diciendo que tan largo padecer era bastante para purgar el mayor delito. A un sodomítico lo mandó quemar luego. A un letrado que el sabado habia dormido con una cortesana, dándole muerte despues aquella misma noche, le hizo cortar la cabeza el domingo por la mañana. Un fraile asesinó á cierto caballero en la iglesia, y un clérigo al gobernador de Isquia; hechas las ceremonias de costumbre, ambos fueron ajusticiados, no interponiéndose tiempo del delito al castigo. Fué perseguidor implacable de malhechores, y mortal enemigo de mentirosos; pero atropellaba las leyes cuando creia que eran embarazo de la justicia. Cuéntase que, en perjuicio de un hijo que habia ocasionado algunos sinsabores á su padre, lograron los jesuitas que este los nombrase herederos á condicion de dar al hijo lo que quisiesen. Ofreciéronle ocho mil escudos. El hijo acudió al Virey, que, enterado del caso, llamó á los herederos. Demandante y demandados expusieron su derecho, y entónces el Duque decidió la querella dirigiendo á los jesuitas estas palabras: «No habeis entendido el testamento. Dice que déis al hijo lo que querais vosotros. ¿Qué quereis? La herencia: pues eso os manda que déis el testador.» (4) Estas acciones del ilustre Giron no deben pasarse en claro; porque en ellas tuvo no pequeña parte Quevedo. Encargóle desde luego las materias de hacienda real delicadas de suyo, donde el celo, cuidado y limpieza desaparecen ante la insaciable sed de oro. Olvidando nuestro hidalgo la propia conveniencia, benefició en cuatrocientos mil ducados el tesoro público, descubriendo muchos fraudes, y cautivando con su desinterés el ánimo del príncipe, su favorecedor y su amigo.

Muy pronto se ofreció al Virey un negocio grave, que fué la lima que sordamente vino á deshacer su gobierno: hablo de las contiendas con Venecia, república que pretendia tener en el Adriático absoluto dominio, padecido de pobres pescadores y creido de ignorantes. Burlábase de aquella pretension un puñado de hombres belicosos, amparados por guájaras y fragosidades, escollos y bajíos, en lo más oculto del golfo Carnario, en las costas de la Croacia: esta gente llamábase *uscoques*, como si dijéramos *tornadizos*. Tendióles la mano el duque de Osuna, animólos á sostener que era locura querer la potentísima república de Venecia ser obedecida por se-

---

mico otioso, *nel felice gouerno dell' Eccmo. D. Pietro Girone Duca d' Ossuna Viceré del regno di Napoli; dalli 7 di Luglio* 1616. (Biblioteca del Excmo. Sr. duque de Osuna.)

Fué la academia de los *ociosos* institucion del virey conde de Lémos, solicitada por la estudiosa diligencia de Lupercio Leonardo de Argensola y del erudito Juan Bautista Manso.

(1) Debió tener lugar en los primeros dias de setiembre, segun la siguiente carta bizarra de Osuna á su consuegro Uceda, fecha del 12: «He entendido despues que llegué á » este reino grandes censuras contra vuestra excelencia, y » aun de allá la trajo entreoidas don Francisco de Quevedo. » No tengo que ofrecer á vuestra excelencia, pues todo es » suyo; pero esté vuestra excelencia cierto que, fuera de ser » contra mi rey, podré servirle con doce bajeles y ocho mil » hombres en cualquier acontecimiento, sin tocar á espa- » ñoles sino solo naciones que seguirán mi partido; y que

» lo sabré aventurar todo por su gusto y salir despues de- » llo.» (*Memorial* citado, pliego M., fol. 26.)

(2) Folios 18 v. y 20.

(3) Zázzera, folios 32 y 33 vueltos.

En 25 de octubre escribió Uceda al Virey encomendándole la justificacion y moderacion en su gobierno, dará los tribunales toda la mano que se les debe, y obrar de modo que el poder del ministro no pareciese arbitrario y absoluto. Felicitábale por la nueva faccion que acababan de hacer sus navios, y advertiale que en Madrid se murmuraba de que habia hecho suyos veinte mil ducados en que se rescató el bey de Alejandría, y de que ponia los ojos en no sé qué señoras de tal calidad, que era de temerse algun riesgo. (*Memorial*, pliegos D. y G., fol. 15 v.)

(4) Tarsia, pág. 66.—P. Daru, *Histoire de la république de Venise.* (Paris, 1819.) Tomo IV, pág. 340.

ñora de mar y golfo en que tenian puertos el Emperador, el Pontífice, los anconitanos, el rey de España, los raguceos, y el duque de Urbino, cuando por derecho natural es señor del mar el que lo es de la orilla. Pretendia Osuna desencantar el poder de Venecia, revolvedora del mundo con ejércitos alquilados y armas aparentes; y que á la sazon, pretextando la enemistad de los uscoques, estrechaba al imperio en el Friuli á hierro y fuego, con designios de usurpar á Ferdinando, archiduque de Austria y hermano politico del monarca español, los puertos que tenia por aquel lado en el Adriático. Las maquinaciones de esta república hicieron á Cárlos Emanuel ambicionar el título, difícil cuanto magnífico, de libertador de Italia; forzáronle con empréstitos y donativos á levantarse de su postracion y descaecimiento, y le trajeron á hostilizar al rey Católico, amancillando la gloria de España con entretenerle y competirle el triunfo.

Hizo el virey de Nápoles caso de honra favorecer la española venganza contra aquel solapado enemigo, oponiendo la sagacidad á la astucia. Entónces con sabia providencia en un mismo punto socorrió á don Pedro de Toledo, gobernador de Milan, enviándole contra el saboyano tres mil infantes, mil corazas y dos mil caballos; hizo pasar la caballería por los potentados, con mortificacion de su vanidad; y metió, fuera de toda sospecha y recelo, en el golfo veinte galeones poderosos y bien en órden, con que necesitó á los venecianos á retirar sus ejércitos para presidio de sus marinas y guarnicion de sus bajeles. Irritada la república desposada con aquel mar que llamó suyo por espacio de doce siglos, trató de vengar tan inaudita profanacion y ultraje; pero á vista de Gravosa, con diez y ocho galeones, esperó y rompió el Duque toda la armada veneciana en número de más de ochenta velas (1); tomóles despues dos mahonas, y en ellas todas las mercancías de Levante, que valieron mas de un millon, enflaqueciendo la República hasta el punto que recelaba saco, y ni sabia qué hacer, ni acababa de creer lo que habia sucedido. Respiraron los archiducales, desesperó el duque de Saboya, desertaron los franceses, aclamaron los católicos, y se vió aquella república orgullosa forzada á buscar amparo en Felipe III contra un vasallo suyo (2). Aquello receló Venecia del grande Osuna, y lo llegó á padecer, é inflamó su venganza. La preparacion de hechos tan atrevidos, las conferencias de Roma, Génova y Milan, y lo tocante á la restitucion del Adriático, todo pasó por mano de Quevedo. Diéronle tamaño favor y asistencia fama entre los propios soldados, tanto, que en febrero de 1617 le dirigió un discurso el capitan Camilo Catizon Sobre la buena órden de la milicia (3). Hizo parlamento en marzo el reino de Nápoles, encomendando á Quevedo (que no estuvo en él) que lo trajese á España, juntamente con un donativo de trece millones para el rey Católico y de cincuenta mil ducados para el de Uceda, designado protector y favorecedor de aquel territorio, como lo habia sido del de Sicilia (4). Solicitábanse, entre otras, en los despáchos cincuenta gracias en materias litigiosas de sucesiones de feudos y fideicomisos, y se regalaron por gajes ocho mil ducados á nuestro procurador poeta (5). Con él solo estuvo paseando el Virey la parte baja de la ciudad el domingo 19 de marzo en conversacion muy tirada, y de ello tomó apunte el cronista Zázzera como de cosa que habia despertado la pública curiosidad. Osuna libró órden, con fecha 12 de abril, para que todos los gobernadores, síndicos, electos y oficiales del reino por donde habia de pasar Quevedo, le tratasen como al propio virey. El domingo 16 partió con igual representacion para Roma. Conferenció allí á solas con el Pontífice sagaz y lucidamente sobre la restitucion del Adriático y otras materias graves y de riesgo; y la santidad de Páulo V, mostrándose muy satisfecho del mensajero, puso en sus manos una carta para el Duque, remitiéndose á cuanto aquel le dijese de palabra. Volvió á Nápoles, y arrancó para España en la mañana del miércoles 31 de mayo con dos fragatas á traer el donativo (6).

Hacia este viaje con la pausada solemnidad de estilo. Tocaron en Marsella las galeras, y á 1.º de julio continuaron su derrota; pero en su busca despachó tres dias despues correo á toda diligen-

(1) Mediado noviembre de 1617.

(2) Quevedo, Mundo caduco, pág. 182.—Tarsia, 67.

(3) Biblioteca de Salazar y Castro, depositada en la real Academia de la Historia, códice N. 27, fol. 145.

(4) Obtuvo el hijo del favorito en 27 de agosto de 1617 cédula firmada de la real mano, aprobando y dando por bien hechas y admitidas las gratificaciones de Sicilia y Nápoles y tambien el encargo de la proteccion y asistencia de los negocios de ambos reinos. La cédula se halla literalmente en el Memorial de Chumacero, pliego g.

(5) Zázzera, folio 50.

(6) Sigo en esto á Zázzera, como testigo presencial. Tarsia adelanta la salida al dia 28, y supone que la expedicion se componia de seis faluœas armadas. Hubo ciertamente de deslumbrarle la fecha con que Osuna recomendaba al Rey los servicios de Quevedo. (Zázzera, fol. 62 v.—Tarsia, página 71.)

cia el capitan Vinciguerra, para avisar al Embajador de haber partido de Nizza seis caballeros con el único objeto de asesinarle : llevaban sus señas y retrato, y juzgaban que desembarcaria en aquel puerto, prosiguiendo por tierra su camino. Igual noticia recibió el duque de Alburquerque, gobernador y capitan general de Cataluña, que en llegando á Barcelona DON FRANCISCO, le hubo de convoyar hasta Fraga con escolta de caballería, temeroso de alguna infame asechanza (1).

Llegó salvo á la corte en 24 de julio; hallábase el Monarca en San Lorenzo del Escorial. Segun instrucciones, dió cuenta lo primero al duque de Uceda y al padre confesor fray Luis de Aliaga, en quienes confiaba Osuna sus negocios y aumentos. Pidió luego una audiencia secreta de su majestad, y le fué concedida. Duró cerca de dos horas, y la curiosidad y envidia palaciega no olvidaron aquel favor ni lo perdonaron jamas. Los mismos que lo negociaban ignoraron siempre lo que se trató en aquella conferencia, cuyo objeto fué la restitucion del Adriático, los medios de desconcertar á los venecianos, los importantisimos papeles que se habian cogido en Nápoles á Robellon, agente y espía del duque de Saboya, y justificar al de Osuna de las calumnias que extendia una maquiavélica venganza (2).

Habló despues á los consejos de Estado é Italia acerca de la recusacion del conde de Lémos, que las plazas del reino de Nápoles pedian por especial gracia en el parlamento; y tambien contradijo el balance de cuentas que se querian tomar al Virey. Los consejeros y oficiales, tal vez por la energia de QUEVEDO, oyeron más propicios las cosas del Duque y templaron la dureza de sus opiniones (3).

A nombre del Virey presentó QUEVEDO á su majestad una riquísima celada y rodela de ataujía de oro y plata (en oposicion de unos halcones que le habia ofrecido el conde de Lémos), pretendiendo con este regalo inflamar el ánimo del principe español, para que buscase en los triunfos de las armas la gloria de su imperio. Puso igualmente en las reales manos un despacho del gran don Pedro Tellez Giron, fecha á 27 de mayo (4), encareciendo los méritos de nuestro hidalgo, que en el cobro de la real hacienda habia hecho oficio de racional, de presidente, de contador y de carcelero, y añadia :

«Suplico á vuestra majestad mande que con toda brevedad se despache DON FRANCISCO DE QUEVEDO, pues hasta su vuelta, lo más que puedo hacer es ir suspendiendo estos negocios, por la falta que tengo de persona de quien fiallos, y ser ellos de calidad que muchos que hasta ahora habrán vivido muy bien, corren peligro en dejarse llevar de tanto dinero como ofrecen los que querrian rescatar lo más que pudiesen : pues es de suerte, que sé cierto que, aun sin hacer cosa mal hecha, tuviera hoy DON FRANCISCO DE QUEVEDO cincuenta mil ducados, con que me hubiera propuesto disimulacion ó flojedad. Vuestra majestad debe hacelle merced ; pues cualquiera que se le haga, no trato de que la merece, sino del beneficio que resulta al servicio de vuestra majestad y á su real patrimonio : pues si los que sirven con fidelidad y limpieza no son premiados, pocos se hallarán que no quieran hacer hacienda y comodidad de las cosas que se les encargare, y ahorrar enemigos, pesadumbre y trabajo ; pues lo uno es muy fácil, y lo otro muy dificultoso. Yo estimaré en lo que es justo que los que debajo de mi mano sirven á vuestra majestad, vea el mundo que yo les ayudo y vuestra majestad les premia.»

Felipe III contestó al Duque por el consejo de Estado en la forma siguiente :

«El Rey.—Ilustre duque de Osuna, primo, mi virey, lugar-teniente y capitan general del reino de Nápoles : He visto lo que me escribisteis en 27 de mayo acerca del trabajo y desvelo con que DON FRANCISCO DE QUEVEDO anduvo en el descubrimiento de los fraudes que ahí se hallaron en la hacienda de mi real patrimonio, y la limpieza y cuidado con que ha procedido así en esto como en todo lo demas que le habeis encomendado, de que me tengo por servido. Y pues decis que su asistencia ahí será de provecho, le emplearéis y favoreceréis en todo lo que se ofreciere de su comodidad y acrecentamiento, teniéndolo por muy encomendado para esto en todas las ocasiones de mi servicio ; que yo holgaré de todo lo que por él hiciéredes. — De San Lorenzo, á 28 de julio de 1617.— Yo el Rey. — Antonio de Aróstegui (5).»

Entre estas atenciones no olvidó nuestro caballero componer el matrimonio del primogénito de Osuna con la hija de Uceda, que estaba á punto de romperse. Muy mozo el marqués de Peña-

(1) Tarsia, pág. 72.

(2) QUEVEDO, Lince de Italia, pág. 242. — Chumacero, Memorial, pliegos B. y G.

(3) Memorial, pliego I., fol. 19 v.

(4) Don Pedro Aldrete Quevedo y Villegas en la advertencia al lector que puso en Las tres últimas musas castellanas (1670), dice que tenia original en su poder la carta, y que la fecha es de 20 de mayo; en Tarsia se lee 27.

(5) Tarsia, páginas 73 y 75. La fecha de esta carta viene errada desde la primera impresion, estampándose 1618 en vez de 1617.

fiel, criado hacia nueve años en casa de su futuro suegro y al lado de su novia, creyó más hermosa la fruta del cercado ajeno, y se enredó en amores de una muchacha que le devanó el juicio, convirtiendo la casa en campo de Agramante. Huyó el mancebo; costó no poco trabajo el reducirle : conciliados felizmente los ánimos, vino á esta coyuntura con dos galeras don Octavio de Aragon con magníficos presentes para Uceda y su hija, y tuvo al fin QUEVEDO el gusto de llenar los vivos deseos de su amigo ausente, preparando la boda, que se celebró en la capilla real el lúnes 11 de diciembre, siendo padrinos el Monarca y la duquesa de Medina de Rioseco, mujer del almirante de Castilla. Comió la novia con la princesa; por la tarde la sacaron de palacio en un palafren, acompañando á los desposados el príncipe de Saboya; y fué aquel uno de los mejores dias que tuvo la corte (1).

Por cédula del 29 hizo á QUEVEDO la majestad del tercer Filipo merced de hábito de la órden de Santiago. Presentóse al Consejo en 8 de enero de 1618, y con brevedad extraordinaria se despachó el título en igual dia de febrero, hechas cumplidamente las informaciones de costumbre. Para mayor solemnidad le dió el hábito el duque de Uceda en la iglesia de las religiosas descalzas bernardas del Sacramento, fundacion suya, con muy solemne pompa; y así tuvieron los enemigos de DON FRANCISCO buena ocasion de afilar su lengua en la piedra de la murmuracion y de la envidia, para celebrar la fiesta con décimas y sonetos satíricos (2).

Sin mediar todavía el primer trienio, prorogado por otro más el vireinato del ardiente Osuna, puesta en su arbitrio la suerte de Venecia, encomiadas por el Monarca sus proezas y magníficas victorias, y dignamente condecorado su embajador con la cruz del patron de las Españas; lleno este de satisfaccion por el buen éxito de cuantos negocios vinieron á su cargo, atravesó el mar, y llegó al jardin de Europa cuando reia la primavera, se disponian para salir á corso los bajeles, y asordaba la marina el ruido de los aprestos militares. Su presencia en Nápoles fué un triunfo, concurriendo la nobleza entera á darle el parabien. Cantó hermosamente en versos líricos el lucimiento de aquel dia Cárlos de Eybersbach, natural de Sajonia. Ponderó su gozo con una oda latina el conde Julio César Stella, por contemplar sellado honrosamente el pecho de su amigo y verle de nuevo compartiendo con el insigne Giron los cuidados y fatigas, y excitábale á cantar juntos las hazañas de tan esforzado caudillo. En esta ocasion de gracias y de albricias, con unos dísticos latinos demandó Miguel Kelker la proteccion de QUEVEDO, quien le amparó bizarramente, conociendo en sus odas y epigramas el mérito y doctrina del desvalido poeta (3).

Las musas y delicias de la antigua Parténope tuvieron que ceder á los negocios de Estado. Con Osuna conferenció QUEVEDO sobre los que le trajeron á la corte del rey Católico, y pareció que debia recatadamente salir para Venecia, y discurrir con nuestro embajador don Alfonso de la Cueva, marqués de Bedmar, acerca de los medios de afianzar la tranquilidad de Lombardia, y salvar nuestros intereses y los del imperio (4).

Tres dignos españoles, Bedmar, Osuna y don Pedro de Toledo, marqués de Villafranca, gobernador de Milan, conocian que aquella república ramera, que ganaba con su cuerpo para valientes que la defendiesen, era causa de todas las guerras y trabajos de España. Y colocados estos varones en tres puestos que dominaban la paz y la guerra, y en comunicacion segura por medio de un tan sagaz, discreto y entendido confidente como QUEVEDO, proyectaron redimir tanta sangre española, y derrocar en buena guerra el coloso de los Alpes. Miraban á la República estrechando su alianza con los hólandeses, alentando con nuevos subsidios la resistencia del de Saboya (teníanle facilitado ya más de veinte y dos millones), y conservando las tropas extranjeras, cuyo licenciamiento habia anunciado. Dolíanse de la maña con que Venecia hostilizaba al archiduque Ferdinando, cuñado del católico Felipe; y vasallos celosos habian de poner en crucero los navíos del Monarca para prestar socorros á un príncipe su pariente. Tocábales como á leales caballeros cumplir los mandatos de su rey, empeñado en conservar por honor propio en el austriaco el imperio y supremacia de Italia. Nápoles crecia, los tercios se aumentaban, cubríanse de armas y soldados los bajeles, agrupábanse gentes de todas naciones bajo las banderas del

(1) Zázzera, fol. 62 v.—*Memorial* de Chumacero, pliego A., 4., y en varios otros. — Leon Pinelo, *Historia de Madrid*, MS.

(2) Archivo del tribunal especial de las Ordenes militares. — Zázzera, fol. 105. — QUEVEDO, carta no publicada, fecha en la Torre de Juan Abad á 25 de febrero de 1630. —

Biblioteca de Salazar y Castro, depositada en la Real Academia de la Historia, códice L., 68, fol. 41.

(3) *Vincentii Marinerii Opera omnia* (Turnon, 1633), páginas 401, 402.—Tarsia, páginas 58 y 76.

(4) *Memorial* de Chumacero, pliego n., fol. 23.

Duque. Desalentábanse, por el contrario, los que servian á sueldo de Venecia; varios descontentos hablaban de desercion y hacian tratos para que otros camaradas los siguiesen. Era pues ocasion favorable de hacer pública la flaqueza de aquella señoría, que se proclamaba muy prepotente.

QUEVEDO tomó la posta para Bríndis, y atravesando el golfo, arribó disfrazado á la ciudad que se levanta de entre las olas. Pero una aventura extraña é incalificable trajo á riesgo de muerte al embozado caballero, y echó por tierra sus mejores planes y los del príncipe su camarada y amigo. Uno y otro se equivocaban grandemente imaginando que el mensajero podia penetrar en la ciudad sin ser conocido de los espías de la República.

¿Quién era Venecia, y cuál su situacion respecto de España, en los momentos que vamos á referir? «Venecia (dice nuestro autor) es el chisme del mundo y el azogue de los príncipes; es una república que ni se ha de creer ni se ha de olvidar; es mayor de lo que convenia que fuese, y menor de lo que da á entender; es muy poderosa en tratos, y muy descaecida en fuerzas; suntuosa en atarazanas, numerosa en bajeles, aprestados para quien temiere los vasos de una armada sin ella; es un dominio que desmiente muchos miedos. Temen que España les quite la ganancia de revéndedores en Levante, de lo que compran en Nápoles y Sicilia. Es un estado el más propenso á divisiones que hay, y por deslumbrarnos de esta perpetua flaqueza suya, no dejan descansar algun principe. Es más dañosa á los amigos que á los enemigos; su abrazo es una guerra pacífica. Su riqueza es la escala de Levante : oficio que á poca costa le quitara el puerto de Bríndis, si no estuviera ciego como los que no importunan á vuestra majestad que le limpie. Y yo sé el modo, y allá saben que lo sé yo (1).»

Quien aparenta otro de lo que es, se desatina en despecho y venganza al ser descubierto y conocido; quien tiene su medra en la reputacion de poderoso y temible, si osan arrancarle la máscara, atropella por todo. El delito de conocer á Venecia era para los venecianos imperdonable en QUEVEDO. Su visita al Pontífice en el año anterior, su partida á España; que lo del parlamento era un pretexto; que á Madrid le llevaban asuntos gravísimos en daño de la República,—todo lo supo ella, teniendo arte para hacer que el duque de Saboya enviase los asesinos que burló el capitan Vinciguerra. Supo la conferencia secreta de QUEVEDO con el Monarca, el regreso á Nápoles, el repentino viaje del golfo, y ahora el arribo á aquellos muros jamas profanados de enemigos. Enfurecíase al recordar que habia humillado su orgullo á vista de Gravosa el duque de Osuna; y por los embajadores y por los espías de todas partes, se convenció de que Felipe III en público desaprobaba la conducta del Duque, pero la autorizaba en secreto. Solo en último extremo hacia Venecia descubiertamente la guerra, fiando más en la astucia, en la intriga y en la negociacion que en el trance de las armas; y ahora veia disparados en su contra sus mismos dardos, con más el plomo y el acero. Nunca armazones enemigas oprimieron su golfo desde los tiempos de Oton, hijo del emperador Federico; y una vez rota la barrera, debian multiplicarse los escándalos y seguirse el descrédito y la ruina. Al punto comprendió cuánto habia que temer de Osuna, hábil é impetuoso contrario, colocado en puesto desde donde podia ahogarla impunemente. Tomada por los uscoques y napolitanos la boca del golfo, y con cartas de marca los corsarios, la pérdida de Venecia era inevitable y segura.

No se descuidaron desde un principio sus agentes en corromper con oro á los personales enemigos del Duque, á fin de que contra él elevasen duras quejas al Monarca; para desacreditar su gobierno salian voces en Madrid de las mismas casas de algunos embajadores extranjeros, como si en ello pudiera haber celo de lo que á estos reinos conviniese. Los galanteos, los dichos desenfadados, las frases bizarras del Duque, sus acciones todas, venian desfiguradas á la corte de Castilla con algun aparente fundamento, para hacer más eficaz la calumnia (2). Pero este sistema, aunque de resultado seguro para la perdicion de la víctima, pedia tiempo y sazon, y era inútil para atajar los males del momento. Estrechábanse las distancias, se veia venir el motin y desercion de los mercenarios, las confidencias aumentaban el sobresalto y recelo; no habia que perder ni un solo instante. Puso á contribucion la Señoría el ingenio de sus hijos; y con el propio misterio y en las mismas tinieblas con que enjuiciaba y perseguia, y con la impasibilidad misma con que á sus operaciones mercantiles sabia sacrificar todas las consideraciones humanas, proyectó y dispuso el

---

(1) *Lince de Italia*, pág. 244.

(2) *Memorial* de Chumacero, pliegos A., folios 2 y 4 vueltos; E, fol. 10; L, folios 23 y 21; n., fol. 23.

remedio. En juntas nocturnas y secretas reuniéronse los Diez, buscando un arbitrio enérgico, inesperado, increible, que diese lugar á muchas y desatinadas versiones, que nunca pudiese descifrarse bien, cuya narracion exaltase la fantasía, inclinandoá explicarle con fundamentos recónditos, muy graves y muy justificados. Un fraile servita despejado y travieso halló traza de satisfacer todas las imaginaciones, de atar los cabos todos, de ganar amigos y derribar muchos contrarios con un solo golpe. Ofrecia reprimir la insolencia de las tropas asalariadas, atemorizar á los débiles, castigar á los rebeldes, granjearse al Turco, hacer odioso el nombre español, echar su embajador de la ciudad, inflamar el espíritu de los pueblos, armarlos contra España, y hacerles aumentar el tesoro, levantar los estados de Italia, y empeñar á los potentados en el exterminio de los extranjeros que oprimian las fértiles campiñas que parte el Apenino y ciñen los dos mares; y dejando un problema dificil de desatar para los historiadores, hacer interesante á Venecia á los ojos de todo el mundo. Tal es la explicacion exacta de la célebre conjura de 1618.

Lúnes 14 de mayo aparecieron ahorcados muchos hombres extranjeros todos, en la plaza de San Márcos; este horrendo espectáculo se reprodujo en mayor número al dia siguiente. La sorpresa de la poblacion fué indecible. Súpose que las prisiones eran sin cuento, que estaban repletos los calabozos del consejo de los Diez; hablábase de ejecuciones nocturnas y secretas; los canales y lagunas daban señales ciertas de haber tragado muchos hombres; corrian noticias de iguales escarmientos en castillos de la marina, y de que no pocos extranjeros empleados en la flota habian perecido á puñaladas, ahogados á cordel ó entre las olas. A tal espanto se agregó la nueva de un horroroso peligro. Dijose que la República estaba amenazada de muerte; que existia una conspiracion para entregar al fuego las atarazanas, saquear la casa de Moneda, la Aduana, y volar con una mina el Senado cuando estuviese en él reunida la nobleza. Y se divulgó la especie de que para disponer tan execrable accion habia recibido el embajador de España ochenta mil escudos, y el virey de Nápoles enviado á la deshilada, cargados de dádivas y esperanzas, muchos extranjeros, la mayor parte franceses, á quienes la República, por sus urgencias, los habia recibido y mantenido á su costa (1). Un cuidado especial hubo en que la voz pública designase por cabeza de la conjuracion al normando Jacques Pierres, y el general Pedro Barbarigo le hizo morir en la isla de Curzola, arrojándole al mar dentro de un saco. Cegóse el populacho, insultó las casas de Bedmar, tuvo al fin este que abandonar á Venecia, y cinco meses despues un decreto del Senado acordó gracias solemnes á la Providencia por haber salvado la República.

No dió esta el menor conocimiento del suceso á potencias amigas ó enemigas: siendo tan acriminadora de las acciones españolas, y deseando tanto desacreditar su nombre en todas partes, en ninguna ni en público ni en secreto, dió quejas ni imputó á España el proyecto; dejó, sin embargo, correr todas las versiones por absurdas que fuesen, y únicamente trató de desvanecer una, por lo mismo que tenia fundamento. Dijo que era pura invencion de los que tenian interes en ocultar la verdad, y de los que hacia muchos años conspiraban contra el arsenal, el erario y la nobleza, suponer que fué la muerte violenta del infortunado Jacques Pierres un sacrificio hecho á la Puerta Otomana. La disculpa sola bastaba á poner fuera de duda la verdad del hecho. Fué Jacques Pierres terror de los turcos, desolando su comercio y revolviendo los mares de Levante con arriesgadas y continuas empresas. Entró al servicio del duque de Osuna, tan amigo de los que abrigaban gran corazon y no vulgar ingenio; pero le dió el pago que suele tal casta de hombres, huyéndose á la república de Venecia y ofreciéndole su brazo, mediado ya el año de 1617. Ella, tan suspicaz y recelosa, ¿cómo no temer algun lazo en la fuga del capitan aventurero? Espiándole, supo que trataba con el duque de Nevers de invadir la Morea (2). Interceptó papeles que descubrian todo el proyecto, y los puso inmediatamente en Constantinopla. El Turco, agradeciendo la oficiosidad veneciana, exigió el exterminio del Jacques Pierres (3).

(1) Ni siquiera el mérito de la invencion y de la novedad tenia este pretexto en que se fundaba el arbitrio del servita. Encuéntrase en el *Libro* que micer Antonio Panormitano compuso en 1455 *de los dichos y hechos del famoso y decantado rey de Aragon D. Alonso, llamado el sabio*, conquistador de Nápoles, de quien fué maestro, secretario y consejero el autor. Cuenta que el magnánimo príncipe rechazó con indignacion la oferta de un aventurero le hacia de incendiar las atarazanas y galeras de Venecia, calificando el hecho de pérfido y de injusto. (Fol. 44 de la traduccion española; impresion de Valencia, en casa de Juan Joffre, мdxxvii.)

Suponer pues ahora en el Duque virey una accion que desde lo antiguo venia condenada como infame, era soberbia traza para exasperar los ánimos.

(2) Pretendia el Duque haber heredado los derechos de los Paleólogos á una parte de Grecia.

(3) Complicóse con esto para acelerar su ruina, que de su ingratitud resentido el virey de Nápoles, quiso despertar celos en los nuevos amos del pirata, y á título de amistad

Más de seiscientas victimas sacrificó en su frenesí la Señoría : martirizó en el tormento á muchos inocentes ántes de arrancarles la vida ; hizo apariencia de proceso, lleno de contradicciones y absurdos, y en él figuraron acusados y acusadores; pero todos fuéron declarados culpables; todos, sin excepcion ninguna, perecieron míseramente. El mismo Antonio Jaffier, que hace papel de denunciador, interesado en la salud de la República, y que recibe cuatro mil zequies de premio, es ahogado en las lagunas, y los otros cuatro delatores no acaban de mejor modo. Pero en verdad es muy peregrino se ensangrentase con preferencia la saña veneciana (segun los historiadores más célebres) en los extranjeros que se hallaban momentáneamente en la ciudad, aunque no tuviesen ninguna conexion con las tropas asalariadas cuya fidelidad se puso en lenguas (1).

En aquella noche terrible de espanto, consternacion y exterminio, libró QUEVEDO por un milagro la vida. Con hábito y ademanes de mendigo, todo haraposo, é imitando con arte sumo el acento italiano, se escapó de dos esbirros que le perseguian para matarle; entre ellos estuvo, le observaron, sin sospechar jamas que fuese extranjero. Siempre que años adelante en el esparcimiento de la amistad solia hacerse memoria del suceso, era lo más que se le oia, motejar de torpes y descuidados á los asesinos (2). Con extremada precaucion, entre los ayes de los moribundos, entre los golpes de los verdugos y entre las blasfemias de los sicarios, salió de la ciudad. ¡Cuántas veces le estremeceria el murmullo del viento y el choque de las olas, remedando voces humanas de persecucion y de muerte! ¡Cuántos riesgos que arrostrar, cuánto que vencer, hasta pisar las risueñas y floridas riberas de Nápoles!

Poco tardaron venecianos en descubrir la mala salud de sus pensamientos respecto de QUEVEDO. Al instante, engañados por haber creido de nuestro autor un *aviso* (*ragguaglio*) á que responden, imprimieron contra él un libro en Antinópoli, compuesto por Valerio Fulvio, saboyano, y dirigido al propio duque de Saboya. Titúlase *Castigo essemplare de' calunniatori*, lleno de maldades y mentiras contra la persona de DON FRANCISCO, por vengarse de que decian que él y otros dos, por órden del duque de Osuna, trataron en Venecia de saquearla ú disponerlo (3). Llámanle nigromante, y que pretendia hacerse *reina* de Italia. Alli se apuntó la especie de que Osuna pensaba en levantarse *rey* de Nápoles. Haciendo que de este modo corriese en el vulgo, é intrigando por bajo de cuerda con los implacables enemigos del Duque, se completó la segunda parte de la verdadera conspiracion.

Este príncipe inmediatamente envió á España á QUEVEDO, noticioso de que la República dirigia contra él quejas á su majestad, que entendió en ello por el consejo de Estado, corriendo los papeles á cargo del secretario Ziriza. A la vez que el caballero santiaguista, llegaron impresos con la noticia de haberle mandado quemar en estatua el senado de Venecia : el populacho lo habia hecho ya el año ántes con el del duque de Osuna.

Aquella república se desató en calumnias, fingia revelaciones, cartas y papeles, para rehabilitar el pabellon de San Márcos, deslucido por las acciones maritimas del Duque, y trabajó porque se pudiera sospechar haber estado con él algun tiempo en connivencia, fingiéndose enemigos, para ayudarle con secreto y holgura en el proyecto de proclamarse rey de Nápoles. Esto se estampó en *raguallos* soñados para desmentir públicas victorias; y ni faltó allá un reino que se pusiese á escribirlo, y aquí y alli otros á creerlo, ni historiadores que recogiesen con avidez tales hablillas, y compusiesen con ellas sus discursos.

Por octubre arrojó del valimiento al duque de Lerma, su hijo el de Uceda : tal es la ambicion,

---

y resto de sueldos, con unos mercaderes venecianos envióle públicamente cuatro mil escudos. (*Storia di Pietro Giovanni Capriata*, lib. 6.)

Tarsia cuenta de muy diverso modo el suceso, afirmando que Jacques Pierres, un español genizaro (Alejandro de Espinosa) y QUEVEDO fuéron juntos á Venecia á hacer una diligencia de grande riesgo. (Pág. 89.)

(1) Gregorio Leti, *Vida del Duque de Osuna.*—Historia de Venecia de Bautista Nani. — *Storia civile veneziana di Vettor Sandi.*—*Memorie recondite di Vittorio Siri.*—Giannone, *Historia civil del reyno de Nápoles.*—*Storia di Pietro Giovanni Capriata*, lib. 6.—Daru, *Histoire de la république de Venise*, lib. 31.

(2) Tarsia, pág. 89. — «Habiéndosele ofrecido al duque de Osuna el valerse de su persona para que fuese á Venecia á tratar algunas cosas acerca de componer las disensiones que aquel reino (el de Nápoles) tenia con venecianos, conociendo que esto cedia en utilidad del bien publico, disfrazado hizo la diligencia con gran trabajo y riesgo de su vida.» (Advertencia *al lector*, en *Las tres musas últimas castellanas*, que publicó don Pedro Aldrete Quevedo y Villegas en 1670.)

(3) QUEVEDO, *Lince de Italia*, pág. 238.—Los autores del *Tribunal de la justa venganza* (pág. 19) calificaron á Fulvio de diligente y fiel historiador de la vida y costumbres de nuestro poeta.

que rompe y atropella por la propia sangre. Parecia con esto haberse abroquelado el Virey contra el ímpetu de tantas recriminaciones. Mostrábase con todo el marqués de Siete-Iglesias, don Rodrigo Calderon, inclinado á las voces que esparcian los adversarios, y Quevedo escribió al duque de Osuna que no se correspondiese con él. Por satisfaccion de su sentimiento envió el Duque la carta á don Rodrigo, quien, para confusion de Quevedo, se la mostró en su palacio. Nuestro caballero la reconoció por suya con arrojamiento venturoso, no sin vanidad de hacer ménos caso del enojo del favorito en su casa, que el Duque desde Nápoles. Retirado con ceño el Marqués, recibió órden el caballero de ampararse de Uceda en todo, y tratar con él los negocios del vireinato, sin otra asistencia alguna.

Arreciaba entre tanto la tempestad de acusaciones y quejas asestadas con diabólico artificio para perder al mortificador de los venecianos. Un sinnúmero de agraviados y quejosos conjuráronse con el propósito de satisfacer los deseos del norte de Italia. No perdonaron en Osuna alma, fidelidad ni reputacion; manosearon con desaliño tanta grandeza, hicieron relaciones de excesos abominables atribuidos al Virey, logrando que las leyese la majestad Católica, y que se imprimiesen con horror en su ánimo religioso. Entendiólo Quevedo, y aventurándose con Uceda, le significó su pesar con alguna entereza, porque, siendo el valido la puerta por donde entraban las acusaciones, hubiese estado abierta en daño del famoso don Pedro Tellez Giron, ministro tal, que nunca tuvo otro más grande la corona de España. Respondió Uceda que le parecia bien la advertencia, con semblante de que le parecia mal; escribió á su consuegro que la libertad del agente era desapacible á los negocios, y que convenia sacarlo de ellos con brevedad. Con ello dió el Virey oidos á los entremetidos y envidiosos, y dijo en público palabras que le mostraban descompuesto con don Francisco. Los adversarios de este le escribian intimidándole para que no se arrojase á volver á Italia, porque peligraria su vida, para ver si deteniéndole con el miedo le hacian culpable á los ojos del valeroso amigo (1).

Con desprecio de esta persecucion, pasó á Nápoles en compañía del marqués de Santa Cruz, que fué huésped del Duque y testigo de todo. Acarició á Quevedo en el recibimiento, y aquella noche hablaron de palabra lo que no se pudo fiar á la pluma. Pero en el sinsabor de tales pláticas vió nuestro hidalgo adolecer su opinion y enfermar su buena dicha, formando resuelto ánimo de descansar de estos odios, bajarse de donde querian derribarlo, y volver á la patria para entregarse todo á la dulce tranquilidad del campo, á las musas y á las letras, y hacer que de molde corriesen las obras de su aplicacion provechosa y de su rozagante ingenio (2). Al siguiente dia mostró su propósito de regresar á España: pidió licencia, y miéntras le fué concedida, esquivó toda ocasion de que pusiese á prueba su paciencia la sequedad del Duque.

Abandonado á sí mismo este varon, grande en las virtudes y en los vicios, de ingenio vivo, pero turbulento, sangriento en las iras, inconstante en las amistades, peligroso en los favores, beneficiado en riqueza, allanó el camino del triunfo á sus émulos, con la desenvoltura de la vida y la ejecucion licenciosa de sus apetitos. « Su ánimo (dijo por entónces un gran político español) era levantado, amigo de empresas y novedades, pronto en los medios, fácil en la disposicion de ellos; obraba con movimientos repentinos, sin el gobierno de la consideracion; dado á las delicias de mujeres, entre ellas levantaba el pensamiento á cosas grandes; su prodigalidad era inconsiderada; apetecia los bienes ajenos y despreciaba los propios; la facundia mucha, la prudencia poca (3). »

(1) *Memorial de Chumacero*, pliegos C., fol. 7 vuelto, L. 24 y i 17.—Quevedo, *Grandes anales de quince dias*, páginas 201 i 203.

A 12 de marzo de 1619 escribió un discurso histórico-teológico sobre *La primera y más grande persecucion de los judíos*.

(2) Hay que suponer, miéntras no parezcan nuevos datos, que ninguno de los escritos de Quevedo se dió á la estampa hasta el año de 1620, y que fué el primero el *Epítome á la historia de la vida egemplar y gloriosa muerte del bienaventurado fray Tomas de Villanueva, arzobispo de Valencia*. Encargado fray Juan de Herrera de su beatificacion, supo hacia diez años que estaba escribiendo Quevedo la obra grande de la vida del Arzobispo; y acercándose el

momento de colocarle en los altares, pidió á nuestro escritor hiciese este *Epítome* para informar con brevedad la noticia de todos. Acabóle en doce dias, y le vendieron los ciegos en la primer semana del mes de setiembre.

(3) A no dudar es este retrato de la pluma de don Diego de Saavedra, que intervino en los escándalos de Nápoles por junio de 1620, como secretario del cardenal Borja. (Biblioteca Nacional, H. 53.)

Véase, en oposicion, cómo retrata Quevedo á su favorecedor y amigo:

«Otros decian que el Duque habia perdidose por ser hipócrita de pecados; agradeciendo el crédito anticipado que le daban, á los delitos que él se levantaba á sí mismo, los que le oian cuando se mostraba muy elocuente en desacredi-

De estas y otras calidades se tomó pié para destemplar su gobierno y desacreditarlo, y alborotándose las olas de la emulacion y de la envidia al embate de tres años continuos triunfaron del siempre triunfador. «Vino el Duque echado de Nápoles, y á vista de toda España (dice QUEVEDO), hizo conmigo más demostraciones de amor que nunca, y tantas caricias, que hubo quien dijese que la desavenencia pasada habia sido traza entre los dos; y con estas acciones y favores decia que solo yo le habia dicho lo que si hubiera hecho, no se viera en el estado que lloraba. Y como le vian comer y andar siempre conmigo, y solo asistir á mi casa, los que me habian descompuesto con él, temiendo que yo, desobligado, no le advirtiese de lo mal que le divertian sin remedio ni castigo, dejándole en manos de la persecucion, ó porque no viese la gente juzgado el pleito en mi favor, —asiendo de los primeros achaques, me prendieron y desterraron.» El Duque entró en Madrid á 10 de octubre de 1620; la prision de nuestro poeta debió de verificarse en la fuerza del invierno. Facilitó la resolucion y levantó la cantera don Fernando Acebedo, á quien hubo de conocer aquel en Alcalá de criado del maestro Pedro Arias, en el colegio del Rey; y llegando á ser arzobispo de Búrgos y presidente de Castilla, reventaba de vanidad, y presumia de hidalgo, descendiente de principes y emperadores: ilusiones y encantos que convertia en tesoro de duendes la sátira y la malicia del caballero oriundo de la montaña. El achaque de la prision de DON FRANCISCO fué, que en su casa entraba el Duque á todas horas, y que le asistia á los gastos y fiestas con lisonja; dando á entender que el parecer y consejo del amigo tenian la culpa de todo lo que se murmuraba en el prócer. Por órden de Felipe III lleváronle á Ucles, y despues á la Torre de Juan Abad. Pidió las causas por que le perseguian, y no se las dieron, ni repararon en confesar que le castigaban de memoria. Tan ofendido estaba el favorito del Monarca y el presidente de Castilla, que á no morir el Rey no le concedieran volver á Madrid en muchos años (1).

A la muerte de Felipe III (31 de marzo 1621) siguió la revolucion que trae consigo el advenimiento de un nuevo príncipe. Vino á tierra el valido, levantóse otro. Y como, descuajado por los huracanes el corpulento cedro, lleva tras sí los arbustos que de su sombra se amparaban, tal con el duque de Uceda cayeron sus hechuras. En él habia el conde de Olivares aprendido á alzarse con la privanza, y en su padre don Francisco Gomez de Sandoval, duque de Lerma, á ganar temprano la voluntad del sucesor de la corona. Esclavizó su ayo al tercer Filipo facilitándole oro para secretas limosnas; don Gaspar de Guzman hizo posesion suya á Felipe IV corrompiéndole y dando libre rienda á sus pasiones y desordenados apetitos. Fuéron contrarios los medios, el fin uno mismo. Soberbio y taimado abrigaba el conde de Olivares odio invencible contra la casa de Sandoval, y cuando tuvo en el trono al Rey su pupilo, tiró á deshacerla y aniquilarla. Los excesos de esta prepotente familia habian de cohonestar cualquier persecucion, por rigurosa que fuese; la cual, por otra parte, debia de ser grata al pueblo, que estaba hambriento de justicia. Algunos desagravios, acertadas providencias en un principio, muchos y galanos ofrecimientos, y el cebo de la medra, haciendo botin los despojos de los caidos, habian de traer secuaces y amigos á los que se apoderaban del timon del Estado, y engendrar lisonjeras esperanzas. Nada de esto pudo ocultarse al conde de Olivares: aparentaba desdeñar el poder, y cederlo á su tio don Baltasar de Zúñiga; pero en un punto resonó el trueno é hirió el rayo de su venganza. Embarazóse en el bonete del Cardenal duque; pero estrenáronla Osuna y Uceda; la amistad y obligaciones del Conde para con el marqués de Siete-Iglesias permanecieron mudas, y el Marqués subió al patíbulo y entregó su cuello al verdugo. Estrépito de cerrojos y cadenas, tropel de alguaciles, estoques y alabardas, cercando casas de próceres y ministros, ó llevándolos por las calles públicas en la mitad del dia, alternaron con las fiestas y vítores de un pueblo que saludaba el sol de un nuevo reinado.

Sucesos de tamaña importancia corrian por la Península rápidamente, llegando muy luego á

tarse. No hubo desgarro que no dijese que le habia de hacer, ni cosa buena que no hiciese. Sus servicios fuéron tantos y tales, que le acobardaron el premio y le solicitaron la invidia. Otros, ostentando advertencia política, encarecian la maña con que los enemigos de la corona de España se habian vengado de la ceniza que les puso en todas partes; y tenian esta persecucion por encaminada de venecianos y piamonteses, y otros á quien el Duque hizo recuerdos de la

grandeza de España, esforzados y dichosos.» (*Grandes anales de quince dias*, pág. 197.)

En el *Memorial* de Chumacero están consignados los singulares servicios y prendas de Osuna: pliegos C., fol. 8 vuelto; G., 13 v.; l., 21; m. 24 v.; n., 25.

(1) *Grandes anales de quince dias*, páginas 201 y 202. Once años dice QUEVEDO, en el *Lince de Italia*, pág. 235, que fuéron los que sirvió á su majestad en aquellos reinos

noticia del prisionero de la Torre de Juan Abad. Aliviaba allí con las ciencias y las musas la soledad de su encierro, y desataba los raudales de su experiencia, viviendo en agradable compañía con los recuerdos de tantos años de agitacion y estudio y de tan numerosos viajes. Fruto de esta soledad entretenida fuéron los apuntamientos titulados *Mundo caduco y desvaríos de la edad en los años desde 1613 á 1620*, y *Los grandes anales de quince dias, historia de muchos siglos que pasaron en un mes*, donde escribió la deshecha borrasca de los favoritos del rey difunto. Retocó, aderezó y compuso un hermoso libro que tenia bosquejado hacia ya cerca de cinco años, la *Política de Dios, gobierno de Cristo y tiranía de Satanás;* y comentó asimismo por aquel tiempo la *Carta del rey don Fernando el Católico al primer virey de Nápoles*, no llevándole tal vez á remitirla á don Baltasar de Zúñiga mejor propósito que atizar la persecucion contra el cardenal duque de Lerma, amparado en las protestas y amenazas que hacia para su defensa el papa Gregorio XV. ¡Tanto puede aun en pechos nobles y sabios un grande resentimiento! Con la gravedad de tales estudios alternaban en el encierro poesías de burlas y discursos amenos, lozaneando en ellos el genio é ingenio del escritor festivo y punzante (1). Hijo de estos sabrosos esparcimientos fué el *Sueño de la muerte (Visita de los chistes)*, que nuestro autor quiso que fuese el último de los *Sueños*.

Los jueces que procesaban á los tres duques trajeron en agosto de 1621 á Madrid por breves dias á QUEVEDO, señalándole su propia casa por cárcel. Tomáronle declaracion de sus cartas; dióla, agravando á Uceda por las quejas que de él tenia; pero en aquellas no se rió necedad ni acusó delito. Sin embargo, interpretándolas torcidamente el fiscal de la causa para estrechar á Osuna y Uceda, y defendiendo á los duques perseguidos su abogado, lastimaron la honra y opinion de QUEVEDO, que, si bien estragada y perseguida, no fué nunca infamada con nota ni delitos de mala voz. Llamábase el letrado don Francisco de la Cueva y Silva; era famoso y el primero de la corte, y tratando siempre con magnates necesitados de su farándula, dábase más importancia que un ministro; hombre de malísimo gusto, de confuso y embrollado entendimiento, y cuya ciencia consistia en llover diluvios de citas en sus alegatos. Ni hay voces para encarecer hasta dónde extremaba esta pedantería, ni paciencia para leer hoy una sola plana de los que se conservan impresos (2). QUEVEDO se vengó del licenciado retratándole de mano maestra en el *Sueño de la muerte*, que dedicó y envió desde la Torre á doña María Enriquez, dama de la reina Isabel de Borbon, mujer de Felipe IV, en 6 de abril de 1622. Mostrándose rendido y galan con esta señora, y ponderándole cuán preocupado vivia despues que pudo admirar su belleza, concibió esperanzas de romper las prisiones, de tener un apoyo firme en palacio, y aun de lograr en él algun destino importante.

Alcanzó por el pronto licencia para irse á curar á Villanueva de los Infantes de unas tercianas malignas. Traíale todo el invierno muy mal parado; y por la falta de médicos y botica, y por la sangría que le hizo en la Torre un barbero gañan del lugar, corrió muy grande peligro. En el estado miserable en que se encontraba, escribió al Presidente de Castilla «haber visto muchos condenados á muerte; pero ninguno á que se muriera». Con el regalo y holgura de la tierra y la asistencia de buenos médicos restablecióse luego, y en diciembre diéronle por libre los señores de la Junta, prohibiéndole entrar en la corte ni acercarse á ella diez leguas á la redonda, cortapisa que desapareció por marzo del año siguiente (3). Acababa de publicarse el mes anterior la pragmática relativa á reforma de los trajes y represion del lujo: una de tantas providencias con que (ayudando la ignorancia de aquellos tiempos en materia de economía política y buen gobierno de la república) consiguió deslumbrar á los más astutos el conde de Olivares, prometiendo reparacion de agravios á los pobres, disminucion de cargas y tributos á los pueblos,

---

con asistencia en Sicilia y Nápoles, y noticia y negocios en Roma, Génova y Milan; haciendo en este tiempo catorce viajes por mar y tierra, que tuvieron, no sin fruto, más de estudio aprovechado que de peregrinacion vagamunda.

Tarsia reduce á nueve los años y á siete los viajes.

Ceñida mi narracion á datos y documentos seguros, descubre lo que hay de exagerado ó falto en uno y en otro aserto.

(1) «Grande fué su fortaleza. Las persecuciones, prisiones y trabajos que la envidia de sus enemigos le causaron,

nadie lo ignora: en las prisiones primeras que tuvo en la Torre de Juan Abad escribió las poesías más burlescas y de mayor chanza que hay en sus obras.» (El sobrino de QUEVEDO, en el prólogo á *Las tres últimas musas*, 1670.)

(2) *Grandes anales de quince dias*, pág. 203.—*Memorial del pleito que el señor don Juan Chumacero y Sotomayor, Fiscal del Consejo de las Ordenes y de la Junta, trata con el Duque de Uceda* : impreso por la viuda de Fernando Correa, Madrid 1622. Pliegos B., fol. 5 v.; a., 1; b., 4.

(3) Tarsia, páginas 91 y 92.

anunciando, en fin, á España el reinado de la justicia. Quevedo saludó al favorito poniendo en su mano la *Epístola satírica y censoria contra las costumbres presentes de los castellanos*, escrita en magníficos tercetos, y dirigida á ponderar aquella providencia. En la epistola se nombra ya Señor de la villa de la Torre de Juan Abad; y por entónces debió de entrar en palacio, sin que hasta ahora se haya podido averiguar con qué carácter, ni á quién debió distincion tan ambicionada (1).

La primavera y el estío del año de 1623 se pasaron en justas y regocijos, celebrando la venida del príncipe de Gáles y su desposorio con la infanta doña María, hermana de Felipe IV. Lo inesperado y nuevo del suceso, las peregrinas circunstancias de que estuvo rodeado, las cuestiones religiosas que suscitó, y la grandeza de los espectáculos públicos que le solemnizaron, no dejaban parar las musas españolas. El ingenio se agotó en el teatro; y las fiestas de toros, los saraos y los torneos eran cantados por un ejército de poetas. Quevedo ni tenia condicion de callar cuando el regio alcázar rebosaba en alegría, ni de estarse con los brazos cruzados cuando los vates, divididos en huestes contrarias, se acometian unos á otros como tigres y leones. Todos cayeron sobre el buen don Juan Ruiz de Alarcon y Mendoza, el más profundo, filosófico y pulcro de nuestros dramáticos, por habérsele preferido para describir los toros, cañas y escaramuzas que regocijaron la plaza Mayor el lúnes 21 de agosto.

Tuvo la venida del inglés por uno de sus principales objetos la restitucion del Palatinado (2). Felipe IV, aconsejándose de repúblicos y teólogos, tiró á que las negociaciones redundasen en beneficio de los católicos y de la paz general; pero ni el español ni el britano podian entenderse : Felipe hallaba grandes inconvenientes en devolver aquel territorio; Jacobo carecia de libertad para otorgar cuanto se le reclamaba en puntos de religion. En fin, descorazonado y secretamente desabrido el príncipe de Gáles, salió para sus reinos, llevándose muchos lienzos de los más grandes pintores del mundo, y otros riquísimos regalos que pregonaban la munificencia castellana. Entibióse la plática del matrimonio; desarrebozáronse á poco los propósitos de ambas coronas, y surgieron fundados temores de un bélico rompimiento.

Con harta prevencion receló el rey Católico algun golpe de mano de aquellos astutos mercaderes, siempre anhelosos de encontrar coyuntura para enseñorearse de las columnas de Hércules. Determinó pues pertrechar contra un desembarco las costas de Andalucia, disponiéndolo todo por sí mismo en las encantadas regiones que abraza el Bétis, y que el divino Jenil fertiliza y hermosea. La expedicion partió de Madrid el 8 de febrero de 1624, formando parte de la regia comitiva don Francisco de Quevedo Villegas. Nueve dias se tardó en llegar á Andújar, con un temporal deshecho de agua, nieve y ventisca; y de allí nuestro poeta dió cuenta del viaje á su amigo el marqués de Velada (hermano político de Medinaceli), don Antonio Dávila y Toledo. En este regocijado papel descúbrese cuán ufano y alegre iba, y cómo acertaba á deleitar al Príncipe con libertades y burlas bien recibidas, sazonadas con las centellas de su felicísimo ingenio. Asi aparece, leyéndose en la carta que le cupo la honra de tener por huésped en su Torre de Juan Abad al Rey, que para dormir, su majestad derribó la cama que le repartieron, tal debió ser de mala; y que allí el *Caballero de la Tenaza* (Quevedo) se recató de todos. Por abril regresó la expedicion á Madrid, y más adelante la experiencia vino á demostrar cuán fundados eran los temores de que los ingleses hostilizasen nuestras costas.

Entre tanto, á medida que se estrechaban las prisiones del duque de Osuna, furiosa contra él la venganza, íbansele agravando los padecimientos de la gota. Una cárcel sin esperanza de libertad, un tormento continuo sin mostrar flaqueza, una enfermedad tan larga sin remision de salud, dobla-

---

(1) El biógrafo don Pablo Antonio de Tarsia cuenta que por haber gastado en su prision y guarda don Francisco cantidad de hacienda considerable, sin que ninguna satisfaccion se le diese, por aquellos dias suplicó á S. M. que los cuatrocientos escudos de pension de que se le hizo merced siete años ántes se le situaran en Milan, Nápoles ó Sicilia, ó bien se le diese recompensa en algun presidio en España ó con alguna encomienda en su órden de Santiago. Añade que esto no tuvo resultado y que nuestro escritor lo pasó siempre con harta descomodidad, compañera inseparable de las buenas letras. (Pág. 93.)

Por el contrario, sus émulos, que á la sazon publicaron

una *Apología del sueño de la muerte*, motejando al caballero de borracho, de haber tenido entre sus ascendientes uno zapatero, con otras lindezas parecidas, decian que disfrutaba cuatro mil ducados de renta, adquiridos con libertades mal dichas, pero bien pagadas, sin cargo de restitucion, por imposible y por tocar esta al dueño de sus aumentos.

(2) Lo conquistó el monarca español, ayudando al emperador de Alemania, cuando por las intrigas de venecianos se levantaron los bohemios, y coronaron rey al conde Palatino, yerno de Jacobo de Inglaterra.

ron al fin aquel grande espíritu. Cercado de sus hijos, dándoles su bendicion, y diciéndoles que en el estrépito de las armas oirian su nombre, y oirian que la dignidad de morir en defension de la fe y en servicio de su príncipe fué la ambicion de toda su vida; consolado por su confesor fray Luis de Aguilar, y dando seguras muestras de un profundo arrepentimiento de sus juveniles bizarrías, espiró á las nueve de la mañana del dia 25 de setiembre. El ay del corazon de QUEVEDO es tan grande como el coloso que venia á tierra.

> Faltar pudo su patria al grande Osuna,
> Pero no á su defensa sus hazañas;
> Diéronle muerte y cárcel las Españas,
> De quien él hizo esclava la fortuna.
> Lloraron sus invidias una á una,
> Con las proprias naciones las extrañas;
> Su tumba son de Flándres las campañas,
> Y su epitafio la sangrienta luna...

Cinco meses ántes habia fallecido en Alcalá el duque de Uceda. Condenado por los tribunales, absuelto por el Monarca, sin permitirsele volver á la corte, abandonado de los lisonjeros, y viendo entrada á sacomano su casa, entregóse á una terrible melancolía. Ni los consuelos de sus hijos y deudos, ni las cariñosas cartas del de Lerma, que al fin como padre le habia perdonado, pudieron infundirle ánimos y alientos. « Dicenme que os moris de necio (escribíale donairosamente su padre); más temo yo á mis años que á mis enemigos (1). »

Permanecia DON FRANCISCO en palacio cultivando las musas y las lenguas sabias, en correspondencia con ilustrados varones. De ellos eran Juan Jacobo Chifflet, protomédico de la serenísima infanta Isabel y médico de cámara de la majestad Católica; el valenciano Vicente Mariner, peritísimo en latin y griego, que fué bibliotecario del Escorial; don Lorenzo Vánder Hámmen y Leon, vicario de Jubíles; el inquisidor don Juan Adan de la Parra, y don Antonio Hurtado de Mendoza, comendador de Zurita, del órden de Calatrava, secretario de la cámara de su majestad y de la general Inquisicion. Bienquisto de la corte y muy estimado de la familia del favorito, era llamado este caballero el *Discreto de palacio*, á quien Góngora apodaba el *Aseado lego*.

Mendoza pues, QUEVEDO y Mateo Montero, criado del Almirante, solicitados por el marqués de Eliche y de Toral, yerno de Olivares, escribieron, para festejar los dias de la reina Isabel de Borbon, una comedia llena de chistes muy donosos. Fué representada en el real alcázar el 9 de julio de 1625 por los ayudas de cámara, con la folla de bailes y entremeses, aderezo el más sabroso para la augusta familia (2).

QUEVEDO asistió á la jornada que á principios del año siguiente hizo á la corona de Aragon Felipe IV para tener cortes en Barbastro, Monzon y Barcelona, y supo no perder el viaje de Zaragoza. Aprovechando la holgura y libertad de aquel reino, decidióse á imprimir en él algunas de las obras políticas, satírico-morales y festivas que tanto renombre le valian, por copias de mano conocidas únicamente; y tratando con el mercader Roberto Duport y con el impresor Pedro Vérges, salieron á luz la *Política de Dios*, *El Buscon* y *Los Sueños*. En Monzon dió la última mano al *Cuento de cuentos*, que sospecho hubo de publicarse en Huesca; pero el desterrado confesor de Felipe III, fray Luis de Aliaga, hizo, bajo nombre supuesto, correr contra este opúsculo otro que se titula *Venganza de la lengua española*. Una vez en el dominio de la prensa aquellas excelentes obras, los moldes de Valencia, Barcelona y Pamplona, los de Portugal, Bélgica y Francia disputábanse la gloria de reproducirlas (3). Crecia la del autor prodigiosamente. Felicitábale el cabildo compostelano, llamándole honra de aquel siglo, milagro y asombro de los pasados. Pero cuando tomó nuestro caballero la defensa del apóstol Santiago como único patron de las Españas, contra la diminucion del patronato que se pretendia á favor de santa Teresa de Jesus, no hallaba el mismo cabildo voces para encarecer el arrojo del paladin, calificando su ingenio de noble, devoto y purisimo, y hasta de providencial en tiempos tan calamitosos (4). Trabóse espantosa refriega entre los devotos de la Santa y los secuaces de QUEVEDO: refutaciones, censuras, sátiras, caricaturas y

---

(1) Don Juan Isidro Yañez Fajardo, *Memorias para la historia de Felipe III rey de España*, pág. 48.
(2) Biblioteca Nacional, *Avisos manuscritos*.

(3) Tarsia, páginas 17 y 40.
(4) Carta autógrafa.

libelos se arrojaban las opuestas huestes, con escándalo de la piedad y con mengua del decoro. La Inquisicion tuvo que recoger la informacion en derecho del famoso leguleyo Cueva y Silva, y en todos que reprimir excesos, respetando á nuestro autor, sobre quien sin cesar llovian enhorabuenas. Las de la catedral de Toledo y Sevilla, de muchos prelados y de hombres de virtud y ciencia, animáronle á escribir una reverente y elegante epístola á su santidad, que al fin vino á restituir al *hijo del trueno*, grito de nuestras batallas, en la posesion en que estuvo por espacio de once siglos (1).

Tanto aplauso y nombradía, la censura contra las depravadas costumbres que encerraban los discursos impresos en Zaragoza, y lo que podia entreverse contra el valimiento del conde-duque de Olivares (ya tocaba el reino que los primeros actos del favorito no fuéron castigos de crímenes, sino escalones para cometerlos más grandes), exasperaron de nuevo la malevolencia de los envidiosos. Hallaban los aduladores grave desacato contra la majestad real en haber DON FRANCISCO constituido á los ministros del supremo consejo de Castilla tutores de la ley en el hecho de dirigirles el *Memorial por el patronato de Santiago*, y en el de entregar todo esto á la estampa. Añadian que propendia la *Política de Dios y gobierno de Cristo* (á pesar de la fecha atrasada de su dedicatoria) á decir mal del gobierno presente; y procuraron infundir recelos en el favorito de que la pluma del satírico no permaneceria muda en el hambre y desórden general que ocasionaba la mala administracion de la monarquía. Echando mano de aquellos pretextos, desterró el valido á la Torre al señor de Juan Abad, y allí estuvo preso desde abril hasta que se le mandó tornar á la corte en 29 de diciembre de 1628 (2). El encierro no quebrantaba su entereza, y con el arrojo y libertad que le inflamaron siempre dirigió á Felipe IV un largo y valiente memorial insistiendo en la defensa de Santiago y haciendo la suya propia contra todos sus adversarios. Pedia licencia para la impresion, y por no echar más leña al fuego no le fué concedida.

Otro discurso elevó al Rey, que tenia por título *Lince de Italia ú Zahorí español:* papel de gran mérito, rico en experiencia y doctrina, advirtiendo al Monarca el riesgo de estrechar amistades con el duque de Saboya, y de asociarse con él para una empresa cuya inmoralidad vino á descubrir el tiempo. Una persecucion tan injustificable habia de subir de punto y hacer más temible al escritor político. Despique de ella fué el *Discurso de todos los diablos, ó Infierno enmendado (El Entremetido, la Dueña y el Soplon)*, donde llevan la parte peor cuantos dirigen á los príncipes, y cuantos prostituyen el hermoso cargo de repartir la justicia, hija del cielo, sosten y felicidad de la tierra.

Cesaron las vejaciones, y Olivares trató de ganarse la voluntad de QUEVEDO. Quien se muestra invencible roca á las dádivas, á las amenazas y á las persecuciones, suele rendirse á un halago, á una excitacion delicada, á un trato abierto y franco: artificios de que echa mano la refinada astucia; no hay fortaleza imposible de entrar utilizando diestramente el arte, la sazon y los pertrechos. Por otra parte, el escarmiento no hace más avisados á los hombres: á semejanza de las aves, que caen en las mismas redes en que ven aprisionadas sus compañeras. ¿Qué extraño que el favorito lograse su propósito? El primer juicio y el primer movimiento en QUEVEDO fuéron siempre generosos. Respondiendo, como era de esperar, á los intentos del Conde-Duque, escribió en Huesca y publicó en Zaragoza una ardiente defensa del Principe y de su valido cuando el arbitrio de las minas y la baja de la moneda encendieron las recriminaciones del vulgo contra el mal gobierno de la monarquía. Lleva por nombre *El chiton de las tarabillas, obra del licenciado Todo-se-sabe. A vuestra merced, que tira la piedra y esconde la mano*. La casa de Olivares estuvo desde entónces franca para él á todas horas; el Rey, encareciendo sus servicios, fidelidad y calidades, le honró con título de su secretario á 17 de marzo de 1632. Hízole además el Conde-Duque repetidas instancias para que entrase en el despacho de los negocios y papeles más importantes del reino; pero no fué posible se prestase á echar sobre sí tan grave carga. Ofreciéronsele otros puestos, y no los admitió tampoco; díjosele que su majestad tenia resuelto proveer en él la embajada de la república de Génova, y significó no le era posible aceptarla (3). ¿Desdeñaria unir su suerte con la del favo-

(1) Tarsia, pág. 52.

(2) Tarsia, pag. 94.

(3) Tarsia, páginas 94 y 95. — «En su corazon no tuvo enemigos, ni deseo de vengarse de ellos, aunque tuvo tantos contra su persona y reputacion: conócese esto en que aceptando algunos puestos que le fuéron ofrecidos, pudiera hacerlo con mucha seguridad. Estuvo tan léjos de ejecutar este dictámen, que no solamente no buscó puestos, ni ocasion para lo dicho, sino que no los quiso.» (Don Pedro Aldrete, en el prólogo á *Las tres últimas musas*.)

rito, cuyas infames artes para engaitar al Rey eran escándalo del mundo? ¿Mirarale vacilar á las execraciones de un pueblo hambriento, oprimido y exhausto? Como Ulloa, ¿diria tal vez :

> Yo no quiero ser nada sin ser mio?

Todo fué asi. Don Francisco aceptó únicamente las ocasiones de lucir su ingenio y de asistir al lado de su principe. Y cuando la adulacion ponderaba la generosidad del valido para censurar la independencia del caballero, acordándose este de su cojera y de la interesable correspondencia de la vida humana, rompió de repente con este apológico soneto :

> El ciego lleva á cuestas al tullido :
> Dígola maña, y caridad la niego ;
> Pues en ojos los piés le paga al ciego
> El cojo, solo para sí impedido.
> El mundo en estos dos está entendido,
> Si á discurrir en sus astucias llego ;
> Pues yo te asisto á tí por tu talego,
> Tú en lo que sé, cobrar de mí has querido.
> Si tú me das los piés, te doy los ojos.
> Todo este mundo es trueco interesado,
> Y despojos se cambian por despojos.
> Ciegos, con todos hablo escarmentado.
> Pues unos somos ciegos y otros cojos,
> Ande el pié con el ojo, remendado.

Excitado á escribir de pronto, juntamente con don Antonio de Mendoza, una comedia para obsequiar á los reyes la noche de San Juan de 1631, parece que hizo prodigios. Dispuso la fiesta el conde-duque de Olivares en unos jardines vecinos del Prado, sumamente frescos y deleitosos (1). Bosques llenos de oscuridad, enramadas cubiertas de infinitas luces y colores, donde resonaban apacibles músicas, teatros, grutas y peregrinos apartamientos, exhalando aromas y esencias, amenizaron el recinto. Hubo comedia de Lope de Vega, jácaras y cantados bailes del famoso toledano Luis Quiñones de Benavente; disfraces para los monarcas y cortejo de damas, opipara cena y triunfal paseo por la corte.

Rompió con guitarras el teatro, segun costumbre inmemorial, y la compañía de Vallejo representó la comedia de Mendoza y de Quevedo, improvisada pocos dias ántes con el nombre de *Quien más miente medra más* (2). La cual (perdida en este siglo, lastimosamente para las letras) sospecho que no debia concluir con el vulgar desenlace de casamiento; pero sí estar, en cambio, muy bien salpimentada de epigramas y pullas contra el matrimonio, á las que dió el teatro el bulto y vida que presta á todas las cosas. Escandalizadas de tan perniciosa doctrina, fatal al sexo hermoso, las damas de palacio, se conjuraron para vengarse de Quevedo, casándole. Dispusieron tambien al vivo su comedia; hicieron caso de honra vencer, y no hubo artificio de que su imaginacion traviesa y pronta no se valiese por aprisionar al célibe de cincuenta y dos años. Este exclamaba :

> ¡Tristes de nosotros,
> Dichosos de aquellos
> Que el mundo alcanzaron
> En su nacimiento!
> De la edad de el oro
> Gozaron sus cuerpos;
> Pasó la de plata,
> Pasó la de hierro,
> Y para nosotros
> Vino la de cuerno,

> Rica de ganados
> Y Diegos Morenos.
> Yo, que he conocido
> De este siglo el juego,
> Para mí me vivo,
> Para mí me bebo...
> Dicen que me case;
> Digo que no quiero;
> Y que por lomerme
> He de ser buey suelto.

(1) Eran los del conde de Monterey, cuñado de Olivares, y los del duque de Maqueda, entre la carrera de San Jerónimo y la calle de Alcalá, donde estuvo la iglesia y casa de San Fermin. Ocupaban el teatro y el palenque para algunos caballeros embozados, entre los que se halló Quevedo (pues no consintieron sino damas á la fiesta), los mismos sitios que ocupan hoy las oficinas donde se ha impreso y aderezado el presente libro.

(2) «Poblada de las agudezas y galanterías cortesanas de don Francisco, cuyo ingenio es tan aventajado, singular y

Defendiase con sumo valor y sagacidad la dureza del caballero, y parece hubieron de traer en su apoyo las amazonas algun marido pacífico y mollar para que apretase la batalla; pero le desconcertó QUEVEDO con los terribles fuegos de la *Sátira del matrimonio*:

> Dime : ¿por qué con modo tan extraño
> Procuras mi deshonra y desventura
> Tratando, fiero, de casarme hogaño?
>   Antes para mi entierro venga el cura
> Que para desposarme; ántes me velen
> Por vecino á la muerte y sepoltura...
>   Eso de casamientos, á los bobos
> Y á los que en tí no están escarmentados,
> Simples corderos, que degüellan lobos.
>   A los hombres que están desesperados
> Cásalos, en lugar de darles sogas;
> Morirán poco ménos que ahorcados...

Echó el nuevo adalid en rostro á QUEVEDO su mala fama, y dióle por causa su aversion al matrimonio; pero aun de aquí tomó pié nuestro hidalgo para huir todavía más la nupcial coyunda :

> Mas, pues que de mis mañas te informaron,
> De mis costumbres y de mis empleos,
> Y un bruto en mí y un monstro dibujaron;
>   Pues que por casos bárbaros y feos
> Te dijeron mi vida caminaba
> Al suplicio derecha sin rodeos;
>   Que en toda la ciudad se mormuraba
> Mi disimulacion y alevosía,
> Y que pérfido el mundo me llamaba;
>   Que no se vió la desvergüenza mia
> En alguacil alguno ni en corchete;
> Que nadie sus espaldas me confia;
>   Que he trocado en el casco mi bonete,
>
> El *vade-mecum* todo en la penosa,
> Y del año lo más paso en el brete;—
>   Pues si esto te dijeron, ¿cuál esposa
> Querrá admitir marido semejante,
> Si su muerte no busca mariposa?
>   Ponla tantos defectos por delante;
> Dila, en fin, que yo soy un desalmado
> Engerto en sotanilla de estudiante;
>   Y aunque hijo de padre muy honrado
> Y de madre santísima y discreta,
> Dirás que me ha traido mi pecado
>   A desventura tal, que soy poeta.

Viendo la condesa-duquesa de Olivares doña Ines de Zúñiga tan revuelto el campo, embrazó el montante, cortó por lo sano, y al venenoso poeta le señaló como en burlas, para doblar su cuello á la gamella santa, un muy estrecho plazo. Brindóse á buscarle novia, dejando enteramente á su arbitrio señalar las calidades y prendas que habian de adornarla y enriquecerla. «Yo, señora, no soy otra cosa (respondió el poeta marrullero) sino lo que el Conde mi señor ha hecho en mí; lo que ántes era me tenia sin crédito. Siempre, sin embargo, fui bien nacido, señor de mi casa en la montaña, hijo de padres que me honran con su memoria, aunque yo los mortifico con la mia. Los que me quieren mal me llaman cojo, siendo así que lo parezco por descuido, y soy entre cojo y reverencias : un cojo de apuesta, si es cojo ó no es cojo.

»Ahora diré cómo quiero que sea la mujer que Dios me diere en suerte. Noble, virtuosa y entendida; ni fea ni hermosa (entre ambos extremos, prefiérola hermosa, porque es mejor tener cuidado que miedo, y tener que guardar que de quien huir). Ni rica ni pobre, que ni ella me compre á mí ni yo á ella. La apetezco alegre, que en lo cotidiano y en lo propio no nos faltará tristeza á los dos. No la quiero niña ni vieja, que son cuna ó ataud, porque ya se me han olvidado los arrullos y aun no he aprendido los responsos. Daria infinitas gracias á Dios si fuese sorda y tartamuda. Pero despues de todo, estimaré en mucho la mujer tal como la deseo, y sabré sufrir la que fuere como yo la merezco. Bien podré ser casado sin dicha, pero no mal casado. »

Entre tanto los amigos deseaban la boda, y los enemigos tambien. Estos para que con obras

conocido en el mundo. En muchas comedias de las ordinarias no se vieron tantos sazonados chistes juntos como en esta sola : que en la agudeza del autor un solo dia de ocupacion fué sobrado campo para todo.» (*Relacion* antigua *de* *la fiesta,* publicada entre los apéndices del *Tratado histórico sobre el origen y progresos de la comedia,* por don Casiano Pellicer.)

desacreditase el escritor sus palabras; aquellos para que diese un buen ejemplo al mundo y gozase los verdaderos encantos del amor en el puro cariño de una esposa. Oyó el duque de Medinaceli (1) las condiciones que el vate señalaba, y le trajeron á la memoria un alto sugeto, diamante olvidado en los campos que fertiliza el Jalon, como está olvidada la gota de rocio en el cáliz de una azucena. Puso entónces la mira en llevarse el lauro de domar al solteron rebelde; y cuando este salió acompañando al Rey en la jornada de Cataluña, por abril de 1632, recibió encargo de visitar, á nombre del Duque, á la virtuosa y modesta señora de Cetina, doña Esperanza de Aragon y la Cabra, unida en parentesco por su grande calidad á la mayor nobleza aragonesa y castellana (2).

En la visita quedó cautivo el caballero, y el Duque se jactó siempre de no haber podido hacer más en obsequio de quien estimaba tanto, que granjearle por mujer una tan principal y hermosa dama (3). Debieron por el otoño del año siguiente celebrarse las bodas, viviendo juntos ocho meses los desposados en el albergue rústico de Cetina. Pleitos que trajo consigo la dote de doña Esperanza exigian la presencia de Quevedo en Madrid, y tuvo que abandonar tan dulce compañia por abril de 1634. En seguida graves asuntos lleváronle, declinando ya el estío, á la Torre de Juan Abad, cuyo señorío se le disputaba sañudamente, y allí vino á recibir la amarga y no esperada nueva de la muerte de su esposa : golpe que desgarró su corazon, porque decia que no esperaba hallar otra Esperanza (4).

Sus duras y amargas invectivas contra el matrimonio publicaban no comprender Quevedo qué tesoro de felicidad encierra el cariño de una esposa, ni cómo la mujer propia levanta y engrandece al hombre. Malogró en su juventud lozana la sazon de hallar esa hermosa mitad que comparte con nosotros las penas y los placeres; y cuando cercano al sepulcro se hacia más viva la necesidad de una dulce compañera, y la halló prudente, virtuosa, perfecta,—tocar la dicha y desaparecer como sombra, para Quevedo fué todo uno : como si hubiera querido el cielo castigarle, dándole el desengaño á la par que el arrepentimiento, y haciéndole gustar la copa del placer y de la felicidad para arrebatársela luego al punto y para siempre de sus labios.

Los enemigos de Quevedo, que tuvieron la desatencion de obsequiar á la recien casada enviándole un soneto que comienza

Si no sabeis, señora de Cetina...

trataron de extender la calumnia de haber don Francisco padecido en su matrimonio todos los riesgos, males y sinsabores que su malignidad recelaba, pagando en poco tiempo mucha pena; pero lo inverosimil, absurdo é inicuo de la misma voz la desvaneció al instante con mengua de sus indignos autores (5).

---

(1) Don Juan Luis de la Cerda, duque de Medinaceli, marques de Cogolludo, conde de la ciudad y gran puerto de Santa María, marqués de Alcalá, fué tan sabio como valiente, magnánimo y generoso. Llamábanle el César de su tiempo. Gran teólogo y escriturario, amó todo género de erudicion y á los hombres señalados por su ciencia y virtud. En el vireinato y capitanía general del reino de Valencia adquirió renombre de moderado y justo; y en el puesto de capitan general del mar Océano y costa de Andalucía, se mostró sagaz ministro y cumplido caballero.

(2) «Hermana de don Bernardo de la Cabra y Aragon, obispo de Balbastro; del padre Juan de la Cabra y Aragon, de la Compañía de Jesus; y de don Francisco de la Cabra y Aragon, caballero del órden de Santiago, que casó con la sobrina del cardenal Zapata, hija del conde de Barajas. Con esta señora vivió don Francisco de Quevedo, aunque poco tiempo, tan conforme, que solo en sus nobles prendas halló desquite de las adversidades que habia padecido. *Dejó con haber tomado estado ochocientos ducados de renta que gozaba por la Iglesia con caballerato.* Dispuso naturaleza con bien ordenada alusion que como la fecundidad de sus padres fué única en la sucesion varonil, así don Francisco no la tuviese, porque quedase singular, pues en el ingenio lo era.» (Tarsía, pág. 100.)

(3) Cartas familiares del duque de Medinaceli no publi-

Q-1.

cadas todavía.—Tarsia fija el casamiento de Quevedo en el año de 1634; pero como aparezca de aquellas que don Francisco permaneció en la corte desde fines de abril hasta principios de setiembre, y su mujer en Cetina, resulta que cuatro de los ocho meses que vivieron juntos en este pueblo corresponden al año de 1633.

(4) Tarsía, páginas 110 y 111.

(5) Tarsía, paginas 112 y siguientes.—Nuestro terenciano Breton de los Herreros, en su hermosa comedia titulada *¿Quién es ella?* donde la figura de Quevedo no es indigna del original, ha respondido á la calumnia, aun despues de muerta, con estos lozanos versos ajustados cuerdamente á las palabras del biógrafo Tarsia :

REY.

¿Por qué teneis tanto miedo,
Por qué tan mala opinion
De la mujer?—¡Ah!... ¡Chiton!
Casado fuisteis, Quevedo.

QUEVEDO.

Permitidme repeler
Ese punzante epigrama,
Que mi esposa fue muy dama
Y muy honrada mujer.

REY.

Lo sé.

G

Hasta aquí han venido atropellándose los acontecimientos sin darnos lugar para decir algo de escaramuzas literarias, áspero silicio y fiero azote con que unos á otros los escritores se atormentan. Góngora y QUEVEDO fuéron siempre rivales : ambos escribian letrillas satíricas, y el último habíase erigido en paladin de la entereza y buen lustre de la hermosa lengua castellana, lastimada groseramente por los disparates y locuras del poeta de Córdoba. Echaba este en rostro á su adversario que dormia en español y soñaba en griego; burlábase de su *Anacreonte*, motejábale de malos piés y malos ojos, reíase de la cruz roja de su pecho y de sus peregrinaciones, y en fin, zaheríale de borracho, de pedante gofo, de muy crítico y muy lego, y otras lindezas semejantes (1). No se mordia los labios el vate madrileño, y una vez en el fango de las personalidades, arrojábase á decir á su émulo :

> Yo te untaré mis versos con tocino,
> Porque no me los róas, Gongorilla...

Góngora, olvidando la excelente máxima de que los buenos escritores han de querer ántes agradar á los buenos que á los muchos, vió con prava emulacion los aplausos que arrancaban las poesías de su paisano don Luis Carrillo de Sotomayor, imitador afectado de algunos italianos modernos, y ambicioso de ganar renombre por desusados caminos. En el sepulcro de este celebrado mancebo resolvió Góngora alejarse del antiguo estilo ameno, liso y claro que solia usar con excelencia en las materias menores, y emprender argumentos más graves, despojándolos por otras nuevas de las virtudes y gracias con que se engalanaron siempre. Mas haciéndose jefe de una secta de poesia confusa, ciega y enigmática, perdióse en busca de regiones desconocidas y maravillosas; huyó la claridad, y oscurecióse tanto, que espantaba, no solo al vulgo profano, sino á los más doctos y perspicaces ingenios. Con bárbaras trasposiciones descoyuntó la castellana lengua; de señora la hizo esclava, pretendiendo comenzase á tartamudear como si fuese niña; por extrañar y hacer más levantado el estilo, trajo del latin y de otros idiomas infinitos vocablos, despreciando la propia hermosa mujer por la ramera astuta; mezcló sin la debida templanza lo sublime y lo grotesco; abusó de las metáforas, y vino á caer en bajezas tales, como decir que la camuesa pierde el color amarillo *en tomando el acero del cuchillo*, y que el arroyo *rebosa los mismos autos de sus cristales*, y que las islas son *paréntesis frondosos al período de su corriente*, etc. La aparicion de la primera de las *Soledades* en 1613 fué la piedra de escándalo que exasperó á los hombres de buen gusto, y que á los maleantes y mordicantes hizo disparar una granizada de sátiras contra los versistas lechuzas y babilones. Desde allí se dividieron los poetas en las dos huestes de *cultos* y de *patos del aguachirle castellana*. Don Luis consultó la opinion de Pedro de Valencia, y le fué contraria. No se desanimó por ello, porque el vulgo aplaudia frenético, y no desayudaban al encomio ilustres escritores; porque se levantaba á cada censura una ruidosa defensa, y porque veia dedicarse muchos acicalados ingenios á la improba y estéril faena de comentar aquellas sus intrincadas y desalmadas obras (2).

QUEVEDO.
A no serlo...
REY.
Advertid
Que es chanza.
QUEVEDO.
Muerto la hubiera
Como maté á la pantera
Que fué terror de Madrid.
Mas si en su justa alabanza
Mi fe nupcial se acrisola,
Ella al fin era *una sola*...
¡Y se llamaba *Esperanza*!
Muerta la *Esperanza* mia,
¿Dónde, plebeya ni hidalga,
Dónde hallar otra que valga
Lo que mi esposa valia?

(1) De Góngora contra QUEVEDO existen los sonetos que comienzan :

Anacreonte español, no hay quien os tope...
Con poca luz y ménos disciplina...
La aurora de azahares coronada...
Restituye á tu mudo horror divino...

y el romance.

Aunque entiendo poco griego,
En mis gregüescos he hallado...

Cuando á DON FRANCISCO se hizo merced de hábito en la órden de Santiago, entrando en corro con los envidiosos don Luis, escribió el soneto que empieza :

Cierto poeta en forma peregrina...

(2) A los desmesurados elogios apologéticos del doctor don Francisco de Amaya, colegial en Osuna, y despues oidor en Valladolid, hacian coro el conde de Villamediana, el célebre abad de Rute don Francisco de Córdoba, el licenciado Pedro Diaz de Rivas y los más de los poetas y escritores cordobeses. Al sabio y juicioso Francisco de Cascales respondió don Francisco del Villar, juez de la cruzada en Andújar, y don Martin de Angulo y Pulgar, natural de Loja; al gran Lope de Vega, el docto licenciado Diego de Colmenares, autor de la *Historia de Segovia*; al famoso don Juan de Jáuregui una turba de escritorzuelos baladíes. Explicaron el laberinto de aquellas poesias Amaya, Diaz de Rivas, don José Pellicer de Salas y Tobar, don García de Salcedo Coronel, y Cristóbal de Salazar Mardones, oficial más antiguo de la secretaría de Sicilia.

Es cosa impertinente
Que quien escribió ayer hoy se comente,

exclamaba QUEVEDO; y lo decia de perlas, resumiendo en dos versos la más atinada y justa crítica
que era posible hacer de la flamante greguería. Vióla extenderse por toda España inficionando á
legos y á letrados; vióla, autorizada por el Conde-Duque, medrar, crecer y abrasar la corte entera; vióla, en fin, amenazar de muerte á las letras, pervertir el ingenio, desfigurar la poesía,
trastornar el habla comun, introducir una nueva incomprensible lengua, y dar con todo, artes,
literatura y ciencias, en el profundo cáos de una metafísica monstruosa, hija del delirio, de la
vanidad y de la ignorancia. Entónces se justificó el refran de que un loco hace ciento. Al espirar
Góngora en 1627, tuvo la satisfaccion de que, despues de haberlo satirizado, le imitaron y le siguieron todos.

El *Discurso poético* del célebre traductor del *Aminta*, lleno de exquisitas y excelentes máximas
y argumentos que desconcertaban el culteranismo, apénas tuvo lectores. Léjos de arredrarse,
quiso tentar QUEVEDO la última prueba, echando mano de toda clase de remedios. Buscó en el
polvo de las bibliotecas poesias que, por no haberse dado á la estampa, hubiesen de excitar en
el público la curiosidad de ser leidas, y que por lo terso y elegante de la frase, por su perfeccion
y belleza, y por la acertada y conveniente imitacion de los clásicos hebreos, griegos y latinos, venciesen, como el oro puesto en comparacion de la alquimia, la parlería fanfarrona y los versos de
mal color de los desatalentados modernos. Infructuosa no fué la diligencia : parecieron las magníficas poesías de fray Luis de Leon, las delicadas del bachiller Francisco de la Torre, nacido orillas del Jarama; las traducciones del maestro Francisco Sanchez de las Brozas, y alguna de don
Juan de Almeida y Alonso de Espinosa, que, merced al tino del señor de Juan Abad, se salvaron
para ornamento de las musas castellanas (1).

Ufano del hallazgo, puso estas obras, dechado de buen gusto, grande diccion y hermoso estilo, en manos del conde-duque de Olivares y de su yerno el duque de Medina de las Torres,
marqués de Toral, estimulándolos á hacer suya una empresa generosa. Abroquelada con ella la
pluma valiente de QUEVEDO, conjuraba al privado á que amparase la integridad y decoro del castellano lenguaje, diciendo que oscurecer lo claro es borrar, y no escribir, y que nada era tan
fácil como engañar la indocta plática y la vil plebe con la taravilla de la lengua, porque la gente
ignorante y baja admira más lo que ménos entiende. Dió á la prensa no mucho despues sus *Discursos* y las *Poesías*, acompañando esta accion, digna de toda alabanza, con medicamentos desesperados de sátiras é invectivas que, léjos de remediar el mal, le empeoraron, envolviendo al
desfacedor de entuertos en mil intrincados laberintos. Los poetas enyedrados, fontanos y floridos, y los auríferos, enjoyados y trilingües, tomaban el cielo con las manos al leer la *Aguja de
navegar cultos, con la receta para hacer Soledades en un dia*; la *Burla de todo estilo afectado, La
culta latiniparla*, y cien papeles que disparaba el ingenioso y festivo caballero (2).

En muchas de aquellas sátiras veíase de cuerpo entero retratado el doctor Juan Perez de Montalban, discípulo predilecto de Lope y gran culterano, el cual, unido á otros cofrades de las tinieblas, por bajo de cuerda procuraba hacia mucho tiempo levantar la Inquisicion contra el escritor político y desenfadado (3). Quiso el doctor hipócritamente dar un testimonio público de

(1) No es de este sitio ni discurrir filosóficamente sobre
la índole del culteranismo, ni destruir la peregrina opinion
de que son uno mismo el *bachiller* Francisco de la Torre y
el *licenciado* DON FRANCISCO DE QUEVEDO. A mediados del
último siglo don Luis José Velazquez echó á volar esta especie con harta ligereza; sus dos amigos Luzan y Montiano
la acogieron benévolos, y los extranjeros, que no pueden
conocer á fondo la esencia de nuestro idioma, la siguen,
llevados de la novedad. Apurarémos la cuestion hasta las
semínimas en otra ocasion, y entónces se rastreará quién
fué el bueno del bachiller, y cómo parece que tuvo por
patria á Torrelaguna, donde nació el gran cardenal Cisneros, y donde yace el famoso poeta Juan de Mena.

(2) Nada hay nuevo debajo del sol. Aristófanes en la comedia intitulada *Las ranas* burlóse tambien del estilo que
hace ruido y no se entiende, y es, por lo oscuro y turbio,

música del cieno. Conociendo que ello era debilidad de la
naturaleza humana en todos los siglos, cantó acullá donosamente el entremés de *Los amantes á escuras*, que

Una de las locuras deste mundo
Es esta de querer hablar profundo.

A los que así escriben podian dirigirse las mismas razones de Favorino, filósofo, al jóven que pinta Aulo Gelio :
« Tú no quieres que sepa ni entienda nadie lo que hablas ;
pues dime, necio, ¿no fuera mejor, para conseguirlo col-
madamente, que callases?

(3) Hé aquí las causas que le movian á ello. Montalban era
hijo del librero Alonso Perez, quien, habiendo comprado
á QUEVEDO la *Política de Dios y gobierno de Cristo*, no
quiso adquirir la propiedad del *Buscon*. Publicada en Zaragoza esta obra con singular aplauso, hizo de ella el li-

natural moderado y sencillo, respondiendo á las malignas embozadas alusiones del señor de Juan Abad, con infinitas alabanzas en el *Para todos*, obra que imprimió en Huesca por los años de 1633. QUEVEDO entendió el juego, y escribió la *Perinola*, docta censura y fina sátira que no tiene rival en castellano, mal que le pese al *Bodoque* de Moret, y al *Prete Jacopin* del Condestable (1).

Empelazgáronse moros y paladines. Montalban, fray Diego Niseno, provincial de San Basilio, don Luis Pacheco de Narvaez y otros cuatro rabiosos émulos, que se daban ellos mismos el nombre de varones doctos, erigiéronse en *Tribunal de la justa venganza* contra los escritos de QUEVEDO, *maestro de errores, doctor en desvergüenzas, licenciado en bufonerias, bachiller en suciedades, catedrático de vicios y protodiablo entre los hombres.* Prodigábansele, á más de estos epitetos, los de poeta bastardo, legitimo entremesista, autor de chanzas, apodos, matracas, romances y jácaras rufianescas, censor malicioso, y calumniador perpetuo de ajenas obras : no tuvo más títulos un emperador romano.

Formado proceso, en que Montalban hizo de fiscal, y de asesor el padre Niseno, se escudriñó la vida de DON FRANCISCO, estampando que en las universidades fué un pobre capigorron y misero porcionista; que le aborreció Nápoles por haberse fingido privado del Virey, cuando solo fué entre familiar suyo y mozo de entretenimiento; que vendió las cosas que el duque de Osuna concedia de gracia, con lo que empobreció á muchos y vino cargado de dinero; que quiso alzarse con el señorio de la Torre de Juan Abad, tiranizando la libertad de sus moradores; y otras injurias no ménos atrevidas que estas. Decian que era su talle tan abominable y asqueroso « que en ambas cosas solo se excede á sí mismo, á cuya causa le llaman y es conocido por el *diablo cojuelo*, como tambien por el de *Patacoja* y *derrengado* ». Motejábasele de gloton y oficial insigne del trago, miserable y avariento; hombre que ni supo ni habló sino palabras de zaguanes y caballerizas, grande plagiario de conceptos ajenos; adulador y entremetido, enemigo de frailes, aprendiz y segunda parte del pintor ateista Jerónimo Bosco. Los piadosos jueces, despues de indisponer á QUEVEDO con los estudiantes, letrados y poderosos, rogaban á la suprema Inquisicion con la mayor eficacia, y á cada uno de sus ministros en particular, que hiciesen de él un terrible escarmiento, decretando su desastrosa cuanto merecida muerte en un patíbulo. De esto se compuso un libro : el diestro don Luis Pacheco dió traza de fingirlo escrito en Sevilla, ocultando el nombre de sus autores (2), y el Padre basilio proporcionó con todo secreto la impresion en Valencia, con aprobaciones del doctor Jaime Esquierdo, catedrático de aquella universidad, y del agustino fray Vicente Lanuza. Armas tan infames esgrimieron y tan alevoso despique imaginaron siete hombres de estudios, de edad madura y de profesion que pedia juicio y corazon indulgente (3). Mucho despues, habiendo rastreado en Segovia Adan de la Parra algo de los autores del libelo, puso en noticia de su ofendido amigo haber descubierto cosas que en llegando á Madrid habian de llenarle de asombro. « Yo os excuso del trabajo (contestó QUEVEDO) : hace tiempo que descubrí el gato en la gazapera con el queso entre los dientes, y á buena cuenta que llevó su merecido. Reparalde el chirlo de la oreja izquierda al reverendisimo Niseno; preguntalde qué vieja le besó en ella, que le dejó tan bien parado; y estoy cierto, Parra amigo, que os ha de contar una historia muy edificante. Por aqui veréis que aunque callo, obro; y que supe, á estilo de claustro, contestar a la *Justa venganza* (4). »

brero madrileño una edicion furtiva ; pero descubierto por DON FRANCISCO el fraude, persiguiéronle y castigáronle severamente los tribunales de justicia. El padre Niseno, abastecedor de sermones para todas las iglesias de España, Francia, Alemania é Italia, y que en el compaginar los discursos siguió las huellas de Hortensio Paravicino, hallábase unido á Montalban por vínculos de íntimo afecto. Hizo suyo el odio de este contra QUEVEDO, ya en el Consejo, ya con el Ordinario, ya en la Inquisicion, trabajó eficazmente desde el año 1626 para que no se concediesen licencias á DON FRANCISCO de imprimir sus obras, para que se prohibiesen, y para que á su autor ocasionasen graves disgustos. Tan grande insistencia produjo el efecto que se apetecia. La Inquisicion prohibió todas las obras de QUEVEDO impresas hasta 1631, miéntras que el autor no las reformase. Reformólas en efecto, y la prohibicion sirvió únicamente de hacerlas más populares y de que se vendiesen dos y más

veces, siendo en cada una de ellas nuevas y de mayor interes y curiosidad para el público.

(1) Cuando apareció se dijo que era *lo mejor que DON FRANCISCO habia hecho en su vida*. Véase el *Tribunal de la justa venganza*, pág. 2.

(2) No era para él arbitrio nuevo. Cuando Bartolomé Leonardo de Argensola escribió un soneto en Valladolid, por los años de 1604, contra la ridícula vanidad del arte de la esgrima, Pacheco en términos descorteses publicó cierta *Censura*, que supuso hecha en Sevilla, y lo fué en Madrid. (Pellicer, *Ensayo de una biblioteca de traductores*.)

(3) Este libro es de suma, indecible importancia para averiguar la autenticidad de las obras de QUEVEDO, puesto que hace, con el fin de desacreditarlas, catálogo de todas las que tenia nuestro autor echadas á volar impresas ó manuscritas hasta el año de 1633.

(4) A estas noticias sirva de complemento la siguiente

A quien uno se atreve se atreven todos. El servil rebaño de escritorzuelos vergonzantes, de poetillas de primera tonsura, de ingenios chirles y ebenes, corrió al teatro á silbar estrepitosamente el entremes de *Caraqui me voy, Cara aquí me iré*; clamoreaba en las gradas de San Felipe y en la puerta de Guadalajara, y esparcia copias de las sátiras que lanzaron contra Quevedo en momentos de mal humor y queja, Lope, Góngora, Alarcon y don Francisco Lopez de Aguilar. Por supuesto que no se olvidó repartir de molde la insulsa y desatinada comedia de *El Retraido*,

carta de mi hermano: «.... A vuela pluma te diré mi opinion sobre el *Para todos*, la *Perinola* y el *Tribunal de la justa venganza*: tres obras distintas que deben considerarse como otros tantos actos de un solo drama. Ignoro los motivos que pudieron indisponer á Quevedo y Montalban; pero debieron ser muy grandes cuando don Francisco, impulsado por el resentimiento, disparó contra el Doctor la *Perinola*, despreciando las alabanzas que le prodigaba este en el *Para todos*. A no ser así, aquel parecería ingrato é injusto, si no en lo que criticaba, en la manera de criticar. Y en efecto, no merecia tanta hiel quien se muestra fino apasionado del talento de su émulo.

»El *Para todos*, dice la *Perinola*, tiene apariencias de un coche de camino donde se juntan personas de condiciones diferentes. La comparacion es oportuna, como deQuevedo; propia, porque en el tal libro se barajan los asuntos físicos y morales, divinos y profanos; más exacta aun, y esto no lo quiso decir Quevedo, si se considera que tambien en un *omnibus* se reunen el ignorante y el entendido. Verdaderamente en el *Para todos*, á vueltas de muchas necedades, de infinitos defectos, se encuentran cosas dignas de aprecio y de alabanza. No en vano formó Montalban parte de aquel séquito cortesano que rodeaba á Lope de Vega: la sombra de este grande hombre era luz que alumbraba á muchos ingenios. Quevedo no hizo el juicio crítico del *Para todos*; escribió una sátira saladísima, pero sin respetar lo inviolable de la persona, yéndose, yéndose como los cuervos, á la carne podrida. Montalban no tenia fondo suficiente para escribir una obra de importancia. Contaba con algunas comedias ya representadas y con algunas novelas aun no impresas; y llevado del interés, aprovechó estos elementos, embutiéndolos en un volúmen: para combinarlos tuvo necesidad de forjar un argumento y rellenar los espacios. Hé aquí la ficcion, poco nueva seguramente. Una familia ilustre, con ocasion de cierta buena ventura, se retira á su quinta, orillas del Manzanares, donde en union de varios ingenios celebra su contento por espacio de una semana con saraos, comedias y certámenes científicos. Oigamos á Quevedo: «Todo lo que hizo Dios en siete dias, y vió que era bueno, él (Montalban) en siete dias lo ha querido destruir y mostrar que era malo.» En efecto, lo doctrinal é histórico del *Para todos* es insoportable por lo vulgar, por lo indigesto de las citas. En física, geografía y astronomía, el autor corre muy por bajo de los conocimientos de su época. Si trata de asuntos eclesiásticos, de guerra, de artes, etc., limita su talento á relatar minuciosamente las jerarquías, utensilios, y zarandajas; y se relame el buen Doctor al hacer tan escribanil inventario. Y ¿qué dirémos de los discursos de los brujos, magos, duendes, trasgos, encantadores, fantasmas, endemoniados y hechizados? Su lectura me parece el mejor medicamento contra la hipocondría.

»El *Para todos* es un monumento de lo depravados que estaban entónces el lenguaje y el ingenio humano con las locuras de los cultos. Abruman las metáforas, retruécanos, latinismos y bajezas: llámase al sol naciente *prólogo del libro de otro dia*; al rocio *sudor bello del alba, que bebe la concha del mar, formándose una perla*. No hay palabras con que ponderar la exageracion y amaneramiento gongorino de las poesías. Las comedias merecen otra consideracion,

aun cuando no faltan en ellas trozos líricos impenetrables, acompasamiento y simetria, duos y tiroteo de galan y dama, hipérboles ridículas y comparaciones desatinadas. En cambio, el poeta alguna vez imita felizmente á Góngora y al mismoQuevedo, robando á este sus chistes y gracias cuando comprende que han de arrancar aplauso en el teatro. De estas composiciones dramáticas es excelente, como invencion, la de *No hay vida como la honra*, y muy apreciable *De un castigo dos venganzas*, rasgo demasiado libre, y en que tuvo que decir al público el autor, «que poco importa á nadie la liviandad de las damas si no son ni sus mujeres propias, ni sus parientas, ni sus allegadas.» El *segundo Séneca de España* es un vestido de arlequin: retazos sobre retazos; por hilvan diálogos del príncipe don Cárlos, don Juan de Austria y Santoyo; finalizando con el gran espectáculo de la llegada y recibimiento de la reina doña Ana. Sin embargo, en este drama se hallan rasgos como el siguiente: Rondando el príncipe don Cárlos con su tio don Juan de Austria, trata de conocer á doña Leonor, amada de don Juan, y la solicita en términos poco decorosos:

> DOÑA LEONOR.
>
> Tengo un padre, cuya espada
> Dió miedo al rey Almanzor,
> Y un hermano que en valor
> A ninguno debe nada.
> Y aquí para entre los dos,
> Bien sabe el señor don Juan
> Que tengo tambien galan
> Que es tan bueno como vos.
>
> PRÍNCIPE.
> ¿Como yo?... Mientes, villana
> Porque solo el Rey lo es.
> DOÑA LEONOR.
> A palabra tan cortés
> Responderá la ventana. (*Cierra y vase.*)

» *La mas constante mujer* tiene argumento y plan; pero este vale poco y aquel carece de novedad. Exigir del Doctor en sus comedias y en sus novelas ternura, delicadeza, afectos verdaderos, es pedir peras al olmo. Oye, Aureliano, que es cosa de gusto, lo que dice una dama á quien van á matar, mientras á su presencia caван los asesinos á su sepultura: «¿Qué pirámides ó qué columnas son las que se han de poner en mi sepulcro, como los antiguos hacian en los funerales de las personas ilustres? Qué hogueras son las que me aguardan para que me conviertan en ceniza, como observaron los romanos, siendo Lucio Sila el primer inventor de esta ceremonia? Qué pontífice ha de asistir á mis exequias, que se parezca al que introdujo Numa Pompilio? Qué oracion fúnebre me espera, como la que hizo Valerio Publicola en la muerte de Bruto? Qué juegos gladiatorios, como los que trazaron Marco y Decio para festejar su difunto padre? Qué convite suntuoso para templar el dolor de los que me lloraran si lo supieran?» etc., etc. Montalban versificaba con facilidad, pero infelizmente. Parece que ni aun leia lo ya escrito. Sin embargo, no se descuidó en tomar del vecino lo que le hizo falta, y para la novela *El piadoso bandolero* hizo botin suyo la comedia de Alarcon de *El tejedor de Segovia*. A pesar de todo, haz por leer

con que el buen don Juan de Jáuregui, adversario acérrimo de nuestro insigne poeta, quiso ridiculizar su discurso de *La cuna y la sepultura* (1). Otros más hábiles en el arte de conspirar cizañaban á la vez en palacio, en los tribunales de justicia, y con mayor ahinco en el de la Fe, secreto en sus pesquisas y terrible en sus fallos. El conde-duque de Olivares y los áulicos juzgan deslucido para siempre á QUEVEDO y hecho ludibrio de las gentes. Trátanle con desabrimiento y desden cuando oyen al padre Niseno predicar contra él una cruzada en el púlpito el mismo dia en que, celebrándose las exequias de Montalban, debieran resonar palabras de perdon y de piedad delante de un túmulo y en las bóvedas de un templo. Crece la pelazga, y á los rabiosos ladridos del contrario bando responde el invencible caballero :

> Muchos dicen mal de mí,
> Y yo digo mal de muchos :
> Mi decir es más valiente
> Por ser tantos y ser uno.

Amenázanle con persecuciones, y encubriéndose con el nombre de Séneca, publica los *Remedios de cualquier fortuna*, para convencer á todos sus enemigos de que no podian quebrantar su entereza ni afligir su espíritu desventuras tales como « perdí el dinero, perdí el amigo, perdí buena mujer, juzgarán mal de ti los hombres, serás desterrado, estarás enfermo, morirás léjos, serás degollado, carecerás de sepultura »; hallando en todas estas desdichas consuelos y razon para arrostrarlas con heroismo. Y entre tanto el cristiano filósofo retocaba el *Marco Bruto* y la *Vida de san Pablo*, bosquejaba *La hora de todos* y la segunda parte de la *Política de Dios*, y escribia la *Carta al rey de Francia Luis XIII* y la *Virtud militante*, discurriendo sabiamente sobre la pobreza y el desprecio, la ingratitud y la soberbia.

Pero ¿ cómo la Inquisicion, tan suspicaz, tan nimia, severa y escrupulosa, no vejó, no molestó, no persiguió jamas á QUEVEDO? ¿Cómo no hizo alto en desenfados muy censurables de algunos de sus escritos? ¿Cómo se limitó á indirectas y corteses amonestaciones? ¿Cómo fué siempre considerada, afectuosa y atenta con el agrio, desvergonzado é implacable censor de las corrompidas costumbres en todas las clases y estados de los hombres? Esta es la grande prueba del mérito del autor de los *Sueños* y de la *Política de Dios y gobierno de Cristo* ; el más solemne testimonio de la importancia del escritor popular, de que estaba el reino entero en favor suyo, y de que le miraba España como el predilecto, si no el mejor de sus hijos. El tribunal de la Fe respetó la fe pura, ardiente, del gran teólogo y escriturario, la ciencia del varon ilustre enriquecido con los tesoros de los Santos Padres, el cristiano valor y libertad evangélica de quien era sosten de la religion, amparo de la moral y defensor de la causa de todo un pueblo. Pero lo que respetó la Inquisicion fué juguete de la saña facinerosa de un valido : la voluntad del poderoso no tiene, como la mar, playas que la contengan.

la dedicatoria del tercer dia de la semana al conde de Puño-en-Rostro, y verás una cosa bien pensada y bien hecha. Imposible parece que sea suya.

» No llames al *Tribunal de la justa venganza* del licenciado Arnaldo Franco-Furt una obra literaria: plan é invencion es ocupacion de chicos en plazuela, que juegan al toro ó á soldados. Finge el autor que al recibirse la *Perinola* en Sevilla se formó un tribunal para juzgar á QUEVEDO por esta y por todas sus obras. Franco-Furt acusa, defiende y sentencia, y así sale ello. No se encuentra ni una refutacion racional en todo el libro, ni rastros de gusto literario, ni vislumbres siquiera de lógica natural; no hay prueba en nada de lo que se calumnia. El objeto de los autores fué delatar públicamente á QUEVEDO á la Inquisicion, indisponiéndolo con los poderosos, y conmover en contra suya todas las clases de la sociedad. En represalias de la *Perinola* se escribió el *Tribunal de la justa venganza*. En ella tuvieron parte Montalban, notario del Santo Oficio, y el padre provincial de los Basilios Fr. Diego Niseno. Ignoro si tú tendrás datos para pensar de otra manera : yo he confrontado el *Para todos*, las aprobaciones del Provincial y el libelo en cuestion, y encuentro un mismo paño. Hágome fuerza, sin embargo, en atribuir á dos eclesiásticos una obra tan ajena

de la caridad cristiana. Si hoy acudiesen en demanda de injurias á los tribunales de justicia Montalban y QUEVEDO, ¿ por qué se le haria cargo á este? ¿ Porque llamó á su adversario en la *Perinola* retaclillo de Lope é hijo de un librero? ¡Y el Doctor regala á DON FRANCISCO los apodos de *ignorante, fornicario, blasfemo, hereje* y *ladron*; y llama libelo infamatorio á la *Perinola!* ¿Qué llamarémos al libro de Franco-Furt? ¿Qué nombre habrá comedido para sus autores, que concluyen el epitafio de QUEVEDO con estas palabras : «... O tú, que miras su infame sepulcro, huye de él y ruégale á Dios que le dé el castigo que merecen sus culpas, obras y escritos.» Al lado de una sepultura ¿qué, sino rogar á Dios para que mitigue su justicia? Oh tú, Vicente Lanuza, padre maestro que aprobaste este libro, ¿cómo tuviste lengua para decir que «es justo que se imprima y ande en manos de todos los *fieles?*» Pero no; viva mil años tu aprobacion, pues ha llegado por ella á nosotros una obra que nos conserva noticia de todas las del inmortal autor de los *Sueños*.

» Basta de libropesia. — Tuyo, *Luis*. — Zuhéros, 31 de marzo. »

(1) « Contendit cum QUEVEDO, quem non uno satyrico insectatus est libello.» (Don Nicolas Antonio.)

Hecho jirones, bajo el yugo del conde-duque de Olivares, el manto imperatorio de la reina de Occidente; desapareciendo á cada hora una de sus más hermosas provincias; encenagadas las costumbres, la justicia desterrada de entre las gentes, y á punto de levantarse la nacion entera,—robos, adulterios, asesinatos, todo era lícito. ¿Cómo habia nunca de unir QUEVEDO su suerte á la del privado? El pueblo significaba con pasquines su desabrimiento, no ignorando que desde las coplas de Mingo Revulgo hasta los epigramas de Villamediana, fuéron siempre anticipadas sentencias las poesías políticas, y labraron el descrédito de indignos favoritos, acelerando su caida. Animáronse los descontentos sabiendo que no estaba ociosa la pluma de QUEVEDO, y que sus versos político-satíricos solian llegar á manos del Monarca. Dijose con verdad que era suyo un papel con nombre de *La isla de los monopantos*, descubriendo las execrables máximas y la conducta fatal de los que regian el Estado; y suyo también un *Pater noster*, censura terrible de Olivares. Reverdecian ahora las alusiones de todos los opúsculos satírico-morales, que se creyeron asestadas contra los validos de Felipe III; atribuianse al señor de Juan Abad cuantos libelos circulaban. En vano fué un exquisito esmero para que no se apercibiese el Rey; en vano cercarle y cerrar la puerta á los que no inspirasen entera confianza; á los quejosos, á los agraviados, á los pretendientes, á los embajadores mismos. Felipe IV, cuando se sentaba á la mesa uno de los primeros dias de diciembre de 1639, halló en la servilleta el *Memorial* en verso que principia

> Católica, sacra, y real majestad,
> Que Dios en la tierra os hizo deidad :
> Un anciano pobre, sencillo y honrado
> Humilde os invoca y os habla postrado.

Encareciause en él los males públicos, y solicitábase piadosa medicina :

> En cuanto Dios cria, sin lo que se inventa,
> De más que ello vale se paga la renta.
> A cien reyes juntos nunca ha tributado
> España las sumas que á vuestro reinado ;
> Ya el pueblo doliente llega á recelar
> No le echen gabela sobre el respirar...
> Los ricos repiten por mayores modos :
> «Ya todo se acaba, pues hurtemos todos» (1).

(1) Imita el *Memorial* la *Sátira* contra Roma, que publicó Bartolomé de Torres Naharro al principio de su *Propaladia*.

A este papel respondió luego por los mismos puntos el falsario don Lorenzo Ramirez de Prado, hombre de espíritu corrompido, en cuyos labios puso la adulacion :

> Católica, sacra, real majestad :
> Quien esto os escribe os dice verdad...
> Ministro teneis en quien solo pudo
> Hallar vuestro reino defensa y escudo...
> Si imponeis tributos á vuestros vasallos,
> Justos son, pues fuéron para sustentallos...
> Justicia es piadosa, no injusta crueldad,
> Pues vos lo dais todo, *que os dén la mitad...*
> Lo que solo vos, en vuestro reinado,
> Aun cien reyes juntos no lo han sustentado.
> El pueblo obediente, por vos no recela
> Pagar de sus vidas, si importa, gabela.

A QUEVEDO dirigió tales palabras :

> Riense los peces, no del pescador,
> Sino de que el *diablo* sea predicador...
> •¿Qué importa mil horcas (dice alguna vez),
> Si ha sido piadoso conmigo el juez?•
> No es bien que repitan con tan viles modos :
> «A mí me perdonan, pues hablemos todos...»
> Horcas y cuchillos compran los señores :
> No sobran castigos donde hay *habladores*.

Hízole á Ramirez el coro don José Pellicer de Tobar, que, habiendo años atrás prodigado á QUEVEDO los mayores elo-

gios, estaba ofendido con él desde las disputas culteranas. Pellicer publicó á fines de 1640 un panegírico de Felipe IV, recopilando los sucesos de su felicísimo reinado, y le dió por nombre *La Astrea sáfica*. Comienza :

> Católica, sacra, real majestad,
> Del orbe terror, de España deidad :
> Oid un vasallo que, en celo fiel,
> De vuestros elogios se teje el laurel.

El biógrafo Tarsia no hubo de ver sin duda este librillo, cuando supone erradamente (pág. 122) que está escrito contra un religioso que dice fué el propio autor del *Memorial. La Astrea* va derecha contra QUEVEDO. Lleva por texto el mismo que DON FRANCISCO puso á la *Carta á Luís XIII*, advirtiendo con palabras del Espíritu Santo cómo se debe hablar de los reyes y ministros. Y añade este segundo epígrafe, todavía mas significativo, tomado del *Deuteronomio :* « Sea muerto aquel profeta, ó *fingidor de sueños*, porque habló para desviaros del amor y obediencia de vuestro Señor y Dios.»

Completan semejante juicio los siguientes versos :

> Este monstro, ajeno del ser español,
> Como ave bastarda, á lo puro del sol
> Se quiso elevar, y con luces espurias
> Voló sobre ofensas, trepó sobre injurias,
> Dictadas en mengua de nuestro gobierno
> Con tinta y estilo que halló en el *infierno*...
> Derrámase en tanto el vil *Memorial*
> Desde la choza al retrete real.

«Estoy perdido», exclamó el Conde-Duque. Pero ¿cómo allí aquel escrito? ¿Quién se le oponia frente á frente con tal audacia? Una mujer ofendida lo descubrió todo, y el exterminio de QUEVEDO fué decretado irrevocablemente (1).

A pesar de tener casa en Madrid nuestro escritor, vivia en la de su excelente amigo el duque de Medinaceli (2). Hallábase entregado al estudio el 7 de diciembre, víspera de la Concepcion de nuestra Señora, cuando à las once de la noche, con gran silencio y secreto y sin que nadie se apercibiese de lo que pasaba, los alcaldes de corte don Francisco de Robles y don Enrique de Salinas rigorosamente se apoderaron de QUEVEDO. Registráronsele hasta las faltriqueras, tomáronse las llaves de su hacienda, se le despojó de todo. «Señor don FRANCISCO (dijo Robles), perdone; que ya sabe cómo son estas cosas.—Sí, Señor; ya yo sé que estas cosas son como todas las demás.» Sin permitírsele tomar nada, ni aun la capa siquiera, y con el mayor desabrigo, hízole el primero de los alcaldes entrar en su coche; y dando vuelta al Prado, llegaron á la toledana puente, don-

Inquiérese el cómplice en tanta malicia,
   Empieza á fundar su razon la justicia.
Entra el castigo de tal insolencia,
   Aunque *moderado* en la real clemencia;
Pues en el crimen de majestad lesa
   La sospecha sola es convicta y confesa.
Asi la piedad detenida y tarda
   Términos legales á la culpa aguarda;
Con que se aventura que digan que el reo
   El autor no ha sido del libelo feo.
Pero los vasallos buenos y leales
   Sufrir no queremos demasias tales,
En cuanto el suplicio de culpa tamaña,
   Visto el proceso, se escucha en España.

En los *Avisos* aparece tambien indicada la especie de que fué QUEVEDO, como es indudable, autor del malhadado *Memorial*.

No debe perderse de vista una circunstancia muy significativa. Tres años despues de muerto QUEVEDO, hizo coleccion de sus obras en prosa el librero Pedro Coello, bajo el amparo del duque de Medinaceli. Allí se estampó como de DON FRANCISCO, sin ponerlo en duda, el *Memorial*, y ni los tribunales, ni los áulicos, ni el Monarca tuvieron reparo en que corriese de molde un papel que tanto habia, nueve años ántes, irritado los ánimos de España.

(1) El discreto portugues don Francisco Manuel de Melo, que al escribir en setiembre de 1657 su elegante apólogo dialogal *El Hospital de las letras*, no se propuso trazar un cuadro de historia, sino de ingeniosísima crítica literaria, en que fuesen interlocutores QUEVEDO, Justo Lipsio, Trajano Bocalino y el mismo autor,—trocando tiempos, sucesos y personas, forja un cuento sobre las últimas prisiones de nuestro caballero, que no merece le tenga en cuenta el biógrafo. Pone lo siguiente en labios del mismo

«QUEVEDO: Foy desta maneyra. Aquelle negro Senhorio da minha Torre, ou Villa de Joaon Abbade, tantas vezes fóra de tempo nomeado nos meus livros, he vezinho das terras do Duque de Medina Cæli, por cuja vezinhança, se conseguio entre nòs huma boa amizade, tanto pela cortezia do Duque, como por ser meu costume seguir muyto aos grandes Senhores, ao que aludio aquelle Tapada, que em Madrid me disse huma vez: Vm. Senhor Dom Francisco comese de Senhores, como de piolhos; obrigandome a que lhe respondesse taon celebrada reposta: Vm. Senhora minha, que sabe de todos, digame quaes picaon mais? Finalmente como succedesse vir o Duque meu amigo, et vezinho à Corte algumas vezes sohia eu acompanhalo; entre outras, aconteceo, que ajuntando-se muytos Senhores mancebos em vizita, et vendome allí ociozo, tizeraon commigo, que em a propria caza do Duque, aonde se pouzava, lhes lesse Academialmente (pela maneyra, que em Italia se usa) huma liçaon de Politica; assim o fuy continuando, atè que dando o tempo lugar, (et dando perigo) chegamos a disputar dous

pontos, pelos quaes me rompi, como meya : o primeyro, se convinha, que os Monarcas tivessem valido, ou naon? De que segui a parte negativa, persuadido de Divinos, et humanos exemplos: o segundo, se se podia dar caso, em que o Príncipe por ruim governo houvesse de ser deposto? Donde affirmey a parte affirmativa, forçado do Capítulo Giandi de direyto. Estas oppinioens viciadas da malicioza interpretraçaon, foraon logo condemnadas por impias, et eu por ellas prezo, opprimido, et desterrado, como Hespanha, et Europa soube, atè que entrando na Prezidencia de Castella Dom Joaon de Chaves meu amigo, et condiscipulo, me alcançou à liberdade. tal foy o successo, et motivo da minha disgraça, ou ella delle.»

(2) «Item declaro que tengo dos pares de casas en la villa de Madrid, en la calle del Niño, con cochera y caballerizas, que de presente poseo y de mi órden las alquila Juan de Molina, agente de los reales consejos; á las cuales tiene puesto pleito Tomás de la Barrera, vecino de la dicha villa de Madrid, sobre ciertas pretensiones de cuentas. Mando que el poseedor que fuere del mayorazgo que tengo de fundar fenezca y acabe el dicho pleito, de manera que queden sin embarazo » (Testamento de QUEVEDO. Villanueva de los Infantes, 26 de abril de 1645.)

«Siempre que residió en la corte, porque no le embarazasen los cuidados domésticos el ocio fatigoso de sus estudios, vivió las más veces en posada pública; y ofreciéndosele escribir á sus amigos, ponia en la fecha: *De la tablilla*, por la que suelen tener semejantes casas sobre la puerta; igualando en la eleccion el cuidadoso descuido del cínico Diógenes, de quien refiere Laercio que por no aguardar las prevenciones encargadas á un amigo porque le buscase casa, escogió por su morada una tinaja, que halló más á la mano. Y como este filósofo en tan vil meson mereció ser visitado de Alejandro Magno, así á la posada de DON FRANCISCO concurrian todos los grandes y príncipes de la corte, para quienes tenia horas señaladas. Y solian acudir con tanta puntualidad, que no dejaban dia en que no le viesen, para gozar de su conversacion tan docta y de buen gusto, y tan acomodada al genio de cada uno, que se hacia todo con todos.» (Tarsia, pág. 32.)

Gracias al ilustrado autor de las *Escenas matritenses*, llámase de *Quevedo* la calle del *Niño* desde 1848: pero la casa del poeta se puede asegurar que ha desaparecido, conservándose únicamente la escalera por memoria. Hoy se distingue con el número 7 el edificio que la sostituye, segun el mismo señor don Ramon de Mesonero Romanos, y el segundo á la derecha entrando por la calle de *Cantaranas* ó de *Lope de Vega*. En la *Visita general* hecha un siglo despues, se designó la finca con el número 5 de la manzana 229, y con el 4 por la calle de Cantaranas, donde hoy se ven los números 23 y 25.

de esperaba una litera de camino con famoso cortejo de alguaciles y corchetes. De hielo era la noche; tullíase con el frio el anciano de sesenta años; y tan piadoso como recto el ministro que le custodiaba, tuvo que darle un ferrereuelo de bayeta y dos camisas de limosna, y uno de los alguaciles unas medias de paño. Suben, cierran, parten, desaparecen.

Entre tanto recogía los papeles y muebles don Enrique de Salinas, llevándolos á casa del ministro del consejo real de Castilla, José Gonzalez; pero de la hacienda del preso fué muy luego depositario su mayor amigo don Francisco de Oviedo, secretario de su majestad, persona de calidad, virtud y ánimo generoso (1). Con indignacion súpose el caso á la mañana siguiente en la corte, sin que pudiera reprimir el enojo del vulgo la especie que se puso cuidado en extender, de que estaba el satírico vendido á los franceses. Poco despues cundió la nueva de que le habian degollado, y se citaban muchos ejemplares en que, llevando alcaldes de corte á caballeros presos, era siempre para acciones semejantes. Por fin, con la vuelta de Robles se templó la pública ansiedad, y fué consuelo saber quedaba el poeta en el convento real de San Márcos extramuros de la ciudad de Leon, á cuya noticia rompió el rasgo un picaño entremesista con la siguiente

DÉCIMA.

En San Márcos de Leon
Está el insigne Quevedo,
Del Conde con mucho miedo
Y corta satisfaccion.
La causa de su prision
Dicen se pierde de vista;
Pero un colegial artista,
Destos que en comer son parcos,
Dijo: «¡Quevedo en San Márcos!..
Está por evangelista.»

Poco á poco fuéron aclarándose los hechos, y á principios de año súpose en Madrid que se hallaba DON FRANCISCO preso con tres llaves, y se hizo público haberle quitado un decreto la jurisdiccion de la Torre de Juan Abad, la cual parece tenia en empeño por maravedises que era en deberle la villa. Púsole muy grande el valido (para aterrar á la multitud interesando las conciencias) en que la Inquisicion condenase las obras de aquel ingenio, que tanto le mortificaban. Al fin, el inquisidor general don Antonio de Sotomayor hizo mérito de ellas en el expurgatorio de 1640, ocasionando aun así un triunfo al escritor, supuesto que se prohibieron únicamente algunas ediciones hechas fuera de los reinos de Castilla, y se respetaron todas las de Madrid, que son las más correctas, completas é interesantes (2).

Pero veamos qué hacia y qué pensaba de sus nuevos infortunios el prisionero, reproduciendo sus mismas palabras: «Veni, vidi, vici, dijo César con la arrogancia de un romano; y yo puedo »decir: me trajeron, hablé y venci, al tomar clausura sin vocacion en este convento del evan-»gelista de los cuernos. Llegué y ví las narices del padre prior, que pueden servir de paraguas á »la comunidad muy reverenda. Venian debajo dellas todos los modregos, mirándome al sosla-»yo, temerosos de hallar una alimaña; y recibiéndolos yo con la cortesía del forzado ante la »penca, ¡oh, qué de cosas les dije, encaminadas á mi bien! Fué de tal modo, que la caja del guar-»dian se vació de sesos á puro devanarlos; y todos al despedirse me apretaron las manos, como »en señal de quedar edificados y vencidos. Creo no lo deberé pasar mal el corto plazo que me ten-»gan en penitencia (3). A la pobre Maria pan y esperanza, que es alimento nutritivo, y que bus-

(1) Por ocupacion del licenciado José Gonzalez se cometió el exámen de los papeles á don Martin de Arnedo, oidor de contaduría, quien se hubo de quedar con todos aquellos que fueron más de su gusto. Los cuales, formando un gran volúmen en folio, y viniendo á poder de varios dueños, pararon al fin en el de don Antonio de Candamo, y parece que hoy se hallan en manos de su sobrino don Luis María de Candamo y Kunh, residente en Londres.

(2) Avisos históricos, por don José Pellicer y Tobar, cronista de Aragon, de 13, 20 y 27 de diciembre de 1650 y 10 de enero de 1640.—Quevedo, Memoriales al Rey, cartas al

Conde-Duque, y dedicatoria de la Vida de S. Pablo.—Tarsia, páginas 122 y 123.—Coleccion manuscrita de don Juan Isidro Fajardo, en la Biblioteca Nacional, M. 278, fol. 243. — Novissimus librorum prohibitorum et expurgandorum index. An. MDCXL., pág. 425.

(3) A pesar de sus profundas ideas políticas y de su conocimiento del corazon humano, Quevedo no alcanzaba á prever hasta dónde podia llevar á un valido receloso el furor de la venganza. La penitencia fué más larga y más dura de lo que creyó al principio el autor de la carta.

»que amo, por si se empeñan en hacerme fraile sin corona.» Recibió esta carta Adan de la Parra, y contestó á su amigo : « En buen hora gócese con sus frailes... Margarita pienso le ha de ha-
»cer más daño que el mismo Conde-Duque, á quien presentó no sé qué memorial contra vuestra
»merced, que ha enfurecido al Rey. Dicen ha jurado ponerle un liston en la boca. Haria vuestra
»merced bien en escribir templado á la sirena para que cante bien : no le faltan recursos en el
»magin para que la harpía se ablande y le devuelva en cariños los arañazos. Así lo cree María, y
»yo tambien lo creo (1).»

Tuvo un impulso honroso para su encarcelado rival el Conde-Duque, y á no faltarle grandeza
de corazon, hubiérale valido el mayor lauro. A DON FRANCISCO preguntó, de caballero á caballero,
cuáles eran suyas, cuáles no, entre las muchas sátiras que circulaban por la corte. La respuesta
fué tan pronta como valiente, tan arrojada como franca y leal. No se detuvo el cautivo en señalar
todos sus epigramas, por ofensivos que fuesen á la persona del privado : « Mas vuestra excelencia
»es cauto (le advertia), y no dirá al juez lo que yo digo al amigo.» Truécase el juez en sañudo
tigre, aviva los tormentos del preso, y hace que le bajen de un piso alto donde estaba su encierro á un oscuro y húmedo calabozo abierto debajo de tierra y de un rio. El anciano (¿cómo no
suponer hidalgo pecho en quien habia exigido confesion tan abierta?) le llora inútilmente sus
males, y le demanda remedio y justicia una y cien veces : « Si no es la esperanza en vuestra exce-
»lencia, todo me falta : la salud, el sustento, la reputacion. Ciego del ojo izquierdo, tullido y can-
»cerado, ya no es vida la mia, sino prolijidad de la muerte. No es del tiempo de vuestra exce-
»lencia que la hambre y desnudez justicien. No pido libertad, sino mudanza de tierra y prision ; y
»esta mudanza dice el Evangelio que Cristo se la concedió á un gran número de demonios que
»se la pidieron.»

Correspondíase entre tanto con Adan de la Parra, pintábale sus infortunios, endulzados por la
conformidad y por los santos brios de la religion. Parra y QUEVEDO eran dos cristianos filósofos, y
los calabozos y las cadenas impotentes para desunir sus almas. Permítanos el lector reproducir
aquí algo de tan preciosa correspondencia. « Cuando ellos tienen ordenado, amigo Parra, apre-
»tar más la cuerda, tengo yo ya dispuesto el cuello para recibirla. Lidien enhorabuena mi sufri-
»miento y su porfia, mi tolerancia y su teson ; que yo podré quedar sin alientos, pero ellos que-
»darán vencidos. Aunque se acabe mi vida, no morirá mi razon ; y á ellos, vivan ó mueran, siem-
»pre les ha de atormentar aquello que hicieron contra el prójimo.

»Aunque al principio tuve mi prision en una torre desta santa casa, tan espaciosa como clara
»y abrigada para la presente estacion, á poco tiempo, por órden superior (no diré nunca que por
»superior desórden), se me condujo á otra muchísimo más desacomodada, que es donde perma-
»nezco. Redúcese á una pieza subterránea, tan húmeda como un manantial, tan oscura, que en
»ella es siempre de noche, y tan fria, que nunca deja de parecer enero. Tiene sin ponderacion
»más traza de sepulcro que de cárcel. ¡Ya se ve : los que se complacen con verme padecer, no
»quieren cortar de una vez lo que al fin han de cortar, sino que la frecuencia de los golpes haga
»más penoso, por más dilatado, el martirio ; porque así logran más tiempo sus satisfacciones !

»Tiene de latitud, esta sepultura donde encerrado vivo, veinte y cuatro piés escasos y diez y
»nueve de ancho. Su techumbre y paredes están por muchas partes desmoronadas á fuerza de la
»humedad, y todo tan negro, que más parece recogimiento de ladrones fugitivos que prision de
»un hombre honrado.

»Para entrar en ella hay que pasar dos puertas, que no se diferencian en lo fuerte. Una
»está al piso del convento y otra al de mi cárcel, despues de veinte y siete escalones, que tienen
»traza de despeñadero. Las dos están siempre cerradas á excepcion de los ratos que diré, en que,
»más por cortesía que por confianza, dejan la una abierta, pero la otra segunda con doble cui-
»dado.

---

(1) Pero ¿quién era Margarita? Una astuta mujer de las famosas de la corte, en cuyas redes envuelto QUEVEDO, y creyéndose esclavizado, por romper sus cadenas perdió la libertad y puso á riesgo la vida. Hé aquí las cartas que dieron el grito de guerra : «Señor don Francisco : Si por lo »agudo quiere vuestra merced salirse de sus empeños, sepa »el muy rufian que para quien tal quedó, nada detendrá su »lengua si, cual debe, no se da á razon. Margarita.» —

« Fuera menos p... y ganara más, señora mia. Desate, sí »puede, más de lo que está su lengua ; que si espera mi li-»cencia, la tiene cuanto más desee. Yo.»

Parra algunos meses despues anunció á su amigo haber oido tenia ya la buena señora acomodo á su gusto ; pero le recomendó mucha cautela en el escribir, por recelar que habia persona que se enteraba de la correspondencia de ambos. Así era en efecto : el favorito leia todas las cartas.

»En medio de la pieza está colocada una mesa, donde escribo, que es tan grande, que admite »sobre sí treinta ó más libros, de que me proveen estos mis benditos hermanos. A la derecha, »que mira al mediodía, tengo mi lecho, ni bien muy acomodado ni bien sumamente indecente.

»Los aparatos de esta triste habitacion se componen de cuatro sillas, un brasero y un velon; »no falta bastante ruido, pues el que mis grillos causan excede á otros mayores, si no en el es- »truendo, en lo lastimoso. No hace muchos dias que tenia dos pares; pero logró órden para de- »jarme solo uno un gran religioso de esta casa. Pesarán los que hoy tengo de ocho á nueve li- »bras, advirtiendo que eran mucho mayores los que me quitaron; y con ser tan grande el defec- »to de mi pierna, y mayor con el peso y sujecion de los grillos, ando con ellos como si no estu- »viera cojo. Dios ayuda al hombre perseguido como con superior atencion. Si da nieve, tambien »da lana, para que lo que una hiele la otra abrigue.

»Esta es la vida á que reducido me tiene el que, *por no haber querido yo ser su privado*, es hoy »mi enemigo. »

Fuéron cada vez agravándose más las persecuciones. Preso estuvo cerca de cuatro años, y los dos como fiera: cerrado, solo en un aposento, cargado de grillos, sin comercio humano, teniendo por cabecera la vecindad de un rio, en la tierra más fria de España, donde muriera de hambre y desnudez si la caridad y grandeza del duque de Medinaceli no le fueran seguro y largo patrimonio. Allí, abierta una pierna, y por la humedad canceradas tres heridas, faltando cirujano, se las vieron, no sin piedad, cauterizar con sus manos propias (1). El horror de sus trabajos espantaba á todos; pero el estóico varon, que confesaba pagar ménos de lo que debia, exclamó:

> Desacredita, Lelio, el sufrimiento
> Blando y copioso el llanto que derramas,
> Y con lágrimas fáciles infamas
> El corazon, rindiéndole al tormento.
>   Verdad severa enmiende el sentimiento,
> Si, varon fuerte, dura virtud amas.
> ¿Castigo con profana boca llamas
> El acordarse Dios de tí un momento?
>   Alma robusta en penas se examina;
> Y trabajos ansiosos y mortales
> Cargan, mas no derriban nobles cuellos.
>   A Dios quien más padece se avecina.
> El está solo fuera de los males,
> Y el varon que los sufre, encima dellos.

Ni los ruegos de la ejemplar y virtuosa Felipa de Jesus, carmelita descalza en Santa Ana de Madrid, hermana de nuestro poeta, ni los de su cuñado el arzobispo de Granada don Martin Carrillo de Aldrete (2), ni los de muchos próceres y personajes ilustres, abrieron brecha en el empedernido y pequeño corazon del conde-duque de Olivares. Sus desaciertos y tiranías con-juráronse, empero, contra él, dividiendo y asolando el reino. Dejó de ser nuestro el Brasil, le-vantóse Cataluña, perdióse Portugal, intentó sublevarse Andalucía, vaciló el trono de Felipe, y el hombre que durante veinte y dos años condujo á sirtes y bajios la nave del Estado, cayó con descrédito el dia 23 de enero de 1643 (3). Un grito universal de alegría resonó por el reino;

(1) Quevedo, Memoriales al Rey y al Conde-Duque, y en la dedicatoria de la *Vida de S. Pablo.*—Tarsia, pág. 124.

(2) «Tuvo don Francisco tres hermanas: la mayor se llamó doña Margarita de Quevedo, que casó con don Juan Aldrete y San Pedro, caballero del órden de Santiago y caballe-rizo de su majestad; de cuyo matrimonio nacieron don Juan Carrillo y Aldrete, caballero del hábito de Santiago, en quien igualmente se compiten prendas muy ventajosas de entendimiento y valor, como lo ha mostrado en todas oca-siones, y ahora sirviendo el puesto de capitan de corazas en el ejército contra Portugal; y don Pedro Aldrete Carrillo Quevedo y Villegas, colegial del Mayor del Arzobispo y se-gundo señor de la Torre de Juan Abad, por su virtud y letras

muy digno de sus mayores, y merecedor de cualquier puesto de su profesion.

»La otra fué la madre sor Felipa de Jesus, monja carme-lita descalza en el convento de Santa Ana desta Corte, re-ligiosa de ejemplar y santa vida.

»La tercera y última tuvo por nombre doña María, y fué la primera que se cayó en flor del árbol de la vida perece-dera, dando principio á la inmortal desde los primeros años de su edad y del primer ensayo de su virtud.» (Tar-sia, pág. 11.)

(3) A 17 de enero se comenzó á rugir la retirada del fa-vorito y efectuóse el viérnes 23, saliendo para Loeches, acompañado solo de Tenorio, su confesor, y el inquisidor

díjose que para terror de enemigos, castigo de rebeldes y bien de la monarquía, el Rey era ministro de sí mismo, y díjose que no habría más privanzas, en el punto en que se vislumbraba otra nueva. Bullian los entremetidos y audaces, adulaban los ambiciosos, los favorecidos apoderábanse de los cargos y se erigian en despóticos señores de vidas y haciendas. Nadie pensaba más que en sí propio, y nadie se acordaba del pobre viejo condenado á agusanarse en vida, postrado en la cama, enfermo de peligro, con dos postemas en el pecho, tan enconadas, que á poco fuéron causa de su muerte. ¡Tanto los nuevos amos temian aquella pluma satírica, aun en manos de un moribundo!

De esta dura cadena de eslabonadas calamidades le desató al fin la justificada misericordia de don Juan Chumacero y Sotomayor, presidente de Castilla, venciendo con sus informes la resistencia del Príncipe, que á 7 de junio decretó la soltura del reo (1). Hubo indulto al propio tiempo para el buen Adan de la Parra, preso tambien en Leon, desde el invierno, por aborrecimiento de Olivares, que decia era tan maldita su pluma como su lengua. Mediado junio, y llenos de ilusiones lisonjeras, tomaron ambos amigos la vuelta de la corte, saliéndolos á recibir el duque del Infantado con los de Maqueda y Nájera, pero adelantándose á todos al encuentro don Francisco de Oviedo, fino apasionado del escritor. Tan puntualmente le entregó este caballero los bienes en él depositados, que le dijo Quevedo: «Todos, cuando me prendieron, luego me juzgaron por muerto, y en solo vuestra merced duró la fe de que podia vivir; y asi solo hallo la hacienda que paró en su poder (2).»

No descansó DON FRANCISCO hasta corresponder á los buenos oficios de Chumacero y del duque del Infantado, consagrándoles sendas obras, que estimaba como las mejores, para cuya impresion desencajó su escaso patrimonio. Quiso hacer en seguida coleccion de todos sus escritos, retocados y atildados, quilatándola con los frutos de sus últimas persecuciones. Aprobáronla con brillantes censuras don Diego de Córdova y el nuevo arzobispo de Granada don Antonio Calderon, y juntamente dió al autor honroso privilegio y amplias licencias el consejo de Castilla, y asimismo las otorgó el Ordinario; pero los libreros, para mortificacion del escritor popular, no quisieron comprar aquel tesoro, que habia de enriquecerlos despues (3).

Rioja. De allí partió á 12 de junio, por órden del Monarca, para la ciudad de Toro, donde falleció á 21 de julio de 1645, cuarenta y ocho dias ántes que su víctima el Job de nuestros poetas españoles.

(1) Véase textualmente algo del último dictámen que he visto original :

«El licenciado Josef Gonzalez habia reconocido parte de estos papeles, y don Martin de Arnedo, oidor de contaduria, á quien los remitió. Yo tambien los he hecho ver todos, y reconocido por mí mesmo los manuscritos. Están en ellos los originales de sus obras y otros muchos en verso á diferentes intentos, conforme á su genio. Hanos parecido se debe retirar una *Sátira* por ser contra religiosos, y otros cuadernos que intitula *Desengaños de la historia*. No se ha hallado cosa particular concerniente á la causa por que se discurrió en su prision; ántes supe en Roma, y con más certeza despues que llegué á esta corte, no fué DON FRANCISCO el autor de un romance á cuya publicacion se siguió el prenderle. El licenciado Josef Gonzalez no sabe de causa particular. El preso lo está más ha de tres años; tiene muy cerca de setenta de edad, y tan lleno de achaques, que no se levanta de la cama, y se duda de su vida.

»Bastante escarmiento puede tener lo padecido. Y sirviéndose vuestra majestad de darle soltura, se le podria hacer alguna comminacion y retener los papeles que tuviese algun inconveniente el publicarlos. Vuestra majestad ordenará lo que más fuere servido. Madrid, 7 de junio 1643.» (Rúbrica de Chumacero.)

Tarsia, pág. 141, comete el craso error de atribuir al *magnánimo corazon* del Conde-Duque la libertad de QUEVEDO.

(2) Tarsia, pág. 142.

(3) Véanse los preliminares de la edicion de Madrid por Melchor Sanchez, 1658.

La coleccion habia de llevar por título el de *Obras varias*, formando cada volúmen una *parte*, al estilo de aquel tiempo. A 16 de junio de 1644 libró el Ordinario la licencia para la impresion; y como no se llegase á realizar, fué causa este retraso de que se barajasen y confundiesen los opúsculos, perdiéndose el órden que debian tener, y ocasionando que los libreros los diesen á la estampa como les vino á las mientes.

Las colecciones de escritos de QUEVEDO son muchas desde la de 1648 (*Enseñanza entretenida*), que debe estimarse por piedra fundamental de todas. Si las pudiéramos tener, y los impresos sueltos, á un golpe de vista, seria curioso observar cómo se ha ido el guiso de los discursos variando periódicamente. Imprímense primero á fuego graneado; descollando á la vez las publicaciones típos del mercader Pedro Coello y las de Tomás de Alfay; en seguida vienen las hermosas y magníficas de Bruselas, y despues las de Ambéres, adornadas con figuras. Entran luego los ejemplares en papel de estraza. El desórden y el desaliño, distribuido en cinco tomas ó tomas en 4.°, conságrase en las prensas de Barcelona por los años de 1702; y añadiendo un sexto volúmen, se hace artículo de fe en las de Madrid, en 1713. Explotan inmediatamente de cuenta propia los rasgos del ingenio madrileño, y se declaran cruda guerra los libreros Ariztía, Sanz, Escobar, Francisco del Hierro, Alonso Balvas y Juan de Zúñiga; pero se juntan en la *hermandad de San Juan Evangelista*, abogado del arte de la imprenta, para monópolizar aquellos decantados frutos, contra el famoso librero don Pedro Alonso de Padilla. Ahora sin crítica ni buen tino echan á volar algunos curiosos

Cerca de año y medio permaneció en Madrid; buscó á sus antiguos camaradas, y pocos existian ya; preguntó por sus émulos, y habian muerto casi todos: Alarcon, tan famoso por sus comedias como por sus corcovas, el diestro Pacheco de Narvaez, Jáuregui, pintor y poeta. Vió desaparecer unos tras otros los parientes y los pocos amigos que le restaban: don Antonio de Mendoza, con todos bienquisto; Adan de la Parra, que fué de inquisidor á Logroño; Luis Vélez de Guevara, famoso por el rumbo, tropel y boato de sus comedias. Afligiale la ausencia del duque de Medinaceli, nombrado capitan general del mar Océano y costa de Andalucia. Visitó á los hombres que estaban en el poder, y mostráronsele graves á lo ministro. Solicitó audiencia del Monarca, y se le opusieron obstáculos. Una generacion nueva para él, de él no se curaba: veia los mozos engreidos y desdeñosos para con los viejos, las costumbres cada vez más pervertidas, las letras espirando, entronizado el mal gusto, y tocaba que se habian malogrado cuarenta años de continua batalla por reformarle y corregir los abusos y los vicios.

Presa del desaliento y del cansancio, agotadas las fuerzas del cuerpo y postrado el espíritu, con la esperanza de hallar algun alivio en la templada vecindad de Sierra-Morena, en la quietud y en el regalo de la caza, abandonó QUEVEDO las orillas del patrio Manzanares. Con más señas de difunto que de vivo llegó á la Torre de Juan Abad, en los primeros dias de noviembre de 1644, *doliéndole el habla y pesándole la sombra.* Un invierno tan rigoroso, que otro no se habia conocido jamas, conjuróse con las enfermedades para combatir aquel soplo de vida. Sin embargo, exánime QUEVEDO, sin poder llevar la pluma, y entre los acerbos dolores de las enconadas heridas, dictaba desde el lecho la segunda parte del *Marco Bruto,* esperanzado en que no habia de desmerecer por segunda. Escribíalo así á don Francisco de Oviedo, significándole que á él solo echaba de ménos de cuanto dejó en la corte. Poco despues, en busca de médicos y medicinas, hízose trasladar á Villanueva de los Infantes, donde ordenó su testamento, mandando fundar un mayorazgo del cual habia de ser primer poseedor su sobrino don Pedro Aldrete Carrillo. Fué entre todos preferido por su amor á las letras y el aplauso que en la universidad de Salamanca lograban su aplicacion y buen discurso (1).

A los blandos soplos de la primavera reanimóse el enfermo. Parecíale revivian sus fuerzas; que los dolores calmaban. Salió al campo, y el aire libre y el hermoso espectáculo de la naturaleza en todo su esplendor y lozanía derramó en su corazon bálsamos de dulces esperanzas. ¡Cuán pronto vendrian á desvanecerse! Quien resistió las inclemencias de enero, tuvo que sucumbir al violento fuego del estio. En la lucha del alma que va á desprenderse del cuerpo, todos los recuerdos de la vida agolpábanse á la mente del poeta. Ya en su delirio escucha las olas de los embravecidos mares, acaso ménos fieros que la deshecha borrasca de su fortuna; ya de los calabozos le aterran las medrosas paredes; ya respira en la soledad de aquellos desiertos, entre los silvestres árboles, libre de enemigos, de codicioso afan y ambiciosa locura; allí las

lo inédito y pequeño; ahora hombres sabios y excelentes críticos forman, para estudio y blanco de sus especulaciones, ramilletes de las cartas de QUEVEDO, de sus romances rufianescos, de los trozos más elocuentes de sus obras, de sus mejores poesías. Aquí los renombrados impresores Ibarra y Sancha hacen ediciones soberbias, no por la pureza y buena eleccion del texto admirables, sino por lo hermoso de los caractères, del papel, de la tinta y de las láminas, debidas á los mejores artistas españoles. Allí, á imitacion de los franceses, italianos é ingleses, que habian reunido y publicado juntos los opúsculos más graciosos de nuestro autor, — los moldes de toda España sacan á luz las *Obras escogidas* en infinitas combinaciones y formas. Y á este lado, en fin, abruman el espíritu las publicaciones del maldito gusto bambochino grotesco de brocha borracha, sucias con la doble chafarrinada de viñetas y texto.

Y entre tanto no se pierde la generacion de las impresiones, no niegan á sus padres los hijos; y á pesar de disfrazarse con rótulos nuevos, sorprendentes y sonoros, dejan trascender su procedencia á tiro de arcabuz; de tal suerte, que el observador y curioso no pueden llamarse á engaño.

(1) Correspondencia original con Oviedo, aun no conocida del público. — Testamento original. — Tarsia, páginas 142 y 143.

Tuvieron (segun el abad don Pablo Antonio de Tarsia) los Aldretes su orígen en Tordesillas, y en la parroquial de Santa María su entierro. Vense en ella los túmulos y armas de esta familia. Hé aquí los abuelos de don Pedro: García Aldrete casó con doña Isabel Carrillo, de la casa de los señores de Totanés, en Toledo; de quien tuvo á Rodrigo y á don Juan Aldrete y Carrillo, canónigo de la primada de las Españas, particular amigo de Santa Teresa de Jesus, como se ve en sus cartas. Rodrigo se unió en matrimonio con doña María del Aguila, apellido en Avila de la mayor nobleza, y nacieron de este enlace don Juan, caballero del órden de Santiago y caballerizo de su majestad, y don Martin Carrillo y Aldrete, de la suprema y general Inquisicion, visitador de la chancillería y audiencia real de Nueva-España, juez de los alborotos de Méjico en 1624, y últimamente arzobispo de Granada. Enlazóse don Juan con doña Margarita de Quevedo, hermana de DON FRANCISCO, y de este casamiento fuéron fruto don Juan Carrillo y Aldrete, caballero del órden de Santiago y capitan de corazas, y don Pedro, segundo señor de la Torre de Juan Abad.

encantadas memorias de la niñez, los amargos desengaños de la juventud, el amor de su excelente esposa, el dolor y el arrepentimiento. Hizo un esfuerzo el moribundo, y el canto del cisne estremeció el corazon y asomó las lágrimas á los ojos:

En esta cueva humilde y tenebrosa,
Sepulcro de los tiempos que han pasado,
Mi espíritu reposa
Dentro en su mismo cuerpo sepultado;
Y todos mis sentidos
Con beleño mortal adormecidos,
Libres de ingrato dueño
Duermen, despiertos ya de largo sueño
De bienes de la tierra,
Gozando blanda paz tras dura guerra...
    Yo soy aquel mortal que por su llanto
Fué conocido más que por su nombre,
Ni por su dulce canto;
Mas ya soy sombra solo de aquel hombre
Que nació en Manzanares
Para cisne del Tajo y del Henares.
Llaméme entónces Fabio;
Mudóme el nombre el desengaño sabio,
Y llamóme Escarmiento.
Muy célebre habité con dulce acento
De Pisuerga en la orilla; mas agora
Canto mi libertad con mi silencio.
El Lete me olvidó de mi señora,
El Lete cuyas aguas reverencio...
    Estas mojadas, mal enjutas ropas,
Estas no escarmentadas ni deshechas
Velas, proas y popas;
Estos pesados grillos, y estas flechas,
Estos lazos y redes
Que me visten de miedo las paredes,—
Son venturosas prendas, aunque atroces,
Que mudas como ves, sin lengua y muertas,
Me están al alma siempre dando voces,
De arena y agua de la mar cubiertas;

Y del llanto y licor que el alma suda
Hechas tragedia de mis males muda.
    Aquí con estos bárbaros trofeos
De peregrinaciones trabajosas
Descansan mis deseos;
Aquí paso las horas presurosas
Razonando conmigo...
    Estos silvestres árboles frondosos,
Los pobres frutos que este monte cria
(Aunque pobres, sabrosos)
Me ofrecen mesa franca noche y dia;
Sírvenme aquestas fuentes
De tazas de cristal resplandecientes...
Aquestos pajarillos en su canto
Imitan de los ángeles los tronos,
Reglando con mi gusto y con mi llanto
Ya los alegres, ya los tristes tonos.
A murmurar me ayudan estos rios
De la corte las pompas y atavíos...
    Llenos de paz mis gustos y sentidos,
Y la corte del alma sosegada;
Sujetos y vencidos
Los gustos de la carne amotinada,—
Entre casos acerbos
Aguardo á que desate destos niervos
La muerte prevenida
El alma, que añudada está en la vida,
Para que en presto vuelo,
Horra del cautiverio deste suelo,
Coronando de lauro entrambas sienes,
Suba al supremo alcázar estrellado,
A recibir alegres parabienes
De nueva libertad, de nuevo estado (1).

Si no fué ejemplar la vida de QUEVEDO, lo fué su muerte, resplandeciendo en ella la fe y la piedad cristianas.

Falleció en Villanueva de los Infantes, el dia 8 de setiembre de 1645, al cumplir sesenta y cinco años de edad. Yace en la iglesia parroquial de aquella poblacion, en la capilla de los Bustos (2).

(1) Que esta fué la última composicion de QUEVEDO está fuera de duda; sobre el tiempo en que se escribió la hay sin embargo. Don Pedro Aldrete, en el prólogo á *Las tres musas últimas castellanas*, dice que: «habiendo, despues de su última prision de Leon, vuelto DON FRANCISCO á la Torre de Juan Abad, ántes de irse á Villanueva de los Infantes á curar de las apostemas que desde la prision se le habian hecho en los pechos, ocho meses ántes de su muerte (en febrero de 1645) compuso la primera cancion que va impresa en este libro, en donde parece predice su muerte, publica su desengaño, y da documentos para que todos le tengamos. Puede servirle de inscripcion sepulcral.»

(2) Asistióle en sus últimos instantes el padre Diego Jacinto de Tebar, de la compañia de Jesus, docto varon, el mismo que en igual trance auxilió al cronista Pellicer, al bibliógrafo don Nicolas Antonio, y al famoso escritor de la *Conquista de Méjico*.

«Viendo los médicos que por la fuerza del mal iba DON FRANCISCO desfalleciendo cada dia, mandáronle dar los santos sacramentos, así del Viático como de la Extremauncion. Lleváronle la sacrosanta Eucaristía con público y lucido aparato de la parroquia, y la recibió con reverente ternura é intensa devocion. Quisiéronle traer juntamente la santa uncion, y mandó diferirla, pareciéndole no corria tanta prisa. Sintióse despues algo aliviado de sus males; pero no pasó muy adelante la mejoria, pues volvieron con tanta violencia, que obligaron á venir desde Granada, para asistirle, á su sobrino don Pedro Aldrete y Carrillo. Alegróse sumamente DON FRANCISCO de ver á don Pedro, á quien queria entrañablemente por sus prendas de virtud y letras; y despues de haber estado con él algunos dias, quiso que volviese á Granada, pidiéndole tan solamente le dejase persona que le sirviese de secretario. Ejecutó don Pedro su viaje, dejando con su tio al licenciado

Era de buena estatura, el cabello negro, limpio y algo encrespado; la cabeza ancha y bien repartida; blanco el rostro, larga y espaciosa la frente, con algunas viejas heridas, testimonio de su valor. Tenia las narices grandes y gruesas, y los ojos muy vivos y rasgados; pero tan corto de vista, que llevaba anteojos continuamente. Fué abultado de cuerpo, de hombros derribados y robustos, de brazos flacos, pero bien hechos y galanos; cojo y lisiado de entrambos piés, que los tenia torcidos hácia adentro; de ingenio pronto y feliz, agudo en los dichos y profundo en las sentencias (1). Sumamente apasionado al estudio, leia en el coche, durante la comida, en el des-

Juan Lopez, criado suyo muy antiguo, y tan ejemplar y virtuoso, que hoy es beneficiado de la villa de Agreda; el cual le asistió con grande puntualidad. Desde que recibió el Viático hasta el último de su vida cada dia se quedaba á solas tres y cuatro horas, previniéndose á la muerte con fervorosos actos de amor de Dios. Mandaba despejar su cuarto, y si alguno se asomaba para ver lo que hacia ó si habia menester alguna cosa, sentia casi con impaciencia que le estorbasen su recogimiento. Tres dias ántes de morir, llevándole el licenciado Juan Lopez algunas cartas á que las firmase, dijo públicamente á los que allí estaban presentes: «Estas son las últimas cartas que tengo de firmar.» Sucedió su muerte el año de 1645, á 8 de setiembre, dia célebre por el nacimiento de nuestra Señora, y dichosa muerte de santo Tomás de Villanueva, su abogado y protector, habiendo ántes repetido muchas veces que su mayor consuelo era morir en dia tan señalado: prenda muy cierta del patrocinio que hallaria en la intercesion de la Madre de Dios, y del Santo, de quienes fué muy devoto. Y no carece de misterio el haber fenecido el curso de su vida en dia tan célebre por muerte y nacimiento; pues por lo que se vió en su buena disposicion, se puede tener por constante que murió á la vida perecedera, para nacer á la inmortal de los bienaventurados.

» Compuesto el cuerpo con la diligencia acostumbrada, y vestido con el manto de caballero y botas y espuelas doradas, tratóse de sus exequias y entierro. Y porque en su testamento habia ordenado que le enterrasen por via de depósito en la capilla mayor de la iglesia y convento de Santo Domingo de Villanueva, en la bóveda en que estaba enterrada doña Petronila de Velasco, viuda de don Jerónimo de Medinilla, y que de allí le transfiriesen á la iglesia y convento real de Santo Domingo de Madrid, en la sepultura de su hermana doña Margarita de Quevedo; previniéndose los frailes para el depósito, no quisieron venir en ello el vicario y clérigos de la parroquia, deseando tener esta prenda en su iglesia. A la cual finalmente le llevaron con grande lucimiento y concurso, y le hicieron suntuosas exequias, depositándole en la bóveda de la capilla de los Bustos, caballeros muy antiguos de aquella tierra.» (Tarsia, páginas 145 y siguientes.)

«El dia de la Natividad de nuestra Señora, 8 de setiembre, célebre por el nacimiento de la Reina de los ángeles y muerte de santo Tomás de Villanueva, de quienes habia sido muy devoto, envió á llamar el médico por la mañana, y le pidió le tomase el pulso y le dijese cuánto le parecia podria vivir. Aunque lo rehusó el médico, respondió que tres dias; á que replicó que no habia de vivir tres horas. Pidió la uncion, recibióla; murió ántes de cumplirse las tres horas. Quedó con mejor semblante que vivo. Despues de diez años de enterrado, se vió su cuerpo entero.» (Don Pedro Aldrete Quevedo y Villegas, en el prólogo á Las tres musas últimas castellanas.)

(1) A la torpeza de los piés aludia Cervántes en el Viaje del Parnaso, cuando, instándole Mercurio porque hiciese venir á DON FRANCISCO, dijo:

— Oh, señor, repliqué, que tiene el paso
Corto, y no llegará en un siglo entero.

Por lo demas este retrato de QUEVEDO es copia del que hizo de sí mismo en la sátira que comienza

Pues más me quieres cuervo que no cisne...

Hoy, merced al grabado, á la pintura y á la escultura, podemos contemplar las facciones del gran satírico. Los dos más importantes monumentos que los representan se hallan en la Biblioteca Nacional, y consisten en un busto y un lienzo, que eran propios, dicen, del real alcázar, y los donó á aquella oficina Felipe V.

En el busto la cabeza, de barro cocido y obra de valentísimo cincel, está llena de expresion y de vida; tanto, que maravillosamente semeja la verdad. QUEVEDO muestra sobre cincuenta y cinco años. Su fisonomía es melancólica y severa, su crencha hermosa, el entrecejo muy pronunciado, el labio grueso; muchas y antiguas cicatrices marcan su despejada frente; miran con indecision sus ojos, propia de un corto de vista.

De unos cuarenta años, con el cabello oscuro y limpio, las cejas en arco y algo rojas, las barbas levantadas y bien puestas, le presenta el lienzo, que tiene treinta y una pulgadas de alto y veinte y tres de ancho: copia de buen original, muy antigua; pero de mano poco diestra y sobresaliente. Se notan, no obstante, en el cuadro accidentes que la naturaleza ofrece tan solo, prueba clara de que el original se hizo á presencia de QUEVEDO.

Tanto en el lienzo como en la escultura, el semblante del poeta es algo más atrevido, pendenciero y acedo que en los grabados.

El más apreciable de estos engalana el Parnaso español que publicó don Jusepe Antonio Gonzalez de Salas, en 1648, bajo el amparo del duque de Medinaceli. Dibujó la lámina el gran Alonso Cano; pero el escultor Juan de Noort hubo de estropearla. Figura en el Parnaso Apolo coronando á DON FRANCISCO; y recostado un sátiro en las grutas del monte, enseña en un medallon el retrato del escritor insigne: retrato que ha sido modelo de cuantos recomiendan las publicaciones de Ibarra y de Sancha y todas las modernas.

Juan de Noort hizo otro retrato en 16.º, grabado con punta muy fina. Aparece QUEVEDO sin anteojos, en un óvalo que forman una palma y un laurel. Debajo en un lindo targeton se lee este verso de Ovidio:

Deme mihi studium
Vitae quoque crimina deme.

El señor don Valentin de Carderera posee este curioso ejemplar, que sirvió de original para las publicaciones de Bruselas y Amberes, copiado por Pedro Clouwet con poca fortuna.

No merece en verdad ninguna mencion el que precede á la Política de Dios (1655), delineado por Márcos de Orozco.

Con aquellos entra en liza (y la semejanza del parecido y correccion del dibujo le recomienda por extremo) el que de medio cuerpo, en actitud de escribir el poeta y coronándole un genio, se puso al frente de su vida en las impresiones, en 4.º, de Madrid desde 1713 á 1729; delineado en la corte, á vista de original excelente, por don Salvador

canso de la cama; y para divertir sus peregrinaciones llevaba en unas bizazas un centenar de libros muy pequeños de varia literatura (1). Reunió cinco mil cuerpos en su biblioteca, y llamaba al ocio *polilla de las virtudes* y *feria de todos los vicios.* Aprovechábase de los libros malos para no seguirlos, y de los buenos para imitarlos; y afirmaba no haber ninguno, por despreciable que sea, que no tenga alguna cosa buena, como ni algun lunar en el de mejor nota: «Catulo (decia) tiene sus errores, Quintiliano sus arrogancias, Ciceron algun descuido, Séneca bastante confusion, y en fin, Homero sus cegueras, y el satírico Juvenal sus desbarros; sin que le falten á Egecias algunos conceptos, á Sidonio medianas sutilezas, á Enodio acierto en algunas comparaciones, y á Aristarco, con ser tan insulsísimo, propiedad en bastantes ejemplos (2).»

Era diestro en las armas, de atrevido corazon, y consultor de todos los valientes. Retirándose una noche tarde y solo, en Madrid, oyó ladridos de perros y á lo léjos grita y alboroto. Crecia y se avecinaba el ruido, y al prevenirse con su espada y broquel en ademan de pelear se le clavó en el escudo una onza que de casa de cierto embajador se habia soltado. No supo con la oscuridad quién le embestia, y arrojando el broquel dejó á estocadas muerta la fiera. Los amigos ponderaban el caso; pero les dijo QUEVEDO que á saber con quién se las habia, le hubiera dado más cuidado (3).

Lograron sus adversarios solevantar á los serranos de la Torre de Juan Abad, animándoles á que sacudiesen el yugo de quien se titulaba señor «de lo que no era suyo, ni debia serlo en tanto que hubiese hombres en la villa». Púsole esta veinte y dos pleitos, y como para proseguirlos afirmase un villano que venderia sus propios hijos, «bien los puedes poner en venta (replicó el bienhechor del pueblo); pero no digas que son tuyos si ha de haber quien te los compre (4)».

El vulgo le atribuye todos los dichos ingeniosos, como refiere los hechos de fuerza al *Sanson de Extremadura*, Diego Garcia de Paredes, y como aplicaron los antiguos á Hércules todas las hazañas. Los más de los chistes que se cuentan de QUEVEDO son apócrifos: citemos algunos verdaderos.

Jordan, y grabado por don Francisco Gazan con arte y gracia. Contradicese y equivócase grandemente don Agustin Cean Bermudez en su *Diccionario histórico de los más ilustres profesores de las bellas artes en España*, al suponer en el artículo de Jordan hecha esta lámina en 1636, y en el de Gazan en 1630. Es error manifiesto. Los libros principales que en un estante parecen al lado de QUEVEDO, son los diversos tratados de la *Providencia de Dios*, escritos en 1641, pero no publicados por completo hasta 1713: á cuyo año debe indudablemente referirse el retrato.

En 1726 lo reprodujeron las prensas de Amberes, copiado muy bien por Pedro Balta y estampado por Bouttats.

Para la coleccion de Ibarra de 1772 abultó don Mariano Salvador Maella el de Cano de 1618, desnaturalizando la expresion del semblante; y lo grabó con acierto en Madrid Don Joaquin Ballester. De medio cuerpo se ve en esta lámina al autor de los *Sueños* en accion de escribir, á lo léjos descúbrese el Parnaso; y es bastante buena toda la composicion.

El famoso don Manuel Salvador Carmona copió, alterándolo tambien, el rasgo de Cano para la *Coleccion de poesias escogidas de los más célebres poetas castellanos*, que sacó á luz Sancha en 1776. Mas para la edicion de las obras de QUEVEDO, que hizo el mismo impresor en 1790, valióse del pincel delicado de don Luís Paret y del buril de don Juan Moreno Tejada.

Uno y otro grabado gozan, por su belleza y excelencia artística, de grande autoridad dentro y fuera de España. Pero cuán difícil es agrandar en pintura un objeto pequeño, resalta en que, sirviendo el rasguño de Cano de original para las copias de Maella, Carmona y Paret, todas difieren entre sí, y en todas es convencional la expresion del rostro del poeta, vivo trasunto del alma, que en los grabados se encuentra hoy desnaturalizada.

Fuerza es ya que los pintores acudan de nuevo á la fuente.

Esta no es otra que la escultura de la Biblioteca Nacional.

(1) «Sazonaba su comida, de ordinario muy parca, con aplicacion larga y costosa; para cuyo efecto tenia un estante con dos tornos á modo de atril, y en cada uno cabian cuatro libros, que ponia abiertos; y sin más dificultad que menear el torno, se acercaba el libro que queria.» (Tarsia, pág. 29.)

«Tenia una mesa con ruedas para estudiar en la cama; para el camino libros muy pequeños; para miéntras comia mesa con dos tornos: de lo cual son buenos testigos los mesmos instrumentos que están hoy en mi casa, en la villa de la Torre de Juan Abad.» (El sobrino de QUEVEDO, en el prólogo de *Las tres musas últimas*.)

(2) Tarsia, páginas 31, 33, 34, 35 y 100.

«Cuán inclinado fué á la devocion y obras de religion cristiana, indicios son las limosnas que hacia, los buenos consejos que daba, los libros espirituales que sacó, y la frecuencia de los santos sacramentos de la Penitencia y Eucaristía. Guardaba un cuaderno en que tenia asentadas todas las confesiones que habia hecho, así generales como particulares, desde que tuvo uso de razon; con que tomando el hábito de Santiago, no le hizo novedad la costumbre de tener los caballeros certificacion de las veces que confiesan por obligacion, y mucho ménos la de juntarse los dias solemnes á comulgar. Lo que se debe ponderar es, que se previno con tantas veras á la muerte, que fuera de las vivas diligencias que hizo estando enfermo, aun bueno y sano, pensaba muy á menudo en los medios para disponerse á ella. Y en los últimos años de su edad habia hecho tales progresos en el desengaño del mundo, que solia decir á sus amigos: «No hallo cosa desta vida en que poner los ojos, sin que me haga un pronto recuerdo de la muerte.» (Tarsia, pág. 152.)

(3) Tarsin, pág. 60.

(4) Id., 118.—*Tribunal de la Justa venganza.*

Convidáronle, y á otros camaradas y amigos, para oir ciertas damas famosísimas en cantar y to-car el arpa. QUEVEDO, cuidadoso de encubrir la fealdad de su cojera, llevaba por lo comun hábito largo; pero como al penetrar en la sala descubriese uno de los piés casualmente, provocó la burla y mofa de las alegres damas, tanto, que de ellas la más chusca dijo á los recien veni-dos que habian entrado con mal pié en aquella estancia. « Pues, señoras mias, aun hay otro peor en el corro », contestó el mesurado caballero, y sacó el otro más mal hecho y más torcido (1).

Al tiempo de sus bravas peloteras con aquel mimado culterano de quien dijo:

El *doctor* tú te lo pones,
El *Montalban* no lo tienes:
Con que en quitándote el *don*,
Vienes á quedar *Juan Perez*;

topó con algunos ociosos en la puerta de Guadalajara, que se divertian en ver un lienzo de san Jerónimo, á quien azotaban los ángeles, y rompió de repente en esta redondilla:

Grandes azotes le dan
Porque á Ciceron leia;
¡Ira de Dios, qué seria
Si leyese á Montalban!

Cuando dictaba su testamento, quiso persuadir á DON FRANCISCO el vicario de Villanueva de los Infantes á que dispusiese con músicos un lucido entierro, digno de persona tan principal; mas prontamente replicó el enfermo: « La música páguela quien la oyere (2). » Su apacibilidad y gracia en el decir no tuvieron, ni despues han tenido, rival en España.

Hé aquí al poeta y gran político tal como aparece de sus obras y de los documentos fidedig-nos de su época. Acaso haya abierto algun lector este libro pensando oir la historia de un ser maravilloso, y ha encontrado la de un hombre con sus grandezas y miserias, sus debilidades y virtudes. Pero ya sabe su condicion y vida. Ahora, si entra en anhelo de conocer su alma, lea sus escritos.

(1) Tarsia, pág. 105.
(2) Id., 144.

Madrid, 13 de noviembre de 1852.

AURELIANO FERNANDEZ-GUERRA Y ORBE.

CATALOGO

DE LAS OBRAS DE DON FRANCISCO DE QUEVEDO VILLEGAS,
CLASIFICADAS Y ORDENADAS.

Tambien se incluyen las apócrifas; pero en casi todas las propias del autor van indicados los fundamentos con que se comprueba su autenticidad. Se comprenden asimismo las cartas dirigidas á QUEVEDO *y los documentos relativos á su vida pública y privada.*

Siempre que se hallen dos fechas dentro de un paréntesis, la primera indica el año en que se compuso el libro; la segunda el en que vió la pública luz. Cuando la fecha es una sola, significa lo primero.

DISCURSOS POLÍTICOS.

1. *Politica de Dios, gobierno de Cristo.* (1617-1626.) — Su primer título:

Politica de Dios, gobierno de Cristo, tirania de Satanás.

Obtuvo privilegio el autor para imprimirla.

2. *Parte segunda de la politica de Dios y gobierno de Cristo.* (1635-1655.)

Las dos partes juntas se imprimieron con este epígrafe:

Politica de Dios y gobierno de Cristo, sacada de la Sagrada escritura para acierto de rey y reino en sus acciones.

3. *El Rómulo, del marqués Virgilio Malvezzi.* (1631-1632.)

Se expidió licencia al traductor para dar á la estampa el libro.

4. *Primera parte de la vida de Marco Bruto.* (1632-1644.)

Privilegio á favor de Quevedo.

5. *Suasorias de Marco Anneo Séneca, el retórico.* (1644-1644.)

Unidas á la obra anterior.—(Don Nicolas Antonio, *Biblioth. vet.*, lib. 1, cap. 4, número 53.)

6. *Carta del rey don Fernando el Católico al primer virey de Nápoles, comentada.* (1621-1788.)

Copia hecha por don Vincencio Juan de Lastanosa hácia el año de 1627.

7. *Mundo caduco y desvarios de la edad.* (1621-Inédito.)

Citado en el papel anterior.—Existe de letra del amanuense de Quevedo. Corre suelto en algunos códices con este título:

Adicion al papel de los Grandes anales de quince dias.

8. *Grandes anales de quince dias.* (1621-1788.) — De un siglo á esta parte se ha hecho rajas y astillas una misma obra para que suenen muchas. Son pedazos de la presente, arrancados de su propio lugar, la

Continuacion á la historia de los quince dias,

Añadido á la historia,

y la vida de

Don Juan de Spina, que hubo de añadir Quevedo en 1636 al retocar los *Anales*. Esta vida acaba de salir á luz en la coleccion de *Obras inéditas*, publicada en el año anterior de 1851, con una equivocacion grave. Lo que en el último párrafo de la pág. 288 se afirma, no es exacto.

Habla de los *Anales* una carta de Adan de la Parra, á quien los habia remitido el autor.

9. *Memorial por el patronato de Santiago.* (1627-1628.)

Fué causa de persecuciones para don Francisco.

10. *Lince de Italia ú zahori español.* (1628-Inédito.)

En la preciosa coleccion del conde de Saceda, existió el borrador original, y de el hizo sacar una copia el bibliotecario don Tomas Antonio Sanchez.

11. *El chiton de las Taravillas.* (1630-1630.)—Impreso muchas veces con el título de

Tira la piedra, y esconde la mano.

Léase.

12. *Carta al serenisimo, muy alto y muy poderoso Luis XIII, rey cristianisimo de Francia.* (En 1635 escrita é impresa.)

Existe el original con enmiendas y apostillas del mismo autor.

13. *Breve compendio de los servicios de don Francisco Gomez de Sandoval, duque de Lerma.* (1636-Inédito.)

Habla de este opúsculo el mismo autor en cartas al duque de Medinaceli.

14. *Descifrase el alevoso manifiesto con que previno el levantamiento del duque de Berganza, con el reino de Portugal, don Agustin Manuel de Vasconcelos.* (1641-Inédito.)

Letra del amanuense de Quevedo y apostillas de este.

15. *La rebelion de Barcelona no es por el güevo ni es por el fuero.* (1641-1851.)

Confesó don Francisco desde su prision que era suyo este papel, en carta dirigida al conde-duque de Olivares.

16. *Panegírico á la majestad del rey nuestro señor don Felipe IV.* (1643-Inédito.)

De letra de don Francisco de Oviedo una copia; otra de la del amanuense del autor.

APÉNDICE.

Han parecido los discursos siguientes.

17. *España defendida y los tiempos de ahora de las calumnias de los noveleros y sediciosos.* (1609-Inédito.)

Autógrafo.

18. *Traduccion castellana de la carta de Urbano VIII, dando al rey de España cuenta de su asuncion al pontificado.* (1623-Inédita.)

De letra del traductor.

19. *Traslado de una carta del cardenal Borja.* (1623-Inédita.)

Se refiere á la exaltacion del mismo pontífice.—Unido á lo anterior y de igual mano.

20. *Que se debe excusar la publicidad en los castigos de los que por vanidad los apetecen.* (1625-1851.)

Letra del amanuense de Quevedo.

21. *Su espada por Santiago, solo y único patron de las Españas, con el cauterio de la verdad y la respuesta del dotor Balboa de Morgobejo del año pasado, al dotor Bal-*

boa de Morgobejo de este año. (1028 — Inédito.)

Autógrafo.
El Cauterio de la verdad fué escrito en fines de 1627.

22. *Memorial del duque de Medinaceli al rey don Felipe IV*, en 7 de abril del 1643, relativo á su nombramiento de capitan general del Mar occeano y costa de Andalucia. (Inédito.)

Compuesto por Quevedo, copiado del original autógrafo.

OBRAS PERDIDAS.

23. *Segunda parte de la vida de Marco Bruto.* (Escribíala en 1644.)

Habla de ella el mismo Quevedo en sus últimas cartas.

24. *Historia de don Sebastian, rey de Portugal.*

Carta de don Lorenzo Vánder Hámmen y Leon, publicada en los *Descrios señoliculos*, edicion de Zaragoza, de 1627. El señor bibliotecario de su Majestad don Manuel de Carnicero, cuya erudicion compite con su buen juicio y claro ingenio, me dice que en Lisboa le aseguró un catedrático de Coimbra haber visto y leido impresa esta obra.

25. *Una epistola muy elegante al sumo pontifice Urbano VIII, suplicándole á volver por el apostol Santiago, cerrando con las llaves de Pedro la puerta á las calumnias, y con la espada de Pablo ahuyentando á los que descaradamente impugnan la proteccion de España, encargada al Santo por nuestro señor Jesucristo.*

Citala el biógrafo Tarsia, pág. 52.

26. *La polilla de las republicas* (1), *y la historia del año 1631.*

Da noticia de esta, que no se sabe si son dos obras, el mismo autor en la *Perinola.*

27. *Dichos y hechos del duque de Osuna en Flándes, España, Nápoles y Sicilia.*

Memoria que de su letra dejó Quevedo de los libros y papeles que le habian ocultado en el tiempo de su última prision. (Tarsia, pág. 43.)

Hé aquí la portada:

«Vida del sumo capitan, triunfante general, siempre glorioso y admirado virey don Pedro Giron, duque de Osuna, miedo del mundo, aclamacion de las naciones, gloria de España, blason de Flándes, freno de Italia, virey de Sicilia y Napoles, desengaño de Venecia, restauracion del Imperio, recuerdo á Roma, amenaza á Francia, castigo á Saboya, ruina á los turcos. Hoy cadaver le temen y en el sepulcro le tiemblan. El más valiente soldado, el más leal vasallo, el más acertado gobernador, humano, generoso, pio, valiente.»

28. *Historia latina en defensa de España y en favor de la Reina Madre.* (1635.)

Consta en la expresada memoria. (Tarsia, pág. 44.)

29. *Teatro de la historia.*

Compruébase como lo anterior. (Tarsia, 43.)

30. *Desengaños de la historia.*

El presidente de Castilla don Juan de Chumacero, en el informe que dió en 7 de

(1) Será Venecia.

---

junio de 1643 para la libertad de Quevedo, consignó que habia registrado sus papeles, y releala este por convenir asi al real servicio.

31. *Manifiesto del tiempo á la fama de los tiempos.*

Hacen mencion de él los índices de la Biblioteca Nacional que formaron los Iriartes.

OBRAS APÓCRIFAS.

32. *Ragguaglio di Parnaso.*

Véase el *Lince de Italia* en nuestra publicacion, pág. 237.

33. *Discurso de las privanzas que dirigió al rey don Felipe III.* (Impreso en 1788.)

34. *Apuntamientos politicos á don Baltasar de Zuñiga.* (1621 — Inédito.)

35. *Discurso sobre el reparo de esta monarquia.* (1630 — Inédito.)

36. *Impugnacion á un memorial anónimo que se dió al señor rey don Felipe IV contra el conde-duque de Olivares.* (1630-1789.)

37. *Comento á la sátira de Valles Ronces.* (1639 — Inédito.)

38. *Visita y anatomia de la cabeza del eminentisimo cardenal Armando de Richelieu.* (Se supone impresa en Milan en 1635. Lo ha sido en la coleccion del señor Castellanos, 1851.)

39. *Anatomia de la cabeza del cardenal de Richilieu, primer ministro en Francia del rey Luis XIII, siendo rey de España Felipe IV. Sueño politico.* (Impreso este opúsculo en 1851.)

Es uno de los que fingió torpemente don Diego de Torres Villaroel, como asimismo el que sigue:

40. *Aguja de marear de los franceses.* (Impresa en 1851.)

41. *Historia de muchos siglos y anales de quince dias. Caida del Conde-Duque, su causa, y otros memorables sucesos.* (Impresa en 1851.)

42. *Testamento del Conde-Duque, gran valido y primer ministro de Felipe IV. Refierese en él su modo de vivir, etc.* (Inédito.)

43. *Caida de su privanza, y muerte del conde-duque de Olivares.* (Impreso en 1789.)

44. *Las tres coronas en el aire. Conferencias en los espacios imaginarios entre los eminentisimos cardenales Richelieu, Mazarini y Oliverio Cromuel sobre negocios del otro mundo.* (1661-1788.)

Es de don José Arnolfini de Illescas.

45. *El breviario de los politicos, segun las máximas mazarinicas, ó del cardenal Mazarini.*

46. *Carta desconsolatoria escrita desde la otra vida por don Francisco Quevedo al padre maestro fray*

Juan Martinez de Prado don Quijote de la Mancha original, desterrado en la Peña Pobre de Francia, que otros leen de Beltenebrós. Con un coloquio muy devoto al cabo al Rey nuestro señor. (1662-1815.)

DISCURSOS SATIRICO-MORALES.

Los Sueños. Componen los seis discursos comprendidos en los números desde 47 á 62.

47. *Casa de locos de amor.* (Impresa en 1627.)

Confirma que es de Quevedo este rasgo don Lorenzo Vánder Hammen y Leon, vicario de Jubiles, en la carta con que lo envió á don Francisco Jimenez de Urrea, capellan de su majestad, impresa en la edicion de Zaragoza de 1627.— Lo corrobora tambien el *Tribunal de la justa venganza*, pág. 25.

48. *El sueño de las calaveras.* (1607-1627.)—Llamóse primero *El sueño del juicio final.*

Obtuvo privilegio el autor para la publicacion de este opúsculo, como asimismo para la de los cinco siguientes. Citalos el *Tribunal de la justa venganza*, páginas 22 y 23.

49. *El alguacil alguacilado.* (1607 -1627.) — Antes se intitulaba *El alguacil endemoniado.*

50. *Las zahurdas de Pluton.* (1608 -1627.)—Tuvo primero por nombre *Sueño del infierno.*

51. *El mundo por de dentro.* (1612 -1627.)

52. *Visita de los chistes.* (1622-1627.)—Antes se llamó *Sueño de la muerte.*

El *Tribunal de la justa venganza*, página 25, lo cita asi:
Sueños de la muerte y marqués de Villena.

53. *El entremetido y la Dueña y el soplon.* (1627-1628.)—Intitulóse primeramente *Discurso de todos los diablos ó infierno enmendado.*

Fuera de este, tuvo tambien nombre de
El peor escondrijo de la muerte. Discurso de todos los dañados y malos, para que unos no lo sean y otros lo dejen de ser.

En la última refundicion incluyóse en él
La caldera de Pero Gotero.

De ella hace mérito el *Tribunal de la justa venganza*, pág. 228.

54. *La hora de todos y la Fortuna con seso.* (1635-1650.)— Se conoce asimismo con el rótulo de
La Fortuna con seso y la hora de todos. Fantasia moral.

Fué incrustada en esta obra
La isla de los monopantos.

Existe de letra del amanuense de Quevedo, revisada y atildada por el autor.

APÓCRIFOS.

55. *El perro y la calentura. Novela peregrina.* (Impresa en 1625.)

Es de Pedro de Espinosa.

56. *Los monopantos. Sueño político que dejó manuscripto don Francisco de Quevedo y Villegas. Refiere en el lo que subcedia en el gobierno del conde-duque de Olivares, sus máximas, etc.* (Impreso en 1851.)

Fingido por don Diego de Torres Villarroel.

DISCURSOS FESTIVOS.

57. *Pregmática que este año de 1600 se ordenó por ciertas personas deseosas del bien comun.* (Inédito.)

Embrion del *Cuento de cuentos.*

58. *Premáticas contra las cotorreras.* (1609-1845.)—Llamóse tambien

Pregmática que han de guardar las hermanas comunes; y

Pragmática de las cotorreras.

Copia del amanuense de Quevedo, y por él revisada.

59. *Premática que se ha de guardar por los dadivosos á las mujeres.* (1609-Inédita.)—Se encuentra con estos otros títulos:

Tasa de las hermanitas del pecar; y

Tasa de la herramienta del gusto.

Cítala el *Tribunal de la justa venganza*, pág. 23.

60. *Premáticas y aranceles generales.* (Impresas en 1845.)—Tambien se intitularon

Pregmática de aranceles generales que deben observar los doctos y los tontos, pues que para todos se escribe.

No las olvida el *Tribunal de la justa venganza*, páginas 23 y 57.

61. *Premáticas del Desengaño contra los poetas güeros.* (1613-1626.)

Hace mérito de ellas el *Tribunal de la justa venganza*, en la pág. 23.

62. *Premática del Tiempo.* (1628-1629.)—Se intituló ántes

Premáticas destos reinos.

Refundicion gallardamente hecha del número 59.

63. *Genealogía de los modorros.* (Inédita.)

64. *Desposorio entre el casar y la juventud.* (1624-1845.)

Véase el *Tribunal de la justa venganza*, pág. 22.

65. *Origen y difiniciones de la necedad, con anotaciones y algunas necedades de las que se usan.* (Inédito.)

El mismo testimonio del anterior.

66. *Cartas del caballero de la Tenaza, donde se hallan muchos y saludables consejos para guardar la mosca y gastar la prosa.* (1600-1627.)— Su primitivo título

El caballero de la Tenaza.

Las imprimió el autor con privilegio real. Las impugnó *El tribunal de la justa venganza*, pág. 277.

67. *Capitulaciones de la vida de la corte, y oficios entretenidos en ella.*

Hacen parte de este opúsculo las *Flores de corte*, que el biógrafo Tarsia, pág. 42, dice vió en el museo de don Pedro Aldrete, sobrino de Quevedo (1). (Impresas en 1845.)

Tribunal de la justa venganza, pág. 22.

68. *Capitulaciones matrimoniales.*

En muy antiguos manuscritos son un pedazo del anterior discurso.

69. *Carta de un cornudo á otro, intitulada El siglo del cuerno.* (1622-1845.)

El *Tribunal de la justa venganza* la cita con el epígrafe corrupto de

Carta de un cornudo á otro jubilado.

70. *Memorial pidiendo plaza en una academia. Y las Indulgencias concedidas á los devotos de monjas que le mandaron escribir (á DON FRANCISCO) interin vacaban mayores cargos.* (1612-1788 y 1851.)

Tribunal de la justa venganza, pág. 22.

71. *Carta á la retora del colegio de las vírgenes.* (Impresa en 1845.)

Imitacion del anterior memorial.

72. *Cosas más corrientes de Madrid y que más se usan: por alfabeto.* (1639-1851.)

Tarsia, pág. 42.

73. *Libro de todas las cosas y otras muchas más.* (Impreso por vez primera en 1631.)

Tribunal de la justa venganza, páginas 226, 227, 228 y 281.

74. *Alabanzas de la moneda.* (Inédito.)

75. *Confesion de los moriscos.* (Inédito.)

76. *Gracias y desgracias del ojo del culo.* (1620-1626.)

Lo cita fray Luis de Aliaga en su *Venganza de la lengua española contra el autor del Cuento de cuentos*. Lo censura tambien *El tribunal de la justa venganza*, pág. 23.

77. *Historia de la vida del Buscon llamado don Pablos, ejemplo de vagamundos y espejo de tacaños.* (Impresa por vez primera en Zaragoza en 1626.) Es conocida con el nombre de

Historia y vida del Gran Tacaño.

Tribunal de la justa venganza, pág. 41.

OBRAS PERDIDAS.

78. *El siglo del cuerno.* (1622.)

Citado en la *Carta de un cornudo á otro*, si es que esta y aquel son obras distintas.

79. *La felicidad desdichada.*

Citada en la memoria que de su puño dejó Quevedo, de los papeles y libros que le ocultaron durante sus últimas persecuciones. (Tarsia, pág. 45.)

Parece que era una novela, y poseíala don Benito Maestre hace nueve años.

(1) Sobre este particular padecí una distraccion en la nota (b) de la pág. 461.

80. *Carta en que consuela Quevedo á un caballero á quien la justicia le desterró la dama que tenia, vieja, flaca y pedigüeña.*

Es de Alonso Jerónimo de Salas Barbadillo, impresa en su *Don Diego de noche*, 1624.

81. *Carta á un bonetero, disuadiéndole de una boda indecente.* (Impresa en 1845.)

82. *Carta á un sugeto que dejó el estudio de leyes, y se ciñó espada, entrando á servir de gentilhombre en casa de un señor muy pobre.* (Impreso en 1851.)

83. *Guia de los hijos de Madrid, ó de vecinos ó forasteros, porque el ingenio va á guia.* (Impreso en 1769.)

Dásele por autor al célebre poeta Cadalso: de cualquier modo, es cosa muy moderna.

84. *Pronóstico general y cierto para todos los años. De don Francisco de Quevedo.* (Inédito.)

Papel despreciable.

85. *Don Raimundo el entremetido.* (Impreso anónimo en Alcalá por Antonio Duplastre, á mediados del siglo XVII.)

Su verdadero autor don Diego de Tovar y Valderrama. Pudo esta obra estar dedicada á Quevedo y ser suyo el último párrafo, que lleva por título:

El buen entendedor al que acaba de leer.

86. *Le coureur de nuit, ou les neuf avantures du Chevalier Dom Diego. De Dom Francisco de Quevedo Villegas, chevalier espagnol.*

Impreso en Paris en 1731.

DISCURSOS ASCÉTICOS.

87. *Epitome á la historia de la vida ejemplar y gloriosa muerte del bienaventurado fray Tomás de Villanueva, religioso de la órden de san Agustin y arzobispo de Valencia.* (1620-1620.)

La dedicó el autor á Felipe III.

88. *La caida para levantarse, el ciego para dar vista, el montante de la iglesia, en la vida de san Pablo apóstol.* (1643-1644.)

Es conocido este libro con el nombre de

Vida de san Pablo apostol.

En el borrador original de Quevedo so se lee otro título que

Vida de san Pablo.

89. *El martirio pretensor del mártir, el único y singular mártir, solicitado por el martirio, venerable, apostólico y nobilísimo padre Marcelo Francisco Mastrilli, napolitano.* (1643-Inédito.)

Copia del original autógrafo.

Tarsia cita el presente rasgo con este título, en la pág. 44:

Vida y martirio del padre Marcelo Mastrillo, de la compañía de Jesus.

90. *De la tribulacion y del remedio della.* (1628-Inédito.)

91. *Dotrina moral del conocimiento propio y del desengaño de las cosas ajenas* (1612-1630.)

En el año de 1633 la refundió Quevedo con el título de

La cuna y la sepultura, para el conocimiento propio y desengaño de las cosas ajenas. Añadieronse los dos siguientes tratados :

Modo de resignarse en la voluntad de Dios nuestro Señor.

Dotrina para morir. Montalban anunció este último en su *Para todos* (impreso por los años de 1635) con el rótulo de

Prevencion para la muerte.

La presente obra fué blanco de la saña de don Juan de Jáuregui, quien la desahogó escribiendo la comedia del *Retraido.*

92. *Virtud militante contra las cuatro pestes del mundo envidia, ingratitud, soberbia y avaricia, con las cuatro fantasmas desprecio de la muerte, vida, pobreza y enfermedad.* (1635-1651.)

Por la correspondencia del autor con el duque de Medinaceli se ve, hora por hora, como crecia este libro.

93. *Providencia de Dios, padecida de los que la niegan, y gozada de los que la confiesan. Doctrina estudiada en los gusanos y persecuciones de Job.* Esta excelente obra consta de tres partes:

1.ª *Tratado de la inmortalidad del alma.* (1641-1700.)

Tarsia lo citó así en la pág. 44, entre los discursos perdidos; pero en el manuscrito original que autógrafo se conserva, con las enmiendas hechas por Quevedo á estímulo del obispo de Leon, don Bartolomé Santos de Risoba, tan solo se halla el título precedente.

2.ª *La incomprehensible disposicion de Dios en las felicidades y sucesos prósperos y adversos que los del mundo llaman bienes de fortuna.*

3.ª *La constancia y paciencia del santo Job en sus pérdidas, enfermedades y persecuciones.*

El doctor Juan Perez de Montalban anunció en su *Para todos* (1635) este opúsculo con el nombre de

Themanites redivivus in Job.

El segundo y tercer tratado no salieron á luz hasta 1713.

94. *Introduccion á la vida devota.* Compuesto por el bienaventurado Francisco de Sales, príncipe y obispo de Colonia de los alóbroges. (1612-1634.)

Para la impresion obtuvo el autor privilegio.

95. *Lo que pretendió el Espíritu Santo con el libro de la Sabiduría, y el método con que lo consigue.* (Inédito.)

96. *Sobre las palabras que dijo Cristo á su santísima Madre en las bodas de Cana de Galilea.* (Inédito.)

Copia del original.

97. *Homilía á la santísima Trinidad.* (Inédito.)

Autógrafo.

98. *Declamacion de Jesucristo, Hijo de Dios, á su eterno Padre en* el huerto. *A quien consuela, enviado por el Padre eterno, un ángel.* (Impresa en 1787.)

Cítala con este título el sobrino de Quevedo en el prólogo de *Las tres musas últimas castellanas :*

Oracion que Christo nuestro Señor hizo á su Padre en el huerto.

99. *Afecto fervoroso del alma agonizante ; con las siete palabras que dijo Cristo en la cruz.* (Impreso en 1651 junto con la *Virtud militante.*)

100. *La primera y más disimulada persecucion de los judíos contra Cristo Jesus y contra la Iglesia , en favor de la sinagoga.* (1619-Inédito.)

OBRAS PERDIDAS.

101. « *Vida de santo Tomás de Villanueva*, escrita muy por extenso , pues la que va impresa es un compendio solo.»

Así hace mencion de ella Tarsia al copiar la memoria que dejó Quevedo de las obras que le habian sustraido durante su encierro en Leon. (La empezó á componer el año de 1610.) Montalban la cita con este título :

Historia grande de santo Tomás de Villanueva.

102. *Discurso acerca de las láminas del Monte Santo de Granada.*

Consta del apuntamiento referido. (Tarsia, pág. 43.)

103. *Traduccion y comento al modo de confesar de santo Tomás.*

Así dice la *Memoria.* (Tarsia, pág. 44.) Quevedo, en el prólogo de *Marco Bruto,* la citó de esta otra manera :

El opúsculo de santo Tomás del modo de confesarse, traducido y con notas.

104. *Prefacion al comento de Leon de Castro sobre los profetas menores.*

Carta de Quevedo, abril de 1627.

105. *Consideraciones sobre el Testamento nuevo y vida de Cristo.*

En la *Memoria* citada.

106. « *Homer Achilla , advers. impost. Maronianas.*»

Copio á Montalban en su *Para todos.*

107. *Origen de todas las herejías, y fisonomia para conocer los novatores que previenen persecucion contra la Iglesia.*

Idem. Tal vez sea la misma obra anterior.

108. *Tratado contra los judíos cuando en esta corte pusieron los títulos que decian : Viva la ley de Moisés y muera la de Cristo.*

Tarsia, pág. 44.

APÓCRIFO.

109. *Escolios al* Pange , lingua.

La cita debe de ser un chiste poco chistoso del autor de la *Carta desconsolatoria,* referida al núm. 45.

DISCURSOS FILOSÓFICOS.

110. *De los remedios de cualquier fortuna. Libro de Lucio Anneo Séneca. Traducido con adiciones que* sirven de comento. (12 de agosto de 1633-1638.)

111. *Nombre, origen, intento, recomendacion y descendencia de la doctrina estóica. Defiéndese Epicuro de las calumnias vulgares.* (Impreso en 1635.)

Vió la pública luz con privilegio real.

OBRAS PERDIDAS.

112. *Todas las controversias de Séneca, traducida y en cada una añadida la decision de las dos partes contrarias.*

Sustrajéronle á Quevedo este libro durante su última prision, segun él mismo asegura en el prólogo del *Marco Bruto ;* y al propio tiempo con él

113. *Noventa epístolas de Séneca traducidas y anotadas.*

Ambos libros se ven citados en Tarsia á la pág. 43. Poseyó el primero á fines del siglo pasado don Juan Vélez de Leon, secretario del duque de Medinaceli. (Alvarez y Baena, *Hijos de Madrid*, t. II, pág. 148.)

APÓCRIFOS.

114. *Discursos de un sabio y documentos á la vida humana.*

DISCURSOS CRÍTICO-LITERARIOS.

115. *Cuento de cuentos. Donde se leen juntas las vulgaridades rústicas que aun duran en nuestra habla, barridas de la conversacion.* (1626-1626.)

Existe el manuscrito original de letra del amanuense de Quevedo.

Fray Luis de Aliaga escribió en contra su *Venganza de la lengua española.* Tambien por el zahirieron á Quevedo los autores del *Tribunal de la justa venganza*, páginas 228 y 282.

116. *La culta latiniparla. Catecisma de vocablos para instruir á las mujeres cultas y hembrilatinas.* (1631-1631.)

Tribunal de la justa venganza, pág. 228.

INVECTIVAS.

117. *Censura del papel que escribió don Francisco Morovelli de Puebla, defendiendo el patronato de santa Teresa de Jesus, y respondiendo á don Francisco de Quevedo Villegas, caballero del órden de Santiago, á don Francisco de Melgar, canónigo de la doctoral de Sevilla, y á otros que han escrito contra él.* (1628-Inédito.)

118. *La perinola. Al doctor Juan Perez de Montalban, graduado no se sabe dónde, ni en que, ni por qué.* (1633-1788.)

En algun ejemplar manuscrito se distingue con este epígrafe :

La Perínola. Al doctor Juan Perez de Montalban el escorpion de don Blas.

Tal polvareda levantó, que Montalban y sus amigos tuvieron que escribir por despique el *Tribunal de la justa venganza.*

JUICIOS, PRÓLOGOS Y ADVERTENCIAS.

119. *Don Francisco de Quevedo Villegas, caballero de la órden de Santiago, señor de la villa de la Torre de Juan Abad, á don Lorenzo Vánder Hámmen y Leon, vicario de Jubiles.* (1624-1625.)

Parecer estampado en la obra del vicario, que lleva por título : *Don Felipe el Prudente segundo deste nombre.*

120. *Juicio á las obras de Pedro Mateo.* (1624-1625.)

En la *Historia de la prosperidad infeliz de Felipa de Catanea*, que del francés tradujo en castellano Juan Pablo Mártir Rizo.

121. *Omnibus et singulis D. Franciscus Quevedo Villegas.* (1625-1633.)

En el *Panegírico de Juliano César*, version de Vicente Mariner.

122. *A los que leyeren, á los que tan, á los que envian.* (1628-1628.)

Advertencia preliminar en el libro de don Manuel Sarmiento de Mendoza, canónigo magistral de Sevilla, intitulado *Milicia evangélica.*

123. *Al excelentísimo señor Conde-Duque, gran canciller mi señor. A D. Manuel Sarmiento de Mendoza, canónigo magistral de la santa iglesia de Sevilla.* (1629-1631.)

Dos preciosos discursos al frente de la impresion de las poesías de *Fray Luis de Leon*, condenando la locura de los cultos.

124. *Al excelentísimo señor Ramiro Felipe de Guzman, duque de Medina de las Torres, marqués de Toral, etc.*

D. Francisco de Quevedo Villegas, caballero del hábito de Santiago, á los que leerán. (1629-1631.)

Dedicatoria y advertencia curiosísima en las *Obras del bachiller Francisco de la Torre.*

125. *Don Francisco de Quevedo Villegas, caballero de la órden de Santiago, á los que leyeren esta comedia.* (1630-1631.)

Prólogo de la *Comedia Eufrosina traducida de lengua portuguesa en castellana por el capitan D. Fernando de Ballesteros y Saavedra.*

126. *Noticia, juicio y recomendacion de la Utopia y de Tomás Moro. Don Francisco de Quevedo Villegas, caballero del hábito de S. Jacobo, señor de las villas de Cetina, y la Torre Juan Abad.* (1637-1637.)

En la traduccion que hizo de latin en castellano don Jerónimo Antonio de Medinilla y Porres.

127. *Don Francisco de Quevedo Villegas, al que leyere este libro.* (1643-1644.)

En el *Arte de Ballestería y Montería* de Alonso Martinez de Espinar.

CENSURAS Y APROBACIONES.

128. *Aprobacion autógrafa en el manuscrito original del Culto sevillano*, obra del licenciado Juan de Robles.

129. *Censura de don Francisco de Quevedo y Villegas, caballero del órden de Sant-Iago, señor de la villa de Juan Abad, insigne ingenio español y doctísimo en sciencias y lenguas.* (1628-1630.)

En *El Fénix y su historia natural* de don José Pellicer de Salas y Tovar.

130. *Aprobacion de D. Francisco de Quevedo Villegas, señor de la villa de la Torre de Juan Abad, caballero del hábito de S. Jacobo, y secretario del Rey N. S.* (1634-1634.)

En las *Rimas humanas y divinas del licenciado Tomé de Burguillos.*

131. *Aprobacion de D. Francisco de Quevedo Villegas.* (1635-1635.)

En la *Veinte y una parte verdadera de las comedias del Fénix de España, Frei Lope Félix de Vega Carpio.*

132. *Censura.* (1643-1644.)

En el *Compendio geográfico y histórico de el orbe antiguo; y descripcion de el sitio de la tierra, escripta por Pomponio Mela*, de D. Josepe Antonio Gonzalez de Salas.

133. *Aprobacion.* (1643-1644.)

En el *Arte de Ballestería*, ya citado.

APUNTAMIENTOS, ESCOLIOS Y ESTUDIOS SOBRE AUTORES CLÁSICOS.

134. *Seis notas de lugares de la Sagrada escritura.*

135. *Diez y nueve textos sagrados distribuidos en otros tantos capítulos. Parece traza de alguna obra.*

136. *Exposicion de dos lugares del Evangelio.*

137. *Varios datos sacados de Tertuliano.*

138. *Una autoridad de S. Agustin contra las enemistades, y sobre ella varias reflexiones.*

139. *Algunas noticias para probar la venida y el patronato de Santiago en España.*

140. *Otras para convencer de que los latinos llamaban arma todo lo que gobierna el bajel.*

141. *Apuntamiento para la disputa de si los espolios de los obispos de España pertenecen á sus reyes ó al papa.*

142. *Tres fragmentos latinos sacados de Demóstenes y aplicados á los gobiernos de los Felipes II, III y IV.*

143. *Una autoridad de Terencio para desconcertar á los donatistas.*

144. *Varios lugares de Jenofonte, Terencio, Virgilio, Lucano y Marcial.*

145. *Otros de Juvenal y Lucano que hablan de los cántabros y de las armas de que se servian.*

146. *Observaciones sobre Ciceron.*

147. *Algunos trechos de Quintiliano.*

148. *Un lugar de Tácito en que se juzga á Pompeyo.*

149. *Algunas frases latinas de Plauto que en el mismo sentido se usan literalmente en castellano.*

150. *Varias observaciones y noticias sacadas de libros y papeles españoles.*

OBRAS PERDIDAS.

151. *Retórica ejemplificada con poetas.*

La cita Lope de Vega en *La Circe* como obra que tenia comenzada don Francisco, y era importante que se diese fin y cabo.

152. *Respuesta al docto que advirtió.* (1626.)

Hácese mérito de ella en las cuatro palabras que dirige nuestro filósofo *á los doctores sin luz*, en la edicion principe de la *Política de Dios*. Aquel docto seria Rioja, á quien se atribuyen las *Anotaciones á la Política de D. Francisco de Quevedo.*

153. *Antídoto muy docto á la censura que un autor anónimo sacó en Salamanca el año de 1579 contra el doctor Benedicto Arias Montano.* (1643.)

Tarsia, pág. 20.

154. *Diferentes papeles muy curiosos de otros autores observados y margenados por D. Francisco.*

Tarsia, pág. 44.

APÓCRIFOS.

155. *Al doctor Montalban habiéndole silvado una comedia.* (1624-1624 y 1788.)

Es carta de Alonso Jerónimo de Salas Barbadillo, impresa en su *don Diego de Noche*, pero allí no consta ser á Montalban, sino á un *Poeta cómico.*

156. *Acusacion fiscal de lindo humor y gusto, escrita por D. Francisco de Quevedo y Villegas, contra algunos poetas de su tiempo, siendo sentenciados en el tribunal de Apolo á la casa de locos.* (1663-Inédita.)

Este almodrote á manera de vejámen, se escribió en el tiempo en que para todo se tomaba el nombre de Quevedo, y se debió leer en alguna academia á que concurrian el capitan don Juan de Ovando Santaren, malagueño, don Bernardo Hurtado de Mendoza y otros ocho poetas oscuros é indignos de memoria.

157. *El zurriago contra varias obras de cierto padre de la compañía de Jesus.*

Dícese que es obra de don Luis de Salazar y Castro.

CARTAS Y DOCUMENTOS REFERENTES A LA VIDA PÚBLICA Y PRIVADA DE QUEVEDO.

EPISTOLARIO.

158. *Carta á D. Tomás Tamayo de Vargas*, remitiéndole el discurso intitulado *La cuna y la sepultura.* (Escrita en 1612.)

159. *Otra desafiando al médico del duque de Lerma, D. Pedro Martin de Andueza.* (Id.)

160. Dando cuenta á un amigo del resultado de este desafío.

161. A su tia D.ª Margarita de Espinosa, enviándole las poesías morales y lágrimas de un penitente que están en la musa Urania. (1613.)

162. Tres cartas al duque de Osuna de los años de 1615 y 1616 acusando el recibo de treinta mil ducados para negociar; anunciándole la compra de un relicario para festejar al Confesor del monarca; y escitando al Virey para que se parta sin dilacion al nuevo gobierno de Nápoles.

163. Al marqués del Fresno y Barcarota dándole gracias desde la torre de Juan Abad por los bizarros ofrecimientos que le hacia, viéndole preso y perseguido. (1621.)

164. Al duque del Infantado remitiéndole los Grandes anales de quince dias. (1621.)

165. Al marqués de Velada dándole cuenta del viaje de Andalucia, en la comitiva del rey Felipe IV. (1624-1650.)

166. Carta á D. Juan de la Sal, obispo de Bona, enviándole los romances de las dos aves y los dos animales fabulosos: la Fénix y el Pelícano, el Unicornio y el Basilisco. (17 de junio de 1624.)

167. Carta latina á Vicente Mariner en que elogia su ingenio fecundo. (1625.)

168. A un amigo hablándole de sus pleitos y de las providencias de buen gobierno que habia adoptado el cardenal Trejo presidente de Castilla. (1627.)

169. Carta latina á Juan Jacobo Chifflet llena de muchas curiosidades, en la cual le da cuenta de un trabajo en que se ocupaba relativo á los profetas menores. (Id.)

170. A D. Alonso Mesia de Leiva, poeta latino y hombre de erudicion y buen juicio, pintándole el molesto viaje de la Mancha en la furia del invierno, y el desabrigo de las ventas; y moralizando con gran desenfado y belleza. (1630.)

171. A D. Antonio de Mendoza, del hábito de Calatrava, probando que el sabio no teme lo forzoso del morir, antes desprecia sus horrores y miedos. (1632.)

172. Carta á un duque (Infantado ó Medinaceli) dándole gracias por haber contribuido á que se le desagraviase con el nombramiento de secretario del rey. (1632.)

173. A D.ª Inés de Zúñiga, condesa-duquesa de Olivares, sobre las calidades de un casamiento. (1632-1650.)

174. Carta á un personaje desconocido, significándole que el Epic-

teto y Focílides era la obra que mayor venta alcanzaba en sus dias. (1635.)

175. Al duque del Infantado, felicitándole porque ganó el pleito sobre el ducado de Lerma. (1638.)

176. Dos cartas deshauciando Quevedo á una amiga llamada Margarita. (1639.)

177. A un amigo significándole la resolucion que habia tenido que tomar al llegar á su encierro, para no acordarse de sus desdichas. (1640.)

178. Recurso al prior del real convento de S. Márcos, extramuros de la ciudad de Leon, pidiendo un traslado de lo que contienen las informaciones que se hicieron de la nobleza y calidad del doctor Benedicto Arias Montano, religioso que fué de aquella casa. Va unido el testimonio de ellas. (1642.)

179. Carta á un magnate amigo del Conde-Duque, suplicándole entregue á este con encarecida recomendacion un memorial que se acompaña, y asimismo no deje de hacerle bien con el Rey. (Id.)

180. Al cardenal Zapata rogándole se interese con el monarca para que le haga justicia, ó le lleven cuanto ántes al suplicio, donde muera al más pronto ménos penado. (1643.)

181. A D. Diego de Villagomez, caballero leonés, su grande amigo, que dejando las armas se entró en la compañía de Jesus. (Id.)

182. Nueve cartas á Adan de la Parra de los años desde 1626 á 1642; las más de íntima confianza, ya relativas á empresas amorosas, á las disputas con Margarita, y á escaramuzas políticas y literarias; ya comunicando con el amigo los sinsabores y amarguras de su última rigorosa prision, y advirtiéndole que use de toda cautela y prudencia para no padecer las iras del implacable valido.

183. Veinte y una cartas al duque de Medinaceli desde los años de 1630 á 1636, sobre pleitos, murmuracion palaciega, noticias de la corte, de Italia y Francia; relativas á la soltería, casamiento de Quevedo y cobro de la dote de su mujer; y asimismo sobre los trabajos literarios en que á la sazon se ocupaba, y sátiras con que le mortificaba D. Juan de Jáuregui.

184. Cuatro cartas al conde-duque de Olivares de los años de 1630, 1641 y 1642. En la primera le anuncia que terminaron veinte y dos pleitos que le fatigaban, y se muestra quejoso de haberle el favorito desairado una de sus obras en su sentir no despreciable. Contiene la segunda una confesion franca de Quevedo, haciendo escrutinio de las sátiras que

no eran suyas, y de las que le pertenecian. Los otros documentos se limitan á implorar clemencia del valido.

185. Tres memoriales al Rey pidiendo se le oiga en justicia y se le castigue con más rigor si resulta culpable, ó se le conceda libertad, si es inocente. (1643.)

186. Trece cartas á D. Francisco de Oviedo de los años de 1643 y 1644. En unas le pregunta sobre el estado de su causa, en otras, va libre, le pide su coche para hacer visitas y encargos del duque de Medinaceli, ya le da cuenta de su viaje á la Torre, de sus trabajos literarios, del encono de sus padecimientos, y de la poca esperanza que le quedaba de vida.

187. Una carta enviándole el pésame á la mujer de Juan de Espinosa por la muerte de su marido. (1644.)

188. Carta á un personaje desconocido que pagaba visitas que no debia. (1643.)

189. Francisco de Quevedo que suscribe el Traslado de la real provision estampada en los principios de la Historia de las órdenes militares del licenciado Francisco Caro de Torres es persona distinta de nuestro escritor. (1628.)

190. Memorial contra el conde-duque de Olivares dado al rey don Felipe IV. (1643-1788 y.1789.)

Lo publicó Valladares con este epígrafe en el tomo xv del Semanario erudito; y lo volvió á reproducir en el xix con este otro nombre:

Representacion que hizo al rey D. Felipe IV un buen vasallo despues que S. M. separó de su privanza al conde-duque de Olivares, sobre que se le oyese en justicia, para que siendo ciertos los hechos que le atribuian, le impusiese mayor castigo; y no siéndolo le honrase y favoreciese con las mismas ó mayores muestras de afecto y benevolencia que hasta allí.

CARTAS DIRIGIDAS Á QUEVEDO.

191. Dos de Justo Lipsio. (1604 y 1605.)

192. De un Andrés Lopez vecino del Fresno contando lo que hacia y escribia Quevedo en aquella poblacion. (1608.)

193. De Fr. Benito Bernardo de Morales, chuleándose con el Caballero de la Tenaza. (1613.)

194. Del capitan Camilo Catizna, dirigiéndole un discurso acerca de la buena órden de la milicia. (1617.)

195. Del Marqués de Velada, contestando á la que desde Andújar le

escribió Quevedo dándole cuenta de su viaje de Andalucía. (1624.)

196. Veinte y cuatro cartas : de ellas las veinte y una, dando la enhorabuena á Quevedo por su defensa del patronato de Santiago en 1628; y las tres de Fr. Francisco de la Concepcion , de sor Beatriz de Jesus y de D. Francisco Morovelli, que defendian el compatronato de Sta. Teresa y se muestran quejosos de D. Francisco. Son las primeras de Madrid , Santiago , Toledo , Sevilla, colegios mayores de Alcalá, Sevilla, Salamanca , Ucles , Coria y Cuenca ; y en ellas se ven los nombres de varios cabildos y prelados y personas de gran valía.

197. Del Conde - Duque, satisfaciendo á Quevedo. (1630.)

198. De un tal Roca hablándole de negocios públicos.

199. De D. Miguel de Liñan al duque de Medinaceli asegurándole que el licenciado Guijarro le habia jurado in verbo sacerdotis, no haber dicho ni imaginado cosa alguna contra Quevedo. (1636.)

200. Otra de D. Alonso Fernandes de Liñan, afirmando lo propio. (Id.)

201. Carta de la ofendida y desdeñada Margarita, amiga de Quevedo. (1639.)

202. Cuatro cartas de Adan de la Parra, de los años de 1629, 1639, 1640 y 1642. Le da cuenta de un viaje á Segovia, le aconseja qué debe hacer para aliviar sus prisiones, y en ellas le anima y le conforta.

203. Cuatro cartas del duque de Medinaceli desde 1630 á 1644 recomendando á Quevedo negocios de su casa y estados, y hablándole de varios sucesos.

204. Cuatro del mismo Duque al gobernador de Aragon sobre el casamiento de Quevedo y dote de la señora de Cetina. (1634.)

205. Una del gobernador de Aragon al Duque en punto á la dote referida. (Id.)

206. De D. Fernando de Ballesteros y Saavedra (1), enviando á D. Francisco un libro que habia compuesto y pidiéndole su dictámen. (1642.)

207. Carta de D. Francisco de Oviedo á su amigo el preso de San Márcos de Leon, relativa á su causa. (Id.)

(1) Capitan de la infantería de la milicia de Villanueva de los Infantes, traductor de la Comedia Eufrosina. Un tio suyo de su mismo nombre y apellido era tambien escritor y se hallaba de vicario y visitador del ilustrisimo de Toledo, en Cazorla y su distrito.

208. Cuatro cartas del obispo de Leon, D. Bartolomé Santos de Risoba, elogiando los tratados de Providencia de Dios, y remitiendo libros á nuestro encarcelado caballero. (Id.)

PERDIDA.

209. Carta de Juan Jácome Chiflet, diciéndole la estimacion con que se recibian las obras de D. Francisco en Flándes y Francia , reimprimiéndolas y buscándolas con mucha codicia. (1629.)

Tarsia la cita en la pág. 17.

DOCUMENTOS.

210. Partida de bautismo de Quevedo. (1580.)

211. Notas de D. Pedro Aldrete, sobrino del autor, refiriendo los desafíos que este tuvo y sus galanteos, como tambien el tiempo en que escribió algunas obras.

212. Giornali di Francesco Zazzera napolitano , academico otioso, nel felice governo dell' Eccmo. D. Pietro Girone, Duca d' Ossuna, Viceré del Regno di Napoli dalli 7 di Luglio 1616.

Trae varias noticias del ilustre camarada del virey.

213. Carta del duque de Osuna al de Uceda relativa á una conferencia con nuestro poeta. (1616.)

214. Dos del mismo Duque al Rey Felipe III, recomendándosele. (1617.)

215. Respuesta del Rey. (Id.)

216. Carta de la santidad de Paulo V al virey de Nápoles, remitiéndose á cuanto le dijese Quevedo de palabra. (Id.)

217. Real cédula haciéndole merced del hábito de la órden de Santiago. (Id.)

218. Declaraciones de D. Francisco estampadas en el Memorial del pleito que el Sr. D. Juan Chumacero y Solomayor, fiscal del consejo de las órdenes y de la junta trata con el duque de Uceda. (1621-1622.)

219. Orden del Presidente de Castilla levantando el destierro á Quevedo. (1628.)

220. Cuentas y administracion de bienes durante su prision. (1640.)

221. Dos consultas del Presidente de Castilla proponiendo la libertad de D. Francisco. (1643.)

222. Dos decretos del Rey, el último otorgándola. (1643.)

223. Testamento. (1645.)

Guarda el excelentísimo señor don Luis José Sartorius, conde de San Luis, vizconde de Priego, original este documento precioso en que aparece la última voluntad de un hombre grande y en cuya firma tembló-

rosa y desfigurada se ven los pasos de la muerte. El señor Conde me lo ha permitido gallardamente gozar con toda holgura.

224. Codicilo. (Id.)

Con igual desprendimiento los hijos del ilustrísimo señor don Antonio Alonso y Lopez Noves me han facilitado una excelente copia, hecha en el siglo anterior, del testamento y del codicilo.

PERDIDO.

225. El libro de la universidad de Alcalá de Henares, en donde debia constar el grado que recibió D. Francisco de licenciado en teología.

ESCRITOS CONTRA QUEVEDO.

226. Censura del reverendo padre maestro fray Antolin Montojo, del órden de predicadores. Contra los Sueños. Por ella se negó la impresion cuando estaban aun sin corregir ni retocar estos discursos en 1610. (Inédita.)

227. Castigo essemplare de' calunniatori (por el saboyano Valerio Fulvio, dirigido á Carlo Emanuel duque de Saboya). —Antinopoli, nella stamperia Regia, 1618.

228. Apologia al Sueño de la muerte ó visita de los chistes. (1622-Inédita.)

229. Anotaciones á la Política de Dios, gobierno de Cristo y tirania de Satanás. (1626-Inéditas.)

Parece rasgo del famoso don Francisco de Rioja.

230. Venganza de la lengua española contra el autor del Cuento de cuentos. (1626-1626.)

231. D. Francisco Morovelli de Puebla defiende el patronato de Sta. Teresa de Jesus, patrona ilustrísima de España. (1628-1628.)

232. Exámen y refutacion con que cierto canónigo y otros impugnaron el patronato de Sta. Teresa. (1628-1628.)

Su autor es fray Gaspar de Santa María, que se encubrió con el nombre del doctor Leon de Tapia.

233. Censura del libro que ha estampado en Girona, año de 1628, D. Francisco de Quevedo, cuyo titulo es : Discurso de todos los diablos ó infierno enmendado. (1629-Inédito.)

Autógrafo del padre fray Diego Niseno, provincial de San Basilio.

234. El Tapaboca que azotan. Respuesta del Bachiller ignorante á El chiton de las Taravillas que hicieron los licenciados Todo se sabe y Todo lo sabe. Dirigidas á las excelentísimas señoras la Razon, la Prudencia y la Justicia (1630-1630.)

235. El Retraido, comedia famosa de Don Claudio. Representóla Villegas. Entran en ella las personas que ha habido en el mundo y las que

no hay. (Escrita en 1636 y parece que impresa por entónces.)

De don Juan de Jáuregui : quien asegura don Nicolás Antonio que no solo en esta sátira se desató contra Quevedo. Fué este excelente poeta infelicísimo en la traza de las obras dramáticas, y como el público desatase una comedia suya, gritó un chusco : «Si Jáuregui quiere aplausos que los pinte,» aludiendo á su destreza en la pintura.

236. *El Tribunal de la justa venganza. Erigido contra D. Francisco de Quevedo:* (1634-1635.)

Bajo el supuesto nombre del licenciado Arnaldo Franco-Furt, le escribieron el padre Niseno, el doctor Juan Perez de Montalban, el diestro don Luis Pacheco de Narvaez, y otros cuatro escritores envidiosos de los aplausos de nuestro poeta. No es cierto como dice Alvarez y Baena (Hijos de Madrid, t. ii, pág. 150) que hay sospechas de que fuese obra de los jesuitas de Sevilla.

237. *Lágrimas panegíricas á la temprana muerte del gran poeta y teólogo insigne, doctor Juan Perez de Montalban.* (1638-1639.)

238. *La Astrea sáfica, panegírico al gran monarca de las Españas, de* D. José Pellicer de Tobar. (1639-1640.)

Respondiendo al célebre memorial que comienza «Católica, sacra, real magestad.»

PERDIDA.

239. *Réplica á la política de Dios.* (1626.)

Dice Quevedo en el prólogo de la edicion de este libro hecha en Madrid, que fue obra de un arcipreste y más patería trabajo de un arraez que de hombre cristiano.

ESCRITOS EN DEFENSA DE QUEVEDO.

240. *Apología á la Política de Dios de D. Francisco de Quevedo.* Escrita por D. Lorenzo Vánder Hammen y Leon, vicario de Jubiles.

Sin otra noticia la cita don Nicolás Antonio.

241. *Defensa de la verdad que escribió D. Francisco de Quevedo Villegas, caballero profeso de la órden de Santiago, en favor del patronato del mismo apóstol, único patron de España.* Autor Juan Pablo Martir Rizo. (1628-1628.)

242. *Oratio pro nobili Francisco de Quevedo Villegas, equiti insignis ordinis Divi Jacobi, domino villæ, vulgò vocatæ de la Torre de Juan Abad.* Authore doctore Moran Sminos. (1628-1628.)

OBRAS POÉTICAS.

LAS MUSAS.

243. *El Parnaso español; monte en dos cumbres dividido, con las nueve musas castellanas.* (Impresas las seis que comprende esta publicacion en 1648.)

Las publicó don Jusepe Antonio Gonzalez de Salas, fino apasionado y amigo de Quevedo. Hizo mofa de la manera con que hubo de publicarlas aquel don Francisco Manuel de Melo en su apólogo dialogal *El Hospital de las letras.*

244. *Las tres musas últimas castellanas. Segunda cumbre del parnaso español.* (Impresas en 1670.)

Las sacó á luz el sobrino de nuestro escritor.

ADICION Á LAS MUSAS.

245. CLIO. *Poesías satírico-políticas é históricas.* (Inéditas.)

246. POLIMNIA. *Versos satírico-morales.* (Inéditos.)

Autógrafos.

247. *Guerra literaria. Sátiras contra Alarcon, Góngora, Lope, Lopez de Aguilar, Montalban, Morovelli y otros; y de Alarcon, Góngora, Fr. Gaspar de Santamaria, y anónimos contra Quevedo.*

Autógrafo mucho de ello.

248. MELPOMENE. *Epitafio latino á D. Luis Carrillo y Sotomayor.* (1610-1611.)

En las obras de este.

249. *Otro á la duquesa de Nájera.* (1627-1627.)

Relacion de las obsequias celebradas en la muerte de la excelentísima señora duquesa de Nájera. (Cuenca, 1627.)

250. ERATO. *Algun soneto no publicado.*

251. TERSICORE. *Varias letrillas.*

252. *Entremes de la Endemoniada fingida, y chistes de bacallao. De D. Francisco de Quevedo.*

Impreso suelto del siglo xvii.

253. *Famoso entremes del Hospital de los malcasados.* (Inédito.)

Autógrafo.

254. *La Infanta Palancona, entremes gracioso, escrito en disparates ridículos. Por Félix Persio Bertiso.*

Entremeses nuevos de diferentes autores. (Zaragoza, por Pedro Esquer, mercader de libros, 1640.)

255. *Entremes del Marido pantasma.*

Letra del amanuense de Quevedo.

256. *El Médico, entremes famoso.*

Entremeses nuevos de diversos autores, para honesta recreacion. (Alcalá de Henares, 1643.)

257. *El Muerto, entremes famoso.* (Por otro nombre Pandurico.) Idem.

258. *Entremes del Niño y Peralvillo de Madrid.*

259. *Entremes de los Refranes del viejo celoso.* (Inédito.)

Autógrafo.

260. *Entremes de la Ropavejera.*

261. *Sombras. Entremes famoso.*

En los *Entremeses nuevos* de Alcalá de Henares, 1643.

262. TALÍA. *Obras de donaire y lúbricas.* (Inéditas.)

263. EUTERPE. *Soneto en elogio de Lope de Vega.* (Inédito.)

264. *Otro encomiando al doctor Bernardo de Balbuena.*

En su libro del *Siglo de oro.*

265. *Otro para celebrar á Cristóbal de Mesa.*

En su poema de la *Restauracion de España.*

266. URANIA. *Heráclito cristiano.* Tiene tambien el título de

Harpa á imitacion de David. (Impreso en 1788.)

267. *Versos dodecasílabos pareados en alabanza del Smmo. Sacramento. En tiempo de carnestolendas.*

TRADUCCIONES DE POETAS Y FILÓSOFOS ANTIGUOS.

268. *Lágrimas de Jeremias castellanas, ordenando y declarando la letra hebráica con paráfrasi y comentarios.* (1613 -Inédito.)

Montalban las cita en el *Para todos.*

269. *Epicteto y Phocílides en español con consonantes.* (1609-1635.) Idem.

270. *Anacreon castellano con paráfrasi y comentarios.* (1609-1794.)

De letra del amanuense de Quevedo. Posee mi amigo el erudito orientalista don Pascual Gayangos este precioso original, y me le ha franqueado, como cuanto bueno y peregrino encierra en su precioso museo.

OBRAS PERDIDAS.

271. *Obras varias de donaire en verso.*

Hace mencion de este libro Perez de Montalban en su *Índice de los ingenios de Madrid,* inserto en el *Para todos.*

272. *Sonetos morales y traducciones de latinos y griegos.* Idem.

273. *Consejos á un señor duque distraido.*

Carta inédita de Quevedo al mismo Conde-Duque, confesando qué sátiras eran suyas. (1640.)

274. *Sátira á una novia que estando tratada de casarse con Quevedo, sus padres la casaron con un caballero llamado Castro, teniendo por devotos un fraile, un viejo y un capon.*

Índice de los Iriartes en la Biblioteca nacional.

275. *Una sátira contra religiosos.*

Consulta original del presidente del Consejo de Castilla al Rey en 7 de junio de 1645.

276. *Entremes de Caraqui me voy Cara aqui me iré.*

Tribunal de la justa venganza, páginas 18 y 38.

277. *Una comedia representada en el real alcázar de Madrid el 9 de julio de 1625. De tres ingenios : don*

Antonio de Mendoza, Quevedo y Mateo Montero.

Avisos manuscritos de la Biblioteca nacional.

278. *Quien más miente medra más.* Comedia. (1631.)

Don Casiano Pellicer en su *Tratado histórico sobre el origen y progresos de la comedia y del histrionismo en España*, t. II, página 167.

279. *Hacer gloria de la culpa*, ó *colocacion de nuestra Señora de Madrid.* Comedia.

Indice de los Iriartes ya citado.

280. *Paráfrasi en verso sobre los Cantares.*

Montalban ya citado.

OBRAS PERDIDAS QUE SE ATRIBUYEN Á QUEVEDO.

281. *Alma y pregon.* Soliloquio.

Indice de un antiguo códice que perteneció á don Antonio de Candamo, y dícese que hoy le posee su sobrino don Luis Maria de Caudamo y Kuoh, residente en Lóndres. Lleva por epígrafe el libro: «Coleccion de obras de Quevedo y algunas cartas originales del mismo recogidas por Arnedo.» Este fué el oidor de contaduria don Martin, á quien se confió el exámen de los papeles de nuestro caballero, cuando le encerraron en San Márcos de Leon. Algun curioso aumentó la coleccion mas adelante, con poca crítica, y pudo ser don Pedro de Villalba en cuya testamentaria la compró Candamo el año de 1798. Me ha facilitado el indice el señor Castellanos y Losada.

282. *Daca el perdigon y toma la perdiz.* Id.

Idem.

283. *Daca el pico, Marica.* Id.

Idem.

284. *Genealogia de los modorros.* Diálogo.

Idem.

285. *El cuerno y el cencerro.* Loa.

Idem.

286. *Madrid revuelto.* Id.

Idem.

287. *Antoñeta la sin pelo.* Romance.

Idem.

288. *La liga de mi señora.* Id.

Idem.

289. *El piojo del rey Felipe.* Id.

Idem.

290. *El castigo de la culpa.* Comedia en tres actos.

Obras de D. Francisco de Quevedo Villegas por D. Basilio Sebastian Castellanos de Losada, 1851, t. VI, pág. 555.

291. *Los enjuages de Lavapies.* Sainete.

Idem.

292. *Los gongorinos hermitaños.* Idem.

Idem.

OBRAS APÓCRIFAS.

293. *El exorcista calabres.* Romance.

Impreso en 1851.

294. *Entre los pliegues de un du- Se ha encontrado una duquesa.* [que

Carta de Quevedo al Conde-Duque de Olivares confesando cuáles son suyas, cuáles no de las sátiras que corrian por la corte.

·295. *Carcomida mariposa.* Idem. Es un apólogo.

296. *La tórtola Maricuela.* Idem. Es una farsa.

297. *Felipe, si no eres toro.* Idem. Romance.

298. *Arder y arder, demonios.* Idem.

299. *El de Osuna fué un truhan.* Idem.

300. *Si quieres que te lo cuente.* Idem.

301. *El rey es un majadero.* Idem.

302. *Olivares y una p...* Idem.

303. *Sueño de Pepe el Lo-eches.* Idem. Papel satírico.

304. *La toma de Valles Ronces.* Idem. Romance con su comento.

305. *La gitana soñando.* Idem. Papel satírico.

306. *El juez superior.* Idem.

307. *Descontenta y orgullosa.* Idem.

308. *Colodron el de Olivenza.* Idem.

309. *Libra verdadera de los consejos y juntas de España.* (1640.)

310. *Diálogo en forma de confesion entre el conde de Olivares, don Gaspar de Guzman, valido del rey D. Felipe IV el Grande, y su confesor el padre Francisco Aguado, provincial de la compañia de Jesus.* (1641-Inédito.)

311. *Décimas satíricas al estado de la monarquía en el año de 1642.*

312. *Ya, Felipe cuarto, rey.* Romance.

313. *Leon que invencible ruge.* Id.

314. *Al hijo declarado por el Conde-Duque.* Id.

315. *La cueva de Meliso, mago. Diálogo satírico entre Meliso mago y don Gaspar de Guzman, conde-daque de Olivares.* (Inédito.)

316. *Apología póstuma. Contra el Tarquino español conde-duque de Olivares.*

Notas en prosa al papel antecedente.

317. *Al entierro de Castilla y otros reinos, que se hallan en el.* (Impreso en 1843.)

Coloquio.

318. *Diálogo satírico en la voz del ángel, Elías D. Francisco de Quevedo, y Enoch Adan de la Parra, hecho en Leon estando en su destierro los dos, en ocasion de hallarse en Loeches el Conde-Duque.* (Inédito.)

319. *Primera, segunda y tercera parte del origen de los males de esta monarquia.* (1659-1843.)

320. *Entremes de la Venta.*

Es de Tirso de Molina.

321. *El mejor rey de Borgoña.* (Comedia nueva.)

Es de don Juan de Quevedo Arjona, y la escribió en diciembre de 1691 para la compañía de Damian Polop.

CATALOGO

DE ALGUNAS EDICIONES

DE LAS OBRAS DE DON FRANCISCO DE QUEVEDO VILLEGAS.

Reimpresos muchas veces los discursos, y por desgracia con harto desaliño, cada publicacion extrema y aumenta las erratas de las anteriores. Ha parecido pues conveniente determinar la generacion de las ediciones, señalando con este signo § las matrices, é indicando, á continuacion, con este otro §§ las que ya franca, ya embozadamente, son hijas suyas verdaderas. — La señal * precede á los libros que no se han podido haber á las manos.

1620.

1. * § Epítome á la Historia de la admirable vida y heróicas virtudes del beato padre Fr. Tomás de Villanueva. Madrid, por Cosme Delgado, 1620. (8.°)

Cita don Nicolas Antonio esta edicion en su *Bibliotheca Hispana Nova.*

§§ 1627. En coleccion desde 1649.

1625.

2. (En el *Catálogo de las obras de Quevedo,* que publicó el impresor Pascual Bueno, al frente del tratado de *Providencia de Dios* en Zaragoza, año de 1700, dice con error que por vez primera, y en 1625, estamparon las prensas de esta capital la

Política de Dios. Gobierno de Cristo: tirania de Satanás.

Véase no obstante nuestro registro de manuscritos, comparando alli el año de la portada con el de la aprobacion y licencia.)

1626.

3. § Politica de Dios. Govierno de Cristo: Tyrania de Satanas.

Escriuelo con las plumas de los Euangelistas, Don Francisco de Queuedo Villegas, Cauallero del Orden de Santiago, y señor de la Villa de Iuan Abad.

Al Conde Duque, gran Canciller, mi señor, Don Gaspar de Guzman, Conde de Oliuares, Sumilier de Corps y Cauallerizo mayor de su Magestad.

Con licencia. En Zaragoça: Por Pedro Verges : A los Señales. Año M.DC.XXVI. A costa de Roberto Duport, Mercader de Libros. (8.°)

Aprobacion de Estéban de Peralta, calificador del Santo Oficio, 26 de enero 1626.

Licencias del vicario general y del asesor Mendoza : 11 y 23 de hebrero de 1626.

Carta dedicatoria al Conde-Duque : Preso el autor en su villa de Juan Abad á 5 de abril 1621.

A quien lee.

El librero al lector.

A D. Francisco de Quevedo D. Lorenzo Vánder Hámmen.

(Consta la obra de veinte capitulos. Edicion original.)

§§. 1626 Barcelona. 1629
1626 Id. 1631.
1626 Pamplona.

Este numero y los 79, 229, 230, 272 y 241 pertenecen á la coleccion del modesto cuanto Ilustrado señor don Francisco Gonzalez de Vera, á quien nuestras letras serán muy pronto deudoras de una gran *Biblioteca Es-*

pañola Americana, y yo lo soy ya de muchas y muy peregrinas noticias.

4. Política de Dios. Govierno de Christo: Tyrania de Satanas.

Escriuelo con las plumas de los Euangelistas, Don Francisco de Queuedo Villegas, Cauallero del Orden de Santiago, y señor de la Villa de Juan Abad.

Al Conde Duque, gran Canciller, mi señor, Don Gaspar de Guzman , Conde de Oliuares, Sumilier de Corps, y Cauallerizo mayor de su Magestad.

Año 1626. Con licencia. En Barcelona, Por Sebastian de Cormellas.

Véndense en su misma casa , al Call.

Todo como la impresion anterior. (76 fojas en 8.°)

5. * Política de Dios, Govierno de Christo : Tirania de Satanas.

Escriuelo con las plumas de los Euangelistas...

Al Conde-Duque...

Con licencia del Consejo Real : En Pamplona. Por Cárlos de Labayen : Impressor del Reyno de Nauarra. Año 1626. (8.°)

Tasa. 6 de octubre de 1626.

Aprobacion : 28 de julio de 1626.

Fe de erratas : 2 de octubre de 1626.

Todo lo demas, de la edicion de Zaragoza.

6. Política de Dios. Govierno de Cristo : Tyrania de Satanas.

En Barcelona, por Esteuan Liberos. 1626. (8.°)

De ella hace mencion D. Nicolas Antonio.

7. § Política de Dios. Govierno de Christo.

Avtor Don Francisco de Queuedo Villegas, Cauallero de la Orden de Santiago, señor de la villa de la Torre de Iuan Abad.

A Don Gaspar de Gvzman , Conde Duque, gran Canciller, mi señor.

Lleva añadidos tres capitulos que le faltauan, y algunas planas, y renglones, y va restituido á la verdad de su original.

Paul. 1, Cor. 3. *Vnusquisque antem videat quomodo superædificet, fundamentum enim aliud nemo potest ponere præter id quod positum est, quod est* CHRISTUS JESUS.—*Ioan. capit. 13. Exem-*

plum enim dedi vobis, ut quemadmodum ego feci vobis, ita et vos faciatis.—

Año 1626. Con privilegio. En Madrid, Por la viuda de Alonso Martin. A costa de Alonso Perez, mercader de libros.

Dedicatoria.

Privilegio : Madrid 1.° de octubre de 1626. A favor de Quevedo.

Tasa. 11 de noviembre.

Fe de erratas. 5 octubre.

Aprobacion del maestro Gil Gonzalez de Avila, 16 setiembre.

Aprobacion de Fr. Cristóbal de Torres. Colegio de Sto. Tomás de Madrid, 27 de agosto.

Aprobacion del P. Pedro de Urteaga.

Otra. del Padre Gabriel de Castilla.

Carta de Vánder Hámmen.

Textos del Libro de los Probervios, del Eclesiástes, y del de la Sabiduria.

A los hombres que por el gran dios de los exercitos tienen con titulo de Reyes la tutela de las gentes.

A los dotores sin luz que muerden y no leen.

A Don Felipe Quarto Rey, nuestro señor.

Capitulo primero. (*Sigue la obra. Al final* A quien lee.

Tabla de los capitulos deste tratado. (120 fojas, en 8.°)

§§. 1633
1648
1650
1655
1660
1662
1666 2 veces.
1669
1670
1683
1699
1702
1709
1715
1719
1720
1724
1726
1729 3 veces.
1772
1791

8. § Historia de la vida del Buscon, llamado Don Pablos; exemplo de Vagamundos, y espejo de Tacaños.

Por Don Francisco de Queuedo Villegas, cauallero del Orden de Santiago, señor de la Villa de Iuan Abad.

A Don Fray Iuan Augustin de Fúnes, cauallero de la Sagrada Religion de San Iuan Bautista de Ierusalem, en la Castellania de Amposta, del Reyno de Aragon.

Con licencia y priuilegio : En Çaragoça. Por Pedro Verges. A los Señales. Año 1626. A costa de Roberto Duport. Vendense en su casa en la Cuchilleria.

Aprobacion de Estenan de Peralta : En Santa Engracia de Zarag. á 29 de abril, año de 1626.

Licencia del ordinario : Zaragoza 2 de mayo de 1626.

Aprobacion del doctor Calisto Remirez, á 13 de mayo 1626.

Privilegio por diez años á favor de Roberto Duport, librero, del gobernador de Aragon D. Juan Fruz. de Heredia : Calatayub á 26 de mayo 1626.

Dedicatoria del librero.

Al lector.

A Don Francisco de Quevedo, Luciano su amigo.

Colofon : Con licencia. En Çaragoça : Por Pedro Verges, 1626.

(110 fojas en 8.°)

§§ 1627 2 veces. 1664   1720 3 veces.
1623   1668 2 veces. 1772
1631   1670 2 veces. 1780
1634   1671   1791
1644 2 veces. 1687   1791
1648   1699 2 veces. 1793
1649   1702   1830
1650   1705   1833
1657   1713   1839
1658   1719   1840
1660   1720   1842
1662   1724   1845 2 veces.

9. (Hizo este mismo año en Madrid el librero Alonso Perez una edicion furtiva, copiando la anterior.)

10. § Gracias y desgracias del ojo del culo. Dirigidas a Doña Iuana Mucha, monton de carne, muger gorda por arrobas.

Escriviolas Ivan Lamas el del camison cagado.

Dos pliegos de impresion en 4.°, sin año ni lugar.

11. § ° Cuento de Cuentos.

Parece que en Huesca y en 1626 hubo de imprimirse la primera vez.

§§ 1629 dos veces.

1627.

12. (Afirma tambien equivocadamente el librero Pascual Bueno que se imprimió en Madrid en este año la segunda parte de la Política de Dios y gobierno de Cristo.)

13. § Desvelos soñolientos, y verdades soñadas.

Por Don Francisco de Queuedo Villegas, Cauallero del Orden de Santiago, y Señor de la Villa de Juan Abad. Corregido y enmendado agora de nuevo, por el mismo autor, y añadido un tratado de la Casa de Locos de Amor. (Hay un grabado.)

Con licencia en Zaragoza. Por Pedro Verges. Año 1627. Veudese en casa de Roberto Duport en la Cuchilleria.

Aprobacion. — En Predicadores, de Çaragoça, á 31 de mayo de 1627.—Fray Alonso Batista. — Imprimatur. Don Juan de Salinas. Vic. Gen.—Imprimatur. Mendoça, Assessor. A doña Mirena Riqueza. — Dedicatoria.— (No tiene fecha.)

El Librero al Letor. (Sin fecha.—Firmado) Roberto Duport.

A don Francisco Ximenez de Vrrea, Capellan de Su Majestad. — Don Lorenço Vander Hammen y Leon, Vicario de Jubiles. «Remito á V. m. essos sueños del amigo como prometí, y le asseguro aora luzir sin escrupulo, porque los he corregido por los originales que en mi libreria tengo...» (Sin fecha.)

Contiene el libro : Sueño de la Muerte.— El Sueño del Juyzio final.—Sueño del Inferno.—Casa de locos de Amor. (8.°)

A la circunstancia de hallarse desempeñado en 1850 una comision del Gobierno en Lóndres, el Sr. D. José Joaquin de Mora, tan querido de las musas, debo el conocer la riqueza de ediciones de Quevedo conservadas en el Museo Británico. El señor de Mora y el caballero canciller de aquel consulado general de España D. Roberto Steet me han facilitado exactas y esmeradas copias de todo lo notable.

§§ 1629.

---

14. § ° Sueños y Discursos de verdades descubridoras de abusos, vicios y engaños, en todos los Oficios, y Estados del mundo.

Compuesto por...

Barcelona : 1627.

Con aprobaciones y licencia.

Sirvió de original para la siguiente.

§§ 1627   1628   1631

15. ° Sueños y Discursos de verdades descubridoras de Abusos, Vicios, y Engaños en todos los Oficios, y Estados del Mundo.

Compuesto por...

Valencia : 1627.

Aprobacion de Fr. Lamberto Novella. Valencia 10 de mayo de 1627.

Licenria del Vicario general, 14 de mayo.

Licencia del Fiscal de S. M. á 3 de junio.

Aprobacion en verso del Dr. don Miguel Ramirez.

Otra del Bachiller Pedro de Melendez.

De Doña Raymunda Matilde, Decima.

Del capitan don Joseph de Bracamonte, Dialogistico Soneto. (En estilo cervantesco.)

De Doña Violante Misenea, Soneto á todo Lector destos sueños, en defensa y alabanza del Autor.

El Autor al Vulgo. (Cuatro redondillas.)

Al ilustre y desseoso lector, Prologo (del librero en la primera edicion de los Sueños).

Contiene el libro : El sueño del Jvyzio final.—El Aigvazil endemoniado.—Sueño del Infierno.—El Mundo por de dentro.—Sueño de la Muerte. — Cartas del Cavallero de la Tenaza.—Casa de locos de amor.—Romance al nacimiento del autor. — El Cabildo de los Gatos.

Sirvió de original á la edicion de Pamplona de 1631.

16. Historia de la Vida del Buscon, llamado D. Pablos; exemplo de Vagamuudos, y espejo de Tacaños.

Por D. Frácisco de Quevedo Villegas, Cauallero del Orden de Santiago, y Señor de la villa de Juan Abad.

A Don Fray Juan Augustin de Funes, Cauallero de la Sagrada Religion de San Juan Bautista de Jerusalen, en la Castellania de Amposta, del Reyno de Aragou. (Hay un sello de tinta en el márgen de la derecha con las iniciales F. V.)

Año (hay un adorno) 1627. Con Licencia, En Barcelona, en la Emprenta de Lorenço Deu, delante el Palacio del Rey.

Aprobacion. En Santa Engracia de Çaragoça, á 29 de abril, Año 1626.— Estevan de Peralta.

Licencia del ordinario. Dat. en Çaragoça á 2 de Mayo del año mil seyscientos veynte y seys. — El Doctor Juan de Salinas, Vicario General.— Por mandado de dicho Señor Vicario General, Antonio Çaporta, Notario.

Aprobacion. En Çaragoça, á 15 de Mayo del año seyscientos veynte y seys.— El Doter Calisto Remirez. (Hay una raya.) — Licencia. La Sacrista Pere Pia, Vicari General y Oficial. — Ut Dou Michael Sala Regens.

A Don Fray Juan Augustin de Funes...

Al Lector.

A Don Francisco de Quevedo, Luciano, su amigo.

Don Francisco en ygual peso Veras y burlas tratais...

Historia de la Vida, etc.

Colofon : Con licencia. En Barcelona, en casa de Lorenço Deu.

Este libro se guarda en el Museo Británico.

17. (Mr. Adolfo de Puibusque, *Histoire comparée des littératures espagnole et française*, página 564, refiere una edicion del *Buscon*, hecha en Valencia en 1627.)

18. Epitome á la historia de la vida exemplar, y gloriosa muerte del bienaventurado Fr. Tomas de Villanueva,

---

Religioso de la Orden de S. Augustin, y Arçobispo de Valencia.

Al Rey nvestro señor.

Autor dõ Frãcisco de Queuedo Villegas, Cauallero del habito de Santiago.

En Valencia, con licencia, por Iuan Bautista Marçal, junto á San Martin. 1627.

A costa de Lorenço Duran mercader de Libros, en la plaça del Colegio del Patriarca.

Aprovacion del Rmo. P. M. Fr. Juan de San Augustin, Prouincial de la Prouincia de Castilla, de la Obseruancia de la orden del San Augustin, y Consultor de la Suprema Inquisicion.—Madrid, 25 de agosto de 1620.

Aprovacion del Padre Presentado Fr. Jacinto de Colmenares, de la Orden de Santo Domingo.—Madrid 30 de agosto de 1620.

Censura del doctor Francisco Sanchez de Villanueva, Capelian y Predicador de su Magestad.—Madrid, 30 de agosto de 1620.

Fray Juan de Herrera, Religioso y Predicador de la Orden de San Augustin, á los Letores.

Censura del Presentado fray Lamberto Novella.—Valencia 14 de noviembre de 1627.

Licencia del ordinario—16 de noviembre de 1627.

Otra del Abogado fiscal de Su Majestad.— Valencia 18 de noviembre 1627.

Da noticia este libro...

Al Rey nuestro Señor (Dedicatoria que termina asi) : Madrid 10 de agosto de 1620 años. Besa las Reales manos y piés de V. M. —*Don Francisco de Quevedo Villegas.*

A quien leyere.

(Un tomo en 8.° dividido en cinco capitulos, con 56 lojas.)

1628.

19. § Memorial por el patronato de Santiago, y por todos los Sanctos naturales de España, en favor de la eleccion de Christo N. S.

Escribele D. Francisco de Quevedo Villegas Cavallero del Habito de Santiago.

(Un grabado que representa la cruz de Santiago despidiendo rayos : en la parte superior se ven dos nubes (figura que llueve de la izquierda), y en sus centros respectivamente se leen estas palabras :

Boanerges   Banereem

Debaxo, y á cada lado de la cruz, una gran concha con este letrero :

Venera   Venera

La cruz se alza sobre este otro

Á ELLOS

Limitan la estampa á derecha é izquierda sendos bordones.)

Joh cap. 19. v. 29. Fugite ergo à facie gladij, quoniam vltor iniquitatum gladius est, et scitote esse iudicium.

Con licencia, En Madrid, Por la viuda de Alonso Martin, Año 1628.

Licencia y tasa : Madrid 14 de febrero de 1628.

Erratas : 10 de febrero.

Comienza : «A la Alteza del Mvy Poderoso Señor el Consejo supremamente Real de Castilla en su Tribunal.

Despues que los señores reyes...»

Colofon : Con licencia, En Madrid : Por la viuda de Alonso Martin, Año M.DC.XXVIII.

8.° Edicion original. La portada y preliminares ocupan cuatro fojas. Lo demas, dónde hay numeracion, consta de 54 completas.

§§ 1628.
     1629.

20. ° (Hay otra edicion del *Memorial* hecha en Barcelona este mismo año por Pedro Lacavalleria en 4.°)

21. * Sueños y discursos de verdades descubridoras de abusos, vicios y engaños en todos los Oficios y Estados del mundo.
Compuesto por...
En Barcelona : por Pedro Lacavalleria, 1628. (8.°)
Existe en la Biblioteca Nacional de Paris.

22. Visita de los Chistes.
Barcelona : por Pedro Lacavalleria. 1628. (8.°)
Hace memoria de esta impresion D. Nicolas Antonio.

23. § * Discurso de todos los diablos, ó infierno enmendado.
Girona, 1628. (8.°)
Aprobado por Fr. Ramon Rovlroll.
§§ 1629 3 veces.
1631.

1629.

24. Politica de Dios, govierno de Christo, tirania de Satanas.
Escrivelo con las plumas de los Evangelistas, don Francisco de Quevedo Villegas, Cauallero del Orden de Santiago, y señor de la villa de Juan Abad.
Al Conde Duque, gran Canciller, mi señor, don Gaspar de Guzman, Conde de Olivares, Sumiller de Corps, y Cavallerizo mayor de su Majestad.
Año 1629. Con licencia en Barcelona.
Por Pedro Lacavalleria, en la Calle de Arlet, (junto la Libreria. (8.°)
Aprobacion y licencia. Barcelona : último dia de junio de 1626.
Todo lo demas de la edicion de Zaragoza, ménos la advertencia del librero.

25. Memorial por el Patronato de Santiago y por todos los Santos naturales de España, en favor de la eleccion de Christo N. S.
Escribele D. Francisco de Quevedo... (Un grabado y un texto de Job.)
Con licencia en Çaragoça, por Pedro Verges. Año 1629. (No está rubricado.)
Consérvase este ejemplar en el Museo Británico.

26. § Desvelos soñolientos y discursos de verdades soñadas : descubridoras de abusos, vicios y engaños en todos los oficios, y estados del mundo.
En doce discursos. — Primera y segunda parte.
Por Don Francisco de Quevedo Villegas.
En la pagina siguiente se hallará todo lo que contiene este libro.
Año de (IHS) 1629. — Con licencia y priuilegio : en Barcelona Por Pedro Lacavalleria, en la calle den Arlet, junto la Libreria.
«Tabla de lo que contiene este libro.
En la primera parte :
El nacimiento del Autor al principio del Libro, despues del prologo al Lector.
El sueño del Juyzio final.
Alguazil endemoniado.
Sueño del Infierno.
El Mundo por de dentro.
El Sueño de la Muerte, y sus adiciones singularmente.
El Cabalero de la Tenaza.
En la segunda parte :
Discurso de todos los diablos, ó Infierno emendado con el cuento de cuentos.
Casa de los locos de amor.
Prematica del tiempo.
Las dos Aves y los dos Animales fabulosos.
El Cabildo de los Gatos.»

Aprobacion. — En Santa Catalina martir de Barcelona, á 28 de Enero de 1629. — Fray Thomas Rora. — Die 25 mensis Januarji 1629 Imprimatur lo : Epis. Barcin. — Don Michael Sala Regens.
De Doña Raymunda Matilde, Decima :
Murmurando decir bien...
Del Capitan don Joseph de Bracamonte, Dialogistico soneto entre Tomumbeyo Traquitantos Alguazil de la Reina Pautasilea, y Dragalnino Corchete.
Alguazil :
Por el Alcaçar juro de Toledo...
Al Ilustre y desseoso lector. (Hay 3 hojas y media.)
Romance al nacimiento del autor :
Parlome mi madre adrede...
(Hai 5 páginas.)
El sueño del Juyzio final, etc.
Este ejemplar existe en el Museo Británico.

27. Desvelos soñolientos. Y verdades soñadas.
Por Don Francisco de Quevedo Villegas, Cauallero del Orden de Santiago, y Señor de la Villa de Juan Abad.
Corregido y enmendado agora de nueuo, por el mismo Autor, y añadido un tratado de la Casa de Locos de Amor.
Con todas las licencias necessarias.
En Lisboa por Luis de Souza 1629.
Licenças. Sam Bernardo de Lisboa, a 20 de dezembro de 628. — Fr. Feliciano Montel.
Licencia del Santo Oficio para proceder á la impresion. 5 enero 1629.
Otra del ordinario. 8 febrero.
Otra en vista de ambas. 14 de febrero.
Certificacion de estar lo impreso conforme al original. 27 de abril.
Tasa, en el mismo dia.
A D.ª Mirena Riqueza. Dedicatoria.
Carta de Vánder Hámmen á D. Francisco Jimenez de Urrea.
(100 fojas en 8.°)
Corresponde el articulo presente y los números 29, 31, 56, 207, 210 y 251 á la exquisita biblioteca del Sr. D. Pascual Gayangos, franca siempre para los amantes de las letras.

28. § * Juguetes de la niñez, y travessuras de el Ingenio.
Impreso en Madrid por el mismo autor, año de 1629.
Lo cita, como única edicion de los sueños que permitia, el Indice expurgatorio de 1640, página 425.

§§	1651	1695
	1654	1735
	1655 2 veces.	1788
	1641	1794

29. Discurso de todos los diablos, ó infierno emendado.
Autor. Don Francisco de Quevedo Villegas, Cauallero de la Orden de Santiago.
Con licencia. En Valencia, Por la viuda de Juan Chrysostomo Garriz, junto al molino de Rouella. Año M.DC.XXIX.
Aproacion. — En este Real Conuento de Predicadores de Valencia, en 30 de Agosto 1629. — El Presentado Fr. Lamberto Nouella. (Fol. 2.)
Imprimatur. — Garces Vicar. Gális. — Vidit Planes Fisci Aduoc.
Delantal del libro. Y se hace prólogo, ó proemio quien quisiere. (Fol. 2, v.)
Chiste á los vellacos picaros con quien hablo. (Fol. 4, v.)
Discurso de todos los diablos. (Fol. 4.)
(Discurso de todos los Diablos, —ó Infierno enmendado, se reparte en cada dos planas.) (46 fojas en 8.°)

30. § * El peor escondrijo de la Muerte. Discurso de todos los dañados y ma-

los. Para qve unos no lo sean, y otros lo dexen de ser.
Avtor...
Zaragoza : 1629.
Aprobacion del doctor Virto de Vera : 20 noviembre 1629.
Sirvió de original á la de Pamplona de 1631.
Quevedo en esta impresion retocó el libro, le quitó el párrafo de las monjas, y lo sostituyó con otro.
§§ 1631.

31. Historia de la vida del Buscon llamado Don Pablos ; exemplo de Vagamundos, y espejo de Tacaños.
Por Don Francisco de Quevedo Villegas, Cauallero del Orden de Santiago, y Señor de la Villa de Juan Abad.
Añadiéronse en essa última impression otros tratados del mismo Autor, que aunque parecen graciosos tienen muchas cosas vtiles, y prouechosas para la Vida como se verá en la oja siguiente.
En Ruan, A costa de Carlos Osmont, en calle del Palacio. M.DC.XXIX.
El librero, Al lector.
A Don Francisco de Quevedo Lucian su amigo.
Apovacion. — Zaragoza 29 de abril año de 1626. — Esteuan de Peralta.
Aprovacion. — Zaragoza 13 de mayo 1626. — El doctor Calisto Ramirez.
Contiene ademas : El sueño del Juizio final. — El Alguazil Endemoniado. — Sueño del Infierno. — El Mundo por de dentro. — Sueño de la Muerte. — El cavallero de la Tenaza.
Colofon : Acabose de Imprimir este Libro, Por Ozeas Señoré, á 1 de Março. 1629.
(185 fojas en 8.°)

32. * Cuento de cuentos.
A D. Alonso Messia y de Leyua.
Colofon : Con licencia. Impreso en Valencia, en casa de Miguel de Sorolla, este año de 1629. (8.°)

33. * Cuento de cuentos.
Barcelona. Por Estevan Liberos. 1629. (8.°)
A esta edicion estaba unido el siguiente opúsculo :
Venganza de la lengua española contra el auctor del Cuento de cuentos.
Por D. Juan Alonso Laureles, Cavallero de habito, y peon de costumbres : aragones liso, y castellano rebuelto.
Nota del Sr. D. Agustin Duran.

1630.

34. § * El Chiton de las Taravillas, obra del Licenciado Todo se sabe.
A vuestra merced que tira la piedra y esconde la mano.
Este librito en 8.° carece de portada. Concluye en la foja 25 vuelta, de este modo: «En Güesca y Enero 1 de 1630 años. — Licenciado Todo lo sabe. — En Çaragoça, por Pedro Verges. — Año 1630.»
Consérvase en el Museo Británico.
El Sr. D. Agustin Duran ha visto otro ejemplar, tambien en 8.°, sin portada, como el anterior, de 40 fojas, que dice al final :
«Güesca y Enero 1.° de 1630.»
A continuacion, en el mismo volúmen, está un opúsculo manuscrito como de 50 fojas con esta intitulacion que sigue :
«El Tapaboca que acota. — Respuesta del Br. Ignorante á el Chiton de las Taravillas que hicieron los Ldos Todo se sabe y Todo lo sabe. Dirigidas á las Exmas Sras La Razon, la Prudencia y la Justicia. — Con Licencia en Gerona por Llorens Den año de 1630.»

35. § Dotrina moral del conocimiento proplo, y del desengaño de las cosas agenas.
Autor, Don Francisco de Queuedo Vi-

llegas, Cauallero de la Orden de Santiago, etc.

Con licencia : En Çaragoça : Por Pedro Verges, 1650.

Vendense en casa Roberto Duport, en la Cuchilleria.

Aprobacion del Dr. Virto de Vera. 29 de abril de 1650.

Licencia.

(54 fojas eo 8.°)

§§ 1634 2 veces.
1635 2 veces.
1649.

1631.

(En el índice expurgatorio que se publicó en este año por órden y autoridad del cardenal D. Antonio Zapata, se estampó lo siguiente :

« D. Francisco de Quevedo. (Se prohiben) Varias obras que se intitulan y dicen ser suyas, impresas ántes del año de 1631, hasta que por su verdadero autor, reconocidas y corregidas se vuelvan á imprimir.»

Novus index librorum prohibitorum et expurgandorum. Hispali ex tipographico Francisci de Lyra. 1632.—folio 399.)

36. Política de Dios, Govierno de Christo : Tirania de Satanas.

Escriuelo con las plumas de los Euangelistas, Don Francisco de Queuedo Villegas, Cauallero del Orden de Santiago, y señor de la Villa de loan Abad.

Al Conde Duque, gran Canciller, mi señor, Don Gaspar de Guzman, Conde de Olivares, Sumilier de Corps, y Cauallerizo mayor de su Magestad.

Añadidos a este Tratado.—1. La Historia del Buscon.— 2. Los sueños.— 3. Discurso de todos los dañados, y malos.— 4. Cuento de cuentos.

Con licencia del Consejo Real : En Pamplona. Por Carlos de Labáyen : Impressor del Reyno de Nauarra. Año 1631.

Tiene la Política los preliminares de la edicion de Pamplona hecha en 1626 por el mismo Labáyen.

El Buscon los de Zaragoza, 1626.

Comprenden los Sueños (estampados por la edicion de 1627) : El Sueño del Juyzio final.— El Alguazil endemoniado.— Sueño del Infierno.— El Mundo por de dentro.—Sueño de la muerte.—Cartas del Cavallero de la Tenaza.—Casa de locos de amor.—Romance al nacimiento del Autor.—El cabildo de los gatos. Romance.

El peor escondrijo de la muerte, Discurso de todos los dañados y malos, está impreso por la edicion de Zaragoza de 1629.

Y el Cuento de cuentos, pienso que por la de Valencia de 1629.)

(8.° grueso : 413 fojas.)

Pertenece á la rara coleccion del señor D. Justo de Sancha.

37. Sueños, y discvrsos de verdades descvbridoras de abvsos, Vicios, y Engaños, en todos los Oficios, y Estados del Mundo.

Por Don Francisco de Queuedo Villegas Cauallero del Orden de Santiago, y Señor de loan Abad.

Corregidos y emendados en esta impression, y añadida la casa de los Locos de Amor.

En Pamplona : Por Cárlos de Labáyen, Impressor del Reyno de Nauarra. Año 1631.

Forma coleccion con la Política de Dios y esta portada corresponde al folio 196.

38. El peor escondrijo de la muerte. Discvrso de todos los dañados y malos. Para que vnos no lo sean, y otros lo dexen de ser.

Avtor Don Francisco de Queuedo Villegas, Cauallero del Orden de Santiago, y señor de la Villa de luan Abad.

En Pamplona : Por Carlos de Labáyen, Impressor del Reyno de Nauarra. Año 1631.

Forma coleccion coo la Política de Dios y Los Sueños, y esta portada corresponde al fol. 342.

Todas las planas tienen el epígrafe Discurso de todos los diablos,—ó Infierno enmendado.

39. Historia de la vida del Bvscon llamado don Pablos ; exemplo de Vagamundos, y espejo de Tacaños.

Por Don Francisco de Queuedo Villegas, Cauallero del Orden de Santiago, y señor de la Villa de loan Abad.

A Don Fray luan Augustin de Funes, Cauallero de la Sagrada Religion de San luan Bautista de Jerusalem, en la Castellania de Amposta, del Reyno de Aragon.

En Pamplona : Por Carlos de Labáyen, Impressor del Reyno de Navarra. Año 1631.

Forma coleccion con la Política de Dios, y este frontis se halla al folio 82.

40. * Jvgvetes de la ninez, y travesuras del Ingenio.

Por Don Francisco de Queuedo Villegas, Cauallero de la Orden de Santiago.

Corregidas de los descvidos de los trasladadores, y añadidas muchas cosas que faltauan, conforme á sus originales, despues del nuevo Catálogo.

Madrid.

Privilegio á favor de Quevedo. 20 de enero 1631.

Tasa. 17 marzo 1631.

Fe del corrector. 12 de marzo de 1631.

Ceosura del P. M. Fr. Diego de Campo. 23 de agosto 1629.

Licencia del Vicario de Madrid. 28 de agosto 1629.

Aprobacioo del P. Juan Vélez Zavala. 30 de setiembre 1629.

Dedicatoria.

A los que han leido y leyeren.

Advertencia de las causas desta Impresion. Don Alonso Messía de Leyua.

Nota.

Indice.

La edicion de los Juguetes de la niñez que tovieron á la vista tos autores del Tribunal de la Justa venganza, y que parece ser la del año de 1631 contenia los siguientes discursos, segun allí se dice (página 228) :

1.° El Sueño de las Calaveras, en 9 fojas.

2.° El Alguacil alguacilado, en 10.

3.° Las Zahurdas de Pluton.

4.° El Mundo por de dentro.

5.° Visita de los Chistes.

6.° Cartas del caballero de la Tenaza. Al folio 103.

7.° La Caldera de Pero Gotero.

8.° El Libro de todas las cosas y otras muchas mas. — Tratado de adivinacion por quiromancia y fisonomia y astronomia.—Tratado para saber todas las ciencias y artes mecánicas y liberales en un dia.

9.° La aguja de navegar cultos, con la receta para hacer soledades en un dia.

10.° La Culta latiniparla.

11.° El entremetido y la dueña y el soplon.

Los números 7, 8, 9 y 10 oo se habian impreso ántes, y deben ser los que decia el mismo Tribunal añadió Quevedo tan peores como los otros.

1632.

41. § El Romulo del marques Virgilio Maluezzi.

Traduzido de Italiano por Don Francisco de Queuedo Villegas, Cauallero del Abito de Santiago, señor de la Villa de luan Abad.

Al Excelentissimo señor Don luan Luys de la Cerda Duque de Medinaceli, Marques de Cogolludo, Conde de la Ciudad y gran Puerto de Santa Maria, Marques de Alcalá, Señor de las Villas de Deza, Enciso, y Lobon, y las demas de sus Estados, y señorios, Comendador de la Moraleza del Orden y Caualleria de Alcantara, etc.

Con licencia : En Pamplona, por la viuda de Carlos de Labáyen, Año 1632.

Aprobacion : Pamplona 20 de julio 1632. Fr. Joan Maldonado.

Licencia del Consejo real : Pamplona 9 de agosto 1632.

Dedicatoria. Madrid 2 de setiembre de 1631. A Pocos.

Juicio del Doctor Geronymo Palles.

El impressor.

(Edicion original : 108 fojas, en 16.°)

§§ 1635   En coleccion des-
    1636 2 veces.   de 1650.

1633.

42. (El Dr. Perez de Montalban en el Para todos cita on ejemplar de la Política de Dios, impreso en Madrid por Pedro Tazo.)

1634.

43. * Jugvetes de la niñez y travesuras del Ingenio.

Sevilla. Imprenta de Andres Grande. 1634. (8.°)

Hállase aootado en el Indice que formaron los Yriartes para la Biblioteca Nacional.

44 y 45. § * La cuna y la sepultura, doctrina para morir.

Madrid y Sevilla : 1634. (16.°)

Lo cita don Nicolas Aotonio. Existe en el Museo Británico uo ejemplar de la impresion de Sevilla.

§§ 1635 2 veces.
    1646
    1649.

46. § Introduccion á la vida devota. Compuesto por el Bienaventurado Francisco de Sales Principe y Obispo de Colonia de los Alobroges.

Traduzido por...

Vive Jesus,—A la Reina Nústra Señora.

Madrid. 1634. En la Emprenta Real a costa de Pedro Mallard.

La portada aua lámina de Juan de Noort.

Privilegio á favor de Quevedo por diez años. Madrid 10 de febrero 1634.

Erratas : 26 de marzo.

Tasa : 50.

Aprobacion del Lic. Blasco : 6 de enero.

Licencia del Ordinario : 7.

Censura del P. Mateo de la Natividad. 3 de febrero.

Dedicatoria de Quevedo.

Pedro Mallard á la Nacion española.

D. Francisco de Quevedo Villegas al pueblo catolico cristiano en la obediencia de la Sta. Yglesia de Roma.

Carta de la Congregacion general del Clero de Francia á la Santidad de Urbano octavo.

Prefacio. Amigo lector, ruegote leas este prefacio, por tu satisfaccion y la mia.

(8.° menor. Edicion original.)

1635.

47. El Romulo del Marques Virgilio Maluezzi.

Traduzido de Italiano por don Francisco de Queuedo Villegas Cauallero del Abito de Santiago, señor de la villa de luan Abad.

Al Excelentissimo señor don Juan Luis de la Cerda, Duque de Medinaceli,

Marques de Cogolludo, Conde de la ciudad , y gran Puerto de Santa Maria, Marques de Alcala , Señor de las villas de Deza , Enciso , y Lobŏ , y las demas de sus Estados, y Señorios , Comendador de la Moraleza, del Ordĕ, y Caualleria de Alcantara , etc.

Con licencia. En Madrid , Por Maria de Quiñones, Año de 1655. A costa de Pedro Coello mercader de libros.

Tassa. 6 de setiembre de 1655.
Fe de erratas. 4 de setiembre.
Suma de licencia á Quevedo. 25 de agosto.
Aprobacion de Fr. Juan Maldunado. Pamplona 20 de julio de 1632.
A pocos D. Francisco de Quevedo Villegas.
Juycio del doctor Geronimo Antonio Palles.
Dedicatoria. Madrid 2 de setiembre de 1651.
El impresor.
(108 fojas en 16.°)

48. § Carta al Serenissimo, mvy alto, y mvy poderoso Lvis XIII. Rey Christianissimo de Francia.

Escrivela á su Magestad Christianissima don Francisco de Quevedo Villegas, Cavallero del Habito de San Jacobo, y Señor de la villa de la Torre de Iuan Abad.

En razon de las nefandas acciones , y sacrilegios execrables que cometió contra el derecho divino, y humano en la Villa de Tillimon en Flandes Mos de Xatillon Vgonote , con el exercito descomulgado de Franceses Hereges. Año 1655.

Con licencia. En Madrid , Por la viuda de Alonso Martin.

No tiene preliminares.
Colofon : Con licencia. — En Madrid por la viuda de Alonso Martin, Año 1655.
(Edicion original, en 4.ª mayor, papel excelente.)
§§ 1635 cuatro veces.
En coleccion desde 1650.

49. Carta al Serenissimo, mvy alto, y mvy poderoso Lvis XIII. Rey Christianissimo de Francia.

Escrivela á su Magestad Cristianissima don...

En razon de las nefandas acciones , y sacrilegios execrables que cometió contra el derecho divino, y humano en la Villa de Tillimon en Flandes Mos de Xatillon Vgonote , con el exercito descomulgado de Franceses Hereges. Año 1655.

Con licencia. En Madrid , Por la viuda de Alonso Martin.—A costa de Pedro de Valbuena , mercader de libros.

A quien leyere.
Tasa : 6 de otubre de 1635.
(28 fojas en 4.ª recortado : 2.ª edicion.)

50. Carta al Serenissimo, mvy Alto y mvy Poderoso Luys XIII. Rey Christianissimo de Francia.

Escrivela á sv Magestad Christianissima Don Francisco de Qvevedo Villegas, Cavallero del Avito de S. Iacobo, y Señor de la Villa de la Torre de Iuan Abad.

En razon de las nefandas acciones , y sacrilegios execrables que cometió contra el derecho Diuino, y humano en la Villa de Tillimon en Flandes Mos de Xatillon Vgonote , con el exercito descomulgado de Franceses Hereges.

Con licencia. En Barcelona, Por Pedro Lacavalleria, en la Calle de los Libreros , Año 1655.

Vendese en la mesma Emprenta. (8.°
23 fojas.)

51. Carta al Serenissimo , muy alto , y muy poderoso Luis XIII Rey Christianissimo de Francia.

Escrivela á su Magestad Christianissima don...

En razon de las nefandas acciones , y sacrilegios execrables que cometió contra el derecho divino , y humano en la villa de Tillimon en Flandes Mos de Xatillon Vgonote, con el exercito descomulgado de Franceses Hereges.

Año 1655.—Con licencia. En Çaragoça , en el Hospital Real y General de Nuestra Señora de Gracia, A costa de Pedro Escuer Mercader de Libros. (4.°)

52. Carta al Sereniss.mo , muy alto , y muy poderoso Luis XIII Rey Christianissimo de Francia.

Escrivela á su Magestad Christianissima don...

En razon de las nefandas acciones , y sacrilegios execrables que cometió contra el derecho Divino , y humano en la villa de Tillimon en Flandes Mos de Xatillon Vgonote , con el exercito descomulgado de Franceses Hereges.

Año 1655..—Con licencia de los Superiores.—En Barcelona en casa de Sebastian y Jayme Matevad Impressor de la ciud. y su Vni. delante de la Retoria del Pino. (4.°)

53. Ivgvetes de la niñez, y travessvras de el Ingenio.—La Cvna y sepultura para el conocimiento propio, y desengaño de las agenas.

Por Don Francisco de Quevedo Villegas , Cauallero de la Orden de Santiago.

Corregidas de los descvydos de los trasladadores, y añadidas muchas cosas que faltauan, conforme á sus originales, despues del nuevo Catalogo.

Año 1655.—Con licencia, En Barcelona, por Lorenço Dev, delante el Palacio del Rey.—A costa de Juan Sapera Librero.

Suma del Privilegio (à favor de Quevedo): Madrid á 20 de Enero 1651.
Suma de la Tassa : 17 de Março de 1651.
Fe del Corrector: Madrid á 12 dias del Março de 1651.
Aprobacion y Licencia : Barcelona, 51 de Enero 1655.
Censura del P. M. Fr. Diego de Campo: Madrid en 25 de Agosto de 1629.
Licencia del Vicario de Madrid : 28 de agosto 1629.
Dedicatoria.
A los que han leido , y leyeren.
Advertencia de las causas desta Impression. Don Alonso Messia de Leyua.
Nota.
Diversos que salen en esta Impression, aora añadidos, que nunca se han impresso:
—La Culta Latiniparla, fol. 99.—El libro de todas las cosas, y otras muchas mas , fol. 88.
—Aguja de navegar cultos, fol. 97.
Ya impressos:
El Sueño de las Calaueras, fol. 1.—El Alguazil Alguazilado, fol. 7.—Las Zahurdas de Pluton, fol. 15.—El mundo por de Dentro, fol. 41.—La Visita de los Chistes, fol. 53.—El Cauallero de la Tenaza , fol. 80.—El Entremetido , y la Dueña , y el Soplon , fol. 105.—El Cuento de Cuentos entero : fol. 136.
Tabla de la Cuna , y Sepultura.
La Cuna , y la Sepultura , fol. 1.
Doctrina para morir, fol. 30.
En la censura del P. Fr. Diego de Campo se citan los discursos por este órden :
La Culta Latiniparla.
El Cuento de Cuentos.
El Sueño de las Calaueras.
La Visita de los Chistes.

El Entremetido y la Dueña, con la caldera de Pedro Gotero.
Las Zahurdas de Pluton.
El Alguacil Alguacilado.
El mundo por de dentro.
El Caballero de la Tenaza.)
(194 fojas en 8.°)
llebo al Exmo. é Illmo. Sr. D. Antonio Gil de Zárate , consejero real, haber utilizado este ejemplar apreciable.

54. ° Juguetes de la niñez y travesuras del Ingenio de... etc.

Corregidos de los descuidos de los trasladadores, y añadidas muchas cosas que faltavan conforme á sus originales despues del nuevo catalogo.

Barcelona. Pedro Lacavalleria—1655 (en 4.°)

Nota del Sr. D. Agustin Duran.

55. La Cvna, y la Sepvltvra, para el conocimiento propio , y desengaño de las cosas agenas.

Por Don Francisco de Quevedo Villegas , Cauallero de la Orden de Santiago, señor de la Villa de la Torre de Iuan Abad.

Con licencia—En Barcelona, Por Lorenço Deu , Año 1655.

Aprobacion de Fr. Tomas Roca : en Barcelona á 20 de febrero 1655.
Licencia del Vicario general : 12 marzo.
(42 folios en 8.°)
(Forma coleccion con el n.° 53.)

56. La Cvna , y la sepvltvra para el conocimiento propio y desengaño de las cosas agenas.

Por Don Francisco de Queuedo Villegas , Cauallero de la Orden de Santiago, señor de la villa de la Torre de Iuan Abad.

(Escudo con un perro que en la mano tiene una flor de lis. Vna banda roja horizontal parte el escudo. A su pie hay una cifra.)

En Valencia por Siluestre Esparsa, á la calle de las Barcas, Año 1655.—A costa de Juan Sanzonio Mercader de libros.

A los doctos , modestos , y piadosos.
Aprobacion del Maestro Fr. Lamberto Nouella. Valencia 22 de febrero de 1655.
Licencia. 22 marzo.
Proemio. Al doctissimo y reverendissimo Padre Fray Christoual de Torres.—Madrid 20 de mayo de 1655.
(75 fojas en 8.°)

57. § Epicteto, y Phocilides en español con consonantes. Con el orígen de los Estoicos, y su defensa contra Plutarco , y la defensa de Epicuro, contra la comun opinion.

Autor Don Francisco de Quevedo Villegas Cavallero de la Orden de Santiago, Señor de la villa de la Torre de Iuan-Abad.

A Don Ivan de Herrera su amigo, Cavallero del Abito de Santiago, Cavallerizo del excelentisimo señor Conde Duque , y Capitan de cavallos.

A costa de Pedro Coello Mercader de Libros.

(Colofon) Con licencia, en Madrid Por Maria de Quiñones. Año M.DC.XXXV.

Remision del Vicario: 16 de octubre 1654.
Aprobacion del P. Juan Eusebio Nieremberg : 22.
Licencia del Vicario : 25.
Aprobacion del Lic. Pedro Blasco Protonotario Apostólico : 24 octubre.
Privilegio al mismo Quevedo : 17 marzo 1655.

Fé de erratas : 23 de marzo de 1635.
Tasa : 50.
(143 fojas en 8.° recortada.)

58. Epicteto y Phocilides en español con consonantes. Con el origen de los Estoicos, y su defensa contra Plutarco, y la defensa de Epicuro, contra la comun opinion.

A Don Juan de Herrera su amigo, Cauallero del Habito de Santiago, Cauallerizo del Excelentissimo señor Conde Duque , y Capitan de Cauallos. Don Francisco de Quevedo Villegas, Cauallero de la Orden de Santiago, Señor de la villa y Torre de Juan Abad.

Año 1635.— Con licencia y privilegio.—En Barcelona en casa de Sebastian y Iayme Matevad Impressores de la Ciud. y su Vniuer.—A costa de Juan Sapera Librero delante la plaça de Santiago.

Aprobacion del Lic. Pedro Blasco : Madrid 21 de octubre 1634.
—Del P. I.vis Zespedes : Barcelona, 27 octubre de 1635.
Licencia del Vicario : 28 octubre.
—Del Lugarteniente y Capitan general : 22 noviembre.
(99 fojas 8.°)

1636.

59. (D. Nicolas Antonio habla de una edicion del *Romulo*, hecha en Madrid este año.)

60. El Romulo, del Marqves Virgilio Malvezzi.

Traducido de Italiano, por Don Francisco de Queuedo Villegas, Cauallero del Abito de Santiago, Señor de la Villa de Iuan Abad.

Al Excelentissimo Señor Don Iuan Luis de la Cerda, Duque de Medinaceli ; Marques de Cogolludo : Cõde de la Ciudad y gran Puerto de Sãta Maria ; Marques de Alcalá ; Señor de las Villas de Deza, Enciso, y Lobon, y las demas de sus Estados, y Señorios ; Comendador de la Moraleja ; del Orden de Alcantara.

Con licencia, y por su original, En Tortosa, en la Imprenta de Francisco Martorell. Año 1636.

4 fojas de preliminares y 48 de texto en 8.°
Colofon : En Tortosa, en la imprenta de Francisco Martorell. Año M.DC.XXXVI.

1638.

61. § ° De los remedios de qualquier fortuna.

Libro de Lucio Anneo Seneca, traducido con adiciones, que sirven de comento.

Madrid.—Juan Martinez. 1638.

Dedicatoria al Duque de Medinaceli. 20 de mayo 1638.
Otra al hombre más desdichado.
Dialogo entre el Sentido y la razon; y Seneca y Galion.
Este libro se atribuye falsamente á Seneca.
§§ 1611.
En coleccion desde 1618.

1640.

El inquisidor general D. Antonio de Sotomayor en 30 de junio publicó un novisimo indice de libros prohibidos , en el cual se permitió que corriesen los siguientes de Quevedo sin necesidad de ser expurgados. Fue autor de esta obra el Padre Juan de Pineda.

Politica de Dios, gobierno de Cristo. Estampado en Madrid por la viuda de Alonso Martin.

Q-1.

Vida de Santo Tomas de Villanueva : de cualquiera impresion.
La *Defensa del patronato de Santiago.*
Juguetes de la niñez. Madrid 1629.
La *Cuna y la Sepultura.*
La *Traduccion de Epicteto y Focilides* en castellano, impresa en Madrid.
La *Traduccion del Romulo.*
La *Traduccion de la vida devota de San Francisco de Sales.*
El *Conocimiento propio.*
Consolacion de Seneca á Galion.
«Todos los demas libros y tratados impresos y manuscritos que corren en nombre de dicho sutor, se prohiben : lo cual ha pedido por su particular peticion, no reconociéndolos por propios.» Página 425.

1641.

62. Juguetes de la niñez y travesuras del ingenio.

Por Don Francisco de Quevedo Villegas, Cauallero de la Orden de Santiago.

Corregidas de los descuidos de los trasladadores, y añadidas muchas cosas que faltaban , conforme á sus originales, despues del nuevo Catalogo.

Con licencia.—En Seuilla, Por Francisco de Lira , en la Calle de la Sierpe. Año 1641.

Los preliminares , ménos la *Aprobacion* y *licencia* de Barcelona fecha 31 de enero de 1631, iguales en un todo á la edicion de Lorenzo Deu , y exactisimo el índice hasta en los folios, lo que prueba que se hizo á plana renglon la impresion de Lira con la de Deu. Sin embargo puede tambien haberse hecho sobre la de Sevilla de 1634.

Los discursos que la censura de Fr. Diego del Campo señala, son los siguientes , con este órden :

El Sueño de las Calaveras.
El Alguacil Alguacilado.
Las Zahurdas de Pluton.
El mundo por de dentro.
La Visita de los Chistes.
El Cauallero de la Tenaza.
El libro de todas las cosas, y otras muchas más.
La Culta Latiniparla.
La Aguja de navegar cultos.
El Entremetido y la Dueña y el Soplon.
El Cuento de Cuentos.

1644.

63. § Primera parte de la vida de Marco Bruto.

Escriviola por el Texto de Plutarco, ponderada con Discursos, Don Francisco de Qveuedo Villegas , Cauallero de la Orden de Santiago, señor de la Villa de Juan Abad.

Dedicada al Excelentmo. Señor Duque del Infantado, 19.

Año 1644. Con licencia En Madrid, Por Diego Diaz de la Carrera. A costa de Pedro Coello Mercader de Libros.

Precede una lámina de Juan de Noort, que sirve de anteportada, en donde se ve á Julio Cesar herido y á Antonio mostrando su túnica. La medalla de Bruto por anverso y reverso completa la orla. En el centro se lee :
M. Bruto. Escrivelo por el Texto de Plvtarco D. Frco. de Queuedo Villegas Cau.° del Abito de Santiago, y S.or de la Torre de Joan Abad.—Con Privilegio en Madrid por Diego Diez de la Carrera Año de 1644.—A costa de Pedro Coello.

Dedicatoria al Duque. 4 de agosto de 1644.
Privilegio, á favor de Quevedo : Fraga, 19 de julio 1644.
Tasa. 11 de agosto 1644.
Fee de Erratas : Madrid 8 de agosto 1644.
Aprobacion del Dr. D. Diego de Cordoba. Madrid 16 de junio de 1644.

Licencia del ordinario. Id. Id.
Aprobacion del Magistral de Toledo D. Antonio Calderon. 22 de junio 1644.
Juicio que de Marco Bruto hicieron los autores en sus obras.
De la medalla de Bruto y de su reverso.
A quien leyere.
(Con la del colofon 155 fojas en 8.° Edicion principe.)
§§ 1645   1660
1648   1669
En coleccion desde 1649.

64. § ° La cayda para levantarse : El ciego para dar vista. El montante de la Iglesia , en la Vida de San Pablo apostol.

Escrive. Don Francisco de Quevedo Villegas......

Madrid. Diego Diaz de la Carrera. 1644. (Edicion original, en 8.°)
§§ En coleccion desde 1649.

65. ° (Hay nota en algunos índices de una impresion de este año

De los remedios de qualquier fortuna.)

1645.

66. ° (He hallado citada en un catálogo manuscrito la siguiente edicion :

La vida de Marco Bruto.

Escriviola por el Texto de Plutarco, ponderada con Discursos, Don Francisco de Quevedo Villegas, Cauallero de la Orden de Santiago, señor de la Villa de la Torre de Juan Abad.

Dedicada al Excelentmo. Señor Duque del Infantado.

Segunda impresion. Año de 1645.
Con licencia. En Madrid , Por Diego Diaz de la Carrera. A costa de Pedro Coello Mercader de libros.

Dedicatoria fecha en Madrid á 4 de agosto 644.
Suma del Privilegio.—Dado en Fraga á 19 de julio de 1644 ante Espadaña.
Aprobacion del Dr. don Diego de Cordoba. Madrid 16 de junio de 1644.
Aprobacion del Dr. don Antonio Calderon. Madrid 22 de junio de 1644.

1646.

67. ° Introduccion á la vida devota que escrivio en lengua Francesa el bienaventurado Fran.co de Sales, y traduxo en Castellano Don Fran.co de Queuedo Villegas.

Madrid, Melchor Sanches. 1646. (En 8.° segunda edicion.)

Nota del Sr. D. Agustin Duran.

1647.

68. ° Politica de Dios y Govierno de Christo.

Por Don Francisco de Qveuedo Villegas, Cauallero de la Orden de Santiago, señor de la Villa de la Torre de Iuan Abad. Varsoviæ , In Officina Petri Elert S. R. M. Typographi , Anno Domini, 1647. (En 8.°)

Reimpresion de la de Madrid de 1626.
Nota del Sr. D. Francisco Gonzalez de Vera.

1648.

69. ° (Hállase en algunos catálogos una reimpresion de este año del Romulo.)

70. Primera parte de la vida de Marco Bruto.

Escriviola por el Texto de Plutarco, ponderada con Discursos, Don Francisco de Qveuedo Villegas , Cauallero de

g

la Orden de Santiago señor de la Villa de la Torre de Ivan Abad.

Dedicada al Excelentissimo Señor Duque del Infantado.

Segunda impression. 18. Año 1648.

Con licencia. En Madrid, por Diego Diaz de la Carrera. A costa de Pedro Coello Mercader de Libros.

Los mismos preliminares que la primera edicion.

Fáltale al fin el parrafito «Reconozco que debo á Quinto Curcio....

Y concluye como asi tambien la otra con la « Protestacion.—Todo lo contenido en este libro sugeto á la censura de la Santa Cathólica Iglesia Romana, y de sus Ministros, con obediencia rendida. Madrid primero de abril de mil y seiscientos y quarenta y quatro, Don Francisco de Quevedo Villegas.

(144 fojas en 8.º)

71. § Enseñanza entretenida, i donairosa moralidad, Comprehendida En el Archivo ingenioso de las Obras escritas en Prosa, de don Francisco de Qvevedo Villegas, Caballero de la Orden de Santiago, i Señor de la villa de la Torre de Ivan Abad.

Contienense juntes en este tomo, las que sparcidas en diferentes Libros hasta ahora se han impresso.

En Madrid, Lo Imprimió En su oficina Diego Diaz de la Carrera. Año M.DC.XLVIII. — A costa de Pedro Coello Mercader de Libros.

Esta edicion es muy interesante por ser la primera en que se reunieron las obras sueltas en prosa de Quevedo, con menos alteraciones que en las anteriores; y por contener mucho nuevo.

Escudo grabado en cobre.

Dedicatoria importante del librero á Don Pedro Pacheco Giron.

Aprobaron el P. M. Diego del Carpio y el P. Juan Velez Zavala.

Licencia 6 de mayo 1618.

Tasa : 22 de junio.

Erratas : 30 id.

Contiene : La Historia i Vida del gran Tacaño, dividida en dos Libros.—El Sueño de las Calaveras. — El Alguacil Alguacilado.—Las Zahurdas de Pluton.—El Mundo por de dentro.—La Visita de los Chistes. —Cartas de el Caballero de la Tenaza.—Libro de todas las cosas i otras muchas mas.—Aguja de navegar Cultos.—La Culta Latiniparla.— El Entremetido, La Dueña y el Soplon.—El Cuento de cuentos. — Casa de los Locos de Amor.—La premática del tiempo.—Gobierno superior de Dios i tirania de Satanás (*correcto y añadida. Es la 1.ª parte.*) — El Perro y la Calentura : Novela peregrina.—Tira la piedra i esconde la mano.—Los Remedios de qualquier Fortuna.—Cinco romances burlescos.—El Cabildo de los gatos.—Memorial para el Rey año de 1639.

(200 fojas en 4.º)

72. § El Parnasso español, monte en dos cvmbres dividido, con las nveve mvsas castellanas. Donde se contienen Poesias de Don Francisco de Qvevedo Villegas, Caballero de la Orden de Santiago, i señor de la villa de la Torre de Ivan Abad :

Que con Adorno, i Censura, ilustradas, i corregidas, salen ahora de la Libreria de Don Joseph Antonio Gonzalez de Salas, Caballero de la Orden de Calatraba, i Señor de la antigua casa de los Gonzalez de Vadiella.

(*Vineta en plomo, de un libro abierto con este epigrafe :*

Scire tvm nihil est nisi sciat alter.)

En Madrid, Lo Imprimió En su oficinna del Libro abierto Diego Diaz de la Carrera, Año M.DC.XLVIII. A costa de Pedro Coello, Mercader de Libros.

Symmachianus. (Texto.)

Dedicatoria al Duque de Medinaceli.

Nuevos textos.—Un soneto.—Una lamina. Prevenciones al lector.

Censores : B. Pedro de la Escalera Guebara, y el Lic. D. Juan de Valdés.—Privilegio á Pedro Coello 10 setiembre 1647. — Tasa 17 junio 1648.

Erratas : 13 de junio 1648.

Tiene siete láminas en cobre, cuya traza dió D. Jusepe Antonio Gonzalez de Salas : pero las dibujó todas nuestro gran pintor Alonso Cano.

Representa la primera el Parnaso dividido en dos cumbres, de donde vuela el Pegaso. Vense al pie las nueve musas y Apolo coronando á Quevedo. En una quiebra y en primer término, recostado un sátiro muestra el retrato del poeta. Juan de Noort estropeó lastimosamente el dibujo de Cano al pasarlo al bronce ; pero tuvo más acierto en la estampa de Melpomene.

Ni fué más feliz Herman Panneels en el grabado de las cuatro musas Clio, Polymnia, Erato y Talia ; con lo que aborrido el Miguel Angel español tomó el buril, y en la figura de Tersicore mostró cómo sabia vencer en el palenque de las bellas artes, y que aun en sendas desconocidas era superior siempre á los más prácticos en ellas.

Los belgas Lambert Cause y B. Bernaerts acabaron de dar al traste con estos dibujos al refundirlos para la impresion de Amberes de 1699.

(550 fojas en 4.º)

§§		
1649	1702	1720
1650	1705	1772
1661	1715	1791
1670	1716	
1699	1719	

1649.

73. ' La Cuna y la sepultura para el conocimiento propio y desengaño de las cosas agenas.

Madrid. Melchor Sanchez. 1649. (En 8.º)

Nota del Sr. Duran.

74. § ' Primera parte de las obras en prosa de Don Francisco de Quevedo y Villegas.

Madrid: á costa de Pedro Coello. 1649.

Contiene :

El Sueño de las Calaveras. — El Alguacil alguacilado.— Las Zahurdas de Pluton.—El Mundo por dedentro.—Historia del Gran tacaño.— La visita de los Chistes.—Cartas del Cavallero de la tenaza.—Libro de todas las cosas. — La culta Latiniparla. — El Entremetido, la Dueña y el Soplon. — Cuento de cuentos. — Casa de los locos de amor.— Premática del Tiempo. — Carta de las qualidades de un casamiento.—Carta del viage de Andalucia.— Historia de Marco Bruto.— El Romulo.— Carta á Luis XIII. — Tira la piedra.— Vida de San Pablo.— Vida de Fr. Tomas.—Patronato de Santiago.— La Cuna y la Sepultura.— Doctrina para morir.—Remedios de cualquier fortuna.

§§		
1658	1705	1721
1687	1719	1772
1702	1720	1791

75. El Parnasso español, Monte en dos cumbres dividido, con las nueve musas castellanas.

Donde se contienen poesias de Don Francisco de Queuedo Villegas, Caballero de la Orden de Santiago, i señor de la villa de la Torre de Ivan Abad.

Que con adorno y censura ilustradas, y corregidas salen ahora de la libreria de D. Joseph Antonio Gonzalez de Salas.

Zaragoza : Hospital Real. 1649. (4.º)

1650.

76. § La fortuna con seso, i la hora de todos, fantasia moral.

Autor Rifroscrancot Viveque Vasgel Duacense.

Traducido de Latin en Español por Don Estevan Plvviames del Padron, Natural de la villa de Cuerva Pilona.

A Don Vicencio Juan de Lastanosa.

Con licencia : En Zaragoça, por los herederos de Pedro Lanaja, y Lamarca. Año 1650. A costa de Roberto de Vport, Mercader de Libros.

Licencia : 9 de marzo 1650.

Censura del Dr. Juan Francisco Andres, cronista del reino de Aragon : 13 marzo.

Dedicatoria del librero Roberto de Vport. 18 abril.

(228 páginas con los preliminares en 8.º Edicion principe.)

§§ 1651.

77. § (Es de suponer que en este mismo año á costa del librero Coello y en la imprenta de Melchor Sanchez se imprimiese la *Parte segunda de las obras en prosa,* en cuyo caso esta coleccion debe ser reputada por matriz de las de

§§		
1658	1703	1724
1664	1713	1729
1687	1719	1772
1702	1720	1791

77. § Todas las obras en prosa de D. Francisco de Qvevedo Villegas, Cavallero del Orden de Santiago. (Satiricas, politicas, devotas) Corregidas, y de nuevo añadidas.

A Don Pedro Sarmiento de Mendoza, Conde de Ribadauia, Adelantado de Galicia, de la Orden dé Calatraua.

Año (*Un escudo grabado*) 1650. Con Priuilegio, en Madrid por Diego Diaz de la Carrera.—A costa de Tomas Alfai mercader de libros.

Dedicatoria del librero.

Titulos de las obras contenidas en este libro :

La historia y vida de Marco Bruto.— Sensorias por Cireron.— Política de Dios y gonierno de Cristo. (La primera parte completa como en 1648.)—Tira la piedra y esconde la mano.—Carta á Luis XIII de Francia.—El Romulo.— *Titulos de las obras que ay en este tomo que prosigue :* La historia y vida del gran Tacaño.—El Sueño de las Calaveras.—El Alguacil Alguacilado.—Las Zahurdas de Pluton.— El Mundo por de dentro.—Visita de los Chistes.—Cartas del Cauallero de la Tenaza.—Libro de todas las cosas, y otras muchas mas. —La Culta Latiniparla.— El Entremetido, y la Dueña y el Soplon.—Cuento de Cuentos.— Casa de los Locos de Amor.— Vida de S. Pablo. — De los Remedios de qualquier fortuna. — Epitome de la vida de Santo Tomas de Villanueva.—La Cuna y la Sepultura. —Doctrina para morir.— La Defensa de la Orden de Santiago.— Carta de las calidades de un casamiento.— Carta del Rey nuestro señor á Andalucia.

Aprobacion del Dr. D. Antonio Calderon. (La estampada en el M. Bruto 1644.)

Aprobacion del Dr. B. Diego de Cordoba. (La correspondiente á la coleccion de *Obras varias* del mismo año.

Licencia del Ordinario : 16 de junio de 1644. Suma del privilegio (A Pedro Cuello : 17 de diciembre de 1648).

Fee del corrector (8 de febrero de 1650.)

Tassa. 11 de agosto de 1644.

(389 fojas en 4.º Edicion hermosísima ; papel excelente.)

78. § El Parnaso español. Musas castellanas.

Corregidas y enmendadas de nuevo por el Doctor Amuso Cultifragio.

Madrid : por Diego Diaz de la Carrera. 1650.

Es desgraciadamente manuscrita la portada en el hermosísimo egemplar que he manejado. Le han sido tambien arrancadas las láminas.

§§ 1659   1668
   1660   1724
   1664   1729

1651.

79. La Hora.

Escrivióla nuestro gran español Don Francisco de Qvevedo. Con este titvlo. La Fortvna con seso, y la Hora de todos, phantasia moral. — Avtor Rifroscrancot Viveque Vasgel Dnacense. Traduzido de Latin, en Español. Por Don Estevan Pivvianes del Padron, natural de la Villa de Cuerva-Pilona.

Dedicado al Excelentissimo Señor, Marques de Mortara, etc.

Con licencia : En Zaragoça, por Iuan de Ybar.—Año 1651.—A costa de Pedro Escuer, Mercader de Libros.

Licencia : Zaragoza 9 de marzo 1650.

Censura del dotor Jvan Francisco Andres, cronista del reyno de Aragon; 15 de marzo.

Dedicatoria de Pedro Escuer : 25 de Enero 1651.

(114 fojas en 8.°)

80. § Virtvd militante, contra las quatro pestes del mundo, Embidia, Ingratitud, Sobervia, i Avaricia, con las quatro fantasmas Desprecio de la Muerte, Vida, Pobreza, i Enfermedad.

Autor Don Francisco de Quevedo Villegas Cavallero de la Orden de Santiago, Señor de la Villa de la Torre de Juan Abad.

Dedicada Al Señor Don Gregorio de Tapia, i Salcedo, Cavallero del Orden de Sant-Iago, i Fiscal de su Magestad.

Con licencia, i Privilegio, En Zaragoça, por los herederos de Pedro Lanaja, Impressores del Reino de Aragon, año 1651. A costa de Roberto Duport, Mercader de Libros. (8.°)

Licencia. Zaragoza. 6 de mayo 1651.

Aprobacion de Fray Bartolomé Foyas. Zaragoza 16 mayo 1651.

Privilegio a Duport. Zaragoza 25 de mayo de 1651.

La Dedicatoria es de Roberto Duport. Zaragoza 12 de julio 1651.

Erratas.

(168 fojas en 8.°)

1655.

81. § Politica de Dios, i Govierno de Xpo; sacada de la Sagrada Escritvra Para Acierto de Rey i Reino en sus acciones :

Por Don Francisco De Quevedo Villegas, Caballero de la Orden de Santiago, Señor de la Torre de Juan Abad.

Marcos de O Orozco sculp.

A Expensas de Pedro Coello, en Madrid Año de 1655.

(Todo en un grabado de Marcos de Orozco, que representa una musa apoyada en una lápida donde está la inscripcion y el retrato del autor. A su pié se ven esparcidos varios instrumentos músicos, y hay una cabra. Detras el alcázar de Madrid.

Tiene el libro su anteportada con este rótulo : Politica de Dios y govierno de Cristo nvestro Señor.)

Dedicatoria del Librero al duque de Medina Zelin.

Censura de D. Pedro Ruiz de la Escalera. Madrid 1.° septiembre 1655.

Censura del RR. Padre Geronimo Pardo. Madrid 20 junio 1652.

Licencia. 7 setiembre 1654.

Tassa. 7 octubre 1655.

Erratas. 1.° octubre 1655.

Tabla.

Elogios.

Dedicatoria al Pontifice Alejandro VII.

A los doctores sin luz.

Textos.

A D. Felipe IV deste augusto nombre.

Parte primera.

(Es la 1.ª edicion completa de la Politica. 201 fojas en 4.°)

1658.

82. Parte primera de las Obras en prosa de Don Francisco de Qvevedo Villegas, Cavallero de la Orden de Santiago, señor de la Torre de Iuan Abad.

Debaxo de la proteccion del Excelentissimo Señor Duque de Medina Celi, y de Alcalá, etc.

Con privilegio En Madrid : Por Melchor Sanchez. Año de 1658. A costa de Mateo de la Bastida, Mercader de libros, frontero de S. Felipe.

Dedicatoria.

Censores desta primera parte : D. Diego de Córdoba, Capellan real de Toledo, y el Dr. D. Antonio Calderon, electo Arzobispo de Granada. 22 de junio 1644.

Licencia del ordinario para imprimir el libro que ha escrito don Francisco de Quevedo, Cavallero de la Orden de Santiago, intitulado OBRAS VARIAS, Primera parte. 16 de junio de 1644.

Privilegio al librero. 17 de junio de 1657.

Suma de la Tassa.

Fee del corrector. 14 de noviembre de 1658.

Indice. — El Sueño de las Calaveras. — El Alguacil Alguacilado.—Las Zahurdas de Pluton.—El mundo por de dentro. — Historia y vida del gran Tacaño.—Visita de los Chistes.—Cartas del Cavallero de la Tenaza.—Libro de todas las cosas y otras muchas mas. — La Culta Latiniparla. — El Entremetido, la Dueña y el Soplon. — Cuento de cuentos. — Casa de los locos de amor.— Premática del Tiempo.—Carta de las calidades de un casamiento. — Carta de lo que sucedió en un viaje que el Rey nuestro señor hizo al Andaluzia.—Vida de Marco Bruto.—El Romulo.—Carta á Luis XIII rey de Francia.—Tira la piedra.—Vida de S. Pablo apostol.— Vida del B. Fr. Tomás de Villanueva.— Memorial por el patronato de Santiago.

(508 fojas en 4.°)

83. Parte segvnda de las Obras en prosa de Don Francisco de Qvevedo Villegas, Cavallero de la Orden de Santiago, señor de la Torre de Juan Abad.

Debajo de la proteccion del Excelentissimo señor Don Antonio Iuan Luis de la Cerda, Duque de Medina Celi, y de Alcalá, Conde de la Ciudad y gran Puerto de Santa Maria, Marques de Alcalá, y Cogolludo, Señor de Lobon, Deza, y Enciso, Capitan General del mar Oceano, y Costas de Andaluzia, Comendador de la Moraleja, del Abito de Alcantara, etc.

Con Privilegio En Madrid : Por Melchor Sanchez. Año de 1658.—A costa de Mateo de la Bastida, Mercader de libros, frontero de S. Felipe.

Censores desta segunda parte por el Consejo y el Vicario : D. Pedro Blasco protonotario apostolico, y el P. Juan Eusebio Nieremberg y el P. Fr. Bartolomé Foyas.

Privilegio al librero. 17 de junio de 1657.

Tassa.

Fee del corrector. 14 de noviembre de 1658.

Indice. — La cuna y la sepultura. — Doctrina para morir. — De los Remedios de cualquier fortuna. — Introduccion á la vida devota. — Virtud militante contra las cuatro pestes del mundo.—Fortuna con seso. Hora de todos. — Epiteto y Phocilides en español.

(518 fojas en 4.°)

1659.

84. El Parnasso español y Musas castellanas de Don Francisco de Qvevedo Villegas, Caballero de la Orden de Santiago, Señor de la Villa de la Torre de Ivan Abad.

Corregidas, i enmendadas De nuevo en esta impression, por el Doctor Amuso Cultifragio, Academico ocioso de Lobaina. — Plieg. 66.

Con licencia En Madrid, Por Pablo de Val, Año de M.DC.LIX. — A costa de Mateo de la Bastida, Mercader de libros.

Texto de Simmachiano.

Soneto.

Lámina.

Dedicatoria al Duque de Medinaceli por segunda vez.

Censores : D. Pedro de la Escalera Guevara, y el Lic. D. Juan de Valdes.

Licencia : 6 marzo 1660.

Tassa.

Fee de erratas : 3 setiembre 1660.

(265 fojas en 4.°, inclusas las láminas.)

1660.

85. El Parnasso español y Mvsas castellanas, de Don Francisco de Qvevedo Villegas......

Corregidas, i enmendadas de nuevo en esta impression, por el Doctor Amuso Cultifragio, Academico ocioso de Lobaina.—Plieg. 66.

Con licencia.—En Madrid, Por Pablo de Val, Año de M.DC.LX.—A costa de Santiago Martin Redondo, Mercader de libros.

Dedicatoria del librero al oficial de la secretaria de Nueva España, D. Juan Diaz de la Calle.

Censores : D. P.° de la Escalera Guevara y D. Juan de Valdés.

Licencia : 6 marzo 1660.

Tassa. Fee de erratas : 3 setiembre, 1660.

(265 fojas en 4.°)

86. Obras de Don Francisco de Qvevedo Villegas, Cavallero de la Orden de Santiago, Señor de la Villa de la Torre de Iuan-Abad. (Anteportada.)

Obras de Don Francisco de Quevedo Villegas, Cavallero de la Orden de Santiago, Señor de la Villa de la Torre de Juan-Abad.

Dedicadas A su Excellencia el Marques de Caracena, etc., Governador y Capitan general de los Payses Baxos, y Borgoña.

En Brusselas, Por Francisco Foppens, Impresor y Mercader de Libros, M.DC.LX.

Esta portada es una agradable estampa alegórica, que representa el Parnaso con las musas, Apolo, Minerva, Mercurio y dos sátiros, y en una gruta Epicteto, leyendo á la luz de su candil.

Al frente de las obras está el retrato de Quevedo, hecho por P. Clouwet.

Dedicatoria del librero : diciembre 7 de 1660.

Contiene este tomo los números 4, 3, 1, 12, 11, 54, 48 á 51, 77, 52, 66, 75, 116, 53, 115, 47, 62, 175 y 165 de nuestro Catálogo. (544 fojas en folio menor. Impresion lujosísima.)

§§ 1670.
   1699.
   1726.

1661.

87. (Supongo impreso en este año el segundo tomo de la coleccion anterior. Comprende los numeros 88, 87, 9, 110, 91, 92, 99 y 2 del Catálogo.)

88. Poesías de Don Francisco de

Quevedo Villegas, Cavallero de la Orden de Santiago, Señor de la Villa de la Torre de Juan-Abad.

Dedicanlas Al Excelentmo. Señor Don Luis de Benavides, Carillo y Toledo, etc. Marques de Caracena, etc. Governador y Capitan general de los Payses Baxos, etc. (*Un fenix y esta inscripcion:* In omni regione spirat.)

En Brusselas, De la Emprenta de Francisco Foppens, Impressor y Mercader de Libros. M.DC.LXI.

Contiene seis musas: y con nueva numeracion al fin el *Epicteto y Phocilides.* (505 fojas en folio menor.)

1662.

89. Politica de Dios, y govierno de Christo; sacala de la Sagrada Escritvra para acierto de Rey, y Reino en sus Acciones.

Al Excelentissimo Señor D. Ramiro Felipez Nuñez de Guzman, Duque de Medina de las Torres, etc. Por D. Francisco de Quevedo Villegas...

Con privilegio En Madrid : Por Diego Diaz de la Carrera, Impressor del Reino. Año M.DC.LXII.

A costa de Mateo de la Bastida, Mercader de Libros, frontero de San Felipe. (4.°)

Censura del P. Gerolimo Pardo. Madrid. 20 Junio 1652.

Privilegio. 21 de agosto 1658.

Tassa. 7 octubre 1655.

Erratas. 24 marzo 1662.

Censura de D. Pedro Ruiz de la Escalera. 1.° setiembre 1655.

Dedicatoria genealógica de D. Gabriel Ossorio.

Lo demas como en 1655, incluso la anteportada.

1664.

90. *Parte primera de las Obras en prosa de Don Francisco de Quevedo Villegas, Cavallero de la Orden de Santiago, Señor de la Torre de Juan Abad.

Debaxo de la proteccion del Excelentissimo Señor Duque de Medina Celi y de Alcala...

Con privilegio. En Madrid : Por Melchor Sanchez. Año de 1664.

Acosta de Mateo de la Bastida, Mercader de Libros, frontero de San Felipe. (4.°)

Existe en Paris esta edicion, completa, en la Biblioteca del Arsenal.

91. Parte segvnda de las obras en prosa de Don Francisco de Qvevedo Villegas, Cavallero de la Orden de Santiago, señor de la Torre de Iuan Abad.

Debaxo de la proteccion del Excelentissimo señor D. Antonio Iuan Luis de la Cerda, Duque de Medina Celi y de Alcala, Conde de la Ciudad y gran Puerto de Santa Maria, Marques de Alcala y Cogolludo, señor de Lobon, Deza, y Enciso, Capitá general del mar Oceano, y Costas de Andaluzia, Comendador de la Moraleja, y de el Abito de Alcantara, etc.

Con privilegio En Madrid : Por Melchor Sanchez. Año de 1664. A costa de Mateo de la Bastida, Mercader de Libros, frontero de San Felipe, (4.°)

Censores desta segunda parte, por el Consejo y el Vicario: el Lic. D. Pedro Blasco, el P. Juan Eusebio Nieremberg, y el P. Fr. Bartolomé Foyas.

Privilegio á favor del librero: 17 junio 1657.

Tassa.

Fee del Corrector: 14 noviembre de 1658.

Contiene : La cuna y la sepoltura.—Doctrina para morir.—De los remedios de cualquier fortuna.—Introduccion á la vida devota. — Virtud militante contra las cuatro pestes del mundo.—Fortuna con seso. Hora de todos. — Epicteto y Phocilides en Español.

92. *Parnaso. Primera y segunda parte. Tres tomos en 4.° Madrid. 1664.

Indices del Escorial.

1666.

93. Politica de Dios, y Govierno de Christo, sacada de la Sagrada Escritvra para acierto de Rey, y Reino en sus acciones.

Al Señor Don Sancho de Villegas Velasco de la Vega y Zevallos, Señor y Pariente mayor de la Casa, y Linage de Villegas, del Consejo de su Magestad, y Alcalde de su Casa, y Corte, etc.

Por D. Francisco de Quevedo Villegas, Cavallero de la Orden de Santiago, Señor de la Torre de Iuan Abad.

Con privilegio En Madrid : En la Imprenta Real, Año 1666.—A costa de Mateo de la Bastida, Mercader de Libros, frontero de San Felipe.

Tiene anteportada en que se lee

•Politica de Dios y Govierno de Christo nvestro señor.»

Dedicatoria (que es una genealogia de los Villegas) de Mateo de la Bastida.

Elogios á la eleccion, y pluma de Don Francisco de Quevedo en el Assumpto de esta Politica, sacados de las *Aprobaciones,* que precedieron á su impression correcta, y añadida por el Autor en el año 1626, que salió la Primera parte.

Se traen los pareceres, estractados, del Cronista Maestro Gil Gonzalez Dávila, del Arzobispo Fr. Don Christoual de Torres,

del P. Pedro de Urteaga,

y del P. Gabriel de Castilla,

y del Vicario de Iubiles D. Lorenzo Vander Hammen.

Dedicatoria al Pontifice Alexandro 7.°

A los doctores sin lvz, que dan hómo en el paulo muerto de sus censuras, muerden y no leen.

Dedicacion á D. Felipe IV.

Censura de D. Pedro Rviz de la Escalera, y Quiroga, Cavallero de la Orden de Calatrava, Cavallerizo de la Reyna N. Señora, á quien cometió este Libro el Consejo. Madrid 1.° de setiembre de 1655.

Censura del Reverendisimo Padre Gerónimo Pardo, Prouincial que ha sido de los Clerigos Menores, Calificador de la Suprema, y Visitador de Libros, y Librerias. destos Reinos. Madrid á 20 de Junio de 1652.

Soma del privilegio.—En favor de D. Pedro Alderete y Quevedo, como sobrino y heredero del Autor, el cual lo cedió á Mateo de la Bastida, ante Martin de Arauxo, Escriuano de Su Mag. Madrid 21 de agosto de 1658.

Tassa.—Madrid 7 de octubre de 1655.

Erratas.—Madrid y Março 24 de 1662.

Sigue el capitulo 1.° pag. 1.a

Concluye en la pag. 347 con la protesta, y sugecion á la censura Romana.

94. Politica de Dios, y Govierno de Christo; sacada de la Sagrada Escritvra para acierto de Rey, y Reyno en sus acciones.

Al Señor Don Sancho de Villegas Velasco de la Vega y Zevallos, Señor, y Pariente mayor de la Casa, y Linage de Villegas, del Consejo de su Magestad, y Alcalde de su Casa, y corte, etc.

Por D. Francisco de Qvevedo Villegas Cavallero de la Orden de Santiago, Señor de la Torre de Iuan Abad.

Con privilegio En Madrid : Por Pablo de Val, Año 1666. A costa de Mateo de la Bastida, Mercader de Libros, frontero de San Felipe. (4.°)

•Anteportada como el número 93.

A plana renglon el texto con la impresion anterior.

La dedicatoria de Mateo de la Bastida, con los arrequives genealogicos de ordenanza.

Todo lo de la edicion de 1655.

Censura de D. Pedro Ruiz de la Escalera y Quiroga. Madrid 1.° setiembre 1655.

Del RR. Padre Geronimo Pardo. Madrid 12 de junio 1652.

Privilegio. Madrid 21 agosto 1658.

Tasa. 7 octubre 1655.

Erratas. Madrid 24 marzo 1662.

95. Virtud militante, contra las quatro pestes del mundo, embidia, y ingratitud, soberbia y avaricia (sic), con las quatro fantasmas desprecio de la muerte, vida, pobreza y enfermedad. Por Don Francisco de Quevedo Villegas, Cavallero de la Orden de Santiago, y Señor de la Villa de la Torre de Iuan Abad.

En Madrid, por Pablo de Val, Año de 1668. A costa de Mateo de la Bastida, Mercader de libros, frontero de San Felipe. (En 8.°)

Nota del Sr. D. Francisco Gonzalez de Vera.

1668.

96. El Parnaso español, y Mvsas castellanas, de Don Francisco de Quevedo Villegas, Caballero de la Orden de Santiago, Señor de la Villa de la Torre de Iuan Abad.

Corregidas, i enmendadas de nuevo en esta impression, por el Doctor Amuso Cultifragio, Academico ocioso de Lobaina.—Plieg. 66.

Con Privilegio. En Madrid, Por Melchor Sanchez Año de M.DC.LXVIII. — A costa de Mateo de la Bastida, Mercader de Libros.

Texto de Simmachlano.

Soneto á Don Francisco.

Lámina rudamente retocada, de la edicion de 1648.

El librero dedica tercera vez el Parnaso al Duque de Medina-Celi.

Censores D. Pedro de la Escalera Guevara, y el Lledo. D. Juan de Valdés.

Privilegio á favor del librero, fecha 18 de febrero de 1668, por habérsele cedido por Pedro Aldrete Quevedo y Villegas en 4 de setiembre anterior.

Tasa.

Erratas ; 3 setiembre 1660.

(264 fojas en 4.°, inclusas las siete láminas.)

1669.

97. Obras de Don Francisco de Quevedo Villegas, Cavallero de la Orden de Santiago, Señor de la Villa de la Torre de Iuan-Abad.

Divididas en tres cverpos. M.DC.LXIX.

Este rótulo impreso precede á la portada grabada de la edicion de Bruselas de 1660 en un ejemplar muy bien tratado que existe en la biblioteca de San Isidro de esta corte.

1670.

98. § Las tres mvsas vltimas castellanas. Segvnda cvmbre del Parnaso español de Don Francisco de Qvevedo y Villegas, Cavallero de la Orden de Santiago, Señor de la Villa de la Torre de Ivan Abad.

Sacadas de la librería de Don Pedro Aldrete Quevedo y Villegas, Colegial del mayor del Arçobispo de la Vniuersidad de Salamanca, Señor de la Villa de la Torre de Juan Abad.

Con privilegio En Madrid : En la Imprenta Real. Año de 1670. A costa de

Mateo de la Bastida, Mercader de libros, enfrente de las gradas de San Felipe.

Lámina muy gastada del Parnaso.

Dedicatoria de D. Pedro al Arzobispo de Toledo.

Censores : D. Pedro de la Escalera Guevara y el Lic. D. Juan de Valdés.

Suma del privilegio.

Fee de Erratas. 13 de enero 1670.

Tasa ; 17 de enero 1670.

Al lector.

Adornaron el tomo para hacer juego con las seis primeras musas, grabadas las tres últimas: dibujo del pintor madrileño Santiago Moran, y buril de Marcos de Orozco, de escaso mérito.

§§ 1671 2 veces 1713 1724
1699 1746 1729
1702 1719 1772
1703 1720 1791

(192 fojas en 4.ª Edicion original.)

99. * Obras de Don Francisco de Quevedo Villegas, Cavallero de la Orden de Santiago, Señor de la Villa de la Torre de Juan-Abad.

Dedicadas á su Excellencia el Marqués de Caracena, etc., Governador, y Capitan general de los Payses Baxos, y Borgoña,

En Brusselas, Por Francisco Foppens, Impresor y Mercader de Libros m.DC.LXX. (folio menor.)

100. Obras de Don Francisco de Quevedo Villegas, Cavallero de la Orden de Santiago, Señor de la Villa de la Torre de Juan-Abad.

Dedicadas al Excellentíssimo Señor Don Luis de Benavides, Carillo y Toledo, etc., Marques de Caraçena, etc. Governador y Capitan general de los Payses Baxos, etc.

Segunda Parte.

(Un precioso escudo con figuras, delineado por Van Heele, y grabado por P. Clouwet.) En Brusselas, De la Emprenta de Francisco Foppens, Impresor y Mercader de Libros. — m.DC.LXX. (202 fojas en folio menor.)

Contiene los números 88, 87, 9, 110, 91, 92, 99 y 2 de nuestro Catálogo.

101. Poësias de Don Francisco de Quevedo Villegas, Cavallero de la Orden de Santiago, Señor de la Villa de la Torre de Juan-Abad.

Dedicadas Al Excellentíssimo Señor Don Luis de Benavides, Carillo, y Toledo, etc. Marques de Caraçena, etc., Governador y Capitan General de los Payses Baxos, etc.

Tercera parte. (El escudo referido.) En Brusselas, — De la Emprenta de Francisco Foppens, Impressor y Mercader de Libros. — m.DC.LXX. (246 fojas en folio menor.)

1671.

102. En Bruselas publicó la oficina de Foppens nueva edicion de las seis musas. No he visto más que el Epicteto y Phocilides que corre unido con numeracion propia á este tomo. Los caractéres son los mismos, y tambien casi todas las viñetas, de la impresion de 1661. Sin embargo el Epicteto tiene aqui más metida la letra , haciendo solas 86 páginas cuando hizo allí 95.

103. Las tres últimas musas castellanas de Don Francisco de Quevedo Villegas, Cavallero, de la Orden de Santiago, Señor de la Villa de la Torre de Juan-Abad.

Sacadas de la Librería de Don Pedro

Aldrete Quevedo y Villegas, Colegial del Mayor del Arçobispo de la Universidad de Salamanca, Señor de la Villa de la Torre de Juan-Abad. m.DC.LXXI.

Dedicatoria al Cardenal de Toledo.

Al lector.

Censores deste libro.

Las tres musas. (109 fojas en 4.ª mayor.)

Es el 4.º tomo de la coleccion antecedente.

1679.

104. Sueños y Discursos, o Desueños soñolientos de verdades soñadas descubridoras de Abusos, Vicios, y engaños en todos los Oficios, y Estados del Mundo.

Por D. Francisco de Quevedo Villegas, Cauallero del Orden de Santiago, Señor de la Villa de Juan Abad.

Con licencia : En Perpiñan, Por Bertholome Breffiel, Año 1679.

Lo posee la Biblioteca Nacional de Francia.

1685.

105. Politica de Dios y gobierno de Christo; sacada de la Sagrada Escritura para acierto de Rey, y Reyno en sus acciones.

Por Don Francisco de Quenedo y Villegas, Cauallero de la Orden de Santiago, Señor de la Torre de Juan Abad.

En Madrid, por Melchor Alvarez, 1685. (En 4.º)

1687.

106. Parte primera de las obras en prosa de Don Francisco de Quevedo Villegas, Cavallero de la Orden de Santiago Señor de la Torre de Juan Abad.

Dedicadas á Don Alonso Carnero, Cauallero de el Orden de Santiago, Señor de la Villa de Chapinería, Regidor perpetuo de la Ciudad de Avila, de el Consejo de su Magestad, y su Secretario de Estado, etc.

Corregida , y enmendada en esta vltima impression.

Con licencia En Madrid : Por Antonio Gonzalez de Reyes. Año de 1687.—Vendese en la calle de Toledo, en casa de Santiago Martin Redondo, Mercader de libros, junto á la Portería de la Concepcion Geronima. (4.º)

Dedicatoria de Isidoro Cavallero(sin fecha).

Censores : D. Diego de Córdova y D. Antonio Calderon, electo Arzobispo de Granada. 22 de junio de 1644.

Licencia : Madrid 16 de junio 1644. La da el ordinario «para que se pueda imprimir este libro que ha escrito Don Francisco de Quevedo Villegas. »

Otra. 5 de noviembre 1687.

Tassa. 25 de noviembre.

Fee de erratas. 9.

Contiene de nuestro Catálogo los números 48 , 49 , 50 , 51 , 77, 52, 66, 75, 110, 53, 115, 47, 173, 163, 4, 5, 3, 12, 11, 88, 87, y 9.

107. Parte segunda de las obras en prosa de Don Francisco de Quevedo Villegas , Cavallero de la Orden de Santiago, Señor de la Torre de Juan Abad.

Dedicada á Don Alonso Carnero, Cauallero de el Orden de Santiago, Señor de la Villa de Chapinería, Regidor perpetuo de la ciudad de Avila, de el Consejo de su Magestad, y su Secretario de Estado, etc.

Corregida y enmendada en esta ultima impression.

Con Licencia—En Madrid : Por Antonio Gonzalez de Reyes. Año de 1687.

—Vendese en la calle de Toledo en casa de Santiago Martin Redondo, Mercader de libros, junto á la Portería de la Concepcion Geronima.

Censores de esta segunda parte , por el consejo y el Vicario.—El licenciado D. Pedro Blasco Protonotario Apostolico ; y el Padre Juan Eusebio Nieremberg de la compañia de Jesus; y el Padre Fray Bartolomé Fojas de la Orden de San Francisco.

Suma de la licencia. Madrid á 5 dias del mes de noviembre de 1687.

Suma de la Tassa.

Fee de Erratas. Madrid 19 de noviembre de 1687.—Don Martin de Ascarza corrector general por su Magestad.

Indice de las Obras que se contienen en esta segunda parte:

La cuna y la sepultura,

Doctrina para morir,

De los remedios de qualquier fortuna,

Introduccion á la vida devota,

Virtud militante contra las quatro Pestes del mundo,

Fortuna con seso, Hora de todos;

Epicteto y Phocilides en español;

Nombre origen y intento , recomendacion y descendencia de la doctrina estoyca.

1691.

108. * Virtud militante contra las quatro pestes del mundo. Zaragoza.

1695.

* 109. * Juguetes de la niñez y travesuras del ingenio.—Barcelona.

1699.

110. Obras de Don Francisco de Quevedo Villegas, Cavallero de la Orden de Santiago, Señor de la Villa de la Torre de Juan-Abad.

Divididas en tres tomos.—Nueva impression corregida y ilustrada con muchas Estampas muy donosas y apropiadas á la materia.

(Un leon con el monograma del librero.)

En Amberes. Por Henrico y Cornelio Verdussen. Año. m.DC.XCIX. —Con Licencia, y Privilegio. (3 volúmenes en 4.º mayor.)

La misma anteportada de Foppens, variado el impresor y el año.

Al benévolo lector. De D. Pedro Aldrete Quevedo y Villegas.

Aprobaron estas Obras D. Pedro de la Escalera Guevara y el Lic. D. Juan de Valdes.

Suma del privilegio á Foppens, quien le cedió á los Verdussen mercaderes de libros é impresores de Amberes en 10 de octubre de 1696.

Contiene el primer tomo lo mismo que la edicion de Foppens.

Grabados é invenciones de Clouwet, Gaspar Boutlats, y Jacobo Harrewyn

(278 fojas inclusos el retrato y la portada.)

Tomo segundo.

Contiene todo lo que el de Foppens, y ademas al fol. 447. Nombre, Origen, Intento, Recomendacion y Descendencia de la Doctrina estoica. (258 fojas.)

Tomo tercero, el qval contiene todas sus poesias.

Despues de la musa Vrania, los Riesgos del matrimonio , el Epicteto y Phocilides, y el Memorial para el Rey N. S. (505 fojas.)

1700.

111. §Providencia de Dios, padecida de los qve la niegan, y gozada de los qve la confiessan. Doctrina estudiada en los gvsanos , y persecciones de Job.

Obra postvma de Don Francisco de Quevedo Villegas, Cavallero del Orden

de San-Tiago, Señor de la Villa de la
Torre de Juan Abad..

Dedicada al mvy ilvstre Señor Don
Jvan Lvis Lopez, del Consejo de su Magestad, y su Regente en el Sacro, y Supremo de los Reynos de la Corona de
Aragon.

En Zaragoza : Por Pasqual Bveno,
Año MDCC.

Dedicatoria del librero : 6 agosto de 1700.
Aprobacion del P. M. Fr. Antonio Iribarren : 27 julio.
Licencia : 6 agosto.
Aprobacion del Dr. D. Felipe Gracian Serrano : 29 julio.
Erratas.
El Impresor al que leyere. (Notable.)
Catalogo de las obras de D. Francisco de
Quevedo. (Trabajo muy curioso.)
Elogio de Quevedo por Lope.
¡El libro se reduce al primer tratado únicamente, pero desconociendo que no era
toda la obra.) (50 fojas en 4.°)

1702.

Coleccion dedicada á la *academia de
los Desconfiados de la ciudad de Barcelona*. Consta de 5 tomos, que son los
numeros 112, 113, 114, 115 y 116. Imitando esta se hizo con algun esmero la
de 1713 conocida vulgarmente con el
nombre de *Coleccion del Leon*.

112. Obras de Don Francisco de
Quevedo Villegas...
Dedicadas á la muy ilustre Academia
de los Desconfiados da la excelentissima
ciudad de Barcelona. Parte primera.
Barcelona : Por Jayme Suriá Impressor, Año 1702.
Vendense en su Casa á la calle de la
Paja ; En la de Juan Piferrer, á la Plaça
del Angel ; Y Jayme Batlle, á la Libreria (4.°)

Dedicatoria. Firmanla Jayme Suriá, Jayme Batlle, Juan Piferrer.
Aprobacion de Fr. Miguel Zugarramurdi :
Barcelona 25 de octubre de 1702.
Licencia : 19.
Contiene todo lo de la edicion de Madrid
de 1658 y por el mismo orden.

113. Parte segunda de las obras en
prosa de Don Francisco de Quevedo...
Dedicada A la Academia de los Desconfiados de la excelentissima ciudad
de Barcelona. — Corregida y enmendada en esta vltima impression.
Con licencia.—Barcelona: Por Joseph
Llopis, á la Plaça del Angel, Año 1702.
Vendese en Casa Juan Piferrer, en la
Plaça del Angel : En la de Jayme Suriá,
en la calle de la Paja : Y en la de Jayme
Batlle, en la Libreria. (4.°)

(Advertencia.)
Contiene todo lo de la edicion de Madrid
de 1658 y con igual colocacion.

144. Politica de Dios, y Govierno de
Christo nuestro señor. Sacada de la Sagrada Escritura, para acierto de Rey,
y Reyno en sus acciones.
Por Don Francisco de Quevedo...
Dedicase A la Academia de los Desconfiados de la Excelentissima ciudad
de Barcelona.
Barcelona : Por Jayme Suriá Impressor, Año 1702.
Vendense en su Casa á la calle de la
Paja ; Y en la de Juan Piferrer, á la Plaza del Angel ; y Jayme Batlle, á la Libreria.

Copiados los preliminares de la edicion
de 1655.

115. ' El Parnaso español.
Barcelona. 1702. Rafael Figueró.

116. Las tres mvsas vltimas castellanas. Segunda cvmbre del Parnaso español de Don Francisco de Quevedo...
Sacadas de la Libreria de Don Pedro
Aldrete Quevedo y Villegas, Colegial
del Mayor del Arçobispo de la Universidad de Salamanca, Señor de la Villa de
la Torre de Juan Abad.
Dedicase á la Academia de los Desconfiados de la Excelentissima Ciudad
de Barcelona.
Con licencia : Barcelona : Por Joseph
Llopis, à la Plaça del Angel. Año 1702.
Vendese en Casa Juan Piferrer, á la
Plaça del Angel : En la de Jayme Suriá,
en la calle de la Paja : Y en la de Jayme
Batlle, en la Libreria. (4.°)

A la vuelta de la portada hay esta nota :
« Se advierte que la Dedicatoria y Aprobaciones de todas las Obras de Don Francisco
de Quevedo Villegas, se hallarán en el primer Tomo de dichas Obras.»
Al Lector. (Es la advertencia del sobrino
de Quevedo.)

1703.

117. (Reimprimióse en este año la coleccion anterior. De ella no he visto mas que
el tomo siguiente:)

118. ' El Parnaso español, y Mvsas
castellanas de Don Francisco de Quevedo Villegas...
Dedicase á la mvy ilvstre Academia
de los Desconfiados de la excelentissima civdad de Barcelona.
Barcelona : Por Rafael Figueró, á la
calle de los Algodoneros. Año 1703.
Vendese en Casa Jayme Batlle, en la
Libreria : En la de Jayme Suriá, en la
calle de la Paja : Y en la de Juan Piferrer, á la Plaça del Angel. (4.°)
Láminas muy malas.

1707.

En el índice de la Inquisicion general,
comenzado por D. Diego Sarmiento y concluido por D. Vital Marin se determinó como se habia de expurgar el *Parnaso español*
ó tomo primero de las poesias, impreso en
Madrid por Diego Diaz de la Carrera en 1648.

1713.

§ Coleccion llamada del *Leon* por tener una viñeta con su ligura. Consta de
seis tomos ó partes que son los numeros
119, 120, 121, 122, 123 y 124. Goza de
gran crédito en los almacenes de los libreros. Ha servido de turquesa para la
de

§§ 1719   1729
   1720   1772
   1724   1791

119. Obras de Don Francisco de Qvevedo Villegas, Cavallero de la Orden de
San-Tiago, Señor de la Torre de Juan
Abad.
Parte primera. Año (*Leon con escudo*) 1713.
En Madrid : En la Imprenta de Manuel Roman. A costa de los Herederos
de Gabriel de Leon.
Censura del RR. P. M. Juan Manuel de
Arguedas de la compañia de Jesús. Madrid
y agosto 31 de 1713.
Licencia por una vez. Madrid 15 de setiembre.
Suma de la Tassa. 5 de octubre.
Indice. (Abraza todo lo de la *Primera parte* impresa en 1658.)
(510 fojas en 4.° con su anteportada.)

120. ' Parte segunda.

121. § ' Vida y Obras posthumas de
Don Francisco de Quevedo. Parte tercera.

122. Politica de Dios, y Govierno de
Christo sacada de la Sagrada Escritura
para acierto de Rey, y Reyno en sus acciones.
Por Don Francisco de Qvevedo Villegas Cavallero de la Orden de Santiago,
Señor de la Torre de Juan Abad.
Año de 1713. Con licencia. En Madrid: En la Imprenta de Manuel Roman.
A costa de los Herederos de Gabriel de
Leon.

123. El Parnasso español, monte en
dos cumbres dividido , con las nueve
Musas castellanas.
Donde se contienen Poesias de Don
Francisco de Quevedo Villegas, Cavallero de la Orden de Santiago, y Señor
de la Villa de la Torre de Juan-Abad.
Salen ahora añadido con adorno de
unas Dissertaciones á cada una de las
Musas.
Véase el Prologo. (*Leon con escudo*.)
Año 1713.—En Madrid: En la Imprenta de Manuel Roman.—A costa de los
Herederos de Gabriel de Leon. (4.°)
Epigrafes de Garcilaso.
Soneto (de D. Jusepe Antonio).
Lámina bárbaramente retocada.
Prevenciones al lector.
Elogios al Parnaso, de Don Josef Antonio.
Licencia : Madrid 15 de setiembre de 1713.
Tassa, 5 octubre.
Comprende las seis primeras musas.

124. ' Las tres musas últimas.
Ultimo de los seis tomos de la coleccion
del Leon.

1716.

125. (Reimprimióse en este año la anterior coleccion ; pero de ella solo he visto el
tomo siguiente.)

126. Las tres mvsas ultimas castellanas. Segunda cvmbre del Parnaso español
De D. Francisco de Quevedo y Villegas, Cavallero de la Orden de Santiago, Señor de la Villa de la Torre de Juan
Abad.
Año 1716.
(*Viñeta de un leon que sostiene un
escudo, en cuyo centro hay una estrella*.)
Con licencia. En Madrid: En la Imprenta de Manuel Roman. A costa de los Herederos de Gabriel de Leon. (4.°)
Licencia por una vez para la impresion y
venta de estas obras : 15 de setiembre de
1713.
Tasa : 5 de octubre.

1719.

Coleccion de *Juan de Zúñiga*. Reproduce la de 1713.

127. Obras de Don Francisco de Quevedo y Villegas, caballero de la Orden
de Santiago, Señor de la Torre de Juan
Abad....
Madrid : por Juan de Zuñiga 1719. (5
vols. 4.°)
Nota del Sr. D. Francisco Gonzalez de Vera.

1720.

128. (Reimprimióse en este año la coleccion recomendada con el sello del *Leon*; pero
de ella solo tengo noticia por el tercer volumen que poseo.)

129. Vida, y Obras posthumas de Don Francisco de Quevedo y Villegas, Cavallero del Orden de Santiago, Secretario de su Majestad, y Señor de la Villa de la Torre de Juan Abad.

Parte tercera.

Año (*Viñeta del Leon con el escudo y estrella.*) 1729. Con privilegio. — En Madrid: En la Imprenta de Juan Martinez de Casas.

Dedicatoria al mismo Quevedo de un Joseph de Horta.

Censura del P. Palanco : 17 de noviembre de 1713.

Licencia del ordinario: 24 de noviembre.

Censura del P. Argüedas : 13 de agosto.

Privilegio á favor de Horta : 26 de setiembre.

Fee de erratas : 24 de noviembre de 1720.

Tassa : 16 id.

Al lector.

Contiene : Vida de Quevedo. — Providencia de Dios en tres tratados.

(157 fojas en 4.° con el retrato , dibujado por D. Salvador Jordan, y grabado en Madrid por Francisco Gazan.)

1724.

Coleccion de *Francisco Laso*. Comprende los números 130, 131, 132, 133, 134 y 135. Reproduce la de 1713.

130. Obras de Don Francisco de Quevedo y Villegas, Cavallero de la Orden de Santiago, Señor de la Torre de Juan Abad.

Dedicadas Al Excmo. Señor D. Joseph de Grimaldo, Marques de Grimaldo , Comendador mayor de Ribera y Azeuchal, del Orden de Santiago, y del Insigne del Toyson , del consejo de su Mag. etc.—Tomo primero.

Con licencia : En Madrid, por Juan de Aritzia, año 1724. A costa de Francisco Laso, se hallarán en su casa, frente de san Felipe.

Dedicatoria.

Censura del R. P. M. Juan Manuel de Argüédas, de la compañia de Jesus. Madrid y agosto 31 de 1713.

Licencia firmada por Balthasar de San Pedro en Madrid á 11 de octubre de 1723.

Fee de erratas. Madrid y agosto 5 de 1724 por el Lic. D. Benito de Rio Cao de Cordido, corrector general por su Mag.

Tassa : Por el mismo Don Balthasar de San Pedro, Madrid á 10 de noviembre de 1724. Dice así : «Certifico que aviéndose visto por los señores de él las obras que compuso Don Francisco de Quevedo, en seis tomos de á quarto, tassaron á seis maravedís cada pliego,» etc.

(608 páginas en 4.°)

131. Obras de Don Francisco de Quevedo y Villegas Cavallero de la Orden de Santiago, Señor de la Torre de Juan Abad.—Tomo segundo.

Con licencia : En Madrid, por Juan de Aritzia , año 1713. A costa de Francisco Laso, se hallarán en su casa, frente de San Felipe.

Advertencia.

Fee de erratas. Madrid, octubre 28 de 1724, por el Lic. D. Benito del Rio Cao de Cordido, etc.

(605 páginas en 4.°)

132. Obras posthumas , y vida de Don Francisco de Quevedo y Villegas, Cavallero de el orden de Santiago, Secretario de su Majestad, y señor de la Villa de la Torre de Juan Abad. Año 1724.

Con licencia. En Madrid : en la Imprenta de Juan de Aritzia. A costa de Francisco Laso , Mercader de Libros, frente de San Phelipe.

133. Politica de Dios, y Govierno de Christo, sacada de la Sagrada escritura, para acierto de Rey, y Reino en sus Acciones.

Por Don Francisco de Quevedo Villegas, Cavallero del Orden de Santiago, Señor de la Torre de Juan Abad.

Año 1724. Con licencia. En Madrid. En la imprenta de Francisco de el Hierro. A costa de Francisco Laso , Mercader de libros, se hallará en su casa, frente de las Gradas de San Felipe el Real. (4.°)

134. El Parnasso español. Monte en dos cumbres, dividido con las nueve musas castellanas. Donde se contienen Poesias de Don Francisco de Quevedo Villegas, Cavallero de la Orden de Santiago, y Señor de la villa de la Torre de Juan-Abad.

Sale ahora añadido con adorno de unas Dissertaciones á cada una de las Musas, y nuevamente corregidas y enmendadas en esta vltima impression, segun el Expurgatorio del año de 1707. Vease el Prólogo. Año 1724. En Madrid: En la Imprenta de Juan de Aritzia. A costa de Francisco Laso. (4.°)

135. Las tres musas últimas castellanas. Segunda cumbre del Parnaso español.

De Don Francisco de Quevedo y Villegas, Cavallero de la Orden de Santiago, Señor de la Villa de la Torre de Juan Abad.

Año 1724. Con licencia. En Madrid : En la Imprenta de Juan de Aritzia. A costa de Francisco Laso, Mercader de Libros, frente de S. Felipe el Real. (4.°)

1726.

136. Obras de Don Francisco de Quevedo Villegas, Cavallero de la Orden de Santiago, Señor de la Villa de la Torre de Juan-Abad.

Dividida en tres tomos. Nueva impression corregida y ilustrada con muchas Estampas muy donosas y apropiadas á la materia. En Amberes. Por la viuda de Henrico Verdüssen.

Año M.DCC.XXVI.—Con Licencia y Privilegio. (4 tomos en 4.° mayor.)

Al benevolo lector. D. Pedro Aldrete Quevedo y Villegas.

Censores destas obras.

Suma del privilegio. (276 fojas.)

Tomo segundo. (258 fojas.)

Tomo tercero. El qual contiene todas sus poesias. (505 fojas.)

Obras de Don Francisco de Quevedo y Villegas, Cavallero del orden de Santiago, Señor de la Villa de la Torre de Juan Abad.

Tomo quarto, en el qual contiene Su Vida y Obras posthumas , de la Providencia de Dios tratados tres, con el tratado de la Introducion á la vida Devota.

Aqui antes nunca impresso ni en la impression de Bruselas, ni en la de Amberes. En Amberes. En casa de Juan Bautista Verdussen, Mercader de Libros. 1726.

A la felix memoria del insigne español phenix de los ingenios y principe de la erudicion Don Francisco de Quevedo.....J. B.

Censura del M. R. P. Fray Francisco Palanco. Madrid, 17 de noviembre de 1713.

Licencia del ordinario. 24.

Censura del Rmo. P. M. Juan M. de Argüédas, 13 de agosto.

Suma del privilegio. Bruselas, 19 de octubre 1725.

Al lector.

Retrato de Quevedo del pincel de D. Salvador Jordan, muy bien copiado: Petrus Baltas fl. Bouttats sculp. Antverpiæ.

(En 4.° mayor, 208 fojas.)

1729.

Coleccion de la *hermandad de S. Juan evangelista*. Compónese de seis tomos en 4.° en la forma siguiente, números 137, 138, 139, 140, 141 y 142. Reproduce la publicacion de 1713.

137. Obras de Don Francisco de Quevedo Villegas Cavallero de la Orden de Santiago , Señor de la Torre de Juan Abad.

Dedicadas á San Juan Evangelista. Año (*Viñeta de S. Juan Evangelista.*) 1729. pliegos 78.

Con licencia , en Madrid. En la Oficina de Juan de Zúñiga. A costa de la Hermandad de San Juan Evangelista, en el Martyrio de la Tina , Patron del Arte de la Imprenta.

Dedicatoria á S. Juan Evangelista.

Censura del P. M. Juan Manuel de Argüédas. Madrid 31 de agosto de 1713.

Licencia. 27 de mayo de 1729.

Certificacion del corrector 29 de octubre.

Tasa 12 de noviembre.

La hermandad de S. Juan Evangelista, de Impresores de libros, sita en el real convento de Ntra. Sra. del Cármen de Madrid, obtuvo en 27 de mayo de 1729 licencia para reimprimir y vender los libros intitulados *Los Quevedos* en seis tomos.

138. Obras de Don Francisco de Quevedo y Villegas Cavallero de la Orden de Santiago, Señor de la Torre de Juan Abad.

Tomo segundo. Año (*La viñeta de San Juan.*) 1729. Pliegos 76.

Con licencia : En Madrid, en la Oficina de Juan de Aritzia. A costa de la Hermandad de San Juan Evangelista, en el Martyrio de la Tina, Patron del Arte de la Imprenta. (4.°)

Advertencia.

Erratas : octubre 29 de 1729.

130. Obras posthumas , y vida de Don Francisco de Quevedo Villegas...

Parte tercera. Año (*La viñeta de S. Juan*) 1729. Pliegos 40 1⁄2.

Con licencia en Madrid. En la Oficina de Antonio Sanz. A costa de la Hermandad de San Juan Evangelista , en el Martyrio de la Tina, Patron del Arte de la Ymprenta. (4.°)

Dedicatoria de la Hermandad el mismo Quevedo.

Censura del P. Francisco Polanco : 17 de noviembre 1713.

Licencia del Ordinario. Madrid 24 de noviembre.

Censura del P. M. Juan Manuel de Argüédas, 13 de agosto.

Licencia del Consejo. 26 de agosto de 1729.

Fe de erratas. 2 de noviembre.

Tasa 3 de id.

Al lector.

140. Politica de Dios , y Govierno de Christo, sacada de la Sagrada Escritura, para acierto de Rey, y Reyno en sus Acciones.

Por Don Francisco de Quevedo Villegas...

Año 1729. Pliegos 44.

Con licencia en Madrid. En la Oficina de Joseph Rodriguez de Escobar. A costa de la Hermandad de San Juan Evangelista, en el Martyrio de la Tina, Patron del Arte de la Imprenta. (4.°)

141. El Parnasso español. Monte en dos cumbres dividido, con las nueve Musas castellanas, donde se contienen poesias de Don Francisco de Quevedo...

Salen ahora añadido con adorno de unas dissertaciones á cada una de las Musas, y nuevamente corregidas y enmendadas en esta ultima impression, segun el Expurgatorio del año de 1707. Vease el Prólogo. Año 1729.

Con licencia en Madrid. En la oficina de Francisco del Hierro. A costa de la Hermandad de San Juan Evangelista en el martirio de la Tina, Patron del arte de la Imprenta. (4.°)

142. Las tres musas vltimas castellanas. Segunda cumbre del Parnasso español

De D. Francisco de Quevedo y Villegas...

Año 1729. Pliegos 44.

Con licencia en Madrid. En la Oficina de Alonso Balvás. A costa de la Hermandad de San Juan Evangelista, en el Martyrio de la Tina, Patron del Arte de la Imprenta. (4.°)

(Sin advertencias ni preliminares.)

Coleccion de *Padilla*. Abraza los números 143, 144, 145, 146, 147 y 148 que siguen. Reproduce la de 1713.

143. * Obras de Don Francisco de Quevedo Villegas.

Parte primera. 1729.

Madrid, por Padilla. (4.°)

144. Obras de Don Francisco de Quevedo Villegas, cavallero de la Orden de Santiago Señor de la Torre de Juan Abad.

Parte segunda. Pliegos 80 y m. Año 1729. (*Escudo de armas de*) Padilla.

Con Licencia : En Madrid. A costa de Don Pedro Joseph Alonso de Padilla, se hallará en su Imprenta, y Libreria en la Calle de Santo Thomas, junto al Contraste.

La Aprobacion, y licencia de todas las Obras de Don Francisco de Quevedo Villegas, se hallarán en el primer tomo. Indice. (518 fojas en 4.°)

145. Obras posthumas, y vida de Don Francisco de Qvevedo y Villegas, Cavallero de la Orden de Santiago, Secretario de su Magestad, y Señor de la Villa de la Torre de Juan Abad.

Parte tercera. Pliegos 40 y m. Año 1729. (*Armas de*) Padilla.

Con Licencia : En Madrid. A costa de Don Pedro Joseph Alonso de Padilla, se hallarà en su Imprenta, y Libreria en la Calle de Santo Thomas, junto al Contraste.

Dedicatoria á Quevedo, de F. L.
Preliminares de la coleccion de 1713.
Licencia : 27 de enero 1729.
Erratas 19 de julio.
Tassa : 10 de setiembre.
Al Lector.
Tabla.
(166 fojas en 4.°)

146. Politica de Dios, y Govierno de Christo, sacada de la Sagrada Escritura para acierto de rey, y reyno en sus acciones.

Por Don Francisco de Quevedo y Villegas, Cavallero de la Orden de Santiago, Señor de la Torre de Juan Abad.

Año 1729. 41 y m. Pliegos. (*Armas de*) Padilla.

Con Licencia : En Madrid. A costa de Don Pedro Joseph Alonso de Padilla, se hallará en su Imprenta, y Libreria en la Calle de Santo Thomas, junto al Contraste.

Suma de la licencia ú Miguel Martin, Mercader de Libros para reimprimir por una vez los seis tomos de D. Francisco de Quevedo. — Madrid 27 de enero 1729.
Fee de erratas : 19 julio.
Suma de la tassa de los seis tomos : 10 setiembre.
(160 fojas en 4.°)

147. El Parnasso español, monte en dos cumbres dividido, donde se contienen poesias de Don Francisco de Quevedo Villegas. Cavallero de la Orden de Santiago, y Señor de la Villa de la Torre de Juan Abad.

Salen aora añadido con adorno de unas Dissertaciones á cada una de las Musas. Vease el Prologo. Año 1729. Pliegos 84. (*Escudo de*) Padilla.

Con licencia : En Madrid, en la Imprenta, y Libreria de Don Pedro Joseph Alonso de Padilla : vive en la Calle de Santo Thomas, junto al Contraste.

Licencia : Madrid, 27 enero de 1729.
Tassa : 3 de setiembre.
(522 fojas en 4.°)

148. Las tres musas ultimas castellanas. Segunda cumbre del Parnaso español.

De Don Francisco de Quevedo Villegas...

Año 1729. Plieg. 40.

Con licencia : en Madrid. A costa de Don Pedro Joseph Alonso de Padilla. Hallarase en su Imprenta, y Libreria, en la Calle de Santo Thomas, junto al Contraste. (4.°)

149. (Parece que otro librero hubo de reimprimir tambien en este año *los Quevedos*, segun el tomo suelto que lleva por título :)

150. Vida y obras posthumas de Don Francisco de Quevedo y Villegas, cavallero de el Orden de Santiago, Secretario de S. M. y Señor de la villa de la Torre de Juan Abad.

Tercera parte. Año 1729.

En Madrid : en la imprenta de Juan de Sierra.

1735.

151. * Epicteto y Focilides en español con consonantes.

Madrid 1735. (8.°)

Biblioteca Nacional. Indice de los Yriartes.

1747.

Se reprodujo por la Inquisicion general lo mandado en 1707.

1755.

152 y 153. Politica de Dios, y Govierno de Christo, sacada de la Sagrada Escritura, para acierto de Rey, y Reyno en sus acciones.

Por don Francisco de Quevedo Villegas, cavallero de la Orden de Santiago, señor de la Torre de Juan Abad. (4.°)

En Amsterdam y en Lipsia, Por Arkste'e y Merkus. 1755.

1757.

154. § Obras escogidas.

De Don Francisco Quevedo-Villegas;

Con un vocabulario español y frances Para su inteligencia de ellas.

Tomo primero. En Amberes ; y se hallará en Paris, en la casa de H L. Guerin, y L. F. Delatour. M.DCC.LVII.

Existe en la Biblioteca del Arsenal en Paris este ejemplar.

§§ 1788. 1794. 1795, etc.

155. Obras escogidas.

De Don Francisco Quevedo Villegas ; Con un vocabulario español y frances para su inteligencia de ellas.

Tomo Segundo. En Amberes ; y se hallará en Paris, en la casa de H. L. Guerin, y L. F. Delatour. M.DCC.LVII. Idem.

1761.

156. (Tengo datos para creer que en este año se reimprimió en Amberes la coleccion de Verdussen, en cuatro tomos 4.° mayor, de 1726.)

1772.

157. Obras de Don Francisco de Quevedo Villegas, Caballero del Habito de Santiago, Secretario de S. M. y señor de la Villa de la Torre de Juan Abad.

Tomo I. Madrid. M.DCC.LXXII. Por D. Joachin Ibarra, impresor de Cámara de S. M. Con las licencias necesarias. (6 tomos en 4.°, con retrato y las nueve musas delineadas por D. Mariano Salvador Maella, grabadas por D. Joaquin Ballester.

Impresion hermosa : texto descuidado.

Contiene todo lo de la edicion de Madrid por Juan de Zuñiga, 1729, y con el mismo órden ; que es lo propio de la de 1713, tipo de todas las que han venido despues.

1788.

158. Obras Morales, Politicas y Jocosas de don Francisco de Quevedo y Villegas, caballero del Orden de Santiago, Señor de la Torre de Juan Abad ; que publicó en el Semanario erudito Don Antonio Valladares de Sotomayor. Y ha separado de el para la instruccion comun el mismo Editor.

Se hallarán en un tomo en 4.° y en pasta, en el despacho principal de esta obra, calle del Leon. (*Sin año de impresion.*)

159. Juguetes de la niñez y travesuras del ingenio.

De D. Francisco de Quevedo Villegas, Caballero del Orden de Santiago.

Corregidas de los descuidos de los trasladadores y añadidas muchas cosas que faltaban conforme á sus originales despues del nuevo catálogo.

Madrid : en la imprenta de Gonzalez. M.DCC.LXXXVIII. Se hallará en la Libreria de Castillo, frente á las gradas de S. Felipe el Real, y en el Puesto de Cerro, calle de Alcalá.

El sueño de las calaveras.
El alguacil alguacilado.
Las zahurdas de Pluton.
El mundo por de dentro.
La visita de los chistes.
Cartas del caballero de la Tenaza.
La culta latiniparla.
El entremetido, la dueña y el suplon.
Cuento de cuentos.
(287 páginas en 8.°)

160. Obras escogidas de D. Francisco de Quevedo Villegas...

Con licencia : En Madrid : Por Don Antonio Espinosa. Año de 1788. Se hallarán en la Librería de Castillo, frente á las gradas de San Felipe el Real ; y en el Puesto de Cerro, calle de Alcalá. (4 tomitos 8.º)

Advertencia del editor.

Contienen los números 77, 48 á 52, 66, 116, 53, 54, 47, 62, 173, 165, 11 y 83.

1790.

161. * Vida del gran Tacaño. (8.º) Madrid : 1790.

1790.—1791.—1794.

162. Obras de Don Francisco de Quevedo Villegas, caballero del habito de Santiago, secretario de su magestad, y señor de la villa de la Torre de Juan Abad.

Tomo i. Madrid. MDCCXCI. Por Don Antonio de Sancha. Se hallará en su Librería en la Aduana vieja. Con las licencias necesarias. (11 tomos en 8.º prolongado.)

Retrato de Quevedo.
El impresor. (Advertencia preliminar.)
Comprende los números 48 á 51, 77, 52, 66, 73, 116 y 53 de nuestro Catálogo.
Los diez primeros volúmenes reproducen exactamente la edicion de Ibarra de 1772.
No me ha sido posible concordar la contradiccion que envuelven las fechas en que estos doce tomos aparecen impresos.

163. Tomo ii. — Madrid. MDCCXC.

Abraza los números 115, 47, 173, 165, 4, 5, 3, 12 y 11 del Catálogo.

164. Tomo iii. — Madrid. MDCCXC.

Contiene los números 88, 87, 9, 91 y 110.

163. Tomo iv. — Madrid. MDCCXC.

Ocupa todo el libro la *Introduccion á la vida devota.*

166. Tomo v. — Madrid. MDCCXC.

Hállanse en él los números 92, 99, 54, 269 y 111 del Catálogo.

167. Tomo vi. — Madrid. MDCCXCI.

Le llena todo la *Política de Dios.*

168. El Parnaso español, monte en dos cumbres dividido, donde se contienen poesias de D. Francisco de Quevedo y Villegas, caballero del habito de Santiago, secretario de su majestad, y señor de la villa de la Torre de Juan Abad.

Tomo vii de sus Obras. — Madrid. MDCCXCI. En la imprenta de Sancha. Se hallará en su Librería en la Aduana vieja. Con las licencias necesarias.

Van incluidas en este volúmen *las cinco primeras musas,* con preciosas láminas de D. Luis Paret, grabadas por D. Blas Ametller, Juan Moreno Tejada y Simon Brieva.

169. Tomo VIII de sus obras.—Madrid. MDCCXCIV.

Le ocupa todo la musa Talia, cuya lámina es de Paret y de Brieva.

170. Obras de Don Francisco de Quevedo Villegas, caballero del habito de Santiago, secretario de su majestad, y señor de la villa de la Torre de Juan Abad. — Tomo ix.

Madrid. en la imprenta de Sancha. Se hallará en su Librería en la Aduana vieja. Con las licencias necesarias.

Contiene las tres últimas musas.
Las estampas son de Paret, el buril de Moreno Tejada.

171. Vida y obras posthumas de Don Francisco de Quevedo Villegas, caballero del habito de Santiago, secretario de su majestad, y señor de la villa de la Torre de Juan Abad.— Tomo x.

Madrid. MDCCXCIV. En la imprenta de Sancha. Se hallará en su librería en la Aduana vieja. Con las licencias necesarias.

Se incluyen en este tomo los números 171 y 93 de nuestro Catálogo.
El retrato del poeta fué dibujado por Paret y grabado por D. Juan Moreno Tejada.

172. Obras ineditas de Don Francisco de Quevedo Villegas, caballero del bábito de Santiago, secretario de su majestad, y señor de la villa de la torre de Juan Abad.

Madrid. MDCCXCIV. En la imprenta de Sancha. Se hallará en su librería en la Aduana vieja.—Con las licencias necesarias.

Advertencia del impresor.
Comprende este tomo los números 6, 8, 118 y 155 del Catálogo.

173. Anacreon castellano. Con paraphrasi y comentarios.

Por Don Francisco Gomez de Quevedo.

(Un globo, y al rededor : Nihil ad me.)
Amphidis.

Inest igitur, ut apparet, in vino quoque ratio : Nonnulli vero, qui bibunt aquam, stupidi sunt.

Madrid. MDCCXCIV. En la imprenta de Sancha. Se hallará en su librería en la Aduana vieja.—Con las licencias necesarias.

Advertencia. — Temeroso saco, etc.
Vida de Anacreonte.
A D. Pedro Giron, duque de Osuna.
L. Tribaldi Toleti pro Anacreonte apologeticum.
De Anacreonte Poeta... Hieronimus Ramirez.
Vincentii Spinelì Epigramma.
Paraphrasi y traduccion.
(161 páginas. — 8.° prolongado.)

1793.

174. * Carta á Luis XIII. rey de Francia.

Madrid : 1793. (8.º)
Indice de la Biblioteca del Escorial.

1793.

175. * Historia y vida del gran Tacaño.

Madrid : Manuel Gonzalez. 1793.

1794.

176. Juguetes de la niñez y travesuras del ingenio :
De don Francisco de Quevedo Villegas...

Corregidas de los descuidos de los trasladadores, y añadidas muchas cosas que faltaban conforme á sus originales despues del nuevo catalogo.

Madrid : en la imprenta de Ramon Ruiz. Año de MDCCXCIV. Se hallará en la Librería de Castillo, frente á las gradas de S. Felipe el Real ; y el Puesto de Cerro, calle de Alcalá. (8.º)

Contiene los Sueños, las Cartas del caballero de la Tenaza, la Culta latiniparla, el Entremetido, la dueña y el soplon, y el Cuento de cuentos.

177. Obras escogidas de D. Francisco de Quevedo Villegas...

Con licencia : Madrid, en la Imprenta Real, Año de 1794. — Se hallarán en la Librería de Castillo, frente á las gradas de San Felipe el Real, y en el puesto de Cerro, calle de Alcalá. (4 tomitos en 8.º)

178. Obras escogidas de D. Francisco de Quevedo Villegas...—Segunda edicion...

Con licencia. En Madrid : Por Fermin Tadeo Villalpando. Año M.DCC.XC.IV. — Se hallarán en la Librería de Castillo, frente á San Felipe el Real. (2 tomos 8.º)

El editor sobre la vida del autor, y motivo de esta segunda edicion. (Censuró la de 1788.)

Contiene los números 48, 49, 50, 51, 77, 52, 66, 73, 116, 53, 115, 47, 62, 173, 165, 11 y 54.

1795.

179. Coleccion de poesias escogidas de D. Francisco Gomez de Quevedo Villegas...

Para servir de continuacion á las Obras escogidas del mismo.

Con licencia. Madrid, en la Imprenta Real, Año de 1795. — Se hallará en la Librería de Cerro, calle de Cedaceros, y en su puesto calle de Alcalá. (8.º)

Al lector. (Noticia biográfica.)

180. * Poesias selectas : Villalpando. 1795.

Las he visto citadas en un índice bibliográfico manuscrito.

1796.

181. Obras jocosas y poesías escogidas.

Madrid : 1796. (Seis volúmenes en 12.º con retrato y viñetas.

Reimpresas en Lyon, 1821, cuatro tomos en 18.º)

Jacques-Charles Brunet, *Manuel du libraire et de l'amateur de livres.*

1798.

182. * Obras jocosas de D. Francisco de Quevedo.

Madrid. Por Villalpando : 1798. (12.º)

183. * Poesías escogidas de D. Francisco de Quevedo y Villegas.

Madrid : por Villalpando. 1798. (12.º)

184. * Obras escogidas de D. Francisco de Quevedo Villegas, Caballero del llabito de Santiago, Secretario de S. M. y Señor de la villa de La Torre de Juan Abad.—Tomo 1.º

Contiene la historia y vida del Gran Tacaño.

Con licencia, Barcelona : en la imprenta de la Viuda é hijo de Aguasvivas. Año de 1798.—Se hallarán en la Librería de los Consortes Sierra y Martí, Plaza de San Jayme. (4 volúmenes en 8.º)

185. * Obras escogidas de D. Francisco de Quevedo Villegas, Caballero del habito de Santiago, Secretario de S. M. y Señor de la Villa de la Torre de Juan Abad. — Tomo ii.

Contiene el sueño de las calaveras ; el Alguacil alguacilado ; las Zahurdas de Pluton ; el Mundo por dentro ; la Visita de los chistes ; Cartas del Caballero de la Tenaza ; la cuita Latiniparla ; el Entremetido, la Dueña y el Soplon ; Cuento de Cuentos.

Con licencia. Barcelona : en la imprenta de la viuda e hijo de Aguasvivas. Año de 1798.

Se hallarán en la Librería de los Consortes Sierra y Marti, Plaza de San Jayme.

186. *Obras escogidas de D. Francisco de Quevedo Villegas, Caballero del hábito de Santiago, Secretario de S. M. y Señor de la Villa de la Torre de Juan Abad. — Tomo III.
Contiene la Fortuna con seso y la hora de todos.
Con licencia, Barcelona : en la imprenta de la viuda é hijo de Aguassivas. Año de 1798.
Se hallarán en la librería de los Consortes Sierra y Marti, Plaza de San Jayme.

187. Obras escojidas de D. Francisco de Quevedo y Villegas, Caballero del hábito de Santiago, Secretario de S. M. y Señor de la Villa de la Torre de Juan Abad. — Tomo IV.
Contiene varios tratados.
Con licencia, Barcelona : en la imprenta de la viuda é hijo de Aguasvivas. Año de 1798.
Se hallarán en la Librería de los Consortes Sierra y Marti, Plaza de San Jayme.
Contiene los números 47, 62, 175, 162, 11 y 73 de nuestro Catálogo.

179...

188. Sueños y discursos, ó desvelos soñolientos de verdades soñadas, descubridoras de abusos, vicios y engaños, en todos los Oficios y Estados del Mundo.
Por D. Francisco de Quevedo Villegas, Caballero del Orden de San-Tiago.
Con licencia. Por la Viuda Piferrer, véndese en su Librería administrada por Juan Sellent.
Sin año de impresion.

1800.

189. Obras escogidas.
Madrid, 1800. Cuatro partes. (2 volúmenes en 8.°)
Indice de Brunet.

1821.

190. Obras jocosas y poesias escogidas. Lyon, 1821. (4 tomos en 18.°)
Brunet.

1830.

191. Obras escogidas de D. Francisco de Quevedo...
Nueva edicion. Con licencia. Madrid: Imprenta de Bueno, calle del Horno de la Mata, num. 13.—1830. (5 tomitos 16.°)
Advertencia del editor.

183...

192. *Historia y Vida del Gran Tacaño.
Barcelona : Imp. de A. Bergnes y Compañia. (En 16.°)

1835.

193. *Obras escogidas, con notas y una noticia de la vida de Quevedo.
En la Coleccion de los mejores autores españoles.—Tomo 27.—1835. (8.°)
Nota del Museo Británico.

1839.

194. Obras selectas, críticas, satíricas y jocosas, de D. Francisco de Quevedo Villegas.
Ilustradas con notas críticas por Don Felix Enciso Castrillon.
Se hallará en la librería de Orca, calle de la Montera, frente á San Luis.
Madrid : 1839. Imprenta de los Hijos de D.ª Catalina Piñuela, calle del Amor de Dios, num. 7. (2 tomos en 8.°)

1840.

195. *Obras selectas, en prosa y verso, serias y jocosas, recojidas y ordenadas, por D. E. de Ochoa.
Paris, Baudry. 1840.
(Tambien en 1842, en 8.° con retrato.)
Indice de Brunet.

196. Obras de D. Francisco de Quevedo Villegas, caballero del hábito de Santiago, secretario del Rey, y señor de la villa de la torre de Juan Abad.
Edicion Ilustrada con notas y grabados publicada por D. Basilio Sebastian Castellanos, y los artistas D. Vicente Castelló y D. Antonio Rotondo.
Tomo I. Madrid : 1840. Imprenta de Mellado, calle del Sordo. (6 tomos 4.°)
Dedicatoria de Castelló al Duque de Osuna.
A los lectores (advertencia).
Hallanse en este volumen los números 48 á 52 y el 66 de nuestro Catálogo, á vueltas de varios romances y sonetos.

197. ... Edicion Ilustrada con notas y grabados por artistas españoles...
Tomo II. Madrid : 1841.
Abraza los números 77 y 47 del Catálogo.

198. ... Tomo III. Madrid 1843. Imprenta de Don Enrique Trujillo, calle de Cervantes, n. 22.
Contiene los números 53, 54, 55, 62, 115, 173 y 165.

199. ... Edicion ilustrada con grabados por artistas españoles.
Tomo IV. Madrid, Imprenta y establecimiento de grabados de D. Vicente Castelló, calle de la Estrella, n. 7.—1845.
Llenan el tomo los números 67, 85, 11, 118, 116, 73, 8, 60, 69, 168, 64, 81, 319, 309, 71, 46 y 58.

200. ...Edicion de lujo adornada con grabados por artistas españoles, bajo la direccion de los señores D. José Piquer y D. Vicente Castelló.
Tomo V. Madrid 1845. Imprenta de Don Enrique Trujillo, calle de Cervantes, n. 22.
Es de poesias todo este libro, y tiene al fin la vida del poeta.

201. ...Tomo VI. Parte inédita. Notas á los tomos III, IV, y V, y reseña histórica de la vida y hechos del autor. Por Don Basilio Sebastian Castellanos de Losada.
Madrid. Imprenta de D. B. Gonzalez, Calle de la Madera baja, num. 5. 1851.
Comprende los números 87, 20, 56, 8, 40, 72, 41, 15, 59, 38, 85, 70, 165, 80, 82, 170, 181, 175, 266, 318 y 293 de nuestro Catálogo; además las dedicatorias sueltas de algunas obras; y muchas poesias inéditas, apócrifas las mas.

1841.

Véase el número 197.

1842.

Véase el número 195.

1843.

Véanse los números 198 y 200.

1844.

202. Obras Festivas y Satíricas de D. Francisco de Quevedo Villegas, caballero del hábito de Santiago, Secretario del Rey, y señor de la Villa de la Torre de Juan Abad. Tomo I.
Málaga. Imprenta y Librería de Martinez de Aguilar. Calle del Marques. 1844.
De la biblioteca de mi amigo el doctor D. José Oliver y Hurtado, del ilustre colegio de Abogados de Málaga.

1845.

Véase el número 199.

203. Obras festivas de D. Francisco de Quevedo Villegas.
Nueva edicion. Madrid 1845: Establecimiento tipográfico de D. F. de P. Mellado. Editor. (2 tomos 8.°)

204. Obras de D. F. Quevedo Villegas, caballero del hábito de Santiago, secretario del rey y señor de la villa de la Torre de Juan Abad.
Edicion económica dada á luz por D. Vicente Castelló, adornada con grabados.
Tomo I. Madrid, imprenta y establecimiento de grabado de D. V. Castelló, calle de la Estrella, núm. 7.—1845. (8.°)
(4 tomos con retrato y viñetas.)
Reseña biográfica de Quevedo por D. Angel Fernandez de los Rios.
Al lector.
Comprende el tomo I los números 77 y 67 de nuestro Catálogo.
Tomo II. Contiene los 48, 49, 50, 55, 51 y 52.
Tomo III. Contiene los 55, 47 y 54.
Tomo IV. Madrid. Imprenta y establecimiento de Grabado de los SS. Gonzalez y Castelló, calle de Hortaleza, n.° 89. 1846.
De poesias todo, parte inédita, parte apócrifa.

1846.

Véase el número anterior.

1851.

Véase el número 201.

COLECCIONES DE OBRAS DE DIVERSOS AUTORES, DONDE SE HALLAN POESIAS Y ESCRITOS DE QUEVEDO.

1604.

205. Romancero general, en que se contienen todos los romances que andan impresos en las nueve partes de romanceros.
Ahora nuevamente añadido y enmendado.
Madrid, Juan de la Cuesta, 1604. (4.°)

1605.

206. Segunda parte del Romancero general, y flor de diversas poesias, recopilado por Miguel de Madrigal.
Valladolid, Luis Sanchez, 1605. (4.°)

207. Primera parte de las Flores de poetas ilustres de España, dividida en dos Libros.

Ordenada por Pedro Espinosa natural de la ciudad de Antequera. Dirigida al Señor Duque de Bejar. Van escritas diez y seis Odas de Horacio, traduzidas por diferentes y graues Autores, admirablemente.

Con privilegio. En Valladolid, Por Luys Sanchez. Año M.DC.V. (Se repite en el colofon.)

Tassa. 1.º de abril 1605.
Erratas.
Aprobacion de Gracian Dantisco : Valladolid 24 de noviembre 1605.
El Rey. (Privilegio á Espinosa.) Madrid, 8 de diciembre 1603.
A la grandeza del Duque de Bejar el Contador Juan Lopez del Valle. Soneto.
Dedicatoria. Valladolid 20 de setiembre 1605.
Al lector.
Varios elogios.
Tabla de poetas (en ella Quevedo).
(216 fojas en 4.º)

1611.

208. Obras de Don Luis Carrillo, y Sotomayor, Comendador de la Fuente del Maestre, Quatraluo de las galeras de España, natural de la Ciudad de Cordoua.

Con licencia. En Madrid, en casa de Juan de la Cuesta. Año de M.DC.XI. (4.º)

Entre los principios :
Cancion de Don Francisco Gomez de Quevedo. A la muerte de Don Luys Carrillo.
Más adelante :
Epitaphium D. Francisci Gomez de Quevedo, D. Ludovico Carrillo.

1627.

209. Discurso de los tvfos, copetes, y calvas, del maestro Bartolomé Ximenez Paton, Escribano del Santo Oficio, y Correo mayor del Campo de Montiel, Catedrático de Eloquencia.

Dirigido al Principe de las eternidades Jesus Nazareno, Rey de Reyes, y Señor de Señores.

Año de 1639. Con privilegio. Impreso en Baeça, por Iuan de la Cuesta. (En 4.º)

Aprobacion de D. Tomas Tamayo de Vargas. Madrid 12 de julio de 1628.
Suma del previlegio. Madrid 20 de agosto de 1628.
Tassa. Madrid : 28 de marzo 1639.
Fe del corretor. Madrid : 10 de marzo.
Comision para que le censure el P. Mtro. Fr. Tomás de Contreras 25 de noviembre 1627.
Censura de este. Villanueva de los Infantes, 25 de noviembre 1627.
Dedicatoria : Villanueva de los Infantes 8 de enero de 1638.
Prólogo del P. Fr. Francisco Cabrera (el historiador).
Dedicatoria (segunda).
Al folio 61 pliego Q 2. aparece lo siguiente, con variantes importantissimas para juzgar del tino con que retocó despues Quevedo esta hermosa composicion :

«Al Excelentissimo Señor Don Gaspar de Gvzman Conde, Duque, gran Chanciller.

Don Francisco de Qvevedo Villegas, Cauallero de la Orden de Santiago, Señor de la Villa de la Torre de Iuan Abad, desseoso de la reformacion de los trages, y exercicios de la nobleza Española.—Excelentissimo Señor.

No e de callar por mas que con el dedo, Ya tocando la boca, ya la frente...»

210. Relacion de las obsequias celebradas en la muerte de la Excelentis-

sima Señora Duquesa de Naxera en san Lorenço de la Parrilla, por mandado de los Señores Marqueses de Cañete sus hijos, y el sermon que se predicó en las mismas honras.

Por Juan Martyr de Arguello.

Impresso en Cuenca con licencia del Ordinario por Domingo de la Iglesia, Año 1627. (36 fojas en 4.º)

Al folio 12. vuelto :
«Por la nobleza antigua de España, á la Excelentissima señora la Duquesa de Naxera, Don Francisco de Queuedo Villegas, señor de la Vila de Iuan Abbad.» (Un larguisimo epitafio.)

1633.

211. Vincentii Marinerii Valentini Opera omnia, Poetica et Oratoria in IX libros diuisa : Quorum indicem indicat sequens pagina.

Tyrnoni, Apud Lvdovicvm Pillhet. M.DC.XXXIII.

Ademas de las dedicatorias y poesias de Mariner á su amigo Quevedo, cartas dirigidas á este por Justo Lipsio, y versos liricos del Conde Stella y de Miguel Kelker, hay de nuestro don Francisco una carta latina á Mariner, y una advertencia á los lectores.

1640.

212. Romances varios. De diversos autores.

Con licencia, En Zaragoça, por Pedro Lanaja, Impressor del Reyno, Año 1640. (167 fojas en 12.º)

213. Maravillas del Parnaso, y flor de los mejores romances graves, burlescos y satiricos que hasta hoy se han cantado en la corte.

Recopilados de graves autores. Por Jorge Pinto de Morales, capitan entretenido.

Barcelona, Jayme Matheuat, 1640. (8.º)

1643.

214. Entremeses nuevos, de diversos autores, para honesta recreacion.

Con licencia, En Alcalá de Henares, por Francisco Ropero. Año de 1643. (8.º)

Tres son de Quevedo, á saber :
el 4.º con titulo del Muerto ;
el 21.º con el de Las Sombras ;
y el 22.º con el Del Médico.

1654.

215. Poesías varias, de grandes ingenios españoles.

Recogidas por Josef Alfay. Y dedicadas á Don Francisco de la Torre, cavallero del abito de Calatrava.

Con licencia, En Zaragoça : Por Iuan de Ybar. Año 1654. A costa de Josef Alfay, Mercader de Libros.

Un escudo.
Aprobacion del Dr. Juan Francisco Ginoves : Zaragoza 6 de junio 1654.
Licencia.
Dedicatoria.
Prologo al lector.
(85 fojas en 4.º)

1655.

216 y 217. Romances varios de diversos autores.

Madrid, Pablo de Val, 1655. (12.º)
Sevilla , Nicolas Rodriguez, 1655.

1659.

218. Primavera y flor de los mejores

romances, canciones y letrillas curiosas que han salido agora nuevamente hechas á diferentes propositos.

Segunda parte. Recopilado de diversos autores, por el alferez Francisco de Segura, criado de su Magestad.

Madrid , por Pablo de Val, 1659. (12.º)

1665.

219. Romances varios de diversos autores recogidos por Antonio Diez.

Zaragoza. Viuda de Miguel de Luna, 1665. (12.º)

1664.

220. Romances varios de diversos autores. (Añadidos y enmendados.)

Madrid, 1664. (12.º)

1734.

221. Cartas morales, militares, civiles, í literarias, de varios autores españoles, recogida, y publicadas por Don Gregorio Mayáns y Siscár...

Con licencia, En Madrid por Juan de Zúñiga, Año 1734. A costa de Juan Gomez, Mercader de Libros frente de la casa del Excmo. Señor Conde de Oñate. (8.º)

En la pág. 80 se halla una Carta de Quevedo dando el parabien al duque de Pastrana por los estados de Lerma.
En la 81 otra á D. Diego de Villa-Gomez.
Y en la 84 otra al Conde Duque.

1770.

222. Parnaso español. Coleccion de poesias escogidas de los mas celebres poetas castellanos.

Con licencia. Madrid. Por D. Joaquin de Ybarra, Impresor de Cámara de S. M. M.DCC.LXX. — Se hallará en la Librería de Antonio de Sancha, Plazuela del Angel. (8.º)

Tomo IV. Hay una noticia de la vida de Quevedo y varias obras suyas, y equivocadamente á él atribuidas.

1773.

223. Cartas morales, militares, civiles, í literarias de varios autores españoles : recogidas í publicadas por Don Gregorio Mayans y Siscár, del Consejo del Rei Nuestro Señor, í Alcalde Honorario de su Real Casa í Corte.

Tomo primero.
Con licencia. En Valencia : Por Salvador Faulí. Año 1773.
Las mismas tres cartas que en la edicion de 1734.

1776.

224. Parnaso Español. Coleccion de poesias escogidas de los mas célebres poetas castellanos.

Tomo IV. Con licencia. Madrid. Por D. Antonio de Sancha, Año de M.DCC.LXXVI. Se hallará en su Librería Aduana vieja.
Lo mismo que en la impresion de 1770.

1779.

225. Romances de Germania de varios autores, con el vocabulario por la orden del a. b. c. para declaracion de sus términos y lengua.

Compuesto por Juan Hidalgo : El discurso de la expulsion de los gitanos, que escribió el Doctor Don Sancho de Moncada, Catedrático de Sagrada Escritura en la Universidad de Toledo, Y los Romances de la Germania que escribió Don Francisco de Quevedo.

Con licencia. En Madrid : por Don Antonio de Sancha. Año de M.DCC.LXXIX. Se hallará en su Librería en la Aduana vieja. (8.º mayor, 151 fojas.)

1788.

226. Semanario erudito, que comprehende varias obras ineditas, criticas, morales, instructivas, politicas, historicas, satíricas y jocosas de nuestros mejores autores antiguos y modernos.

Dalas á luz Don Antonio Valladares de Sotomayor.

Tomo primero. Madrid MDCCLXXXVIII. Por Don Blas Roman. Se hallará en el Despacho.... Con privilegio real. (4.º)

Contiene de Quevedo :

1.º *Harpa que, á imitacion de la de David, escribió este autor.*

2.º *Pintando la vida de un señor mal ocupado, Soneto.*

3.º *Memorial que presentó á una academia pidiendo una plaza.*

4.º *Carta en que consuela á un amigo sugo de haberle desterrada la justicia su dama vieja y pedigueña.* (Apócrifo.)

5.º *La Perinola.*

6.º *Al Doctor Montalvan carta consolatoria, con el motivo de haberle sitiado una comedia.* (Apócrifo.)

7.º *Carta moral é instructiva.* (A Adan de la Parra.)

8.º *Carta segunda moral é instructiva.*

9.º *Carta moral é instructiva.* (De Adan de la Parra.)

10. *Grandes anales de quince dias.*

11. *Discurso de las privanzas.* (Apócrifo.)

12. *El Zurriago.* (Apócrifo.)

13. *Carta que remitió el rey católico al Conde de Olivagorza.*

Tomo III. (1789.) En él se atribuye á don Francisco :

14. *Caida de su privanza, y muerte del Conde duque de Olivares.* (Apócrifo.)

Tomo VI. (1787.)

15. *Carta á Don Antonio de Mendoza.* (La habia ya publicado Tarsia en 1663.)

16. *Declamacion de Jesu-Cristo hijo de Dios á su eterno padre en el Huerto.*

Tomo X. (1788.)

17. *Tres coronas en el aire.* (Apócrifo.)

Tomo XV. (1788.)

18. *Memorial de don Francisco Quevedo contra el Conde Duque de Olivares, dado al rey don Felipe cuarto.* (Apócrifo. El bueno de Valladares lo volvió á reimprimir anónimo y como cosa distinta en el tomo XIX.)

Tomo XXII. (1789.)

19. *Impugnacion á un Memorial anónimo que se dió al Señor Rey Don Felipe IV. contra el Conde-Duque de Olivares, su privanza. Hecha por D. Francisco de Quevedo y Villegas.* (Apócrifo.)

1794.

227. Teatro historico-critico de la eloquencia española.

Por D. Antonio de Capmany y de Montpalau...

Tomo V. Madrid. Año MDCCXCIV. En la Imprenta de Sancha. Con licencia del Real consejo. (4.º)

1830.

228. Poesias selectas castellanas desde el tiempo de Juan de Mena hasta nuestros dias, recogidas y ordenadas por Don Manuel Josef Quintana.

Nueva edicion aumentada y corregida. Tomo III. Madrid : Imprenta de D. M. de Burgos. 1830. (8.º)

1625.

229. Don Filipe El Prudente, Segundo deste nombre, Rey de las Españas y Nvevo-Mvndo.

Al Excelentisimo Señor Don Hernando Alvarez de Toledo y Veavmont, Condestable y Chanciller mayor del Reyno de Nauarra, Duque de Huescar, Marques de Villa-Nueua del Rio, primogenito del gran Duque de Alua, Virrey dignissimo de Napoles, y sucessor de su Casa y Estados.

Por Don Lorenzo Vander Hammen y Leon, natural de Madrid, y Vicario de Jubiles. Año 1625.

Con privilegio. En Madrid, por la viuda de Alonso Martin. A costa de Alonso Perez mercader de libros. (4.º)

A la vuelta de la foja cuarta hay una epistola de Quevedo á Vander Hámmen.

230. Historia de la prosperidad infeliz, de Felipa de Catanea.

Escrita en Frances por Pedro Mateo, Coronista del Rey Christianisimo.

Y en Castellano, por Iuan Pablo Martir Rizo. A Don Francisco de Calatayud, Secretario de su Magestad. Año (Un escudo) 1625.

Con licencia. En Madrid por Diego Flamenco.

En la foja sexta hay un *Juyzio A las obras de Pedro Mateo,* hecho por Quevedo.

1628.

231. Milicia evangelica, para contrastar la idolatria de los Gentiles, conquistar almas, derribar la humana prudencia, desterrar la auaricia de los ministros. De D. Manuel Sarmiento de Mendoça, Maestro y publico professor de la S. Teologia, y dos veces Rector de la Vniversidad de Salamãca, Canónigo Magistral de la S. Iglesia de Seuilla. Al Excelentissimo señor Côde Duque, etc.

(Viñeta grabada al agua fuerte, *representando una mano que poda una vid; por lema al pié* : « El cuchillo le da el fruto. »)

Con privilegio. En Madrid. Por Iuan Goçalez. Año 1628.

Suma del privilegio.—Erratas.—Suma de la tassa. — Aprobacion (del M. Gil Gonzalez Davila). — Licencia del ordinario.— Otra aprobacion del Lic. Camargo.—Dedicatoria.

« A los qve leyeren, á los que van, a los que embian. Don Francisco de Quevedo Villegas, Cauallero de la Orden de Santiago, y señor de la Torre de Iuan Abbad. »

(155 fojas, en 8.º)

1631.

232. §Obras propias, y tradvciones Latinas, Griegas, y Italianas. Con la parafrasi de algunos Psalmos, y Capitulos de Iob. Avtor del Doctissimo, y Reuerendissimo Padre fray Luis de Leon, de la gloriosa Orden del grande Doctor, y Patriarca san Agustin.

Sacadas de la libreria de don Manuel Sarmiento de Mendoça, Canonigo de la Magistral de la santa Iglesia de Seuilla. Dalas a la Impression don Frãcisco de Quebedo Villegas, Cauallero de la Orden de Santiago. Ilustralas con el nombre y la proteccion del Conde Duque gran Canciller. etc.

Con privilegio. En Madrid, En la Imprenta del Reyno, Año M.DC.XXXI.

A costa de Domingo Gôçalez, mercader de libros.

Suma del privilegio (á favor de Quevedo) 14 de marzo de 1630.

Fe de erratas. 5 de octubre 1631.

Tassa. 14 de julio 1631.

M. P. S. (Censura de Valdivielso) 20 de octubre 1629.

Aprobacion de don Lorenço Vander Hammen y Leon. 14 de setiembre de 1629.

A Don Manuel Sarmiento de Mendoça Canónigo Magistral de la Santa Iglesia de Seuilla. Don Francisco de Quevedo Villegas.

A Don Pedro Portocarrero. Fray Luis de Leon.

Al Excelentissimo señor Conde Duque, Gran Canciller mi señor. 21 julio 1629.

Colofon : En Madrid. Por la viuda de Luis Sanchez, impressora del Reyno. Año M.DC.XXXI.

(228 fojas en 16.º)

§§ En Milan, suprimiendo los preciosos discursos de Quevedo.

233. Obras del Bachiller Francisco de la Torre. Dalas á la impression Don Francisco de Quevedo Villegas, Cauallero de la Orden de Santiago.

Ilustralas con el nõbre, y la proteccio del Excellentissimo señor Ramiro Felipe de Guzman, Duque de Medina de las Torres, Marques de Toral, etc.

Con Privilegio. En Madrid en la Imprenta del Reyno. Año de M.DC.XXXI. A costa de Domingo Gonçalez mercader de libros. (16.º)

Privilegio á Quevedo: 14 de marzo de 1630.

Fe de erratas : 4 de octubre de 1631.

Tassa, 7 de octubre.

Aprobacion de D. Lorenço Vander Hammen y Leon: 17 de setiembre 1629.

Otra del M. Valdivielso: 2 de octubre 1630.

Dedicatoria de Quevedo.

•Don Francisco de Quevedo Villegas, Cauallero del Abito de Santiago. A los que leerãn.» (Prologo.)

(159 fojas en 16.º)

234. Comedia de Eufrosina traducida de lengua portuguesa en castellana. Por el capitan Don Fernando de Ballesteros, y Saabedra. Al Serenissimo Señor Infante Don Cárlos.

Con Privilegio. En Madrid en la Imprenta del Reyno. Año de 1631. A costa de Domingo Gonçalez.

Suma del privilegio. 16 de diciembre 1630.

Suma de la tassa, 11 de agosto 1631.

Fe de erratas. 4 de julio 1631.

Aprobacion del M. Joseph de Valdivielso, Capellan de honor del Serenissimo Señor Infante y Cardenal de España. 29 de octubre 1630.

Aprobacion de D. Lorenço Vânder Hâmmen y Leon, de las obras de Francisco de la Torre. 16 de setiembre 1629.

Aprobacion del Maestro Bartolome Ximenez Paton. 24 de julio 1630.

Dedicatoria.

D. Francisco de Quevedo Villegas Cauallero de la orden de Santiago. A los que leyeren esta comedia.

(162 fojas en 12.º)

1637.

235. Vtopia de Thomas Moro, tradvcida de Latin en Castellano por Don Geronimo Antonio de Medinilla i Porres.....

Con privilegio. En Cordova. Por Salvador de Cea. A. 1637.) (8.º)

Al folio x vuelto léese una

« Noticia, jvicio, i recomẽdacion de la Vtopia, i de Thomas Moro. Don Francisco de Qvevedo Villegas, Cauallero del Abito de S. Jacobo, Señor de las Villas de Cetina, i la Torre Iuan Abad.»

Firmado en la Torre de Juan Abad, 28 de setiembre de 1657.

1644.

256. (En la obra citada al número 243, hay lo siguiente:

D. Francisco de Qvevedo Villegas: Al que leyere este libro.)

＊1755.

257. Comedia Eufrosina. Traducida de lengua portuguesa en castellana, por el capitan don Fernando de Ballesteros y Saavedra.

Con licencia. En Madrid, en la Oficina de Antonio Marin, año de 1755. (8.°)

Don Francisco de Quevedo y Villegas, Caballero de la orden de Santiago. A los que leyeren esta Comedia. (Proemio en la foja 9 hasta la 11.)

ELOGIOS EN VERSO.

1607.

258. La restauracion de España. De Christoval de Messa. Al rey don Felipe Tercero nuestro señor. Año 1607.

Con privilegio en Madrid, En casa de Juan de la Cuesta, A costa de Esteuan Bugia, Mercader de libros. (8.°)

En la hoja 7.ª: Alavanza á Christoual de Messa, don Franciso (sic) de Quevedo. Soneto.

1608.

259. ＊(Hay otro soneto encomiástico en la primera edicion del Siglo de oro de Bernardo de Balbuena.)

APROBACIONES.

1650.

240. El Fenix y sv historia natvral, escrita... Por don Joseph Pellicer... En Madrid en la Imprenta del Reyno. Año CIƆ IƆƆ XXX. (8.°)

Vuelta la foja tercera se lee:

Censura de don Francisco de Quebedo y Villegas, Cauallero del Orden de Sant-Iago, Señor de la villa de Iuan Abad, insigne ingenio Español, y doctissimo en sciencias y lenguas.—Madrid á 3 de febrero de 1628.

＊1634.

241. Rimas hvmanas y divinas, del Licenciado Tome de Bvrgvillos.

No sacadas de biblioteca ningvna, (que en Castellano se llama Libreria) sino de papeles de amigos y borradores suyos.

Al Excelentissimo Señor Dvque de Sessa, Gran Almirante de Napoles.

Por Frey Lope Felix de Vega Carpio del Avito de san Juan.

Con privilegio. En Madrid, en la Imprenta del Reyno. Año 1634. (4.°)

El privilegio á favor del librero del Rey, Alonso Perez (padre de Montalban).

A la foja tercera, vuelta, dice:

Aprobacion de D. Francisco de Quevedo Villegas, Señor de la Villa de la Torre de Iuan Abad, Cauallero del Habito de S. Iacobo, y Secretario del Rey N. S. — Madrid á 27 de agosto de 1634.

1635.

242. Veinte y Vna Parte verdadera de las Comedias del Fenix de España Frey Lope Felix de Vega Carpio, del Abito de San Iuan, Familiar del Santo

Oficio de la Inquisicion, Procurador Fiscal de la Camara Apostolica, sacadas de sus originales. Dedicadas á Doña Elena Damiana de Iuren Samano y Sotomayor, mujer de Iulio Cesar Scazuola, Comendador de Molinos y Laguna Rota, de la Orden de Calatraua, Embaxador de Lorena, Tesorero General de la Santa Cruzada, y Media Annata, y Señor de la villa de Tielmes.

Nulla fuit Lopio Musarum sacra Poesis, Illa perire potest, iste perire nequit.

Año 1635.

Con Privilegio. En Madrid, Por la viuda de Alonso Martin.

A costa de Diego Logroño, mercader de libros. Vendese en sus casas, en la calle Real de las Descalças. (En 4.°)

Dedicatoria de doña Feliciana Felix del Carpio (hija de Lope) á la señora doña Elena Damiana de Iuren Samano etc.

Indice de las comedias que comprende el tomo.

Aprovacion del Maestro Joseph de Valdivielso.

Aprovacion de Don Francisco de Queuedo Villegas.

1644.

243. Compendio geographico, i historico de el orbe antiguo. I descripcion de el sitio de la tierra, escripta por Pomponio Mela... (Traducido por) Don Ivsepe Antonio Gonzalez de Salas...

En Madrid Lo imprimió Diego Diaz de la Carrera. Año MDCXLIV. A costa de Pedro Laso, Mercader de Libros. (4.°)

Vuelta la foja tercera hay la siguiente

Censura de Don Francisco de Qvevedo Villegas, Cauallero de el Habito de Santiago, Señor de la Villa de la Torre de Iuan Abad. —Madrid 25 de octubre 1645.

244. Arte de Ballesteria y Monteria escrita con methodo, para escusar la fatiga que occasiona la Ignorancia. Dedicale al Sereniss. mo Señor Don Balthasar Carlos Filippe de Avstria, Principe De las Españas, y Nvevo-Mvndo. Alonso Martinez de Espinar, que da el Arcabuz á su Magestad, y Aiuda de Camara del Principe Nuestro Señor.

Con privilegio En Madrid en la Emprenta Real Año, de 1644. (En una graciosa lámina que sirve de anteportada. —4.°)

Portada.

Comission de censurar el libro: 20 de noviembre de 1643.

Aprovacion de D. Francisco de Qvevedo Villegas, Cauallero del Abito de Santiago, Señor de la Torre de Iuan Abad.—Madrid 21 de noviembre de 1643.

Don Francisco de Quevedo Villegas, al que leyere este libro. (Prólogo.)

1674.

245. Rimas humanas y divinas del Licenciado Tomé de Burgillos.

Con licencia. En Madrid. En la Imprenta Real. Año 1674.

A costa de Mateo de la Bastida, Mercader de libros. Vendese en su casa en la calle Mayor, enfrente de las gradas de S. Felipe. (4.°)

APÓCRIFO.

1736.

246. El Perro, y la Calentura. Novela peregrina. Por D. Francisco de Quevedo... quien la imprimió bajo del

nombre de Pedro Espinosa. Aora añadida unas lecciones naturales contra el descuido comun de la vida.

Segunda impression. Año de 1736.

Con licencia: En Madrid: A costa de D. Pedro Joseph Alonso y Padilla, Librero de Camara de su Magestad. (8.°)

Dedicatoria del Lledo. Pedro Espinosa: Sanlucar: 15 de octubre de 1625.

Catálogo de libros (del surtido de Alonso y Padilla).

Licencia del Consejo: fe de erratas y tasa sin fecha.

El libro contiene alguno que otro opúsculo de diferente autor.

1755.

247. Poesias, que publicó D. Francisco de Quevedo Villegas, Cavallero del Orden de Santiago, Señor de la Torre de Juan Abad, Con el nombre del Bachiller Francisco de la Torre.

Añadese en esta segunda edicion un discurso, en que se descubre ser el verdadero Autor el mismo Don Francisco de Quevedo: Por Don Luis Joseph Velazquez, Cavallero del Orden de Santiago, de la Academia Real de la Historia.

Con Privilegio: En Madrid, en la Imprenta de Musica de D. Eugenio Bieco, Calle del Desengaño. Año de 1755. (112 fojas en 4.°)

Dedicatoria de D. Eugenio Bieco al marqués de la Ensenada. 12 de marzo de 1755.

Censura de D. Ignacio de Luzan. 21 de febrero de 1753.

Licencia del Ordinario. 27 de febrero 1753.

Aprobacion de D Agustin de Montiano y Luyando, del consejo de S. M. 18 de noviembre de 1752.

Privilegio. 30 de noviembre de 1752.

Fee de erratas. 17 de marzo de 1755.

Tassa. 27 de marzo de 1755.

Prólogo.

Discurso sobre el verdadero autor de las Poesias, que publicó Don Francisco de Quevedo, con el nombre del Bachiller Francisco de la Torre.

A la página 171 se reproduceu la edicion de 1631:

la aprobacion de D. Lorenzo Vánder Hámmen;

la del Maestro Joseph de Valdivielso;

la dedicatoria al Duque de Medina de las Torres;

y la advertencia á los que leerán.

Completan el ramillete algunas obras del antiguo bachiller de la Torre, para comparacion.

TRADUCCIONES.

1644.

248. (El Doctor D. Diego de Córdoba, capellan real de Toledo, en su aprobacion estampada en la Vida de Marco Bruto, afirma haber leido muchas obras de Quevedo traducidas á los idiomas italiano, ingles, flamenco, frances y latino.)

1660.

249. § ＊(El librero Pascual Bueno ya citado, 1700, hace mérito de una traduccion latina de la Vida de Marco Bruto, hecha en la Haya en 4.°)

§§ 1669.

—

1669.

250. Nobilis Hispani Francisci de Quevedo, Equitis Ordinis D. Jacobi, etc. POLITICUS PRUDENS, Sub Persona Marci Bruti, et Excursibus Politicis, In ejus viiam a Plutarcho Conscriptam exhibitus.

(Una viñeta dividida por una palma.

A la izquierda Hércules con la clava y
piel, a la derecha un leon recostado.
Por orla: Virtus nescia vinci.)
Amstelodami, Ex officina Henrici et
Theodori Boom, M.DC.LXIX.

Viro Praelvstri, Dno. Iacobo Navandro, Con-
sulari Roterodamensi, Illust. Praepotent.
D. D. Ordinum Hollandiae Westfrisiaeque
Consiliario Deputato: Theod. Graswinckel
S P...—Vale Ipsis Eid. Septembris CIƆ IƆC LX.
Candido lectori, (Sin fecha ni firma.)
In Plutarchi Marcum Brulum Excvrsvs
Francisci de Quevedo: Theod: I. F. Gras-
winckel I. Cus. Delphensis Ex Hispanico La-
tinitate donabat. (Sigue la traduccion.— 94
fojas, 4.° menor.)

1626.

251. (El librero Roberto Duport, en la
impresion de la *Politica de Dios* que hizo en
Zaragoza, dice que ya esta obra estaba traducida en la lengua francesa y en la italiana.)

1654.

252. Historia della vita dell' Astu-
tissimo e Sagacissimo Buscone chiama-
to Don Paolo.
Scritta da D. Francesco de Queuedo.
Tradotta dalla lingua Espagnuola Da
Gio: Pietro Franco.
Al Clarissimo Signor Giulio Maffetti.
Con Tavola de' capitoli, Licentia de'
Superiori, e Privilegio.
(Un grabado del sol con este letrero:
Sole Quid Lucidius Ecc. 17.)
In Venetia, MDCXXXIV. Presso Giaco-
mo Scaglia.
El ejemplar del Museo Británico muestra
coronadas entre palmas, en la encuaderna-
cion, las iniciales de Cárlos II, rey de In-
glaterra: C. II. R.

1704.

253. * Scelta delle Visioni, traspor-
tate dall'Idioma Spagnuolo, da G. A. Paz-
zaglia. 1704. (8.°)
Existe en el museo Británico.

1709.

254. Politica di Dio Governo di Cristo N. S. scritta a Filippo IV. Re delle
Spagne con le penne de' Sacri Euange-
listi Da Don Francesco di Quevedo Vi-
liegas Cavaliere di San Jago, Signor
della Villa di Gio' Abate.
Tradotta dallo Spagnuolo per maggior
utile de' Principi, de' Cavalieri, de' Ministri, de' Governatori, e de' Predicatori.
—Presentata, e Dedicata à Sua Maestà
il Re Federigo IV di Danimarca, è No-
ruegia, Duca di Slesvic, di Olstein, di
Stormar, e di Ditmarsia, Conte di Ol-
demburgo, di Delmenhorst, etc.
Da Michel Fere, Academico Apatista
dello Studio Fiorentino, e Proffesor di
lingua Italiana appresso Sua Maestà Da-
nese. In Venezia, M.DCC.IX. — Apresso
Alvise Pavino.—Con Licenza de' Superiori, e Privilegio. (8.° grueso).

Licenza: 25 de diciembre 1708.
Politica di Pio.
Carta à Quevedo de Vánder Hámmen, vi-
cario de giusdzza.
Proverb. VI. Usque quó...
Ecclesiast. X. In cogitatione...
Monitorio è Minaccia, che fa' la divina Sa-
pienza a' Principi. SAP. VI.
Palabras de la Verdad. Sum quidem...
A los Pontifice, Emperadores, Reyes...
La segunda parte no tiene epigrafes, pró-
logos ni dedicatoria.

1641.

255. § * Les Visions de Dom Francisco
de Quevedo Villegas, augmentées de
l'Enfer reformé, traduites de l'Espagnol
par le Sieur de la Geneste.—Paris, 1641.
(8.°)
Lo cita don Nicolas Antonio.
§§ 1663.
1667.
1686.

1644.

256. § * L'avanturier Bvscon, Histoire
facecievse, Composée en Espagnol, par
Dom Francisco de Quévedo, Caualier
Espagnol, et trad. en François (por el
señor de la Genest). Ensemble les lettres du Chevalier de l'Espargne.
A Lyon Chez Pier. Bailly. 1644. (8.°)
§§ 1644 Paris. 1668 dos veces.
1662   1671.

1655.

257. (Reproduce Jacobo Herouft en Ro-
terdam la traduccion francesa de los *Sueños* y
del *Infierno enmendado*, hecha por el señor
de la Genest.)

1662.

258. L'Avantrier Bvscon, Histoire
facecievse, Composée en Espagnol, par
dom Francisco de Quévedo, Caualier
Espagnol. Ensemble les lettres du Che-
ualier de l'Espargne.
A Lyon, Chez Iean Molin, ruë Tupin.
M.DC.LXII. (8.°)
Tienen su portada las Cartas del caballero
de la Tenaza en esta forma, y ademas sus
epigrafes cada una:
Le Chevalier de l'Espargne de Dom
Francisco de Qvevedo, Caualier Espagnol.
A Lyon Chez Antoine Beauvjollin, à
la Grand' ruë de l'Hôpital, vis à vis la
belle Estoille. M.DC.LXII.

166...

259. * Le Fin-Matois, ou Histoire du
Grand-Faquin. Les Lettres du Chev. de
L'Epargne. La Lettre sur les Qualités
d'un mariage.
Haie. — (Sin año de impresion. 3 vo-
lúmenes 8.°)

1667.

260 y 261. * Les sept visions ang-
mentées de l'Enfer reformé, traduites
de l'Espagnol, par le Sieur de la Geneste.
Paris, Malassis.
Bruselas, Francisco Foppens. (12.°)

1668.

262 y 263. (En Paris reimprimió Malassis
la traduccion francesa del *Buscon*, del señor
de la Genest.
Y en Bruselas Francisco Foppens, en 8.°)

1671.

264. (Vuelve à darse à la estampa el *Bus-
con*, traducido al frances por el señor de la
Genest.
Francfort, Von Sand: 12.°)

1686.

265. (Hízose en Leon de Francia nueva
reimpresion de los *Sueños* traducidos à aquel
idioma por el señor de la Genest.)

1698.

266. § * Les OEuvres de Quevedo,
nouvelle traduction de l'Espagnol en

François par le Sr. Rachds: enrichie
de figures. Bruxelles, 1698. (2 tomos
en 12.°, con láminas.)
§§ 1699.
1701.
1718.

1699.

267. * (Reimprimese el articulo anterior.)

1700.

268. * (Reprodúcese en este año igualmente.)

269. Les Nuits Sevillanes: traduites
en François par Dom Galeo.
Bruxelles. 1700. (Apócrifo.)
Museo Británico.

1718.

270. * (Nueva edicion del número 266)

1731.

271. Le coureur de nuit, ou les neuf
avantures du Chevalier Dom Diego. Re-
vûës, corrigées et augmentées.
A Paris, ruë S. Jacques, Chez le Mer-
cier fils et Morin, près la Fontaine S. Se-
verin, à S. Hilaire et à S. André.
M.DCC.XXXI. Avec Approbation et Pri-
vilege du Roy. (8.°)
Al comenzar el texto se lee:
Le coureur de nuit, ou l'Avanturier noc-
turne. Ile Dom Francisco de Quevedo Villegas, Chevalier Espagnol de l'ordre de S.
Jacques, Seigueur de la Ville de Ivan Abad.
(Apócrifo.)

1842.

272. * Histoire de D. Pablo de Sé-
govie, surnommé l'Aventurier Buscon,
trad. et annotée por A. Germond de La
Vigne, précédée d'une lettre de M. Ch.
Nodier.
Paris, chez Warée, 1842. (En 8.° con
láminas.)

1657.

273. The Life and Adventures of
Buscon. — The witty Spaniard. — Put
into English by a Person of Honour. —
To which is added, The Provident
Knight. — By Don Francisco de Quevedo, A Spanish Cavalier. — London.
Printed by F. M. for Henry Herringman,
and are to be sold at his shop at the An-
chor in the New Exchange in the Lower-
Walk, 1657.
The Provident Knight, or Sir Parsi-
monious Thrift.— By Don Francisco de
Quevedo, A Spanish Cavalier. — London. Printed for H. Herringman, and are
to be sold at his shop at the Golden An-
chor in the New-Exchange, 1657.
Museo Británico.

1667.

274. § * Quévedo 's Visions, translated
by R l' Estrange. 1667. (8.°)
§§ 1668.
1696.
1708 En este año iban diez ediciones.
1745.

1670.

275. * (En el Museo Británico existe una
version inglesa del *Buscon*.)

1688.

276. * (Otra impresion de los *Sueños* traducidos por L'Estrange.)

1696.

277. * Quevedo's Visions, made English by L'Estrange. 1696.

1697.

278. * Fortune in her Wits, translated by Capt. Stevens. 1697. (in 4 vol 8.")

1708.

279. (En este año se publicó la décima edicion de los *Sueños*, traducidos al ingles por sir Roger de L'Estrange.)

1710.

280. * QUEVEDO VILLEGAS. The Controversy about resistance and non resistance discussed. Translation from the Spanish. London, 1710. (8.°)
Museo Británico.

1745.

281. * Visions, translated. London, 1745. (En 12.°)
Museo Británico.

1798.

282. * Works, translated. Edimburgo. 1798. (3 tomos 8.")

———

1659.

283. * Schreiben von discursen zwischen denen Hn. Protectore von Englandt dem Schevedischen Cantzler Oxenstirn, und Lillenstromen in Plutonis Residentz. 1659. (4.°)
Museo Británico.

———

1668.

284. Se ven Wonderlijcke Gesichten, van Don Francisco Quevedo Villegas Ridder van S. Jaques Ordre.

In welcke alle de Gebreecken der Eeuwe, onder alle Staten van Menschen, vermaeckelijck en oock stichtelijck werden bestraet, en als in een Schilderije naeckttelijck vertoont.—In 't Nederlandts gebracht, door Capiteyn HARING van HARINXMA.— Tot Dordrecht, By Symon Onder de Linde, Boeckdrucker by de Dischmarckt. 1668. (8.°)

(Siete visiones maravillosas, de D. Francisco de Quevedo Villegas, caballero de la orden de Santiago.

En las cuales se reprenden con donosura y desenfado los vicios de los hombres en todos los estados, bajo la apariencia de un sueño.

Traducidas al holandes por el capitan Haring de Harinxma.

Dordrecht. Imprenta de Simon Onder de Linde, plazuela de la Mesa. 1668.)

Tiene de anteportada una lámina tosca, donde se ve un caballero dormido, echada la cabeza sobre un bufete. En el tapete se lee
SPAENSCHE DROOMEN, st. (*Sueños españoles.*)
Debajo se descubre el infierno. En la parte superior hay seis medallas alusivas á los *Sueños*.
La dedicatoria «Acuden Geest-ende Konstryeken SCHILDER WYBRANDT DE GEEST al ingenioso y artificioso pintor Wybrandt de Geest. *Signor et Fratello mio Carrissimo*. Fecha in Emden, den 4 January, 1641.

1780.

285. (Gerundo Zotes de Bertoch, para oponerse á la influencia que ejercian en la literatura las obras de Young, Klopstock, Ossian y Goethe, tradujo al aleman en 1780 el *Buscon* y las *Cartas del Caballero de la Tenaza*.)

INVECTIVAS CONTRA QUEVEDO.

1618.

286. * Castigo essemplare de' calunniatori.
Antinopoli. 1618. Nella Stamperia Regia.
Autor de este libelo fué el saboyano Valerio Fulvio, quien lo dedicó al duque de Saboya Carlo Emanuel.

1626.

287. § * (Parece que se imprimió en Huesca la *Venganza de la lengua española*.)
§§ 1629.

1628.

288. Don Francisco Morovelli de Puebla, defiende el patronato de Santa Teresa de Jesus, Patrona illustrissima de España. Y responde á D. Francisco de Quevedo Villegas, Cauallero del habito de Santiago, a D. Francisco de Melgar, Canonigo de la Doctoral de Sevilla, y a otros que an escrito contra el.
A la Exma. Señora Doña Ines de Zuñiga, Condesa de Olivares, mi señora.
Dirupisti vincula mea tibi sacrificabo hostiam laudis. Psalmo 115.
Con licencia. Impresso en Malaga, por Juan René. Año de M.DC.XXVIII. (36 fojas en 4.°)
De Don Juan de Robles y Ribadeneyra, Doctor Theologo Sevillano (exámetros).
A V. EX.° (fua.) Sevilla 22 del Abril de 1628.

289. * Examen y refutacion con que cierto Canónigo y otros impugnaron el Patronato de Santa Teresa de Jesus.
Por el Doctor Leon de Tapia (*seudónimo del Carmelita granadino Fr. Gaspar de Santa María*).
Barcelona, 1628.

1629.

290. Venganza de la lengva española, contra el Autor del Cuento de Cuentos.
Por Don Iuan Alonso Laureles, Cauallero de habito, y peon de costumbre, Aragones liso, y Castellano rebuelto.
Colofon: Con licencia. En Huesca por Pedro Bluson Impressor de la Vniversidad. Año 1629. Vendense en la misma Empreta. (Tiene 10 fojas en 8.°)

1630.

291. * El Tapaboca, que açotan. Respuesta del Br. Ignorante á El Chiton de las Taravillas que hicieron los Lldos. Todo se sabe y Todo lo sabe.
Dirigidas á las Excelentissimas señoras La Razon, la Prudencia, y la Justicia.
Con licencia En Gerona : Por Llorens Deu año 1630.

1635.

292. El Tribvnal de la jvsta venganza, erigido contra los Escritos de D. Francisco de Queuedo, Maestro de Errores, Doctor, en Desverguenças, Licenciado en Bufonerias, Bachiller en Suciedades, Cathedratico de Vizios, y Proto-Diablo entre los Hombres.

Por el Licenciado Arnaldo Franco-Furt.
Con licencia en Valencia, En la Impreta de los herederos de Felipe Mey, Año M.DC.XXXV. (151 fojas en 8.°)

Aprouacion del P. M. Fr. Vicente Lanuça, de la Orden de san Augustin, 1.° de agosto de 1635.
Aprouacion del Dotor Iaime Esquierdo, Theologo y Cathedratico en la Vniversidad de Valencia. 5 de setiembre.
Licencia del ordinario : 8 de setiembre.
Prologo al Letor.
El diligentisimo correo.
Pertenece este raro ejemplar á mi amigo el renombrado escritor don José Amador de los Rios, por cuya diligencia he adquirido más de una importante noticia.

293. * (Se cree haberse en este año impreso *El Retraido*, comedia de D. Juan de Jauregui.)

1659.

294. Lagrimas panegiricas á la temprana muerte del Gran Poeta, i Teologo, insigne Doctor Juan Perez de Montalban, Clerigo Presbitero, i Notario de la Santa Inquisicion, Natural de la Imperial Villa de Madrid. Lloradas y vertidas por los mas ilustres Ingenios de España.
Recogidas y publicadas por la estudiosa diligencia del Licenciado don Pedro Grande de Tena, su mas aficionado Amigo. Dedicadas y ofrecidas á Alonso Perez de Montalban, Padre del Difunto, i Librero del Rei nuestro Señor.
En Madrid. En la Imprenta del Reino. Año M.DC.XXXIX. (4.°)

Retrato apreciable de Montalban, con noticia de que falleció á 25 de junio de 1638.
Dedicatoria.
Lista de Ingenios que escribieron, por órden alfabético.
Privilegio : 1.° de marzo de 1659.
Tassa: 6 de setiembre.
Erratas : 5.
Aprueban el P. Niseno del Orden de S. Basilio, y el P. Bautista Dávila, de la Compañía.
Epistola en que alaba la virtud á la envidia. De D. Lorenzo de Vrnicia y Aguirre.
Empiezan las poesias.
Idea de la comedia de Castilla, deducida de las obras cómicas del Doctor Juan Perez de Montalban, y dedicada al P. Niseno. Por D. José Pellicer de Tobar Abarca.
La poesia defendida y difiuida : Montalban alabado. Por el Dr. D. Gutierre Marques de Careaga. (Dedicado al P. Niseno.)
Elogio evangelico funeral por el Padre Niseno, dedicado al padre de Montalvan. Se habla mucho de la envidia (evangélicamente!)
Oracion panegirica, ó Sermon funebre.
Honores extremos del Doctor Juan Perez de Montalban. Cuidado afectuoso de su intimo amigo el Doctor Francisco de Quintana, Rector del hospital de la Concepcion, vulgarmente la Latina.

1640.

295. § * La Astrea Safica.
§§ 1641.

1641.

296. La Astrea Safica, Panegirico Al Gran Monarca de las Españas, i Nuevo Mundo.
En que Recopila los Mayores Sucessos de su Felicissimo Reinado, hasta el Año M.DC.XXXV. Don Ioseph Pellizer de Tobar Abarca, Señor de la casa de Pellizer, Cronista Mayor Del Rei Nuestro Señor D. Felipe el Grande, en todos los Reinos, i Señorios de la Corona de Aragon, las dos Sicilias, i Ierusalem, por su Magestad Católica, i Cronista De Cas-

tilla , i Leon, por sus Reinos juntos en Cortes.

Segunda Edicion , mas añadida , i emendada.

Con licencia, en Çaragoça : Por Pedro Verges, Año de m.dc.xli. (51 fojas en 8.°)

La dedicatoria al Marques de los Vélez, fecha en Madrid à 17 de noviembre de 1640. Argumento : 9 de noviembre de 1640.

1654.

297. Poesias varias de grandes Ingenios españoles. Recogidas por Josef Alfay...

En Zaragoza : Por Iuan de Ybar, Año 1654.

APOLOGISTAS.

1628.

298. Defensa De la verdad Que escrivio D. Francisco de Quevedo Villegas, Cavallero professo de la Orden de Santiago , en favor del Patronato del mismo Apostol unico Patron de España.

Contra los errores, que imprimió don Francisco Morovelli de Puebla, natural de Sevilla, contradiziendo este unico Patronato.

Autor. Juan Pablo Martyr Rizo, que lo escribe en Madrid su patria , à diez de Iulio de 1628 con la espada de Señor Santiago, y à la luz de la verdad.

Dedicado a los Señores Dean y Cabildo de la Santa Iglesia de la muy noble y muy leal ciudad de Sevilla.

Con licencia : Impresso en Malaga por Iuan René, Año de mil y seiscientos veinte y ocho.

(24 fojas en 4.° menor.)

D. Nicolás Antonio cita una edicion anterior, de Madrid, hecha en el mismo año.

299. Oratio pro nobili Francisco de Qvevedo Villegas, Eqviti insignis Ordinis Divi Iacobi, Domino Vitæ, vulgo vocate de la Torre de San Iuan Abad.

Invectiva in Novatorem quendam Hispalensem Maurum Billium.

Deprecatoria ad Philippum IIII Hispaniarum Regem potentissimum.

Supplicatoria ad excellentissimum Comitem de Olivares et de San Lucar Ducem.

Pro defensione indivisibilis Patronatus Hispaniarum Divi Iacobi.

Authore Doctore Moran Sminos.

Ad eundem nobilem Franciscum de Quevedo, (6 fojas en 4.°, sin año ni lugar de impresion.)

300. Hospital das letras apologo dialogal quarto. A o sapiente Daniel Pinario Professor de Letras Divinas, et Humanas.

Por D. Francisco Manoel de Melo.

Fazem a interlocução os livros de Justo Lipsio na critica ; Trajano Bocalino nos Regaglios ; Dom Francisco de Quevedo nos Sonhos ; et o Author nos Dialogos. Ile Scena huma Livrariã de Lisboa. Quare? Anno de 1637.

(Lisboa Occidental. Mathias Pereyra da Sylva , et Joam Antunes Pedrozo. 1721.)

BIÓGRAFOS.

1665.

301. Vida de don Francisco de Quevedo y Villegas, Cavallero del Orden de Santiago , Secretario de su Magestad , y Señor de la Villa de la Torre de Iuan Abad.

Escrita por el Abad Don Pablo Ant. de Tarsia, Doctor Theologo, y Academico de Napoles.—14.

Con privilegio. En Madrid, por Pablo de Val. Año de 1665. A costa de Santiago Martin Redondo, Mercader de libros. Vendese en su casa en la calle de Toledo, arrimado à la Porteria de la Concepcion Geronima. (111 fojas en 8.°)

Dedicatoria al sobrino de Quevedo. 20 de julio de 1662.

Suma de las aprobaciones, licencia y privilegio.

Suma de la Tassa : 14 de junio de 1665.

Erratas : 12 de id.

1670.

302. (D. Pedro Aldrete, en el prólogo de Las tres musas ultimas, dijo que iba á escribir, más por extenso y mejorada de noticias, la Vida de su tio don Francisco de Quevedo.)

1776.

303. Parnaso español. Coleccion de Poesias escogidas de los más célebres poetas castellanos.

Tomo IV. Con licencia. Madrid. Por D. Antonio de Sancha, Año de m.dcc.lxxvi. Se hallará en su Libreria Aduana vieja. (8.°)

Se encuentra en la página xxv una noticia acerca de nuestro poeta. No es mas que extracto de la vida escrita por Tarsia ; pero enriquecido con un índice copiosísimo de todo lo que llevaba por entónces el nombre de Quevedo.

1781.

304. Gerardi Joannis Vossii Rhetorices contractae, sive Partitionum oratoriarum Libri quinque.

Cum tabulis synopticis M. Jacobi Thomasii in Acad. Lipsiensi Eloquentiae Profes.

Praemissus est Francisci Cerdani J. U. C. Commentarius de Praecipuis Rhetoribus Hispanis.

Matriti. Anno m.dcc.lxxxi. Apud Antonium Sancham, in platea vulgo de la Aduana vieja.

A la página 241 estampó Cerdá y Rico un elogio de Quevedo.

1790.

305. Hijos de Madrid, ilustres en santidad , dignidades, armas, ciencias y artes.

Diccionario histórico por el orden alfabetico de sus nombres. Que consagra al Illmo. y Nobilisimo Ayuntamiento de la Imperial y Coronada Villa de Madrid su autor D. Joseph Antonio Álvarez y Baena, vecino y natural de la misma Villa.

Tomo segundo. F. G. H. I. Madrid : En la oficina de D. Benito Cano, Año de m.dccxc. (4.°)

El artículo biográfico de Quevedo es excelente por la exactitud de las noticias, y diligencia y buen tino del autor. No bastan à deslustrarle tres ó cuatro grandes lunares.

1794.

306. Teatro Histórico-critico de la Eloquencia española.

Por D. Antonio de Capmany y de Montpalau, Individuo del Número de la Real Academia de la Historia, y Supernumerario de las de Buenas Letras de Sevilla y Barcelona.

Tomo v. Madrid. Año mdccxciv. En la Imprenta de Sancha. Con licencia del Real consejo.

Se lee con sumo gusto à la página 36, una tersa y elegante biografia de Quevedo , escrita con habilidad y gracia.

1818.

307. Continuacion del Almacen de frutos literarios, ó Semanario de obras inéditas.

Tomo III. Con Real permiso. Madrid. Imprenta de Repullés. 1818.

Publicóse en el núm. 14 del dia 9 de noviembre de 1818, página 91, la siguiente Noticia histórica de don Francisco de Quevedo, escrita por don Ignacio Lopez de Ayala, catedrático de poética en los Reales estudios de san Isidro de esta corte.

1830.

308. Poesias selectas castellanas desde el tiempo de Juan de Mena hasta nuestros dias , recogidas y ordenadas por Don Manuel Josef Quintana.

Nueva edicion aumentada y corregida. Tomo III. Madrid : imprenta de D. M. de Burgos. 1830. (8.°)

La primera edicion se hizo en la imprenta de Gomez Fuentenebro el año de 1807.

Un rasgo biográfico en la página 209, y dos excelentes juicios críticos, uno al fin del tomo , y otro en el primero , consagró el señor Quintana al gran politico y satirico poeta.

1833.

309. Obras escogidas de D. Francisco de Quevedo, con notas y una noticia de su vida.

En la Coleccion de los mejores autores españoles, 1835, tomo xxvii. Museo Británico.

1837.

310. The cabinet cyclopædia. Conducted by the Rev. Dionysius Lardner.

En el tomo III , impreso en Lóndres, página 255, se halla la biografia de Quevedo ; y la tiene bizarramente traducida mi buen amigo y compañero el señor don Francisco de Paula Seijas y Patiño, jefe superior de administracion en el Ministerio de Gracia y Justicia.

En las colecciones de obras de Quevedo publicadas en este siglo, y en los periódicos literarios españoles y franceses no faltan artículos biográficos lozanamente escritos, pero que adelantan poco las noticias que tuvieron à la mano don Pablo Antonio de Tarsia y el diligente don José Antonio Álvarez y Baena. Formar catálogo de ellos seria proceder en lo infinito.

Aprovecho este blanco para significar mi reconocimiento al doctor don Antonio Campesino, oficial de la Biblioteca de San Isidro de esta corte , por el tino, inteligencia é interes con que me ha facilitado cuanto reclamaba la ilustracion de las obras de Quevedo.

REGISTRO DE LOS MANUSCRITOS

DE LAS OBRAS DE DON FRANCISCO DE QUEVEDO VILLEGAS.

DISCURSOS POLÍTICOS.

1. **POLITICA DE DIOS, Gouierno de Christo, y Tyrania de Satanas.**—Escriuelo con las plumas de los Euangelistas Don francisco de Queuedo Villegas, Cauallero del orden de Santiago, y señor de la villa de Juan Abad.—Al Conde Duque, gran Canciller, mi Señor, Don Gaspar de Guzman, Conde de Oliuares, Sumilier de Corps, y cauallerico mayor de su Majestad.

Con licencia. En Zaragoza por Pedro Verges á los Señales. Año 1625.

Ms. de la biblioteca del Exmo. Sr. Duque de Frias.

Aprobacion de Estéban de Peralta calificador del santo Oficio.—Zaragoza en 26 de enero en el año de 1626. (Copia.)

Licencia del vicario general : 11 de bebrero: (Copia.)

Al Conde Duque.—Preso en mi villa de Juan Abad á 5 de abril de 1621. Don Francisco de Quevedo Villegas. (Firma, siguiendo el sesgo de la suya.)

A quien lee. (Firma y rúbrica.)

El librero. Al lector.

A Don Francisco... Don Lorenzo Vánder Hámmen, y Leon vicario de Juudes.

Dos textos.

Pregon y amenaza de la Sabiduria.

Palabras de la Verdad para el desengaño de los reyes.

A los hombres por el gran Dios de los ejércitos...

Todo, ménos en las erratas de imprenta, igual á la impresion de Zaragoza.

(125 fojas en 8.°; letra del amanuense de Quevedo.)

---

2. **CARTA DEL REY DON FERNANDO EL CATOLICO AL PRIMER VIRREY DE NAPOLES** cuyo original esta en el archibo de napoles Comentada por don françisco de quebedo.

Posee la Biblioteca Nacional este manuscrito, y los cinco siguientes.

Aa. 167. Va inserto desde el folio 56 al 56 en un libro de miscelánea que perteneció á D. Vincencio Juan de Lastanosa, formado por los años de 1626, donde se contienen otros varios opusculos de Quevedo.

(21 fojas útiles en 8.°)

Rindo aquí gracias á mi buen amigo el elegante escritor y bizarro poeta D. Cayetano Rosell, oficial de la Biblioteca Nacional, por quien he sabido utilizar las preciosidades que encierra aquel establecimiento.

3. Carta del Rey cat.co Don Fernando, para don Juan de Aragon Conde de Ribagorza su Virey de Napoles de 22 de Mayo de 1508. en defension de su Real Jurisdicion, contra unos Commissarios Appostolicos. Dexole allí Virey el Rey Cat.co al dicho Conde de Ribagorza, el

año. 1507. aviendo sacado de napoles al gran Capitan por algunas sospechas que corrian.

Bib. Nac. X. 55. Códice de fines del siglo XVII. lleva por epigrafe: «Libro de varias cosas en prosa, de hombres insignes en letras, y politica, y de Razon de Estado. Tomo Primero. La tambla de todas las materias que en este libro se contienen, está al fin del, en el folio 201.»

Y de letra moderna :

«Es de Cárlos Salas añ. 1770. Quasi toda la letra de este libro es de la mano del Dr. Bartolome Leonardo de Argensola.»

Empieza el opúsculo al fol. 167 y concluye en el 177. Tiene este título sobrepuesto :

«Carta de Lupercio Leonardo de Argensola Secre.rio de la Emperatriz y Chronista de su Mag.d á un canallero amigo suyo, sobre lo que sentia de la Carta que escrivió el Rey don Fernando el Cat.co á su virey de Napoles. Y en el fin va la glosa del mismo Lup.º Leon.º de Argensola.»

(11 fojas en 4.°)

4. Carta del rey Don Fernando el Católico, Al virrey de Napoles.

Bib. Nac. J. 140. Hállase al fol. 97 de un precioso códice formado por los años de 1640, con este título : «Papeles, curiosos en diversas materias, tocantes á Estado, Guerra y Govierno.»

La carta va sin comento alguno.

(2 fojas 4.°)

5. Carta que el Rey Don fern.º el católico escribió al Conde de Ribagorza su Virrey de Napoles en defensa de su Real Jurisdiccion, contra unos Commissarios del Papa. Esta carta va comentada de Lupercio Leonardo Argensola.

Bib. Nac. E. 206. Letra de fines del siglo XVII. Comienza en el códice al fol. 3., concluye en el 10.

(8 fojas en 4.°)

6. Carta que el rey Dn. Fernando el Católico, escribió á el Conde de Ribagorza, su Virrey de Napoles, en defensa de su Real Jurisdiccion, contra unos Ministros del Papa.—Va comentada esta carta de Lupercio Leonardo de Argensola, Secretario que fué del Conde de Lemos Dn. francisco de Castro.—Pero es comento de Dn. francisco de Quevedo Villegas.

Bib. Nac. T. 153. follo 173. Incompleto, y disparatado el texto.

Dos pliegos en folio : letra de mediados del siglo XVIII.

7. Carta del Rey Dn. Fernando el Catholico á D.n Juan de Aragon, Conde de Rivagorza, Virrey de Napoles, que

sucedio al Gran Capitan, cuio original está en el Archivo de Napoles, sobre ciertas desavenencias de Jurisdiccion con el papa Jullio 2.º año 1508, comentada por Dn. Fran.co Quevedo.

Bib. Nac. T. 277. Letra del siglo anterior.

(9 fojas 4.°)

8. Carta del Rey Dn. Fernando el Catholico á Dn. Juan de Aragon Conde de Rivagorza, Comentada por Dn. Francisco de Quevedo.

Ms. del Sr. D. Agustin Duran.

Letra de fines del siglo anterior.

(9 fojas útiles en 4.°)

Apénas hay un tratado en la presente publicacion, cuyas notas y advertencias no estampen muchas veces el respetable nombre del Sr. D. Agustin Duran, tan grato á las letras españolas. ¿Qué extraño? Inmediatamente que supo la empresa en que me hallaba empeñado, me remitió un tesoro de noticias y manuscritos.

9. Carta del Señor Rey Catolico Don fernando Al Conde de Rivagorza, su virrey de Napoles.

Bib. Nac. Q. 104. En un tomo de papeles varios ms. Comienza al folio 151, concluye al 156. Letra de á principios del siglo anterior. El comento atribuido á Argensola.

(6 hojas en folio.)

10. Carta de el Sr. Rey Dn. Fernando el Catholico al Virrey de Napoles, escrita en 22 de Mayo de 1508, con advertencias de Dn. fran.co de Quevedo, disculpan.o los desabrimien.s de ella.

Manuscrito que poseo, trazado con gallarda pluma por José de Luyando, y dirigido desde Zaragoza á 20 de junio de 1747 á su protector el ministro D. José de Carvajal y Láncaster.

(9 fojas útiles en folio.)

11. La carta terrible del Sr. Rey D. Fernando el Catholico, con el comento que puso á ella D. Francisco de Quevedo.

Museo británico. Forma parte de un códice donde se halla un opúsculo de Macanaz, y la Bulla de oro del Emperador Cárlos IV el grande.

La carta principia al fol. 81, y al 86 el comento, con este epigrafe :

«Advertencias ó comentos disculpando los desabrimientos de la carta antecedente. Por D. Francisco de Quevedo y Villegas, remitiendo uno y otro al Excmo. Sr. Duque de Osuna, siendo virrey de Napoles.»

Concluye al fol. 96.

12. Carta del Rey Don Fernando El Catholico. A Don Juan de Aragon Conde

de Ribagorza, Commentada por Don Francisco de Queuedo y Villegas.

Biblioteca nacional : M. 276.Coleccion ms. de D. Juan Isidro Fajardo : 1724.
(14 fojas útiles en 4.°)

13. (Otro Ms. del Sr. Duran, hecho con esmero.
8 fojas en 4.° : letra de á mediados del siglo XVIII.)

14. Carta del Rey D. Fernando el Catolico á D. Juan de Aragon, Conde de Ribagorza, Virrey de Napoles, que subcedio al gran Capitan, cuio original está en el Archivo de Napoles, sobre ciertas desavenencias con el Papa año de 1508 Comentada por Queuedo.

Ms. del Sr. Duran. Letra de fines del siglo pasado.
(8 fojas en 4.° y más la portada.)

15. Carta de D. Fernando el Catolico al 1.er Virrey de Napoles despues del gran Capitan, comentada por D. Francisco de Queuedo.

Biblioteca de la Academia de la Historia, M. 73.

—

16. (Obra que sirvió de fundamento á LOS ANALES DE QUINCE DIAS.)

Siu principio ni fin existe un precioso manuscrito en la Biblioteca Nacional H. 45, de papel y letra del año 1625. Muestra ser parte de una obra importante que bosquejaba Quevedo, con fracmentos de la cual compuso y fió á manos de los curiosos los Grandes anales de quince dias, haciendo más simbólicos y enigmáticos algunos trozos, variando la fisonomía de ciertos personajes, y dejando de ser indulgente con la mayor parte de ellos.
Al principio se lee de agena mano y antigua letra esta censura de Quevedo :
Las sátiras contra privados (vaidas, son) como buitres despues de temprestades.
Comienza : berlidon de los odios comunes y cantados con alguna nota en copias que se van introduciendo en sentencias anticipadas.
Concluye : y cuan desvelada la atencion del duque de Subina afianzada en los atrevimientos pasados.
Comprende pues todo el material de los Anales desde donde se habla de las cosas de Pedro de Tapia ; tiene completo lo relativo á futuras sucesiones ; y á renglon seguido de la muerte de Antonio Arostegui entran las contiendas de venecianos y usroques, y cuanto hemos impreso con el titulo de Mundo caduco.

17. Grandes Annales, de Quince Dias, Historia De muchos Siglos que pasarò en un Mes. Memorias que guarda, á los que vendran Don Francisco de Queuedo y Villegas, Cauallero, del Orden de Santiago. A los Señores, Principes y reyes que subcederan á los que oy son en los afanes de este Mundo. Escrito en la Torre de Juan Abbad Año de 1621.

Biblioteca Nacional : M. 276, al fol. 61 del tomo I de la coleccion de D. Juan Isidro Fajardo, formada en 1724.

Es una restauracion arbitraria de los Anales hecha con presencia de copias extragadisimas. Fué impresa por Valladares en el Semanario erudito en 1787, y reimpresa en 1845.
(64 fojas en 4.°)

Continuacion Al Papel Antecedente de los Annales de Quince Dias.

Son las semblanzas de los tres Felipes, de los duques de Lerma y Uceda, del confesor Aliaga y de D. Juan de Spina.
Comprende ademas, bajo el epigrafe de

Añadido á la Historia,

el episodio sobre futuras sucesiones y oficios

—

en dote que falta en su lugar correspondiente, de donde sin saber porqué está desmembrado.
Desde la pág. 128 á la 143 del mismo tomo. (15 fojas.)

Adicion Al Papel de los Grandes Anales de quince dias, hecho por Don Francisco de Quevedo, que está en el Primer tomo de estas Obras suyas á folio 64.

Tomó ut. al fol. 157, cuarenta hojas. — Es lo relativo á las contiendas de usquoques y venecianos.

18.   Grandes anales de Quince dias.

Bib. Nac. T. 155. Copia estragada de principios del siglo XVIII; pero cotejada despues y correjida con inteligencia á vista de otros egemplares.
(51 hojas utiles en folio.)

19.   Grandes Annales de Quince Dias, Historia de muchos Siglos que pasaron en un Mes. Memorias que guarda á los que vendran Dn. Francisco de Quevedo y Villegas, Caballero del Habito de Santiago.

Bib. Nac. I. 98. Coleccion de opúsculos historicos, formada al parecer en 1740.
A pesar de hallarse frecuentemente viciado el texto, es este ejemplar el que más confronta con el original; é igual, en cuanto á la materia que abraza, al que sirvió para la edicion de Sancha.
(68 hojas utiles en folio, desde el 57 hasta el 121 inclusive.)

20.   Grandes anales de Quince Dias.

Bib. Nac. Cc. 57. Es parecido al ejemplar del mismo establecimiento I. 98; pero más lleno de errores. Copia de 1742.
(45 hojas en folio.)

21.   Grandes anales de quince dias.

Bib. Nacional: H. 45. Egemplar incorrecto y de poco valor. Letra de principios del siglo XVIII. Uníd[o?] á la Perínola. Comienza al fol. 29 : concluye en el 120.
(92 hojas utiles en 4.°)

22.   Grandes anales de 15 dias, Que pasaron en un Mes. Memorias que guarda á los que vendrán Dn. Franc.co de Queuedo, y Villegas, Cauallero del orden de Santiago. Y los direce, A los Señores Reyes y Principes, que subsederán á los que oy son, en los afanes de este mundo. Escrito En la Torre de Juan Abad. Año de 1621.

Biblioteca del Excmo. Sr. Duque de Osuna — 3— 4.
Ms. incorrecto. Letra del siglo XVIII.
(113 hojas en folio.)

23.   Grandes Anales de quinze dias.

Bib. nac. H. 45. Ejemplar nada apreciable. Letra del siglo anterior.
Formaban parte de un libro, empezando á la página 187.
(40 fojas utiles en 4.°)

24.   Grandes anales de quince dias.

Ite la misma Biblioteca : P. 195. Letra de la última decada del siglo anterior. Un humito en 4.° de 169 fojas utiles. Copia estragada y de poco valor.

25.   Grandes Anales de Quince dias subcedidos en un mes. Memoria q. guarda á los que bendran Dn. Franc.co de Queuedo y Villegas, Cauallero del orden de Santiago. A los Sres. Principes y Reyes que oi son y á los que subcederan en los afanes de este Mundo. Escrito en la Torre de Juan Abad Año de M.DC.XXI.

—

Ms. del Sr. D. Augusto de Burgos ; letra de este siglo.
(75 hojas utiles en 4.°, incompleto.)

26.   Continuacion. Grandes Anales de quince dias. Num. 51. Está falto al fin y me parece verdadera continuacion de los Anales.

Comienza : «Adicion al Papel de los Grandes Anales de quince dias. — Oyó el Archiduque...»
Ms. del Sr. D. Agustin Duran, como asi mismo los números 27 y 28. Es una buena ropia de lo relativo á contiendas de usquoques y venecianos.
(27 fojas utiles en 4.°)

27.   Añadido á la Historia.

Comienza : La atencion venenosa... En la cubierta : Sacado del primer tomo M. S. que está en la Biblioteca Real instituido Obras no impresas de Don Francisco de Quevedo. — Num. 17.
Es el párrafo de los Anales de quince dias relativo á futuras sucesiones.
(4 fojas utiles en 4.°)

28.   Advertencias (á los Anales de quince dias.) Num. 107.

Letra del bibliotecario D. Tomás Antonio Sanchez.
Son una censura contra lo que dice Quevedo de D. Rodrigo Calderon.
(2 fojas útiles en 4.°)

29.   (Anales de quince di:s.)

Motibos de estos Anales. Ostentaciou... hasta «desagradecido en la ignorancia, digo innocencia.»

Poséelos el Exmo. é Illmo. Sr. D. Antonio Lopez de Cordoba, Consejero Real.
Perteuecieron á la librería de D. Lorenzo Folch de Cardona, Alcalde de corte ; y debieron servir de original á la copia de la Biblioteca Nacional I. 98. Letra de los ultimos años del siglo XVII o primeros del siguiente.
Tomo II de papeles varios en folio desde el 1 al 68 inclusive.
68 hojas utiles.

30.   MEMORIAL POR EL PATRONATO DE SANTIAGO.

Biblioteca de S. Juan de Barcelona. El códice se titula : Cosas varias y notables, y le formo en el siglo XVII Fr. Gaspar Vicens prior de Sta. Catalina de aquella ciudad.
T. III, fol. 120.

31.   LINCE DE YTALIA Y Zahori español. A la Magestad catholica de Phelipe IIII Nro. Sor.

Ms. del Sr. D. Agustin Duran de letra y con advertencias del célebre bibliotecario D. Tomás Antonio Sanchez, quien tuvo á la vista un códice de D. Alfonso de Avellaneda. Ni esta ni la siguiente copia han sido hechas con aquel esmero y respeto que piden las obras de los grandes ingenios.
(35 fojas utiles en 4.°)

32.   Linze de Italia y Zahori Español A la Magestad Catholica de Phelipe Quarto N. S.

Por Don Francisco de Quevedo y Villegas.

Biblioteca Nacional: M. 276, folio 167 al 205; tomo I de la coleccion de D. Juan Isidro Fajardo.

33.   QUEVEDO AL REY DE FRANCIA. (Portada ; que tiene á la vuelta un texto de S. Juan Crisóstomo.)

Psalmo XLIII. Eructavit cor meum

verbvm bonvm Dico ego opera mea Regi.

Pronuncio mi corazon buenas palabras. Yo Don Fran.co de Quevedo Villegas Cavallero del habito de Santiago Digo mis obras al Christianiss° Rey de los Franceses Lvis XIII.

Psalmo. 67. V. 32. Disipa gentes, quæ bella volunt.

Svre — Itios nuestro Señor, que solo es *Rex Regum, et Dominus Dominantium* Manda en el Ecclesiastes cap. x, v. 20...

Concluye el discurso de esta manera:

Madrid 12 de julio de 1635. Al P y Christianissimo Rey con muy reuerente aficion.—B. a V. M. la mano D. Franc.co de Quevedo y Villegas.

Ms. con apostillas, adiciones y enmiendas autógrafas de Quevedo. Fué del conde de Miranda, y lo posee la Biblioteca nacional, R. 27. Consta de 6 1/2 hojas útiles en folio, y otra que le sirve de portada. Muchas de las adiciones que andaban en papeles sueltos se han perdido.

────

34. Breve compendio de los servicios de D. Francisco Gomez de Sandoval, Duque de Lerma.

Escrito por D. Francisco de Quevedo y Villegas.

Ms. del señor Duran, como igualmente los números 36 y 38. Letra del bibliotecario D. Tomas Antonio Sanchez, de fines del siglo anterior.

(8 fojas útiles en 4.°)

35. (Otra copia igual en la coleccion de Fajardo: Bib. nac. M. 276, folio 145 al 152.)

────

36. Descífrase el alevoso Manifiesto con que previno el levantamiento del Duque de Verganza, con el Reyno de Portugal, Don Agustin Marobel de Basconcelos, Caballero del habito de Christus, impreso con titulo que dice ::...

Letra del bibliotecario D. Tomas Antonio Sanchez.

(18 fojas útiles en 4.°)

37. Respuesta Al Manifiesto del Duque de Bergauza.

Por Don Francisco de Quevedo Villegas.

Biblliot. Nac. M. 276, fol. 204 al 226: coleccion de D. Juan Isidro Fajardo.

38. La Rebelion de Barcelona : Ni es por el Huevo, ni es por el fuero, averigualo El Dr. Antonio Martinez Montejano, natural de la V.ª de Sn. Martin de Espuches.

Copia del siglo anterior.
(6 fojas útiles en folio.)

39. La revelion, de Barcelona Ni es, por el Guevo, ni es, por el Fuero. Aberigualo. Don Francisco de Quevedo y Villegas.

Bib. Nac. Coleccion de D. Juan Isidro Fajardo ; tomo 1. fol. 227 al 244.

40. La Rebelion de Barcelona, ni es por el guebo, ni es por el fuero. Averiguato El Doctor Antonio Martinez Montejano, Natural de la Villa de San Martin de Espuches.

Este papel y los cinco siguientes pertene-

cen al Sr. Duran. Copia del bibliotecario D. Tomas Antonio Sanchez.

(15 fojas útiles en 4.°)

────

41. † Del Panegirico al Rei nro. sr. de Don fr. de Queu. en la caida del Conde Duque. (*En la cubierta.*)

† Del Panegirico de D. fr. de Quevedo. Dios nro sr año a V M. en...

Dos pliegos con tres fojas útiles : de ellas una y media es de letra de B. Francisco de Oviedo, grande y fiel amigo de nuestro escritor.

42. Panegirico a la Magestad del Rey nro Señor Don Phelipe quarto. — *Dilexisti iustitiam...*

Un pliego con una foja útil ; letra del amanuense de Quevedo. Comprende parte del párrafo anterior al que comienza : «Por esto reconociendo à Vuestra magestad...; y sirve para completar y enmendar lo que copió D. Francisco de Oviedo.

En la cubierta se lee : *Del Panegirico.* 1643. 13. 6.

43. Del Panegírico al Rey nuestro Señor Don Francisco de Quevedo, en la caida del Conde Duque año de 1643.

Tiene este título mismo, de letra de Don Francisco de Oviedo, en el que sirvió de original ; este original está parte escrito de mano de Don Francisco de Oviedo, y parte de un Amanuense de Quevedo.

Parece que no está concluido el Panegírico.—Num. 59. (*cubierta.*)

«Del numero 13 y 14 de los de D. Benito Gayoso , que tiene seis hojas en folio , de que solamente estan tres escritas y empezada la cuarta.» «Papel suelto metido dentro.»

Fué esta copia de D. Tomas Antonio Sanchez.

(7 hojas útiles en 4.°, letra de fines del siglo anterior.)

44. Panegirico á la Magestad del Rey nro. Señor D. Phelipe 4. D. Francisco Quevedo.

Copia de principios de este siglo.
(4 1/2 fojas útiles en 4.°)

45. Panegirico. A la Magestad del Rey nuestro Señor Don Phelipe Quarto. De D.on Francisco de Quevedo Villegas.

Bib. Nac. Coleccion de Fajardo : M. 276, tom. 1. fol. 270 á 277.

DISCURSOS SATIRICO-MORALES.

46. Sueño de don fran.co de Quevedo

dirigido al Conde de lemus.

Es el de las calaveras.

Biblioteca Colombina : AA. 144. 4. Códice en 4.°; letra y papel de la primera década del siglo xvii. Desde el folio 29 al 56.

He llegado a conocer exactamente las muchas curiosidades que encierra este codice y otras de las bibliotecas de Italia, Francia y Alemania, por el ésmero y diligencia de mi buen amigo el Dr. D. Jose Maria de Alava, catedrático de Derecho en la universidad de Sevilla, quien honra por su aplicacion y talento al profesorado español.

47. Sueño de don fran.co de Quevedo.

Al Conde de Lemos. Los sueños sseñor dice omero...

Concluye «las esperará como los digo. Al de lemos.»

En la portada : «Sueño del dia del juicio.» Este egemplar y los cuatro siguientes forman parte de la coleccion de D. Luis de Salazar y Castro depositada hoy en la Academia de la Historia.

Códice L. 68. Letra de la segunda década del siglo xvii.

(12 hojas en 4.°, desde el folio 21 al 32.)

48. Sueño de Don Fran.co de Qhebedo.

Los sueños , Sr. dice omero......

Concluye «las esperará como las digo — Al de lemus.»

Códice L. 69. Letra de los primeros años del siglo xvii.

(5 hojas útiles en 4.°, desde el fol. 42 al 46.)

49. Obras de Don fran.co de Quevedo.—Sueño.

Los sueños, señor, dice Homero...

Concluye «como las vee la espera como las digo.»

Códice L. 31 : desde la página 129 hasta la 148.

Muy curioso ejemplar. Letra de la mitad del siglo xvii.

(10 fojas en 4.°)

50. Sueño de don fran.co de Quevedo.

Los sueños señor dice Homero que son de Jupiter...

Concluye «que por uer las cosas como ve las espera como aqui las digo.»

Códice F. 3. folio 119. — Letra de mediados del siglo xvii.

(15 fojas útiles en 4.°)

51. Alguacil endemoniado.

Al Conde De Lemos presidente de Indias.

Códice L. 69. Letra de los primeros años del siglo xvii.

(6 1/2 fojas útiles, desde el fol. 33 al 40.)

52. Alguacil endemoniado.

Al Marques de Villanueva del fresno y Barcarota señor de moguer.

Biblioteca Colombina. Códice en 4.°, AA. 141. 4.

Desde el fol. 37 al 46 vuelto.

53. Alguacil endemoniado.

Al Marques de Villanueba del ffresno y barca rota señor de maguera.

Ms. de la Biblioteca Nacional : M. 198, fol. 55 al 66 ; letra de la tercera decada del siglo xvii.

(14 fojas 4.°)

54. Alguacil endemoniado dirigido Al marques de balcarrota Sr. de moguer.

Este y los cuatro manuscritos que siguen corresponden a la coleccion de D. Luis de Salazar y Castro, existente hoy en la academia de la Historia.

Códice L. 31. Desde la página 148 á la 169.
(10 1/2 fojas en 4.°)

55. Camino del infierno de Don Francisco de quevedo.

Prologo al Lector.

Eres tan maldito que no te obligo llamandote pio benevolo benigno...

Concluye : «Porque los hombres escarmienten y no se condenen.»

Códice F. 3. de la segunda paginacion, 62 hasta 114. Letra de la tercera decada del siglo xvii.

Muy apreciable.

(55 fojas útiles en 4.°)

56. Del infierno. Discurso de don fran.co de quebedo.

Prologo Al lector.

Eres tan maldito...»

Códice L. 8. Letra de la segunda década del siglo XVII.

(16 fojas en 4.° : incompleto.)

57. Discurso del ynfierno.

Prólogo Al endemoniado y Infernal Lector.

Heres tan Maldito que ni te oblique...

Concluye «decir de los que estan en el ynfierno no puede Tocar A los buenos.»

Códice L. 31. Letra de mediados del siglo XVII. Página 33 hasta la 102.

Son muchas y notables las variantes en este Ms.

(35 fojas en 4.°)

58. Discurso del ynfierno.

Prólogo al endemoniado ynfernal Lector.

Repetido desde la página 169 hasta la 174 del mismo códice.

(3 fojas en 4.°)

59. DISCURSO DEL MUNDO POR DE DENTRO Y POR DE FUERA de Don francisco de quebedo.

A Don Pedro Jiron duque de osuna y conde de Viena de

Bib. nacional : Aa 167. Va inserto desde el folio 234 al 257 en el libro ya referido que perteneció a D. Vincencio Juan de Lastanosa, formado en 1626. Es copia muy antigua y apreciable.

(24 fojas útiles en 8.°)

60. EL SUEÑO DE LA MUERTE y el marques de Villena en la redoma autor Don francisco de Quebedo, y Villegas caballero del abito de Santiago, a Doña maria riqza.

En el mismo códice, desde el folio 309 al 354. Incompleto.

Plagado de erratas; pero es interesante por extremo este ejemplar para limpiar el texto impreso.

Tiene ademas algunos párrafos que se suprimieron despues, y abraza cuanto habia escrito de primera intencion el autor en el año de 1621.

El Tribunal de la Justa venganza titula tambien este discurso Sueños de la Muerte y Marques de Villena.

(40 fojas útiles.)

61. El sueño de la muerte. Autor D. Francisco de Quevedo Cauallero del Hauito de san jago.

Biblioteca de Dijon (Francia) ; códice número 477; letra del siglo XVII.

62. CASA DE LOCOS DE AMOR.

(En el índice se añade «de Quevedo.»)

Biblioteca Colombina; códice en 4.°, AA. 141. 4. Letra de 1610.

Desde el fol. 136 al 145 vuelto.

63. A Don Aluaro de Monsalue Canonigo De la Sta. Iglesia de Toledo Primada De las Españas.

(LA HORA DE TODOS Y LA FORTUNA CON SESO.)

Ms. de 1645, letra del amanuense de Qnevedo.

Biblioteca del Excmo. Sr. Duque de Frias.

(91 foja útil. 4.° pergamino.)

64. Fortuna con seso, y hora de todos.—Adicciones. Del original a lo impreso, erratas, y indice de los asuntos, que contiene.—Es obra de Dn. Fran.co de Quevedo, ciertamente. — En la Fortuna con seso, y hora de todos impreso en Zaragoza en octavo el año de 1650, se quito del original lo que este papel se contiene, en el qual se sacan tambien las Erratas.

Biblioteca nacional : T. 153 fol. 236.

Ms. del siglo XVIII.

(3 hojas en fol.)

DISCURSOS FESTIVOS.

65. PREGMÁTICA que este año de 1600 se ordenó por ciertas personas deseosas del bien comun.

Biblioteca Colomb. AA. 141. 4. Letra de 1610.

En el indice se llama: Premática burlesca. 3 hojas, en 4.°, desde el folio 11 al 13.

66. PREMATICA CONTRA LAS COTORRERAS.

Códice de D. Luis de Salazar y Castro, en la Academia de la Historia.

L. 68. Papel de la tercera década del siglo XVII.

(2 1/2 hojas 4.°, fol. 47 al 49.)

67. Premáticas Contra las cotorreras.

Nos el hermano mayor del Regodeo, unánime y conforme con los cofrades...

Concluye «en estos reynos y fuera dellos.» De la misma coleccion : L. 31. Desde la pág. 181 hasta la 187.

(4 fojas útiles en 4.°)

68. Pregmática que an de Guardar las herma.s comunes. De don fran.co de queuedo.

Nos el hermano mayor del regodeo... Por mandado destos Sres. Scriba Arborbola.

Bib. nacional : M. 6., folio 186 hasta el 189. Letra de la última mitad del siglo XVII.

(4 fojas en 4.°)

69. Pragmática de las cotorreras de Don Francisco de Quevedo. Relacion de las Leyes de constituciones contra las damas cortesanas, fechas por el hermano mayor del regodeo y cofrades de la cargada.

Ms. del Sr. Duran.

(4 fojas en 4.°)

70. TASA DE LAS HERMANITAS DEL PECAR, hecha por el fiel de las P... y hermano mayor del regodeo. — Su autor Don Francisco de Quevedo.

Ms. del Sr. Duran.

(3 fojas útiles en 4.°)

71. Prematica que se à de gardar para los dadibos a las mugeres.

Biblioteca nacional : H. 45. folio 22. Letra de la mitad del siglo XVII.

Es un extracto hecho torpemente de la Tasa de las hermanitas del pecar.

(2 fojas en 4.°)

72. PREGMÁTICA DE ARANCELES GENE-

RALES. Por Don Francisco de Quevedo Villegas. Poeta de quatro ojos.

Ms. del Sr. Duran.

Es el fundamento de la Pragmática del Tiempo.

(10 fojas 4.°)

73. PREMATICAS DEL DESENGAÑO CONTRA LOS POETAS GUEROS.

Nos el desengaño, etc. Por quanto... con el rigor acostumbrado.

Este papel y el siguiente son de la biblioteca de D. Luis de Salazar y Castro, depositada en la Academia de la Historia. Códice L. 31. Desde la pág. 197 hasta la 201.

(2 1/2 fojas en 4.°)

74. PREMATICAS DESTOS REYNOS.

Nos el Tiempo heredero comun de los hombres........ el Cordovilla en los Cavallos y el Çesar en los estrangeros.

L. 31. desde la pág. 177 hasta la 181.

(2 1/2 fojas en 4.°)

75. GENEALOGIA DE LOS MODORROS.

No es el texto de Quevedo, sino paráfrasis y comento a su discurso. Debió escribir la tal genealogia en los mas verdes años de su juventud ; y de ella compaginó mas adelante su

Definicion y Origen de la Necedad.

Bibliot. Colombina. AA. 141. 4.

(9 hojas en 4.°, del folio 1 al 9 v.)

76. DESPOSORIO ENTRE EL CASAR Y LA JUVENTUD.

Ms. del Sr. Duran; letra de D. Tomás Antonio Sanchez.

Copiólo de la coleccion de D. Alfonso de Avellaneda.

(2 fojas en 4.°)

77. Desposorio entre el Casar y la Jubentud ; De Dn. Francisco de Queuedo Villegas.

Bib. Nac.: H. 45. siglo XVIII.

(2 hojas en 4.°)

78. (Dos ejemplares del mismo establecimiento : T. 153. folio 80. 2 hojas en folio.}— M. 277; folio 82; 3 hojas en 4.°

79. Desposorio entre el casar y la jubentud. De Dn. Fran.co de Quebedo Villegas.

El casar se desposó... se guarda y observa inviolablemente.

(4 hojas útiles.)

Este y otros varios manuscritos que se ven citados en su lugar correspondiente, pertenecen à la coleccion del Exmo. é Ilmo. Sr. D. Antonio Lopez de Córdoba, miembro del Consejo Real, quien solo por noticias de mi tarea, tuvo el desprendimiento de enviarme cuanto impreso y manuscrito poseia de nuestro insigne escritor.

80. ORIGEN Y DIFINICION DE LA NECEDAD, con anotaciones á algunas necedades de las que se usan ; su Autor Don Francisco de Quevedo.

Ms. del Sr. Duran. Letra del amanuense de D. Tomás Antonio Sanchez, y enmiendas de este.

(9 1/2 fojas en 4.°)

81. Del caballero de la tenaza á los de la guarda. Prologo.

Manuscrito de la Biblioteca Nacional, sobre manera apreciable; letra y papel de 1626, con los comprobantes de ello: perteneció á D. Vincencio Juan de Lastanosa. Tiene 26 cartas, cuatro inéditas.
Aa. 167, folio 290 al 307.
(18 fojas en 8.º)

82. Cartas del Caballero de la Tenaza, que faltaron de imprimir, de Don Francisco de Quevedo.

Ms. del Sr. Duran. Perteneció á Don Tomás Antonio Sanchez. Consta de seis cartas, las más por extremo desvergonzadas.
(2 fojas en 4.º)

83. Carta de Fr. Benito Bernardo de Morales á Quevedo, copiada de los apuntes que tenia el Santiaguista D. Pedro de Castañeda.

Traslado moderno del anticuario de la Biblioteca nacional.

—

84. Capitulaciones de la Vida de la Corte.—Dedicatoria.

Este y los tres ejemplares que siguen, consérvanse en la Biblioteca Nacional.
Codice Cc. 82.
Comprende : Dedicatoria. — Prólogo. — Carta . — (Las capitulaciones matrimoniales, sin epígrafe.)—Defectos insufribles. — Defectillos. — Figuras artificiales. — Rufianes de embeleco. — Estafadores. — Figuras lindas. De letra antigua tiene á un lado esta fecha : 3 de sept. de 1611; y más abajo de mano moderna ; Quevedo.
Este papel es fragmento de un libro, y sirvió de original á los ejemplares de la misma biblioteca H. 43. y M. 277.; y al del Sr. Duran.
(11 hojas útiles, folio.)

85. Capitulaciones De la Vida de Corte, y oficios entretenidos en ella. De Dn. Fran.co de Queuedo Villegas.

Contiene : Capitulaciones Matrimoniales. — Defectos Ynsufribles. — Defectillos. — Figuras artifiziales. — Rufianes de embeleco. — Estafadores. — figuras lindas. — flores de Corte. — Gariteros. — Ciertos. — Entretenidos — Sufridos. — Estadistas.—Sufridos Vanos.—Sufridos raterós.—Valientes.
Bib. Nac. : H. 43, siglo xvii.
(19 fojas en 4.º)

86. Capitulaciones Matrimoniales, Vida de Corte, y Oficios·Entretenidos en ella. De Don Francisco de Queuedo y Villegas.

Bib. Nac. M. 277. folio 64. al 81.
Dedicatoria.—Prologo. — Carta —Capitulaciones Matrimoniales. — Defectos Insufribles.—Defectillos.— Figuras Artificiales.—Rufianes de imbencion.—Estafadores.—Figuras Lindas.—Valientes de mentira.— Figuras de Corte. — Gariteros.—Ciertos.— Entretenidos.—Sufridos.—Valientes.

87. Capitulaziones de la Vida de la Corte, y oficios Entretenidos en ella de Don francisco de Quebedo. y Villegas. Dedicatoria A qualquiera. Título.

Bib. Nac. T. 153. folio 82. (Siglo xvii). Forma parte de una coleccion de sus obras no encuadernada. Comprende : Dedicatoria. — Prologo.—Carta — Capitulaciones Matrimoniales.—Defectillos.—Figuras Artificiales.—Rufianes de imbencion.—Estafadores. —Figuras lindas.— Valientes de Mentira.—Flores de Corte. — Gariteros. — Ciertos.— Entretenidos.— Sufridos.—Valientes.

Es más completo y apreciable que los anteriores.
(18 1/2 hojas útiles en folio.)

88. Capitulaciones de la Vida de la Corte y oficios entretenidos en ella, de Dn. Fran.co de Quevedo y Villegas.

Dedicatoria á cualquiera título. — La mucha esperiencia... hasta « y si Dios te librare de todos ellos serás dichoso.»
Tom. II. de Varios, del Sr. Lopez de Córdoba.
Desde el fol. 115 al 145.
Tiene luclusas las Flores de Corte.
(31 fojas útiles en 4.º)

89. Capitulaciones de la Corte, vida y oficios de los entretenidos de ella; Autor D. Francisco de Quevedo.

Ms. del Sr. Duran.
Dedicatoria : La mucha esperiencia que tengo...—Prologo: Algunos autores ..—Carta : Amigo mucho me pesa...—Figuras artificiales.—Figuras lindas.—Valientes de mira.—Estafadores.—Valientes.
(7 fojas útiles y la portada. 4.º)

90. Flores de Corte i capitulaciones matrimoniales. Por Don Francisco de Quevedo cauallero del Hauito de San jago.

Biblioteca de Dijon (Francia); códice n.º 477. Letra del siglo xvii.

—

91. Flores de la Corte, Autor D. Fran.co de Queuedo Villegas.

Ms. del Sr. Duran.
Hame parecido comenzar estas flores...—Gariteros. —Ciertos.—Entretenidos.— Sufridos. — Sufridos vanos. — Estadistas. — Sufridos rateros.
(5 fojas útiles, en 4.º)

92. Capitulaciones Matrimoniales. Juan residente en corte...... sepulcro de pretendientes.

Bib. Nacional : M. 13. Desde el folio 231 al 236. (Fines del siglo xvii.)
(6 fojas en 4.º)

93. Capitulaciones Matrimoniales por D. Fran.co de quebedo Villegas.

Bib. Nac. M. 80. Desde el fol. 84 v. hasta el 84. Igual tiempo.
(4 fojas en 4.º)

94. Capitulaciones Matrimoniales.

Este y los tres ejemplares que siguen, pertenecen al del Sr. Duran.
(4 1/2 fojas útiles en 4.º)

95. Capitulaciones matrimoniales.

(Siglo xvii.)
Juan residente en corte... — Defectos insufribles. — Defectillos.
(4 fojas útiles en 4.º y la portada.)

96. Capitulaciones matrimoniales escritas por Dn. Francisco de quevedo, y Villegas.

Copia moderna.
(3 1/2 fojas útiles y la portada en 4.º)

97. Capitulaciones matrimoniales.

Refundicion hecha por Torres Villaroel. 1720. Incompleto.
(3 1/2 fojas en 4.º)

—

98. Siglo del cuerno autor Don fran.co de quebedo y Villegas cauallero del Avito de Santiago.

Siempre fui, Sr. Ldo...... beso las manos.

De la referida coleccion de Salazar y Castro. Copia de mediados del siglo xvii.
Códice L. 31 páginas 209 y 210. (4.º)

99. Carta á un sufrido. escribiola D. Fran.co de quebedo Villegas.

Bib. nacional: H. 43. folio 19 v. (Mitad del siglo xvii.)
Es la Carta de un cornudo á otro, ó Siglo del cuerno.
(2 1/2 fojas en 4.º)

100. Carta De vn Cornudo á otro Yntitulada el siglo (encima signo) de el Cuerno, de Don fran.co de Quebedo y Villegas.

De la misma biblioteca : T. 153. folio 52.
(Fines del siglo xvii.)
(3 hojas útiles en folio.)

101. Carta de vn Cornudo á otro Yntitulada El Siglo de el Cuerno. De Dn. Fran.co de Queuedo Villegas.

Del mismo establecimiento: H. 43. fol. 264.
(Fines del siglo xvii.)
(3 hojas.)

102. Carta de un cornudo á otro, vntitulada el Siglo de el Cuerno, de Dn. Fran.co de Quebedo y Villegas.

Siempre fui, señor licenciado... hasta «en aviendo vacante.»

Papeles varios ms., del Excmo. Sr. D. Antonio Lopez de Córdoba, ya citados : desde el folio 71 al 73.
(2 1/2 fojas útiles en folio.)

103. (Otro ejemplar idéntico en la Bib. nacional: H. 43. Letra del siglo xviii.
3 fojas en 4.º)

104. Carta De un Cornudo á otro Yn-signo titulada el siglo de el Cuerno, de Don fran.co de Quebedo y Villegas.

Del mismo tiempo y de la propia oficina: T. 153. fol. 52.
(2 1/2 fojas útiles en folio.)

105. (Otro manuscrito igual, del siglo xiii, que poseo.
3 fojas en 4.º)

106. Carta. De Don Francisco de Quevedo, á un Cornudo que se corria de serlo.

Bib. nacional : Coleccion de D. Juan Isidro Fajardo. M. 276 folio 294 v.
(4 fojas útiles, en 4.º)

107. Carta de vn Cornudo á otro Yntitulada El Siglo del Cuerno.

«Papeles varios de D. Francisco de Quevedo y Villegas que dejó mánuscriptos quando murió.»
Coleccion que poseo : letra del siglo anterior.
(3 fojas útiles.)

108. El Siglo del Cuerno. Autor Don Francisco de Quevedo y Villegas, Caballero del habito de Santiago, y señor de la villa y Torre de Juan Abad.
Carta á un cornudo que se corria de serlo.

Ms. del Sr. Duran.
(2 1/2 fojas en 4.º)

109. Carta á un Cornudo (apaleado) que se afrentaba de serlo, cuyo título es, El Siglo del Cuerno, escrita por Dn. Fran.co de Quevedo y Villegas.

Ms. del Sr. D. Augusto de Bárgos. Copia moderna.
(6 fojas útiles en 4.°)

—

110. MEMORIAL á una academia de poetas... de D. Fran.co de Quevedo.

Bib. Nacional : M. 198, folio 66. v. (4.°)

111. Memorial que dió en una Academia pidiendo una Plaza. Y Indulgencias que le mandaron escribir (en interin que vacan mayores cargos) concedidas á los Denotos de Monjas.

De la misma ; H. 43, pág. 259, Letra del siglo XVIII.
(2 1/2 fojas útiles en 4.°)

112. Memorial que Don francisco de Quebedo Villegas dio solicitando entrar en una Academia y esta le mando escribir las Indulgencias que debe conceder A los Devotos de Monjas.

De la misma : T. 153, folio 54 (siglo XVIII.)
(2 1/4 hojas útiles en fol.)

113. Memorial que Dn. Fran.co de Quevedo Villegas dio solizitando entrar en una Academia, y esta le mando escribir las indulgenzias que se deben conceder a los devotos de Monjas.

D. Francisco... *hasta* « derecho al infierno y no mas »

Tomo II de *Varios*, del Sr. Lopez de Córdoba, desde el folio 101 al 104.
(4 hojas en folio.)

114. ... las Indulgenzias que debe conceder A los Devotos de monjas.

Ms. del siglo XVIII. Bib. Nacional : T. 153. fol. 74.
(2 1/2 hojas útiles en folio.)

115. Memorial. Que dio Don Francisco de Quevedo, y Villegas, en una Academia , pidiendo vna plaza en ella.

Y las indulgencias concedidas á los denotos de Monjas , que le mandaron escriuir , interin que vacaban maiores cargos.

Bib. Nacional : Coleccion de D. Juan Isidro Fajardo. M. 276, folio 300.
(3 hojas útiles en 4.°)

116. Memorial que dió Don Francisco de Quevedo Villegas á una Academia, pidiendo una plaza en ella. Y las Indulgencias concedidas á los devotos de monjas , que le mandaron escribir, interin que vacaban mayores cargos.

Este papel y los dos siguientes son del Sr. Duran.
(2 fojas útiles en 4.°, y la portada.)

117. Memorial que dió en una aca-

demia pidiendo una plaza en ella. Y las Indulgencias concedidas á los devotos de Monjas, que le mandaron escribir, interin vacaban mayores cargos.
(3 fojas útiles en 4.°)

118. Memorial. Que dió Dn. Franc.co de Quevedo en una academia pidiendo una plaza en ella. Y las Indulgencias concedidas á los devotos de Monjas, que le mandaron escribir, interin vacaban mayores cargos.

Copia moderna.
(3 fojas útiles en 4.°)

—

119. CARTTA De Don francisco de Quebedo Villegas á la Rectora de el Collegio de las Virgenes.

Ms. de la última decada del siglo XVII, de la Bib. Nacional: T. 153, folios 165 y 166.
(2 fojas en folio.)

120. Carta de D. Francisco de Quebedo Villegas á la Rectora de el Colegio de las Virgenes.

Nota. «Esta carta y su respuesta *escribió* Quevedo con el motivo de haberse fundado cierto colegio de niñas que hoy permanece, las cuales en sus principios no dieron buenas muestras de honestidad. Tambien hizo alusion á los cuentos del convento de san Plácido; pero ahora uno y otro esta muy observante y egemplar. El colegio de que se habla es el de el Loreto, que está en la calle de Atocha , entre la parroquia de S. Sebastian y el hospital de los aragoneses.»

Tomo II de *Varios* del Sr. Lopez de Córdoba : desde el fol. 289 al 291.
(3 hojas en folio.)

121. Carta de Dn. Franc.co de Quevedo á la Retora del Colegio de las Virgenes....

Resp.ta de la Retora.

Bib. Nacional : H. 43. Siglo XVII.
(1 1/2 fojas útiles en 4.°)

122. Carta. A la Rectora del Colegio de las Virgenes.
Memorial.

Bib. Nacional : M. 276. Tomo I de la Coleccion de D. Juan Isidro Fajardo, pág. 290.
(2 fojas útiles.)

123. Memorial que dió á la Retora del Colegio de las Virgenes....
Respuesta de la Rectora.

Ms. del Sr. Duran. (Siglo XVII.)
(1 foja util y la portada.)

—

124. ALABANZAS DE LA MONEDA.

Coleccion de Salazar y Castro (Academia

de la Historia) : L. 68 ; papel de la segunda decada del siglo XVII.
(Media plana en 4.°, folio 46 vuelto.)

—

125. CONFESION DE LOS MORISCOS.

De la misma coleccion : L. 68 ; papel de la segunda decada del siglo XVII.
(10 renglones, fol. 46 vuelto.)

—

126. LAS GRACIAS DEL OJO DEL CULO.
A Doña ynes Mucha Monton de carne muger Gorda por Arobas. fr. fulano.,
Solo certifico que con quanto é dicho del culo Aun me queda el Rabo por desollar.

De la misma : L. 51. Desde la pág. 187 á la 196.
(5 fojas en 4.°)

—

127. Excelencias y desgracias del ojo del Culo, compuesto por D. Franc.co de quebedo. Dirigido. A D.ª Ana monton de carne muger gorda por arrobas.

Bib. Nacional : H. 43. folio 13. (Mitad del siglo XVII.)
(6 1/2 fojas en 4.°)

—

128. Gracias y desgracias del ojo del Culo. Dirigido á Doña Juana Monton de Carne, mujer gorda por arrobas Escriviolas Juan Lamas el del Camison cagado.

Biblioteca Nacional : H. 40.
(4 1/2 fojas útiles en folio; 1.° numeracion, del 121 al 126.)

—

129. Gracias, y desgracias, del Serenissimo Señor Ojo, del Culo, dirigidas á Doña Juana Mucha monton, de Carne, muger gorda por Arrobas.

Escriviolas Juan Lamas el de el Camison Cagado.

Este Papel aunque es muy Bulgar es cierto, que le Escrivio Don, Francisco de Quevedo.

Bib. Nacional : M. 278 folio 85. Tomo III de la Coleccion de D. Juan Isidro Fajardo.
(13 fojas en 4.°)

—

130. Escelencias y desgracias del Salvo honor : por Don Francisco de Quevedo, dirigidas muchas á Doña Juana Monton de Carne , muger gorda por arrovas. Fray Fulano.
Dedicatoria.

Ms. del Sr. Duran : copia de D. Tomás Antonio Sanchez , con anotaciones y advertencias suyas; y señaladas las variantes de un códice del conde de Saceda.
Fecha de la dedicatoria á tres del mes de 1625. En las variantes 5 de mayo de 1620.
(7 fojas útiles y la portada, en 4.°; y 6 papeletas sueltas.)

APROBACIONES

DE LAS OBRAS DE DON FRANCISCO DE QUEVEDO VILLEGAS.

POLÍTICA DE DIOS.

El señor doctor don Joan de Salinas, colegial mayor de S. Bartolomé de Salamanca, vicario general, gobernador de este arzobispado de Zaragoza mandó que yo viese esta silva de discursos, sagrados políticos, de don Francisco de Quevedo. Comencé á leer con curiosidad, y acabé con admiracion. En otras obras fué don Francisco regalo de la lengua castellana, en esta es luz de la cristiana policia, rayo de la profana; es católico, es pio, es elocuente, es sutil espíritu de predicador, y en la severidad y peso de sentencias respiracion de profeta. *Ecquis ad haec illinc crederet esse viam?* Merece, no moldes de plomo sino papeles de bronce, en que viva inmortal. Vivirá este libro, pues en su nacimiento tiene genio de vida, ángel de guarda, que tambien en los libros le imaginó Marcial.

Victurus generum debet habere liber.

No es en este la oliva tutela tanta, cuanta señal de la verdadera Minerva, que habla en él, severo Lamuel que á los reyes recata el vino, con quien tantos políticos desatinaron á tantos príncipes, pero propina el néctar, que en los pechos reales infunde alientos de la divinidad. Así me parece. En Santa Engracia de Zaragoza, en 26 de enero, en el año de 1626. — Estéban de Peralta, calificador del Santo Oficio.

(En la edicion original. Zaragoza, 1626.)

Reconocí por mandado del consejo Real de Navarra, el libro intitulado *Política de Dios, Gobierno de Cristo, tirania de Satanás*, sacado de los sagrados evangelistas, por don Francisco de Quevedo Villegas, y con la enmienda que lleva señalada en el capítulo nono, fol. 41, se puede imprimir, por ser una obra de grande utilidad y provecho, para el buen gobierno de la monarquía cristiana, y adonde descubre el autor, no solo su grande ingenio, sino tambien su celoso y piadoso intento: y así V. M. hará gran servicio al monarca del cielo en dar licencia para que se imprima. Fecha en San Francisco de Pamplona, a 28 de julio de 1626. — Fray Pedro Jimenez, lector de teologia.

(En la de Pamplona.)

Muy poderoso señor:

Por comision de vuestra alteza he visto la *Política de Dios, Gobierno de Cristo*, que compuso don Francisco de Quevedo Villegas, caballero del órden de Santiago, y señor de la villa de Juan Abad; y conferida con sus originales, hallo que su peticion tiene justísimas quejas, por agraviar de muchísimas maneras la impresion hecha en Zaragoza la pureza de la verdad y la erudicion del autor. Y si bien de primera instancia algunas circunstancias pudieran suspender por su diligencia, mas atendiendo al estado presente de las cosas, me parece que debe vuestra alteza desagraviar la verdad, mandando suspender el corriente de los libros impresos, y al autor mandándole dar licencia, para que corra este como va ajustado á la buena dotrina de sus originales, no solo sin mal olor de cosa agena de la fe, pero tan lleno de sentencias morales y verdades católicas, que puede ser espejo de príncipes cristianos (a quien dice con notable delgadeza, propiedad y erudicion, lo que debemos a nuestro oficio los predicadores de su Majestad). Mi sentimiento es el que dijo san Gerónimo, escribiendo á un grande orador de la ciudad de Roma: *Doctores antiqui in tantùm philosophorum doctrinis, atque sententiis suos resperserunt libros, ut nescias quid in illis priùs admirari debeas, eruditionem saeculi, an scientiam scripturarum:* que ha resucitado los siglos primeros, dejando perpleja la admiracion, entre lo sentencioso de la filosofía moral, y lo admirable de la ciencia sagrada de las Escrituras. Esto me parece *salvo meliori judicio.* En el Colegio de santo Tomás de Madrid, 27 de agosto de 626. — Fr. Cristóbal de Torres.

(En la edicion principe de Madrid. Fué el arzobispo don fray Cristobal de Torres uno de los más eminentes varones de la religion de santo Domingo.)

Por mandado del señor doctor don Juan de Mendieta, vicario del serenísimo Infante Cardenal en la corte de Madrid, he visto un libro intitulado *Política de Dios, Gobierno de Cristo*, escrita por el muy noble y erudito caballero don Francisco de Quevedo Villegas, y en él no hay cosa que contradiga ni á la santa fe católica, ni a las costumbres cristianas; ántes muchas muy dignas de ser oidas y platicadas. Y dichoso el rey que obrare con tales medios, y felicísimo el reino que se viere gobernado con tales advertimientos. Puédesele dar licencia para que se imprima, que así llegará mas presto lo que todos deseamos. Madrid setiembre 16. 1626. — M. Gil Gonzalez de Avila.

(En la misma edicion.)

Este libro de la *Política de Dios*, que nos ha dado el ingeniosísimo don Francisco de Quevedo, es sin duda muy superior á cuanto hemos visto de aquel género: porque nadie con tal viveza de discurso, ni con tan buen acierto ha hallado en el Evangelio la verdad del gobierno. Todo lo dispone tan bien, que sin violencias de erudicion mendigada, se halla dicho en el texto sagrado su pensamiento. Lo hablado es excelente, liso, y sin escuridades; lo sentencioso, grave y profundo, de palabras medidas y sin molesta afectacion, con que se pierde el deseo de Séneca. No me maravillaria que los momos criticos le quieran hallar notas de represion, achaque y enfermedad de que han de morir podridos, y tema continua con que viven, como el loco de quien se refiere que toda su locura consistia en tener á todos por locos. Buen castigo de sus importunas censuras les dió san Justino mártir contra Teoph. *Muscarum instar ad ulcera concurritis, et involatis : nam si quis de rebus innumerabilibus praeclarè dicat, una autem parva vobis grata non sit, aut non intellecta; multas praeclaras contemnitis, unum autem verbum corrigitis.* Los versados en los opúsculos manuscritos del autor, por ventura extrañarán aqueste libro, por el hábito de ver en sus tratados tal fertilidad de discursos entretenidos que mueven risa; pero el árbol aqui se despojó de flores, y nos ha dado fruto de verdad pura. — Padre Pedro de Urteaga.

(En la misma impresion.)

He leido con particular atencion y sumo gusto la *Política de Dios* que sacó á luz felizmente don Francisco de Quevedo, abstrayendo de que pase ó no en este tiempo lo que dice : miro solo la acomodacion y encage de lo que levanta, con lo que ejerció Cristo señor nuestro y refieren los evangelistas, que parece todo piedra de anillo en su natural engaste. No es de todos, y ménos de gramáticos, á mi ver, juzgarlo; lo menor (con ser escogido, propio y sin afectacion melindrosa) es el lenguaje lleno de galanos y significativos hispanismos; lo más es un cierto modo raro y delgado de levantar sutiles y nuevos pensamientos, que se hallan la cama hecha, y caen de pies. Y hay muy pocos en el oficio y arte de predicar que lo puedan alcanzar: porque no consiste en continuo estudio de Escritura, ni perpetua leccion de santos y doctores, sino en viveza de ingenio, enseñado á filosofar así en otras materias humanas, que realzado en las divinas causa nuevos resplan-

dores que admiran y espantan; y quien lo contrario sintiere, pruebe la mano y suelte la pluma; que fio sera comprendido de aquella sentencia dotoral del gran Gerónimo, defendiendo sus escritos en el proemio de la carta de san Pablo á los efesios, hablando con Paula y Eustoquio sus discipulas espirituales : *Obsecro vos, Paula, et Eustochis, ne maledicis, et invidiis mea opuscula tradatis, neque detis sanctum canibus, et margaritas mittatis ante porcos, qui cùm bona imitari nequeant, quod solùm facere possunt, invident, et in eo se doctos, eruditosque arbitrantur, si de illis detrahant, quibus obsecro respondeatis, ut figant ipsi stylum, experiantur semetipsos, et ex labore proprio discant ignoscere laborantibus.* — Padre Gabriel de Castilla.

CENSURA *del reverendísimo padre Gerónimo Pardo, provincial que ha sido de los clérigos menores, calificador de la Suprema, y visitador de los libros y librerias de estos reinos.*

La *Segunda Parte* de la *Política*, que escribió don Francisco de Quevedo y Villegas, caballero del órden de Santiago, comencé á leer curioso, y acabé maravillado. Aunque viniera sin el nombre de su dueño, me le dieran á conocer la piedad, la elocuencia, el peso de las sentencias, y su severidad : *defunctus adhuc loquitur*, el mismo habla difunto que habló vivo. No he hallado diferencia en los discursos que hace, y en los que hizo en la *Primera*, ántes sí muestra que lo bien dicho se puede decir mejor, y que lo grande puede crecer. El estilo es superior, dulce, llano, puro, proprio, elegante, decoroso, y lleno de religion; tan parecido al de sus heróicas obras, que al primer rasgo se da á conocer que es suyo. Pudiera deste libro decir el autor lo que de otro suyo dijo Ovidio :

> *Quid titulum poscis? Versus duos, tresve, legantur :*
> *Clamabunt omnes te, liber, esse meum.*

Juzgo que vuestra señoria debe dar la licencia que piden para estamparse, porque no hallo en el cosa que contradiga á la fe, ni que se oponga á las costumbres cristianas. En nuestra casa del Espíritu Santo de Madrid, á 20 de junio de 1652 años. — Gerónimo Pardo de los clérigos menores.

(En la impresion de Madrid de 1655.)

CENSURA *de don Pedro Ruiz de la Escalera y Quiroga, caballero de la órden de Calatrava, caballerizo de la Reina nuestra señora, á quien cometió este libro el Consejo.*

Por especial comision y mandato del real consejo supremo de Justicia he visto la *Segunda parte de la Política* de D. Francisco de Quevedo, caballero de la órden de Santiago, para censurar esta obra postuma suya, que no llegó á conocer padre; si bien por el que tiene será siempre tan conocida, como estimada. Gran empeño es entrarse á ser maestro de príncipes, y poner escuela pública para enseñarlos, cuando aun profesar este oficio en la de los niños, halla por premio del acierto sus mayores gritos, y sacar siempre desvanecida la cabeza no solo quien de asiento escucha el ruido, enseñándolos, sino el que alcanza á gozarle de paso. Desde los primeros rudimentos se grita á los preceptores, y en esta desapacible salva se ensaya por los pequeños la pesadumbre con harto tiempo, pronosticándose más sensible á los maestros de los grandes. Pero el efecto deste pronóstico es reservado dignamente á los políticos que negocian ser gritados y perseguidos con el soborno blando de su adulacion ateista, con que se meten á malos fontaneros, conduciendo á la sed del buen gobierno (que padecen los potentados de la tierra en el estío ardiente de la fatiga penosa de su obligacion) aguas inficionadas con la torpe doctrina, que bebidas inchan y matan; pudiendo y debiendo guiarlas saludables de la fuente mejor (la sagrada Escritura), para satisfacer á tal sed con provecho. Desta fuente divina se conducen los cristales desatados en la prosa desta *Política*, atados á los números altamente (ya don Francisco condujo otros de la humana (1) de Castalia á Castilla, para honesta recreacion al ocio), dedicada al trabajo de su estudio, para el fruto de quien la leyere, usándola como bebida: con que se excusa la pesadumbre, pero no el grito del comun aplauso á la memoria deste insigne español. Lograr conviene mucho aquel fruto, cuando la república ha menester abundancia de buenas aguas; y al curso legítimo destas no falta sino la licencia del Consejo, que nunca suele negarla en lo que es corriente y útil. Calidades vinculadas á este libro, que afianzan ahora mi voto en el desta censura. Así lo siento, sujetando la mia á la superior del Consejo. En Madrid á primero de setiembre de 1655. — Don Pedro Ruiz de la Escalera y Quiroga.

EL RÓMULO.

Por mandado de vuestra Majestad he visto el libro que se intitula *El Rómulo del Marqués Virgilio Malvezzi*, traducido de italiano en español por don Francisco de Quevedo Villegas; y no tiene cosa por que no se pueda imprimir, antes muchas por que deba ser estimado y bien recibido de todos. Dada en san Agustin de Pamplona, en veinte de julio de mil y seiscientos y treinta y dos años.—Fray Juan Maldonado.

(En la publicacion primera.)

(1) *El Parnaso español*, cuya *Segunda parte* se espera.

MARCO BRUTO.

Por comision del señor licenciado Gabriel de Aldama, vicario general de Madrid, he visto este libro intitulado *Vida de Marco Bruto*, cuyo autor es don Francisco de Quevedo Villegas, caballero de la órden de Santiago; y reconozco en él muy útiles advertimientos políticos, para ejemplo y escarmiento, tanto que se conoce en ellos mas intencion de aprovechar á otros, que ambicion de alabanza propia. El estilo es el que en tantas obras suyas habemos leido, traducidas en los idiomas italiano, inglés, flamenco, francés y latino. No hay en esto voz que ofenda las buenas costumbres, ni discurso contrario á nuestra santa fe católica romana: y así me parece digno de la licencia que pide. En Madrid á 16 de junio de 1644.—Doctor don Diego de Córdoba.

(En la edicion príncipe.)

Aprobacion del doctor don Antonio Calderon, canónigo magistral de la santa iglesia de Toledo.

Vuestra alteza me mandó viese la *Vida de Marco Bruto* que ha escrito don Francisco de Quevedo Villegas, caballero de la órden de Santiago. Hela visto, y no hallo en ella cosa que desdiga de la religion y costumbres cristianas. Lo que hallo es en pocas hojas muchos volúmenes de la más atenta política. Aquí enseña á los príncipes el gobierno, á los vasallos la obediencia, á todos el celo del bien público. Traduce don Francisco á Plutarco y le comenta; y aunque aquel autor dijo mucho y bien dicho, muestra don Francisco en la traducion que lo bien dicho se pudo decir mejor, y en el comento que lo mucho pudo ser más. Y excediendo á Plutarco don Francisco en los discursos, hace que Plutarco exceda á Plutarco en el texto. En esta obra une á la lengua española la majestad de la latina, con la hermosura de la griega, para envidia de ambas y admiracion de las demas. La *Cuestion política* de Julio César es otro testigo desta verdad; y la *Suasoria séptima* de Marco Séneca, traducida, muestra que Séneca como español habla mejor en español que en latin, y que persevera en España la familia de los Sénecas en el ingenio, ya que no en la sangre. Dejóse el cordobés indefensa la segunda parte de la *Suasoria*, porque la juzgó indefensable; y don Francisco tomandola á su cargo, la ha hecho más fácil y aun la ha persuadido. Parece que Séneca se ha estado casi diez y seis siglos estudiando la respuesta, y que ahora la pronuncia por boca de don Francisco con las ventajas de tan larga meditacion. Ceso, porque no se me manda panegírico sino censura; y solo digo que en esta obra no solo ha excedido don Francisco á todos, sino á sí mismo; y que es digna de la estampa por el más ilustre blason del lenguaje español, y la más ardiente envidia de los extranjeros. Este es mi parecer, etc. En Madrid á 22 de junio de 1644.— Doctor don Antonio Calderon.

LOS SUEÑOS.

Censura del padre maestro fray Antonio de santo Domingo, lector en teología del órden de san Francisco.

Por comision y órden del señor doctor don Pedro Gutierrez de Cetina he examinado y leido con detencion un libro de don Francisco de Quevedo que se titula *Sueños y discursos de verdades descubridoras de abusos, vicios y engaños de todos los oficios y estados, ó sea el Sueño del Juicio final;* y he notado tal suma de verdades bien corregidas, y tal moralidad que me hace creer gran fondo de moralidad en su autor. La sátira es picante, pero la que conviene para ridiculizar el vicio y corregirle. Su titulo es justo y bien pensado, y así es que despues de haberle leido una vez por obediencia, le he repasado muchas por gusto; logrando aprender en cada vez cosas nuevas y provechosas al espiritu. Por lo tanto á escepcion del párrafo que dice : «Haciale tambien un silenciero de catedral, dando tales golpes con su baston, que acudieron a ellos más de mil calóndrigos, no pocos racioneros y hasta un obispo, un arzobispo y un inquisidor, trinidad que se arañaba por arrebatarse una buena conciencia, que acaso andaba por allí distraida, buscando a quien bien le viniese» (párrafo que debe suprimirse por irreligioso y de mal egemplo y doctrina); en lo demas no encuentro cosa alguna en contrario de nuestra sagrada fé y mancilla de las honestas costumbres. Este es mi parecer, debajo de la obediencia que debo á vuestra merced. De mi convento de mi padre san Francisco. Madrid 30 de julio de 1612.

(Escribania de gobierno del supremo Consejo de Castilla.)

El presentado fray Lamberto Novella, predicador general de la órden de Predicadores.— Por comision del muy ilustre señor doctor Pedro Garcés, prior de Ruesta, oficial y vicario general del arzobispado de Valencia, por el ilustrísimo y reverendísimo señor don fray Isidoro Aliaga, arzobispo de dicha ciudad, he visto estos discursos, que debajo de *Sueños* ha sacado á luz don Francisco de Quevedo Villegas, y no he hallado en ellos cosa alguna contraria á nuestra santa fe católica, ni á las buenas costumbres : y así me parece se puede dar licencia para que se impriman. En este real convento de Predicadores de Valencia, á diez de mayo, mil seiscientos veinte y siete.— El presentado fray Lamberto Novella.

(En la impresion de Valencia de 1627.)

He visto el libro intitulado *Sueños y discursos de verdades descubridoras de abusos, vicios, y engaños en todos los oficios y estados del mundo,* compuesto por don Francisco de Quevedo Villegas, impreso en Barcelona el año mil seiscientos veinte y siete, con sus aprobaciones, y la del ordinario deste arzobispado; y no he hallado en él cosa por la cual no se pueda imprimir en esta ciudad : y así doy licencia, en razon de mi oficio, para que se pueda imprimir, con tal que despues de impreso, ántes que se venda y publique, me le llaven de enseñar impreso, para que se pueda comprobar si concuerda con su original. Dat. en Valencia á tres de junio mil seiscientos veinte y siete. — El dotor Guillen Ramon Mora de Almenar, abogado fiscal de su Majestad.

Este livro nam tem cousa contra nossa santa Fe, nem os bons costumes, antes he por estremo engrazado; nem o que se riscou he perjuizo imprimirse, porque se se ouverem de riscar os chistes, et grazas que dizem os Autores nam ouvera no mundo comedias, contos, nem autos pera entretinimento da gente, do que se siguira mayor dano, que de se ler em hum Autor huma ociosidade. Em San Bernardo de Lisboa a 20 de Dezembro de 628. — Fr. Feliziano Moutel.

(En la de Lisboa de 1629.)

Censura del padre maestro fray Diego de Campo, calificador de la general Inquisicion, y examinador sinodal del arzobispado de Toledo.

Por remision del señor don Juan de Velasco y Azevedo, vicario general en esta corte, vi un libro que se intitula *Juguetes de la niñez y travesuras del ingenio,* de don Francisco de Quevedo Villegas, caballero de la órden de Santiago, dividido en estos tratados : El Sueño de las calaveras; El Alguazil alguazilado; Las Zahurdas de Pluton; El Mundo por de dentro. La Visita de los chistes; El Caballero de la Tenaza ; El Libro de todas las cosas, y otras muchas mas; La Culta latiniparla; La Aguja de navegar cultos; El Entremetido y la dueña y el soplon ; El Cuento de cuentos (a). Y todo es buena y sana dotrina, sin tener cosa en contrario, por ser un discurso de grande agudeza é ingenio, para mostrar los naturales de algunas naciones y los daños y peligros que padecen algunos oficios y maneras de vivir. Antes podrian sacar del escarmiento y buena enseñanza; y esto con tan gran primor y sutileza, que se aventaja mucho al Dante, y á los otros

(a) En la impresion de Barcelona de 1635 resultan los discursos referidos con esta colocacion : «La Culta latiniparla. El Cuento de cuentos. El Sueño de las calaveras; La Visita de los chistes; El Entremetido y la dueña, *con la Caldera de Pedro Gotero*; Las Zahurdas de Pluton. El Alguacil alguacilado; El Mundo por de dentro; El Caballero de la Tenaza.»

autores que han seguido el mismo intento. Y así juzgo que se le puede dar la licencia que pide para imprimirle. En san Felipe de Madrid, en 25 de agosto de 1629. — Fr. Diego de Campo.

(En la de Madrid.)

Aprobacion del padre Juan Vélez Zabala, de los clérigos menores, calificador del consejo supremo de la Inquisicion, á quien el real de Castilla cometió este libro.

No tiene cláusulas que contradigan las verdades católicas, ni discursos que ofendan la pureza de buenas costumbres este libro que he visto por órden de vuestra alteza, donde están no ya adulteradas algunas de las obras de don Francisco de Quevedo Villegas, ocupaciones sabrosas con que desterraba la ociosidad en sus menores años, y esfuerzos del ingenio suyo que ofrecia, en estos amagos, desempeños mayores. Hay en ellos tanta propiedad de voces, tanta admiracion de estilo, tanta viva y clara significacion de importantes verdades, en palabras tan breves, que le asustan como á Lucilio, con que Séneca encarecia y admiraba lo grande de su escribir, en lo menor de su edad, prometiéndose obras ingeniosas y serias en mayores años: epístola 59. *Habes verba in potestate: pressa sunt omnia, et rei aptata. Loqueris quantum vis, et plus significas quàm loqueris. Hoc majoris rei indicium est.* Por tanto merece muy bien que vuestra alteza le dé la licencia que pide, para que salgan á luz. En esta casa del Espíritu Santo de los clérigos menores de Madrid, último de setiembre 1629. — Juan Velez Zabala, de los clérigos menores.

Por órden del ilustre señor dotor Agustin Lopez Fernandez, vicario general, y oficial en el obispado de Barcelona, he leido estos *Juguetes de la niñez*, compuestos por don Francisco de Quevedo Villegas, etc. A los cuales juzgo por tan conformes á la santa fe y buenas costumbres, que los tengo por verdades apuradas, documentos sesudos, sueños desvelados y desengaños claros para todos estados y edades, mayormente agora que estan acepillados, pulidos, reconocidos y revistos por su legítimo autor, y aprobados por el santo tribunal de la Inquisicion. Y así como alambicadas verdades y destiladas dotrinas, serán muy medicinales y saludables para la vida humana, y muy eficaces para reprimir vicios : á los quales, si con su viveza de ingenio y trascendencia de entendimiento, mezclando algunas sátiras (que son cosquillas del gusto) pica, no muerde; y si muerde, no pica; antes deleita aprovechando, y advierte desengañando. Este es mi parecer. Por lo que siento que se puede y debe dar licencia, para que se imprima tambien por acá. De santa Catalina mártir, de Barcelona, de la órden de

Predicadores : hoy á 31 de enero 1633. — El maestro fray Francisco Palau.

(En el ejemplar de Barcelona, 1635.)

DISCURSO DE TODOS LOS DIABLOS.

El presentado fray Lamberto Novella, predicador general de la órden de Predicadores, por comision del muy ilustre señor dotor Pedro Garcés, prior de Ruesta, y canónigo de la santa iglesia de Tarazona, oficial y vicario general del arzobispado de Valencia, por el ilustrisimo y reverendisimo señor don fray Isidoro Aliaga, arzobispo de dicha ciudad. — He visto este libro, cuyo titulo es : *Discurso de todos los diablos, ó Infierno enmendado*, que don Francisco de Quevedo y Villegas, caballero de la órden de Santiago, ha compuesto; el cual está impreso en el principado de Cataluña en la ciudad de Girona, el año pasado de 1628, con licencia del ordinario de dicha ciudad ; y no he hallado en él cosa alguna contraria á nuestra santa fe católica ni á las buenas costumbres. Y así me parece puede dar licencia el señor Vicario general, si fuere servido, para que se imprima. En este real convento de Predicadores de Valencia, en 30 de agosto 1629. — El presentado fray Lamberto Novella.

(En el de Valencia, 1629.)

He visto este *Discurso* : no hay en él cosa que ofenda á nuestra santa fe católica, y religion cristiana ; merece el ingenio de su autor recomendacion de la curiosidad ; que aunque se halle por otros acreditado, este discurso como tiene su gracia sin resistencia, hará mayor su intento en los aplausos. Y así me parece que no se los quitará la estampa, y que se le debe la licencia que pide. En Zaragoza á 20 de noviembre de 1629. — El doctor Virto de Vera.

(En la impresion hecha en Zaragoza el mismo año, con el titulo de *El peor escondrijo de la muerte*.)

LA HORA DE TODOS.

Censura del dotor Juan Francisco Andrés, cronista del reino de Aragon.

La *Fortuna con seso y Hora de todos*, que escribe don Estéban Pluviánes, he visto por comision del ilustre señor don Crisóstomo de Egea, dotor en ambos Derechos, del consejo de su Majestad, y asesor de la general gobernacion deste reino. Y no descubro en su dotrina encuentro con las regalias y preeminencias de su Majestad, ántes hallo debajo el sutil velo de una misteriosa ficcion, muchos desengaños para la enseñanza pública : y así puede darse la licencia que se pide. Este es mi sentir. En Zaragoza 15 de marzo 1650. — El dotor Juan Francisco Andrés.

(Edicion original.)

EL BUSCON.

Agradecido al mandamiento del señor don Juan de Salinas, vicario general deste arzobispado de Zaragoza, que me obligó á ver libro tan sazonado, como su autor, juzgo que se le debe la estampa, por la propriedad de las cosas, por la elegancia de las palabras, por la enseñanza de las costumbres, sin ofensa alguna de la religion. En Santa Engracia de Zaragoza, á 29 de abril, año de mil seiscientos veinte y seis. — Estéban de Peralta.

(Edicion príncipe.)

He visto y leido este libro, y me parece se puede dar licencia para imprimirlo. En Zaragoza, á trece de mayo de mil seiscientos veinte y seis. — El doctor Calisto Remirez.

COLECCIONES DE TODAS LAS OBRAS.

Por el señor Vicario aprobó este libro el padre maestro Diego del Carpio, calificador de la general Inquisicion y examinador sinodal del arzobispado de Toledo. Por el Consejo supremo le aprobó el padre Juan Vélez Zabala de los clérigos menores, calificador del consejo supremo de Inquisicion.

(En la de Madrid de 1648.)

Por comision del señor licenciado don Gabriel de Aldama, vicario general de Madrid, he visto este libro intitulado *Obras varias*, cuyo autor es don Francisco de Quevedo Villegas, caballero de la órden de Santiago; y reconozco en él muy útiles advertimientos politicos, para ejemplo y escarmiento, tanto que se conoce en ellos mas intencion de aprovechar á otros, que ambicion de alabanza propia. El estilo es el que en tantas obras suyas habemos leido, traducidas en los idiomas italiano, inglés, flamenco, francés y latino. No hay en esto voz que ofenda las buenas costumbres, ni discurso contrario á nuestra santa fe católica romana: y así me parece digno de la licencia que pide. En Madrid á 16 de Junio de 1644. — Doctor Don Diego de Córdoba.

(En la de Diego Diaz de la Carrera, de 1650.)

Censores desta Segunda parte, por el Consejo y el Vicario.

El licenciado don Pedro Blasco, protonotario apostólico, y el padre Juan Eusebio Nieremberg de la Compañia de Jesus, y el padre fray Bartolomé Foyas, de la órden de san Francisco.

(En la publicacion de Madrid hecha por Melchor Sanchez, año de 1658.)

Censores destas obras.

Aprobaron estas obras por el Ordinario, don Pedro de la Escalera Guevara; y por commision del consejo supremo de Castilla, el licenciado don Juan de Valdés.

(En la de Bruselas.)

Censura del reverendísimo padre maestro Juan Manuel de Arguédas de la Compañia de Jesus, lector ántes de filosofía y sagrada Escritura, examinador sinodal del obispado de Avila, prefecto de la real congregacion de la purísima Concepcion del colegio imperial de esta corte, y calificador del consejo supremo de la santa Inquisicion.

Por especial comision del consejo de Castilla he visto las obras de Don Francisco de Quevedo y Villegas, que desea la erudicion tenerlas en la limpieza del estilo español, sin los errores que las impresiones antiguas de Bruselas y Amberes y otras forasteras han causado. Y confieso que aunque en otros tiempos habia leido buena parte de sus escritos por diversion, ahora ha logrado mi obediencia leerlos todos por estudio, y muchos de ellos por desengaño: porque ¿quién puede dudar que la *Política de Dios y gobierno de Cristo*, sacada de las santas Escrituras y sagradas máximas del Evangelio, puede enseñar á cualquiera, si la lee con deseo de aprender? La *Cuna y la sepultura* puede ser leccion espiritual del espíritu mas elevado; y la *Doctrina para morir*, y la *Virtud militante*, en que (despues de elevar las virtudes cristianas al aprecio que debe un corazon tiernamente afectuoso á su capitan y divino maestro Cristo nuestro bien) concluye con dos tratados, uno de la pobreza cristiana y evangélica, escrito á don Alvaro de Monsalve, canónigo de la santa iglesia de Toledo; y otro del desprecio del mundo y verdadera humildad, al doctor don Manuel Sarmiento de Mendoza, canónigo magistral de la santa iglesia de Sevilla. No es lo maravilloso que un amigo secular y discreto escriba con desengaño á eclesiásticos doctos, y piadosos; sino que un caballero noticioso de cuantos gracejos y chistes revolvió su tiempo, pueda correr la pluma con tan feliz vuelo en materias tan altamente sagradas, que muchos prácticos en la contemplacion no las supieran explicar con tanta delicadeza y tanto fruto para las almas. El tratado póstumo de la *Inmortalidad del alma*, que dedicó en su última prision de Leon á su confesor el padre Mauricio de Attodo de la Compañia de Jesus, lector de teologia en aquel colegio, los *Comentarios de Job*, la *Providencia divina* (que tanto han deseado la luz pública) son á juicio de los doctos un seguro baluarte ó un castillo roquero contra todos los hereges del norte, que poniendo nombres distintos á sus errores, ni son lo que defienden, ni saben lo que se dicen, pues negando el mérito y el premio, quitan al alma su inmortalidad y á Dios su providencia y divinos atributos; y quien á Dios quita algo de su infinito ser, se lo quita todo: y esto es ser ateista, aunque no les contenta esta voz.

La *Vida de san Pablo*, la de *santo Tomás de Villanueva*, el *Memorial por el patronato de Santiago* y otros escritos que quieren estilo más garboso, logran el punto perfecto; que en cuanto tomó la pluma parece el fénix, sin tener quien le compita. Lo que á muchos admira es, que un genio tan serio en las veras escriba con tan hermosos donaires, ya en prosa ya en verso, ya en asuntos jocosos ya burlescos ya satíricos, ya en las invenciones fabulosas, ya en las alusiones poéticas, que los ingenios más floridos le confiesan por maestro en cuanto escribe. Las alabanzas que le dan los hombres que le conocieron y trataron, parecen exageracion del afecto y no realidad de sus méritos: véase en su escogida erudicion á don Josef Antonio Gonzalez de Salas, caballero del órden de Calatrava, en la explicacion de las *Musas castellanas*, y es ménos lo más que se puede decir. El coronista español maestro Gil Gonzalez Dávila tiene por dichoso al rey y reyno que obrare por sus máximas políticas y cristianas. El ilustrísimo señor arzobispo don fray Cristóbal de Torres, de la esclarecida religion de santo Domingo, aun dice mayores encarecimientos. Los padres Pedro de Urteaga y Gabriel de Castilla, de la Compañia de Jesus, le alaban sin medida en sus escritos; y lo que es más los poetas, en aquel ardor armonioso de sus consonancias ó en aquel númen que ellos llaman furor sagrado, sin conocer ventajas esta facultad nada humilde al más ventajoso. Del mismo modo le engrandecen asi españoles como italianos como franceses, haciendo discreta vanidad todas las naciones de entenderle, para parecer entendidas; y en nuestro idioma enseña la experiencia que no solo los pocos años, pero la edad madura ilustrada de puestos y ventajosa erudicion, suele con cuidadoso descuido arrojar algun picante ó hermosa expresion de este ingenio, para acreditarse el proprio. Baste el elogio del *Laurel de Apolo* de nuestro español Lope de Vega Carpio en la silva séptima, que comparándole en prosa á Justo Lipsio, y en las armonías poéticas á Juvenal, á Píndaro, á Petronio y al mismo Apolo (si faltára), concluye en el lugar citado:

Amar su ingenio, y no alabarle supe;
Y nazcan mundos que su fama ocupe.

Algunos han querido, ó poco noticiosos ó muy apasionados del autor, decir que la *Introduccion á la vida devota*, que se halla en el segundo tomo de sus obras serias, es obra suya; y aunque don Francisco de Quevedo la tradujo fielmente, hallándose en Sicilia en compañia de aquel gran duque de Osuna don Pedro Giron,

virrey entónces de aquel reino (y de alli comenzó á estenderse con grande aplauso en España), es obra del gran rio de doctrina y elocuencia cristiana y el segundo Crisóstomo de nuestros siglos, el bienaventurado san Francisco de Sales, obispo y señor de Ginebra: y asi al César se le dé lo que es del César, y á Dios lo que es de Dios. El santo fué su autor, y don Francisco de Quevedo su traductor, y no es pequeña gloria suya haber trasladado en la copia aquel original todo incendio de amor divino, diciendo alguna semejanza los estilos. Equivocóse la madre de Dario, teniendo á Efestion por Alejandro; pero él respondió este principe magnánimo: *Non errasti, nam hic Alexander est*: basta cualquiera semejanza para hacerle grande, aunque no sea Alejandro. El mismo don Francisco en su *Doctrina estóica* protesta que no es suya, con que no hay que disputar con las evidencias. Siguió la doctrina del santo doctor, no solo para traducirla al papel; pero para trasladarla á su pecho con tanto brio, que en sus grandes trabajos, prisiones, testimonios, enemigos y enfermedades que tuvo toda su vida (que apénas se hallarán mayores), iba creciendo su invencible paciencia cristiana al compás de su sufrido silencio, sin quejarse jamas ni aun con sus parientes y amigos de su confianza, de los que le herian en sus conveniencias y reputacion; sin saberse en que fué mayor, en el padecer ó en el obrar, en el aplauso ó en la contradiccion, en la quietud de una retirada y estudiosa vida ó en los recios golpes de una envidiosa fortuna. Lo que se sabe ciertamente es, que fué más pronto en perdonar á los que le ofendian, que en agradecer á los que le alababan. Es doctrina de Epicteto, elogiada del mismo don Francisco en su *Doctrina estóica*, en que habiendo alabado al santo cardenal san Carlos Borromeo y al gran san Francisco de Sales (como discipulos de esta escuela) de las máximas que dicen con lo cristiano, concluye su discurso con estas palabras: *Yo no tengo suficiencia de estóico, mas tengo aficion á los estóicos. Hame asistido su doctrina por guia en las dudas, por consuelo en los trabajos, por defensa en las persecuciones, que tanta parte han poseido de mi vida. Yo he tenido su doctrina por estudio continuo; no sé si ella ha tenido en mi un buen estudiante.*

Crecieron en don Francisco con los trabajos los desengaños; y hallándose en su villa de la Torre de Juan Abad por el año de 1645, último de su vida, libre ya de la última prision de Leon, y deseosa de verse su alma libre de las prisiones del cuerpo, aunque cada dia más cargado de terribles dolores y peligrosas enfermedades,—cantando los últimos desengaños en aquella cancion celebrada que fue la última obra en verso de su vida, y que se pone la primera en la musa Euterpe, pintó la vanidad y locura mundana con ese mismo epigrafe; y como cisne que mira vecina su muerte, comenzó la cancion así:

O tu, que con dudosos pasos mides!

Y porque esta que es cancion, pudiera parecer epitafio á quien supo morir en vida, concluye así:

> Cánsate ya, mortal, de fatigarte
> En adquirir riquezas y tesoro,
> Que últimamente el tiempo ha de heredarte,
> Y al fin te han de dexar la plata y oro:
> Vive para ti solo si pudieres,
> Pues solo para ti, si mueres, mueres.

Mandó que de la Torre de Juan Abad le llevasen á Villanueva de los Infantes, para lograr mayor asistencia á la partida de la eternidad, por hallarse en aquella villa su antiguo y grande amigo el reverendo padre Diego Jacinto de Tebar de la Compañia de Jesus. Fió á su prudente y sabia direccion (mayor entónces que sus años) el negocio más importante de su vida, que fué lograr una cristiana y fervorosa muerte. Esta eleccion de don Francisco acreditó tanto á este sugeto religioso, que siendo digno de los primeros empleos de su religion, y provincial de esta provincia en tiempos posteriores, fuéron imitando los héroes españoles á don Francisco de Quevedo en sus desengaños; pues don Josef Pellicer, secretario de su Magestad, caballero del órden de Santiago, historiador aplaudido de España, no solo le fió su conciencia en el mismo lance de la muerte, sino que en los años últimos de su vida mandó que le reformase sus obras. Y lo mismo don Antonio de Solis, que entre los poetas españoles de nuestros tiempos es príncipe de los discretos, y torció la pluma á la *Historia de Méjico*, para lograr la prosa los desperdicios infructuosos del númen que gastaron sus primeros años. Don Nicolas Antonio, del consejo de su Majestad, su fiscal del de Cruzada, caballero del órden de Santiago, le tuvo por director en su muerte: como le tuvo en la *Biblioteca hispana*, se sujetó siempre á su censura; imprimiendo cierto carácter en los hombres grandes la eleccion de don Francisco de Quevedo.

Encargóle el dicho con el cariño de amigo, y con los humildes rendimientos que tan severo lance excita en un corazon penitente, quemase cuantos papeles manuscritos tenia jocosos y de donaire, y cuantos pudieran dar el más leve sentimiento á su prójimo. Parece que con puntual esáctitud se egecutó el encargo, pues de las diez partes de las poesías de don Francisco de Quevedo no se halla una (que es la queja comun de sus muy apasionados); y algunos papeles que corren en su nombre, ó no son suyos ó no son dignos de la estampa. Con la misma seria reflexion pidió delatasen en su nombre todas sus obras al santo tribunal de la Inquisicion; y estando muchas impresas, no solo en idioma español, pero traducidas casi en todos los idiomas del mundo, no pudieron acompañar en el fuego á las manuscritas. Pero logró que por lo menos se acrisolasen en las llamas sus deseos, para que consumidos sus trabajos al ayre de sus incendios, fuesen faroles lucientes para el cielo las que queria sepultar ceni-

zas en la tierra: prueba evidente de la gratitud con que ahora estimaria (si viviera) la prudente censura del santo Tribunal, habiendo quitado de este árbol frondoso las flores infructuosas, para que sean más sazonados los frutos que quedan.

La lozanía de la tierra muy fecunda, al paso que da opimos y sazonados frutos, suele producir más robustos los cardos y malezas: córtense aquellos muy en buen hora, y quede solo lo que aprovecha á la prudente enseñanza, y á la utilidad modestamente cristiana. Lloró san Agustin en sus confesiones las licencias de sus pocos años, y á la armonía de su llanto venera la gravedad de la doctrina, que al principio detestaba en boca del grande Ambrosio. Llore tiernamente Agustino, miéntras á Gerónimo le hace llorar el ángel severo la deliciosa tarea á la dulzura de las obras de Ciceron, que si en aquel tiempo le parecian desabridas las sagradas letras, vendrá tiempo en que sea amado recreo de su estudio el destino con que ha de emplear su pluma en la más provechosa interpretacion de los sagrados libros.

Reduciendo, pues, como á márgen el dilatado golfo de las aclamaciones que el orbe literario le da á este sugeto, no falta quien diga que contra el parecer de los médicos que le daban tres dias de vida, presagió en sus últimos alientos, que no llegaria su vida á tres horas (como sucedió), en que pidiendo el último sacramento de la santa uncion, logrando lagrimas arrepentidas, tiernos coloquios con Cristo nuestro señor, y con Maria santisima, repitió muchos actos fervorosos, pareciendo entónces más vivas sus amorosas expresiones, porque eran más vecinos los desalientos de la muerte. Afirman manuscritos que he visto, que trayéndole un paje unas cartas para firmar tres dias antes de su muerte, dixo en presencia de muchos: «estas son las últimas cartas de mi vida,» y así fué. Añaden, que descubriendo su cuerpo diez años despues de su muerte, se halló perfectamente entero: ni califico, ni desestimo estas y otras noticias que conserva la tradicion de personas de escepcion y entendimiento. Lo que jurídicamente consta por carta de 20 de mayo de 1617 escrita á su Majestad por el virey entónces de Nápoles, duque de Osuna, es que habiéndole ofrecido cincuenta mil ducados porque disimulase, ó diese largas en la averiguacion de las fraudes de la hacienda real, en que tenia especial comision del rey, no solo no condescendió con tan injusta proposicion, sino que su gran fidelidad, y entereza politica y cristiana, le grangeó desde entónces las mayores persecuciones contra su crédito y contra su vida. Tambien es cierto que ofreciéndole el señor Felipe IV. y mandándole fuese su secretario de Estado, aceptó con cortesano rendimiento y bizarro desinterés el puesto para la honra; pero desestimó los gages y ejercicio, dominando su genio á la autoridad y conveniencias que otros solicitan arrastrados. Pudiera decir casos muy singulares, que le hacen más digno de estimacion que sus escritos; pero no siendo de mi instituto mas que dar una ligera y breve noticia de haber leido sus obras, hallo que vuestra alteza puede dar la licencia que se pide para reimprimir de nuevo lo antiguo en la pureza que se requiere, y que salgan las obras póstumas, que tanto desean (y con razon) los eruditos. Asi lo siento, *salvo meliori*. En este colegio imperial de la Compañia de Jesus de Madrid, y agosto 13 de 1713.—Juan Manuel de Arguedas.

(En la coleccion de Madrid de 1713.)

———

Censura de comision del Ordinario, dada por el muy reverendo padre fray Francisco Palanco, lector jubilado, calificador del santo Oficio y de sus juntas secretas, revisor de libros, examinador sinodal de este arzobispado de Toledo electo obispo de Panamá, ántes vicario general, y al presente provincial de los Mínimos de san Francisco de Paula en esta de las dos Castillas, etc.

Por comision del señor don Isidro de Porras y Montúfar, teniente de vicario de esta villa de Madrid y su partido, he visto este libro cuyo asunto es defender la *Divina providencia* contra el ateismo, en cuyo apoyo se expone el libro de Job; su autor don Francisco de Quevedo, caballero del hábito de Santiago, etc. Y aunque el celebrado talento y siempre vivo ingenio del autor, tan notorio al mundo en sus muchas obras, ya aligadas a metro ya sueltas en elocuente prosa, nos prometia en esta parte no menos elegante, he hallado que es mucho mas de lo que prometia la esperanza; porque se aventaja a sí mismo en tanto grado, que se pudiera desconocer, si el estilo y caractéres no le manifestaran proprio. Excede á las demas obras en la causa, en la erudicion, en la solidez, verdad, y desengaño, y sobre todo en la utilidad para los lectores. En la causa, porque en ninguno de sus escritos la toma tan alta, como defender la providencia divina contra el ateismo insipiente, que es el asunto de este libro. En la erudicion, porque aunque siempre la ostentó general, aquí la manifiesta sagrada y divina; bebida no solo de los libros

divinos y sagrados intérpretes, en cuyo coro benemérito se introduce, si tambien aprendida por experiencia propria en semejante escuela que la de el pacientisimo Job, cuyo libro expone con luces tan soberanas de la más alta razon de estado de la providencia de Dios, que se puede creer piadosamente quiso el Altísimo ilustrar a lo divino en los trabajosos y penados fines de su vida aquel grande entendimiento, que en sus principios habia sido tan humano, y que la elocuencia con que tanto habia deleitado a los humanos genios entre la lisonja de sus aplausos, puesta en el tormento de tantos trabajos y adversidades, cantase con mas soberanos primores al placer de Dios endechas divinas y grandezas de su providencia.

Se excede tambien en lo sólido, y serio de la verdad que trata; porque quitando á los humanos sucesos la máscara de prósperos ó adversos, con que ó lisonjean ó atemorizan á los mortales, descubre el verdadero veneno que ocultan aquellos, ó la verdadera triaca que envuelven estos, para que nadie se engañe con la superficial apariencia de los unos ni de los otros. De aquí infiero la mayor utilidad de esta obra sobre las demas; porque aunque el autor siempre se mostró desengañado, aun en los asuntos jocosos; pero allí el desengaño es como juego de cañas, en que las lanzas mas divierten que penetran: aquí las tira de veras y tan aceradas, que penetran hasta lo intimo del corazon que las atiende, sin lisongear al gusto.

Conocese en esta obra cuán verdadera es la sentencia del Sabio: *Vexatio dat intellectum*; porque aunque el del autor fué siempre grande, la opinion en que le pusieron sus trabajos le despaviló tanto de los achaques de humano, que parece le transformó en divino. Quisiera serle semejante en la facundia y elocuencia, para decir todo lo que siento de esta obra; pero me acorta la falta de frases para explicarme. Y solo digo, cumpliendo con el oficio de censor, que no he hallado en este libro cosa alguna que desdiga de nuestra santa fé ni de las buenas costumbres, y que merece la licencia que se le solicita, para que este tesoro, hasta ahora escondido, utilice al público. Asi lo siento en este de nuestra señora de la Victoria de Madrid, en 17 de noviembre de 1713.—Fray Francisco Palanco.

(En la misma coleccion.)

ELOGIOS

DE DON FRANCISCO DE QUEVEDO VILLEGAS.

Ὦ μέγακῦδος Ἰβήρων. (*O magnum decus Hispanorum.*)
(Justo Lipsio. — Lovaina: 1605.)

AD DON FRANCISCUM QUEVEDUM,

COMITIS JULII CAESARIS STELLAE ODE.

Quevede, laevum, cui Cruce purpurat
Rubente pectus, Militiae sacrum
   Insigne, quae Divi superbit
    Clara patrocinio Jacobi.
Idem Camoenis care, nec indigens
Prudentis omni tempore consilii,
   Ut te redonatum placenti
    Parthenope, Dominoque laetor.
Qui tecum amicis colloquiis diem
Horas in omnes conserit, et tuo
   Arcana curarum reponit
    In gremio, penitosque sensus.
Longi per undas aequoris advenis
Diu moratus, dum ratibus viam
   Adversus intercludit Auster
    Turbine ovans, gravidusque fluctu.
Ergo quòd atri per maris asperos
Campos procellis, sospes ades, memor
   Periculorum, vota Divis
    Solve tuis, meritasque grates:
Et nos, ut ambos gentis ab aulicae
Dolis remotos, sanctus amor coquit
   Scientiarum, facta Magni
    Grandia Gironii canamus.

(Nápoles, 1618. — Vincentii Mariuerii opera omnia. Turnoni M. DC. XXXIII.)

Á DON FRANCISCO DE QUEVEDO,

ODA DEL CONDE JULIO CÉSAR STELLA.

Quevedo insigne, en cuyo pecho brilla
La roja cruz que á la milicia engrie,
Del divo Yago, protector augusto
   De ínclitos hijos;
Caro á las musas y en consejos sabio,
¡Cuánto se goza mi cariño en verte
Tornar al Duque, y á la no olvidada
   Nápoles bella!
Tornar al Duque, que te espera ansioso,
Para fiar á tu prudencia suma
Un dia y otro el sinsabor y arcanos
   Hijos del cetro.
¡Oh cuánto tiempo por los anchos mares,
De hinchadas olas y de tumbos llenos,
Sendas negando á la insegura quilla,
   Túvote el austro!
Hora que libre de cruel tormenta,
Llegas, y salvo de mortal peligro,
Ay, no lo olvides, y á los altos cielos
   Rindeles gracias.
Únanos siempre en sacrosanto lazo
Amor de ciencia, y entonemos juntos
De Giron glorias, para siempre léjos
   De áulica intriga.

(Traduccion de mi amigo el señor don Joaquin José Cervino.— Madrid, 1852.)

AD DON FRANCISCUM DE QUEVEDO VILLEGAS

ELEGIA MICHAELIS KELKERIS.

Quod nisi Moecenas aliquis favisset, abibat,
  Maeonii pressum sub Styge Vatis opus.
Pindarus hoc canit aeternum fautore, nec unquam
  Lesbia permittit virgo tacere lyram;
Hic quoque perpetuum versus spectare Maronis
  Efficit, ac Plauti comica dicta, diem.
Fare age, quid jam Musa siles? Tibi quaere benignum
  Praesidium, tenuis sit tua vena licet.
Nam sic culta magis surges, sic cedet egestas;
  Sic erit Ossunae Dux memor ipse tui.
Euge decus, Quevedo, meum sis: doctus Apollo
  Hoc velit, hoc jubeat Sicelidumque chorus.
Num renues? Procul iste timor: generosa tuendi
  Innatum Musas pectora munus habent.
Unde procellosos mittit dum livida ventos
  Turba, meae sidus dux precor esto ratis.
Pelle Helenen, pluviasque Hyadas, quaecumque minantur
  Dira Διοσκούρων sydera fausta reduc,
Ut freta dum procerum laudum mea Musa pererrat,
  Egregiis tumeant carbasa plena Notis.

Q–1.

Á DON FRANCISCO DE QUEVEDO VILLEGAS,

ELEGÍA DE MIGUEL KELKER.

  Del olvido tal vez la sima avara
Tragárase la joya
Inmortal lauro del cantor de Troya,
Si fausto el Macedon no la guardara;
Pindaro eleva su envidiado tono,
Porque le anima bienhechor patrono;
Por ello Safo eternizó su lira,
Y timbra el orbe con perenne sello
El cómico disfraz que á Plauto inspira,
Y de Maron divino el estro bello.
  ¡Oh musa! Y ¿callarás? Implora, implora
Benigno amparo, y tu humildad olvida;
Así con él feliz y triunfadora
A la sublime luna
Veráste enaltecida,
Y recordada del sin par Osuna.
Sé mi apoyo, oh Quevedo, esclarecido:
No el docto Apolo ni sus nueve hermanas,
Las musas sicilianas,
Me nieguen tal fortuna.

Sic mihi Moeceñas, sic spes, tutelaque vitae,
  Praesidiumque meae depereuntis eris.

(Nápoles, 1618.—Vincentii Marinerii opera omnia, M.DC.XXXIII.)

¿Lo esquivarás? ¡Vano temor! ¿No han sido
Siempre los pechos generosos gloria
Y sosten del talento desvalido?
  Cuando la turba de envidiosos mueva
Hórridas tempestades,
Sé el norte y el patron de mi barquilla.
Aparta, aparta de ella
Las Hiadas lluviosas,
La Helena que en fulgor siniestro brilla;
Toda contraria estrella
Vuélvela favorable á mi querella.
  Así, mientras mi musa por los mares
Navega, en que se teme la censura
De poderosos mil, la brisa pura
Impela en paz mi barca y mis cantares.
Así tú mi esperanza y mi Mecenas
Serás, y fiel egida
Contra el rigor de mi cansada vida.

(Traduccion del mismo señor Cervino.—Madrid, 1832.)

AD EUNDEM CLARISSIMUM VIRUM,

VINCENTII MARINERII VALENTINI EPIGRAMMA.

Musarum tu dives opum, tibi gaza redundat.
  Subditur et meritò quisque Poeta tibi,
Et Famae te flatus agit, Musasque per astra
  Attolis, medio tu sine lite sedes.
Hispanam linguam Musarum fontibus auges,
  Et certamen inis cum quibus alta petis.
Lux mentis diffusa tuae serit ignibus orbem,
  Atque inter cunctos primus es, altus ades.
Aureus ore lepos, fundit tibi copia carmen;
  Est doctum dulci quidquid ab ore fluit.
Aequé et nomen habes Musarum, et gesta Maronis;
  Proximus atque illi stant tibi serta sua.

(Madrid, 1625.—Id.)

AL MISMO ESCLARECIDÍSIMO VARON,

EPIGRAMA DE VICENTE MARINER, VALENCIANO.

  En la riqueza del númen
Nadie como tú opulento:
Lo confiesan y te ceden
Cien vates y cien su puesto.
  La fama eleva tu nombre,
Y tú las musas al cielo,
Y entre ellas ufano gozas
De no disputado asiento.
  El patrio idioma enriqueces
En el raudal de tus versos,
¿Quién te arrancará esa palma
Si ni aun te sigue á lo léjos?
  Ilumina al orbe todo
La viva luz de tu ingenio,
Y cual sol entre los astros
En las alturas te veo.
  No hay chiste como tu chiste
Ni metro como tu metro;
Manan de tu dulce labio
Doctrina y contentamiento.
  Igual á Maron divino
En fama y en rasgos bellos,
A entrambos un mismo lauro
Está las frentes ciñendo.

(Del mismo.)

Miles ab aedituo petiit calcaria functi
  Nuper Quevedi, tradita sarcophago.
Ludo his ornatus, taurorum et cornibus instat:
  Suffosso cecidit vir, sed iniquus, equo.
Ergo equitem effosso sequitur si poena sepulchro;
  Discite sic manes non violare pios.

(Monseñor D. Martin Lafarina de Madrigal, 1645.)

Vencido el guarda que en las tumbas vela,
Rompe la de Quevedo un caballero,
Y arráncale atrevido el áurea espuela,
Y osténtala en el circo placentero.
El toro parte, y el bridon recela,
Y húndese el asta en el jinete fiero.
Tal castigo á sacrílegos desmanes
Enseñe á respetar los sacros manes.

(Del mismo.)

Alta petis, saecli decus, et gloria nostri.

(Antonio de Argüelles.)

A lo más encumbrado de las nubes,
Deste siglo decoro y gloria, subes.

(Del mismo Argüelles.)

Si corpus Quevedo cupis, tibi praestat imago:
  Si exoptas animam, corpus, opusque dabit.

(En el retrato que dibujó don Salvador Jordan, y que don Francisco Gazan grabó en Madrid.)

QUEVEDUS.

Unus jucundo curas dissolvere risu
  Noverat; huic similem Natio nulla tulit.

(Del P. Tomas Serrano, jesuita, natural de Castalla en el reino de Valencia. — *Carminum libri IV.* Foligno, 1788.)

Hoc igitur argumentum, charissime QUEVE-
DE, tibi offero, Principem laudatorem Solis
in magna tuae praeclarae bibliothecae scrinia
emitto, has laudes in sublimem tuarum laudum
sphaeram libentissimè defero. Tuo equidem
consilio hoc opus egregium aggressus fui, tuo
auspicio absolvi, tuo nomine perfeci, et tuo demum omine in ultimam mearum cogitationum
metam penitus tradidi. Audax equidem hoc munus tibi sacrare studui, non autem impudens,
non improbus, non temerarius mentis meae
tenuitatem, tibi, tanto viro manifestarem; nam
cùm planè existimem id quod in totá mundi ma-
chiná praecipuum est, nempe Solem, et ab totius Imperii Principe laudatum, ad te, qui in
Hispano orbe et ingenii, et litterarum praestan-
tiá, et famae magnitudine, et sanguinis nobili-
tate primas tenes partes, emittere nihil planè
me arbitror efficere absurdum, nihil non ni-
mirum rationi consentaneum, cùm tantum, et
tam eximium opus in te similem sibi habeat locum, aequalem nanciscatur sedem, et debi-
tum, paremque suscipiat terminum. Possum
equidem controversiam aliquam constituere inter me, qui offero hoc opus, inter te, cui hoc
opus offertur, inter Caesarem, qui ipsum com-
posuit, et denique inter Solem, qui huic operi
materiam praebuit... Primùm, Sol est cui hoc
opus debetur: Solem et Graeci, et Latini Apol-
linem vocant. Apollo equidem Musarum pater est; Musas, quis dubitat esse poetarum sorores? quis ergo non fatebitur te Solis esse alu-
mnum, cùm sis Apollinis filius? nam frater Musarum prorsus es, quas et carmine refers, et
ingenio imitaris, et litteris sequeris, et lepore
manifestas. Rursus Juliani Caesaris opus est
istud, qui primùm in Imperio Romano, et in totius orbis sceptro tenuit caput: simili etiam ratione inter poetarum principes, in hoc Musarum
et litterarum Imperio, in hoc equidem divinarum
cogitationum aethere tu solus es Sol, tu solus
princeps, caput, imperator, numen. Demum
si in meum hunc conatum oculos vertis, omnia
quàm simillima conspicies et Solis, et Caesaris,
et tuae magnitudinis.

(Vicente Mariner, en la version del *Panegírico* de Juliano César.)

———

D. FRANCISCUS DE QUEVEDO VILLEGAS, vir inter
nos ingenio et eloquentia nec minus eruditione
clarus.

(D. Nicolas Antonio en su *Bibliotheca vetus*.)

———

SONETTO.

Mentre spiego, novello Icaro audace,
  Al ciel de le tue lodi illustri il volo,
  Il temerario ardir, trà scorno e duolo,
  All'insoffribil peso ecco soggiace;
Ahi, che pensar dovea, quand' il vivace
  Raggio del tuo splendor, ch' ammiro e colo,
  Mirai, che ne riporto il salto solo
  Del mio folle pensier segno verace.
FRANCESCO, or che m' avveggio ch' a la vera
  Meta del tuo gran merto e del valore
  Altri giunger non può ch' aquila altera,

S' altro non posso, al tempio del tuo onore
  Umil m' inchino, e con la fe sincera
  Con silenzio t' adoro ed offro il core.

(D. Gerónimo de Rivera.—Nápoles, 1618.)

———

Oltre ch' al canto ne rassembri il vero
  Apollo, ed al parlar figliuol di Maia,
  Ed hai d' Orbi e di Cieli ogni lor parte;
Ogni dote real di Cavaliero
  Eroicamente in te sua luce irraia,
  Onde nell' arm ancor rassembri un Marte.

(Juan Andrea de Cunzi, ponderando la destreza de Quevedo en
el manejo de las armas.)

———

QUEVEDO è un Sole, ed è sua penna un raggio,
  Ch' ombre di sogni, orror d' abissi indora;
  Splende ove fere, e dove splende un maggio
Di Pindarici fior sparge e colora:
  Ne le carte, e ne marmi eterna il saggio
  Di sue postume glorie: i di talora
Scrive Quevedo, e l' Inmortall e belle,
  Perch' è Sol, note sue sono le Stelle.

(Juan Perelio, caballero trasiliano, secretario y residente del
duque de Módena en Madrid.)

———

Fija la vista en este, que sin miedo
  Puede ponerla al sol, por hijo propio
  Del montañés Silvestre de QUEVEDO
Y sus rayos seguir como eliotropio:
  Corona el timbre de la cruz de Oviedo,
  Que no es á su virtud blason impropio,
De plumas la celada, y las montañas
Del claro resplandor de sus hazañas.

(Lope de Vega Carpio, en *La Jerusalen*.)

———

Cayóseme la lista de la mano
En este punto, y dijo el dios:—Con estos
Que has referido está el negocio llano.
  Haz que con piés y pensamientos prestos
Vengan aquí, donde aguardando quedo,
La fuerza de tan válidos supuestos.
  Mal podrá DON FRANCISCO DE QUEVEDO
Venir, dije yo entónces, si me dijo:
Pues partirme sin él de aquí no puedo.
  Ese es hijo de Apolo, ese es hijo
De Caliope musa, no podemos
Irnos sin él, y en esto estaré fijo.
  Es el flagelo de poetas memos,
Y echará á puntillazos del Parnaso
Los malos que esperamos y tememos.
  Oh señor, repliqué, que tiene el paso
Corto, y no llegará en un siglo entero.
  —Deso, dijo Mercurio, no hago caso;
  Que el poeta que fuere caballero,
Sobre una nube entre pardilla y clara,
Vendrá muy á su gusto, caballero.

(Cervantes, *Viaje del Parnaso*. Madrid, 1614.)

———

A la fénix feliz tu ingenio imita,
A DON FRANCISCO DE QUEVEDO sabio,
Pues en tus propios versos resucita,
Sin del olvido padecer agravio.

(D. Francisco de Herrera Maldonado, por quien habló Virgilio
en lengua castellana, en la traduccion del *Parto de la Virgen*, de
Sannazaro.—1521.)

———

Al docto DON FRANCISCO DE QUEVEDO
Llama, por luz de tu ribera hermosa,
Lipsio de España en prosa
Y Juvenal en verso;
Con quien las musas no tuvieran miedo
De cuanto ingenio ilustra el universo,
Ni en competencia á Pindaro y Petronio,
Como dan sus escritos testimonio;

Espíritu agudísimo y suáve,
Dulce en las burlas , y en las veras grave ;
Príncipe de los líricos , que él solo
Pudiera serlo , si faltara Apolo.
¡ Oh musas ! dadme versos , dadme flores ;
Que á falta de conceptos y colores ,
Ámar su ingenio , y no alabarle supe ;
Y nazcan mundos que su fama ocupe.

(Lope de Vega Carpio, en el *Laurel de Apolo*, Silva séptima, fol. 65.)

———

El muy erudito Juan Queralt, profesor de letras humanas en la universidad de Salamanca y en las escuelas pias que edificó el sumo pontífice Paulo V, de quien fué muy estimado, en una epístola llamó á DON FRANCISCO *príncipe de los poetas, en quien solo se juntan las gracias y sales de todos los líricos.*

(Tarsia, *Vida de Quevedo*, página 23.)

———

Pero, quien siente que no tiene fundamento (la poesía) en la retórica, ¿qué respuesta merece? O no entiende que le tocan las mismas obligaciones que al historiador, fuera de la verdad, ó poca erudicion muestra quien esto ignora; estando todos los retóricos llenos de ejemplos de poetas, como verá mejor vuestra excelencia, si DON FRANCISCO DE QUEVEDO prosigue un *discurso* que dejó comenzado : ingénio verdaderamente insigne, y tan adornado de letras griegas y latinas , sagradas y humanas, que para alabarle más, quisiera deberle ménos.

(Lope de Vega, Respuesta á la carta del licenciado Diego de Colmenares, impresa en la *Circe*, año de 1624.)

———

Y es cierto que si tan valiente juicio (Fr. Luis de Leon) alcanzara este tiempo, trocara sin duda la censura (contra el vulgo de los poetas españoles), admirando, y con mucha razon, en vuestra merced la invencion , propiedad esencial del poeta ; la cultura admirable, y sean los siglos testigos, de nuestro cordobés (Góngora); la feliz profundidad del Félix Palavicino; la gravedad de los dos aragoneses ; la energía de Francisco Lopez de Zárate; la rara erudicion y caudal del famoso DON FRANCISCO DE QUEVEDO , de quien yo me profeso no ménos deudor que vuestra merced, ni ménos aficionado que el que más; y de cuyos *discursos*, cada y cuando que nuestra suerte los saque á luz, aunque es en esto tan detenido como otros arrojados, podrá prometerse España lo que de todas las obras de su gran ingenio. Pero de nadie temeré yo que pueda probarme haber dicho, como vuestra merced quiere, que la poesía no tiene fundamento en la retórica, pues nunca llegó á mi pensamiento; ántes me parecia que el pedestal, plinto y basa de la poética, son la gramática, lógica y retórica ; y el objeto todas las ciencias y profesiones del mundo, pues la compete hablar de todas.

(Licenciado Diego de Colmenares, Respuesta á la carta de Lope de Vega. 1624.)

———

Dél (el Evangelio) sacó vuestra merced tan sana y buena *doctrina*, que de otro ninguno no pudiera, y la mejor razon de estado que el mundo ha conocido, para que por todas partes fuese perfectisimo este trabajo. Vése en él epilogada toda la ciencia real ó política, y sin los inconvenientes y peligros que los que han escrito sobre ella nos representaron ; quizá por dejar el manantial desta fuente viva y perenne , y acudir á los charcos y arroyuelos, á un Platon , á un Aristóteles, y otros semejantes. Cosa es en que hasta hoy no se habia reparado como se debia ; si bien por algunos acertados juicios fué siempre deseada, codiciosos de tener las obligaciones de los estados mayores y menores del gobierno cristiano, copiadas de su verdadero original, la sagrada Escritura, con la limpieza que están aquí, pareciéndoles no poderse sacar doctrina para enseñamiento del pueblo con acierto temporal y espiritual, ni vigor necesario para este fin, ménos que de la noticia de las cosas de Dios y de su enseñanza.

El argumento está seguido con felicidad y fortuna, y representados á los ojos los dos estados de príncipe y ministro con tanta erudicion y brevedad, que ni al celo del bien público le queda más que desear, ni más que abrazar al entendimiento.

El estilo es dulce, llano, puro, propio, elegante y lleno de religion y piedad ; y al fin de vuestra merced, que de aquí no hay pasar sino para quedar corto en todo. Con esto último queda calificado por el mejor del mundo.

Celebraránle siempre (como deben) á vuestra merced y á su ingenio propios y extraños, por el provecho que á todos comunica con sus vigilias ; á que se deben largos elogios y dilatados panegíricos. Si se permitiera, dijera más.

(Don Lorenzo Vánder Hámmen, en la edicion primera de la *Política de Dios, Gobierno de Cristo y Tiranía de Satanas*. 1626.)

———

A DON FRANCISCO JIMENEZ DE URREA, CAPELLAN DE SU MAJESTAD.

DON LORENZO VÁNDER HÁMEN Y LEON,
VICARIO DE JUBILES.

Remito á vuestra merced esos *Sueños* del amigo, como prometí ; y le aseguro se pueden ahora leer sin escrúpulo, porque los he corregido por los originales que en mi librería tengo, y aun yo mismo he escrito gran parte, como lo dirá la letra. Por ellos verá vuestra merced cómo es cierto lo que le afirmé, y cuán faltos están esotros, llenos de yerros, y con mil convicios. La culpa ha tenido este caballero, como siempre le he advertido, en dejarlos trasladar ; pues cada uno ha quitado y puesto, segun su antojo, lo que más bien le ha parecido ; y en particular los que ganan de comer en esta corte con este género de trabajos. De aquí ha nacido imprimirse algunas de sus obras defectuosas, si bien no por esto dejan de ser celebradas y estimadas ; mas merécelo su dueño, porque á mi juicio, es rarísimo sugeto, y tan universal en todo género de letras y lenguas, como lo confiesan cuantos le comunicáran, y lo dicen su *Política*, los *Comentos y Paráfrases á los Trenos de Jeremías* y de *Anacreonte*, la *Historia de don Sebastian, rey de Portugal*, y otros mil libros, que por no cansar á vuestra merced no refiero.

Entre todos no sé si merecen el primer lugar estos discursos, por su singularidad y artificio, y por aquel primor con que mezcla las veras y la correccion de las costumbres, con cosas tan de risa; sin embarazar el donaire el fin principal suyo, que es el bien universal y la mejora de las repúblicas. A lo ménos, la gran estimacion que han hecho dellos casi todas las naciones de Europa, y las más graves y doctas personas de España, parece se le dan, pues no ha habido cosa tan celebrada. Luz son para todos ojos, y manjar que ningun estómago le desechará, por delicado que sea, por ir suavizado lo áspero de las verdades con pedazos tan entretenidos como tienen. Tan achacosa es nuestra naturaleza, que aun lo que nos está bien hemos menester dorarlo y endulzarlo para que aproveche.

Los que se precian de vanos, y se pierden por andar impresos sus nombres, ya hubieran dado á la estampa estas vigilias; pero su modestia no lo ha permitido, aunque con daño de su reputacion. yerro grande en este siglo en que solo se estima la lisonja, la ignorancia y el vicio; y solo valen los entremetidos y artificiosos embusteros; si bien no con vuestra merced, que tanto honra, estima y premia las letras, la virtud y los méritos; pero no en todos se hallan divinas partes, y ese claro entendimiento de que el cielo adornó á vuestra merced para ejemplo de príncipes y enseñamiento de señores.

(*Desvelos soñolientos.* Zaragoza, 1627.)

———

DON FRANCISCO DE QUEVEDO VILLEGAS es un caballero de las montañas de Búrgos, señor de su casa, cuyos antecesores sirvieron valerosamente á nuestros reyes; y así merecian los servicios destos haber conseguido grandes premios, para sus sucesores. Y aunque esto es verdad, DON FRANCISCO ha servido por sí mismo á su Majestad tan honradamente, que mereció de justicia ser admitido á esta órden, porque sirvió en Italia con peligro y maña; mereció su diligencia el enojo de Saboya y Venecia; hicieron caso de él tan grandes enemigos de la corona de España; fué de Sicilia á Nápoles con dos parlamentos, siendo en ellos embajador y voto; aumentó el real patrimonio en más de seiscientos mil ducados; fué á Roma á tratar con su Santidad las empresas del golfo de Venecia; hizo por mar y tierra á toda diligencia nueve viajes á España, y en el postrero desde Marsella le siguieron seis caballeros franceses de órden del duque de Saboya y venecianos, para matalle, de que le dió aviso en Barcelona el duque de Alburquerque, y le comboyó con una escuadra de caballos. Puédese leer todo esto en carta de su majestad, que está en cielo, despachada por el consejo de Estado, y en carta de la santidad de Paulo V, y en otros papeles cuyos traslados están en mi poder. Su ingenio es conocido por milagro de la naturaleza; gran juicio, gran capacidad, muchas letras, y entero conocimiento de las lenguas italiana, francesa, latina, griega y hebrea; graduado por Alcalá en teología; su librería es de los libros más preciosos que hay en todas facultades, no mamotretos, como dice Morovelli; y sobre todo, tiene grande experiencia en los afanes del mundo, que es la mejor ciencia de los hombres: y así Homero cuando nos quiere proponer un perfecto varon en Ulises, nos advierte que habia visto mucho. Pues ¿por qué no podrémos sentir lo mismo de quien ha visitado á toda Italia, Francia, España y gran parte de Alemania? Mas yo creo que á Morovelli le movió la pluma, si inclinacion, y no la devocion ni la verdad.

(Juan Pablo Mártyr Rizo, *Defensa del Patronato de Santiago.* 1628.)

———

El doctísimo en todas letras y en muchas lenguas DON FRANCISCO DE QUEVEDO me comunicó un himno que hizo á esta ave (el fénix), y yo he querido que le goce la curiosidad y la envidia...

Aunque parezca mucha confianza estampar versos mios, despues de tan docto himno, por ser este mio del *Fénix*, y haber en él escrito á Fenisa algunos sentimientos mal creidos, le pongo en este lugar...

(Don José Pellicer de Salas y Tobar, *El Fénix.* 1630.)

———

DON FRANCISCO GOMEZ DE QUEVEDO VILLEGAS, caballero del hábito de Santiago: la *Defensa del patronato de Santiago*; el *Epítome de santo Tomás de Villanueva*; el *Conocimiento de las cosas propias*; la *Política de Dios*, impresa por Pedro Tazo en Madrid; y los *Sueños*, tambien impreso en Madrid. Y tiene para sacar á luz: *Historia de la providencia de Dios*; *Paráfrasis en versos sobre el primer alfabeto de los Trenos de Jeremías*; otra sobre los *Cantares*; *Anacreonte*, y *Phocílides*, traducion en versos; *Historia grande de santo Tomás de Villanueva*; *Prevencion para la muerte*; las *Musas*; *Obras varias de donaire*, en verso; *Sonetos morales y traducciones de latinos y griegos*; *Themanites redivivus in Job*; *Homer Achila*, advers. impost. *Maronianas*; *Origen de todas las herejías, y fisonomía para conocer los novatores que previenen persecucion contra la Iglesia*; que en todo son diez y ocho libros: ocasion grande para poder decir mucho del ingenio y letras de su autor, si con haberle nombrado no lo hubiera dicho todo.

(Perez de Montalban, Indice de los ingenios de Madrid, en el *Para-todos.* 1633.)

———

DON FRANCISCO DE QUEVEDO las acierta, como si las escribiera continuamente: tal es su ingenio, de universal, de florido y de soberano.

(Perez de Montalban, *Memoria de los que escriben comedias en Castilla solamente.* 1653.)

EL MARQUES DE LA REDOMA. « Yo, señores mios, despues que el milagroso ingenio de DON FRANCISCO DE QUEVEDO me dejó en su redoma hecho jigote, salí della un mártes 21 de julio año de 1647 »...

(Antonio Enriquez Gomez, *La torre de Babilonia*, primera parte, 1649.)

Lo que es más intolerable, no ha faltado Aristarco que ha osado poner la pluma en las demás obras deste autor tan aplaudido, añadiendo ó quitando lo que á su mal fundado juicio parecia; siendo así que un descuido de la tinta de DON FRANCISCO DE QUEVEDO, cuando le hubiera, prefiere á lo más discurrido destos carcomas de libros, que, llenos de su opinion, están huecos de lo más estimable y sólido de la sabiduría. Dejo los que para derribarle de lo alto de la opinion en que estaba, le prohijaron muchas obras odiosas, y algunas indecentes; pero quien las cotejare con la modestia y atencion de DON FRANCISCO, conocerá que no son hijas de su ingenio, como del águila refiere Eliano, que oponiendo á los rayos solares sus pollos, hace experiencia si son suyos.

(El abad don Pablo Antonio de Tarsia, *Vida de Quevedo*, pág. 78, 1663.)

Entre muchos le celebran (á Epicuro) y defienden Séneca y Lucrecio, diciendo aquel, que escribió buena y sana doctrina; este, que excedió á las demas filósofos de su tiempo, como el sol á las estrellas: y más que todos, el gran DON FRANCISCO DE QUEVEDO...

En diferente órden colocadas (las estatuas) se ofrecian la del Petrarca, Justo Lipsio, Jovio, Baronio, Bzovio, Olderico; á su vista estaban la de Botero, Bocalini, QUEVEDO...

(El padre maestro fray Andrés Ferrer de Valdecebro, en su *Templo de la Fama.* 1680.)

De los estudios de don Antonio (de Solis) resultó en él un sencillo trato, como de verdadero filósofo, y un agrado suavísimo, digno de tan gran poeta. La seriedad filosófica y la amenidad poética le hicieron capaz de emprender cualquier asunto, ó bien atado ó suelto: felicidad solo concedida á un Horacio, á un Camoens, á un Tasso, y á á un QUEVEDO, y á muy pocos más, que supieron escribir en prosa sin acordarse de la poesia, y en verso sin acordarse de la prosa.

(Don Gregorio Mayáns y Siscár, *Noticia breve de don Antonio de Solís.* 1753.)

En la jocosidad milesia tenemos á un Miguel de Cervántes y DON FRANCISCO DE QUEVEDO, que aventajaron sin duda á Heliodoro y Apuleyo.

(El mismo, *Oracion que exhorta á seguir la verdadera idea de la elocuencia española.*)

En la quinta linea ví al gran DON FRANCISCO DE QUEVEDO en sus seis tomos, con el añadido de la *Inmortalidad del alma, Providencia de Dios, y los Trabajos de Job*, que dicen que lo dejó escrito. *Poca fe tengo con las obras póstumas, pues hoy corren por España más de dos tomos que se intitulan póstumos, y los más de sus pliegos son mios, y en esto no me puedo engañar, pues lo hice yo.* Pero el último tomo que trata de la *Inmortalidad del alma* y de lo demas, trae consigo un carácter de piedad y doctrina, en que publica su autor lo sublime de los pensamientos, lo grave de las sentencias, lo profundo de las consideraciones, lo hermoso de las frases y lo casto de las palabras; y todas están testificando que dicha obra no pudo concebirse en espíritu ménos alto que el de DON FRANCISCO DE QUEVEDO. En la *Política de Dios y gobierno de Cristo* escribió con pluma tan delicadamente juiciosa, que puede este libro ponerse al lado de las más excelentes obras de los padres griegos y latinos. ¡Este fué el varon de los siglos! ¡Con qué desengaño escribe! ¡Con qué claridad! ¡Con qué elegancia habla en todo! Parece profesor de todas las ciencias y artes, y ladron casero en las facultades y oficios. En los asuntos místicos del tomo segundo está vaciado y limado cuanto han escrito los santos Padres. No es fastidioso el consejo en sus obras, ni desabrida la correccion, ni pesada la advertencia. En sus chanzas, ¡qué discretas, agradables, ingeniosas y festivas se perciben las moralidades! ¡Con cuánto gusto se coge la enseñanza! Este fué hombre; los demás lo fuéron y lo son; pero no tan grandes hombres. Por bueno fué ajado; por prodigioso, temido; por sabio, padeció los disparates de los necios; pero lo hizo tan feliz su filosofia y estoicismo, que aun conspirando toda la ignorancia, miedo, emulacion y poca piedad de sus contrarios á destruirle su contento y tranquilidad interior, no pudo conseguir triunfo alguno de su paciencia: y fué el motivo que, como en sus obras reprendió los vicios, acusaba los desórdenes, y censuraba las cosas por dentro,—cada uno de los que vivian entónces pensaba que hablaban determinadamente con él aquellas que llaman sátiras; y así los tuvo á todos por enemigos. Faltaron ellos, fuése el gran QUEVEDO, y corrieron sus papeles sin tropezar en sus contrarios; y hoy están en la exaltacion que se les debe. Estas obras sean tu estudio, tu cuidado y tu contemplacion, que en ellas hallarás saludables máximas, prudentes consejos, sabias doctrinas, altas consideraciones, graciosos desengaños y utilísima ciencia de todas las ciencias...

A QUEVEDO le representa (Gracian en su *Cri-*

ticon) con unas tejuelas picariles, ¡indigna censura del hombre más serio que tuvo ni aun tendrá la nacion! ¿Por ventura DON FRANCISCO DE QUEVEDO no escribió versos superiores en todos asuntos con la misma agudeza, elegancia y dulzura? Tambien dicta : «que las hojas del Quevedo son como las del tabaco, de más vicio que provecho.» Injusta sentencia, y que merece entregar al fuego el libro donde se comprende. ¿Quién dictó verdades más sólidas y cristianas? ¿Quién hizo discursos más piadosos? ¿Quién trabajó con más atencion á la utilidad de los lectores? Su *Política de Dios* enseña las máximas que debe observar un príncipe cristiano, conformándose con las acciones de Cristo y los avisos de su Evangelio. ¿Quién divulgó política más virtuosa, calificada, importante y pura? El *Tratado de la inmortalidad* está lleno de altísimas consideraciones y devotos discursos; y no solo se encamina á contener las impiedades del ateismo, sino á enfrenar la libertad de aquellos que siendo cristianos, así se conducen como si fueran ateistas. El mismo fin tiene su *Tratado de la Providencia de Dios.* ¿Qué hojas serán útiles, si son viciosas aquellas en que estampó los *trabajos de Job*, la *Doctrina para morir*, *La cuna y la sepultura*, la *Vida de san Pablo*, la de *santo Tomás de Villanueva*, el *Rómulo*; el *Marco Bruto*, *Las cuatro fantasmas?* Aun las que parecen traen ménos utilidad, como son las que llaman jocosas, son de gran provecho, y se ordenan á la reformacion de las costumbres.

(Don Diego de Torres Villaroel, en el discurso intitulado *El Hermitaño y Torres.* 1753.)

————

Los griegos hacian gala de los equívocos, acaso por la facilidad que les ofrecia la fecundidad de su lengua. Así que no hallo razon para que se vitupere el uso, sino el abuso, de los equívocos en las poesías castellanas. Antes bien digo que el feliz uso de ellos es el propio carácter de las poesías satíricas, jocosas y burlescas. En estas son inimitables QUEVEDO y Góngora, por el conocimiento extensivo que tenian de la lengua castellana.

(El benedictino fray Martin Sarmiento , *Memorias para la historia de la poesía.*)

DISCURSOS POLITICOS.

ADVERTENCIA DEL COLECTOR

SOBRE ALGUNOS DISCURSOS DE ESTA SECCION.

La *Política de Dios*, *gobierno de Cristo*, el más importante de estos discursos, fué trazado en el estío de 1617. Las *Políticas* de Justo Lipsio, donde tan grande entendimiento, con excelente método, si no con muy rodadas cláusulas, engazó para adestrar á los reyes los más ricos tesoros de la antigüedad pagana, sugirieron á Quevedo el pensamiento de escribir una obra, buscando la verdadera enseñanza para los monarcas en el ejemplo y doctrina del Redentor del mundo. Atildó su discurso en la prision de la Torre de Juan Abad, y lo envió á sus amigos de la corte cuando, muerto Felipe III, maldecian las gentes sin rebozo el mal gobierno de los ministros caidos, y alboreaban y crecian esperanzas de un reinado de paz y de justicia. Desvaneciéronse pronto; y el escritor creyó necesario dar mayor publicidad á su opúsculo por medio de la prensa, con el propósito de despertar á los reyes aletargados, y presentar á los pueblos la viva imágen de un príncipe justo, para que le conociesen. A fines de marzo de 1626 los moldes de Zaragoza imprimieron la *Política de Dios*, sin asistencia de Quevedo, falto de capítulos y planas, defectuoso y adulterado el libro. «Esto fué desgracia (decia el autor); mas desquitéme con que saliesen estas verdades en tiempo que ni padecen los que las escriben ni medran los que las contradicen.» Dirigiólas al conde-duque de Olivares, previniéndole iba á leer lo mismo que ejecutaba: advertimientos que le eran alabanza, y no amenaza; pero cuidó de suscribir la dedicatoria con fecha de 5 de abril de 1621, no omitiendo cuanto pudiese alejar el recelo de que asestaba la censura, no contra los ministros de Felipe III, sino contra los de Felipe IV.

Precedia una larga carta apologética del vicario de Jubiles, don Lorenzo Vánder Hámmen y Leon, encareciendo la importancia y desempeño del asunto, encomendado anteriormente por los duques de Sesa y Feria á los maestros Leon y Cámos y á fray Juan Marquez, quienes, por la brevedad de la vida el uno, ó por apartarse del propósito los otros, no pudieron darle recaudo. El Vicario instaba á su amigo porque sacase á luz comun su trabajo, no abandonándolo, como todos los suyos, únicamente á las manos de los curiosos. Esta carta, sin embargo, y la de Quevedo al Conde-Duque escribiéronse á no dudar á principios de 1626. En esta última se da al favorito de Felipe IV el dictado de duque y el de gran canciller, que no tuvo hasta mucho tiempo despues de la fecha de la dedicatoria.

Las prensas de Barcelona dos veces, y las de Pamplona y Madrid apresuráronse á reimprimir en el mismo año de 1626 este precioso libro. ¡Con tanto aplauso fué recibido, y tanta sed tenia el pueblo de sus consuelos y verdades! Don Nicolas Antonio fijó equivocadamente la primera impresion de Zaragoza en 1625.

No malograron los enemigos de Quevedo la ocasion de ver estampados estos discursos desembozadamente políticos, para desacreditarlos y á su autor. Contradijeron las verdades que contenian, ladraron á la sombra de los áulicos, y frecuentaron con porfía todos los tribunales, especialmente el de la Inquisicion, para perder á quien se desvelaba por el bien del Rey y del reino; tomando gran parte en la faena aquellos escritores de relumbron que embargaban las tiendas con libros sempiternos, envidiosos de que se vendiese tanto el de don Francisco, que en solo un año logró cinco ediciones. La diatriba que con más algazara de los tratantes en lisonjas anduvo de mano por la corte, habia caido de la pluma de un docto, de quien se puede asegurar únicamente que era sevillano (1), que anduvo en servicio del Conde-Duque por los años de 1623 (2); preso (estos eran en aquellas calendas percances de moros y paladines) á principios de 1625, y que á la

---

(1) «Prometió la rueda del ollero una tinaja por lo ménos de ciento y veinte arrobas cuales se usan en las bodegas de nuestro Ajarafe, ó sierra de Cazalla....» (*Anotaciones á la Política de don Francisco de Quevedo*; fol. 2. Biblioteca Nacional, X. 21, papel 16. Sirvele de forro el sobre de un pliego *Al Rey Nuestro Señor de El Marqués de los Véles.* Hay vehementes sospechas de que el autor de esta

censura es el famoso Don Francisco de Rioja. La publicarémos en los apéndices.)

(2) «A esto se reduce lo de el Duque de San Lúcar de que su magestad le hizo merced casi tres años despues en el último de 23 estando yo en su servicio; y poco ántes la de gran Chanciller.» (Idem, fol. 4.)

sazon, agosto de 1626, en que hilvanaba las *Anotaciones á la Política de don Francisco de Quevedo* (el rétulo con su sal y pimienta), se arrellanaba acaso en alguna prebenda de la catedral de Sevilla (1). Posee la Biblioteca nacional de esta corte un ejemplar de tales *Anotaciones*, con indudables muestras de haber sido de los que rodaron por el alcázar de nuestros reyes. El crítico refunfuñaba de todo. Pareciale tresdoblado el título del discurso, y como Trismegistro, tres veces grande para lo que pedia ménos expectacion y bambolla. No hallaba escrita la obra con plumas de evangelistas, sino con vanos y abigarrados plumajes. Tronaba contra las aprobaciones y calificaciones, donde se pasaron por alto manifiestas ignorancias y graves desatinos. Ponia lengua en la fecha de la dedicatoria, tan llena de contradicciones, y aun en la advertencia del librero. Escocianle los elogios de Vánder Hámmen, aventurando al descuido la sospecha de que los hubiese confeccionado el mismo Quevedo (2); y á este y á aquel los comparaba con los dos hermanos que hubo en Roma, retórico el uno y jurisconsulto el otro, quienes no oian más alabanzas que las que se prodigaban recíprocamente (3). Se afanó por buscar errores teológicos en la *Política* de don Francisco, notar vulgaridades, desenterrar textos equivocados ó mal entendidos y hasta faltas de lenguaje, descoyuntando muchas veces el contexto del libro y no pocas acertando en la censura. Finalmente, afirmó que eran mejores los *Sueños* de Quevedo que sus vigilias, porque en aquellos se acomodaba con su natural; y concluyó con que todo lo que de valia resaltaba en tales vigilias eran conceptos predicables cogidos al vuelo de sermonarios, ó de oradores á quienes se podia señalar con el dedo. Respondió á los reparos don Francisco, desconcertó y desvaneció las calumnias; pero esta contestacion y la réplica furibunda de cierto arcipreste se han perdido.

Hízosele cargo porque era diminuta la obra y no correspondía á su título. Nuestro autor había llamado á la brevedad de su discurso *cortesía reconocida*; pero, séase que estimase justa aquella censura, ó que le desagradaba esquivar la arena donde hacian el más noble alarde su ingenio y sus estudios, propúsose añadir una segunda parte á su trabajo, cuidando ántes de perfeccionar la que pensó fuese primera, y de convertir en provecho propio la polémica suscitada por sus enemigos con peor fe que lisonjera fortuna. Aceptó dócil las observaciones juiciosas, cercenó el título, corrigió los errores involuntarios, limpió el texto, cuerdamente clarificó las proposiciones que parecian arrojadas ó licenciosas, completó algunos pensamientos que no estaban bien desarrollados, intercaló tres capítulos más; pero se desentendió de lo que habia objetado la maledicencia ó el capricho. Corregida así, retocada y perfeccionada la obra, alcanzó don Francisco privilegio por diez años para la impresion, que tuvo lugar en Madrid en casa de la viuda de Alonso Martin por noviembre del mismo año de 1626, con aprobaciones y censuras de varones tan respetables como el arzobispo don fray Cristóbal de Torres, el cronista Gil Gonzalez Dávila, y los padres Pedro de Urteaga y Gabriel de Castilla. Engalanábala un intróito, encaminado á disculparse el autor de los errores estampados en Zaragoza, y á sacar á la vergüenza *á los doctores sin luz, que dan humo con el pábilo muerto de sus censuras, muerden y no leen*, y que tan solícitos se habian mostrado en calumniarle.

Quevedo consagró al Rey su libro por medio de una elegante prefacion: documento que se echaba de ménos en las ediciones aragonesas, navarras y catalanas; y varió tambien la epístola nuncupatoria al Conde-Duque, sustituyéndola con esta más valiente:

«Al Conde-Duque, gran Canciller, mi señor: Este, señor, es el libro que yo escribí diez años ha: hoy es mio, sin que sus yerros tenga culpa otra mano. Dos veces le he dado á vuecelencia: cinco años há preso y en poder de la justicia, hoy justiciado de la calumnia y en poder de la envidia. Vuecelencia me libró por su grandeza de aquel rigor, y me descansará por su benignidad de esta molestia. Ni recelo que en poder de vuecelencia se vea con las respuestas que contra él le han dado; que yo sé no abre vuecelencia la mano derecha para las excusas y los achaques, sino para los advertimientos y la doctrina. Y conozco cuán de buena gana recibe vuecelencia solas estas dádivas que son de provecho á quien se las da. Esto es perseverar en mi conocimiento, y poner la verdad en poder de quien la hace estéril del mal parto que la acusan, y de que suele ser tan fecunda. Dé Dios á vuecelencia su gracia, y larga vida con buena salud, y le aparte de todo mal. »

---

(1) «Visitando á Don Francisco de Monsalve, Dean de esta santa Iglesia, que estaba enfermo, hallé que le tenia (el libro de la *Política*) debajo de la almohada, como Alejandro la Iliada de Homero: tal es el espíritu de este caballero...

»Tambien el librero hace aqui su figura. Escribiendo una carta al lector, dice que le ha movido á imprimir este libro, pedile toda Europa las obras de D. Francisco, y que ha sabido que esta *Política* está traducida en lengua italiana y francesa...

»Oh válgame Dios y la Vírgen nuestra Señora, en cuya víspera de su asumpcion estoy escribiendo esta, no habiendo cuatro dias que lo comencé.» (Idem, folios 1 vuelto

y 4.—Ortiz de Zúñiga: *Anales eclesiásticos de Sevilla*, año de 1624, párrafo 3.)

(2) «Parece Don Lorenzo (Vánder Hámmen), si es su autor, de profesion teólogo, y estudio positivo de buena erudicion y leccion, curioso á lo eclesiástico y moderno. E digo si es su autor no sin gran fundamento, porque lo que habia visto suyo, que es el epítome de Filipo II, no me ha contentado por las razones que hubiera visto de mi mano si en mi prision no me hubieran cogido este papel con otros.» (Idem, fol. 4 v.)

(3) Horac. Epist. 2, libr. 2.
    *Frater erat Romae consulti rhetor, ut alter
    Alterius sermone meros audiret honores.*

El vicario de Jubiles, don Lorenzo Vánder Hámmen, acompañó semejante accion con escribir una *Apología á la Política de Dios de don Francisco de Quevedo*, en que desconcertó á los émulos y maldicientes. Pero, si no por el pronto, la calumnia produjo su efecto en el ánimo del Monarca y de su privado, que, asiendo de los primeros achaques, mandaron prender y desterrar al señor de Juan Abad, bien que solo fué para hacerle más famoso y bienquisto, y tener que brindarle despues con los primeros puestos del Estado.

La segunda parte de la *Política de Dios* no llegó á su término hasta el año de 1655; pero las amarguras y persecuciones de QUEVEDO privaron de lima este libro dictado por el talento y la desapasionada cordura. Hállase en él, por lo tanto, el desaliño de todo borrador, ideas y aforismos repetidos sin grande novedad; junto á los párrafos más vigorosos y elocuentes, otros de pésimo gusto, lánguidos y rastreros, y un esmero cuidadoso en demasía por evitar que pudiera maliciarse que el república tiraba á tejado conocido. Esto sin embargo, no aherroja su lengua a quien pone tanta libertad el razonar de la persona de Cristo. Es ménos trasparente, digámoslo así, y de ménos agradable movimiento la *segunda* parte que la *primera*, aunque tal vez sea mas útil y profunda.

Dedicada la una al Rey, lo fué al Papa la otra, por esclarecerse en ella los más sublimes y trascendentales principios del derecho público y de gentes, de que los romanos pontífices habían sido moderadores en lo antiguo; y porque en ella eran asunto no pequeño los deberes de todo cristiano prelado y ministro eclesiástico. En el contexto de esta *segunda* parte el autor se dirige indistintamente ya al Monarca ya al Pontífice.

Pedro Coello, mercader de libros, y á quien fuéron de no poca utilidad los de varon tan insigne, muerto QUEVEDO, hizo coleccion de varios de sus opúsculos en 1648 con el título de *Enseñanza entretenida y donairosa moralidad*, donde incluyó la *primera parte*, bien que desnuda de todo prólogo y aclaracion curiosa.

El público, en fin, no disfrutó completamente la *Política de Dios y gobierno de Cristo, sacada de la Sagrada Escritura para acierto de rey y reino en sus acciones*, hasta que el mismo Pedro Coello la echó á volar en 1655 en un solo volúmen en 4.° Poco fiel y nada escrupuloso, forjó dedicatorias, trastrocó advertencias, hilvanó inscripciones, aun alteró el texto, y cuidó tan solo de autorizar su mercancía con ser póstumos la mayor parte de los discursos, y calificados por hombres religiosos.

El libro de Coello ha venido en cuerpo y alma reproduciéndose hasta el dia, tal como salió de manos del mercader. Las prensas de Bruselas y de Ambéres fuéron las solas que eliminaron los churriguerescos adornos del editor madrileño, podando á vueltas, sin embargo, muchos rasgos de la siempre feliz pluma del Juvenal español.

En nuestra publicacion hemos tenido á la vista el manuscrito facilitado por el mismo QUEVEDO á Roberto Duport para la edicion primera de Zaragoza, curiosidad bibliográfica que existe en el museo del excelentísimo señor duque de Frias. Se ha consultado tambien aquella impresion, las de Barcelona y Pamplona de 1629 y 1631, que difieren poco entre sí; las de Madrid de 1648 y 1655, y la de Bruselas; sin haber omitido consultar en los pasages difíciles la traduccion italiana de 1709. Pero si con tales auxilios nuestro texto ha ganado en claridad y fijeza, fáltale aun el aliño de la prosodia antigua, por no haber podido encontrar la edicion príncipe, hecha por el mismo QUEVEDO, hasta despues de estereotipado el libro todo. En ese ejemplar tan peregrino se lee : *trujeron, ponelle, dejaldos, invidia, pusible, vees* (por ve ahí), *cudicia, lision, inviar, delicto*, etc.; mas aun tales variantes las disfrutarán nuestros lectores en los apéndices.

Concluyamos respecto de esta obra, que la que cuenta más de treinta ediciones debe de llevar el sello de un mérito indisputable.

El Rómulo del marqués Virgilio Malvezzi, traducido de Italiano. Hizo QUEVEDO la version en el verano de 1631, y á 2 de setiembre la dedicó á su amigo y favorecedor el duque de Medinaceli. Fué impresa al año siguiente de 32 en Pamplona; en 1635 el mismo traductor la volvió á dar á la estampa en Madrid con gran esmero, y en 1636 la reprodujeron los moldes de Madrid y Tortosa con aplauso y gusto de los hombres entendidos. Todas estas ediciones son ya raras.

El Marques nació en Bolonia, de padres ilustres, que á los blasones preferian el lauro de la ciencia. A los quince años se graduó de doctor en derecho; obtuvo lisonjeras censuras en el estudio de la filosofía, teología y fortificacion; pero abrazó la carrera de las armas, sirviendo bajo las banderas del duque de Feria, gobernador de Milan. Habiendo pasado á Castilla, y logrando el aprecio de toda la corte, salió á principios de marzo de 1640 para Inglaterra en calidad de embajador nuestro, con el fin de alcanzar de aquellos isleños vasos y pilotos, y ajustar con ellos alianza ofensiva y defensiva contra los enemigos que á la sazon por todas partes fatigaban á España. Tuvo Malvezzi, por falta de salud, que separarse de estos destinos, y vuelto á su patria, en ella murió á 11 de agosto de 1654. A los veinte y tres años, en juiciosos discursos habia juzgado ya á Cornelio Tácito; compuso bajo un mismo plan las vidas de los siete reyes de Roma; pero no consta publicase mas que *El Rómulo* y *El Tarquino soberbio*, hoy traducidas á casi todas las lenguas de Europa. El *David perseguido*, los *Sucesos principales de la monarquía española en 1639*, un panegírico al favorito de Felipe IV, y varios opúsculos políticos muestran el ingenio, laboriosidad y elevadas miras del escritor, ya que no su buen gusto ni agradable estilo. Mas volvamos á QUEVEDO.

Para rivalizar con *El Rómulo* fué escrita la *Primera parte de la vida de Marco Bruto*, en 1631; pero no pudo hasta el de 1644 salir á pública luz. Cuatro años despues volvióse á imprimir, y en el de 1660 la tradujo al latin el jurisconsulto aleman Teodoro Graswinckel.

La *segunda parte* se ha perdido.

El hecho de dirigir el *Memorial por el patronato de Santiago* al supremo consejo real de Castilla fué el pretexto de que se valió el conde-duque de Olivares para reducir á prision á QUEVEDO. En ella escribió este un recurso al Monarca : papel desconocido, pero sumamente importante. Lleva por título : *Su espada por Santiago, solo y único patron de las Españas, con el cauterio de la verdad, y la respuesta del doctor Balboa de Morgobejo del año pasado, al doctor Balboa de Morgobejo de este año.* El *Memorial* se imprimió en Madrid en febrero de 1628, poco despues en Barcelona, y al año siguiente en Zaragoza. La biblioteca de San Juan de la capital de Cataluña posee una antigua copia manuscrita.

Carta al serenísimo, muy alto y muy poderoso Luis XIII, rey cristianísimo de Francia, escrita y publicada en julio de 1635, y reimpresa muchas veces. Salvando la persona del Príncipe, QUEVEDO trató de decir mal de la nacion francesa, comentando el juicio desfavorable que de su índole y carácter hicieron los escritores antiguos, y apreciando por él su conducta inconsecuente y engañosa para con España. Entre una y otra potencia acababa de romper la guerra, y este escrito y otros muchos iban enderezados á inflamar el espíritu de los españoles, á desvanecer los pretextos con que los franceses cohonestaban el rompimiento, y á justificar las armas católicas. Luis dió un manifiesto (1), y contestaron á él (á más de QUEVEDO) un caballero frances; Don José de Pellicer, cuya respuesta fué quemada en Paris por mano del verdugo; Don Alonso Guillen de la Carrera, del consejo de Castilla ; el padre Lainez; fray Alonso Vazquez; fray Juan de Herrera; don Antonio de Mendoza; don Gonzalo de Céspedes y Menéses, y don Juan de Palafox : algo se dió á la estampa, y mucho corrió de mano por todos estos reinos (2). Maldecir de la nacion francesa y defenderla venia ya de atras. En latin trazó una apología Mario Equicola, gentilhombre italiano ; y traduciéndola al frances Michel Rote, se imprimió en Paris por Vincencio Sertenas en 1550 : refutacion ridícula de los lugares de Tito Livio, Julio César, Cornelio Tácito y Lucio Floro. Escribió Equicola ademas sobre el amor, y fué hombre erudito. Victor Tuart agitó en latin el propio asunto contra Juan Meinard en 1611.

Descífrase el alevoso manifiesto con que previno el levantamiento del duque de Berganza con el reino de Portugal, don Agustin Manuel de Vasconcelos. Hé aqui el libro objeto de la grave censura de QUEVEDO : «Sucession del Señor Rey Don Filipe segundo en la Corona de Portugal.—Al Excelentíssimo señor Conde Duque, etc.—Don Agustin Manuel y Vasconcelos, Cauallero de la Orden de Christo. Con privilegio.—En Madrid, Por Pedro Tazo.—Año M.DC.XXXIX.» (3).

Concluyamos esta prolija advertencia dando gracias al excelentísimo señor don Pedro de Egaña, ministro que fué de Gracia y Justicia, y al señor don Manuel Gonzalez y Hernandez, archivero de la ilustre casa de Frias, á quienes somos deudores de conocer preciosos documentos para la ilustracion de estas obras.

(1) De él se hallan cuatro traducciones en el códice H. 68 de la Biblioteca Nacional.

(2) Manifeste pour la justice des armes de la tres-auguste maison d'Austriche : ensemble la response a celuy qui a esté publie sous le nom du Roy de France.

A Anvers, M.DC.XXXV.—Auec permission. (4.° menor.)

— Respuesta de un vassallo de su Magestad, de los Estados de Flandes, á los manifiestos del Rey de Francia. Traducida de frances, por don Martin Goblet, natural de Madrid.—Año 1635.—Con licencia. Por los herederos de la viuda de Pedro Madrigal. A costa de Pedro Coello, mercader de libros.

(Ocho fojas, 4.°—Licencia 1.° de noviembre 1635.)

— Respuesta al Manifiesto de Francia. Con licencia, en Madrid. En la imprenta de Francisco Martinez. Año 1635. (4.°—Se hicieron dos ediciones en distinta forma en dicho año por el mismo impresor. En una hay tasa á 12 de octubre de 1635, y esta nota : «Véndese en casa de Domingo de Palacio en frente de la Portería de San Felipe.» El Traductor á quien leyere significa que el autor de este libro es un gentilhombre frances, caballero de grandes partes y muy bien informado ; por lo que presenta al público un testigo de aquella nacion que descubre las torcidas intenciones con que se obra en aquel reino.

«Memorial embiado al Rey Christianissimo por uno de sus mas fieles vasallos. Sobre la declaracion de 6 de junio deste Año de 1635 que contiene el rompimiento de guerra contra el Rey de España.» — Siete pliegos.)

— Manifiesto de España y Francia. Por Don Alonso Guillen de la Carrera.

(Es una refutacion, párrafo por párrafo, de la Declaracion de Luis XIII. — Manuscrito. Biblioteca Nacional, H. 68, fol. 218.)

— Justificacion de las acciones de España, Manifestacion de las violencias de Francia.

(Cuarenta fojas en 4.° sin año ni lugar de impresion.)

— Querella y Pleyto criminal contra los delictos que Xatillon, Capitan General del Christianissimo señor Rey de francia y su exército cometieron en Trillimon.—Al excelentissimo Sr. Don Gaspar de guzman Conde duque chanciller mayor de Castilla etc.

Por el Padre fr. Juan de Herrera predicador de la Orden de S. Augustin y Procurador General de la Beatificacion y Canonizacion del Venerable padre fr. Alonso de Orozco de gloriosa memoria.

(Manuscrito autógrafo. Biblioteca Nacional, H. 68, folio 440.)

— Francia engañada, Francia respondida. Por Gerardo Hispano (Cespedes y Meneses). Caller. 1635. (4.°)

(3) Un tomo 8.°, de 108 folios y cuatro de preliminares, impresos un año despues que la obra.

Dedicatoria.—Madrid 18 diciembre 1638.

Aprobaciones por el ordinario: El Dr. Agustin Barbosa.

Por el Consejo: El Maestro Gil Gonzalez de Avila.

Erratas.

Suma del Privilegio : 25 noviembre 1638.

Suma de la Tassa: 20 diciembre 1638.

(Al final del libro se lee) : En Madrid.—Por la viuda de Alonso Martin, Año M.DC.XXXIII.

POLITICA DE DIOS

Y GOBIERNO DE CRISTO NUESTRO SEÑOR.

PARTE PRIMERA.

A DON FELIPE, IV DE ESTE AUGUSTO NOMBRE,
rey de las Españas, mayor monarca del orbe, nuestro señor.

TIENE vuestra majestad de Dios tantos y tan grandes reinos, que solo de su boca y acciones y de los que le imitaron puede tomar modo de gobernar con acierto y providencia. Muchos han escrito advertimientos de estado conformes á los ejemplares de príncipes que hizo gloriosos la virtud, ó á los preceptos dignamente reverenciados de Platon y Aristóteles, oráculos de la naturaleza. Otros, atendiendo al negocio no á la doctrina, ó por lograr alguna ociosidad ó descansar alguna malicia, escribieron con ménos verdad que cautela, lisonjeando príncipes que hicieron lo que dan á imitar, y desacreditando los que se apartaron de sus preceptos. Hasta aquí ha sabido esconderse la adulacion y disimularse el odio. Yo, advertido en estos inconvenientes, os hago, Señor, estos abreviados apuntamientos, sin apartarme de las acciones y palabras de Cristo, procurando ajustarme cuanto es lícito á mi ignorancia con el texto de los Evangelistas, cuya verdad es inefable, el volúmen descansado, y Cristo nuestro Señor el ejemplar. Yo conozco cuánto precio tiene el tiempo en los grandes monarcas, y sé cuán conforme á su valor le gasta vuestra majestad en la tarea de sus obligaciones, sin perdonar, por la comodidad de sus vasallos, descomodidad ni riesgo. Por eso no amontono descaminados enseñamientos, y mi brevedad es cortesía reconocida; pues nunca el discurso de los escritores se podrá proporcionar con el talento superior de los príncipes, á quien solo Dios puede enseñar y los que son varones suyos; y en lo demas, quien no hubiere sido rey siempre será temerario, si ignorando los trabajos de la majestad la calumniare.

La vida, la muerte, el gobierno, la severidad, la clemencia, la justicia y la atencion de Cristo nuestro Señor refieren á vuestra majestad acciones tales, que, imitar unas y dejar otras, no será eleccion, sino incapacidad y delito. Oiga vuestra majestad las palabras del gran Sinesio en la oracion que intituló : *De regno benè administrando* : «Como quiera que en toda cosa y á todos los hombres sea necesario el divino auxilio (habla con Arcadio emperador), principalmente á aquellos que no conquistaron su imperio, mas ántes le heredaron, como vos á quien Dios dió tanta parte y quiso que en tan poca edad llamasen monarca : el tal, pues, ha de tomar todo trabajo, ha de apartar de sí toda pereza, darse poco al sueño, mucho á los cuidados, si quiere ser digno del nombre de emperador. » Estas son en romance sus palabras, que sin cansarse por tantos siglos, derramada su voz, llega hasta vuestros tiempos para gloria vuestra, con señas del imperio y de la edad. Ni esto se puede ignorar en la personal asistencia de vuestra majestad, pues ni la edad, ni la sucesion tan recien nacida y tan deseada, le ha entretenido los pasos que por las nieves y lluvias le han llevado, con salud aventurada, á solicitar el bien de sus reinos, la union de sus estados y la medicina á muchas dolencias. ¿A qué no atrevieron su determinacion vuestros gloriosos ascendientes? El mayor discipulo es vuestra majestad que Dios tiene entre los reyes, y el que mas le importa para su pueblo y su Iglesia saliese celoso y bien asistido. Dispuso vuestro enseñamiento, derivándoos de padres y abuelos de quien sois herencia gloriosa, y en pocos años acreditada. Mucho teneis que copiar en Cárlos V, si os fatigaren guerras extranjeras, y ambicion de victorias os llevare por el mundo con glorioso distraimiento. Mucha imitacion os ofrece Felipe II, si quisiéredes militar con el seso, y que valga por ejército en unas partes vuestro miedo y en otras vuestra providencia. Y mas cerca lo que mas importa : el padre de vuestra majestad, que pasó á mejor vida, en memoria que no se ha enjugado de vuestras lágrimas, ni descansado de nuestro dolor, os pone delante los tesoros de la clemencia, piedad y religion. Es vuestra majestad de todos descendiente, y todos son hoy vuestra herencia, y en vos vemos los valerosos, oimos los sabios y veneramos los justos; y fuera prolijidad, siendo vuestra majestad su historia verdadera y viva, repetiros con porfía las cosas que deben continuar vuestras órdenes, y que esperamos mejorará vuestro cuidado. Haga Dios á vuestra majestad señor y padre de los reinos que castiga con que no lo sea.

SEÑOR :

Besa los reales piés y manos de vuestra majestad.

Don Francisco de Quevedo Villegas.

AL CONDE DUQUE, GRAN CANCILLER, MI SEÑOR,

don Gaspar de Guzman, conde de Olivares, sumilier de Corps y caballerizo mayor de su majestad (1).

Dar á leer á vuecelencia este libro, es la mejor diligencia que puede hacer el conocimiento de su integridad, para darse por entendido del cuidado con que asiste al Rey nuestro señor, en valimiento ni celoso ni interesado. Supo este libro tener oyentes, y hoy sabe escogerlos ; y animoso á vuecelencia hace lisonja nunca vista, solo con no recatarle severo verdades desapacibles á otro espíritu ménos generoso : pues han hecho fineza tan esforzada con vuecelencia, que no han escarmentado, cuando sospechas de haberlas imaginado tuvieron resabios de delito, y fué culpa el intento aun no amanecido. Lea vuecelencia lo que ejecuta, y habrá sido mas hazañoso que bien afortunado en ser lector de advertimientos que le son alabanza y no amenaza. Deseo á vuecelencia vida y salud, para que su majestad tenga descanso, y felicidad sus reinos. Preso en mi villa de Juan Abad á 5 de abril, 1621.

Don Francisco de Quevedo Villegas.

A LOS DOCTORES SIN LUZ,

que dan humo con el pábilo muerto de sus censuras, muerden y no leen.

Numquid Deus indiget vestro mendacio, ut pro illo loquamini dolos? Numquid faciem ejus accipitis, et pro Deo judicare nitimini? Aut placebit ei quem celare nihil potest? Aut decipietur ut homo vestris fraudulentiis? Ipse vos arguet, quoniam in abscondito faciem ejus accipitis. «¡Por ventura (dice Job) tiene Dios necesidad de vuestra mentira, para que por él habléis engaños?» Con vosotros hablo, los que vivís de hacer verdad falsa como moneda, que sois para la virtud y la justicia polillas graduadas, entretenidos acerca de la mentira, regatones de la perdicion, que dais mohatras de desatinos á los que os oyen, y vivís de hacer gastar sus patrimonios en comprar engaños y agradecer falsos testimonios á los príncipes. ¡Qué novedad os hace ver que reprenda la Escritura, si dice San Pablo : *Scriptura utilis est ad arguendum, ad corripiendum : haec loquere, et exhortare, et argue cum omni imperio?* Siempre entendí que la envidia tenia honrados pensamientos; mas viéndola embarazada con ansia en cuatro hojas mal borradas de este libro mio, conozco que su malicia no tiene asco; pues ni desprecia lo que apénas es algo, ni reverencia lo sumo de las virtudes. Por esto ha llegado el ingenio de vuestra maldad á inventar envidiosos de pecados y hipócritas de vicios. Si os inquieta que sobrescriba mi nombre en estudios severos, y no quereis acordaros sino de los distraimientos de mi edad, considerad que pequeña luz encendida en pajas suele guiar á buen camino, y que al confuso ladrar deben muchos el acierto de su peregrinacion. Yo escribí este libro diez años há, y en él lo mas que mi ignorancia pudo alcanzar. Junté doctrina, que dispuse animosamente; no lo niego : tal privilegio tiene el razonar de la persona de Cristo nuestro Señor, que pone en libertad la mas aherrojada lengua. Imprimióse en Zaragoza sin mi asistencia y sabiduria (2), falto de capitulos y

(1) Es la única dedicatoria que se estampa en todas las ediciones hechas durante la vida del autor. Este la suprimió en la refundicion de su obra.

(2) En marzo de 1626. Véase aqui de qué modo la anunciaba

« El librero al lector. — Por haberme pedido muchas veces de Francia y de Italia, y de diferentes partes de España, con instancia cualesquier obras de Don Francisco de Quevedo Villegas, y habiendo entendido esta *Política de Dios* andaba manuscrita con grande estimacion, y sabiendo que en la lengua francesa y la italiana estaba traducida, hice diligencia hasta que tuve una copia, que es la que doy á la estampa, con deseo de que se conozca cuánto sabe volar aquella pluma, que ya con la cultura, ya con la gracia y agudeza ha admirado y suspendido por muchos años todas las naciones. Puede ser en partes salga defectuosa la impresion : desto será causa no ir reconocida de su autor, que en tanta humildad detiene estudios tan grandes. — *Roberto Duport.*» (*Nota del colector.*)

planas, defectuoso y adulterado : esto fué desgracia; mas desquitéme con que saliesen estas verdades en tiempo que ni padecen los que las escriben, ni medran los que las contradicen. Gracias al rey grande que tenemos, y á los ministros que le asisten, pues tienen vanidad de que se las dediquen, y recelo de que se las callen. Por esto me persuado que los tratantes en lisonjas han de dar en vago con la maña, y que la pretension en traje de respuesta y apologia ha de burlar los que en el intento son memoriales, y en el nombre libros. Yo he respondido al docto que advirtió, y en aquel papel se lee el desengaño de muchas calumnias. A los demas que ladran, dejo entretenidos con la sombra, hasta que los silbos y la grita tomen posesion de su seso. Para los que escriben libros perdurables fué mi culpa ver que se vendia tanto este libro, como si le pagaran del dinero de ellos los que lo compraron. A esto se ha seguido una respuesta, que anda de mano, á mi libro, sin titulo de autor : hanme querido asegurar que es de un hombre arcipreste : yo no lo creo, porque escribir sin nombre, discurrir á hurto, y replicar á la verdad son servicios para alegar en una mezquita, y trabajo mas digno de un arraez que de hombre cristiano y puesto en dignidad. Nunca el furor se ha visto tan solícito como en mi calumnia, pues este género de gente ha frecuentado con porfia todos los tribunales, y solo ha servido de que en todos, por la gran justificacion de los ministros, me califique su enemistad. Yo escribí sin ambicion ; diez años callé con modestia ; y hoy no imprimo, sino restitúyome á mi propio, y véngome de los agravios de los que copian y de los que imprimen. Y asi esforzado doy á la estampa lo que callara reconocido de mi poco caudal, continuando el silencio de tantos dias. Por estas razones ni merezco vuestra envidia, ni he codiciado alguna alabanza, cuando contra vuestra intencion me sois aplauso los que os preparábades para mi calamidad. Con vosotros habla Isaías : *Vae, qui dicitis bonum malum, et malum bonum, ponentes tenebras lucem, et lucem tenebras! Ponentes amarum in dulce, et dulce in amarum!*

A QUIEN LEE.

Lo que se leyere en este libro, que no sea conforme cree y enseña la santa Iglesia de Roma, sola y verdadera Iglesia, confieso por error ; y desde luego, conociendo mi ignorancia, lo retracto ; y protesto que todo lo he escrito con pureza de ánimo, para que aproveche y no escandalice ; y si alguno lo entendiere de otra manera, tenga la culpa su malicia y no mi intencion.

Don Francisco de Quevedo Villegas.

Paul. 1. ad. Cor. 3. — *Unusquisque autem videat quomodo super aedificet. Fundamentum enim aliud nemo potest ponere praeter id quod positum est, quod est Christus Jesus.*

Ecclesiastes, cap. 10. — *In cogitatione tua Regi ne detrahas; et in secreto cubiculi tui ne maledixeris diviti : quia et aves coeli portabunt vocem tuam, et qui habet pennas annunciabit sententiam.*

Proverb., cap. 6. — *Usquequò piger dormies? Quandò consurges è somno tuo? Lege, et serva mandata, expergiscere ut serves.*

PREGON Y AMENAZA DE LA SABIDURIA.

Sap. vi. — « Oid pues, reyes, y atended. Aprended los que juzgais los fines de la tierra.

Dadme oidos, vosotros que dominais los ejércitos, y os agradais en la multitud de las naciones.

Porque el Señor os dió el poder, y la fuerza os dió el Altisimo, que examinará vuestras obras, y escudriñará vuestros pensamientos.

Porque siendo ministros de su reino, no juzgasteis bien, ni guardasteis la ley de la justicia segun la voluntad de Dios.

Horrendo y presto aparecerá á vosotros ; porque ha de ser durísimo el juicio para los que presiden.

Al pequeño se concede misericordia. Los poderosos, poderosamente padecerán tormentos.

No exceptará Dios la persona de alguno, ni temerá la grandeza ; porque él hizo al pequeño y al grande, y tiene igualmente cuidado de todos.

A los mas fuertes, fortisimos tormentos se les guardan.

A vosotros, ó reyes, son estas palabras mias, para que aprendais la sabiduria, y no caigais.»

POLITICA DE DIOS

Y GOBIERNO DE CRISTO NUESTRO SEÑOR.

PARTE PRIMERA.

CAPITULO PRIMERO.

En el gobierno superior de Dios sigue al entendimiento
la voluntad.

Viendo Dios, en los primeros pasos que dió el tiempo,
tan achacoso el imperio de Adan, tan introducida la
lisonja del demonio, y tan poderosa con él la persuasion
contra el precepto ; y recien nacido el mundo, tan crecida la envidia en los primeros hermanos, que á su
diligencia debió la primera mancha de sangre ; el
desconocimiento con tantas fuerzas, que osó escalar al
cielo ; y últimamente advirtiendo cuán mal se gobernaban los hombres por sí despues que fuéron posesion
del pecado, y que unos de otros no podian aprender
sino doctrina defectuosa, y mal entendida, y peor
acreditada por la vanidad de los deseos ; — porque no
viviesen en desconcierto con tiranía debajo del imperio
del hombre las demas criaturas, y consigo los hombres,
determinó bajar en una de las personas á gobernar y
redimir al mundo, y á enseñar (bien á su costa, y
mas de los que no le supieren ó quisieren imitar) la
política de la verdad y de la vida. Bajó en la persona
del Hijo, que es el Verbo del entendimiento, y fué
enviado por legislador al mundo Jesucristo, Hijo de
Dios, y Dios verdadero. Despues le siguió el Espíritu
Santo, que es el amor de la voluntad. Descienda en el
discurso á nosotros.

El entendimiento bien informado guia á la voluntad,
si le sigue. La voluntad, ciega é imperiosa, arrastra al
entendimiento cuando sin razon le precede. Es la razon,
que el entendimiento es la vista de la voluntad ; y si
no preceden sus ajustados decretos en toda obra, á
tiento y á oscuras caminan las potencias del alma.
Asperamente reprende Cristo este modo de hablar,
valiéndose absolutamente de la voluntad, cuando le
dijeron : *Volumus à te signum videre*, «queremos que
hagas un milagro » ; *Volumus ut quodcumque petierimus, facias nobis*, «queremos nos concedas todo lo que
te pidiéremos » ; y en otros muchos lugares. No quiere
Cristo que la voluntad propia se entrometa en sus obras :
condena por descortés este modo de hablar. Y últimamente, enseñando á los hombres el lenguaje que han
de tener con su Padre, que está en el cielo, lo primero
les hace resignar la voluntad, y ordena que digamos
en la oracion del Padre nuestro : «Hágase tu voluntad,»
porque la propia está recusada, y él la da por sospechosa. Así, Señor, que á los reyes, con quien á la oreja
habla y mas de cerca esta doctrina, les conviene no
solo no dar el primer lugar á la voluntad propia, pero
ninguno. Resignacion en Dios es seguro de todos los
aciertos : han de hacerlo así, y no deslucirá su nombre
aquella escandalosa sentencia, que insolente y llena
de vanidad hace formidables á los tiranos :

Sic volo, sic jubeo ; sit pro ratione voluntas.

« Así lo quiero, así lo mando : valga por razon la voluntad. »

Lastimoso espectáculo hizo de sí la envidia de la privanza siendo el mundo tan nuevo, que en los dos primeros hermanos se adelantó á enseñar que aun de tan
bien nacidos valimientos sabe tomar motivos la malicia
con tanto rigor, pues el primer hombre que murió fué
por ella.

Vió Cain que iba á Dios mas derecho el humo de la
ofrenda de Abel que el de la suya : parecióle hacia Dios
mejor acogida á su sacrificio : sacó su hermano al campo, y quitóle la vida. Pues si la ambicion de los que
quieren privar es tan facinerosa y desenfrenada que,
aun advertida por Dios, hizo tal insulto, ¿qué deben
temer los príncipes de la tierra? Apuro mas este punto,
y alzo la voz con mas fuerza : Señor, si es tan delincuente el deseo en el ambicioso, porque de él reciba el
Señor primero y de mejor gana, ¿dónde llegará la iniquidad y disolucion de los que compitieren entre sí
sobre quién recibirá mas del rey? Encarecidamente
pondera el desenfrenamiento de Cain san Pedro Crisólogo (1) : «¡Oh hinchazon del zelo! ¡Dos hermanos no
caben en una casa, y lo que admira, que sea siendo
hermanos! Hizo la envidia, hizo que todos los espacios
de la tierra fuesen estrechos y cortos para dos hermanos : la envidia levantó á Cain para la muerte del que
era menor, porque el veneno de la envidia hiciese solo
al que hizo primero la ley de naturaleza.» De las primeras cosas que propone Moises en el Génesis es esta,
y la que mas profundamente deben considerar los reyes
y los privados ; advirtiendo que si el buen privado y
justo como Abel, que da lo mejor á su señor, muere
por ello en poder de la envidia, ¿qué merecerá el codicioso, que le quita lo mejor que tiene para sí, desagradecido? En la privanza con Dios un poco de humo
mas bien encaminado ocasiona la muerte á Abel por

(1) O zeli tumor! duos non capit domus ampla germanos : et
quid mirum, fratres? Fecit invidia, fecit ut mundi tota duabus
esset augusta fratribus latitudo ; namque ipsa Cain junioris erexit
in mortem, ut esse solum zeli livor faceret, quem primum faceret
lex naturae. — (*Serm.* 4.)

su propio hermano. Sea aforismo que humos de privar acarrean muerte ; que mirar los reyes mejor á uno que á otro, tiene á ratos mas peligro que precio. Muere Abel justo, porque le envidian el ser mas bien visto de Dios ; vive Cain que le dió muerte. Tal vez por secretas permisiones divinas, es mas ejecutiva la muerte con el que priva, que con el fratricida.

Grandes son los peligros del reinar : sospechosas son las coronas y los cetros. Entrase en palacio con sujecion á la envidia y codicia, vívese en poder de la persecucion, y siempre en la vecindad del peligro. Y esta fortuna tan achacosa tiene por suyos los mas deseos, y arrastra las multitudes de las gentes. Hallar gracia con los reyes de la tierra encamina temor : solo con Dios es seguro. Así dijo el Angel (1) : «No temas, María, que hallaste gracia cerca de Dios.» Tú, hombre, teme, que hallaste gracia cerca del hombre. Nace Cristo en albergue de bestias, despreciado y desnudo ; y una voz sola de que nació el Rey de los judios, envuelta en las tinieblas donde alumbraba el sol de las profecías, es bastante á que Heródes celoso ejecute el mas inhumano decreto, y que entre gargantas de inocentes busque la de Cristo ; y la primera persecucion suya fué el nombre de rey, mal entendido de los codiciosos de palacio. Crece Cristo y, en entrando en él al umbral, remitido de los pontífices, dicen los evangelistas, que para coronarle de rey le desnudaron, y le pusieron la púrpura, una corona de espinas y una caña por cetro, y que burlaban de él y le escupian. Señor, si en palacio hacen burla de Cristo, Dios y hombre y verdadero Rey, bien pueden temer mayores excesos los reyes, y conocer que la boca que los aconseja mal, los escupe.

CAPITULO II.

Todos los príncipes, reyes y monarcas del mundo han padecido servidumbre y esclavitud : solo Jesucristo fué rey en toda libertad.

Tres cosas están á mi cargo para introduccion de este discurso y desempeñarme de la novedad que promete este capítulo ; y ordenadas, son : Que fué rey Jesucristo ; que lo supo ser solamente entre todos los reyes ; que no ha habido rey que lo sepa ser, sino él solo.

Nace en la pobreza mas encarecida, ápenas con aparato de hombre : sus primeras mantillas el heno, su abrigo el vaho de los animales ; en la sazon del año mas mal acondicionada, donde la noche y el invierno le alojaron en las primeras congojas de esta vida, con hospedaje que aun en la necesidad le rehusaran las fieras. Y en tal paraje por príncipe de la paz le aclamaron los ángeles ; y los reyes vienen de Oriente adestrados por una luz, sabidora de los caminos del Señor, y preguntan á Heródes (2) : «¿Donde está el que ha nacido Rey de los judios?» Reyes le adoraron como á rey, que lo es de los reyes ; ofreciéronle tributos misteriosos ; su nombre es el *Ungido* ; y es de advertir que cuando nace le adoran reyes, y cuando muere le inscriben rey. Que fué rey tienen todos ; y si fué rey en lo temporal, disputa fray Alonso de Mendoza en sus *Questiones quodlibéticas.* Si fué rey (3) los teólogos lo determinan. El dijo que tenia reino (4) : «Mi reino no es de este mundo.» Asi lo dijo

(1) Ne timeas, María, invenisti gratiam apud Deum.
(2) Ubi est qui natus est Rex Judaeorum?
(3) Quia filius Mariae, vel quia Deus et homo.
(4) Regnum meum non est de hoc mundo.

despues San Pablo (5) : «Mas estando Cristo ya presente, pontífice de los bienes venideros por otro mas excelente y perfecto tabernáculo, no hecho por mano, es á saber, no por creacion ordinaria, etc. *(a)».* Siguióse aquella pregunta misteriosa (6) : «¿Quereis que os suelte al Rey de los judios (7)?» Gritaron otra vez, diciendo : «No á este.» Negáronle la soltura, y disimuláronle la dignidad, respondiendo á la palabra *vuestro rey*; si bien lo contradijeron, diciendo en otra ocasion (8) : «No tenemos rey, sino á César,» cuando Pilatos le intituló en tres idiomas rey en la Cruz, lo que mantuvo constantemente, diciendo : «Lo que escribí, escribí.» ¡Qué frecuente andaba la profecía en la pasion de Cristo, ignorada de las lenguas que la pronunciaban!

Con gran novedad (tales son las glorias de Dios hombre) autorizan esta majestad las palabras del Ladron en la cruz, diciendo : «Señor, acuérdate de mí cuando estés en tu reino.» Grande era la majestad que dió á conocer reino y poder en una cruz. No le calló la corona de espinas la que disimulaba de eterno monarca, Mejor estudió el Ladron la divinidad, que los reyes. Ellos lo eran, y un rey, mejor conoce á otro. Tuvieron maestro resplandeciente, adestrólos el milagro, llevólos de la mano la maravilla. A Dimas no solo le faltó estrella, mas escureciéronsele todas en el sol y la luna, el dia le faltó en el dia ; ellos le hallaron al principio de la vida, amaneciendo ; y este, al cabo de ella, espirando y despreciado de su compañero. Ellos volvieron por otro camino por no morir, amenazados de las sospechas de Heródes ; y este para ignominia de Cristo moria con él. Pues siendo esta majestad tan descubierta, y este reino tan visible en la cruz, y en el Calvario, y entre dos ladrones, ¿qué será quien le negare el reino á Cristo en la diestra del Padre Eterno, en su vida y en su predicacion, en su ejemplo y en el santísimo Sacramento del altar? Esté á la doctrina blasfema de Gestas se arrima. En la Iglesia católica persevera este lenguaje de llamarle rey, y como á tal le señala la cruz por guion, cantando :

Vexilla Regis prodeunt.

San Cirilo, al hablar de cuando descendió á los infiernos, exclama (9) : «¿Y no quieres que, bajando el rey, libre á su voz? Allí estaba David y Samuel y todos los profetas, y el mismo Juan Bautista.» Y el propio santo padre Cirilo dice de Cristo (10) : «Que es rey á quien ningun sucesor sacará del reino.»

Que fué rey ; que le adoraron como á tal ; que le aclamaron rey ; que dijo que lo era, y él habló de su reino ; que le sobrescribieron con este título ; que la Iglesia lo prosiguió ; que la teología lo afirma ; que los santos lo han dado este nombre, constantemente lo afirman los lugares referidos. Dejo que los profetas le prometieron rey, y que los salmos repetidamente le cantan, y así lo esperaron las gentes y los judios ; aunque las sinagogas

(5) Christus autem assistens Pontifex futurorum bonorum per amplius et perfectius tabernaculum non manufactum, id est, non hujus creationis. (*Ad Hebr.*, 9.)
(a) Las traducciones que tengan esta señal *, tomadas de libro autorizado, no son de Quevedo.
(6) Vultis dimittam vobis Regem Judaeorum.
(7) Clamaverunt rursus dicentes : Non hunc.
(8) Non habemus regem nisi Caesarem.
(9) Et non vis ut Rex descendens liberet suum praeconem? David illic erat, et Samuel, ac omnes Prophetae, et ipse Joannes Baptista. (*Catech.* 4, *título de Sepulchro.*)
(10) Quem nullus successor ejiciet è regno. (*Catech.* 6.)

del pueblo endurecido le apropiaron el reino que deseaba su codicia, no el conveniente á las demostraciones de su amor. Y á esta causa, arrimando su incredulidad á las dudas de sus designios interesados, echaron ménos en Cristo, para el rey prometido, el reino temporal y la vanidad del mundo, y (como de ellos dijo san Jerónimo) la Jerusalen de oro y de perlas que esperaban, y los reinos perecederos (a). Y aunque los mas hebreos, con rabi Salomon, sobre Zacarías, esperan el Mesías en esta forma, con familia, ejércitos y armas, y con ellas que los libre de los romanos;—no faltan en el Talmud rabies que lo confiesan rey y pobre mendigo, pues dijeron: *Quòd Rex Mesias jam natus est in fine secundi templi; sed pauper, et mendicus, mundi partes percurrit, et reperietur Romae mendicans inter leprosos.* Confiesan que será rey, y pobre, y que andará entre los leprosos. Y en el *Sanhedrin*, en el capitulo Heloc, dicen: «Toda Israel tiene el padre del futuro siglo.» Así lo hemos referido de Cristo con sus palabras. Por esto, ni los profetas ni los rabies incrédulos no eclan ménos las riquezás del reino temporal para llamarle rey.

Y siendo esto así, le vieron ejercer jurisdiccion civil y criminal. Dióle la persecucion, tentándole, lo que le negaba la malicia incrédula, como se vió en las monedas para el tributo de César, y en la adultera. Obra de rey fué gloriosa y espléndida el couvite de los panes y los peces. Ya le vieron debajo del dosel en el Tabor los tres discípulos. Magnífico y misterioso se mostró en Caná; maravilloso en casa de Marta, resucitando una vez un alma, otra un cuerpo; valiente en el templo, cuando con unos cordeles enmendó el atrio, castigó los mohatreros que profanaban el templo, y atemorizó los escribas. Cuando le prendieron, milité con las palabras; preso, respondió con el silencio; crucificado, reinó en los oprobios; muerto, ejecutorió el vasallaje que le debian el sol y la luna, y venció la muerte. De manera, que siendo rey, y pobre, y señor del mundo, en este fué rey de todos, por quien era. Pocos fuéron entónces suyos, porque le conocieron pocos; y entre doce hombres (no cabal el número, que uno le vendió, otro le negó, los mas huyeron y algunos le dudaron) fué monarca, y tuvo reinos en tan poca familia, y solo Cristo supo ser rey.

¿Quién entre los innumerables hombres que lo han sido (ó por eleccion, ó por las armas, ó adoptados, ó por el derecho de la sucesion legítima), ha dejado de ser juntamente rey y reino de sus criados, de sus hijos, de su mujer, ó de los padres, ó de sus amigos? Quién no ha sido vasallo de alguna pasion, esclavo de algun vicio? Si los cuenta la verdad, pocos. Y estos serán los santos que ha habido reyes. Prolijo estudio sería referir los mas que se han dejado arrastrar de sus pasiones; imposible todos. Bastará hacer memoria de algunos que fundaron las monarquias y las grandezas.

Hizo Dios á Adan señor de todas las cosas; púsole en el paraiso; crióle en estado de inocencia; dióle sabiduría sobre todos los partos de los elementos; y siendo señor de todo, y conociendo á quien lo habia criado, y que en su sueño le buscaba compañía, y se la fabricaba de su costilla,—al primer coloquio que tuvo con Eva su mujer, por complacerla, despreció á quien le hizo poco

ántes de tierra, y le espiró vida en la cara, y le llamó su imágen. Púsose de parte de la serpiente; obedeció á la mujer; tuvo en poco las amenazas que padeció ejecutivas. Tal es el oficio de mandar y ser señor, que en este (que fué el primero á todos y el mayor, siendo hecho por la mano de Dios no solo él sino la compañia suya y su lado), en dejándole Dios consigo, sirvió á la mujer con la sujecion y obediencia. ¿Qué se podrá temer de los que hacen reyes la eleccion dudosa de los hombres, ó el acaso en la sucesion, ó la violencia en las armas? Y no es de olvidar que habiendo de tener lado, y no siendo bueno que estén solos,—esta compañia, este lado, que llaman ministro, ellos se le buscan, y se dan á quien se le granjea. Y si allí no aprovechó contra las malas mañas del puesto, ser Dios artífice del señor y de su compañia, que es su lado, y de su lado, ¿cuál riesgo será el de los que son tan de otra suerte puestos en dignidad por sí propios, ó por otros hombres? Las historias lo dicen, y lo dirán siempre con un mismo lenguaje, y la fortuna con un suceso, ó mas apresurado ó mas diferido, no por piedad, sino por materia de mayor dolor. Y no quiero olvidar advertencia (que apea nuestra presuncion) arrimada á las palabras de Dios, para que conozcamos que de nosotros no podemos esperar sino muerte y condenacion. Dijo Dios en el 2 del Génesis (1): «Dijo tambien el Señor Dios: No es bien que el hombre esté solo; hagámosle una ayuda semejante á él.» Luego le dió sueño, y de su costilla fabricó á Eva, ayuda semejante á él. Bien claro se ve aquí que del hombre y semejante al hombre, la ayuda será para perderse, como se vió luego en Adan. Señor, no solo los reyes han de recelarse de los que están á su lado, siendo semejantes á ellos, sino de su lado mismo; que en durmiéndose, su propio lado dará materiales, con favor y ocasion del sueño, para fabricar con nombre de ayuda su ruina y desolacion.

Lo que Dios propio hace para socorro del hombre, si con Dios y para Dios no usa de ello, de la carne de su carne y de los huesos de sus huesos debe recelarse, y tener sospecha porque no se deje vencer de alguna persecucion mañosa, de alguna complacencia descaminada, de alguna negociacion entremetida. Llámase Cristo hijo de David. A David llámanle todos el real profeta y el santo rey: débensele tales blasones, y fué rey de Israel; y en él fuéron reyes el homicidio y el adulterio. Salomon supo pedir, y recibió sabiduría y riqueza: fué rey mas conocido por sabio, que por su nombre; es proverbio del mejor don de Dios, y sus palabras son el firmamento de la prudencia, por donde se gobierna toda la navegacion de nuestras pasiones; y siendo una vez rey, fué trescientas reino de otras tantas rameras. Si llegas el exámen á los emperadores griegos, de mas vicios fuéron reino, que tuvieron vasallos. Si pasas á los romanos, ¿de qué locura, de qué insulto, de qué infamia no fuéron provincias y vasallos? No hallarás alguno sin señor en el alma. Donde la lujuria no ha hallado puerta, que se ve raras veces (y fáciles de contar, si no de creer), ha entrado á ser monarca ó el descuido, ó la venganza, ó la pasion, ó el interes, ó la prodigalidad, ó el divertimiento, ó la resignacion que de todos los pecados hace

(a) En la edicion de 1626 se introduce aquí un párrafo impertinente de erudicion rabínica.

(1) Dixit quoque Dominus Deus : Non est bonum esse hominem solum : faciamus ei adjutorium simile sibi.

partícipe á un príncipe. Cortos son los confines de la resignacion á la hipocresía. Solo Cristo rey pudo decir: *Quis ex vobis arguet me de peccato?* (*Joann.* 8.)

No demuestro en las personas estos afectos, por no disfamar otra vez todas las edades y naciones, y excusar la repeticion á aquellos nombres coronados que hoy padecen en su memoria su afrenta. Dejemos esta parte del horror y de la nota, y sea así que nadie supo ser rey cabal, sin ser por otra ú otras partes reino. Descansemos del asco de estos pecados, y veamos cómo Cristo supo ser Rey: esto se ve en cada palabra suya, y se lee en cada letra de los evangelistas. No tuvo sujecion á carne ni sangre. De su Madre y sus deudos curó ménos que de su oficio; así lo dijo: «Mi Madre y mis hermanos son los que hacen la voluntad de mi Padre.» En Caná, porque (como diremos en su lugar) su Madre le advirtió en público que faltaba vino, la dijo: *Quid mihi et tibi, mulier?* Espirando en la Cruz, la llamó mujer, y madre de su discípulo, atendiendo solo al oficio de redentor, y al Padre que está en el cielo. A los parientes no les concedió lo que pidieron, y así les dice que no saben lo que se piden. Una vez que se atrevieron á pedir su lado y las sillas, siendo rey y Dios, no se dedigna de decir: *Non est meum dare vobis.* «No me toca á mí dároslo.» Otra vez les dijo que no sabian de qué espíritu eran, y los riñó ásperamente porque se enojaban con los que no los seguian. A san Pedro, su valido y su sucesor, porque le quiso excusar los trabajos y le buscaba el descanso, le llamó Satanas, y lo echó de sí. Este fué grande acierto de rey. Quien se descuidare en esto, ¿qué sabe? Tambien perderá el reino, la vida y el alma. Cristo rogó por sus enemigos; y á san Pedro, porque hirió al que le prendia y maltrataba, lo amenazó. No consintió que alguno, entre los otros, aun en su corazon pretendiese mayoría, ni quiso que presumiese de saber su secreto. *Sic eum volo manere* (respondió preguntándole de san Juan): *Quid ad te?* No admitió lisonjas de los poderosos, como se lee en el príncipe que le dijo *magister bone;* ni se retiró en la majestad á los ruegos de los necesitados; ni atendió á cosa que fuese su descanso ó su comodidad. Toda su vida y su persona fatigó por el bien de los otros: punto en que todos han tropezado, y que conforme á la definicion de Aristóteles, solo es rey el que lo hace; y segun Bocalino, nadie lo hizo de todos los reyes que ha habido.

Cristo rey vivió para todos, y murió por todos: mandaba que le siguiesen: *Sequere me. Qui sequitur me, non ambulat in tenebris.* No seguia donde le mandaban; y como mas largamente se verá en el libro, Cristo solo supo ser rey; y así solo lo sabrá ser quien le imitare.

A esto hay dificultad, que da cuidado á la plática de este libro. Dirán los que tienen devocion melindrosa, que no le es posible al hombre imitar á Dios. Parece ese respeto religioso, y es achaque mal intencionado: imitar á Dios es forzoso, es forzosamente útil, es fácil. El dijo: *Discite à me.*

Tres géneros de repúblicas ha administrado Dios. La primera Dios consigo y sus ángeles. Este gobierno no es apropiado para el hombre, que tiene alma eterna detenida en barro, y gobierna hombres de naturaleza que enfermó la culpa, por ser Dios en sí la idea con espíritus puros, no porfiados de otra ley facinerosa. El

segundo gobierno fué el que Dios como Dios ejercitó desde Adan todo el tiempo de la ley escrita, donde daba la ley, castigaba los delitos, pedia cuenta de las traiciones é inobediencias, degollaba los primogénitos, elegia los reyes, hablaba por los profetas, confundia las lenguas, vencia las batallas, nombraba los capitanes y conducia sus gentes. Este, aunque fué gobierno de hombres, le hallan desigual, porque el gobernador era Dios solo, grande en sí, y veia los rodeos de la malicia con que en traje de humildad y respeto descamina la razon de los ejemplares divinos. En el tercer gobierno vino Dios y encarnó, y hecho hombre gobernó los hombres, y para instrumento de la conquista de todo el mundo, *à Solis ortu usque ad occasum*, escogió idiotas y pescadores, y fué rey pobre, para que con esta ventaja ricos los reyes, y asistidos de sabios y doctos, no sean capaces de respuesta en sus errores. Vino á enseñar á los reyes. Véase en que frecuentemente hablaba con los sacerdotes y ancianos, y que en el templo le hallaron enseñando á los doctores; que el buen rey se ha de perder por enseñar, y hace mas fuerza; que enseñar á cada hombre de por sí, no era posible, sin milagro; y este método no le podia ignorar la suma sabiduría del Padre, que era enseñar á los reyes, á cuyo ejemplo se compone todo el mundo. Y esto hizo, y solo él lo supo hacer, y solo lo acertará quien le imitare.

CAPITULO III.

Nadie ha de estar tan en desgracia del rey, en cuyo castigo, si le pide misericordia, no se le conceda algun ruego. (*Matth.* 8, *Marc.* 5, *Luc.* 8.)

Qui autem habebat daemonium iam temporibus multis, et vestimento non induebatur, neque in domo manebat; sed domicilium habebat in monumentis, et neque catenis jam poterat quisquam eum ligare. Agebatur à daemonio in deserto. Videns autem Jesum à longe, cucurrit, et adorans, procidit ante illum. Et ecce ambo clamabant voce magna dicentes: Quid nobis et tibi, Jesu Fili Dei altissimi? Cur venisti huc ante tempus, torquere nos? Adjuro te per Deum, et obsecro, ne me torqueas. Praecipiebat enim illi: Exi spiritus immunde ab homine isto. Et interrogabat eum: Quod tibi nomen est? Et dicit ei: Legio mihi nomen est, quia multi sumus. Et rogaverunt eum multum, ne imperaret illis ut in abyssum irent. Omnes autem rogabant eum, dicentes: Si ejicis nos hinc, mitte nos in gregem porcorum, ut in eos introeamus. Et concessit eis statim Jesus.

Dice el Evangelista, que un endemoniado de muchos años, que desnudo andaba por los montes, y dejando su casa habitaba en los monumentos, y ni con cadenas le podia nadie tener, viendo á Jesus desde léjos le salió al encuentro, y arrojándose en el suelo y adorándole, le dijo: «Jesus, Hijo de Dios, ¿qué tienes tú con nosotros? ¿Por qué has venido antes de tiempo á atormentarnos? Conjúrote por Dios vivo, y te lo suplico, no me atormentes.» Dice el texto que le hizo otras preguntas, y que respondió que no era un demonio, sino una legion. Pidiéronle á Jesus, que los dejase entrar en unos puercos y no los enviase al abismo. Y dice el Evangelista que luego se lo concedió.

La justicia se muestra en la igualdad de los premios y los castigos, y en la distribucion, que algunas veces se llama igualdad. Es una constante y perpetua voluntad de dar á cada uno lo que le toca. Llámase *idiopragia*, porque sin mezclarse en cosas ajenas, ordena las propias : *aprosopolepsia*, cuando no hace excepcion de personas. A los hipócritas llama Cristo *acceptores vultus (a)*. Esta virtud, que entre todas anda con mejores compañías, ó con ménos malas, pues sola ella no está entre dos vicios, siendo la que gobierna y continúa y dilata el mundo, quiere ser tratada y poseida con tal cuidado y moderacion, como aconseja el Espíritu Santo cuando dice : *Noli nimium esse justus :* pecado en que incurren los que tienen autoridad en la república, y son vengativos; que hipócritas, de la justicia de Dios hacen venganza, afrenta y arma ofensiva. Estos son alevosos, no jueces ; traidores y sacrílegos, no príncipes. San Agustin lo entendió así, cuando dijo : *Justitia nimia incurrit peccatum ; temperata veró justitia facit perfectionem*. No se desdeñó esta verdad de las plumas de los idólatras; pues Terencio, en la comedia que llamó *Heautontimorumenos*, dijo :

       Jus summom summa saepe malitia est.

Y por demas se juntan autoridades de Aristóteles y otros filósofos que en las tinieblas de la gentilidad mendigaron algun acierto, cuando el rey Cristo Jesus en este evangelio enseña como verdad, vida y camino á todos los monarcas, el método de la justicia real.

¿Quién mas en desgracia de Dios que el demonio; que una legion de ellos : criatura desconocida, vasallo alevoso, que se amotinó contra Dios, quiso defraudarle su gloria, y que obstinado porfía en la ruina y desolacion de su imágen? Estos delincuentes, viendo venir á Cristo, dieron en tierra con el cuerpo que poseian, en manera de adoracion; pronunciaron palabras de su gloria : *Jesus Hijo de Dios* (confesion que tanto ennobleció la boca del primero de los apóstoles) «¿por qué veniste aqui antes de tiempo á atormentarnos?» Estos no confiesan verdad, aunque sea para apadrinar su ruego, que no la acompañen con blasfemia. El padre de la mentira desquitó la verdad de llamarle Hijo de Dios, con decir que venia ántes de tiempo. ¡Propio pecado de la insolencia de su intencion, desmentir en la cara de Cristo á todos los profetas y á los decretos de su Padre! De esta mentira y calumnia hizo tanto caso san Pablo, que repetidamente dice (1) : «Pues á qué fin Cristo, cuando aun estábamos enfermos, murió á su tiempo por unos impíos? Por qué apénas hay quien muera por un justo, aunque alguno se atreva á morir por un bienhechor? Mas Dios hace brillar su caridad en nosotros; porque aun cuando éramos pecadores, en su tiempo murió Cristo por nosotros*.» Segun el tiempo, murió por los impíos; y segun el tiempo, murió por nosotros. Dos veces en cuatro renglones dice que murió, segun el tiempo, Cristo nuestro Señor : lugar de que en esta ocasion puede ser me haya acordado el primero. Pudiérase contentar la obstinacion de estos demonios con el desacato descomedido y rebelde de haber dicho (2) : «¿Qué hay entre nosotros y entre

ti, Hijo de Dios, para que nos vengas ántes de tiempo á atormentar?» Entre dos blasfemias dijo una verdad, no por decirla, sino por profanarla y quitarla el crédito.

Cuando estos fueran ángeles, merecian ser demonios por cualquiera palabra de estas ; y siendo tales por la culpa antigua, y reos por la posesion de aquel hombre; y añadiendo á esto, cuando empezaba á tener que hacer con ellos, dudarlo ; y cuando era el tiempo de su venida cumplido, desmentirlo;—estando no solo fuera de toda su gracia, sino imposibilitados de poder volver á ella, le piden que no los vuelva al abismo, sino que los deje entrar en una manada de puercos ; y Cristo Rey les concedió lo que pedian, que era mudar lugar solamente.

Señor, el delito siempre esté fuera de la clemencia de vuestra majestad, el pecado y la insolencia ; mas el pecador y el delincuente guarden sagrado en la naturaleza del príncipe. De si se acuerda (dijo Séneca) quien se apiada del miserable ; todo se ha de negar á la ofensa de Dios, no al ofensor : ofensor ella ha de ser castigada, y él reducido. Acabar con él no es remedio, sino ímpetu. Muera el que merece muerte, mas con alivio que, no estorbando la ejecucion, acredite la benignidad del príncipe. Ser justo, ser recto, ser severo, otra cosa es ; que inexorable es condicion indigna de quien tiene cuidados de Dios, del padre de las gentes, del pastor de los pueblos. No se remite el castigo por variarse, si lo que la ley ordena el juez no lo dispone, respetando los accidentes y la ocasion que habrá sin castigo ; digo sin merecerle. Muchos son buenos, si se da crédito á los testigos ; pocos, si se toma declaracion á sus conciencias. En los malos, en los impíos se ha de mostrar la misericordia : por los delincuentes se han de hacer finezas. ¿Quién padeció por el bueno? Con estas palabras habló elegante la caridad de san Pablo (*Ad Rom. 5.*) : *Ut quid enim Christus, cùm adhuc infirmi essemus, secundùm tempus pro impiis mortuus est? Vix enim pro justo quis moritur : nam pro bono forsitam quis audeat mori? Commendat autem charitatem suam Deus in nobis : quoniam cùm adhuc peccatores essemus, Christus pro nobis mortuus est*. Murió el Rey Cristo, Señor, por los impíos, y encomiéndanos su caridad. Todas las obras hizo Cristo, y toda su vida se encaminaron y miró á darnos ejemplo. Así lo dijo: *Exemplum enim dedi vobis :* « Porque yo os dí ejemplo.» Niégale san Pedro ; mas ya advertido de que le habia de negar ; mírale, y no le revoca las mercedes grandes ; hízoselas porque le confesó ; no se las quita porque se desdice y le niega. No depende del ajeno descuido la grandeza de Cristo. A Júdas le dice, de suerte que lo pudo entender, que al que le venderá le valiera mas no haber nacido. Cena con él, lávale los piés ; da la seña en el Huerto para la entrada, caudillo de los soldados, y recíbele con palabras de tanto regalo : *Ad quid venisti, amice?* «¿A qué has venido, amigo?» No perdonó diligencia para su salvacion ; y al fin tuvo el castigo que él se tomó. Muere ahorcado Júdas ; mas del rey ofendido y del maestro entregado no oyó palabra desabrida, ni vió semblante que no le persuadiese misericordia y esperanza. Pidenle los demonios que no los envie al abismo : concédeselo. En esto habla la exposicion teóloga. Piden que los deje entrar en el ganado : permíteselo. Ellos lo pidieron por hacer aquel mal de camino al dueño del ganado. El Rey Cristo les dió licen-

---

(*a*) *Personarum acceptor* es como se lee en los *Hechos de los Apóstoles*, cap. 10, v. 54. Y á pesar de ser lo mismo, se criticó la variante por los enemigos de Quevedo.

(1) Ut quid enim Christus cùm adhuc infirmi essemus, secundùm tempus pro impiis mortuus est? Vix enim pro justo quis moritur: nam pro bono forsitam quis audeat mori? Commendat autem charitatem suam Deus in nobis : quoniam cùm adhuc peccatores essemus, secundùm tempus Christus pro nobis mortuus est. (*Ad Rom.* 5.)

(2) Quid nobis et tibi, Fili Dei?

cia , que al demonio la ha concedido fácilmente cuando se la ha pedido para destruir las haciendas y bienes temporales ; que ántes es la mitad diligencia para el arrepentimiento y recuerdo de Dios. Así en Job largamente le permitió extendiese su mano Satanas sobre todos sus bienes. Queria avivar la valentía de aquel espíritu tan esforzado ; y á esta causa no rehusa Dios dar esta permision al infierno , pues es hacer los instrumentos del desembarazo del conocimiento propio ; y en esta parte es elocuente la persecucion , y pocas almas hay sordas á la pérdida de los bienes.

CAPITULO IV.

No solo ha de dar á entender el rey que sabe lo que da , mas tambien lo que le toman ; y que sepan los que están á su lado que siente aun lo que ellos no ven, y que su sombra y su vestido vela.—Este sentido en el rey es el mejor consejero de hacienda, y el primero que preside á todos. (*Matth. 9, Marc. 5, Luc. 8.*)

Dicebat autem intra se : Si tetigero tantum vestimentum ejus, salva ero. Et sensit corpore quia sanata esset à plaga. Et statim Jesus in semetipso cognoscens virtutem quae exierat de illo, conversus ad turbam, ajebat : Quis tetigit vestimenta mea? Negantibus autem omnibus, dixit Petrus, et qui cum illo erant : Praeceptor, turbae te comprimunt, et affligunt et dicis : Quis me tetigit? Et dixit Jesus. Tetigit me aliquis : nam ego novi virtutem de me exiisse.

« Decia entre sí : Con solo tocar su vestido seré salva ; y sintió en el cuerpo que habia sanado de la plaga ; y Jesus conociendo en sí mismo la virtud que habia salido de sí, vuelto á la multitud, dijo : ¿Quién tocó á mí y á mis vestidos? Y negándolo todos , Pedro y los que con él estaban dijeron : Maestro, las olas de la multitud te bruman y afligen , y tú dices : ¿Quién me tocó? Y dijo Jesus : Alguno me tocó, porque yo conocí que salia de mí virtud. »

El buen rey, Señor, ha de cuidar no solo de su reino y de su familia, mas de su vestido y de su sombra ; y no ha de contentarse con tener este cuidado : ha de hacer que los que le sirven , y están á su lado , y sus enemigos, vean que le tiene. Semejante atencion reprime atrevimientos que ocasiona el divertimiento del príncipe en las personas que le asisten , y acobarda las insidias de los enemigos que desvelados le espían. El ocio y la inclinacion no ha de dar parte á otro en sus cuidados; porque el logro de los ambiciosos, su peligro y desprecio, está disimulado en lo que deja de lo que le toca. Quien divierte al rey, le depone, no le sirve. A esta causa los que por tal camino pueden con los reyes, se van fulminando el proceso con sus méritos ; su buena dicha es su acusacion, y hallan testigos contra sí los medios que eligieron , y se ven con tanta culpa como autoridad; y al que puede, en lo que habia de respetar y obedecer de léjos, nadie le aconseja por bueno sino aquello que despues le sea fácil acusárselo por malo ; y en la adversidad la calumnia, que es de bajo linaje y siempre ruines sus pensamientos, califica por fiscales los cómplices y los partícipes. Así lo enseñan siempre á todos, no escarmentando alguno, las historias y los sucesos. Es el caso de este evangelio tal, que rey ó monarca que no abriere los ojos en él, y no despertare, da señas de difunto, que tiene la reputacion en poder de la muerte.

Tocó la pobre mujer la vestidura de Cristo. El llegar á los reyes y á su ropa basta á hacer dichosos y bien-

aventurados. Volvió Cristo, yendo en medio de gran concurso de gentes que le llevaban en peso, y con novedad dijo : ¿Quién me tocó? Dice el texto que los que le brumaban dijeron que ellos no eran. Esta respuesta siempre la oigo ; y aquellos que aprietan á los reyes y los ponen en aprieto, dicen que no tocan á ellos. San Pedro, que no sufria desenvolturas, los desmintió, y respondió á Cristo : Maestro, ¿estánte apretando tantos hombres, que no hay alguno que no te toque y te moleste, y preguntas quién me tocó? Desmintió el buen ministro á aquellos que le seguian con ruido y alboroto, y decian que no le tocaban. Alguno me tocó, dijo Cristo, que yo he sentido salir virtud de mí. ¡Oh buen Rey, que sientes que te toquen en el pelo de la ropa (como dicen)! Y así fué. Ha de ser sensitiva la majestad aun en los vestidos. Nadie le ha de tocar, que no lo sienta, que no sepa que le toca, que no dé á entender que lo sabe. No ha de ser lícito tomar nadie del rey cosa que él no lo sepa ni lo sienta. ¿Qué será que haya quien tome de él para echar á mal, sin que lo eche de ver el rey, y lo diga? Quiere Cristo que sane la mujer, y que le toque ; sintió que habia salido virtud de él ; sabía quién era la que le habia tocado, y lo preguntó para desarrebozar la hipocresia de los que, apretándole mas, dijeron que no le tocaban ; para que san Pedro y los que con él estaban (que habian de suceder en este cuidado á Cristo, cada uno en su provincia, y Pedro en toda la Iglesia), abriesen los ojos, y conociesen cuánto cuidado es menester tener con los que acompañan, aprietan y tocan á los reyes ; y que los monarcas de todo han de hacer caso, y con todo han de tener cuenta.

Llegue la necesidad recatada, y á hurto y muda, y remédiese ; mas sepa el necesitado que lo sabe el príncipe, y que atiende á todo su poder, de suerte que sabe el que tiene, y el que da, y el que le toman. Distribuya vuestra majestad y dé á los beneméritos, que son acreedores de toda su grandeza, y tal vez negocie el oprimido por debajo de la cuerda : remédiese con tocar á la sombra de vuestra majestad, que no es mas algun favorecido ; mas sepa el uno y el otro, que vuestra majestad sabe la virtud que salió de su grandeza : entónces será milagro ; si no, pasará por hurto calificado. Si los privados supiesen aprender á ministros del ruedo de la vestidura de Cristo, ¡cuán bien aseguraran la buena dicha! El ruedo sirve al señor, es lo postrero de la vestidura, anda á los piés, y sirve arrastrando : condiciones de la humildad y reconocimiento, que solamente son seguro de la prosperidad. Medre quien tocare al privado ; mas de tal manera que lo sienta el rey en sí, y lo diga , sin que en él se quede alguna cosa. Y es tan peligroso en el seso humano ser instrumento de mercedes, que á lo que disponen dan á entender que lo hacen ; y de criados , á los primeros atrevimientos, pasan á señores ; y poco mas adelante á despreciar al dueño. Y como Cristo mortificó aquí la presuncion de la fimbria de su vestido, diciendo: « Yo sentí salir virtud de mí, » así lo deben hacer los reyes en todo lo que dispusieren, por su crédito y el de las propias mercedes y puestos y personas que los alcanzan; y es tener misericordia de sus ministros desembarazarlos de este riesgo tan halagüeño y de tan buen sabor á los desórdenes del apetito y ambicion de los hombres ; pues quien permite este entretenimiento á su criado, artífice es de su ruina.

CAPITULO V.

Ni para los pobres se ha de quitar al rey. *(Joann. 12.)*

Maria ergo accepit libram unguénti nardi pistici pretiosi, et unxit pedes Jesu, et extersit pedes ejus capillis suis: et domus impleta est ex odore unguenti. Dixit ergo unus ex discipulis ejus, Judas Iscariotes, qui erat eum traditurus : Quare hoc unguentum non veniit trecentis denariis, et datum est egenis? Dixit autem hoc, non quia de egenis pertinebat ad eum, sed quia fur erat, et loculos habens, ea quae mittebantur, portabat.

«María tomó una libra de ungüento precioso de confeccion de nardo, y ungió á Jesus los piés, y los limpió con sus cabellos, y llenosé la casa de fragancia con el ungüento. Dijo uno de sus discípulos (Júdas, varon de Carioth, que le habia de vender) : ¿ Por qué no se vende este ungüento en trescientos dineros, y se da á los pobres? Dijo esto, no porque tenia el cuidado de los pobres, sino porque era ladron, y teniendo bolsas, traia lo que daban.»

¡ Qué desigual aprecio, y qué apasionado es el de la codicia! En trescientos dineros tasa el ungüento, quien dió á Cristo por treinta : no pensaba Júdas sino en vender cuidadosamente. El Evangelista añade aquellas palabras : Uno de sus discípulos; para que se vea que entre los suyos, los de su lado, los escogidos, está quien lo ha de vender.

Si quien ordena y propone que se quite de la autoridad y reverencia del rey para venderlo y darlo á los pobres, es Júdas que habia de vender á Cristo; quien lo quita del rey para venderlo á los ricos contra los pobres, ¿que será? No da á los pobres quien quita de Cristo para ellos : ese es Júdas, no limosnero; ese es ladron, no ministro. El que quita del labrador, del benemérito, del huérfano, de la viuda, en quien se representa Cristo, para otra cosa, ese es ladron. ¿ No sabia Júdas mejor que nadie que su Maestro era el mas pobre de todos los hombres? No le habia oido decir que no tenia donde reclinar la cabeza? Pues ¿cómo, habiendo de pedir á los pobres para él, quiere quitarle para los pobres, que siempre tendrá consigo? Achaque era, no celo el suyo. Para conocer esta gente y este lenguaje y estos ministros, haga el rey lo que advierte el Evangelista (1) : «Y no porque tenia los pobres á su cargo.» Metióse en lo que no le tocaba : su oficio era la despensa, y no la limosna. Quien del patrimonio de vuestra majestad, de sus rentas y vasallos, de su regalo, de su casa, quita para diferentes designios, sea para lo que fuere, como no vuelva á su reputacion el útil, ese Júdas es, de Júdas aprendió; porque quitar del rey, llévese donde se llevare, dése á quien se diere, es hurto forzoso. No hay necesidad mas legítima que la del buen rey, ni hombre tan pobre; y quien pone al rey en mayor necesidad, destruye el reino; y es arbitrio de los ministros imitadores de Júdas poner en necesidad al rey, para con los arbitrios de su socorro y desempeño tiranizar el reino y hacer logro del robo de los vasallos; y son las suyas mohatras de sangre inocente. Rey sobre sí, y cuidadoso de su hacienda y reinos, léjos tiene estos ministros que hacen su grandeza y sus casas con poner necesidad en los príncipes.

Metióse Júdas de despensero á consejero de hacien-

(1) Non quia de egenis pertinebat ad eum.

da : por eso sus consultas saben á regaton. Con haber tantos años, no ha descaecido esta manera de hurtar : pedir para los pobres, y tomar para sí. ¡Cosa admirable, Señor, que en ningun otro lugar la pluma de los evangelistas se enojó con nadie, ni con el que dió á Cristo la bofetada, ni con quien le escupió, ni con los que piden le crucifiquen, ni con Pilatos, ni otro algun ministro mas crudo; ántes benignamente los nombra, y con modestia piadosa refiere sus acciones! Solo de Júdas escribe en este caso, mas terrible y severo que cuando vendió á Cristo, pues allí refiere el sugeto sin ponderar la maldad, y aquí le llama ladron y hipócrita, y no le perdona nota ni infamia alguna. San Juan escribe por Cristo, de quien bien sabia la voluntad y el sentimiento; y asi habla en este caso palabras llenas de indignacion y de ira, porque Júdas aquí queria vender los pobres. Y Cristo, y por él san Juan, parece que siente mas que Júdas venda los pobres : pues Júdas vendió á Cristo para remedio de los pobres; y si bien él no tuvo esta intencion, Cristo por los pobres y para ellos fué vendido; y es cosa clara que habia de sentir sumamente ver que Júdas quisiese vender aquellos por quien él propio se dejó vender del mismo.

Señor, vuestra majestad no tiene otra cosa que haya de estar mas firme en su ánimo, encargada por Dios, que el castigo del consejero que pide para los pobres, y los vende. Podria en algunas concesiones de las cortes, y en los demas servicios tenerse cuidado con este lenguaje de Júdas, cuando el que concede medra y el reino padece. Pobres vende quien enriquece pidiendo para ellos, y quien alega por méritos y servicios la ruina de los que se le encomendaron. Miren los reyes por los pobres, que entónces habrán entendido que el primer pobre y mas legítimo necesitado es el buen rey. Rey que se gobierna, rey que se socorre á sí mismo, y se guarda y mira por sí, ese mira por sus reinos. El que se descuida de si propio, y se deja y olvida, ¿por quién mirará, ni de qué tendrá cuidado? Aquí da voces san Juan á vuestra majestad como privado de Cristo : temerosas palabras son las suyas. Quien de las personas, criados, hijos, vasallos beneméritos quita ó pide la hacienda, honra ú oficios con titulo de darlo á pobres ó emplearlo mejor, en la boca del Evangelista es Júdas; y llámase como se llamare, á él le nombran las palabras «ladron que tiene bolsa.» El buen ministro conocerá vuestra majestad, sí, cuando los ministros despenseros y el consejero Iscariote le propusieren cosas semejantes, en que se trata de vender á los pobres ó quitar de la persona real, — pusiere en la consulta de buena letra : «vuestra majestad no lo haga.» Quien se lo aconseja es Júdas que lo ha de vender : no lo hace por los pobres que están encomendados á vuestra majestad, y no á él; ladron es; talegones trae; lo que dan se lleva; caridad ungida es su mercancía, piedad mentirosa es su ganancia. Para los pobres pide; y pidiendo para ellos, hace pobres y se hace rico. ¡A qué de consultas está respondiendo san Juan desde el Evangelio, porque los príncipes no pretendan haber pasado sin advertimiento, y por quitarlos la disculpa maliciosa! ¡Gran voz contra quien se descuida en esta parte para el tribunal postrero de la mejor vida! Atienda vuestra majestad á las señas que aquí le da san Juan de los que venden á los pobres. Dice que son los que han de vender al propio rey, que tratan de lo que no les toca; que son ladrones; que tienen bolsas, y llevan lo que se da. Con la pluma los dibuja san Juan, con la voz los nombra, con el dedo los muestra. Véislos ahí (dice á todos los que reinan); y si no quereis que os vendan, no tengais ministros despenseros que tengan bolsones y tomen lo que se da, ni tengais por consultor al ladron. ¡Oh gran cosa! Dos privados Juanes tuvo Cristo: el Bautista enseñó con la mano el Cordero á los lobos; y el Evangelista en el Evangelio enseñó con la pluma los lobos al Cordero.

CAPITULO VI.

La presencia del rey es la mejor parte de lo que manda.

En los peligros el rey que mira manda con los ojos. Los ojos del príncipe es la mas poderosa arma; y en los vasallos asistidos de su señor es diferente el ardimiento. Descuidase el valor con las órdenes, y discúlpase el descuido. San Pedro en el prendimiento y en la negacion; y Cristo en la borrasca donde enseñó durmiendo.

«Pero teniendo Simon Pedro espada, puso mano, ó hirió al criado del pontifice y cortóle la oreja derecha (1).»

A ojos de su rey y maestro, Pedro fué tan valiente que sacó la espada para toda una cohorte armada, y de noche, y en la campaña, y hirió á un criado del pontifice: accion, si justa, bizarra y casi temeraria. Pero dos renglones mas abajo padeció notable mutacion sus alientos y osadia; y se lee con el mismo nombre otro corazon (2): «Y díjole á Pedro una mozuela que estaba á la puerta: Tú eres uno de los discipulos de este hombre. Respondió: No soy; y negó tres veces.» Desquitóse la cohorte; vengado se ha el criado del pontifice por mano de la criada. El quitó una oreja, y á él le han quitado las dos, de suerte que apénas oye la voz de Cristo que le dijo este suceso. ¿Brios contra una cohorte, valor para herir uno entre tantos, y luego acobardarse de manera que una muchacha le quite la espada con una pregunta, y le desarme y haga sacar piés? A fe que hizo tantas bravatas á Cristo: «Si conviniere morir contigo, no te negaré!» Débese considerar que, aunque era Pedro el propio que hazañoso y con arrojamiento temerario embistió por su rey todo aquel escuadron, aquí le faltó lo principal que fuéron los ojos de Cristo: espada tenia, pero sin filos; corazon tenia, pero no le miraba su maestro.

Rey que pelea y trabaja delante de los suyos, oblígalos á ser valientes: el que los ve pelear, los multiplica, y de uno hace dos. Quien los manda pelear y no los ve, ese los disculpa de lo que dejaren de hacer; fia toda su honra á la fortuna: no se puede quejar sino de sí solo. Diferentes ejércitos son los que pagan los príncipes, que los que acompañan. Los unos traen grandes gastos, los otros grandes victorias. Los unos sustenta el enemigo, los otros el rey perezoso y entretenido en el ocio de la vanidad acomodada. Una cosa es en los soldados obedecer órdenes, otra seguir el ejemplo. Los unos tienen por paga el sueldo, los otros la gloria. No puede un rey militar en todas partes personalmente; mas puede y debe enviar generales que manden con las obras, y no con la pluma. ¿Quién presumirá de mas esforzado que

(1) Simon ergo Petrus habens gladium eduxit eum, et percussit pontificis servum, et abscidit auriculam ejus dexteram. (Joann., cap. 18.)

(2) Dicit ergo Petro ancilla ostiaria.

Q. -I.

son Pedro, que en presencia de Cristo se portó tan como valiente, y en volviendo el rostro fué menester, para el acometimiento de una mujercilla, que el gallo le acordase de la espada, del huerto y de la promesa?

«Y navegando con ellos, se durmió. Levantóse una tormenta de viento en el mar: atemorizáronse y peligraban. Mas llegándose á él, le despertaron diciéndole: Máestro, perecemos; pero él levantándose, mandó al viento y mareta abonanzar, y quedó el mar en leche. Díjoles á ellos: ¿Dónde está vuestra fe?» (Luc. cap. 8.)

Aprieta mas este suceso la dificultad. No basta que el rey esté presente, si duerme. Ojos cerrados no hacen efecto. Duerme Cristo, y piérdense de ánimo todos. Bien sabia la borrasca y lo que habia de suceder; y cerró los ojos para enseñar á los reyes que la fe de los suyos, como se dice, pueden perderla en un cerrar y abrir de ojos. Niñería es; pero suena al propósito. El rey es menester que asista á todo y que abra los ojos, porque los suyos no pierdan la fe. Mire vuestra majestad cuán descaecidos estaban los apóstoles porque durmió un poco Cristo, sabiendo que él dice de sí: «Yo duermo, etc.» La vista de los príncipes influye coraje; y el miedo, que solo precia la salud y pone la honra en la seguridad, suele reprenderse con el respeto. No le queda que hacer al rey que asiste y mira, ni que esperar al que hace lo contrario. Si en la república de Cristo, Dios y hombre, en cerrando los ojos estuvieron para dar al traves sus allegados, ¿qué se ha de temer en los reyes que se duermen con los ojos abiertos?

CAPITULO VII.

Cristo no remitió memoriales, y uno que remitió á sus discípulos le descaminaron. (Matth. 14, Joann. 6, Marc. 6, Luc. 9.)

Et exiens vidit turbam multam Jesus, et misertus est super eos, quia erant sicut oves non habentes pastorem: et excepit illos, et loquebatur illis de regno Dei, et coepit illos docere multa. «Y saliendo, vió Jesus una gran multitud, y apiadóse de ellos porque estaban como ovejas que no tenian pastor: recibiólos, y hablábalos del reino de Dios, y empezó á enseñarlos muchas cosas.»

Doctrina de Cristo es (3): «Buscad primero el reino de Dios, y lo demas se os dará.» Por eso, viéndolos primero los habla del reino de Dios, y los enseña; luego trata de alimentarlos y darles de comer.

CONSULTA DE LOS APÓSTOLES.

«Siendo ya tarde (4), llegáronse á él sus discipulos, diciendo: El lugar es desierto, y la hora ha pasado; despide esta muchedumbre de gente, para que yéndose á los castillos y villas que están cerca en este contorno, se desparramen para buscar mantenimientos, y comprar comida con que se sustenten, que aquí estamos en lugar desierto.»

DECRETA CRISTO EN CUANTO Á DESPEDIRLOS, Y REMÍTELES EL SOCORRO Á ELLOS.

«No tienen necesidad de irse, dadles vosotros de comer (5). Y como Jesus levantase los ojos, y viese que era grandísimo el número de gentes, dijo á Filipo: ¿Dónde comprarémos panes para que coman estos?—Esto decia

(3) Quaerite primum regnum Dei.

(4) Vespere autem facto.

(5) Non habent necesse ire, date illis vos manducare.

2

tentándole, porque'él bien sabía lo que habia de hacer.»

¡Qué ponderadas palabras, y qué remision tan advertida! Responde el Apóstol : Doscientos ducados de pan no bastan para que cada uno tome una migaja.

REPLICA CRISTO.

«¿Cuantos panes teneis? ld y mirarlo.»

RESPONDE SAN ANDRES.

«Dijole uno de sus discípulos, Andres, hermano de Simon Pedro (1) : Aquí hay un muchacho que tiene cinco panes de cebada y dos peces ; pero esto ¿de qué sirve entre tantos?»

ÚLTIMO DECRETO DE CRISTO.

«Dijo Jesus : Haced que se sienten á comer (2).» Repetidamente dificultaron este socorro los apóstoles. Y Cristo, en lugar de responderles, remitiéndoles el modo, decreta en favor de la necesidad para enseñanza. ¡Bueno es que los apóstoles recelen que ha de faltar sustento á los que siguen á Cristo ! ¡Qué cosa tan ajena de su condicion , pues en la postrer cena se dió por manjar y por bebida á los que le dejaron, al que le negó y al que le vendia ! ¡Y temian los apóstoles que aquí faltase para los que le vinieron siguiendo hasta el desierto! Príncipe hubiera que estimara por bien prevenida la consulta de los apóstoles que dijo : Da licencia á las gentes que se vayan á buscar de comer, pues aquí no lo hay por ser desierto. — Cristo no la tiene por consultá, sino por cortedad humana y civilidad indigna de ministros de su casa ; y asi respondió : No hay para qué se vayan : dadles de comer vosotros. Respóndelos y castígalos.

Señor : dice el ministro á vuestra majestad, en la consulta, que despida al soldado y al que ha envejecido sirviendo, que ya no son menester ; que no se pague á los que con su sangre son acreedores de vuestra majestad por su sustento ; que no les dé el sueldo, ni el oficio, ni cargo ; que los envíe , que los despida ; que para estos es desierto palacio, donde no hay nada. Tome vuestra majestad de los labios de Cristo la respuesta, y decrete : Dadle vos de comer de lo mucho que os sobra ; para vos hay mantenimientos, y no es desierto en ninguna parte. Para vos hay oficios y honras, y para los otros malas respuestas ; y solamente sea pena y castigo que les déis vos, mal ministro, lo que les falta, lo que querais que les dé yo. Conocer la necesidad, y no remediarla pudiendo, es curiosidad , no misericordia.

Habia Cristo enseñado cómo habian de orar á Dios, y dicho muchas veces : Pedid, y daros han. Y en la oracion que compuso para orar con su Padre, dijo que le pidiesen el pan de cada dia ; y hoy que llegó la ocasion, se les olvidó á los apóstoles esta cláusula tan importante.

Bien se conoce que para enseñarlos á consultar necesidades ajenas hizo todas estas preguntas y remisiones. El Evangelista dice : Esto hacia tentándole. Señor, es muy necesario que los reyes tienten y prueben la integridad , el valor y la justificacion de sus ministros, para enseñarlos, y conocer lo que pueden disimular. Cuanto mas Cristo facilita el negocio, con mayor teson le impo-

(1) Dixit ei unus ex discipulis ejus Andraeas.
(2) Dixit ergo Jesus : facite homines discumbere.

sibilitan los apóstoles. Mala acogida hallan necesidades ajenas en otro pecho que el de Cristo : cosa que debe tener cuidadosos y desvelados á los reyes. Oiga vuestra majestad, y lea cautelosamente lo que le propusieren, en favor de los que le sirven, los que le parlan. Así diferencio yo al que con las armas, con las letras, ó con la hacienda y la persona sirve á vuestra majestad , de los que tienen por oficio el hablar de estos desde su aposento, y que ponen la judicatura de sus servicios y trabajos en el albedrio de su pluma. ¡Gran cosa, Señor, que valga mas sin comparacion hablar de los valientes, y escribir de los virtuosos, y á veces perseguirlos, que ser virtuosos, ni valientes, ni doctos ! Que sea mérito nombrarlos, y que no lo sea hacerse nombrar! Enfermedad es que , si no se remedia, será mortal en la mejor parte de la vida de la república, que es en la honra, donde está la estimacion. Al buen rey la porfia de consulta sin piedad en necesidades grandes de sus vasallos, criados ó beneméritos, en lugar de enflaquecerle, ó mudarle de propósito, ó envilecerle el corazon, le ha de obligar á hacer milagros como hizo Cristo este dia.

Y viendo Cristo que en esta parte tenian necesidad de doctrina, como gente que habia de gobernar y á cuyo cargo quedaba todo, ántes de ser preso, yendo á Jerusalen los admiró con la higuera, á quien fuera de tiempo pidió higos, y porque no se los dió, la maldijo y se secó. Quiso enseñar y enseñóles que á nadie en ningun tiempo ha de llegar la necesidad y el necesitado, que no halle socorro. Y por eso cuando otro dia , admirándose los apóstoles de verla seca, se compadecieron de ella, diciendo que por qué habia secádose , les dijo aquellas palabras tan esforzadas de la fe : Si mandais al monte que se levante con su peso, y se mude á otra parte, obedecerá á vuestra fe. Y esto dijo acordándoles que si tuvieran fe no dudaran que en el desierto se hallara que comer, ni en que cinco panes era poca provision para tantos. Señor, atienda vuestra majestad á esta consideracion : si Dios quiere que hasta las higueras hagan milagros con los necesitados y hambrientos, y porque no los hacen las maldice y se secan para siempre, ¿qué querrá que hagan los hombres, y entre ellos los reyes? ¿Y qué hará con los que no lo hicieren? Temerosas conjeturas dejo que hagan los príncipes en este punto.

Grande fué el recelo de los discípulos , y fué medrosa caridad la suya, pues porque estaban en el desierto desconfiaban de mantenimientos, pudiendo en el desierto hacer provision y vituallas de las piedras, de que Satanas hizo tentacion. Acordósele al demonio, aunque con otro fin, en el desierto, que de las piedras se podia hacer pan : pensó lisonjear el largo ayuno de Cristo con la propuesta desvariada, y olvidárose de esta diligencia los apóstoles. A los buenos consejeros se les ha de ensanchar el ánimo con la mayor necesidad , y atender á remediarla , y no á dificultarla, y entender que el remedio es su oficio. Cristo en el desierto hará de las piedras pan, si le ruegan, no si le tientan. Excusa el milagro para su ayuno de cuarenta dias, y hácele por las gentes que le siguen, aumentando el poco pan en grande suma.

Otra vez (3) , viendo que los samaritanos no querian hospedar á Cristo, y que respondian con despego, hicieron tal consulta (4) : «Señor, ¿quieres que mandemos

(3) Luc. cap. 9.
(4) Jacobus, et Joannes.

al fuego que baje del cielo y consuma á estos? Y vuelto á ellos respondió con reprension : No sabeis de qué espíritu sois. El Hijo del hombre no viene á perder las almas, sino á salvarlas." »

¡Gran decreto, ajustado á consulta celosa, pero inadvertida, y no sin ostentacion! Mandar al fuego que baje del cielo, escondida tiene alguna presuncion de las sillas que despues pidieron estos dos apóstoles ; pues habiendo poco que habian visto en ellas á Moisen y á Elías, quieren, ya que las sillas están ocupadas, hacer las maravillas que hicieron los que las tienen.

Con notable sequedad y aspereza responde Cristo á sus validos y deudos. Así se ha de hacer, Señor. ¿ Y quién negará que así se ha de hacer, si Cristo lo hace así? En esta ocasion les dice que no saben de qué espíritu son ; y en la que piden las sillas, que no saben lo que piden ; y ni les concede las sillas, ni el milagro de los que están en ellas. No solo se ha de reprender, pero no se ha de dar al que pide con vanidad y codicia ; y siempre han de ser á vuestra majestad sospechosas las consultas de la comodidad propia y de la necesidad ajena.

En este milagro de los panes y los peces mostró Cristo nuestro señor la diferencia que hay de su majestad á los demas reyes del mundo, y de los que le siguen, á los cortesanos y secuaces de los príncipes del mundo.

Cristo, verdadero Rey, á los que le siguen, con poco los harta ; y aunque sean muchos, sobra. Los reyes de acá á uno solo con todo cuanto tienen no les pueden hartar. De todos sus reinos no sobra para otros nada, repartidos entre pocos, siendo ellos muchos ; mas tales son los que siguen á Dios, tales sus dádivas, tal su mano que las reparte, que como da con justicia, y á los que le siguen,—satisface á todos. Los bienes y mercedes de los reyes son de otra suerte ; que si bien lo mira vuestra majestad, por sí hallará que se agradecen las mercedes con hambre de otras mayores ; y que á quien mas da, desobliga mas ; y que sus dádivas, en lugar de llenar la codicia de los ambiciosos, la ahondan y ensanchan. Y no ha de ser así para imitar á Cristo, ni se han de hacer mercedes sino á aquellos que con poco se hartan, y que de cinco panes y dos peces dejan sobras, siendo muchos, para otros tantos. Estos, Señor, son dignos de milagro, de consulta y decreto favorecido de bendicion del Señor, y de colmados favores de su omnipotencia.

CAPITULO VIII.

No ha de permitir el rey en público á ninguno singularidad ni entretenimiento, ni familiaridad diferenciada de los demas. (Joan. 2.)

Et die tertia nuptiae factae sunt in CanaGallileae : et erat Mater Jesu ibi. Vocatus est autem et Jesus et discipuli ejus ad nuptias, et deficiente vino, dicit Mater Jesu ad eum : Vinum non habent. Et dixit ei Jesus : Quid mihi et tibi est mulier? Nondum venit hora mea. Dicit Mater ejus ministris : Quodcumque dixerit vobis facite.

« Y al tercero dia se celebraron bodas en Caná de Galilea, y estaba allí la Madre de Jesus y sus discípulos ; y faltándo el vino, díjole á Jesus su Madre : No tienen vino. Y díjola Jesus : ¿Qué nos toca á tí y á mi, mujer? Aun no ha llegado mi hora. Dijo su Madre á los ministros : Cualquiera cosa que os dijere, haced. »

Señor, los reyes pueden comunicarse en secreto con los ministros y criados familiarmente, sin aventurar re-

putacion ; mas en público, donde en su entereza y igualdad está apoyado el temor y reverencia de las gentes, no digo con validos, ni con hermanos, ni padre ni madre ha de haber sombra de amistad, porque el cargo y la dignidad no son capaces de igualdad con alguno. Rey que con el favor diferencia en público uno de todos, para si ocasiona desprecio, para el privado odio, y en todos envidia. Esto suele poder una risa descuidada, un mover de ojos cuidadoso. No aguarda la malicia mas preciosas demostraciones. Cristo, cuando le dijeron estando enseñando á las gentes : Aquí están tu Madre y tus parientes, respondió con severidad, que parecia despego, misteriosamente : «Mi madre y mis parientes son los que hacen la voluntad de mi Padre, que está en el cielo (1)». Hoy diciéndole su Madre (apiadada de los huéspedes, y de su pobreza y defecto) que no tenian vino, la responde con ménos caricia que majestad (2) : « ¿ Qué tienes tú conmigo, mujer? » Y en la cruz, donde en público estaba espirando y con el último esfuerzo de su grande amor redimiendo el mundo, excusando la terneza del nombre de Madre, la dijo en muestra de mayor amor : «Mujer, ves ahí á tu Hijo.» Señor, si el rey verdadero Cristo, cuando enseña, predica y ejerce el oficio de redentor, á su Madre y sus deudos que le buscan, diciéndole que están allí, responde no que entren, ni los sale á recibir, sino : «Mi Madre y mis deudos son los que hacen la voluntad de mi Padre ; » y si en las bodas, donde es convidado, á la advertencia tan próvida que hizo su Madre, en la respuesta mostró sequedad aparente ; y si cuando se va al Padre no se despide con blandura de hijo, sino con severidad de monarca, ¿cómo le imitarán los reyes que desautorizan la corona con familiaridad y entretenimiento de vasallos, llamando favorecer al ministro lo que es desacreditarse? Y en una de estas acciones públicas, descuidadas y mal advertidas, descaece su reputacion. Ser rey es oficio, y el cargo no tiene parentesco : huérfano es, y si no tiene ni conoce para la igualdad padre ni parientes, ¿cómo admitirá allegado ni valido, si no fuere á aquel solo que hiciere la voluntad de su Padre, y que diere con humildad el primer lugar á la verdad, á la justicia y misericordia? Así lo enseñó Cristo ; pues cuando se escribe que hizo honras, no abrazó á uno solo, sino á todos.

Si el rey quiere ver, cuando con demasía y sin causa en público se singulariza con uno en lo que es fuera de su cargo y méritos, lo que le da, mire lo que se quita á sí, pues ni un punto se lo disimula el aplauso, atento con codicia á encaminar sus designios. Luego se hallará solo, y verá que las diligencias voluntariamente y por costumbre, y los méritos por fuerza y avergonzados, buscan la puerta del que puede por su descuido : verá que en él la reverencia es ceremonia, y en el criado negociacion : hallarse ha necesitado de su propia hechura, y si se descuida, temeroso. En los reyes las demostraciones no han de ser á costa del oficio y cargo dado por Dios. No peligran tanto los reyes que favorecen en secreto como hombres ; y van aventurados los que por su gusto, fuera de obligacion ; favorecen en público. Es tal la miseria del hombre, que en gran lugar no se conoce ni se precia de conocer á nadie ; y en miseria todos se desprecian de conocerle, y se desentienden de haberle conoci-

(1) Matth. 12.
(2) ¿ Quid mihi et tibi est mulier?

do. Este estado es ménos dulce, pero mas seguro. No solamente por sí propios los reyes no han de engrandecer sin medida á uno entre todos con extremo, sino por el mismo criado. Caridad es bien entendida, si no muy acostumbrada, no poner á uno en ocasion de que se despeñe y pierda, donde es frecuente el riesgo. En la prosperidad puede uno ser cuerdo, y lo debe ser; mas pocas veces lo vemos; y ya que el hombre no mira su peligro, mire por él el príncipe. No hay bondad sin achaque, no hay grandeza sin envidia. Si es bueno el valido, ó no lo parece, ó no lo quieren creer; y aunque en público claman todos por la verdad, y por la justicia, y por la virtud, quieren la que les esté bien, y fuera de sí ninguna tienen por tal. La justicia desean á su modo, y la verdad que no les amargue. ¡Qué bien mostró María, Vírgen y Madre, lo que se debe preguntar en público á los príncipes; y Cristo, cómo se debe hablar misteriosamente en tales ocasiones, para ejemplo á los que no fueren como su Madre! ¡Y su Madre, cómo se han de entender las palabras que disimulan con algun despego los misterios, respondiendo al concepto, de que ella sola fué capaz, y dejando pasar lo desabrido de las razones, á los que no siendo tales presumieron de poder en público hacer lo que ella hizo, incomparable criatura, y Reina de los ángeles, y Madre Dios! Nadie será bien que presuma con los príncipes de poder hacer otro tanto sin culpa reprensible; y si alguno se atreviere, con él habla el despego misterioso de aquellas palabras «¿Qué tienes que ver conmigo?», que sirvieron de cubierta á la caricia amorosa que hablaba en esta cifra con su Madre. Señor, muy anchas le vienen al que tomare mano aquellas palabras que dijo Cristo á su Madre, no como eran para ella, sino como quedarán para él en escarmiento; y si supiere corregirse, dirá á todos: «Haced lo que él mandare. El solo ha de mandar, y á él solo se ha de obedecer; que aun advertirle de la falta patente en la casa donde le hospedan, no es lícito ni seguro á otra persona que á su Madre, y no me toca á mí. »

CAPITULO IX.

Castigar á los ministros malos públicamente, es dar ejemplo á imitacion de Cristo ; y consentirlos es dar escándalo á imitacion de Satanas, y es introduccion para vivir sin temor.

Cristo nuestro señor en público castigó y reprendió á sus ministros: no siguió la materia de estado que tienen hoy los príncipes, persuadidos de los ministros propios, que les aconsejan que es desautoridad del tribunal y del rey, y escándalo castigar públicamente al ministro, aunque él haya despreciado en sus delitos la publicidad que apoya y autoriza y defiende para su castigo. Júdas era ministro de Cristo, apóstol escogido, en cuyo poder estaba la hacienda; y con todas estas prerogativas y dignidades permitió que muriese ahorcado públicamente, sin moderar la nota de la muerte por respeto de su compañía. Ni obstó á la conveniencia del castigo público haber lavádole los piés, comulgádole (si bien hay opiniones en esto), y comilo en un plato. Si la horca fuera solo para las personas y no para los delitos, no tuvieran otro fin los pobres y desvalidos, ni fuera castigo, sino desdicha. Entre doce ministros de Cristo, aquel cuyo ministerio tocó en la hacienda, fué hijo de perdicion, y murió ahorcado.

No hubo san Pedro, á persuasion del celo y del dolor, cortado la oreja al judío, en quien dice Tertuliano que fué herida la paciencia de Cristo, cuando delante de la cohorte le pronunció sentencia de muerte.

Delante de los discípulos, llegando á lavarles los piés, porque con humildad profunda, si no bien advertida, le dijo: «¿Tú me lavas los piés?», le respondió: «Tú no sabes lo que yo hago ahora; despues lo sabrás. » Replicó fervoroso en su afecto, no considerado en la porfía: «No me lavarás los piés eternamente. » Demasiado anduvo; ni fué, al parecer, buena crianza replicar á nada que quisiese hacer Cristo, pues él solo sabe lo que conviene, y rehusar era advertir. En la tentacion se indigna porque le dicen que se hinque de rodillas; y aquí se hinca de rodillas, y se enoja porque no se lo consienten; y no deja esta de ser tentacion como aquella. En todo esto andaba arrebozado, con la buena intencion de san Pedro, Satanas. Poco va de que Cristo haga lo que no debe hacer, á que no haga lo que conviene.

Responde Cristo á san Pedro: «Si no te lavo, no tendrás parte conmigo: » palabras de gran peso y rigurosas en público al que habia de ser cabeza de su Iglesia y lo era del apostolado. Y supo el buen ministro conocer tan bien la represion y el castigo que disimulaban, que dijo: «Señor, no solo mis piés, sino mi cabeza y mis manos. » ¡Oh buen ministro! de piés á cabeza quieres que te laven; y acordándote de Júdas, ofreces las manos tambien para que te las laven, no para que te las unten! Señor, al ministro insolente, porque se descuida se le ha de reñir, y donde se descuida. Rey que disimula delitos en sus ministros, hácese partícipe de ellos, y la culpa ajena la hace propia: tiénenle por cómplice en lo que sobrellevan; y los que con mejor caridad, le advierten por ignorante, y los mal intencionados, que son los mas, por impío. De todo esto se limpia quien imita á Cristo. Lo propio se entiende del cuchillo; que tambien la muerte tiene su vanidad.

Esfuerzan la opinion contraria los que se pretenden asegurar de los castigos con decir que no está bien que al que una vez favorecen los reyes, le desacrediten y depongan, y que es descrédito de su eleccion, y que conviene disimular con ellos y desentenderse: doctrina de Satanas, con que se introduce en los malos ministros obstinacion asegurada, y en los príncipes ignorancia peligrosa, para que porfiadamente prosigan en sus desatinos.

Veamos: Dios en su república, y con el pueblo y familia de los ángeles, ¿qué hizo? Apénas habia empezado el gobierno de ella, cuando al mas valido serafin y que entre todos amaneció mas hermoso, no solo le depuso, mas le derribó, y condenó con toda su parcialidad y séquito, sin reparar en la política del engaño que pregunta: ¿Si los habia de deponer, para qué los crió? Conviniendo, fuera de otras razones, para que se viese que el poder, el saber y la justicia hicieron en unas propias criaturas con valentía lo que les tocaba, criándolas hermosas y castigándolas delincuentes. ¿Quién, sino Satanas, dice á los reyes que les da mas honra un mal ministro á su lado, que en el castigo público, satisfaciendo quejosos, disculpando al que le puso en el cargo teniéndole por bueno, escarmentando otros que le imitaban, y amenazando á todos los demas?

Hemos visto lo que hizo Dios con los ángeles: veamos lo que hizo con los hombres. Pecó Adan por complacer á la mujer : la mujer fué inducida de la serpiente que se lo aconsejó. (Advierta vuestra majestad que el primer consejero que hubo en el mundo fué Satanas, vestido de serpiente.) No hubo comido contra el precepto un bocado, cuando un ángel con espada de fuego le arroja del paraíso, entregándole á la vergüenza y al dolor. Castiga al hombre para siempre : que muera, y coma del sudor de sus manos ; y á la mujer porque le persuadió, que pariese en dolor sus hijos ; y al mal consejero, que anduviese arrastrado y sobre su pecho, y que acechase sus pasos.

Tenia Dios en el mundo un hombre solo, y todo lo habia criado para él; y porque pecó, luego con demostracion y espada le echa de su casa, le castiga, le destierra, le condena á muerte. ¡Y los reyes, teniendo muchos hombres de quien echar mano, entretendrán el castigo de uno! A quien no guarda los mandamientos y leyes, haya espada de fuego que le castigue. Quien aconseja mal, sea maldito ; y como arrastraba á los demas, ande arrastrado. Esto hizo Dios, y esto manda.

Quien hace una cosa mal hecha, si en conociéndola pone enmienda en ella, muestra que la hizo porque entendió que era buena, y es el castigo santa disculpa de su intencion ; mas quien la lleva adelante, viéndola mala y en ruin estado, ese confiesa que la hizo mala por hacer mal. Rey que elige ministro, si sale ruin y le depone, hizo ministro que en la ocasion se hizo ruin ; y si le sustenta despues de advertido de sus demasias y desacreditado el tribunal, ese no hizo ministro que se hizo malo ; ántes al malo, porque lo era, le hizo ministro ; y así lo confiesa en sus acciones. Veamos si Cristo Dios y hombre enseñó esta doctrina. Es el caso mas apretado que ha sucedido con rey ni señor, el de san Pedro.

(1) «Preguntó á sus discípulos, diciendo : ¿Quién dicen que soy las gentes?» Conviene que los reyes pregunten (no á uno, que eso es ocasionar adulacion y disculpar los engaños, sino á todos) qué se dice de su persona y vida. Respondieron : «Unos dicen que eres Juan Bautista, otros Elías, otros Jeremías, otros que pareces uno de los profetas, otros que resucitó uno de los profetas primeros. Y entónces les dijo Jesus á ellos : ¿Vosotros quién decis que soy? Respondiendo Simon Pedro, dijo : Tú eres Cristo, Hijo de Dios vivo. Y respondiéndole Jesus, le dijo : Bienaventurado eres, Simon Barjona, porque la carne y la sangre no te lo reveló, pero mi Padre que está en el cielo. Yo te digo á tí : que tú eres Pedro, y sobre esta piedra edificaré mi Iglesia.»

En fin, aquí le prometió la potestad y las llaves, y le hizo príncipe de la Iglesia y pastor de sus ovejas. Y es cosa digna de admiracion, que prosiguiendo cuatro ó seis renglones mas abajo, tratando Cristo con ellos que habia de morir, porque así convenia, que habia de estar en el sepulcro ; porque san Pedro enternecido, oyendo hablar de su muerte y de sus afrentas, á quien le estaba haciendo tan grandes mercedes, dijo (2) : «Nunca tal suceda ; esas no son cosas para tu grandeza, ni dignas del Hijo de Dios,»—dice el texto (3) : «Que volviendo y mirando á sus discípulos, amenazó á Pedro.»

Miró primero con cuidado á todos ; y viendo tantos y tales testigos, no reparó en que le acababa de dar las llaves del Cielo, de entregarle sus ovejas, sino que le responde y trata con mas rigor, al parecer, que á Satanas en la tentacion, pues le dijo (4) : «Véte léjos detras de mi, Satanas : escandalízasme, porque no entiendes el lenguaje de Dios, sino el de los hombres.» Al demonio dijo : «Véte, Satanas». Y á san Pedro, por ser de su lado, de su casa y su valido : «Véte léjos detras de mi, Satanas», y las demas palabras que he referido del Evangelista, tan desdeñosas.

¿Qué podrán alegar en su favor los que son de parecer que lo que una vez se hizo ó dijo, se ha de sustentar, y que no se ha de castigar en público el ministro que yerra, viendo la severidad y despego y rigor con que Cristo trató al primero de su apostolado, no por culpa contra su persona, porque se lastimó de su vida y de sus trabajos? Mire vuestra majestad qué se debe hacer con el ministro que los busca y los compra para su señor, y que quiere para sí el descanso, y las afrentas para su rey.

Quedó de esta represion san Pedro tan bien advertido como castigado ; pues luego que empezó á ser vicario, despues de la muerte de Cristo, porque Safira y su marido, que ya eran fieles, ocultaron una particilla de sus bienes, los hizo morir luego. Señor, el juez delincuente merece todos los castigos de los que lo son ; y el príncipe que le permite, consiente veneno en la fuente donde beben todos. Peor es permitir mal médico, que las enfermedades. Ménos mal hacen los delincuentes, que un mal juez. Cualquier castigo basta para un ladron y un homicida ; y todos son pocos para el ministro y el juez que, en lugar de darles castigo, les da escándalo. El mal ministro acredita los delitos y disculpa los malhechores ; el bueno escarmienta y enfrena las demasías.

Los reyes y príncipes que, usurpando la obstinacion por constancia, tienen la honra y grandeza en llevar á fin lo que prometieron, y continuar sus acciones, aunque sean indignas y poco honestas ;—esos, dejando el ejemplar de Cristo, verdadero Rey, siguen la razon de estado de Heródes, y así le suceden en los asientos ; cogiendo semejantes escándalos de sus acciones (5). «Como hubiese venido dia aparejado, Heródes hizo una cena para celebrar sus años, y convidó á los príncipes y tribunos y primeros de Galilea.» Pocas veces de cenas hechas á tal gente por ostentacion, y no por santificar á Dios, se dejan de seguir los inconvenientes y sucesos que en esta hubo. Si convidara pobres y peregrinos, fuera la cena sacrificio. Convidó ricos y poderosos, y fué sacrilegio.

PROSIGUE.

Cumque introisset filia ipsius Herodiadis, et saltasset, et placuisset Herodi simulque recumbentibus, rex ait puellae : Pete à me quod vis, et dabo tibi ; et juravit illi, quia quidquid petieris dabo tibi, licèt dimidium Regni mei.

«Y como entrase la hija de la misma Herodíades, y descompuestamente bailase en medio de todos, agradó

---

(1) Interrogabat discipulos suos, dicens : Quem me dicunt esse turbae ? (*Matth.* 16, *Marc.* 8, *Luc.* 9.)

(2) Absit à te, Domine : non erit tibi hoc.

(3) Qui conversus videns discipulos comminatus est Petro.

(4) Vade retró post me, Sathana : scandalum es mihi : quia non sapis ea quae Dei sunt, sed ea quae hominum.

(5) Et cùm dies opportunus accidisset, Herodes natalis sui coenam fecit principibus, et tribunis, et primis Galliaeae. (*Marc.* 6, *vers.* 21.)

á Heródes, y juntamente á los convidados. Dijo el Rey á la mozuela : Pídeme lo que quisieres, que yo te lo concederé; y juró que le daria cuanto pidiese, aunque pidiese el medio reino. »

De peligrosa condicion han sido siempre los convites numerosos : nunca ha faltado ó discordia ó murmuracion.

¿Cuál mas misterioso que el postrero que hizo Cristo, que tanto le habia deseado ántes de morir, que dijo: *Desiderio desideravi* : «Mucho he deseado cenar esta noche con vosotros?» Y con ser Cristo el señor del banquete, y él mismo la comida, y sus apostóles los convidados—en la mesa mas sagrada y de mayores misterios, y donde se instituyó el Sacramento por excelencia, la Eucaristía, que es don de la gracia, se entró Satanas en el corazon de Júdas. Dijo el Espíritu Santo, advirtiendo estos peligros : «Mejor es ir á la casa donde se llora, que al convite. » ¡Qué parecidos fuéron Cristo y Juan! En una cena se trata la muerte de Cristo, y en otra la de Juan. Allí se entró Satanas en el corazon de Júdas, y aqui en el del Rey, que habia de estar en las manos de Dios. Atienda á las palabras que dice, y conocerá el lenguaje de Satanas. Dice el Rey á la mozuela : «Todo te lo daré. » Es nota copiada de la tentacion; y con diferentes palabras engañó á Eva, diciéndola lo propio.

El recato de la cena de Heródes se conoce en la entrada que dió á una mujercilla deshonesta y bailadora; el poder del vino demasiado y la tirania de la gula, en lo que agradó á todos la desenvoltura de los saltos y la malicia de los movimientos. ¿Quién sino demasías de una cena dictaran tal ofrecimiento á un rey? Habló en él lo que habia bebido, no la razon. Daréte todo lo que me pidieres, y juró que lo haria, aunque le pidiese el medio reino. Fuera de sí estaba, pues ofrece lo que no puede dar. De todos los reyes que á uno dicen que se lo darán todo, se debe temer que se entró Satanas en su corazon, como en el de Heródes : ¿qué se debe temer de los que lo hicieren? «La cual como saliese, preguntó á su madre (1) : ¿Qué pediré?»

Para castigar Dios á un rey que desperdicia lo que habia de administrar, que derrama lo que habia de recoger, le permite un pedigüeño inadvertido y mal aconsejado. Salió la hija, y preguntó á su madre qué le pediria. ¡Oh juicio de Dios, escondido á nuestra diligencia! Fué á aconsejarse con el pecado del Rey, para pedirle su condenacion. Elige el rey mal consejero : no se desengañ̃a advertido; — pues sea consejero de su allegado la culpa del rey, su muerte y su deshonra. «Respondió ella : Pide la cabeza de Juan Bautista (2). » Los que ahitos y embriagados ruegan con el premio á los que merecen castigo, son merecedores de que les pidan su ruina. Aconsejándose con el demonio, pidióle la cabeza de Juan en un plato (3). «Entristecióse el Rey ; mas por el juramento y por los convidados no la quiso entristecer. » A grandes jornadas viene el dolor siguiendo á la ignorancia y al pecado. ¡Qué ejecutivo se muestra el arrepentimiento con los tiranos!

Rey que se entristece á sí por no entristecer á sus allegados con remediar los excesos y demasías, ese es

el rey Heródes. ¿Entristéceste porque conoces lo mal que la bailadora usó de tu ofrecimiento ; y porque juraste y hubo testigos, degüellas al gran Profeta? Di, Rey, ¿por qué dejas entrar en tu aposento á quien pida la cabeza del Santo? ¿Y por qué sientas á tu mesa y tienes á tu lado gente que te acobarde el buen deseo, y que te ponga vergüenza de castigar desacatos? Señor, quien pidiere con bailes y entretenimientos la cabeza del justo, pierda la suya. Todos los malos ministros son discípulos de la hija de Herodias : divierten á los reyes y príncipes con danzas y fiestas ; distráenlos en convites, y luego pidenles la cabeza del Rey justo. Rey hipócrita, ¿quieres dar á entender que religioso cumples tu promesa por no quebrar el juramento, y disimulas la mayor crueldad con aparente celo? ¿Entristéceste tú por no entristecer una ramera? Esta es accion mas digna de ignominioso castigo que de corona. Ya que no miraste lo que ofrecias, miraras lo que te pidieron. Mas rey que su bondad no se extiende á mas de entristecerse, no es rey : es vil esclavo de la malicia de sus vasallos; y es tan desventurado, que hasta el buen conocimiento le sirve de martirio y los buenos deseos le son persecucion, y no méritos, pues se aflige de consentir maldades, que sabe que lo son, por no afligir á los que tiene consigo y se las piden ó aconsejan casi con fuerza. Ea, Señor, empréndase valerosa hazaña, á imitacion de Dios que de una vez con palabra digna del motin de los ángeles derribó al mayor serafin y á todo su séquito, sin que de su parcialidad quedase ninguno. La mala yerba si se la cortan las hojas no se remedia, ántes se esfuerza la raiz. No importan juramentos, ni palabras, ni empeños. Juramentos hay de tal calidad, que lo peor de ellos es cumplirlos. Solo de Dios se dice que jurara y no le pesara de haber jurado. El crédito de los reyes está en la justificacion de los que le sirven ; y la perdicion, en el sustentamiento de los que le desacreditan y disfaman. A llevar adelante los errores, á disimular con los malos, ayuda el demonio ; y hace castigarlos y reducirlos Dios. Muy cobarde es quien no se fia de esta ayuda, y muy desesperado quien prosigue con la otra.

CAPITULO X.

No descuidarse el rey con sus ministros es doctrina de Cristo, verdadero Rey.

La voz de la adulacion, que con tirania reina en los oidos de los príncipes, esforzada en su inadvertencia, suele halagarlos con decir que bien pueden echarse á dormir (quiere decir, descuidarse) con los ministros. Este es engaño, no consejo.

Cristo enseñó lo contrario, pues en lugar de echarse á dormir confiado en los suyos, en los mayores negocios á que los llevó se durmieron, y él velaba. En la noche de la cena, Juan el amado se duerme sobre el pecho de Cristo, no Cristo en el de Juan. Pero adviértase que fué para que descansase en quien no tenia descanso por el hombre. El rey ha de velar para que duerman todos, y ha de ser centinela del sueño de los que le obedecen.

Tres grandes negocios trató Cristo, en que llevó á Pedro, Jacobo y Juan; y el último le trató con todos. Fué el primero de gloria en el Tabor cũando se trasfiguró (4). «Pedro y los demas que con él estaban dormian

(1) Quae cùm exisset, dixit matri suae : Quid petam?
(2) At illa dixit : Caput Joannis Baptistae.
(3) Et contristatus est rex : propter jusjurandum, et propter simul discumbentes noluit eam contristare.

(4) Petrus verò et qui cum illo erant gravati erant somno. (*Luc.* 9.)

sueño pesado.» En la oracion del huerto los despertó mas de una vez. En la cena, como he referido, Juan se duerme. En el prendimiento, yendo ya en poder de los ministros, lo que advirtió no fué por su tratamiento ni por su inocencia, solo habló por sus discípulos (1) : «Dejad ir á estos.» Díjolo, no porque no queria que padeciesen, que ya habia mandado que tomase cada uno su cruz y le siguiese; y á Diego y á Juan que beberian su cáliz, que es morir. Mas esto del padecer quiere que sea cuando en su ausencia y en su lugar gobiernen : ahora son súbditos, padezca el Maestro y la cabeza. Cuando temporalmente le sucedieren y cada uno asista al gobierno de su provincia, entónces quien aquí siendo ovejas les desvía la mala palabra, el empellon, la cuerda y le siguiese; les enviará como á pastores y prelados el cuchillo, el fuego, las piedras, la cruz y los azotes, y los pondrá en el albedrío de los tiranos.

Este precepto, en que vive la médula de la caridad, les dejó para que gobernasen con acierto. Durmiéronse en la oracion del huerto; cuando los llevó ya sabía se habian de dormir. Despertólos, no para dormirse Cristo, mas para que viesen oraba al Padre, y entendiesen que los negocios grandes aun el propio Hijo de Dios los dispone en la oracion, y conociesen cuán eficaz medio es. Cristo suda y agoniza, y ellos vuelven al sueño mas seguros. Con todo les dice que velen y oren, no entren en tentacion. Pues, Señor, si quien duerme, velándole Cristo, es menester que despierte para no entrar en tentacion, quien duerme, velando contra su sueño los ministros de Satanas, ¿á qué riesgo irá? Qué tentaciones no harán suertes en él? A qué enemigo no ruega con la puerta de su corazon?

Rey que duerme, y se echa á dormir descuidado con los que le asisten, es sueño tan malo que la muerte no le quiere por hermano, y le niega el parentesco : deudo tiene con la perdicion y el infierno. Reinar es velar. Quien duerme no reina. Rey que cierra los ojos, da la guarda de sus ovejas á los lobos, y el ministro que guarda el sueño á su rey, le entierra, no le sirve; le infama, no le descansa; guárdale el sueño, y piérdele la conciencia y la honra; y estas dos cosas traen apresurada su penitencia en la ruina y desolacion de los reinos. Rey que duerme, gobierna entre sueños; y cuando mejor le va, sueña que gobierna. De modorras y letargos de príncipes adormecidos adolecieron muchas repúblicas y monarquias. Ni basta al rey tener los ojos abiertos para entender que está despierto; que el mal dormir es con los ojos abiertos. Y si luego los allegados velan con los ojos cerrados, la noche y la confusion serán dueños de todo, y no llegará á tiempo alguna advertencia. Señor, los malos ministros y consejeros tiene el demonio (como al endemoniado del Evangelio) ciegos para el gobierno, mudos para la verdad, y sordos para el mérito : solo tienen dos sentidos libres, que son olfato y manos; y es tan dificil curar un ciego de estos, que para sanarle fué menester mano de Cristo, tierra y saliva : en que, á mi ver, se mostró que sola la palabra de Dios en las manos de Cristo, que era su Hijo, con el conocimiento propio, pueden abrir los ojos á tales ciegos.

Y de este género son, y peores por el mayor inconveniente en lo eficaz de su ejemplo, los príncipes que duermen; porque ciegan voluntariamente, y tienen la ce-

guedad por descanso, y suelen la perdicion llegarla á tener por disculpa. El ciego no ve, ni el que duerme : peor es este que no ve porque no quiere, que el otro porque no puede. El uno es enfermo, el otro malo. No solo es obligacion del buen rey cristiano velar para que duerman sus ovejas, sino velar para despertarlas si duermen en el peligro. Espira Cristo : cerró los ojos; mas cerrólos (el texto santo lo dice) para que se levantasen muchos cuerpos de santos que dormian en la muerte. Cierra los ojos; y la sangre, y el agua salió de su costado, corriente sacramental de que escribe Cirilo (2): «Agua para el que juzgó», y sangre para los que la pedian. Esta corriente pues dió vista al incrédulo. ¡Oh buen Rey! Oh solamente Rey! Oh Rey, Dios y Hombre, que ni muerto cierras los ojos, ántes los abres á los que están ciegos!

En los evangelios se hace mencion de todas las pasiones que como hombre tuvo Cristo : de la sed, del cansancio : «cansado del camino; tengo sed (3)»; que comió algunas veces; que lloró, y que se enojó; amenazó á Pedro, riñóle. Que se entristeció, él lo dijo: «Triste está mi alma hasta la muerte;» y cuando Lázaro, y en la muerte de san Juan Bautista. Y con ser accion natural, forzosa y honesta el dormir, no se hace mencion de que durmió mas que en la borrasca (4). El dormir mucho, es peligroso en los príncipes; el dormir siempre, es condenacion y muerte. Los evangelistas á las vigilias de Cristo y á sus desvelos guardaron este decoro, acordándose de que él dijo : «Yo duermo, y mi corazon vela.» Y san Pedro Crisólogo tiene por tan escrupuloso el decir, aun una vez, que duerme Cristo, que en el propio lugar de la borrasca (5), sobre aquellas palabras (6) : «Y estaba durmiendo en la popa,» dice, razonando oro (tales son sus palabras): «Al que duerme acuden los que velan.» Y mas abajo seis renglones (7) : «¿Adónde está lo que dice el Profeta : Veis aquí que no dormirá ni se adormecerá el que guarda á Israel? Por si no duerme, ni para si se adormece la majestad, que no se puede cansar.» Interesóse el celo de Crisólogo en dar razon de este sueño y de advertir cuánto velaba Dios en él, y prosigue en esta consideracion : «Y no solo se ha de preciar el rey de no tener sueño, empero ni cama. Asi lo dijo Cristo : Las raposas tienen cuevas, y el Hijo del hombre no tiene donde inclinar la cabeza.» Tiene discípulos, no tiene privados que le descansen; él los descansa á ellos; su oficio fué su amor, su caridad, su desvelo; vino á redimir, no á ensoberecer con vanidad á ambiciosos ni entremetidos. Eso es no inclinar la cabeza, ni tener dónde. Discurramos por toda su vida, y verémos que hasta su muerte no inclinó la cabeza (8): «Inclinada la cabeza dió el espíritu; » y eso fué para darle á su Padre eterno. ¡Oh gran justicia! Oh grande monarca en poco número de gente! Oh majestad inefable, que no tiene Cristo donde inclinar la cabeza, y á Juan en la cena le da donde incline la suya!

El raposo rey, á quien aconseja la maña, la ambicion y la tirania, ese tiene cuevas donde reclinar la cabeza,

---

(1) Sinite hos abire.

(2) Catechesis, 13.
(3) Sitio.
(4) Luc. cap. 8.
(5) Serm. 24.
(6) Et erat ipse in puppi dormiens.
(7) Et ubi est illud (del Psalm. 12.) : Ecce non dormitabit, neque dormiet qui custodit Israel? Per se non dormitavit, neque dormiet Majestas, expers lassitudinis, quietis ignara.
(8) Inclinato capite tradidit spiritum.

donde esconderse y donde no parezca rey ; mas el Hijo del hombre, el Rey que conoce que es hombre, y que lo son los que gobierna, y que es rey para ellos por voluntad de Dios, ese no tiene cuevas donde esconderse ni donde inclinar la cabeza.—La cabeza de los reyes no se ha de inclinar mas á una parte que á otra. El rey es cabeza; y cabeza inclinada, mal enderezará los demas miembros. Reyes hombres : ¡oh si lo temeroso de mis gritos os arrancase despavoridos del embaimiento de la vanidad, y os recatase de los peligros de vuestra confianza! Cristo dice que su cabeza no se inclina. No es cabeza en el pueblo de Cristo la que se inclina ; desden hace al otro lado ; sin atencion tiene lo que no ve. Ni se puede dudar que llame raposas Cristo á los reyes que se inclinan á personas ambiciosas y descaminadas. El lo dijo así (1) : «En el propio dia llegaron algunos de los fariseos diciéndole: Sal, y véte de aquí, porque Heródes te quiere matar. Y respondióles á ellos : Id, y decid á esa raposa.....» Así la llamó Cristo, y se sabe que Herodias era su descanso.

Al fin, Señor, quien no tiene donde inclinar la cabeza, á Cristo imita ; quien tiene donde inclinarla, es raposa, es Heródes. No hay dormir, Señor, ni tener donde reclinar la cabeza : con todos los príncipes habla Cristo por san Lucas(2) : «Bienaventurados aquellos criados que cuando viniere el Señor los hallare velando.» Por el contrario serán reprendidos y miserables los que hallare durmiendo ; que los reyes son los primeros criados de Dios en mas dignidad ; y que habla con ellos, Homero lo dijo cuando los llamó Διοτρεφεες, Diotrefees, criados por Júpiter. Favorino interpreta esta voz: «Discípulos de Jove, discípulos de Dios.» Lo propio es Diotrefees, que enseñados. ¿Pues cómo será rey quien no se mostrare enseñado por Dios, siendo esta su doctrina y su ejemplo, y mandando que velen y no duerman, y llamando bienaventurado solo al que hallare velando? Los hombres, luego que se durmieron, dieron lugar á los malos para que sembrasen en su heredad cizaña, y aguardaron á que se durmiesen para sembrarla (3) : « Es semejante el reino de los cielos al hombre que siembra buena semilla en su heredad, que luego que se durmieron los hombres, vino su enemigo, y en medio del trigo sembró cizaña. » De suerte, Señor, que no se cumple con la heredad labrándola ni sembrándola de buena semilla, sino que no se ha de dormir ; y ménos los reyes, porque el enemigo advertido no venga asegurado en el sueño, y siembre abrojos en que se ahogue el grano, se infame la cosecha, y se pierda el trabajo y el fruto.

CAPITULO XI (a).

Cuáles han de ser sus allegados y ministros. (Luc. 14.)

Ibant autem turbae multae cum eo, et conversus dixit ad illos : Si quis venit ad me, et non odit patrem

(1) In ipsa die accesserunt quidam pharisaeorum, dicentes illi : Exi, et vade hinc, quia Herodes vult te occidere. Et ai illis : Ite et dicite vulpi illi. (Luc. cap. 13.)
(2) Beati servi illi, quos cum venerit dominus invenerit vigilantes. (Cap. 12.)
(3) Simile factum est Regnum coelorum homini, qui seminavit bonum semen in agro suo, cum autem dormirent homines, venit inimicus ejus, et superseminavit zizania in medio tritici, et abiit. (Matth. cap. 13.)
(a) Este capitulo y el siguiente no se hallan en las cuatro primeras ediciones de 1626, ni en la de Barcelona, 1629, ni en la de Pamplona, 1631.

suum, et matrem, et uxorem, et filios, et fratres, et sorores, adhuc autem, et animam suam, non potest meus esse discipulus. « Ibau con él muchas gentes, y volviéndose á ellos, les dijo : Si alguno viene á mí, y no aborrece á su padre y á su madre, á su mujer y á sus hijos, y á sus hermanos y á sus hermanas, y á su alma propia, no puede ser mi discípulo. »

No les dejó disculpa á los que le habian de asistir, ni les permitió por excusa la ignorancia. Claramente les dijo cómo habian de ser sus ministros, y aquellos que le habian de acompañar y asistir. ¡Qué desabridas condiciones son para la familia, y para la ambicion y vanidad del parentesco! De otra manera funda Dios lo permanente de sus validos, que la negociacion y codicia del mundo.

¿Cuál tiene, Señor, ni ha tenido puesto al lado de algun monarca, que lo primero y mas importante no juzgue el cercar el príncipe de su familia, introducir sus padres, no sacar las mercedes de sus hermanos, preferir su mujer y sus hijos? Cosa es con que la maña y la codicia y el desvanecimiento acreditan con la naturaleza ; y acusados se valen del precepto de honrar padre y madre. ¿Qué haces, soberbio? ¿No adviertes que de quebrar un mandamiento á torcerle va poco? Quien te mandó eso, aconseja estotro. Mira si quieres venir á Dios, porque si quieres, has de aborrecer á tu madre y padre, á tu mujer, á tus hijos, á tus hermanos y á tus hermanas, y tu vida y tu alma, dando primero lugar á la ley evangélica. Así san Pablo (4) : « Ni hago á mi alma mas preciosa que á mí. » Por san Mateo (3) : «No vine á enviar paz, sino espada : vine á apartar al hombre contra su padre, y la hija contra su madre. »

Bien se entiende que quien dijo : Pacem meam do vobis, pacem meam relinquo vobis, que no vino á introducir la disension. Esto, declaran todos, se dijo por preferir la dignidad del Evangelio y la doctrina de Cristo á los padres. Así san Jerónimo : Per calcatum perge patrem. Eso es cumplir con el precepto. Es doctrina tan larga y de tal verdad la de este capítulo', que no puede ser discipulo de Cristo quien no dejare padres, hijos y hermanos, no siendo rey (cuyo nombre ya queda dicho que es discipulo de Dios) ; ni puede acertar quien no los dejare, ni puede ser buen ministro. ¿Descamina otra cosa la templanza de los ánimos en la grandeza y privanza, que la ansia de llenar, con lo que se debe á otros méritos, la codicia de los suyos? ¿A qué no se atreve un poderoso por preferir sus padres, por adelantar sus hijos, por acallar á su mujer, por engrandecer sus hermanos, por desvanecer sus hermanas? ¿Cuál felicidad no adoleció de las desórdenes de la parentela? Si hubiera un poderoso sin linaje, ese fuera durable ; mas cuando la naturaleza se le haya negado, se le crece y se le finge la lisonja : todos tienen deudo con el que puede. Grande precepto aborrecerlos á todos, digo, su desórden. Anteponer á la sangre mas propia y mas viva el bien comun, lo justo y lo lícito, olvidar la descendencia y la afinidad, es curar con dieta la persecucion casera y el peligro pariente. Así quiere Cristo que lo hagan los que vinieren á él, y es señal que hacen lo contrario los que van al príncipe de las tinieblas de este mundo.

(4) Nec facio animam meam pretiosiorem quàm me.
(5) Non veni pacem mittere , sed gladium. Veni enim separare hominem adversus patrem suum, et filiam adversus matrem suam. (Cap. 10.)

Señor, quien viniere á vuestra majestad, si no amare su real servicio y el bien de sus vasallos y la conservacion de la fe y de la religion mas que á sus padres, mujer y hijos, hermanos y hermanas, no sea discípulo, no acompañe, no asista. Quiera vuestra majestad estas cosas que le están encargadas, mas que á él, y sea rey y reino, pastor y padre; y haga la verdad enamorada de su clemencia descanse los labios del nombre de señor. Oiga ternezas de hijos, no miedos de esclavos. Ni buen rey debe permitir que sus estados se gasten en hartar parentelas. Sean ministros los que hiciere huérfanos la justificacion, y viudos la piedad, y solos la virtud, aunque la naturaleza lo dificulte; que estos llama Cristo nuestro señor, estos busca, y estos admite solos; y si en el reino espiritual se temen padres y mujer ó hermanos, en el temporal, donde es tan poderosa la asistencia, la importunacion y la vanidad, ¿cuánto será justo temerlo y evitarlo?

Señor, nazca de su virtud el ministro; conozca que le engendró el mérito, no el padre; tenga por hermanos los que mas merecieren, por hijos los pobres: que entónces por los padres que deja, viene á merecer que le tengan por tal todos los que son cuidado de Dios nuestro señor, que se le encarga; seránle alabanza los súbditos, y premio sus desvelos, y podrá ir á vuestra majestad que, en tan nueva vida y en tan florecientes años, trabaja como padre y no como dueño, y atiende á que los que le asisten se desembaracen de lo que el Evangelio prohibe con distincion tan infalible y tan grande.

CAPÍTULO XII.

Conviene que el rey pregunte lo que dicen de él, y lo sepa de los que le asisten, y lo que ellos dicen, y que haga grandes mercedes al que fuere primer criado y le supiere conocer mejor por quien es. (*Matth. cap.* 16.)

Et interrogabat discipulos suos, dicens: Quem dicunt homines esse filium hominis? «Y preguntaba á sus discípulos, diciendo: ¿Quién dicen los hombres que es el hijo del hombre?

¡Gran servidumbre padece el entendimiento atareado á responder á solo aquello que le quisieren preguntar! La libertad de la conciencia respira inquiriendo; y los reyes deben saber lo que les conviene, y no se han de contentar de saber lo que otros quieren que sepan. Una cosa es oir á los que asisten á los príncipes, otra á los que ó sufren ó padecen á esos tales. Sepa, Señor, el monarca lo que piensan de él sus gentes y los que le sirven; y si esta diligencia pareció á Cristo nuestro señor, Dios y hombre verdadero y solamente verdadero rey, tan importante que la ejecutó con sus discípulos, ¿por qué, Señor, no la imitarán los hombres que por él y en su lugar son administradores de los imperios? Preguntó á sus discípulos, diciendo: «¿Quién dicen los hombres que es el hijo del hombre?» Una pregunta como esta cada mes ¡qué de lágrimas enjugaria! A qué de ruegos encaminaria audiencia! A cuántos méritos premio, y á cuántas culpas castigo! Mas no seria de provecho si no se preguntase á gente de verdad; ántes ocasionara la cautela y la adulacion. Mas ellos respondieron: «Unos dicen que eres Juan Bautista, otros Elías, otros Jeremías, ó uno de los profetas.»

Considere vuestra majestad, Señor, que el que pregunta y quiere saber la verdad, no ha de prevenir la lisonja de la respuesta con la majestad de la pregunta: eso es, Señor, preguntar y responderse, ó mandar, preguntando, el género de la respuesta que desea. Cristo Jesus, Hijo de Dios y Dios verdadero, no dijo: ¿Quién dicen que es el Mesías; quién dicen que es el Redentor de Israel; quién dicen que es Dios y Hijo de Dios? Solo dijo: «¿Quién dicen los hombres que es el hijo del hombre?» ¡Grande humildad! Hijo del hombre se llama el Hijo de Dios, y el que permitió que le llamásemos padre y nos lo mandó. Quiere el Señor oir la verdad, no lisonjas; ni su engaño con sus palabras, sino la salud del mundo con sus preguntas. Respondiéronle por esta razon todos los disparates que de él decian las gentes; ni pudieron ser en parte mayores, ni mas descaminados, ni de peor intencion. Unos decian que era Juan Bautista. ¡Extraña cosa que anduviese tan equivocada la verdad en la boca de los judíos, que á san Juan Bautista tuviesen por Cristo, y aqui á Cristo por san Juan Bautista!

Otros dijeron que era Elías. No pudo ménos con su obstinacion la ignorancia y la malicia en este nombre que en el pasado. Aquí dicen que es Elías Dios, y en la cruz, cuando llama á Dios, dicen que llama á Elías. No oyen los ingratos, ni tienen sentido para la verdad: el propio Juan Bautista se le habia enseñado y dicho quién era; y olvidanse de lo que dice y enseña, y acuérdanse de su persona. De Elías, en la trasfiguracion, mostró Cristo á los suyos que le habian referido esta demanda, que era su criado y que le asistia como de su casa. Fué malicia y desatino en todo extremo el decir que era uno de los profetas, Elías ó Jeremías ó Juan Bautista. Pocos han advertido cuán grande pesadumbre dijeron estos á los profetas, diciendo que lo era Cristo. Parece que los honraban; y mirado bien, los desmentian. San Juan dijo que Jesus era el ungido y el Mesías. Así lo dijo Jeremías y todos los profetas. Y en decir que Cristo era Juan, Elías y profeta, procuraron disfamar su verdad de todos, y degradar á Cristo. Grandes negocios y máquinas del infierno derribó esta pregunta. Esto, Señor, se logra de preguntar á los buenos y saber lo que dicen los malos.

«Mas vosotros ¿quién decis que soy yo? Respondiendo Simon Pedro, dijo: Tú eres Cristo, Hijo de Dios vivo (1).» A todos pregunta, y responde Pedro que ha de ser cabeza de la Iglesia. Justo es que el primero hable por todos. Dijo que era Cristo, Hijo de Dios vivo. ¡Gran confesion! ¡Gran cosa acertar en lo que tanto erraban tantos! ¡Y qué á raiz de los aciertos y de los servicios andan las mercedes! Dícele Cristo luego: «Tú eres Pedro, y sobre esta piedra fundaré mi Iglesia, y las puertas del infierno no prevalecerán contra ella; y á tí te daré las llaves del reino del cielo; y cualquiera que ligares sobre la tierra será ligado en el cielo, y cualquiera que desatares sobre la tierra será desatado en el cielo.» Justo es, Señor, á quien sirve así y sirve por todos, y conoce y da á conocer á su señor, hacerle grandes y muchas mercedes. El ejemplo teneis en Cristo que á san Pedro hizo favores tan preferidos y tan grandes.

Enseñó Cristo cómo se ha de preguntar, y qué, y á quién, y cómo se ha de servir y premiar. Poco despues dijo Cristo que iba á Jerusalen á padecer y morir, y oyendo esto, dice el texto (*Et assumens eum Petrus,*

(1) Vos autem quem me esse dicitis? Respondens Simon Petrus, dixit: Tu es Christus Filius Dei vivi.

coepit increpare illum, dicens), «empezóle á reprender Pedro.» Adviértase que la palabra *assumens* está en los Setenta como aquí, y castigada con las propias palabras, y con mas. La letra siriaca lee *Coepit resistere*. Ninguna de las dos cosas eran lícitas á san Pedro con Cristo; porque discípulo, no podia reprender á su maestro, ni resistir, siendo criado, al señor; mas las palabras fuéron llenas de terneza y de amor. «El morir, Señor, el padecer se aparte de tí; no es para tí esto.» Ama tanto Cristo, nuestro Redentor y Maestro, el morir y padecer por el hombre, que porque san Pedro le decia: *Esto tibi clemens*, como lee el Siriaco, y en los Setenta: *Esto tibi propitius*; se enoja y le riñe ásperamente, como se lee en el texto. Son los trabajos tan propios de los reyes, que es culpa estorbárselos y diferírselos, pues su oficio es padecer y velar para la quietud de todos.

Sea conclusion: conviene preguntar el rey lo que dicen de él; es lícito que el que sirve con mas fervor, que confiesa mas y conoce la grandeza de su señor, hable por todos; es justo que se le hagan juntas, no una, sino muchas mercedes que correspondan ó excedan á sus méritos; y es conveniente que si errare, con grande demostracion se le riña y se le castigue, sin que se embarace en el favor el castigo.

CAPITULO XIII.

Los pretensores: atienda el príncipe á la peticion, y á la ocasion en que se la piden, y al modo de pedir. (Matth. 20, Marc. 10.)

Tunc accessit ad eum mater filiorum Zebedaei cum filiis suis, adorans, et petens aliquid ab eo. «Entónces llegó á él la madre de los hijos del Zebedeo, con sus hijos, adorando y pidiendo.» Otra letra dice: *Et accedunt ad eum Jacobus, et Joannes, filii Zebedaei*, que en romance dice así: «Llegaron á Cristo los hijos del Zebedeo, Jacobo y Juan, diciendo: Maestro, queremos que hagas con nosotros todo lo que te pidiéremos. Et les dijo á ellos: ¿Qué quereis que hagais con vosotros? Y dijeron ellos: Concédenos que en tu gloria uno se siente á la diestra y otro á la siniestra. Respondiéndolos Jesus, les dijo: No sabeis lo que os pedís. ¿Podeis beber el cáliz que yo he de beber?» Y mas abajo dice el Evangelista (1): «Y oyéndolo los diez, se empezaron á indignar con Jacobo y con Juan.»

Llegóse la madre, adorando y pidiendo. Quien adora solamente para pedir, lisonjea, no merece. De esta manera piden los aduladores la reputacion del rey, escondiendo en la reverencia la codicia. Nunca la ceremonia afectada acompañó la modestia en el ruego, y pocas veces la razon. Los maliciosos otro camino siguen que los beneméritos: en aquellos es la humildad cautelosa, y esfuérzase á disimular ambicion y atrevimiento; y en estos es santa y encogida. Los que pidieron á Cristo de esta suerte, alcanzaron gracia; que sin introduccion fingida pidió el Centurion, rogándole y diciendo (2). Dejo sus palabras, que fuéron tales que mereció que dijese de él lo que no dijo de otro (3): «Admiróse.—No vi tanta fe en Israel. Vé, y como creiste te suceda. » No hace Dios las mercedes porque piden con elegancia, ni las deja de hacer porque piden sin ella: hácelas porque creen bien, porque obran bien, por su misericordia; y así se debe hacer á su ejemplo. Y aunque es así que al principio de este capítulo dice el Evangelista (4): «Y veis un leproso que viniendo le adoraba, diciendo: Señor, si quieres, puedes sanarme; y fué sano; » — mas bien se conoce la diferencia que hay de venir adorando y diciendo, á venir adorando y pidiendo; y de estas palabras «Señor, si quieres, me puedes sanar » á «Queremos que nos concedas todo lo que pidiéremos. » No fué peticion presumida la del leproso: habla á Dios en su lenguaje; púsole delante su necesidad, y resignó en su voluntad el remedio, desistiendo de méritos propios y confesando su omnipotencia. «Si quieres, puedes sanarme », mas fué confesion que ruego.

¿Quién pidió á Dios con necesidad y humildad, conociendo y confesando en la peticion su misericordia, su poder y su sabiduría, que no alcanzase lo que mas le convenga? Quién supo ser en pocas palabras tan elocuente con Dios, como el Ladron? Pues viéndole en la cruz, dando fin á la mayor obra de su amor y voluntad con los hombres, pareciéndole que en su memoria eterna se le estaban representando todas las causas de su amor que le hacian dulce la muerte, se acogió á su memoria y se valió de ella, pareciéndole que llegaba á ocasion que la memoria negociaba grandes cosas con Cristo. No le dijo: Señor, ¿quieres salvarme? dame tu gloria, deja que te acompañe; sino (5): «Señor, acuérdate de mí. » ¡Confiada pretension! Tan bien supo conocer la clemencia y grandeza del Príncipe, sin presuponer servicios hechos, que siempre deben estar poderosamente impresos en la memoria del príncipe. Alcanzó lo que pedia: no se embarazó con ceremonias ambiciosas la voluntad del Señor; fuése con su humildad á apadrinarse de su memoria.

Hoy, segun esto, Cristo nuestro señor enseña á los reyes la inadvertencia de las pretensiones, el descamino de los que piden, y el modo de despacharlos; y en esto es en lo que vuestra majestad particularmente no puede ni debe apartar los ojos de Cristo nuestro señor. Quien dijere á vuestra majestad que esto no tiene este sentido, y que hay inteligencias diferentes que lo explican, ese divertir quiere, no encaminar; porque aunque confieso que todos los sentidos que da la Iglesia tiene con propiedad la letra, no deja este de ser uno de ellos, pues así lo enseñó con acciones de su gobierno en su familia, que fué tal que en pocos instituyó gran monarquía con su doctrina; que (6) llegó á todos los fines de la tierra su voz, y que no tendrá fin. Y tanto conservará vuestra majestad en paz su conciencia, cuanto imitare ó hiciere imitar á los suyos esta doctrina; y quien descaminándole de esto le facilitare la inobediencia á tal ejemplo, él se nombra calumniador de la verdad.

«Pidió para sus hijos la mano izquierda y la mano derecha »: esto llamamos pedir á diestro y á siniestro, pedir á dos manos. Edad tiene en los pretensores este lenguaje. Con todo, pidió con mas cortesía y moderacion que sus hijos. No es poco digno de ponderar que pidan mas y con ménos recato los validos que las mujeres.

(1) Et audientes decem coeperunt indignari de duobus fratribus Jacobo et Joanne.
(2) Rogans eum, et dicens. (Matth. 8.)
(3) Miratus est.

(4) Et ecce leprosus veniens adorabat eum, dicens: Domine, si vis, potes me mundare.
(5) Domine, memento mei. (Luc. 23.)
(6) In omnem terram exivit sonus eorum.

Esto se ve considerando las palabras de ellos (1) : «Maestro, queremos que nos dés todo lo que te pidiéremos.» ¡Imperioso razonamiento! Esto es mandar, no pedir. Las palabras del ruego son mas blandas, y mas de discípulos á maestro, y de criados á señor; no admiten ambicion arrojada. Para tratarle como á maestro, pues le confiesan por maestro, debieran decir : Maestro, pedimoste quieras hacer con nosotros lo que fuere tu voluntad.

Aprendan de Cristo los reyes á responder á los allegados, pues los allegados parece que han aprendido á pedir de Jacobo y de Juan, con las palabras, no con la intencion, que en ellos fué diferente. Y como aprenden el modo de Jacobo y de Juan para pedir, haced, Señor, que aprendan á recibir la dádiva que ellos aceptaron de la muerte y del martirio por su Maestro. Quieren que haga con ellos todo lo que ellos quieren; por eso responde Cristo : No sabeis lo que os pedis. No cura á la demasía la suspension, ni la mesura, ni la respuesta dudosa. La medicina es responderles en la cara : «No sabeis lo que pedis,» á raiz de la pretension. Dice mas abajo, que oyéndolo los diez, se indignaron y se sintieron de Jacobo y de Juan. Pues si siendo apóstoles y escogidos se sintieron de que los dos, siendo como ellos, y mas primos del rey, lo pidiesen para sí todo, ¿qué mucho que los hombres se inquieten y desasosieguen, no de ver que dos lo pidan todo, sino (si tal sucediese) de que lo pidiese todo uno ó se lo diesen? Pudiera ser caridad este sentimiento si se atribuyese á lástima del señor que lo da ó lo deja tomar por su perdimiento, aun ántes que se lo rueguen y arrebaten. Esto, Señor, no solo no lo han de hacer los reyes, ni consentirlo. Para oido solo es de grande escándalo entre los santos y justos : ¿qué hará entre los que pretenden lo mismo, y que en la demasía que ven solo sienten no haber sido los primeros?

Prosigue Cristo en la respuesta el castigo, diciendo (2) : «No sabeis lo que os pedis.» Luego les pregunta lo que ellos habian de haber pedido (3) : «¿Podeis beber el cáliz que yo he de beber?» Responden que sí. Ya que no supieron pedir, supieron aceptar.

No se ha visto peticion hecha á peor tiempo, ni en ocasion que mas se descaminase, pues en todo este capítulo Cristo no trata sino de la resignacion y desprecio de los bienes, advirtiendo á aquel príncipe que le llamó buen maestro, pareciéndole que las lisonjas serian tan bien admitidas de los oidos de Cristo Jesus como de los suyos. Dícele el Señor que venda cuanto tiene, y lo dé á los pobres; y viendo que se entristece, dice repetidamente que es muy dificultoso entrar un rico en el reino del cielo, y esto con muchas comparaciones; y luego trata de que va á Jerusalen, que ha de ser entregado, y burlado, y escupido, y crucificado. Y á este tiempo, aun sonando en su boca esta doctrina, llegan á pedirle sus allegados sillas en su reino, habiéndole oido decir que su reino no era de este mundo. ¡Grande divertimiento! ¡Sillas piden á quien no tiene dónde reclinar la cabeza! A quien riñó á Pedro porque quiso hacer tres tabernáculos para el Señor y para los que le asistian! Señor, si conociendo á Cristo por Hijo de Dios y por Dios verdadero, y siendo Jacobo y Juan ministros de suma santi-

dad, y su valimiento tan conforme á su obligacion, el lado del Señor, el hablar en el reino, el asistir al Rey ocasionó en ellos tan anticipada peticion fuera de propósito, ¿que hará el lado y favor de los reyes hombres en los que habiendo adquirido con maña la gracia de un príncipe están á su oreja? No solo pretenderán las dos sillas : tratarán, como Luzbel, de quitarle su trono; pues fué aquel serafin, y su pecado lo será, inventor de las caidas de los poderosos con soberbia.

¿Quiere ver vuestra majestad cuán gran descamino es, no digo yo tomar las sillas, los dos oidos del rey, sino solo pretenderlas? Que obligaron á Cristo á que en lugar de concederles á sus discípulos, á sus parientes, las sillas que pedian, les concedió la muerte y el martirio sin pedirlo, diciendo : Beberéis mi cáliz; seréis bautizados con mi bautismo. Fué dar á Jacobo el cuchillo, y á Juan la tina. Así padecieron, aunque aquella muerte llena estuvo de favor y de gloria del martirio. No parezca á vuestra majestad rigor, sino regalo, conceder la muerte y el martirio á los que pidieron para sí lo que es para quien el Padre eterno tiene determinado, porque ellos piden como discípulos, y él da como maestro. Puestos tales en los reinos del mundo, pedirlos es tentar. La diferencia fué grande, pero piadosa; y así la aceptaron luego. Breve y docta proposicion les hizo Cristo en pocas palabras. Cúlpalos porque piden las sillas, diciendo : «No sabeis lo que os pedis.» Prosigue : «¿Podeis beber mi cáliz?» Responden que sí. Y el fervor de aceptarlo muestra que lo que ellos querian era el martirio, y que no supieron pedirlo; porque se viese que Dios solo sabe dar lo que nos está mejor. «Moriréis mi muerte : sentaros á mi diestra y á mi siniestra no me toca á mí, sino á aquellos á quien está prometido por mi Padre.» Ser rico no es merecer: ser título ó hijo de príncipe, no es suficiencia (a).

CAPITULO XIV (b).

Cómo han de dar y conceder los reyes lo que les piden. (Matth. 20.)

Nescitis quid petatis. Potestis bibere calicem, quem ego bibiturus sum? Dicunt ei : Possumus. Ait illis : Calicem quidem meum bibetis; sedere autem ad dexteram meam, aut ad sinistram, non est meum dare vobis, sed quibus paratum est à Patre meo. Et audientes decem indignati sunt de duobus fratribus.

«No sabeis lo que pedis. ¿Podréis beber el cáliz que

---

(1) Magister, volumus ut quodcumque petierimus facias nobis.
(2) Nescitis quid petatis.
(3) Potestis bibere calicem quem ego bibiturus sum?

(a) Suprimió Quevedo, en la refundicion de su *Politica*, el párrafo que se inserta á continuacion, y se halla en las cuatro primeras ediciones de 1626, y en las reimpresiones de Barcelona, 1629, y Pamplona, 1631, antes de extremada dureza, ingrata para oidos de príncipes y magnates. —....en casa de Dios y en su reino. Ningun cargo provee en el parentesco ni la grandeza. Las sillas de las dos manos del rey, sus dos lados, sus dos oidos nadie se ha de atrever á pretenderlos, ni el rey á darlos : eso toca á Dios, en cuya mano están los reyes, y tiene esos puestos, por el interes del bien comun, guardados á los justos y santos. Delito es pedirlos, ignorancia pretenderlos ; Dios lo dice : No sabeis lo que os pedis. El rey que oyere esta peticion sin dar esta respuesta y este castigo, se descara á no aprobar el gobierno de Cristo, y profano presume mejorar sus decretos ; y permitirá Dios que las sillas que consiente que le pidan, se las arrebaten. Mas, si olvidado de Dios, las diere, Dios le olvidará, consintiéndole por veneno coronado de sus reinos y plaga real de sus vasallos. Su dádiva será afrenta, y en esas dos sillas que da, le pondrá Dios al lado de asiento la perdicion y el azote.

(b) Este capítulo es el último de los tres que faltan en las ediciones á que nos acabamos de referir.

yo he de beber? Respondiéronle : Podemos. Y díjoles :
De verdad mi cáliz beberéis ; mas sentaros á mi diestra
y siniestra no me toca á mí—dároslo á vosotros, sino á
aquellos que está dispuesto por mi Padre. Y oyéndolo los
diez, se indignaron de los dos hermanos. »

Es tan fecunda la Sagrada Escritura, que sin demasía
ni prolijidad sobre una cláusula se puede hacer un libro, no dos capítulos. Con pocas letras habla el Espíritu
Santo á muchas almas, y sabe la verdad de Dios respirar
á diferentes intentos con unas propias cláusulas. No alcanzara yo los misterios del texto de san Mateo, si no los
hubiera aprendido de la pluma de aquel doctor angélico santo Tomas en estas palabras sobre este lugar (1) :
«Aquí respondió á peticion de gloria. Si dijera el Señor :
Yo os la daré á vosotros, entristeciéranse los otros ; si se
la negara, entristeciéranse ellos. Por eso dijo : Sentaros
á mi diestra á mi siniestra no es de mí dároslo. »

Nada olvidan los santos : debajo de sus puntos se disimulan aquellas sutilezas políticas de que hacen tanto
caudal los autores profanos. Advierte santo Tomas que
Cristo ni les negó las sillas ni se las concedió, por no
entristecer á los que piden ni á los que los oyeron pedir :
prudencia de que solo Dios en tan alto grado es capaz ;
nota que solo tan gran padre pudo hacer. ¿Qué otro príncipe, qué monarca supo prevenir la discordia de los atentos, descifrar la peticion, dar á conocer la dádiva, va-
luarla y mostrar que conocia su precio, en palabras tan
pocas y tan breves?

Piden las sillas los apóstoles : no se las niega ; que bien
pueden pedir las sillas los que sirven bien. No es osadía
reprensible : es celo fervoroso y confiado. Respóndeles :
Nescitis quid petatis. No es reprension esta de lo que piden, sino del modo ; lo que les pregunta lo declara :
¿Podeis beber mi cáliz, y morir mi muerte? Dicen que
sí : responden que lo beberán. Esto fué decirles á los
que pedian la gloria : *Nescitis quid petatis* : «No sabeis
lo que os pedis. » ¿Sabeis lo que vale mi gloria, y las sillas en ella? Beber mi cáliz y morir mi muerte. Ellos en-
tendiéronlo bien, y luego confesaron el valor diciendo
que podian beber su cáliz y morir su muerte.

Quisiera poder hablar con vuestra majestad con tal
afecto y tal espíritu en esta parte, que merecieran mis
voces estar de asiento en los oídos de vuestra majestad,
donde fueran centinela mis palabras en el paso mas peligroso que hay para el corazon de los príncipes, en la
senda que mas frecuentan los aduladores y los desconocidos. Señor, llega un vasallo á pedir á vuestra majestad
le haga merced del oficio de consejero; sea respuesta general : No sabeis lo que pedis (suena rigor, y encamina
piedad esta cláusula) : ¿podréis tener mis trabajos y
padecer mis ocupaciones? Hablar bien, y mejor que de
vos propio, de los que me sirven mas? Podréis solicitar el premio para el benemérito, y olvidaros del interes
propio? Podréis desapasionaros de la sangre y del parentesco, y apasionaros de la necesidad y de la suficiencia? Alegaréisme mañana, por servicio para mayores
cargos, esta merced que hoy me pedis sin ningunos servicios? Podréis anteponer á vuestros hijos, sin virtud
ni experiencia, los suficientes y arrinconados? Quereis

ántes morir tan pobre que pidan para enterraros, que no
tan rico que os desentierren porque pedisteis? Podréis
dejar ántes buen nombre, que nombre de rico? Pues advertid que esto vale, y esto os ha de costar la ropa y la
plaza.—¡Señor, qué grandes dos jornadas camina la reputacion del príncipe que da de esta manera! Lo primero,
da á conocer el precio de lo que le piden ; y lo segundo,
que él lo sabe, y quiere que lo sepan los que se le pretenden. Así en los demas cargos y oficios es forzoso hacer esta diligencia, copiándola de la boca de Jesucristo;
porque es cierto, Señor, que los que mas pretenden, saben lo que á ellos les está bien, no lo que está bien al oficio ; y esa diligencia está en la obligacion del rey, y á su
cargo para su cuenta postrera, donde no tiene lugar de
disculpa, ántes le tiene de circunstancia, el «no lo entendí, así me lo dijeron, engañéme, ni engañáronme».
Pídenle á Cristo la gloria, y dice : No sabeis lo que pedis.
¿Podréis beber mi cáliz, que mi gloria no vale ménos,
ni se da por otra cosa? Dijeron que sí ; y no les dió la gloria, ni se la negó. Dice la luz de las divinas letras, santo
Tomas : «Ni se las dió, ni se las negó, porque si se las
diera, entristeciéranse los otros ; y si se las negara,
ellos. »

No tenga vuestra majestad por cosa de poco momento
el entristecer con las mercedes que le pidieren á los que
ven que se las piden ; que Cristo, suma sabiduría, lo excusó por inconveniente que para desacreditar todo un
monarca no echa ménos otra alguna diligencia. ¡Grande
y pesada inadvertencia es con una merced, por hacer
dichoso al que pide, hacer tristes los que lo ven, y mal-
quistar la justicia y su persona! Mucho cura la suspension, mucho consuela lo que á mejor tiempo se difiere.
Inconveniente es para los atentos muchas veces dar al
que pide cuando lo pide ; y las mercedes propias, apartadas del ruego, ménos enconosas son para los demas. El
poder soberano de los príncipes es dar las honras, y las
mercedes, y las rentas. Si las dan sin otra causa á quien
ellos quieren, no es poder, sino no poder mas consigo ;
si las dan á los que las quieren, no es poder suyo sino
de los que se las arrebatan. Solo, Señor, se puede lo lícito ; que lo demas no es ser poderoso sino desapodera-
do (2) : «No es de mí dároslo á vosotros.» ¡Oh voz de Rey
eterno, en quien no hay cosa que no sea Dios, sabiduría y verdad, siendo todo en su mano! Y el Señor de todo
dice : «No es de mí dároslo á vosotros » ; y eran sus primos, y de su colegio sagrado!

¿Qué cosa bastará á persuadir la vanidad de los príncipes, á que dijese: Yo no puedo? La hipocresía de la majestad vana del mundo tiene calificado por infamia el «no
puedo», aunque sea contra todos los decretos divinos. Y
el poder verdadero, Señor, es poder contra sí conocer
los reyes que no pueden lo que no conviene (3) : «Sino
para aquellos á quien lo aparejó mi Padre. » ¡Gran Rey,
que mira con respeto los decretos de su Padre, y á los
que él mira! Es Rey de gloria á quien, como dice Cirilo (4), «ningun sucesor sacará del reino.» Allí les concedió la gloria con tal modo que no entristeció á los diez,
ni desconfió á los dos. Así parece lo dice san Juan (5) :

(1) Hic respondit ad petitionem gloriae. Si dixisset Dominus :
Dabo vobis, tristati essent alii ; si negasset, ipsi effecti essent
tristes. Ideò dixit : Sedere autem ad dexteram meam, et ad sinistram non est meum dare vobis.

(2) Non est meum dare vobis.
(3) Sed quibus paratum est à Patre meo.
(4) Nullus successor ejiciet de Regno.
(5) Et quidquid petierimus, accipiemus ab eo, quoniam mandata ejus custodimus. (En su epístola, cap. 3.)

«Cualquier cosa que pidiéremos recibirémos de él, porque guardamos sus mandatos;» habiéndoles asegurado él (1) con tal condicion. De suerte que allí les concedió la gloria sin concedérsela, como se la negó sin negársela, cuando dijo : *Nescitis quid petatis.* Dijoles : «¿Gloria pedis? Vale muerte, martirios, afrentas, trabajos.» Dijeron que los querian pasar. Dijo que los pasarian ; mas que dar la gloria y las sillas no era de él, sino para aquellos á quien su Padre lo tenia decretado. Ya le habian oido decir que el reino del cielo padecia fuerza : «Quien me quisiere seguir niéguese á si mismo, tome su cruz.» Eso es beber su cáliz. Asi que, para los que le beben y los que se la cargan y le siguen, tiene su Padre las sillas ; y esto lo mostró Cristo en si mismo, que por el cáliz y por la cruz pasó cargado de nuestras culpas á merecernos la gloria. Dé vuestra majestad juntamente el oficio y noticia de lo que vale ; y no dé entristeciendo á los que ven dar á otros ; ni entristezca por no dar al benemérito que pide; que discipulo de este evangelio lo conseguirá todo.

CAPITULO XV.

Buen ministro. (*Matth.* 17, *Marc.* 9, *Luc.* 9.)

Petrus autem, et qui cum illo erant, gravati erant somno, et evigilantes viderunt majestatem ejus, et duos viros qui stabant cum illo : et factum est cum discederent ab illo, ait Petrus ad Jesum : Domine, bonum est nos hic esse : Si vis, faciamus hic tria tabernacula : tibi unum, Moysi unum, Eliae unum ; non enim sciebat quid diceret.

«Estaban rendidos al sueño Pedro y los que con él estaban, y despertando vieron la Majestad suya y dos varones que estaban con él ; y sucedió en apartándose que dijo Pedro á Jesus : Señor, bueno es que nos estémos aqui. Si quieres hagamos tres alojamientos : para tí uno, para Moisen otro, para Elias otro. No sabia lo que decia.»

El mal ministro dijera : Para mí uno, y otro para mí, y para mí el otro, y todo para mí ; porque Satanas ha dichô que sus ministros todo lo quieren para si, y que él todo lo promete á uno. Siempre he buscado con mucha curiosidad y diligencia, en qué estuvo el desacierto de san Pedro en esta ocasion, cuando partió tan como buen ministro, que repartia la comodidad en los otros, sin acordarse de si para los tabernáculos y mansiones.

Señor, yo afirmara que nunca privado pidió tan cortesmente, ni propuso con tan grande acierto, pues pide y quiere para los muertos los mejores lugares, y para los antiguos criados de casa, como Moisen y Elías, las comodidades, honras y descanso. Ajustada proposicion parecerá á todos ; y es tan apocado el seso humano, tan limitado el discurso de los hombres, y fia tanto de las apariencias, que cuando está admirando en este ministro esta consulta, de que se debian agradar todos los príncipes por celosa y dictada de la caridad y del celo, dice el Evangelista, sin regalar en manera alguna el lenguaje, sino crudamente : «No sabia lo que se decia.» Al criado que todo lo quiere para sí, y no se acuerda de los muertos sino para desenterrarlos de sus sepulturas, ni de los criados antiguos y beneméritos de la casa, sino para ponerles objeciones, ¿qué le dirá el Evangelista? Rey que todo lo dá á uno, parece que tiene de Dios, para errar, mas poder que el diablo, pues á Satanas solo le fué concedido prometerlo, y á él le permiten, para mas

(1) Quidquid petierimus facias nobis.

condenacion, el darlo. Señor, ya lo he dicho : quien todo lo pide, tienta y no ruega (repetir estas cosas mas es celo que prolijidad) ; demonio es ; quiere el que se lo da todo, sea peor que él, pues á él solo le es dado ofrecerlo.

Cuidadosamente he examinado la inadvertencia de esta propuesta, tan severamente reprendida en san Pedro, príncipe que habia de ser de la Iglesia ; y habiéndolo considerado muchas veces, hallo que al parecer fué consulta cautelosa y en parte lisonjera, pues pidió para los allegados, y que los vió al lado en la gloria, y en el mejor lugar. Señor, pedir para los que pueden, designio tiene, intencion esconde ; puede disimular vanidad ; secreto va el interes propio disfrazado en la diligencia por el amigo. Dar al poderoso es comprar ; pedir para el que priva es negociar, no es ruego.

Débese ponderar con admiracion que ni quiere Cristo que pidan las sillas, ni que traten de los que están á su lado. A los que las pidieron para sí, dijo : «No sabeis lo que pedis ; » y al que las pidió para los que estaban con él, que «no sabía lo que se decia». No son cosas estas en que ha de hablar nadie : no tiene entrada el discurso en estas materias.

En el Tabor, trasfigurado Cristo, se representaron la desnudez y miseria de los hombres, que habian menester á Cristo en cruz y muerto ; y por otra parte Elías y Moysen, que le acompañaban glorioso. Pedro se olvida en la consulta de los pobres y necesitados, y lisonjea los presentes. No quiere que vaya á morir, ni que baje á Jerusalen. Y tambien hallo que escondió su interes en la palabra «bueno es que nos quedemos aquí». Tambien regateaba el acompañamiento ; y así Cristo, por interesada en la comodidad propia y desapiadada de los necesitados, reprende la consulta donde se pide para los ricos y favorecidos, y se olvidan los pobres y menesterosos. Señor, san Pedro pidió entre sueños : mostró mas comodidad que celo ; y las palabras habló con lenguaje ajeno de los oidos de Dios.

Así que, no es buen ministro el que mira por la seguridad del príncipe y por su descanso y el de sus allegados : solo ese, si olvida los pobres, en nada sabe lo que se dice. Solo es buen ministro quien derechamente mira á los necesitados. Quien da al poderoso compra, y no da ; mercader es, no dadivoso ; logro es el suyo, no servicio ; más pide dando que pidiendo, porque pide obligando á que le dén. Quien pide para el que manda, toma para sí ; cautela es, no caridad ; no sabe lo que dice ; y el mejor remedio es saber lo que con él se ha de hacer. Y copie vuestra majestad esta respuesta del Evangelista, que vendrá siempre á propósito en muchos sucesos ; y de los ministros que con afectacion se le mostraren muy celosos de su reposo y descanso, tenga mas sospecha que satisfaccion ; y esté vuestra majestad acautelado contra este género de amor que peca en trampa contra la autoridad ; pues tanto es mayor el interes del que puede, cuanto mas le deja el rey que haga de lo que á él solo toca : halágunle con el sosiego, y desautorizanle y desacreditanle con el divertimiento del cargo real. San Pedro queria que Cristo, su Señor y Maestro, se estuviese trasfigurado y en gloria, y entre Elias y Moisen ; y no supo lo que se dijo, porque al oficio de Cristo, y al ministerio á que vino, convenia, no el Tabor, sino el Calvario ; no gloria, sino pena ; no los lados de Elías y Moisen, sino de dos ladrones. En esto sí habrá quien quiera imitar á Cristo ; ni faltarán ladrones que le cojan en medio. Mas es de advertir que Cristo, nuestro Redentor y Maestro, vivió entre apóstoles y murió entre ladrones.

CAPITULO XVI.

Cómo y á quién se han de dar las audiencias de los reyes. (Luc., cap. 18.)

Afferebant autem ad illum et infantes, ut eos tangeret, quod cùm viderent discipuli, increpabant illos. Jesus autem convocans illos, dixit : Sinite pueros venire ad me, et nolite vetare eos ; talium est enim regnum Dei.

« Traíanle á Cristo muchachos para que los bendijese, y viéndolo sus discípulos, los despedian con represion; mas Jesus, convocándolos, les dijo : Dejad que vengan á mí los niños, y no los despidais : de estos tales es el reino de Dios.»

Tiene tantos achaques en el ánimo mas puro el ser ministro en palacio, aunque sea en menudencia, como la puerta donde el portero no es otra cosa sino una dificultad de la llave, y hacer mal acondicionada la cerradura y desacreditar el paso, que enferma con desabrimiento los ánimos mas puros. Y conócese bien, pues en los ánimos de los apóstoles puso el dar las audiencias despego merecedor de represion tan severa, como Cristo con demostracion les hizo.

Señor, todo lo hacen al reves los reyes que no se dan, sin interpretaciones y comentos de codiciosos, á la imitacion de Cristo. Retiramiento afectado en los reyes ó confiesa sospecha suya ó desconfianza ; y si es maña, ni disimula ni autoriza ; porque la malicia quejosa en los vasallos imagina lo que puede ser y adelántase à cualquier prevencion. Rey que se cierra con los ambiciosos y los tiranos, con cuidado se guarda de los buenos y santos y leales, da la llave de la puerta á quien habia con particular recato de esconder la casa. ¿ De quién te guardas ¡ oh descaminado señor! si te entregas á los que habias de temer?

« Traíanle á él » dice el texto. No es de ahora hallar mala acogida en los malos ministros los que traen á los reyes, y no á ellos. Esto habló así para nuestras costumbres ; que los apóstoles es cierto que lo hicieron por no molestar con tanta multitud de gentes á su Maestro, si bien entre ellos estaria Júdas que sin duda quisiera que le trajesen á él, y no á Cristo, ó que trajeran dineros, y no necesitados. Cristo los convocó, y les dijo : « Dejad que vengan á mí.» Así dice el Evangelista, y así habian de decir los príncipes cuando ven que sus ministros dan audiencias con ostentacion y ceremonia majestuosa á los vasallos : Dejad que vengan á mí ; que os hablen es bien ; pero que os busquen para hablaros y que se haga negociacion para eso, no conviene á mi cargo : vengan á mí ; dejadlos que vengan, que los embarazais con vuestra vanidad. — Dar audiencia los ministros es forzoso, y pueden cometer gran crímen y escandaloso en el modo de darla, por ser la accion de singular majestad en los reyes, y en España, y Castilla particularmente, no hacer otra con los vasallos en que personalmente el rey ejercite la jurisdiccion y soberanía ; y si esta se imita por el criado, es desautoridad ; y si se igualase, seria atrevimiento ; y si se excediese, lo que Dios no quiera, sería accion que aun ponerle nombre no se puede sin culpa. Por eso Cristo dijo á sus apóstoles, siendo tales : « Dejadlos venir á mí.»

Pues si el Hijo de Dios se recata de sus doce apóstoles, porque entre ellos hay un Júdas, ¿ qué han de hacer los príncipes servidos de malos ministros, que entre doce Júdas quiera Dios que apénas tengan un apóstol ?

La majestad del rey consiste en estas piadosas demostraciones ; porque, bien visto, el pobre y desamparado ha de buscar al rey, y el rey ha de buscar al benemérito ; y si los ministros le escondieren el uno y le despidieren los otros, su oficio es llamar á aquellos y reprender y castigar á estos. ¿ Por qué no parecerá bien, cuando un gran monarca va cercado de armas (en que solo está el ruido, no la majestad de su persona) y el soldado aparta la viuda y el huérfano, llamarlos él y traerlos á sí, considerando que los menesterosos son la verdadera guarda suya y su mas honrado acompañamiento ; y la pompa, que no es vana y es preciosa para hablar á los reyes, solo ha de ser la necesidad y el trabajo?

El rey es persona pública ; su corona son las necesidades de su reino : el reinar no es entretenimiento, sino tarea ; mal rey el que goza sus estados, y bueno el que los sirve. Rey que se esconde á las quejas y que tiene porteros para los agraviados y no para quien los agravia, ese retírase de su oficio y obligacion, y cree que los ojos de Dios no entran en su retiramiento, y está de par en par á la perdicion y al castigo del Señor, de quien no quiere aprender á ser rey.

No hay otro oficio en palacio que medre dando, sino el de las audiencias, y por eso quiere mas cuidado en todo.

Esta doctrina referida no la aprobarán los poderosos que hacen su caudal de la persecucion, desamparando los buenos. En el propio capítulo, admirado de esta accion (no pareciéndole digna del embelesamiento que llaman severidad en los monarcas), le preguntó un príncipe (asi la nombra el Evangelio) : « Buen Maestro, ¿ qué haré yo para tener la vida eterna? » Respondió Cristo : « ¿ Por qué me llamas bueno? » Entendió que Cristo oiria lisonjas de tan buena gana como él. Y no habiendo Cristo rehusado adoracion, caricia, regalo ni alabanza de la Magdalena, de la vieja que bendijo los pechos que mamó, el *Hosanna in excelsis* del pueblo, ni la confesion de san Pedro : esta sola rehusó y despreció y reprendió, á mi parecer, porque no preguntó con deseo de aprovecharse, sino con envidia. Pues luego que oyó decir á Cristo que dejasen venir los niños á él, y que de los semejantes era el reino de Dios, le pareció que se hacia agravio á los ricos, y preguntó qué haria él para entrar en el reino de Dios ; y respondióle, despues de otras advertencias, que diese lo que tenia á los pobres, que fué decir lo que habia dicho, que se hiciese pobre y entraria.

¡ Qué república tan diferente de la que mantienen los reyes del mundo ! Aqui los ricos no pueden entrar, y entre nosotros no saben salir. Llama á los pequeños, y despide á los poderosos, no porque no admite el reino á todos, sino porque ellos se son estorbo á sí, y en este mundo embarazan y ocupan la entrada á los pobres, y en el otro, como la puerta es estrecha y el camino angosto, ni por el uno ni por la otra caben.

CAPITULO XVII.

Buen criado del rey que se precia de serlo.

No es criado ni ministro del rey el que afecta la grandeza en tal manera, que no solo es igual á su rey, ántes superior : este es envidioso de la corona, émulo del poder, tirano, criado á los pechos del favor, y alimentado y crecido por la soberbia del desconocimiento y la codicia. San Juan Bautista fué tal en santidad, en nacimiento, en predicacion y en oficio, que no deseaban mas partes los judios en un hombre para tenerle por Mesías; y viendo que de parte de la ceguedad del pueblo estaba la duda, para diferenciar al fuego de la centella y al sol del lucero, que es dádiva de sus rayos y viene á traer nuevas del dia y á ganar las albricias de la luz al mundo, su vida no la gastó en otra cosa que en desengañarlos y enseñarles la verdad.

« Juan da testimonio de él y clama diciendo (1) : Este era el que yo dije ; el que ha de venir en pos de mí, ha sido ántes de mí, porque primero era que yo. Y de su plenitud recibimos nosotros todos, y gracia por gracia. Porque la ley fué dada por Moises, mas la gracia y la verdad fué hecha por Jesucristo. A Dios nadie le vió jamas : el Hijo unigénito, que está en el seno del Padre, él mismo lo ha declarado. Y este es el testimonio de Juan. »

Despues le preguntan si es Cristo, y confesó que no. Pondera (2) repetidamente que confesó que no era el ungido, el enviado, que no era Cristo ; y dícelo dos veces, por cosa, aun en san Juan, digna de grande admiracion. Tan dificultoso juzga el Evangelista que es el no aceptar el criado el honor y grandeza y adoracion que se debe al señor. « Pues qué cosa? ¿Eres tú Elías? Y dijo : No soy. ¿Eres tú el profeta? Y respondió : No. Pues dijéronle : ¿Quién eres, para que podamos dar respuesta á los que nos han enviado? ¿Qué dices de ti mismo? Dijo él : Yo soy voz del que clama en el desierto : Enderezad el camino del Señor, como dijo Isaías profeta (3)» .

Y preguntándole despues por qué bautizaba no siendo Cristo, ni Elías, ni Profeta, respondió (4) : « Yo bautizo en agua ; mas en medio de vosotros estuvo á quien vosotros no conoceis. Este es el que ha de venir en pos de mí, que ha sido ántes de mí : del cual yo no soy digno de desatar la correa del zapato. Esto fué hecho en Betania, de la otra parte del Jordan, en donde estaba Juan bautizando. El dia siguiente vió Juan á Jesus venir á él, y dijo : Hé aquí el Cordero de Dios que quita el pecado del mundo. Este es aquel de quien yo dije : En

pos de mí viene un varon que fué ántes de mí, porque primero era que yo. Y como yo no le conocia, mas para que sea manifestado en Israel, por eso vine yo á bautizar en agua. Y Juan dió testimonio diciendo : Que ví el Espíritu que descendia del cielo, como paloma, y reposo sobre él. Y yo no le conocia » *.

Cuidado fué digno de la fidelidad y reconocimiento de san Juan, este con que no solo despide la lisonja que le hacen con tenerle por Mesías, ántes, si fuera posible, se desautoriza ; hace testigos, y no solo dice : Cristo lo es todo, pero que él no es nada ; siendo (5) « un hombre enviado por Dios, que vino á preparar los caminos al Señor, para que creyesen todos por él. » Y viendo que la ignorancia y la malicia del pueblo y de los príncipes dudaban en la verdad, y que cegaban con la luz, repite infinitas veces que él no le conocia ; que aunque viene despues, le envia Cristo, y que fué hecho ántes que él ; que no merece desatar la correa de su zapato ; que es Cristo el Cordero de Dios que quita los pecados del mundo ; que lo aprendió á conocer del Espíritu Santo ; y torna á decir que no le conocia.—Este prodigio de santidad sabía estimar el ser criado y mensajero de Cristo, pues supo preciarse de manera, de serlo, que tuvo por mas seguro y mas justo parecer nada, que á su Señor ; y hizo grandes diligencias para persuadirlo á las gentes. ¿Cuándo ningun rey del mundo hizo con criado lo que Cristo con san Juan? Su amistad empezó primero que naciese : los favores se adelantaron al parto en la santificacion, pues le santificó. Creció con los dos la voluntad, el favor é igualmente el respeto ; despues recibió de su mano el bautismo, y de su boca el testimonio de quién era ; y hablando de él, dijo Cristo que entre los hijos de las mujeres no habia nacido ninguno mayor que san Juan Bautista ; y pudiendo gloriosamente y sin deslucir la humildad referir estas acciones, por atender solo á desengañar pueblo tan entorpecido y desalumbrado, dice que no es nadie, y, cuando mas se alarga, dice que es voz de quien clama en desierto, siendo la voz apénas algo.

Señor, criados han de tener los reyes, unos mas cerca de su persona que otros, y la voluntad no será en todos igual, y determinará con mas afecto en algunos ; y entre ellos podrá ser que uno solo sea dueño de la voluntad del príncipe. No está en eso el inconveniente, si el rey sabe en qué cosas puede hacer á su criado dueño de su voluntad, y el criado cómo ha de usar de este favor y estado.

Rey que llama criado al que le violenta y no le aconseja, al que le gobierna y no le sirve, al que toma y no pide (a), no pasa la majestad del nombre ; es un esclavo, á quien para mayor afrenta permite Dios las insignias reales. No hablamos de este que le mira con desden la advertencia cristiana y piadosa. Este tal, Señor, hace justicia de sí propio, y depónese á vista del mundo de la

(1) Joannes testimonium perhibet de ipso, et clamat, dicens : Hic erat, quem dixi ; qui post me venturus est, ante me factus est : quia prior me erat. Et de plenitudine ejus nos omnes accepimus, et gratiam pro gratia. Quia lex per Moysen data est, gratia et veritas per Jesum Christum facta est. Deum nemo vidit umquam : Unigenitus Filius, qui est in sinu Patris, ipse enarravit. Et hoc est testimonium Joannis.—(Joann. 1.)

(2) Tu quis es? et confessus est, et non negavit : et confessus est : quia non sum ego Christus.

(3) Quid ergo, Elias es tu? et dixit : Non sum. Propheta es tu? Et respondit : Non. Dixerunt ergo ei : Quis es, ut responsum demus his, qui miserunt nos? Quid dicis de te ipso? Ait : ego vox clamantis in deserto. Dirigite viam Domini, sicut dixit Isaias propheta.

(4) Ego baptizo in aqua : medius autem vestrum stetit, quem vos nescitis. Ipse est, qui post me venturus est, qui ante me factus est, cujus ego non sum dignus ut solvam ejus corrigiam calceamenti. Altera die vidit Joannes Jesum venientem ad se, et ait : Ecce Agnus Dei, ecce qui tollit peccata mundi. Hic est, de quo dixi : Post me venit vir, qui ante me factus est : quia prior me erat, et ego nesciebam eum, sed ut manifestetur in Israel, propterea veni ego in aqua baptizans. Et testimonium perhibuit Joannes, dicens : Quia vidi Spiritum descendentem quasi columbam de coelo, et mansit super eum. Et ego nesciebam eum.—(Joann. 1.)

(5) Homo missus à Deo, qui venit parare vias Domino, ut omnes crederent per illum.

(a) Las primeras ediciones añadian : «al que por todo el reino recibe, y por ninguno habla ; al que llama pródigo y perdido al rey que da á otros, y justificado, santo y glorioso al que todo se lo deja tomar á él ; al que hace méritos para sí los inconvenientes que pone á las mercedes en otros ; al que cerra los oidos del rey de hombres y consejeros comprados que, alabándole á él y acreditando su gobierno, halagan con lisonjas venenosas la perdicion y afrenta de los beneméritos, — ese que llamare criado tal género de demonios, indigno es del comercio de las gentes.»

dignidad que alcanzó de Dios para su condenacion; y cuando se resigna á si en otras manos, confiesa su insuficiencia; porque cuando un rey reina un criado, aquella boca cristiana, ni la lengua de la verdad no le llama rey, sino reino de su ministro; y asi se ha de llamar.

San Juan, viendo que le siguen todos y que le acompañan, ve á Cristo, y díceles: Veis allí el Cordero de Dios que quita los pecados del mundo: ese es el Rey; él lo despacha; no hay otro que pueda nada sino él: yo no soy nada. Esto hacen los privados reconocidos y cuerdos (a): id al rey (y enseñársele); véisle allí; yo no soy nada; él da los cargos; solo él es señor de todo.

La maña de los criados ambiciosos, en los príncipes divertidos, con facilidad acredita los errores y desautoriza la justificacion bien ordenada. Si los consejos proponen y el criado determina, la experiencia y las leyes, y en ellas la prudencia y la razon, sirven al albedrío. El rey, Señor (dice un árabe), ha de ser como águila, que ha de tener cuerpos muertos al rededor y no ha de ser cuerpo muerto que tenga al rededor águilas. A los reyes la majestad de Dios, cuando ordenó que naciesen reyes, dióles la administracion y tutela de sus reinos: hizolos padres de sus vasallos, pastores; y todo esto les dió con darles el postrer arbitrio en todo lo que les consultaren y propusieren sus consejos y vasallos y reinos. Pues si eso diese un rey á otro hombre, ¿qué guardaria para sí? Nada; porque la corona y el cetro son trastos de la figura, embarazosos y vanos. ¿No era renunciar el reino? Sí; no puede negarse, y es cortés manera de hablar. Era despreciar la mayor dádiva de Dios, y obrar contra su voluntad en perjuicio de tantas almas; pues da el reino á quien Dios no quiso dárscle ni halló digno de tal oficio, y es dar al rey lo que Dios le dió para que le sirviese con ello.

Diga á voces la vida de Cristo qué cosa ha de encargar un rey á su criado, y qué han de ser los criados de los reyes.

Lo primero, no han de ser profetas: así lo dice san Juan: «No soy profeta.» No hay cosa que tanto desacredite y apoque los reyes, como criado profeta que responda á los negociantes: Eso se hará; yo haré que se despache; darle han el oficio; saldrá con su pretension. Estos son profetas; y dando á entender que saben lo que ha de ser, en todo apocan el poder de su señor.

Han de ser voz del desierto. Yo entiendo aqui eco, porque el eco por sí no dice nada; repite lo que dice otro, y no todo sino los últimos acentos. Así ha de ser el criado, que ha de decir lo que el rey dice, y no tanto como él: unos finales; no al reves, que el rey diga lo que dijere el eco; y cuando lo quieran entender de otra suerte, ha de ser voz, no lengua, que es señal que ha de ser formado, y no ha de formar; y no basta que sea voz, sino que lo sea en desierto, sin pompa afectada, sin acompañamientos ambiciosos, compitiendo el cortejo al rey.

De san Juan Bautista, gran criado y valido, no fió Cristo otra cosa que los peligros de la verdad entre los príncipes y reyes. Cuáles son estos peligros en palacio, véase en la brevedad con que la inquietud y juguetes de

unos piés deshonestos tuvo por precio de su descompostura la cabeza del Precursor, postre de un banquete y premio de un baile, habiendo sido su pompa el desierto, su ejercicio la penitencia, y llamábase voz que gritaba en desierto. Ni puede ser buen criado quien no lo fuere así; pues eso es ser verdad y decir verdad y tratar verdad, pues los que afectan y profesan ser precursores de la mentira, y á quien los reyes encargan los acrecentamientos del engaño, son voz que clama en poblado; y si el clamar fuese pidiendo, esa sería voz que roba en poblado.—El buen criado y el malo diferencian en la vida y en la muerte.

Entró en la privanza san Juan Evangelista, y no se lee que tratase con él nada mas que con los otros. A él negó las sillas como á los demas; y al huerto y al Tabor llevó á los otros como á él. Cuando murió, en una de las siete palabras le encomendó su Madre, que fué encomendarle la viudez y el desconsuelo; y por eso se la encomendó, no con nombre de madre, sino del apóstol, diciendo: «Mujer, ves ahí tu Hijo. Discipulo, ves ahí tu Madre.» A todos los apóstoles, ¿qué les encomendó, sino los peligros de la verdad, que fuéron sus peregrinaciones, sus muertes y sus martirios?

Elige á san Pablo por apóstol y por privado, y lo primero que hace para que sea buen privado y buen criado, es derribarle. Cayó primero, y no caerá despues. ¡Advertida prevencion bajarse uno de donde, si no cae, le pueden derribar! Llámase vaso de eleccion, vaso que escoge para sí: privado quiere decir. Quien supiere leer el texto griego y hebreo, echará de ver que vaso quiere decir arma escogida de Cristo. Siendo ántes arma ofensiva contra su testamento y apóstoles, por arma defensiva de todos nombróle por privado suyo desde el cielo. Fuéronlo otros; mas á él se lo dijo. ¿Qué le encargó á este criado escogido, arma escogida, vaso de eleccion? Encargóle los peligros de la verdad. Mire vuestra majestad sus peregrinaciones, sus trabajos, sus naufragios, sus afrentas, su miseria, sus martirios, sus azotes, su muerte.

Diga sus palabras san Pablo, que las pronuncia y escribe la caridad inefable suya (1): «Pero como fuese libre, de todos me hice esclavo, por ganar mas para Dios, no para mí.» Eso es ser buen criado del rey, adquirir mas para él que para sí. San Pablo lo dice en los *Actos apostólicos* (2).

Refiere que el Espíritu Santo por todas las ciudades le protestaba diciendo que le quedaban aparejadas muchas prisiones y peligros en Jerusalen, y añade: No temo nada de esto, ni tengo mi vida por mas preciosa que mi alma, como yo acabe mi camino y el ministerio que recibí del Señor. Este es el ministerio, y este es el buen ministro, que no hace su vida mas preciosa que su alma, y que cuando cuenta sus aumentos y sus servicios (3):

(1) Nam cùm liber essem ex omnibus omnium me servum feci, ut plures lucri facerem.

(2) Et nunc ecce alligatus ego spiritu, vado in Jerusalem, quae in ea ventura sint mihi, ignorans: nisi quod Spiritus Sanctus per omnes civitates mihi protestatur, dicens: quoniam vincula et tribulationes Jerosolymis me manent. Sed nihil horum vereor: nec facio animam meam pretiosiorem quàm me, dummodò consummem cursum meum, et ministerium verbi, quod accepi a Domino Jesu. (Cap. 20.)

(3) Ministri Christi sunt, ut minus sapiens dico, plus ego: In laboribus plurimis, in carceribus abundantius, in plagis supra modum, in mortibus frequenter. A Judaeis quinquies, quadragenas,

(a) En las expresadas ediciones sigue: «cuando ven que acuden á solicitar su puerta todos, y que es desierto palacio cuando ellos no entran por él.»

«Son criados de Cristo, y yo tambien,» habla en este caso. Vea vuestra majestad las mercedes y cargos que refiere : «Pasé afrentas, y trabajos, y hambres y sed, peligros en todas partes. Tres veces me azotaron, una me apedrearon; tres naufragios he pasado, y un dia y una noche estuve sumergido en el profundo del mar.» Diferente relacion, y opuesta á esta, harán los criados que, instruidos del interes, despeñan, no sirven á los reyes. Su alabanza es y sus servicios : He deshonrado muchos, empobrecido mas; he hecho morir inocentes y correr fortuna navegantes; he hecho pasar hambres, y frios y miserias á otros.

Buenos ejemplos son el del buen criado y de san Pablo : el uno en su vida, y el otro despues de su muerte. Y no se puede dudar que el buen criado se represente en san Juan, pues lo dice Dios por Isaías, y así lo canta la Iglesia el dia de su nacimiento (1) : «Y dijome : Mi criado serás tú en Israel, porque en tí me gloriaré.» Y luego consecutivamente (2) : «Y esto dijo el Señor, formándome en el vientre su criado.» Así son los criados que Dios hace, y así á su imitacion los han de buscar los reyes de la tierra, imitadores de Cristo.

Sirva el criado, y merezca; no mandé, no sea árbitro entre el rey y los Consejos; traiga al rey las consultas y los papeles, y alivie al rey el trabajo del mudar las bolsas de los Consejos de una parte á otra, y de abrir los pliegos, de disponerse á los aciertos con su parecer. Cristo se informaba de las partes y de las propias cosas que trataba; no creia relaciones. Tentáronle con malicia y cautela en la materia de jurisdicion; y para responder mandó parecer las monedas, y que ellas hablasen por si y informasen con sus figuras; y no quiso que en su presencia, en negocios de importancia, una cosa hablase por otra, aunque fuese sin voz.

Lo postrero es, que no ha de desmerecer ninguno por no ser del cortejo del privado, ni del valido; ni por serlo, de adelantarse á otro. Cristo en san Juan lo enseña por san Lúcas, capítulo 9. Dijo Juan (3) : «Maestro, vimos á uno que en tu nombre lanzaba demonios, y prohibímoselo, porque no sigue con nosotros.» Responde Cristo : «No se lo estorbeis.» No es causa para que no tenga el oficio, el cargo, la dignidad, que el criado diga : Señor, no es de los nuestros, no acompaña conmigo. Cristo manda que le dejen hacer milagros al que no tiene contentos y satisfechos á los suyos.

CAPITULO XVIII.

A quién han de ayudar, y para quién nacieron los reyes.
(Joann. , cap. 5.)

Erat autem quidam homo ibi, triginta et octo annos habens in infirmitate sua. Hunc cum vidisset Jesus jacentem, et cognovisset quia jam multum tempus haberet, dicit ei : Vis sanus fieri? Respondit ei languidus : Domine, hominem non habeo....Dicit ei Jesus : Surge, tolle gravatum tuum, et ambula. «Estaba allí cierto hombre que en su enfermedad habia estado treinta y

ocho años; y como le viese Jesus caido y solo, y conociese que habia mucho tiempo que estaba así, le dijo : ¿Quieres sanar? Respondióle el enfermo descaecido : No tengo hombre para que cuando se mueve el agua me lleve á la piscina; y asi miéntras yo llego, otro baja. Dijole Jesus : Levántate, toma tu lecho á cuestas, y anda.»

Preguntar á un enfermo si quiere ser sano en las enfermedades corporales, se tendrá entre nosotros por cosa excusada; siendo así que en las enfermedades y defectos del alma es la mas forzosa pregunta entre todas, pues es cierto que solos están malos los que no quieren sanar. Y échase de ver en que del tener salud es parte el quererla tener; y uno de los primeros aforismos de la medicina espiritual es la voluntad propia prevenida de gracia; y por eso le pregunta Cristo si quiere sanar. No responde que sí : acude á disculparse de la iniquidad que se presuponia de que por su culpa no estaba sano, diciendo: No he tenido hombre. — «El ángel del Señor descendia á cierto tiempo á la piscina, y moviase el agua (4).»

¡Grandes cosas puso Dios delante á los reyes en este capitulo! ¡Terribles voces los da con su ejemplo!

Buen rey y malos ministros es cosa dañosa á la república; y hubo árabe que tuvo opinion que era mejor mal rey y buenos ministros. El ángel venia á dar virtud á las aguas, y revolvia la piscina. Pero si siendo un ángel el que venia del cielo, y que asistia á esta obra, eran tales los ministros, que habia treinta y ocho años que estaba este en su enfermedad por falta de hombre, ¿qué importa que el rey sea un ángel, si los ministros son desapiadados (a), y entre todos ellos no halla un hombre quien mas le ha menester? ¿Qué cosa es una república sino una piscina? Qué ha de ser un rey sino un ángel que la mueva y la dé virtud? Qué cosa son los pretendientes, y los beneméritos, y los agraviados, y los oprimidos, y los pobres y las viudas, sino enfermos que aguardan salud de las aguas de la justicia y de la misericordia y grandeza del rey? Pero si los ministros tales que prefieren unos á otros por su voluntad, y olvidan al que mas necesidad tiene, obligarán á que venga Dios á desagraviar los desvalidos.

Pues si en la piscina que revolvia un ángel que bajaba del cielo, habia esta desórden, ¿qué habrá en la del gobierno y los cargos y mercedes, que las mas veces la revuelve Satanas, y las mas veces la revuelven los hombres, ó son ministros los diablos, que por otro nombre se llaman los ambiciosos, los soberbios y los tiranos? Señor, bueno es que el rey sea ángel; mas ha de ser para los que supieren ser hombres con los necesitados. Angel ha de ser; mas por su mano ha de revolver las aguas de la piscina. La virtud él la ha de dar, y no otro; no la ha de remitir á nadie.

Y para ver que el rey es representado por el hombre de esta piscina, se advierta que representándose el linaje humano en este desamparado, le mira Cristo y le pregunta si quiere sanar, y responde : *Hominem non habeo* : «No tengo hombre.» A esto no se respondió hasta que Pilatos coronó á Cristo, y le puso cetro y púrpura y todas las insignias reales, y le condenó á muerte de cruz, donde le llamó rey. Entónces, sin saber lo que

---

una minus, accepi. Ter virgis caesus sum, semel lapidatus sum, ter naufragium feci, nocte et die in profundo maris fui. (2 Cor. 11. vers. 25.)

(1) Et dixit mihi : Servus meus es tu, Israel, quia in te gloriabor. (Isai. , cap. 49.)

(2) Et nunc dicit Dominus, formans me ex utero servum sibi.

(3) Praeceptor, vidimus quemdam in nomine tuo ejicientem daemonia, et prohibuimus eum : quia non sequitur nobiscum.

(4) Angelus autem Domini descendebat secundùm tempus in piscinam, et movebatur aqua. (Joann. cap. 5.)

(a) «Demonios», dicen las primeras impresiones.

decia, respondió al linaje humano diciendo : *Ecce Homo* : Ves ahí el hombre que te faltaba. El buen rey no ha de faltar á ninguna necesidad. ¡Gran nota para la conciencia de un rey, cuando con verdad dice alguno de sus vasallos : «En necesidad estoy, porque no tengo hombre»!

Los reyes nacieron para los solos y desamparados; y los entremetidos, para peligro, y persecucion y carga de los reyes. De estos han de huir hácia aquellos. Quien solicita y pretende el cargo, le engaña, ó le compra ó le arrebata; quien se contenta con hacerse por la virtud digno de él, le merece. A estas cosas no se ha de acudir por relaciones y por terceros: los ojos y los oidos del rey han de ser los mas frecuentes ministros. Los necesitados no han de buscar al rey ni á los ministros: esa diligencia su necesidad la ha de tener hecha; los ministros y los reyes han de salirles al camino; ese es su oficio, y consolarlos y socorrerlos, su premio. Para saber si gobierna Satanas una república, no hay otra señal mas cierta que ver si los menesterosos andan buscando el remedio, sin atinar con la entrada á los príncipes.

Señor, dos cosas vemos en este evangelio: que el rey ha de ser ángel para dar virtud y hacer milagros, y revolver por su mano la piscina, pues así tendrá virtud, y de otra mano veneno y muerte; y que ha de ser hombre para remediar los necesitados, y dolerse de ellos, y desagraviarlos y darles consuelo.

CAPITULO XIX.

Con qué gentes se ha de enojar el rey con demostracion y azote.
(Joann., cap. 2, Marc., 11.)

Et veniunt Jerosolymam. Et cùm introisset in Templum, coepit ejicere vendentes et ementes in templo: et mensas nummulariorum, et cathedras vendentium columbas evertit. Et non sinebat ut quisquam transferret vas per Templum, et docebat, dicens eis: Nonne scriptum est: Quia domus mea, domus orationis est? Vos autem fecistis eam speluncam latronum.

«Y vino Jesus á Jerusalen; y como entrase en el templo, empezó á echar á los que vendian y compraban en el templo, y derribó las mesas de los logreros y las jaulas de los que vendian palomas, y no dejaba que nadie pasase mercancias por el templo, ni un vaso; y enseñaba, diciéndoles: ¿Por ventura no está escrito: «Mi casa es casa de oracion»? Vosotros la habeis hecho cueva de ladrones.»

San Juan, refiriendo esta accion, dice que hizo uno como azote de los cordeles que allí estaban, con que los echó.

No se lee que otra vez con demostracion se enojase Cristo, y que castigase con su mano. Tal vez, Señor, conviene que el cordero brame. Cordero era Cristo, y á quien por excelencia llaman manso Cordero; y en esta ocasion armó de severidad su clemencia. Letra por letra parece que el texto del Evangelista esta ocasionando á los reyes. Viendo que el mercadeaban en el templo, tomó un azote y echó de él á los logreros, diciendo: «Mi casa es casa de óracion.» Sábese que vuestra majestad puede decir esto por su casa, y porque fervorosamente con su ejemplo alienta virtud y valor en sus vasallos: solo resta que abra los ojos sobre los que se la quisieren hacer cueva de ladrones. Si alguna insolencia

se atreviere á tanto, los castigue y aleje de sí, y no será; pero temerlo es providencia, y religion estorbarlo; pues veo que Cristo halló en la casa de Dios quien lo hiciese á sus ojos, y no será mas privilegiada para los atrevimientos de los impíos y codiciosos la casa de algun rey, que la casa de Dios. Y si sucediere, tome el azote, eche de su casa los que se la desautorizaren: no solo los eche, los castigue, pero derríbeles las mesas y los asientos, y de ellos ni de su ejercicio no quede memoria. Adelante mas la consideracion. Si Cristo trata de esta suerte á los que venden en el templo, ¿cómo tratará á los que venden el mismo templo? Para echar aquellos codiciosos mohatreros, dice san Juan que hizo uno como azote; pero para estos contumaces que venden el templo propio, azote ha de ser escogido por el rigor de la justicia: y es lástima de ver cuán bien introducidos están con la absolucion los unos y los otros, frecuentando tanto las confesiones como los tratos, haciendo pompa de las comuniones.

El rey puede y debe tener sufrimiento para no castigar con demostracion por su mano en todos los casos; mas en el que tocare á desautorizar su casa y profanarla, él ha de ser el ejecutor de su justicia.

Es cierto, Señor, como san Gregorio dice, que toda la vida de Cristo fué leccion para nuestro enseñamiento. Cuatro géneros de gente castigó por su mano solamente, echándolos ignominiosamente de sí, esto es echarlos del templo. Y fué tan grande accion esta, que para mostrar que Cristo nuestro redentor era Hijo de Dios, el glorioso san Jerónimo elegantísimamente la pondera por mas alta y misteriosa. No quiero ahogar su estilo: en él se ke e mejor todo. Vendió Júdas á Jesucristo, que fué vender el templo, y á Dios y á todo el tesoro del cielo. Súpolo ántes, y tuvo lástima del mal ministro, no de sí, que habia de ser entregado por bajo precio á muerte infame en poder de sus enemigos á quien mas bien habia hecho y por quien tantas maravillas habia obrado. Llégale á entregar, y no le rehusa el rostro ni se le vuelve. Sabe que le besa por seña que da, no por amor que le tiene; y en lugar de represion, le habla y recibe tan regaladamente, diciéndole: *Ad quid venisti, amice?* «¿A qué has venido, amigo?» Déjase atar y llevar preso, y aquí, porque vió vender en el templo las ovejas, y vió los mohatreros y las palomas que se vendian, hace de las cuerdas azote, y castiga á los que las venden. ¡Gran cosa! que en él se vendió el Cordero que quita los pecados del mundo, y la paloma purisima. Allí se vió la mayor usura y mohatra que trazó la codicia infernal, y no se enoja; solo para mostrar que el rey ha de mirar mas por los otros que por sí; que él está á cargo de Dios, y los súbditos á su cargo; que es buen pastor que quiere que le vendan por sus ovejas, mas que no quiere consentir que sus ovejas se las vendan. Allí quiere para sí los azotes, y aquí los quiere para los que le venden los suyos; y por eso dice san Juan consecutivamente aquellas palabras: *Zelus domus tuae comedit me.* Los primeros que refiere san Juan fuéron los que vendian ovejas: en estos se representan los príncipes y procuradores de la comunidades en cortes, y las justicias que asuelan y destruyen los pobres, los vasallos, y los vecinos y encomendados. Eso es vender ovejas; y mas vivamente que todos estos se representan los obispos y los prelados, si venden en el templo las ovejas que Dios les encomendó para que apacentasen. Los segundos fuéron los que vendian bueyes : en quien se significaron los ricos y poderosos que desustancian los labradores, las justicias que les echan todas las cargas, los gobernadores que los hacen arar para otros, encareciéndoles á precio de sangre el mal año y el socorro. En los numularios y logreros, los que con pretexto de religion hacen hacienda, los que compran las prelacías, los que comen las rentas de los pobres. En los que venden palomas, los que usurpan la hacienda de los huérfanos y viudas, y los persiguen, y de su desamparo y soledad se enriquecen.

Este género de gente, Señor, el rey que los ve en su casa no ha de aguardar á que otro los castigue y los eche. Mejor parece el azote en su mano para estos, que el cetro.

Oiga vuestra majestad, no á mí, pues no es mi pluma la que habla ni la que escribe. Si vender los regatones y mohatreros en el templo mereció tal castigo en la mano de Cristo, ¿cuál será el que soliciten, si se viese que en el templo se venden mayores cosas por mano de los prelados y príncipes, á quien Dios dejó el azote para que á su imitacion echasen con ignominia á los que lo hicieren? El castigo, Señor, es el permitirlo en muchos pecados que se ven y padecen los ignorantes y los obstinados (que todo es uno), para la censura de la verdad. Echan ménos en la paz temporal de esta vida y en el halago de la fortuna el castigo del cielo; no advierten que mayor es la permision, pues dan mejor cuenta de los delincuentes los castigos rigurosos, que la suspension de ellos. El permitir Dios nuestro señor un hombre execrable y perdido, es dejarle en manos de sus delitos y suyas; y el castigarle es darle á conocer la fealdad de sus ofensas. La permision adormece, y el castigo despierta y escarmienta. Así que, es lenguaje conforme al estilo de Dios : Mucho nos permite, mucho nos consiente; luego mucho nos castiga. Y por el contrario : Mucho nos castiga; mucho nos ama. El justo llamará al castigo diligencia que Dios hace para recobrarle : estimarálo por cuidado y celo de sus aciertos. Quien merece los castigos de la ira de Dios, y no los tiene en este mundo, no diga que no los padece, sino que no los conoce ni los cree; y esa toda la ira é indignacion suya. Señor, ya que (como he dicho) su casa de vuestra majestad por sí puede decir que es de oracion, tome el azote, si se ofreciere, y eche de ella los que intentaren hacérsela cueva de ladrones; prosiga lo empezado, viva imitándose á sí, no se canse de copiarse las acciones de un dia en otro.

CAPITULO XX.

El rey ha de llevar tras sí los ministros ; no los ministros al rey.

Al rey solas las obligaciones de su oficio y necesidades de su reino y vasallos le han de llevar tras sí.

En todo el Testamento Nuevo no se lee otra cosa, hablando de los apóstoles y Cristo, sino *sequebantur*, seguíanle. No se lee que Cristo los siguiese jamas : él los llevaba siempre donde queria; no ellos á él. «Cada uno tome su cruz, y me siga.—Sígueme», dijo al apóstol que llamó. Y los que le hacen cargo de buenos criados, no dicen otra cosa sino (1) : «Ves que lo hemos dejado, y te hemos seguido.» ¡Gran diferencia de criados buenos

(1) Ecce nos reliquimus omnia, et secuti sumus te.

de Cristo, á criados de Satanas y de sus tiranos. Todo lo dicen y hacen al reves; dirán á sus reyes : Ves aquí que lo hemos tomado todo, y héchote que nos sigas y andes tras nosotros arrastrando.

El rey imitador de Cristo ha de considerar que él dijo, para decir que era verdadero rey del cielo y verdadero Dios (2) : «Yo soy camino, verdad y vida.» El rey es camino, claro está, y verdad y vida. ¿Pues cómo podrá ser que el camino siga al caminante, debiendo el caminante seguir el camino? El rey que es camino y verdad, es vida de sus reinos; el que es descamino y mentira, es muerte. Rey adestrado, es ciego; enfermedad tiene, no cargo; bordon es su cetro; aunque mira, no ve. El que adiestra á su rey, peligroso oficio escoge; pues, si lo ha menester, se atreve al cuidado de Dios. Mucho se aventura si el rey no lo ha menester. No le guia, le arrastra y le distrae; codicia, y no caridad tiene. No es servicio del que le hace, sino ofensa; y disculpa los odios de todos contra su persona.

De ninguna manera conviene que el rey yerre; mas si ha de errar, ménos escándalo hace que yerre por su parecer, que por el de otro. Nada ha de recelar tanto un rey como ocasionar desprecio en los suyos; y este solo por un camino le ocasionan los reyes, que es dejándose gobernar. Un rey cruel es rey cruel, y así en los demas vicios; mas un rey falto de discurso y entendimiento (si tal permitiese Dios), como para ser rey ha de ser primero hombre, y hombre sin entendimiento y razon no puede ser, — ni seria rey, ni hombre, y el desprecio le hallaria semejante á cualquier afrentosa comparacion. Y por esto nada ha de disimular tanto un príncipe, como el tener necesidad en todo de advertencia, y haber de decir siempre : Llevadme y guiadme; yo iré tras de vosotros. Y al ministro que tiene á cargo el suplir la falta de su príncipe, sola le puede conservar la arte con que hiciere que se entienda siempre que obra su señor sin dependencia; porque el dia que se descubriere el defecto, ó por vanidad mal entendida del allegado, ó por descuido artificioso para espantar con la omnipotencia ó llamar á sí las negociaciones, persuadido de la codicia, — ese dia se sigue al uno el desprecio, y al otro el peligro manifiesto y merecido; y cada uno presume de apoderarse de aquella voluntad, y nadie echa al otro sino por acomodarse; y por esto unos serán persecucion de otros, y nunca se tratará del remedio, y será la variedad, si no peor en los efectos, mas escandalosa y aventurada. *Assumit Jesus Petrum et Jacobum et Joannem* (3). A los grandes negocios lleva Dios nuestro Señor sus discípulos, aquí y al huerto. Y si quiere ver vuestra majestad en los reyes la diferencia que hay de llevar á ser llevados, una vez sola que Cristo nuestro redentor fué llevado de un ministro, el ministro fué el demonio, porque en otro no hubiera descaramiento para atreverse á llevarle : dos veces le llevó, una al templo para que se despeñase, y otra al monte para que le adorase. Mire vuestra majestad los que llevan á los reyes adónde los llevan : al templo para que se despeñen, al monte para que los adoren; todo al reves, y todo á su propósito. Pues si el diablo se atreve á llevar á Cristo á estas estaciones, ¿adónde llevará á los hombres que se dejaren llevar de él y de los suyos?

(2) Ego sum via, veritas, et vita.
(3) Marcos, 9.

El corazon de los reyes no ha de estar en otra mano que en la de Dios. El Espíritu Santo lo quiere así, porque el corazon del rey en la mano de Dios está sustentado, favorecido y abrigado; y en la de los hombres, oprimido, y preso y apretado. ¿Quién puede errar, siguiendo en vuestra majestad los pasos, siempre encaminados á tanta religion, justicia y verdad, acciones tan piadosas, y deseos tan verdaderamente encendidos en caridad de sus vasallos y reinos? Y al fin, Señor, quien sigue á su rey va tras la guia y norte que Dios le puso delante; y quien le lleva tras sí, si tan detestable hombre se hallase, de su luz hace sombra. No quita esto que el rey y el principe no sigan el consejo y la advertencia; pero hay gran diferencia entre dar consejo y persuadir consejo. Una cosa es aconsejar, otra *engañar*. Tomar el rey el consejo es cosa de libre juicio : que se le hagan tomar es señal de voluntad esclava. Señor, el buen criado propone, y el buen rey elige; mas el rey dejado de sí propio, obedece.

No solo deben los reyes no andarse tras otro, ni dejarse llevar donde otro quisiere, sino que inviolablemente han de mirar que los que le siguieren á él puedan decir, y digan : Ves que lo hemos dejado, y te hemos seguido ; —porque en lo que se peligra al lado de los reyes, es en no dejar nada para otro, y en tomárselo todo para sí.

CAPITULO XXI.

Quién son ladrones y quién son ministros, y en qué
se conocen. (*Joann.*, cap. 10.)

Amen, amen dico vobis : Qui non intrat per ostium in ovile ovium , sed ascendit aliunde, ille fur est et latro. De verdad , de verdad os digo : quien no entra por la puerta en el redil de las ovejas, sino que sube por otra parte, aquel es ladron y robador.

Da Cristo las señas en que se conoce quién es ladron. Cosa clara es que quien entra por la puerta llamando, y le abre el portero (no lo que dió, y el regalo, y la negociacion), que es dueño de casa, y pastor; mas quien sube por la ventana, ó por otra parte escala la casa, ladron es, á robar viene, él lo confiesa. Qué se entiende por puerta y qué cosa sea escalar, temo de decirlo ; porque el mundo es de tal condicion, que los ladrones no recelan que los conozcan; ántes en eso tienen la medra y la estimacion. No está el provecho en ser ladron, sino en ser conocido por tal. Solo vale contigo, si eres tirano, el que tú hiciste partícipe de mayor delito. Así lo escribió Juvenal : Quien te fia secreto honesto, no te teme, y por eso no te estima : solo es acariciado quien como cómplice y sabidor, cuando quiere, puede acusar á su señor. Eso tiene lo mal hecho peor, que no se puede fiar su ejecucion sino de malhechores. Dar señas de ladrones es buscarles cómodo, ponerlos con amo, solicitarles la dicha y dar noticia de lo que se busca. Esto siempre pasó así en el mundo : dícenlo escritores de aquellos tiempos; y no me espanta sino que dure tanto mundo que siempre ha sido así. Yo no lo dudo, y creo que nació inocente, que poco á poco se ha apoderado de él la insolencia de los afectos, y que hoy se padece la obstinacion de sus imperfecciones.

Esto de entrar por otra parte y dejar la puerta, el primer hombre fué el primero que lo hizo; pues quiso ser semejante á Dios, no por la puerta, que era su obedien-

cia, sino por el consejo de la serpiente ; y en pena el serafin le enseñó la puerta que dejaba, y se la defendió con espada de fuego. ¡Gran cosa que estén las puertas yermas y desiertas, que nadie entre por ellas estando abiertas y rogando con el paso, y que todo el tráfago y comercio sea por los tejados y ventanas! Señor, la puerta es el rey, y la virtud, y el mérito, y las letras y el valor. Quien entra por aquí pastor es, la casa conoce, á servir viene. Quien gatea por la lisonja, y trepa por la mentira, y se empina sobre la maña y se encarama sobre los cohechos,—este que parece que viene dando y á que le roben, á robar viene. El mayor ladron no es el que hurta porque no tiene, sino el que teniendo da mucho, por hurtar mas.

Pondero yo que si es ladron, como dice Cristo, quien viene por los tejados y azoteas, ¿qué sería el señor del redil ó el pastor á quien está encargado, si de parte de adentro, viendo escalar su majada, diese la mano á los ladrones para que entrasen á robarle? Este sería disculpa de los ladrones. No hay nombre que no sea comedido, si tal sucediese : por no ser cosa creible, no tiene ignominiosos títulos tal iniquidad. Fácilmente, Señor, conocerá vuestra majestad esta gente en el ejercicio; y lo que mas ayuda á conocerlos es el estar tan bien acreditado el nombre de ladron, que es su eminencia y su ambicion.

San Pablo, buen pastor, buen prelado, buen gobernador, buen valido de Cristo, escogido para defensa de su nombre, ¿como vivió, qué hizo, qué dijo, por dónde entró? Oigalo vuestra majestad de su boca, en estas palabras que refiere el capítulo 20 *de los Actos*. Despues de haber juntado los mas viejos de la iglesia de Efeso, y protestádoles lo que habia trabajado por su bien desde el dia que entró en Asia, sin perdonar su salud algun trabajo, dice (1) : « Por lo cual hoy os hago testigos que estoy limpio de la sangre de todos.»—Si depusiese (a) la venganza, y el recelo y la envidia de los que pueden, no sería pequeño proceso el que en esta parte se haria ; que pocos pueden en el mundo que puedan decir esto ; y quien esto no puede, no puede nada. ¡Cuántas vidas cuesta la conservacion de la vanidad de los ambiciosos, y el entretenerse en el peligro, y el dilatar la ruina, y el divertir el castigo, que no es otra cosa lo que gozan los miserablemente poderosos en el mundo! Y es la causa, que como al subir trepan para escalar, por no entrar por la puerta, al salir se despeñan por bajar. Prosigue san Pablo (2) : « La plata, ni el oro ó el vestido de ninguno he codiciado, como sabeis ; porque para lo que yo habia menester y los que conmigo están, estas manos me lo dieron.»

¡Qué pocos ministros saben hacer desdenes al oro, y á la plata y á las joyas! ¡Qué pocos hay esquivos á la dádiva! ¡Qué pocas dádivas hay que sepan volver por donde vienen! Pues, Señor, no es severidad de mi ingenio, ó mala condicion de mi malicia : no tengo parte en este razonamiento. San Pablo pronuncia estas palabras : Quien codicia el oro y la plata, es ladron, á robar viene, no entró por la puerta; porque el buen ministro, el buen

(1) Quapropter contestor vos hodierna die, quia mundus sum à sanguine omnium.

(a) Si hablase, traida á juicio.....

(2) Argentum et aurum aut vestem nullius concupivi, sicut ipsi scitis : quoniam ad ea, quae mihi opus erant, et his qui mecum sunt, ministraverunt manus istae. (*Actor. Apost.*, c. 20.)

pastor, no solo no ha de codiciar para sí, pero lo mismo ha de protestar de los suyos; para quien tampoco tomó nada; que á sí y á ellos dice que sus manos daban lo que habian menester. Tan léjos ha de estar el pedir del ministro, que aun por ser pedir limosna pedir, ha de trabajar primero en su ministerio, que pedirla: así lo hizo san Pablo. ¡Qué honroso sustento es el que dan al ministro sus manos! Qué sospechoso y deslucido el que tiene de otra manera al juez, al obispo, al ministro ó al privado! Sus manos le han de dar lo que ha menester, no las ajenas. Así lo dice san Pablo, y con eso justifica el haber cumplido su ministerio con la pureza que debia. Miren los reyes á todos á las manos, y verán si se sustentan con las suyas, ó con las de los otros; y tambien conocerán si entran por la ventana ó por la puerta; pues los que entran por la puerta entran andando, y los que entran por otra parte, suben arañando, y sus manos son sus piés, y las manos ajenas sus manos.

CAPITULO XXII.

Al rey que se retira de todos, el mal ministro le tienta; no le consulta. (Matth., cap. 4.)

Tunc Jesus ductus est in desertum à Spiritu, ut tentaretur à diabolo. «Entónces fué Cristo llevado al desierto por el Espíritu, para que fuese tentado del diablo.»

Espíritu se entiende por el Espíritu Santo. Entró Satanas, viendo retirado á Cristo, á negociar con él; y estánle remedando todos los malos ministros con los príncipes que se retiran.

A los solos no hay mal pensamiento que no se les atreva; y el ministro Satanas al príncipe apartado de la gente osadamente le embiste; porque quien trata con uno solo, él propio guarda las espaldas á su engaño y perdicion, y él la ocasiona y asegura de sí, para que se le atrevan los vanos y codiciosos. Quien á todos se descubre y no se esconde á sus gentes, pone en peligro manifiesto los mentirosos, la ambicion y la maña, y déjase hallar de la verdad.

Tres memoriales trajo para despachar, creciendo el desacato y atrevimiento de uno en otro; y el primer memorial contenia tal peticion (1): «Si eres hijo de Dios, di que estas piedras se vuelvan panes.» Habia dicho Cristo (2): «¿Quién hay de vosotros que si su hijo le pidiere pan, le dé una piedra?» Para dar piedras á quien ha menester pan, no basta ser mal hombre, es menester que sea Satanas. Por eso dice Cristo que no habrá hombre de ellos que lo haga.

Y eso es lo que el diablo hace con Cristo: véle con hambre, flaco, en ayuno tan largo, y ofrécele piedras. Lo mismo hacen los ministros que ven á sus reyes en desiertos, habiendo ellos con sus tiranías hécholes desiertos los reinos: en lugar de socorrerlos, los tientan; piedras les ofrecen cuando tienen necesidad de pan.

Digo, Señor, que el primer memorial que despachó fué que hiciese de las piedras pan: por aquí empieza sus despachos todo mal ministro. En sí y en lo que le sucede lo verán los príncipes; pues el que llega á su rey proponiéndole un idiota, un vicioso, un vano, un mal intencionado, un usurero, un cruel, para el obispado y para la judicatura, para el vireinato, para la secretaría, para la presidencia, —ese ¿qué otra cosa propone sino el memorial de Satanas que, de las piedras del escándalo de la república endurecidas en sus vicios, haga pan? Y estos malos ministros, siempre sujetos á la codicia insaciable, procuran (por mayor interes) que los reyes hagan de las piedras para ellos pan; pues el hacer de un mañoso indigno de algun lugar, un prelado, es suyo el provecho.

El segundo negocio que pretendió despachar fué este: *Assumpsit eum diabolus in sanctam civitatem, et statuit eum super pinnaculum templi, et dixit ei: Si filius Dei es, mitte te deorsum.* Dice que le arrebató, que le llevó aprisa (se entiende el demonio, con permision suya: así lo declara Maldonado) á la ciudad santa, y le puso sobre el pináculo del templo, y le dijo (este es el memorial): Si eres hijo de Dios, échate de ahí abajo.

Lo primero que propone el ministro Satanas y tentador, es que haga de las piedras pan, como hemos dicho. Lo segundo á que se atreve es pedirle que se despeñe, que no repare en nada: eso es despeñarse.

Y no deben fiarse los reyes de todos los que los llevaren á la santa ciudad y al templo; que ya vemos que á Cristo el demonio le trajo al templo. ¿Qué cosa mas religiosa y mas digna de la piedad de un rey, que ir al templo y no salir de los templos, y andar de un templo en otro? Pero advierta vuestra majestad que el ministro tentador halla en los templos despeñaderos para los reyes, divirtiéndolos de su oficio; y hubo ocasion en que llevó al templo, para que se despeñase, á Cristo.

El postrer negocio, en que Satanas mostró lo sumo á que puede llegar su descaramiento, refiere el Evangelista en estas palabras (3): «Otra vez le arrebató el demonio, y le llevó á un monte excelso, y le enseñó todos los reinos del mundo y su gloria, y le dijo: Todo te lo daré, si cayendo me adorares.»

El ministro que propone el primer memorial, que es hacer de las piedras pan, de los insuficientes y no beneméritos magistrados, —el segundo que propone alentando su insolencia, es que se despeñe, como hemos visto; y á estos dos sigue el tercero y último, que es decirle que se hinque de rodillas y le adore: tenerle en poco, despreciarle, que el rey ruegue y el vasallo lo mande. ¡Aquí puede llegar la soberbia y el desvanecimiento: á trocar los oficios del señor al criado!

Pues, Señor, si Satanas habiendo propuesto á Cristo el primer memorial, y habiéndole despachado mal y con advertencia severa, se atrevió á proponer el segundo de que se despeñase; y habiéndole en él reprendido con rigor, se atrevió á consultarle el tercer memorial de que adorase caido en el suelo, ¿qué hará con el rey que le despachare bien el primero y mejor el segundo? Paréceme á mí que el tercero va negociado sin resistencia, y luego sin duda adorará á Satanas y á su tentacion. Pondero yo que le llevó al templo á despeñarle, y al monte á que le adorase, pareciendo que la idolatría suya estuviera mas en el lugar que queria en el templo, que en el monte; y conócese que procura desconocer su intento y disfrazar su designio con el nombre de la santa ciudad,

---

(1) Si filius Dei es, dic ut lapides isti panes fiant.

(2) Quis est ex vobis homo, quem si petierit filius suus panem, numquid lapidem porriget ei? (Matth., cap. 7.)

(3) Iterum assumpsit eum diabolus in montem excelsum valde: et ostendit ei omnia regna mundi, et gloriam eorum, et dixit ei: Haec omnia tibi dabo, si cadens adoraveris me.

y con el templo. Así disfrazan su intencion los que osan tomar los altares por achaque á sus cautelas.

He advertido que el demonio, en la tentacion de las piedras, empieza diciendo : *Si filius Dei es* : «Si eres hijo de Dios.» Y en la segunda, que en san Lúcas se refiere en postrer lugar, cuando le dijo que se despeñase, empieza con las propias palabras : *Si filius Dei es* : «Si eres hijo de Dios.» Solamente cuando le dice que le adore postrado en tierra, no dice : *Si filius Dei es* : las cuales palabras entienden los más afirmativamente : «Pues eres hijo de Dios; » y dice Maldonado que lo habia oido cuando en el Jordan se oyó aquella voz : *Hic est filius meus dilectus* : «Este es mi hijo amado.» Esto supuesto, digo que en las dos proposiciones le tentó como hijo de Dios y como á Dios, pidiéndole milagros de la omnipotencia, como hacer de las piedras pan y echarse del pináculo para que los ángeles de su padre le sirviesen de nube; y en la tercera le tentó como á hombre, ofreciéndole reinos temporales, y despreciándole tanto, que le dijo que le adorase. Sabe el demonio que representándoles la gloria y vanidad, fiado en su ambicion, puede en trueque (no de dárselos, que no aguarda á eso la codicia, sino de prometérselos) pedirles que le idolatren, y se humillen y aniquilen; y como usó de este lenguaje con Cristo, no le dijo : *Si filius Dei es*; ántes en todo le trató como á hombre, enseñándole como hemos dicho reinos y gloria de la tierra, y pidiéndole cosa que solo á un hombre solo se podia proponer. Y así, Cristo nuestro Señor á las dos propuestas, le respondió á la primera : *Non in solo pane vivit homo* : «No de solo pan vive el hombre; » que fué respuesta concluyente. A la segunda le reprendió, mostrando que le habia conocido, y dándose por entendido de su pretension, pues dijo (1) : « No tentarás á tu Dios ; » que era lo que él queria hiciese. A la tercera (que tocó en desprecio insolente de su oficio, y en no querer darse por entendido, habiéndole hablado tan claro, ántes habia crecido la insolencia), no solo le respondió y le reprendió, pero le castigó severamente, diciendo : «Véte, Satanas.» Señor, en llegando á despreciar la persona real y el oficio y dignidad suya, no hay sino nombrar á Satanas por su nombre, y despreciarle y echarle de sí.

Señor, ministros que lo ofrecen todo, son diablos. Dijo Satanas : *Quia mihi tradita sunt, et cui volo do illa* : «Porque me las han dado á mi, y las doy á quien quiero.» Y es cierto que lo da como lo tiene. Ofrecen reinos y glorias porque los adoren. Dan cosas momentáneas, á trueque del alma que no tiene otro precio que la sangre de Cristo nuestro Señor. ¡Cuántas veces entenderá vuestra majestad que uno es ministro, y que negocia; y á pocos lances conoce que es Satanas, y que le tienta ! Si quisiere que vuestra majestad haga de las piedras pan, no hacerlo, y convencerle; que así se castiga su codicia. Si pidiere que se despeñe vuestra majestad con pretexto de santidad y buen celo, castigarle con represion la insolencia. Si propusiere que le adoren, y tocare en la reverencia y dignidad real, llamarle Satanas, que es su nombre; despedirle como á Satanas, y castigarle como á sacrílego y traidor.

(1) *Non tentabis Dominum Deum tuum*. (*Matt.*, 4 *et Devteron.*, 6.)

Ego sum via, veritas, et vita. (Joann., cap. 14.)

Viendo Cristo que iba de este mundo al Padre, y conociendo el temor y confusion de los suyos, y los peligros que les aparejaba la obstinacion de las gentes, y las amenazas que la verdad les hacia desde los oidos de los reyes y emperadores; advirtiendo su desconsuelo y soledad, la brevedad de su partida, les dice por san Juan (2) : «No se turbe vuestro corazon : es verdad que me voy; pero voy á prepararos el lugar, á abriros la puerta; y si me fuere, yo os prepararé el lugar : otra vez vuelvo, y os recibiré para mí mismo, para que donde yo estuviere estéis; vosotros sabeis dónde voy, y el camino sabeis. Díjole Tomas : Señor, no sabemos dónde vas : ¿cómo podemos saber el camino? Dijo Jesus : Yo soy camino, verdad y vida.»

Cuando Cristo vió que los suyos confesaban que ni sabian el camino, ni dónde iba, y los vió tan descaminados, les dijo que era camino, verdad y vida.

Señor, quien ha de aconsejar á un rey y á los que mandan y quedan en peligro, ha de ser estas tres cosas : porque quien fuere camino verdadero, será vida; y el camino verdadero de la vida es la verdad; y la verdad sola encamina á la vida. Ministros, allegados y confesores que son caminos sin verdad, son despeñaderos y sendas de laberinto que se continúan sin diferencia en ceguedad y confusion : en estos tales ve Dios librada la perdicion de los reyes y el azote de las monarquías. Espíritu de mentira en la boca del consejero,—ruina del rey y del reino. Dios lo dice en el lib. 3 de los Reyes, cap. 22, en estas palabras y con este suceso :

Josafat, rey de Judá, y el rey de Israel hicieron juntos guerra al rey de Siria : fué la causa Ramoth Galaad. Aconsejado el rey de Israel por Josafat que supiese la voluntad de Dios primero, juntó cerca de cuarenta varones. Consultólos, y fuéron de parecer se hiciese la guerra, que cobraria á Ramoth Galaad, y venceria. No contento con el parecer de sus adivinos, dijo Josafat : ¿Aquí no hay algun profeta de Dios, de quien sepamos lo cierto? El rey de Israel dijo á Josafat : Ha quedado un varon, por quien podemos preguntar á Dios; pero yo le aborrezco porque nunca me ha profetizado buen suceso, ántes siempre malo. Confiesa que es varon de Dios, y que Dios habla por él, y le aborrece porque le dice la verdad. Rey que tiene esta condicion, huye del camino, aguija por el despeñadero. ¿Al varon de Dios aborreces, rey? Morirás en poder de esos que te facilitan la desventura á manos de tu presuncion y de su lisonja. Llámase (dijo el rey) Miqueas, hijo de Jemla. Llamó el rey de Israel un eunuco suyo, y mandóle que con brevedad, partiéndose luego, le trajese á Miqueas, hijo de Jemla. En tanto todos los profetas le aconsejaban la guerra; que fuese á Ramoth Galaad, y volveria victorioso. Llegó el eunuco mensajero que habia ido por Miqueas, y díjole : Ves aqui que todos los profetas anuncian y prometen buen suceso al Rey : sea tu profecía semejante; háblale bien. Considere con toda la alma vuestra majestad la infidelidad del criado, con las véras que solicita la mentira y la adulacion tan peligrosa á su rey. Arte suele ser de los ambiciosos solicitar con el parecer ajeno autori-

(2) *Cap.* 14.

dad á sus mentiras y crédito á sus consultas. Esto llaman saber rodear los negocios. Mucho deben mirar los reyes y temer el servirse en ninguna parte de criados que buscan mas el regalo de sus oidos, que la quietud de sus almas, vidas y honras. Responde el profeta como varon de Dios : Vive Dios que he de decir cualquiera cosa que Dios me dictare. En esta libertad y despego está la medicina de los príncipes. Llegó delante del rey, y díjole el rey : Miqueas, ¿debemos ir á Ramoth Galaad á hacer la guerra, ó dejarémoslo? Y respondióle á él (quiere decir, á su gusto) : Sube, y vé glorioso, que Dios la entregará en mano del rey. Replicó el rey : Una y otra vez te conjuro que no me digas sino la verdad en nombre de Dios. Y él respondió : Vi á todo Israel desparcido por los montes, como oveja sin pastor. Y dijo Dios : Estos no tienen dueño : vuélvase cada uno á su casa en paz.

Señor, los vasallos de rey que tiene ministros y criados que le solicitan la mentira y la lisonja, aborreciendo ellos la verdad en su corazon y en la ejecucion de las cosas, Dios nuestro Señor los llama ovejas sin pastor y gente sin dueño. Viendo esto el rey de Israel, dijo : ¡Oh Josafat! Por ventura, ¿no te dije yo que este profeta nunca me pronosticaba bien, sino siempre mal? Mas el profeta de Dios le dijo : Por esa intencion tan indigna de rey, oye estas palabras de Dios.—Con todos los príncipes habla Miqueas : palabras son de Dios ; vuestra majestad las traslade á su alma, y no dé á guardar otra cosa á su memoria con mas cuidado.—

Vi á Dios en su trono sentado, y á la diestra asistiéndole todo el ejército del cielo, y dijo Dios : ¿Quién engañará á Acab, rey de Israel, para que suba á Ramoth Galaad, y muera? Y dijo uno tales palabras, y otro otras. Levantóse un espíritu, y púsose delante de Dios, y dijo : Yo le engañaré. Preguntóle Dios : ¿De qué manera? Respondió : Saldré, y seré espíritu de mentira en boca de todos sus consejeros. Y dijo Dios : Hecho es : engañarásle, prevalecerás ; vé, y hazlo.—Así, no fué mandamiento, sino permision.

¡Gran cosa, que trazando Dios el modo de destruir á aquel rey, entre todos sus espíritus que juntó no se hallase otra manera de llevar á la muerte y á la afrenta al rey, sino permitir poner la mentira en la boca de los que le aconsejan ! Es tan cierto, que ni se lee otra cosa en las historias, ni se oye.

Llegó oyendo estas razones al profeta Miqueas, al varon de Dios, Sedecías, hijo de Canaana, y dió una bofetada en la cara á Miqueas, y afrentóle. Lo propio es dar una bofetada que levantar un testimonio. Este Sedecías debia de ser algun favorecido del rey, y de los que solemnizaban sus desatinos : unos allegados que sirven de aplauso á las inadvertencias de los poderosos ; debia de ser tan interesado en el engaño y ruina del rey, que temió su castigo en la verdad del profeta, del buen ministro, del santo consejero. Era algun introducido de los que en palacio medran tanto como mienten, cuya fortuna no tiene mas larga vida que hasta topar con la verdad. Son estos sabrosa y entretenida perdicion de los reyes. Vió este que el desengaño severo y prevenido le amenazaba desde los labios del profeta ; y por eso le procuró tapar la boca con la puñada, y dar á la verdad tósigo y veneno, en el varon de Dios que advertia de su vencimiento y sus pérdidas al rey.

Murió Acab, porque creyó á los engañadores, y no á

Miqueas. Salió con su promesa el espíritu que ofreció su muerte, solo con poner el engaño en la boca de sus consejeros ; y así sucederá á todos los príncipes que, no escarmentando en este sugeto, gastaren sus reinos en premiar lisonjas y en comprar mentiras.

¡Gran cosa que este rey no se fiase de sus profetas, que hiciese diligencias por un varon de Dios, que enviase por él, que le oyese, que no se contentase con la primer respuesta que le dió á su gusto, que le conjurase por Dios que le dijese la verdad : todo á fin de despreciar con mas requisitos á la verdad y á Dios, abofetear al profeta, meterlo en prisiones sin piedad ni respeto! Rey que oye al predicador, al confesor, al teólogo, al santo varon, al profeta ; que lee libros : para no hacer caso de ellos, para castigarlos y despreciarlos, para dar lugar á que Sedecías los afrente, para prenderlos, ese solicita la indignacion de Dios contra sí, y todo su cuidado en hacerse incapaz de su gran misericordia. Morirá ese rey ; y como á Acab, lamerán su sangre los perros. Flecha inadvertida, yendo á otra parte encaminada por la justicia de Dios, le quitará la vida y el reino. Así sucedió á Acab en el capítulo citado. San Pablo lo dice así, y les pronuncia esta sentencia (1) : «Los que habiendo conocido la justicia de Dios, no entendieron que los que tales cosas hacen son dignos de muerte ; y no tan solamente los que estas cosas hacen, sino tambien los que consienten á los que las hacen. »

CAPITULO XXIV.

La diferencia del gobierno de Cristo al gobierno del hombre.

Mucha es la diferencia en este capítulo, y pocas las palabras. Cristo la pone en estas pocas, cuando dice (2) : *Petite, et accipietis* : «Buscad, y hallaréis; llamad, y abriros han ; pedid, y recibiréis.»

Satanas, gobernador de la tiranía del mundo, ordena al reves estas cosas en los príncipes de las tinieblas de este mundo : Buscad, dice, y hallaréis vuestra perdicion ; quien os robe, quien os engañe. No logra otra cosa la solicitud del mundo, porque buscan lo que se habia de huir. Declárase Cristo, cuando dice (3) : «Buscad primero el reino de Dios;» y aquí en estas repúblicas enfermas se busca lo primero se busca el reino de Satanas.

«Llamad, y abriros han (4).»

No habla esto con las puertas de los malos ministros, ni con las de aquellas audiencias donde tiene nombre de portero el estorbo de los méritos y el arcaduz de los mañosos. En el propio de Cristo se llama á las puertas, sin haber mas costosa diligencia. En estas puertas que el cerrarlas es codicia y el abrirlas interés, la llave es el presente y la dádiva. Dice Satanas, oponiendo su gobierno al de Cristo : Derramad, y hallaréis ; comprad, y abriros han. ¡Oh gobierno infernal! ¡Oh puertas peor acondicionadas que las del infierno! pues ellas se abrieron á la voz de Cristo, y en vosotras cada ruego, cada palabra es un candado mas y un cerrojo ; cada presente una ganzúa, y cada promesa una llave maestra. Vélas de par en par en par el rico y el introducido, y á piedra lodo el benemérito que las ha menester.

(1) Quit enim justitiam Dei cognovissent, non intellexerunt, quoniam qui talia agunt, digni sunt morte : et non solùm qui ea faciunt, sed etiam qui consentiunt facientibus. (*Ad Rom.* , cap. 1.)

(2) Quaerite, et invenietis : pulsate, et aperietur vobis.

(3) Quaerite primum regnum Dei.

(4) Pulsate, et aperietur vobis.

No hay otro oficio, en las casas de estos que venden el sentido del oir, mas sospechoso. Ministro que tiene portero, ese quiere, cerrando la puerta, que entren todos por otra parte : ya se sabe (1) que «quien no entra por la puerta, sino por otra parte, es ladron». Otra cosa es la que Cristo dice por san Mateo (2) : «Entrad por la puerta angosta.» La puerta angosta es la que abren los méritos y las virtudes y los servicios. La puerta ancha, que lleva á la perdicion, es la puerta que descerrajan las dádivas, y la que se compra.

Pedid y recibiréis : asi lo prometió, así lo ordenó : *Ora Patrem tuum in abscondito ; et Pater tuus, qui videt in absondito, reddet tibi*. Quien pide recibe en el reino de Dios, y en el de la justicia y en el de la verdad. No todos los que parece que piden, piden : unos engañan, otros adulan, otros engañan, otros mienten, pocos piden. Pedir es, con razon, servicios, méritos, partes ; y siendo esto así, no habia de ser necesario otra cosa para alcanzar todo lo que se pretendiese ; pues esto excusara las diligencias de la maña y de la codicia. No así hacen los tiranos imitadores de Satanas : su precepto es opuesto á la igualdad y blandura del de Cristo. Dicen así : Dad, y daros han ; dad mas, y os darán mas ; hurtad para dar y para tener, y obligaréis á que os dén que recibais. Facilitad delitos, aconsejadlos, tomad parte en su ejecucion, y recibiréis. ¿A quién, como dijo la epigrama, se da, sino á los poderosos? Es la causa que dan para que les dén : estos compran, no dan ; parece presente y es mercancía. No obligan con lo que dan, sino hurtan. Es el modo que permite Dios para la perdicion de los ladrones y codiciosos que roban á los pobres para tener con que comprar oficios y honras de los mas poderosos. Dícelo así el Espíritu Santo en los Proverbios (3): «Quien calumnia y persigue al pobre por aumentar su riqueza, dará á otro mas rico y empobrecerá.» Ese es el camino de perdicion para los codiciosos : ni se ve otra cosa en el mundo ; y quitar al que lo ha menester para dar al que no lo ha menester, es injusticia, y no puede carecer del castigo de empobrecer. Ni ha inventado la codicia mas feo modo de empobrecer que el de aquellos miserables

que se destruyen por dar á otros mas ricos. ¡Oh providencia de Dios, que tan severamente advertida prepara la penitencia en el arrepentimiento diferido á estos que por cargar de oro al rico desnudan al pobre ! Y á estos es á quien da el gobierno del mundo, primero el pago, que satisfaccion. ¡Qué secreta viene la perdicion á toda diligencia en los deseos del malo, á quien las mas veces castiga Dios solo con permitirle y concederle las cosas que le pide ! — Hay otro género de maldad, introducida con buena voz á los ojos del mundo, que es quitar de los pobres para ofrecer á Dios ; y no es menor delito que el de Júdas, que quiso quitar de Dios para los pobres. Adviértelo el Eclesiástico en el cap. 34 (4) : «El que hace ofrenda de la sustancia de los pobres, es como el que degüella á un hijo delante de su padre.*»

Paréceme, Señor, que oyendo vuestra majestad dar voces á Cristo por la pluma de los evangelistas, no ha de permitir que dejen de obedecerse las órdenes de Cristo; pues no se acuerda España de haber tenido rey, en su persona y deseos, intencion y virtudes, mas ajustado á la verdad y á la justicia, piedad y religion católica ; y si fuese poderoso para que los que le sirviesen le imitasen, nos veriamos en el reino de la paz. Y no desconfio de que lo procuran todos los que vuestra majestad tiene á su lado ; mas deseo que Dios nuestro señor haga esta merced á su corona y á sus vasallos, de que todos los que le asisten le sean semejantes ; que entónces el gobierno de Dios, y la política de Cristo prevalecerá contra la tirania de Satanas.

Y si hay algunos que estorben esto, Señor, tome vuestra majestad de la boca de Cristo aquellas animosas palabras que dice por san Mateo (5) : «Apartáos de mí todos los que obrais maldad ; » que yo digo á vuestra majestad, y á todos los que este cuaderno leyeren, las palabras que se siguen á estas :

Omnis ergo, qui audit verba mea haec, et facit ea, assimilabitur viro sapienti, qui aedificavit domum suam supra petram.

Et omnis, qui audit verba mea haec, et non facit ea, similis erit viro stulto, qui aedificavit domum suam super arenam, et cecidit, et fuit ruina illius magna.

---

(1) Qui non intrat per ostium, sed aliunde, fur est et latro.
(2) Intrate per angustam portam. (Cap. 7.)
(3) Qui calumniatur pauperem, ut augeat divitias suas, dabit ipse ditiori, et egebit. (Cap. 22.)

(4) Qui offert sacrificium ex substancia pauperum, quasi qui victimat filium in conspectu patris sui.
(5) Discedite á me omnes qui operamini iniquitatem. (Cap. 7.)

POLÍTICA DE DIOS

Y GOBIERNO DE CRISTO NUESTRO SEÑOR.

PARTE SEGUNDA.

A LA SANTIDAD DE URBANO VIII,

obispo de Roma, vicario de Cristo, sucesor de san Pedro, Pont. Opt. Max.

Omnia subjecisti sub pedibus ejus. In eo enim quòd omnia ei subjecit, nihil dimisit non subjectum ei. (*Paul. ad Hebr.* 2.)

Beatísimo Padre : Estas palabras mias, ya sean balidos de oveja, ya ladridos de perro, no se acercan descaminadas á los oidos del pastor de las gentes. Por el primer titulo me restituyo al rebaño ; por el segundo quiero emplear mis dientes y mi atencion en su guarda. Más tuviera de portento que de atecto ser oveja y mastin, si no experimentáramos cuánta parte del ganado se introduce en lobos. Bien lo sienten , beatísimo Padre, vuestros rebaños, pues en tantas provincias muerden los que pacian, rabian y aullan los que balaban ; y los que juntó vuestro silbo, y guió vuestra honda y gobernó vuestro cayado, hoy los padece la Iglesia en que sois cabeza y los rediles donde sois centinela. Si Cristo es oveja y pastor (asi lo dice san Cirilo, Cateches., 10 : *Haec ovis rursus vocatur pastor, cum dicit : Ego sum pastor : Ovis propter incarnationem : Pastor propter benignitatem deitatis*) ; si fué pastor y cordero (así lo enseñó san Juan Crisóstomo , Psal. 67), si los hereges son ovejas y lobos, haga la defensa á los católicos ovejas y perros : *ut intingatur pes tuus in sanguine.* Estén en vuestros piés los besos de los hijos y la sangre de los enemigos : *Lingua canum tuorum ex inimicis ab ipso.* No es tiempo de contentarse con ser ovejas los hijos de la Iglesia, cuando las asechanzas son tan frecuentes, que cada una se ha menester guardar de la otra. Y pues todas somos cuidado de él , como vuestra beatitud es pastor y padre, seamos ganado y perros , ladren unos la predicacion, y muerdan otros con los escritos. ¿A quién se intima esta guerra ? ¿Contra quién nos prevenimos? San Juan, llamado Crisóstomo, lo dice de san Pablo, lib. 2 : *Neque enim illi adversus lupos pugna est; neque à furibus timet, neque solicitus, anxiusque est de peste à grege abigenda. Contra quos ergò illi bellum? Quibuscum lucta? Non est nobis lucta adversus carnem et sanguinem, sed adversus principatus, adversus potestates, adversus mundi dominos.* ¡Grande batalla! Dios con el mundo, el espiritu con la carne, la verdad con la presuncion, la Iglesia con los príncipes y señores del mundo : que san Juan la cuenta por de mas peligro para vuestro ganado, que la peste y ladrones. Beatísimo Padre, digno es de la ponderacion de vuestra beatitud aquel capitulo 21 de san Juan, cuando se apareció Cristo á sus apóstoles , y delante de ellos dijo á san Pedro : *Diligis me plus his?* Y le respondió : *Etiam Domine : tu scis quia amo te.* Y respondióle Cristo : *Pasce agnos meos.* Y consecutivamente segunda vez le preguntó si le amaba : respondió que sí , y le encargó que apacentase sus corderos. Y no contento con esta repeticion, *dicit ei tertiò : Simon Joannis, amas me? Contristatus est Petrus, quia dixit ei tertiò : Amas me?* ¡Qué perseverante tenia Pedro la memoria en el dolor del arrepentimiento, pues viendo tercera pregunta , le pareció que el Señor se acuerda de las tres negaciones, y que le queria hacer caminar con el amor lo que huyó con el miedo! *Et dixit ei : Domine tu omnia nosti : tu scis quia cmo te. Dicit ei : Pasce oves meas.* Es tan entrañable el desvelo de Cristo por sus ovejas, que no contento con haber instruido á san Pedro en vida con su doctrina, y declarado cómo el buen pastor ha de morir por sus ovejas, lo que ha de hacer por la que se pierde, cuáles son suyas, y cuáles no ; despues de su muerte viene á ponderar esto, y dice que si le ama mas que todos (y le hace que lo afirme tres veces), que apaciente sus ovejas. No quiere de los pastores en premio de su amor otra cosa : lo demas deja á su albedrío en otras demostraciones. Así san Juan Crisóstomo, libro citado : *Petre, amas me plusquam hi omnes? Atque illi quidem licebat verbis hujusmodi Petrum affari : Si me amas, Petre, jejunia exerce, super nudam humum dormi, vigila continenter, injuria pressis patrocinare, orfanis te patrem exhibe, viduae te maritorum loco habeant. Nunc verò praetermissis omnibus his, quidnam ille ait? Pasce oves meas.* Esto, Señor, es del oficio; esotro de la ocasion. Esto es mas dificil, y mas peligroso y mas meritorio, porque la contienda no es con lobos, sino con príncipes y señores de este mundo. Y guardar el ganado es desvelo, es penitencia de todos los sentidos : es ayuno, pues se abstiene de los intereses; es mirar por los huérfanos y por las viudas; y atender el pastor á los ejercicios de la oveja, es penitencia de su oficio, no suya. Antes le dijo Cristo : «Cuando tú no eras pastor, tú te ceñias, y ibas adonde querias.» *Cùm esses junior cingebas te, et ambulabas ubi volebas : cùm autem senueris, extendes manus tuas, et alius te cinget, et ducet quò tu non vis.* En siendo pastor no se ha de ceñir á sí, ha de ceñir á los otros; no ha de ir adonde quisiere, sino adonde está obligado; á él le ha de ceñir su oficio; y con estas palabras tan elegantes le predijo Cristo su martirio : *Hoc autem dixit, significans qua morte clarificaturus esset Deum.* No dijo significando que habia de morir, sino, *qua morte,* con qué muerte. Y es cosa extraña, santísimo Padre, que en aquellas palabras ni se lee muerte, y mucho ménos especie alguna de muerte. Mas quien supiere qué género de fin tiene la vida de los pastores, bien hallará en el texto clara la exposicion del Evangelista : «Cuando envejezcas, extenderás tus manos,» *Et alius te cinget, et ducet quò non vis.* Extender las manos es de pastores; y se verificó en la cruz. Ser ceñido de otro es el género de muerte de los pastores : ceñir es rodear. Bien interpretó esto el Santo, cuando hablando con su ganado, dijo : *Vigilate, quia adversarius vester diabolus circuit, quaerens quem devoret;* exhortando al rebaño que vele, porque el demonio enemigo ciñe: esto es, cerca. Beatísimo Padre, ya que vuestra beatitud sucede á san Pedro en este cuidado; ya que extiende los brazos en la cruz de estos desvelos, y se ve ceñido de tantas persecuciones, que le llevan adonde no quisiera,— por ahorrar si fuera posible pasos de rigor y palabras de censuras, mande que se repitan frecuentemente á las señores del mundo por sus ministros aquellas divinas palabras que dice san Juan Crisóstomo en la homilía en su destierro : *Deus est Ecclesia, qui est omnibus fortior. An aemulamur Dominum? Numquid illo fortiores sumus? Deus fundabit hoc, quod labefactare conaris. Quanti tiranni agressi sunt impugnare Ecclesiam Dei : Quanta tormenta, quantas cruces adhibuerunt, ignes, fornaces, feras, bestias, gladios intendentes? Et nihil agere potuerunt. Ubinam sunt illi qui haec fecerunt? Et ubi illi, qui haec fortiter pertulerunt? Non enim Ecclesia propter coelum, sed propter Ecclesiam coelum.* Si no hizo la Iglesia por el cielo, sino el cielo por ella, ¿quién rehusará ser hecho para ella? De quien dice san Cirilo, Catech. 18 : *Regum quidem potestas certis locis et gentibus terminos habet; Ecclesiae autem catholicae per universum orbem indefinita est potentia.* Y lo que mas digno es de lágrimas, que padece ya con todos : el hereje la contradice, y el católico la interpreta. Aquel no la cree como es; y este quiere sea como él cree. El hereje sale de la Iglesia; y el católico descaminado está en ella para hacer el daño mas de cerca. La ley de Dios ha de juzgar á las leyes, no las leyes á Dios. Yo, beatísimo Padre, que empecé el primero á discurrir para los reyes y príncipes por la vida de Cristo llena de majestad en todas sus acciones, lo prosigo en entrambas con aquella libertad que requiere la necesidad del mundo, sabiendo, como dice san Pedro llamado Crisólogo, que *captivis criminum innocentia, inimicis odiosa fuit semper libertas.* No me han cansado las persecuciones, ni acobardádome las amenazas. Con valentía y cristiana resolucion, ardor y confianza, he proseguido este asunto tan importante.

A QUIEN LEE SANAMENTE.

Imprimiéronse algunos capítulos de esta obra, atendiendo yo en ellos á la vida de Cristo, y no de alguno. Aconteció que la leyó cada mal intencionado contra las personas que aborrecia. Estos preceptos generales hablan en lenguaje de los mandamientos con todos los que los quebrantaren y no cumplieren, y miran con igual entereza á todos tiempos, y señalan las vidas, no los nombres. El Decálogo batalla con los pecados; el Evangelio con las demasías y desacatos. No es verdad que todos los que escriben aborrecen á los que pueden. Gran defensor tenemos de nuestra intencion en Séneca, epist. 73. *Errare mihi videntur, qui existimant philosophiae fideliter deditos, contumaces esse ac refractarios, et contemptores magistratuum ac regum, eorumve per quos publica administrantur. E contrariò enim, nulli adversus illos gratiores sunt : nec immeritò; nullis enim plus praestant, quàm quibus frui tranquillo otio licet.* Ni debe el rigor de mis palabras ocasionar notas. Con los tiempos varió el estilo en san Pablo, y se pasó de la blandura al rigor. Fray Francisco Ruiz, en el libro cuyo titulo es : *Regulae intelligendi Scripturas Sacras,* dice así : reg. 226, *Cujus differentiae nullam aliam invenio causam, quàm ipsum epistolarum tempus : initio indulgendum erat; postea autem non ita.* Así Cristo, por san Lúcas, cap. 22 : *Quando misi vos sine sacculo et pera et calceamentis, numquid aliquid defuit vobis? At illi dixe-*

runt : *Nihil. Dixit ergo eis : Sed nunc, qui habet sacculum, tollat; similiter el peram : et qui non habet, vendal tunicam suam, et emat gladium.* Habia mandado que no llevasen bolsa, ni alforja, ni zapatos; y acuérdales de que se lo habia mandado, para mandarles lo que parece contra-rio. Ahora dice : «Quien tiene bolsa, la tome, y de la misma suerte alforja; y quien no tiene, venda la capa, y compre la espada.» Tiempo hay en que lo necesario sobra; y tiempo viene en que lo excusado es necesario. *Qui non habet.* Quien no tiene espada, se entiende de lo que se sigue. Asi lo repite el Siro, declarando este lugar Eutimio y Lúcas Brugense por el tiempo de la persecucion que se acercaba : *Per emphasym solùm ostendens esse tempus ultionis.* Yo sigo la interpretacion de Cristo y la mente de los apóstoles. Para ir á predicar á las gentes que Cristo está en la tierra, que ha encarnado, que ha nacido el Mesias, no lleven bolsa, ni alforja, ni los zapatos, y no les falte nada. Mas para quedar en lugar de Cristo por su muerte y subida á los cielos, traigan la bolsa y la alforja; y si no tienen espada, vendan la capa para comprarla. Cuando predicaren, vayan con solas palabras; cuando gobiernen, tengan espada. Acuerdo á los doctos que Cristo dijo : *Non veni mittere pacem, sed gladium.* Y si los apóstoles habian de quedar á proseguir la obra para que Cristo vino, ¿cómo la enviarán, que es á lo que dice que vino? Cuál espada es esta, declaran los sagrados expositores. Que esto se entienda asi, pruébalo lo que se sigue en el Evangelio : *At illi dixerunt : Domine, ecce duo gladii hic. At ille dixit eis : Satis est.* «Ellos dijeron : Señor, ves aquí dos espadas. Mas él dijo : Basta.» En todas estas pa-labras, y en solas ellas, está el imperio y poder de los sumos pontífices, y puesto silencio á los herejes que dicen que no les son lícitos los bienes temporales : «Tome la bolsa y la alforja ahora : si no tiene espada, venda la túnica, y cómprela.» Palabras son de Cristo. Dicenle que hay dos espadas, y responde : «Basta;» no ordenando el silencio en aquella plática, sino per-mitiendo la jurisdiccion, que se llama *de utroque gladio*, á la Iglesia que no siempre habia de ser desnuda, pobre y desarmada. Y aunque la palabra «Basta» declaran todos como se ve, yo (con el propio Evangelio) entiendo fué prevencion adelantada al orgullo de san Pedro, como sabía Cristo la habia de sacar en el Huerto, y ocasionar su represion. «Basta», fué tasa de la clemencia de Dios : espadas hay; basta que las haya; no se ejecuten si se puede excusar; vine á enviar espada, no á ensangrentarla; preceda la amenaza al castigo; prevenga el ademan al golpe. David, Reg. 1, c. 17, dice : *Et noverit universa Ecclesia haec, quia non in gladio, nec in hasta salvat Dominus : ipsius enim est bellum.* Tiempo vendria donde le seria lícito el dinero, y conveniente la espada. Los propios pasos sigue la doctrina. En unos siglos no la falta nada, desnuda y sin defensa; y en otros ha menester vestido y armas, para que no la falte todo. Yo hablo palabras medidas con la necesidad, y escribo para ser medicina, y no entretenimiento. No debe desacreditar á esto mi ignorancia ni mi perdicion. San Agustin dice : *Agit enim spiri-tus Domini, et per bonos, et per malos, et per scientes, et nescientes, quod agendum novit, et statuit qui etiam per Caipham, acerrimum Domini persecutorem, nescientem quid diceret, in-signem protulit prophetiam.* El que desprecia la virtud, porque la enseña el pecador, es malo aun en aquello que el malo es bueno. Para mí es condenacion no vivir como escribo, y para vosotros es usura obrar lo que yo pierdo.

PALABRAS DE LA VERDAD
PARA EL DESENGAÑO DE LOS REYES, DESDE SU ORIENTE HASTA FALTARLES EL SOL DE LA VIDA EN EL OCASO COMUN.

Sapient., cap. 8. — *Sum quidem et ego mortalis homo, similis omnibus, et ex genere terreni illius, qui prior factus est, et in ventre matris figuratus sum caro.*
Decem mensium tempore coagulatus sum in sanguine, ex semine hominis, et delectamento somni conveniente.
Et ego natus accepi communem aerem, et in similiter factam decidi terram, et primam vocem similem omnibus emisi plorans.
In involumentis nutritus sum, et curis magnis.
Nemo enim ex regibus aliud habuit nativitatis initium.

PREFACION

á los hombres mortales que por el gran Dios de los Ejércitos tienen la tutela de las gentes desde el solio de la majestad.

Pontífice, emperador, reyes, príncipes : á vuestro cuidado, no á vuestro albedrío, enco-mendó las gentes Dios nuestro Señor; y en los estados, reinos y monarquías os dió trabajo y afan honroso, no vanidad ni descanso. Si el que os encomendó los pueblos os ha de tomar estrecha cuenta de ellos; si os haceis dueños, con resabios de lobos; si os puso por padre, y os introducis en señores, — lo que pudo ser oficio y mérito haceis culpa, y vuestra dignidad es vuestro crimen. Con las almas de Cristo os levantais; á su sangre, á su ejemplo y á su doctrina

haceis desprecio: procesaros han por amotinados contra Dios, y seréis castigados por rebeldes. Adelantarse ha el castigo á vuestro fin; y despierta y prevenida en vuestra presuncion la
indignacion de Dios, fabricará en vuestro castigo escarmiento á los porvenir.

Y con nombre de tirania irá vuestra memoria disfamando por las edades vuestros huesos, y
en las historias serviréis de ejemplo escandaloso.

Obedeced á la Sabiduria, que en abriendo la boca por Salomon, empezó á hablar con vosotros á gritos : *Diligite justitiam, qui judicátis terram*. Imitad á Cristo, y leyéndome á mi, oidle
á él; pues hablo en este libro, y hablé en el pasado, con las plumas que le sirven de lenguas
para sus alabanzas.

POLITICA DE DIOS

Y GOBIERNO DE CRISTO NUESTRO SEÑOR.

PARTE SEGUNDA.

CAPITULO PRIMERO.

Quién pidió reyes, y por qué; quién y cómo se los concedió; qué derecho dejaron, y cuál admitieron.

La descendencia y orígen de los reyes en el pueblo de Dios ni fué noble ni legítima, pues tuvo por principio el cansarse de la majestad eterna y de su igualdad y justicia. Así lo dijo Dios á Samuel (1): «No te han desechado á tí sino á mí, para que no reine sobre ellos.» Pocos són, y ménos valen las coronas, los cetros y los imperios para calificar á este oficio tan ruin linaje como el que tuvo. Para castigarlos les concedió lo que le pidieron. Eran, por ser pueblo de Dios y Dios su rey, diferentes de los demas. Tanto puede la imitacion, que dejan á Dios y le descartan, por ser sujetos como las otras gentes. Dióles rey, y mandó á Samuel les dijese (2): «Tomará vuestros hijos y los pondrá para que gobiernen sus carros, y los hará sus guardas de á caballo, etc.» Si mala fué la ocasion de pedir rey, peor fué el derecho de que dijo Dios usarian; y tan detestable, que mereció estas palabras : «Y clamaréis en aquel dia delante del rey vuestro que elegisteis, y no os oirá Dios en aquel dia, porque pedisteis rey para vosotros.» Tan gran delito fué pedir rey, que mereció no solo que se le diesen, sino tambien que no se le quitasen cuando padeciesen con lágrimas el derecho que les predijo. Este libro de Samuel pocos le han considerado (no hablo de sagrados expositores, que son luces de la Iglesia). A unos entretuvo la lisonja, á otros apartó el miedo; y para las cosas del gobierno del mundo es lo mas, es el todo, bien ponderado al propósito. Considero yo que el derecho, de que dijo usarian los reyes, fué contrario en todo al que Dios usaba con ellos. Y así por esta oposicion como por las palabras referidas, mal algunos regaladores de las majestades dicen permitió Dios y concedió aquel derecho, que ántes por detestable se le representa, y se le permite por castigo de que le despreciaron á él en sus ministros, y no quisieron su gobierno en ellos.

Dice pues (pondérese aquí la oposicion) : «Os quitarán los hijos, y los harán servir en sus carros.» El hizo que los carros, y caballos y caballeros ahogados le sirviesen de triunfo; él hizo para ellos el mar carroza, y para el contrario sepulcro. «Hará que vayan delante

de sus coches. » Y él hacia que la luz de noche para guiarlos, y las nubes de dia para defenderlos del calor, fuesen delante. «Hará que sean centuriones, y tribunos y gañanes, que aren sus campos y sean segadores de sus mieses, y herreros para forjarles sus armas y aderezarles sus carros.» El era para ellos capitan; y sus ángeles, y sus milagros, y sus favorecidos, y sus profetas tribunos y centuriones. Su voluntad fertilizaba los campos, y les daba las mieses que sembraban otros y cogian para sustento suyo. El los daba en su nombre las armas, y en su virtud las victorias. «Hará que vuestras hijas le sirvan al regalo en la cocina y en el horno.» El mandaba que el cielo les amasase el maná, y en él les guisase todo el primor de los sabores. Hizo al viento su despensa, y que lloviese aves. Mandó que las peñas heridas con la vara sirviesen á su sed. Quiso, contra la nobleza de estos elementos, que hiciesen estos oficios postreros en todas las familias. «Quitaros ha vuestros campos, viñas y olivares, y todo lo que tuviéredes bueno, y lo dará á sus criados.» El los dió la tierra, y los campos que no tenian, y las viñas que con sus racimos dieron á los exploradores señas de su fertilidad ; y hizo patrimonio suyo en sus prometimientos la mejor fecundidad del mundo. El los quitó todo lo malo en la idolatría, y obstinacion y cautiverios, y les dió todo lo bueno en su ley; quitó lo precioso de los señores, que lo tenian, para darlo á los que eran siervos suyos. «Las rentas de vuestras semillas y viñas llevará en diezmos para dar á sus eunucos y á sus esclavos.» El recibia los sacrificios, diezmos y oblaciones, no para henchir sus locos, sus truhanes, sus esclavos, sino para darlos multiplicados el humo y la harina en posesiones y glorias, y adelantarlos á todas las gentes con maravillas. «Vuestros criados y criadas, y vuestros mozos los mejores, y vuestras bestias, os los quitará para poner en sus obras.» El, que para ninguna obra ha menester mas de su voluntad, no solo no les quitaba los criados y bestias, ántes por mas favor con los portentos de su omnipotencia los excusaba del trabajo, obrando por mas noble modo. «Consumirá en décimas vuestros ganados, y seréis sus esclavos.» El se los multiplicaba, y tenia por hijos; y por esclavos á los que los perseguian y querian hacer siervos, como se vió en Faraon. Con ellos, como con hijos, obró las maravillas; por ellos en los tiranos ejecutó las plagas. ¿Quién podrá negar, por ciega secta que siga, por torpe que tenga el entendimiento, que este derecho de que Dios usaba con ellos era derecho de rey, de señor, de padre; y el

(1) Non enim te abjecerunt, sed me, ne regnem super eos. (*Reg.* 1, cap. 8.)
(2) Filios vestros tollet, et ponet in curribus suis, facietque sibi equites, etc.

otro de tiranos, de enemigos, de disipadores, de lobos? Tanto apetece en los dominios la novedad el pueblo, que no dejan uno y piden otro por eleccion, sino por enfermedad. Sea otro (dicen los siempre mal contentos), aunque no sea bueno, que por lo ménos tendrá de bueno el ser otro. Dos cosas diferentes enseña esta doctrina: la una, que los reyes que usan de aquel derecho son persecucion concedida á las demasías de los hombres. La otra consuela á los reyes que, imitando el derecho de Dios, se ven aborrecidos de sus vasallos; pues contra los deseos de vagabundos de la plebe, aun á Dios no le valió el serlo, como él lo dijo.

Veamos cómo se cumplió esto. El propio libro nos lo dice, donde el Espíritu Santo se encargó de lo mas importante en estas materias. Fué Saul el rey que Dios les dió. «Era Saul hombre escogido y bueno, y ninguno de los hijos de Israel era mejor; llevaba á todos los demas, en la estatura, desde los hombros arriba.» Era escogido, era bueno; ninguno de los hijos de Israel era mejor ántes de reinar; despues ninguno fué tan malo. Pocas bondades y pocas sabidurías aciertan á acompañarse de la majestad, y si los que adolecen de sus demasías no se gobiernan con la dieta de los divinos preceptos, con el primer accidente están de peligro, y los aforismos de la verdad los dejan por desahuciados. Dijo á Saul, en nombre de Dios, Samuel: «Vé, y destruye á Amalec, y asuela cuanto en ella hallares. Nada le perdones, ni codicies alguna de sus cosas; pasa á cuchillo desde el varon á la hembra, y el niño á los pechos de la madre; oveja, buey, camello y jumento.» Enfermedad antigua es la inobediencia. Esta en los primeros padres nos atesoró la muerte; en su vigor llega hoy la malicia: nada ha remitido del veneno en la vejez y los siglos. Fué Saul á Amalec, destruyóla; mas reservó para sacrificar á Dios lo mejor que le pareció. Mal de reyes, tomar los sacrificios por achaque, y la piedad y religion y á Dios, para eximirse de la obediencia. No falta sacrificio, aunque vosotros os haceis desentendidos de él: obedeced á Dios, y sacrificaréisle vuestra voluntad que repugna á esta obediencia; qué es mas copioso, mas noble sacrificio que vacas y ovejas hurtadas á la puntualidad de sus mandatos. El profeta lo dice: «Mejor es la obediencia que el sacrificio.» Dijo Samuel á Saul: «Porque desechaste las palabras de Dios, te desechó Dios para que no seas rey.» Y Dios, viendo á Samuel compadecido de Saul, le dijo: «¿Hasta cuándo lloras tú á Saul, habiéndole yo arrojado para que no reine en Israel?» Samuel le dice que ya no es rey á Saul; y Dios le dice á Samuel que ya echó á Saul porque no reinase. Cierto es que ya no era rey Saul, porque ninguno es rey mas allá de donde lo merece ser. De esta deposicion de Saul, pasó á elegir otro rey. «Tomó Samuel el vaso de olio, y ungió á David en medio de sus hermanos; y desde aquel dia se encaminó á David el espíritu de Dios.» Ese es buen principio

de reinar, seguro incontrastable de las acciones del príncipe. «El espíritu del Señor se apartó de Saul, y atormentábalo por voluntad de Dios el espíritu malo.» Allí acabó de ser rey donde empezó á dejar el espíritu de Dios; y allí empezó á ser reino del pecado, donde se apoderó de él el espíritu malo.

Estos espíritus hacen reyes, ó los deshacen. Quien obedece al de Dios, es monarca: quien al espíritu malo, es condenado, no príncipe. «Dijeron los criados á Saul: Ves aquí que el espíritu malo de Dios te enfurece. Mande nuestro señor, y los criados tuyos que están cerca de ti busquen un varon que sepa bailar con la cítara, para que cuando el espíritu malo de Dios te arrebatare, toque con sus manos, y lo pases mas levemente.» Aquí está de par en par el gran misterio de los príncipes y sus allegados, tan en público, que ninguna advertencia deja de tropezar en él: al encuentro sale á la vista mas adormecida. Estos criados con los mas príncipes y monarcas se acomodan; y parece andan remudando dueños por todas las edades. No hay monarquía que no ponga un amo: estos criados á Saul sirvieron, y servirán á muchos. El primer acometimiento fué de predicadores, no de criados. Dijéronle: «Ves aquí que el espíritu malo de Dios te enfurece.» ¿A qué mas puede aventurarse el buen celo, no digo de un criado, de un predicador, de un profeta, que á decir á un rey que está endemoniado? Mas como era maña y no celo, cansóse presto. Dijéronle lo que padecia, lo que no podia negar, y que por eso iban seguros de su enojo. ¡Gran primor de los ministros, que aseguran su medra entreteniendo, no echando el demonio de su príncipe! Para tan grande mal, y tan superior, dijeron que por médico se buscase un bailarin, un músico; no que le sacase el espíritu, solo que con la voz y las danzas le aliviase un poco. La medra de muchos criados es el demonio entretenido en el corazon de sus dueños. Sones y mudanzas recetan á quien ha menester conjuros y exorcismos. ¡Oh reyes! ¡Oh príncipes! obedeced á Dios; porque si su espíritu os deja y el demonio se os apodera de las almas, los que os asisten os buscarán el divertimiento, y no la medicina; y el demonio, que está dentro, se multiplicará por tantos criados como están fuera.

Envió Saul á decir á Isaí: «Esté David en mi presencia, que es agradable á mis ojos. Pues todas las veces que le arrebataba el espíritu malo de Dios á Saul, David tomaba la cítara y la tocaba, y con el son se refocilaba Saul y padecia ménos, porque se apartaba de él el espíritu malo.» Los criados no querian sino música que le aliviase, no que apartase el espíritu malo de Saul; mas como era David el que tañia (hombre tan al corazon de Dios), ahuyentábale y apartábale de Saul. Así todo aprovechan los siervos de Dios á los reyes, y cualquiera ruido que hacen tiene fuerza de remedio. Al que sabe ser pastor, y desquijarar leones, y vencer gigantes, óiganle los reyes, aunque sea tañer; que eso les será grande provecho. Conócese la iniquidad del espíritu malo que poseia á Saul, y cuán reprobadas determinaciones tienen los reyes que no obedecen á Dios y desprecian su espíritu; pues con tanto enojo queria alancear á David que apartaba de él el espíritu malo, y nunca se enojó con los criados que pretendian entretenerle en el corazon el demonio con músicas y danzas. Lanzas y enojo tienen á mano los reyes de mal espíritu para quien los libra de la perdicion, y mercedes y honras para quien se la divierte, alarga y disculpa.

«Entróse el espíritu malo en Saul : estaba sentado en su casa, y tenia una lanza ; demas de esto David tañia con su mano. Procuró Saul clavar á David en la pared con su lanza. Apartóse David de la presencia de Saul ; y la lanza con golpe descaminado hirió la pared. David huyó, y se salvó aquella noche.» Tan bien se halla un rey maldito con el espíritu malo, que procura huya de él ántes quien se le aparta, que el espíritu. Y es de considerar que los monarcas que arrojan lanzas á los varones de Dios, yerran el golpe y, como Saul, dan en las paredes de su casa, derriban su propia casa, asuelan su memoria con la ira que pretenden despedazar los varones de Dios. Véase aquí un ñudo, en nuestra vista, ciego; un laberinto, en nuestro entendimiento, confuso. Dijo el profeta á Saul (como se ha referido), luego que dejó de obedecer á Dios en Amalec, que no era rey ya; dijoselo Dios á Samuel cuando lloraba por él ; eligió á David por rey Dios, y ungióle el profeta. Y es cosa de gran maravilla que Saul manda, y tiene cetro y corona, goza de la majestad y del palacio ; y David, ya rey, padece cada dia nuevas persecuciones, ocupado en huir, contento con los resquicios de la tierra y con las cuevas por alojamiento, sin séquito, ni otro caudal que un amigo solo.

¿Qué llama Dios ser rey? Qué llama no serlo? Cláusulas son estas de ceño desapacible para los príncipes, de gran consuelo para los vasallos, de suma reputacion para su justicia, de inmensa mortificacion para la hipocresía soberana de los hombres. Señor, la vida del oficio real se mide con la obediencia á los mandatos de Dios y con su imitacion. Luego que Saul trocó el espíritu de Dios bueno por el malo, y le fué inobediente, le conquistaron el alma la traicion, la ira, la codicia y la envidia, y en él no quedó cosa digna de rey. Quedóle el reino : fué un azote coronado, que cumplia la palabra de Dios en la afliccion de aquellos que pidieron rey y dejaron á Dios. Muchos entienden que reinan porque se ven con cetro, corona y púrpura (insignias de la majestad, y superficie delgada de aquel oficio) ; y siendo verdugos de sus imperios y provincias, los deja Dios el nombre y las ceremonias, para que conozcan las gentes que pidieron estas insignias para adorno de su calamidad y de su ruina. Saul, á fuerza de calamidades y á persuasion de tormentos, lo llegó á conocer entre la envidia y el enojo, cuando oyendo cantar á las mujeres en el triunfo de la cabeza de Goliat : «Saul derribó mil, y David diez mil», dice el texto sagrado, «se enojó demasiadamente Saul, y le dió en cara esta alabanza, y dijo: A David dieron diez mil, y á mí me dieron mil, ¿qué le falta sino solo el reino?» Conoció que era rey, y que merecia serlo, pues dijo que solo le faltaba el reino. No conoció que se le diferia Dios; porque por su dureza merecia que no le quitase en él la calamidad, ni le apresurase en David el remedio. A muchos, sin ser ya reyes, permite Dios el nombre y el puesto, porque sus maldades llenen el castigo de las gentes. Dejaron, Señor, como vemos, los hombres el gobierno de Dios : echáronle. Así lo dijo él, y tambien dijo : «En aquel dia clamaréis delante de vuestro rey, que elegisteis; y no os oirá Dios en aquel dia.» Esto ha durado por tantas edades, y se ha cumplido ; mas el propio Señor, condolido de nos-

otros, lo que dijo que no haria en aquel dia del testamento viejo, lo hace en este de la ley de gracia ; y vino hecho hombre á tomar este reino, y dejó en san Pedro y sus sucesores su propia monarquía. Y porque allí dió para castigo el reino que pedímos, en este dia nos mandó pedir en la oracion, que nos enseñó, que viniese su reino ; porque como á nuestro ruego vino la calamidad por su enojo, á nuestra peticion vuelva el consuelo por su clemencia.

CAPITULO II.

Ni los ministros han de acriminar los delitos de los otros, queriendo en los castigos mostrar el amor que tienen al señor; ni el señor ha de enojarse con extremo rigor por cualquier desacato. (*Luc.*, *cap.* 9.)

«Sucedió, cumpliéndose los dias de su Asuncion ; y como afirmase su cara para ir á Jerusalen, y enviase mensajeros delante ; y como yendo entrasen en la ciudad de los samaritanos para aposentarle, y no le recibiesen, porque su cara era de quien iba á Jerusalen ; pues como lo viesen sus discípulos, Jacobo y Juan, dijeron : Maestro, ¿quieres que digamos que el fuego baje del cielo y los consuma, como hizo Elías? Y volviéndose, los reprendió y dijo : No sabeis de qué espíritu sois. El Hijo del hombre no vino á perder las almas, sino á salvarlas. Y fuéronse á otro castillo.»

Justo fué, y al juicio humano disculpado el sentimiento de Jacobo y Juan (aposentadores enviados por Cristo) de que los samaritanos no le quisiesen dar posada ; mas en la censura del mismo Cristo Jesus fuéron dignos de reprension gravísima, si no por el sentimiento, por el castigo que propusieron contra los descorteses, procurando bajase sobre ellos el fuego del cielo. El Dios y Hombre rey solo previno en su Santísima Madre la posada de los nueve meses, y eso desde el principio. Aun para nacer no previno lugar ; que sin desacomodar las bestias, fué su primera cuna un pesebre. Está hecho Dios á entrarse por las puertas de los hombres, y ellos á negarle sus casas. No admitir á Cristo, ya es fuego del infierno : no hace falta el del cielo para castigo. Más necesitaban de misericordia y de perdon, que de pena. No le falta castigo á la culpa que le merece. Quien no quiere recibir á Cristo, y le despide, y arroja de sí viniendo á él, ¿qué fuego le falta? qué condenacion extrañará? Dije habia sido gravísima la reprension que dió á estos dos grandes apóstoles y parientes suyes : probaréla. Las palabras fuéron : «No sabeis de qué espíritu sois. El Hijo del hombre no vino á perder las almas, sino á salvarlas.» Dos veces reprendió Cristo á Diego y á Juan. Aquí les dice «que no saben de qué espíritu son» ; y cuando pidieron las sillas, «que no saben lo que piden.» ¡Dichosos ministros, que sirven á rey ; que si les dice que no saben, los enseña lo que han de saber, y que no entretiene en el amor y la privanza la reprension de los que le sirven! No dijo : «No sabeis á quién servis, ni mi condicion ó piedad ; » sino : «No sabeis de qué espíritu sois; porque como quisieron imitar el espíritu de Elías en el mandar que descendiesen llamas del cielo, supiesen que el suyo era detener las del cielo, y apartar las del infierno. Y si bien el decirles «que no saben de qué espíritu son», fué advertencia severísima, no está en eso la ponderacion mia del rigor : está con grande peso en decirles : «No vino el Hijo del hombre á perder las almas, sino á salvarlas.» Severas palabras, si nos acordamos que el demonio le dijo : «Jesus, hijo de David, ¿ por qué veniste ántes de tiempo á perdernos?» Y los santos ponderan por blasfemia del demonio el decir que Cristo vino á destruirlos y atormentarlos; porque destruir y atormentar es oficio del demonio, y de Cristo restaurar y dar salud.

Siguiendo esta doctrina san Pedro Crisólogo, *Serm.* 155, del rico que tenia fértil heredad, examinando el soliloquio interno de su avaricia en aquella pregunta : *Quid faciam?* «¿Qué haré?» dice : «¿Con quién hablaba este? Algun otro tenia dentro de sí; porque el demonio, que le poseia, se habia penetrado en sus entrañas : el que se entró en el corazon de Júdas poseia lo retirado de su mente. Mas oigamos qué le responde el consejero interior. Destruiré mis trojes. Evidentemente se descubrió el que se escondia, porque siempre el enemigo empieza por destruir.»

Cristo rey solo destruyó la muerte, muriendo; *Mortem moriendo destruxit.* Eso fué destruir la destruccion. Esto es lícito que destruyan los reyes que imitan á Cristo. Los que no le imitan, vivifican la destruccion, y destruyen las vidas viviendo. Bien se conoce si fué severa y gravísima reprension decirles que no sabian que él no venia á perder y destruir, que es el oficio del demonio. Nadie ha de decir al rey que pierda y destruya (aunque lo autorice con ejemplos), que no oiga : «No sabeis á quien servís: no es mi oficio perder y destruir, sino salvar y dar remedio.» Perder y destruir es de espíritu de demonio, no de espíritu de rey. No puede negarse que no es doctrina bien endiosada. Castigar la culpa no es lo mismo que destruir los delincuentes. Quien los destruye es desolacion, no príncipe. Fácilmente se consultan en el mundo horribles castigos á delitos ajenos.

Uno de los grandes ejemplos que dejó Cristo nuestro señor á los reyes, fué este; y ninguno mas importante. Vuestra majestad le atienda con la católica piedad de su alma; porque en las culpas que exajeran en otro los que asisten á los soberanos príncipes, cuando tocan en la reverencia y comodidad de sus personas, el consultar castigos enormes y sumos puede enfermar de lisonja, que á costa de otros ostente el amor grande y reverencia que ellos quieren persuadir que les tienen. A veces, soberano Señor, mas se deben guardar los monarcas de los que tienen en su casa que de los que les niegan la suya. Los apóstoles, ó algunos de ellos, se puede creer que vieron los tratantes y mohatreros vender en el templo, y hacer la casa de Cristo, de oracion, cueva de ladrones; y no se lee que alguno le dijese que tomase el azote y los castigase, y Cristo lo hizo; y aqui le dicen que le tome, y no solo lo niega, sino lo reprende. Enseñó el sumo Señor que se ha de usar del azote sin consulta para limpiar la propia casa de ladrones, y que se ha de suspender en las descortesías de la ajena. Diferente cosa es que los malos no dejen entrar á Cristo en su casa, ó que los malos se entren en la de Cristo. ¡Gran rey, que no acertando tan divinos consejeros en lo que le consultan y en lo que le dejan de consultar, los enseña con lo que hace y deja de hacer!

La tolerancia muestra que los corazones de los reyes son de peso y sólidos. Al contrario, si cualquier chisme, en que se gasta poco aire, los arrebata y enfurece, ¿quién ignora que conserva, y restaura y corrige mas la pacien-

cia que el ímpetu? Si donde no acogen á Cristo se hubiera de aposentar vengativo el fuego del cielo, ¿cuántas almas ardieran? ¿Cuántos cuerpos fueran cenizas? En la boca del cuchillo y de la llama fuera alimento el vasallaje del mundo. Las culpas de la casa ajena todos las creemos; las de la propia las ven pocos, porque tienen en sus ojos todas las vigas de sus techos. Es huésped Cristo en casa de Simon el leproso; y siéndolo, tiene asco de que Cristo admita mujer pecadora, y no de que le comunique su lepra. ¡Cuántos leprosos de conciencia quieren cerrar á todo el reino en su casa; y para que no le participen los que le buscan y tienen necesidad de él, los calumnian, y acusan y desacreditan! Quiso Simon que sola su lepra fuese favorecida; mas no se lo consintió Cristo. Muchos quieren que el rey asuele las casas de los otros; mas ninguno la suya, ni las de los suyos. Muchos pretenden que el rey solo asista á su casa de tal suerte que los demas no puedan entrar en ella. Nunca admitió Cristo de sus discípulos estas lisonjas de su comodidad, ni dejó de reprendérselas.

Testíficalo en la transfiguracion san Pedro, cuando de piedra fundamental de edificio eterno se metió á maestro de obras, y le dijo : «Hagamos aquí tres tabernáculos : uno para tí, otro para Moisen, otro para Elías.» Y dice el Evangelista : «No sabia lo que decia.» Sospechosos deben ser á los reyes, Señor, los solícitos de su comodidad y descanso, pues su oficio es cuidado; mas útil hallan en el trabajo que le excusan tomándole para sí, que en el descanso que le dejan para él. Esto es ponerse la corona que le quitan. Hurto es igualarse el criado con el señor; así le llama san Pablo : *Non rapinam arbitratus est esse se acqualem Deo*; entiéndese como hombre. «No trazó rapiña (esto es, *hurto*) ser igual á Dios.» ¿Qué será trazar de hacer siervo al señor, y serlo el criado? Esto severamente lo castigó Dios en el ángel y sus secuaces, y en el hombre y su descendencia. Con rigor castiga el pretender ser como él; con piedad el ser contra él. Luzbel pretendió aquello, y cayó para no levantarse. San Pablo le perseguia, y cayó para subir al tercero cielo. Mayor riesgo se conoce en la criatura que compite, que en el enemigo que persigue. ¿Qué casa hay en que el rey no haya menester desvelar su atencion? En la que le reciben, porque el dueño quiere cerrarle en ella para sí solo; en la que no le admiten, porque los que le as^ten quieren llueva fuego sobre ella; en la que le trazan en palacio, capaz para su séquito, y en gloria y descanso, porque le quieren retirar en las delicias del Tabor del oficio y trabajos, título y corona de rey que le aguardan en el Calvario. Empero el verdadero rey Cristo Jesus ni se divierte de su oficio, ni consiente que el amor tierno y santo de los suyos le divierta. Y por eso dice (1) : «Afirmó su cara hácia Jerusalen,» donde habia de padecer. Toda la salud del gobierno humano está en que los príncipes y monarcas afirmen su cara al lugar de su obligacion; porque si dejan que las manos de los que se la tuercen la descaminen, mirarán con la codicia de sus dedos, y no con sus ojos. Aquel señor que, no queriendo imitar á Cristo, se deja gobernar totalmente por otro, no es señor, sino guante; pues solo se mueve cuando y donde quiere la mano que se lo calza.

_____

(1) Firmavit faciem suam in Hierusalem.

CAPITULO III.

Cuán diferentes son las proposiciones que hace Cristo Jesus, rey de gloria, á los suyos, que las que hacen algunos reyes de la tierra; y cuánto les importa imitarle en ellas. (Joann., 6.)

Qui manducat meam carnem, etc. «Quien come mi carne y bebe mi sangre tiene vida eterna, y yo le resucitaré en el postrero dia. De verdad mi carne es comida, y de verdad mi sangre es bebida. Quien come mi carne y bebe mi sangre queda en mí, y yo en él. Muchos de los discipulos dijeron: Duro es este razonamiento: ¿quién le puede oir? Sabiendo Jesus en sí mismo que murmuraban de esto sus discípulos, les dijo: ¿Esto os escandaliza?»

Igualmente es importante y peligroso discurrir sobre estas palabras, que cierran el solo arbitrio eficaz para las dos vidas. Sea hazaña de la caridad, que venza al riesgo particular el útil común. Si las murmuraron oyéndoselas á Cristo los discípulos, ¿qué mucho que me las calumnien á mí los que no lo son, los que no quisieren serlo? «¿Esto os escandaliza?» les dijo. Lo mismo los diré, respondiendo con su pregunta. El mantener á los suyos y el sustentarlos es uno de los principales cuidados de los reyes. Por eso los llama Homero «pastores de los pueblos»; y lo que divinamente lo prueba es que Cristo, rey de gloria, dijo que era pastor (1): «Yo soy buen pastor.» No solamente porque guarda sus ovejas de los lobos, sino porque da su vida por ellas; y no solo por esto, sino porque las da su vida. Los demas las apacientan en los prados y dehesas; Cristo en sí mismo, y de sí: viviendo, las da vida con su palabra; muriendo, las apacienta con su carne y su sangre. «Es pastor y es pasto.»

Hablaba en este capítulo de su cuerpo sacramentado. Ofréceles pan de vida, pan que bajó del cielo, y en él, vida eterna.» Convidalos á sí mismo; es el señor del banquete en que es manjar el señor. Y si bien estas misteriosas palabras se entienden del santísimo sacramento de la Eucaristía, fértiles de sentidos y de doctrina y ejemplo, me ocasionan consideracion piadosa de enseñanza para todos los príncipes de la tierra. Probaré lo que al principio propuse: que son muy diferentes las proposiciones que Dios hace á los suyos, de las que hacen á sus vasallos los reyes de la tierra. Cristo, rey, los dice que coman su carne y beban su sangre; que se lo coman á él para vivir. Los mas de los monarcas del mundo los dicen que han de comer sus pueblos como pan. No digo yo esto; dícelo David (2): «¿Será que no lo sepan todos los que obran iniquidad y devoran mi pueblo como mantenimiento de pan?» El texto es coronado y sacrosanto, por ser de rey santo y profeta, y que con todas sus palabras prueba esta diferencia. Cristo Jesus dice á los suyos que le coman á él como pan; los que obran iniquidad dicen á los suyos que se lo han de comer á ellos como pan. En Cristo el pan es velo de la mayor misericordia; en estotros demostracion de la hambre mas facinerosa. Noticia tuvo la antigüedad de estos reyes comedores de pueblos. Homero lo refiere de Aquiles: este príncipe de los mirmidones, y aquel de los poetas y filósofos. En el primer libro de la *Iliada* trata de la grande peste que Apolo envió sobre el ejército de

Agamenon, porque despreció á su sacerdote y le trató mal de palabra, amenazándole. Ya hemos visto á Dios castigar con pestilencias universales semejantes delitos y sacrilegios, sin culpa de la malicia de las estrellas, ni de la destemplanza del aire. Elegantemente lo dijo Simaco á los emperadores que despojaban las cosas sagradas, templos y sacerdotes (3): «El fisco de los buenos príncipes no se aumente con los daños de los sacerdotes, sino con los despojos de los enemigos.» Y mas abajo en la propia epístola: «Siguió á este hecho hambre pública; y la mies enferma engañó la esperanza de todas las provincias. No son de la tierra estos vicios. No achaquemos algo á las estrellas. El sacrilegio secó el año. Necesario fué que pereciese para todos lo que á las religiones se negaba.» ¿Quién será, Señor, el católico que quiera ser reprendido de Simaco con justicia, habiendo Simaco sido condenado por infiel de san Ambrosio y de Aurelio Prudencio? No se puede llamar digresion la que previene lo que se ha de referir. Por la causa dicha, enojado Aquiles con el rey Agamenon, entre otros muchos oprobios que le dijo, le llamó *demovoros*, que se interpreta «comedor de pueblos.» Todo el verso de Homero dice: «Rey comedor de pueblos, porque reinas entre viles.» Dar por causa el reinar entre viles al ser el rey comedor de pueblos, mejor es dejar que lo entienda quien quisiere, que darlo á entender á quien no quisiere.

Que no solo es rey uno por dar de comer á los suyos, Cristo lo enseñó literalmente cuando obró aquel abundante y espléndido milagro en el desierto con la multiplicacion de cinco panes y dos peces; pues la gente persuadida de la hartura le quisieron arrebatar y hacerle rey; y Cristo se ausentó porque no le hiciesen rey. Mas despues que, instituyendo el santísimo sacramento del Altar, dió su carne por manjar y su sangre por bebida y le comieron los suyos, no negó que era rey, preguntándole los pontífices si lo era, y acetó el título de rey. Claro está que los reyes de la tierra, que no pueden sacramentar sus cuerpos, no pueden imitar esta accion, dándose á sus vasallos por manjar; empero el mismo Dios y hombre, nuestro señor y rey eterno, los enseña cómo han de ser comidos de los suyos, con palabras de David que los enseñó; porque eran obradores de iniquidad, comiéndose á los suyos. Cuando echó del templo los que vendian palomas y ovejas, y trocaban dineros (accion realísima, ponderada por tal de los santos), dijo Cristo (4): «El celo de tu casa me come», que son del *vers.* 10, del *psalm.* 68, todo misterioso de la pasion del Señor.

Con toda reverencia y celo leal á vuestra majestad y á Dios, os suplico, serenísimo, muy alto y muy poderoso Señor, considereis que estas palabras amonestan á vuestra majestad que sea manjar del celo de la casa de Dios. Bien sé que este celo os digiere y os traga. Sois rey grande y católico, hijo del Santo, nieto del Prudente, biznieto del Invencible. No refiero á vuestra majestad esto porque ignore que lo haceis, sino porque todos sabrá que lo haceis. Muchos habrá, forzoso es, que digan no hagais lo que haceis: haya quien diga lo que no quereis dejar de hacer. La casa de

---

(1) Ego sum pastor bonus.
(2) Nonne scient omnes qui operantur iniquitatem, qui devorant plebem meam ut cibum panis? (*Psalm.* 52, v. 5.)

(3) Fiscus bonorum principum non sacerdotum damnis, sed hostiam spoliis augeatur.
(4) Zelus domus tuae comedit me.

Dios, Señor, es su templo, su iglesia, la congregacion de sus fieles, sus creyentes. Vuestra majestad es el mayor hijo de la Iglesia romana : cuanto mas obediente, monarca glorioso de los católicos, pueblo verdaderamente fiel. La monarquía de vuestra majestad ni el dia ni la noche la limitan : el sol se pone viéndola, y viéndola nace en el Nuevo-Mundo. Mirad, Señor, de cuánto celo ha de ser manjar vuestra persona y vuestro cuidado y vuestra justicia y misericordia ; cuán léjos ha de estar de vuestra majestad el comer vasallos y pueblos ; pues ántes ellos os han de comer. Son muy dignas de ponderacion aquellas palabras de David, que tanto he repetido : « ¿ No lo sabrán todos los que obran maldad, que engullen mi pueblo como manjar de pan ? » Señor, el pan es un pasto de tal condicion, que nada puede comerse sin él ; y cuando sobra todo, si falta pan, no se puede comer nada ; y se desmaya la gente, y la hambre es mortal y sin consuelo, por haber acostumbrádose la naturaleza á no comer algo sin pan. Los tiranos que ha habido, los demonios políticos que han poblado de infierno las repúblicas, han acostumbrado á los principes á no comer nada sin comerlo con vasallos. Todo lo guisan con sangre de pueblos : hacen las repúblicas pan, que necesariamente acompaña todas las viandas. Esto dijo David á los reyes, como rey que sabía « que los que obran iniquidad » los alimentan de sus mismos súbditos. Y no se puede dudar que cualquiera que sustenta al señor con la sangre de sus vasallos, no es ménos cruel que sería el que sustentase un hambriento dándole á comer sus mismos miembros y entrañas, pues con lo que le mata la hambre, le mata la vida.

¡ Oh señor ! perdóneme vuestra majestad este grito, que mas decentes son en los oídos de los reyes lamentos que alabanzas. Si lo que es precio de sangre en la venta de Júdas se llama *Acheldemach* (a), ¿ cuántos edificios que se llaman de otra manera, cuántas posesiones, cuántos patrimonios, cuántos estados, cuántas fiestas son *Acheldemach*, y se deben á los peregrinos por sepultura ? Los arbitrios de Cristo rey para socorrer á los suyos, son á su costa, cargan sobre su carne y su sangre, sobre su vida y su muerte. Quien quita de todos los suyos con los arbitrios, para defenderlos del enemigo, hace por defensa lo que el contrario hiciera por despojo. De que se colige que el señor que tiene necesidad de los suyos, no es señor, sino necesitado. Por esto David rey (1) exclama : « Dije al Señor, tú eres mi Dios, porque no tienes necesidad de mis bienes. »

CAPITULO IV.

Las señas ciertas del verdadero rey. (Luc. 7, Matth. 11.)

Cum autem venissent ad eum, etc. « Como los varones viniesen á él, dijeron : Juan Bautista nos envia á tí, diciendo : ¿ Eres tú el que has de venir, ó esperamos á otro ? En la misma hora curó muchos de sus enfermedades y llagas y espíritus malos, y á muchos ciegos dió vista. Y respondiendo Jesus, los dijo : idos, y decidle á Juan lo que visteis y oisteis : los ciegos ven, los cojos andan, los leprosos guarecen, los sordos oyen, los muertos resucitan. »

Estas palabras de los evangelistas son las verdaderas y solas señas de cómo y cuáles deben ser los reyes ; no

(a) *Haceldama.*
(1) Salm. 15, vers. 2.

de cómo lo son algunos, que eso lo escribió Salustio en la *Guerra de Yugurta*, con estas palabras : *Nam impune quaelibet facere, id est regem esse :* « Porque hacer cualquier cosa sin temer castigo, eso es ser rey. » Puede ser que el poder soberano obre cualquier cosa sin temer castigo ; mas no que si obra mal, no le merezca. Y entóuces la conciencia con mudos pasos le penetra en los retiramientos del alma los verdugos y los tormentos (que divertido va ejercitar en otros por su mandado), los cuchillos y los lazos. Si conociese que es la misma estratagema de la divina justicia mostrarle los verdugos en el cadalso del ajusticiado, que la que usa el verdugo con el que degüella, clavándole un cuchillo donde le vea, para hacer su oficio con otro que le esconde, sin duda tendria mas susto, ménos seguridad y confianza. Bien entendió David esta verdad ; pues siendo rey que podia hacer, sin temer castigo de otro hombre, cualquier cosa, y que lo ejercitó en un homicidio y un adulterio, y en mandar contar su pueblo, no hubo pecado, cuando se vió en manos de los mas rigurosos verdugos, y en el potro de su conciencia daba gritos, diciendo (2) : « A tí solo pequé, y hice mal delante de ti. » Habia el Rey pecado contra Urías, quitándole su mujer ; y contra la mujer, dando muerte á su marido ; y viólo el ejército y súpolo todo su pueblo, y dice : « Pequé solo á ti, y delante de ti hice mal. » Bien considerado, el Rey profeta dijo toda la verdad que le pedian las vueltas de cuerda que le daban. « Señor, yo soy rey, y si bien pequé contra Bersabé y Urías, y delante de todos, como el uno ni el otro, ni mis súbditos podian castigar mis delitos, digo que pequé á ti solo, que solo puedes castigarme, y delante de tí. » Extrañarán los poderosos del mundo que yo les represente un rey tendido en el potro, y dando voces. Sea testigo el mismo rey, óigaulo de su boca (3) : « Porque tus saetas en mí están clavadas, y descargaste sobre mí tu mano. No hay sanidad en mi carne delante de la cara de tu ira : no tienen paz mis huesos delante de la cara de mis pecados. » El mismo dice que los cordeles se le entran por la carne y le quiebran los huesos. Y en el vers. 19, para que aflojen las vueltas, promete declarar : *Iniquitatem meam anuntiabo.* « Confesaré la iniquidad mia. » Lo mismo es que « Yo diré la verdad. » De manera que si los que reinan creen á Salustio, que su grandeza está en poder hacer lo que quisieren, sin castigo, — David rey los desengaña, y sus propias conciencias. Ha sido necesario declararlos primero el riesgo y castigos que ignoran en reinar como quieren, para enseñarlos á reinar como deben con el ejemplo de Cristo Jesus.

Envió san Juan sus mensajeros á Cristo, que le preguntasen « si era el que habia de venir, el que esperaban, el Mesías prometido, el rey Dios y hombre ». Bien sabia san Juan que era Jesus el prometido, y que no habia que esperar á otro : no aguardó á nacer para declararlo. ¿ Por qué, pues, manda á sus discípulos el Precursor santísimo que de su parte le pregunten á Cristo lo que él sabía ? La materia fué la mas grave que dispuso el Padre eterno, y que obró el Espiritu Santo, y que ejecutó el amor del Hijo. Tratábase de dar á entender al mundo con demostracion que Jesus era hombre y Dios, el rey ungido que prometieron los profetas. Quiso que

(2) Tibi soli peccavi, et malum coram te feci.
(3) Psalm. 37. vers. 3.

su pregunta enseñase con la respuesta de Cristo lo que no podia tener igual autoridad en sus palabras. Literalmente lo probaré con el texto sagrado. Preguntaron á Jesus «¿si era el prometido, el que habia de venir?» Y Cristo respondió con obras sin palabras; pues luego resucitó muertos, dió vista á ciegos, piés á tullidos, habla á los mudos, salud á los enfermos, libertad á los poseidos del demonio. Y despues dijo: «Id, y diréis á Juan que los muertos resucitan, los ciegos ven, los mudos hablan, los tullidos andan, los enfermos guarecen.» Quien á todos da y á nadie quita; quien á todos da lo que les falta; quien á todos da lo que han menester y desean, ese rey es, ese es el Prometido, es el que se espera, y con él no hay mas que esperar. Pobladas están de coronas y cetros estas acciones. No dijo: «Yo soy rey»; sino mostróse rey. No dijo: «Yo soy el Prometido»; sino cumplió lo prometido. No dijo: «No hay que esperar á otro»; sino obró de suerte, que no dejó que esperar de otro.

Sacra, católica, real majestad, bien puede alguno mostrar encendido su cabello en corona ardiente en diamantes, y mostrar inflamada su persona con vestidura, no solo teñida, sino embriagada con repetidos hervores de la púrpura, y ostentar soberbio el cetro con el peso del oro, y dificultarse á la vista remontado en trono desvanecido, y atemorizar su habitacion con las amenazas bien armadas de su guarda: llamarse rey, y firmarse rey; mas serlo y merecer serlo, si no imita á Cristo en dar á todos lo que les falta, no es posible, Señor. Lo contrario mas es ofender que reinar. Quien os dijere que vos no podeis hacer estos milagros, dar vista y piés, y vida, y salud, y resurreccion y libertad de opresion de malos espíritus, ese os quiere ciego, y tullido, y muerto, y enfermo y poseido de su mal demonio. Verdad es que no podeis, Señor, obrar aquellos milagros; mas tambien lo es que podeis imitar sus efectos. Obligado estáis á la imitacion de Cristo.

Si os descubris donde os vea el que no dejan que pueda veros, ¿no le dais vista? Si dais entrada al que necesitando de ella se la negaban, ¿no le dais piés y pasos? Si oyendo á los vasallos, á quien tenia oprimido el mal espíritu de los codiciosos, los remediais, ¿no les dais libertad de tan mal demonio? Si ois al que la venganza y el odio tiene condenado al cuchillo ó al cordel, y le haceis justicia, ¿no resucitais un muerto? Si os mostrais padre de los huérfanos y de las viudas, que son mudos, y para quien todos son mudos, ¿no les dais voz y palabras? Si socorriendo los pobres, y disponiendo la abundancia con la blandura del gobierno, estorbais la hambre y la peste, y en una y otra todas las enfermedades, ¿no sanais los enfermos? Pues ¿cómo, Señor, estos malsines de la doctrina de Cristo os desacreditarán los milagros de esta imitacion, que sola os puede hacer rey verdaderamente, y pasar la majestad de los cortos límites del nombre? Por esto, soberano Señor, dijo Cristo: «Mayor testimonio tengo que Juan Bautista, porque las obras que hago dan testimonio de mí.» Y reconociendo esto san Juan, no dijo lo que subia, sino mandó á sus discípulos le preguntasen «quién era», para que respondiendo sus obras, viese el mundo mayor testimonio que el suyo.

Pues si no puede ser buen rey (imitador del verdadero Rey de los reyes) el que no diere á los suyos salud,

vida, ojos, lengua, piés y libertad, ¿qué será el que les quitare todo esto? Será sin duda mal espíritu, enfermedad, ceguera y muerte. Considere vuestra majestad si los que os apartan de hacer estos milagros quieren ellos solos veros y que los veais, acompañaros siempre; que no hableis con otros, y que otros no os hablen; que no obreis salud y vida y libertad, sino con ellos: y sin otra advertencia conoceréis que os ciegan, y os enferman, y os tullen y os enmudecen; y os hallaréis obseso de malos espíritus vos, cuyo oficio es obrar en todos los vuestros lo contrario. Insensatos electores de imperios son los nueve meses. Quien debe la majestad á las anticipaciones del parto y á la primera impaciencia del vientre, mucho hace si se acuerda, para vivir como rey, de que nació como hombre. Pocos tienen por grandeza ser reyes por el grito de la comadre. Pocos, aun siendo tiranos, se atribuyen á la naturaleza: todos lo hacen deuda á sus méritos. Dichoso es quien nace para ser rey, si reinando merece serlo; y no se merece sino con la imitacion de las obras con que Cristo respondió que era rey. El angélico doctor santo Tomas, en el *Opúsculo de la enseñanza del príncipe*, dice que si los monarcas, que están en la mayor altura y encima de todos, no son como el fieltro, que defiende de las inclemencias del tiempo al que le lleva encima, son como las inclemencias, diluvios y piedra sobre las espigas que cogen debajo. Lleva el vasallo el peso del rey á cuestas como las armas, para que le defienda, no para que le hunda. Justo es que recompense defendiendo el ser llevado y el ser carga.

CAPITULO V.

Las costumbres de los palacios y de los malos ministros; y lo que padece el rey en ellos, y con ellos. (*Matth. cap. 26, Luc. 22.*)

Et viri qui tenebant eum, etc. «Y los varones que le tenian se burlaban de él. Entónces le escupieron en la cara: cubriéronle dándole pescozones. Otros le dieron bofetadas, y le preguntaban diciendo: Cristo, profetizanos quién es el que te dió. Y los ministros le herian con piedras, y decian otras muchas cosas, blasfemando contra él.»

Del texto sagrado consta que ataron á Cristo para llevarle á palacio; y que en tanto qué anduvo en palacio, anduvo atado y arrastrado de unos ministros á otros. Lazos y prisiones llevan al justo á tales puestos, y preso y ligado vive en ellos. Hasta el fuego de los palacios es tal que san Pedro, que en el frio de la noche se encendió en la campaña contra los soldados, calentándose al fuego de la casa de Caifas, se heló de manera que negó tres veces á Cristo. No se acordó, negándole, de que le habia dicho él mismo que le negaria tres veces; y acordóse en cantando el gallo; porque en palacio se acuerdan ántes de las señas del pecado cometido, que de la advertencia para no cometerle. Esta circunstancia de su negacion, con la negacion, llorando amargamente bautizó con lágrimas san Pedro. Hemos dicho de los que entran; digamos de los príncipes que le habitaban. Uno y el primero fué Anas, el que dió el consejo de «que convenia que uno muriese por el pueblo». Este le preguntó de su doctrina y de sus discípulos. Cristo nuestro Señor, que predicando habia dicho: «¿Quién de vosotros me argüirá de pecado?» y en otra parte: «Yo soy camino, verdad y vida;» viéndose preguntado por juez en tribunal, quiso responder (como dicen) derechamente, y dijo : «Siempre hablé al mundo claramente ; siempre enseñé en la sinagoga y en el templo, donde se juntan todos los judios ; y en secreto nada he hablado. ¿Para qué me examinas á mí? Examina á aquellos que oyeron lo que yo les dije : estos saben lo que yo les he hablado.» Calumnia el mal juez al Hijo de Dios ; y porque él le dice que examine testigos y le fulmine el proceso, lo que jurídicamente debia mandar, consiente que un sacrílego que le asistia le dé un boteton, diciendo : «¿Así respondes al pontífice?» No es nuevo que príncipes tales, cuando no hallan delito en el acusado, castiguen por delito la advertencia justificada. Responde Cristo al que le dió el bofeton : «Si hablé mal, testifica en qué; y si bien, ¿por qué me hieres?»

Señor, divino y grande ejemplo nos dió Cristo Jesus, en estas palabras, del respeto que en público se debe tener á los supremos ministros. Grandes injurias habian dicho á Cristo los judios, escribas y fariseos, llamándole comedor y endemoniado y otras cosas tales, y á ninguna respondió; solo á decirle que en público y en la audiencia habia hablado mal al que presidia, con ser Anas y un demonio, defendió su santísima inocencia. Si esto considerasen los que adquieren aplausos facinerosos del pueblo con reprender en su cara y en público descortesmente á los reyes, su doctrina daria fruto, y no escándalo.

«De la casa de este perverso le llevaron atado á la de Cailas, donde el príncipe de los sacerdotes y todo el concilio solicitaban hallar un falso testimonio contra Jesus para entregarle á la muerte; y no le hallaron, con haber venido muchos testigos falsos.» Esta ocupacion tan detestable de buscar testigos falsos todo un concilio, se lee en el sagrado evangelio, para advertir á los reyes de la tierra que haya tribunales que hagan lo mismo. Consta que fuéron peores los jueces que los testigos falsos ; pues en todos ellos no hubo alguno que no solicitase el falso testimonio ; y en muchos testigos falsos no hubo uno que lo supiese ser. Lo que resultó fué que el mal pontífice, á falta de falsos testigos, fuese testigo falso. Conjuró á Cristo por Dios vivo para que le respondiese. Respondióle Cristo palabras de verdad y de vida ; y en oyéndolas se rasgó la vestidura, diciendo habia blasfemado. Ved, Señor, cuán poco hay que fiar en ver á un ministro con la toga hecha pedazos. Rompió su vestido para romper las leyes divinas y humanas. Hizo pedazos su ropa para hacer pedazos la sacrosanta humanidad de Cristo. «¿Qué necesidad tenemos de testigos?» dijo. Respondido se está que ninguna, donde el juez es juntamente testigo falso y falso testimonio.

Despues de haber discurrido en las costumbres de estos palacios y príncipes que en ellos habitaban, lleguemos á lo principal de este capítulo, y verémos cómo le fué en ellos á Cristo Jesus. Hicieron burla de él, tapáronle los ojos, escupiéronle, dábanle bofetadas en la cara, y decianle adivinase quién le daba.

Este tratamiento hacen, Señor, los judios á los reyes que cogen entre manos. Y pues le hicieron á su rey, ¿á cuál perdonarán? Si algo hacen de sus reyes, es burla : abren sus bocas para escupirlos ; tápanles los ojos porque no vean. Si les dan, son afrentas y bofetadas : quítánles la vista, y dicenles que adivinen. Tienen ojos, y no profecía : privanlos de lo que tienen, y dicenlos que se valgan de

lo que no tienen. En Cristo nuestro Señor no les salió bien esta treta ; que si le escupieron fué, como dicen, escupir al cielo, que cae en la cara del que escupe. Tapáronle los ojos, mas no la vista, que penetra todas las profundidades del infierno, sin que pueda embarazárselos la tiniebla y noche que le cubre. Danle, y dicen que adivine quién le da. Ni ha menester profetizar quién le da quien sabia quién le habia de dar. Habian visto en la mujer enferma de flujo de sangre, que sin verla sabia quién le tocaba en la orla de la vestidura ; y se persuaden no sabrá quién le da bofetadas en la cara. Bien se conoce que los judios son los ciegos. El peligro, Señor, está en los reyes de la tierra, que si se dejan cegar y tapar los ojos, no adivinan quién los escupe, y los ciega y los afrenta. No ven : no pueden adivinar; y así gobiernan á tiento, reinan sin luz, y viven á oscuras. Todos los malos ministros son discipulos de estos judios con sus príncipes ; y por desfigurarse las señales de sayones y no serlo letra por letra, — como aquellos cubrieron á Cristo los ojos, y le daban, y le decian adivinase quién le daba, estos ciegan á sus reyes y les quitan, y les dicen que adivinen quién se lo quita ; que no es otra cosa sino hacer burla de ellos, y querer no solo que no cobren, sino que solo sepan que los quitan, y que son ciegos, y que no son profetas ; y saber los que los ciegan que ellos no pueden saber quién son : con que se atreven á preguntarlos por sí mismos, que no es la menor burla y afrenta. Remediáranse los príncipes que padecen esta enfermedad postiza, si vieran que no veian ; mas como aun esto ni lo sienten ni ven, no echan las manos á la venda que los ciega, y la rompen y despedazan ; ántes persuadidos de la adulacion presumen de la profecía, profetizando como Caifas sin saber lo que se profetizan, á costa del justo y de la sangre inocente. No hay hacerlos ver al que los ciega. Señor, nadie les las cataratas que le quitan la vista, ni las nubes que le son tempestad en los ojos. No se han de persuadir los reyes que no están ciegos, porque no tienen tapados los ojos, porque no tienen nubes ni cataratas. Hay muchas diferencias de mal de ojos en los reyes. Quien les aparta ó esconde lo que convenia que viesen, los ciega. Quien les aparta la vista de su obligacion, les sirve de cataratas. Quien no quiere que miren y vean á otro sino á él, les sirve de venda que les cubre los ojos para todos los otros. Este les hace el cetro bordon, y ellos tientan y no gobiernan.

CAPITULO VI.

Muchos preguntan por mentir : «¿Qué es la verdad?» Las coronas y cetros son como quien los pone. La materia de Estado fué el mayor enemigo de Cristo. Dícese quién la inventó, y para qué. Ladrones hay que se precian de limpios de manos.

Dicit ei Pilatus : Quid est veritas? etc. (*Joann.* 18.) «Dijole Pilato : ¿Qué es verdad? Y en diciendo esto sin pararse, otra vez salió Pilato á los judios.»

«Pusiéronle sobre la cabeza corona tejida de espinas, y una caña en la mano derecha ; y arrodillados ante él le escarnecian, diciendo : Salve, rey de los judios. (*Matt.* 27.)

Los judios gritaban : Si á este libras, no eres amigo de César, porque cualquiera que se hace rey contradice á César. Y viendo Pilato que nada aprovechaba, ántes con grandes voces crecia el tumulto, tomando agua se lavó las manos delante de todo el pueblo, diciendo : Yo soy

inocente de la sangre de este justo : miradlo vosotros. »
(*Joann.* 19.)

Los delincuentes que en la eminencia de su maldad
buscan las medras por asegurarse de la justicia que se
las niega, ú del castigo que los corrige, quitan de la
mano derecha el cetro real á los reyes, y los ponen en
ella el que ha menester su obstinacion. Bien sabian los
judíos de las palabras de David, en el *Psalm.* 2, que el
rey Cristo Jesus, Mesías prometido, habia de traer cetro
de hierro. Así lo dijo (1) : «Gobernarlos has en cetro de
hierro, y quebrantaráslos como vasijas de barro.» Estos
judíos, que se conocian vasijas de barro, y (como dice
san Pablo) no fabricadas para honra, sino para vituperio (2) : «¿No tiene potestad el alfarero para hacer de la
misma masa de lodo un vaso para honra, y otro para
afrenta?» — porque no los quebrase con el cetro de hierro, le pusieron en la diestra una caña por cetro ; pareciéndoles que el de hierro quiebra (quedándose entero)
los vasos de lodo sobre que cae, y el de caña se quiebra
aun con el aire, y cuando no, se dobla y se tuerce por
hueco y leve.

En todos tiempos han tenido discípulos de esta accion
los judíos. ¿De cuántos se lee que á sus príncipes les han
hecho reinar con cañas, trocándoles en ellas el cetro de
oro, para que su poderío se quebrante en ellos, y no
ellos con él? Engáñanlos con decir que el descansan del
peso de los metales, y dicen que con las cañas los alivian,
cuando las deponen. En el Hijo de Dios no lograron esta
malicia, que con las palabras hacia vivir la corrupcion
de los sepulcros, que pisaba sólidas las borrascas del
mar; que mandaba los furores de los vientos, y que muriendo dió muerte á la muerte misma, que hizo gloriosas las afrentas, y de un madero infame, el instrumento
victorioso y triunfante de nuestra redencion. Por esto
los quebrantó con la caña; que en su mano derecha las
cosas mas débiles cobran valor invencible. Ya vieron
estos flacos de memoria úna vara en la mano de su siervo
Moisen con un golpe hacer sudar fuentes á un peñasco,
y con un amago fabricar en murallas liquidas el golfo
del mar Bermejo; y pudieran creer mayores fuerzas y
maravillas de la caña en la mano derecha de Cristo, que
era su Señor. Empero tan fácilmente se cree lo que se
desea, como se olvida lo que se aborrece. Los judíos
escogieron la caña por instrumento de su venganza. En
esta coronacion se la pusieron por cetro, en el Calvario
con ella le dieron en la esponja hiel y vinagre. No olvidan esta imitacion con los reyes de la tierra los ruines
vasallos, pues en viéndolos con sed ó necesidad les dan
la bebida en esponja, vaso que se bebe lo que los lleva.
Señor, vasallos que hincan las rodillas delante de su
rey, y le hincan las espinas de la corona que le ponen,
no le adoran, no le reverencian : búrlanse de él y de su
grandeza. Todo esto procede de los delirios que padecen
los malos ministros que los gobiernan. Dos hemos examinado : veamos cómo procedió el tercero.

Este fué Pilato, detestable hipócrita, en que se dice
todo. Preguntó á Cristo : «¿Qué es verdad?» Y fuése
sin aguardar la respuesta. Preguntar un juez lo que no
quiere que le digan, cañas tiene. ¡Qué de preguntas

que parecen celosas descienden de Pilato, y tienen su
solar en esta pregunta. ¿Hay embustero que no diga
desea saber la verdad? Los mentirosos nunca la dicen,
y siempre dicen que se la digan. ¿Qué tirano hay que
no publique diligencias que hace para saber la verdad?
Y todos estos la vuelven las espaldas, la niegan la audiencia, la cierran los oidos. Tener la verdad delante,
y preguntar por ella, mas es despreciarla que seguirla.
Era Cristo la verdad : él lo habia dicho. Tiénele delante
Pilato, y pregúntale : ¿Qué es verdad? ¡Cuántos la ven,
y preguntan por ella! Cuántos la oyen, y la desprecian!
Cuántos la saben, y la condenan! Ninguna maldad
tiene en el mundo tan numeroso séquito, ni tan bien
vestido. Señor, para hacer Pilato lo que hizo, habia menester preguntar por la verdad para disimular su intencion, y no aguardar á saber de ella para ejecutarla. Ostentar buen celo en la pregunta, y no aguardar la respuesta, ardid es de Pilato. Soberano Señor, tened á
vuestros lados gente que os responda la verdad, y no os
fieis de aquellos que la preguntan y la huyen.

Preciábase Pilato de grande político : afectaba la disimulacion y la incredulidad, que son los dos ojos del
ateismo. Conocianle los judíos ; y así por diligencia postrera contra Cristo nuestro Señor, le tentaron con la
razon de Estado, diciendo : «Si á este libras, no eres
amigo de César; porque cualquiera que se hace rey,
contradice á César.» En oyendo á César, y que seria su
enemigo, entregó á Cristo á la muerte. De manera, Señor, que el mas eficaz medio que hubo contra Cristo,
Dios y Hombre verdadero, fué la razon de Estado.

De casta le viene al ser contra Dios : yo lo probaré
con su origen (suplico á vuestra majestad oiga benignamente mis razones). Lucifer, ángel amotinado, fué su
primer inventor; pues luego que por su envidia y soberbia perdió el estado y la honra, para vengarse de Dios,
introdujo la materia de Estado y el duelo. Primero persuadió la materia de Estado á Eva, cuando para ser como Dios y engrandecerse, despreció la ley de Dios y siguió el parecer é interpretacion del legislador sierpe ; y
sucedióle lo que á él sucedió. No tardó mucho en introducir el duelo ; pues encendiendo á Cain en ira envidiosa, le obligó á dar muerte á su hermano Abel, juzgando
por afrenta que Dios mirase al sacrificio de su hermano
menor, y no al suyo. Tuvo Cain la culpa de que Dios no
abriese los ojos sobre su sacrificio, ofreciendo lo peor
que tenia, y da la muerte á Abel. Desde entónces son
los primeros antepasados del duelo la sinrazon y la envidia. MurióAbel; mas el afrentado, con señal que le mostraba desprecio de la muerte, fué el matador.

Tres actos hizo el demonio, fundador de la razon de
Estado, en la misma razon. El primero siendo ángel, y
fué negar á Dios su honra, para ser como Dios y ensalzar
su trono. Y luego fué demonio; y en siéndolo, persuadió
al hombre pretendiese la misma traicion por medio de
la mujer : fué creido, y el hombre repitió su mismo suceso y castigo, perdiendo la inocencia y el paraíso. Tercera vez tentó por materia de Estado con la torre de Babel escalar el cielo, y hacer vecindad con las piedras y
ladrillos á las estrellas, y que sus almenas fuesen tropie-
zo á los caminos del sol. Creció en grande estatura su
frenesí, hasta que la confusion la puso límite. Tal fué el
primer inventor de la razon de Estado y del duelo, que
son los dos revoltosos del mundo ; tales los fines de sus

(1) Reges eos in virga ferrea, et tamquam vas figuli confringes eos.
(2) An non babet potestatem figulus luti ex eadem massa facere aliud quidem vas in honorem, aliud vero in contumeliam?
(*Roman.* 9.)

aumentos y advertencias, y de los políticos y belicosos que los creyeron.

Acordóse Lucifer del daño que habia la materia de Estado hecho en Adan, y cuando Cristo estaba tan cerca de restaurarle, persuade á los judios se valgan de la razon de Estado con Pilato, y á Pilato que la abrace, y nunca á Lucifer le burló mas su infernal política; pues con el aforismo que quiso estorbar el remedio de Adan, se le acercó en la muerte de Cristo. Serenísimo y soberano Señor, si la materia de Estado hizo al serafin demonio, y al hombre semejante á las bestias, y al edificio orgulloso de Babel confusion y ruina, ¿cuál espíritu, cuál hombre, cuál fábrica no temerá la caida, castigo y confusion? Halaga con la primera promesa de conservar y adquirir; empero ella, que llamándose razon de Estado es sinrazon, tiene siempre anegados en lágrimas los designios de la ambicion. Su propio nombre es «conductor de errores, máscara de impiedades». ¿Cuál secta, cuál herejía no se acomoda con el estadista, cuando no se ciñe y gobierna por la ley evangélica? Los perversos políticos la han hecho un dios sobre toda deidad, ley á todas superior. Esto cada dia se les oye muchas veces. Quitan y roban los estados ajenos; mienten, niegan la palabra; rompen los sagrados y solemnes juramentos; siendo católicos, favorecen á herejes é infieles. Si se lo reprenden por ofensa al derecho divino y humano, responden que lo hacen por materia de Estado, teniéndola por absolucion de toda vileza, tiranía y sacrilegio. No hay ciencia de tantos oyentes, ni de mas graduados. El mal es (muy poderoso Rey y señor nuestro) que no hay traje ni insignia que no sirva á sus grados ni de señal. Entraso en las conciencias tan abultada de textos y aforismos y autores, que no deja desocupado lugar donde pueda caber consejo piadoso.

Pilato fué eminentísimo como execrable estadista. Las tres partes que para serlo se requieren, las tuvo en supremo grado. La primera, ostentar potencia; la segunda, incredulidad rematada; la tercera, disimulacion invencible. El ostentó la potestad con el propio Cristo Jesus, Dios y Hombre verdadero; con estas palabras (1) : «¿ No sabes que tengo poder de crucificarte y que tengo potestad de librarte?» La incredulidad fué la mas terca que se ha visto; porque Pilato ni creyó á su mujer, ni á los judios, ni se creyó á sí; pues confesando que en él no hallaba culpa, le enfregó para que le crucificasen. La disimulacion, ¿cuál igual á lavarse las manos en público para condenar al inocente? ¿Quién negará de los que son pomposos discípulos de Tácito y del impío moderno, que no beben en estos arroyuelos el veneno de los manantiales de Pilato? No ha de pasar sin reparo la cautela de los judios de nombrar á César y dar miedo á Pilato con los celos imperiales, para que condenase á Jesus. ¡Oh Señor! Cuán frecuentemente los ministros aprendices de los fariseos y escribas, por hartar su venganza, por satisfacer su odio en el valeroso, en el docto, en el justo, mezclan en su calumnia el nombre de César, el del rey; fingen traicion, publican rebeldía y enojo del príncipe, donde no hay uno ni otro, para que el César y el rey sea causa de la crueldad que no manda, de la maldad que no comete! Estos hacen traidores á aquellos que les pesa de que sean leales; y ruí-

nes vasallos á los que no quieren dejar de ser vasallos leales y bien obedientes. Costóle á Cristo la vida esta treta. ¿Cuál será príncipe tan amortecido, que se persuada le saldrá barata?

Descendamos á ponderar la disimulacion grande del execrable estadista Pílato. «Tomando agua, se lavó las manos delante de todo el pueblo, diciendo: Yo soy inocente de la sangre de este justo: miradlo vosotros.» Fingió con todo el aparato de la hipocresia; tomó agua, lavóse las manos delante del pueblo. En estos renglones se tocan tantas trompetas como hay palabras. Lávase las manos con agua para manchárselas con sangre. Ninguno otro se condenó con tanta curiosidad. Séquito tiene este aliño: muchos son limpios de manos, porque se lavan; no porque no roban. ¿Quién ha dicho que con manos limpias no se puede hurtar? Pilato se preció delante de todo el pueblo de limpio de manos, y fué tan mal ladron como el malo. Pegádosele habia el melindre ceremonioso de los judios, que murmurando de Cristo y de sus apóstoles, dijeron: «¿Porqué tus discípulos no se lavan las manos?» Estos cuidaban poco de los piés, y mucho de las manos; y Cristo nuestro Señor cuidó mucho de los piés de sus discípulos, porque sabia cuánto riesgo hay en andar en malos pasos. Mandólos, enviándolos, que no llevasen calzado; cuidó del polvo de sus zapatos, mandando que le sacudiesen de ellos donde no recibiesen su evangelio y su paz. Lavólos á todos los piés, y dijo á Pedro no tendria parte con él si no se los lavaba; y mandó se los lavasen unos á otros. David, en el Psalm. 90, que es el de todos los peligros, como «son los lazos de los cazadores, la palabra áspera, la saeta que vuela de dia, el negocio que camina en las tinieblas, el demonio meridiano, el áspid, el basilisco, el leon y el dragon»; para no peligrar en tantos peligros, se acuerda del pié (Vers. 11 y 12) «porque á sus ángeles mandó de ti que te guardasen en todos tus caminos. En las manos te llevarán, porque no tropieces tu pié en la piedra.» No hacian escrúpulos los judios y Pilato de andar en malos pasos, y le hacian de no lavarse las manos.

No hay que fiar de ministros muy preciados de limpios de manos. Pilato lo persuade, y desengaña á todos. Ladrones hay que hurtan con los piés y con las bocas y con los oidos y con los ojos. El lavatorio no desdeña el hurto, ántes le aliña. Si miran á los piés á los que en público se precian de limpios de manos, muchas veces en sus pasos y veredas se conocerán las ganzúas, y en sus idas y venidas los robos. Ya los piés y las pisadas han descubierto, Señor, hurtos y ladrones. Léese en los sacerdotes que persuadieron al rey que el idolo se comia cuanto le ofrecian, comiéndolo ellos: lo que se averiguó mandando el profeta Daniel cerner ceniza por todo el suelo del templo, la cual parló las pisadas y retiramiento escondido de los sacerdotes ladrones. ¡Oh, si los príncipes hiciesen lo mismo, qué de robos á su corona y á los templos les parlarian las pisadas de los ladrones retraidos, que le comen á Dios y al rey lo que se les da, y les atribuyen la glotonería al rey y á Dios!

Acabemos con ver lo que resultó del lavarse Pilato, y de la limpieza de sus manos. Dijo: «Yo soy inocente de la sangre de este justo.» Fué esta la mas desvergonzada mentira que se pudo decir. Mentira, ya se ve, pues la entregó para que le crucificasen; desvergonzada, pues se canonizó juntamente con Cristo, llamándose á sí ino-

<hr>

(1) Nescis, quia potestatem habeo crucifigere te, et potestatem habeo dimittere te?

cente, y á él justo. Entregar al justo á los verdugos despues de haberse lavado las manos, y luego canonizarse, no es limpieza y es descaramiento. Y para crecer en desatinos y delitos, y acabar de ser inicuo, pronunció estas perezosas y delincuentes palabras : «Miradlo vosotros.» Quien remite á otros que vean lo que él solo tiene obligacion de ver, nada acierta. Quien ahorra su vista, y por no ver manda que otros vean por él, los que le obedecen le ciegan : gobiérnase por los cartapacios de Pilato, que no hubo dicho «vedlo vosotros», cuando cargaron sobre Cristo la cruz, y le llevaron donde le clavaron en ella.

CAPITULO VII.

De los acusadores, de las açasaciones y de los traidores. (Joann. 8.)

Adducunt autem scribae, et pharisaei, etc. «Tráenle los escribas y fariseos una mujer cogida en adulterio ; pusiéronla en medio, y dijeron : Maestro, á esta mujer aprehendímos ahora en adulterio. En la ley nos mandó Moisen que á los semejantes los apedreásemos. ¿Qué dices tú? Esto decian tentándole para poderle acusar.»

Nonne ego vos duodecim elegi? etc. (Joann. 6.) «¿No os elegí yo á vosotros doce, y uno de vosotros es el diablo? Hablaba de Júdas Simon Iscariote, porque este era quien lo habia de vender, como fuese uno de los doce.»

Ni la acusacion presupone culpa, ni la traicion tirano : pues si fuera así, nadie hubiera inocente ni justificado. A ninguno acusaron tanto como á Cristo ; y ninguno padeció traidor tan abominable ni traicion tan fea. En las repúblicas del mundo los acusadores embriagan de tósigo los oídos de los príncipes : son lenguas de la envidia y de la venganza ; el aire de sus palabras enciende la ira y atiza la crueldad ; el que los oye, se aventura ; el que los cree, los empeora ; el que los premia, es solamente peor que ellos. Admiten acusadores de miedo de las traiciones, no pudiendo faltar traidores donde los acusadores asisten ; porque son mas los delincuentes que hacen, que los que acusan. El silencio no está seguro donde se admiten delatores. Estos empiezan la murmuracion de los príncipes, para ocasionar que otros la continúen. Son labradores de cizaña, siémbranla para cogerla ; y porque la prudencia del que calla ó alaba no sea mayor que su malicia, cuando espian dicen lo que calló y envenenan lo que dijo. Los reyes y monarcas que se engolosinan en la tiranía, es forzoso crean cuanto les dicen los acusadores, porque saben el aborrecimiento que merecen de los suyos ; y así los compran su desasosiego y los premian sus afrentas ; pues de ellos no oyen ni creen otra cosa. Donde estos tienen valimiento, el siglo se infama con los castigos de los delitos sin delincuentes, y temen los príncipes hasta las señas de los mudos y los gusanos de los muertos. No se limpiará de este contagio, ni quitará el miedo á su conciencia, quien ho imitare á Cristo Jesus, rey de gloria, en las ocasiones que le acusaron á él los judios, y en otras en que los apóstoles acusaron á los judios ante él, y en esta en que los escribas acusaron la adúltera para que la sentenciase.

Toda la atencion real pide, Señor, este punto. Dice el texto sagrado que acusaron los escribas y fariseos la mujer adúltera en la presencia de Cristo, tentándole para acusar á Cristo. ¡Infernal cautela de la perfidia y ambicion envidiosa, cuyo veneno solo le advierte el Evange-

lio! Acusar ante el rey á uno, tentando al rey para acusarle á él mismo, es maldad que de los escribas 'se ha derivado á todas las edades ; empero con máscara tan bien mentida, que ha pasado por celo y justificacion, y que muchas veces han premiado los reyes por señalado servicio. ¡Oh si tuvieran voz los arrepentimientos de los monarcas que yacen mudos en el silencio de la muerte, cuántos gritos se oyeran de sus conciencias! Cuántas querellas fulminaran de sus ministros, que si no se llaman fariseos y escribas, lo saben ser! El adúltero que acusare al adúltero, el homicida al homicida, el ladron al ladron, el inobediente y rebelde al inobediente,—entónces, acusando á otro, tientan al príncipe y acusan para acusarle ; pues si castiga al que ellos quieren, y no á ellos, comete delito tan digno de acusacion como su delito ; porque con esto confiesa que solo quiere que sean inobedientes, adúlteros, traidores, homicidas y ladrones los que le asisten, los que tienen trafico en sus oídos, los que cierran sus dos lados y se levantan aun con lo delgado de su sombra.

Con vuestra majestad, Señor, nadie lo hace, porque todos los que os sirven os reverencian, os aman y os temen. Vos, Señor, ni lo haceis, ni lo haréis, porque es vuestra majestad católico, piadoso, vigilante y muy justificado monarca. Era Júdas ladron (este nombre le dió el Evangelista), y acusó á la Magdalena diciendo que era perdicion el ungir los piés de Cristo con el ungüento, y tácitamente nota de hurto la piedad, diciendo que se quitaba al socorro de los pobres el precio que dieran por él, si se vendiera. Era Júdas hijo de la perdicion (esta madre le dió Cristo nuestro Señor, cuando orando al Padre, dijo : «Los que me diste guardé, y ninguno de ellos pereció, sino el hijo de la perdicion») ; y este hijo de la perdicion llama perdicion la untura caritativa y misteriosa de la Magdalena. Hermanos tiene Júdas de esta misma madre, que siendo ladrones acusan ante sus mismos príncipes por perdicion su propio servicio, su adoracion, su misteriosa asistencia ; y aquellos pobres que sirvieron de rebozo á sus hurtos, sirven de velo á los suyos. El oficio de Júdas era dar de lo que tenia, y comprar lo que fuese menester para los apóstoles y para Cristo ; mas él no pensaba sino en vender. Ministro inclinado á ventas no parará hasta que su señor sea la postrera. Cometió Heródes adulterio abominable : acusósele con represion san Juan Bautista : acusó á san Juan ante Heródes la misma adúltera y su hija, alegando bailes y movimientos lascivos. Y el mal rey, en quien (como dice san Pedro Crisólogo (1), «los pasos quebrados, el cuerpo disoluto, desencuadernada la compaje de los miembros, las entrañas derretidas con el artificio», valieron por textos y leyes contra la cabeza sacrosanta del mas que profeta, hizo juez á su mismo pecado contra su advertencia ; y sigue las doctrinas de los piés de la ramera que bailaba, y en la cabeza ajena condenó la suya. El fin de estos acusadores es sabido. Júdas fué peso de una rama, infamia de un tronco y verdugo de sí mismo. Herodias, bailando sobre el hielo de un rio vengador de la maldad de sus mudanzas, rompiéndose, la sumergió ; y haciendo cadalso los carámbanos, fué degollàda de los filos del hielo impetuoso. Piés que fuéron cuchillo para la garganta de Juan, fué justo que hiciesen del teatro de sus

(1) Serm. 174.

bailes cuchillo para la suya. No se lee que Cristo admitiese acusadores, ni que condescendiese con las acusaciones; ya lo advertí en la de los apóstoles contra los que no quisieron recibir á Cristo en su casa. Otra vez acúsaron á uno que hacia milagros en nombre de Jesus, no siguiéndole con ellos; y porque le prohibieron el obrarlos, dijo (*Luc.* 9) : «No lo prohibais, porque quien no es contra vosotros, por vosotros es.»

No hay duda que acusaron los apóstoles con santo celo la impiedad y descortesia de aquellos y la disimulacion de este. Empero es cierto que Cristo Jesus, Rey de los reyes, no admitió el castigo que consultaron y hicieron en estos dos que acusaron. ¡Oh gobierno de Cristo! Oh política de Dios, toda llena de justicia clemente y de clemencia justiciera! Esta respuesta dada á los apóstoles habló con ellos, proporcionando su doctrina á su intencion; y sin detenerse pasa con espíritu que ningun tiempo le limita, á ser enseñanza de todos aquellos que como ministros de Dios por su permision gobiernan la tierra. El dijo universalmente : *Per me reges regnant* : «Por mí reinan los reyes;» mas no dijo : «Conmigo y para mí,» por ser muchos los que, reinando por él, reinan sin él y contra él. Estos son infieles, herejes y tiranos. Por esto á Heródes, siendo rey, le llamó raposa y no rey, cuando dijo : *Dicite vulpi*, etc. «Decid á aquella raposa.» Señor, ninguna cosa envilece tanto á la majestad, ni enferma á la justicia, como permitir que los que asisten á los reyes prohiban y repruében lo que otros hacen, porque no viven con ellos, porque no siguen sus pisadas, porque no los imitan. Y frecuentemente es crímen digno de muerte no hacer mal, sino no imitar á los que le hacen, y solo tienen por bueno al que los imita en ser malos. Consuelo tienen los politicamente perseguidos, viendo que en el Evangelio aun no le valió á este hacer milagros en servicio de Cristo y en gloria del nombre de Jesus, para que no le prohibiesen y castigasen. Muchos han muerto y morirán porque dan gloria á los nombres de los reyes, y en ellos hacen milagros con diferente fin y por diferente camino del que llevan los que los asisten. De aquí se sigue que son premiados los que infaman sus nombres, siguiendo sus dictámenes, de que se origina desórden infernal y peor; pues en el infierno, donde no hay órden, á ninguno que sea bueno se da castigo, ni á ninguno que sea malo se le deja de dar; y en esta se dan los castigos á los méritos, y los premios á los delitos. Para merecer el infierno se presupone la mayor desórden, y padecerle es la mayor justicia. Revocó Cristo la sentencia dada por los apóstoles contra este, en que le prohibieron hacer milagros, diciendo : «No lo prohibais;» y como en materia tan importante al caso presente y á la enseñanza de todos los príncipes, añadió : «Porque quien no es contra vosotros, por vosotros es.»

Literalmente el texto sagrado dice, que no le prohibieron y acusaron los apóstoles el hacer milagros por otra cosa sino porque no acompañaba y asistia á Cristo como ellos. No dice que porque no seguia su doctrina ni creia en él; ántes de la respuesta de Cristo se colige que creia en él y seguia su doctrina, pues dice : «Quien no es contra vosotros, por vosotros es.» De manera que la culpa fué de asistencia personal al lado de Cristo, y no otra; lo que se colige literalmente. No es nuevo, Señor, el prohibir y acusar que haga milagros en gloria del nombre de los reyes al que no es del séquito de los que están á sus lados. Dos remedios dejó la vida de Cristo. El primero, no solamente no dar sus dos lados á uno solo, sino no dar sus dos lados á dos, como se vió en Juan y Jacobo por la peticion de su madre. El segundo, esta respuesta : «Quien no es contra vosotros, por vosotros es.» Mas esta no sabrá pronunciarla algun príncipe, si no mira igualmente á las obras del acusado, y á su efecto, y á las palabras de los que acusan. Si un general restaurase á un monarca lo que otros le perdieron; si con diferentes victorias diese gloria á su nombre, y haciendo milagros en mar y tierra se le eternizase; y lo que ha sido en otros tiempos, ó en todos, sucediese que los ministros que asisten al príncipe, porque no sigue con ellos, porque no es de su séquito, le quitasen el cargo y el baston, y le prohibiesen hacer tan milagrosas hazañas en nombre del rey, ¿cuál rey dejara de imitar á Cristo en revocar esta prohibicion, y dejara de castigarlos, dándolos á entender que quien en su nombre hace milagros, no es contra ellos, sino con ellos? Señor, en nombre de Jesucristo y de su imitacion, afirmo á vuestra majestad que quien no hiciere lo uno, y dijere lo otro, es príncipe contra sí, y será en favor de los que son contra él y contra los que son por él.

Acabemos este punto de las acusaciones y acusadores, con doctrina universal que los castigue y las ataje. Esta nos la da Cristo nuestro Señor en este capítulo con sus acciones. Prosigue el texto, y en proponiendo á Cristo la acusacion, dice : «Mas inclinándose Jesus hácia abajo, escribia con el dedo en la tierra.»

Lo primero, Señor, es no inclinarse el rey, para juzgar los delitos, á los acusadores sino á la tierra, que es á la fragilidad del hombre que, hecho de ella, es enfermo y débil. Esto, Señor, es oir las partes, porque quien no las oye (como dice Séneca) puede hacer justicia, mas no ser justo. Lo segundo es que en tales casos escriba el rey con sus dedos, no con los ajenos, cuyas manos en las culpas de otros escriben con sangre de la venganza. El perdon y el castigo los ha de dar el buen príncipe por su mano : el castigo á imitacion de Cristo, cuando con el azote arrojó del templo los que le profanaban comprando y vendiendo : el perdon, á su imitacion divina en este suceso de la pecadora aprehendida en adulterio. Grandes efectos hace la mano propia del rey que no se remite á otra mano. Previno el Espíritu Santo los desaciertos que hacen entregándose á la ajena, cuando dijo : «El corazon del rey en la mano del Señor.» Excluyó expresamente que le pongan en la mano del criado.

No bastaban estas grandes demostraciones de Cristo para que los escribas y fariseos desistiesen de su malicia, y dijoles : «Quien de vosotros está sin pecado, el primero la tire piedra. Y otra vez, inclinándose, escribia en la tierra. Y oyendo esto, uno tras otro se iban, empezando los mas ancianos.» La mordaza y el tapaboca de los acriminadores que acusan ante el rey para acusar al rey, son estas palabras : ¿Porfiais en que se apedree esta mujer adúltera, que se ahorque el ladron, que se degüelle el homicida, viéndome inclinado á su flaqueza, que es la tierra, para perdonarles? Pues el que de vosotros no tiene pecado, la empiece á apedrear; y el que no ha hurtado le ponga el lazo, y el que no es cómplice en la muerte de alguno, le pase el cuchillo por la garganta. Empero si el rey cree que solos aquellos que acusan á todos y consultan sus castigos, están libres de todo pecado, inclinaráse á ellos y no á la tierra; escribirá con su mano y no con la suya, y errará á dos manos. Díjoles Cristo nuestro Señor estas palabras: «y otra vez, inclinándose, escribia en la tierra. Y oyendo esto, uno tras otro se iban, empezando los mas ancianos.» No se ha de inclinar el príncipe sola una vez á la clemencia, Señor, sino muchas. No le han de mudar de su inclinacion con su malicia los malsines y delatores. Es opinion de muchos Padres y de doctísimos intérpretes, que en lo que Cristo escribia en la tierra los escribas y fariseos leyeron sus delitos y pecados propios, y que esto los obligó á irse avergonzados. No hay cosa mas fácil que acusar uno á otro, ni mas difícil que no tener el que acusa culpas que le pueda otro acusar. Solo Cristo Jesus pudo decir: «¿Quién de vosotros me arguirá de pecado?» Cuando los malsines no se dan por entendidos de sus maldades, y obstinados prosiguen en acriminar las ajenas y en mudar la inclinacion que el rey tiene de piedad á rigor,—es ejemplo de Cristo, verdadero Rey, hacer que lean sus pecados, y escribírselos con su propia mano en la misma tierra á que se inclinó para perdonar á la acusada. Sepan los acusadores, que si ellos buscan y saben los delitos ajenos, que el rey sabe los suyos; y que si ellos los hallan, él se los escribe á ellos y hace que los lean. Tanto importa que sepa el príncipe las maldades de los que acusan, como las de los acusados. Y esto no aprovechará si viéndolos pertinaces en solicitar el castigo de otros, no se las dice, no se las escribe y no se las hace leer, pues ni desistirán de su envidia ni se conocerán. Y si se las escribe y hace leer y se las dice, se irán, dejarán su lado desembarazado de calumnias, y darán lugar á mas benigna y decente asistencia.

Fuéronse, y quedando solos Cristo y la delincuente, levantando su rostro Jesus, la dijo: «Mujer, ¿dónde están los que te acusaban? ¿Ninguno te condenó?» Ella dijo: «Ninguno, Señor.» Dijo Jesus: «Ni yo te condenaré; véte, y no quieras pecar mas.»

Señor, si condenase el que acusa, solamente habria hombres en las horcas, hogueras y cuchillos. Y si todos los pecados probados plenariamente se castigasen con la pena de la ley, pocos moririan por nacer mortales, muchos por delincuentes: fueran las sentencias desolacion, y no remedio. Nada se comete mas (dijo Séneca) por lo que mas se castiga. Palabra es del Espíritu Santo (1): «No quieras ser justo demasiadamente.» Verdad es, Señor, que enmienda mucho el castigo; mas tambien es verdad que corrige mucho la clemencia, sin sangre ni horror. Y el perdonar tiene su parte de castigo en el delincuente que con vergüenza reconoce indigno su delito del perdon que le concede la misericordia del rey.

Señor, pasar de los acusadores á las traiciones, ni es dejar de tratar de aquellos, ni empezar á tratar de estas. De los dos se habla, hablando de cada uno. En aquellos traté de Júdas, y Júdas es el mayor traidor. Considerando sus acciones, daré á conocer á los que le imitaren. Cristo Jesus le escogió para uno de los doce apóstoles. El lo dijo en el texto de este capítulo: «¿No os elegi yo á vosotros doce, y uno de vosotros es el diablo?» Y añade el Evangelista: «Hablaba de Júdas Simon Iscariote, porque este era quien lo habia de vender, como

(1) Noli nimium esse justus.

fuese uno de los doce.» Tres consideraciones me son forzosas en estas palabras. La primera, que la primera vez que habló Cristo nuestro Señor del sacramento de la Eucaristía (que fué en este cap. 6 de san Juan), dijo que Júdas era el diablo, previniendo que la noche en que le instituiria se le habia de entrar Satanas en el corazon. La segunda, que habiéndole elegido Cristo entre los doce apóstoles por uno de ellos, dijo que era el diablo. ¡Grande enseñanza para los reyes de la tierra, á quien persuaden que reparen en la eleccion que hicieron del ministro que se hizo ruin y traidor, para no castigarle, para no darle á conocer, diciendo que es el diablo! La tercera, que al traidor no se le ha de callar nombre, ni sobrenombre, ni apellido, ni patria, para que sea conocido peligro tan infame. Aquí, diciendo que hablaba Cristo del traidor cuando dice «que uno era el diablo», dice el Evangelio: «Era Júdas Simon Iscariote, que se interpreta Varon de Charioth.» En otra parte dice del mismo: «Era ladron y robador: traia bolsas, en que recogia lo que daban.» Y hablando de san Júdas, añade: «No el Júdas que le habia de vender.» Apréndese del texto sagrado cómo los han de tratar los príncipes, y las señas que tienen los traidores, y cómo han de escribir de ellos los cronistas, refiriendo todas sus señas, y diciendo todos sus nombres, y no permitiendo que el ministro diablo se equivoque con el bueno y fiel.

He reparado que el sagrado Evangelista llama á Júdas ladron y robador, y no se lee en todo el Testamento Nuevo nada, y esto dijo de él en la ocasion del ungüento de la Magdalena, donde no hurtó cosa alguna. Señor, en esta ocasion del ungüento, ya que Júdas no hurtó el ungüento, se metió á arbitrista; y en todos los cuatro evangelios no se lee otro arbitrio, ni que escriba ni fariseo tuviese desvergüenza de dar á Cristo Jesus arbitrio. Que Júdas fué arbitrista, y que el suyo fué arbitrio, ya se ve; pues sus palabras fuéron «que se podia vender el ungüento, y darse á los pobres.» Resta averiguar si el arbitrista es ladron. No solo es ladron, sino robador. Por esto no se contentó el texto sagrado con llamarlo Fur, sino justamente Latro; Fur erat, et latro. «Era robador y ladron.» Solo el arbitrista hurta toda la república, y en ella uno por uno á todos. Tránsito es para traidor, arbitrista; y no hay traicion sin arbitrio. Júdas se dió para vender á Cristo y para entregarle: arbitrio fué la venta. No le faltó á Júdas el entremetimiento tan propio de los arbitristas, pues solo él metia la mano en el plato con su Señor. Al que dan el arbitrio, le quitan lo que come. Estos, Señor, no sacan la mano del plato de su príncipe: quien quisiere conocerlos, búsquelos en su plato, que hallará su mano entregada en su alimento. En toda la vida de Cristo no se hace mencion de Júdas, sino en arbitrio y traicion. Y debe ponderarse que solo en el huerto le hizo caricias, besó á Cristo y le saludó, llamándole Rabbi, Maestro. Mucho deben temerse aquellos ministros que son arbitristas, y meten la mano en el plato con su señor, y solo le saludan, y agasajan y besan en el huerto.

Llamóle Cristo amigo. Muchos que no le imitan en otra cosa, llaman amigos á los Júdas que los están vendiendo. Imitan las palabras, mas no el misterio de ellas ni la intencion del Hijo de Dios que las pronunció. Esto no es imitarle, sino ofenderle ; porque quien ama el peligro, perecerá en él. Señor, no es solo traidor y Júdas el que vende á su rey : Júdas y traidor es quien le compra, y le hace mercader de sí propio y mercancía para sí, comprándole el oficio con el ocio, y los deleites que le da por él, con los divertimientos á que le inclina y entrega.

CAPITULO VIII.
De los tributos é imposiciones. (*Matth.* 17.)

Et cum venissent Capharnaum, etc. «Y como viniesen á Cafarnaum, llegaron los que cobraban el didracma á Pedro, y dijéronle : Vuestro Maestro ¿ no paga el didracma? Respondió : Sí. Y como entrase en la casa, previnole Cristo, diciendo : Qué te parece, Simon ; los reyes de la tierra ¿ de quién reciben tributo ó censo, de sus hijos ó de los ajenos? Y él dijo : De los ajenos. Dijole Jesus : Luego libres son los hijos. Mas por no escandalizarlos, ve al mar y echa el anzuelo, y aquel pez que primero subiere cógele, y abriéndole la boca hallarás en ella un *stater* : tómale, y dale por mí y por ti. »

No puede haber rey ni reino, dominio, república ni monarquía sin tributos. Concédenlos todos los derechos divino y natural, y civil y de las gentes. Todos los súbditos lo conocen y lo confiesan ; y los mas los rehusan cuando se los piden, y se quejan cuando los pagan á quien los deben. Quieren todos que el rey los gobierne, que pueda defenderlos y los defienda ; y ninguno quiere que sea á costa de su obligacion. Tal es la naturaleza del pueblo, que se ofende de que hagan los reyes lo que él quiere que hagan. Quiere ser gobernado y defendido; y negando los tributos é imposiciones, desea que se haga lo que no quiere que se pueda hacer. Ya hubo emperador, y el peor, que quiso quitar los tributos al pueblo por granjearle ; y se lo contradijo el senado, porque en quitar los tributos se quitaba el imperio, destruia la monarquía y arruinaba á quien pretendia granjear. Los pueblos pagan los tributos á los príncipes para sí ; y como el que paga el alimento al que cada dia se le vende, se le paga para sustentarse y vivir, así se paga el tributo á los monarcas para el propio sustento de las personas y familias, vidas y libertad ; de que se convence la culpa y sinrazon que hacen al rey y á sí propios en quejarse y rehusarlos. Ni crecen ni se disminuyen en el gobierno justo por el arbitrio ó avaricia del príncipe, sino por la necesidad inexcusable de los acontecimientos, y entónces tan justificados es el aumento como el tributo.

Así lo conoció España en el tiempo del rey Don Juan I, tan bueno como infeliz, en las persecuciones, trabajos y guerras que le forzaron á cargar sobre sus fuerzas su reino y vasallos. Sintiólo tan extremamente el bueno y clementísimo rey, que en demostracion de paterno dolor se retiró á la soledad de un retrete, esquivando no solo música y entretenimientos, sino conversacion y luz, y vistiendo ropas de luto y desconsuelo. Lastimado el reino de tan penitente melancolía, para aliviarle de la pena que padecia por verlos gravados aun sin su culpa, le enviaron á pedir que se alegrase y oyese músicas, viese entretenimientos y vistiese ropas *insumes* (tal es la palabra antigua que le dijeron.) El Rey dió por respuesta que no aliviaria su duelo hasta que Dios por su misericordia le pusiese en estado que pudiese aliviar á sus buenos vasallos de la opresion de tributos en que

los tenian oprimidos sus calamidades y enemigos. No fué mejor el rey que el reino, ni mas justificado ni mas piadoso : ni se lee armonía política mas leal y mas bien correspondida : ejemplo, que si el rey y el reino que le oye ó lee, no le da recíprocamente, se culpan el uno en tirano, el otro en desleal ; considerando que nunca hay exceso, por mucho que sea lo que es menester, y que no se puede llamar grave aquel peso que no se excusa; y que lo que por esta razon no sienten los vasallos, por ellos lo ha de sentir el rey.

Toda esta materia, tan dificil de digerir y tan mal acondicionada, se declara con el texto de este capítulo : « Llegaron los que cobraban el didracma á Pedro (Didracma es medio siclo: el siclo era de cuatro dracmas, lo mismo que tetradracma. Esta moneda, que llamaban medio siclo, algunos la llaman siclo comun y siclo de los maestros, á diferencia de otro que llamaban siclo de la ley y del santuario. Ahora se entiende en vulgar que estos que cobraban el didracma, cobraban medio siclo), y dijéronle : Vuestro Maestro ¿ no paga el didracma?» Siempre que estos preguntaban algo á Cristo, le tentaban. Lo propio hicieron con san Pedro ; pues no dicen : « Díle á tu Maestro que pague el didracma; » sino « Tu Maestro ¿ no paga el medio siclo ?» Respondió san Pedro : Sí. Reparo en la razon que moveria á san Pedro á responder en cosa tan grave, sin consultar á Cristo, que si pagaba el didracma. Fué san Pedro sumamente celoso de la reputacion de su señor y Maestro Cristo ; y como la pregunta fué de paga respondió que sí, persuadido de que quien venia á pagar lo que no debia, y solo por todos pagaria el tributo, no excusaria el pagar este. Entró donde estaba Cristo, que le previno, como quien sabía lo que habia pasado, y preguntóle : «Los reyes de la tierra ¿ de quién reciben tributo ó censo, de sus hijos ó de los ajenos?» Pregunta como de tal legislador. Respondió Simon Pedro : « De los ajenos.» Hablan san Pedro y Cristo de los tributos ú de los censos que cobran los reyes de la tierra ; y dice san Pedro que no los cobran de sus hijos, sino de los ajenos.

Y porque los innumerables jurisprudentes no interpreten estos hijos ajenos y propios, y los hagan todos ajenos, confirmando las palabras de san Pedro, sacó Cristo esta soberana conclusion en forma : « ¿ Luego libres son los hijos?» Mal seguirá esta doctrina el monarca que de tal manera cobrare tributos ó censos, que no se le conozcan hijos propios ; y mal la obedecerá el vasallo que, aunque sea hijo propio, no los pagare á imitacion de Cristo, que dijo por no escandalizar : « Vé al mar, echa el anzuelo, y aquel pescado que primero subiere cógele, y abriéndole la boca hallarás en ella un *stater* : tómale, y dale por mí y por ti. » El hijo propio del rey de la tierra, aunque por serlo sea libre, ha de pagar por no dar escándalo.

De grande peso son las cosas que se ofrecen en estas palabras. Lo primero, que cuando manda buscar caudal para el tributo, manda á su ministro que le busque en el mar, no en pobre arroyuelo ó fuentecilla. Lo segundo, que mandándole que le busque en la grandeza inmensa del mar, donde los pescados son innumerables, no le manda pescar con red, sino con anzuelo. No se ha de buscar con red, Señor, como llaman barredera, que despueble y acabe, sino con anzuelo. Lo tercero, que je mandó sacar el primer pescado que subiese, y que abriéndole la boca le sacase de ella la moneda llamada *stater*, y la diese por Cristo y por sí propio. Manda que le saquen lo que tiene y lo que no ha menester, porque al pescado no le era de provecho el dinero. ¡Oh Señor, cuán contrario seria de esta doctrina quien mandase sacar á los hombres lo que no tienen y lo que han menester, y que con red barredera pescasen los ministros los arroyuelos y fuentecillas y charcos de los pobres, y no, aun con anzuelo, en los poderosos océanos de tesoros! *Stater* era siclo entero: pídenle á Cristo medio; y no le debiendo, como declaró, por no escandalizar paga uno entero por sí y por Pedro. ¡Tanto se ha de excusar el escándalo en pedir lo superfluo como en negarlo!

CAPITULO IX.

Si los reyes han de pedir, á quién, cómo, para qué. — Si les dan, de quién han de recibir, qué y para qué.—Si les piden, quién los ha de pedir, qué y cuándo; qué han de negar; qué han de conceder. (Marc. 12; Luc. 21.)

Los vasallos se persuaden que el recibir les toca á ellos siempre, y al príncipe siempre el dar; siendo esto tan al reves, que á los vasallos toca el dar lo que están obligados y lo que el príncipe les pide; y al príncipe el recibir de los vasallos lo uno y lo otro.

Qué han de dar los pueblos, y para qué, y qué han de recibir de los reyes: qué han de recibir los reyes, y por qué, y qué han de dar, diré con distincion; y del ejemplo de Cristo nuestro Señor (cosa que autoriza y consuela), justificara obligacion en que pone al monarca y á los súbditos. Y sabiendo cada uno cómo ha de ser, verá el señor cómo debe y puede ser padre; y los vasallos de la manera que sabrán ascender al grado de hijos. Pretendo curar dos enfermedades gravísimas y muy dificultosas, por estar sumamente bienquistas de los propios que las padecen. Son la miseria desconocida de los unos, y la codicia hidrópica de los otros. Intento esta cura, fiado en que los medicamentos que aplico no solo son saludables, sino la misma salud, por ser de obras y palabras de Cristo nuestro Señor que (siendo camino, verdad y vida), como camino, no puede errar la causa de donde la dolencia procede; como verdad, no puede aplicar un medicamento por otro; y como vida, no puede dar muerte, si recibimos su doctrina, ni dejar de dar salud á la enfermedad; y no solo esto, sino resurreccion á la muerte. Puede ser que algunos me empiecen á leer con temor, y que me acaben de leer con provecho. Precedan para disposicion algunos advertimientos políticos.

Las quejas populares y mecánicas en cualquiera nueva imposicion y asimismo al tiempo de pagar lo ya impuesto, son de gran ruido, mas de poco peso. Pierde el tiempo quien trata de convencer con razon la furia que se junta de innumerables y diferentes cabezas, que solo se reducen á unidad en la locura. Débese esta tratar como la niebla, que dándola lugar y tiempo, se desvanece y aclara. Yo no hablaré con estos vulgares sentimientos, porque es imposible con cada uno, y no es de utilidad con la confusion de todos juntos; empero hablaré para ellos. Es cierto que no se puede mantener la paz ni adquirir la quietud de las gentes, sin tribunales y ministros; ni asegurarse del odio ó envidia de vecinos y enemigos, sin presidios y prontas prevenciones.

Tampoco puede hacerse la guerra, ya sea ofensiva ya defensiva, sin municiones, bastimentos y soldados y oficiales, sin gasto igual y paga segura; y sin tributos ninguna de estas cosas se puede juntar ni mantener. Segun esto (pues todos quieren paz y quietud y defensa y victoria para la propia seguridad) todos deben, no solo pagar los tributos, sino ofrecerlos; no solo ofrecerlos, mas, si la necesidad pública lo pide, aumentarlos. Y es al reves, que deseando la quietud y la seguridad todos, el tributo le rehusa cada uno. Cuando se crece el que se pagaba, ó se añade otro, se ha de advertir que la quietud que se tiene cuesta mucho ménos que si se defiende; y la que se defiende de un enemigo, mucho ménos que la que se defiende de muchos. Para aquella basta lo que se da, para esta apénas lo que se pide. Y por esto es mas y mejor pagado el tributo ó tributos que cuestan mas, que los que cuestan ménos. Allí se da lo que se debe; aquí se debe todo lo que se puede. Por donde en los vasallos viene á ser mas justo dar lo que les hace falta, que lo que les sobra.

Esto en mi pluma se oirá con desabrimiento, y se leerá con ceño; empero se reverenciará oyendo las palabras de Cristo, verdadero y clementísimo rey (1): «Estaba Jesus sentado enfrente del arca donde se guarda el tesoro del templo, y miraba los que en ella echaban sus ofrendas, cómo la turba echaba la moneda, y muchos ricos mucho. Empero cómo viniese una viuda pobre, y echase una blanca, vió Jesus cómo aquella pobrecilla viuda ofrecia una blanca; y llamando á sí sus discípulos, los dijo: De verdad os digo que esta pobre viuda dió mas que todos estos que han dado al tesoro del templo; porque todos dieron al tesoro de Dios de lo que les sobra; empero esta de lo que la falta, y de lo que no tiene: dió todo lo que tenia, todo su sustento.»

De manera que no solo fué digno de aprobacion en Cristo el dar la pobre viuda de lo que la faltaba y no tenia, sino que convocó sus discípulos para darles aquella doctrina con aquel ejemplo, como á ministros á quien habia de encomendar diferentes provincias y reinos que alumbrar en la luz del Evangelio. Dirán dos cosas los que piden sosiego y comodidad propia sin tributos: «que este lugar á la letra se entiende de lo que se dá á Dios»; y dicen bien. Mas no sé yo qué letra de él falta para que se entienda á la letra de lo que se pide para defensa de la ley de Dios, en que consiste la salud de las almas. La otra, que este lugar citado trata de dádivas voluntarias á Dios, conforme á la voluntad de cada uno; y que por esto no se aplica con poca similitud ó ninguna al tributo que se impone, y á la dádiva ó donativo que se pide. Respondo: que en este á que obligan es mas justificada la obediencia, por cuanto á la voluntad de asistir á la defensa de la fe y bien público se añade el mérito en obedecer á la necesidad por evitar el riesgo. Despues de acallados estos achaques, aun quedan

(1) Et sedens Jesus contra gazophylacium, aspiciebat eos, qui mittebant munera sua in gazophylacium, quomodo turba jactaret aes, et multi divites jactabant multa. Cum venisset autem vidua una pauper, misit duo minuta, quod est quadrans. Vidit autem Jesus pauperculam illam viduam mittentem aera minuta duo: et convocans discipulos suos, ait illis: Amen dico vobis, quoniam vidua haec pauper plus omnibus misit, qui miserunt in gazophylacium. Omnes enim ex eo quod abundabat illis, miserunt in munera Dei: haec autem ex eo quod deest illi, et de penuria sua omnia, quae habuit misit totum victum suum. (Marc. 12, Luc. 21.)

replicas á la miseria desconocida. Confesarán quieren quietud y armas, si son necesarias para defenderla ó adquirirla, y tributos; empero que si los tributos los quitan el sustento, y las propias armas la quietud, que es prometer lo que les quitan, y hacer con achaque del enemigo lo mismo que él pudiera hacer; y que mas parece adelantarse con envidia de la crueldad en su ruina á los enemigos, que oponérseles. Esta malicia tercera se convence con el proceder que en el cuerpo humano enfermo tienen la calentura y la sangria: esta, evacuando la sangre, asegura la vida con lo que quita; aquella la destruye, si la guarda. Queda debilitado, mas queda; tiene ménos sangre, empero mas esperanza de vida y disposición á convalecer; quita las fuerzas, no el ser, que puede restaurarlas. Doy que (como acontece) muera asistido de las purgas y de las sangrias; empero muere como hombre, asistido de la razon, de la ciencia y de los remedios. Si se deja á la enfermedad, es desesperado; conjúrase contra si con la dolencia, muere enfermo y delincuente. No de otra suerte, en los tributos y el enemigo, se gobierna el cuerpo de la república: donde aquellos hacen oficio de sangria ó evacuacion, que sacando lo que está en las venas y en las entrañas, dispone y remedia; y este, de enfermedad, que solo puede disminuirse creciendo aquellos con la evacuacion que dispone su resistencia y contraste. Quien niega el brazo al médico y la mano al tributo, ni quiere salud ni libertad. Y como el médico no es cruel si manda sacar mucha sangre en mucho peligro, no es tirano el príncipe que pide mucho en muchos riesgos y grandes.

Verdad es lo que he dicho; mas porque no resbalen por ella ministros desbocados, que no saben parar ni reparar en lo justo, ó consejeros que se deslizan por los arbitrios (que son de casta de hielo, cristal mentiroso, quietud fingida y engañosa firmeza, donde se pueden poner los piés, mas no tenerse), —es forzoso fortalecer de justicia estas acciones, tan severa é indispensablemente, que los tributos los ponga la precisa necesidad que los pide; que la prudencia cristiana los reparta respectivamente con igualdad, y que los cobre enteros la propia causa que los ocasiona; porque poner los tributos para que los paguen los vasallos y los embolsen los que los cobran, ó gastarlos en cosas para que no se pidieron, mas tiene de engaño que de cobranza, y de invencion que de imposicion.

A esto miró el rey Don Enrique III cuando, importunado de los que le aconsejaban que cargase de tributos á sus vasallos, dijo: Mas miedo me dan las quejas de mis súbditos, que las cajas y los clarines y las voces de mis contrarios. Y porque no querria que conciencias vendibles se valiesen para sus robos del lugar que cité de la viuda (á quien alaba Cristo porque dió de lo que no tenia y de lo que le faltaba), quiero prevenir el ejemplo de la higuera, á quien pidió Cristo nuestro Señor fuera de sazon higos; porque los tales autorizarán con esta, y dirán es lícito pedir á uno lo que no tiene; pues á la higuera, porque no dió á Cristo lo que no tenia y la pidió cuando no lo podia tener, la maldijo, y se secó; y pretenderán que no solo se le puede á uno pedir lo que no tiene, sino maldecirle y arruinarle porque no lo da; alegando que luego se secó la higuera y se le cayeron las hojas. Señor, esto seria propiamente lo que se dice

andar por las ramas; y así lo hacen estos doctores, que á imitacion de Adan quieren otra vez cubrir con hojas de higuera la vergüenza de su pecado. Téngase cuenta no sean hojas de esta higuera con las que se cubren los que aconsejan se pida á uno lo que no tiene, y que le castiguen porque no dió lo que no tenia.

Pues en este capítulo de lo que ha de pedir el rey se valen de este caso en que Cristo pidió á la higuera su fruta, es forzoso declararle, y quitarles con esto el rebozo de su malicia. Señor, Cristo pidió á la higuera el fruto que no tenia ni podia entónces tener: maldíjola, y secóse. Viéronla á la vuelta los apóstoles seca; y apiadados de la higuera por constarles de su inocencia (llamémosla asi), compadecidos de su castigo y deseosos de saber la causa que no alcanzaban, «preguntaron admirados: ¿Cómo se secó luego?» Esto se lee en san Mateo, cap. 21; san Márcos, cap. 11. «Y como á la mañana pasasen, vieron seca de raiz la higuera; y acordándose Pedro, dijo: Maestro, ves que se ha secado la higuera que maldijiste.» Débese reparar que si Cristo pidió lo que no tenia, fué á un árbol, no á un hombre; y que siendo Cristo quien la pidió el fruto y el que la maldijo porque no le dió, el ver los apóstoles que no daba lo que no tenia, los obligó á admirarse de que se comprendiese la maldicion y de que se hubiese secado, y á preguntar á Cristo por qué y la causa. De manera que aun en una higuera hizo admiracion á san Pedro que fuese castigada porque no dió, pidiéndosele Cristo, el fruto que no tenia. Descabalado queda el texto para los que osaren valerse de su aplicacion. Empero la respuesta del Hijo de Dios se le quitará totalmente de los ojos. «Díjoles Jesus: De verdad os digo, si tuviéredes fe y no dudáredes, no solo haréis esto con la higuera, sino si á este monte dijéredes: Levántate y arrójate en la mar, lo hará.» Señor, la higuera como higuera sentencia tenia en su favor para no secarse y que las hojas no se la cayesen, en el Psalm. 1 (1): «Y será como el árbol que está plantado junto á las corrientes de las aguas, que dará su fruto en su tiempo, y sus hojas no se caerán.» Luego en favor de las hojas y verdor de esta higuera habla literalmente en semejanza del justo David, pues solo estaba obligada á dar su fruto en su tiempo; y cuando se lo pidió Cristo, no lo era. Los santos dicen que en esta higuera castigó Cristo la dureza é incredulidad de la sinagoga. Asi san Cirilo Jerosolimitano, Cateches. 13; y pruébalo san Pedro Crisólogo, en el serm. 106, de la higuera que no llevaba fruto. Luc. 13. «Tenia uno en su viña plantada una higuera, y vino á buscar el fruto, y no le halló; y dijo al cultor de la viña: Ves que há tres años que vengo á coger fruto de esta higuera, y no le hallo: córtala: ¿para qué ocupa la tierra? Mas él respondiéndole, dijo: Señor, déjala aun hasta que la cave al rededor y la estercole, y podrá ser lleve el fruto; si no, despues la cortarás.» Dice el santo Palabra de oro: *Meritó ergo à Domino sinagoga arbori fici comparatur.* Con razon es comparada por el Señor la sinagoga á la higuera. Y mas adelante: «La sinagoga es higuera; el poseedor del árbol, Cristo; la viña en que se dijo estaba plantado este árbol, el pueblo israelítico.» Mas adelante: «Vino Cristo, y en la sinagoga no halló fruto algu-

_____

(1) Et erit tamquam lignum, quod plantatum est secus decursus aquarum, quod fructum suum dabit in tempore suo, et folium ejus non defluet.

no, porque toda estaba asombrada con los engaños de la perfidia.»

Previno á la sinágoga Cristo para el castigo con la semejanza de la higuera en esta parábola : dióla tiempo, vino, llegó á la sinagoga en la higuera de que escribo, pidióla fruto, no le tenia, maldíjola, y secóse. Es tan malo ser símbolo de los malos, que participan de los castigos los que lo son. ¿Por qué entre los demas árboles fué escogida la higuera para este ejemplo y castigo? Quiera Dios que lo acierte á decir. Pecó Adan, y luego tuvo vergüenza de verse desnudo; vistióse y cubrióse con hojas de higuera. Arbol que cubrió al primer malhechor con sus hojas, desnúdese de ellas, cáigansele, y séquese. Cuando Cristo, que viene á satisfacer por Adan, la pide fruto, y no le tiene, sea símbolo de la sinagoga. Muchos dicen fué su fruta en la que pecó; que se comprende como las demas en el nombre de pomo. Siguiendo esta opinion, todo este árbol está culpado, y con indicios manifiestos. Dar con que pequen, y ocasionar el pecado, y cubrir al pecador y vestirle, pena de cómplice merece : esa la dió Cristo, maldiciéndola como á la tierra, como á la serpiente. Aquellos castigos ejecutó Dios luego que pecó Adan : el de la higuera difirió hasta que vino Cristo á morir en otro madero; porque al secarse el de la higuera que le ocasionó, sucediese el florecer el seco de la cruz que llevaba por fruto su cuerpo sacrosanto.

Resta la mayor dificultad. ¿A qué propósito, preguntando los apóstoles por qué se habia secado la higuera á quien habia pedido Cristo la fruta que no tenia, respondió Cristo : «Dígoos de verdad que si teneis fe y no dudais, no solo con la higuera haréis esto, sino que si á este monte decis : levántate y arrójate en el mar, lo hará?» El pecado y la dureza de la sinagoga era no tener fe ni admitirla. Ese fruto la pedia Cristo : maldícela, sécase, y dice : «Tened fe,» escarmentando en la sinagoga, que es tan poderosa que no solo secará luego á la higuera, sino que si mandais á este monte que se eche en el mar, luego se levantará con su peso y se arrojará en él. De manera que fué la culpa de la higuera ser ántes que otro árbol símbolo de los malos y pecadores; y esto porque nadie mejor pudo representar el pecado, que aquella que le ocasionó y le dió vestido. Sacado hemos de las manos este ejemplo á los que para que se pueda pedir á uno lo que no tiene y castigarle porque no lo dió, á imitacion de Adan, se visten de las hojas que á esta higuera seca se le cayeron, como él de las que tomó.

Es forzoso buscar ejemplo en que Cristo pidiese, ya que este se ha declarado. Tenémosle como hemos menester en el suceso de la Samaritana, donde Cristo cansado del camino la pidió agua, de que necesitaba. Oigamos el texto sagrado con diferente consideracion de la que le he aplicado en su capítulo (1) : Jesus fatigado

(1) Jesus ergo fatigatus ex itinere sedebat sic supra fontem. Hora erat quasi sexta. Venit mulier de Samaria haurire aquam. Dicit ei Jesus : Da mihi bibere (Discipuli enim ejus abierant in civitatem ut cibos emerent). Dicit ergo ei mulier illa Samaritana : Quomodó tu Judaeus cum sis, bibere à me poscis quae sum mulier Samaritana? non enim contuntur Judaei Samaritanis. Respondit Jesus, et dixit ei : Si scires donum Dei, et quis est qui dicit tibi : Da mihi bibere : tu forsitan petisses ab eo, et dedisset tibi aquam vivam. Dicit ei mulier : Domine, neque in quod haurias habes, et puteus altus est. (Joann. 4.)

del camino, asi estaba sentado sobre la fuente. Vino una mujer de Samaria á sacar agua. Jesus la dijo : Dame de beber (sus discipulos habian ido á la ciudad á comprar de comer). Díjole aquella mujer samaritana : ¿Cómo tú, siendo judio, me pides te dé de beber, siendo yo mujer samaritana? porque no tienen correspondencia los judios con los samaritanos. Respondióla Jesus, y díjola : Si tuvieras noticia de la dádiva de Dios, y quién es el que á tí te dice :,Dame de beber,—pudiera ser que tú lo hubieras pedido á él, y él te hubiera dado agua de vida. Díjole la mujer : Señor, ni tienes con qué sacarla, y el pozo es hondo.»

No se lee en este caso que Cristo nuestro Señor, que pidió de beber, bebiese. Y considerando que para decir á esta mujer que trajese su marido, y descubrirla su pecado para remediarla, lo podia hacer sin estas circunstancias, me persuado que pidió de beber para dar este ejemplo á los príncipes en lo que han de pedir tan individual como se verá ; y que le hizo disposicion al remedio de esta mujer.

Señor, Cristo cansado del camino pidió agua ; pidió con necesidad : esto es lo primero que se ha de hacer. Lo segundo, pidió agua sentado sobre la fuente, que es pedir lo que hay, y donde lo hay sobrado. Lo tercero, pidió agua á quien venia á sacar agua, á quien traia con que dar y sacar lo que se le pidiese. ¡Qué sumamente justificada demanda! Es tal, Señor, que quien la imitare dará á quien pide ; y quien no la imitare, pedirá peor que el diablo : que él pidió que le hiciese de las piedras pan á quien podia hacerlo, que era el Hijo de Dios ; y él pide lo propio á quien no puede. Y como en Cristo Jesus se lee el ejemplo para los reyes, en la mujer de Samaria se lee el de los vasallos que rehusan dar lo que con necesidad les piden los príncipes. Responde que cómo, siendo judio y ella samaritana, la pide de beber. Y alega fueros de diferentes naciones, y que no tienen comercio los judios con los samaritanos. Esto, Señor, para no pagar tributos, ni contribuir á la necesidad pública y necesaria, cada dia se ve. Muchas provincias me ahorran la verificacion, cuando la causa de negarlo es decir : « Somos diferentes de los que contribuyen.» No se enojó Cristo porque le negó lo que pedia con la necesidad que ella vió, y al brocal del pozo; solo la dijo «que si conociera la dádiva de Dios y á quien la pedia de beber, ella le pidiera á él, y la diera agua de vida». De manera que pidió para dar, y así se ha de pedir. Pidió Cristo agua material para dar agua de vida. Pida el príncipe tributos para dar paz, sosiego, defensa y disposicion en que los vasallos puedan con aumento multiplicar lo que dieron, y aventajarlo en precio ; porque pedir sin dar estas cosas, es despojar, que se llama pedir. El ejemplo enseña que es tan interesado el pueblo, que aun por no dar lo poco que se le pide, él mucho dificulta lo mismo que se le ofrece. Por eso dijo la mujer samaritana « que ni él tenia con qué sacar el agua, y que el pozo estaba hondo ». Dióla Cristo, reduciéndola, el don de Dios que no conocia ; y dando á la que pedia, hizo que le confesase profeta y que se acordase del Mesías, y que dijese tales palabras (2) : «Sé que viene el Mesías, que se dice Cristo »; palabras que merecieron la dijese (3):«Yo soy, yo soy, que hablo contigo.» No tuvo

(2) Scio quia Mesías venit, qui dicitur Christus.
(3) Ego sum, qui sum, qui loquor tecum.

por indignidad justificar su persona para lo que pedia á su criatura, y le negaba. Y fué real paciencia y de Dios Hombre satisfacer á sus réplicas desconocidas. Considero yo la propiedad con que en la mujer y en la codicia de la mujer se representa la levedad, la inconstancia y la codicia del pueblo. Dos veces tuvo Cristo sed : en este pozo, y estando en la cruz. Aqui no dijo que tenia sed, y pidió de beber : en la cruz no se lee que pidiese de beber, solo dijo que tenia sed. Donde pidió de beber, se le negó la bebida; donde no la pidió, se la dieron. Creo (es reparo mio ; no por eso dejaré de ser á propósito y necesaria su consideracion) tal sucede á los reyes, que les niegan agua si la piden y sin pedirla les dan hiel. Previénelos Cristo Jesus, con su ejemplo y con sus obras y con sus palabras, á que satisfagan á la duda de quien les niega el agua ó tributo que piden : y á que la hiel que les dan sin pedirla, la prueben, mas no la beban. Señor, reinar sin probar hiel y amargura, no es posible.

Pasemos á lo segundo que se pregunta : «¿ Si les dan, qué han de recibir, y de quién?» Han de recibir todo lo que se debe á la grandeza y decoro de su persona, y á las obligaciones del oficio de rey. Han de recibir oro, tesoros. Asi lo hizo Cristo, que recibió los tesoros que le trajeron lo reyes que le vinieron á adorar, en que enseñó á recibir; empero como Rey de reyes, de príncipes, de poderosos. Y estos tesoros que recibió Cristo, se los encaminó una estrella. Ha de ser, Señor, luz del cielo la que encamine tesoros al rey; no lumbre que haya abrasado á quien los tenia, primero que traidolos, ó quemado la provincia para sacarlos. Este, Señor, es ministro cometa, no estrella : promete mas ruinas que aumentos.

Ha de recibir el magnífico y real tratamiento que se hiciere á su persona. Asi lo enseñó Cristo Jesus con la Magdalena, admitiendo la untura de aquel precioso licor en sus piés. Quien esto murmurare es Júdas y ladron, aunque, como Júdas, se arreboce con los pobres; quien esto contradijo decia queria vender el ungüento para dar á los pobres; y lo que quiso fué vender á su señor. Ya esto tiene su capítulo en esta obra.

Ha de recibir el aplauso, y aclamaciones y triunfos reales. Cristo lo enseñó en la entrada en Jerusalen, que se dice la fiesta de los Ramos, donde le bendijeron y aclamaron por el que venia en el nombre del Señor. Mas ha de advertir el principe que son demostraciones del pueblo : que el domingo echaron sus vestiduras para que las pisase, y el viérnes echaron suertes sobre la suya ; que el domingo con fiesta le dieron los ramos, para darle el viérnes desnudo del tronco. No ha de recibir alabanzas de los mañosos é hipócritas. Cristo Jesus al que entró diciendo : «Maestro bueno», le dijo : «¿Por qué me llamas Maestro bueno?» Y dijoselo porque le llamaba así, siendo él malo, y no queriendo ser bueno. Señor, este género de alabanzas en los oídos de los príncipes de la tierra son peste que les pronuncian con las palabras estos lisonjeros ; son ensalmo de veneno ; no dejan que el príncipe sea señor de sus sentidos y potencias ; no sabe sino lo que ellos quieren, y solo eso se ve, cree y entiende. De manera que la voluntad del lisonjero le sirve de ojos, de orejas, de lengua y de entendimiento. Y pues Cristo, en quien ningun efecto de estos podia hacer la adulacion, la desechó, no es menester decirlo á los que están sujetos á padecer todos estos en-

cantos y enajenaciones (pudiera llamarlos robos de su alma).

Tampoco ha de recibir unas caricias que parecen amarteladas, que se encaminan á divertirle de su oficio, cuya locucion es tal : «No es esto para vuestra majestad.» Así dijo san Pedro á Cristo, tratando de que habia de morir, que era á lo que vino : *Abcit à te Domine.* Como si dijera : «No es el morir para tí.» Otra letra : *Esto tibi clemens.* «Sé piadoso para ti mismo.» ¿A quién no parecerá requiebro de amante esto? Y tal era san Pedro para Cristo; empero con todo le respondió : *Vade retro post me Sathana : scandalum es mihi.* «Véte léjos de mi, Satanas, porque me eres escándalo.» Quien olvidare esto, ó no se acordare de imitarlo, no sabrá el nombre que ha de llamar, ni dónde ha de enviar, ni el escándalo que le da el ministro, que le dice : «Tenga vuestra majestad piedad de sí. Sea para sí piadoso, no trabaje tanto en despachos, no padezca tan prolijas audiencias, no se aflija con los sucesos desdichados, no se inquiete por remediarlos. Apártese esto de vuestra majestad, y todo lo que no fuere ocio y entretenimiento.» Pues, Señor, á este (llámese como quisiere) los reyes, en oyéndole estas palabras, «Satanás» le han de llamar y mandarle ir léjos; y no se ha de recibir caricia que da escándalo, que ni se ha de dar ni recibir, si es posible. El buen monarca mejor merece reverencia y amor por lo que padece por los suyos, que por lo que puede en ellos. El que hace lo que debe y lo que le es lícito, hace lo que todos desean : quien lo que se le antoja, lo que desea él solo.

El tercero punto es : «si piden á los reyes, á quién han de dar, y qué ; y á quién han de negar, y por qué.» Los malos y detestables tiranos siempre fuéron pródigos y perdidos, creyendo que con el afeite de las dádivas grandes cubrian la fealdad de sus costumbres; y quedando ellos pobres, á nadie hicieron rico. Tácito dice que hallaron mas pobres á aquellos á quien dió Neron mucho, que á los que se lo quitó todo. Añado que es tan perniciosa la prodigalidad de los tiranos, que empobrece su dádiva y no su robo. Lo que dan es premio de maldades : lo que quitan, envidia y venganza de virtudes; y asi quedan estos con derecho á la restitucion, y aquellos al castigo. Si no se mira á quién se da, más se pierde dando que perdiendo : piérdese la cosa sola que se pierde; y si no se sabe dar, se pierde lo que se dió y el hombre á quien se dió : daño muy considerable. Por esto dice el Espíritu Santo (1) : «Si hicieres bien, sabe á quién le haces; y tendrán mucha gracia tus bienes.» Lo contrario dice el refran castellano: «Haz bien, y no mires á quién.» No se puede negar que estas palabras aconsejan ceguedad, pues dicen que no mire. Esto quieren los que, si cuando piden los mirasen, saldrian, cuando mejor despachados, despedidos. Mirese á quién se da, y muchas veces se quitará al que pide; que si no se mira, eso es dar á ciegas.

Hay tiranos de dos maneras : unos pródigos de la hacienda suya y de la república, por tomarse para sí no solo el poder que les toca, sino el de las leyes divinas y humanas. Otros son miserables en dar caudal y dineros; y son pródigos en dar de sí y de su oficio; y pasan á consentir que les tomen y quiten su propia dignidad,

(1) Si benefeceris, scito cui feceris, et erit gratia in bonis tuis multa.

por no perder un instante de ocio y entretenimiento. De aquellos y de estos hubo muchos en el mundo, cuyas vidas aun no consintió la idolatría; cuyas muertes quedaron padrones de la infamia de aquellos tiempos. La ley evangélica ha librado á las repúblicas de estos monstruos, que son castigo de los reinos é imperios donde no la reciben para salud y vida, ó donde la han dejado, y la tuvieron los que son propiamente renegados de Dios. Cristo nuestro Señor no solo dió á todos los que le pidieron, sino dijo: «Pedid, y recibiréis.» Dió ojos, oidos, piés, manos, salud, libertad: esto á los vivos; y á los muertos vida. Dió sustento á los que necesitaban de él donde no le podian hallar. Mas es de advertir que todo esto da á los que faltaba todo esto: al ciego ojos, al sordo oidos, al tullido piés, manos al manco, al enfermo salud, al endemoniado cautivo del demonio libertad, á los muertos vida. Así se ha de dar, Señor: este es el oficio del rey, dar á los suyos lo que les falta; no darles lo mismo que tienen, para que les sobre mas ojos al que ve, mas oidos al que oye, y así en lo demas. Esto se hace cuando el príncipe da sus ojos y sus oidos á otro para que vea y oiga por él, que es añadirle oidos y ojos (cosas que tiene) cuando le da sus piés y sus manos para que obre en su lugar, que es ocasionar que digan: «Es sus piés y sus manos.» Nota que el comun modo de hablar les pone no sin grave acusacion.

Ha de dar el rey premio y castigo: mejor diré, que ha de pagar el premio y ejecutar el castigo, porque son dos cosas en que el rey no ha de tener arbitrio, ni otra voluntad que las balanzas de la justicia en fil. Es gravísimo pecado el que llaman los teólogos *acceptio personarum*, «aceptacion de personas». Este destierra toda justicia. Dar al delito que solo merece destierro la horca, y al que merece esta destierro, no es mayor maldad que dar el magistrado y la dignidad al que no la merece, dando al que la merece el olvido que se debia á aquel.

Ha de dar bienes temporales á los méritos y servicios que le obligan; mas ha de ser en aquella medida que lo que da no le obligue á pedir, ni á quitar á unos para dar á otros. No lo ha de dar todo á uno; que de este género de dádiva solo del diablo hay texto detestable en la tentacion. No solo no ha de dar sus dos lados á uno, empero ni á dos, aunque sean parientes, y como hermanos, y su querido el uno. Cristo nuestro Señor fué el ejemplo, cuando la madre de Juan y Jacobo pidió las dos sillas de la diestra y de la siniestra en su reino para sus dos hijos (de esto traté en dos capitulos). La decision fué: «No sabeis lo que pedis.» Y se sigue que lo es para quien lo concediere: «No sabeis lo que dais.»

Hay otro peligro casi inevitable para los príncipes, enmascarado de virtud y desinteres, tan al vivo fingido, que hay pocos que le conozcan por quien es, y que no le admitan por lo que miente. Esto es, hombres que ni piden ni reciben nada, porque aspiran á tomarlo todo. Júdas fué el inventor de esta carátula. Quien le vió ni pedir sillas, ni lado, ni primero lugar, ni licencia para hacer bajar fuego del cielo sobre los que no hospedaban á Cristo, ni pedir para sí otro cargo del que tenia, que de él no se le hurto que hiciese; que sola una vez que habló fué para que vendiéndose el ungüento se diese á los pobres por arbitrio, — conocerá que la máscara de los tales son arbitrios de socorrer necesidades. Y quien

considerare que este vendió luego á Cristo, y se le echó en la bolsa, conocerá que los que se disfrazan con esta máscara no piden ni reciben, porque pretenden tomarlo todo, y echarse á su señor en la faldriquera. Estos miéntras viven traen la soga arrastrando, y para morir la soga los arrastra á ellos.

No ha de dar el rey los premios y las grandes mercedes medidas por el número de los años y tiempo que le han servido; sino por calidad y peso de los servicios, por las circunstancias del lugar y de la ocasion. Dimas, ladron toda su vida, condenado por ladron á muerte, y con otro escogido para con sus lados infamar á Cristo puesto en medio de sus dos cruces, en breve rato mereció el reino de Dios y ser aquel dia con el Hijo de Dios en el paraíso, porque apreció el verdadero Rey, el conocerle por Dios donde aun de hombre estaba desfigurado, donde el mismo que le conocia era quien mas le ayudaba á desconocer, donde no solo no estaba como Dios, sino aun como hombre delincuente y malo. Conocióse Dimas á sí, conoció á su compañero, y reprendióle; conoció á Cristo, y confesóle por Dios. Y aquel Señor, que es suma piedad y suma justicia, le dió su gracia, y su reino y su compañía á la calidad del servicio y al mérito de las circunstancias, sin mirar á la brevedad de un breve rato.

Esto, Señor, importa mucho que imiten los reyes para dar y saber dar (materia de suma importancia que se discurrió en la *parte primera de esta Política*, cap. 14, y aquí se consumó su discurso), y premiar ántes y mas el valor de los servicios que el número de los dias y de los años; porque en lo moral y político se ha de contar ántes lo que se vive bien, que mucho. Esto á cargo está de la vejez y de la muerte; esotro ha de ser cuidado de la justicia remunerativa. No pidió Dimas merced por lo que habia servido, sino sirvió para merecerla. Esto advierte que cuando á los príncipes de la tierra quien les ha servido en un cargo, por aquella razon pide le hagan merced, se advierta que si pidió por merced el primero cargo que alega, no es otra cosa sino pedir le hagan merced porque se la hicieron, y hacerse acreedor de lo que debe, y deudor suyo al príncipe que es su acreedor.

CAPITULO X.

Con el rey ha de nacer la paz; esa ha de ser su primero bando. Con quién habla la paz; por qué se publica por los ángeles á pastores. Que nace obedeciendo quien nace á ser obedecido. (*Luc. 2.*)

Exiit edictum, etc. «Publicóse edicto de César Augusto para que se numerase el orbe universo, por lo cual subió José, de Galilea de la ciudad de Nazareth, en Judea, á la ciudad de David que se llama Bethlehem, porque era de la casa y familia de David, para registrarse con Maria su mujer (con quien estaba desposado), preñada. Sucedió que estando allí se cumplieron los dias del parto, y parió su hijo primogénito. Y los pastores estaban velando en aquella region, y guardaban las vigilias de la noche sobre sus rebaños. Y veis que el ángel del Señor estuvo junto á ellos, y la claridad de Dios resplandeció en su contorno. Y luego se juntó con el ángel multitud de milicia celestial alabando á Dios, y diciendo: «Gloria á Dios en las alturas, y paz en la tierra á los hombres de buena voluntad.»

Es tan noble y tan ilustre la paz, que tiene por solar el cielo. Que desciende de él, se ve en los ángeles que bajaron del cielo á publicarla en la tierra á los hombres. Estos en paz imitan vida de ángeles; la tierra pacífica, estado de bienaventuranza. Tan apetecible es la paz, que siendo tan detestable la guerra, se debe hacer por adquirir paz en la religion, y en la conciencia, y en la libertad justificada de la patria. Hay paz del mundo, y paz de Dios; por eso dijo Cristo: «Yo os doy mi paz, no la que da el mundo.» En el mundo se usa mucha paz de Júdas, enmascarada con el beso de su boca. Las señas de esta son que se padece y no se goza; que se ofrece y no se da. Nadie presuma que no se le atreverá esta mala paz cara á cara, pues cara á cara se atrevió á Cristo, rey de gloria.

Señor, el ministro que aconseja que para conservar en paz los vasallos, los despojen, los desuellen y los consuman, ese Júdas es, y la suya paz de Júdas: con la boca mas chupa sanguijuela, que besa reverente. Destruir los pueblos con achaque de que los enemigos los quieren destruir, es adelantar los enemigos, no contrastarlos ni prevenirlos. Es no dejarlos qué hacer ni qué deshacer. Hubo paz universal en el mundo cuando nació Cristo, porque nacia la paz universal del mundo. Publicóse por edicto de César Augusto, que el orbe todo se numerase. Nació Jesus en esta obediencia, y fué obediente hasta la muerte, desde el vientre de su Madre, ántes de nacer, y naciendo. En la obediencia está la paz de todas las cosas: á Dios primero, á la razon y á la justicia. No hay guerra sin la inobediencia á una de estas tres cosas, á que persuaden otras tres, impiedad y pecado, apetito, soberbia ambiciosa. Nace obedeciendo quien solo debe ser obedecido, ¿y no obedecerá quien solo nació para obedecer? Toda la vida de Cristo fué paz. Nace, y luego la publican los ángeles; enseña y encarga la paz á sus discípulos, y envíala con ellos á todos. Va á morir; y al despedirse, repetidamente les da su paz y les deja su paz. Solo el que se atrevió á arrimar su boca á su cara, el que la acarició con el beso, el que tenia á cargo la bolsa de su apostolado, despreciando la paz de Cristo, dió á Cristo la de Júdas.

Dice el texto sagrado, que los ángeles que publicaron la paz á los hombres, se aparecieron á los pastores que velaban guardando las vigilias de la noche. Señor, mérito y disposicion fué en los pastores el hacer bien su oficio, el no dormir por defender sus ovejas, y el velar porque los lobos, que velan por hacer guerra á sus ganados, no se la hiciesen. Por esto se les aparecieron los ángeles, y los anunciaron la paz. El sueño es puerta abierta á la guerra y á la cizaña; el desvelo á la paz y seguridad.

Nace Cristo rey; mas nace á ser rey pastor, y á enseñar á los reyes que su oficio es de pastores. San Juan le llamó «Cordero de Dios», y le señaló y dió á conocer por Cordero; mas el mismo Cristo, *pastor* se llamó, y dijo era pastor: *Ego sum pastor bonus* : Yo soy buen pastor. No puede haber mejor disposicion para ser pastor de corderos, que ser cordero y pastor. Uno y otro quiere que sean los reyes, porque sabrán, siéndolo, gobernar y guardar los que lo son. No solo no es poco nombre el de pastor para el rey, mas sacrosanto por el ejemplo de Cristo; sino es el solo nombre de toda la obligacion de su oficio. Esto aun la mas anciana gentilidad lo conoció; el mas sublime espíritu de la idolatría, que fué Homero, lo enseña (1) : «Mas á Agamenon Atrides, pastor de los pueblos, no ocupaba el dulce sueño.»

Señor, segun Cristo nuestro Señor, el buen pastor ha de conocer á sus ovejas, y ellas le han de conocer á él. De otra manera ni sabrá las que tiene, ni las que le faltan, ni el pasto y regalo ó la cura que han menester. El pastor ha de tener perros que guarden el ganado; mas él ha de velar sobre el ganado y los perros; que si deja al solo albedrio de los mastines los rebaños, como son guarda no ménos armada de dientes que los lobos, ni de mas bien inclinada hambre, ellos los guardarán de los lobos; mas, como lobos, para sí. Señor, el descuido del pastor hace lobos de los perros, si su oreja no atiende á los ladridos, y sus ojos al balido de las ovejas. Oso afirmar que el pastor que duerme y no vela sobre su ganado, ni guarda las vigilias de la noche, él propio es lobo de sus hatos. Si no habria hombre tan perdido que averiguando que el pastor de sus ovejas, por consumir la noche y el dia en sueño y juegos, renunciaba su oficio en sus perros, no le quitase su hacienda, ¿cómo se presumirá que Cristo nuestro Señor (suma sabiduría, y que como buen pastor ama sus ovejas mas que todos) nó quitará el cuidado de ellas al pastor que no supiere de su ganado sino lo que preguntare á los perros, á quien él lo encomendó; que para ser peores que lobos, solo faltaba á su hambre y sus dientes, su descuido? De un rey que Dios eligió á su corazon y llamó varon suyo, se leen estas palabras en el *Psalm.* 77 (2) : «Eligió á David su siervo, y sacóle de los rebaños de las ovejas; escogióle cuando seguia á las que estaban preñadas, para que apacentara á Jacob su siervo, y á Israel su heredad. Y apacentólos en la inocencia de su corazon, y guiólos en los entendimientos de sus manos.» La version hebrea rigurosa vuelve: «Apacentólos por la integridad de su corazon, y encaminólos con la industria de su virtud.» Y lo mismo, aunque con mas palabras, en su paráfrasi el Campense.

Señor, espero será agradable á la piedad y desvelo real de vuestra majestad este lugar y las consideraciones con que le aplico. Misterio tiene decir que á David, rey y profeta, le sacó Dios de guardar ovejas. Legítimo noviciado para ser rey es ser pastor. Grande misterio enseña añadir : «Escogióle cuando seguia á las ovejas preñadas.» Señor, el preñado de las ovejas es el aumento del ganado: por eso escogió Dios á David de pastor para rey, porque andaba tras el aumento de su ganado; y entónces mereció que le escogiese, cuando asistia al aumento. Ya nos ha dicho el salmo cómo era pastor, y cómo por saberlo ser mereció ser rey por la eleccion de Dios: veamos si siendo rey dejó de ser pastor. El mismo salmo dice que fué pastor siendo rey : «Escogióle de pastor para que apacentara á Jacob su siervo, y á Israel su heredad. Y apacentólos en la inocencia de su corazon

---

(1) *Verùm non Atriden Agamemnonem*
Pastorem populorum
Somnus tenebat dulcis.

(*Iliad.*, lib. x, *et Odis.* III en la version de Joan Spondano.)

(2) Et elegit David servum suum, et sustulit eum de gregibus ovium : de post foetantes accepit eum, pascere Jacob servum suum, et Israel haereditatem suam. Et pavit eos in innocentia cordis sui : et intellectibus manuum suarum deduxit eos. (*Versiculos* 70, 71 y 72.)

y en los entendimientos de sus manos.» Con la palabra apacentar con que habló del ganado, habla de Jacob y de Israel. Mas dice : «Los apacentó en la inocencia de su corazon y en los entendimientos de sus manos.» Señor, apacentólos con la inocencia de su corazon, no con la malicia del ajeno. Y aquella palabra ó frase tan extraordinaria : «Con los entendimientos de sus manos,» el Espíritu Santo la dió á nuestra *Vulgata.* Hay reyes que rigen sus reinos con los entendimientos de las manos ajenas, ó con sus manos gobernadas por los entendimientos de otras manos. Estos no son pastores, sino ovejas de aquellos que con sus entendimientos gobiernan sus manos. Estos no son reyes, sino regidos de las manos, que dan sus entendimientos á aquellos á quien ellos dan mano. Sin salir de David, confiesan estos su castigo, *Eclesiástico*, 49 (1) : «Si no fuéron David, y Ecequias, y Josías, todos cometieron pecado ; porque dejaron los reyes de Judá la ley del Altísimo y despreciaron el temor de Dios : dieron su reino á otro y su gloria á gente extraña.» Señor, todos los que no gobiernan con los entendimientos de sus manos, como hizo David, dan con sus manos sus entendimientos ; y este es el pecado que acusa en los reyes el *Eclesiástico.*

Los reyes son vicarios de Dios en la tierra : con este nombre los llama Calímaco en el *Himno á Jove*, y Homero lo mismo. Luego si Cristo fué pastor, ellos que son sus vicarios deben ser pastores ; y á su imitacion, «buenos pastores.» El mismo Homero, *Odysea* III, los llama «Teotephres, instituidos por Dios», ó (como Favorino lo declara) «discípulos de Dios»; porque en griego *trophae* es alimento del alma, como la leche de los niños, y la comida del cuerpo. Bien lo enseña Cristo, rey de los reyes, que tiene á los reyes por discípulos ; pues para enseñarlos á ser pastores, la primera licion de la paz y de las vigilias la dió á los pastores ; y luego despachó una estrella por los reyes, para que le viniesen á adorar como á Dios y á oir como á maestro. Permitió que viniesen por camino que topasen con Heródes, rey lobo (Cristo le llamó raposa), rey que gobernaba no con los entendimientos de sus manos, sino con los de los piés de una ramera bailadora. Mas en viendo á Cristo aprendieron de él, como reyes discípulos de Dios, á volver por otro camino, á no entrar en el de Heródes. No conocerá el rey sus ovejas ni ellas le conocerán, si no las ven, si no le ven, si no las da sal, si no las apacienta, si no las encamina con sus manos. El pastor que ni ve, ni guia, ni da á sus ovejas, sea pastor, sea rey pastor, de él se habla con el propio lenguaje que de los ídolos (*Psalm.* 134, *vers.* 16 y 17) : «Boca tienen, y no hablarán; ojos tienen, y no verán ; oídos tienen, y no oirán, porque no hay espíritu en su boca.» Sigase, pues se sigue consecutivamente en el salmo, la maldicion á los que hacen ídolos y á los que hacen estos ídolos, que siendo vivos, son mas muertos : «Sean semejantes á ellos los que los hacen y todos los que confian en ellos;» pues no es ménos infernal invencion hacer ídolos los hombres, que hacer á los troncos y á las piedras ídolos.

(1) Praeter David, et Ezechiam, et Josiam omnes peccatum commiserunt : nam reliquerunt Legem Altissimi Reges Juda, et contempserunt timorem Dei. Dederunt enim Regnum suum aliis, et gloriam suam alienigenae genti.

CAPITULO XI.

Cómo fué el precursor de Cristo, rey de gloria, ántes de nacer y viviendo; cómo y por qué murió; cómo preparó sus caminos, y le sirvió y dió á conocer, y cómo han de ser á su imitacion los que hacen este oficio con los reyes de la tierra. (*Marc.* 1.)

Ecce ego mitto, etc. «Ves que envio mi ángel delante de tu cara, que preparará tu camino delante de tí. Voz del que clama en el desierto : Aparejad los caminos al Señor, haced derechas sus sendas. Estuvo Juan en el desierto, bautizando y predicando bautismo de penitencia y perdon de los pecados. »

Mucho debe de importar al rey el buen criado y ministro que le ha de servir y darle á conocer, preparar sus caminos y enderezar sus sendas ; pues los dos evangelistas, san Márcos y san Lúcas, empiezan la vida de Cristo nuestro Señor por la concepcion de san Juan Bautista, en que resplandece tan misteriosa providencia del cielo ; y san Juan (llamado el Evangelista) empieza su evangelio, y despues de la soberana teología del Verbo, trata de este criado, diciendo : *Fuit homo missus à Deo, cui nomen erat Joannes* : «Fué un hombre enviado de Dios, cuyo nombre era Juan. Este vino en testimonio, para dar testimonio de la luz, para que todos creyesen por él. No era él la luz.»

Señor, hombre ha de ser el ministro del rey ; por eso dijo : *Fuit homo* : «fué un hombre» ; mas ha de ser enviado de Dios ; así lo dice el texto sagrado : *Missus à Deo* : «enviado de Dios», en que se excluye el introducido por maña, por malicia, por ambicion, ó por otros cualesquier medios humanos que violentan las voluntades de los príncipes. «Enviado de Dios,» excluye escogido por el monarca de la tierra ; porque su eleccion suelen ganarla con lisonjeros ardides los que llaman atentos, siendo encantadores, é interesar su política halagüeña.

Dice : «A dar testimonio de la luz. » Esto le excluye de ciego, tenebroso, y anochecido, y enemigo del dia y de la luz. Añade que ha de ser «para que crean todos por él » ; mas no en él, sino en el Señor por él.

Dice «que él no era luz» : cláusula muy importante. Es muy necesario, Señor, escribiendo de tales ministros, referir lo que no son junto á lo que deben ser. Si el criado es luz, será tinieblas el príncipe. No ha de ser tampoco tinieblas ; que no podria dar testimonio de la luz. Del Bautista dice el Evangelista, «que no era luz», y de Cristo, mirad y señor : *Erat lux vera, quae illuminat omnem hominem.* «Era luz verdadera que alumbra á todo hombre.» Esta diferencia es del Evangelio. Medio hay entre no ser luz y no ser tinieblas ; que es ser luz participada, ser medio iluminado. De san Juan dice el Evangelio : «El no era luz;» quiere decir la luz de las luces, la luz de quien se derivan las demas ; que los ministros se llaman *luz*, y lo son participada del Señor. Cristo dijo á sus ministros y apóstoles : *Vos estis lux mundi* : «Vosotros sois luz del mundo.» Ha de ser el ministro luz participada : no ha de tomar la que quiere, sino repartir la que le dan. Ha de ser medio iluminado, para que la majestad del príncipe se proporcione con la capacidad del vasallo. Visible es el campo y el palacio : potencia visiva hay en el ojo ; empero si el medio no está iluminado, ni el sentido ve, ni los objetos son visibles : uno y otro se debe al medio dispuesto con claridad.

Ha de ser el buen ministro luz encendida; mas no se ha de poner ni sepultar debajo del celemin, para alumbrar sus tablas solas y sus tinieblas, sino sobre el candelero: disposicion es evangélica. Ha de ser vela encendida, que á todos resplandece y solo para sí arde; á sí se gasta, y á los demas alumbra. Mas el ministro que para todos fuese fuego, y para sí solo luz que alumbrándose á sí consumiese á los otros, seria incendio, no ministro. El Bautista sirvió á su Señor de esta manera: enseñóle y predicóle: fué medio iluminado para que le viesen y siguiesen; alumbró á muchos y consumióse á sí. Al contrario, Heródes consumió los inocentes, y cerró su luz debajo de la medida de sus pecados, que fuéron Herodias y su madre. Como cierran la llama, hallan el celemin que la pusieron encima, con mas humo que claridad, y mas sucio que resplandeciente. Ninguna prerogativa ha de tener el ministro que la pueda atribuir á la naturaleza, ni á sus padres, ni á sí, sino á la providencia y grandeza del Señor, porque no le enferme la presuncion. El Bautista fué hijo de esterilidad ultimada, para ser fertilidad y para hacer fecundos los corazones estériles. Fué voz, mas hijo del mudo. Pierde la voz Zacarías para engendrarla, para que no pueda atribuir á la naturaleza lo uno, ni á su padre lo otro. Es muy conveniente que el ministro, que ha de ser voz del señor, descienda de mudo, porque sabrá lo que ha de decir y lo que ha de callar. Así lo hizo san Juan en lo que habia de decir, cuando dijo: «Veis el Cordero de Dios que quita los pecados del mundo:» en lo que habia de callar, cuando preguntándole maliciosamente los judíos quién era, dijo «que no era profeta», siendo profeta y mas que profeta; en lo que no habia de callar, cuando á Heródes le dijo: «No te es lícito casar con la mujer de tu hermano.» Tanto importa que el ministro diga lo que no se ha de callar, como decir lo que se debe, y callar lo que no se debe decir.

Fué el Bautista voz. Señor, eso ha de ser el ministro. La voz es formada, y dala el ser quien la forma. Es aire articulado, poco y delgado ser por sí sola. Mas ha de ser voz que clame en el desierto. De sí lo dijo san Juan: «Yo soy voz del que clama en el desierto.» El ministro que con la multitud del séquito que puebla su poder, deja la majestad de su señor con desprecio de sus vasallos deshabitada, ese no es voz del que clama en el desierto, sino rumor que grita y roba en poblado; y su príncipe mudo, y su palacio yermo.

Pasemos á ver cómo vivió este ministro que envió Dios. Comia langostas. ¡Oh señor! suplico á vuestra majestad atienda á la sustancia y salud de este alimento. Los ministros de los reyes no han de comer otra cosa sino langostas. Este animal consume las siembras, destruye los frutos de la tierra, introduce la hambre y esteriliza la abundancia de los campos; destruye los labradores, y remata los pobres. El alimento del ministro han de ser estas langostas: estas ha de comer, no las cosechas, no los frutos de la tierra, no los labradores, no los pobres. Ha de comer, Señor, á los que se los comen y los arruinan; porque yo digo á vuestra majestad que el ministro que no come esta langosta, es langosta que consume los reinos.

Vestia pieles de camellos, no de vasallos. ¿Por qué de camellos, y no de lobos, osos ó leones, que han sido vestidura y blason de emperadores y varones heróicos?

Atrévome á responder: porque estos animales son feroces, crueles y ladrones. No ha de vestir el ministro piel que le acuerde de uñas y garras, de crueldad y robos. Seda y paño y telas hay que rebozan estas pieles. Conviene que vista el ministro piel de camello (que no solo le acuerde de servir trabajando, sino de trabajar con humildad y respeto, de rodillas), animal que se baja para que le carguen, que humilla su estatura para facilitar el trabajo de quien le carga con el suyo, que tiene desarmadas sus grandes fuerzas para ofender ni con las manos, ni con la cabeza, ni con los dientes. Esta piel no solo es vestido, sino gala; no solo gala, sino recuerdo, y consejo y medicina. Esta cubierta defiende como fieltro, abriga y honra al que la trae, y al reino.

Dijo el Angel «que en el dia de su nacimiento se alegrarian todos». Esta promesa, como las demas, bien cumplida se ve en todas las naciones. ¿Quién no se alegra y hace fiestas al dia en que nació ministro que come langostas, que viste pieles de camellos, que es voz del que clama en el desierto? Y por el contrario, ¿quién no maldice el dia en que nació aquel ministro á su rey hace voz en desierto, que es langosta en vez de comerlas, que viste pieles de vasallos, de leon, de lobo y de oso? El santísimo Bautista tenia discípulos: enviólos á consultar á su Señor, y á preguntarle. El ministro ha de preguntar y consultar á su príncipe.

Lo que tocaba á Cristo era bautizar en el Espíritu Santo, y quitar los pecados del mundo, el apartar el grano de la paja, y quemar la paja. Dijo «que el que habia de venir despues de él era mas fuerte que él, y que no merecia desatar la correa de su zapato». En ninguna cosa de las que pertenecian á la soberania de Cristo, su Señor y nuestro, puso la mano, ni se introdujo en ella. Y enseñó no solo á respetar el rey recien nacido, sino al rey ántes de nacer. La niñez de los monarcas engaña el orgullo de los descaradamente ambiciosos, que, fiados en la menor edad, hacen y los hacen que hagan cosas de que cuando los asiste madura edad se avergüenzan, se arrepienten y se indignan.

Vino Cristo á san Juan para que le bautizase: y reconociendo el gran Bautista la majestad de su Señor, dice el texto sagrado (1): «Mas Juan se lo prohibia, diciendo: ¿Yo debo ser bautizado de tí, y tú vienes á mí?» Las visitas del rey al criado las ha de extrañar el criado; no disponerlas y solicitarlas, ha de intentar prohibirlas. Este respeto era heredado de santa Elisabet, su madre, y la respuesta fué la misma casi. Ella, cuando visitada en su preñado de la Vírgen y madre de Cristo, la dijo (2): «¿Por dónde merezco yo que venga á mí la madre de mi Señor?» Verdad es que cuando santa Elisabet dijo estas palabras, san Juan no era nacido y habitaba en las entrañas de su madre; mas no se puede negar que en el vientre de su madre estaba atento, pues dice san Lúcas (3): «Ves que luego que oyeron mis oidos la voz de tu salutacion, en mi vientre con el gozo se alegró la criatura.» A esta reverencia y respeto aun ántes de nacer, han de estar atentos los criados con su señor, los ministros con su rey. Replicó san Juan á Cristo, cuando vino

(1) Joannes autem prohibebat eum, dicens: Ego à te debeo baptizari, et tu venis ad me?

(2) Et unde hoc mihi, ut veniat Mater Domini mei ad me?

(3) Ecce enim ut facta est vox salutationis tuae in auribus meis, exultavit in gaudio infans in utero meo.

áque le bautizase, y Cristo le respondió con grande amor y blandura (1) : «Obedece ahora, que así conviene que cumplamos toda justicia.» Movido del propio respeto y reveréncia de criado, replicó san Pedro á la propia majestad divina cuando le quiso lavar los piés (2) : «¿Señor, tú me lavas los piés?» Respondió Cristo (3) : «Lo que yo hago no lo sabes ahora, mas sabráslo despues.» Replicó san Pedro (4) : «No me lavarás los piés eternamente.» Puédese replicar al señor y al príncipe una vez; mas diciendo el señor al ministro que no entiende lo que hace, que despues lo entenderá, ya ocasiona severa respuesta. Díjole Cristo (5) : «Si no te lavo, no tendrás parte conmigo.» Severísima fué esta amenaza. Bien conoció san Pedro su rigor, pues dijo (6) : «Señor, no solo mis piés, sino mis manos y mi cabeza.» Todo lo enseña el Evangelio: á replicar el criado al señor una vez, y á responder al que replica dos con amenaza, y á librarse de ella, ofreciendo al rey que pide los piés, no solo los piés, sino las manos y la cabeza. La fe de san Pedro era tan sublime y fervorosa, que le dictaba siempre determinadas y magníficas palabras, que fuéron : «No me lavarás los piés eternamente. Y si conviniere que muera contigo, no te negaré.» Negó luego tres veces á Cristo, y escarmentó de manera, que preguntándole Cristo tres veces despues de resucitado : *Petre, amas me?* «¿Pedro, ámas me?»—amándole con amor tan grande no osó decir que sí, y todas tres veces le respondió : *Tu scis, Domine* : «Tú lo sabes, Señor.»

Murió el gran Precursor y ministro escogido por no dejar de decir al rey Heródes lo que él no debia hacer. ¡Oh Señor, cuánto conviene mas que muera el ministro por haber dicho al rey lo que no debe callar, que no que muera el rey porque le calla lo que le debia decir !

Sacra, católica, real majestad, dé Dios á vuestra majestad ministros imitadores del Bautista : que sean medios iluminados y voz del que clama en desierto; que vistan pieles de camellos, y no de leones y lobos ; que coman langostas, y no sean langostas que coman los pueblos ; que contradigan las grandes mercedes ántes que solicitarlas ; que digan lo que no han de callar, y no callen lo que deben decir.

CAPITULO XII.

Enséñase, en la anunciacion del ángel á nuestra señora la Virgen María, cuáles deben ser las propuestas de los reyes, y con cuál reverencia han de recibirse los mayores beneficios. Cómo es decente y santa la turbacion; y en qué no se ha de temer. (*Luc. cap. 1.*)

Missus est Angelus, etc. «Fué enviado de Dios el ángel Gabriel á la ciudad de Galilea cuyo nombre es Nazareth, á la Virgen desposada con el varon llamado José, de la casa de David ; y era el nombre de la Vírgen *María*. Y entrando el Angel, díjola : Dios te salve, llena de gracia, el Señor es contigo : bendita tú entre las mujeres. La cual, como lo oyese, se turbó en su razonamiento, y meditaba cuál fuese esta salutacion. Y díjola el Angel : No temas, María, porque hallaste gracia en Dios.»

Quiso el Padre eterno que su Hijo, ántes de nacer y

(1) Sine modo : sic enim decet nos implere omnem justitiam.
(2) Domine, tu mihi lavas pedea?
(3) Quod ego facio, tu nescis modò : scies autem postea.
(4) Non lavabis mihi pedes in aeternum.
(5) Si non lavero te, non habebis partem mecum.
(6) Domine, non tantùm pedes meos, sed et manus, et caput.

de encarnar, enseñase y diese doctrina á los reyes de la tierra. Este amor tan grande y tan prevenido, Señor, debemos los hombres acogerle en nuestros corazones con reverencia humilde, con reconocimiento agradecido, con ansiosa obediencia para su imitacion.

Trajeron las semanas profetizadas el tiempo para ejecutar el alto é inefable decreto que para la redencion del mundo habia establecido aquella junta de tres Personas, en unidad de esencia, trinidad inefable, unidad trina en personas ; y determinó el Padre eterno de enviar su Hijo á tomar carne humana, y el Espíritu Santo con su obra disponerlo. Y siendo esta la mas soberana, y para la siempre Virgen María la merced mas suprema escogerla para Madre de Dios, envia aquel soberano Señor (á quien la pluralidad de tres personas no divide la unidad de monarca único de cielos y tierra) al ángel Gabriel á que anuncie su decreto á la preservada y escogida Virgen reina de los ángeles, para que dé su consentimiento y se efectúe tan soberana y misteriosa Encarnacion. Y siendo tan excesivamente mayor el poder y majestad del Criador sobre su criatura, que del rey con el vasallo, aun para hacer á la Virgen María reina de los ángeles y su Madre, la merced mas suprema que pudo hacerla, envió por su consentimiento.

¿Cómo dejarán los monarcas de la tierra de pedir el de los súbditos, que les dió el gran Dios con este ejemplo, no para hacerlos merced, sino para deshacerlos? Viene Dios á tomar de su criatura carne humana, para endiosarla, y que sea la que se la da Madre del mismo Dios, y aguarda á que su criatura diga que se haga su voluntad ; y los señores de la tierra ¿ de sus criaturas tomarán á su pesar lo que han menester para vivir? Todo se debe á la justa y forzosa necesidad de la república y del príncipe ; mas para que el servicio sea socorro y no despojo, no basta que el monarca pida lo que ha menester, sino que oiga del vasallo lo que puede dar. Tasan mal estas cosas los que aconsejan que se pidan, y luego las ejecutan ; porque con tales ejecuciones socorren ántes su ambicion y codicia, que al reino ni al rey. Señor, de todos los caudales que componen la riqueza de los príncipes, solo el de los vasallos es manantial, y perpetuo : quien los acaba, ántes agota el caudal del señor, que le junta. El Espíritu Santo dice «que la riqueza del rey está en la multitud del pueblo». No es pueblo, muy poderoso Señor, el que yace en rematada pobreza : es carga, es peligro, es amenaza ; porque la multitud hambrienta ni sabe temer, ni tiene qué ; y aquel que los quita cuanto adquirieron de oro y plata y hacienda, los deja la voz para el grito, los ojos para el llanto, el puñal y las armas. Para tomar Dios de su criatura un vestido humano, que eso fué el cuerpo, envia un ángel que se lo pida y que aguarde su respuesta, que satisfaga á las dificultades que se le ofrecieren ; como fué decir la Virgen : «¿Cómo se obrará esto? porque no conozco varon ;» y que la asegure turbada. El texto dice : «La cual, como lo oyese, se turbó.» No pueden los reyes enviar ángeles por ministros ; mas pueden y deben enviar hombres que imiten al ángel en aguardar la respuesta, en quitar la turbacion y el miedo : no hombres que imiten al demonio en no oir, en dar horror, y turbacion y miedo. Si de lo mucho que se pidiese se da lo poco que se puede, es dádiva fecunda que luce y aprovecha. Y al vasallo le sucede lo que á la vid, que quitándole la poda lo superfluo, se fertiliza; y si la arrancan, lleva mucho mas, mas la destruyen para siempre.

No sé qué se tiene de grande abundancia lo que se concede pedido; y bien sé cuánto tiene de estéril cuanto se toma negado. Si á intercesion de la gula hay meses vedados para que los cazadores no acaben la caza, matando los padres para la crias, haya meses vedados, cuando no años, á intercesion de la justicia y misericordia, para los cazadores de pobres, porque la cria de labradores no perezca.

Hemos considerado cómo se ha de pedir y proponer, y cuál ha de ser el ministro. Pasemos á examinar qué se ha de hacer con las propuestas de grandes mercedes.

Dijo el Angel á nuestra Señora: «Dios te salve, llena de gracia, el Señor es contigo: bendita tú entre las mujeres:» palabras llenas de singulares y altísimas prerogativas. Y dice el Evangelista: «La cual, como lo oyese, se turbó en su razonamiento.» Más seguro es, Señor, turbarse con la propuesta de grandes favores y mercedes, que tener orgullo en su confianza. A la Vírgen María la saluda un ángel : llámala llena de gracia y bendita entre las mujeres, y se turba. A Eva la dice Satanas en la sierpe que coma y será como Dios; y se alegra, y confiada se ensoberbece. Esta introduce con el pecado la muerte: la Vírgen y Madre, concibiendo al que quitó los pecados del mundo, introdujo la vida y la muerte de la muerte. Dijola el ángel Gabriel: «No temas, María, porque hallaste gracia en Dios.» Señor, los que hallan gracia en otro hombre, los que con otro hombre pueden y tienen valimiento, teman : solo pierda el miedo el que halla gracia en Dios y con Dios. Las ruinas tan frecuentes de los poderosos, en que tanta sangre y horror gastan las historias, se originan de que temen donde no habian de tener miedo, y no tienen miedo donde habian de temer. Doctrina es esta de David, y por eso doctrina real y santa (*Psalm.* 52, *v.* 6), tratando de los necios que en su corazon dijeron : «No hay Dios.» Tal gente reprende en este salmo y verso (1): « Allí temblaron de miedo, donde no habia temor.» Y da la causa en el verso siguiente : «Porque Dios disipó los huesos de los que agradan á los hombres.» Literal está la sentencia, y en ella la amenaza. Tienen gracia con los hombres, y no temen. Por eso Dios disipará sus huesos, y porque temen donde no hay temor. Muchos tienen gracia con Dios, á quien hace mercedes y favores; y muchos la tienen, á quien da aflicciones y trabajos. Hay algunos, y no pocos, que en viéndose en poder de persecuciones desconfian de tener gracia con Dios; y por eso temen donde no hay temor. Estos mas quieren estar contentos con lo que Dios hace con ellos, que no que Dios esté contento de ellos por lo que con ellos se sirve de hacer. Quieren á Dios solo en el regalo y en el halago, no en el exámen y dolor meritorio. Son almas regalonas y acomodadas. No lo enseña así san Agustin, pues dice : «Quien alaba á Dios en los milagros de los beneficios, alábele en los asombros de las venganzas; porque amenaza y halaga. Si no halagara, no hubiera alguna advertencia ; si no amenazara, no hubiera alguna correccion.»

Palabras son del Espíritu Santo : « El principio de la sabiduría es el temor del Señor.» Lo primero que se nos manda en el *Decálogo* es amar á Dios, y no se manda

(1) Illic trepidaverunt timore, ubi non erat timor.

que le temamos, porque no hay amor sin temor de ofender ó perder lo que se ama ; y este temor es enamorado y filial. Segun esto, Señor, el hombre que tiene gracia con otro hombre, cuerdo es si teme. El que tiene gracia con Dios no tiene qué temer : ese solo está seguro de miedos, y tiene en salvo los sucesos de sus buenas obras, sin que pueda variárselos la mudanza del monarca, por ser inmutable ; ni la envidia de los enemigos, por ser la misma justicia, á quien no pueden engañar. Y el hombre, Señor, que tiene gracia con otro y no teme, este le desprecia, y quiere ántes ser temido de su señor, que temerle ; y quien llega á temer al que hizo, él se confiesa por deshecho.

CAPITULO XIII.

Cuál ha de ser el descanso de los reyes en la fatiga penosa del reinar ; qué han de hacer con sus enemigos, y cómo han de tratar á sus ministros, y cuál respeto han de tener ellos á sus acciones. (Joann. 4.)

Jesus ergo fatigatus ex itinere, sedebat sic supra fontem. Venit mulier de Samaria haurire aquam. Dicit ei Jesus : Da mihi bibere. Dicit ergo ei mulier illa Samaritana : Quomodò tu, Judaeus cum sis, bibere à me poscis, quae sum mulier Samaritana? Respondit Jesus, et dixit ei : Si scires donum Dei, et quis est, qui dicit tibi da mihi bibere ; tu forsitan petisses ab eo, et dedisset tibi aquam vivam. Dicit ei mulier : Domine, neque in quo haurias habes, et puteus altus est : unde ergo habes aquam vivam? (1)

Que el reinar es tarea; que los cetros piden mas sudor que los arados, y sudor teñido de las venas; que la corona es peso molesto que fatiga los hombros del alma primero que las fuerzas del cuerpo; que los palacios para el príncipe ocioso son sepulcros de una vida muerta, y para el que atiende son patíbulo de una muerte viva, —lo afirman las gloriosas memorias de aquellos esclarecidos príncipes que no mancharon sus recordaciones, contando entre su edad coronada alguna hora sin trabajo. Así lo escribió la antigüedad; no dicen otra cosa los santos ; esta doctrina autorizó la vida y la muerte de Cristo Jesus, rey y señor de los reyes. Y como suene afrenta en las majestades el descansar un rato, y sea palabra que desconocen y desdeñan las obligaciones del supremo poderío, el Evangelista, cuando dijo que Cristo descansaba del cansancio del camino (eso es sentarse), dijo tales palabras : *Jesus ergo fatigatus ex itinere, sedebat sic supra fontem.* «Jesus cansado del camino, se sentó así junto á la fuente.» Sentóse así, descansó así. Aquel *asi* disculpa el descansar siendo rey ; y dice que descansó *así,* para que los reyes sepan que si así no descansan, no se asientan, sino se derriban. Veamos pues cómo descansó, puesto que la palabra *sic, así,* está poseida de tan importantes misterios.

Bien sé que Lira dice : *Quod ex hoc apparebat veritas humanae naturae, quemadmodum et quandò esuriit post jejunium.* Y san Juan Crisóstomo refiere sobre san Juan : *Sedebat, ut requiesceret ex labore.* Yo reverencio como miserable criatura estas explicaciones, y en ellas adoró la luz del Espíritu Santo que asistió á sus doctores, y la aprobacion de la Iglesia en los padres. Diré mi consideracion solo por diferente, sin yerro, á lo que yo alcanzo, y sin impiedad, así en esto como en otras cláusulas,

(1) Queda romanzado en el cap. II de esta segunda parte.

porque se conozca cuál es el dia de la leccion sagrada, y la fecundidad de sus lumbres y misterios, pues guarda que considerar aun á mi ignorancia, sin aborrecerla por mi distraimiento. Esta protesta bastará para los juicios doctamente católicos; que para los que respiran veneno y leen las obras ajenas con basiliscos, ninguna cosa tiene lugar de defensa.

«Cansado del camino, Jesus estaba así sentado junto á la fuente.» Señor: Cristo, rey verdadero, cansado del camino, sentóse á descansar así. El propio Evangelista dirá cómo descansó. Señor, descansó del camino y trabajo del cuerpo, y empezó á fatigarse en otra peregrinacion del espíritu, en la reduccion de un alma, en la enmienda de una vida delincuente con muchas conciencias. Así, Señor, que los reyes que imitan á Cristo y descansan así, no se descansan á si, descansan de un trabajo con otro mayor, y estas ansias eslabonan decentemente la vida de los príncipes. De las acciones mas principalmente dignas de rey que Cristo hizo, fué esta, y en que mas enseñó á los reyes tres puntos tan esenciales, como cuál ha de ser su descanso, qué han de hacer con sus enemigos, y cómo han de tratar á sus ministros; y cuál respeto han de tener ellos á sus acciones, y cómo y para qué han de pedir los reyes á los miserables y súbditos.

Señor, cuando vuestra majestad acaba de dar audiencia, de oir la consulta del consejo; cuando despachó las consultas de los demas y queda forzosamente cansado, descanse, así como Cristo, empezando otro trabajo; trate de reducir á igualdad los que le consultan de otros; atienda vuestra majestad al desinteres de los que le asisten, á la vida, á la medra, á las costumbres, á la intencion; que este cuidado es medicina de todos los demas. Quien os dice, Señor, que desperdiciéis en la persecucion de las fieras las horas que piden á gritos los afligidos, ese mas quiere cazaros á vos, que no se cazan á vos, que se cazan á vos, no se cazan á vos, que caceis. Preguntad á vuestros oidos si son bastantes para los alaridos de los reinos, para las quejas de los agraviados, para las reprensiones de los púlpitos, para las demandas de los méritos, y veréis por cuántas razones vuestro sagrado oficio desahucia los espectáculos que os tengan por auditorio hipotecado á sus licenciosas demasías. Quien descansa con un vicio de una ocupacion, ese descansa la envidia de los que le aborrecen, la codicia y ambicion de los que le usurpan, la traicion de los que le engañan. Quien de un afan honesto descansa con otro, ese descansa así como descansó Cristo.

Muy poderoso y muy alto y muy excelente Señor: los monarcas sois jornaleros: tanto mereceis como trabajais. El ocio es pérdida del salario; y quien descansando así os recibió en su viña por obreros, mal os pagará el jornal que él ganó así, si así no le ganais.

«Vino la mujer de Samaria á sacar agua. Díjola Jesus que le diese de beber. Díjole pues aquella mujer samaritana: ¿Cómo, siendo tú judio, me pides á mí de beber, siendo mujer samaritana?» De Dios, de Cristo, su Hijo unigénito, pocos llevan lo que buscan. ¡Gran dádiva negarles la demanda de su ceguera, y darles el provecho que previene su misericordia! Señor, no lleve agua el que viene por agua, si conviene que lleve reprension. Sentáos, Señor, sic supra fontem, así sobre la fuente de las mercedes, de los premios y de los castigos: no dejeis que se sienten vuestros allegados y ministros; vayan á buscar de comer, no se entrometan en

vuestro cargo. Asistid vos á la fuente, y tendrán remedio los sedientos, y beberán lo que les conviene, que es lo que vos les diéredes, y no lo que buscan y quieren sacar con sus manos.

Era pozo, y le llama fuente el Evangelista. Creo sea esta la causa (y á propósito, si no la desautoriza ser yo el autor). Como el Espíritu Santo por san Juan hablaba al suceso para el misterio, y sabia que la mujer buscaba pozo y agua muerta, y que en el pozo habia de hallar al que es fuente de agua viva, llamóla así, previniendo la maravilla; y llamó fuente al pozo, porque la historia se cumplió en la fuente. San Agustin sobre san Juan admirablemente concierta la letra (1).

Señor, los pretendientes, los sedientos, los allegados os quieren pozo hondo y oscuro y retirado á la vista, porque solos ellos puedan sacar lo que quisieren. Estos, Señor, que alcanzan con soga y no con méritos, paguen con su cuello al esparto lo que le trabajan con el caldero. Pozo os quieren, Señor: fuente sois, y tal os eligió Jesucristo. Ellos os quieren detenido y encharcado para sí, y Dios difuso y descubierto para todos. Corred como fuente, pues lo sois; y para quien os quiere pozo, sed sepultura.

Pide este gran rey, Señor, y pide agua al pié de la fuente en el brocal del pozo: no pide oro, ni plata, ni joyas; pide lo que sobra donde lo hay, á quien viene á sacarlo para sí todo. Estos malditos que son carcoma doméstica de los reyes, quieren que sean pozos: Dios manda que sean fuentes. Delito y castigo será contradecir á Cristo, y obedecer á los soberbios y vanagloriosos. Señor, rey, pozo hondo para todos y abierto para uno que solo y siempre saca, atienda con todos los sentidos á ver si conoce algo de su séquito y de su alma en aquellas palabras del Apocalipsi (2). «Vi caer del cielo en la tierra una estrella, y fuéle dada llave del pozo del abismo. Y abrió el pozo del abismo; y subió el humo del pozo como humo de un horno grande; y el sol y el aire se oscurecieron con el humo del pozo. Y del humo del pozo salieron langostas sobre la tierra, y fuéles dada potestad como la tienen los escorpiones de la tierra; y fuéles mandado que no ofendiesen el heno de la tierra, ni alguna cosa verde, ni algun árbol; solo á los hombres que no tienen la señal de Dios en sus frentes.»

Señor, este lugar tan poseido de amenazas y espantos, donde las estrellas caen y el humo sube, cosa tan contraria, lo entienden los padres á la letra de los herejes: yo me aventuro á declararle de los reyes pozos. Nada, si bien se considera, es por mi cuenta: el propio lugar se declara, y no por eso deja de entenderse de los herejes; que los reyes que se apartan de los ejemplos de Cristo, y le desprecian y niegan la obediencia á sus mandatos, herejes son de esta doctrina donde está es-

(1) Puteus erat; sed omnis puteus fons, et non omnis fons puteus. Ubi enim aqua de terra manat, et usum praebet haurientibus, fons dicitur. Sed si in promptu, et superficie sit, fons tantum dicitur: si autem in alto et profundo sit, ita puteus vocatur, ut fontis nomen amittat. (Tract. 15, in c. 4.)

(2) Vidi stellam de coelo cecidisse in terram, et data est ei clavis putei abyssi. Et aperuit puteum abyssi, et ascendit fumus putei, sicut fumus fornacis magnae: et obscuratus est Sol, et aer de fumo putei. Et de fumo putei exierunt locustae in terram: et data est illis potestas, sicut habent potestatem scorpiones terrae: et praeceptum est illis ne laederent foenum terrae, neque omne viride, neque omnem arborem: nisi tantum homines, qui non habent signum Dei in frontibus suis. (Cap. 9.)

crita esta cláusula con tantos espantos como letras ; estrella que cae, humo que sube, horno, oscuridad, escorpiones y langostas. ¿Qué fábrica en el infierno se compondrá de mas temerosos materiales? Hable la cláusula por sí. ¿Qué es un rey? Una estrella del cielo que alumbra la tierra, norte de los súbditos, con cuya luz é influencia viven. Por eso apareció estrella á los tres reyes. Todos los reyes, Señor, son estrellas del sol Cristo Jesus ; familia suya son resplandeciente. El que cae de la alteza del cielo, el que se aparta de la igualdad de aquella circunferencia, que á su justicia llegan forzosamente todas sus lineas iguales, ese que del cielo cae en la tierra, ¿qué codicia? Qué negocia con apear su luz encendida á la par con el dia, y abatirla por el suelo? Negocia las llaves del pozo del abismo. Era vecino de oro en el glorioso espacio por donde se extienden en igualdad inmensa los volúmenes del cielo, y caia á ser llavero de las gargantas del humo de los depósitos de la noche. ¿Qué hizo este rey en teniendo las llaves del abismo? Abrir el pozo del abismo. ¡Ah, Señor! ¿Quién estuviera tan mal con alguna estrella, que de llama de aquel linaje que se encendió con la palabra de Dios en el mas ilustre solar del mundo, sospechara pensamiento tan bajo? Yo creyera que bajaba la estrella á tomar las llaves del pozo del abismo para darle otra vuelta, para añadirle otro candado para que otra mano no le abriese. Mas no fué así ; que quien deja el lugar que tenia por Dios, y el ministerio que le fué dado, todo lo dispone al reves. ¡Qué pensamiento tan vergonzoso para una estrella bajar ella á abrir el pozo para que suba el humo! Así el texto dice que subió del pozo humo como de un horno grande. Rey que deja de ser estrella y se inclina á pozo, ¿qué hace, Señor? Precipitarse á sí, que es estrella, y levantar el criado, que es humo. La luz y la tiniebla truecan caminos. Estrella que cae, ¿qué puede levantar sino humo? Rey que deja cetro de monarquía por llaves de pozo, desate de las cárceles de la noche contra sí las oscuridades, y sea su castigo, que cayendo porque el humo suba, no logrará aun esta maldad; porque el humo cuanto mas sube mas se deshace, y la enfermedad mortal del humo es el subir.

« Y oscurecióse el sol y el aire con el humo del pozo. » Bien agradecida se mostró esta estrella al sol que la dió los rayos, pues abrió la puerta al pozo que le oscureció á él y al aire con el humo. Señor, todo lo deja á oscuras y confuso, y sepultado en noche, el rey que da puerta franca al humo ; y debeis considerar, si con él se oscureció el sol, la que abrió con esta llave ¡qué padeceria siéndole tan inferior en todo! Veamos, ya que dejó el cielo por el pozo, y escogió un eclipse tan desaliñado, qué fin tuvo, y para qué. « Y del humo del pozo salieron langostas sobre la tierra. » Cuando se juntan con la humillacion del príncipe la soberbia abatida y empozada del criado, engendran plagas, producen langostas. El hijo de esta bastardía tan alevosa es el azote de la tierra, el despojo de los pobres, la ruina de los reinos. ¿Qué otra sucesion merece una estrella que con el humo comete adulterio contra toda la hermosura y majestad del cielo? « Y fuéles dada potestad, como la tienen los escorpiones de la tierra. » Hijos del pozo, mestizos del dia y de la noche, de la majestad y de la traicion, mayorazgos de la iniquidad, atended qué poder se os da ; mas atended cuál poder teneis de escorpiones. Veneno sois, no ministros : fieras, no poderosos. Blasonar de este poder es apostar con todo el infierno en la iniquidad nefanda ; y este poder, de que tan impíamente presumis, os fué dado contra vosotros, y trae instruccion secreta de Dios para atormentar vuestras conciencias. Oid lo que se sigue : « Y fuéles mandado que no ofendiesen el heno de la tierra, ni alguna cosa verde, ni algun árbol ; solo á los hombres que no tienen la señal de Dios en sus frentes. Poco os duró el golpe de veros langostas, parto del pozo y del humo : ya vuestros dientes tenian amenazado cuanto vive sobre la tierra en las edades del año. Ni malos habeis de ser, como deseais : todo se os ordena al reves. Y es así, que las langostas ofenden lo verde, los campos, lo sembrado, y no á los hombres ; y á vosotros os mandan como á langostas espurias y de ayuntamiento tan ilícito, que no ofendais al heno, ni á la yerba, ni á lo verde, ni á algun árbol, y que ofendais á solos los hombres que no tienen la señal de Dios en la frente. Aquí está secreto vuestro dolor. No habeis de ofender al bueno, al pobre, al inocente, al humilde, al justo, no; que en esa venganza estaba vuestra gloria. Solo habeis de ofender á los que no tienen la señal de Dios en la frente. Y así se cumple que siempre estáis ocupados en deshaceros unos á otros, y en aparejaros los cuchillos y las sogas.

Señor, estése la estrella en el lugar que Dios la dió; y al pozo del abismo ántes le añada cerraduras, que le abra. Si se baja del cielo al pozo, ved, Señor, que subirá el humo que os anochezca y os quite el sol y os borre el aire. Ministros que son bocanadas del pozo del abismo, bien están debajo de llave y debajo de tierra : no déis poder de escorpiones, ni aguardeis de tales simas otra cosa que plagas y langostas. Al pozo venía la Samaritana ; mas Cristo rey eterno así se sentó junto de la fuente, porque baja del cielo á cerrar el pozo, y á enseñar la fuente, y á rogar con ella. Por eso la dió de su agua, que era de vida, y no bebió de la del pozo. Zacarias llama fuente á Cristo (1) : «Fuente patente de la casa de David.» Y Isaías (2): « Sacaréis las aguas en gozo, de las fuentes del Salvador.» Aguas con gozo solo se sacan de las fuentes. Consejo es del Espíritu Santo ; que de los pozos ya hemos visto lo que se saca.

« Vino una mujer de Samaria á sacar agua, y díjola Jesus : Dame de beber. » ¡Qué leves y qué baratos son los pedidos de Dios, del rey Cristo, á sus vasallos! Pide un jarro de agua, y pídele tan á propósito como se ve : al brocal del pozo, á quien tiene con que sacar el agua y viene á eso. Leves serían los tributos de los príncipes, si pidiesen (á imitacion de Jesucristo) poco y fácil, y quien lo puede dar, y donde lo hay; lo que las mas veces se descamina por la codicia y autoridad de los poderosos, pues se cobra del pobre lo que le falta y sobra al rico, que por lo que él la ha quitado y le niega, le ejecuta. Veamos qué sucedió á esta demanda tan justa de Cristo nuestro Señor, donde aquella suprema y verdadera majestad pidió con tan profunda humildad y tan inefable cortesía. Respondióle aquella mujer samaritana : «¿Cómo siendo tú judio, á mí, que soy mujer samaritana, pides de beber?» Señor, pidiendo Dios y el inocente y el justo, falta agua en el mar y en los pozos ; y la respuesta no solo niega lo que se pide, sino

---

(1) Fons patens domus David. 23.

(2) Haurietis aquas in gaudio de fontibus Salvatoris. 12.

lo acusa y pretende hacer delincuente. Si estas negaciones se pasaran á las demandas de los codiciosos y descaminados, y las concesiones que sirven á su apetito se vinieran á estas demandas, los hombres estuvieran ricos, los reinos prósperos, la sed de Cristo socorrida, y la de los hidrópicos curada. Díjola Cristo: «Si supieras la dádiva de Dios, y quién es quien te dice: Dame de beber, pudiera ser que tú le pidieras á él, y él te hubiera dado el agua de vida.» No lo habiamos entendido hasta ahora, Señor: no deja que lo entendamos nuestra ignorancia y nuestra avaricia. Sirven á estas acciones gloriosas de Cristo nuestro Señor, de tinieblas los estilos y sucesos de la tierra. Los príncipes temporales dan para pedir: Cristo, solo rey, pide para dar. Dice á la mujer que le dé agua, y niégasela, y aun hace delito el habérsela pedido. Y el Señor la responde: «Si entendieras la dádiva de Dios, y quién es quien te dice: Dame de beber.» El negarle á Dios lo que nos pide, nace de que no conocemos que su pedir es dádiva. ¿Qué nos pide que no sea para darnos? ¡Gran misterio pedirla agua, para que ella se la pida al que se la dará! Quien pide de esta manera imitando á Cristo, será padre de sus reinos. Pida tributos para darles defensa, paz, descanso y aumento; no pida á todos para dar á uno, que es hurto; no pida á unos para dar á otros, que es engaño; no pida á los pobres para dar á los ricos, que es locura delincuente; ni pida á ricos y á pobres para sí, que es bajeza. Pida para que le pidan, y entenderá la dádiva de Dios, que empieza en pedir y acaba en dar.

Señor: el demonio da sin que le pidan, porque da quitando. Acuérdese vuestra majestad de la sierpe y de la manzana, aunque no es cosa de que podemos olvidarnos. Una golosina dió porque le diesen la gracia y el alma. Qué sin retórica reciben las mujeres, Eva lo enseñó bien para nuestro mal. Qué apriesa niegan y qué fácilmente piden, la Samaritana lo demuestra; pues luego que se enteró de las calidades del agua de vida, dijo (1): «Señor, dame esta agua, para que no tenga sed, ni venga á sacarla á este pozo.» ¡Qué acomodadamente nos desquitamos de nuestros yerros con Cristo! De lo que pecó esta mujer negándole lo que pedia, se remedió pidiéndole lo que le daba. Señor: ¡gran Rey, grande y verdadero Señor, que perdona que le neguemos su regalo si nos le pide, porque recibamos nuestro regalo cuando nos le da! Por esto solo verdadero Rey, y solo bien querido Señor! Oigale vuestra majestad del gran padre de la Iglesia Agustin (2): «Dios no manda algo que á él le aumente, sino á quien lo manda: por eso es verdadero Señor; que no tiene necesidad de su criado, sino su criado de él.»

Ya hemos visto cómo se le niega á Dios lo que pide, y cómo pide él para que le pidamos. Veamos cómo, y á quién da. Señor, oid al Evangelista (3): «Díjola Jesus: Vé, llama á tu marido, y vén aqui.» Señor, á ella la dijo: Si tú conocieses la dádiva de Dios, tú me pedirias. Ella le pidió el agua de vida, y no se la da á ella. Mirad, muy alto y muy poderoso Señor, qué maestro os disimulan estas palabras. Pidió diciendo: *Da mihi*: «Dame á mí.»

No se acordó de otro. Cristo, que sus dones los comunica y no los encierra, los reparte en muchos, ántes en todos, y no los arrincona en uno que los pide para sí. Mandó que llamase á su marido y le trajese. ¡Dichoso vos, Señor, á quien es posible imitar esto, cuando en los demas no llega el caudal mas adelantado sino á acordaros lo que muchos pretenderán que se os olvide! (4) «Vinieron sus discípulos, y admirábanse porque hablaba con mujer; empero ninguno le dijo: ¿Qué buscas ó qué hablas con ella?» Llegado hemos, Señor, á lo profundo del pozo. ¿Quién creyera que este brocal habia de ser cátedra donde la suma sabiduría enseñase á reinar á los reyes, y que de tan soberana doctrina serían interlocutores una mujer y un cántaro? Todo, Señor, es aquí maravilloso; y más que yo, despreciada criatura, os descifré esta leccion, disimulada en trastos tan ajenos de la majestad.

Los apóstoles, Señor, que eran los ministros y los privados y los parientes, habian ido á buscar mantenimiento (5): «Sus discípulos habian ido á la ciudad á comprar de comer.» Algo han de hacer, Señor, los reyes solos por sí, sin asistencia de los ministros. Algo, es forzoso; porque con eso ya habrá sido rey alguna vez. Muchas cosas ha de hacer solo el señor; es conveniente: todas las cosas no le es posible. Mas siendo las importantes é inmediatas á su oficio, han de ser todas. Y así lo enseña Cristo Jesus. Cuando su majestad dispone obra de rey y despacho de monarca, vayan los ministros á buscar de comer, sirvan como criados en lo que les toca: no se entrometan en el oficio coronado. El remedio del vasallo toca al rey, no al ministro: cánsese él por la ocasion de dársele. Matar la sed y la hambre del vasallo, Señor, toca al rey; matar la suya del rey, á sus ministros. Los apóstoles van á buscar mantenimiento á Cristo; y Cristo viene á dar bebida á la Samaritana. Oidme, Señor; que esta porfía por vuestra intencion, mas tiene de leal que de atrevida. Criado que tratare y se encargare de matar la sed á vuestros vasallos, no buscará la comida para vos, sino para sí; y ellos quedarán muertos, y no su sed; y vos sin mantenimiento y sin qué comer. Veamos si los apóstoles se sintieron de esto. No, Señor, que eran ministros de Dios y trataban de servirle á él, dejándole ser rey, y no de servirse de él, mancomunándose en la corona. Vinieron, y admiráronse de que hablase con una mujer; mas ninguno se atrevió á preguntarle qué buscaba ó qué hablaba con ella. Señor, no lo advirtió de balde el Evangelista. Fué como si dijera: sabia Cristo, rey solo, lo que solo habia de hacer; y sus privados lo que habian de hacer, que era servirle, lo que no habian de hacer, que era escudriñarle. Criado que quiere saber todo lo que el rey hace y lo que dice, preguntándoselo, llámale rey y pregúntale esclavo. Quien quisiere, Señor, saber lo que haceis, sepa de vos que no sabe lo que hace.

Al ministro mas alto le es lícito admirarse de las acciones del rey: así lo hicieron los apóstoles. No es lícito adelantarse, ni atreverse, ni entremeterse: así lo hizo el diablo. Halla el criado y el ministro hablando al príncipe con otro á solas: no envidie ni recele, no maqui-

(1) Domine, da mihi hanc aquam, ut non sitiam, neque veniam huc haurire.

(2) Nihil Deus jubet, quod sibi prosit; sed illi cui jubet: ideò verus est Dominus, qui servo non indiget, et quo servus indiget.

(3) Dicit ei Jesus: Vade, voca virum tuum, et veni huc.

(4) Et continuò venerunt discipuli ejus: et mirabantur, quia cum muliere loquebatur. Nemo tamen dixit: Quid quaeris, aut quid loqueris cum ea?

(5) Discipuli enim ejus abierant in civitatem, ut cibos emerent.

ne : admirese y calle; que vos, Señor, habeis de hablar con quien conviene, con quien lo ha menester, no con quien ellos quisieren. Acobardad, Señor, la pregunta curiosa en los vuestros; que entónces ellos serán mejores criados, y vos mas rey. Ni os pregunten qué buscais, ni qué hablais, ni qué os hablaron : tengan admiracion muda, que es admiracion de apóstoles ; no admiracion preguntadora, que es admiracion de fariseos que tambien se admiraban y le preguntaban siempre. «Dijéronle los apóstoles : Maestro, come. Mas él les dijo (1) : Yo tengo manjar que comer, que vosotros le ignorais.» Habian ido por mantenimiento para Cristo; trajéronsele, y rogábanle que comiese. Aun haciendo su oficio, Señor, y bien hecho y con puntualidad, y lo que les mandó Cristo, tuvieron mortificacion en la respuesta. Comida tengo yo, dijo el gran Rey. que vosotros ignorais. Señor, no lo sepan todo los ministros grandes, ni lo pregunten, aunque se admiren ; y no solo eso, mas oigan de vos que ignoran algunas cosas. Y cuando os ofrezcan en el cargo el divertimiento de la comida, Cristo os dejó sus palabras : tomádselas, que no es atrevimiento sino obediencia (2) : « Díjoles Jesus : Mi comida es hacer la voluntad de quien me envió para perfeccionar su obra.» Señor, la voluntad de Dios, que os envió para rey al mundo, es que le goberneis á su imitacion ; y vuestra obra solo se perfecciona con este cuidado. Y esto, si no es vuestra comida, es el sustento de vuestro oficio y el sustentamiento de vuestra monarquía.

CAPITULO XIV.

Ningun vasallo ha de pedir parte en el reino al rey, ni que se baje de su cargo, ni aconsejarle que descanse de su cruz, ni descienda de ella, ni pedirle su voluntad y su entendimiento : solo es lícito su memoria. Quien lo hace quién es, y en qué para. (Luc. 23.)

Unus autem de his, qui pendebant latronibus, blasphemabat eum dicens : Si tu es Christus, salvum fac temetipsum, et nos. Respondens autem alter increpabat eum dicens : Neque tu times Deum, quod in eadem damnatione es. Et nos quidem justè, nam digna factis recipimus : hic verò nihil mali gessit. Et dicebat ad Jesum : Domine, memento mei, cum veneris in Regnum tuum. Et dixit illi Jesus : Amen dico tibi : hodie mecum eris in Paradisso.

Señor, si el Espíritu Santo, ya que no me reparta lengua de fuego, repartiese fuego á mi lengua y adiestrase mi pluma, desembarazando el paso de los oidos y de los ojos en los príncipes, creo introducirán en sus corazones mis gritos y mi discurso la mas importante verdad y la mas segura doctrina. ¡Oh infinitamente distantes á nuestro conocimiento, misterios de la divinidad de Jesucristo! ¡Que lo mas excelso de su imperio, lo mas admirable de su monarquía, se admire en un leño entre dos ladrones, en la sazon que se agotó de oprobios la ira, y que se hartó de castigos la pertinacia y el miedo! ¡De cuán diferentes semblantes se vale la divinidad humana y la vanidad presumida en los señores temporales! Jesus, hijo de Dios, del escándalo hace compa-

ñía, de la cruz trono, de la infamia triunfo, de los ladrones ejemplo. San Leon Papa, sermon 8, *de Passione Domini : O admirabilis potentia Crucis ! O ineffabilis gloria Passionis ! In qua et Tribunal Domini, et judicium mundi, et potestas est Crucifixi.* No así los príncipes que entretiene la fragilidad, que embaraza la ambicion, que engaña el aplauso; cuya vida desmenuzan las horas, y cuya potestad, trillada de los pasos del tiempo, en polvo y ceniza se desmiente. Estos ¡ oh cuán frecuentemente de la compañía hacen escándalo, cruz de su trono, de los triunfos infamia, y del ejemplo hurtos ! Así lo confiesan sus obras en sus fines, sin que su maña sepa acallar los sucesos, por mas que la terquedad de su soberbia trabaje en disculparlos.

Coronáronlo, Señor, los judíos de espinas. Secreto se reconoce grande misterio. Las coronas todas de los reyes parecen de oro, y son de abrojos. Los que parecen reyes, y no lo son, corónense del oro, que es apariencia: el que no parece rey, y solamente lo es, corónese de las espinas, que es la corona; no del engaño precioso que mienten los metales. Pilatos le llamó rey constantemente, y en juicio contradictorio ; pues oponiéndose los judíos, perseveró en el rótulo y en lo escrito. Y porque ya que como rey tenia corona y sobrescrito de la majestad, tuviese el séquito del cargo y el peligro de los lados de monarca, le acompañaron de ladrones. Más parece rey en los dos que le asisten, que en las insignias que le ponen. No hubo camino que estos ladrones no intentasen con la grandeza de Cristo. El uno le blasfemaba, diciendo : « Si tú eres Cristo, sálvate á tí y á nosotros.» Esto llama blasfemia el Evangelista en el ladron; y lo fué dudar si era Cristo. Mas la blasfemia calificada ya, es decir: «Sálvate á tí y á nosotros.» Esto ya se condenó en san Pedro, cuando dijo á Cristo : *Esto tibi clemens: Absit à te Domine;* y en el Tabor : *Bonum est nos hic esse.* Este mal asistente de Cristo, lado izquierdo del rey, de las palabras de san Pedro duda las fervorosas, y las que premia ; y toma las reprendidas. Dijo Pedro: *Tu es Christus Filius Dei vivi.* Y este dice, dudándolo con interrogacion blasfema: *Si tu es Christus;* y añade: « Sálvate á tí ; » que fuéron las que le negociaron aquel enojo tan despegado : *Vade retro post me Sathana, quia scandalum es mihi.* Quien al lado de los reyes atiende al descanso del rey y á su comodidad, ese el mal ladron es. En no librarse Cristo de los tormentos estaba el librarnos á todos. Así lo pronunció en concilio el Pontífice, y este queria que se ejecutase al reves. Quien al rey quita la fatiga y el trabajo de su oficio, mal ladron es, porque le hurta la honra y el premio y el logro de su cargo. San Márcos dice : *Salvum fac temetipsum descendens de Cruce.* «Sálvate á tí mismo, descendiendo de la cruz.» Así dicen todos los malos que asisten al lado de los reyes : «Sálvate á tí, y á nosotros con bajarte, señor.» Vasallo que pide á su rey que se baje, alzarse quiere. El bajarse de la cruz el príncipe, es quitarse y derribarse de la tarea y fatiga de su oficio. Eso deponerse es á ruego de un mal ministro, de uno que está á su lado izquierdo; que le blasfema, y no le aconseja; que dice que se condene con lo que propone que se salve. Que la cruz sea cetro del poder, dícelo san Leon Papa (Dicho serm. 8, *de Passione Domini) : Cùm ergo Dominus lignum portaret Crucis, quod in sceptrum sibi convertere potestatis erat. Erat quidem hoc apud im-*

---

(1) Interea rogabant eum discipuli, dicentes : Rabbi, manduca. Ille autem dixit eis : Ego cibum habeo manducare, quem vos nescitis.

(2) Dicit eis Jesus : Meus cibus est, ut faciam voluntatem ejus qui misit me, ut perficiam opus ejus.

piorum oculos grande ludibrium ; sed manifestabatur fidelibus grande misterium. De otra suerte habló el buen ladron, el buen ministro, el buen lado del rey. Reprendió á este blasfemo : *Neque tu timens Deum.* « Ni tú temes á Dios. » Palabras ajustadas á la maldad, que pedia al Rey que se bajase de su cruz para salvarle, habiendo buscádola y subido en ella para solo eso. Veamos pues este buen criado, buen ladron ; este que supo conocerse á sí, y á Cristo, y á su mal compañero, cómo se valió de la cercanía del rey ; si negoció como buen lado del señor. Oiga vuestra majestad el respeto, la piedad, el reconocimiento con que habla : *Domine, memento mei, cum veneris in Regnum tuum.* «Señor, acuérdate de mí cuando estés en tu reino. » No le pide sillas en su reino ; que oyera el *Nescitis quid petatis* : « No sabes lo que te pides.» A su lado mas le valió cruz que silla. No dijo : « Hazme el mayor en tu reino ;» que se le respondiera como á los apóstoles, cuando discurrian « cuál seria el mayor ». Ni dijo : « Señor, cuando vayas á tu reino, dame parte de él.» No es demanda de vasallo esa: es tentacion. Ménos le dijo que se bajase ; que exaltado quiere á su Señor, y asistir á su lado con su cruz, no con la de su rey. No se introdujo en su voluntad como atrevido ; llegóse á su memoria ; confesóle rey, pues reconoció su reino ; pidióle que se acordase de él ; no que por él se desacordase de sus obligaciones. ¿Qué premio granjeó, qué mercedes premiaron su bien reconocida negociacion? Oigalas vuestra majestad: *Amen dico tibi, hodie mecum eris in Paradisso:* « Hoy serás conmigo en el paraiso.»

Señor : al que mejor sirvió al lado de Cristo rey, lo mas que se le consintió pedir fué que en el reino se acordase de él, no algo del reino ; y lo mas que se le respondió fué : « Estarás hoy conmigo en mi reino. » No dijo : « Estarás en mi reino por mí : » eso el buen rey no lo concede á alguno. Señor, quien pidiere á vuestra majestad que para salvarle á él se bajase de la cruz, ese mal ministro es, perezca como tal. Quien con su cruz al lado de vuestra majestad le confesare, y no atreviéndose á su voluntad y entendimiento, se encomendare á su memoria,—ese tal, ese digo, tenga buena promesa de estar con vuestra majestad en su reino, y véala cumplida. Recorra vuestra majestad la vida de Cristo, y verá que niega á su lado sillas á dos privados, á dos apóstoles, á dos parientes, y admite á su lado cruces y ladrones. De los cuales, el que pide á Cristo que se baje de su oficio (que es su cruz), se condena ; y el que sin entremeterse con la del rey padece en la suya, y no pide en el reino parte sino memoria, se salva. En el imperio de Dios no logra el mal ladron sus blasfemias acomodadas, y goza el bueno su negociacion humilde y reconocida. Bien se dió á entender en esto Cristo nuestro Señor, cuando dijo por san Lúcas (1): «Decia á todos : Si alguno quiere venir detras de mí, niéguese á sí mismo, y tome su cruz cada dia, y sigame.» Suplico á vuestra majestad, por la caridad de Jesucristo, no divierta su atencion de estas palabras, que obedecidas le pueden ser la guarda de mejor milicia y de mayor defensa. Señor, á todos decia Cristo estas palabras ; no puede la insolencia de alguno desentenderse de ellas. *Todos* es palabra sin excepcion, y que no

admite achaque en la familia de Cristo, ni excluye á Júdas, ni exceptúa á Pedro. Así se ha de hablar, Señor, cuando se mandan cosas como estas que importan á la regalia y autoridad del príncipe, con *todos*; que quien manda á algunos, de otros es mandado. «Si alguno quiere venir detras de mí : » lenguaje de rey *venir detras*, no delante, que es traicion y usurpar ; no al lado, que es competir y atreverse ; sino detras, que es servir. Señor, en nada se ha de ver primero al criado que al señor. «Niéguese á sí mismo, » porque solo el que esto hiciere no negará á su rey. Toda la fidelidad de un privado está en negarse á sí las venganzas, las codicias, las medras, los robos, las demasías, la adoracion ; y en negándose esto á sí mismo, va detras de su señor, y no le va arrastrando tras sí como alevoso que se concede á sí propio no solo cuanto desea él, sino cuanto los otros ; pues de la necesidad ajena saben lo que pueden envidiar á los méritos y á la virtud. « Y tome su cruz cada dia. » No dice : « Tome mi cruz, » que eso era darle el reino, sino «tome la suya, y tómela cada dia», que en esa tarea está la verdad y la salud. Rey que ruega á otro con su cruz, adelántase contra sí á la blasfemia del mal ladron. Señor, vos habeis de llevar vuestra cruz, que son vuestros vasallos y vuestros reinos, no otro ; habeis de llamar á vos á los que quisieren ir detras, no delante ; á los que se negaren á sí propios ; y juntamente habeis de mandar que no os siga sino el que cada dia tomare su cruz ; y ha de ser cada dia, porque el dia que quien os sigue deja de tomar su cruz toma la vuestra, y esto no es seguiros sino perseguiros. Hubo, Señor, quien ayudó á llevar la cruz á Cristo ; mas no le llamó él, sino los verdugos. Fué en esto ingeniosa su maldad, y mostraron docta bipocresía, pues en traje de misericordia razonaron su mayor martirio llamando quien le aliviase el peso que tanto amaba. Mas como el Cirineo era hombre, lo poco del leño que alijeró con los brazos, cargó inmensamente con sus culpas. Señor, quien va delante del rey, le arrastra, no le sirve ; quien va al lado, le arrempuja y le esconde, no le acompaña. Ladrones asistieron al mayor y mejor príncipe ; mas quien le quiso quitar de su cruz, se condenó. Cayó quien le pidió que bajase, y tuvo nombre de malo : solamente se acordó de quien, dejándole en su cruz, padeció en la suya.

Al pié de la cruz estuvo la Vírgen madre de Cristo, y no empezó sus mandas por acompañar su desconsuelo con san Juan. Primero pidió perdon para sus enemigos, y premió la fe del buen ladron, porque aprendiesen los reyes á cumplir primero con las obligaciones del oficio, que con las propias, aunque sean tales. Por eso dice en su *Decacordo* el doctísimo cardenal Marco Vigerio de Saona (2) : « Para que aprendiéramos á anteponer por nuestro oficio las utilidades públicas á las nuestras propias. Cuando nuestro sapientísimo rey, estando para espirar, ántes se acordó en el codicilo de sus enemigos y de los pecadores, que de su Madre.» No puede pasar la fineza de este parentesco, ni desentender de esta imitacion, sino quien por consejo de un ministro malo se bajase de su oficio.

---

(1) Dicebat autem ad omnes : Si quis vult post me venire, abneget semetipsum, et tollat crucem suam quotidie, et sequatur me. (*Cap.* 9.)

(2) Ut disceremus pro officio publicas utilitates nostris privatis rationibus anteferre. Quando Rex noster sapientissimus in mortis articulo constitutus peccatoribus inimicisque codicillo providit antequam matri. (*Fol.* 205.)

CAPITULO XV.

De los consejos y juntas en que se temen los méritos y las maravillas, y por asegurar el propio temor y la malicia envidiosa, se condena la justicia. *(Joann. 11.)*

Collegerunt ergo Pontifices et Pharisaei concilium, et dicebant : Quid facimus, quia hic homo multa signa facit? Si dimittimus eum sic, omnes credent in eum : et venient Romani, et tollent nostrum locum et gentem. Unus autem ex ipsis, Cayphas nomine, cùm esset Pontifex anni illius, dixit eis : Vos nescitis quidquam, nec cogitatis quia expedit vobis, ut unus moriatur homo pro populo, et non tota gens pereat. Hoc autem à semetipso non dixit ; sed cùm esset Pontifex anni illius, prophetavit, quod Jesus moriturus erat pro gente. Ab illo ergo die cogitaverunt, ut interficerent eum. «Juntaron pues concilio los pontífices y fariseos, y decian : ¿Qué hacemos, que este hombre hace muchas maravillas? Si lo dejamos así, todos creerán en él, y vendrán los romanos, y nos quitarán nuestro lugar y gente. Uno de ellos, que se llamaba Caifás, como fuese pontífice de aquel año, les dijo : Vosotros no sabeis nada, ni pensais que os conviene que un hombre muera por el pueblo para que no perezca toda la gente. Esto no lo decia él de sí mismo ; pero como fuese pontífice de aquel año, profetizó que Jesus habia de morir por la gente. Desde aquel dia trazaron que Jesus muriese.»

En esta junta, consejo y concilio se congregaron *pontífices y fariseos*, por donde fué de las mas graves que ha habido, y por lo que se juntó la materia mas importante que ha habido ni habrá en la vida del mundo. Y siendo esto así en el votar *todos* (ménos un pontífice llamado Caifás) no saben lo que se dicen, ni lo que piensan. Y Caifás, que solo supo lo que se dijo, no supo lo que se decia ; fué mal presidente, y pareció buen profeta ; dijo la verdad, y condenó á la verdad. Señor, si este lo enseñó, muchos lo han aprendido ; callan el nombre de Caifás, y pronuncian su doctrina. Si en este concilio sucede esto, temerse puede en otros. Acabóse el hombre que se llamaba Caifás ; mas siempre habrá hombres á quien puedan dar este nombre. Veamos con qué palabras empiezan este consejo tantos consejeros : «¿Qué hacemos, que este hombre hace muchas maravillas?» Los que preguntan qué hacen, ellos confiesan que no saben lo que hacen, y juntamente confiesan que el hombre contra quien se juntan, que es Dios y hombre verdadero, hace muchas maravillas. Muchas veces, despues acá, se han juntado los que ni saben lo que se hacen, ni lo que se dicen, contra hombres que han hecho maravillas. Dicho se está que la envidia y el odio que juntaron aquellos, juntaron estotros. De esta casta fué la junta que hicieron Bruto y Casio contra Julio César ; y la que hizo el mozuelo Ptolomeo contra Pompeyo el Magno ; la que se hizo para quemar los ojos y condenar á infame pobreza á Belisario ; y todas aquellas que innumerables ha formado la emulacion mal intencionada de hombres que no sabían lo que hacian, y de quien todos sabian que no habian hecho nada, contra los hombres que hacian muchas hazañas, daban monarquias y victorias.

Bien sé que el sentido de la palabra *¿Qué hacemos?* es: ¿Cómo consentimos que este hombre haga tantas maravillas? Qué hacemos que no estorbamos que obre tantas maravillas? Cualquiera sentido es el peor. Digna causa de juntar concilio irritarse á no consentir que Cristo haga muchas maravillas, lamentarse de que no estorban que las haga á beneficio de otros. Podiaseles responder, cuando dijeron *¿qué hacemos?* Haceis concilios contra quien hace muchas maravillas : diligencia que siempre fué ridícula y lo será.

Conociólo y enseñólo Demóstenes en la *Filipica primera*. (Sea lícita esta advertencia política.) Estaba oprimida la república por Filipo con muchas victorias, y la república trataba de cómo se remediaria, y no se remediaba. Viendo el daño de estas proezas juntas, les dice Demóstenes : «Lo que hallo que en este caso se debe hacer, es que determineis ante todas cosas que no se pelee con Filipo con sólos decretos y cartas, sino con la mano y las obras.»Parece que Caifás, oyendo á los otros fariseos y pontífices que se juntaban á preguntar qué se hacia contra Cristo que hacia muchas maravillas, siguió esta doctrina, pues dijo *convenia que muriese.* Eso es hacer la guerra con la mano y con la obra.

Oiga vuestra majestad la razon que dan por qué no conviene dejarle hacer muchas maravillas : «Si le dejamos así, todos creerán en él.» Confiesan llanamente que las maravillas son tantas y tales, que obligarán á que todos crean en Cristo. Nada niegan de su malicia los que no se obligan de maravillas dignas de universal crédito. Menester es que los que gobiernan no pierdan de vista esta cláusula. Suelen los envilecidos decir á los príncipes, con envidia de las glorias del valiente y del virtuoso : Mucho amor le tienen los soldados, mucha reverencia todo el reino : menester es bajarle y quitarle el mando y el puesto. Califican al rey por peligro al eminente sabio, al felizmente valeroso, al admirablemente bueno.

Parecióles débil causa, y añadieron : «Vendrán los romanos, y nos quitarán nuestro lugar y gente.» Aquí empezó la razon de Estado á perseguir y condenar á Cristo, valiéndose los judíos de los romanos ; y en el tribunal de Pilatos con la misma materia de Estado, achacada á los romanos, se ejecutó su muerte : de manera que la razon de Estado hizo que se tratase de ella con decreto, y la misma que se pusiese en ejecucion. Mal se califica con estas cosas esta ciencia que llaman de Estado. Muy disfamada dejó su conciencia con estos decretos. «Uno de ellos, que se llamaba Caifás (no podia ser de otros), como fuese pontífice de aquel año, dijo.» Da por causa de lo que dijo, la suma dignidad que le fué dada aquel año. Dios solo, que da las supremas dignidades, sabe para qué las da : al que se las da contra sí, como á Caifás, mas le castiga que le honra. En lo mas que dicen los grandes ministros en virtud de sus cargos, miren no les sean cargos sus palabras : á Vosotros no sabeis nada, ni pensais que os conviene que un hombre muera por el pueblo, para que no perezca toda la gente.» Siempre el ministro que supo ser peor que todos los demas, trató de ignorantes á los ménos arrojados y temerarios ; porque este solo entiende que se sabe tanto como se atropella, y tiene la suficiencia en la atrocidad facinerosa. Dice Caifás que sus compañeros no sabian nada, y esto lo dice porque no piensan que conviene que un hombre muera por el pueblo, para que no perezca toda la gente. Fué verdad que los otros no sabian nada, y fué verdad que convenia que un hombre muriese por el pueblo, para que no pereciese toda la gente.

Hay hombres que son mentirosos diciendo verdades: dícenlas con los labios, y mienten con el corazon. Ya dijo Dios esto de los judios, que le alababan y le ofendian. Muchos mentirosos se entran por los oidos de los príncipes con trage de verdades; y como es un sentido cuyo órgano, si se habla, no se puede cerrar por sí, como los ojos al ver, la boca al hablar, y las manos al tacto, es necesario dar al crédito por juez de apelacion el entendimiento. He notado que siendo así en la oreja, previno la naturaleza que pudiese la mano cerrarla cuando la razon y la voluntad lo dictase : no acaso, sino misteriosamente, pues por la mano en las divinas y humanas letras se entienden las obras. Y fué advertir que los hombres defiendan sus oidos del engaño de las palabras con la verdad de las obras, y que sus oidos quieren que ántes se los tapen obras, que se los embaracen palabras.

Caifás dijo lo que verdaderamente convenia para la salud de todos, y aconsejó que se hiciese (como mal presidente) para su condenacion. Señor : este, diciendo lo que el Padre eterno habia decretado, lo que los profetas sagrados habian dicho, lo que dijo muchas veces de sí el mismo Cristo; sin saber lo que se decia, dijo, sabiendo lo que pronunciaba, lo que la pertinacia de los fariseos y escribas y de todos los judios, y su venganza esperó. Débese temer mucho el ministro que acierta en la verdad, en que no tiene parte su intencion, y yerra en lo que la tiene. Ministros que profetizan no siendo profetas, y presidiendo no saben lo que se votan, tratando de remediar el mundo, pecan y se condenan. He considerado que se concluyó este gran concilio con solas aquellas palabras de Caifás que aun no suenan voto expreso, sino una represion de lo que los demas pontífices y fariseos no sabian ni pensaban; y sin votos ni respuestas de alguno de ellos, pasó por decreto, y se disolvió. Concilio en que el mayor y el peor de todos es presidente, y concilio y voto y votos cuyo parecer (aun tratados de ignorantes) siguen los demas, siempre ha de costar la vida al inocente.

Otro concilio grande contra Cristo escribe san Lúcas (cap. 22): «Juntáronse los ancianos del pueblo, los príncipes de los sacerdotes y los escribas, y trajéronle á su concilio, y dijeron : Si tú eres Cristo, dínoslo.» Traen á Cristo de unas juntas y concilios en otros, que es el modo de disimular el mal intento de los jueces contra la verdad y la inocencia : ingeniosa invencion de la venganza y de la malicia. Responde Cristo, y da á conocer el fin del concilio y de los jueces : «Si os lo dijere, no me creeréis; y si os preguntare, no me responderéis.» Que no creerian lo que Cristo nuestro Señor les dijese, ellos lo confiesan; pues en el concilio de Caifás, cuyo es este capítulo, lo que se temian era que todos creyesen en él. Señor : concilios en que se pregunta para no creer lo que se respondiere, y no se responde á lo que se pregunta, Caifás los preside, él los determina. Pilatos preguntó á Cristo (1) : «¿Qué es verdad? Y diciendo esto se fué.» Preguntar lo que no quiere oir el juez, imitacion es de Pilatos : no solo no quiso creerlo, sino que excusó el oirlo. Suele ser maña para colorar la maldad de un concilio abominable y de una sentencia sacrílega

(1) Quid es veritas? Et cum hoc dixisset, iterum exivit.

introducir en él jueces encontrados, porque se entienda no se ejecutó por un parecer. Mas, Señor, es de advertir que los malos ministros que se aborrecen por sus propios particulares, se reconcilian y juntan fácilmente para la maldad contra la inocencia de otro. Doctrina es que la enseña el Evangelio(2). «Desprecióle Heródes con su ejército, y se burló de él vistiéndole una ropa blanca, y lo remitió á Pilatos. Y este dia se hicieron amigos Heródes y Pilatos, porque ántes eran enemigos entre sí.» Heródes granjeó á Pilatos con la lisonja de remitirle la causa de Cristo y su sacratísima persona; y Pilatos se dió por obligado de Heródes con esta adulacion; que no sin causa (ni por otra) habiendo dicho el Evangelista que aquel dia se hicieron amigos, añade : «Porque ántes eran enemigos.» Lo que importa es que no entren en concilios, ni sean jueces Pilatos ni Heródes, ni Caifás, ni los que los imitaren; porque cuando estén encontrados, luego serán amigos que se ofreciere maldad en que puedan concurrir, agradeciendo cada uno á su enemigo la parte que le da de autoridad en ella contra la verdad.

CAPITULO XVI.

Cómo nace y para quién el verdadero Rey, y cómo es niño; cuáles son los reyes que le buscan, y cuáles los reyes que le persiguen.

La primera virtud de un rey es la obediencia. Ella, como sabidora de lo que vale la templanza y moderacion, dispone con suavidad el mandar en el sumo poder. No es la obediencia mortificacion de los monarcas; que noblemente reconocen las grandes almas vasallaje á la razon, á la piedad y á las leyes. Quien á estas obedece bien, manda; y quien manda sin haberlas obedecido, ántes martiriza que gobierna. Cristo nuestro Señor, y verdadero rey, nació obedeciendo el edicto de César que mandó registrar todo el orbe (Luc. 2.) (3) : (sobre cuyo lugar se hizo ya discurso en otro capítulo, de que se puede llamar parte muy esencial este al mismo propósito). Vino José de Nazareth, ciudad de Galilea, á Bethlehen, ciudad de Judá, á registrarse con María su esposa que estaba preñada. A Cristo ántes de nacer le debe pasos la obediencia; y nació obedeciendo donde por el concurso de la gente no tuvo otra cuna sino el pesebre, y creció con tanto amor á la obediencia, y le fué tan sabrosa, que se dijo de él (4) «que fué hecho obediente hasta la muerte», porque fuera en el verdadero Rey gran defecto dejar de ser obediente alguna parte de la vida. Y como ántes de nacer obedeció, y obedeció hasta la muerte, pasó la obediencia mas allá de los límites del vivir. Y como fué conveniente, despues de muerto obedeció al ultraje y á la fuerza, cuando con sangre y agua respondio á la lanzada; que aun despues de muerto satisfizo con misterios las iras. San Cirilo (Catech. 13.) dice : «Principio de las señales en tiempo de Moises sangre y agua, y la última de las señales de Jesus lo mismo.»

Mucho tienen de enemiga en sí estas proposiciones

(2) Sprevit autem illum Herodes cum exercitu suo : et illusit indutum veste alba, et remisit ad Pilatum. Et facti sunt amici Herodes, et Pilatus in ipsa die : nam antea inimici erant ad invicem. (Luc. 23.)

(3) Exiit edictum b Caesare Augusto, ut describeretur universus Orbis.

(4) Factus obediens usque ad mortem.

mias : «Han de ser los reyes obedientes hasta la muerte; » y por otra parte : « Es muerte de los reyes y de los reinos que sean obedientes.» Mas la verdad desata esta tiniebla, y amanece á esta noche, para despejar sus horrores á la luz del entendimiento. Obedecer deben los reyes á las obligaciones de su oficio, á la razon, á las leyes, á los consejos; y han de ser inobedientes á la maña, á la ambicion, á la ira y á los vicios. No pongo entre estas pestes los criados y los vasallos, porque en todo discurso eso se está dicho. Y son cosas contrarias obedecer el rey al siervo; y cuando se ve, es un monstruo de la brutalidad que produce el desatino humano para escándalo de las propias bestias. Nació pues Cristo cuando mandaba Augusto registrar todo el mundo; y el venir á la obediencia le trajo á nacer en lugar tan humilde, al hielo y al frío. Y en un dia Augusto, rey aparente, registra el universo, y Cristo Jesus lo remedia.

Para esto nacen los reyes, para su desnudez y desabrigo, y remedio de todos; no para destruir á alguno, ni desacomodar á nadie. Con cuántas ventajas de elegancia dijo esto aquel prodigio de Africa, Quinto Septimio Florente Tertuliano (1), considerando aquellas palabras del cap. 8, de san Mateo : *Quid nobis, et tibi Jesu Fili Dei?* « ¿Qué hay entre nosotros y entre ti, Jesus hijo de Dios? Veniste aquí ántes de tiempo á atormentarnos.» Dice este gran padre, concurrente de los apóstoles (2): «Reprendió Jesus al demonio como á envidioso, y en la propia confesion descaminado, y que adulaba mal; como si esta fuera suma gloria de Cristo haber venido para la perdicion de los demonios, y no ántes á la salud de los hombres.» Los reyes, beatísimo Padre, cabeza primera de nuestra Iglesia que altamente vive en la eminencia del monte para la salud universal del cuerpo místico suyo, no han de nacer, ni heredar, ni venir para destruir y perder y atormentar : su oficio es venir á fortalecer, á restaurar, á dar consuelo. Y es vituperio (que deben sentir sumamente reprenderlo y contradecirlo luego con las obras) que digan viene á atormentar aun á los delincuentes. Los demonios (nadie puede ser peor) le dijeron que venia á atormentarlos; y dice Tertuliano que fué envidia y confesion del enemigo, y que adulaba mal, pues él venia á traer salud y no calamidades; y porque los desmintiese el suceso, les concedió á los demonios luego lo que le pidieron. Al delincuente venga el rey á enmendarle y á reducirle; que atormentar no es blason, sino vituperio : es mala adulacion. Ser tirano no es ser, sino dejar de ser, y hacer que dejen de ser todos. ¡ Ah, ah ! Pastor vigilantísimo del mejor rebaño ! ¡ cuánto padece de calamidad el orbe con las hostilidades injustas que por tantos lados turban su paz, alentadas por el enemigo comun con el soplo vivo de la que llaman razon de Estado, ambicion y venganza, para la desolacion de las repúblicas ! Vuestra beatitud, pues se halla en la cumbre de los montes con la altura de la primera silla, fundada en ellos con buena estrella de los hijos de la fe en vuestra eleccion, mire estas turbaciones públicas, y el estado miserable de los que á gritos las lloran ; porque mirarlas y

remediarlas, todo ha de ser uno en quien ha sido elegido de Dios para el remedio de todos.

Nace Cristo Jesus en el pesebre, y conténtase, por no desacomodar á los hombres, con el lugar que le hacen las bestias. Quien empieza padeciendo, ¿qué padecerá acabando? Bien pudieran los ángeles que se aparecieron á los pastores, aparecerse á los huéspedes que embarazaban los aposentos ; mas el Rey grande, el todo Rey, el solamente Rey, sus ministros los envió á lo que importa á los suyos, no á él. Nace entre los que no tienen razon, que son las bestias , y muere entre los que dejaron la razon, que son los ladrones, porque nace para todos (3). « Es luz que alumbra en las tinieblas.» Aquí en el pesebre el profeta dice que alumbró las bestias (4): «Conoció el buey á su posesor, y el jumento el pesebre de su Señor.» Aquí la luz dió conocimiento á las bestias, y en la cruz al delincuente (5): «Señor, acuérdate de mí cuando estés en tu reino.» Esta luz es real, que luce en las tinieblas, que á la noche añade lo que no tiene , que empieza por las bestias , que pasa por los reyes sin detenerse ni detenerlos , que no se agota en los poderosos, que llega á los ladrones , y los busca , no para servirse de ellos, sino para mudarlos de suerte que le puedan servir. Bien suena que al rey le pida el ladron que se acuerde de él en su reino ; mas triste del rey cuyo reino hubiere menester acordar que se olvide del ladron. No envió los ángeles á que le dispusiesen mejor alojamiento: enviólos á los pastores ántes que á los reyes, porque es Rey que ha de ser pastor; con él mas merece y primero el que vela, que el que sabe. Dice san Lúcas : « Y habia en aquella region pastores que velaban guardando las vigilias de la noche sobre su ganado.» A estos envia (santísimo Padre nuestro) la primera nueva; á estos envia ángeles, porque velan (¡oh causa! ¡en tus experiencias provechosas se libra la salud del pueblo!) y guardan las vigilias de la noche sobre su ganado. Prefiere estos á los reyes y á los sabios : á aquellos despachó una nueva de luz, á estos muchos ángeles.

Y es de considerar que en naciendo enseñó cuatro cosas : qué oficio era el de rey , cuáles habian de ser los que escogiese , cómo habian de recibir sus favores y llamamientos , y qué traia á la tierra y al cielo. « Qué oficio era el de rey:» enviando ángeles á los pastores, dijo que era oficio de pastor , y que venia á velar sobre su ganado. «Cuáles habian de ser los que escogiese : » declaró que habian de ser gente de vela , y atenta sobre lo que tiene á su cargo. « Cómo habian de recibir sus favores », lo dijo en aquellas palabras de san Lúcas, capítulo 2 : «Y veis el ángel del Señor estuvo cerca de ellos, y la claridad de Dios los rodeó, y temieron con temor grande.» Ha de ser gente que en las grandes mercedes y favores que el rey les hiciere , teman con un temor grande. No se han de hacer mercedes á los que con ellas se desvanecen y se confian. Ese de la luz hace rayo que le parte. Los que velan y guardan su ganado, y el ángel del Señor los halla despiertos sobre su obligacion, temen con temor grande, más provechoso, las mercedes muy preferidas. El que vela á adormecer al rey, el que vela no por guardar el ganado sino por guardar

<hr>

(1) Adversùs Marcion., lib. 4.

(2) Increpuit illum Jesus planè ut invidiosum, et in ipsa confessione petulantem, et malè adulantem : quasi hæc esset summa gloria Christi, si ad perditionem dæmonum venisset, et non potiùs ad hominum salutem.

(3) Et lux in tenebris lucet. (*Joann.* 1.)

(4) Cognovit bos possessorem suum, et asinus praesepe domini sui.

(5) Domine, memento mei, dum veneris in regnum tuum.

lo que gana, ese no teme, ántes se hace temer y obliga á que la propia luz le tema. «Lo que trae al cielo y á la tierra, » declaran las palabras del propio Evangelista : «grande alegría, que será á todo pueblo.» ¡Cómo lo desquita el gran rey Dios todo! A gran miedo gran alegría ; no á un pueblo, sino á todos : « porque hoy ha nacido el Salvador.» Sea lícito á costa de los tiranos celebrar las maravillas de Dios. Sacrificio es, no murmuracion, abominar á los que le contradicen la doctrina. Rey Salvador — alegría de todos los pueblos : rey condenador —llanto de todos los lugares. ¿Qué se callan tus ojos, si ven anegados en lágrimas los de tus vasallos? Rey de lamentos, rey de sospiros, ¿qué tienes que ver con rey? ¿ Qué te falta para desolacion ?

¿Qué mas trae? «Gloria á Dios en las alturas, paz en la tierra á los hombres de buena voluntad.» Tú, que reinas, has de nacer primero para Dios, para gloria de su Iglesia, de su vicario, de sus obispos, de sus sacerdotes, de sus doctores, de sus santos, de sus religiones. Estos son las alturas de Dios, no el cielo, no las estrellas ; pues (como dice Crisóstomo) «no se hizo la Iglesia por el cielo, sino el cielo por la Iglesia ». San Pablo, *ad Galatas*, 4 (1) : « La Jerusalen de arriba libre es; y es nuestra madre. » Y á Timoteo (2) : « La Iglesia de Dios vivo es columna y firmamento de la verdad.» De la altura dice que es esta Jerusalen columna de la verdad y firmamento : fuerza es que esté mas arriba del cielo. Crisóstomo, elocuentísimo abogado, *boca de oro*, en la estimacion de los todos padres griegos y latinos, en la homilia *ad Neophitos*, tratando de los doctores de la Iglesia en comparacion de las estrellas y de los santos, dice : « Aquellas con la venida del sol se escurecen; estas, cuando el sol de justicia se llega mas á ellas, tienen mas luz. Aquellas con la confusion de los tiempos se acaban : estas con el fin del tiempo se muestran mas claras. De aquellas se dijo finalmente : Las estrellas del cielo caerán.» Y de esta mayor perfeccion de los santos de la Iglesia da la razon, diciendo : «Los ciudadanos de la Iglesia no solo son libres, sino santos ; no solo santos, sino justos ; no solo justos, sino hijos ; no solo hijos, sino herederos ; no solo herederos, sino hermanos de Cristo ; no solo hermanos, sino coherederos de Cristo ; no solo coherederos, sino miembros ; no solo miembros, sino templo ; no solo templo, sino órganos del espíritu.» Así que las alturas de Dios para quien trae la gloria el Rey verdadero, es la Iglesia, los santos, los doctores, las religiones, los sacerdotes.

En la tierra trae paz : eso es traer á propósito (y muy del tiempo desear esta paz, cuando se arde toda la tierra en armas y sangre). La vida es guerra : *Militia est vita hominis super terram*. De lo que necesita es de esta paz ; mas no la trae á todos, sino á los hombres de buena voluntad. El rey á todos la trae; mas los hombres de mala voluntad no la quieren, porque, como dice san Agustin (3) : «La mala voluntad es causa eficiente de la obra mala. Mas la voluntad mala no tiene causa eficiente, sino deficiente.» Y gente mala sin causa, no es capaz de paz. Solo lo son los que tienen buena voluntad; porque,

(1) Illa autem quae sursum est Jerusalem, libera est, quae est mater nostra.

(2) Quae est Ecclesia Dei vivi, columna, et firmamentum veritatis. (1, *cap.* 3.)

(3) Mala voluntas est causa efficiens operis mali. Malae autem voluntatis causa efficiens nihil est. (*Libro* 12 *de Civit. Dei.*)

como dice el mismo santo (Lib. 7 de la *Ciudad de Dios*), «nadie, teniendo buena voluntad, puede ser malo.» Adviertan los príncipes sobre sí propios, Santísimo Padre, y miren si tienen buena voluntad ; que si la tienen, á sí se traerán paz, y si no guerra sangrienta. Buena voluntad es con la que el príncipe quiere mas el público provecho, que el propio ; más el bien del reino, que el suyo ; más el trabajo de su oficio, que el deleite de sus deseos. Mala voluntad es con la que quiere desordenadamente el ocio, y la venganza, y la prodigalidad. Mala voluntad es la que resigna en otro hombre, con la que prefiere el interes de uno á la necesidad de muchos. Si él se halla á sí propio con esta voluntad, no es capaz de la paz : batalla es de sí propio ; no reina como Cristo, ni en sí, ni en los demas.

Falta ver cómo reinó niño, cosa tan amenazada por el mismo Dios en la Sagrada Escritura (4) : «Desdichada la tierra donde reina rey niño.» Despachó, como he dicho, una lumbre del cielo, llamó y trajo á sí los sabios. Propio principio de Rey divino llamar los sabios y traerlos á sí. Eran sabios : así los llama la Escritura. Eran reyes : así los intitula la Iglesia. Aquí verémos cuáles son los reyes que obedecen señas de Dios. Vinieron de Oriente á adorarle, no á perderle, no á sonsacar su niñez, no á usurpar su trono. Llegaron á Heródes (aquí verémos cómo es el rey que persigue á Dios), y preguntáronle : «¿Dónde está el que ha nacido Rey de los judíos? Vimos su estrella, y venimos á adorarle.» Estos reyes imitadores de Cristo y que le siguen, obedecerá á la estrella, desprecian las dificultades de la peregrinacion por adorar á Cristo. Quien con este fin viene, halla la verdad del camino en la boca de la propia mentira. Oyólo Heródes, y turbóse, y con él toda Jerusalen. El tirano se turba de oir nombrar á Dios, y con él todo su reino. Eso tiene mas á cargo el mal príncipe : estos temen á la verdad y á quien la busca ; esles enojosa la pregunta. — « Y haciendo una junta de los príncipes de los sacerdotes y de los escribas del pueblo.» Maña es perniciosa del veneno de los tiranos hacer estas juntas de personas de autoridad para disimular su fiereza. Preguntó dónde habia de nacer Cristo ; dijéronselo : llamó á los magos en secreto, y preguntóles del tiempo en que habian visto la estrella, disfrazando con celo devoto la envidia rabiosa. Envíolos á Belen. ¡Qué bien los encamina el descaminado! Más certeza debieron del camino á Heródes, que á la estrella ; pues los llevó con la mano de la profecía hasta el portal. Díjoles : «Preguntad con diligencia por el Niño ; y en hallándolo, venidmelo á decir, porque yo le adore.» Muchos, Santísimo Padre, preguntan de Dios, y dicen que quieren ir á Dios, solo para hacer instrumentos de su iniquidad á los varones de Dios, á quien lo preguntan. Queríale degollar Heródes, y encargábales á los santos Reyes le buscasen con diligencia y le advirtiesen de todo, porque le queria adorar.

«Entraron en la casa, y hallaron el Niño con su madre María ; y arrojándose en el suelo, le adoraron ; y abiertos sus tesoros, le ofrecieron á él presentes : oro, incienso y mirra; y respondidos en sueños que no volviesen á Heródes, por otro camino volvieron á su region.» Estos reyes supieron serlo, y que Dios era solo Rey, y cómo le han de adorar los reyes. «Arrojáronse.» No es

(4) Eccle. 10, v. 16.

humildad para Dios la que hace melindre de alguna bajeza, la que deja algo por hacer. «Abiertos los tesoros.» A Dios así se ha de llegar, sin prevencion escasa, sin temor miserable. Los tesoros han de estar abiertos para Dios, y así los han de traer los reyes. ¿Qué serán los reyes que á Dios le quitan lo suyo? «Diéronle presentes: oro, incienso y mirra.» Cierto es que recibió Cristo estos presentes; mas no dice el Evangelista que los recibió. Justo decoro fué dar á entender el logro que se tiene en presentar á Jesucristo. Dios más da en lo que recibe, que en lo que da : él solo da recibiendo; y así no dijo el Evangelista que lo recibió. ¡Oh buen Melchor! ¡oh santísimo Gaspar y Baltasar, que vinisteis á adorar al Rey niño, y echados en el suelo, le adorasteis; y abiertos los tesoros se los ofrecisteis; y porque vuestro Rey niño viviese, volvisteis por otro camino : vinisteis á adorar, no á divertir; trajisteis, y no llevasteis! Tú, que le adoras; tú que te derribas, tú que le sirves con tus dones, rey mago eres. Tú que presumes, tú que le derribas, tú que prefieres el dinero á la gracia del Espíritu Santo, Simon mago eres, no rey. ¡Oh sumo Rey! Oh solo Rey, que siendo niño no te obligaste del presente, ni de las dádivas para entretener á tu lado, ni acariciar á estos tres santos y sabios reyes! Recibes la adoracion, recibes el servicio y el tributo; no ocasionas el entretenimiento. Los sabios que llamó la estrella se vuelvan en adorando y en ofreciendo; que los que te han de asistir no han de ser los que te dan, sino los que te dejan lo que tienen; no reyes, sino pescadores. Con el Rey verdadero nadie confronta la estrella, nadie introduce la caricia, nadie acredita la dádiva : todo lo dispone la eleccion. Ha sido causa de tantas ruinas en reinos y imperios el tomar los principes por achaque la que llaman suma necesidad (en que se hallan más por sus culpas ó descuido, que por la defensa comun) para enviar ministros escogidos de la codicia á que busquen tesoros entre los vasallos y reinos, para que supla el robo público lo que la prodigalidad necia y el descuido mal atento dejó robar.

Es de tanta importancia este punto, que fué el primero de que Cristo quiso desengañar á los príncipes; pues ningun rey ni monarca del mundo se vió ni verá en necesidad tan grande, como su divina Majestad recien nacido en un pesebre, entre bestias y desnudo al frio. Veamos pues qué ministro envió que le trajese tesoros del Oriente. Envió un ministro celestial de purísima luz, atento solo á servirle con el decoro que debe una estrella al sol. No se fué á los pobres y desamparados que no solo comen del sudor de sus manos, sino que beben el mismo sudor de sus venas; trajo reyes, y en ellos buscó los tesoros : no los trajo el ministro, que suelen adolecer de su compañía; adestró á los mismos reyes que los trajesen; llegaron y ofreciéronselos á Cristo desnudo. Mas como Cristo sabe cuánto se debe estimar la pobreza por los reyes humanos que le sustituyen, y cuán saludables costumbres trae consigo la necesidad, no quiso que el oro enriqueciese á su pobreza, sino qué la adorase. Por eso dice que se le dieron, y no se hace mencion del uso de él, ni aun en la huida á Egipto, donde parece que era necesario. Vino el oro á llenar la profecia, no la codicia. Pudo Cristo quedar rico en cuanto hombre, y para ejemplo quiso quedar pobre.

Que haya hecho grandes á las repúblicas y á los rei-

nos la pobreza, y que el dia que se acabó y se volvió en abundancia perecieron, hasta las bocas profanas lo han dicho. Juvenal no llora por otra cosa la ruina de Roma con aquellas animosas palabras (Sat. 6) :

Nullum crimen abest, facinusque libidinis, ex quo
Paupertas Romana perit.

Señor, este ejemplo de Cristo á los que le han tomado les ha sido gloria y remedio; á los que le han despreciado, enviando ministros por sus reinos, no á que saquen sino á que arranquen, no á que pidan sino á que tomen, premiando al que mas sin piedad desuella los vasallos, —ha sido ruina, y desolacion, y levantamiento universal de las provincias y reinos.

Con buenas canas de antigüedad lo refiere Polibio (1): «Porque en la guerra pasada, presumiendo tenian para ello justas causas, con mucha soberbia y avaricia habian gobernado los pueblos de Africa, tomádoles la mitad de todos sus frutos, y dobládoles los tributos, ningun delito habian querido perdonar aun á aquellos que con ignorancia habian pecado. De los magistrados, á aquellos solos habian premiado, no los que con benignidad y clemencia hubiesen administrado sus cargos, sino que hubiesen amontonado mucho dinero en el tesoro, por mas injusticias y tiranías que hubiesen ejecutado contra el pueblo, cual fué este Anon de quien hicimos mencion arriba. Con lo cual parecia que los pueblos de Africa podrian ser inducidos fácilmente á rebelion, no solamente con persuasion de muchos, mas aun con un solo aviso. Pues las mujeres mismas que en el tiempo pasado habian visto llevar á sus maridos y hijos hechos esclavos por no haber pagado los tributos, se conjuraron en todas las ciudades, no solo no ocultando algo de los bienes que les habian quedado, ántes dando (lo que parece increible) de su voluntad hasta sus mismas joyas para pagar los sueldos.»

Temeroso es este suceso; empero el grande Simaco, fulminando palabras en vez de pronunciarlas, no deja necesidad de otra voz ni de otra pluma. Oigalas vuestra majestad, y no permita que las olviden sus ministros (2): «Destiérrense de la pureza de vuestro tesoro estos aprovechamientos atropellados. El fisco de los buenos princi-

(1) Etenim superiori bello, quod justas se causas habere putarent, superbè nimium atque avarè Africæ populis imperaverant, universorum fructuum medietatem abstulerant, tributa duplicaverant : nullum etiam iis, qui per ignorantiam deliquerant, remittere crimen voluerant. Magistratuum eos dumtaxat honestaverant, non qui benignè ac clementer se gessissent, sed qui grandem aerario pecuniam cumulassent; quamlibet injustè per eos in populum saevitum foret : qualis fuit is, quem supra memoravimus Anno. Quibus rebus factum est, ut populi Africae non solùm hortatu multorum, verùm etiam unico nuncio facilè ad rebellionem induci posse viderentur. Siquidem mulieres ipsae, quod superiori tempore viros liberosque earum ob non soluta vectigalia duci in servitutem viderant, in singulis quibusque civitatibus conspiravere, nihil relictorum sibi bonorum occultantes, sed mundos etiam muliebres (quod dictu incredibile videtur) ad solvenda stipendia sponte conferentes. (Lib. 1.)

(2) Absint ab aerarii vestri puritate ista compendia. Fiscus bonorum Principum non Sacerdotum damnis, sed hostium spoliis angeatur. Ex hujusmodi facinoribus orta sunt cuncta Romani generis incommoda. Stetit muneris hujus integritas usque ad degeneres trapecitas, qui ad mercedem vilium bajulorum sacrae castitatis alimenta verterunt. Secuta est hoc factum fames publica, et spes provinciarum omnium messis aegra decepit. Non sunt haec vitia terrarum, nihil imputamus astris : nec rubigo segetibus obfuit, nec avena fruges necavit : sacrilegio annus exaruit; necesse enim fuit perire omnibus, quod religionibus negatur.

pes no se aumente con daños de sacerdotes, sino con despojos de enemigos. De semejantes maldades han nacido todos los daños del romano linaje. Permaneció la entereza de este oficio, hasta que los monstruosos mohatreros convirtieron en premio de viles traginadores los alimentos de la castidad sagrada. A esto se siguió pública hambre, y la mies enferma burló las esperanzas de todas las provincias. No son estos vicios de las tierras; nada imputamos á los astros: ni á las mieses dañó la niebla, ni la avena ahogó los sembrados; con el sacrilegio se abrasó el año, porque es necesario que á todos falte lo que á las religiones se niega.»

Señor, el ministro que fué á buscar vuestro socorro para defender vuestros reinos, y á fuerza de sangre de vuestros vasallos os trae en la ruina de ellos y en su sangre chupada mas manchas que tesoros, —ese no solo no ha de medrar, ántes el castigo público le ha de hacer ejemplo y escarmiento. El que os trae poco por dejaros mucho en vuestros pueblos y en vuestros vasallos, y llevó por contadores la piedad y la justicia, y trajo enjuto de lágrimas de los que le dieron lo poco que trajo, ese, Señor, medre y sea premiado: reconózcale vuestra majestad por buen discípulo de la estrella de Belen. Y cuando han sucedido semejantes robos y delitos en las repúblicas, y se les sigue la peste armada de muertes, y las enfermedades habitadas de venenos, y se ve que la naturaleza deja fallecer las plantas y morir de sed por falta de lluvias los sembrados, —grave delito es, Señor, acudir por las causas de estos azotes, los que los merecen de la mano de Dios, á la inocente astrología, y querer que sea causa de tanta ruina la malicia del cielo, cuando lo es la de la tierra. Esto, Señor, es huir del remedio, que es acudir á Dios con la enmienda y satisfacion, y pretender disculparse con malos aspectos y oposiciones de astros; por lo cual todo queda sin remedio, siendo la causa el sacrilegio, como Simaco dice.

Cristo en el pesebre queda adorado y reconocido de los reyes por sabio, por rey y por Dios: los reyes van premiados con advertencia divina: Heródes, que preguntó de Dios para ofenderle, quedó burlado. De los reyes cuidó Cristo; de Cristo el Padre eterno, advirtiendo la huida á Egipto con un ángel á José. Heródes solo quedó en manos de su pecado y de su rabia, y degolló los inocentes, y luego murió; que la vida de estos tiranos no pasa de los limites de su desórden. Rey que no nace para traer gloria á Dios en las alturas, alegría á todos los pueblos, paz á los hombres de buena voluntad en la tierra, el que no viene como los Reyes magos á adorar y á servir á Cristo con los tesoros abiertos, más le valiera no nacer ni venir, pues solo, como Heródes, hace juntas para saber de Dios, y encarga á los sabios le sepan de él para perseguirle. No logra su malicia, y logra su ira; es cuchillo de los inocentes, y tal que el propio Dios manda que huyan de él, y él propio huye, como se vió, en Egipto.

CAPITULO XVII (a).

El verdadero Rey niño puede tener poca edad, no poca atencion : ha de empezar por el templo, y atender al oficio, no á padre ni madre. (Luc. 2.)

Reversi sunt in Galilaeam in civitatem suam Nazareth. Puer autem crescebat, et confortabatur, plenus sa-

(a) Este capítulo debió en el original encontrarse lleno de lagunas y á medio bosquejar todavía. Acabó de estragarle el librero

pientia, et gratia Dei erat in illo. «Volvieron en Galilea á la ciudad suya de Nazareth. Y el Niño crecia, y se confortaba lleno de sabiduría, y la gracia de Dios era en él.»

El rey niño, que crece y se conforta lleno de sabiduría, en quien está la gracia de Dios, excepcion es de la sentencia temerosa de la Escritura Sagrada (traida en el capitulo antecedente próximo), en que con lamentacion prevenida la declara por plaga de sus reinos. Ha de estar el rey lleno de sabiduría, porque la parte de su ánimo que de sabiduría estuviere desocupada, la tomarán de aposento ó las insolencias ó los insolentes. Ha de ser habitado el rey niño de la gracia de Dios. Tales y tan grandes preservativos ha menester la poca edad para reinar: oficio de gracia de Dios, no de hombres, que ha menester no solo ser sabio sino lleno de sabiduría. ¿Cómo reinará quien no tiene años ni sabiduría, que no solo no esté lleno de ella, sino yermo? ¿Cómo reinará quien no solo no tiene gracia de Dios, ántes tiene por gracia no tenerla? ¿Cómo reinará sin desgracia una hora quien solo tiene en su gracia su divertimiento, su vicio y su ceguedad? Y el que tuviere con título de bienaventurado la gracia de este rey que no tiene la de Dios, ¿qué otra cosa tiene en la niñez de un príncipe, que un peligro forzoso, crecido de la licencia y asegurado en su rendimiento? No desmienten las historias estas palabras mias: rubricados tienen con su sangre estos malos sucesos aquellos criados que en las niñeces de los monarcas solicitaron por los doseles los cadalsos, y por la adoracion los cuchillos.

No sin especial asistencia y providencia del cielo, Santísimo Padre Urbano, tomastes este nombre grande (correspondiente bien á la doctrina, al celo y á la virtud heróica que anima generosamente ese espíritu, con cuyo aliento vive el católico nuestro) manifestándolo en solicitar la union de los hijos grandes de la Iglesia, domando la dura cerviz de la discordia con las armas espirituales y tesoros del Jubileo grande que habeis franqueado á los fieles (b). Porque de vuestra santidad se diga lo que de la eficacia viva de otro antecesor insigne vuestro dijo Roberto Monaco (1): «El papa Urbano (segundo de este nombre) tan urbanamente oró, que conciliando en uno los afectos de todos los que le oian, aclamaron todos: Dios quiere, Dios quiere.» Vuestra beatitud tiene prenda segura de la virtud de esta union, para lograrla en imitar aquella eficacia con la de la oracion. Hable vuestra santidad: concilie los afectos de todos, que hoy están en batalla y en disension. Pues Dios quiso con este nombre, con esta doctrina, poner á vuestra beatitud en la silla de san Pedro, oiga la propia aclamacion de los que no padecen ni temen ménos que aquellas gentes. «Dios quiere, Dios quiere,» decimos todos. Esta ha de ser con vuestra beatitud para lo espiritual nuestra aclamacion. *Dios quiere* que vuestra beatitud hable, cuando se hace y se ejecuta lo que él no quiere. Santísimo Padre, conducid á vuestra nave los que

Pedro Coello, queriéndole consagrar atentatoriamente al papa Alejandro VII. Con pocos ménos defectos se reproduce hoy, habiendo sido infructuosa nuestra diligencia por restablecerle consultando un manuscrito contemporáneo de la *Segunda parte.*

(b) Se publicó en Madrid á 18 de mayo de 1654.

(1) Papa Urbanus urbano sermone perorvit : ita omnium qui aderant affectus in unum conciliavit, ut omnes acclamarent: Deus vult, Deus vult. (En su lib. 1, *de Christianor. Princip. Bello contra Turcos.*)

fuera de ella osan navegar. Desagraviemos todos los que somos pueblo verdadero del verdadero Dios esas llaves, que por no usar de ellas el rey de Inglaterra descerrajó su iglesia, los herejes las adulteran con ganzúas, y los malos hijos por no pedirlas se quedan fuera. Oidnos; que quiere Dios: hablad, y juntad en uno la enemistad de nuestros afectos; que Dios quiere.

Séanos ejemplo de toda justicia (en el imperio y en el pontificado) Cristo Jesus, hijo de María, rey en doce años lleno de ciencia y de gracia de Dios. «Y como fuese de doce años, subiendo sus padres á Jerusalen, segun la costumbre del dia de fiesta, acabados los dias, como volviesen quedó el niño Jesus en Jerusalen, y no echaron de ver sus padres; y entendiendo venia en su compañia anduvieron el camino de un dia.» Este pedazo de la historia de Jesucristo tengo por el que está retirado en mas dificultosos misterios. Asi lo confiesa la Vírgen María: asi lo dicen las palabras de Cristo. Mal puede arribar el entendimiento á convenirse con descuido en el amor de Maria y José con su Hijo, ménos con despego tan olvidado, que viviendo sin él no le echasen ménos. Pues entender que en aquellas palabras de Cristo á su Madre le hubo, será sentir con Calvino. ¡Oh gran saber de Dios! ¡Oh altura de los tesoros de su ciencia, que así mortifica la presuncion del juicio humano, porque se persuada que sin Dios no se aprende, ni se sabe sin Dios! Mucho refiere Maldonado de los padres griegos y latinos, todo digno de gran reverencia; mas á mí ver siempre queda inaccesible la dificultad, y retirado el misterio. Yo (como el camino que sigo es nuevo) no puedo valerme de otro intérprete que de la consideracion de la vida de Cristo. Y si no me declarare al juicio de todos, séame disculpa que, en lugar y de palabras, el Evangelista afirma que la Madre de Dios y José no entendieron lo que les dijo: Et ipsi non intellexerunt verbum. Forzosa me parece á mí la ignorancia, y en ella estaré sin otra culpa que la de haber osado acometer lugar tan escondido.

Santísimo Padre, quien hace su oficio, y atiende á lo que le envian, y acude á Dios, y asiste al templo, y se da á la Iglesia, y oye los doctores, y los pregunta, y los responde, acudiendo á lo que es de su cargo, aun donde no está no le echan ménos, y no puede faltar de ninguna parte quien atiende á lo que manda Dios. Y por el contrario, quien huye de la Iglesia, quien se aparta del templo, quien se esquiva de su oficio, quien deja su obligacion,—donde está le buscan, los que le tratan le echan ménos, donde asiste no le ven', en todas partes falta, en ninguna parte está: fuera de su obligacion, está fuera de sí. Este fué uno de los mayores misterios de este soberano rey, y de los mas dignos de su monarquía y providencia. Grande es el aparato que en este capítulo cierra el Espíritu Santo. Los padres iban al templo por la costumbre (así lo dice el texto), y asi se vuelven. El Hijo fué al templo por la costumbre, y se quedó por su oficio, y por hacer lo que le mandó su Padre: por eso no vuelve. Vulgarmente llaman esta fiesta del Niño perdido, sin algun fundamento: ni sus padres le perdieron, ni él se perdió. Los padres dice el texto que vinieron sin él y que «no conocieron»: asi dice la palabra en todos los textos. Quiere decir, que no echaron de ver que faltaba. Y es cierto; que padres que no solo le amaban mucho, sino que no amaban otra cosa ni en otra

tenian los ojos y el corazon, no se descuidaron ni divirtieron. Antes este sumo amor, con la contemplacion y el gozo de verle crecer lleno de sabiduría y gracia, los llevó en éxtasi, no solo con él, mas tambien en el niño; que ni de los ojos faltó lo que no veian, ni de su compañía lo que no llevaban, porque iban tan arrobados en el Hijo, que quedándose él en Jerusalen, no iban sin él por el camino. Y esto dice el texto con decir «no conocieron», debiendo decir «echáronle ménos», ó «vieron que faltaba.» Porque no conocer, disculpa con gran prerogativa el elevamiento misterioso y el amor, y esotras palabras en el son tienen resabios de descuido. Permision llena de doctrina de Dios. En tanto que el rey niño asiste á su oficio, no haga falta á nadie, pues hace bien á todos. Sirvióse Cristo del sumo amor que le tenian sus padres como de nube tan noble que le ocultaba á los sentidos, no á las potencias. Entretúvolos consigo para no ir con ellos: él se quedó para irse, ensayándolos en estas maravillas para la postrera del Sacramento del Altar, donde para la Iglesia se fué para quedarse, como aquí se quedó para irse. Y como fué conveniente esta suspension tan amartelada para lo que hemos dicho, lo fué que no durase, ni pasase de los tres dias, en ir y venir, no conocer si faltaba, y hallarle.

Grandes misterios aguardaban años habia este suceso: desempeño de muchas profecías y muchos profetas; y en la primer obra nos acuerda de su resurreccion. «Entendiendo iba en la compañía, caminaron un dia, y buscábanle entre los parientes y conocidos; y no hallándole, volvieron á Jerusalen en su busca.» Entendieron como tales padres, y padres de tal Hijo, entendieron que iba en la compañía; y era así, porque Cristo Jesus nunca dejó á sus padres; y eso fué el decir «no conocieron». Iba con ellos y con la compañía de su Madre, como Dios que los asistia siempre y en todo lugar; y como hombre se habia quedado, para que oyesen de su boca los doctores el misterio de la Santísima Trinidad, y ante los doctores dijesen lo que sabian sus padres, y oyesen de ellos el misterio del Verbo divino y de su encarnacion. Que todo se declaró cuando hallándole en medio de los doctores, oyéndolos y preguntándolos, se admiraban todos los que le oian de su prudencia y de sus respuestas: «Y viéndole, se admiraron.» Este sí fué rey de reyes, rey verdadero, rey de gloria. Primero oye, luego pregunta, y luego responde. Esta, Santísimo Padre, fué la prudencia que admiraba en un niño rey de doce años; que oia primero, y luego preguntaba para responder, y esto siendo suma sabiduría. ¿Cómo pues acertarán los reyes que, no lo siendo, ni oyen, ni quieren oir, ni preguntan, y empiezan su audiencia y sus decretos por las respuestas? Esto, Santísimo Padre, fué enseñar á los doctores, oirlos y preguntarlos; y esto no quisieron ellos aprender, pues nunca lo quisieron oir.

Dijo su Madre: «¡Hijo, por qué has hecho esto con nosotros? Tu padre y yo te buscábamos con dolor.» No dijo: «por qué nos dejaste;» que bien sabia que en su corazon habia asistido siempre. Solo dice: «¿Por qué has hecho esto con nosotros?» que es lo que llamó el Evangelista: «No conocieron» que embebecer nuestros ojos en nuestra contemplacion. Por este rato que no te hemos visto, «tu padre y yo te buscábamos con dolor (a).» Aquí dicen que es hombre verdadero, y que

(a) Está manco el sentido.

son sus padres : cosa que importó tanto que la oyese de ellos mismos con afecto tan casual y penoso. El respondió : «¿Qué es la cosa por que me buscabais?» Eso fué decir: Acudir yo al templo, que es á lo que vine, y á enseñar, á oir, y á preguntar, á responder, á hacer lo que mi Padre me ordena, no es faltar de vuestro lado, no es dejaros. No los reprende, sino los satisface con pregunta llena de favores. ¿Por qué me buscais, si no me he perdido? Soy templo, y estoy en el templo ; soy Rey, y oigo, y pregunto, y respondo ; soy Hijo, y hago la voluntad de mi Padre. ¿Por qué me buscais con dolor? ¿No sabiades que conviene que yo esté en las cosas que son de mi Padre? A su Padre le dice que está en cosas de su Padre. De manera que le busca el Padre cuando está en las cosas del Padre. ¡Gran llamarada del misterio de la Trinidad! Este modo de decir es así comun á todos los idiomas : «¿No sabeis que he de estar en las cosas que son de mi Padre?» Que fué decir : ¿Para qué me buscais, si no me he apartado de vosotros? Yo estoy en las cosas de mi Padre; y supuesto que nadie es mas propiamente de mi Padre que vosotros, en vosotros estoy. San José ya se ve si es cosa de su Padre, pues le escogió para lugarteniente suyo en la tierra, para Padre de su Hijo en la manera que lo fué. ¿Pues la Virgen María? Ab initio, et ante saecula la escogió para su esposa. De suerte que con los propios misterios y sacramentos que se quedó, y no los dejó ; que iban sin él, y tan en él que no lo entendieron, los responde cosas tales, que dice el Evangelista : «Y ellos no entendieron la palabra que les dijo á ellos.» No pudieron ignorar que era Hijo de Dios. Ya la Virgen habia oido : Spiritus Sanctus superveniet in te ; et virtus Altissimi obumbrabit tibi. Pues José ya habia oido, quando nolebat eam traducere : Quod enim in ea natum est, de Spiritu Sancto est. Luego esto no era lo que no entendieron ; y es cierto que no entendieron una palabra, que así lo dice el texto, y esta fué : Quid est, quod me quaerebatis? «¿Qué es por lo que me buscábades?» Que fué decirles que no sabian que habia ordenado y permitido que no le echasen ménos ; para que se revelasen tantos misterios, y fuesen testigos de su divinidad y humanidad, que por entónces no convenía declararlo. Y así permitió que ignorasen esta palabra, como que no sintiesen que se habia quedado en Jerusalen.

«Y bajó con ellos, y vino á Nazareth ; y estábales sujeto.» Sabe ser rey : deja por Dios y por el templo los padres. Sabe ser rey : oye, y pregunta, y despues responde. Sabe ser rey : asiste y está donde le toca por oficio y obediencia. Sabe ser hijo de dos padres : obedece al del cielo, y acompaña al de la tierra. Bajó con él, y estábale sujeto. Considere vuestra beatitud un rey Niño de doce años que es Rey de todos y Rey de reyes, Rey eterno, y dador de las monarquías, cuánto nos enseñó aquí, cuánto ejemplo dejó á los reyes. Por el templo, por las cosas de la Iglesia deja á su Padre y á su Madre. Por enseñar deja las caricias, y ocasiona el dolor á los que mas quiere, y no por eso deja de estar sujeto ; pero es al que le busca con dolor, á su Padre, al que Dios escogió por sustituto suyo. A este solo se ha de sujetar un rey : mas de tal manera que sepa que Dios es lo primero, y la iglesia y el templo. «Y su Madre conservaba todas estas palabras en su corazon.» ¿Quién nos podia declarar lo inexplicable, sino la que fué toda llena

de gracia? Cierto es que pues guardaba todas estas palabras en su corazon, que las entendia y sabía el peso de ellas, pues las depositaba en tan grande parte. La Virgen lo declara : todo se entiende, y se concilia. No lo entendieron cuando lo dijo ; luego que se vino con ellos, lo entendieron, y á su propia luz lo descifraron. Conocieron que sin faltar á nada, cumplia con los dos pâdres, con Dios y con los hombres ; que sabía sujetar y estar sujeto. Y para evidente declaracion, añade el Evangelista : «Jesus crecia en sabiduría, y edad, y gracia con Dios y con los hombres.» Buenos autores tengo de mi declaracion : la Vírgen Maria, Cristo y el Evangelista que lo refiere. No han de crecer los reyes en sabiduria, gracia y edad solo para Dios, sino para los hombres tambien ; porque su oficio es regir, no orar : no porque esto no les convenga, sino que por esto no han de dejar aquello que Dios les encomendó. Juntas han de estar estas cosas : Dios primero ; y con él y por él y para él el cuidado de los hombres. Que Cristo Jesus era niño y rey, y crecia en gracia y sabiduría, y en edad para Dios, y para los hombres ; porque á Dios con estas cosas se le da lo que se le debe, y á los hombres lo que han menester.

CAPITULO XVIII.

A quién han de acudir las gentes. De quién ha de recibirse. El crecer y el disminuir, cómo se entiende entre el criado y el señor. (Joann. 3.)

«Maestro, el que estaba contigo de esotra parte del Jordan, de quien tú testificaste, ves aquí que bautiza, y todos vienen á él. Respondió Juan, y dijo : No puede el hombre recibir alguna cosa, si no le fuere dada del cielo. Y mas abajo dice san Juan, de san Juan Bautista : «Conviene que él crezca, y que yo me disminuya.»

Cuando yo no supiera el oficio de san Juan Bautista, por las señas dijera que habia sido valido de Dios hombre. ¡Cosa admirable, que en toda su vida no hubo otra cosa sino peligros, tentaciones, cárcel y muerte! Unos le ofrecen el Mesiazgo, que era el reino ; otros le preguntan si es él, y lo dejan en su voluntad. El capitulo pasado todo fué peligros ; que los favores y mercedes preferidas, para la verdad no son otra cosa. Aquí, santísimo Padre, hizo el séquito del privado el postrer esfuerzo ; y con ser san Juan hombre enviado de Dios, porque era privado se le atrevió el chisme. Es la parlería de los caseros muerte doméstica del privado, enfermedad asalariada de la buena dicha. Vinieron sus discípulos á Juan, y dijéronle : «Maestro, que estaba contigo de esotra parte del Jordan, de quien tú testificaste, ves aquí que bautiza, y todos vienen á él.» A otro ministro que á san Juan, puesto en privanza, estas palabras le llevaban al alma por los oidos todo el veneno del mundo, todos los tósigos que sabe mezclar la ambicion. «Todos acuden al rey.» Nueva de muerte para la envidia de un valido que tiene puesta la estimacion en la soledad y desprecio de su príncipe. La lisonja mañosa gana albricias con los poderosos cuando les dice : Yermo está el rey, desierta la majestad, todos acuden á tí. Y si bien entienden estos que valen la palabra «Todos acuden á tí», cabeza es de proceso : el que se lo dice, más le acusa que le aplaude ; los que acuden á él, ménos le acompañan que le condenan. Tarde conocerá la mengua de su seso ; que los que hizo pretendientes suyos la que llamó buena dicha, se los volverá fiscales la adversidad, poderosa para hacer estas trasformaciones.

Llegan á san Juan sus discípulos con esta nueva (llamémosla así); y él, en vez de entristecerse por ver enflaquecer su séquito, responde : «No puede el hombre recibir alguna cosa, si no le fuere dada del cielo.» Aforismo sacrosanto de lo que han de recibir los privados, y de quién. Privado habrá que sus manos las tenga religiosas para el poco dinero, y distraidas para la cantidad : este no es limpio, sino astuto ; este mas peca en lo que deja de tomar, que en lo que toma. Privado habrá que ni poco ni mucho reciba de los vasallos ; y que del rey reciba tanto, que ni le deje mucho ni poco. Este tiene por cosa baja el tomar por menudencia, y llega á merecer nombre de universal heredero de su rey en su vida. Esto es no tomar de puerta en puerta, sino todo el manantial. ¡Oh qué discreta maldad! ¡Qué docta bellaquería! El mayor ingenio suele ser este.

Santísimo Padre, oidme atento : bien merecen mis voces tan grande atencion. A vuestro cargo están los reyes de la tierra, y sobre sus coronas están vuestras llaves : oid la habilidad de los traidores. Vieron que el levantarse con los reinos, ó intentarlo, ó pensar en ello era delito digno de muerte y que se llamaba traicion, y acogiéronse por temor de los castigos á levantarse con los reyes : cosa que, siendo mas sacrílega, es tenida por dicha, y el que lo hace, por ministro, no por aleve : lo uno castigan los reyes, lo otro premian. ¡Oh gran tiniebla del seso humano! ¡Que haya príncipe que acaricie al que se levanta con él, y que castigue al que se levanta con el reino, siendo aquel peor y mas osado! Porque el uno usurpa á Dios su teniente, depone á Dios su eleccion, y el otro emprende los pueblos encomendados, que aquel arrebata mas seguro y mas dueño. Y háles caido esto tan en gracia á los desvanecidos, que desde que los reyes consienten privanzas, desechan las conjuraciones y levantamientos por necios y arriesgados. A César, y á Tiberio, y á Claudio, los motines y levantamientos les fuéron ocasion de gloria y de esfuerzo, mas los privados de ruina y afrenta. Más le costó á Tiberio, Seyano, que todas sus maldades y todos sus enemigos. Hagan los príncipes la cuenta con las historias en todos los reinos, en todas las edades, y verán cuánta mayor maldad es levantarse con ellos que con sus reinos. Allí verán que á los que traicion quitó los estados, llaman hombres sin dicha los cronistas y historiadores; y á aquellos á quien les quitó el ser reyes el valimiento, los llaman hombres sin entendimiento y sin valor. Los que padecen esta nota en la memoria de los hombres, despues de su muerte, aunque les permitieran el volver á nacer, lo rehusaran por no verse tales como fuéron. ¡Qué universalmente descartó esto san Juan, cuando dijo : «Que no ha de recibirse nada, sino lo que fuere dado del cielo!» El reino díóle Dios al rey (excluido está de recibirle el privado), la majestad y el poder. Y si ha de recibir solo lo que le fuere dado del cielo, excluido está el cohecho, y la negociacion, y el presente, y la niñería, que arreboza con esta humildad los tesoros.

«Vosotros me sois testigos (dice san Juan) que yo dije : No soy Cristo.» ¡Qué plenaria informacion! Qué bien acordada defensa! ¡Qué prevencion de privado escogido de Cristo para sí! Venímse á decir que al rey acuden todos. Ya os digo que asi ha de ser ; que á mí no

ha de acudir nadie, porque no soy nada en su comparacion : no soy profeta ; soy voz que clama en el desierto. A mí no se me dió del cielo que me siguiesen : á él sí, que es el Señor y el Rey. Y porque ve la apretura de la plática, dice : « Vosotros sois testigos que yo he dicho : No soy Cristo; no soy el Rey.» Eso sí, Juan : haced testigos á los que os asisten, de que no habeis pensado levantaros con el rey en aceptar el Mesiazgo : sean testigos, no de solo eso, sino de confesion expresa : « Yo no soy Cristo.» No se ha de hablar en esto por señas equívocas ; háse de hablar claro ; y á quien se ha de desengañar es á la familia del poderoso; porque allí asiste asalariado su peligro, y allí ha de asegurar su descargo, si se sabe, ó si puede.

Bien pasara sin detenerme, por las palabras que otro alguno no ha advertido ; mas como hablando de un privado Juan, las dice otro Juan privado, no excuso advertir á los príncipes y á los poderosos en ellas. « Y venian y se bautizaban. Aun no habian preso á Juan, y hubo cuestion entre los discípulos de Juan con los judíos.» ¡Extraña cosa decir que aun no estaba preso, cosa que constaba de la historia! No es pluma la de san Juan, que escribe rasgo sin misterio. Advertid los que privais, que aun no estaba preso el privado ; aun no estaba en la cárcel, y ya los suyos levantaban canteras y marañaban cuestiones. Preso un poderoso, cierto es que todos hablan de él y contra él ; mas ántes de caer, ántes de la adversidad, los mas propios, los mas de casa arman cuestiones y voces, y le desasosiegan la buena ventura. No es el peligro estar en la cárcel, sino en la privanza. «Este gozo se me cumplió: él importa que crezca y que yo me disminuya.» ¡Qué bien lo dijo el mas que profeta! Aquí deslindó toda la materia de estado divina y humana. No les queda licencia á los confesores ni á los teólogos para absolver los unos y interpretar los otros lo que contra estas palabras se cometiere. Privados, si ois otra cosa que lisonjas, oid el gozo que dice san Juan, que es que crezca su rey, y que él se disminuya. ¡Oh reyes, luego importa que el criado se disminuya y que el rey se aumente. En este solo aforismo está la medicina de todos los gobiernos. No aprovecha que el rey crezca y el criado tambien ; porque el criado no puede crecer sin la diminucion del rey, de lo que le quita en la riqueza, de lo que le usurpa en el poder, de lo que le estraga en la justicia, de lo que le desacredita en la verdad, de lo que le descuida en su obligacion. Y esto no es crecer entrambos; es disminuirse el rey porque crezca el vasallo, y ha de ser al reves; y dice san Juan Bautista que conviene. Y esto, ¡oh miserables favorecidos de los príncipes, los que no lo entendeis asi! á vosotros os conviene, porque en disminuir está vuestra triaca contra la envidia; y solo os es de salud un modo de crecer, que es crecer por la diminucion.

¿Quereis ver ¡oh monarcas! (con todos hablo) qué delito es crecer el criado y disminuirse el señor, y cuán gran delito es y qué pena merece? Aprendedlo de los propios criados : oidlos á ellos. Decidme, príncipes : los castigos tan ciertos y tan frecuentes y tan grandes de todos los privados, que se han hecho ; los que visteis hacer á vuestros padres ; que vosotros hicisteis, ¿quién os los aconsejó? Quién os los dispuso? Quién los acriminó? Todos me responderéis, concordando con las historias, que otros ambiciosos que quisieron para sí, con nombres de servicios, lo que condenan en los otros por traicion y por robo. Bien mereció castigo el que privó disminuyendo al rey y creciendo él: su patrimonio es la horca; soga y cuchillo son el estipendio de su desvergüenza. Mas no merece ménos la prision y la muerte el que acusa á aquel por codiciar para sí sus delitos, no para el rey la libertad. Pues ¿cómo, monarcas, lo que, el que quiere ser privado, justifica para la medra de su envidia, admitis por lícito y provechoso? Y los propios privados os harán creer que á vosotros os es indecente no consentir por malos y detestables los que ellos propios acusan y degüellan porque lo son, para serlo ellos. Esta sola justicia he conocido y leido siempre en los que mal han privado, sin excepcion; unos han sido castigo de otros, y los mas afrenta de sus señores y ruina de sus reinos. ¿Quereis ver, príncipes, cuál engaño padece, no vuestra vida, que ese era corto; no vuestra hacienda, que ese era civil; no vuestra comodidad, que ese era delgado; — vuestra honra, que es mucho; vuestra salvacion, que es todo? Decidme, ¿cuál acusacion habeis admitido contra algun favorecido vuestro, en que no os prometan grande restitucion al patrimonio, gran satisfaccion á las partes? Y si haceis la cuenta, hallaréis que os cuesta cien veces mas á vosotros y á vuestro reino el satisfacer la hipocresía de los acusadores, que se os aumenta de la perdicion del caido. Este es el engaño que os atraviesa las almas. Quien acusa al que tiene y al que puede, para poder él y tener, ese al criado acusa la dicha y al señor el talento; y el castigo es igual en el criado y en el príncipe. Siempre he visto, y siempre lo veréis, que de estas persecuciones y visitas hechas por desembarazar para sí el que acusa los delitos que acusa, se sigue que vosotros que dais por ente engaño despuestos de la dignidad, como el ministro del oficio, y mas condenados que el preso y depuesto; porque quedais condenados á otros peores que aquel, y á padecer muchos ímpetus de codicia recien nacida.

Santísimo Padre, puerta es de vuestras llaves la de la salud de los pueblos, la de la salvacion de las gentes; por aquí tienen paso al cielo, que vos abris y cerrais, las almas de los potentados del mundo: enseñadles con el ejemplo de san Juan esta verdad; que importa que ellos crezcan y los criados se disminuyan (lo que él cumplió tan presto, perdiendo la cabeza). Lo propio, Santísimo Padre, que ha de ser entre los criados y los reyes, ha de ser entre los reyes y la Iglesia: ella conviene que crezca, y los reyes se disminuyan, no en el poder ni en la majestad, en la obediencia y respeto rendido al vicario de Cristo, á esa Santa Sede.

Dos criados tuvo Cristo: uno, que fué Juan, se disminuyó para que creciese el rey; y este fué hombre enviado de Dios, y entre los nacidos ninguno mayor que él. ¡Gran cosa! ¡Nadie mayor que el disminuido! Otro quiso crecer él y que no creciese el Señor; y este fué Júdas, hijo de perdicion, y que le valiera mas no haber nacido. De aquel primero pocos imitadores se leen y se ve la cuenta; y su fin, sus cordeles, su horca, su bolsa, su venta, su beso se precia de gran séquito y de larga imitacion; y toda su vida presume de señas de muchos, y de original de muchas copias, por lo propio justiciadas.

CAPITULO XIX.

«Entónces vino Jesus de Galilea al Jordan á Juan para que le bautizase. Juan se lo prohibia y diciendo: Yo he de ser bautizado por tí, ¿y tú vienes á mí? Respondiendo Jesus, le dijo: Deja ahora: asi conviene que nosotros cumplamos toda justicia. Entónces le dejó. Y bautizado Jesus, al punto salió del agua. Y veis se abrieron los cielos, y vió el Espíritu Santo de Dios bajar como paloma, y que vino sobre él. Y veis una voz del cielo, que decia: Este es mi Hijo amado, en el cual me agradé.» Fué tan grande esta accion, que se repartieron los misterios de ella por los tres evangelistas. Quiso cada uno tener parte en tan grande sacramento. Marc. 1, dice: «Vió los cielos abiertos, y al Espíritu Santo que bajaba como paloma.» Y añade esta grande palabra, que añuda esta accion con lo que dijo Isaías: «Y que se quedaba en él.» Lúcas, cap. 3, dice:«Fué empero como se bautizase todo el pueblo, y Jesus fuese bautizado;» y añade: «Y estando orando, se abrió el cielo.»

En la consideracion de este capítulo parece que se agota todo lo importante del oficio del príncipe, y todo lo peligroso del oficio del privado. Cumplir el rey toda justicia es hacer todo su oficio: humillarse al criado el señor, es todo el riesgo. Era san Juan Bautista grande privado de Dios, y el que venció todas las asechanzas del puesto. No ha habido ni habrá mal paso en la privanza que él no le padeciese y le santificase con su humildad y con su vida y con su muerte. La aclamacion del pueblo engañada le ofreció la adoracion de Mesías, le rogó con el cargo de su señor; el séquito de las gentes hizo diligencias contra su oficio; su grande santidad equivocaba la fe de los judíos para su persecucion. En uno de los capítulos antecedentes ponderé sus diligencias y sus respuestas. Y como él sabía cuán sabrosa perdicion y cuán forzoso peligro es este de la privanza, no por sí, que era hombre euviado de Dios, y no de la ambicion; por todos los que serían en el mundo privados habló tales palabras (1): «Este es el que ha de venir en pos de mi, que ha sido ántes de mí: de quich yo no merezco desatar la correa del zapato.»

¡Oh privados, oh reyes! teued respeto los unos hasta á la correa del zapato de vuestro príncipe, los otros haced reverenciar hasta vuestro calzado. Yo con toda humildad y reverencia admiro en estas palabras las interpretaciones de los santos que sirven al misterio. Vosotros, todos los que mandais y aspiraís á mandar, atended á mi explicacion. Juan, primero privado escogido, cuando ve vacilar en el reconocimiento del Señor verdadero, de su Rey eterno, del Rey Dios y hombre, en estas palabras dice todo lo que se ha de decir, y todo lo que no se ha de hacer: «No soy digno de desatar la correa de su zapato.» Pues, Santísimo Padre, si Juan privado no es digno de desatar la correa del zapato de su Rey, ¿qué será del criado que intentare atar con la del suyo á su rey? ¿Qué cosa es atar el criado al señor? Eso no se ha de presumir de toda la perdicion del seso ambicioso de los hombres; es menester para tan sacrífega osadía toda la desvergüenza del

(1) Ipse est, qui post me venturus est, qui ante me factus est, cujus ego non sum dignus ut solvam ejus corrigiam calceamenti. (Joann. 1.)

infierno. No solo no ha de atar el criado ni el ministro al rey, mas ha de conocer y confesar que no merece desatar la correa de sus piés. Lo que el rey añada, nadie, sino es Dios, y la razon, y la verdad, lo puede desatar sin delito. Majestad tienen los reyes hasta en los piés: digno es de reverencia su calzado. Pues si no es lícito desatar la correa del zapato, ¿cómo será lícito desatar al rey de su alma, al rey de sus reinos, al rey de su oficio, al rey de la religion, al rey de Dios? Esto el que lo hace, el que desata al rey de estas cosas, no es ministro, no es privado, no es vasallo, no es hombre: lo que es dígalo por el Bautista el evangelista san Juan, que yo no me quiero atreverá decirlo, ni caben en mi autoridad sus palabras, que son dignas de él solo. Oigan los reyes y los emperadores al águila, que es autor de coronas imperiales y blason propio suyo (1): «Y todo espíritu que desata á Jesus, no es de Dios, y este es espíritu de Antecristo.» El un Juan lo dice, que el que desata á Cristo es espíritu de Antecristo; y el otro Juan, que vino ántes de Cristo y fué enviado de él, cuando dice estas palabras no solo confiesa que no ha de desatar á Cristo, sino que no merece desatar la correa de su zapato. Y el uno que lo hace fué el privado, y el otro el querido. Y el que no los imitare, si desata á su rey, ¿qué será? Ya lo ha dicho san Juan. Y si le atare (lo que no se puede creer), será Júdas. Ese le vendió y entregó por dineros á la cárcel y á los cordeles. Con razon, pues, Cristo se viene al Jordan á buscar tal criado, á honrarle, y á ser bautizado de él.

El mérito de san Juan nos ha llegado al discurso del capítulo: con sus palabras nos introducimos en sus obras; y este ejemplo no pierde por descender de Cristo, Dios y hombre, á los reyes hombres; que pues los reyes son vicarios de Dios, y reinan por él, y deben reinar para él, y á su ejemplo y imitacion, ningun lugar tiene el desahogo de la lisonja, ni lo dilatado de la explicacion ambiciosa y negociadora, en estas palabras: «Vino Cristo de Galilea al Jordan para que Juan le bautizase.» Todo va bien: el rey va al criado, no el criado al rey; él se vino á Juan, no le trajo Juan. ¡Gran decoro de monarca! ¡Grande y discreta y segura fidelidad de criado! «Juan se lo prohibia.» Hace lo que debe su humildad y conocimiento, lo que conviene á su oficio, que Dios hará lo que conviene á la obra, al gobierno y al misterio. No sale de sí Juan, grandes márgenes deja á la dignidad de Cristo; no compite jamas ni con su sombra. No parece lícito contradecir ni prohibir nada el criado al señor: no parece lícito, porque los atrevidos vuelven la cara hácia otro lado por dejar pasar la verdad. Santísimo Padre, en las honras propias y mercedes excesivas que se les hacen á ellos, lícito les es el prohibirlo, el rehusarlo. Mas los mañosos, que la doctrina la ajustan al talle de su pretension, prohiben las mercedes de los otros, que luego que no son para ellos, son excesivas; y las propias, aunque sean demasiadas, se admiten con queja por pequeñas, y á veces la insolencia del ministro obliga al príncipe que le ruegue para que acepte lo que no pudo el criado codiciar sin delito, ni conceder el príncipe sin afrenta. «Prohibióselo diciendo: Yo he de ser bautizado por ti.»

En el agua, con favores y honras grandes, ejercitó los dos mayores ministros con acciones y palabras bien parecidas. Juan, viniendo Cristo á que le bautizase, se lo prohibia diciendo: «Yo he de ser bautizado por ti.» Pedro parece que repite este suceso y palabras, y le dice (2): «¿Tú me lavas á mí los piés?» y se lo quiso prohibir como Juan. A Juan respondió: «Déjalo ahora: asi conviene que nosotros cumplamos toda justicia.» A Pedro en la respuesta le juntó alguna amenaza: «Si no te lavo, no tendrás parte en mi reino.» Con novedad, Santísimo Padre, examino yo la diferencia de estas respuestas en una propia accion. Juan en el desierto rehusó por su humildad la accion que servia á los misterios de Dios sin testigos, y así bastó la advertencia del fin para que Cristo se humillaba á su criado. Pedro replicó entre todos los apóstoles y delante de Júdas, cuando él hacia aquella accion para ejemplo y para que le imitasen. A la repugnancia en el misterio y á solas basta advertencia; á la repugnancia al ejemplo entre los que le han de tomar para darle, provechosa es la amenaza. No se ha de temer que el príncipe dé buen ejemplo aun con humildad rendida.

«Asi conviene que cumplamos nosotros toda justicia.» Esta no es cláusula, es sima infinita de misterios. ¿Santísimo Padre, cómo? ¡Que ni en el encarnar, ni en el nacer, ni en el morir, ni en el resucitar dijese que cumplia toda justicia, y aquí lo dijese, cuando él es bautizado de Juan, y Juan de él! ¡Qué hay aquí de justicia? ¿Cómo se cumple toda justicia donde el hecho es sacramento; donde no hay pueblo? Rio era, y no tribunal, en el que estaban. Esta vez el agua del Jordan vidriera es de toda la justicia de Dios, de toda, y cumplida en todo. Dejar el rey su casa y su ciudad por el bien de sus reinos, justicia es. Buscar el criado que no se halla digno de desatar la correa de su zapato, justicia es. Humillarse por salvar los que tienen á cargo, justicia es. Desnudarse por los que han menester su desnudez, justicia es. Rehusar Juan levantar la mano sobre la cabeza de su Señor, aun para bendecirle, justicia es. Estorbar que aun en el desierto el silencio de las peñas y la fuga del agua y el ruido le vean mas alto que su Señor, justicia es. Mortificarse el criado con la obediencia en tan altos favores, justicia es. Autorizar el Rey los despachos de tan grande ministro con tan prodigiosa demostracion, justicia es. Que el rey pase por lo que ordena que pasen todos, justicia es. Que el príncipe, para introducir el remedio de los suyos, no repare en desnudarse de la majestad ni en humillarse, justicia es. Que empiece por sí mismo la ley que quiere dar á todos, justicia es. Que use del remedio que da, justicia es; pues aunque no le ha menester para la disculpa, le ha menester para el ejemplo.

Solos estaban Cristo y san Juan, mas no por eso el privado se alargó en admitir favores, ni usó de la familiaridad; recibió el criado aquella honra que le mandó el Señor que la recibiese. De otra manera negocian su perdicion en el mundo los ministros que (como ellos dicen) cogen á sus príncipes á solas, sin entender que el príncipe para el criado no puede estar solo, porque el reino, el oficio, y el ser lugarteniente de Dios no son separables del rey. Bien habrá habido criados que hayan visto desnudos á sus reyes delante de ellos, y humillados; mas esto no habrá sido porque los reyes propios lo hiciesen por el bien comun, ni lo rehusarian los malos criados. Por eso en los tales con su rey, no se cum-

(1) El omnis spiritus, qui solvit Jesum, ex Deo non est: et hic est Antichristus. (Epist. 1. Joann. 4.)

(2) Tu mihi lavas pedes?

ple *toda justicia* como aqui. No dice Dios que estos son sus hijos. No solo no lo dice Dios, mas sus padres se corren de haberlo sido, y de que ellos digan que lo son. Aqui fué en el Jordan donde (1) «se apocó á sí mismo recibiendo forma de criado». No le apocó el criado, él se apocó. El criado queria reverenciarlo como Señor; mas él, porque conociesen que era el Señor que lo merecia ser, se apocó recibiendo la forma de criado. Apocarse es virtud, es poder, es humildad; dejarse apocar es vileza, es delito? Siempre Cristo mostró que en todo lo que se hacia con él tenian poca parte los que lo hacian, ni el poder. Iba preso, quisole librar Pedro, y le dijo: «¿Piensas que si yo quisiera librarme, y pidiera á mi Padre que me enviara de guarda un ejército de ángeles, que no me los enviara?» A Pilatos, cuando le dijo que tenia poder de darle muerte y librarle, le respondió que no tuviera poder si no se le hubiera dado de arriba. «Yo tengo potestad de vivir y morir», dijo.

Tan gran Rey fué, y tan solo Rey, que hasta en el padecer y en el morir, que fué á lo que vino, quiso qué supiesen que padecia porqne queria, porque convenia á su honor y al negocio. «Vió los cielos abiertos, y al Espíritu Santo que bajaba como paloma y quedaba en él. Y veis una voz del cielo que dice: Este es mi Hijo amado, en el cual me agradé.» Aquí tambien se le guardó su justicia á la oracion; ella penetra los cielos siendo fervorosa; ella los abre, y ve abiertos: ora Cristo, y abre los cielos y vélos abiertos. ¡Buen Rey, que por medio de la oracion trata con Dios los negocios de su reino! «Y vió al Espíritu Santo que bajaba sobre él.» Justicia es que á Rey que se deshace por los suyos y recibe forma de siervo por hacerlos señores, el Espíritu Santo baje sobre él, y quede en él, y le dé á conocer. Justo es que se abra el cielo cuando Cristo instituye el bautismo, con que se ha de poblar su gloria, y restaurar su vecindad ya perdida. Justo es que donde el Hijo de Dios se humilla, el Espíritu de Dios baje. Ved, Santisimo Padre, si donde el criado y el Señor, el cielo y la tierra, el Hijo de Dios y su Espíritu hicieron tantas justicias, se cumplió toda justicia; pues en solo el bautismo está todo. Así se ha de creer: nadie puede salvarse, si no renaciere por el bautismo del agua y del Espíritu Santo.

Bien se conocen los grandes méritos de Cristo en esta accion del Jordan: bien los declaró con demostraciones de todo el cielo. Y ya hubo alguno que, predicando ó haciendo que predicaba por decir cosa que nadie hubiese dicho, dijo lo que nadie puede decir. Declarando estas palabras «Este es mi Hijo muy amado», se atrovió á errar contra la letra sagrada, diciendo: En el Tabor, donde estaba glorioso y trasfigurado, lo dijo afirmativamente; mas en el Jordan, donde le vió humilde y arrodillado, lo dijo como dudando: «¿Este que así está postrado, es mi Hijo amado?» Este, como admirándose de que fuese.—¡Gran desdicha de los tiempos! no que haya un impío, un ignorante que tal desacierto prouuncie contra toda la verdad; mas que se usen auditorios que tales cosas las aplaudan, y no las enmienden. Vino Cristo á nacer, á padecer y á morir: á eso le envió su Padre, no á gloria ni á descanso; ¿y desconocióle cuando hacia lo que le habia ordenado, y á que le enviaba? Que si fuera posible desconocerle, habia

(1) Exinanivit semetipsum, formam servi accipiens.

de ser glorioso en la tierra, que en un instante hizo á Pedro que desconociese el oficio de Cristo, y á lo que venia, pues olvidársele no era posible. ¡Grande ignorancia atreverse á llamar indigna de Cristo la accion que abrió los cielos, y cumplió toda justicia, y bajó al Espíritu Santo! ¡Qué ignorancia tan grande, que diga aquel perdido que no le agrada Cristo, donde el Padre eterno diciendo que es su Hijo dice que le agrada: *In quo mihi bené complacui!* Perdóneme el que la reprension forzosa á tan mala doctrina ocasiona, por la demasiada cortesía de callar su nombre.

Tan de otra suerte lo pondero yo, Beatisimo Padre, que he considerado con novedad, y muchas veces, qué fué la causa de que en el Tabor y aquí en el Jordan se óyese esta aprobacion y testimonio del cielo, y no en su nacimiento divino; no en la adoracion de los Reyes (cosa de tanta majestad); no en aquel milagro tan espléndido de los panes y los peces; no en la resurreccion de Lázaro; no en su muerte; no en su resurreccion: yo lo he considerado el primero. Y tambien, porque en el Tabor añadió las palabras: «Este es mi Hijo amado, oidle;» y en el Jordan no dijo que le oyesen, sino que era su Hijo. Por la primera diferencia mucho responde todo este capitulo; pues en las demas acciones milagrosas referidas se vieron esfuerzos de su amor por el hombre, hazañas de su justicia contra el pecado original; mas en el Jordan se cumplió toda justicia de su parte, de la de su ministro, de la del Espíritu Santo, y del Padre. Y como él encarnó por librar del hombre del pecado original, vivió y murió por eso, y el bautismo es el sacramento que nos santifica contra él y nos limpia mas de la culpa, que fué la causa de su pasion,—fué justicia, como lo demas, que aquí se abriese el cielo, donde moria la culpa que nos le cerró; que aqui bajase el Espíritu Santo, donde la carne mortal se disponia á poderle recibir; que bajase en forma de paloma, en el rio donde se ahogaba la primera serpiente; que el Padre dijese: «Este es mi Hijo en quien me agradé,» pues entonces por él empezó el hombre inobediente y ciego á serle agradable. Estas cosas tan especiales dieron estos favores á esta accion particularmente entre todas las demas, y tambien al intento de mi obra, porque en los reyes las acciones de justicia son las de primera alabanza; y entre ellas serán las de mayor alabanza las de toda justicia; y esta fué sola en la que él dijo «que así convenia cumplir toda justicia». Y es de advertir que todo el oficio de los reyes es justicia. No les dice otra cosa el Sabio (2): «Amad la justicia los que juzgais la tierra.» No es opinion mia decir que los reyes en la justicia tienen la misericordia. San Pedro (llamado *discurso de oro*) dice (3): «Dios, salva la verdad, se apiada; el cual así da perdon á los pecados, que en la misma misericordia guarda justicia y razon.» Pues en el Tabor bien mereció Cristo favor tan preferido, donde se vistió de fiesta para morir, donde estando en gloria trataba de su muerte, donde se enojó con el mas favorecido porque le desviaba de ella con amor y con ternura, donde á tratar de su fin trajo los muertos y despertó los dormidos. Que Cristo entre sus enemigos afligido trate de padecer, grande

(2) Diligite justitiam, qui judicatis terram.
(3) Deus enim salva veritate miseretur, qui sic dat peccatis veniam, ut justitiam in ipsa miseratione, rationemque custodiat. (*Serm.* 6, al fin.)

cosa es; mas que trasfigurado, y entre sus discípulos, y con sus criados trate de morir, fineza es digna de la demostracion del Jordan.

Resta ver por qué en el Tabor se añadió *ipsum audite* á las palabras del bautismo. Y á mí ver el texto evangélico da la causa. En el Jordan Cristo y Juan decian una misma cosa, iban á su mismo fin : uno como Señor, otro como criado ; entrambos cumplieron toda justicia, obrando uno como Dios, otro como ministro. En el Tabor no fué así : Cristo y los que están con él (1) hablaban con él de la partida que habia de hacer y cumplir en Jerusalen. Y así lo entiendo. De esto hablaban con Cristo Moises y Elias. Otro dijo (2) : « Bien será que nos quedemos aqui.» Unos tratan con Cristo de su partida, Pedro de su quedada. El Evangelista dice que los de la partida hablaban á propósito, y no Pedro (3) : « No sabía lo que decia.» Pues como era parecer tan contrario á lo que convenia al género humano y á Cristo y á su Padre el de san Pedro, fué necesario que se dijese (4) : Oidle á él, que trata de ir donde le envió; no á Pedro, que pretende que se quede aquí. Santísimo Padre, cuando los primeros ministros descaminan, aunque sea con buen celo, el oficio del rey, si callan todos, el cielo habla. Y cuando advertidos del cielo prosiguen, como hizo Pedro en bajando del monte : *Non expedit tibi, Domine : Absit à te, Domine*, entónces no se excusaba el despedirle : *Vade retro post me.* ¡Justa cosa mandar que se vaya al que queria quedarse! El cielo y Dios habla en los predicadores. Ministro que no los oye y prosigue, despedirle ; y en el rio y en el monte sea oido solo el rey ; y no se atreva el criado á desatar la correa de su zapato, ni á bendecirle, si él no se lo mandare.

CAPITULO XX (5).

La paciencia es virtud vencedora, y hace á los reyes poderosos y justos. La impaciencia es vicio del demonio, seminario de los mas horribles, y artífice de los tiranos. (*Joann.* 20.)

Thomas autem cùm audisset à condiscipulis suis, quod vidissent Dominum, respondit : Nisi videro fixuram clavorum, et mittam manum meam in latus ejus, non credam. Denique venit, et dicit Thomæ : Infer digitum tuum huc, et vide manus meas, et affer manum tuam, et mitte in latus meum : et noli esse incredulus, sed fidelis. Respondit Thomas, et dixit ei : Dominus meus, et Deus meus. «Como Tomas oyese de los que con él eran discípulos, que habian visto al Señor, respondió : Si no viere la señal de los clavos, y no metiere mi mano en su lado, no creeré. Finalmente vino y dijo á Tomas : Entra tu mano en mi lado, y no quieras ser incrédulo, sino fiel. Respondió Tomas, y dijo : Señor mio y Dios mio. »

San Cipriano empezó aquella elegantísima oracion del bien de la paciencia con estas palabras (siguiendo á Tertuliano, á quien llamaba maestro) : «Habiendo de hablar, hermanos dilectísimos, de la paciencia, y declarar sus utilidades y provechos, ¿de dónde podré mejor empezar, que de la necesidad que ahora tengo de vuestra paciencia para oirme? Porque esto mismo que ois y aprendeis, sin la paciencia no lo podeis obrar.»

(1) Loquebantur de excessu. (2) Bonum est nos hic esse.
(3) Nesciebat quid diceret. (4) Ipsum audite.
(5) Este capitulo es muy notable en su materia, y digno de ser leido con toda atencion.

De esta prevencion me excusa, serenísimo, muy alto y muy poderoso Señor, el hablar en todo este libro con vuestra majestad, en quien resplandece heróica esta virtud, que el mismo santo mártir llama en esta oracion *bien de Cristo* (6) ; y en otro lugar de la propia oracion dice (7) : « Porque esta virtud es comun á nosotros con Dios.» Esto, que es de tan esclarecida loa al real ánimo de vuestra majestad, es de confianza á la poquedad de mi entendimiento; porque así como el que teme hablar con vuestra majestad reverencia su grandeza, así quien osa hablar con tan soberana grandeza, conoce vuestra piadosísima clemencia y benignidad. Yo trataré de la virtud de la paciencia ética, política y cristiana, y probaré que para la guerra no solo es fuerte y eficaz, sino que en la guerra, sin ella, los mas fuertes son flacos ; que siempre venció quien la tuvo ; que siempre quien no la tuvo fué vencido ; que es autora de la paz, y quien la conserva, y quien solamente sabe gobernar en la paz y en la guerra ; que ella contradice á todos los vicios ; que con ella florecen todas las virtudes.

Mucho parecierá lo que prometo de esta virtud, si no fuera aun mas lo que ella obra. Por ser este capitulo el mas importante de esta Política para todos y particularmente para los reyes y monarcas, busqué con atenta consideracion en toda la vida de Cristo nuestro Señor, que toda fué paciencia desde el nacer al morir, lugar en que autorizar mi discurso; y por el mas encarecido de su soberana, inmensa y benigna paciencia, escogí este del apóstol santo Tomas. La causa que me obliga á preferirle á tan innumerables actos de paciencia en Cristo nuestro Señor, quiero que preceda á la doctrina política cristiana. Aguardó el Hijo de Dios, para encarnar, con paciencia enamorada, que se llegase el plazo de las profecías y el de las semanas ; aguardó para hacerse hombre el *si* de su criatura, de su Madre y siempre Virgen ; aguardó en su sacratísimo vientre los plazos de la naturaleza en los meses ; nació yendo á obedecer el edicto de César, quien es obedecido de los serafines : consintió que fuese cuna un pesebre, y compañía dos animales ; que siendo él fuego del divino amor, le hospedasen las pajas y el heno, no solo seguros de incendio, sino gozosos ; tuvo paciencia viendo que Heródes le espiaba la vida, y siendo toda la valentía del cielo, para huir con sus padres á Egipto. Esto será esplayarme sin orilla, si prosigo por todas las acciones en que Cristo nuestro Señor tuvo la paciencia con ejercicio grande é incomparable. Llamáronle *comedor y endemoniado*, y no se enojó ; quisiéronle apedrear y despeñarle, y tuvo paciencia ; sufrió á Júdas su lado, tuvo paciencia para sentarle á su mesa, y para que comiese en su plato ; besóle para entregarle, y pacientísimamente consintió el beso ; escupiéronle muchos ; dióle un ministro una bofetada, y el golpe que alteró el rostro no demudó su paciencia. Azotóle Pilátos ; hicieron burla de su majestad los soldados, hiriéndole con golpes, coronándole con espinas. Las señales se vieron en su santísimo cuerpo, no en su paciencia. Esta mas allá estaba de la furia y de la crueldad : todos la ejercitaban, nadie la irritó. Pusiéronle desnudo en la cruz por malhechor, entre dos ladrones. Tuvo paciencia para todas tres cruces : para la que padecia ; para la del buen ladron, perdonándole, y acompañándose con él en su rei-

(6) Nam ut patientia bonum Christi.
(7) Est enim nobis cum Deo virtus ista communis.

no ; para la del malo, viendo que aun un ladron no le queria acompañar. Vió á su santisima Madre al pié de su cruz , vióla que le veia ; vió que su cuerpo y su pasion le eran martirio ; tuvo paciencia para dejarla, para llamarla mujer, y darla por hijo su discipulo querido ; para dársela por madre. ¿Puede ser la paciencia de Cristo mas hazañosa, mas divina, ni mas encarecida? Señor, maravillosas acciones son estas, dignas solo del que era hijo de Dios y Dios verdadero; mas se obraron todas siendo hombre pasible, y que padecia como tal lo que vino á padecer por su amor y por nuestro remedio. Empero dudar Tomas apóstol que hubiese resucitado, y decir que si no ve las señales de los clavos y entra la mano en su costado, que no la ha de creer; y mandarle Cristo nuestro Señor resucitado, glorioso, impasible, que metiese la mano en su costado y manosease sus llagas , es hazaña de la paciencia divina, que excede toda ponderacion, adonde se desalienta el espanto.

San Pedro Crisólogo pesa los quilates inmensos de esta paciencia en el sermon 84. Juzguen los oidos y los ojos con oirlas ó con verlas, el fil de las balanzas de sus preciosas palabras, que aun el desaliño de mi estilo no podrá apagar todas las luces que tienen. « ¿Por qué así Tomas requiere las señales de la fe? ¿Por qué á quien tan piadosamente padece, tan duramente examina resucitado? Por qué aquellas heridas que la mano impia rasgó, la diestra devota de nuevo las ara? Por qué el lado que la impia lanza del soldado abrió, vuelve á cavarle el discipulo la mano? Por qué los dolores que causaron los furores de los que le perseguian, la cruel curiosidad del compañero los renueva? Por qué con los tormentos al Señor? Por qué á Dios con las penas? Por qué, para averiguar el médico celestial, el discipulo se informa de la herida? Cayó la potestad del demonio, abrióse la cárcel del infierno, fuéron rotas las ataduras de los muertos. Muriendo el Señor, se arrancaron los monumentos; y resucitando el Señor, toda la condicion de la muerte fué mudada ; fué trastornada la piedra del mismo sacratisimo sepulcro del Señor ; las ligaduras fuéron deslazadas, y á la gloria del que resucitaba huyó la muerte, volvió la vida, resucitó la carne, que no habia de volver á caer. ¿Y por qué á tí solo, Tomas, demasiadamente curioso explorador, pides que solas las heridas se presenten para el juicio de la fe? ¿Qué fuera si estas como otras cosas se hubieran borrado? ¿Cuál peligro hubiera ocasionadoá tu fe esta curiosidad? ¿Juzgaste que no podias hallar algunas señales de piedad, ni documentos de la resureccion del Señor, si no surcabas con tus manos las entrañas que la judáica crueldad habia arado?» No se hartaba el Santo de mas elegante pluma, de mas sabroso estilo, con mejor metal de palabras, de ponderar la mas encarecida ocasion á la mas encarecida paciencia de Cristo.

Tertuliano, en su doctisimo libro De Patientia, dice (1) : « La paciencia del Señor fué herida en Malco.» ¡Grande encarecimiento de la paciencia misericordiosa! Mas en Tomas fué la paciencia de Cristo en él propio (digámoslo asi) sobreherida. Solamente la incredulidad inventara herir las mismas heridas ; hizolas la judáica incredulidad, volvióá abrirlas la del discipulo ; sus dedos volvieron á ser clavos, su mano lanza. Segun esto, acreditado deja la eleccion que hice de este lugar, y accion de paciencia en Cristo, para arrimar firmemente á

(1) Patientia Domini in Malcho vulnerata est.

su doctrina este capítulo. Para empezar á discurrir en lo político cristiano , resta averiguar la utilidad que resultó de esta incredulidad, que obligó á Cristo resucitado á tan soberana paciencia. Consecutiva al lugar referido la declara san Pedro Crisólogo : « Buscó, hermanos, esta piedad, inquirió esta devocion que despues ni la misma impiedad pudiese dudar que el Señor resucitó. Pero Tomas no solo curó la incertidumbre de su corazon, sino la de todos. Habiendo de predicar esto á las gentes, diligente ministro, inquiria cómo fortaleciese sacramento de tanta fe. De verdad mas fué profecía que terquedad. ¿Pues para qué habia de pedir esto, si de Dios no le hubiera sido revelado con espíritu profético, que para el juicio de su resureccion se guardaban sus heridas?» En importando , Señor, á la salud de los suyos, que la paciencia de Cristo sea ejercitada en su cuerpo, dispensa los privilegios de resucitado.

Yo aplico, para la inteligencia de este misterio, literales las palabras del Apóstol (2) : « Todo lo cerró Dios en la incredulidad, para apiadarse de todos. ¡Oh altura de las riquezas de la sabiduría y ciencia de Dios! ¡Cuán incomprensibles son sus juicios, y cuán investigables sus caminos! ¡Quién conoció el sentido del Señor? ó ¿quién fué su consejero? ó ¿quién lo dió á él primero , y se le dará retribucion?» No sé que haya otro lugar en todo el Testamento nuevo, en que literalmente se viese que Cristo lo cerrase todo en la incredulidad, para tener misericordia de todos, sino este de santo Tomas ; pues en su incredulidad desengañada y convertida en fe por la paciencia de Cristo, curó con misericordia la duda de todos los corazones, como lo afirma san Pedro Crisólogo en el lugar referido, diciendo que dudó Tomas para que nadie dudase. Es tan sublime esta misericordiosa paciencia de Dios, que en acabándola de referir, exclama san Pablo con tan esclarecidas palabras : « ¡Oh altura de las riquezas de la sabiduría y ciencia de Dios! ¡Cuán incomprensibles son sus juicios, y cuán investigables sus caminos! » Exclamacion que nos da bien á entender de cuán majestuosa admiracion está colmado este misterio, y que para mi intento es el ejemplar mas á propósito y el mayor.

Ofréceseme considerar con novedad (quiera Dios con provecho y acierto) por qué causa, siendo María Magdalena tan favorecida de Cristo, y tan amartelada y tierna amante suya , y que con tanta solicitud y lágrimas le buscaba en el sepulcro, habiendo asistido al pié de la cruz; cuando buscándole, y no conociendo á Cristo, le pregunta por sí mismo, y Cristo con solo llamarla María se da á conocer, y ella derretida en amor le llama Maestro, Cristo la dice (3) : « No me quieras tocar;» y á Tomas, que certificándole los demas apóstoles que Cristo habia resucitado, dijo con despego incrédulo : « Si no veo las señales de los clavos y entro mi mano en su costado, no lo creeré ;» no solo se le aparece, no solo dice que le toque, sino le manda que le escudriñe las entrañas, que le repase las heridas. ¿Por qué el Señor dispensa aqui, para que le toque Tomas, el inconve-

(2) Conclusit Deus omnia incredulitate ut omnium misereatur. O altitudo divitiarum sapientiae, et scientiae Dei! Quàm incomprehensibilia sunt judicia ejus, et investigabiles viae ejus! Quis enim cognovit sensum Domini? Aut quis consiliarius ejus fuit? Aut quis prior dedit illi, et retribuetur ei? (Cap. 11 á los romanos.)
(3) Noli me tangere.

niente de no haber subido al Padre, y en la Magdalena no lo dispensa, pues dice (1) : «No me quieras tocar, porque aun no he subido á mi Padre?»

Señor, en tocar la Magdalena á Cristo no habia interes de bien universal, solamente una caricia amorosa de reverencia y adoracion; mas en el tocar Tomas á Cristo habia utilidad para la fe y creencia de todos. Del tacto de aquella mano pendian los corazones de todos los hombres, el crédito de aquella gloriosa resurreccion. Aquella mano, tentando con duda, adiestra á que nosotros con la fe, que es ciega, acertemos creyendo. Por eso acaba su sermon el gran Crisólogo diciendo (2) : «Vengan y oigan los herejes, y como dice el Señor, no sean incrédulos, sino fieles.» Cristo nuestro señor no dispensó por las caricias en sus favorecidos y amados algo de su severidad, y siempre dispensó por el provecho y mejora de los suyos y de las almas. Cuando á vuestra majestad le dicen que un vasallo hizo de otra manera lo que en su real nombre se le mandó, ó que lo hizo mal, ó que no lo hizo, entónces ha de dispensar á intercesion de la paciencia (virtud de Dios) con su poder para castigarle, con su ira para deshacerle. Entónces para reducirle ha de hacer las mas encarecidas pruebas de su real ánimo: no solo le ha de oir vuestra majestad, no solo dejar que le vea, ha de consentir que ponga la mano en las diligencias que á su remedio importan; que en estos negocios tanto importa á los reyes dejar que los toquen los acusados para que los reyes no crean acusaciones envidiosas, como que los toquen para creer y obrar lo que dicen y mandan.

¿Cuál descortesia pudo igualarse á no creer que Cristo habia resucitado, habiéndolo él dicho, y diciéndoselo á Tomas los otros apóstoles? Empero el Señor, que vió el bien que resultaba de aquella incredulidad, olvidó la descortesia y atendió al provecho del mundo. ¿Quién contará los príncipes á quien ha depuesto su impaciencia? ¿Los que por ella han sido cuchillo de sus reinos, veneno de sus buenos vasallos, fin de sus grandezas, vituperio de sus ascendientes, infamia de los siglos, escándalo á lo porvenir y abominacion á la memoria de las gentes? ¿Quién, sin perder la paciencia, pudo ser cruel? Quién avaro? Quién soberbio? Quién adúltero? Quién tirano? Si pudo resultar provecho tan grande de la incredulidad de Tomas examinada, ¿por qué, Señor, no podrá resultar para los reyes y príncipes de la duda y terquedad de los vasallos? Para que esto no se averigüe, los que mal los asisten procuran que no solo no puedan tocar á los monarcas, mas ni verlos ni hablarlos. No quieren que la mano delincuente negocie por sí, sino con las manos que la hacen delincuente. Dios guarde á vuestra majestad, que en esto ha dado ejemplo á todos los reyes de su tiempo, cuando en materia tan ardua y temerosa se cerró con el duque de Ariscot, gran señor en Flándes (a), y le oyó, y vió, y acercó á sí con piedad magnánima · de

que espero resultará á él libertad con perdon, y á vuestra majestad gloria con seguridad.

El grande y magnánimo rey don Alonso de Aragon (á quien todas las naciones llaman por excelencia el Sabio) tuvo tan docta é invencible paciencia, que no solo sufrió que se le atreviesen, como se vió en el soldado que en público en Nápoles le detuvo con insolencia, mas no contento con perdonarlos, premió á los que de él hablaban mal; y no consintió que en su presencia se dijese de otros, como sucedió con los que notaron á Nicolao Pichinino de bajo nacimiento. No solo no rehusaba que no le obedeciesen, ántes mandaba á todos sus consejos que no le obedeciesen en lo que ordenase contra razon; y á los ministros que dependian de estos superiores, mandaba que no los obedeciesen en lo que no fuese justo. Asi lo refieren todo esto de este raro ejemplo de reyes valientes y sabios y católicos Antonio Panormitano, en el libro que en latin escribió de sus dichos y hechos, adicionado por el doctísimo Enéas Silvio, obispo de Sena, por otro nombre papa Pio. Léase este libro y el que de su historia escribió el elegantísimo Bartolomé Faccio, y se verá cuánto mayor rey fué don Alonso con una paciencia perpetuamente docta y triunfante, que Alejandro Magno y César; cuánto mayor capitan que Aníbal y Escipion; cuánto mas sabio que Sócrates.

Conozcan pues los que á los príncipes les quitan la paciencia, todo lo que les quitan; pues les quitan todo lo que es bueno y real. Deseo saber dónde halló Neron paciencia para sufrir siempre y solos á aquellos que le quitaban la paciencia para que no pudiese sufrir á ningunos otros; y cómo y dónde dejaron estos paciencia en Neron para sí, quitándosela para los demas. Tropelía es del diablo esta: padecióla Roma en este y en otros malos emperadores, y sin entenderla. Tan grande virtud y tan real es la de la paciencia, que Tertuliano dice de ella estas animosas y altísimas palabras, hablando de Cristo (3) : «El que propuso esconderse en la figura de hombre, nada de la impaciencia de hombre imitó. De esto principalmente, fariseos, debisteis conocer al Señor; paciencia semejante ningun hombre pudo alcanzarla.» ¡Gran dignidad de la paciencia, que diga tan elegante y docto escritor que de la paciencia de Cristo principalmente debieron conocer los fariseos que era Dios; pues siendo hombre, no participaba nada de la impaciencia de hombre! ¿Quién desecha virtud que da á conocer á Dios, siendo hombre? Y ¿cuál hombre admitirá la impaciencia, no solo pecado del demonio, sino artífice de los demonios y de los pecados y de los pecadores? Asi lo prueba, desde Luzbel y Adan y Cain, universalmente san Cipriano, en su *Oracion de Paciencia.* Segun esto, los que á su señor dijeren que tener paciencia es de esclavos, y de bestias el sufrir, contradice á

---

(1) Noli me tangere, nondum enim ascendi ad Patrem meum.

(2) Veniant, et audiani haeretici, et sicut dixit Dominus, non sint increduli, sed fideles.

(a) En 12 de julio de 1621 le besó la mano al rey Felipe IV, como embajador del archiduque Alberto que murió por aquellos dias. Antes que en Flándes falleciese la infanta doña Isabel Clara Eugenia, Ariscot fué enviado por su embajador á Madrid, y preso pocos meses despues en esta corte, á mediados de mayo de 1634, á título de sabidor y encubridor de las traiciones del duque de Frillan. Tres años mas adelante vino su mujer la duquesa, con el

hijo heredero, á solicitar la causa de la prision de su marido; pero este jamas obtuvo libertad, y murió al fin en la casa que llaman de las *Siete chimeneas,* en la calle de la Reina, que últimamente le sirvió de cárcel. (Así nombra la casa y la calle *lo Relacion de lo sucedido en España, Italia Francia, Flandes, Alemania y otras partes, desde Abril del año passado de 34 hasta Abril deste presente año de 1635;* impreso de la Biblioteca nacional.—Véase ademas á Leon Pinelo, *Historia de Madrid,* MS.)

(3) Qui in hominis figura proposuerat latere, nihil de impatientia hominis imitatus est. Hinc vel maxime Pharisaei Dominum agnoscere debuistis: patientiam hujusmodi nemo hominum perpetraret.

la verdad calificada por Cristo con sus mismas experiencias.

Tiene el diablo sus paciencias, porque siempre pone los nombres de las virtudes á sus maldades. Aconsejan los instrumentos de Satanas, qué por un leve descuido quiten el oficio y el crédito á uno : quéjase, y dicenle con enojo que agradezca á la suma paciencia del rey el haberle sufrido sin hacerle morir en una prision; préndenle, y dicenle que agradezca no haberle hecho quitar la vida; hácenle morir, lloran los hijos,—dicen que fué paciencia no degollarlos con el padre. ¿Quién creerá esto, sino el que lo mandare hacer? Porque el demonio que lo aconseja, porque conoce lo que es, lo aconseja. El no hace sino poner nombres : á la soberbia llama grandeza, y á la envidia atencion, y al robo ganancia, y á la avaricia prudencia, y á la mentira gracia, y á la venganza castigo; y por el contrario, á la humildad vileza, á la pobreza infamia, al desinteres descuido, á la verdad locura, y á la clemencia flojedad. Y los que estudian por estos vocabularios solo adquieren suficiencia para condenarlos. Dije que la paciencia siempre era vencedora en la guerra: lo que yo dije dicen las historias del mundo. Alejandro el Magno, á quien el grito universal da mayor gloria militar, véase si fué en otra virtud tan frecuente ni tan glorioso : léanse sus acciones con los vencidos, con los que se le dieron, con los enemigos que cautivó. ¡Cuál ejemplo de paciencia dió con el aviso del veneno! Cuál de constante ánimo y sufrido en las heridas, pues dice Plutarco que no tenia parte en su cuerpo que no se la señalasen! ¡Cómo trató á la mujer é hijas de Darío! Cómo sufrió el motin de su gente! ¡Cuán magnánimo fué en dar lo que mas queria! ¡Con cuán dócil paciencia oia de los sabios los consejos y las reprensiones! ¡De Diógenes los desprecios! Julio César, que le es segundo, solo tuvo por principio, medio y fin de sus glorias la paciencia : esta fué su imperio y su mayor estratagema en la guerra. Cárlos V, nuestro glorioso emperador, á quien estos dos deben ceder, á entrambos los excedió en grandeza. Nadie mereció el imperio con mas virtudes, ni lo tuvo con mas triunfos, ni le dejó con tanta gloria; y esto porque los excedió á todos en la virtud de la paciencia. No se lee sin ejemplo en ella alguna palabra en su vida ni en su muerte, por eso gloriosas entrambas.

Señor, esta doctrina de la paciencia militar un ejemplo de los romanos es quien mejor la enseña. Quinto Fabio Máximo (llamado El Cuntador, El Detenido, que en sustancia es El Sufridor), conociendo la valentía y astucias de Anibal, y que si recibia batalla ó si se la daba se perdia, aconsejado con la paciencia le llegó á desesperar. Los bachilleres en el senado llamáronla cobardia ; enviaron otro que alternativamente mandase con él : uno de impaciente dió la batalla de Cánas y perdióse con toda la nobleza romana, solo por haber perdido la paciencia con que Quinto Fabio vencia sin pelear. Irrefragable texto es en el libro 1 de los Macabeos, en el verso 3 del cap. 8 (1). «Y (oyeron) cuanto habian hecho en la region de España, y como habian puesto bajo de su poder las minas de plata y de oro que hay allí, y habian conquistado toda la region por su consejo y

paciencia*.» Donde el nombre paciencia dice literalmente toda la valentía victoriosa de los romanos en España.

La paciencia, Señor, no da lugar á la ira ni á la pasion, con que estorba la ceguedad, y se le debe la vista; da lugar al consejo, y al mejor consejero, con que se le debe el acierto : ella dispone la prevencion propia, y embaraza la ajena ; no admite presuncion ni orgullo, con que no se precipita ; no cree lijeramente, con que no se engaña ; no se cansa de oir, con que se informa; ni de ver, con que se asegura ; en los casos adversos se recobra, en los prósperos se reporta. Pues, Señor, si esto obra la paciencia, y la impaciencia lo contrario; y Cristo naciendo, viviendo y muriendo, y lo que mas es, resucitado, nos es (todo y en todo) ejemplo de paciencia, ¿quién no conocerá en ella y por ella todas las utilidades de la guerra y de la paz del alma y del cuerpo, de la vida y de la muerte? Mucho importa la paciencia para vencer; mas si el vencedor la deja, podrá ser vencido de su propia victoria por la confianza de ella. Cristo nuestro Señor, muriendo, habia vencido la muerte y el infierno con la paciencia : y con no poder ser vencido nunca, ni de nada, victorioso y triunfante y resucitado, no solo tuvo paciencia, sino la mayor, como he probado en este capítulo. ¿Quién peleó como Job con todos los elementos, con Satanas, con la salud y con los amigos? ¿Cuál persecucion fué igual á la suya? Todo lo venció con la paciencia. Y victorioso por no quedar sin ejercicio de paciencia, dice Tertuliano en su libro De patientia, que no pidió á Dios que se la volviera, con lo demas, sus hijos, que le habia muerto la ruina de la casa; que si los pidiera, otra vez se llamara padre. Sufrió tan voluntaria orfandad por no vivir sin alguna paciencia (2). Hasta en esto fué Job sombra de Cristo, que despues de la victoria que le dió la paciencia, quiso quedarse con paciencia que le conservase victorioso. Que la paciencia en el principe y en los vasallos es el alma de la paz, es cierto; porque la paz es amor y caridad, y la caridad el Apóstol dice es paciente y es sufrida.

Con admirable elegancia lo dice Tertuliano (haréle español, con temor de poder expresar aquella elegancia africana) (3) : «La dileccion, dice, es magnánima : así admite la paciencia. Es bienhechora : la paciencia no hace mal. No envidia : eso propio es de la paciencia. No sabe á protervia : la modestia tomó de la paciencia. No se hincha, no se encona : no son cosas que pertenecen á la paciencia. No cobra lo propio : súfrelo miéntras á

(2) Estas son sus palabras : «Et si filios quoque restitui voluisset, pater iterum vocaretur. Sustinuit tam voluntariam orbitatem, ne sine aliqua patientia viveret.»

(3) Dilecto, inquit, magnanimis est, ita patientiam sumit. Benefica est : malum patientiam non facit. Non aemulatur : id autem proprium patientiae est. Nec protervum sapit : modestiam de patientia traxit. Non inflatur, non protervit : non enim ad patientiam pertinet. Nec sua requirit : suffert sua, dum alteri prosit. Nec incitatur : caeterum quid impatientiae reliquisset? Ideo, inquit, dilectio omnia sustinet, omnia tolerat : utique quia patiens. Merito ergo nunquam excidet : nam caetera evacuabuntur, consummabuntur. Exhauriuntur linguae, scientiae, prophetiae : permanent Fides, Spes, Dilectio. Fides, quam Christi patientia induxit : Spes, quam hominis patientia spectat : Dilectio quam Deo magistro patientia comitatur. (Advierto que las palabras del Apóstol son de la version de Tertuliano, y que en la version Vulgata dice Charitas lo que aqui Dilectio; que no es todo el texto de san Pablo, sino sus palabras, una por una, con glosa de Tertuliano, como se siguen.)

(1) Et (audierunt) quanta fecerunt in regione Hispaniae, et quod in potestatem redegerunt metalla argenti et auri, quae illic sunt: et possederunt omnem locum consilio suo et patientia.

otro aprovecha. No se irrita : ¿qué dejará á la impaciencia? Por esto dice : La dileccion todo lo sufre, todo lo sobrelleva; conviene saber, porque es paciente. Con razon, pues, nunca caerá : todas las demas cosas se evacuarán, serán consumidas. Agotarse han las lenguas, las ciencias y las profecias : quedan la fe, la esperanza y la dileccion. La fe, que la paciencia de Cristo introdujo; la esperanza, que la paciencia del hombre espera; la dileccion, que teniendo á Dios por maestro, acompaña la paciencia.»

Luego pruébase que sin paciencia no se puede gobernar la paz : porque no hay fe, esperanza y caridad sin paciencia; y sin estas tres virtudes no puede haber paz, ni gobierno pacífico, ni cristiano. Por esto los que quieren á los reyes con paciencia para ellos solos, que á ellos solos los sufran, y que á todos los demas sean insufribles, en nada se ocupan tanto como en poner asco para la grandeza real en la virtud de la paciencia. Dicen que los hace despreciables, que los abate, que introduce pusilanimidad en su soberanía y abatimiento en su respeto; que les borra la majestad, y se la vulgariza. Dicen verdad, si se entiende de la paciencia con que los sufren á ellos solos.

Quiero quitar á la paciencia estas máscaras abominables con que estos solicitadores de la mentira desfiguran la paciencia, y que descubra la hermosura de su rostro una accion del rey don Alonso el Sabio, rey de Aragon, de Nápoles y Sicilia; rey que en los que le precedieron no tuvo de quien pudiese aprender ni ser discípulo, y de quien todos los porvenir aprendieron y aprenderán. Refiérela el libro citado de sus *Dichos y Hechos*, en el fol. 9, pág. 1, al fin; y refiérela Antonio Panormitano, que la vió : « Yendo que íbamos de Aversa para Capua, acaeció que el rey iba el delantero de todos : acaso halló que á un pobre hombre se le habia caido en el lodo un asno cargado de harina, y él estaba en necesidad, sin haber quien le ayudase, dando voces. Los que algo atras quedábamos vimos al rey apearse del caballo; vimos luego al rústico asido de la una parte del asno, y al rey de la otra ; de manera que se lo ayudó á levantar del lodo. Nosotros entónces aguijámos y alimpiámos al rey del lodo que se le habia pegado. El labrador que esto vió, y conociendo que era el rey, estaba espantado, y temblando de miedo pedia perdon. Esto fué, como veis, una muy poca cosa; mas sin duda fué causa la nueva que de aquí salió, para que muchos pueblos de la Campania se dieran muy libremente al rey.» Y añade en su nota ó glosa, Enéas Silvio, papa Pio : «El rey don Alonso, por haber ayudado al asnero, concilió á sí los de Capua.» Estas son, fielmente trasladadas, las palabras con que los refiere Antonio Rodriguez de Avalos en la traduccion de este libro, que hizo y imprimió en Ambéres en casa de Juan Steelsio, año 1554.

Señor, considere vuestra majestad si puede haber accion de rey en que intervengan mas bajos interlocutores : un asno, un villano, una carga de harina, un pantano. ¿Quién duda que si estuvieran con el gran rey los que llegaron despues á limpiarle el lodo, y riñendo al villano por desvergonzado, procuraran manchar con impaciencia aquel ánimo todo real? ¿Cuáles cosas dijera la retórica de la adulacion contra el villano? ¿Qué inconvenientes hallara en el lodo para la grandeza coronada, y en la vileza del asno para el decoro de la

caballería? Lo cierto es, Señor, que el rey lo hizo porque iba solo. ¿Qué le dió este asno caido, y este lodo que le ensució, por medio de su magnánima paciencia? Muchos lugares de la Campania, y á Capua, fortísima ciudad y cabeza de aquella provincia. Mas y mejor, muy poderoso monarca, conquistó el nunca bastantemente alabado rey don Alonso con un borrico caido, que todo el poder de los griegos con el caballo preñado de escuadras. El con lodo y sin sangre ganó una provincia : ellos con sangre y fuego y traicion y engaño una sola ciudad. Juzgue vuestra majestad si debió mas aquel rey á su paciencia, que le apeó del caballo para levantar al asno caido y le enlodó en el pantaño, que á sus allegados, que estregándole el lodo, no hacian otra cosa sino quitarle la tierra que agradecida á tal accion, pegándose á su vestido, le dió posesion de sí misma. Nunca se levantan mas los reyes que cuando se bajan á levantar los caidos, aunque sean bestias. Este rey (de quien se escribe que estudió tantas veces con sus glosas toda la Biblia, que casi la tenia de memoria) sin duda de aquella meditacion se dispuso á imitar, como le fué posible, la paciencia de Cristo, Dios y hombre verdadero; y esto le hizo rey poderosísimo, muy sabio, siempre triunfante aun preso de sus enemigos, como se lee en su historia : en todo piadosísimo, sabió en dichos y en hechos, católico en ejemplo á todos sus vasallos, padre en el amor, rey y padre en la soberanía y gobierno, padre, rey y maestro en la enseñanza.

He dicho cómo en su vida y en su muerte todo lo obró Cristo nuestro Señor con paciencia, y luego que resucitó. Resta decir cuánto y con cuál amor favorece la paciencia de los suyos, y cuánto le merecen con la paciencia. Murió Cristo, y fué su sacratísimo cuerpo sepultado; y en aquellos dias que estuvo en el sepulcro, bajó su sacratísima alma al limbo á sacar las almas de los padres, que con tan larga y envejecida paciencia le estaban aguardando por tantos siglos. Premió la paciencia ántes de resucitar con su glorioso cuerpo : fineza, Señor, llena de celestiales promesas á los que esperaren en su divina majestad, y le esperaren con infatigable paciencia.

Seis apariciones de Cristo, verdadero rey y rey de gloria, se leen despues de su resurreccion, y en todas mostró su inmensa paciencia con la incredulidad de los suyos, que no creian su resurreccion y le tenian por fantasma, y oyendo á las santas mujeres que habia resucitado, lo tenian por burla.

De suerte, Señor, que el ministro de que Cristo se servía para todos sus negocios, vivo, y muriendo, y muerto resucitado, fué la paciencia. Bien encomendada queda con estas meditaciones, para que el real ánimo de vuestra majestad y su piadosísima inclinacion, su santo celo, su justicia católica, no despache nada sin ella, ni deje que se la usurpen, ni consienta que se la limiten, ni permita que se la comenten. Esto es desear que vuestra majestad prosiga lo que siempre ha hecho, y que siempre sea, como siempre ha sido, el mayor lugarteniente de Dios entre los monarcas temporales, y el mas obediente hijo de su vicario en la universal y católica Iglesia romana.

CAPITULO XXI.

En que se inquiere (siendo cierto que todas las acciones de Cristo nuestro Señor fueron para nuestra enseñanza) cuál doctrina nos dió con los grandes negocios que en las apariciones despachó despues de muerto y resucitado, no pudiendo nosotros resucitar en nuestra propia virtud, y en elegir en apóstol á san Pablo despues de su gloriosa ascension á los cielos. — *Es texto las apariciones y el lugar de los actos de los apóstoles.*

El lado de los grandes principes, en algunos de los que abrigan con él siempre su valimiento, tiene la asistencia que la alma eterna en el cuerpo mortal; pues cómo esta le disimula la corrupcion, los gusanos y la ceniza, que en dejándole deshabitado se manifiestan, así aquel reprime el temor, la desconfianza y la incredulidad y otras cosas que valen por gusanos y horror. No consiente la familiaridad del príncipe que las advertencias leales, ó las quejas justas, ó las acusaciones celosas le descubran el asco que cierran los tales en los sepulcros de sus conciencias. No porque el monarca manda que no le desengañen, sino porque la gente engañada con el esplendor de la fortuna en que los mantiene siempre acerca de sí, ó respeta su eleccion ó la teme. Ignóranse los peligros que hay en los caminos, y los venenos que se retraen en las cavernas, y las fieras que se ocultan en los bosques, en tanto que el dia con luz benigna desarreboza el mundo de las malicias de la sombra; empero en cayendo por su ausencia la noche sobre la tierra, á quien ciega y hace invisible, los ladrones se apoderan de los pasos, vuelan las aves enemigas del sol, las sierpes desencarcelan sus asechanzas, y los lobos aseguran los hurtos de sus dientes. Si un príncipe quiere saber las fieras que se emboscan en la felicidad de los que mal le asisten, hágalos unos dias sombra, retíreles algunas veces sus rayos, déjelos (aunque sea por muy poco tiempo) á escuras, y verá en qué sabandijas desperdiciaba sus luces, y cuánta mas verdad debe á su noche.

Malas costumbres son las de la costumbre, y desagradecidas; en el criado en el señor engendra confianza para él, y desprecio para el amo. Dicen que es otra naturaleza; y dos naturalezas solas en Cristo nuestro Señor, que es Dios y hombre verdadero, se ven. De esto hablo. Si un hombre es de tan mala naturaleza, que consiente que los malos se le acostumbren á su trato, y esta costumbre se vuelve en él otra naturaleza, ¿por dónde hallará entrada el remedio, y salida el daño? No importa tanto apartar los que se allegan como los allegados; si son buenos, no por eso los pierde; si malos, por eso no le pierden. Quien ve que siempre le tendrá á uno, y cree que siempre le tendrá, siempre le tendrá en poco. No se deben volver las espaldas á los enemigos, que es infamia; mas pueden volverse á los amigos, por ser cordura. Dice el refran frances: «De quien me fio, me libre Dios; que de quien no, me libro yo.» Ya que es bien politico, yo le enmiendo para que sea pio; y porque sin Dios no podemos librarnos del mal, le corrijo: «De quien me fio, me libre Dios; que de quien no, ya me libró.» Vulgar cosa son los refranes, mas el pueblo los llama evangelios pequeños: véalos con buen nombre este tratado. Los ministros, muy poderoso Señor, han de ser tratados del príncipe soberano como la espada, y ellos han de ser imitadores de la espada con el príncipe. Este los ha de traer á su lado, ellos han de acompañar su lado. Y como la espada para obrar depende en todo de la mano y

brazo del que la trae, sin moverse por sí ó cosa alguna, así los ministros no han de tener otras obras y acciones sino las que les diere la deliberacion del señor que los tiene á su lado. No acredita ménos suspendillo el rigor de los castigos por los ministros, al respeto que en no delinquir le tienen los vasallos, que la espada al valiente, cuando siempre en la vaina, de miedo, ninguno se atreve á ocasionarle que la saque. Al que siempre la trae en las pendencias desnuda, espadachin y revoltoso le llaman, no esforzado. No es mas discreto muchas muertes en un médico, que muchos castigos en un rey. Sean pues al lado del rey sus ministros como la espada. Esta, Señor, importa, y por eso se trae para la defensa de la propia persona al lado; y los que estiman su persona y vida, no solo miran que sea de buena ley, sino que la prueban por si salta de vidriosa, ó se queda de blanda, lo que resulta del mal temple. Lo mismo, y con mas razon y cuidado, se debe hacer con los ministros que se traen al lado. Probarlos, Señor; que suelen saltar con la pasion fuera de los límites de la equidad y justicia, y quedarse por el interes torcido y con vueltas. Y es mejor que salte y se quede en las pruebas para el desengaño del príncipe, que en los despachos y tribunales para ruina de la república; cuanto es mejor que la mala espada se quiebre y tuerza contra la pared probándola, que en la pendencia con manifiesto peligro del que se fió de ella.

Que todo esto se deba hacer y que se haya hecho, yo lo probaré con ejemplos magníficos de un emperador y un sumo pontífice. Fadrique Furio, en el tratado *Del consejo y consejeros*, refiere de Erasmo, en el panegírico al rey don Felipe II, estas palabras: «Para conocer el príncipe si los consejeros le aconsejan fielmente, finja pedirles consejo en cosas que son contrarias al bien público, diciéndoles que, aunque sean tales, todavia importan al real servicio por ciertos designios, como seria romper leyes importantes, privilegios grandes, poner tributos excesivos, y otras semejantes; y de la respuesta que los consejeros le dieren puede en alguna manera colegir qué tal es su amor para con la república.» Esto, Señor, expresamente es aconsejar que se prueben los ministros. Y si bien Erasmo en otras cosas fué autor sospechoso, este consejo está católicamente calificado. No con ménos majestad que la de un emperador refiere la *Historia Tripartita* (1), «que Constantino emperador quiso saber si los que le servían y aconsejaban eran fieles, y publicó que todos los que quisiesen dejar la fe de nuestro Redentor Jesucristo y volver á servir á los ídolos, lo pudiesen libremente hacer: que él no dejaria de servirse de ellos y tenerlos por amigos. Dejaron algunos la fe y volvieron á ser idólatras, y el emperador no se sirvió mas de los que la dejaron.»

Y porque hay mas sacrosantamente superior dignidad á la imperial en el vicario de Cristo, sucesor de san Pedro, referiré de Paulo Jovio, libro 43, otra prueba de consejeros: «Paulo III, pontífice máximo, usaba de esta sagacidad para conocer la aficion de los hombres y saber sus voluntades. Proponia sin necesidad algun negocio en que hubiese ocasion de porfiar, y decia á los cardenales que dijesen su parecer, y de sus porfias aprendia las respuestas para los embajadores de los príncipes.» Estos ejemplos refiere el doctor Bartolomé Felipe, en

(1) Libro 1, cap. 7.

su doctísimo libro *Del consejo y de los consejeros de los príncipes*, en el discurso 6. Es tan importante la imitacion de este modo de probar los ministros y consejeros, que porque hay otra mayor majestad que la del sumo pontífice, que es la de Cristo nuestro Señor, Dios y hombre verdadero, con un ejemplo suyo canonizaré esta doctrina; porque toda ella, como he propuesto, sea imitacion de las acciones de Jesucristo, verdadero Rey. Fe católica es que el Hijo de Dios, cuando preguntaba algo á sus discípulos, sabia lo que habian de responderle ; de que se sigue que se lo preguntaba para tentarlos, que es probarlos, y asimismo para dar ejemplo á ellos que le habian de suceder en el cuidado de las almas, y á los ministros y reyes; supuesto que si el mismo Dios no los revela lo que les han de responder á lo que preguntan, lo ignorarán. Pruébase literalmente que Cristo (preguntando) tentaba á sus apóstoles (1) : «Dijo á Filipó : ¿De dónde compraremos panes, para que coman estos? Empero decia esto tentándole, porque él sabia lo que había de hacer.» Viene tan á propósito esta palabra *tentar*, á la comparacion de la espada que yo hago con lo. ministros (pues vulgarmente llaman «tentar la espada» al probar su tieso y temple), que no es niñería el ponderar la alusion que en otras voces lo es. En san Mateo (2), san Márcos (3), san Lúcas (4) se lee (5) : «Preguntó á sus discípulos, diciendo : ¿Quién dicen las gentes que soy?» Esta fué la mas grave prueba en que Cristo preguntó á sus discípulos, por ser la que ocasionó la confesion de san Pedro. Respondieron : « Unos dicen eres Juan Bautista, otros Elias, otros Jeremias, otros que pareces uno de los profetas, otros que resucitó uno de los profetas.» Respondieron los apóstoles á la pregunta lo que habian oido. Entónces les dijo Jesus á ellos : «Vosotros, ¿quién decis que soy? Respondiendo Simon Pedro, dijo : Tú eres Cristo, hijo de Dios vivo.»

Queria Cristo que la confesion de que era Hijo de Dios precediese á la eleccion de Pedro, para declararle por piedra sobre que habia de fundar su Iglesia. Pregunta á todos quién decian las gentes que era. Todos respondieron lo que habian oido. Cuando preguntó á todos quién decian ellos que era, solo Pedro dijo que Hijo de Dios vivo. Esto probarlos fué á todos, pues preguntaba lo que sabia le habian de responder, por dos razones : *La una*, para dar ejemplo á todos de que, pues él siendo inefable sabiduría probaba á los suyos, los que por ser hombres viven las ignorancias del cuerpo, hagan lo mismo con los que siendo tambien hombres no son apóstoles. *La otra*, para enseñar á los reyes que el primer puesto, el mayor cargo de su gobierno, la suma dignidad no la han de dar por aficion suya, ni dejar que se la sonsaque la maña, ni que se le arrebate la negociacion, sino que la adquiera el mérito del que, probándole entre todos los demas, se adelanta en la fe, y en los servicios y suficiencia para aquel cargo. Por esto, luego que le confesó por Cristo, Hijo de Dios vivo, le dijo : «Bienaventurado eres, Simon Bar-jona, porque la carne y la sangre no te lo reveló, sino mi Padre que está en el cie-

lo. Yo te digo á tí que tú eres piedra, y sobre esta piedra edificaré mi Iglesia. » Fué decir: Los demas refieren lo que les dijeron las gentes, y tú lo que te dijo mi Padre. De manera que para el ministerio superior, despues de la prueba, entre los demas se ha de escoger el que en su respuesta no dice palabra alguna de la nota de carne y sangre.

Bastantemente dejo fortalecida mi proposicion de que conviene que los ministros los pruebe quien los tiene al lado, como la espada, á quien acabaré de compararlos. Señor, no conviene tener siempre ceñido al lado al ministro, como no la espada : esta se deja muchas veces en un rincon; muchas, por otra, ó ya sea mas leve ú de mejor maestro. Lo propio se ha de preferir en el ministro. Si es tan pesado que venza para usar de él las fuerzas del principe, mas es carga que ministro. Si no es de buen maestro, discipulo de la fidelidad, de la verdad, de la humildad, de la templanza, del desinteres, mas bien acompañado anda solo el lado del príncipe, que con él. Si por nuestra naturaleza no hay hombre que esté siempre igual consigo mismo, y son pocos los que cada dia no están muchas veces consigo desiguales, ¿cómo podrá ser natural cosa estar siempre igual con otro? Esta, ya lo he dicho, no es naturaleza sino costumbre; y quien debe imitar á Dios ha de advertir que Cristo nuestro Señor, Rey, Dios y Hombre, no dijo : «Yo soy costumbre, » sino : «Yo soy verdad.» Agudeza es de Tertuliano, en el libro de *Virg. velandis*. Grandes palabras son, y llenas de salud (6) : « Empero Cristo, Señor nuestro, se llamó verdad, no costumbre.»

Con esto he abierto la puerta á la consideracion de este capítulo, que por ser de rara novedad ha necesitado de larga disposicion. Dejo las explicaciones escolásticas y expositivas al tesoro de los santos padres y á las cuestiones de los varones doctísimos que en esto han escrito, antiguos y modernos. Yo solo trataré de buscar enseñanza política y católica. Los negocios que Cristo nuestro Señor dejó para despues de su muerte y resureccion, fuéron gravísimos. El primero, hacer que los apóstoles descubriesen con su muerte y sepultura la duda y la incredulidad, tan porfiada en algunos, para enmendarla ; reconocer el que le amaba mas que todos, con tres veces repetido exámen ; dar á Pedro las llaves y entregarle sus ovejas, lo que le habia prometido ; y despues de su ascension al Padre, elegir en apóstol á san Pablo. Descubre muchas cosas la ausencia del príncipe en los que le asisten. Conviene que los desampare por poco tiempo, que los deje, que se esconda ; y reconocerá presto lo mucho que en ellos tiene que corregir y reprender. Los apóstoles habian visto á Cristo nuestro señor resucitar muertos, y á Lázaro, no de tres dias solamente, sino de cuatro. Ellos abrieron la sepultura. Ellos se taparon las narices por el olor de la corrupcion. Aquel dia mas de los tres, contra su duda se añadió con divina providencia. Habianle oido decir que habia de morir y resucitar al tercero dia, y dudaron que habria podido cumplir en sí propio lo que le habian visto hacer y obrar en otros. Señor, la muerte y la ausencia igualmente son acompañadas entre los hombres, de olvido. No solo olvidan al que se fué y al que murió, sino á sí

---

(1) Dixit ad Philippum : Unde ememus panes, ut manducent hi? —Hoc autem dicebat tentans eum : ipse enim sciebat quid esse facturus. (Joann. 6.)

(2) Cap. 16.   (3) Cap. 8.   (4) Cap. 9.

(5) Interrogavit discipulos suos dicens : Quem me dicunt esse turbae?

(6) Sed Dominus noster Christus veritatem se, non consuetudinem, cognominavit.

mismos. Y pues entre los apóstoles se ejecutó esto con el Hijo de Dios en tres dias de sepultura, mucho tienen todos que temer. Que los acusó el olvido, díganlo las palabras de san Lúcas, cap. 24, en aquellos dos varones que cuando las Marias fuéron á buscar á Cristo en el monumento, las dijeron : «¿Por qué buscais al que vive con los muertos? No está aquí, mas resucitó. Acordáos de qué manera os habló en el tiempo que estaba en Galilea, diciendo : Porque conviene que el Hijo del Hombre sea entregado á las manos de los hombres pecadores, y ser crucificado, y resucitar al tercero dia; y acordáronse de sus palabras.» El texto les manda que se acuerden de lo que poco habia les habia dicho; y convence su olvido con decir que en oyendo las palabras se acordaron. Y lo que mas se debe ponderar, que iba allí María Magdalena, en cuya casa habia resucitado Cristo á Lázaro su hermano. Ciego borron el de la muerte, que olvida los oidos y los ojos, lo que oyó y lo que vió.

Señor : Si un rey (no digo por tres dias, sino por tres horas) se muriese de prestado para los que le asisten, para aquel en cuya casa obró mayores maravillas, ¡qué presto se veria vivo buscar entre los muertos, y no dar crédito á lo que en su favor se dijese, y partirse desconfiados, y verle y tenerle por fantasma, y no creerle á él mismo hasta escudriñarle las entrañas con las manos! Todo esto sucedió á Cristo Jesus, de tal suerte que en la última aparicion (numérala *sétima* el reverendo padre Bartolomé Riccio, de la Compañía de Jesus, en su docto y hermoso libro *Vita D. N. Jesu-Christi ex verbis Evangeliorum in ipsismet concinnata*), ántes de subir á los cielos, se lee (1) : «A lo último, estando comiendo los once, se les apareció, y reprendió la dureza de su corazon porque no creyeron á los que los habian visto resucitado.» Estas cosas son tales, que en los ministros del lado se han de saber para darlas remedio y no castigo; para mejorarlos, no para deponerlos; ni se pueden saber por los hombres, ni descubrirse de otra manera, que faltándolos algunos dias, retirándoles el abrigo de su persona. Cristo, que pudo resucitar como Dios y hombre en su propia virtud, hizo esta prueba, sabiendo los corazones de los suyos, para que el hombre, que si muere no puede resucitar, haga con la ausencia y el retiramiento lo que no puede hacer muriendo y enterrado.

La causa única de las inadvertencias confiadas de los criados preferidos para con sus señores, es persuadirse que siempre han de vivir para ellos; que nunca les pueden faltar. La medicina es que les falte algun tiempo lo que á eternidad se promete, para que no merezcan que para siempre les falte lo que para siempre quieren. Quiere dar las llaves á san Pedro y hacerle su vicario y cabeza del apostolado, y aguarda que esté pescando en el mar. Quiere que se acuerde de su oficio y del barco y las redes que le hizo dejar de la mano; mas no quiere las deje de la memoria cuando le encumbra en tan soberana dignidad. Conoció que san Juan primero á Cristo; mas Pedro, en oyéndole, estando desnudo se vistió para echarse como se echó en la mar; siendo así que estando vestido, para echarse en el agua, se debia desnudar. Lleno está de misteriosos preceptos este capítulo : vues-

(1) Novissimè recumbentibus illis undecim apparuit, et exprobravit duritiam cordis : quia iis qui viderant eum resurrexisse, non crediderunt.

tra majestad les dé la atencion religiosa con que atiende al gobierno de su inmensa monarquia.

Dice el texto sagrado que aquel discípulo á quien amaba Jesus, le conoció y lo dijo á Pedro. Llámalos Jesus á todos y dales que coman, y luego delante de todos pregunta á Pedro : «Simon de Juan, ¿ámasme mas que estos? Respondió : Sí, Señor, tú sabes que te amo. Díjole : Apacienta mis corderos. Díjole otra vez : Simon de Juan, ámasme? Respondió : Sí, Señor, tú sabes que te amo. Díjole : Apacienta mis corderos. Díjole tercera vez : Simon de Juan, ámasme? Entristecióse Pedro, porque le dijo tercera vez : ¿Amasme? Y respondióle : Señor, tú lo sabes todo; tú sabes que te amo. Díjole : Apacienta mis corderos.» Reparo, Señor, en que de todas tres preguntas, solo en la primera dijo á san Pedro que si le amaba mas que todos los demas. Señor, para dar á uno el primer puesto, háse de imitar á Cristo : él no se le dió á su querido : diósele al que le queria mas que todos; á él por esto se lo preguntó una vez; y por no entristecer á los demas con el exceso de amor en la comparacion con ellos, dejó aquella cláusula en las otras dos preguntas. Reparo en que le preguntó tres veces si le amaba. ¡Gran cuenta tiene Cristo con los yerros que sus ministros cometen! Contóle á Pedro, con la advertencia, las veces que le habia de negar, diciendo le negaria tres veces : ahora le hace confesar tres veces, porque hasta en el número cabalmente se desquite la culpa, ántes que le entregue sus corderos. Oso afirmar que luego que Cristo la primera vez preguntó á san Pedro si le amaba, se acordó de que le habia negado; y pruébolo con las palabras que dijo : Respondió : «Sí, Señor;» y añadió : «Tú sabes que te amo.» Esta fué razon que le mostró escarmentado de haber asegurado de sí y por sí que si conviniese moriria por Cristo, y no le negaria; y por eso, habiendo respondido que le amaba, siempre añade que él lo sabe, remitiendo su verdad, no á su afirmacion, sino á su inefable sabiduría. Mas la tercera vez que Cristo se lo preguntó, dice el Evangelista «que se entristeció Pedro, porque le dijo tercera vez : ¿Amasme?» Es la razon que la primera vez Pedro se acordó de que habia negado lo que habia dicho y prometido, para enmendarse en el modo de asegurar lo que dijese, como lo hizo. Mas cuando vió que tercera vez le preguntaba Cristo la misma cosa, reconoció que le acordaba de que tres veces, habiéndole advertido, le habia negado. Y es diferente acordarse uno del delito que cometió y de que ya se habia arrepentido y de que entónces se enmendaba, de ver que le acuerde de él el señor contra quien le cometió. Grandes méritos fuéron para ser vicario de Cristo acordarse de la ofensa que le habia hecho y habia llorado amargamente para enmendarla, y entristecerse porque el Señor, que fué ofendido, con el número de las preguntas le acordó de su negacion : dióle las llaves del cielo y de la tierra.

El discípulo amado conoció á Cristo primero, y lo dijo á Pedro. Propio es del amado conocer al amante. Pedro lo oye; y para arrojarse al mar, estando desnudo, se viste y se arroja para ir á Cristo. Estas son las señas del que ama : no reconocer peligro ni temer mar ni borrascas, y hacer finezas por ver á lo que ama, y ser impaciente de las tardanzas del barco en que el amado y los demas vinieron. El que ha de ser ministro primero, no solo ha de ser el que primero se arroje en el peligro y en las ondas, sino el que solamente se arroje. No ha de nadar desnudo, como los que no tienen el puesto que tiene; ha de nadar vestido y con el embarazo de su cargo y obligacion. Dijole el Señor, viendo esta accion, y despues de las tres preguntas, mandándole apacentar sus corderos : « De verdad, de verdad te digo : Cuando eras mozo te ceñias y ibas donde querias; cuando envejecieres, extenderás tus manos, y ceñiráte otro y te llevará donde tú no quieres.» Lugar dificil, que literalmente pretendo declarar conforme á lo que dice el Evangelista : « Esto decia significando con qué muerte habia de clarificar á Dios,» aplicando á esta verdad las acciones de san Pedro. Luego que oyó decir á Juan que era Cristo, estando desnudo se vistió para echarse en el mar y ir á Cristo, sin aguardar la pereza del barco : arrojóse, fué y llegó á Cristo, donde y á quien iba. La majestad divina, que le vió ceñirse para nadar y nadar y llegar á su mano, como soberano monarca le previno con celestial advertencia cuán diferentemente habia de navegar el gobierno de la Iglesia, que el mar, diciéndole : Pedro, siendo pescador, para arrojarte al mar tú mismo te ciñes y vas donde quieres (lo que ahora has hecho); mas en siendo mi vicario en la tierra, extenderás tus manos en la cruz : no te ceñirás, que otro te ha de ceñir ; no te será peso la túnica que tú te pones, sino tu propio oficio; y entónces irás, no donde quieres tú, sino donde la obligacion y necesidad de tu ministerio por mi servicio y gloria te llevare.

Señor : juntamente da Dios con él primer puesto al ministro noticia del martirio que con él le da, y de que lo ha de llevar el oficio donde le conviene al oficio, y no donde querrá ir él. Dicele : « Que le siga á él solo; » y volviendo Pedro, vió á aquel discípulo á quien amaba Jesus, que seguia, el que se recostó en la Cena sobre su pecho, y le dijo : ¿ Quién es el que te ha de vender? Y como á este le viese Pedro, dijo á Jesus: Señor, ¿qué ha de ser de este?» Respondió Jesus : « Así quiero se quede hasta que yo venga: á tí ¿qué te importa?» ¡Qué cuidado tan digno de ser primero en el celo del privado, solicitar el puesto y la dignidad del amado del rey, y no contentarse de seguir él solo con puesto á su señor, sino desear que el que ama y le sigue sin puesto, le tenga ! No sabian los celos políticos y carceleros del espíritu de los monarcas por dónde se entraba al corazon de Pedro; empero san Juan, que era el querido y es quien de sí mismo y de san Pedro escribe esto,—por sí, ni de sí, para si no habló. ¡ Divino y altamente meritorio silencio ! ¿ Cómo pudiera merecer ser entre todos el amado de Cristo quien tuviera otra cosa que desear mas que ser su amado ! Esto dió á entender el propio Evangelista ; mas podria ser que el primero lo advierta. No con otro fin, á mi parecer, en este caso dijo de si san Juan que era el discípulo que amaba Jesus, añadiendo los actos tan preferidos y exteriores con que lo habia Cristo manifestado, como en recostarle sobre su pecho en la cena, el ser él quien le preguntó quién le habia de vender. Fué decir el mismo Evangelista, viendo que Pedro preguntaba qué habia de ser él : « ¿ Yo qué tengo de ser, si soy el amado de Cristo y el favorecido?» Y por eso refirió los actos en que lo habia dado á entender Cristo, y aquel en que san Pedro y los demas, reconociéndole por el discipulo querido, le pidieron preguntase á Cristo quién le habia de vender. No refirió el querido de Jesus

el mayor favor, que fué encomendarle á él su santisima Madre muriendo, y llamarle hijo de Maria su madre siempre Virgen, por ser aquel un favor de tan excelsa majestad y grandeza, que no se debia alegar en propia causa por el exceso de su misteriosa prerogativa.

Respondió Cristo á san Pedro : « Así quiero se quede hasta que yo venga : á ti ¿qué te importa? » No ha de consentir el monarca que le inquiera el mas preeminente ministro el intento, ni lo que calla, ni que sepa de su pecho sino lo que le dijere. Entónces, Señor, estará el lado del monarca bien asistido, cuando el ministro á quien ama este contento con ser su amado; y el que mas le ama á él, no solo no tema que otro le siga con puesto, sino que lo procure con el rendimiento á su voluntad, de que en este suceso se le da ejemplo.

Resta considerar, despues de muerto y resucitado y haber subido á los cielos, qué ejemplo dió político divinamente con la eleccion de san Pablo en apóstol. Dió, Señor, ejemplo á los reyes de tan alta importancia, que temo las pocas fuerzas de mi ingenio para ponderarle. De la manera que confiesan los filósofos que el mayor primor de la medicina es hacer de los venenos remedios, lo que acredita la triaca, enseñó Cristo Jesus que el mejor primor del gobierno era hacer de los enemigos, y de los mayores, defensa. San Pablo fué infatigable perseguidor de Cristo y de los cristianos, y celoso de la ley que profesaba. Con los edictos para su prision y muerte, ansioso discurria de unas en otras ciudades : guardó las vestiduras á los que apedrearon al protomártir Estéban. A este enemigo tan diligente, yendo á toda diligencia á ejercitar contra sus fieles creyentes su odio, se le aparece en tempestad, le habla con truenos y le ciega con rayos : derríbale del caballo, hállase caido; mira y no ve; conoce que está ciego. No lamenta la vista, ni el golpe de la caida; ni pide á los que iban con él que le levantan, ni le dice que la vista le falta : cosas todas que á todos dicta la naturaleza en tales accidentes. Solo dice : «Señor, ¿quién eres? » ¡ Grande espíritu, aun cayendo y ántes de levantarse, que conoció que de aquel trabajo habia de acudir al Señor y no á los que con él iban, á saber quién era el que le castigaba, y no á convalecer del castigo ! Fuéle respondido : «Yo soy Jesus, á quien persigues : dura cosa es para tí repugnar contra mi estímulo.» Atemorizado y temblando dijo : « Señor, ¿ qué quieres que haga?» ¿ Qué mas evidente señal de lo que habia de ser, que tal respuesta? No dijo: « Dame, Señor, mi vista que me has quitado, descánsame del golpe.» Luego se olvidó de sí, y creyó con supremo afecto, y se resignó en la voluntad sola de Dios, y la tuvo por ojos y descanso. Mandóle ir á Damasco, y replicó no le diese vista para ir. ¡Qué fe tan pronta! Conoció que la obediencia suplia y aventajaba la guia de los ojos propios. Arte de Dios derribar al levantado para alzarle, cegar al que ve para que sepa ver. A los demas apóstoles llamó con halago; á san Pablo con enojo, entre horror y amenazas : á cada uno habló Cristo en su lenguaje. San Pablo era la tempestad de los que creian en Cristo, era rayo de los fieles : oiga rayos y tempestad. Quiérele para arma escogida para sí (eso es vaso de eleccion) : búscale arma ofensiva y ejercitado en serlo.

Señor : teniendo sus doce apóstoles, y electo á Pedro por su cabeza, lleno el número por la falta de Judas;

despues de su ascension, y enviado sobre ellos el Espíritu Santo, ¿qué necesidad habia de otro apóstol? Habia electo los doce viviendo; habiasele ahorcado el uno, que le vendió: juntos los apóstoles para que se cumpliese lo que dijo el Profeta, eligieron á Matías, sobre quien cayó la suerte. Importaba elegir desde el cielo un apóstol que se siguiese á la venida del Espiritu Santo: este fué Pablo (llamémosle asi), electo apóstol valenton de Cristo. Que le sea decente tal epíteto, lo declara el miedo que Ananías confesó le tenia por perseguidor de los cristianos, y mejor las palabras de Cristo á Ananías: «Vé, porque este es arma escogida para mí, para que lleve mi nombre delante de las gentes y de los reyes y hijos de Israel. Yo le enseñaré cuánto conviene que padezca por mi nombre.» Todas las cosas á que le destina son de gran valentía y llenas de peligros. No reparé yo sin gran causa en la novedad de elegirle en apóstol despues de los doce, y despues de la ascension. Del mismo santo Apóstol lo aprendí (1). Tratando de cómo fué visto Jesus de los apóstoles y de otros muchos, por su órden, empezando de Céfas, que es Pedro, dice (2): «Mas últimamente el postrero de todos como abortivo, fué visto de mí.» Para qué fuese necesaria esta vision en que le eligió, y el Apóstol llama abortiva, dícelo el mismo vaso de eleccion en esta epístola (3): «Persuádome que á nosotros nos declaró apóstoles despues de los demas, como á destinados á la muerte, pues somos hechos espectáculo al mundo, á los ángeles y á los hombres.» Con estas palabras parece que no desdeña san Pablo el epíteto de apóstol valenton de Cristo. Dice fué nombrado el postrero, como destinado á la muerte, y que era espectáculo al mundo, y á los ángeles, y á los hombres con sus trabajos, peregrinaciones, borrascas, destierros, azotes y cárceles; cuyo número cuenta él mismo gloriándose en el número. Importa mucho, Señor, esta eleccion, que parece abortiva, de ministro destinado á la muerte y á ser espectáculo de todos por su señor. Y á quien mas importa es á los ministros electos ántes, y entre ellos al supremo entre todos y sobre todos.

Si Cristo no eligiera á san Pablo, ¿quién se atreviera á reprender en su cara á san Pedro? En la epístola Ad Galatas, cap. 2: «Como viniese Céfas á Antioquia, delante de todos me opuse á él, porque era reprensible.» Y mas adelante pocos renglones: «Díjele á Céfas delante de todos: Si tú, siendo judío, vives como las gentes, y no como los judíos, ¿cómo obligas á las gentes á judaizar?» Este lugar fué batalla de las dos mas altas y sagradas plumas, entre san Augustin y san Jerónimo. Tanto han sudado, como escrito, para desatar el rigor de estas palabras muchos doctísimos escritores. Los mas procuran que san Pedro, aunque fuese reprendido, no tuviese culpa, ni san Pablo en reprenderle con muy doctas y piadosas explicaciones. San Ambrosio, en el Exameron: «¿Por ventura alguno de los otros se atreviera á resistir á Pedro apóstol primero, á quien dió el Señor las llaves del reino de los cielos; sino otro tal, que confiado en su eleccion, y sabiendo que no le era desigual, constantemente reprobara lo que él hizo sin

consejo?» Luego es utilísimo al supremo ministro que el monarca, despues de su eleccion, elija otro que no le sea desigual y se atreva á contradecirle en su cara, y á reprenderle ásperamente delante de todos. Propios ministros escogidos por Dios, que tocando al servicio suyo, el postrero se oponga severamente al primero en público y en su cara, y el primero ni se indigne ni responda.

Esto, Señor, me ha persuadido siempre que con un mismo celo iban san Pedro y san Pablo á un fin. He tenido muchos años atareado mi corto entendimiento á la inteligencia de este lugar: he leido muchos pareceres eruditos é ingeniosos. Unos dicen que fué concierto entre los dos apóstoles, y que fué disimulacion la de san Pedro. Otros, por no admitir en cosa tan grande la disimulacion, por parecerles medio forastero de esta materia tan sagrada, siguen otras veredas, no obstante que para calificar la disimulacion les citan las palabras del Evangelio que, hablando de Cristo, dice (4): «Con disimulacion dió á entender iba léjos.» El doctísimo cardenal de san Sixto en su lugar entiende reprehensibilis, reprensible, por reprehensus, reprendido,» y añade: «Y por esto Pablo, proponiendo esta historia, dice: Porque habia sido reprendido;» conviene á saber, por los gentiles, llevando mal la novedad. Esta novedad fué que san Pedro comia con los gentiles ántes que viniesen algunos de con Jacobo, y luego se retiró de ellos. Así lo cuenta san Pablo en este capítulo, y á esta narracion sigue su reprension. Gelasio I, pontífice (5), san Gregorio, pontífice (6), Enodio (7), tratan variamente esta dificultad.

Empero san Juan Crisóstomo, sobre la epístola Ad Galatas (siendo tan amartelado discípulo de san Pablo, que le llama cor mundi, corazon del mundo), dice (8): «Muchos, que con poca atencion leen este lugar, juzgan que san Pedro es indicado de simulacion por san Pablo. Empero esto no es asi: digo que no es asi; apártese de todos entender tal. Porque en esto hallamos mucho de prudencia, asi de san Pedro como de san Pablo.» ¡Oh palabras, que en el precio y riqueza se conoce las pronunciaron las minas de aquella boca de oro! Prosigue el gran padre en un panegírico de las hazañas de la fe, á todos adelantada la de san Pedro, y dice (9): «De donde Pablo reprende y Pedro calla; porque en tanto que el maestro reprendido no responde, con mas facilidad los discípulos muden de opinion.»

Segun esto fué método celestial callar san Pedro á la reprension que no le tocaba; porque viéndole sus discípulos no responder, no se avergonzasen de mudar de opinion. Pruébalo así palabra por palabra el gran Crisóstomo, y lo dice (10): «Porque si Pedro, oyendo aque-

---

(1) En la epístola Ad Corinth., 1, cap. 15.
(2) Novissimè autem omnium tamquam abortivo visus est et mihi.
(3) Puto enim quod Deus nos apostolos novissimos ostendit, tamquam morti destinatos: quia spectaculum facti sumus mundo, et Angelis, et hominibus. (Cap. 4.)

(4) Simulavit se longius ire.
(5) Tomo de Anathematis vinculo.
(6) Sobre Ezechiel, homil. 18.
(7) In defensione quartæ et quintæ synod.
(8) Multi qui parum, attente legunt hunc epistolæ locum, existimant Petrum à Paulo insimulari de simulatione. Verum hoc non ita se habet; non ita se habet inquam, absit ut ita sit. Multa enim hic comperimus tum Petri, tum Pauli prudentiam in hoc adhibitam.
(9) Unde, et Paulus objurgat, et Petrus sustinet, ut dum magister objurgatus obticescit, facillimè discipuli mutarent sententiam.
(10) Quod si Petrus id audiens contradixisset, meritò quis eum culpare potuisset, quod dispensationem subvertisset.

llas palabras las contradijera, podia alguno con razon culparle porque subvertiera la dispensacion.» ¡Gran ministro superior Pedro, que por el servicio de su Señor se dejó desautorizar con los semblantes de la represion; que pospuso al negocio los privilegios de cabeza del apostolado; que se convenció sin tener de qué, para que sus discípulos, que tenian de qué, se convenciesen! No ha hecho ministro á señor tan grande servicio, ni tan costoso para el que le hizo. Gran padre y gran santo ha habido que dijo que, aunque levemente, san Pedro habia delinquido. ¿Qué mayor mérito, que siempre está creciendo en recomendacion del servicio con las continuas controversias en el sonido riguroso de las palabras? Mal imitan esto, Señor, aquellos ministros de los reyes del mundo que sobre ceremonias delgadas del oficio, sobre cortesías vanas, sobre poco ántes ó poco despues, ó alborotan los reinos, ó los pierden; y así las batallas, ó los socorros que se les ordenan.

Las mas rigurosas palabras de la represion fué-ron (1) : «Y consintieron con su simulacion los demas judíos; de suerte que tambien Bárnabas fué llevado á su simulacion.» Coméntalas el gran Crisóstomo : «No te espantes si este hecho le llama hipocresía, quiere decir, disimulacion; porque no quiere (como primero dije) descubrir su consejo, porque ellos se corrijan. Yporque ellos estaban vehementemente asidos á la ley, por eso llama disimulacion el hecho de Pedro, y severamente le reprende para arrancarles la persuasion, que en ellos habia echado raices; y oyendo esto Pedro, juntó disi-mulacion con Pablo, como que hubiese delinquido, para que por su represion se enmendasen.» Convino que san Pedro dejase la represion de lo que él toleraba á san Pablo; porque viendo los engañados que su maes-tro callaba y se convencia de las rigurosas palabras del que le era inferior, por las llaves que á él solo le fuéron dadas, reconocido por cabeza de todos los após-toles, era el solo medio eficaz de su reduccion; pues solo ver convencido á su maestro les pudo quitar el empacho de convencerse. Señor : todos los negocios que importan la salud de muchos, si no hay otro modo (y pocas veces le hay), se deben hacer á costa de los grandes ministros.

Que pudo san Pedro tolerar lo que san Pablo repren-dió á los otros en su persona, y en su cara, y delante de todos, yo lo añado á este discurso del caudal corto de mis pocos estudios : si lo aplico á propósito, el tex-to es irrefragable; podrá ser alguno me lo agradezca. Oponian los fariseos á Cristo acerca de la indisolubili-dad del matrimonio la ley de Moises. «Díjoles : Moises por la dureza de vuestro corazon os permitió á vosotros repudiar vuestras mujeres; mas al principio no fué así (2).» Dice Cristo que Moises lo permitió por la du-reza del corazon de los judíos; mas no dice que Moi-ses pecó en permitirlo : la culpa da á la dureza de sus corazones, no á Moises por lo que permitió. No de otra manera san Pedro por la dureza de sus corazones toleró en ellos lo que san Pablo reprendió despues, para que su tolerancia ocasionase el remedio; que de otra ma-

nera ántes ocasionara escándalo y ruina, que enmienda.

Cuán fértil de las mas secretas é importantes doctri-nas políticas cristianas ha sido este capítulo, conocerálo quien lo leyere, lograrálo quien lo imitare.

CAPITULO XXII.

Cómo ha de ser la eleccion de capitan general y de los soldados, para el ministerio de la guerra : contrarios eventos ó sucesos de la justa ó injusta; y el conocimiento cierto de estas calidades.

Post mortem Josue consuluerunt filii Israel Domi-num, dicentes : Quis ascendet ante nos contra Chana-naeum, et erit dux belli (3)?

Tiene grandes prerogativas la materia de la guerra y la eleccion de capitan general, para que á ella preceda el consultarla con Dios. El se llama *Dios de los ejérci-tos*, y asi le llama la Sagrada Escritura. David no tuvo guerra, ni se defendió de enemigos, ni los venció, sin que precediese esta consulta. De las acciones humanas ninguna es tan peligrosa, ni de tanto daño, ni asistida de tan perniciosas pasiones, envidia, venganza, códicia, soberbia, locura, rabia, ignorancia : unas la ocasionan, otras la admiten. Es muy dificil el justificar las causas de una guerra : muchas son justas en la relacion, pocas en el hecho; y la que raras veces es justificada con ver-dad, es mas raro limpiarse de circunstancias que la disfamen. Las que Dios no manda, desventuradamente se aventuran; y en las que él manda, no es dispensable, sin consultarle y sin su decreto, el nombrar capitan general que gobierne en ellas. Lo que en el Testamento viejo despachó el coloquio con Dios, hoy lo negocia la oracion á Dios, los sacrificios. Los hombres juzgan de otros por lo que saben; es poco : por lo que ven; es corto : por lo que oyen; es dudoso : por felices sucesos; tiene ménos riesgo, y el engaño mas honesta disculpa; mas ninguna desquita los arrepentimientos de los dias y de las ocasiones. Victorias conseguidas por estos medios, medios son de vencimientos y persuasion para ruinas. Es materia que está fuera de la presuncion del seso humano.

Adviértase que no solo se ha de pedir á Dios nombre capitan, sino que se ha de saber pedir, no para que los envie ni los mande con las órdenes solas, sino quien vaya delante en la guerra y en el peligro (4) : «¿Quién subirá contra el cananeo delante de nosotros?»* No basta que vaya con ellos, si no va delante. Más importa que yendo delante le vean los soldados pelear á él, que no que yendo detras vea él pelear á los soldados, cuanto es mas eficaz mandar con el ejemplo que con mandatos; más quiere el soldado llevar los ojos en las espaldas de su capitan, que traer los ojos de su capitan á sus espal-das. Lo que se manda se oye, lo que se ve se imita. Quien ordena lo que no hace, deshace lo que ordena (5): «Dijo el Señor : Júdas subirá.» ¡Breve y ajustado de-creto! Elígeles el general, y con la condicion que le pi-den. Dijeron (6) : «¿Quién subirá delante de nosotros?» Responde : «Júdas subirá». Saber pedir á Dios, es el arte de alcanzar lo que se pide.

«Y dijo Júdas á Simeon su hermano : Sube conmigo á mi fuerte, y combate contra el cananeo, y yo despues

---

(1) Et simulationi ejus consenserunt caeteri Judaei, ita ut et Barnabas duceretur ab eis in illam simulationem.

(2) Ait illis : Quoniam Moyses ad duritiam cordis vestri permi-sit vobis dimittere uxores vestras : ab initio autem non fuit sic. (*Matth.*, 19.)

(3) Lib. Judic., cap. 1, in principio.

(4) Quis ascendet ante nos contra Chananaeum?

(5) Dixitque Dominus : Judas ascendet.

(6) Quis ascendet ante nos?

iré contigo á tu fuerte. Y fué con él Simeon* (1).» El pueblo pidió capitan á Dios, que subiese delante de ellos ; diósele Dios con promesa de la victoria (2) : «Y respondió el Señor : Júdas irá; porque yo he puesto la tierra en sus manos.*» Pues, ¿cómo Júdas, siendo él solo nombrado, dice á su hermano Simeon que suba con él, y parte con otro el cargo que Dios le dió á él solo? Parece desconfianza de la victoria que le prometió : esto parece, mas no lo es. Toca al Dios de los ejércitos nombrar al general y dar la victoria que puede dar él solo ; empero deja los medios al hombre (3). Dejó á Júdas el hacer las confederaciones y alianzas : sabia que era advertido en hacerlas. Hízola con su hermano Simeon, no por hermano, que todos lo eran, sino por mas vecino á su tribu, cuyas ciudades estaban no solo juntas sino mezcladas, por mas amigo con experiencias repetidas. El socorro apartado ménos dañoso es cuando se niega, que cuando se tarda : previénese el que no le espera ; engáñase el que le aguarda ; emprende lo que solo no pudiera, juzgándose asistido, y hállase solo. Por eso dice el Espiritu Santo en los *Proverbios* : «Mejor es el amigo cerca, que el hermano léjos.» En nuestro caso hay cerca hermano y amigo : Quien hace liga con príncipe distante, prevéngase á quejarse de sí, si viene despues que le hubo menester ; y si no viene, de él y de sí.

« Entregó Dios en las manos de Júdas al cananeo y al fereceo, y degolláron en Bezec diez mil hombres. Y halláron á Adoni-bezec en Bezec, y pelearon contra él, y venciéron al cananeo y al fereceo. Empero huyó Adonibezec : siguiéronle y aprisionáronle, cortándole las extremidades de las manos y de los piés. Y dijo Adonibezec : Setenta reyes cogian las migajas que me sobraban debajo de mi mesa, cortadas las extremidades de las manos y de los piés : como yo lo hice, así lo hizo Dios conmigo. Lleváronle consigo á Jerusalen, y allí murió.»

Guerra que es instrumento de la venganza de Dios en sus enemigos, en su justicia se justifica. Asistir á la causa de Dios es ser ministros suyos; ser medio de su providencia es calificacion de la victoria. Cogen á Adoni-bezec, y córtanle las extremidades de los piés y manos, y confiesa él mismo que Dios hizo con él lo que él con setenta reyes. Sepan setenta reyes que pueden ser despedazados de uno ; y sepa el que los despedazó, que puede ser despedazado, y que cada uno se condena, en lo mismo que hace padecer, á padecer lo mismo.

Enojóse Dios con su pueblo. ¿Por qué? Porque mandándole que no perdonase á sus enemigos, los perdonó. Quien perdona á los enemigos de Dios, no es piadoso por Dios : es rebelado contra Dios. Excitó Dios por esto enemigos que le oprimieron : abrióles los ojos la calamidad, que es el colirio de los que ciega el pecado (4). « Y los hijos de Israel volviéron á hacer el mal delante del Señor, despues de la muerte de Aod. Y entrególos el Señor en manos de Jabin, rey de Canaan, que reinó en Asor*.» Cuando entrega Dios una república ó una na-

cion en manos de sus enemigos, negociacion es de sus culpas. El pecado es periodo de los imperios y la cláusula de las dominaciones y ejércitos. Ménos hace lo que los enemigos pueden, que lo que las culpas merecen. Quien quisiere vencer, no se deje vencer de las ofensas de Dios : «*Habia una profetisa llamada Débora, mujer de Lapidoth : esta reinaba en aquel tiempo gobernaba el pueblo. Y sentábase debajo de una palma que tenia su mismo nombre, entre Rama y Bethel, en el monte de Efraim ; y venian á ella los hijos de Israel en todos sus litigios. Ella envió á llamar á Barac, hijo de Abinoem de Cedes de Néftali, y díjole : El Señor Dios de Israel te manda : vé, y lleva el ejército al monte Tabor, y tomarás contigo diez mil combatientes de los hijos de Néftali y de los hijos de Zabulon ; y yo haré que vengan á tí en el lugar del arroyo de Cison, Sísara general del ejército de Jabin, y sus carros y toda su gente, y los pondré en tu mano. Y díjole Barac : Si vienes conmigo, iré; mas si no quieres venir conmigo, no iré. Ella le respondió : Bien está*, yo iré ; empero esta vez no se atribuirá á tí la victoria, porque Sísara será vencido de una mujer. Dicho esto, Débora se levantó y fué con Barac á Cedes.» Dice Débora á Barac que Dios le manda que vaya á la guerra con diez mil hombres, y que vencerá á sus enemigos ; y él responde á Débora que si ella va con él, irá ; y si no, que no irá. Parece desconfianza de la palabra de Dios, y que duda de que yendo solo tendrá la victoria. Responde Débora : «Yo iré ; empero esta vez no se atribuirá á tí la victoria, porque Sísara será vencido de una mujer. Dicho esto, Débora se levantó, y fué con Barac á Cedes.»

La mas recóndita doctrina militar se abrevia en este suceso. Si yo sé desañudarla de las palabras, deberánme los príncipes y soldados la mas útil leccion. Llevar Barac consigo á Débora, mujer con quien ó por quien habla Dios, no es desconfiar de su promesa, sino acompañarse de su ministro. Quiere ir, porque le dice Débora que vaya de parte de Dios ; y no quiere ir sin Débora, mujer santa, favorecida de Dios : obedece el mandato, y reverencia la mensajera. Quien se acompaña de los favorecidos de Dios, asegurar quiere lo que por ellos les manda Dios.

Bajemos á lo político. Mandar ir á la guerra á otros, y si es necesario, no ir quien lo manda, aun en una mujer no lo consiente Dios. Por esto fué Débora con Barac luego que él dijo no iria si ella no iba. Los instrumentos de Dios no rehusan poner las manos en lo que de su parte mandan á otro que las ponga. Esto en Barac fué obedecer y saber obedecer, y en Débora dar la órden y saberla dar ; ser ayuda al suceso, no inconveniente. Puso Dios este ejemplo en una mujer, porque ningun hombre le pudiese rehusar, y porque quien le rehusase fuese tenido por ménos que mujer.

No es ménos importante la doctrina que se sigue. Dice Débora que irá con Barac ; empero que la victoria de Sísara no seria suya, sino de una mujer : cosa que parece habia de disgustar á Barac y desazonarle, y órden en que retrocedia con disfavor suyo la gloria que se le prometió solo en la órden primera. No obstante esto, Barac fué y obedeció.

¿Cuántas plazas se han perdido, cuántas ocasiones, y por ellas batallas de mar y tierra, solo por llevar ó no la avanguardia, tener este ó aquel puesto, lado izquier-

---

(1) El ait Judas Simeoni fratri suo : Ascende mecum in sortem meam, et pugna contra Chananaeum ; et et ego pergam tecum in sortem tuam. Et abiit cum eo Simeon.

(2) Dixitque Dominus : Judas ascendet, ecce tradidi terram in manus ejus.

(3) *Por eso dijo san Pedro Crisólogo en el sermon de Lázaro :* Inter divinas virtutes humanum Christus requirit auxilium.

(4) En el capítulo 4.

do ó derecho, sobre quién ha de dar las órdenes y á quién toca mandar? Son tantas, que casi todas las pérdidas han sido por estas competencias, más que por el valor de los contrarios. Generales y cabos que gastan lo belicoso en porfiar unos con otros, al cabo son la mejor disposicion para la victoria del enemigo. Hombres que no quieran que mande mas la necesidad del socorro que sus puntillos, y la oportunidad en acometer que su presuncion, —en mas precio tienen el entonamiento, que la victoria. A los que no concierta el bien público, más debe temerlos el que los envia que quien los aguarda. Y es de advertir que esto es por melindres personales y sobre ir á cosa contingente. Empero Barac, en jornada que le manda Dios hacer, donde la victoria era indubitable, pleitea el que Débora, mujer, vaya con él, asegurando en su compañia el suceso. Y diciéndole Débora que irá, mas que la gloria de la muerte de Sisara no ha de ser suya, sino de otra mujer cuyo nombre fué Jael, no mostró sentimiento, no porfió, no alegó el sexo, ni el ser electo por capitan general él solo. Contentóse con la mayoría de obedecer y con el mérito de no replicar: venció ejército formidable; borró con su propia sangre los blasones de tan innumerable soberbia; obligó á que Sisara desconfiase del carro falcado, y huyese. Lleváronle vergonzosamente sus piés á la casa de Jael, que le recibió blanda y le habló amorosa, y le escondió diligente donde descansase; pidióle agua, fatigado de la sed; dióle á beber en su lugar leche; bebió en ella sueño, que no se contentó con ser hermano de la muerte, sino padre: dormido, le pasó con un clavo que arrancó las sienes; buscó próvida la parte mas sin resistencia al golpe y mas dispuesta á perder luego todos los sentidos con él. Desempeñóse la promesa que por Débora hizo Dios á Barac y á Jael. Barac venció á fuerza de armas, asistido del poder de Dios: Jael, como mujer, llamándole *mi señor*, escondiéndole y regalándole con astucia prudente (esto significa la voz hebrea), cada uno con las armas de su naturaleza. ¿De qué otro ingenio pudo ser estratagema tan á propósito, como al que pide agua para matar su sed, darle leche para matarle la vida, y acostarle en la muerte? No es ménos ofensiva arma la leche en las mujeres, que la espada en los hombres: de esta se huye, y esotra se busca. Cante Débora igualmente las hazañas de Barac con todo un ejército, y las de Jael con un clavo. Aquellas constaron de mucho hierro y sangre; esta de poco hierro y leche. En la causa de Dios tanto vale un clavo como un ejército; y la leche combate es y municion, y no alimento.

En viéndose vengados y defendidos, vuelven á pecar, y de nuevo provoca el pueblo de Dios con delitos su enojo; castigalos al instante con los madianitas, desolándolos. La mayor piedad de Dios con su pueblo fué el castigarle á raiz de la culpa y prevaricacion, sin dilatar en su paciencia el castigo, favor que no hizo á otros. No es opinion mia, es aforismo sagrado, que yo advertí con admiracion religiosa en el libro segundo de los Macabeos (1): «Porque señal es de grande beneficio no permitir á los pecadores largo tiempo el obrar segun su voluntad, sino aplicar desde luego el castigo. Porque el Señor, no como con las otras naciones que sufre con paciencia para castigarlas en el colmo de sus pecados, cuando viniere el dia del juicio, lo ordenó así con nosotros*.» Más se ha

(1) Capítulo 6, vers. 13.

de temer por el pecador la paciencia de Dios, que el castigo: aquella le agrava y le crece cuanto le dilata; este advierte al pecador y le corrige. República tolerada en pecados y abominaciones en la paciencia de Dios, atesora ruinas. Las palabras referidas son doctrina y pronósticos, no por conjeturas de los semblantes del cielo, sino por palabras dictadas del Espíritu Santo. Estaba el pueblo de Dios en poder de sus delitos, y por eso en el último peligro: clamó á Dios para que le rescatase del poder de los madianitas, que ya tenian reducidos á ceniza sus campos y fortalezas. Arma Dios á Gedeon en su defensa. No hay mas pérdida que apartarse de Dios, ni mas ganancia que volverse á él. Manda á Gedeon juntar gente: formó numerosísimo ejército.

A la pluma se ha venido lo mas importante del arte militar. Solo Dios pudo y supo enseñarlo y verificarlo: doctrina y hazaña suya es. No está la victoria en juntar multitud de hombres, sino en saber desecharlos y elegirlos. El número no es fuerza: confia y burla mas que vence. Muchos suelen contentarse con ser vocablo y blason: en no los temiendo la vista, ni el corazon los desprecia; más dan que hacer á la aritmética, que á los contrarios. La multitud es confusion, y la batalla quiere órden. Pocas veces es la fanfarria defensa, muchas ruina. Dígalo Dios, porque no haya duda en tan importante advertimiento (Cap. 7 *de los Jueces*): «Y dijo el Señor á Gedeon: Mucho pueblo hay contigo, Madian no será entregado en tus manos; porque no se glorie contra mí Israel, y diga: Con mis fuerzas me libré*.» Reparó Dios en que era mucho el pueblo que Gedeon llevaba consigo, y dijo que no les entregaria á Madian; y la causa, porque no se alabe Israel y diga: «Con mis fuerzas me libré;» enseñando que la fuerza la estimarán por la multitud. Y para que sepan disponer sus empresas, añade: «Habla al pueblo, y haz publicar de manera que lo oigan todos: El que es medroso y cobarde, vuélvase. Y se retiraron del monte de Galaad, y se volvieron veinte y dos mil hombres del pueblo, y solo quedaron diez mil*.» Dos veces mas eran los cobardes y medrosos que se volvieron, que los valientes que se quedaron: en que se conoce el peligro de los ejércitos grandes, que llevan muchos y tienen pocos; acometen como infinitos, y pelean como limitados. Más seguridad es que los despidan, que no que se huyan; no es el acierto muchos, sino buenos; junta los cobardes el poder, y descabálalos el miedo. El timido, aunque le lleven á la guerra, no va á ella. Son los cobardes gasto hasta llegar, y estorbo en llegando. El que aguarda á conocerlos en la ocasion, tan necio es como ellos cobardes: nada se les debe dar con tanta razon como licencia. Por eso mandó á Gedeon Dios pregonase que los cobardes y medrosos se volviesen; y de treinta y dos mil se volvieron los veinte y dos.

Y porque no solo basta expeler del ejército los cobardes, sino los valientes que lo son con su comodidad, achaque no ménos peligroso, «dijo el Señor á Gedeon: Aun hay mucha gente, llévalos á las aguas, y allí los probaré; y el que yo te dijere que parta contigo, ese vaya; y al que le vedare el ir, vuélvase. Y habiendo descendido el pueblo á las aguas, dijo el Señor á Gedeon: Pondrás á un lado los que lamieren el agua con la lengua, como suelen hacer los perros; y los que hincaren la rodilla para beber estarán en otra parte. Y fué el número de los que habian lamido el agua, echándola con la mano en la boca, trescientos hombres : todo el resto de gente babia doblado la rodilla para beber. Y dijo el Señor á Gedeon : Con los trescientos hombres que han lamido el agua, os libraré y pondré en tu mano á Madian; mas toda la otra gente vuélvase á sus casas. Quedaron de treinta y dos mil, diez mil; y aun dice Dios que son muchos. Desecha por superfluo lo que no es útil; dice que los lleve á las aguas y que los pruebe; que los atentos á la ocasion, y que por hallarse prontos á lo que se ofreciere bebieren en pié, salpicándose con el agua las bocas (que es mas lamer como perros que tragar), que esos aparte, y solo esos lleve; y que á todos aquellos que por beber mas, y con mas descanso y mas á satisfaccion de su sed, doblando las rodillas, bebieren de bruces, los despida y envíe á su tierra. Estos acomodados fuéron nueve mil y setecientos, y los despidió ; y los que pospusieron su comodidad á su obligacion, solos trescientos ; y con estos solos le mandó Dios que fuese: útil advertencia , y temeroso ejemplo para los príncipes.

Si de un ejército junto por Gedeon de treinta y dos mil hombres, se hallaron veinte y dos mil cobardes y nueve mil y setecientos acomodados, y solos trescientos valientes y sin aquel achaque, y por eso solamente útiles y dignos de la victoria, ¿qué se debe temer y expurgar en los ejércitos de aquel y de mayor y menor número? Valientes con su comodidad solo difieren, en el nombre, de los cobardes, no en los efectos. Ser inútil por temer temor de otro, ó por tenerse amor á sí, no es diferente en las obras. No hallarse en la ocasion por no dejar de comer, por acabarse de vestir ó armar á su gusto, por no dejar de dormir algo mas, ó por dormir desnudo, es huir sin moverse, y no es ménos infame que corriendo. Medrosos y valientes acomodados no son gente de cuenta. Por eso aunque vayan treinta y un mil y setecientos, no hacen número, y trescientos solos lo hacen. No ha de juntar los ejércitos la aritmética, sino el juicio. En los ejércitos del guarismo halla el suceso muchos yerros en las sumas, échale fuera muchas partidas. Quien pesa y no cuenta ejércitos y votos, más seguramente determina, y más felizmente pelea. Llevar muchos soldados y malos, ó pocos y buenos, es tener el caudal en oro ó abreviado en el valor, ó padecerle, carga multiplicada en número y peso bajo. Los bultos ocupan y la virtud obra.

Jerjes barrió en soledad sus reinos; sin elegir la gente llevó tanta, que si los enemigos no podian contarla, él no podia regirla: venció la hambre del diluvio de hombres las cosechas desapareciéndolas, y su sed los rios enjugándolos; dejó desiertas sus tierras para poblar los desiertos ; enseñó á la mar á sufrir puente ; ultrajó la libertad de los elementos ; salióse, á poder de confusion armada, con ser pesadumbre á la naturaleza. Estos afanes mecánicos obró con el sudor de la multitud ; mas peleando, ántes fué vencido de pocos, que supiese que peleaban. Volvió huyendo, como dice Juvenal (Sat 10), con sola una nave, navegando en el mar la sangre de los suyos, y tropezando la proa en los cadáveres de su gente, que la impedian la fuga vergonzosa. Roma, con el aviso de haber Anibal vencido las nieves y alturas de los Alpes y entrado en Italia, obedeciendo al susto por consejo, se desató de pueblo y nobleza para oponérsele formidable. Dióse la batalla en Cánas, y de tan ostentosa

multitud apénas se le escapó á la muerte una vida que contase la ruina. Diferentes son el oficio del ciudadano y del soldado. Esta fué la causa de la pérdida, y por esto Aníbal decia que los romanos solo en su tierra podian ser vencidos, y que en la ajena eran invencibles. Los que estaban fuera todos militaban y sabian el arte, y tenian la medra en la victoria, y tenian con almas venales acostumbrados los oídos á estas dos voces : mata, muere. Los que en su patria poblaban las ciudades y lugares, acostumbrados al descuido de la paz y á los desacuerdos del ocio, enseñados á servir á la toga y á reverenciar las leyes, y solo atentos al lustre de sus familias y á su comodidad, cuando los junte la necesidad y la obligacion, cumplen con ella solo con morir contentos con saber por qué, sin saber cómo. Esto que Aníbal verificó en Roma, poca excepcion puede padecer en otra ninguna gente. La nobleza junta es peligrosísima, porque ni sabe mandar, ni obedecer. Esta parte fué tan auxiliar á Aníbal, que midió á fanegas las ejecutorias ; que entónces los anillos lo eran para la nobleza. Pompeyo amontonó naciones, y de avenidas de bárbaros discordes fabricó, en vez de ejército, un monstruo, en la cantidad prodigioso. Habia ya con la paz desaprendido el capitan. César, que fué con legiones escogidas y ejercitadas, le rompió sin otro trabajo que el de haber de degollar tan pocos á tantos.

Acerquémonos á nosotros. El rey don Sebastian se llevó su reino consigo, y no solo los nobles sino sus herederos, aun sin edad bastante para oir la guerra si se la contaran. Perdió la jornada miserablemente ; murió él, y de todos, siendo tantos, nadie escapó de muerte ó cautivo. La armada de Inglaterra que juntó el señor rey don Felipe II, cuyo nombre y relacion solo pudo conquistar para su pérdida, que tanto quebrantó la monarquía, adoleció de abundancia de nobles noviciós, que con fidelísimo celo llevaron peso á los bajeles, discordia al gobierno, embarazo á las órdenes, y estorbo á los soldados de fortuna.

Otros muchos ejemplos pudiera referir ; mas estos son bastantemente ilustres, lastimosos y conocidos por los príncipes y los capitanes generales, y los sucesos. Y siempre que no se imitare lo que Gedeon ejecutó por mandado de Dios en dar licencia á los cobardes para volverse ó quedarse, y á los valientes acomodados, se podrán repetir las calamidades referidas en ejércitos, y generales, y príncipes, y provincias. Cierto es que pues Dios con alistar mosquitos vence, y sin otro medio que quererlo, que pudiera vencer á los madianitas con los tímidos y acomodados, como con los trecientos valientes; empero hasta en lo que obra su poder nos enseña cómo hemos de obrar con el nuestro, sin excluir las causas naturales. Sepan los príncipes, que pues Dios, que para vencer no necesita de valientes ni cobardes, escoge valientes, que ellos no pueden vencer sin ellos. No han de presumir aun con ellos, y mucho ménos valiéndose de los cobardes. Dios, que es (como dice el salmo) el que solo hace milagros, no quiso que fuese milagro todo, y se sirvió de ministros naturales. Nadie pretenda que todo sea milagro; que es ántes persuasion del descuido que de la piedad religiosa. Peleó Gedeon y los trecientos, y en milagro tan grande tuvieron lugar y aclamacion. Quien sirve y obedece á Dios, ni litiga el premio ni mendiga el sueldo. En el capítulo 7, al embestir (como acá decimos *Santiago*, otros *san Dionís*, otros *san Jorge*) aclamaron igualmente (1) : «Espada de Dios y de Gedeon. » No se dedigna el Dios de los ejércitos de que la espada que pelea por él sea invocada con la suya. No solo permitió que los soldados lo gritasen, sino que Gedeon se lo mandase. Con mucha elegancia dispone el parafrastes caldeo aquel grito, cuando Gedeon les mandó que dijesen (2) : «A Dios, y á Gedeon (3). »

CAPITULO XXIII.

La milicia de Dios, de Cristo nuestro Señor, Dios y hombre; y la enseñanza superior de ambas para reyes y príncipes en sus acciones militares.

SECCION PRIMERA.

Haec locutus sum vobis, ut in me pacem habeatis. In mundo pressuram habebitis: sed confidite, ego vici mundum. «Esto os he dicho á vosotros para que tengais paz en mí. En el mundo tendréis trabajo ; mas confiad, que yo vencí al mundo.» (*Joann.* cap. 16.)

Ite : ecce ego mitto vos sicut agnos inter lupos. «Id : ved que yo os envio como corderos entre lobos.» (*Luc.* cap. 10.)

Nadie extrañará este capítulo (que divido en dos secciones, porque son dos las milicias de su argumento) sabiendo que Dios se llama Dios de los ejércitos, que mucho tiempo eligió capitanes generales, escogió los soldados, ordenó las jornadas, dispuso los alojamientos, facilitó las interpresas y dió las victorias. Esto se lee en el Testamento viejo, Moises, David, Josué y Júdas Macabeo. No trataré de aquel género de guerra en que Dios con ranas y mosquitos deshacia á los tiranos, ni del escoger los cobardes y dejar los valientes para vencer, ni de abrir en garganta el mar para que tragase á Faraon con todas sus escuadras. Este modo de milicia, muy poderoso Señor, no se puede imitar; empero débese imitar la santidad de aquellos reyes y caudillos, para merecer de Dios que le use con nosotros. Ya repitió el milagro de Josué con fray Francisco Jimenez de Cisneros, bienaventurado arzobispo de Toledo, en la batalla de Oran. ¿Cuántas veces envió al glorioso apóstol Santiago, único y solo patron de las Españas, á dar victorias gloriosas á su pueblo y á aquellos reyes que en oracion y lágrimas confiaban con pocas fuerzas en solo su auxilio? De manera que esta parte de milicia, que no se puede imitar, se ha de procurar merecer ; pues siempre Dios es Dios de los ejércitos.

Dos cosas son de admiracion en la materia de guerra: *La una*, que siendo la gente que la sigue la que no solo está mas cercana á la muerte, sino por poco sueldo vendida á la muerte, es la que no solo se juzga léjos de ella, sino exenta. *La otra*, que en las conferencias, juntas y consejos en que los soldados ó los oficiales con el general tratan de cosas militares, que es frecuentemente, no se oye. Esto mandó Dios á David, esto á Moises, esto á Josué y á Gedeon, y nunca dejan de la boca á Alejandro, á César y á Escipion, á Aníbal; siendo las hazañas y victorias de estos dictadas de perdido furor, de ciega ambicion, de rabiosa locura ú de abominable venganza, y aquellas

(1) Clamaveruntque : Gladius Domini, et Gedeonis.
(2) Domino, et Gedeoni.
(3) El dicetis : Gladius occidens à Domino, et vicimus in manu Gedeonis.

de la eterna é inefable sabiduría. Dirán que aquel género de milicia de David y los demas, los tiempos le han variado y hecho impracticable ; y no es así, ni tiene la culpa el tiempo con las nuevas máquinas de fuego y diferentes fortificaciones, sino el distraimiento que padecen los ánimos belicosos, que no les deja meditar los procedimientos llenos de misterios del pueblo de Dios, en las cosas que no habrá tiempo que las varie, ni siglos que no las reverencien y verifiquen. Esforzaréme á probar esto. Ya hubo un libro en tiempo de Moises, cuyo título era (4): *Libro de las batallas del Señor*. De lo que en él se contenia son varios los pareceres. Yo sigo el de aquellos padres que dicen habia mandado el Señor recopilar en él, de todo el cuerpo de las sagradas escrituras, solos aquellos lugares que pertenecian al precepto ó al ejemplo de la arte militar, en aquella manera que él dijo á Moises en la guerra de los amalecitas (5) : «Escribe esto para advertencia en el libro.» Perdióse este libro, dejemos el por qué ; no se han de escudriñar los secretos de Dios, que es vanidad y soberbia. A ninguno parecerá mal que cuando se puso aquel sol se encienda en mi discurso esta candela, no para suplirle y contrahacer su dia, solo para con pequeña llama alegrar las tinieblas en su noche : basta estorbar que no anden á tiento en materia tan importante. No alumbra poco quien hace visibles los tropiezos y despeñaderos. La centella de este discurso se enciende en la inmensa luz de las batallas del Señor, que se leen en las sacrosantas escrituras. Cuando sea pequeña, tiene buen nacimiento.

Empezaré por la milicia de Dios ejercitada en el Testamento viejo, y acabaré con la milicia de Dios y hombre en el Nuevo.

En el capítulo 17 del Exodo, se lee : «Vino Amalec, y peleaba con los hijos de Israel en Rafidim. Dijo Moises á Josué : Elige varones, y saliendo, pelea contra los amalecitas : yo estaré mañana en lo alto del cerro, y tendré la vara de Dios en mi mano. Hízolo Josué como se lo ordenó Moises, y peleó contra Amalec. Empero Moises, y Aaron y Hur subieron sobre la cumbre del cerro. Sucedia que como Moises levantaba las manos, vencia Israel ; mas si las bajaba, vencia Amalec. Las manos de Moises ya estaban cansadas. Y tomando una piedra la pusieron debajo de él, y sentóse en ella, y Aaron y Hur de entrambos lados le sustentaban las manos, y así sucedió que sus manos no se cansaron hasta que el sol se puso. Desbarató Josué á Amalec, y pasó su pueblo á cuchillo. Dijo Dios á Moises : Escribe esto para memoria en el libro.» Esto es decir que quien manda que se dé batalla, vence tanto como ora á Dios ; que las victorias se han de esperar de la vara y cetro de Dios, no del propio del príncipe ; que los brazos levantados al cielo y sostenidos con el auxilio de los sacerdotes hieren y desbaratan los enemigos, mas que aquellos que descienden con filos sobre sus cuellos ; que quien se cansare de orar á Dios, se cansará de vencer. Este primer precepto militar es tan grande, tan digno de ser principe entre todos los de esta facultad, que de él solo y por él mandó á Moises Dios que para memoria le escribiese en el libro. Dios lo pondera ; no puede ser de los que dicen ha variado el tiempo, para no seguirle, con la invencion de la artillería y de la fortificacion; pues solo este burla las cóleras del

(4) Liber bellorum Domini.
(5) Scribe hoc ob monimentum in libro.

fuego, las violencias de la pólvora y las prevenciones y defensas de los muros y baluartes.

Señor : solo Dios da las victorias, y el pecado los vencimientos y las ruinas. En este texto habia estudiado aquel capitan inglés que, cuando últimamente los franceses echaron aquella nacion de Francia, diciéndole con fanfarronería otro capitan frances : Monsieur, ¿cuándo nos volvérémos á ver en esta tierra? Respondió : Cuando vuestros pecados sean mayores que los nuestros. Los sacrilegios horrendos de los hugonotes en estos dias, gobernados por los sacrílegos Mos. de Xatillon y mariscal de la Forza, y de otros que llaman católicos, me parece que apresuran la vuelta del inglés á Francia ; si los pecados excedidos le han de volver, y yo no yerro la cuenta, ya le traen. Dios nuestro Señor muchas veces castiga con los malos á los que son peores ; parte de castigo, y no pequeña, es la infamia del instrumento del castigo. Hasta ahora he dicho yo que solos los preceptos militares de Dios se han de platicar siempre sin consideraciones de tiempos ni interpretaciones de ingenios; ahora quiero mandar el silencio forzoso á sus réplicas con referírselo en las palabras del mismo Dios, que en el 26 del Levítico son estas : «Si os gobernáredes por mis preceptos, perseguiréis á vuestros enemigos y caerán delante de vosotros. Vencerán cinco de vosotros ciento de los suyos, y ciento vuestros á diez mil de ellos. Caerán á fuerza de la espada vuestros enemigos en vuestra presencia. Empero si no me oyéredes á mí, caeréis vosotros delante de vuestros enemigos, y seréis sujetos á los que os aborrecen, y huiréis sin que nadie os persiga. Daré miedo en vuestros corazones; espantaros ha el sonido de la hoja que vuela, y huiréis de ella como de la espada ; caeréis, sin que nadie os derribe ; caeréis cada uno sobre vuestros hermanos, como huyendo las batallas; ninguno de vosotros se atreverá á resistir á sus enemigos.» Dios manda que estos preceptos se sigan; Dios ofrece que vencerá quien los siguiere; Dios dice que siguiéndolos, cinco soldados vencerán á ciento, y ciento á diez mil. Y Dios amenaza y dice que quien no los siguiere y obedeciere, huirá del son de la hoja del árbol como si fuera un ejército; que caerá sin que nadie le persiga, y que no podrá resistir á sus enemigos. Véase si estos preceptos se deben preferir á los de Vegecio, y á los que exprimen los que alambican las acciones de Alejandro, César, Escipion y Aníbal, y otros modernos ; y si quien promete las victorias á su obediencia (siendo Dios) las puede dar, y la cobardía de corazon y vencimiento que amenaza á los que no los siguieren y los dejaron por otros.

Descendamos á preceptos particulares. «Dijo Dios á Moises : Envia varones que consideren la tierra de Canaan que he de dar á los hijos de Israel. Enviólos Moises á considerar la tierra de Canaan, y díjoles : Subid por la banda de mediodía, y luego que lleguéis á los montes, considerad cuál es la tierra y el pueblo que la habita ; si es fuerte ó flaco ; si en número son pocos ó muchos; si la tierra es buena ó mala; cuáles son las ciudades ó fuertes, y con murallas ó abiertas; si la tierra es fértil ó estéril; si tiene bosques ó si carece de árboles (1).» Si estas consideraciones precedieran á las interpresas y jornadas, algunas que no están enjutas de la sangre de los que las intentaron y de las lágrimas de los que las vieron, sin duda no hubieran tenido lasti-

(1) Numer. cap. 13.

moso fin, ó por haberlas prudentemente dejado, ó bastantemente prevenido. Que todo esto se deba inquirir y considerar ántes de entrar en tierra de enemigos no conocida, sin dejar ni una advertencia de las que dió Moises á sus espías, convéncese de que se guardaron para entrar en esta tierra que Dios les queria dar, y que podia dársela sin estas diligencias. Empero tambien nos enseña el texto sagrado, que para obligar á que Dios haga con nosotros lo que quiere hacer, conviene que de nuestra parte hagamos lo que podemos. San Pedro Crisólogo lo dijo en el *sermon de Lázaro*, cuando para resucitar al muerto, que era el milagro, mandó á los apóstoles que levantasen la losa. Estas son sus palabras (2) : «Entre las virtudes divinas requiere Cristo el auxilio humano. »

La honesta y cortés y justificada disciplina militar Moisés la enseñó enviando embajadores al rey Edom, pidiéndole paso por sus tierras (3). «No irémos por los sembrados ni por las viñas ; no beberémos agua de tus pozos ; marcharémos por el camino real, sin declinar á la diestra ni á la siniestra hasta haber pasado. Respondióle Edom : No pasaréis por mi tierra ; de otra manera yo te lo impediré armado. Dijeron los hijos de Israel : Irémos por camino pisado, y si nosotros y nuestros ganados bebiéremos tus aguas, darémos lo que justo fuere ; no habrá dificultad en el precio; solo queremos pasar apriesa. El respondió : No pasaréis. Y luego les salió al encuentro con infinita multitud y poderosos aparatos de guerra. Y no quiso condescender con los que le rogaban, ni dejarles pisar sus términos. Por lo cual los hijos de Israel, dejando aquel camino, tomaron otro.» Si esto se observara en los tránsitos y alojamientos de los ejércitos, no se quejaran las provincias mas de los que admiten que de los que resisten, pues vemos que los soldados (particularmente franceses) son peores para sus huéspedes que para sus enemigos. No solo enseñó Moises justificacion de capitan general electo por Dios, y que se gobernaba por él, sino prudencia generosamente militar en dejar el camino que se le negaba presentándole la batalla, y rodear por otro. Empeñar la justificada cortesía es cordura meritoria ; mas pudiendo excusar el venir á jornada y empeñar la gente, es temeridad. No es rodeo el que excusa una batalla ; la razon le llama atajo. Quien tiene por reputacion no dejar lo que una vez intentó , tendrá muchas veces por castigo el haberlo proseguido. Ir adelante por el despeñadero, mas es de necios que de constantes; no es perseverancia, sino ceguedad. Dios permite que su ejército sea vencido para que acuda á su divina majestad por la victoria, y para que conozca que sin él no tiene fuerzas, y que con él nadie puede resistirle. «Como oyese el cananeo, rey de Arad, que los hijos de Israel habian venido por la via de los exploradores, los fué á dar asalto, los combatió y venció, y fué grueso el despojo. Mas volviéndose los hijos de Israel á Dios, y haciendo voto, prometieron que si podian vencer degollarian todos los enemigos de su santo nombre, y asolarian sus ciudades. Oyólos el Señor, y volviendo á combatir, vencieron y degollaron cuantos cananeos pudieron coger, y pusieron por tierra todas sus ciudades, y llamaron aquel lugar en su lengua *Horma*, que quiere decir anatema, exterminio (4).» El

(2) Inter divinas virtutes humanum Christus requirit auxilium.
(3) Numer. cap. 20. (4) Numer. cap. 21.

vencido para vencer no tiene otro remedio sino acudir á Dios, y armarse con la oracion y los votos.

Señor: no lo dejaré de decir, ni lo diré con temor hablando con vuestra majestad, ántes con satisfaccion; que á su católica grandeza será grato este reparo. En llegando una buena nueva de victoria ú otro cualquier negocio importante, cual se desea, luego se acude á los templos á dar gracias á Dios con el *Te Deum laudamus:* justa, santa y piadosísima acción; empero viniendo nueva de desdicha, nunca he visto ir á dar gracias á Dios, ni se canta el *Te Deum laudamus.* El alabar y dar gracias á Dios tiene dos autores, en sus opiniones encontrados. San Agustin, padre de la Iglesia, dice: «Quien alaba á Dios por milagros de los beneficios, alábele tambien en los espantos de las venganzas, porque halaga y amenaza. Si no halagara, no hubiera alguna exhortacion; si no amenazara, no hubiera algun miedo.» Este gloriosísimo maestro y luz en las divinas letras expresamente dice que se han de dar gracias y alabanzas á Dios por los castigos como por las mercedes; y da la razon por qué se ha de cantar y oir el *Te Deum laudamus* por los vencimientos y pérdidas, como por las victorias y ganancias. La otra opinion (derechamente contraria á esta) es de la mujer de Job. Está viendo que su marido á todas sus gravisimas calamidades no decia otra cosa sino: «Dios lo dió, Dios lo quita. Como Dios es servido se hace. Sea bendito el nombre del Señor.» Ella le dijo: «Alaba á Dios, y muérete;» no aprobando que alabase á Dios por los trabajos que pasaba; ántes queriendo le maldijese. Empero el santo varon pacientisimo, de quien dijo Dios era su amigo y que en la tierra no tenia semejante, le respondió: «Tú has hablado como una de las mujeres necias. Si recibimos los bienes de la mano de Dios, ¿por qué no recibirémos los males?» Señor: san Agustin y Job afirman que el dar gracias á Dios y el cantar el *Te Deum laudamus* se deben igualmente á las pérdidas y trabajos y desdichas, como á los triunfos y victorias y felicidades. En la opinion contraria, el santo marido (refutándola) llamó necia á su propia mujer. Dar á Dios públicamente gracias solo por los bienes, puede ser que por la ingratitud interesada en la propia felicidad le merezca los males. Y quien de uno y otro le da gracias, ese tal ni será vencido de las dichas, en que el seso humano tiene gran riesgo, ni dejará de vencer á las calamidades, aunque apénas su piel roida de gusanos cubra sus huesos.

Deseo, Señor, que aquel Dios todopoderoso, que escondió los misterios á los sabios y los reveló á los pequeños, dé eficacia á estas palabras, para que, viendo las gentes que por los favores y los castigos se dan públicas gracias á Dios, y que le canta el *Te Deum laudamus* el vencido como el vencedor, aclamen, movidos del ejemplo, la piedad entera del que lo hiciere con resignacion á su divina voluntad, desasida de las comodidades propias.

He tratado del modo de alcanzar con Dios la victoria, y de remediar con su favor el vencimiento: síguese lo que se debe hacer con Dios despues de lo uno y lo otro. Dijo Dios á Moises (1): «Haz traer delante de tí y de Eleazar sacerdote, y de las cabezas del pueblo, enteramente toda la presa y saco que tienen de los madianitas los nuestros; y vosotros mismos dividdla igualmente,

(1) Numer. cap. 31.

la mitad á los que se hallaron en la batalla y combatieron, y la media á todo el remanente del pueblo que no salió á la jornada. Empero advirtiendo que de la parte de aquellos que combatieron, vosotros quitaréis aquella parte que se ha de dar al Señor, quiero decir, á sus sacerdotes; y de la otra parte que toca al pueblo, la que toca á los levitas. Hízose así; mas luego vinieron á buscar á Moises los maestres de campo, capitanes y demas oficiales que habian gobernado á los que combatieron, diciendo: Señor, nosotros hemos hecho la reseña de nuestros soldados, y hallamos que en esta empresa ni uno nos falta. Por lo cual, conociendo bien claramente la victoria de Dios solo, ves aquí que fuera de la parte que has tomado, de lo que nos toca ofrecemos nosotros al Señor todas las cosas de oro que nos han tocado; y tú ruégale por nosotros.» Cuánto importa la igualdad en premiar y en dividir las presas, nadie lo ignora, todos lo desean, y pocas veces se ve. Suelen los cabos superiores saquear á los soldados lo que ellos saquearon al enemigo. No es esto lo peor: eslo olvidar la parte que á Dios se debe. Acordáranse de esto, si el estudio militar fuera por las sagradas escrituras, y no por aforismos de Livio, Salustio, Quinto Curcio, Polibio y Tácito. No se contentaron las cabezas de este ejército con que se diese á Dios la parte que se tomaba de la que les cabia; ántes en reconocimiento de no haber perdido ni un soldado, dieron á Dios todo el oro que habian adquirido, confesando que lo que solamente tenian era lo que les quitaban para dar á Dios, que solo les habia dado la victoria, y sin un hombre ménos sus compañias. Capitanes y oficiales que estiman mas un solo soldado suyo que todo el oro del saco y despojo, bien muestran que Dios los alista y los conduce. Mas consolarse de la pérdida de los soldados con el robo de los despojos, y querer ántes contar un ducado mas que un soldado ménos, mercaderes los muestra, no capitanes. Quien de ellos se sirve junta ladrones que hurten la victoria á los que se la dan. Devocion es en algunos dar las banderas y estandartes á los templos, y reconocimiento cristiano y digno de alabanza é imitacion; mas bien seria acompañar aquellos cendales rotos con el oro, cuando no porque no murió alguno, porque no murieron ellos. Colgar los trofeos militares en la sepultura del que los ganó, licito es; mas no deja de adolecer de alguna vanidad querer que en el templo blasonen sus gusanos. Es verdad que en muchos no cabe esta dolencia; y segurísimamente en aquellos que, no mandándolos ellos poner, sus amigos, parientes ó hijos, ó la república, ó el príncipe mandó que se pusiesen.

Para que el ejército sea como conviene, es forzoso decir de qué gentes se ha de componer. Dos géneros de soldados hay, voluntarios y forzados. Estos no solo manda Dios que se alisten y se fie de ellos nada; ántes que si vinieron libremente, y dejaron sus tierras y casas (cosas que los pueden obligar á asistir de mala gana), que los despidan y los rueguen que se vayan. El texto, Señor, es expreso (2): «Antes que se dé la batalla, dirán á voces los capitanes, compañía por compañía: Soldados, quien ha edificado casa nueva, y aun no ha hecho la fiesta de su dedicacion, váyase á su casa; no sea que muriendo en la guerra por su desgracia, toque á otro el dedicarla. Quien ha plantado una viña, y aun

(2) Deuteronomio, cap. 20.

no ha llegado el tiempo en que convidando los parientes y los amigos, con mucho regocijo se empieza á gozar y la hace comun, vuélvase á su casa, no muera acá, y toque á otro aquella solemnidad. Quien se ha casado, y aun no se ha juntado con su mujer, vuélvase á su casa, porque muriendo él en la guerra otro marido no la goce. Y finalmente, quien no tiene corazon y es medroso, vuélvase con buena licencia á su casa, que aquí no es de provecho; ántes con su temor, acobardando á los otros, hará daño.»

Débese reparar en que presupone que todos estos que, ó vinieron forzados, ó están por fuerza, ó no tienen corazon y tienen miedo, morirán en la guerra. Y de verdad asi sucede; porque los tales son simulacros de hombres, sirven de crecer el número de las listas, de consumir los bastimentos, de abultar la confusion y ocasionar confianza para las empresas que ellos mismos burlan. Quien lleva hombres por fuerza á la guerra, lleva por fuerza la flaqueza. Quien va atado y llorando á la guerra, ¿qué hará en la guerra? Quien se sirve en los ejércitos de hombres viles contra su voluntad, sola una cosa puede hacer contra su enemigo, y es que la victoria que de sus gentes alcanzare no sea ilustre. De mejor gana lleva un ganapan y un pícaro veinte arrobas á cuestas por cuatro reales, que un arcabuz ó una pica por ciento: véase lo que hará por uno. Estos huyen ántes del peligro, que aun eso no aguardan. Donde está huye el que desea huir de adonde está. Quien los echa, quien los despide, tiene ménos caudal, si se le cuenta la aritmética; y más, si le numera el valor. Carecer de lo que le embaraza, es multiplicar lo que se tiene. ¡Señor! de Saul se lee en el primero de los Reyes (1): «Cualquiera hombre valiente y animoso que veia Saul, y apto para la guerra, le acariciaba y traia á sí.» De manera, Señor, que para disponer las victorias, se han de obedecer estos dos preceptos: escoger y traer á sí los valerosos y aptos para la guerra, y no traer á ella por fuerza los viles. Y si vinieren y tienen deseo de volverse, no solo permitir que se vuelvan, sino mandárselo. Son lastimosísimas pérdidas y frecuentes las que con esta gente se hacen. Piérdese la reputacion solo en juntarlos; pues quien los junta, para perderse y perderlos los junta. Pónese mala voz á la fortuna del príncipe, y aliéntase el enemigo más con la propia ignorancia y torpeza, que con su valor.

No hay otro libro escrito en que semejante pregon se haya dado por todo el ejército, no solo dándoles licencia y rogando que se vuelvan á sus casas los que lo desean, sino mañosamente honestándoles la vuelta con razones, porque no se queden de vergüenza donde están con miedo. No negarán los que están graduados en esta arte y disciplina por los autores modernos, que este precepto no es hoy practicable; pues hoy se llora, y cada dia se llora no haberle practicado. David era pastor ejercitado en arrojar piedras con la honda: ofrecióse que Goliat, gigante, desafió en público campo á todo el pueblo de Dios, remitiendo á aquel duelo singular el ser esclavos ó señores los unos ó los otros: espantó á todos los hijos de Israel la estatura disforme del gigante; y léese en el primero de los Reyes (2): «Dijo David á los soldados que con él estaban: ¿Qué premio se dará á quien rindiere y degollare este filisteo, y librare de esta afrenta y opro-

(1) Cap. 14. (2) Cap. 17.

bio á todo el pueblo de Israel, que tiene acobardado? ¿Quién es este filisteo soberbio, no circuncidado y gentil, que afrenta los ejércitos de Dios vivo?» Estas son las señas del soldado voluntario y valiente: ofrecerse á la batalla movido de la afrenta que se hace á su nacion y de la que se quiere hacer á las armas de Dios. Solo pretende justamente premio quien por este camino le pretende. «Decianle los del pueblo que con él estaban: Al varon que venciere y castigare á este, el rey le hará poderoso con muchas riquezas; casarále con su hija, y exentará de tributo la casa de su padre en Israel. Fuéron referidas las palabras que habia dicho David á Saul, al cual, siendo llevado á su presencia, dijo muy animosamente David: Desechen el temor los corazones de todos: yo iré, y combatiré con el filisteo. Dijo Saul á David: No puedes resistir á este filisteo gigante, ni combatir con él, porque eres mozuelo, y este, soldado desde que nació. Y respondióle David: Dios, que pudo librarme de las garras del leon y de las manos del oso, él mismo me dará victoria de este filisteo infiel. Respondió Saul: Vé, y sea Dios contigo.» Muchas riquezas y la hija del rey en casamiento, y libertad del tributo de toda su familia son premios debidos á quien libra de afrenta á su patria y de agravio á las armas de Dios, y castiga á quien intenta lo uno y lo otro. Prudente se mostró Saul en desconfiar de la poca edad y pequeña estatura de David, sin experiencia de las armas, contra un gigante nacido y criado en ellas. Mas luego que le oyó confiar en Dios, y no en sus fuerzas, se mostró religioso, le dió licencia para el desafio. No hubo cosa de prudente y piadoso rey en que Saul no se mostrara advertido. Puede la prudencia humana ser dañosa, si no la acompañan el temor y la confianza de Dios. Fíese todo con ánimo constante al que todo fia en Dios; y nada, sin recelo, á las grandes fuerzas que fian de sí. Los gigantes contra Dios son enanos; y los enanos, asistidos de Dios, son gigantes.

«Para que saliese á la batalla vistió Saul á David sus mismas vestiduras, enlazóle en la cabeza su celada, ciñóle su loriga. Y viéndose David con su espada al lado, empezó á probar si podia regirse bien con las armas, y como no estaba acostumbrado á ellas, dijo David á Saul: Yo armado no soy señor de mi persona, porque no estoy hecho á este embarazo. Desarmóse luego, tomó su cayado, el cual nunca habia dejado de la mano, y escogió cinco piedras muy limpias de la corriente, echólas en el zurron de pastor que consigo tenia, tomó la honda en su mano, y fuése para el filisteo.» Cada dia se ve que los príncipes honran y agasajan (puestos en necesidad) á los que han menester. Si no olvidasen esta condicion en saliendo del aprieto, no vengaria en ellos su ingratitud la envidia que hacen padecer á los que los sirven y defienden. No tienen los reyes consejero tan justificado como el trabajo. ¡Dichosos los valientes y virtuosos cuando el príncipe tiene urgente y precisa necesidad de ellos! ¡Desdichados los monarcas que se olvidan en la prosperidad y paz de los que se la defendieron ó se la conquistaron! El que quiere ser defendido adorna con sus vestiduras, y arma con su espada, loriga y celada al que le sale á defender; y el que sale á defenderle, se desnuda de las armas para pelear. Sin errar Saul en armar á David, acertó David en desarmarse. Atendia el rey á lo que le dictaba el temor para la prevencion humana, y David á la confiaza en el amparo de Dios ; á que se redujo Saul con permitirle saliese sin armas.

Probóse con las armas: éranle peso y estorbo; no podia mandarse bien con ellas por no haberlas ejercitado. Con esta accion fué David maestro de lo mas importante del arte militar. Estaba ejercitado en el tirar la honda y no en la espada, y quiso ántes pelear con destreza ágil, que con gala y defensa impedida. El que está diestro en disparar el arcabuz, si por la bizarria del coselete y blason de la pica le deja, él lleva coselete y pica, mas ellos no llevan soldado. Dar por merced ó por ruegos al que ha sido infante la superintendencia de la caballería, y al que mandó en el mar las escuadras encomendarle los ejércitos en la campaña, es seguir la opinion de Saul, que solo sucede bien cuando hay quien (como David) quiere mas pelear como está acostumbrado, que como quieren acostumbrarle. Más quiso vencer como pastor, que ser vencido como rey. No solo no han de pretender los hombres los puestos y las honras que no han tratado ni entienden, ántes han de rehusarlas cuando se las dén. De lo contrario se originan los desórdenes y las ruinas vergonzosas. El que de estos puestos á personas inexpertas, da principio á su ruina, y los que los aceptan, obedeciéndole, fin.

Lo primero que dice el texto que tomó David fué el cayado, y añade : « El cual siempre tenia en las manos.» Quien no se precia de su oficio, nunca fué en él eminente. Estaba David agradecido al cayado y al gobierno y defensas que le debia en sus corderos contra leones y osos: ha de ser rey, ha de casar con la hija del Rey; quiere hacerle cetro, no dejarle por el cetro; ser rey y no dejar de ser pastor, porque ha de ser buen rey, y santo rey. Va á pelear con un gigante que ni conoce á Dios ni implo, ni se conoce de soberbio : lleva el cayado para que con la humildad del oficio de pastor le afrente ; va sin armas para darle á conocer lo que puede Dios contra las armas. Que llevase para este efecto el cayado con que no habia de pelear, y que sucediese así, el mismo Goliat en viendo á David lo dijo : « ¿ Por ventura soy yo perro, que te vienes á mí con ese báculo? Vén, y yo daré por sustento tus carnes á las aves que vuelan, y á las fieras de los montes.» Literalmente consta que se afrentó de solo el cayado, pues dijo que tratarle como á perro. No saben los impíos y los soberbios de qué se han de ofender, ni de qué deben temer, ni con qué cosa han de enojarse ; por eso no aciertan si no con su castigo. Enfurécese contra el báculo que no le ha de ofender, y no hace caso de la honda que le ha de matar. Mucho sabe, Señor, quien sabe temer : en esto se cierra el misterioso secreto de la prudencia. David respondió al filisteo : « Tú vienes á mí con espada, lanza y escudo; yo voy á tí en el nombre de Dios, y Dios te entregará en mis manos. Yo te heriré y apartaré tu cabeza de tu cuello ; y no solamente tu cuerpo, mas los cadáveres de los escuadrones de los filisteos repartiré á las aves y á las fieras, para que conozca todo el mundo la grandeza del Dios de Israel ; y particularmente la iglesia de estos fieles, que aquí están juntos, conocerán es verdad que Dios para vencer no tiene necesidad de espada ni de lanza, dependiendo absolutamente de sus manos toda guerra y victoria. » No importa poco responder á los fanfarrones que hablan con demasiado orgullo, con doblado brio; su parte es de conquista, porque los enflaquece la novedad del desprecio que no esperaban. David no deja cosa de las que traia el gi-

gante, que no le nombra ; y á la espada, lanza y escudo le opone el venir á él en nombre de Dios. Dice que Dios se le pondrá en sus manos, no dice que le cogerá á él con ellas. Olvida David las muchas riquezas prometidas, la hija del rey por mujer, la libertad del tributo para la casa de su padre ; no dice que pelea por esto, ni lo toma en la boca, dice que pelea porque todo el mundo conozca la grandeza de Dios ; y la iglesia de los fieles que estaban presentes, que Dios, para vencer, no necesita de espada ; y que las victorias y las guerras son absolutamente de Dios. Alma que no se quieta en las mayores mercedes que los reyes del mundo pueden hacer, y aspira á las de Dios, bien sabe negociar.

Derribó con la primera piedra David al filisteo ; cortóle la cabeza con su propia espada. Los tiranos y los soberbios siempre la traen, porque no falte hierro con que los degüellen. Tomó la cabeza, y llevóla en las manos á Jerusalen. Dice el texto (1) : « Luego que vió Saul al mozuelo David con la cabeza del gigante en la mano, quiso que con él juntamente volviese triunfante á Jerusalen. En este viaje, cuando pasaban por alguna ciudad de Israel, salian las mujeres, por honrar al rey Saul, cantando y bailando con tímpanos y otros instrumentos músicos; empero cantando decian : Saul ha derribado mil, y David diez mil. De lo que se disgustaba Saul, que bien se holgara que alabaran á David, mas no más que á él ; y por eso enojado decia entre sí : A mí me dan mil, y á David diez mil, ¿ qué le falta sino que le dén mi reino? Y desde aquel dia adelante nunca Saul miró á David con buenos ojos. » ¿ Quién juzgara que le quebaba á David, despues de esta victoria, enemigo ni monstruo que vencer mas fiero que el gigante Goliat? Vencióle David, y luego entró en mas sangrienta batalla con la envidia del rey Saul. Monstruo es y horrendo la envidia, vilísimo y el mas vil de los pecados en el corazon real. Habiendo David á tan alto valimiento y tan preferida privanza llegado con Saul, que públicamente por todas las ciudades del camino le lleva á Jerusalen á su lado triunfante, reciben las mujeres á David y á Saul con canciones y bailes ; alaban á Saul que venció mil, y á David que venció diez mil, y enójase Saul de que alaben mas á David que á él. No he leido valimiento que pase de la alabanza excesiva dada al criado en competencia del señor ; en llegando á dar envidia al príncipe, no tiene mas vida el valimiento. Es el odio de los que aborrecen al favorecido tan vengativo y ciego, que por no alabarle, aun para destruirle (que es lo que desean), dejando destruirle, y con los vituperios que les dicta la rabia, en vez de arrancarle del corazon del príncipe, le arraigan en él. Conócese esta verdad, en que las mujeres que no aborrecian á David, ántes le aclamaban, alabándole con afecto, con efecto le destruyeron. Hirvió luego el pecho del rey con envidia, pues decia entre sí : « ¿ A mí me dan mil, y á David diez mil ? » Está claro que era el contador de las hazañas ajenas y de las propias la envidia en lo mentiroso de la cuenta, pues solo era verdad que á Saul le daban los mil que él no habia muerto ni vencido (eso es dar), y que á David no le daban los diez mil, sino que los contaban, habiéndolos dado él en la victoria. Queria el rey Saul que David venciera al filisteo y á su ejército en el desafio y la rota dada á sus reales, mas no á él en las alabanzas. No tuvo culpa de esto David. ¡ Gran mise-

(1) Regum 1. cap. 18.

ra, que las verdades que canta el pueblo agradecido, las llore el rey envidioso, y las padezca el valiente de quien se cantan! «No le miró mas Saul á David con buenos ojos.» ¡Qué veloz y eficazmente persuaden al desagradecimiento, os oidos mal informados, á los ojos! Oyó las alabanzas ajenas con envidia, miró con aborrecimiento. Quien mal oye, peor mira. Desde allí adelante no miró Saul á David con buenos ojos. ¿Qué sucedió de esto? Que como miró siempre á David con malos ojos, le fascinó la dicha; y como él no tenia buenos los ojos para mirar, dió de ojos. Quiso, para cumplirle la promesa de su hija, que la dotase con su muerte; intentólo, y libróle Dios. Muchas veces trató que le matasen á traicion y con engaño; muchas le persiguió para darle muerte. Tenia aquel rey un mal espíritu, estaba poseido del demonio, librábale de él David con su arpa : música decente á un rey la que vale por exorcismo; pagábale el beneficio del conjuro sonoro con arrojarle una lanza. Rey que era ingrato á quien le daba victorias y le libraba de sus enemigos y del demonio, no paró hasta ser ingrato á su vida, dándose muerte con arrojarse sobre su propia espada; y desembarazando de sí el reino para David, á quien perseguia, dispuso á su costa lo que procuraba estorbar.

He dicho todo lo sustancial de la milicia de Dios, que todo se cifra, sin que algun tiempo lo pueda variar para que no se practique, en estas dos palabras : «El pecado es vencimiento; la gracia con Dios, victoria.» Y si algun príncipe lo dudare, sucederále lo que á Olofernes, que informándose del pueblo de Dios, y de sus bazañas y milagrosas victorias, y diciéndole que cuando estaban en gracia de Dios vencian, y cuando pecaban eran vencidos; que si queria pelear con ellos, que aguardase á saber que tenian ofendido á Dios, y les diese batalla, y los desharia, se riyó de esta doctrina, y de que Dios defendia á su pueblo, y dijo á Achior que le aconsejaba : Yo iré sin hacer caso de lo que dices, y los degollaré á todos, y luego á tí. ¡Señor! fué Olofernes, y dióle la muerte Dios con su propio deseo : cortóle la cabeza Judit, de quien estaba enamorado. Esto se lee en el quinto del libro de Judit. Permite Dios que en los consejos de estado y guerra que determinan las jornadas, empresas y batallas, prevalezca este voto de Achior y no el de Olofernes; porque los propios deseos de que Dios hace milicia contra los tiranos que le desprecian, no acompañan este suceso con otros muchos.

SECCION II.

He acabado la primera parte de la milicia divina, en que Dios hacia la guerra con la guerra : síguese la segunda parte, en que, Dios y hombre, Cristo nuestro Señor hizo la guerra, con la paz, á la misma guerra. Solo de Cristo, Dios y hombre, se puede aprender esta paz belicosa. Nació publicando la paz en la tierra; y en prendas de que era rey pacífico, nació en tiempo de paz universal, y nació para hacer guerra al mundo, á la muerte, al pecado y al infierno : enemigos tan poderosos y aunados, que ningun otro príncipe dejó de ser vencido, si no de todos, de algunos, en naciendo. Armó contra la vida de Cristo Jesus la envidia al rey Heródes, que le buscó para darle muerte, con los soldados y armas que en los inocentes derramaron la leche que apénas la naturaleza habia colorado en sangre : de manera que entrar en la vida mortal y en batalla, fué todo á un tiem-

po. San Pedro Crisólogo considera militarmente esta huida de Cristo Jesus á Egipto con rara doctrina. Suyas son estas palabras (1) : «¿Qué pretende el Evangelista escribiendo esto para la memoria eterna? El soldado devoto calla la huida de su rey, refiere su constancia, cuenta sus virtudes, calla sus temores, públicamente pregona las hazañas, calla las flaquezas, disculpa lo adverso, predica las victorias para quebrantar los atrevimientos de los enemigos y excitar la virtud de los confederados. Parece pues, refiriendo el Evangelista estas cosas, que despierta los ladridos de los herejes, y que quita la defensa á los fieles. Ya es tiempo que averigüemos por qué causa se nos escribe esto. Toma al Niño su Madre, y huye á Egipto. Cuando el valiente huye en la batalla, arte es, no miedo : cuando Dios huye del hombre, sacramento es, no miedo. La victoria secreta y la virtud desconocida no deja ejemplo á los porvenir; de aquí procede el huir Cristo : cede al tiempo, no á Heródes.» No huye Cristo de Heródes, ántes se retira para Heródes. Aquí le busca niño, y en edad viril se le presenta en las juntas contra su vida. Era tanta la paz de Cristo, que para tratar de él, aunque para condenarle, hubo paz entre Heródes y Pilatos, que ántes eran enemigos.

No pasen, Señor, sin reparo las palabras con que san Pedro Crisólogo definió el buen soldado (lo mismo se entiende del vasallo). Dice que pregona las victorias, que calla las desdichas, que dice las hazañas y disculpa las pérdidas. ¿Puede creerse, sino es de malos soldados y de ruines vasallos, que pregonen las pérdidas y vencimientos de su príncipe, y callen los triunfos, las hazañas y las victorias? ¡Oh tiempos! Oh costumbres! Ningun afecto lo dijo con tan grande razon. Vemos no solo que pregonan las ruinas y las calamidades, sino que las desean; no solo callan las victorias y las felicidades, sino que las contradicen : no las creen; poco dicho, se entristecen oyéndolas : pídense albricias de las calamidades, y danse pésames de los sucesos prósperos : si suceden desastres, los creen; si no, los inventan. No sé si otra vez se ha visto y oido tan portentosa maldad; empero hoy se oye y se ve. Nadie les pregunte la causa, porque cometerán mayor delito; que el ingrato es peor cuando se disculpa. Cristo enseñó á vencer huyendo, Cristo á vencer con la paz, Cristo á vencer con morir.

Esta soberana milicia no la comunicó el Padre eterno á Moises, Josué, Gedeon y David : reservóla para su Hijo. Con doce tribus, tan innumerable ejército bien armado, no hicieron nada en comparacion de las victorias de Cristo con doce hombres desnudos á quienes mandó que aun no llevasen báculos. Dirán que esta era conquista de almas, y que no lo era de temporales reinos. Verdad es : ¿empero ha habido reino ni rincon donde esta verdad evangélica no haya adquirido provincias? «Llegó á todos los fines de la tierra su voz.» ¿Cuántas provincias ha conquistado la constancia de los mártires? ¿Cuántos reyes y monarcas, con todos sus imperios, se han puesto sujetos á los piés de la Iglesia, mirando entre las llamas caer en ceniza sus miembros, relucir abrasadas sus entrañas, despoblar de la carne sus huesos con garfios, agotar con heridas sus venas, padecer lo que los verdugos hacian á tiento, por no sufrir el mirarlo? ¿Qué ejército de Jerjes (que le pudo juntar, y no con-

(1) En el sermon 150.

tarle ni regirle, á persuasion de su locura y armas) se pudo prometer una de las hazañas que aquellos soldados de Cristo hicieron con su cadáver deshecho? La mayor monarquía que ha habido y hay, ¿no es la de España en lo temporal y eu lo espiritual? ¿No es victoria toda ella de Santiago mártir, soldado de Cristo, capitan general nuestro? No lo confiesan los reyes, intitulándose, por gloriosísimo blason, alféreces del santo Apóstol, único patron de las Españas? El nos llamó en lo espiritual; nosotros en lo temporal le llamamos. No es impracticable la milicia de Cristo; nosotros no queremos practicarla.

No porque alabo el hacer guerra con la paz, vitupero hacerla con la guerra á la guerra: fuera error. Hay guerra lícita y santa: en el cielo fué la primera guerra; de nobilísimo solar es la guerra. Y hase de advertir que la primera batalla, que fué la de los ángeles, fué contra herejes. ¡Santa batalla! ¡Ejemplar principio! Quien los consiente no quiere descender del cielo como de solar, sino como demonio. Quien con herejes hace guerra á católicos, no solo es demonio, sino infierno. Cuando lo niegue con lo que dice, lo confiesa con lo que hace. El mismo cielo, Señor, es solar de la paz, y esta fué primero en el cielo que la guerra, y la guerra fué para no ser mas en el cielo y que fuese y reinase siempre la paz. Hubo guerra en el cielo una vez, para que nunca mas la hubiese. En lo bien intencionado se conoce que fué guerra primera, y trazada por Dios para ejemplo de todas. Buscar y cobrar la paz con la guerra, es de ángeles y serafines; buscar la guerra con la guerra, no; buscar la guerra con la paz, aun ménos. Y estas dos cosas son la mayor ocupacion y fatiga del mundo.

La guerra no bajó del cielo á la tierra; cayó precipitada al infierno en los ángeles amotinados, en el serafin comunero. Subió luego del infierno á la tierra; conquistó á Adan con la inobediencia; armó á Cain con la envidia contra Abel, su hermano. Los primeros hermanos fuéron los primeros enemigos. La muerte primero estrenó violenta que natural sus filos en la sangre pariente. No se contenta Cain de ser el primero, quiere ser solo; no solo heredar solo á su padre, sino heredarle en vida el pecado que cometió con el fratricidio que comete. Todo el mundo le pareció pequeño para dos, y juzgó que él solo era bastante poblador para todo el mundo. Bien se conoce que los motivos de esta guerra subieron del infierno contra el cielo. Por esto bajó del cielo en Cristo la paz á la tierra contra el infierno. Preséntanse la batalla el Hijo de Dios y Lucifer; á entrambos capitanes llaman leones. San Pedro en su Canónica dice de Lucifer: «Que anda rodeándolo todo con bramidos como leon, buscando á quien tragar.» A Cristo llaman «leon de Judá.» La diferencia es que aquel, rugiendo, busca á quien coma; y Cristo, enseñando, quien le coma frecuentemente. Dijo: «Que quien comiere su carne y bebiere su sangre, vivirá eterna vida.» No solo busca quien le coma, sino que propone la vida eterna por premio á quien le comiere, deseoso que todos le coman. Tan diferentes son estos leones, tan diversas sus armas y los efectos de ellas.

Luego que nació Cristo, como sol de justicia y paz, hizo sentir su influencia aun á los soldados que profesaban la dura milicia del mundo. «Preguntaban tambien los soldados á Juan Bautista, diciendo: ¿Y nosotros qué debemos hacer? A la cual pregunta respondió: No maltrateis á nadie, ni calumnieis á alguno; estad contentos con vuestros sueldos y pagas (1).» ¡Grande y milagrosa fuerza de la divina influencia de la luz de Cristo! ¡Que la presuncion bizarra de los soldados acuda á preguntar lo que han de hacer, y cómo se han de gobernar, á un hombre habitador del yermo, vestido de pieles, penitente, voz que clama en el desierto, retirado del comercio y trato humano, predicador austero y desnudo! Señor, si los soldados preguntaran á los varones apostólicos y santos lo que habian de hacer, no hicieran lo que se debe castigar. Este texto prueba que el Evangelio y los predicadores apostólicos han de ser oráculos de la milicia, que se ha de gobernar por sus respuestas. Yo haré que lo confiesen los soldados, los reyes y las gentes, y acallaré á los que dicen: ¿Quién le mete al religioso y sacerdote con las batallas? ¿Qué tiene que ver el púlpito con la materia de estado y guerra? Yo probaré que no tiene ménos que ver, que el freno con el caballo, y la medicina con la enfermedad; y que la materia de estado, sin las riendas del Evangelio y de la religion, correrá desbocada; y la guerra, sin los remedios de la doctrina, será incurable dolencia y contagio rabioso.

Preguntan á san Juan Bautista los soldados: ¿Qué harán? Y san Juan les responde lo que no harán, primero que lo que han de hacer. Bien se reconoce lo que he dicho. Los soldados que hacen cuanto quieren, y viven con la licencia de sus fueros, preguntan qué harán. La voz precursora de Cristo, enfrenándolos, responde lo que no han de hacer. No maltrateis á nadie, ni calumnieis á alguno, que todo esto procede de no contentaros con vuestros sueldos. Por eso os digo que os contenteis con ellos. El médico cura al enfermo, mas no le dice el horror de su enfermedad, el asco de sus llagas, la corrupcion de sus heridas. Lo mismo hace con la reprension divina san Juan. No responde á los soldados: «Vosotros saqueais á los que os alojan, los afrentais de palabra, pedis lo que no deben daros, quitaisles lo que tienen, baisles las hijas, afrentaisles las mujeres.» Ni á los capitanes: «No rescateis alojamientos donde no es tránsito para tomarle; donde lo es, no alojeis á discrecion; no forceis con molestias á que os contribuya quien no lo debe; no tireis pagas de cien soldados no teniendo ciento; no rescateis pagas muertas para vuestro interes; no hagais caudal de pasavolantes.» Esto fuera avergonzarlos y desabrirlos para recibir la doctrina y disponer la enmienda. Cúralos todas enfermedades y úlceras, sin decirles su horror y asco, solo con decirles: «No maltrateis á nadie», que toca al soldado; «ni calumnieis á alguno», que toca al capitan y oficiales que gobiernan.

Ultimamente añade: «Estad contentos con vuestros sueldos.» ¡Oh cuánto tienen que reconocer los reyes al santo Precursor en estas palabras! Señor, si los soldados se contentaran con sus pagas, no se cometieran las desórdenes arriba dichas, no fueran molestados los vasallos, ni robados; los príncipes no juntaran ejércitos delincuentes, que ántes merecen los castigos que las victorias de Dios, pues á veces obligan á las provincias á desear ántes los enemigos que las amenazan, que los presidios que las defienden. Si estuvieran contentos con su sueldo, alistáranlos los reyes solo contra sus enemigos; y no lo es-

(1) Interrogabant Joannem et milites dicentes: Quid faciemus et nos? Et ait illis: Neminem concutiatis, neque calumniam faciatis, et contenti estote stipendiis vestris. (Luc. 3.)

tando, primero los alistan contra sí: empiezan la guerra por el señor que los junta, y el despojo y el saco. Quien ménos se defiende de ellos y con mas pérdida, es quien los junta para defenderse. Cuando valia por paga la reputacion de la patria, el amor del príncipe, el celo de la religion, ni el caudal público ni el particular los padecia; cobraban su premio de la victoria y del vencimiento de los contrarios; eran ménos porque eran tales, y eran mas por ser tales. Quien pone su premio en el robo de los que le alojan sin riesgo, no le busca en el despojo de los enemigos con él. Esto cada dia se verifica en los muchos que sientan plazas, y marchan en tanto que duran los alojamientos; que ántes de llegar al puesto ó al embarcadero se dejan las banderas solas. Suplico á vuestra majestad haga reflexion en lo que ve hoy que junta y paga, y reconocerá que en estas pocas palabras que el Evangelio refiere de san Juan Bautista, está breve y cortés la represion de las desórdenes del arte militar, y eficaz el remedio en el consejo que dió á los soldados que le consultaron. Ni se puede decir que esto no es practicable; solo puede decirse que no se practica, debiendo practicarse.

Gloriosa informacion hizo la predicacion del Evangelio en los soldados de esclarecida reputacion; es á los que lo son este lugar de san Mateo 8, san Lúcas 7: «Habiendo entrado el Señor en la ciudad de Cafarnaum, envió á él el Centurion dos judíos ancianos á rogarle fuese servido de sanar un criado suyo, que estaba paralítico. Hicieron con todo afecto y solicitud la embajada, diciendo á Jesus que muy bien merecia le hiciese aquella merced, porque si bien era gentil, queria bien á los judíos, y de su hacienda los habia edificado una sinagoga. Dijo el Señor: Yo iré, y le daré salud. Y encaminándose el Señor á su casa, estando ya cerca, envió otros dos amigos suyos el Centurion, y en su nombre le dijeron: Señor, yo no soy merecedor de que vengas á mi casa, que aun he hallado indigno de ir á tí; basta que tú digas una sola palabra, que yo creo que luego sanará mi criado; porque si yo, que tengo superior, mando á un súbdito mio, soy obedecido luego, ¡cuánto mas lo serás tú, Señor, sobre cuya grandeza no hay alguna superioridad! Maravillóse el Señor, y vuelto á la multitud, dijo: De verdad nunca vi tan grande fe en Israel; y respondiendo á su peticion, dijo: Como lo has creido, así se haga; y en aquel punto sanó el criado.» Soberano y eterno blason de la milicia es, que no solo se maravillase Cristo de la fe de este centurion, sino que dijese que no habia visto otra que se le pudiese comparar en Israel. Por esto se debe desear que le imiten, los que son capitanes, en la caridad con sus criados, en el gastar lo que adquieren en la guerra, en tener buenos amigos y camaradas, en ser obedecidos de los que mandan, en la discrecion reverente, y en la fe con Dios. De todo esto dió ejemplo este centurion, y está aprobado y admirado por Cristo nuestro Señor el ejemplo, y premiado con el milagro. Sumamente se compadeció de su criado, pues solicitó un milagro por su salud. Buenos y diligentes camaradas y cuerdos tenia, pues alegaron, para que le hiciese aquella merced, no que era muy valiente, ni sus hazañas y crédito, nobleza ni puesto, sino que gastaba su hacienda en fábricas dedicadas á la religion. Y quien en esto gastaba lo que en la guerra habia adquirido, conocia que Dios, librándole de los peligros, se lo habia dado. Reci-

bir de Dios para dar á Dios, es en cierta manera apostar con él en liberalidad; más lo gana dándolo que adquiriéndolo. Sabia hacerse respetar de sus soldados, pues dice que en ordenándolos algo le obedecian luego; alabanza igual para el que manda y obedece: de entendimiento tan reverente y tan cortés, que no aplicó lo que decia, confesando en esto la suma sabiduría del Señor á quien hablaba. En la letra solo dijo: «Yo, que tengo superior, mando á mi súbdito: vé, y va.» Y no dijo: Así lo puedes, Señor, hacer tú con la salud á quien mandas como á súbdito de tu voluntad. Y en decir: «Yo, que tengo superior», conoció que Cristo, por ser Dios, no le tenia. La fe, las palabras de Cristo la ensalzaron soberanamente en público; serán prolijas y por demas otras palabras. ¿Quién negará que para el consejo y para la batalla no es conveniente que los capitanes imiten estas costumbres y virtudes? ¿Quién dirá que estorba el tener caridad para ser soldado, siendo la caridad, como dice el Apóstol, la que nada hace mal? ¿Quién dejará de confesar que es muy conveniente que los capitanes tengan tales camaradas, que sepan negociar por ellos, y dar ejemplo á los soldados? ¿Y cuánto importan cabos y oficiales en la disciplina militar, cuya fe merezca que Dios obre por ellos milagros?

Señor: para mayor gloria de los que militan, acuerdo á vuestra majestad que con este centurion fuéron tres centuriones los que son dignos de preferida y honesta recordacion. Lúcas, 23: «Viendo el Centurion el terremoto y señales maravillosas que habian sucedido, glorificó á Dios diciendo: De verdad este hombre era justo; y toda la demas gente que junta habia concurrido á aquel espectáculo y veian tales cosas, dándose golpes en los pechos se volvieron.» Márcos, 15, refiere esto con tales palabras: «Empero viendo el Centurion, que estaba enfrente de Cristo, que quien espiraba espirase dando tan grande voz, dijo: De verdad este hombre Hijo de Dios era.» Mateo, 27: «Empero el Centurion y los que con él estaban guardando á Jesus, visto el terremoto y lo que sucedia, con grande temor dijeron: Verdaderamente este era Hijo de Dios.» Estas fuéron, Señor, las palabras de la célebre confesion de san Pedro, y no le veia en la cruz desnudo entre dos ladrones. Asistia san Pedro á Cristo como discípulo, y el Centurion como ministro de la justicia que en él se ejecutaba. No digo esto por igualar la fe del Centurion con la de san Pedro, sino para ponderar la del Centurion con aquel recuerdo. Con piedad colijo de las palabras de los tres evangelistas, que aquellos que dice san Lúcas que oyendo al Centurion y viendo el terremoto y señales, dándose golpes en los pechos se volvieron, eran soldados que debajo de su mano asistian á aquella ejecucion; y colíjolo de san Mateo, que dice: «Que el Centurion y los que con él estaban guardando á Jesus, dijeron: Verdaderamente era este Hijo de Dios»; pues es cierto que los que le guardaban con el Centurion eran soldados, pues consta que á ellos tocaba y tocó siempre, hasta guardarle en el sepulcro. De manera, Señor, que admitiendo por prueba esta conjetura, dirémos que el Centurion y los soldados conocieron y confesaron que Cristo era Hijo de Dios. Dispúsolos á este conocimiento su propio oficio de soldados; pruébase con la causa que da san Márcos, diciendo: «Que viendo que Cristo espirando espiraba con tan grande voz», como gente acostumbrada á dar muerte y á ver morir, reconocieron por cosa sobrenatural dar tan grande grito espirando. Eran soldados, y en aquel tiempo tan atentos á señales y á agüeros, que por el vil canto de la corneja suspendian una jornada, y todo un ejército marchando obedecia al vuelo de un cuervo. Vieron al sol apagado y al dia anochecido, batallar unas con otras las piedras, y con espantosos temblores no solo titubear la estatura del monte, sino desgajada y rota descubrir los sepulcros y dar paso á los muertos. Y cuanto estas señales excedian á las que habian observado, se excedió su conocimiento á sí mismo. Canonizada queda con esto la alabanza de la gente de guerra, y ser solos los que conocieron y confesaron á Cristo por Hijo de Dios.

Del tercero Centurion se lee en los Actos, 10 : « Habia en Cesarea un Centurion llamado Cornelio, de la cohorte que se llama Itálica, religioso y temeroso de Dios : con toda su casa y familia, y con sus largas limosnas socorria al pueblo necesitado. Apareciósele un ángel, y díjole : Tus oraciones y limosnas han ascendido á la presencia de Dios. Ahora envia tus embajadores á Jope, y mándalos que busquen á Simon, que se llama Pedro. Y como entrase Pedro, Cornelio le salió á recibir, y arrodillándose le adoró, y Pedro le mandó fuese bautizado en el nombre de nuestro Señor Jesucristo. » Véase el fruto que de la limosna y de la oracion cogen los soldados, pues les traen ángel del cielo que los encamine, y que no solo puede uno ser soldado y religioso, sino que debe serlo. Envió el ángel al Centurion, y remitióle á san Pedro, cabeza de la Iglesia y vicario de Cristo. ¡Señor! quien encamina á los soldados á la obediencia de Pedro á que adoren la cabeza del apostolado, á que consulten y obedezcan el oráculo del vicario de Cristo, ángel es que viene del cielo ; quien de esto los aparta y no se lo manda, demonio es y espíritu condenado.

Hay autor, cuyas obras han defendido hombres doctos, que dice que el centurion que al pié de la cruz confesó y conoció á Cristo, fué español. Fuera ignorante envidia, y feamente culpada, dudar lo que es á mi nacion de tanta honra. Yo sigo con agradecimiento á los que han defendido á Flavio Destro, en quien se lee. Reparo en que este centurion fué español ; y Cornelio, centurion de la cohorte llamada Itálica, por ser de Italia nos toca. Demos parte al mérito de su virtud y acciones en la merced tan singular que Dios hace á España y á Italia, en que solas en estas dos provincias y súbditos de ellas persevere sin mezcla de herejía la fe de Jesucristo.

Probado he que la milicia evangélica no solo es practicable para lo temporal, sino su perfeccion ; y que solo el soldado que teme á Dios, no teme á los hombres, en que se funda el valor de los verdaderamente valientes ; lo que fué precepto de Cristo : « Temed al que puede dar muerte al alma, no al que puede darla al cuerpo. » Este aforismo divino, obedecido, hizo que los mártires con los tormentos que padecian vencieran á los tiranos que los atormentaban. Para esto previno Cristo sus soldados con las palabras que son texto á este capítulo : « Id, que yo os envio como corderos entre lobos. » Mas añádese la otra parte del texto : « Esto os he dicho á vosotros, para que tengais paz en mí. En el mundo tendréis trabajo ; mas confiad, que yo vencí el mundo. » Cristo no facilita la victoria, pues dice que padecerán trabajos ; mas asegúrala diciendo que confíen, pues los envia á la batalla con el mundo el que venció al mundo.

Señor : quien facilita las empresas á los que envia á ellas, los persuade á tener en poco al enemigo ; y aquel desprecio siempre es en favor del contrario, y le padece quien de otro le hace. Estorba las prevenciones y las advertencias, que cuando son menester, faltan. Mucho llevan en su favor los soldados de príncipe vencedor ; más los alienta la opinion de su general, que las fuerzas propias y la multitud de armas. Los que conduce ó envia príncipe siempre vencido, ellos se condenan á víctimas del enemigo. Poco esperan de si los que de su rey desconfian.

Es digna de alta consideracion aquella palabra, exhortándolos á la guerra sangrienta donde los enviaba : « Esto os he dicho á vosotros, para que tengais paz en mí. » Si el monarca no dispone que los suyos y sus soldados tengan paz en él, todo lo errará. Declárome. No se pueden contar las empresas malogradas, los ejércitos deshechos, y las provincias que se han perdido por esta razon. Por esta cuenta corren los valientes generales y los muy valerosos soldados, á quien en vez de premio ha dado castigo la envidia de los cobardes y viles, que con embustes no les dejan tener paz en su señor. Pide el capitan general lo que há menester para defender lo que se le encarga ó para conquistar lo que se le ordena ; y cuanto se tiene por mas cierto de su valor el buen suceso, tanto mas ó se le contradice lo que pide, ó se le dilata lo que se le ha de enviar, por la maña de los que no le dejan tener paz con su rey, de miedo que con la grandeza de sus hazañas no se anteponga á sus chismes en la estimacion soberana. Y cuando no pueden estorbar que no consiga su valor las glorias que se propone, y da nuevas ciudades á su príncipe, nuevas provincias, nuevos reinos, suma reputacion á sus armas, — para que no tengan paz en él, dice que las gana y conquista para sí ; y con celos políticos, que se creen mas fácilmente que se inventan, no le dejan tener paz en su señor.

Tal sucedió al Gran Capitan con el Rey Católico y al de Pescara con el emperador Cárlos V, pues todos padecieron sus méritos en vez de gozarlos. Señor : estas cizañas y ministros revoltosos que no consienten que otros uno ellos tengan paz en su rey, no sirven sino de desarmarle para la ofensa y para la defensa, malográndole los sugetos, desapareciéndole los valerosos y experimentados. El remedio de esto enseña Cristo, disponiendo que tengan paz en él los que envia á pelear por sí. Por san Lúcas, 11, dice : « Todo reino dividido será arruinado. » Muchas son las divisiones por que son asolados los reinos : no solo guerras civiles los dividen, lo mismo hacen los vicios, las costumbres, y peor que todo, las diferentes sectas ó religiones. No se tenga por aunado el reino que no padece levantamientos y motines armados ; que los vicios y pecados no solo le dividen, sino le despedazan ; las costumbres licenciosas y desordenadas le confunden, las diferentes sectas le aniquilan en condenacion afrentosa ; y lo último y mas eficaz para dividir un reino, cuando ninguna de las cosas referidas le divida, es el mismo rey, si está dividido. Esta es la division mas mortal, por ser de la cabeza y el cuerpo, donde el uno está sin el otro, y la cabeza dividida en dos partes, sin ser cabeza en alguna de ellas. El que no es señor de la suya es esclavo de la ajena. Si la cabeza dividida no puede vivir la vida sensitiva, ménos podrá vivir la racional.

¡Gran tesoro de preceptos y doctrina hemos hallado en el Testamento Nuevo, en que se enseña juntamente á ser temeroso de Dios y á no tener miedo, á hermanar la religion y la valentía, á merecer con la fe milagros de la omnipotencia de Dios; á consultar para los aciertos militares á los santos y á los varones de Dios! Y afirmo que aquel príncipe y aquellos generales y capitanes en quien no precediere la religion al principio de la guerra, y ella no dispusiere los medios, que él la podrá empezar con grande poder y encaminarla con maña, mas no darla fin con buen suceso, si ya no aconteciere querer Dios con ellos castigar á otros peores, y entónces, llamándose soldados, son verdugos. Esto creyó y tuvo la idolatría ciega en mas observancia que ninguna otra cosa. Trata de ello Valerio Máximo en su primero capítulo, que es de la religion. Referiré las palabras con que acaba la narracion nona: «Siempre nuestra ciudad juzgó que se habia de anteponer la religion á todo, tambien en aquellas cosas en que quiso atender al decoro de la suma majestad. Por lo cual no dudaron los imperios de servir á las cosas sagradas, juzgando que en tanto se prosperaria el gobierno de las cosas humanas, en cuanto bien y constantemente obedeciesen y sirviesen á la divina potencia.» Si á esto se persuadieron los gentiles, ¿en qué opinion tendrá á los católicos el que creyere necesitan de que se lo persuadan?

Hemos descubierto preceptos militares en los evangelistas, en las epístolas canónicas, en los actos, por hallarlos esparcidos en todo el Testamento Nuevo. Resta el Apocalipsi, en el cap. 12; Daniel, 12, y en la segunda á los thesalonicenses, 2. Se lee de tres grandes autores tal suceso: «Hubo en el cielo una grande batalla: Micael y sus ángeles valerosamente peleaban con el horrible dragon, y el dragon y sus ángeles rebelados peleaban, y no pudiendo resistir, fuéron vencidos de Micael: cayeron, y en el cielo no quedó señal suya. Empero en aquel tiempo se levantará Micael príncipe, y el Señor Jesus dará muerte al Anticristo con el espíritu de su boca.» Sacra, católica, real majestad: este texto es todo real; contiene el primer capitan general y la primer batalla y victoria. La causa de esta guerra fué querer Luzbel, altísimo serafin, ser como Dios. ¡Grave delito! Fué capitan general contra él y su parcialidad un arcángel, á quien en premio de haber vencido al que osaba pretender ser como Dios, se le dió el nombre de Micael, que es decir ¿quién como Dios? Tres cosas perdió Luzbel: la batalla, la gracia y el cielo; y respectivamente á Micael le hizo Dios tres mercedes: la primera, que su nombre, como he declarado, fuese el mismo de la gloriosa victoria; la segunda, que él fuese siempre el protector de la verdadera congregacion de fieles, principalmente en las batallas contra infieles y herejes; la tercera, que así como él habia vencido la primera guerra contra Lucifer, venciese la postrera contra el Anticristo, á quien por su mano dará Cristo la muerte.

Soberano ejemplo á los príncipes para tres cosas que les importan todo su sér, grandeza y estado: castigar y derribar y vencer al que se atreviere, siendo su criado, á querer ser como ellos; hacerle que pierda las mismas tres cosas, la batalla (esto es, su pretension), su gracia, y su casa y reino; y al general que le venció, otras tantas mercedes que le prefieran, y que sea su nombre el de su victoria, encomendarle la defensa de los suyos,

pues le encomendaron la suya, y no dejar perder al que ya se sabe que sabe vencer.

Señor: Dios, ni Dios hecho hombre no mudan ni suspenden, si se ofrece ocasion, al capitan general que les dió una victoria; á él encargan la primera y todas las que se les ofrecieren á los suyos y á su pueblo, y le tienen electo para la última del mundo. ¿Qué espera el príncipe que en cada ocasion experimenta un hombre, y que á cada uno que le da victoria le arrincona en dándosela? Pues no es otra cosa, sino consentir que las hazañas depongan, y el ocio y la ignorancia promuevan. Quien esto aconseja á un príncipe, procurador es de los enemigos que tiene; y si el príncipe lo hace por sí, lo hace contra sí. Tendrá muchos con títulos de capitanes generales, mas los enemigos no tendrán que pelear sino con solos los títulos.

Resta verificar que en las batallas y sitios los reyes temporales, siguiendo la milicia evangélica, ganen ciudades y batallas y reinos con la paz y con la piedad y la clemencia contra la guerra. Sea la prueba de príncipe belicosísimo y español el ínclito é invencible rey don Alonso el Sabio de Aragon, que, como discípulo de los dos Testamentos en cuya leccion se ocupó tanto que con sus glosas se dice pasó muchas veces toda la Biblia, quedó bien doctrinado, y logró su meditacion en infinitos trances de guerra. En la conquista de Nápoles tenia el máximo rey don Alonso puesto sitio á Gaeta, plaza por su fortaleza llamada llave de aquel reino. Apretó tanto el cerco, que los de Gaeta, obligados de la hambre por la falta de mantenimientos, echaron fuera todos los niños, mujeres, viejos y enfermos, los cuales viéndose expuestos á las armas enemigas que los herian y maltrataban, con lágrimas y alaridos procuraban volverse á Gaeta, de donde eran con mayor rigor ofendidos por los suyos mismos.

Fué advertido el rey de lo que pasaba; juntó su consejo. Refiere el docto Antonio Panormitano que todos votaron que conforme leyes militares su majestad no debia admitir en sus reales aquella gente, sino arcabucearla y volverla á Gaeta, pues con eso se rendiria la ciudad; y de otra suerte era disponerlas la defensa contra sí. Confiesa Antonio Panormitano que, hallándose él en aquel consejo, votó lo mismo con este rigor. Oyólos el rey, y dijo: No permita Dios que yo cobre á Gaeta con tan gran crueldad. No vine á pelear contra niños, mujeres, viejos, ni enfermos: por ese camino no solo quiero perder á Gaeta y el reino de Nápoles, mas dejara la conquista del mundo. Y luego mandó que aquella gente no solo fuese admitida en su ejército, sino regalada, guardando la honestidad y decoro de las mujeres, y curando los enfermos y heridos, acomodando los viejos y acariciando los niños; lo que admiraron los de Gaeta, y vencidos del beneficio y del agradecimiento, codiciaron por señor al que tenian por enemigo.

Supo que un caballero muy principal de su corte trataba de matarle muchos dias habia; y no por eso le temió, ni le hizo prender y castigar como merecia. Llamábale frecuentemente y llegábale á sí; favorecíale y halagábale, y con el amor, y disimulacion de su maldad, le enmendó por no acabarle con el castigo.

Fué avisado el rey por mosen Luis Puche, que residia en Roma, que micer Riccio, capitan de la infantería de Rijoles, tenia tratado dejar al rey y pasarse á sus enemigos y levantarse con algunos lugares ; y que sería necesario, pues se tenia noticia cierta de su traicion, ántes que la ejecutase, prenderle y castigarle. El rey respondió que en ninguna manera le mandaria prender, y que tendria por mejor ser dañado con la traicion y poca fe de los suyos, que mostrar que no se confiaba de ellos. Y así dijo : « Lévantese contra mí cuando quisiere el capitan Riccio; que yo, hasta que lo vea con mis ojos, no quiero creer cosa semejante de criado mio ni de hombre á quien yo haya hecho bien.» ¡ Oh grande ejemplo, que imitado será guarda de la reputacion del príncipe! Procure el rey no merecer por su tiranía y vicios levantamientos, y no hará caso de los que le dijeren le son traidores ó lo quieren ser; que importa mucho no mostrarse desconfiado de los vasallos y de los criados. Empero si es tirano, no se fie de las conjuras que castiga, ni de los traidores que prende ; que los castigos en casos semejantes ántes los irritan que los agotan.

Acusaron á un caballero noble y de generosa familia, de crímen de lesa majestad : fué convencido de este delito delante del juez. El rey lo supo; y porque la culpa de uno no fuese mancha á toda una familia ilustre, no consintió se le diese la pena que merecia. Llamóle á solas, y reprendiéndole con amor, con su clemencia excusó en su linaje la nota, y en el delincuente la sangre, y le obligó al reconocimiento y enmienda.

Roger, conde de Pallares, caballero de alto linaje y de señalado esfuerzo, dijo al rey que si él queria, estaba determinado de dar de puñaladas al rey don Juan de Castilla, que era mortal enemigo del rey don Alonso, y que sabia adónde y cómo lo podia hacer. El rey le dió por respuesta que no por el señorío de Castilla, empero que ni por el imperio universal del mundo, consentiria en accion tan fea, que fuese mancha detestable á su memoria y horror á los porvenir. Lo mismo respondió á un florentin que estaba desterrado de Florencia, y le ofreció de matar á Cosme de Médicis.

A los que en el cerco de Escafato le dijeron no solo feas y malas palabras , sino ignominiosas, cuando entró por fuerza el lugar, contra el parecer de su hermano y del príncipe de Taranto y de todo su ejército, los perdonó y envió libres. ¡Señor! Estas acciones todas son evangélicas : perdonar injurias, dar bien por mal, vencer con el perdon, conquistar con la paz, quebrantar la furia con la paciencia, castigar con la misericordia ; y todas las ejercitó en guerra viva y temporal el rey don Alonso. Rey tan grande, tan valiente y tan sabio, que preguntándole un allegado suyo si podria ser, y por qué, que un rey tan rico y poderoso como él, y señor de tan grandes señoríos y reinos fuese pobre, respondió que si se vendiese la sabiduría, para comprarla lo diera todo. ¿Cómo podia dejar de hacer lo que he dicho quien dijo lo que refiero? Eran en él tales las obras, y tales las palabras con que en el decir y el hacer fué sabio, invencible, piadoso, valiente y bienaventurado rey, para ejemplo de los que quisieren serlo.

Esto, Señor, acuerdo á vuestra majestad como vasallo suyo de buena ley, sin perder jamas de vista la del Evangelio y sagradas letras, á cuya luz (bebiendo la de estos *Discursos Políticos* en aquel inmenso piélago de la suma verdadera sabiduria , para comprarla lo diera ignorancia , tomando con las plumas de los mejores secretarios de Dios y ministros escogidos suyos, que con el *don altísimo* de su gracia nos dieron aprobada doctrina para solicitar su gloria en el acierto de las acciones humanas, amaestradas en su divina escuela; cuyo fin ha sido el mio, y no otro, en el empeño literal de este ocio.

A honra y gloria de Dios y de Jesucristo nuestro Señor, de la siempre Virgen María su Madre, y del apóstol Santiago, único patron de las Españas, acabé esta obra con intento de servir con mi poco caudal y cortos estudios á la majestad del muy poderoso, muy alto y bienaventurado rey de las Españas don Felipe IV, monarca de los dos mundos, invencible, magnánimo y siempre augusto ; sujetando todo lo que en ella he escrito (deponiendo mi propio sentir) á la correccion y censura de la santa, sola y universal iglesia de Roma y á sus ministros.

FIN DE LA POLÍTICA DE DIOS Y GOBIERNO DE CRISTO.

EL RÓMULO

DEL MARQUES VIRGILIO MALVEZZI.

AL EXCELENTISIMO SEÑOR DON JUAN LUIS DE LA CERDA,

duque de Medinaceli, marques de Cogolludo, conde de la ciudad y gran puerto de Santa María, marques de Alcalá, señor de las villas de Deza, Enciso y Lobon, y las demas de sus estados y señoríos, comendador de la Moraleja, del órden y caballería de Alcántara.

Excelentísimo señor: No dedicó el docto y profundo y elegante y nobilísimo marques Virgilio Malvezzi esta obra, inmensa en pequeñez tan abreviada, á ninguna persona: dejóme á mí la eleccion, y vuecelencia me asegura el acierto, y á tan esclarecido escritor la gloria. No la doy á vuecelencia para que la ampare, sino para que la lea; que dedicar libros con aquel fin, es fin vano de que hacen caudal los presumidos que acuñan humo, y con este el útil de que se recibe salud. Ofrecer libros á quien no los sabe leer, ántes es despreciarlos que favorecerlos; queda el autor con mal dueño, y el que le dedica sospechoso, si no de peor intento, de no buen seso. Recibiéndole vuecelencia conocerá su valor y mi buena voluntad; y porque este reconocimiento mio no tenga facciones de dedicatoria de impresion socorrida, callaré la grandeza de la casa de la Cerda, restituyendo á los lectores esta noticia (si alguno no la tiene) en las historias de los señores reyes de Castilla y Francia, donde coronadas podrán leer todas las venas de vuecelencia, á quien dé Jesucristo nuestro Señor su gracia y en larga vida buena salud, como deseo y he menester en esta casilla que abriga mi desprecio. Madrid 2 de setiembre de 1631.

Don Francisco de Quevedo Villegas.

A POCOS,

don Francisco de Quevedo Villegas.

No es tan glorioso Rómulo por haber edificado á Roma, como por haber sido edificado del marques Virgilio Malvezzi: mas durable será en tales escritos su vida, que lo fué en sus muros su ciudad; mejores materiales son tales razones, que tales piedras: acabó aquella grandeza, no acabará esta fama. Rómulo entretenia señales de su nombre, sepultadas en los cadáveres de aquellas ruinas, que servian mas de conjeturas á los curiosos, que de informacion: agora no solo resucita, ántes nace; que esta vida es nueva, siendo parto, no de Rhea sino del ingenio; alimentada, no por una loba, sino por el estudio: no tiene por su cuna al Tibre, sino á la pluma mas feliz de Italia. Escribieron la vida de Rómulo muchos, mas á Rómulo ninguno. Los pasados fuéron historiadores de su vida, nuestro autor de su alma. Habianse leido sus acciones, no sus intentos; los sucesos, no la causa de ellos. El Marques escribe el príncipe, los demas el hombre. Llámase Rómulo, no historia ó vida de Rómulo, porque no se dice solo lo que de él se supo, sino lo que supo él. Refiérese lo que vieron todos, y lo que él procuró (si fuese posible) que no se viese. Con tal diligencia le ha descifrado el Marques, que si, como él le ha sabido escribir en su muerte, le hubieran sabido penetrar en su vida, ni él reinara, ni su hermano muriera: tanto vale el interior ignorado. Más grandezas se le deben á la disimulacion, que al valor. A Rómulo no le guardó Faustulo, sino el Marques; y recibe mejor alimento de esta tinta, que de aquella

leche. Y se puede asegurar se desapareció para aguardar esta duracion con rebozo de fallecimiento. Entónces fué maravilla que no se supiese su muerte ni sepultura : hoy es prodigio mas
dichoso, pues se sabe que ni padecerá la una, ni temerá la otra. En una vida escribe dos vidas
el Marques : la de Rómulo, breve; la de su nombre, eterna. En un libro dondé es inmensa la
escritura y corta la leccion, pues ninguno tardará en leerle ni acabará de estudiarle, desear que
todos le estimen es tan justo, como difícil que le imiten algunos. Segun esto, obligacion es ad-
mirarle, y locura competirle.

Sume superbiam quaesitam meritis (a).

AL QUE LEYERE.

He discurrido (mas no hasta ahora cumplidamente) en las vidas de los siete reyes de Roma.
Esta de Rómulo, si te agrada, lector, es el principio de este libro; si no te agrada, es el fin.
Pocas son las hojas, mas si son malas no se encarece bastantemente. Toda entidad es muy grande
si su formalidad es disforme. Son pocas las hojas, mas muchas si son buenas; porque la calidad
de lo bueno es medida del número, y la intencion es quien las dilata. Yo llamo mercenario al
que en mucho papel da pocos preceptos. Págale el precio de lo que aprende, la paciencia del
que lee; y el autor es el peór de los ladrones, pues roba el tiempo que no puede restituir. La
arte es larga, la vida es breve : esta se consume más en leer que en aprender, porque los
hombres se deleitan más en escribir que en enseñar; y para adelantarse hoy en las ciencias
conviene ser mejor atleta que académico; porque en la abundancia del volúmen no se fatigan
ménos los brazos de aquel, que el entendimiento. Yo escribo á príncipes, porque escribo de
príncipes. Entretenerlos en cuentos, es pecar contra la comodidad pública; cúranse sus achaques con las quintas esencias, no con los cocimientos.

He dedicado esta fatiga en mi mente, no en el libro, porque no quiero otro protector que al
que lee, ni otro premio que ser alabado y sufrido. Lector, si no aplaudes al buen entendimiento,
aplaude á la buena voluntad.

Trabajo es el escribir de los modernos : todos los hombres cometen errores; pocos, despues
de haber incurrido en ellos, los quieren oir; conviene adularlos ó callar. El discurrir de sus
acciones es un querer enseñar más con el propio ejemplo, que con el de los otros; más á quien
escribe, que á quien lee; más de callar, que de obrar. Los hechos de los príncipes tienen antes
otro cualquier semblante que el verdadero; el contarlos como parecen, tiene de lo épico; como
son, de lo satírico. Tambien los aduladores han por esta propia manera engrandecido las acciones
buenas; que decirlas puramente, se interpreta por vituperio; porque la verdad de la cosa que
se oye, es diminucion de la que se cree; y algunos arriban á presuncion de quitar el lugar á
los aduladores, juzgándose mayores que la adulacion. Los hechos de los presentes no se cuentan con seguridad, ni se oyen sin peligro; se pueden siempre reverenciar, y nunca se deben
juzgar : los que los imprimen buscan una gloria incierta, y se exponen á un cierto peligro;
aquellos que los dejan á los porvenir no han sacado otro fruto de las fatigas presentes, que la
contemplacion de una futura ideal gloria. La gloria mundana se acaba con el mundo, y para
nosotros el mundo acaba con la vida. Pensar solo al provecho de los por venir, es concepto,
y sobrehumano y necio; dedicar el sudor á sola la ambicion, es diabólico; acompañarle con la
utilidad ajena, es humano; desacompañarle de la propia, es divino.

No pisaré yo tan áspero y dificultoso camino. Escribiré del siglo pasado para el presente. Los
defectos del sol, que se observan con seguridad en los reflejos del agua, no se muestran derechamente en el cielo sin perjuicio del ojo. Escribiré mas del hombre, que de tal hombre; porque este muere y aquel vive; y desfogando la ansia del genio en los acontecimientos de lo
pasado, si no me produjere palma de gloria, servirá por escudo contra la envidia.

(a) En la edicion de Madrid de 1635 se estampa el siguiente juicio y advertencia :
« *Juicio del doctor Jerónimo Antonio Pallés, del texto y de la version.*—Con mejor estrella nació Rómulo para las
plumas que para el reino, pues en Italia le escribió el marques Virgilio Malvezzi, y en España le traduce don Francisco de Quevedo Villegas. Acompañan su vuelo á la eternidad dos plumas que desacompañadas de otras hacen
efeto de alas. Rómulo debe envidiar al Marques que le escribe, y el Marques al que le traduce. Rómulo queda con
premio en la historia, el Marques en la traduccion : don Francisco queda sin premio. Mas ni es novedad, ni le será
nota en tanto que, teniendo el juicio con buena salud, no le echare ménos; y en los perseguidos el seso está en
salvo del frenesí y desvaríos, y los méritos cuerdos nunca desesperan, por ser estilo que lo que deben unos tiempos lo paguen otros. Merecer y no alcanzar es virtud con ejercicio de paciencia; y si es desdicha, es de otro. Los
dias le darán lo que le niegan los dias. — *Doctor Jerónimo Antonio Pallés.*
» *El impresor.*— Mal trasladado vino á mis manos este libro; leile yo, fui curioso, díle á la imprenta, por ser liberal; no por el interes de venderle, sino por el de comunicarle. Luego que vi que don Francisco de Quevedo le
traducia, le tuve en gran precio; y porque no saliese agraviado de la copia, le cotejé con el original italiano, y
agradecí á mi sospecha la nueva ocasion de repetir tan admirable leccion. Mejor me la ha de agradecer quien le
estimare mucho, que quien le pagare mas. » — *El Colector.*

Las acciones de los antiguos, si se examinan, no se malician, porque somos sus imitadores, no sus émulos. Oyense con gusto las alabanzas de aquellos que, ya apartados de la envidia, en sus grandes hechos realzan la flaqueza del sér humano; y el vituperio que se da á las acciones de los que pasaron no desagrada, miéntras disminuye la mala opinion de lo presente.

La envidia es un veneno que no obra donde no hay calor. Los cadáveres son alimento de cuervos ó gusanos, no de hombres : solamente la muerte tiene hielo bastante á apagar el fuego de la envidia y dejar ceniza de compasion. Ella nos amonesta que ninguno es superior á los otros, cuando ella los iguala todos ; y los vocablos de los bien afortunados, padeciendo una repentina trasformacion, se mudan frecuentemente en nombre de miseria y pobreza. Servíráme por sugeto el valor de Rómulo, la piedad de Numa, la fiereza de Tulio, la bondad de Anco, la sagacidad de Lucúmon y la impiedad de Tarquino.

EL RÓMULO

DEL MARQUES VIRGILIO MALVEZZI.

HISTORIA.

Nacieron de Proca, rey de los albanos, Amulio y Numitor : este de mayor edad, aquel de mas violento ingenio. Dejó el viejo padre á la edad mas madura el reino ; mas fué forzoso que la voluntad del progenitor y los años del hermano cediesen al mayor ardimiento del otro.

Aquel poder que ejercen los príncipes en el ínteres de los particulares para guardar la razon, ejercitan en ellos propios á deshacerla. Bajó entre nosotros la justicia por impedir la violencia : la flaqueza humana, despojándola de las armas de la eleccion, la dejó necesitada de la fuerza ; mas ella tramonta con la estrella con que nació, cuando la espada que la defiende la da muerte. Los príncipes tal vez la guardan intacta de la mano de otros ; por estruparla ellos, la miden con las armas ; y aquel, entre ellos (donde se trata de la suma de las cosas), es mas justo, que es mas fuerte. Toda otra arte juzgan que solo conviene ó á quien no se atreve á hacer violencia, ó teme la violencia el propio. Juzgan fuera de razon que mande á otros quien las fuerzas de otro no puede resistir. Ni por esto serian mejores los súbditos de los príncipes ; ántes igualmente injustos, si no fuesen mas violentados : aquellos que pueden recurrir á aquella espada que la justicia sostiene en la diestra, pocas veces se acercan á las balanzas que tiene el brazo izquierdo.

Ni ménos tiene lugar en las cosas del estado la prerogativa de la edad : no se atiende á aquellos años que destruyen la vida, mas aquellos en que se edifica el valor. Las armas que esgrime el tiempo por vencer el cuerpo, esgrime el entendimiento por vencer al tiempo. Huye su tiranía miéntras con el favor de la fama se coloca en el regazo de la eternidad ; mas adonde él se rinde, no se ha de honrar aquel tiempo que solo él deshace.

No se contenta Amulio de haber ocupado el reino á Numitor. Sería poca crueldad haberle quitado el reino, si no le obligase á otra mayor el habérsele quitado. Nace la una de la otra, y de la última mas fecunda. Recélase él de los sobrinos, da muerte al varon, ni le asegura el sexo de la hembra : si nacerán de ella hijos, piensa haberlos él enseñado la arte de quitar reinos.

Teme de cada uno el tirano ; y es fatal que tema el propio ejemplo, porque el temer á todos, no se excluya en un cierto modo el temerse tambien á sí mismo.

Cree que se asegura, sin sangre, bastantemente del hado, poniéndola entre las vestales y consagrando la virginidad á los dioses.

Sirve á las mujeres con los tiranos la debilidad por inocencia. Tienen ellos mayor dificultad donde hallan menor resistencia. No pueden hallar en ellas aquel delito que hace alabar la crueldad, ó fingir en sí aquel temor que la disculpa : déjanlas vivas, creyendo de poderlas hacer morir á su propósito ; mas muchas veces por la justicia inefable de Dios vienen condenados al castigo por falsarios de la prudencia. [1]

Son las mujeres instrumentos de hacer perder reinos. Para ellas no es remedio casarlas con hombres quietos, pues ellas son feroces ; y cuando de ellas no se deba temer, ¿ qué se podia acertar en los hijos? Los partos siguen al vientre, y es fácil el convertirse donde son las calidades semejantes ; y los pueblos no tienen vergüenza de mudar señor, si le eligen de la casa del señor.

Fué impío Amulio, no lo niego ; mas no supo suficientemente valerse de la impiedad. Quita el reino al hermano, á la sobrina la libertad, y deja á los dos la vida. No sé si despreciaba la pusilanimidad de Numitor, si se aseguraba de su paciencia, ó acaso si tuvo pensamiento de honestar la propia maldad con hacer manifiesto que no tenia corazon para regir un Estado quien tenia corazon para vivir sin estado.

Quitar el reino y dejar vivo al rey es una cruel piedad, con la cual, porque los tiranos querrian engañar el mundo, muchas veces se engañan á sí mismos. Puede fácilmente fabricarse aquel todo, del cual quedan partes. Fundar sobre basas abominables la estatua de la virtud, es querer fabricar colosos de oro sobre piés de lodo. Al reino conviene la piedad, porque es voluntario; al tirano la crueldad, porque es violento. Al uno está bien el agrado, al otro es necesario la fuerza, y ni esta le asegura. Tiene similitud con los aduladores y bufones : si se dan á comer, la glotoneria los acaba ; si lo dejan, la dieta. El tirano, si se ensangrienta sin consideracion las manos, muere porque fué cruel ; si al contrario, por fingirse piadoso. El vicio no es seguro, y ménos el medio de las virtudes, porque contamina la virtud.

No estuvo mucho tiempo entre las vestales la doncella, cuando parió dos hijos, habiéndose mezclado con Marte. Así decia ella, para que pareciese en la eminencia del sugeto, no solo excusable, mas aun digno de alabanza el forzoso yerro. Alimentaron esta fama las acciones marciales de Rómulo : las ensalzó el pueblo de Roma, por su mayor gloria ; condescendieron con ellas las naciones forasteras, por disminuir la afrenta.

No es vergüenza quedar inferior en fuerza á quien es superior de naturaleza ; ántes sería gloria el perder, si no fuese temeridad el combatir, quedando siempre acerca del mas flaco la victoria de mas atrevido. El hacer á Marte autor del sacrilegio, era quererse asegurar de la crueldad de un hombre con la cubierta de un dios. Naufragan en este escollo muchas veces los buenos príncipes, ó en la crueldad suya ó en aquella del pueblo, por ser piadosos ó por no parecer impíos. El tirano se rie de todo aquello que no es su interes : teme mas el poder de los hombres, que el de Dios; de otra manera no procurara acreditarse de la una con la crueldad que mayormente irrita la otra.

Dió la doncella á la severa justicia de los sacerdotes. Encarga á un ministro que ahogue los dos hermanos nacidos de un vientre ; mas este procura dejar lugar á la fortuna por salvarlos, guardándose á sí mismo por salvarse. Temia aquella venganza que muchas veces, no pudiendo tomarse de los señores, se suele tomar de los ministros.

Encomendar á otro la muerte de personas de sangre real es poco sano consejo. Déjalas vivas, ó por piedad ó por sagacidad : si es piadoso, no sabe ser cruel ; si es sagaz, cree es poco durable lo presente, piensa siempre á lo porvenir, tiene un ojo al tirano y otro al sucesor, y busca modos, más de mantenerse á sí, que de asegurar al príncipe.

Por esto los depositó en los remansos del Tíber, en medio de espaciosa soledad, en la cual fuéron, del rio que sosegado de la creciente volvió á su madre, dejados sobre la seca arena.

El sustentarse sobre los tumultos del pueblo, el nadar sobre las aguas tienen tan parecida conformidad, que muchos príncipes en su niñez ó han sido expuestos á las borrascas de este elemento, ó han sido llamados á pasearle en edad mas grave. Tienen las aguas semejanza con el pueblo : las cosas lijeras sustentan, las graves sumergen tumultuosas é instables. Fáciles de refrenarse sosegadas ; difíciles cuando corren turbulentas. Crece su ímpetu donde hallan reparo ; mas quien las entretiene, aunque trabajosas, las encamina á su provecho.

Lloran los niños, y á los sollozos acude una loba, ó mujer semejante á tal fiera ó en las costumbres ó en el nombre. Dióles leche ; allí los halló Faustulo, pastor ; y representándosele en la majestad del hurto belleza real, y coligiendo del suceso grande favor de las estrellas, gorjeado del uno, acariciado del otro, se persuadió á salvarlos.

Tiene el príncipe un no sé qué mas que hombre en la majestad del semblante, en los ángeles que le defienden, en las estrellas que le influyen. Algunos le dieron nombre de héroe, la verdad lo llamó dios ; y los gentiles no hubieran excedido de lo lícito, si equivocando la semejanza á la esencia, al nombre de dios no hubieran juntado la adoración. El hombre, porque le ve mayor que el hombre, se maravilla si le ve igual ; se escandaliza si le conoce inferior. No deben los príncipes dejarse medir. Bajarse á la comparacion sin seguridad de vencer, es seguridad de perderse ; un no sé qué, mas que en los otros, se desea en quien tiene un no sé qué mas que los otros.

Regocíjase el pastor ; y llevando á su propia casa los niños, á Laurenta su mujer los encarga para que los crie. Un elemento los sostiene, una fiera los alimenta, un pastor los recoge, y consigo mismo se goza de haber

sido con el agua y con la fiera electo ministro de aquella aventura, que ya relampagueaban los prodigiosos acontecimientos.

El cielo no envía grandes señales que no miren á grandes personajes ; porque él es una causa universal, y produciendo efectos, miéntras parece que en uno solo los produce, si es príncipe, obra universalmente, puesto que son participados del pueblo las conquistas y las pérdidas, la virtud y los vicios del príncipe.

Ni habian crecido en la edad en otro ejercicio que en el de las fuerzas y en penetrar los bosques. Bien mostraba la aurora clara de su adolescencia el sol resplandeciente de su juventud.

Es la caza una guerra, y tanto mas que las otras conveniente, cuanto es mas natural el dominio sobre las fieras, que sobre los hombres. No es decente á los príncipes la caza de animales tímidos : puede ser que se aventajen en el conocimiento de los sitios ; mas por otra parte enseña solo á huir vilmente de los mayores, ó de seguir con poca gloria á quien no se defiende.

Se ejercitaban los muchachos contra los animales feroces, donde se acostumbra el cuerpo á sufrir incomodidades, el ánimo á no temer peligros; donde los despojos de la presa vencida son trofeos levantados al valor del que las mata.

Antes, en poco tiempo, del robar las fieras se volvieron contra aquellos que ferozmente robaban á los otros, donde con la escolta del valor, aventajados en reputacion, seguidos de buena cantidad de aldeanos, limpiando la campaña de ladrones, se hicieron cabezas de pastores circunvecinos.

No pueden los hombres vivir felices si no viven seguros. Por esto se fabrican ciudades, se aceptan los príncipes, se toleran las imposiciones. Los antiguos idólatras entre los dioses colocaban á aquel que los aseguraba su ocio.

Hacen aquellos honra de príncipe á quien ejercitaba la obligacion de príncipe.

El valor es una elocuencia muda que trae á sí todos los hombres, ó porque lo temen, ó porque lo gozan. El interes empieza en el sublime cóncavo lunar, y penetra hasta las bajas cabañas de los pastores humildes. El nació con el universo por mantenerle, y despues destruyó el universo. El es la ética del mundo, que se penetra aun en las partes sólidas. No solo el hombre quisiera dominar en el hombre, mas el elemento los elementos ; y luego que el uno haya conseguido su intento, lo conseguirá el otro, porque acabe el mundo en aquel interes que empezó.

Sufrian con mal ánimo las acciones de los dos hermanos aquellos que vivian de robos ; y ansiosos de venganza, en tanto que asistian á unos juegos que se celebraban en memoria del dios Pan, Rómulo y Remo con mayor confianza que conviene á quien se hizo lícito el ofender á otro, los asaltaron ; y aprisionando á Remo, le llevaron á Amulio. Aunque él era perseguidor de ladrones, como usurpador de los términos reales le condujeron.

Impedir á otro la arte con que está acostumbrado á vivir, seria igual á quitarle la vida, si no fuese peor, miéntras deja lugar á la venganza que el perpetuo daño hace desear perpetuamente. La ofensa de la honra puede nada en los ánimos viles, puede mucho en los generosos; empero las mas veces se evapora con el tiempo, como aquella que no tiene otro fundamento que la opinion. En la muerte de los parientes los remotos dejan la venganza que mas les toca; los mas cercanos, con la adquisicion de bienes se consuelan: aquí paran, y en tanto que atienden al gozo se olvidan de la venganza. Solo el sentirse ofender en la hacienda, es injuria que no admite olvido: porque la presente pobreza, intolerable á quien no la ha pasado, recuerda las pasadas riquezas; y el daño, que no es el menor para crecer las ofensas, es el mayor á incitar las venganzas.

Faustulo, pastor, concordando los tiempos, bien sabia su nacimiento, certificado tambien de las grandes y magnánimas acciones que los pastorales espíritus á lo largo arrebozaban; mas no tuvo pensamiento de descubrirle, miéntras no fuese forzado de dura necesidad, ó persuadido de ocasion favorable.

No queria él obligarlos á cosas grandes ántes que tuviesen grande poderío. Cuando la obligacion excede el poder, ó se muere en desdicha ó se vive en inquietud. No queria él amargar la dulzura de sus victorias con el acibar de su origen; que desear ser cabeza de pastores era suprema gloria á los hijos de Faustulo, venia á ser miseria llorosa á hijos de rey.

Disminuye el mérito á las acciones grandes aquel nacimiento que obliga á cosas mayores. No es glorioso aquel que nace príncipe, mas aquel que se hace príncipe. No es vil el que nace despreciado, ántes aquel que se queda despreciado. Llámase grande el grano de trigo que es mayor que otro; y pequeño el monte que es menor que otro. Decia un filósofo que Dios era geómetra; quizá porque el mundo consiste en proporcion mas geométrica que aritmética. La alabanza ó el vituperio no se reciben del nacer, pero midese bien con el nacer. Consiste en desigualarse por valor, del igual por naturaleza. En esto está revuelta la emulacion humana. No es blanco de la envidia quien no fué primero recobro de la gloria.

Prevenida la ocasion de la necesidad, cuenta á Rómulo el caso.

El conocerse descendientes de abuelos silvestres sirve de estímulo á aquellos magnánimos corazones que se atribuyen por nota de infamia el ser famosos por las acciones de otros. Sirve de cadena á los ánimos viles, que se hacen lícito sacar reposo de las fatigas ajenas y se glorían de una larga órden de estatuas y mármoles entallados, resplandecientes memorias de las acciones de los muertos, abominables sepulcros de los renombres de los vivos.

Rómulo, sabiendo su orígen, mayormente contra el tirano se enciende, en cuya muerte podia apagar dos poderosos afectos de gloria y de venganza. Conoce sus fuerzas inferiores para una descubierta violencia; vuélvese al engaño encaminándose hácia palacio á la deshilada con muchos disfrazados con hábito vil. En llegando, con el calor del hermano cuya amada vecindad le animaba, embistiendo con el rey en aquel asiento donde tantas maldades habia cometido, le hizo espirar la cruel y nefanda alma.

Es el tirano á todos los hombres aborrecible. El levanta sobre las columnas del miedo la máquina del Estado. Nacen los precipicios del no temer y del no ser temido; le desmorona y deshace la confianza, no le asegura el espanto. Muchas veces donde entiende ame-

drentar los corazones, los anima; porque el mayor de los atrevimientos es hijo del mayor de los temores. Los discursos contra él son peligrosos, los homicidios seguros. Es fácil de conseguirse aquella accion que no tiene otra cosa terrible que el hecho. Sería mas fácil matar al príncipe bueno, si no fuese mas peligroso el haberle muerto. Sería mayor peligro matar al tirano, si no tuviera menor peligro quien le dió la muerte. Quien no se acerca al hecho por venganza, se llega por gloria. Ninguno se declara enemigo de quien le mató, porque ninguno quiere ser tenido por amigo del que fué muerto.

Numitor, que no ignoraba la descendencia de Remo, y que debajo de justos ó por lo ménos justificados pretextos habia descubierto lo sucedido, favorecido de la autoridad que él tenia sobre la persona de este, confiada á su cuidado, fingiendo de ignorar que ellos hubiesen acometido al rey, no al palacio, con pensamiento de limpiar, no de tomar la ciudad, llamó la juventud albana á defender la roca; mas cuando vió venir derechos á él los mozos, convocando el consejo les refirió la educacion suya, el origen, cómo fuéron depositados en la agua, cómo socorridos.

Aclamaron los mancebos al abuelo por rey. Fué concordemente aquella voz seguida, así porque suelen en los razonamientos seguir todos lo que empiezan pocos, y tambien por la misericordia, que jamas se aparta de la infelicidad.

Es mérito para obtener el amor del pueblo padecer el aborrecimiento del tirano. Aquel le es agradable, que está en peligro; de aquel tiene compasion, que está violentado; allá llueven los favores populares, donde arden las llamas del furor tiránico. Es propio á los hombres el desear restituir en el Estado al que está despojado de él; que favorecer al que se le quitó se tiene por impiedad, porque son pocos los que pueden hacer violencia, y todos aquellos que la temen la aborrecen. Se ayudan, porque se espera premio mayor del sacar de la miseria, que del aplaudir á la fortuna que da por castigo y por daño á los dichosos la envidia, á los miserables por utilidad, y por socorro la compasion. El restituir en su Estado los príncipes tiene semblante de caridad; mas si no concurre el interes, se compadecen, mas no se aunan; y entónces es castigo mas vano á los hombres bien afortunados la envidia que no daña, y es alivio infructuoso á los hombres desdichados aquella compasion que no aprovecha.

Hecho el abuelo de los albanos rey, volvieron á otra parte el ánimo Rómulo y Remo.

Saben muchos dar á otros los reinos, y no saben sufrir el rey. Muy trabajosa cosa es obedecer á aquel que por ocasion de él mismo manda.

El recibir de otro valor el principado, es una especie de servidumbre, que necesita mostrarse sujeto ó ser ingrato. El satisfacer el intolerable deseo de estos, es un rendir voluntariamente el dominio á los propios que le dieron. El no acariciarlos pone en peligro de rendirle con violencia, siendo fácil cosa que, no olvidando ellos aquellas artes con que adquirieron el reino para otro, le busquen para sí. Quien una vez ha puesto las manos dichosamente en la sangre real, no teme la segunda prueba; y aquel que fué privado del reino, celoso, siempre duda de él aquello que por experiencia ba conocido posible. ¿Cómo se puede pagar la obligacion al que le ha adquirido el dominio, si no se puede satisfacer sin perder el dominio? Es gran júicio apartarse de aquel señor que no puede pagar la obligacion que tiene. Los beneficios se reciben de buena gana, mas no siempre se ve de buena gana el bienhechor; ántes cuando no se puede galardonar, como cosa que acuerda la flaqueza, se vuelve la gracia en aborrecimiento; y ya que no es posible quitar la obligacion, procuran por lo ménos quitar al que obligó. El servicio que se recibe del inferior argumenta debilidad, y solicita gran recompensa; el igualarla al beneficio es un igualarse al bienhechor. Se pierde el nombre de magnánimo, y apénas se cancela el de ingrato. Los que se reciben de los mayores, se cuentan con gusto; porque el agradecimiento que ellos esperan es que sean contados; y siendo señal de estima el haberlos recibido, en referir los beneficios pasados se recibe (por decirlo así) un mucho beneficio.

Estas consideraciones, los motivos de la ambicion, y principalmente los estimulos de la gloria, alejaron estos generosos mancebos de la sujecion del abuelo.

El esperar el reino, de la muerte de otro, ó impide las glorias ó las retarda; se enfrian los espíritus con la edad, y en la vida de los padres muchas veces por vivir seguros conviene vivir quejosos. Los príncipes envidian tal vez los hechos loables de sus hijos, porque los temen; y se alegran tambien los particulares, porque los gozan. Entre las fortunas de los valerosos se debe escribir la muerte temprana de sus progenitores, que desde haberlos criado no pueden ayudarlos mejor que muriendo. El reino no se debe desear, si junto consigo no trae la gloria. La gloria es de aquellos que la adquieren con trabajo, no de aquellos que de la mano ajena la reciben. Son desdichados los hombres de valor que nacen dichosos, porque el heredar monarquias impide la gloria de conquistarlas. Procuran fabricar una nueva ciudad, ántes de edificar los muros á aquella que sus generosas acciones conducia.

Eligieron para este fin el lugar donde fuéron expuestos en el agua. Creeria que por memoria del caso ó por agradecimiento, si estas niñerias vulgares tuviesen proporcion con una prudencia endiosada de aquel siglo. Muestran los edificadores de una ciudad el juicio en la eleccion del sitio. La primer piedra que ponen es piedra de toque: en ella se conoce la liga de su metal. No es digno de alabanza quien por quitarse de lo amortecido del ocio, se acoge á la aspereza de la esterilidad. Conviene buscar socorro de la educacion, no del sitio, porque sea virtud y no necesidad el encaminar los hombres á la mercancía. Los hace industriosos, mas timidos, y está en mal término una ciudad cuando las riquezas se hallan entre los particulares, no en el público; y cuando están en las casas y no en el Estado, piensan en los peligros los hombres: en dejarla, no en defenderla; y aquellas facultades que se pueden llevar no sujetan, ántes dejan libres á sus dueños, porque los hacen habitadores, no súbditos. Ni se debe afirmar que la esterilidad del pais disminuya en los vecinos el afecto de dominar, que es parto no de la avaricia sino de la gloria.

Quien edifica en lugar fuerte, fabrica roca para el tirano, ó al ménos nidos para los vicios; y aquellos que tienen la seguridad, carecen de aquel miedo de perder

lo propio, que sirve muchas veces por justa razon de usurpar lo ajeno. Y por el contrario, el fabricar ciudades abiertas fué humor negro de algun filósofo antiguo, que no merece ni discurso ni imitacion.

El sitio de Roma era lleno de saludables collados: no muy léjos del mar, para recibir las comodidades; no muy vecino, para poder evitar las inundaciones de bárbaros; bañado de un siempre corriente rio, puesto en el medio de la Italia, proporciouado para la conservacion, único para el aumento.

Trataban ya de levantar los muros de la ciudad; mas ninguno concertaba con el compañero en ponerla el nombre, ni darla leyes. La igualdad, producidora de la envidia, tanto mayor fuerza tenia en estos, cuanto que, fuera de la comun igualdad de la hermandad, se particularizaban tambien en ser igualmente concebidos, venidos en un propio tiempo á la luz.

Cuando hay donde recurrir por alguna excusa, se tolera la mayoría. Muchos cederian el lugar, si hallasen pretexto para cederlo; y muchas veces se contrasta más por venganza que por soberbia.

Es buena la mezcla del mayor y del menor; mas es bien mala la del igual: ó en la variedad de la naturaleza él no se halla exquisito, ó no dura en un mundo que reconoce su firmeza de la perpetuidad del movimiento; y la desigualdad tanto mas se aparta de lo sufrible, cuanto mas se llega á la igualdad. Por eso desagrada en la música el unison; y cuando fuese exquisito é infructuoso, no hace accion, no produce armonia. El mayor y el menor corresponden al agudo y al grave; de aquellos recibe su forma el mundo, destos recibe la suavidad su melodía; y entrambos sienten daño del contrario si es disonante, útil si es armónico.

Despues que en la tierra no tuvieron con que decidir la precedencia, se volvieron al cielo buscando el agüero: Remo sobre el monte Aventino, Rómulo sobre el Palatino. Y miéntras alegan que á aquel se le habian aparecido seis buitres, estotro á los circunstantes afirmó doblado el número; pensando algunos que naciendo discordia por esto entre ellos, Remo por mano de su hermano seria muerto.

Ver uno que los hombres le anteponen á él su igual, es gran tormento, mas en eso puede haber engaño; mas el cielo es mayor, porque siempre es verdad. Este accidente fué el primer gusano que introdujo el homicidio; y el primer homicidio fué entre los primeros hermanos.

Y nada ménos publicó que perdiese la vida, pasando con desprecio los muros fabricados por el hermano.

Remo con aquella accion se declaró ser principe, si pretendió no estar sujeto á la ley; ó de querer quitar al otro el principado, si se burló de la ley. La inobediencia es diferente del desprecio: la una mira á la institucion, la otra al instituidor. Quien la quebranta en secreto, deja salva la reputacion del que la hizo. Quien la quebranta en público, tiene mas intento de ofender al príncipe que á la ley. Los errores, motivados de otro cualquier afecto, pueden ser grandes y pequeños.

Aquellos que tienen por mejor el desprecio, siempre son gigantes: los unos miran al útil de los súbditos, y es bien castigarlos; los otros la majestad del señor, y es necesario corregirlos. Es el respeto el alma de la señoria: es un cadáver, no principe, el que cae en el desprecio.

Dado á la empezada ciudad con su nombre el principio, la llamó Roma, y ordenó juegos en honor de Hércules.

Faltaban leyes á una ciudad que, llena de naciones diversas y de diferentes costumbres, sin ellas no podia recibir la unidad. Son de diferentes maneras la leyes: miran algunas á la conservacion de los hombres, otras al sustentamiento del Estado. Aquellas tocan á los legistas, como judiciales; estas al príncipe, como políticas. Las primeras quieren estabilidad, porque se juzgan miéntras se hacen; mas despues que se han hecho, no se deben aquellas juzgar con las cuales se debe juzgar.

Las otras no quieren ser eternas para ser buenas, pues que duran ellas, y arruinan el Estado, y se quebrantan, queriéndolo así el tiempo; y se introduce un mal ejemplo, sin algun fruto. No basta no observar las antiguas, cuando hay lugar de establecer las nuevas: la transgresion en todas es mala; la mudanza en estas es necesaria. No convienen los mismos manjares á los mismos hombres en toda la edad, ni se verán las dolencias de la misma suerte en el principio, que en el estado y en el aumento. Tienen todas las cosas del mundo muchos períodos: conviene acomodarse al tiempo, á la ocasion. Los mas de los Estados han peligrado por no haber sufrido los antíguos ordenamientos, y por no los saber mudar.

Da Rómulo las leyes, autorízalas con la fuerza amenazada de doce litores que llevaba consigo. Es inútil la ley para persuadir, si no tiene fuerza para castigar: de otra manera no basta para los naturalmente inclinados al mal, y es superflua á aquellos que voluntariamente obran bien.

Junta á la fuerza la majestad, representada en el grave y diverso hábito que de los otros traia.

Todas las cosas (quise decir), aun aquellas que no son cosas, sino nada, ayudan á aquellas que son en demasía. Los ceros no valen si se juntan á otros ceros; mas si á los números, los multiplican.

El hábito no hace venerable al que sus acciones no lo hicieren primero venerable. El no tiene majestad, si no se la concede el ojo con la costumbre de verle que le visten los hombres majestuosos; y si en virtud de la autoridad mueve á reverencia, por falta de ella mueve á burla.

El hábito se hizo para cubrir los defectos del cuerpo, y ahora descubre los afectos del ánimo: fué hecho para ocultar nuestra flaqueza, y ahora descubre nuestra ambicion. Vistió el Señor al hombre, cuando él se despojó de la justicia original, cuando se hizo esclavo del pecado; y él se gloria en la señal de su esclavitud (¡oh locura!), como si fueran trofeos de su victoria.

Crecia de muros la ciudad de Roma, y estaba deshabitada: por llenarla, abren franqueza donde pudiese cualquiera por cualquier delito asegurarse.

Es enemiga de la ciudad nueva la quietud: toda esperanza está en el movimiento. Las gentes que no son á propósito para vivir en la ciudad, lo son para combatir en la campaña; y quien no sabe ser buen ciudadano, suele ser buen soldado. Roma se podia llamar ántes alojamiento de ejército, que junta de ciudadanos; porque no era fabricada para vivir bien, mas para engrandecerse de quien buscaba, no seguridad, sino gloria.

El ejército es una escuela de caballos, donde se disciplinan los indómitos en campaña, para despues sujetarlos entre los muros.

Es trabajosa la ciudad á aquellos que mandan en los ejércitos, no á aquellos que sirven en ellos; ántes el rigor de la obediencia militar vuelve suave el yugo de la vida civil.

No pasó mucho tiempo que se llenó de habitadores. La novedad es una luz que tiene virtud de atraer á sí los ojos y deslumbrarlos. Los hombres, porque necesariamente mueren, no miran voluntariamente las cosas que, encaminándose al ocaso, reducen á la memoria esta necesidad de morir; mas sí por el contrario aquellas que, amaneciendo en el oriente, los dan confianza de aumentarse con ellas. Los nombres se escriben en las plantas recien nacidas, porque crezcan; no en las encinas viejas, que se talan. Si la novedad no trajese consigo tantas prerogativas, envejeceria el mundo con las mismas cosas con que empezó. Seria estéril nuestro ingenio, cuando fuese privado de aquellas invenciones que le secundan. Se envilece el entendimiento en las cosas conocidas, y por mayores de la verdad concibe las no conocidas.

Todos aquellos que, ó no la envidiaban ó no la temian, concurrieron, parte estimulados de la seguridad, algunos persuadidos de la novedad, quién persuadido del deseo de mudanza, quién de la gloria.

Los ingenios gallardos se quietan pocas veces en el estado presente. La felicidad se busca siempre en las cosas de que se carece, y en ellas descansa quien las consigue. No pueden los hombres apagar su deseo, y ménos con la posesion de lo que desean. Creen que alguna vez pueden ser dichosos, mas nunca pueden llegar á serlo. De aquí se origina el aborrecer la quietud, desear el movimiento, cansarse de lo presente y anhelar lo futuro.

Habia venido de esta gente la mayor parte debajo de los auspicios de Rómulo, por aventajar su nativa condicion. La novedad bien tiene poder para atraer á sí los hombres, mas no para entretenerlos. Ella, que desaparece luego, no puede mucho tiempo entretener á los otros, si no los aprisiona con la ligadura del provecho, ó no los atolla en el lodo de la ambicion.

A este fin eligió Rómulo cien senadores por compañeros, cuantidad bastante á gobernar cualquier dominio, y igual al número de aquellos á los cuales fuera intolerable toda otra forma de otro gobierno. En el principio del mandar, toda poca autoridad parece mucha; en el discurso del dominio la mucha parece poca: de donde procede que con el tiempo no se pueden sufrir aquellos magistrados que, hablando vulgarmente, se pudieron bien elegir en otro tiempo.

Son incompatibles la libertad y el principado: ó no se hallan jamas juntas, ó no duran. Cada uno querria su perfeccion; y dependiendo de la ruina del otro, en ella la busca. Parece extraño al Senado ser libre y querer servir; al príncipe, ser señor y no poder mandar. La libertad media es madre del tirano, que no pudiéndose tolerar miéntras le es quitada violentamente, le fuerza violentamente á reinar. Por vivir quieto, conviene totalmente ser libre, ó totalmente servir.

A la entera perfeccion de Roma faltaban las mujeres. Concurren ellas á constituir la esencia de las familias y la de la ciudad. Tenia Roma mas forma que materia. Vivian, no nacian los romanos. Donde se vive y no se nace, se muere y no se renace. Renacen los padres en los hijos que producen. No hay mayor deseo que este en el hombre, ni mayor necesidad que esta en la naturaleza. Queda la especie, si no queda el individuo; queda la materia, si no queda la forma. Ello es error del entendimiento creer que la mujer es error de la naturaleza. Ella es perfecta, pues se hizo por la obra mas perfecta; ella es de forma igual á nosotros, originada de materia (por decirlo así) mas noble que nosotros. Roma se podía llamar un circuito de muros, empero no una ciudad. Antes era como un sepulcro, pues que los hombres, sin poder nacer, debian solo morir.

¿ Y quién querria concediéndole sus mujeres cooperar á la grandeza de aquel pueblo, y probarse, para acabarle, de las armas que les daba su celibato y viudez?

Conoce Rómulo esta dificultad : envia con todo embajadores á los vecinos, ó por tener mujeres justamente, ó por justamente robarlas.

Aquel que hace violencia por necesidad, ha padecido él primero de la necesidad violencia. Ella es una ley la mas aborrecible de las leyes. Ella es una justicia la mas rigurosa de las justicias.

Los pueblos circunvecinos, ofendidos de que los romanos hubiesen recibido los que ellos habian desterrado, negaron el darles mujeres. Algunos, dando lugar á la cólera, los despreciaron con palabras, no sé si con menor prudencia ó con mayor liviandad.

Poco se deben temer los que tienen la lengua por espada. Es mayor el peligro que amenaza con el silencio de la ofensa, que el que se recibe con la parlería.

Aquel enojo que se deja ver, está encendido en los espíritus, no en los humores; y á manera de pólvora alza el fuego, mas no lo detiene; le saca fuera, no le guarda dentro. La cólera que se desfoga por la boca, no desfoga por las manos. Ruina que halla salida, se evapora, pero no bate. Ofender con las obras es hostilidad, con las palabras es maligmidad. La una es útil al que es enemigo, la otra es infructuosa; y es mas soportable el daño de la maledicencia, porque es mas razonable. Movió no poca indignacion en la juventud romana aquella respuesta que habia juntado al daño el desprecio : piensan recurrir á la disimulacion, por aprovecharse de la venganza.

Fíngese enfermo Rómulo, vota fiestas á su salud, y las previenen con magnificencia.

Concurrieron al espectáculo los pueblos vecinos con sus mujeres, puede ser pensando poner la comida con seguridad delante del hambriento.

De verdad grande error fué la ocasion, pues que ó nació de mucha confianza, demasiada liviandad, ó de poca estima. ¡Temeridad grande negar las mujeres á los romanos, y traerlas á Roma! Fiarse de los que habian despreciado, no temer violencia de la necesidad, fué por ventura una de las locuras que produce el humor curioso.

No es digna de alabanza la curiosidad, si es dedicada al deleite de los sentidos; si al del entendimiento, merece disculpa. No se aparta jamas del vituperio, si se acompaña del peligro; y es igual señal de flaqueza, donde no hay nada y donde hay demasiado.

Las mujeres son hechas para estar en casa, no para andar vagando. Sus gustos han de ser los de sus maridos, participados, no propios. El llevarlas á las fiestas mueve tal vez al que las ve, si son feas, á desprecio; si hermosas, á concupiscencia. Cuantos amigos adquieren

ellas, tantos enemigos los acrecientan á ellos. En casa pueden ayudar ; fuera, no pueden sino impedir. No da su conversacion gusto á los que con ellas se hallan, que las mas veces no sea en disgusto de quien las lleva. Cuando no pierden ellas por el desear, pierden por el ser deseadas. Si se huye la conversacion de quien os desea desdichadas, ¿por qué se busca la del que os desea deshonestas? Ella es una vanidad, más de los hombres que de las mujeres. Piensan hacer que los envidien, y hacen que los persigan; y al fin, en lugar de la envidia queda la compasion. Es la verdad, que el bien á muchos parece poco si otros no saben que se posee; mas es ménos, si por saberlo se pierde. La honestidad es un color delicado que teme el aire, y es un cristal lucidísimo que se empaña con la vista deshonesta de aquellos que tienen inficionada la mente con la lascivia.

Débense huir siempre las ocasiones de peligro, donde el peligro es siempre de la honra.

Estaban en el fervor de las fiestas los ánimos de los que asistian divertidos en los juegos, cuando, dada la señal, la mocedad romana empezó á arrebatar las mujeres. Huyen los padres, se lamentan de la fe violada y llaman á la venganza aquellos dioses, á cuyos juegos viniendo fuéron engañados.

Podian dolerse mas de sí propios que de otros, más de haber hecho que las arrebatasen, que de que fuesen arrebatadas.

Es mas duro perder por engaño que por violencia, cuanto es mejor que el vencer con el cuerpo el vencer con el entendimiento. En la violencia no tenemos parte nosotros, porque es toda fuera de nosotros; mas el engaño es fabricado de la sagacidad ajena sobre los fundamentos de nuestra inconsideracion. Las llagas de la violencia se regalan con el dulce de la ocasion, que es la fortuna; aquellas del ingenio se agravan con el querellarse de la ocasion, que fué la imprudencia.

No tenian menor disgusto de los padres las doncellas. Rómulo las persuade con argumentos sacados de la eficacia de la necesidad. Los maridos las acarician con requiebros estudiados en el poderío del amor, y siendo esto junto con la admiracion, quedaba la violencia sin desprecio, acompañada de alabanzas de hermosura, las cuales, contándose entre las felicidades de las mujeres, no las dejan lugar de llamarse desdichadas, en tanto que las juzgan dichosas.

Habia ya el matrimonio mitigado el rapto, y el lecho el ánimo de las sabinas, cuando los padres, vestidos de luto, juntando envidia á la calamidad, irritaban los ánimos de los vecinos, y solicitando los pueblos enteros por Tito Tacio, rey de los sabinos, se congregaron; donde, junto el consejo, podemos creer que uno de los que en el juego fuéron burlados, habló de aquesta manera :

«Pidieron los romanos mujeres, y vosotros se las negasteis. No fué ya efecto del caso, si á negárselas concurristeis todos. Han ahora cesado las razones de negarlas, pues están arrebatadas. ¿Se debe ahora conceder á la fuerza lo que se negó al amor? Nosotros, que fuimos sordos á los ruegos, ¿serémos ciegos á la violencia? No quisimos admitir con paciencia las súplicas, ¿ y sufirémos con bestialidad las injurias, enseñando que para con nosotros, miéntras es seguro el robar, no hay otra cosa peligrosa sino el pedir?

Excusaron ellos la violencia con la necesidad. Aquella necesidad, que solia ser en otro tiempo escudo de los mal afortunados y la defensa de los temores, se ha vuelto capa de los dichosos, y estimulo de los temerarios.

Lleváronnos los ciudadanos con título de seguridad; hurtáronnos las mujeres con nombre de matrimonio; ocuparon la ciudad debajo de color de dote. Así como han tenido necesidad de nuestras hijas para crecer en número, así la tendrán presto de nuestros paises para crecer en Estado; y si por caso se entibiase en los romanos la codicia del dominar, servíráles de estímulo para ofendernos siempre el habernos una vez ofendido. Los favores ya en uno empleados se renuevan por mantener la memoria de los antiguos, las injurias se multiplican por asegurarse de las hechas ántes. Malamente puede quedar amigo el que ha ofendido, porque no cree que puede ser su amigo el que ha sido ofendido. Donde no se espera amistad y se ha recibido daño, no tiene lugar otra cosa que la venganza; y esta, retardada, prolonga y hace mayor el peligro, quitando la venganza de la prevencion.

Todas las cosas que violentamente contra algunos se hacen, aunque algunas veces produzcan buen efecto, son siempre dañosas, porque se derivan ó del desprecio ó de la envidia. Ni sirve á otra cosa la paciencia de los ultrajados, que á insolentar los que la juzgan flaqueza, y á dar ánimo de hacer mayores ofensas contra quien ya fácilmente sufre las que hicieron. Si el sufrir las injurias dejase gozar el reposo, seria gran prudencia el disimular; mas sin algun fruto hacen vivir á los injuriados, ó tontos ó viles, como que no tienen seso para conocerlas, ó corazon para vengarlas, donde otros pierden la compasion y el miedo: afectos solos bastantes en los mundanos á refrenar los efectos.

Nació en medio de nuestro cuerpo Roma, ¿ y la despreciarémos? Crece, y la fomentamos. Dimosla la vida, y nos amenaza de muerte.

Cualquier que en su principio la vió, previniendo el peligro á los por venir, á los por venir dejó el pensamiento; y como cosa que amenazaba á todos, cada uno se movió á mirarla, á remediarla ninguno. En los males comunes no temen los particulares; y en los sucesos por venir, se espera socorro del tiempo y de la fortuna.

El ojo que ve la novedad, no deja lugar al entendimiento para juzgar el peligro, hasta que no ha llegado tan cerca que es irremediable. Entónces se ven los yerros de la pereza, cuando no los puede remediar alguna solicitud.

Es una opinion falsa, asegurada de los melancólicos, el dar nombre de prudencia á la tardanza. Naufragan la mayor parte de los negocios, porque las ocasiones son arrebatadas y los hombres perezosos. Se discurre sobre lo presente, y él ya es pasado. No se deben despreciar los momentos cuando de aquellos momentos pende la fortuna de una eternidad. En aquellas cosas que han llegado á la entera perfeccion se puede esperar del tiempo, si no la muerte, á lo ménos la vejez; mas en aquellas que empiezan á crecer, el esperar es querer del tiempo verlas crecidas. Un caminante, si encuentra con el principio del rio que se recoge en pequeña corriente, no debe pasar adelante para vadearlo al fin donde se extiende en crecida profundidad. Roma es un pequeño arroyuelo: á ella corren como torrente los pueblos de nuestra ciudad. Conviene pelear, no discurrir, y combatir con los romanos ántes que los romanos sean quebranto de los sabinos, ántes que nuestros enemigos sean nuestros nietos. La presteza es el mayor remedio donde el mayor enemigo es el tiempo.»

Luego que este acabó de hablar, podemos creer que Tito Tacio respondió de este modo: «O conviene conceder las mujeres á los romanos, ó combatir la ciudad y ir á sus juegos con ejércitos de soldados y no de muchachos. Yo aguardaba que viniesen dentro de nuestros muros á robarlas. Quien niega al otro lo que le es forzoso, se prepare, despues de haber despedido el ruego, para oponerse á la violencia.

El intentar la ruina de Roma con la fuerza era pensamiento docto, mas peligroso. Por cautelaros tomasteis resolucion de negarles las mujeres. Las buenas resoluciones pocas veces se toman enteras. En todas las cosas se hallan peligros; y por asegurarse del mal, no se hace sino la mitad del bien; y no es buena la mitad de aquel bien que, consistiendo en el todo, no admite division.

El renovar agora las cosas irreparables y que no se pueden revocar, es un tenerse por mayores que los dioses, y es una fatiga sin provecho, ántes con daño, recordando aquellas cosas de las cuales la mayor felicidad consiste en el olvido. Ha nacido (digamoslo así) de nosotros Roma, y ha crecido de nosotros; y es fatal que pierdan los padres por adquirir los hijos, llegándose á la muerte en dar vida á otros. Si las generaciones se originan de la destruccion, que se debe acudir al reparo es verdad en el peligro que amenaza; pero no alabo yo el enmendar los errores viejos de la tardanza con los nuevos y mayores de la impaciencia.

Las injurias que se reciben son la ruina de los hombres que con el celo del honor no acompañan la prudencia : corren á vengarse de daños pasados, y se precipitan en nuevas miserias; quieren deshacer un yerro, y hacen mil.

Ello es así, que es tan ántes de tiempo el presto, como fuera de tiempo el tarde. Los errores de la impaciencia son peores que los de la tardanza, porque es mejor excusar los principios que encontrarlos. Si no se pierden, se retardan. De aquella parte donde se conoce el ímpetu, no se cree la justicia; ni se puede juzgar que haya prudencia donde no hay discurso. El discurso no se hace en instante. Los instantes no miden el tiempo. La prudencia es hija del frio; el ímpetu, del calor. Las cosas que no se han hecho por lo pasado, bien se pueden hacer en lo porvenir; mas las que se han hecho, no se pueden deshacer. No faltan jamas las ocasiones á los hombres, mas los hombres son los que faltan á las ocasiones : se pueden esperar, no se deben prevenir. Aquel que combate llevado del furor, comienza la guerra del haber perdido : satisface al afecto, mas no á la obligacion; y es primero combatido de la propia flaqueza, que del valor del otro.

Nuestro sufrimiento es de temerse, no es de despreciarse. El mundo es de quien tiene paciencia, cuando es sagacidad y no miedo. Los ánimos generosos se acomodan á sufrir las injurias presentes, con sola la esperanza de la venganza futura. Reservan la ira á vengar las ofensas, no á desfogar el enojo. El fingimiento no merece vituperio, cuando con las injurias del tiempo no se vuelve en el olvido. Ella nunca es peor que cuando es olvido, ni mejor que cuando lo parece.

Es mas seguro impedir á Roma el crecer, que el vivir; porque es mas fácil el hacerla envejecer, que morir. No se da aumento adonde no hay movimiento, ni pueden las ciudades alimentarse y crecer en la paz. Auméntanse los nuevos paises en la ruina de los viejos; y las tiernas plantas, de las raíces y de la sombra de los árboles vecinos impedidas, no tienen poder para levantarse. No se puede engrandecer Roma sin destruir nuestra ciudad, ni acabar nuestra ciudad sin la guerra. El mover las armas por destruirla puede dar ocasion para crecerla. No todos los fuegos se oprimen con la ruina, ó se ahogan con la sangre. Aquello que no tiene alimento no tiene vida, ni necesita de otra ruina si por sí se consume.

Con toda arte se debe procurar la paz con un pueblo que no puede tener peor guerra que la paz. No faltan modos honestos para disfrazar las injurias sufridas. La necesidad no ofende, el pariente no es enemigo, el matrimonio no es litigio. Las injurias de los dioses se dejan á los dioses. Ellos fuéron ofendidos, no los hombres; y si los hombres, no la ciudad; y si la ciudad, no por esto se ha de correr á las armas. El vengar las injurias, el remunerar los beneficios, el amar, el aborrecer, son afectos de hombres particulares. Las repúblicas, las señorías tienen por esfera de su actividad el interes: fuera de él no ven, no oyen; él es objeto de sus sentidos, movedor de sus afectos, regalo de sus pasiones.»

La disonancia que hacia la remision de Tito Tacio, juntamente con la impaciencia de los otros pueblos, fué saludable armonía para la grandeza de los romanos; que si ella estuvo cerca de perderse con la fuerza de los sabinos asaltada, ¿qué juzgamos que la hubiera sucedido con el socorro de tantos confederados?

Pueblos diferentes, convocados juntamente para buscar un propio fin, no se buscan jamas con el propio fin. No por un solo camino todas las lineas van á un mismo punto; y muchas veces están juntas, y son contrarias. Quieren estos abatir la máquina; mas porque cada uno la arroja á las espaldas del compañero, ninguno la mueve.

Donde hay cantidad de juicios, hay cantidad de confusiones. Muchas piedras que ninguna de ellas exceda lo grueso de tres dedos, pueden bien formar una alteza de mil brazas; mas la union de muchos ingenios no sirve para aventajar á un ingenio. Juntos no se ayudan; se impiden. Ello no es verdad que dos ojos juntos vean mas que uno solo, si él ve mas que entrambos apartados, cuando se entienda que la mayor esfera de su actividad sea la mayor distancia.

No hay por esto buen partido en tales juntas, que no se eche á perder si le siguen pocos; ni tan malo, que no sea bueno si le siguen todos. Los hombres buenos deben aconsejar lo mejor y seguir tal vez lo peor, si el peor tiene mas séquito.

Pártense los ceninenses y los crustuminos y los de Antemnas, mal satisfechos de la tarda resolucion de los sabinos; y mas impacientes que todos, los ceninenses, entran en el campo de los romanos á saquearle. Tiene estímulo mas agudo que los otros afectos el deseo de venganza: mas que el de amor; porque es mas activa la sangre de las arterias que la de las venas.

No tiene comercio la cólera con la prudencia. Ella es compañera del atrevimiento: allana los principios, hace valles los montes. No teme el colérico, porque mira el objeto en cuanto le puede ofender, no en cuanto puede ser ofendido. Tiene los ojos en el término, no ve el medio; y las mas de las veces se precipita porque no conoce que se puede precipitar. Todos los espíritus concurren para ayudarle, haciéndole creer que puede mas que puede; é impidiéndose juntos, puede ménos que suele. No piensa en otra cosa que en matar el fuego que le abrasa, ni halla otra agua para apagarle que la venganza. Va por remedio á aquel que le encendió, porque le mate con su sangre; ni se sosiega, si no le alimenta aquel gusto, ó no le consume el hielo del temor.

Rómulo les salió al encuentro, desengañándolos de la vanidad de aquel enojo que no tiene el apoyo de la fuerza. Los vence, los prende, mata su capitan, toma la ciudad y vuelve á casa su victorioso ejército.

Era Rómulo no ménos en el obrar osado, que en el decir elocuente: valeroso en el obrar cosas magníficas, advertido en darlas socorro con la apariencia.

Las acciones grandes tienen necesidad de ser ayudadas, si no se quieren dejar ahogadas en brazos del desórden: al punto que hacen concebir la maravilla, luego nace el respeto.

Es posible engrandecer las obras con las palabras, la verdad con la apariencia, y no es dañoso. Se obliga de sí mismo el príncipe á cosas mayores de las hechas, si no las quiere hacer menores de las ya crecidas. Aumentar las acciones que son pequeñísimas, ocasiona risa, da nombre de vano. El ayudar las medianas aprovecha para la imitacion y da fama inmortal.

Hizo levantar los despojos del enemigo; y sobre el Capitolio, juntamente con un templo, á Jove Feretrio los consagró.

En tanto que á esta tal festividad atendian los romanos, el ejército de aquellos de Antemnas ferozmente robaba el pais. Sin dilacion los salieron á recibir con una legion, y con facilidad derramados por los campos, do robadores se volvieron robados; y los que insidiaban los ajenos bienes, perdieron su castillo propio. Mas Hersilia, mujer de Rómulo, solicitada de las lágrimas de las robadas, persuade con ruegos útiles al marido triunfante que quisiese á los padres de aquellos, recibiéndolos en la ciudad, perdonarlos.

Este modo de recibir los vencidos por compañeros, de recibir por ciudadanos á aquellos que en el propio dia habian visto por enemigos, facilitaba á los otros pueblos el guerrear; mas tambien á ellos los dificultaba el vencer. Crecia el deseo de combatir; mas disminuíase el ardor en el combatir en guerra, donde era dudoso cuál fuese mayor premio, el vencer ó el quedar vencido, mientras la pérdida era ganancia de la ciudad de Roma.

Cualquiera que leerá la historia de los romanos, mirando su modo de crecer, ó se persuadirá á creer que estos hicieron mal, ó reprenderá á aquellos que hoy tienen monarquías, y teniendo falta de gente, ántes echan los forasteros viejos, que procuran traer los nuevos, á que algunos en sus escritos los han convidado; mas la diversidad de las circunstancias no los ha dejado aplaudir el consejo. Los romanos, recibiendo pueblos de la provincia, ántes se puede decir que de muchos miembros, que no de muchos cuerpos, formaron un cuerpo. Los aseguraba de tumultos estar debajo de un propio clima, de lengua y de costumbres poco ó nada diferentes. Los aseguraba de union el ser todos nuevos, entónces tiernos, fáciles á convenirse, como de los huesos de los niños suele suceder. Los aseguraba de amor el llamarlos al grado senatorio y á otros cargos de la ciudad, que afligida de la guerra fácilmente se persuadia á aceptar compañía, aunque fuese de enemigos; de donde en llegando á mayor alteza, rehusó la de los amigos. Donde hay forma de república, ó cuerpo de senado, se pueden recibir los forasteros por compañía; mas donde hay absoluta monarquía, no se pueden (á mi parecer) recibir, sino es por esclavos. Por esto con gran juicio aquellos que han pasado de la primera edad, á los cuales es necesario admitir dentro de su Estado pueblos de lengua, de clima y de costumbres diferentes, no llaman forasteros á gozar (acaso, y aun sin duda, á enturbiar) las conquistas de su sudor.

Venidos aquellos de Antemnas, se movieron los crustuminos, y presto quedaron vencidos, combatiendo más por miedo que por esperanza, por la pérdida de los otros envilecida y quebrantada.

En las primeras guerras las palmas brotan del valor; en las demas, de la reputacion. En estas vale el haber vencido, como en las otras el vencer. Un ejórcito que tema perderse, ya va vencido de su propia credulidad: todo grito del enemigo cree por victoria; todo movimiento de los suyos, fuga: él está mas dispuesto á aquello que teme, que á aquello que no espera; y muchas veces desampara el campo, ántes porque piensa perderle, que por haberle perdido. Siempre combate aquel que cree vencerá siempre; mas quien duda, se defiende, no combate.

Rómulo, sabiendo que las ganancias del valor quieren el modo de mantenerse de la prudencia, haciendo juntar el senado, me persuado razonaria en esta manera:

«El vencer los pueblos, y no saberse aprovechar de la victoria; el sojuzgarlos, y no saber mantenerlos en amor, es un perdimiento de hombres y de tiempo: el gobernar esto es necesario y trabajoso.

No faltan medios; mas los medios están llenos de dificultad. Si se hallase regla cierta para asegurarse de la rebelion de los pueblos sujetos, yo creo que hoy el mundo fuera de solo uno; mas en los negocios políticos no hay otra regla que la fortuna.

El cautivar los ánimos con beneficios es imposible. Con otro beneficio no se puede recompensar la servidumbre, sino con volver la libertad: obligarle con el juramento es poco seguro. No son súbditos aquellos que no tienen á otra cosa sujeto el poder que á la voluntad. La libertad es natural, la servidumbre es violenta: lo violento tiene necesidad de cosa que exteriormente le impida, cuando sea verdad que su principio de ocasion interna proceda.

El desmantelar los muros de la ciudad fuerte, en entrándola, da confianza á los forasteros de apoderarse de ella. El dejarlos en pié da ocasion á los ciudadanos de levantamiento; y cuando sea útil advertimiento en los lugares que están en el centro del Estado, es sin duda dañoso en aquellos que son frontera, donde es dificultoso hacer que se puedan defender de los enemigos, y que no se puedan rebelar los amigos. No quita el ánimo para la traicion quien no quita la fuerza para defenderla.

Aquellos que á tales presidios envian guarnicion, ó edifican ciudadelas, procuran mantenerlas forzosamente, y muchas veces las pierden voluntariamente. Se aseguran de los extranjeros, se sujetan á los suyos, sobre los cuales pierden la autoridad de mandar, porque pierden el poder de castigar: se libran del peligro de un vecino, y se sujetan á la fe de un capitan; y él, si tuviere por ignominioso dar la ciudad á los enemigos, tendrá por lícito dársela á sí propio.

Quien fabrica fortaleza en las ciudades débiles, depende entónces mas de la lealtad mudable del capitan; que poco ó nada puede impedir el que es señor de la campaña, útil solo para frenar los desarmados ciudadanos, infructuoso contra el enemigo armado.

El enviar para tal efecto colonias, mayormente irrita los antiguos habitadores, y por poco espacio de tiempo mantiene los nuevos. Son plantas traspuestas: luego se acomodan al pais de donde sus raices reciben alimento. Pierden la memoria del orígen en todas las cosas, excepto en el no querer ser súbditos, mas compañeros. Los hombres que van fuera de sus paises á habitar de nuevo, no van á fin de ser siervos de los que los envian, mas compañeros iguales á aquellos que se quedan.

El tener en pié ejércitos por ahogar en la cuna los levantamientos, es el mayor y tambien sería el mejor de los remedios, si no estuviese luego en el arbitrio de los generales el hacer que se volviesen todas las repúblicas monarquías, y despues en la monarquía hacerse señores.

Quien estuviese seguro de salir siempre victorioso, no habia de buscar otros modos de asegurarse. Si se vencen los enemigos, se frenan los amigos, porque temen mas y porque se avergüenzan ménos; mas lo que sucede de las guerras es incierto, y es casi cierto que á las pérdidas suceden los levantamientos.

Tendria ya por bien aconsejado parecer, por la necesidad presente, el enviar colonias. Si desagravase de esta suerte la ciudad de mendigos, no se partirian los hombres valientes de Roma, viéndola encaminada á cosas gloriosas; y estando siempre en el contorno de nuestros muros los pueblos sujetos, con tener siempre pronto el ejército, asegurarémoslos de los enemigos, á nosotros de la rebelion.»

Fuéron conforme al sentimiento de Rómulo escritas colonias en los lugares conquistados.

Movieron entre tanto los sabinos el ejército contra los romanos: guerra cuanto mas tarda mas de temer, guiada de la razon, despojada de los primeros ímpetus de la cólera, y no descubierta hasta que fué presentada.

Procuran los sabinos mas asegurar el Estado, que desfogar el enojo: asaltan la ciudad, no los ciudadanos, por sujetarla, no por vengarse. El temor de la grandeza de Roma es la ocasion del movimiento: el dolor del robo es el principio de moverse.

Los Estados que duermen quietos, porque son amigos de los vecinos, tienen gran dicha si encuentran alguna ocasion de enojo; y los hombres advertidos, en semejantes casos la buscan, porque el pueblo no se deja persuadir sino de lo que ve: él juzga con la vista, no con el entendimiento; ni hay argumento eficaz para él, que le contraste la apariencia. El tener amistad con los vecinos es bueno. Sobre aquella fundar la seguridad del Estado es malo. Son buenos para amigos si se consideran por enemigos, para que deban amar y no puedan ofender. La alteza de aquel edificio que agrada cuando uno cree que le ha de servir de habitacion, le aborrece cuando le considera como precipicio.

Entran los sabinos con engaño en la roca de Roma,

por haber sobornado con oro la hija de Spurio Tarpeyo, capitan de la fortaleza; pero no sin la muerte de la traidora mozuela, ó fuese el odio de la traicion, ó temiesen el daño del ejemplo, ó esperasen mayor gloria de persuadir que fué victoria de la fuerza, y no del engaño.

Hace que amargue la dulzura del beneficio la obligacion que deja: ó se remunera, y se vuelve igual provecho al bienhechor; ó si es ingrato, se adquiere igual vergüenza al beneficio. Parecen suaves aquellos que se reciben por traicion. Ello es tan aborrecible, que quita el mérito á las acciones. El traidor no se puede quejar sin acusarse á sí mismo. La ingratitud se vuelve alabanza, la remuneracion vituperio; y quitando de esta manera la esperanza á los otros, se recibe un nuevo beneficio del ser agradecido. Ocupado el Capitolio, el dia siguiente, en el llano que se extiende entre el Capitolino y el Palatino monte, se dieron la batalla; en la cual, por la muerte de Hostilio, que á Metio, general de las escuadras sabinas, se oponia, comenzó á ceder la juventud romana. Rómulo, llevado de los que se retiraban, se detuvo sobre el monte Palatino. Vota un templo á Jove, le ruega por la victoria que no deja de procurar.

Por demas se piden socorros del cielo. Muchos los llaman y los impiden: otros piden favor, si se contrastan las ayudas del cielo, dejándose á sí mismos; y contradiciendo con las obras las palabras, muestran que no desean lo que han suplicado, y haber rogado para no ser oidos.

Arrójase Rómulo donde el peligro es mayor, síguenle los mas valientes, retraen á Metio en una laguna; y allí, quién por socorrer al capitan, quién por oprimir al enemigo, concurrieron con todas sus fuerzas los dos ejércitos.

La muerte de los capitanes valerosos hace perder las batallas. El peligro de la muerte hace alcanzar las victorias. Corren todos á pelear, porque esperan premio de librarlo, y porque temen daño de perderlo. Se debe salir al encuentro á todo peligro, cuando está en peligro el Estado.

Todo estaba en duda entónces, cuando en medio de la sangre y de los muertos se arrojaron las mujeres sabinas, pisando el propio temor con el mal que temian en los otros. Sueltos los cabellos, despedazadas las vestiduras, vueltas á los hermanos y á los padres, decian:

«Muy tarde se toma venganza de las robadas, agora que la violencia se ha vuelto amor; el matrimonio arrebatado tiene ya hijos. Seamos madres, seamos mujeres á quien quereis vengar, si no hay quien de otro sea ofendido, mas que del ser vengado. Vosotros no podeis restaurar los daños, y quitais la recompensa de los daños. Vosotras vengais la virginidad ya perdida, con quitar la fecundidad ántes producida de ella; vengais el robo de las hermanas, con el homicidio de los cuñados. Perdonad á los inocentes. Si quereis venganza, solo se quiten de este cielo enojado las que fuéron ocasion de tantos males. Bien que nosotras no tenemos culpa, es en cierto modo culpa el ser ocasion de las grandes desdichas. Aman ellos vuestras hermanas, nosotras vuestros enemigos. Cortad estos brazos, que tantas veces han sido cadena de sus cuellos; pasad estos pechos que crian vuestros enemigos. Cancélense las injurias de los besos y de los abrazos, con las heridas y la sangre, ¡oh mas desdichadas en el ser vengadas, que en el ser robadas! Ea, maridos, arrimad las armas, dejáos morir en la guerra donde es mas gloria el morir que el vencer: donde la victoria es parricidio.»

Tales y mas ahogados afectos salian de la boca y de los ojos de las afligidas sabinas, cuando se suspendieron los dos campos, ó encautados de los lamentos ó inducidos del peligro, que, siendo igual, tenian mas necesidad de quien quisiese ponerse en medio, que de quien supiese persuadirlos.

Siempre hubo en el mundo pobreza de quien quisiese mediar los negocios. Ha arruinado mas príncipes la vergüenza de ceder, que la ansia de vengarse. ¡Cuántos han corrido á precipitarse por no hallar alguno que les rogase que no se precipitasen!

El calor y el frio están juntos en lo tibio, porque muchas veces se juntan los contrarios habiendo medio; mas cuando falta, no se unen, ántes se destruyen.

En los negocios ya cansados y á las dos partes peligrosos, se ponen por medianeros de buena voluntad los hombres prudentes; y son ántes ocasion, que causa de la concordia, porque fácilmente se deja persuadir de otro aquel que ya de sí propio estaba persuadido. Se sosiegan los elementos contrarios en el misto, cuando están cansados de combatir.

Los matrimonios violentos entre extranjeros, porque tienen siempre por medios para la paz aquellas mujeres de donde trajo su orígen el movimiento, empiezan con la guerra y acaban con la paz. Peores son los voluntarios entre enemigos: sirven por blanco á algun presente acomodamiento; empiezan en risa, y acaban en llanto. Malísimos son cuando con violencia prosiguen en los enemigos, que no teniendo algun instante bueno, las obligaciones de amor sirven de incentivo al enojo. Cesando el rumor, tratan el un capitan y el otro de medios, por hacerse amigos juntamente; y como no solo el enojo, pero aún mas la ambicion de mandar; tuvo parte en la guerra, así tambien tuvo lugar en la paz.

¡Oh engaño de los hombres, que la ansia del dominio hacen que parezca necesidad de venganza! Muy diferente es la ocasion verdadera de la aparente. Aquella vuelve el pensamiento contra el Estado, esta contra las personas. La una, despues de cualquier desahogo, como fundada en el aire, se desvanece; la otra siempre está obstinada; vuélvese herencia en los sucesores, crece en el logro de sus pensamientos, el fin se sirve de principio, tal vez se vuelve medio, y para tal ansia es muy angosto el mundo.

Somos nosotros ruinas de nuestros deseos, pues impedimos el fin de quererlos conseguir, y en el mas humano afecto inhumanos. Matamos por dominar aquella gente que muerta no puede ser vencida. ¿Qué otra pasion se halla en los hombres, á quien suceda que, procurando descansar, se pierda parte de lo mismo en que puede descansar? Fué puesto en todos este afecto por volver trabajoso á uno solo el imperio de todos, y por ventura no bastaria, si cada uno no le impidiese en sí mismo, facilitando con el vencer el ser vencido.

Nuestro mismo cuerpo, miéntras procuramos que viva, le acercamos á la muerte, no sabiendo tampoco en esto vencer los enemigos sin pérdida de los amigos. La victoria que de los males se tiene con las medicinas, siempre nos debilita; y finalmente con tanta facilidad perdemos alguna vez, como otra con violencia quedamos victoriosos. Aquella fuerza con que se conquistan los Estados, conviene tener para guardarlos. Los pueblos que con sangre vencen, con la sujecion sujetan al vencedor : en la obediencia impiden el dominio, en la pérdida detienen la victoria.

Por esto no son eternas las cosas debajo de la luna; porque todo lo que hacen venciendo, pierden, y haciendo, padecen.

Dichosos se pueden llamar aquellos príncipes que heredan los Estados; sagaces aquellos que hallándolos llenos de malcontentos, dulcemente se introducen; felicísimos aquellos que sin derramar sangre, con sola la reputacion ó con semejante modo se hacen señores. Estos, á manera de rios, cuanto mas van mas crecen; donde aquellos que adquieren con la violencia, pierden con la fuerza la fuerza : á semejanza de las abejas, quedan sin armas en hiriendo á otro.

Acaban estos la guerra juntando tambien los ánimos con la ciudad; acuerdo mas útil á Roma, porque la aumenta, que no le hubiera sido la victoria que la habia de acabar. Quieren los sabinos librar su patria de una enfermedad, y sacándola la mejor sangre, la exponen por cualquier pequeño accidente á la muerte. Quieren acabar á Roma, y la crecen. Traen piedras para apedrearla, y con ellas la edifican. Los principales de los sabinos quedan senadores, y Tito Tacio compañero del rey.

Podia él claramente conocer, en el caso de Remo, por mas seguro partido el ser enemigo, que el ser compañero de Rómulo.

El ejemplo, si es de alguna accion que sucedió felizmente, nos atrae á seguirle; mas si sucede que sea de algun desdichado accidente, no por esto nos aparta del obrar, porque los hombres tienen mayor esperanza de la buena fortuna, que temor de la mala; se fingen la similitud donde no la hay; y donde se halla, hacen nacer la disparidad, ó por animarse ó por envilecerse.

Consiente Tito Tacio que le ciegue el verse compañero del rey. Deja el antiguo cetro en que mandaba, solo por tener parte en el de otro. Bebe el veneno, porque está dulce la orla del vaso; no ve que se engrandece Roma, porque él la engrandece.

No hay mayor gusto que este; no hay engaño que se le iguale : él es el precipicio de los mas sabios, él es la mina del mas poderoso. Las cosas que están en nosotros, en nosotros no las vemos derechamente, sino en otros con la reflexion.

La propia hermosura no se conoce sin espejo; y si es espejo de la propia grandeza aquel que habemos engrandecido, se mira grande con gusto, se querria ver mayor, no porque es, mas porque pensamos serlo nosotros. No se sospecha de él, porque no se espera ingratitud de él. No se teme, porque no se estima. Parece que debia ser mas fácil el deshacer que el fabricar.

Es verdad que las torres que se han alzado se pueden fácilmente bajar, mas no los hombres. No es toda de aquel la grandeza, que fabrica grandeza, donde él no fué solo en fabricarla. Se llama dar ayuda, no engrandecer, cuando el sugeto concurre no solamente pasivamente recibiendo, mas tambien obrando activamente. De aquí es que donde pensamos haber fabricado una grandeza menor que la nuestra, hallamos que ellos mismos se han fabricado una mayor.

Reinaron juntos estos reyes largo tiempo concordes.

Espántome de Rómulo, que no habiendo podido sufrir pocos dias la compañia de un pariente y hermano que le habia dado la naturaleza, púdo acabar consigo el sufrir por muchos años la de un émulo que le dió la fortuna; mas él puede ser que desease del hado la muerte del compañero, ó esperaba la ocasion del tiempo, por no descubrir que el homicidio del hermano fué promovido de codicia de reinar, no de celo de justicia.

Debilitan las culpas presentes las excusas pasadas. Por una vez se puede ser malo y mantener la opinion de bueno. La repeticion de los actos viciosos hace creer que nacen de la mala naturaleza de los hombres, y no de la necesidad de las ocasiones.

Los sagaces se fingen siempre buenos por poder importantemente ser una vez malos; y es este mayor vicio que los otros, porque está mas que los otros en los confines de la virtud. ¿Qué se podia creer mejor de quien no tenia otra religion que el interes, otro deseo que de gloria, otro pensamiento que el de mandar solo?

De aquí no pudo sufrir la compañia de hermano, la ayuda del Senado. De aqui, por no tener que temer á Dios, queria le tuviesen por hijo de Dios.

El rey no quiere compañia, la toma por no tenerla. El reino sufriria dos señores, si el rey pudiese sufrir un compañero. El gobierno de dos no desagrada á los súbditos, porque el número de los ciudadanos, siendo compuesto mas de malos que de buenos, más desea el mal que el bien. No se puede errar sin que haya enmienda, ni ser ofendido sin que haya defensa.

La pérdida de la gracia de un señor es segura disposicion para adquirir la de otro. Todo es lícito, ménos lo que es ilícito; y si no fuese que la ciudad primero se divide y luego se deshace, semejante servidumbre sería mas favorable que la libertad, al ménos conforme al uso que llama vivir libre el vivir licencioso.

El reino es góbierno de uno, la república de muchos. Esta con el retirarse, aquel con extenderse, se corrompe.

Dos señores buenos muchas veces se vuelven malos; mas dos malos raras veces se vuelven buenos : es mejor que sean tres, porque se puedan reducir mas fácilmente.

Ya pasaba el quinto año de Tito Tacio, cuando sus allegados mataron unos embajadores de los laurentos. Rómulo, que hasta aquella hora habia tenido oculta la discordia con su compañero, lo dejó salir fuera vestido de religion; y por mostrarse pio é impio á su compañero, exclamó que se debian entregar á los laurentos los culpados en tan gran maldad; mas no pudo cumplirse su deseo, si su deseo era de cumplirlo.

No consiente Tito Tacio que sean castigados, no por su salud de ellos, mas por conservarse á sí mismo los confederados antiguos y adquirir otros de nuevo, mostrándose obstinado defensor de los suyos aun en las cosas injustas.

Los laurentos, ó tomasen ánimo de la disension ó se le diese Rómulo, mataron á Tito Tacio miéntras atendia á algunas cosas sagradas.

Yerra el súbdito, y matan al señor. No habria malos si no hubiese protectores de malos. La permision es amparo. Las primeras culpas son de quien las hace, las segundas de quien las permite, y en todas tiene parte el principe, si todas no las castiga.

Sospechan los sabinos que Rómulo tuvo parte en la muerte de su rey; mas él, queriendo dar señal de reverenciar la justicia y de no temer la violencia, no se muestra del todo alegre, por no parecer impío, ni totalmente triste, por no parecer cobarde.

Una afectada disimulacion de dolor, donde el dolor puede mostrar á uno inocente, donde la culpa es de peligro, y el peligro de levantamiento, á mi parecer es mas dañoso que útil consejo. Ella es argumento de miedo; y este, de poder ser ofendido el poder : ó creido ó conocido, luego sucede la ejecucion. Quien no hace que el pueblo tema, se hace temer del pueblo. Son impedidos con mayor facilidad sus tumultos de los hombres intrépidos, que de los prudentes; porque él estima mas el pecho que el cerebro, y se deja mas fácilmente forzar que persuadir.

No hacen los principes mayor yerro que cuando muestran que pueden ser ofendidos. Solo el posible es objeto de la voluntad : ni nos movemos á desear aquello que es imposible de alcanzarse. Siempre se ha de conservar el temor, mas jamas se debe mostrar.

Renueva Rómulo la tregua con los lavinios, y en tanto que de estos se asegura, le entran los fidenates la guerra hasta los propios muros; mas él los vence luego con el favor de artificial maestría.

De verdad los romanos tuvieron favorable la fortuna : todas las cosas ocurrian á engrandecerlos; muchos de ellos podian arruinarlos, y ninguno sabía.

En el principio, cuando el oprimirlos era fácil, no hubo alguno que se moviese; cuando estaban crecidos, por el comun peligro cada particular quiso por sí emprender la guerra; y donde todos pudieron vencer, cada uno fué vencido.

Cuando no sujetan las armas á los enemigos, los persuadian con lágrimas las mujeres, última y fatal defensa de los muros de Roma.

Yo no soy del parecer de aquellos que se esfuerzan á probar que en las acciones de los romanos no ha tenido parte otra cosa que la virtud; y en esto se empeñan, como si el llamarlos dichosos fuese nota de afrenta.

¿Por qué ha de ser alabanza en el hombre el atrevimiento, y no la dicha? El no tiene mas parte en el ser atrevido, que en el ser fortunado. Puede ser que creamos que ella está fuera del hombre, porque no la vemos en el hombre; mas ella nace con nosotros, como las otras calidades; y si no es obra del entendimiento, á lo ménos es cosa que mueve el entendimiento á mandar que obre cuando es tiempo de obrar; y es una especie de entusiasmo. El hace hablar bien á quien hable, porque hable; ella hace obrar bien á quien no sabe, porque obre : fuerza y valor de la última individuacion de un temperamento, que no solo obra en el sugeto, mas fuera del sugeto introduce su calidad; de donde nacen dentro de nosotros operaciones inútiles á otros, motivadas de un no sé qué, que no sabemos qué cosa sea, y es la fortuna de aquel. Ella es un encanto del temperamento, como la retórica, de la lengua; y se hace servir de todas las otras partes del hombre. Ella es llamada instable, no porque cesa de ser buena, mas porque cede á otra mejor.

Los veyentanos en los rumores de los vecinos dormian quietos, á manera de los que están adormecidos con letargo, los cuales tal vez despiertan cuando llegó la hora de morirse.

El resplandor del fuego, que abrasa los que están cerca, engaña el ojo. Parece hermoso, porque reluce; parece bueno, porque alumbra. No se siente el mal hasta que se toca el daño.

Entran á saquear el pais : no esperan al enemigo, y vuelven á casa. Los romanos, ya que no los alcanzan en su campaña, van á la ciudad de Veyos : sale el enemigo á encontrarlos, y con su pérdida da la batalla.

Los romanos saquean el pais; y finalmente, á los veyentanos que pidieron paz, se la concedieron por cien años.

Rómulo en tanto, por hacer reseña de su ejército, oraba en el campo vecino á la laguna Caprea. Levantóse un gran temporal con tempestad y truenos : desapareció se despues que cubierto de una densa tiniebla se ausentó de los ojos de los que le oian.

Sospechó el pueblo que los senadores, á quienes habia quitado la autoridad, le habian muerto.

Siempre es siniestra la fama en el fin de los poderosos, como que la muerte deba temer de embestir con ellos, si no es violentada.

O porque ellos han ofendido á muchos se tiene aquella por venganza de los hombres, siendo naturaleza de la cosa; ó acaso piensan que el arte es gran reparo de la muerte, y que los principes doctrinados de ella no pueden morir naturalmente, sino solo de vejez ultimada.

Alborótase el pueblo : hierve, mas no vierte fuera del vaso el hervor; muéstrase pronto á seguir al que quisiere venganza.

Un senador que en aquella ocasion se hubiera hecho cabeza del pueblo, se hubiera hecho sin duda cabeza de la ciudad.

Julio Próculo los socorrió, afirmando que habia visto subir al cielo á Rómulo, y que mandaba que le llamasen dios Quirino. El pueblo lo cree, se quieta, y en lugar de vengarle le sacrifica.

Quita el mérito á las acciones de Rómulo miéntras le aumenta : la naturaleza disminuye la maravilla y crece la reverencia. Abate la divinidad, si él la cree de tan poco; envilece la humanidad, si no la estima en tanto. Es fácil el vulgo en deificar los principes.

Aquel que ve mayor entre muchos hombres, cree ser mayor en la vanidad; toma el género sobre pocos individuos; donde él no llega con la vista, cree que es lo infinito, y argumento de la superioridad del poder, la superioridad de la naturaleza.

Estas fuéron las acciones que en guerra y en paz hizo Rómulo, á quien no faltó el ánimo para no recobrar, ni la advertencia al reino, ni el consejo para hacerle suyo, ni la prudencia para fortalecerse la paz, que de tantas victorias suyas facilitada pudo tambien despues, por la virtud que habia impreso, ser gozada de los venideros por largo tiempo.

Vivió Rómulo glorioso por sus grandes acciones; y falleciendo en medio de ellas ántes de probar fortuna adversa, murió glorioso.

No basta la fortuna para engrandecer á los hombres, si con ella no concurre la virtud; y es vana la virtud donde falta la fortuna. Son, á mi parecer, mas desdichados que otros que son mas dichosos, si pasaran mas allá de los efectos felices, ántes de los consejos dichosos. Y porque no tienen razon que dar de sus buenos efectos, se enderezan á ellos sin razon, como que las pasadas dichas sean claras demostraciones de las futuras glorias, y no ántes argumentos de vecinas miserias, en un mundo donde la estrella que á la mañana está alzada en el cenit de nuestra cabeza, á la tarde se halla en el nadir de nuestros piés.

La virtud, cuando está sola, no se conoce: los consejos no tienen para aprobacion otra cosa que el suceso; y si aquella se conoce, ó se desprecia como inútil ó se llora como infeliz. Si el Señor Dios permitiese que sucediesen todos los efectos á las cosas contra las razones de nuestra prudencia, sospecho que creerian los hombres que el acaso gobernaba el mundo; si todos sucediesen conformes á nuestra prudencia, estoy por decir que la flaqueza humana la deificara, donde ahora es forzada á creer, aun con sola la lumbre natural, que en ella hay una cosa fuera de nosotros, en la cual está todo.

Aquellos que tienen hermanada la virtud con la fortuna, atribuyen todos los sucesos á su misma prudencia, y no quieren reconocer la fortuna por nada; y por esto tendrian necesidad de saber que ella es gran parte en los negocios, para que asi temiesen aquella instabilidad que de otra parte no puede temerse.

Rómulo fué grande por la virtud; fué guardado por la fortuna hasta que perficionó su grandeza. Suele ser acusada la virtud como hermosa, mas no como instable. Las fatigas suyas ordinariamente carecen de fruto: las dádivas de esotras, de se. Puédese llamar dichoso Rómulo, pues tuvo fructuosa la virtud y la fortuna firme.

Y por compararle á algun antiguo, no es de olvidar la semejanza que tuvo con Moisen. El uno y el otro fuéron en su nacimiento arrojados en las aguas de un rio: Moisen por el medio de Faraon, Rómulo por el de Amulio. Entrambos dichosamente se libraron de la agua. Moisen pasó su niñez en hábito de pastor, Rómulo se crió entre pastores, Moisen ocasionó la muerte de Faraon; Rómulo mató á Amulio. Fué caudillo del pueblo el uno, y el otro introductor del senado y dador de leyes; y así como tuvieron tanta semejanza en el príncipio de la vida, así no les faltó en la muerte.

Arrebata el Señor á Moisen de los ojos de los israelitas, le encamina á un monte, muere, lo entierra sin que se penetre su muerte.

Rómulo fué arrebatado de los ojos del pueblo; fué llevado á algun lugar solitario; fué muerto por los senadores, y enterrado, sin poderse saber su muerte: semejante caso, de diferente ocasion y de diferente fin, porque fué producido de contrario agente.

El Señor Dios, porque veia los israelitas inclinados á la idolatría, para que no adorasen á Moisen como dios, no quiso que viesen sus huesos sepultados.

El enemigo del Señor, por mantener en idolatría los rómanos y que Rómulo fuese adorado como dios, procura que no se sepa su muerte y que no se vean sus huesos. Uno, porque no se halla, no es adorado; el otro es adorado porque no se halla.

Los errores morales de Rómulo fuéron el robo de las sabinas, la muerte del hermano y la del compañero. Error político fué solo dar tanta autoridad al senado, y despues querérsela quitar.

¡Resbaladizo camino es el manejo del Estado! Basta una sola accion mala á hacer despeñar un príncipe que se haya ennoblecido con muchas buenas.

Yo no me acuerdo que haya dado al traves algun señor por haber dado autoridad al senado, mas ántes me acuerdo que se hayan perdido por habérsela quitado. Si los hombres hacen yerros, se han de castigar los hombres, no las dignidades; y si estas se temen, ¿por qué se erigen? Mas de verdad no es miedo el que incita á semejante maldad; es fuerza del dominio. De otra suerte no dejarian el grado cuando quitasen la autoridad, quedando sujetos al peligro, no ménos del poderse juntar, que del poder mandar.

El instituir, el permitir en el princípio de las señorías el senado, no se hace solo á fin de que los sujetos se contenten de su servidumbre, mas porque los príncipes verdaderamente se satisfacen tambien del gobierno de ellos. Es naturaleza del principio, no arte del mandar.

Quien se arroja á un gran salto, se contenta de llegar á la orilla del foso, mas despues no se detiene allí.

El entendimiento del hombre, porque no tiene fin adecuado en este mundo, todo lo que se le pone delante apetecible lo apetece como fin; y apénas lo ha conseguido, cuando lo hace servir de medio para alcanzar otro fin que aquel le tenia cubierto; y tanto dura el ser fin, cuanto tarda en ser conseguido.

Toda poca posesion parece mucha donde no se tiene nada; mas donde se tiene alguna, toda la que basta parece nada si no se tiene toda.

Fué al principio Rómulo seguido de los mas nobles, porque los acarició con darlos autoridad. En la fin fué aborrecido, porque los irritó quitándosela.

Aquel senado, que él habia instituido, no le pudo sufrir; y ellos, el que aceptaron por príncipe, le querian compañero. El, los que escogió por ministros, queria por esclavos. Pasa cada uno su límite: aquellos en el obedecer, estos en el mandar.

El senado, que fué instituido para ayudar á su príncipe, trata de abatirle. El príncipe, que debe regir el senado, le quiere aniquilar.

Aquel magistrado en los dominios es durable, que trata de obedecer, y pretende mandar como ministro y no como señor.

Yo no tengo otra desdicha que contar de Rómulo que esto de que procedió su muerte; y aquella aun fué dicha, porque fué ántes de la madura edad, porque fué súbita.

Si la muerte no tiene otra cosa mala que los ansiosos pensamientos del ánimo y los dolorosos tormentos del cuerpo que la preceden, la que viene antecediendo las ansias, aquella que arriba presto, previniendo los dolores, será buena.

No hay mejor cosa en el universo, que aquella que es la peor en el individuo: la basa, sobre la cual levantándose este coloso del mundo descubre sus hermosuras, es la muerte. Ella es la parte mas grave del concierto donde están apoyadas todas las consonancias de este mundo.

¡Qué cosa fuera si despues de la pérdida de la justicia original, no se muriera! Su temor enfrena los hombres dichosos: su esperanza entretiene los desdichados contra la maldad.

Quien quitase la muerte, quitaria de la fábrica del mundo la piedra angular; quitaria la armonía, el órden; ni dejaria otra cosa que disonancia y confusion.

El órden del universo es contrario al de los individuos. Los cielos, que se vuelven por singular naturaleza de occidente á oriente, son de la naturaleza universal, cada dia traidos de oriente á occidente.

La muerte no puede ser mala ni con dolor, si es verdad que es natural el morir; porque las cosas naturales son buenas. Yo me aviso que el acabar la vida decrépito, es dormir, ó morir ménos. Y si acaso entre las peores cosas se cuenta el morir, es sin duda que es una de las mejores el ser muerto.

Conviene vivir considerando que se ha de morir. La muerte es siempre buena. Parece mala á veces, porque es malo á veces el que muere.

Viva el hombre inocente, que por él se dirán los recuerdos de la muerte á fin de alegrarlo; y si no fuese la fragilidad de la naturaleza mal firme, yo me doleria que ella viniese incitada al bien obrar con el temor de la muerte, ó halagada con el amor del premio.

Basta por temor la fealdad del mal obrar : basta por premio la hermosura del bien hacer; y si despues el hombre quisiere considerar que se reciben premios, po-

dria considerar los premios ya recibidos, cuando sacado de la nada, fué criado á la inmortalidad.

Ni tampoco me satisface el obrar bien por agradecimiento; mas mucho más por aquel amor que se debe á la naturaleza infinitamente amable de Dios.

Digamos pues : No os amo, Señor, solo porque me habeis criado; ántes volveré á la nada por vos. Ni os amo porque me prometeis la vision bienaventurada de vuestra divina esencia; ántes iré de mi voluntad al infierno por vos.

No os amo, mi Dios, por temor de mal; que si es vuestra voluntad, yo le apeteceré como sumo bien. Os amo porque sois todo amable, porque sois el mismo amor.

Ea, Señor, si yo no os amo como enseño á otros que os amen, socorred á la flaqueza de mi miseria con la eficacia de vuestros socorros, moved mi entendimiento, enderezad mi voluntad; miéntras yo á honra y gloria de vuestro gran nombre, en el cual deseo acabar la vida, acabo el libro.

FIN DEL RÓMULO.

MARCO BRUTO.

ESCRÍBELE POR EL TEXTO DE PLUTARCO DON FRANCISCO DE QUEVEDO VILLEGAS, CABALLERO DEL HÁBITO
DE SANTIAGO, Y SEÑOR DE LA TORRE DE JUAN ABAD.

AL EXCELENTISIMO SEÑOR DON RODRIGO DIAZ DE VIVAR Y MENDOZA DE LA VEGA

Y LUNA, duque del Infantado, señor de las casas de Mendoza y de la Vega, conde de Lerma y marques de
Cea, marques del Cenete, marques de Santillana, marques de Argueso, marques de Campoó, conde de Sal-
daña, conde del Real de Manzanares, conde del Cid, señor de Hita y Buitrago, señor de las baronias de
Alberique, Alcocer, Alazquer y Gavarda, señor de la provincia de Liébana y de las hermandades de
Alava, señor de la villa de Jadraque y su tierra, señor de las villas del sexmo de Duron, señor de Ayora
y Tordehumos, etc.; comendador de Zalamea, de la órden y caballeria de Alcántara, mi señor.

EXCELENTISIMO SEÑOR,

Marco Bruto (excelentisimo señor) fué por sus virtudes, esclarecida nobleza, elocuencia incomparable y valor militar, el único blason de la república romana; lo que mostró véndose en
defensa de la patria á los riesgos de la batalla farsálica, en que se perdió con el grande Pompeyo
en las guerras civiles. Envíole á vuecelencia para que, escrito, aprenda con mortificacion suya
á militar en semejantes guerras parientas con victoria. Tales han sido las de Cataluña, con el raro
y sin comparacion glorioso suceso de Lérida, en cuyo sitio vuecelencia ha sido soldado en el
ejército y ejemplo á los soldados, coronando su grandeza mas gloriosamente con lo rústico de
la fagina, que con las presunciones del laurel, cuyas ramas mancilla la recordacion de haber
sido ninfa. No pidió menor desempeño el determinarse vuecelencia á seguir como le fuese posible el ejemplo nunca bastantemente admirado de nuestro grande, mayor y máximo monarca
don Felipe IV: su determinacion añadió al ejército lo que le faltaba para tan dilátada circunva-
lacion; su constancia ha sido bateria; sus órdenes, victoria; su piedad magnanima, logro del
triunfo. Esto pues, estando tanto peor alojado que los mas pobres mosqueteros, cuanto es peor
que una barraca un hospital, siendo así que Fraga lo ha sido de todo el campo, habitada del
horror, de heridos y muertos: sitio ménos seguro de la enfermedad y del enemigo, que los cuarteles. Señor, no presumo que vuecelencia leerá este libro; prométome le recibirá. Séame lícito
compararme conmigo: si todo lo que he escrito ha sido defectuoso, esto es lo ménos malo. Si
algo ha sido razonable, esto es mejor. De mucho que debo á vuecelencia le doy lo ménos, y
me quedo con lo mas. Lo que envio es una demostracion en pocas hojas. Quédome con inmenso
cúmulo de honras y favores que de vuecelencia he recibido. Guarde nuestro Señor á vuecelencia, como deseo.—Madrid 4 de agosto de 1644.

Don Francisco de Quevedo y Villegas.

JUICIO QUE DE MARCO BRUTO HICIERON LOS AUTORES EN SUS OBRAS.

Ciceron, libro 14 *De las epistolas á Atico*, epistola 17.

Siempre amé, como sabes, á Marco Bruto, por su ingenio sumo, suavisimas costumbres,
singular bondad y constancia; empero en los idus de marzo tan grande amor añadió al que le
temia, que me admira hubiese lugar de aumentar la aficion que á sus méritos, en mí, parecia no
poder ser mayor.

Velleyo, en el libro 2 de su historia.

Fué, empero, Casio tanto mejor capitan, cuanto varon Bruto. De los cuales mas desearas á
Bruto por amigo, y mas temieras á Casio por contrario: en el uno era mayor fuerza, en el otro
mayor virtud. Los cuales si vencieran, cuanto importara á la república más que reinara César que Antonio, tanto fuera mas útil tener á Bruto que á Casio.

Séneca, en el libro 2 de los *Beneficios*, cap. 20.

Suélese disputar de Marco Bruto, si por ventura debió recibir la vida del Divo Julio, supuesto habia determinado darle muerte. La razon que siguió en dársela, otra vez la trataremos. Cuanto á mí, si bien en otras cosas fué gran varon, en este hecho vehementemente juzgo que erró, y que no se gobernó segun la doctrina estoica; porque ó temió el nombre de rey (cuando debajo del poder del rey justo se juzga el mejor estado de la república), ó allí esperó habia de haber libertad, donde habia tan grande premio al mandar y al servir; ó se persuadió que la república se podia restituir al estado antiguo, perdidas las costumbres antiguas, y que allí habria igualdad del derecho civil, y que allí estarian las leyes en su lugar, donde veia pelear tantos millares de hombres, no por si servirian, sino por á quién servirian. ¡Oh cuánto olvido le embarazó, ú de la naturaleza, ú de su ciudad, pues muerto uno, creyó faltaria otro que quisiese lo propio! ¿Pues no se halló Tarquino, despues de tantos reyes muertos con hierro y rayos? Empero debió recibir la vida; mas por esto no le habia de tener en lugar de padre al que por la injuria habia venido al derecho de dar el beneficio. Porque no le guardó quien no le dió muerte: no le dió beneficio, sino licencia.

Séneca, en el libro de la *Consolacion á Helvia*, cap. 8.

Marco Bruto juzga que basta á los desterrados (por consuelo) llevar sus virtudes consigo.

En el propio libro, cap. 9.

Bruto, en el libro que compuso de la Virtud, dice: «vió á Marcelo desterrado en Mitilene, y que vivia beatísimamente, cuanto entónces permitia su naturaleza; que nunca habia estado mas codicioso de las buenas artes que entónces.» Por esto añadió «que le parecia que iba él mas desterrado en volver sin él, que Marcelo en quedar desterrado». ¡Oh mas dichoso Marcelo en aquel tiempo en que Bruto aprobó tu destierro, que en el que el pueblo romano aprobó tu consulado! ¡Cuán grande varon fué aquel que obligó á que alguno se juzgase desterrado en apartarse del que estaba desterrado! Cuán grande varon fué el que admiró al varon que á su mismo Caton fué admirable.

El autor del *Diálogo de los oradores*, que con nombre de Quintiliano abulta las obras de Tácito, cap 25.

Porque me persuado que Calvo y Asinio, y el propio Ciceron, eran acostumbrados á envidiar y aborrecer, inficionados de todas las demas enfermedades humanas; solamente juzgo que entre todos estos, Bruto descubrió el juicio de su ánimo, no con malignidad ni con envidia, sino con simplicidad ingenua.

El juicio de Suetonio y de los demas historiadores de César dejo por remitirme al contexto de su obra, en que habia cada uno, conforme su dictámen, con aficion ó aborrecimiento de Marco Bruto.

Floro, libro 4, cap. 7 de la *Guerra de Casio y Bruto*.

¿Quién no se admirará que á lo último los sapientísimos varones no usasen de sus manos, sino el que advirtiere que aun esto no les faltó de consideracion, por no violar sus manos, usando con su juicio de la ajena maldad en la muerte de sus santísimas y piadosísimas vidas?

Cornelio Tácito, en el libro 4 de los *Anales*, § 34, habla de los varones que alabó Tito Livio.

A este mismo Casio, á este Bruto, nunca los llama ladrones y parricidas, vocablos que ahora los aplican: muchas veces los llama varones insignes.

Aurelio Víctor, de los *Varones ilustres*.

MARCO BRUTO.—Marco Bruto, imitador de Caton, su tio, aprendió en Aténas la filosofía, y en Ródas la elocuencia. Fué amante de Citeride, representanta, en competencia de Antonio y Gallo. No quiso pasar á la Galia por cuestor, reverenciando el parecer de todos los buenos, que lo contradecian. Estuvo en Silicia con Appio Claudio, y siendo este acusado de sobornos y hurtos del erario, Bruto no tuvo nota aun de una palabra. Fué traido por Caton desde Silicia á la guerra civil, en que siguió á Pompeyo, y luego que con él fué vencido, tuvo el perdon de César; y procónsul, gobernó la Galia: al fin, con otros conjurados dió en el Senado muerte á César. Y enviado á Macedonia por la envidia de los soldados viejos, vencido por Augusto en los campos Filipicos, dió la cerviz á la espada de Straton.

CAYO CASIO LONGINO. — Cayo Casio Longino fué cuestor de Craso en Siria, despues de cuya muerte, junto lo que habia quedado del ejército, volvió á Siria. Venció á Osaco, prefecto regio, junto al rio Oróntes. Y porque, compradas las mercancías siriacas, negociaba feamente, fué llamado Cariota. Tribuno de la plebe, opugnó á César. En la guerra civil, general de la armada, siguió á Pompeyo: fué perdonado por César; empero contra el mismo César fué autor de los conjurados con Bruto; y dudando uno aquel dia en herir á César, le dijo : «Hiérele, y sea por mis entrañas.» Y habiendo juntado grande ejército en Macedonia, junto con Bruto en los campos Filipicos, fué vencido por Marco Antonio. Y como pensase que á Bruto le habia sucedido lo mismo, siendo así que Bruto habia vencido á César, dió su garganta, que se la cortase, á Pandaro su liberto. En oyendo su muerte Antonio, se refiere que dijo : Vencí.

El Dante sigue contraria opinion, y pone á Casio y á Bruto con Júdas, no solo condenándolos por traidores, sino por pésimos traidores. Desto fué causa el ser Dante de la faccion gibelina y de los emperadores. — Canto 34 y postrero del *Infierno*.

Quell' ànima lassù ch' ha maggiòr pena,
Disse 'l maëstro, è Giuda Scariòtto
Che 'l capo ha dentro, e fuor le gambe mena.
Degli altri due ch' hanno 'l capo di sotto,
Quel che pende dal nero ceffo è Bruto :
Vedi come si storce e non fa motto :
E l' altro è Cassio che par sì membruto.

El señor de Montaña, libro 2, cap. 1 de las *Costumbres de la isla Cea*, dice :

Marco Bruto y Casio, por darse muerte sin tiempo y aceleradamente, acabaron de perder las reliquias de la libertad romana.

DE LA MEDALLA DE BRUTO Y DE SU REVERSO (a).

El retrato de Marco Bruto le saqué de una medalla de plata de su mismo tiempo, original, cuyo reverso va al pié de la tarjeta, bien digno de consideracion, en que se ve entre los dos puñales el pileo ó birrete, insignia de la libertad, y abajo en los idus de marzo la fecha del dia en que dió la muerte á César. Esta moneda, preciosísima por su antigüedad, me dió el abad don Martin la Farina de Madrigal, capellan de honor de su majestad, nobilísimo caballero siciliano. Esto debe á sus ilustres ascendientes. Lo que le debemos los que en España le comunicamos, son estudios muy felices, con verdadero conocimiento y uso provechoso de las lenguas griega y latina, de que sus obras, detenidas en su modestia, serán mas venerable testimonio. Pruébase que la efigie es parecida á Marco Bruto, de la epístola 20 del libro xiv de Ciceron á Atico, con estas palabras : *Epicuri mentionem facis, et audes dicere μὴ πολιτεύεσθα. Non te Bruti nostri vulticulus ab ista oratione deterret?* «Haces mencion de Epicuro, y atréveste á decir : *el varon sabio no se ha de encargar de la república.* ¿No te espanta esta proposicion el ceñuelo de nuestro Bruto?»

Traduje la sentencia de Epicuro entera, como lo controvertió Séneca, si bien las palabras griegas solo dicen *no se ha de llegar á la república,* porque suenan truncadas é impersonales. Volví la voz *vulticulus* ceñuelo, que llamamos capotillo, y no carilla, porque esta ántes es ridícula que espantosa, y el ceñuelo amenaza, y tal se ve en la medalla.

A QUIEN LEYERE.

Para que se vea invencion nueva del acierto del desórden en que la muerte y las puñaladas fuéron electores del imperio, escribo en la vida de Marco Bruto y en la muerte de Julio César, los premios y los castigos que la liviandad del pueblo dió á un buen tirano y á un mal leal. Tropelía son de la malicia los buenos malos y los malos buenos. No pretendo que en el uno escarmienten los ciudadanos fieles, y ménos que en el otro se alienten los príncipes violentos. Sea fruto útil á las repúblicas, temeroso á los monarcas, y de enseñamiento á los súbditos, el saber recelarse del tirano que tiene algo bueno en que se disculpa y se desfigura, y del celoso que tiene algo malo en que se pierde. Y el tirano y el libertador conozcan que ni el uno logra su intento, ni el otro pierde su maldad, cuando el pueblo, en cuya memoria no tiene vida lo pasado, vende al interes propio la libertad, pobre por la sujecion, mas bien socorrida. El señor perpetuo de las edades es el dinero: ó reina siempre, ó quieren que siempre reine. No hay pobreza agradecida ni riqueza quejosa; es bienquista la abundancia, y sediciosa la carestia. La liberalidad al tirano le muda el nombre, y la avaricia al principe. Es de ver si puede ser cruel el dadivoso y justo el avariento. La comodidad responderá que este no lo es, ni el otro lo

(a) Con esta medalla, sobre cuya autenticidad discordan los numismáticos, compuso Juan de Noort la anteportada de la edicion original, para cuya inteligencia Quevedo extendió la presente nota. El haberla suprimido en cuantas ediciones aparecen posteriores al año de 1648 escitó la indignacion y censura del biógrafo Tarsia.

Campa sobre la tarjeta el anverso, con el letrero : BRVT. IMP. — L. PLAET. CEST. Al pié el reverso, con este otro : EID. MAR. Las figuras de César herido, y Antonio mostrando la túnica ensangrentada, completan á los lados la composicion. — *El Colector.*

puede ser. Puede ser que esto no sea verdad; mas no puede dejar de ser verdad que ella responderá esto. Lágrimas contrahechas se derraman por padres, hijos y mujeres perdidos, y solamente alcanza lágrimas verdaderas la pérdida de la hacienda. Yo afirmo que lo bueno en el malo es peor, porque ordinariamente es achaque y no virtud, y lo malo en él es verdad, y lo bueno mentira. Mas no negaré que lo malo en el bueno es peligro y no mérito. Enseñaré que la maldad en el mundo ántes está bien en los malos que bien en los buenos, porque tiene de su parte nuestra miseria, que sigue ántes la naturaleza que la razon. No escribo historia, sino discurso con tres muertes en una vida, que á quien supiere leerlas darán muchas vidas en cada muerte. Poco escribo, no porque excuso palabras, sino porque las aprovecho, y deseo que hable la doctrina á costa de mi ostentacion. Aquel calla, que escribe lo que nadie lee; y es peor que el silencio, escribir lo que no puede acabarse de leer; y mas reprensible acabar de escribir lo que cualquiera se arrepiente de acabar de leer.

De mí solo aseguro que ni el que me empezare á leer se cansará mucho, ni el que me acabare de leer se arrepentirá tarde. Harto haré si alcanzo á parecer bueno por poco malo, y aun esta disculpa tan culpable no se deberá á mi ingenio, sino á mi brevedad, no imitando á aquellos que ponen su cuidado en no empezar á decir sin acabar de hablar. Gastaré pocas palabras, y haré gastar poco tiempo. Este ahorro de tan preciosa porcion de la vida me negociará perdon, si no me encaminare alabanza.

Este libro tenia escrito (a) ocho años ántes de mi prision; quedó con los demas papeles mios embargados, y fuéme restituido en mi libertad. Nada de lo que es mio tiene algun precio: en todo mi propia ignorancia me sirve de penitencia. Y aunque es verdad que debo ántes sentir lo que imprimo, que lo que de mis obras se pierde, he querido advertir las que me faltaron de las que tenia con esta, para que si algun tiempo salieren, sean acusacion mia y no de otro. Las que hasta ahora he echado ménos son: *Dichos y hechos del excelentísimo señor duque de Osuna en Flándes, Sicilia y Nápoles. Todas las controversias de Séneca, traducidas, y en cada una añadida por mí la decision de las dos partes contrarias. Noventa epístolas de Séneca, traducidas y anotadas. Una súplica muy reverente á su Santidad por los españoles. El opúsculo de santo Tomas del modo de confesarse, traducido y con notas.* Todos papeles que muchos vieron en mi poder.

Don Francisco de Quevedo Villegas.

(a) En 1631. — *El Colector.*

PRIMERA PARTE

DE LA VIDA DE MARCO BRUTO,

ESCRITA POR EL TEXTO DE PLUTARCO, PONDERADA CON DISCURSOS (a).

TEXTO.

«Fué Junio Bruto aquel varon á quien los antiguos romanos en el Capitolio y en medio de los reyes erigieron estatua de bronce, porque constantemente libró á Roma de la disolucion de Tarquino y le echó de la ciudad, sacrificando al puñal de Lucrecia el nombre de rey, que despues quedó delincuente. Este fué progenitor de Marco Bruto, que escribo.»

DISCURSO.

Mujeres dieron á Roma los reyes y los quitaron. Diólos Silvia, vírgen deshonesta; quitólos Lucrecia, mujer casada y casta. Diólos un delito; quitólos una virtud. El primero fué Rómulo; el postrero Tarquino. A este sexo ha debido siempre el mundo la pérdida y la restauracion, las quejas y el agradecimiento. Es la mujer compañía forzosa que se ha de guardar con recato, se ha de gozar con amor, y se ha de comunicar con sospecha. Si las tratan bien, algunas son malas. Si las tratan mal, muchas son peores. Aquel es avisado, que usa de sus caricias y no se fia de ellas. Más pueden con algunos reyes que con los otros hombres, porque pueden mas que los otros hombres los reyes. Los hombres pueden ser traidores á los reyes; las mujeres hacen que los reyes sean traidores á sí mismos, y justifican contra sus vidas las traiciones. Cláusula es esta que tiene tantos testigos como lectores.

He referido primero la descendencia de Marco Bruto que los padres, porque en el nombre y en el hecho mas pareció parto de esta memoria que de aquel vientre.

Tenia Bruto estatua; mas la estatua no tenia Bruto, hasta que fué simulacro duplicado de Marco y de Junio. No pusieron los romanos aquel bulto en el Capitolio tanto para imágen de Junio Bruto, como para consejo de bronce de Marco Bruto. Fuera ociosa idolatria si solo acordara de lo que hizo el muerto, y no amonestara lo que debia hacer, al vivo. Dichosa fué esta estatua, merecida del uno y obedecida del otro.

No le faltó estatua á Marco Bruto, que en Milan se la erigieron de bronce; y pasando César Octaviano por aquella ciudad, y viéndola, dijo á los magistrados: Vosotros no me sois leales, pues honrais á mi enemigo en mi presencia. Ellos turbados por no entenderle, dijeron que dijese quién era su enemigo. Señaló César la estatua de Marco Bruto. Afligiéronse todos, y César, riendo, alabó á los insubres, porque aun despues de la adversidad honraban los amigos; y mandó no quitasen la estatua de su lugar, dando á entender generosamente que vivia de manera que tampoco le aborreciera vivo. A esta propia estatua de Marco Bruto invocó C. Albutio Silo, como del vengador de las leyes y de la libertad.

La sabiduría romana, que tuvo por maestro á su pobreza para premiar la virtud y la valentía, labró moneda con el cuño de la honra: batióla en el aire, y sin emprobrecerse del oro y la plata, tuvo caudal para satisfacer á los generosos y á los magnánimos. Puso asco para los premios ilustres en los metales, el verlos empleados en hartar ladrones y pagar adulterios y facilitar maldades, falsear leyes y escalar jueces. Por esto aquellos padres condenaron la plata y oro á precio desautorizado de almas vendibles y de vidas mecánicas. Honraron con unas hojas de laurel una frente; dieron satisfaccion con una insignia en el escudo á un linaje; pagaron grandes y soberanas victorias con las aclamaciones de un triunfo; recompensaron vidas casi divinas con una estatua; y para que no descaeciesen de prerogativas de tesoro los ramos y las yerbas y el mármol y las voces, no las permitieron á la pretension, sino al mérito. Cobráronlas las hazañas; no las daban ni vendian la codicia ni la pasion. Ricos fuéron los romanos en tanto que supieron ser pobres: con su pobreza se enterró su honra. Dar valor al viento es mejor caudal en el príncipe que minas, cuanto es mejor y mas cerca ser Indias que buscarlas. ¡Cuántas almas inmensas satisfizo un ramo de roble y de laurel, que con toda la riqueza de Roma, dejándola empeñada, no quedaran ricas ni contentas! Tuvo aquel senado crédito hasta que por las coronas y señales y flores dió paso á los ociosos; y hallóse fallido luego que empezó á llenar bolsas y dejó de coronar sienes.

TEXTO.

«No faltó quien dijese que no descendió Marco Bruto

(a) No llegó á publicarse la *Segunda parte*. En ella se ocupaba Quevedo el 11 de diciembre de 1644, segun carta escrita desde la Torre á su grande amigo don Francisco de Oviedo, donde se lee: «Aquí es el invierno terrible de hielo, y á mí me tiene aun sin aliento para tiritar, inútil para ningun ejercicio del mundo: con todo, voy dictando la *Segunda parte de la vida de Marco Bruto*, y he de procurar que no pierda por segunda.» Este trabajo, que interrumpió la grave enfermedad y muerte de Don Francisco, no ha llegado á nosotros. — *El Colector.*

de Junio, afirmando que no tuvo con él mas parentesco que el del nombre. »

DISCURSO.

Cuando esto fuera verdad ; ¿quién podrá negarle la consanguinidad del hecho? A muchos ha forzado la comunicacion del propio nombre á las propias hazañas y al propio valor; porque hay almas tan generosas, que aun lo delgado del apellido no consiente que degenere en ellos de la gloria con que se les derivó de otros. En dedicar á Junio Bruto estatua mostraron los romanos su agradecimiento; y dieron á admirar su providencia, en poner entre las estatuas de los reyes la de aquel que los desterró de la ciudad y dejó su nombre reo. No quisieron quedar á deber nada al ejemplo ni al castigo. Pusieron en medio de los reyes al que hizo que el postrero fuese fin de los reyes. Este sitio fué docto : este fué lugar y doctrina : no fué proporcion de la geometría, sino estudio de la prudencia. En medio de seis reyes buenos pusieron al que en el séptimo malo acabó con la sucesion de Junio, para mostrar que un rey malo merece la deshonra para el mérito de seis buenos, y que seis reyes buenos no recompensan la tiranía de uno que es malo.

TEXTO.

« Los apasionados de Julio César, que discurrian con la venganza de su muerte, dijeron que Junio Bruto no dejó hijo alguno, y que Marco Bruto descendia de un despensero de Junio. Mas Posidonio filósofo cuenta que Junio Bruto tuvo tres hijos; que murieron los dos, y que vivió el tercero. Y afirma que en su tiempo vió descendientes de Junio Bruto que se parecian á la estatua, y que ella los legitimaba con el semblante.»

DISCURSO.

Yo juzgo que no importa probar que fué su pariente, cuando ninguno sabrá probar que no fué él mismo. El que por su virtud merece ser hijo de otro, no lo siendo, tiene mejor línea que el que lo es y no lo merece. Marco Bruto fué varon tan grande, que igualmente es alabanza para Junio ser antecesor de Marco, como á Marco ser su descendiente.

TEXTO.

« Fué su madre Servilia, que se derivaba de Servilio Ahala, el que dió muerte á Spurio Melio con un puñal que traia escondido debajo del brazo, porque maquinaba hacerse tirano, concitando á sedicion y motin el pueblo. Era Servilia hermana de Caton Uticense, á quien Marco Bruto reverenció mas por las heróicas virtudes suyas que por ser su tio.»

DISCURSO.

Cuando concedamos á los que por desaliñarle la casta le dan por padre al despensero de Junio Bruto, hallarémos que por cualquiera parte deciende de puñal vengador de la libertad de Roma ; y que de los antecesores nobles suyos no solo heredó Marco Bruto la virtud, sino que la crecíó. Y si alguno tuvo vil, no solo disimuló su bajeza, sino que la ilustró. Aquel es heredero de su linaje, en cuyas obras se admiran los valientes, en cuyas palabras se oyen los sabios. El noble infame no es hijo de na-

die; porque de quien no lo es no lo puede ser, y de quien lo es no lo sabe ser. El que solo es noble por la virtud de sus mayores, dé gracias á que los muertos no pueden desmentirá los vivos; que cuando cita sus abuelos, si pudieran hablar, tantos mentises oyera como abuelos blasona. Mas honra tienen los difuntos, que soberbia los vivos que los quieren deshonrar. Si el despensero fué padre de Marco Bruto, las acciones de su hijo le desaparecieron de su linaje. Y por otra parte fué tan dichoso, que tuvo hijo de quien no mereció ser padre ; siendo así que el nacer no se escoge, y no es culpa nacer del ruin, sino imitarle ; y es mayor culpa nacer del bueno y no imitarle, cuanto es peor echar á perder lo precioso que lo vil, pues parece ántes justicia que vicio el despreciarlo.

TEXTO.

« Fué inclinado á los estudios de la filosofía, y en ellos fatigó con felicidad, y merecíó grande aplauso de los griegos. Prefirió la doctrina del divino Platon á todas, y siguióla. No aprobó la nueva y media academia, y agradóse mas de la antigua, y siempre entre todos los sabios reverenció á Antioco Ascalonita. Fué Marco Bruto en la lengua latina bien acomodado al estilo militar y cortesano. En la griega con dicha afectó la brevedad lacónica. Prueban esta sentenciosa concision sus cartas, donde pocas palabras dan luz á grandes discursos, sin que el lector eche ménos lo que falta, ni deje de leer lo que no está escrito. Lo poco en sus epístolas parece que sobra, y lo que sobrara en otro no parece que falta en él. Usó de las palabras como de la moneda : razonaba oro, y no metal bajo : valia una razon ciento. Tantos quilates subia su lenguaje. »

DISCURSO.

Puede el hombre con ardimiento y con bondad ser valiente y virtuoso; mas faltándole el estudio, no sabrá ser virtuoso ni valiente. Mucho falta al que es lo uno y lo otro, si no lo sabe ser. La valentía mal empleada se queda en temeridad, y la virtud necia hace mal en el bien que no sabe hacer ; y es á veces peor la virtud viciosa y la valentía desatinada que la cobardía cuerda y el vicio considerado, cuanto es mejor lo malo que se enmienda que lo bueno que se empeora. Poco se diferencian el hacer mal con lo bueno, por no saber hacer bien, y el aprovechar el malo con lo malo, porque sabe hacer bien y mal. Dificultoso parece que de la virtud, siendo santa, pueda hacer delito el mal ejercicio. El oro es precioso, y dado en moneda es merced, y disparado en bala es muerte ; y sin perder lo precioso queda culpado. El que dijo que las virtudes consistian en medio no consideró el medio de la geometría, sino el de la aritmética, que resulta de lo bastante, entre lo falto y lo demasiado : de la manera que la religion está con majestad entre la herejía menguada y la supersticion supérflua. Contrarios de la virtud son quien la quita números y quien se los añade, como el número siete lo deja de ser bajando á cinco y creciendo á nueve. El conocer en Marco Bruto que era virtuoso y que sabía serlo, le encaminó para su riesgo los buenos y los malos que en su edad vivieron en Roma. Los unos le acompañaban, los otros le aventuraron. Era apacible al pueblo su vida, y á los padres agradable su conversacion y el estilo de sus escritos, en que ni él se cansaba ni cansaba ; al reves de muchos que ponen la elegancia en no empezar á decir ni acabar de hablar.

Lo que mas le autorizó el seso, es afianzarle en que aborrecia las novedades cuando aprobó la academia antigua contra las opiniones modernas. Esto fué promesa de su puñal contra la nueva introduccion del imperio de Julio César. Perdió el mundo el querer ser otro, y pierde á los hombres el querer ser diferentes de si mismos. Es la novedad tan mal contenta de sí, que cuando se desagrada de lo que ha sido, se cansa de lo que es. Y para mantenerse en novedad ha de continuarse en dejar de serlo, y el novelero tiene por vida muertes y fallecimientos perpetuos. Y es fuerza, ú que deje de ser novelero, ú que siempre tenga por ocupacion el dejar de ser.

TEXTO.

«Siendo mancebo, acompañó á su tio Caton, que fué enviado á Chipre contra Ptolomeo, habiendo Ptolomeo dádose muerte ántes que llegase. Fué forzoso á Caton detenerse en Ródas : por esto envió á Canidio su amigo á Chipre á que guardase el tesoro ; mas temiendo que este no le contaria con manos abstinentes, escribió á Bruto que con toda diligencia se embarcase en Panfilia y fuese á Chipre, donde la codicia de Canidio tuviese en su templanza estorbo honesto. Bruto obedeció al tio, aunque con desabrimiento, por juzgar la comision forastera de sus estadios y de su inclinacion, pues iba á ser sospecha de la legalidad de Canidio. Disimuló con apariencias creibles la nota que le traia con su llegada. Y para excusarle la enmienda, que le pudiera en la acusacion ser culpa, le estorbó la culpa con la atencion ; y con grande alabanza de Caton, y sin nota de Canidio, no dejando verificar la sospecha, juntó el oro y plata, que en grande número fué llevado á Roma.»

DISCURSO.

Entónces las repúblicas se administran bien cuando envian ministros á las provincias distantes, que procuran ántes estorbar los robos que castigar los que roban. Mas hurtos padecen los príncipes en el castigo de los hurtos por algunos jueces, que en los hurtos por los ladrones. Quien estorba que no hurte su ministro, guarda su ministro y su hacienda. Quien le deja hurtar, pierde su hacienda y su ministro. Aquellos pecados se cometen más, que mas veces se castigan : por eso el ahorrar castigos es ahorrar pecados. Pocas veces deja de defenderse el que roba, con lo propio que roba. Siempre los delincuentes fuéron alegron y hacienda de los malos jueces : por esto los buscan, para hallarlos, no para corregirlos. No quiso Caton que Canidio pudiese hurtar ; no le dejó Bruto que hurtase ; quedó Roma deudora á los dos de lo que era suyo dos veces : la una porque se lo dieron , la otra porque no se lo dejaran quitar.

Las monarquías se descabalan del número de sus reinos cuando á gobernarlos envian ministros que vuelven opulentos con los triunfos de la paz. Confieso que esto es empezarse á caer ; mas, como empiezan á caerse por los cimientos , juntamente es acabarse de caer. Pocas leyes saben convencer de delincuente al que hurta con consideracion. Consideracion llamo hurtar tanto que, habiendo para satisfacer al que envidia, y para acallar al que acusa, y para inclinar al que juzga, sobre mucho para el delincuente que hurtó para todos. De aquel tiene noticia la horca, que hurtó tan poco, que ántes de la sentencia faltó qué le pudiesen hurtar.

TEXTO.

«Despues que con las armas de Pompeyo y César y con los tumultos del imperio fué amotinada la paz de la república, Bruto se inclinó á la faccion juliana, porque su padre habia sido muerto por Pompeyo ; mas, considerando despues que era obligado ántes á asistir á la razon de su patria que á la suya, y juzgando por mas honesta la causa de tomar las armas en Pompeyo que en César, se llegó á Pompeyo , si bien ántes cuando le veia no le saludaba , teniendo por maldad impia comunicar, aun con la cortesia , al matador de su padre. Empero por entónces se sujetó á él, como á capitan de su patria y defensor del bien y libertad pública ; y con Sestio, que iba por gobernador á Sicilia (a) , fué por legado, y no hallando allí alguna obra preclara en que ejercitarse , estando César y Pompeyo presentándose la batalla, peleando por la majestad del mundo, —á la confederacion del peligro vino á Macedonia ; á quien Pompeyo recibió con grandes demostraciones de estimacion y alegría, levantándose á abrazarle, de su asiento, prefiriéndole en el agasajo á todos los grandes capitanes que le asistian.»

DISCURSO.

Esta de Marco Bruto fué accion fiscal contra todos aquellos que prefieren el interes propio á la utilidad comun. Era Pompeyo enemigo suyo por causa tan justificada como haberle muerto á su padre. Era Pompeyo entónces padre de su patria : acudió Bruto al parentesco universal, y apartóse del propio ; mas no sin cumplir con él. No hacia cortesia á la persona de Pompeyo ; mas reverenciaba su oficio, aprobaba su intento y seguia sus armas. Fué tan buen hijo de su patria, como de su padre. El que es cumplidamente bueno, con todo cumple bien. Era enemigo de la persona de Pompeyo, y no de su oficio. Si se juntara á César, fuera buen hijo y mal ciudadano. Juntándose á Pompeyo, fué buen ciudadano y dos veces buen hijo. Aquel hombre que pierde la honra por el negocio, pierde el negocio y la honra. Infinitas victorias ha dado á los enemigos el interes de los propios. Ningun contrario tienen contra sí los príncipes tan grande como el propio vasallo que quiere mas la victoria para el enemigo que para su general, movido de envidia de su acierto. Observacion es mas verdadera que convenia lo fuese en los consejos de guerra, porque no se logre la cordura experimentada del que bien propone, votar los mas en favor del adversario. ¡Oh alevosa maldad, que quiera mas el ignorante perderse que seguir al parecer del que le salva! Aquel monarca que de sus consultas elige por bueno lo que votaron los mas, es esclavo de la multitud, debiendo serlo de la razon. Si el príncipe no sabe por muchos, muchos son los que le engañan ; pues quien juzga por lo que oye, y no por lo que entiende, es oreja y no juez. Marco Bruto siguió al que mató á su padre , y dejó al

(a) *Cilicia* debe leerse aquí y en el discurso. Así lo dice el texto griego, Κιλικίαν ; y lo mismo Aurelio Víctor. Equivocóse QUEVEDO comprendiendo otra provincia tan distinta, como se ve al final del discurso. No se ha corregido por ello en la presente edicion. — El Colector.

que pretendia acabar con su madre Roma. Al uno mató, y al otro hizo matar (como verémos), sin pecar contra el bien comun ni olvidarse del particular.

Fué á Sicilia, y no hallando ocasion generosa en que merecer, se fué á buscar en el campo de Pompeyo el último peligro en la batalla de Farsalia. Marco Bruto, por haber servido en Chipre y enriquecido á Roma con el tesoro de Ptolomeo, y por haber servido en Sicilia en esta legacía, no pidió al Senado merced alguna. El, buscando el peligro en la batalla que necesitaba de él, se dió lo que deseaba, y se ahorró la molestia del pedir. Tienen acabado y mendigo el mundo, no los premios que se piden por los servicios, sino los premios que se piden por los premios. Infame modo de enriquecer han hallado los facinerosos : pedir que les dén porque pidieron, y luego piden que les dén porque les dieron. La causa de esta maldad está en que los codiciosos piden que les dén algo á los que lo toman todo para sí. Por esto los unos pueden pedir, y los otros no pueden negar. A todas las partes que fué Marco Bruto, fué enviado sin su ruego ni su pretension. Vérres estuvo en Sicilia hasta que toda Sicilia estuvo en Vérres. Volvióse Vérres á Roma : quedó Sicilia sin Vérres ; mas no se vino Vérres sin Sicilia. Marco Bruto entró en Sicilia ; Sicilia no entró en Marco Bruto : halló en la riqueza suya lo que despreciaba, y en su paz lo que no pretendia. Aquel que se estuvo y se enriqueció, habia menester á Sicilia ; Sicilia habia menester á este, que se vino á Macedonia ofreciéndose al riesgo.

TEXTO.

« En el ejército Marco Bruto, fuera del estudio y la leccion, solo gastaba las horas que forzosamente asistia á Pompeyo. Y no solo se ocupó en escribir y leer en el tiempo desocupado ; mas, siendo la sazon mas ardiente del verano', en el mas encendido crecimiento del dia, cuando en la guerra Farsálica, estando impedidos los escuadrones en lagunas y pantanos, fatigado de la hambre y de la siesta, por no haberle sus criados traido la tienda ni el refresco ; y cuando todos (por haberse de dar la batalla á otro dia) estaban ó temerosos del suceso, ó solícitos de su mejor defensa, Marco Bruto toda la noche gastó en escribir un compendio de Polibio, ilustrado con sus advertencias. »

DISCURSO.

En los mas ilustres y gloriosos capitanes y emperadores del mundo, el estudio y la guerra han conservado la vecindad, y la arte militar se ha confederado con la leccion. No ha desdeñado en tales ánimos la espada á la pluma. Docto simbolo de esta verdad es la saeta : con la pluma vuela el hierro que ha de herir. Por muchos sean ejemplo Alejandro el Grande y Julio César. Alejandro oyendo la Iliada de Homero se armaba el ánimo y el corazon. Sabía que sin esta defensa, en el cuerpo la loriga y el escudo y la celada eran peso molesto y una confesion resplandeciente y grabada del temor del espíritu. Cuerpo que no le arma su corazon, las armas le esconden ; mas no le arman. Quien va desnudo de sí y armado de hierro, es hombre con armas, cuando ellas son armas sin hombre. Si vive, es por ignorado ; si muere, es por impedido : pues si no huye, es de embarazado, y no de cobarde ; y de estos mueren mas con sus

armas que con las de los enemigos. Fácilmente los conoce la muerte en las batallas, y con eleccion justiciera los halla entre los aventurados y generosos. Muchas veces fué herido Alejandro desarmado, donde infinitos de los suyos eran muertos debajo de sus armas.

Julio César peleaba y escribia : esto es hacer y decir. En igual precio tuvo su estudio y su vida. Nadando con un brazo, sacó sus Comentarios en el otro. No los juzgó por ménos vida que su vida.

Rigurosa imitacion de los dos fué Marco Bruto, pues en la grande batalla de farsalia escogió por armería el estudio. Habiase de mezclar el dia siguiente en un riesgo tan sangriento ; y cuando todos se prevenian de defensa ó consideraban los peligros, él comentaba y leia á Polibio. Aplauso debido á tan grande y singular escritor, en cuya historia es eficaz el ejemplo, y verdadero el escarmiento provechoso, y la sentencia viva y elegante. Armábase de noticias y de sucesos, y preveníase en lo pasado para lo porvenir. La batalla Farsálica solo le ocupó el pensamiento de que debia hallarse en ella por la libertad de su patria. No pensó lo que en ella le podia acontecer : estudió lo que debia obrar. Considerar los peligros es prudencia de cobardes, habiendo de entrar en ellos ; y tambien muchas veces es cobardia de valientes. El general ha de ser considerado, y el soldado obediente. Muchos vencimientos ha ocasionado la consideracion, y muchas victorias ha dado la temeridad. No apruebo los temerarios, ni condeno los cuerdos : digo quiénes son los que deben ser lo uno ó lo otro, y enseño el peligro desta virtud y el logro de aquel vicio. El ánimo que piensa en lo que puede temer, empieza á temer en lo que empieza á pensar. Y muchas veces á sí mismo se persuade el miedo, y se le hace el discurso receloso, porque no hay quien no se crea á sí mismo. Y es blason grande del temor, siendo tan ruin, hacer de nada algo, y de poco mucho. Crece las cosas sin añadirlas, y su aritmética cuenta lo que no hay. Es el testigo falso mas pernicioso del mundo ; porque, siendo falsario de ojos, ve lo que no mira.

TEXTO.

« Afirman que el dia de la batalla en Farsalia, sabiendo que en ella defendia la parte de Pompeyo Marco Bruto, tuvo César tan grande cuidado de su persona, que mandó á sus capitanes, en lo mas sangriento de ella, que no matasen á Bruto, sino que le perdonasen ; y que si él se rindiese, se le trajesen ; y que si combatiendo les hiciese resistencia, le dejasen y no le hiciesen fuerza. Afirman que hizo esta apasionada demostracion César con Marco Bruto por el amor que tenia á Servilia, su madre, de quien en un tiempo estuvo muy enamorado ; y porque en lo mas apretado de estos amores y trato nació Marco Bruto, Julio César se persuadió era hijo suyo. »

DISCURSO.

Estaba la muerte de César destinada en la mano de Marco Bruto, y pone César todo su cuidado en guardar su muerte, y en traer y acercar á sí á quien le ha de matar. Esta ceguedad de solicitarse la propia ruina, fué en César grande, mas no única : imitó á muchos, y es y será imitada de muchos. ¿Qué otra cosa vemos sino hombres ocupados en negociar su propio castigo y su misma desolacion? ¡Oh descaminados y contumaces deseos de los hombres, que por el contagio de la culpa os procurais la pena! Si la piedad del gran Dios no contradijera nuestra propia pretension, solo concediendo los arbitrios á nuestros deseos nos castigara. ¡A cuántos, permitiéndoles el Señor de todo la riqueza que le piden, les quitó el sueño y la quietud que tenian, y les dió envidiosos y ladrones! ¡Cuántos le importunaron por dignidades y honras, á quien envió con ellas el despeñadero y la afrenta! ¿Qué mujer no le pide con vehemente ruego la hermosura, sin ver que en ella consigue el riesgo de la honestidad y la dolencia de su reputacion? ¿Qué mancebo no desea gentileza y donaire, y con ella adquiere el aparato para adúltero, y los méritos para deshonesto? Si el hombre mas presumido de su acierto, á ruego de su conciencia, paseare alguna vez la verdad por los tránsitos de su vida y por los claustros de su espíritu, hallará que ha sido ruina de su alma cuanto por sí ha fabricado en ella, y contará en su salud tantos portillos como edificios. No saber desear, y arrojarse á pedir, es delito espiritual; es necedad humana. Bien acierta quien sospecha que siempre yerra. Quien para los negocios con Dios recusa sus deseos, sabe contestar la demanda ajustada á la ley de Dios, que es por la que se juzga. Y como una ley sola resume los derechos del cielo, no padece equivocaciones ni consiente trampas. Todas las luces apagó Julio César á su salud: tuvo sin ojos el deseo, desvelóse en guardar su propia muerte, en traer á sí su homicida; y como determinaba á oscuras, no vió la enemistad de Marco Bruto en la amistad que tenia con su enemigo Pompeyo.

Si queremos hallar la causa de este desatino de Julio César, á pocos pasos hallarémos que fué su pecado. Tenia Cesar á Bruto por hijo suyo, y juzgábalo así por haber nacido en el tiempo que con mas pasion y mas encendidas finezas gozaba de Servilia, su madre.

Parentescos por línea del pecado y del adulterio, la sangre que prueban es la que derraman. Las mujeres son artífices y oficinas de la vida, y ocasiones y causas de la muerte. Hanse de tratar como el fuego, pues ellas nos tratan como el fuego. Son nuestro calor, no se puede negar; son nuestro abrigo; son hermosas y resplandecientes: vistas, alegran las casas y las ciudades; mas guárdense con peligro, porque encienden cualquier cosa que se les llega; abrasan á lo que se juntan, consumen cualquier espíritu de que se apoderan, tienen luz y humo con que hacen llorar su propio resplandor. Quien no las tiene, está á escuras; quien las tiene, está á riesgo; no se remedian con lo mucho ni con lo poco: al fuego poca agua le enciende, mas mucha le ahoga luego; fácilmente se tiene, y fácilmente se pierde. La comparacion propia me excusa el verificarla; porque fuego y mujer son tan uno, que no los trueca los nombres quien al fuego llama mujer, y á la mujer fuego. La ceniza de Julio César dice bien esto entre las brasas de Servilia, que en una centella que envió con él despues de tantos dias, le dejó en las entrañas abrigado el incendio, y disimulada en amor paternal la hoguera.

TEXTO.

«Vencido Pompeyo en Farsalia, y roto su ejército, se retiró al mar; y en tanto que los cesarianos saqueaban los reales, Marco Bruto por una puerta secretamente se retiró á un lugar pantanoso, impedido con grandes lagunas, á quien escondian altos y espesos cañaverales. Desde aquí, asegurado con la escuridad de la noche, se huyó á Larisa, y desde allí escribió á César, que, alegrándose de saber hubiese escapado sin herida, le mandó se viniese con él. Vino Marco Bruto, y no solo le perdonó á él, ántes le prefirió en honra á todos sus amigos y capitanes. Y como nadie supiese conjeturar á qué parte del mundo hubiese retirádose Pompeyo, — apartándose con Marco Bruto César, le movió la plática para oir lo que sentia de la fuga de Pompeyo; de cuyas razones y discurso coligió era cierto haberse retirado á Egipto, como se retiró, y adonde Julio César le halló, siguiendo el parecer de Marco Bruto; que por esto y las causas de amor referidas tuvo tanta autoridad con César, que reconcilió con él á Casio y al rey de Africa, aunque tenia muy ofendido á César. Yo creo que este rey fué Juba, y no Deiotaro; y orando por él, le amparó en grande parte de su reino. Cuéntase que, oyendo la oracion César, dijo á sus amigos: *Este mozo no sé lo que quiere, pero lo que quiere lo quiere con vehemencia.»*

DISCURSO.

Juvenal (autor, cuanto permitió el cielo en la gentilidad, bien hablado en el estilo de la providencia de Dios), cuando refiere que muchos dias ántes que se perdiese el gran Pompeyo en esta batalla, estuvo en Campania de unas calenturas ardientes muy al cabo; ponderando la ceguedad de los ruegos de los hombres que por su salud hicieron votos y sacrificios á los dioses, pidiendo vida á quien, si alli muriera, sobraran sepulturas con título de invencible, dice estas palabras, llenas de elegancia religiosa, llorando la vida que tuvo:

Provida Pompeio dederat Campania febres
Optandas; sed mullae urbes, et publica vota
Vicerunt.

«Dióle Campania calenturas que debiera haber deseado; mas vencieron los ruegos de las ciudades y los votos públicos.»

Ruegos que con piedad necia le solicitaron salud envidiosa de su honra. ¡Oh cuánta noche habitan nuestros deseos! ¡Cuánta sangre y sudor nuestro borra las sendas que camina nuestra imaginacion! ¡Qué pocos saben contar entre las dádivas de Dios la brevedad de la vida! Alargóse en Pompeyo para tener tiempo de rodear de calamidades su postrera hora. Perdió en Farsalia el ejército, y á la libertad de Roma la esperanza: encomendó su salud á la huida. Marco Bruto se aseguró del cuchillo de los vencedores en unos pantanos; y fiando de la noche su temor, se fué á Larisa. Marco Bruto escribió á César; César le llamó á su real, le acarició, y con gozo extraordinario, á su ruego perdonó á Casio. ¡Qué cosa no hace confederacion con la desdicha del ambicioso! Su propia victoria le arrimó á César los homicidas. Supo César perdonar, y no supo perdonarse. Los tiranos son tan malos, que las virtudes son su riesgo. Si prosiguen en la violencia, se despeñan; si se reportan, los despeñan: de tal condicion es su iniquidad, que la obstinacion los edifica, y la enmienda los arruina. Su medicina se cierra en este aforismo: *ó no empezar á ser tirano, ó no acabar de serlo;* porque es mas ejecutivo el desprecio que el temor. Y aquel se alienta en la mudanza que hace el cruel que se templa; y este crece en la porfía del que multiplica su crueldad. Confieso que este acabará peor, pero no tan presto; y asi el pertinaz consigue la duracion, interes á que trueca la alma.

No sabia César á qué parte del mundo se habia retirado Pompeyo. Apartóse con Bruto, preguntóle su parecer; y él dió tanta verisimilitud á su conjetura, que le persuadió á seguirle en Egipto, donde le alcanzó, y recibió de Ptolomeo la cabeza de Pompeyo el Grande por caricia de su llegada.

En poder de los ruines y desagradecidos no duran mas los buenos de hasta tanto que puede ser su fin lisonja de otros peores. El bueno que en poder del malo está seguro, puede ser bueno, mas no entendido. Guárdale para sacrificio con nombre de ejemplo. Los ministros y príncipes facinerosos buscan la virtud mas calificada para tener que profanar en servicio de los que han menester. Y con ser invencion antigua, cada siglo parece que empieza: no lo encareciera en decir que cada dia. Tan grande virtud como riesgo es ser bueno entre los malos. Y el mayor mérito para con los malos es ser entre los malos el peor. Y el que lo sabe ser y quiere medrar, por asegurarse de solo malo, trabaja en probar que los otros malos son buenos, pues igualmente se cree en ellos virtud y se tiene sospecha. Debia Ptolomeo á Pompeyo su reino en su padre; y cuando se vino perdido á cobrar agradecimiento tan justo, trajo á propósito del tirano los beneficios que le habia hecho, para que violándolos diese mas precio á su traicion en los ojos de su enemigo, á quien granjeó con su cabeza. Peor fué César que Ptolomeo, pues matándole no castigó la infame confianza que tuvo de su fiereza, persuadiéndose que le sería agradable tan fea abominacion. Prodigioso fué este suceso, pues osó afirmar que el malo pudo ser bueno imitando al malo. Ni se puede negar que César fuera justiciero en quitar á Ptolomeo el reino y la cabeza, porque habia quitado la cabeza á Pompeyo. Mas ya que César no tuvo virtud ni valor para esto, tuvo vergüenza de mostrar alegría de la muerte de tan valiente enemigo. Y cuando se querian reir, mandó á sus ojos que llorasen, y con llanto hipócrita y lágrimas mandadas disimuló el gozo y desmintió el miedo. Lícito es temer al enemigo para no despreciarle; mas temerle para solo temerle, es infamia que aun en la cobardía de las mujeres halla honra que se le resiste. El valiente tiene miedo del contrario; el cobarde tiene miedo de su propio temor. De aquí le nace no tener la seguridad en otra cosa sino en la muerte de su muerte, cuando no hay enemigo que no tenga quien solo se defiende con el mal suceso del que se le opone.

Plutarco, en la *Vida de Focion*, sumo filósofo y general invencible, dice que, estando Aténas en la postrera ruina por las armas de Filipo rey de Macedonia, llegó nueva que Filipo era muerto; y como los viles y abatidos consultasen que por la muerte de tan grande enemigo se hiciesen á los dioses sacrificios públicos, alegrías y juegos, Focion ásperamente lo estorbó, diciendo era señal de ánimo cobarde y confesion vergonzosa del temor rústico de la república, hacer fiestas por la muerte de su enemigo, y reprendió con unos versos de Homero á Demóstenes, porque habló mal de Alejandro su hijo de Filipo. Segun esto, siendo dicha que muera el enemigo, como es forzosa la alegría, es honesta la disimulacion della; porque solo son artífices de hechos

grandes corazon confiado y razon desconfiada. La burla que hicieron en Milan de la mujer de Federico Barbaroja le ocasionó á no dejar piedra sobre piedra en Milan, y á desquitar con la sangre de todos la maldad de algunos infamemente regocijados en el desprecio del enemigo ausente.

Manchada parece que está con fealdad la honra y la virtud de Marco Bruto en haber aconsejado á César el camino por donde con certeza alcanzase á Pompeyo, cuyo soldado habia sido el dia ántes, á quien, por la libertad de la patria con eleccion leal se sujetó, obedeciéndole por general. Facciones tiene esta accion de alevosa y vil. No se deben juzgar con prisa las acciones del virtuoso, docto y valiente, partes que en eminente grado resplandecieron en Marco Bruto. Esta consideracion me detuvo el juicio precipitado en la mala vislumbre de traicion que contra su general le acusaba de chismoso. ¡Oh cuán sólidamente obra quien es sólidamente bueno! Donde se mostró misterioso, pareció culpado á la vista de los mal contentos de las obras ajenas. Esta misma acusacion hacen los ojos con nubesal cristal que miran, diciendo : Está oscuro; y llaman defecto del objeto el de la potencia. Lo que no pueden ver bien, dicen que ven malo, y la ceguera propia llaman mancha ajena.

Marco Bruto, en tanto que Pompeyo en Roma era persona particular, no le saludaba ni hacia cortesía, acordándose que habia hecho matar á su padre. Cuando Pompeyo se encargó del ejército romano para defender la libertad pública, suspendió el odio propio por asistir á la defensa comun y universal, y se escribió soldado de Pompeyo. Peleó en la guerra de Farsalia con él, porque defendia á su patria. Perdió Pompeyo la batalla, y huyóse. Luego que Marco Bruto vió que Pompeyo con la fuga solo se defendia á sí, por la memoria de la muerte de su padre trató de vengarla en Pompeyo, que la causó; por lo cual supo con alabanza asistir á su madre Roma y defenderla, y vengar sin delito á su padre muerto. Púsole en las manos de César, que sabia no se asseguraria de él ménos que con su muerte: no porque el valor de Julio César temia la persona y armas de Pompeyo, sino el pretexto y razon de sus armas. No habia entónces ni la ley evangélica mandando amar los enemigos, precepto sumamente santo, eternamente seguro y humanamente descansado, solo dificil de persuadir á la bestialidad de la ira. Hoy nos es mandato, y los mas (por nuestros pecados) le obedecemos al reves. Oimos los gritos que nos exhortan á amar á nuestros enemigos: habian de obedecerse en amar los del cuerpo, y obedecémoslos en amar los del alma. En los malos, que son muchos, ¿qué otra cosa se ama que el mundo? ¿En qué otra cosa se agota la aficion que en la carne y en el demonio? Disculpámonos nosotros, enseñados por la verdad, y acusamos á los gentiles sin luz, que, guardando el decoro á la virtud moral y política, se vengaron de ofensas en su religion irremisibles, en la cual el darse muerte á sí mismos era accion heróica y se vió premiada con estatuas y aras.

No hay fiar en vitorias: si César no venciera esta batalla, no arrimara su corazon en su lado los puñales de Bruto y de Casio. Ménos se ha de fiar en socorros y confederaciones. Si Pompeyo no fuera asistido de Marco Bruto (cosa que estimó tanto), no trajera á si la espía de su retirada para su muerte. Una cosa es tener y alcanzar vitorias, otra lograrlas. Es hazaña de la providencia de Dios el vencer con sus propias vitorias á los vencedores; porque es peor no saber vencer, que ser vencido. Dios para su castigo no necesita de confederar su justicia con la calamidad del delincuente. Da riquezas para empobrecer, da vitorias para rendir, da honras para desautorizar. Y por el contrario, autoriza con el desprecio, hace vitoriosos con la pérdida, y con la pobreza ricos. Parte de esto sin respuesta se ha verificado en Bruto, en Pompeyo y en César; y en esta vida y en estas muertes se verificará todo.

TEXTO.

«Habiendo de pasar César á Africa contra Caton y Scipion, dejó á Bruto en la Galia Cisalpina por buena dicha de aquella provincia; porque, como las otras provincias, por la avaricia y lujuria de los gobernadores, estuviesen peor tratadas de la insolencia de la paz que pudieran estarlo del furor de la guerra, esta sola provincia, en la virtud, religion y templanza de Marco Bruto restaurada de los robos de sus antecesores, respiraba gozosa y abundante. Y en virtud de este buen gobierno, Marco Bruto hizo á César amable de todos los que primero le aborrecian. Por lo cual, volviendo César á Italia por las ciudades que habian gozado el gobierno de Bruto, cobró el agradecimiento de tal ministro en aclamaciones gloriosas de todos, que con el reconocimiento de Bruto le fuéron aplauso magnífico.»

DISCURSO.

El buen gobernador, que sucede en una ciudad ó provincia á otro que lo fué malo, es bueno y dichoso, porque, siendo bueno, sucede á otro que le hace mejor. El que gobierna bien la ciudad, que otro gobernó mal, la gobierna y la restaura. Débesele la constancia en no imitar al que le precedió, y atajar la consecuencia al escándalo, y acreditar la imitacion al ejemplo. Fué la virtud y el desinteres de Marco Bruto quien solamente hizo que los pueblos, olvidando el aborrecimiento que le tenian por tirano, le amasen como príncipe. Justamente se deben á los reyes las alabanzas de los buenos ministros, pues justamente padecen las quejas que ocasionan los que son malos. Por esto deben considerar, cuando eligen gobernadores, que en diferentes personas se eligen á sí mismos. Esclarecido y digno maestro de los monarcas es el sol: con resplandeciente doctrina los enseña su oficio cada dia, y bien clara se la da á leer escrita con estrellas. Entre las cosas de que se compone la república de la naturaleza, espléndida sobre todas es la majestad del sol. La matemática astrológica, ciencia que le ha escudriñado las acciones y espiado los pasos, demuestra que, sin violentar su curso, obedece en contrario movimiento el del rapto. No se desdeña de obedecer en algo quien todo lo ilustra y lo cria; y con tal manera se gobierna, que ni del todo obedece, ni con soberbia se resiste. Y pues ninguno es tan grande como el sol, ni tiene tantas cosas á su cargo, para acertar deben imitarle todos. Han de ir, como él, por donde conviene; mas no siempre han de ir por donde empezaron ni por donde quieren. Empero esta obediencia y este albedrío no se ha de conocer sino en la concordia de su gobierno. No se ve cosa en el sol que no sea real. Es vigilante, alto, in-

fatigable, solícito, puntual, dadivoso, desinteresado y único. Es príncipe bienquisto de la naturaleza, porque siempre está enriqueciéndola y renovándola de los elementos, vasallos suyos : si algo saca, es para volvérselo mejorado y con logro. Saca nieblas y vapores, y restitúyelas en lluvias que fecundan la tierra. Recibe lo que le dan, para dar mas y mejor lo que recibe. No da á nadie parte en su oficio. Con la fábula de Faeton enseñó que á su propio hijo no le fué lícito, pues fué despeñado y convertido en cenizas. Fábula fué Faeton; mas verdad será quien le imitare : cosa tan indigna, que no pudo ser verdad en el sol, y lo puede ser en los hombres. Finja la fábula que fué de manera que atemorice, para que no sea. Tambien mintieron que el sol se enamoró de Dafne, que se volvió en laurel, para enseñar que los amores de los reyes han de ser laureados mas que agradecidos, y no quejosos han de premiar la honestidad que huye de ellos. El secreto del gobierno del sol es inescrutable. Todo lo hace; todos ven que lo hace todo; venlo hecho, y nadie lo ve hacer. No carecen de doctrina política sus eclipses. En ellos se aprende cuán perniciosa cosa es que el ministro se junte con su señor en un propio grado, y cuánto quita á todos quien se le pone delante. Liciones son estas en traje de metéoros. Es el sol sumante llano y comunicable : ningun lugar desdeña. Mandóle el gran Dios que naciese sobre los buenos y los malos. Con un propio calor hace diferentes efetos; porque, como grande gobernador, se ajusta á las disposiciones que halla. Cuando derrite la cera, endurece el barro. Tanto se ocupa en asistir á la produccion de la ortiga como á la de la rosa. Ni á intercesion de las plantas trueca los frutos. Y con ser excesivamente al parecer tratable, es inmensamente severo. El da luz á los ojos para que le vean todo; y juntamente con la propia luz, no consiente que le vean los ojos : quiere ser gozado de los suyos, no registrado. En esto consiste toda la dignidad de los príncipes. Y para que conozcan los reyes cuán temeroso y ejecutivo riesgo es el levantar á grande altura los bajos y los ruines, apréndanlo en el sol, que solo se anubla y se anochece cuando alza .nas á sí los vapores humildes y bajos de la tierra, que, en viéndose en aquella altura, se cuajan en nubes y le desfiguran. Mas en la cosa que mas importa á los monarcas imitar al sol, es en los ministros que tiene, en quien se sostituye. Delante del sol ningun ministro suyo aparece ni luce; no porque los deshace, que fuera crueldad ó liviandad, sino porque los desparece en el exceso de luz, que es soberanía. La luz que les da no se la quita cuando los esconde, sino se la excede. No crecen sino de lo que él les da : por eso menguan los ministros muchas veces, y el sol ninguna. Y en el señor que los ministros crecieren de lo que toman del señor y de los súbditos, las menguantes se verán en él y no en los ministros. Es eterna, digo perpetua, la monarquía del sol, porque en su estilo, desde que nació al mundo, ningun siglo le ha acusado novedad. Es verdad que llamarán novedad pararse en Josué, volver atras en Achab, eclipsarse en la muerte de Cristo. Novedades milagrosas permitidas son á los reyes. Pararse para que venza el capitan que pelea, volver atras porque se enmiende y anime el afligido, escurecerse con el sentimiento de la mayor maldad : son novedades y diligencias dignas de imitacion, como, las que no son de esta casta, de aborrecimiento.

Esta postrera parte de los ministros estudió Julio César en el sol, cuando eligió á Marco Bruto por gobernador de la Galia Cisalpina; pues, contra el robo de los que le precedieron, solo recibió de su príncipe la honra. Y cuando volvió á Italia por donde gobernaba, dejándole todo el amor y aclamaciones, se escureció delante de él en su luz, no con su despojo.

TEXTO.

«Era Marco Bruto cuñado de Casio, por estar Casio casado con Junia hermana de Bruto. Debia Casio á Bruto el estar en la gracia de César; y en medio del deudo y amistad tan grande, vinieron á enemistarse por la pretura que llamaban urbana, que entre todas era la mayor. Hubo quien dijese que el propio César mañosamente habia mezclado esta discordia entre los dos secretamente, dando á entrambos esperanza de alcanzarla. Marco Bruto oponia, á las gloriosas hazañas que Casio habia obrado con los partos, su nobleza y su virtud. Por esta diferencia estuvieron los dos cerca de venir á las manos. Súpolo César, y determinó la causa, diciendo: Mas justa es la pretension de Casio; empero lo mejor se ha de dar á Bruto. Hízolo asi, y dió á Casio otra pretura, el cual no quedó tan agradecido de la que le dió como quejoso de la que no le habia dado. Y no solo en esto fué Bruto dueño de la voluntad de César, sino que si fuera ambicioso, en todo lo fuera, y mandara el imperio. Mas la familiaridad con Casio le estragaba el amor que á César debia tener; porque, si bien no estaba reconciliado con Casio, oia los consejos de sus amigos, que le instigaban diciéndole que no se dejase llevar de las caricias del tirano, ni envilecer y comprar de sus beneficios; que ántes debia irse retirando de su familiaridad y trato, porque era cierto le honraba, no para premiar sus virtudes, sino ántes para distraerlas é infamarlas. Y de verdad César no se aseguraba de todo punto de Marco Bruto; pues, aunque se persuadia que por sus buenas costumbres le sería agradecido, recelaba, con todo, la grandeza de su espíritu, el séquito de sus letras, el valor de su persona y la autoridad numerosa de sus amigos.»

DISCURSO.

Muchas veces el parentesco ocasiona lo que debia estorbar: dígolo mas claro. El ser hermanos, primos y cuñados, padres y hijos, sirve mas veces de disculpa de dejarlo de ser, que de razon para serlo. Oiga cada uno á su parentela, y ella me servirá de comento. Afirmo que la sangre y afinidad es pretexto, y no deuda. Los privados de los reyes nada han de tener mas léjos de sí que á los que les tocan mas de cerca, por dos causas: la primera, porque el príncipe se fia de los tales como de personas que son de tan estrecha obligacion y deudo con su valido; y pareciéndole que el dia que él se los puso al lado pretendió esto, los adelanta sin sospecha de darle celos, y asi se acostumbra á otros y se divide: grandes inconvenientes para conservar la voluntad humana granjeada; y cuando empieza á recelarse, halla que ha menester defenderse. La segunda, si no es mayor, no es ménos peligrosa, pues los parientes del poderoso, en el puesto que él les da, para no cumplir con la obligacion en que los pone, dicen que él cumple con la que tiene: abórranse el agradecimiento, llaman la ingratitud lisonja, persuádense que todo lo tienen merecido, pre-

tenden con presuncion, y atrévense á dar qué sospechar, solo porque no deben ser tenidos por sospechosos. Al fin son enfermedad en la sangre, que si no se saca, no se cura. Es de tal condicion esta verdad, que tratarla en confuso es nombrar ejemplos. Asi le sucedió á Marco Bruto con su cuñado Casio, que en reducirle á la gracia de César y ponerle á su lado, se acreditó un competidor. Hacer bien á otro sin hacerse mal á si, blason es de Dios: no por esto pongo dificultad en el hacer bien, sino cuidado: digo que se haga y que se mire á quién se hace. El Espíritu Santo lo aconseja asi en los *Proverbios*: *Si bené feceris, scito cui feceris, et erit gratia multa in bonis tuis.* «Si hicieres bien, mira á quién lo haces, y alcanzarás mucha gracia en tus bienes.» Segun esto, mal sano queda nuestro proverbio español que dice: «Haz bien, y no mires á quién.» Tampoco digo que no se ha de hacer bien á todos, á los buenos y á los malos, á los amigos y á los enemigos: á los buenos porque lo merecen, á los malos para que lo merezcan; á los amigos porque lo son, á los enemigos porque no lo sean. Ciérrase en esto un escondido y alto misterio de la caridad, y una bien avisada avaricia política. Dije que, debiéndose hacer bien á todos, se mire á quién se hace. Hacer bien es poner en honra; y hay quien solo aguardó á verse en ella para ser ruin. Y como no se puede negar que el que dió la honra hizo bien, tampoco se podrá negar que al que se la dió le hizo mal, si con ella le hizo ruin. Por eso se ha de mirar á quién se hace bien; porque haber quien con el bien se hace malo, siempre se ha visto, y quien con el mal se hace bueno, muchas veces se ve. Si Julio César mirara á quién hacia bien en Bruto y en Casio, no les diera ocasion de ser homicidas de quien los hizo el bien. Y si Marco Bruto mirara por quién intercedia cuando hizo que á Casio su cuñado le perdonase César, no le hiciera el mal de ocasionarle la ingratitud. Segun esto, el cuidado entero y solo toca al que hace bien; porque en el que hace mal, se reparte en el que le hace y le recibe. Excluyó toda presuncion, amenazó toda liberalidad necia. Si á Dios, luego que criando al hombre y haciéndole bueno y bien, y dándole bienes, le pagó mal; y si Dios y hombre fué pagado de la misma suerte, teman todos, no para dejar de hacer bien, sino para saber hacer bien sin hacer con el bien mal y malos; que es mas acierto no hacer mal al bien en el malo, que hacer peor al malo con el bien.

Conócese que César temia ya á cada uno de por sí, y mucho mas la amistad y el parentesco que tenian, pues dando esperanzas para pretender la pretura urbana á cada uno en secreto, los dividió con enemistad ambiciosa. Mas fácil fuera no juntarlos que dividirlos: pudo hacer lo primero, y no lo segundo. Aquel está mortal, en quien es tan peligroso el remedio como la dolencia. Necesitaba César de la autoridad de estos dos hombres; hallábase aventurado entre ellos; queria tenerlos por amigos á ambos, y conveníale que ellos fuesen entre sí enemigos; trazólo con maña, no con dicha. Y para tenerlos él, y que el uno echase al otro, los puso en paz y en guerra con unas mismas mercedes; pues, confesando que merecia la pretura urbana con mas razon Casio, y dándosela á Bruto,—dejó á Bruto quejoso, con la pretura que le dió, de la razon que le negaba; y á Casio, á quien dió otra pretura, de la urbana, que negaba á su razon. Con nada contentan los principes; porque todos se juzgan igualmente beneméritos. No es posible á los reyes dejar de dar los puestos, ni contentar y hartar con ellos á los que los reciben. Si lo consideran, más padecen que hacen.

Entendieron Casio y Bruto la mente de César; y por medio de sus amigos, si del todo no se reconciliaron, entre sí se confederaron contra él, y aunaron las quejas propias contra el príncipe. Esta fué la primera disposicion á la conjura contra su vida, y ocasionó la primera plática sospechosa de las mercedes del tirano.

TEXTO.

« En este tiempo advirtieron á César, que Marco Antonio y Dolabela maquinaban novedades y tumultos. Con ánimo constante y présago, leyendo esta advertencia, dijo : Yo no temo hombres gordos y guedejudos, sino hombres descoloridos y flacos : denotando á Casio y Marco Bruto. Y valiéndose de esta ocasion los atentos en la calumnia ajena, le dijeron que no se fíase de Bruto ; á los cuales, tocándose afectuosamente el pecho con la mano, dijo César : ¿ Por qué ? ¿ os parece á vosotros que Bruto se cansará de aguardar este cuerpecillo? Dando á entender que con él á nadie pertenecia tanto poder como á Bruto, y que habia de nombrarle por sucesor suyo : lo que le sucediera si aguardara.»

DISCURSO.

Poco hay que temer en aquel hombre que embaraza su alma en servir á su tez, y á llenar de mas bestia la piel exterior de su cuerpo. Entendimiento que asiste á la composicion del cabello, poco cuidado puede dar á otra cabeza ; y en la suya que riza, mas veces es cabellera que entendimiento. El hombre gordo es mucho hombre y grande hombre en el peso y en la medida, no en el valor ; porque en el que es abundante de persona, la vida está cargada y la mente impedida ; y como sus acciones obedecen perezosas á su demasía de cuerpo, así sus sentidos no pueden asistir desembarazados al dictámen del juicio. Ponen toda su conveniencia en el alimento, son tiranizados de la comodidad, y su diligencia no sale de pretender agradar con las galas la vista ajena, y con las golosinas la propia boca. Conténtanse con desear mal, porque lo pueden hacer en la cama y en la mesa. No le hacen, por no hacer algo. Al contrario los ciudadanos flacos y descoloridos, como los gruesos alimentan sus estómagos de su entendimiento, estos hacen alimento de sus entendimientos sus estómagos. Digiéreles su imaginacion las personas, bébeles la sangre su entendimiento. Por eso su tez está mal asistida de su sangre. Tienen descolorido el rostro, y colorado el corazon. Quien piensa tan profunda y continuamente que se consume á sí mismo, ¿ qué hará al que aborreciere? Pensar y callar son alimento de los grandes hechos y venganzas. Sabía César que él propio habia sido sospechoso al filósofo por flaco y desaliñado, cuando dijo : Cavendum est à puero malè praecincto : Debemos guardarnos del mozo mal ceñido. Y como supo sacar cierta su sospecha, tuvo sospecha de Bruto y de Casio, y no de Marco Antonio y Dolabela, hombres abultados con las desórdenes de la gula, ocupados en afeminar las propias asperezas varoniles, á quien solamente deben temer las rameras por competidores. Estos tales al lado de los príncipes, siempre ocupando con invenciones el ocio y poblando de mentiras la atencion real, y desacreditando con la traicion á los leales, y con los chismes de la paz los trabajos de la guerra, han ocasionado los estragos y castigos que han hecho los flacos y mal aliñados.

No le importó tanto á César despreciar aquellos como el no despreciar á estos, á los cuales supo decir que temia, y no supo temerlos. Reforzáronle la sospecha los que á su lado hacian mala vecindad á la dicha de Bruto, diciéndole se guardase de él. Y César se asegura de la intencion ajena que él teme, y le acusan con la propia de hacer á Bruto su heredero, cosa que él solo sabia. Mucho ignoró César : disculpa tiene, pues se creia á sí era Bruto su hijo. Afirmó, tocándose el pecho, que aguardaria el fin de su cuerpo, siendo la ambicion mas impaciente que la venganza. El hijo ama al padre en tanto que no sabe que en muriendo su padre hereda la hacienda ; porque, en sabiéndolo, olvida el sér que le dió, por la herencia que ya no le da. La ambicion se irrita con promesas ; no se satisface. Vida que difiere la riqueza del pobre que espera, es mas aborrecida que la pobreza que padece el que espera. Quien tiene lo que ha de dejar á otro, le justifica, ó por lo ménos le ocasiona deseos de que se lo deje, y diligencias para que se lo acabe de dejar. Y segun esto, debiendo César temer á Marco Bruto más por heredero que por flaco y descolorido, se aseguró del mayor riesgo con el menor.

TEXTO.

«Casio, hombre animoso, feroz, aborrecia á César en secreto mas que en público, y por esto contra él incitaba y encendia á Bruto. Díjose que Bruto aborrecia el reino, y Casio el rey ; el cual, por unos leones que siendo edil curul habia juntado, y se los quitó César, estaba ofendido. Estos leones halló César en Megara, cuando la tomó Caleno, y los retuvo. Y despues estas mismas fieras, con lástima de los propios enemigos, fuéron sangrienta ruina de los megarenses. Esta afirman, mas con poca razon, que fué la principal causa de la conspiracion de Casio contra César. Empero la causa no fué forastera, ni otra sino la libertad de Casio, desde su niñez impaciente de imperio y servidumbre, y una condicion resuelta y belicosa contra toda presuncion y soberbia : facinerosa para consentir superior, y insolente para admitir igual. Con tal rencor aborreció los tiranos, que, siendo niño y concurriendo á unos juegos con Fausto hijo de Sula, y encareciendo el poderío de su padre con grandes encarecimientos, Casio le dió una bofetada. Y pretendiendo volver por Fausto y vengarle los amigos de su padre que le tenian á cargo, lo estorbó Pompeyo, el cual, juntando los dos muchachos y preguntándoles la ocasion de la riña, dicen que Casio respondió, ensajenado de la cólera, con estas palabras : Ea, Fausto, atrévete á decir delante de este las palabras por que me enojé ; que yo te desharé á puñadas la boca con que las repitieres.»

DISCURSO.

Los que buscaron por causa de la conspiracion de Casio contra César, los leones de Megara, no sabian que el corazon de Casio, donde se encerraba la ira precipitada y la soberbia resuelta, era leonera y no corazon ; y que su fiereza natural no necesitaba de otras fieras.

Realmente que en las repúblicas estos hombres de enojo desbocado y condicion cerril pueden ser útiles muchas veces, si bien pocas veces lo saben ser. Mas provechoso es al príncipe el que le da cuidado, que el que se le quita; porque, siendo cuidado el reino, le quita el reino quien le quita el cuidado. Las leyes, amenazadas de la majestad, se sirven de estos ciudadanos por orillas del sumo poderío. No acortan las coronas; ántes las ajustan. No las quitan, sino las arraigan. El que los sufre, se acredita; el que los persigue, los acredita. Dios, que cuida de las dolencias de los reinos, los produce por medicina; porque el vasallo que aborrece en el príncipe lo que le hace aborrecible, no aborrece al príncipe, sino á quien le aborrece : quien le acredita la licencia que se toma, se toma licencia para decir que le da lo que le quita. Mucho les importa á los monarcas no admitir con nombre de arbitrio que socorre, el despojo que necesita; ni con nombre de ampliacion del poderío, la diminucion de él. Quien extiende cuanto más puede en panes la barra de oro, al paso que la extiende, la adelgaza; y de barra sólida que no se puede romper, la vuelve hoja que aun no se defiende de la respiracion del que la mira. Así suelen los artífices de la maldad extender el poder de sus príncipes, hasta que, de puro delgado, le puede llevar donde quisiere su resuello.

El ostracismo tuvo por virtud el desterrar la virtud en eminente grado. Era el destierro canonizacion; causábale el exceso del mérito : no temian la bondad, sino el séquito que merecia. No pudo Roma sufrir las grandes hazañas y las santas costumbres de Scipion. Conociólo él, y religioso, dijo : Mas quiero que con el destierro falte Roma á Scipion, que no que Scipion falte á Roma en el destierro. ¡Extraña medicina, echar la salud para quedar sanos! La libertad se perpetúa en la igualdad de todos, y se amotina en la desigualdad de uno. Por eso Casio desde niño aborreció la superioridad, aun en la presuncion de otro alguno; y varon, en las armas y fortuna de César : fué su natural contagio para Marco Bruto.

TEXTO.

« Las pláticas repetidas en los amigos y las ordinarias voces en las conversaciones de los ciudadanos, y los escritos que discurrian en secreto, inquietaron á la conjuracion el ánimo de Marco Bruto; porque amanecia escrito los mas dias en la estatua de su progenitor Junio Bruto, el que dió fin á la dignidad real : ¡ Oh si fueras hoy, Bruto! ¡ Oh Bruto, si hoy resucitaras! Y en el tribunal del propio Bruto cada dia hallaban carteles que decian : ¿ Duermes, Bruto? No eres verdadero Bruto. Todo este mal causaban á César mañosamente sus aduladores, que lo uno le cercaban de honras envidiosas; lo otro de noche á sus estatuas las ponian diademas, para provocar con estas insignias que le aclamase el pueblo, no dictador, sino rey, que era el nombre aborrecible entónces.»

DISCURSO.

Era Marco Bruto varon severo, y tal, que reprendia los vicios ajenos con la virtud propia, y no con las palabras. Tenia el silencio elocuente, y las razones vivas. No rehusaba la conversacion, por no ser desapacible; ni la buscaba, por no ser entremetido. En su semblante res-

plandecia mas la honestidad que la hermosura. Su risa era muda y sin voz : juzgábanla los ojos, no los oídos. Era alegre solo cuanto bastaba á defenderle de parecer afectadamente triste. Su persona fué robusta y sufrida lo que era necesario para tolerar los afanes de la guerra. Su inclinacion era el estudio perpetuo, su entendimiento judicioso, y su voluntad siempre enamorada de lo lícito, y siempre obediente á lo mejor. Por esto las impresiones revoltosas fuéron en su ánimo forasteras é inducidas de Casio y de sus amigos, que, poniendo nombre de celo á su venganza, se la representaron decente, y se la persuadieron por leal. Empero no puede negarse que siempre por su dictámen aborreció en César la ambicion y la causa de sus armas, pues olvidando la propia injuria en la muerte de su padre, en que fué culpado Pompeyo, se puso de su parte; y peleando con él y á su órden por la libertad de Roma, se perdió en Farsalia. Mostrábase Bruto mal contento con prudencia suspensa, porque sabia cuánto riesgo hay en empezar cosas que se aseguran si las sigue el pueblo, pues aun en llegarse á las que sigue hay peligro; porque la multitud, tan fácilmente como sigue, deja, y en lugar de acompañar, confunde. Es carga, y no caudal : carga tan pesada, que hunde al que se carga della; y al contrario, ninguna cosa que no sea muy leve la cargan, que en ella no se hunda. Alborótase como el mar, con un soplo, y solo ahoga á los que se fian de ella. Los sediciosos y rebelados contra César descifraban los silencios de Bruto; y aunque creian eran á su propósito sus deseos, no se atreviendo á preguntárselos, se los espiaron con rótulos y carteles en la estatua de su antecesor y en su tribunal. Platican algunos príncipes por acierto bien reportado el despreciar los papelones y pasquines que hacen hablar mal á las esquinas y pilares, porque dicen que el mejor modo que hay de que callen es no hablar en ellos, y que mejor se caen dejándolos, que quitándolos. Esta templanza y razon de estado vive mal informada del fin que tienen en tales libelos las lenguas postizas de las puertas y cantones. No es su intento deshonrar al que vituperan : mas oculto es el tráfigo de su malicia. Fijanlos para reconocer, por el modo con que hablan de ellos, los retiramientos de los corazones cerca de las personas de quien hablan. Fijanse para reconocer quién son los que aborrecen á los que aborrecen : no lo hacen para desfogar el enojo, sino para descubrir el caudal y séquito que hay para desfogarle. Yo llamo á estos papeles (no sé si acierto) veletas del pueblo, por quien se conoce adónde y de dónde corren el aborrecimiento y la venganza, lo que estudia y sabe el que los pone, por lo que oye decir á los que los vieron puestos. Cuán diabólico ardid sea este, conócese en que, siendo tan bien reportada la mente de Bruto, y su intencion tan sin salida, se la descerrajaron tres letreros tan breves como : « ¡ Oh si fueras Bruto! — ¡ Oh Bruto, si vivieras! — Bruto, no eres verdadero Bruto;» que en todos tres, faltando letras para un renglon, sobraron para una conjura. Permítaseme presumir he servido á los príncipes en poner nombre por donde sea conocida esta mina.

Y si bien para batir la vida de Julio César esta fué poderosa municion, no tuviera fuerza á no valerse de las aduladores de César. Si esta parte la sé decir y hallo quien me la sepa creer, yo seré el mas justificado acreedor que tenga la conservacion de los reyes y monarcas. Mi riesgo y el suyo es que los que á mí no me pueden contradecir el decirlo, los contradirán á ellos el creerlo. ¡Oh monarcas! Desembarazad las orejas de los que os las muerden y no os las hablan, y solo os las sueltan sus bocas para despedazar y tragarse el consejo que viene á ellas. Oid en la vida de César para su muerte esta cláusula, y agotad en ella vuestra atencion por vuestra salud. Ahora veréis que exclamo con razon, y que exclamo poco. No halló todo el estudio de la maldad y todo el desvelo de la traicion otra manera de hacer á César aborrecible, sino ampliarle la soberanía, las honras y el poder, y crecerle en divinidad los nombres y los blasones. Ponian en la cabeza de su estatua diadema que negociase á la cabeza de su cuerpo el cuchillo: la que se veia corona sobre el retrato, se leia proceso contra el original. Sobrescribian sus simulacros con estas palabras, César rey, para que, llamándoselo el pueblo que lo leia, le publicase tirano, y no dictador. Solamente los hechiceros de la ambicion pudieron confeccionar corona que quitase corona, honra que atosigase la honra, vida que envenenase la vida, adoracion que produjese el desprecio, aplauso que granjease odio. ¡Gran ceguedad es la mia, que con vanidad de maestro estoy enseñando estas cosas á los príncipes de quien las aprendo! Mas no por esto seré culpable. Yo hago oficio de espejo, que les hago ver en el lo que en si no pueden ver. Ninguno puede ver en su rostro la fealdad que en él t ene; y el que con los propios ojos no puede verse á sí, la ve y se la advierte. Padecen los reyes esta enfermedad y no la sienten, y por no sentirla es peligrosa. Los que los enferman, juntamente les dan el mal y les quitan el sentido. No es fuera de propósito que unos miembros se quejen por otros. Del rey, que es cabeza, son miembros los vasallos. Cuando los vasallos se quejan, el rey les duele. Apodérase una apoplegía del celebro: muérense los piés, y tiemblan las manos; y por la cabeza, que padece y calla, hablan con temblores los brazos. De la gota que en el corazon derriba el mal caduco, es señal el ímpetu que furiosamente maltrata los miembros. Y pues los letargos que os asisten con nombre de ministros (ó cabezas del mundo) os quitan el sentido de los males que os causan, conocedlos en las quejas de vuestros miembros. Grande dolor es sentir mucho, y grande enfermedad no sentir nada: esto es ya de muerto; aquello aun es de vivo. Por esto habíades de sentir mas la falta de sentimiento, que la sobra de dolor. Y advertid que hay quien pone la corona en la cabeza, para quitar la cabeza con la corona. En la cabeza de la estatua de César fué su ruina una diadema; en los piés de la estatua de Nabuco una guija: de piés á cabeza solo peligrosos. Doctrina son estas dos estatuas: honra añadida os enferma la cabeza, que sois vosotros; pequeño golpe de cosa pequeña os deshace los piés, que son vuestros vasallos. Segun esto, vuestro cuidado ha de ser no consentir para vosotros demasiada grandeza, ni para ellos aun pequeño golpe.

TEXTO.

«Solicitando Casio todos sus amigos contra César, le respondian todos que asistirian su intento, como Marco Bruto le asistiese en él; dando á entender en esto que no echaban ménos para dar la muerte á César, ma-

nos ni determinacion, sino la autoridad de tan grande varon como Bruto; porque su presencia y el empeño de su virtud autorizaba la accion, y bastaba solo á calificar de honesto el hecho; y que sin él le habian de empezar con sospecha, y le habian de efectuar con temor; porque él, si se excusase, mostraria que era injusto; y si le asistiese, que era justificado. Habiendo revuelto estos pareceres Casio, la primera diligencia que hizo fué irse á buscar á Bruto; y despues de haberse reconciliado con él por caricias y abrazos, le preguntó si se pensaba hallar en el Senado el dia de las kalendas de marzo, porque habia entendido que los amigos de César aquel dia querian tratar de establecer su reino. Y respondiendo Bruto que no iria, Casio replicó: Pues ¿qué harémos si nos llaman y nos preguntan? — Ya entónces, dijo Bruto, me tocará, no callar, sino defender la libertad y perder la vida por ella. Entónces, levantándose Casio animosamente, dijo: ¡Oh Bruto! ¿qué ciudadano habrá en Roma que consienta que mueras de esa suerte por la libertad? ¿Por ventura, Bruto, te ignoras á ti mismo? ¿O acaso te persuades que estos carteles los han fijado en tu tribunal oficiales mecánicos y gente vil, y no quieres creer que los pusieron príncipes y ricoshombres? De otros pretores esperan dádivas, espectáculos y juegos de gladiatores; de ti, cómo heredero y descendiente del cuchillo de los tiranos, esperan alcanzar la libertad. Todos están determinados de ofrecerse por ti á la muerte, y á no perdonarse por tu salud algun peligro, si, como te quieren y te esperan, te hallaren. Dijo, y abrazando apretadamente á Bruto, se dividieron, acudiendo cada uno á hablar á sus amigos.»

DISCURSO.

No hay tirano que no acaben, si se juntan uno que aborrece la tirania por su naturaleza, y otro que la aborrece por la razon. Entónces el aborrecimiento es cabal, cuando se aunan el que aborrece al tirano y el que aborrece la tirania: aquel incita, y este ordena; el uno es entendimiento de la inclinacion del otro. Estas dos personas juntas dieron la muerte á Julio César, y fuéron mas eficaces para tan grande hecho, porque él los juntó á sí para que se juntasen entre si contra él. Casio, cuyo aborrecimiento era hijo de su natural, se atrevió á empezar la plática y á envenenar con tales razones á sus confidentes.

ORACION DE CASIO.

«Si Julio César se deja persuadir, temerario de la ambicion y la soberbia, á ser tirano de su patria y cárcel de nuestra libertad, ¿cómo nosotros, ciudadanos de Roma, á ser leales no nos persuadirémos de la razon y de la justicia? ¿Y por qué desconfiarémos de los dioses, que han permitido vitoria á sus robos, la nieguen á nuestra santa restitucion? Dudar esto seria culparlos en su providencia; y pues no tiene mas vida el que sabe ser malo, de hasta tanto que otro sabe ser bueno, cada dia y cada hora que se alargare su vida será rea acusacion de nuestra maldad. ¿Qué esperamos por nuestro temor, cuando la república nos espera por su remedio? Dos peligros grandes tenemos: en sabernos librar del peligro infame está el librarnos. Peor es vivir indignos de la vida por no saber morir, que morir dignos de vida por saber buscar la muerte. Los grandes hechos nunca se hacen sin aventurarlos. Y hay mayor riesgo en desear dar muerte al tirano, que en dársela; porque quien empieza lo que todos desean, empieza solo lo que acaban todos. ¿Qué trabajo se iguala al disimular (obedientes á la adulacion del tirano) con las mentiras de la cara las amenazas del espíritu? Sabe el tirano que no merece el aplauso de los disimulados, y castiga primero á aquelles de quien tiene sospecha que á los de quien tiene queja; porque teme por peor lo que malicia que lo que ve, cuanto se debe juzgar mas dañoso el enemigo oculto que el descubierto. Si temeis sus armas, yo os certifico que ellas no aguardan para ser nuestras sino á que él deje de ser; que el difunto no tiene otro séquito que el de la sepultura. Ni tenemos otra cosa que temer en este hecho sino la dilacion; porque si le damos tiempo, establecerá su reino y fortificará su poderío con hechuras, y comprará amigos con las mercedes y beneficios. Yo no tengo enemistad con la persona de César, sino con su intento; ni en estas palabras ois mi venganza, sino mi celo. El pueblo os llama con carteles frecuentes, la patria con suspiros, yo con razones. Consultad con la honra y la obligacion mi discurso; que yo fio de vuestro valor que no le faltará voto.»

Oyeron esta peste bien razonada, y respondieron que no les faltaban manos ni valor para la ejecucion; empero que echaban ménos para este hecho la persona de Marco Bruto, que con la asistencia de sus virtudes y opinion la calificaria; y ofreciéronse al riesgo, si Bruto los acompañase en él. Anduvieron bien advertidos, pues para matar á César echaron ménos el hombre que sabian estimaba mas. Siempre se da el veneno en lo que mas frecuentemente se come, ó se pone en lo que ordinariamente se trae.

CASIO Á BRUTO.

Casio, que vió remitida esta faccion en el consentimiento de Marco Bruto, se fué á él, y con caricias de cuñado y abrazos de amigo, despues de haber reconciliado con él las diferencias pasadas, como quien conocia la prudencia de su mente, por mejor cautela preguntó y no propuso. Díjole que si se pensaba hallar el dia de las kalendas de marzo en el Senado; porque se decia que en él los amigos de César le querian elegir por rey. Con esta palabra coronada al que amaba la libertad de la patria, puso el escándalo de la pregunta en ella. Bruto, que reconocia que el hombre cuerdo, como no ha de rehusar los riesgos, no los debe salir á recibir ni entrarse en ellos, respondió que no iria al Senado; mas replicando Casio: «Y si nos pregunta ó nos llaman, ¿qué debemos hacer?» Dijo Bruto: «Entónces derramaré mi sangre y perderé mi vida por la libertad;» porque el que verdaderamente es buen consejero, puede dejar de ir al Senado; mas si va, no puede en él dejar de hacer y decir lo que fuere justo. Puede morir con violencia, mas no sin constancia. Casio, prevenido, le tomó la palabra, y con las alabanzas y seguridades que se leyerou en el texto le dejó encargado de la hazaña con muchas demostraciones de amor. Y es de notar que siempre fué causa para la conjuracion contra César quien le amplió la soberanía. Levantó al pueblo quien puso diadema y estatua. Amotinó á Bruto Casio con decir que se juntaban en el Senado para hacerle rey, siendo dictador.

«Era en aquel tiempo un cierto Cayo Ligario, que habia sido favorecido de Pompeyo, por lo que habia sido acusado y sospechoso á César; mas despues César le perdonó, y aunque le hizo muchas mercedes, aborreciendo siempre el desordenado poder de César, secretamente le aborrecia, y por la propia razon tenia con Bruto muy estrecha amistad. Pues como este estuviese enfermo, fuéle á visitar Bruto: y llegando á la cama donde estaba, le dijo Bruto: ¡Oh Ligario! ¿por cuál causa estás en la cama y enfermo en este tiempo? A estas palabras, levantándose Cayo Ligario sobre el codo, respondió: De verdad, Bruto, yo estoy bueno y sano si tú piensas y hablas cosas dignas de ti mismo. Y desde aquella hora lo comunicaron todo con todos sus amigos. Y no solamente hicieron una cabeza de sus confidentes, mas auuaron consigo todos aquellos que eran inclinados al bien comun, atrevidos y despreciadores de la muerte. Y si bien Ciceron era benévolo y fiel para con todos ellos, les pareció no darle cuenta de lo tratado; porque, siendo Ciceron cobarde, y persona que con palabras solas y fiado en ellas presumia efectuar todas sus cosas, con seguridad temieron que, siendo su designio tal que necesitaba de obra y de presteza, se le dilataria en palabras. Asimismo, de los amigos que tenia, excluyó en esta determinacion Marco Bruto á Statilio, epicureo, y á Favonio, imitador de Caton, por haber hecho en las disputas y conversaciones experiencias de su sentir. Habia dicho Favonio que la guerra civil era peor que la mas dura tirania; y Statilio, que al varon sabio y prudente no le era lícito por causa de los malos y de los necios arrojarse en los peligros temerosos. Y como, oyendo lo que estos dos dijeron, Labeon que estaba presente, los contradijese, viendo Bruto que aquella disputa era escrupulosa y aventurada, calló; despues comunicó á Labeon su intento. Este no solo ofreció de asistirle en él, sino que luego habló á otro que se llamaba Bruto Albino, que aunque no era noble, ni virtuoso, ni valiente, porque era poderoso por la multitud de gladiatores que para los espectáculos juntaba, le pareció á propósito reducirle á la conjura. Habláronle Casio y Labeon; mas, no habiéndoles dado respuesta, y hablándole en secreto despues Marco Bruto y diciéndole que él era capitan de esta resolucion, ofreció que con todas sus fuerzas le asistiria en ella. Y no solo á este, mas á otros muchos persuadió solamente el nombre esclarecido de Bruto; los cuales todos, aunque se confederaron sin solemnidad de juramentos, ni de tocar aras, ni hacer sacrificios, de tal manera sepultaron en su silencio su consejo, que por mas que se le pronosticaban á César astrólogos, prodigios y entrañas de ofrendas, no se pudo penetrar ni entender, y pasaron sin crédito tan manifiestos agüeros y adivinos.»

DISCURSO.

Cuando por las desórdenes de algun príncipe se muestra el pueblo descontento, peligran los buenos y los sabios entre las quejas de la gente y las espías y acusadores que el tirano trae mezclados en todos los corrillos; y es casi imposible poderse salvar en esta borrasca los oidos ni las lenguas; porque para el que teme, igualmente es cómplice el que calla como el que responde.

Es delatado el silencio por pensativo, y la voz por impaciente; y extiéndese á tanto el riesgo, que aun no se libra de él quien, conociendo los delatores, por disimular alaba y defiende las violencias; porque aquel que se encarga de acusar para que el tirano estime su maña y la tenga por mayor que la prudencia del recatado, no refiere lo que dijo delante de él, sino lo que queria que dijese; y alega por grande servicio el falso testimonio, y acredita su eminencia con sus mentiras. Hace su oficio de acusador y de soplon en el que habla mal del príncipe; y en el que habla bien, con imposturas no consiente que se le deshaga. Saben estos que el tirano (tal es la miseria de su estado) solo estima al que le da mas noticia de mas enemigos, y que solo tiene por sospechoso al acusador que deja de acusar á alguno; y esto porque siempre está de parte del odio que merece á todos. Por estar advertido de estos inconvenientes, Cayo Ligario se retrajo á la cama y se fingió la enfermedad, asegurando con ella la salud de su sosiego. Marco Bruto, como hombre discreto, no creyendo á la cama, y persuadiéndose era ardid y no enfermedad, le dijo: «¿Cómo estás en el lecho en este tiempo?» Y no le preguntó por qué dolencia estaba en él; que en cosas tan arriesgadas es seguro el reconocer, y aventurado el preguntar. Quinto Ligario le habló como á médico de quien podia fiar su mal, y le dijo, levantándose: «Yo estoy bueno y sano si tú piensas y dices cosas dignas de tu persona.» Persuádome que Marco Bruto le diria tales palabras.

ORACION DE BRUTO.

«Hasta ahora, oh Ligario, me he llamado Bruto: ya se llegó la ocasion de serlo. Quiero y debo pasar el nombre á los hechos. Pues Julio César imita á Tarquino, yo Marco Bruto quiero imitar á Junio. Vencido he ya con las utilidades de su muerte las amenazas de la mia. Más quiero que se acorte lo que me resta de vida, que es ménos, que infamar lo que de mi vida ha pasado, que es mas. Yo hago el negocio de los por venir: prevengo á los que aun no son, para que sepan ser á costa de los que no son como debian ser. Breve es la vida; ántes ninguna en aquel que olvida lo pasado, y desperdicia lo presente, y desprecia lo porvenir. Y solamente es vida y tiene espacio en aquel varon que junta todos los tiempos en uno. Cuando el pasado con la recordacion le vuelve el que pasa, con la virtud le logra, y el porvenir con la prudencia le previene. A esto aspiro, ¡oh Ligario! Acuérdome de lo que fué entónces, cuando la maldad coronada tuvo por límite el cuchillo de mi ascendiente. Quiero desempeñar mi obligacion en lo que hoy es, y prevenir para adelante lo que será. Hasta ahora hemos sabido todos que Roma es nuestra madre; hoy apénas sabe Roma quién de todos es su hijo. Perder la libertad es de bestias; dejar que nos la quiten, de cobardes. Quien por vivir queda esclavo, no sabe que la esclavitud no merece nombre de vida, y se deja morir de miedo de no dejarse matar. Tenemos por honesto morir de nuestra enfermedad, y ¿rehusarémos morir de la que tiene nuestra república? Quien no ve la hermosura que tiene el perder la vida por no perder la honra, ni tiene honra ni vida. A Roma ántes dejaré de ser ciudadano que hijo. El haberme faltado la fortuna para este íntento en el ejército de Pompeyo, ántes me anima que me desmaya; que tan justificadas acciones las niegan los dio-

ses á la locura de la suerte, para concederlas á la razon de la virtud. Toda la sangre de Farsalia, en vez de escarmentarme, me aconseja. Allí hice lo que pude: aquí haré lo que debo. Si los dioses no me asistieren, yo no dejaré de asistir á los dioses. No pude hacer que las armas de César no empezasen á ser dichosas; empero procuraré que no acaben de serlo. Si hubiere quien me siga, verá la posteridad que hubo otros buenos romanos; si no, conocerán que yo solo me atreví á ser bueno. Grande gloria es ser único en la bondad; empero es gloria avarienta. No lo deseo, porque quiero bien á mi patria; no lo temo, porque conozco sus ciudadanos. No aborrezco en César la vida, sino la pretension. La maldad que le dió con el soborno los magistrados, le persuadió con la ambicion á perpetuar en si el encargo que la ignorancia de los padres le prorogó; y despues le enriqueció el sacrilegio con el robo del templo de Saturno, menospreciando las advertencias religiosas de Metelo. La fortuna furiosa dió la vitoria á su traicion en la postrera batalla, y la traicion de Ptolomeo le dió la cabeza de Pompeyo. Todo cuanto tiene y ha alcanzado ha sido dádiva de la iniquidad; nada posee que no sea delito del que se lo dió y del que lo tiene. Quitárselo no es despojarle, sino absolverle. Lo que se cobra del ladron se restituye con justicia cuando se le quita con violencia. Yo, Cayo, no trazo conjura; ántes formo tribunal: á ser jueces convoco los amigos, no á ser conjurados. La ira, ¡oh Ligario! quema el entendimiento, no le alumbra; y la paciencia, que obliga á los buenos, anima á los malos. Por esto conviene tenerlas á entrambos ó á ninguna; que la ira sufrida sabe ser virtud, y la paciencia enojada sabe dejar de ser vicio. Determinado tienen los cómplices con César, el dia de las kalendas de marzo, de jurarle rey en el Senado. Conviene adelantar su muerte á esta maldad, ántes que el nombre de rey con el resplandor de la majestad halague la ignorancia de la plebe y atemorice el celo de los leales. Reconocida tengo la arte de su fortificacion: hase acompañado de cómplices, hase hecho numeroso séquito de delincuentes, que como partícipes en sus delitos, sean interesados en su conservacion. Los que han merecido su lado son perjuros, acusadores, asasinos, sacrilegos é invencioneros, y estos últimos son los mas á propósito para establecer su dominio; porque con arbitrios, quimeras, locuras y novedades distraen el juicio de los pueblos, y les desperdician la atencion con el movimiento perpetuo de maquinaciones nunca oidas. Y si tiene pereza nuestro celo y le damos lugar á que se corone, con las mercedes y cargos hará ministros y príncipes estos que hoy son delincuentes, y se embarazará el castigo de sus culpas en lo magnífico de sus cargos; que en el mundo los delitos pequeños se castigan, y los grandes se coronan; y solo es delincuente el que puede ser castigado, y el facineroso que no puede ser castigado es señor. Por esto, ¡oh Ligario! nos es tan importante la presteza como el valor. Yo no te llamo al peligro, sino á la gloria; y tengo tan conocida tu virtud, que no la agravio con aguardar la respuesta de tu boca, oyéndola en tu obligacion.»

ORACION DE LIGARIO.

Respondióle animoso: «Tus razones, Bruto, no quieren respuesta, sino obediencia. Tales son, que solo siento no haberlas dicho. En estas cosas se ha de hablar poco, ya que no se excusa el hablar algo. Confederados están los ánimos; pon las manos en la ocasion, y apodérese del tiempo el silencio mañoso; que la multitud de malos en que se fia César, en muriendo le aborrecerán, como si fueran buenos; porque la maldad una cosa tiene peor que ella, y es necesitar de ruines para su aumento y conservacion. En la forzosa determinacion no se ha de tratar de inconvenientes, cuando la maldad y la prudencia son los pilotos del mundo. Y pues los consejos desconfiados desenfrenan las sinrazones de los ruines, si quieres que esté sin recelo, pásame del discurrir al obrar.»

Fortalecidos con esta conferencia, apartaron la conversacion.

Tan próvido se mostró Marco Bruto en los que escogia como en los que dejaba. Era Ciceron íntimo amigo suyo, de lealtad asegurada con experiencias grandes; empero era mas elegante que valiente: sus hazañas remitia á la lengua y no á la espada. Hablaba bien y mucho, y por esto eran artífices de sus obras sus palabras. Aqui reconoció Bruto aventurado el secreto de tan gran empresa, porque él no pretendia persuadir cosa que se hiciese, sino hacer cosa que persuadiese con la obra. No queria probar que convenia matar á César, sino matar á César para probar que habia sido conveniente matarle. Por esto excluyó al elocuente, y á Statilio, epicureo, y á Favonio, por el temor filósofo que habian mostrado en las conversaciones familiares. El uno aprobaba la tirania y no las guerras civiles, por no padecerlas, como si la tirania no fuera la peor guerra civil y ya vitoriosa. El otro decia que el varon sabio no se habia de arrojar al riesgo por los necios y malos. Este no hubo cosa buena á que no pusiese nombre aborrecible. A la lealtad llamó riesgo, y necios y malos á los celosos y prudentes. Hay siempre en las repúblicas unos hombres que con solo un reposo dormido adquieren nombre de políticos; y de una melancolía desapacible se fabrican estimacion y respeto: hablan como experimentados, y discurren como inocentes. Siempre están de parte de la comodidad y del ocio, llamando pacificos á los infames, y atentos á los envilecidos; y son tan malos, que solo es peor el que los da crédito. No los replicó Bruto, aunque los contradijo Labeon; porque estos son peores advertidos que despreciados.

No le pareció á Bruto establecer la conjura con juramento, sacrilicio ni ceremonia exterior; porque estas cosas pueden resultar en indicios, y el secreto acompañado de ruido, suele con él ser parlería de su mismo silencio. Y este aparato de juramentos y ofrendas en las confederaciones, no solo no las afirma, mas ántes las acusa de sospechosas, pues siempre confiesan estos requisitos la duda que los que los piden tienen de los que los conceden. Aquel negocio se ejecuta con ménos riesgo, que depende de ménos circunstancias. Verificó bien esta doctrina Marco Bruto; pues, no sacando afuera de las almas de los confederados la resolucion, la cerró tan oculta, que burló el crédito á los astrólogos que amenazaron á César, con dia señalado, su fin; á los animales, que, muertos, con entrañas introducidas á la profecía (por la supersticion) se predijeron; y á tantas señales y agüeros que le amonestaban de su riesgo. Ordénalo Dios así, porque ni los temerarios no fueran incrédulos,

dificilmente los hallara el castigo; mas, como nacen para escarmiento, solo dan crédito á la soberbia, que, presumida, les aparta el remedio de las dudas.

TEXTO.

«Bruto, viendo que dependian de él todos los valientes y leales de la ciudad, revolvia el peligro en lo mas hondo de su ánimo, y procuraba en el semblante componer los sentidos de dia; y de noche en su casa no era el mismo, porque á veces á pesar del sueño le solicitaba congojosamente el cuidado. Y profundamente melancólico, vacilando en los senos de las dificultades y las amenazas de los riesgos, no pudo engañar la atencion afectuosa de su mujer, que en su fatiga conoció padecia interiormente las ansias de alguna determinacion dificultosa y intricada. Llamábase Porcia, y era hija de Caton. Casóse Bruto con ella, siendo viuda y muchacha, y teniendo un hijo que se llamó Bíbulo, de quien hoy se lee un pequeño coméntario de los hechos de Bruto. Era Porcia mujer estudiosa de la filosofía, enamorada de su marido, animosa y prudente; y por serlo, ántes quiso hacer de sí experiencia, que preguntar á su marido la causa de tan congojosa tristeza. La experiencia que hizo en sí fué esta: con un cuchillo que los barberos tienen para cortar las uñas, despues de haber desembarazado su aposento de las criadas, quedando sola, se dió en un muslo una grande herida. Empezóse luego á desangrar copiosamente, á que se siguieron inmensos dolores, con calenturas y frio; y viendo á Bruto afligido y atónito de verla en tan peligroso estado y tan mortales congojas, le habló en esta manera: Yo, Bruto, hija de Caton, me casé contigo, no como las concubinas solamente para el consorcio de la mesa y de la cama, sino para ser tu compañera en lo próspero y en lo adverso. Por tu causa no puedo quejarme de mi casamiento, y tú puedes quejarte del tuyo conmigo, pues no te puedo ser de algun alivio ó deleite, cuando en el retirado tormento de tu ánimo, ni el cuidado que veo cuánto te desasosiega y requiere confianza, no te le ayudo á padecer. No ignoro que la naturaleza flaca de las mujeres no es capaz de la guarda de algun secreto; mas en mí hay una cierta virtud de buena enseñanza y de honesta indole para reformar las costumbres de mi sexo, y esta la tengo por hija de Caton y por mujer de Bruto, en las cuales ántes de ahora estaba ménos confiada; mas ahora me he experimentado invencible al dolor y á la muerte. Dijo así, y descubriéndole la herida, le dijo el fin con que se la habia dado. El, atónito y enajenado con la admiracion y la pena, levantando las dos manos al cielo, suplicó á los dioses fuesen propicios á su intento, para que se mostrase digno marido de Porcia.»

Aquellas cosas que degeneran de sí mismas, en lo que desmienten su naturaleza suelen ser prodigiosas: admirables si son buenas, y vilísimas si no lo son. Los hombres que han sido afeminados, han sido torpísimo vituperio del mundo. Las mujeres que han sido varoniles, siempre fuéron milagrosa aclamacion de los siglos; porque, cuanto es de ignominia renunciar lo bueno que uno tiene, es de gloria renunciar lo malo y flaco. Porcia, mujer de Marco Bruto, fué tan esclarecida, que en sus acciones mas pareció Caton que hija de Caton; ántes

Marco Bruto que su mujer; pues, siendo el natural de todas las que lo son derribado á las niñerías del agasajo, y sólo atento al logro de su hermosura, y á la hartura de su deleite, y á la servidumbre de su regalo, esta, codiciosa de penas y ansiosa de cuidados, tuvo celos valientes, no de que la tuviese ménos amor, sino de que la tuviese ménos afligida con la propia causa que su marido lo estaba. Tuvo por afrenta que no la juzgase Bruto digna de padecer con él, y capaz de cuidados homicidas. Estaba triste de verle triste, y corrida de estarlo por la vista, y no por la comunicacion confidente; y esto, porque sabía que se aumenta el dolor á solas y desconfiado de compañía. Parecíala que no darla Bruto parte de él era temor de la flaqueza mujeril, y que por esto queria padecer mas dolor secreto y prudente, que ménos dolor aventurado y repartido. No le culpaba porque era mujer, mas trató de disculparse, sabiendo ser mujer. Primero con una herida mortal se calificó para poder preguntar á su marido la causa de su tristeza, que se la preguntase. Quiso que la pregunta fuese hazaña, no curiosidad; y reconoció tan desacreditado en las mujeres el sufrir un secreto, que se examinó en sufrir la muerte, para persuadir que le sufriria. ¡Oh docto, y entónces religioso, desprecio de la salud! Para convencer Porcia á Bruto de que ántes morirá que revele el secreto, se da la muerte ántes, porque la pregunta lleve por fiador su fin. No quiso que en la promesa aguardase Bruto su constancia; quiso aguardar igualmente la muerte y el crédito de su marido. Muchas mujeres ha laureado la guerra, muchas ha consagrado á la inmortalidad la virtud en los gentiles; empero ninguna fué igual á Porcia, que reconoció la flaqueza del sexo, y no solo la desmintió, mas excediendo el ánimo varonil, fué á su marido mujer y sacrificio, dolor y ejemplo, y por acompañarle en el espíritu, despreció acompañarle en el tálamo. Bien reconoció Marco Bruto lo que tenia y lo que perdia, cuando, viéndola mortal, con estupor no pidió á los dioses le diésen vida, sino que fortunasen su intento de manera que le pudiesen juzgar digno de ser marido de Porcia.

¿Cómo podia dejar de efectuarse determinacion asistida de un prodigio tan grande? Y aun fué pequeño precio de tan generosa muerte la vida de Julio César. Nueva causa para matarle dió á Bruto la muerte de su mujer. Era solamente castigo, y ya era venganza.

ORACION DE PORCIA.

«Saldrá mi sangre y mi alma (dijo Porcia) de mi cuerpo, mas no saldrá tu secreto; y si no se puede fiar secreto á mujer que no sea muerta, por merecer que me le fies cuando no me le puedas fiar, me he dado la muerte. Mas quiero merecer ser tu mujer, que serlo; mejor es dejar de ser mujer con la muerte, que ser mujer y no merecer serlo con la vida. Con esto nos acabará un cuidado á entrambos, pues yo te veo morir del que tienes, y yo muero del mismo, porque no le tengo. Yo no sé lo que padeces; y lo padezco porque no lo sé. Si alcanzares de dias á tus cuidados, que á mí me alcanzan de dias, vivirás mas que yo, mas no mejor. Yo te perdono que ahora me tengas lástima, porque te quiero tanto, que solo sentiré que despues me puedas tener envidia. No pidas mi salud á los dioses, ni la solicites en los remedios; que yo no quiero que la muerte que

me da la constancia, me la estorbe la medicina. Mas gloria te será haber tenido mujer que te haga falta, que tener mujer que te sobre. No te digo que vivas ni que mueras: vive si pudieres, y muere si no pudieres mas.»

Oyóla Bruto, y mezclando sus lágrimas con su sangre, pagó su valentía comunicándola el intento que la callaba y de justicia debia á su muerte. Porcia, reviviendo en el gozo de haberle merecido á su marido parte de su cuidado, y resucitando la voz caida por el desperdicio de la sangre, le dijo:

SEGUNDA ORACION DE PORCIA.

«Bruto, en nada tienes peligro: si matas, te debe tu patria su vida; si mueres, te debe por su vida tu muerte. Si esta se sigue, me acompañarás como marido; si se difiere, me seguirás como amante. Yo ruego á los dioses que permitan que te aguarde á tí, y no á César; que tu amor y este secreto le llevo conmigo á los silencios del sepulcro. El pensar quiere tiempo, y lo pensado ejecucion. Muchas cosas hay que no se dicen, y se derraman; porque lo que no se comunica, se sospecha. Nada es tan seguro como pensar lo que se ha de hacer, y nada es secreto si para hacer lo determinado se tarda en pensar, cuando el pensar es delito y la tristeza amenaza. Recátate del tiempo, que es parlero, y advierte que tales intentos se han de tener, y no se han de detener.»

Oyóla Bruto con toda la alma, y compitiéndola en el semblante lo mortal, procuraba con suspiros sostituir la vida á Porcia, y se enterneció humanamente en la piedad de oficio tan lastimoso.

TEXTO.

«Estando ciertos que César habia de hallarse en el Senado el dia prefijo, determinaron poner en ejecucion su intento con seguridad, por ser todos personas que asistiendo en él por obligacion, no podian ser sospechosos. Persuadiéronse que, muerto César, la propia libertad que restauraban les granjearia por séquito á todos los demas poderosos y nobles, y que la defenderian con ellos. El lugar parecia divino, por eleccion del cielo misteriosa. Era un pórtico (a) que junto al teatro tenia un espacio en que el pueblo romano habia colocado la estatua de Pompeyo, decorando con los pórticos y el teatro aquel sitio, en el cual los idus de marzo se convocó el Senado, que pareció que algun dios, cuidadoso de la venganza, trajo á él á César para dar satisfaccion á Pompeyo.»

DISCURSO.

Deseaba con ansia acelerada Bruto el dar la muerte á César, solicitado de lo mucho que le costaba por la muerte de Porcia. Deseaba que la muerte del tirano precediese á su muerte; por premio de su constancia, por venganza de su sangre y crédito del secreto que tan caro le costaba; y pues se dió muerte por saber lo que queria hacer, procuraba que ántes de espirar supiese que lo habia hecho.

Las conjuraciones contra los príncipes son tan peligrosas como injustas: de mas riesgo miéntras se tratan

---

(a) Dice el original griego: «Era uno de los pórticos que rodean el teatro, formando un espacio ancho donde el pueblo habia colocado la estatua de Pompeyo, en memoria de haber él con los pórticos y el teatro decorado aquel sitio.»—*El Colector.*

que cuando se efectúan. Con alto seso cautelaron esta Bruto y Casio, pues su ejecucion la trataban solamente personas forzosamente asistentes al príncipe, que ni se pudiesen extrañar ni excluir, para que no tuviese que maliciar la sospecha. Todos eran consejeros, y era el consejo donde le habian de matar. No es solo César el príncipe que ha muerto á manos de sus consejeros. A más han muerto malos consejos que sus enemigos. En esto son parecidas las leyes á la medicina. Matan los médicos y viven de matar, y la queja cae sobre la dolencia. Arruinan á un monarca los consejeros malos, y culpan á la fortuna; y los unos y los otros son homicidas pagados. Mata el médico al enfermo con lo que le receta para que sane: destruye el consejero al señor con lo que le persuade para que acierte. Háblase solo de que mataron á César, porque se ven las heridas de los puñales, y no las de los pareceres. Así dicen que matan al que hieren; mas no dicen que matan al que curan. La diferencia es grande, mas no buena; porque á estocadas muere uno, y á malos consejos muchos, si no todos. ¿Cómo podia vivir un monarca que tenia por sus enemigos sus senadores? Antes me espanto cómo vive alguno, pues pocos los tuvieron por amigos. Dañoso es el consejo en el príncipe que no sabe temerle como tomarle. Es forzoso y necesario que el príncipe le tenga y le oiga, si le sabe descifrar. Algo ha de tener mas que sus consejeros el príncipe, si quiere que no le tengan los consejeros á él. Quien sabe recibir consejo, hace que se le sepan dar. Aquel es verdaderamente rey, que por sí sabe, con lo que determina en lo que le aconsejan, aconsejar á los que le consultan. Muchas cosas han acertado consejos admitidos, y no ménos los desechados. Entiende César que viene á que le aconsejen, y viene á que le maten. Mucho deben temer los malos, en lo que olvidan, la memoria del grande Dios: ella en el castigo de los delincuentes sirve de fiscal para las circunstancias del pecado. No basta que muera César, sino que caiga muerto á los piés de la estatua de Pompeyo, á quien dió muerte. Siempre fué sumamente aborrecible á Dios la hipocresía. Holgóse César de ver cortada la cabeza de Pompeyo, y fingió lágrimas; y desquitóse la justicia divina de esta maldad, con la circunstancia de arrojarle muerto á los piés del bulto del ofendido. Siempre gobernó el mundo el Dios solo verdadero, todo santo, siempre justo. Los errores de la religion fuéron originados de la mente engañada de los hombres: ellos obraban como flacos; él como justiciero. Con los dioses inducidos de la idolatría le pusieron nombres; mas no le quitaron el oficio. Tan cuidadosa estaba su providencia entónces como ahora: mas ofendida, lo confieso; mas no ménos ejércitada. Mata el tirano porque puede, y no se acuerda que puede y debe morir quien mata. Júzgase fuera del castigo, porque no se acuerda de quien le juzga. Si Julio César leyera, y no mirara la estatua de Pompeyo, la temiera proceso, y no la viera imágen: tuviérala por querella de bronce contra él, y no por adorno de su tribunal, ni lisonja de su venganza.

TEXTO.

«Luego que amaneció, Bruto con un puñal encubierto salió de su casa, sin que otra persona que su mujer fuese sabidora de su intencion. Los demas se juntaron con Casio, y trajeron á su hijo al foro á que

tomase la toga viril. Desde allí se fuéron todos al pórtico de Pompeyo, disimulando que aguardaban la venida de César. En esto principalmente se puede admirar la inmobilidad y constancia de estos varones, pues muchos de ellos, á quien por razon de la pretura tocaba juzgar, no solo daban benigna audiencia á los litigantes, como si tuvieran el ánimo desembarazado del peso de tan dificultosa empresa, sino que á los pleitos y causas que atentamente oian, con grande juicio daban respuestas, disputándolas y decidiéndolas. Y como uno, rehusando pagar lo que por sentencia se le habia mandado que pagase, clamase á César con grandes voces y porfiadamente, mirando Bruto á los circunstantes, dijo: *César no me prohibe ni prohibirá juzgar conforme á las leyes.* Y de verdad en aquel dia muchos riesgos y dificultades les opuso turbulenta la fortuna. Lo mas principalmente fué la detencion de César, que, como no pudiese sacrificar, temerosa le detenia su mujer, y congojados le contradecian los agoreros la salida de su casa en público.»

DISCURSO.

Las determinaciones grandes quieren que prevenga la prudencia propia á la malicia ajena. Hase de poner en el alma tan estrecha reclusion á los pensamientos, que no se les deje salida ni respiradero desde los sentidos á las potencias. Son parleros los ojos, y suelen las acciones del cuerpo ser chismes de la negociacion del entendimiento. El que piensa divertido, suspenso dice lo que calla. Hase de imaginar de suerte, que por la tristeza no pueda el tirano imaginar que se imagina. El que sabe ser dos, en una accion se guarda las espaldas, con lo que finge, á lo que traza. Los tiranos son grandes estudiantes de los semblantes; y el pueblo, cuando reinan, espia con atencion las señas exteriores, para descansar la curiosidad ansiosa sin riesgo. Nada se ha de mostrar ménos que lo que se desea mas. La hipocresía exterior, siendo pecado en lo moral, es grande virtud política. Llámola el viento de que se sustenta el camaleon del poder. Habian concurrido todos los conjurados á dar la muerte á César; y como si no atendieran sus ánimos á tan aventurado suceso, atendian con tal despejo á los pleitos que como pretores oian, que, fuera de aquella ocupacion, no parecia que les quedaba otro hombre interior armado y prevenido. No solo no parecia que aguardaban á César, sino que no se acordaban que le habia.

En ningun tiempo el judaismo ni la gentilidad pudo acusar á la providencia de Dios de poco solícita de la enmienda de los malos. Es estilo de su justicia prevenir sus castigos con advertimientos y señales. Fuéron muchas las que amonestaron á Julio César su muerte; empero á las culpas de asiento en el corazon del hombre, las mas veces se le añade otra peor, que es la dureza y la incredulidad, de que se fabrica la confianza, á cuyo cargo están las ruinas de los príncipes, las caidas de los poderosos, y las desgracias de todos; porque la obstinacion fué siempre, y lo será, autora de tragedias.

Pocos meses ántes de este dia, como en la colonia Capuana (por la ley Julia) los vecinos cavasen los sepulcros antiguos para hacer heredades, y esto lo hiciesen con mayor afecto, persuadidos que hallarian tesoros, por algunos vasos que testificaban grande vejez, que envueltos en la tierra sacaban, hallaron una tabla de metal en el sepulcro en que se entendia estaba enterrado *Capis, fundador de Capua.* Estaba en ella con letras griegas escrita esta advertencia : *En el tiempo que los huesos de Capis fueren descubiertos, sucederá que al descendiente de Julo, con sangrienta mano, darán la muerte sus deudos.* De esta adivinacion, porque no la tengan por mentirosa ó fingida, es autor Cornelio Balbo, familiarísimo de Julio Cesar.» Hasta aquí son palabras de Suetonio.

Mucho crédito dió la gentilidad en las amenazas, por venir á las palabras de los que se morian, ó los escritos que se hallaban en las sepulturas; mas yo alguna sospecha tengo de estas cosas que se descubren debajo de tierra ; y mas de esta, cuando para irritar á todos contra Julio César, andaban los odios poniendo coronas á las estatuas de César, y cedulones en la estatua de Junio Bruto. Muchas cosas han achacado los invencioneros á los parasismos de los que espiran, y á los monumentos de los difuntos. Sea verdad ó no, grave autor lo escribe de la relacion de un amigo de César, y debiera recelar este escrito, si no por profecía, por amenaza; y porfiar en el desprecio de estas cosas, mas es de necio que de constante. Escriben tambien que, pocos dias ántes de este dia, los caballos que pasando el Rubicon habia consagrado y dejado libres sin guarda fuéron hallados sin querer pacer, con pertinacia y llorando. Ya en Homero se leen llantos y lágrimas de caballos. No seria mucho que hubiese la historia aprendido esta fábula de la poesía, ó que los aduladores de César, que despues de su muerte le hicieron dios, afirmando que su alma la vieron arder estrella, le añadiesen por adherentes de divinidad estos prodigios.

Estando sacrificando Spurinna, arúspex, le amonestó que se guardase del peligro, que no pasaria de los idus de marzo. Otros escriben que este era astrólogo, y que lo advirtió por una direccion de su nacimiento de César.

Para conmigo muy desautorizado crédito tiene la astrología judiciaria. Es una ciencia que tienen por golosina los cobardes, sin otro fundamento que el crédito de los supersticiosos. Es de la naturaleza del pecado, que todos dicen que es malo y le cometen todos. Es un falso testimonio que los hombres mal ocupados levantan á las estrellas. No niego que las causas superiores no gobiérnen las naturalezas de la tierra, ni que de sus influencias dependa esta porcion inferior. Mas con ella propia niego que sus aforismos tengan verdad ; pues ni ellos son nivelados con alguna certeza, ni hay experiencia que no la desmienta. Con una propia posicion de signos y planetas y aspectos, uno murió muerte violenta, y otro fué largos años fortunado. Y sin diferenciarse en algo, en una propia casa las estrellas son raramente verdaderas, y frecuentemente mentirosas. Con evidencia probó esto y sin respuesta, despues de otros muchos doctos y religiosos escritores, Sixto ab Hemminga Frisio, en su libro, cuyo título es : *Astrologiae, ratione et experientia refutatae ;* demostrándolo en treinta nacimientos de treinta príncipes, reyes, emperadores y pontífices, cuyas vidas y muertes fuéron ejemplo de sumas fortunas y miserias, observadas por Cipriano Leovicio, Jerónimo Cardano, Lúcas Gáurico, grandes maestros de la astrología judiciaria. Y siendo así que toda ella es un temor forzoso y un consuelo inútil, y tan vana cuando

es amenaza como cuando es promesa, ni á ella le faltarán secuaces, ni á ellos aplausos. ¡Oh coguedad del hombre, que no sabiendo lo que es, y olvidando lo que fué, quiere saber lo que será! No ignoro muchos casos extraños que se refieren de la astrología ; mas como son en el mundo mas antiguos los embusteros que los astrólogos, y en todo tiempo hubo credulidad y ignorancia y mentirosos, yo retraigo á la duda la calificacion de estos cuentos. Por esto aconsejaré á los príncipes dos cosas : la primera, que no los oigan ; la segunda, que si los oyen, por la religion no los crean, y que por la prudencia no los desprecien; que con esto dotrinarán bien el error de haberlos oido.

Un dia ántes la ave llamada regaliolo, llevando un ramo de laurel y siguiéndola muchas aves de varios colores, entrándose en la curia de Pompeyo, fué dellas despedazada; y aquella noche que amaneció el dia de su muerte, al mismo César le apareció entre sueños, que volaba sobre las nubes, y tambien que se daba las manos con Jove. Calpurnia su mujer vió como en vision que se caia lo mas alto de su palacio, y que en sus faldas mataban á su marido ; y luego de repente se abrieron las puertas de su aposento.

Concedamos que todo esto sucedió como lo escriben, persuadidos eran diligencias de la inmensa piedad de Dios para evitar en los conjurados el delito del homicidio, y en César para prevenirle la muerte. Hablólos por los agüeros que entónces oian; aconsejólos con las aves, con los animales, con los sepulcros, con los sueños; porque ni á César contra Dios le quedase queja de su muerte, ni á los matadores excusa de su delito. Por esto los monarcas deben cargar la consideracion sobre los acontecimientos, considerándolos como prevenciones divinas, no como supersticiones humanas.

TEXTO.

«La turbacion, segunda aquel dia para los conjurados, fué que uno de los que no eran de la determinacion, se llegó á Casca, que era de los confederados, y apretándole la mano derecha, le dijo : *Tú, Casca, nos has callado el secreto ; mas Bruto nos le ha declarado todo.* Y riéndose de la confusion y espanto con que se turbó Casca, añadió : *Dime, ¿de dónde has enriquecido tan presto que te presumes edil?* Cerca estuvo Casca, engañado del hablar dudoso de este, de confesar el trato de todos. Y al Popilio Bruto y á Casio, Popilio Lena, varon del órden senatorio, hablándoles inclinado al oido, les dijo : *Yo deseo por vosotros que ejecuteis con las manos lo que teneis cerrado en los corazones; yo os aconsejo que no lo dilateis, porque el silencio dura poco.* Y habiendo dicho esto, se fué, dejándoles grande sospecha de que su determinacion estaba descubierta. En esto vino un criado de su casa de Bruto, desalentado, á decirlo que su mujer estaba espirando. Porcia, aumentando con el cuidado del peligro de su marido la herida, no sosegaba; y á cualquier rumor pequeño que oia, preguntaba por Bruto y qué hacia. Con estas ansias diferidas la dió un desmayo que, no pudiendo tenerse en pié, entre sus criadas cayó sin algun sentido, tan mortal en la color y falta de voz y respiracion, que juzgándola por muerta las mujeres que la asistian mezclaron los llantos en un rumor desconsolado y lastimoso, de que se ocasionó decir los que le oian, que Porcia era muerta ; y llegando lo esta nueva, Bruto no la creyendo, con ánimo invencible no quiso dejar el negocio público por el suyo, aunque le era de tan inmenso dolor.»

DISCURSO.

En los grandes movimientos de las repúblicas y reinos hacen oficio de adivinos los desocupados maliciosos, y de astrólogos los mal contentos que atienden. No todo lo que se calla y se descubre es falta de secreto, sino muchas veces sobra de malicia ajena. Por eso conviene prevenirse los movedores de las facciones de recato prudente y mudo, y desentenderse de las palabras equívocas con que los curiosos preguntan y espian, dando á entender que saben lo que desean saber. Casca titubeó, y con la turbacion de lo que oia parló mucho de lo que callaba. Empero Bruto y Casio con duplicada advertencia oyeron á Popilio Lena, encubriéndole tanto la sospecha con que los dejaba, como lo que hacian; y no por el riesgo que se les representó desmayaron su determinacion. Tan conjurados estaban contra su propio peligro, como contra César. Oyó Bruto la nueva de que su majer era muerta, y negóse á su dolor por asistir al público. No matará al tirano el que primero no decretare su muerte que la del tirano. Tan honrada como sabiamente se detuvo Bruto: porque si, como decian, Porcia era muerta, no podia resucitarla; y si pasaba la ocasion, no era posible restituirla. Tuvo por mas fina y autorizada demostracion vengar su muerte con la de César, que llorarla con los ojos, que á pesar de su sentimiento mostraba enjutos.

TEXTO.

«Estaban sospechosos algunos de que César estaba ya cansado de vivir, y que deseaba no tener salud tan achacosa, y que por esto no hacia caso de lo que le amonestaban los agüeros, y ménos de lo que le decian los amigos. Algunos juzgan que (neciamente confiado en aquel postrero Senado) no quiso que le acompañase aquel dia la guarda española, que con cuchillas desnudas le asistia. Otros dicen que muchas veces afirmó queria mas padecer una vez las asechanzas que le amenazaban, que temerlas cada dia. Y no faltó quien refiriese que le oyó decir que á la república misma importaba su vida y su salud, que él harta gloria habia adquirido; y que si le sucediese algo, que la república no tendria quietud, y que en algun tiempo con mayor desdicha padeceria guerras civiles. Convencido de estas razones determinó ir al Senado aquel dia tan contradicho de todos, y finalmente, porfiado de Décimo Bruto que le decia que no era razon dilatar los negocios. A la quinta hora salió de palacio, habiendo determinado no decidir algun caso, disculpándose con la poca salud, por causa de no haber podido sacrificar: agüero que le atemorizó algo. Díjose luego que César venia ya en la litera; y en el camino, á vista de Bruto y Casio, Popilio Lena, el que los habia saludado como sabidor de la conjuracion, hizo parar la litera; y atendiendo cuidadosos los dos, se detuvo hablando con César en secreto grande rato; y no oyendo la plática Casio ni Bruto, sospechando que seria darle noticia de sus intentos, algo se cayeron de ánimo. Y como Casio y otros, recelosos desta plática, empuñasen las espadas, conjeturando Bruto las acciones de Popilio que le pedia por sí alguna cosa con vehemencia, y que no los

delataba, desengañado los aseguró á todos de la sospecha que los aceleraba. Poco despues Lena, despidiéndose de César, le besó la mano, declarando con las postreras palabras que le habia pedido alguna merced para sí. Pasó adelante, y un ciudadano le dió un memorial en que iba declarada la conjuracion, con los nombres de todos los conjurados, y le dijo: César, lee ese papel; que te importa. Él, llevando los demas memoriales en el puño, este, para acordarse de leerle, se le puso entre los dedos; y divertido con la instancia de la gente no le leyó. Cerca del Senado vió pasar á Spurinna, y acordándose de su pronóstico, le dijo en voz alta: Spurinna, hoy son los idus de marzo; y Spurinna le respondió: Hoy son, pero no han pasado. Todo esto oian los que esperaban á hacer verdadero á Spurinna, y aciagos los idus de marzo.»

DISCURSO.

Matarse por no morir es ser igualmente necio y cobarde. Es la accion mas infame del entendimiento, por ser hija de tan ruines padres como son ignorancia y miedo: dos vicios en cuyo matrimonio no se ha visto divorcio; pues quien tiene miedo, ignora; y quien ignora, tiene miedo. Solo deseo saber dónde halla el valor para matarse quien no le tiene para aguardar que le maten. Sospecho que esta es hazaña del temor, que tambien sabe dar heridas y ensangrentarse. Más son los que han muerto en las batallas á miedo, que á hierro; y no son pocas victorias las que ha alcanzado el temor por desesperado, no por valiente. Esto con la experiencia avisó á la sagacidad del victorioso, á contentarse con la fuga del contrario. De aquí se colige que el miedo se hace temer, y que en el cobarde que huye suele ocasionar vitoria al vencedor que le sigue. Mejor se puede disculpar el que se muere de miedo, que el que de miedo se mata: porque allí obra sin culpa la naturaleza; y en este, con delito y culpa, el discurso apocado y vil. Contra toda razon celebran por gloriosos á los que se dieron muerte por no venir á poder de sus enemigos, sin ver que su pusilanimidad hace en ellos cuanto pudiera hacer la insolencia del contrario. Necio ahorro es el del miedo. Dase Caton la muerte porque César no se la dé; y fué por esto, él fué en sí propio vencido, y justiciado, y verdugo, y venganza, y vengador de César. Si lo redujo á la aritmética de la cobardía, y juzgó por muchas muertes muchos dias de vida sujetos, y quiso ántes una que muchas; quien se confiesa medroso de vivir sujeto, ¿cómo calificará el matarse de miedo de no sujetarse? Confiésase indigno de las defensas del sufrimiento invencible, despreciador de calamidades. El sufrimiento y la paciencia son los valentones de la virtud. No padece la fortuna ultraje de otros, desaliéntanse en ellos los castigos, cánsase en su perseverancia en la crueldad.

Julio César viéndose combatido de sueños, advertencias, pronósticos y agüeros, se dejó al peligro, queriendo mas padecerle una vez, que temerle muchas; sin advertir que muchos recelos ántes estorban la muerte que la ocasionan. Dictábale estas palabras á César la persuasion de su conciencia, por usurpador del imperio. Más se condenaba por lo que sabia de sí, que por lo que sabia de los otros. Tratábase como á tirano; y el no querer que le acompañase la guarda de españoles, no fué temeridad, sino conocimiento de que al delincuente no le defiende la guarda, sino la enmienda. Sabía que al que quieren matar, los que le guardan le acompañan la muerte, no se la estorban; y cuando saben de quién habian de guardar al príncipe, ya no tienen príncipe que guardar; porque del matador solo da noticia el ya muerto, y cuando no bastan á la defensa del difunto, atienden á la prision del homicida. César, por su discurso, desconfió de la defensa de su vida; y por su tirania, del castigo de su muerte: y así, ni fué temeridad ni valor, saliendo, dejar la guarda. Muy esforzada borrasca padecia su imaginacion, pues de esta temeridad le pasaba á una confianza tan vana como decir: «Que su conservacion á quien mas importaba era á la república.» ¡Oh cuán inadvertidamente se aseguran riesgos particulares en conveniencias comunes, y mas cuando la conveniencia de muchos se funda en el daño de uno! ¿Quién fué tan necio, que su salud se persuadiese importaba tanto á otro como á él? En esto confesó César los delirios de su estimacion propia, que es y será el tósigo de todas las prosperidades. Parece que César iba haciendo lugar á sus enemigos, y desembarazándoles su determinacion. Todos estaban obstinados: César en llegar á morir, á pesar de toda la naturaleza; los conjurados á matarle, á pesar de tantos sobresaltos y sustos, pues no desconfiaron su secreto de la larga conversacion recatada de Popilio Lena con César. Díjole su mujer que no saliese, mandóselo el sueño, amonestáronselo los agoreros, amenazóle el astrólogo, y á nadie creyó; guardando el crédito para Décimo Bruto, uno de los conjurados, que le dijo que saliese. Séame lícito afirmar que César fué el primero, y el postrero y el peor conjurado contra sí; y que si él no lo fuera, no tuviera efecto la conjuracion. Los monarcas mas peligran en lo qué creen que en lo que dudan; porque esto aguarda el consejo que busca, y aquello sigue el que le dan.

Bien desenfadada se mostró la sospecha de César, cuando al entrar en el Senado, y viendo á Spurinna, astrólogo que le habia amenazado, le dijo: «Spurinna, hoy son los ídus de marzo.» Parece que se enfadaba César de la pereza de su desdicha. Siempre quien se burló de su peligro, se halló burlado dél. Bien constante y prodigiosa fué la respuesta de Spurinna: «Hoy son los ídus, mas no han pasado.» Extraño divertimiento fué no reparar en estas palabras, en que hoy repara con temor el que las lee. Empero esto no fué tan digno de admiracion como tomar el memorial, en que otro le dió noticia de la conjuracion nombrando los conjurados, y diciéndole «que le leyese luego, que le importaba»; y caidadoso César, para diferenciarle de los demas memoriales que llevaba en la mano, le puso entre los dedos, y entró en el Senado sin leerle. Claramente se ve que en este caso se juntó á la flaqueza del hombre la providencia de Dios. ¿Quién podia esperar que quien no habia dado crédito á las aves, ni á los animales, ni á los sepulcros, ni á las estrellas, ni á los sacrificios, ni á la religion, le habia de dar á un particular? Aqui se conoce cuán flaco de memoria es el pecado: tiene César en su mano su vida, y la olvidó; tiene en la ajena la muerte, y la busca. En nuestra mano nada se logra: en la de Dios nada se pierde. Pocas veces son dichosos los avisos saludables en poder de los tiranos. No es nuevo en ellos tomar el buen advertimiento para olvidarle, ni poco antiguo perderse por haberle olvidado. Canas tiene el di-

vertir á los príncipes para que no lean lo que les importa. Faltóle tiempo á César para leer, y faltóle la vida por no haber leido. Justo es que quien difiere á otro tiempo su remedio, no alcance remedio ni tiempo. *

TEXTO.

«Entró César en el Senado, y luego le cercaron todos, fingiendo querian consultarle algunos negocios. Allí se dice que Casio, volviendo la cara á la estatua de Pompeyo, la pidió favor; y Trebonio con malicia divirtió á Antonio, y le detuvo fuera de la puerta de la Curia, porque no entrase.»

Tanto importa saber escoger el lugar para la ejecucion de una maldad, como el secreto. En todo fué grande la habilidad de esta traicion, pues supo escoger personas y sitio. Algunos fuéron de parecer que embistiesen á César en la calle, otros en su casa. Estos eran consejos de la ira, no del discurso. Marco Bruto, que como cabeza pensaba por todos, resolvió que fuese en el Senado, diciendo: Que de matarle en las calles ó en otra parte podia resultar fácilmente su ruina, porque la dignidad del príncipe tenia grande séquito, y su valor muchos devotos, y su persona muchos apasionados; y que á todos estos, que eran muchos y poderosos, la muerte violenta encenderia en compasion piadosa, siendo informados por la vista, del horror, de la sangre y de las heridas. Que el pueblo en los sucesos repentinos y públicos sigue al primero grito, y dá el oido, por donde se gobierna, al que ántes se le ocupa. Que aun los enemigos y quejosos y castigados del propio César, por mostrarse generosos y humanos, ó serian neutrales, ó seguirian (por su seguridad) á la mayor parte; porque en casi todos los rencores la enemistad tiene por orilla la muerte del que aborrece; y que en esta confusion grande y forzosa no podria ser oida su razon ni las causas de ella. Que todos los que no habian sido en ello, quejosos de que habian desconfiado de su secreto y su valor, habian de ser sus enemigos, y que serian los quejosos séquito y aclamacion de César. Que era locura liarse en que por ser en utilidad de todos el librar la patria del tirano, lo seguirian todos con aplauso; pues habian visto que infinitos, de los mejores y mas valientes de la patria, le habian asistido á hacerle tirano por el hierro y por el fuego; y que todos estos tenian hoy su medra en su conservacion, y seria dificil delante del cuerpo de César despedazado persuadir, tan pocos á tantos, que era celo y no envidia la que los movia, y era fácil recelar peor tirania de los matadores; porque es condicion del pueblo aborrecer al que vive, y echarle ménos en muriendo: siendo así que las alabanzas y los elogios magníficos solamente los merecen las desdichas y la sepultura. Que se debian temer mucho los llantos de las mujeres, de cuyos afectos dependen las determinaciones de los hombres. Y afirmó que estas empresas se debian ejecutar en parte luego que ántes se supiese la causa, que la muerte; que oyesen que estaba muerto, y que no le viesen difunto. Que para conseguir esto, y evitar los inconvenientes referidos, el lugar solamente á propósito era el Senado, y las personas solamente convenientes los senadores; porque el lugar autorizaba el suceso, y las personas, como padres de la patria, le calificaban; y que saldria el homicidio, en el razonamiento, mas venerable que lastimoso, y su atencion desembarazada de piedades desordenadas y de conmiseraciones plebeyas, y que reverenciarian por misterio la crueldad. Convencidos de esta doctrina, determinaron se cometiese la muerte en el Senado.

No escribo estas razones para dotrinar conjuras, sino príncipes, porque reinen advertidos del lugar y de las personas en que solamente sus peligros se logran. No tienen culpa las hojas de la salvia, llenas de virtudes, de que muera el que las traga, sino el sapo que las envenena; y por eso es el peor de los animales, porque busca lo mejor para hacerlo malo. No serán culpables las hojas de mi libro en la rabia del basilisco que las leyere, sino el contagio de sus ojos, que miran con muerte; ni acusará estas razones sino aquel que sintiere que yo descubra en advertencia lo que secreto podia él obrar en tósigo. Sepan temer los reyes, y sabrán vivir. No les da veneno quien no les da de beber, no los hiere quien está apartado, no los engaña quien no los aconseja : el campo de su batalla es su palacio. Sé que algun furioso se ha atrevido á dar muerte á su principe en la calle, empero sé que es alguno. Mas tambien sé que no hay alguno que pueda contar los monarcas que han muerto á manos de sus confidentes, y cuántos hijos han hecho herederos los criados de sus padres. César vivió en las batallas, donde se muere. César murió en el Senado, donde se vive. Pues los reyes y emperadores toman de César el nombre, no dejen el ejemplo y el escarmiento.

¡Notable accion fué la de Casio, mirar la estatua de Pompeyo y pedirla ayuda! Esta fué idolatría de la ira, al agravio. Persuádase el que hace morir á otro, que podrá derramar su sangre, mas no acallarla. La estatua de Pompeyo muerto era en el Senado el ídolo de los agresores de César. No hubo César entrado en el tribunal, cuando le rodearon todos con achaque de negocios fingidos. No habian entrado ellos á perder tiempo, sino á quitársele á César y gozarle.

Habian excluido de la conjuracion á Marco Antonio, si bien era hombre en cuyo ardimiento ántes se cansaban los trabajos, que le cansaban : nacido á la guerra, bien afortunado en las armas, y por esto singularmente favorecido de César, que fué la primera causa de excluirle del trato y conspiracion. Sabían que Antonio fué causa de las inobediencias de César, cuando no quiso dejar las armas; pues siendo tribuno de la plebe por las dádivas de Curio, no queriendo el Senado leer las cartas que César escribia por la prorogacion de su cargo, él osó leerlas concitando el pueblo. Y viendo que Lépido y Caton refutaban las nuevas condiciones que se proponian por los amigos de César, se fué arrebatadamente con Quinto Casio adonde estaba César, y con gritos sediciosos le exhortó á la tiranía. Movióles asimismo á no darle parte el ser Marco Antonio temerario y ambicioso, amigo de novedades, asistido de malas y bajas costumbres, deshonesto con publicidad, bebedor con infamia de su juicio, compañero de rufianes y alcahuetes y bufones, protector de facinerosos y delincuentes, y todo su espíritu una poblacion de distraimientos y escándalos. Por esto no solo recataron de él sus designios, mas con providencia trazaron que Trebonio este dia le entretuviese en palabras á la puerta, porque no entrase en el Senado. Y si bien todos fuéron de parecer

que con César debian dar muerte á Antonio, Marco Brutó lo contradijo severo, diciendo no convenia extender el cuchillo á otra vida que á la del tiranó, porque no se difamase la accion con señas de guerra civil ó venganza. Esta fué la primera, sino la mayor necedad del discurso de Bruto, pues ignoró que de las acciones violentas la calificacion está en la seguridad, y que esta la da ántes el extremo que el medio. Persuadióse que muerto César seguiria su partido Antonio, sin advertir que era mejor que siguiera á César en la muerte, que esperar que los siguiera en su opinion. Cierto era que pues ayudó á otro á usurpar la libertad de la patria, para lo propio no se desayudaria á sí mismo; y por esto fuera mas seguro matarle que detenerle.

TEXTO.

«Tenian cercado á César con achaque de negociar, y entre todos Tilio Cimbro le rogaba por un hermano suyo desterrado. Y por llegarse con buen color, valiéndose todos los otros de la ceremonia del ruego, pidiéndole lo propio le tocaban los piés y el pecho, le asian de las manos, y con besos le tapaban los ojos. César despidió la intercesion, y embarazado con las ceremonias, se levantó para librarse de ellas por fuerza. Entónces Tilio Cimbro con las dos manos le quitó la toga de los hombros, y Casca, que estaba á sus espaldas, sacando un puñal, el primero le dió en un hombro una herida pequeña. Y asiéndole de la empuñadura César, exclamando con alta voz, dijo en latin: *Malvado Casca, ¿qué haces?* Mas en el griego pidió á su hermano que le socorriese. Y como ya fuesen muchos los que le acometian á César, y mirando á todas partes para defenderse, viendo que Bruto desnudaba la espada contra él, soltó la mano, y el puñal de Casca, que tenia asida; y cubriéndose la cabeza con la toga, dejó su cuerpo libre á los homicidas que, turbados, arrojándose unos sobre otros á herir á César y acabarle, á sí propios se herian. Y Bruto, dándole una herida, fué herido de sus propios compañeros en una mano, y todos quedaron manchados de la sangre de César, y César de alguna de ellos. »

DISCURSO.

Los que para hacerle aborrecible le añadieron corona, dignidad y poder, para matarle le prendieron con la adoracion, le cercaron con las reverencias, y le cegaron con los besos. Más homicidas fuéron aquí los abrazos que los estoques. Debo decir que sin aquellos no lo supieran ser estos. Bien puede haber puñaladas sin lisonja, mas pocas veces hay lisonja sin puñalada. Pocos tienen á la adulacion por arma ofensiva, y ménos son los que no la padecen. Es matador invisible á la guarda de los monarcas; éntrales la muerte por los oídos, enviada en palabras halagüeñas. Las caricias en los palacios hacen traiciones y traidores; y cuando son ménos malas, son prólogos de la disimulacion. Tan desnuda anduviera la mentira como la verdad, si la lisonja no la vistiera de todos colores. Es la tienda de todos los aparatos del engaño, de todos los trastos de la maldad. En ella halla espadas la ira, máscaras el enojo, caras la traicion, novedades el embeleco, disfraces la asechanza, joyas el soborno, galas y rebozos la ambicion, la maldad puestos, y la infamia caudal. Humillábanse estos á César para derribarle; llegábanse á él para apartarle de la vida ; llevábanle en los abrazos las heridas , y en los besos la ceguera. Hallóse tarde embarazado ; levantóse en pié para desviarlos por fuerza. Mal apartan de si los príncipes el peligro doméstico : es fácil no ocasionarle ; y ocasionado , es imposible el huirle. Determinarse tarde al remedio del daño, es daño sin remedio. En tanto que estuvo sentado, se le arrodillaron ; en levantándose , se levantaron para derribarle. Quitóle Tilio Cimbro la toga de los hombros , y luego Casca el primero le dió por las espaldas la primera puñalada. Rey que se deja quitar la capa, da ánimo para que le quiten la vida. Los que cara á cara le desnudan , dan la señal á los que están detras para que le maten. Esta primera herida, que dice Plutarco que no fué de peligro, fue la mortal, con ser la primera, pues dió determinacion á las otras. Quien empieza á perder el respeto á los reyes, los acaba por todos los demas que le siguen. Es reo de lo que hace y de lo que hace que hagan. «Asió César á Casca la mano con el puñal por la guarnicion, y con grande voz le dijo en latin : Malvado Casca, ¿qué haces?» ¡Oh ceguedad de los tiranos! Ven al que los desnuda delante, y al que los hiere detras , y pregúntanles lo que hacen! Quien pregunta lo que padece, con razon padece, y sin remedio, lo que pregunta. No puede ser mayor ignorancia que preguntar uno lo que ve. Este es el riesgo de los monarcas, que ni conocen los matadores cuando los matan , ni la muerte estando muriéndose. Tiene César en la mano la empuñadura de la espada que le hirió , y la punta en la espalda, y pregunta gritando al homicida lo que hace, habiéndoselo dicho el golpe y la sangre. Achaque es de la majestad descuidada preguntar al que le destruye, y no creer al que le desengaña. Si los reyes preguntaran á sus heridas, y no á los que se las dan, tuvieran noticia de su defensa.

César volvió á mirarlos y vió que todos con las espadas desnudas juntos le embestian ; mas, viendo que con el puñal desenvainado le acometia Marco Bruto, cubriéndose la cabeza con la toga, se dejó á la ira de los enemigos. Suetonio escribe que le dijo en griego : « ¿Y tú entre estos? Y tú, hijo?» ¡Qué mal atenta , y cuán desacordada es la hora postrera de los tiranos! Todos ó los mas acaban diciendo requiebros al quien los mata. ¿Qué otra cosa puede suceder al que llega con su pecado hasta su muerte? Era Marco Bruto su pecado, hijo (así lo entendia César) de su adulterio ; ¡y admírase de que un hombre pariente de su delito esté entre los que le hieren, y llama hijo al que es cabeza de los conjurados contra él! Defendióle, como se ha visto, en la rota que dió á Pompeyo en Farsalia, llamóle á sí desde Larisa, abrazóle en llegando á su real, perdonó por él á Casio, dióle gobiernos, arrimóle á si en el Senado ; y espántase de que esté con los que él propio le juntó, y de verle donde se habia entrado ! Mire el principe á quién acerca á sí y á quién se acostumbra ; porque esto es en su mano, y no el remedio de esto.

Luego que vió á Bruto contra su persona, desamparó su defensa. En esto mostró buen conocimiento, aunque tardo, pues se dió por muerto sin remedio cuando vió armada contra sí á la ingratitud.

Cubrióse la cabeza : lo propio hizo Pompeyo cuando vió irremediable su muerte en la espada traidora de Achílas. Era esta una supersticion de los gentiles para que no viesen con las ansias naturales fea los enemigos su muerte. Llegaba el punto de su valentía hasta no querer que viese alguno los sentimientos forzosos del cuerpo ni los ademanes del fin de la vida.

Pondera Suetonio que cuando cayó, por caer decente se cubrió con la propia toga los piés. Advertencia para caer bien y para morir á escuras, no es advertencia del juicio, sino circunstancia del yerro. Mejor es mirar por los piés para que no caigan, que dejarlos caer y mirar porque no se vean. Cubrirse de piés á cabeza con la toga , fué hacer la toga mortaja. Cuidar de menudencias para despues de muerto, y no de los riesgos para no morir, quiere ser piedad, y no sabe ; quiere parecer advertencia, y no puede : pretendió ser recato honesto, y quedóse en melindre castigado.

TEXTO. *

«Muerto César en la forma que hemos dicho, Bruto, poniéndose en medio de todos, por verlos turbados, intentó con razones detenerlos y quietarlos ; mas no lo pudo conseguir ; porque, despavoridos y temblando, huian, y en la puerta á la salida se atropellaban unos á otros sin órden, no siguiéndolos ni amenazándolos alguno.»

DISCURSO.

No hay cosa tan disimulada como el pecado. En la noche que le sobra , con que ciega sus fines, escurece los sentidos y potencias de sus secuaces. Es lumbre de linterna, que turba y deslumbra á quien la mira y pone en ella los ojos ; es luciérnaga , que , mirada de léjos, se juzga estrella, y acercándose y asiéndola , se halla gusano que se enciende en resplandor con la oscuridad , y se apaga con la luz. Todos estos engaños resplandecientes puso la culpa en ejecucion con Marco Bruto y con los conjurados. Acreditóles la determinacion, persuadióles el séquito, escogióles el lugar, dispúsoles la traicion, llególes la hora, entrególes á César, desnudó sus puñales, derramó la sangre y la vida del Príncipe, y callóles la turbacion que les guardaba por haberla derramado. Ninguno ve la cara de su pecado, que no se turbe. Por eso, cauteloso, no la descubre el cuando le intentan, sino cuando le han cometido. Para introducirse en la voluntad, que solo quiere lo bueno, y lo malo debajo de razon de bueno, se pone caras equívocas con las virtudes. Es el pecado grande representante : hace, con deleite de quien le oye, infinitas figuras y personajes, no siendo alguno de ellos. Es hijo y padre de la hipocresia, pues primero para ser pecado es hipócrita , y es hipócrita luego que es pecado. En el mismo instante que los conjurados empezaron á dar la muerte á César, se turbaron de suerte que por herirle se hirieron unos á otros. Sola esta (llamémosla así) justificacion tiene la culpa, que siempre reparte con los delincuentes el mal que les persuade que hagan á otro. Aquí se conoce que la pena del mal empieza del malo que le hace. Tanta sed tiene el cuchillo de la sangre del propio matador, como de la sangre del que mata : bien pudiera decir que tiene mas sed y mas justa. Ellos determinaron de herir á César solo , y su delito determinó que se hiriesen ellos.

Viéndolos turbados y viéndose herido , quiso Bruto sosegarlos con razones y orar ; mas, como el temor del pecado empiece ciego y acabe sordo, se halló sin oyentes ; porque , atentas sus almas al razonamiento interior de sus conciencias, poseidas de horror, derramando frio temeroso en sus corazones, temblando, y con impetu desordenado por salir del Senado unos ántes que otros, se embarazaban en la puerta su propia fuga. Aquí se vió claramente la arquitectura engañosa de las fábricas de la maldad: tienen la entrada fácil, y la salida difícil; es muy embarazoso el bulto del pecado: éntrase con desahogo á pecar, y en pecando, se ahoga el hombre en las propias anchuras. Bien cabe el hombre por cualquiera entrada; mas el hombre en quien cabe el pecado, no cabe por ninguna salida. Grande arma ofensiva de los agraviados es la culpa de quien los agravió. Los que mataron á César, por matarle, unos á otros se hieren; por librarse, unos á otros se estorban; porque la muerte propia del difunto empezaba á pelear con ellos mismos contra ellos.

TEXTO.

«Arrastrados del miedo, con gran escándalo ensangrentados, y los puñales desnudos, huyeron todos, y Bruto con sus compañeros se retrajo al Capitolio. Marco Antonio, temeroso y mudándose el vestido, se escondió. En llegando al Capitolio los matadores, llamaron el pueblo á la libertad. Luego se concitaron grandes clamores, y los discursos diferentes confundieron la ciudad en tumulto suspenso. Mas luego que supieron no se habia cometido otra muerte sino la de César, que no se saqueaba la ciudad, que la accion era sin venganza ni codicia, muchos de los populares y de los nobles y magistrados acudieron al Capitolio con alegría; y en viéndolos juntos, Marco Bruto oró con palabras blandas y eficaces, para calificar las causas de aquel hecho. Y convencidos de sus palabras, todos con voces de aplauso le pidieron que saliese. El, confiado en esta aprobacion y séquito, salió con todos, siguiéndole los demas, no despojados de recelo; y acompañando gran cantidad de los mas principales de la ciudad (como en triunfo) á Bruto, desde el Capitolio le trajeron á los Rostros. El pueblo reverenció la presencia de Bruto, y en lo venerable de su aspecto detuvo el ímpetu, obediente á la inquietud de las novedades; y contra el orgullo natural de la multitud junta, oyeron su razonamiento con grande silencio.»

DISCURSO.

Grave delito es dar muerte á cualquier hombre; mas darla al Rey es maldad execrable, y traicion nefanda no solo poner en él manos, sino hablar de su persona con poca reverencia, ó pensar de sus acciones con poco respeto. El rey bueno se ha de amar; el malo se ha de sufrir. Consiente Dios el tirano, siendo quien le puede castigar y deponer, ¿y no le consentirá el vasallo, que debe obedecerle? No necesita el brazo de Dios de nuestros puñales para sus castigos, ni de nuestras manos para sus venganzas.

Huyeron estos homicidas al Capitolio por asegurarse, y entran en el Capitolio consigo en su delito su persecucion. La sangre de César, que llevaban en sus manos, les iba retando de traidora la de sus venas. Llamaron, para ampararse con buen nombre, al pueblo á la libertad, palabra siempre bienquista de la multitud licenciosa. Y Marco Bruto, conociendo por los semblantes

de los que habian concurrido, que la hacian buena acogida, descubriéndose animoso, dijo:

ORACION PRIMERA DE BRUTO.

«Pueblo romano: Julio César es el muerto; yo soy el matador: la vida que le quité es la propia que él habia quitado á vuestra libertad: si en él fué delito tiranizar la república, en mí ha de ser hazaña el restituirla. En el Senado le dí muerte, porque no diese muerte al Senado. A manos de los senadores acabó; las leyes armadas le hirieron: sentencia fué, no conjuracion. César fué justiciado, y ninguno fué homicida. En este suceso solo podrán ser delincuentes los que de vosotros nos juzgaren por delincuentes. Yo no retraje al Capitolio mi vida, sino estas razones; porque, en habiéndolas oido, os agraviara si os temiera.»

Siguió estas palabras un largo aplauso de la gente, y con voces agradecidas le pidieron que se viniese con ellos á gozar por la ciudad las alabanzas que merecia. Fióse Marco Bruto de estas demostraciones, y fuése acompañado de todos á los Rostros, donde ya habian concurrido en diferentes tumultos todos los ciudadanos de Roma. Parecióle era conveniente informarlos allí, con mas larga oracion, en esta manera:

ORACION SEGUNDA DE BRUTO.

«Ciudadanos de Roma: las guerras civiles, de compañeros de Julio César os hicieron vasallos; y esta mano, de vasallos os vuelve á compañeros. La libertad que os dió mi antecesor Junio Bruto contra Tarquino, os da Marco Bruto contra Julio César. De este beneficio no aguardo vuestro agradecimiento, sino vuestra aprobacion. Yo nunca fuí enemigo de César, sino de sus designios; ántes tan favorecido, que en haberle muerto fuera el peor de los ingratos, si no hubiera sido el mejor de los leales. No han sido sabidoras de mi intencion la envidia ni la venganza. Confieso que César, por su valentia y por su sangre, y su eminencia en la arte militar y en las letras, mereció que le diese vuestra liberalidad los mayores puestos; mas tambien afirmo que mereció la muerte, porque quiso ántes tomároslos con el poder de darlos, que merecerlos: por esto no lo he muerto sin lágrimas. Yo lloré lo que él mató en sí, que fué la lealtad á vosotros, la obediencia á los padres. No lloré su vida, porque supe llorar su alma. Pompeyo dió la muerte á mi padre; y aborreciéndole como á homicida suyo, luego que contra Julio en defensa de vosotros tomé las armas, le perdoné el agravio, seguí sus órdenes, milité en sus ejércitos, y en Farsalia me perdí con él. Llamóme con suma benignidad César, prefiriéndome en las honras y beneficios á todos. He querido traeros estos dos sucesos á la memoria, para que veais que ni en Pompeyo me apartó de vuestro servicio mi agravio, ni en César me granjearon contra vosotros las caricias y favores. Murió Pompeyo por vuestra desdicha: vivió César por vuestra ruina: matéle yo por vuestra libertad. Si esto juzgais por delito, con vanidad le confieso; si por beneficio, con humildad os le propongo. No temo el morir por mi patria: yo primero decreté mi muerte que la de César. Juntos estais, y yo en vuestro poder: quien se juzgare indigno de la libertad que le doy, arrójeme su puñal; que á mí me será doblada gloria morir por haber muerto al tirano. Y si os provocan á compasion las heridas de César, recorred todos vuestras parentelas, y veréis cómo por él habeis degollado vuestros linajes, y los padres con la sangre de los hijos, y los hijos con la de sus padres habeis manchado las campañas y calentado los puñales. Esto, que no pude estorbar y procuré defender, he castigado. Si me haceis cargo de la vida de un hombre, yo os lo hago de la muerte de un tirano. Ciudadanos : si merezco pena, no me la perdoneis; si premio, yo os le perdono. »

Serenó este razonamiento los ánimos de suerte que, fervorosos, pasaron de la ira al agradecimiento; y llamándole padre de la patria, pedian que á Bruto y á los suyos fuesen concedidos honores y dedicadas estatuas.

TEXTO.

«Si bien aplaudieron al decir de Bruto, presto mostraron que su discurso no habia agradado á todos; porque, como poco despues Cinna en público empezase á maldecir á César y á gritar oprobios contra él, acusándole con desvergüenza, se enfureció el pueblo, y arremetieron á despedazarle por insolente; y lo hicieran si no se ocultara en el concurso. Por este accidente temerosos, con Marco Bruto se volvieron á retirar al Capitolio los conjurados, adonde recelando Bruto que le sitiasen, despidió todos los que le seguian, porque con él y sus compañeros no padeciesen, siendo inocentes del hecho.»

DISCURSO.

Ninguna accion á que atienden muchos, la aprueban todos; porque adonde asisten malos y buenos, no es posible la concordia ni es forzosa la diferencia. Es violenta siempre la victoria, porque la da la mayor parte : vence el número, y no la razon. Este riesgo tienen las juntas populares, que las convoca el primer grito, y las arrebata cualquiera demostracion. En ellas tiene mas parte el que se adelanta, que quien se justifica.

Oyeron todos á Marco Bruto ; y aunque no aprobaron todos su razonamiento, por haber sido modesto para el difunto y reverente para los oyentes, sin demasía ni oprobio del muerto, los apasionados de César, acallando su opinion con el silencio, siguieron á los que seguian el parecer de Bruto; mas luego que el imprudente y envilecido Cinna con abominables palabras empezó á deshonrar con oprobios el cadáver de César, los que habian callado á Marco Bruto, con justo furor se declararon contra Cinna y los conjurados.

Era Cinna falsario de virtudes, hablador y embustero. Tenia su medra en la eminencia de las maldades : no tenia vergüenza sino de que otro fuese peor; y fué tal, que nunca pudo tener vergüenza. Su oficio era acusar á los buenos, sin perdonar á los malos : á aquellos, porque le eran contrarios; á estos, porque no le fuesen competidores. Su cobardia era infame; su envidia aun no tenia por límite la miseria, ni su venganza la muerte. No se defendia de ella el envidiado con dejar de ser, porque alimentaba su rabia en procurar (siendo imposible) que no hubiese sido.

En ninguna edad ni en algun suceso han faltado hombres de estas costumbres : dicenlo las desdichas y afrentas de las monarquías, que no sucedieran si ellos faltaran.

Honrar al amigo muerto es religion, y honrar al enemigo muerto religion y honra. Quien afrenta ó consiente que afrenten á su enemigo difunto, miserablemente se confiesa dichoso y infamemente cobarde, pues ni pudo vencer su vida valiente ni su muerte disimulado. El que llora y alaba á su enemigo ya difunto, muestra mañoso que si no le pudo vencer, esperaba vencerle; que le padecia constante, y no le temia rendido. ¡Oh cuántas calamidades han irritado aplausos mujeriles en la muerte de los enemigos introducidos por los invencioneros del miedo, que, pobres de valor, por divulgar victorias granjean castigos!

No sintió el pueblo romano que matasen á César, y sintió que muerto dijesen mal de él. Tenia el pueblo romano honra, y no permitia á los que no la tenian. ¡Oh providencia inescrutable de Dios, qué solo hiciese las partes de César quien solo le afrentaba; y que los oprobios le granjeasen séquito, y sus propias afrentas fuesen venganza de sus heridas!

TEXTO.

«Pero convocado el Senado otro dia despues en el templo de la Tierra, como Antonio y Planco y Ciceron tratasen del olvido y concordia de todo lo que habia pasado, no solo decretaron que fuesen los homicidas absueltos, sino que los cónsules tratasen de honrarlos. Con esta determinacion se disolvió el Senado. Marco Antonio envió su hijo al Capitolio, y trajo consigo á Bruto y á sus compañeros, á quien cuantos encontraron en el camino abrazaron, y con grandes demostraciones de contento y amistad los acompañaron. Antonio llevó á Casio á cenar consigo, y Lépido á Bruto, y á los demas aquellos que les eran familiares y apasionados. En amaneciendo se juntó el Senado, y lo primero agradeció á Antonio el haber sosegado el principio de guerras civiles, y luego les repartieron las provincias. Creta se dió á Bruto, Africa á Casio, Asia á Trebonio, Bithinia á Cimbro, la Galia Circumpadana á Décimo Bruto.»

DISCURSO.

¿A quién no será escándalo que tuviese mas cortés caridad con el Príncipe el pueblo que el Senado? ¿A qué príncipe no será amenaza este ejemplo, si no le fuere escarmiento? Los conjurados empezaron á matar á César, y acabáronle de matar los que les premiaron su muerte. No consintió la plebe las injurias del difunto, y premiáronlas con provincias los padres. En pocas muertes de los emperadores de Roma dejó de ser cómplice el Senado. Santas son las leyes escritas, provechosas son estudiadas; padre de los monarcas es el consejo, y aquí fué padrastro, porque la presuncion del que sabe, fácilmente compite al que enseña, y desprecia al que le obedece. Y porque solo el Príncipe es mas poderoso que el Senado, miró el Senado al Príncipe como á estorbo de ser solamente poderoso. No le quedó qué sujetar sino su grandeza, y por eso se persuadió fácilmente á sujetarla.

Viendo Planco y Antonio y Ciceron que no podian resucitar á César, y que, siendo el Senado autor de su muerte, el pueblo no la contradecia, bien advertidos, por agradar á los senadores acreditaron la accion, y por asegurarse de los conjurados propusieron que se les debian dar premios. Fué fácil persuadir al Senado á lo que estaba persuadido; porque los hombres raras veces hallan inconveniente en consultar aquellas honras de que son partícipes. Ninguno es defensor de la muerte que le hace heredero, porque el interés es consuelo de los ambiciosos, y lo propio que deja persuade á que le dejen.

Era el intento de Ciceron favorecer al heredero de César; el de Marco Antonio favorecerse á sí. Considerando, como amigo de novedades, que en las grandes mudanzas de las repúblicas está fácil la ocasion á las determinaciones violentas, uno y otro ceden á su designio por lograrle. Pónense de parte de los conjurados, para poderlos divertir del castigo que les disponian; disfrazan sus pensamientos con el aplauso, y dan lugar al ímpetu y á la novedad, porque no pueda ser descifrado su ímpetu; y uno de otro se recataba con lo mismo en que convenian.

Luego repartieron entre sí las provincias; que fué repartirse entre sí la tiranía que habian castigado en César. No quitaron la tiranía, sino mudáronla. Mal se asegura la vida de uno, cuando en su muerte esta la medra de muchos. Si los hijos tienen por mayor beneficio en los padres el morir para que los hereden, que el engendrarlos para que sean hijos, ¿qué prerogativa podrá asegurarse en los príncipes?

Más recibió de César Marco Bruto que valia la provincia de Créta; mas hay vanidad en la traicion. Quiere mas el ladron poco que toma, que mucho que le dén. El robo que saquea las repúblicas es aquel que, hipócrita de la codicia, llama desinteres el no recibir de otro, y limpieza el tomarlo todo. No tomar del que puede dar, por tomarle el poder, para tomarse lo que quisieren, y no pedir, es, con buen nombre, escalamiento del poder.

TEXTO.

«Como se tratase entónces del testamento de César y de su entierro, Antonio pedia que se leyese en público, y que el cuerpo no se sepultase oculta ni ignominiosamente, porque el pueblo alborotado no se irritase mas. Casio ásperamente lo contradijo. Empero Marco Bruto fué del parecer de Antonio, y aprobó la pompa del entierro pública, y que el testamento de César en público se leyese. En este parecer volvió engañado á vacilar el juicio de Bruto: error segundo, y no menor que le fué el haber perdonado la vida á Marco Antonio. Leyóse el testamento de César en público: mandaba en él que su tesoro se repartiese en dar á cada ciudadano de Roma trescientos sestercios, y que asimismo les repartiesen los huertos, granjas y heredades que tenia de la otra parte del Tibre. En oyendo estas mandas, todo el pueblo se encendió en increible amor y compasion de César. Y por lograr esta ocasion que le daba el testamento leido, viendo entrar el entierro, Marco Antonio oró en alabanza de César; y como viese al pueblo vencido y granjeado de su oracion, para crecer con la lástima su piedad, alargando el brazo, cogió la vestidura de César, y desdoblándola ensangrentada y hecha pedazos cruelmente con las heridas, la enseñó al pueblo. Con esto se desordenó de manera el sentimiento, que no se oian sino llantos y voces, pidiendo á los matadores para despedazarlos. Corrieron luego, y asiendo de las cátedras, mesas y sillas, las arrojaron en la hoguera donde el cuerpo de César ardia, sin perdonar cosa alguna por rica ni por sagrada. Y luego que la llama resplandeció, unos por una parte y otros por otra asieron tizones encendidos, y con ellos corrian á poner fuego á las casas de los que habian muerto á César; mas ellos, previniendo el peligro, huyeron.

DISCURSO.

Cuán amiga es de vestirse de nuevo la voluntad del vulgo, bien se conoce en determinaciones tan contrarias: desnúdase de lo que se viste, porque su gala es vestirse para desnudarse.

Tenian los conjurados, no solo seguridad y aprobacion del Senado, sino premio. Cuando Marco Antonio, advertido de la justificacion afectada en que Marco Bruto acreditaba el homicidio, propuso dos cosas de tan buen color, como que el testamento de César se leyese en público, y que fuese enterrado con solemnidad, Casio lo contradijo furioso, como hombre que habia propuesto el dar la muerte á Marco Antonio, cuya era esta propuesta, y por esto la condenaba y por honesta. Sabía que un delito, si no se disculpa con otro, no se asegura; que el malhechor considerado padece el castigo, y que el temerario, si bien le merece, le dilata. Decia que el malo que para disculparse daba lugar á alguna virtud, se entregaba al juez que le seguia y á su condenacion; que un vicio con otro era hermandad, y una culpa con una virtud era discordia. Al contrario Marco Bruto, reverenciando por religiosa y decente la opinion de Antonio, porque no tuviese su homicidio malos y crueles resabios, la aprobó. Justa cosa es que al malo, que con su delito quiere disfamar lo bueno de que se vale, le engañe la misma virtud que profana.

Leyóse en alta voz el testamento de César, y las mandas en que todo su tesoro y posesiones repartia en los ciudadanos, y cómo adoptaba á Octaviano en primer lugar, y en segundo á Décimo Bruto.

Apénas reconoció el pueblo la liberalidad del difunto, cuando, granjeado con las dádivas que les hacia, determinaron de hacer pedazos á los matadores.

Es la liberalidad tan magnifica virtud en los monarcas, que el pueblo no solo trueca á ella la libertad, sino que tambien al tirano liberal le aclama por principe justo; y al príncipe, en todas las demas virtudes excelente, si es avariento le aborrece por tirano.

La justicia, y la clemencia, y la valentía, y la honestidad y templanza son virtudes que el pueblo alaba pocas veces universalmente; porque la venganza y la envidia, y las malas costumbres de los mas de los populares, desean al príncipe para otros cruel, para sus introducciones deshonesto, y para las atenciones de su maña cobarde, y para la licencia de sus delitos injusto. Empero la liberalidad, de que todos participan, la alaban todos: los buenos por premio, los malos por paga. La liberalidad sazona todas las acciones del príncipe: es realce de lo bueno y disculpa de lo malo; absuelve las acusaciones en su vida, granjea las lágrimas en su muerte. Al príncipe justo, honesto y valiente, si le sucede otro que lo sea, no lo echan ménos. Al príncipe liberal le echan ménos siempre, porque las necesidades presentes acuerdan de las que socorrió el antecesor, y las socorridas se adelantan á las que puede socorrer el que reina.

Sabía Marco Antonio, como íntimo amigo y confidente de César, que dejaba esta cláusula en su testamento, y por eso pidió que se leyese y lo hizo leer en público; y sabía que, en oyéndola el pueblo, habia de aclamar á César muerto, y dar muerte á los que le mataron. Sucedió de la misma suerte que lo habia pensado, pues á las postreras palabras de la cláusula siguió un alarido universal y doloroso que lo confundió todo en sentimiento y amenazas enfurecidas. Mejor supo gobernar Agripina su maldad, cuando fiándola de la conciencia de Jenofonte, médico, que al veneno clemente dió por antídoto otro veneno mortal á Claudio, emperador, no consintió se leyese su testamento, con que aseguró la majestad en Neron. Así lo refiere Tácito, *Ann. lib.* 12, § 67.

Entró en esto el cuerpo de César con grande majestad y pompa, para ser abrasado conforme la costumbre de aquella gentilidad, que tuvo por mas decente y aliñada sepultura la hambre del fuego, que la corrupcion de la tierra.

Luego que le vió en el sitio de la hoguera Marco Antonio, desde lugar eminente dijo:

ORACION DE MARCO ANTONIO.

«Hoy no es dia de hablar de Julio César, sino de enseñarle. Mejor os informarán vuestros ojos de sus heridas que mi lengua. Oid á su cuerpo; que sus crueles puñaladas tienen voz, y os persuadirán mejor, abiertas con los puñales de sus parientes, que mi boca cerrada con los suspiros y anegada con el llanto. Sus virtudes fuéron las que merecieron tan grande envidia, y con esto digo cuán grandes fuéron. Su valentía tan generosa, que para su muerte no dió lugar sino á la traicion de su hijo y de sus mas favorecidos amigos. Sus armas tan justificadas, que si se ha de estar al parecer del cielo, los dioses (contra todos sus enemigos) con el suceso las aprobaron. Sus hazañas son toda la gloria vuestra y de esta ciudad, cabeza del mundo. Si Pompeyo venciera á César, mataran á Pompeyo; y á César le mataron porque venció. Dedicaron estatuas á la desdicha de aquel, y puñaladas á la victoria de este. No pretendió quitaros la libertad, sino aliviárosla del dominio molesto de muchos padres, con el moderado de un hijo solo. No le mataron porque era tirano, sino porque estorbaba que lo fuesen ellos. Ayer le dieron la muerte, y hoy los matadores se han dado á sí las provincias. Despedazaron al que las ganó para vosotros, y repartiéronlas entre sí por premio de haberle muerto, haciendo precio de un homicidio tan alevoso los triunfos esclarecidos de vuestro capitan. ¿Cómo podia querer usurparos lo que teneis, quien, como habeis oido en su testamento, os dejaba á todos todo lo que tenia, y que si pudiera hablar, por el amor que os tuvo, agradeciera á los traidores su muerte, por haber acelerado con ella, en el cumplimiento del testamento solo, vuestro socorro? Herederos de César sois: ahi teneis su hacienda, presente teneis su cuerpo, y sus homicidas. A vosotros toca repartir el fuego, de suerte que juntamente le consuma difunto, y le vengue agraviado.»

Y viendo Antonio con estas palabras precipitada la ciudad á las honras del difunto y al castigo de los malhechores, sacando la vestidura de César, que traia consigo, llena de sangre y horrible con las muchas heridas, descogiéndola al pueblo, añadió tales razones:

«Esta es la toga que en César fué venerable, y en mis manos es horror escandaloso: en ella sus venas, que fuéron aclamacion del mundo, son manchas: no permitais que se pasen á vuestra honra.»

No lo hubo dicho, cuando echando en la hoguera las cátedras, y las sillas de los templos y de los tribunales, y cuanto hallaron precioso, la encendieron; y luego que emprendió la llama, tomando tizones y maderos encendidos della, con furia popular corrieron á poner fuego á las casas de los conjurados. ¡Oh suma justicia de Dios, desvelada y atenta, pues ordenó y dispuso que con una propia lumbre ardiesen el cuerpo de César y las casas de los que le mataron! En un propio dia fuéron piadosos y justicieros los tizones, y la llama enterró á César y le vengó; porque la maldad nunca encendió fuego contra otro, que no arrojase parte del incendio para sí.

TEXTO.

«Viendo Marco Bruto y los conjurados tan cercano su peligro, huyeron del alboroto que habia causado Antonio, y recogiéronse en Ancio para aguardar que se resfriase el hervor del pueblo: lo que esperaban de la mudanza de la multitud, fácil y novelera, teniendo ellos de su parte al Senado, el cual castigó á los que solo por el nombre mataron sin culpa á Cinna, un poeta amigo de César, entendiendo era el otro Cinna que habia dicho mal de él; y asimismo habia preso á los que habian ido á quemarles sus casas. Animábalos el saber que ya el pueblo, temiendo la tiranía que pretendia establecer Marco Antonio, deseaba á Bruto; mas él, sabiendo que los soldados viejos, á quien César habia dado sus heredades, le buscaban en diferentes tropas disimuladas para matarle, se detuvo. Turbóle tambien la nueva venida de Octavio á la ciudad. A este llamaba hijo en su testamento, y le dejaba por heredero. Cuando mataron á César estudiaba en Apolonia; luego que supo su muerte, se vino á Roma, y tomando el nombre de César, para obligar al pueblo con la memoria de su padre, juntó á sí con dádivas y pagas los veteranos. Y como Ciceron, movido de la enemistad que tenia con Marco Antonio, favoreciese las partes de Julio César en Octavio su heredero, Bruto le escribió una carta, disuadiéndole de establecer monarquía con la sucesion. Pero como ya en la ciudad unos siguiesen las partes de Octavio, otros las de Marco Antonio, y los ejércitos venales corriesen á juntarse, como á voz de pregonero, donde los llamaba mejor paga, —desesperando de la república, determinó Marco Bruto huir de Italia; y por Lucania, á pié, se fué al mar de Elea.»

DISCURSO.

Aun en el nombre es peligroso comunicar con los malos, y hasta en el nombre es útil comunicar con los buenos. Por llamarse aquel poeta amigo y apasionado de César, Cinna, como el maldiciente que dijo mal de César, sin otra culpa que la equivocacion del nombre, murió despedazado del furor del pueblo. Y Octavio se llamó César, por ser nombre de Julio, y esto le granjeó el amor, el séquito, las armas y la ciudad.

Con obstinacion asistió el Senado á la defensa de los homicidas, pues castigó á los que dieron muerte al inocente Cinna, y prendió á los que con los tizones los fuéron á quemar las casas. Este favor les engañó la confianza: mas desmayaron en sabiendo la venida de Octavio, y la asistencia y amparo que su persona tenia en Ciceron. Bruto, cuando no pudo personalmente oponerse á esto, escribió á Ciceron esta carta:

CARTA DE BRUTO Á CICERON.

«He sabido que por oponerte á la tiranía que Antonio pretende para sí, la procuras para Octavio, heredero que adoptó César. Esto, Ciceron, no es oponerte al tirano, sino hacerle. No aborreces el imperio, sino el emperador. Contradices el dominio á Marco Antonio, porque le aborreces, no porque aborreces el dominio. De peor consecuencia es dársele á Octavio, que dejársele á Antonio, cuanto es peor continuar por herencia y sucesion la tiranía, que empezarla por violencia; pues esta siempre se oye delincuente, y aquella ya desciende con buen nombre. Si te mueven las virtudes y blandura de Octavio, acuérdate que nuestros pasados con nombre de señores nunca quisieron servir á los buenos. Teme que no con aquellas costumbres que se merece reinar se reina; y que igualmente se pierde la libertad debajo del buen príncipe como del malo. ¿Qué haces de las causas por que excluyes á Marco Antonio de la corona, si á ella admites á Octavio? Si dices que no hay otro medio de excluir á Antonio, ese no es medio, sino achaque para vengarte de él con quitarle la tiranía de Roma, y de Roma con dársela al sucesor de César; y es seamente negociacion interesada. Advierte, oh Ciceron, tu yerro: que dejas de ser traidor á tu patria en Antonio, por serlo en Octavio; y que se conocerá que tu ambicion y desórden excede á la de entrambos, pues quieres se conozca puedes quitar el imperio y darle, porque reconociéndole de ti el emperador, te sea, si no agradecido, sujeto; si no vasallo, hechura; y puede ser padezcas las quejas del depuesto, y que no cobres el reconocimiento del colocado. Yo tengo por culpa darte consejo en lo que te le debia pedir: juzga lo que será en tí no recibir el que debias dar.»

Leyó Ciceron este papel; mas no dió lugar á que Ciceron le considerase y obedeciese, el ruido de las parcialidades que habian ya mezclado Octavio y Antonio. Remitieron los dos su poder á la negociacion del dinero, y compraban ejércitos y ciudades. Marco Bruto, que vió en poder del interes las armas, y remitida á las armas la razon, desesperó de remedio; y desterrándose de Italia, fué á esperar en Elea las diligencias del tiempo y la medicina de los dias.

Dos cosas son dignas, en esta primera parte de mi historia, de consideracion. La primera, la astucia de la maldad de Marco Antonio, y la torpeza de la bondad de Marco Bruto; y la segunda, saber cuáles fuéron las causas por qué, contrastado por Junio Bruto Tarquino que reinaba, se siguió la libertad de la república que se pretendia; y contrastado Julio César que aun no habia empezado á reinar, por Marco Bruto, no solo no se continuó la libertad de que se gozaba, sino que ántes se estableció el dominio que se temia.

A lo primero digo que Marco Antonio sabia ejecutar bien lo que pensaba mal, y Marco Bruto ejecutaba mal lo que pensaba bien. Bruto pretendia para otros; Antonio para sí. Aquel se fió en el Senado; este en nadie. Bruto, por no cometer maldad, no mató ni consintió matar á Antonio, y permitió leer el testamento de César

y enterrar su cuerpo con solemnidad pública. Antonio, porque no hubiese alguna maldad que dejase de cometer, incitó á César á la inobediencia, y le hizo aborrecible poniéndole coronas en la cabeza en los juegos, como se lee en su vida; le ayudó en su postrera determinacion, por tener que acusarle; se escondió en su muerte, para poder engañar los conjurados; los sacó del Capitolio para venderlos; engañólos á ellos, y al pueblo, y al Senado, y al propio César muerto, pues oró en su defensa, y con su toga concitó el pueblo contra los matadores, y luego se levantó contra César y contra su heredero, declarando las traiciones de su intencion. Y al fin Antonio prevaleció contra Bruto, porque supo ser malo con extremo; y Bruto se perdió, porque quiso ser malo con templanza.

En el segundo punto discurrió doctamente uno de los mayores ingenios de Italia. Dejo de traducirle, no porque desestimo su discurso, sino porque la vida que escribo me dicta diferentes causas.

La primera fuéron las costumbres de Tarquino, llamado por sus maldades el Soberbio. En la primera década, libro 1.º, las escribió Tito Livio: para que se lean las hago españolas.

«Empezó á reinar Tarquino, á quien llamaron sus hechos Soberbio. Negó la sepultura á su suegro; mató á los mejores de los padres, solo porque favorecieron á Servio. Y pareciéndole que de él podian aprender á usurpar el reino con violencia, se cercó de gente armada. Ni para el derecho del reino tenia otra cosa sino la fuerza, pues no reinaba por eleccion del pueblo ni por voluntad de los padres. A esto se llegaba que, desesperando de la caridad de los ciudadanos, le era forzoso defenderse con el miedo; y para que le temiesen todos, el conocimiento de las causas de muerte determinaba por sí solo, sin consejos, y por esto podia dar muerte, desterrar, quitar las haciendas no solo á los sospechosos, y á los que aborrecia, sino á aquellos en quien no habia otra causa sino tener qué les pudiese quitar. Desta manera, diminuido el número de los padres, determinó no elegir en su lugar otros, para que en la poquedad fuese mas despreciado el órden senatorio, y sintiesen ménos el no poder hacer algo por si. Este fué el primero que el órden antiguo establecido por los pasados, de no hacer nada sin consulta del Senado, le anuló, administrando la república con domésticos consejos. La guerra, la paz, las confederaciones, las amistades las hacia por sí con las personas que queria, sin voluntad del pueblo ni del Senado.»

Hasta aquí son palabras de Livio, fielmente y á la letra traducidas. Costumbres fuéron estas que, como no puede ser tirano el que no las tuviere, ninguno las tendrá que no sea tirano.

Sea pues evidencia, no discurso, que Tarquino que las tuvo, fué tirano; y Julio César, que no solo no las tuvo todas ni alguna de ellas, sino que siguió en justicia y amor las contrarias, no lo fué; ántes príncipe valeroso, clemente y liberal. Y de la diferencia y contrariedad de los dos sugetos, forzosamente se sigue que Tarquino mereció por sus delitos perder el reino que habia heredado; y Julio César perpetuar por sus virtudes en sus sucesores el imperio que no tenia.

Resta, despues de haber enseñado la diferencia de los dos príncipes depuestos, señalar la diferencia (que no fué menor) entre los dos Brutos que intentaron las deposiciones del uno y del otro.

Junio Bruto fué llamado Bruto porque se fingió tonto siendo sabio y prudente, para asegurar de sí á Tarquino. Marco Bruto siempre se ostentó sabio para mostrarse despues tonto. ¡Oh cuánto mejor obra con los tiranos y contra ellos la sabiduría disimulada que presumida!

¡Qué cosa mas necia que Junio Bruto, hecho por sus bestialidades afectadas risa y matraca de los muchachos, y burla y entretenimiento del pueblo!

¡Qué cosa mas docta y providente que Junio Bruto, que, sabiendo no parecer qué sabía, engañó la malicia del tirano; que supo abrigar su venganza con un delito tan participado en la honra de todos, como la fuerza que á Lucrecia hizo Tarquino, en la piedad de una muerte tan religiosamente dolorosa como la de Lucrecia; que no se detuvo en tratar levantamiento, sino que se levantó sin tratado y conjura; que usó del pueblo para el castigo, y no se fió del pueblo ni del Senado, ántes obligó que el Senado y el pueblo fiasen de su determinacion sus agravios; que no perdonó de la deposicion y destierro á hijos ni mujer; que no dió lugar á espectáculos y diligencias; que intentó castigar tirano que lo era, y culpas que padecian nobles y plebeyos, ricos y pobres, hombres y mujeres, pueblo y Senado! Y por estos con todos pudo vengarlos á todos; lo que no alcanza quien pretende con la ambicion de los unos vengar las quejas de los otros, ó hartar su codicia.

Al contrario en todo Marco Bruto, ¿qué cosa mas elegante que sus escritos, mas admirable que sus estudios, mas docta que sus oraciones, mas reverenciada que sus costumbres, mas desinteresada que sus gobiernos, y mas valerosa que su persona? Esto al principio; mas al fin, cuando se llegó la ejecucion de sus designios, ¿qué cosa mas bruta ni mas tonta se puede considerar que Marco Bruto?

¿Qué necedad mas delincuente que dejarse obligar de César con honras, beneficios y mercedes pretendidas, para culparse de ingrato y alevoso?

¿Qué necedad mas torpe que dejarse persuadir de Casio al peligro, y no dejarse reducir de Casio á la seguridad de la muerte de Marco Antonio, en ocultar el testamento de César y su cuerpo?

Qué necedad mas ciega que fiar la defensa del homicidio en los cómplices en él, y su fortuna en la facilidad lijera y desenfrenada de la multitud?

¿Qué necedad mas insolente que matar en el Senado á César con los mismos senadores, por acreditar la maldad con el sitio y las personas, sin advertir que la misma maldad desacreditaba las personas y el sitio?

¿Qué necedad mas vil que matarle por tirano á César, y á otro dia repartirse las provincias entre los matadores por premio del delito?

¿Qué necedad mas bestial que procurar persuadir al pueblo romano que Julio César era digno de muerte y indigno del imperio, habiendo visto que los mas y mejores del mismo pueblo romano, favoreciéndole en las guerras civiles, le habian juzgado por benemérito de la corona y dignidad suprema?

Segun esto, la causa evidente de que Junio Bruto, desterrando á Tarquino rey, estableciese la libertad, y de que Marco Bruto con la muerte de Julio César estableciese el imperio, fué la diferencia de los dos príncipes y de los dos conjurados. La de los dos príncipes fué tan grande como ser Tarquino tirano, y Julio César no. Esto se prueba al uno con el otro. Tarquino fué tirano, porque fué tal como se ha visto. Julio César no fué tirano, porque no se pareció á Tarquino en nada.

Mal entendió Marco Bruto la materia de la tiranía, pues juzgó por tirano al que con la valentía y el séquito de sus virtudes y sus armas, asistidas de fortunados sucesos, en una república toma para sí solo el dominio que la multitud de senadores posee en confusion apasionada; siendo verdad que esto no es introducir dominio, sino mudarle de la discordia de muchos á la unidad de príncipe. No es esto quitar la libertad á los pueblos, sino desembarazarla : peor sujeto está el pueblo á un Senado electivo, que á un príncipe hereditario. Las leyes sacrosantas mejor se hallan servidas de uno que las ejecuta, que de muchos que las interpretan. Mas quiere la vanidad de los senadores la obediencia para su interpretacion en las leyes, que para las leyes mismas en su igualdad.

Tirano es aquel príncipe que, siéndolo, quita la comodidad á la paz, y la gloria á la guerra, á sus vasallos las mujeres, y á los hombres las vidas; que obedece al apetito, y no á la razon; que afecta con la crueldad ser aborrecido, y no amado. Y por las mismas culpas son tiranos los senados en las repúblicas, y tiranos multiplicados.

Esta fué la causa y razones por que Tarquino, reinando y vivo, fué depuesto con razon; y César, aun no reinando y difunto, fué electo y coronado en sus hijos; y como en aquel, por habérse llamado rey, quedó el nombre á Roma culpable y aborrecible, el de César, por ser nombre suyo, quedó vínculado por blason de los emperadores en Roma.

La diferencia de los artífices de estas dos acciones ya está dicha : brevemente la repetiré. Fué pues que Junio Bruto empezó tonto y acabó sabio; y Marco Bruto empezó sabio y acabó tonto.

¡Oh poderosa y eterna virtud, que de la muerte naces fecunda, que te fortificas con tus contrarios, que te acreditas con tus enemigos, muchas veces despreciada, ninguna vez vencida! Tú, premio de tí misma, te aseguras el premio. Tú, hija de la verdad, vanamente disfamada en los hipócritas, gloriosamente asistida en los santos, concede á mis escritos la eficacia para persuadirte; porque, siendo mas útiles que elegantes, se empleen en el provecho y no en el deleite.

Y tú, siempre trágica y castigada maldad, aborto del infierno, parto de la mentira, mérito de condenacion, desperdicio del alma, logrero de castigos, inducidor de discordia, cuya vida es mas muerte, cuya duracion es peor fin, —descúbrete de manera en esta historia, que, leida, dé el escarmiento; al paso que te sobraren lectores, te falten secuaces; que el intento ha sido, en los sucesos que no pude enmendarte para el remedio, descubrirte para el ejemplo.

Vosotros, príncipes buenos, aprended á temer vuestros beneficios mismos. Vosotros, tiranos, aprended á temer vuestras crueldades propias. Vosotros, pueblos, estudiad reverencia y sufrimiento para el buen monarca y para el malo; que yo en tanto, si viere que vuestras mejoras son cosecha de esta primera parte, agradecido trabajaré en la segunda, para que en el fin de Marco

Bruto se reconozca el fin de los sediciosos y noveleros. Cousentid mi intencion los que no aprobáredes mi estilo.

CUESTION POLITICA.

Pregúntase qué hiciera Julio César si ántes de entrar en el Senado leyera el memorial que le dieron, declarándole la conjura y los nombres de los que entraban en ella.

Las conjuras que se acusan, ántes se castigan que se averiguan; porque se temen sin oirlas, y se creen en oyéndolas. El que las ocasiona tiene por averiguacion su mérito: nadie dirá que hay conjura, que no la haya en el castigo, aunque falte en la verdad. ¡Miserable estado el de los príncipes, que si no oyen las acusaciones, no pueden vivir, y si las oyen, no los dejan que vivan! Más conjuras hace el que las cree, que quien las traza; muchas se castigan, pocas se evitan. Bueno es descubrir la traicion, mas no del todo seguro. Las traiciones muestran desconfianza de la bondad ó talento ó poder del príncipe. Tan mal efecto han hecho traiciones castigadas, como puestas en ejecucion y cometidas. Y las historias dicen que aun le han hecho peor, añadiendo á la traicion primera la venganza della con la última. Alto conocimiento tuvo destas cosas don Fernando el Católico. Este rey miraba por sí consigo mismo: quien via su letra, juzgaba que no sabía escribir; quien la leia, que él solo sabia leer y merecia ser leido. Pensaba con tantos consejos como potencias: no emperezaba las determinaciones con bachillerías estudiadas ó inducidas; lográbalas con atencion toda real; sabía disimular lo que temia, y temer lo que disimulaba. Dijéronle que el Gran Capitan queria levantarse con el reino de Nápoles: esto con todas las legalidades de la calumnia y de la envidia. El crédito que se da á estos celos políticos es forzoso en el oficio de reinar, sin culpa en el talento ni seso de los reyes. No publicó la sospecha, mas no la despreció, reconociendo que ántes que por entendido de tener rebeldes, le era nota que ántes la crecia que la curaba el castigo. Llàmóle honoríficamente á puestos grandes, que con la disimulacion de premios á tan esclarecidos méritos rebozasen su intento. Envió con todo secreto á Pedro Navarró y al arzobispo de Zaragoza, su hijo, para afianzar, si fuese necesario, la determinacion de su recelo. Escribióle el Gran Capitan una carta con pocos renglones, no dándose por entendido de lo que el rey pensaba; mas asegurándole de lo que podia pensar. Quietóse el entendimiento del rey con la carta, mas no el oficio de rey; y dejando desabrigados de su persona grandes negocios en Castilla, con pretextos deslumbrados de su fin se embarcó á Italia para traerle consigo. Cuidados de la majestad, que lo sostituye los aventurara. Llegó de vuelta con Gonzalo Fernandez á Saona, ciudad de la nobilísima república de Jénova, que un tiempo fué puerto, el cual suplió mejorándole aquel gran senado que, venciendo las dificultades de la naturaleza, ha fabricado un muelle con acogida de perfectísimo puerto. Allí se juntaron las dos majestades, Católica y Cristianísima: dispúsose que comiesen juntos. El rey de Francia, viendo con don Fernando al Gran Capitan, propuso y porfió que habia de comer con ellos en la misma mesa quien vencia reyes y quitaba y daba coronas. El peor fabricador de venenos es la honra. ¡Oh cuánta muerte guisó en este convite! Todos tienen hambre del alimento que reparten. Comieron juntos, sin otra diferencia que un asiento desigual. El frances los atosigó á entrambos: á Fernando las sospechas que traia, viendo á su enemigo interceder por el honor del vasallo en quien temia tan gloriosos servicios; y en Gonzalo Fernandez la atencion bien advertida en el peligro de dos malicias coronadas. Llegó á España el Católico, y nunca pudo digerir aquel banquete del rey de Francia, ni se le dejó digerir al Gran Capitan. Más tienen que temer los varones esclarecidos la grandeza de sus méritos, que los cobardes y envilecidos la mengua de sus culpas. Tienen los príncipes mas facilidad en perdonar sus yerros con desprecio, que en premiar los servicios de valor eminente con liberalidad proporcionada, cuanto es mas costoso á los principes desempeñarse de los acreedores que los molestan, que cobrar de aquellos á quien son acreedores. En llegando á España, valiéndose don Fernando de un divertimiento mañoso, fingió que se olvidaba de lo que mas tenia en la memoria. Obligó á Gonzalo Fernandez, sin mandato, á retirarse al reino de Granada; empero el rey de Francia, no contento con haber esforzado las causas de sacar de Italia en el Gran Capitan sus temores, pasó con nuevas maquinaciones á asegurarse de que el Católico por ningun accidente de guerra le volviese á encargar armas fuera ni dentro de sus reinos. La traza fué tan apretada, que pudo conseguir no solo este retiro, sino la ruina de aquel varon gloriosísimo. De esta maldad francesa no tuvo ni pudo tener noticia Jerónimo de Zurita, ni el Jovio, ni otro algun escritor de tantos como le dedicaron sus plumas, así españoles como italianos y franceses, codiciando volar en las alas de su fama. Hallé esta noticia mirando para otros fines los papeles de los grandes servicios de la casa muy ilustre de don Fernando de Barradas, que él tiene en su poder, originales de mano del rey Católico; y trasladados por mi con toda fidelidad, son los que se siguen.

INSTRUCCION.

Lo que vos, Francisco Perez de Barradas, alcaide de la Peza, habeis de hacer en este viaje, adonde ahora vais por mi mandado, es lo siguiente.

Primeramente habeis de saber que yo he sido informado que de Villafranca de Niza han partido ó partirán presto dos navíos, en los cuales diz que vienen algunas personas á tratar en estos reinos ciertas cosas contra el servicio y estado real de la serenísima reina y princesa, mi muy cara y muy amada fija, y contra el mio. Y que entre los otros viene principalmente entre las otras naos, para entender en la dicha negociacion, uno que se dice Biete, que es natural de la ribera de Jénova. Y porque cumple mucho á nuestro servicio que donde quiera que las dichas naos aportaren en estos reinos, sean tomadas, y se prendan todas las personas que en ellas vinieren, para trabajar de saber los tratos que traen, *confiando de la fidelidad, habilidad y diligencia* de vos el dicho Francisco Perez de Barradas, he acordado de vos dar cargo de la presa de las dichas naos y de las personas que en ellas vienen. Por ende yo vos encargo y mando que, guardando secretísimo todo lo susodicho, vais luego con diligencia á la costa de Málaga, donde las dichas naos diz que han de venir, y trabajaréis de saber, con la disimulacion y secreto que se requiere, de la venida dellas; y cuando fueren venidas, pondréis grandísima diligencia y recaudo en tomarlas con alguna buena maña, y en prender y sacar á tierra todas las personas que en ellas vinieren, y señaladamente al dicho Biete, que (como he dicho) es el que principalmente diz que trae cargo de los dichos tratados. Y assimismo procuraréis de haber cualesquiera cartas y escrituras que trajeren; y despues que (placiendo á nuestro Señor) hayais tomado las dichas naos y prendido las dichas personas, pondréislas todas en prision y á buen recaudo, y examinarlas heis particular y secretamente una á una, de la causa de su venida, y de dónde, y á qué vienen, y quién los envia, y para qué personas de estos reinos traen cartas. Y si fuere menester darles tormento para saber la verdad de lo susodicho, hacerlo heis con la diligencia y buen recaudo que de vos confío; que con la presente llevais cartas mias de creencia, á vos remitidas, para el marques de Mondéjar y los regidores y otras justicias de Málaga y de toda aquella costa, en que los mando que vos dén para lo susodicho todo el favor y ayuda que les pidiéredes, y que fagan cerca dello lo que vos de mi parte les mandáredes. *Pero estad sobre aviso que no habeis de comunicar con los dichos corregidores y justicias, ni con ninguna otra persona, cosa alguna de lo susodicho, ni de lo que supiéredes de las dichas personas que prendiéredes, salvo guardarlo secretísimo y avisarme á mi dello con correo volante muy particularmente, y enviarme heis todas las escrituras y cartas que les tomáredes.*

Item, si por aventura el dicho Biete, ó alguno de los otros confesaren que la venida de las dichas naos era para sacar destos reinos y llevar en ellas al Gran Capitan Gonzalo Fernandez, ó á algunas otras personas, — en tal caso, guardándolo secretísimo, daréis órden, por virtud de las dichas mis cartas, que los dichos corregidores y justicias provean y manden, so graves penas, y fagan facer públicos pregones en todas las ciudades y villas de la costa de la mar, que no dejen partir ni facer vela á ningun navío ni barco grande ni pequeño, ni dejen embarcar, ni salir por mar, ni por rios de aguas dulces que vayan á la mar á ninguna persona, de ninguna condicion que sea, sin ver y reconocer quién es; y si alguno se hallare sospechoso, que no solamente no le dejen embarcar, mas que lo prendan y lo tengan á muy buen recaudo, y se me dé luego aviso, y se espere sobre ello mi respuesta y determinacion.

Item, porque estéis mejor informado de todo lo susodicho, y conozcais mejor las dichas naos, llevais copia de una carta que me escribieron de Alicante dándome aviso de la venida dellas á Málaga. *Pero mirad, que solamente ha de servir para vuestra informacion, y que no la habeis de mostrar, ni dar parte á nadie de su contenido en ella.*

Item, si por aventura, despues de haber hecho lo último de potencia, no pudiésedes prender las dichas naos y los que vienen en ellas, en tal caso hase de proveer en todas aquellas costas, de manera que aunque los que vienen en las dichas naos quieran tomar alguno ó algunos destos reinos, no lo puedan hacer. Y en todo lo susodicho poned la diligencia y buen recaudo que de vos confío, en cosa que tanto importa á nuestro real Estado y servicio. Fecha en el monasterio de Aguilera á 14 dias de agosto, año de 1515. — Y. YO

Q-1.

EL REY. — Por mandado de su alteza, *Pedro de Quintana.*

Remitió al dicho alcaide de la Peza cuatro cartas de creencia, su fecha en Aranda de Duero á 13 de agosto de dicho año.

Ocasionóse esta instruccion de una carta que el rey Católico recibió de Alicante en valenciano, que traducida dice así:

«MUY ALTO Y MUY PODEROSO SEÑOR.

En su ciudad de Alicante el presente dia han arribado dos naves nizardas, en las cuales han venido dos hombres: el uno natural de Vizcaya, el cual es casado en Villafranca de Niza, y allí tiene casa y habitacion, llamado Juan de Chave; el otro es nizardo, y tiene casa y mujer en Villafranca de Niza: los cuales nos han dicho en gran secreto por el servicio de vuestra majestad..... (*Aqui falta un pedazo, y sigue este fragmento.*) .....vito de Levante, que van á Málaga ó Almeria para recoger al Castel del Ferro al dicho Gran Capitan, y pasarle á Nápoles. Y mas nos han dicho, que las dichas dos naves habian cargado de leñame para vender en este puerto; y que estando en la costa de Marsella las hicieron descargar el dicho leñame, y que Pedro Joan, capitan frances, metió en las dichas naves once piezas de bronce muy singular, y que en la una nave metió las seis, y en la otra las demas piezas de artillería; y que el dicho Pedro Joan, capitan, metió en cada una de las naves seis bombardas, las cuales naves vienen en conserva. Y por cuanto son cosas que tocan al servicio de su alteza, como así de sus vasallos, habemos deliberado de dar aviso destas cosas, aunque no son ciertas, sino por presuncion de lo que aquestos hombres nos han dicho; pero porque su majestad sea prevenido, y provea lo que reconocerá que en esto convenga, le enviamos esta letra de aviso.»

Lo que faltó en el pedazo roto desta carta, se lee en la instruccion del rey Católico.

Coligese de la carta que se sigue del rey don Fernando, que el alcaide Francisco Perez de Barradas le escribió lo que desto habia podido entender.

RESPUESTA DEL REY CATÓLICO AL ALCAIDE FRANCISCO PEREZ DE BARRADAS.

«Ayer, que fuéron 5 del presente, recibí vuestra letra de 23 del pasado, en que decis que no habeis hallado rastro ninguno de lo á que fuistes; porque aunque escribis habia en ese puerto ocho naves, y entre ellas una nizarda; pero decis que ninguna señal habia de ser ninguna de aquellas, las cuales habian de venir. Y como quiera que yo crea que es así; *mas visto lo que decis, que el Gran Capitan iba á este mismo tiempo á esa ciudad de Málaga, adonde le tenian ya aposentado, sino que adoleció yendo para ahi en Archidona,* yo no estoy sin gran sospecha que su ida á esa ciudad era para poner por obra el fin que dicen de irse fuera de estos reinos; y que la nao nizarda, que decis está en ese dicho puerto, es la que le habia de llevar; sino que vos, como el marques de Mondéjar vos dijo que no venía en la dicha nao gente de guerra, haos parecido que no debia de ser ella. Y porque no recibais en esto engaño, habeis de saber que las naos ó nao, que para llevar al Gran Capitan habian de venir, no venían con gente de guerra, sino con mercadería muy disimuladas; y por esto recelo yo que la dicha nao nizarda, ó alguna de las otras que están en el dicho puerto, deben esperar al dicho Gran Capitan; y por eso es muy necesario y conveniente que vos hagais toda diligencia con gran disimulacion, para saber si la dicha nao nizarda es la que viene para esto, ó alguna de las otras que en el dicho puerto están. Y para que mejor pòdais hacer esto y todo lo demas que fuere menester, para estorbar que el dicho Gran Capitan no pueda salir con su intento de irse fuera del reino (si tiene tal pensamiento), podréis dar parte en mucho secreto al corregidor de esa ciudad de esta negociacion, para que vos ayude á hacer sobre ello las diligencias necesarias; pero encargadle de mi parte que guarde mucho secreto, como he dicho. *Y por la dolencia que decis que tiene el dicho Gran Copitan, no os habeis de descuidar, creyendo que estando doliente, aunque tenga fin de irse, no lo podrá ejecutar; ántes habeis de estar sobre el aviso para saber siempre qué hace*, porque podria ser que su dolencia fuese fingida, para poder mejor salir con su intencion. Y pues vedes cuánto importa á nuestro servicio este negocio, poned en él mucho cuidado y buen recaudo; y mirad que si el dicho Gran Capitan fuere á esa ciudad, que yo sospecho que no es para otro fin sino para el que dicen que tiene de irse fuera del reino; y por esto habeis de estar muy sobre el aviso, para que no vos pueda engañar. Y hacedme de continuo saber lo que supiéredes en esta negociacion, y escribidme mas largo y mas claro que ahora me escribistes. De Calatayud á 7 de otubre, año de 1515. — Y. YO EL REY. — Por mandado de su alteza, *Pedro de Quintana.* »

Desde 14 de agosto, que fué la fecha de la instruccion, hasta 7 de otubre, en que escribió el Católico esta última carta, pasaron dos meses ménos siete dias; y á la que recibió del Alcaide á 5 de otubre, respondió á 7, y en dos dias tomó resolucion, declarando la obstinacion de su sospecha, y confesando crecia con el desengaño della. No he observado en mas antiguo estilo este género de requiebro ó fineza de empezar la firma del rey con la primera letra del nombre de la reina, cosa que hoy todos imitan. Los vasallos que conquistaron reinos y hicieron á sus príncipes monarcas, desde Belisario hasta Hernan Cortés, pasando por Gonzalo Fernandez, siempre adolescieron de sus propias vitorias; y ajados, ó con cuentas de gastos ó capitulos crecidos por la envidia, son arrancados con nota de donde fuéron aclamacion. Esto no debe espantar la lealtad de los nobles, sino advertirla para retirarse de donde los arrojará la condicion y ceño de la fortuna. Escribió el arzobispo de Andrinópoli, embajador en Inglaterra, al rey don Fernando un chisme que se lee en su carta, que anda manuscrita, tan larga como artificiosa. Persuadido de esta cláusula envió el Católico al Gran Capitan órden halagüeña para que con toda brevedad viniese á España; y como era tan á raiz del vencimiento de los franceses, para establecer con presidios y nuevas órdenes el nuevo reino, le fué forzoso detenerse. Y este beneficio tan necesario le recargó en la aprension real, que nunca creyó era mina originada del temor francés, aunque no habia tenido noticia sin su nombre. Igualmente procuró el Rey

Católico asegurar su recelo, y no dará á entender al mundo que tan esclarecido varon intentaba en su infidelidad su descrédito y desprecio. Bien lo dió á entender en la instruccion, cuando dijo que si Biete ó los demas confesasen que venían para llevar al Gran Capitan á Nápoles, no dice que se asegure dél prendiéndole, sino que con bandos estorbe que ninguna persona pueda salir de aquel reino y costas. Lo mismo es publicar un príncipe que tiene entre sus vasallos muchos traidores, que confesar un hombre que tiene muchas enfermedades incurables y ninguna salud; y con la codicia de á este le espían los herederos, al otro le atiende la malicia alborazada de los enemigos. Justino, libro 31, cap. 4, da á leer de cuál astucia fué discípulo el rey de Francia en hacer, con las honras del banquete y las alabanzas, sospechoso al Rey Católico el valor y méritos del Gran Capitan. Estas son sus palabras: *Romani quoque ad Antiochum legatos misére, qui sub specie legationis, et regis apparatum specularentur, et Annibalem, aut Romanis mitigarent, aut assiduo colloquio suspectum, invisumque regi redderent.* «Los romanos enviaron embajadores á Antioco, para que debajo del color de la embajada reconociesen los ejércitos y aparato del rey, y procurasen mitigar el odio de Aníbal contra los romanos, ó con la caricia de frecuentes visitas y conversaciones con él le hiciesen sospechoso y aborrecible con Antioco.» Lo que mañosamente ejecutaron, como se lee en el mismo capítulo, alabándole repetidamente sus grandes hazañas: *Quorum sermone laetus, saepius cupidiùsque cum legatis colloquebatur, ignarus quód familiaritate Romaná, odium sibi apud regem crearet.* «Con su conversacion y lisonjas desvanecido, gustaba de hablar muchas veces con los embajadores, ignorando que la familiaridad con ellos le granjeaba la sospecha y el aborrecimiento del rey.» Solo faltan los manteles á esta accion para ser la misma del rey de Francia, que no temió ménos á Gonzalo Fernandez que los romanos á Aníbal. Esta traza y estratagema que hasta hoy ha corrido, ponderada por ingenuidad de ánimo en el rey de Francia, en honrar la virtud y el valor aun en su mayor enemigo, como lo fué el Gran Capitan con tan coronadas victorias, empezará á oirse con su propio nombre, reconociéndola todos por venganza astuta, dictada de la habilidad del temor, y lograda en la terquedad de celos de Estado.

No ha sido digresion lo que dispone con ejemplo moderno la inteligencia de la cuestion propuesta en Julio César, á que deciende mas tratable el discurso.

Si tomamos el parecer á la naturaleza, á la presuncion violenta, al afecto ya coronado, dirémos que si leyera el aviso de la conjura y los nombres de los conjurados, suspendiera el camino al Senado, volviera á su palacio cuidadoso, y con secreto compendiosamente resuelto hiciera aprisionar los traidores, comprobara la fealdad del delito, y asegurando en sus maldades el horror de la pena, los hiciera morir por sentencia. Favorecian y calificaban á César este medio sus hazañas, su elocuencia, las honras que en él desconocian los senadores, el intentar que el tribunal sacrosanto de la justicia fuese teatro de iniquidad tan atroz. Esforzaban esto los beneficios que le debia Casio, la vida perdonada en Bruto, y el nombre de hijo con obras de padre. Prevenia la sedicion del pueblo con la noticia de la maldad, que mitiga con lo lento del juicio lo impaciente de su desórden. Quien poco á poco da noticia al pueblo de lo que pretende hacer, mitiga el incentivo de la novedad con que hierve y se dispara. Resta tomar su deposicion á la magnanimidad jactanciosa y á la conveniencia de Julio César, y á aquel entendimiento que tenia por descanso el desprecio de todos los peligros. De aquella nos informará toda su vida; de este, su muerte y el estado que tenian en aquella sazon sus armas y pretensiones. Oigamos el informe de su condicion. Esta era en los intentos soberana, en las determinaciones veloz. Tenia por pereza aguardar la ocasion sin arrebatarla; tuvo por mengua gozar de la fortuna con prudencia, y osó gobernarla con temeridad. En sus mayores designios, el cuándo era el luego: tanto se fiaba de sí en todo, que apénas desconfiaba de nada. El solo se hizo á sí; él se deshizo. La muerte por tirano le quitó el imperio, y se le aseguró en sucesores su testamento. Lo que dejaba en él al pueblo, le dió lo que el pueblo no le queria dejar. Vivió desdichado dichoso; murió dichoso desdichado. Tanto mas vale el comun de la gente cohechada con el interes de su alivio, que el celo justificado de los nobles. El no supo ser emperador, y su cadáver supo fundar el imperio. La conveniencia de César estaba mas segura en disimular lo que sospechaba y sabia, que en castigarlo. Temia tanto la averiguacion de los delitos, como los delincuentes. Más fiaba de saberse desentender, que de procesar. Persuadióse que el ímpetu rematado adquiria, y la noticia detenida en aparente clemencia conservaba. Creyó que los pueblos arrebatados tenian por caricia de su magnanimidad los fingimientos de su astucia. Conveníale disfrazarse para introducirse. Queria ser de manera, que se olvidasen de lo que habia querido ser. No sé cómo diga que erró quien acertó errando.

El Senado echaba ménos todo el poder que César tenia, y más viendo á César aun cuidadoso del poco que dejaba al Senado. El pueblo estrenaba príncipe con el sabor de la novedad; mas recordado por los pasquines frecuentes de la tiranía de Tarquino y del castigo que le dió Junio Bruto, y recien desnudo de la libertad, y mal enjuto de la sangre derramada en las guerras civiles, miraba sospechoso el dominio. Era virtuoso y grande el séquito que tenia la memoria de Pompeyo. No eran pocos ni desarmados los que para sí querian lo que César se tomaba. Bruto y Casio querian á Roma, para Roma; Ciceron, para Augusto; Marco Antonio, para que sirviese de patrimonio á sus maldades. Por esto, de parecer de su magnanimidad, de su condicion y entendimiento y conveniencias en el estado dudoso en que vacilaban las cosas de Roma, no podia César dejarse llevar del parecer del afecto, ni del despeño de su naturaleza, prendiéndolos, y procesándolos y haciéndolos morir. Forzosamente tratara de asegurarse, escondiendo tanto su persona como la noticia de las causas por que la recataba. Mudara cauteloso el Senado, y la forma de asistir en él. Deslumbrara con diferentes puestos el castigo de los que removia. Ejecutara con órden desconocida el ejemplo, procurando pareciesen casuales y no meditados sus fines. Afirmárase en el pueblo con beneficios, en la nobleza con honras, en las legiones con dádivas. Encargara á Bruto, léjos de sí, peligros que pudiera lograr, haciendo que la muerte le hallase en ellos. Hiciera lo mismo con Casio; pues si los prendiera porque le querian dar muerte para dar libertad al pueblo, el pueblo le diera

muerte para darlos libertad y cobrar la suya. Descubriera César la tiranía que disimulaba, para establecer perpetua la tirania. Pruébase con evidencia esto, pues estableció, muerto por los leales, el imperio, habiéndole muerto porque pretendia establecerle: de que se colige, que para su intento siempre juzgó por mas favorable morir, que matar, y padecer los traidores, que hacer le padeciesen. Voz fué suya: *Más quiero morir una vez, que temer morir cada dia.* Dejábase César vencer de lo que amaba, no de lo que temia. Esta fué la causa de perdonar á Bruto, de llegarle á su lado honrándole con ansia, y de hacer con Casio, por su intercesion, las propias finezas. Vehementes sospechas tuvo de entrambos: mostrólo con recato discreto cuando, diciéndole que contra su persona maquinaban Dolabela y Marco Antonio, dijo: «No hago caso de hombres gruesos, colorados y guedejudos; estos pálidos y flacos me dan cuidado», señalando á Bruto y Casio. Quien no disimula no adquiere imperio; quien no sabe disimular lo que disimula, no puede conservarle. La disimulacion en los príncipes es traicion honesta contra los traidores. Tenia César para la disimulacion tan á su mandar sus ojos, que en la cabeza de Pompeyo los hizo reir con lágrimas. Tal fué su condicion, que por ella se vió morir y se dejó matar. Por ella, si supiera la conjuracion, dejara el dar muerte á los conjurados por dársela con la propia á la conjura, y á las que de ella se habian de producir. Empero adviértase que cuanto yerran y padecen los tiranos es efecto de sus conciencias. Esto los dificulta lo fácil, los facilita lo difícil, los solicita consigo sus ruinas. Son venganzas domésticas é invisibles, que ni se pueden acallar ni satisfacer: fiscales de la justicia de Dios, que tienen de aposento los retiramientos de sus corazones. Si alguno tuviere por opinion que César no tomara el camino que yo digo, habrá de responder al desprecio que hizo de tantos prodigios y agüeros, y á la predicion de Spurinna, repetida con afirmacion temerosa el mismo dia que le dieron de puñaladas. Buenos libros son los muertos, y mejores las muertes. Sea esta doctrina difunta para los que viven, y corra por su cuenta la eleccion del dictámen; que el mio no es desnudo y fantástico. Medio es que en otra conjura tomó aquella heróica y varonil mujer Amalasuenta. Así lo refiere Erycio Puteano en su libro, cuyo título es: *Historiae Insubricae,* libro 1, folio 76, página 2. Tales son sus palabras hablando de Amalasuenta: *Sed mulier virilis animi minimè deterrita, haud cessit; tresque Gothos, seditionis antesignanos, honoris specie ablegavit, et postea vario astu sustulit.* «Empero aquella mujer de varonil ánimo, y espantarse, no cedió al riesgo; mas tres godos, que fuéron cabezas de la sedicion, los apartó con títulos ilustres y honrosos, y despues con varios trabajos los hizo morir.» No son forasteras deste tratado las palabras que Plutarco refiere en el libro de *Scitó dictis regum ac imperatorum:* habla de Dion, él que acabó con Dionisio, que sabiendo Calippo se conjuraba contra él siendo su mas favorecido, no quiso averiguar la traicion, porque decia era mejor morir que vivir, cuando no solo de los enemigos, sino de los mas amigos, era menester guardarse. El príncipe que confiesa que teme, aconseja le desprecien. Grande ejemplo se lee en la vida de Anidio Casio, en estas animosas palabras: * *Et cùm ingens seditio in exercitu orta esset, processit nudus campestri tholo tec-*

tus, et ait : Percutite, inquit, me si audetis, et corruptae disciplinae facinus addite. Tunc conquiescentibus cunctis, meruit timeri, quia non timuit. «Y como se encendiese en el ejército grande motin, desnudo y cubierto con solo un capote de campaña, se presentó en medio de todos, y dijo : Si os atreveis, emplead en mí vuestras armas, y añadid la maldad á la disciplina estragada. Entónces, quietándose todos, mereció ser temido, porque no temió.»

En nuestros tiempos el victorioso honor de España, asombro de todos los enemigos de su grandeza, mortificacion triunfante de los émulos á tan incomparable monarquía, el excelentísimo señor don Pedro Tellez Giron, duque de Osuna, virey de Sicilia, en Mecina cuando por la gabela de la seda se amotinó el pueblo, y el rumor de las amenazas armadas confundia la ciudad, pudiendo seguir el ejemplo en semejantes sediciones de otros antecesores suyos, retirándose al castillo para asegurarse,—se arrojó en un caballo solo y en cuerpo, con espada y daga, en el mayor hervor del tumulto : el cual suspendido con resolucion tan animosa, de tal manera reverenciaron al que aborrecian, granjeados de su valor, que mandándolos abrir las puertas y las tiendas, recogerse y dejar las armas, fué pacífica y alegremente obedecido. La misma hazaña repitió dos veces en Nápoles en los rumores de Genuino, electo del pueblo, donde el riesgo en que se puso le aseguró con aclamacion que no podia tener. Y diciéndole algunos ministros que no saliese, que corria riesgo su vida, respondió: «Creo dicen me

darán muerte, y me persuado que si ven que los temo lo ejecutarán. » Las cosas grandes no las consigue quien no las aventura. Toda aquella populosísima ciudad le vió en un caballo, acompañado de sola su espada, mandar la quietud que otro alguno no pudiera rogar ó persuadir.

Y porque nada se olvide, ni parezca persuado á que las conjuras se disimulen, y los traidores se toleren sin castigo público, es de advertir que cuando el príncipe ha convencido á algun vasallo de traicion, y reducidole á que conozca, con noticia de los reinos, el castigo digno de su infidelidad, entónces los monarcas deben observar las palabras que en el libro 6 de Quinto Curcio, cap. 8, dijeron á Alejandro, viendo se inclinaba á perdonar á Filotas, despues de haber convencido sus delitos por dignos de pena de muerte. Son todas dignas de la atencion real, igualmente elegantes y de sentencia sólida : «Nosotros te aconsejáramos que le perdonaras ántes que le hubieras mostrado cuánto tenias que perdonarle ; porque reducido al miedo de la muerte, le es forzoso pensar mas en su peligro que en tu beneficio. El siempre podrá perseguirte, tú no podrás siempre perdonarle. Ni te debes persuadir á que quien se atrevió á tanto, se mudará con el perdon : sabe que los que consumieron la misericordia, no tienen mas que aguardar. Nunca con ánimo seguro te deberá la vida. Da vergüenza confesar el hombre que merece la muerte ; y al fin, siempre procurará persuadir que ántes recibió agravio que vida.»

Reconozco que debo á Quinto Curcio el acabar con hermosas palabras este tratado.

SUASORIA SEXTA DE MARCO ANNEO SENECA EL RETORICO.

Consulta Ciceron si le es decente rogar por su vida á Marco Antonio. — Declaman á Ciceron Quinto Haterio, Porcio Latron, Cyro Marilio Esernino, Cestio Pio, Pompeyo Silon, Triario, Aurelio Fusco, Cornelio Hispano, Argentario. — Declama, despues de todos estos antiguos declamadores, don Francisco de Quevedo Villegas (a):

(Esta suasoria de Marco Seneca, traducida y añadida por mí, ocupa á propósito estas pocas hojas, por tocar á Marco Antonio y á Ciceron, cuyas costumbres y méritos son parte desta historia, y no poco necesarias para conocimiento de la intencion facinorosa de Marco Antonio, principal interlocutor deste suceso.)

QUINTO HATERIO.

Sepan los venideros que pudo la república servir á Antonio y no Ciceron. Has de alabar á Antonio ; en esta causa tambien faltarán á Ciceron palabras. Créeme, que cuando con mas diligencia te guardares, hará Antonio lo que Ciceron no pueda callar. Ciceron, si lo entiendes, no dice ruega y vivirás, sino ruega y sirve. ¿De qué suerte podrás entrar en este senado, cruelmente exhausto y torpemente lleno? ¿Querrás entrar en un senado donde no has de ver á Cneo Pompeyo, no á Marco Caton, no á los Luculos, no á Hortensio, no á Lentulo, ni á Marcelo, ni á tus cónsules Hirtio y Pansa? ¿Qué hay para tí en el siglo ajeno? Ya se acabó el que era nuestro. Solo Marco Caton, máximo ejemplo de vivir y morir, mas quiso morir que rogar : ni habia de rogar á Anto-

nio ; y aquellas manos puras de la sangre civil hasta el postrer dia, contra sí solo enemigas, las armó. Scipion, como le hubiesen mandado dejar la espada, dicen se escondió ; y preguntando los que iban en la nave á los soldados por el emperador, *el emperador* (dijo) *bien se halla.* Vencido habló como vencedor. Veda Milon que por él se ruegue á los jueces : ¿ahora el varon clarísimo rogará ? ¿ Y á Antonio?

PORCIO LATRON.

Luego habla el emperador Ciceron, para que no tema Antonio : nunca hable Antonio para que Ciceron tema. Ha vuelto á la ciudad la sangre civil de Sila, y se pagan á la hasta triunviral por tributos las muertes de los ciudadanos de Roma. ¡Guerras injustas! ¡Con los catálogos de los proscritos en la tabla Farsálica, es vencida la ruina mundense y mutinense : con oro se compran las cabezas consulares! Ciceron, fuerza es valernos de tus palabras: ¡ Oh tiempos! Oh costumbres! Verás aquellos ojos ardiendo con crueldad y soberbia ; verás aquella cara, no de hombre, sino de guerra civil ; verás aquella garganta que se tragó todos los bienes de Cneo Pom-

(a) Quedó tan disgustado nuestro autor del modo con que se estamparon las dos Suasorias, que, escribiendo á don Francisco de Oviedo, en 11 de diciembre de 1644, y hablando de cierta relacion de unas honras mal impresa, dice : ¡Lástima que no la imprimiese el maldito Diego Diaz de la Carrera! Yo perdono las dos Declamaciones, porque Dios me perdone. Esto nos ha estimulado á esmerarnos en purificar el texto. — El Colector.

peyo; aquellos ijares , y toda aquella robusta firmeza de cuerpo de gladiador. Verás á aquel sentado en trono , á quien el maestro de los caballeros , á quien era torpe cosa el regoldar, solia envilecerle con vómito. ¿Humilde llegarás á rogarle ; y con la boca, á quien se debe la salud pública , infamemente adularás con palabras humildes? Séate tambien vergüenza Verres, que murió con mas fortaleza proscripto.

CYRO MARILIO ESERNINO.

Acuérdate de tu Caton, cuya muerte celebraste. ¿Juzgas hay cosa que importe tanto, que te obligue á pedir la vida á Antonio?

CESTIO PIO.

Ciceron, si miras al deseo del pueblo, cuando quiera que mueras, viviste poco ; si á tus hazañas, harto has vivido ; si á las injurias de la fortuna y al estado presente de la república, viviste muy demasiadamente ; si á la memoria de tus obras , siempre has de vivir.

POMPEYO SILON.

Conviene que sepas que no te conviene vivir si Antonio te permite que vivas. ¿Callarás, proscribiendo Antonio y despedazando la república, y ni tu gemido será libre? Más quiero que el pueblo romano desee á Ciceron muerto , que vivo.

TRIARIO.

¿Qué Caribdis es tan voraz? Caribdis dije, que si fué un solo animal fué. Apénas de verdad el Océano pudiera haber engullido tantas cosas diversas en un tiempo. ¿Juzgas que á este, enfurecido, se puede sujetar, Ciceron?

AURELIO FUSCO.

De las armas se corre á las armas. Afuera vencedores ; en casa somos degollados. En tanto que el enemigo intestino se ceba en la sangre, ¿quién no piensa que en este estado del pueblo romano Ciceron vive por fuerza? Ciceron , torpemente rogarás á Antonio por demas. No te esconderá vulgar túmulo : el mismo que es fin de tu virtud, y la memoria, guarda de las inmortales obras humanas (que de lo que ha de quedar es vida perpetua), á todos los siglos te hará sagrado. Ninguna otra cosa caerá sino el cuerpo, de fragilidad caduca, sujeto á enfermedades, expuesto á los acontecimientos, descubierto á las proscripciones. Empero el ánimo, de divina origen atraido, que ninguna vejez padece, ni muere, desatado de las ligaduras del peso corporal, á sus asientos y á las estrellas parientas recurrirá. Y si miramos á la edad y á los años, cuyo número nunca le observaron los varones fuertes, ya cumpliste los sesenta. Ni puede parecer que no viviste demasiado tú, que póstumo á tu república mueres. Vimos furiosas por todo el orbe las armas civiles, y que despues de las itálicas y farsálicas escuadras, Egipto bebió la sangre romana. ¿Por qué nos indignamos sea esto lícito á Antonio en Ciceron? Así fué permitido al Alejandrino contra Pompeyo. ¿Por ventura no son muertos los que se acogen á los indignos?

CORNELIO HISPANO.

Aquel fué proscripto que siguió tu parecer. Toda la copia (a) á tu muerte se encamina : uno consiente que prosi-

(a) Tota tabula.

eriban al hermano , otro al tio : ¿de qué confias? Para que Ciceron muriera se cometieron tantos parricidios. Repite, vuelve á tu memoria tantos patrocinios, tantas defensas , y el mayor beneficio de los tuyos á ti mismo. Ya entenderás que Ciceron puede ser forzado á morir, no á rogar.

ARGENTARIO.

Osténtanse los delicados banquetes del reino triunviral ; y los platos se llenan de los tributos de las gentes ; y él, embriagado con el vino y el sueño, levanta los ojos amodorridos sobre las cabezas de los proscriptos. Ya para tanta maldad poco es decir : ¡Oh hombre malo!

DON FRANCISCO DE QUEVEDO.

Ciceron, si ruegas á quien acusaste, acusas tus acusaciones, desmientes la verdad de tus filípicas. ¿No temes que como el acusarle te hizo glorioso, el rogarle te hace infame? Acusástele por tu patria, y ruégasle por ti? ¿No temes que tu patria acuse tus ruegos? Si con ellos pretendes no morir, primero merecerás por ellos ser indigno de haber vivido. Si te concede la vida que pides, enmiendas á Antonio contra tus escritos, y le ocasionas la mayor alabanza, que es perdonará á su mayor enemigo. Si no te perdona, lo ménos que pierdes son los ruegos y la poca vida que en sesenta años te queda , pues pierdes lo mucho vivido y la eternidad que te habia de animar tu fama. El no quiere perdonarte ; quiere, con envilecer tu ánimo , que no te perdones á ti mismo. La vida que tienes, la vejez te la quita. La que has de vivir, solo tus ruegos te la pueden quitar. Quiere Antonio que tu boca le vengue de tu lengua : ardid es, no concierto. Tan indecente es que tú ruegues al tirano , como imposible que te perdone quien con el perdon es justicia. Morir es propio del hombre ; rogar, ajeno del varon. Muere varon, pues vives hombre. Si mueres por no rogarle, vives por haberle acusado ; si por rogarle vives, acusado mueres. Acuérdate de lo que dijiste dél, y sabrás lo que le has de decir. Atiende, Ciceron, á lo que oyó de ti, y conjetura lo que oirás dél. ¿Quiéresle estar matando siempre? No le ruegues que no te mate. Si es vivir tu ansia, en tu muerte sola tienes la vida. Si le has de rogar, sea que se dé muerte. Si te la da, aun hoy te obedece. Si te la niega, aun á si no se obedece ya. ¿Quién creerá que Ciceron no vive por fuerza, cuando Marco Antonio puede mandarle viviró morir? Ciceron, ya no tienes por la vejez edad en que vivir ; ya no tienes para qué vivir, por falta de la libertad ; ni para quién , por falta de la república ; ni con quién, por la de los buenos ciudadanos. La ley de la jubilacion contaba por una vida entera sesenta y tres años : ya has vivido tu vida. ¿Quieres tú, rogando por lo demasiado, desacreditarla? Tu sangre derramada iluminará tus escritos ; tus ruegos los borrarán. Démos á la dichosa maldad de Antonio contra ti todo el veneno de su fiereza. Mandará que te corte la cabeza el que mas debiere á tu amparo ; que te condene el que mejor defendiste : entónces se verá que no puede morir Ciceron sino es por ministros abominables y nefandos. ¿Cuántas veces aborreciste el vivir, por la muerte de Tuliola tu hija? Débate hoy solo el mismo aborrecimiento de vida la muerte de tu madre la república romana. Mayor virtud es mostrarte buen hijo que padre amante. Si te cansas de oirme, óyete á ti en la carta (a) que escribiste á Marco Mario. En ella, lastimado de la batalla farsálica, donde dices que te hallaste, le escribes llorando el suceso : *No vi causa para darme muerte ; muchas si para desearla. Antiguo proverbio es* : *No seas donde no has de ser lo que has sido.* Entónces lo dijiste para ahora : obedécete á ti ; toma tu parecer ; sea de Marco Tulio la resolucion, cuyo fué el consejo. Perder la batalla de Farsalia fué desdicha ; y morir César, en cuyo poder quedó Roma, fué desventura de aquella desdicha. La maldad sin consuelo fué que de aquella pérdida resultase el ser uno del triunvirato Marco Antonio. Quiero porfiarte con tu voz ; quiero que léas tu pluma : escribiste á Aulo Torcuato (b) : *Vivir de manera que no se deba vivir, miserabilisimo es ; empero al morir, ningun sabio llamó miserable.* Si ruegas á Antonio, es para vivir como no se debe vivir, y serás lo que dices. Si quieres no ser miserable, muere. Marco Tulio, cree á Ciceron y no á Antonio. Tú, que abogaste por tan-

(a) Lib. vii, 3.   (b) Lib. vi, 3.

tos y fuiste vitoria de los perseguidos, no le abogues por ti ; que á tu costa dándote muerte querrá que se vea que no lo persuadió todo tu elocuencia. Condénate á no rogarle, y no podrá condenarte á morir, aunque te dé muerte. Si quieres que Antonio sienta alguna cosa mas que las filipicas, muéstrale que no te arrepientes de haberlas escrito. Alegaréte tu memoria : acuérdate que escribiste en el lib. 10 de tus Epístolas á Atico, en la 13 : *Illud admiror, quòd Antonius ad me ne nuntium quidem, cùm praesertim me valdè observarit. Videlicet aliquid atrocius de me imperatum est : coràm negare mihi non vult : quod ego nec rogaturus eram, nec, si impetrassem, crediturus.* «Lo que me admira es que Antonio no haya dádome ni un aviso, siendo asi que con particular desvelo me atiende : ó alguna cosa muy atroz está decretada contra mí, ó no quiere negármela en mi presencia, siendo indubitable que yo no habia de rogar, ni si lo alcanzase creerlo. »

SUASORIA SEPTIMA DE MARCO ANNEO SÉNECA EL RETORICO.

Consulta Ciceron si le conviene quemar sus escritos, prometiéndole Marco Antonio, que le tenia proscripto, le perdonaria la vida si los quema. — Declaman por las obras de Ciceron á Ciceron, Quinto Hatterio, Cestio Pio, Publio Asprenate, Pompeyo Silon, Triario, Argentario, Aurelio Fusco.—Declama, despues de todos estos antiguos declamadores, don Francisco de Quevedo Villegas.

QUINTO HATTERIO.

No podrás sufrir á Antonio. Es intolerable en el ingenio malo la felicidad, y ninguna cosa enfurece mas á los codiciosos que la conciencia de la torpeza propia. Dificil es : que no le podrás sufrir, digo, y desearás de nuevo irritarle para que te dé la muerte. Amas tu ingenio, y Antonio le aborrece mas que á tí. Dice que te concede que vivas, habiendo maquinado cómo te quitara con lo que has vivido. Mas cruel es el concierto de Antonio que la proscripcion. El ingenio era solo en quien no tenian jurisdicion las armas triunvirales. Ha trazado Antonio de que manera lo que no podia proscribir con Ciceron, por Ciceron lo quitase. Aconsejárate, Marco Tulio, que estimaras mucho la vida, si en la república tuviera su lugar la libertad, si tuviera el suyo en la libertad la elocuencia, si no se jugara con las gargantas de los ciudadanos. Ahora, para que sepas que no hay cosa mejor que morir, Antonio te promete vida. Está pendiente la batalla de la nefaria proscripcion. ¡Perecieron tantos varones pretorios, tantos consulares, tantos del órden ecuestre! A nadie dejan sino al que pueda servir. Dudo que quieras, Ciceron, vivir en este tiempo, que no hay con quien tú quieras vivir. Con razon viviste en aquel tiempo (en que César te rogó que vivieses sin algun pacto) en el cual de verdad la república no prevalecia ; empero habia caido en el seno de buen príncipe.

CESTIO PIO.

¿Acaso engañóme la opinion? Entendió Antonio que salvos los monumentos de la elocuencia, Ciceron no podia morir. Eres llamado á concierto, en el cual tu mejor parte ha de perecer. Acomoda por un rato á mí tu elocuencia. Pregunto á Ciceron, que ha de morir : Si te oyeran César y Pompeyo, ni empezaran torpe alianza, ni la disolvieran ; si en algun tiempo hubieran querido

usar de tu consejo, ni hubiera desamparado César á Pompeyo, ni Pompeyo á César. ¿De qué sirvió el consulado saludable á la ciudad? De qué el destierro, mas honroso que el consulado? De qué provocada la libertad, en los principios de tu juventud; ni la potencia de Sila cuando comenzabas á militar (c)? De qué Catilina arrancado, y Antonio vuelto á la república? Perdóname, Ciceron, si persevero en contar esto. Podrá ser que sea este dia el que últimamente se oiga. Si muere Ciceron, morirá entre Pompeyo el padre y el hijo, y entre Afranio y Petreyo, Quinto Cátulo y Marco Antonio : aquel, digo, indigno deste sucesor en su linaje. Si es guardado, vivirá entre Ventidios, Canicios y Saxas. ¿Por ventura hay alguna duda en que es mejor morir con aquellos, que vivir con estos? ¿Por un hombre trueca la pérdida pública? Sé que es inicuo cualquier precio que aquel pone. Nadie compró en tanto la vida de Ciceron, como la vende Antonio. Si él hiciera contigo este pacto, podia permitirse. Vivirás; empero sacaránte los ojos. Vivirás; mas cortaránte las piernas. Y aunque en otras injurias del cuerpo ejercitarás la paciencia, ¿cómo exceptuarás la lengua? ¿Adónde está aquella sagrada voz tuya : *El morir es fin de la naturaleza, no pena?* ¿Tú solo ignoras esto? Mas parece que has persuadido á Antonio : mas conveniente es asegurarte á la libertad, y añadir un nuevo delito al enemigo. Haz, muriendo, mas delincuente á Antonio.

PUBLIO ASPRENATE.

Para que Antonio perdone á Ciceron, ¿no ha de perdonar Ciceron á su elocuencia? ¿Qué, pues, te promete debajo deste concierto? ¿Acaso que Cneo Pompeyo y Marco Caton y aquel antiguo senado de la república sea restituido, dignisimo de que Ciceron orase en él? A mu-

(c) *Quid provocatam inter initia adolescentiae libertatem, tyrciniis tuis Syllanam potentiam?*

chos que vivieran (a) oprimió el desprecio de su ánimo. A muchos que habian de perecer, aparejados á morir, libró la admiracion de su ánimo; y el morir con fortaleza fué causa de que viviesen. Permítete al pueblo romano contra Antonio. Si quemas tus escritos, pocos años te promete Antonio: todos, si no los quemas, el pueblo romano.

POMPEYO SILON.

¿Por qué hemos de perder la elocuencia de Ciceron? Sigamos la fe de Antonio. ¿Misericordia llamas al castigo sumo del ingenio de Ciceron? Fiemos de Antonio, Ciceron, si fiaron bien dél la hacienda los logreros, y la paz Bruto y Casio. Hombre furioso con el vicio de la naturaleza y licencia del tiempo, que fanfarronea con la sangre civil entre amores faranduleros. Hombre que dió en empeño la república á sus acreedores, cuya gula no pudieron satisfacer los tesoros de dos príncipes tan grandes como César y Pompeyo. Ciceron, oye tus palabras: *A cualquiera cuesta muy cara la salud que Marco Antonio puede dar ó quitar.* No es de tanta importancia que viva Ciceron, como que no se deba á Antonio su vida.

TRIARIO.

Fué en un tiempo reducido á tal aprieto el pueblo romano, que nada tenia sino á Jove sitiado y á Camilo en destierro. Ninguna hazaña fué mayor en Camilo, como juzgar por cosa indigna de tan grande varon deber la salud al concierto. ¡Oh vida pesada, aun concedida de balde! Antonio, que fué juzgado enemigo de la república, ahora juzga la república enemiga. Lépido, porque nadie entienda que quiso agradar á Antonio como compañero, siempre será aumento de la ajena ignorancia, esclavo de los descoligados, y señor nuestro.

ARGENTARIO.

Nada se ha de creer á Antonio; miento: ¿qué no puede este que puede dar muerte á Ciceron? ¡Qué! ¿No puede guardarle una mas cruelmente que degollándole? ¿Persuádeste ha de perdonarte quien con tu ingenio se indigna? ¿Tú esperas vida de este, que aun no se ha olvidado de tus palabras? Para que el cuerpo, que es frágil y caduco, se conserve, perezca el ingenio, que es eterno. Ya me admira que no fuese mas cruel el perdon de Antonio que el castigo. A Publio Scipion, apartándose de sus mayores, la muerte generosa le colocó en el número de los Scipiones. La muerte te perdona solo para que en ti muera lo que solamente es inmortal en ti. ¿Cuál es el concierto? A Ciceron se le quita el ingenio sin vida. Prométensete, con el olvido de tu nombre, pocos años de esclavitud. No quiere que tú vivas, sino hacerte póstumo de tu ingenio. Vive para que Ciceron oiga á Lépido, oiga á Antonio, y ninguno á Ciceron. ¿Podrás sufrir que lo mejor que tienes muera ántes que tú? Deja que dure tu ingenio despues de tí, perpetua proscripcion de Antonio.

AURELIO FUSCO.

Miéntras el género humano permaneciere; miéntras el uso de las letras y la honra fuere precio de la elocuencia suma; en tanto que prevaleciere la fortuna de nuestra república, y la memoria se defendiere del olvido á

(a) *Victuros* dice viciadamente el texto latino.

los por venir, resplandecerá admirablemente el ingenio, y condenado en un siglo, condenárase en todos Antonio. Dame crédito: vilisima parte tuya es la que puede darte y quitar de tí. Aquel es verdadero Ciceron, el que Antonio juzga que no puede ser condenado sino por Ciceron. No te perdona la proscripcion; quiere quitar la suya. Si Antonio no cumple la palabra, morirás: si la cumple, serás esclavo. Cuanto á mí toca, me quiero engañar. Marco Tulio, por ti, por sesenta y cuatro años hermosamente cumplidos, por el consulado saludable de la república (que porque no pienses que dejas alguna cosa amable, acabó ántes que tú), te ruego y encarecidamente pido que no mueras confesando que no quisiste morir.

NOTA. Hasta aqui llegó la persuasion que de los declamadores juntó Marco Séneca, y él consecutivamente dice: «No sé que alguno declamase la otra parte de esta Suasoria. Todos fuéron solicitos por los libros de Ciceron; por él ninguno, como aun aquella parte no sea mala.» Así se lee en el texto: *cum adeo illa pars non sit mala.* Andres Scotto, de los libros antiguos, corrige: *Cum adeo nulla pars non sit mala;* pues era tan inicua su muerte como el quemar sus obras. Quintiliano, lib. 3, cap. 8, defiende la leccion moderna: *Quum Ciceroni, inquit, dabimus consilium, ut Antonium roget, vel etiam ut Philippicas (ita vitam pollicente eo) exurat, non cupiditatem lucis allegabimus; hæc enim si valet in animo ejus, tacentibus quoque nobis valet; sed, ut se reipublicæ servet, hortabimur. Hæc illi si valet in animo ejus, tacentibus quoque nobis valet; sed, ut se reipublicæ servet, hortabimur. Hæc illi est occasione, ne eum tallium precum pudeat.* Siguiendo este parecer, porque no falte algo á materia que puede ser importante en el mundo muchas veces,

DECLAMA POR LA VIDA DE CICERON, Á CICERON, DON FRANCISCO DE QUEVEDO VILLEGÁS, ESPAÑOL.

Al mundo conviene que compres con las cenizas de tus obras la vida, aun de tu edad hecha ceniza. Para quemarlas todas, es menester aguardar al fuego en que el mundo ha de ser hoguera. Pues su miedo necio le engaña á Antonio en pedir que las abrases, engáñale abrasando las que tienes. Y vive, no por vivir tú, sino porque viva el espíritu que ha quedado en ti de la república. Veo que la apagaron las guerras civiles; mas en el humo que de ella ha quedado, puede prender la luz que en tu cuerpo está detenida. Quemar las *Filipicas* es quemar en estatua á Antonio. El pide su castigo, no el tuyo. La crueldad poderosa es necia. ¿Quién vió quererse alguno librar del incendio con poner fuego al fuego que le abrasa? Esto hace Antonio: más se atiza que se remedia. En pocos años de tu vida rescatas muchos de tu república. Vive, no para ti, sino para ella. Quien no estima á Ciceron mas que á sus obras, no le tiene por autor dellas. No hay mayor locura que pedir Antonio que Ciceron queme sus obras, ni cosa mas sin riesgo que abrasarlas. La llama las imprime de nuevo en cada pavesa suya en que las desata. Libros tales, la persecucion los encomienda, la contradicion les da precio: puede Ciceron morir, ellos no. ¿Cuál seso trocará la pluma de Marco Tulio, que ya se remontó á la eternidad, donde la violencia no alcanza, por su lengua, que está en poder de la violencia? El que aconseja á Ciceron que muera, le pesa de que Antonio no sepa lo que pide, para destruirle. Miéntras hubiere Ciceron, aun la república, que ya acabó, durará. Las guerras civiles y las ambiciones parientas quitaron la libertad, mas no la esperanza de cobrarla, viviendo Ciceron. ¿Por qué quereis acabar la vida en él, la resurreccion en la ciudad? Hombre tan esclarecidamente grande, aun en poder de la muerte tiene de provecho la vida. Puede ser poca, mas no poco preciosa. Más importa á Ciceron que le oigan, que no que le lean. Cada uno de estudia con su ingenio: él habla con el suyo. No falte su elocuencia, pues no puede faltar su letura. Pudo caer, viviendo Ciceron, la república: puede levantarse si vive; no puede repararse si muere. Baja cobardía es en las persecuciones no poder padecer la vida, no tener valor para renunciar el descanso de la muerte. El que se persuade que puede morir el ingenio de Ciceron, persuádase que él no tiene ingenio. Si quieres vengar á todas las virtudes de Antonio, concédele en ti lo que pide. Ardan las *Filípicas*, pues son la cosa sola que de tan infame hombre se lee con gusto. Los tiranos siempre yerran en el fin que pretenden. Conócese en que, pues es el suyo y de su locura, le prosiguen y aguijan. Los exquisitamente malos hacen pompa de sus oprobrios, y se precian de lo mismo por que son despreciados y malditos. Vive, oh Ciceron, y sea quemado Antonio con las *Filípicas* dos veces. ¿Quién será tan austero, que no se ria de la ignorancia bestial que pretende con el poder presente extinguir la memoria del futuro mundo, pues la autoridad y el crédito acuden auxiliares á los ingenios castigados? Los que lo intentaron, persuadidos de sus conciencias cobardes, para sí adquirieron afrenta, para ellos gloria. Aconsejarte que mueras porque ya no tienes con quien quieras vivir, es no acordarse de que puedes vivir contigo mismo, y que debes querer vivir contigo mismo, porque no acaben de morir todos los que era justo que vivieran. Mejor fuera morir con los Pompeyos que vivir con los Saxas; empero no tan útil. Faltaran los Pompeyos á su bondad si quisieran que con ellos murieras, pues envidiaran la medicina eficaz en ti, y el antídoto á la república atosigada y poseída de venenos. Solo á los Saxas toca que no vivas con ellos. Quien te lo aconseja, Saxa es. Tú puedes quemar las obras que hiciste; mas las que ellas multiplicaron, haciéndose infinitas de cada una, nadie las puede consumir. Dicen que Antonio te engañará. Los hombres abominables primero se engañan á sí mismos. Si no cumple lo que promete, dicen que morirás. Esto tampoco debes temerlo como buscarlo. Si lo cumple, te amenazan que servirás. El sabio y el virtuoso siempre es libre en el cautiverio. Servirás de reprension á los violentos; servirás de freno á los desbocados; servirás de consuelo á los opresos, de esperanza á los caidos, de amenaza á los soberbios. Este servir es reinar: imperio es, no esclavitud. Aurelio Fusco te exhorta con ruegos encarecidos que no mueras confesando que no quieres morir; como si ignoraras que esa proscripcion es del dia en que naciste. Yo, Ciceron, te ruego que no mueras confesando que tuviste miedo de vivir.

DECLAMA DON FRANCISCO DE QUEVEDO VILLEGAS POR CICERON, RESPONDIENDO Á LOS DOS COLORES Ó PARTES ENCONTRADAS.

En las cosas que están en manos de la violencia y en poder de la venganza poderosa y de la enemistad armada, no se ha de pedir su parecer al discurso, sino su resolucion á la necesidad. En este estado se hallan con Antonio mis obras y mi vida. Persuádeme uno á que por rescatar mi vida queme las *Filípicas*; muchos, que muera por no quemarlas. Yo ni estoy quejoso de los que anteponen mis escritos á mi vida, ni agradecido al que prefiere mi vida á mis escritos. Confieso la piedad amiga en todos. Mas ¿quién acertará en tiempo de Antonio á ser piadoso y amigo? Mis obras me deben mucho, pues que las di el sér. Mas débolas yo el no poder dejar de ser. Yo las hice; ellas estorban que ni el tiempo pueda deshacerme. No somos dos, sino uno. Si las quemo, viviré por ellas; si muero por no quemarlas, viviré en ellas: no puedo preferirme á ellas sin negarlas, ni preferirlas á mi sin negarme. Su vida no depende de la mia; la mia sí de la suya, pues me guardan mi vida despues de mi muerte. Por esto ni temo el morir, ni que ellas acaben. No está la dificultad en lo que debo hacer, sino en lo que puedo. Uno y otro con todos los tiranos me fuera fácil; con Antonio ni lo uno ni lo otro es posible. Ofrece que me perdonará la vida si las quemo. ¿Qué me perdona si me hago verdugo de mi mismo? Yo conozco las dádivas y los conciertos suyos. Un tiempo llamó dádiva el no haberme muerto. Yo le dije que un ladron solo da lo que no quita. Hoy llama concierto matarme sesenta y cuatro años que he vivido, por dejarme vivir dos que apénas pueden quedarme. Otros falsarios de la fe pública, despues de ofrecido el concierto, no lo cumplen. Este se da tanta prisa á ser pérfido, que con la promesa le niega. ¿Quién duda que lo que él quiere que yo queme lo puede quemar él? Sabe que puede abrasar algunos traslados de las *Filípicas*, y que ellas siempre le han de quemar, y en todas partes. Sabe que la vida que me puede quitar es tan poca, que en una hora que se tarde el verdugo, puede anticipársele mi hora. Juzga tan poca la sangre de mis venas, que ha de dejar sediento el cuchillo y su rabia. Quiere que yo me quite la honra con desdecirme de ellas quemándolas; ó para que juzguen que mis obras no son mias, en que tantas veces enseñé cómo se debe despreciar la muerte, quiere que de miedo de morir las queme. ¿Quereis ver que este no es concierto, sino escarnio insolente y afrentoso en que descansa la envidia facinorosa de Antonio? Dice que abrase mis obras, ó muera. Si puede quemarlas y darme muerte, ¿para qué pide lo que puede hacer? El concierto solo está en el vocablo; trampa es á mi honra. Déjame elegir, porque en cualquier cosa que escoja se logra su burla en mi afrenta. ¿Qué mayor ignorancia se me podia acusar, que haberme persuadido el miedo que no era mas infame el concierto que ofrece Antonio, que su crueldad? Si Antonio me perdonase rogándole yo, conmigo se defendería con mis *Filípicas* contra mí. Cuando refiriesen: Ciceron le llamó borracho; responderian: Mas en perdonarle fué sobrio. Llamóle ladron; mas dióle la vida. Dijo que era traidor y nefandamente vicioso; mas pudo darle muerte, tan gravemente ofendido, y no quiso.—Esto fuera servir todas las acusaciones que le hice, de elogio encarecido á su piedad regateada á mi afrenta. Muera yo á sus manos, porque cuando digan que fué noble, respondan: Empero como vil dió muerte á Ciceron. Fué liberalísimo; mas á Ciceron no quiso dar la vida. Fué esforzadamente valiente; mas temió que Ciceron, ya viejo, viviese. Defendió del pueblo en su casa á Bruto y Casio; mas á Ciceron degolló. El grande Julio venció el mundo con él; venciéronle las palabras de Ciceron. Muera yo á sus manos, para que mi nombre vaya en las bocas de todos infamando aun lo que en la eminencia de malo tuvo de bueno. Léanse rubricadas con mi sangre, y legalizadas con su cuchillo, mis *Filípicas*. Solo temo que le persuada á perdonarme, no el deseo de mostrarse clemente, sino el de acertar á ser cruel; no por virtud, sino por estratagema. Quíteme con la vida este miedo, y déjeme sin este susto la honra. Si yo puedo vivir despues de muerto, y ya no puedo vivir aun vivo, solo debo temer la pereza del verdugo, en cuyas tardanzas se me hace de rogar la herida que hará oficio de parto. Como ladron vengué de mí á Verres; como nefario á Catilina. Vénguese él como peor que entrambos. Caiga tronco mi cuerpo, no por culpado, sino por impaciente de maldades. Ni los niños que aun no tienen juicio, ni los locos, que ya no le tienen, temen morir. Fea cosa será que lo que en estos puede la ignorancia y la locura, no lo consigan en mí la experiencia y la razon. Antonio para engañar solo aguarda que se fien dél. No tenia precio haber yo en el senado tenido en poco las amenazas de su persona, las abominaciones de sus costumbres, su condicion carnicera (sangriento manantial de traiciones), si no tratara á su oferta como suya. Mi postrera hazaña es, de su concierto, elegir solo el despreciarle. Toda mi honra y de mis obras está en aguardar la disimulacion de sus mentiras sin responder á su oferta. Si respondiera, afrentara á mi entereza la sospecha de que habia discurrido en ella. No le he de ayudar á que me ofenda con mi ruego. El puede quemar las *Filípicas*; no responderlas ni desmentirlas. En mí no tiene vida que matar, sino los excrementos que de un vivo han sobrado á sesenta y cuatro años. Quien me ayuda á acabar de morir, ántes me quita muerte que me la da. Quiero padecer su cuchillo en mi garganta su fuego en mis obras, y no la hipocresia de su concierto en mi reputacion. Mi gloria será el autor de mi muerte. ¿Quién conoce á Antonio, que ignore que solo condena lo que es con eminencia bueno? Por esto su castigo absuelve de culpa al que le padece. Quien supiere que nunca fuí amigo de Antonio, sabrá que nunca quise ser infame, porque no fuese mi amigo. Queme mi lengua con las *Filípicas* en el foro; que en tanto que no abrasare sus oídos, memoria y conciencia, dentro de él las oraré sin voz, y él las leerá sin letras. Vosotros, que me aconsejais que muera porque no perezca mi ingenio, primero me confesais mortal que á mí. Estáis cuidadosos de la vida de lo que no puede fallecer, y deseais que muera el que ya no puede vivir. Tú, que con terneza amartelada no temes que el fuego haga ceniza mi ingenio, ¿quieres que yo, ya ceniza, viva? Es desdichado el que vive mas que su república, y dichoso el que no pasa la vida de donde halló honrada muerte. Antonio fué la dolencia de que murió el senado; calidad es que yo muera de la misma enfermedad. No fuiste, oh César, tan infeliz en morir á puñaladas, como en que Marco Antonio entre á la parte en la herencia de tus heridas. Mas cruel fué contra tí Marco Bruto en tener piedad deste, que en no tenerla de tí. Yo repito á Antonio las palabras que Marco Bruto y Casio le escribieron cuando los amenazaba: *Nulla enim minantis auctoritas apud liberos est*. Desengáñese este monstruo, nacido para que se vea cuánto pueden la soberbia y la desvergüenza, que ni ha de engañarme el entendimiento, ni desacreditarme el juicio. Yo escribí á Antonio Torcuato: *Vivir como no se ha de vivir, cosa miserable es. Al morir ningun sabio llamó desdicha, aunque fuese dichoso*. Y á Lucio Mescinio (a) : *Fuera de la culpa y del pecado, nada le puede acontecer al hombre que le sea horrible y espantoso*. Hoy, si yo desease vivir donde no ser muerto, es señal de cómplice; si temiese el morir donde los buenos no tienen otro premio, fuera negar mi firma, y ser ántes tramposo que constante. Veréis arder mis obras sin que mueran; y veréis darme la muerte sin quitarme la vida, que me guardan ellas mas resplandeciente entre las llamas. Sabe un pájaro enseñar á la esterilidad del fuego á que sepa parirle, ¿y no sabrá vuestro Ciceron merecer la fecundidad que le produzca parto de las brasas? Tal es Antonio, que espero del incendio y del verdugo con usura todo lo que él me quitará con ellos. Descenderá mi espíritu opulento con este blason :

AQUÍ YACE MARCO TULIO, Á QUIEN MARCO ANTONIO, QUE NUNCA TEMIÓ Á DIOS, TEMIÓ SIEMPRE.

Acabando de pronunciar estas palabras, vió venir á Popilio, hombre facinoroso, á quien habia defendido la vida estando preso y acusado por parricida; y sin ver en él aceleramiento ni ademan sospechoso, dijo: Este viene á darme la muerte; que, como no puede haber maldad mas horrible que hacer que me quite la vida quien me debe la suya, no pudo faltar esta atrocidad en las órdenes de Antonio, estudioso de semejantes abominaciones, y que aborrece como las virtudes las moderadas maldades. Vióle desnudar la espada, y díjole : Mátame y desmiénteme, pues degollando á quien debes la vida, pruebas contra mi defensa que mataste á tu padre. Tú exageras la fuerza de mi elocuencia, pues pudo defender de un parricidio á quien en mí comete otro. Sácame del juicio nefario de la ciudad en que pude defenderte y yo nó soy defendido. Cortóle Popilio con la garganta la voz. Nada pareció imposible sino degollar á Ciceron quien le oia. Dejó el cuerpo sin las manos y la cabeza, y en el foro clavó la cabeza entre las dos manos, porque sus obras y sus palabras fuesen espectáculo donde fuéron milagro.

PROTESTACION.

Todo lo contenido en este libro sujeto á la censura de la santa católica Iglesia romana y de sus ministros, con obediencia rendida. Madrid, 1.º de abril, 1644. — *Don Francisco de Quevedo Villegas.*

(a) Lib. v, 21.

CARTA
DEL REY DON FERNANDO EL CATOLICO

AL PRIMER VIREY DE NAPOLES;

CUYO ORIGINAL ESTÁ EN EL ARCHIVO DE NÁPOLES,

comentada por DON FRANCISCO DE QUEVEDO VILLEGAS (a).

A DON BALTASAR DE ZUÑIGA.

Pidióme un señor (*b*) en Italia esta carta (así lo digo en la mia con que la remití), y porque no fuese aquella libertad desabrigada y tan de par en par á los que acreditan su malicia con apariencias de religion, acompañé con estos apuntamientos sus renglones, juzgando y temiendo que nota y razones tan robustas como las de aquel gran rey, en otro lector que vuecelencia estará peligrosa, y que solamente en su experiencia tendrá estimacion lo que á menor espíritu será escándalo. He querido inviarla á vuecelencia para que divierta alguna ociosidad, y no dudo que podrá ser de importancia en ánimo tan bien reportado la noticia de este escrito para el servicio de su majestad en la materia de jurisdiccion. Dé Dios á vuecelencia vida y salud. De la Torre de Juan Abad, á 24 de abril de 1621.

Don Francisco de Quevedo Villegas.

A UN SEÑOR QUE PIDIO ESTA CARTA.

Escribióme vuecelencia le inviase una copia de la carta que él Rey Católico escribió al conde de Ribagorza, virey de Nápoles (*c*); y dice vuecelencia está deseoso de verla, por relacion que della le hizo un curioso. Yo invio la carta, no sin escrúpulo, y deste melindre (al parecer) dará razon su nota : no califico la letra ; mas temo que los golosos della disimulan con la curiosidad alguna mala intencion.

El discurso pide lector cauteloso y bien advertido ; y si bien en manos de vuecelencia hablará este papel con la madurez, verdad y intencion que en la pluma del que supo ser rey y enseñar á que lo fuesen otros, he querido acompañar con algunas bachillerias mias las palabras mal acondicionadas, que suenan con atrevimiento y desacato al encogimiento de las acciones de ahora y á la flaqueza del aliento que se usa ; pues hoy todo el precio de la prudencia se pone en el sufrimiento, donde primero se veia la infamia del valor y deslucimiento de los príncipes. Si lo que él escribió como gran rey, yo lo ajare con desaliño de persona particular, entiéndalo vuecelencia como gran señor, y desagraviara este escrito. Dé Dios á vuecelencia en larga vida buena salud.

Don Francisco de Quevedo Villegas.

(a) En la Biblioteca Nacional existen cuatro ejemplares, donde se supone, con manifiesto error, autor del comento á *Lupercio Leonardo de Argensola*. Para fijar el texto hemos tenido á la vista ocho códices de la misma biblioteca, otro del señor don Agustin Duran, y otro que poseemos y perteneció al célebre ministro de Fernando VI, don José de Carvajal y Lancáster. — *El Colector.*
(b) Afírmase en el tomo I, pág. 261, del *Semanario erudito* de Valladares, ser este el virey duque de Osuna.—*Id.*
(c) Don Juan de Aragon, su sobrino. Era hijo bastardo de don Alonso, hermano tambien bastardo del Rey Católico; pero nada parecido á su padre, ni en el valor para la guerra ni en el tino para el gobierno : sucedió en el de Nápoles al Gran Capitan.—*Id.*

CARTA DEL REY.

Ilustre y reverendo conde y castellan de Amposta, nuestro muy caro sobrino, visorey y lugarteniente general. Vimos vuestras letras de 6 del presente ; y la carta clara y la cifra á que vos os remitíades, en que decis que nos escribíades largamente el caso del breve que el cursor del Papa (1) presentó á vos y á los de nuestro consejo que con vos residen, debiera quedar por olvido, porque no vino acá. Pero por lo que nos escribió micer Lonch entendimos todo el dicho caso, y tambien lo que pasó sobre lo de la Cana ; de todo lo cual habemos recibido grande alteracion, enojo y sentimiento, y estamos mucho maravillados y mal contentos de vos, viendo de cuánta importancia y perjuicio nuestro y de nuestras preeminencias y dignidad real era el auto que fizo el cursor apostólico ; mayormente siendo auto de fecho y contra derecho, y no visto facer en nuestra memoria á ningun rey ni visorey de mi reino. ¿Por qué vos no fecisteis tambien de fecho, mandando ahorcar el cursor que vos lo presentó ? Que claro está que no solamente en ese reino, mas si el Papa sabe que en España y Francia le han de consentir facer semejante auto que ese, que lo fará por acrecentar su jurisdiccion. Mas los buenos visoreyes atájenlo y remédienlo de la manera que he dicho ; y con un castigo que fagan en semejante caso, nunca mas se osen facer otros, como antiguamente en algunos casos se vió por experiencia. Pero habiendo precedido las descomuniones que se dejaron presentar al comisario apostólico en lo de la Cana, claro estaba que, viendo que se sufria lo uno, se habia de atrever á lo otro.

Nos escribimos sobre este caso á Jerónimo de Vich, nuestro embajador en corte de Roma, lo que veréis por las copias que van con la presente ; y estamos muy determinados, si su santidad no revoca luego el breve y los autos por virtud dél fechos, de le quitar la obediencia de todos los reinos de la corona de Castilla y Aragon, y de facer otras provisiones convenientes á caso tan grave y de tanta importancia. Lo que ahí habeis de facer sobre ello es, que si cuando esta recibiéredeis no habeis inviado á Roma los embajadores que en la carta de micer Lonch y en las de los otros dice que queríadeis inviar, que no los invieis en ninguna manera, porque seria enflaquecer y dañar mucho el negocio ; y si los habeis inviado, que luego á la hora les escribais que se vuelvan sin fablar al Papa ni á nadie en la negociacion ; y si por aventura hubieren comenzado á fablar, vuélvanse á ese reino sin fablar mas, y sin despedirse ni decir nada. Y vos faced extrema diligencia por facer prender al cursor que vos presentó el dicho breve, si estuviere en ese reino ; y si le pudiereis haber, faced que renuncie y se aparte, con auto, de la presentacion que fizo del dicho breve, y mandalde luego ahorcar. Y si no le pudiéredeis

(1) Julio II.

haber, faréis prender á los que estuvieren ahí faciendo nuestra justicia sobre este negocio por los de Asculi, y tenéldos á muy buen recaudo en alguna cija en Castilnovo, de manera que no sepan dónde están, y facéldes renunciar y desistir á cualesquiera autos que sobre ello hayan fecho ; y proceded á punicion y castigo de los culpados de Asculi que entraron con banderas y mano armada en ese reino, por todo rigor de justicia, sin aflojar ni soltar cosa de la pena que por justicia merecieren.

Y digan y fagan en Roma lo que quisieren ; y ellos al Papa, y vos á la capa. Y esto vos mandamos que fagais y pongais en obra sin otra dilacion ni consulta ; porque cumple é importa mucho á nuestro real servicio.

Cuanto al negocio de la Cana, ya vos habíamos escrito que, no embargante cualquier cosa que dijiese ó ficiese la serenísima reina nuestra hermana, si ella no facia luego justicia á los frailes del monesterio de la dicha Cana, la favoreciésedeis vos en nuestro nombre ; y sin que vos lo mandáremos, fecisteis gran yerro en no lo facer. Y no porque el duque de Fernandina y sus hijos y consejeros pongan á la dicha serenísima reina nuestra hermana ante que faga cosas en que estorbe la ejecucion de nuestra justicia y lo que cumple á nuestro servicio, por eso no lo habiadeis de dejar de facer vos.

Por ende nos vos mandamos, pues la dicha serenísima reina nuestra hermana no quiere facer justicia en el dicho negocio, que vos proveais luego sobre ello todo lo que fuere justicia, castigando á todos los que tuvieren culpa, y desagraviando á los que estuvieren agraviados.

Y si faciendo esto, la serenísima reina nuestra hermana viniere á la vicaría en persona, como decis que vos han dicho que lo fará, á sacar los presos que por la dicha razon mandáredeis prender, en tal caso vos mandamos muy estrechamente, é so pena de la fidelidad que nos debeis, é de nuestra ira é indignacion, que prendais al duque de Fernandina y á sus hijos, y á todos los consejeros de la dicha serenísima reina nuestra hermana, y los pongais en Castilnovo en la fosa del Millo, adonde estén á muy buen recaudo ; y que por cosa del mundo no los solteis sin nuestro especial mandamiento.

Y si la dicha serenísima reina nuestra hermana quisiere ir al dicho Castilnovo para libracion dellos, con la presente mandamos á vos y al nuestro alcaide del dicho castillo, que no la dejeis entrar en él, aunque faga todos los extremos del mundo. Porque fijo, ni hermana, ni otro ningun deudo nuestro no habemos de consentir que estorbe la ejecucion de nuestra justicia ; y los que en tal se pusieren no han de pasar sin castigo. Y cuanto á lo que cerca desto fizo el comisario del Papa, si estuviere ahí, prendelde y tenelde donde no sepan dél, y secretamente facelde renunciar y desistir á los autos que ha fecho sobre las dichas descomuniones.

Pero si fuere posible, precedan á esto las provisiones de justicia que habeis de facer en el dicho negocio de los de la Cana, en castigo de los culpados y desagravio de los agraviados, como habemos dicho; porque fué caso feo y de mal ejemplo y digno de castigo. Pues vedes que nuestra intencion y determinacion en estas cosas es que de aquí adelante por cosa del mundo no sufrais que nuestras preeminencias reales sean usurpadas por nadie; porque si el supremo dominio nuestro no defendeis, no hay qué defender; y la defension de derecho natural es permitida á todos, y mas pertenece á los reyes, porque, demas de cumplir á la conservacion de su dignidad y estado real, cumple mucho para que tengan sus reinos en paz y justicia y de buena gobernacion.

Otrosí: luego en llegando este correo, proveeréis en poner buenas personas fieles y de recaudo en los pasos de la entrada de ese reino, que tengan especial cargo de poner mucho recaudo en la guarda de los dichos pasos, para que si algun comisario ó cursor ó otra persona viniere á ese reino con bulas, breves ó otros cualesquiera escritos apostólicos de agravacion ó entredicho, ó de otra cualquier cosa que toque al dicho negocio directa ó indirectamente, prendan á las personas que los trujeren, y tomen las dichas bulas ó breves ó rescriptos, y vos los traigan: de manera que no se consienta que las presenten ni publiquen ni fagan ningun otro auto acerca de este negocio. Datis en la ciudad de Búrgos á xxii de mayo, año mdviii.—YO EL REY.—Almazan, secretarius.

ADVERTENCIAS,

disculpando los desabrimientos desta carta.

De 6 de mayo tuvo aviso de este exceso el rey don Fernando, y respondió á 22 del mismo mes : de suerte que en diez y seis dias que tardó el correo en llegar, respondió con la mayor resolucion, y se debe entender que respondió leyendo el aviso.

Los casos de la condicion de este están fuera de las dilaciones de consulta, y siempre han de estar decretados cuando tocan en la sustancia de la monarquía; y á veces está el acierto en la brevedad; y la ceremonia de la consulta y la ambicion, con que la remision afecta el nombre de madurez, suele determinarse á remediar lo que perdió entretenida en buscar el modo.

La conservacion de la jurisdiccion y reputacion ni ha de consentir dudas, ni temer respetos, ni detenerse en eligir medios : nada le está tan bien como hacer su efecto de manera que los atropellados de su velocidad la teman por arrebatada, y la desprecien por escrupulosa y entretenida. Quien en pensar lo que ha de hacer y comunicarlo pierde la ocasion de hacerlo, es necio de pensado y se pierde adrede. Los grandes casos, como este, sin perder un instante han de pasar de oidos á remediados; ni tienen mayor peligro que el temer que hay alguno para acometerlos; ni rey grande ha de hacer cuestion su honor y estado.

Esté vuecelencia advertido que aquel rey y sus ministros mas querian dar cuidado con lo que escribian, que escribir con cuidado; y se ve en sus palabras ménos recato y mas cautela. Está bien á los reyes no sufrir

nada, y es provechoso desabrimiento no saber disimular descuidos á los ministros que están desabrigados de su rey. El Rey Católico, atendiendo á la conservacion de sus reinos y reputacion de sus ministros, no les permitió arbitrio en las materias de jurisdiccion, ni las hizo dependientes de otra autoridad que de su conveniencia. Y advirtiendo que el dominio de Nápoles ha sido y es golosina de todos los papas, y martelo de los nepotes, no solo queria que no lo consintiera, sino que, haciendo de hecho un castigo tan indigno de la persona de un cursor, escarmentara á los unos y pusiera acíbar en lo dulce desa pretension.

Quien se contenta con estorbar atrevimientos peligrosos, asegura de sí á los que le persiguen, y entretiene, pero no evita, su ruina El rey grande no lo calla á su ministro, porque no se pueda desentender; y así le advierte que si el Papa ve que se lo consienten, intentará aumentar su jurisdiccion. Y á los que la temerosa ignorancia llaman religion parecerá que bizarrean mucho con el nombre de católico tratando del Papa sin epítetos de hijo, y de sus ministros tan como su juez; mas es de advertir que el gran rey pudo tratar de su jurisdiccion con el Papa, pues en esa materia Cristo no se la disminuyó á César, ni se la quiso nunca desautorizar, como se vió en el tributo.

Ordena con animosa providencia que los embajadores que habia de inviar, si no han ido, no vayan; y si han ido á Roma y no han hablado, que no hablen y se vuelvan; y si han ido y empezado á hablar, que no prosigan, y se vengan sin hablar al Papa ni á otra alguna persona. A los cobardes parecerá esta órden descortés, y á los príncipes generosa y valiente.

Supo este gran rey atreverse á enojar al Papa, y halló desautoridad en los ruegos, y conoció el inconveniente que tiene la sumision medrosa; y presumió dar á entender lo que es debido al pontífice, y lo que no es permitido á los reyes; y dijo que era enflaquecer su causa inviar embajadores quien podia pedir castigos, y pedir quien tenia autoridad para escarmentar. La política ignorancia, que el miedo servil llama cortesía y miramiento, tiene por ajustado lenguaje de decir que todo lo puede hacer por buen modo; y no advierten que quien á otro da lo que es suyo, no se puede quejar de que use de ello, ni de que le tengan en poco, como á persona que ignora sus conveniencias, y ocasiona atrevimientos contra sí, y los disculpa.

Mandó el Rey Católico ahorcar el cursor del Papa: cláusula escandalosa para los encogimientos religiosos de príncipes que solamente saben temer la ley, y no la entienden.

Es verdad que le faltó jurisdiccion; pero, como le sobró causa, hízose juez de quien se arrojó á no temer su enojo. Y hay muchas cosas, como estas de mandar ahorcar estos ministros, que las dicen los reyes por no necesitarse á hacerlas, pues suele prevenir el espanto del lenguaje, y es una providencia, si temeraria, provechosa.

No querria que pareciese juzgo yo el ánimo y intento del Rey, que sin duda, siendo digno de su grandeza, no puede ser capaz dél mi discurso.

Confieso que tienen desabrimiento aquellas palabras que yo querria olvidar:

«Y estamos muy determinados, si su santidad no

revoca luego el breve y los autos por virtud dél sechos, de le quitar la obediencia de todos los reinos de las coronas de Castilla y de Aragon. »

Si esto no lo disculpa el decirlo un rey tan católico, ¿para qué podrá bastar mi diligencia?

Confieso que las palabras tienen bizarría peligrosa, y más si las oyen ministros que todo lo que no es miedo lo tienen por herejía. Estas razones dictóselas al Rey la ocasion, y escribiólas el enojo; fué una galantería bien lograda, pues, haciendo oficio de amenaza, se estorbó así el tener ejecucion.

Quiso el Rey, con suma advertencia, que su santidad entendiese que él lo sabia decir, para que no se lo obligase á hacer; y fué un atrevimiento ingenioso y una inobediencia bien intencionada.

Los reyes han de dar á entender todo lo que saben y lo que pueden, no para hacello, sino para no ocasionar atrevimientos y reprender intenciones que, presumiendo ignorancia en el príncipe, le deslucen con desprecio.

¿Quién negará que no es bien ser obediente, y mejor saber ser obediente? Pues lá obediencia debida y en su lugar es digna de mérito y alabanza, y es virtud; y la que no es así es perezosa bestialidad y rendimiento bruto y adormecido en las potencias del alma.

Cuando dijo el Rey Católico que negaria la obediencia al Papa, sabia que no lo habia de hacer, y que lo habia de temer, y aventuró el escándalo por asegurar su intencion; y el espanto destas palabras más se encaminó á esforzar el ánimo del ministro postrado, que á congojar á su santidad. Porque la menudencia del ministro apocado encogiera el ánimo del Rey, si su grandeza y ardimiento no le esfuerza, poniéndole temor de su resolucion y satisfaccion de su valor para que desprecio sus enemigos; y así le dice que castigue á los culpados por todo rigor de justicia, sin remitir cosa de la pena que merecieren; y juntamente mandó castigar y castigó la tibieza que el Virey temia.

« Y digan y fagan en Roma lo que quisieren; y ellos al Papa, y vos á la capa. »

Los políticos de la comodidad, que llaman reputacion y prudencia lo que es sufrimiento y poltronería, gradúan de blasfemia estos dos consonantes, que pueden ser refran. Ni hallo desacato, ni le debe creer ningun honrado lector. Esto es decir: *cada uno mire por sí*; ni tiene otro mal sonante que contraponer por su nombre el *Papa* á la *capa*. Y hay refran permitido que, para decir que no se pida sin hacer diligencia, dice: á *Dios llamando*, *y con el mazo dando*; donde el *mazo* y *Dios* se oyen cerca.

Parecióle al Rey Católico que se le caia la capa á su virey, embebecido en oir las excomuniones del Pontífice, y acordóle de que parecia mal en su cuerpó. Y si por dicha temió que le quitasen, tuvo mas disculpa de hacer tantos extremos; que perder la capa es descuido, y dejársela quitar poco valor. Y sospecho que riñó mas esto, porque las palabras tienen mas de represion que de aviso.

Esta capa de que el Rey Católico habla, no es solo su peligro el perderla ni el dejarla : esos son los postreros. El ministro que se la pone mal puesta, la desautoriza y es desaliñado ; el que la lleva arrastrando, la infama y es perdido; el que la acorta, la destruye y es ladron; y no basta á un ministro guardar la capa de los otros; que el que la guarda de otros, y no de sí, tambien es invidioso.

No fué celo el suyo, sino cudicia, pues defendió á los enemigos la capa prestada, para volverla él para sí.

El buen modo de conservar la jurisdiccion, es no solo mantenerla, sino tener á los vecinos medrosos de su aumento, y que ántes aspire á crecer que á sustentarse. Y siempre fué mejor ocasionar defensa propia al enemigo, que defenderse de él. Y entre cudiciosos y mal intencionados y atrevidos, quien no adquiere, pierde, ó quien no se atreve á más. El duque de Saboya ha ganado mucho con atreverse á mucho, sin adquirir nada; y nuestras armas han perdido por contentarse con defenderse.

« Y si haciendo esto, la dicha serenísima reina nuestra hermana viniere á la vicaría en persona, como decis que vos han dicho que lo fará, á sacar los presos que por la dicha razon mandáredes prender, en tal caso vos mandamos muy estrechamente, é so pena de la fidelidad que á nos debeis, é de la nuestra ira é indignacion, que prendais al duque de Fernandina y á sus hijos, y á todos los consejeros de la dicha serenísima reina nuestra hermana, y los pongais en Castilnovo en la fosa del Millo, y por cosa del mundo no los solteis sin nuestro especial mandamiento. »

Puede ser vicio el pensar mucho las cosas; y hay materias que se estragan siendo comunicadas. Hoy para prender un consejero se hicieran grandes juntas y consultas; y se tiene por ménos inconveniente desacreditar un tribunal con permitir un ministro ruin, que desautorizarle á él con un castigo justificado y que sirva de escarmiento; y estas pláticas, miéntras se tratan se difieren, y difiriéndose, dan el lugar de la justicia á la negociacion.

El Rey Católico no anduvo por este camino, pues mandó que prendiesen en un renglon al duque de Fernandina y á sus hijos y todos los consejeros de su hermana.

Ventajosamente castiga quien con la amenaza sabe ahorrar el castigo : gran rey aquel en quien la opinion vale por ejército, y el amor por guarda, y el miedo por ministro.

Ese no falta de ninguno de sus reinos, y asiste donde no está, y alcanza donde no le ven; y al reves, el que se contenta con lo mecánico de la corona y regalía, donde ménos está y con mas peligro, es donde asiste, y á veces está con mas decoro en una provision un rey, que en persona; y ha habido majestades que nacieron para andar en despachos, y mejores para leidas que para tratadas. Príncipe hubo que presente no queria que le hablasen sino por escrito; y fué cautela de algun bien advertido en su poca capacidad. Ansi lo nota Lipsio.

El retiramiento del turco afecta deidad y presume mucho de divino; y hay políticos que lo tienen por maña bien entendida, viendo que la familiaridad de los reyes de Francia ha sido enfermedad que á muchos de ellos les ha anticipado el sucesor.

« Y si la dicha serenísima reina nuestra hermana quisiere ir al Castilnovo á la liberacion dellos, con la presente mandamos á vos y á nuestro alcaide del dicho castillo, que no la dejeis entrar, aunque faga todos los extremos del mundo; porque fijo, ni hermana, ni otro ningun deudo nuestro no habemos de consentir que estorbe la ejecucion de nuestra justicia; y los que la pusieren en tal no han de pasar sin castigo. »

Ni respeto ni parentesco debe divertir la ejecucion de

la justicia, ni retardarla un punto; porque el daño es ejecutivo, y se recrecen inconvenientes de mala condicion y peor consecuencia. Ni es ruego el que se interpone para impedirla; es atrevimiento cauteloso que á un mismo tiempo se ha de huir y castigar. Y lo mas seguro, si no tan plausible, es tener prevenido el linaje y la familia con esta doctrina; porque el intentar resfriar los actos de la justicia, peca en desprecio, y tiene escondido en la lisonja el desacato. El Rey Católico con saña advierte desto al Virey, y de manera que la advertencia le castiga. Entendió este gran rey, y confesólo y diólo á entender, que la persona de don Fernando tiene hijos y hermanas y parientes; mas que el cargo de rey y la justicia son huérfanos en la tierra, y sin descendencia y sucesion de sangre; y ansí lo enseñó Cristo cuando, haciendo oficio de maestro, y diciéndole que estaba allí su madre y sus hermanos, respondió que sus hermanos y su madre eran los que hacian la voluntad de su Padre.

«Y por cosa del mundo no sufrais que nuestras preeminencias reales sean usurpadas por nadie; porque si el supremo dominio nuestro no defendeis, no hay qué hacer; que la defension de derecho natural es permitida á todos, y mas pertenece á los reyes, porque, demas de cumplir á la conservacion de su dignidad y estado real, cumple mucho para que tengan sus reinos en paz y justicia y buena gobernacion.»

A estas postreras palabras no tengo que advertir otra cosa que encargar á los príncipes las pasen de la carta á la memoria, infundiéndolas en el corazon de sus ministros, y que no tengan por tales, ni los conserven, á los que no pusieren el lucimiento de sus méritos y el lustre de sus servicios principalmente en este punto.

Es de notar que, como carta de mano del Rey, es toda fuego, y no se conoce en ella el apocamiento de las civilidades con que algunos secretarios afeminan lo robusto del discurso de los grandes reyes; ni está manchada con dudas recelosas de consejeros, á quien los casos que habian de enojarlos, ántes los embarazan y espantan.

Suplico á vuecelencia, si se desagradare destos apuntamientos (a), reciba por disculpa la desigualdad del tex-

(a) De ellos posee la Biblioteca Nacional, Aa. 167, una copia

to de quien se atrevieron á ser glosas. Que si lee lo que digo, y atiende á lo que quiero decir, verá vuecelencia que no callo nada, y pondrá algun precio á mi trabajo; pues lo que he escrito lo he estudiado en los tumultos destos años, y en catorce viajes, que me han servido mas de estudio que de peregrinacion, siendo parte en los negocios que de su real servicio me encomendó su majestad (que está en el cielo), y con su santidad y los potentados. Lo que leerá brevemente en un libro que escribo con este título: *Mundo caduco, y desvaríos de la edad, en los años 1613 hasta 20*.

manuscrita, hecha en 1625, que se ha preferido, por su antigüedad, para texto de la presente edicion. Perteneció al célebre aragones don Vincencio Juan de Lastanosa, quien en el propio año que falleció QUEVEDO publicó su *Museo de las medallas desconocidas españolas*.

Al final del manuscrito se encuentra la siguiente nota, que no será fuera de propósito trasladar aquí:

«Aunque me admira que tenga permision para andar impresa esta respuesta de Philipo rey de Francia al papa Bonifacio, por estar en Anfrerio y ser tan ponderada su demasía, en esta razon la he querido juntar á este cuaderno, porque se vea ó que el Rey Católico escribió con templanza, ó que no fué el primer rey que, tocándole en jurisdiccion y soberanía, azoró el estilo y enfureció la nota.

Epistolae notabilissimae quas refert Stephanus Auffrerius in repetitione Cle. l. de off. ordi. fol. x.

BULLA BONIFACII VIII AD PHILIPPUM PULCHRUM REGEM.

«Frat.—*Bonifacius episcopus servus servorum Dei Philippo Francorum Regi.*

«*Deum time, et mandata ejus observa. Scire te volumus quod in spiritualibus et temporalibus nobis subdes. Beneficiorum et praebendarum ad te collatio nulla spectat: et si aliquorum vacantium custodiam habeas, fructus eorum successoribus reserves: et si quae contulisti, collationes tales irritas decernimus: et quantum de facto processerunt revocamus. Aliud credentes haereticos reputamus. Datum Lateranem. non. decembris; Pontificatus nostri, anno primo.*

RESPONSUM REGIS FRANCIAE.

«*Philippus Dei gratia Francorum Rex Bonifacio se gerenti pro summo Pontifice salutem modicam sive nullam.*

«*Sciat tua maxima fatuitas in temporalibus nos alicui non subesse: aliquorum ecclesiarum et praebendarum collationes ad nos jure Regio pertinere, et fructus eorum vacatione durante, nostras facere: collationes hactenus à nobis factas et in posterum faciendas fore validas, et illarum vigore possessores contra omnes viriliter nos tueri. Secus autem credentes, fatuos et dementes reputamus. Datum, etc.*»

MUNDO CADUCO Y DESVARIOS DE LA EDAD

EN LOS AÑOS DE 1613 HASTA 1620 (a).

(Fragmentos.)

HABIENDO los venecianos tomado por pretexto de su intencion la enemistad que tienen con los uscoques, no por ofensas que dellos hayan recibido, ántes porque no les quisieron en ningun tiempo consentir sus demasías ni sufrir sus robos, movieron guerra al Imperio en el Friuli (b), sin poder disimular que su disinio era usurpar al archiduque Ferdinando, ahora emperador, los puertos que tiene por aquel lado en el mar Adriático,

(a) Se creia perdido este opúsculo, del cual por el anterior habia noticia. No la tengo así de que exista otra ninguna copia, dentro ni fuera de España, sino la que posee la Biblioteca Nacional (H. 45.), con muy respetables canas de antigua. Carece por desgracia de principio y de fin; y á tenerlos no habria necesidad de confundirse en conjeturas.

Hé aquí las mias sobre el presente escrito.

Fué comenzado á bosquejar en 1621, con ánimos de darle cabo al tocar los últimos instantes de Felipe III, y es muy probable que no llegase QUEVEDO á terminar sino la traza ó guion para entrar despues holgadamente de lleno en su trabajo.

La revolucion que siguió á la muerte de aquel rey, y las duras prisiones y castigos con que el nuevo gobierno pretendía condenar los excesos y crímenes de sus antecesores, distrajeron al historiador de su primer propósito, empeñándole en apuntar cuanto iba siendo consecuencia de las disposiciones adoptadas en los quince primeros dias del reinado de Felipe IV. Tomados á la par de los sucesos tales apuntes, sacaron un colorido y verdad maravillosos, y cediendo el señor de Juan Abad á las instancias de sus amigos, hubo mas adelante de desglosar esta parte de su tarea, y dejarla correr de mano entre los curiosos con el título de *Grandes anales de quince dias.*

Una vez desaparecido el blanco adonde tiraba el primer pensamiento, y jamas llegado el caso de formalizar la obra histórica, dejó de estar en armonía su primer título con el discurso; y esto explica ver pintadas al fin del *Mundo caduco* las hazañas de don Gonzalo de Córdoba, nieto del Gran Capitan, correspondientes al año de 1622, y que en los *Anales de quince dias* entren acontecimientos muy posteriores á los que el rótulo anuncia.

Constituyendo hoy estos *Anales* una obra aparte, la cronología pide á toda ley se les anteponga el presente fragmento, por más que tenga opuesta é injustificable colocacion en el antiguo manuscrito de la Biblioteca Nacional.

Despues de haberle examinado y estudiado con el mayor detenimiento, vengo á sospechar que está hecho hácia los años de 1625, á vista del original de QUEVEDO, mas por un amanuense tan rudo, que ni entendió lo que escribia, ni supo descifrar la letra de DON FRANCISCO, intricada de suyo.

Plagada de erratas desatinadas y absurdas la copia, sin puntuacion, desperdigadas las sílabas, y el sentido truncado siempre, nos ha sido dificilísimo restaurarla, con el respeto y conciencia que piden las obras de los grandes ingenios, y con la sujecion sin la cual no leen nada los escrupulosos.

Secretario QUEVEDO del duque de Osuna, testigo presencial de muchos sucesos, agente de no pocos en el Adriático, este fragmento es de suma importancia, para apreciar los acontecimientos, desfigurados casi siempre por la apasionada y alquilada pluma del servita fray Paolo Sarpi, y por la recusable narracion de Vittorio Siri, y por la ligereza del embajador de Francia Leon Bruslart, sobre cuyos fundamentos descansa en esta parte la célebre historia de Venecia escrita por Daru.

(b) Friuli (corrompido de *Forum Julii*, ciudad principal que dió nombre á toda la region, á quien los venecianos llaman *Patria*) llamóse tambien *Tierra Aquileyense*, por Aquileya, su antigua metrópoli. Tiene por término al oriente el rio Formio, llamado

para quedar con más soberano dominio en la tiranía de aquel golfo que, á hurto, han querido establecer como la invencion de la libertad : aquel dominio padecido de pobres pescadores, y esta fábula creida de ignorantes, y estos comprados.

Hay en el reino de Croacia, en la vecindad de Hungría, un lugar en defensa, para quien la naturaleza fué ingeniero y el mar fortificacion, á quien como atalayas miran las peñas eminentes que parte le rodean y parte le sustentan, odioso á los venecianos por estar en la orilla del mar de Adria. Llámase Segnia (c), adonde se guardaron los vecinos de aquellos lugares de la tiranía de los turcos; y porque fugitivos de sus patrias, y atemorizados del poder de los bárbaros, se juntaron á abrigar su temor con estas montañas, amparándose de la mala condicion del lugar, fuéron en su lengua llamados uscoques (d), que es lo mismo que desterrados y fugitivos. Despues la soberbia y ambicion veneciana los llamó despreciados : creo que la maña, pues ántes los han padecido despreciadores, y de ningun otro poder han hecho tanto caso : gente belicosa, nacida á las armas, ejercitada en ellas, y de quien siempre han asistido á los reyes de Hungría á contradecir las invasiones de los turcos, debiendo á su poco número victorias que amenazaron ejércitos copiosos. Y como el territorio suyo fué

ahora Risano, los Alpes Julienses hácia el septentrion, y por el mediodía el mar Adriático. Era cabeza de aquel territorio, en el siglo XVI, Udina, que los alemanes llaman Weyden.

(c) Está situada en lo más retirado y al borde del golfo Carnario. Defiéndenla guájaras y fragosidades por el lado de tierra ; y multitud de islas, escollos y tortuosos canales de cortísima profundidad, que no sufren sino ligeros esquifes, la hacen inaccesible á la parte del mar, alborotado siempre por los vientos que caen de las montañas y cubren de náufragos los peñascos.

Segnia fué el abrigo de todos los vagabundos y criminales de los pueblos convecinos y de la misma Venecia, al amparo de la casa de Austria. Turcos y venecianos deseaban asolar tan altiva fortaleza ; pero no aviniéndose á cercarla, aquellos por mar, y estos por tierra (á un mismo tiempo, queriéndola cada cual para sí contra el otro, dieron ocasion á que creciese aquel pueblo, donde no faltaban mujeres que, aunque robadas y ociosas, no eran estériles ni amigas de permanecer en la viudez.

(d) En lengua dálmata significa tornadizo. Las invasiones de los turcos en la Croacia, Dalmacia y Albania hicieron que sus habitantes buscasen asilo en peñascos inaccesibles. Un señor feudal de Hungría, dueño del castillo de Clissa, por cima de Spalato, acogió á principios del siglo XVI considerable número de estos fugitivos. Sus hostilidades atrajeron á los turcos sobre Clissa : socorriéronla los uscoques, y sostuvieron un año el sitio ; pero entrada la ciudad, y sus moradores diseminados por los montes, como los turcos tratasen de apoderarse de la aldea de Segnia, el emperador Ferdinando I se apresuró á ofrecer su proteccion á los uscoques, siempre que se decidiesen á conservar y defender aquel nuevo asilo, hostilizando sin cesar al otomano. Estos piratas han tenido sus historiadores. Bosquejó sus expediciones hasta 1602 el arzobispo de Zara, Minutio Minuci, y las continuó hasta 1616 fray Paolo Sarpi, teólogo de la república veneciana, servita revoltoso y maquiavelista, apasionado escritor y de crédito muy dudoso.

eleccion del temor y de la huida, es fortalecido, no fértil; defiende, y no alimenta; á cuya causa los uscoques, dándose á la marinería y navegacion, trocaron los campos en golfos, y piratas buscaron las cosechas, pidiendo al agua los frutos de la tierra. A esta causa muchas veces osadamente rindieron y despojaron naves de turcos, y á vueltas algunas de venecianos que á Levante llevaban mercaderías; y como este atrevimiento era violar la monarquía que ellos pretenden de aquellos mares, crecieron el sentimiento hasta pedir á los reyes de Hungría, porfiadamente y con encarecimiento ponderado, no su castigo, sino su desolacion y ruina. Tanto los temieron que, desconfiados de tomar venganza por sí, ni de que escarmentasen justiciados los delincuentes, instaron en el acabamiento de todos, temiendo la sucesion y los por nacer.

Mas los reyes, teniendo por cosa indigna, por pecados de algunos, ensangrentarse en los inocentes, y viendo que no era lícito á los príncipes satisfacer odios, sino obedecer leyes, ser justicieros, no impíos; por sosegar el ímpetu de las quejas venecianas, como á ladrones inquietadores de la paz y perturbadores de la vecindad, hicieron morir los que en las invasiones y robos parecieron culpados. De aquí los venecianos, no mal satisfechos, sino poco asegurados, tanto temian, que determinaron hacer con las armas y la fuerza lo que con ruegos descaminados no habian podido alcanzar de los reyes; y es cierto que por esta razon el año de 1593 en estos confines hicieron la fortaleza de Palma (a), con que más temerosos y temerarios, no solo á los uscoques, mas á los vasallos del Archiduque, molestarian, cobrando de todos los marineros con duplicado rigor los dacios (b), inventados para introducir esclavitud en los príncipes libres, señores de aquellos mares por la naturaleza de sus puertos.

Luego contra los segnienses uscoques publicaron bandos, no solamente dando por libres á quien los matase en todo lugar, sino ofreciendo premios grandes; y llegó la crueldad á instituir mercado de sus cabezas, y logreros de sus vidas en la plaza de San Márcos. Tan poco presumieron de su valor, que se remitieron á la mercancía, y desesperaron de la vitoria.

Empezó á tener efecto este tratado el año de 1602, pues unos albonenses (c), súbditos de los venecianos, yendo en compañia de unos uscoques, los mataron y robaron, ganando las albricias de los pregones y estrenando el logro de sangre humana que tanta sed descansó en aquella república.

Los uscoques, irritados con el aplauso que la ciudad

(a) En la frontera del Friuli, á quinientos pasos del señorío de Austria, en un lugar llano, por bajo del rio Lizonzo, á dos millas de Udina. Labróla Julio Savorgnano, en forma redonda, con nueve bastiones, honda fosa y tres fortísimas puertas, en medio un castillo y cinco propugnáculos.
Diósele nombre de *Palma Nova ó Palma Justina*, en rememrbranza de la memoriosa victoria de Lepanto. Así embozaban los venecianos sus proyectos de conquista, y se armaban para oponerse á la Europa si fuere necesario. Léese en la medalla batida para celebrar la fábrica de aquella ciudadela, esta inscripcion:

ITALIAE. ET. CHRISTIANAE. FIDEI. PROPUGNACULUM

(b) Tributo que se suponia establecido para sostener los galeones destinados á librar de piratas y de turcos aquellos mares.
(c) Albona es ciudad de la Histria, situada sobre el golfo Carnario.

hizo á esta maldad, más que con la desgracia y muertes, poco despues encontrando una nave de un veneciano, la embistieron, dando muerte á dos hombres que en ella no pudieron negar ser venecianos. Con esto enfurecido el general de aquella república, invió sus compañías á las tierras del Archiduque, cuyos vasallos no habian tenido parte en esta satisfaccion, ni eran partícipes de presa ni de consejo con los delincuentes; y con enojo desatinado acometió en Carso y la Histria todos los lugares, sin perdonar á la inocencia hostilidad ni rigor alguno.

El serenísimo Archiduque, por no dejar ocasion ni achaque á los venecianos, y quitarles la disculpa en todo, invió á Rabata, gobernador de Carniola, á Segnia, para que con nuevos castigos escarmentase á los uscoques y satisfaciese á la República, con órden que no dejase castigo ni rigor que pareciese convenir á la seguridad de la paz pública.

Esto se ejecutó de suerte que los venecianos mostraron satisfaccion y seguridad amiga. Y como poco despues la armada turquesca se derramase por las costas venecianas, hácia Zara, asolando los puertos y saqueando los lugares, y la República oprimida pidiese á los uscoques socorro, — ellos, en señal de olvido de los daños recibidos y castigos ocasionados, por prenda inviolable tan valerosamente la acudieron en la ocasion, que con sus armas se descansaron de los enemigos que los infestaban, retirando la armada turquesca de sus límites. Y entendiendo que las buenas obras valian algo con los venecianos, y que se dejaban obligar con los beneficios obedeciendo los preceptos de la humanidad, á que se sujetan las fieras, se dieron á entender los uscoques que habian logrado hermandad con ellos: y así con engañada confianza empezaron á navegar libremente; y habiendo arribado á Veglia, isla de la Señoría (d), el general cogió siete, y dellos echó dos en galeras, y los desterró, y dos ahorcaron, porque siendo bandidos de la República se habian retirado á Segnia. De aquí nacieron muchas enemistades, y los uscoques se lamentaban de sí propios, que sabian vencer los venecianos, no conocerlos.

Y para establecer el mentiroso dominio del mar, no solo pusieron nuevos dacios á los navegantes, pero osaron ó negar claramente ó hurtar los que sus vasallos pagaron siempre en los puertos archiducales por privilegios, reconocidos siempre y nunca violados en la serenísima casa de Austria.

Pues como los venecianos, usando más de insolencia que de derecho, empezasen con imperio y tiranía á navegar, sucedió que un noble veneciano, prefecto de una nave, haciendo partencia del puerto de Justinópolis (e), en Tergesto (f), y delante de la propia ciudad, tomó una nave tergestina. Los vecinos, para cobrar su mercancía hurtada, salieron con dos esquifes y obligaron al noble veneciano á retirarse á la propia ciudad sin otra injuria; y el huir no lo fué, porque esa es la estratagema de aquellos nobles. Ni se detuvo más tiempo de lo que tardó en saberlo el Archiduque; y sin otra demostracion mandó que le llevasen á Justinópolis, y escribió á la República excusándole del delito y interce-

(d) Frontera á Segnia, en el mismo golfo Carnario.
(e) Así lo llamaban los doctos. El vulgo *Capo de Istria*.
(f) Trieste.

diendo por él. Mas la República se mostró quejosa : no pudo ser de otra cosa sino de que no se le dió premio por ladron al noble.

Despues, el año de 1611, Micael de Silva, marinero veneciano, como se hiciese á la vela del puerto de Bucari (a), y pasando por el puerto de Santo Viti, del Archiduque, no quisiese pagar al guardian del puerto lo que era obligado, fué detenida su nave por el cobrador de aquel derecho, hasta que pagó como era costumbre. Los venecianos (que tienen por injuria la justicia y la razon), con este achaque, en Zara, en Dalmacia, por voz de pregonero privaron de la libre navegacion del mar á los vecinos de Santo Viti y á los demas lugares vecinos de la jurisdiccion austriaca, con pena que las naves y mercaderías de los que lo quebrantasen fuesen aplicadas al fisco, y los marineros sirviesen al remo por doce años, y que si no fuesen aprehendidos, fuese lícito sin pena matallos en toda parte.

Y con haber el serenísimo Archiduque dado por libre á Micael de Silva, causa desta sedicion, convencido y contumaz, y restituídole nave y mercancías, aplicadas conforme á derecho á su fisco, solo con fin de restituir sus vecindades en la primera concordia, — no lo pudo conseguir, pues unos mercaderes de Santo Viti, para ir á las nundinas (b) de Albona, al magistrado le pidieron licencia y seguridad : él la dió ; y entrando, contra la palabra y seguro, los despojó y prendió.

Habiendo entendido el capitan de Santo Viti estas sinrazones, acudió á Venecia á persuadir al Senado se conservasen los derechos de la antigua vecindad, y que se restituyesen las mercaderías embargadas en Albona. Acompañaban estas razones el embajador del rey Católico y el secretario de la Cesárea majestad, que se hallaba en Venecia. Tratóse en el Senado : entretuviéronle con semblantes dudosos ; y despues de perezosas promesas, se fué sin alcanzar ni aun á entender el modo con que engañaban y fingian.

En tanto en la Histria se alimentaba el rencor en nuevas traiciones ; y sucedió que, pasando unos uscoques á ver á unos amigos á Dalmacia, un capitan veneciano llamado Paulo los llamó con grande agasajo y ofertas, y dándoles el anillo de su sello por símbolo de siguridad, engañados con tantas prendas de seguro hospedaje, le vinieron á ver, y en llegando á su poder, los metió al remo. Los uscoques, luego que se supo en Segnia esta crueldad, se resolvieron á tratar de la libertad y de la venganza de los suyos. Cayóles por entónces en las manos el gobernador de Veglia, al cual llevaron á Segnia solo para que detenido fuese causa ó precio de los uscoques que estaban en galeras.

Luego que el Archiduque lo supo, envió á Segnia uno de sus primeros consejeros que diese libertad al gobernador y le regalase y enviase á Venecia, y castigase á los agresores de este delito, con tal condicion que restituyesen á Segnia los uscoques. Y en lugar de corresponder cortesmente á esta demasiada satisfaccion, no restituyéndolos, fieros empezaron la guerra en Carniola (c) y Mozqueniza (d), donde fuéron rebatidos de los naturales

con gran pérdida y poca reputacion. Entraron inopinadamente á Laurana (e), y volvieron las armas y la saña á los lugares vecinos á Segnia, haciendo cosas solo creibles de sus ánimos, no sin respuesta de los segnieses, que multiplicando con el valor el corto número de su gente, afligieron sus pueblos, amenazaron sus fortalezas, talaron sus campos y robaron sus ganados ; tuvieron en poco sus capitanes, menospreciaron su tesoro y su libertad ; y al dominio del mar pusieron ceniza, de tal manera, que los obligaron á mendigar soldados de los presidios del veronés, y del vicentino municiones y piezas. Y bien en órden sus galeras y naves, con este esfuerzo las inviaron á la Histria ; y en llegando acometieron el condado Pisinense á sangre y fuego, asolando más de doce lugares, habiendo quemado doscientos sesenta y seis edificios, y talado los campos, mostrándose crueles con los inocentes, y feroces con los desarmados.

El horror deste insulto y la voz lastimosa desta bestialidad desenfrenada despertó justamente en el serenísimo Archiduque la indignacion perezosa y entretenida en una prudencia lánguida, con que su tolerancia á los venecianos, que son orgullosos y no valientes, ocasionó atrevimientos. No callaron los uscoques, y como interesados y movedores de estos tumultos, y combatidos y castigados, ordenaron que uno en nombre de todos hablase al Archiduque desta manera :

« Siempre los segnieses hemos reconocido á la serenísima casa de Austria el sagrado que á nuestra fuga y peregrinaciones ha permitido en sus tierras, y hemos servido con fidelidad y valor, y obedecido con humildad postrada, pues solo alimentar los odios y ambicion de la Señoría nos cuesta vidas que pudieran, armadas, con solamente licencia de vuestra alteza, hacerle señor desta república, y que así le obedeciera quien le inquieta. Nosotros, señor, somos pocos ; ménos nos han hecho el castigo de vuestros ministros ; mas en tan inferior número nos parece la multitud veneciana, que ni tenemos vanidad de traerlos temerosos, ni la tendríamos de sujetarlos. Estos, señor, no son soldados, sino mercaderes. Témelos vuestra alteza en la tienda, y no en el escuadron: si venden, y no si pelean. Débese hacer caso de sus chismes, no de sus armadas, porque apénas son hombres. Gente son nacida al logro, destinada al robo ; viven en paz con meter á todos en guerra ; su tesoro es dar á entender su religion, — la que más les vale. Dios los escoge el interes, y se le remudan. Sus ejércitos son alquilados ; sus armadas aparentes : república ramera que toda la vida está ganando con su cuerpo para valientes que la defiendan. Una vez da su dinero á Francia, otra á Saboya, otra á Mauricio ; que ella mas fia en sus trampas que en sus manos. Serenísimo señor, vuestra alteza se persuada que su fatiga destos no es por arruinar á Segnia, ni por aniquilar los uscoques : esto suenan sus palabras, mas la intencion quiere apoderarse de los puertos por quitar esas manchas al dominio del mar que procuran sacar en limpio. Quien sufre al cobarde le alienta. ¡Por qué camino no ha desperdiciado vuestra alteza cor-

---

(a) En uno de los más ocultos senos del golfo Carnario.
(b) Mercados ó ferias que se celebraban cada ocho dias.
(c) Sobre la Histria y el Friuli.
(d) En lugar de Mozqueniza, dietaria tal vez QUEVEDO Windischmarck, que se interpreta *provincia ó territorio de los rindos*,

region que confina con la Croacia (y esta con la Carniola ó Histria); á no ser que quisiera aludir á la comarca del lago de Czirnics, que ya lleno de agua, ya seco por ciertos desaguaderos, sirve de lago, campo y bosque, donde se pesca, siembra y caza.
(e) En la Dalmacia.

tesía con ellos! Qué ruegos no ha perdido l Qué diligencias no ha malogrado! Y por esto, de la soberbia y lozanía que hoy tienen es culpada la remision de vuestra alteza. Nosotros, señor, hemos desencantado su hipocresía: con un barcon tomamos una galera ; y más estorbos nos hacen al entrar nuestros alfanjes que los suyos. Su vencimiento está en ser conocidos, y su vitoria en que los crean. Los uscoques no hemos menester sino licencia para vengarnos ; que nacimos para su oprobio y su temor. Desembarácese vuestra alteza de la estimacion que hace de la prudencia del Senado, de los socorros del tesoro, de la pompa de la libertad; que todo esto es una fábula ilustre, que experimentada se desarreboza : y son tales, que ni tienen amigos, ni valor, ni otro caudal que una ventura ignominiosa y un logro desacreditado.»

Oyó el Archiduque estas razones, y ponderando la fuerza dellas, respondió que el haber detenido sus armas, habia sido ántes disinio de diferir tumultos que de sufrirlos (no persuadiéndose que la República se desentendería de lo mucho que la obligaba con procurar, á costa de sus vasallos, la paz que desperdiciaba furiosa); mas ya que las cosas habian llegado á sangre y á fuego, él no podia rehusar la defensa ni entretener el amparo á los que fiados en su proteccion con inocencia desnuda se vian despedazar. Y así puso en campaña ejército que reprimiese los insultos del enemigo, y no se olvidó de solicitar la paz por medio del embajador de España y el secretario del César, á quien el Senado mañosamente respondia que veria el expediente que más conviniese tomar ; y con estas largas daban lugar á los insultos y atroces delitos que cada dia de nuevo sus soldados cometian en la Histria.

El embajador de España instó con algun desabrimiento al Dux, interesando en algun enojo al rey Católico con artificio y disimulacion. El Dux respondió á todo con una moderacion maliciosa, valiéndose de aquel oráculo tan descifrado a los políticos, diciendo que era desórden y motin de que no era sabidor el Senado (a). Oyó esto el embajador de España ; y, sin dar á entender que conocia la intencion y el lenguaje, puso eficazmente el hombro á que diesen satisfaccion al Archiduque con obras ; y así envió el Senado persona que restituyese los bienes detenidos á los de Santo Viti ; mas en cuanto á la libertad en la navegacion, continuaron alto silencio.

No desistió el embajador del rey Católico ; y tanto apretó este punto, que ordenaron que, cumpliendo el Archiduque con el castigo y escarmiento de los uscoques, y asegurando de sus robos los mares y territorios de la Señoría, se guardasen los derechos de la vecindad con los archiducales como ántes, sin ofenderlos ni violarlos de alguna manera ; y que asimismo darian libertad á los uscoques que estaban en galeras (b).

El Archiduque mandó severamente á los uscoques no violasen la paz, ni turbasen la navegacion, ni ocasionasen quejas á venecianos, con grandes penas ; y envió á Segnia personas de confianza que con su gobierno y autoridad asegurasen estas órdenes. Mas venecianos nada de lo que ofrecieron ejecutaron, burlándose con la dilacion, que les ha valido más jurisdiccion que las batallas, pues han conquistado más suspensos que armados.

El capitan de Santo Viti, apadrinado del embajador de España, repitió las propias quejas con nuevas causas; y el Senado, no pudiendo divertir ya más el intento, respondió : que para asegurar la paz, no era bastante cuanto el Archiduque ofrecia, en tanto que no quitaba á Segnia de su sitio, y la retiraba la tierra adentro, tan léjos del mar, que la incomodidad de las montañas y la distancia los imposibilitase de asistir al corso.

No pudo todo aquel Senado digerir el temor que á este lugarcillo tenia : confesion que forzadamente hicieron, para con unas mismas palabras honrar y perseguir á Segnia y á los uscoques. Dió cuenta el capitan al Archiduque desta novedad.

En esta sazon el archiduque Ferdinando, por otros negocios, fué á verse con el César en Viena, y allí trató de adormecer estos odios y componer estas enemistades, con Soranzo, embajador de Venecia (c) ; y al fin, concordes con siete capitulos que establecieron, se juró su cumplimiento por ambas partes. Y convenidos en esta forma, á 10 de febrero de 1611 años, el Archiduque partió de Viena, y ordenó á Segnia se ejecutase todo lo platicado ; y para más facilidad envió á que lo ordenasen, por comisarios de la paz, al conde Adolfo de Althan y al baron Marco Beckion.

De parte de la Señoría nada se trató de lo prometido, ni se dió señal de querello ejecutar ; ántes impusieron nuevos dacios á los navegantes, confiscando los bienes á los que rehusaban de pagarlos, y armando sus remos de los marineros. Y no contentos con estas demasias, el año siguiente de 1613, once naos de uscoques que iban hacia Durazzo, jurisdiccion del turco, para hacer diligencias por la libertad de los suyos (habiendo para más seguridad pedido licencia y dado cuenta de su intencion á los prefectos venecianos, y ellos permitídoles esta diligencia y navegacion), á la vuelta, habiéndose por fortuna descaminado dos naves dellas de la conserva de las demas, fuéron embestidas de unas galeazas y galeras venecianas, saqueadas y rotas, y todos los uscoques hechos pedazos miserablemente.

Las otras nueve naves que supieron el suceso de las dos sus compañeras, y cuán infamemente habian los venecianos violado la fe sacrosanta establecida con la presencia del César, determinaron de satisfacer su injuria y vengar la sangre derramada alevosamente ; y al deseo anduvo tan lisonjera la ocasion, que les trujo delante una nave veneciana, y el verla y embestirla y rendirla fué todo uno, degollando cuantos iban en ella, y un noble veneciano que hallaron á propósito para su satisfac-

(a) «El dux de Venecia (decia el conde de Fustemberg, embajador de Austria en Francia) es principe solamente en el ornato, pompas y ceremonias públicas ; mas en el consejo, senador ; en su palacio, cautivo ; en la ciudad, preso ; y si sale de ella, criminal ; pues ni aun esto puede ejecutar, ménos que á riesgo de su vida, sin beneplácito del pueblo.»

(b) El virey de Nápoles y el duque de Toscana trataron de tomar á sueldo, para remar en sus galeras, centenares de uscoques, y ellos mismos se brindaban voluntariamente (dice Daru) á engancharse en las de Venecia, medida que los hubiera dispersado, desvaneciendo todo el terrible poder de Segnia ; pero disputando al Austria el dominio de esta plaza la dieta de Hungría, y conociendo los archiducales que solamente ellos podian conservársela, opusiéronse á que envileciesen sus atrevidos ánimos, sujetos por la soldada á otro pueblo ninguno.

(c) Fué el ajuste bastante difícil, porque el veneciano nada ménos queria que una indemnizacion de un millon de ducados de oro, y el austriaco la libre navegacion por sus bajeles en el golfo. Conociendo ambas partes lo extremado de tales exigencias, tomaron una y otra el acuerdo partido de variar el rumbo á las negociaciones, y no volver á hablar en el asunto.

cion (a). Con esto se recogieron á Segnia, de donde inviaron persona que informase al serenísimo Archiduque del suceso; y á toda diligencia, por adelantarse á la calumnia de la República, llegó y le dijo estas razones :

«Con satisfaccion de que la grandeza de vuestra alteza serenísima estará tan cansada de sufrir á los venecianos demasías, como nosotros de padecer agravios, llegamos á sus piés en nombre de los segnienses sus vasallos á dar disculpas del valor con que sabemos defender el ser súbditos de tan gran príncipe : ¡ á tan miserable estado vemos reducida nuestra libertad y armas los uscoques, y tanto cuesta á la casa de Austria la insolencia de la República!

»Dos cosas, señor, pretenden los venecianos : ser obedecidos por señores de mar y golfo, que llaman suyo á pesar de los príncipes que tienen en él puertos, como vuestra alteza, el Papa, el señor de Ancona, el rey de España (con Brindis y tantas fortalezas), Ragusa, y Pésaro del duque de Urbino; atropellar con las jurisdicciones de estos príncipes el subceso de las armas, y el descuido y el robo, atento que ha sido siempre la medra de aquella Señoría. Bien que casi imposible lo podrá hacer; mas anular el derecho natural, por donde el que es señor de la orilla es señor del mar, no es posible ; siendo cierto á las ciudades y fortalezas marítimas el mar las sirve de territorio, y que ninguna donacion puede derogar la ley natural, ni á lo que por ella se establece se entienden concesiones de emperador ni pontífice ; siendo cierto que la que ellos alegan de Alejandro III, si fué, pudo ser hasta Caorla (b), hasta donde se extiende su dominio. Démos que sea verdad la historia de Pedro Justiniano, autor de sus deseos, no de sus sucesos; pues escribió, no lo que acaecia, sino lo que quisieran los venecianos que hubiera acontecido. Este, en el libro segundo, alarga este confin del mar; pero con todo, no solo no niega, ántes confiesa que fué privilegio, y contrahace con palabras concesion del sumo Pontífice.

»Cierta cosa es que nadie presume conceder gracia ó privilegio en daño de terceros, ni contra su propia autoridad ; y es de advertir que, siendo el concedente el sumo Pontífice, no se puede creer quisiese privar al reino de Nápoles, que es su feudo, ni á los anconitanos, ni á otros estados propios y ajenos, de la ley antigua de las gentes, ordenando que no platicasen el mar de sus riberas.

»Con facilidad la razon convence de fábula, esta que venecianos compraron por historia, del Justiniano y del Bessarion; y con evidencia la historia, pues el autor anónimo que escribió los hechos de Alejandro III cuen-

ta por menudo la ida deste papa á Venecia, en el año de 1177, por la ocasion de la paz con Federico I. Nombra los príncipes que allí se hallaron, y cómo queriéndose volver el Pontífice, honró al Dux y República con muchos privilegios ; mas no dice algo desta concesion del mar, y se halló á todo presente : y este propio año inventan ellos su dominacion. Ningun autor de aquellos tiempos y subcesos de Alejandro, entre todos los tratados de la paz que cuentan, hacen mencion de tal sueño. Dieron principio á esta tiranía del mar (con quien hoy se desposan, siendo más adulterio que desposorio, pues es con esposa ajena) imponiendo dacios á pobres pescadores, y siempre con gran resistencia. Y en el año de 1271, sede vacante del Imperio, con paz que habia alargádose á 1250, desde la muerte de Federico II, hasta el año siguiente (de 1273), en que nó fué electo á tanta grandeza Rodulfo, primero de este nombre y de la gloriosa casa de Austria, — gozaron de la ocasion : y en esta larga sede vacante, intentaron esta novedad á vueltas de muchas ciudades de Italia que se eximieron del Imperio.

»Así que, advertida en el descuido de los príncipes, creció por hurto ; y fiada en la credulidad se autoriza con mentiras compradas, pretendiendo usurpar la libertad á los vasallos, la autoridad á los príncipes. Y aunque, como se lee en Blondo, autor suyo, los anconitanos los hicieron desdecir de este dominio por las armas, y quebraron esta posesion con subcesos y capitulaciones, el enojo es solo con los uscoques, que solo pretenden vivir obedientes á las leyes de vuestra alteza, y en su dominio y jurisdiccion. Disfrazan su ambicion con decir que el dominio del mar lo tienen y les pertenece, porque le limpian de corsarios ; y vemos que navegan libremente en él turcos y moros y holandeses, enemigos todos de la religion católica, y solo le limpian de los vasallos de los príncipes cuyos son los puertos de los golfos que quieren usurparse ; preciándose de haber nacido libres y sin sujecion al Imperio, siendo cierto que nacieron sujetos á los paduanos, y que estos lo estaban al César. Blondo lo dice, y Marco Sabélico, perdidamente apasionado suyo, no lo calla : más, Bernardino Scardeona, sacerdote paduano, lo afirma; Julio Faroldo (c), habitante en Venecia, y su devoto, tratando de Rialto, dice que fué puerto de los paduanos ; y el Francisco Sansovino (que dijo que desde que se fundó Venecia no habia en ella nacido ni muerto hombre que no fuese libre) no pudo esconder la pluma ni la lengua á la verdad, pues dijo que los paduanos tenian cónsules en Rialto, que á su parecer duraron treinta años ó treinta y cuatro, y dice que á 25 de marzo de 421 se determinó en Padua de fundar una ciudad en Rialto, siendo cónsules Galiano Fontana, Simeon Glaucon y Antonio Calvo (d) ; y muchos tiempos vivió esta república sujeta al Imperio y á Odoacre, y al rey de los godos. Véanse las palabras de Bernardo Justiniano, gravísimo senador, libro v de la *Historia de Venecia*, y por ellas se conocerá la bajeza y oprobio del disimular con estas mentiras los que hoy se nos dan por grandes republicones, y despues de la ruina de los godos tornaron al yugo imperial por más de cien años. ¿ Qué culpa tenemos los de Segnia que en un

(a) Llamábase Cristóforo Veniero. Su galeon fué sorprendido por los uscoques, al romper el dia, en un puerto de la isla de Pago. El apasionado historiador Sarpi, horrorizado, cuenta que este abordaje se celebró con un festin, de que fué ramillete la cabeza del veneciano. Olvidóse el buen servita que algunos años ántes no habia encontrado la República pompa mayor con que solemnizar la Asuncion de la Vírgen, que presentando en la ceremonia sesenta cabezas de segnienses : espectáculo, segun dice el arzobispo de Zara, el más agradable.

(b) En el manuscrito dice *Corchula*. Hemos sustituido *Caorla*, por ser esta pequeña isla, del golfo de Venecia, en las costas del Friuli, sufragánea desde muy antiguo, en lo espiritual, de Venecia. A la palabra *Corchula* se parece más la voz *Curzola*, nombre de otra isla del mismo golfo ; pero situada en la costa de Dalmacia, y dependiendo su prelado del de Ragusa, no parece de modo ninguno que los uscoques se refiriesen á ella. *Caorla* hacia al propósito de su intencion ; *Curzola* la destruia completamente.

(c) No ha llegado á nosotros noticia de este escritor.

(d) Esto, en conformidad á lo que refiere el Scardeona, más bien que el Sansovino.

libro de incierto autor, sacado á luz por Pedro Pitheo, diligentísimo frances, se lean estas palabras: «El Rey Pipino, irritado con la obstinacion de los duques de Venecia, determinó de acometerla por mar y tierra; y sujeta Venecia, y sus duques cautivos de su poder, invió la propia armada á destruir la Dalmacia.» El año de 820 fué muerto Leon Armeno, emperador de Constantinopla; y en tiempo suyo, y por su mandado, se fabricó (a) el monasterio de San Zacarías en Venecia, sobre el cual se lee, como afirma el Sansovino, una inscripcion escrita en latin de propia mano del duque Justiniano Participatio, cuya traslacion hecha y referida por el Sansovino, es así :

» *Sea notorio á cualquier cristiano y fiel del santo romano Imperio, tanto á los que son presentes como á los que vendrán despues de mi, así duques como patriarcas y obispos y otros hombres principales, como yo Justiniano Participatio, imperial duque de Venecia, por revelacion del Señor nuestro omnipotente, y por mandado del serenísimo Emperador y conservador de la paz de todo el mundo, despues de habernos hecho muchas mercedes, hice este monasterio de vírgenes en Venecia, segun quiso se edificase de la propia cámara imperial, que dejó.*

» Por afirmar esta inscripcion, y estando escrita de mano propia de un duque, con aquellas cláusulas *fieles al Imperio, por su mandado, de la propia cámara imperial*, ni esto admite interpretacion, ni se puede desmentir esta pared, ni deletrear hácia otro sentido esta piedra.

»Infinitos son los testimonios en este género referidos por el Sansovino y el Sigonio, donde las paredes escritas por sus antepasados los desmienten, y contradicen la libertad. El Sigonio escribe «que el año 855 dió Ludovico II á Pedro Tradonigo, duque, el privilegio de las posesiones del clero y pueblo veneciano, que en su imperio justa y legítimamente poseian, conforme al concierto hecho con los griegos por Cárlos su bisagüelo cuando reinaba.» Palabras son suyas. El Goldioni escribe que (b) le alcanzó Orso II, duque, de Conrado; y Sansovino lo atribuye á Rodulfo, aunque entónces era rey. Mas todos convienen en que del Imperio á que nació sujeta, tiene por merced las exenciones que ha crecido y aumentado con licencia y interpretaciones. Y por el libro de Constantino Porphyrogénito, que ha sacado á luz Juan Meursio, consta que fuéron sujetos al imperio de Constantinopla, y que se concertaron con Pipino en el modo que suelen dar grande tributo los vencidos, el cual poco á poco se fué disminuyendo, que á tiempo de Constantino, que fué emperador por el año de 908 (c), se habia reducido anualmente á treinta y seis libras de plata.

»Y si su obstinacion, señor, como lo creo, excede á la de los judíos, convencerlos será forzoso con el argumento de Cristo, cuando la pregunta de las monedas : ajustado ejemplo, pues era de restitucion á César, donde lo escrito en la moneda le dió la jurisdiccion y parte

con Dios. Paulo Petavio, consejero del parlamento de Paris, entre antigüedades que imprimió y medallas, se ve una, parlera de este secreto, que dice así por una parte : † II. LVDOVICOS IMP. y á la otra parte : † VENECIAS. Y esto es juntando medallas de Carlomagno, Ludovico Pio, Lotario, con su nombre; y de la otra parte el de alguna ciudad sujeta á él (d). Dése pues lo que es de César á César, y lo que es de Dios á Dios; que Cristo lo manda así, y solo los venecianos son peores que los fariseos, que ellos lo dudaron y se confundieron, y estos lo niegan y se enfurecen con obstinacion.

»¿Qué esfuerzos no hizo con la majestad sacrosanta de Maximiliano César, para desengañarle en esta parte, Ludovico Felicino, embajador del rey Cristianísimo? ¿No empiezan á desarrebozar este laberinto los uscoques? Proseguimoslo forzados y ofendidos, sin temor, sino solo de vuestra indignacion, porque en su valor y esfuerzo no aventuramos nada, aunque número pequeño. Tener con ellos amistad, es trabajo; trato, es pérdida; enemistad, es logro. Los ginoveses, cuando militaron con ellos, los dieron á conocer, pues los hallaron abatido despojo para hacer triunfo, y hicieron barriles de sus cuerpos. Ellos son ilusion y quimera ilustre, y tanto valen cuanto los creen, y tanto pierden cuanto les apuran. Sus paces es su guerra, sus embajadores espías; peor es en ellos lo bueno, que lo malo; porque aquello es mentira, y esto es verdad. Si vuestra alteza que nos ha dado oidos nos niega la licencia para servirle, vengarnos y castigarlos, no se apiada de su grandeza; pues si aun no es de consentir que se eximan del Imperio arrebatando la libertad, ¿cómo se podrá llevar que pretendan sujetar al Emperador, y hacer que sirva la sacrosanta majestad Cesárea? Ayer con el Emperador y vuestra alteza capitularon nuestras paces, y hoy han muerto con fiereza muchos de los nuestros, y robado nuestras naves; que solo esperan á que se fien dellos para engañar.

»Hemos empezado la satisfaccion de los nuestros en naves suyas. Si se quejaren, señor, por inducir vuestra ira, más pesa el desacato á la serenísima casa de Austria, que su dolor. Si dijeren que somos perturbadores de la paz, traidores y ladrones, — imitarlos no es ofenderlos, sino autorizarlos. Maestros de lo que nos acusan, y solo tendrémos culpa cuando, pequeña parte del Imperio, no supiéremos estimar y defender la calidad que tenemos en Segnia atesorada con este vasallaje. »

Oyó el Archiduque esta relacion, con gusto, por la curiosidad della; con sospecha, por hacella los segnienses; y con enojo, por las nuevas ocasiones de inquietud. Suspendió el ánimo esperando lo que resultaba de estos accidentes.

En tanto los venecianos volvieron á los odios, repitieron las armas nunca bien depuestas, y de nuevo ejercitaron la crueldad con edictos contra el comercio y navegacion, prohibiendo con grandes penas la franqueza del mar, y el propio matrimonio á los austriacos. Los comisarios del César á esta sazon estaban con toda diligencia componiendo los capítulos de la paz; y ya sabidores de la novedad, inviaron á la República á rogar con la satisfaccion de todos los agresores del postrero delito, restitucion de bienes y de la nave. En muchos dias no

(a) En 817, dice el Sansovino.

(b) «Orso Badoero (dice Goldioni) mandó Pietro suo figliuolo á Constantinopoli all' Imperatore. Ottenne da Corrado Imperatore di coniar le monete.» Faltan pues en el texto las palabras *el privilegio de batir moneda.*

(c) Debiera decir 912.

(d) «Explication de plusieurs antiquités, recueillies par Paul Petau, conseiller au Parlement de Paris. » Plancha 26. En el centro del anverso no hay más que una cruz.

respondieron á los comisarios, entendiendo solo á invasiones y robos. No contento con tan prolijo sufrimiento, el serenísimo archiduque Ferdinando, por adormecer los rencores y poner olvido en tan arraigadas enemistades, invió su capitan general á Segnia, con órden de arrancar la semilla de todas estas cosas. Degolló doce uscoques de los que acometieron la nave y al noble veneciano. Desterró con penas graves todos los que averiguó navegaban, sin otra culpa, solo porque tan demasiada satisfaccion ablandase los designios de aquella república, ya cebada en destruir á los pobres uscoques, más con ocasionar los castigos que con otras armas. Esta diligencia se hizo el mes de setiembre del año 1614.

Instituyóse nuevo modo de milicia en Segnia, púsose presidio de alemanes, crecieron los estipendios militares, y las naves de corso parte fuéron quemadas, parte dadas barreno se echaron á fondo; y no solo doblaron los ánimos de la República, ántes enfurecieron sus iras, y con mayor esfuerzo acometieron por mar y tierra todos los austriacos. Disculpaban esta maldad con decir que no habian cumplido los de Viena.

Por esto el César invió al varon Juan Breynero, de su consejo, y supremo capitan de Javarino (a), á Segnia, á que con diligencia examinase la ejecucion, en todo, de los capítulos vienenses.

Fué y advirtió á la Señoria de su comision, para que inviasen persona que se satisfaciese, y diese noticia de su pretension en lo nuevamente sucedido. No inviaron persona, porque bien sabian que los conciertos se habian cumplido; mas como su deseo era acabar de todo punto los uscoques, con desolacion de Segnia, desentendiéronse de la satisfaccion, y con las armas prosiguieron lo que con levantamiento y achaques y ruegos no habian podido conseguir.

Al hurto embistieron con armada poderosa la fosa de San Jorge (b), valiéndose más del ímpetu no imaginado que de las armas.

De aquí fuéron á tomar la fortaleza de Corlowago (c), en Croacia. Desconfiados de su valor y satisfechos de sus engaños (uno y otro con razon y experiencia), con un vaivoda (d), á coste de una legion, trataron de comprar la puerta. Cedió al interes el soldado: ofreció la fortaleza, y dispuso todo lo que estuvo en su mano y en su secreto al cumplimiento. Empezaron á entrar los soldados de la República, y con anticipada alegría y aclamacion alzaron bandera diciendo viva san Márcos. Mas el capitan de las municiones, advertido por uno de los comprados á esta maldad, juntó su gente en defensa y parte callada, en órden que hasta que toda la gente estuviese tan empeñada en la entrada de las puertas, que no pudiese valerse de las fugas, ni el arrepentimiento le fuese de provecho, se disimulasen en la celada. Esto se dispuso y se ejecutó con tal prudencia y tanto valor, que juntamente conocieron el peligro y le padecieron; y de la muerte no esperada pocos, á quien el huir fué favorable, apartáronse tan limitado espacio que, seguidos de los archiducales, á persuasion del temor se precipitaron en el mar, habiéndoles dejado su estandarte, que

(a) En la baja Hungria. Los naturales llaman á esta fuerte ciudad Gyor.
(b) En el Windischmarck, que es la antigua Esclavonia.
(c) Carlowitz.
(d) Gobernador de plaza. Los uscoques llamaban voivodas y arambassis á los supremos magistrados.

se invió al César con la relacion de la ofensa, no ménos valerosa que justa.

De aquí los venecianos, juntando al odio el corrimiento, claramente hicieron la guerra á los imperiales, y duplicando la insolencia, acometieron en los confines de Croacia una villa que se llama Novi (e), de los condes Tersatos. Sabian que no tenia castillo; y embistiéndola impensadamente, con el hierro y con el fuego la asolaron. Ni perdonaron á la edad ni al sexo, ni se entretuvo el rigor en la inocencia de los niños ni en la hermosura de las mujeres : de las canas de los viejos, de las lágrimas de los niños, de la vergüenza de las virgenes hicieron pompa ; el cura del lugar se fué á guarecer del Santísimo Sacramento, y con él en las manos fué muerto, y despreciado todo un Dios, pues tomando la Hostia, la arrojaron en el suelo. Nunca Dios mayor castigo hizo á otra nacion, pues contra sí les permitió tan detestable sacrilegio.

Rompieron las imágenes de los santos, sembraron el retablo por el suelo, robaron el templo y ejecutaron tales fierezas, que escandalizaron á los turcos, satisficieron la insolencia de la herejía, y aun para los decretos de todo el infierno anduvieron demasiados.

Despues, el gobernador de Histria con buen número de soldados pasó las armas á Tergesto : lo primero, asaltó el castillo de San Sérvolo, robando más de mil y cuatrocientas cabezas de ganado ; y los vecinos se defendieron en la fortaleza hasta que ducientos mosqueteros alemanes retiraron el enemigo.

Pasados pocos dias, el general de Venecia, con nuevos socorros esforzado su ejército, acometió á los de la fortaleza de San Sérvolo ; mas fué retirado y rebatido con ménos reputacion y más pérdida que la primera vez.

Desta causa indignado Benevento Pentasio, que estaba de presidio en el castillo por cabo de las compañías, le publicó por forjudicado del distrito de Venecia, prometiendo tres mil ducados á quien le matare ; y él, por burlarse del blason veneciano, mandó publicar por bando que daria cuatro mil ducados por su cabeza. Desto irritado, con afrenta y enojo, entró un lugar, que se llama Zerniðal, donde no estando prevenidos satisfizo su enojo.

Los archiducales, viendo el cuchillo y la llama correr licenciosamente por sus vidas y sus haciendas, y que no perdonaba el rigor los templos y los altares, y que olvidando la religion y la cortesía, osaban contra Dios, echaron á los piés del Archiduque sus ruegos para que armase su celo, y defendiese su inocencia y vengase sus vasallos. No pudo su alteza dejar de responder con piedad de padre á estos llantos ; y luego juntó sus fuerzas y armas, trayendo soldados de Carlo Estadio (f) y otros confines, donde estaban de presidio á esta sazon. El general veneciano de la Histria, por el mes de noviembre de 1615, con nueva armada de cuarenta y una naves, infantería y caballería que traia Fabio Gallo, entró por territorio tergestino robando y talando los campos, y con mayor rencor asoló las salinas de Tergesto adonde los vecinos tenian su ganancia (g). Fuése llegando á las

(e) Era propia del conde Frangipani, comandante de Segnia.
(f) Carlostadt ó Carlowitz, capital de la Croacia.
(g) Los venecianos, durante sus algaradas y correrías, ponian un especial cuidado en arruinar donde los hallaban estos establecimientos, con el fin de monopolizar ellos solos el comercio de la sal.
Vittorio Siri cuenta que el comandante de Trieste, irritado con .

murallas de San Sérvolo, atrincherado; y los soldados que aquel dia habian venido de los presidios de Carlo Estadio hicieron salidas contra ellos, tan valerosamente, que habiéndose peleado mucho rato con victoria dudosa, al fin fuéron rotos los venecianos, y degollados los que no huyeron, digo, los que no pudieron huir; y recogiéndose á las naves, que no tenian léjos, desde ellas con la artilleria empezaron á defenderse tarde, mal y pocos. Murieron muchos, y entre ellos Fabio Gallo, maestro del campo general; y de los archiducales faltaron seis, y se hallaron trece heridos.

Con esta victoria, lozanos los austriacos, y enfurecidos con la memoria de las injurias pasadas, entraron en el Monte del Falcon, jurisdiccion de Venecia, y á imitacion de sus enemigos asolaron y talaron campos y lugares, hasta tanto que el Archiduque, estudioso de la paz y quietud, mandó que se cesase de la venganza y nadie molestase los venecianos.

Mas ellos, instigados de los sucesos, y avergonzados, con cuatro mil infantes y quinientos caballos entraron en el Condado Goritiense, y tomando dos lugares abiertos y sin presidio, Cormons y Medea, inopinadamente, los fortalecieron de cercas y murallas, y allí hicieron plaza de armas para correrías y robos por todas aquellas aldeas.

Despues, con todo el grueso de su ejército, cercaron á Gradisca (a) con baterias de dia, y de noche con minas: con asaltos la procuraron entrar; mas defendida de los austriacos, despues de haber estado sobre ella veinticuatro dias sin olvidar diligencia ni estratagema, y habiendo disparado más de nueve mil cañonazos,—con pérdida de muchos soldados, valiéndose de la noche, se retiraron ignominiosamente á sus alojamientos; y sin poder disimular el menoscabo de sus fuerzas para poder continuar la guerra, inviaron á pedir socorro á los helvecios, y grisones, y holandeses y turcos, pospuesta, no la religion, sino la apariencia de ella, que es lo que solo conservaban.

Y juntamente fomentaron al duque de Saboya para que prosiguiese la guerra que en Italia habia comenzado con el rey Católico; y estando descaecido y postrado, le forzaron con empréstidos y donativos con un disinio mal disimulado y logrado peor, de divertir con aquellas armas la majestad grande de España, para que embarazado con aquella guerra no pudiese con facilidad y á tiempo socorrer á la casa de Austria.

Poco logró el duque de Saboya el verdor destas pagas, y los venecianos la satisfaccion desta zancadilla ni el sabor deste lance; pues estando en Nápoles atento el duque de Osuna al deslucimiento de las armas de Lombardia, al peligro de los archiducales, á la insolencia de la República, desatando este lazo, que á su parecer habian tendido aquellos consejeros, mayores en el número que en el seso, más en la relacion que en la sustancia, y descifrando estos desinios, que recataban con disimulacion tan afectada,—invió á don Pedro, gobernador entónces y capitan general en Milan, tres mil in-

fantes de buena disciplina, dos mil caballos del reino, que con título de general llevó el príncipe de Avelino, y mil corazas que levantó el duque de Matalen. Y asistido el valor tan generoso de don Pedro con socorro tan considerable, y no ménos de la reputacion con que por todos los potentados el duque de Osuna pasó la caballería (mortificando la vanidad heredada que tenian hasta entónces en el oprobio de las armas catolicas), brevemente desencantó la asistencia de la Dijera (b) y los esfuerzos del Duque, y alentó la nacion postrada, á quien amancillaba, si no la victoria, la tardanza; pues para el duque de Saboya era gloria no competir el triunfo á España, sino entenérselo; y dar el suceso fué vanidad afecta de los suyos (c).

El duque de Osuna acompañó esta accion al mismo tiempo con meter, fuera de toda sospecha y recelo, en el golfo de Venecia veinte galeones poderosos y bien en órden, con que necesitó á los venecianos á retirar los ejércitos de la Histria, para presidio de sus marinas y guarnicion de sus bajeles, y el dinero que daban al duque de Saboya, para armar sus galeazas y galeras: de suerte que con esta facilidad, el duque de Osuna dejó sin enemigos á la casa de Austria, sin pagas á los franceses que servian al duque de Saboya, y con recelos de motin, más peligroso en sus escuadrones que en los del estado de Milan.

Respiraron los archiducales, aclamaron los católicos, suspiraron los saboyanos, y los hugonotes empezaron á apocar el ejército del Duque; y á esto hicieron espaldas valientes los sucesos bien afortunados de Osuna, pues á vista de Gravosa (d), con diez y ocho galeones, esperó y rompió toda la armada veneciana, en número de más de ochenta velas; y á tener galeras consigo, se la llevara de remolco á Nápoles; y en Zara, lo que les fué de mayor daño, les tomó las mahonas, y en ellas todas las mercancias de Levante, interes que en el estado presente los enflaqueció de suerte que en Venecia se recelaba saco; y el miedo no disimulaba la prevencion: valia el pan á precio excesivo, introduciase hambre grande, y ni la República sabía qué hacer, ni acababa de creer lo que habia sucedido (e). Acudieron á la negociacion con el

(b) Entiendo que debe decir *Diguiera*, aludiendo al socorro de franceses que con galanos encarecimientos ofreció al duque de Saboya el *mariscal de la Diguiera*, quien no llegó al fin á parecer por el Piamonte.

(c) Corresponden estos sucesos al verano de 1617.

(d) No léjos de Ragusa, en la Dalmacia, á la lengua del mar, pueblo amenísimo por sus bosques de granados perfectos, limoneros y naranjos.

(e) «Hostilidades tan claras (dice Daru en su *Histoire de la république de Venise*) tenian mucho de irregulares, supuesto que miéntras tanto permanecia en aquella ciudad el embajador de España; verdad es (añade) que no era el embajador un ministro de paz.

»Entónces habia en Italia tres españoles que se distinguian por sus enconados odios á la República: eran don Pedro de Toledo, gobernador de Milan; el duque de Osuna, virey de Nápoles, y el marqués de Bedmar, don Alfonso de la Cueva, embajador en Venecia, enemigo todavía más terrible por su actividad y despejo (†).»

Los historiadores aficionados siempre á sus héroes, no pueden ser justos con sus adversarios, mucho ménos cuando la fortuna se puso de parte del valor y de la inteligencia.

Llenos de vergüenza y despecho los venecianos humillados por las hazañas de Osuna, forjaron la supuesta *conjuracion de 1618*: expediente que sugirió su gran maquiavelismo á fin de hacer ante toda Europa odioso el nombre español; y la falta de arrojo y de valor supliéronla, como buenos mercaderes, con la astucia, con la calumnia y con la intriga.

(†) Despues de la ruidosa conjuracion de 1618 se retiró á Valtelina, gobernó á Flandes, y fué cardenal en 1622.

---

a destruccion de la salina, pregonó la cabeza del *Proveditor* de Venecia en seis mil ducados; por lo que se vió la República obligada á poner precio á la del gobernador austriaco.

Quevedo, que refiere de opuesto modo el suceso y las causas, merece mayor fe que Siri, quien floreció mas adelante.

(a) Situada en el Friuli, sobre el Lisonzo. El cerco fué en febrero de 1616, y se encomendó al genoves Pompeo Justiniani.

rey Católico, esforzaron los ruegos, autorizaron las quejas, crecieron las calumnias contra Osuna, y alcanzaron suspension á su necesidad preciosa; y lo que más sentimiento hallaban en su vanidad, era que el duque de Osuna les hubiese forzado á suplicar al rey Felipe III los amparase contra un vasallo suyo (a). No le costó poco al Duque el odio que le negoció este suceso, ni la invidia que de toda Italia le mereció su valor, ménos dichosamente ejecutado de la liga del Papa y del rey de Francia y el rey de Bohemia don Ferdinando, y el Emperador. Todo esto he referido para dar luz á los achaques con que venecianos quisieron honestar su cudicia y robos la felicidad de sus traiciones, el rigor de sus insultos, la moderacion de los archiducales, y la justificacion y el valor.

Por estos pasos la República, guiada de su interes, vino (ó en venganza, ó en prosecucion de sus odios, viendo las cosas de Milan en manos de don Pedro de Toledo gloriosas, y en Italia la paz introducida no sin escarmiento) á fomentar nuevas inquietudes en Alemania, levantando á los bohemios con celo de su religion, y al conde palatino del Rin, debajo del pretexto de libertador del imperio, induciéndole á la corona de Bohemia, poniendo sospechas en los herejes con el crecimiento de la casa de Austria, que se hacia patrimonio

(a) Nuestros lectores no verán con disgusto los siguientes despachos, que originales posee la Biblioteca Nacional, dirigidos por Osuna á su primo el cardenal don Gaspar de Borja, de la casa de Gandía, quien era residente á la sazon en Roma, y despues reemplazó al Duque en el gobierno de Nápoles.

«Ilustrísimo y reverendísimo señor: Su majestad me manda expresamente restituya la ropa que hay aquí de la presa de venecianos, sin embargo de lo que se ha representado de tener ellos doscientos vasallos suyos al remo, y la reputacion que se pierde de que no restituyan primero. Y así estoy resuelto de ejecutarlo sin esperar otra órden, pues yo he cumplido con mi obligacion, y quien viene á perder es solo su majestad; y así suplico á usía ilustrísima ajuste ahí con el embajador de Venecia envie luego aviso á punto y con qué dispuesto ha de entregar todo ello, para que se ejecute de la misma manera que entró en Castelnovo; y las mahonas, con estar hechas pedazos, por estar tiradas en tierra, que es una dellas muy vieja, se aderezan á mucha prisa, y se echarán á la mar con toda brevedad. De forma que por lo que toca á mí, desde agora queda á punto y muy dispuesto para cumplir lo que su majestad manda: con que despacho este correo en diligencia yente y viniente á usía ilustrísima, que guarde nuestro Señor muchos años. De Nápoles, á 2 de abril 1619.—Ilustrísimo y reverendísimo señor.—Besa á usía ilustrísima las manos su primo y servidor, el duque de Osuna.—Señor cardenal Borja.»

«Ilustrísimo y reverendísimo señor: He recibido la carta de usía ilustrísima, de 30 del pasado, con aviso de lo tratado con el embajador de Venecia cerca las restituciones; y es así, como dice, que en esta ciudad se ha vendido públicamente ropa de venecianos, así de la que saquearon los generales y soldados en las mahonas en el discurso de más de dos meses de tiempo que estuvieron en poder dellos, como la que trajo el capitan Pedro Julian, frances, que cargó en Venecia un bajel de quinientas toneladas para Levante, con muchas mercancías, y se vino con ellas á este reino, con pretexto que era suyo, sin que de parte de la República se me pidiese nada contra él, y aunque me quiso vender el bajel por un precio moderado, no se lo quise comprar, por huir de ruidos. Y aquí hay un platero, que se llama Estarache, y se halló en Mesina cuando llegó allí don Pedro de Leiva con la presa, que dice que le llamó don Pedro, y le mostró un saquillo de diamantes desta ciudad para que los preciase, y halló que importaban más de cien mil ducados. Demas de la memoria que envie á usía ilustrísima, de lo que habian de restituir venecianos, remito á usía ilustrísima esos memoriales, que me han dado de parte de la casa santa de la Anunciada desta ciudad y el príncipe de la Rochela, que viene á importar cien mil ducados, para que les haga pagar de la ropa de venecianos. Y tambien he tenido esas cartas de su majestad, en que me manda satisfaga lo que usía ilustrísima verá por ellas;

pero de ninguna manera quiero tratar de retenelles nada desto por excusar dilaciones y estorbos, sino que reciban esta ropa, y que la vea el residente de aquí, como se lo he dicho, dándoles en todo y por todo entera satisfaccion, y que si les pareciere les falta algo, se hagan pago de lo que tienen en su poder. Las mahonas están aderezadas, y por no haber á quien entregarlas, no se echan á la mar. Hame caido en gracia la nueva pretension con que usía ilustrísima me escribe salen, de que se prendan los escuoques que llegaron á las marinas de Pulla con una presa de turcos y judíos, y se les restituya la ropa. Lo que en esto pasa es, como usía ilustrísima verá por esa relacion y informaciones, que estos escuoques ganaron en buena guerra este bajel, sin que hubiese en él un maravedí de venecianos, y que con sus pasaportes vinieron á este reino, y dispusieron de todo lo que traian muy despacio, sin que de parte de venecianos, ni de su residente, se me hubiese hecho instancia ninguna contra ellos, ni impidiesen su ida al salir deste reino; pero, al fin, señor, el caso es que han conocido el tiempo, y van buscando estas invenciones para que no lleguen á efecto estas restituciones, por sus fines particulares. La nave Roja se perdió en la bahía de Brindis non temporales, y así no tienen que pedir por esta razon. Suplico á usía ilustrísima procure con su prudencia y talento ponerlos en ella, y acabar una vez con sus dificultades; porque, como digo, deseo en gran manera verme fuera de esto, especialmente habiendo de ser mi partida al tiempo que he escrito á usía ilustrísima, cuya ilustrísima y reverendísima persona guarde nuestro Señor, como deseo. De Nápoles, á 8 de junio de 1619.—Besa á usía ilustrísima las manos su primo y servidor, el duque de Osuna.—Señor cardenal de Borja.»

Memoria de lo que han de restituir venecianos.

El bajel que tomaron cargado de sal.

Los bajeles que han tomado de trigos desta ciudad.

Los bajeles de particulares que han cargado en este reino, y los han tomado en el golfo.

Otro bajel de raguscos, que hicieron dar al traves en la torre de Sant Cataldo, y le tomaron la artillería.

El capitan Valentin, y los marineros y soldados que tienen prisioneros.

Y ellos han de pedir lo que de acá se les ha de restituir.

«Ilustrísimo y reverendísimo señor: Usía ilustrísima verá lo que venecianos han hecho en el golfo; no sé qué nueva causa tengan, ni cuál accidente haya habido, sino es haber dado sus galeras caza á una galeota de turcos que dió en tierra, huyendo de su armada debajo del castillo de Blesti, y los esclavos se recogieron por los naturales deste reino, como se ha hecho otras veces. Pero anteviendo cuán aparentes ocasiones busca esta gente, llamé al residente, y le ofrecí galeota y esclavos, y todo cuanto

cierto que pasando desta vida, cosa á su salud muy de temer, estos disinios se lograrian ó por lo ménos serian incendio de tantas provincias, — adelantando la providencia al suceso, consultado con Dios primero y luego con los príncipes católicos, juntó dieta en Praga, primera ciudad de Bohemia, del serenísimo Archiduque. Mas tan ejecutivo fué el odio de los bohemios, la inobediencia tan puntual, que luego que su majestad y el César salieron de la ciudad, los herejes les acompañaron las espaldas con ruido y tumultos, dividiéndose en corrillos sediciosos; y sin entretenerse en respeto ó temor, se entraron en el castillo de Praga con orgullo que disimuló poco su intencion, desarrebozando el achaque de su propuesta, que fué pedir á los gobernadores católicos que dejaron sus majestades, les confirmasen y concediesen exenciones y privilegios de tal condicion, que si lo hacian, eran cómplices con ellos en la traicion; si lo negaban, se descubrian á su saña. Algunos á persuasion del peligro firmaron lo que dictaba la demasía de los herejes; otros, esforzados y despreciando su riesgo, con severa represion les negaron lo que pedian : estos, arrebatados de su violencia, fuéron á raiz de su celo y de

pidiese, con no haberse hecho jamas y ser contra las órdenes de su majestad; á que me respondió sería avisada su república. Doy cuenta dello ó usía ilustrisima y del esfuerzo que hacen de bajeles. Yo querria acabar ya de entregar esta ropa : suplico á usía ilustrisima se dé fin á esto. Dios guarde la ilustrisima y reverendisima persona de usía ilustrisima muchos años. Nápoles 30 de junio 1619. — Ilustrísimo y reverendisimo señor. — Besa á usía ilustrisima las manos su primo y servidor, *el duque de Osuna*. — Señor cardenal de Borja.•

Copia de carta al rey Felipe III.

Señor : Que con la sangre caliente soldados y marineros saquen una presa, siempre se ha hecho, y con alguna desórden (que no todo se puede remediar); pero que á sangre fria despues de habella tomado se saque veinte dias, no me parece justo, y mucho ménos que esto lo hagan y manden hacello las cabezas que gobiernan. Desto dicen tanto los soldados y marineros que han venido de Messina, que aseguran pasa la desórden de ducientos mil ducados en dinero y en mercancías. El virey de Sicilia sabrá hacer en esto las demostraciones que vuestra majestad le mandare, y yo las que aquí juzgare más á propósito, aunque por mas siguro tendría viniese á este efecto persona particular de España. Mostraria vuestra majestad su gran justificacion, y vería el mundo que á los estandartes de vuestra majestad les ha de ser accesorio las presas de mercancía, y lo principal bajeles de guerra. Y no se podrá decir que vuestra majestad permite estas desórdenes, ni que el conde de Castro y yo amparamos nuestros generales de escuadras, pues el que viniere á esta inquisicion lo tocará todo con las manos, y vuestra majestad será servido sin sospechas, y nosotros libres de calomnia, y servirá de ejemplo para adelante. Júzgolo tambien por forzoso, pues si vuestra majestad se ha de quedar con esta presa, bien hay para que sea menester, y en buena ocasion se ha hecho, y los soldados se contentarán con una justa parte; y si vuestra majestad ha de hacer gracia della á venecianos, no es justo que ponga de su real Hacienda ducientos mil ducados y que vuestra majestad restituya lo que otros hurtan : ordenará vuestra majestad lo que más convenga á su real servicio. A don Luis Bravo tengo por muy buen caballero, y que si para este efecto y ver estas escuadras de Italia pudiese dar una vuelta, no sería vuestra majestad deservido, pues aunque á él no le hago buena obra, vuestra majestad sabrá por mil caminos honrarle y hacerle merced. Dios guarde á vuestra majestad, etc.

•Ilustrísimo y reverendísimo señor : Acabo de recibir la carta de usía ilustrisima de 5 con el duplicado de la 4, y es muy conforme á quien usía ilustrisima es, el valor con que procura ajustar á venecianos á que reciban esta ropa y bajeles en conformidad de lo acordado por su majestad, de que deseo verme fuera por muchas razones, y particularmente porque no tengan ocasion de inventar contra mí, en razon desto, más embustes. Ya he dicho á usía ilustrisima que es así que en esta ciudad se ha ven-

su verdad arrojados por las ventanas del castillo; y quisieron más que los despeñasen los herejes, que despeñarse con ellos. Cayeron con lástima de los que se salvaron desta violencia en su afrenta y miedo. Apadrinados de los méritos de su virtud, cayeron de suerte, que se logró el ademan, no el golpe; pues siendo con manifiesto peligro de la vida, ninguno padeció, acreditando esta maravilla los que pretendió la tiranía despedazar.

Luego eligieron directores, llamaron á cortes los demas estados, con protestacion de tratar solo conveniencias de sus privilegios. Mas impacientes, aun de durar en esta disimulacion y pretexto, empezaron á perseguir los católicos por todas partes descubiertamente; empezaron á asegurarse expeliendo los jesuitas, privaron de oficios y cargos á los ministros católicos y á los leales, degollaron muchos sacerdotes, constituyéronse herederos de los bienes eclesiásticos, y con este despojo acaudillaron gente, y negociaron séquito, despachando embajadores á Holanda y todos los príncipes favorecedores de su seta y enemigos de la casa de Austria.

Tomaron luego á Pilsen con todo su distrito, ciudad católica, porque no quiso unirse con ellos. El Emperador trató de quietar los ánimos, de perdonarlos, y mas : con desprecio no aceptaron la piedad del César.

Murió el emperador Matías (a), y consecutivamente

dido públicamente mucha ropa desta presa, pues fué saqueada más de dos meses continuadamente de los generales, capitanes y demas gente desta escuadra y de la de Sicilia, y hay pocas casas en Nápoles que no se hayan vestido della, comprándola desta gente; y como usía ilustrisima ha visto, escribí á su majestad, viendo lo que pasaba, enviase á don Luis Bravo para la averiguacion desta desórden, y castigo de los culpados. Demas desto ha venido asimismo á esta ciudad mucha ropa de venecianos de la presa que hicieron los mancquones, llevándola á Constantinopla turcos y judíos, y la que trujo el capitan Julian en su galeon que cargó en Venecia, que pasaba de cient mil ducados, y él se levantó con ella con pretexto de los agravios que habia recebido dellos, y otra presa que trujo el capitan Rolan, hecha entre Alejandría y Constantinopla, con que satisfago á lo que dice que aquí se ha vendido ropa de venecianos.

La artillería de las mahonas fué poquísima; y por estar cerrado el paso de Trieste á este reino vino á faltar el metal de cobre, y fué necesario fundilla para que se acabara de poner en defensa del galeon capitana; pero si no se les pudiere volver en especie, se les pagará en dinero lo que importare, pues hay aquí memoria de la que es.

Las mahonas estarán dentro de tres dias en la mar, y la una dellas mañana; y en poniéndolas á punto, se hará la diligencia que usía ilustrisima manda, y se enviará fee dello á usía ilustrisima para que ponga en ejecucion lo que ha resuelto; y de la prudencia y cuidado de usía ilustrisima espero que acabará esto con el decoro que importa al servicio de su majestad. Dios guarde la ilustrisima y reverendisima persona de usía ilustrisima, como deseo. De Nápoles, á 9 de julio de 1619. — Ilustrísimo y reverendisimo señor. — Besa á usía ilustrisima las manos su primo y servidor, *el duque de Osuna.*

•Ilustrísimo y reverendísimo señor : He recibido la carta de usía ilustrisima de 20 de este, cerca de la ropa que hay aquí de venecianos; y lo que puedo responder á usía ilustrisima es que tambien he tenido carta de su majestad, en que me ordena que la haga entregar en esta ciudad á la persona que nombrare usía ilustrisima, para que por mano de ella la reciba el residente, y que en enviándola, ó señalándola aquí usía ilustrisima, mandaré que al mismo punto se haga la dicha entrega en conformidad de lo que su majestad me escribe; y no será para mí el peor dia; porque prometo á usía ilustrisima que no veo la hora de salir desto por todo lo que usía ilustrisima representa. Nuestro Señor guarde la ilustrisima y reverendisima persona de usía ilustrisima, como deseo. De Nápoles á 26 de diciembre 1619. — Ilustrísimo y reverendisimo señor. — Besa á usía ilustrisima las manos su primo y servidor, *el duque de Osuna*. — Señor cardenal Borja y Velasco.

(a) A 20 dias de marzo de 1619. Careciendo de sucesion, trató

negaron la obediencia al rey don Ferdinando, su señor natural; y con ejército pasaron en Moravia, y á los de Silesia y Lusacia obligaron á su séquito, y en la Austria mayor redujeron la mayor parte : y sin detencion pasaron á cercar en Viena, cabeza de la Austria superior, á su rey don Ferdinando, que por falta de fuerzas y de fidelidad fué apremiado á valerse del Papa y del rey Católico y rey de Francia, donde querian introducir diversion con levantar los hugonotes.

Acudieron todos los príncipes, y procuraron que sus fuerzas, al nacer esta sedicion, se hallasen prevenidas. El archiduque Alberto invió diez mil infantes y dos mil caballos, que juntos con la caballería húngara y otras tropas de soldados, llegaban á veinte y cinco mil.

El conde Bucuoy (a), general del Emperador, se arrojó en Bohemia, talando con sus correrías hasta Praga.

Los húngaros asistieron al robo y despojo; mas ninguna molestia los retiró de su presupuesto.

No era su disinio el que publicaban, y parecia de más alto orígen : derribado se dilataba.

Raiz de todo esto era la ambicion del conde Palatino, que (con el abrigo del serenísimo rey de Inglaterra y de la correspondencia con Bethlehem Gabor (b), con quien en la seta de Calvino convenia), habiéndose hecho príncipe de Transilvania, vendiendo al turco la libertad y dándole las dos mayores fortalezas, y como espíritu vendible inducido de la esperanza que el Palatino le facilitó del reino de Hungría, le asistia al robo de la corona de Bohemia.

Viendo el elector de Moguncia (c) preñez tan llena de amenazas como de sucesos, y tan crecida á los principios la discordia, por prevenir el aumento de estos odios, que se fomentaban poderosamente con asistencia de muchos príncipes, intimó dieta en Francaforte. Vinieron los electores eclesiásticos en persona, y los seglares inviaron comisarios: y conformándose, fuéron á visitar al rey don Ferdinando, reconociéronle por ligítimo y verdadero rey de Bohemia, y diéronle el asiento de su corona. Y despues de vencidas muchas contradiciones (no acalladas, como se vió presto), fué electo (d) por rey y emperador de Romanos, dejando burladas las diligencias que con secreto y con efecto hacia el embajador del rey de Inglaterra y otros príncipes por el conde Palatino.

Selló esta noticia el Emperador con tanto secreto, aun en el semblante, que no diferenció el agradecimiento entre los amigos y los contrarios, sin dejarlos duda para fundar recelos partícipes de tales tumultos.

Luego trató de perdonar á los bohemios y sosegarlos, restituyéndolos á su gracia, diligencia tan piadosa cuanto mal lograda. Y conocióse aquí cuánto más peligrosa es en los reyes la clemencia con los traidores, que sus ar-

mas y sus odios; pues el ánimo vil se alienta con la piedad que desprecia, y se desmaya con el castigo que huye; y aquel rey es tirano contra sí, que perdona al que desprecia su bondad.

El conde Palatino, que vió el estado que tenia el Imperio, y que su ambicion no podia respirar con otro abrigo que el de los herejes, y por esto enemigos de la casa de Austria, despues de haberles escrito con la elocuencia que sabe persuadir á los ánimos insolentes la libertad prometida, juntando los movedores destas inquietudes más por su mala intencion que por su autoridad, los habló desta manera :

«A las palabras de mi razonamiento, que encaminaron mi utilidad, oh bohemios, os ruego que las deis castigo y no atencion: tan desnudo vengo de interes, y tan celoso del bien comun y paz universal. Oidme como á procurador de la libertad del sacro Imperio, como á voz de la posteridad vuestra : grito soy de nuestra religion perseguida. En el postrero peligro no os acuerdo de vuestro valor y obligaciones, diligencia excusada con los que nunca lo olvidaron ni consintieron que alguna nacion se desentendiese dello. A proponeros vengo, no á persuadiros; que la razon de la propuesta me ahorra las palabras. La dignidad cesárea y la majestad sacrosanta del Imperio, en quien consiste la moderacion de los príncipes y el arbitrio del mundo, se transfirió en Alemania (habiendo peregrinado la silla de Roma y la de Oriente) donde hasta hoy descansó, siempre agradecida al acogimiento que le habeis hecho. Introdújose por eleccion y votos : hoy se hace vínculo y herencia. Dábamosla los electores al benemérito; hipotécala la sucesion al dichoso. Es parto el Imperio, no arbitrio. El inconveniente se deja conocer, pues entónces se estudiaba el acierto, promovia la Providencia lo que con descuido del acaso, precedia á la corona la aprobacion; y ya basta la dicha. Y los que éramos por vuestra autoridad electores, somos testigos.

»Y no es esto lo que se debe considerar : solo el descrédito de la dignidad, en la estimacion de los demas príncipes y reyes, que en quien veneraban por la eleccion los méritos, invidian con desprecio la dicha, desprecian con peligro la grandeza. Ni alcanzo la razon por que la casa de Austria, esclarecida y serenísima, desconfia de tener el imperio por eleccion, que le asegura, pervirtiendo el órden primitivo observado hasta agora, y quiere que sea beneficio de la naturaleza, y no premio de la propia virtud. Sola una cosa puede inducir desconfianza en su ánimo (dejo la novedad y los quejosos), y esta bien sé que la alcanzais vosotros, tanto mejor cuanto más la padeceis : en todo os la quiero referir, porque conozcais cuán atento ha tenido el ánimo y cuán desvelada la advertencia en las cosas que os pueden ser ofensivas. No han podido ignorar, los que van introduciendo este vínculo del Imperio en la casa de Austria, los inconvenientes tan sensibles y molestos que se les siguen á los alemanes, de que el rey de España sea emperador disimulado, y que por tercera persona domine, contentándose el emperador con llamarse el Çésar, y el rey de España no con ménos que con el cetro absoluto y soberano. El hace el emperador entre nosotros : con un sostituto nos entretiene; y la majestad de Alemania tan reverenciada, la nobleza á quien todos ceden, el poder invocado de las naciones, el número incomparable

de que recayese el imperio, no en ninguno de sus hermanos el conde de Flándes Alberto (casado con la infanta Isabel Clara Eugenia, hija del rey de España Felipe II) ni Maximiliano archiduque de Austria, sino en su primo carnal el archiduque Ferdinando, hermano de Margarita de Austria, mujer de Felipe III. Con este fin hizole Matias jurar rey de Bohemia en 7 de junio de 1617, y de Hungría en el año siguiente.

(a) Cárlos de Longueval.

(b) Famoso hereje calvinista, de quien se cuenta que no siendo más de un mediano caballero, supo hacerse tiranamente dueño y señor de Transilvánia, desheredando y haciendo morir al príncipe Gabriel.

(c) El arzobispo Juan Suicar.

(d) A 20 de julio de 1619.

secretamente sirve al arbitrio de los españoles; y los que por vuestro poder cada hora veis mendigos, los príncipes de Europa, sois parte esclava de la monarquía; y lo que más debeis sentir y temer, la religion en riesgo manifiesto, y el postrero, acosada por Francia y combatida por Holanda, y en Inglaterra con sospecha de persecucion.

»¿Cuál de vosotros ha esperado mi determinacion para saber esto, que tan aprisa nos va desarrebozando la ruina? Yo, amigos, solo he repetido vuestras imaginaciones y descerrajado vuestro silencio. No os incito á tomar las armas; que á esa diligencia se me adelantó vuestro cuidado y coraje, que os puso en campaña; ni dudo que proseguiréis por la honra y por la vida lo que empezasteis por la libertad, pues sola una cosa, y peor que el ser traidor, es no saberlo ser; y el traidor que lo acaba de ser con dicha, empieza á ser leal; y el suceso siempre calificó los disinios, y el vencido es el que no tiene razon, ni disculpa, ni consuelo, pues nunca hubo historia desacreditada. Cuando empezasteis estas defensas, convino mirar el fin dellas; mas hoy empezadas, no se ha de mirar sino el modo de darlas fin. Yo, como vuestro amigo, os busco en la adversidad: padecer quiero con vosotros, no mandar. Soldado me ofrezco á vuestras campañas, con tantos reyes por parientes, tantos príncipes por amigos, tantas repúblicas por confederadas. Y en tanto que hago esto, no aventuro mis estados, ántes los logro en el mayor peligro de perderlos, por gente que sabe estimar en más la libertad que la vida. Aquí teneis, no mi consejo, sino mi persona; no mi autoridad, sino mi obediencia.»

Con tanta maña supo disimular pretension y mezclar los ruegos y las amenazas, que disfrazando su cudicia les equivocó la ambicion con la humildad; y enternecidos, con agradecimiento orgulloso y aclamacion popular le coronaron por rey de Bohemia.

El Conde aceptó la corona como que cedia al ímpetu, mortificando su modestia, y procuró mostrarse pretendido, no pretensor.

Y por asegurar más sus principios con los húngaros y transilvanos, intentó divertir la casa de Austria, empezando por Hungría, donde con cuarenta mil hombres, asistido de turcos y tártaros, martirizó católicos, profanó templos, y hizo otros sacrilegios que le atesoraron los castigos de Dios que padece. No pudo el ejército imperial amparar la Austria menor destas invasiones, y retiróse de Bohemia para socorrer á Bohemia.

El rey de Polonia, viendo á su cuñado padecer el desacato destas traiciones, permitió que los fieles de Hungría juntasen gente; y en pocos dias la venganza fué tan solícita, que obligaron á los húngaros rebeldes y transilvanos, que andaban derramados por la Austria, á desampararla y volverse á la defensa de sus casas y posesiones.

Despues de muchos encuentros, enflaquecida la esperanza que los bohemios tenian de pasar á Viena por ser hibierno, se retiraron, sentando treguas con el transilvano y búngaros hasta San Miguel del año 1620, y que en el ínterin se tratase de la paz y satisfaccion de todos.

El conde Palatino, empeñado el crédito en la majestad usurpada, con asistencia prolija irritó de nuevo los ánimos, y escribió á diferentes príncipes: á unos pedia con sumision, á otros obligaba con conveniencias, á otros espiaba con razones equívocas; y era cláusula comun de todas las cartas, decir que la corona que Dios le habia dado la sustentaria si le favoreciesen: que como á Dios le levantó la dádiva, desconfió de su socorro para la conservacion.

Juntó dieta como cabeza de las ciudades de Alemania y de los protestantes, y fué tal la union, que lo mejor que tuvo, digo lo solamente bueno, fué la discordia. Y como los ménos eran los calvinistas, seta de que es príncipe el Palatino, no pudieron reducir á su disinio los demas, que no quisieron contribuir para semejante pretension, y muchos se declararon neutrales, como los duques de Holstein, de Brunswic y Luneburg, el langrave de Darmstat. El rey de Dinamarca, con ser tio de la mujer del Palatino, y el de Inglaterra su suegro, se retiraron de su asistencia; y el elector de Sajonia siempre tuvo por sospechosa esta union, y viendo la osadía de los rebeldes, se declaró por el Emperador, que molestado de las armas y solicitud del Palatino, escribió á Italia, Francia, y España y Flándes.

El rey Cristianísimo escribió al Conde elector desistiese de su inobediencia y depusiese las armas; donde no, que con las suyas le advertiria de su voluntad y la justificacion de su propuesta, con todo rigor; y á los holandeses intimó que no se mezclasen con los amotinados al Imperio, ni secretamente fomentasen los odios contra la casa de Austria. Don Felipe III razonó con los socorros y intercedió con las armas, inviando por mano del duque de Osuna dineros y gente, que bastó á restaurar en Italia lo perdido y en Alemania lo aventurado; pues en un tiempo socorria á Milan y al Emperador. Enflaqueciendo al duque de Saboya el campo con atraer á si los franceses, que eran el mayor número y su mejor parte, y con alojarlos en Nápoles, desamarteló de las lises á muchos que las deseaban; y se valió de los franceses para contra ellos, y los desacreditó con acercarlos, y los malquistó con favorecerlos, por ser gente en la relacion bizarra, en el hospedaje molesta, en el dominio licenciosa, en el trato desigual, y de todo esto se acordaron en un año, habiéndolo olvidado en ciento: tal prisa se dan á desengraciar de sí propios á los otros. El Papa alentó estos esfuerzos con gracias y concesiones, y á todos los católicos; de manera que el Emperador se halló con ciento y veinte mil hombres de paga: y no le era inferior el Palatino, que luego que aceptó la corona de Bohemia, por acreditar su séquito y asegurarse contra Dios (extraño delirio), no solo profanó los templos, mas en la iglesia catedral de Praga derribó las capillas, rompió las imágenes, pisó los cálices, quemó las reliquias y desenterró los cuerpos santos, y los justiciaba con grande error de los ciudadanos, que en su sacrílega desenvoltura conocian su castigo. ¿A qué no se atreve el deseo de mandar? ¿Qué perdona el ambicioso, pues ni reserva los muertos, ni á Dios le reverencia? Todos quieren más tomar la corona que esperarla, y la comodidad de hurtar la anteponen á la prolijidad de merecerla; que en los reinos la posesion es derecho del robo y justificacion del delito; y tanto es uno traidor, cuánto está en duda el suceso de su alevosía, que ejecutado felizmente, los gravámenes son disculpas. Este discurso estaba tan apoderado del Palatino, que escribiéndole el año de 1620, juntos todos los electores, desistiese destas pretensiones descaminadas, poniéndole en consideracion que disinios semejantes no eran para quien aventuraba más qué pretendia; y que eran arrojamientos propios de aquellos que no pudiendo ser ménos, arriesgando una vida que se logra en la perdicion, dándoles calidad el castigo, se adelantan en la memoria de las gentes, y por lo ménos, siendo escarmiento, tienen lugar en las historias; y advertiéndole de paso que todos, si perseveraba, asistirian al Emperador y á la causa pública, —á esto respondia con nuevos acometimientos y sacos.

Opúsose poderosamente al Palatino y á su teniente el marqués de Antzpach, el duque de Baviera, como general de la liga católica. Encaminó sus fuerzas á la parte del Danubio, donde el Marqués estaba alojado y bien fortalecido; y cuando la disposicion de los alojamientos apresuraba por horas la batalla, llegaron á rumiar estos rumores, en nombre del rey Cristianísimo, el duque de Angulema y Mos de Bethuna y otros señores; y conviniéronlos en algunas diferencias, de suerte que se retiraron, no comprendiéndose en estas paces el rey Católico ni el archiduque Alberto.

El duque de Baviera, desembarazado del Marqués, se encaminó con treinta mil soldados á la Austria superior, y despues de haber precedido requerimientos de amigo, burló sus confianzas, y sojuzgó por fuerza de armas toda la provincia en catorce dias.

El marques Espinola, por el mes de agosto del año de 1820, dejando en los estados de Flándres buena órden (la parte de Frisia á cargo del marqués de Ververder don Luis de Velasco, y la de Flándres á don Iñigo de Borja), en Coblenza, tierra del arzobispado de Tréveris hizo muestra de veinte y dos mil infantes y cuatro mil caballos. Tomó el camino para Francaforte, por divertir á los protestantes, que desvelados atendian á su defensa. Mas el Marqués se arrojó en el Palatinado, por donde ménos temieron, y ganó la mayor y mejor parte dél, sin que le pudiese estorbar el socorro que de holandeses trujo el príncipe Enrico de Nasao. Viendo los duques de Baviera y Sajonia cuán á peligro estaban las cosas del Imperio, y cuán fatigada Alemania, y que convenia aguijar el remedio y adelantar la prevencion y el castigo, á la primavera del año de 1621 (por cuanto avisaban de Constantinopla que el Gran Señor vendria por aquel tiempo en favor del Palatino, para divertir al rey de Polonia, metiendo en sus tierras por la Moldavia y Valaquia turcos y tártaros, de suerte que inundado de su multitud no pudiese asistir al Emperador),—el duque de Sajonia, con quince mil infantes, entró por la Lusacia, y tomó en ella la ciudad de Bautzen.

El conde Dampierre asistió á la defensa de la Austria inferior, contra las invasiones y robos que contra silvanos, húngaros, turcos y tártaros hacia Bethlehem Gabor: murió dando fuego á un petardo. Sintió su muerte con gran demostracion su gente: vengóla con no menor valor el coronel Preyner, que le sucedió en todo.

El duque de Baviera y el conde de Bucuoy se entraron por la Bohemia, y socorridos con diez mil infantes de los de los obispos de Bamberga, Herbipolis, y otros señores del Imperio, se juntaron con don Baltasar de Marradas, caballero valenciano de la órden de San Juan, que, solo, mantuvo por el Emperador en Bohemia la ciudad de Budweiss; y ganando muchas villas y ciudades, con pérdida de mucha gente del enemigo, llegaron campeando á la ciudad de Pilsen, que por ser toda de católicos deseaba el Duque ganarla, sin pérdida de los vecinos, dificultándolo cinco mil herejes que de socorro la fortalecian.

El Conde palatino, rey prestado de Bohemia, sintiendo los pasos peligrosos con que se le arrimaba la liga católica, salió de Praga á su campo con el mayor poder que pudo juntar de Bohemia y sus confederados. Díjoles:

«Empezar esta guerra fué osadia y voluntaria determinacion; proseguirla es fuerza y valor, debido á la libertad, por quien los peligros tienen mejor nombre y la muerte mejor cara. La causa es tal, que los hijos de los vencidos os agradecerán la victoria y os perdonarán su sangre. No temo vencimiento ni pérdida; que la fortuna nunca aborreció á los valientes, y siempre se rie con los que la arrebatan las monarquias; ni querrá ser partícipe en delito tan grande, ni se atreverá á padecer quejas justificadas. La corona que vosotros me disteis, defendeis; y yo, por mostraros mi amor, acepté en ella más peligro que grandeza. La invidia nos contradice en mis iguales; y en los que no lo son, la ignorancia de no ver cuán ventajosa cosa es ser súbditos de emperador que hicieron, más que del que, apénas naciendo, reconoce á la naturaleza la sucesion. Alienta al duque de Baviera mi despojo, para crecerse con la parte que de mi estado le es de más importancia; y aunque de léjos mira á la voz de elector, con atencion asistida de todos los católicos, el rey de España aun halla en mis estados algo que por la vecindad de Flándres le puede ser de precio de cudicia. Ha sido mi determinacion para todos á propósito: les ha venido nuestra resolucion á sus deseos. Lo que conviene es, oh bohemios, prevenirlos como á invidiosos, temerlos como á interesados, y acometerlos como á enemigos. Hagan alto á su vista nuestras banderas, porque se diviertan del cerco del Pilsen; y despues, retirándonos á Praga, le entretendrémos al enemigo, que si toma buena resolucion, ha de ir á apoderarse della. Y la prudencia militar, anticipada á los subcesos, no ha de dudar en los contrarios lo posible, ni presumir ignorancia, de que despues el suceso lo desengañe. Lo que él debe hacer se ha de prevenir; que las más veces los confiados padecen lo que desprecian.»

Todos, aclamándole por rey y señor con voces y señas encarecidas, aprobaron su desinio con extrañas demostraciones, encarecimientos mañosos de la lisonja desesperada, para deslumbrarle los recelos que en su razonamiento se habian asomado, con poco recato en sus proposiciones.

Movieron sus escuadrones sobre Pilsen, y obligaron á los de la liga á levantar el sitio; y en esto condescendió la suerte con lo que el Palatino habia destinado: y en seguimiento de su retirada á Praga, el duque de Baviera le acompañó con tal diligencia los pasos, cargándole la retaguardia no sin daño, que llegando legua y media de la ciudad, en un parque le obligó á fortificarse. Atrincheróse y puso bien en órden la artillería; y los imperiales, á su vista, despreciando no pocas dificultades, con riesgo manifiesto trataron de darle la batalla. Hubo diferentes tratados en el ejército; mas el Duque, por divertir las pláticas diferentes, siempre peligrosas en la campaña, los juntó y habló en esta manera:

«Tan religiosa como solícita se ha mostrado la fortuna en acercarnos al ejército enemigo, y poneros cástigo de Dios, arrimados á los delitos contra su Iglesia. Parte quiere tener en la vitoria que nos facilita la verdad, que nos promete el valor, y nos asegura el celo. El Dios de los ejércitos es el que vence, porque los ejércitos de Dios no son vencidos : su Iglesia nos acaudilla, su nombre nos defiende ; lágrimas y oraciones de los fieles es la municion que nos fortalece : delante teneis la cizaña de nuestra paz, los ladrones del Imperio, los tiranos de la libertad de Alemania. Os tray estos la Providencia divina no á ser vencidos, sino á ser justiciados. Aun no merece esta voz la ruina de quitar la libertad al Imperio y á los electores.

»Clama el conde Palatino que se continúe en la casa serenísima de Austria la corona cesárea ; que merecida de nuevo por cada sucesor, es conveniencia de la dignidad imperial durar en este reconocimiento.

»Tiranía llama el perseverar en el acierto, ser la eleccion constante, no esclava ; y llama ley perseverante, y libertad , y costumbre sagrada y paterna, fabricarse reinos y reducir á un voto, y ese suyo y para si, la corona de Bohemia ; profanar los templos , despreciar los sacramentos de la religion heredada y que ya es patrimonio de nuestras almas : y con nombre postizo de restaurador, disfraza el de novelero.

»De la silla en Alemania quiere echar al apóstol san Pedro para sentar en ella á Calvino. ¿ Puédese consentir que pequeña y vil parte de bohemios, traidores, y confederados y seducidos, presuman quitar el Imperio á quien le posee y quien le merece, y dársele á quien le desautoriza y arrebata ? Los sediciosos, inobedientes, excremento del ocio, persuadidos de la licencia desordenada, precipitados de discordias forasteras, que procuran ántes venganzas que mejoras, ¿han de osar contra la sacrosanta religion romana y contra su verdad sola y eterna, amenazando la libertad de las almas y de los cuerpos ; y que el conde Palatino, que ha pisado entre vuestra sangre la de Cristo, pretenda por estos sacrilegios ser ungido y no penitenciado ?

»El Imperio pretende : los medios más son de robo que de negociacion. Coronar quiere una hidra : por césar quiere que tengamos la bestia de siete cabezas. ¿Cómo podrá una corona abrazar juntos luteranos, protestantes, calvinistas, hugonotes reformados , y otros mil sectarios y legisladores, entre los cuales no ha de dar el primer lugar á nadie el Gran Señor ; y á intercesion de sus fuerzas y poder, Mahoma pretenderá los templos por mezquitas ?

»Ea, alemanes : causa es de la fe ; inquisidores sois, no soldados ; tribunal es este, no ejército. Unidos sobran nuestras fuerzas á la conservacion de nuestra paz y amistad ; y los desechos de nuestras multitudes y grandes poblaciones socorren todos los príncipes de Europa. Si la division nos aparta y las guerras civiles nos embarazan, los que somos admiracion del mundo serémos espectáculo, y escándalo y venganza á nuestros enemigos, y la mayor parte de nuestra propia ruina. Parte nuestra es la que vamos á cortar, sangre propia derramarémos hoy ; mas esta batalla , por guarecer dolencia de todo el Imperio, semblantes tiene ántes de medicina que de batalla : cura es sangrienta, pero provechosa. La piedad será delincuente contra la salud ; el rigor, bien intencionado : en vuestras manos teneis el antídoto destos contagios. Ellos se buscaron la oca-

sion de perderse : no la perdais vosotros de castigarlos. »

Esto dijo, cuando con un cristo en las manos llegó un fraile carmelita descalzo de Calatayud (a), á quien su santidad inviaba de Roma á traer al Duque una espada del Espíritu Santo. Diósela al Duque diciendo : « Esta espada, rayo de la Iglesia, templada con bendiciones de su pastor, ha de acompañar esos deseos. Revistase vuestra alteza en el serafin que guardó la puerta del paraíso y echó dél los inobedientes, imitando esta hazaña con la Iglesia Católica y los herejes. Hoy es dia de Todos los Santos (b) : á socorrer se han juntado su causa. Vuestra alteza dé la batalla, que en pocas horas tendrá la victoria.»

Tanto se encendió el corazon del Duque en ardimiento santo, que entre estas palabras y el embestir con las trincheras y artillería, aun no cupo la aclamacion. Y así el mismo dia 8 de noviembre, con milagroso valor, desempeñando la promesa de su santidad, rompió el campo del Palatino con pérdida de muchos y los mejores, siguiendo el alcance con grande valor los cosacos y polacos. No pudo la herida, aunque muy considerable, retirar al conde de Bucnoy (c), que en un coche húngaro se hizo llevar, animando sus valones con la espada en la mano. Entre prisioneros y muertos fuéron más de diez mil : muchos títulos y barones y capitanes, y entre ellos el mayorazgo del príncipe Cristian de Anhalt, general del Palatino. Ganóse la artillería, todo el bagaje, más de ochenta cornetas ; y de los imperiales no murieron mil.

El conde Palatino al tiempo de la batalla se halló en el castillo de la ciudad ; y cuando la fuga de los suyos le trujo la nueva de la rota, por ostentar su incredulidad en todo, la dudó de manera que se puso á caballo y partió á verificar sus presunciones ; durando en este desacuerdo hasta que le embarazaron los galopes sus capitanes, con cuyas personas huyendo el miedo daba en la cara á su caballo. Tarde desengañado , cobrando su mujer y los que más pudo de su séquito , se retiró miserablemente hácia la provincia de Silesia, dejando en el castillo grande tesoro , y mayor temor en todos los de la ciudad ; que toda la noche los mal seguros y que temian los méritos de su obstinacion, secretamente se aseguraron en los lugares circunvecinos. Los demas de la ciudad, temiendo la prosecucion de la vitoria, y el ejército alentado con el subceso y el despojo, el dia siguiente á 9 se entregaron al Duque, sin alcanzar condicion que les ennobleciese la pérdida, sino á merced del Duque. Tomó la posesion de Praga á 11 , y lo primero restituyó los templos con reparos y sacrificios, desterrando los calvinistas de todo el reino, como á movedores desta guerra. En 12 y 13 tomó juramento á las ciudades por la fidelidad debida al Emperador. Aseguraron el juramento, entregando originales las confederaciones con otros príncipes. Lo propio hicieron las plazas fuertes de Neuhaus, Tabor y otras. Acompañó este subceso el duque de Sajonia con tomar juramento á toda la Lusacia, partiendo para reducir la Silesia ; y esta ejecucion entre-

(a) Fray Domingo de Jesús María.

(b) Quiere decir que en su octava emprendian una hazaña que tanto redundaba en pro de la Iglesia Católica. La célebre victoria de Praga fué el 8 de noviembre de 1620.

(c) Fué herido en Raconitz ; y viniendo á las puertas de la muerte á fin de noviembre, recobró la salud contra el fallo de los físicos, para acabar la vida entre las lanzas enemigas en el sitio de Neuheusel, el 10 de julio del año siguiente de 1621.

tuvo la mala condicion del invierno en aquellas partes.

El duque de Baviera salió de Praga y se fué á invernar á Monaco (a) su corte, dejando en Bohemia, en tanto que el Emperador ordenaba otra cosa, por gobernador el príncipe don Cárlos Lichtenstein, y al conde de Bucuoy, generalisimo de todos los ejércitos, con órden se encaminase á los confines de Moravia y Silesia, para obligarles á la obediencia cesárea. El Conde supo obedecer tan bien, que le pidieron tregua para inviar embajadores á suplicar al Emperador los perdonase.

Los de Silesia no pudieron hacer lo mesmo, por haberse el Palatino retirado á ella, infestándolos con ruegos medrosos y desesperados, y procurando con promesas desacreditadas y esfuerzos aciagos, que repitiesen la inobediencia y duplicasen el castigo. Oianle con cautela que no recataba la sospecha del vencimiento y la malicia de la pretension. Y con ser estrechas las obligaciones de Bethlehem Gabor, y estar empeñado en la asistencia al Palatino, luego que supo la victoria se concertó con la fortuna, y negó el parentesco al desdichado, y se retiró de la Austria á la ciudad de Tirnavia de Hungria; y por aplaudir al vencedor con adulacion, saqueó de camino y robó muchos lugares de los húngaros que le llamaron; y abrigado con este insulto invió á pedir salvoconducto para poder por embajadores tratar de reconciliarse con el Emperador. Aqui se conoce cuántos reveses sirvieron de alas al atrevimiento, de esfuerzo á la traicion; cuán espléndida asistencia tiene la temeridad, y cuán pobre séquito la ruina; qué de caras ve la victoria, cuyas espaldas acechan el vencimiento, apercibidas á mudar los semblantes que la fortuna les mandare.

Este fin tuvieron los disinios del conde Palatino (b), que se halló más sospechoso de la disimulacion de los que le acompañaban, que del arrepentimiento de los que se retiraron á la obediencia de la fortuna.

DON GONZALO DE CÓRDOBA (c).

No solo al conde Palatino le fué mentirosa la fortuna y desagradecido el atrevimiento, mas afrentosamen-

te le persiguió con sucesos desaliñados; pues lo más honesto de su vencimiento fué la fuga, tan sin eleccion y providencia, que perdió la jarretera, dando motivo á que escribiesen contra él plumas ejecutivas donaires de más rigor que las espadas y armas enemigas. Reducido á tan miserable estado, poniendo buen nombre á la desesperacion, y componiendo el semblante no con el sentimiento sino con la necesidad, procuró mezclar en sus odios diferentes príncipes, cuando apénas podia entretener los que le eran sujetos. Asistióle, con obstinacion que le imitaba, el conde Arnesto de Mansfelt, persuadido de su intencion ántes que de su correspondencia.

Este bastardo y el obispo de Halberstad, llamado el Luterano, se juntaron para lograr disinios de diversion forzosa, que se destinaron bien y se lograron mal; y para esto dió intencion de concertarse con el rey de Francia. Propuso partidos al duque de Nivers por medio del de Bullon, que mañosamente entretenia los tratados, como persona plática y que siempre ha fiado más de su artificio que de su poder. Supo alargar los conciertos hasta que Mansfelt rehizo en la Mosela su ejército casi deshecho, y dando esperanzas, recibia mantenimientos, mansiones y socorros del duque de Bullon, y de la villa de Monzon y otros lugares de Francia.

Con esto se partió, dando á entender que no se movia con otra órden que la del rey Cristianísimo, y esto con palabras dudosas, asomando esta proposicion á los peligros del paso para allanarle. Muriósele mucha gente en el camino, y no pequeña cantidad le mataron las desórdenes y el ímpetu destos villanos del contorno de Dampvillers, á cuya vista pasó á 28 de agosto (d), habiendo cometido grandes delitos, haciendo robos dictados de su bastardía, y sacrilegios aconsejados de su opinion, y con mayor violencia en las aldeas del obispado de Verdun.

Don Gonzalo de Córdoba, hijo del duque de Sessa, nieto del Gran Capitan (en cuyas hazañas se equivocan el nombre y el blason, y en edad en que el mundo se contentara con esperanzas, le maravilla con sus celos y victorias de Mansfelt, previniendo los peligros disimulados, se alojó con su ejército entre Iboix y la Frette, lugares de Lutzenburg, atalayando los movimientos del enemigo, que, desarrebozando su pretension, y desengañando los franceses, pasó sin resistencia el rio, y á 26 de agosto entró en el condado de Henao por la parte de Avesnas y el paso que llaman de Feron (e), rompiendo

(a) Munich.

(b) Friderico. Indigno (dice Enrico Caterino Dávila) de ser elegido por votos al reino, pues cuando en la campaña se meneaban las manos en su favor, estaba él entretenido en Praga en comedias y saraos entre mujeres; y puestos en ordenanza los escuadrones se retiró á la ciudad, debajo de cuyos muros se instaló de los intereses palatinos, de la corona de Bohemia y del imperio de Occidente.

(c) El héroe de Florus. Hízole memorable esta batalla, ganada en territorio del condado de Naamur, el lunes 29 de agosto de 1622, al romper el dia, despues de una tempestuosa noche. La pluma de Quevedo no podia permanecer muda en suceso tan feliz, que la Talia española ensalzó en el teatro, y realzó la pintura con hermoso monumento.

Lope de Vega trazó, á fines de setiembre, é hizo representar una comedia, lozanamente escrita y muy ceñida á los acontecimientos; pero, como obra de circunstancias, no de un mérito sobresaliente. Lleva por título : De la mayor victoria de Alemania de don Gonzalo de Córdoba. Se imprimió con lastimosas erratas, especialmente en los nombres geográficos; y púsole cabo afirmando que :

No cesan jamas	Que dieron con dicha eterna
En la gran casa de Sessa	Reinos al rey de Castilla,
Las bien heredadas armas,	Y agora vitorias nuevas.

El florentin Vicencio Carducho, á quien tanto deben las artes españolas, fué el pintor de esta batalla, en 1634. Puso á la derecha, en primer término, sobre un brioso alazan, al maese de campo don Gonzalo; pero retratándole doce años despues de la

accion, privó su lienzo del realce que le hubieran dado los floridos abriles del vencedor. Admira la noble expresion de la fisonomía, y manifiesta lo muy parecido del retrato, recordando el tono de todo el cuadro, la maravillosa inimitable verdad de don Diego Velazquez.

Estuvo en lo antiguo en el salon de los Reyes del Buen Retiro, y hoy se encuentra en el de la izquierda del real museo de Pintura y Escultura de su majestad.

Carducho, mejor pintor que gramático, suscribió su lienzo con esta inscripcion :

VICTORIAM IVXTA FLORV, ANNO
CD, DC, XXII, AD. GVNDIZALVO DE
CORDOVA OBTENTAM , VICEN-
TIVS CARDVERI REGLÆ MAIESTA
TIS PICTOR , ANNO DVODECIMO ABEL-
LO CVRRENTE PINGEBAT.

(d) Debiera decir á 18.

(e) Le trou de Feron.

seiscientos villanos. Juntáronse sin escarmiento destos muchos en número, que pudieron representar ejército formidable para embarazar sus pasos á los forasteros; mas persuadidos de la voz que se derramaba con maña, de los conciertos hechos con Francia, se retiraron á sus casas, no sin sospecha y malcontentos; que el discurso de los entendidos forzosamente cede al impetu de la multitud.

A 27 llegó un cuarto de legua de Maubenge, alojándose en Saliermont, pasando todas tropas el rio Sambra: quemaron con licenciosa crueldad las aldeas Remsart, Beaufort, Doulers, Saint Aubain: entraron junto á Binch, en la abadia de la Buena Esperanza, acreditándose como tiranos con el miedo de la desórden, que ántes los granjea aborrecimiento, siendo vencidos ejemplo, y vencedores escándalo (a); mas detestables en el mejor halago de la buena dicha. Diferentemente se numeraba su gente: unos aseguraron seis mil caballos y cuatro mil infantes, y otros doblaron el número de la infantería. Acreditólo la confianza suya en las ventajas y la proporcion ordinaria de los ejércitos.

Don Gonzalo de Córdoba, sabiendo las malicias de sus pasos y las amenazas de sus armas, enterado del camino que prevenia, habiendo á toda diligencia pasado el Mosa en Givet, entró por Pont de Loup, acuartelándose entre Florú y Mele, en los confines de Brabante y Naamur. Dispuso á 29 de agosto sus escuadrones, y puesto donde le alcanzasen á ver los que no le pudiesen oir, les dijo:

«No prevengo razonamiento para animaros, ántes vengo á fortalecerme con veros: conozco vuestro valor, tengo experiencia del aliento que os sobra para todos los trabajos, y con cuánto alborozo sabeis despreciar las dudas y suspensiones de la guerra. Empeñada está la fortuna con las armas católicas: cierto es que no se ha de désdecir de la justificacion con que nos ha asistido ántes. La ventaja que hoy tiene al enemigo orgulloso, es cuidado de la suerte para acreditar nuestra victoria, y que se aclame por la virtud, y no por el número. Gran fineza ha sido la de la providencia de Dios en escogernos, pequeño ejército, para defensa del mayor peligro y remedio de la mayor necesidad. ¿Cuándo se vieron las armas de los contrarios tan adelantadas en estos paises, seis leguas de Bruselas y otras tantas de Lovayna, ni tan reducido á los postreros lances la ruina y pérdida destos estados? Cuando los rebeldes, asistidos desta violencia, están desvelados con las armas en las manos, quiere Dios (á él se han de dar las gracias) que, corto escuadron, seais orilla donde se rompa inundacion tan extraña y borrasca tan soberbia. Caricia es de la misericordia de Dios, que no solo quiere defendais á los vuestros, sino que vean el peligro con que lo haceis, que oigan el ruido y sientan el fuego, que sean testigos de la libertad de que os serán deu-

dores, y que la majestad Católica conozca que de sus fuerzas tiene en vosotros las más diligentes y bien afortunadas, y las que mejor y á más riesgo logran su obediencia y acompañan sus estandartes: que á mí nadie me quitará la gloria deste peligro ni el blason del riesgo aparente con que tengo en poco, blasonando vuestro esfuerzo, esas escuadras, más dificiles para contadas que para vencidas. Despreciada centella somos: confiada vanidad nos busca: acreditemos el proverbio con el subceso; conozcan que la nuestra es confianza y no desesperacion; y averigüemos que la suya es osadía y locura delincuente, no valentía ni determinacion prudente.»

Con esto, habiéndole respondido los semblantes de todos, le embarazó el razonamiento el verse acometido de la caballería de Mansfelt, que le excedia en grande número. Prosiguió con las armas lo que exhortaba con las razones, tan bien asistido de los suyos como cercado de los contrarios, que con porfía y exceso y rabia, duplicados en cada uno de los nuestros, los escondian en su número. Mas reducidos á buscar la postrera defensa en sus manos, de tal suerte se desataron de los nudos con que los ceñian los escuadrones de Mansfelt, y en poco espacio de tiempo se hicieron lugar, de manera que echaban ménos en la rota los enemigos que ántes les sobraban en las amenazas. Duró la batalla desde la mañana hasta dos horas de la tarde, y fuéron ménos dificultosos de vencer que de hallar. Murió de los nuestros don Francisco de Ibarra, maestre de campo, y algunos capitanes del tercio, y muchos alféreces y gente particular de naciones.

Murieron entre otros el baron de Armerios de Casa Rolin; fué herido don Alejandro de Robles, conde de Homapas, capitan de caballos. De los enemigos, en esta primera refriega, murieron mil y quinientos; perdieron ocho estandartes. Murió uno de la casa de Weymar, sajon de los que más apretaban la batalla; valiéndose de la ventaja del sitio hirieron en un brazo al obispo de Halberstad, y derribaron otros condes, y barones, y capitanes: quedó preso el Ringrave.

Mansfelt encaminó su huida á la baronía del Perwez, que es del baron Brabante, dejando por el camino mucha gente herida, y su infantería desamparada tan vilmente, que pareció estratagema del temor dejar vidas en que se entretuviese nuestra gente, por asegurar su temerosa retirada. Y así sucedió, pues junto á Ham, en la frontera de Lieja, se la degollaron toda don Felipe de Silva y el coronel Granchier y algunas compañías de caballos que en su alcance invió don Gonzalo de Córdoba.

Las ruinas de Mansfelt llegaron lastimosas á Tilburg, aldea de Brabante, cuatro leguas de Bredá y de Boldue, en número de cuatro mil hombres. Al obispo de Halberstad cortaron el brazo, de la herida, que fué enconosa, mas bien encaminada.

A 4 de setiembre, la serenisima señora Infanta fué á Malinas por favorecer la gente de don Gonzalo de Córdoba, favoreciendo el valor de los soldados, que con victoria tan importante estrenaba el vasallaje y servicio del rey Católico, su sobrino don Felipe IV, á cuya corona, lo que fué duda y cuidado, determinaba Dios en triunfo y gloria (b).

(a) Así la describe Lope de Vega:

Allí lloran las míseras villanas,
Los desnudos muchachos á los pechos;
Allí los viejos las nevadas canas
Bañan en llanto, de dolor deshechos;
Ya por el aire á las regiones vanas
En fuego suben los quemados techos,
. . . .
Trigos, viñas, frutales, campos, prados,
Bárbaramente dejan agostados.   (Jornada 1.)

(b) «Tenia dispuesto don Gonzalo, cuando su alteza se acercó, el campo casi en la manera que le pintámos en Florá, y así á su vista comenzó una gallarda escaramuza, y armado él de todas pie-

En tanto que estas cosas en este estado prevenian por los enemigos venganza en España, la junta hizo sus cargos y dió traslado al duque de Uceda, Juan de Salazar y don Andrés de Velazquez; y despues de hechas sus defensas y votada la sentencia, fuéron condenados, y más rigurosamente Uceda en costas, y restitucion, y destierro disimulado. Apelaron todos, y la piedad de

zas, sobre un fortísimo andaluz, de verde y oro la casaca, y la celada con mil plumas, besó la mano de su alteza, y presentándola despues los estandartes y banderas, despojos de los enemigos, la dió á conocer á los soldados que merecieron tal honor, y dió la vuelta satisfecha.» (Céspedes y Meneses, *Historia de don Felipe IIII.*)

Estas palabras dirige, presentando á la Infanta los estandartes, don Gonzalo, en la comedia de Lope :

El imperio y la corona,
Si fuera César, pusiera
A esos piés; y si Alejandro,
El mundo, parte pequeña
Del estrado que pisais.
Mas pues no tengo que ofrezca
Cosa en mí digna de vos,
Desta vitoria lo sea
Aquestos ocho estandartes,
Estos cuatro con empresas.
Este, naranjado, tiene
Tres rosas; dice la letra :
Entre espinas. Significa,
Por dicha, el premio en la guerra.
Este, con la mano armada,
Que esta espada blanca muestra,
Es del bastardo Mansfelt.

Dice la letra bien necia,
Por la libertad; ¡ y viene
Contra el Imperio y la Iglesia!
Este dice : *Por la patria.*
Tiene en un ara sangrienta
Un cordero degollado,
Volviendo jaspe la piedra.
Pienso que fué del Obispo,
Que dicen que muerto queda.
Este, con el Minotauro,
Con *Esperanza y Paciencia*,
Que fué del duque sajon...
Pero no es justo que tenga
Entretenida tan mal
Tanto tiempo á vuestra alteza.
(Jornada III.)

Cierto curioso, que iba á la sazon extendiendo unos *Avisos*, cuyo manuscrito posee la Biblioteca Nacional, así refiere cómo por Madrid corrió la noticia de la victoria :

«A 19 de setiembre de 1622, besó la mano al Rey nuestro señor el duque de Tursis, que vino con el conde de Monterey.—Este mismo dia salió el duque de Alba para Nápoles con lucidísimo acompañamiento de á caballo. Convidó á todos los grandes el duque del Infantado. Fué el concurso innumerable que se juntó á verle salir.—

su majestad los absolvió por merced de los cargos que el tribunal no pudo (*a*).

VALTELINA.

Habiendo el duque de Feria, que en Milan era gobernador y capitan general, sucediendo á don Pedro de Toledo, considerado las afrentas que habian pasado las armas reales en aquellos estados, y con la dificultad que don Pedro de Toledo habia restaurado la parte que le tocó; y viendo las ocasiones de todo, y cuán recientes estaban los odios, y cuán viva la discordia, y cuán desvelada la atencion del duque de Saboya, afianzada en los atrevimientos pasados..............................(*b*)

Este dia llegó la noticia de la victoria que don Gonzalo Fernandez de Córdoba, biznieto del Gran Capitan, tuvo en Flándes, cinco leguas de Bruselas, donde estaba la señora infanta doña Isabel; el cual acometió al enemigo con mil y ochocientos caballos y ocho mil infantes; y el enemigo traia seis mil caballos y ocho mil infantes. Y con haber perdido don Gonzalo la mayor parte de los cabos principales, y estar cercado por todas partes, se unieron de suerte los tercios españoles, y italianos, y algunos alemanes, que rompieron toda la infanteria del enemigo. Y en ménos de dos horas degolló casi toda la infanteria; y la mayor parte de la caballeria se dió á huir, dejando en el campo los bagajes, banderas y artilleria. Y la señora Infanta le honró de manera, que salió dos leguas de Bruselas á darle las gracias; y le dió una joya riquísima y una cadena de diamantes de mucho valor, y dos caballos enjaezados, y un vestido que habia sido del señor Archiduque, y mucha ropa blanca y una vajilla de plata labrada; diciéndole que en cuatro ocasiones que habia tenido, y particularmente en aquella, no parecian sus soldados hombres, sino leones; y que así se lo escribia á su majestad para que le honrase.

(*a*) Como en el antiguo manuscrito de que nos hemos valido, la materia del *Mundo caduco* se halla á continuacion de la que sirvió para confeccionar los *Anales de quince dias*, allí y no aquí era el lugar del párrafo de arriba. Ni le encontramos oportuna colocacion en los *Anales*, ni tampoco nos creíamos facultados para dársela.

(*b*) En este sitio queda truncada la narracion, séase porque no la continuase QUEVEDO, ó no pusiese más en limpio el copiante.

FIN DEL FRAGMENTO MUNDO CADUCO Y DESVARIOS DE LA EDAD.

GRANDES ANALES DE QUINCE DIAS.

HISTORIA DE MUCHOS SIGLOS QUE PASARON EN UN MES. — MEMORIAS QUE GUARDA Á LOS QUE VENDRÁN
DON FRANCISCO DE QUEVEDO VILLEGAS, CABALLERO DE LA ÓRDEN DE SANTIAGO (a).

A LOS SEÑORES PRINCIPES Y REYES
que sucederán á los que hoy son en los afanes deste mundo.

OSTENTACION hago de robusta caridad con vanagloria, que se puede permitir á la piedad de
mi celo, en guardar en la clausura desta relacion con vida el escarmiento, y con voz el ejemplo
y la verdad. Yo escribo lo que vi, y doy á leer mis ojos, no mis oídos. Con intencion desinteresada y con ánimo libre me hallo presente á lo que escribo con mas recato que ambicion. Ni
algun odio me hace sospechoso este discurso para creerle, ni lástima popular para disculparle.
No esfuerzo la pureza de mi verdad por mi reputacion; solo porque, cuando mas allá de mi
sepultura, y apartada de los sucesos hablare con vuestros designios mi pluma, por creida pueda
ser provechosa, y me debais muerto y olvidado, el desengaño y la advertencia.

Don Francisco de Quevedo Villegas.

AL QUE LEYERE.

Yo escribo en el fin de una vida y en el principio de otra : dè un monarca que acabó de ser
rey ántes de empezar á reinar, y de otro que empezó á reinar ántes de ser rey; aquel tan santo, tan grande, que mereció tener por hijo á este que, pervertido el órden de la sucesion (ántes, si es lícito decir, mejorado), es nieto que se introduce en padre de sus abuelos. Este, tan
formidable en los umbrales de la vida, que en pocas horas de rigor, justicia y prisiones ha desqui-
tado muchos años de clemencia y benignidad no conveniente de su padre, si bien cuando empezó á reinar siguió este propio camino, aunque mas despacio.

Mi intento es poner delante de los ojos á todos cuánto rey y cuán grande cabe en diez y siete años, y cuánta ruina en doce horas, y cuántas maravillas en quince dias, y cuánto seso se
adelanta á la primera flor de la edad, no sin vergüenza del postrer cabello.

Ni pondero ni disimulo las acciones; y porque pretendo informar los oídos, no regalarlos
ni ofenderlos, dejo á las malicias de mi silencio remitidas las conjeturas del estado que tuvo
España cuando la muerte, con advertencia lastimosa, hizo fábrica de tan grandes ruinas. Preso
en la Torre de Juan Abad, á 16 de mayo de 1621.

Don Francisco de Quevedo Villegas.

(a) Con fragmentos de otra mas extensa é importante obra se hubo de compaginar este opúsculo, modificando
varias de las opiniones que en aquella se vertian. Nunca llegó á imprimirse en vida del autor, quien, sin embargo,
vió casi todos los juicios que habia formado de los hombres y de las cosas, adoptados ciegamente por Céspedes y
Meneses en su *Historia de Don Felipe IIII*, publicada en 1634. Con profusion corrieron copias en manos de los curiosos, que han venido reproduciéndose hasta hoy. La libertad de los escribientes, mutilando ó interpretando á su
antojo lo que no entendian, estragó de tal manera el texto, que á principios del siglo pasado no faltó quien creyese necesario acometer la empresa de restaurar los *Anales*, traduciéndolos y perifraseándolos con tan ninguna conciencia, que ya dejaron de ser de QUEVEDO.

En los tomos de sus obras no impresas que, valiéndose de hábil pendolista, hizo formar por los años de 1724
don Juan Isidro Fajardo, y posee la Biblioteca Nacional, se incluyó esa refundicion arbitraria; y eso fué lo que sin el
menor criterio embutió Valladares en su *Semanario erudito*.

Pellicer, ó quien quiera que fuese el director de la edicion de Sancha, no desconoció el fraude, y buscó el agua en
mejor fuente, pero no tan buena que no se hallase lastimosamente encenagada; y dióla al público, sin pararse en
barras, con los errores, absurdos y ridículos arrepentimientos de un copiante inerudito. Nadie pues tuvo ménos
derecho de poner en boca del *impresor* la ociosa *advertencia* que va al frente de la famosa edicion referida.

Existe sin principio ni fin, entre los manuscritos de la Biblioteca Nacional, H. 45, uno al parecer del primer tercio
del siglo XVII, que puede conceptuarse como parte de aquella obra que sirvió de fundamento para bosquejar los *Anales*. Posee la misma oficina siete copias de estos hechas en el siglo siguiente; con todas las cuales, y con las que
me han franqueado generosamente los señores don Agustin Duran, don Juan de Cueto y Herrera y don Augusto
de Búrgos, va concordada la presente publicacion. He creido que necesitaba de alguna que otra nota y las fechas
de muchos sucesos. Confio en que no parecerá esta diligencia impertinente á nuestros lectores.—*El Colector.*

13

GRANDES ANALES DE QUINCE DIAS.

A 31 de marzo de este año de 1621, á las nueve de la mañana, la majestad del rey don Felipe III pasó á mejor vida; que en los justos y santos tiene mas corteses y mas consolados nombres la muerte.

Trujo siempre, desde los accidentes de Casarubios, mal segura salud y color sospechoso, y esta mala condicion de humores se determinó en calentura, de que no se hizo mucho caso, pues á los reyes más los acaba la adulacion de la cura y el halago de los remedios que el rigor de la enfermedad; y como las mas veces los asiste la medicina con tanta maña como cuidado, esperan á que la enfermedad con el suceso les diga que se mueren, temiendo, si viven, quedar introducidos en mal agüero por anticipado. Por esto los reyes solos dos dias están enfermos, el primero y el último.

Con estas cosas llegó en su majestad el peligro á padecerse sin haberlo temido. Murió padeciendo en un desconsuelo religioso lleno de verdadero dolor, que le sirvió de purgatorio visible y de ejemplo á los que le vieron. Fué diligencia de sus méritos para que las dilaciones de alguna culpa no difiriesen en la otra vida el descanso de que hoy piadosamente creemos goza su alma, acompañada de virtudes y de tantos sufragios.

Asomáronse á los ojos de todos lágrimas compadecidas, que en un mismo tiempo, viendo de la manera que el hijo sucedia al padre, corrieron tantas por cuenta del dolor como del gozo; y con las mismas razones que se daban pésames se pedian albricias. Espiró, como hemos dicho, á las nueve y media de la mañana, miércoles de la semana de Lázaro. Considerables son á todo buen juicio, en las acciones de Dios, hasta los motivos de las sombras, que como circunstancias de su providencia quieren advertencia ponderada. Espiró su majestad el miércoles de Lázaro, y parece que dió señas de resurreccion su muerte, y que las palabras del Evangelista advierten este suceso. Era tan amigo de Cristo, «que no murió, sino durmió:» advertencia que indica la facilidad de su muerte y de su despertamiento.

Ninguna cosa despierta tanto el bullicio del pueblo como la novedad: vióse en este dia que en mudar de señor regocijó el reino, sin saber del que sucedia más de que era otro; y sabiendo la santidad inculpable del difunto, la inocencia constante de su vida, el corazon tan amante de sus súbditos, — se conoció al fin que la mejor fiesta que hace la fortuna, y con que entretiene á los vasallos, es remudarles el dominio.

Salió para el Escurial el cuerpo del grande y piadoso rey, no bien acompañado de luces y mal asistido de criados: fué mortificacion de su grandeza y amenaza de la de su heredero, pues le mostró cuán seca es la muerte de los monarcas, y cuán deslucida y cuán desamparada su memoria.

Los que no le lloraron se acusaban de facinerosos; con la alegría andaba la república revuelta: unos empezaban por los fines de otros, y los acusadores prevenian inquietud y venganza á los nuevamente dichosos.

En tanto que el duque de Uceda (a) pudo hallar razones de dudar en la muerte del Rey, no quiso admitir consejo ni valerse de medios para sostener su privanza; ántes tuvo celos de imaginar desengaños de esta confianza más interesada que bien entendida.

Túvose por cierto que el conde de Olivares, viendo á su majestad ya tan al cabo, y viendo al duque de Uceda que le acompañaba de suerte en la cama, que solo le estorbaba el espirar, y ántes parecia que le remedaba la muerte con su presencia, que se la animaba, le habló estas razones:

«Señor, yo he llegado á desear qué, en medio de este dolor forzoso, su majestad honre mi casa, no por ambicion, ántes por alivio de su conciencia, pues con esto se desempeñará de la deuda á mis padres y abuelos, á quienes en Italia fué deudor de la reputacion, y en España de la paz. A propósito viene restitucion de honra diferida: en tiempo que su majestad lo deja todo por fuerza, deje la grandeza á mi casa por obligacion, y dispóngalo vuecelencia de modo que yo no entre embarazando á su majestad con mis desagravios, y pueda con mayor desahogo mostrar mi agradecimiento.»

El duque de Uceda, poseido del dolor y embarazado con la pena mal prevenida (b), respondió que no estaba su majestad para tratarle de nada que le congojase. Así permitió Dios que ni supiese aprovecharse de la vida ni de la muerte del Rey.

Con esto el Conde se retiró á encomendar á Dios la salud de su majestad y sus negocios, en tanto que el duque de Uceda, violentado del aprieto y parasismos, y forzado y á todo su pesar, dijeron que con maña temerosa puso á su majestad en las manos una lista de los presos y desterrados, diciéndole que era tiempo de perdonar. El santo rey perdonó á todos los de la minuta, y siendo el postrero el Duque cardenal (c), se le cansó la vista solo para aquel renglon. Embarazóse no sin causa (d) su piedad dudosa, viendo lo qué el hijo le pedia, y acordándose de lo que le habia aconsejado. Mas luego que lo vió excluido de la gracia, se arrojó el duque de Uceda á valerse de la determinacion perezosa, escribiendo al Cardenal se viniese á toda diligencia.

Valióse para esto de la resolucion del duque de Osuna á tiempo que el consejo fué delito, la diligencia burlada y la asistencia peligrosa. Y tuviera efecto la venida, si su majestad que hoy reina no se hiciera ejecutor de la voluntad de su padre, cosa que con una accion le

(a) Don Cristóbal de Rojas y Sandoval, hijo del duque de Lerma.
(b) *Prevenida*, en otros manuscritos.
(c) Don Francisco de Sandoval.
(d) Falta el *no* en otros manuscritos.

mostró próvido, resuelto y obediente. Con lo cual el Duque cardenal padeció el ímpetu de buenos deseos mal ordenados, y el duque de Osuna los desabrimientos de fineza ménos bien advertida que arrojada y el duque de Uceda penitencia de pereza tan confiada y de confianza tan desentendida de otro tiempo y de otra fortuna.

El determinarse el Cardenal á venir á Madrid, tomando la ocasion por licencia, dicen tuvo diferentes motivos; y que agradecido á rey que tantas mercedes le hizo, le traian sus obligaciones; pero no faltaron curiosos que enfermaron esta accion con sus conjeturas, y la malicia se hizo, no sin aplauso, dueño de estos designios.

Decian que, acordándose el Duque cardenal de que vió nacer y crió al Rey nuestro señor, y fué su ayo, y creido de algun halago que guardaba la memoria de la benignidad de su alteza, entónces con estos recuerdos alentó los descaecimientos de su dicha para venir á ponerse á sus piés; y á vuelta de esta fineza, con intencion de hallarse de buen aire á lo que sucediese, procurando con caricias engañosas amartelar de nuevo la fortuna.

No me persuado que hallase lugar esta presuncion en sus escarmientos, ni que pretendiese embarazar con ambicion repetida las postreras horas que tan desembarazadas quiere para si la muerte, pues los sinsabores de la grandeza y los desprecios de la buena dicha forzádamente le habian traido á verdadero conocimiento; y todos los que creyeron dél que otra vez presumia galantear la suerte poco cortés, aun no le quisieron lisonjear la perdicion.

Algunos, codiciosos por su dependencia, sin saber lo que le deseaban, se dieron tanta prisa á escribir su venida al valimiento por cierta, que la primera cosa que se divulgó despues de la muerte de su majestad fué la reducion del Duque cardenal. Mostraron los apasionados de su puesto y grandeza más orgullo que cordura, divulgando esta postrer burla que le hizo la fortuna: los que lo creyeron, se vengaban de su gran talento; los que lo dudaron, tuvieron piedad de su persona. Otros achacaban á éstas cosas misterios que no tenian, por mostrarse mas estadistas que verdaderos; y decian que llamaban al Cardenal los que, para esforzar su parte, tenian á su autoridad, parientes, canas y dignidades por eficaces á divertir novedades y retirar motivos y sospechas. Afirman que fué llamado, y de no tener efecto su venida culpan á la incredulidad de su hijo el duque de Uceda, que no se persuadió que la muerte podia hacer que el valimiento no fuese patrimonio de la casa de Sandoval, ni pervertir el pasadizo que se habia empezado de padres á hijos.

Lo que no tiene duda es que, ó llamado ó persuadido de su razon ó de su deseo, venia á toda diligencia; mas su majestad, reinando ya entre los parasismos de su padre, y prevenido de los que sabian lo que se podia temer la llegada del Duque, le salió al encuentro con tales razones en una carta, que se volvió á obedecerla á Valladolid, sin querer desperdiciar ruegos. Llevóle el pliego don Alonso de Cabrera, del consejo supremo de Castilla. Publicóse habia entrado en religion y dejado la hacienda á su majestad: temo se derramó ántes esta voz por consejo de los que deseaban se hiciese, que por levantamiento. Oculta y muda se divulgó en estas novelas no pura intencion de los que las esparcian. Ni hallo yo

valor en dejar los bienes, de miedo de que se los quiten; ni está la virtud generosamente en el temor cobarde de aquellos que, por no trabajar en la defensa de sus honras, se dejan disfamar; ni se puede llamar porfía, litigar la disculpa. En nada ha sido aquel señor tan desafortunado como en la pereza que su muerte tiene en descansarle de cuidados y memorias; y es valor deslucido durar en la vida, cuando parece que se alarga adrede.

El dia referido espiró su majestad, y todos hablaban con poco ménos lástima de su vida que de su muerte; y no culpando nada en su persona ni intencion, acusaban á los más que le habian asistido. Quién, acordándose de su santidad, llamaba á los sucesos en la conservacion de su monarquía, milagro continuado, atribuyendo, no sin causa, los aciertos á sus méritos, y los descuidos (si los hubo) á algunos ministros de quien fió mas de lo que convenia, si ménos de lo que supieron desear los que sin entenderlo no conocieron el peligro en la obligacion, divertidos con los juguetes del poder prestado que á su atencion adormecida pasaba las asechanzas por aplauso. No faltaba quien los disculpase la intencion, no el discurso; y aun para esto mendigaba la compasion algun crédito.

Hablaban los más (por disimular la resignacion de aquel gran señor en delitos y diligencias tan atroces) que en España viene á ser, si no peor, más peligroso creerlos de los vasallos, que padecerlos de los reyes: achaque tan celoso que, referido sin fundamento, disfama la monarquía y enferma con sospecha la majestad y la obediencia. Y adestrados de la compasion de ver saqueada tanta majestad de la muerte tan impensadamente, sin haberle permitido tiempo de vengarse de su demasiada bondad, ni tomar satisfaccion de su misericordia, afirmaban que, viéndose aquel gran principe amancillar la vida presente con recuerdo de la pasada, enfermó deseando remedio, y murió buscándole. Porque se trujo á estado que los que le asistian le desconfiaban de todos, y los sucesos, dellos; y lloraban tanto su desconfianza como su muerte, procesando con los llantos á muchos á quienes el dolor comun nombraba con los sollozos.

Diferentes veces le advirtieron de estas inquietudes, y entre otras un librero de Valladolid. Padeció su celo un sacerdote llamado Olea, que osó decir á su majestad algunos secretos de su comida, afirmándole que comia y habitaba sus propias congojas. Remitióse á exámen, que llegó hasta la reclusion del clérigo. Murió su majestad, ó mártir por sus enemigos (si creyó estas cosas), ó encancerado del sufrimiento de las sospechas, y de la importunacion y desacato de estos chismes; y es cierto que vivió una muerte y que murió una vida.

Hubo muchos suspensos en lo que estaba por venir, y pocos temerosos: esto debe su majestad á las esperanzas que sus vasallos tuvieron de su persona, no desayudando esta diligencia los deseos que de cualquier novedad habian puesto los dominios pasados. No faltaron entre los temerosos, amenazados de la justicia y de la verdad, algunos que movieron la habla de los pocos años y de la niñez, vistiendo de profecías unas malicias dictadas de vanas observaciones, y abrigando sus designios con palabras de la Escritura, para achacar al Espíritu Santo sus amenazas.

O tuviese parte la advertencia de su majestad que

está en el cielo, por alivio de su conciencia, ó ya su majestad, cuidadoso de su república, quisiese empezar escarmentando, retiró á su casa dos consejeros del supremo de Castilla, Pedro de Tapia y Antonio Bonal. Creo que la mas poderosa parte de su deslucimiento fué estar notados de los odios comunes, y cantados con alguna especialidad en las coplas que se van introduciendo en sentencias anticipadas (a).

Ocasionó en Pedro de Tapia (b) alguna reprension la opulencia de sus casas, que le sirvieron más de acusacion que de alojamiento. Fué tan á raiz de espirar su majestad esta órden, que el pueblo la tuvo más por revelacion de su alma que por desengaño de su muerte; y añadió esto circunstancias al decreto, y penitencia á los desposeidos; y creo que juzgan no ménos bien representando esta correccion, que juzgando; y que son al mundo tan provechosos ejemplos como consejeros, pues agora aconsejan á los consejeros, y cuando lo eran los acompañaban (c).

El duque de Uceda, en cuya mano estuvieron todas las cosas, llevó á su majestad todos los papeles que tenia, para que ordenase lo que se habia de hacer dellos. Su majestad, ó por librarle de los odios que siguen á quien puede, ó porque la mudanza descansase los deseos que la gente tiene siempre en todos los cargos superiores de otro, sin mirar á mas calidades ni razones; ó ya porque tuviese lugar para hacer el sentimiento que debe por su padre, que habia hecho de su persona confianza preferida á todos, le ordenó los entregase á don Baltasar de

Záñiga. Fué prudencia salir con el ofrecimiento á recibir la órden.

Era don Baltasar hombre de todos tiempos y de su negocio: solo con el divertimiento embarazaba los discursos que le examinaban la inclinacion. Supo sufrir, pues engañó con la paciencia (d).

Tal eleccion aconsejó á su majestad la modestia del conde de Olivares, á quien bastó el ánimo á quitarse para otro lo que no ha podido caber entre padres y hijos. Y para ver cuánto talento sobraba al conde de Olivares, no es menester mas de ver el conocimiento con que le dejó pasar; que quien sabe despreciar el poder, es el benemérito; y el que le codicia, es el temerario; y en el uno es gloria lo que deja, y en el otro peligro lo que tiene (e). Lo que es el conde de Olivares, todos lo saben; lo que sabe ser, todos lo ven: hablar mas en su persona parecerá más negociar que referir, y habrá ánimos tan ejecutivos que les parecerá tarde en advertirlo (f).

Retiróse Diego Gomez de Sandoval (g) con su mujer á Pastrana, y diéronle por dote lo que no le quitaron. Su oficio de caballerizo mayor pasó á la grandeza del duque del Infantado, sin que los validos le entretuviesen en conveniencias, ántes por su mano se rogó al Duque con él. Y fué consolarle del sentimiento que necesariamente le ponian estas cosas, que por muchos caminos le molestaban, pues oia las conjeturas del pueblo acerca de la boda de su yerno, hecha tan á raiz de las exequias del Rey, que disculpaba cualquier malicia; y así divulgaron su muerte y su desposorio; dando á entender para este casamiento delitos y no conciertos, afirmando que su majestad les habia dado castigo disimulado en el consentimiento.

Esto refirieron muchos y lo creyeron más; pero tuvo corta vida la mentira, y Diego Gomez, cuando su suegro y su padre y sus hermanos hacian duelo sobre este suceso, supo disimular el sentimiento y fingir el placer, no dándose por entendido de lo que pasaba. Y pudo estar capaz de algun desenfado, porque de la buena suerte de

(a) Era autor de ellas el conde de Villamediana. Hé aquí algunas, á modo de refranes, escritas por cierto con notable desaliño:

El señor Bonal
A sí se hizo bien, y á todos mal;
Y su mujer
Lo que ha rapado procura esconder.
A Pedro de Tapia
El pregalo es la escarpia.

A la mujer del primero llamaba el poeta doña Rapia.
En otra sátira apostrofa así el Conde á Felipe IV, que á los diez y seis años de edad, y á los principios de su reinado, se mostraba inflexible y justiciero.

Anda, niño, anda;
Que Dios te lo manda.

A Bonal, como á Cain,
Le castigad su pecado:
La yegua le ha derribado
La ropa que ató á la clin.
Pues agurrar fué su fin,
Tú, Señor, se lo demanda.

Anda, niño, anda, etc.,
Tapia muera emparedado
Entre tapias de su casa,
Porque las hizo sin tasa,
Con ser hombre aprovechado.
El niño el ojo le ha echado;
La cabeza se le anda.

Anda, niño, anda;
Que Dios te lo manda.

El códice M. 200 de la Biblioteca Nacional contiene estas y otras composiciones del mismo autor.
(b) Oidor del consejo Real y consultor del santo oficio de la Inquisicion suprema. A su hijo don Rodrigo dedicó Cervántes el Viaje del Parnaso, por los años de 1614.
(c) No debia de hallarse tampoco muy satisfecho Villamediana con tales consejeros, cuando dijo de ellos:

Para mi condenacion
Votaron un pleito mio,
Un borracho y un judío,
Un cornudo y un ladron.

(d) En el manuscrito mas antiguo de la Biblioteca Nacional, en vez de este párrafo, se lee el siguiente:
«Y fué lisonja al duque de Uceda que le sucediese persona de tantas prerogativas en la suficiencia, tan apurado en las materias de estado, no de la relacion, sino del manejo personal y efectivo de los negocios en Flándes, donde supo mitigar el desabrimiento que achacan á nuestra nacion.»
(e) Del mismo sentir fué, y de esto se acordó quiza nuestro gran poeta Alarcon, en su famosa comedia Nunca mucho costó poco.

El ser privado es ventura,
No quererlo ser valor.

·····
Porque, segun he entendido,
El vulgo mal inclinado
Siempre condena al privado,
Siempre disculpa al caido.

(f) El referido manuscrito añade:
«Mandóle cubrir su majestad, y hízole tres mercedes: una hacerle grande, otra el modo de hacerlo, y la tercera consentir que las hazañas de su modestia hiciesen otro ministro, si no mayor, mas ocupado. No me ha de espantar el miedo de los que quisieren llamar lisonja mi verdad, para no decirla, pues callarla seria adular su mentira y malicia. Digno es de toda alabanza el desahogo tan desinteresado con que el Conde tiene al Rey nuestro señor de par en par á todos, sin regatear sus lados á ningunos méritos; no digo yo que no lo harian otros, mas refiero cómo lo ha hecho el Conde.»
(g) Conde de Saldaña, hijo del duque de Lerma y hermano del de Uceda. «A 22 de diciembre de 1626 hizo su majestad merced de gentilhombre de la cámara y la encomienda mayor de Calatrava á Diego Gomez de Mendoza y Sandoval, hijo del cardenal duque de Lerma y padre del duque del Infantado.» (Avisos manuscritos.)

su padre y hermano tuvo breve noticia, y gozaba la parte que le cupo con poca ambicion y ménos vanidad.

Con la indiferencia referida caminaban las cosas, de manera que se conoció que los validos sirven á su majestad y no le violentan; porque en tan tiernos años ama el trabajo de suerte que quiere bien á quien le ayuda, no á quien le descansa y le descuida; no quiere privados que le ocasionen el ocio, sino los que le acompañen en el trabajo, y le sigan y no le arrastren, y le acudan y no le compitan.

Determinóse la prision del duque de Osuna, y tuvo efecto miércoles santo (a) á mediodía. Tuvo desabrido aspecto y fué desapacible con alguna novedad, y para el Duque muy desconsolado el aparato y la ceremonia. Ejecutóla don Agustin Mejía, del consejo de Estado, con el marqués de Pobar, capitan de la guarda española, que le cercó la casa (b) y acompañó la órden con las puntas de las alabardas hácia adelante. Obedeció el Duque el mandato y padecióle: bajó al coche, en que le llevaron á la Alameda preso con la guarda y justicia, con el modo de la prision, que á mi ver fué conveniente á la reputacion del Duque; y creo necesitaba de tales demostraciones la persecucion porfiada de los napolitanos, y que no tenia mas eficaz remedio la opinion del Duque, tan ajada de amigos y enemigos, pues por este camino podrá ser la justicia le absuelva de lo que sin nota grande no pudiera desentenderse la gracia.

Dividióse el mundo en diferentes discursos: los que creian á los napolitanos, por adular su venganza, no perdonaban en el Duque alma, fidelidad ni reputacion. Otros, apiadados de ver manosear con desaliño tanta grandeza, decian que el Duque habia perdídose por ser hipócrita de pecados; agradeciendo el crédito anticipado que le daban á los delitos que él se levantaba á sí mismo, los que le oian cuando se mostraba muy elocuente en desacreditarse. No hubo desgarro que no dijese que le habia de hacer, ni cosa buena que no hiciese. Sus servicios fuéron tantos y tales, que le acobardaron el premio y le solicitaron la invidia. Otros, ostentando advertencia política, encarecian la maña con que los enemigos de la corona de España se habian vengado de la ceniza que les puso en todas partes; y tenian esta persecucion por encaminada de venecianos y piamonteses, y otros á quien el Duque hizo recuerdos de la grandeza de España, esforzados y dichosos (c).

Y si nada puede estar mal á la sangre del Duque, esto

ménos; porque el apurar personas tales, más es diligencia que persecucion; y me atrevo á juzgar que al Duque le estuvo peor la suspension pasada entre el desagravio y el castigo, que esta determinacion; y la tengo por bien intencionada, pues se arrojó á empezar negocio tan sin temer el fin; y sin duda fué prision más forzosa que aconsejada; y el Duque en la fortaleza está, si con ménos comodidad, con mas reputacion; y ántes andaba más peligroso entre las sospechas, atormentado de la porfía de los enemigos y de la remision de los amigos, y dudoso en todo, atendiendo á negociacion regateada, que ni remedia ni satisface, y solo entretiene y gasta. Y ántes, cuando se paseaba, todos decian: ¿cómo no le prenden? Ahora dicen: ¿cómo no le sueltan? Y este cambio, de malos deseos en buenos, se les debe agradecer á los trabajos.

Precedió informacion de la nobleza y tribunales de Nápoles contra el duque de Osuna, despachada en razon de justificar la entrada que el reino obligó á hacer al cardenal Borja, primo del Duque, y en ella verificaron las causas que dieron al Cardenal, para que, adelantándose

bia imparcialidad las prendas y carácter del gran don Pedro Giron. Dicen así:

«El Duque, cuanto á su manera de vida, terribles apariencias ha dado al mundo de poder ser reprendido, y en esta parte han hallado tanto color de donde morderle, que sus mas apasionados no pueden dejar de confesarlo. Como he dicho, fuera muy justo que procurara enmendarla, pero no lo da Dios todo á todos. El es excelente en la parte militar, en la de la resolucion y ejecuciones, en no consentir que el poderoso tiranice al que no lo es; y demas, es sumamente dichoso en los efectos grandes que emprende, y dispone él á su parte gallardamente la fortuna. Cuerda cosa parece computar lo bueno con lo no tal, y haciendo juicio de todo, si esto pesa ménos, supuesto que, si se anduviese á hacer escrutinio del caudal de otros ministros y sus costumbres, por ventura con gran generalidad se hallara mucha insuficiencia en lo primero, y no poca relajacion en lo segundo.

»Los que tanto criminan el proceder del Duque, bien fuera que dieran lugar á los efectos militares que por su disposicion ha conseguido la monarquía, al crédito en que ha puesto las armas que tuvo debajo de su mano; pues siendo una soldadesca holgazana y ridícula la de Sicilia y Nápoles, llegó á tanto crédito, que se ha tenido estos años por de las mas importantes fuerzas de su majestad, reduciendo mañosamente las cosas de Europa á que para socorros y ejecuciones de guerra se viesen pendientes del reino de Nápoles, solo porque el Duque asistia en él.....

»Siendo esto de tan gran consideracion, cosa fuera cuerda y prudente haber corregido al Duque en algo la parte de imperfeccion con inteligencia y represiones, sin llegar á medios tan ásperos que la desesperacion haya de arruinar la opinion eminente deste sugeto, siendo así que en muchos años no se forma tanto caudal; y ahora que él habia experimentado el deserédito é inconvenientes de sus verdores, con muy mediana advertencia quedara de gran servicio.

»Como el Duque, por hallarse tan superior en lo importante, ha hecho poco caso de algunas desórdenes personales, con fundamentos aparentes y bastantes ha podido ser calumniado en la manera de su vivir, que en algunas bizarrías ha sido licenciosa; pero si con juicio desembarazado de pasion se mirase todo, viene á ser esto niñerías en comparacion de lo que el hombre por mayor importa, y de lo que por su mano se ha conseguido: como tambien seria desacierto, si viviera hoy Chapin Viteli, Antonio de Leiva, el marqués de Mirabano, ó otros grandes capitanes, teniéndose tanta necesidad dellos, y porque fuéron algo relajados de costumbres, llegara á esta monarquía á verlos arrinconados, siendo verdad que pocos hombres grandes en el gobierno político ó militar se han visto recoletos, si bien es muy justo que sean en ellos muy perfectos.»

El Duque escribió á S. M. con fecha 21 de mayo de 1619, desde Nápoles, desvaneciendo muchas de las calumnias que se le imputaban, y poniendo claro lo absurdo de ellas. Y como á pesar de esto la corte no dió crédito á sus disculpas, de aquí el no querer volver á sincerarse, contentándose con descansar en su conciencia: partido que jamas debió tomar en opinion de Quevedo.

(a) A 7 de abril de 1621.

(b) Era la del marqués del Valle, á la plazuela de San Salvador, segun afirma Leon Pinelo, *Historia de Madrid*, MS.

(c) Este retrato de Osuna está, como todo lo que de él dijo Quevedo, hecho de mano maestra. ¡Qué sociedad aquella en que se necesitaba ser hipócrita de pecados para poder afrontar los grandes negocios! Tomaron pié de aquí los implacables enemigos del Virey y de la prepotencia española, para perder á quien habia roto la armada entera de los turcos, acorralado tanto pirata, avergonzado á los venecianos, emprendido las más fabulosas hazañas; y á nombre del reino de Nápoles, pusieron en manos de Felipe III una relacion y cargos contra el Virey tan indigna, tan escandalosa, tan absurda, que parece inconcebible se juntase un reino á escribirlos, y acá otro á creerlos. Nuestros lectores nos deben agradecer que omitamos en este blanco los veinte capítulos de que consta la relacion, impudente desahogo del despecho y de la envidia. En cambio copiarémos en seguida algunos párrafos de carta fechada en Nápoles á 30 de junio de 1620, que vino en el pliego del obispo de Gaeta para don Juan de la Sal, obispo de Bona (existe un antiguo traslado en la Biblioteca Nacional, H. 55), y que pinta con sa-

á las órdenes de su majestad, tomase posesion del vireinato.

El cargo que se le hacia al Duque era haber consentido de un Genuino, letrado napolitano (á quien habia hecho electo del pueblo en lugar de Grimaldo), algunas lisonjas atrevidas, y que no le habia castigado. Y achacábanle, á cuenta de que lo consentia, los rumores que este hombre iba cada dia introduciendo con levantar la ciudad y ponerla en arma, sin saberse la causa ni razon destos solevamientos: lo que era más formidable, por tener licencia los miedos y los odios de atribuirlo todo al fin que bien les fuese visto. Esto se verificó sin duda copiosamente, porque la deposicion la hicieron los que probaban contra sí en dejar algun artículo diminuto ó dudoso (a).

Y como al Duque le hicieron un halago aparente con inviar al cardenal Zapata que sucediese al de Borja (cosa que tuvo semblante de favor, pareciendo satisfaccion y venganza por el desaire con que salia Borja de accion tan advertida de todos, y no siendo afecto á sus cosas el Zapata), siguióse el desengaño de estas confianzas, en manera que con nuevas averiguaciones y procesos confirmó lo hecho y amplió los capítulos: de suerte que á la prision del Duque precedieron informaciones hechas por el reino y los tribunales, segun las órdenes de dos vireyes cardenales: de manera que cuanto al derecho, con modestia se justificó la prision y los accidentes della.

No ignoraba el Duque estas cosas, y erró en presumir

que su conciencia valia por todos los testigos, y que su grandeza y servicios eran de satisfaccion de todo. Y asi no hizo defensa alguna, remitiéndose al desprecio que hacia destas persecuciones; y como las leyes ni los jueces no se gobiernan por conciencias, vino el Duque á quedar desabrigado y sin repuesta á las acusaciones.

Nombró su majestad por jueces suyos de una junta, á don Fernando Carrillo, presidente de Indias (b); á don Alonso de Cabrera, del consejo de Castilla; á Gaspar de Vallejo y Garci Perez de Araciel, del mismo consejo; y al regente del consejo de Italia, Jerónimo Caimo; y por fiscal á don Juan de Chumacero, que lo es de Ordenes; por secretarios á Valdivia y á Lázaro de los Rios Angulo.

Otro dia de la prision del Duque, don Luis de Paredes, por órden de la Junta, llevó á su casa presos (formando en ella cárcel pública) á Oñate, que en Nápoles habia sido secretario de la correspondencia del Duque, y en Madrid le servia de mayordomo. Halláronle diez y seis cajones de cartas y papeles de correspondencia, y fué misericordia de Dios que no se hubiese quedado en Nápoles ni perdido papel ninguno; porque, á no parecer, se presumiera que los habia roto la prevencion, para ocultar lo que al Duque no le estuviera bien. Llevó á Juan Miguel Igun de la Lana, que en Sicilia y Nápoles dispensó por órden del Duque los patrimonios reales, y en Nápoles tuvo la caja militar, y en la hacienda grande mano. Llevó preso á Aparicio de Uribe, que en Sicilia fué oficial mayor de la secretaría, y con este título y ejercicio pasó á Nápoles; si bien se le juntó por merced del Duque el libro de los gastos secretos, hasta que murió César Belli, secretario del Duque, á quien sucedió Aparicio. Este decian habia aconsejado al Duque cosas que le pudiese acusar, y que se atrevió á ser testigo de lo que fué cómplice.

De allí á quince dias prendieron á Sebastian de Aguirre, agente en Madrid de los negocios del Duque; y este, embarazado en sus cartas, y procesado por sus avisos, y culpado por su firma, fué tropezon de muchos á quienes citaba en sus despachos. Este estado tuvieron las cosas del Duque y su familia.

Alivióse la voz molesta de tales prisiones con las tres cédulas que su majestad mandó publicar: una al presidente de Castilla, Acevedo, en razon de junta de buen gobierno y reforma de costumbres; otra á don Fernando Carrillo, presidente de Indias, para que hiciese ver las mercedes que se habian hecho al duque de Lerma y sus hijos y criados, y calificase las causas y méritos dellas; la tercera fué á Domingo de la Torre Rucabado, escribano mayor de rentas, en razon de anular y revocar la merced que al duque de Lerma se hizo de los setenta y dos mil ducados de renta por privilegio; y esta supo hallar en el Cardenal duque más vivo el sentimiento, por entrar atropellándole la honra con palabras tan injuriosas, que decian: «entre otras cosas reprobadas que hizo el cardenal duque de Lerma.» Hiriéronle en lo mejor de la reputacion, y ansi con toda humildad y respeto, esforzando la edad, mostró que no padecia mutacion en los brios, y que la fortuna no tenia jurisdiccion en su valor. Púsose en defensa, pidiendo se repusiesen las palabras

(a) Hé aquí dos capítulos de la relacion y cargos indicados en la nota anterior, que pueden ilustrar el texto.

«Que hizo (el Duque) electo al doctor Julio Genuino, hombre sedicioso en la república, con el cual se conformó para hacer levantar el pueblo, con más de treinta mil hombres que estaban á su cargo, contra la nobleza; y es tan grave este delito, que se tiene por levantamiento; y se remite á las informaciones hechas contra esta oposicion forjada por entrambos; y está preso el dicho Julio Genuino en la cárcel de esta corte, que le trujo consigo el dicho duque porque no le aclarase este delito.

«Hizo que este doctor Julio Genuino con su gente clamasen y llamasen rey y señor y patron al mismo duque, con grande algazara del pueblo; y les echó dinero de oro y plata, cosa que se temió de un gran levantamiento, y por esto pidieron al cardenal Borja que entrara, como lo hizo. Con esto procuró levantarse, y que se hiciera un grande saco de todos los más poderosos y ricos de aquel reino, sus enemigos, porque habian procurado que viniese por sucesor suyo el cardenal Borja.»

En la carta del obispo de Gaeta, arriba referida, se explican así estos sucesos:

«A tratar desto y otros particulares habia ido á la corte y detenidose un año Carlos Grimaldo, electo del pueblo. En ausencia suya se nombró otro para el mismo oficio, que fué Julio Genuino, favorecido de la mayor parte de los votos; y habiendo confirmádole el Duque, se le imputaron algunos delitos, por donde le reformó, nombrando el pueblo en lugar suyo á un Otavio Spina, que en ausencia del Grimaldo hizo este ministerio, hasta que murió. Fué por esto necesario elegir otro en su lugar mientras el Grimaldo volvia á la corte: salió el mismo Genuino con casi todos los votos; este, habiendo nombrado capitanes de estrada, como es costumbre, fué á dar al Duque cuenta de todo, y gracias de que hubiese confirmado su eleccion, á tiempo que el secretario del Cardenal se hallaba en palacio con el Duque. Hizo representacion de cuánto sentia el pueblo que los dejase, por lo bien que se conocian gobernados de su mano; que todos eran esclavos suyos, reconociendo lo mucho que le debian; y que allí tenia tantos mil hombres para que se sirviese dellos, que todos querian juntarse, y escribir á su majestad no los privase de tan gran gobernador y padre de aquel pueblo: todo esto con la sumision y exageraciones italianas, siendo así que en suma fué lo que aquí llaman spanpanata. El Duque los sosegó, despidiéndose con buenas palabras, procurando se aquietase este ruido, como lo hizo.»

(b) Murió en 20 de abril del año siguiente de 1622, y fué llevado á Córdoba su patria, y depositado en la iglesia mayor. (Leon Pinelo, Historia de Madrid, MS.) Los Avisos manuscritos de la Biblioteca Nacional ponen á 25 la muerte del presidente.

y se oyese en justicia acerca de la hacienda, donde se juzgase si era privilegio remuneratorio el suyo; y juntamente recusó, en su nombre y en el de su hijo y demas de su casa, á don Fernando Carrillo por juez. Las causas de la recusacion fuéron tales, que el Consejo las dió por legítimas. Ordenóle su majestad se abstuviese del conocimiento destos negocios.

Con esto descansó el recelo de los presos, y se consoló el auditorio desapasionado que hacia aplauso á estos sucesos, y los deséos de la gente que aprendian en don Fernando algun sabor de tener las manos en estos castigos; y como se acordaban que habia sido desde las primeras letras crecido por merced del Duque y familiar de su casa, y amigo de su hijo, tuvo el pueblo gusto de su desabrimiento, y aun no lo quiso disimular, y quedó aquel caballero descubierto á la indignacion.

La pureza de la intencion real no se ha descubierto ménos que el valor y resolucion, pues se acordó (entre tantas necesidades, castigos y prevenciones) de desagraviar á la duquesa de Gandía restituyéndola en el cargo de camarera mayor, que trujo por la mar, peregrinando y peligrando, para la duquesa de Lerma, que la sucedió desde su estado. Y acordóse su majestad de ofensas hechas á las criadas de su madre ántes que naciese: de manera que ni memoria ni entendimiento de su majestad tienen por límites los plazos de las edades (a). Acompañó esta restitucion con la de la marquesa del Valle doña Madalena (b).

Viendo que se apartaban de palacio los más criados que á su majestad le servian en confianza familiar de su comida ó vestido, y que era expulsion grande, adoleció la reputacion destos, y amancillóse el crédito de sus personas. Y si bien pudiera atropellar justificadamente, con el crédito de todos estos, la voz que tanto se habia esforzado de la malicia en el uso de todo lo referido (pues afirmaban que la enfermedad y el peligro tenian por donde entrar al plato y á la copa), fué accion igual, digna de rey grande, reconocida y piadosa. Pues viendo que por más de veinte años habia sido mérito para servir en la casa real el haber sido criados de los que podian, habiendo apartado de palacio los que heredaban aquellas ocupaciones de sus agüelos,—su majestad restauró su casa, retiró los introducidos y restituyó los apartados. Y á hacerlo, si se lo aconsejó el buen celo, le pudo obligar la conciencia; y los que se quejan hallarán quien los oiga, no quien los crea, si ya no se juntaren á lisonjearse la maña, dándose crédito afectado unos á otros. Criados ha vuelto á su casa y servicio su majestad, que, amenazados del estilo poderosamente introducido, tenian tan acobardada la memoria que no osaban acordarse de que le habian servido; y otros, siendo llamados por su majestad, aun gozan con encogimiento desta (en su modo) resurreccion, y con temor dudoso creen lo

(a) La duquesa de Gandía ejerció el cargo de camarera mayor hasta 19 de setiembre de 1627 que murió en palacio. Depositáronla en el Noviciado. Entró á servir el oficio de la condesa de Olivares, y lo conservó por diez y seis años. (Avisos manuscritos.— Leon Pinelo, Historia de Madrid.)

(b) «Aquella señora (añade el antiguo manuscrito citado), que atesoró crédito en las prisiones que tuvo, más misteriosas que justificadas, y que la vida que de lo sobrado de la demasía de los trabajos abrigada en un esfuerzo valiente, la ha guardado para servir á la sucesion de su majestad con ley canonizada á fuerza de enemigos.»

que son, y gozan lo que tienen, con sospechas de sueño, no sin disculpa.

Aun no habia el duque de Uceda perdido el exterior de la asistencia en palacio, y le duraba un lugar en el coche de su majestad, cuando desde San Jerónimo iba á las Descalzas á ver á la Reina; y suspenso en lo porvenir, y amenazado de lo que via, traia por estas caricias la persona sin atencion, no desasida del aplauso, sino desconfiada.

No se olvidó su majestad de los soldados, y mostró memoria solicita de los premios que la guerra compra á precio de vida: atencion infundida y conservada de la grandeza de Dios, en medio de un olvido tan desacordado desta parte mejor de la monarquía, á quien se trataba con descuido que remedaba el desprecio, cuando el ir á servir era por necesidad, no por eleccion; teniendo por condenados, no por entretenidos, los padres á sus hijos si militaban.

Su majestad (Dios le dé muchos y bienaventurados años), viendo que la espada de Santiago servia más de gala que de premio, invió treinta hábitos á Flándes para que santiguasen coseletes y casacas, y no anduviesen hechos dijes en las veneras: que el santo patron de España más quiere ver sus cruces apuntadas de un mosquete, que paseadas de un desocupado; y mejor le parece que se hallen sus cruces á la muerte del que las defiende que entre las mantillas, hechas ellas y las encomiendas juguetes de la cuna. Sea semejante á él la sucesion que tuviere rey tan grande, y su memoria llegue mas allá del poder de la muerte, pues ha ordenado que traigan la cruz los que con su sangre la hacen roja, no los que con su vergüenza y la de aquellos que se las vendieron y dispensaron.

Entre los desagravios deste rey mayor de toda ponderacion, el mas admirable es el que ha empezado á hacer de las cruces; y es mayor gloria desagraviar la cruz, que hallarla: pues la esconde con más respeto la tierra, que la trae un indigno; porque allí ignorada estaba, y en este ofendida.

Admitió su majestad, que está en el cielo, á su gobierno tantos religiosos como consejeros; y no sin alguna relajacion de sus observancias, hicieron togas de sus hábitos: y asi algunos desconocidos de sus fundadores en sus casas pasaban por legos, hasta que la divina Providencia los advirtió con algun desengaño.

El remedio desto, negociacion es conocida de aquellos santos padres que fundaron las observancias, donde han militado y militan tantos varones apostólicos que, escondidos al mundo, retiraron del tráfago sus espíritus para ayudar con la oracion á los que navegan los peligros de la vanidad: ellos alcanzaron de Dios nuestro Señor inspirase en la majestad de don Felipe IV, que hoy reina, el recato con que sin preceto ni sequedad ha retirado á sus claustros los que se iban introduciendo en los tribunales.

No se duda que en los religiosos pueda hallarse y se halle el buen celo, el consejo y la verdad; mas estas virtudes, encaminarlas á cuidados seglares y forasteros, extrañándolas sus votos y profesiones, es distraimiento y desperdicio de aquella ley que se juró á Dios.

Difine este caso, aun en los instrumentos materiales, aquella sentencia canónica: *Semel Deo dicatum, non debet ad alios usus transferri*; y lo contrario causó en las repúblicas tanto desprecio de los religiosos en estas cosas derramados, que en el tiempo que su majestad, que está en el cielo, no sacaba los pasos de los conventos de monjas, ni los oídos de las consultas de los frailes, se ocasionaron osadías en el discurrir no ménos malsonantes que descomedidas, apropiando á la piedad y celo nombre de cudicia y entremetimiento. Luego se arrojaban á deslucir la opinion de los religiosos, llamando mañosa la caridad, que sin duda fué buena, pero aventurada. Por señas hablaban á su majestad ; y con ser persona inculpable y rey grande y santo y temeroso de Dios, con silencio mordaz le notaban estas acciones. Y se derramaron tanto por esta mormuracion, que en consonantes (a) sacaban á la vergüenza de boca en boca (sin excepcion de personas) á todos los que les ocasionaban estos cuidados. Y hubo quien se arrojó á decir: Si estos hoy dejan á Dios por el mundo que primero dejaron por él, arrepentidos son de Dios y renegados del mundo.

Todo esto ha cesado; y su majestad, con milagrosa providencia, sin pluma, sin palabra, sin desden, ha restituido á sus fundadores muchos hijos, que, sonsacados de la negociacion, iban peregrinando con hipo vanaglorioso por la privanza á las dignidades. Y esta restitucion y restauracion ha de tener la recompensa en las oraciones de aquellos padres que regaron con sus lágrimas y su sangre estas heredades y poblaciones de la iglesia militante.

Hemos dicho cuán grande ha sido el celo de esta obra, y ponderado la manera de ejecutarla; pues ni los despidió ni los dejó, ántes los desengañó y los tornó á encaminar: y fué (como he dicho) restitucion de almas y conciencias, y no deposicion de personas. Ahora diré que su majestad lo debia hacer así, y lo debe continuar por órden de los sacrosantos concilios que así lo ordenan, sin mitigar la nota ni las palabras con ninguna dignidad eclesiástica. Léese en el concilio de los Apóstoles, cánon 7: *Episcopus, aut Presbyter, aut Diaconus nequaquam saeculares curas assumat: sin aliter, dejiciatur.* Y el cánon 7 del concilio Calcedonense; y Gelasio papa, en su decreto, cap. 15.

Leyendo en el concilio Africano (b), cap. 71, estas palabras: *Placuit, ut quicumque ab imperatore cognitionem judiciorum publicorum petierit, honore proprio privetur,* me pareció que esta caridad que su majestad tiene en quitar las ocasiones de divertimiento con ocupaciones seglares de los religiosos, debia extenderse á no proseguir en hacer consejeros de Estado á los confesores: porque no hay cosa mas diferente que Estado y conciencia, ni mas profana que la razon de Estado. Y no es tan poca ocupacion el alma de un rey, que no haya menester todo un religioso; y el que le parece que sobra al cuidado y atencion que pide el espíritu de un rey, ociosidad, no cargo, es fuerza que llame el que Dios nuestro Señor dió á los ángeles de su guarda, si ya no presume de mas desembarazado y inteligente que ellos.

Decir que tiene dependencia la confesion y el consejo de Estado, no es cosa platicable, pues lo uno se gobierna por sumas, y lo otro por aforismos y leyes y conveniencias: lo uno quiere doctores, lo otro experimentados·

aquella profesion es de teólogos, esta de prevenidos y astutos. Y cuando fuera así que la leccion y los estudios arribaran á esta cumbre, ¿qué noticia que no sea pobre, qué experiencia que no sea mendigada de la relacion, podrá tener un religioso, si ya no presumiesen de monarcas los superiores, y nos quisiesen contar los conventos por provincias?

Antes es cierto que el escrúpulo y encogimiento de la observancia, y el abatimiento victorioso para con Dios de la obediencia divina, apocan el orgullo de las proposiciones políticas y la lozanía de las malicias del gobierno. Y no acierta la virtud ni la humildad á concertarse con la mentira acreditada que tienen por alma las razones de Estado, que mañosamente se visten de la hipocresía que el interes las ordena, ó la necesidad persuade. Y estos padres, cuyo cuidado es poner en nuestras almas asco de las ofensas de Dios, poseidos de piedad embarazan y no resuelven; y por ostentar suficiencia, hacen cuestion las cosas que piden mas remedio que disputa.

Ni creo deja de culparse con Dios el rey que al médico de su alma le distrae en otras ocupaciones; y que á los ojos de la divina misericordia su eleccion es estorbo de su remedio, pues por este camino puede hacer de su médico su enfermedad.

La misma consideracion se ha de tener en divertirle en juntas; pues si atiende á estudiar como debe el modo de desembarazar lo interior de un monarca, y en pedir á Dios le revele y enseñe lo que de esto no cabe en los libros, — ni le sobrará hora del dia, ni de la noche, aunque ande recatando los ojos del sueño forzoso. Mas el que abrevia el oficio en oir y absolver, ese desembarazándose de su obligacion puede tenerla por entretenimiento, y lograr toda la vanidad en el sacramento teniendo á sus piés un monarca, y la adulacion en la penitencia mostrando en ella mas cortesía que entereza.

Su majestad hasta ahora ha mostrado mirar en esto tanto por el médico de su alma como por ella. De haberlo empezado tiene única y grande alabanza: de continuarlo tendrá gloria y provecho; pues se verá que la acertado tanto en lo que ha dejado de hacer como en lo que ha hecho.

Prometen los que hoy sirven (c) (tanto es menester rodear por no decir privados, que ha quedado esta voz aciaga y achacosa y formidable), prometen, digo, que han de volver el estilo del gobierno al tiempo de Felipe II, nivelándose por su providencia (d): que los con-

---

(a) Las sátiras del conde de Villamediana.
(b) El primero bajo el pontificado de san Anastasio. Celebróse á 17 de abril del año 309.

(c) Se halla redactado el presente párrafo, en el primer manuscrito, con las variantes que aquí se apuntan.

«Estos señores en quien hoy su majestad premia la asistencia desinteresada que halla (tanto es menester rodear etc.), han vuelto el estilo del gobierno al tiempo de Felipe II, nivelándose por su providencia : los consejos proponen con libertad , su majestad determina sin violencia, y los que le asisten tienen por ejercicio desembarazar el paso á estas mejoras..... de suerte que privan..... y los reinos descansan.....» Sigue lo demas en este sentido afirmativo.

(d) «Irse ha reformando todo al estilo de lo que se hacia en tiempo de este rey, que era todo con tanta moderacion, que para el ordinario de su casa no se daban sino ocho mil ducados cada mes; y ahora para el ordinario de la casa del rey, que Dios tiene, se daban veinte y siete mil ducados, y esto solo en que está situado y se da cada mes para la casa de sus altezas. Todo lo que se halla en los libros se saca de los del greñer; y con ello en la mesa llama el conde de los Arcos á los que les toca, y les dice y ordena en los oficios de boca que no se dé mas... Aconséjole el padre fray

sejos propondrán con libertad, su majestad determinará sin violencia; que ellos tendrán por ejercicio desembarazar el paso á estas mejoras, y quitar el encogimiento á los méritos y el temor á la justicia y verdad; que de sus criados no tiene noticia sino su casa, ni multiplicando en ellos su privanza pasan al rey de mano en mano: de suerte que privarán sin que nadie los contrahaga la dicha, y los reinos descansarán de los que embarazaban las calles imitando privanzas y engañando deseos; que todo lugar será audiencia; no se retirarán en el cargo de suerte que cueste tanto hallarlos como persuadirlos, ni tendrán humos de invisibles, ni se detendrán las necesidades en los porteros.

Y porque no tuviesen por bravatas de la buena dicha estas cosas, ni por disimulacion de los principios del poder, que siempre por estas niñeces mortificadas se acredita,—atropelló el Conde muchos años de servicios en un criado suyo, no por culpa sino por semblante de ella: severidad que desconsoló muchas conjeturas para adelante, porque la malicia temia con esta prisa no sé qué desaliento en aquel celo (a).

Ordenó en esta sazon á la junta á Pedro de Claverría, veedor general que fué en Sicilia, siendo allí virey el duque de Osuna (de quien á España trujo quejas que se extendían á agravios), que viese todos los diez y seis cajones de cartas y papeles que hallaron del duque de Osuna en poder de Oñate, ó guardados de su ignorancia ó de su malicia; y que, en membrete, sacase las cosas que mereciesen exámen ó depusiesen en algun cargo de los opuestos al Duque.

Hizo esta diligencia tan bien hecha, que se la atribuyeron á venganza, siendo obligacion precisa, y debiéndose presumir se mortificó en inquirir contra el duque de Uceda y Joan de Salazar; pues del uno habia sido criado, y del otro amigo familiar, sirviendo los dos al Adelantado. En esta red enlazaron al duque de Uceda por una carta que recibió del Duque con ofrecimientos, entónces bizarros y á la persecucion equívocos.

Don Andres Velázquez, caballero y comendador de la órden de Santiago, superintendente de las inteligencias de su majestad, fué preso (b), y con él los criados del duque de Osuna en casa de don Luis de Paredes, por la interpretacion de sus cartas, que se culpáron en la conjetura y se defendieron en su intencion, cuando para su molestia nacieron debajo de su pluma poco cauteladas. Lleváronle á su casa con guardas, donde hoy está sin ellas. Prendieron por la comprobacion de sus cartas y otras dependencias á Joan de Salazar, secretario del duque de Uceda, y en él hizo gran novedad esta órden, porque, entre todas las prisiones, solo dudaba la suya:

tan léjos pensaba de sus méritos, que se previno ántes á recibimiento de favores que á reparo de contrastes.

Pusiéronle en casa de don Luis de Paredes, donde fué tan desapacible al alcalde en no quererse dar por entendido del nuevo estado de las cosas, que le mudaron en casa de Francos de Garnica (c), donde en un cuarto bajo, con encerramiento de vigas se le formó prision, y agora está en su casa sin guardas, habiéndolas tenido en ella seis meses (d).

Estando yo preso en la Torre de Juan Abad, despues de haberlo estado en Ucles por órden del santo Rey que está en el cielo, ganada á instancia del presidente Acevedo, me llamaron los señores de la junta (e). El achaque con que dió el Presidente color á mi prision, fué que en mi casa estaba el duque de Osuna á todas horas, y que yo le asistia á los gastos y fiestas con lisonja: dando á entender que por mi parecer tenia la culpa de todo lo que le mormuraban.

No me era lícito á mí dejar de servir al Duque por mi obligacion, ni otra cosa me podia estar mal sino reparar en el riesgo con que lo hacia; ni mi casa podia para nada cerrar á sus órdenes, ni debia, pues en ella se entretuvo sin escándalo, no sin invidia; ni yo tenia autoridad ni puesto para reprender lo que llamaban perdicion, ni nunca procuré desengañar á los que en mí apoyaron los distraimientos del Duque á su parecer; ni por este camino me justificaré.

Las causas de mi prision fuéron mas adentro, y para mí, si mas honradas, ménos remediables; y á no morir su majestad, por muchos años no se me concediera la vuelta á Madrid (f). Yo me hallé en estado que me atreví á pedir mis causas, y no me las dieron, ni reparon en confesar que me castigaban de memoria.

Cuando yo asistia á los negocios de Nápoles y del duque de Osuna en Madrid, con órden de ampararme el duque de Uceda sin otra asistencia, por habérseme don Rodrigo retirado con ceño, formando quejas de una carta en que yo escribi al duque de Osuna que no se correspondiese con él, y por satisfaccion de su sentimiento en esta parte el Duque le envió mi carta;—enseñómela don Rodrigo para mi confusion: yo la reconocí, no sin lástima de hacer ménos caso de su ímpetu en su casa, que el Duque desde Nápoles. Fué arrojamiento venturoso, por alcanzarle en tiempo que sus iras para la venganza tenian ya muy á trasmanos el poder.

Sabiendo yo en este tiempo que habia leido su majestad relaciones hechas en Nápoles y autorizadas con prueba contra la honra y fidelidad del Duque, donde depusieron sus enemigos, unos por castigados y otros por quejosos, quise atreverme á disgustarle, y aventurarme con el de Uceda, y díjele: «Su majestad ha leido contra el Duque acusaciones que en la piedad y virtud suya han de imprimirse con horror; y pues vuecelencia no pudo estorbar que no las leyese estando entre el Rey y la puerta, y siendo el paso para sus oídos, ménos podrá estorbar que en la pureza de su ánimo no hagan impre-

<hr>

Juan de Santa María al Rey que del emperador su visagüelo tomase y imitase el ser soldado, de su agüelo Felipe II el gobierno y prudencia, y de su padre las costumbres personales. (*Nuevas de Madrid del mes de abril de* 1621, que me ha franqueado el señor don Manuel Gonzalez, archivero del excelentísimo señor duque de Frias.)

(a) En el manuscrito citado, á este párrafo sustituye el siguiente: «Y como todo el favor que el Rey les hace lo vuelven en respeto, no está palacio dificultado con asechanzas de la desconfianza celosa, y todo se debe á la prudencia anticipada de su majestad; pues todo lo que deseaba el reino que hiciera bien, lo ha hecho mejor que lo supo nadie desear; y lo que temieron atropellaria vélez por alguna ira, lo ha dispuesto en madurez mas entretenida.»

(b) A 28 de junio de 1621. Era espía mayor del consejo secreto de su majestad. soltáronle á 20 de setiembre. (*Avisos manuscritos.*)

(c) A 10 de junio. Llamábase este don Diego Francos de Garnica.

(d) Mas adelante volvió á caer en prisiones.

«A 17 de mayo de 1623, dicen los *Avisos*) el alcalde don Sebastian de Carvajal llevó preso con veinte alguaciles á Joan de Salazar, caballero del hábito de Santiago, secretario que fué del duque de Uceda, á las once del dia, por la puerta de Guadalajara; y le dejó con guardas en casa de su alguacil de corte.»

(e) A 13 de agosto. (f) En marzo de 1623.

sion; pues no se puede entrar á negociar entre la memoria con que se acuerda de ellas, ni el entendimiento con que las examina, ni la voluntad con que las aborrece.

»Yo veo que todo es invencion de reino que se quiere descansar de la resolucion y gallardía del Duque; mas hase juntado todo un reino á escribirlas, y acá otro á creerlas; y el Duque tiene sus enemigos y los de vuecelencia, y vuecelencia los suyos y los del Duque. Yo le he escrito que desconfie de vuecelencia: desta proposicion pretendo que el duque de Osuna me dé crédito, y vuecelencia gracias; pues si la lograse mi intencion, las acciones suyas serán mas fáciles y seguras, y el poder en vuecelencia ménos aventurado; y los esfuerzos que se desperdician, reservarán la eficacia del valimiento para intentos bien encaminados. Y es fuerza que el Duque se determine á olvidar el apoyo del puesto en que vuecelencia está para otra cosa que para descansarle de su vireinato; pues su valimiento por esta propia razon no le puede ser de provecho para la licencia, ni aun dificultad, ni contradicion de méritos á las cosas en que fuere obediente y dichoso; y estas cosas, señor, disimulan en las lisonjas amenazas, y los que celebran la correspondencia y amistad de vuecelencias, en el aplauso de hoy cubren la calumnia de mañana.

»Yo hablo ahora para otro tiempo; y fiscal de la buena dicha, hablo á propósito de la seguridad, si no del divertimiento: vuecelencia desconfie al Duque de su amparo, para que no pueda culpar en vuecelencia la disimulacion, ni en sí la confianza. Heme determinado á desabrirle; que quiero más enojarle que ofenderle, y quiero que ántes se queje de mi sequedad, que de mi entereza. No pido á vuecelencia licencia, sino abrigo; pues si me honra acompañándome en este propio intento, lograré mi diligencia; si no, yo estoy resuelto á aventurar la gracia del Duque, y no su reputacion ni la mia.»

Oyóme el Duque atento, pero no alegre: respondióme que le parecia bien, con semblante de que le parecia mal: cosa que le hiciera descaecer á otro. Salí con esto determinado y prevenido; y así escribí al Duque no sabroso este desengaño, por la acedia que se le habia juntado de esta audiencia.

Siguieron ó se anticiparon á mi carta otras que minaban mi intencion, diciendo al Duque que mi libertad era desapacible á los negocios, y que convenia sacarme dellos con brevedad. Persuadióse á que convenia, ó persuadido de mis enemigos (que no hay cosa más elocuente que la acusacion), ó porfiado de los que, valiéndose desta ocasion, se aseguraron en los puestos que tenian en Nápoles, con aumentar en el Duque el desabrimiento á mis cosas; y estos hicieron su parte con esfuerzo.

Mas yo creo que el Duque, por adular á los que pedian mandando, y por descansarse de los que con invidia crecian estas cosas, hizo como que lo creia, diciendo en público palabras que les pedian albricias de mi descomposicion. Y por otra parte mis enemigos me escribian que no me arrojase á volver á Italia, porque peligraria mi vida, por ver si con el miedo podrian hacer que deteniéndome, me culpase.

Advertido de todas estas novedades, con desprecio de toda esta persecucion, pasé á Italia con el marqués de Santa Cruz, que fué huésped del Duque y testigo de todo. Acaricióme en el recibimiento, y aquella noche le dije de palabra lo que no fié de la pluma. Y advertido yo en el sinsabor de aquellas pláticas, y en que el Duque se hallaba en estado que le era fuerza negociar con mi persecucion, y fingir crédito á las mentiras, me bajé de donde me querian derribar; y á otro dia empecé la plática de mi vuelta á España, recatando mi persona y mi sombra de todas las ocasiones en que el Duque podia con la sequedad hacer á estos hombres espectáculo de mi paciencia. Y con esta prevencion avergoncé el auditorio malicioso que se habia juntado para ver el estado de mi fortuna, y pude conmigo hacer que las prevenciones de sus odios se burlasen.

Pedí licencia, y vineme á Madrid dos años y medio ántes que el Duque, lastimado solo con una voz que derramaban de que el Duque estaba quejoso de mí, á que nunca ni respondí ni repliqué.

Vino el Duque echado de Nápoles (a), y á vista de toda España hizo conmigo mas demostraciones de amor que nunca, y tantas caricias, que hubo quien dijese que la desavenencia pasada habia sido traza entre los dos; y con estas acciones y favores decia que solo yo le habia dicho lo que si hubiera hecho, no se viera en el estado que lloraba. Y como le vian comer y andar siempre conmigo, y solo asistir á mi casa, los que me habian descompuesto con él, temiendo que yo desobligado no le advertiese de lo mal que se divertian sin remedio ni castigo, dejándole en manos de la persecucion, ó porque no viese la gente juzgado el pleito en mi favor, — asiendo de los primeros achaques, me prendieron y desterraron.

Facilitó esta resolucion y levantó esta cantera el presidente Acevedo, á quien yo era desapacible, porque, siendo yo montañes, nunca le fuí á regalar la ambicion que tenia de mostrarse por su calidad superior á los que en aquellos solares no reconocemos á nadie. Fué mi culpa que le conocí en Alcalá criado del maestro Pedro Arias en el colegio del Rey; y no se aseguró de mi memoria, porque consigo ha pretendido olvidarse de haber sido ántes de la medra, y quisiera hacer creer á España que no nació de su fortuna.

Llamóme la junta del Duque con una carta, y vine de la Torre, donde estuve en mi casa por cárcel. Tomóseme

(a) A 10 de octubre de 1620. Había gobernado á Sicilia seis años, desde 1611 á 1616, y cuatro y medio á Nápoles, cuyo vireinato publicó el consejo de Italia provisto en el Duque á 22 de mayo de 1615. Sin embargo, hasta 12 de febrero del año siguiente no le llegaron los despachos, avisando de ellos en el dia inmediato al conde de Lémos, quien once después recibió licencia para venir á España. Osuna partió del puerto de Palermo en la tarde del 7 de julio de 1616, y el 19 desembareó en Nápoles, donde permaneció hasta el verano de 1620, habiendo llegado á Marsella el lúnes, 27 de julio.

Preso en 1621, fué el oidor Gaspar de Vallejo á la fortaleza de la Alhameda, y tomó la confesion al Duque (quitándole diez guardas), de quien decia el conde de Olivares que no se habia abogado prendas más grandes por pecados mas veniales. A 1.º de julio vino la Duquesa á la corte para atender á la defensa de su marido, y puso en manos del Rey un memorial escrito con noble y maravillosa energia. Mas como al Duque hubiese sobrevenido calentura y gota, le mudaron en 4 de agosto á las casas de don Iñigo de Cárdenas, entre los dos Caramancheles, luego á la huerta del Condestable. Trasladado por último á Madrid, y preso en las casas del licenciado Gilimon de la Mota, del consejo Real (que después fué de la contaduría mayor de Cuentas), junto á San Francisco, falleció víctima de los padecimientos de su espíritu, á 25 de setiembre de 1624. Depositaron su cuerpo en el convento de San Felipe el Real.

mi declaracion de las cartas que se hallaron mias (a), y despues de haberla hecho, dieron sus cargos á todos, y á mí solo no me le hicieron, dándome por libre. De suerte que en mis cartas no se rió necedad ni se acusó delito. No lo digo esto por alabanza, sino por repuesta y relacion forzosa. Ni yo sé que sea modestia levantarme testimonios, ni callar lo que me defiende la honra y la opinion; que si bién es estragada y perseguida, no infamada con nota ni delitos de mala voz.

Al duque de Uceda, desacompañado ya del puesto que tuvo y de la soberania, su majestad le despenó de andar por Madrid hecho escarmiento y desengaño, mandándole por órden que Villegas, gobernador del arzobispado, llevó á Acevedo, presidente, que se retirase á su casa y á su lugar.

Acevedo le dió la órden con ménos sentimiento que debia, siendo su hechura y habiendo sido su criado, y se entendió que con vanidad asistia á estos sacrificios, ostentando su entereza en ser solo el que se conservaba; y su plática siempre era encaminada á dar á entender su independencia. Tan atento fué á conservarse en lo que le adquirió el descamino de los Duques ó su discordia, pues su provision á la presidencia fué parto de la enemistad de padre y hijo. El se desentendia destas cosas, y desacordado de su principio, consultándolo con la dignidad que tenia, escogió parientes para su apellido, y hizo de lo equívoco descendencia.

Salió el duque de Uceda con terneza desengañada; y debe reconocer aquel señor por particular merced de su majestad el no le haber permitido dar venganza por las calles, á quien apénas habia dado audiencia.

Con el inquisidor general se tuvo el propio estilo. Fray Luis de Aliaga, lector que habia sido en Zaragoza de su convento, á quien echó de la ciudad el arzobispo por una propusicion rigurosa, fué despues compañero de Xavierre, generalísimo de la órden y confesor de su majestad, que murió cardenal (b). Hizo el duque de Lerma á Aliaga confesor suyo; y por muerte de Xavierre, confesor de su majestad. ¡Extraña cosa, que en todas sus hechuras fabricó municion contra sí! Dió ropas que le juzgaron, haciendas que le deslucieron, púlpitos que predicaron contra sus acciones, mitras poco reconocidas; fundó casas á descalzos, que escribieron contra la suya; su confesor, pasándole á serlo del rey, dejó de ser su absolucion y fué su penitencia: de suerte que embarazó su poder en fabricar su persecucion.

Salió de Madrid el confesor (c); y tuvóse con él ca-

ridad no ménos bien encaminada que con el Duque, pues unos escritos de la muerte de su majestad que se emprimieron, y unos sermones que se refirieron, osan con temeridad acusarle del oficio de confesor, ansimismo en el de inquisidor, y hablan encargándole del alma de su majestad.

Cárganle la mano con las palabras del propio rey, apuradas entre las agonías y parásismos de la muerte; y con estas cosas (al parecer increibles para los que las oyen y no curan de averiguarlas) ha excedido el odio contra su persona los límites cristianos. Hartarse de venganza contra él, les parece alevosía contra la santidad de aquella alma real, á quien molestaron ingratitudes de los que le hicieron dar cuenta á Dios, más del bien que hizo que del mal; pues ninguna diligencia le halla reprensible en otra cosa.

El confesor se retiró á Huete en un convento de su órden, y el duque en Uceda (d). Y si decir á uno lo que ha de hacer es advertencia, hacerle que lo haga será caridad, y en el ánimo reconocido será merced; y en el obstinado castigo. Y no puedo creer que les haya quedado á estos señores sentimiento para mas de la pérdida que hicieron; y eso será mostrarse agradecidos; y dolerse de esta advertencia (así la llamó) pecara en porfía engañada.

Habia sabido el confesor lo que era privar, no lo que cuesta, y agora sabe lo que cuesta no saber acabar de privar.

Pocos dias despues (e) fué Gaspar de Vallejo, de la junta y del supremo consejo de Castilla, con don Luis de Paredes, alcalde de corte, y prendieron en Uceda al Duque con rigor y cuidado solícito hasta en mirar los baules y escritorios. ¡Oh hados ejecutivos, que desquitasteis en los cofres lo que os ofendieron las puertas!

O resultase la novedad más apretada de la prision del duque de Osuna (f), con cuyos criados estaba preso Salazar, ó de la inquisicion de las cartas, ó de alguna declaracion de los presos, mudaron semblante lastimoso las andanzas deste señor. Fué mostrando una tristeza entre corrimiento y dolor, y se conoce el desapercebimiento suyo pudo ser sosiego de ánimo y paz de conciencia; pues no aguardaba alguna mortificacion más apretada de los principios de su descaecimiento.

Lleváronle al castillo de Torrejon de Velasco, con órden que no le hablase nadie (que poco ántes pareciera suya), y ansi pudo en lo retirado servir la privanza deste gran señor de noviciado á esta carcelería, donde

(a) A 13 de agosto de 1621.

(b) En 3 de agosto pusieron en manos del Rey un memorial contra el confesor. Consérvase antigua copia de él entre los manuscritos de la Biblioteca Nacional, S. 104, papel 9, y de ella tomamos el siguiente curioso párrafo.

«Público es, señor, el bajo nacimiento de fray Luis de Aliaga en aldea de la comunidad de Teruel, en el reino de Aragon; su educacion dél y de su hermano, que es hoy arzobispo de Valencia, de mozos de una tienda de lienzos y paños; y hay muchos que se los han visto acarrear, aquesto públicamente: de manera que no fué vocacion la entrada en el convento de predicadores, sino necesidad de sustento. Y así todo el tiempo que se criaron allí no fueron tenidos por doctos ni aun por buenos, pues no tuvieron oficios en la religion; y fray Luis de Aliaga se empleó en uno de unas monjas, y vino por compañero del padre maestro Xavierre, que ordinariamente se buscan más para servir que para otro fin honrado.»

(c) A 23 abril 1621. En los Avisos manuscritos que posee la Biblioteca Nacional hay uno de 13 de julio de 1623, relativo á ha-

ber en esté dia mandado el Rey á fray Luis de Aliaga, que estaba desterrado en Hortaleza, que fuese á Talavera de la Reina, y que de allí no saliese sin órden suya.

En Huete se hallaba á mediados de 1626, cuando entregó á la estampa contra Quevedo el papel intitulado Venganza de la lengua española, ocultándose bajo el seudónimo de don Juan Alonso Laureles.

De aquí debió pasar á Zaragoza, donde murió á principios de diciembre del propio año, según los expresados Avisos.

(d) A 24 de abril.

(e) A 24 mayo. Leon Pinelo, Historia de Madrid, dice que á 15.

(f) Osuna y Uceda estaban unidos por estrecho parentesco. Cuando el primero llegó de Flándes, muy mediado ya el año de 1618, capituló á su hijo el marqués de Peñafiel, que se hallaba en la infancia, con la hija del duque de Uceda; y al partir en 1611 para el vireinato de Nápoles, el Marqués encomendado al Duque para que lo criase en su casa, donde permaneció hasta 11 de diciembre de 1617, en que se celebraron las bodas, asistiendo á estas el Rey.

se remedaba preso las acciones de ministro : ansi lo dijeron los que, si viviera de par en par, tampoco le perdonaran el oprobio (a).

Con saña acudió el pueblo á considerar las calamidades por donde el duque de Uceda venía precipitado. Comun aclamacion es el oprobio á todos los caidos; pues donde suele desalentarse la venganza y enternecerse el castigo, se encarniza la invidia.

Lugar tuvo la misericordia para responder por el Duque, exagerando su fidelidad : de suerte que decian algunos que en apartar á su padre de tanta invidia, fué buen hijo, y mejor vasallo, y ministro desinteresado de la mas propia sangre. Oyeron escrupulosamente esta defensa, por parecer que no se daba sin achaque de ambicion; y asidos al precepto no se querian acordar de las palabras de san Jerónimo.

Hablábase de algunos criados suyos como de achaque, de que habia enfermado su aceptacion. Los que se desvelan con saña en inquirir estos secretos, le culpaban de haber osado desagradar á su majestad, entónces principe, y ponderaban por osadía descaminada el pedir las llaves, y haber acetado y aconsejado tan temerosa comision; infiriendo que el duque de Uceda atendió divertido á creer las apariencias de su poder, sin que el aumento de ninguno llegase á experimentar dél mas que semblantes, promesas y dificultades (b).

Martirizado destos sucesos y fatigado destas voces el duque de Cea su hijo, atendió más á remediar que á sentir; y con salir su grandeza y su persona del abrigo de tanto séquito y del ruido de tanta adulacion y reverencia, á la desnudez de la nota, no se le resfrió el valor; pues ni se vió descaecido ni cansado, ni en su semblante se vieron señales de tristeza, sino de un desprecio digno de estimacion. Y asi encaminó á los negocios de su padre y agüelo piedad mendigada por su virtud, y supo adestrar la defensa adonde mas necesitaban los desmayos de su prosperidad, y restaurar en el pueblo la compasion, que [atemorizada huia de los escarmientos. Y se conoció que en este solo señor supo añudar bien la fortuna de su casa, caudal que se ha defendido de la persecucion.

Invió su majestad órden al Cardenal duque para que se retirase á Tordesillas. Entretuvo la obediencia (no la ofendió) con cartas llenas de dolor y humildad, y suplicó de aquella órden para el rey nuestro señor mejor informado. Determinóse que saliese de Valladolid y que se presentase en Tordesillas : atropelló el Duque el decoro de la dignidad eclesiástica y el riesgo manifiesto de su salud.

Aquí se azoró el coraje de la invidia y los odios, sin disculpa de los que se alimentan de la novedad, prevenidos de su mala intencion para este suceso. Por principio empezaron á crecer esta órden, ni á multiplicar guardas y asegurar castigos, cuando, á pesar de sus deseos, el Cardenal duque padecia victorioso un retiramiento, si no esperado, modesto.

No disculpo al Cardenal duque en todo, que no me es dado; mas no descubro razon en sus enemigos, si bien no niego que habrá culpa en sus obras; porque en el tiempo que imperiosamente privó, ni despreció los buenos, ni aniquiló los malos; entretúvose con los negociantes, y supo entretener á los beneméritos. Fué sabroso hasta no favorecer. Hizo tantas mercedes á tantos, que apénas dejó quien pudiese invidiar á otro; y si no acompañara su persona de gente hallada y no escogida, poniendo, mal informado en los negocios de la monarquía, ánimos insolentes y personas incapaces, sospecho que hubiera su suerte tendido más bien aferradas raices.

Dióle una enfermedad, que para sus años cada hora más es achaque desahuciado; y como en salud le hallo tan al cabo de la vida, con poca fuerza que hizo le asomó á la sepultura. Flaco, pero no triste, se preparó al fin bien venido de tantas desventuras, y creo que con alborozo salió á recebir la muerte su deseo.

El conde de Lémos, como sobrino y como yerno, á quien con tan tiernas demostraciones favoreció, vino de Monforte de Lémos, en Galicia (donde se habia encerrado tres años habia), con su mujer á Tordesillas; y el conde de Saldaña y su nieto el de Cea concurrieron á cortejar los postreros parasismos; á quien dijo estas razones : «Quisiera, hijos, deciros muchos desengaños; mas, pues no os calla nada el estado de mi

---

(a) A 13 de agosto de 1621 el licenciado Garci Perez de Araciel, que era del consejo Real, fué á tomar la confesion al duque de Uceda, mayordomo mayor de su majestad, á Torrejon de Velasco donde se hallaba preso. Duró la confesion tres dias. A éste licenciado Araciel, estando ya para morir y dada la nacion, hizo el Rey de su consejo de Estado, á 26 de setiembre de 1624, habiéndole conferido la vicecancillería de Aragon el dia ántes, dia en que murió entre cadenas Osuna, de quien y de todos los hombres del gobierno caido habia sido juez el que estaba espirando. Hay combinaciones que no pueden contemplarse como hijas de la casualidad únicamente.

(b) «A 18 de setiembre de 1621 mandó el Rey llevar al duque de Uceda á la villa de Arévalo, y que pudiese andar por ella.»

En 22 de noviembre de 1622 se publicaron las sentencias siguientes :

«Al duque de Uceda le condenaron en veinte mil ducados, y ocho años de destierro á veinte leguas de la corte, y que no entre sin particular licencia de su majestad, y en todas las costas.

A Joan de Salazar, su secretario, en mil ducados y las costas.

A don Andres Velazquez, espía mayor, en mil ducados y las costas.

A Sebastian de Aguirre, agente del duque de Osuna, en cuatro años de destierro y las costas.» (Avisos manuscritos.)

Dió, al mes siguiente, el Rey por libre al Duque; y hé aquí un traslado de la órden, tomado del archivo del excelentísimo señor duque de Frias :

«Habiendo visto las sentencias de vista y revista que se han

pronunciado contra el duque de Uceda por la Junta que ha conocido de sus causas; y por las razones que por parte del duque se me han representado, suplicándome mire por la autoridad de su casa y persona, poniendo lo uno y lo otro y el oficio de mayordomo en mis manos : considerando por la calidad de las condenaciones, y por lo que soy informado de algunos de la Junta, que no ha habido en él culpa por que desmerezca de hacerle merced; —he tenido por bien, para que se entienda así, suspender la ejecucion destas sentencias. Y por haber entendido que desea apartarse de la corte, he proveido su oficio; y para que á todos conste que no ha faltado á su obligacion, y tengan satisfaccion; como yo la tengo, de que continuará con ella mi servicio,— he resuelto de hacerle merced del cargo de Cataluña, y espero que cumplirá en él con las obligaciones de su persona y sangre y del puesto grande que tuvo en servicio del Rey, mi señor y padre, que haya gloria. En Madrid á 19 de diciembre de 1622 años. — YO EL REY. — A don Alonso de Cabrera.»

«A último (de mayo de 1624) murió preso en Alcalá de Henáres el duque de Uceda. A 1.º de junio trajeron su cuerpo á esta corte. Enterráronlo en su convento de Bernardas descalzas (del Sacramento), y le hicieron nueve dias las honras con gran solemnidad. Hizo un testamento muy cuerdo. Mandó decir cien mil misas en tres partes : la una por el rey nuestro señor, don Felipe III, y por la reina doña Margarita; la otra tercera parte por sí y por su mujer; y la otra por los que bien y mal le habian hecho.» (Avisos manuscritos.)

vida y fortuna, perdonaréis las palabras á la fatiga con que este postrero aliento se despide. Bien entenderéis las señas que os hace desde léjos mi prosperidad, y desde cerca mi desconsuelo; y será excusado descifraros los misterios de mi privanza, pues os alcanzó el ruido y el polvo, y padeceis la invidia. Empecé deseando, y proseguí pretendiendo; alcancé con peligro; tropecé con ayuda, y caí con aplauso, aguijando por tan malos pasos que nunca descansé. Y estas ruinas que en las cortes parece que predican, engañan. Yo derribé á otros para desembarazarme el despeñadero; así me lo ha dado á entender la fortuna, que tan á costa de toda mi casa se disculpa con los malcontentos de mi valimiento. Lo que os encargo, hijos; es que este postrero dia de mi vida no se aparte de vuestra memoria (que los años primeros el oprobio de los enemigos os le acordará): no os quejeis de los amigos que se desentendieren; que los desdichados, cuando obligan á disculparse á los ingratos, crecen la calumnia, y el más reconocido juzga que se aventura si calla. Experiencia tengo de que hice á muchos ricos y poderosos y ilustres, y ninguno reconocido. Y solo siento que no me supe cansar de ser dichoso, ni acabo de ser desdichado.»

Hízosele de rogar la muerte; y mal intencionada la salud, le dejó convalecer. Súpose en este tiempo en Roma la demostracion hecha con el Cardenal duque, y la resistencia que hizo por mayor mérito de su fidelidad, y el estado en que se hallaba preso con voz de retirado. Escribió su santidad al Nuncio (a), y el colegio de los Cardenales á su majestad. Y representaron unos y otros tan vivamente los sentimientos de aquella santa sede, que su majestad católica pospuso las imitaciones del rey don Fernando, las conveniencias de Estado, y el ejemplo de su agüelo; y religioso con abundancia de piedad, puso en libertad la persona del Duque, y juntamente ordenó al conde de Lémos se retirase á Monforte sin venir á Madrid (b).

(a) En los manuscritos de la Biblioteca Nacional, Sucesos del año 1621, H. 54, pág. 509, se halla la siguiente carta del pontífice Gregorio XV al cardenal duque de Lerma.

«Hijo nuestro querido: salud y apostólica bendicion. Las buenas obras y oficios con que tan frecuentemente has honrado la silla apostólica, y procurado la paz de Italia, siendo así que há mucho tiempo que han conseguido que por ti nuestra paternal benevolencia, no nos dejarán en algun tiempo olvidar de tu piedad. Ni es justo desampararte, gozando de tan insigne lugar en la iglesia de Dios, singularmente nosotros que quiso Dios que hiciésemos en la iglesia persona de comun padre de todos. Por tus cartas y por la relacion del hijo querido, el nuestro Joan Baptista Bihas, nuestro refrendario, hemos entendido los peligros que le tienen en conflicto. No suceden tan bien las cosas humanas, ni son tan raros los ejemplos que nos dan en los ojos, que percibamos agora de nuevo cuánta invidia traiga para los mortales la misma felicidad, particularmente cuando no estriba en su propia fuerza. Por lo cual, como casi somos forzados á despreciar con la severa disciplina de la modestia las cosas humanas y la vanidad de la gloria mortal, así es justo hacer asistencia á las personas de quien hemos procurado siempre ser beneméritos. Tu causa pues hemos encomendado con gran diligencia á nuestro carísimo hijo el Rey católico, para que con gran diligencia procure que la verdad (acosada con las invidias de los invidiosos) tenga en sí misma consistencia y fuerza. Demas desto, hemos mandado á nuestro nuncio apostólico que te ayude con autoridad pontificia cuanto fuere necesario. En el interin, te damos la bendicion apostólica, y te consolarémos con ilustres argumentos y muestras de nuestra paternal benevolencia. Dado en Roma en Santa María la Mayor, debajo del anillo del Pescador, á 22 de agosto de 1621, de nuestro pontificado el año primero. — A nuestro querido hijo Francisco, título de San Xisto, llamado el buen cardenal de Lerma.»

(b) «A 1.0 de abril (de 1622) llegó nueva que el duque de Ler-

El Conde tuvo por lisonja este mandato, y era fuerza que quien despreció la corte cuando la mandaba, la aborreciese cuando la padecia con toda su sangre. Y como el Conde fué quien primero aportilló las fortificaciones de su suegro, cuando con celos anticipados se encargó de sentimientos forásteros, al quitar las llaves del aposento de su majestad, entónces príncipe, pudo ser prevencion pacífica acordarle que continuase su apartamiento.

Fuése el Conde, y los que le son bien afectos estimaron por fineza el venir por su obligacion, y el volverse por su quietud.

De toda esta ilustrísima familia solo la condesa de Lémos, madre, se ha defendido en su puesto con valor: pudiera ser venganza el dejarla atenta á calamidades tan propias. Ni sé determinar si es la suya constancia ó porfía: si constancia, es prudente; si porfía, fuerte. Y pues está donde nadie podia entrar sin licencia de los suyos, y donde hoy solos los suyos no pueden entrar, y siendo su asistencia su martirio, — por mostrarse varonil se aventura á ser tenida de los mal afectos por temeraria, y esto padece en sí por no dejar despoblada la defensa de su hermano y sobrinos y hijos (c).

Era tan diferente el estilo de la corte, que los mismos negocios no sabian qué se hacer del presidente Acevedo. A los enamorados y agradecidos al gobierno presente los inquietaba. Decian que no podia ser el conservarle á otro fin, sino mantenerle para que por su mano se ejecutasen tales prisiones. Y si supiera desengañarse, no pudo haber modo mas honrado de despedirle que mandárselas ejecutar. Desembarazóle su majestad la presidencia, y ordenóle se fuése á guardar ovejas como arzobispo. Pidió que se le hiciese merced de título para un sobrino suyo, y otras cosas, á que se respondió con dos títulos en Italia de ayuda de costa. Dejó empeñada su iglesia en gastos de casa, y fuése á Búrgos donde yace vivo (d).

ma, cardenal, habia dicho la primera misa en san Pablo de Valladolid el dia segundo de pascua de Resurreccion.»

«A 3 (de agosto de 1621) se publicó la sentencia contra el Cardenal, que montó más de un millon.»

«A 26 llegó nueva de haber muerto en Sanlucar la duquesa de Medina-Sidonia, doña Juana de Sandoval, hija del de Lerma.»

«A 17 de mayo de 1625 murió en Valladolid el Duque cardenal. Llegó á Madrid la nueva en diez y ocho horas.» (Avisos manuscritos.)

(c) La Condesa era hermana del Duque cardenal.

«A 18 de agosto de 1622 dió licencia su majestad para que el conde de Lémos viniese á la corte á ver á la condesa su madre, que estaba muy mala; y con la órden despachóse un correo.»

«A 19 de octubre murió en esta corte el conde de Lémos; y habiendo dicho todas las religiones el responso en su casa, le depositaron en las Descalzas Reales. Iba descubierto, vestido de blanco, con su manto capitular de la órden de Alcántara, cuello abierto y espada dorada. Lleváronle en hombros todos los caballeros de su órden. Halláronse en su acompañamiento y entierro todos los señores y grandes, con sus chias y capirotes sobre las cabezas. Don Francisco de Castro, su hermano, que le sucedió, y don Andrea de Castro iban en medio de don Duarte de Portugal y conde de Benavente. Iban con el cuerpo todas las religiones con hachetas encendidas, y cincuenta pobres vestidos con sus báchas alumbrando, y todos los criados de la casa. Dió el Rey su encomienda á mi señora doña María de Guzman, hija del conde de Olivares. Es la de la Zarza, y vale cinco mil ducados. Dejó el Conde, despues de muchas mandas que hizo, lo restante de sus bienes á mi señora doña Catalina de Sandoval, su mujer.» (Avisos manuscritos.)

(d) «A los 7 de setiembre de 1621 mandó el Rey al presidente de Castilla, don Fernando de Acevedo, fuese á asistir á la santa

Dióse la presidencia á don Francisco de Contreras, del consejo Real, á quien la ambicion de la plaza de la cámara, que le negaron, retiró á cuidar de los hospitales: nueva invencion de cudicia, dejar para adquirir; aceptó la presidencia, y desdíjose de la mortificacion; y desertor del retiramiento, descifró el asunto de la recoleccion (a). A este sugeto se vino á retraer la presidencia ya casi delincuente (b).

Hablas vulgares, que se derraman copiosamente y se creen con facilidad, autorizando con delitos averiguados su rumor, acusaron á don Rodrigo Calderon, marqués de Siete-Iglesias, conde de la Oliva, comendador de Ocaña, capitan de la guarda alemana, de pecados que supo inventar el odio de tantas privanzas; y en escoger entre tantos la parte mas flaca, mostró el aborrecimiento que sabía escoger, y que pretendia más asegurar sus intentos que justificarlos.

Fué don Rodrigo Calderon hijo de Francisco Calderon, hombre honrado y de gran virtud, y de una señora flamenca principal; mas su altivez le puso en cuidado (para proporcionar su persona con su fortuna) de buscar padre. Y así uno de los delirios de su vanidad y ambicion fué acluararse por hijo del duque de Alba viejo, queriendo más ser mocedad y travesura del Duque, que bendicion de la Iglesia (c). No halló en esto facilidad, y hubo, á más no poder, de contentarse con ser hijo de su padre, que le fuera remedio si lo supiera ser y si lo imitara y obedeciera.

No trato de su talento; porque, como no se introdujo

Iglesia de Búrgos, por la falta que hacia en seis años de ausencia. Diéronle diez mil ducados de ayuda de costa. Despidióse á 9 del Consejo; honróle mucho el Rey; hízole de su consejo de Estado, y le concedió seis mil ducados de renta por sus dias, un título en Italia, dos hábitos para sus sobrinos, y la primera encomienda que vacase de la órden de Santiago. Mostró ser tan su amigo el conde de Villamediana, que viendo que iba el Arzobispo pobre, hubo de presentarle un cintillo de diamantes y una venera de gran valor, y una letra acetada en los tesoros de Cruzada de mucha cantidad. Nada acetó; y viendo el Conde que le desfavorecia, presentóle un cuadro del Ticiano, de valor mil escudos, para que se acordase de él, el cual tomó. Retiróse luego á su huerta, donde estuvo cuatro dias, y vino á dos consejos de Estado.»

«En 8 de mayo de 1627 fué llamado por su majestad á la corte, y entónces viéronse en Madrid tres presidentes de Castilla: Contreras, Acevedo y Trejo. A 17 se volvió á su iglesia el arzobispo de Búrgos: hízole el Rey merced de los gajes de presidente, que son un cuento de maravedís; y que los gozase desde el dia que dejó la presidencia.» (Avisos manuscritos: Biblioteca Nacional.)

(a) «Dióse la presidencia, ó por mejor decir, fuése ella á autorizarse en las canas, á acreditarse en las letras, á descansar en la virtud ejemplar de don Francisco de Contreras, caballero de la órden de Santiago, del consejo de su majestad.»

Así se redactó primero este párrafo, segun el antiguo manuscrito referido. Algun desengaño hubo de hacerle variar á Quevedo.

(b) «Dejóla don Francisco, por retirarse á un desierto de carmelitas descalzos, junto á Pastrana, adonde estaba el cuerpo de su mujer. Tuvo órden del Rey de que no hiciese ausencia de la corte, y que se retrajese al cuarto de San Jerónimo; y aunque hubo réplicas, obedeció. A 23 de marzo de 1627 se publicó la presidencia de Castilla en el cardenal Trejo, que á 10 de enero vino de Roma para ser obispo de Málaga.» (Avisos manuscritos.)

(c) A esto aluden los tan conocidos versos de don Luis de Góngora:

Arroyo, ¿ en qué has de parar	Tu mal nacida corriente.
Tanto arriba y subir,	Si la ambicion lo consiente,
Tú por ser Guadalquivir,	¿En qué imaginas? me di.
Guadalquivir por ser mar?	Murmura, y sea de ti
	(Pues que sabes murmurar),
Hijo de una pobre fuente,	
Nieto de una dura peña,	Arroyo, ¿ en qué has de parar
A dos pasos los desdeña	Tanto arriba y subir?

(Manuscrito autógrafo que posee el Colector.)

en su buena dicha por él, será por demas. Escogió por oficio el acusar los virtuosos, y en este ejercicio libró los acrecentamientos de su cudicia; y entre otros muchos á quien procuró disfamar con delitos postizos, fué el marqués de Camarasa y el almirante de Aragon. Al Marqués procesó de hechicero, y al Almirante de traidor; y para esto se valió de Silva de Torres, alcalde que él hizo á medida de sus designios.

De manera vivió, que usar de los sentidos casualmente en sus cosas, era delito capital, y por oir y ver murieron muchos; y entre todos fué espantoso el sacrificio de Avililla, un alguacil de corte que le prendió el propio don Rodrigo. Fué su carcelero el presidente de Castilla don Pedro Manso, y si no diera gritos desde una ventana, pasara por desaparecido; murió dado garrote en la rueda de un coche, y nunca se dijo ni causa ni culpa. Y con esto se dió licencia á sospechar, y á tiento el pueblo tropezaba en discursos que amanecian verdad tan anochecida; y previniendo las diligencias de los curiosos que andaban á los alcances desta crueldad, fingieron proceso y delito á propósito. Y sin duda el caso fué tal, que sin cerralle para siempre los ojos y la boca, no podia asegurarse: calidad le dió la muerte, pues murió por testigo de cosas de que desconfió don Rodrigo sería cómplice; y luego, como lo acostumbraba, engañó al Duque y al Rey para autentizar su venganza.

Con la desenvoltura y la licencia se hizo lugar, y poco á poco se apoderó de la voluntad del Duque; y el no dar lado en ella á nadie, costó la vida al conde de Villalonga y á otros. Con halagos, con servicios, con asistencia necesitó al duque de Lerma de su persona, que hizo que las cosas de importancia de aquel señor dependiesen en todo de su gusto, y muchas veces atropelló por no desabrirle con su hijo y con el conde de Lémos; porque don Rodrigo, frenético en el lugar que violentaba, no receló de contrastar con todos. Y como vian al duque de Lerma con un rendimiento tan postrado al albedrío deste mozo, se atrevieron á sospechar que con los halagos le entretenia algun silencio, ó le olvidaba de alguna cosa que le fió; y daban á entender que le queria bien porque le temia; pues las más veces á los príncipes es amable el que cuando quisiere los puede acusar; y medra más el partícipe que el benemérito donde el secreto honesto ni merece ni obliga. Esta sin duda fué malicia mal fundada, pero bien creida. Mucho supo este hombre obligar al Duque, y mucho le supo sufrir, y pienso que lo mas que tuvo le mereció la paciencia.

Pasó de la asistencia del Duque llevándose de carrera cuantos se le oponian, y arrimóse al servicio de su majestad, y agotó en sí todo el despacho, y redujo la monarquía á su voluntad.

Todas sus medras pretendia consigo, pues por muchos años solo le costaban los puestos y cargos el acordarse dellos; y si no emperezara el hacerse grande, lo fuera: tardóse en intentarlo, como no lo echaba ménos con el Rey ni con los grandes; y cuando lo quiso tratar, empezó á sentir mudanza en el despacho. Luego se conoció mareta en sus deseos, pues intentó presidencias, vireinatos y embajadas. Fué á Flándes y á Alemania; y los que deseaban verle dar algun traspié, se alborozaron de verle con la ausencia desembarazar el paso á las quejas: tan amedrentada tenia su asistencia á la república.

La santa reina doña Margarita de Austria, que está en el cielo, sintiendo tan de cerca la desautoridad que acarreaba á su corona el póder que se usurpaba este desenfrénado mozo, puso cuidado en dalle á entender al Rey lo mucho que enflaquecia su opinion y profanaba su grandeza la autoridad que hurtaba á sus consejos y tribunales, y que sin sentir este atrevimiento con pasos diligentes, si bien mudos, le minaba gran parte de la reputacion.

Pudo esta advertencia mudar el semblante á su majestad, y que el Duque conociese despego en estas pláticas; y porfiando en favorecerle y en su defensa, el Duque fué la primera vez que padeció ceño de aquel santo rey, con inquietud tan grande, que fué advertido del pueblo; pues en una noche mudó tres camas, en diferentes casas: tan amedrentado traia el sueño.

Sobrevino á la santa reina el parto con achaques á propósito, pues en tres dias de mudaria los pegadillos de los pechos, murió con lástima y sospechas (a).

Enfurecióse el sentimiento, que fué grande, con la falta de reina tan soberana; y decian todos que la vida de su majestad habia muerto de abreviada, y no de enferma; y qué de su fin tenian mas culpa los malos que los males: á tanto llegó el dolor que dictaba estos delirios.

Cuando procuró con solicitud más cuidadosa la santa Reina enfrenar los atrevimientos de don Rodrigo, y castigar la satisfaccion con que afectaba el ser delincuente, habia fiado esta diligencia de tanto peso y dificultad del licenciado Gregorio Lopez Madera, alcalde de corte y presidente de la sala. Para informar de sus partes, bastará decir que entre tantos grandes vasallos, tantos ministros de satisfaccion, no descansó en otra verdad, ni en otras letras ni en otro valor el celo de aquella señora del mundo, que se llevó consigo toda la felicidad de España, dejando recien nacido en el Rey nuestro señor, su hijo, el castigo y el consuelo que nos han invidiado las tardanzas de la edad, pereza que las calamidades de España han causado al tiempo.

Ocasionóse esta eleccion, preferida á tantos, en el ánimo de aquella santa Reina, conocer á cuán grandes negocios habia dado facilidad el licenciado Gregorio Lopez Madera, sirviendo de experiencia la averiguacion del levantamiento de los moriscos, en que su industria pudo desañudar de un silencio tan confederado y de una traicion tan muda designios tan perniciosos y tan recatados hasta de las conjeturas; dando luz á rebelion que tenia ya los pasos tan adelante, que se empezaba á padecer el peligro, cuando en Ornachos advirtió con castigos ejemplares á las cabezas de este rumor. Y en consideracion de servicio tan señalado, su majestad y el duque de Lerma, que supo estimar y conocer su talento y virtud, le ordenaron se hallase en las juntas con el confesor y con el conde de Salazar para calificar la expulsion de todos los cristianos nuevos; y en todas estas juntas su parecer precedia como mejor informado, adestrando los decretos y determinaciones que con tanta providencia se pusieron en ejecucion.

Habia asegurado su majestad y el Consejo esta eleccion cometiéndole las prisiones de Ramirez de Prado y del conde de Villalonga, cuando la inocencia del almirante de Aragon para respirar (ahogada entre Silva de Torres y don Rodrigo) no tuvo otro amparo ni supo hallar otro

remedio sino su voto, con el cual se rescató aquel varon tan generoso. Y como se desempeñó destas promesas con acierto tan ponderado, no se sabian desembarazar las órdenes sin su diligencia:

Todo esto habia considerado la Reina nuestra señora para mandarle que buscase á Francisco de Juara, hechicero y hombre que por muchos caminos profesaba facilitar intentos alevosos, teniendo presuncion en la eminencia de sus delitos.

Era este amigo familiar de don Rodrigo Calderon, y de quien usó para diferentes venganzas la parte insolente de su fortuna. Hizo el Alcalde las diligencias, y no pudo recatarlas del sobresalto con que don Rodrigo atendia á la conservacion de este hombre; y asi, atemorizado de la pesquisa, ausentó á Francisco de Juara, y envióle fuera del reino. Mas él, no hallándose apartado de los halagos de don Rodrigo, se volvió á Madrid; y no asegurándose el marqués de Siéte-Iglesias, y temiendo la porfía suya en volverse á su casa, trazó que le sacasen á Portugal, y en el camino le matasen.

No se hizo esto con tanto recato que no se supiese luego; y la Reina mandó al Alcalde averiguase este suceso, pues de él solo dependia la claridad de los delitos de don Rodrigo. Animosamente lo empezó, y lo acabó con felicidad, haciendo proceso de todo lo referido. Y prendió á dos de los matadores, y despues por negociacion los libró la Sala. Y se entiende que don Rodrigo, engañado de sus designios, haciéndolos matar afianzó el secreto de estas maldades con este desatino.

En este tiempo empobreció Dios nuestro señor las esperanzas de toda la cristiandad, llevándose, como hemos dicho, de sobreparto á la Reina nuestra señora; y entre las lágrimas de todos creció en don Rodrigo el orgullo, y tomó la soberbia de su corazon las armas de nuevo, y se atrevió á amenazar al Alcalde rigurosamente, poniéndole delante la ruina dél, y de su casa y sus hijos, si no desistia de lo que habia empezado.

Pudiera este grande varon temer estas amenazas, por oirlas de un hombre poderoso para ejecutarlas y hecho á acompañarlas con la muerte; mas alentado en el mayor peligro con la fidelidad que debe á su rey, con el conocimiento que le han granjeado sus grandes estudios, con la entereza á que le obliga su oficio y ministerio, con doblado valor le respondió, que primero daria albricias por su muerte, que lugar á semejante atrevimiento; asegurando á don Rodrigo, que por defender inculpable el oficio en que su majestad le habia puesto estaba prevenido á verse arder con su casa y hijos, y á consolarse con ver la causa con su incendio; y que su determinacion en este caso era tan firme, que empezaba ya á prevenir alegre recebimiento á sus persecuciones despreciando sus amenazas. Y esta respuesta comprobada se ha visto por los jueces.

Intentó don Rodrigo el camino de los ofrecimientos, y no quedó dignidad, ni renta ni presidencia con que no le rogase; mas por todas partes halló aquel ánimo fortalecido de constancia desasida de todo interes y vanidad. Y por diligencia última, dictada de espíritu enfurecido contra virtud tan generosa, trazó por disfrazar la causa de informar al Duque, y decirle que el Alcalde habia dicho en el acuerdo, que él habia dado órden para que matasen á la Reina: palabras que aun referidas infaman la relacion.

(a) A 3 de octubre de 1611.

Hubo quien comprobase esto; y azorado el Duque, le ordenó al Alcalde visita rigurosa y apasionada que, en vez de condenarle, canonizó aquella entereza acrisolada en venganzas y odios tan poderosos. Y despues se le hizo cargo secreto de haber hablado de la muerte de la Reina; y se le ordenó que no lo comunicase con nadie cuando hiciese su descargo. Y teniendo tan espantosa cara este exámen y pesquisa, todos los cargos se deshicieron en su propia malicia; y el Alcalde padeció los méritos de su celo. Hombre doctísimo, de piedad tan verdadera, de verdad tan animosa, de virtud tan valiente, de fidelidad tan esclarecida, que el solo se atrevió en tiempo tan violento á acordarnos de la robustez de aquellos antiguos españoles.

Mas don Rodrigo, precipitado de una en otra demasía, no dejó cosa por intentar, hasta que su majestad se halló embarazado con tantas advertencias, combatido de sermones y recuerdos de Dios, y con entereza dió á entender al duque de Lerma su voluntad.

Blandeó la obstinacion con que el Duque le habia hecho defensa, por haberse entregado sin límite á un criado suyo que llamaban don García de Pareja: este atropelló la dicha de Calderon, y le ocasionó, invidioso ó indignado, á decir contra él y contra el Duque cosas que parecia que para oprobio ajeno las estudiaba en sí propio.

Fué tan grande el valimiento de Pareja y más que el de don Rodrigo; el cual con sus quejas los deslucia, de suerte que su majestad se determinó á alejar de sí al duque de Lerma. Y el don Rodrigo bien atento, no ya á adelantarse sino á cubrirse, sabiendo lo que podia temer, se estrechó con el Duque su hijo, á quien vió nacer en la gracia del Rey; y previniéndose de resguardo aconsejó al Duque se hiciese cardenal, y le persuadió á ello y lo puso en efecto; y con este capélo autorizó al padre y sirvió al hijo; pues luego, con ocasion que se deseaba en palacio de la dignidad de príncipe de la Iglesia, le mandó su majestad renunciar en su hijo todos los oficios que tenia, por no ser decentes al estado sacro. Fué treta que no se entendió hasta padecerla, pues sin oficios nunca entraba á propósito al aposento del Rey, y con esto el mismo Duque se sintió excluido, y el de Uceda apoderado.

Por relaciones que se inventaron de que el conde de Lémos tenia rodeado de negociacion suya al Rey nuestro señor, entónces príncipe, desde la azafata hasta los ayudas, mandó su majestad quitar tres llaves de ayudas de cámara, á Sola y á Pacheco y á Loaisa; y doradas, al comendador mayor de Montesa y al conde de Olivares. Cedió Montesa, inducido de un vireinato; Olivares ofreció cabeza y llave todo junto, con valor y entereza entretuvo la órden, y á costa de Filiberto, y mediante la ignorancia del de Uceda, aseguró de sí á los validos con su mayor asechanza. Sacaron á la azafata de palacio; y el conde de Lémos, como he apuntado, tomó á su cargo esta reformacion, y sintióse por todos. Habló á su majestad pidiéndole licencia, que no le regateó. Dióse por sentido del de Uceda con demostraciones y palabras, y fuése á Galicia; y de allí á dos dias (a) salió el Duque desterrado para Valladolid, y don Rodrigo con él, á quien de allí á dos meses prendió en Valladolid el oidor Fariñas, visitador de aquella chancillería, y le entregó á don Fran-

cisco de Irazabal, caballero de la órden de Santiago, con guardas para que le llevase á la fortaleza de Montanches, de donde vino á la de Santorcaz, y de allí á una jaula fabricada en una sala de su casa (b).

Esto fué, y esto quiso ser y en esto paró este don Rodrigo de quien escribo: hombre que le llegaron á aborrecer de suerte, que lo inventado y los sueños y los deseos de sus enemigos han parecido pocos ó creidos. En él las intenciones han hecho probanza; podrá ser en algo sin culpa, pero no sin razon: han amedrentádole de suerte su soberbia y sus delitos la misericordia, que con recato se acuerda de sus trabajos, y se ha tenido por delito en la lealtad nombrarle sin maldicion ú oprobio.

En la causa de este hombre procuraron todos que se encargase su majestad de su castigo con venganza justiciera, temiendo pocos, y deseando muchos que, admitiendo por probanza el rumor, y por testigos los odios, seria la entrada á su monarquía por el castigo ejemplarísimo suyo. Ordenóse viese con mayor cuidado su culpa, se admitiese con mayor cristiandad su descargo, dándole plazos inventados y no introducidos; permitiéndole regatear con suplicaciones no platicadas la órden en los derechos y tribunales; porque se vea que aun en la opinion de este hombre no aborrece, sino que juzga.

Miéntras vivió su majestad no desconfió de libertad; luego que supo habia muerto, y vió su negocio en poder de justicia, no hizo caso de la negociacion, y descaecido empezó á tratar de componerse con Dios.

Notificósele la sentencia de muerte con pérdida de las honras que tenia, oficios y bienes: oyóla, y apeló por parecer de sus letrados. Repelióse la apelacion. Recusó á don Francisco de Contreras y á Luis el Salcedo, sus jueces, y á don Alonso de Cabrera á quien habian con Gaspar de Vallejo dado por adjuntos y acompañados. No admitió la recusacion el Consejo. Vieron la súplica de no admitir la apelacion; y confirmaron no haber lugar, y la sentencia como en ella se contiene.

Aquí se apeó de las esperanzas de esta vida, y empezó á conversar con los desengaños. Hizo la postrera experiencia de las caricias de este mundo, y miró cara á cara los escarmientos, á quien habia procurado burlar el cuerpo.

Habia tres meses que habia encomendado á la penitencia y mortificaciones las mejoras de su despedida: fué asistido de la religion del Cármen descalzo, y de fray Gregorio de Pedrosa, amigo suyo en tiempo y agora de su alma, á quien no retiraron las adversidades ni atemorizáron las iras, y que tuvo en más precio su postrer dia que los primeros, derramando lágrimas en el tablado que le habian prevenido los doseles, y con las propias razones que le habia aconsejado que viviese bien le ayudó á que muriese mejor (c).

La muerte de don Rodrigo Calderon fué lo que vivió, y su vida no fué más que su muerte. Oid la historia de dos hombres en una vida, y atended á la historia del pri-

(b) Ni de ella se olvidó el satírico é implacable Villamediana en la siguiente copla:

« En jaula está el ruiseñor
Con pihuelas que le hicieron,
Y sus amigos le quieren
Antes mudo que cantor. »

(c) El padre Pedrosa y Villamediana, el uno con la libertad que el Evangelio infunde, y el otro con la licencia que le daba su se-

vado que nació de su ruina : veréis uno que se edifica con su caida.

Mártes á la noche, 19 de octubre (a), en lugar de su confesor que estaba enfermo, vino el padre fray Pedro de la Concepcion, carmelita descalzo, á prepararle para recibir el Viático otro dia, desengañarle y fortalecerle : halló al marqués de Siete-Iglesias en oracion, solicitando de la misericordia de Dios buen pasaje para su espíritu.

No pudo bien disimular los accidentes de la mensajería; y como él no aguardaba cosa que no fuese aguijar su castigo, le preguntó cuidadoso y alentado á qué fin á media noche habia dejado su quietud. No dudaba que eran pasos con que la caridad de aquella santa religion le rondaba el peligro de las postreras horas. Algo embarazado el religioso en despojar de su razonamiento sentimientos anticipados, le dijo : «Tres meses há que estudio en usia, pues su vida es el libro mas docto que el tiempo y la fortuna compusieron. Cada dia es una hoja donde se leen con alma los desengaños; y de lo mucho que en su persona he estudiado, por agradecimiento quiero que confiramos la mejor parte. Los que en este mundo llamamos bienes (engaitados de sus caricias), grandes diligencias hacen, desde que los cudiciamos hasta que los perdemos, para desengañarnos de sí propios. Leamos los rodeos por donde usía vino á fundar esperanzas de alcanzar lo que ha tenido, lo que padeció para conseguirlo, á lo que se atrevió para poseerlo, y cuán á raiz del gozo se descubrió la persecucion que nació á la par con los primeros motivos de bien afortunado. De manera que usía fué jornalero de su penitencia, y gastó la vida en juntar dolor y castigos, asalariado de la ambicion. Pospuso por el menor destos bienes la salud, la honra, la vida; y ellos, no pudiendo disimular su ruin casta, aun para el arrepentimiento que á usia le dan hoy, se hacen de rogar. De una cosa sola debe estar lloroso y tener sentimiento : de haber aguardado á que Dios nuestro señor enviase cobradores por cosas que habia de haber dejado con desprecio, ó vuéltoselas, á quien se las prestó, con alegría. A tiempo estamos; que quien se las prestó, y quien hoy las pide, que es Dios, quiere mañana venir á visitar á usia. Podrá, pues ha de ser güésped en su alma, ya que no le dió sus hijos, y su mujer, y su hacienda y su vida, darle gracias por la misericordia con que para mayor bien de su espíritu ha dispuesto esta restitucion. Reconozca usía la providencia del eterno Señor, que para camino tan largo le desembaraza y descansa, no le despoja; y éntre esforzadamente en esta jornada, pues cuando se lo quitan todo, le dan por Viático al propio que le ha de juzgar.»

nio desenfadado, eran el azote de aquellos ministros prevaricadores. Hé aquí al propósito un epigrama del Conde.

«Un ladron y otro perverso
Desterraron á Pedrosa,
Porque les predica en prosa
Lo que yo les digo en verso.»

El padre Pedrosa fué predicador de su majestad, electo general de la órden de san Jerónimo en 7 de mayo de 1621, y obispo de Leon en 10 de junio inmediato.

(a) «Es cosa notable que todos los sucesos de esta causa fueron en mártes; porque en mártes salió (don Rodrigo) de Madrid para Valladolid; prendióle allí en mártes don Fernando Fariñas; en mártes entró en la fortaleza de Montanches; trujéronle en mártes al castillo de Santorcaz; y preso, en mártes, á su casa; en mártes le tomaron la confesion; en mártes le dieron tormento; y en mártes le leyeron la sentencia de muerte don Francisco de Contreras, Luis de Salcedo y don Diego del Corral.» (Avisos manuscritos: Biblioteca Nacional.)

Q-1.

Oyó estas razones, y entendiólas; y puesto de rodillas respondió primero á la voluntad de Dios, encomendándole su alma, y resignándose en él; y luego con serenidad y alegría, vuelto al religioso, le habló desta manera :

«Esto han tenido solamente bueno mis males, que han porfiado hasta darme conocimiento de que lo son. Pierdo mi hacienda, y aunque por adquirilla desperdicié el caudal del alma, la verdad de Dios me ha puesto asco en la memoria del tesoro que junté contra mí. Pierdo la vida, ántes la muerte; porque tengo firme esperanza, por los méritos de Jesucristo, de nacer entre el cuchillo y las sogas; y escondiendo este miserable cuerpo en la tierra, dejo sin ocupacion los odios, y desembarazada la invidia. Pierdo mis hijos y mujer : no es ajustado lenguaje este, pues los perdí viviendo; de suerte que les será mas fácil consolarse de verme morir que de haber nacido mios. Sin mí quedan, pero no güérfanos; y lo mejor que les dejo es el dejarlos. La honra iba á decir que me la quitaban, y que no la perdia; mas esta hora no es de presunciones. Padre, yo muero, y con una vida pago muchas deudas; pago muchas más que con la suya los inocentes. Dos cosas pido á Dios : que yo me sepa aprovechar de mis trabajos, y que los que me sucedieren en las veredas de la privanza me sean deudores del recato y acertamiento; que yo ví la sangre de otros, y en lugar de apartarme, resbalé en ella.»

Con esto asistió á prepararse consigo para la comunion, y con los religiosos sin divertimiento se dispuso á acabar de morir. Previno todas las cosas que podian dilatar un instante la ejecucion de la sentencia : cortó el cuello al jubon, quitó la trenza al cuello : niñerías que mostraron el despejo de su ánimo.

Juéves, á 21 de octubre de 1621, salió de su casa con sesenta alguaciles de Corte, pregoneros y campanillas, y los cristos de los ajusticiados, atado en una mula, con un capuz y una caperuza de bayeta, cuello escarolado, el cabello largo, el Cristo en las manos, los ojos en el Cristo. El pregon decia : A este hombre, porque mató á otro alevosa y asesinadamente, y por otra muerte, y por otros delitos contenidos en su sentencia. El pregon le dió la vida y le ordenó la muerte; porque como la gente estaba azorada con los delitos tan inormes como se habian creido, y oyeron el pregon, momentáneamente arrebató los corazones de todos, y de la venganza los trujo á piedad encarecida, con tantas demostraciones que las lágrimas y los ruegos públicos achacaban á la justicia moderada nombre de tiranía.

Tanto pudo lo conciso del pregon, y fuéron tales las causas deste hombre, que se hallaron obligados los jueces á castigarle con tanto recato que no se pudiese sospechar por qué; y tuvieron por menor inconveniente padecer esta liviandad del vulgo mal informado, que dar á entender cuánta clemencia usaban con él.

Admiraron todos el valor y entereza suya, y cada movimiento que hizo le contaron por hazaña, porque murió no solo con brio sino con gala, y (si se puede decir) con desprecio (b). Y pudo tener vanidad de la burla que

(b) Anduvo tan en puntos en el cadalso, recelando no le degollasen por detras, con mengua de su linaje, que lo advirtió al verdugo. Nació de aquí el refran castellano Andar mas honrado que don Rodrigo en la horca, que otros vuelven Tener mas orgullo que don Rodrigo en la horca.

14

hizo á muchos prevenidos para vengarse tanto en su flaqueza como en su afrenta. No apartó la cristiandad de la bizarría, ni la humildad de la entereza. ¡Oh secretos de Dios! que 'hasta la plaza se desquitó de su soberbia; pues quien siempre la despejaba para la muerte de un toro, aquel dia la llenó de gente para que viese la suya.

Acompañábanle los religiosos, y apénas el verdugo le ayudó á morir. No tuvo el cadalso luto ninguno; ántes habiendo cubierto la silla, vino órden que se quitase. Viendo algunos tan robusta valentía donde nunca la presumieron, decian que como habia endurecido el ánimo en crueldades y con delitos que tenian prevenidos mayores tormentos, no extrañó la muerte. Otros que se llegaban, si no más á la piedad, á la razon, dijeron que como él esperaba por su condicion, por su vida, por sus delitos el castigo anticipado en la violencia del pueblo, y halló lágrimas y ruegos y aclamacion general, se alentó con esfuerzo generoso y agradecido. Y concuerda con lo que él dijo á sus confesores cuando salió para ponerse en la mula, donde confesó que se sentia muy flaco de cuerpo y alma, y luego oyendo la gente, dijo: «¿Esta es la afrenta? Esto es triunfo y gloria.» Y dió á entender que lo tuvo por tal; y así lo atestiguan los ojos que le vieron y le lloraron.

Estuvo degollado todo el dia en el cadalso, donde todas las órdenes le fuéron á decir responsos. Convidé el conde de Luna caballeros para su entierro, y al anochecer estaban muchos llamados y otros inducidos de la misericordia. Desnudó el verdugo el cuerpo de don Rodrigo en el tablado, pusiéronle en el lugar de los ahorcados, dióse órden que nadie le acompañase; y así sin cubierta el ataud le llevaron con una luz al Cármen Descalzo los alguaciles, donde, hallando un túmulo, le derribaron, y pusieron el cuerpo en el suelo; que para su castigo atropelló la fortuna la inmunidad eclesiástica. Despues se dió á entender que habia sido todo esto demasía de los alguaciles, y no mandato, y los prendieron; y no me parece que necesitaba el caso de satisfaccion, pues siendo don Alvaro de Luna tan diferente en todo y en las causas de la muerte, le enterraron en Valladolid con los ahorcados, donde estuvo muchos años.

Los carmelitas descalzos lo enterraron en su claustro, y allí descansa quien murió (como dijeron) por lo que los jueces callaron; pues con las palabras que lo disimulan en la sentencia, le acusan en el hecho.

Muchas vidas y muchas honras ha puesto en salvo con esta cabeza su majestad, y tomado resolucion tan grande, que con los enemigos vale por muchos ejércitos: bastante á acreditar la entereza y valor de su majestad y la lealtad y celo de los que le asisten, á quien toda España debe en este castigo la satisfaccion de muchas quejas, y la medicina de grandes dolencias, y un temor que irá á la mano á las demasias de los ambiciosos; y deberá el mundo á su majestad el haber hecho del mayor escándalo el mayor ejemplo.

Siguieron á la muerte de don Rodrigo elogios muy encarecidos; y los poetas que le fulminaron el primero proceso en consonantes, le hicieron otros tantos epitafios, como decimos, llorando como cocodrilos al que se habian comido. Y ya en España su voz decienta las honras; á sus coplas siguen las calumnias, y no sirven sino de adiestrar calamidades; y luego canonizan los delincuentes por ofender la reputacion de los jueces. Y si

esto no se ataja, las musas serán mas criminales que sonoras (a).

Dos dias ántes que espirase don Rodrigo libró al sargento mayor Guzman, que estaba condenado á ahorcar por haber muerto á Juara en virtud de una cédula del

(a) El dardo va contra Villamediana, y sobre todo contra Góngora, enemigo irreconciliable de QUEVEDO. Góngora fué muy favorecido de don Rodrigo, á quien vivo zahirió, no obstante, con maligna intencion en sus versos, y muerto encomió con exagerado entusiasmo. Así cantaron el poeta cordobes y el Conde la muerte del marqués de Siete-Iglesias.

SONETO.

Sella el tronco sangriento, no le oprime,
De aquel dichosamente desdichado,
Que de las inconstancias de su hado
Esta pizarra apénas lo redime.
Piedad comun, en vez de la sublime
Urna, que justamente le han negado,
Padron le erige en bronce imaginado,
Que el tiempo en vano en las memorias lime.
Risueño con él, tanto como falso,
El mundo cuatro lustros en la risa
El cuchillo quizá envainaba agudo.
Desde el aitial, despues al cadahalso
Precipitado, ¡oh cuánto nos avisa!
¡Oh cuánta trompa es su ejemplo al mundo!

OTRO.

Ser pudiera tu pira levantada
De aromáticos leños construida,
Oh fénix en la muerte, si en la vida
Ave no de sus piés desengañada.
Muere en quietud dichosa y consolada,
A la region asciende esclarecida,
Pues de más ojos que desvanecida
Tu pluma fué, tu muerte es hoy llorada.
Purificó el cuchillo en vez de llama
Tu sér primero, y gloriosamente
De tu vertida sangre renacido.
Alas vistiendo, no de vulgar fama,
De cristiano valor, sí, de fe ardiente,—
Más deberá á su tumba que á su nido. (Góngora.)

EPITAFIO.

Hoy de fortuna el désden
Aqui dió muerte inmortal
A quien el bien hizo mal,
Y á quien el mal le hizo bien.

OTRO.

Aqui yace Calderon.
Pasajero, el paso ten:
Que en hurtar y en morir bien,
Se parece al Buen Ladron.

SONETO.

Ese, que en la fortuna más crecida
No cupo en sí, ni cupo en él la suerte,
Viviendo pareció digno de muerte,
Muriendo pareció digno de vida.
¡Oh Providencia no comprehendida,
Auxilio superior, aviso fuerte!
El humo en que el aplauso se convierte,
Hace la misma afrenta esclarecida.
Calificó el cuchillo los perfetos
Medios que religion celante ordena
Para ascender á la mayor victoria:
Y trocando las causas sus efetos,
Si glorias le conducen á la pena,
Penas le restituyen á la gloria. (Villamediana.)

Don García de Salcedo Coronel asegura en sus Comentarios á Góngora (pág. 767), que es de Villamediana el anterior soneto. En nada se parece el estilo al de don Luis, y sin embargo como obra suya está en un libro que de su órden, con todos sus borradores y con otras copias, formó el licenciado José Perez de Rivas Tafur, beneficiado de la parroquial de la Magdalena, en Córdoba, discipulo de los más queridos poetas de casa, como decia aquel peregrino ingenio. Góngora apostilló el libro, enmendó versos, advirtió los que no eran suyos; pero dejando esta tarea por con-

rey que le dió don Rodrigo, y despues con maña se la pidió y rompió; y hasta su postrer sentencia no lo declaró (a).

De allí á pocos dias (b) partió el conde de Monte Rey (c) á Roma á dar la obediencia á su santidad, y en su pasaje fué don Francisco de Alarcon, fiscal de Granada, juez para averiguar en Nápoles los excesos del duque de Osuna (d). Recusóle la parte del Duque, y no fué admitida la recusacion; y en esta y otras diligencias se diferirán los negocios del Duque.

El príncipe de Esquilache llegó á Sevilla, de las Indias: extendióse mucho la opinion del tesoro que el príncipe traia, creciendo los millares en millones; pues aunque sea cierto que registró hacienda, se ha de entender que los contadores de la felicidad ajena añaden siempre al número verdadero el que basta á que la hacienda más parezca robo que gajes, y que industria negociacion.

Publicáronse los registros (e), pregmática tan delgada que puede ser noviciado para el dia del juicio. Y porque prosiguiéndose con igualdad y no quedándose en amago, será medicina de muchos males y prevencion de muchas desórdenes, se me permita dar razon de las causas (f) que la pudieron introducir.

Necesitó el glorioso emperador Cárlos V, para la victoria universal del mundo, de gastar en ella todo el caudal de sus reinos; y pusiéronle mayor necesidad las comunidades, que le desayudaban y encarecian los socorros. De aquí vino á renunciar en don Felipe II muchos reinos con muchas cargas; y tantas, que le obligaron á que con pobreza modesta pidiese de limosna lo que no dejó de tomar por falta de teólogos que se lo aconsejaron (g). Y con esto y con la moderacion de sus criados, la virtud de sus validos, la entereza de sus ministros, la inteligencia de sus vireyes y generales, entretuvo lo que no pudo desempeñar.

Dió este rey demasiado crédito al temor. Murió y dejó en este estado los reinos á don Felipe III, nuestro señor, que está en el cielo. Quedaron fortalecidos los pocos años de su majestad con Rodrigo Vazquez, presidente de Castilla; con don Pedro Portocarrero, obispo de Córdoba y inquisidor general; con Garcia de Loaisa su maestro, arzobispo de Toledo; con don Cristóbal de Mora (h), y don Juan de Idiaquez, el marqués de Velada,

---

cluir, y hallándose bácia el fin el soneto, puede muy bien ser de ajena pluma. Poseo este curioso códice.»

«A 2 de diciembre se celebraron honras en los Carmelitas Descalzos, donde fué depositado su cuerpo de don Rodrigo.»

«A 20 de enero de 1625 hizo su majestad merced á doña Inés de Vargas, marquesa que fué de Siete-Iglesias, de título de condesa de la Oliva, y diez mil ducados por una vez, y del patronato del convento de Portaceli de Valladolid, y casa de las Aldabas. Al hijo mayor le dió título de conde de la Oliva (esto fué á 17 de agosto); y á don Francisco Calderon, padre del Marqués, se le hizo gracia de la villa de Siete-Iglesias. Debióse todo á la intercesion del conde de Olivares, quien ya que no pudo librar á don Rodrigo, honró á sus hijos y á su padre. Este falleció en Valladolid á 18 de febrero de 1621.» (Avisos manuscritos.)

(a) En un manuscrito del señor don Agustín Duran se leen las siguientes

ADVERTENCIAS.

1.ª Esta memoria escribió DON FRANCISCO DE QUEVEDO en adulacion del Conde Duque, que mucho aborreció el ambicioso poder de don Rodrigo y valimiento del duque de Lerma, de quien don Rodrigo fué hechura. Por esto no perdona malicia alguna su pluma, ántes parece que su empeño es abultar las sospechas y achacarle más rumores que los que merecieron sus delitos, aunque grandes, como si le importara que fueran verdaderos cuentos y chismes que entónces tuvieron mucha estimacion por la codicia de las parcialidades.

2.ª Esta advertencia sirve para mitigar el odio excesivo á la memoria de don Rodrigo; y tengo por cierto que si DON FRANCISCO DE QUEVEDO hubiera lo que de la muerte y penitencia de este caballero se escribió despues de desarmados los odios ó las emulaciones, discurriera con mas piedad y ménos empeño, sin adelgazar tanto el estilo para acreditar sus conceptos.

3.ª La venerable virgen doña María de Escobar, cuya beatificacion se espera y cuyas virtudes se pregonan en todo el mundo, escribe muy por extenso los ejemplos cristianos que en aquella muerte resplandecieron, y dice haber tenido revelacion de su eterna dicha.

4.ª No diré yo que es milagrosa la incorrupcion del cuerpo de don Rodrigo, que permanece al tiempo que se escribe esta adicion (que es á 5 de febrero del año de 1672), y me lo han asegurado hombres dignísimos de todo crédito, que la han palpado, y las religiosas del convento de Portaceli de Santo Domingo de Valladolid, que es fundacion suya y patronato de los condes de la Oliva, sucesores suyos, que cada dia le estaban viendo sin horror alguno.

5.ª Del convento del Cármen Descalzo de Madrid, donde tres años estuvo sepultado en la tierra, á instancias de estas religiosas se trasladó al convento de Portaceli, donde yace en la sala capitular: consérvase el cadáver con la carne tratable y todos los miembros flexibles, como al acabar de morir; y el color poco desemejante de los vivos. Está en una caja descubierta, y solo con una mortaja que mucha parte le deja desnudo.

6.ª Cuando le sacaron del primer sepulcro le dieron con el azadon un golpe, con que le sacaron uno de los ojos; y sin fealdad se conserva el cuenco con este defecto. Las religiosas, con mal consejo, para acomodar su estatura, que era muy prócera, en el nicho que abrieron para colocarle en una pared maestra de piedra, le hicieron aserrar las canillas de las piernas, como se reconoce.

7.ª Puede ser que quiera Dios signifcar la buena suerte de su alma, con la integridad, si no milagrosa, sin duda muy extraordinaria, de su cuerpo.—Requiescat in pace.

(b) A 1.º octubre 1621, dicen Pinelo y Céspedes y Meneses. (Fol. 78 v.)—Los Avisos ponen la salida á 4 de noviembre, lo cual es mas conforme con lo que apunta QUEVEDO.

(c) Don Manuel de Acebedo y Zúñiga, cuñado y primo de Olivares. Entró en Madrid, de vuelta de su embajada, á 5 de setiembre de 1622 á 8 de octubre se le dió la presidencia del consejo de Italia, y tuvo desde entónces mucha mano en los negocios, siendo por ello blanco de las mismas sátiras y odios que el favorito.

(d) «4 agosto 1621. Este dia hizo el Rey merced á don Francisco de Alarcon, oidor que era de Granada, que vaya á Nápoles á la averiguacion de los negocios del duque de Osuna, y plaza de Indias, y gracia de hábito.» (Avisos manuscritos.)

(e) «A 14 de enero de 1622 salió decreto de su majestad, para que todos los ministros diesen inventarios de sus haciendas, ántes que se les entregasen los títulos, y esto ejecutasen cada vez que fuesen promovidos; y que los que estaban sirviendo desde el año de 1592 diesen dentro de diez dias inventarios, sin simulacion ni ocultacion, so pena de perdimiento de lo que maliciosamente ocultasen, con más el cuatro tanto para la real Cámara.»

«Y á 23 del mismo mes salió otro, que dió la forma en que se habia de ejecutar el primero. Ambos los refiere el maestro Gil Gonzalez Dávila, si bien despues se suspendió su ejecucion.» (Don Antonio de Leon y Pinelo, en su Historia de Madrid, MS.)

«Despues de la caída del Conde Duque, en 1.º de setiembre de 1643 reverdeció esta medida contra los ministros ladrones, y fuéron visitados y residenciados muchos consejeros de Cámara. (Véanse los Avisos de Pellicer.)

(f) «por que la admiro, dice el antiguo manuscrito.

(g) «Alude á haber salido por toda España diversos religiosos á pedir un empréstito general para el rey Felipe II: entre ellos el maestro Fuenmayor, fraile agustino, á quien en cierta aldea sucedió la aventura que eternizó el doctor Juan de Salinas, peregrino poeta, con el romance que empieza:

En Fuenmayor, esa villa,
Grandes alaridos dan;
A fuego tocan apriesa,
Que se quema el arrabal.

(h) Marqués de Castel-Rodrigo, privado de Felipe II, á quien escribió Góngora el soneto que comienza:

«Arbol, de cuyos ramos fortunados.»

Con hija suya casó el célebre duque de Alcalá, que murió yendo

y el conde de Chinchon ; mas llevado de la inclinacion su majestad se dejó todo en las manos y en el arbitrio de don Francisco Gomez de Sandoval y Rojas, marqués de Denia. Estaba la grandeza deste señor en este tiempo desabrigada y con encogimiento en gran pobreza ; y como le amaneció tan á propósito la caricia de su rey, para desembarazar el paso á sus aumentos y mejoras retiró de su majestad los más de los ministros referidos, y solos permitió en palacio á don Juan de Idiaquez y al marqués de Velada.

Negocióles esta asistencia más su modestia y encogimiento que otra cosa, y quedaron más por no peligrosos que no por amigos. Apartó á don Cristóbal de Mora y al conde de Chinchon con maña ; y á García de Loaisa y á don Pedro Portocarrero con enojo, y no descansó dél hasta la venganza, que aguijó tan bien que murieron brevemente.

Habiendo don Pedro Portocarrero defendido el oficio de inquisidor general hasta reducir en el Duque la negociacion á violencia, al cabo dejó la vida á la par con los oficios. Quedó solo Rodrigo Vazquez, presidente de Castilla, con título de padre, hombre digno de reverencia, y duró en el puesto hasta que las pretensiones del Duque fuéron tan alentadas que le ocasionaron, respondiendo á consultas de su aumento, verdades peligrosas.

Fué varon de tan hazañosa virtud, que no entretuvo su libertad en conveniencias ; y como el Duque tropezó al nacer de su fortuna en severidad tan desapacible, pretendiendo pasar de un extremo á otro, dispuso alejar este embarazo de la corte, y así se le ordenó dejase la presidencia y saliese della ; y luego disimulando un destierro, se le mandó ir al Carpio, lugar suyo, donde murió.

Quedó su majestad en pocos años desnudo de la mejor herencia de su gran padre.

Dignos son de todo castigo aquellos que con ánimo sacrílego se atreven á juzgar á los reyes, pues no pueden alcanzar la disculpa de sus acusaciones los que no lo hubieren sido y tuvieren experiencia de los encantamentos de la adulacion, de los divertimientos inevitables de la maña, y de la prision que á un monarca fabrican los ambiciosos.

Veis aquí á don Felipe III, nuestro señor, ocupado en desarmarse contra sus peligros, entretenido en premiar su persecucion, y atento al divertimiento.

Empezó el Duque á derramar en sus criados y deudos, y á crecer en todo con paso tan apresurado que parecia recatarse de alguna hora invidiosa. Y este recelo le introdujo una negociacion nunca oida, de pedir y dar los oficios y encomiendas, anticipando la cudicia á las muertes de sus dueños : de suerte que el decreto les hacia sospechosas las vidas, y el heredero postizo les traia asombrada la felicidad. Introduccion tanto mas dañosa cuanto ménos posible de remediar en otro tiempo, sin malquistarse quien presumiere de enmendar un daño tan apetecible. Y como la licencia, tan extendida en las cosas propias, ata la libertad para poder moderar los ánimos ajenos (que en la imitacion destas acciones conocen el aprovechamiento), corrieron las cosas del gobierno y hacienda de su majestad hácia donde encaminaban los designios de los ministros.

de plenipotenciario á Colonia, para tratar de la paz universal en 1637.

Los propios tribunales no lisonjeaban á propósito con desentenderse de la desórden ni aun con ayudarla, que para asegurar la sospecha habian de llegar á ser cómplices en el modo de enriquecer.

Los gobernadores y vireyes iban á las provincias á traer y no á gobernar, y los reinos servian á una cudicia duplicada, pues el despojo habia de ser bastante á tener y á dar.

Por este camino vinieron los reinos de su majestad á enflaquecerse, á debilitarse (poco digo), á tener una vida dudosa, y un sér poco ménos miserable que la muerte.

El real patrimonio andaba peregrinando de casa en casa, fugitivo de la corona, y encubierto de diferentes esponjas.

Heredó don Felipe IV nuestro señor, de su gran padre, más en él perdimiento destas cosas (que le ha ocasionado providencias escarmentadas) que en la monarquía del mundo ; pues le dió provincias que resucitase y vasallos que hiciese de nuevo. Y algo conseguirá (a) con la órden que se publicó (b) del registro que manda hacer á todos los ministros, ántes de entrar en los oficios, para que el aumento le tengan por premio si le merecieren, no si le supieren tomar (c).

Mas es de temer que estas novedades suelen contentarse con el ruido, y quedarse en invenciones sin llegar á remedios : tienen efecto de hurto, cuando despojan y no aseguran, y despues de la dicha se desquitan y saben acreditar castigos (d).

La atencion venenosa de algunos desocupados que no tienen ociosa la malicia, y á costa de toda virtud descansan en la calumnia ajena, haciendo caudal del descontento de todas las cosas, han advertido en el gobierno presente algunas con nombre de acciones que se desdicen, y decretos faltos de memoria, que á pocos dias desordenan lo que ordenaron ; y como sea fácil ser apacibles los mal intencionados y dichosos á costa ajena, han hallado sus malicias aplauso. Acreditan este modo de hablar, diciendo que se prometió al principio deste gobierno se habia de procurar el desempeño del patrimonio de su majestad, desembarazar la casa real, y descansarla de gastos, no dar futuras sucesiones ni oficios por casamientos ; y hacen circunstancia perniciosa haber notado algunas destas cosas por culpas en los ministros que pasaron. Y es verdad que se prometieron y en el gobierno pasado se culparon, y que hoy se hacen. Veamos cómo puede ser pecado en los unos, y no en los otros. A que se responde : que fuéron cosas con tal sabor inventadas á la cudicia de los pretendientes, que los que sucedieron en el gobierno, sin riesgo manifiesto de exponer sí

(a) « Y todo lo conseguirá.....» (Antiguo manuscrito.)
(b) En 14 de enero 1622.
(c) « Y de paso hará que, como en la resurreccion universal, se junte el cuerpo de su hacienda ya deshecho, saliendo de donde están sepultados los miembros que le faltan, hasta el postrer cabello», añade el citado antiguo manuscrito.
(d) En el propio manuscrito falta, como es consiguiente, este otro párrafo.

Quevedo se alucinó con el decreto de registro, y por eso estampó, en un principio, que le admiraba, y que todo bien se conseguiria con él. La experiencia, siempre nueva aun para los más experimentados, le hubo de enseñar que los decretos y leyes, sin hombres que les dén sér y vida, no son más que ruido y algazara ; y cuando reinó los Anales reformó su opinion y apagó su entusiasmo.

odio comun su rey y sus personas, no pudieron dejar de continuarlo; pues de no hacerlo fueran juzgados por invidiosos y no por pródigos, y los tuvieran más por miserables que por advertidos. Y así pecaron, por sí y por todos los que les sucederán, los que inventaron cosa que siendo mala es peor por necesitar de su continuacion en todos tiempos.

Sea primer artículo el desempeño justo y forzoso. Empezado se ha á tratar, y solo de los amagos dél se lamentan los que con hipocresía lograra capitulan por los corrillos á los que no lo ejecutan. Si se trata, se quejan y llaman tiranos á los que lo proponen, y á los medios desolacion; si no se platica, dan voces y llaman ladrones á los que lo dejan perdido, como á los que lo perdieron; teniendo estos que lo padecen la pena de los que tuvieron la culpa y lo disiparon.

El primer ministro que se ha atrevido á no temer este peligro forzoso, llevado de lo magnífico de estas promesas tan aventuradas, ha sido el conde de Olivares; pues animosamente, si no arriesga su puesto, le embaraza con desabrimientos populares, dificultades de ministros, contradiciones de curiosos y advertimientos de entremetidos, á quien mejor llamara parlerías desocupadas, que en todo tiempo hicieron oficio de cizaña á grandes motivos.

Todos dicen «desempéñese el Rey»: uno solo lo trata, y háse de hacer con todos; y ellos al efetuarlo quieren que se haga para todos y con ninguno. Si se trata de imposicion, se espantan los pobres y los oficiales; si de erario, se retiran los ricos mal satisfechos; y con decir «todo es de nuestro Rey y para su servicio», muestran fidelidad aparente y lealtad interesada. Crecen las dificultades, empeñan el celo del ministro que trata del desempeño, y quieren hacer que pasen contradiciones por méritos, y promesas por obras.

En cuanto á las futuras sucesiones, se debe considerar: primero, que los que las introdujeron pecaron por sí y por los que sucederán; pues empezaran cosa que sin malquistarse el Rey propio con sus mayores vasallos no podrá, no digo repelerla, pero ni mitigarla. Lo segundo, es advertir si por sí misma la futura sucesion es reprensible ó no; y constantemente afirmo que es provechosa, pues alarga con una propia cantidad el caudal de los reyes para honrar sus vasallos, y con una misma cosa honra en el presente y el futuro, al que espera y al que posee. Y fué tropelía de Estado (así se puede llamar) honrar á uno con lo que es de otro, sin quitárselo á él ni dárselo á este; y fué ingeniosa pobreza dar el Rey lo que no tiene; y recibir el vasallo lo que no le dan, confianza pródiga.

Segun esto, la misma bondad tiene y tuvo en todos tiempos la futura sucesion; y si algo tiene aciago, no tardaré yo en acordarlo, mas no cosa considerable. Diréloen su lugar, no léjos de la causa de su distraimiento.

Queda agora declarar el exceso que constituyó en delito la futura sucesion; y este, la conjetura del que tiene discurso, no aguarda á que se le digan: fácil se sospecha, si ya no quiere lisonjear con ignorancia fingida la malicia poderosa. La futura sucesion vendida es descrédito del monarca y del ministro, incomodidad y molestia del cargo, y asombro de la felicidad ajena; pues el príncipe se confiesa, ó de entendimiento engañado, ó de ánimo abatido; el privado, regaton de lo que habia de ser dis-

pensador; el cargo menospreciado, y el poseedor temeroso de la inteligencia del dinero, de la insolencia del que le tiene, y de la cudicia del que le junta.

Deste achaque adoleció la futura sucesion; y yo confieso que es enfermiza, si ya para todas las negociaciones el dinero no pierde el tino, y las veredas por donde suele andar no las deja sin tomar otras; que eso no es dejar de ser ruines, sino serlo de otra manera. La dádiva que con nombre de amistad arreboza el cohecho, tullida y muda no ha de tener pasos ni voz; y lo que se diere lo ha de negociar el mérito y la conveniencia del real servicio, sin agraviar antelacion ni lugar (a).

Dicen que se han acrecentado gastos, inventando oficios y repitiendo los que por no necesarios se habian consumido; y aqui gritan que cómo se comete lo que se acusa. Esto verifica cuenta lo acusa ó lo disculpa.

En lo de oficios en dote alzan el grito. Afirman que está ofrecido en pregmática, y que desde entónces nadie se casa que no sea á costa del Rey y del reino: que el ser marido es disposicion que precede á todo mérito; de suerte que la virtud, soltera ó viuda, está desesperada. Esto es cosa que ni se debe creer, ni se puede sufrir, por ser un desaguadero de toda justicia y de toda buena disposicion.

Siempre se hicieron en el mundo unas propias cosas. Nada es nuevo á lo pasado: solo el modo de hacerlo salva ó condena á los ministros; y si hacer mal de balde, es ménos mal para quien lo padece, hacer bien de balde, por la propia razon será más bien para todos.

No se puede negar que se ha hecho algunas veces y que se hará siempre algo de esto, y que las plazas y los cargos y las dignidades son ya casamenteros, y hasta los obispos conciertan bodas (cosa tan ajena de las mitras); pero esto tiene de bueno este mal uso, que ó brevemente se acabará, ó nos acabará á nosotros (b).

Habiendo el confesor de don Baltasar de Zúñiga, como intérprete del ángel de guarda del conde de Villamediana don Juan de Tarsis, advertídole de que mirase por sí, que tenia peligro su vida, le respondió la obstinacion del Conde «que sonaban las razones más de estafa, que de advertimiento»: con lo cual el religioso se volvió

(a) El manuscrito antiguo varía así este párrafo y los dos siguientes, lisonjeando con exceso al nuevo gobierno del Conde Duque: «Deste achaque adoleció la futura sucesion, y sin este cobró salud agora, pues para todas las negociaciones el dinero ha perdido el tino y las veredas por donde andaba solo. Solo él no las anda: háse pasmado el interes, y no se mueve hácia ninguna parte; la dádiva que con nombre de amistad arrebozaba el cohecho, tullida y muda, no tiene pasos ni voz; y lo que se dé hoy, lo negocia el mérito y la conveniencia del real servicio, sin agraviar antelacion ni lugar.

»Dicen que se han acrecentado gastos. Esto no es así; y lo que reducido á cuenta tiene demostracion, por demas es crecerlo en voces y hacerlo cuestion.

»En lo de oficios en dote se responde lo mismo que en las futuras sucesiones, pues se dan por servicios á personas suficientes y que lo merecen; y dar el oficio en dote al benemérito, es hacer bien á dos con una cosa. Multiplicar el bien, ni el demonio dirá que es hacer mal.»

Desengañado QUEVEDO de las esperanzas halagüeñas que le hizo concebir el nuevo gobierno de Felipe IV, consignó despues en el Marco Bruto esta desconsoladora máxima: «No con aquellas virtudes que se merece reinar, se reina.»

(b) «Y es cierto que hoy, aunque depongan los enemigos, no cuesta lo que se merece, ni aun pasos, ni aun ruegos; vergüenza, sí, de los que á su pesar confiesan esta limpieza en los que invidian, no la virtud, porque tienen sus puestos, sino los puestos sin virtud.» (Así se ve redactado el párrafo en el primer manuscrito.)

sentido más de su confianza que de su desenvoltura, pues solo venía á granjear prevencion para su alma y recato para su vida. El Conde, gozoso de haber logrado una malicia en el religioso, se divirtió de suerte que, habiéndose paseado todo el dia en su coche y viniendo al anochecer con don Luis de Haro, hermano del marques del Carpio, á la mano izquierda en la testera descubierto al estribo del coche, ántes de llegar á su casa, en la calle Mayor salió un hombre del portal de los Pellejeros, mandó parar el coche, llegóse al Conde, y reconocido, le dió tal herida que le partió el corazon (a). El Conde animosamente, asistiendo ántes á la venganza que á la piedad, y diciendo *esto es hecho*, empezando á sacar la espada y quitando el estribo, se arrojó en la calle, donde espiró luego entre la fiereza deste ademan y las pocas palabras referidas.

Corrió el arroyo toda su sangre, y luego arrebatadamente fué llevado al portal de su casa, donde concurrió toda la corte á ver la herida, que cuando á pocos dió compasion, á muchos fué espantosa: auto que la conjetura atribuia su violencia á instrumento, no á brazo. Su familia estaba atónita, el pueblo suspenso; y con verle sin vida, y en el alma pocas señas de remedio, despedida sin diligencia exterior suya ni de la Iglesia, tuvo su fin más aplauso que misericordia. ¡Tanto valieron los distraimientos de su pluma, las malicias de su lengua; pues vivió de manera que los que aguardaban su fin (si más acompañado, ménos honroso) tuvieron por bien intencionado el cuchillo!

Y hubo personas tan descaminadas en este suceso, que nombraron los cómplices y culparon al príncipe (b), osando decir que le introdujeron el enojo por lograr su venganza; que su órden fué que lo hiriesen, y los que la daban, la crecieron en muerte, abominando el engaño tanto como el delito (c).

(a) A 21 de agosto de 1622. El Conde venía de Palacio en direccion de la Puerta del Sol; y enfrente de la calle que va á San Ginés, llamada hoy de Coloreros, le embistió el asesino con una arma como ballesta. Fué este, segun unos, Alonso Mateo, ballestero del Rey; segun otros, Ignacio Mendez, natural de Illescas, á quien el privado hizo guarda mayor de los reales bosques. La casa de Villamediana estaba casi enfrente de San Felipe el Real, en cuya iglesia depositaron el cuerpo; y de allí, conducido á Valladolid, fué colocado en la bóveda de la capilla mayor del convento de San Agustin. Muchos años despues se halló casi entero, lo que atribuyeron á la mucha sangre que le salió por la herida.

(b) Tiernos yerros amorosos que traian á Villamediana muy recelado, y los odios que se concitaba con el desenfado y mordacidad de su genio, compraron el brazo que le arrebató á la vida. El Conde declara harto lo primero en el romance que comienza:

> ¿Para qué es, amor tirano,
> Tanta flecha y tanto arpon?

Donde se lee

Francelisa (1), cuyos ojos | Altrosísimo *peligro*,
Mi culpa y disculpa son, | Y en el peligro mayor
Dulcísimo laberinto | Menosprecio de la vida,
Del que en ellos se perdió; | Y luz de la estimacion.
Si no olvida quien bien ama, | Permitid que á las cadenas,
¿Cómo puedo olvidar yo | Que tan puro amor forjó,
Desdenes que su escarmientan, | No se les atreva el tiempo,
Porque es premio su rigor! | Ni la desesperacion.

(c) El manuscrito varia así:

«Y hubo personas tan encarnizadas en vengarse del Conde, que á los que solo lamentaban el morir sin confesion, respondian: *Gran desdicha, y lo postrero; mas ¿quién sabe si lo tuvo por ahorro quien primero dijo, esto es hecho, que confesion?*»

(1) La *francesa*. Dicen que bajo este nombre encubria el poeta el de la reina Isabel de Borbon. Los magníficos romances del señor duque de Rivas han pintado valientemente estos amores.

Otros decian, que pudiendo y debiendo morir de otra manera por justicia, habia sucedido violentamente, porque ni en su vida ni en su muerte hubiese cosa sin pecado. Solicitar uno su herida y su desdicha con todas sus coyunturas, y el castigo con todo su cuerpo, y no prevenirse, fué decir: «ni la justicia ni el odio han de poder hacer en mi mayor castigo que yo propio.» Y todo lo que vivió fué por culpar á la justicia en su remision, y á la venganza en su honra; y cada dia que vivia, y cada noche que se acostaba era oprobio de los jueces y de los agraviados: diferentemente en su muerte y en las causas della (d).

La justicia hizo diligencias para averiguar lo que hizo otro á falta suya; y solo así se halló por culpada en haber dado lugar á que fuese exceso lo que pudo ser sentencia. Esperanza tengo que Dios miraria por su alma entre el desacuerdo y la desdicha del Conde; pues su misericordia por desmedida cabe en ménos de lo que comprenden nuestros sentidos (e).

Estando don Baltasar de Zúñiga tan recien nacida su buena dicha que se podia decir la estrenaba, Dios nuestro Señor le llamó con enfermedad tan diligente que,

(d) QUEVEDO, Góngora, Lope de Vega, Miradémescua, Luis Vélez de Guevara, don Antonio de Mendoza, Jáuregui y el conde de Saldaña, hicieron composiciones á la muerte de Villamediana. De las doce que han llegado á nosotros, únicamente las que insertamos son dignas de atencion.

Mentidero de Madrid, ¡de — | Ayer fui conde, hoy soy nada;
Decidnos: ¿quién mató al Con- | Fui profeta, y vi en mis dias
Ni se sabe, ni se *es-conde.* — | Cumplidas mis profecias,
Sin discurso discurrid. — | Mi verdad autorizada.
Dicen que lo mató el Cid, | De algun villano la espada
Por ser el Conde lozano. — | Cortó la flor de mi edad;
¡Disparate chavacano! | Y Madrid con su piedad
Lo cierto del caso ha sido | Me tiene canonizado,
Que el matador fué *Vellido,* | Pues dice que me han quitado
Y el impulso *soberano.* | La vida por la verdad.

(*Falsamente atribuido* | (*De Miradémescua.*)
á Góngora.)
| Aquí yacen los despojos
Aquí yace, aunque á su costa, | De un discreto mal rígido,
Un monstruo en decir y hacer: | Cuya muerte han prevenido
Por la posta vino á ser (2) | Propios ajenos antojos.
Y se acabó por la posta. | Emulos fuéron sus ojos;
Puerta en el pecho no angosta | Y tú, caminante, advierte
Le labró hierro fatal. | Quién causó tan dura suerte;
Pasajero, en caso tal | Y si lloras compasivo,
Que da luz con su vaiven, | *Llora, más que al muerto, al vivo,*
Poco importa correr bien | El imperio de su muerte.
Quien vino á parar tan mal.
(*Id.*) | (*De Velez de Guevara.*)

| Aquí yace quien tan mal
Aquí con hado fatal | Usó del saber, y quien
Yace un poeta gentil; | En su vida alcanzó el bien
Murió casi juvenil; | De hallar amigo leal.
Por ser tanto *juvenal.* | El fué señor sin igual,
Un lauco y fiero puñal | Invencible en el ardor,
De su edad desfloró el fruto: | Aguila que al resplandor
Rindió al acero tributo; | Del sol se puso tan fuerte,
Pero no es la venganza | Que no le causó su muerte
Que se haya visto que muera | La muerte, sino el valor.
César al poder de Bruto.
| (*Del conde de Saldaña,*
(*De Lope de Vega.*) | *marques de Alenquer.*)

(e) Don Juan de Tassis, conde de Villamediana, correo mayor de España y Nápoles, era muy aficionado á juntar diamantes, que hacia engastar en plomo, para lucimiento de la piedra y conocimiento de su fondo; y tan decidido por la pintura, que llegó á adquirir, sacrificando las mayores sumas, originales de los mas célebres artistas españoles y extranjeros. Compartia con los de los caballos esta aficion, pero jamas vendió ninguno, regalándolos ó dejando que muriesen en su casa. Fué, juntamente con el marques de Siete-Iglesias y el conde de Lémos, gran Mecénas de

(2) Alude al cargo de correo mayor que tenia Villamediana.

visitarle enfermo y acompañarle muerto, se hizo con unos propios pasos (a). Grande fué el dolor, mayor el ejemplo para los que se divierten en mandar; pues ven á la providencia de Dios tan recordada en aguijar el desengaño á nuestra presuncion. Hizo su majestad demostracion grande, escribiendo una carta á su mujer de don Baltasar prometiéndose padre á sus hijos, y diciendo que haria que se conociese que á nadie sino á él hacia falta. Su majestad en estas palabras bajó la nota de la majestad por llegarlas á caricia muy ponderada (b), y provocó la providencia de Dios en asegurar no haria falta, pues la hizo á todos.

Algo intentó don Baltasar, con que el conde de Olivares descansó el arrepentimiento de haber dejado los papeles á su tio. Desdíjose de todo: puede conjeturarse que hizo mucho, mas no asegurarse.

Murió, como he dicho, don Baltasar viérnes 7 de octubre de 1622, dejando para algunos güérfano el despacho, para otros desembarazado. Dejó casada su hija con el heredero del duque de Pastrana, principe de Mélito; y solo eso puso en cobro con los conciertos; pues dentro de pocos dias doña Francisca Olarut su mujer murió (c),

don Luis de Góngora, quien habiendo perdido en un año á sus tres favorecedores, escribió el siguiente

SONETO.

Al tronco descansaba de una encina (1),
Que invidia de los bosques fué lozana,
Cuando segur legal una mañana
Alto horror me dejó con su ruina.

Laurel (2), que de sus ramas hizo dina
Mi lira ruda sí, mas, castellana,
Hierro luego fatal su pompa vana
(Culpa tuya, Caliope) fulmina.

En verdes hojas cano el de Minerva
Arbol culto del sol yace abrasado (3),
Aljófar sus cenizas de la yerba.

¡ Cuánta esperanza miente á un desdichado !
¿ A qué mas desengaños me reserva,
A qué escarmientos me vincula el hado ?

Para las noticias que acerca de Villamediana y su muerte quedan apuntadas, se han tenido presentes los Avisos manuscritos.—Céspedes y Menéses, Historia de Don Felipe IIII.—Salcedo Coronel, Comentarios á Góngora, pág. 238.—Manuscritos de la Biblioteca Nacional, M. 200.—Don Adolfo de Castro en El conde de Olivares y el rey Felipe IV.

(a) «A 10 de noviembre de 1621 se publicó la presidencia del consejo de Italia, que tenia el conde de Benavente, en don Baltasar de Zúñiga.

«A 7 de octubre de 1622 murió, dentro de palacio, don Baltasar de Zúñiga. Pusieron su cuerpo en San Gil: allí estuvo cinco dias, y despues le llevaron una cuatro religiones mendicantes á enterrar al Paular de Segovia, donde le acompañó el conde de Monterey, su sobrino y sucesor en la presidencia de Italia.» (Avisos manuscritos.)

— Fué hijo de don Hierónimo de Zúñiga y Acevedo, conde de Monterey (dice don Gonzalo de Céspedes y Menéses); pasó en Italia, siendo papa la santidad de Sixto V, y aventurero, á la jornada de Inglaterra. Sirvió en Fiándes, y Felipe III le eligió embajador de su archiduque, despues de Francia y Alemania, y consejero de Estado, ayo del Príncipe, y comendador mayor de Leon.

(b) El antiguo manuscrito sigue así:

«Y subcediera el hacer su talento y esperiencia falta á los negocios, si el conde de Olivares no se encargara por fuerza de los papeles que voluntariamente rehusó. Murió, como he dicho, don Baltasar, viérnes ете.

(c) En Palacio á 20 de noviembre inmediato. Quedaron sus hijas meninas de la Reina; pero tras la muerte de doña Francisca vino la de su hijo, único varon, nacido en enero de aquel mismo año.

(1) Por la fortaleza y duracion simboliza á Siete-Iglesias.
(2) Emblema de la poesía: representa á Villamediana. Atribuye Góngora su muerte á sus celtas.
(3) El olivo, jeroglífico de la ciencia, indica la del conde de Lémos. Las verdes hojas, la edad de cuarenta y seis años en que murió, á 19 de octubre de 1622.

quedando en pocas horas desaparecida aquella familia tan grande.

El conde de Olivares, por asegurar el despacho con la eleccion de su tio ya difunto, se sirvió, con los papeles, de los criados que le habian asistido á don Baltasar, cuya inteligencia estaba acreditada (d).

(d) «con asistencia de varon tan grande.» (Manuscrito antiguo.)

Don Gaspar de Guzman, tercer conde de Olivares, fué hijo de don Enrique, embajador de Roma, virey de las Dos Sicilias, y de doña Ines de Velasco, su mujer, hija del marqués de Berlanga, condestable de Castilla.

Nació en Roma en 1587: de doce años vino á España, y abrazó el estudio de las leyes en Salamanca, con más ingenio que aplicacion pensando seguir las dignidades de la Iglesia; cuya falta de aplicacion y buen nombre no estorbó que se le invistiese con el rectorado de aquel emporio de las ciencias.

La muerte de su hermano primogénito y de su padre le hicieron cambiar de rumbo, y dedicarse á servir apasionadamente á doña Ines de Zúñiga y Velasco, su prima hermana, dama de la reina Margarita, con tal ostentacion y larguera de ánimo, que derrochó en brevísimos dias trescientos mil escudos de oro, que de bienes libres y gravados halló á la mano. Al fin casó en 1607; pero como hubiesen parado muy mal su patrimonio tales bizarrías, puso el mayor ahinco en reanimarle, entrando en el servicio del Rey y medrando con el favor de palacio.

Ayudóle la fortuna á quien su extremada sagacidad hizo propicia, y logró colocacion por los años de 1615 en la servidumbre del Príncipe, á quien se acababa de poner casa. Gentilhombre de la cámara de un niño de once años, pudo subyugar fácilmente su corazon, y aherrojarlo para siempre. Equivocáronse los validos de Felipe III, y miserablemente firmaron su ruina el dia que abandonaron á merced de un extraño los floridos abriles del sucesor de la corona. En 1618 hubo en el cuarto de este la revolucion y mudanza de llaves y criados, que en estos Anales quedan referidas; y Olivares se salvó de milagro, cayendo todo el nublado sobre el conde de Lémos, que desamparó la corte. Consagrado el gentilhombre á dirigir la forma del vestido, el manejo del caballo, la disposicion de una cacería, y las aventuras juveniles del Príncipe, era imposible pensar arrancarle el su lado; y ocupados los favoritos del Monarca en destruirse mutuamente, dejaron crecer aquel valimiento, que despues derrocó el de todos en 1621.

Olivares medró por don Rodrigo Calderon: fué su amigo, y no obstante le vió subir las gradas de un cadalso, en los primeros dias de su reinado, cuando le fuera facilísimo conservar la vida, que hubiera comprado el vulgo á cualquier precio viéndola en manos del verdugo. Limitóse únicamente á mostrarse generoso con la infelicísima familia del desacordado ministro.

Mayor cuidado puso en seducir con honores y oficios públicos á los procuradores de Cortes, á fin de introducir, como introdujo en mengua de las libertades españolas, que para imponer tributos generales á los vasallos, bastase que los concediese el Reino en cortes sin la comunicacion y consentimiento de las ciudades.

No descuidó Olivares entre los negocios públicos los acrecentamientos de su casa. En 20 de diciembre de 1622 fué honrado con la merced de caballerizo mayor del Rey; á 14 de julio de 1623 con la de canciller mayor de Indias, perpetuo en su linaje, voto en el Consejo y asiento al lado del presidente; en 25 de agosto de 1624 con el marquesado de Eliche, que renunció en su hija única doña María de Guzman. Capitulóse esta señora el 10 de octubre próximo con don Ramiro Felipe Nuñez de Guzman, marqués de Toral, y el casamiento se verificó en Palacio, siendo padrinos los reyes, el dia 9 de enero del año inmediato de 1625. Cuatro dias ántes habia honrado Felipe IV á Olivares con el título de duque de Sanlúcar la Mayor.

Estas satisfacciones fuéron amargadas muriendo súbitamente de sobreparto la Marquesa, el juéves 30 de agosto de 1626. Enterróse en el colegio de Santo Tomas de esta corte, y Olivares aceptó al yerno por hijo.

El marqués de Toral fué el primero que, con admiracion del pueblo, sacó en julio de 1625 vidrios en el coche. Por noviembre del mismo año cedióle su suegro el oficio de gran canciller de las Indias; y el de sumiller de Corps, en agosto de 1626, procurándole ademas título de duque de Medina de las Torres. Con tantas honras desvanecióle la determinacion que tuvo de retirarse á un convento de Benitos. Tales eran los extremos con que el yerno adulaba la prepotencia del privado.

Habia este comunicado con las musas en los verdores de su juventud y en los ocios de su vida palaciana, y quemó ahora los origi-

Murió luego Antonio de Aróstegui, secretario de Estado, que debió mucho crédito á su silencio, y mucha estimacion á su reposo (a). Con esto se fundó de nuevo el manejo de las consultas, y se dió á Pedro de Contreras (b).

ADICION.

Por informar mejor la noticia apartada, mirad con atencion en mis palabras á los que han intervenido en mis relaciones, y tened sus cuerpos por señas de sus almas.

REYES.

Don Felipe II fué hijo del césar Cárlos V, glorioso emperador del mundo, que empezando á vencer por la fortuna que se le opuso divirtiéndole con las comunidades, venció los reinos, prendió los reyes, desposeyó los tiranos, justició los infieles, atemorizó los monarcas, y las desórdenes de su ejército saquearon á Roma; y las libertades de Italia fuéron desperdicio de su magnanimidad; y cebado en vencer á tódos, se entró por sí mismo (santa ambicion de vitoria) para Dios, y estimando más el saber despreciar el mundo que haberle vencido, á triunfar de sus afectos se retiró á Yuste, renunciando las coronas en don Felipe II su hijo, cuya imágen escribo.

Fué de mediana estatura, bien proporcionado, el rostro hermosamente grave, á quien la majestad armaba de respeto; facciones elocuentes, pues con el mirar decretó muchas veces castigos, reprendiendo con la vista, porque era su semblante ejecutivo en advertir descuidos; supo entretener la mocedad, supo disimular la vejez; trató con facilidad las armas donde hizo guerra, y acompañó los soldados. Atendió á conservar lo que su padre habia adquirido, y era más formidable cuando solo trataba consigo las razones de Estado, que acompañado de fuerzas y gente; y con los enemigos valió por muchos ejércitos su providencia. Su advertencia balanzó el mundo; y enfermo y retirado fué árbitro de la paz y de la guerra.

nales de sus *cultos* versos, bien que los áulicos se apresuraron á sacar copias de ellos, que se han conservado hasta nuestros dias.
En 14 de mayo de 1625 murió de repente don Juan de Caldriena, que poseia una biblioteca rica en preciosos manuscritos, y tasada en cuatro mil ducados. Adquiriéndola quiso dar el Conde Duque una prueba de su amor y consideracion á las letras.
Los demas sucesos de su vida son blanco de las obras de Quevedo. En ellas los hallará el lector, á quien ha sido conveniente no escasear estas noticias preliminares, extractándolas de lo que escribió el conde de la Roca, y de los *Avisos manuscritos* que posee la Biblioteca Nacional.
(a) ¡Qué retrato de una plumada! ¡Qué carácter de un egoista mas bien trazado!
«Habíale hecho merced el Rey, en 7 de noviembre de este año de 22, de plaza, con señoría, en el Consejo de Guerra, y falleció á 24 de febrero de 1623. Depositóse el cuerpo en San Felipe el Real. Hallóse al entierro el conde de Olivares, y entre él y Andres de Prada llevaron en el cortejo á Martin de Aróstigui, secretario y hermano del difunto.» (*Avisos manuscritos.*)
A renglon seguido, sin encabezamiento ninguno, y como si fuera continuacion de los *Anales*, inserta el más antiguo manuscrito que de estos posee la Biblioteca Nacional el fragmento del *Mundo caduco y desvarios de la edad*, que hemos antepuesto al presente discurso.
En muchas copias de estos *Anales* al llegar aquí hay una llamada, advirtiendo que, por ser fácil de ver las *Contiendas entre uscoques y venecianos* (comienzo del *Mundo caduco*), en las *Memorias de la casa Otomana* que escribió Sagredo, se omiten, insertando únicamente los dos razonamientos de los uscoques al Archiduque.
(b) «En 10 de marzo siguiente, con retencion de sus oficios, y que tuviese á su cargo el bolsillo.» (*Avisos.*)

Favoreció en diferentes tiempos criados suyos, y peligraron los que no le supieron conocer. Tuvo á su lado en la postrera edad hombres tan á su corazon, que se ocupaban tanto en imitarle como en servirle; y eran tales sus ministros, que ninguno para la calumnia quedó desabrigado con su muerte, ni la mocedad que siguió á sus dias dejó de respetar en ellos la eleccion de aquel gran Rey: ántes necesitó aquel ímpetu de acariciarlos y entretenerlos; y miéntras duraron, hicieron en esto que se ha gastado defensas de tal (c).

Tuvo entendimiento menudo, diligente y justiciado; memoria tan socorrida, que servia de recuerdo á los tribunales, y era alivio á los secretarios, y á veces castigo.

Fué espléndido y magnifico, como lo han de ser los reyes, no como quieren que sean los codiciosos: daba y no vertia; premiaba méritos, no hartaba codicias. La condicion tratable, no ocasionada á familiaridad. Fué justiciero de modo que se conocia deseaba ser piadoso. Dejó paz en sus reinos, reputacion en sus armas, amor en sus vasallos, temor en sus enemigos, porque vivió disponiendo su muerte, y murió acreditando su vida. Su miedo fué muy costoso, y supo pocas veces replicar á sus sospechas.

Don Felipe III sucedió á don Felipe II, habiendo hecho lugar don Cárlos. Fué de mediana estatura, fuerte de miembros, bien proporcionado, airoso, el rostro apacible con agrado divertido; la vista con sencillez indeterminada, sin disposicion de ceño; sus facciones ántes inclinadas á benignidad de una risa casual que á ira ó á enojo. No se le conocia otro ejercicio que la obediencia; y con docilidad crédula se aplicaba á lo que querian las personas de quien se confiaba, y á la caza y al juego; y todos estos ejercicios eran inducidos; porque en su corazon solo asistia la religion y la piedad. Fué de costumbres tan modestas y recatadas, que considerar su vida daba tanta devocion como respeto; tan virtuoso, que se podian esperar de la pureza de su espíritu tantos milagros, como hazañas de su poder. Acabó de restaurar á España, agotó los puertos en Africa, reprimió los designios de Saboya, fatigó á Levante, mortificó á Venecia, y resucitó el imperio en la casa de Austria; y en la invasion de los herejes hizo lugar para que respirasen los católicos: hazañas todas de su valor, acciones de su prudencia, que en grave desacato de su rey ostentaria quien siendo vasallo se las usurpase con nombre de servicios.

Hablar de su condicion es procesar á los que se le descaminaron. Discurrir por sus acciones es lastimar sin culpa su santa memoria, y no reverenciar sus deseos, que siempre fuéron puros y colmados de toda bondad y justicia. Tuvo el entendimiento sitiado, y no obedecido; y la maña le supo limitar la vista y retirar los oidos. Vivió para otros, y murió para Dios.

Don Felipe IV nuestro señor sucedió á Felipe III en diez y siete años de su edad. Su rostro hermoso, que con majestad juntaba lo agradable de la niñez con lo severo de compostura; airoso con desenfado; la estatura respectivamente á los años ni grande ni pequeña; con viveza tal, repartida en todas las acciones de su persona, que se conoce intento y providencia en la vista y en las acciones.

(c) *Esto no se entiende*, dice un manuscrito. Inútilmente hemos fatigado por entenderlo nosotros.

Sus manos nós prometen á Cárlos V; en sus palabras y decretos se lee y se oye á su abuelo, y en su religion resucita su padre. Su entendimiento es el que ha dispuesto lo que habeis oido; su voluntad, la que no se deja adormecer de lisonjas, ni robar de diligencias, ni vencer de ruegos: muéstrala á quien la merece si la sirve, y no si la engaña. Quiere ser obedecido, y no violentado; busca no solo el consejo, sino suficiencia de quien se le diere.

Su condicion es advertida, igual, resuelta con madurez, permanente, no ocasionada. Es magnánimo y generosamente amador de los ánimos desinteresados, sin poder admitir asomos de codicia. Su ejercicio es robusto y decente, con señas del ardor que á grandes cosas le azora los pasos en tanta mocedad entretenidos. Su caminar es por la posta, su holgura la montería, su entretenimiento las armas: todas promesas de aliento y empeños animosos para grandes vitorias. Amartelado remunerador de la milicia, con desvelo; premio y amparo de letras y virtud: si lo poco que del mundo no le obedece fuere dichoso, será suyo; y si tuviere seso, la fortuna se sosegará á sus piés. Y si España mereciere de Dios gloria y paz y prosperidad, vivirá muchos y bienaventurados años, y los que le sucedieren le serán semejantes (a).

MINISTROS.

Duque de Lerma fué don Francisco de Sandoval y Rojas, marqués de Denia y conde de Lerma, gran señor, de los mas bien emparentados, de los antiguos grandes y ricos-hombres. Los demas títulos de su hijo y nieto han sido aumentados del poder.

(a) El señor Duran posee copia de un apuntamiento original de Quevedo, quien, tomando varios párrafos de Demóstenes, los hace alusivos al gobierno de los tres Felipes. Sobremanera es ingenioso que las inscripciones PHILIPP. III, PHILIPP. IV, al propio tiempo que pueden interpretarse *Felipe III*, *Felipe IV*, sirven de referencia á las respectivas *Filípicas* 3.ª y 4.ª, pudiéndose entender lo mismo de la 2.ª

PHILIPP. II. — *Obiit Philippus? Non certè quidem, sed aegrotat. Quid verò vestra int'rest? Etsi enim aliquid et acciderit, celeriter vos alium Philippum facietis, si rebus ita critis intenti.*

PHILIPP. III. — *Nunc tanquam è foro et dicendita est haec omnia: et contra importata ea, per quae Graecia et periit, et laboravit. Ea quae sunt? Admiratio, si quis aliquid accepit: risus, si confitetur: venia, si convincitur: quis ista reprehendit.*

PHILIPP. IV. — *Vos autem nec audire, priusquam res ipsae adsunt, ul unac; nec ulla de re deliberare soletis per otium; sed dum ille se contra vos instruit, idem agere, et vicissim instrui cessatis: et si quis aliquid tale dixerit, ejicitis. Postquam autem periisse, aut obsideri aliquid intelexistis, tum demum auditis, et instruimini. Fuisset autem audiendi tempus, et comparandi sese, tum cum vos noluistis: res autem gerendae, et utendi apparatu, nunc cum auditis. Itaque his moribus toti mortalium omnium, contra quam alii solent, factitatis. Nam omnes alii homines ante negotia deliberare solent: vos, post negotia.*

OLYNT. 1. — *Numquis vestrum cogitat, Athenienses, et spectat quemadmodum magnus evaserit, infirmus cum esset initio Philippus (1)? Res secundiores, quam par est, temeritatis occasionem in caulis praebent.*

OLYNT. 3. — *Alioqui progrediatur aliquis et mihi dicat, unde, nisi per nosmetipsos, ita sint auctae opes Philippi? Sed heus tu, si vitiosa haec sunt, at urbanorum rerum status est melior? Ecquid autem dici queat? Nam propugnacula, quae tectorio induetmus? et viae, quas reficimus? et fontes? et nugae? Eos quaeso intuemini, quorum haec acta sunt in republica: quorum alii è mendicis facti sunt divites, alii ex obscuris clari, nonnulli privatas aedes publicis substructionibus splendidiores compararunt (2): et quanto republica plus de-*

(1) Por agosto de 1627, acometido Felipe IV de una enfermedad aguda, se vió á las puertas de la muerte. Acaso en tales circunstancias se compuso este apuntamiento, á manera de pasquin.

(2) Uceda, Tapia y cuantos iban medrando á costa del tesoro.

Sirvió á Felipe II no sin persecucion, que resultó en diligencia para su buena fortuna: hiciéronle recatos del Príncipe, no méritos, virey de Valencia, donde disfrazado en gobierno, tuvo un destierro con buen nombre y lustre. Deslució el empeño y la pobreza por mucho tiempo su persona, y tuvo necesidades mal socorridas y bien mormuradas. Tuvo persona autorizada no sin gala, mocedad venerable, y vejez pulida, rostro con caricia risueña, halagüeño; mañoso más que bien entendido; de voluntad imperiosa con otros, y postrada para sí: no generoso sino derramado; ántes perdido que liberal, no sin advertencia y nota, pues daba de lo que recibia.

Sus costumbres no fuéron las que le aduló la privanza, ni las que le achacó la caida, sino las que ocasionaron estas sospechas y rumores, y cousintieron aquella lisonja y la premiaron. Fué su ruina que privó más como quiso que como debia: no fué privado de rey; otro nombre mas atrevido encaminó sus atrevimientos dichosos, pues pareció más competir á su señor que obedecerle.

Vengó de sí mismo á don Felipe III, dejándose poseer de valimientos en sus criados tiranamente poderosos: fué posesion del marqués de Siete-Iglesias y de otros muchos, en quien, dividida su libertad y grandeza, le vimos con desalño desperdiciar su poder, obediente á su familia, y postrado á pocos años y ménos partes.

Desentendióse de muchos desórdenes y delitos que estos hicieron, y permitióles licencia en todo, y así fué su familia su delito. Hízose cardenal cuando el capelo pasó plaza de retraimiento, y el Consejo de trampa. Vióse desterrado, y el proceso y la persecucion embarazada en solo el bonete. Vió preso á su hijo: ni sé si tuvo en eso dolor ó venganza. Y el durarle la vida, mas es prolijidad de la muerte que resistencia del valor (b).

Duque de Uceda fué hijo mayor del duque de Lerma, que por su desventura heredó la dicha de su padre en vida: mediano de cuerpo, que con lo abultado se pudo llamar pequeño: aspecto placentero, barba más de ame-

trimenti cepit, tanto res istorum jactae sunt ampliores. Quae igitur causa est horum omnium? et cur tandem se omnia tunc praeclare habuerunt, et nunc haud rectè?

Primum, quod et populus, cum ipse militare auderet, dominus erat magistratuum, et bona omnia in sua potestate habebat: et bene secum agi putabant caeteri omnes, si à populo et magistratum, et honorem, et beneficium aliquod consecuti essent. Nunc contrà bona omnia in potestate sunt magistratuum, et per hos geruntur omnia: vos populi enervati, et spoliati pecunia, sociis, femuli, et additamenti vicem obtinetis: contenti teatrali pecunia, quam isti vobis impertiunt: aut buccula, si quas forte miserint. Et quod est omnium ignavissimum, cum ea vobis dantur, vestra quae sunt: gratiam etiam habetis quasi beneficia in vos conferantur.

(b) El duque de Lerma fué hijo de don Francisco de Sandoval, conde de Lerma y cuarto marqués de Denia, y de doña Isabel de Borja, hija del duque de Gandía, san Francisco de Borja. No mucho despues de los años de 1571 casó con doña Catalina de la Cerda, hija de los duques de Medinaceli, y dama de la reina doña Ana.

Hízole Felipe II de su cámara, y el Príncipe le fué cobrando una aficion invencible. Esto causó recelos á los tres validos del Rey (don Cristobal de Mora, el conde de Chinchon y el marqués de Velada), quienes, por apartarle de palacio procuraron se le confiriese el vireinato de Valencia. Cumplidos los tres años del gobierno, volvió á la corte y al valimiento del Príncipe, de quien fué nombrado caballerizo mayor; despues consejero de Estado, primera merced de Felipe III á su advenimiento al trono; y habiendo poseido á Lerma con título de conde, le trocó en el de duque, conservando el de marqués de Denia. Viénense aquí á la memoria aquellos versos de uno de los más bellos romances de Góngora,

naza que de gala; talle delgado, más ceñido por abrigo que por bien parecer; el traje y vestidos siémpre ajados. Puso todo su cuidado en disimular solamente la falta del cabello, que en el remedio se descubrió con nota. Fué animoso en encargarse de comisiones odiosas; remiso y dudoso en favorecer; á la promesa precipitado, á la resolucion encogido. Fué tropezon de la dicha de su padre, y despeñadero de la suya; su entendimiento fué dichoso, su voluntad siempre adestrada: unos se la arrebataron, y otros se la vencieron; y al cabo no supo qué se hacer della, pues ni supo conocer á su hijo (a), ni obedecer á su padre, ni amarse á sí propio.

Edificó una casa, que fué distraimiento de su hacienda, nota de su juicio, descrédito de su gusto, y inquietud de su poder, y sospecha de su entereza; y que siempre, sin acabarse para habitarla, será su persecucion de cal y canto (b).

Derribó á su padre, estorbó á su hijo, malogróse á sí: pudo ser con buen celo, no con buen discurso. Fué encarcelado con rigor, acusado con diligencia, sentenciado por la justicia, y absuelto por la gracia; y ahora retirado, está digiriendo sus arrepentimientos perezosos.

Fray Luis de Aliaga, confesor de Felipe III, y de su Consejo de Estado, fué aragones, hijo de padres humil-

en que pinta la caza que iban dando tres galeotas de moros á un cristiano bajel :

Ya surcan el mar de Denia,	Con sus altos muros viva
Ya sus altas torres ven,	Tu inclito dueño, á quién,
Grandeza del Duque ahora,	Como á tí el Mediterráneo,
Título ya del Marqués.	La envidia le bese el pié.

Tuvo el duque de Lerma seis hijos, tres varones y tres hem. bras. Fué el primogénito don Cristóbal de Sandoval y Rojas, á quien Felipe III honró con el título de duque de Uceda. Al hijo segundo, Diego Gomez de Sandoval, que por su casamiento con la heredera de la casa del Infantado se llamó conde de Saldaña, quiso más tiernamente que á todos los demas.

Doña Juana de Sandoval, hija mayor, casó con el conde de Niebla, primogénito del duque de Medina Sidonia. Doña Catalina de Sandoval y Zúñiga, hija segunda, con don Pedro Fernandez de Castro, conde de Lémos y de Andrade, gentilhombre de la cámara de Felipe III, presidente de Indias, virey y capitan general del reino de Nápoles en 1610, presidente de Italia en 1615, gran favorecedor de Cervántes y de todos los hombres de saber en aquel tiempo. Y la hija tercera, con el conde de Miranda, duque de Peñaranda, que fué presidente de Castilla.

En medio de los halagos de la fortuna, perdió en Buitrago el duque de Lerma á su mujer, cuando iban á celebrarse las lastimosas bodas de su hijo segundo con la sucesora de los grandes estados del Infantado.

Góngora escribió dos sonetos á la muerte de la Duquesa, y un panegirico al Duque, obra que alcanza los sucesos del año de 1609, y que tenía por objeto cantar la traslacion del cuerpo de san Francisco de Borja á Madrid, promovida en 1617. El panegírico está por concluir y consta de setenta y nueve octavas.

Es muy nombrada en las historias, avisos y manuscritos de aquel tiempo la huerta del duque de Lerma, á la salida del Prado, por las fiestas que hubo siempre en ella, particularmente en 1615 cuando los desposorios de los Príncipes.

La casa del Duque estaba en la calle del Prado, y un pasadizo atravesaba esta, para sacar tribuna á la iglesia del monasterio de Santa Catalina de Sena, que existió casi frontero al nuevo palacio de las Cortes.

El duque de Lerma cayó de su valimiento en el Escorial la tarde del 4 de octubre de 1618, y al entrar en su coche junto á las paredes del cuarto real, se revolvió para echarle la bendicion, á tiempo que las campanas del monasterio clamoreaban el aniversario de una reina (Isabel de Valois).

Las armas del Duque eran cinco estrellas azules en campo de oro.

(a) El duque de Cea, jóven de grandes esperanzas, arrebatado á la vida en abril de 1622.

(b) Es la que hoy se llama de los *Consejos,* frente á santa María. Al lado fundó el monasterio de Bernardas, nombrado *del Secra-*

des; trabajaron por disponerle á los estudios, y ellos le negociaron facilidad á tomar el hábito de santo Domingo: fué de buena estatura, color turbio, facciones robustas; en la religion mañoso, en la privanza molesto: fué lo que le mandaron.

Leyó teología en Zaragoza: mostróse licencioso en alguna proposicion, y fué apartado de la ciudad con reprension. Este descamino le negoció la asistencia al generalísimo de santo Domingo, Xavierre, y con título de provincial de la Casa Santa, le vino sirviendo á Madrid en la visita de la órden. Arribó Xavierre á confesor del Rey por la devocion del duque de Lerma á su religion; llególe la grandeza de aquel Príncipe á cardenal : murió en el recebimiento de esta dignidad. Era Aliaga confesor del Duque : promovióle á la plaza de confesor de su majestad; y el Aliaga, desconocido á tan grande beneficio, poseído de ambicion desenfrenada, no solo trató de apoderarse de la voluntad del Rey, sino que se declaró enemigo del Duque cardenal, previniendo persecuciones con que acreditarse, y levantando venenos, á fin de hacer sospechoso al Duque y encarecer al Rey martirios por su servicio. En esto descubrió confederados mal avenidos; y habiendo puesto confusion en la conciencia del Rey, le llevó á Lisboa, de donde sin crédito vino á morir á Madrid sin remedio. Quedó expuesto al aborrecimiento con un castigo invisible, sin poder disculpar lo desagradecido con la ignorancia (c).

mento, donde yace. Su valimiento empezó sirviendo en la cámara del Rey, de quien era gentilhombre.

(c) A 30 de octubre de 1608 fué electo confesor del Monarca. Recibió de los diputados aragoneses la enhorabuena, y les rindió gracias en carta fecha á 7 de noviembre, que existe en la Biblioteca Nacional, Dd. 170.

Lo importante, lo delicado, lo grave del cargo, la ambicion de fray Luis, la mano que muy luego tomó en los negocios parecen fuertes razones para desconcertar la opinion de que pueda ser suya la *Vida y hechos del ingenioso hidalgo don Quijote de la Mancha,* que borrajeó en 1615 la audaz y embozada pluma del escritor tordesillesco. Hace vacilar, sin embargo, el ejemplo de muchos otros sacerdotes que escribian obras de burlas y entretenimiento, de que es irrecusable testimonio el maestro Tirso de Molina, enriqueciendo con tanta desenvoltura y realzando la española Talía. Si, como vulgarmente se dice, en la obra de Cervántes había alusiones vivas y despaciables á personajes elevados, bien pudo caer Aliaga en la flaqueza de meterse á desfacedor de estuertos, olvidándose de la mesura y decoro que deben acompañar á quien dirige la conciencia de un príncipe religioso. La sospecha de ser Aliaga el fingido Avellaneda nace de los versos de Villamediana :

Sancho Panza, *el confesor*
Del ya difunto Monarca,
Que de la vena del arca
Fué de Osuna sangrador, etc.

Aumentan los indicios algunas frases caballerescas, una singular complacencia en sacar á plaza las imperfecciones personales de los escritores, un cuidadoso esmero en ensalzar á Lope, y algun modismo que asimilan el falso *Quijote* y la *Venganza de la lengua española contra el autor del Cuento de Cuentos.* Parece que da á entender claramente ser del confesor de Felipe III esta última obrilla el notario valenciano Francisco Redon, poeta de ingenio agudo, en la página 61 de su libro *Los mayores riesgos de la cortesana ociosidad,* Madrid, 1853. — ¿Cómo Quevedo no echó en cara á fray Luis (si fueron ciertos) sus devaneos literarios?

Antes de concluir el año de haber caido el Confesor, se le notificó, estando en Barajas, que renunciase luego el cargo de inquisidor mayor, y así entró á servirle don Andrés Pacheco, obispo de Cuenca y patriarca de las Indias.

El breve de Aliaga para el puesto de inquisidor se había obtenido con la precipitacion que aparece del siguiente despacho :

«El cardenal Borja al duque de Osuna, en 7 de enero de 1619.

»El viérnes pasado, que fuéron 4 de este mes, llegó aquí un correo de su majestad, en que me mandaba alcanzar de su beatitud breve para que fuese inquisidor general el padre Confesor, por

DON JUAN DE SPINA (a).

Desquitemos el escándalo de estas vidas y de estas costumbres, con la virtud difundida por todas las partes, artes y ciencias dignas de un caballero que las estudió por logro de ellas propias, pues les fué el discípulo usura de su perfeccion. Este fué don Juan de Spina, caballero montañés, de muy conocida calidad, y de solar en aquella cuna de la hidalguía de España muy esclarecido; de cuyo apellido en las historias de Castilla se leen varones de armas y letras, de grande lustre y esplendor. Hijo legítimo de Diego de Spina, contralor de la majestad de Felipe II, oficio en la casa de Borgoña muy preeminente, de quien los hijos suyos heredaron el mas bien asegurado patrimonio, que es el del nombre glorioso de la virtud y la justificacion; su madre fué señora en quien se atesoraron aquellas partes que hacen á las mujeres admirables, cuyas virtudes son exaltacion de sus hijos y blason de sus maridos. No tengo á mi cargo la descendencia de don Juan, que ha sabido nacer de tal manera de sí, para su nacion, que no le harán falta tan grandes prerogativas, á menor aparato de virtudes y caudal de ánimo. Hizo aplauso Roma y Grecia, llamando sabio por una palabra á un filósofo, y divinos á muchos por alguna accion. Desembarazar quiero el camino de la envidia y de la calumnia : débame mi nacion, como á él la virtud, á mí la noticia de ella; que será por lo ménos beneficio más largo, pues pasará de su vida, y no tendrá por término la sepultura. En el número de los años se conocieron las edades : en don Juan no, sino en el seso, palabras, inclinaciones y ejercicios, que siempre fuéron corre-

gidos con su inclinacion, dignos de toda advertencia, no de alguna reprension; la condicion recatada siempre al trato vulgar, pero no desapacible. Tuvo por entretenimiento aquellas cosas que en otros ánimos tuvieron lugar de estudios. En la mas floreciente juventud trató de las armas, y en la práctica ejecutó con mucha aprobacion las verdades de la teórica, no admitiendo apariencias ni sofisterías en cosas sujetas á la demostracion : esto supo para saberlo, no para ostentarlo, sin alguna vanidad, fiando su persona de noche en todas partes á sus años, sin otra alguna compañía; con tal decoro y seguridad, que fué mozo sin cuento en la corte, y sin dudas en su resolucion, y sin equívocos en los sucesos. Puso la atencion en los primores de la música, en la perfeccion de los instrumentos, en disponer lo sumo del arte; y llegó en esto á tan alta cumbre, que oí decir á los que admiraba mi edad por maestros, que habia hecho don Juan capaz la lira de la verdad de la ciencia, y que con su mano habia verificado las fábulas, tocando prodigios, y hallando obediencia en los sentidos y potencias. En esto hablaron públicamente los que decian era experiencia de lo poderoso de su armonía.

Hizo tan delgada inquisicion en las artes y ciencias, que averiguó aquel punto donde no puede arribar el seso humano (b), y esto en las pinturas con real demostracion, y en la música; habiendo juntado todo el mejor y más raro caudal de estas dos facultades, solícito su conocimiento á aquellas cosas que por su valor están fuera de todo precio, y que igualmente le mostraron

---

haber vacado aquella plaza con el fallecimiento del cardenal de Toledo. Su santidad tuvo por muy acertada provision la del padre Confesor; y aunque habia dificultades en el breve despacho, porque yo estaba deseoso de la confirmacion me hizo tanto favor su beatitud, que, sin aguardar á que se hiciese congregacion de este santo oficio (á quien era costumbre dalle parte de tales provisiones), me mandó dar el breve en tan poco tiempo que al dia siguiente de la llegada del correo le volví á despachar con él. Trujo órden de pena de la vida, de no venir con otro pliego mas del que le entregó de su majestad don Bernabé de Bivanco; y por esto no le recibido yo cartas de ningun pariente ni ministro, ni tengo otra cosa de que dar cuenta á vuecelencia de lo que pasa en Madrid, y deseo dalle muy buena de cuanto fuere de gusto y servicio de vuecelencia, como señor y primo tan principal.» (Biblioteca Nacional, H. 32, fol. 194.)

Las demas noticias de Aliaga quedan apuntadas en las notas de la página 205.

(a) No he visto el presente rasgo, que sale hoy por vez primera á la luz pública, en otra ninguna parte que en la coleccion manuscrita de don Juan Isidro Fajardo (tomo 1, folio 157 vuelto), formada en 1724. Un siglo más antiguo es el original que ha servido para la impresion de los Anales. Esto explicará la diferente manera con que unas mismas palabras suenan allí y aquí. El público tiene derecho á que no se adultere ningun texto, miéntras no haya otro preferente que autorice las alteraciones. Quevedo hubo de bosquejar esta memoria de don Juan de Spina poco despues del año de 1635.

En la Cueva de Meliso, y sus notas 36 y 39, se advierte que, á pesar de ser el Conde Duque muy partidario de la compañía de Jesus, favoreció á un adversario Spina, para tener á raya el poder de aquel cuerpo religioso.

«Pero porque algun dia
Podrá recalcitrar la Compañía (1),
Por intereses varios
Conservadle sus dos grandes contrarios
Juan de Spina y Rosales.»

Nota 39. El doctor Francisco Rosales, que fué de España á Roma, donde estuvo un año, actor en la causa de fe contra Juan Bautista.

(1) de Jesus.

---

tista Poza y sus secuaces (2, y todo el tiempo hizo el gasto el papa Urbano VIII. Pasó á Bolonia, donde habia sido colegial, año de 1635. Murió en Madrid loco, con sospechas de veneno.

El doctor Juan de Spina, hombre admirable de estos tiempos, con tan continuos trabajos murió en Granada en prosecucion de la misma causa. Las cosas de estos quieren un libro muy dilatado.

(b) De aquí nació el tenerle el vulgo por hechicero, descrédito que harian tal vez cundir con no sano propósito los jesuitas, enemigos suyos. Utilizando esta voz, escribió don José de Cañizares, á principios del siglo pasado, las comedias de Don Juan de Espina en su patria (Madrid), y Don Juan de Espina en Milan. En ellas el filósofo se convierte en mágico, de quien es Mecénas el conde duque de Olivares, cuidando el poeta de tranquilizar al auditorio y evitar la censura de la Inquisicion, advirtiendo

. . . . . . hay magia
Sin todo aquese aparato
De miedos que finge el vulgo;

y que don Juan no ejercitaba la negra (cuyo estudio está vedado y proviene de Satanas), sino la blanca,

Que es un último y un alto	Las virtudes penetrando
Conocimiento en extremo	Intrínsecas de las cosas
De los secretos mas raros	Exquisitas. . . . . . .
De la gran filosofía.	

Ciencia aprendida en las aulas de Alcalá de Henáres; pero que á su dueño jamas sacó de pobre, por lo cual en mi sentir no debia valer un ardite. Verdad es que el héroe del drama de Cañizares nunca, pudiendo, echó mano de su arte para ruindades, sinrazones, indecencias ni latrocinios;

antes obra	Quien puede legal exámen,
Con rectitud tan notable,	No han hallado que se mezcle
Que para ninguna accion	Con el más leve carácter
Que no sea muy justa, hace	De inconveniente; y que solo
Demostracion de las ciencias	Por entretenerse y darles
Que le adornan admirables.	Que reir á sus amigos,
De quienes, habiendo hecho	Obra sus curiosidades.

Tales declaraciones, y otras por el estilo, dan al drama cierto aire de formalidad inocente, que, sobre todo en la primera de las dos comedias hace un gracioso contraste con lo disparatado del argumento, y de las explicaciones científicas prodigadas para jus-

(2) Comenzaron las persecuciones contra Poza despues del año de 1632, con motivo de sus discursos en la capilla real de Palacio.

liberal con la paga, y aventajado con la eleccion. Y él solo cerró en sus aposentos aquellas pinturas que no han podido atesorar en Roma el poder y el dominio de los népotes, ni la grandeza de los potentados; ántes ha conducido á sí, con grandes gastos, los más raros que tenian todos en diferentes provincias; y muchos años, en todo género de cosas, fué su casa abreviatura de las maravillas de Europa, frecuentada en gran honra de nuestra nacion de los extranjeros, que pudo ser muchas veces no diesen otra cosa de nuestra España que guardar á sus memorias.

Todo esto compró para estudio de los artífices, no para adorno de sus aposentos, en que estaban muchas cosas con tal órden, que el modo admiraba tanto como ellas; porque en todas introdujo por la mayor gala la órden y armonía. Y es de admirar tanto la diligencia de buscar lo exquisito como el primor de conocerlo y la ventaja de estimarlo, con no menor magnificencia en permitirlas á los curiosos y doctos; y pudo preguntar á todas personas, entrando en su casa, de qué gustaban y de qué profesion eran; y conforme á su talento é inclinacion les satisfacia y admiraba en aquella facultad, no solo en las cosas, sino con la abundancia de ellas, pues en todas materias se iban encareciendo unas prendas á otras á porfía; siendo la asistencia de su casa la mas docta, con su conversacion la mas segura, sus ejercicios los mas honestos, y tales, que alli se lograban las horas que se tardan se desperdician, pasándose el dia sin contarle los pasos; y podemos decir que alli solo el entretenimiento fué inculpable y la recreacion sin malicia.

Yo no oí jamas de don Juan queja ni demanda, ni inadvertencia, ni descortesia, ni vicio; ni le he conocido enemigo. Algunos mal inclinados y ociosos, de mala vida, sí, he visto murmurar su desinteres y ocupaciones, con nota suya, no de don Juan, por quien respondió en todas ocasiones elocuente su silencio.

No le vi ni le oí á otro pretendiente ni pleiteante, que es decir (con brevedad) que ni fué necio, ni desdichado; ni solicitó aplauso ni ruido de señores, ni admitió á su familiaridad sino á aquellos que le acreditaban alguna verdad ó eminencia.

Aborreció con singularidad y virtud robusta la pompa; y acompañado de sí solo, excusó las asechanzas de la familia, atendiendo á desembarazar la hora postrera; y fué quien anduvo solo entre la gente, y supo hacer yer-

tificar los juguetes y trasformaciones, cuando estos nada tienen que ver con la física, ni con la química, ni con ninguno de los efectos naturales; salvo aquello de que don Juan se servia

De criadas de madera,	A todas se le da cuerda,
Que con extraño artificio	Guisan, cosen, sacan agua,
Como reloj se manejan;	Hacen las camas y friegan.
Y una vez sola que al dia	

La comedia de *Don Juan de Espina en Milan* está mejor trazada. El asunto no es nuevo. Algunos siglos ántes lo manejó el infante don Juan Manuel, en su *Conde Lucanor*; Alarcon escribió sobre lo mismo su *Prueba de las promesas*; en nuestros dias el autor de *Don Alvaro* lo ha reproducido en *El desengaño en un sueño*. La ingratitud, peste vulgar del corazon humano, ofrece harta materia al ingenio para continuos advertimientos en la cátedra del teatro.

mo de la corte, en los ociosos con alguna nota, en los buenos con mucha causa y mayor alabanza.

Juntó con gran fatiga todos los instrumentos de la muerte de don Rodrigo Calderon: cuchillo, venda y Cristo con que murió, y la sentencia; y pudo decir que parte de su alma y lo mejor de su vida, en un libro de memorias, donde está de su mano propia escrito su arrepentimiento y las mejoras de su espíritu. Este escrito creo que le compró para librería, y que le sirve de estudio; y tengo por doctrina dictada de aquel ejemplo la determinacion de dar este tesoro de estimacion docta y peregrina á los pobres, ordenándolo así en su testamento, que meditó, en tan gran mocedad, con más noble disposicion que pensó otro alguno que dispesiese de su alma; dejando los bienes con cláusulas de cargo de limosna libre, cuánto y á quién, desde los reyes, por todos los demas señores y personas de calidad; dando juntamente limosna y ejemplo en tan grandes señores, que el recuerdo de la caridad de paso pudiese encaminar mayores beneficios á los necesitados: modo nuevo y primero, mas dictado de la caridad, que ordena Dios todas las cosas por pios, y para Dios, sin conocer otros fines forasteros. Aseguráronme los que le eran mas familiares, que frecuentaba con caricia la memoria de la muerte, y que debajo de su cama tenia ataud y mortaja, como alhajas que por la naturaleza tenian la futura sucesion de este sueño de la vida, de que dispiertan en la muerte los que saben prevenir la una y despreciar la otra. Siempre hay quien ponga malos nombres á la virtud, mas siempre son los que no merecen conocerla; hombres nacidos para afrenta suya y mérito de los sabios que atienden á lo que es, y dejan lo que parece, y solo hacen cuenta de aquellas cosas que están fuera del poder de los hombres. Don Juan hizo gran cosa en juntar tantas maravillas: en esto fué lucido. Fué docto en aventajar el conocimiento de la música y de la pintura y otras ciencias; y como en todo no descansaba hasta la última perfeccion, quiso para esta diligencia no descansar hasta la última perfeccion, y hasta que la halló en lo que tenia y en lo que supo, despreciando lo uno, y haciendo lugar en lo otro al conocimiento más reconocido que se ha visto de todo, y más severo; no despreciándolo con oprobio, sino con logro espiritual; dejando que pasasen sus bienes de su posesion á los necesitados, y que los que eran trastos fuesen remedios, y los que eran alhajas fuesen limosnas. Era Dios acreedor de los bienes que le habia dado, y él se hace acreedor de Dios volviéndolos á su poder por la mano de los pobres: este ha sido trueco, y no despojo; es mejora, y no desautoridad. ¡Gran cosa! que debiendo lo que tenia, hoy le debe el cielo que ya tiene, y asegura lo que se quita, y es más rico aun con lo que le falta, que con lo que le sobraba: dalo á guardar en buen lugar. San Pedro Crisólogo dice: *Manus pauperis Abrohae sinus est.* No se puede mejorar el lugar ni el tesoro: primero supo don Juan buscar las joyas, hoy sabe asegurarlas; y en este mundo tiene envidia, por autoridad de la misericordia, á la fortuna y al tiempo, que ni pueden consumirlas, ni acabarlas, ni defraudarlas

MEMORIAL POR EL PATRONATO DE SANTIAGO

Y POR TODOS LOS SANTOS NATURALES DE ESPAÑA,

EN FAVOR DE LA ELECCION DE CRISTO NUESTRO SEÑOR.

ESCRÍBELE DON FRANCISCO DE QUEVEDO VILLEGAS, CABALLERO DEL HÁBITO DE SANTIAGO (*a*).

A LA ALTEZA DEL MUY PODEROSO SEÑOR
el consejo supremamente real de Castilla en su tribunal.

Despues que los señores reyes de España conocieron cuánto crecian multiplicando su dignidad en cada uno de vuestra alteza (donde la ley y la razon de muchas majestades doctas y santas fabricaban un principe escrito), perdió el poder su osadia, y la riqueza la confianza, la miseria el temor, y la pobreza el desprecio: pestes que ya fuéron progenitoras á tantas turbaciones. No fué, el transferir en vuestra alteza la suprema autoridad en todo, maña de los principes: fué el mayor sacramento de las monarquías, que el señor, sin dividirse, fuese uno y muchos, para que multiplicada la unidad del rey, se fortaleciese con el consejo de tantos grandes varones, cuyas letras, igualdad y esclarecida nobleza sirve de ángel custodio togado á los reinos y provincias. Vuestra alteza al rey que nace da aquel conocimiento de que no son capaces los nueve meses y el parto; y cargais vuestra vida de los años, para que pueda en su mocedad tener despejadas de las molestias de la vejez las experiencias y los desengaños. Vos le desenojais los castigos y le desinteresais los premios; pues ni el dolor acusa vuestra justificacion, ni la codicia vuestro celo; y siempre que, así como el Consejo sois el rey, fuere el rey el Consejo, ni padecerán los humildes, ni presumirán los ambiciosos. Nunca mayores padres, ni más doctos, ni más ilustres nos dieron leyes, que son los que hoy veneramos en vuestros decretos,

(*a*) Hé aqui la historia del *Memorial*, tomándola desde un principio. Hácia los años de 1617 se movió plática sobre dar el segundo patronato de España á la gloriosa vírgen santa Teresa de Jesus, especie suscitada por los carmelitas descalzos, fomentada por los religiosos que tanta mano tomaron en los negocios públicos, y acogida por el Reino junto en cortes. Felipe III y el presidente de Castilla dirigieron, á fines de agosto de 1620, cartas á todos los prelados y cabildos eclesiásticos, disponiendo que en 5 de octubre celebrasen fiesta á la Santa como á patrona despues de Santiago. Los arzobispos de Granada y Sevilla, don fray Pedro Gonzalez de Mendoza y don Pedro de Castro y Quiñones, se prestaron con sus cabildos á cumplir la órden cuanto á la fiesta, pero no así cuanto al patronato y rezo, miéntras el sumo pontífice no lo determinase. Y las razones de don Pedro de Castro, extendidas por él mismo en su colegiata del Sacro Monte de Granada, cuyo sitio ilustró la presencia del Apóstol, fuéron tan vivas, y su autoridad tan grande, que suspendidas las fiestas, se deshicieron los magníficos aparatos que estaban prevenidos para ellas, sin embargo de doctos y sutiles discursos que en favor de la vírgen fundadora escribieron sus devotos.
La Santa, que estaba solamente beatificada, fué canonizada en 12 de marzo de 1622; y cuatro años despues, hallándose Felipe IV en Zaragoza, escribió al presidente de Castilla don Francisco de Contreras, para que volviese á proponer á las Cortes el patronato, cuya plática renovaban y despertaban ya en el vulgo los carmelitas, con públicas demostraciones.
Promulgóse nuevo decreto, hubo actividad en Roma, y á 31 de julio de 1627 expidió breve su santidad para que se cumpliese lo acordado por el Reino, debajo de cláusula expresa de que fuese todo sin perjuicio, innovacion ó diminucion alguna del patronato de Santiago. De ello se dió en forma noticia á las iglesias, y á contradecirlo saliéron la de Santiago y la de Sevilla, sobre lo cual se imprimieron por una y otra parte muchos papeles informativos. ¡Ojalá algunos (exclama el juicioso analista Ortiz de Zúñiga) no hubieran mezclado, con razones sólidas, satíricas sinrazones!
En vista de tan fuerte oposicion volvió á escribir el Rey á los cabildos, con fecha 22 de noviembre, participándoles que habia mandado cesar las pretensiones de los procuradores de Cortes y religiosos carmelitas, miéntras en Roma se disputaba y resolvia.
A la capital del mundo cristiano acudieron estos y la iglesia de Compostela, apoyándose los religiosos con el decreto del Reino, la iglesia con la posesion en que el exclusivo patronato se hallaba por espacio de diez y seis siglos. A una junta de cardenales y prelados se cometió la consulta de estas pretensiones; y al fin la santidad de Urbano VIII limitó el primer breve, por otro de 8 de enero de 1630, mandando quitar y borrar todas las pinturas, efigies, inscripciones, títulos ó rótulos que pudiesen en las Españas significar otro patron de ellas juntamente con el apóstol Santiago; con que se puso silencio á la materia.
Quevedo, caballero profeso de la Orden, salió á la palestra, escribiendo en el otoño de 1627 el *Memorial* que se

como nunca hubo en tan graves controversias mayor necesidad de magistrados de virtud varonil y robusta. Con vuestra alteza habla san Pedro en su epístola I, cap. 2 : *Vos autem genus electum, regale Sacerdotium, gens sancta, populus acquisitionis, ut virtutes annuntietis*. De tales atributos son merecedores los buenos consejeros ; pues queriendo Esaías adelantarse en decir los blasones que darian á Dios, en el cap. 9 dijo : *Et vocabitur nomen ejus, admirabilis, consiliarius;* y cuanto es útil al rey nuestro señor tener tales ministros, tanto le es de alabanza haberlos escogido tales. Yo, señor, en la presencia de Dios animosamente confio de la verdad de mi peticion, que todo esto se verificará en mi despacho, pues con él solicito que deba á vuestra alteza todo el honor nuestro santo Apóstol, todas sus prerogativas nuestro único patron Santiago ; tales como en este mundo se las ha dado y mantenido por mil y seiscientos años la Iglesia Católica, y como el cielo se las canta, y tales como se las concedió la majestad de nuestro Señor Jesucristo, su primo y su maestro, que alargará la vida de vuestra alteza, para que tengan salud la paz y la concordia destos reinos.

estampá en las presentes páginas, el cual fué impreso en febrero del año inmediato de 1628 ; y en 26 de marzo siguiente dirigió una epístola muy elegante al sumo pontífice Urbano, « suplicándole con razones muy de su pluma (dice Tarsia), vuélvese por el Apóstol, cerrando con las llaves de Pedro la puerta á las calumnias, y con la espada de Pablo ahuyentando á los que descaradamente impugnaban la proteccion de España, encargada al Santo por Jesucristo. « Muestra en ella DON FRANCISCO (añade el biógrafo) grande celo y no menor erudicion sacro-profana.» Tan notable documento no parece hoy.

Desatóse luego contra este *Memorial* el sevillano Morovelli, y tomaron á su cargo darle cumplida respuesta un doctor Moran y el nieto del célebre Pedro Mártir de Angleria, Juan Pablo Mártir Rizo, quien, en Madrid su patria, y á 10 de julio del mismo año de 1628, sacó á luz un opúsculo picante y apasionado, con lo que se desquitó al propio tiempo de lo que cuatro años ántes habia publicado Morovelli contra su *Historia de Cuenca*.

Se ha dicho que no alcanzó este la honra de que le contestase QUEVEDO ; pero, con aplauso y gusto de los que se regocijan en las algaradas literarias, corrió de mano en mano y ha llegado á nosotros, atribuida al señor de la Torre de Juan Abad, una *Censura* á que más adelante damos lugar entre los *Discursos críticos*.

Tambien por vez primera lo tendrán en la *Musa Urania* las estancias que á favor del patronato exclusivo inspiró á nuestro caballero su estro y su entusiasmo por el héroe de las victorias españolas. Y no defraudarémos á los lectores de la BIBLIOTECA el conocer la contestacion brusca del granadino carmelita descalzo fray Gaspar de Santa Maria (en el siglo don Gaspar Leon de Tapia), quien ocultó su nombre en esta ocasion bajo el de Valerio Vincencio.

El ardor con que se arrojó QUEVEDO á la palestra, alentado por la cruz roja de su pecho, galardon de cien arriesgadas empresas, y arrancada á unos ministros que jamas prodigaron tales distinciones al verdadero mérito ; el espíritu ciegamente fanático que los religiosos habian hecho cundir en todas las clases del Estado, y los muchos enemigos que se habia granjeado el autor del *Memorial* con su índole satírica y desenfadada, le valieron nuevas persecuciones y amarguras. En junio de 1628 fué por vez tercera, desde que empuñaba el cetro Felipe IV, puesto en prisiones, y luego usándose (al decir de los jueces y de sus enemigos) de gran misericordia, desterrado de la corte, á la que no se le consintió volver hasta 29 de diciembre. ¡Qué energia no fué menester para contrastar el comun torrente, el decidido amparo con que QUEVEDO á la familia del Conde Duque animaba á los piadosos devotos de la Santa ! Su más acérrimo defensor y panegirista, blanco del *Memorial* de QUEVEDO, era el padre fray Pedro de la Madre de Dios, tio del duque de Medina de las Torres, yerno, ó mejor diré, hijo muy amado del favorito.

(*Cuadernos originales de Cortes del archivo de la Cámara de Castilla.—El tribunal de la justa venganza*, fol. 271.— Pedraza, *Historia eclesiástica de Granada*, fol. 280. — *Memorial de Quevedo al Rey* en febrero de 1643.—Leon y Pinelo, *Historia de Madrid*, año de 1627. — Tarsia, *Vida de Quevedo*. — Ortiz de Zúñiga, *Anales de Sevilla*, fol. 655 y 655. — *Crónica de los carmelitas descalzos*, fol. 925.—Pascual Bueno, editor de la obra póstuma de QUEVEDO *Providencia de Dios*.)— El Colector.

MEMORIAL POR EL PATRONATO DE SANTIAGO

Y POR TODOS LOS SANTOS NATURALES DE ESPAÑA,

EN FAVOR DE LA ELECCION DE CRISTO NUESTRO SEÑOR.

SEÑOR:

Don Francisco de Quevedo Villegas, caballero profeso en la órden de Santiago, digo : Que, como tal caballero, soy parte legitima para suplicar á vuestra majestad se sirva, como administrador perpetuo de la dicha órden, salir á la defensa del patronato de Santiago, pues sois á quien en primer lugar pertenece, por todas las causas y razones siguientes.

Y en primer lugar pongo á vuestra majestad en consideracion que en la bula de nuestro muy santo padre Urbano VIII, en cuya obediencia fué admitida en esta corte por patrona de España la milagrosa vírgen santa Teresa de Jesus, entre otras palabras de la nota del Espíritu Santo, que avisa á la santa Sede, se leen estas: *Sine tamen praejudicio, aut innovatione, vel diminutione aliqua patronatus sancti Jacobi Apostoli*: «Empero sin perjuicio, innovacion ó diminucion alguna del patronazgo de Santiago Apóstol.» Cláusula, señor, que da licencia para que los soldados de su milicia, que profesamos su órden y religion, podamos recurrir á que su santidad con entera y real noticia del hecho y del derecho, y vos, señor, bien enterado de las nulidades é inconvenientes,—no recibais, y mandeis retener la dicha bula, por ser en perjuicio de tercero, con innovacion y diminucion, cosa que ella no admite, y no haber sido oida la parte de Santiago, que es toda España. Y creo la misma santa Teresa es quien más asiste á esta restitucion que pretendo; pues si el comun modo de hablar reprueba para dar á un santo quitar á otro, lo que en el vulgar sentimiento no es licito, ménos lo será en la divina igualdad de los santos, cuya gloria está colmada de verdadera justicia. Y la ley de la partida (part. 1, *lit.* 15) de tal manera constituye por patron de la iglesia de España á Santiago, que excluye otro, difiniéndole por tal patron esencial é individualmente: «*Patronus* en latin tanto quiere decir como padre de carga, cá assi como el padre del ome es encargado de fazienda del fijo en criarlo, é en guardarlo, ó en buscalle todo el bien que pudiere ; assi el que fiziere la Iglesia, es tenudo de sofrir la carga della, abondándola de todas las cosas que fueren menester quando la faze, é amparándola despues que fuer fecha.» Señor, Santiago solo hizo esta iglesia de España: soberano testigo es el milagroso santuario del Pilar de Zaragoza, templo primogénito de la cristiandad desta monarquía. El la amparó despues de hecha ; nada desto toca á santa Teresa, que nació en nuestros tiempos, y en el mayor aumento della. Prosigue la ley: «Este derecho gana ome por tres cosas. La una por el suelo que da á la Iglesia en que la fazen. La

segunda, porque la fazen. La tercera, por heredamiento que la da.» Véase, señor, si Santiago dió el suelo á esta iglesia de España, si la hizo y la dotó ; y se verá que él solo es patron de España por todas tres condiciones de la ley ; y asimismo patron de santa Teresa, y de todas las demas iglesias y religiones, cuya fe dió él y el suelo en que se hicieron. Y es así, señor, que en esta villa de Madrid, á 24 dias del mes de octubre de 1617 años, estando el Reino junto en vuestro palacio, como lo ha de costumbre, fray Luis de San Jerónimo, procurador general de los carmelitas descalzos, en nombre del Padre General y de toda la dicha órden, pidió por diferentes razones fuese admitida la dicha bendita Santa por patrona y abogada destos reinos. Y visto la dicha peticion en cortes, el Reino acordó por mayor parte el voto de don Alvaro de Quiñones, que es caballero del hábito de Santiago ; y en esta conformidad en 16 de noviembre del dicho año se acordó fuese recibida por particular abogada de España la gloriosa vírgen santa Teresa, y ordenaron se declarasen al pié del dicho acuerdo las causas que al Reino movian á tan grande resolucion.

En esta primera parte del hecho debe considerar vuestra majestad que fué principio á novedad tan grande el procurador de la dicha reforma de carmelitas descalzos ; y no el Reino, ni algunas ciudades ó pueblos dél ; y que aunque mostraron fervor de hijos, pidieron para sí al Reino el patronato, en que el Reino no tuvo parte para darle, ni tiene hoy razon para dividirle, ni necesidad de multiplicarle, como adelante se verá. Y no solo el Reino la admitió por patrona, sino «por particular patrona» : cláusula en grande agravio y perjuicio de las obligaciones que el Reino tiene al santo Apóstol, pues á su socorro se debe á si propio en la fe, en la restauracion y en el aumento, que es perjuicio de su patronato, y no alguna diminucion, como excluye la bula, sino total menoscabo. Afirmanlo las leyes con estas palabras: *Duo non possunt eamdem rem simul possidere, ff. de Acquir. poss. leg. 3. §. E contrario.* Y en otra parte : *Duo non possunt esse Domini ejusdem rei in solidum, ff. eod. l. Si ut certo (a).* Ni se ha visto otra vez en el mundo pedir patronato de las naciones á tribunal alguno, rey ó república, por haber sido ese repartimiento de la disposicion de Cristo, y cosa encargada por él, y no pretendida por alguno, donde la negociacion hasta ahora no ha tenido entrada. Este negocio pendió en propios términos ante Cristo nuestro Señor con la madre de los hijos del Cebedeo : pidió á Cristo las sillas de su lado ; lo que no habia de pedir, pues estaba la primacía de la Iglesia para san Pedro. Lira dice que

(a) No hay exactitud en las citas, si en el espiritu de ellas.

pretendia esta prelacia : *Quia primatum cathedrae petebant, in quo timebant sibi Petrum praeferri.* Esta madre, señor, pidió en tribunal competente; pidió á Cristo, cuyas son estas primacias y prerogativas, y pidió para dos hijos suyos, tales y parientes de Cristo ; y su respuesta fué : *Non est meum dare vobis:* «No es de mí daros eso á vosotros.» Pues, señor, si Cristo, Dios y hombre verdadero, cuando sus discípulos, sus parientes, piden para sí primacia de otro, dice, siendo señor de todo : *Non est meum dare vobis,* ¿por qué el Reino, cuando los padres de la reforma de carmelitas descalzos le pidieron para su bendita Santa el patronato de Santiago, no dijo, como debia decir : *Non est meum dare vobis?* Ni fuera indignidad que los padres oyeran estas palabras cuando pretenden para santa Teresa lo que toca á Santiago, pues Santiago las oyó de Cristo cuando pretendió lo que tocaba á san Pedro. La diferencia es que allí habló la madre por los hijos, y aquí hablan los hijos por la madre; y permite Dios, no sin misterio, que hoy se defienda Santiago con lo que entónces fué despedido ; y con las palabras que Cristo le despidió de aquella primacía, la defiende en esta. En sola esta dignidad de nuestro patron funda don Alonso de Cartagena, obispo de Búrgos, la precedencia de la corona de Castilla á la de Ingalaterra, en la proposicion que hizo en el concilio de Basilea, donde cita á Vincencio, *Historial,* lib. 9, cap. 7 (a). No seria, señor, buena correspondencia el santo Apóstol nos dé mayoría con otras coronas, y que le quitemos la suya.

Asimesmo, señor, es de ponderar que las causas que para salvar este acuerdo da el Reino, y se leen en el papel que entónces se imprimió, confiesan olvido, ó se acusan en poca noticia de los grandes y muy particulares beneficios que estos reinos deben en sus calamidades á san Isidro, arzobispo de Sevilla. ¿Quién competirá los méritos y el derecho á san Hermenegildo, príncipe heredero de España, y mártir, á quien degolló Leovigildo su padre, porque no quiso recebir la comunion de un obispo arriano? Y si quieren maridaje espiritual, ¿cómo no se acordaron de santa Florentina, hija del duque Severiano de Cartagena, de quien descienden todos los reyes de España? Infanta hay santa de la órden de Santiago. ¿Quién dirá que en justicia no puede pedir este compatronato san Millan de la Cogulla, pues las historias y escrituras antiguas confiesan haber peleado y vencido tantas veces, apareciéndose en las batallas como Santiago, y casi en competencia del número de sus apariciones y vitorias? Mucho le sobra para compatron y para patron, si lo pudiera haber, al santo Inocente de la Guardia. Este, señor, que está en cuerpo y alma en el cielo, es, segun esta totalidad, diferente de todos, y asiste con entero compuesto; no es traslado de la pasion de Cristo en una parte : es un original espantoso, con exceso de azotes en falta de años. Este es, señor, grande abogado, que puede interceder á Dios, como no puede otro alguno, por la pasion que Cristo pasó por

(a) La cita es inexacta. En la edicion de Bruselas se estampa *lib.* 2. *cap.* 7; en la de Sancha, *lib.* 1. *cap.* 7. Ambas aun más disparatadas. La referencia del obispo de Búrgos debe ser al libro 26, desde el cap. 30 al 41. El *Speculum quadruplex, naturale, doctrinale, morale, historiale* del exímio doctor Vincencio, beliovacense, fraile de la órden de Predicadores, es una compilacion verdaderamente enciclopédica del siglo XIII, de suma curiosidad é interes histórico.

él, y por la que él pasó por Cristo No le falta, señor, para patron, sino ser de la órden de la reforma por algun modo, á san Ildefonso, arzobispo de Toledo, á santa Leocadia, á san Isidro, patron de vuestra corte y natural de ella, á san Dámaso nacido en Madrid, sumo pontífice, y Melchiades. Pues de nuestros tiempos, ¿qué se deberia conceder á san Diego de Alcalá, á santo Tomas de Villanueva, y á san Pedro Nolasco, que, siendo redentor y fundador de redentores, se adelanta á los patronatos; y al grande y admirable santo Ignacio de Loyola, padre de tan docta y sagrada religion, que de la una milicia se pasó á la otra, y de soldado (que fué mérito que dispone para tal patronato) vino á ser general de las batallas contra los herejes y amotinados contra la Iglesia? ¿Cómo el Reino no se acordó de la grande accion que, á tener lugar este patronato, singularmente tiene el glorioso santo Domingo, no solo natural destos reinos, sino de tal nacimiento, que los señores reyes suyos son de su sangre y linaje, que por oficio de padre de predicadores *ipso jure* sucedia al santo Apóstol, á quien fué dada por Cristo nuestra predicacion ; fundador de una órden que está produciendo siempre luces á la dotrina, defensas á nuestra verdad, y centinelas con el santo oficio de la Inquisicion á las asechanzas de la herejía; y otros innumerables santos destos reinos, que han sido frecuentemente vistos en algunas batallas y peligros?

Señor, suplico á vuestra majestad considere y mande considerar estas verdades, para que veais cuán lícito y cuán forzoso es desistir deste compatronato, en que os han empeñado los padres de la reforma. Señor, san Justo y Pastor, naturales de España, niños tan tiernos y mártires tan grandes, que amanecieron tan temprano con su muerte nuestras tinieblas, trescientos siete años despues de la muerte de Cristo, por la crueldad de Deciano, que há mil trescientos veinte años fuéron por muchos dias apellidados patrones de España, como es verdad y consta del privilegio que dió, era de Cristo 684, año de su nacimiento 646, el católico rey godo Cindasvindo y su mujer la reina Reciberca, y está original en la iglesia de Astorga, en favor del monasterio de san Frutuoso en el lugar de Compludo, y empieza desta manera: *Dominis Sanctis gloriosissimis, mihique post Deum fortissimis Patronis Sanctorum martyrum Justi, et Pastoris :* «A los santos gloriosísimos, y para mí, despues de Dios, fortísimos patrones, de los santos mártires Justo y Pastor.» ¡Grande blason! ¡Grande empeño para patronato, confirmado con privilegio de tales patrones, que los llama el rey de España fortísimos despues de Dios! Mas, señor, reconociendo este rey, y los demas todos, que la fe por que murieron estos santos, ellos y todos los demas de España la debieron á Santiago, cedieron en su devocion con justicia, y dejaron que el patronato se volviese á quien le dió Cristo solo; y ni ha enflaquecido, por retroceder en esto, la autoridad de los reyes, ni san Justo y Pastor dejan de favorecer á España, ni su patria pide se les guarde este privilegio, comprado con sangre, y solicitado de solos milagros y el martirio. Y esto, señor, es verdad, y no es cierto que san Millan sea actualmente patron de España, como afirma el padre fray Pedro de la Madre de Dios, en su papel de piadosas conjeturas. Y en afirmar en él que hoy no hay patron único, los padres lo prue-

ban con solicitar que los que lo eran no lo sean, añadiendo á todos los reinos y religiones á santa Teresa,
como dice el propio padre de la órden de san Juan y de
otros reinos; y así debia decir su paternidad, no como
dice, que no hay patron único, sino nosotros no dejamos que le haya. Y esto se le concederá; que lo demas
contradicelo la realidad y el hecho. Y lo que multiplica
en Francia, si se estudia bien, se hallará que solo san
Dionis se invoca, y que san Remigio es abogado, porque convirtió el primer rey cristiano de Francia, que
fué Clovis; y eso fué de aquel rey y de Lotario, cuando
dijo, hablando de Luis su padre: *Ludovicum patrem
suum de poenis praedictis, meritis sancti Petri, ac precibus sancti Remigii (cui Deus magnum Apostolatum
super reges, et gentes Francorum dedit) certissimè libe-
randum.* Grande apostolado dice. Así lo refiere Lupoldo
Bebenburgio, en su libro *Veterum Germaniae Principum in fide constantia (a)*. San Luis más es que abogado,
porque rey y santo aun es señor y padre, y solo se apellida san Dionis. Y fué gran determinacion entre todos
estos santos prelados, y pontífices, y fundadores de religiones tan extendidas, y naturales de España, preferir
otros méritos, si bien son admirables y soberanos, y llenos de inmensas grandezas y maravillas. Y no son ménos
dignas, señor, de vuestra real advertencia dos novedades tan grandes como añadir patron, cosa que ni ha
hecho ni consentido intentar otra ninguna nacion. Venecia está contenta y confiada con solo san Márcos, y
gran parte de los ultramontanos con san Jorje, y Francia con san Dionis; y la casa de Borgoña, que es patrimonio de vuestra majestad, con solo san Andres, y así
los demas; y aun en los oficios y ministerios que se juntan en cofradías, no se ha intentado esta multiplicacion.
Ni deja de ser muy considerable inconveniente, que
admitida por patrona santa Teresa por las causas que á
el Reino y alegan los padres del Cármen descalzo, es
forzoso al Reino, sin quedarle libertad para lo contrario, admitir por patrones á todos los santos naturales de
España, pues en muchos dellos militan las propias cansas, y en algunos con grandes prerogativas; y lo dificil
fué admitir á santa Teresa, que admitida, ántes es consecuencia para admitir todos los demas, que son innumerables, de que se seguirian extraordinarios gastos
é inconvenientes á todas las iglesias de España.

La otra novedad, y más notable, fué encomendar al
sexo de mujer parte de la invocacion en las batallas,
cosa que no se dió á Santiago por pariente de Cristo, ni
por solamente la santidad, sino porque peleó visiblemente en todas ellas; y aunque el auxilio es igual en
todos, y el que ora vence, y por él el que pelea,—esto
siempre fué en todas las gentes de los santos que las
acaudillaron en la guerra, y á quien debieron el primero conocimiento en la fe. Y debeis reparar en que
si mudanzas de trajes y novedades en divisas ha sido á
los reinos indicio ejecutado de grandes pérdidas, en
las materias de la devocion y religion se puede y debe
desvelar más el cuidado en la observancia de lo que
siempre ha sido. Opúsose con mucho valor á aquel decreto del Reino arriba referido, á la majestad de Felipe III, vuestro glorioso y bienaventurado padre, el
arzobispo de Sevilla don Pedro Vaca de Castro, y don

(a). El título es así: *De veterum principum germanorum zelo, et
fervore in Christianam religionem et Dei ministros.*

Beltran de Guevara, arzobispo de Santiago, con tan vivas razones y valor tan justificado, que se suspendió,
sin dejar publicar las informaciones que por parte de
la dicha reforma de carmelitas descalzos se hicierou.
Hoy vemos (así lo refiere la bula) que á vuestra instancia se ha determinado y puesto en ejecucion, no sin
contradiciones. Y porque en vuestra persona no es sepa-
rable el maestre de Santiago del rey de las Españas, yo,
en nombre de toda la órden y caballería de Santiago, y
del propio santo Apóstol, y en el vuestro, como maestre, con toda reverencia suplico de vos á vos propio,
mejor informado, y digo:

Que Santiago no es patron de España porque entre
otros santos le eligió el Reino, sino porque cuando no
habia reino, le eligió Cristo nuestro Señor para que él
lo ganase y le hiciese, y os le diese á vos. La ventaja
que hay desta eleccion á la que presumen de sí los hombres, de san Pablo lo dice santo Tomas, 3. p. q. 27, art. 4:
*Quos Deus ad aliquid eligit, ita praeparat, et disponit,
ut idonei sint ad illud.* Esto supuesto como es verdad
infalible, ¿qué pretende añadir la eleccion de los hombres en este caso á lo que hizo Dios nuestro Señor?
Y estos repartimientos de los ministerios en la fe,
san Pablo dice han de estar como Dios los repartió:
Epist. 1. ad Cor: Et unicuique sicut Dominus dedit:
«Y á cada uno como Dios lo dió.» Y trata en este caso
mesmo é individual, y se precia que entre los demas
sobre que contienden los creyentes en Cristo, de que él
plantó, se le es lo primero y lo que hoy toca á Santiago:
*Ego plantavi, Apollo rigavit, sed Deus incrementum
dedit:* «Yo planté, Apolo regó, y Dios dió el aumento.» ¿Pues cómo podrá, sin su perjuicio de Santiago,
que plantó la fe en España, añadirse á aquel ministerio
suyo (dado por Dios, quien tanto despues dió) parte del
riego con otros innumerables santos, sin perjuicio,
sin innovacion y diminucion en cosa de que blasona san
Pablo, no dejando ni comunicando con otro el lugar
que le tocaba? Y esto siendo verdad, como dice el corazon del mundo, san Pablo (que así le llama san Juan
Crisóstomo, sobre la *Epístola ad Romanos*), que el que
planta y el que riega, son una cosa: *Qui plantat et qui
rigat idem sunt.* Mas plantar y regar son diferentes ministerios, y en el tiempo el uno precede al otro, y no se
deben mezclar ni confundir; y á cada uno se ha de dar
lo que le toca.

Segun esto, cierta cosa es que el Reino ni sus procuradores no dieron el patronazgo á Santiago; ántes Santiago dió á su reino, quitándolo con la espada á los
moros, á quien le dieron los pecados de aquel rey que
mereció tal castigo. ¿Pues cómo, Señor, quitará ó limi-
tará ó disminuirá el Reino á Santiago lo que no le dió,
y le debe lo que es suyo por expresa voluntad de Cristo? ¿Cómo puede el reino, que es patrimonio de Santiago, dividirse con otra persona? Son las Españas
bienes castrenses, ganados en la guerra por Santiago; y las leyes que amparan en ellos á cualquier
soldado particular, ¿perderán su fuerza en este general
y caudillo, á quien nos debemos todos por compra? á
quien somos dendores de la libertad, y la fe de lo humano y de lo divino? Vos, señor, le debeis las coronas
que ya ceñis multiplicadas; los procuradores de cortes
el reino, en que son tribunal; los templos no ser mezquitas, las ciudades no ser abominacion, la república

y santo gobierno no ser tiranía, las almas no ser mahometanas ni idólatras, las vidas no ser esclavas, las doncellas no ser tributo. Que esto sea como lo digo, ni los moros lo pueden negar; que hoy temen el tropel y las huellas del caballo blanco, y les dura el dolor y las señales de las heridas de su espada. Su nombre apellidado ha valido por ejército, donde á los gloriosos antecesores de vuestra majestad faltó la gente; á aquellos pocos cristianos que sobraron á la inundacion de los sarracenos, este nombre les fué muro; y los que con Fernan Gonzalez y con el Cid fuéron pocos, valieron por infinitos en su proteccion. El rey don Ramiro, hijo de don Bermudo y nieto de don Fruela, por no dar aquel tributo tan vergonzoso de las doncellas, peleó con los moros, fué vencido, y estando á la noche en suma miseria, y para acabar con todo su reino, se le apareció el apóstol Santiago, y le dijo que á la mañana pelease, y vencería; y obedeciéndole el rey, á la mañana degolló sesenta mil moros. Y desde este dia aclamaron á Santiago en las batallas, porque le viéron visiblemente pelear el rey y los caballeros. Vea el Reino, señor, en este patronato qué parte tiene él y los procuradores de cortes, quién tiene jurisdiccion en el estado del otro. Y porque más clara y más evidentemente lo conozcais, os traigo á la memoria las palabras del privilegio que á la iglesia de Santiago concedió el dicho rey don Ramiro, que son tales:

«Pero conociendo los sarracenos nuestra venida, por la voz que se habia divulgado, todos los de esa otra parte del mar se juntaron contra nosotros, llamados por cartas y por mensajeros, y nos acometieron en grande multitud y en mano poderosa. ¿Qué más diré? que no puedo acordarme sin lágrimas. Por mis grandes pecados mi roto y vencido, y hube de huir, y confusos nos acogimos al cerro que llaman Clavijo, y allí en pequeño bulto juntos pasábamos toda la noche en oracion y lágrimas, sin saber totalmente qué habiamos de hacer el siguiente dia. En tanto, á mí el rey Ramiro me dió sueño, fatigado de pensar muchas cosas en el peligro de la gente cristiana; mas estando durmiendo, Santiago, protector de las Españas, se dignó de aparecerme corporalmente; y como yo le preguntase con admiracion quién era, confesó era el apóstol de Dios, Jacobo; y como yo en esta palabra, más de lo que puedo decir, me espantase, el bienaventurado apóstol me dijo: ¿Por ventura ignorabas que nuestro Señor Jesucristo, dando otras provincias á otros apóstoles mis hermanos, dió á mi patrocinio por suerte toda España, y que la encomendó á mi proteccion y á mi mano?» Pues si el santo Apóstol dijo (y así lo depone el Rey) que, como Cristo dió á otros apóstoles otras partes del mundo, le dió á España para que fuese su patron y la defendiese con la mano, ¿qué accion tiene á este patronazgo el Reino y sus procuradores, que son de Santiago por voluntad de Dios, y por derecho adquirido en la guerra, y por donacion del verdadero Señor de todo? El padre fray Pedro de la Madre de Dios, en su Memorial, responde, número 23, al arzobispo de Santiago, cuando dice que España cupo al santo Apóstol por suerte, y que España tiene el tesoro de su santo cuerpo, con estas (harto lugo en llamarlas palabras): «La una y la otra razon es bala floja, que se contenta con tocar y caer.» Si puede ser, grandemente mortifican estas

maneras de hablar al santo Apóstol. Debiera su paternidad considerar que si á lo que dice el propio santo Apóstol, y deponen todos los reyes y pueblos de España, y los propios moros, y á lo que afirma la devocion universal del mundo, y escriben tantos santos y graves autores, y autorizan los sumos pontífices y el rezo de la Iglesia, llama bala floja, que toca y se cae, que nos diga qué llamarémos á aquellas cosas que deponen el hermano Francisco y el hermano Francisco indigno, y el tercero que se calla, y la madre Antonia. Pues no le hemos de imitar en esto á su paternidad; que todo lo que se dijere de la Santa, aunque lo digan legos y beatas, sin aprobacion de la Iglesia, y el hecho esté sin exámen jurídico y apostólico, y sean vivos y hijos de la santa madre, lo creemos todo, y nos parece poco, y la confesamos por municion viva y fuerte; mas nunca presumimos que la santa y sus milagros sean balas que quieran conquistar á Santiago, ni que se aseste contra su nombre. De otra manera habló de Santiago el reverendo padre fray Francisco de Jesus, doctísimo hijo de Elías, en la defensa de la venida de Santiago, donde acalló tan graves invidias y tan autorizadas contradiciones, por mandado de su majestad, que está en el cielo, que supo escoger tal hijo de Elías para defender tal padre de sus reinos. Léase su carta dedicatoria, léase todo el libro; verásé cuánto excluye esta novedad y todas las que fueren tales. ¿Será lícito que el agradecimiento que con los demas apóstoles conservan, con ménos beneficios, las otras naciones, así bárbaras como mezcladas con la herejía, falte á España, debiéndose toda al apóstol Santiago, y teniendo el apóstol ejecutoriado por Cristo este patronazgo y esta tutela, y no teniendo los procuradores de cortes poderes de las ciudades para tratar lo que determinaron? Esto confirmó y atestiguó todo el Reino en el propio privilegio, con estas palabras: «Todos nosotros, los pueblos habitadores de España, que presentes fuimos, vimos con nuestros ojos el dicho milagro de nuestro patron y protector el glorioso apóstol Santiago.» La probanza en este hecho es plenaria, y los testigos de vista instrumentales, y mayores de toda excepcion. El primero es el rey don Alonso el Casto, que depone en un privilegio, su data año de 835. El segundo el rey don Ordoño el Gotoso, privilegio, su data año 854. El tercero el rey don Alonso el Magno, privilegio, su data año 862, á los 30 de marzo. El cuarto el rey don Ordoño el II, privilegio, su data á los 27 de enero, era 953. El quinto el rey don Ramiro el II, en su privilegio, data año 932, á los 13 de noviembre. El sexto es don Alonso el VII, en su privilegio, año de 1129, á los 30 de marzo, y este hace mencion de todos los demas. El séptimo el rey don Fernando de Leon, en su privilegio, data año 1170, á los 25 de julio. El octavo el rey don Alonso de Leon, hijo del pasado, en su privilegio, su data año 1188, á los 4 de mayo. El noveno el rey don Fernando, que llaman Santo, en su privilegio, data en la ciudad de Santiago, año de 1232, último de febrero ¿Quién es, señor, hoy el que no desciende de alguno de los que allí viéron y confesaron esto, y lo testificó? ¿Qué reino tiene vuestra majestad que no le deba al patrocinio de Santiago? Qué campo se siembra que no le rescatase su espada? Qué camino se anda que no le abriese y asegurase su diestra? Y esto, señor, cuando España solo servia de ejemplo á las venganzas del pecado, y toda era blason de las culpas de su rey. ¿Pues será razon que á quien nos dió la fe que no teniamos, y los reinos que habiamos perdido, cuando los poseemos por virtud de su nombre, le limitemos y disminuyamos lo que no le dimos? ¿ En qué se puede fundar esta pretension, confesando esta verdad los reyes, los reinos y las piedras y los campos? Véa vuestra majestad con cuánta reverencia y sumision reconoce su vasallaje al santo Apóstol el emperador don Alonso en su privilegio: «Esto, inspirándonos Dios, con buena voluntad y de todo corazon, en la fiesta de los Ramos el domingo, levantadas las manos en el concurso de hombres y mujeres, prometimos al dicho Apóstol nuestro patron, por cuyos méritos y socorros, nosotros y nuestros predecesores firmemente creemos que muchas veces hemos alcanzado victorias.» Y el señor rey don Fernando el II, en su privilegio, *data Compostellae per manum Archidiaconi Gancellarii* xi. *Kalendas Octobris*, *sub Aerá* 1226, dice tales razones : «Quien quisiere conservar el reino de España y dilatalle, este consejo ha de seguir : que procure tener propicio al beatísimo Santiago, cierto y especial patron de las Españas. Yo Ferdinando, por la misericordia de Dios rey del cetro de Leon, alférez de Santiago, con solicitud insistiendo en este deseo. » ¿Quién será, señor, tan temerario, y tan enemigo de vuestra persona, que, oyendo esta cláusula, no se desdiga de su porfía? Claro está que vuestra majestad quiere conservar el reino de España y dilatalle. Luego debeis procurar el tener propicio á Santiago. El rey don Fernando os dice que este es el consejo que habeis de seguir, y no el de aquellos que por ejecutar sus sueños, teniendo por pequeña travesura de su presuncion el revolver las cosas humanas, desasosiegan las divinas. Estos, señor, no son consejos, sino cautelas. Mucho anticipó su cuidado Dios en la boca de los reyes, pues desde entónces salió á recibir esta novedad con tales palabras, llamando á Santiago cierto y especial patron de las Españas. Supone patron dudoso, y excluye con lo especial la compañía. Que santa Teresa es patron dudoso, dígalo el decreto y determinacion tomada el año de 17, y el propio año puesto por esta causa silencio por órden de su majestad, que está en el cielo, y del santo oficio de la Inquisicion, que no acalla sino las cosas que perturban y ofenden : dígalo la posesion deste año, con más contradiciones y nulidades, que fiestas. No se contentó el rey don Fernando con esto: pasa de las prerogativas del santo Apóstol á las suyas, y dice: «Que por la misericordia de Dios es rey de Leon y alférez de Santiago.» Quien dijere á vuestra majestad que despues de infinitas coronas y títulos de monarca, no asciende á mayor grandeza en ser alférez de Santiago, os engañará : pues siendo esto así que sois su alférez, júzguenlo, señor, los propios frailes (no consejeros de estado y guerra) : ¿cómo podréis ser voto, ni parte, ni medio para deponer á vuestro capitan, á vuestro general? No lo podeis hacer, señor; y esto es mostrar vuestra grandeza, no enflaquecer vuestro poderío. No poder errar ni hacer mal, es perfeccion y virtud, no flaqueza; como poder hacer agravios es pecado y desobediencia, no imperio. Alférez sois, señor : no solo habeis de seguir la bandera, sino llevarla y defenderla. Delito es en la guerra volverse el alférez contra el capitan: ¿como cabrá en vos esta

culpa, que por la gracia de Dios y por el patrocinio de Santiago es vuestra majestad el mayor y el mejor rey del mundo? El padre Juan Pedro Maffeo, insigne historiador de la compañía de Jesus, en el fin del libro 4.° de su *Historia de las Indias Orientales*, dice, hablando de que la cruz ayudaba á los portugueses en la toma de Goa, que no solo á la cruz se atribuya la victoria, sino al apóstol Santiago, que es el presidente de los españoles. Y refiere que los indios preguntaban quién era aquel insigne capitan de la cruz roja y armas resplandecientes, que hacia que pocos cristianos venciesen á innumerables moros; y aquel glorioso general Alburquerque, por no mostrarse desconocido á Santiago; envió á Lisboa unos bordones y véneras de oro y perlas y rubíes, por ser las armas del santo Apóstol; y (en el libro 12) preguntaban quién era un Jacobo los moros de la India, y que respondió Payba, que era Santiago : *In ejus tutela, et patrocinio Hispanos latere universos.* Y esto fué ayer.

Pues si estos beneficios, triunfos y defensas de la honra en el tributo de las doncellas, de la hacienda en los reinos, de la vida en los peligros de las batallas, de las almas en los engaños de la idolatría, de que somos deudores los españoles al santo Apóstol, obligaron, siendo de otra nacion, á Alejandro III á decir tales palabras en una bula : «Como debamos por muchas razones amar la iglesia de Santiago, por la reverencia del santo Apóstol, y ampararla, de ninguna manera queremos ni debemos consentir que sus privilegios en alguna cosa se disminuyan,» ¿qué obligacion nos quedará á sus españoles? Dice el Pontífice, que ni quiere, ni debo consentir que se le disminuyan en alguna parte los privilegios á la iglesia de Santiago, no le siendo deudor por sí ni por su patria y antecesores de las mercedes y glorias referidas. ¿Y persuadiráse alguno que vuestra majestad, que conoce, como debe, todas estas dendas, permitirá que innovando en la posesion que el santo Apostol tiene, y sin oirle, en perjuicio de su dignidad se le disminuyan los privilegios, no á su iglesia, sino á su propia persona, y dignidad y ministerio, de que él se preció tanto, que por honrar su órden y á los maestres della, proveyó una encomienda (así lo confiesa el rey don Alonso), dando la que hoy se llama de *Sancti Spíritus* á las monjas desta vocacion en Salamanca, porque se lo mandó el santo Apóstol?

En haber vuestra majestad apadrinado este piadoso afecto de los hijos de santa Teresa de Jesus, habeis mostrado el real ánimo y piadoso celo que teneis de engrandecer á los santos, y buscar por todas maneras el mejor esplendor de sus nombres; mas hoy en suspenderlo, mostrarse ha vuestra majestad reconocido con justicia á lo que debe á Santiago, por sí y por sus gloriosos progenitores, teniendo por cierto que los santos son abogados, patrones y protectores de todos los hombres y de todos los reinos, que los llaman por su piedad y clemencia ; mas por oficio lo son los apóstoles y patriarcas, mártires y confesores, donde Cristo los envió, ó despues su vicario, y donde los reconocen por primeros instrumentos de su salvacion. Ni sé yo á qué bien ordenado celo se podria arrimar, pedir nosotros á Venecia que admitiera por patron con san Márcos á Santiago. Y lo que pudieran responder los padres del Cármen descalzo á quien les pidiera que votaran por su sup-

dadora á la santa Juana, eso propio pueden admitir por respuesta. Y si ellos, como hijos que negocian por tal madre, dijeren á vuestra majestad que esto se puede hacer, porque de hacerlo no resulta agravio alguno, os pongo en consideracion que á vuestra real conciencia es más seguro y más cierto no hacer agravio á santa Teresa en no darle lo que nunca tuvo, que en quitar á Santiago lo que por repartimiento del mismo Cristo tiene y siempre ha poseido, para darlo á la santa Madre. Y es cierto que en aquello no hay perjuicio ni innovacion ó diminucion; y en esto se pretende que haya todas estas tres cosas que la dicha bula apostólica no admite. Y pues de ninguna manera se permitiria que á san Francisco lo pintasen con las parrillas, y á san Lorenzo con las llagas, y que se escribiesen y predicasen desta manera, ¿cómo será lícito en todo el patrimonio del Apóstol hacer estas permutas?

Que se innova, no habrá malicia tan terca ni hipocresia tan atenta que lo niegue, pues se hace hoy sin causa urgente lo que en mil y seiscientos años, sin reino, sin gente, entre moros y judios, nadie intentó ni pensó intentar; porque los socorros tan frecuentes del santo Apóstol no han dado lugar á que le echen ménos, sino á que cada hora le deban más? Dicen que no se hace perjuicio, porque no se le quita nada : si no es nada lo que se le quita, es fuerza que sea nada lo que se añade á la Santa. ¿Pues cómo por nada los padres de la reforma del Cármen dos veces alborotan en España lo eclesiástico y lo seglar, y pretenden desautorizar el acuerdo de vuestro padre Felipe III, el glorioso y bien querido principe, y no ménos la determinacion del Santo Oficio? Pues forzosamente pesa más todo esto, que es la majestad temporal y la espiritual, que nada que quitan y nada que toman. Responder se puede, con Marcial, español, á los padres, en el libro 3, epigrama 61 :

Esse nihil dicis, quicquid petis.....
Si nil, Cinna, petis; nil tibi, Cinna, nego.

Respuesta que, quitando el *improbe*, como le quito yo, es ajustada. Así llamaban á los que con codicia hipócrita disfrazaban con la voz *nada* en la peticion lo que en el recibo era despojo. Mucho es, señor, lo que quitan á Santiago; ajeno es lo que añaden á la gloriosa Santa : y por eso el agravio es mayor, la novedad más sensible, y la diminucion más total. Advertid, señor, con toda la alma, que Santiago sabe sentir y entristecerse. Oid á santa Brígida, que tratando en una revelacion, que deseó saber de Dios por qué acudía tanta inmensidad de gentes y naciones al sepulcro de Santiago, más que á Jerusalen y al Pilar de Zaragoza, que son los que llaman mayores santuarios, dice la Santa que le dijo Dios que como el Apóstol viese que los otros apóstoles sus hermanos habian convertido las provincias de su cargo todas, y él en España tan pocos, tenia gran dolor y tristeza, y que le consoló con decirle Dios que por eso en España duraria más la fe, y que lo reconocerian las naciones. Señor, mire vuestra majestad que Santiago siente que le falte séquito, y mire vuestra majestad que tiene Dios cuidado de consolarle : no le démos los españoles segunda ocasion de tristeza. Dé vuestra majestad á santa Teresa, que es justo; mas sus dádivas sean de las que dice Santiago en su Epístola canónica : « Toda dádiva buena, y todo don perfecto, de arriba es y desciende del Padre de las luces, acerca de quien no hay transmu-

lacion ni tiniebla de sucesiones. » Allí san Gregorio dice (*Moral.* lib. 12, cap. 14.) : « La misma mudanza es sombra. » Dar mudando y con sucesiones, es oscurecer; no es dádiva, sino tiniebla y noche. Y lo que más admira, señor, es que en este caso haya quien no vea el perjuicio del santo Apóstol, ni la innovacion y diminucion; y piden que les dén inconvenientes, donde tanta demasia hay dellos : fácil es hartarlos de inconvenientes. Precedan estas verdades infalibles : que es perjuicio lo que uno solo posee con justo titulo inmemorialmente, partirlo con otro; que es novedad hacer sin ocasion y en perjuicio de tercero, lo que ni se ha hecho, ni intentado en mil cuatrocientos años; que es diminucion de autoridad que el solamente dueño de una cosa tenga otro que en ella adquiera dominio; y asimismo se ha de considerar que es perjuicio de la eleccion de Cristo, pues habiendo su majestad prevenido en esta causa los procuradores de cortes, se le atreven á la prevencion, que no se puede ofender aun en las justicias ordinarias. No permita vuestra majestad que la devocion de España mude la cabecera. Estése, señor, la cabeza donde se estaba, y los piés en su lugar.

Dicen los que se engañan á sí solos, que no se hace perjuicio, ni al Santo se le quita nada. Que no se le hace al Santo agravio, cosa es clara : está su gloria y su honra mas allá de donde alcanza nuestra ingratitud. Es constante opinion de los estóicos, que en el sabio no cabe injuria; ¿y cabrá en el bienaventurado? Esto nadie lo dudó; mas no puede negar alguno que en este compatronato se hace agravio á la eleccion de Cristo nuestro Señor; á la justicia, que nos le manda reconocer por libertador, no solo por patron; á todos los reyes antecesores de vuestra majestad, que son sus alféreces, que son libertos de Santiago, y encargaron, como se ha visto, este reconocimiento á vuestra majestad. Hácese agravio á la costumbre tan anciana y tan venerable destos reinos, perjuicio á todos los santos naturales dellos, y casi más que á todos á san Francisco (que, no siendo de España, vino personalmente á fundar á ella, como el santo Apóstol lo hizo, que es más fineza que en el natural), santo serafin, cruz viva, pasion de Cristo repetido, patriarca de tanta y ejemplar y apostólica religion, que ella sola apuesta con la caida de los ángeles á restaurar las sillas; que sus milagros y predicacion ilustran y engrandecen los dos mundos; que sus hijos los reducen; cuyos mártires no caben en las historias; cuyos autores y escritos enseñan y enriquecen la Iglesia. Y no es inconveniente, señor, que ya que los procuradores de corte no se acordaron deste traslado de Jesucristo, deste serafin sacrosanto, para que fuese su patron, ni advirtieron cuán natural estandarte vivo es de los ejércitos de la fe y del Dios de los ejércitos, san Francisco, que es una cruz de sayal, y el sello de los despachos de nuestra redencion; y que haciéndole Cristo como él, no fuera mucho le hicieran los procuradores de corte como Santiago; y quien es traslado de Cristo, bien podia ser compañero de su apóstol, á poderse pedir este patronato. Mas ántes ocasionaron con esta novedad, que el rezo de patrona en santa Teresa embarazase á san Francisco el suyo. Quien esto, señor, dice que no es inconveniente, miserables señas da de su conciencia, grande puerta abre á cegar en rumores el órden de la Iglesia militante en los premios de los bienaventurados.

¿Quién, señor, será aquel que os diga que no es inconveniente el escándalo grande que dos veces ha habido en España en razon deste patronazgo? Que ha sido escándalo, vese, pues la una vez el santo oficio de la Inquisicion recogió las informaciones por santa Teresa, y esta segunda se ha revuelto España toda; no el vulgo solo, sino las iglesias, y las universidades, y toda la órden de su caballeria. Y ha pasado el escándalo á tanto, que en los sermones que se han predicado ha habido quien ha querido afirmar que Santiago no vino á España; y en lo que se ha escrito en defensa deste compatronato, se han hecho diferencias de santos nuevos á santos antiguos, y otras cosas tales, que, á mi ver, señor, cualquiera dellas bastaba por inconveniente muy preñado de amenazas. Y ha de advertir vuestra majestad que el que escandaliza, ha de dejarlo por la conciencia del otro, aunque la suya le diga que está saneada. Esto que yo digo lo dice san Pablo: *Si quis autem dixerit: Hoc immolatum est idolis, nolite manducare propter illum, qui indicavit, et propter conscientiam: conscientiam autem dico, non tuam, sed alterius.* Vos, señor, habeis de dejar de hacer muchas cosas por la conciencia de los otros; que ño os aconsejará bien quien en contrario de esto os aconsejare. Tambien el Apóstol lo dificulta: *Ut quid enim libertas mea judicabitur ab aliena conscientia?* Y dice que sí, porque él dijo ántes: *Omnia mihi licent; sed non omnia aedificant.* Y despues añadió: *Omnia ad aedificationem fiant.* Aunque todo sea lícito á vuestra majestad, lo que no edifica á todos no lo ha de hacer, cuanto ménos lo que escandalizase: *Sine offensione estote Judaeis, et Gentibus.* Quiere que no escandalicen á los judios ni á los gentiles: ¿cómo querrá que se escandalice á los católicos, y en ellos á las iglesias y á las universidades? Compra un miserable hombre un suelo para una fábrica, ó edifica ó dota una capilla, ó iglesia, ó convento, y constitúyese patron della, y quiere que en su sepultura no se entierre otro; y si la vanidad no deja márgenes, y niega la cortesía á la caridad, manda que ni en la capilla, ni en toda la iglesia. ¿Y parecerále á este, que se perjudica su patronato en que otros gusanos hagan vecindad á los suyos, y no le parecerá que á Santiago se le perjudica en quitarle el título de patron, y darle á otro santo, como él le tiene? Pues negar, señor, que en la Iglesia militante no hay órden ni grados en los santos, es error; y mayor decir que confundir esto es bien hecho, que no tiene inconveniente; y que los santos no se sienten de nada. Señor, ¿todas las cruces no son unas, ó imágen de una y memoria de una pasion? ¿Quita una cruz que va detras, el ser cruz, á la que va delante? No. ¿Pues cómo, señor, son tan grandes cada dia y tan forzosos los pleitos en los lugares en las procesiones? Si no se quita nada á los santos, ¿por qué los religiosos han alborotado tantas veces los actos públicos sobre conservar por su antigüedad sus lugares? Y no es cosa que toca á san Agustin, ni á santo Domingo ni á san Francisco. Mas emparo, señor, ofende y perjudica á la órden de la Iglesia militante, que miró en esto y en todos los méritos, con la asistencia del Espíritu Santo. Hasta del comulgar ántes ó despues cuidó la Iglesia, como se ve en el grande, sacrosanto y general concilio Niceno, cap. 18, donde reprueba que los diáconos dén la comunion á los presbíteros, y lo reprueba con estas palabras: *Quod nec regula, nec consuetudo tradit*: «Lo cual ni enseña la regla ni la costumbre.» Léase todo el capítulo; que no he de citar á vuestra majestad piedades, ni alegorías, ni enigmas ó imaginaciones. Hechura de Santiago es el Reino, y sería gran castigo que por el santo Apóstol hablase con él en esta causa Isaías, cap. 29, v. 16: *Perversa est vestra haec cogitatio, quasi si lutum contra figulum cogitet, et dicat opus factori suo: Non fecisti me*: «Perversa es esta imaginacion vuestra, como si el lodo pensase contra el ollero, y la obra dijese al que la hizo: no me hiciste.» Perversa imaginacion llama este desconocimiento el Profeta. Señor, mayor descamino es preguntar que, como fué lícito á Toledo tener tres patrones, á Milan otros tantos, y á Nápoles, será lícito hacerlo en España. Señor, aunque los padres con santo celo os piden tanto, mirad vos que las resoluciones salen en vuestro nombre; y decidles ¿que si hay un ejemplo de otro patron de un reino á quien Dios diese aquel reino para que fuese patron dél, y que le diese la fe él, y que él propio le restaurase de poder de moros, y le diese personalmente peleando á los que han sido y son reyes dél; y que el mismo santo lo diga así, y se precie de que Cristo le dió este patronato, y que todos los reyes y pueblos de aquel reino lo confiesen y lo depongan,—á quien hayan dado otro patron acompañado? Y si no se lo dan, señor, como no os le pueden dar, cierto es que subrepticiamente han granjeado, callando á vuestra majestad estas cosas, la intercesion que en la grande piedad de vuestro buen padre y grande rey detuvieron tan poderosamente. No hay, señor, otro patron como Santiago, ni otro reino con las obligaciones que este, ni otro rey que le deba por vasallaje lo que vos le debeis; y todos los otros patronatos son *largo modo*; y los más, respecto deste, se limitan con nombre de abogados. San Juan Crisóstomo, *Orat. de Avaritia*, pronuncia tales palabras contra los que á los santos, debiéndoles dar, les quitan: *Si Lazarus nulla affectus injuria à divite, sed quod iis modo, quae illius erant, fruitus non est, acerbus illi extitit accusator; qua defensione utentur ii, qui praeterquam quod non miserentur de suo, aliena etiam auferunt?* «Si Lázaro, no habiendo recibido alguna injuria del rico, solo que no le dió parte de lo que era suyo, le fué terrible acusador, ¿de qué defensa usarán aquellos que, ademas que no socorren con lo que tienen, quitan de lo ajeno?» Veis aquí, serenísimo, muy alto y muy poderoso señor, que los que están en el cielo acusan no solo á los que en la tierra les quitan lo que poseen (que á esos los acusan, y como veis, no tienen defensa), sino á los que no les dan lo que es razon y lo que tienen; y que á Santiago, vuestro glorioso capitan y nuestro único y grande y milagroso patron, aun se le deben hoy mayores honras. Mire vuestra majestad, como lo dice el muy glorioso santo, el milagroso arzobispo, el verdadero pobre y padre de los pobres, doctor admirable y esclarecido predicador de la palabra de Dios (las señas me excusarian el nombrarle), santo Tomás de Villanueva, en el sermon de nuestro glorioso patron Santiago, en su libro impreso de sermones, fol. 284, p. 2, col. 1: *Qui enim sic familiares fuerunt in vita, credendum est eos etiam superiores caeteris fuisse in gloria: at minus in hoc regno coelorum, id est, Ecclesia, petitionem illorum impletam videmus.*

Nam Joanni sedes data est in Asia, quae est ad dexte-ram Hierusalem : et Jacobo in Hispania, quae est ad sinistram partem. Quanta gloria nostrae Hispaniae! Quantus favor à Deo talem recepisse patronum, unum ex tribus charissimis Dei! Grandis favor, Domine, quòd sic aestimasti eam, et quòd tanti tibi te in fine mundi posita : non enim sic eam aestimasses, et tanto patrono dotasses, nisi grandis futura esset. Nam, licèt priùs barbara „et rustica, in ea tamen fides tua pura, et cultus tuus usque in finem permansit. Ecce Achaja, Aegyptus, India, Asia, Graecia, omnes per-ditae sunt : et ex provinciis Christianis multae infectae. Hispania maximè servat fidem illaesam, meritis, et patrocinio hujus sanctissimi Apostoli. Nam quale est talem habere patronum in curia coelesti ? Et si ali-quando capta est ab infidelibus, tamen ejus patrocinio liberata est : unde legitur in historiis, Apostolum visi-biliter aliquando in bello apparuisse. O quantus honor debetur ab Hispania huic tanto patrono! Verè hoc fes-tum cum omni gaudio, et exultatione celebrandum esset in Hispania sicut Pascha : quia maxime maximè est. Ejus meritis putamus hunc ordinem militarem ad ton-tum gloriae fastigium pervenisse. Quis nanque ordo in toto orbe illustrior, cujus prior Carolus quintus Im-perator est ? «Porque los que así fuéron familiares en la vida, tambien se ha de creer que estos fuéron superio-res á los demas en gloria. Por lo ménos en este reino de los cielos, esto es, la Iglesia, vemos su peticion cum-plida ; porque á Juan se le dió asiento en Asia, que está á la diestra de Hierusalem ; y á Santiago en España, que está á la parte siniestra. ¡Cuánta gloria de nuestra Espa-ña! Cuánto favor de Dios es haber recibido tal patron, uno de los tres más amados de Dios ! ¡Gran favor, señor, porque en tanto la estimaste, y porque la quereis tanto, aunque puesta en el fin del mundo ! Cierto que no la es-timaras tanto, y dotaras de un tan gran patron, sino es porque habia de ser grande. Porque, aunque al princi-pio bárbara y rústica, con todo eso permaneció siem-pre en ella tu fe y reverencia pura y limpia. Mira Acha-ya, Egipto, la India, Asia, Grecia : todas se han aso-lado; y de las provincias cristianas muchas se han dañado. España principalmente guarda y conserva la fe libre por los méritos y patrocinio deste santísimo Apóstol. Porque ¡cuál es tener en la corte celestial al patron ! Y aunque alguna vez la hayan ocupado los infieles, pero fué libertada con su auxilio y socorro ; donde se lee en las historias de los apóstoles haberse visto muchas veces personalmente en las batallas. ¡Oh cuánta honra debe España á este tan gran patron ! Cierto que esta fiesta se habia de celebrar en España con todo gozo y regocijo, como dia de pascua, porque es nuestra fiesta principal. Por sus méritos entendemos que esta órden militar llegó á tan alta cumbre de gloria. Porque ¿qué órden hay en todo el mundo más esclarecida, de quien el emperador Cárlos V es el primero?» Señor, setenta años habrá, ó cuando mucho ochenta, que este grande y apostólico y prodigioso santo predicó este sermon á vuestro bisa-buelo ; y entónces ya habia mil y quinientos años que Santiago era nuestro patron; y dijo este santo : *O quan-tus honor debetur ab Hispania huic tanto Patrono!* «¡Oh cuánta honra debe España á este gran patron ! » ¿Pues cómo se juzgará hoy que sobra la de patronato á sus méritos, si el santo dice que esta es pequeña, y que se

lo debe despues dél mucha más? ¡Oh santo español y buen español, que añadiste : *Verè hoc festum cum omni gaudio, et exultatione celebrandum est in Hispania si-cut pascha :* «De verdad esta fiesta con toda alegría y todo regocijo se habia de celebrar en España como pas-cua.» ¿Y pretenderán, cuando su fiesta se habia de crecer á pascua, disminuirla, y por el arbitrio de los procuradores de córte entristecerla? Señor, estas pala-bras son de santo Tomás de Villanueva : obedézcalas vuestra majestad como debe, y desembarace para ellas sus oídos de peticiones demasiadas, que siempre fuéron forzosa persecucion de las majestades.

Pues hacer patrona mujer despues de muerta, no se ha visto. Claro está que á la santidad para los auxilios no la es de estorbo el sexo, y ménos en la patria ; mas por la órden eclesiástica y la costumbre, en el concilio Laodicense se lee el cap. 11, con este título : *Non con-gruere, Presbyteras in mulieribus ordinari.* Y el empe-rador Carlo-Magno en su libro, cuyo título es (a) : *Praeci-puae Constitutiones Karoli Magni de rebus ecclesiasti-cis,* tiene una *Episcopis, et Abbatibus,* que dice así : *Auditum est aliquas Abbatissas contra morem sanctae Dei Ecclesiae benedictiones et manus impositiones, et signacula Sanctae Crucis super capita virorum dare; necnon, et velare virgines cum benedictione sacerdotali, quod omninò à vobis, Sanctissimi Patres, in vestris pa-rochiis illis interdicendum esse scitote.* Pues, señor, si por ser contra la costumbre de la santa Iglesia de Dios el bendecir las abadesas en esta forma, no siendo el ben-decir apropiado al hombre ó mujer, se prohibió; in-fiera vuestra majestad que será contra la costumbre de la Iglesia y de España dar los premios y oficios de los mártires á las vírgenes, y el de los generales á las abade-sas. Por algo, señor, se ha dejado de hacer, no con mu-jer, que eso ya se ha dicho, sino con otro santo varon, en mil seiscientos años, lo que hoy se ha hecho sin otro principio qué el referido de la peticion del procurador de los carmelitas descalzos. Justo es, señor, que vues-tra majestad ensalce tan santa religion, sirva á tan mi-lagrosa virgen, honre á tan ejemplares religiosos ; mas hónrelos vuestra majestad como le ordena el concilio Calcedonense, cánon. 4, cuyo título es : «De la honra que compete á los frailes.» *Qui verè, et sincerè singularem sectantur vitam, competenter honorentur.* Honradlos, señor, competentemente, que entónces no habrá per-juicio, honrando ni diminucion. Y como no fuera plati-cable que, porque en la ciudad de Toledo la mayor dig-nidad es la de arzobispo, se pidiera por la dicha Reforma que la ciudad la recibiera, y su iglesia por su arzobispo á la santa, y la nombrara entre ellos ; así no es platica-ble pedir que la voten por patrona en España, y la ape-lliden en las batallas. Ni se puede poner demanda á la dignidad del señor ante su propio esclavo, haciéndole juez contra quien le hizo libre y le rescató. Todos los privilegios que he citado de los reyes vuestros pasados, ¿qué son sino cartas de hórro que les dió el apóstol Santiago? Y de lo que principalmente me he de valer es de un papel impreso, que ha salido sin nómbre de au-tor, cuyo título es : *Justa cosa ha sido elegir por patrona de España y admitir por tal à la santa Teresa de Jesus.*

(a) *Karóli Magni, et Ludovici Pii Christianiss. Regum et Impp. Francorum capitula, sive leges Ecclesiasticae et civiles. Lib. 1, cap. 70.*

Este papel, señor, está dispuesto con tal ingenio, que, pareciendo imposible, se hace bien quisto de dos pretensiones tan encontradas como estas. Los padres de la Reforma le dan por su pretension, y yo le elijo por mi defensa; si bien no admitiré toda la que me da, desechando la bula de su santidad por de poco efecto en este caso, aunque en esto varía con discurso medroso. Estas son sus palabras, núm. 14: «Porque aunque el Papa revocase el dicho breve, no por eso quedaria revocado el patronato.» Y esto lo vuelve á decir, siendo así que pues vuestra majestad recurre á la Santa Sede, reconoció no se debia hacer por otro camino, por ser este patronato diferente de todos los demas que refiere el dicho papel, en sustancia y en accidentes. Y como para apadrinar y persuadir cosas extraordinarias, es forzoso buscar razones que lo sean, y discursos extravagantes, el propio papel, núm. 4; dice así: «Lo otro, porque siendo santa Teresa conocida y tratada por los muchos que hoy viven, y las otras santas españolas tan antiguas, que nadie de los que hoy viven las conoció ni trató en este mundo, muy á propósito es acudir á la santa moderna.» Vea vuestra majestad si es ó puede ser permitido estimar á los santos, ó acudir á ellos por modernos ó por antiguos, ó si ha de calificar esto el conocerlos y tratarlos los hombres en el mundo, ó si favorecen solo á los que trataron: cosa es que hasta hoy no se ha escrito en la intercesion de los santos, ni imaginádose. Y porque desta defensa no hagan los devotos de la bendita Santa, que somos todos los creyentes en Jesucristo, más caudal del que por sí merece, es de advertir que dentro de diez años no habrá (y puede ser ántes) quien en este mundo conociese la dicha bendita Santa y la tratase. El autor deste papel la excluye totalmente del patronato por la madre Agreda; á quien bien habrá por treinta y cuarenta años personas que la trataron; y quedarán las oraciones y los votos y los ruegos introducidos en lo moderno, como los trajes profanos y seglares. Señor, honrarse tienen los santos: no puede ser viejo el tiempo en ellos, ni hay pretérito en sus memorias y recordaciones. Honrarse tienen los antiguos y ancianos, y por ellos los modernos. Leed, señor, aquel libro, digno de vuestra atencion y real, propio estudio de las majestades, Libro de los Reyes que fuéron, para los que son y serán, y así es de todos los reyes (2, cap. 19, núm. 32): «Era empero Bercelai Galaadites muy viejo, quiero decir, octogenario, y él alimentó al rey cuando peleaba y se detenia en los reales, porque era muy rico.» Veamos, señor, qué dijo David, rey grande y santo y valiente, cuando vió al anciano que le habia socorrido cuando peleaba. Dijo pues el rey á Bercelai: «Vén conmigo para que descanses conmigo seguro en Jerusalen.» Pues si á Bercelai, por el alimento que le dió cuando andaba en la guerra, le dice el Rey que venga con él á descansar seguro, ¿cómo vos, señor, que lo debeis todo á Santiago y os debeis todo á sus socorros personales en la corona, en los reinos y en la fe, permitiréis que no esté seguro con vos? No acepto para su persona Bercelai las caricias del Rey, de que no tenia necesidad; mas encomendóle á Chamaham, y dijole que hiciese con él lo que le pareciese bueno. Y respondió David: «Y dijo el Rey: Venga conmigo Chamaham y yo haré con él lo que tú quisieres; y todo lo que pidieres de mí alcanzarás.» Desta manera, señor, han de satisfacer los reyes grandes,

santos y valientes lo que deben á los que en la guerra los socorrieron en algo: á ellos propios les han de ofrecer seguridad en su descanso, y á los que les encomendaren han de favorecer en todo lo que quisiere el acreedor á sus socorros en la guerra que se los encomienda, y les han de dar todo lo que pidieren. Y como Bercelai encomendó por un poco de mantenimiento á Chamaham á David; á vos, señor, por todo lo que sois y podeis, os encomendó Santiago su iglesia de Compostela, su sepulcro y su órden de caballería, y su patronazgo de las Españas. Ved si será razon que hagais con estos encomendados más que David con Chamaham por Bercelai; y hoy nos contentamos con que hagais lo mismo por tan desiguales obligaciones, en tan diferentes personas. Haced con Santiago lo que él quisiere, y concededle todo lo que pidiere; y la demanda, que fué la propia á Cristo por Santiago: Volumus, ut quodcumque petierimus, facias nobis: «Queremos que nos concedas todo lo que pidiéremos,» se verá que para mayor gloria de vuestra majestad le reservó Dios nuestro Señor, para que vos la acetásedes y cumpliésedes en los méritos del santo Apóstol, y para esto le dió por patron á vuestros reinos. En mandar Dios á Santiago que librase estos reinos de los infieles, idólatras y enemigos suyos, nombró á Santiago por rey de las Españas. Véase en el título que Samuel dió de parte de Dios á Saul, que fué el primer rey que eligió, si se lee otra cláusula sino esta (Reg. 1 cap. 10): «Y ves aquí te unge el Señor príncipe sobre su heredad, y librarás su pueblo de las manos de sus enemigos, que le tienen cercado.» (Esta propia cláusula tiene el título de Santiago, como se lee en el privilegio referido, y con las propias palabras, con esta cláusula.) Y para que la cumpliese como Dios lo mandó, eligió á David despues, y depuso á Saul, porque interpretó con piedad mentirosa los mandatos de Dios, reservando lo que le mandaron asolar, para sacrificios inobedientes. Tienen gran prerogativa con Dios los mayores méritos en la guerra, tragando realmente, como dice la elegancia hebrea, los enemigos suyos en la boca del cuchillo, in ore gladii. Cantaban las mujeres, diciendo: «Saul venció mil, y David diez mil.» Los demas santos, señor, en España y en su restauracion han vencido alguno y algunos; mas Santiago todos, millones de enemigos. Lícito será cantar los pueblos de España: «Todos los santos han vencido muchos, mas Santiago los venció todos.» Y desto, que en el himno del Santo ha cantado la Iglesia á él solo,

Defensor almæ Hispaniæ
Jacobe, vindex hostium,

no se han indignado los otros santos, que tambien han defendido su parte. Desto, señor, solo Saul se puede indignar, como se ve en el cap. 18 del primero de los Reyes: «Enojóse Saul demasiado, y fué desapacible en sus ojos este cantar: Dieron á David diez mil y á mí mil.» Todo lo pervierte la emulacion. Diez mil dice que le dieron á David, y David los dió á los que lo cantaban. ¿Qué siguió á esto? Que post diem autem alteram; «que á otro dia se revistió en Saul el espíritu malo.» ¿Qué mas? Que arrojaba lanzas para acabar al que le habia muerto diez mil y actualmente le descansaba del mal espíritu. ¿A qué llegó esto? A que juzgando la causa Dios en favor de los mayores servicios, diga en el libro 2 de los Reyes, cap. 3: «Fué pues largo pleito entre la casa de David y la casa de Saul. David medraba y cada dia estaba más fuerte, y la casa de Saul cada dia se aniquilaba más. » Queria Saul con tan inferior número de muertos en la batalla igualarse al grande exceso de victorias en David, y no le fué permitido que en el triunfo ni en la alabanza tuviese otra parte sino el exagerar con su poco número de vencidos la innumerable multitud de David. Cierto es que la gloriosa virgen santa Teresa (que ella propia tuvo por patron á Santiago, y sus padres y abuelos) no se indigna de que se canten del sólo los vencimientos; ántes ella es, como de sus obras se colige, la que primero y en mayor lugar le exalta. Desdichado del que en este caso hiciere la persona de Saul, instigado de mal espíritu.

El propio papel impreso en el núm. 5 dice : «De la misma manera pudiera suceder al señor Santiago, y que lo que él solo no puede alcanzar de Dios, lo alcance con ayuda de santa Teresa.» Pues siendo Santiago mártir tan esclarecido, y predicador y apóstol, y diciendo la Iglesia *Primus apostolorum*, no me atreviera yo sin gran culpa á decir que lo que santa Teresa por sí no podia alcanzar, lo alcanzaria con ayuda de Santiago. ¿ Pues cómo puede ser decente modo de hablar este, y de juzgar en méritos tan grandes: «por si no puede?» Es palabra que no sé cómo cabe en Santiago ni en otro algun santo. Creo que Dios muchas veces concederá cosas por la multiplicacion de los intercesores; mas esto no admite tales proposiciones.

De todo esto, que contra nuestra pretension alega dicho papel, tácitamente nos venga él propio con el lugar de Marta y Maria, pues leido todo, sentencia Cristo en favor de Santiago esta causa. Quiere probar aquel autor que se ha de dar ayuda y compañera, y cita el evangelista san Lúcas, en el cap. 10: *Soror mea reliquit me solam ministrare : dic ergo ei, ut me adjuvet* : «Mi hermana me dejó servir sola : dila pues que me ayude.» Esto fué pedir Marta que Maria la ayudase, y esto aplica el autor á lo que pidieron hoy los religiosos de la Reforma, que santa Teresa ayude á Santiago. Pues veamos qué respondió Cristo, y decida esta causa el mismo texto que alega la parte contraria. El evangelio dice así: *Martha, Martha, sollicita es, et turbaris erga plurima : porró unum est necessarium* : «Marta, Marta, solícita »erés, y te turbas cerca de muchas cosas: demas desto, »uno es necesario. » No dirá la Religion que yo añado la palabra *solícita*, y que se lo llamo; ni que digo que se embaraza cerca de muchas cosas : el sagrado texto lo dice y añade, que parece que dictamos las palabras los procuradores de Santiago, cuando piden se añada compañia. Dice Cristo : «Uno es necesario. » De suerte que Marta pidió que á su hermana mandase Cristo la ayudase. Citó el autor de aquel papel la demanda para los padres, y calló la respuesta para nosotros. Mas Cristo, que no mezcla los misterios ni los confunde, ni añade lo que no es necesario, lo negó con las palabras referidas. Y pedia ella que la ayudase su hermana, y aqui no lo pide el Santo, sino pidenlo los que suponen necesidad de ayuda en el Apóstol, sin haberla.

El otro lugar que cita el autor de aquel papel, y en que se han saboreado algunos predicadores, es del *Génesis* : *Non est bonum hominem esse solum, faciamus ei adjutorium* : «No es bueno que el hombre esté solo: »hagámosle adjutorio.» Es, señor, de las cosas extrañas que se pueden leer la consideracion del autor en estas palabras. Dice así : no dió Dios á Adan para su ayuda otro hombre, sino una mujer ; y no dijo que se la daba para multiplicar el género humano, sino para ayudarle. El texto sagrado dice : *Crescite, et multiplicamini.* Luego contradice el autor al texto. Pues si le diók compañia para multiplicar el género humano, ¿cómo llamprémos esta proposicion? Siendo expresamente contra lo que siente la doctrina apostólica en esta propia palabra : *Non est bonum* : «No es bien que el hombre »esté solo.» Clemente Rom., *Constit. Apost.* ; *Post multiplicatum veró satis genus humanum jam laude digni coelibes, et spirituales spadones.* Y con esto se enseña á los herejes cómo no es bueno que el hombre esté solo, en defensa de la virginidad y vida monástica; y todo esto contradice dicho autor. Y al cabo, señor, yo, que adoro de todo corazon el milagroso nombre y la santa vida destá gloriosísima virgen Teresa de Jesus, digo y afirmo que solo este lugar no se habia de tomar en la boca para este caso ; pues no se puede negar que está ayuda que se le dió á Adan (siendo hombre) de mujer, fué la que no solo pecó, creyendo ú la serpiente, sino le redujo á él para que pecase para todos nosotros. Y esto es todo muy desemejante á la compañia que se le da á Santiago en santa Teresa ; pues si fuera solo por dársele por compañera, á no obstar en el patronato de España todas las razones referidas, ¿qué causa es menester buscar, sino ser santa Teresa tan gran santa, que Cristo la escogió para su esposa? Por lo cual sobra para compañera de Santiago quien lo fué en este nombre con las que lo son.

Acógense los que á hurto discurren en esta tan grave pretension, á decir que Santiago se queda patron de las Españas, y que santa Teresa lo es solo de las dos Castillas. No lo dice así el breve ; y cuando lo dijera, era más reforzado el inconveniente, porque Santiago tiene su más propio patronato en las dos Castillas ; porque, como hemos probado, en las batallas dellas solas se ha aparecido y peleado más veces, y en Castilla fué donde él fué aclamado en las batallas por el suceso referido de Clavijo ; y á rey de Castilla dijo él que era patron de España por nombramiento de Dios. Y démos, como es así, que lo es de toda España : ¿será razon que el patronato, que no le altera Aragon ni otros reinos á Santiago, donde no peleó jamas, ni se aparece tantas veces, se le disminuya y altere en Castilla, donde frecuentemente lo ha hecho y lo hace? En Castilla, señor, es donde ménos se puede y debe hacer ; porque en otros reinos no concurren las grandes mercedes y milagros que en ella solo; por donde el rey de Castilla, que sois vos, habeis venido á ser rey de Aragon, de Nápoles, Sicilia, conde de Barcelona y rey de Portugal ; y no el rey de Aragon y de Portugal, señores de vuestra Castilla. Señor, no es autoridad ni grandeza vuestra, en lo que hay perjuicio, agravió y diminucion de nuestro santo apóstol, de nuestro rey, de nuestro restaurador, porque lo pedistes no bien informado, defenderlo. La regla del derecho dice : *In malis promissis fidem non expedit observari* : «En lo mal prometido no conviene guardar palabra.» Que la persona vuestra real, que ordena algo por relacion subrepticia, y por esto en daño de tercero y sin oir á la otra parte, no se retrata á sí, sino al que le informó. Que vuestro intento, señor, siempre es lo bueno y lo justo, y así lo hemos visto. Solo un rey limbo, señor, que prometió, y conociendo lo injusto de su promesa, por no entristecer á los que le pidiéron, atropelló con la justicia: *Et contristatus est Rex : propter jusjurándum autem, et propter simul discumbentes noluit eam contristare.* Vos, señor, que sois hijo del Santo, nieto del Prudente, y biznieto del Invencible, entristeceréis á quien os pide lo que no podeis dar, y ese será el castigo de haberos empeñado con relacion defectuosa en tan grave hecho. Y os advierto que aquel ruego quitó la cabeza á san Juan, y este no quiere quitar la nuestra, que es Santiago. Confieso que aquel lo ordenó la malicia ; este en santos religiosos la piedad interesada en aumentos de su santísima madre, que tuviera lugar muy justo y por muchas razones, á no ser este patronato y feudo remuneratorio de tan grandes beneficios como deben y reconocen las Españas á Santiago. Dice esto como se ha de decir, y mándalo como se debe obedecer la *l. Si Pater,* §. fin. *ff. de Donat.*, ibi: *Si quis aliquem à latrunculis, vel hostibus eripuit, et aliquid pro eò ab ipso accipiat, haec donatio irrevocabilis est, non merces eximii laboris appellanda est, quod contemplatione salutis aestimari non placuit.* Conoció esto, señor, vuestro padre, y puso silencio á esta plática, y respondió á la Iglesia que estuviese cierta que no se trataria mas della; y vuestra majestad lo debe proseguir asi, por aquellas palabras que trae doctísimamente Juan Pedro Surdo *consil.* 419, *num.* 51, *usque ad* 64, *volum.* 3, ibi *cap.* 425, *q.* 2: *Si ea destruerem, quae antecessores nostri statuerunt : non constructor, sed eversor esse justé probarer. Authe. constitutio, Quae de dignitatibus,* §. *Illud, collatione* 6, ibi: *Quoniam omne bonum, quod sive à Deo acquiritur hominibus, sive ab imperio sequente Deum, decet esse mansurum, et omnis malitiae, ac diminutionis extraneum.* A esto, señor, añade Tiberio Deciano, respons. 25, núm. 41 hasta el 42, vol. 1. *Quòd successor Principis contraveniens factis antecessoris, dicitur contravenire sibi ipsi, ex quò semper est unum imperium, et ab aliis expectet successoribus, quod ipse praecessori suo praestitit.* Lo que no sucederá á vuestra majestad, que tan amartelado es de la igualdad y de la justicia, y que tiene en tanto precio y veneracion las acciones, en grande parte milagrosas de su padre, príncipe glorioso y de insigne piedad.

Siga vuestra majestad á la santa madre Teresa de Jesus en esta razon de patronatos. En el fol. 33, pág. 1 de su *Vida*, impresa en Madrid año 1622, dice : «Y tomé por abogado y señor al glorioso san José.» Veamos por qué causas, si fué por antojo solo ó eleccion piadosa. No fué sino por inmensos beneficios. Debia la Santa este voto al Santo, y pagóle. Consecutivamente dice : «Vi claro que ansí de esta necesidad, como de otras mayores de honra y pérdida de alma, ese padre y señor mio me sacó con más bien que yo le sabia pedir. No me acuerdo hasta ahora haberle suplicado cosa que la haya dejado de hacer. Es cosa que espanta las grandes mercedes que me ha hecho Dios por medio deste bienaventurado santo; de los peligros que me ha librado, ansi de cuerpo como de alma; que á otros santos parece les dió el Señor gracia para socorrer en una necesidad, á este glorioso santo tengo experiencia que socorre en todas.» Bendita y milagrosa santa, bien dije yo que érades vos quien más solicitaba esta restitucion á Santiago; y creo que vos os quitástes este patronazgo el año de 17, y que ahora permitis y animais las reclamaciones. Las propias causas por que vos personalmente decis que votastes por vuestro patron y abogado, señor y padre, al gloriosísimo san José, son por las que España toda votó á Santiago : por la hacienda, por la honra, por el alma, por la vida y por la salvacion : todo es el propio caso, todas son unas propias causas de patronazgo. Pues, señor, mirad, para juzgar esta causa, qué hizo la santísima madre con su patron ; y eso quiere ella y Dios que haga España con el suyo; y vos lo debeis hacer, y mandar así. Lo que hizo, dígalo aquella sabiduría de Dios, aquella lengua de oro con sus palabras, en la propia hoja y plana, al fin: «Querria yo persuadir á todos fuesen devotos deste glorioso santo.» ¡Oh cómo sumamente santa, agradecida sumamente á su patron, no solo no trata de minorarle ó disminuirle, ó agraviarle el patronato suyo que le dió, porque se le debia; ántes procura que todos le tengan por patron! Señor, aprenda España de santa Teresa, y ántes procurará que los padres de la dicha Reforma y las demas religiones y naciones reciban por patron á Santiago, que el perjuicio, innovacion ó diminucion de su patronazgo. ¿Seria bien que, habiendo dado la santa madre por patron á sus religiosas á san José, porque el santo le dió la vida, el alma, la hacienda y la honra, y libró de infinitos peligros, pleitearan los religiosos de Anton Martin, que votaran por compatron con san José al beato Juan de Dios? ¿O (porque hubiese el desposorio de los dos sexos, en que tanto se arriman) á Maria de la Cabeza? ¿Y más habiendo, como se lee en la propia santa madre más adelante, aprobádola y agradecídola este patron la Virgen nuestra Señora? ¿Qué aguarda, señor, vuestra majestad si santa Teresa defiende la causa de Santiago, y enseña á España lo que ha de hacer, y á vos qué habeis de determinar? Quien quita devotos á los santos y ruegos, ese es el que, como puedo, de su parte los desautoriza. Hasta los gentiles entendieron esto asi ; y que los ruegos y oraciones y votos hacen aún los dioses y no los bultos. Así lo dijo aquel español, Marco Valerio de nuestra agudeza, que entre algunas culpas elegantes escribió tan preciosas verdades, lib. 8, epigram. 24, hablando, señor, con César Domiciano, porque no se transfiera con indignidad á vuestra grandeza :

Qui fingit sacros, auro, vel marmore vultus,
Non facit ille Deos : qui rogat, ille facit.

Y es fuerza que por esta razon entendiesen ellos que quien les quita los ruegos ó se los disminuye, los deshace y los desacredita.

¡Cuánto, señor, se ha sentido en España que el cardenal Baronio niegue la venida de Santiago á ella! ¡Cuánto se ha escrito por mandado de vuestro padre y por la honra de la nacion! Y es verdad, señor, que para hacer hoy lo que con él hacemos, fuera mejor haber consentido en que no vino, por aliviar de tan gran obligacion la ingratitud del Reino. Ménos se le negó en la venida, que se le quita en el patronato ; y para nota nuestra ya basta que en España haya Santiago tenido necesidad de defensa con los propios españoles. Probado hemos que el Reino y sus procuradores no son parte para dar ni votar este patronato, por falta de potestad y por contravenir á la cláusula de la bula.

Que no habia razon para dividirle es más claro, porque no sé pueda haber atrevimiento que busque razon para ello. Pues necesidad de multiplicar patrones tampoco la puede haber, cuando al principio el santo Apóstol nos dió la fe, y luego los reinos perdidos, y despues y ahora la monarquía del mundo, en que ha crecido, para mayor grandeza vuestra, aquella centella que fué desprecio de los árabes; y un silo, que olvidó la persecucion en Astúrias, le extendió por todas las libertades de las gentes, juntando á esta corona los reinos de Italia y el Oriente y el Occidente con Aragon y Castilla: en que se conoce que hasta solo, que no necesita de compañia, y que ni se ha cansado ni nos olvida; por lo cual los señores reyes, reconociendo esto, á si y á sus reinos, en los votos de la iglesia de Santiago, se constituyen por pecheros al santo patron, por el suelo que pisan, la libertad que alcanzan y la verdad que conocen; y aquel templo y sepulcro se sirve y sustenta con debida majestad de tributos de sus españoles; que de pleitearle alguna parte dellos, solamente la calamidad de los tiempos puede ser excusa, no razon. Por eso el conde Fernan Gonzalez, en su privilegio, dice, tratando de España y de Santiago: *Ut patriam à Domino Christo sibi commissam*: «Como patria del señor Jesucristo encargada á él.»

Y es de creer, señor, que la iglesia de Santiago, y las iglesias, ciudades y universidades que han reclamado, que todos con cristiano afecto, y rendida obediencia y justa veneracion reconocen los soberanos méritos de santa Teresa, prodigio de santidad y de doctrina y de sabiduría de Dios; y cuán grandes mercedes con su vida y sus escritos, y sus hijos y hijas, ha hecho y hace la Majestad divina á toda la cristiandad; y cuán esclarecida honra á España con su nacimiento y su cuerpo y sus reliquias; y que es blason destos tiempos para la Iglesia católica; y que no hay honor ni prerogativa de que no sea digno su santo nombre y esta de patrona de España, si no fuera patrimonio de Santiago, y provision que tocó á Cristo, y especial dádiva suya, en que otro alguno no tiene parte, ni para darla, ni para dividirla, ni para acompañarla; salvo lo que su santidad tuviere por mejor, y vuestro consejo de Justicia juzgare por mas conveniente. Todos con votos y con ruegos buscáramos el patrocinio desta gloriosa virgen, aventurando lo que se nos pudiera decir por parte de san Lorenzo, pues siendo español, parentesco tienen con las banderas las llamas; y en las batallas, á la sangre añadia el fuego; santo conocido por el valor hazañoso, y que todo viene á propósito para la guerra y las invocaciones, hasta cuyo templo llegó la vida de las maravillas del mundo; de cuya casa, como familia suya, saldrán el postrer dia todas las majestades destos reinos. El padre fray Pedro de la Madre de Dios, en el fol. 8,

pág. 2, respondiendo al arzobispo de Santiago á lo que dice, que por qué ha de ser compatrona santa Teresa entre tantos santos naturales de España, dice: que «este negocio, bien mirado, es de arriba; y siendo de Dios, debe ser respetado como uno de sus juicios.» Este negocio, bien leido, es de fray Luis de San Jerónimo, procurador de la órden de la Reforma, que, como tengo próbado, sin otra inspiracion ni milagro que una peticion y su solicitud, lo pidió á las cortes. El suceso hasta ahora no da señas de juicio de Dios, por las contradiciones, disensiones, y alborotos y desacatos que se imprimen del santo Apóstol. Si pedir un procurador general en nombre de su órden con una peticion en causa de propia autoridad y utilidad, en perjuicio de tercero que posee, y de terceros que debieran poseer, callando el hecho, es de arriba, júzguenlo todos los tribunales y todas las leyes. Señor, pidan los padres; mas vuestra majestad oiga al Espíritu Santo, que lo manda, en los *Proverbios*: *Ne transgrediaris terminos antiquos, quos posuerunt patres tui*: «No pases los términos antiguos que pusieron tus padres.» Por eso dice *tus padres* el Espíritu Santo, por si los otros padres pretendieren las novedades que no convienen. San Agustin lo dice todo, epist. 118, cap. 5: *Ipsa quippè mutatio consuetudinis, etiam quae adjuvat utilitate, novitate perturbat*; conviene á saber, que «La propia mudanza de costumbre, aunque ayude con la utilidad, con la novedad perturba.» Esta, señor, es bala de san Agustin, que no se cae; ántes en tocando derriba, como se verá en el papel que intitulo: *Cauterio de la verdad*, donde será forzoso el desengaño de lo que se da á entender.

Mas por las razones dichas, y demas causas y inconvenientes que se advierten, y nulidad que se pretende en virtud de la cláusula de la dicha bula, pido y suplico á vuestra majestad con toda humildad y reverencia, y en todas las maneras que mejor puedo y debo hacerlo, mandeis remitir este memorial y pretension á vuestro consejo real de Justicia, donde está asegurado el acierto de vuestras órdenes, para que se vea la nulidad y agravio que pretendo, por el perjuicio, innovacion y diminucion del patronato. Defienda vuestra majestad á su defensor; y como le debe los innumerables reinos que goza, le deberá la conservacion dellos: para lo cual creo será medio eficaz hacer como pido, pues es justicia.

Salvo etc. — Besa los reales piés y manos de vuestra majestad su vasallo

D. Francisco de Quevedo Villegas.

LINCE DE ITALIA ú ZAHORÍ ESPAÑOL[a].

A LA MAJESTAD CATOLICA DE DON FELIPE IV, NUESTRO SEÑOR.

> Quodcumque de nobis judicium fuerit, non inviti subibimus, quando in hac historia nec optimorum speramus laudem, neque pessimorum timemus vituperium, neque qui nobis detraxerit id gloriae assequetur. ut omnes ei consentiant, et fortasse futura aetas id approbabit, quod nostra rejecerit.
>
> (ÆNEAS SYLVIUS, *in praefatione de Mundo in universo*.)

SEÑOR:

Ya que mi mala dicha ha tenido facciones de buena ventura con envidiosos enemigos que en los oidos de vuestra majestad la han derramado por delito, quiero, Señor, si pudiere, vengarme deste agravio con vos propio, y desarrebozar mi intencion del mal traje con que la han disfamado algunos que aun en mi perdicion han hallado que temer : seña de la mala salud de sus deseos.

Suplico á vuestra majestad atienda á mis razones, que en cada palabra presumo hacerle un muy agradable servicio. Yo seré (respecto del intento) breve, porque no me tema el tiempo de vuestras soberanas ocupaciones; yo seré verdadero, porque se asegure el fruto de vuestra atencion.

Los delirios del mundo, que hoy parece estar furioso, y, con peores indicaciones que nunca, en el frenesí que dura quince años há en Italia, ocasionan estos escritos. Poco digo, pues faltara á las obligaciones de noble, de vasallo vuestro y de cristiano, si no os hiciera recuerdo de lo que yo tengo advertido en los subcesos, y visto en las ocasiones que de vuestro real servicio han pasado por mi mano, y de que no tiene otro alguno noticia. Siempre han sido aun en mi silencio importantes : hoy son, con fuerza, indispensable seguridad de muchos recelos. Sé que todos aquellos que habiendo tratado con vos destas materias, sin haber discurrido en estos puntos, cuando los lean (por no confesarse ignorantes) los harán ridículos y los llamarán sueños. Vos, Señor, á quien amenaza el daño y para quien será la pérdida, no déis lugar á que de ellos y del crédito que les diéredes, para muy dolorosa justificacion mia, os desengañen los subcesos ; averiguad la descendencia á lo que digo, y entónces desagraviaréis mi crédito.

Once años me ocupé en el real servicio de vuestro padre (que está en el cielo) en Italia, con asistencia en Sicilia y Nápoles, y noticia y negocios en Roma, Génova

y Milan ; y esto fué cuando nacia la discordia, que hoy dura con señas de vida muy larga.

El ministro que seguí fué don Pedro Giron, duque de Osuna, y con él fuí al cargo de Sicilia y bajé al de Nápoles. Encargóme de los parlamentos de los reinos, y de todo lo que se ofreció en vuestro real servicio, así con la santidad de Paulo V como con los potentados, y en lo tocante á la restitucion del mar Adriático. La calidad de mis servicios el duque de Osuna la certificó por su carta á la majestad de vuestro padre; y su majestad (que está en el cielo) respondió por Consejo de Estado : carta que yo tengo original, con otra de la santidad de Paulo V.

Esto, Señor, no es ostentarme suficiente para la pretension, sino acreditarme ejercitado para el advertimiento ; y verá vuestra majestad que catorce viajes, que por mar y tierra en vuestro servicio, no sin fruto, he hecho, han tenido más de estudio aprovechado que de peregrinacion vagamunda. La dolencia, Señor, es guerra, y el peligro manifiesto desta dolencia, es ser guerra en Italia, donde si vuestra majestad es vencido, la pierde, y donde si vence, aun no pierde á los demas. Conjura contra sí todos los potentados (que se aunan á ser contraste al grande peso de vuestro poderío en aquellas balanzas, cuya igualdad los hace parecer libres), y con ellos los príncipes que siempre están desvelados por aquellas coronas. Ganar vuestra majestad más en Italia, juzgan sus potentados que les está mal : por eso la guerra que vuestra majestad en Italia hiciere, ya sea ofensiva ó defensiva, les ha de ser sospechosa aun al propio que vuestra majestad defendiere : hoy se ve la experiencia de esto. Culpa es de la grandeza incomparable de vuestra majestad, que los desiguales la teman como todopoderosa, sin fiar nada de justicia. Esta guerra introdujo en público el duque de Saboya por las pretensiones litigiosas que tiene al Monferrato ; mas el contagio vino de Venecia, disfrazado en consejo, y de allí se repartió el

---

[a] Alborotándose las olas de la emulacion, de la envidia y del resentimiento, luego que vió la pública luz el anterior discurso, dieron por junio de 1628 con Quevedo en una cárcel, que se trocó en destierro á pocos dias. Por el mes de octubre siguiente escribió en la Torre de Juan Abad, su dueño, el presente opúsculo, que dirigió al Rey en guisa de memorial, recordándole sus servicios, y haciendo alarde de sus bien meditadas miras políticas, á que llamó *bachillerías de su gran celo que no le costaban poco*, dignas de mejor galardon que el que de ordinario recibian.

Esta obrita no se ha impreso nunca : hoy por la vez primera

tiene los honores de la estampa. Merecia, por sus muchas curiosidades é interesantísimas noticias para la vida de nuestro autor, ser hace tiempo conocida de todos.

Dos solas copias han llegado á mis manos. De la del célebre bibliotecario don Tomas Antonio Sanchez la una, con apostillas y reparos al texto. La otra forma parte de la coleccion de don Juan Isidro Fajardo, á que tan repetidamente nos referimos. Sin una y otra copia hubiera salido la impresion llena de errores y contrasentidos.

propio veneno confutado en Bohemia, que tan mal provecho hizo al Palatino. Es verdad, Señor, que la *Cancellaria secreta Anhaltina* (a), página 63, atribuye á la traicion de los calvinistas la conmocion de los venecianos, y en el disignio que dispusieron fué un artículo este: *Venetos accendendos esse, ut bellum cum Hispano et Rege Ferdinando renovent, si forte subigere possent Forum Julii, sive Istriam; hac enim ratione immensis deinceps sumptibus supersederetur, quos alioquin velint nolint terrá marique profundent. Item Hispanum duobus in locis impugnandum, et Unionistis validá pecunias summá subveniri debere, ut ipsi quoque ad eundem effectum conspirent. Et quanquam Veneti communiter cauté res suas gerant, neque ad bellum admodum propensi sint; opportuna tamen hac occasione eos tandem extimulatum iri, ut in arenam prosiliant.*

Ya se derivase esta maldad y lo atroz destas disensiones de los venecianos á los unionistas (lo que yo creo de aquellos hombres que militan con el seso y vencen con la credulidad ajena), ó ya los unionistas y calvinistas se adelantasen, lo que ellos dicen, á la malicia de aquella república, blason de iniquidad incomparable, y que se atreve á quitar la primacía de la cizaña del mundo á los clarísimos que la poseen con soberana satisfaccion: de todo se conoce cuán obediente inclinacion tiene la alteza de Saboya á novedades, y Venecia á robos.

Aquel tratado que acompaña la *Cancellaría Anhaltina* con este nombre: *Syncera Paraenesis ad Catholicos et Augustanos*, en la página 9, dice así, descubriendo la sedicion que destinaron en Italia: *In Italia quoque bellum illud Foroiuliense: deinde Montisferratense cùm memorabilibus praesidiis additis acriter promoverunt, et tam Regem Hispaniarum, quàm Venetos, cum tot Christianorum innocentis sanguinis profusione, tot auri millionibus spoliarunt, hoc solum fine, ut Regem Hispaniarum ab ulteriori assistentiá Germaniae prestandá abducerent, adeoque exhaurirent.* Esto, Señor, y la experiencia os aseguran cuán precipitada cobdicia tienen los venecianos en ofreciéndoles el Friuli, y el duque de Saboya en nombrándole el Monferrato: tentacion en que caen con facilidad, sin que á aquel principe le reporten obligaciones, ni á aquella señoría la neutralidad exterior que afectan. Hasta hoy unos han engañado á los otros; no á vos, que habeis en Alemania aniquilado el amotinado, y en Italia descaminado al cobdicioso. Hoy, Señor, hemos llegado á la postrer raya del peligro y al punto desesperado. Arrojaré la pluma dentro del corazon destos dos enemigos; que los ojos y los oidos bastan para espía en la superficie de los subcesos.

El duque de Saboya legitimó esta guerra con estas suposiciones: la primera, que siendo acabada la línea Paleóloga desde el año 1533, por la muerte de Juan Georgio, último marques, quédaron Margarita, hija de Guillermo y hermana de Bonifacio y sobrina del dicho Juan Georgio, y quedó el duque Cárlos, abuelo del duque de Saboya, los descendientes de Teodoro I, tronco de la

casa Paleóloga. Por esto, dice, es justo que en el feudo concedido para los varones y hembras, el varon, aunque descienda de hembra y sea más remoto al postrer difunto, excluya la hembra. Junta á esta sombra otra, alegando el contrato de matrimonio que se celebró entre Violante, hija del dicho Teodoro, con el conde Aymon de Saboya, año 1330; en el cual, para aumento de la poca dote que le dieron, fué expresamente tratado que, acabando la linea masculina del dicho Teodoro, que la dicha Violante y sus descendientes y sucesores sucediesen en todo el Monferrato, dando al sucesor conveniente dote á las hembras que viviesen de la casa Paleóloga, ó casándose ó entrando en religion; y trae el instrumento dotal en forma. Y por si estas nieblas se amaneciesen por la verdad de las leyes, dice que su pretension particular es sobre las tierras desta parte del Pó y de la otra del Tanaro, fundada en el concierto y tratado que se celebró el año de 1435 á 27 de enero, entre el marqués Juan Jácome y Amadeo, duque de Saboya, confirmado por diversos actos jurídicos y escrituras sucesivas, no solo del dicho marqués Juan Jácome, mas tambien de Juan y de otros hijos suyos, así en vida como en muerte; y alega dejaron á los dichos duques de *pleno jure*, Chivasso, Brandizzo, Settimo, Azeglio, Ozegna; y concluye que, como esto pacto tuvo fuerza y fué rato para dichas tierras, la debe tener y serlo para las restantes, como ya lo tuvo por muchos años. Tercera: válese tambien de la dote de Blanca de Monferrato, mujer de Cárlos I, en Saboya, abuelo de dicho duque.

Esta, Señor, no es la ocasion ni la causa de la guerra; esta es una máscara que el duque de Saboya iba añadiendo con todos estos semblantes, para desconocer su intencion; y con añadirla tanto, no basta á tapar todas las facciones de sus disignios, pues aun de vista enferma y de ojos divertidos se dejó conocer la malicia que iba debajo, si mal fundada, peor cubierta. La razon y la justicia la desnudó el engaño que traia vestido; pues en el primer punto Cárlos V, glorioso emperador, juzgó en favor de los marqueses de Mantua con conocimiento de la causa; y su segunda parte disuelve que en su perjuicio no se pudieron hacer pactos, como llamados á las antiguas investiduras. En la segunda, los procesos autorizados y fortalecidos de las historias prueban y dicen que aquellos pactos se otorgaron por temor que las leyes llaman constante, y por esto fuéron dados por nulos y revocados el año 1464 por el emperador Federico. El tercero se deshace con ser cierto que Blanca no tenia potestad de testar del feudo, y el débito de su dote se puede ahora compensar con los daños, que no excede de ochenta mil ducados; que de otra manera sería usura ilícita.

Claramente conoce ahora vuestra majestad que esta no es pretension ni derecho, sino achaque, y que esta cara era postiza y fabricada de ilusion política. Otra persona es la que va debajo.

Ya que sabemos quién no es, sepamos quién pretende ser: algo nos dijeron los pasos, pues aunque el rostro decia herencia y derecho, ellos fuéron chismes de la senda de violentos disignios.

Señor, el duque de Saboya, para disimular el mal color de tirano de Italia, y las arrugas de su heredada ambicion, y las canas de su intento (que nos mostró Enrique IV, rey de Francia, á los confines de su muerte) que

(a) Su título es: *Cancellaria secreta Anhaltina, id est, occulta consilia, inaudita proposita, periculosae adinventiones, et prodigiosae machinationes capitum ac directorum Unionis correspondentium in Germania, occasione Rebellionis Boemicae ad eiusdem Coronae et Imp. Rom. perniciem agitata. Post-nuperam illam, omnibus posteris memorabilem Victoriam Pragensem 8 Novemb. 1620. in originalibus scripturis ac documentis Cancellariae Anhaltinae dirina providentiá deprehensa.* (Sin lugar de impresion.) *Anno M. DC. XXI.*

ahora disimula mal con la tinta de sus manifiestos y relaciones, se afeitó estos defectos con dote y pactos, y deudas y justicia. Mas la buena memoria de los ojos que entónces vieron su fiereza, le acusaron la liviandad desta fábula, que trujo por carta. El duque de Saboya ha tomado por sí la exhortacion lisonjera que Nicolas Maquiavelo hace al fin del libro del tirano, que él llama *Príncipe* : para librar á Italia de los bárbaros, hase dado por entendido de las sutilezas del Bocalino, y de las malicias y suposiciones de la *Pietra del Paragone*; y determinó edificarse libertador de Italia, titulo dificil cuanto magnífico. Apadrinóle esta ambicion la grandeza de su sangre, el sitio de su estado; y facilitó la osadía el orgullo de su espíritu, más encendido en los postreros dias, que ántes le aguardaban en cenizas que en escuadrones. Comunicó este intento con Enrique IV, mezclando en el interes aquella corona, que ansiosa siempre anheló por las promesas de Milan : halló aquel ánimo dispuesto á grandes cosas, y recordado de aquel dominio, bien asistido de numeroso ejército, y floreciente en el séquito de buenos soldados y generales y ministros en quien escoger. Renovaron la liga que los Garrafas estudiaron contra España (en que introdujo á Enrique IV, para el intento que callaba, con los aumentos que le fingia, sin temer su poderío ni la introducion de las lises en Italia), sirviéndose della, como del veneno de las viboras los remedios de la triaca, para que los lleve al corazon donde destinan su viaje. Las lises, Señor, en todo el mundo con más facilidad salen, que entran : el duque de Saboya las habia menester para entrarse; que para echarlas despues, ellas excusan otra alguna diligencia. Para echar á España de Italia, habia menester á Francia; y para deshacerse de Francia luego, bastábanle los franceses : todo esto contradijo el cuchillo de un frances, y con una puñalada cortó al rey la vida, á Saboya los disignios, y á la liga los nudos que habia atado ciegos entre sí, por lo secreto y dificil. ¡Vil ceniza de las deliberaciones y amenazas de los príncipes, verse sujetas al desman de un jifero, á la resolucion de un picaño que aborrece con más piedad su vida que la de un rey! Quedó con la muerte de Enrico, el duque de Saboya, desabrigado y descubierto, retrujo en el parentesco de sus hijos su atrevimiento delincuente, y hallándose poco para enemigo, se volvió á ser cuñado de vuestro gran padre, nombre que guarda para defender sus arrepentimientos.

La muerte de Enrico, que le dejó culpado y sin excusa y sin defensa para el castigo, con el modo que tuvo y la atrocidad de la traicion; las lágrimas de aquel reino, la piedad de los otros (si bien algun contento del desembarazo de las armas y amenazas de aquel príncipe se andaba disimulado entre los pésames y defendia alguna alegria entre lutos); estas cosas, y las averiguaciones de la mocion del delincuente y la atencion del castigo echaron sobre la culpa del Duque algunos dias, que él aprovechó con los ruegos; para lo que sus hijos pasaron á España, afianzando la seguridad en la enmienda con Filiberto. Esto fué bien creido, no sé si fué bien creerlo.

El conde de Fuentes, que se hallaba prevenido para la defensa de Italia, murió. (Sucedió el Condestable.) Reposó el Duque, y aquella quietud no se debió á su ánimo: ocasionóla el nuevo estado de Francia, poco á propósito á sus proposiciones por la edad de Luis XIII, y ser la reina madre florentina, y tener por primer ministro al mar-

qués de Ancre, florentin, y estar todos divididos por las pretensiones del principe de Condé. Tambien le persuadió el silencio tener al lado al conde de Fuentes, y antes al Condestable, entrambos soldados que el Duque conocia, de valor y experiencia.

Esto, Señor, es todo verdad comprobada de vuestros ministros, confesada por el duque de Saboya, impresa en los libros que para tentar unos y seducir otros se han impreso. Asi lo entendí yo el año de 1613, en Nizza, de un vasallo del duque de Saboya, en cuya casa me alojó su furriel, que me dió noticia de la determinacion que tenjan de entregarse á la majestad de vuestro padre, por el temor con que estaban del Duque, á causa de haberle arrastrado un secretario. Estaba entónces allí el Duque, disimulando su venganza con bailes y banquetes, que duraron hasta que allí llegó el príncipe Tomas, y luego degolló los más principales de aquel estado. Yo pasé á Génova una noche ántes, por mar, el hijo y dos hijas de mi huésped, y de todo di cuenta en Sicilia al duque de Osuna, que la dió á su majestad (que está en el cielo) de los intentos que los de Nizza tenian de ser en su poder.

En Tolosa de Francia, el año 1615, viniendo á España con el parlamento de Sicilia, y estando todo aquel reino en armas por el príncipe de Condé, que contra el Rey era cabeza de los herejes, y habiéndome preso en Monpeller los de la religion, por haberles dicho venía con despachos al rey Católico (por lo que me prendieron con rigor), diciéndome aquellos ministros y magistrados: «¿Venis á tratar con el Rey que, junto con la reina que le dais, reciba la inquisicion? ¿quiére el rey Católico enseñar al Rey cómo ha de ejecutar en nosotros lo que el hizo en los moriscos?»—yo satisfice dándoles á entender mi venida, y que era procurador del reino de Sicilia, con que dentro de tres dias, con buenas palabras y no mal tratamiento, me soltaron. De allí llegué á Tolosa, y presentáronme en aquel parlamento (que es grande) las guardas de la ciudad, que tenian tal órden, por estar el principe de Condé cerca, y haber tentado á la obediencia de aquellos magistrados, y llevado la respuesta que merecia. Puesto que ya el príncipe de Condé por todo el reino estaba dado por traidor, yo ó los pregones en diferentes lugares, y truje el bando impreso; pedí al magistrado se me diese guia que me llevase por lugares católicos á Aux, y diéronmela, haciéndome mucha honra, y dijeron : «Todas estas inquietudes y la muerte del rey de Francia han sido á la persuasion de Mos de Saboya; y si es tan dañosa á los que busca por amparo, ¿qué será á los que elige por enemigos?» Más trabajado me llevaron estas palabras, que otras tres prisiones que padecí ántes de arribar á Salsas.

Estos pensamientos de libertador de Italia, tan delincuentes como desvariados, han gozado aplauso de Italia, y asistencia : aplauso, en el libro que imprimieron contra mí en Antinópoli, compuesto por Valerio Fulvio, saboyano, dirigido al propio duque de Saboya, engañados por haber creido habia sido mio un raguallo á que responden. Hablan del Duque y de su grandeza, y valor y ejércitos, como solo pudieran hablar de los de vuestra majestad; y de vos, Señor, con una indignidad sacrilega y desvergonzada. Y por disfamar esta nacion, con aseuso y sabiduría del Duque y aceptacion, añadió con nombre de alegaciones al dicho tratado Micael Pio, boloñes, traducidas en italiano, todas las cosas que escribe fray Bartolomé de las

Casas, obispo de Chiapa, execrables, de malos españoles que contra vuestras órdenes cometieron en las Indias, diligencia hecha ya por los herejes de Alemania con el propio autor. De manera que repite aquellas acciones de los calvinistas y luteranos contra el crédito de vuestros reinos, en el libro que se imprimió en Antinópoli, año de 1618, *nella stamperia Regia* (así dice), autor Valerio Fulvio, saboyano, dirigido á Carlo Emanuel, duque de Saboya, cuyo título es : *Castigo essemplare de calumniatori*, escrito contra mi persona, con mi nombre propio, lleno de maldades y mentiras, por vengarse de que dicen que yo y otros dos, por órden del duque de Osuna, tratámos en Venecia de saquearla ú disponerlo : caso de que tuvo noticia el consejo de Estado y su majestad (que está en el cielo) por quejas de la república de Venecia, cuando castigó á Jaques Pierres; y esto se hallará en los papeles de Ziriza (a).

En este discurso, repartido por el mundo con este título, autor y direccion, todo su fin es desacreditar la grandeza de vuestra monarquía y acreditar la insuficiencia para vuestro contraste en el duque de Saboya.

En el libro que se intitula la *Pietra del Paragone* (b), en el tratado ó cuento que finge de que todos los principes y reyes y estados del mundo se pesan en el peso de Lorenzo de Médicis, habla de la grandeza y gloriosa monarquía de vuestra majestad con desvergüenza insufrible ; y cuantos mas reinos añade á vuestra corona, dice que se alijera la balanza ; y en boca de Lorenzo de Médicis infinitos oprobios y atrevimientos. Y pasando á pesar el estado del duque de Saboya y su grandeza, dice, lisonjeándole el intento que ellos entre sí platican y descifran, el que despues de haber pesado su estado, ha correspondido en el peso al que tenia ántes : *Ma havendo poi Lorenzo aggiunto alla stadera la nobilissima prerogativa del titolo, che il medesimo Duca Carlo Emanuel gode di primo guerriero Italiano*, el peso agravó más la balanza en una gran suma.

Aquí le dan el nombre de guerrero Italiano, con que legitima el de libertador de Italia. Luego prosigue el venenoso cuento, y dice que á la postre pesaron todos los reinos de España en una balanza, y todos los potentados y principes de Italia en otra, y que el peso estuvo en fiel : cosa que sintieron los potentados, con un temor sospechoso. Y añade que, estando en aquella congoja, la potentísima monarquía francesa con sola una ojeada amorosa que dió á la balanza donde estaban los potentados de Italia, precipitadamente la hizo bajar al suelo. Y acaba con referir las palabras que el duque de Saboya respondió á los españoles, que se admiraron de que se juntase con los otros principes á hacer contrapeso á esta monarquía. Ellas son una confesion manifiesta de lo que yo digo, de lo que él disimula y de lo que pretende.

Debo vuestra majestad hacer mucho caso de la malicia de estos libros y discursos que acreditan con su agudeza mentirosa empresas, y persuaden atrevimientos, y facilitan y disponen ruinas, y tienen por aplauso la codicia y la ambicion, á quien la envidia obliga á creduli-

(a) Secretario de Estado. De estos papeles se encargó, por mandado del Rey, Antonio de Aróstegui en 1621.
(b) *Pietra del Paragone político tratta dal monte Parnaso, dove si toccano i governi delle maggiori Monarchie dell'Universo. Di Traiano Boccalini. — Impresso in Cormopoli per Giorgio Teler.* a De av.

dad y confianza. Y aunque las razones son mentirosas, con la sutileza y elegancia, poniendo todo el caudal en lo aparente bien acogido de los odiosos extranjeros, hacen padecer la verdad, cuando no la contrastan.

Junte vuestra majestad que Italia es la piedra del escándalo por Milan y Nápoles ; que el duque de Saboya es el que anhela y el que induce; que el rey de Francia es el que puede y quiere y presume. Este achaque de Francia es antiguo y advertido á los gloriosos progenitores de vuestra majestad, como se lee en una carta que yo tengo original del almirante de Castilla, escrita á Cárlos V vuestro glorioso bisabuelo. Es toda grande y de nota digna de aquel vasallo tan esclarecido. Dice así, despues de seis renglones : *Muy poderoso Señor : Por acá se dice que los conciertos con Francia van muy adelante; plegue á nuestro Señor que salgan como cumplen al servicio de vuestra majestad : de creer será que el rey de Francia no olvidará en ellos de pedir á Milan, como sea norte que siempre le guia á Italia.* Segun esto, Señor, Milan es hipo enviejecido de los franceses, y la ansia más hondamente avecindada en su corazon.

Pues pedir el rey de Francia paso para socorrer al duque de Nivers, por vasallo y por pariente; y á causa de no dársele vuestra majestad ni Saboya, intimaros la guerra (así lo dice en la propia carta el Almirante, más abajo, *porque los que verdaderamente quieren paz, y tienen intencion de guardalla, no deben pedir ni querer cosas que les conviden á hacer guerra*), ¿cuál demanda pudo ser más forzosa para quererla, que pedir Francia paso en Italia, que es el martelo que mas le aflige y ménos disimula?

Acaba, Señor, su carta el Almirante con este discurso, digno de que porfiadamente le repitais en vuestro ánimo, por ser del sabio rey don Alonso que ganó á Nápoles, y aplicarle el Almirante para cautelar al Emperador contra los conciertos de los franceses que miran siempre á Italia. Ved, Señor, qué animosas palabras y qué modo de escribir tan varonil. Y por acabar de enojar á vuestra majestad, le suplico se le acuerde muchas veces de un consejo que dió el rey don Alonso, que ganó á Nápoles ; que por estar vuestra majestad en lo mismo, me parece satisface á vuestro servicio : teneldo en la memoria. Dice que á este rey vinieron ciertos embajadores de una ciudad y le dijeron que dos caballeros, con quien tenian enemistad, querian ser sus amigos; que á cuál tomarian. Respondió el rey : *Tomaldos á entrambos por amigos, y guardáos dellos como de enemigos.* Pues, Señor, si de los enemigos que quieren ser amigos se ha de guardar el cuerdo, de los enemigos que quieren ser enemigos ¿qué debe hacer? Poco es guardarse : mejor sabe vuestra majestad lo que en este caso debe hacerse, que todos.

Y porque no quede algo que al tratar con los franceses aproveche, referiré á vuestra majestad lo que el Condestable dice al Emperador en otra carta (que guardo entre mis papeles) estando por órden del César asistiendo al compartimiento del Ponton en la ria de Andaya: palabras son que aseguran la salud en la comunicacion y conveniencias. Dice así : *Porque á los franceses se han de pedir desaforados medios, para venir en los justos.* No pudo un renglon decir más ni mejor á vuestra majestad. ¿Ni qué mejores ni más decentes y cercanos consejeros pude citarle, que dos tan grandes señores y tan leales vasallos, y tan reconocidos parientes, generales por dignidad y oficio, uno en el mar y otro en la tierra?

Hoy, Señor, estamos viendo monstruos de la malicia, y toda la facilidad de la ambicion. El duque de Saboya que ha sido catorce años (por su nieta, diciendo que lloraba su soledad) enemigo de vuestras armas y de vuestra grandeza, preciándose, no de ser enemigo, sino de no poder ser enemigo peor; hoy por la nieta propia da á entender es amigo de vuestra majestad y se declara enemigo de Francia, que para hacer á vuestra majestad guerra, le ha dado la gente y las cabezas, si no con el mandato, con la permision. Y Francia, que se descuidaba con sus generales para que Saboya tuviese caudal con que oponerse á vuestros ejércitos, llamando esta hostilidad *caduqueces de la Digera* (a), hoy sale en campaña contra Saboya por los propios pasos que le alimenta la osadía. Gran cosa, Señor, que ni el duque de Saboya pueda sufrir que ésta infanta esté huérfana ni que lo deje de estar. Yo sospecho que no son estos sentimientos de abuelo; que la variedad de los motivos no saben de parentesco; y no es menor maravilla que el rey de Francia no juzgue por justo, en el duque de Saboya, otra cosa sino el oponerse á vuestra grandeza. Ayer no queria que el duque de Mantua fuese duque de Mantua, solo porque estaba debajo de vuestra proteccion; y hoy quiere que lo sea, solo porque está en la suya fuera de la vuestra. Es el misterio que le llama duque y le defiende puerta, llama vasallo y pariente al que ha menester paso. Digo, pues, que no porque Saboya concurre con vuestra majestad en expugnar el Monferrato, deja de ser vuestro enemigo; ántes lo es más peligroso que el rey de Francia; porque él, siéndolo, está dentro de vuestra confianza, y donde cuando tambien era enemigo no le dejasteis entrar, sin que á la vuelta de lo que habia caminado dejase de rubricar las pisadas con sangre. Y es bien lograda maña reconciliarse aparentemente, por su interes, con vuestra majestad, para adquirir lo que con los socorros de Francia no pudo; que él sabe que, en poseyéndolo, siempre para reconciliarse con Francia tiene el medio eficaz, que le efectúa sin otra condicion ni diligencia que romper con vos: cosa que ya le facilita la costumbre. Y debe vuestra majestad advertir que el duque de Saboya, por grandes beneficios que en él junte vuestra corona, y estrechos casamientos que repita, de necesidad ha de preferir siempre la amistad con Francia á la que con vuestra majestad tuviere; que así lo manda la naturaleza de su Estado, y el sitio de él; pues contra vos, de Francia puede ser socorrido, contigua y continuamente, y de vos contra Francia, no con esta prontitud y facilidad. Júntase á esto el decir el Espíritu Santo, en los Proverbios, cap. 27, v. 10 al fin del verso: *Melior est vicinus juxta, quam frater procul*: Mejor es el vecino cerca, que el hermano léjos. Y esto habla con el Duque en propios términos, siendo vuestro hermano, y Francia su vecino siempre, y su hermano hoy.

Mucho sentiria, Señor, que el príncipe Tomas, que hasta ahora ha tenido por gala y por defensa el traje frances y el ademan, hubiese vestídose á la española. Ofensa seria entender que nuestra melancolía y espacio de nuestra condicion se habia de pagar de los propios ensayos, llamémoslos así por no decir visajes,

que la alegría juguetona de aquella nacion, que gasta todo el humor, desde el retozo al ímpetu, gozando la paz ó tratando la guerra. Quien sabe que se ha de mudar presto de un extremo á otro, no se mudará ropa si tiene noticia de la medicina.

No solo el duque de Saboya, por el sitio de su Estado se hipoteca á seguir á Francia y ser su amigo, mas yo probaré á vuestra majestad, que él propio no solo no quiere ser vuestro amigo, sino que ha procurado no poderlo ser aunque quiera; y que sea á vuestra majestad imposible creer que lo será, y muy indecente y peligroso creerlo, y poco seguro aun dar á entender que lo cree.

Este es punto de la importancia que suena, y que á los oidos y atencion de vuestra majestad y al celo del Conde Duque á su real servicio, ha de ir acompañado, no de conjeturas, ni escritores. Muchos testigos aun harán crédito dudoso; poca es la experiencia que no la niegue: no ha de haber respuesta de parte del Duque, ni duda de la de vuestra majestad. Digalo el propio duque de Saboya con sus palabras y su firma, que no pueden padecer excepcion ni dar lugar á las temporalidades del comento.

En su carta, el duque de Saboya (que por su mandado se imprimió en Turin, su corte, año 1614, por Aluigi Pizzamiglio, impresor ducal, que ni la imprenta fué de otro, con licencia y privilegio) solicita aun más de lo que yo he dicho. Tal es el título del libro: *Ristretto del discorso fatto sopra la causa del Monferrato, per l'altezza serenissima di Savoia, etc.* (b). De suerte, Señor, que el autor de este libro es así; y en él, con esta inscripcion, sigue la carta en el cuaderno de estos manifiestos, página 54: *Carolus Emmanuel, Dei gratia, Dux Sabaudiae... Invictissimo Matthiae Romanorum Regi, et electo Imperatori semper Augusto, salutem, perpetuamque felicitatem P.*

Lo primero desprecia las armas y poderío de vuestra majestad, y afirma que su clemencia perdonó los territorios de Novara y Milan. *Potui, non inficior, Novariam nullo negotio non satis tuto munitam praesidio expugnare, totamque Mediolanensem regionem in ultimum, si voluissem, discrimen adducere, verum ut studium publicae quietis, et observantiam meam Catholica Majestas experiretur, non modò dolori parcendum existimavi, sed etiam revertens ne quis militum Novarienses fines incolasque laedere auderet, edicto cavi severissimo.* ¿Qué tiempo, Señor, aun con la prolijidad y sucesion de los dias, fiado en la negociacion del olvido, será tan desvergonzado que á vuestra grandeza proponga perdon de estos renglones, ni á los reyes que de vos descienden persuadan que se desentienda de tan mal intencionadas palabras? Tocar á los monarcas en la reputacion militar, es imposibilitarse de perdon los que lo hacen.

Antes, Señor, se aventuraron los romanos con toda su monarquía, que consentir (aun por admitir alianza y socorro con que los rogaban) sospecha de que estaban menesterosos ni dependientes de otro valor. Ostentó Roma esta virtud, cuando no estaba del todo fundada en su grandeza, viniendo Pirro, príncipe (despues de Anibal) el mayor en las armas, acreditado por su valor y formidable por su poderío. Cartago luego que lo supo, siendo enemiga de Roma y que siempre lo habia de ser, envió con Magon ciento y veinte naves que en un aprieto tan grande despidieron los romanos con muy cortés agradecimiento. Aunque me valga de la frase vulgar, este ejemplo viene hoy á vuestra majestad como nácido, no como aplicado. Confederacion de enemigo que ha sido y se precia de que lo fué, y que tiene dadas fianzas que lo será, en la mayor necesidad nada tiene útil sino la gloria y estimacion que ocasiona al que le despide. Los cartagineses, con ofrecer y enviar el socorro no pedido, se previnieron astutos; los romanos, no le aceptando, se fortalecieron con lo que se quitaban: aquel, Señor, no era socorro sino espia que tenian sus fuerzas; no fué oferta sino tentacion. Los cartagineses trujeron armas con disignio y malicia, y los romanos las volvieron con temor y desengaño, y quedaron con más crédito, aunque con menor número de gente: tanto vale, Señor, la reputacion del valor y del poderío, que por él se ha de aventurar todo. Y cudicia de paces y aliados, siempre ha dispuesto pérdidas y calamidades. Vivió Gallo Hostiliano (a) (que sucedió á Decio) deseoso de ir á Roma; hizo paz con los godos, y dice la historia que ellos, conociendo en esto la bajeza de su ánimo, rompieron la paz, saqueando y destruyendo las provincias de Tracia, Misia Thesalia y Macedonia. No temo yo alguna cosa de estas; que sé cuánto mayor monarca es vuestra majestad que los romanos, y cuánto más precian la reputacion de su poderío vuestros ministros que los de Roma. Sigue otra cláusula en que siempre, pareciendo imposible, crece la iniquidad: no las vuelvo en romance, porque en algun lenguaje no haya aun palabras mias en ellas: *Quam enim alienum illud á Majestate vestra esset, quam turpe haberetur, si Italicum imperium Imperatori, ut Romanórum Regi commissum, te uno imperante ad Hispanicum Regnum, quod á te Ducatum Mediolanensem, et utriusque Siciliae Regnum á Summo Pontifice recognoscit, adumbrata quadam falsa Religionis, et publicae pacis specie translatum fuisse, orbis quereretur universus. Quid deinde dicturum censemus, cum eo progressos impune Hispanorum conatus intelliget, ut Sabaudiae Ducem majoribus celeberrimum, Europeorum Regum affinitate, et sanguine clarissimum, Sacri Imperii Principem, Vicariumque in Italia perpetuum, á Saxonica stirpe ducentem originem, amplae ditionis in Italia diu ante Hispanorum adventum clarum administrantem, sua aequissimo jure reposcentem, nihilque contra eos molientem, non modò minis terrere, sed etiam armata manu aggredi, et ad bellum nolentem provocare non dubitarint. ¿Quién leerá estas palabras que no conozca dónde caminan? ¡Cuán colmadas están de sedicion y de oprobios no bien mentidos! La mayoría de que presumen, la antigüedad que ostentan y la posesion que alegan, las cláusulas que señalan dos rayas (b) no lo disimulan. Y sin descansar para enfurecer todo el odio y los celos contra vuestra majestad, dice: *Comitatumque omnem, perinde ac si eum á Regis Hispaniae directo dominio assumpti bontra ipsum armis semovissem, ad*

(a) Debiera decir el original Gallo Treboniano. Cayo Valente Hostiliano Mesio Quinto no fué quien manchó la púrpura del Imperio dando tributo al bárbaro, sino Cayo Vibio Treboniano Gallo, sucesor de Decio.

(b) En ninguno de los dos manuscritos se ha conservado esta particularidad que existia en el original que debió dar Quevedo al Rey.

ejus Cameram devolutum, subditosque ac vasallos á praestita Sabaudiae Ducei fide solutos omninó contendere certior fama vulgarit. Non enim non potuerunt summi illi Princfpes ad hujus rei nuntium non commoveri, quam et publico meo scripto pluribus in locis regionis Mediolanensis promulgato inanem esse constat, et vel ipsis Magistratibus Mediolanensibus ridiculam, ineptamque esse vissam certó scimus.

La verdad de esto es como la intencion; pues se extiende á desacreditar la justicia de vuestra majestad con sus propios ministros, sin otro autor que el buen deseo que aquel príncipe tiene, y luego acariciar la majestad imperial. *Qui denique solus hac tempestate in Italia relictus sit Imperii Princeps, et Majestatis vestrae vasallus, á quo in eam, vel Imperatoriae Coronae capiendae, vel alia de causa descendens Sacra vestra persona deduceretur, et exornaretur. Num enim Hispaniae Regem, qui se in Italia Caesarem gerit Majestatis vestrae pompam prosecuturum putamus? Num Venetorum Rempublicam, num Januensem, num Haetruriae Ducem vestrum adventum comitatu suo celebraturos ex offício censemus? At ii se ab Imperio liberos esse gloriantur. Quid ipse Mantuae Dux? ab Hispaniae eum Rege pendere ejus observare nutus, ejus se patrocinio commisisse, se denique suaque omnia eidem proxime devovisse quis ignorat? Quid reliqui duces? Nonne fermè omnes Apostolicam Sedem recognoscunt, et ab eadem in Dignitatem assumuntur.* Suplico á vuestra majestad considere que el duque de Saboya se vale de todo, y á cuán ridículas cosas le precipita la ansia que tiene de introducirse solo en Italia y excluiros á vos solo. Dice al Emperador, que él solo es en Italia vasallo del Imperio, y quien si viene á coronarse, ó á otra cosa, le acompañará; y que vos, no solo no lo haréis, ántes os levantaréis en Italia con su imperio; y que todos, Venecia, Génova y Florencia, son libres del Señor. Por acompañar el duque de Saboya la sacrosanta majestad del Imperio, la desnuda y destruye; y por darse á sí solo, le quita los que son suyos por la dignidad, como Venecia, Génova y Florencia; y los que por amistad y deudo, como vos y vuestra monarquía, y como la Santa Sede, por donaciones y paternal correspondencia.

A los demas potentados tambien niega el imperio; porque dicen reconocen la Santa Sede. O el duque no la reconoce, ó es menester expurgar la nota. Reconoce vuestra majestad á la Santa Sede, y la majestad césárea la reconoce, poniendo los piés de su vicario sobre la corona que cierra la mejor obediencia del mundo, y ¿será inconveniente reconocerla para servir al Emperador los que son sus feudatarios y vasallos, como lo son todos los que excluye el Duque, no porque no lo son, sino porque él no quiere que lo sean? Halla luego nota en el duque de Mantua, que atiende á las órdenes de vuestra majestad como amigo, y que está debajo de vuestra proteccion, y que delibera por vuestro arbitrio; y él no tiene por nota depender con todo su juicio, y su estado y su alma de las cosquillas de Venecia, que asi las llamo porque le obligan á visajes y descomposiciones ridículas, y no á facciones generosas á que mueve el consejo. Extraña doctrina se infiere de este escrito del Duque, y es tal: el duque de Mantua, porque obedece y asiste y está en vuestra proteccion, es enemigo del imperio (que el Duque solo en Italia es amigo); luego hoy que es á vuestra majestad contrario, y lo que él dice inobediente y enemigo, será acompañante y vasallo leal del sacro Imperio. Pues si esto es así, ¿cómo hoy el Duque, siendo imperial y renegado de vuestra proteccion, le hace guerra y le arrebata lugares? Esto, ni el emperador lo consentirá, ni él lo disimula bien, ni vuestra majestad lo ignora; y Italia se va curando de las cataratas que le hacian no ver este tropezon. Yo, Señor, pondré tal antojo de larga vista en vuestras manos, que desde Madrid le registre en Turin las entrañas.

Tras esto se declara con vuestra majestad con desmedida lozania, y poco cortés, y quiere que para lo propio haya razon en todos los que desea seducir. *An quia jubenti mihi Regi arma deponere Statim non parvi. At unde nova haec Hispanorum Regum in Sacri Imperii Principes auctoritas? Unde nova haec omninò potestas? Quo tandem signo eandem comprobabunt? Certè dignus est Rex, cui cum praestitam à principibus Italiae, et praesertim à me, non ex officio, aut jure, sed ex benevolentia, et sanguinis conjunctione voluntariam observantiam non cognoverit, ea in posterum jure merito non amplius exhibeatur.* Y por no trasladar toda la carta, es una declarativa que el duque de Saboya hace del intento, que hasta hoy que él lo firmó en ella, se podia llamar conjetura. Léase toda, que no hay letra que no milite por el intento que yo he dicho, y que no guerree contra la suma autoridad y incomparable poder de vuestra persona. ¿Qué callan las glosas que imprimió á la márgen de los sucesos del ejército de vuestra majestad con el de Francia y Venecia, que llamó suyo en las verdaderas relaciones que de todo se hicieron?

Del rey de Francia, Señor, ¿qué diré que no sea repetir á vuestra memoria escarmientos de la sospecha y fe quebrada á vuestro señorío? Y al suyo se apropia por naturaleza aquel verso de Virgilio:

Litora litoribus contraria, fluctibus undas.

De los ánimos, ellos y las historias lo gritan; por demas es hablar en lo que se ha experimentado y se palpa y se espera. Claudiano dice:

Quos alit fallax Francia reges (a).

En los dias que Luis XIII, rey cristianísimo y muy glorioso capitan general por la Iglesia católica, solo pudo atender á los juguetes de la niñez, mal asistido de algunos vasallos que quisieron obligarle á que se armase en la cuna, y despues contra su propia madre, — buen acuerdo fué de los ministros que deseaban su corona, casarle con su hermana de vuestra majestad : cosa que con parabienes y conciertos y entregas, habia de dar lugar á sazonar los daños de aquel príncipe, para poder asistirse como lo ha hecho.

Señor, yo tengo en la conversacion de los hombres por muy docto el temor, y por muy ingeniosa la duda que excluye la credulidad inventora de tragedias que representa la ignorancia; y tengo por salud de la materia de Estado la malicia anticipada en las cosas de más

(a) No hallo en Claudiano este verso ni otro al propósito sino el siguiente, que se leeria en el original de QUEVEDO :

Expellet citius fasces, quàm Francia Reges.

Verdad que no se dirá que ha desmentido aquella nacion, de medio siglo á esta parte, derrocando miserablemente á Luis XVI, Napoleon, Cárlos X y Luis Felipe.

calificado exterior. Vuestra majestad oiga estos arrojamientos de mi atencion y estas cautelas de mis miedos.

No puede ser más loable ni más santa cosa que el intento tan fervoroso y tan perseverante del rey de Francia, Ludovico XIII, de acabar con todos los herejes de su reino, de allanar y quitarles las plazas fuertes é inexpugnables, que servian de nidos á aquella maldita y descomulgada semilla de calvinistas, luteranos y hugonotes. Este intento le train en la más tierna niñez y en la más nueva juventud. Diez años habrá que asiste dichosamente en campaña coronado de victorias, no solo gloriosas sino santas, á él guardadas solamente, sin habérsele concedido á sus gloriosos progenitores aun intentar alguna de ellas. Esto, Señor, es no solo digno de reverencia y de alabanza por generoso, sino de adoracion por santo. De esta accion tan en favor del evangelio y de la santa iglesia de Roma, hablar tibiamente seria sospechoso, hablar mal será ser calvinista : aquí no tiene entrada otra cosa que la aclamacion y gozo. Pues, Señor, aquí sin pecado, á mi parecer, hallo yo que maliciar, y más recelo político para nosotros, que celo de piedad para la Iglesia. Vea vuestra majestad cómo me desempeño.

Debelar los herejes, siempre es justo y forzoso que lo deseemos y alabemos todos, en Francia y en todo el mundo : harto le cuesta á España el asistir á otras naciones para que lo hagan, y vaciarse de los que lo eran. Y esto con cualquier intento es bien hecho, mas el intento puede ser achacoso, y lo verifico así.

El rey de Francia sabe que despues que le dividieron Lutero y Calvino los vasallos, tuvo el reino dividido, que es el pronóstico de ser asolado. Y como esta division, aun por hacienda, ó enojo ó codicia, sea enfermedad mortal de la monarquía,—cuando es por diferencia en la religion (como encuentra las almas y las conciencias, introduce bandos eternos y que santifican por ella que el padre mate al hijo, y el hijo al padre, y disuelven los vínculos del parentesco) es irremediable. Por esto se vió y le vieron sus buenos ministros sin reino y con tantos peligros como vasallos. Pensaron bien en los remedios de esto, considerando que para reducir á Francia en unidad de religion, era forzoso al rey declararse por la una parte y acabar de raiz con la otra : ser hereje ó católico. En ser hereje hallaron, como tan cristianos ministros de rey por excelencia cristianísimo, el inconveniente de la salvacion, y despues el considerar (cuando, lo que no podia ser, las conveniencias de Estado descastaran la verdad por el útil temporal) con dos cabezas tan poderosas y formidables, como el sumo Pontifice que es obispo en Roma y padre en todas las gentes, y vuestra majestad que por tantas partes en aquel reino tiene vecindad de tierras, no solo cercana, sino mezclada. Estas razones confirmó la experiencia con el escarmiento, que si se habia poco ántes desaparecido de la vista en la reduccion á la Iglesia de Enrique IV, aun no se habia ausentado de las lágrimas por su muerte. Aquel rey engañado probó valerse, para su restitucion al reino, de aquella parte de los herejes, y con renunciarla dejó noticia de su impotencia á su hijo, que la ha sabido lograr; pues llegándose á la parte católica, ha peleado con hazañas y méritos y milagros, para merecer triunfo y pretender canonizacion. Hoy, habiendo allanado tantas y tan fuertes plazas de herejes, está sobre la Rochela que es la cerviz de toda aquella rebeldía, y la tiene en estado que para rendida solo la falta la confesion; que ya la faltan las defensas (a). Y el rey de Inglaterra ve sus socorros é invenciones de fuego, más mojados de lo que destinó en su ánimo.

Con esto, Señor, el rey de Francia que nació rey de disensiones y peligros, se ha hecho rey de reinos y vasallos, y puede salir y sacar donde quisiere sus gentes á guerrear, sin el temor que lo arrinconaba si sacaba católicos de herejes domésticos. Cierto es que el Rey está poderoso, y por desembarazado de sí propio poderosísimo. Pues, Señor, si por naturaleza la orilla es contraria de la orilla, y la onda de la onda, y la gente de la gente, y la gala hasta en los vestidos de los unos es siempre la oposicion de los otros, sin atender á otra hermosura; y hemos probado con las razones y cláusulas referidas, que el norte suyo es Milan,—lícito recelo es y católico (sin ofensa de la buena conquista, sino del intento de ella) temer que allana los herejes, tanto por estorbo de lo que no conquista en Italia, como de la abominacion de sus errores. Esto sabe vuestra majestad que el rey Cristianísimo lo ha ido dando á entender estos dias, y que ha consentido manifiestos que precedan á esta resolucion que la Rochela le ha detenido. Tal fué el tratado que se intitula : *De las usurpaciones del rey de España sobre la corona de Francia despues del reino de Cárlos VIII*, con un discurso al principio, que llaman *progreso, declinacion y diminucion de la monarquía francesa, razon y pretension del rey Cristianísimo sobre el imperio*; dedicado al rey de Francia, por Cristóphoro Baltasardi, impreso en París por Claudio Morelli, impresor ordinario del rey, en la calle de Santiago, en la insignia de la fuente, año 1625, con privilegio de su majestad.

Este papel, Señor, fué delante informando de la justicia de lo que el Rey quiere cobrar ó adquirir, y por no perder tiempo la adelantó para cuando se acabase de apoderar de la Rochela, que hoy está en el estado que vemos; y el duque de Nivers está haciendo contradicion á vuestras armas, y el rey de Francia declarado por él. Quien fuere buen lógico de materias políticas, bien formará el silogismo, indisoluble para mi conclusion. Así, Señor, que dejando en su debida reverencia lo que toca á la fe católica, no sé yo cuál nos era más á propósito en el intento : el rey de Inglaterra socorriendo la Rochela, ó el de Francia expugnándola. Y hoy el duque de Saboya es nuestro amigo cuando lo ha menester, y el rey de Francia es nuestro enemigo cuando no era menester. Triste cosa es, Señor, que la razon nos diga que del Duque nos podemos fiar ménos que del Rey, y que nos habemos de guardar de entrambos; y en tal manera del Duque, que ya que necesariamente por la diversion de Francia se use de él para esta correccion del duque de Nivers, sea siempre con más cuidado de echarle de lo que tomara del Monferrato, que de quitarle al de Nivers lo que resiste. Si hubiera sido ahorro ú logro amparar al duque de Nivers á quien la necesidad hiciera italiano, no lo juzgo yo; lo cierto es que ya conviene que lo pierda todo.

El duque de Saboya, Señor, ha engastado muchas voluntades en Italia, que se dan no por otro precio que el aborrecimiento de vuestra grandeza. Ni se persuadirá vuestra majestad que algun potentado de Italia, cuando exteriormente muestre buena voluntad á vuestro servicio, dejará de contrapesar vuestro poder. Esto no es conjetura ni parecer del Bocalino en la *Piédra del parangon* con el peso de Lorenzo de Médicis ; es verdad que averiguó el duque de Osuna cuando á Rebellon, agente y espía del duque de Saboya, el año de 1617 le tomó los papeles en Nápoles, que originales quedaron en poder de vuestro fiscal, y autorizados en traslados truje yo á Madrid, de que por mandado de su padre de vuestra majestad hice trasunto traducido en español, quedándome con las dichas cartas autorizadas, que guardo. De donde consta no solo mal afecto para las cosas de Italia contra el duque de Saboya en los potentados con vuestra majestad, sino en sus propios vasallos, y otras cosas de mayor ponderacion para el amor que al duque de Saboya, siendo contra justicia vuestro enemigo, tenian. Y juntamente en audiencia secreta que me dió de más de hora y media su padre de vuestra majestad, le dí cuenta de caso tan importante y lleno de cuidados, que ni á vuestro consejo de Estado fué posible dar cuenta de él; y su majestad (que está en el cielo), cuando yo le dí cuenta de él en San Lorenzo, aprobó el haberle recatado de todos. Esta audiencia (de cuya sustancia nadie supo ménos que el duque de Uceda que me la negoció) se la acusaron en los cargos que se le hicieron y están impresos (b).

La distincion de Italia me parece esta y verdadera : en ella muchos son señores en el nombre, vuestra majestad lo es en la sustancia ; el sumo Pontífice lo puede ser por sus estados y pretensiones ; el duque de Saboya lo pretende ser por su orgullo ; y el rey de Francia por su poder y razones que finge ; Venecia (que busca la paz con la boca, y la guerra con los dineros) siempre procurará la inquietud de los reinos de vuestra majestad, más en Italia que en otra parte, porque solo con eso se contrapesa ella con Italia y con vuestra monarquía, y sabe que en otros paises es menester encender la guerra y soplarla, y que en Italia ella se atiza sin fin. Esta sustancia conoció Aníbal : bien es que la sepa vuestra majestad del capitan más valiente que vió el mundo ni padeció Roma, pues es licion para las provincias con quien vuestra majestad tiene ahora guerra envejecida y renovada. Justino, grande y doctísimo varon, en el epítome á Trogo Pompeo, en el libro 31, cap. 3, dice : *Eodem tempore Annibal cum ad Antiochum pervenisset, velut deorum munus excipitur : tantusque ejus adventu ardor animis Regis accessit, ut non tam de bello, quam de praemiis victoriae cogitaret. Sed Annibal, cui nota Romana virtus erat, negabat opprimi Romanos nisi in Italia posse.* Afirma aquella experiencia tan ensangrentada, que los italianos no se pueden vencer sino en Italia ; y más abajo (cap. 4), contando Justino cómo los romanos enviaron embajadores á Antioco, dada su embajada, dice : *Dum responsum expectabant, omnibus diebus assidui circa Annibalem fuere : dicentes, timide eum á patria recessisse, cum pacem Romani, non tam cum republica ejus, quam cum eo*

(a) Rindióse á 29 de octubre de 1628, á cuyo tiempo estaria escribiendo QUEVEDO el presente opúsculo.

(b) En el *Memorial del pleyto que el señor don Juan Chumacero y Sotomayor, fiscal del Consejo de las Órdenes y de la Junta, trata con el duque de Uceda. En folio.*

factam, summa fide custodiant : nec bella eum Romano-
rum magis odio, quam patriae amore gessisse, cui ab
optimo quoque etiam spiritus ipse debeatur. Has enim
publicas inter populos, non privatas inter duces, bel-
landi causas esse. Inde res gestas ejus laudare. Quorum
sermone laetus, saepius cupidiusque cum legatis collo-
quebatur, ignarus quod familiaritate Romana, odium
sibi apud regem crearet.

La municion y la artillería más poderosa contra los
reyes es desacreditarles el buen consejero. Los romanos enviaron embajadores á Antioco, solo para que con
la maña y la conversacion le desacreditasen y hiciesen
sospechoso á Anibal, en quien solo estaba docto y ex-
perto y victorioso su consejo de Estado y Guerra; y lo
consiguieron con una familiaridad leve, pues dice la
historia: *Quippe Antiochus, tam assiduo colloquio re-
conciliatam ejus cum Romanis gratiam existimans, nihil ad eum sicuti solebat refferre; expertemque totius
consilii, veluti hostem proditoremque suum, odisse
coepit.*

El dia que los romanos hicieron á Antioco su buen
consejo odioso, le vencieron. Antioco, acerca de la demanda de la República, sin Anibal por la sospecha referida, hizo muchas juntas y consejos; y despues, porque
no pareciese que totalmente le despreciaba, no por
atender á lo que dijese, le llamó: él, aunque conoció
el intento, por el odio que tenia á la República y el
amor que tenia al Rey en quien solo tenia ya seguro destierro, dijo: *Neque sedem belli Graeciam sibi placere,
cum Italia uberior materia sit : quippe Romanos vinci
non nisi armis suis posse ; nec Italiam aliter, quam Ita-
licis viribus subigi : siquidem diversum caeteris morta-
libus esse illud et hominum et belli genus. Aliis bellis
plurimum momenti habere, priorem aliquam coepisse
occasionem loci temporisque, agros diripuisse, urbes aliquas expugnasse : cum Romano, seu occupaveris prior
aliqua, seu viceris, tum etiam cum victo et jacente lu-
ctandum esse.* Esto hemos experimentado nosotros; no lo
aplico por dejar bien quisto el discurso, y el duque de
Saboya lo probó en el acometimiento á Génova. *Quamobrem si quis eos in Italia lacessat, suis eos opibus, suis
viribus, suis armis posse vincere ; sicut ipse fecerit. Sin
vero quis illis Italia velut fonte virium cesserit, perinde
falli , ac si quis amnes non ab ipsis fontium primordiis
derivare, sed concretis jam aquarum molibus avertere
vel ex siccare velit. Haec et secreto se censuisse, ultroque
ministerium consilii sui obtulisse ; et nunc praesentibus
amicis ideo repetisse, ut scirent omnes rationem cum Romanis gerendi belli ; eosque foris invictos, domi fragiles
esse. Nam prius illos urbe quam imperio ; prius Italia
quam provinciis exui posse : quippe et à Gallis captos,
et à se prope deletos esse : neque se unquam victum prius,
quam terris eorum cesserit. Reverso Carthaginem, statim cum loco fortunam belli mutatam.*

Este, Señor, es el tesoro de los advertimientos en la
guerra de Italia: quien lo enseña es Anibal, aquel que
pudo asombrar á Roma y necesitarla del artificio, para
asegurarse aun de los parasismos de su muerte, y que
temió no solo su espada y sus órdenes, sino su vejez, su
consejo, su destierro y su sombra, y que en su nombre
solo aun tenia sustos su grandeza. Este que lo hizo lo enseña, y la verdad infalible de sus palabras acreditó la
ruina que siguió el no obedecerlas. No consienta vues-

tra majestad que se atreva á poner excepciones á Anibal
quien ha errado lo que ha tenido á cargo, ó quien tiene
suficiencia graduada por el ocio venturoso. Dice consecutivamente Justino, que oido el parecer de Anibal:
*Huic sententiae obtrectatores amici regis erant : non
utilitatem rei cogitantes ; sed verentes, ne probato consilio ejus, primum apud regem locum gratiae occupa-
ret.* Los aduladores, Señor, no mirando al servicio del
rey, sino temiendo que la salud de aquel consejo negociase á Anibal el lugar primero en su gracia, lo repro-
baron; y el Rey : *Et Antiocho non tam consilium, quam
auctor displicebat, ne gloria victoriae Annibalis, non
sua esset.*

Aquí tiene vuestra majestad un ejemplo del buen consejo, y de los malos consejeros que le contradicen, y de
un rey envidioso de su bien, y que tuvo asco de su honra, cuyos sucesos desgraciados dejó á la historia.

Señor, vuestra majestad ha gastado por la causa del
duque de Mantua (que tan mal lo reconoció) millones de
hombres y de tesoros. Hoy asiste al duque de Saboya que
se los hizo gastar. Digo á vuestra majestad, que es más
aborrecido el príncipe que hace mucho mal, que el que
hace mucho bien; empero peor aborrecido es este que
aquel; porque el uno tiene por enemigos los enemigos
quejosos ó castigados, y el otro los amigos hechos con
el beneficio ingratos; y es peor, sin poder ser más malo,
el que hace malo el bien, que el que hace malo el mal.
Dios guarde á vuestra majestad que con tan buen ánimo
en tan pocos años de edad y de reino ha tomado tan
breves y tan ultimadas resoluciones, conociendo que el
príncipe suspenso y no determinado no es príncipe, sino
embarazo.

Yo creo que vuestra majestad tiene ya advertido cuánto anima al rey de Inglaterra (que es tan mal enemigo
de vuestra majestad como de la Iglesia) el ejemplo de la
reconciliacion con vos del duque de Saboya, para atreverse á tratar la suya; y creo que vuestra majestad los
conoce, y los dará á conocer al mundo en el subceso
que merecen. Y porque en esta confesion general que
hago de mi noticia se salve mi intencion, diré los escrúpulos que á mí me parecen culpas y á otros nada; que
pecados en duda, mejor están acusados que repetidos.

Aviso ha venido, que el hijo mayor del príncipe de
Portugal, así le llama la *Gaceta*, en Bruselas se ha hecho
fraile carmelita descalzo. (Aventúrese una malicia á
costa de los judíos de Portugal y herejes de Holanda.)
No será, mas podrá ser haberse hecho soldado para
entrar en Bruselas, y hacerse fraile de tan santa religion
para pasar acá á calzarse y mudar de corona. Ya se han
visto de estos ensayos : si no fuere, piérdese un discurso; y pues es posible, nada se pierde en pensarlo.

Señor, no tocaré en el poder que hoy tiene la Iglesia en Italia, porque si bien algunas pretensiones dan
que pensar intereses temporales en poder del sucesor
de San Pedro, poco se deben temer de aquel que le ha
dado unos y adquirídole otros, y sustentádole en todos, como hijo primogénito entre los príncipes católicos,
que le obedece con todos sus vasallos, con la hacienda y
con la voluntad rendida. Bien es verdad, Señor, que ha
habido pontífices con disignios sobre vuestras coronas,
y que puede ser alguno que suceda los repita. Mas
vuestra majestad con su justificacion está prevenido para
todo, no con las armas sino con la razon que le dieren;

y tiene al lado al Conde duque (que para esta parte tiene mucho que heredar de su gran padre) para moverlas. Nápoles es reino que amartela á muchos príncipes, y fué muy bien estudiada semejanza la del caballo sin freno, que son sus armas. Preténdale quien le pretendiere, guardando vuestra majestad á Nápoles de los napolitanos, seguro está de todo. El asistir á la religion, Señor, es la verdad de los príncipes, y de todos lo primero. Y Tácito, en el libro primero de las Historias, dice: *Entre tanto el ignorante Galba atendia á sus sacrificios, importunando los dioses del Imperio.* He leido muchas veces esta impiedad tan extraña. ¿Ignorante llama al príncipe que atiende á los sacrificios y á la religion, cuando su imperio ó reinos andan en alborotos? ¿Queria el bellaco de Tácito, como gentil al fin, que en queriendo á uno quitarle la capa, se apartase de la iglesia y templo y dioses, y se asiese de ella; y que parecía mejor en la escarapela por su ropa, que en el sacrificio? Error de hombre sin fe, pero bien hablado. El duque de Alba, en su carta á Paulo IV, da noticia de muchas cosas, y lo que entónces fué queja, ahora debe ser precepto; que el tiempo ha podido hacerla, de carta, licion de bien docto maestro.

Génova es el más importante y más hermoso escollo de Italia: aquella república es por mar y por tierra poderosa. Grande parte de las victorias que os dieron aquellos estados debe vuestra majestad á la casa de Oria, y su patria la libertad; y en estos servicios debeis emulacion muy esclarecida en Flándes á la casa de Espínola. Cuánto importa la amistad de Génova á España, nadie lo dice mejor que lo que la cuesta: asegúrala en la proteccion de vuestra majestad la discordia que tiene con Venecia, la poca seguridad de las vecindades de Francia y Saboya, y acaríciala el interes que se le sigue de nuestra correspondencia, que es recíproco á vuestra majestad por lo puntual de socorros tan numerosos. Mal consideran el estado de esta liga, los que tienen por ruin y perniciosa su comunicacion para España, por el oro y la plata que sacan de ella: esta es una calumnia muy grosera. Señor, Génova á vuestra majestad, á sus reinos y ministros es de más útil que las Indias. Es Génova el cajon secreto en donde salvamos el caudal de los franceses y ingleses, que lo que llevan es desaparecido, y con su comercio nos dejan pobres y sucios y necios. Y de las Indias solo se salvan aquellas barras que cobra Génova, porque aunque el oro y plata que ellas os dan, se le llevan ellos, es con bien regateada ganancia de tutor que esconde las joyas que ve á peligro de ser hurtadas. El oro y la plata llevan á Génova, es verdad; mas de allí lo pasan á emplear en posesiones, juros, rentas y estados y títulos en vuestros reinos de España, Nápoles, Milan y Sicilia. De suerte que á vuestro servicio los más tienen hipotecados, con vasallaje, persona y bienes; y en Génova solo viven libres los votos del Senado, que por esta razon tambien son vuestros. Esto quita el miedo de temer no se retiren de asientos, ó nos levanten el contrato; y da ánimo para disponer lo que convenga con satisfaccion de obediencia encarcelada, pues están en estado hoy, que no se les ha de agradecer el mirar por nuestra conservacion, de que depende la suya, ni su interes se aparta del nuestro. Algo supo practicar de esto, en Sicilia, el duque de Osuna: logró el intento con quejas, mas tambien con aprobacion de su

padre de vuestra majestad y del consejo de Italia, en la restauracion de la moneda de aquel reino, y de las tablas, que eran todo su crédito y estaban desconfiadas de recobrarse.

Venecia, Señor, es el chisme del mundo y el azogue de los príncipes: es una república que ni se ha de creer ni se ha de olvidar; es mayor de lo que convenía que fuese, y menor de lo que da á entender; es muy poderosa en tratos y muy descaecida en fuerzas; sumptuosa en atarazanas, numerosa en bajeles aprestados para quien temiere los vasos de una armada sin ella: tesen un dominio que desmiente muchos miedos. Temen que las montañas se pisen, porque las avenidas con tierra no acaben de dejarlos en seco. Temen que vuestra majestad efectúe el trueco de Sabioneda, y que les quite la ganancia de revendedores en Levante, de lo que compran en Nápoles y Sicilia. Es un estado el más propenso á divisiones que hay, y por deslumbrarnos de esta perpetua flaqueza suya, no dejan descansar algun príncipe. El vecino de Levante y los de Italia fácilmente tomaran los celos que les dieren ó persuadieren; que gente es golosa de achaques. Es Venecia más dañosa á los amigos que á los enemigos, y es remedo de las paces de los elementos, que con sus contrarios simboliza con una calidad, y se contradice con otra por otra; y así su abrazo es una guerra pacífica. No disiente de alguno por diferente religion, y aquel solo es su confederado que es sedicioso. Su dominio ha crecido de los descuidos del Imperio y de las desdichas de Italia. Su riqueza es la escala de Levante: oficio que á poca costa le quitara el puerto de Bríndis si no estuviera ciego, como los que no importunan á vuestra majestad que le limpie; y yo sé el modo, y allá saben que le sé yo; y lo confesaron en el libro impreso en que descansaron con llamarme nigromante, y que pretendía hacerme *reina* de Italia. Lo que es Bríndis, apréndalo vuestra majestad de Julio César, que lo dice así, libro primero *De Bello civili: Obtinendine causa Brundusii ibi remansisset, quo facilius omne Hadriaticum mare, extremis Italiae partibus, regionibusque Graeciae, in potestatem haberet, atque ex utraque parte bellum administrare posset.* Bien claro dice que Bríndis es poderosa para señorear todo el mar Adriático; y la nombra por su nombre.

Señor, Bríndis es la frente del mejor mundo y el regazo de todas las riquezas del Oriente: yo sé que si Bríndis se navega, que Venecia se ahoga. No trato en sí á vuestra majestad es á propósito hacer paces con el Turco (como el rey de Francia que las tiene y se queda cristianísimo); solo digo que si no obsta la ley, que le hallo para confederacion más dispuesto que á los herejes, porque él es de otra ley, y esotros son de la nuestra y contra ella. Si es por el trato, de Inglaterra se trae peltre y cuchillos, y azófar, y polvos, y pellejos, y medias; y de Holanda estaño, y lienzos, y tejidos viles; y de Turquía perlas, oro, plata, ámbar, diamantes, medicinas y drogas, y todo cuanto precioso saben producir el sol y el cielo; y por lo ménos se enflaquecia Venecia por el lado que tiene más poderoso; y podia desasosegarla vuestra majestad con imitarla en algo.

La república de Venecia, en tiempo de Julio II, casi perdió la libertad, porque los potentados sospecharon que con Pisa aspiraban al imperio de Italia: así lo refiere el *Bocalino.* Y es verdad que pueden aspirar y lo disi-

mulan; y si el Bocalino, en el peso de Lorenzo de Médicis, pesara á la república de Venecia con Italia en disension con vuestra majestad, viera cuánto más pesaba
que ella. Déles vuestra majestad á entender esto, que
no se perderá el intento, y me deberá el peso esta verdad que le falseó el Bocalino.

El duque de Florencia fué poderoso cuando empezó
á ser duque; mas el haberse dado á casar reyes, ha obligado á aquellos señores á gastar en la presuncion lo
que ahorraban para la defensa; y quieren más ser buenos para casta, que para socorros. Entre los demas potentados, tiene lugares más magníficos, no más seguros,
tierra más hermosa, mayór renta y mejor puerto; y las
galeras le son de grande autoridad y de mayor provecho.
En la disension dudosa, siempre asistirá á vuestra corona; que así se lo aconsejan los presidios de Toscana; mas
en ocasion de adelantarse vuestra majestad en Italia, con
efecto hará contrapeso él y todos los demas, á manera
de dos que se acuchillan y, si viene la justicia, se aunan
contra ella, porque no quieren verse presos. Asi que, á
todos juntos vuestra majestad los ha de tener por señores que le han de aplaudir y aconsejar la quietud, que lo
han de acompañar el enojo, y que siempre le contradirán la medra. Si puede haber arte para que los potentados se dividan entre sí, los venecianos lo saben y nosotros podemos saberlo; que como la seguridad de Venecia
está en que vuestra majestad y los potentados se embarazasen, así la de vuestra majestad consiste en desca-
balar con disension esta union de señores que le hacen
contrapeso. Véalo vuestra majestad con los navíos del
duque de Osuna, que gozando de esta ocasion los descompusieron y arruinaron, por más que finjan: que mal
desmienten raguallos soñados, á victorias públicas.

Mantener vuestra majestad á los uscoques con buena
correspondencia en Nápoles, permitida y no mandada,
es tener á los venecianos con un dolor que los hace muchos dias há dar gritos, y pegarlos un mal que por lo
ménos les quita el reposo, muchas veces la hacienda,
y algunas la vida; y aquel pueblo suyo que llaman Segnia, es un mentis que les dice el Imperio, en la cara,
al señorío que hurtan del mar Adriático.

Ragusa es pequeña república, mas (en aquel mar) á
propósito para grandes disignios; y abrigada de vuestra
majestad, será en vuestro servicio grande, y siempre ha
sido observante con gran reverencia de las órdenes de
vuestros ministros; y yo la vi padecer grande persecucion
de venecianos y holandeses en Grabosa, sin perdonar
doncellas, niños, templos, imágenes, ni sacramentos,
solo por haber acogido los bajeles del duque de Osuna.
Y fuera desolacion de aquel hermoso lugar, si los propios
diez y seis bajeles no llegaran, y en batalla de poder á
poder no vengara Ribera á los, raguseos, acabando la
armada de Venecia afrentosamente.

Yo, Señor, no hallo en mí noticia con que procurar
de mi parte servir á vuestra majestad; solo reservo aquellas cosas de que no son capaces otros oidos que los vuestros. Si leyere vuestra majestad este papel ó le oyere dos
veces, en la segunda conocerá la utilidad de la primera,

y podrá prometerse algun buen advertimiento estrecha-
do en pocas razones; que son más las cosas que digo para
el que considera malicia, que para el que solamente
lee. Muy grandes sucesos ha habido en estos pocos años
de la monarquia de vuestra majestad, y puedo decir que
no hay condicion de la fortuna que no hayais experimentado, y en las más con gloriosos sucesos, de que yo tengo grande gozo; y deseo, Señor, que reconozca el mundo
vuestra buena ventura, más que vuestro poder; que la
ruina es más ejecutiva en el príncipe desdichado, que
en el tirano; porque de aquel desconfian, y á este le temen; y Julio César para acreditarse alababa y ostentaba
su fortuna, y no su virtud. Señor, para los reyes solo en
la dicha hallo descanso, que lo demas todo padece. Tan
cerca está el amado del desprecio, como el aborrecido
del odio: cuál es peor, los sucesos lo averiguan tarde.
Saber destruir lo uno con lo otro, es gran salud del príncipe; que los vasallos aman al que es bueno para ellos,
y aborrecen al que es bueno para sí, y con esto entran
aborreciendo al propio que aman.

Vuestra majestad, por su benignidad y grandeza, recibirá en este papel mio las bachillerias de mi buen
celo, que no me cuestan poco; y si se creen á otros, han
de costar más, y si no, tambien. No doy á vuestra majestad arbitrio, ni usurpo magisterio descomedido, donde
teneis un ministro como el Conde duque y los demas
que en vuestro consejo os sirven. Está siempre repor-
tándome el entretenimiento de los arbitrios, con el mal
olor de su sepultura, aquel de quien refiere Mateo Tym-
pio, en su *Espejo del buen magistrado(a)*, que en Lutecia
se enterró un arbitrista, en los albañales públicos de la
ciudad, para ser asqueroso recuerdo y escarmiento hediondo de los que en esto se ocupan y á esto se arrojan.
Refiérelo en el signo 2.°, pág. 16, de la impresion de
Colonia Agripina; caso que merece atencion y memoria.

Podrá ser que yo hable á vuestra majestad al gusto de
pocos, y que discurra contra el dictámen de unos y fuera
del talento de otros. Señor, parecer inclinado, no es parecer, sino parecido: arrójome á decir que estas hojas solo
aguardan algun crédito para dar mucho fruto, y por lo
ménos está en salvo mi deseo de servir á vuestra majestad, cuando en mi promesa falte el efecto de la ejecucion; que en todo será lo conveniente, lo verdadero y
lo justo, lo que vuestra majestad y sus ministros hicieren ó dejaren de hacer. Alargue Dios la vida de vuestra
majestad, fortalezca la salud, y aumente los imperios,
que es pedir los progresos de la Iglesia católica y los
colmos del Evangelio.

Isócrates á Filipo decia en la epístola segunda:

Οἶδα μὲν ὅτι πάντες εἰώθασι πλείω χάριν
ἔχειν τοῖς ἐπαινοῦσιν ἢ τοῖς συμβουλεύουσιν.

Sé cierto que todos acostumbran ser más agradecidos
á quien les da alabanzas, que á quien les da consejos.

(a) *Matthaei Tympii Aureum Speculum Principum, Consiliario-rum, Judicum, Consulum, Senatorum, et aliorum Magistratuum, cum ecclesiasticorum tum politicorum omnium.* — *Coloniae Agrippi-nae. sumptibus Petri Henningri, sub signo Cuniculi. Anno* M.DC.XVII.

EL CHITON DE LAS TARABILLAS,

OBRA DEL LICENCIADO TODO-SE-SABE.

A VUESTRA MERCED QUE TIRA LA PIEDRA Y ESCONDE LA MANO.

ESCRITA CON LA DE DON FRANCISCO DE QUEVEDO, CABALLERO DEL ÓRDEN DE SANTIAGO, Y SEÑOR DE LA
VILLA DE JOAN ABAD, CONTRA LOS MALDICIENTES DEL REY NUESTRO SEÑOR, DE SU VALIDO,
Y DE LOS ARBITRIOS DE LAS MINAS Y BAJA DE LA MONEDA (a).

SENTIRIA mucho que tan grave personaje se corriese de que le llamo merced : ya sé que á ratos es casi excelencia, á ratos señoría, y á ratos vos. Todo esto, batido á rata por cantidad, le viene de molde una merced re-

(a) En el Museo británico existe sin portada un ejemplar de la edicion primera, el cual comienza con la intitulacion que estampamos arriba. Compónese este librito de veinte y tres fojas en 8.⁰, y se advierte en la última de ellas que fué impreso en Zaragoza por Pedro Verges, año de 1630.

Del mismo tamaño y careciendo igualmente de portada, pero tambien de lugar de impresion al fin, hubo de manejar hace tiempo el señor don Agustin Duran otro ejemplar que constaba de cuarenta fojas, y á continuacion tenia unido un opúsculo manuscrito, el cual rotulábase de esta manera:

El tapaboca que azoten. Respuesta del Bachiller ignorante á el Chiton de los Tarabillas que hicieron los Licenciados Todo se sabe y Todo lo sabe. Dirigida á las excelentísimas señoras la Razon, la Prudencia y la Justicia. Con licencia en Gerona, por Llorens Deu. Año de 1630.

La presente obrita de QUEVEDO viene siempre incluyéndose en coleccion (desde la primera de 1648), con el título de *Tira la piedra y esconde la mano*, que no hémos podido averiguar si fué el que se dió su autor, ó el cercenado por capricho de los libreros.

Tenemos el sentimiento de no haber logrado cotejar el texto con ninguna edicion anterior al año de 1648, bien que lo hémos concordado con las más correctas de la segunda mitad del siglo XVII, especialmente con las publicaciones de Diaz de la Carrera, Melchor Sanchez, Foppens y Antonio Gonzalez de Reyes.

Para la mejor inteligencia de este discurso político no deben parecer ociosas las siguientes noticias.

Habiendo el exterminio de los herejes, en que se empeñó Felipe II, dejado exhausto el erario, cuyos apuros se fuéron aumentando en los reinados posteriores, creyóse que el alterar la moneda seria remedio á situacion tan crítica y embarazosa.

Por pragmática de 23 de noviembre de 1566 mandó Felipe II acuñar moneda de oro y acrecentar el valor de la que ántes corria. Por otra pragmática de 14 de diciembre del mismo año acordó librar nuevamente moneda de vellon ; y en las cortes de Madrid del año de 83, moneda menuda : á saber, reales sencillos, y medios resies y blancas (1).

Felipe III subió la moneda de vellon, con que (en sentir del juicioso y galano autor de la *República literaria*) hizo más grande mal á España, que si hubiera derramado en ella todas las serpientes y animales ponzoñosos de Africa. Esta medida, asegura Diego de Colmenares en su *Historia de Segovia*, fué determinacion contra toda prudencia política, ó más verdaderamente desalumbramiento de los que Dios permite que los gobernadores para duro azote de los pueblos. En fin, sea como quiera, en la *Historia de Madrid* por don Antonio de Leon y Pinelo, que poseo manuscrita, se refiere el suceso de este modo:

«1605.—Este año se reselló la moneda de vellon que habia en Castilla, poniéndola el resello para que tuviese doblado valor, y llegó su cantidad á dos millones cuatrocientas cuarenta y ocho mil ducados. No fuéron pocos los daños que de ello resultaron ; pero suélese disimular los futuros que se temen, por remediar los presentes que amenazan. El que luego se experimentó fué el de la carestía de las mercadurias, que ha ido en aumento hasta ahora (1658).»

El natural y el extranjero comenzaron á falsificar el cobre, durmiéndose tanto el buen gobierno, que en vez de hacerlo consumir acrecentó las licencias de acuñarlo, y contempló imposible el continuo arribo de bajeles que vaciaban en las costas españolas aquella moneda sucia de que venian cargados, retornando llenos de nuestra plata y de nuestro oro.

Felipe III alteró tambien, en las pragmáticas de 1609 y 13 de diciembre de 1612, el valor de la moneda de oro ; y en otra de 25 de enero de 1620 mandó que la moneda de plata se labrase terciada en reales y medios reales de á dos, y reales de á cuatro y de á ocho (2).

Felipe IV prohibió (pragmática de 14 de octubre de 1624) sacar de estos reinos oro ni plata en pasta oro ni moneda, y entrar en ellos la de vellon (3). Y en 8 de marzo de 1625 mandó que el premio y reduccion de la moneda de vellon á la de oro ó plata no exceda del diez por ciento, y que á este respecto se paguen los réditos de censos y las demas obligaciones en que los deudores se hubieren obligado á pagar en plata (4).

Leon y Pinelo da los siguientes avisos, por demas curiosos é interesantes :

«1626.—A 8 de mayo se pregonó la real cédula de este dia para que en veinte años no se labre moneda de vellon, y que se guarde de la pragmática de 14 de octubre de 1624, en que se prohibió la saca de oro y plata y entrada de vellon.

«1627.—A 27 de marzo se publicó la pragmática de este dia, despachada para el consumo del vellon, en que se mandó instituir una diputacion general, la cual se dividiese en diez casas establecidas en esta corte, en Sevilla, Granada, Córdoba, Toledo, Valladolid, Murcia, Segovia, Cuenca y Salamanca. Dispúsose que los diputados fuesen ocho genoveses que se nombraron, los cuales se habian de obligar á satisfaccion de las partes por cuatro años, con las instituciones que daria la junta que para esto se formó, de la cual fuéron nombrados seis ministros de los mayores. Aplicóse por caudal y dote de esta diputacion lo que entónces pertenecia al donativo que se pedia, lo cual no se habia de sacar sin estar pagado todo lo que debiese la diputacion ; pero los intereses bien se podian sacar : item, cien mil ducados de renta, y lo que corriese de ellos de los quinientos mil, concedidos por el Reino, en juros en sisas ; los cuales no se podian vender hasta acabarse la diputacion : item los efectos declarados. Mandábase

(1) Leyes 13, 14 y 15, tít. 21, lib. v de la Nueva Recopilacion.

(2) Leyes 16, 17 y 18 de la Nueva R.   (3) Leon y Pinelo.

(4) Ley 19 de la Nueva R.

verenda; que tambien sabe vestirse deste título. Demonio es el señor Pedrisco de rebozo, granizo con máscara, que no quiere ser conocido por quien es, sino por
honda, que ya tira chinas, ya ripio, ya guijarros, y esconde la mano, y es conde, y marqués, y duque, y tú,
y vos, y vuesa merced. Yo, que veo conjurar las nubes

que la diputacion habia de recibir todo el vellon que cualquiera
persona quisiese entregar, obligándose á volverle á la persona
otro tanto en moneda de plata dentro de cuatro años, ménos la
quinta parte, la cual se habia de horadar luego, con que quedaba esta parte horadada reducida á su valor intrínseco, que era la
cuarto de lo que valia. Que durante los cuatro años se pagase al
que entregara vellon, á razon de cinco por ciento al año de réditos en vellon. Que la diputacion pueda dar dinero á otros, con
intereses de siete por ciento, siempre que no sea más de por tres
años; y dándose al que tuviese allí dinero, no se le lleve más
de á cinco por ciento. Que el que ponga vellon, lo pueda sacar,
pasado un año, con tal que la quinta parte del que se le diere, sea
del reducido por el reselló. Que la quinta parte del donativo se
horade, quedándole al Rey crédito de las cuatro en plata, pasados los cuatro años. Que por todo lo que se venda del Rey, se
admitan créditos de la diputacion, haciéndoseles buenos al Rey
los cinco por ciento que habia de llevar el particular dueño del
crédito. Que durante los cuatro años ninguna persona dé ni reciba
dinero á censo ni á ganancia. Que para evitar la entrada del vellon se da jurisdiccion acumulativa á los tribunales del Santo Oû-
cio, trayéndose para lo necesario breve apostólico. Que para este
delito baste probanza irregular, y de cómplices. Que de todas las
penas pecuniarias se horade la cuarta parte. Que todos los pleitos criminales sin parte se puedan componer á vellon, y este
se horade. Que dentro de Castilla se puedan llevar cambios loca-
les por la diputacion, conforme á la tasa hecha, y lo procedido
de ellos se horade. Que los premios de la plata y oro por vellon
sean á como se concierten, trocándose en la diputacion con su
intervencion, para que cobre uno por ciento de cada parte, lo
cual se horade. Que las diputaciones puedan echar suertes públicas para el consumo del vellon, con que ninguna exceda de dos
mil ducados de renta, ni baje de cincuenta, entrando cada suerte
á dos ducados; y que tambien haya suertes de piezas de oro y
plata, que no excedan de doscientos ducados ni bajen de cincuenta. Y que lo procedido de estas suertes se horade, quedando la
cuarta parte, para que con ella se compre los premios y se cos-
teen los privilegios. Que de todos los réditos y rentas se cobre á
dos por ciento, y esto se horade y se vuelva á los dueños.

«Hízose la tasa de lo que se habia de llevar por los cambios lo-
cales, y todo se fué ejecutando como se habia dispuesto, aunque
el efecto no fué como se entendió, por la diferencia que hay de
la teórica á la práctica.»

«1627. — A 11 de abril salió cédula sobre la forma en que se
habia de disponer la negociacion en las diputaciones del consumo, y la instruccion y apuntamiento que habian de observar, que
contenian treinta y dos capítulos.»

«1627.—A 1.º de mayo se publicó cédula para echar las suertes,
que se permitieron á la diputacion, para el consumo; y á 5 se
publicó y fijó edicto para ellas, señalando el dia en que se habian de dar, que vino á ser á 25 de julio. Este dia se hizo un
tablado en la plaza Mayor, al lado de los Pañeros, en que se puso
un dosel con dos sillas, en que estuvieron dos diputados con su
mesa, secretario, dos pregoneros y otros oficiales. Los premios
estaban en la mesa, privilegios despachados en toda forma, y
alhajas de plata y oro, dos cántaros con las suertes, y un terno
de chirimías, que tocaban en saliendo suerte. Sacábase una ce-
dulita del cántaro de los nombres, y decíale el pregonero de aquel
lado; luego sacaban del otro un papelito de los que en él habia,
y si no estaba escrito, decia el pregonero: En blanco; y así corria hasta que del segundo cántaro salia suerte escrita, que entónces tocaban las chirimías; y si estaba presente el nombrado, se
le daba lo que decia la suerte, y si no, quedaba guardada para
dársela. Esto duró una tarde, y se dieron los premios que salieron; y no se ejecutó más este medio, porque más pareció fiesta
que otra cosa.»

«1627. — A 10 de mayo salieron dos cédulas reales, que se pre-
gonaron: una para que, en cuanto al término desde cuando habia
de obligar la pragmática de las diputaciones, se guardasen las instrucciones dadas por la junta general del consumo; otra en que se
dió y declaró la forma en que se habian de cobrar y pagar los
dos por ciento que se habian de reducir á la cuarta parte de su
valor de las rentas y ventas redituales á dinero, conforme á las
pragmáticas de las diputaciones.»

«1627.—A 24 de julio se publicó cédula para que cesase el horadar la moneda, por el embarazo que causaba, y que en lugar de
este medio se usase el de la fundicion por cuenta de la diputacion

del consumo, la cual satisfaciese á las partes; y que dentro de dos
meses la moneda horadada no pasase por moneda, sino que se recogiese á las diputaciones, donde se daria su valor en moneda
corriente. Que el cobre fundido se vendiese, y el precio que de él
se sacase se volviese á fundir. Que los veinte y cinco que se habian de fundir de cada ciento y veinte y cinco, que era la quinta
parte, solo fuesen diez y ocho y tres cuartos; y los seis y un cuarto
restantes quedasen en la diputacion en moneda; para las negociaciones permitidas. Que del derecho de los trueques, premios de
letras y otras cosas, se fundiesen las tres partes, y quedase lo
una en moneda en la diputacion. Que los dos por ciento de lo reditual, de que se volvia á los dueños medio por ciento horadado,
no se les volviese sino en moneda corriente, ó el cobre fundido,
lo que más quisiesen.»

«1627.—A 13 de setiembre se pregonó la pragmática de este dia,
sobre la reformacion de la carestía general y moderacion de precios en mercaderías, mantenimientos, salarios, jornales y otras
cosas, de que salió tasa general.»

«1628.—A 21 de marzo se pregonó cédula real, reformando algo
la de 10 de mayo de 1627, sobre el cobro del uno y medio por
ciento de lo reditual que se aplicó á la diputacion del consumo,
para el otro medio por ciento de los dos que se mandaron cobrar
por la pragmática de las diputaciones.»

«1628.—A 7 de agosto se publicó la pragmática de este dia, para
que la moneda de vellon se redujese á la mitad del valor con que
corria, que fué reducirla al precio antiguo, en que se suspendió
la tasa de las cosas, y el premio de los trueques y la administracion de las diputaciones, porque todo era de poco efecto y de mucho embarazo; y se mandó que cada pueblo procurase buscar medios para satisfacer á sus vecinos el daño de la baja con imposiciones ó sisas, aunque la baja se ejecutó, y la satisfaccion
nunca se pudo hacer (1).»

«1628.—A 16 de setiembre se publicó otra pragmática sobre la
saca de la moneda de oro y plata, y entrada de mercaderías, en
que se mandó que la moneda no pasase de puerto alguno sin registrar. Suspendióse la ley real que da permision para sacar moneda con la obligacion de volver mercaderías. Mandóse que no se
diesen licencias para estas sacas sino por el consejo de Hacienda, y en ciertos casos y tiempos, y por puertos señalados; y se
agravaron las penas á los que entrasen vellon.»

Estas últimas disposiciones fuéron objeto de la crítica y murmuracion á tiempo que gozaba Quevedo de favor en Palacio, y
bien por insinuacion del monarca, ó del favorito, escribió el
opúsculo que llena las presentes páginas.

Resta decir que por cédula de 12 de marzo de 1636 se determinó que toda la moneda de vellon resellada que al presente corria
se recogiese, sin que desde aquel dia se pudiera expender, para
que vuelta á resellar valiesen las piezas de dos maravedís seis, y
las de cuatro, doce (2). En 30 de abril del propio año se volvió á
alterar el premio del trueco de la moneda de vellon á oro ú plata,
disponiendo que no excediese de veinte y cinco por ciento hasta
la llegada de los galeones de las Indias, y de veinte por ciento en
llegando (3). Mandóse esta pragmática guardar por otra de 20 de
marzo de 1637, y que se fundasen casas de diputacion en ciertas
capitales, para trocar en ellas el vellon á concierto, que no habia de
exceder de veinte y ocho por ciento (4). A 13 de enero de 1638 se
acordaron nuevos medios para el consumo del vellon, prohibién-
dose la entrada del cobre en bruto en la Península (5). A 21 de
enero de 1640 se pregonó pragmática para que el trueco de la
moneda no excediese de veinte y ocho por ciento, y los mercaderes de otras naciones que arribasen á nuestros puertos no pudiesen en retorno llevar oro ni plata, sino frutos de la tierra (6).
Por último, á 12 de marzo de 1645 (7) se mandó que la moneda
de vellon antigua (que se reselló en Valladolid el año de 1602, y
despues el de 1636 otra vez), creciéndola en valor de doce y seis
maravedís, y el año de 1642 se habia bajado á dos maravedís y á
uno) subiese de dos á ocho, y la de uno á cuatro; sin que esto
se entendiese con la moneda segoviana que se fabricó con uno y
dos ondas, y se reselló y creció á doce y á seis maravedís, sino
con solo la moneda vieja, que por su hechura era nombrada de
calderilla. Tales y tantas fuéron las vicisitudes del vellon, polilla
y alboroto de los tiempos en que vivió Quevedo.— El cotector.

(1) Ley 23 de la Nueva R.   (2) Ley 24 de la Nueva R.
(3) Ley 20 de la Nueva R.   (4) Leon y Pinelo.   (5) Ley 25 de la Nueva R.
(6) Ley 22 de la Nueva R.   (7) Leon y Pinelo.

que apedrean los trigos y las viñas, viendo cuánto más importa guardar de la piedra la justicia, el gobierno, los ministros, y el propio rey nuestro señor, como heredad donde se deposita todo el bien del mundo, y toda la defensa de la Iglesia, he determinado conjurar á vuesa merced, señor Discurso-tempestad, tan inclinado á la pedrea, que creo que ha tirado hasta las piedras que están en las vejigas. Tiene vuesa merced tan empedrado cuanto se ordena, y tan apedreado, que me es forzoso darle á conocer y advertirle, que pues tiene el tejado de vidrio, obedezca la cola del refran; que vuesa merced es el remedio que elijo y escojo para esto. ¡Qué fué de ver á vuesa merced, excelencia, tú y señoría, cuando se bajó la moneda, disparando chistes, malicias, concetos, sátiras, libelos, coplillas, haldadas de equivocos, si baja, no baja, y navaja, y otras cosas deste modo : motetes de las alcuzas, y villancicos de entre jarro y boca de noche! ¡Qué morrillos no disparó como un trabuco, cuando vió tratar de descubrir minas! No sé si despues que se formó la junta sobre esto, está más bien con el arbitrio; pero ántes decia : El intento más descubrirá necesidad que oro; tan gran monarquía no ha de mendigar el polvo de los rios, y examinar la menudencia de las arenas. De segunda pedrada decia vuesa excelencia que Tajo, Duero, Miño y Segre tienen oro en los poetas, como los cabellos de las mujeres ; y que el que se halla es á propósito para hablillas, no para socorros ; que no se habia de admitir que diferentes vagamundos anduviesen sofaldando cerros. Escondia vuesa merced la mano en tirando este nuegado, sin advertir que no solamente se hizo en Roma esta diligencia, como se lee en Tácito, «sino que fiados en la multitud del oro que esperaban, gastaron el que tenian; » lo que no ha sucedido ahora. ¿Pues quién duda no solo que es lícito el buscarle en los rios y las minas, sino la más atinada solicitud, y la más cantiosa y decente á los monarcas? Oye tú á Casiodoro, lib. 9, epístola 3 de Atalarico á Bergantino rey : «Si el continuo trabajo busca tan diferentes frutos para comprar con la comutacion acostumbrada la plata y el oro, ¿por qué no buscarémos aquellas cosas por las cuales buscamos las demas?» Señor Tira-la-piedra, mire vuesa señoría si este buen rey va desempedrando lo que vuesa merced apedrea. Pasa adelante : «Por lo cual al oro rusticiano de nuestra jurisdiccion en la provincia de los Brucios, mandamos que sea destinado Cartario, para que por Teodoro (así se llama el artífice destas cosas), fabricadas las oficinas solemnemente, se escudriñen las entrañas de los montes.» Señor Esconde-la-mano, aquí el rey desempedrador habla en propios términos, y no se cansa : «Entrese con el beneficio del arte en los retiramientos, y senos de la tierra, y sea buscada la naturaleza en sus tesoros, donde está rica ; porque cualquiera cosa que para ejercer el magisterio desta arte fuere menester, vuestra órden lo disponga ; pues es cierto que buscar el oro por guerras no es lícito, por mar no es seguro, por falsedades no es honesto ; y solo es justicia buscarle en su naturaleza.» ¡Pues cómo, maldito, lo que es justo será reprensible más veces echa-cantos que tira-piedras? Pues este á quien se mandó ejecutar todo esto, era *Bergantino*, varon y conde patricio, y no era *Bergante*. Digo yo : si vuesa merced oyera decir : Al Rey han dado por arbitrio que des-

empeñe el reino con el oro que hay en las minas y rio de España, y le ofrecen grandes tesoros en esto, y él se rie, y ha dejado por locos á los que se lo proponen, ¿qué tirara vuesa merced? Piedras es poco : losas no es harto : arrojara tarazones de montes y mendrugos de cerros. ¡Cuál anduviera vuesa excelencia cargado de los libros, donde llaman á Tajo de las arenas de oro! Alegara vuesa merced la estangurria dorada de Darro, y el mal de orina precioso del Segre. Luego salieran minas corrientes en Miño ; y vuesa merced, hecho Mídas de todos los arroyos para acusar al gobierno, los volviera en oro y en plata, y jurara de Brañigal lo que de Potosí ; y si fuera necesario, del propio arroyo de San Gines, que solo corre minas vaciadas y no las que se pueden vaciar. ¡Cuál alegara esa mano, que juega al escondite de chismes, lo que escribe Justino de Galicia, donde dice : «Hay tanta plata, que eran deste metal los pesebres, los clavos, los asadores y todos los vasos viles»! ¡Qué gritos diera vuesa merced por el tesoro que cuentan de los Pirineos, cuando se encendieron con los rayos! Cómo dijera vuesa merced : ¡Oh cuán fácil fuera al Rey freir aquellos montes, y sacarles el zumo, al privado y ministros del gobierno!—¡Qué cuenta de millones usurpados á esta monarquía le hicieras tú y señoría, por no haber ayudado á este arbitrio por que hoy les estás descalabrando! Pues dime, Tira-la-piedra, Escariote de advertimientos, que los besas y los vendes, ¿qué ha de hacer nuestro rey, qué los ministros, si ni les es lícito admitir ni desechar arbitrios? ¿ Ves quién eres, que solo condenas lo que se hace, y siempre alabas lo que se deja de hacer? Eres las viruelas de los que pueden : mal que da á todos, y de que ninguno se escapa, y de que muchos no escapan. Pues advierte que en el gobierno de nuestro gran rey no has de dejar señal, ni hoyos, ni en la intencion del valido y ministros ; porque al Rey su religioso y prudente celo le libra de tus manos, y á los ministros y al valido se las ha atado la humildad y conciencia ; que á ser otro, ya vuesa señoría tuviera las suyas donde tirara uñas y no piedras. ¡Pues si decimos de la baja de la moneda! Aquí es donde no te das manos á tirar : un Briareo eres en cascajar. ¡Cuál andas por los corrillos chorreando libelos, y en las conversaciones rebosando sátiras, empreñando las esquinas de cedulones! Si hablas, haciendo recular las cejas hasta la coronilla, salpimientas la murmuracion. Si callas, te avisionas de talle, te estremeces de ojos, te encaramas de hombros ; y despues de haber templado tu cuerpo para scorpion, empiezas á razonar veneno y á hablar peste, ruciando de malicias y salpicando de maldades á los oyentes. «¿Bajar la moneda? (dice vuesa señoría), acabarse tiene el mundo ; allá lo verán ; es ruina de España y de toda la cristiandad ; » y al cabo echas el « Dios se duela de los pobres », que solo llevaba de ventaja en Júdas el bote y el ingüente.

Tratóse de entretener más tiempo el oro y la plata en estos reinos, viendo cuán breve pasadizo han fabricado en los cuartillos los extranjeros para su extraccion. Tratóse de la mortificacion de los cuartos, y tiraste piedras. Dime, Esconde-la-mano, ¿qué tiraste contra quien con subir los cuartos puso el oro y la plata en cobre, pues hoy haces tales extremos contra quien con bajar los cuartos los ha puesto en cobro? La plática asustó los tenderos, porque la ganancia no saca la consideracion del logro y de la usura : por daño temieron perder la mitad ; y es daño porque no es remedio cabal hasta que se consuma todo ántes que, no teniendo otra cosa, nos hallemos con moneda que no hay bolsa que no tenga asco della, y que se indigna aun de andar en talegos, y que los rincones de los aposentos se hallan con la basura más limpios, y ménos cargados, y con menor ruido. Moneda que el que la paga se limpia y se desembaraza, y el que la cobra se ensucia y se confunde, más vale su incomodidad en traginarla que su valor. Mil reales, caudal que cualquiera gasta en doce dias de camino, son peso para una bestia sola, y poco ántes que se subieran, se llevaban en oro, en nóminas, en traje de reliquias, ó se escamaban con escudos los jubones, y quinientos añadian poco más peso á la lana; y hoy en esta moneda dan que hacer á una albarda, y hace más mataduras el dinero que los barriles : haciendo arrinconada que no pasa de Castilla, de quien se guardan los otros reinos como de peste acuñada. Buen estado tiene la salud del comercio; buen juicio la gente que resiste con voces la expulsion deste contagio ; buen vasallo es quien no agradece al Rey resolucion tan favorable á todos, y al Ministro haberse aventurado á ser purga deste mal humor, á ser escoba desta basura. No mereció más gloria el famoso rey don Ramiro de haber librado á España del feudo de Mauregato, ni el rey don Alonso del exentarla del reconocimiento del Imperio, que el Rey nuestro señor de haberla librado del tributo deste moro vellon y del imperio del ciento por ciento. Ni se dedicó por la salud de Roma á tan manifiesto peligro el que á caballo se echó en el hoyo, como en este caso el Ministro; porque al otro en agradecimiento levantaron estatuas, y al Conde-duque testimonios, coplas, libelos y pasquines. Si el daño fué dilatar la baja, el Rey siempre la quiso (¡oh qué instrumento te pudiera enseñar desto, Tira-la-piedra, que te deshiciera los ojos!), y el Conde siempre, y luego aconsejó se hiciese. Opúsosele la envidia de los que no querian el bien comun, ó no ver á los ministros y ministro con el blason de redentores destos reinos. Así sucedió en el consejo de Antíoco á Aníbal, que porque no se le debiese al africano la vitoria, que se veía clara en su parecer, se le descaminaron, y quisieron ántes la pérdida de su príncipe que el acierto en quien ellos aborrecian. Así lo refiere Justino : así lo aplico yo. Pues, Tira-la-piedra, considera que estábamos ya en estado que los propios extranjeros, que nos han llenado de cuartos, nos despreciaban, y temian lo propio que nos habian vendido; y bien medido nuestro caudal, ya cabia poco más vellon, pues llenos dél, no quedaba lugar al remedio. Aquí aguijó la providencia inestimable del Rey nuestro señor, y del valido á quien tú, sayon de virtudes, despedazas. Si el Rey no se determina, las lámparas en las iglesias ya desconfiaban de que las defendiese la inmunidad eclesiástica, del furor de los ceros y de los mandamientos del guarismo. Parecen donaires, y son dolores. Si la codicia de los extranjeros entrara en la iglesia á sacar estos vasos retorcidos, amenazadas estaban cálices y cruces; que para el codicioso nada añade al hurto el sacrilegio. Pues, Esconde-la-mano, esto defendió el decreto del Rey, á costa de darte á tí qué tirar y blasfemar en tiempo que la plata se habia echado á los piés de las mujeres en virillas. Del doblon y del real de á ocho

se hablaba como de los difuntos, y se decia : « El oro que pudre, la plata que Dios tenga. » ¿ Puedes negar que el que metió los moros en Castilla (fuera de la Religion) hizo ménos daño á los reinos que aquel maldito Caba barbado de los cuartos, que doblándolos, los metió en las bolsas? De aquella furia se quedaron fuera las montañas : desta maldad todo el reino se inundó, sin haber contra ella asilo, ni aun silo. Allí Pelayo empezó á restaurar con los pocos que quedaron libres, y le ayudaron. Aquí el Rey ha hecho la restauracion y curado el enfermo á su pesar, pues fué contradicho de todos cuantos padecian esta miseria ; y es mayor gloria la suya y la del Ministro, cuanto tuvieron ménos que los asistiesen ; porque contra su parecer juntaron los enemigos todos á meter vellon, y los propios todos á contradecir que no se bajase, que era, fué, es y será el solo remedio ; y los caudales daban voces contra la restauracion de las bolsas, que renegadas del buen metal se habian metido á caldereras ; y si algun real se hallaba, era mestizo de cascajo y real sencillo. ¿ Qué muladar te da piedras para tirar contra la baja de los cuartos, pues solamente la voz de que se había de efetuar ha hecho pagar más deudas que la hora de la muerte, restituir más haciendas que las paulinas? ¡ Qué de trampas se han desañudado! ¡ Qué de empréstitos, que andaban de rebozo entre el no quiero y no puedo, se han reconocido! No niego que hizo gran ruido, y causó grande alteracion en todos los mohatreros el platicarse el remedio con que estancaron las mercancías. Acordádonos ha del tiempo de don Alonso el Sabio, cuando el poner precios por enmendar la desórden, indujo total carestía, y forzó á aquel gran rey á revocar la ley : las tasas pegaron á la baja, y fué como pegarla peste. Todas las cosas que tocan á crecer, ó bajar ó mudar la moneda, se han de tratar con tal secreto, que se sepan y se ejecuten juntamente ; porque si se trasluce algo de lo que se trata, más daño hace el recelo de lo que se previene, que las propias órdenes praticadas. Este ha sido el daño; que el bajarla ó quitarla era remedio, y deste tú tienes la culpa, que lo publicabas por apedrear, y los que envidiaron el acierto de proponerlo. Tú sabes quién te lo dijo á tí, y yo quiénes eran los que lo dijeron y revelaron.

Hablemos algo con nota regocijada donde el intento es de tanto dolor; despejemos lo molesto de las querellas. Parece cosa y cosa que nos cobremos con la pérdida, y que nos perdamos con los premios. Mala señal es de vida y de estómago, cuando se trueca cuanto se come. Lo que todos damos por la plata, cuando queremos salir destos reinos, ¿ quién nos lo paga? Digo, señor, que este bulto no es caudal, sino hinchazon de postema ; y así, miéntras no se baja, cada dia tiene más peligro ; y quien quita este bulto, más sana que disminuye. Dar el vellocino por el vellon, es desollarse, no vestirse. Con perdon de vuesa excelencia, con tu licencia me atrevo á una comparacion : querria coserla de suerte que, siendo remiendo, no lo pareciese. Los extranjeros han imitado al cazador, que viendo en las águilas mayor velocidad y fuerza, más presto vuelo, más larga vista, y que por esto les hacia ménos la volatería y entre las demas aves sus halcones y neblíes, cogieron águilas tiernas, domesticáronlas, enseñáronlas á cazar para sí, y luego las soltaron para su mayor logro. Zurzo, y creo que poco se han de ver las puntadas. Vieron los cazadores de Francia, de Italia y Holanda, que la plata y el oro nuestro eran águilas que no los dejaban cosa á vida; de cuyo precio y codicia no se escapaba ni su mercancia, ni su trabajo, ni su industria. Dieron traza de cogerlos al nacer en el nido, tan desnudos, que la primera pluma que vistiesen fuese la suya. Recogiéronlos en sus alcandaras, y enseñáronlos á cazar, y ahora nos los sueltan para que nos arrebaten lo que nos queda. Vienen cien reales en plata ó en oro volando, y llévanse otros sesenta ó ochenta en las uñas. Pues si la baja les quita la presa, ¿no es hacerles pagar las uñas de vacío, y que pierdan sus garras al retorno? Ni se puede negar que aquel que, de los enemigos que combaten una monarquía, consume las tres partes, no la defiende por otras tres. Confieso que serán grandes los inconvenientes, y más de los que sabrá prevenir alguna prudencia; mas las grandes cosas nunca se acabaron sin aventurarse; y si me aprietan, concederé lo que dicen los cohechadores, los estanques del caudal, que no le dejan correr : «Que podrá ser que con la baja se pierda todo.» Aun entónces fué bien y forzoso hacerla. En la enfermedad sin remedio, es caridad que el medicamento acabe la vida, y desesperacion dejarla que se acabe. Aqui ya es cierto el *no tiene remedio*; y allí el peligro respira en el *podrá ser*; y es consuelo á lo que se acaba, que la ansia de su conservación no le deje. El que muere asistido de remedios, entretiene las congojas con alguna esperanza; y es más cierta la corrupcion en manos de la dolencia, que de la medicina. Y por lo ménos, señoría y tú, más piadosamente y con ménos recelos acabarémos con nuestras manos que por las ajenas. Mejor será que nos acabemos por conservarnos, que no conservarnos para que nos acaben. ¿Hubo ánimo para subir el vellon, que fué, es y será la desolacion de todo, y ha de faltar para bajarle? Cosas tiene del pecado esta moneda, que, siendo mala y sabiendo que nos condena y lleva á la perdicion, la tenemos cariño. Para convertir estos malditos que se lamentan, y lo resisten, y á tí, y á tú, y á vuesa señoría que lo llora, como si estos cuartos fueran los de sus cuerpos, quisiera sacarles el de España hecho cuartos, con esta letra por epitafio : AQUI FUÉ ORO, como aquí fué Troya. Tambien dice vuesa merced (¡oh qué mal escondiste el tuyo!) que la gran cantidad de arbitrios que corren impresos, le marean. Merced le hacen, pues le ayudarán á vomitar, que es su mejor comer de vuesa excelencia.

Dices muy ponderado, y con cara como si entendieras lo que culpas, que todos son sueños de hombres menesterosos ó mal ocupados. Sueños parecen por las señas de vuesa señoría, de vuesa merced y de vuesa excelencia, que este género de gente, desvelada en remendar el mundo y en enderezar las costumbres, son el alborozo de los noveleros y el negocio de los vanos. Y porque vuesa merced conozca cuán izquierdo discurso tiene, quiero razonar algo, camino de la verdad.

Si ello se oye al oro y plata, tienen razon, y dan quejas tan justificadas como estas.

Dice el real de plata, unidad de que se compone el de á cuatro y el de á ocho y el escudo y el doblon, que él valia cuatro reales de cobre en tiempo de don Fernando el Católico; que vino el glorioso emperador Cárlos V, y las necesidades, ó las revueltas ó la desórden (que no

afirma cuál destas cosas fué) le quitaron un real, y quedó valiendo tres. Vino Felipe II, y quitáronle otro, y valió dos, y quedó quejoso, y agraviado en dos partes.

En esto presenta por testigos á nuestros padres, y yo lo ví esto, y lo testifico. Vino el señor rey don Felipe III, y quitáronle otro real, y valió el real de plata un real de cuartos, cuando se dobló la moneda, ó cuando se dobló por la moneda que allí murió. Llegóse á este despojo la mercancía de cuartillos que intodujeron los holandeses; y este desdichado real de plata, que valia uno solo, habiendo valido cuatro, valió medio real; porque el uno que valia de cobre en cuatro cuartillos, vino á ser tal la maldad, que se metió la moneda tan desigual, que yo he pesado (cada dia se puede hacer la demostracion) que hay cuartillo solo que pesa más que tres, y cuatro cuartos que pesan de otros veinte. Y aun con valer este pobre real medio real, pasaba; mas vino á tanta miseria, que con solo decir que la moneda se ha de bajar, perdió el mérito de ese medio real, y vale nada; porque la moneda de vellon con este miedo no es hacienda, sino susto de cada dia. Dice el real (y dice bien) : Señor, si cuando me quitaban de mi valor un real de cobre, me igualaran con el cobre, quitándome de plata lo que á aquel real le correspondia de mi valor extrínseco en Castilla, yo estuviera contento y sin queja, y España con caudal, y siempre el valor extrínseco que la plata y oro tienen en estos reinos respondiera al valor intrínseco que á estos metales da la mayor parte del mundo, y se sirvieran del cobre con cuenta y razon; y lo que más lloran es, que afirman los propios metales que se vieron remediados ahora dos años, cuando valió el trueco de la plata á ochenta por ciento. Y dicen los reales y los escudos, que entre todo este bueno no fué la desórden; porque ella, que habia ido arañando al real de plata que valia cuatro reales de cobre en tiempo del rey don Fernando, los tres y los cuatro, y le habia roido hasta valer nada, con el precio del trueco le habia vuelto á restituir los cuatro que valia. Podrá ser que otros lo desenvuelvan á mejor luz. Lo que yo sé es que los cuartos tienen miedo, y la plata y el oro quejas, y los extranjeros oro y plata, y nosotros ni oro, ni plata, ni cuartos.

Yo creo que si se le preguntase á la moneda de ley, que dijese ella qué la parecia conveniente para su salud, que responderia : Hagan para tenerme lo que los extranjeros hacen para llevarme, y tomen su ejemplo en mi aumento, y no su parecer en mi remedio. Si se le pregunta á la sanguijuela, qué se ha de hacer con la vena, dirá que chuparla; y si se pregunta á la vena, dirá que quitar la sanguijuela.

En todos los reinos que la moneda de vellon sirviere de otra cosa que de cabal cuentas, y creciere á presumir de caudal y á ser hacienda, se perderá el crédito y se dificultará el comercio.

Cuando en Castilla en tiempo de nuestros abuelos, habiendo un millon ó dos solos de vellon, sirvió de ajustar con los precios las monedas mayores, se rogaba con el oro y la plata por los ochavos.

Los metales preciosos han de tener todo su valor, y se han de labrar en todas las monedas que pudieren irse disminuyendo; porque en las menores se detiene, y es difícil la extraccion que tanta facilidad tiene en la pasta.

El cascajo hoy está, y se usa, sin faldas y sin arrabales. Dividíase en cuartillos, y en cuartillos de ley, en cuartos, en ochavos, en maravedís, en blancas, en cornados : cosa de mucho interes para el gasto y mercancía. Hoy la cuenta acaba en juego; y si no se echan á pares y nones los maravedís y las blancas, se pierden. No hay ochavo, no hay cuarto, todos son cuartillos; y en este abuso consiste un daño doméstico muy peligroso; porque teniendo por domésticos á los que no lo son, dejamos correr la diligencia de los que sorben desde léjos por cañones de ganso. Desconfiamos de los nuestros, y fiamos de los que nos aborrecen. Creemos bravatas de quien no las puede proseguir. Damos calidad á los que son mercaderes de cualquier nacion, y quitamos la nobleza á los nuestros, si tratan.

Vuesa merced lea esto con cuidado, que verá el daño y el remedio por un propio resquicio. Ya que he sido prolijo, he de responder á todo lo que yo sé que murmura vuesa señoría. ¡Oh cuál te miro en un corrillo! ¡Oh cómo te contemplo en una ociosa visita! Con tus dientes apaleados de tu lengua, que andándose todos, y no parando ella, parece mano que discurre sobre las teclas, toma vuesa señoría la parte de la comunidad, y dice que por esas aldeas se caen los hombres de oprimidos y cargados, y á cada uno se ha de creer en la carga qué lleva; qué á mi vista no pesa lo que al miserable le quebranta, y siempre se acuerdan los hombros de lo que llevan; porque lo que ya llevaron ó llevan otros, no pesa. Alíviolos vuesa merced refiriéndoles (pues debe de saber leer quien tal cual sabe escribir) las imposiciones que hubo en las otras monarquías. Hasta el matrimonio pechaba, y (con razon) de los excrementos sucios se pagaba tributo. De modo que vuesa merced, de cuanto habla, pagara un gran censo en tiempo de Calígula y Vespasiano : Suetonio lo refiere asi. A Neron, del humo y de la sombra y del agua se pagaba tributo : Zonaras lo cuenta. De Plinio, Zonaras y Cedreno es el chisme del pecho que se pagaba por la sombra de los árboles. Michael Paleólogo instituyó el tributo por el aire que respiramos. La capitacion no exceptaba estado, edad, ni dignidad; de manera que se pagaba de las cabezas, de los artes, de los excrementos, del matrimonio, de la sombra, del humo y de la respiracion; y se extendió á poner tributo en la inmunidad de los consejos, y les impusieron la que llamaron Gleva senatoria, como se lee en Synesio. Esto no lo puede haber leido vuesa merced, pero alguien se lo puede haber chismeado; y asi pudiera dejar de morder que á este tiempo se haga algun socorro á las necesidades del príncipe, causadas en el tiempo que el Rey decia taita, y el valido ignoraba dónde era palacio; y despues que reina su majestad causadas por la voluntad de Dios en la pérdida de navíos y descamino de flotas, y otras cosas que por nuestros pecados nos trae, ó por castigo, ó para recuerdo. Y por no crecer en libro la que de advertencia veo que ha de llegar á tratado, dejo de traer á vuesa merced á la memoria todos los repartimientos tan excesivos de los reyes que han precedido á su majestad, cosa de que me excusará vuesa merced leyendo las historias.

Mas no puedo dejar de apuntar algo que sirva de que te dés al diablo. El señor rey don Juan, en la cédula que despachó á Salamanca y su tierra, en razon de los gastos que le habia causado la guerra con el duque de Alencastre y maestre de Avis de Portugal, manda cobrar un pecho tan riguroso : «Que el que tuviere cuantía de ochenta maravedís en mueble, ó en raiz de la moneda corriente, que pague un cuarto de dobla : y el que tuviere la cuantía de los cuatrocientos maravedís, que pague por cada ciento un real de plata, demas de la dicha dobla que ha de pagar por los cuatrocientos maravedís; y todos los que tuvieren de doce mil maravedís arriba, hasta cuantía de veinte mil maravedís, que paguen ocho doblas; que no paguen los hombres y mujeres que son notorios hijosdalgo, ni caballeros que son armados de rey ó de infante heredero, y todas las otras personas paguen; pero estos hijosdalgo ó caballeros, que van excusados en la cuantía de los veinte mil maravedís, que sean tenudos de pagar en la cabeza de los doce mil maravedís; que todo hombre ó mujer que gane jornal, ó lo pueda ganar, aunque le non fallen ninguna cuantía, que sea tenudo de pagar cada mes lo que montare un dia de jornal.»

Al fin fué repartimiento que buscó la hacienda, la medianía, la miseria, el sudor y la afliccion, y se extendió á mandar «que pagasen todos los que eran en sus reinos, asi ricos homes, caballeros, clérigos, fijosdalgo, é judios, é moros, é todos los otros homes, y mujeres de cualquiera ley».

¿De qué provecho puede ser dinero que junta una cláusula tan fuerte, que mancomunó ricos homes, clérigos, moros, caballeros y judios? Y asi tuvo el fin el gobierno destos tiempos, como largamente se lee :

«En Bribiesca, veinte dias de diciembre, año de mil y trescientos y ochenta y siete : fecha escribir por Alfonso Ruiz. Por mandado del señor rey y su consejo.—Pedro, arzobispo de Sevilla».

Léanse los tributos tan apretados en tiempo de don Enrique II, de don Pedro, de don Juan, de don Enrique III, las carestias por la mala moneda. El rey don Alonso, en el capítulo 5 de su Historia, puso precios y los revocó; porque ántes habia poco y caro, y despues no se hallaba mantenimiento ni mercancía.

El rey don Enrique el Segundo bajó la moneda, y dice asi su pregon : «Que el real que fasta aquí valia tres maravedís, non vala sino uno. E el cruzado que fasta aquí valia uno, que non vala más de dos cornados, que son tres dineros ó dos meajas. Y advierta vuesa merced, señor Tira-la-piedra, que esta baja se la pidieron repetidamente los vasallos. Aquí se ve cuáles eran aquellos, y cuál es vuesa señoría.

Así que, estas calamidades son inseparables á los dominios. Desto enferman los vasallos y los príncipes. Es dolencia de los gobiernos, no de las edades. Padecióla Castilla en tiempo del rey don Juan, que sintió tanto el verse necesitado á agravar sus vasallos, que se determinó de vivir en duelos. No solo los vasallos han de servir á los reyes con la hacienda, sino con el consejo; pues cuando se ven forzados á hacer nuevos y grandes repartimientos, es debido en toda lealtad advertirles de lo que se les debe y no se cobra; porque el consentir suspension en estas resultas, vale á los malos ministros tesoros de lo que pueden ahorrar, y le desperdician por interes propio de lo que le hurtan en mercedes no merecidas y sonsacadas de los merecimientos súbitos de personas de su casa, y de sus oficios en rentas y estados : pues á estos codiciosos suele retirarse todo el caudal que el rey echa ménos; y no puede socorrer el reino los oficios, ó inventados para pasadizo del patrimonio real, ó para polillas de su tesoro. Así lo hicieron muchas veces en Castilla las córtes, y es el mejor servicio, más útil, más descansado, y que con más justicia tiene efeto; y es hacienda que merece por su bondad lograrse bien en los sucesos, pues ni sale de las venas, ántes vuelve á ellas, ni sabe á lágrimas de afligidos. Y nunca más á propósito llegó este servicio que hoy, á rey tan grande, tan celoso del remedio de sus reinos; á ministro, cuyo blason es el desinteres, cuya tarea las mejoras del gobierno. Será hablarles en su lenguaje y á su corazon, si hay algo desto, que lo sepan; pues haciendo justicia, se podrán restituir lo que les falta, y páguelo quien lo debe, y salga de quien lo oculta, y quítese á quien lo arrebata; y ayuden al rey y al reino el leal rendido, con su tributo, y el ladron despojado, con su castigo.

Tácito, en Galba, dice que habiendo mirado arbitrios para desempeñar el imperio de los excesos de Neron, el mejor fué buscar el patrimonio en las haciendas de los que le habian usurpado. Si parte desto se ha hecho ahora, Esconde-la-mano, bien se ha hecho, si con nombre de donativo y de concesion ha disimulado, por no deshonrar, á las esponjas del Rey; y es singular modestia reducirse á pedir lo que podia cobrar, por no deshonrar á los que, debiendo restituir, dicen que dan lo que vuelven.

Más debilita á los reyes lo que les toman, que lo que gastan; y así se echa la culpa á la guerra de lo que peca la paz entremetida y desapoderada. Notable es la desórden del mundo. Yo, en el tiempo que he vivido, he visto derribar muchos hombres por haber crecido en poco tiempo mucho, diciendo se hacia para restituir á la majestad el caudal, y escarmentar á otros, y autorizar la templanza; y he visto que á los reyes y á los reinos les ha costado diez veces más el premiar los que los descompusieron y castigaron, que les costaba su desórden, si lo era. De donde colijo que son pocas las enmiendas en estas cosas, y que este es el achaque de que han adolecido todas las monarquías; y así el pronóstico se asegura para la perdicion, si sucediere que cuesta más y empeña más, y hurta más el castigo que el delito. Piense vuesa excelencia en esta bachillería, que no perderá el tiempo.

Su majestad (Dios le guarde) halló en esta monarquía con muchas canas el empeño, llorado con arrepentimiento de su bisabuelo, considerando la herencia tan necesitada que dejaba á Felipe II, que con el Escurial y otras niñerias la extremó más. De suerte que el grande, el bueno, el amado, el dichoso, el santo Felipe III, á fuerza de milagros nos divirtió de la atencion desta calamidad, causada de las guerras en defensa de la Iglesia y expulsion de los moros, que fué una órden resuelta, no sé si provechosa en el modo, pues de su salida se nos aumentaron, no solo enemigos, sino en los enemigos el conocimiento de muchas artes, la malicia en tierra y mar; y de los bienes no quedó sino lo que les hurtaron, que hicieron tan corta diferencia como de ladrones á moros: con que siempre fué delito. Y al fin, si los moros que entraron dejaron á España sin gente, porque se la degollaron, estos que echaron, la dejaron sin gente, porque salieron. La ruina fué la propia: solo se llevan el cuchillo. Estas cosas y otras, que órdenó el celo justo y pia-

doso, y torció la maldad de los medios, entregaron las cosas de España en tal estado al gran Felipe IV, que el no remediarlas era perderlas, y el tratar del remedio es aventurarlas. No es la primera vez que se han visto los reinos en tal estado. Don Juan el Primero se vió tan apretado de la necesidad y tan condolido de sus vasallos que ya le contribuian la vida, que le obligó á no querer acetar todo el servicio que sus vasallos le hacian.

Y así, Tira-la-piedra, que andas escondiendo la mano y muy raposo de palabras, rodeando el hablar en que su majestad tiene pocos años, ¿quieres que tenga más que los que há que nació? Pero bien entiendo tocas esta tecla para apredrear cuantas juventudes ha habido de reyes sus antecesores; porque para responderte es fuerza decir que maliciosamente ignoras que, comparada la mocedad del Rey nuestro señor con todos, es una vejez sin dias, y un acabar de nacer anciano. Acuérdate poco há de los destierros del maestro, de las deposiciones atropelladas de los ministros y obispos, del presidente de Castilla, santo y grande varon, arrojado hasta arrinconarle en su muerte entre dos paredes. ¿Con qué has sacado las manchas de tanta sangre como se derramó á deshora, con tantos que se almorzaron su vida ó se la sorbieron, con los justiciados de memoria y á escuras, sin ejemplo y con escándalo? Tira-la-piedra, ¿qué majestad ves llorada por indicios? ¿Qué artes acusadas por clérigos y predicadores, en pública delacion, por trastornadoras de voluntades y engaitadoras de decretos? Nada desto ves ni oyes, ni lo puedes inventar ni comentar. Ves un monarca con sumo poder tan en paz con sus apetitos, que las casas ajenas no saben dellos. Piadoso, no lo puedes negar, pues no te ahorca; justiciero y celoso, tampoco lo puedes contradecir, pues todos lo vemos. ¿Cuándo diez y siete y veinte y seis años gastaron deseos incontrastables, sin ruido; poder soberano, sin lamentos; voluntad superior, sin favores; entendimiento grande y fervoroso, sin presuncion? Solo se experimenta esto en don Felipe IV. Acuérdate en esta edad de los otros reinos de Europa. Desándales los antepasados á sus dueños, toparás hijos abreviados, hermanos desaparecidos, viudeces caseras, secretarios amaitinados, privados huidos, y otros casos y sucesos que se han quedado por dueños del escándalo del mundo. Pues si cejas más atras, te atollarás en robos, en comunidades. Pues dime, Tira-la-piedra, no mires al Rey nuestro señor, ni le hagas paralelo de otros monarcas como él, sino de cualquiera hijo de vecino, sujeto á cada corchete, á cualquiera alguacil, á todo escribano, á los alcaldes y á los oidores. Dime, ¿conoces alguno, que desde diez y siete á veinte y seis años no tenga con ceño todas las leyes, con ofensas todos los mandamientos, con cuidado todas las justicias, con inquietud todas las calles? Mirate á tí, picarazo, en esta edad, si te has dado buen hartazgo de ofensas de Dios, siendo conocido por hambron de pecados. ¿Qué chiste no has dicho? qué pulla no has echado? qué testimonio no has levantado? qué horca no ha merecido tu cuello? qué cuchillo tu lengua? qué tranca tus costillas? Y esto siendo lo que he dicho, sujeto á todo y á todos. ¡Y tiras piedras contra la obligacion de fiel, contra una juventud que, sin superior en lo temporal, vive canas cuando cuenta niñeces! Esconde-la-mano, si tiras piedras porque se perdió el Brasil por traicion y por pecados, destiralas porque se cobró con valor y con dificultad y con ventaja. Si las tiras porque entró en Cádiz el inglés, destiralas porque salió con pérdida y sin reputacion. Si las tiras porque se perdió Bolduque y Wesel, destiralas porque se ganó Bredá, y se rompieron las Pesquerías. ¿Por qué no despiedras y destiras cuanto has tirado, solo considerando que nuestro rey en tan pequeña rey, que en los juguetes pudiera servir de prólogo decente á las mocedades, haya arrancado de Alemania la raiz de la herejía en el Palatino, y trasferido aquella casa y aquel voto á príncipe católico, acabado con Alberstad, y borrado tan numerosa familia de príncipes enemigos de Dios, y establecido la corona del mundo en la frente de tan vitorioso emperador, y esto en tiempo que á Francia envió socorro contra sus rebeldes, cuando Francia le daba á los de España contra esta corona? Esconde-la-mano, ¿á qué mocedad atiende rey que por la union de sus reinos deja su corte, y visita á sus ministros? Vístele en Andalucía, Aragon y Cataluña, dejando recien nacida una princesa, y recien parida una reina, donde estuvo más de seis meses sin salir de un aposento y de una tarea congojosa, en el más riguroso tiempo del año. ¿Cuentas los atrevimientos que Dios ha dado á los enemigos de su majestad, y callas los castigos que le ha dado para ellos? Descubierto has el brazo y la mano, picaron, tanto, que te puedo decir por sus rayas tu mala ventura.

Dime, contador de desdichas; picaza, que solo te sientas en la matadura; gusano, que solo tratas con lo podrido : ¿por qué no destiras y despiedras á tan gran rey y mucha parte de tus calumnias, sabiendo la compañía que ha formado para el comercio de la India Oriental, no prometida, no fantástica, sino efetuada y en un viaje y aprestada para otro, cuya prática arraigada es la mayor pesadumbre que se ha podido dar á los enemigos? Chicharra, porque no te me escapes, te he de perseguir por mar y por tierra, que en la una eres sapo, y en la otra tiburon, que emponzoñas y muerdes. Dime, ¿cómo no te comes tu propia lengua, y te restañas los embustes, y sanas de la enfermedad que padeces de mentira-lluvia, con el milagro de aquel decreto de los hombres de negocios, que sin perjuicio suyo y con suma justificacion del hecho obró, al parecer, una masicoral de gastos, pues el año de veinte y uno, que heredó el Rey nuestro señor, comia la renta del año de treinta y uno? Dime : ¿por qué desde entónces te quedaron piedras que tirar, ni mano que esconder, viendo una invencion de la desórden tan maldita, como hacer comer á un rey en profecía de diez en diez los años que estaban por venir? ¿Habia lástima como verse los años comidos ántes de ser ni de llegar? ¿Cómo habia de estar el siglo y la edad, sino rabiando, si se veia comer de antuvion, y con hambre tan canina, que con poco temor del guarismo mordia desde veinte y uno hasta treinta uno? Si no hereda su majestad y Dios le inspira este decreto, hoy año de treinta está comido el año de dos mil, y casi decentado el dia del juicio, y los señores reyes están introducidos en cáncer de los tiempos. Ves aquí, maldito, que hoy come su majestad el propio año en que vive, y ha quitado el susto á los por venir, que del miedo de la comezon anticipada se rascaban ántes de nacer.

Pues pasando de decretos y compañías á socorros y á proteccion, dime, ¿cómo no te sirven de mordaza las banderas de su majestad que el año de veinte y cinco,

estando la república de Génova entre las uñas de la Diguera y entre las garras del Alteza de Saboya, parte de la ribera arañada, la ciudad con los enemigos arrimados, y la amenaza á cuestas, les retiró la Ciudad, que por hermosa y rica es buscada de muchos galanes, cobrando Filipo IV millones gastados desta defensa, en alabanza eterna de su patrocinio desinteresado, que solicita á que le busquen los afligidos desde las montañas de Armenia, como lo han hecho?

Pues pasando la consideracion á Africa, en aquellos pellizcos tan grandes que ha dado en tierra de moros, ¿cómo no te acuerdas de la gloriosa defensa que se ha hecho á la Mamora, contradiciendo el número de los bárbaros y la disciplina militar de los holandeses, con poca gente, y huésped en corta orilla de la multitud dilatada en dominio de alarbes y moros, asegurando de Berbería nuestras costas, y dellos las costas que tiene en Berbería, con inumerable pérdida de los corsarios rebeldes, de quien tú, graduado en Mahoma, eres coronista, pues asalariado de tu maldad, solo tienes pluma para sus fortunas y piedra para las nuestras? No sé qué haga contigo para convertirte, viéndote tan duro, que te puedes tirar á tí propio á pedazos. Quiero ver si te enternecerás á tí mismo . Ea, maldito, que te predico como hombre cantonero, pues andas escribiendo los cantones : veste aquí embutido en unas (cuando Dios te haga merced) cachondas (así se llamaban, y cuando más honestamente gregorías; dejo el nombre que no se puede decir sin el perdon delante); mírate atestado en unas calzas atacadas, temblando con los muslos unas sonajas de gamuza, ó cuando mejor, vestido de tajadas de paño ó terciopelo. Yo te doy que vas de medio abajo con dos enjugadores de obra, que llamaban calzas : mírate qué frontispicio y portada, un murciélago atacado con agujetas: atiende, y vuelve esos ojos buscones de achaques á tu gaznate, perdido como hacienda real á puros asientos. Mírate con la turbamulta de un cuello con carlancas de lienzo, holanda, cambray ó gasa. Mírate para abrirle cercado de tantos fuegos, hierros y ministros, que más parecia que te preparabas para atenazado que para galan; gastando más moldes que una imprenta, quitando de la olla para el azul, y del vestido para el abridor. Dime, desventurado, ¿cómo no te vuelves de todo corazon, de toda valona, de todo greguesco, calzon y zaragüelle, á rey que dió carta de horro á las caderas, á rey que desencarceló los pescuezos, á rey que desavahó las nueces, á rey que te abarató la gala, te facilitó el adorno, te desensabano el tragar, y te desencalzó el portante? Mira que si no fuera por él, ya estuvieras vuelto cuello sal y braga momia; y si esto no te ablanda las entrañas, alma precita, mira á lo que ahorras, y conocerás lo que debes á tal cuidado, cuando con un retacillo de gasa y lienzo, que fué pañizuelo, hijo de una toalla y nieto de un camison, sobre una golilla perdurable, sacas esa cara acompañada y ese pescuezo con diadema. Dime, renegado de tu patria, fugitivo de tu propia sangre, ¿qué aguardas? ¿Qué gruñes teniendo un rey generoso, justo, clemente, magnánimo, humanísimo, barato, desembarazado, celoso, católico, padre de sus vasallos y defensor de sus confederados? Haz una y buena : da contigo y con todos tus libelos infamatorios, sátiras, chistes, cedulones y blasfemias en las Arrepentidas de corrillos y junta nocturna y parola del yermo, que con esto salvarás tu intencion y tu obligacion ; y ten siempre en la memoria (no por quien eres, que eres la quinta infamia, sino por quien debias ser) lo que debes á don Felipe el Grande, nuestro señor, que ademas de ser tal, te dió el ministro más pacífico que se pudo hacer de masa, pues con él no ha tenido nadie dares ni tomares ; tal, que el hierro no se tomará, si le llegan á él ó le asoman á su aposento ; y que en ocho años de valimiento no le alcanza la vida á la audiencia, como la sal al agua.

Ya entendia que con esto escampabas, y veo que por el resquicio del valido empiezas de nuevo á culpar al Rey y al gobierno. Pues dime, duende comun que tiras piedras, das gritos, y haces ruido, y nadie te ve, y todos te vemos, ¿ qué quieres de un rey que tiene tan buen tino, que da su valía á un hombre que tiene quejosos á sus parientes y acomodados á los ajenos, y pobres sus criados, y servido el Rey? ¿ Estos no son los cuatro costados en que ha de probar limpieza cualquier privanza? Dime, demonio, ¿ no te le ha dado Dios y el Rey, sin hijos, que es el arrabal más costoso de poblar en los privados y el tarazon más caro para los reinos de la valía? Familia de herederos es concavidad que nunca se llena, y un engarce que continúa por un siglo larga sarta de privanzas. Pues, maldito, reconoce tu sentencia como el diablo. Dime, ¿cómo le agradeces al Rey esta eleccion, y al Conde el ser privado escueto, solo y mocho de todo privado ; y despues desto, cómo no le reconoces el retiro, y el no andar por las calles atento á la cosecha de reverencias, sumisiones y descaperuzos? ¿Tiene el Rey cómo pagar, ni tú cómo agradecer no haber privados de privado, como cuento de cuentos? ¿Fuera mejor que anduviera multiplicado en parientes copias y en criados traslados, y que en cada plazuela hubiera un privadillo, como ahora una fuente, y que toda la villa estuviera sembrada de humilladeros, y que hirviera palacio de privado y privadillos, y hácia privados, y junto á privados, y como privados, y entre privados, y cachiprivados como cachidiablos? ¿Que anduviéramos agotados de inclinaciones y zalemas, la mitad del año á gatas y en cuclillas á puras reverencias? Hoy estamos limpios desta plaga y desta inundacion de aprendices del poder, y de validos contrahechos y falsos. ¿Pues qué ocasion puede dar á quejas privado estéril de otros privados, y que, si no es en la audiencia, nadie le ve? Aquí tiras piedras ; ya te atisbo, y dices : ¿Es invisible? ¿Qué recela? ¿ Por qué no sale? Para esta ocasion se dijo el aqui te tengo. Si el privado no sale, dices : No le veo. Si sale : No le puedo ver. Si no acompaña al Rey, dices que lo hace de confiado ; si le acompaña, que de temeroso ó vano. Si no le ves, le acusas. Si le ves, te enfadas. Que te lleve el diablo, pues ni te entiendes, ni te puedes entender. Yo no te le canonizo : sé que es hombre, á quien el Rey (como lo habia de dar á otro) ha dado el mayor puesto y el primer lugar de ministro. Mi ojeriza tengo yo con el hombre que priva, mas no con lo privado ; y sin embargo no me tienes de tu parte. ¿Qué me dirás de sus audiencias, todas pasadas por el Rey, no las del Rey pasadas por la suya? No hay negociantes estantíos, ni pretensores de estanque hediondo á cieno : todo es corriente. ¿Qué gruñes entre dientes? ¿Que le honra el Rey, que le reverencian todos? Justicia es en el príncipe, obligacion en los súbditos. No lo digo yo :

Casiodoro lo dice. Oye, endemoniado : «Con estudio conviene que levantemos á aquellos que la piedad real quiso engrandecer ; porque á los que la clemencia de los príncipes entronizó, deben tambien los que son sus vasallos darle de su propia dignidad.» Esconde-la-mano, el que mi rey honra, yo, que soy súbdito suyo, no solo debo holgarme de que le honre, sino quitarme de mi dignidad para crecerle á él. No fulminan estas palabras mal proceso á tí á y tus pedreros. Ya te veo apelar á la pérdida de la flota, y las ponderaciones de « no se ha visto otra vez en tiempo de ningun rey». Dime, paradislero de historias y sucesos, ¿ todas las demas flotas, sin exceptar alguna, no han venido asi? ¿Armó el Conde los bajeles que la tomaron? ¿Es su pariente quien la robó, ó quien la perdió? ¿ó su parecer y su tema le dió el cargo? ¿Es cierto que todo fué al reves : ¿pues qué le acusas? El acontecimiento. ¿No quieres dejar albedrio á la providencia de Dios? ¿Quieres que aquella mente eterna no disponga sus castigos y favores contra nuestra prevencion y ruegos? Oye á san Agustin : « Quien alaba á Dios por los milagros de los beneficios, alábele por los asombros de las venganzas, porque halaga y amenaza. Si no halagara, no hubiera alguna exhortacion. Si no amenazara, no hubiera alguna correccion.» Tú, peor intencionado con Dios que con los hombres, ¿le quieres privar destas dos partes? Dime, ¿el perder Cárlos V el intento de tomar á Arjel, fué cargo contra su gloria, ni acusacion de sus validos? ¿Las comunidades fuéron culpa, sino de la desórden y de la ausencia? ¿La pérdida de tanta nobleza y fuerzas de España en la armada de Inglaterra procesó á Felipe II ni á sus validos? ¿La toma de Cádiz, que hizo el inglés, infamó otro ministro que al que la guardaba? ¿La pérdida de la batalla de las Dunas, y la venta de la Enclusa cargáronse al privado? Pues dime, ¿hácia dónde fiscaleas? ¿Qué quieres á nuestro rey prudente y valeroso? ¿Qué á este esclavo de la república con nombre de valido? ¿A este amarrado á su obligacion, condenado á su asistencia, tan poco airado contigo, que como tú cargues sobre su desdicha todos los sucesos desdichados, te lo agradecerá? Que él esto conoce por suyo, y los aciertos y vitorias de la mano de Dios, y de la providencia del Rey nuestro señor, para quien solamente la confiesa, haciendo infinitas veces cada dia la fineza de toda fidelidad, que una vez sola (para enseñamiento de todos, y grande estimacion suya) hizo Joab. Asi se lee en el segundo de los Reyes : «Peleaba pues Joab contra Rabbath de los hijos de Amon, y batia la ciudad de Rafin (a). Envió Joab mensajeros á David, diciendo : Yo peleé contra Rabbath, y se ha de tomar la ciudad de las aguas. Por esto tú ahora junta la mayor parte del pueblo, y cerca la ciudad, y tómala porque cuando la ciudad fuere asolada, no se dé la vitoria á mi nombre.» Pues, Tira-la-piedra, vuelve á tí la consideracion, y hallarás que no atribuyendo al Conde la gloria de los buenos sucesos, que es lo que él quiere para solo el Rey, tú le canonizas segun la buena ley de Joab : y cargándole de todas las desgracias, tú solo satisfaces el celo con que no se harta de servir al Rey y de padecer por su servicio. Asi, mi señor Tira-la-piedra y Esconde-la-mano, razon sería que vuesa merced no se desvelase tanto en perseguir á todos con malicia en-

(a) *Urbem Regiam*, dice la Vulgata. Lib. ii, cap. 12, v. 26, 27 y 28.

mascarada, que ya nos dijo Garcilaso que era vuesa merced, cuando mas duerme, «á quien la hambre y el favor despierta». Y así, toda su rabia de vuesa merced es porque no le dan lo que desea, desee lo que en justicia se debe dar, que eso sabe hacer el Rey, y no se lo quitará el privado para ningun pariente suyo. Pero, cascos de oropel ¿qué ocupacion no harán ridícula? Juventud satírica y mal intencionada ¿qué se le amoldará, sino tirar chistes empedrados? Codicia ejecutada y veneno amorrado ¿qué se le entregará, que no lo apeste y robe? Holgon, bárbaro y presumido ¿qué bueno pusiera un vireinato? Queja siempre flechada, y méritos por sí solo conocidos ¿quién los ha de consultar que tenga honra, ó quién premiar que tenga alma? Vuesa merced tire piedras, y tire dichos, y tire embozos, y tire, pues otro dia habrá; y haga la batería que pudiere, junte auditorio como de tal predicador; que el Rey es glorioso entre las naciones, el privado codiciado otro así de otros reyes, y yo el que me ando tras vuesa señoría para hacer de sus piedras berroqueñas corona de diamantes al siglo, y un epitafio á su sepultura de vuesa merced, señor Tira-la-piedra, que tenga solo mio el *Yace*, y del Taso el

Gran Fabro de Calumnie.

Guarde Dios á vuesa señoría de sí mismo, y á todos de vuesa merced, para que vuesa excelencia y todos estén guardados de lo peor. En Huesca y enero 1.º de 1630 años. — *Licenciado Todo-lo-sabe.*

FIN DEL CHITÓN DE LAS TARABILLAS.

CARTA

AL SERENISIMO, MUY ALTO Y MUY PODEROSO LUIS XIII,
REY CRISTIANISIMO DE FRANCIA (a).

ESCRÍBELA

A SU MAJESTAD CRISTIANISIMA

DON FRANCISCO DE QUEVEDO VILLEGAS, CABALLERO DEL HÁBITO DE SAN JACOBO, Y SEÑOR DE LA VILLA DE LA TORRE DE JUAN ABAD, EN RAZON DE LAS NEFANDAS ACCIONES Y SACRILEGIOS EXECRABLES QUE COMETIÓ CONTRA EL DERECHO DIVINO Y HUMANO EN LA VILLA DE TILLIMON EN FLANDES MOS DE XATILLON, HUGONOTE, CON EL EJÉRCITO DESCOMULGADO DE FRANCESES HEREJES.

A QUIEN LEYERE.

TODAS las veces que afeo acciones de franceses, hablo con los que son herejes, sin mezclarme en los juicios que generalmente hacen de aquella nacion Floro, Polibio, Julio César y Ciceron. En esto obedecí la obligacion de católico. Respondo á las acusaciones que se han impuesto á mi patria, como supe : los doctos lo harán como se debe y puede. Cuando digo que *comulgaron los caballos*, se entiende en la forma que dellos se puede decir, siguiendo las dos comuniones que diferencia la escuela, una sacramental, otra espiritual. Hanme obligado á esta advertencia conciencias ajenas, que, como dice el Apóstol, pueden juzgar la propia. Y pongo, conociendo mi ignorancia, todo lo que en este papel escribo debajo de la correccion y censura de la santa Iglesia Romana, retratando desde luego mi propio sentir.

(a) En 6 de junio de 1635 rompió la guerra Luis XIII con el rey de España(*). En Bruselas, y á 24 del propio mes, dió su manifiesto contra la corona de Francia el cardenal infante don Fernando, gobernador y capitan general de los Paises-Bajos y de Borgoña.

Una relacion *de lo más particular sucedido en España, Italia, Francia, Flándes, Alemania y en otras partes, desde*

(*) De esta declaracion poseo cuatro traducciones la Biblioteca nacional (H. 68. Algun lector agradecerá que la estampemos á continuacion. Dice así :

«Luis, por la gracia de Dios, rey de Francia y de Navarra, á todos los que vieren las presentes, salud, etc. Las grandes y sensibles ofensas que esta monarquía ha recebido en diversos tiempos de la de España son tan conocidas de todo el mundo, que es cosa inútil renovar su memoria. Largo tiempo habemos disimulado los efetos de los celos y odio natural que los españoles tienen contra los franceses, que ha sido miéntras no han logrado las secretas pláticas que ellos traen siempre para detener el curso de nuestra prosperidad. Mas luego que ha pasado su ambicion á querer oprimir descubiertamente á los príncipes aliados desta corona, y que despues de todos los esfuerzos inútiles que han hecho para desmembrarla, no han encubierto el designio que tenian formado de atacarla á fuerza abierta, al mismo tiempo que el mal estado de sus cosas debiera disuadirlos ; no podíamos sin faltar á nuestro estado y á nosotros mismos dilatar más el emplear las fuerzas que Dios nos ha dado, no solamente en estorbar sus impresas, sino prevenirlas con una justa guerra, á que los toda suerte de razones y de leyes nos obliga á meter primero en sus estados, que esperarle en los nuestros. Razon habia de esperar, de algunos años á esta parte, que la alianza contraída entre Francia y España por dos recíprocos matrimonios, habiendo fortalecido los antiguos tratados de paz, pudiera finalmente asigurar el reposo dela cristiandad que las divisiones de estas dos coronas tuvieron turbado tan largo tiempo; y se podia prometer con alguna apariencia esta buena dicha tan deseada de todo el mundo, si, como para llegar á ella la Francia habia sinceramente

olvidado las querellas pasadas, la España hubiera cesado del injusto deseo que ha conservado siempre de usurpar los estados de sus vecinos para establecer el estado de esta monarquía universal á que ella aspira. Mas habiendo mostrado la experiencia que ni la alianza hecha con ella, ni los buenos oficios con que ha sido asistida en diversos tiempos, no han podido detener el curso de su ambicion demasiada, ni los efectos de su mala voluntad, y que en lugar de apaciguar su ánimo han servido de facilitar los medios de ejecutarlos secretamente por las muestras más dañosas, ha sido imposible no pensar de guardarse de los daños de una amistad de tanto perjuicio, que las obligaciones de una tan santa union acompañada con diversos beneficios no han podido hacer verdadera, y que por la demasiada y larga confianza de muchos años ha sido tan fatal á este estado. Trae esto al pensamiento de todos con cuánta generosidad el Rey difunto, de gloriosa memoria, nuestro muy honrado señor y padre (que Dios perdone), se empleó para que consiguiesen los españoles la tregua de que tenian tanta necesidad en las provincias unidas del Pais-Bajo; y no hay quien no sepa que en las primeras revueltas de Alemania nuestra sola mediacion hizo dejar las armas á todos aquellos que un justo miedo se las habia puesto en las manos contra el Emperador, por defensa de sus privilegios, y que la negociacion de nuestros embajadores, habiendo establecido la dignidad del imperio, afirmó á un tiempo la casa de Austria, que el poder del partido contrario tenia á la razon muy quebrantada. La primera recompensa que la Francia recibió poco tiempo despues, fué la ocupacion de la Valtelina contra los grisones, antiguos aliados de esta corona, que se hizo en medio de la paz, y sin otro pretexto, sino que aquellos pasos eran ne-

abril del año pasado de 635 hasta fin de febrero de 636 (tres pliegos de impresion que conserva la Biblioteca Nacional. II. 68), refiere lo siguiente :

« Los primeros de julio llegó un correo, con traslado de un manifiesto en que un rey de armas, en nombre del rey de Francia habia declarado la guerra al señor Cardenal Infante. Respondieron á él (aunque sin su nombre) fras Alonso Vazquez, don Juan de Palafox y un caballero frances; y don Francisco de Quevedo, caballero de Santiago, en una carta al rey con su acostumbrada erudicion y agudeza, contra los sacrilegios que mos de Xatillon hizo en Terlimon, que son los que se han enviado impresos, y á que me refiero. El que escribió don Alonso Guillen de la Carrera, del consejo de Castilla, por su mandado, no se ha impreso; ni el del re erendisimo padre Lainez, de la órden de San Agustin, predicador de su majestad ; ni el de don Antonio de Mendoza, secretario de Cámara, que son muy doctos y elegantes. Imprimióse fuera del Reino el de don Gonzalo de Céspedes, cronista de su majestad.»

cesarlos para la comunicacion de las fuerzas de España y Italia con las de Alemania y Flándes, habiéndoles obligado á dejar la empresa la guerra que se les hizo para recobrarla.

Todo el mundo ha visto con cuántos artificios é interpretaciones cautelosas han rehusado de ejecutar el tratado que se hizo en Mouzon, no obstante los protestos que despues se les han hecho, y en particular pendientes las últimas negociaciones de la paz de Cherasco, de que esto seria bastante causa de una nueva guerra ; las diversas interpresas que han hecho contra el duque de Saboya, difunto, miéntras fué aliado de Francia ; la opresion violenta del duque de Mantua, solamente porque nació frances y tiene sus estados en una situacion cómoda para juntarios con los de Milan; el duque de Lorena armado cinco veces contra Francia por su persuasion ; los tratados hechos y firmados con las cabezas de los herejes de nuestro reino, para formar en él un cuerpo perpetuo de rebelion y de herejía, al mesmo tiempo que nos ofrecian asistencia contra ellos, en que el portador, habiendo sido condenado por sentencia de uno de nuestros parlamentos, pagó con su sangre el escandaloso comercio de que era terrero; las continuas tramas por medio de sus embajadores para sembrar division hasta dentro de nuestra familia real ; el intento de armar la Francia contra ella misma por un tratado, cuyo original firmado de ellos cayó dichosamente en nuestras manos, cuando no habia ninguna apariencia de que se tomasen las armas por una parte ni por otra, en que solo Dios disturbó el efeto, por el buen natural y juicio de aquellos á quien su divina majestad dió á conocer que seguir un tan mal partido era hacerse daño á sí mesmos; últimamente, la asistencia de gente y dineros dados á todos aquellos que han podido hacer movimientos en este estado, y los obstinados desvelos de armar contra nuestros aliados á todos aquellos que se han dejado llevar de sus persecuciones, han sido los más ordinarios frutos que se han cogido de su amistad.

Contentábamonos hasta ahora, para hacer inútiles todos estos intentos, con solo poner en salvo nuestros amigos y nuestro estado de los males que ellos les prevenian; mas habemos reconocido que esta moderacion no ha servido más que de adelantar la osadía para emprendello todo, por la opinion que les han enseñado los ejemplos de lo pasado, de que todo se olvidaria por medio de una paz, cuando no les saliese bien su designio, sin tener que temer otra cosa. Habemos pues sido constreñidos de llevar más adelante lo de que basta ahora habiamos hecho el resentimiento de las ofensas recibidas, con fin de hacer cesar de una vez la costumbre que han tomado de ofender y injuriarnos con tanta facilidad ; y á la verdad, despues de haber experimentado que por el detenimiento con que procedimos en el nuestro viaje de Susa, cuando el paso de los Alpes abierto por la fuerza de nuestras armas habia puesto el estado de Milan, destituido entonces de medios y fuerzas, como á la discrecion de nuestro ejército vitorioso; no pudimos librar de ninguna manera á los grisones de nuestros aliados, de la invasion que se les hizo al mismo punto que volvimos á nuestro reino, ni á la Italia del fuego de que la quismos libertar, y que las armas extranjeras metieron allí el año siguiente, á la persuasion de aquellos mismos que habiamos perdonado.

Despues de haber conocido que la neutralidad guardada religiosamente, durante todos los malos sucesos de las armas de Austria en Alemania (que nos habrian facilitado asaz los medios de vengarnos de tantas injurias, á no haber precedido siempre el deseo de una paz pública al de una justa venganza), no ha desviado á los españoles de las conjuraciones continuas que hacen contra nuestro estado, ni desminuido la efirária con que de ordinario procuran levantarnos nuevos enemigos para hacer, con mano ajena y con máscara de paz, una guerra encubierta, tanto más dañosa cuanto sus artificios han sido en todo tiempo mucho más para temer que sus fuerzas ; y porque por este medio piensan hacer que gocen sus estados de la paz en el mismo tiempo que dan á sentir á los nuestros las incomodidades y todos los peligros de la guerra ; despues de esto, viendo el dia de hoy que su pasion no consiente que se encubran más sus designios ; y que por

mar y por tierra se previenen descubiertamente contra nosotros, y que en el mismo tiempo que nos hacen cargo de la union que tenemos con algunos principes y estados protestantes, antiguos aliados desta corona, no se guardan ni rehusan de ofrecer á algunos de ellos condiciones contrarias en todo á los intereses de la religion católica (no obstante que haya sido siempre esta la máscara con que han procurado encubrir la injusticia de sus acciones); y que no haya cosa que no hagan por unir con ellos á los mismos con que nos culpan que tengamos alianza ; y que no tienen verguenza de prometer á un mismo tiempo condiciones incompatibles á dos partidos contrarios, para engañar al uno despues del otro, y servirse en este medio de todas sus fuerzas para arometer á nuestro reino por diversas partes ; y no siendo cuestion dificultosa de resolverse, si debemos esperar el fuego que quieren ponernos ó ir primero á apagarle,—creeríamos ser, en alguna manera, cómplices de los males que nuestros pueblos podian padecer, si con justa providencia no empleásemos en buena sazon los más poderosos remedios que fuere posible para librarlos, y si no pusiéramos nuestra propia persona para defenderlos, como ya habemos hecho tantas veces y como estamos resueltos de todo corazon de hacer ahora. Mas, cuando no viéramos por todas partes peligros tan presentes, es imposible ó no conocer que la España ha destinado en todo tiempo á Flándes su plaza de armas, y que quiere establecer allí la silla de una guerra inmortal, no tanto por sujetar aquellos pueblos que ha reconocido libres y soberanos por los tratados que ha hecho con ellos, cuanto por tener nuestro estado en pepétuos celos, y de aquella parte hacer continuas interpresas en nuestras plazas fronteras (si bien las principales han sido descubiertas), y teniendo sus tropas armadas hallarse siempre en estado ó de sorprendernos, si reparamos en la seguridad pública, ó de consumirnos durante la paz en gastos iguales á los de la guerra. ¿Quién no juzgará, pues, que no solamente es honroso sino útil procurar una seguridad más favorable por las armas y intentar de adquirir una verdadera paz, por los esfuerzos gnerosos de una guerra abierta, que dejar más largo tiempo consumir inutilmente las fuerzas de nuestro estado, y desfallecer nuestros súbditos debajo del peso de las cargas que sufren miéntras dura esta paz dudosa é incierta, que conviene conservar con ciento y cincuenta mill hombres? En medio de tantas razones justas que nos obligan á comenzar la guerra, ó por mejor decir, á defendernos de aquella con que nos amenazan, los ministros de su Santidad son los testigos de la disposicion con que habiamos siempre recibido la plática de la paz, y cuán favorablemente hemos aceptado las proposiciones que nos han hecho ; aunque ellos mismos han podido conocer que están tan destruidos de los medios necesarios para llegar á un buen fin como las otras pruebas ciertas del paternal celo y bondad de su Santidad. Y pudiera ser que hubiéramos dilatado por algun tiempo el meter nuestras armas en los estados de nuestros enemigos, y que despues de haber asignado nuestras plazas, y puesto nuestras fronteras con fuerzas poderosas, nos hubiéramos contentado de esperar las suyas mirando sus movimientos. Mas el derecho de las gentes violado por el ultraje hecho á nuestro muy caro y muy amado primo el elector de Tréveris, en que son interesados todos los principes de la cristiandad ; la surpresa de su villa capital donde vivia en reposo, sin revolver ni dar celos á sus vecinos ; la detencion de su persona, que se habia puesto debajo de nuestra proteccion en el tiempo que no la podia recibir de ningun otro principe ; la negativa de su libertad, con equivocos injuriosos que parece que nos hacen antores de su captividad (como si para aumentar la ofensa que se nos ha hecho tomando una plaza donde habiamos puesto guarnicion para la seguridad del dicho nuestro primo, á su ruego, ellos quisieren de lozanía de corazon añadir desprecios teniendo prisionero un arzobispo elector del imperio); y la mofa por una respuesta llena de engaño y de suposicion : — tantas injurias no han podido dilatar más nuestro justo resentimiento. Y no pudiéramos acordarnos de la gloria que nuestros predecesores adquirieron, en tantos y tan largos viajes y peligrosas guerras intentadas para mantener la honra desta corona y defender á sus aliados, si no nos moviéramos

Tenemos á la vista las dos primeras ediciones de Madrid, dos de Barcelona y una de Zaragoza, todas del mismo año de 1635. Hemos seguido fielmente en la presente publicacion un ejemplar en papel marquilla, que debió de ser de los que se prepararon para Felipe IV, y conserva la Biblioteca Nacional. El mismo establecimiento posee el original de este opúsculo, con arrepentimientos, enmiendas y apostillas autógrafas de QUEVEDO, de las que en sus respectivos lugares damos noticia al lector.

En los índices que preceden á estas obras la habrá encontrado tambien, cuan amplia nos ha sido posible, de los papeles que sobre el mismo asunto escribieron los otros ingenios.

con un ejemplo, ni entendiéramos que mandábamos esta nacion belicosa que ha sido siempre el acogimiento de los afligidos y el abrigo de los príncipes oprimidos; y si todos nuestros buenos y fieles vasallos no tomasen parte en el resentimiento de una ofensa que se nos ha hecho tan públicamente, para ayudarnos á que se nos dé satisfacion.

En medio de tantas consideraciones que muestran cómo el sentimiento de una continuacion de antiguas ofensas, renovado por injurias recientes, nos ha obligado justamente á la rotura contra el rey de España, — ántes de dar principio á ningun acto de hostilidad, enviamos un rey de armas á declararle la guerra en la persona del Cardenal Infante que gobierna todos sus ejércitos, para que la entrada del nuestro en el País-Bajo no le halle desapercibido. A lo cual nos hizo Dios merced que nos resolviésemos en tan buena sazon, por el conocimiento que por un maravilloso efeto de su providencia nos habia dado de todos los designios de nuestros enemigos, que en el mismo tiempo que ellos entendian hacer entrar en nuestros reinos las fuerzas de Fiándes conducidas por el príncipe Tomas, las de Alemania gobernadas por el duque Cárlos de Lorena, y que asaltase nuestras costas de Provenza la armada naval (que con designio muy premeditado aparejaba mucho tiempo há), — por su asistencia divina hemos deshecho enteramente lo primero, obligado al segundo á una vergonzosa retirada, despues de una notable pérdida, y hemos dado tan buena órden para recibir á la tercera, si ella desembarca en nuestros puertos, que con la continuacion del socorro del Cielo (que ya han comenzado á daría á sentir los efetos de este enojo con la pérdida y naufragio de las galeras y bajeles de que estaba compuesta), esperamos que su desembarcacion no será más feliz que su navegacion.

Por estas causas y por otras grandes y justas razones que á ello nos mueven, de nuestra cierta ciencia, pleno poder y autoridad real, hemos declarado y declaramos por las presentes, firmadas de nuestra mano, haber determinado y resuelto de hacer de aquí adelante guerra abierta por mar y por tierra al dicho rey de España, sus súbditos y vasallos, para tomar recompensa en ellos de los daños, injurias y ofensas que nos, nuestros estados, súbditos y aliados han recibido: todo en la misma manera que lo han hecho los reyes nuestros precesores, con firme esperanza que la misma bondad divina que ve lo íntimo de nuestro corazon, y que ha mostrado el conocimiento que tiene de la justicia de nuestros designios con la ganancia de una célebre batalla, al principio de esta guerra, nos continuará su asistencia y nos hará merced por medio de los felicísimos sucesos de nuestras empresas, que podamos asentar en la cristiandad una paz segura y estable, que es solo el fin que tenemos. Y para llegar á él más prontamente, exhortamos á todos los príncipes, estados y repúblicas que aman la paz y tienen interes en la libertad pública, que tomen las armas y se ajunten con nosotros para el establecimiento de una paz general. Y en tanto, ordenamos y encargamos muy expresamente á todos los nuestros vasallos y criados que de aquí adelante hagan la guerra por mar y por tierra al dicho rey de España, á sus tierras, súbditos, vasallos y adherentes, que habemos y tenemos declarados por enemigos de nuestra persona y del dicho nuestro estado, como lo son del reposo público; dándoles para hacerlo, poder para entrar con fuerzas en las dichas tierras, asaltar y sorprender las villas y plazas que están debajo de su obediencia, tomar dineros y contribuciones, hacer prisioneros súbditos y criados, ponerlos á talla y tratarlos sigun las leyes de la guerra; prohibiendo, en virtud de las presentes, muy expresamente á todos los dichos nuestros súbditos, y vasallos y criados tener alguna comunicacion y inteligencia con el rey de España, sus adherentes, criados y súbditos, y revocando como revocamos desde la fecha de la presente toda suerte de permisiones, pasaportes ó salvaguardas concedidas por nos y por nuestro Lagar-teniente general, y otras contrarias á la presente declaracion, declarándolas nulas y de ningun valor, y mandando que no sean obedecidas. Y porque hemos resuelto en conformidad del tratado hecho por nos con nuestros muy caros, grandes amigos, aliados y confederados, los señores de los estados de las provincias unidas del País-Bajo, hacer el primer esfuerzo de nuestras armas juntamente con ellos en las provincias de los dichos Países-Bajos que

están en la obediencia del rey de España (tanto por probar á poner fin á una tan larga y importuna guerra, como por librar los dichos países de los males que sufren, y de la esclavitud en que viven los españoles los tienen, despues de tantos años como de su parte contribuyen lo que deben para adquirir su libertad), — hemos declarado y declaramos haber resuelto y convenido con los dichos señores estados que, en caso que los pueblos del dicho país, luego que nuestros ejércitos hubieren entrado en él, hagan efectivamente retirar los españoles y sus adherentes de sus villas y plazas, dentro de dos meses despues de la publicacion de la presente declaracion, — las dichas provincias quedarán juntas y unidas en un cuerpo de estado libre, con todos los derechos de soberanía, sin que se les pueda hacer alguna mudanza en lo que toca á la religion católica y apostólica romana, que será conservada en las dichas provincias en el mismo estado que ella está al presente; prometiendo para este efeto ampararla y defenderla pendiente el curso de la presente guerra, y en todos los tratados de paz y otros que podrán hacerse despues para conservarla en an entero sér, con las mismas franquezas, autoridades, derechos, libertades y prerogativas que gozan al presente los prelados eclesiásticos, ó juntos en un cuerpo, ó comunidades, ó particulares. Declarando demas de esto, en conformidad de lo asentado y acordado con los dichos señores estados, de hacer liga ofensiva y defensiva con ellos, y de emplear juntamente con los dichos señores estados todo lo que de nos dependiere hasta que gozen del efeto de la presente declaracion; y ansí mismo comprenderlos en todos los tratados de paz que adelante se hicieren, sin desear más seguridad de su fe que algunos rehenes por algun tiempo, adonde fuere particularmente convenido, con carga que ellos contribuyan solamente de buena fe todo lo que pudieren para su propria defensa. Y en caso que en una misma vecindad vengan á entregarse cuatro ó cinco villas, ó juntamente, ó la una despues de la otra, hemos convenido que puedan formar luego un cuerpo de estado libre y que sean conservados y mantenidos en esta calidad con los gentiles-hombres que se hallaren arraigados en los términos y vecindades de ellas, con los mismos derechos y prerogativas que se ha dicho: protestando sobre todo y tomando á Dios y los hombres por testigos, que como no habemos llegado á las armas sino á la extremidad para nuestra defensa y la de nuestros amigos y aliados, sin otro designio que alejar de nosotros las incomodidades de una enfadosa guerra, quitando, si es posible, de las manos de los que la quieren hacer inmortal, los lugares de que se sirven para hacernos la, —tendrémos gran pesar si los que deben aprovecharse de estos designios en los Países-Bajos, oponiéndose al bien y á la libertad que procuramos para su patria, se hacen culpables no solo del daño que recibirá el público, sino tambien de los partidos y ruinas que causarán en ellos mismos. Y ansí damos órden á nuestros amados y fieles los jueces de nuestras cortes del Parlamento, que estas presentes, publicarlas y registrarlas cada uno donde se extendieren sus órdenes y jurisdicion, y que lo contenido en ellas se guarde, y observe y cumpla segun su forma y tenor, sin contravenir ni permitir que se quebrante en alguna manera. Mandamos demas de esto á nuestro muy caro y muy amado primo el cardenal duque de Richelieu, par de Francia, gran maestre, jefe y superintendente general de la navegacion y comercio deste reino, á nuestros muy caros y muy amados primos los mariscales de Francia, á los gobernadores y lugar-tenientes generales en nuestros ejércitos y provincias, á los mariscales de campo, coroneles y maestres de campo, capitanes, cabos y conductores de la gente de guerra, así de á caballo como de á pié, de cualquiera nacion que sean, y á todos los demas oficiales nuestros á quien perteneciere, que cada uno en su jurisdicion haga ejecutar lo contenido en las presentes letras; en testimonio de lo cual hemos mandado que se ponga en ellas nuestro sello. Dadas en Casteltierri á seis dias del mes de junio del año del Señor de 1635, y de nuestro reinado XXVI.—Luis.—Por el Rey, Philippe Aux. — Selladas con el gran sello de cera amarilla...

Están escritas en el oficio de los registros del Parlamento donde fuéron leidas, publicadas y registradas estas letras patentes del Rey, en audiencia pública de la sala mayor, á 9 de junio del mismo año, y en la corte del parlamento de Burdeos á 9 de julio.»

PRONUNCIARA MI CORAZON BUENA PALABRA.

DIGO MIS OBRAS

AL REY CRISTIANISIMO LUIS DECIMOTERCIO [1],

YO DON FRANCISCO DE QUEVEDO VILLEGAS,

CABALLERO DEL HÁBITO DE SAN JACOBO [a].

Destruye las gentes que soliciten la guerra [2].

SIRE : Dios nuestro Señor, que solo es Rey de los reyes y Señor de los señores [3], manda en el Eclesiastes con el respeto que la lengua y la imaginacion deben tratar las acciones de los reyes [4]: «No murmures del rey en tu imaginacion, ni en el secreto de tu aposento maldigas al rico, porque las aves del cielo llevarán tu voz, y quien tiene alas parlará tu sentimiento.» Yo hablaré con vuestra majestad con tal respeto, que por ninguna palabra sea culpado en tan descortes inobediencia, ni tendrá en mi imaginacion en qué ser chismosa alguna ave de las que vuelan atentas, aun por el silencio del pensamiento. Leed estos ringlones con la benignidad que á vuestra grandeza merece un español extremadamente amartelado de vuestras glorias, que ha gastado su admiracion en aplausos á los triunfos que vuestra niñez ha tenido por juguetes, cuando vuestra cuna belicosa se vió asistida de más gloriosos vencimientos que la de Alcídes, ahogando entre vuestros brazos en Monpeller, Nimes, San Juan de Angeli, Montalvan y la Rochela, sierpes de cal y canto, con tantas cabezas como vecinos: hazañas y trofeos que el gran Enrico vuestro padre receló imaginar. Carlo-Magno, vuestro ascendiente, fué primero que vos en el tiempo, no en la fama. Llamóse Magno porque os pudiésemos llamar Máximo, creciendo vuestro renombre al de Carlo, al de Pompeyo y al de Alejandro, que se igualaron en uno mismo. Habeis unido vuestro grande reino, desarmando la herejía que os molestaba en division sediciosa. Adquiristes el nombre de Cristianísimo, no contento con solo heredarle. Por vuestras armas respiró en vuestra corona la religion. Vuestros lirios se limpiaron de espinas, que á Cristo nuestro Señor tejieron corona sangrienta. La nave de san Pedro tuvo puerto y comercio de vida eterna en vuestros mares, y á sus llaves no dejó en Francia puerta, que no abriese vuestra soberana piedad. Toda la monarquía de España ha sido teatro de aclamaciones á vuestro nombre; y el Rey católico, mi señor, posponiendo la materia de estado á su celo y al vuestro, desamparó á Montalvan y á la Rochela del socorro que le pidieron, poniéndose debajo de su proteccion; y pudiendo políticamente embarazaros con vuestros vasallos, para que no le inquietásedes los suyos, escogió el tener queja de vuestra majestad, ántes que ocasionar que de su religion y celo la tuviese la comunidad de todos los fieles. Y pues si el Rey mi señor amparara á vuestros rebeldes, no hubiérades conseguido tan gloriosos fines, á su ánimo real debeis cuanto habeis hecho, con mayor razon habiendo asistido con sus armas á vuestras empresas, oponiéndose á la valerosa invasion del rey de Inglaterra, que tan solariega fortuna tiene sobre vuestros señoríos. No acuerdo á vuestra majestad de los casamientos recíprocos, porque sé cuán poco detienen estas prendas los intereses reales. La majestad esclarecida de vuestra serenísima madre, por descansarse del cardenal de Richeleu, vuestro privado, ó ya por asegurarse de segunda prision (que fuese duplicada nota), se retiró á los estados del Rey mi señor en Flándes, donde como dos veces hijo, por vuestro nacimiento y por el de la serenísima reina mi señora, la recibió con las demostraciones de amor y reverencia, que no pudiera exceder vuestro padre de inmortal recordacion, que descansa (así lo creo) en el Señor. Y perdonara la majestad católica de don Felipe IV las prerogativas con que se exornó su grandeza en esta ocasion, por no ver á vuestra majestad, su muy caro y muy amado hermano, amenazado destas palabras del Espíritu Santo : «Quien aflige al padre, y obliga á huir á su madre, es igno-

---

[1] Eructavit cor meum verbum bonum : dico ego opera mea Regi. (*Psalm.* 44.)

[a] *Divus Joannes Chrizostomus. Oratione de Avaritia.* Timete, qui pauperibus injuriam facitis. Habetis vos potentiam, divitias, et pecuniam : sed habent illi omnium validissima arma, gemitus, et lamentationes : et illud ipsum injuriam pati, quà auxilium de coelo atrahunt. Haec arma domus suffodiunt, fundamenta diruunt, urbes everterunt, universas nationes fluctibus obruerunt. Tantam gerit Deus eorum qui iaeduntur providentiam. (MS. original.)

[2] Dissipa gentes quae bella volunt. (*Psalm* 67, *vers.* 31.)

[3] Rex regum, et dominus dominantium.

[4] In cogitatione tua Regi ne detrahas, et in secreto cubiculi tue ne maledixeris diviti : quia et aves coeli portabunt vocem tuam, et qui habet pennas annuntiabit sententiam. (*Ecclesiast. cap.* 10, *vers.* 20.)

minioso y desdichado (1). Son tan ejecutivas en lo literal del suceso estas palabras, que mi buen deseo de serviros ha vencido el temor de dároslas á leer. Yo me persuado, por la grande aficion que á vuestra esclarecida persona tengo, que el obligar á huir á vuestra madre (lo que literalmente como sucedió dice el Espíritu Santo) sea cargo del cardenal, vuestro (a) valido. Empero hallo la propia culpa y más descrédito en vuestra soberanía en obedecer para esto su astucia que si lo obráredes por algun desabrimiento de vuestra condicion.

Despues doliente de la misma púrpura monsur duque de Orliens, vuestro solo hermano (y por el estado presente inmediato heredero), se fué mal contento con mucha nobleza de su séquito y servicio á Flándes, ó á acompañar á la reina su madre y vuestra, con las propias quejas, y al parecer mayores, ó á asegurarse de la ambicion, que en su manifiesto, por el duque de Momaransi, acusó á la eminencia del Cardenal, que creciéndola sobre su alteza, le amenazaba. El Rey mi señor le recibió con sentimiento de que os dejase: procuró que en el amor conociese con toda su gente que mudaba de fe, y no de hermano. Confieso que por la voz del mundo sintió el Rey mi señor hallarse asilo forzoso de vuestra más próxima parentela fugitiva, y ser retraimiento de los temores de la majestad de vuestra madre y de la alteza de vuestro hermano.

La atencion desocupada llegó á sospechar que era estratagema dispararle Francia tan esclarecida familia, para consumirle en gastos y sueldos, viendo que expendia en esto más tesoro que en sustentar los ejércitos que vos le ocasionastes con traer los suecos á Alemania, y con alimentar sus rebeldes en Holanda. Quedóse esta malignidad en los cerebros desvelados, cuya tarea es lograr malicias que sueñan. Empero el Rey mi señor nunca pudo reparar en gastos tan forzosos por su magnanimidad, ni á tanta grandeza se pudo atrever (aunque bien aparente) sospecha tan civil para sienes abrazadas de tantas coronas.

Incomparable grandeza de su corona real fué no recelar, Señor, de franceses huidos y descontentos de su rey y de su tierra, precediendo en su noticia la advertencia literal de Polibio, cuyas son estas razones (2): «Estaban entónces en aquella ciudad cerca de ochocientos soldados franceses, que conducidos de los epirotas, por su sueldo la defendian. Y habiendo tratado con estos de vender la ciudad, no contradiciéndolo los franceses, se arrimaron á la tierra, y luego favorecidos dellos se apoderaron de la ciudad y de cuanto en ella estaba.» Pocos ringlones más abajo esto autor griego de tan venerable autoridad dice (3): «Empero,

¿quién pudo ser tan ignorante de las cosas, que no temiese la comun opinion que con todos tienen los franceses de leves y inconstantes, y que se atreviese á fiar de la fe suya, ciudad nobilísima por fama, y que tenia muchas ocasiones de quebrar el concierto; y principalmente fiarla de aquellos franceses que habian sido ántes arrojados de sus propias casas por los mismos de su nacion, y por traidores á sus deudos y parientes?» Con unas propias palabras ponderó Polibio aquellos franceses y los que se huyeron á Flándes con vuestro hermano. Aun estos con nombre mas feo, pues iban, como aquellos, fugitivos de su patria, no solo arrojados por sus deudos y parientes, sino por vuestra majestad, que sois su señor soberano (b).

Todo esto no hizo impresion en el pecho real del rey mi señor, y ménos el grito de aquel proverbio griego, que refiere Eginharto aleman, cronista de Carlo-Magno, que le sirvió en su vida, y dice así: Τὸν φραγκὸν φίλον ἔχης, γείτονα οὐκ ἔχης. «Ten al frances por amigo; no le tengas por vecino.» Empero el monarca católico, que por disposicion de la naturaleza tiene á los franceses por vecinos en España, los admitió por vecinos y huéspedes en Flándes (c). Como cuñado y como rey no pudo dejar de acoger prendas de toda vuestra obligacion, que en sus tierras buscaban acogida. Ni le podeis hacer cargo de que admitió á vuestro hermano, y de que, como yerno, mandó que en Bruselas sirviesen á vuestra madre; pues solo se pudo excusar, Syre, el ocasionar que se fuesen. Esto no lo causaria vuestra clemencia: la fuga no acusaba corona, sino capelo. Si no amparara el Rey mi señor, á la majestad de vuestra madre, se quejara de su grandeza todo el mundo, y faltara (lo que no podia ser) á la obligacion de caballero, y vos os quejárades entónces con razon; y por esto, si os quejais (lo que no creo) de que la haya amparado, esta queja sola os puede ser indecente, y aquel sabrá reverenciar vuestra grandeza que no la creyere.

Si dijéredes que asistió á vuestro hermano, yéndose mal contento de vos, juzgaldo, Señor, y vereis que no pudo desentenderse de que era vuestro hermano y su cuñado, y que no debió persuadirse era vuestro enemigo; ántes debió temer le fuese suyo, lo que brevemente mostró su alteza, con que granjeó de vuestra majestad acogimiento agradable. Vos podeis permitir que los que os asisten ocasionen fuga á vuestra madre y hermano; empero ningun príncipe puede excusarse de asistirlos.

Ahora revolved en lo hondo de vuestro pecho las palabras del Espíritu Santo, que son estas (4): «Seis cosas aborrece Dios, y la sétima la detesta su alma.» Y la sétima que señala es (5), «el que siembra discordias entre los hermanos.» Deste, de quien abomina la alma de Dios, debe abominar vuestra alma, y más cuando llegó á mezclar y sembrar discordias entre madre y hijo.

Vuestro hermano reconoció el hospedaje que el Rey mi señor con tanto amor le hizo, con desaparecerse en

(1) Qui affligit patrem, et fugat matrem, ignominiosus est et infelix. (Prov. 19, v. 26.)

(a) despótico. (MS.)

(2) Erant tum in ea urbe Galli milites circiter octingenti, qui mercede ab Epirotis conducti, urbem tutabantur. Cum his habito sermone de proditione civitatis, haud reluctantibus Gallis in terram descendunt, statimque et urbe, et omnibus, quae intus erant, Gallis jubantibus potiuntur. (Polyb., lib. 2.)

(3) Nam quis adeo rerum expers, qui non veritus communem apud omnes de levitate atque inconstantia Gallorum famam, urbem nobilissimam, et quae multas frangendi foederis occasiones habebat, fidei eorum credere ausus foret? et praesertim eorum Gallorum, qui primo propriis laribus expulsi a suis fuerant, quod infidi fuissent erga cognatos atque affines.

(b) y los mandastes declarar por tales. (MS.)

(c) y de su parte en todo el mundo por amigos. (MS.)

(4) Sex sunt quae odit Dominus, et septimum detestatur anima ejus. (Prov. c. 6. v. 16.)

(5) Qui seminat inter fratres discordias.

forma sospechosa (a). Sintió que se fuese huyendo, por ver que acreditaba su persona con esta accion aquel medio verso de Claudiano, que dice : « Antes que la engañosa Francia expela los reyes (1) ; » y fuéle grata su partida, porque se volvió á vos reconciliado, sin reparar en el modo que dió tanto que decir, acordando á la majestad católica de aquellas palabras del rey don Sancho el Bravo (b), que se leen en su crónica impresa, y son tales : « Y porque los franceses son sotiles, y pleyteosos, y muy engañosos (c) á todos aquellos que han pleitear con ellos, y todas las verdades posponen por hacer su pro..... » Estas palabras, que en tan grande rey fuéron consejo á sus sucesores, para con vuestra majestad pudieran padecer la excepcion de ser español quien las dijo, si Polibio no desempeñara esta verdad con los ejemplos siguientes (2) : «Los franceses auxiliares que estaban con Scipion, juzgando por mejores las esperanzas de los cartagineses, señalado entre ellos el tiempo de la maldad, tomaron determinacion, y á la media noche, cuando vieron que todos estaban ocupados del sueño, estando en sus cuarteles armados, luego que vieron ocasion oportuna, salieron, y dieron muerte á la mayor parte de los romanos que encontraron, hiriendo á los demas ; y finalmente, cortando las cervices de los muertos, se juntaron con los cartagineses». Y en el libro segundo (3) : «Los franceses más se mueven por ira y ímpetu, que por razon» (d). Y en el propio libro (e) (4): « De aqui la division que entre ellos se levantó por el saco y presa, llegó á tanto, que no solo destruyó el despojo sino grande parte del imperio, lo que frecuentemente suele acontecer á los franceses por sus demasiadas glotonerías y embriaguez.»

No os refiero estos lugares por emulacion, sino por recuerdo que os puede ser útil, y que os merece por mi intencion piadoso oído, pues sois señor de gente que os adelantó la corona en el cuchillo infame que siendo su rey quitó la vida á vuestro glorioso padre. Conozco las admirables proezas que en todas las edades que ha vivido el mundo han hecho los franceses con sobrehumano valor. ¿Qué memoria no tienen agradecida y amartelada á su esfuerzo con la conquista de Jerusalen? No pretendo yo escurecer estas acciones, ántes pretendo que los franceses no las escurezcan. Pretendo que aquella nacion que tanto sudó por libertar el sepulcro que tres dias tuvo en depósito el

cuerpo de Cristo, no se desdiga en la fe, y degenere haciendo monumento de su precioso cuerpo y sangre, los vientres de sus caballos. Esto ántes es celo que envidia : primero se me deberá el nombre de acreedor, que el de émulo.

No me dió ocasion de embarazar vuestra soberana atencion con estos ringlones, el haber tolerado contra la casa de Austria, cesárea y siempre augusta, ejército formidable de herejes, asistido del ímpetu del rey de Suecia; ni el haber dado en Italia vuestras tropas, como dice Lucano (5), « el derecho á la maldad », con que ocuparon plazas y fatigaron aquellos estados con armas violentas; ni el haber quitado sus tierras al duque de Lorena, no tanto porque pudistes, como porque se fió de vos.

Estas acciones son de moderada hostilidad, y á los reyes persuade á que las ejecuten, ó la pretension, ó el odio, tal vez el orgullo, y las más la ambicion codiciosa de crecerse á costa de sus vecinos, lo que honestan los pretextos inventados (f). Ni se apoderó de mi corazon la rota que con vuestras armas dió Mos de Xatillon, vuestro general, á las tropas del Rey mi señor, que conducia Tomas, príncipe de Saboya, donde su vitoria fué triunfo para los tercios, uno de españoles, otro de italianos, que desamparados de su caballería y de las naciones, anegados de vuestro ejército (g), fuéron vencidos del excesivo número, no del excesivo valor de los vuestros. Murieron, porque no quisieron vivir á trueco de que no dijesen los franceses que temieron la muerte. Juzgaldo vos, Syre, cuál fué mayor valor: ¿pelear con los que no podian dejar de vencer, ó pelear con los que no podian dejar de ser vencidos? Nada de todo esto hirió mi ánimo y arrebató mi pluma, encaminándola con fervor animoso á vuestro servicio. Apoderóse empero de mi espíritu el saco de Mos de Xatillon, vuestro general (h), en Tillimon : estando parlamentando con la villa, saqueó el lugar, degolló la gente, forzó las vírgines y las monjas consagradas á Dios, quemó los templos y conventos, y muchas religiosas; rompió las imágines, profanó los vasos sacrosantos; últimamente, ¡oh señor! ¿diré lo?

(Si bien se espanta la alma de acordarse,
Y con dolor rehusa la memoria) (6)

dió en las hostias consagradas á sus caballos el Santísimo Sacramento, que por excelencia se llama Eucaristia, bien de gracia, pan de los ángeles, carne y sangre de Cristo, cuerpo real y verdadero de Dios y Hombre. ¿Qué le dejó esta furia y ejército de demonios que desear más al infierno? ¿Qué castigar al cielo? ¿Qué acusar á la naturaleza? Y ¿qué llorar incesablemente á vuestros ojos? ¿Qué más que morder rabiando á sus conciencias? Vos, ungido con olio de crisma como cristiano, con olio del cielo como rey cristianísimo, por esta accion, y hablando de este olio, podeis decir (7) : «Perdí el olio y la obra.» No vieron los holandeses, siendo hereges, estas acciones de

(a) recatándose de sus vasallos que le servian. (MS.)
(1) Expellet citius, faliax quam Francia Reges. (Claud. de laudibus Stiliconis, lib. 1.)
(b) su antepassado. (NS.)
(c) y dañosos. (MS.)
(2) Auxiliares Galli, qui cum Scipione erant, potiores Carthaginensium spes cernentes, statuto inter se tempore defectionis consilium ineunt : et nocte intempesta, cum omnes sopore detentos animadvertissent, in suisque tentoriis armati, ubi praestititum tempus advenit, exeunt, obviosque sibi Romanos magna ex parte caedunt, reliquos obtruncant : ad extremum caesorum cervicibus abscissis Carthaginenses adeunt. (Polyb., Hist., lib. 3.)
(5) Galli ira potius atque impetu moventur, quam ratione. (Polyb. lib. 2.)
(d) Y en el libro tercero : Ut Galli protractis longius rebus, ut est gens levis, atque infida: «Los franceses, dilatadas más largamente las cosas, como es gente ligera é infiel.» (MS.)
(e) segundo. (MS.)
(4) Hic orta inter eos pro divisione praedae seditio, usque adeo processit, ut non solum praedae, verumetiam imperii magnam partem perdiderint : quod frequenter accidere Gallis consuevit, ob immoderatas eorum crapulas, atque ebrietates. (Lib. 2.)

(5) Jusque datum sceleri. (Lucan, lib. 1.)
(f) Nada de esto hirió mi ánimo, ni arrebató mi pluma, encaminándola con fervor animoso á vuestro servicio. (MS.)
(g) combatiendo uno contra ciento. (MS.)
(h) y de sus franceses. (MS.)
(6) Quanquam animus meminisse horret, luctuque refugit. (Virg. Aen. 2.)
(7) Oleum et operam perdidi.

vuestros soldados con ojos enjutos. ¿En qué pues gastaréis vos los vuestros sino en lágrimas? Y aun estoy por persuadirme que la vestidura del eminentísimo cardenal vuestro y de Richeleu se pondrá más colorada con la vergüenza que con (a) la grana. ¿Cómo, siendo vos cristianísimo, permitiréis lo que los calvinistas y luteranos detestan, y lo que Satanas no ha podido obrar con otras armas que con las de Xatillon? ¡Oh cuánto consuelo me fuera que hubiérades aplaudido á escuras aquella rota, pues permitiendo encender luminarias en toda Francia y en Paris, vuestra corte, por ella son hoy otros tantos testigos que deponen que vos enviastes al general, que estuviera encendido con más razon que todas! ¿Cómo, muy poderoso Rey, ocasionaréis que digan que los herejes que en Francia desarmastes para vuestra quietud y gloria, los armais en Flándes para opresion de los católicos y para agravios de Jesucristo: que os armastes inquisidor contra herejes, para armar herejes contra inquisidores? Yo me persuado que no fué ni pudo ser tal vuestro intento, que sois rey, y rey grande, y tiene Dios vuestro corazon en su mano, y temeis la venganza de Dios, que repetidamente se llama Dios de venganzas. «Dios de venganzas, Señor Dios de venganzas (1).» ¿Qué mano os escribirá esta razon, cuyos dedos no os acuerden, oh Rey, de la que vió escribir el rey Baltasar?

Yo espero que vos grande, vos poderoso, vos cristianísimo, castigaréis (como fuere posible al humano poder) delito á que solo se proporcionan los eternos castigos. Dos ángeles os asisten (b): obedecedlos como ángel. Los ángeles cantaron «paz en la tierra (2)» cuando nació Cristo, y cuando va á morir, nos dejó su paz: «Mi paz os dejo á vosotros (3).» Dejad siquiera en paz los templos del caudno que nos dejó la suya, ya que no nos dejeisen paz á nosotros. Por una parte, Syre, háced penitencia en pavesa y ceniza (4); por otra á la satisfaccion y ejemplo, David, rey y santo, os toca al arma, cuando dice (5): «Ciñe tu espada sobre tu muslo.» ¡Oh Francia (6)! «Vuelve sangrientas contra ti tus manos; aun á ti no te falta en tí enemigo». No te falta, no, dentro de tí misma, cuando dentro de tí tiene Dios tantos enemigos (c).

La caballería francesa, aclamada hasta hoy por noble y valiente, hoy queda condenada por sacrílega: los caballos comulgados, descomulgados los caballeros. Escogió la divina permision por más decente la brutalidad irracional de las bestias, que la asquerosa garganta y pecho inmundo con pecados inormes de aquellos herejes. Quien con sus manos se dió en el propio sacramento á Júdas (así lo sienten muchos pa-

dres), no extrañará que aquel Júdas Xatillon le diese á los caballos. No se dedignó recien nacido de que le abrigase en un pesebre el resuello de dos bestias ménos nobles; y una mula y un buey fuéron señas que del Mesías Cristo Jesus dieron los ángeles á los pastores, y en ellas se verificó la profecía. Era hasta hoy el caballo animal generoso y de hermosura incomparable: hoy es feliz sobre todos. Ya se vió, y hoy, Señor, lo podeis oir con muy doloroso suspiro, un clavo de la cruz de Cristo bocado del caballo de un emperador; reliquia que hoy con trozo de la rienda es el sagrado tesoro del Domo de Milan. Allí estrenó la boca de los caballos prenda sacrosanta de Jesucristo, y trató su lengua con reverencia reliquias de su preciosa sangre. Venció en virtud desto aquel emperador infinitas batallas (d). Hoy plenariamente ha entrado el cuerpo de Cristo en la boca del caballo, que ya estaba con el clavo prevenida y calificada. Empero temed que por el desprecio suceda á aquel general lo que á Faraon; pues lo há con el Señor, de quien se dijo que anegó (7) «al caballo y al caballero». Previno la Iglesia á los caballos para esta dignidad (en la nefanda maldad del perverso Xatillon), comparando los evangelistas á la cuadriga y tiro de los caballos de Dios. Díjolo el gran padre Jerónimo con estas palabras (8): «Mateo, Márcos, Lúcas y Juan son cuadriga del Señor».

Previó Dios más obediencia en una jumenta, que en el profeta Balaan, y por eso ordenó que á la jumenta y no á Balaan se apareciese un ángel (e). No de otra manera, previniendo Dios mejor acogida en los caballos de los franceses que en ellos, se permitió llevar á sus bocas por sus manos. ¡Esto, Señor, ois, esto veis y veis lamentar á toda la Iglesia militante, y conmovido el escándalo estremecerse todo el orbe de la tierra! A Diomedes, porque hacia pienso de sus caballos sus huéspedes, llamaron monstruo de los tiranos. Syre, ¿cuál nombre, cuál execracion, cuál vituperio hallará la verdad católica para exprimir la disolucion horrenda de vuestros franceses, pues dieron á sus caballos, no su huésped, sino su Criador y su Redentor (f). Reventó la bestia que con respeto traia sobre sí el Santísimo Sacramento en las milagrosas formas de Daroca (g), y no reventaron los caballos de las tropas de Xatillon. Señor, aquí está el castigo de vuestras gentes, donde está la mayor tolerancia de Dios ofendido. Si los caballos reventaran, padeciera el castigo quien no cometió el delito, y quienes naturalmente, como criatu-

(a) el murice. (MS.)

(1) Deus ultionum Dominus : Deus ultionum. (Psalm. 93. v. 1.)

(b) como á rey. (MS.)

(2) Et in terra pax hominibus bonae voluntatis. (Luc., cap. 2. v. 14.)

(3) Pacem meam relinquo vobis.

(4) In favilla et cinere. (Job.)

(5) Accingere gladio tuo super femur tuum, potentissime. (Psalmo 44. v. 4.)

(6) In te verte manus : nondum tibi defuit hostis. (Lucan. lib. 1.)

(c) No dijo Estacio con tanta razon de Capaneo, porque desafió á los dioses : Jubat insanos deposcere pugnas. Piget instigare minores (*). «Aprovecha pedir guerras insanas ; y os correis de instigar á quien sea ménos.» Como puede y debe decirse de aquel ejército vuestro ; pasando á Xatillon el epiteto de contemptor Deûm, despreciador de los Dioses, que da á Mexenco Virgilio. (MS.)

(*) Theb. lib. x. v. 914 et 850.

(d) con su relincho. (MS.)

(7) Equum et ascensorem.

(8) Matthœus, Marcus, Lucas, et Joannes quadriga Domini. (Hieronym., epist. ad Paulinum.)

(e) y la permitió hablar. (MS.)

(f) ¿Cómo, Sire, permitiréis que se diga que vuestros ejércitos excedieron en maldad facinerosa y execrable, tanto á Diomedes el pérfido y maldito, cuanto Cristo Jesus Dios y hombre verdadero excede á sus huéspedes? Hablando del pueblo endurecido é ingrato, dijo Isaías : «Conoció el buey y el jumento el pesebre de su amo, y vosotros no le conocistes.» En peor reputacion quedan vuestros vasallos que el jumento y el buey, pues ni conocen á su señor ni su pesebre. Tales son que lo que se dijo por los malos judíos castigándolos con oprobio : son sicut equus et mulus, in quibus non est intellectus : «como el caballo y el mulo, en los que hay entendimiento,» hoy no se les dirá, porque aun el vituperio de los hebreos segun sus maldades les fuera alabanza : no son como el caballo en quien no hay entendimiento ; pues los franceses no reciben el Santísimo Sacramento, y los caballos le reciben dellos. (MS.)

(g) argumento sangriento en favor de la fe. (MS.)

ras, recibieron á quien, siendo Criador de todos, arrojaron los franceses El reventar en Daroca la mula fué aplauso de reverencia. No era razon que viviera para otros usos serviles quien habia hecho oficio de trono á tanta majestad (a). Traian los bueyes la sombra deste Sacramento en la arca : parecióle á Oza que el bullicio de un novillo jugueton la trastornaba. Llegó á tenerla, enojóse Dios, y murió Oza. Allí murió quien, viéndola trastornar, la detuvo, y vivió el novillo que la trastornaba. Señor, este suceso da la vida á los caballos, á quien los franceses dieron la vida en el que es (1) «camino, verdad y vida» ; y por mucho más abominable delito decreta la muerte á los soldados de á caballo. No merece milagro de Dios quien en Dios desprecia (b) el milagro de sus milagros. Tertuliano dice estas animosas palabras (2) : «Fué herida la paciencia de Cristo en la oreja de Malco.» Considerad cuál herida recibió su paciencia en la accion toda infernal del condenado general vuestro Xatillon. Y sin duda todas las luces que, por aplauso á la rota que dió al príncipe Tomas, encendistes en luminarias alegres, vuestro ánimo cristianísimo las encenderá en hogueras, para abrasarle con todos sus cómplices, y juntamente quemar el lugar donde fueren quemados, para con aquella ceniza, dándola á beber á los demas, imitar con peor gente la receta que de los polvos del becerro ordenó Moysen á las abominaciones de los judios.

A propósito os acordaré de la vision de los cuatro caballos, escrita por san Juan en el Apocalipsi. Era el primero caballo blanco, el segundo rojo, el tercero negro, el cuarto pálido. No hago este discurso por asegurar la verdadera interpretacion dél, sino por buscarla.

Serenísimo, muy alto y muy poderoso Rey : Yo os llamo á mi aplicacion con las propias palabras del texto sagrado (3) : «Venid y ved», que estos cuatro caballos son el discurso de vuestro reinado. «El primero caballo dice que fué blanco (4), y el que se sentaba sobre él tenia arco, y le dieron corona y salió venciendo, para que venciera.» Veis aquí literal en el color blanco la pureza de vuestra infancia, y en decir que os dieron corona, la que os dió el pérfido traidor que dió la muerte á vuestro padre, pues la recibistes de la violencia, ántes que la sucesion naturalmente os la derivase. Salistes venciendo, para vencer : ya se verificó gloriosa y totalmente en la salida contra los herejes, en que al principio mostré que para vencer vencistes. Tuvistes arco, arma que en su moderacion muestra la templanza entónces de vuestro poder y armas : «Venid, y ved (5). Salió otro caballo rojo, y al que sobre él se sentaba, se le dió que quitase la paz de la tierra, y que recíprocamente se matasen, y fuéle dada espada grande.» Delante de vuestros ojos (si no encima de-

llos) teneis este color rojo. Vos, Señor, desde que os dejais llevar dél, habeis quitado la paz de la tierra. Esto convencen Italia, Alemania, España y Flándes. No podeis desentenderos deste caballo rojo, ni os lo consentirán las señas que se siguen de matarse á veces, y recíprocamente ; lo que se ve en el despojo del estado de Lorena, y en la sangre de Momeransi y en el suceso presente. Ni podeis negar en estos tumultos universales y sangrientos, que vos que teniades en el caballo blanco un arco, hoy no teneis en el rojo grande espada. Caed, Señor, ó apeáos deste caballo ; que en caer de otro estuvo la salud de san Pablo, y el ser (c) «vaso de eleccion». Venid, y ved, que tras este caballo rojo os aguardan el negro y el pálido ; y que si si subis en este, os llamaran muerte (6) : «Y será su nombre muerte ;» y que el séquito que promete el texto sagrado á este, que se llamará muerte, es el infierno (7) : «Y el infierno le seguia » (d).

Hoy el rey mi señor, provocado de vuestras armas, os buscará, pues así lo quereis, no con nombre de enemigo. Su apellido será católico vengador de las injurias de Dios, de los agravios hechos á Cristo nuestro Señor, en el Santísimo Sacramento, y en sus y imágines, y en sus esposas y ministros ; los cuales soberanos blasones constituyen á vuestro Xatillon reo de inumerables crímines de lesa majestad divina, y de la sangre y carne de Dios y Hombre. Si os arrebata la ambicion de reinos y señorios, Syre, sea Xatillon nuestro enemigo, empero no de Jesucristo. Militen incrédulos al escarmiento contra los españoles vuestros franceses, no contra los templos, y las doncellas, y las vírgines religiosas ; que provocados á la batalla, procurará nuestra defensa (por toda ley permitida) acompañar la recordacion del bosque de Pavía con otro cualquier sitio.

(e) No quiero alegaros capitulaciones firmadas con toda solemnidad, porque á quien pareció decente el romperlas será más fácil negarlas. Solamente os pongo en consideracion á vos y á todos los príncipes del mundo, que habiendo vuestra majestad ocupado en Italia á Piñarol, y á Susa, Moyambique, el Casal y otras plazas, á que no teneis otro derecho que la violencia ; habiendo usurpado al duque de Lorena toda su tierra, y valiéndoos de la mercancía, comprado del robo de los suecos las ciudades hurtadas de los príncipes cuyas son ; y conducido contra el Sacro Imperio los herejes del Norte ; y persuadido á la traicion, por vuestros ministros, á Enrique de Vergas y el duque de Fritlant, ¿ cuál manifiesto podrán honestar los que os asisten y detestablemente han abusado de vuestra soberana grandeza, en tanto que en él no se lea

(a) Bestia que trae á Dios con reverencia, merece inviolable respeto. (MS.)

(1) Ego sum via, veritas et vita. (Joann., c. 13.)

(b) con el propio Dios. (MS.

(2) In auricula Malchi fuit vulnerata patientia Christi. (Tert., de Patientia Christi.)

(3) Veni et vide. (Joann., cap. 6, Apoc.)

(4) Et qui sedebat super illum habebat arcum, et data est ei corona, et exivit vincens, ut vinceret.

(5) Et exivit alius equus rufus : et qui sedebat super illum, datum est ei, ut sumeret pacem de terra, et ut invicem se interficiant et datus est ei gladius magnus.

(c) Vas electionis : arma escogida para la defensa, el que para la ofensa fué arma solícita. (MS.)

(6) El erit nomen illi mors.

(7) El infernus sequebatur eum.

(d) Junta piadosa (con vuestra Majestad cristianísima) vuestra memoria que Aman, en quien hoy se representa Xatillon, tratando de pasar á cuchillo todo el pueblo de Dios, y teniendo dia señalado para la crueldad, cuando Mardocheo con lágrimas y ruegos le defendia, destinó para su triunfo el caballo, y para Mardocheo la horca. Y Dios repartió la horca al que esperaba el caballo, y el caballo al que estaba condenado á la horca. Si defiende á Dios quien defiende su pueblo y su ley, ¿cómo no defenderá Dios al que le defiende? (MS.)

(e) Este párrafo falta en el manuscrito.

la restitucion de lo que para crímen, no para crecimiento de vuestra corona, os han añadido? Ni podrá
llegar que habeis hecho esto que yo he dicho, pues
vuestra posesion en todo lo referido depone contra
todo lo que refieren en vuestro nombre. No permitais
que Juvenal haya dicho por otra ambicion de destruir
á Italia, que por la de Aníbal, aquellas palabras que se
leen en su décima sátira (1): «Vé necio, y corre por
los Alpes duros para agradar los niños, porque seas
hecho aclamacion.» Consideren vuestros generales
que los Alpes que nombra, los salen al camino para es-
torbarlos que incurran en la nota de sus palabras.

Syre, si llamais tener paz con nosotros, hacernos en
Flándes una guerra desmentida, y en Alemania públi-
ca(a), y en Italia con un amparo mal rebozado fatigar
la cristiandad, ¿por qué llamais guerra nuestra justa
defensa? Ocasionarla y no quererla, ni es justicia ni es
valor. Hémonos desentendido diez años de vuestros designios, más por obligaros que por temerlos. Quien obliga á otro á que se prevenga, debe procurar contrastar
su defensa, no acusarla. Por esto el Rey mi señor, de
sus enemigos no espera la alabanza, solicita empero
la victoria. Publicar manifiestos peca en *confesion manifiesta, como la excusa no pedida* (2). No es, Señor, la
nota vuestra, sino de aquella conciencia que ha ocasionado las turbaciones que necesitan dellos. Es tan
fácil divulgarlos, como dificil verificarlos y persuadirlos. Yo espero que vos, poderosísimo y muy glorioso Rey, los habeis de cancelar con el desengaño,
sin aguardar á los sucesos.

El más ocasionado cargo que haceis al Rey mi señor
para dar causas al rompimiento que empezastes, es
decir tiene preso al arzobispo de Tréveris, príncipe
eclesiástico y elector católico del Sacro Imperio. A
este cargo vuestra majestad se responde á sí mismo
con Xatillon, á quien enviastes por él; pues siendo este
hereje detestable quien en Tillimon arcabuceó las
imágenes, profanó los vasos sagrados, y dió las hostias consagradas á sus caballos, siendo cómo lo es, y
vos le aclamais, católico el arzobispo elector: el Rey
mi señor, que se le niega á este enemigo de Jesucristo, ántes le rescata que le prende. Ni el cardenal
de Richeleu, que ha escrito en favor de la fe libros
doctísimos, podrá sin retratarse de Cardenal de Roma,
contradecir estas razones, y ménos persuadir al mundo que estas discordias las ha ocasionado otra cosa
que la costumbre anciana de los franceses, que con
sed de revoluciones buscan, entre los chismes de los
pasajeros, rumores vanos, forzándolos á que digan lo
que sea aparente, para fundar solevamientos y hostilidades. Y si el eminentísimo Cardenal ó otro cualquier
ministro contradijere estas palabras mias, responde-
rále irrefragable la autoridad de Julio César, en el libro cuarto de la Guerra de Francia, con estas razones,
que sirven de manifiesto á la satisfaccion (b) de España (3): «Es tal la costumbre francesa, que hasta á los

caminantes fuerzan á que contra su voluntad se detengan, y los preguntan cuanto han oido ó sabido de
cualquiera cosa. Y el vulgo en los pueblos rodea á los
mercaderes, y los obliga á decir de qué regiones vienen, y qué han entendido en ellas; y con estos rumores y parlerias alborotados, muchas veces toman resolucion en las cosas grandes, y por esto les es forzoso
arrepentirse luego, porque se valen de rumores inciertos, y por la mayor parte fingidos, para que respondan á lo que desean.»

Veis aquí, Señor, el nacimiento que tienen las ocasiones de guerra en Francia, pues se buscan entre los
pasajeros, y fuerzan á los vagamundos á que les digan aquellas hablillas que desean, para tomar pretextos hallados en la calle, en que fundar sus maquinaciones y tumultos. Y si se arrojare alguno á querer entre
las dos majestades encaminar los principios de la disension presente, al Rey mi señor seràle forzoso (c)
primero satisfacer á Francia y al mundo, de que no es
frances y ministro vuestro quien ha introducido la
discordia entre vuestra majestad y vuestra serenísima
madre y hermano; porque en tanto que no satisfa-
ciere á esta parte, creerá infaliblemente el mundo,
que quien encuentra á tan soberano hijo con tan esclarecida madre, habrá sido ocasion de la diferencia
de los cuñados.

(d) En la parte del socorro que envió el Rey mi señor
contra los ingleses que expugnaban la isla de Res en
defensa de la Rochela, pudo mandar, como lo hizo, á
su general, no al mar y al viento. Dicen, Señor, vuestras historias, que llegó tarde afectadamente; y para
el reconocimiento no solo llegó tarde, pero nunca llegó
como se le ve en los escritos de los franceses; empero
en la parte del socorro me remito á las armas del rey
de la Gran-Bretaña, que de las fuerzas de Francia solas pocas veces han vuelto sin trofeos del reino, y tal
vez con el reino por trofeo, que hoy poseyeran, si
Juana de Arce (llamada la Doncella) no fuera socorro
á las miserables reliquias, que solo se defendian en
lágrimas desconsoladas. Y debió Xatillon en perpetuo
reconocimiento de su rescate, perdonar las vidas, y
honestidad de las doncellas por aquella que lo fué, y
su total redencion sobre Orliens; y reconocer asimismo á Jesucristo nuestro Señor en sus templos, y en su
propio Cuerpo sacramentado, el haber armado aquella
vírgen en su socorro. Mas Ciceron no extrañara como
yo estos sacrilegios de los franceses, pues dice dellos:
«¿Por ventura juzgais que estas naciones se cónmue-
ven con la religion del juramento, ó con el temor de
los dioses inmortales, para las cosas que aseguran?
Diferenciando tanto de la costumbre de todas las otras
gentes, que como las demas en favor de sus religiones
hacen guerra, estos la hacen contra las religiones de
todos. Las demas piden perdon y paz á los dioses inmortales en las guerras que hacen; estos con los mismos
dioses inmortales trajeron guerra. Estas son las nacio-

(1)   I demeus, et saevas curre per Alpeis,
         Ut pueris placeas, et declamatio fias. (*Juv. Sat.* 10.)
(a) trayendo herejes á que roben el imperio. (MS.)
(2) Excusatio non petita confessio manifesta.
(b) *Justificacion*, dice el manuscrito.
(3) Est autem hoc Gallicae consuetudinis; ut, et viatores etiam
invitos consistere cogant: et, quod quisque eorum de quaque re
audierit, aut cognoverit, quaerant: et mercatores in oppidis vulgus

circumsistat: quibusque ex regionibus veniant, quasque ibi res
cognoverint, pronuntiare cogant: et his rumoribus atque auditio-
nibus permoti, de summis saepe rebus consilia ineunt: quorum eos
è vestigio poenitere necesse est: cum incertis rumoribus serviant;
et plerique ad voluntatem eorum ficta respondeant. (*C. Jul. Caes.
de bello Gall.*, lib. 4.)
(c) y dificil. (MS.)
(d) Falta en el manuscrito este párrafo y los ocho siguientes.

nes que en otro tiempo tan léjos de su patria fuéron á buscar hasta Delfos el oráculo del orbe de la tierra de Apolo Pythio, para robarle y destruirle (1).» Y pocos renglones más abajo añade (2): «Los cuales, tambien cuando persuadidos de algun miedo imaginan que se deben aplacar los dioses con sacrificios, con ofrendas humanas funestan sus aras y sus templos, de tal manera, que no pueden reverenciar la religion, si primero no la profanan. ¿Quién pues ignora que ellos hasta el dia de hoy no permanecen obstinados en la bárbara y fiera costumbre de sacrificar hombres? Por lo cual, ¿cuál fe, cuál piedad juzgais es la de aquellos que entienden que tambien los dioses inmortales fácilmente se aplacarán con la maldad de los hombres y con la sangre?» De que se colige que su guerra es contra Dios, y si se arrepienten, contra los hombres; que sus armas se atreven al Cielo, y sus sacrificios profanan los templos. Temerarios los que son malos franceses, siempre son injuria de lo divino y de lo humano en la censura de Ciceron que, á mi parecer, la fundó en estas palabras de Justino (3): «Las cuales cosas, entendidas por los franceses, y como se aparejasen para la batalla y degollasen las víctimas para los auspicios de la guerra, y predijesen por las fibras de sus entrañas, grande mortandad y asolamiento de todo, poseidos, no del miedo, sino del furor, esperando que las amenazas de los dioses se podrian expiar con la muerte de los suyos y sus mujeres y sus hijos, los degollaron, empezando por el parricidio los auspicios de la guerra. Tanta rabia se apoderó de sus ánimos fieros, que no perdonaron aun á la edad, á quien perdonaran sus enemigos, ejecutando una guerra parienta con sus hijos, á las madres de sus hijos, por quien las guerras se suelen admitir. Desta manera, como si con la maldad hubieran redimido la vitoria y la vida, sangrientos con la muerte reciente de los suyos, empezaron la guerra, no con mejor suceso que agüero; pues empezando á pelear, ántes embistieron con las furias de los parricidas, que con los enemigos; y trayendo delante de los ojos los espíritus de los que habian degollado, todos fuéron muertos. Tan grande fué la mortandad, que parecia haberse juntado los dioses con los hombres para la desolacion de los parricidas.»

De que se colige para consuelo de las vírgines y religiosos de Tillimon, que aquella sacrílega atroci-

dad que nunca otra nacion cometió, despreciando á Dios, robando los templos, degollando las doncellas, la han cometido siempre los que han sido y son impios franceses. Y pues fuéron oprimidos, como dice el mismo autor, por el robo del templo de Delfos de Apolo (ídolo vano), no quedarán sin más ejemplar castigo por el que cometieron contra los templos del verdadero Dios. Moderado delito es para su desenfrenada licencia degollar las hijas y mujeres de los otros, pues parricidas degollaron las suyas proprias, lo que solo comete gente que en lugar de temer la admonicion divina en las señales de sus sacrificios, se enfureció contra ellas, como se ve en el lugar citado. Por esto con sospechoso cuidado cautelan vuestros ministros el tratado de la religion, con hacer que á la guerra que la hacen (armando la herejía contra ella, y desarmándola) preceda mal disimulada la cláusula, con todas sus letras hipócrita, de que *siempre será amparada la verdad católica*; siendo así que por la propia razon que cuando la infancia de vuestra majestad, quitando las fuerzas á la herejía, la oprimió, hoy, que da las fuerzas á los herejes, ensalza la herejía, y aquella promesa *siempre será amparada la fe católica* se muestra desconfiada dél, cuanto á lo por venir.

Para mostrarnos feamente ingratos, nos haceis cargo de que vuestro glorioso padre intervino en que se efetuasen las paces entre la majestad del santo rey don Felipe III, y los holandeses. A los reyes no es lícito contradecirlos, mas es permitido (mejor informados) responderlos. Debe vuestra majestad perdonarme el excusar de ingratitud á mi nacion. Sea que intervino en aquellas paces el Grande Enrique, empero él propio dijo, que no habia sido beneficio, sino cautela. Sire, con vuestro padre, en su propio hecho, bien permitiréis que me defienda contra vuestros ministros. Adelanto más vuestra propuesta: no solo digo que asistió á las paces, sino que las instigó y las indujo. Lo primero que se habia de averiguar en el cargo, era si nos estuvieron bien ó mal. Perdonemos esta conclusion al intento y al suceso. Vuestro padre, que contribuia con gente y dineros á los rebeldes contra la majestad católica, viendo que sin lograr su intencion consumia su gente y tesoros, acordándose de la liga de los Garrafas contra España, mal empezada, determinó proseguirla, para intentar la desolacion desta corona; y disponiendo aquellas paces para emplear, el gasto inútil que hacia en las islas, en más eficaz hostilidad. Luego que se concluyeron, juntó ejército verdaderamente formidable, asistido de la alteza de Saboya, fulminando amenazas equivocas á Milan, á Nápoles, á Fláudes y á Alemania. De manera, Señor, que nos dispuso la paz con los que no podian defen-

(1) An veró istas nationes, religione jurisjurandi, ac metu deorum immortalium in testimoniis dicendis commoveri arbitramini? Quae tantum à caeterarum gentium more, ac naturâ dissentiunt, quòd caeterae pro religionibus suis bella suscipiunt, istae contra omnium religiones. Illae in bellis gerendis ab diis immortalibus pacem, ac veniam petunt; istae cum ipsis diis immortalibus bella gesserunt. Hae sunt nationes, quae quondam tam longè ab suis sedibus, Delphos usque, ad Appollinem Pythium, atque ad oraculum orbis terrae vexandum, ac spoliandum profectae sunt. (*Cic., pro M. Fonteio, Orat. xi, tom. 1 orat.*)

(2) Qui etiam si quando aliquo metu adducti, deos placandos esse arbitrantur, humanis hostiis eorum aras, ac templa funestant? ut ne religionem quidem colere possunt, nisi eam prius scelere violarint. Quis enim ignorat, eos usque ab hanc diem retinere illam ffumanam, ac barbaram consuetudinem hominum immolandorum? Quamobrem, quali fide, quali pietate existimatis esse eos, qui etiam deos immortales arbitrentur hominum scelere, et sanguine facillimè posse placari?

(3) Quibus cognitis, Galli cum et ipsi se praelio pararent, in auspicia pugnae hostias caedunt: quarum càtus cum magna cae-

des, interitusque omnium praediceretur, non in timorem, sed in furorem versi, speraniesque deorum minas expiari caede suorum posse, conjuges et liberos suos trucidant, auspicia belli à parricidio incipientes. Tanta rabies feros animos invaserat, ut non parcerent aetati, cui etiam hostes pepercissent, bellumque internecivum cum liberis, liberorumque matribus gererent, pro quibus bella suscipi solent. Itaque quasi scelere vitam victoriamque redemissent, sicut erant cruenti ex recenti suorum caede, in praelium non meliore eventu, quam omine proficiscuntur. Siquidem pugnantes, prius parricidiorum furiae, quam hostes circumvenere; obversantibusque ante oculos manibus interemptorum, omnes occidione caesi. Tanta strages fuit, ut pariter cum hominibus dii consensisse in exitium parricidarum viderentur. (*Just., Hist. lib. 26.*)

derse de nuestra guerra, para hacernos más poderosa guerra con los ahorros de la misma paz. De cuál agradecimiento era digna esta accion, juzgólo la conciencia de Francisco Revellac, con grande dolor y lágrimas de España, que supiera no temer más despues (de sangrienta batalla) el dar libertad al grande Enrique, que á Francisco. Señor, con las obras de vuestro glorioso padre respondo decentemente á vuestras palabras. Oid lo que hizo, pues decis lo que hizo hacer. Y por la propia razon que no he querido dejar á mi nacion con nota de ingratitud, no quiero ser ingrato á la bienaventurada memoria del rey mi señor Don Felipe III, dejando de acordaros severamente con luego que amanecistes al reino por el ocaso anticipado de vuestro padre, cuando en la primavera de vuestra niñez estrenábades la vida, el príncipe de Condé, repitiendo las pretensiones antiguas á esa corona, solevó la Francia, y la mezcló en rumores que fatigaron vuestras tutorías, y dieron ocasion á vuestra serenísima madre de daros con su valor y prudencia el reino, como os dió con el parto el sér para heredarle. Pudiera la majestad de don Felipe III (que goza de Dios) armar aquellos intentos del Príncipe y asistirlos, hasta tanto que robusta la division, previniera los rencores que han crecido con vuestros años, cuyo ejemplar os quedaba por herencia en el fallecimiento lamentable de vuestro padre. Mas persuadido de su celo católico, despreciador de amenazas fraudulentas, se introdujo en la piedad de vuestra tutela, acompañando el amor y desvelo de la serenísima reina vuestra buena madre. Y cuando despues (por la envidia de algunos ministros) fluctuaba vuestra juventud entre los odios y venganzas que despedazaron al mariscal de Ancre, y los favores envidiados en Luines, y la bien leal y generosa y siempre digna de alabanza determinacion con que el duque de Pernon (a) sacó contra las órdenes de vuestros ministros (entendiéndolas por vos y para vuestro servicio) de la prision en que la teniades en Blues (b) á vuestra madre; entónces para desafuciar á tan poderosos malcontentos de su asistencia contra vos, trató la majestad de don Felipe III, y efetuó, los casamientos recíprocos que os dieron disposicion para debelar muchas plazas que eran orilla á vuestro poderío, y principalmente la Rochela que con inobediencia y oposiciones de república exenta se habia retirado del cerco de vuestra corona, y tenia por corona su libertad. Este cargo, Sire, bien pudiera hacérosle el Rey mi señor, y no pudiérades dejar de confesarle, porque no podeis negar vuestros progresos, que son testigos de su realidad. Empero á la majestad de don Felipe IV, mi señor, no es decente la recordacion de los beneficios que heredó y hace, porque culparía en interes su liberalidad. Hízolos por hacerlos, no por cobrarlos. Ni yo os los hubiera recordado, si vos, Señor, contento con olvidarlos, no hubiérades en vuestro manifiesto ostentado por beneficio contra nosotros la hostilidad y la ofensa, cargándonos la ingratitud que siempre hemos padecido por correspondencia ordinaria en vuestros ministros.

Forzoso es satisfacer, ó procurarlo, todas las cláusulas que en el manifiesto publicado contra nosotros pretenden convencernos de culpa. No es en la que ménos presume contra nosotros la calumnia de vuestros ministros, la guerra de Mantua; siendo así que en Mantua nunca contradijo el Rey mi señor el derecho de la sucesion á la heredera y pretensor. Contradijo empero muy benignamente el sospechoso modo de suceder, anteviendo en él estudiada ocasion á los designios de vuestra majestad para dar color á su introduccion en Italia. Vos á la advertencia del Rey mi señor la llamais despojo; y al despojo, que vos habeis hecho de plazas ajenas, llamais amparo. Pudistes, Señor, trocar los nombres á las cosas, mas no el juicio á los que las oyen y vieron, para conocerlas por lo que ellas son. Todas las veces que os acordáredes de las razones que dais para justificar la usurpacion de Lorena, os respondeis por la demasía que quereis achacar á los españoles en Mantua. Leeldas en vuestro manifiesto, y excusaréisnos de responder.

El manifiesto que los ministros de vuestra majestad sobrescribieron magníficamente con vuestro soberano nombre, procura inducir á rebelion las provincias siempre leales é invencibles que en Flándes duran en la obediencia de la majestad Católica, proponiéndolas, para que se hagan repúblicas, el nombre atractivo y halagüeño de la libertad asistida de vuestro amparo. Esta malignidad la majestad Católica la desprecia, cierto de que entre sus buenos y leales vasallos no serán traidores sino es aquellos que primero se determinen á serlo de Jesucristo nuestro Señor y de su santa ley; y siendo tales, ni los quiere ni los consiente.

Y se halla tan léjos de imitar semejante inducimiento en vuestros vasallos contra vuestra corona, que ántes para que os sean ejemplo sus católicos procedimientos, estando informado de varios libros impresos en Francia en su propia lengua por vasallos que os son agradables, y con permision vuestra, de que vuestros leales súbditos padecen vehemente sospecha de que algun ministro vuestro conspira á la usurpacion de ese muy poderoso y cristianísimo reino, que tiene vuestra majestad de Dios, y de su espada (todo lo cual confiesa el señor de Nerbes en su libro, diciendo claramente que acusan desta maquinacion al eminentísimo cardenal de Richeleu, y para excusarle alega razones, que más parecen aparato para el designio que excusa dél, pues le inventa descendencia real): por lo cual, como católico hermano y cuñado vuestro, y acatando la excelsa gloriosa y eterna memoria de vuestro grande padre á quien reconoce por tal con la Reina católica mi señora, su muy amada mujer, y con la alteza serenísima del Príncipe mi señor su nieto y vuestro sobrino; llamará á su soberano amparo con su propia persona, que les ofrece acompañada de todo su real poderío, á todos los vuestros que siendo leales quisieren asegurarse y aseguraros de tan abominable traicion contra vuestra corona, y descendencia y sucesion, si Dios os la diere como él desea, ó la de vuestra sangre en aquellos príncipes á quien por ella perteneciere legítimamente. Y me prometo de su grandeza los asistirá para la extirpacion y castigo de iniquidad tan nefanda y detestable, cuya introducion reconocida por los vuestros, tiene hoy oprimida y justiciada vuestra nobleza, huida vuestra serenísima madre y fatigados con violencia y rumores vuestros buenos vasallos.

(a) Espernon.
(b) Blois.

Asímismo culpan vuestros ministros la prevencion de las galeras que el Rey mi señor mandó juntar, y vos decís en el papel con vuestro nombre impreso, que asistian asechanza enemiga á vuestros puertos; y dais gracias á Dios de la borrasca en que fuéron sumergidas algunas como por castigo de nuestra hostilidad y testimonio de vuestra justificacion ejecutado por los elementos. No presumimos los españoles que Dios nuestro Señor no tiene culpas que castigarnos, siendo así que su justicia halló mancha en los ángeles, y que comparado con él ninguno puede justificarse; empero no reconocemos por ocasion de su castigo el oponernos á vuestra hostilidad, ni la defensa que nos ocasionastes. Confesamos la prevencion de galeras y gente, no para insidias, sino por forzoso medio á la asistencia y socorro de Milan que vos teneis amenazado; no para invadir vuestros puertos, mas para suplirlos con la armada, viendo que ya no podian sernos segura acogida. Perecieron algunos bajeles y gente. Reconoced, Señor, que en las Sagradas Escrituras frecuentemente se lee haber permitido la providencia de Dios ruinas de las fuerzas humanas á aquellos que ordenaba su omnipotencia que reconociesen de solo su favor las vitorias; y que le es más grata la humildad del que le da gracias por su propio castigo, que la soberbia de quien presuntuoso blasona del ajeno. Nosotros le damos alabanzas por el que hizo en nosotros, y esperamos que el Señor, que manda con su ceño las borrascas del mar (las cuales vos pretendeis que os asistan auxiliares), nos hará camino por los golfos, como hizo á su pueblo despues de castigos tan dilatados, para que se ahogase con sus gentes aquel rey que se habia deleitado en ellos. No teme España en la batalla al rey de Francia, cuando da libertad al que prende; ni por aquella vitoria juzgó por desamparados del socorro divino á los franceses, y tuvo piedad de los mismos de quien tuvo triunfo.

Considere vuestra majestad que todo cuanto permitis que se debele á los católicos, se atribuye á satisfacion que dais á los herejes de lo que hicistes con ellos debelándolos. Consultad con el sagrado bautismo que recibistes, este recuerdo mio; y podrá ser que siendo vos tan poderoso rey y tan asistido de heróicas virtudes, os halleis deudor á la miseria del más despreciado español que soy yo, hombre de ninguna dotrina y destituido de todo bien, en quien solo asiste por la piedad de Dios, celo católico que de las entrañas de Jesucristo todas ardientes en caridad por su ley sacrosanta se ha derivado á mi corazon, verdaderamente solícito y fervorosamente amartelado de vuestros aciertos(a).

De Roma arrojó á los franceses con sus graznidos un ganso; mejor aparato es para apartarlos de Italia, Lorena, Flándes y Alemania, águilas imperiales y leones de Castilla. Y porque no queden sin respuesta decente las prerogativas del moderno Floro Francisco, os acuerdo del verdadero y antiguo Floro esta cláusula (1): «Tienen los franceses insubres, y con

vellos los alpinos, ánimos de fieras y cuerpos más que »humanos. Empero se ha hallado por experiencia, que »así como en el primero ímpetu tienen valor más que »de hombres, en el segundo le tienen menor que de »hembras. Los cuerpos alpinos criados con cielo húmedo, tienen algo semejante con sus nieves, pues »luego que se calientan con la batalla, al instante se »desatan en sudor, y con pequeño movimiento se derriten con el sol.» Ménos la comparacion de las nieves, y nada ménos en la sentencia nos dijo lo mismo Cornelio Tácito (2) : «(b) Si todas las guerras cuentas, »ninguna se acabó en más breve tiempo que la de »Francia.» Y Julio César, que pues los venció, supo conocerlos, contestando con Floro dice (3) : «Porque »como al acometer la guerra, el ánimo de los france»ses es prompto, así su mente es blanda, y de ninguna »manera apta para resistir las calamidades.»

He referido estas palabras para que vuestra majestad vea que hay grandes autores que alientan con sus juicios á los que quisiéredes por enemigos. ¡ Oh, no prosigais, señor, en pasar del caballo rojo al pálido, donde será vuestro nombre muerte. Porque si proseguis, Silio Itálico, grande orador, sumo poeta, dos veces cónsul, os asegura que los españoles se abalanzarán á vos con valentía luego que os declareis por muerte. Estas son sus palabras (4) : « Son los españoles gente »pródiga del alma, y que fácilmente se llega á la muerte.»

Referiré á vuestra majestad bien ajustadas á los sucesos presentes estas palabras de Tomas Moro, doctísimo varon, y mártir por la fe católica, tan desembarazadas de los odios presentes, que há más de ciento y veinte años que las escribió en su Utopía (5) :

(a) Hasta aquí falta en el manuscrito.

(1) Gallis Insubribus, et his accolis Alpium, animi ferarum, corpora plus quam humana erant : sed experimento deprehensum est, quippe sicut primus impetus eis major quam virorum est, ita sequens minor quam foeminarum. Alpina corpora humenti coelo educata, habent quiddam simile cum nivibus suis : quae mox ut caluere pugna, statim in sudorem eunt; et levi motu, quasi sole, laxantur. (Lib. 2, cap. 4.)

(2) Atamen si cuncta bella recenseas, nullum breviore spatio, quam adversus Gallos confectum est.

(b) Empero.

(3) Nam, ut ad bella suscipienda Gallorum alacer, ac promptus est animus, sic mollis, ac minimè resistens ad calamitates perferendas mens eorum est. (C. Jul. Caes. de bello Gal., lib. 3.)

(4) Prodiga gens animae, et properare facillima mortem. (Sil. Ital., lib. 1, v. 225.)

(5) Age fingere me apud Regem esse Gallorum, atque in ejus considere consilio, dum in secretissimo secessu praesidente Rege ipsa in Corona prudentissimorum hominum magnis agitur studiis, quibus artibus, ac machinamentis Mediolanum retineat, ac fugitivam illam Neapolim ad se trahat : postea verò evertat Venetos, ac totam Italiam subjiciat sibi, deinde Flandros, Brabantos, totam postremo Burgundiam suae faciat ditionis, atque alias praeterea gentes, quarum regnum jam olim animo invasit. Hic dum alius suadet feriendum cum Venetis foedus, tantisper duraturum dum ipsis feriti commodum, cum illis communicandum consilium, quin deponendam quoque apud eosdem aliquam praedae partem, quam rebus ex sententia peractis repetat. Dum alius consulit conducendos Germanos, alius pecunia demulcendos Helveticos. Alius adversum numen imperatoriae majestatis, auro, vel anathemate, propitiandum. Dum alii videtur cum Aragonum rege componendas esse res, et alieno Navarre regno, velut pacis authoramento cedendum. Alius interim censet Castellae principem aliqua spe affinitatis irretinendum, aliquot nobiles aliquid in suam factionem certa pensione esse pertrahendos. Dum maximus omnium nodus occurrit; quid statuendum interim de Anglia sit. Caeterum de pace tractandum tamen, et constringendam firmissimis vinculis, semper infirma societas, amici voceantur, suspicentur, ut inimici. Habeudos igitur paratos, velut in statione Scotos, ad omnem intentos occasionem, si quid se commoverant Angli, protinus immittendos. Ad haec fovendum exulem nobilem aliquem occultè, namque id apertè ne fiat prohibent foedera, qui id regnum sibi deberi contendat, ut ea velut ansa contineat suspectum sibi principem. Hic inquam, in tanto rerum molimine, tot egregiis viris ad bellum su-

«Supon que estoy con el rey de Francia, y que me »siento en su consejo, cuando en muy retirada sala, »presidiendo el propio rey en junta de prudentísimos »consejeros, se trata con doctos discursos con qué ar- »tes y maquinaciones se podrá retener Milan, y atraer »á sí aquella fugitiva Nápoles; que despues destruya »los venecianos, y sujete á sí toda Italia, despues á »Fiándes, los Brabantos, y haga suya toda la Borgoña; »asimismo otras gentes cuyos estados otro tiempo »acometió su ánimo. Finge que allí dice uno que le »parece se haga liga con los venecianos, la cual no »dure más de lo que á ellos conviniere; que se les co- »munique el intento señalándoles alguna esperanza de »despojo, la cual gozarán acabada la facion. Otro, »que se conduzgan los alemanes. Otro, que con dine- »ros se granjeen los helvecios. Otro, que contra la »deidad de la majestad imperial se asista con oro, co- »mo con anatema. A otro le parece que con el rey »de Aragon se compongan las cosas, y con el reino de »Navarra, ajeno, ceder como con precio de la paz. »Otro juzga que al rey de Castilla se ha de engañar »con alguna especie de parentesco, y que se podrán »comprar para su satisfacion algunos graves cortesa- »nos suyos con pension anua. Entre tanto, ocurre el »nudo más ciego de todos : ¿qué se asentará con In- »galaterra? Concluye, que se trate de paz, y que se »asegure con firmes lazos la siempre mal segura con- »federacion; que se llamen amigos y se sospechen »contrarios, teniendo empero prevenidos como en em- »boscada los escoceses, aparejados á toda ocasion, por »si se alborotaren los ingleses valerse de ellos con »presteza; que se añada á esto, amparar algun noble »de secreto (que públicamente no es posible por la »confederacion) el cual alegue que aquel reino le »pertenece, porque con este achaque siempre se tenga »suspenso aquel príncipe. Digo pues, que si en confe- »rencia tan grave, donde en competencia dicen por su »antigüedad sus pareceres tantos hombres doctos, »si yo, que apénas soy algo, me levantara, fuera de

certatim consilia conferentibus. Si ego homuncio surgam, ac verti jubeam vela, omittendam Italiam censeam, et domi dicam esse manendum, unam Galliae regnum feré majus esse, quàm ut com mode possit ab uno administrari, ne sibi putet Rex de aliis adji- ciendis esse cogitandum. (Thom. Mor. Utopiae, lib. 1.)

»parecer que dejaran á Italia, y que se estuvieran en »su casa, porque solo el reino de Francia casi es ma- »yor de lo que puede cómodamente gobernar uno, y »que el Rey no imagine que le conviene pensar en aña- »dirse otros señoríos.»

Señor, lo que Tomas Moro, docto y santo mártir, dijo que si se hallara en semejante consejo, dijera, hoy que ejecutais este propio consejo, he dispuesto yo que os lo diga.

Rey sois muy poderoso, y sois (lo que asegura el poder) rey cristianísimo. Debeis á la majestad de Dios tan gloriosas y canonizadas vitorias, cuyos triunfos fuéron sonora ocupacion de la fama. Han crecido á vuestra sombra los lirios sobre la mayor estatura de los cedros (a). La naturaleza en todo os fué propicia, la fortuna siempre lisonjera. El nombre de Luis, á que sois decimotercio, os amonesta á serle segundo en lo santo. Esto deseo yo para vuestra segunda vida; esto me prometo de vuestra soberana piedad y de vuestra real inclinacion; y me protesto á vuestra sacra, cristia- nísima y real majestad, en las entrañas de Jesucristo, y en todos los méritos de su pasion, que solo me ha movido á escribiros estos ringlones el fervoroso celo de vuestro servicio, el cual con aficion muy humilde y reverente abrasa mis entrañas, á fin de solicitar en vuestro espíritu generoso y esclarecido efetos de cari- dad justiciera, y tan divinamente vengativa, que aque- llos que os ven rey de vasallos, que á pesar de vuestra religion son herejes, os vean cuchillo y fuego de los que son fuego y cuchillo á los verdaderamente cre- yentes en la fe católica romana.

Aquel Todopoderoso de los ejércitos que con su pa- labra encendió en luz el sol, y crió la grandeza del uni- verso, en que os dió tan soberana corona, y Jesucristo nuestro Señor, su único Hijo, que con su sangre com- pró nuestro remedio, os fecunde en sucesion, os di- late en largos años la vida, os asista con los auxilios de su gracia, y os aparte de todo mal. Madrid 12 de julio de 1635 años.

Muy podero soy cristianísimo Rey.— Con muy reve- rente aficion besa á vuestra majestad la mano— *Don Francisco de Quevedo Villegas.*

(a) Excedeis los blasones militares de vuestro grande pa- dre. (MS.)

BREVE COMPENDIO

DE LOS SERVICIOS

DE DON FRANCISCO GOMEZ DE SANDOVAL, DUQUE DE LERMA,

ESCRITO

POR DON FRANCISCO DE QUEVEDO VILLEGAS (a).

Viendo el duque de Lerma que la grandeza de su casa padecia los arrepentimientos de la fortuna, y que su padre y abuelo habian fallecido en poder de los desórdenes de la suerte; haciendo más caudal del escarmiento que le dejaron que de la herencia, y obedeciendo á sus fines por no seguirlos en ellos; viendo la sucesion de sus grandes estados, ántes amenazada de dos hijas que proseguida,—trató de emplear el gran talento suyo y el esclarecido valor de su persona, y la edad más floreciente, en el servicio de su majestad, cuando en Italia el rey Cristianísimo disimulaba los disignios de usurparla con el nombre de defenderla, introduciendo en el amparo del duque de Mantua la sedicion ambiciosa, tantas veces repetida como burlada.

En este tiempo pasaba á gobernar á Milan el marqués Espínola y de los Balbáses, despues de haber gobernado por muchos años gloriosamente las armas católicas en Flándes, donde, victorioso, fué en muchas ocasiones inundacion á los rebeldes, y en otras con diligente advertimiento orilla á sus fuerzas. Las grandes pérdidas que en aquellos países se siguieron á su ausencia no le fuéron de menor crédito que los grandes triunfos que alcanzó gobernando; ántes fuéron alabanzas más seguras y encarecidas, pues mortificaron las presunciones que se prometieron el poderle suplir. Supo el Duque destinar su ardor generoso á la disci-

plina militar, y elegir el mejor maestro de aquella profesion; dejó en lágrimas su casa, á todos en admiracion, y pasó á Italia con el Marqués, que pasó por medicina á los desórdenes de los franceses en el Casal, de que estaban apoderados, ó ya porque el Duque no se la pudo resistir, ó porque no supo negársela. El Marqués, aconsejado con los escarmientos que de la asistencia de Flándes traia, con réplicas bien leales dificultó el cargo, pidiendo se le diese el dinero necesario y la vicaría de Italia, porque sin ella, en las consultas y albedrío de los vireyes para los socorros forzosos, iba en manifiesto peligro por culpas ajenas; siendo así que quien tiene á su cargo empresas y ejércitos con ocasiones instantáneas y arrimadas al enemigo armado y pronto, si depende de otro ministro en las asistencias distante de su campaña, y este para socorrerle depende de otros, y no del que ha de padecer ó gozar la victoria, forzosamente le serán burlados los disignios, se le desvanecerán los ofrecimientos de la fortuna, y en llevar y traer preguntas y respuestas estragarán los correos las oportunidades del tiempo, y las determinaciones dilatadas llegarán con las órdenes á sazon que el enemigo que no las aguardó, valiéndose de su pereza, las haya imposibilitado, sin dejar otro ejercicio que el de arrepentirse. La fortuna quiere que la aguarden y no que la manden; y la ocasion repentina que la gocen y la arrebaten, no que la disgusten y la inquieran con pareceres.

Entregóse al Marqués el dinero y ofreciósele la vicaría; embarcóse y pasó á Italia cuando monsieur de Toras, valeroso capitan frances, tenia á su cargo la defensa del Casal: hombre de robusta paciencia y de acreditado valor en la defensa de la isla de Res contra el poder de Inglaterra, de ilustre nombre por estos dos sitios, y el primero frances en quien se vió constancia y espera. No pudo el Marqués trabajar con dos manos en el sitio del Casal, por haberle la promesa mancado de lo de vicario; ordenó con providencia bien experimentada principiós con promesa de gloriosos fines, que igualmente reconoció y temió Toras. Estrenó en los consejos y en las más arriesgadas ejecuciones de ellos el talento y el esfuerzo del duque de Lerma; y en todos los trances aventurados le oyó como discípulo y le obedeció como maestro.

(a) En carta no publicada hasta ahora, y escrita desde la Torre de Juan Abad al duque de Medinaceli, con fecha 25 de febrero de 1636, nuestro autor confiesa que fué sumamente apasionado del de Lerma, y que á su abuela doña Catalina de la Cerda, mujer del favorito de Felipe III, debió la vida: circunstancia de que no habia noticia alguna. Por ello, y porque don Francisco Gomez de Sandoval era primo de Medinaceli, con quien á Quevedo unia el mas íntimo afecto, honró este su íntimo afecto, honró este la memoria con toda clase de públicas demostraciones, con exequias, con sonoros versos y con el presente opúsculo.

Otras dos preciosas cartas, desconocidas tambien, de 4 de marzo y 24 de noviembre de aquel año, manifiestan que tuvo presente Quevedo una de don Francisco de Pedroso, de toda la enfermedad y muerte y acciones santas con que espiró el duque de Lerma; que en el verano de 1636 inquirió en Madrid con el mayor cuidado sus facciones y procedimientos desde que salió de España, y que en el propio mes de noviembre y en la Torre escribió el Compendio de su vida, que hoy ve aquí por vez primera la luz pública.

Dos ejemplares, uno del bibliotecario don Tomas Antonio Sanchez, que posee el señor don Agustin Duran, y el de la coleccion de don Juan Isidro Fajardo, son los que para la impresion hemos tenido á la vista. — El Colector.

Fué el Duque como desean todos que sean los grandes señores, y como son pocos. Lo que el Marqués le ordenaba que mandase á otros, lo pronunciaba con las obras en el ejemplo; su ambicion no era de ascender á los mayores puestos, sino de merecerlos; habíase dejado persuadir de la infelicidad de su grande casa, que cuanto mejor sirviese sería más calumniado, y que para agradar á sus enemigos hereditarios no tenia otro camino sino proceder como su venganza lo deseaba. Reconocíase deudor de los odios y invidias de su buen padre y de su magnánimo y esclarecido abuelo, y para poder despreciarlos se arrojó á no temerlos: ni temia á los enemigos de su sangre, ni su sangre los del Rey. Los rebatos nunca le despertaron, porque el cuidado hacia que el sueño no hallase sus ojos; si marchaba el ejército, su incomodidad era represion y consuelo de los que se quejaban de padecerla; en las trincheras tomaba el puesto más infestado de las ofensas del enemigo; en la hambre y la sed, su tolerancia, si no satisfacia la de sus soldados, la olvidaba; armado los enseñaba á despreciar las horas más encendidas del verano, y en las nieves y hielos del invierno se mostraba incrédulo de los rigores del frio.

Dió en este tiempo á los nuestros vergonzoso teatro el puente de Cariñan, donde pocos supieron escoger la muerte y las heridas, y donde muchos alargaron tanto la vida como el paso. Murió el valeroso Marqués de oir del modo que habian escapado vivos los suyos. Preguntó por su hijo, si era muerto, si venía herido, si quedaba prisionero. Respondiéronle que no, y dijo: «¿Ni muerto, ni herido, ni prisionero?» Y repitiendo estas palabras, que fuéron las postreras, quedó privado de su juicio. Murió en la cama, y su dolencia fué el puente de Cariñan. Murió de los que no osaron morir: muerte docta; hasta muriendo fué maestro, pues enseñó á morir de vergüenza á los que viven de miedo. Enterraron con su cuerpo el valor y experiencia militar de España: sabemos que le lloró Italia, mas no cuándo le dejará de llorar.

Por su fallecimiento se dieron aquellas armas al marqués de Santa Cruz, que asistia al abrigo de Génova, heredero del esfuerzo, grandeza y cargos en el mar de su padre; no así lo fué de la felicidad en los sucesos. Pasó con largas experiencias de armadas á estrenarse sin alguna en ejércitos; quísole favorecer la fortuna con la batalla que le aceptaron, á más no poder, franceses inferiores en número y en armas: entendió el ejército la lisonja que le hacia la ocasion, y viendo que se les daba órden de aclamar á Santiago (único patron de las Españas), todos en señal de regocijo arrojaron los sombreros á lo alto, cuando monseñor Mazarini, nuncio de su santidad, salió del ejército frances para el nuestro. Introducido en San Telmo de sus borrascas, habló con el Marqués, que, conquistado por el oído, admitió el tratado de tregua. Los soldados, que vieron les habia quitado Mazarini con palabras la victoria de las manos, y que su coraje yacia burlado, hicieron con desacato muy encarecidas demostraciones de sentimiento; capitanes hubo que rompieron las ginetas; otros decian: «¿Para qué traemos armas si un monseñor con la lengua nos las quita? Quien ha perdido este dia, ¿para qué vive otro? ¿Qué busca quien pierde lo que halla? Qué quiere quien no toma lo que

le dan? Aquí no hemos venido sino á ver los monsieures y á obedecer á los monseñores; ménos sintiéramos ser vencidos de la batalla que del chisme. ¿Páganos el Rey para persuadidos de Mazarini ó para vencedores de los franceses?» Estas palabras decian con gritos tan descompuestos, que las oyeron los enemigos; retiráronse unos y otros escuadrones: los nuestros á cumplir lo que el Marqués les mandó, los otros á no cumplir lo que ofrecieron. Cuántas pérdidas y batallas ocasionó esta que nos engaitó el Nuncio, no hay dia que no las cuente con cuantas horas tiene.

Mandó su majestad pasar al Marqués á mandar las armas de Flándes, y fué restituido á Milan por gobernador segunda vez el duque de Feria, que mal persuadido de los semblantes de las cosas, teniendo por compuestos y apagados los rumores que se disimulaban en bien encendido rescoldo, envió diez mil hombres á cargo del duque de Lerma, que ya era maestro del campo general, á Flándes. Desembarazóse de tanto gasto, y mostróse cuidadoso en el socorro y asistencia de aquellos paises; y no ménos recordado, en enviar al duque de Lerma, del riesgo que habia experimentado en su propio cuñado don Gonzalo de Córdoba, en tener á su lado persona de tal sangre, grandeza y servicios que pudiesen aspirar al puesto que tenia.

Pasó el duque de Lerma con suma facilidad, llegó á Flándes, entregó la gente, y hallándose sin puesto y desautorizado, pidió licencia para venir á su casa: diósela su majestad, llegó á Madrid, besóle la mano y fuése á su casa á consolar su mujer y hijas. O fuese voz derramada ó verdad, se referia haber dicho el Rey nuestro señor al besarle la mano: «Cuando el Duque se fué le tuve envidia, hoy que vuelve le tengo lástima.» Sobraron lenguas, ó curiosas ó malignas, que cargaron con palabras de tanto peso los oídos del Duque; y si bien sabía lo que todos sabían de él, y con cuánta gloria habia servido á su majestad en Italia, y cuán generosa valentía en el sitio del Casal habia enviado comida y regalos á monsieur de Toras, diciéndole que no queria para vencerle tener de su parte la hambre que él y los suyos padecian; que los españoles no aguardaban la pereza de la necesidad, pudiendo dar asaltos;— empero con muy avisada honra dijo: «Si son palabras de mi Rey, no puedo responderle con otras, sino con obras; si me tiene lástima, bien será que yo la tenga de verle con ella. Si el Rey no las dijo se las achacan, y ya corre con majestad esta murmuracion.»

Determinó volverse á Flándes, fué á besar la mano á su majestad, y díjole: «Señor, yo vine de Flándes con licencia cuando ni habia ocasion ni campaña, ni yo tenia puestos, ni mis servicios premio; hoy, que se mueven las armas de vuestra majestad, voy á tomar una pica en su real servicio, no por merecer algun cargo, sino por satisfacer al que me puedan hacer si no fuese; que ya conozco que solo he de tener el que me hicieren.»

Partió de Madrid por la posta, llegó á Bruselas y halló al enemigo gozando de la falta que hacia el marqués de Espínola. Fué el Duque maestro de campo general, uno de los cuatro que gobernaban á semanas: don Gonzalo de Córdoba, hermano del duque de Sesa, biznieto del Gran Capitan, y no ménos gran capitan que fué su bisabuelo, ni de valor ménos mortificado;

don Cárlos Coloma, muy ilustre, docto y valiente caballero, nacido en las armas y envejecido en ellas; y el marqués de Aitona, caballero de bien acomodada condicion á las costumbres extranjeras, habilitado al manejo de los negocios en diferentes embajadas, de buen discurso y dócil á las materias militares que empezaba. Sin culpa mia se me viene á la memoria una advertencia del grande Polibio : por suya y por ser á propósito no merece desden. En el libro 3.º, tratando la levedad con que el Senado se dejó persuadir de la filosofía de los ociosos, que la pereza belicosa de Quinto Fabio era cobardía, y que solo servia de sombra á Aníbal, siendo así que Aníbal le tenia asombro, determinaron enviar otro dictador, con órden de que mandasen á dias; — exclama Polibio con estas palabras : «Ya habia dos capitanes generales en un tiempo en un ejército : cosa ántes de aquel dia no oida.» Siguióse por la temeraria impaciencia de Varro, que mandaba aquel dia, la sangrienta y total pérdida de la batalla de Cánas.

Siguióse la pérdida de Mastrique á los cuatro maestros de campo, generales nuestros, cosa en aquellos estados no oida hasta entónces con alternativo mando. Perdióse en Mastrique mucha tierra de contribucion : habíase perdido mucha gente lastimosamente en la interpresa de las Barcas. En estos trances llamó su majestad para España al marqués de Santa Cruz, honrándole con el oficio de mayordomo mayor de la Reina nuestra señora : á ninguno otro promovieron las pérdidas en su cargo á otro mayor, si bien salir en tiempo de guerra, de gobernar ejércitos á gobernar damas, pudo llamarse merced mas no premio. Salió el Marqués disgustado, mas no lo quedó el pais, que con cedulones le habia contado las horas que gastaba en el juego.

La serenísima señora Infanta dió el ínterin de aquellas armas al duque de Lerma, que las gobernó hasta que se entregaron al marqués de Aitona, que no sin riesgo andaban remudando cabezas con tal prisa, que atendian más á cuyas serían que á cuyas eran.

El Duque, atendiendo á solo servir por solo servir, que es útil desembarazo el de la ambicion de premios, tomó y fortificó la isla de Estéban Wert (a); facilitó el paso que á ella rehusaban los soldados por la profundidad del agua, arrojándose solo y primero con su caballo en la corriente, y pasaron embarcados en su ejemplo todos.

El año de 1635 (b) tomó la provincia de Lemburgue (c), en que se mostró igualmente mañoso y resuelto. Fué el Duque dichoso para el servicio del Rey, no para sí : reconociendo el marqués de Aitona sus grandes partes, le envió á reedificar y fortificar el fuerte de Xenepe (d); hízolo con riesgo venturoso y trabajo lucido (e).

Dió al valor de los nuestros el descuido de los holandeses, que nos fué auxiliar, la plaza inexpugnable del

Eskenke (f) : murió el de Aitona (g), dicen, de pena de no haber podido enviar al Duque el socorro que le prometió. Dió el señor Infante al Duque las armas, y en tomar y mantener á Eskenke trabajó tanto el Duque, padeciendo las armas continuas, negándose al sueño, dejándose á los rigores del tiempo, contando todas las horas del dia, y la noche en el desabrigo de la campaña, que adolesció ; y conquistada su salud del continuo cuidado, destituida de fuerzas su bien alentada juventud, obligó á que las personas que le asistian, contradiciéndolo su magnánimo corazon, le rindiesen á la cama y le venciesen á la cura. Permitióla, empero con tal condicion, que acostado en la litera le habian de llevar á los escuadrones y puestos : concediéronselo los médicos por medicina que aprobaba su celo ansioso, hasta que la debilidad de su persona y los insultos de su dolencia los desconfió de su vida. Notificáronle en pocas horas su muerte : oyó el desconsuelo de esta proposicion con rostro agradecido al que se la dijo ; volvió lo militar de su corazon contra los enemigos de la alma. Confesóse, pidió el Santísimo Sacramento, trujéronsele, y en viéndole entrar en su aposento se arrojó de cara en la tierra adorándole, y diciendo : «Señor, pues vos venis á mí cuando me llevais, y para ir á vos, por la comunion os llevo conmigo, por vos, Señor, y con vos os pido me lleveis á vos mismo. Limpiado he en la oreja del confesor, como mejor he podido, acusándome, la boca con que os recibo ; no permitais que coma juicio contra mí, cuando para ir á vuestro juicio os recibo viático.» No habló palabra que no la confundiesen con lágrimas los que las oian ; pidió la extremauncion, diéronsela ; y fortalecido con los sacramentos de la Iglesia y descansado en su testamento, tomó un crucifijo en las manos, diciendo : «Toda mi vida, Señor, me habeis tenido de vuestra mano, tarde os tengo yo en la mia ; repetid en esta tardanza y brevedad de tiempo la misericordia de Dímas ; con

(f) Schancke, Schenck y Schenque se nombra en las historias. La expugnacion de esta plaza dió motivo á que el pintor Cornelio de Beer abriese en Madrid una lámina, y al pié de ella se imprimió la siguiente curiosa noticia :

«Breve y verdadera descripcion del inexpugnable fuerte Schencken, «como por industria de la gente de su majestad Católica se ganó «en 28 de julio, año 1635 años.

«El fuerte Exquenque, fundado por el capitan Martin Exquenque, «año de 1584, de quien tomó el apellido, está sito en la cabeza de «Batavia, isla que bañan el Rin y el Bal, rios caudalosísimos. Estaba por el príncipe de Orange á cargo de mons Valtero, su gobernador; teníale mal presidido, porque de órden del de Orange «el conde Guillermo de Nasao habia sacado la guarnicion del dicho «fuerte y otros presidios, para juntarla con la gente francesa y «aumentar su ejército. El gobernador de Geldres, conde Móan, «supo que el fuerte estaba mal guarnecido, y queriendo hacer una «buena presa, envió quinientos soldados escogidos, españoles y «flamencos, á cargo de Jorge Enholtz, y caminaron con recato por «el dia y de noche, que fué á propósito escura y con nieblas : se dividieron en tres tropas ; una embarcó en una barca que les dió un «marinero astuto, y por el rio llegaron á la estacada, y rompida, «aclamaron vitoria ; las dos tropas acometieron por diferente «parte. Púsose el Gobernador en defensa, y rebatió por dos veces «los asaltantes; pero herido y muerto de una bala, se ganó el «fuerte en ménos de una hora, matando todos los que se pusieron en defensa. Hízose esta faccion tan venturosa á 28 de julio «de 1635. Dióse cuenta al señor Cardenal Infante de lo sucedido, «que mandó ponelle bastante guarnicion y se socorriese á la «viuda del Gobernador y á las de los demas soldados, y todos «premiados, desocuparon el fuerte y se volvieron á Holanda, y «va prosiguiendo sus felices vitorias.»

(g) A 17 de agosto.

(a) Estessbanwert, Stephensweerd, ó Stevenswert, que de todas estas maneras se halla escrito, es una isla que el Mosa forma á dos leguas de Ruremunda.

(b) Por el mes de octubre.

(c) Llmbourg ó Limburgo, capital de un extenso territorio, se levanta sobre una montaña cerca del Vese, á seis leguas de Lieja y siete de Mastricht.

(d) Genep ó Gennep, sobre el Neers, cerca del Mosa, á tres leguas del fuerte Schancke.

(e) Hácia fines de octubre encontrábase ya en defensa.

vos acabo de morir si he vivido sin vos : apartad la cara de mis pecados, miradme en vos, y veréis lo que os cuesto cuando veais lo que os ofendí. Yo vi sacrificada á vuestra providencia la prosperidad de mi padre y abuelo, y descubierta mi persona al impetu de la venganza y al furor del aborrecimiento. Yo veo que con este miserable cuerpo se entierra toda la sucesion de mi casa : dejo hijas, que amo tiernamente, sin padre ; mujer, que he querido y reverenciado con extremo, sin marido. Todo os lo ofrezco, y estas prendas postreras que asisten á los contrastes del mundo os encomiendo : aceptadas las teniais, pues os llaman padre de huérfanos y juez de viudas. Séame descuento de lo que he vivido para mí como mozo el morir por vos en servicio de mi rey en lo mejor de mi mocedad ; permitid que yo sea ejemplo á mis camaradas, ya que permitis que me tengan todos por escarmiento. »

Vió en hondo desconsuelo algunos criados suyos, y díjoles : « Dos cosas siento, el dejaros y el no tener qué dejaros ; solo medra quien sirve á este Señor, que murió por todos. Contagio ha sido de mis servicios la esterilidad de los vuestros, pues tuvisteis tan hazañosa bondad, que os atrevisteis á servir al que solo vivia padron de las calamidades de toda su sangre. Yo creo que sabréis perdonar este desamparo al no poder más. No os dejo otra recomendacion sino el dejar de ser familia de mi casa. »

Adelgazábasele muy aprisa el aliento, anochecíasele la vista, y conociendo la diligencia con que el postrero frio le acercaba el fallecimiento, sellando con los piés del crucifijo la boca, y los ojos con los dos brazos, y diciendo : « En tus manos, Señor, encomiendo mi alma,» espiró en Amen (a) á 12 de noviembre del año de 1635.

(a) Arnhem ó Arnheim, villa de Pais-bajo, sobre la orilla derecha del Rin, á tres leguas de Nimega.

DESCIFRASE EL ALEVOSO MANIFIESTO

CON QUE PREVINO EL LEVANTAMIENTO DEL DUQUE DE BERGANZA , CON EL REINO DE PORTUGAL, DON AGUSTIN MANUEL DE VASCONCELOS, CABALLERO DEL HÁBITO DE CHRISTUS, IMPRESO CON TÍTULO QUE DICE : «SUCESSION DEL SEÑOR REY DON FILIPE SEGUNDO EN LA CORONA DE PORTUGAL. CON PRIVILEGIO. EN MADRID, POR PEDRO TAZO. AÑO M.DC.XXXIX.» APROBADO (POR EL ORDINARIO) POR EL DOCTOR AGUSTIN BARBOSA, PROTONOTARIO Y JUEZ APOSTÓLICO EN LA CORTE ; Y (POR EL CONSEJO) POR EL MAESTRO GIL GONZALEZ DE AVILA, CORONISTA DE SU MAJESTAD EN LOS REINOS DE CASTILLA.

DIRIGIDO AL EXCELENTÍSIMO SEÑOR CONDE DUQUE (a).

Descifróle el suceso traidor á la alencion leal.

Prevengo para un atrevimiento tan descarado como feliz , pues tuvo maña para lograrse sin que le viesen los ojos que le leyeron para aprobarle. Si le vieron los que le aprobaron, cómplices son con el autor. Si le aprobaron sin verle, reos en sus oficios y fidelidad de ellos ; y es tal el delito, que se debe tener por disculpa afectada , y no por verdad.

Los principios, que son estos, se ponderarán al fin. Empecemos por el libro y por el fin de todo el libro, desde el principio al fin. Este es claro, y no disimulado de representar por claro y único jurídicamente el derecho, que él llama , en el duque de Berganza al reino de Portugal. Que le reconoció el Cardenal rey ; que le reconoció asimismo el señor rey don Felipe ; que el Cardenal rey tuvo ánimo deliberado de declararle por sucesor , sino lo estorbó con amenazas don Cristóbal de Mora ; que el señor rey don Felipe II no tuvo otro texto que en derecho le favoreciese , sino la violencia con el ejército ; que no cumplió

(a) Disfrutó el ilustrado bibliotecario don Tomas Antonio Sanchez una peregrina coleccion que don Alfonso de Avellaneda hubo de formar cuantas obras manuscritas hallaba de nuestro autor, autógrafas, apostilladas por él ó de letra de su escribiente. Sanchez previene que de ella era este discurso, y de la de don Francisco varias enmiendas y una hoja suelta en que se leia lo que puede verse en la pág. 279. Inclúyele Fajardo en su coleccion, y con ambas copias hemos ajustado el texto.
No pasa de ser un bosquejo de escasa importancia, donde sin duda se tiró al blanco de comprobar con el suceso doloroso de la pérdida de Portugal algun politico advertimiento hecho al conde-duque de Olivares á la sazon en que veia la pública luz el libro de Vasconcelos. ¿Convino al señor de la Torre de Juan Abad, encerrado en San Márcos de Leon al tiempo del levantamiento de aquel reino, hacer resaltar su prevision y que fuese conocida de todos? ¿Receló que el gobierno, que le habia cargado de cadenas, pusiera su lengua una mordaza y persiguiese sus escritos? ¿Temió, confesándose autor del opúsculo, retraer á los lectores meticulosos, y lo suscribió con nombre supuesto? Así podria explicarse esta circunstancia, que notamos igualmente en el papel de La rebelion de Barcelona.
Si el libro de Vasconcelos (cuyas intenciones desarrebozó Quevedo) era sospechoso á España, la ulterior conducta de aquel portugues echó por tierra cuanto habia fabricado su pluma. Mezclandose en una conjuracion tramada para matar al nuevo rey de Portugal , duque de Braganza , poner fuego á Lisboa y restituirla al monarca español , fué con otros próceres degollado en el Rocio de Feyra (plaza Mayor de aquella capital) el dia 29 de agosto de 1641.

nada de lo que ofreció al Rey cardenal para la casa de Berganza , ni nada de lo que juró y capituló con el reino ; que no hubo aun vocal nombramiento en el rey Católico, como dicen Franchi y Cabrera , ántes que el Cardenal rey en su testamento dice expresamente solo : «Que se dé el reino á quien más justicia tuviere.» Esto dice con la desvergüenza que se verá en sus cláusulas , un año despues del levantamiento de Ebora y uno ántes de la traicion del Duque , tiempo en que debió ser sospechoso, siquiera para examinarle con cuidado , libro de portugues, y con este título ; y más, habiendo precedido el del maestro Francisco Home de Abreu en defensa del duque de Berganza , á quien degolló el rey don Juan II, dirigido á don Francisco de Mello , descendiente de aquella casa , impreso en Salamanca año de 1628. Si disculpa á aquel para animar á este á la misma culpa , de hoy es el juicio ; mas sea de otros (b).

No con poca malicia empieza asegurando la muerte del rey don Sebastian y el entierro de su cuerpo restituido. A la verdad , para él matáronle los moros ; para los portugueses , el duque de Berganza. Hasta hoy dos géneros de judíos dividieron á Portugal : unos que aguardaban al Mesías, que ellos crucificaron ; otros al que ellos llevaron á la muerte, que fué su rey. Ya le quisieron resucitar , ya en un pastelero , ya en un enredador , ya en un vergante : asquerosos antecesores de la nueva corona. El Duque , bien mirado , más es sepulcro que sucesor del rey don Sebastian , pues ya se han determinado á enterrarle en él. Siempre me persuadí estarian quietos miéntras se persuadiesen á que vivia. Quien los desengañó nos ha engañado. Este es don Agustin Manuel Vasconcelos. Verifique su libro lo que le acuso. Tal le juzgo, que lo tengo por lisonja. Yo procuraré que no me la agradezca : algo tiene este ahorro de amenaza.

TEXTO, fol. 11, pág. 1.ª

En esto volvió el ánimo, con demostraciones gran-

(b) Alude al Hodie est judicium mundi, et princeps tenebrarum ejicietur foras.

des de aficion, ó querer nombrar por heredera á la duquesa de Berganza doña Catalina, hija del infante don Duarte, su hermano, á quien amó con gran ternura; y asi, llevado deste intento, fué disponiendo las cosas para ejecutarlo. Afírmase que, estando el Rey en el convento de San Francisco de Enxobregas, comunicó este pensamiento una noche á don Juan Mascareñas, con última resolucion de ponello en práctica la mañana siguiente; y que al momento con todo el secreto fué este caballero á decir lo que pasaba á don Cristóbal de Mora: el cual, por acudir luego al remedio, aquella misma noche quiso hablar al Rey; pero hallándole ya recogido y el convento cerrado, pasó entre aquellos olivares hasta que fué de dia y tuvo hora en que hacer la diligencia, que vino á importar no ménos que obligar al Rey á que suspendiese el nombramiento, llevado de las razones y protestos mezclados con algunas amenazas que le intimó de parte de su señor. Tambien se afirma que tenia órden secreta suya de dar los parabienes á la duquesa de Berganza en caso que el Rey su tio la nombrase.

NOTA.

Más prisa se dió el autor á referir la determinacion, en nombrar por heredera á la duquesa de Berganza, del Rey cardenal, que él mismo; y con igual afecto lo refiere al que dice tenia de ejecutarlo aquella majestad; y no con menor maña que malicia dice el susto que don Cristóbal de Mora recibió con el aviso, pues trasnochó en los olivares de Enxobregas, y para divertir al Rey cardenal de aquella voluntaria declaracion en favor de la señora doña Catalina, se valió de fieros y amenazas en nombre del rey Católico. Ya se ve lo que en esto da á á inferir, y la conclusion que pretendió disponer. Y porque no solo se entienda que solo el Rey cardenal, como hermano de su padre, y su tio y juez, reconocia la notoriedad del derecho y accion de la duquesa de Berganza, dice que «tambien se afirma que don Cristóbal tenia órden de Felipe II para dar los parabienes á la Duquesa en caso que el Cardenal rey la nombrase sucesora,» para que se entienda que el Católico, aun como pretensor, reconocia la misma notoriedad de su derecho si no le aprovechase la violencia con las amenazas. Y es más decir se afirma, que si dijera se dice ó hay quien diga. Insinúa que aun se puede leer la instruccion, y parece que la cita sin nombrar partes. Cuando leí esto al estrenarse el libro, confieso que apelé de su título á Murcia de la Llana, creyendo que estaria por errata: «Sucesion del señor don Felipe II,» y por enmienda «del duque de Berganza». Quizá fué descuido de Murcia, como errata de Madrid. Pues porque no se cansen en brujulear la intencion al autor sobre haber divertido don Cristóbal al Rey cardenal del nombramiento de la Duquesa, hace su trozo de lamentacion.

En el folio 15, página primera y en la segunda, trata de cómo, despues de haber el duque de Osuna (embajador para dar decentemente la embajada al Rey cardenal) vuelto de Setúbal de ver á la duquesa de Aveyro, su hermana, habló al rey cardenal don Enrique en el negocio de la sucesion, y dice:

TEXTO.

Hablóle varias veces con brio y desengaño, y ha-

llándole totalmente inclinado á la duquesa de Berganza, procuró con gran disimulacion no cansarle más en disuadirle desta imaginacion, hasta atraer á sí á sus lados y confidentes, por cuyo parecer se gobernaba todo. El Católico, para informarse á boca de lo que pasaba, llamó á don Cristóbal á Madrid, y despues de comunicarle sacramentos (que llaman los políticos) de estado, que sobre tantas dudas, embarazos y controversias como sucedieron en esta pretension, le hicieron rey de Portugal, debiéndolo todo á este caballero; — etc.

NOTA.

Para hacer el autor, á su parecer, plenaria probanza de cuán reconocido era por notorio el derecho y justicia de la duquesa de Berganza, no contento de haber dicho que la reconoció el rey don Enrique como juez, y don Cristóbal como agente, ahora introduce como embajador al duque de Osuna, que la reconoce, y que para oponerse al nombramiento deliberado acude á las inteligencias, como destituido de otras razones y méritos jurídicos.

Pues decir que cuidadoso llamó á Madrid á don Cristóbal, y que para conseguir le comunicó sacramentos, que llaman de estado, y que estos, tras tantas dudas, embarazos y controversias, le hicieron rey de Portugal, y que todo lo debe á don Cristóbal, —es hablar con palabras no solo preñadas, sino ya de parto, y que promete por comadre al marqués de Castel-Rodrigo, su hijo, de quien se puede creer tenga papeles é instrucciones; mas no que sean en esta razon, ni que cuando él tuviera algunos (que no es posible) los hubiera comunicado. No me espanto que aprobase este libelo por libro el doctor Agustin Barbosa, haciendo como que no le leia; empero que el maestro Gil Gonzalez Dávila le aprobase, que es castellano hasta en lo cronista, es lo que me admira. Y es de saber que ahora empezamos á descifrar el par de Agustines.

TEXTO.

En el folio 20, página primera. Cuanto más crecian las diligencias de Castilla, crecia la oposicion que le hacia á sus intentos el Cardenal rey. Si bien temiendo sus armas, cuyo estrépito le sonaba casi á los oidos, y determinando dar el reino (si pudiese) á la duquesa de Berganza, no hallaba tan propicios los estados para este intento como quisiera.

NOTA.

Ya sacó las armas con estruendo, y se le arrimó en los oidos: autorizar quiere la excepcion del miedo, que cae en varon constante; y por lo ménos de parte del Católico solo alega en esta pretension amenazas y violencia. Más adelante abre toda la boca, y como otros de asco, él de odio echa las entrañas.

TEXTO.

En el folio 25, página segunda, tratando de que persuadian al Cardenal rey se casase, y de la rigurosa contradiccion que hizo en esta razon al Rey fray Fernando del Castillo, despues de decir que por parte del Católico se ayudaban de razones frívolas y aparentes, y despues de decir el autor que en esta razon con cartas que tiene en su mano satisfará á esto en otra ocasion, afea mucho á un autor que, siendo portugues, ofendiendo aquella majestad y á los padres de la Compañia, dijo que los padres de la Compañía le instaron á que se casase, aunque fuese con una mujer preñada, en odio de Castilla.

NOTA.

Alaba á los padres de la Compañía : dice que en Portugal los llaman apóstoles, y añade que son dignos de todo aplauso ; y luego dice «que aquellas palabras merecen grande acusacion, pues es justo hablar en las personas de los príncipes y de los religiosos con diferente respeto.» Y de verdad, lo que le parecia mal al don Agustin era que solo en un autor portugues se leyese tan desollada desvergüenza, y él lo refiere para que se lea en dos. Importa esta nota para que se atienda que don Agustin arreboza la intencion de lo que aprueba, con la represion, y que discurre mal enmascarado.

TEXTO.

En el folio 36, página segunda. Estos eran los fundamentos en que el Católico fundaba su justicia, esforzada con un texto, que irrefragablemente le hizo rey de Portugal y á que no halló interpretacion ni respuesta un famoso jurisconsulto, pidiéndole el de Parma escribiese en favor de su justicia : y era el texto las armas y las conveniencias de Castilla, siendo el poder en la mayor fortuna la ley que da y quita las coronas.

NOTA.

¿No dije que presto abriria la boca? Ábrela tanto, que se le ve el asadura. El don Agustin, en lo que yo dije de su maldad, no me dejará mentir ni en qué mentir si yo fuera mentiroso, pues todo lo miente. No puede negar que cuando atribuye el texto al de Parma, que las malditas palabras con que le dispone no son suyas. Extraña cosa, coger á uno que habla en romance en tan malos latines. Lo peor es que esto tocaba á los que le aprobaron el libro : en la culpa que tiene el autor se ve que no tienen disculpa los que le aprobaron. No fué su intento escribir la sucesion del señor rey don Felipe II en la corona de Portugal : este fué el sobrescrito que imprimió; el que quiere que se entienda, y se deletrea más claramente que aquel, fué un verso arrancado del principio de las guerras civiles de Lucano :

Jusque datum sceleri canimus, populumque potentem.

Espero en Dios que lo que dice que cantan, lo llorarán; pues ellos son los que han dado el derecho á la maldad. Adviértase cuál veneno gastó el autor, que estas palabras del texto de arriba, las zurció consecutivas con el fin de la alegacion en derecho por el Católico; y cuando pone las razones por el principe de Parma dice : se *alegó*, y le ingiere en ellas excepcion; cuando refiere las de doña Catalina, duquesa de Berganza, dice *fúndase*, y no vulnera ni glosa aquella alegacion; cuando trata de las del Católico dice, *que por su parte se pugnaba*, que hasta en esto quiso introducir fuerza y pelea, y las acusa con el cuento del texto.

TEXTO.

En el folio 41, página primera. Las diligencias de don Cristóbal pudieron tanto con el Cardenal rey, favoreciéndole más que toda la agencia su variedad, que le hicieron torcer á Castilla, dejando en blanco á la Duquesa, su sobrina, que hasta allí fué la persona á que más se inclinó; pero esta resolucion fué tomada con tanto secreto, que los castellanos no se daban por satisfechos; porque el Rey, con temor del pueblo, no osaba fiarse de sí mismo. Dióse por autor desta novedad á Leon Enriquez, confesor y gran confidente del Rey, religioso de la compañia de Jesus, siendo este propio el que ántes (segun se decia) favoreció mas la causa de Berganza : ¡ tanta era la variedad de amo y criados!

NOTA.

A este libro y á su autor más era menester castigarlos que responderlos. Los delitos se cuentan por las letras. Quienes han de responder á estas notas son los que le aprobaron : Agustin de Barbosa el portugues trae arrastrando como la soga; á Gil Gonzalez el ser castellano y cronista de Castilla le arrastra. Siempre llama diligencias y inteligencias las que encaminan la causa y pretension del Católico, vocablos de la maña y de la violencia; y cuando el Rey cardenal se inclinó al señor rey don Felipe II, acusa la variedad de su condicion, y dice que le torció á Castilla : ya se ve que lo torció no es derecho; por eso lo dijo escribiendo la mitad. Luego lamenta haberse apartado del propósito de elegir á la de Berganza, y repite cuánto la quiso y prefirió hasta entónces. Despues, atribuyendo esta novedad á Leon Henriquez, confesor del Cardenal rey, religioso de la compañia de Jesus, le hinca los dientes diciendo : «Este propio ántes favoreció más la causa de Berganza;» y añade : «Tánta era la variedad de amo y criados!» El lame con lenguas de fuego, que derriten lo que regalan, ó hacen ceniza lo que lamen. Bien la muestra en los padres de la compañia de Jesus. Yo solo diré que no he visto hombre que sea su enemigo, que no lo sea del Rey y lo parezca de Dios en sus obras.

TEXTO.

En el folio 54, página segunda, y en el 55, página primera. «Cayó últimamente en cama (habla del Rey cardenal), y pocos dias ántes de su muerte, llegó la duquesa de Berganza á verle, y hallóle casi expirando, aunque entero de juicio y lengua; dicen que le habló libre, quejosa y advertidamente, persuadiéndolo le cumpliese la palabra y la nombrase por sucesora. El efecto mostró que no quiso, y si bien hubo fama (y lo refieren Franqui y Cabrera) que las últimas palabras que pronunció en lo tocante á la sucesion, fuéron en favor de Castilla, en el testamento no dejó declarado cosa alguna sobre esta materia; y solo dice que el reino se dé á quien tuviere más justicia.»

NOTA.

Nada refiere en favor del señor rey don Felipe II que no lo contradiga y procure deshacerlo : por eso cita el testamento en oposicion de Franqui y de Cabrera.

TEXTO.

En el folio 58, página primera. En los pretendientes se vieron varios efectos; porque el Católico se mostró ofendido del reino, amenazándole con las armas; don Antonio inquieto, procurando alterar á los pueblos; El duque de Berganza, modesto, ofreciéndose y sujetándose á los gobernadores; y siendo en aquella causa más litigante que opositor, fué el primero que mostró obedecer á las órdenes que dejó el rey don Enrique acerca de su comision.

NOTA.

Refiere amenazas en el Católico y alborotos en don Antonio, y mancomúnalos en la violencia, y canoniza la modestia del duque de Berganza y su obediencia á los gobernadores, en que gasta renglones; que fué decir que él solo confiaba en su justicia sin desconfiar del juicio.

TEXTO.

En el folio 64, página segunda. Es fama que el duque de Berganza, por parecer de un valido suyo, negó á don Cristóbal de Mora de nuevo convenirse con el Católico, el cual le hacia agora más que nunca grandes partidos; y que siguió este consejo, asegurándose que, pues usaba de las armas, tenia el Católico perdido el derecho que decia á la sucesion, cosa que no dió poco que reir á los políticos, mucho más cuando entendieron que el mismo Duque notificó á los gobernadores inhabilitasen, á este respeto, al Católico.

NOTA.

Gasta consecutivamente (en decir que este fué consejo necio y cuán imprudente anduvo el Duque en ejecutarle) toda una hoja, pocos renglones ménos. Solo en esta parte reprende al Duque, y esta es en la que declara que hizo este libro por manifiesto, en favor y disculpa de la traicion del Duque; y para conseguir que se le aprobasen en Castilla, puso por carátula que lo disfrazase, la risa de los políticos y la represion suya. Y adviértase que no dije, hablando del rey don Felipe, del derecho que tenia, sino del derecho que decia á la sucesion.

TEXTO.

En el folio 77, página segunda, y en el 78, página primera. «Esperábase con grande suspension de los ánimos de todos los príncipes cristianos, la entrada del Católico en Portugal; y como le consideraban con gran poder, el duque de Berganza allanado, el séquito de don Antonio caido, y el reino, bajado de la opinion de elegir príncipe, dividido y temeroso sin hacer rumor ni movimiento en favor de algunos de los pretendientes, — no habia persona que dudase del buen suceso de Castilla; aunque no eran muy iguales en deseárselo los súbditos de aquella corona, por las conveniencias particulares que hallaban, principalmente la nobleza castellana, de estar Portugal separado de Castilla.»

NOTA.

Esto no lo dice porque lo entendieron así los castellanos, sino para que ahora lo entiendan asi y que tengan por conveniencia propia su maldad. Esto es brindar á la nobleza de Castilla, sin advertir que en los bríndis la razon se hace, y no la sinrazon. No sé para qué quieren rey de su tierra, si han de dar de él la cuenta que dieron de don Sebastian, á quien llevaron á la muerte entre foliones (a) y guitarras, y muer-

(a) *Foliones* decian en Castilla á cierto són y danza con arpa, violin, tamborii y castañuelas.
Las *folias* eran un baile portugues de mucho ruido y algazara, y

to, pitagorearon vilísimamente con su alma, pasándosela ya al cuerpo de un pastelero, ya al de un galeote, y ya al de un embaidor.

TEXTO.

En el folio 82, páginas primera y segunda, trata de que habiendo estado el Católico en Badajoz muy al cabo de un catarro, y muerto allí la reina doña Ana, su cuarta mujer, recibió al cardenal Riario, legado del Pontífice, y dice: «El cual, solicitado por algunos portugueses, acostumbrados con su piedad nativa á valerse en sus discordias de la Sede Apostólica, como de madre comun de todos los fieles, quiso impedir al Católico no entrase con armas en Portugal, y lo hiciese árbitro destas contiendas. El Católico, avisado por sus embajadores desta legacía, con pretexto de su enfermedad fué deteniendo al Legado fuera de la corte en cuanto el de Alba se hizo señor de Lisboa; y con la nueva de que estaba ya por Castilla, mostrándose muy obediente hijo de la Iglesia, hizo entrada pública al Legado con todas las ceremonias acostumbradas; y como no habia ya lugar para la compromision que pedia el Pontífice, despidió al Legado, enviándole mas satisfecho de la cortesía y regalos que le hizo, que de la comision que traia á su cargo.»

NOTA.

Introduce por interlocutor al Pontífice y al Legado; y osa dar á entender que, atento el Católico y solo fiado en sus armas y la violencia, aun no quiso por árbitro al Papa, sino al duque de Alba.

TEXTO.

En el folio 83 y 84, tratando de la entrada que el Católico hizo en Yélves, y del aplauso y fiestas con que en señal de amor le recibieron los portugueses, dice: «Los cuales le recibieron como si resucitara un príncipe portugues, cosa que extrañaron los viejos (1) no poco, llorando, en que este fué el primer dia en que pasaron de hijos á vasallos, y que perdiendo la libertad granjearon una gran variedad de mudanza de estados y virtudes para su posteridad, introduciendo el nuevo dominio, linajes nuevos, nuevos hombres y nuevas costumbres y nuevos trajes, que corrompieron la nacion portuguesa, de manera que apénas retuvo la imágen (2) de lo que fué. Entró la ambicion con la servidumbre, que como peste pública, no solo inficionó los ánimos, pero los aires y los climas, trayendo consigo enfermedades contagiosas no conocidas hasta allí de los portugueses.»

NOTA.

Si tratara de la entrada de Lucifer con toda la corte de los demonios, no podia decir más, ántes me persuade su detestable intencion que dijera mucho ménos, y esto cuando de alimentos que da Portugal de locura, soberbia y envidia, son envidiosos, locos y soberbios cuantos lo son en el mundo.

de tan apresurado compás, que parecen estar músicos y danzantes fuera de juicio. Covarrubias afirma que tomó nombre de la palabra toscana *folle*, que vale vano, loco, sin seso.
(1) No dice si estos viejos lo eran cristianos.
Esta y las siguientes dos ridículas notas vriante de letra distinta y ménos antigua, al márgen, en el manuscrito de Arellaneda.
(2) Esta imágen era de las devotas, con capa de bayeta.

TEXTO.

En el folio 95, despues de haber referido todo lo que ofreció el Católico á los portugueses, dice : «En cuyo cumplimiento padecieron tantos deslucimientos en el reinado siguiente, que mostró bien cuánto pueden ménos con los poderosos sus promesas que sus intereses, pues nunca faltan pretextos que los justifiquen ni razones que los interpreten. »

NOTA.

No hay cosa en que no acuse la sucesion del señor rey don Felipe II, y apruébanle Barbosa y Gil Gonzalez, y solo Murcia de la Llana acertó, sin saber lo que se decia, en decir : *Este libro corresponde con su original*, que en la maldad es don Agustin.

TEXTO.

En el folio 101, 102 y 103, tratando de que al volverse el Católico á Castilla la duquesa de Berganza ofreció su memorial, en que pidió cumplimiento á las promesas que el duque de Osuna hizo al Rey cardenal sobre la pretension de su casa, así de casar el príncipe don Diego con una de sus hijas, como de otras mercedes, donaciones y privilegios; y despues de referir que con malicia se remitió al consejo de Estado de Portugal, dice : «El memorial fué respondido, pero no satisfecho; y las mercedes se resolvieron en promesa de algun dinero para el desempeño de la casa de Berganza, dotes para sus hijas y otras esperanzas para los segundos : lo que hay autor mal informado que dice vino á montar setecientos cincuenta mil ducados, siendo mucho ménos. Este fin tuvo la pretension de la duquesa de Berganza, bien desigual á sus pensamientos, de que el mundo (1) hizo varios juicios, condenando á los consejeros portugueses porque, llevados de sus respetos, trataron tan desigual y secamente una casa que era sin duda la última memoria que habia quedado en aquel reino de sus príncipes naturales.»

NOTA.

No necesita de nota la peste con que está escrito este texto : lo ménos es decir que no se cumplió nada de lo que se ofreció á la casa de Berganza. Dice que el dinero fué mucho ménos, y acaba con represion grave á los consejeros de Estado, diciendo que la casa de Berganza era sin duda la última memoria que habia quedado en aquel reino de sus príncipes naturales : con esto habló don Agustin de par en par.

TEXTO.

En el folio 104, despues de haber referido del Franqui al duque don Juan de Berganza le acabó el disgusto que le causó la sequedad con que el Católico respondió á la peticion de su casa, y dichas sus virtudes, su bondad, y que en esto parecia más eclesiástico que secular, porque era flojo, remiso y para poco, y que mereció el nombre de gran cristiano, dice : «Afirma un autor grave, que comunmente respondia á los que le incitaban en sus pretensiones con un dístico latino, que en nuestro vulgar quiere decir : No queria la deseada corona que le daban los juristas,

(1) Este mundo hizo los juicios de los portugueses.

si para alcanzarla habia de intervenir cualquier venialidad de culpa. »

NOTA.

Un autor grave, y *hay quien diga*, y *afirmase* son autores que tienen la misma autoridad que *el otro* y *cierta persona*, y solo es más ridiculo el decir este dístico latino, con su *juristas* y *venialidad*. Esto fué, á tí te lo digo, hijuela; óyelo tú, mi nuera. Y así fué que lo que el otro dejaba por una culpa venial, su nieto sin dístico lo ha arrebatado, no escrupuleando en tantas, tan mortales y tan mortalmente crueles.

CONCLUSION.

Colígese que este autor asienta la muerte del rey don Sebastian, y su cadáver por sepultado, por apagar aquella esperanza terca de que era vivo. Desacredita al Cardenal rey porque no declaró á la Duquesa : léese en el folio 5, página primera, donde remata diciendo : «Estaba tan léjos de ser buen rey como de ser mal clérigo.» En el folio 22 afea la bastardía de don Antonio, y le llama inducidor de testigos falsos; infama bajamente á su madre, y le inhabilita. Excluye en su alegacion al de Parma, folio 33, página segunda; y en apoyar la casa de Berganza y contradecir al Católico rey, nuestro señor, gasta todos los folios y páginas del libro. Y segun es el don Agustin Manuel y los que le pagaron este embuste, tienen traza de pretender alegar que en su favor está este libro aprobado por el cronista de Castilla y por Barbosa, y impreso con licencia y privilegio del Consejo Real en Madrid, como si esto importara nada, siendo lo más fácil y más creible, y lo que tantos millones de veces ha sucedido, el haberle el autor impreso en Portugal con estas solemnidades y aprobaciones, licencia y nombres falsos.

La voz del levantamiento de Portugal á muchos alborotó, habiendo sido perpetua promesa de él la enemistad nativa de los portugueses con los castellanos, y no mal fiador de los efectos de este aborrecimiento la ligereza del vulgo. Sirvió de prólogo la rebelion de Ebora, con la venida de don Duarte, y la vuelta á Alemania sin venir á Madrid, á que se siguió este libro de don Agustin Manuel de Vasconcelos. Los discursos, ó cobardes ó mal intencionados, lamentan este levantamiento, por ruina de esta monarquía; yo al contrario le juzgo por una inquietud provechosa que se pudiera haber deseado, y que fuera maña útil la que se adelantara á ocasionarle. Conozco que la ocasion, con el motin de Cataluña y las hostilidades de Francia y de Holanda, le es auxiliar, como presumo le fué motivo; y que si no evita el castigo, le difiere; y esta es de las cosas que el diferirlas suele evitarlas. El señor rey don Felipe II el Prudente cuando en Portugal conquistó su herencia legítima, pudiendo traerse consigo á Castilla toda la casa del duque de Berganza, que habia sido opositora á aquel reino y pretendídole, la dejó en él preferida, sin comparacion, á todas las demas; que fué no apagar el fuego, sino envolverle en poca ceniza, de suerte que, en hallando materia dispuesta en que prender, volviese á los humos de reinar: algunos exhaló en Lisboa, cuando la majestad de don Felipe III, nuestro señor, juró á su Majestad, que Dios guarde, entónces príncipe.

Aquella clemencia respectiva del Prudente desde entónces nos ha ocasionado este humo á narices en esta casa; y hoy, siendo cosa tan molesta y recelosa, no habia ocasion del todo honesta que persuadiese el arruinarla, y ménos cuando su Majestad y su valido desprecian el mayor riesgo por no incurrir en la menor nota. Hoy el duque de Berganza ha dispuesto para sí lo que aun sus mayores enemigos no supieran rodearle: engáñose en el trueco de una letra, quiso hacerse rey, hízose reo. Nunca tuviera seguridad la posesion de Castilla sin esta culpa suya; ella es grave, mas preciosa. Lo que hoy tiene más son crímenes y ser disculpa de dejar de ser lo que era. Cuando pensamos que nos debe, le debemos el habernos justificado la desolacion suya, en que él solo ha sido artífice. El pueblo es como el aire, que alienta y no mantiene. Tan grande locura es pensar reinar entre compañeros, que solo intentarlo es mayor. Más quejosos tiene ya de los que le levantaron que de los que él ha derribado. El pudo engañar, con quitar tributos y promesas, al pueblo; mas no puede dejar de engañarse fiándose de él. Empezarán á gastar, por defender su hurto, las vidas y las haciendas; oirán los lamentos de sus mujeres, verán correr lágrimas de sus ojos y sangre de sus hijos, y ellos de sus padres; sus casas en poder de las llamas, sus mieses segadas del incendio; y el arrepentimiento restará cuánto más cuesta mantener su traicion sin tributos que la pazcon ellos. No han de tardar en conocer que si Fernambuco estaba perdido con esperanza de cobrarse, que este le vincula en los holandeses, y que ruega con Tánger y Ceuta á los moros. El desamparo de la India Oriental entre tantos golosos es fuerza entristezca á muchos, cuando todos son pocos para asistir á defender su delito. Yo admito á los portugueses la excepcion de castellano para no dar crédito á mis razones. Oigan las de Cerial en la oracion escrita por Cornelio Tácito en el cuarto libro de su historia, que literal y individualmente habla con ellos y con nosotros, como si escribiera hoy. Tales son sus palabras (a):

«El pretexto es de libertad y nombres halagüeños; empero ninguno deseó para sí la esclavitud ajena ni el dominio, que no se valiese de los mismos vocablos. Nosotros, aunque tantas veces fatigados, solo os añadimos con el derecho de la victoria lo que pudiese amparar la paz, porque ni puede haber quietud en las gentes sin armas, ni armas sin sueldos, ni sueldos sin tributos; lo demas todo corre en comun. Muchas veces vosotros mandais nuestros ejércitos; vosotros mismos gobernais estas y otras provincias: nada se os aparta ni cierra. Esta union de fortuna y disciplina por ochocientos años se ha conservado, la cual no puede ser arrancada sin acabamiento de los que la arrancaren. Empero para vosotros es el riesgo, en cuyo poder está el oro y las riquezas, principales causas de las guerras; por lo cual la paz y la ciudad que vencedores y vencidos tenemos con igual derecho, amadla y reverenciadla: muévanos los documentos de entrambas fortunas; no

querais más la contumacia con daño, que la obediencia con seguridad. Con tal oracion á los que temian cosa más grave compuso y esforzó.»

Si todo esto no se ha verificado entre los castellanos y los portugueses, yo apliqué mal; si todo, como no puede negarse, deséoles bien y adviértoles mejor. El comun peligro solo con la concordia puede evitarse: aquel tienen, esta no pueden tenerla. El pueblo ¿no es el que coronó á don Antonio con tanto alborozo para dejarle con mayor desamparo? ¿No pretendió primero elegir rey, y luego se dejó arrebatar del que ningun derecho tenia? Pues si él consigo no está concorde, ¿quién tendrá concordia con él? La nobleza de Portugal tan esclarecida, aquel blason tan magnifico de los fidalgos, que con razon no ceden á alguna grandeza ni de justicia, y por eso de mala gana se iguala con otra, y entre ellos tantos en cuyas venas aun hierve, recien derivada de la majestad, tanta sangre real, ¿no habrá encendido lo colorado con la vergüenza de hallarse vasallos del que siempre lo fué y lo es hereditario? Si da crédito á su furiosa ambicion, fíarse en que le han besado la mano: en muchos ménos ha tenido de beso de parte de la boca, que de tapaboca de parte de su mano. Quédese esto á cargo del suceso que descifró esta ceremonia con Cristo: no bese siempre al traidor para vender; sea besado para ser vendido. Si hace caudal de que le han jurado por rey, no olvide que son los que con él quebrantaron el que á su Rey y señor natural tenian hecho: él los disculpa de que hagan con él lo que por él han hecho. Si se justifica en la aclamacion del estado eclesiástico, mire si es accion de sacerdotes la rebelion, si es de las voces del Evangelio sembrar cizaña; si es de pastor ú de lobo alborotar los rebaños. Mire bien si es turbante ó mitra la que exhorta guerra contra católicos: no se fie en que son insignias diferentes; que turbante revuelto y mitra revolvedora, pues turba la paz, turbante es. Valerse de Cristo para animar contra él, más allá es de don Olpas, que hasta hoy fué el peor obispo. Si se asegura en el horror y espanto en que aun no fué límite la muerte en tan leales y esclarecidísimos fidalgos, enferma ligadura serán espanto y horror para la obediencia: desata esto quien olvida el temor, porque luego empieza á aborrecer. Nada se tiene tan sin causa y tan fácilmente como el miedo, y nada se olvida con tanto gusto, porque le impide. «Entró (como dice Tácito) con inhumanas atrocidades, para ostentar con la muerte de insignes varones, como con hazaña real, la grandeza de sus imperios (1).» ¿Quién ve sin ceño lo que muchos lloran? Quién oye sin ansia lo que muchos gimen? Creo que á muchos habrán hecho reir sus lágrimas, temo que muchos le harán llorar su risa. Con la muerte del nobilísimo y de siempre gloriosa memoria don Fernando Mascareñas (a) no hizo otra cosa sino escribir en la inmortalidad con su sangre el más calificado elogio de la soberana grandeza

(a) «Deben los portugueses temer y reverenciar estas palabras «de la oracion de Cerial á los treveros, en el libro 4 de la Historia, «por hablar literalmente con ellos, fundándose ademas en el dere- «cho legítimo de la sucesion del Rey nuestro señor. Nos quamquam «toties lacessiti...» (Sigue el texto de Tácito.)

Esto contenia, de mano de Quevedo, una hojilla suelta que se encontraba dentro en la antigua copia de la coleccion de Avellaneda.

(1) Annal., lib. 16.

(a) Conde de la Torre, á quien el alcalde don Pedro de Amezqueta habia preso en el real palacio de Madrid, llevado á la Alameda, y de allí al castillo de San Juan, cerca de Lisboa, por no haber obedecido cuando se le mandó que fuese á la jornada del Brasil. Privósele de su hacienda y título; y en medio de tantas vejaciones rehusó la libertad que le ofrecia el pueblo sublevado, encerróse con el teniente de alcaide en el castillo, metió dentro los bastimentos que halló á mano, y fiel á su Rey, que le castigaba, esperó socorro de España.

y benignidad real de don Felipe IV, rey nuestro señor, pues estando preso por su mandado en el castillo de San Juan, quiso más morir por confesarle por rey que vivir mintiendo este nombre al tirano : lealtad que ni la disuadió el castigo que padecia, ni la amedrentaron las amenazas que la solicitaban, ni la cohecharon las promesas que la propusieron : sea gloriosa vida del muerto, sea infame muerte del matador. Clame aquella sangre, y por ella toda la que está en las venas de Castilla y Portugal. ¿Cuál otro monarca mereció tener vasallo que en tal estado y tan á su costa supiese mostrar igualmente cuánto estimaba serlo de su majestad y no quererlo ser de otro? Grande esplendor resulta de tal hijo á todo Portugal, confesémoslo : la guerra basta que nos haga contrarios, no envidiosos. Débame esta lisonja la nobleza lusitana. Espero que tan admirable ejemplo tendrá séquito, pues son fáciles de persuadir á hechos gloriosos, y más viendo que el tirano no puede abrigar sus determinaciones si no es con holandeses ó franceses, cuyos socorros son mohatras, que hurtan con lo que dan y lo que dan. Siguen el estilo del que presta para jugar al que pierde, que en vez de socorrerle, le ocasionan mayor pérdida. ¿Quién pidió la capa que le falta, al que vive de quitarla al que la tiene? Bastantemente están ocupados en negar y defender la restitucion de sus robos, sin amparar los ajenos. Pues llamar los moros de Africa (tan aciaga á rey y á reino) no lo podrá adjetivar con el crucifijo que trae en las manos el arzobispo de Lisboa. Cristianísimo, nobilísimo y hazañosísimo reino es Portugal; puede ser tiranizado, no infiel. No le hemos deseado enemigo, mas siéndolo, le conocemos generoso. Supo Castilla darle; quiso Dios volvérsele : ha osado contradecir su divina voluntad el duque de Berganza. Castilla, que asiste al cumplimiento de la de Dios, espera tenerle de su parte, y que dispondrá que portugueses sean medio en la ejecucion, pues es tan cierto que uno no puede engañar á todos, como que todos no engañaron jamas á uno. Quien estrenó la corona con la sangre del secretario Miguel de Vasconcelos, y tuvo por primera fiesta y aplauso el tronco de su cuerpo sin cabeza ni brazos, bien compite el blason cruento y facineroso á Voleso Messalla, de quien dice Séneca (en el lib. 2 *de Ira*), que habiendo un dia hecho pedazos con una segur trescientos hombres, se paseaba con rostro soberbio entre los cadáveres, como si hubiera hecho una cosa magnífica, diciendo á gritos, en griego : Ω᾿ Φράγμα βασιλικόν! «¡Oh cosa real! ¿Qué rey hiciera esto?» Responde á Voleso Séneca, y dudaba que algun rey lo hiciera; y el de Berganza se dió tanta prisa á hacerlo como á coronarse. Ya sé que dice Juvenal, tratando cuán diferentes premios se alcanzan con un mismo delito (sát. 13, ver. 105) :

Ille crucem praetium sceleris tuht, hic diadema;

que en castellano dice : «Aquel llevó por precio de su maldad la horca, este la diadema.» Este dice : parece que le señala; y en Berganza hubo aquel que llevó la cruz, como hay este que lleva la diadema. Mas es de advertir que corona por premio de maldad es horca, como la horca dada por premio de las virtudes es diadema. Todo esto dispone á que el Rey nuestro señor, que con Portugal ha juntado al título de señor obras de padre, tenga en aquel reino pocos quejosos; porque los muchos son opresos, que darán paso al sentir de sus corazones cuando las armas justificadas les abrieren lugar para que respiren. De nadie pretende ser malquisto este discurso, pues aconseja y advierte más que reprende, y solo desea que, dejando los esforzados y nobles portugueses los delirios de Bandarra, que llaman profecías, repitan al que se llama rey, del santo y rey y Profeta, hoy que se gloría en su malicia y iniquidad, del salmo 51, el verso 3 y el 7 : *Quid gloriaris in malitia, qui potens es in iniquitate? Propterea Deus destruet te in finem : evellet te, et emigrabit te de tabernaculo tuo; et radicem tuam de terra viventium.*—Licencindo *Alonso Perez Lyñares.*

Oigan otra advertencia sagrada los electores, como la oyó el electo, pues necesitan de no ménos eficaz medicina : En el capítulo 9 del *Libro de los Jueces* se lee el apólogo que Joatham, dando voces, propuso á los hijos de Siquen, de donde se colige que los portugueses que ungieron sobre sí tal rey fuéron más insensatos que los leños, que, deseando elegir rey, fuéron primero á rogar á la oliva; y porque ella se excusó, fuéron á la higuera; y viendo que no aceptaba, á la vid; y despedidos de ella, fuéron al rhamno (que es la cambronera); y no puede negárseles á los leños que solicitaron tres veces lo mejor. Empero que, teniendo por rey y señor los portugueses á la oliva en la paz y en la felicidad y en la sabiduría, y á la higuera en la opulencia, riqueza y dulzura, y á la vid en la utilidad, eligiesen por su rey al rhamno (que si le eligen de corazon, lo que les ofrece es lo que no tiene, que es sombra en que descansen; y si le eligen con fingimiento, fuego que todos los abrase), ignorancia es que excede á los leños en la propia accion. Puedo deciros, oh portugueses, con David (salm. 57, vers. 10), que pues os arrojasteis á elegir por rey al rhamno (*priusquam intelligerent spinae vestrae rhamnum*), que vosotros tendréis por rey una zarza, y ella en vosotros una corona de espinas. Yo os lo amonesto á todos (1).

*Phlegyasque, miserrimus omnes
Admonet, et magna testatur voce per umbras,
Discite justitiam moniti, et non temnere Divos.*

(1) Virgilio, lib. 6.

LA REBELION DE BARCELONA
NI ES POR EL GÜEVO NI ES POR EL FUERO.

AVERIGUALO

EL DOCTOR ANTONIO MARTINEZ MONTEJANO,

NATURAL DE LA VILLA DE SAN MARTIN DE ESPUCHES (a).

Causa jubet melior Superos sperare secundos.
(Lucan., lib. VII.)

Habiendo visto el *Aristarco*, ó *Censura* á la que llaman los catalanes *Proclamacion católica*, y pesado la grande fuerza de sus razones, lo sólido de su recóndita erudicion, igualmente docta y verdadera, y lo suave y varonil y robusto de su estilo, no por crecerle ni añadirle, sino por acompañarle, como el cero, que delante del número no vale nada, como la sombra, que es nada detras del cuerpo, determiné escribir lo que despreció la severidad de aquella pluma, y lo que despues de ella, que á todo bastó, sobra ; porque si no obedecieren al docto, padezcan al ignorante, y en esta materia se ha ya dicho lo que basta y sobra. Y si bien reconozco que en lo de la ida á Belen cuando nació Cristo, el Aristarco con declarar las medallas que se han fingido, los detiene en aquel camino y los degrada de reyes magos, con todo me enfadé tanto viendo que en los evangelistas ni escritores eclesiásticos auténticos no se leia nada, que quise hablar en ello, y lo dejé hasta repasar todo lo

(a) «Hase publicado ahora un libro intitulado *Aristarco*, ó *Censura á la Proclamacion católica que escribieron los catalanes el año pasado*. Su autor es el inquisidor don Francisco de Rioja, cronista de su majestad: las noticias son bebidas en la fuente más alta, como tan confidente del señor Conde-Duque. El libro absolutamente es bueno y de lindo estilo, todo lo que dice puntual y verdadero, y satisface á las objeciones de los consellers y consejo de Ciento.» Así escribia don José de Pellicer en sus *Avisos* el 2 de julio de 1641. En responder á los catalanes se estaban ocupando varios consejeros de Castilla é inquisidores desde el mes de diciembre ; y el Lipsio mantoano, que en cuestiones políticas no sabia ni podia nunca permanecer mudo, á pesar de encontrarse año y medio hacia en el duro encierro de San Márcos de Leon, echó á volar bajo supuesto nombre el discurso que llena estas páginas. En un solo golpe satisfizo los impulsos de su corazon, y ambicionó tener propicio á Rioja, secretario íntimo del Conde-Duque, obligando á la vez al valido con mostrarse aficionado y respetuoso á su gobierno y persona.

Quien lleve leidos los precedentes opúsculos no vacilará en conocer la pluma que trazó esta invectiva contra los revoltosos de Cataluña ; pero á mayor abundamiento, QUEVEDO se confiesa autor de ella en carta dirigida al Conde-Duque, y no publicada aun, con las siguientes palabras : «Aquello del güevo si fué mio, y lo siento por lo malo.» El lector no se conformará seguramente con semejante calificacion. Esta obrilla no cede á ninguna de las políticas de nuestro autor en gala, novedad, ingenio y travesura.

El texto se ha fijado en vista de una buena copia hecha por el bibliotecario don Tomas Antonio Sanchez ; de la que se halla en la coleccion de Fajardo, y de otra moderna poco apreciable. — *El Colector.*

que se escribe de Heródes. Pudo ser que si fuéron á Jerusalen fuesen á verle y diesen el arbitrio de que degollase los inocentes, que parece traza de catalanes. Lo que hallare saldrá en la segunda parte, cuyo título será otro refran que se dice : «Justicia de catalanes.»

El tema y la tema de los de Barcelona, que podrán más fácilmente negar que son catalanes que no el ser temosos, es el refran que dice : «No es por el güevo, sino por el fuero.»

Yo les probaré «que no es por el güevo ni por el fuero.» Y últimamente (valiéndome de su intencion y de la invidia de los enemigos de España), «que será por el güevo, y no por el fuero.»

No dirán que escribo desaforadamente, ni que guiso mal mi discurso, pues los doy batidos con tres güevos, tres fueros, que son toda su golosina.

Mi cuidado será el ser verdadero y breve, porque ni me teman ni me duden. No quiero que sea difícil acabarme de leer, sino empezar á responderme.

Que no es por el güevo ni por el fuero, el güevo lo dice, el fuero no tiene que decir : ni han quebrado el uno ni el otro los ministros de su majestad.

Ha gastado el Rey nuestro señor en defensa y recuperacion de Salsas y Perpiñan millones de oro y muchos millares de hombres. Asistió al condado con los mejores vasallos de todos sus reinos. Cobró lo que se habia perdido en Rusellon más por la neutralidad que los catalanes tuviéron que por el valor de los franceses. Confieso concurriéron á la restauracion ; empero tarde y con socorro regateado, no ofrecido. No sé cómo se les pueda agradecer parte de accion, de que tan presto en todo mostraron que les pesó.

Si dijeren que se debió escusar el acordar la guerra por aquellos confines, por estar quietos y seguros por su parte de ellos ; si de ellos mismos no han estado seguros, y se han inquietado por ellos mismos, séanse respuesta, pues se fuéron causa y ocasion á todo. La guerra tan injusta que Francia hace hoy á toda la cristiandad en esta monarquia más con cizaña que con valor ni valentía, levantando á Barcelona y á Portugal y asistiéndolos á la traicion, — confiesa en gloria nuestra que todas las naciones apestadas de herejía, incorporadas en Francia, no pueden dar cuidado á España sin españoles. Guerra es esta más colorada con la vergüenza que con la sangre. Y halos de burlar el intento, porque al español más le constituye en serlo la lealtad que la patria, de tal manera, que deja de ser español en dejando de ser leal. Así se valen de los que lo fuéron y lo dejan de ser, para empezar á ser peligro de los que los admiten. Siempre que Francia tiene guerra con España, Rusellon y Cerdaña son los pasos que, por más llanos y abiertos, llaman á sí los celos y el cuidado de las dos coronas; y guardar el paso no es aguardar á que el enemigo lo pise, sino pisarle el suyo. El más seguro modo para defenderse del contrario es obligarle á que se defienda. El que acomete sabe escoger para sí, toma la determinacion, y da el susto al enemigo. Esto reconocieron los ministros de su majestad en los mismos pasos y confines. Esto ejecutaron, adestrados de toda prudencia militar, en la interpresa de la Ocata. Sucedió desdichadamente, no por inconsideracion ni falta de valor : el por qué díganlo, si se atreven, los catalanes, que se contentaron con ser solamente testigos de aquella desventura de los que á su pesar los defendian. Mucho desanima amparar al que se ofende de que le amparen : peleábamos contra los franceses por Cataluña, y los catalanes obligaban á los franceses contra nosotros con no acompañarnos. Nuestra desgracia su ingratitud la mereció, nosotros la padecimos ; desquitámosla con muchas ventajas sobre Fuenterabía : esta plaza le hizo llorar lo que cantaba. Fué gran disposicion pelear por guipuzcoanos y no por catalanes : defendiamos á los que se defendian en la Ocata, á los que se ofendian de que los defendiésemos. Dejábanse gobernar de las conciencias de los bandoleros, cuyo número es el mayor y más bien armado, el grueso de ellos gabachos y gascones, y herejes y delincuentes de la Lengundoca. Al fin, plebe sobrada de Francia y desecho aun de los ruines de ella. Estos, oprimiendo la nobleza y los eclesiásticos y magistrados, arrebataron en furor la liviandad del pueblo, rematándole en delitos enormes que desesperasen de perdon, para que viviese la discordia en el horror de la indignidad persuadida por indispensable. Con esto á la maldad añadieron la obstinacion. Rogaron consigo á Francia, que mostró que los conocia en hacerse de rogar para acetarlos. Admitiólos por diversion para nosotros, no por aumento para sí ; que ellos han advertido son más útiles ajenos que propios, y enemigos que vasallos, pues contra su señor han gastado su tesoro, y al que admiten le obligan á gastar el suyo, sin ver que ú costa de su libertad será forzoso que le cobre presto, pues se han quitado en nosotros la respiracion que tenian, para desahogarse del ímpetu y codicia desenfrenada que tienen experimentada en los franceses, de que no pueden ellos arrepentirse á tiempo que el arrepentimiento los aproveche. Darlos á quien se dan fuera el mayor castigo, ¿qué será darse ellos? Nadie nos los ha de cobrar más aprisa que quien nos los quita : nacion que para ser aborrecida solo aguarda á ser tratada, y para engañar, que se fien de ella. El rey de Francia hoy los busca diversion de las fuerzas del Rey nuestro señor, y destina caudal y precio su desamparo de la paz ó concierto, á que es fuerza que se vea obligado con brevedad. No hablo ménos temerosas y prudentes palabras para los catalanes que á los pue-

blos de Sicilia Hermocrates, hijo de Hermon Siracusano. Léense en Tucídides, lib. 4 : *Nam si bellum elegerimus*, etc. «Porque si elegimos la guerra y llamamos á estos hombres auxiliares que hacen guerra aun »á los que no se acuerdán de ellos, luego que nos hu»biéremos consumido con gastos domésticos debajo »del imperio suyo, fácil es de creer que algun dia ven»drán con mayor ejército, y procurarán señorear to»do nuestro estado por medio de los que hubieren re»conocido bien afectos á ellos.» No pregunto si puede sucederles esto con los franceses, sino que si puede dejarles de suceder. Asistir Francia á Flándes, á Borgoña, á Italia, á Alemania, á Navarra, á Portugal, á Cataluña, á los dos mares, á sus presidios y fronteras, más es desperdicio que poder. No de otra manera el gran raudal de agua sangrado de muchas zanjas, en vez de fertilizar muchas tierras, desvaneciéndose bebido de los rodeos de sus caminos, aun deja quejosa la sed del polvo, y apénas lodo donde aguardaban cosechas. Él puede ser el revoltoso del mundo, no señor ; codiciarle, no poseerle. Debiera advertir Cataluña que el mudar señor no es ser libres, sino mudables. No quiero dar lo justo y moderado que me piden y debo, y quiero quitarme y perder más, no puede llamarse ahorro, locura sí. Hoy nada es suyo sino es la rebelion. Las haciendas son las armas auxiliares, las vidas del peligro, las honras de los huéspedes, y el sagrado santuario sueldo de calvinistas. Luego no es ni ha sido por el güevo.

Resta hojear el libro verde, si de poco acá no se ha secado, ó no le han dado otro color despues que se desesperaron. En todo él no hay fuero que diga tenga Barcelona conde, y el conde no tenga Barcelona ni condado. Ni le hay que diga los catalanes sean vasallos sin señor, de quien quisieren, como quisieren, hasta cuando quisieren. Tampoco le hallo para que maten sus vireyes á pesadumbres y á puñaladas, ni para que tengan concordia con el enemigo de su señor natural para poder tener discordia con su señor. Y ménos que, defendiéndose y defendiéndolos de sus contrarios el conde de Barcelona, no le asistan con gente y dineros ni alojen su ejército. Con sumo desvelo miré si habia fuero (aunque de vergüenza estuviese en cifra) que dijese podian los catalanes despojar el sagrado templo de Monserrate y quitar de la cabeza la corona á la Vírgen para coronar á Luis XIII, y no le hallé. Holguéme y busquéle con miedo de hallarle añadido con el «no queremos porque no queremos», á quien han introducido en fuero ; y hojeado todo el libro, hallé no solo sanos y no quebrados sus fueros, empero ni hendidos, ántes más guardados de su majestad que de su archivo y deputacion y concelleres. Yo les pregunto que cuál tienen que para valerse de los franceses no le hayan hecho pedazos y vuéltole desafuero, pues defenderlos para quebrarlos, guardarlos de todos y no de sí, para perderlos, no es menor locura que sería en cualquiera guardar su casa de todos para derribarla encima de sí mismo. El Rey nuestro señor nunca quiso quitarles la libertad de sus privilegios ; moderar sí, como señor y padre, la insolencia de que por tenerlos usaban. Y esto con tanta blandura, que teniendo ejército junto y en tiempo, por excusar ruina sangrienta quiso más con la tardanza aventurar el ser victorioso que el ser clemente, procurando que la amenaza excusase el golpe. Muchos fueros y privilegios leí tan diferentes de como los alegan, que los desconocí; y siendo los mismos, los tuve por otros. No los alegan como los tienen, sino como los quieren. Esto es concederse privilegios; y yo certifico que no tienen privilegio ni fuero para poder concederse á sí mismos ni lo uno ni lo otro. Mucho de esto hemos visto de ocho años á esta parte, y satisfaciéndolos con sus mismos derechos. El negro libro verde se vuelve Alcoran, y manda que le defiendan y no le disputen, y esto ha sido todo. Luego no es por el fuero. Dicen (yo se lo oí cuando estuvo en Barcelona su majestad) que sus fueros y privilegios todos habian sido premios de grandes y fidelísimos servicios á sus condes, y esto blasonándolo. Pues digo yo con Aristóteles : *Contrariorum eadem est ratio.* «Una misma es la razon de los contrarios.» Luego por deservicios é infidelidad se pierde lo que por fidelidad y servicios se gana. Y si nadie se presume que concede privilegio contra sí, y el que le concede ni debe ni puede conceder el mal uso de lo que concede, los catalanes no deben tener los que tuvieron ni los que presumen. Dícese que el rey de Francia los ampara república: si fuese asi, es señal que no está contento con una Ginebra. Treta es, no proteccion. Desprécialos por vasallos, y entreliénelos por discordes. Engáñalos con el ejemplo de Holanda, y aliéntalos con la traicion de Portugal; y cállales el apólogo (de que hace mencion Aristóteles en la retórica) del caballo, que cuando era libre, para defenderse de otros animales que le enojaban fué á pedir al hombre que le viniese á socorrer. Excusóse diciendo que no podia andar tanta tierra; el caballo ofreció que le llevaria. Púsose en él, defendióle; mas viendo la util·idad que tenia el caballo para el que iba encima, sujetóle, púsole freno, acostumbróle á vara y espuelas : quedó vengado, pero sujeto al que le vengó. Perdónales la aplicacion, allá se avengan : yo se la cuento fábula, miren no me la vuelvan verdad.

No han tenido poca gracia en achacar su motin á devocion con el Santísimo Sacramento, diciendo que por haberse abrasado en un lugar (á quien pusieron fuego nuestros soldados en una iglesia que se quemó) unas formas consagradas, tomaron á su cargo la venganza y el castigo. Si esto sucedió, obraríalo el furor rabioso de los soldados en un lugar que, entrándole á fuerza de armas, pusieron fuego : juntóse la licencia de la llama no destinada al templo. Empero los catalanes (que acusan estos que nosotros lloramos), juntos en consejo y votándolo con estudio y acuerdo premeditado poco despues, mandaron saquear la casa y templo de Monserrate, desterrar los monjes, dar muerte al Prior y robar la imágen milagrosísima. Pésese el sacrilegio mandado por decreto, y el sucedido por desórden, y se verá la calidad y intento de estos que se mienten vengadores de los lugares sagrados, siendo gente que con el robo de los monasterios y de las imágenes amartela para su socorro á los hugonotes, por desembarazarlos de que los aborrezcan ó teman por católicos.

Hasta esta abominacion han llegado, precipitándose sin causa de una en otra maldad; empero el doctísimo Aristarco dice que no se ha podido averiguar que se quemasen las especies de las formas consagradas, ni por informacion de los inquisidores ni del obispo de Gerona. Y si sucedió, quiero preguntar si hay quién sepa, ó si dejará de haber muchos que crean que los mismos catalanes, por desacreditar las armas de su majestad y hacerlas odiosas, pusieron el fuego al templo para achacar el sacrilegio á los castellanos. Adelanto más esto : ¿ habrá quien no crea que si sucedió lo que ellos dicen, que no fuéron ellos los que lo hicieron, sabiendo que Benito Ferrer, que fué catalan, se vino á Madrid solo á arrebatar á un sacerdote celebrando la hostia consagrada, como lo hizo, y arrojándola en el suelo, la pisó delante de gran concurso de gente, por que fué preso y justiciado con gran publicidad en Madrid, donde murió impenitente y quemado vivo (a) con la obstinacion y contumacia que jamás se vió en judío ni hereje? ¿ Halló semejante sacrilegio jamas disposicion, no digo solo en ánimo castellano, sino en judaizante, moro ni hereje? Pues el venirse el catalan Benito Ferrer á ejecutar este crímen de lesa majestad divina á Madrid, no fué solo por violar y ofender aquella corte y esta nacion, sino que, como codiciaba el infernal blason del castigo en las llamas por ambicion, temió que en Cataluña se desentenderian de ello fácilmente y no lo podria conseguir. Empero, porque de indicio pase á prueba, quiero alegar á los mismos catalanes contra sí propios en este mismo caso. ¿No son ellos los que dicen y firman y imprimen en su *Proclamacion católica* que por haber cruentado facinorosamente el dia del Córpus con la infanda muerte de su virey el conde de Santa Coloma, á otro dia que se celebró en él, se paró el sol ? Pues gente tan descaradamente impía, que da tanto mérito á un horrendo homicidio, á una traicion inhumana, como á Josué; que osa decir que con tan rara maravilla aplaudió su maldad Dios, contradiciéndola con toda su ley; que pretende hacer cómplice al cielo en sus infernales crímenes, ¿qué no dirá? Qué no habrá hecho? Hiere san Pedro al judío que iba arrastrando al mismo Cristo, hijo de Dios y Dios verdadero, que es el mismo que está en el Santísimo Sacramento, y dice el gran Tertuliano, lib. *de Patientia* : «Fué herida la paciencia de Cristo en la oreja de Malco.» Y ásperamente riñe á san Pedro y con severidad le amenaza; ¿y alargará la vida al dia por autorizar con tan esclarecido milagro un homicidio alevoso de los segadores de Barcelona? ¿Quién negará que los que temerarios publicaron esto no fuéron los que pusieron fuego á la iglesia (si se abrasó) para imputárnoslo? No se paró el sol cuando el catalan Benito Ferrer pisó la hostia consagrada, ¿y quieren los catalanes que se pare en aprobacion de la muerte que ellos dieron á su gobernador y capitan general? Hasta el sol quieren sacar de su curso, sin advertir que el privilegio de pararle le da Dios, y no el libro verde; si ya no presumen que pueden derogar los fueros de los planetas con los suyos. De una misma conciencia es levantar á Dios un testimonio falso y quemar las especies en las formas consagradas.

Dicen que lloran las imágenes y que sudan. El autor no hizo sino trasladar literalmente en milagro las mentiras poéticas de Lucano en el lib. 1 de la *Farsalia* :

Indigetes flevisse deos, Urbisque laborem
Testatos sudore Lares.

(a) A 21 de enero de 1624.

Lo que creo es que ellos hacen diligencias con sus abominaciones para que, en testificacion de sus pecados y abominaciones, lloren y sudon las imágenes en poder ya de calvinistas, sus más capitales enemigos.

Yaun, por su deposicion de los mismos catalanes, no lloraron ni sudaron las imágenes hasta que ellos, homicidas y traidores, profanaron lo humano y lo divino.

Todas las veces que vocingleros se llaman fieles y ostentan la devocion con la concepcion de Nuestra Señora y con el Santísimo Sacramento, los miro eminentísimos discípulos de Caifás y de sus alharacas, cuando se rasgó la vestidura para decir que blasfemaba Cristo, siendo quien blasfemaba su descomulgada lengua. Y todas las veces que nos llaman impíos y sacrílegos me acuerdo de los ladrones, que, siguiéndolos para prenderlos, cuando oyen que la justicia grita : «Tengan al ladron,» ellos por disimularse dicen : «Tengan al ladron» con mayores voces. Son los catalanes el ladron de tres manos, que para robar en las iglesias, hincado de rodillas, juntaba con la izquierda otra de palo, y en tanto que viéndole puestas las dos manos, le juzgaban devoto, robaba con la derecha. No se puede negar que en estas comparaciones de robadores no los he cogido de manos á boca.

Y acordándome de todos los bienes que exageran de su pais, en abundancia, riquezas, fuerzas y valentía, respondo con las palabras del santo confesor Magno Félix Ennodio, obispo ticinense (1): *Quibus hæc tamen ipsius naturæ repugnantis merita non dederunt, fecit eas relatore sublimes... Oris est, quicquid in vobis lector stupuit.*

Exprimido todo el veneno que en la *Proclamacion* confeccionaron los sátrapas de Cataluña, se encamina por ellos al Conde-Duque. Y sintiera mucho su celo y fidelidad que los que aborrecen á su majestad no se mostraran acérrimos enemigos suyos. Sucédele al Conde-Duque con el principado de Cataluña (con suma gloria de su nombre) lo mismo que á David con Achis; es lugar singular (2) : *Vocavit ergo Achis David, et ait ei : Vivit Dominus, quia rectus es tu, et bonus in conspectu meo : et exitus tuus, et introitus tuus mecum est in castris : et non inveni in te quidquam mali ex die qua venisti ad me usque in diem hanc : sed satrapis non places.* Y en el mismo capítulo, habiéndole pedido David á Achis la causa por que le echaba de sí, le responde Achis lo mismo, y añade : *Scio quia bonus es tu in oculis meis, sicut angelus Dei.* De manera que siendo David tal, que afirma Achis con juramento : «Vive Dios que eres recto y bueno en mi estimacion, y tu salida y tu entrada está en tus ejércitos conmigo, y desde el dia en que viniste á mí hasta hoy no he hallado en tí cosa mala, y sé que eres bueno á mis ojos, como el ángel de Dios; empero no agradas á los sátrapas. »

El Principado, que con toda la Europa tan repetidamente ha dicho del Conde-Duque que es recto y bueno, y sin haber hallado en sus acciones culpa, oye que apartándose de su rey se apartan dél, lo que dice literalmente es lo que dijo Achis, «que no agrada á los sátrapas,» esto es, á los diputados, á los concelleres, á los cien consejeros. El nombre de *sátrapas* no es de mi pluma; su malicia se le pone. Viéneles este lugar

(1) Lib. 1 de sus Epístolas, epist. 6 á Fausto.
(2) Lib. 1, reg. cap. 29, v. 6.

como nacido; por eso se le visto cuando se le aplica. Toleró en Barcelona el Conde-Duque el demasiado orgullo de los catalanes. ¿ Qué no hizo para disponer su desórden, por digerir su dureza, cuando desconocidos cauterizaron su paciencia tantas veces preciosa ? Cuando su majestad fué á las Cortes en los primeros tumultos de su facinerosa condicion, fué público que mos de Fargis, embajador de Francia, que á la sazon se hallaba en Barcelona, habia dicho que él haria que los catalanes se redujesen á lo justo. ¿Cuál malicia no descubrió esto? ¿De qué traicion un fué promesa? Llegó á oidos de los catalanes, y valiéndose de la hipocresía patrimonial que tienen, mintiendo sentimiento, encomendaron su disculpa á sus alharacas. Admitióse á sus palabras, no á sus corazones, sabiendo que no hablan con una misma lengua sus conciencias y sus labios. Entónces ni habia precedido guerra, ni asistencia de ejércitos, ni excesos que ahora acusan de soldados, ni alojamientos : de manera que el ser franceses no lo han ocasionado las armas de su majestad, sino descubiértolo. Ellos son las viruelas de sus reyes : todos las padecen, y los que escapan quedan por lo ménos con señales de haberlas tenido. Los franceses lo digan á quien hoy vuelven, habiéndolos dejado. Decímoslo nosotros á quien dejan, habiéndose vuelto á nosotros, huyendo de los que buscan. El Aristarco hace que sus propios historiadores confiesen esto contra ellos. Son los catalanes aborto monstruoso de la política. Libres con señor; por esto el conde de Barcelona no es dignidad, sino vocablo y voz desnuda. Tienen príncipe como el cuerpo alma para vivir, y como este alega contra la razon apetitos y vicios, aquellos contra la razon de su señor alegan privilegios y fueros. Dicen que tienen conde, como el que dice que tiene tantos años, teniéndole los años á él. El provecho que dan á sus reyes es el que da á los alquimistas su arte; promételes que harán del plomo oro, y con los gastos los obligan á que de oro hagan plomo. Ser su virey es tal cargo, que á los que lo son se puede decir que los condenan, y no los honran. Su poder en tal cargo es solo ir á saber lo que él y el Príncipe no pueden. Sus embajadas á su gobernador cada hora no tratan de otra cosa sino de advertirle que no puede ordenar ni mandar ni hacer nada, anegándole en privilegios. Esta gente, de natural tan contagiosa; esta provincia, apestada con esta gente; este laberinto de privilegios, este cáos de fueros, que llaman condado, se atreve á proponer á su majestad que su gobierno mude de aires, quiere decir, de ministros. Ya les apliqué el nombre de *sátrapas*; proseguirélo con Daniel, cuyas palabras en la version de Pagnino y en todas los fulminan. Es el caso tan individual, que trata de unos sátrapas invidiosos de Daniel, grande privado del Rey : *Et satrapæ quærebant occasionem contra Danielem ex parte regni : et omnem occasionem et corruptelam non potuerunt invenire, eo quod fidelis esset, et omnis error, et corruptela non inveniretur in eo. Tunc viri isti dixerunt : Quia non invenimus contra Danielem hunc omnem occasionem, nisi forte inveniamus contra eum in lege Dei sui.* La version de los Setenta muy á propósito los llama : *Ordinatores et satrapæ.* «Los ordenadores y sátrapas hacian diligencias para hallar ocasion contra Daniel, y no hallaron en él ninguna ocasion, delito ni pecado, porque era fiel; y dijeron los ordenadores: No hallarémos contra Daniel ocasion si no es en servir legitima y fielmente á su Dios.» Que son sátrapas los diputados, concelleres y los del consejo de Ciento, á quienes no agrada el Conde-Duque, en Achis lo mostré, y de sus palabras bien aplicadas les puse el nombre. Ahora se le confirmo con el lugar de Daniel; y el añadir los Setenta la voz *ordenadores* á los sátrapas, es señalarlos con el dedo, siendo así que solo ellos deben ser llamados ordenadores y sátrapas, pues se introducen en dar órdenes en todo lo que no pueden ni deben ni entienden, y alegan que esto es oficio de sus concelleres con sus reyes.

Ven que el Conde-Duque por su integridad, desinteres y asistencia inimitable tiene el primer lugar, buscan ocasiones y culpas para apartarle de su lado: *ex latere Regis.* Leen la Vulgata; no hallan alguna, porque es fiel; y viendo que no lo hay, dicen: No hallarémos en él culpa sino en probarle que guarda la ley de su Dios, y no la de nuestros ídolos; que asiste al lado de su rey con todo el amor que debe y con la inteligencia que otro ninguno pudiera. Estos ordenadores y sátrapas á imitacion de los otros lo disponen, como ellos, inventando y estableciendo una ley que no hubo. Y sucederáles como á los acusadores de Daniel, pues los imitan literal y individualmente; lo que con admiracion conocerá quien leyere todo el capítulo citado y referido en parte.

Y porque se entienda que se precian de remedar todas las acciones cruelmente ruines, adviértase con cuánto cuidado imitaron la fiera obstinacion y el aborrecimiento contumaz de los fidenates, de quienes dice Plinio Junior en sus *Varones Ilustres: Fidenates fidei Romanorum hostes, ut sine spe veniae fortius dimicarent, legatos ad se missos interfecerunt.* Dirán que no han muerto los embajadores, que fuéron dos hijos del duque de Cardona: es verdad, mas hanles hecho tratamiento peor que la muerte, y con su excelentísima madre hicieron no solo que la viesen, sino que la esperasen regateada. Nacion que se arma con delitos indignos de perdon, y que para ser valiente se desespera, presto imitará, como en el principio, á los fidenates en el fin merecido. Si queremos conocer los ingenios de los de Barcelona, y cómo afectan lo divino para confundir, oigamos á Tertuliano la postrer cláusula en que remata el libro de *Corona Militis: Agnoscamus ingenia diaboli, id circo quaedam de divinis affectantis, ut nos de suorum fide confundat, et judicet:* «Reconozcamos los ingenios del diablo, que afecta algunas cosas de las divinas para confundirnos y juzgarnos con la fe de los suyos.»

Este lugar no es tan grande como Barcelona, mas es más verdadero; y por corto que es, segun viven, viven en él todos los que están en Barcelona.

Llegado hemos al último disfraz del refran: «Que será por el güevo, y no por el fuero.»

El güevo que en este refran propio de los catalanes ha estado ocioso, despues que por haberle empollado los franceses es güevo de gallo (que en latin *gallos* se llaman), produce un basilisco: tal padre dan los autores á esta sierpe habitada de veneno que mira con muertes, de manera que tendrán por rey al régulo, que si mira lo que hace, deshace lo que mira. Y

forzosamente si quien mira con pestes por ojos, mira por ellos, es forzoso que la ruina suya sea por el güevo que le fué vientre. David dice hablando con el que habita en la ayuda del Altísimo: «Andarás sobre el áspid y el basilisco.» Estas pisadas y coces un rey que cumple lo que dice se las promete al basilisco: *Qui habitat in adjutorio Altissimi, super aspidem et basiliscum ambulabit.*

Advierto que no se escapará por ser güevo con pollo, pues se cuenta, y lo escribe Andres Arnaudo en sus juegos, que teniendo un español un güevo en la mano para comerle, le advirtieron que tenia pollo; él se le sorbió diciendo: «Vaya ántes que llegue á gallo, que será mi enemigo (a).»

No quiero, aunque les deje con mal sabor, invidiarles el desengaño. Están muy preciados de que con su levantamiento maduraron la traicion en el duque de Berganza, con que juzgan, dividen y divierten las fuerzas para su castigo. Aúnanse recíprocos con el que se llama don Juan el Cuarto, sin advertir que el Juan no es de alguno de los dos Joanes. Que no es evangelista, lo que dice lo dice. Que no es baptista, dícelo lo que no hace. El Baptista cuando los judíos le ofrecieron el ser ungido, el ser mesías, el ser rey, respondió: «No soy digno de desatar la correa del zapato del que lo es.» Luc., 3, v. 16: *Non sum dignus solvere corrigiam calceamentorum ejus.* Esto hizo; y este don Juan ni hizo ni dijo esto cuando aceptó el reino ajeno y de su propio rey. Y por ser la cosa que á mano hay en Portugal, y accion suya, no será temeridad creer que tambien le hicieron la oferta judíos. Tiene tan poco este Juan del Baptista, que, aun perdiendo la cabeza, tendrá solamente la similitud de Heródes, por haber muerto inocentes.

Llamóse Cuarto por usurpar hasta el número del nombre al mismo señor suyo natural, á quien usurpó el reino. Y si cuando se hizo cuarto Juan se acordara de don Juan el Segundo, que degolló por traidor á su bisabuelo, pudiera temerse cuartos por lo mismo. Ayer compañero y hoy rey, ayer vasallo y hoy señor, no son pronósticos de seguridad. Persuadirse él con los catalanes, y ellos con él, que su traicion debilita el grande poder del monarca de España es locura, pues puede decirles con más razon que Julio César á su ejército cuando le quiso desamparar: «¿Os persuadis sentiré el daño de vuestra fuga? Sería lo mismo que si todos los rios amenazasen al mar que le negarian las fuentes que vierten en él; siendo así que el mar, como no crece con ellos, sin ellos no menguaria.» Lucan., lib. 5.

. . . . . . *on cursus vestrae sentire pulatis*
Damnum posse fugae? Veluti si cuncta minentur
Flumina, quos miscent pelago, subducere fontes,
Non magis ablatis unquam decresceret aequor,
Quam nunc crescit, aquis.

Y la majestad del Rey nuestro señor dirá á los que confían contra su grandeza en estos rebelados, lo que dijo el mismo César: «Alegráos, soldados; que os salen

(a) El epigrama de Andres Arnaudo así dice:

IN HISPANUM INCERTUS.

Quod nondum calido pullus cum exclusus ab ovo est,
Hunc arido implumem protinus ore voros;
Hispane, haud mirum est pullum vis perdere nam si
Creverit is, subito Gallus et hostis erit.

al encuentro y se os ofrecen por merced de la fortuna
batallas. Como el viento derramado por el espacio vacio no logra la fuerza si no le ocurre selva densa, y como si nada se le opone perece el fuego, así me es dañoso faltarme enemigos, y tengo por pérdida de mis
armas si no se rebelan los que puedo vencer.» Lucan.,
lib. 3.

> . . . . Gaudete , cohortes :
> Obvia praebentur fatorum munere bella.
> Ventus ut amittit vires , nisi robora densae
> Occurrant silvae, spatio diffusus inani :
> Utque perit magnus nullis obstantibus ignis ,
> Sic hostes mihi deesse nocet : damnumque putamus
> Armorum , nisi , qui vinci potuere , rebellent.

Oigan los traidores que se alegran de ver disminuida la vara del que los castiga, á Esaías : «No te alegres
toda , oh Filistea , porque está disminuida la vara del
que te castiga ; de la raiz del serpiente nacerá el régulo.» Esaiae, cap. 14, v. 29: *Ne laeteris, Philisthaea
omnis tu , quoniam comminuta est virga percussoris
tui : de radice enim colubri egredietur regulus.* Este
basilisco, el güevo de gallo, por quien ya es el pleito,
se le promete al fuero , por quien nunca fué.

Acabe mi discurso Tertuliano , pues hablando contra los herejes fabulosos y embusteros, prosigue con
la serpiente madre del régulo , y entiéndanlo por si
los declamadores (1) : *Abscondat itaque se serpens
quantum potest, totamque prudentiam in latebrarum
ambagibus torqueat, alte habitet, in caeca detruda-
tur, per anfractus seriem suam evolvat, tortuosè pro-
cedat, nec semel totus, lucifuga bestia. Nostrae colum-
bae domus, simplex etiam in aeditis semper, et aper-
tis, et ad lucem : amat figuram Spiritus Sancti.*

(1) *Adversus Valentinianos, c. 3.*

PANEGIRICO

A LA MAJESTAD DEL REY NUESTRO SEÑOR DON FELIPE IV,

EN LA CAIDA DEL CONDE-DUQUE (*a*);

DE DON FRANCISCO DE QUEVEDO.

Dilexisti justitiam, et odisti iniquitatem; propterea unxit te Deus.
(Psal. 44.)

SERENÍSIMO, MUY ALTO Y MUY PODEROSO SEÑOR:

Dios nuestro Señor dió á vuestra majestad en una corona más reinos é imperios que á otros monarcas vasallos, con tal calidad, que castiga á los que no lo son, con que lo sean. Hoy da á vuestra majestad á sí mismo; beneficio tan de su poderosa mano de vuestros señoríos, que ni tiene más que pedir á la divina Providencia, ni otra ocupacion que darle gracias por disposicion tan propia. Más nos ha dado á todos en dar á vuestra majestad á sí mismo, que dió á vuestra majestad en dárselo todo: tanto mayor que todo es vuestra majestad. Acabastes los años que vuestra luz nos la dispensaron pálida, vapores que levantastes y se condensaron nubes, por cuyos senos el dia que nos inviábades como sol clarísimo, descendia á nuestros ojos anochecido en los tránsitos que le esquivaron con sombras. Esto, Señor, no ha sido casual ni fué agravio: circunstancia sí para que hoy se admire que la salud de tanta dolencia la dispuso el Señor en vos y con vos solo. No ménos os han alabanza todas las calamidades que han padecido, pues se conoció en una hora que se descaminaba cuanto corria por otras manos, y se logra cuanto pasa por la vuestra. ¿Cuál príncipe, de cuantos guarda la memoria por blason y ejemplo, en un dia recobró ú su amor corazones, en los cuales veinte y los años envejecieron temor inducido y forzado? Este nunca pasó á vuestra majestad: todos lo deseaban, solo temian á los que lo hacian desear, como supiéramos que todas las asistencias os eran estorbo si no viéramos que el dia que redujistes á vos solo á todos los ciudadanos ameció desembarazo en todos. San Pablo enseña y afir-

(*a*) Fué esta mudanza de la fortuna, entre los acontecimientos de la Península, uno de los más grandes de aquel reinado. Ocurrió el 23 de enero de 1643 y dió la libertad á QUEVEDO, preso duramente en San Márcos de Leon por enemiga del conde-duque de Olivares. Vuelto QUEVEDO á la corte en junio del mismo año, elevó al Rey un memorial felicitándole por haber apartado de sí al ministro más calamitoso para España. Es fuerza considerar este escrito como el himno de triunfo del sabio, del político fieramente perseguido. ¡Lástima que nosotros no le hayamos logrado tal como debió presentarse al monarca!

Lo que publicó Valladares es apócrifo: lo que hoy damos á conocer al público es un fragmento ó bosquejo del memorial. Poséelo el señor Duran parte de mano del leal amigo de nuestro autor, don Francisco de Oviedo, parte de letra de dos amanuenses del señor de la Torre de Juan Abad. Hemos cotejado este apreciable resto con el que se incluye en la coleccion de don Juan Isidro Fajardo (1724), con los números 13 y 14 de la de don Benito Gayoso, que hubo de copiar el bibliotecario don Tomas Antonio Sanchez, y con un traslado moderno de escaso mérito.—*El Colector.*

ma cuánto se ahogan los buenos deseos faltando la comunicacion, que con nombre de mayor deidad os retiraban, como dice á los de Corinto: «Como nuestra comunicacion se empieza, nuestros corazones se dilatan.» No puede seros nota haberos eligido ministros que os hayan sido impedimento. Considere vuestra majestad que Cristo no solo escogió doce en sus discípulos, de los cuales Pedro le negó, dudóle Tomas, vendióle Júdas, dejáronle todos; sino que él mismo les dijo: «Yo os escogí á vosotros, no vosotros á mí.» Si en esta eleccion de la eterna Sabiduría, por ser hombres, hubo uno incrédulo, otro desconocido, un traidor y muchos cobardes, ¿quién extrañará que en la que hizo el deseo de todo el bien comun en vuestra majestad hubiese entre los electos algunos poco atentos, otros ménos dichosos, algunos ingratos, para que convenga que solo mereceis ser tan grande rey, lo seais solo? No es menester que los que os han asistido sean defectuosos; basta, Señor, sin su descrédito, que no sean capaces del talento real de vuestro espíritu soberano.

Perdonad, Señor, que discurra por vuestra edad, y luego por el tiempo que habeis tenido privado. A los treinta y ocho años de vuestra edad os dignasteis de alumbrar claro y sereno al mundo, despues que á los treinta y tres, por consideracion natural del sol, os echaron niños; ¡escondido misterio para que nos le dé á entender el águila de la Iglesia, y nos prometamos que en los dos que faltan á los cuarenta (que se cuenten felices) se restaure todo! Dice Agustino, en conclusion: «Este número de dos, que significa algun bien, principalmente es la bien distribuida caridad, pues si el número cuarenta contiene la perfeccion de la ley, y el cumplimiento de la ley no está sino en dos puntos, ¿qué te admiras de por qué estuviese enfermo el que tenia dos ménos de cuarenta años?» Tiene vuestra majestad en estas palabras deste resplandeciente dotor una muy asegurada profecía, que en cuarenta años que encierra, está verificada en lo más, y para lo que falta da el modo de merecer la infalibilidad de ella. El arbitrio, Señor, no son tributos estos dos años, sino caridad distribuida entre vuestros vasallos. Buen remedio cuando la dolencia vuestra y de todos ha sido pechos y vectigales en todos los pobres en el tiempo de vuestro valido. Considero que á los doce años de la edad de Cristo, saliendo (digámoslo así) de la patria potestad de su Madre, se fué á disputar al templo con los doctores, y desde entónces hasta los treinta y tres pasaron veinte y uno: los mismos á que, por muerte de vuestro glorioso y piadoso padre, solevasteis la capacidad de un vasallo á compañero de las resoluciones del gobierno; y cumplidos estos, habeis empezado á hablar y obrar por vos. Veinte y un años ha estado detenida la lumbre de vuestro espíritu esclarecido, para que se conozca los años que podeis restaurar en una hora. Como puede caber en el sér humano, considero en vuestra majestad esta imitacion de la persona de Cristo, que despues que se apartó de su santísima Madre estuvo los mismos retirado en sí, viniendo á enseñar con palabras y obras y á redimir el género humano; escondió en silencio los treinta, y luego juntamente empezó á hacer milagros y enseñar.

Como se permite á la inmensurable diferencia que hay de Dios al hombre, copiasteis aquella accion el dia que hablasteis en el consejo de Estado, donde enseñando á todos, obrasteis maravilla tan grande, como fué alegrar la tristeza, confiar la desesperacion, alentar el desmayo, enamorar el miedo, enriquecer la pobreza, desaprender la mentira, arrepentir los rebeldes y atemorizar los enemigos. Aprenderán los siglos que no hay oposicion invencible á la piedad ni defensa segura á los delitos. Ha sido vuestra resolucion tan prodigiosa, que mi cuidado no es solamente buscar palabras decentes á vuestra atencion, sino razones que alcancen á exprimir sentimientos y aclamaciones que ningun otro monarca ocasionó. Será gloria á la modestia y reputacion de vuestra majestad, como calificacion al conocimiento de vuestros vasallos; que todo parece corto en vuestras alabanzas, y á vos solo largo.

Señor, cuando parecia á la malignidad ceñuda que la invidia de todo el orbe de la tierra aunada en motin sedicioso limaba á vuestra majestad el renombre de grande (que legaliza con todos sus rayos la tarea del sol, confesando que no alumbra en el dia que acaba y en el que empieza, tierra ni mar que no blasone vuestro vasallaje), entónces vuestra majestad se añade el de óptimo máximo. El título de augusto tiene dueño antecedente, que le presta el de feliz; suele ser desvarío de la fortuna, breve y engañoso. El de grande dale la comparacion con otro menor; quitale con otro igual. El de óptimo máximo es tan superior, que no supo todo el estudio de la idolatría crecerle á más soberano grado en el mayor de sus dioses. La cantidad y el número de los imperios no pudieron hacer á vuestra majestad grande; empero, óptimo y máximo solo vuestra majestad ha podido: esto no le debe al derecho de la sucesion, ántes él os le debe á vos. Vuestros invictos antepasados aguardaban con las memorias que de sí dejaron esta prerogativa, y ella aguarda á vuestra gloriosa sucesion para enriquecerla de méritos incomparables con la legítima de vuestras heroícas virtudes.

Si cuando un príncipe heredero nace parto de los nueve meses, todos sus reinos resuenan en fiestas, ordena joyas la gala, las prisiones dan paso al alborozo de los que las padecen, y las cárceles ruegan con la salida, ¿cuánto mayores demostraciones son debidas al dia en que tan incomparable monarca nace de sí mismo, á ser padre de los vasallos de quien es señor? En muchos siglos ningun año ha merecido señalar dia con tan preciosa joya como enero, empezando el

de veinte y tres: entónces, Señor, arrebatasteis á contemplaros los ojos de todos, no de otra suerte que si en la más alta oscuridad de la noche vieran, aborto espléndido de las tinieblas, de repente aparecer al sol atónitas las estrellas. Admiraran ver á tan deshora de ronda al inflamado corazon del cielo. Llevóse para sí en el cenit de su edad á vuestro santo y muy poderoso padre; quedó vuestra majestad en los confines de la niñez.

Por esto, reconociendo á vuestra majestad único, damos parabienes á la monarquia de que vuestra majestad es ministro de sí mismo y consejero de sus consejos: oyéndolos los premia, hablándolos los enseña.

Nada es pequeño para ser plaga, pues los mosquitos lo fuéron.

Los grandes dolores que no saben persuadir templanza se mostraron bien informados de la clemencia y pureza de vuestras costumbres. No lloró el hijo al padre, ni el padre al hijo, porque murió, sino porque vos (por quien moria) no le visteis morir. No sentian que muriesen á manos de vuestros enemigos, sino que contra vuestras órdenes fuese el sueldo de vuestros ejércitos la muerte.

Señor, si los soldados de vuestra majestad ven vuestras espaldas, ellos harán que veais las de vuestros enemigos. A vuestros ojos serán los españoles los mismos que fuéron cuando de ellos Silio Itálico, que era gente pródiga del alma, facilísima en precipitarse á la muerte, que impaciente de edad, desprecia llegar á la vejez. Los mismos son hoy que cuando obligaron á pelear por la vida á Julio César, cuando en todo el mundo (confesandolo él) peleó por la honra. No fuéron otros los que en Numancia desesperaron á los romanos y pusieron horror á la misma muerte. Hoy sois, Señor, de los propios cántabros que hicieron á aquella majestad triunfante del orbe saber qué cosa era el miedo.

¿No es hoy España la que, inundada de diluvios de agarenos, y quedando reliquias despreciadas en tan pocos hombres que cupieron en una cueva, multiplicándolos al valor solariego, la recobraron, degollando en batallas campales de doscientos en doscientos mil los bárbaros? Estos, venciendo las distancias del mar y á pesar del divorcio proceloso de tantos golfos, ¿no juntaron las orillas de este mundo con el nuevo? No llevaron el evangelio á los climas donde el sol lleva el segundo dia que nos deja en noche? No añadieron á Nápoles y á Sicilia á vuestra corona? No dieron en prision á vuestro augusto bisabuelo en la batalla de Pavía la persona de Francisco, rey cristianísimo de Francia? No domaron los feroces alemanes? No obligaron con doscientos mil hombres, muchos ménos en número, á que rehusase la batalla que le ofrecia el César á Solíman, terror de la Europa? ¿Estos á vuestro abuelo no le conquistaron en el reino de Portugal su herencia? Pues con la presencia de vuestra majestad, ¿quién duda que, siendo los mesmos, repitan lo mesmo? Con vuestra ausencia han parecido otros por desdicha, no por culpa. Dejasteis como Aquiles á los suyos, para que viesen que sin él Héctor los vencia; y volveréis á asistirlos como él, para que se conozca que en vos solo estaba la vitoria.

A los españoles, Señor, solo les dura la vida hasta que hallan honrada muerte: veréis que hoy, que os re-

rán, que la salen á recibir, que ninguno vive por su culpa. Ya que no podeis resucitar los muertos, que es el mayor milagro, resucitaréis los vivos, que es el más nuevo. Vivos y difuntos os los ha tenido la desórden. ¿Qué otra cosa son la hambre y la pobreza, introducidas por la cudicia que hace el logro de las armas, sino sepulcros de los vivos que las padecen? Mohatras de sangre, Señor, no pasaron del instante que las supisteis. Ya veo, con sola vuestra promesa, á la guerra harta de sí misma, y con fastidio y horror de las armas ponerlas á vuestros piés; á la paz con sereno y clemente semblante pedir albricias al mundo de vuestra resolucion. Ya miro á la piedad (desembarazada del eclipse que padecia) amanecer en vuestra magnanimidad como en su oriente. La justicia, de cuya espada temblaban las balanzas de su peso, más conocida por las heridas que por la igualdad, ya vuestra poderosa mano la corrige en benigno fiel de su equilibrio, desciñéndosela al odio y á las venganzas que la esgrimieron homicidas y facinerosos. La religion descansa en vuestra piedad de la competencia sacrilega de la superstition de la verdad, remedio de la hipocresía, y recobrando la pureza de su culto, reposa en vuestras virtudes. Ya el holandes, que habita hurtos del mar, á cuyas borrascas defrauda la tierra que pisa, os teme

más cuanto os considera más solo; á la revoltosa Francia la pone en cuidado saber que, si hasta ahora ha peleado con los vuestros, con vos sustituido, ya vos en persona pelearéis contra ella. Más temen lo que vos os habeis quitado, que confían en lo que os quitaron. Nunca, Señor, nunca los catalanes aborrecieron vuestro justificado señorío, sino los medios que los desesperaban dél: si estos pudieron desviarlos de vuestra majestad, vos podréis reducirlos.

La culpa tiene quien á vuestra majestad le desconfió de todos; y el remedio ha sido que los sucesos han desconfiado dél á vuestra majestad.

El apartar semejantes personas no presupone culpa suya; siempre suele ser conveniencia forzosa, y no solo puede haber inociencia en el que apartan sino en el que justician. Conviene que uno muera por el pueblo, porque toda la gente no perezca. Costó la vida al Hijo de Dios, y fué proposicion que aun en muerte tan injusta mereció nombre de profecía. No ha pronunciado jamas la ignorancia trágica, ni la locura furiosa, ni la malignidad detestable, que conviene que el pueblo y toda la gente muera porque uno solo no perezca; pues si por alguno habia de poder proponerse, era solamente por el Señor, que se dijo convenía que muriese porque no pereciese toda la gente.

DISCURSOS SATÍRICO-MORALES.

LOS SUEÑOS DE DON FRANCISCO DE QUEVEDO (a).

DEDICATORIA

A ninguna persona de todas cuantas Dios crió en el mundo.

HABIENDO considerado que todos dedican sus libros con dos fines, que pocas veces se apartan: el uno, de que la tal persona ayude para la impresion con su bendita limosna; el otro, de que ampare la obra de los murmuradores; y considerando (por haber sido yo murmurador muchos años) que esto no sirve sino de tener dos de quien murmurar: del necio, que se persuade que hay autoridad de que los maldicientes hagan caso; y del presumido, que paga con su dinero esta lisonja; me he determinado á escribille á trochimoche, y á dedicarle á tontas y á locas, y suceda lo que sucediere. Quien le compra y murmura, primero hace burla de sí,

(a) A los opúsculos satírico-morales, y especialmente á los conocidos bajo este nombre de *Sueños*, debe QUEVEDO el aplauso que todo el mundo puede decirse le tributa, compartiendo con Cervántes la mayor gloria del ingenio español.

El pensamiento profundamente político de cauterizar cantando y riendo las llagas de una sociedad corrompida, buscando en el infierno sus vicios, abusos, engaños y embelecos, se lo sugirió la lectura del Dante; los discursos del beato Hipólito, las tablas fantásticas y caprichosas del Bosco y los frescos del cementerio de Pisa inflamaron su fantasía y dieron á su pluma travesura y colores.

Muy jóven concibió nuestro ingenioso caballero empresa tan bizarra; ántes de cumplir los veinte y siete años de su edad tenia concluido el primero de los sueños, el cual y el segundo y tercero dedicó al presidente de Indias, conde de Lémos, generoso favorecedor de las letras. Es indudable para mí haber de estos regocijadísimos discursos nacido la tierna aficion con que miró siempre al jóven filósofo el inmortal autor del *Quijote*, honráudole con los nombres de hijo de Apolo y de Caliope musa, flagelo de poetas memos; y siguiéndole con el pensamiento en los viajes de Sicilia.

Por los años de 1610 juzgó QUEVEDO llegada ya la sazon oportuna de entregar á la estampa sus rasgos satíricos, aplaudidos y conocidos tan solo hasta aquella época de los magnates y cortesanos, á fin de que más directamente influyesen en el mejoramiento de las costumbres públicas. Y como imprimirlos de una vez todos sería ménos eficaz para el objeto del moralista que menudearlos, solicitó únicamente en aquel verano licencia para sacar á luz el primero de los opúsculos. Dióle por título: *Sueños y discursos de verdades descubridoras de abusos, vicios y engaños de todos los oficios y estados, ó sea el sueño del Juicio final*; y habiendo encomendado su exámen el consejo real de Castilla al dominicano fray Antolin Montojo, fué tan adversa y áspera la censura, que no hubo lugar al permiso que se solicitaba. Dos años más adelante pretendiose de nuevo, cuidándose recayese la calificacion de la obra en religioso franciscano; y efectivamente fray Antonio de Santo Domingo, á quien nombró el Consejo, halló picante la sátira, pero llena de verdades bien corregidas, de moralidad suma, y la lectura del libro provechosísima para el espíritu.

Pocos meses ántes aparece escrito el cuarto de los sueños, consagrado al gran don Pedro Tellez Giron, duque de Osuna; y diez años despues (1622), en la prision de la Torre de Juan Abad, el de la *Muerte*, con que pensó darles fin y cabo nuestro autor, en tiempo que necesitaba divertir vejaciones y amarguras.

Habiase con sus punzantes invectivas concitado innumerables enemigos, y con la mano que tuvo en los negocios de Sicilia y Nápoles, y con el favor que gozó en la corte de Felipe III. Cuando los enconados resentimientos y la envidia le arrojaron entre cadenas, entónces se desrebozaron sus émulos satirizando torpemente su vida y sus escritos; y el libelo que intitularon *Apología al sueño de la Muerte*, con que no quiero creer que sea de Jáuregui, tiraba á herir en lo más hondo la reputacion de QUEVEDO, y excitar el nuevo gobierno, ocupado á la sazon en perseguir con saña á muchos de los hombres que durante el reinado anterior se hallaron al frente de los negocios.

No tengo datos para asegurar que, en el espacio de quince años que media entre 1612 y 1627, llegase á correr de molde alguno de los sueños. Creo que todos debieran imprimirse muchas veces. Pero con las únicas noticias que debo á mi diligencia, formo así la historia de este libro:

Vieron por vez primera en coleccion la pública luz fuera de los reinos de Castilla: en Barcelona, y en 1627, con el título ya referido de *Sueños y discursos de verdades descubridoras*, etc (1). Esta edicion sirvió de original á la de Valencia del propio año y á la de Pamplona de 1631 (2).

Con el rótulo *Desvelos soñolientos y verdades soñadas*, y la advertencia de que el libro salia *corregido y enmendado agora de nuevo por el mismo autor, y añadido un tratado de la Casa de locos de amor*, los reimprimieron las prensas de Zaragoza en la primavera del expresado año de 1627: ejemplar rarísimo, como todos los de éstas publicaciones primeras, que existe en el Museo Británico. Allí se conserva tambien la de Barcelona de 1629, que, adelantándola un año, cita don Nicolás Antonio. Tiene esta inscripcion: *Desvelos soñolientos y discursos de verdades soñadas, descubridoras de abusos, vicios y engaños en todos los oficios y estados del mundo. En doce discursos. Primera y segunda parte.*

Las prensas no daban abasto para saciar la curiosidad general entretenida en aquellos sabrosos desenfados, miéntras ponia lengua la murmuracion en que el libro se imprimiese constantemente fuera de estos reinos, y se mostraba ofendida de algunas libertades é impurezas desapacibles, disgustada de la extraña mezcla de lugares de la Escritura con chistes y bufonerias, y horrorizada de los escandalosos nombres que el autor hubo de poner á sus discursos.

Harto fundamento sobraba á tales cargos; no podian las canas tolerar aquello que en los ímpetus de la mocedad tuvo disculpa, y al claro talento de QUEVEDO no se le ocultó al fin que sus enemigos habian de abroquelarse en estos satíricos discursos para labrar su ruina. El señor de Juan Abad no vaciló pues en limarlos y pulirlos. A principios del año 20 pidió al tribunal de la Inquisicion recogiese todas las impresiones hechas en Aragon y otras partes fuera del territorio castellano, y con la censura de fray Diego del Campo y la del padre Juan Velez Zabala, calificadores ambos del Santo Oficio, dió á la estampa sus obras satírico-morales en aquel otoño (3), suprimiendo no poco, añadiendo

(1) *Tribunal de la Justa Venganza*, pág. 37.
(2) Licencias de esta edicion, y singularmente la del fol. 198.
(3) Indice expurgatorio publicado en 1640 por el inquisidor general don Antonio de Sotomayor.

que gastó mal el dinero, que del autor, que se le hizo gastar mal. Y digan y hagan lo que quisieren los mecénas, que como nunca los he visto andar á cachetes con los murmuradores sobre si dijo ó no dijo, y los veo muy pacíficos de amparo, desmentidos de todas las calumnias que hacen á sus encomendados, sin acordarse del libro del duelo, —más he querido atreverme que engañarme. Hagan todos lo que quisieren de mi libro, pues yo he dicho lo que he querido de todos. Adios, Mecénas, que me despido de dedicatoria.

Yo.

A LOS QUE HAN LEIDO, Y LEYEREN.

Yo escribí con ingenio facinoroso en los hervores de la niñez, más há de veinte y cuatro años, los que llamaron sueños mios, y precipitado, les puse nombres más escandalosos que propios. Admítaseme por disculpa que la sazon de mi vida era por entónces más propia del ímpetu que de la consideracion. Tuve facilidad en dar traslados á los amigos; mas no me faltó cordura para conocer que en la forma que estaban no eran sufribles á la imprenta; y así, los dejé con desprecio. Cuando por la ganancia se prometieron de lo sabroso de aquellas agudezas, sin enmienda ni mejora, algunos mercaderes extranjeros las pusieron en la publicidad de la imprenta, sacándome en las canas lo que atropellé ántes del primero bozo; y no solo publicaron aquellos escritos sin lima ni censura, de que necesitaban, ántes añadieron á mi nombre tratados ajenos, añadiendo en unos y dejando en otros muchas cosas considerables; —yo, que me ví padecer no solo mis descuidos, sino las malicias ajenas, doctrinado del escándalo que se recibia de

algo, y retocándolo todo. El libro intitulóse : *Juguetes de la niñez y travesuras del ingenio.* Aparecieron otros los nombres de los sueños, estos se convirtieron en alegorias mitológicas, quitáronse muchas palabras insufribles, los ministros y objetos de nuestra religion se respetaron convenientemente; pero en cambio de tamañas ventajas faltó muchas veces claridad al contexto, á los asuntos verosimilitud, y no fué siempre tan esmerada la lima que no engendrasen absurdos los rezagos del plan antiguo, atento la nueva fisonomía que se daba ahora á los discursos. En *El sueño de las Calaveras*, ántes del *Juicio final*, viene, por ejemplo, á decir Júdas á Júpiter que le vendió: desatino que no podia resultar en el cuadro primitivo.

La materia del libro no fué enteramente la misma de los anteriores. Tratados se velan nuevos; otros se recordaban suprimidos.

Lo de nuevo añadido era *El libro de todas las cosas y otras muchas más*; *Aguja de navegar cultos*; *La Culta latiniparla* (1) y *La caldera de Pero Gotero* (2), refundida muy luego en *El Entremetido y la Dueña y el Soplon* (3). Este opúsculo sufrió asimismo alteraciones de grande importancia, empezando por echar abajo el título de *El peor escondrijo de la muerte, discurso de todos los dañados y malos*, y séase tambien *Discurso de todos los diablos ó infierno enmendado*.

Desaparecieron los romances *El nacimiento del autor, El cabildo de los gatos, Las dos aves y los dos animales fabulosos, La premática del tiempo* y la *Casa de locos de amor.* Pero ¿de aquí ha de suponerse que no son tales rasgos de la pluma del gran político? Cuanto dice ·á los que han leido y leyeren·, sobre que la codicia de extranjeros impresores y mercaderes añadió tratados ajenos á su nombre, ¿debe tomarse al pié de la letra? Sus mismos enemigos, los autores del Tribunal de la Justa Venganza (4) consignaron que la Inquisicion amonestó á QUEVEDO para que confesase no ser suyos, porque en tales obras hallaba inconveniente para con las naciones poco afectas á España ú la política del Santo Oficio. Conocido el conflicto del escritor, el reparo se desvanece, la crítica triunfa apreciadora de las genialidades y peculiar estilo de quien dió á sus obras un sello que no las deja confundir con otra ninguna. ¿Cómo no le supo ver don Nicolas Antonio en la *Casa de locos de amor?* ¿Cómo dió asenso á don Lorenzo Vander Hammen, cuando en Granada, años despues de la muerte de QUEVEDO, se le vendió por autor de tan precioso opúsculo? ¿Y cómo el vicario de Jubiles olvidaba que lo habia reconocido por de QUEVEDO en la carta que dirigió á don Francisco Jimenez de Urrea, capellan de su Majestad, dedicándole los *Sueños* de su amigo, publicados en la edicion de Zaragoza de 1627?

En fin, para imprimir por diez años los *Juguetes de la niñez* concedió privilegio su Majestad á DON FRANCISCO á 20 de enero de 1631; y Madrid, Sevilla y Barcelona los reprodujeron varias veces: ejemplares que la rapacidad de libreros vergonzantes y la aficion de los extranjeros por las antiguas ediciones españolas, han hecho rarísimos en nuestras bibliotecas.

Los Sueños, propiamente dichos, escribiéronse en un periodo de quince años. Hé aquí la época y los primitivos nombres, y los reformados en 1629:

1.º *El sueño del Juicio final*, 3 de abril de 1607. Renombróse luego *El sueño de las Calaveras.*

2.º *El Alguacil endemoniado*, 1607. *El Alguacil alguacilado.*

3.º *Sueño del Infierno*, acabado á 30 de abril de 1608. Fuéle sustituido al titulo primitivo el de *Las Zahurdas de Pluton.*

4.º *El Mundo por de dentro*, 26 de abril de 1612.

5.º *El sueno de la Muerte*, 6 de abril de 1622. *Visita de los chistes.*

6.º *Casa de locos de amor*; ignórase cuándo fué escrito; supóngolo más antiguo que los anteriores, y de los dias lozanos de la juventud de QUEVEDO.

Es de repararse la coincidencia de que entre las flores de abril soñó siempre tan galana é ingeniosísimamente nuestro poeta.

Terminemos ya esta enfadosa nota. Los prólogos y advertencias preliminares que en la presente publicacion preceden á los discursos, porque á ellos se refieren especialmente, son los de los *Juguetes de la niñez*, como tambien el texto de la obra. Este, respetando la voluntad última del autor, han preferido siempre las colecciones flamencas y españolas. No privamos, sin embargo, al lector de conocer las ediciones primitivas : con las notas y variantes que hallará en su lugar, verá satisfecho su deseo.

(1) Véase la tabla de los discursos al final de los preliminares de la edicion de Lorenzo Deu : Barcelona, 1635.

(2) *Tribunal de la Justa Venganza*, páginas 228 y 280.

(3) Censura del padre fray Diego del Campo, en las citadas aprobaciones y licencias de la edicion de Barcelona.

(4) Pág. 226. En la 228 se corrobora todavía más ser QUEVEDO el verdadero autor de estas obras.

ver mezcladas véras y burlas, he desagraviado mi opinion, y sacado estas manchas á mis escritos, para darlos bien corregidos, no con ménos gracia, sino con gracia más decente, pues quitar lo que ofende, no es disminuir, sino desembarazar lo que agrada. Y porque no padezcan las demasias del hurto que han padecido los demas papeles, saco de nuevo el de la *Culta latiniparla* y el *Cuento de cuentos*, en que se agotan las imaginaciones que han embarazado mi tiempo. Tanto ha podido el miedo de los impresores, que me ha quitado el gusto que yo tenia de divulgar estas cosas, que me dejan ocupado en su disculpa, y con obligacion á la penitencia de haberlas escrito. Si vuesamerced, señor lector, que me compró facinoroso, no me compra modesto, confesará que solamente le agradan los delitos, y que solo le son gustosos discursos malhechores.

ADVERTENCIA DE LAS CAUSAS DESTA IMPRESION.

DON ALONSO MESSIA DE LEYVA.

HABIENDO visto impresos en Aragon, y en otras partes fuera del reino, con nombre de DON FRANCISCO DE QUEVEDO VILLEGAS estos discursos (a), con tanto descuido y malicia, que entre lo añadi-

(a) Precédenles en la impresion de Pamplona de 1631 las poesias y advertencias siguientes, parte de las cuales se hallan en la edicion de Barcelona de 1629; y todo creo que debe encontrarse en las de la misma ciudad y la de Valencia de 1627.

DEL DOCTOR DON MIGUEL RAMIREZ.

Aprobacion.

Por comision general
De un buen Consejo miré
Este libro, y no habla mal ;
Gracia y sal tiene ; y á fe
Que cura llagas su sal.
Contra la fe en nada va,
Consejos á tiempo da,
Castiga á quien lo merece ;
Parecerá, si parece ;
Y así, imprimir se podrá.

DEL BACHILLER PEDRO DE MELENDEZ.

Aprobacion.

Por comision general
Del Consejo, sin pedillo,
Vi este libro con cuidado,
Y está bien, y bien mirado,
¿Quién puede contradecillo?
Con discrecion sin mentir
Murmura por corregir
Algunas malas costumbres,
Quita de viejos vislumbres,
Y así, se podrá imprimir.

DE DOÑA RAIMUNDA MATILDE.

Décima.

Murmurando decir bien,
Diciendo bien murmurar,
De todos satirizar,
Y hablar de todos tan bien,
Solo se hallara en quien
Al mismo infierno ha bajado;
Y aunque el bien ha deseado
Y el mal desterrar procura,
Es ya tal su desventura,
Que el QUE-VEDÓ ha quedado mal (a).

DEL CAPITAN DON JOSÉ DE BRACAMONTE.

Dialogístico roneto entre Tamumbeyo Traquilanius, alguacil de la reina Pantasilea, y Dragalvino corchete.

ALGUACIL.

Por el alcázar juro de Toledo,
Y voto al sacro Paladion troyano,
Que tengo de vengarme por mi mano
Y hacer manco del otro pié á QUEVEDO.

(a) Alude á la etimología que los heráldicos dan al apellido QUEVEDO, suponiendo ridículamente que vale tanto como *que vedó*, y que hubo de nacer de haber impedido uno de esta familia que los moros pasasen de cierta puente en el valle de Torauzo.

CORCHETE.

Y yo á la santa Inquisicion, si puedo,
Le tengo de acusar de mal cristiano,
Probándole que cree en sueño vano
Y que habló con demonios á pié quedo.

ALGUACIL.

Aquesto, Dragalvino, poco importa :
Las verdades que dice tengo á mengua;
Saberlas todos esto me deshace
El alma y corazon.

CORCHETE.

                    Su lengua corta,
Y publicarlas no podrá sin lengua ;
Que esto del murmurar la lengua lo hace.
Mas temo, si lo hacemos,
Segun su pico y lengua me promete,
Que fuera una, no le nazcan siete.

DE DOÑA VIOLANTE MISEVEA.

Soneto á todo lector destos Sueños, en defensa y alabanza del autor.

Ola, lector, cualquiera que tú seas,
Si aquestos *Sueños* á leer llegares,
Y de la vez primera te enfadares,
Segunda por tu vida no los leas.
Si te tocan, y acaso los afeas,
Con que sueños son sueños no repares ;
Que si como estos son los que soñares,
No pecarás á fe, aunque en sueños creas.
Pero si no te tocan, ve volando
Y di á todas las gentes que los gusten,
Que el premio es flor que esconde un basilisco ;
Que no murmuren más de don Francisco
Ignorantes ; ni es bien que á él se ajusten.
Durmiendo sabe él más que otros velando.

EL AUTOR AL VULGO.

Si dices mal de mi *Sueño*,
Vulgo, como tal harás;
Más di, que con decir más
Dices bien dél y del dueño.
Diga él mal, y tú tambien ;
Té dél, y él de quien pretende,
Que todo para el que entiende,
Le está á su gusto muy bien.
Pues si es tu fin ser Marcial
Y decir que es malicioso,
Lo alabas por ingenioso
Diciendo que dice mal.
Mas, vulgo, pues sé quién eres,
A la larga ó á la corta
Diga yo lo que me importa,
Y di tú lo que quisieres.

AL ILUSTRE Y DESEOSO LECTOR.

Prólogo.

«Refiérese, no sé si por modo de cuento gracioso y ficticio, que estando una vez muy enfermo un soldado muy preciado de cortés y ladino, entre muchas de sus oraciones, pregarias y protestaciones que hacia, finalmente vino a rema-

do y olvidado, y errores de traslados é imprenta, se desconocian de su autor; y más teniéndolos yo trasladados de su original, determiné, dándole cuenta, de restituirlos, limpiándolos del contagio de tantos descuidos, porque se vea cuán de otra suerte en su primera edad juzgaba con la pluma, sin apartarse de la enseñanza. Y es cierto no consintiera hoy esta impresion, á no hallarse obligado por las muchas que destos propios tratados se han hecho en toda la Europa, tan adulteradas, que le obligaron á pedir al tribunal supremo de la Inquisicion las recogiese, imitando en esta modestia (aunque tan diferente) á Enéas Silvio, que despues de pontífice, mandó recoger algunas obras de este estilo que habia divulgado en la mocedad. Salen enteras (como se

tarlas, diciendo: «Y Dios me libre de las manos del señor diablo» (tratándole siempre con esta cortesía todas las veces que le nombraba). Reparó en esto último uno de los circunstantes, preguntándole juntamente luego por qué llamaba señor al diablo, siendo la más vil criatura del mundo; á que respondió tan presto el enfermo, diciendo: «¿Qué pierde el hombre en ser bien criado? Qué sé yo á quién habré de menester, ni en qué manos he de dar?» Digo esto, señor lector, porque, supuesto que nuestra lengua vulgar, á diferencia de la latina, tiene un vuesamerced y otros varios títulos, mayormente cuando no se conoce la calidad y estado de la persona con quien se habla, por no parecer nadie descortés y por el consiguiente, malquisto y aborrecido de todos, me ha parecido tratar á vuesamerced con este lenguaje y término, bien diferente de cuantos yo he podido ver en todos los prólogos de los libros al lector, escritos en romance, donde tratan á vuesamerced con un tú redondo, que si no arguye mucha amistad y familiaridad, por fuerza ha de ser argumento de que quien habla es superior y mandon, y á quien se habla inferior y criado. Y hanme movido á esto las mismas razones del susodicho soldado enfermo, atendiendo y considerando á que es la cortesía la llave maestra para abrir la voluntad y aficion, y la que, costando poco, vale mucho; y que, en resolucion, no puedo perder nada en ser cortés; que ántes entiendo perdería mucho si no lo fuese; que quien ha menester es muy necio si regatea cortesías, y más yo, que tanto necesito de todos para que me compren este libro que saco á luz á mi costa, y para que, comprado y leido, me le alaben, con que de camino inciten y muevan unos á otros á que hagan lo mismo, y tenga con esto este libro lo que merece su bondad, y mayor expedicion y corrida, y yo mayor ganancia, para que con esto queden todos aprovechados, yo vendiendo, y los otros comprando y leyéndole. Verdad sea que para esto último de que alaben estas obras de ingeniosas y agudas, confío dará poco trabajo y ningun cuidado á los aficionados á ellas y á su autor; pues ellas propias se traen consigo la recomendacion y alabanza y el *Quevedo me fecit*: porque son tales, que solo tal autor podia hacer obras de tanta erudicion y agudeza; y ellas, por tener tanto de entrambas, solo podían ser hijas de tal y tan raro ingenio. Que si el autor es y debe ser conocido y celebrado por estas obras más que por cuantas ha hecho, y se le han impreso hasta hoy en su nombre, ellas tambien quedan estimadas y calificadas por lo que son, con solo saber (como ya todos saben) que las hizo DON FRANCISCO QUEVEDO. Y con él y con ellas no me da tanto cuidado como podia darme una de las razones que me movió á tratar á vuesamerced con esta cortesía, considerando que no sé en qué manos ni en qué lenguas ha de dar este libro, que sale agora al teatro del mundo (donde nunca faltan censurantes y mal contentos, que con toda propiedad se llaman Zoilos y críticos, dias peligrosos á la salud de los buenos entendimientos, de quienes se puede entender lo que dijo el doctísimo jurisconsulto don Mateo Lopez Bravo (1): *Ridendi vero, romanuli, et graeculi nostri, qui grammaticorum infantia superbi, et omnium rerum quantum parruli, ignari, triplici lingua-stulti, à doctis noscuntur)*. Porque si vuesamerced las lee, no de prisa ni á pedazos, sino despacio y con atencion todo él, pues no es muy grande (si no quiere que se le pasen algunas de sus muchas sutilezas y agudezas por alto y por entre rínglones), soy más que cierto que no se quejará de que ellas y quien las hizo esparciar y aceptador de personas (a), sino que á todos habla y á todos dice la verdad clara y lisa y lo que siente, sin rastro de lisonja; y si acaso escuece y pica, considere que no es sino solo porque cuanto se dice es verdad y desengaño, que todos le quieren, y nadie por su casa; y así, no hay sino paciencia, y calle y callemos; que sendas nos tenemos. Y harto mejor fuera quejarse de las faltas tan grandes del mundo, que movieron al autor á hablar tan claro contra ellas, diciendo la verdad; que por eso dijo bien cierto alcalde que vió preso á un estudiante porque hizo una sátira en que decia las faltas del lugar, que harto mejor fuera haber preso á los que las tienen. Y cuando nada desto baste á que deje de haber quien se queje y murmure destas obras y de su autor, quiero hacer acordar á vuesamerced, señor lector, sea quien fuere, aquel cuentecillo de cierto clérigo viejo, que tenia una higuera con sus higos ya sazonados y maduros, á la cual subiendo unos estudiantes á hacerles declinar jurisdiccion bucólica, pensando que, por ser corto de vista, que eran aves ó algunas crueles sabandijas, puso en ella espantajos hasta conjurarlos; pero viendo que nada desto aprovechaba, considerando cuán buenas son las oraciones mezcladas en piedras (armas primeras del mundo), se resolvió de tirarlas á estos tordos racionales, diciendo que tambien Dios habia dado virtud á las piedras como á las plantas y yerbas; y hízolo con tal denuedo, que dió con ellas ramas abajo y muy bien descalabrados. Sin propósito parecerá á vuesamerced este cuento, y será, ó por no saberme yo bien explicar, ó por no quererme vuesamerced entender (que no hay más mal sordo que el que no quiere oir); pero yo sé lo entenderá si ahonda un poco en sus sentidos varios que le puede dar (como en todo lo deste libro). Y por si acaso quiere que yo lo explique, con ser así que *frustra exprimitur, quod tacite subintelligitur, l. jam dubitari*, dígole que si acaso no le obliga la cortesía y humildad con que le trato, mire lo que dice, y cómo y de qué murmura y dice mal, si del autor del libro ó de sus obras; y guárdese de alguna lluvia de piedras de las muchas verdades duras y secas que este libro tiene y su autor puede enviarle, que le descalabren y hagan caer de arriba abajo, quiero decir, de su estado y buena opinion que tiene de sabio, y no haga le tengan por ignorante, murmurador y soberbio maldiciente, y del número de unos necios que quieren parecer sabios en hacer libro que bien les parezca, ni cosa de que no hagan burla y menosprecio. Y guárdense no les suceda á los tales lo que al asno de Sileno, que puso Júpiter entre las estrellas; que por ser ellas tan resplandecientes y claras, y el *auribus magnis*, como advirtió Luciano, descubrió más su disforme fealdad con grande infamia. Y adviertan el epíteto del autor es el satírico; y créanme, y no errarán, que es más que temeridad echar piedras del tejado del vecino quien tiene el suyo de vidrio.

«Y nadie se maraville de que llame á vuesamerced con este título, al parecer nuevo, de ilustre y deseoso lector, porque cuando no le mereciera por la doctrina comun y sabida del filósofo, que todo hombre naturalmente desea saber: cosa que se alcanza con el estudio y atenta lición y meditacion de los libros buenos, doctos, agudos, ingeniosos y claros; por solo este libro (que lo es tanto como el que más) le merecia muy en particular, pues es el que ha sido tan deseado, así de cuantos han leido algo destos *Sueños y Discursos*, como de los que han oido referir y celebrar algunas ó algunas de las innumerables agudezas que contienen; lastimándose de verlos ir manuscritos, tan adulterados y falsos, y muchos á pedazos y hechos un disparate, sin piés ni cabeza, y tan desfigurados como el soldado desdichado que, habiendo salido de su tierra para la guerra con bizarria, tallazo, galas y plumas, vuelve á ella despues de muchos años más desgarrado y rompido que soldado, con un ojo ménos, hecho un mónóculo, medio brazo, con una pierna de palo y todo él hecho un milagro de cera, bueno para ofrecido, con el vestido de la municion, sin color determinado, desconocido y roto, pidiendo limosna; como la cortesana que ha corrido á Italia, Indias y la casa de Meca y del gran Soliman. Por lo

(1) Lib. 2. *De regendi ratione.*
(a) El texto debe de estar viciado. Acaso deba leerse: «y quien las hizo *esparcir sean aceptadores de personas.*»

verá en ellas) con cosas que no habian salido, y en todas se ha excusado la mezcla de lugares de la Sagrada Escritura, y alguna licencia que no era apacible; que aunque hoy se lee uno y otro en el Dante, don Francisco me ha permitido esta lima; y aseguro en su nombre que procurará agradar á todos, sin ofender á alguno: cosa que en la generalidad con que trata de solo los malos, forzosamente será bien quisto; sujetándose á la censura de los ministros de la santa Iglesia romana en todo, con intento cristiano y obediencia rendida.

Estos discursos (a) en la forma que salen corregidos, y en parte aumentados, conozco por mios, sin entremetimiento de obras ajenas que me achacaron; y todo lo pongo debajo de la correccion de la santa Iglesia romana, y de los ministros que tiene señalados para limpiar errores y escándalos de las impresiones. Y desde luego con anticipado rendimiento me retrato de lo que no fuere ajustado á la verdad católica ó ofendiere á las buenas costumbres.

cual cuantos han sabido que yo los tenia enteros y leidos por hombres doctos y entendidos, con particular curiosidad y atencion me han solicitado con grandes instancias los hiciese comunes á todos, dándolos á la impresion, asegurándome grande gusto, y lo que mas es, grande provecho espiritual para todos, pues en ellos hallarán desengaños y avisos de lo que pasa en este mundo y ha de pasar en el otro por todos, para estar de todo bien prevenidos; que *mala praevisa minus nocent.* Con que me he resuelto á condescender con el gusto y deseo de tantos, confiado en que vuesamerced, señor lector, me agradecerá este trabajo y gasto con comprarle; que con solo esto me daré por satisfecho, y aun por pagado. Y por la agudeza y sutil modo de hablar deste libro, porque no caiga en alguna equivocacion, ruego á vuesamerced que corrija las erratas que hallare con su acostumbrada benignidad y clemencia; que tambien seria demasiada presuncion y mucha particularidad pretender que saliese este libro sin ellas. Y porque entienda vuesamerced, señor lector, que le deseo toda honra y provecho y guardarle de todo peligro, ruego á Dios nuestro Señor le haga como el rey de las abejas, que contiene y da de sí por la boca la dulzura de la miel, y no tiene aguijon por no quedar muerto picando con él, como acontece á todas las demas abejas, que le tienen, si bien en la cola y no en la boca; y le guarde de correctores de vidas y obras ajenas, y sopladores de las suyas propias, que no se venden, porque ellos venden en ellas á cuantos ven y tratan.»

(a) Hé aqui el índice de ellos en la edicion de Barcelona 1635, y de Sevilla 1641.

DISCURSOS QUE SALEN EN ESTA IMPRESION, AHORA AÑADIDOS, QUE NUNCA SE HAN IMPRESO.

El Libro de todas las cosas y otras muchas más, fol. 88.
Aguja de navegar cultos, fol. 97.
La Culta latiniparla, fol. 90.

YA IMPRESOS.

El sueño de las Calaveras, fol. 1.
El Alguacil alguacilado, fol. 7
Las Zahurdas de Pluton, fol. 15.
El Mundo por de dentro, fol. 41.
La Visita de los chistes, fol. 55.
El Caballero de la Tenaza, fol. 80.
El Entremetido y la Dueña y el Soplon, fol. 105.
El Cuento de cuentos entero, fol. 156.

EL SUEÑO DE LAS CALAVERAS (a).

AL CONDE DE LEMOS, PRESIDENTE DE INDIAS.

A manos de vuecelencia van estas desnudas verdades, que buscan no quien las vista, sino quien las consienta; que á tal tiempo hemos venido, que con ser tan sumo bien, hemos de rogar con él. Prométese seguridad en ellas solas. Viva vuecelencia para honra de nuestra edad.

DON FRANCISCO DE QUEVEDO VILLEGAS.

(a) Acabó de escribir QUEVEDO este *Sueño* á 3 de abril de 1607, á los veinte y siete años de su edad, segun nota de su sobrino don Pedro Aldrete, que dice Castellanos haber tenido á la vista. (Edicion de Madrid, 1840.)

Censuráronle á 1.º de julio de 1610 fray Antolin Montojo, del órden de predicadores; y á 30 de julio de 1612, el franciscano fray Antonio de Santo Domingo: aquel adversa, este favorablemente.

Publicáronle por vez primera, junto con los otros, las prensas de Barcelona, en 1627; y el mismo año, con algunas variantes, las de Zaragoza; y dos despues, con grandes alteraciones, las de Madrid.

Intitulóse primero *El sueño del Juicio final*, y ya desde 1629 como arriba estampamos.

Hemos tenido presentes para nuestra impresion, la de Pamplona, de 1631; la de Barcelona (Lorenzo Deu), 1635; la de Madrid (Diaz de la Carrera), 1648; las mas importantes colecciones de la última mitad de aquel siglo, y un precioso manuscrito de la biblioteca Colombina (Aa., 141, 4), letra de la primera década del siglo XVII.

Al márgen de las primeras ediciones se ven distribuidas las personas que entran en el *Sueño*, y por su órden son las siguientes:

Escribano, avariento, escribanos, mercaderes, mujeres hermosas, casada, ramera, médico, juez, abogado, tabernero, sastre, salteadores, capeadores, la locura, poetas, enamorados y valientes, judios, filósofos, procuradores, desgracias y peste y pesadumbre (contra los médicos), Adan, reyes, Heródes, Pilátos, maestros de esgrima, dispenseros, pasteleros, filósofos, poetas, Orfeo; avariento, y cómo guarda los diez mandamientos; ladrones, escribanos, Júdas, Mahoma, Lutero, médico, boticario, barbero, abogado, cómico, taberneros, sastres, ginoveses, caballero, sacristan, adúltera, Júdas, Mahoma, Lutero, alguaciles, corchetes, astrólogo, letrado, escribano, alguaciles, avariento, médico, boticario.

DISCURSO.

Los SUEÑOS dice Homero que son de Júpiter y que él los envía; y en otro lugar, que se han de creer. Es así, cuando tocan en cosas importantes y piadosas, ó las sueñan reyes y grandes señores, como se colige del doctísimo y admirable Propercio en estos versos:

Nec tu spérne pia venientia somnia portis.
Quum pia venerunt somnia, pondus habent.

Dígolo á propósito que tengo por caido del cielo uno que yo tuve estas noches pasadas, habiendo cerrado los ojos con el libro del Dante; lo cual fué causa de soñar que veia un tropel de visiones. Y aunque en casa de un poeta es cosa dificultosa creer que haya cosa de juicio (aun por sueños), le hubo en mí por la razon que da Claudiano en la prefacion al libro segundo del *Rapto*, diciendo que todos los animales sueñan de noche como sombras de lo que trataron de dia. Y Petronio Arbitro dice:

Et canis in somnis leporis vestigia latrat.

Y hablando de los jueces:

Et pavido cernit inclusum corde tribunal.

Parecióme pues que veia un mancebo que, discurriendo por el aire, daba voz de su aliento á una trompeta, afeando con su fuerza en parte su hermosura. Halló el són obediencia en los mármoles, y oídos en los muertos; y así, al punto comenzó á moverse toda la tierra, y á dar licencia á los huesos que anduviesen unos en busca de otros. Y pasando tiempo (aunque fué breve), vi á los que habian sido soldados y capitanes levantarse de los sepulcros con ira, juzgándola por seña de guerra; á los avarientos, con ansias y congojas, recelando algun rebato; y los dados á vanidad y gula, con ser áspero el són, lo tuvieron por cosa de sarao ó caza. Esto conocia yo en los semblantes de cada uno, y no vi que llegase el ruido de la trompeta á oreja que se persuadiese á lo que era. Despues noté de la manera que algunas almas huian, unas con asco y otras con miedo, de sus antiguos cuerpos: á cuál faltaba un brazo, á cuál un ojo; y dióme risa ver la diversidad de figuras, y admiróme la providencia en que, estando barajados unos con otros, nadie por yerro de cuenta se ponia las piernas ni los miembros de los vecinos. Solo en un cementerio me pareció que andaban destrocando cabezas, y que vi á un escribano que no le venia bien el alma y quiso decir que no era suya por descartarse della. Despues, ya que á noticia de todos llegó que era el dia del juicio, fué de ver cómo los lujuriosos no querian que los hallasen sus ojos, por no llevar al tribunal testigos contra sí; los maldicientes las lenguas; los ladrones y matadores gastaban los piés en huir de sus mismas manos. Y volviéndome á un lado, ví á un avariento que estaba preguntando á uno (que por haber sido embalsamado y estar léjos sus tripas no hablaba, porque no habian llegado) si habian de resucitar aquel dia todos los enterrados, si resucitarian aquel dia todos los enterrados, si resucitarian aquel dia todos los enterrados, si resucitarian unos bolsones suyos. Riérame si no me lastimara á otra parte el afan con que una gran chusma de escribanos andaban huyendo de sus orejas, deseando no las llevar, por no oir lo que esperaban; más solos fuéron sin ellas los que acá las habian perdido por ladrones; que por descuido no fuéron los más. Pero lo que más me espantó fué ver los cuerpos de dos ó tres mercaderes que se habian vestido las almas del reves, y tenian todos los cinco sentidos en las uñas de la mano derecha. Yo veia todo esto de una cuesta muy alta, cuando oí dar voces á mis piés que me apartase; y no bien lo hice, cuando comenzaron á sacar las cabezas muchas mújeres hermosas, llamándome descortés y grosero porque no habia tenido más respeto á las damas (que aun en el infierno están las tales y no pierden esta locura). Salieron fuera muy alegres de verse gallardas y desnudas entre tanta gente que las mirase; aunque luego, conociendo que era el dia de la ira, y que la hermosura las estaba acusando de secreto, comenzaron á caminar al valle con pasos más entretenidos. Una que habia sido casada siete veces iba trazando disculpas para todos los maridos. Otra dellas, que habia sido pública ramera, por no llegar al valle no hacia sino decir que se le habian olvidado las muelas y una ceja, y volvia y deteníase; pero al fin llegó á vista del teatro, y fué tanta la gente de los que habia ayudado á perder y que señalándola daban gritos contra ella, que se quiso esconder entre una caterva de corchetes, pareciéndole que aquella no era gente de cuenta aun en aquel dia. Divirtióme desto un gran ruido que por la orilla de un rio venía de gente en cantidad tras un médico, que despues supe que lo era en la sentencia. Eran hombres que habia despachado sin razon ántes de tiempo, y venían por hacerle que pareciese, y al fin, por fuerza le pusieron delante del trono. A mi lado izquierdo oí como ruido de alguno que nadaba, y ví un juez, que lo habia sido, que estaba en medio de un arroyo lavándose las manos, y esto hacia muchas veces. Lleguéme á preguntarle por qué se lavaba tanto; y díjome que en vida, sobre ciertos negocios se las habian untado, y que estaba porfiando allí por no parecer con ellas de aquella suerte delante de la universal residencia. Era de ver una legion de verdugos con azotes, palos y otros instrumentos, cómo traian á la audiencia una muchedumbre de taberneros, sastres y zapateros, que de miedo se hacian sordos; y aunque habian resucitado, no querian salir de la sepultura. En el camino por donde pasaban, al ruido, sacó un abogado la cabeza y preguntóles que adónde iban; y respondiéronle : «Al tribunal de Radamanto;» á lo cual, metiéndose más adentro, dijo : «Esto me ahorraré de andar despues, si he de ir mas abajo.» Iba sudando un tabernero de congoja, tanto, que cansado se dejaba caer á cada paso, y á mí me pareció que le dijo un verdugo : «Harto

es que sudeis el agua, y no nos la vendais por vino.» Uno de los sastres, pequeño de cuerpo, redondo de cara, malas barbas y peores hechos, no hacia sino decir : «¿Qué pude hurtar yo, si andaba muriéndome de hambre?» Y los otros le decian (viendo que negaba haber sido ladron) qué cosa era despreciarse de su oficio. Toparon con unos salteadores y capeadores públicos que andaban huyendo unos de otros, y luego los verdugos cerraron con ellos, diciendo que los salteadores bien podian entrar en el número, porque eran á su modo sastres silvestres y monteses, como gatos del campo. Hubo pendencia entre ellos sobre afrentarse de ir con los otros; y al fin, juntos llegaron al valle. Tras ellos venía la locura en una tropa, con sus cuatro costados, poetas, músicos, enamorados y valientes, gente en todo ajena deste dia : pusiéronse á un lado (1). Andaban contándose dos ó tres procuradores las caras que tenian, y espantábanse que les sobrasen tantas, habiendo vivido descaradamente. Al fin vi hacer silencio á todos (2).

El trono era obra donde trabajaron la omnipotencia y el milagro. Júpiter estaba vestido de sí mismo, hermoso para los unos y enojado para los otros; el sol y las estrellas colgando de su boca, el viento tullido y mudo, el agua recostada en sus orillas, suspensa la tierra, temerosa en sus hijos, de los hombres (3). Algunos amenazaban al que les enseñó con su mal ejemplo peores costumbres. Todos en general pensativos: los piadosos, en qué gracias le darian, cómo rogarian por sí, y los malos, en dar disculpas. Andaban los procuradores mostrando en sus pasos y colores las cuentas que tenian que dar de sus encomendados, y los verdugos repasando sus copias, tarjas y procesos. Al fin, todos los defensores estaban de la parte de adentro, y los acusadores de la de afuera. Estaban guardas á una puerta tan angosta, que los que estaban á puros ayunos flacos aun tenian algo que dejar en la estrechura.

A un lado estaban juntas las desgracias, peste y pesadumbres, dando voces contra los médicos. Decia la peste que ella los habia herido; pero que ellos los habian despachado. Las pesadumbres, que no habian muerto ninguno sin ayuda de los doctores; y las desgracias, que todos los que habian enterrado habian ido por entrambos. Con eso los médicos quedaron con cargo de dar cuenta de los difuntos; y así, aunque los necios decian que ellos los habian muerto más, se pusieron los médicos con papel y tinta en un alto con su arancel, y en nombrando la gente, luego salia uno

(1) donde se estaban mirando los sayones judíos y los filósofos. Decian juntos viendo á los sumos pontífices con sillas de gloria : «Diferentemente se aprovecharon de las narices los papas que nosotros, pues con diez varas de ellas no olímos lo que teníamos entre manos.» (MS. de la Biblioteca Colombina).

(2) Hacíale tambien un silenciero de catedral, dando tales golpes con su baston, que acudieron á ellos más de mil calóndrigos, no pocos racioneros, y hasta un obispo, un arzobispo y un inquisidor, trinidad que se arañaba por arrebatarse una buena conciencia que acaso andaba por allí distraida buscando á quién le viniese.

La censura tachó en 1612 este párrafo que nunca llegó á imprimirse. Castellanos lo publicó entre sus notas en la edicion ilustrada que salió de la imprenta de Mellado en 1840.

(3) Los hombres unos tenian los ojos en Dios, y otros en sí mismos. Cuál miraba á la tierra, y cuál amenazaba al que le enseñó con sus malas costumbres y mal ejemplo. (MS. Colomb.)

dellos y en alta voz decia : « Ante mí pasó á tantos de tal mes », etc. (1).

Pilatos se aunaba lavando las manos muy apriesa, para irse con sus manos lavadas al brasero. Era de ver cómo se entraban algunos pobres entre media docena de reyes que tropezaban con las coronas, viendo entrar las de los sacerdotes tan sin detenerse (2). Llegó en esto un hombre desaforado lleno de ceño ; y alargando la mano, dijo : « Esta es la carta de exámen. » Admiráronse todos : dijeron los porteros que quién era ; y él en altas voces respondió : « Maestro de esgrima examinado (3) y de los más diestros del mundo ; » y sacando unos papeles del pecho, dijo que aquellos eran los testimonios de sus hazañas. Cayéronsele en el suelo por descuido los testimonios, y fuéron á un tiempo á levantarlos dos furias y un alguacil, y él los levantó primero que las furias. Llegó un abogado, y alargó el brazo para asille y metelle dentro ; y él, retirándose, alargó el suyo, y dando un salto, dijo : « Esta de puño es irreparable, y pues enseño á matar, bien puedo pretender que me llamen Galeno ; que si mis heridas anduvieran en mula, pasaran por médicos malos : si me quereis probar, yo daré buena cuenta. » Riéronse todos, y un oficial algo moreno le preguntó qué nuevas tenia de su alma (4). Pidiéronle no sé qué cosas, y respondió que no sabía tretas contra los enemigos della. Mandáronle que se fuese ; y diciendo : « Entre otro, » se arrojó. Y llegaron unos despenseros á cuentas (y no rezándolas), y en el ruido con que venía la trulla, dijo un ministro : « Despenseros son ; » y otros dijeron : « No son ; » y otros : « Sison ; » y dióles tanta pesadumbre la palabra sison, que se turbaron mucho. Con todo, pidieron que se les buscase su abogado, y dijo un verdugo : « Ahí está Júdas, que es apóstol descartado. » Cuando ellos oyeron esto, volviéndose á otra furia, que no se daba manos á señalar hojas para leer, dijeron : « Nadie mire, y vamos á partido, y tomamos infinitos siglos de fuego. » El verdu-

(1) Comenzóse la cuenta por Adan, y porque se vea si iba estrecha, hasta de una manzana le pidieron cuenta tan rigorosa, que le el decir á Júdas : « Que tal le daré yo que le vendi al mismo dueño un cordero ? »

Pasaron todos los primeros Padres, vino el Testamento nuevo, pusiéronse en sus sillas al lado de Dios los apóstoles todos con el santo Pescador; luego llegó un diablo y dijo : « Este es el que señaló con toda la mano al que san Juan con un dedo, que fué el que dió la bofetada á Cristo. « Juzgó el mismo su causa, y dieron con él en los entresuelos del mundo. Era de ver etc. (MS.)

(2) Asomaron sus cabezas Heródes y Pilátos, y cada uno conocia en él, aunque gloriosas, sus iras. Decia Pilátos : « Esto merece quien se dejo gobernar por judiguelos ; » y Heródes : « Yo no puedo ir al cielo, pues al limbo no se querrian más (flor de mí) los inocentes con las nuevas que tienen de esotros. Ello es fuerza de ir al infierno, que en fin es posada conocida. » (MS.)

(3) « y de los mas abigadados hombres del mundo ; y porque lo crean, vean aquí el testimonio de mis hazañas. » Y fué á sararlos del seno con tanta prisa y cólera, que por mostrarlos se le cayeron en el suelo, Luego al punto arremetieron dos diablos y un alguacil á levantarlos ; y ví que con mayor presteza levantó el alguacil los testimonios que los diablos. Llegó un ángel y alargó el brazo para asirle y meterle ; y el retirándose etc. (MS.)

(4) Pidiéronle la cuenta de no sé qué cosas y tretas de su salvarion ; y él confesó que no sabía ninguna contra los enemigos del alma. Mandáronle que se fuese por línea recta al infierno ; á lo cual replicó : que le debían de tener por diestro de los del libro matematico, con el no sabía qué era línea recta. Hiciéronselo aprender, y descendió entre todos. Llegaron haciendo cuenta unos despenseros, y conociéndolos en el ruido con que venian y la trulla, etc. (MS.)

go, como buen jugador, dijo : « Partido pedis? No teneis buen juego. » Comenzó á descubrir, y ellos, viendo que miraba, se echaron en baraja de su bella gracia. Pero tales voces como venían tras de un malaventurado pastelero no se oyeron jamas de hombres hechos cuartos ; y pidiéndole que declarase en qué les habia acomodado sus carnes, confesó que en los pasteles ; y mandaron que les fuesen restituidos sus miembros de cualquier estómago en que se hallasen. Dijéronle si queria ser juzgado, y respondió que si, á Dios y á la ventura. La primera acusacion decia no sé que de gato por liebre ; tanto de huesos, y no de la misma carne, sino advenedizos ; tanto de oveja y cabra, caballo y perro ; y cuando él vió que se le probaba á sus pasteles haberse hallado en ellos más animales que en el arca de Noé (porque en ella no hubo ratones ni moscas, y en ellos sí), volvió las espaldas y dejólos con la palabra en la boca. Fuéron juzgados filósofos, y fué de ver cómo ocupaban sus entendimientos en hacer silogismos contra su salvacion. Mas lo de los poetas fué de notar, que de puro locos querian hacer á Júpiter malilla de todas las cosas. Virgilio andaba con su Sicelides musae, diciendo que era el nacimiento; mas saltó un verdugo, y dijo no sé qué de Mecénas y Octavia, y que habia mil veces adorado unos cuernecillos suyos, que los traia por ser dia de más fiesta : contó no sé qué cosas. Y al fin, llegando Orfeo (como más antiguo) á hablar por todos, le mandaron que se volviese otra vez á hacer el experimento de entrar en el infierno para salir ; y á los demás, por hacérseles camino, que le acompañasen. Llegó tras ellos un avariento á la puerta, y fué preguntado qué queria, diciéndole que los preceptos guardaban aquella puerta de quien no los habia guardado ; y él dijo que en cosas de guardar era imposible que hubiese pecado. Leyó el primero : Amar á Dios sobre todas las cosas; y dijo que él solo aguardaba á tenerlas todas para amar á Dios sobre ellas. No jurar : dijo que aun jurando falsamente, siempre habia sido por muy grande interés, y que así no habia sido en vano. Guardar las fiestas estas, y aun los dias de trabajo, guardaba y escondia. Honrar padre y madre : siempre les quité el sombrero. No matar : por guardar esto no comia, por no matar la hambre comer. De mujeres : en cosas que cuestan dineros ya está dicho. No levantar falso testimonio : « Aquí, dijo un verdugo, es el negocio, avariento ; que si confiesas haberle levantado te condenas, y si no, delante del juez te le levantarás á tí mismo. » Enfadóse el avariento, y dijo : «Si no he de entrar no gastemos tiempo» (que hasta aquello rehusó de gastar). Convencióse con su vida, y fué llevado adonde merecia. Entraron en esto muchos ladrones, y salváronse dellos algunos ahorcados. Y fué de manera el ánimo que tomaron los escribanos que estaban delante de Mahoma, Lutero y Júdas (viendo salvar ladrones), que entraron de golpe á ser sentenciados, de que les tomó á los verdugos muy gran risa. Los procuradores comenzaron á esforzarse y á llamar abogados.

Dieron principio á la acusacion los verdugos, y no la hacian en los procesos que tenian hechos de sus culpas, sino con los que ellos habian hecho en esta vida. Dijeron lo primero : «Estos, señor, la mayor culpa suya es ser escribanos. » Y ellos respondieron á voces (pensando que disimularian algo) que no eran sino secretarios. Los abogados comenzaron á dar descargo (1), que se acabó en: «Es hombre, y no lo hará otra vez, y alcen el dedo.» Al fin se salvaron dos ó tres, y á los demas dijeron los verdugos : «Ya entienden.» Hiciéronles del ojo, diciendo que importaban alli para jurar contra cierta gente (2). Uno azuzaba testigos, y repartia orejas de lo que no se habia dicho y ojos de lo que no habia sucedido, salpicando de culpas postizas la inocencia. Estaba engordando la mentira á puros enredos; y vi á Júdas, y á Mahoma y á Lutero recatar desta vecindad el uno la bolsa y el otro el zancarron. Lutero decia : «Lo mismo hago yo escribiendo.» Solo se lo estorbó aquel médico que dije, que forzando de los que le habian traido, parecieron él, un boticario y un barbero, á los cuales dijo un verdugo que tenia las copias : «Ante este doctor han pasado los más difuntos, con ayuda de este boticario y barbero, y á ellos se les debe gran parte deste dia.» Alegó un procurador por el boticario que daba de balde á los pobres; pero dijo un verdugo que hallaba por su cuenta que habian sido más dañosos dos botes de su tienda que diez mil de pica en la guerra, porque todas sus medicinas eran espurias, y que con esto habia hecho liga con una peste y habia destruido dos lugares. El médico se disculpaba con él, y al fin el boticario se desapareció, y el médico y el barbero andaban á daca mis muertes y toma las tuyas. Fué condenado un abogado porque tenia todos los derechos con corcovas, cuando descubierto un hombre que estaba detras deste á gatas porque no le viesen, y preguntando quién era, dijo que cómico; pero un verdugo muy enfadado replicó : «Farandulero es, señor, y pudiera haber ahorrado aquesta venida sabiendo lo que hay.» Juró de irse, y fuése sobre su palabra. En esto dieron con muchos taberneros en el puesto, y fuéron acusados de que habian muerto mucha cantidad de sed á traicion, vendiendo agua por vino. Estos venian confiados en que habian dado á un hospital siempre vino puro para los sacrificios; pero no les valió, ni á los sastres decir que habian vestido niños; y así, todos fuéron despachados como siempre se espera. Llegaron tres ó cuatro extranjeros ricos pidiendo asientos, y dijo un ministro : «Piensan ganar en ellos? Pues esto es lo que les mata. Esta vez han dado mala cuenta, y no hay donde se asienten, porque han quebrado el banco de su crédito.» Y volviéndose á Júpiter, dijo un ministro : «Todos los demas hombres, señor, dan cuenta de lo que es suyo; mas estos de lo ajeno y todo.» Pronuncióse la sentencia contra ellos: yo no la oí bien, pero ellos desaparecieron. Vino un caballero tan derecho, que al parecer queria competir con la misma justicia que le aguardaba : hizo muchas reverencias á todos, y con la mano una ceremonia usada de los que

beben en charco. Traia un cuello tan grande, que no se le echaba de ver si tenia cabeza. Preguntóle un portero, de parte de Júpiter, si era hombre; y él respondió con grandes cortesías que sí, y que por más señas se llamaba don Fulano á fe de caballero. Rióse un ministro, y dijo : «De codicia es el mancebo para el infierno.» Preguntáronle qué pretendia, y respondió : «Ser salvado;» y fué remitido á los verdugos para que le moliesen; y él solo reparó en que le ajarian el cuello (a). Entró tras él un hombre dando voces, diciendo : «Aunque las doy, no tengo mal pleito; que á cuantos simulacros hay, ó á los mas, he sacudido el polvo.» Todos esperaban ver un Diocleciano ó Neron, por lo de sacudir el polvo, y vino á ser un sacristan que azotaba los retablos; y se habia ya con esto puesto en salvo, sino que dijo un ministro que se bebia el aceite de las lámparas y echaba la culpa á una lechuza, por lo cual habian muerto sin ella; que pellizcaba de los ornamentos para vestirse; que heredaba en vida las vinajeras, y que tomaba alforzas á los oficios. No sé qué descargo se dió, que le enseñaron el camino de la mano izquierda. Dando lugar unas damas alcorzadas que comenzaron á hacer melindres de las malas figuras de los verdugos, dijo un procurador á Vesta que habian sido devotas de su nombre aquellas; que las amparase. Y replicó un ministro que tambien fuéron enemigas de su castidad. Sí por cierto, dijo una que habia sido adúltera; y el demonio la acusó que habia tenido un marido en ocho cuerpos; que se habia casado de por junto en uno para mil. Condenóse esta sola, y iba diciendo : «Ojalá supiera que me habia de condenar, no me hubiera cansádome en hacer buenas obras!» En esto que era todo acabado, quedaron descubiertos Júdas, Mahoma y Martin Lutero; y preguntando un ministro cuál de los tres era Júdas, Lutero y Mahoma dijeron cada uno que él; y corríóse Júdas tanto, que dijo en altas voces : «Señor, yo soy Júdas, y bien conoceis vos que soy mucho mejor que estos, porque si os vendí remedié al mundo, y estos, vendiéndose á sí y á vos, lo han destruido todo.» Fuéron mandados quitar delante; y un abogado que tenia la copia, halló que faltaban por juzgar los malos alguaciles y corchetes. Llamáronlos, y fué de ver que asomaron al puesto muy tristes, y dijeron : «Aquí lo damos por condenado; no es menester nada.» No bien lo dijeron, cuando cargado de astrolabios y globos entró un astrólogo dando voces, y diciendo que se habian engañado, que no habia de ser aquel dia el del juicio, porque Saturno no habia acabado sus movimientos, ni el de trepidacion el suyo. Volvióse un verdugo, y viéndole tan cargado de madera y papel, le dijo : «Ya os traeis la leña con vos, como si supiérades que de cuantos cielos habeis tratado en vida estais de manera, que por la falta de uno solo, en muerte, os iréis al infierno.» «Eso no iré yo,» dijo él: «Pues llevaros han;» y así se hizo.

Con esto se acabó la residencia y tribunal : huyeron las sombras á su lugar, quedó el aire con nuevo

---

(1) unos decian : «Son bautizados y miembros de la Iglesia.» No tuvieron muchos dellos que decir otra cosa. (*El expresado MS.*)

(2) Y viendo ellos que por ser cristianos les daban más pena que á los gentiles, alegaron que el ser cristianos no era por su culpa, que los bautizaron cuando eran niños, y que los padrinos la tenian. Digo de verdad que vide á Mahoma, á Júdas y á Lutero tan cerca de atreverse á entrar en juicio, animados con ver salvar á un escribano, que me espanté de que no lo hiciesen. Y solo se lo estorbó un médico, porque forzado de los demonios y los que le habian traido, etc. (*El mismo*).

(a) Así reprodujo este pensamiento el autor de *La verdad sospechosa*:

> Yo sé quien tuvo ocasion
> De gozar su amada bella,
> Y no osó acercarse á ella
> Por no ajar un cangilon.

aliento, floreció la tierra, rióse el cielo, Júpiter subió consigo á descansar en sí los dichosos, y yo me quedé en el valle; y discurriendo por él, oí mucho ruido y quejas en la tierra. Lleguéme por ver lo que habia, y vi en una cueva honda (garganta del averno) penar muchos, y entre otros un letrado, revolviendo no tanto leyes como caldos : un escribano, comiendo solo letras, que no habia solo querido leer en esta vida, todos ajuares del infierno. Las ropas y tocados de los condenados estaban prendidos, en vez de clavos y alfileres, con alguaciles; un avariento, contando más duelos que dineros; un médico pensando en un orinal, y un boticario en una medecina. Dióme tanta risa ver esto, que me despertaron las carcajadas; y fué mucho quedar de tan triste sueño más alegre que espantado.

Sueños son estos, que si se duerme vuecelencia sobre ellos, verá que por ver las cosas como las veo, las esperará como las digo.

EL ALGUACIL ALGUACILADO (a).

AL CONDE DE LEMOS, PRESIDENTE DE INDIAS.

BIEN sé que á los ojos de vuecelencia es más endemoniado el autor que el sugeto : si lo fuere tambien el discurso, habré dado lo que se esperaba de mis pocas letras, que amparadas como de dueño, de vuecelencia y su grandeza, despreciarán cualquier temor. Ofrézcole este discurso del *Alguacil Alguacilado*: recíbale vuecelencia con la humanidad que me hace merced, así yo vea en su casa la sucesion que tanta nobleza y méritos piden.

Esté advertido vuecelencia que los seis géneros de demonios que cuentan los supersticiosos y los hechiceros (los cuales por esta órden divide Psello en el capítulo 2.° del *Libro de los demonios*) (b) son los mismos que las órdenes en que se distribuyen los alguaciles malos. Los primeros llaman

(a) Su primitivo nombre parece que fué *El alguacil endemoniado y el licenciado calabres*. Este licenciado, á quien de mano maestra pinta QUEVEDO, existió realmente. Llamábase don Genaro Andreini, era capellan del conde de Lémos, y asistia á la parroquia de San Pedro el Real de esta corte. Como viniese en peregrinacion á España con el proposito de visitar el sepulcro de Santiago, en la capital de Galicia le vió un deudo del Conde ahuyentar los demonios; cobróle aficion, trájole á Madrid, y en breve el italiano logró fama de estupendo exorcista. Sus conjuros frecuentes y exagerados fanatizaron á la plebe, llegando los escándalos á tal punto, que el Santo Oficio tuvo por último que extrañarle de estos reinos (1).

Dirigió nuestro autor su discurso, escrito en 1607, al conde de Lémos, presidente de Indias : así resalta en los primeros ejemplares. Sin embargo, el códice manuscrito, cuya antigüedad sube á los tiempos de Cervántes (joya preciosa que posee la biblioteca Colombina, Aa, 141-4, fol. 37), y otro de la Nacional (M. 198, fol. 55) le muestran dedicado al marqués de Villanueva del Fresno y Barcarota, señor de Moguer. Cuando en 1627 vió la pública luz el libro, proclamó al Presidente por Mecénas; mas dos años adelante reformó QUEVEDO la dedicatoria, enderezándola *A un amigo*. El derecho que á ella tuvieran, no podian ya disputarlo ni el Conde ni el Marqués, muertos ambos en 1822. Pero habiéndosela restituido al Conde el impresor Ibarra en 1772, hemos respetado la posesion en que hoy se encuentra aquel esclarecido ministro.

Esta obrita publicóse con solo el título de *El alguacil endemoniado*, juntamente con los demás *sueños*, en 1627; y mutilada en varios pasajes, y corregida en otros, se halla entre los *Juguetes de la niñez* (1629) en cuya forma sirvió de original á las prensas de España y Flándes hasta fines del siglo anterior.

No hallo que ántes de Ibarra hubiese otro impresor reproducido este *sueño*, libre en alguna parte de lo mucho que suprimieron los censores; y me ha parecido que debo conservar esta mejora, cuyas causas en la edicion de 1772 ignoro completamente, y supongo autorizadas por alguna de las dos ediciones de los *Juguetes de la niñez*, publicados en 1629 y 1651 por DON FRANCISCO: ejemplares que hoy no se encuentran en las bibliotecas de que tengo noticia. Ya por las exigencias de la censura, ya por lo mucho que el escritor satírico retocaba sus obras, rara es la que una vez siquiera se reimprimió sin alteraciones.

Para fijar el texto nos han servido las ediciones siguientes : Pamplona, 1651; Barcelona, 1655; Madrid, 1648, 1650, 1658 y 1772; Bruselas, 1660; y otras ménos importantes, como asimismo los manuscritos arriba indicados.

Las figuras que entran en el *sueño*, y se ven oportunamente distribuidas al márgen en la edicion de Pamplona (1651), son estas, copiadas tambien las anotaciones por el mismo órden que tienen : « seis géneros de alguaciles malos son como seis géneros de demonios, hipócrita, poetas, poetas de comedias, procuradores, artillero, escribanos, sastre, ciego, enamorados, sepultureros, pasteleros, astrólogos, alquimistas, médicos, mercaderes, ministros malos, necios, aguador, taberneros, mohatreros, venteros, enamorados, aduladores, cornudos, enamorados de viejas, pintura de los demonios, sastres, italiano, reyes, mercaderes, ginoveses, jueces, la justicia y la verdad, hurtar, alguaciles, mujeres, mujeres feas se condenan más que hermosas, mujer vieja, lindo y de zapatos blancos, pobres, diablo que predica y por qué.»

(b) *Ex Michale Psello de Daemonibus, interpre Marsilius Fecinus.—Venetiis*, M.D.XVI. El ejemplar que hemos tenido á la vista, de la biblioteca de San Isidro, se ve apostillado acaso por QUEVEDO. La letra se parece á la de sus juveniles años.

(1) Carta de QUEVEDO fecha en 1640. — Archivo de la Inquisicion. — Castellanos, notas de la edicion de Madrid de 1840.

leliureones, que quiere decir ígneos; los segundos, aéreos; los terceros, terrenos; los cuartos, acuátiles; los quintos, subterráneos; los sextos, lucífugos, que huyen de la luz. Los ígneos son los criminales que á sangre y á fuego persiguen los hombres; los aereos son los soplones, que dan viento; ácueos son los porteros que prenden por si vació ó no vació sin decir *agua va*, fuera de tiempo; y son ácueos, con ser casi todos borrachos y vinosos. Terrenos son los civiles, que á puras comisiones y ejecuciones destruyen la tierra. Lucífugos, los rondadores que huyen de la luz, debiendo la luz huir dellos. Los subterráneos, que estan debajo de tierra, son los escudriñadores de vidas, y fiscales de honras y levantadores de falsos testimonios, que debajo de tierra sacan qué acusar, y andan siempre desenterrando los muertos y enterrando los vivos.

AL PIO LECTOR.

Y si fueres cruel, y no pio, perdona; que este epiteto natural del pollo has heredado de Enéas, de quien deciendes. Y en agradecimiento de que te hago cortesía en no llamarte benigno lector, advierte que hay tres géneros de hombres en el mundo: los unos, que por hallarse ignorantes no escriben, y estos merecen disculpa por haber callado, y alabanza por haberse conocido. Otros, que no comunican lo que saben: á estos se les ha de tener lástima de la condicion y envidia del ingenio, pidiendo á Dios que les perdone lo pasado y les enmiende lo por venir. Los últimos no escriben de miedo de las malas lenguas: estos merecen reprension, pues si la obra llega á manos de hombres sabios, no saben decir mal de nadie; si de ignorantes, ¿cómo pueden decir mal sabiendo que si lo dicen de lo malo lo dicen de sí mismos? Y si del bueno, no importa, que ya saben todos que no lo entienden. Esta razon me animó á escribir el *Sueño de las calaveras*, y me permitió osadía para publicar este discurso: si le quieres leer, léele; y si no, déjale; que no hay pena para quien no le leyere. Si le empezares á leer y te enfadare, en tu mano está con que tenga fin donde te fuere enfadoso. Solo he querido advertirte en la primera hoja que este papel es solo una reprension de malos ministros de justicia, guardando el decoro que se debe á muchos que hay loables por virtud y nobleza, poniendo todo lo que en él hay debajo la correccion de la Iglesia romana y ministros de buenas costumbres.

DISCURSO.

Fué el caso que entré en San Pedro á buscar al licenciado Calabres, hombre de bonete de tres altos hecho á modo de medio celemin; ojos de espulgo, vivos y bulliciosos; puños de Corinto, asomo de camisa por cuello, (1) mangas en escaramuza y calados de rasgones, los brazos en jarra, y las manos en garfio; habla entre penitente y diciplinante, los ojos bajos y los pensamientos tiples, la color á partes hendida y á partes quebrada, (2) muy tardon en las respuestas y abreviador en la mesa, (3) gran lanzador de espiritus, tanto, que sustentaba el cuerpo con ellos. Entendíasele de ensalmar, haciendo al bendecir unas cruces mayores que las de los mal casados (4). Hacia del desaliño humildad; contaba visiones, y si se descuidaban á creerle hacia milagros que me cansó.

Este, señor, era uno de los sepulcros hermosos,

(1) rosario en mano, disciplina en cinto, zapato grande y de rampion, y oreja sorda; habla entre penitente y diciplinante, derribado el cuello al hombro, como el buen tirador que apunta al blanco (mayormente si es blanco de Méjico ó de Segovia); los ojos bajos y muy clavados en el suelo, como el que codicioso busca en el cuartos; y los pensamientos tiples, etc. *(Edicion de Pamplona de 1631.)*

(2) tardon en la misa y abreviador en la mesa; gran cazador de diablos, tanto que sustentaba el cuerpo á puros espíritus. *(La misma y el MS. de la Biblioteca Colombina.)*

(3) gran cazador de diablos, tanto que sustentaba el cuerpo á puros espíritus. *(Id.)*

(4) Traia en la capa remiendos sobre sano; hacia del desaliño etc. *(Id.)*

por defuera blanqueados y llenos de molduras, y por dedentro pudricion y gusanos; fingiendo en lo exterior honestidad, siendo en lo interior del alma disoluto y de muy ancha y rasgada conciencia. Era en buen romance hipócrita, embeleco vivo, mentira con alma y fábula con voz. Halléle (5) solo con un hombre que, atadas las manos y suelta la lengua, descompuestamente daba voces con frenéticos movimientos. «¿Qué es esto?» le pregunté espantado. Respondióme: «Un hombre endemoniado.» Y al punto el espíritu respondió: «No es hombre, sino alguacil. Mirad cómo hablais, que en la pregunta del uno y en la respuesta del otro se ve que sabeis poco. Y se ha de advertir que los diablos en los alguaciles estamos por fuerza y de mala gana, por lo cual, si quereis acertarme, debeis llamarme á mí demonio enaguacilado, y no á este alguacil endemoniado, y avenisos mejor los hombres con nosotros que con ellos (6), si bien nuestra cárcel es peor, nuestro agarro perdurable. Verdugos y alguaciles malos parece que tenemos un mismo oficio, pues bien mirado, nosotros procuramos condenar, y los alguaciles tambien; nosotros, que haya vicios y pecados en el mundo, y los alguaciles lo desean y procuran al parecer

(5) en la sacristía. *(Edic. de Pamplona de 1631 y el MS. Colomb.)*

(6) cuanto no se puede encarecer, pues nosotros huímos de la cruz y ellos la toman por instrumento para hacer mal. ¿Quién podrá negar que demonios y alguaciles no tenemos un mismo oficio? *(Id.)*

con más ahinco, porque ellos lo han menester para su
sustento, y nosotros para nuestra compañía. Y es mucho más de culpar este oficio en los alguaciles que en
nosotros, pues ellos hacen mal á hombres como ellos
y á los de su género, y nosotros no (1). Fuera desto,
los demonios lo fuímos por querer ser como Dios, y
los alguaciles son alguaciles por querer ser ménos que
todos (2). Persuádete que alguaciles y nosotros (3) somos
de una profesion; sino que ellos son diablos con varilla,
como cohetes, y nosotros alguaciles sin vara, que
hacemos áspera vida en el infierno.» Admiráronme las
sutilezas del diablo; enojóse Calabres, revolvió sus
conjuros, quísole enmudecer y no pudo, y al echarle
agua bendita comenzó á huir y á dar voces diciendo:
«Clérigo, cata que no hace estos sentimientos el alguacil por la parte de bendita, sino por ser agua; no
hay cosa que tanto aborrezca (4), pues si en su nombre
se llama alguacil, es encajada una l en medio. Yo no
traigo corchetes ni soplones ni escribanito; quítenme la tara como al carbon, y hágase la cuenta entre
mí y el agarrador. Y porque acabeis de conocer quién
son y cuán poco tienen de cristianos, advertid que
de pocos nombres que del tiempo de los moros quedaron en España, llamándose ellos merinos, le han
dejado por llamarse alguaciles, que alguacil es palabra morisca; y hacen bien, que conviene el nombre
con la vida y ella con sus hechos.» «Eso es muy insolente cosa oirlo, dijo furioso mi licenciado, y si le
damos licencia á este enredador, dirá otras mil bellaquerías y mucho mal de la justicia, porque corrige el
mundo y le quita con su temor y diligencia las almas
que tiene negociadas.» «No lo hago por eso, replicó
el diablo, sino porque ese es tu enemigo que es de tu
oficio; y ten lástima de mí y sácame del cuerpo deste, que soy demonio de prendas y calidad, y perderé
despues mucho en el infierno por haber estado acá
con malas compañías.» «Yo te echaré hoy fuera, dijo
Calabres, de lástima de ese hombre que aporreas por
momentos y maltratas; que tus culpas no merecen
piedad ni tu obstinacion es capaz della.» «Pídeme
albricias, respondió el diablo, si me sacas hoy; y advierte que estos golpes que le doy y lo que le aporreo
no es sino que yo y él reñimos acá sobre quién ha de
estar en mejor lugar, y andamos á más diablo es él.»
Acabó esto con una gran risada: corrióse mi buen licenciado, y determinóse á enmudecerle. Yo, que habia comenzado á gustar de las sutilezas del diablo, le
pedí que, pues estábamos solos, y él, como mi (5) confidente, sabia mis cosas secretas, y yo, como amigo, las
suyas, que le dejase hablar, apremiándole solo á que
no maltratase el cuerpo del alguacil. Hízose así, y

(1) que somos ángeles, aunque sin gracia. (Edic. de Pamplona
y el MS. Colomb.)

(2) Así que, por demas te cansas, padre, en poner reliquias á
este, pues no hay santo que si entra en sus manos no quede
para ellas.(Id.)

(3) todos somos de una órden; sino que los alguaciles son diablos calzados, y nosotros diablos recoletos, que hacemos áspera vida en el infierno.» (Edic. de 1631.)

(4) aborrezcan los alguaciles, pues aun por no verla en su
nombre, llamándose propiamente aguaciles, han encajado una l
en medio, llamándose alguaciles. (MS. Colomb.)

(5) confesor, sabia etc. (Edicion de Pamplona.)

—(El tribunal de la justa venganza, pág. 125, llama la atencion
sobre esta especie de haber sido confesor de QUEVEDO el licenciado Andreini.)

al punto dijo: «Donde hay poetas, parientes tenemos en corte los diablos, y todos nos lo debeis por lo
que en el infierno os sufrimos; que habeis hallado tan
fácil modo de condenaros, que hierve todo él en poetas. Y hemos hecho una ensancha á su cuartel, y son
tantos, que compiten en los votos y elecciones con los
escribanos; y no hay cosa tan graciosa como el primer
año de noviciado de un poeta en penas, porque hay
quien le lleva de acá cartas de favor para ministros, y
créese que ha de topar con Radamanto y pregunta por
el Cerbero y Aqueronte, y no puede creer sino que se
los esconden.» «¿Qué géneros de penas les dan á los
poetas?» repliqué yo. «Muchas, dijo, y propias. Unos
se atormentan oyendo alabar las obras de otros, y á
los más es la pena el limpiarlos. Hay poeta que tiene mil
años de infierno y aun no acaba de leer unas endechi-
llas á los celos; otros verás en otra parte aporrearse y
darse de tizonazos sobre si dirá faz ó cara. Cuál para
hallar un consonante no hay cerco en el infierno que
no haya rodado mordiéndose las uñas. Mas los que
peor lo pasan y más mal lugar tienen son algunos
poetas de comedias, por las muchas reinas que han hecho (6), las infantas de Bretaña que han deshonrado, los
casamientos desiguales que han efetuado en los fines
de las comedias, y los palos que han dado á muchos
hombres honrados por acabar los entremeses. Mas es
de advertir que los poetas de comedias no están entre
los demas, sino que por cuanto tratan de hacer enredos y marañas, se ponen entre los procuradores y solicitadores, gente que solo trata deso. Y en el infierno
están todos aposentados así; que un artillero que bajó
allá el otro dia, queriendo que le pusiesen entre la
gente de guerra, como al preguntarle del oficio que
habia tenido dijese que hacer tiros en el mundo, fué
remitido al cuartel de los escribanos, pues son los que
hacen tiros en el mundo. Un sastre, porque dijo que
habia vivido de cortar de vestir, fué aposentado con
los maldicientes. Un ciego, que quiso encajarse con
los poetas, fué llevado á los enamorados por serlo todos (7). Los que venian por el camino de los locos
ponemos con los astrólogos, y á los por mentecatos
con los alquimistas. Uno vino por unas muertes, y está
con los médicos. Los mercaderes que se condenan por
vender están con Júdas. Los malos ministros, por lo
que han tomado alojan con el mal ladron. Los necios
están con los verdugos. Y un aguador que dijo habia
vendido agua fria fué llevado con los taberneros.
Llegó un mohatrero tres dias há, y dijo que él se condenaba por haber vendido gato por liebre, y pusímoslo
de piés con los venteros, que dan lo mismo. Al fin, el
infierno está repartido en estas partes.» «Oíte decir
ántes de los enamorados, y por ser cosa que á mí me
toca, gustaria saber si hay muchos.» «Mancha es la de
los enamorados, respondió, que lo toma todo, porque
todos lo son de sí mismos; algunos de sus dineros,
otros de sus palabras, otros de sus obras, y algunos
de las mujeres; y destos postreros hay ménos que de
todos en el infierno, porque las mujeres son tales,
que con ruindades, con malos tratos y peores corres-

(6) adúlteras. (MS. Colomb.)

(7) Otro que dijo que enterraba difuntos, fué acomodado con
los pasteleros. Los que vienen por locos, ponémoslos con los astrólogos.... (Id.)

pondencias les dan ocasiones de arrepentimiento cada dia á los hombres. Como digo, hay pocos destos, pero buenos y de entretenimiento, si allá cupiera. Algunos hay que en celos y esperanzas amortajados y en deseos se van por la posta al infierno, sin saber cómo ni cuándo ni de qué manera. Hay amantes alacayuelos que arden llenos de cintas; otros crinitos como cometas, llenos de cabellos; y otros que en los billetes solos que llevan de sus damas ahorran veinte años de leña á la fábrica de la casa, abrasándose lardeados en ellos. Son de ver los que han querido doncellas enamorados de doncellas, con las bocas abiertas y las manos extendidas. Destos unos se condenaban por tocar sin tocar pieza, hechos bufones de los otros, siempre en víspera del contento, sin tener jamas el dia, y con solo el título de pretendientes (1). Otros se condenan por el beso, brujuleando siempre los gustos sin poderlos descubrir. Detras de estos en una mazmorra están los aduladores: estos son los que mejor viven y peor lo pasan, pues otros les sustentan la cabalgadura y ellos la gozan.» «Gente es esta, dije yo, cuyos agravios y favores todos son de una manera.» (2) «Abajo en un apartado muy sucio, lleno de mondaduras de rastro (quiero decir, cuernos) están los que acá llamamos cornudos (a), gente que aun en el infierno no pierde la paciencia; que como la llevan hecha á prueba de la mala mujer que han tenido, ninguna cosa los espanta. Trás ellos están los que se enamoran de viejas, con cadenas; que los diablos, de hombres de tan mal gusto aun no pensamos que estamos seguros; y si no estuviesen con prisiones, Barrabas aun no tendria bien guardadas las asentaderas, dellos; y tales como somos les parecemos blancos y rubios. Lo primero que con estos se hace es condenarles la lujuria y su herramienta á perpetua cárcel. Mas dejando estos, os quiero decir que estamos muy sentidos de los potajes que haceis de nosotros, pintándonos con garras sin ser aguiluchos; con colas, no habiendo diablos rabones; con cuernos, no siendo cabras; y mal barbados siempre, habiendo

diablos de nosotros que podemos ser ermitaños y corregidores. Remediad esto, que poco ha que fué Jerónimo Bosco allá, y preguntándole por qué había hecho tantos guisados de nosotros en sus sueños, dijo: «Porque no habia creido nunca que habia demonios de véras.» Lo otro y lo que mas sentimos es, que hablando comunmente soleis decir: «Miren el diablo del sastre, ó diablo es el sastrecillo.» A sastres nos comparais, que damos leña con ellos al infierno, y aun nos hacemos de rogar para recibirlos; que si no es á póliza de quinientos, nunca hacemos recibo, por no malvezarlos y que ellos no aleguen posesion: Quoniam consuetudo est altera lex; y como tienen posesion en el hurtar y quebrantar las fiestas, fundan agravio si no les abrimos las puertas grandes como si fuesen de casa. Tambien nos quejamos de que no hay cosa, por mala que sea, que no la deis al diablo; y en enfadándoos algo, luego decís: «Pues el diablo te lleve.» Pues advertid que son mas los que se van allá que los que traemos; que no de todo hacemos caso. Dais al diablo un mal trapillo, y no le toma el diablo, porque hay algun mal trapillo que no le tomará el diablo. Dais al diablo un italiano, y no le toma el diablo, porque hay italiano que tomará al diablo: y advertid que mas veces dais al diablo lo que él ya se tiene, digo, nos tenemos.» «¿Hay reyes en el infierno?» le pregunté yo; y satisfizo á mi duda diciendo: «Todo el infierno es figuras, y hay muchos de los gentiles, porque el poder, libertad y mando les hace sacar á las virtudes de su medio, y llegan los vicios á su extremo; y viéndose en la suma reverencia de sus vasallos y con la grandeza puestos á dioses, quieren valer punto ménos y parecerlo; y tienen muchos caminos para condenarse y muchos que los ayudan; porque uno se condena por la crueldad, y matando y destruyendo es una guadaña coronada de vicios y una peste real de sus reinos; otros se pierden por la cudicia, haciendo almacenes de sus villas y ciudades á fuerza de grandes pechos, que en vez de criar desustancian; y otros se van al infierno por terceras personas y se condenan por poderes, fiándose de infames ministros; y es dolor verlos penar, porque como bozales en trabajo se les dobla el dolor con cualquier cosa. Solo tienen bueno los reyes que, como es gente honrada, nunca vienen solos; sino con punta de dos ó tres privados, y á veces el encaje, y se traen todo el reino trás sí, pues todos se gobiernan por ellos (3), aunque privado y rey es más penitencia que oficio, y más carga que gozo; ni hay cosa tan atormentada como la oreja del príncipe y del privado, pues de ella nunca escapan pretendientes quejosos y aduladores, y estos tormentos los califican para el descanso (4). Los malos

(1) Están á su lado los que han querido doncellas y se han condenado por el beso como á Júdas, brujuleando siempre los gustos. (MS. Colomb.)

(2) En un sitio apartado están los curas y los frailes, polillas de los casados, martirio de los solteros, y perseguidores, á trueque de indulgencias mentidas, de toda mujer de belleza en rostro ó de ocultas gracias, aun cuando la rodee la toca, la guarde el velo, y la defienda fuerte reja, que todo cede al poder de su corona sin ser reyes. (MS. antiguo que poseyó don José Muso y Valiente, citado por Castellanos, edicion de 1840, pág. 387.)

(a) Es curiosa la siguiente noticia: «De cuernos se dijo cornudo... y de cornudo han derivado los de Madrid entre nuestras casadas, en cierta lengua que ha descubierto el marqués del Valle, que tiene en Nueva-España un muy buen valle y lugar que llaman Cuerna-vaca, con el cual se vió en pleito con uno de los mayores cornudos que hay de aquí allá, y creo para mí que el mejor derecho que este tenia al lugar eran sus propios cuernos, puesto que parecia disparate á quien no sabia tan bien como yo esta historia. Bastaria que el Marqués se quiso concertar con él y darle la mitad del lugar con este partido: que pues el lugar se llamaba Cuerna-vaca, él tomase para sí los cuernos, y para el Marqués la vaca. Y contentárase de la particion el pobre gentilhombre, sino que su mujer jamás lo quiso consentir, ni se pudo acabar con ella, diciendo que cuernos por cuernos Valladolid en Castilla, y que por la vaca no habia ella, que no por los cuernos, poquillos sembrados por su casa.»—Paradara.—Trata que no solamente no es cosa mala, dañosa ni vergonzosa ser un hombre cornudo, mas que los cuernos son buenos, honrosos y provechosos.—(Biblioteca Colombina Aa, 144, 4, folio 89.)

El autor siguió los ejércitos del emperador Cárlos V.

(3) Dichosos vosotros, españoles, que sin merecerlo sois vasallos y gobernados por un rey tan vigilante y católico, á cuya imitacion os vais al cielo, y esto si haceis buenas obras (y no entendais por ellas palacios suntuosos; que estos á Dios son enfadosos, pues vemos nació en Belen en un portal destruido); no cual otros malos reyes, que se van al Infierno por el camino real, etc. (Edicion de Pamplona, 1631.)

(4) Allá tenemos un rey que hace poco llegó de acá, y si no fuera porque su mujer y un hijo que nos mandó ántes, le atormentan, arañándole por asesino de sus vidas, lo pasara bien; porque en el tiempo que reinó en el mundo nos llenó el infierno de leña y de diablos ya amaestrados en el oficio. Mozo fué recomendado por él, que enciende el mayor hornillo de un soplo, y que á una vuelta de pala echa á la caldera un centenar de inquisidores. A estos les pesa más por ser del oficio, y nosotros les damos más con que seguir allá

reyes se van al infierno por el camino real, y los mercaderes por el de la plata.» «¿Quién te mete ahora con los mercaderes?» dijo Calabres. «Manjar es que nos tiene ya empalagados á los diablos y ahitos, y aun los vomitamos: vienen allá á millares, condenándose en castellano y en guarismo (1); y habeis de saber que en España los misterios de las cuentas de los extranjeros son dolorosos para los millones que vienen de las Indias, y que los cañones de sus plumas son de batería contra las bolsas; y no hay renta que si la cogen en medio el Tajo de sus plumas y el Jarama de su tinta, no la ahoguen. Y en fin, han hecho entre nosotros sospechoso este nombre de asientos, que como significa otra cosa que me corro de nombrarla, no sabemos cuándo hablan á lo negociante ó cuándo á lo deshonesto. Hombre destos ha ido al infierno, que viendo la leña y fuego que se gasta, ha querido hacer estanco de la lumbre; y otro quiso arrendar los tormentos, pareciéndole que ganará con ellos mucho. Estos tenemos allá junto á los jueces que acá los permitieron.»

«¿Luego algunos jueces hay allá?» «¡Pues no! dijo el espíritu: los jueces son nuestros faisanes, nuestros platos regalados, y la simiente que más provecho y fruto nos da á los diablos; porque de cada juez que sembramos, cogemos seis procuradores, dos relatores, cuatro escribanos, cinco letrados y cinco mil negociantes, y esto cada dia. De cada escribano cogemos veinte oficiales, de cada oficial treinta alguaciles, de cada alguacil diez corchetes; y si el año es fértil de trampas, no hay trojes en el infierno donde recoger el fruto de un mal ministro.» «¿Tambien querrás decir que no hay justicia en la tierra, rebelde á los dioses?» «Y ¿cómo que no hay justicia! Pues ¿no has sabido lo de Astrea, que es la justicia, cuando huyendo de la tierra se subió al cielo? Pues por si no lo sabes, te lo quiero contar.

Vinieron la verdad y la justicia á la tierra: la una no halló comodidad por desnuda, ni la otra por rigurosa. Anduvieron mucho tiempo así, hasta que la verdad, de puro necesitada, asentó con un mudo.

La justicia, desacomodada, anduvo por la tierra rogando á todos; y viendo que no hacian caso della y que le usurpaban su nombre para honrar tiranias, determinó volverse huyendo al cielo. Salióse de las grandes ciudades y cortes, y fuése á las aldeas de villanos, donde por algunos dias, escondida en su pobreza, fué hospedada de la simplicidad hasta que envió contra ella requisitorias la malicia. Huyó entónces de todo punto, y fué de casa en casa pidiendo que la recogiesen. Preguntaban todos quién era; y ella, que no sabe mentir, decia que la justicia. Respondíanle todos: «Justicia, no por mi casa; vaya por otra» y así no entraba en ninguna: subióse al cielo, y apénas dejó acá pisadas. Los hombres, que esto vieron, bautizaron con su nombre algunas varas que arden muy bien allá, y acá solo tienen nombre de justicia (2) ellas

y los que las traen; porque hay muchos destos en quien la vara hurta más que el ladron con ganzúa y llave falsa y escala. Y habeis de advertir que la cudicia de los hombres ha hecho instrumento para hurtar todas sus partes, sentidos y potencias que Dios les dió las unas para vivir y las otras para vivir bien. ¿No hurta la honra de la doncella con la voluntad el enamorado? No hurta con el entendimiento el letrado que le da malo y torcido á la ley? No hurta con la memoria el representante que nos lleva el tiempo? No hurta el amor con los ojos, el discreto con la boca, el poderoso con los brazos, pues no medra quien no tiene los suyos, el valiente con las manos, el músico con los dedos, el gitano y cicatero con las uñas, el médico con la muerte, el boticario con la salud, el astrólogo con el cielo? Y al fin, cada uno hurta con una parte ó con otra. Solo el alguacil hurta con todo el cuerpo, pues acecha con los ojos, sigue con los piés, ase con las manos y atestigua con la boca; y al fin, son tales los alguaciles, que dellos y de nosotros defienden á los hombres pocas cosas.»

«Espántome, dije yo, de ver que entre los ladrones no has metido á las mujeres, pues son de casa.» «No me las nombres, respondió, que nos tienen enfadados y cansados; y á no haber tantas allá, no era muy mala habitacion el infierno; y diéramos por que enviudáramos en el infierno mucho; que como se urden enredos y ellas desde que murió Medusa la hechicera no platican otro, temo no haya alguna tan atrevida que quiera probar su habilidad con alguno de nosotros, por ver si sabrá dos puntos más. Aunque sola una cosa tienen buena las condenadas por la cual se puede tratar con ellas, que como están desesperadas, no piden nada.» «¿De cuáles se condenan más, feas ó hermosas?» «Feas, dijo al instante, seis veces más, porque los pecados para aborrecerlos no es menester más que cometerlos, y las hermosas, que hallan tantos que las satisfagan el apetito carnal, hártanse y arrepiéntense; pero las feas, como no hallan nadie, allá se nos van en ayunas, y con la misma hambre rogando á los hombres; y despues que se usan ojinegras y cariaguileñas, hierve el infierno en blancas y rubias, y en viejas más que en todo, que de envidia de las mozas, obstinadas espiran gruñendo. El otro dia llevó yo una de setenta años que comia barro y hacia ejercicio para remediar las opilaciones, y se quejaba de dolor de muelas porque pensasen que las tenia; y con tener ya amortajadas las sienes con la sábana blanca de sus canas, y arada la frente, huia de los ratones y traia galas, pensando agradarnos á nosotros: pusímosla allá por tormento al lado de un lindo destos que se van allá con zapatos blancos y de puntillas, informados de que es tierra seca y sin lodos.» «En todo esto estoy bien, le dije; solo querria saber si hay en el infierno muchos pobres.» «¿Qué es pobres?» replicó. «El hombre, dije yo, que no tiene nada de cuanto tiene el mundo.» «¡Hablara yo para mañana! dijo el diablo: si lo que condena á los hombres es lo

---

el ejercicio que aquí tuvieron. (*MS. de Muso y Valiente, ya citado.*)
—(Cuando la censura no consintió que este párrafo corriese, nubo de recelar que alguien pudiera ver aludidos en él á Felipe II, á su mujer doña Isabel de la Paz, al príncipe don Cárlos y al cardenal Espinosa.)
(1) Más almas nos ha dado Bisanzon y Plasencia que Mahoma. (*MS. Colomb.*)
(2) los que la tienen. Y es de manera que tornó á bajar en Cristo despues, y la justicia de acá la hizo de ella; porque hay

muchos destos en quien la vara hurta más que el ladron. (*MS. Colomb.*)
—(De esta proposicion germinó luego la excelente obra de Quevedo, *Política de Dios y gobierno de Cristo*, que ponemos al frente de todas las suyas.)

que tienen del mundo, y esos no tienen nada, ¿cómo se condenan? Por acá los libros nos tienen en blanco. Y no os espanteis, porque aun diablos les faltan á los pobres; y á veces más diablos sois unos para otros que nosotros mismos. ¿Hay diablo como un adulador, como un envidioso, como un amigo falso, y como una mala compañia? Pues todos estos le faltan al pobre, que no le adulan, ni le envidian, ni tiene amigo malo ni bueno, ni le acompaña nadie. Estos son los que verdaderamente viven bien y mueren mejor. ¿Cuál de vosotros sabe estimar el tiempo y poner precio al dia, sabiendo que todo lo que pasó lo tiene la muerte en su poder, y gobierna lo presente y aguarda todo lo por venir como todos ellos?» «Cuando el diablo predica el mundo se acaba. Pues ¿cómo siendo tú padre de la mentira, dijo Calabres, dices cosas que bastan á convertir una piedra?» «¿Cómo? respondió: por haceros

mal y que no podais decir que faltó quien os lo dijese. Y adviértase que en vuestros ojos veo muchas lágrimas de tristeza y pocas de arrepentimiento; y de las más se deben las gracias al pecado, que os harta ó cansa, y no á la voluntad que por malo le aborrezca.» «Mientes, dijo Calabres; que muchos buenos hay hoy. Y ahora veo que en todo cuanto has dicho has mentido; y en pena saldrás hoy de este hombre.» Apremióle á que callase, y si un diablo por sí es malo, mudo es peor que diablo.

Vuecelencia con curiosa atencion mire esto y no mire á quien lo dijo; que por la boca de una sierpe de piedra sale un caño de agua (1).

(1) en la quijada de un leon hay miel, y el salmo dice que á veces recebimos *salutem ex inimicis nostris et de manu qui oderunt nos.* (*MS. Colomb.*)

LAS ZAHURDAS DE PLUTON (a).

CARTA A UN AMIGO SUYO.

Envio á vuesamerced este discurso tercero al *Sueño* y al *Alguacil*, donde puedo decir que he rematado las pocas fuerzas de mi ingenio (no sé si con alguna dicha). Quiera Dios halle algun agradecimiento mi deseo, cuando no merezca alabanza mi trabajo; que con esto tendré algun

(a) Antes *Sueño del Infierno.*
«Acabé este discurso en el Fresno á postrero de abril de 1608, en 28 de mi edad», imprimió constantemente el autor al fin del presente discurso.»
«D. Francisco acabó de escribir este Sueño el 17 de marzo de 1608 en el Fresno, y se le leyó, despues de comer con él, al conde de Lémos, en mayo siguiente en Madrid», dice una nota que me ha franqueado el señor Castellanos, juzgándola de letra del sobrino de Quevedo don Pedro Aldrete. No puede la fecha que estampa el sobrino desvirtuar la del tio, miéntras no parezcan mayores pruebas. Sin embargo, la especie indudable de que este leyó su obra al presidente de Indias me hace conjeturar que el amigo á quien va dirigida la carta dedicatoria es Lupercio Leonardo de Argensola, que á la sazon vivia en Zaragoza entregado al estudio y á los placeres del campo, ocupado en escribir los *Anales de Aragon*, y á quien poco despues el conde de Lémos llevó á Nápoles de secretario del vireinato. La carta pudo tener el fin de interesar á Argensola para que desvaneciese alguna prevencion hecha nacer en el Conde por los émulos y envidiosos de Quevedo, y preparar la lectura de sobremesa que refiere Aldrete y oyó tal vez como un gran triunfo referir á su tio.
El mismo señor Castellanos me ha facilitado copia de otra carta, que dice vió original escrita por un tal Andres Lopez, desde la villa del Fresno, partido de Alcalá de Henáres, á 6 de marzo de 1608, en que se leen las siguientes curiosas noticias.
«Don Francisco de Quevedo es un diablo · ya está mejor de sus dolores, y nos hace tan buena compañía que no nos vamos á encontrar bien sin este señor. Dice que se ira la semana que viene, y nosotros estamos haciendo con su tio y primos por que pase aquí mas dias... Tambien ha compuesto un cuento en que hace los condenados en el infierno, en el que no deja mozo, ni feo, ni mujer, ni á nadie á quien no pegue zurra. En fin, tiene todo el pueblo revuelto el buen don Francisco, y hasta los muchachos le piden coplas; pero la tia Marta, la madre de don Pablitos (1), y otras viejas dicen que está condenado, y que por eso sabe lo que pasa en los infiernos. El se rie mucho con ellas y las cuenta tantas mentiras del diablo, que le hacen la cruz y dicen que si no se va de aquí vá á mandarnos Dios un castigo.»
El *Sueño del Infierno*, conocido desde 1629 con el nombre de *Las zahurdas de Pluton*, es quizá uno de los mas grandes esfuerzos del humano ingenio.
Véanse las figuras y asuntos que le componen, segun se notan al márgen en la edicion de 1631.
«Camino del cielo, camino del infierno, taberneros, hipócritas, ricos, pobres, discretos, necios, negociantes, reyes, eclesiásticos, soldados, seguir la virtud, mujeres interesadas, sastres, libreros, cocheros, bufones, truhanes y juglares, chocarreros, adultadores, marido que vende su mujer, mujer pública, faranduleros, zapateros, pasteleros, corchetes y alguaciles, mercader, plateros y buhoneros, caballero hidalgo y noble, honra mundana, valentia, capitanes, caballero, dueñas, padres que dejan ricos á sus hijos, necios que dicen; *Oh quién hubiera*: los que abusan de la misericordia de Dios, tintureros, cornudos, sodomitas, viejas, muertos de repente; nadie muere de repente, que todo es avisos de la muerte; boticarios, barberos, zurdos, mujeres feas y que se pintan, memoria del bien per-

(1) Capellan de la Virgen, contra quien escribió el soneto que comienza :
Erase un hombre á una nariz pegado.

premio de los que da el vulgo con mano escasa; que no soy tan soberbio que me precie de tener envidiosos, pues de tenerlos, tuviera por gloriosa recompensa el merecerlos tener. Vuesamerced en Zaragoza comunique este papel, haciéndole la acogida que á todas mis cosas, miéntras yo acá esfuerzo la paciencia á maliciosas calumnias, que al parto de mis obras (sea aborto) suelen anticipar mis enemigos. Dé Dios á vuesamerced paz y salud. Del Fresno y mayo 3 de 1608.

DON FRANCISCO DE QUEVEDO VILLEGAS.

PRÓLOGO AL INGRATO Y DESCONOCIDO LECTOR.

ERES tan perverso, que ni te obligué llamándote pio, benévolo, ni benigno en los más discursos porque no me persiguieses; y ya desengañado, quiero hablar contigo claramente. Este discurso es del infierno: no me arguyas de maldiciente porque digo mal de los que hay en él, pues no es posible que haya dentro nadie que bueno sea. Si te parece largo, en tu mano está : toma el infierno que te bastare, y calla. Y si algo no te parece bien, ó lo disimula piadoso, ó lo enmienda docto; que errar es de hombres, y ser herrado de bestias ó esclavos. Si fuere oscuro, nunca el infierno fué claro; si triste y melancólico, yo no he prometido risa : solo te pido, lector. y aun te conjuro por todos los prólogos, que no tuerzas las razones ni ofendas con malicia mi buen celo, pues lo primero, guardo el decoro á las personas y solo reprendo los vicios; murmuro los descuidos y demasías de algunos oficiales, sin tocar en la pureza de los oficios; y al fin, si te agradare el discurso, tú te holgarás, y si no, poco importa; que á mí, de tí ni de él se me da nada. *Vale.*

dido, gusano de la conciencia, sabios y doctos, escandalosos, taberneros, Júdas, diablos, dispenseros, Júdas, mujeres hermosas y malos letrados, malas mujeres, escribanos, alguaciles, enamorados, penséque, amor, poetas, los que no saben pedir á Dios, los que no cumplen los votos y promesas, hijos que no se acuerdan de sus padres muertos, ensalmadores y saludadores, saludadores, astrólogos y alquimistas, corchetes, sastres, alquimistas, astrólogos, supersticiosos, quirománticos, geométrico, mujeres hermosas, los vicios, herejes ántes de Cristo, inmortalidad del alma, herejes despues de Cristo, Mahoma, herejes, Lutero é impugnacion de sus errores y defensa de las imágenes; defensa de las buenas obras y pasion de Cristo, Lucifer y su galería, emperadores, reyes; aposento de Lucifer, y quién hay en él; alguaciles, coronistas, pesquisidores, doncellas, demandadores, madres postizas.»

DISCURSO.

Yo que en el *Sueño* vi tantas cosas y en el *Alguacil alguacilado* oí parte de las que no habia visto, como sé que los sueños las más veces son burla de la fantasía y ocio del alma, y que el malo nunca dijo verdad, por no tener cierta noticia de las cosas que justamente se nos esconden; vi, guiado de mi ingenio, lo que se sigue, por particular providencia, que fué para traerme en el miedo la verdadera paz. Halléme en un lugar favorecido de naturaleza por el sosiego amable, donde sin malicia la hermosura entretenia la vista (muda recreacion y sin respuesta humana), platicaban las fuentes entre las guijas y los árboles por las hojas; tal vez cantaba el pájaro, ni sé determinadamente si en competencia suya, ó agradeciéndoles su armonía. Ved cuál es de peregrino nuestro deseo, que no hallo paz en nada desto. Tendí los ojos, codicioso de ver algun camino, por buscar compañia, y veo (cosa digna de admiracion) dos sendas que nacian de un mismo lugar, y una se iba apartando de la otra, como que huyesen de acompañarse. Era la de mano derecha tan angosta, que no admite encarecimiento, y estaba (de la poca gente que por ella iba) llena de abrojos y asperezas y malos pasos. Con todo, vi algunos que trabajaban en pasarla; pero por ir descalzos y desnudos, se iban dejando en el camino unos el pellejo, otros los brazos, otros las cabezas, otros los piés, y todos iban amarillos y flacos. Pero noté que ninguno de los que iban por aquí miraba atras, sino todos adelante. Decir que puede ir alguno á caballo, es cosa de risa. Uno de los que allí estaban, preguntándole si podria yo caminar aquel desierto á caballo, me dijo : «Déjese de caballerías, y caiga de su asno.» Y miré con todo eso, y no vi huella de bestia ninguna. Y es cosa de admirar que no habia señal de rueda de coche ni memoria apénas de que hubiese nadie caminado en él por allí jamas. Pregunté, espantado desto á un mendigo que estaba descansando y tomando aliento, si acaso habia ventas en aquel camino ó mesones en los paraderos. Respondióme: «Venta aquí, señor, ni meson, ¿cómo quereis que le haya en este camino, si es el de la virtud? En el camino de la vida, dijo, el partir es nacer, el vivir es caminar, la venta es el mundo, y en saliendo della es una jornada sola y breve desde él á la pena ó á la gloria.» Diciendo esto se levantó, y dijo: «Quedáos con Dios, que en el camino de la virtud es perder tiempo el pararse uno, y peligroso responder á quien pregunta por curiosidad, y no por provecho.» Comenzó á andar dando tropezones y zancadillas, y suspirando. Parecia que los ojos con lágrimas osaban ablandar los peñascos á los piés y hacer tratables los abrojos. «¡Pésia tal! dije yo entre mí, pues tras ser el camino tan trabajoso, ¿es la gente que en él anda tan seca y poco entretenida? ¡Para mi humor es bueno!» Dí mi paso atras y salíme del camino del bien; que jamas quise retirarme de la virtud que tuviese mucho que desandar ni que descansar. Volvíme á la mano izquierda, y vi un acompañamiento tan reverendo, tanto coche, tanta carroza cargada de competencias al sol en humanas hermosuras, y gran cantidad de galas y libreas, lindos caballos, mucha gente de capa negra y muchos caballeros. Yo que siempre oí decir: «Dime con quién andas y diréte quién eres,» por ir con buena compañia puse el pié en el umbral del camino, y sin sentirlo me hallé resbalado en medio de él como el que se desliza por el hielo, y topé con lo que habia menester; porque aquí todos eran bailes y fiestas, juegos y saraos; y no el otro camino, que por falta de sastres iban en él desnudos y rotos, y aquí nos sobraban mercaderes, joyeros y todos oficios; pues ventas, á cada paso; y bodegones, sin número. No podré encarecer qué contento me hallé en ir en compañia de gente tan honrada, aunque el camino estaba algo embarazado, no tanto con las mulas de los médicos, como con las barbas de los letrados, que era terrible la escuadra dellos que iba delante de unos jueces. No digo esto porque fuese menor el batallon de los doctores, á quien nueva elocuencia llama ponzoñas graduadas, pues se sabe que en las universidades estudian para tósigos. Animóme para proseguir mi camino el ver no solo que iban muchos por él, sino la alegria que llevaban, y que del otro se pasaban algunos al nuestro, y del nuestro al otro, por sendas secretas.

Otros caian que no se podian tener, y entre ellos fué de ver el cruel resbalon que una lechigada de taberneros dió en las lágrimas que los otros habian derramado en el camino, que por ser agua se les fuéron los piés, y dieron en nuestra senda unos sobre otros. Ibamos dando vaya á los que veíamos por el camino de la virtud más trabajados. Hacíamos burla dellos, llamábamosles heces del mundo y desecho de la tierra. Algunos se tapaban los oidos y pasaban adelante; otros que se paraban á escucharnos, dellos desvanecidos de las muchas voces, y dellos persuadidos de las razones, y corridos de las vayas, caian y se bajaban. Vi una senda por donde iban muchos hombres de la misma suerte que los buenos; y desde léjos parecia que iban con ellos mismos; y llegado que hube, vi que iban entre nosotros. Estos me dijeron que eran los hipócritas, gente en quien la penitencia, el ayuno, que en otros son mercancía del cielo, es noviciado del infierno. (1) Iban muchas mujeres tras estos, los cuales, siendo

enredo con barba, y maraña con ojos, y embeleco, andaban salpicando de mentira á todos, siendo estanques donde pescan adrollas los embusteros. Otros se encomiendan á ellos, que es como encomendarse al diablo por tercera persona. Estos hacen oficio la humildad, y pretenden honra yendo de estrado en estrado y de mesa en mesa. Al fin conocí que iban arrebozados para nosotros; mas para los ojos eternos, que abiertos sobre todos juzgan el secreto más escuro de los retiramientos del alma, no tienen máscara; bien que hay muchos buenos: mas son diferentes destos, á quien ántes se les ve la disimulacion que la cara, y alimentan su ambiciosa felicidad de aplauso de los pueblos; y diciendo que son unos indignos y grandísimos pecadores y los más malos de la tierra, llamándose jumentos, engañan con la verdad, pues siendo hipócritas, lo son al fin. Iban estos solos aparte, y reputados por más necios que los moros, más zafios que los bárbaros y sin ley, pues aquellos, ya que no conocieron la vida eterna ni la van á gozar, conocieron la presente y holgáronse en ella; pero los hipócritas ni la una ni la otra conocen, pues en esta se atormentan y en la otra son atormentados; y en conclusion, destos se dice con toda verdad que ganan el infierno con trabajos. Todos ibamos diciendo mal unos de otros; los ricos tras la riqueza, los pobres pidiendo á los ricos lo que Dios les quitó. Van por un camino los discretos, por no dejarse gobernar de otros; y los necios, por no entender á quien los gobierna, aguijan á todo andar. Las justicias llevan tras sí los negociantes, la pasion á las mal gobernadas justicias, y los reyes desvanecidos y ambiciosos todas las repúblicas. Vi algunos soldados, pero pocos; que por la otra senda infinitos iban en hileras ordenados honradamente triunfando: pero los pocos que nos cupieron acá era gente que si, como habian extendido el nombre de Dios jurando, lo hubieran hecho peleando, fueran famosos. Dos corrilleros solos iban muy desnudos, que por la mayor parte los tales que viven por su culpa traen los golpes en los vestidos, y sanos los cuerpos. Andaban contando entre sí las ocasiones en que se habian visto, los malos pasos que habian andado. (que nunca estos andan en buenos pasos). (2) Nada los oiamos; solo cuando por encarecer sus servicios dijo uno á los otros: ¿Qué digo, camarada? ¡Qué trances hemos pasado y qué tragos! Lo de los tragos se les creyó (3). Miraban á estos pocos los muchos capitanes,

dadero; y ellas besan los vestidos de otros tan malos como Júdas. Atribúyolo, mas que á devocion (á algunas), á golosina en el besar. Otras iban cogiendoles de las capas para reliquias, y algunas cortan tanto, que da sospecha que lo hacen más por verlos en cueros ó desnudos, que por fe que tengan con sus obras. Otras se encomiendan á ellos en sus oraciones, que es como encomendarse al diablo por tercera persona. Vi alguna pedirles hijos, y sospecho que marido que consiente en que pida hijos á otro la mujer, se dispone á agradecérselo si se los diere. Esto digo por ver que, pudiendo las mujeres encomendar sus deseos y necesidades á san Pedro, á san Pablo, á san Juan, á san Agustin, á santo Domingo, á san Francisco y otros santos que sabemos que pueden con Dios, se den á estos que hacen oficio la humildad, y pretenden irse al cielo de estrado en estrado y de mesa en mesa. Al fin conocí que iban estos arrebozados, etc. (*Edicion de Pamplona*, 1631).

(2) Y nada desto les creiamos, teniéndoles por mentirosos, solo cuando por encarecer, etc. (*Id.*)

(5) porque hacíanse recuas de mosquitos que les rodeaban las bocas golosas del aliento, parlero del mucho mosto que habian colado. (*Id.*)

(1) Habia muchas mujeres tras estos besándoles las ropas; que en besar algunas son peores que Judas, porque aquel besó (aunque con ánimo traidor) la cara del Justo, Hijo de Dios y Dios verdadero.

maestres de campo, generales de ejércitos que iban por el camino de la mano derecha enternecidos. Y oí decir á uno dellos que no lo pudo sufrir, mirando las hojas de lata llenas de papeles inútiles que llevaban estos ciegos : ¿¿Qué digo, soldados por acá? ¿Esto es de valientes : dejar este camino de miedo de sus dificultades? Venid, que por aquí de cierto sabemos que solo coronan al que vence. ¿Qué vana esperanza os arrastra con anticipadas promesas de los reyes? No siempre con almas vendidas es bien que temerosamente suene en vuestros oídos : Mata ó muere. Reprended la hambre del premio, que de buen varon es seguir la virtud sola, y de cudiciosos los premios no más; y quien no sosiega en la virtud y la sigue por el interes y mercedes que se siguen, más es mercader que virtuoso, pues la hace á precio de perecedores bienes. Ella es dón de sí misma; quietaos en ella.» Y aquí alzó la voz y dijo : «Advertid que la vida del hombre es guerra consigo mismo, y que toda la vida nos tienen en arma los enemigos del alma, que nos amenazan más dañoso vencimiento; y advertid que ya los príncipes tienen por deuda nuestra sangre y vida, pues perdiéndolas por ellos, los más dicen que los pagamos, y no que los servimos : volved, volved.» Oyéronlo ellos muy atentamente, y enternecidos y enseñados, se encaminaron bien con los demas soldados. Iban las mujeres al infierno tras el dinero de los hombres, y los hombres tras ellas y su dinero, tropezando unos con otros. Noté cómo al fin del camino de los buenos algunos se engañaban y pasaban al de la perdicion; porque como ellos saben que el camino (1) es angosto, y el del infierno ancho, y al acabar veian al suyo ancho y el nuestro angosto, pensando que habian errado ó trocado los caminos, se pasaban acá, y de acá allá los que se desengañaban del remate del nuestro. Vi una mujer que iba á pié, y espantado de que mujer se fuese al infierno sin silla ó coche, busqué un escribano que me diera fe dello, y en todo el camino del infierno pude hallar ningun escribano ni alguacil; y como no los vi en él, luego colegi que era aquel el camino (2), y este otro al reves. Quedé algo consolado, y no me quedaba duda que, como yo habia oido decir que iban con grandes asperezas y penitencias por el camino dél(3), y veia que todos se iban holgando, cuando me sacó desta duda una gran parva de casados que venian con sus mujeres de las manos, y que la mujer era ayuno del marido, pues por darle la perdiz y el capon no comia; y que era su desnudez, pues por darle galas demasiadas y joyas impertinentes iba en cueros; y al fin, conocí que un mal casado tiene en su mujer toda la herramienta necesaria para la muerte, y ellos y ellas á veces el infierno portátil. Ver esta asperísima penitencia me confirmó de nuevo en que íbamos bien. Mas duróme poco, porque oí decir á mis espaldas : «Dejen pasar los boticarios.» ¿Boticarios pasan? dije yo; entre mí, al infierno vamos. Y fué así, porque al punto nos hallámos dentro por una puerta como de ratonera, fácil de entrar é imposible de salir por ella.

Y fué de ver que nadie en todo el camino dijo : «Al infierno vamos;» y todos, estando en él, dijeron muy

(1) del cielo. (*Edic. de Pamplona, de 1631.*)
(2) del cielo. (*Id.*)
(3) por el otro camino. (*Edic. de Bruselas de 1660.*)

espantados : «En el infierno estamos.» «¿En el infierno? dije yo muy afligido : no puede ser.» Quíselo poner á pleito : comencéme á lamentar de las cosas que dejaba en el mundo; los parientes, los amigos, los conocidos, las damas. Y estando llorando esto, volví la cara hacia el mundo, y vi venir por el mismo camino, despeñándose á todo correr, cuanto habia conocido allá, poco ménos. Consoléme algo en ver esto, y que segun se daban priesa á llegar al infierno, estarian conmigo presto. Comenzóseme á hacer áspera la morada y desapacibles los zaguanes.

Fui entrando poco á poco entre unos sastres que se me llegaron, que iban medrosos de los diablos. En la primera entrada hallámos siete demonios escribiendo los que íbamos entrando. Preguntáronme mi nombre : díjele, y pasé. Llegaron á mis compañeros, y dijeron que eran remendones, y dijo uno de los diablos : «Deben entender los remendones en el mundo que no se hizo el infierno sino para ellos, segun se vienen por acá.» Preguntó otro diablo cuántos eran. Respondieron que ciento, y replicó un verdugo mal barbado entre cano : ¿¿Ciento y sastres? no pueden ser tan pocos; la menor partida que habemos recibido ha sido de mil y ochocientos. En verdad que estamos por no recibirles.» Afligiéronse ellos, mas al fin entraron. Ved cuáles son los malos, que es para ellos amenaza el no dejarlos entrar en el infierno. Entró el primero un negro, chiquito, rubio, de mal pelo; dió un salto en viéndose allá, y dijo : «Ahora acá estamos todos.» Salió de un lugar donde estaba aposentado un diablo de marca mayor, corcovado y cojo; y arrojándolos en una hondura muy grande, dijo : «Allá va leña.» Por curiosidad me llegué á él y le pregunté de qué estaba corcovado y cojo, y me dijo (que era diablo de pocas palabras) : «Yo era recuero de remendones, iba por ellos al mundo, y de traerlos á cuestas me hice corcovado y cojo; he dado en la cuenta, y hallo que se vienen ellos mucho más apriesa que yo los puedo traer. En esto hizo otro vómito dellos el mundo, y hube de entrarme porque no habia donde estar ya allí, y el monstruo infernal empezó á traspalar, y diz que es la mejor leña que se quema en el infierno, remendones de todo oficio, gente que solo tiene bueno ser enemiga de novedades.

Pasé adelante por un pasadizo muy escuro, cuando por mi nombre me llamaron. Volví á la voz los ojos, casi tan medrosa como ellos, y hablóme un hombre, que por las tinieblas no pude divisar más de lo que la llama que le atormentaba me permitia. «¿No me conoce? me dijo, á...» (ya lo iba á decir) y prosiguió tras su nombre, el librero. «Pues yo soy. ¡Quién tal pensara!» Y es verdad, Dios, que yo siempre lo sospeché, porque era su tienda el burdel de los libros, pues todos los cuerpos que tenia eran de la gente de la vida, escandalosos y burlones. Un rótulo que decia : «Aquí se vende tinta fina, papel batido y dorado,» pudiera condenar á otro que hubiera menester más apetitos por ello. ¿¿Qué quiere? me dijo viéndome suspenso tratar conmigo estas cosas; pues es tanta mi desgracia que todos se condenan por las malas obras que han hecho, y yo y algunos libreros nos condenamos por las obras malas que hacen los otros, y por lo que hicimos barato de los libros en romance y traducidos de latin, sabiendo ya con ellos los tontos lo que encarecian en otros tiempos los sabios ; que ya hasta el lacayo latiniza , y hallarán á Horacio en castellano en la caballeriza. » Más iba á decir, sino que un demonio le comenzó á atormentar con humazos de hojas de sus libros , y otro á leerle algunos dellos. Yo, que vi que ya no hablaba, fuime adelante, diciendo entre mí : «Si hay quien se condena por obras malas ajenas , ¿qué harán los que las hicieron propias? »

En esto iba , cuando en una gran zahurda andaban mucho número de ánimas giniendo , y muchos diablos con látigos y zurriagas azotándolos. Pregunté qué gente eran , y dijeron que no eran sino cocheros ; y dijo un diablo lleno de cazcarrias , romo y calvo , que quisiera más (á manera de decir) lidiar con lacayos ; porque habia cochero de aquellos que pedia aun dineros por ser atormentado , y que la tema de todos era que habian de poner pleito á los diablos por el oficio, pues no sabian chasquear los azotes tan bien como ellos. «¿ Qué causa hay para que estos penen aquí? » dije. Y tan presto se levantó un cochero viejo de aquellos, barbinegro y mal carado, y dijo : «Señor, porque siendo pícaros nos venimos al infierno á caballo y mandando. » Aquí le replicó el diablo : «¿ Y por qué callais lo que encubristeis en el mundo , los pecados que facilitastes, y lo que mentistes en un oficio tan vil? » Dijo un cochero (que lo habia sido de un caballero , y aun esperaba que le habia de sacar de allí) : «No ha habido tan honrado oficio en el mundo de diez años á esta parte, pues nos llegaron á poner cotas y sayos vaqueros , hábitos largos y valona, en forma de cuellos bajos. ¿Cómo supieran condenarse las mujeres de los pícaros en su rincon si no fuera por el desvanecimiento de verse en coche? Que hay mujer destos de honra postiza que se fué por su pié al dón , y por tirar una cortina , á á una testera bartará de ánimas á Perogotero. » «Así, dijo un diablo, soltóse el cocherillo y no callará en diez años. » «¿ Qué he de callar , dijo, si nos tratais de esta manera debiendo regalarnos? Pues no os traemos al infierno la hacienda maltratada , arrastrada y á pié, llena de lodos como los siempre rotos escuderos , zanqueando y despeados, sino sahumada, descansada , limpia , y en coche. Por otros lo hiciéramos que lo supieran agradecer. Pues ¡ decir que merezco yo eso por barato y bien hablado y aguanoso(1), ó porque llevé tullidos á misa , enfermos á comulgar, ó monjas á sus conventos! No se probará que en mi coche entrase nadie con buen pensamiento. Llegó á tanto, que por casarse y saber si una era doncella se hacia informacion si habia entrado en él, porque era señal de corrupcion ; y tras desto me das este pago? » « Via », dijo un demonio mulato y zurdo : redobló los palos , y callaron ; y forzóme ir adelante el mal olor de los cocheros que andaban por allí.

Y lleguéme á unas bóvedas donde comenzé á tiritar de frio y dar diente con diente, que me helaba. Pregunté , movido de la novedad de ver frio en el infierno , qué era aquello ; y salió á responder un diablo zambo , con espolones y grietas, lleno de sabañones , y dijo : «Señor, este frio es de que en esta parte están recogidos los bufones, truhanes y juglares chocarreros, hombres por de más y que sobran en el mundo, y que están aquí retirados, porque si anduvieran por el in-

(1) Los demás cocheros en comparacion de mis mosquitos eran ranas. No se probará, etc. (*Edicion de Barcelona de 1635.*)

fierno sueltos, su frialdad es tanta, que templaria el dolor del fuego.» Pedile licencia para llegar á verlos: diómela , y calofriado llegué y vi la más infame casilla del mundo , y una cosa que no habrá quien lo crea, que se atormentaban unos á otros con las gracias que habian dicho acá. Y entre los bufones vi muchos hombres honrados que yo habia tenido por tales : pregunté la causa , y respondióme un diablo que eran aduladores, y que por esto eran bufones de entre cuero y carne. Y repliqué yo , cómo se condenaban ; y me respondieron : «Gente es que se viene acá sin avisar, á mesa puesta y á cama hecha como en su casa. Y en parte los queremos bien, porque ellos se son diablos para sí y para otros , y nos ahorran de trabajos , y se condenan á sí mismos ; y por la mayor parte en vida los más ya andan con marca del infierno, porque el que no se deja arrancar los dientes por dinero , se deja matar hachas en las nalgas ó pelar las cejas ; y así, cuando acá los atormentamos , muchos dellos despues de las penas solo echan ménos las pagas. ¿ Veis aquel? me dijo ; pues mal juez fué y está entre los bufones, pues por dar gusto no hizo justicia , y á los derechos que no hizo tuertos, los hizo bizcos. Aquel fué marido descuidado , y está tambien entre los bufones , porque por dar gusto á todos vendió el que tenia con su esposa , y tomaba á su mujer en dineros como racion , y se iba á sufrir. Aquella mujer, aunque principal, fué juglar, y está entre los truhanes porque por dar gusto hizo plato de sí misma á todo apetito. Al fin, de todos estados entran en el número de los bufones, y por eso hay tantos que, bien mirado , en el mundo todos sois bufones, pues los unos os andais riendo de los otros , y en todos, como digo , es naturaleza , y en unos pocos oficio. Fuera destos, hay bufones desgranados y bufones en racimos. Los desgranados son los que de uno en uno y de dos en dos andan á casa de los señores. Los en racimo son los faranduleros miserables de bululu (a) ; y destos os certifico que si ellos no se nos viniesen por acá, que nosotros no iríamos por ellos.

Trabóse una pendencia adentro, y el diablo acudió á ver lo que era. Yo , que me vi suelto, entréme por un corral adelante , y hedia á chinches que no se podia sufrir. «A chinches hiede , dije yo; apostaré que alojan por aquí los zapateros ; » y fué así , porque luego sentí el ruido de los bojes y vi los tranchetes. Tapéme las narices , y asoméme á la zahurda donde estaban, y habia infinitos. Díjome el guardian : «Estos son los que vinieron consigo mismos , digo, en cueros ; y como otros se van al infierno por su pié , estos se van por los ajenos y por los suyos , y así vienen tan ligeros. » Y doy fe de que en todo el infierno no hay árbol ninguno chico ni grande , y que mintió Virgilio en decir que habia

(a) Acerca de esta clase de comediantes dice en su *Viaje entretenido* Agustin de Rojas : «Pues sabed que hay ocho maneras de compañías y representantes, y todas diferentes : bululu , ñaque , gangarilla , cambaleo , garnacha , bojiganga , farándula y compañía. El *bululu* es un representante solo , que camina á pié y pasa su camino ; y entra en el pueblo , habla al cura y dícele que sabe una comedia y alguna loa ; que junte al barbero y sacristan , y se la dirá porque le den alguna cosa para pasar adelante. Júntanse estos ; y él súbese sobre una arca , y va diciendo : Ahora sale la dama y dice esto y esto ; y va representando, y el cura pidiendo limosna en un sombrero. Y junta cuatro ó cinco cuartos , algun pedazo de pan y escudilla de caldo que le da el cura , y con esto sigue su estrella , y prosigue su camino hasta que halla remedio.»

mirtos en el lugar de los amantes, porque yo no ví selva ninguna sino en el cuartel que dije de los zapateros, que estaba todo lleno de bojes, que no se gasta otra madera en los edificios.

Estaban todos los zapateros vomitando de asco de unos pasteleros que se les arrimaban á las puertas, que no cabían en un silo, donde estaban tantos que andaban mil diablos con pisones atestando almas de pasteleros, y aun no bastaban. «¡Ay de nosotros, dijo uno, que nos condenamos por el pecado de la carne, sin conocer mujer, tratando más en huesos!» Lamentábase bravamente, cuando dijo un diablo: «Ladrones, ¿quién merece el infierno mejor que vosotros, pues habeis hecho comer á los hombres caspa, y os han servido de pañizuelos los de á real, sonándoos en ellos, donde muchas veces pasó por caña el tuétano de las narices? ¿Qué de estómagos pudieran ladrar, si resucitaran los perros que les hicistes comer? ¿Cuántas veces pasó por pasa la mosca golosa, y muchas fué el mayor bocado de carne que comió el dueño del pastel? ¿Qué de dientes habeis hecho jinetes, y qué de estómagos habeis traido á caballo, dándoles á comer rocines enteros? ¿Y os quejais, siendo gente ántes condenada que nacida, los que haceis así vuestro oficio? ¿Pues qué pudiera decir de vuestros caldos? Mas no soy amigo de revolver caldos. Padeced y callad enhoramala; que más hacemos nosotros en atormentaros que vosotros en sufrirlo. Y vos andad adelante, me dijo á mí, que tenemos que hacer estos y yo.»

Partíme de allí, y subíme por una cuesta donde en la cumbre y al rededor se estaban abrasando unos hombres en fuego inmortal, el cual encendian los diablos, en lugar de fuelles, con corchetes, que soplaban mucho más; que aun allá tienen este oficio(1); y son abanicos de culpas y resuello de la provincia, y vaharada del verdugo.

Vi un mercader que poco ántes había muerto. «¿Acá estais? dije yo. ¿Qué os parece? ¿No valiera más haber tenido poca hacienda y no estar aquí?» Dijo en esto uno de los atormentadores: «Pensaron que no había más, y quisieron con la vara de medir sacar agua de las piedras. Estos son, dijo, los que han ganado como buenos caballeros el infierno por sus pulgares, pues á puras pulgaradas se nos vienen acá. Mas ¿quién duda que la oscuridad de sus tiendas les prometia estas tinieblas? Gente es esta (dijo al cabo muy enojado) que quiso ser como Dios, pues pretendieron ser sin medida; mas él, que todo lo ve, los trajo de sus rasos á estos nublados, que los atormenten con rayos. Y si quieres acabar de saber cómo estos son los que sirven allá á la locura de los hombres juntamente con los plateros y buhoneros, has de advertir que si Dios hiciera que el mundo amaneciera cuerdo un dia, todos estos quedaran pobres, pues entónces se conociera que en el diamante, perlas, oro y sedas diferentes, pagamos más lo inútil y demasiado y raro, que lo necesario y honesto. Y advertí ahora que la cosa que más cara se os vende en el mundo es lo que ménos vale, que es la vanidad que teneis; y

estos mercaderes son los que alimentan todos vuestros desórdenes y apetitos.» Tenia talle de no acabar sus propiedades, si yo no me pasara adelante, movido de admiracion de unas grandes carcajadas que oí. Fuime allá por ver risa en el infierno, cosa tan nueva. «¿Qué es esto?» dije; cuando veo dos hombres dando voces en un alto, muy bien vestidos, con calzas atacadas: el uno con capa y gorra, puños como cuellos, y cuellos como calzas; el otro traia valones y un pergamino en las manos, y á cada palabra que hablaban se hundian siete ú ocho mil diablos de risa, y ellos se enojaban más. Lleguéme más cerca por oirlos, y oí al del pergamino, que á la cuenta era hidalgo, que decia: «Pues si mi padre se decia tal cual, y soy nieto de Estéban tales y cuales, y ha habido en mi linaje trece capitanes valerosísimos, y de parte de mi madre doña Rodriga desciendo de cinco catedráticos los más doctos del mundo, ¿cómo me puedo haber condenado? Y tengo mi ejecutoria y soy libre de todo, y no debo pagar pecho.» «Pues pagad espalda,» dijo un diablo, y dióle luego cuatro palos en ellas, que le derribó de la cuesta; y luego le dijo: «Acabáos de desengañar que el que desciende del Cid, de Bernardo y de Gofredo, y no es como ellos, sino vicioso como vos, ese tal más destruye el linaje que lo hereda. Toda la sangre, hidalguillo, es colorada, parecedlo en las costumbres, y entónces creeré que descendeis del docto cuando le fuéredes ó procuráredes serlo; y si no, vuestra nobleza será mentira breve en cuanto dure la vida; que en la chancillería del infierno arrúgase el pergamino y consúmense las letras; y el que en el mundo es virtuoso, ese es el hidalgo, y la virtud es la ejecutoria que acá respetamos, pues aunque descienda de hombres viles y bajos, como él con divinas costumbres se haga digno de imitacion, se hace noble á sí y hace linaje para otros. Reímonos acá de ver lo que ultrajais á los villanos, moros y judíos, como si en estos no cupieran las virtudes que vosotros despreciais. Tres cosas son las que hacen ridículos á los hombres: la primera la nobleza, la segunda la honra, la tercera la valentía, pues es cierto que os contentais con que hayan tenido vuestros padres virtud y nobleza para decir que las teneis vosotros, siendo inútil parto del mundo. Acierta á tener muchas letras el hijo del labrador; es arzobispo el villano que se aplica á honestos estudios; y los caballeros que descienden de buenos padres, como si hubieran ellos de gobernar el cargo que les dan, quieren (¡ved qué ciegos!) que les valga á ellos viciosos la virtud ajena de trescientos mil años, ya casi olvidada, y no quieren que el pobre se honre con la propia.» Carcomióse el hidalgo de oir estas cosas, y el caballero que estaba á su lado se afligia, pegando los anillos del cuello y volviendo las cuchilladas de las calzas.

«¿Pues qué diré de la honra mundana? Que más tiranías hace en el mundo y más daños, y la que más gustos estorba. Muere de hambre un caballero pobre, no tiene con qué vestirse, ándase roto y remendado, ó da en ladron, y no lo pide porque dice que tiene honra, ni quiere servir porque dice que es deshonra. Todo cuanto se busca y afana dicen los hombres que es por sustentar honra. ¡Oh lo que gasta la honra! Y llegado á ver lo que es la honra mundana, no es nada. Por la honra no come el que tiene gana donde le sabria

(1) ellos y los malditos alguaciles. Por soplar, daban crueles voces. Uno dellos decia: «Yo al Justo vendí: ¡Que me persiguen!» Dije yo entre mí: «¡Al Justo vendiste! Este es Júdas.» Y lleguéme con codicia de ver si era barbinegro ó bermejo, cuando le conozco, y era un mercader, etc. (Edicion de Pamplona, 1631.)

bien. Por la honra se muere la viuda entre dos paredes. Por la honra, sin saber qué es hombre ni qué es gusto, se pasa la doncella treinta años casada consigo misma. Por la honra la casada se quita á su deseo cuanto pide. Por la honra pasan los hombres el mar. Por la honra mata un hombre á otro. Por la honra gastan todos más de lo que tienen. Y es la honra mundana, segun esto, una necedad del cuerpo y alma, pues al uno quita los gustos y al otro el descanso. Y porque veais cuáles sois los hombres desgraciados y cuán á peligro teneis lo que más estimais, háse de advertir que las cosas de más valor en vosotros son la honra, la vida y la hacienda. La honra está en arbitrio de las mujeres, la vida en manos de los doctores, y la hacienda en las plumas de los escribanos.» «Desvanecéos pues bien, mortales, dije yo entre mí, ¡ y cómo se echa de ver que esto es el infierno, donde por atormentar á los hombres con amarguras les dicen las verdades!»

Tornó en esto á proseguir, y dijo: «La valentía. ¿ Hay cosa tan digna de burla? pues no habiendo ninguna en el mundo sino la caridad, con que se vence la fiereza de otros, y la de sí mismo y la de los mártires, todo el mundo es de valientes; siendo verdad que todo cuanto hacen los hombres, cuanto han hecho tantos capitanes valerosos como ha habido en la guerra, no lo han hecho de valentía, sino de miedo, pues el que pelea en la tierra por defendella pelea de miedo de mayor mal, que es ser cautivo y verse muerto; y el que sale á conquistar los que están en sus casas, á veces lo hace de miedo de que el otro no le acometa; y los que no llevan este intento van vencidos de la cudicia. Ved qué valientes: á robar oro y á inquietar los pueblos apartados, á quien Dios puso como defensa á nuestra ambicion, mares en medio y montañas ásperas! Mata uno á otro primero vencido de la ira, pasion ciega, y otras veces de miedo de que le mate á él. Así, hombres que todo lo entendeis al revés, bobo llamais al que no es sedicioso, alborotador y maldiciente; sabio llamais al mal acondicionado, perturbador y escandaloso; valiente al que perturba el sosiego; y cobarde al que con biencompuestas costumbres, escondido de las ocasiones no da lugar á que le pierdan el respeto. Estos tales son en quien ningun vicio tiene licencia.» «¡Oh pesia tal! dije yo, más estimo haber oido este diablo que cuanto tengo.» Dijo en esto el de las calzas atacadas muy mohino: «Todo eso se entiende con ese escudero, pero no compañía, á fe de caballero (y tornó á decir caballero tres cuartos de hora), que es ruin término y descortesía: ¡deben de pensar que todos somos unos!» Esto les dió á los diablos grandísima risa. Y luego llegándose uno á él, le dijo que se desenojase y mirase qué habia menester y qué era la cosa que más pena le daba, porque le querian tratar como quien era. Y al punto dijo: «Bésoos las manos; un molde para repasar el cuello.» Tornaron á reir, y él á atormentarse de nuevo.

Yo, que tenia gana de ver todo lo que hubiese, pareciendo que me habia detenido mucho, me partí; y á poco que anduve topé una laguna muy grande como el mar, y más sucia, adonde era tanto el ruido, que se me desvaneció la cabeza. Pregunté lo que era aquello, y dijéronme que allí penaban las mujeres que en el mundo se volvieron dueñas. Así supe como las dueñas de acá son ranas del infierno, que eternamente como ranas están hablando, sin tono y sin són, húmedas y en cieno, y son propiamente ranas infernales; porque las dueñas ni son carne ni son pescado, como ellas. Dióme grande risa el verlas convertidas en sabandijas tan pierniabiertas, y que no se comen sino de medio abajo, como la dueña, cuya cara siempre es trabajosa y arrugada.

Salí, dejando el charco á mano izquierda, á una dehesa donde estaban muchos hombres arañándose y dando voces, y eran infinitísimos, y tenia seis porteros. Pregunté á uno qué gente era aquella tan vieja y tan en cantidad. «Este es, dijo, el cuarto de los padres que se condenan por dejar ricos á sus hijos, que por otro nombre se llama el cuarto de los necios.» «¡Ay de mí! dijo en esto uno, que no tuve dia sosegado en la otra vida, ni comí ni vestí, por hacer un mayorazgo, y despues de hecho, por aumentarle; y en haciéndole, me morí sin médico por no gastar dineros amontonados; y apénas espiré, cuando mi hijo se enjugó las lágrimas con ellos; y cierto de que estaba en el infierno por lo que vió que habia ahorrado, viendo que no habia menester misas, no me las dijo, ni cumplió manda mia; y permite Dios que aquí para más pena le vea desperdiciar lo que yo afané, y le oigo decir: Ya se condenó mi padre: ¿porqué no tomó más sobre su ánima, y se condenó por cosas de más importancia?» «¿Quereis saber, dijo un demonio, qué tanta verdad es esa, que tienen ya por refran en el mundo contra estos miserables decir: Dichoso el hijo que tiene á su padre en el infierno.» Apénas oyeron esto, cuando se pusieron todos á aullar y darse de bofetones. Hiciéronme lástima; no lo pude sufrir, y pasé adelante.

Y llegando á una cárcel oscurísima, oí grande ruido de cadenas y grillos, fuego, azotes y gritos. Pregunté á uno de los que allí estaban qué estancia era aquella, y dijéronme que era el cuarto de los de: ¡Oh quién hubiera! «No lo entiendo, dije. ¿Quién son los de oh quién hubiera?» Dijo al punto: «Son gente necia que en el mundo vivia mal, y se condenó sin entenderlo, y ahora acá se les va todo en decir: ¡Oh quién hubiera oido misa! Oh quién hubiera callado! Oh quién hubiera favorecido al pobre! Oh quién no hubiera hurtado!» Huí medroso de tan mala gente y tan ciega, y dí en unos corrales con otra peor. Pero admiróme más el título con que estaban aquí, porque preguntándoselo á un demonio, me dijo: «Estos son los de: Dios es piadoso.» «Dios sea conmigo, dije al punto: ¿Pues cómo puede ser que la misericordia condene, siendo eso de la justicia? Vos hablais como diablo.» «Y vos, dijo el maldito, como ignorante, pues no sabeis que la mitad de los que están aquí se condenan por la misericordia de Dios; y si no, mirad cuántos son los que cuando hacen algo mal hecho y se lo reprenden, pasan adelante, y dicen: Dios es piadoso, y no mira en niñerías; para eso es la misericordia de Dios tanta; y con esto, miéntras ellos hacen mal esperan en Dios, nosotros los esperamos acá.» «¿Luego no se ha de esperar en Dios y en su misericordia?» dije yo. «No lo entiendes, me respondieron; que de la piedad de Dios se ha de fiar, porque ayuda á buenos deseos y premia buenas obras, pero no todas veces con consentimiento de obstinaciones; que se burlan á sí las almas que consideran la misericordia de Dios encubridora de malda des, y la aguardan como ellas la han menester, y no como ella es, purísima y infinita en los santos y capaces della; pues los mismos que más en ella están confiados, son los que ménos la dan para su remedio. No merece la piedad de Dios quien, sabiendo que es tanta, la convierte en licencia, y no en provecho espiritual. Y de muchos tiene Dios misericordia que no la merecen ellos; y en los más es así, pues nada de su mano pueden sino por favor, y el hombre que más hace es procurar merecerla.» Porque no os desvanezcais, y sepais que aguardais siempre al postrero dia lo que quisiérades haber hecho al primero, y que las más veces está pasado por vosotros lo que temeis que ha de venir; esto se ve y se oye en el infierno. ¡Ah lo que aprovechara allá uno destos escarmentados!

Diciendo esto, llegué á una caballeriza donde estaban los tintoreros, que no averiguara un pesquisidor quiénes eran, porque los diablos parecian tintoreros, y los tintoreros diablos. Pregunté á un mulato, que á puros cuernos tenia hecha espetera la frente, ¿que dónde estaban los sodomitas, las viejas y los cornudos? Dijo: «En todo el infierno están; que esa es gente que en vida son diablos, pues es su oficio traer corona de hueso. De los sodomitas y viejas no solo no sabemos dellos, pero ni querriamos saber que supiesen de nosotros; que en ellos peligran nuestras asentaderas; y los diablos por eso traemos colas, porque, como aquellos están acá, habemos menester mosqueador de los rabos. De las viejas, porque aun acá nos enfadan y atormentan, y no hartas de vida, hay algunas que nos enamoran, muchas han venido acá muy arrugadas y canas, y sin diente ni muela, y ninguna ha venido cansada de vivir. Y otra cosa más graciosa, que si os informais dellas, ninguna vieja hay en el infierno, porque la que está calva y sin muelas, arrugada y lagañosa de pura edad y de puro vieja, dice que el cabello se le cayó de una enfermedad; que los dientes y muelas se le cayeron de comer dulce; que está gibada de un golpe; y no confesará que son años, si pensara remozar por confesarlo.

Junto á estos estaban unos pocos dando voces, y quejándose de su desdicha. «¿Qué gente es esta?» pregunté; y respondióme uno dellos : «Los sin ventura, muertos de repente.» «Mentis, dijo un diablo; que ningun hombre muere de repente; de descuidado y divertido sí. ¿Cómo puede morir de repente quien dende que nace ve que va corriendo por la vida, y lleva consigo la muerte? ¿Qué otra cosa veis en el mundo, sino entierros, muertos y sepulturas? Qué otra cosa ois en los púlpitos, y leeis en los libros? ¿A qué volveis los ojos, que no os acuerde de la muerte? Vuestro vestido que se gasta, la casa que se cae, el muro que se envejece, y hasta el sueño cada dia os acuerda de la muerte, retratándola en sí. ¿Pues cómo puede haber hombre que se muera de repente en el mundo, si siempre lo andan avisando tantas cosas? No os llameis de llamar, no, gente que murió de repente, sino gente que murió incrédula de que podia morir así, sabiendo con cuán secretos piés entra la muerte en la mayor mocedad, y que en una misma hora, en dar bien y mal, suele ser madre y madrastra.»

Volví la cabeza á un lado, y vi en un seno muy grande apretura de almas, y dióme un mal olor. «¿Qué

es esto?» dije; y respondióme un juez amarillo que estaba castigándolos : «Estos son los boticarios, que tienen el infierno lleno de bote en bote; gente que, como otros buscan ayudas para salvarse, estos las tienen para condenarse. Estos son los verdaderos alquimistas; que ni Demócrito Abderita en la *Arte sacra*, Avicena, Géber, ni Raimundo Lull (a); porque ellos escribieron

(a) *Demócrito abderita* nació en Abdera, ciudad de la Tracia, cuatrocientos setenta años ántes de Jesucristo. A la muerte de su padre, que era muy rico, hecha la particion de bienes, reservó el metálico para sí, que era la menor parte, y entregó á sus dos hermanos los bienes raíces. Dícese que le tocaron cien talentos. Con esa suma se decidió á viajar por los paises adonde se prometia adquirir algunos conocimientos. Recorrió el Egipto, la Persia, la India y la Etiopía, consultando en todas partes á los sacerdotes, á los magos y á los gymnosofistas. A la vuelta de su viaje escuchó en la gran Grecia al filósofo Leucippo, que enseñaba el sistema de los átomos y del vacío, que traia su orígen del Oriente. Volvió á su patria, consumido ya el patrimonio; pero los abderitas, habiendo conocido su ingenio y sabiduría, le pusieron al frente del Gobierno. Pronto renunció el filósofo semejante cargo para entregarse á una vida solitaria y contemplativa. Esta conducta, la costumbre que habia adquirido de buscar el ridículo que tienen todas las acciones humanas, la expresion de sonrisa que por ello se notaba siempre en su fisonomia; todas las particularidades, en fin, de una vida tan distinta de la de los demas hombres, hicieron creer á sus compatriotas que estaba loco. Hipócrates los desengañó de tamaño error, segun se dice, y quedó prendado de los grandes conocimientos de Demócrito. Diógenes Laercio trae el largo catálogo de sus obras, lib. 9, cap. 7, núm. 13.

Avicena, Abu Ali Hocein Ibn-Sina, fué el mas célebre de los médicos árabes. Nació el año 370 de la hegira (980 de Jesucristo), en Aschanal, pueblo dependiente de Schyraz. Su padre, gobernador de aquel pueblo, le aplicó desde muy jóven al estudio de las bellas letras, del derecho, las matemáticas, la física y la medicina. Ejerció esta última facultad con fama extraordinaria en varios paises, y tambien el oficio de visir. Murió en Hamadan, envenenado por uno de sus esclavos, que quiso apoderarse de sus inmensas riquezas, el año 428 de la hegira (1037 de Jesucristo). Avicena es uno de los hombres más extraordinarios que ha producido el Oriente. Dotado de memoria prodigiosa y de grande facilidad para expresarse, ambicionó penetrar en todas las ciencias, y escribió sobre ellas á pesar de sus desgracias, de sus empleos y de sus excesos) obras, cada una de las cuales podria ocupar la vida de un hombre á ella dedicado exclusivamente. Sin embargo, sus conocimientos no pudieron libertarle de caer en muchos errores y supersticiones: compuso diversos tratados de alquimia, y la metafísica le descarrió hasta el grado de hacerle escéptico. Los europeos no conocen sus obras filosóficas, sino las médicas únicamente. En el dia está olvidada la medicina de la escuela árabe; pero ningun hombre, despues de Hipócrates y Galeno, ha ejercido un poder tan grande sobre esta ciencia como Avicena : sus *Cánones* fueron el estudio de todas las escuelas de Europa durante seis siglos.

Géber ó *Gibber*, famoso alquimista árabe, cuyo verdadero nombre es Abu Mussah Djafar al Sofi, natural de Harran en Mesopotamia, vivió, segun Abulfeda, en el siglo xvii. No tienen pues razon los que le han hecho español, indiano ó griego. Los pormenores de su vida son desconocidos. Veuimos, sin embargo, por sus escritos en conocimiento de que las investigaciones que hizo para averiguar la naturaleza y fasibilidad de los metales con objeto de trasmutarlos en oro, le llevaron á hacer muchos descubrimientos importantes en la química y en la medicina, tales como el sublimado corrosivo, el precipitado rojo, el agua fuerte, el nitrato de plata, etc. Así es como la filosofía hermética dió á la química principio, y como Geber ha llegado á hacerse célebre, no porque buscó la quimera de la piedra filosofal, sino por haber encontrado verdades fundadas en la experiencia. Dícese que cultivó la astronomia, y aun se le honra con el descubrimiento del álgebra, suponiendo que dió nombre á esta ciencia ; pero todas las obras que se conocen de Géber tratan únicamente sobre alquimia.

Raymundo Lull, filósofo cristiano, muy célebre en Europa por el método llamado *Arte lulliana*, que dominó en las escuelas durante los siglos xiv, xv y xvi. Nació en Palma, capital de Mallorca, en 1235. Vivió en la corte de Jaime I, conquistador de aquella isla, donde obtuvo el empleo de senescal de palacio y contrajo matrimonio. Su conducta, no obstante, era relajada; pero cierto dia siguiendo á una dama que le habia agradado, y alcanzando de ella una cita, le manifestó la misma dama el pecho devorado por un cáncer. Tan las-

cómo de los metales se podia hacer oro, y no lo hicieron ellos; y si lo hicieron, nadie lo ha sabido hacer despues acá; pero estos tales boticarios de la agua turbia (que no clara) hacen oro, y de los palos; oro hacen de las moscas, del estiércol; oro hacen de las arañas, de los alacranes y sapos; y oro hacen del papel, pues venden hasta el papel en que dan el ungüento. Así que solo para estos puso Dios virtud en las yerbas y piedras y palabras, pues no hay yerba, por dañosa que sea y mala, que no les valga dineros, hasta la ortiga y cicuta; ni hay piedra que no les dé ganancia, hasta el guijarro crudo, sirviendo de moleta. En las palabras tambien, pues jamas á estos les falta cosa que les pidan, aunque no la tengan, como venu dinero, pues dan por aceite de matiolo aceite de ballena, y no compra sino las palabras el que compra. Y su nombre no habia de ser boticario, sino armeros; ni sus tiendas no se habian de llamar boticas, sino armerías de los doctores, donde el médico toma la daga de los lamedores, el montante de los jarabes, y el mosquete de la purga maldita, demasiada, recetada á mala sazon y sin tiempo. Allí se ve todo esmeril de ungüentos, la asquerosa arcabucería de melecinas con municion de calas. Muchos destos se salvan; pero los mas hay que pensar que cuando mueren tienen con qué enterrarse.

Y si quereis reir, ved tras ellos los barberillos cómo penan, que en subiendo esos dos escalones, están en ese cerro.» Pero pasé allá, y vi (¡qué cosa tan admirable y qué justa pena!) los barberos atados y las manos sueltas, y sobre la cabeza una guitarra, y entre las piernas un ajedrez con las piezas de juego de damas; y cuando iba con aquella ansia natural de pasacalles á tañer, la guitarra le huia, y cuando volvia abajo á dar de comer una pieza, se le sepultaba el ajedrez, y esta era su pena. No entendí salir de allí de risa.

Estaban tras de una puerta unos hombres, muchos en cantidad, quejándose de que no hiciesen caso dellos, aun para atormentarlos; y estábales diciendo un diablo, que eran todos los diablos como ellos, que atormentasen á otros. «¿Quién son?» le pregunté. Y dijo el diablo: «Hablando con perdon, los zurdos, gente que no puede hacer cosa á derechas, quejándose de que no están con los otros conde-

timoso espectáculo le llamó al interior, dejó la corte, y se fué en peregrinacion á Santiago de Galicia. Los consejos de san Raimundo de Peñafort le hicieron á su vuelta en Mallorca dedicarse á procurar en la salud de los demás la suya propia. No pudiendo abrazar la vida monástica, retiróse á la montaña de Randa, y allí se dedicó á estudiar la teología y la filosofía. Lleno de estos conocimientos y de un vivo deseo de convertir á los mahometanos, escribió para demostrar la verdad el Arte general y otras muchas obras, y emprendió tres viajes al África con el fin de atraerse á los filósofos árabes. Estando en el camino en Bugía, irritados los mahometanos con sus predicaciones, le apedrearon y lo dejaron por muerto en la playa. Unos mercaderes genoveses lo recogieron en su nave, y notando que aun vivia, le dirigieron á Mallorca; pero á la vista ya de la isla, murió en 1315. Su cuerpo, recibido con grande aparato por las autoridades y por el pueblo, fué enterrado en un convento de San Francisco. Atribuyéronsele falsamente muchas obras de medicina y de alquimia; pero las doctrinas que se encuentran en estas últimas son muy opuestas á la pobreza evangelica de un hombre que lo habia abandonado todo por Jesucristo, y que se declara en muchos pasajes de sus verdaderas obras contra la quimera de la piedra filosofal, que en aquel tiempo buscaba con tanto ardor Arnaldo de Villanueva. Las circunstancias y las fechas de estos libros prueban, por otra parte, que pertenecen á una época posterior, y tal vez á un Raimundo de Tárrega, judío converso que vivió á principios del siglo xiv.

nados; y acá dudamos si son hombres ó otra cosa; que en el mundo ellos no sirven sino de enfados y de mal agüero; pues si uno va en negocios y topa zurdos, se vuelve como si topara un cuervo ó oyera una lechuza. Y habeis de saber que cuando Scévola se quemó el brazo derecho porque erró á Porsena (que fué, no por quemarle y quedar manco, sino queriendo hacer en sí un gran castigo), dijo: «¿Así, que erré el golpe? Pues en pena he de quedar zurdo.» Y cuando la justicia manda cortar á uno la mano derecha por una resistencia, es la pena hacerle zurdo, no el golpe. Y no querais más, que queriendo el otro echar una maldicion muy grande, fea y afrentosa, dijo:

Lanzada de moro izquierdo
Te atraviese el corazon.

Y en el dia del juicio todos los condenados, en señal de serlo, estarán á la mano izquierda. Al fin es gente hecha al revés, y que se duda si son gente.»

En esto me llamó un diablo por señas, y me advirtió con las manos que no hiciese ruido. Lleguéme á él, y asoméme á una ventana, y dijo: «Mira lo que hacen las feas.» Y veo una muchedumbre de mujeres, unas tomándose puntos en las caras, otras haciéndose de nuevo, porque ni la estatura en los chapines, ni la ceja con el cohol, ni el cabello en la tinta, ni el cuerpo en la ropa, ni las manos con la muda, ni la cara con el afeite, ni los labios con la color, eran los con que nacieron ellas. Y si algunas poblando sus calvas con cabellos que eran suyos solo porque los habian comprado. Otra vi que tenia su media cara en las manos, en los botes de unto y en la color. «Y no querais más de las invenciones de las mujeres, dijo un diablo; que hasta resplandor tienen sin ser soles ni estrellas. Las más duermen con una cara, y se levantan con otra; y se tra[d]o; y duermen con unos cabellos, y amanecen con otros. Muchas veces pensais que gozais las mujeres de otro, y no pasais el adulterio de la carne. Mirad cómo consultan con el espejo sus caras. Estas son las que se condenan solamente por buenas, siendo malas.» Espantóme la novedad de la causa con que se habian condenado aquellas mujeres; y volviendo vi un hombre asentado en una silla á solas, sin fuego, ni hielo, ni demonio, ni pena alguna, dando las más desesperadas voces que oí en el infierno, llorando el propio corazon, haciéndose pedazos á golpes y á vuelcos. ¡Válgame Dios! dije en mi alma, ¿de qué se queja este no atormentándole nadie? Y él cada punto doblaba sus alaridos y voces. Dime, dije yo: ¿qué eres y de qué te quejas, si ninguno te molesta, si el fuego no te arde ni el hielo te cerca? «¡Ay! dijo dando voces, que la mayor pena del infierno es la mia: ¿verdugos te parece que me faltan? ¡Triste de mí, que los mas crueles están entregados á mi alma! ¿No lo ves? dijo; y empezó á morder la silla y á dar vueltas alrededor y gemir. Vélos, que sin piedad van midiendo á descompasadas culpas eternas penas.»

«¡Ay qué terrible demonio eres, memoria del bien que pude hacer, y de los consejos que desprecié y de los males que hice! ¡Qué representacion tan continual! Déjasme tú, y sale el entendimiento con imaginaciones de que hay gloria que pude gozar, y que otros gozan á ménos costa que yo mis penas! ¡Oh qué hermoso que pintas el cielo, entendimiento, para acabarme! Déjame un poco siquiera. ¿Es posible que mi voluntad no ha de tener paz conmigo un punto? ¡ Ay, huésped, y qué tres llamas invisibles, y qué sayones incorpóreos me atormentan en las tres potencias del alma! Y cuando estos se cansan, entra el gusano de la conciencia, cuya hambre en comer del alma nunca se acaba : vesme aquí miserable y perpetuo alimento de sus dientes.» Y diciendo esto, salió la voz : «¿ Hay en todo este desesperado palacio quien trueque sus almas y sus verdugos á mis penas? Así, mortal, pagan los que supieron en el mundo, tuvieron letras y discurso, y fueron discretos : ellos se son infierno y martirio de sí mismos.» Tornó amortecido á su ejercicio con mas muestras de dolor. Apartéme de él medroso, diciendo : ¡ Ved de lo que sirve caudal de razon y doctrina y buen entendimiento mal aprovechado! ¡ Quien se lo vió llorar solo, y tenia dentro de su alma aposentado el infierno!

Lleguéme, diciendo esto, á una gran compañia, donde penaban en diversos puestos muchos, y vi unos carros en que traian atenaceando muchas almas con pregones delante. Lleguéme á oir el pregon, y decia : «Estos manda Dios castigar por escandalosos y porque dieron mal ejemplo.» Y vi á todos los que penaban que cada uno los metia en sus penas, y así pasaban las de todos como causadores de su perdicion. Pues estos son los que enseñan en el mundo malas costumbres, de quien dijo Dios que valiera más no haber nacido.

Pero dióme risa ver unos taberneros que se andaban sueltos por todo el infierno penando sobre su palabra, sin prision ninguna, teniéndola cuantos estaban en él. Y preguntando por qué á ellos solos los dejan andar sueltos, dijo un diablo : «Ya les abrimos las puertas; que no hay para qué temer que se irán del infierno gente que hace en el mundo tantas diligencias para venir. Fuera de que los taberneros trasplantados acá, en tres meses son tan diablos como nosotros. Tenemos solo cuenta de que no lleguen al fuego de los otros, porque no lo agüen.»

«Pero si quereis saber notables cosas, llegaos á aquel cerco : veréis en la parte del infierno mas hondo á Judas con su familia descomulgada de malditos dispenseros.» Hícelo así, y vi á Judas, que me holgué mucho, cercado de sucesores suyos y sin cara. No sabré decir sino que me sacó de la duda de ser barbirojo como le pintan los extranjeros por hacerle español, porque él me pareció capon; y no es posible ménos ni que tan mala inclinacion y ánimo tan doblado se hallase sino en quien (por serlo) no fuese ni hombre ni mujer. ¿ Y quién sino un capon tuviera tan poca vergüenza? Y quién sino un capon pudiera condenarse por llevar las bolsas? Y quién sino un capon tuviera tan poco ánimo que se ahorcase sin acordarse de la mucha misericordia de Dios? Ello yo creo por muy cierto lo que fuere verdad; pero capon me pareció que era Judas. Y lo mismo digo de los diablos; que todos son capones, sin pelo de barba y arrugados; aunque sospecho que como todos se queman, que el estar lampiños es de chamuscado el pelo con el fuego, y lo arrugado, del calor; y debe ser así, porque no vi ceja ni pestaña, y todos eran calvos.

Estaba pues Judas muy contento de ver cuán bien lo hacian algunos dispenseros en venirle á cortejar y á entretener (que muy pocos me dijeron que le dejaban de imitar). Miré mas atentamente, y fuíme llegando

donde estaba Judas, y vi que la pena de los dispenseros era que, como á Ticio le come un buitre las entrañas, á ellos se las descarnaban dos aves que llaman sisones. Y un diablo decia á voces de rato en rato : «Sisones son dispenseros, y los dispenseros sisones.» A este pregon se estremecian todos, y Judas estaba con sus treinta dineros atormentándose (1). Yo le dije : Una cosa querria saber de tí : ¿por qué te pintan con botas y dicen por refran las botas de Judas? «No porque yo las truje (respondió); mas quisiera significar poniéndome botas que anduve siempre de camino para el infierno, y por ser dispensero; y así se han de pintar todos los que lo son. Esta fué la causa, y no lo que algunos han colegido de verme con botas, diciendo que era portugues, que es mentira; que yo fuí...» (y no me acuerdo bien de dónde me dijo que era, si de Calabria, si de otra parte). «Y has de advertir que yo solo soy el dispensero que se ha condenado por vender, que todos los demas (fuera de algunos) se condenan por comprar. Y en lo que dices que fuí traidor y maldito en dar á mi Maestro por tan poco precio, tienes razon; y no podia hacer yo otra cosa, fiándome de gente como los judios, que era tan ruin que pienso que si pidiera un dinero más por él no me lo tomaran. Y porque estás muy espantado y fiado en que yo soy el peor hombre que ha habido, vé ahí debajo, y verás muchísimos tan malos. Véte, dijo, que ya basta de conversacion, que no los escurezco.»

Dices la verdad, le respondí, y acogime donde me señaló, y topé muchos demonios en el camino con palos y lanzas echando del infierno muchas mujeres hermosas y muchos malos letrados. Pregunté que por qué los querian echar del infierno á aquellos solos, y dijo un demonio : Porque eran de grandísimo provecho para la poblacion del infierno en el mundo : las damas con sus caras y con sus mentirosas hermosuras y buenos pareceres, y los letrados con buenas caras y malos pareceres; y que así los echaban porque trujesen gente.

Pero el pleito más intricado y el caso mas dificil que yo vi en el infierno fué el que propuso una mujer condenada con otras muchas por malas, enfrente de unos ladrones, la cual decia : «Decidnos, señor, ¿cómo ha

(1) Tenia un bote junto á sí. No me sufrió el corazon á no decirle algo. Y así, llegándome cerca, le dije : «¿Cómo, traidor infame sobre todos los hombres, vendiste á tu Maestro, á tu Señor y á tu Dios por tan poco dinero?» A lo cual respondió : «Pues vosotros por qué os quejais deso? que sobrado de bien os estuvo, pues fué el medio y arcaduz para vuestra salud. Yo soy el que me he de quejar, y fui á quien le estuvo mal ; y ha habido herejes que me han tenido con veneracion, porque dí principio en la entrega á la medicina de vuestro mal. Y no penseis que soy yo solo el Judas; que despues que Cristo murió, hay otros peores que yo, y más ingratos, pues no solo le venden, pero le venden y compran, azotan y crucifican, y lo que es más que todo, ingratos á vida, y pasion y muerte, y resurreccion, le maltratan y persiguen en nombre de sus hijos. Y si yo lo hice ántes que muriese, con nombre de apóstol y dispensero, este bote lo dice, que es el de la Madalena, que codicioso queria que se vendiese y se diese á pobres, y ahora es una de las mayores penas que lengo esta, ver lo que queria para remediar pobres, vendido; porque todo lo aplicaba á vender, y despues, por salir con mi tema y vender el ungüento, vendí al Señor que le tenia, y así remedié mas pobres que quisiera.» Ladron (dije yo, que no me pude reportar), pues si viendo á la Madalena á los piés de Cristo te tocó la codicia de riqueza, cogieras las perlas de las muchas lágrimas que lloraba, hartáraste de oro con las hebras de cabellos que arrancaba de su cabeza, y no codiciaras su ungüento con alma boticaria. Pero una cosa querria saber de tí : por qué te pintan con botas, etc. (*Edicion de Pamplona*, 1631.)

de ser esto de dar y recibir, si los ladrones se condenan
por tomar lo ajeno, y la mujer por dar lo suyo? Aquí de
Dios, que si el ser puta es ser justicia; si es justicia dar
á cada uno lo suyo,—pues lo hacemos así, ¿de qué nos
culpan?» Dejé de escucharla, y pregunté (como nombraron ladrones) dónde estaban los escribanos.

«¡Es posible que no hay en el infierno ninguno, ni le
pude topar en todo el camino!»Respondióme un verdugo:
«Bien creo yo que no toparíades ninguno por él.» Pues
¿qué hacen? ¿Sálvanse todos? «No, dijo; pero dejan de
andar, y vuelan con plumas. Y el no haber escribanos
por el camino de la perdicion no es porque infinitísimos
que son malos no vienen acá por él, sino porque es tanta
la prisa con que vienen, que volar y llegar y entrar es
todo uno (tales plumas se tienen ellos); y así no se ven
en el camino.» Y acá, dije yo, ¿cómo no hay ninguno?
«Sí hay, me respondió; mas no usan ellos de nombre
de escribano, que acá por gatos los conocemos. Y para
que echeis de ver qué tantos hay, no habeis de mirar
sino que con ser el infierno tan gran casa, tan antigua,
tan mal tratada y sucia, no hay un raton en toda ella,
que ellos los cazan.»

¿Y los alguaciles malos no están en el infierno? «Ninguno está en el infierno, dijo el demonio.» ¿Cómo puede
ser, si se condenan algunos malos entre muchos buenos
que hay? «Dígoos que no están en el infierno, porque en
cada alguacil malo, aun en vida, está todo el infierno
en él.» Santigüéme y dije: Brava cosa es lo mal que los
quereis los diablos á los alguaciles. «¿No los habemos de
querer mal, pues segun son endiablados los malos alguaciles, tememos que han de venir á hacer que sobre-
mos nosotros para lo que es materia de condenar almas,
y que se nos han de levantar con el oficio de demonios,
y que ha de venir Lucifer á ahorrarse de diablos y des-
pedirnos á nosotros por recibirlos á ellos?»

No quise en esta materia escuchar más, y así me fuí
adelante, y por una red vi un amenísimo cercado todo
lleno de almas que, unas con silencio y otras con llanto, se estaban lamentando. Dijéronme que era el retiramiento de los enamorados. Gemí tristemente viendo
que aun en la muerte no dejan los suspiros. Unos se respondian en sus amores, y penaban con dudosas descon-
fianzas. ¡Oh qué número dellos echaban la culpa de
su perdicion á sus deseos, cuya fuerza ó cuyo pincel los
mintió las hermosuras! Los más estaban descuidados
por penséque, y penseque me dijo un diablo. ¿Quién es penseque, dije yo, ó qué género de delito? Rióse y replicó: «No es sino que se destruyen, fiándose de fabulosos
semblantes, y luego dicen pensé que no me obligara,
pensé que no me amartelara, pensé que ella me diera á
mí, y no me quitara, pensé que no tuviera otro con
quien yo riñera, pensé que se contentara conmigo solo,
pensé que me adoraba; y así todos los amantes en el infierno están por pensé que. Estos son la gente en quien
más ejecuciones hace el arrepentimiento, y los que ménos sabian de sí.» Estaba en medio dellos el amor lleno
de sarna, con un rótulo que decia:

No hay quien este amor no dome
Sin justicia ó con razon,
Porque es amor y no aficion
Amor que se pega y come.

¿Coplica hay? dije yo: no andan léjos de aquí los poetas; cuando volviéndome á un lado veo una bandada

de hasta cien mil dellos en una jaula, que llaman los
Orates en el infierno. Volví á mirarlos, y díjome uno
señalando á las mujeres: «¿Qué, digo? esas señoras hermosas todas se han vuelto medio camareras de los hombres, pues los desnudan y no los visten!» ¿Conceptos
gastais aun estando aquí? Buenos cascos teneis, dije
yo; cuando uno entre todos, que estaba aherrojado y
con más penas que todos, dijo: «¡Plegue á Dios, hermano, que así se vea el que inventó los consonantes!
pues porque en un soneto

Dije que una señora era absoluta,
Y siendo más honesta que Lucrecia,
Por dar fin al cuarteto la hice puta.

Forzóme el consonante á llamar necia
A la de más talento y mayor brio:
¡Oh ley de consonantes dura y recia!

Habiendo en un terceto dicho lio,
Un hidalgo afrenté tan solamente
Porque el verso acabó bien en judío.

A Heródes otra vez llamé inocente;
Mil veces á lo dulce dije amargo,
Y llamé al apacible impertinente.

Y por el consonante tengo á cargo
Otros delitos torpes, feos, rudos;
Y llega mi proceso á ser tan largo,

Que porque en una octava dije escudos,
Hice sin más ni más siete maridos,
Con honradas mujeres, ser cornudos.

Aquí nos tienen, como ves, metidos
Y por el consonante condenados.
¡Oh míseros poetas desdichados,
A puros versos, como ves, perdidos!»

¡Hay tan graciosa locura, dije yo, que aun aquí estais sin dejarla ni de cansaros della! ¡Oh qué vi dellos!
Y decia un diablo: «Esta es gente que canta sus pecados
como otros los lloran, pues en amancebándose, con hacerla pastora ó mora, la sacan á la vergüenza en un romancico por todo el mundo. Si las quieren á sus damas,
lo más que les dan es un soneto ó unas octavas; y si las
ahorreçen las dejan, lo ménos que les dejan es una
sátira. ¡Pues qué es verlas cargadas de pradicos de esmeraldas, de cabellos de oro, de perlas de la mañana,
de fuentes de cristal, sin hallar sobre todo esto dinero
para una camisa, ni sobre su ingenio! Y es gente que
apénas se conoce de qué ley son, porque el nombre es
de cristianos, las almas de herejes, los pensamientos
de alarbes, y las palabras de gentiles.» Si mucho me
aguardo, dije entre mí, yo oiré algo que me pese.

Fuíme adelante, y dejélos con deseo de llegar adonde
estaban los que no supieron pedir á Dios. ¡Oh qué muestras de dolor tan grandes hacian! ¡Oh qué sollozos tan
lastimosos! Todos tenian las lenguas condenadas á perpetua cárcel, y poseidos del silencio. Tal martirio, en
voces ásperas de un demonio, recibian por dentro:
«¡Oh corvas almas inclinadas al suelo, que con oracion
logrera y ruego mercader y comprador os atrevisteis á
Dios y le pedistes cosas que de vergüenza de que otro
hombre las oyese aguardábades á coger solos los retablos! ¿Pues cómo? ¿Más respeto tuvisteis á los mortales
que al Señor de todos? Quien os ve en un rincon, medrosos de ser oidos, pedir mormurando sin dar licencia
á las palabras que se saliesen de los dientes cerrados de
ofensas: Señor, muera mi padre, y acabe yo de suceder en su hacienda; llevaos á vuestro reino á mi mayor
hermano, y aseguradme á mí el mayorazgo; halle yo
una mina debajo de mis piés; el rey se incline á favore-
cerme, y véame yo cargado de sus favores; y ved (dijo)

á lo que llegó una desvergüenza que osastes decir : Y haced esto, que si lo haceis, yo os prometo de casar dos huérfanas , de vestir seis pobres y de daros fronta- les.» ¡Qué ceguedad de hombres, prometer dádivas al que pedis, con ser la suma riqueza ! Pedistes á Dios por merced lo que él suele dar por castigo; y si os lo da, os pesa de haberlo tenido cuando moris; y si no os lo da, cuando vivis; y asi de puro necios siempre teneis que- jas. Y si llegais á ser ricos por votos, decidme ¿cuáles cumplis? ¿Qué tempestad no llena de promesas los san- tos? Y qué bonanza tras ella no los torna á desnudar, con olvido, de toques de campanas? Qué de preseas ha ofrecido á los altares la espantosa cara del golfo? Y qué dellas ha muerto y quitado de los mismos templos el puerto? Nacen vuestros ofrecimientos de necesidad , y no de devocion. ¿Pedisteis alguna vez á Dios (1) paz en el alma, aumento de gracia, favores suyos ó inspi- raciones? No por cierto; ni aun sabeis para qué son me- nester estas cosas ni lo que son. Ignorais que el ho- locausto, sacrificio y oblacion que Dios recibe de vos- otros, es de la pura conciencia, humilde espíritu, ca- ridad ardiente; y esto acompañado con lágrimas es moneda, que aun Dios (si puede) es cudicioso en nos- otros. Dios, hombres, por vuestro bien gusta que os acordeis dél; y como (sino es en los trabajos) no os acordais, por eso os da trabajos, porque tengais dél memoria. Considerad vosotros, necios demandadores, cuán brevemente se os acabaron las cosas que impor- tunos pedisteis á Dios. ¡Qué presto os dejaron; y cómo ingratos no os fuéron compañía en el postrer paso! ¿Veis cómo vuestros hijos aun no gastan de vuestras hacien- das un real en obras pias, diciendo que no es posible que vosotros gusteis dellas, porque si gustárades, en vida hiciérades algunas? Y pedis tales cosas á Dios, que muchas veces por castigo de la desvergüenza con que las pedis os las concede. Y bien, como suma sabiduría, conoció el peligro que teneis en saber pedir, pues lo primero que os enseñó en el *Pater noster* fué pedirle; pero pocos entendeis aquellas palabras donde Dios en- señó el lenguaje con que habeis de tratar con él. Qui- sieron responderme, mas no les daban lugar las mor- dazas.

Yo, que vi que no habian de hablar palabra, pasé adelante, donde estaban juntos los ensalmadores ar- diéndose vivos, y los saludadores tambien condenados por embustidores. Dijo un diablo : «Veislos aquí á estos tratantes en santiguaduras, mercaderes de cruces, que embelesaron el mundo y quisieron hacer creer que po- dia tener cosa buena un hablador. Gente es esta ensal- madora que jamas hubo nadie que se quejase dellos : porque si les sanan ántes, se lo agradecen; y si los ma- tan, no se pueden quejar, y siempre les agradecen lo que hacen, y dan contento : porque si sanan, el enfer- mo los regala; y si matan, el heredero les agradece el trabajo. Si curan con agua y trapos la herida que sa- nara por virtud de naturaleza, dicen que es por ciertas palabras virtuosas que les enseñó un judío. ¡Mirad qué buen orígen de palabras virtuosas! Y si se enfistola, em- peora y muere, dicen que llegó su hora, y el badajo que se la dió y todo. ¿Pues qué es de oir á estos las menti-

ras que cuentan de uno que tenia las tripas fuera en la mano en tal parte, y otro que estaba pasado por las ija- das? Y lo que más me espanta es que siempre he me- dido la distancia de sus curas, y siempre las hicieron cuarenta ó cincuenta leguas de allí, estando en servicio de un señor que há ya trece años que murió, porque no se averigüe tan presto la mentira, y por la mayor parte estos tales que curan con agua enferman ellos por vino. Al fin, estos son por los que se dijo : Hurtan que es ben- dicion, porque con la bendicion hurtan, tras ser siem- pre gente ignorante. Y he notado que casi todos los en- salmos están llenos de solecismos; y no sé qué virtud se tenga el solecismo por lo cual se pueda hacer nada. Al fin, vaya do fuere, ellos están acá algunos; que otros hay buenos hombres que como amigos de Dios alcanzan dél la salud para los que curan; que la sombra de sus amigos suele dar vida.»

«Pero para ver buena gente mirad los saludadores, que tambien dicen que tienen virtud.» Ellos se agravia- ron, y dijeron que era verdad que la tienen. Y á esto respondió un diablo: «¿Cómo es posible que por ningun camino se halle virtud en gente que anda siempre so- plando?» «Alto, dijo un demonio, que me he enojado; vayan al cuartel de los porquerones que viven de lo mis- mo.» Fuéron, aunque á su pesar, y yo abajé otra grada por ver los que Judas me dijo que eran peores que él, y topé en una alcoba muy grande una gente desatinada, que los diablos confesaban que ni los entendian ni se podian averiguar con ellos. Eran astrólogos y alquimis- tas. Estos andaban llenos de hornos y crisoles, de lo- dos, de minerales, de escorias, de cuernos, de estiér- col, de sangre humana, de polvos y de alambiques. Aquí calcinaban, allí lavaban, allí apartaban , y acullá purificaban. Cuál estaba fijando el mercurio al martillo, y habiendo resuelto la materia viscosa, y ahuyentado la parte sutil, lo corruptivo del fuego, en llegándose á la copela, se le iba en humo. Otros disputaban si se ha- bia de dar fuego de mecha, ó si el fuego ó no fuego de Raimundo habia de entenderse de la cal ó si de luz efec- tiva del calor, y no de calor efectivo de fuego. Cuáles con el signo de Hermete daban principio á la obra mag- na, y otra parte miraban ya el negro blanco, y la aguardaban colorado; y juntando á esto *la proporcion de naturaleza, con naturaleza se contenta la naturale- za, y con ella misma se ayuda*, y los demas oráculos ciegos suyos,—esperaban la reduccion de la primera ma- teria, y al cabo reducian su sangre á la postrera podre; y en lugar de hacer del estiércol, cabellos, sangre hu- mana, cuernos y escoria oro, hacian del oro estiércol, gastándolo neciamente. ¡Oh qué de voces que oí sobre el padre muerto ha resucitado y tornarlo á matar! ¡ Y qué bravas las daban sobre entender aquellas palabras tan referidas de todos los autores químicos: «¡Oh! Gracias sean dadas á Dios, que de la cosa más vil del mundo permite hacer una cosa tan rica »(1). Sobre cuál era la cosa más vil se ardian. Uno decia que ya la habia halla- do; y si la piedra filosofal se habia de hacer de la cosa más vil, era fuerza hacerse de corchetes. Y los cocieran y distilaran, si no dijera otro que tenian mucha parte de aire para poder hacer la piedra; que no habia de tener

(1) lo que conviene? No por cierto, etc. *(Edic. de Barcelo- na, 1635.*

(1) Y sobre que cada uno queria decir cuál era la cosa más vil; se ardian todos. *(Edic. de Barcelona, 1635.)*

materiales tan vaporosos. Y así se resolvieron que la cosa mas vil del mundo eran los sastres, pues cada punto se condenaban, y que era gente mas enjuta.

Cerraran con ellos si no dijera un diablo : «¿ quereis saber cuál es la cosa mas vil? Los alquimistas; y así porque se haga la piedra es menester quemaros á todos.» Diéronles fuego, y ardian casi de buena gana solo por ver la piedra filosofal.

Al otro lado no era ménos la trulla de astrólogos y supersticiosos. Un quiromántico iba tomando las manos á todos los otros que se habian condenado, diciendo: «¿Qué claro que se ve que se habian de condenar estos por el monte de Saturno!» Otro que estaba á gatas con un compas midiendo alturas, y notando estrellas, cercado de efemérides y tablas, se levantó y dijo en altas voces : «Vive Dios que si me pariera mi madre medio minuto ántes, que me salvo; porque Saturno en aquel punto mudaba el aspecto, y Marte se pasaba á la casa de la vida, el escorpion perdia su malicia, y yo como di en procurador fui pobre mendigo.» (1) Otro tras él andaba diciendo á los diablos que le mortificaban que mirasen bien si era verdad que él habia muerto; que no podia ser, á causa que tenia Júpiter por ascendente, y á Venus en la casa de la vida, sin aspecto ninguno malo, y que era fuerza que viviese noventa años. «Miren, decia, que les notifico que miren bien si soy difunto, porque por mí cuenta es imposible que pueda ser esto.» En esto iba y venia sin poderlo nadie sacar de aquí.

Y para enmendar la locura destos salió otro geométrico poniéndose en puntos con las ciencias, haciendo sus doce casas gobernadas por el impulso de la mano y rayas á imitacion de los dedos, con supersticiosas palabras y oracion; y luego, despues de sumados sus pares y nones, sacando juez y testigos, comenzaba á querer probar cuál era el astrólogo más cierto; y si dijera puntual acertara, pues es su ciencia de punto como calza sin ningun fundamento, aunque pese á Pedro de Abano (a), que era uno de los que allí estaban, acompañando á Cornelio Agripa (que con una alma ardia en

(1) Otro corria seguido de una tarasca con uñas de á vara y rabo de macho como vara de alcalde manchego, que le atenazaba con un asador diciéndole : «Aguarda, salta-tumbas, come-estolas, y arañon de altares; págame las dos hijas que me robaste en el honor en el campanario de tus hazañas, y que cansado remitistes, por hechiceras, á la hoguera del Santo Oficio.» «Cierto», gritaron dos furias, vestidas de sanbenitos, por cuyas caperuzas salian negras llamas, y arremetieron á él. El pobre iba dando alaridos que me horrorizaron.

— (Lo suprimió la censura en la primera edicion, segun Castellanos, tomo I, pág. 599.)

(a) Pedro de Abano, médico y astrólogo. Nació en 1250 en la aldea de Abano, cerca de Padua. El nombre latino de aquel pueblo es Aponus, y por esto se le llamaba Pedro de Apono ó Apouensis, y tambien Pedro de Padua. En medicina poseia todos los conocimientos de su siglo; pero anudó á ellos los sueños todos y delirios de la astrología judiciaria. Acusado de mágico y hereje, fué por la inquisicion perseguido y procesado.

Henrico Cornelio Agripa, á quien el padre Martin Delrio da el nombre de archimago, Paulo Jovio el de portentoso ingenio, Luis Vives el de milagro de todas las ciencias, y Gabriel Naudeo compara con Argos, nació en Colonia en 1486, y llegó á hablar ocho idiomas. Secretario del emperador Maximiliano, soldado en Italia bajo las órdenes de Antonio de Leiva, médico y jurista en Francia y España, teólogo en su patria y en Lombardía, y libre y atrevido y soberbio en toda Europa, fué médico, historiador y consejero de príncipes, amigo singular de cardenales y obispos, y en todas partes inconstante y malquisto. Escribió diferentes obras, y entre ellas las que mas celebridad le dieron, son: De incertitudine et vanitate scientiarum declamatio invectiva (impresa por vez primera

cuatro cuerpos de sus obras malditas y descomulgadas), famoso hechicero. Tras este vi con su poligrafía y esteganografía á Trithemio (2), que así llaman al autor de aquellas obras escandalosas, muy enojado con Cardano, que estaba enfrente, porque dijo mal dél solo y supo ser mayor mentiroso en sus libros de Subtilitate, por hechizos de viejas que en ellos juntó (b). Julio César Scalígero se estaba atormentando por otro lado en sus Ejercitaciones (c), miéntras pensaba las desvergonzadas mentiras que escribió de Homero y los testimonios que

en 1527), donde intenta probar no haber nada ni más pernicioso ni de mayor peligro para la vida de los hombres y para la salud de sus almas, que las ciencias y las artes. De occulta philosophia libri III, publicada en Amberes, 1531, por la cual se le acusó de mágico y arrojó á una prision en Bruselas. Aunque sus escritos le confiesan apreciador de Lutero y de Melanchthon, jamas abrazó la religion reformada, bien que es difícil averiguar la religion de un hombre que á diestro y siniestro repartia recetas para hacer sahumerios, hechizos y talismanes. Murió en Grenoble en un hospital por los años de 1535.

(2) harto de demonios, ya que en vida parece que siempre tuvo hambre dellos, muy enojado con Cardano etc. (Edic. de Pamplona, 1631.)

(b) Juan Trithemio, historiador y teólogo, tomó su apellido de Trittenheim, lugar del electorado de Tréveris, donde nació en 1462. Visitó el hábito de San Benito, y por muchos años fué abad del monasterio de Spanheim y despues en Wurtzbourg, donde falleció en 1516. Escribió muchas obras históricas, utilísimas para el conocimiento de la edad media; otras muchas espirituales y místicas, y otras de filosofía oculta, que dieron al autor fama de hechicero. Estas últimas son; 1.ª Philosophia naturalis de Geomantia (arte de adivinar por medio de líneas, puntos, y figuras trazadas en la tierra).—2.ª Tratado de Alquimia.—3.ª La Polygraphia, en seis libros. No entiende por este nombre Trithemio una miscelánea de diferentes asuntos ó distintos géneros, sino el modo de escribir una misma palabra de varias maneras, para lo cual enseña trece alfabetos nuevos compuestos de letras tomadas de idiomas extranjeros, ó de caractéres arbitrarios. Esto contribuyó á perfeccionar y extender por medio de cifras las comunicaciones diplomáticas.—4.ª Steganographia, hoc est, ars per occultam scripturam animi sui voluntatem absentibus aperiendi. Las voces inauditas y caprichosas de que está lleno este libro enigmático hicieron creer que era de nigromancia. No contiene otra cosa que secretos ingeniosos de extender cartas, y jamas fué otro el objeto de su autor que el de servir con ellos á Felipe, duque de Baviera. Con motivo de lo que dice Quevedo sobre la Polygraphia y Steganographia, el erudito y juicioso Feijoó deduce que ni tuvo ni tuvo bastante noticia de estos dos libros de un sabio y ejemplar religioso. El primero de ellos nunca ha ofrecido ni podido ofrecer á nadie reparo alguno; y mas la inquisicion de España, lo mismo que el autor de Las zahurdas de Pluton, condenaron sin fundamento el segundo.

Jerónimo Cardano, médico y geómetra, nació con el siglo XVI en Pavía. Contribuyó mucho á los adelantamientos de las matemáticas; pero se dejó arrastrar de las extravagancias y locura de los astrólogos y nigromantes. Baste decir que afirmaba tener un demonio asistente que le inspiraba sus escritos. Formaba horóscopos de todos los personajes de su tiempo, y cuando los sucesos desmentian sus predicciones, atribuíalo no á incertidumbre del arte, sino á ignorancia del artista. Murió de setenta y cinco años; y sus dos tratados De subtilitate y De rerum varietate abrazan el conjunto de sus conocimientos en física, metafísica é historia natural; vivo ejemplo de los errores deplorables en que suelen caer hombres de no vulgar ingenio.

(c) Julio César Scaligero, del territorio veronés, estudió en Padua la medicina y las bellas letras. Nombrado médico del obispo de Agen, se connaturalizó en Francia, donde murió en 1558. Tuvo disputas literarias con Erasmo y Cardano, y con este, su espíritu familiar. Fué mediano poeta y el mejor prosista de aquel siglo, obligando con su ejemplo y censura á que observasen los escritores las reglas de la gramática, é hiciesen su estilo más claro y elegante. Su gusto, sin embargo, era pésimo, y disparatadas sus opiniones acerca del mérito de los antiguos vates. Formaba las reglas de crítica, hablando de ellas con acierto, siempre las aplicó desatinado, privándole una severidad caprichosa de estimar y saborear las obras de los grandes maestros. Escribió contra el libro De subtilitate de Cardano.

le levantó por levantar á Virgilio aras, hecho idólatra de Maron. Estaba riéndose de sí mismo Artefio con su mágica, haciendo las tablillas para entender el lenguaje de las aves; y Checol de Áscoli muy triste y pelándose las barbas, porque tras tanto experimento disparatado no podía hallar nuevas necedades que escribir(a). Teofrasto Paracelso estaba quejándose del tiempo que habia gastado en la alquimia, pero contento en haber escrito medicina y mágica, que nadie la entendia, y haber llenado las imprentas de pullas á vuelta de muy agudas cosas(b). Y detras de todos estaba Hubequer el pordiosero, vestido de los andrajos de cuantos escribieron mentiras y desvergüenzas, hechizos y supersticiones, hecho su libro un Ginebra de moros, gentiles y cristianos (c). Allí estaba el secreto autor de la *Clavicula Salomonis*, y el que le imputó los sueños. ¡Oh cómo se abrasaba burlado de vanas y necias oraciones el hereje que hizo el libro *Adversus omnia pericula mundi* (d). ¡Qué bien ardia

(a) *Artefio* (*Artephius*), filósofo hermético, vivia hácia el año 1130. Suyos son los tratados siguientes : 1.º *Claris majoris sapientiae.* — 2.º *Liber secretus.* — 3.º *De characteribus planetarum, conta et motibus avium, rerum praeteritarum et futurarum, lapideque philosophico* (que es el que refiere QUEVEDO).—4.º *De vita propaganda* (que dice el bueno de Artefio concluyó á la edad de 1025 años).— 5.º *Speculum speculorum.*

Cecco d'Ascoli. Por este nombre es conocido *Francisco de Stabili*, natural de aquella populosa ciudad de la marca de Ancona. La palabra *Cecco* no es otra cosa que un diminutivo de *Francesco.* Nació en 1257, y en Bolonia explicó filosofía y astrología. Acusado á la Inquisicion por hablar mal de la fe, quitóle el Tribunal los títulos de doctor y maestro, prohibióle enseñar, y le impuso una multa. Por sustraerse al castigo refugióse en Florencia, donde los admiradores del Dante y Cavalcanti, ingenios á quienes el Cecco habia censurado con torpe saña, uniéndose á los jueces del Santo Oficio, le quemaron como hereje en 1327, á los setenta años de su edad. Absurda y bárbara sentencia, que en vano se busca fundada en el comentario de Stabili *in sphaeram Joannis de Sacrobosco*, aun cuando lo coloque Martin Delrio entre los escritos supersticiosos, ni en el indigesto poema *L'acerba*, baturrillo de física, historia natural, moral, filosofía y visiones astrológicas. Publicaron la primera de estas dos obras los moldes de Basilea en 1485, y la segunda vió la luz en Brescia sin año de Impresion, que es sumamente rara. QUEVEDO, en vez de *Cecco d'Ascoli*, dijo en las primeras ediciones *Mizaldo*, Antonio Mizaldo, monsluciano, gran charlatan, publicó por los años de 1549 y 1551 las obras siguientes : 1.ª *Cometographia : crinitorum stellarum quas mundus nunquàm impunè vidit, aliorumque ignotorum aéris phaenomenorum natura et portenta, duobus libris philosophicè juxta ac astronomicè expediens.* Paris, 1549, en 4.º — 2.ª *Planetologia, rebus astronomicis, medicis, et philosophicis eruditè referta.* Lyon, 1551, en 4.º

(b) *Teofrasto Paracelso*, famoso alquimista del siglo XVI, nació en Suiza en 1493. Despues de recorrer la mayor parte de Europa y parte del Asia, ejerció la medicina en Alemania con extraordinaria fama que se granjeó por su charlatanería. Murió en un hospital de Salzburgo (1541) sumido en la pobreza, en edad de cuarenta y ocho años, quien se vanagloriaba de poseer los secretos de trasmutar en oro los metales y de prolongar por muchos siglos la vida.

(c) *Ubecherio* y *Ubequer* estampan dos muy antiguos MMS. de la *Biblioteca de las Cortes*, que fueron de don Luis de Salazar y Castro : F. 5, L. 31, pág. 107 y 94. *Hubequer* las impresiones de Ruan, 1629, Pamplona, 1631, Barcelona, 1635, Madrid, 1648. *Hubequer* la de Bruselas de 1660 y desde entónces todas.

(d) *Clavicula de Salomon.* El padre Martin Delrio, hablando del origen de la magia, dice : «A estos desatinos entrelazan torpemente la autoridad de Salomon, á quien atribuyen cierta *Clavicula*, y otro gran *volúmen dividido en siete partes*, lleno de sacrificios y encantamientos de demonios. Los judíos y alárabes de España dejaban por derecho hereditario á sus sucesores este libro, y por él obraban algunas maravillas y cosas increibles. La Inquisicion entregó á las llamas cuantos ejemplares pudo haber de estas obras, y ojalá ni siquiera uno hubiera dejado á vida.»

Teófilo Folengo, en la *Macaronea* XVIII, dice de ellas :

En Salomonis habet liber hic pentacula plumbi.
Aspice cum quantis sunt compassata figuris.

el Catan y las obras de Ráces (e)! Estaba Taysnerio con su libro de fisonomías y manos, penando por los hombres que habia vuelto locos con sus disparates; y reíse sabiendo el bellaco que las fisonomías no se pueden sacar ciertas de particulares rostros de hombres que, ó por miedo ó por no poder, no muestran sus inclinaciones, y las reprimen; sino solo de rostros y caras de principes y señores sin superior, en quien las inclinaciones no respetan nada para mostrarse(f). Estaba luego un triste autor con sus rostros y manos, y los brutos concertando por las caras la similitud de las costumbres(g). A Escoto el italiano vi allá, no por hechicero y mágico, sino por mentiroso y embustero (h). Habia otra gran copia, y aguardaban sin duda mucha gente, porque habia grandes campos vacios. Y nadie estaba con justicia entre todos estos autores presos por hechiceros sino fuéron unos

(e) ¿Quiénes fueron *el Catan* y *Ráces*? A valer conjeturas diria yo que estos nombres corrompidos encubren los de algunas obras ó escritores arábigos. No habiendo encontrado el lugar de donde los copió QUEVEDO, es imposible parar mi fijar qué parentesco pueda tener la palabra *El-Catan* con *Athassan*, ingeniosísimo perso, autor del libro de astrología judiciaria titulado *Alkor Nuthar*; con *Katha*, príncipe de los astrólogos indios mas remotos; con *Alasnat*, que escribió un arte de geomancia; con *Alforkhan*, señalado astrólogo, de quien es un tratado de pronósticos; con el famoso persa *Algazali*, de quien es otro acerca de la naturaleza y movimiento de los astros, existencia y atributos de Dios y religion verdadera; ó en fin con *Alanbah*, conocido por *Altendo*, cuyas obras, así como las de los anteriores, refiere Casiri en la *Biblioteca arábigo-hispano-escurialensis*. Más seguro es creer que *Razes*, de quien habla el texto, sea *Razes ó Rasis*, célebre médico y fecundísimo escritor persa. En la edad media corrieron por Europa, como de obras suyas, bárbaras traslaciones latinas; y le atribuyó mil delirios la malicia y la ignorancia, utilizando la noticia de haber escrito Razes un libro de medicina mística ó talismánica, apoyado en la influencia de los astros ó en la de torpes figuras de animales. *Latan* dice el MS. de la *Biblioteca de las Cortes*, L. 31, pág. 95.

(f) *Juan Taysnerio* (Taisnier), capellan del emperador Cárlos V en la Interpresa de Túnez (1535), peregrino estudioso en Africa y en Asia, maestro de matemáticas en Roma y Ferrara, músico del arzobispo de Colonia, retirándose á su patria Ath en el Hainn, publicó un tratado sobre el iman, que fué muy util para los navegantes, impreso algunos años hacia por Pedro Peregrini. Apropióse tambien otra obra *De motu locali et perpetuo*; mas la que en justicia le pertenece es una que imprimió con el título *De Sphaeris*. Tambien sacó á luz un libro de *Physionomia*, que, segun Gabriel Naudeo, fué compuesto por Bartolomé Córles. El deseo de adquirir riquezas le hizo dedicarse á la quiromancia y al arte de adivinar y predecir lo futuro, con que engañaba al bajo pueblo, vendiéndole á muy caro precio sus groseras mentiras. Envejecióse en este oficio, y murió lleno de ignominia en 1308.

(g) *Un triste autor.* Llámale QUEVEDO *Cicardo Eubio* en todas las ediciones anteriores á los *Juguetes de la niñez*, y de él no tengo otra noticia. *Eythardo Lubino* dice el MS. de la *Biblioteca de las Cortes*, L. 31, pág. 95. Acaso deba leerse *Siccardo Eugubino*, tomando el sobrenombre de Eugubio ó Gubio, lugar del ducado de Urbino.

(h) *Miguel Scoto* nació en el condado de Fife (Escocia) bajo el reinado de Alejandro II. Vivió algunos años en Francia, y codicioso de que el emperador Federico II favorecia las ciencias, pasó á la corte de este príncipe, y exclusivamente se dedicó al estudio de la medicina y de la química. Se cree que murió en 1291. Su afición á las ciencias ocultas le ocasionó ser objeto de las críticas severas de Pico de la Mirandula en su obra contra los astrólogos. Boccacio en sus *Novelas* habla de él como de un habil mágico. Folengo en su *Macaronea* afirma lo propio en estos versos :

Ecce Michaelis de Incanto Regula Scoti,
Qua post sex formas cerae fabricantur Imago
Demonli Sathan, Saturni facta plumbo.
Cui suffimigio per sirica rubra cremato,
Hac (licet obsistant) coguntur amare puellas.

En fin, Dante le representa de la propia manera en el *Infierno* :

Quell' altro che ne' fianchi è cosi poco.

mujeres hermosas, porque sus caras lo fuéron solos en el mundo. ¡Oh verdaderos hechizos! Que las damas solo son veneno de la vida, que perturbando las potencias y ofendiendo los órganos á la vista, son causa de que la voluntad quiera por bueno lo que ofendidas las especies representan? Viendo esto dije entre mí : Ya me parece que vamos llegándonos al cuartel (1) de esta gente.

Dime priesa á llegar allá, y al fin asoméme á parte donde sin favor particular del cielo no se podia decir lo que habia. A la puerta estaba la Justicia espantosa, y en la segunda entrada el Vicio desvergonzado y soberbio, la Malicia ingrata é ignorante, la Incredulidad resoluta y ciega, y la Inobediencia bestial y desbocada. Estaba la Blasfemia insolente y tirana llena de sangre, ladrando por cien bocas y vertiendo veneno por todas, con los ojos armados de llamas ardientes. Grande horror me dió el umbral. Entré y ví á la puerta la gran suma de herejes ántes de nacer Cristo (a). Estaban los ofitos, que se llaman así en griego de la serpiente que engañó á Eva, la cual veneraron á causa de que supiésemos del bien y del mal. Los cainanos, que alabaron á Cain porque, como decian, siendo hijo del mal, prevaleció su mayor fuerza contra Abel. Los sethianos, de Seth. Estaba Dositheo ardiendo como un horno, el cual creyó

· Michele Scotto fu, che veramente
Delle magiche frode seppe il giuoco.

Landino, expositor de Dante, cuenta que muchas veces convidaba Scoto á sus amigos sin aparejar manjares ningunos; pero sentado á la mesa, hacia venir por obra del diablo infinitos y preciosos de la cocina de los mas prepotentes monarcas de la tierra: que siendo astrólogo (matemático) del emperador de Alemania, le señaló el lugar en que habia de morir, y que el mismo Scoto se predijo su muerte. Porque muchos italianos le tuvieron por español, cuando este hombre exclusivamente pertenece á la historia de Italia, cuéntale con harta razon QUEVEDO entre los de aquel país. Escribió : *Physiognomia et de hominis procreatione*, libro que se imprimió en 1477. Item: *Quaestio curiosa de natura solis et lunae*, esto es, de la naturaleza del oro y de la plata para la pretendida trasmutacion de los metales.

(1) de la gente peor que Júdas. (*Edic. de Pamplona*, 1635.)

(a) QUEVEDO, para estos argüidos de herejes ántes de la venida de Cristo, no hizo sino compilar el *Catálogo de las herejías* formado por el obispo de Brescia, Filastrio, varon doctísimo en las sagradas escrituras, amigo y familiar de san Ambrosio de Milan. Floreció bajo el imperio de Teodosio por los años de 380 (1). El descuido de los impresores, y el ningun esmero de cuantos corrieron con la publicacion de los *Sueños*, plagáronlos de erratas y absurdos. Hoy, por vez primera despues de dos siglos, aparece el texto limpio de manchas que sin cesar han venido afeándolo. Sacamos á las variantes las erratas por no desazonar á algun lector que desee conocer en esta parte las antiguas y modernas ediciones.

Ofitas (*ophitae*). Advierte Filastrio que deben contarse los primeros entre los herejes anteriores al Salvador, como que atribuian alguna fuerza divina á la serpiente, suponiéndola arrojada del primer cielo á otro por haber dado á Eva la ciencia del bien y el mal, que de allí trascendió á todo el género humano.

Cainanos. Caiani los llama Filastrio. Habla este en seguida de la herejía de los *sethianos*, cuyo nombre deriváronlo suponiendo á san el principio, creados los dos hijos de Adan y constituidos ángeles en disension (tenian á los varones y á las hembras por dioses y diosas), la virtud femenil se retiró al cielo por la muerte de Abel el justo. Eva entónces creyó necesario parir al justo Seth, que le sustituyera, y en él puso un espíritu de gran virtud para destruir á las virtudes enemigas. Más adelante hubo herejes que aseguraban que Cristo era el mismo Seth.

A *Dositheo*, mágico de Samaria, que pretendió ser el Mesías, se le reputa primer heresiarca. Es sabido que los samaritanos seguian la ley de Moises como los judíos, y como ellos esperaban al Mesías. Dositheo pensó, valiéndose de la magia, pasar por en-

(1) *Philastrii episcopi brixiensis haereseon catalogus.* (Basilea, 1528, sin noticia del impresor, que debe de ser Juan Fabro.)

Q.-1.

que se habia de vivir solo segun la carne; y no creia la resurreccion, privándose á sí mismo (ignorante más que todas las bestias) de un bien tan grande; pues cuando fuera así que fuéramos solos animales como los otros, para morir consolados habíamos de fingirnos eternidad á nosotros mismos. Y así llama Lucano en boca ajena á los que no creen la inmortalidad del alma : *Felices errore suo*, dichosos con su error, si eso fuera así que murieran las almas con los cuerpos ¡Malditos ! dije yo : siguiérase que el animal del mundo á quien Dios dió ménos discurso es el hombre, pues entiende al revés lo que más importa, esperando inmortalidad; y seguirsehia, que á la más noble criatura dió ménos conocimiento y crió para mayor miseria la naturaleza, que Dios no; pues quien sigue esa opinion no lo fie. Estaba luego Saddoc, autor de los Sadduceos. Los fariseos estaban aguardando al Mesías, no como Dios, sino como hombre. Estaban los heliognósticos devicticos, adoradores del sol; pero los más graciosos son los que veneran las ranas, que fuéron plaga á Faraon por ser azote de Dios. Estaban los musoritos haciendo ratonera al arca á puro raton de oro. Estaban los que adoraron la Mosca accaronita; Ozias el que quiso pedir á una mosca ántes salud que á Dios, por lo cual Elías le castigó. Estaban los troglodytas, los de la fortuna del cielo, los de Baal, los de Asthar,

viado de Dios, y tuvo treinta discípulos predilectos, que sostuvieron tamaña impostura. Observaba la circuncision y guardaba el ayuno; y para hacer creer que habia subido al cielo, dicen que se encerró en una cueva y que allí se dejó morir de hambre. Fué, segun san Jerónimo, maestro y guia de los saduceos : estimaban sus sectarios en mucho la virginidad, y una de sus peculiares costumbres era la de permanecer por espacio de veinte y cuatro horas en la misma postura que tenian al comenzar el sábado. Simon Mago perteneció á esta secta, que hasta el siglo vi subsistió en Egipto.

Los saduceos (*sadducaei*) tomaron su nombre de *Saddoc*, discípulo de Dositheo, quien afirmó la herejía de su maestro. Profesaban la locura de Epicuro más bien que la divina ley, no esperando en la otra vida premio ni castigo, y sosteniendo por consiguiente que ni el temor ni la esperanza debian ser parte para odiar el vicio y abrazar la virtud. Predicó el Redentor contra esta pestífera herejía.

En el Catálogo siguen, despues de los *fariseos*, los *samaritanos*, *nazarcos* y *essenos*.

Musoritas. (Reg. I. cap. 6.)

Mosca accaronita. Beel-zebub (esto es, señor de las moscas) era el ídolo de la ciudad de Accarou. (*Reg.* iv. 1. *Math.* x. 25.)

Troglodytas, voz griega que designa los que idolatran en cavernas escondidas, sin cuidarse de labrar casas ni cultivar tierras. Este nombre es imaginario, porque sobre la vision del profeta Ezequiel (c. 8, vv. 8, 9, 10 y 11), que vió idolatrar á setenta ancianos, imaginó Filastrio que lo ejecutaban ocultos en cuevas, no siendo sino en edificios, y el que hizo el índice de Filastrio, equivocado así, los llamó *troglodytas*.

Los de la fortuna ó reina del cielo. Era la luna, ó Iside, ó Diana. (*Ierem.* xliv. 17.)

Baal (que significa *señor*) era el ídolo de los samaritanos y moabitas. Unos lo creen Marte, y otros Jupiter, en cuya representacion le adoraban los sidonios, y como á supremo hacedor los caldeos. Estos al sol llamaron *Baal*, y los fenicios le veneraban por criador único del firmamento. Baal fué un rey de los tirios, cuyo nombre, conservado en la memoria de los hombres, llegó á convertirse en el de un dios. (*Num.* xxii. 41. *Jud.* vi. 25. *Philastrii* 6.)

Los astharitas veneraban y ofrecian sacrificios á *Astar*, simulacro de los sidonios, y á *Camos*, escándalo de Moab, ídolos de hombres y mujeres, á quienes ofrecian sacrificios. Así como los gentiles entendian por *Baal* todos los dioses, del propio modo todas las diosas por *Astar ó Astaroth*; aunque Astaroth ó Astarthe, en el presente caso, es propiamente la Venus siria, nacida en Tiro y casada con Adónis. (*Jud.* ii. 11. *Reg.* iv. cap. xxiii. 13. *Cicero, De nat. deor.* iii. 25.)

Moloch ó Melech (esto es, *rey*), dios de los ammonitas: créese que era el sol. En su honor Salomon hizo edificar un templo en el monte Olivete, que el rey Josías quemó y redujo á polvo. Para la

21

los del ídolo Moloch, y Renfan de la ara de Tofet, los puteoritas, herejes veraniscos de pozos, los de la serpiente de metal, y entre todos sonaba la barahunda y el llanto de las judías, que debajo de tierra en las cuevas lloraban á Thamur en su simulacro. Seguían los bahalitas, luego la Pitonisa arremangada, y detras los de Asthar y Astharot, y al fin los que aguardaban á Heródes, y desto se llaman herodianos. Y hube á todos estos por locos y mentecatos. Mas llegué luego á los herejes que había despues de Cristo (a) : allí vi á muchos, como Menandro y Simon Mago, su maestro. Estaba Saturnino inventando disparates. Estaba el maldito Basílides here-

siarca. Estaba Nicolas antioqueno, Carpócrates y Cerintho y el infame Ebion. Vino luego Valentino, el que dió por principio de todo el mar y el silencio. Menandro el mozo de Samaria decia que él era el Salvador, y que habia caido del cielo; y por imitarlo, decía detras dél Montano frigio que él era el Parácleto. Síguenle las desdichadas Priscilla y Maximilla heresiarcas. Llamáronse sus secuaces catafríges, y llegaron á tanta locura, que decian que en ellos y no en los apóstoles vino el Espíritu Santo. Estaba Nepos, obispo, en quien fué coroza la mitra, afirmando que los santos habían de reinar con Cristo en la tierra mil años en lascivias y rega-

---

superstición de este ídolo habia consagrado cierto valle al oriente de Jerusalen, llamado Topheth. (III. *Reg.* xi. 5, 6, 7. *Act.* vii. 43.)

La estrella de Rempham se cree que fuese la de Saturno. (*Act.* vii. 43.)

El ara de Topheth estaba en el valle del hijo de Ennom, al pié del monte Moria. Se llamó Topheth (tambor) porque los sacerdotes del ídolo de Moloch tocaban tambores para que no se enterneciesen los israelitas oyendo los gritos de sus propios hijos é hijas, á quienes, ofrecidos en holocausto, devoraban las llamas lastimosamente. (*Reg.* iv, cap. xxiii. 10. *Math.* v. 22.)

Puteoritas. Filastrio incluye estos herejes en su índice, tomando la letra y no el sentido metafórico del versículo 13, cap. ii de Jeremías. *Herejes veraniscos* los nombran las ediciones de Pamplona, 1631, y Barcelona, 1655; lo que parece un yerro de imprenta, no obstante que una y otra le escriban del propio modo.

Los de la serpiente de metal. Moisés la hizo por mandado del Señor para que su pueblo se acordase del milagro que obró con Israel librándolo de aquellos mortíferos reptiles. Abandonados los judíos á la impiedad, ofrecían inciensos al simulacro, como si fuera un dios, y tuvo Ezequías, para restaurar la pureza del culto, que hacer pedazos la serpiente de bronce. (*Reg.* iv, cap. xviii. 4.)

Thamur es el mismo Faraon, rey de Egipto en los tiempos de Moisés. Las mujeres de Judea, sentadas en derredor de su simulacro, le adoraban con grandes llantos y gemidos. (*Philast.* 9.)

Los bahalitas ó belitas adoraban en cuevas escondidas á Belo y sus hijos. Este rey del oriente fué el primer autor de la idolatría y del sacerdocio entre los caldeos. (*Idem.*)

La pythonisa y los pythones eran los magos y adivinos. Quitólos y acabó con ellos el piadoso rey Josías. (*Reg.*, lib. i et iv, cap. xxviii et xxiii.)

Los de Asthar y Astharoth son cuantos adoran figuras de hombres y mujeres, y con este nombre genérico se conocen los que despues de la muerte de Josué y de los ancianos cayeron en abominaciones. (*Jud.* ii. 12 et 13.)

Los herodianos confesaban la resurreccion y recibían la ley y los profetas, esperando como al Cristo á Heródes, rey de los judíos. (*Philast.* 12.)

(a) Para los herejes posteriores á la venida de Jesucristo se valió Quevedo, buscando siempre lo más raro segun su genio, además del índice de Filastrio, de los catálogos de Juan Ravisio Textor (1).

Simon Mago, samaritano, alucinó con sus artes depravadas á muchos en Palestina, hasta el punto de que le veneraban como á padre. En Roma, imperando Claudio, logró ser tenido por Dios y dicen que honrado con aras y sacrificios. Fué autor de la *simonía*, esto es, dar lo espiritual en precio de cosas temporales. Pretendiendo volar por los aires en la capital del mundo delante de Neron, cayó por oracion de San Pedro, y murió, dejando manifiesta su impostura.

Menandro, mago tambien de Samaria y discípulo de Simon, hizo porque le creyesen el salvador bajado del Olimpo para la salud de los hombres. Decia que su bautismo libraba de vejez, y enseñaba que no se podia vencer á los ángeles con ningun pacto sino con los recursos de la magia.

Saturnino, antioqueno, discípulo de Menandro, cuyas máximas siguió, deliraba estableciendo el sistema de la creacion del mundo por los ángeles, y negaba que Cristo se hubiese hecho hombre. Reputaba la vida como funesto presente, era la continencia uno de los principales puntos de su herejía, y condenaba las nupcias.

Basílides, heresiarca del siglo ii, fué natural de Alejandría, dis-

(1) Joannis Ravissi Textoris Officinae. Lugduni, 1585, t. ii.

cípulo de Menandro y maestro de Marcion. Sus desatinos cundieron por todo el Egipto. Creía en la metempsicosis. Enseñaba que de un Dios único é innato provino el entendimiento, de este el verbo de este el sentido, de este y de las virtudes la sabiduría, y de ambas procedieron el principado, las potestades y los ángeles. Decía que ellos fueron los autores del mundo, dieron principio al bien y al mal que le gobierna, y que las inteligencias angélicas, distribuidas en trescientos sesenta y cinco órdenes, presidían otros tantos cielos, que el Hijo de Dios enviado para libertar al género humano solo tomó el aspecto de hombre, y que fué crucificado bajo la figura de Simon Cirineo. Murió en 134.

Nicolao, antioqueno, cabeza de la secta de los nicolaítas, supone que fué uno de los siete diáconos elegidos por los apóstoles, de quienes hubo de separarse y de la doctrina verdadera, cayendo en lastimosos errores; pero varios santos padres creen que los nicolaítas quisieron autorizar su herejía con el nombre del antiguo diácono. Estos sectarios rechazaban la ley del matrimonio, pretendiendo que las mujeres fueran comunes. Llamáronse gnósticos, esto es, sabios y espirituales.

Carpócrates, heresiarca natural de Alejandría, vivió en los tiempos de Hadriano. Educado en la filosofía platónica, sostuvo la existencia de un ser supremo, y de los ángeles, derivados de él por una infinidad de generaciones. Creía que eran las almas emanaciones de la divinidad; pero que habiendo degenerado de su origen celeste, fueron condenadas á estar unidas á cuerpos mortales. Reputaba á Jesucristo puramente hombre engendrado por San José. Admitió un dios bueno y otro malo.

Cerintho, heresiarca famoso del tiempo de los apóstoles, nació en Antioquía, de una familia judáica. Estudió con los célebres filósofos de la escuela de Alejandría, y trasladándose á Jerusalen, se hizo cabeza de una faccion compuesta de judíos conversos que querían do las ceremonias de la ley antigua con los preceptos del Evangelio, se oponían á la predicacion de la fe del Crucificado á los gentiles. Por ello anatematizado Cerintho y separado de la comunion de los fieles, pasó al Asia, y mezclando ideas de la filosofía oriental con doctrinas judáicas y cristianas, formó una secta que se extendió por varias provincias. Tiénesele por inventor del error de los milenarios carnales y groseros.

Ebion, su discípulo, cuyos sectarios se llamaban ebionitas, negó la divinidad de Cristo, sosteniendo que con el Evangelio se había de guardar la ley de Moisés, que fué tambien error de los nazareos.

Valentino, egipcio, á mediados del siglo ii, ambicionaba y no logró un obispado. El despecho le hizo caer en tales demencias, que admitía hasta treinta dioses, á quienes llamaba *eones*. Dijo que Jesucristo tomó cuerpo celeste, y no de las entrañas de María.

Menandro, el mozo de Samaria, es el mismo de quien se habló ántes.

Montano, heresiarca del siglo ii, nació en Ardaban, pueblo de la Misia. Abrazó el cristianismo creyendo ascender á las primeras dignidades eclesiásticas, y no habiéndolo alcanzado, se propuso que le venerasen profeta. Como se atrajese á dos damas de la Frigia, llamadas *Priscilla* y *Maximilla*, que abandonaron con extraña locura á sus maridos por seguirle, comenzó á predicar que era el profeta escogido para revelar á los hombres las verdades que no estaban en estado de oir en tiempos de los apóstoles. La severidad de su moral y las rigorosas penitencias que imponía á sus discípulos atrajéronle considerable número de partidarios, que se llamaron *catafrygas*, quienes le daban el nombre de Parácleto. Murió, segun la opinion mas cierta, en 212. El grande Tertuliano se inficionó en la herejía de los montanistas.

Hubo un obispo en Egipto llamado *Nepos*, que decia, como Ce-

los. Venía luego Sabino, prelado hereje arriano, el que en el concilio Niceno llamó idiotas á los que no seguian á Arrio. Despues en miserable lugar estaban ardiendo por sentencia de Clemente, pontífice máximo que sucedió á Benedicto, los templarios, primero santos en Jerusalen, y luego de puro ricos, idólatras y deshonestos (a). ¡Y qué fué ver á Guillermo, el hipócrita de Anvers, hecho padre de putas, prefiriendo las rameras á las honestas y la fornicacion á la castidad! A los piés de este yacia Bárbara, mujer del emperador Sigismundo, llamando necias á las vírgenes, habiendo hartas. Ella (bárbara como su nombre) servia de emperatriz á los diablos; y no estando harta de delitos ni aun cansada (que en esto quiso llevar ventaja á Mesalina), decia que moria el alma y el cuerpo, y otras cosas bien dignas de su nombre (b).

Fuí pasando por estos, y llegué á una parte donde estaba uno solo arrinconado y muy sucio, con un zancajo ménos y un chirlo por la cara, lleno de cencerros, y ardiendo y blasfemando. «¿Quién eres tú, le pregunté, que entre tantos malos eres el peor?» «Yo, dijo él, soy Mahoma», y deciaselo el tallecillo, la cuchillada y los dijes de arriero. «Tú eres, dije yo, el más mal hombre que ha habido en el mundo y el que más almas ha traido acá.» «Todo lo estoy pasando, dijo, miéntras los malaventurados de africanos adoran el zancarron ó zancajo que aquí me falta.» «Picaron, dije, ¿por qué vedaste el vino á los tuyos?» Y me respondió: «Porque si tras las borracheras que les dejé en mi Alcoran les permitiera las del vino, todos fueran borrachos. — Y el tocino ¿por qué se lo vedaste, perro esclavo, descendiente de Agar? —Eso hice por no hacer agravio al vino, que lo fuera comer torreznos y beber agua, aunque yo vino y tocino gastaba. Y quise tan mal á los que creyeron en mí, que acá los quité la gloria, y allá los perniles y las botas. Y últimamente, mandé que no defendiesen mi ley por razon, porque ninguna hay ni para obedecella ni sustentalla; remitísela á las armas y metílos en ruido para toda la vida. Y el seguirme tanta gente no es en virtud de milagros, sino solo en virtud de darles la ley á medida de sus apetitos, dándoles mujeres para mudar, y por extraordinario deshonestidades tan feas como las quisiesen, y con esto me seguian todos. Pero no se remató en mí todo el daño: tiende por ahí los ojos, y verás qué honrada gente topas».

Volvíme á un lado, y vi todos los herejes de ahora, y topé con Maniqueo (c). ¡Oh qué vi de calvinistas arañando á Calvino! Y entre estos estaba el principal Josefo

Scalígero, por tener su punta de ateista y ser tan blasfemo, deslenguado y vano y sin juicio (d). Al cabo estaba el maldito Lutero con su capilla y sus mujeres, hinchado como un sapo y blasfemando, y Melanchthon comiéndose las manos tras sus herejías (e). Estaba el renegado Beza, maestro de Ginebra, leyendo, sentado en cátedra de pestilencia (f); y allí lloré viendo el (1) Enrico Estéfano (g). Pregúntéle no sé qué de la lengua griega, y estaba tal la suya, que no pudo responderme sino con bramidos (2). Espántome, Enrico, de que supieses nada. ¿De qué te aprovecharon tus letras y agudezas? Más le dijera si no me enterneciera la desventurada figura en que es-

hijo y que fué educado en las selvas. Ponía en Cristo una sola naturaleza, la divina, y suponia fantástica la humana, por no creer verosímil que Dios hubiese querido padecer.

(d) Josepho Scaligero, uno de los mas célebres filólogos de Francia, fué hijo de Julio César Scaligero, y nació en 1540. Dotado de prodigiosa memoria y de tanto teson para el estudio, llegó á saber trece lenguas, é instruirse profundamente en las bellas letras, la historia, la cronología y las antigüedades. Hízose protestante á la edad de veinte y dos años, absteniéndose de tomar parte en las tenaces contiendas religiosas de su época. Consagróse á corregir y explicar los autores antiguos, y aun cuando les atribuye frecuentemente sus propias ideas, no por eso dejó de ilustrarlos. Murió en 1609.

(e) Felipe Melanchthon nació en Breten, en el Bajo Palatinado, año de 1497. Llamábase Schwart-Erle, que en aleman quiere decir tierra negra. Tomó por consejo de un tio el otro nombre, que en griego significa lo mismo. Dió muestras desde muy temprano de una disposicion extraordinaria para las letras, y á los veinte y un años fué nombrado catedrático de griego en Wittemberg. Allí trabó amistad con Lutero, que enseñaba teología, y de comun acuerdo trabajaron para establecer la reforma. El carácter de Melanchthon era tan dulce como arrebatado y billoso el de Lutero. Por esta causa fué escogido aquel para redactar su célebre confesion de Ausburg. Murió en 1560, dejando escritas muchas obras, la mayor parte en defensa del protestantismo.

(f) Teodoro Beza nació en Vezelai, pequeña ciudad del Nivernais, año de 1519. Estudió en Paris, y vivió mucho tiempo en Francia, donde gozaba pingües beneficios eclesiásticos. Retiróse á Ginebra en 1548, y públicamente abrazó la reforma. Atrajo á estas opiniones á Antonio de Borbon y á Juana de Navarra su mujer; concurrió al coloquio de Poissy, sucedió á Calvino en todos sus empleos, y falleció de ochenta y seis años.

(1) doctísimo (Edic. de Pamplona de 1631.)

(g) Henrico Stéphano nació en Paris año de 1528, de una familia de sabios impresores. Sus conocimientos extraordinarios en las lenguas griega, latina y vulgares de Europa, el trabajo que puso en restaurar y anotar las obras de los antiguos, sus frecuentes viajes en busca de manuscritos preciosos y la comunicacion con todos los ingenios de su época le dieron grande nombradía. Como abrazase la religion reformada, echó sobre sí el ódio de los católicos, atrayéndole la animadversion de muchos literatos la crítica mordaz que usaba contra los que no seguian sus opiniones. Murió en el hospital de Lyon en 1598.

(2) «¡Válame Dios, dije (llegándome á Lutero como á mal hombre por no decir como á mal fraile), te atreviste á decir que no se habian de adorar las imágenes, si en ellas no se adora sino la espiritual grandeza que á nuestro modo representan! Si dices que para acordarte de Dios no has menester imágenes, es verdad, y no te las dan para eso, sino para que te muevan afectos la representacion de la verdad que reverenciamos y del Señor que amamos sobre todo bien; como los enamorados, que el retrato de su dama no le traen para acordarse della, pues ya presuponen memoria della en acordarse de que le traen, sino para deleitarse con la parte que se les concede del bien ausente. Dices tambien que Cristo pagó por todos, luego todos han de vivir sino quisiéramos, porque el que me hizo á mí sin mí, me salvará á mí sin mí. Bien me hizo á mí sin mí, pero hecho, siente que yo destruya su obra, y manche su pintura, y borre su imágen. Y si, como confiesas, sintió en el primer hombre tanto un pecado, que por satisfacerle mostrando su amor murió, ¿cómo te dejas decir que murió para darnos libertad de pecar quien siente tanto que pequemos? Y si murió y padeció Cristo para enseñarnos lo que cuesta un pecado y lo que hemos de huirle, ¿de dónde coliges que murió para darnos licencia para hacer delictos? Que satisfizo por todos es verdad, ¿luego no tene-

rintho, que los santos reinarán con Cristo mil años en la tierra en deleites sensuales y groseros.

Sabino, obispo de Heraclea, llamó á todos los cristianos que en el concilio Niceno anatematizaron á Arrio, idiotas, perezosos y de ingenio enfermizo.

(a) Este período falta en las ediciones de Pamplona y Barcelona de 1631 y 1635.

(b) El emperador Sigismundo, muerta su primera mujer María de Hungría, de quien no tuvo hijos, se casó con Bárbara, cuyo padre era Herman, conde de Cillei. Bárbara fué tan mala como Isabel de Baviera, su contemporánea y pariente, mereciendo por su disolucion y vicios el nombre de Mesalina de Alemania. Isabel, hija de este matrimonio, casó con Alberto de Austria.

(c) Manes, hereje persa, que vino á Roma imperando Aureliano. Sus discípulos son llamados maniqueos. Establecia dos principios, uno á otro contrario, siendo el malo autor de las bodas, de las comidas de carne y del vino. Afirmaba que él de una vírgen era

taba el miserable penando. Estaba ahorcado de un pié Helio Eobano hesso, célebre poeta, competidor de Melanchthon (a). ¡Oh cómo lloré mirando su gesto torpe con heridas y golpes, y afeados con llamas sus ojos! (1)

Díme prisa á salir deste cercado, y pasé á una galería, donde estaba Lucifer cercado de diablas, que tambien hay hembras como machos. No entré dentro, porque no me atreví á sufrir su aspecto disforme : solo diré que tal galería tan bien ordenada no se ha visto en el mundo, porque toda estaba colgada de emperadores y reyes vivos como acá muertos. Allá vi toda la casa otomana, los de Roma por su órden (2). Vi graciosisimas figuras : hilando á Sardanápalo; glotoneando á Eliogábalo, á Sapor emparentando con el sol y las estrellas. Viriato andaba á palos tras los romanos, Atila revolvia el mundo, Belisario ciego acusaba á los atenienses (3).

Llegó á mí el portero y me dijo : Lucifer manda que porque tengais qué contar en el otro mundo que veais su camarin. Entre allá; era un aposento curioso y lleno de buenas joyas : tenia cosa de seis ó siete mil cornudos y otros tantos alguaciles manidos. «¿Aquí estais? dije yo : ¿cómo diablos os habia de hallar en el infierno si estábades aquí?» Habia pipotes de médicos y muchisimos coronistas, lindas piezas, aduladores de molde y

con licencia. Y en las cuatro esquinas estaban ardiendo por hachas cuatro malos pesquisidores. Y todas las poyatas (que son los estantes) llenas de vírgenes (4) rociadas, doncellas penadas como tazas, y dijo el demonio : «Doncellas son que se vinieron al infierno con las doncellecos fiambres, y por cosa rara se guardan.» Seguianse luego demandadores haciendo labor con diferentes sayos; y de las ánimas habia muchos, porque piden para sí mismos y consumen ellos con vino cuanto les dan. Habia madres postizas, y trasteruderas de sus sobrinas, y suegras (5) de sus nueras, por mascarones alrededor. Estaba en una peaña Sebastian Gertel (6), general en lo de Alemaña contra el Emperador, tras haber sido alabardero suyo.

No acabara yo de contar lo que vi en el camino si lo hubiera de decir todo. Salíme fuera, y quedé como espantado repitiendo conmigo estas cosas. Solo pido á quien las leyere, las lea de suerte que el crédito que les diere le sea provechoso para no experimentar ni ver estos lugares; certificando al lector que no pretendo en ello ningun escándalo ni represion sino de los vicios (7), pues decir de los que están en el infierno no puede tocar á los buenos. Acabé este discurso en el Fresno á postrero de abril de 1608, en 28 de mi edad (b).

mos que trabajar nosotros? Mientes , pues hay que trabajar en no caer en otros y en pagar los cometidos delictos. Enojóse Dios por un pecado, cuando yo le debemos sino la creacion sola ; y ¿ no sentiria las culpas, cuando le debemos redempcion costosa y trabajosa? Espántome, Lutero, de que supieses nada. ¿ De qué le aprovechawon tus letras y agudeza? Más le dijera si no me enterneciera la desventurada figura en que estaba el miserable Lutero. Estaba ahorcado, etc.» (Edic. de Pamp. 1631 , y MS. de la Bib. de las Cortes, F. 3, pág. 109. L. 31. p. 98.)

(a) Helio Eobano hesso. Este sobrenombre indica su patria en el Hesse, donde nació en 1488. Fué mirado como uno de los primeros poetas latinos de su época. La necesidad lo obligó á emprender la medicina, y escribió un tratado sobre la dieta, que fué recibido con mucho aplauso. Tuvo comunicacion estrecha con los sabios más distinguidos de la Alemania protestante , y murió en 1540.

(1) No pude sino suspirar. (Edic. de Pamp. 1631.)

(2) Miré por los españoles , y no vi corona ninguna española : quedé contentísimo, que no lo sabré decir. (Idem.)

(3) y Julio César estaba llamando de traidores á Bruto y Casio. ; Oh, cuáles andaban el mal obispo don Ólpas , y el conde don Julian, pisando su propia patria, y manchándose en sangre cristiana! Allí vi colgados otros muchos de todas naciones, cuando se llegó á

mí el portero y dijo : etc. (MS. de la biblioteca de las Cortes, F. 3 y L. 31, páginas 110 y 100.

(4) ociadas, doncellas preñadas como tazas ; y dijo el demonio : «Doncellas son que vinieron al infierno con....... fiambre , y por cosa rara se guardan acá. (Id. p. 110 v. y 101)

(5) terceras (Id.)

(6) Sebastian Quartel , general en Alemania contra el Emperador , tras haber sido su alabardero , tabernero en Roma , y borracho en todas partes. (Id. p. 111 y 102.)

(7) (por los cuales los hombres se condenan y son condenados.) (Idem.)

(b) Castellanos (tom. 1, pág. 428 , impresion de 1840) estampó que poseia una censura del Sueño del infierno hecha por fray Antonio Mendez de Santo Domingo. Hoy, segun me manifiesta, no es ya dueño de aquel documento. En él parece que se veia inserto y anatematizado un largo párrafo de la papisa Juana , que el mismo señor Castellanos publicó en el lugar referido. Si es, como se supone, de Quevedo, razon tuvo el censor oponiéndose á que afease obra de tan ingenioso escritor un rasgo de ningun interes, de muy escaso gracejo y de no pequeño escándalo. No se encuentra en ninguno de los antiguos MMS. que he tenido á la vista.

EL MUNDO POR DE DENTRO [a].

A DON PEDRO GIRON, DUQUE DE OSUNA, MARQUES DE PEÑAFIEL,
CONDE DE UREÑA [b].

Estas burlas, que llevan en la risa disimulado algun miedo provechoso, envio para que vuecelencia se divierta de grandes ocupaciones algun rato. Pequeña es la demostracion, mas yo no puedo dar más; y solo me consuela ver que la grandeza de vuecelencia á mucho ménos hace honra y merced. En la Aldea, abril 26 de 1612 [c].

DON FRANCISCO DE QUEVEDO VILLEGAS.

AL LECTOR, COMO DIOS ME LO DEPARARE, CÁNDIDO Ó PURPUREO, PIO Ó CRUEL,
BENIGNO Ó SIN SARNA.

Es cosa averiguada (así lo siente Metrodoro Chio y otros muchos) que no se sabe nada, y que todos son ignorantes; y aun esto no se sabe de cierto, que á saberse, ya se supiera algo : sospéchase. Dicelo así el doctisimo Francisco Sanchez, médico y filósofo, en su libro cuyo título es : *Nihil scitur:* No sé sabe nada. En el mundo, fuera de los teólogos, filósofos y juristas, que atienden á la verdad y al verdadero estudio, hay algunos que no saben nada y estudian para saber, y estos tienen buenos deseos y vano ejercicio; porque al cabo solo les sirve el estudio de conocer cómo toda la verdad la quedan ignorando. Otros hay que no saben nada, y no estudian porque piensan que lo saben todo. Son destos muchos irremediables : á estos se les ha de envidiar el ocio y la satisfaccion, y llorarles el seso. Otros hay que no saben nada, y dicen que no saben nada, porque piensan que saben algo de verdad, pues lo es que no saben nada; y á estos se les había de castigar la hipocresía con creerles la confesion. Otros hay (y en estos, que son los peores, entro yo) que no saben nada, ni quieren saber nada, ni creen que se sepa nada, y dicen de todos que no saben nada, y todos dicen dellos lo mismo, y nadie miente. Y como gente que en cosas de letras y ciencia tiene que perder tan poco, se atreven á imprimir y sacar a luz todo cuanto sue-

---

[a] Este cuarto sueño fué concluido en la Torre de Juan Abad en 26 de abril de 1612. Tal fecha resalta en la carta original dirigida al Duque, segun Castellanos. (Tom. I, pág. 427, edic. de Madrid de 1840.)
En el año difieren las impresiones y los manuscritos que nosotros hemos tenido á la vista. Uno de la tercera década del siglo XVII, que perteneció á la biblioteca de don Vincencio Juan de Lastanosa, y se encuentra en la Nacional, Aa, 167, muestra con manifiesto error el año de 1625; la impresion de Ruan, el de 1624; la de Pamplona, el de 1612; la de Barcelona (*Juguetes de la niñez*), la de Madrid que lleva por título *Enseñanza entretenida*, la de Bruselas y todas las posteriores, en fin cuantas se calcaron sobre la primera edicion hecha en la capital de la monarquia, estampan el año de 1610.
Publicaron por vez primera *El mundo por de dentro*, así como los sueños anteriores, las prensas de Barcelona y Zaragoza en 1627, y en 1629 las de Madrid. Introdujo entónces el autor notables alteraciones en el texto, y así lo reproducimos, dando sin embargo noticia oportunamente de todas las variantes.
Sacan las primeras ediciones al márgen los asuntos y personas de que se compone el discurso, y son los siguientes: «desengaño, hipocresía, todos son hipócritas en el mundo, hidalgo, caballero, discretos, viejos, niños, niños, en todos los nombres de las cosas hay hipocresía, los pecados todos son hipocresía, hipócritas, entierro y procesion de una difunta, el viudo, explicacion del entierro y procesion, viudo, luto y llanto de una viuda, explicacion de la tristeza y luto de la viuda, alguaciles tras un ladron, escribano, corchetes, alguaciles, escribano, rico con carroza, criados y bufones, mujer hermosa con manto, desengaño de la hermosura de la mujer.»
El título en el MS. de Lastanosa aparece de este modo : *Discurso del mundo por de dentro y por defuera.*
[b] La dedicatoria es enteramente distinta en la edicion de Pamplona de 1631 y en el MS. de Lastanosa. Héla aqui : «*A don Pedro Giron, duque de Osuna* (1). Estas son mis obras: claro está que juzgará vuecelencia que siendo tales no me han de llevar al cielo; mas como (2) yo no pretenda dellas más de que en este mundo me dén nombre, y el que más estimo es (3) de criado de vuecelencia, se las envio para que, como á tan gran principe las honre; lograrán de paso la enmienda. Dé Dios á vuecelencia su gracia y salud; que lo demas merecido lo tiene al mundo su virtud y grandeza. En la Aldea (4), abril 26 de 1612.—*Don Francisco Quevedo Villegas.*
[c] 1610 hemos dicho que es el año que fijaron los *Juguetes de la niñez* en 1629, y que desde entónces hasta hoy viene reproduciéndose.

(1) y conde de Ureña. (*MS. de Lastanosa.*)
(2) ya no pretenda de ellas más que en este mundo (*Idem.*)
(3) el de criado de vuecelencia, se las invio para que como tan gran principe (*Idem.*)
(4) abril 1625.—Don Francisco Gomez de Quevedo y Villegas. (*Idem.*)

ñan. Estos dan que hacer á las imprentas, sustentan á los libreros, gastan á los curiosos, y al cabo sirven á las especierías. Yo pues, como uno destos, y no de los peores ignorantes, no contento con haber soñado el Juicio, ni haber endemoniado un Alguacil, y últimamente escrito el Infierno, ahora salgo (sin tón y sin són; pero no importa, que esto no es bailar) con el *Mundo por de dentro*. Si te agradare y pareciere bien, agradécelo á lo poco que sabes, pues de tan mala cosa te contentas. Y si te pareciere malo, culpa mi ignorancia en escribirlo, y la tuya en esperar otra cosa de mí. Dios te libre, lector, de prólogos largos y de malos epítetos.

DISCURSO.

Es nuestro deseo siempre peregrino en las cosas desta vida, y así con vana solicitud anda de unas en otras, sin saber hallar patria ni descanso. Aliméntase de la variedad, y diviértese con ella; tiene por ejercicio el apetito, y este nace de la ignorancia de las cosas, pues si las conociera cuando cudicioso y desalentado las busca, así las aborreciera como cuando arrepentido las desprecia. Y es de considerar la fuerza grande que tiene, pues promete y persuade tanta hermosura en los deleites y gustos, lo cual dura solo en la pretension dellos; porque en llegando cualquiera á ser poseedor, es juntamente descontento. El mundo, que á nuestro deseo sabe la condicion para lisonjearla, pónese delante mudable y vario, porque la novedad y diferencia es el afeite con que más nos atrae; con esto acaricia nuestros deseos, llévalos tras sí, y ellos á nosotros. Sea por todas las experiencias mi suceso, pues cuando más apurado me habia de tener el conocimiento destas cosas, me hallé todo en poder de la confusion, poseido de la vanidad de tal manera, que en la gran poblacion del mundo, perdido ya, corria donde tras la hermosura me llevaban los ojos, y adonde tras la conversacion los amigos, de una calle en otra, hecho fábula de todos; y en lugar de desear salida al laberinto, procuraba que se me alargase el engaño. Ya por la calle de la ira, descompuesto, seguia las pendencias pisando sangre y heridas; ya por la de la gula veia responder á los bríndis turbados. Al fin, de una calle en otra andaba (siendo infinitas) de tal manera confuso, que la admiracion aun no dejaba sentido para el cansancio, cuando llamado de (1) voces descompuestas y tirado porfiadamente del manteo, volví la cabeza. Era un viejo venerable en sus canas, mal tratado, roto por mil partes el vestido y pisado; no por eso ridículo, ántes severo y digno de respeto. ¿Quién eres (dije), que así te confiesas envidioso de mis gustos? Déjame, que siempre los ancianos aborreceis en los mozos los placeres y deleites; no que dejais de vuestra voluntad, sino que por fuerza os quita el tiempo. Tú vas, yo vengo : déjame gozar y ver el mundo. Desmintiendo sus sentimientos, riéndose dijo : « Ni te estorbo ni te envidio lo que deseas; ántes te tengo lástima. ¿Tú por ventura sabes lo que vale un dia? ¿Entiendes de cuánto precio es una hora? ¿Has examinado el valor del tiempo? Cierto es que no, pues así alegre le dejas pasar hurtado de la hora que fugitiva y secreta te lleva preciosisimo robo. ¿Quién te ha dicho que lo que ya fué volverá cuando lo hayas menester si lo llamares? Dime, ¿has visto algunas pisadas de los dias?

(1) unas grandes y descompuestas voces y tirado muy porfiadamente del manteo, (*Edic. de Barcelona*, 1635.

No por cierto; que ellos solo vuelven la cabeza á reirse y burlarse de los que así los dejaron pasar. Sábete que la muerte y ellos están eslabonados y en una cadena; y que cuando más caminan los dias que van delante de tí, tiran hácia tí y te acercan á la muerte, que quizá la aguardas y es ya llegada; y segun vives, ántes será pasada que creida. Por necio tengo al que toda la vida se muere de miedo que se ha de morir; y por malo al que vive tan sin miedo della como si no la hubiese; que este la viene á temer cuando la padece; y embarazado con el temor, ni halla remedio á la vida ni consuelo á su fin. Cuerdo es solo el que vive cada dia como quien cada dia y cada hora puede morir. » « Eficaces palabras tienes, buen viejo : traido me has el alma á mí, que me la llevaban embelesada vanos deseos. ¿Quién eres, de dónde y qué haces por aquí?» «Mi hábito y traje dice que soy hombre de bien y amigo de decir verdades en lo roto y poco medrado; y lo peor que tu vida tiene es no haberme visto la cara hasta ahora. Yo soy el Desengaño : estos rasgones de la ropa son de los tirones que dan de mí los que dicen en el mundo que me quieren; y estos cardenales del rostro, estos golpes y coces me dan en llegando porque vine y porque me vaya; que en el mundo todos decís que quereis desengaño, y en teniéndole, unos os desesperais, otros maldecis á quien os le dió, y los más corteses no le creeis. Si tú quieres, hijo, ver el mundo, vén conmigo; que yo te llevaré á la calle mayor, que es adonde salen todas las figuras, y allí verás juntos los que por aquí van divididos, sin cansarte. Yo te enseñaré el mundo como es; que tú no alcanzas á ver sino lo que parece.» «Y ¿cómo se llama, dije yo, la calle mayor del mundo donde hemos de ir? Llámase, respondió, Hipocresía; calle que empieza con el mundo, y se acabará con él, y no hay nadie casi que no tenga sino una casa, un cuarto ó un aposento en ella. Unos son vecinos, y otros paseantes; que hay muchas diferencias de hipócritas, y todos cuantos ves por ahí lo son. ¿Ves aquel que gana de comer como sastre, y se viste como hidalgo? Es hipócrita; y el dia de fiesta con el raso y el terciopelo y el cintillo y la cadena de oro se desfigura de suerte que no le conocerán las tijeras y agujas y jabon; y parecerá tan poco oficial, que aun parece que dice verdad. ¿Ves aquel hidalgo con aquel que es como caballero? Pues debiendo medirse con su hacienda, ir solo,—por ser hipócrita y parecer lo que no es se va metiendo á caballero; y por sustentar un lacayo, ni sostenta lo que dice ni lo que hace, pues ni lo cumple ni lo paga. Y la hidalguía y la ejecutoria le sirve solo de pontífice en dispensarle los casamientos que hace con sus deudas; que está más casado con ellas que con su mujer. Aquel caballero por ser señoría no hay diligencia que no haga, y ha procurado hacerse Venecia por ser señoría; sino que como se fundó en el viento para serlo, se habia de fundar en el agua. Sustenta, por parecer señor, caza de halcones que lo primero que matan es á su amo de hambre con la costa, y luego el rocin en que los llevan, y despues cuando mucho una graja ó un milano, y ninguno es lo que parece. El señor, por tener acciones de grande, se empeña, y el grande remeda ceremonia de rey. Pues ¿qué diré de los discretos? ¿Ves aquel aciago de cara? Pues siendo un mentecato, por parecer discreto y ser tenido por tal, se alaba de que tiene poca memoria, quéjase de melancolías, vive descontento y préciase de mal regido, y es hipócrita que parece entendido, y es mentecato. ¿No ves los viejos hipócritas de barbas, con las canas envainadas en tinta, querer en todo parecer muchachos? ¿No ves á los niños preciarse de dar consejos y presumir de cuerdos? Pues todo es hipocresía. Pues en los nombres de las cosas ¿no la hay la mayor del mundo? El zapatero de viejo se llama entretenedor del calzado; el botero, sastre del vino, porque le hace de vestir; el mozo de mulas, gentilhombre de camino; el bodegon, estado; el bodegonero, contador; el verdugo se llama miembro de la justicia; y el corchete, criado (1); el fullero, diestro; el ventero, huésped; la taberna, ermita; la putería, casa; las putas, damas; las alcahuetas, dueñas; los cornudos, honrados. Amistad llaman el amancebamiento, trato á la usura, burla á la estafa, gracia la mentira, donaire la malicia, descuido la bellaquería, valiente al desvergonzado, cortesano al vagamundo, al negro moreno, señor maestro al albardero, y señor doctor al platicante. Así que, ni son lo que parecen ni lo que se llaman: hipócritas en el nombre y en el hecho. ¡Pues unos nombres que hay generales! A toda pícara, señora hermosa; á todo hábito largo, señor licenciado; á todo gallofero, señor soldado; á todo bien vestido, señor hidalgo; á todo (2) capigorron ó lo que fuere, canónigo ó arcediano; á todo escribano, secretario. De suerte que todo el hombre es mentira por cualquier parte que le examines, si no es que, ignorante como tú, crea (3) las experiencias. ¿Ves los pecados? Pues todos son hipocresía, y en ella empiezan y acaban, y della nacen y se alimentan la ira, la gula, la soberbia, la avaricia, la lujuria, la pereza, el homicidio y otros mil.» «¿Cómo me puedes tú decir (4) ni probarlo, si vemos que son diferentes y distintos?» «No me espanto que eso ignores; que lo saben pocos. Oye, y entenderás con facilidad eso que así te parece contrario, que bien se conviene. Todos los pecados son malos: eso bien lo confiesas; y tambien confiesas con los filósofos y teólogos que la voluntad apetece lo malo debajo de razon de bien, y que para pecar no basta la representacion de la ira ni el conocimiento de la lujuria sin el consentimiento de la voluntad; y que eso, para que sea pecado, no aguarda la ejecucion, que solo le agrava más, aunque en esto hay muchas diferencias. Esto así visto y entendido, claro está que cada vez que un pecado destos se hace, que la voluntad lo consiente y lo quiere; y segun su natural, no pudo ape-

tecelle sino debajo de razon de algun bien. Pues ¿hay más clara y más confirmada hipocresía que vestirse del bien en lo aparente para matar con el engaño? ¿Qué esperanza es la del hipócrita? dice Job. Ninguna, pues ni la tiene por lo que es, pues es malo; ni por lo que parece, pues lo parece y no lo es. Todos los pecadores tienen ménos atrevimiento que el hipócrita, pues ellos pecan contra Dios, pero no con Dios ni en Dios; mas el hipócrita peca contra Dios y con Dios, pues le toma por instrumento para pecar (5).»

En esto llegámos á la calle mayor; vi todo el concurso que el viejo me habia prometido. Tomámos puesto conveniente para registrar lo que pasaba: fué un entierro en esta forma. Venian envainados en unos sayos grandes de diferentes colores unos pícaros haciendo una taracea de mullidores. Pasó esta recua incensando con las campanillas; seguian los muchachos de la doctrina, meninos de la muerte y lacayuelos del ataud, (6) chirriando la calavera; seguíanse luego doce galloferos, hipócritas de la pobreza, con doce hachas acompañando el cuerpo y abrigando á los de la Capacha, que hombreando testificaban el peso de la difunta. Detras seguia larga procesion de amigos que acompañaban en la tristeza y luto al viudo, que anegado en capuz de bayeta y devanado en una chia, perdido el rostro en la falda de un sombrero, de suerte que no se le podian hallar los ojos; corvos é impedidos los pasos con el peso de diez arrobas de cola que arrastraba, — iba tardo y perezoso. Lastimado deste espectáculo, ¡dichosa mujer, dije, si lo puede ser alguna en la muerte, pues hallaste marido que pasó con la fe y el amor más allá de la vida y sepultura! ¡Y dichoso viudo que ha hallado tales amigos, que no solo acompañan su sentimiento, pero que parece que le vencen en él! ¿No ves qué tristes van y suspensos? El viejo, moviendo la cabeza y sonriéndose, dijo: «Desventurado, eso todo es por de fuera, y parece así; pero ahora lo verás por de dentro, y verás con cuánta verdad el ser desmiente á las apariencias. ¿Ves aquellas luces, campanillas y mullidores y todo este acompañamiento (7) piadoso, que es sufragio cristiano y limosnero? Esto es saludable; mas las bravatas que en los túmulos sobrescriben podricion y gusanos, se podrian excusar; empero tambien los muertos tienen su vanidad, y los difuntos y difuntas su so-

(1) del alguacil; (MS. de Lastanosa.)
(2) fraile motilon, ó lo que fuere, reverencia y aun paternidad; á todo escribano (Edic. de Pamplona, 1631, y el MS.)
(3) á las apariencias. (MS.)
(4) que son hipocresía (MS.)

(5) Y por eso como quien sabia lo que era y lo aborrecia tanto sobre todas las cosas, Cristo, habiendo dado muchos preceptos afirmativos á sus discipulos, solo uno les dió negativo, diciendo: «No querais ser como los hipócritas tristes.» (Math. vi.) De manera que con muchos preceptos y comparaciones les enseñó cómo habian de ser: ya como luz, ya como sal, ya como el convidado, ya como el de los talentos; y lo que no habian de ser todo lo cerró en decir solamente: «No querais ser como los hipócritas tristes»; advirtiendo que en no ser hipócritas está el no ser en ninguna manera malos, porque el hipócrita es malo de todas maneras. (Edicion de Pamplona y el MS.)
(6) gritando su letanía, luego las órdenes, y tras ellas los clérigos, que galopeando los responsos, cantaban de portante, abreviando, porque aun en vida-lo era, y en muerte dejó ya de ser; y que no le sirve de nada todo, sino que tambien los muertos tienen su vanidad, y los difuntos y difuntas su soberbia. (Edic. y MS. referidos.)
(7) ¿Quién no juzgara que los unos alumbran algo, y que los otros es algo lo que acompañan, y que sirve de algo tanto acompañamiento y pompa? Pues sabe que lo que allí va no es nada; porque aun en vida-lo era, y en muerte dejó ya de ser; y que no le sirve de nada todo, sino que tambien los muertos tienen su vanidad, y los difuntos y difuntas su soberbia. (Edic. y MS. referidos.)

berbia. Allí no va sino tierra de ménos fruto y más espantosa de la que pisas, por sí no merecedora de alguna honra ni aun de ser cultivada con arado ni azadon. ¿Ves aquellos viejos que llevan las hachas? Pues algunos no las atizan para que atizadas alumbren más, sino porque atizadas á menudo se derritan más y ellos hurten más cera para vender. Estos son los que á la sepultura hacen la salva en el difunto y difunta, pues ántes que ella lo coma ni lo pruebe, cada uno le ha dado un bocado, arrancándole un real ó dos; mas con todo esto tiene el valor de la limosna. ¿Ves la tristeza de los amigos? Pues todo es de ir en el entierro; y los convidados van dados al diablo con los que los convidaron; que quisieran más pasearse ó asistir á sus negocios. Aquel que habla de mano con el otro le va diciendo que convidar á entierro y á misacantanos, donde se ofrece, que no se puede hacer con un amigo; y que el entierro solo es convite para la tierra, pues á ella solamente llevan que coma. El viudo no va triste del caso y viudez, sino de ver que pudiendo él haber enterrado á su mujer en un muladar y sin costa y fiesta ninguna, le hayan metido en semejante baraunda y gasto de cofadrías y cera; y entre sí dice que le debe poco; que ya que se había de morir, pudiera haberse muerto de repente, sin gastarle en médicos, barberos ni boticas, y no dejarle empeñado en jarabes y pócimas. Dos ha enterrado con esta; y es tanto el gusto que recibe de enviudar, que ya va trazando el casamiento con una amiga que ha tenido; y fiado con su mala condicion y endemoniada vida, piensa doblar el capuz por poco tiempo. Quedé espantado de ver todo esto ser así, diciendo: «¡Qué diferentes son las cosas del mundo de como las vemos! Desde hoy perderán conmigo todo el crédito mis ojos, y nada creeré ménos de lo que viere.» Pasó por nosotros el entierro como si no hubiera de pasar por nosotros tan brevemente, y como si aquella difunta no nos fuera enseñando el camino, y muda no nos dijera á todos: «Delante voy, donde aguardo á los que quedais, acompañando á otros que yo vi pasar con ese propio descuido.»

Apartónos desta consideracion el ruido que andaba en una casa á nuestras espaldas: entrámos dentro á ver lo que fuese; y al tiempo que sintieron gente comenzó un plañido, á seis voces, de mujeres que acompañaban una viuda. Era el llanto muy autorizado, pero poco provechoso al difunto. Sonaban palmadas de rato en rato, que parecia palmeado de diciplinantes. Oíanse unos sollozos estirados, embutidos de suspiros, pujados por falta de gana. La casa estaba despojada, las paredes desnudas, la cuitada estaba en un aposento escuro sin luz ninguna, lleno de bayetas, donde lloraban á tiento. Unas decian: «Amiga, nada se remedia con llorar.» Otras: «Sin duda goza de Dios.» Cuál la animaba á que se conformase con la voluntad del Señor. Y ella luego comenzaba á soltar el trapo, y llorando á cántaros decia: «¿Para qué quiero yo vivir sin Fulano? ¡Desdichada nací, pues no me queda á quién volver los ojos! ¡Quién ha de amparar á una pobre mujer sola!» Y aquí plañian todas con ella, y andaba una sonadera de narices que se hundia la cuadra; y entónces adverti que las mujeres se purgan en un pésame destos, pues por los ojos y las narices echan cuanto mal tienen. Enternecíme y dije: «¡Qué lástima tan bien empleada es la que se tiene á una viuda! pues por sí una mujer es sola, y viuda mucho

más; y así (1) su nombre es de *mudas sin lengua*, que eso significa la voz que dice *viuda* en hebreo, pues ni tiene quien hable por ella, ni atrevimiento; y como se ve sola para hablar, y aunque hable, como no la oyen, lo mismo es que ser mudas, y peor (2). Esto remedian con meterse á dueñas, pues en siéndolo, hablan de manera, que de lo que las sobra pueden hablar todos los mudos y sobrar palabras para los tartajosos y pausados. Al marido muerto llaman el que pudre. Mirad cuáles son estas; y si muerto, que ni las asiste ni las guarda ni las acecha, dicen que pudre, ¿qué dirian cuando vivo lacia todo esto?» «Eso, respondi, es malicia que se verifica en algunas; mas todas sun un género femenino desamparado y tal como aquí se representa en esta desventurada mujer. Dejadme, dije al viejo, llorar semejante desventura y juntar mis lágrimas á las destas mujeres.» El viejo algo enojado dijo: «¿Ahora lloras despues de haber hecho ostentacion vana de tus estudios y mostrádote docto y teólogo cuando era menester mostrarte prudente? ¿No aguardaras á que yo te hubiera declarado estas cosas para ver cómo merecian que se hablase dellas? Mas ¿quién habrá que detenga la sentencia ya imaginada en la boca? No es mucho, que no sabes otra cosa, y que á no ofrecerse la viuda, te quedabas con toda tu ciencia en el estómago. No es filósofo el que sabe (3) dónde está el tesoro, sino el que trabaja y le saca. Ni aun ese lo es del todo, sino el que despues de poseido saca bien dél. ¿Qué importa que sepas dos chistes y dos lugares, si no tienes prudencia para acomodarlos? Oye, verás esta viuda, que por de fuera tiene un cuerpo de responsos, cómo por de dentro tiene una ánima de aleluyas, las tocas negras y los pensamientos verdes. ¿Ves la escuridad del aposento y el estar cubiertos los rostros con el manto? Pues es porque así, como no las pueden ver, con hablar un poco gangoso, escupir y remedar sollozos, hace un llanto casero y hechizo, teniendo los ojos hechos una yesca. ¿Quiéreslas consolar?

(1) les dió la Sagrada Escritura nombre de mudas (*La edic. de Pamplona.*)

(2) Mucho cuidado tuvo Dios dellas en el Testamento viejo, y en el nuevo las encomendó mucho. Por san Pablo: «como el Señor cuida de los solos y mira lo humilde de lo alto!» «No quiero vuestros sábados y festividades, dijo por Isaias, y el rostro aparto de vuestros inciensos; cansado me tienen vuestros holocaustos; aborrezco vuestras calendas y solemnidades. Lavaos y estaos limpios, quitad lo malo de vuestros deseos, pues lo veo yo; dejad de hacer mal, aprended á hacer bien, buscad á la justicia, socorred al oprimido, juzgad en su inocencia al huérfano, defended á la viuda.» Fué creciendo la oracion de una obra buena en otra buena más aceyta, y por suma caridad puso el defender la viuda. Y esto escrito con la providencia del Espíritu Santo decir: «Defended á la viuda, porque en siéndolo no se puede defender como hemos dicho, y todos la persiguen. Y es obra tan acepta á Dios esta, que añade el Profeta consecutivamente diciendo: «Y si lo hiciéredes, venid y argüidme; y conforme á esta licencia que da Dios de que le arguyan los que hicieron bien y se apartaron del mal y socorrieron al oprimido y miraron por el huérfano y defendieron la viuda, pudo Job argüir á Dios, libre de las calumnias que por argüir con él le pusieron sus enemigos, llamándole por ello atrevido e impío, que lo hiciese con esta del capítulo 31, donde dice: «¿Negué yo por ventura lo que me pedian los pobrecitos? ¿Hice aguardar los ojos de la viuda?» que convienen con lo dicho, como quien dice: «Ella no puede, porque es muda, con palabras, sino con los ojos, poniendo delante su necesidad.» El rigor de la letra hebrea dice: «O consumi los ojos de la viuda», que eso hace el que no se defiende del que la mira para que la socorra, porque no tiene voz para pedirle. (*Edic. de Pamplona,* 1651.)

(3) las cosas, sino el que las hace, como no es rico el que sabe dónde está el tesoro, sino el que le saca y le trabaja. (*MS.*)

Pues déjalas solas , y bailarán en no habiendo con quien cumplir, y luego las amigas harán su oficio : Quedais moza , y es malograros; hombres habrá que os estimen; ya sabeis quién es Fulano , que cuando no supla la falta del que está en la gloria, etc. Otra : Mucho debeis á don Pedro, que acudió en este trabajo; no sé qué me sospeché ; y en verdad que si hubiera de ser algo... que por quedar tan niña os será forzoso... Y entónces la viuda , muy recoleta de ojos y muy estreñida de boca, dice : No es ahora tiempo deso; á cargo de Dios está; él lo hará si viere que conviene. Y advertid que el dia de la viudez es el dia que más comen estas viudas, porque para animarla no entra ninguna que no le dé un trago, y le hace comer un bocado, y ella lo come diciendo : Todo se vuelve ponzoña; y medio mascándolo dice : ¡Qué provecho puede hacer esto á la amarga viuda que estaba hecha á comer á medias todas las cosas y con compañía, y ahora se las habrá de comer todas (1) enteras sin dar parte á nadie de puro desdichada? Mira pues, siendo esto así , qué á propósito vienen tus exclamaciones. »

Apénas esto dijo el viejo, cuando arrebatados de unos gritos, abogados en vino, de gran ruido de gente, salimos á ver qué fuese , y era un alguacil, el cual con solo un pedazo de vara en la mano, y las narices ajadas, deshecho el cuello, sin sombrero y en cuerpo, iba pidiendo favor al Rey, favor á la justicia, tras un ladron que en seguimiento de una iglesia (y no de puro buen cristiano) iba tan ligero como pedia la necesidad y le mandaba el miedo. Atras, cercado de gente, quedaba el escribano lleno de lodo, con las cajas en el brazo izquierdo , escribiendo sobre la rodilla. Y noté que no hay cosa que crezca tanto en tan poco tiempo como la culpa en poder de escribano, pues en un instante tenia una resma al cabo. Pregunté la causa del alboroto : dijeron que aquel hombre que huia era amigo del alguacil, y que se fió no sé qué secreto tocante en delito; y por no dejarlo á otro que lo hiciese , quiso él asirle. Huyósele despues de haberse dado muchas puñadas ; y viendo que venia gente, encomendóse á sus piés, y fuése á dar cuenta de sus negocios á un retablo. El escribano hacia la causa miéntras el alguacil con los corchetes (que son podencos del verdugo que siguen ladrando) iban tras él , y no le podian alcanzar. Y debia de ser el ladron muy ligero, pues no le podian alcanzar soplones, que por fuerza corrian como el viento. «¿Con qué podrá premiar una república el celo deste alguacil, pues porque yo y el otro tengamos nuestras vidas, honras y haciendas (2) ha aventurado su persona? Este merece mucho con Dios y con el mundo : mirale cuál va roto y herido, llena de sangre la cara , por alcanzar á aquel delincuente y quitar un tropezon á la paz del pueblo. » «Basta, dijo el viejo, que si no te van á la mano, dirás un dia entero. Sábete que ese alguacil no sigue á este ladron ni procura alcanzarle por el particular y universal provecho de nadie, sino que como ve que aquí le mira todo el mundo, córrese de que haya quien en materia de hurtar le eche el pié delante, y por eso aguija por alcanzarle. Y no es culpable el alguacil porque le prendió siendo su amigo si era delincuente; que no hace mal el que come de su hacienda, ántes hace bien y justamen-

te, y todo delincuente y malo, sea quien fuere, es hacienda del alguacil ; y le es lícito comer della. Estos tienen sus censos sobre azotes y galeras, y sus juros sobre la horca. Y créeme que el año de virtudes para estos y para el infierno es estéril ; y no sé cómo aborreciéndolos el mundo tanto, por venganza dellos no da en ser bueno adrede por uno ó por dos años, que de hambre y de pena se moririan ; y renegad de oficio que tiene situados sus gajes donde los tiene situados Bercebú. » «Ya que en eso pongas tambien dolo, ¿cómo lo podrás poner en el escribano que le hace la causa calificada con testigos? » «Riete deso, dijo : ¿Has visto tú alguacil sin escribano algun dia?·No por cierto; que como ellos salen á buscar de comer, porque (aunque topen un inocente) no vaya á la cárcel sin causa, llevan escribano que se la haga ; y así, aunque ellos no dén causa para que les prendan, hácesela el escribano, y están presos con causa; y en los testigos no repares, que para cualquier cosa tendrán tantos como tuviere gotas de tinta el tintero; que los más en los malos oficiales los presenta la pluma y los examina la cudicia. Y si dicen algunos lo que es verdad, escriben lo que han menester y repiten lo que dijeron. Y para andar como habia de andar el mundo, mejor fuera y más importara que el juramento que ellos toman al testigo que jure á Dios y á la cruz decir verdad en lo que le fuere preguntado, que el testigo se lo tomara á ellos de que la escribirán como ellos la dijeren. Muchos hay buenos escribanos, y alguaciles muchos; pero de sí el oficio es con los buenos como la mar con los muertos, que no los consiente, y dentro de tres dias los echa á la orilla. Bien me parece á mí un escribano á caballo y un alguacil con capa y gorra honrando unos azotes, como pudiera un bautismo, detras de una sarta de ladrones que azotan; pero siento que cuando el pregonero dice : A estos hombres por ladrones, — que suene el eco en la vara del alguacil y en la pluma del escribano. »

Más dijera si no le (3) tuviera la grandeza con que un hombre rico iba en una carroza tan hinchado, que parecia porfiaba á sacarla de husillo, pretendiendo parecer tan grave, que á las cuatro bestias aun se lo parecia, segun el espacio con que andaban. Iba muy derecho, preciándose de espetado, escaso de ojos, y avariento de miraduras, ahorrando cortesías con todos, sumida la cara en un cuello abierto hácia arriba, que parecia vela en papel, y tan olvidado de sus conjunturas, que no sabía por dónde volverse á hacer una cortesía ni levantar el brazo á quitarse el sombrero, el cual parecia miembro segun estaba fijo y firme. Cercaban el coche cantidad de criados traidos con artificio, entretenidos con promesas y sustentados con esperanzas. Otra parte iba de acompañamiento de acreedores, cuyo crédito sustentaba toda aquella máquina. Iba un bufon en el coche entreteniéndole. «Para tí se hizo el mundo, dije yo luego que le vi, que tan descuidado vives y con tanto descanso y grandeza. ¡Qué bien empleada hacienda ! Qué lucida ! ¡ Y cómo representa bien quién es este caballero! » «Todo cuanto piensas (dijo el viejo) es disparate y mentira y cuanto dices, y solo aciertas en decir que el mundo solo se hizo para este; y es verdad, porque el mundo es solo trabajo y vanidad, y este es todo vanidad y locura. ¿Ves los caballos? Pues comiendo se van, á vueltas de la cebada y paja, al que la ſñ á este, y por cortesía de las ejecuciones trae ropilla. Más trabajo le cuesta la fábrica de sus embustes para comer que si lo ganara cavando. ¿Ves aquel bufon? Pues has de advertir que tiene por bufon al que le sustenta y le da lo que tiene. ¿Qué más miseria quieres destos ricos que todo el año andan comprando mentiras y adulaciones, y gastan sus haciendas en falsos testimonios? Va aquel tan contento porque el truhan le ha dicho que no hay tal príncipe como él, y que todos los demas son unos escuderos, como si ello fuera así. Y diferencian muy poco, porque el uno es juglar del otro: desta suerte el rico se rie ¿con el bufon, y el bufon se rie del rico, porque hace caso de lo que lisonjea.»

Venía una mujer hermosa trayéndose de paso los ojos que la miraban, y dejando los corazones llenos de deseos; iba ella con artificioso descuido escondiendo el rostro á los que ya la habian visto, y descubriéndole á los que estaban divertidos. Tal vez se mostraba por velo, tal vez por tejadillo; ya daba un relámpago de cara con un bamboleo de manto, ya se hacia brújula mostrando un ojo solo, y tapada de medio lado, descubria un tarazon de mejilla. Los cabellos martirizados hacian sortijas á las sienes; el rostro era nieve y grana y rosas, que se conservaban en amistad, esparcidas por labios, cuello y mejillas; los dientes trasparentes; y las manos, que de rato en rato nevaban el manto, abrasaban los corazones; el talle y paso ocasionando pensamientos lascivos; tan rica y galana como cargada de joyas recebidas y no compradas. Vila, y arrebatado de la naturaleza, quise seguirla entre los demas, y á no tropezar en las canas del viejo, lo hiciera. Volvíme atras y diciendo: «Quien no ama con todos sus cinco sentidos una mujer hermosa, no estima á la naturaleza su mayor cuidado y su mayor obra. Dichoso es el que halla tal ocasion, y sabio el que la goza. ¡Qué sentido no descansa en la belleza de una mujer que nació para amada del hombre! De todas las cosas del mundo aparta y olvida su amor correspondido, teniéndole todo en poco y tratándole con desprecio. ¡Qué ojos tan honestamente hermosos! ¡Qué mirar tan cauteloso y prevenido en los descuidos de un alma libre! ¡Qué cejas tan negras esforzando recíprocamente la blancura de la frente! ¡Qué mejillas, donde la sangre mezclada con la leche engendra lo rosado que admira! ¡Qué labios encarnados guardando perlas que la risa muestra con recato! ¡Qué cuello! ¡Qué manos! ¡Qué talle! Todos son causa de perdicion, y juntamente disculpa del que se pierde por ella.» «¿Qué más le queda á la edad que decir y al apetito que desear? dijo el viejo. Trabajo tienes si con cada cosa que ves haces esto. Triste fué tu vida; no naciste sino para admirado. Hasta ahora te juzgaba por ciego, y ahora veo que tambien eres loco; y echo de ver que hasta ahora no sabes para lo que Dios te dió los ojos ni cuál es su oficio: ellos han de ver, y la razon ha de juzgar y elegir; al revés lo haces, ó nada haces, que es peor. Si te andas á creerlos, padecerás mil confusiones, tendrás las sierras por azules, y lo grande por pequeño; que la longitud y la proximidad engañan la vista. ¡Qué rio caudaloso no se burla della, pues para saber hácia dónde corre es menester una paja ó ramo que se lo muestre! ¿Viste esa vision, que acostándose

sea se hizo esta mañana hermosa ella (1) misma y hace extremos grandes? Pues sábete que las mujeres lo primero que se visten en despertando es una cara, una garganta y unas manos, y luego las suyas. Todo cuanto ves en ellas es tienda, y no natural. ¿Ves el cabello? Pues comprado es y no criado; las cejas tienen más de alumadas que de negras; y si como se hacen cejas se hicieran las narices, no las tuvieran; los dientes que ves y la boca era, de puro negra, un tintero, y á puros polvos se ha hecho salvadera; la cera de los oidos se ha pasado á los labios, y cada uno es una candelilla; ¿las manos? pues lo que parece blanco es untado. ¿Qué cosa es ver una mujer que ha de salir otro dia á que la vean, echarse la noche ántes en adobo, y verlas acostar las caras hechas cofines de pasas, y á la mañana irse pintando sobre lo vivo como quieren? Qué es ver una sea ó una vieja querer, como el (2) otro tan celebrado nigromántico, salir de nuevo de una redoma? ¿Estásla mirando? Pues no es cosa suya. Si se lavasen las caras, no las conocerias; cree que en el mundo no hay cosa tan trabajada como el pellejo de una mujer hermosa, donde se enjugan y secan y derriten más jalbegues que sus faldas desconfiadas de sus personas. Cuando quieren lisagar algunas narices, luego se encomiendan á la pastilla y al sahumerio ó aguas de olor; y á veces los piés disimulan el sudor con las zapatillas de ámbar. Dígote que nuestros sentidos están en ayunas de lo que es mujer, y ahitos de lo que le parece. Si la besas, te embarras los labios; si la abrazas, aprietas tablillas y abollas cartones; si la acuestas contigo, la mitad dejas debajo de la cama en los chapines; si la pretendes, te cansas; si la alcanzas, te embarazas; si la sustentas, te empobreces; si la dejas, te persigue; si la quieres, te deja. Dame á entender de qué modo es buena, y considera ahora este animal soberbio con nuestra flaqueza, á quien hacen poderoso nuestras necesidades (más provechosas sufridas ó castigadas, que satisfechas), y verás tus disparates claros. Considérala padeciendo los meses, y te dará asco; y cuando está sin ellos, acuérdate que los ha tenido y que los ha de padecer, y te dará horror lo que te enamora; y avergüénzate de andar perdido por cosas que en cualquier estatua de palo tienen ménos asqueroso fundamento» (a).

Mirando estaba yo confusion de gente tan grande, cuando dos figurones, entre pantasmas y colosos, con caras abominables y facciones traidas tiraron una cuerda. Delgada me pareció y de mil diferentes colores, y dando gritos por unas simas que abrieron por bocas, dijeron: «Ea, gente cuerda, alto á la obra.» No lo hubieron dicho cuando de todo el mundo que estaba al otro lado se vinieron á la sombra de la cuerda muchos, y en entrando eran todos tan diferentes, que parecia trasmutacion ó encanto. Yo no conocí á ninguno. «¡Válgate Dios por cuerda, decia yo, que tales tropelias haces!» El viejo se limpiaba las lagañas, y daba unas carcajadas sin dientes con tantos dobleces de mejillas, que se arremetian á sollozos mirando mi confusion. «Aquella mujer allí fuera estaba más compuesta que copla, más serena que la de la mar, con una honestidad en los huesos, anublada de manto; y en entrando aquí ha desatado

(1) á sí mesma (MS.)
(2) marqués de Villena, salir (MS.)
(a) Aquí concluye el texto en la edicion de Pamplona y en el MS.

las coyunturas (mira de par en par); y por los ojos está disparando las entrañas á aquellos mancebos, y no deja descansar la lengua en ceceos, los ojos en guiñaduras, las manos en tecleados de moño.» «¿Qué te ha dado, mujer? ¿Eres tú la que yo vi allí?» «Sí es (decia el vejete con una voz trompicada en toses y con juanetes de gargajos), ella es; mas por debajo de la cuerda hace estas habilidades.» «Y aquel que estaba allí tan ajustado de ferreruelo, tan atusado de traje, tan recoleto de rostro, tan angustiado de ojos, tan mortificado de habla, que daba respeto y veneracion, dije yo, ¿cómo no hubo pasado cuando se descerrajó de mohatras y de usuras? Montero de necesidades que las arma trampas, y perpetuo vocinglero del tanto más cuanto, anda acechando logros.» «Ya te he dicho que eso es por debajo de la cuerda.» «¡Válate el diablo por cuerda, que tales cosas urdes! Aquel que anda escribiendo billetes, sonsacando virginidades y solicitando deshonras, y facilitando maldades, yo lo conocí á la orilla de la cuerda, dignidad gravísima.» «Pues por debajo de la cuerda tiene esas ocupaciones, respondió mi ayo.» «Aquel que anda allí juntando bregas, amizando pendencias, revolviendo caldos, aumentando cizañas, y calificando porfías, y dando pistos á temas desmayadas, yo lo vi fuera de la cuerda revolviendo libros, ajustando leyes, examinando la justicia, ordenando peticiones, dando pareceres: ¿cómo he de entender estas cosas?» «Ya te lo he dicho, dijo el buen caduco: ese propio por debajo de la cuerda hace lo que ves, tan al contrario de lo que profesa. Mira aquel que fuera de la cuerda viste á la brida en mula tartamuda de paso, con ropilla y ferreruelo y guantes y receta, dando jarabes, cuál anda aquí á la brida en un basilisco, con peto y espaldar y con manoplas, repartiendo puñaladas de tabardillos, y conquistando las vidas que allí parecia que curaba,—aquí por debajo de la cuerda está estirando las enfermedades para que dén de sí y se alarguen, y allí parecia que rehusaba las pagas de las visitas. Mira, mira aquel maldito cortesano, acompañante perdurable de los dichosos, cuál andaba allí fuera á la vista de aquel ministro mirando las zalemas de los otros para excederlas, rematando las reverencias en desaparecimientos; tan bajas las hacia para pujar á otros la ceremonia, que tocaban en debuces. ¿No le viste siempre inclinada la cabeza como si recibiera bendiciones, y negociar de puro humilde á lo Guadiana por debajo de tierra, y aquel amen sonoro y anticipado á todos los otros vergantes á cuanto el patron dice y contradice? Pues mírale allí por debajo de la cuerda royéndole los zancajos, que ya se le ve el hueso, abrasándole en chismes, maldiciéndole y engañándole, y volviendo en gestos y en muecas las esclavitudes de la lisonja, lo cariacontecido del semblante, y las adulaciones menudas del coleo de la barba y de los entretenimientos de la geta. ¿Viste allá fuera aquel maridillo dar voces que hundia el barrio: «cierren esa puerta, qué cosa es ventanas, no quiero coche, en mi casa me como, calle y pase, que así hago yo,» y todo el séquito de la negra honra? Pues mírale por debajo de la cuerda encarecer con sus desabrimientos los encierros de su mujer. Mírale amodorrido con una promesa, y los negocios que se le ofrecen cuando le ofrecen, cómo vuelve á su casa con un esquilon por tos tan sonora que se oye á seis calles. ¡Qué calidad tan inmensa y qué honra halla en lo que come y en lo que le sobra, y qué nota en lo que pide y le falta, qué sospechoso es de los pobres, y qué buen concepto tiene de los dadivosos y ricos, qué á raíz tiene el (1) ceño de los que no pueden más, y qué á propósito las jornadas para los precipitados de dádiva! ¿Ves aquel bellaconazo que allí está vendiéndose por amigo de aquel hombre casado y arremetiéndose á hermano, que acude á sus enfermedades y á sus pleitos, y que le prestaba y le acompañaba? Pues mírale por debajo de la cuerda añadiéndole hijos y embarazos en la cabeza y trompicones en el pelo. Oye cómo reprendiéndoselo aquel vecino, que párece mal que entre á cosas semejantes en casa de su amigo, donde le admiten y se fian dél y le abren la puerta á todas horas, él responde: ¿Pues qué quereis que vaya donde me aguarden con una escopeta, no se fian de mí y me niegan la entrada? Eso seria ser necio, si estotro es ser bellaco.» Quedé muy admirado de oir al buen viejo y de ver lo que pasaba por debajo de la cuerda en el mundo, y entónces dije entre mí: «Si á tan delgada sombra, fiando su cubierta del bulto de una cuerda, son tales los hombres, ¿qué serán debajo de tinieblas de mayor bulto y latitud?»

Extraña cosa era de ver cómo casi todos se venían á la otra parte del mundo á declararse de costumbres en estando debajo de la cuerda. Y luego á la postre vi otra maravilla, que siendo esta cuerda de una línea invisible, casi debajo della cabian infinitas multitudes; y que hay debajo de cuerda en todos los sentidos y potencias, y en todas partes y en todos oficios; y yo lo veo por mí que ahora escribo este discurso diciendo que es para entretener, y por debajo de la cuerda doy un jabon muy bueno á los que prometí halagos muy sazonados. Con esto el viejo me dijo: «Forzoso es que descanses; que el choque de tantas admiraciones y de tantos desengaños fatigan el seso, y temo se te desconcierte la imaginacion. Reposa un poco para que lo que resta te enseñe y no te atormente.» Yo tal estaba, que dí conmigo en el sueño y en el suelo obediente y cansado.

(1) sueño de los que no pueden (*Edic. de Madrid de 1648 y siguientes.*).

VISITA DE LOS CHISTES [a].

Á DOÑA MIRENA RIQUEZA.

Harto es que me haya quedado algun discurso despues que (1) ví á vuesa merced, y creo que me dejó este por ser de la muerte. No se lo dedico porque me lo ampare : llévoselo yo, porque (2) le mejore : designio interesado es el mio, para la enmienda de lo que puede estar escrito con algun desaliño, ó imaginado con poca felicidad. No me atrevo yo á encarecer la invencion, por no acreditarme de invencionero. Procurado he pulir el estilo y sazonar la pluma con curiosidad. Ni entre

(a) Envuelto Quevedo en la calda y borrascas del célebre virey de Nápoles duque de Osuna, fué preso y encerrado por tres años y medio en la Torre de Juan Abad. Allí por divertir amarguras y desengaños, se consagró enteramente á las letras, y escribió diversos tratados, algunos de ellos tan importantes como la *Política de Dios*, el *Comentario á la carta del Rey Católico*, los *Anales de quince dias*, y el *Sueño de la muerte*, bosquejado en 1621 y concluido de atildar en 6 de abril de 1623.

Mostrándose rendido y galan, dirigió tan filosófico y sazonado opúsculo á doña Maria Enriquez, y así lo descubre el anagrama doña Mirena Riqueza, del cual la primera palabra no tiene en castellano significacion propia, bien que algunos poetas hayan disfrazado con ella el nombre de Maria y de Mariana. En la *Galatea* de Cervántes se introduce un pastor llamado Mireno.

Era doña Maria Ana Enriquez dama de la reina Isabel de Borbon, mujer de Felipe IV, y así pudo contribuir á la libertad y aumentos de Quevedo. Juntamente con el mayordomo mayor, señoras de honor, damas, guardadamas, ayudas de cámara y médico, estruendo y aplauso que pedia la etiqueta de la corte, formaba doña Maria en la mañana del 27 de mayo de 1623 parte del cortejo de la jóven hermana del Monarca. Hallábase la Infanta prometida al príncipe de Gáles, y paseando en el parque del alcazar de Madrid por tomar el acero, mostró la mayor compostura cuando el príncipe, anheloso de hablar á su desposada, saltó las paredes del jardin; arrojo que alborotó la comitiva. Algun palaciano poeta hizo sonar tambien en su lira el nombre de doña María Enriquez (i).

La voz Riqueza deslumbró completamente á la multitud, entendiendo haber dedicado el autor de los Sueños su discurso á este emblema constante del humano desasosiego. Sus mismos enemigos lo creyeron ó lo aparentaron con el vulgo, á fin de hacer mas odiosas para la multitud las obras del implacable censor de los vicios que ulceraban aquella sociedad corrompida (ii).

El primitivo título de la presente composicion fué el *Sueño de la muerte y el marqués de Villena en la redoma* (iii). En la impresion de 1627 quedo reducido á solo *El sueño de la muerte* : epígrafe que en 1629 se trasformó en el de *La visita de los Chistes*, con que hoy se conoce.

Los adversarios del señor de la Torre de Juan Abad divulgaron una *Apología* de este sueño ; papel envenenado con el rencor mas indigno, donde se llama borracho á tan ilustre Ingenio, oriundo de zapateros, y sátira viva contra los hábitos, hecha por antojos del duque de Lerma. Zaheríasele á Quevedo el tener cuatro mil ducados de renta, suponiéndolos adquiridos con libertades mal dichas y bien pagadas; motejábasele de hombre que no tenia más obligaciones que su sotana ni más herederos que su conciencia ; sin cargo de restitucion, puesto que era imposible y tocaba al dueño de sus aumentos (Osuna).

Véase de qué modo se valian los autores anónimos de tan alevosos golpes, para fascinar á la plebe y ganarla con artificio contra el que noblemente suscribia con su nombre sus propias obras de útil medicina y sabroso entretenimiento: «Si este cargo (el de borracho) no es falso, discúlpeme una cosa mal hecha, otra mal dicha; y júzguelo el vulgo, para que tenga sentencia en su favor, que juzgando con razon, clamará contra quien le reprueba la exposicion de sus afectos y el bordon de sus conversaciones : pues se vale de *Juan de la Encina* y *Mateo Pico* para hiperbolizar sus disparates ; del *rey Perico* y el *rey que rabió* para sus antigüedades; para sus sentencias de *Pero Grullo*; para sus fabulas de *Calainos*; y copia con *Harbálias* y *Chisgaravis* los bulliciosos ; con la *duena Quintañona*, las viejas enfadosas ; con *Don Diego de Noche*, los entremetidos ; con *Cochite-hervite*, los coléricos ; con *Troche-moche*, los desalumbrados ; con *Doña Fáfula*, los impertinentes ; con *Marizápalos*, los desaliñados ; con el *alma de Garibáy*, los malquistos ; y así con los demas de esta corónica. Autoridades que el pueblo tiene tan recibidas y tan esenciales para él, que si le faltasen no pudiera dar noticia de sus conceptos, pues los explica por medio de estos similes ; demas que há tantos siglos que se conservan en el mundo, sin tener en él ninguno quejoso. Pero son tan pegajosos los maldicientes, que ballan el aplauso delle merecen el vituperio y el castigo.»

Peores y más vedadas armas usaron el padre Niseno, Montalvan y los demas autores del *Tribunal de la justa venganza* (pág. 267 á la 270), aspirando á conjurar contra Quevedo á los genoveses y hombres de negocios, á los letrados, á los magistrados y á los estudiantes, instigandolos para que se persuadiesen de que habia dirigido aquel sus dardos contra ellos, y anatematizado las usuras y vanidades de los unos, y los enredos, presuncion, é ignorancia de los otros.

Don Francisco llevó tambien al teatro el pensamiento de ridiculizar civilidades. Con las mismas figuras de *La visita de los Chistes* escribió en 1624 el precioso entremes, que poseo autógrafo, de *Los refranes del viejo celoso* (iv), y mas adelante dió otro sobre el mismo asunto á la escena : rasgo ménos lozano, aunque más dramático y de mayores dimensiones. Lleva por título *Entremes de las sombras*, y se halla impreso en 1645 (v).

Hemos tenido presentes en esta las ediciones expresadas en las notas de los sueños anteriores, y el MS. que fué de

(1) veo á vuesa merced (*Edic. de Pamplona*, 1631; *Barcelona*, 1635, y *todas las posteriores.*)
(2) el mayor designio interesado es el mio para la enmienda (*Id.*)

(i) *Avisos MS. de la Biblioteca nacional.* — *Sucesos del año de 1623. En la misma biblioteca.* П. 56.
(ii) *Apología al Sueño de la muerte.*
(iii) *Biblioteca Nacional*, Aa., 167, pág. 309.
(iv) Cerca de un siglo despues el cómico Francisco de Castro plagió versos y tiradas enteras, formando con retazos ajenos su entremes del *Cesto y el sacristan*.
(v) *Entremeses nuevos de diversos autores, para honesta recreacion. Con licencia. En Alcalá de Henáres, por Francisco Ropero. Año de 1643.* — Ejemplar rarísimo.

la risa me he olvidado de la doctrina. Si me han aprovechado el estilo y la diligencia, le remito á la censura que vuesa merced hiciera dél si llega á merecer que le mire; y podré yo decir entonces que soy dichoso por sueños. Guarde Dios á vuesa merced, que lo mismo hiciera yo. En la prision, y en la Torre, á 6 de abril de 1622.

Á QUIEN LEYERE.

He querido que la muerte acabe mis discursos como las demas cosas : quiera Dios que tenga buena suerte. Este es el quinto (1) sueño; no me queda ya que soñar. Y si en la *Visita de los Chistes* (2) no despierto, no hay que aguardarme. Si te pareciere que ya es mucho sueño, perdona algo la modorra que padezco; y si no, guárdame el sueño, que yo seré siete-durmiente de las (3) tales figuras. *Vale.*

Lastanosa (*Biblioteca Nacional*, Aa, 167, pág. 309). Aquellas y el MS. se ven plagados de groseras erratas, que han venido reproduciéndose y aumentándose hasta hoy que por vez primera desaparecen.
Las impresiones anteriores al año de 1629 tienen al márgen del texto las notillas que copiamos á continuacion, y que expresando el asunto de cada párrafo, constituyen el argumento, digámoslo así, de toda la obra :
«Médicos, recetas, cirujanos, sacamuelas, barberos, habladores, chismosos, mentirosos, entremetidos, la muerte; enfadosos, habladores y entremetidos; médicos, los tres enemigos del alma, el dinero contra los tres enemigos del alma, las postrimerias, el infierno, el juicio, malas nuevas, el llanto, el dolor, envidia, la discordia, casamenteros y sastres, la muerte de amores, la muerte de frio, la muerte de miedo, avarientos, la muerte de risa, Joan de la Encina, el rey que rabió, rey Perico, Mateo Pico, nigromànticos, ginoveses, honra, maridos, mujeres, letrados, pleitos y pleitear, Venecia, cómo se ha de tratar con los reyes y príncipes, rey de España, Agráges, Arbálias, Chisgaravís, Pero Grullo, profecias y verdades de Pero Grullo, dinero, el dinero es como las mujeres, casados, escribanos y ginoveses, el otro, Calainos, Cantipalos, dueña Quintañona, don Diego de Noche, Cochihervite, Trochimoche Doña Fáfula, comedias, autos del Córpus, entremeses, Marizápalos, Marirabadilla, Marta con sus pollos, alma de Garibáy; Perico de los palotes, Pateta, Juan de las calzas blancas, Pedro por demas, el bobo de Coria, Pedro de Urde-males; san Macarro, san Leprisco y san Ciruelo; santo de Pajares, fray Jarro y san Porro; don Diego de Noche; Diego Moreno, marido cornudo.»
(1) tratado al *Sueño del juicio*, al *Alguacil endemoniado*, al *Infierno* y al *Mundo por de dentro*; (MS. de la Biblioteca Nacional, y la edicion de Pamplona, 1631.)
(2) Y si en la *Visita de la muerte* (Id.)
(3) postrimerías. *Vale.* (*Edic. de Pamplona.*)

DISCURSO.

Están siempre cautelosos y prevenidos los ruines pensamientos, la desesperacion cobarde y la tristeza, esperando coger á solas á un desdichado para mostrarse alentados con él (propia condicion de cobardes, en que juntamente hacen ostentacion de su malicia y de su vileza). Por bien que le tengo considerado en otros, me sucedió en mi prision; pues habiendo (ó por acariciar mi sentimiento ó por hacer lisonja á mi melancolía) leido aquellos versos que Lucrecio escribió con tan animosas palabras (1), me vencí de la imaginacion, y debajo del peso de tan ponderadas palabras y razones me dejé caer tan postrado con el dolor del desengaño que leí, que ni sé si me desmayé advertido ó escandalizado. Para que la confesion de mi flaqueza se pueda disculpar, escribo por introduccion á mi discurso la voz del poeta divino, que suena ansí, rigurosa con amenazas tan elegantes :

Denique si vocem rerum natura repenté
Mittat, et hoc alicui nostrum sic increpet ipsa :
Quid tibi tantopere est, mortalis, quod nimis aegris
Luctibus indulges? Quid mortem congemis, ac fles?
Nam si grata fuit tibi vita anteacta, priorque,
Et non omnia pertusum congesta quasi in vas
Commoda perfluxere, atque ingrata interiere :
Cur non, ut plenus vitae, conviva, recedis?
Aequo animoque capis securam, stulte, quietem?

Entróseme luego por la memoria de rondon Job dando voces y diciendo (2) :

(1) Lib. III, v. 945. *De rerum natura.*
(2) *Homo natus de muliere, etc.* (Cap. 14.)

Al fin hombre nacido
De mujer flaca, de miserias lleno,
A breve vida como flor traido,
De todo bien y de descanso ajeno,
Que, como sombra vana,
Huye á la tarde y nace á la mañana.

Con este conocimiento propio acompañaba luego el de la vida que hicimos diciendo (3) :

Guerra es la vida del hombre
Miéntras vive en este suelo;
Y sus horas y sus dias
Como las del jornalero.

Yo, que arrebatado de la consideracion, me vi á los piés de los desengaños, rendido, con lastimoso sentimiento y con celo enojado, (4) repetí á estos en la fantasía :

¡Qué perezosos piés, qué entretenidos
Pasos lleva la muerte por mis daños !
El camino me alargan los engaños,
Y en mí se escandalizan los perdidos ;
Mis ojos no se dan por entendidos ;
Y por descaminar mis desengaños,
Me disimulan la verdad los años,
Y les guardan el sueño á los sentidos.
Del vientre á la prision vine en naciendo,
De la prision iré al sepulcro amando,
Y siempre en el sepulcro estaré ardiendo :

(3) *Militia est vita hominis super terram*, etc. (Job., 7.)
(4) le tomé á Job aquellas palabras de la boca, con que empieza su dolor á descubrirse :

Pereat dies in qua natus sum, etc., cap. 3.

Perezca el primero dia

Cuantos plazos la muerte me va dando,
Prolijidades son, que va creciendo
Porque no acabe de morir penando.

Entre estas demandas y respuestas fatigado y combatido (sospecho que fué cortesía del sueño piadoso más que de natural), me quedé dormido. Luego que desembarazada el alma se vió ociosa sin la (1) tarea de los sentidos exteriores, me embistió desta manera la comedia siguiente; y así la recitaron mis potencias á escuras, siendo yo para mis fantasías auditorio y teatro.

Fuéron entrando unos médicos á caballo en unas mulas, que con gualdrapas negras parecian tumbas con orejas. El paso era divertido, torpe y desigual: de manera que los dueños iban encima en marota y algunos vaivenes de serradores; la vista asquerosa de puro pasear los ojos por orinales y servicios; las bocas emboscadas en barbas, que apénas se las hallara un brazo; sayos con resabios de vaqueros, guantes en infusion; doblados como los que curan; sortijon en el pulgar con piedra tan grande, que cuando toma el pulso pronostica al enfermo la losa. Eran estos en gran número, y todos rodeados de platicantes, que cursan en lacayos, y tratando más con las mulas que con los dotores, se gradúan de médicos. Yo viéndolos dije: « Si destos se hacen estos otros, no es mucho que estos otros nos deshagan á nosotros. »

Alrededor venía gran chusma y caterva de boticarios con espátulas desenvainadas y jeringas en ristre, armados de cala en parche, como de punta en blanco. Los medicamentos que estos venden, aunque estén caducando en las redomas de puro añejos, y los socrocios (a) tengan telarañas, los dan; y así son medicinas redomadas las suyas. El clamor del que muere empieza en el almirez del boticario, va al pasacalles del barbero, paséase por el tableteado de los guantes del dotor, y acábase en las campanas de la iglesia. No hay gente más fiera que estos boticarios: son armeros de los dotores; ellos les dan armas. No hay cosa suya que no tenga achaques de guerra y que no aluda á armas ofensivas:

En que yo nací á la tierra,
Y la noche en que el varon
Fué concebido pereza.
Vuélvase aquel dia triste
En miserables tinieblas;
No le alumbre más la luz,
Ni tenga Dios con él cuenta.
Tenebroso torbellino
Aquella noche posea;
No esté entre los dias del año,
Ni entre los meses la tengan.
Indigna sea de alaboanza,
Solitaria siempre sea;
Maldiganla los que el dia
Maldicen con tan soberbia;
Los que para levantar
A Leviatan se aparejan,
Y con sus escuridades
Se escurecen las estrellas.
Espere la luz hermosa,
Y nunca clara luz vea,
Ni el nacimiento rosado
De la aurora envuelta en perlas.
Porque no cerró el vientre
Que á mí me trajo las puertas,
Y porque mi sepultura
No fué mi cuna primera.

Entre estas demandas, etc. (MS. de la Bib. Nacional y la edic. de Pamplona de 1631.)
(1) traba de los sentidos (Edic. de Pamplona.)
(a) Emplasto en que entra el azafran.

jarabes, que ántes les sobran letras para jara, que les falten; botes se dicen los de pica, espátulas son espadas en su lengua, píldoras son balas; clísteres y melecinas, cañones; y así se llaman cañon de melecina. Y bien mirado, si así se toca la tecla de las purgas, sus tiendas son purgatorios, y ellos los infiernos, los enfermos los condenados (2), y los médicos los diablos. Y es cierto que son diablos los médicos, pues unos y otros andan tras los malos y huyen de los buenos, y todo su fin es que los buenos sean malos y que los malos no sean buenos jamas.

Venían todos vestidos de recetas y coronados de erres asaeteadas, con que empiezan las recetas. Y consideré que los dotores hablan á los boticarios diciendo: Recipe, que quiere decir recibe: de la misma suerte habla la mala madre á la hija, y la codicia al mal ministro. ¡Pues decir que en la receta hay otra cosa que erres asaeteadas por delincuentes, y luego Ana, Ana, que juntas hacen un Annás para condenar á un justo! Síguense uncias y más onzas: ¡qué alivio para desollar un cordero enfermo! Y luego ensartan nombres de simples, que parecen invocaciones de demonios: Buphthálmus, opopánax, leontopétalon, tragoriganum, potamogéton senopugillos, diacathalicon, petroselinum, scilla y rapa (b). Y sabido qué quiere decir tan espantosa barahunda de voces tan rellenas de letrones, son zanahoria, rábanos y peregil y otras suciedades. Y como han oido decir que quien no lo conoce te compre, disfrazan las legumbres porque no sean conocidas y las compren los enfermos. Elingatis dicen lo que es lamer, catapotia las píldoras, clyster la melecina, glans ó balanus la cala, y errhinae el moquear (c). Y son tales los nombres de sus recetas y tales sus medicinas, que las más veces, de asco de sus porquerías y hediondeces con que persiguen á los enfermos, se huyen las enfermedades.

¿Qué dolor habrá de tan mal gusto que no se huya de los tuétanos por no aguardar el emplasto de Guillen Serven y verse convertir en baul una pierna ó muslo donde él está? Cuando vi á estos y á los dotores entendí cuán mal se dice para notar diferencia aquel asqueroso refran: «Mucho va del c... al pulso;» que ántes no va nada, y solo van los médicos, pues inmediatamente desde él van al servicio y al orinal á preguntar á los meados lo que no saben, porque Galeno los remitió á la cámara y á la orina. Y como si el orinal les hablase al oído, se le llegan á la oreja, avahándose los barbones con su niebla. ¿Pues verles hacer que se entienden con la cámara

(2) á muerte (Edic. de Barcelona, 1635.)
(b) Buphthalmus, planta llamada ojo de buey; opopanax, el zumo de la panacea, yerba silvestre llamada heraclio; leontopétalon, especie de col cuya raiz bebida en vino es medicinal contra el veneno de las serpientes; tragoriganum, orégano cabruno; potamogeton senos pugillos, seis puñados de yerba potamogéton que nace en lugares acuosos; diacathalicon, electuario hecho de cañafístola, ruibarbo, tamarindos, etc.; petroselinum, especie de peregil que nace entre las piedras; scilla, cebolla albarrana; rapa, nabo. En cuantas ediciones se han hecho de este Sueño durante dos siglos se han apurado los desatinos al estampar tales nombres. Los MSS. aun están más disparatados. Hoy es la vez primera que disfruta el público sin errores de crasa ignorancia esta parte del discurso.
(c) Elingatis, de elingere lamer; catapotium, píldora que se traga sin mascar; clyster, la ayuda, melecina ó lavativa; glans ó balanus, cala, mecha que se hace con jabon, aceite, sal y otros ingredientes para exonerar el vientre; errhinae, medicina que se toma para estornudar.

por señas, y tomar su parecer al bacin, y su dicho á la hedentina? No les esperara un diablo. ¡Oh malditos pesquisidores contra la vida, pues ahorcan con el garrotillo, degüellan con sangrías, azotan con ventosas, destierran las almas, pues las sacan de la tierra de sus cuerpos sin alma y sin conciencia!

Luego se seguian los cirujanos cargados de pinzas, tientas cauterios, tijeras, navajas, sierras, limas, tenazas y lancetones. Entre ellos se oia una voz muy dolorosa á mis oidos, que decia: «Corta, arranca, abre, asierra, despedaza, pica, punza, agigota, rebana, descarna y abrasa.» Dióme gran temor, y más verlos el paloteado que hacian con los cauterios y tientas: unos huesos se me querian entrar de miedo dentro de otros; hiceme un ovillo.

En tanto vinieron unos demonios con unas cadenas de muelas y dientes luciendo bragueros, y en esto conocí que eran sacamuelas, el oficio más maldito del mundo, pues no sirven sino de despoblar bocas y adelantar la vejez. Estos, con las muelas ajenas y no ver diente que no quieran ver ántes en su collar que en las quijadas, desconfian á las gentes de santa Polonia, levantan testimonios á las encías y desempiedran las bocas. No he tenido peor rato que tuve en ver sus gatillos andar tras los dientes ajenos como si fueran ratones, y pedir dineros por sacar una muela, como si la pusieran.

¿Quién vendrá acompañado desta maldita canalla? decia yo; y me parecia que aun el diablo era poca cosa para tan maldita gente, cuando veo venir gran ruido de guitarras. Alegréme un poco; tocaban todos pasacalles y bacas; que me maten si no son barberos: ellos que entran. No fué mucha habilidad el acertar; que esta gente tiene pasacalles infusos y guitarra grátis data: era de ver puntear á unos y rasgar á otros. Yo decia entre mí: «¡Dolor de la barba que, ensayada en saltarenes, se ha de ver raspar, y del brazo que ha de recibir una sangría pasada por chaconas y folías!» Consideré que todos los demas ministros del martirio inducidores de la muerte estaban en mala moneda y eran oficiales de vellon y hierro viejo, y que solos los barberos se hallan trocado en plata. Y entretúveme en verlos manosear una cara, sobajar otra, y lo que se huelgan con un testuz en el lavatorio.

Luego comenzó á entrar una gran cantidad de gente: los primeros eran habladores. Parecian azudas en conversacion, cuya música era peor que la de órganos destemplados. Unos hablaban de hilvan, otros á borbotones, otros á chorretadas, otros habladorísimos hablaban á cántaros: gente que parece que lleva pujo de decir necedades, como si hubiera tomado alguna purga confecionada de hojas de Calepino de ocho lenguas. Estos me dijeron que eran habladores de diluvios, sin escampar de dia ni de noche; gente que habla entre sueños, y que madruga á hablar. Habia habladores secos, y habladores que llaman del rio ó del rocío y de la espuma; gente que graniza de perdigones. Otros que llaman tarabilla, gente que se va de palabras como de cámaras, que hablan á toda furia. Habia otros habladores nadadores, que hablan nadando con los brazos hácia todas partes y tirando manotadas y coces; otros gimios haciendo gestos y visajes. Venian los unos consumiendo á los otros.

Síguense los chismosos, muy solícitos de orejas, muy atentos de ojos, muy encarnizados de malicia, y andaban hechos uñas de las vidas ajenas espulgándolos á todos. Venian tras ellos los mentirosos, contentos, muy gordos, risueños y bien vestidos y medrados, que no teniendo otro oficio, son milagro del mundo, con un gran auditorio de mentecatos y ruines.

Detras venian los entremetidos, muy soberbios y satisfechos y presumidos, que son las tres lepras de la honra del mundo. Venian ingiriéndose en los otros y penetrándose en todo, tejidos y enmarañados en cualquier negocio: (a) son lapas de la ambicion y pulpos de la prosperidad. Estos venian los postreros, segun pareció, porque no entró en gran rato nadie. Pregunté que cómo venian tan apartados; y dijéronme unos habladores (sin preguntarlo yo á ellos): «Estos entremetidos son la quinta esencia de los enfadosos, y por eso no hay otra cosa peor que ellos.» En esto estaba yo considerando la diferencia tan grande del acompañamiento, y no sabía imaginar quién pudiese venir.

En esto entró una que parecia mujer, muy galana y llena de coronas, cetros, hoces, abarcas, chapines, tiaras, caperuzas, mitras, monteras, brocados, pellejos, seda, oro, garrotes, diamantes, serones, perlas y guijarros. Un ojo abierto y otro cerrado, y vestida y desnuda de todas colores; por el un lado era moza, y por el otro era vieja; unas veces venía despacio, y otras apriesa; parecia que estaba léjos, y estaba cerca; y cuando pensé que empezaba á entrar, estaba ya á mi cabecera. Yo me quedé como hombre que le preguntan qué es cosa y cosa, viendo tan extraño ajuar y tan desbaratada compostura. No me espantó; suspendióme, y no sin risa, porque bien mirado era (1) figura donosa. Preguntéle quién era, y dijome: «La muerte.» ¿La muerte? Quedé pasmado. Y apénas abrigué al corazon algun aliento para respirar, y muy torpe de lengua, dando trasijos con las razones, la dije: «Pues ¿á qué vienes?» «Por tí,» dijo. «¡Jesus mil veces! Muérome segun eso.» «No te mueres, dijo ella; vivo has de venir conmigo á hacer una visita á los difuntos; que pues han venido tantos muertos á los vivos, razon será que vaya un vivo á los muertos, y que los muertos sean oidos. ¿Has oido decir que yo ejecuto sin embargo? Alto, vén conmigo.» Perdido de miedo le dije: «¿No me dejarás vestir?» «No es menester, respondió; que conmigo nadie va vestido, ni soy embarazosa; yo traigo los trastos de todos porque vayan más ligeros.» Fuí con ella donde me guiaba; que no sabré decir por dónde, segun iba poseido del espanto. En el camino la dije: (b) «Yo no veo señas de la muerte, porque allá nos la pintan unos huesos descarnados con su guadaña.» Paróse y respondió: «Eso no es la muerte, sino los muertos ó lo que queda de los vivos. Esos huesos son el dibujo sobre que se labra el cuerpo del hombre. La muerte no la conoceis, y sois vosotros mismos vuestra muerte: tiene la cara de cada uno de vosotros, y todos sois muertes de vosotros mismos.»

(a) Solo paz de la ambicion, dice el ejemplar de Pamplona de 1631; Solapas de la ambicion el de Barcelona, 1635, y todas las impresiones posteriores hasta hoy.

(1) (como vulgarmente se dice) (Edic. de Barcelona, 1635.)

(b) Ya sé, veo señas de la muerte, porque á ella nos la pintan, imprimieron todos los ejemplares antiguos. Ibarra y Sancha: Ya se ven señales, etc., y así todos los modernos. El MS. fija la verdadera leccion que adoptamos nosotros.

La calavera es el muerto, y la cara es la muerte; y lo que llamais morir es acabar de morir, y lo que llamais nacer es empezar á morir, y lo que llamais vivir es morir viviendo, y los huesos es lo que de vosotros deja la muerte y lo que le sobra á la sepultura. Si esto entendiérades así, cada uno de vosotros estuviera mirando en sí su muerte cada dia y la ajena en el otro; y viérades que todas vuestras casas están llenas della, y que en vuestro lugar hay tantas muertes como personas; y no la estuviérades aguardando, sino acompañándola y disponiéndola. Pensais que es huesos la muerte, y que hasta que veais venir la calavera y la guadaña no hay muerte para vosotros; y primero sois calavera y huesos que creais que lo podeis ser. «Dime, dije yo, ¿qué significan estos que te acompañan, y por qué van, siendo tú la muerte, más cerca de tu persona los enfadosos y habladores que los médicos?» Respondióme: «Mucha más gente enferma de los enfadosos que de los tabardillos y calenturas, y mucha más gente matan los habladores y entremetidos que los médicos. Y has de saber que todos enferman del exceso ó destemplanza de humores; pero lo que es morir, todos mueren de los médicos que los curan: y así no habeis de decir, cuando preguntan ¿de qué murió Fulano? de calentura, de dolor de costado, de tabardillo, de peste, de heridas; sino murió de un dotor Tal, que le dió de un dotor Cual. Y es de advertir que en todos los oficios, artes y estados se ha introducido el don en hidalgos, en villanos (1): yo he visto sastres y albañiles con don, y ladrones y galeotes en galeras. Pues si se mira en las ciencias, (2) en todas hay millares; solo de los médicos ninguno ha habido con don, pudiéndolos tener muchos; mas todos tienen don de matar, y quieren más din al despedirse que don al llamarlos.»

En esto llegámos á una sima grandísima, la muerte predicadora y yo desengañado. Zabullóse sin llamar, como de casa, y yo tras ella, animado con el esfuerzo que me daba mi conocimiento tan valiente. Estaban á la entrada tres bultos armados á un lado, y otro monstruo terrible enfrente; siempre combatiendo entre sí todos, y los tres con el uno, y el uno con los tres. Paróse la Muerte, y díjome: «¿Conoces á esta gente?» «Ni Dios me la deje conocer», dije yo. «Pues con ellos andas á las vueltas (dijo ella) desde que naciste; mira cómo vives, replicó. Estos son los (3) enemigos del hombre: el Mundo es aquel, este es el Diablo, y aquella la Carne.» Y es cosa notable que eran todos parecidos unos á otros, que no se diferenciaban. Díjome la Muerte: «Son tan parecidos, que en el mundo teneis á los unos por los otros. (4) Piensa un soberbio que tiene todo el mundo, y tiene al diablo. Piensa un lujurioso que tiene la carne, y tiene al demonio; y así anda todo.» «¿Quién es, dije yo, aquel que está allí apartado haciéndose pedazos con estos tres con tantas caras y figuras?» «Ese es (dijo la Muerte) el Dinero, que tiene puesto pleito á los tres enemigos del alma, diciendo que quiere ahorrar de émulos, y que adonde él está no son menester, porque él solo es todos tres enemigos. Y fúndase para decir que el dinero es el dia-

blo en que todos decis: Diablo es el dinero; y que lo que no hiciere el dinero, no lo hará el diablo; endiablada cosa es el dinero. Para ser el Mundo, dice que vosotros decis que no hay más mundo que el dinero; quien no tiene dinero váyase del mundo; al que le quitan el dinero decis que le echan del mundo, y que todo se da por el dinero. Para decir que es la carne el dinero, dice el Dinero: Dígalo la Carne; y remítese á las putas y mujeres malas, que es lo mismo que interesadas.» «No tiene mal pleito el Dinero (dije yo), segun se platica por allá.» Con esto nos fuímos más abajo, y ántes de entrar por una puerta muy chica y lóbrega me dijo: «Estos dos que saldrán aquí conmigo son las postrimerías.» Abrióse la puerta, y estaban á un lado el infierno y (5) el que llaman juicio de Minos (así me dijo la Muerte que se llamaban). Estuve mirando al infierno con atencion, y me pareció notable cosa. Díjome la Muerte: «¿Qué miras?» «Miro (respondí) al Infierno, y me parece que le he visto otras veces.» «¿Dónde?» preguntó. «¿Donde? (dije): en la codicia de los jueces, en el odio de los poderosos, en las lenguas de los maldicientes, en las malas intenciones, en las venganzas, en el apetito de los lujuriosos, en la vanidad de los príncipes; y donde cabe el infierno todo, sin que se pierda gota, es en la hipocresía de los mohatreros de las virtudes, que hacen logro del ayuno y del oir misas. Y lo que más he estimado es haber visto el juicio (6) de Minos, porque hasta ahora he vivido engañado, y ahora veo el Juicio como es. Echo de ver que el que hay en el mundo no es juicio, ni hay hombre de juicio, y que hay muy poco juicio en el mundo. ¡Posia tal! (decia yo) si este juicio hubiera allá, no digo parto, sino nuevas creidas, sombra ó señas, otra cosa fuera. Si los que han de ser jueces han de tener deste juicio, buena anda la cosa en el mundo. Miedo me da de tornar arriba viendo que siendo este el juicio se está aquí casi entero, y que poca parte está repartida entre los vivos. Más quiero muerte con juicio que vida sin él.

Con esto bajamos á un grandísimo llano, donde parecia estaba depositada la oscuridad para las noches. Díjome la Muerte: «Aquí has de parar; que hemos llegado á mi tribunal y audiencia.» Aquí estaban las paredes colgadas de pésames; á un lado estaban las malas nuevas, ciertas y creidas y no esperadas; el llanto en las mujeres engañoso, engañado en los amantes, perdido de los necios, y desacreditado en los pobres. El dolor se habia desconsolado y creido, y solos los cuidados estaban solícitos y vigilantes, hechos carcomas de reyes y príncipes, alimentándose de los soberbios y ambiciosos. Estaba la envidia con hábito de viuda, tan parecida á dueña, que la quise llamar Alvarez ó Gonzalez; en ayunas de todas las cosas, cebada en sí misma, magra y exprimida; los dientes (con andar siempre mordiendo de lo mejor y de lo bueno) los tenia amarillos y gastados; y es la causa que lo bueno y santo para morderlo llega á los dientes; mas nada bueno le puede entrar en los dientes adentro. La discordia estaba debajo della, como que nacia de su vientre (y creo que es su hija legítima). Esta, huyendo de los casados, que siempre andan á voces, se habia ido á las comunidades y colegios; y viendo que sobraba en ambas partes, se fué á

(1) y en frailes, como se ve en la Cartuja. (MS. de la Bib. Nacional, y la edic. de Pamplona, 1631.)
(2) clérigos millares, teólogos muchos, y letrados todos. (Id.)
(3) tres enemigos del alma. (Id.)
(4) Así que quien tiene el uno, tiene á todos tres. (Id.)

(5) al otro el juicio, así me dijo la muerte, etc. (Edic. de Pamplona, 1631.)
(6) porque hasta agora etc. (Id.)

los palacios y cortes, donde es lugarteniente de los diablos. La ingratitud estaba en un gran horno, haciendo de una masa de soberbia y odio, demonios nuevos cada momento. Holguéme de verla, porque siempre habia sospechado que los ingratos eran diablos, y caí en tónces en que los ángeles para ser diablos fuéron primero ingratos. Andaba todo hirviendo de maldiciones. «¿Quién diablos (dije yo) está lloviendo maldiciones aquí?» Dijome un muerto que estaba á mi lado: «¿Maldiciones quereis que falten donde hay casamenteros y sastres, que son la gente más maldita del mundo, pues todos decís: Mal haya quien me casó, mal haya quien con vos me juntó; y los más, mal haya quien me vistió?» «¿Qué tiene que ver (dije yo) sastres y casamenteros en la audiencia de la muerte?» «¡Pesia tal! dijo el muerto (que era impaciente), ¿estais loco? que si no hubiera casamenteros, ¿hubiera la mitad de los muertos y desesperados? A mí me lo decid, que soy marido (1) cinco (como bolo), y se me quedó allá la mujer y piensa acompañarme otros diez. Pues sastres; ¿á quién no matarán las mentiras y largas de los sastres y hurtos? Y son tales, que para llamar á la desdicha peor nombre, la llaman desastre, del sastre; y es el principal miembro de este tribunal que aquí veis. »

Alcé los ojos y ví la Muerte en su trono, y á los lados muchas muertes. Estaba la muerte de amores, la muerte de frio, la muerte de hambre, la muerte de miedo y la muerte de risa, todas con diferentes insignias. La muerte de amores estaba (2) con muy poquito seso. Tenia, por estar acompañada, porque no se le corrompiese por la antigüedad, á Píramo y Tisbe embalsamados, y á Leandro y Hero y á Macías en cecina, y algunos portugueses derretidos. Mucha gente vi que estaba ya para acabar debajo de su guadaña, y á puros milagros del interés resucitaban. En la muerte de frio vi á todos los (3) ricos, que como no tienen mujer ni hijos ni sobrinos que los quieran, sino á sus haciendas, estando malos, cada uno carga en lo que puede, y mueren de frio. La muerte de miedo estaba la más rica y pomposa y con acompañamiento más magnífico, porque estaba toda cercada de gran número de tiranos y poderosos (4). Estos mueren á sus mismas manos, y sus sayones son sus conciencias, y ellos son verdugos de sí mismos, y solo un bien hacen en el mundo, que matándose á sí de miedo, recelo y desconfianza, vengan de sí propios á los inocentes. Estaban con ellos los avarientos cerrando cofres, arcones y ventanas, enlodando resquicios, hechos sepulturas de sus talegos, y perdiendo de cualquier ruido del viento, los ojos hambrientos de sueño, las bocas quejosas de las manos, las almas trocadas en plata y oro. La muerte de risa era la postrera, y tenia un grandísimo cerco de confiados y tarde arrepentidos; gente que vive como si no hubiese justicia, y muere como si no hubiese misericordia. Estos son los que diciéndoles: Restituid lo mal llevado; dicen: Es cosa de risa. Mirad que estáis viejo, y que ya no tiene el pecado que roer en vos: dejad la mujercilla que em-

barazais inútil, que cansais enfermo; mirad que el mismo diablo os desprecia ya por trasto embarazoso, y la misma culpa tiene asco de vos. Responden: Es cosa de risa, y que nunca se sintieron mejores. Otros hay que están enfermos, y exhortándolos á que hagan testamento, que se confiesen, dicen que se sienten buenos y que han estado de aquella manera mil veces. Estos son gente que están en el otro mundo, y aun no se persuaden á que son difuntos. Maravillóme esta vision, y dije, herido del dolor y conocimiento: «¡Diónos Dios una vida sola, y tantas muertes! ¡De una manera se nace, y de tantas se muere! Si yo vuelvo al mundo, yo procuraré empezar á vivir.»

En esto estaba cuando se oyó una voz que dijo tres veces: «Muertos, muertos, muertos.» Con esto se rebulló el suelo y todas las paredes, y empezaron á salir cabezas, brazos y bultos extraordinarios. Pusiéronse en órden con silencio. «Hablen por su órden,» dijo la Muerte. Luego salió con grandísima cólera y priesa, y se vino para mí, que entendí que me queria maltratar, y dijo: «Vivos de Satanás, ¿qué me quereis, que no me dejais muerto y consumido? Qué os he hecho que sin tener parte en nada me disfamais en todo y me echais la culpa de lo que no sé?» «¿Quién eres, le dije con una cortesía temerosa, que no te entiendo?» «Soy yo (dijo) el malaventurado Juan de la Encina (a), el que habiendo muchos años que estoy aquí, toda la vida andais, en haciéndose un disparate ó en diciéndole vosotros, diciendo: No hiciera más Juan de la Encina; daca esto disparates de Juan de la Encina. Habeis de saber que para hacer y decir disparates, todos los hombres sois Juan de la Encina; y que este apellido de Encina es muy largo en cuanto á disparates. Pero pregunto si yo hice los testamentos en que dejais que otros hagan por vuestra alma lo que no habeis querido hacer? ¿He porfiado con los poderosos? ¿Teñíme la barba por no parecer viejo? ¿Fuí viejo, sucio y mentiroso? ¿Llamé favor el pedirme lo que tenia? ¿Enamoréme con mi dinero y al quitarme lo que tenia? ¿Entendí yo que sería bueno para mí el que á mi intercesion fué ruin con otro que se fió dél? ¿Gasté yo la vida en pretender con qué vivir, y cuando tuve con qué, no tuve vida que vivir? ¿Creí las sumisiones

(a) Nació en 1468, y jóven siguió la corte logrando colocacion en la casa y familia del primer duque de Alba D. Fadrique de Toledo, donde se distinguió en representaciones privadas, músico, poeta y comico gracioso. Por junio de 1496 se publicó en Salamanca el *Cancionero de las obras de Juan del Encina*: coleccion importantísima para la historia literaria de aquel tiempo, en la cual se encuentran imitaciones y traducciones no infelices de Virgilio, romances de algun artificio, piezas dramáticas verdaderos albores de nuestro teatro, y *El arte de trobar* lleno de noticias sumamente curiosas. Incluyó en el Cancionero los *Disparates trobados*, que comienzan

        Anoche de madrugada,
        Ya despues de mediodia, etc.

(que cerca de tres siglos despues en más de una ocasion parodió el autor de las *Fabulas literarias*); y como los farsantes del siglo XVI, los acomodasen en lugar de loa y entremés al aderezar las representaciones dramáticas, hiciéronlos populares en toda España, y quedaron por proverbio en el vulgo.

Pasó á Roma Juan del Encina por los años de 1514, ordenóse de sacerdote en el de 19, y en el mismo hizo en compañía del marqués de Tarifa el viaje de la Tierra Santa; peregrinacion que le dió asunto para un poema publicado en la capital del urbe cristiano por los años de 1521. Entónces Leon X nombró á nuestro músico y poeta maestro de la capilla pontificia. Agraciado en fin con el priorato de Leon, y restituido á España, falleció en Salamanca su país natal, en 1534.

(1) cuarto, como bolo, (*Edic. de Barcelona*, 1635.)
(2) como siempre, (*Id.*)
(3) obispos y prelados y á los más eclesiásticos, que como no tienen, etc. (*El MS. y la edic. de Pamplona*, 1631.)
—(Así debe leerse el texto para que sea recto el sentido.)
(4) por quien se dijo: *Fugit impius, nemine persequente.—Proverb. XXVIII. 1.* (*Id.*)

del que me hubo menester? ¿Caséme por vengarme de mi amiga? ¿Fuí yo tan miserable, que gastase un real segoviano en buscar un cuarto incierto? ¿Pudríme de que otro fuese rico ó medrase? ¿He creído las apariencias de la fortuna? ¿Tuve yo por dichosos á los que al lado de los príncipes dan toda la vida por una hora? ¿Heme preciado de hereje y de mal reglado en todo y peor contento, porque me tengan por entendido? ¿Fuí desvergonzado por campear de valiente? Pues si *Juan de la Encina* no ha hecho nada desto, ¿qué necedades hizo este pobre *Juan de la Encina?* Pues en cuanto á decir necedades, sacadme un ojo con una. Ladrones, que llamais disparates los mios y parates los vuestros, pregunto yo: ¿*Juan de la Encina* fué acaso el que dijo: Haz bien y no cates á quien, (1) habiendo de ser al contrario: Si hicieres bien mira á quién? ¿Fué Juan de la Encina quien para decir que uno era malo dijo: Es hombre que ni teme ni debe, habiendo de decir que ni teme ni paga? Pues es cierto que la mejor señal de ser bueno es ni temer ni deber, y la mayor de la maldad ni temer ni pagar. ¿Dijo *Juan de la Encina*: De los pescados el mero, de las carnes el carnero, de las aves la perdiz, de las damas la Beatriz? No lo dijo, porque él no dijera sino : De las carnes la mujer, de los pescados el carnero, de las aves el Ave María y despues la presentada, de las damas la más barata. Mirad si es desboratado *Juan de la Encina*: no prestó sino paciencia, no dió sino pesadumbres, él no gastaba con los hombres que piden dinero ni con las mujeres que piden matrimonio. ¿Qué necedades pudo hacer *Juan de la Encina*, desnudo por no tratar con sastres; que se dejó quitar de la hacienda por no haber menester letrados; que se murió ántes de enfermo que de curado, para ahorrarse el médico? Solo un disparate hizo, que fué, siendo calvo quitar á nadie el sombrero, pues fuera ménos mal ser descortés que calvo; y fuera mejor que le mataran á palos porque no se quitaba el sombrero, que no á apodos porque era calvario. Y si por haber una necedad anda *Juan de la Encina* por todos esos púlpitos y cátedras, con votos, gobiernos y estados, enhoramala para ellos; que todo el mundo (2) es monte, y todos son Encinas.»

En esto estábamos cuando muy estirado y con gran ceño emparejó otro muerto conmigo, y dijo : «Volved acá la cara; no penseis que hablais con *Juan de la Encina.*» «¿Quién es vuesamerced (dije yo), que con tanto imperio habla, y donde todos son iguales presume diferencia?» «Yo soy, dijo, el *Rey que rabió* (a). Y si no me conoceis, porlo mismo no podeis dejar de acordaros de mí, porque sois los vivos tan endiablados, que á todo decis que se acuerda del *Rey que rabió;* y en habiendo un paredon viejo, un muro caido, una gorra calva, un ferreruelo lampiño, un trabajazo rancio, un vestido caduco, una mujer manida de años y rellena de siglos, luego decis que se acuerda del *Rey que rabió.* No ha habido tan desdichado rey en el mundo, pues no se acuerdan dél sino vejeces y harapos, antigüedades y visiones;

y ni ha habido rey de tan mala memoria, ni tan asquerosa, ni tan carroña, ni tan caduca, carcomida y apolillada. Han dado en decir que rabié, y juro á Dios que mienten; sino que han dado todos en decir que rabié, y no tiene ya remedio; y no soy yo el primero rey que rabió, ni el solo; que no hay rey, ni le ha habido, ni le habrá, á quien no levanten que rabia. Ni sé yo cómo pueden dejar de rabiar todos los reyes; porque andan siempre mordidos por las orejas, de envidiosos y aduladores que rabian.

Otro, que estaba al lado del *Rey que rabió*, dijo: «Vuesa merced se consuele conmigo, que soy el *Rey Perico*, y no me dejan descansar de dia ni de noche. No hay cosa sucia, ni desaliñada, ni pobre, ni antigua, ni mala, que no digan que fué en tiempo del *Rey Perico* (b). Mi tiempo fué mejor que ellos pueden pensar. Y para ver quién fuí yo y mi tiempo y quién son ellos no es menester más que oillos, porque en diciendo á una doncella ahora la madre: Hija, las mujeres bajar los ojos y mirar á la tierra, y no á los hombres, — responden: Eso fué en tiempo del *Rey Perico;* los hombres han de mirar á la tierra, pues fuéron hechos della, y las mujeres al hombre, pues fuéron hechas dél. Si un padre dice á un hijo: No jures, no juegues, reza las oraciones cada mañana, persignate en levantándote, echa la bendicion á la mesa, — dice que eso se usaba en tiempo del *Rey Perico.* Ahora le tendrán por un (3) maricon si sabe persignarse, y se reirán dél si no jura y blasfema, porque en nuestros tiempos más tienen por hombre al que jura que al que tiene barbas.»

Al que acabó de decir esto se llegó un muertecillo muy agudo, y sin hacer cortesía dijo: «Basta lo que han hablado; que somos muchos, y este hombre vivo está fuera de sí y aturdido.» «No dijera más *Mateo Pico*, y vengo á eso solo.» «Pues, bellaco vivo, ¿qué dijo *Mateo Pico*, que luego andais si dijera más, no dijera más? ¿Cómo sabeis que no dijera más *Mateo Pico*? Déjadme tornar á vivir sin tornar á nacer; que no me hallo bien en barrigas de mujeres, que me han costado mucho, y veréis si digo más, ladrones viejos. Pues si yo viera vuestras maldades, vuestras tiranías, vuestras insolencias, vuestros robos, ¿no dijera más? Dijera más y más, y dijera tanto, que enmendárades el refran, diciendo : Más dijera *Mateo Pico*. Aquí estoy, y digo más; y avisad desto á los habladores de allá; que yo apelo deste refran con las mil y quinientas.» Quedé confuso de mi inadvertencia y desdicha en topar con el mismo *Mateo Pico* (c). Era un hombrecillo menudo, todo chillido, que parecia que rezumaba de palabras por todas sus conjuntu-

---

(1) siendo contra el Espíritu Santo, que dice: *Si benefeceris, scito cui feceris, et erit gratia in bonis tuis multa;* si hicieres bien, etc. *(Edic. de Pamplona y el MS.)*

(2) es muerte, y todos son Encinas. *(Todos los impresos. El MS. es unicamente quien dice monte.)*

(a) *El Rey que rabió por gachas ó por sopas*, como familiarmente se dice todavia, fué tal vez el héroe de un cuento de viejas ó de alguna leyenda cuya noticia se ha perdido.

(b) El vulgo corrompió en este nombre el de *Chilperico II*, rey de Francia, á quien el valor del rey de España Wamba detuvo en la empresa de sostener las pretensiones del rebelde Paulo. Decíase indistintamente en la época de Quevedo para denotar una muy antigua : *Eso fué en tiempo del rey Perico*, ó *eso fué en tiempo del rey Wamba.* La primera expresion ha caido ya en desuso, pero no así la segunda. Algun romance debió hacer popular la historia de Wamba y Chilperico.

(3) mal tiempo si sabe, etc. *(Ediciones de Pamplona, 1631, y Barcelona, 1635, y todos los impresos.)*

(c) Es tan dificil averiguar la cuna de estos personajes imaginados al azar por el vulgo, como indagar el origen de la mayor parte de nuestros refranes y expresiones proverbiales. Muchas de ellas lo tuvieron en los apodos con que la insensatez del hombre motejabas las acciones y se burla de los defectos que se ven en los demas, olvidando los propios. *Mateo Pico* es un epiteto con que se designa al charlatan, que es todo pico.

ras, zambo de ojos y vizco de piernas, y me parece que le he visto mil veces en diferentes partes.

Quitóse de delante, y descubrióse una grandísima redoma de vidrio. Dijéronme que llegase, y vi jigote, que se bullia en un ardor terrible, y andaba danzando por todo el garrafon, y poco á poco se fuéron juntando unos pedazos de carne y unas tajadas, y destas se fué componiendo un brazo, un muslo y una pierna, y al fin se coció y enderezó un hombre entero. De todo lo que habia visto y pasado me olvidé, y esta vision me dejó tan fuera de mí, que no diferenciaba de los muertos. ¡Jesus mil veces! dije, ¿qué hombre es este, nacido en guisado, hijo de una redoma? En esto oí una voz que salia de la vasija, y dijo : «¿Qué año es este?» De seiscientos y veinte y dos (a), respondí. «Este año esperaba yo.» «¿Quién eres, dije, que, parido de una redoma, hablas y vives?» «¿No me conoces? (dijo). La redoma y las tajadas ¿no te advierten que soy (1) aquel famoso nigromántico de Europa? (b) ¿No has oido decir que me hice tajadas dentro de una redoma para ser inmortal?» «Toda mi vida lo he oido decir te respondí; mas túvelo por conversacion de la cuna y cuento de entre dijes y babador. ¿Qué tú eres? Yo confieso que lo más que llegué á sospechar fué que eras algun alquimista que penabas en esa redoma, ó algun boticario; todos mis temores doy por bien empleados por haberte visto.» «(2) Sábete, dijo, que mi nombre no fué del título que me da la ignorancia, aunque tuve muchos; solo te digo que estudié y escribí muchos libros, y los mios quemaron, no sin dolor de los doctos (c).»

«Sí me acuerdo, dije yo : oido he decir que (3) estás en-

(a) 1021 dice el MS., copia muy antigua de lo que hasta fin de aquel año bosquejado QUEVEDO. Sin número son las erratas que la desdoran por torpeza del amanuense, que no entendia los originales; pero debemos á toda ley reconocerla como utilísima para aclarar y fijar el texto de este Sueño, uno de los más estropeados por antiguos y modernos impresores.

(1) el marqués de Villena? ¡No has oido, etc. (El MS.)

(b) Don Enrique de Villena fué nieto del marqués de Villena, primer condestable de Castilla y despues duque de Gandia, hijo del infante don Pedro de Aragon. Tuvo don Enrique por madre á doña Juana hija bastarda del rey don Enrique II; y fatigó más en las ciencias que en las armas, aficion natural que en vano contrariaron sus padres queriéndole más caballero que letrado. La ignorancia, legislador universal, le trató con desden; la envidia extendió que el marqués supo mucho en el cielo y poco en la tierra; la malicia le disfamó con el vulgo y con todas las generaciones: le dió los nombres de estrellero y nigromante, haciendo aprender al vulgo que el Marqués dispuso que le piesasen y convirtiesen en jigote y le encerrasen en una redoma para volver á segunda vida. Fué historiador y poeta, y murió en Madrid de cincuenta años á 15 de diciembre de 1434. Depositaron su cuerpo en el convento de San Francisco. — (Fernan Perez de Guzman, Generaciones y semblanzas, cap. 28.)

(2) Sabe, dijo, que no sui marqués de Villena, que ese título me da la inociencia : llamáronme don Enrique de Villena, fui infante de Castilla; estudié y escribi, etc. (El MS.)

(c) Con motivo de esta quema bárbara el bachiller de Cibdareal escribió al autor de Los Trencientos : «No le bastó á don Enrique de Villena su saber para no morirse, ni tampoco le bastó ser tio del Rey para no ser llamado por encantador. Dos carretas son cargadas de los libros que dejó al llevarle han traido; é porque diz que son mágicos é de artes non cumplideras de leer, el Rey mandó que á la posada de fray Lope de Barrientos fuesen llevados; é fray Lope, que más se cura de andar del Príncipe que de ser revisor de nigromancias, fizo quemar más de cien libros, que no los vió el más sage ni el rey de Marruecos, ni más les entiende que el dean de Cida Rodrigo; e son muchos los que en este tiempo se fan dotos faciendo á otros insipientes é magos; é peor es que se fazan beatos faciendo á otros nigromantes. » (Epístola 66.)

(3) estabas enterrado en San Francisco de Madrid ; mas hoy me he desengañado. (MS.)

terrado en un convento de religiosos ; mas hoy me he desengañado.» «Ya que has venido aquí, dijo, desatapa esa redoma.» Yo empecé á hacer fuerza y á desmoronar tierra con que estaba enlodado el vidrio de que era hecha, y díjome : «Espera; dime primero : (4) ¿Hay mucho dinero en España? ¿En qué opinion está el dinero? ¿Qué fuerza alcanza? Qué crédito? Qué valor?» Respondíle : «No han descaecido las flotas de las Indias, aunque (5) los extranjeros han echado unas sanguijuelas desde España al cerro del Potosi, con que se van restañando las venas, y á chupones se empezaron á secar las minas.» «¿Ginoveses andan á la zacapela con el dinero (dijo él)? Vuélvome jigote. Hijo mio, los ginoveses son lamparones del dinero, enfermedad que procede de tratar con gatos. Y vese que son lamparones, porque solo el dinero que va á Francia (6) no admite ginoveses en su comercio. ¿Salir tenia yo andando esos (7) usagres de bolsas por las calles? No digo yo hecho jigote en redoma, sino hecho polvos en salvadera quiero estar ántes que verlos hechos dueños de todo. » «Señor nigromántico, repliqué yo, aunque esto es así, han dado en adolecer de caballeros en teniendo caudal, úntanse de señores, y enferman de príncipes; y con esto y los gastos y empréstidos se apolilla la mercancía y se viene todo á repartir en deudas y locuras; y ordena el demonio que las putas vendan las rentas reales dellos, porque los engañan, los enferman, los enamoran, los roban, y despues los hereda el consejo de Hacienda. La verdad adelgaza y no quiebra : en esto se conoce que los ginoveses no son verdad, porque adelgazan y quiebran.» «Anímadome has, dijo, con eso.

»Dispondréme á salir desta vasija, como primero me digas en qué estado está la honra en el mundo.» «Mucho hay que decir en esto (le respondí yo) ; tocado has una tecla del diablo : todos tienen honra, y todos son honrados, y todos lo hacen todo caso de honra.

»Hay honra en todos estados, y la honra se está cayen-

(4) ¿Hay paz en el mundo?» «Paz, respondí, universal. No hay guerra con nadie.» «¿Eso pasa? Torna á tapar, que en tiempo de paz mandarán los poltrones, medrarán los viejos, valdrán los ignorantes, gobernarán los tiranos, tiranizarán los letrados, letradeará el interes, porque la paz es enemiga (amiga) de pícaros. No quiero nada de allá fuera : bien estoy en la redoma. Vuélvome jigote.» Afligióme grandemente porque empezaba ya á desmigajarse, y díjele : «Aguarda, que toda paz que no se hace con buena (voluntad) es sospechosa. Paz rogada, y comprada y pretendida es salsa y apetito para guerras. No hay para quién sea la paz ; porque si los ángeles dijeron : Pax hominibus in terra bonæ voluntatis, el sobrescrito de la paz viene á muy pocos de que hoy viven en el mundo. Está para dar un estallido ; todo se va revolviendo.» Con esto se sosegó y puesto en pié dijo : «Con esperanzas de guerra saldré de aquí (1), porque la necesidad fuerza que los príncipes conozcan y diferencien al bueno del que lo parece. En la guerra se acaban las raposerías de la pluma y la hipocresía de los dotores, y se restaña el pujamiento de licenciados. Abre ahí pero dime primero, ¿hay mucho dinero en España?»

(5) Génova ha hecho unas sanguijuelas, etc. (MS. y edicion de Pamplona, 1631.)

(6) sana de esos lamparones, porque el rey de Francia no admite, etc. (MS.)

(7) usajes de bolsas (Edic. de Pamplona y Barcelona, y todos los impresos.)

(1) Este párrafo confirma haberse bosquejado la Visita de los chistes en 1621, época en que terminaba la tregua de doce años con los holandeses, y en que dominaba en todos los españoles el espíritu guerrero, porque creer que dicha tregua y la paz que hubo en gran parte del reinado de Felipe III fuéron origen de todos los males de la monarquía. Rota la guerra en el mismo año y vistos los desastrosos resultados de ella, la opinion varió completamente, y QUEVEDO al retocar su discurso eliminó el párrafo.

do de su estado, y parece que está ya siete estados debajo de tierra. Si hurtan, dicen que por conservar esta negra de honra, y que quieren más hurtar que pedir. Si piden, dicen que por conservar esta negra honra, y que es mejor pedir que no hurtar. Si levantan un testimonio, si matan á uno, lo mismo dicen; que un hombre honrado (1) ántes se ha de dejar morir entre dos paredes que sujetarse á nadie, y todo lo hacen al revés. Y al fin en el mundo todos han dado en la cuenta, y llaman honra á la comodidad; y con presumir de honrados y no serlo se ríen del mundo.» «El diablo puede salir á vivir en ese mundecillo, dijo (2) él. Considérome yo á los hombres con unas honras titeres que chillan, bullen y saltan; que parecen honras, y mirado bien son andrajos y palillos. ¿El no decir verdad será mérito? El embuste y la trapaza caballería? ¿Y la insolencia donaire? Honrados eran los españoles cuando podian decir deshonestos y borrachos á los extranjeros; mas andan diciendo aquí malas lenguas que ya en España ni el vino se queja de mal bebido ni los hombres mueren de sed. En mi tiempo no sabía el vino por dónde subia á las cabezas, y ahora parece que se sube hácia arriba (3). Pues los maridos, porque tratamos de honras, considero yo que andarán hechos buhoneros de sus mujeres, alabando cada uno á sus agujas.» «Hay maridos calzadores que los meten para calzarse la mujer con más descanso y sacarlos fuera ellos. Hay maridos linternas, muy compuestos, muy lucidos, muy bravos, que vistos de noche á escuras parecen estrellas, y llegados cerca son candelilla, cuerno y hierro, rata por cantidad. Otros maridos hay jeringas, que apartados atraen, y llegando se apartan. Pues la cosa más digna de risa es la honra de las mujeres cuando piden su honra, que es pedir lo que dan. Y si creemos á la gente y á los refranes que dicen : «Lo que arrastra honra,» la honra del marido son las culebras y las faldas.» «No estoy dos dedos de volverme jigote (dijo el nigromántico) para siempre jamas : no sé qué me sospecho.

»Dime, ¡hay letrados?» «Hay plaga de letrados, dije yo; no hay otra cosa sino letrados; porque unos lo son por oficio, otros lo son por presuncion, otros por estudio, y destos pocos; y otros (estos son los más) son letrados porque tratan con otros más ignorantes que ellos (en esta materia hablaré como apasionado), y todos se gradúan de dotores y bachilleres, licenciados y maestros, más por los mentecatos con quien tratan que por las universidades; y valiera más á España langosta perpetua que licenciados al quitar.» «Por ninguna cosa saldré de aquí (dijo el nigromántico). ¿Eso pasa? Ya yo lo temia, y por las estrellas alcancé esa desventura; y por no ver los tiempos que han pasado embutidos de letrados me avecindé en esta redoma, y por no los ver me quedaré hecho pastel en bote.» Repliqué : «En los tiempos pasados, que la justicia estaba más sana, tenia ménos dotores, y hala sucedido lo que á los enfermos, que cuantas más juntas de dotores se hacen sobre él, más peligro muestra y peor le va, sana ménos y gasta más.

La justicia, por lo que tiene de verdad, andaba desnuda; ahora anda empapelada como especias. Un Fuero-Juzgo con su magüer y su cuemo, y conusco y faciamus (a) era todas las librerías; y aunque son voces antiguas, suenan con mayor propiedad, pues llaman sayon al alguacil, y otras cosas semejantes. Ahora ha entrado una cáfila de Menoquios, Surdos y Fabros, Farinacios y Cujacios (b), consejos y decisiones y responsiones y lecciones y meditaciones; y cada dia salen autores, y cada uno con tres volúmenes : (3) Doctoris Putei, l. 6, vol. 1, 2, 3, 4, 5, 6 hasta 15. Licenciati Abbatis de Usuris, Petri Cusqui in Codicem, Rupis, Brutiparcin, Castani, Montocanense de Adulterio et Parricidio, Cornazano, Rocabruno, (c) etc. Los letrados todos tienen un cimenterio por librería, y por ostentacion andan diciendo : Tengo tantos cuerpos; y es cosa brava que las librerías de los letrados todas son cuerpos sin alma, quizá por imitar á sus amos. No hay cosa en que no nos dejen tener razon ; solo lo que no dejan tener á las par-

<hr>

(a) Mujer, en vez de la conjuncion anticuada magüer (aunque), estampan muchas ediciones antiguas y modernas. Todas, sin exceptuar una siquiera, ilustrada ó sin ilustrar, dicen cuerno en lugar de cuemo, adverbio tambien anticuado que vale como: descuido ciertamente digno de censura.

(b) Santiago Menochius, jurisconsulto, fué natural de Pavía y profesor de derecho en Padua por muchos años en el siglo xvi. Felipe II le nombró consejero y presidente del consejo del Milanesado. Murió en 1607. Sus obras componen ocho volúmenes en folio: la más interesante es un tratado de Praesumptionibus, conjecturis, etc.
Juan Pedro Surdo escribió, entre otras obras, las que llevan el título de Decisiones; Decisiones Senatus Mantuani, y Consilia, seu responsa juris, que he visto impresas desde el año de 1599 al de 1611, en folio.
Juan Faber, Fabre, ó Le Fevre, jurisconsulto, murió en Angulema, de cuyo territorio era natural, en 1340. Escribió un comentario á la Instituta, y otra obra titulada Breviarium in Codicem. La primera se imprimió en Venecia en 1488, en folio.
Próspero Farinacci nació en Roma el año de 1554. La coleccion de sus obras, que todas tratan sobre los derechos civil y canónico, se compone de trece tomos en folio. Murió en 1618.
Jacques Cujas (Cuyacio), célebre jurisconsulto, nació en Tolosa en 1520. Sus obras componen diez tomos en folio, reimpresas distintas veces.
(3) Doctoris Putei in legem 6, volumen 1, 2, 3, 4, 5, 6, hasta 15. Licentiati Abitis de Usuris. Petri Cusqui, in Codigum, Rupis. Bruticarpin, Castani, Montoncanense de Adulterio, et Parricidio, Cornazano, Rocabruno. (Impresion de Pamplona, 1631.) Doctoris Putei in legem sextam, volumine 1.º, 2.º, 3.º, 4.º, 5.º, 6.ª hasta 15. Licenciati Nupti de Usuris, Petri Jusque in quodigum, Rupis. Bruti, Corpin, Castan, Monto, Canente de Adulterio, etc. Los letrados... (MS.)
(c) Doctoris Putei. Jacobus Puteus ó de Puteo escribió las obras siguientes : Decisiones; Decisiones Rotæ Romanæ; Allegatio pro communitate Terræ Valentiae contra communitatem sancti Salestoria; que desde los años de 1585 á 1610 he visto impresas en Venecia y en Leon de Francia.
De Bernabé Cornazano conozco la obra en folio intitulada Novissimae decisiones Rotae Lucensis; impresion de Venecia de 1598.
Casi todos los demas nombres de autores están corruptos, en mi sentir. El asunto no merece la pena de que, por fijar la verdadera forma en que deban escribirse, abandonemos otros trabajos; tarea dificilísima ademas por la multitud de libros que aparecian á cada dia en aquella época sobre materias jurídicas, y cuya memoria se ha perdido ; y empresa aventurada tal vez siendo posible que, á vueltas de nombres verdaderos de autores, añadiese Quevedo otros imaginados. Petri Cusqui pudiera ser Rochus de Curte, que escribió de jure patronatús, impreso en Leon de Francia, 1573.—Rupis acaso J. B. Lupi, de quien es el tratado de usuris et commerciis illicitis.—Brutiparcin es á no dudar Jacobo de Butrigarius, que escribió de oppositione compromissi, et ejus forma.—Para el nombre Castani se ocurren los de Bartolomé Chassaneo, consejero del parlamento de Paris en 1551, y que publicó alguna obra jurídica ; y del abad Nicolao Cataniense, que escribió muchos tratados sobre derecho pontificio. Pero esto es hablar á Dios y á ventura.

<hr>

(1) no ha de perdonar nada, que no ha de sufrir cosa ninguna; que el hombre honrado ántes, etc. (MS.)
(2) el Marqués. (Es como dice el MS.)
—(Falta este período en los impresos.)
(3) No había entónces otro puto sino oxte que siempre fué oxte puto, que todos eran mujeriegos, á puto el postrero; ahora me dicen que los..... se han introducido en barrigas. (MS.)

les es el dinero, que le quieren ellos para sí. Y los pleitos no son sobre si lo que deben á uno se lo han de pagará él; que eso no tiene necesidad de preguntas y respuestas : los pleitos son sobre que el dinero sea de letrados y del procurador sin justicia, y la justicia sin dinero de las partes. ¿Quereis ver qué tan malos son los letrados? Que si no hubiera letrados, no hubiera porfías; y si no hubiera porfías, no hubiera pleitos; y si no hubiera pleitos, no hubiera procuradores; y si no hubiera procuradores, no hubiera enredos; y si no hubiera enredos, no hubiera delitos; y si no hubiera delitos, no hubiera alguaciles; y si no hubiera alguaciles, no hubiera cárcel; y si no hubiera cárcel, no hubiera jueces; y si no hubiera jueces, no hubiera pasion; y si no hubiera pasion, no hubiera cohecho. Mirad la retahila de infernales sabandijas que se produce de un licenciadito, lo que disimula una barbaza y lo que autoriza una gorra. Llegaréis á pedir un parecer, y os dirán : —Negocio es de estudio; diga vuesamerced, que ya estoy al cabo; habla la ley en propios términos.—Toman un quintal de libros, dánle dos bofetadas hácia arriba y hácia abajo, y leen de priesa, aremedando un abejon (a), luego dan un gran golpe con el libro patas arriba sobre una mesa, muy esparrancado de capítulos, y dicen : —En el propio caso habla el jurisconsulto. Vuesamerced me deje los papeles; que me quiero poner bien en el hecho del negocio, y téngalo por más que bueno, y vuélvase por acá mañana en la noche; porque estoy escribiendo sobre la tenuta de Trasbarras, mas por servir á vuesamerced lo dejaré todo.—Y cuando al despediros le quereis pagar (que es para ellos la verdadera luz y entendimiento del negocio que han de resolver), dice, haciendo grandes cortesías y acompañamientos :—¡Jesus, señor!—Y entre Jesus y señor, alarga la mano, y para gastos de pareceres se emboca un doblon.» «No he de salir de aquí (dijo el nigromántico) hasta que los pleitos se determinen á garrotazos; que en el tiempo que por falta de letrados se determinaban las causas á cuchilladas, decian que el palo era alcalde, y de ahí vino : Júzguelo el alcalde de palo. Y si he de salir, ha de ser solo á dar arbitrio á los reyes del mundo que quien quisiere estar en paz y rico, que pague los letrados á su enemigo para que lo embelequen y roben y consuman.

Dime, ¿hay todavía Venecia en el mundo?» «Sí la hay, dije yo; no hay otra cosa sino Venecia y venecianos.» «¡Oh! doyla al diablo (dijo el nigromántico) por vengarme del mismo diablo, que no sé que pueda darla á nadie sino por hacerle mal. Es república esa que miéntras que no tuviere conciencia durará, porque si restituye lo ajeno no le queda nada. ¡Linda gente! la ciudad fundada en el agua, el tesoro y la libertad en el aire, la deshonestidad en el fuego; y al fin es gente de quien huyó la tierra, y son narices de las naciones y el albañal de las monarquías, por donde purgan las inmundicias de la paz y de la guerra; y el turco los permite por hacer mal á los cristianos, los cristianos por hacer mal á los turcos, y ellos, por poder hacer mal á unos y á otros, no son

moros ni cristianos; y así dijo uno dellos mismos en una ocasion de guerra, para animar á los suyos contra los cristianos : Ea, que ántes fuisteis venecianos que cristianos.

Dejemos eso, y dime, ¿hay muchos golosos de valimientos de los hombres del mundo?» «Enfermedad es (dije yo) esa de que todos los reinos son hospitales.» Y él replicó : «Antes casas de orates entendí yo; mas segun la relacion que me haces, no me he de mover de aquí. Mas quiero que tú les digas á esas bestias que en albarda tienen la vanidad y ambicion, que los reyes y príncipes son azogue en todo. Lo primero, el azogue, si le quieren apretar, se va; así sucede á los que quieren tomarse con los reyes más mano de lo que es razon. El azogue no tiene quietud; así son los ánimos por la continua mareta de negocios. Los que tratan y andan con el azogue, todos andan temblando; así han de hacer los que tratan con los reyes, temblar delante dellos de respeto y temor, porque si no, es fuerza que tiemblen despues hasta que caigan.

¿Quién reina ahora en España, que es la postrera curiosidad que he de saber; que me quiero volver á jigote, que me hallo mejor?» «Murió Filipo III,» dije yo. «Fué santo rey y de virtud incomparable (dijo el nigromántico), segun leí yo en las estrellas pronosticado. Reina Filipo IV (1) dias há, »dije yo. «¿Eso pasa? (dijo) ¿Que ya ha dado el tercero cuarto para la hora que yo esperaba?» Y diciendo y haciendo subió por la redoma, y la trastornó y salió fuera. Iba diciendo y corriendo : «Más justicia se ha de hacer ahora por un cuarto que en otros tiempos por doce millones (b). »

Yo quise partir tras él, cuando me asió del brazo un muerto, y dijo: «Déjale ir; que nos tenia con cuidado á todos; y cuando vivas al otro mundo di que Agráges estuvo contigo, y que se queja que le levanteis : agora lo veredes. Yo soy Agráges : mira bien que no he dicho tal; que á mí no se me da nada que ahora ni nunca lo veais; y siempre andais diciendo : Ahora lo veredes, dijo Agráges. Solo ahora que á tí y al de la redoma os oi decir que reinaba Filipo IV, digo que ahora lo veredes. Y pues soy Agráges, ahora lo veredes, dijo Agráges (c).» Fuése, y púsoseme delante enfrente de mí un hombrecillo, que parecia (2) remate de cuchar con pelo de limpiadera, erizado, (3) bermejizo y pecoso. Dígote sastre, dije yo. Y él tan presto dijo : «Oir que no pica, pues no soy sino solicitador, y no pongais nombres á nadie. Yo me llamo Arbálias, y os lo he querido decir para que no andeis en la vida : Es un Arbálias, á unos y á otros, sin (4) saber á quién lo decis (d). »

(a) En lugar de *leen aprisa, arremedando un abejon*, que dice el MS. y pide el sentido,—en la edicion de Pamplona se estampa: *leen de prisa, reméndanle un anexion*; en la de Barcelona : *leen de priesa, remedándole una anexion :* Ibarra y Sancha imprimieron de propia autoridad *reméndanle una anexion*. No hay un ejemplar donde el sentido esté recto.

---

(1) dos dias há, dije yo (MS.)

—(Aquí llegaba QUEVEDO el 2 de abril de 1621 cuando se extendió por su prision de la Torre la noticia de la muerte de Felipe III.)

(b) Rasgo ingenioso, pero de amargo desconsuelo, porque pinta hasta qué extremo habian prostituido los tribunales en aquella época la inmoralidad y la avaricia.

(c) *Agráges*, sobrino de la reina Elisena, madre de Amadis de Gaula, é hijo del rey Languines, es uno de los héroes del famoso libro de Amadis, cuya lectura muy comun entre próceres é hidalgos en los siglos XV y XVI, llevó al pueblo el adagio en fórmula de amenaza que tan galanamente se ridiculiza en este sitio.

(2) hecho en remate de cuchara (MS.)

(3) bermejísimo, (MS.)

(4) mirar á quien (MS.)

(d) Este periodo hállase en todos los impresos estragado y falto, *Arbálias.* Averiguar el orígen de nuestros refranes difícil empresa es, tarea ingrata, y donde el juicio se embota perdido en

Muy enojado, á mí se llegó un hombre viejo, muy ponderado de testuz, de los que traen canas por vanidad, un gran haz de barbas, ojos á la sombra muy metidos, frentaza llena de surcos, ceño descontento, y vestido que, juntando lo extraordinario con el desaliño, hacia misteriosa la pobreza. «Más despacio te he menester que Arbálias, me dijo; siéntate.» Sentóse y sentéme; y como si le dispararan de un arcabuz, en figura de trasgo se apareció entre los dos otro hombrecillo, que parecia hastilla de Arbálias, y no hacia sino chillar y bullir. Díjole el viejo con una voz muy (1) honrada : «idos á enfadar á otra parte, que luego vendréis.» «Yo también he de hablar, decia ; y no paraba.» «¿Quién es este?» pregunté. Dijo el viejo : «¿No has caido en quién puede ser? Este es Chisgaravis.» (a) «Docientos mil destos andan por Madrid (dije yo); y no hay otra cosa sino Chisgaravises.» Replicó el viejo : «Este anda aquí cansando los muertos y á los diablos ; pero déjate deso, y vamos á lo que importa. Yo soy Pedro, y no Pero Grullo, que quitándome una d en el nombre, me haceis el santo, fruta.» Es Dios verdad que, cuando dijo Pero Grullo, me pareció que le via las alas. «Huélgome de conocerte, repliqué. ¿ Qué, tú eres el de las profecías que dicen de Pero Grullo (b)?» «A eso vengo, dijo el profeta estantigua ; deso habemos de tratar. Vosotros decis que mis profecías son disparates, y haceis mucha burla dellas. Estemos á cuentas: las profecías de Pero Grullo, que soy yo, dicen asi :

Muchas cosas nos (2) dejaron
Las antiguas profecías :

arbitrarias conjeturas. Herederos los españoles del lenguaje figurado de los árabes ; propenso el vulgo á convertir en proverbio cualquier frase que oye repetir muchas veces (las más sin legítimo fundamento), aficionados los pueblos á motejarse unos á otros con apodos, dicharachos, é invenciones ridículas, recogió la multitud infinidad de modismos (que en no pocas ocasiones nacieron de un romance de ciego ó de un libro de caballerías), y formó una hueste de personajes imaginados. Tenia con esto un bordon en sus conversaciones, exponia fácilmente sus afectos, y simbolizaba las ridiculeces que, desconociendo las propias, censuramos en nuestros semejantes

Valga por conjetura que pudo formarse la palabra Arbálias (muchos antiguos MMS. escriben Harbalias) de harbar, que significa hacer muy de priesa y mal una cosa. Viene, segun Covarrubias, en su Tesoro de la lengua castellana, de raiz hebrea y del nombre harbagh, que se interpreta cuatro, porque los entremetidos y habladores de oficio introducen y encadenan de un golpe cuatro y aun más letras en la conversacion.

(1) honda y desenfadada ; «idos, etc. (MS.)
(a) Chisgaravis. Hé aquí otra voz que en mi concepto debemos igualmente á las orientales. Yo la considero corrupcion del nombre árabe zogayaril (chiquitaelo) chico, ó un más pequeño, que dice el padre Alcalá, en su Vocabulista arábigo en letra castellana.
(b) Los villanos cuando se les anuncia ó explica lo que no requiere explicacion y no puede ménos de suceder, cantan hoy todavía esta copla :

Son esas profecías
De Pero Grullo,
Que á la mano cerrada
Llamaba puño.

Y llámanse perogrulladas aquellas verdades que de puro manifiestas afirmarlas es necedad.

El autor de la Picara Justina escribió que Pero Grullo fué asturiano, y que hay una profecía suya en Asturias de que ba de venir el rio una avenida de oro y toneles de vino de Rivadavia; y por estar prevenidos para la pesca, los paisanos andan siempre descalzos.

¿Quién pudo decir á Pedro Grullo, si fué algun pobre patan, bobo y zanquilargo, que habia de trocar sus necedades en maravillosa filosofía la pluma de oro de nuestro peregrino poeta?

(2) dijeron (MS.) — refieren (La Impresion de Bruselas de 1660.)

Dijeron que en nuestros dias
Será lo que Dios quisiere.

Pues, bribones, adormecidos en maldad, infames, si esta profecía se cumpliera, ¿ habia más que desear? Si fuera lo que Dios quisiera, fuera siempre lo justo, lo bueno, lo santo ; no fuera lo que quiere el diablo, el dinero y la cudicia ; pues hoy lo ménos es lo que Dios quiere, y lo más lo que queremos nosotros contra su ley ; y ahora (c) el dinero es todos los quereres, porque él es querido y el que quiere, y no se hace sino lo que él quiere ; y el dinero es el Narciso, que se quiere á sí mismo, y no tiene amor sino á sí. Prosigo :

Si lloviere hará lodos ;
Y será cosa de ver
Que nadie podrá correr
Sin echar atras los codos.

Hacedme merced de correr los codos adelante, y negadme que esto no es verdad. Diréis que de puro verdad es necedad : ¡ bueno achaquito, hermanos vivos! La verdad ansí decis que amarga, poca verdad decis que es mentira ; muchas verdades que es necedad. ¿ De qué manera ha de ser la verdad para que os agrade ? Y sois tan necios, que no habeis echado de ver que no es tan profecía de Pero Grullo como decis, pues hay quien corra echando los codos adelante, que son los médicos cuando vuelven la mano atras á recibir el dinero de la visita al despedirse, que toman el dinero corriendo, y corren como una mona al que se lo da porque le maten.

El que tuviere tendrá,
Será el casado marido,
Y el perdido más perdido
Quién ménos guarda y más da.

Ya estás diciendo entre tí : ¿ Qué perogrullada es esta? El que tuviere, tendrá (replicó luego) : pues así es ; que no tiene el que gana mucho, ni el que hereda mucho, ni el que recibe mucho ; solo tiene el que tiene y no gasta ; y quien tiene poco, tiene ; y si tiene dos pocos, tiene algo ; y si tiene dos algos, más es ; y si tiene dos mases, tiene mucho ; y si tiene dos muchos, es rico ; que el dinero (y lleváos esta doctrina de Pero Grullo) es como las mujeres, amigo de andar y que le manoseen y le obedezcan ; enemigo de que le guarden ; que se anda tras los que no le merecen, y al cabo deja á todos con dolor de sus almas, amigo de andar de casa en casa. Y para ver cuán ruin es el dinero (que no parece sino que ha sido cotorrera), habeis de ver á cuán ruin gente le da el Señor ; y en esto conoceréis lo que son los bienes deste mundo, en los dueños dellos. Echad los ojos por esos mercaderes (si no es que estén ya allá, pues roban los ojos), mirad esos joyeros, que á persuasion de la locura venden enredos resplandecientes y embustes de colores, donde se anegan los dotes de los recien casados. ¡ Pues qué si vais á la platería! No volveréis enteros. Allí cuesta la honra, y hay quien hace creer á un malaventurado se ciña su patrimonio al dedo ; y no sintiendo los artejos el peso, está ahullando en su casa. No trato de los pasteleros y sastres, ni de los roperos, que son sastres á Dios y á la ventura, y ladrones á diablos y desgracia. Tras estos se anda el dinero ; ¿y no tendrá asco cualquier bien aliñado de costumbres y pu-

(c) Termina aquí el MS. de Lastanosa, y tal vez lo que hasta fines del año de 1624 tenia escrito el prisionero de la Torre de Juan Abad.

lido de conciencia de comunicarle ningun deseo? Dejemos esto, y vamos á la segunda profecía, que dice : *Será el casado marido.* Vive el cielo de la cama (dijo muy colérico porque hice no sé qué gesto oyendo la Grullada), que si no os ois con mesura, y si os rezumais de carcajadas (1), que os pele las barbas. Oid noramala; que á oir habeis venido y á aprender. ¿Pensais que todos los casados son maridos? Pues mentis, que hay muchos casados solteros, y muchos solteros maridos. Y hay hombre que se casa para morir doncel, y doncella que se casa para morir vírgen de su marido. Y habeisme engañado y sois maldito hombre, y aquí han venido mil muertos diciendo que los habeis muerto á puras bellaquerías. Y certificoos que si no mirara... que os arrancara las narices y los ojos, bellaconazo, enemigo de todas las cosas. Reíos tambien de esta profecía :

> Las mujeres parirán
> Si se empreñan y parieren,
> Y los hijos que nacieren
> De cuyos fueren serán.

¿Veis que parece bobada de Pero Grullo? Pues yo os prometo que si se averiguara esto de los padres, habia de haber una confusion de daca mi mayorazgo y toma tu herencia. Hay en esto de las barrigas mucho que decir; y como los hijos es una cosa que se hace á escuras y sin luz, no hay quien averigüe quién fué concebido á escote ni quién á medias; y es menester creer el parto, y todos heredamos por el dicho del nacer, sin más acá ni más allá. Esto se entiende de las mujeres que meten oficiales; que mi profecía no habla con la gente honrada, si algun maldito conoce vos no lo tuerce. ¿Cuántos pensais que en el dia del juicio conocerán por padre á su paje, á su escudero, á su esclavo y á su vecino? Y cuántos padres se hallarán sin descendencia? Allá lo vereis.» «Esta profecía y las demas (dije yo) no las consideramos allá desta manera; y te prometo que tienen más véras de las que parecen, y que oidas en tu boca son de otra suerte. Y confieso que te hacen agravio.» «Pues oye, dijo, otra :

> Volaráse con las plumas,
> Andaráse con los piés,
> Serán seis dos veces tres.

Volaráse con las plumas. Pensais que lo digo por los pájaros, y os engañais; que eso fuera necedad : dígolo por los escribanos y ginoveses, que estos nos vuelan con las plumas el dinero de delante. Y porque vean en el otro mundo que profeticé de los tiempos de ahora y que hay *Pero Grullo* para los que vivis, llévate este mendrugo de profecías; que á fe que hay que hacer en entenderlo. Fuése, y dejóme un papel en que estaban escritos estos ringlones por esta órden:

> Nació viérnes de Pasion
> Para que zahorí fuera,
> Porque en su dia muriera
> El bueno y el mal ladron.
> Habrá mil revoluciones
> Entre linajes honrados,
> Restituirá los hurtados,
> Castigará los ladrones.
> Y si quisiere primero
> Las pérdidas remediar,
> Lo hará solo con echar
> La soga tras el caldero.
> Y en estos tiempos que ensarto

> Vereis (maravilla extraña)
> Que se desempeña España
> Solamente con un Cuarto (a).
> Mis profecías mayores
> Verán cumplida la ley
> Cuando fuere Cuarto el rey
> Y cuartos los malhechores.»

Leí con admiracion las cinco profecías de *Pero Grullo,* y estaba meditando en ellas cuando por detras me llamaron. Volvíme, y era un muerto muy lacio y afligido, muy blanco y vestido de blanco, y dijo: «Duélete de mí, y si eres buen cristiano sácame de poder de los cuentos de los habladores y de los ignorantes, que no me dejan descansar, y méteme donde quisieres.» Hincóse de rodillas, y despedazándose á bofetadas, lloraba como niño. «¿Quién eres, dije, que á tanta desventura estás condenado?» «Yo soy, dijo, un hombre muy viejo, á quien levantan mil testimonios y achacan mil mentiras. Yo soy el *Otro,* y me conocerás; pues no hay cosa que no la diga el *Otro.* Y luego, en no sabiendo cómo dar razon de sí, dicen : Como dijo el *Otro.* Yo no he dicho nada, ni despego la boca. En latin me llaman *Quidam,* y por esos libros me hallarás abultando ringlones y llenando cláusulas. Y quiero por amor de Dios que vayas al otro mundo y digas cómo has visto al *Otro* en blanco, y que no tiene nada escrito y que no dice nada, ni lo ha de decir ni lo ha dicho, y que desmiente desde aquí á cuantos le citan y achacan lo que no saben, pues soy el autor de los idiotas y el texto de los ignorantes. Y has de advertir que en los chistes me llaman *Cierta persona,* en los enredos *No sé quién,* en las cátedras *Cierto autor,* y todo lo soy el desdichado *Otro.* Haz esto, y sácame de tanta desventura y miseria.» «Aun aquí estáis, ¿y no quereis dejar hablar á nadie?» dijo un muerto hablando, armado de punta en blanco, muy colérico; y asiéndome de un brazo dijo : «Oid acá, y pues habeis venido por estafeta de los muertos á los vivos, cuando vais allá decidles que me tienen muy enfadado todos juntos. » ¿Quién eres?» le pregunté. «Soy, dijo, *Calainos.* » ¿*Calainos* eres, dije; no sé cómo no estás desainado, porque eternamente dicen : Cabalgaba *Calainos.* » (b) ¿Saben

---

(a) Faltan esta redondilla y la anterior en la edicion de Barcelona, 1635, en la de Madrid, 1648 ; y, ménos en las de Pamplona, 1631, y Bruselas, 1660, en todas las demas que han llegado á mis manos antiguas y modernas. Unicamente la impresion de Ruan, 1629, incluye la penúltima profecía, pero suprime la tercera. Sin duda convencido Quevedo de que el mal gobierno de Felipe IV hacia bueno el de su padre, y que los apuros y empeños del tesoro, léjos de menguar, iban en creciente, — al reimprimir su discurso en 1629 echó mucho de cuanto le habia hecho ver el buen deseo y las esperanzas risueñas siempre de un nuevo reinado. Ya advertimos en los *Anales de quince dias* cómo iban los sucesos cambiando la opinion del hombre político.

(b)
> Ya cabalga Calainos
> A las sombras de una oliva,
> El pié tiene en el estribo,
> Cabalga de gallardía.

Así principia el romance de Calainos, que cita Cervántes en su *Quijote,* rústica improvisacion de algun iletrado juglar sobre asunto dado. El señor don Agustin Duran lo insertó en su *Romancero general,* extrañando que pare en proverbio el refran que dice : *Tan malo como las coplas de Calainos;* porque el romance es de los mejores de su clase, su narracion interesante y animada, sencillo y bien sentido á veces, y ménos pesado que otros.

Según el texto, mas usual en tiempos de Quevedo era decir: *Cuentos son esos de Calainos,* denotando los razonamientos ó escritos impertinentes y frívolos de cosas que no importan. Y se tomaba la frase de las aventuras de aquel paladin señor de Montesclaros y Constantina la llana, que vino á España á servir á Alman-

ellos mis cuentos? Mis cuentos fuéron muy buenos y muy verdaderos; y no se metan en cuentos conmigo.» « Mucha razon tiene el señor *Calainos* (dijo otro que se allegó), y él y yo estamos muy agraviados. Yo soy *Cantimpalos*; y no hacen sino decir: El ánsar de *Cantimpalos* (a), que salia al lobo al camino. Y es menester que les digais que me han hecho de asno ánsar, y que era asno el que yo tenía, y no ánsar; y los ánsares no tienen que ver con los lobos; y que me restituyan á mi asno en el refran; y que me le restituyan luego y tomen su ánsar: justicia con costas, y para ello, etc. »

Con su báculo venía una vieja ó espantajo, diciendo: «¿Quién está allá á las sepulturas?» Con una cara hecha de un orejon, los ojos en dos cuévanos de vendimiar, la frente con tantas rayas y de tal color y hechura, que parecia planta de pié; la nariz en conversacion con la barbilla, que casi juntándose hacian garra; y una cara de la impresion del grifo; la boca á la sombra de la nariz, de hechura de lamprea (1), sin diente ni muela, con sus pliegues de bolsa á lo jimio, y apuntándole ya el bozo de las calaveras con un mostacho erizado; la cabeza con temblor de sonajas, y la habla danzante; unas tocas muy largas sobre el monjil negro; esmaltada de mortaja la tumba, con un rosario muy grande colgando, y ella corva, que parecia, con las muertecillas que colgaban dél, que venía pescando calaverillas chicas. Yo, que vi semejante abreviacion del otro mundo, díje á grandes voces, pensando que seria sorda: «¡Ah señora! Ah madre! Ah tia! ¡ Quién sois? ¿Quereis algo?» Ella entonces, levantando el *ab initio et ante saecula* de la cara, y parándose, dijo: «No soy sorda, ni madre, ni tia; nombre tengo y trabajos, y vuestras sinrazones me tienen acabada.» ¡ Quién creyera que en el otro mundo hubiera presuncion de mocedad, y en una cecina como esta! Llegóse más cerca, y tenia los ojos haciendo aguas, y en el pico de la nariz columpiándose una moquita, por donde echaba un tufo de cimenterio. Díjela que perdonase, y preguntéle su nombre. Díjome: «Yo soy *Dueña Quintañona*.» ¿ Qué, ¿ dueñas hay entre los muertos? dije maravillado. Bien hacen de pedir cada dia á Dios misericordia más que *requiescant in pace*, descansen en paz; porque si hay dueñas meterán en ruido á todos. Yo crei que las mujeres se morian cuando se volvian dueñas, y que las dueñas no tenian de morir, y que el mundo está condenado á dueña perdurable, que nunca se acaba; mas ahora que te veo acá me desengaño; y me he holgado de verte, porque por

allá luego decimos: Miren la *Dueña Quintañona*, daca la *Dueña Quintañona*.» «Dios os lo pague y el diablo os lleve, dijo; que tanta memoria teneis de mí y sin habello yo de menester (b). Decid, ¿ no hay allá dueñas de mayor número que yo? Yo soy *Quintañona*; ¿ no hay deciochenas y setentonas? Pues ¿por qué no dais tras dellas y me dejais á mí, que há más de ochocientos años que vine á fundar dueñas al infierno, y hasta ahora no se han atrevido los diablos á recibirlas, diciendo que andamos ahorrando penas á los condenados, y guardando cabos de tizones como de velas, y que no habrá cosa cierta en el infierno? Y estoy rogando con mi persona al purgatorio, y todas las almas dicen en viéndome · «¡ Dueña? no por mi casa.» Con el cielo no quiero nada, que las dueñas, en no habiendo á quién atormentar y un poco de chisme, perecemos. Los muertos tambien se quejan de que no los dejo ser muertos como lo habian de ser, y todos me han dejado en mi albedrío si quiero ser dueña en el mundo; mas quiero estarme aquí, por servir de fantasma en mi estado toda la vida, y sentada á la orilla de una tarima guardando doncellas que son más de trabajo que de guardar. Pues, en viniendo una visita, ¿aquel *llamen á la dueña?* Y á la pobre dueña todo el dia le están dando su recaudo todos. En faltando un cabo de vela, *llamen á Alvarez, la dueña le tiene*; si falta un retacillo de algo, *la dueña estaba allí*; que nos tienen por cigüeñas, tortugas y erizos de las casas, que nos comemos las sabandijas. Si algun chisme hay, *alto á la dueña*. Y somos la gente más bien aposentada en el mundo, porque en el invierno nos ponen en los sótanos, y los veranos en los zaquizamíes. Y lo mejor es que nadie nos puede ver: las criadas, porque dicen que las guardamos; los señores, porque los gastamos; los criados, porque nos guardamos; los de fuera, por el *coram vobis* de responso, y tienen razon, porque ver una de nosotras encaramada sobre unos chapines, muy alta y muy derecha, parecemos túmulo vivo. Pues ¡ cuando en una visita de señoras hay conjuncion de dueñas! Allí se engendran las angustias y sollozos; de allí proceden las calamidades y plagas, los enredos y embustes, marañas y parlerías, porque las dueñas influyen acelgas y lantejas, y pronostican candiles y veladores y tijeras de despabilar. Pues ¡qué cosa es levantarse ocho viejas como ocho cabos de años, ó ocho sin cabo, ensabanadas, y despedirse con unas bocas de tejadillo, con unas hablas sin hueso, dando tabletadas con las encías, y poniéndose cada una á las espaldas de

---

sor, rey de Sansueña, por amores de su hija la infanta Sevilla. Pidióle esta que le trajese en arras tres cabezas de los doce pares de Francia, y el valeroso alarbe pereció en la empresa á manos de Roldan, despues de haber vencido á Baldovinos.

Esta fabulosa aventura, segun el padre Sarmiento en sus *Memorias para la historia de la poesía*, núm. 529, está calcada sobre la condicion que puso á David Micol, hija de Saul, para otorgarle su mano. Sarmiento duda que sea arábigo el nombre *Calainos*, creyéndole más bien griego, tomado de Calais, hermano de Zethes, hijos entrambos de Boreas, y caballeros andantes; ó del héroe amoroso Calais. Tuvo á este jóven una aficion vehemente la poetisa sicyonia Praxilla, y le dedicó un poema sobre la inconstancia del amor. Lo cita Fabricio en su *Bibliotheca graeca*.

En fin, no se remonta la antigüedad del romance de Calainos mas allá del siglo xv, puesto que en él se habla del Preste Juan, del soldan de Babilonia y de las tierras del Gran Turco.

(a) *Cantimpalos*, pueblo de poco mas de cien casas á dos leguas y media de Segovia. Aplícase el refran á los que se arrojan inconsideradamente á algun daño ó peligro.

(1) lámpara (dice la *edicion de Barcelona*, 1635.)

(b) *Dueña* se decia siempre en España por oposicion á *doncella*; pero dueña y doncella se comprendian en el nombre general de dama. Con el tiempo y en el siglo xvii vino á circunscribirse el nombre de dueña, aplicándose tan solo á aquellas «luengas y repulgadas tocas, escogidas para autorizar las salas y los estrados de señoras principales», que tan al reves de lo que debian, usaban, segun Cervántes, «su ya casi forzoso oficio. » El mismo peregrino ingenio afirmaba que todas son amigas de saber, entender y oler, y general en ellas la costumbre de ser chismosas; llamándolas en *El celoso extremeño* «perdicion de mil recatadas y buenas intenciones».

El pueblo, conforme á la irrecusable autoridad de don Quijote, se burlaba de ellas comparándolas á la *dueña Quintañona*, quien fué nada ménos que la Hebe de Lanzarote del Lago, puesto que le escanciaba el vino, como canta el popular romance:

<blockquote>Nunca fuera caballero, etc.;</blockquote>

de donde hubo de ocurrir á algun oficial socarron y malicioso el llamar *Quintañonas* á las dueñas.

su ama á entristecerlas; las asentaderas bajas, trompicando y dando de ojos, adonde en una silla, entre andas y ataud la llevan los pícaros arrastrando! Antes quiero estarme entre muertos y vivos pereciendo, que volver á ser dueña: pues hubo caminante que preguntando dónde habia de parar una noche de invierno, yendo á Valladolid, y diciéndole que en un lugar que se llama Dueñas, dijo: que si habia adónde parar ántes ó despues. Dijéronle que no, y él á esto dijo: Más quiero parar en la horca que en Dueñas; y se quedó fuera, en la picota. Solo os pido, asi os libre Dios de dueñas (y no es pequeña bendicion, que para decir que destruirán á uno dicen que le pondrán cual digan dueñas, ¡mirad lo que es decir dueñas!); ruégote encarecidamente que hagas que metan otra dueña en el refran, y me dejen descansar á mí, que estoy muy vieja para andar en refranes, y querria andar en zancos, porque no deja de cansar á una persona andar de boca en boca.»

Muy angosto, muy á teja vana, las carnes de venado, en un cendal, con unas mangas por gregüescos, y una esclavina por capa, y un soportal por sombrero, amarrado á una espada, se llegó á mí un rebozado y llamóme en la seña de los sombrereros. «Ce, ce,» me dijo. Yo le respondí luego. Lleguéme á él, y entendí que era algun muerto envergonzante. Preguntéle quién era. «Yo soy el mal cosido y peor sustentado *don Diego de Noche*(a).» «Más precio haberte visto, dije yo, que á cuanto tengo. ¡Oh estómago aventurero! Oh gaznate de rapiña! Oh panza altrote! Oh susto de los banquetes! Oh mosca de los platos! Oh sacabocados de los señores! Oh tarasca de los convites y cáncer de las ollas! Oh sabañon de las cenas! Oh sarna de los almuerzos! Oh sarpullido del mediodia! No hay otra cosa en el mundo sino cofrades, discípulos y hijos tuyos.» «Sea por amor de Dios (dijo *don Diego de Noche*); que esto me faltaba por oir; mas en pago de mi paciencia os ruego que os lastimeis de mí, pues en vida siempre andaba cerniendo las carnes el invierno por las picaduras del verano, sin poder hartar estas asentaderas de gregüescos; el jubon en pelo sobre las carnes, el más tiempo en ayunas de camisa, siempre dándomè por entendido de las mesas ajenas; esforzando, con pistos de cerote y ramplones, desmayos de calzado; animando á las medias á puras sustancias de hilo y aguja, y llegué á estado en que, viéndome calzado de geomancia, porque todas las calzas eran puntos, cansado de andar restañando el ventanaje, me entinté la pierna y dejé correr. No se vió jamas socorrido de pañizuelos mi catarro, que afilando el brazo por las narices, me pavonaba de romadizo; y si acaso alcanzaba algun pañizuelo, porque no le viesen al sonarme, me rebozaba, y haciendo el coco con la capa, tapando el rostro, me sonaba á escuras. En el vestir he parecido árbol, que en el verano me he abrigado y vestido, y en el invierno he

andado desnudo. No me han prestado cosa que haya vuelto: hasta espadas (que dicen que no hay ninguna sin vuelta), si todos me las prestasen, todas serian sin vuelta. Y con no haber dicho verdad en toda mi vida, y aborrecídola, decian todos que mi persona era buena para verdad desnuda y amarga. En abriendo yo la boca, lo mejor que se podia esperar era un bostezo ó un parasismo, porque todos esperaban el: deme vuesa merced, présteme, hágame merced; y así estaban armados de respuestas. Y en despegando los labios, de tropel se oia: No hay qué dar, Dios le provea, cierto que no tengo, yo me holgara, no hay un cuarto. Y fui tan desdichado que á tres cosas siempre llegué tarde: á pedir prestado llegué siempre dos horas despues; y siempre me pagaban por decir: Si llegara vuesamerced dos horas ántes, se le prestara ese dinero. A ver los lugares llegué dos años despues; y en alabando cualquier lugar, me decian: Ahora no vale nada; ¡si vuesamerced lo viera dos años há! A conocer y alabar las mujeres hermosas llegué siempre tres años despues, y me decian: Tres años atras me habia vuesamerced de ver, que vertia sangre por las mejillas. Segun esto, fuera harto mejor que me llamaran *don Diego Despues*, que no *don Diego de Noche*. Decir que despues de muerto descanso, aquí estoy y no me harto de muerte: los gusanos se mueren de hambre conmigo, y yo me como á los gusanos de hambre, y los muertos andan siempre huyendo de mí, porque nos les pegue el *don*, ó les hurte los huesos, ó les pida prestado. Y los diablos se recatan de mí, porque no me meta de gorra á calentarme, y ando por estos rincones introducido en telaraña. Hartos don Diegos hay allá, de quien pueden echar mano: déjenme con mi trabajo; que no viene muerto que luego no pregunte por *don Diego de Noche*. Y diles á todos los *dones* á teja vana, caballeros chirles, hácia-hidalgos y casi-dones, que hagan bien por mí, que estoy penando en una bigotera de fuego, porque siendo gentilhombre mendicante, caminaba con horma y bigotera á un lado, y moldè para el cuello y la bula en el otro; y esto y sacar mi sombra llamaba yo mudar mi casa.» Desapareció aquel caballero vision, y dió gana de comer á los muertos; cuando llegó á mí con la mayor prisa que se ha visto un hombre alto y flaco, menudo de facciones, de hechura de cerbatana; y sin dejarme descansar, me dijo: «Hermano, dejaldo todo presto, luego; que os aguardan los muertos que no pueden venir acá, y habeis de ir al instante á oirlos, y hacer lo que os mandaren sin replicar y sin dilacion luego.» Enfadóme la prisa del diablo del muerto, que no vi hombre más súpito; y dije: «Señor mio, esto no es cochite hervite.» «Sí es (dijo muy demudado): digoos que yo soy *Cochitehervite*, y el que viene á mi lado (aunque yo no le habia visto) es *Trochimochi*, que somos más parecidos que el freir y el llover.» Yo, que me vi entre *Cochitehervite* y *Trochimochi*(b), fui como un rayo donde me llamaban.

(a) Es *don Diego de Noche* figura imaginada para significar cualquier paseante embozado de los que viven de gorra, susto perpetuo de los transeuntes, coco de los padres y maridos, y acibar nocturno de los saraos y bailes de candil. Fué muy comun en el siglo XVI llamar tambien *don Fulano de Noche* á los que hasta puesto el sol no mostraban sus primores y habilidades. Argote de Molina en la *Sucesion de los Manueles* nos ha conservado la memoria de don Pedro de Guzman, que llamaron don Pedro de Noche, por la dulzura de su garganta y suavidad de su música, que tuvo sobre todos los que habia entónces en Castilla, la cual solamente de noche ejercitaba.

(b) *Cochitehervite* es una frase adverbial con que indicamos lo que se hace ó se desea que se haga apresuradamente. Trae su origen del que pone á cocer un líquido y quiere que empiece á hervir al instante.

A *trochemoche* vale á trompon, á salga lo que saliere, desbaratada, desordenadamente. Está la metafora tomada, segun Covarrubias, del que yendo á cortar leña al monte, no atendiendo á las leyes de la corta, desnuda las encinas de todas sus ramas sin dejar guia y pendon, que es lo que se llama desmochar, y aun no

Estaban sentadas unas muertas á un lado, y dijo *Cochitehervite* : «Aquí está *doña Fáfula* (*a*), *Mari-Zápalos* y *Mari-Rabadilla*.» Dijo *Trochimochi* : «Despachen, señoras, que está detenida mucha gente. *Doña Fáfula* dijo : «Yo soy una mujer muy principal.» «Nosotras somos (dijeron las otras) las desdichadas que vosotros los vivos traeis en las conversaciones disfamadas.» «Por mí no se me da nada (dijo *doña Fáfula*); pero quiero que sepan que soy mujer de un mal poeta de comedias, que escribió infinitas, y que me dijo un dia : El papel, señora, tanto mejor me hallara en andrajos en los muladares, que en coplas en las comedias cuanto no lo sabré encarecer. Fuí mujer de mucho valor, y tuve con mi marido el poeta mil pesadumbres sobre las comedias, autos y entremeses. Decíale yo que por qué cuando en las comedias un vasallo arrodillado dice al rey : *Dame esos piés*, responde siempre : *Los brazos será mejor*. Que la razon era en diciendo : *Dame esos piés*, responder : *¿Con qué andaré yo despues?* Sobre la hambre de los lacayos y el miedo tuve grandes peloteras con él. Y tuve buenos respetos . que le hice mirar al fin de las comedias por la honra de las infantas, porque las llevaba de vuelo, y era compasion. No me pagarán esto sus padres dellas en su vida. Fuíle á la mano en los dotes de los casamientos para acabar la maraña en la tercera jornada, porque no hubiera rentas en el mundo. Y en una comedia, porque no se casasen todos, le pedí que el lacayo, queriéndole casar su señor con la criada, no quisiese casarse ni hubiese remedio, siquiera porque saliera un lacayo soltero. Donde mayores voces tuvimos, que casi me quise descasar, fué sobre los autos del Córpus. Decíale yo : Hombre del diablo, ¿es posible que siempre en los autos del Córpus ha de entrar el diablo con grande brio, hablando á voces, gritos y patadas, y con un brio que parece que todo el teatro es suyo, y poco para hacer su papel, como quien dice : ¡Huela la casa al diablo! (1) Por vida vuestra, que hagais un auto donde el diablo no diga esta boca es mia; y pues tiene por qué callar, no hable; y que hable (2) quien puede y tiene razon, y enójese en un auto ; que aunque es la misma paciencia , tal vez se indignó, y tomó el azote y trastornó mesas y tiendas y cátedras, y hizo ruido. Hícele que pues podia decir Padre eterno, no dijese Padre eternal, ni Satan, sino Satanas ; que aquellas palabras eran buenas cuando el diablo entra diciendo bú, bú, bú, y se sale como cohete. Desagravié los entremeses, que á todos les daban de palos, y con todos sus palos hacian los entremeses. Cuando se dolian dellos, duélanse (decia yo) de las co-

medias que acaban en casamientos, y son peores, porque son palos y mujer. Las comedias, que oyeron esto, por vengarse pegaron los casamientos á los entremeses, y ellos, por escaparse y ser solteros, algunos se acaban en barbería, guitarricas y cantico.» «¿Tan malas son las mujeres (dijo *Mari-Zápalos*), señora *doña Fáfula*?» *Doña Fáfula*, enfadada y con mucho toldo, dijo : «¿Miren con qué nos viene ahora *Mari-Zápalos*!» Si vengo, no vengo , se quisieron arañar, y así se asieron, porque *Mari-Rabadilla*, que estaba allí, no pudo llegar á meterlas en paz ; que sus hijos, por comer cada uno en su escudilla, se estaban dando de puñadas. «Mirad, decia *doña Fáfula*, que digais en el mundo quién soy.» Decia *Mari-Zápalos* : «Mirá qué digais cómo la he puesto.» *Mari-Rabadilla* dijo : «Decidles á los vivos que si mis hijos comen cada uno en su escudilla, qué mal les hacen á ellos. ¡Cuánto peores son ellos, que comen en la escudilla de los otros, como *don Diego de Noche* y otros cofrades de su talle!»

Apartéme de allí, que me hendia la cabeza, y ví venir un ruido de piullidos y chillidos grandísimos, y una mujer corriendo como una loca, diciendo : «Pio, pio.» Yo entendí que era la reina Dido, que andaba tras el pio Eneas por el perro muerto á la zacapela, cuando oigo decir : «Allá va *Marta* con sus pollos.» «Válate el diablo : ¿y acá estás? ¿Para quién crias esos pollos?» dije yo. «Yo me lo sé, dijo ella, críolos para comérmelos, pues siempre decis : Muera *Marta* y muera harta. Y decidles á los del mundo que quién canta bien despues de hambriento, y que no digan necedades; que es cosa sabida que no hay tono como el del ahito. Decidles que me dejen con mis pollos á mí, y que repartan esos refranes entre otras *Martas* que cantan despues de hartas ; que harto embarazada estoy yo acá con mis pollos , sin que ande inquieta en vue stro refran (*b*).»

¡Oh qué voces y gritos se oian por toda aquella sima! Unos corrian á una parte y otros á otra , y todo se turbó en un instante. Yo no sabia dónde me esconder. Oíanse grandísimas voces que decian : «Yo no te quiero, nadie te quiere; » y todos decian esto. Cuando yo oí aquellos gritos dije : «Sin duda es este algun pobre, pues no le quiere nadie : las señas de pobre son por lo ménos.» Todos me decian : «Hácia tí; mira que va á tí.» Y yo no sabia qué me hacer, y andaba como un loco mirando dónde huir, cuando me asió una cosa (que apénas divisaba lo que era) como sombra. Atemoricéme , púsoseme en pié el cabello, sacudióme el temor los huesos. «¿Quién eres, ó qué eres, ó qué quieres (le dije) ; que no te veo y te siento?» «Yo soy (dijo) el alma de *Garibay*, que ando buscando quien me quiera, y todos huyen de mí ; y teneis la culpa vosotros los vivos, que habeis introducido decir que el alma de *Garibay* no la quiso Dios ni el diablo ; y en esto decis una mentira y una herejía : la herejía es decir que no la quiso Dios ; que Dios todas almas quiere y por todas murió : ellas son las que no quieren á Dios; así que Dios quiso el alma de *Garibay* como las demas. La mentira consiste en decir que no la quiso el diablo. ¿Hay alma que no la quiera el diablo? No por cierto; que pues él no hace asco de la de los pasteleros, roperos, sastres ni sombrereros, no lo hará

---

(1) contento con ello, da por el pié á la encina, acabando con el árbol para siempre , y esto es lo que llaman los campesinos trochar, esto es, tronchar, de donde viene la voz trocha.

Debiera en *Trochimochi* estar invertida la colocacion de las palabras, si el oido no tuviese más fuerza al formarse el lenguaje que el órden lógico de las ideas.

(*a*) ¿*Doña Fáfula* será *doña Fábula*, corrompido el nombre por la malicia de los villanos ó de los mosqueteros, cruel pesadilla de los poetas dramáticos? A valer esta conjetura, tendria entónces aquella frase la misma significacion que hoy tiene el manoseado chiste : *En la comedia no salió al fin el argumento*, que algunas almas pandas y no nada caritativas repiten cuando es trivial el asunto y se maneja con ruda Minerva.

Por lo demas, la crítica de QUEVEDO en este pasaje es de lo más ingenioso y oportuno.

(1) y Cristo muy mansueto que parece que apénas echa la habla por la boca? (*Edicion de Pamplona*, 1631.)

(2) Cristo , pues puede, etc. (*Id.*)

(*b*) Hay otro que dice : los pollos de Marta piden pan, y danle agua.

de mi. Cuando yo viví en el mundo, me quiso una mujer calva y chica, gorda y fea, melindrosa y sucia, con otra docena de faltas. Si esto no es querer el diablo, no sé qué es el diablo; pues veo, segun esto, que me quiso por poderes, y esta mujer en virtud dellos me endiabló, y ahora ando en pena por todos estos sótanos y sepulcros. Y he tomado por arbitrio volverme al mundo y andar entre los desalmados corchetes y mohatreros, que por tener alma todos me reciben; y así todos estos y los demas oficios deste jaez tienen el ánima de *Garibay*. Y decidles que muchos dellos, que allá dicen que el alma de *Garibay* no la quiso Dios ni el diablo, la quieren ellos por alma y la tienen por alma, y que dejen á *Garibay* y miren por sí.»

En esto desapareció con otro tanto ruido. Iba tras ella gran chusma de traperos, mesoneros, venteros, pintores, chicarreros y joyeros, diciéndola: «Aguarda, mi alma.» No vi cosa tan requebrada. Y espantóme que nadie la queria entrar, y casi todos la requebraban al salir.

Yo quedé confuso cuando se llegaron á mí *Perico de los Palotes*, y *Pateta*, *Juan de las calzas blancas*, *Pedro por demas*, el *Bobo de Coria*, *Pedro de Urdemalas* (a) (así me dijeron que se llamaban), y dijeron: «No queremos tratar del agravio que se nos hace á nosotros en los cuentos y en conversaciones; que no se ha de hacer todo en un dia.» Yo les dije que hacian bien, porque estaba yo tal con la variedad de cosas que habia visto, que no me acordaba de nada. «Solo queremos, dijo *Pateta*, que veas el retablo que tenemos de los muertos á puro

(a) *Perico de los Palotes* fué un bobo que tañia con unos palillos delgados como los del atambor; y el que se afrenta de que le traten indecentemente suele decir: «Sí, que no soy yo *Perico el ete los Palotes*.» (Covarrubias, *Tesoro de la lengua castellana*.)

Pateta es el apodo que se da al que tiene algun vicio en la conformacion de los piés ó de las piernas. Aplícase al diablo, de quien los cuentos de viejas refieren que hubo de quedar cojo al venir despeñado al abismo. Así se dice: ¡Ojalá le lleve *Pateta*!

El *bobo de Coria*. Covarrubias no sabe qué origen tuvo este modo de hablar, y se persuade que el tal bobo debia de serlo para los otros, mas discreto para sí, porque el adagio se acomoda á los que debajo de simplicidad y llaneza tratan de su provecho.

El excelente cuadro de Velazquez, núm. 291 del Real museo de pinturas á cuya corte dicen que es retrato del *Bobo de Coria*; pero si esta calificacion tiene alguna verdad, la figura debió de ser de otro bobo, á quien se hizo tambien natural de Coria, como si esta fuese única patria de estúpidos y mentecatos. Cuando Covarrubias escribió su *Tesoro de la lengua*, contaba Velazquez solos diez años de edad, lo que destruye completamente la identidad del retrato. Sea como quiera, en este el bobo aparece vestido de verde gaban de mangas abiertas, y sentado en el suelo con las manos juntas sobre una rodilla. A su lado se ve un vaso de vino y una cantimplora.

Pedro de Urde-malas (*artes.*) No se desdeñó el inmortal autor del *Quijote* de tomar á

    Pedro de Urde, montañes famoso
    Que así lo muestra el nombre y el ingenio,

por héroe de una de sus comedias. Pero es fuerza confesarlo, no acertó á desarrollar el carácter que le quiso atribuir de astuto, discreto, industrioso, agudo hablador y extremado embaustero. Cervántes le dió patria, hízole montañes, hijo de la piedra, niño de la doctrina, grumete, mozo de la esportilla que saca de un ciego en Córdoba, y despues de mudarle cien trajes, oficios y ejercicios, concluyó por convertirlo en farsante, á fin de que pudiese llegar á ser de este modo rey, fraile y papa y matachin. La comedia famosa de *Pedro de Urde-malas* es poco ménos que disparatada. *Pedro de Urde-malas*, personaje fabuloso, prototipo de malicias y ruindades, fué inventado por el vulgo que le pinta único y solo para *urdir* ó tramar en secreto y cautelosamente cualquier bellaqueria.

refran.» Alcé los ojos, y estaban á un lado el *santo Macarro* (b) jugando al abejon, y á su lado el de *santo Leprisco*; luego en medio estaba *san Ciruelo*, y muchas mandas y promesas de señores y príncipes aguardando su dia, porque entónces las harian buenas, que seria el dia de *san Ciruelo*. Por encima dél estaba el *santo de Pajares* (c) y *fray Jarro* hecho una bota, por sacristan junto á *san Porro*, que se quejaba de los carreteros. Dijo *fray Jarro* (con una vendimia por ojos, escupiendo racimos, y oliendo á lagares, hechas las manos dos piezgos, y la nariz espita, la habia remostada con un tonillo del carro): «Estos son santos que ha canonizado la picardia con poco temor de Dios.» Yo me queria ir, y oigo que decia el *santo de Pajares*: «Ah compañero, decidles á los del siglo que muchos picarones que allá teneis por santos, tienen acá guardados los pajares; y lo demas que tenemos que decir se dirá otro dia.»

Volví las espaldas, y topé cosido conmigo á *don Diego de Noche*, rascándose en una esquina, y conocíle y díjele: «¿Es posible que aun hay que comer en vuesamerced, señor don Diego?» Y díjome: «Por mis pecados soy refitorio y bodegon de piojos. Querria suplicaros, pues os vais, y allá habrá muchos, y acá no se hallan por el bien parecer, que ando muy desabrigado, que me envieis algun mondadientes; que como yo lo traiga en la boca, todo me sobra, que soy amigo de traer las quijadas hechas jugador de manos, y al fin se masca y se chupa, y hay algo entre los dientes, y poco á poco se roe; y si es de lentisco es bueno para las opilaciones.» Dióme grande risa y apartéme dél huyendo, por no lo ver aserrar con las costillas un paredon á puros corcovos.

Dando gritos y alaridos venia un muerto, diciendo: «A mí me toca; yo lo sabré; ello dirá; entenderémonos; ¿qué es esto?» y otras razones tales. «¿Quién es este tan entremetido en todas las cosas?» Y respondióme un difunto: «Este es *Vargas* (d), que, como dicen: *Averígüelo Vargas*, viene averiguándolo todo.» Topó en el camino á *Villadiego*; el pobre estaba afligidísimo, hablando entre sí; llamóle y díjole: «Señor *Vargas*, pues

(b) *Santo Macarro*, expresion que, adulterada por el vulgo, significa á uno á quien en el juego van manchando la cara los demás, con la condicion de sostituirle aquel que se ria. Como el tiznado ha de estar muy serio, de aquí llamarle santo, apellidándolo á salga lo que saliere.

(c) Acerca del *Santo de Pajares* dicen que en un incendio se quemó el santo y no ardió la paja. Con este nombre señálase al hipócrita y á aquel de cuya santidad no se puede fiar. Quevedo solia llamar al Conde Duque el *Santo de Pajares*.

(d) Era alcalde de corte por los años de 1480, y á quien la Reina Católica ordinariamente (por una de aquellas genialidades suyas) cometia la averiguacion de los memoriales, estampando en ellos la fórmula: *Averígüelo Vargas*, de donde salió el refran. Pedraza refiere en su *Historia eclesiastica de Granada*, fol. 149, v. un caso en que entendió Vargas para comprobar el delito de cierto caballero de Galicia, llamado Alvar Yañez de Lugo, vecino muy rico de Medina de Campo, que persuadió á un escribano á hacer una escritura falsa por haber ciertos bienes, y matándolo porque la maldad no se pudiera descubrir, la enterró secretamente en su casa.

La Academia española, en su *Diccionario de la lengua castellana*, opina que al refran dió origen don Francisco de Vargas, del consejo de Castilla, á quien en tiempo de Cárlos V se encargaban las cosas más dificiles de averiguar.

Tambien el primer duque de Alba don Fadrique de Toledo tuvo en aquel tiempo un contador del mismo nombre; y en documentos originales, que poseo, del año de 1495, al dorso de todas las pretensiones se lee este decreto: «Que el contador García de Vargas lo cate por los libros.»

Si Pedraza y la Academia tienen ambos razon, ya no hay duda que el averiguar era por aquellos tiempos patrimonio de los Vargas.

vuesamerced lo averigua todo, hágame merced de averiguar quién fueron las d. *Villadiego* (a), que todos las toman; porque yo soy *Villadiego*, y en tantos años no lo he podido saber ni las echo ménos; y querria salir si es posible deste encanto.» *Vargas* le dijo: «Tiempo hay; que ahora ando averiguando cuál fué primero, la mentira ó el sastre; porque si la mentira fué primero, ¿quién la pudo decir si no habia sastres? Y si fueron primero los sastres, ¿cómo pudo haber sastres sin mentira? En averiguando esto volveré;» y con esto se desapareció. Venia tras él *Miguel de Vérgas*, diciendo: «Yo soy el Miguel de las negaciones, sin qué ni para qué, y siempre ando con un no á las ancas. Eso no, Miguel de *Vérgas*, y nadie me conceda nada; y no sé por qué ni qué he hecho (b).» Más dijera, segun mostraba pasion, si no llegara una pobre mujer cargada de bodigos y llena de males y plañiendo. «¿Quién eres (la dije), mujer desdichada?» «La *manceba del Abad*, respondió ella, que anda en los cuentos de niños, partiendo el mal con el que le va á buscar; y así dicen las empuñadoras de las consejas: Y el mal para quien le fuere á buscar y para la *manceba del Abad*. Yo no descaso á nadie, ántes hago que se casen todos. ¿Qué me quieren, que no hay mal, venga por donde viniere, que no sea para mí?» Fuése, y quedó á su lado un hombre triste, entre calavera y mala nueva. «¿Quién eres, le dije, tan aciago, que (como dicen) para mártes sobras?» «Yo soy, dijo, *Mátalascallando*, y nadie sabe por qué me llaman así, y es bellaquería, que quien mata es á puro hablar, y esos son *Mátalashablando*; que las mujeres no quieren en un hombre sino que otorgue, supuesto que ellas piden siempre. Y si quien calla otorga, yo me he de llamar *Resucitalascallando*. Y no que andan por ahí unos mozuelos con unas lenguas de portante, matando á cuantos los oyen, y así hay infinitos oidos con mataduras.» «Así es verdad, dijo *Lanzarote*; que á mí me tienen esos consumido á puro lanzarotar ósi viene ó no viene de Bretaña; y son tan grandes habladores, que viendo que mi romance dice :

Doncellas curaban dél,
Y dueñas de su rocino,

han dicho que de aquí se saca que en mi tiempo las

dueñas eran mozos de caballos, pues curaban del rocino(c). ¡Bueno estuviera el rocin en poder de dueñas!¡El diablo se lo daba! Es verdad, y yo no lo puedo negar, que las dueñas por ser mozas, aunque fuese de caballos, se entremetieron en eso, como en otras cosas; mas yo hice lo que convenia.» «Crean al señor *Lanzarote* (dijo un pobre mozo, sencillo, humilde y caribobo); que yo lo certifico.» «¿Quién eres tú, que pretendes crédito entre los podridos?» «Yo soy el pobre *Juan de buena alma*, que ni me ha aprovechado tener buen alma, ni nada, para que me dejen ser muerto. ¡Extraña cosa, que sirva yo en el mundo de apodo! Es *Juan de buen alma*, dicen al marido que sufre, y al galan que engañan, y al hombre que estafan, y al señor que roban y á la mujer que embelecan. Yo estoy aquí sin meterme con nadie.» «Eso es no nada, dijo *Juan Ramos*, que voto á Cristo, que los diablos me hicieron tener una gata. Más me valiera comerme de ratones, que no me dejan descansar: daca la gata de *Juan Ramos*, toma la gata de *Juan Ramos*(d). Y ahora no hay doncellita ni contadorcito, que ayer no tenia que contar sino duelos y quebrantos; ni secretario, ni ministro, ni hipócrita, ni pretendiente, ni juez, ni pleiteante, ni viuda, que no se haga la gata de *Juan Ramos*, y todo soy gatas; y parezco á febrero; y quisiera ser ántes *sastre del Campillo* (e) que *Juan Ramos*.» Tan presto saltó el *sastre del Campillo*, y dijo que

(a) Tomar *calzas de Villadiego* vale huir más que de paso. El refran, segun Covarrubias, está autorizado por el autor de *La Celestina*, pero no consta su origen más de que Villadiego se debió de ver en algun aprieto, y no le dieron lugar á que se calzase, y con ellas en las manos se fué huyendo. El doctor Francisco de El Rosal, médico natural de Córdoba, que formó un diccionario etimológico en los primeros años del siglo XVII, dice que *Villadiego* es corrupcion de *Villa de cuyo* (nombre que tuvo en lo antiguo esta poblacion, acaso porque habria algun *caballo* de piedra sobre una de sus puertas), y el refran alude al caballo, al cual se acoge quien anhela escapar de un peligro seguro. (*Biblioteca Nacional*, T. 127, alfabeto U, pág. 124.)

(b) *Eso no, Miguel de Vérgas.* Tuvo principio en Salamanca. Fuera de la puente hay una ermita de la Trinidad, donde al pié de una imágen de Dios Padre se hizo pintar un devoto ciudadano llamado *Miguel de Vérgas*, con una copla que decia así :

Querria honra y provecho,
Y que nada me faltase,
Y cuando Dios me llevase
Irme á la gloria derecho.

Al pié de la copla escribió un estudiante : *Eso no, Miguel de Vérgas.* (Doctor Francisco de El Rosal.*Biblioteca Nacional*, T. 127.—*Origen y etimologia de todos los vocablos originales de la lengua castellana.* Alfabeto III, pág. 51.)

Véase pues cómo han tenido principio la mayor parte de nuestros refranes, y si es casi imposible averiguar su cuna.

(c) Las aventuras de Lanzarote constituyen la parte festiva y amena de los libros caballerescos de Artus, ó Arturo, príncipe de los silures, que floreció á fines del siglo VI y fué el Pelayo de la Gran Bretaña contra los sajones, dueños á la sazon de toda la isla. Instituyóse en tiempos de este buen rey, segun la irrecusable autoridad de don Quijote, la famosa órden de la Tabla redonda, y pasaron sin faltar un punto los amores de *don Lanzarote del Lago* con la reina Ginebra, hija del rey de Escocia y mujer de Artus, siendo mediadera de ellas y sabidora la honrada dueña *Quintañona*, de donde nació aquel tan sabido romance y tan decantado en nuestra España, do

Nunca fuera caballero
De damas tan bien servido,
Como fuera Lanzarote
Cuando de Bretaña vino.

Pasa como autor del libro de *Lanzarote* Arnaldo Daniel, poeta provenzal de fines del siglo XII.

(d) Ahora ha mudado de dueño : dícese *la gata de Mari-Ramos*. Con esta expresion familiar se nota á alguno de que disimuladamente y con melindre pretende una cosa, dando á entender que no la quiere.

Hay muchas expresiones proverbiales al estilo del *gato ó gata de Mari-Ramos*; como la *hebra de Mari-Moco*, el escrúpulo de *Mari-Gargajo*, etc.

Hacer de la *gata de Juan Hurtado*, ó de la *gata muerta*, es (segun Covarrubias) fingir santidad y humildad, necesidad y flaqueza. Cuenta que esta gata, no pudiendo haber á las manos los ratones, se tendió en medio de la pieza donde acudian, como muerta, y los ratones, creyéndolo así, fueron perdiéndole el miedo, hasta jugar y saltar sobre ella ; y cuando vió la suya hizo riza en ellos y las mató todos.

(e) Personaje proverbial de que ya hay noticia en el siglo XV. «*El alfayate del Cantillo* facia la costura y ponia el filo», dice el marqués de Santillana. Cervántes le llama tambien *el sastre del Cantillo* ; pero el autor de la *Pícara Justina* amplia el refran en estos términos : *El sastre del Campillo* y la costurera de Miera, el uno ponia manos y hilo, y la otra trabajo y seda. Covarrubias le llama indistintamente *sastre del Campillo* ó *del Cantillo*, y cita estas dos versiones del mismo refran : El alfayate de las encrucijadas cosia de balde y ponia el hilo de su casa ; El alfayate de la Adrada, que ponia el hilo de su casa.

El licenciado Caro y Cejudo aplica el mismo cuento al sastre de Piedras Albas.

Estos refranes condenan á los que, ademas de no saber aprovecharse de su trabajo, poniéndolo de balde, gastan de lo suyo con quien ni sabrá agradecerlo ni tal vez lo merece.

quién metia á *Juan Ramos* con el sastre. Y él dijo que no mejoraba de apellido aunque mudaba de sexo.—Pues dijeran el gato de *Juan Ramos*, y no la gata.—Si dijeran, no dijeran, el sastre desconfió de las tijeras y fió de las uñas (con razon), y empezóse una brega del diablo. Viendo tal escarapela, (*a*) íbame poco á poco, y buscando quien me guiase, cuando sin hablar palabra ni chistar (como dicen los niños), un muerto de buena disposicion, bien vestido y de buena cara, cerró conmigo. Yo temí que era loco y cerré con él; metiéronnos en paz. Decia el muerto: «Déjenme á ese bellaco, deshonra-buenos: voto al cielo de la cama, que lo he de hacer que se quede acá.» Yo estaba colérico, y díjele: «Llega y te tornaré á matar, infame, que no puedes ser hombre de bien: llega, cabron.» ¡Quién tal dijo! No le hube llamado la mala palabra, cuando otra vez se quiso abalanzar á mí, y yo á él. Llegáronse otros muertos, y dijeron: «¿Qué habeis hecho? Sabeis con quién hablais? A *Diego Moreno* llamais cabron? ¿No hallastes sabandijas de mejor frente?» «¿Qué, este es *Diego Moreno*?» dije yo. Enojéme más y alcé la voz diciendo: «Infame, ¿pues tú hablas? Tú dices á los otros deshonra-buenos? La muerte no tiene honra, pues consiente que este ande aquí. ¿Qué le he hecho yo?» «Entremes (dijo tan presto *Diego Moreno*). ¿Yo soy cabron, y otras bellaquerías que compusiste á él semejantes? ¿No hay otros Morenos de quien echar mano? No sabias que todos los Morenos, aunque se llamen Juanes, en casándose se vuelven Diegos, y que el color de los más maridos es moreno? ¿Qué he hecho yo, que no hayan hecho otros muchos más? ¿Acabóse en mí el cuerno? ¿Levantéme yo á mayores con la cornamenta? ¿Encareciéronse por mi muerte los cabos de cuchillos y los tinteros? Pues ¿qué los ha movido á traerme por tablados? Yo fuí marido de tomo y lomo, porque tomaba y engordaba: siete-durmientes era con los ricos, y grulla con los pobres, poco malicioso. Lo que podia echar á la bolsa no lo echaba á mala parte. Mi mujer

(*a*) Todo lo anterior, desde el principio del párrafo hasta este punto, falta en la edicion de Pamplona, y debió ser añadido por QUEVEDO en 1629. Ya en adelante conforman esta y la de Barcelona de 1635

era una picaronaza, y ella me disfamaba, porque dió en decir: Dios me le guarde al mi *Diego Moreno*, que nunca me dijo malo ni bueno. Y miente la bellaca, que yo dije malo y bueno ducientas veces. Y si está el remedio en eso, á los cabronazos que hay ahora en el mundo decildes que se anden diciendo malo y bueno á sus mujeres, á ver si les desmocharán las sienes y si podrán restañar el flujo del hueso. Lo otro: yo dicen que no dije malo ni bueno, y es tan al reves, que en viendo entrar en mi casa poetas, decia malo; y en viendo salir ginoveses, decia bueno; si via con mi mujer galancetes, decia malo; si via mercaderes, decia bueno; si topaba en mi escalera valientes, decia remalo; si encontraba obligados y tratantes, decia rebueno. Pues ¿qué mas bueno y malo habia de decir? En mi tiempo hacia tanto ruido un marido postizo, que se vendia el mundo por uno y no se hallaba. Ahora se casan por suficiencia, y se ponen á maridos como á sastres y escribientes. Y hay platicantes de cornudo y aprendices de maridería. Y anda el negocio de suerte, que si volviera al mundo (con ser el propio *Diego Moreno*) á ser cornudo, me pusiera á platicante y aprendiz delante del acatamiento de los que peinan medellin y barban de cabrío.» «¿Para qué son esas humildades (dije yo), si fuiste el primer hombre que endureció de cabeza los matrimonios; el primero que crió desde el sombrero vidrieras de linternas; el primero que ingirió los casamientos sin montera? Al mundo voy solo á escribir de dia y de noche entremeses de tu vida.» «No irás esta vez» (dijo), y asímonos á bocados, y á la grita y ruido que traiamos, despues de un vuelco que dí en la cama, diciendo: «Válgate el diablo ¿ahora te enojas (propia condicion de cornudos enojarse despues de muertos)?» con esto me hallé en mi aposento tan cansado y tan colérico como si la pendencia hubiera sido verdad, y la peregrinacion no hubiera sido sueño. Con todo eso, me pareció no despreciar del todo esta vision y darle algun crédito, pareciéndome que los muertos pocas veces se burlan, y que gente sin pretension y desengañada más atienden á enseñar que á entretener.

CASA DE LOCOS DE AMOR [a].

Á DON LORENZO VÁNDER HÁMMEN Y LEON VICARIO DE JUBÍLES [b].

DISCURSO.

Una mañana de las de enero, señor don [1] Lorenzo,

(a) En junio de 1627 se imprimieron en Zaragoza (por Pedro Vérges, dedicados á doña María Ana Enriquez, bajo el seudónimo de doña Mireua Riqueza) los *Desvelos soñolientos y verdades soña-das.* Esta obra comprende cuatro discursos : *El sueño de la muer-te*, *del juicio final*, *del infierno*, y *La casa de locos de amor*, que salia entónces á pública luz por vez primera.

Don Lorenzo Vánder Hámmen, vicario de Jubiles, preparó la edicion, y consagróla á don Francisco Jimenez de Urrea, capellan de su majestad. Decíale en la dedicatoria : « Remito á vuesa mer-ced esos sueños del amigo, como prometí, y le aseguro se pueden ahora leer sin escrúpulo, porque yo los he corregido por los origina-les que en mi librería tengo. »

El vicario de Jubíles confiesa solemnemente que el autor de estas obras es DON FRANCISCO DE QUEVEDO VILLEGAS.

Entró á formar parte la presente en la coleccion de Barcelona de 1629; pero no apareció en la de Madrid hecha por DON FRAN-CISCO el mismo año con el rótulo *Juguetes de la niñez y travesuras del ingenio.* Cárlos de Labáyen reimprimió el discurso en 1631.

Los autores del *Tribunal de la justa venganza*, muy enterados de cuanto al señor de la Torre de Juan Abad pertenecia, dijeron en 1635 que era suya la *Casa de locos de amor.*

Nuestro escritor falleció en 1645. Tres años despues facilitaba en Madrid los originales para una nueva publicacion de sus escritos, que lleva por título *Enseñanza entretenida y donairosa moralidad*, etc., el oficial más antiguo de la secretaría del reino de Sicilia don Cristó-bal de Salazar Mardones, defensor é ilustrador de Góngora. Y cuan-do incluyó con notables alteraciones la *Casa de locos de amor* (alte-raciones que á toda luz confesaban ser de otra pluma y de otro ingenio), respetó á QUEVEDO en la propiedad de lo que hasta entón-ces nadie le disputaba.

Muchos años adelante y en contradiccion conmigo mismo, se ven-dió don Lorenzo Vánder Hámmen y Leon á don Nicolas Antonio, en Granada, por verdadero autor del presente opúsculo; y dán-dole asenso, el bibliófilo sevillano afirmó que no se parecia en lo más mínimo al ingenio y estilo del autor de los Sueños : testimonio respetable que alucinó á muchos, viniendo á ser cuestion lo que por los tiempos y los hechos parecia estar fuera de duda.

Un detenido exámen de la *Casa de locos de amor* nos hace for-mar el siguiente juicio. Está escrita en el hervor de la juventud de Quevedo. El asunto se lo pudo sugerir Vánder Hámmen, pero no lo desarrolló. Muerto su amigo, hizo el vicario de Jubíles propia la obra, y con pensamientos y rasgos de los Sueños, ya perifra-seando y comentando el texto, aderezó uno á su antojo, que llegó á manos de Salazar Mardones, hombre no nada escrupuloso, y ha servido de modelo á todas las ediciones hechas desde 1648 á 1850.

Tenemos pues dos textos : uno desconocido en vida del señor de la Torre de Juan Abad, pero reimpreso infinitas veces. Otro publicado en su tiempo, mas únicamente en solas tres ocasiones que yo sepa. Este, sin embargo, conceptuamos el legítimo ; este conforma en un todo con el precioso MS. de letra de la primera década del siglo XVII que posee la biblioteca Colombina (Aa 141, 4°, autorizado con el nombre de QUEVEDO ; y este, en fin, damos á nuestros lectores.

No hemos podido valernos de otra impresion que la de Pamplo-na de 1631. Sacamos al pié, sin advertencia alguna, las alteracio-nes de la edicion de Madrid de 1648, y diferenciamos con la debida expresion las pocas variantes del MS. de la Colombina.

(b) Falta en el *MS. Colombino.*

(1) Juan, que el frio (*MS. Colombino.*)

que el frio y la pereza me embargaron el cuerpo en la cama más de lo acostumbrado, [2] consultando un pen-samiento amoroso con la almohada (gran maestra de fá-bricas de viento), que me hallé tan léjos de mí como cerca de un desengaño, que se me representó en la idea, de la locura de amor. Parecióme oir aquel verso que Virgilio tomó de Teócrito :

Ah, Corydon, Corydon, quae te demencia cepit? [c].

Y sin ver por dónde fuí llevado, me hallé en un prado más deleitoso y ameno que lo suelen mentir poetas de primera tonsura, que cursando los primeros años en las flores de los jardines [3], pasan luego á las Indias por te-soros, con que, segun piensan, enriquecen [4] sus pobres papeles [5]. Allí vi dos claros arroyos, uno de amar-gas, otro de dulces aguas, juntarse con tan sonoro mur-murio, [6] que lisonjeaban los oídos de los que por su ribera pasaban; y vi que con esta agua templaba amor el oro de sus flechas, segun colegí de los oficiales mi-nistros suyos que en esto se ocupaban. Por estas señas pensé que estaba en los celebrados jardines de Chipre ; y ya queria buscar aquella memorable colmena de don-de salió la abeja que se atrevió á picar al señor Cupido, y dió ocasion á Anacreonte á hacer aquella dulcísima oda. Y no pensaba mal, pues las mismas señas da el Po-liziano en su Historia :

Sentesi un grato mormorio dell'onde,
Che fan duo freschi e lucidi ruscelli,
Versando dolce con amor'liquore,
Ove arma l'oro de'suoi strali Amore.

Mas á esta sazon vi en medio del prado un [7] mara-villoso edificio, con una gran portada de fábrica dóri-ca y de excelente artífice labrada. En los pedestales, en las basas, colunas, cornisas, capiteles, arquitra-ves, frisos y demas partes de que se componia la facha-da, estaban mil triunfos de amor imaginados, de me-dio relieve, que juntamente con muy graciosos brutes-

(2) y allí entre las sábanas solo,

(c) Égloga II, 69.

(3) y en las vegas, sin ser Lope

(4) sin ser Enriquez.

(5) ya que no pueden a sí mismos ni á sus damas.

(6) y sin murmurar, que eran arroyos muy comedidos, lison-jeaban

(7) excelente edificio con una gran portada, de fábrica dórica, de buen maestro : imaginados mil trofeos de amor en las puertas, que juntamente hacia historia y ornato. Al fin pedestales , basas , co-lumnas, capiteles, architraves, cornija y friso, con triglifos, gotas y metipas , todo tenia misterio de amor. Era bien capaz , y estaba siempre abierta á todos los que por ella querian entrar, que eran infinitos. Tenia encima escrito este rótulo (*MS. Colombino.*)

cos hacian historia y ornato, y representaban misterio. Debajo del chapitel, en una bizarra tarjeta, se veian con letras de oro talladas estos versos:

Casa de locos de amor.
Do al que más sabe de amar
Se le da mejor lugar.

La variedad de piedras y diversidad de colores de que se componia la hacian vistosa mucho; era bien capaz, y estaban sus puertas abiertas siempre á todos los que por ella querian entrar, que eran infinitos (a). Hacia oficio de portero una mujer de (1) rara hermosura: su rostro era celestial y hechizo de los hombres; su talle airoso, y su cuerpo bien proporcionado, adornado de ricas y costosísimas telas y joyas. Tal al fin era toda, que convidaba á amor y (2) decia su nombre que era Belleza. A ninguno negaba el paso, ni la pedia ninguno más licencia que mirarla. Yo, que no era ciego, aficionado de tan peregrino palacio, con esta licencia me entré tambien al primer patio, donde hallé infinidad de gente, y á todos tan trocados de lo que ántes fuéron (y á mí con ellos), que apénas unos á otros se conocian: los trajes mudados, los rostros melancólicos, penados, pensativos y amarillos (color de que amor viste sus criados). Díjolo Ovidio en su Arte amandi (b):

Palleat omnis amans: hic est color aptus amanti.

Y Horacio, oda 10, lib. 3:

Nec tinctus violâ pallor amantium.

De donde el Camoens, en el canto 9 de sus Lusiadas (c):

As violas da cordas amadores.

Allí no se guardaba fe á los amigos, lealtad á los señores ni respeto á los parientes. Las primas se hacian terceras, y estas primas; las criadas señoras, y los señores criados. Casadas vi amigas del más amigo de su marido, y aun maridos muy amigos del más amigo de sus mujeres. Esto estaba yo contemplando cuando por medio de todos atravesó un hombre de extraña forma, lleno de ojos y oídos, y al parecer astuto. Porque no me ganara por la mano, le quise preguntar primero yo quién era y qué hacia allí. A ambas cosas me respondió así: «Mi nombre es Zelos; y muy bien me conocéis vos, porque á no ser así, no estuviérades en este patio, y aunque soy grande parte de acrecentar el número de los enfermos y furiosos que aquí hay, soy loquero, y sirvo de castigarlos, no de curarlos; que ántes suelo acrecentarles el mal (3). Si quereis saber más de las cosas desta casa, no me lo pregunteis á mí, que por milagro digo verdad, porque dejo de ser quien soy en diciéndola. Soy gran invencionero, y contaros he mil mentiras. Aquel venerable anciano que allí se pasea muy apriesa es el administrador; él os informará (bien que á la larga) largamente de todo lo que quisiéredes.» Con esto me dejó, y sin más detenerme llegué al viejo (4), y conocí ser

(a) Falta éste período en el MS. Colombino.
(1) maravilloso rostro, gentil cuerpo, bien compuestos miembros, tan adornada de ropas, y tal, que toda ella convidaba á amar y estaba diciendo su nombre que era Belleza. (MS.)
(2) respeto (que mujer pobremente vestida es como moneda falsa, que no pasa si no es de noche); y con la espada, que solo desnuda puede matar): su nombre decia que era
(b) Lib. I, 731.
(c) Octava LXI.
(3) y como cuchilladas de vestidos, que descubren el aforro del honor, no sin infamia de muchos.
(4) Con su barba tan larga, que podia servir de limpiadera, an-

el Tiempo. Pedíle (5) me mostrase los cuartos de aquel palacio, que queria, como forastero, ver algunos locos mis compañeros. Mas porque, segun me dijo, andaba curando los enfermos (6), desde adonde estaba me los mostró, me dió licencia y me dejó ir solo.

Y apénas salí de aquel primer patio (donde los locos andaban barajados, y sin que se pudiese distinguir del manjar que era cada uno), cuando el primer cuarto que encontré era el de las doncellas (7); porque en lo más fuerte de la casa estaban las mujeres (8), como (9) locos más furiosos, aprisionadas. Estaba en él una llorando de celos de una soltera, otra quiriendo á un galan sin osárselo decir; otra escribiendo un papel con mil reveses, y con tantos tuertos como renglones (10); otra pidiendo una música á su amante, que es lo mismo que pedir dijese en la vecindad la pretendia (11); otra le estaba diciendo al suyo que era suya, pero que ni pretendiese más della ni quisiese á otra: él decia que lo haria así, y ella lo creia. Unas querian casarse por amar, y otras á hombres casados (esas estaban apartadas con los incurables) (12). Otras tenian requiebros, que (13) llaman por las ventanas y quicios de puertas. Estas no eran locas, sino inocentes. Aquí no me atreví á detenerme mucho, porque corre un hombre riesgo entre esta gente; y el que más bien libra suele salir condenado á casamiento, que es tomar un arrepentimiento de por vida; y cuando esto no, á sufrir una misma mujer todo el año, sin redencion deste cautiverio. Tampoco osé hablar con ninguna, porque temí que luego habia de pensar estaba enamorado della; y así pasé al siguiente cuarto, que era el de las casadas.

A muchas destas tenian atadas sus maridos, y así no podian ejecutar las temas de sus locuras todas veces; si bien otras quebraban las prisiones, y eran más furiosas que las libres. Muchas andaban sueltas por el cuarto, no porque estaban libres, sino porque ellas lo eran. Unas quitaban á sus maridos para dar á otros que diesen (14), y estas no caian en la cuenta hasta que se acababa el gasto; y otras fingian romerías (que en buen romance eran ramerías) por ganar la gracia de sus galanes. Una vi que sufria de su marido unas sospechas averiguadas, porque fuesen horros, y á ella no le fuese nadie á la mano (digo á nada á la mano); y otra que

daba por allí hisopeando con la cabeza, como si fuera clérigo que dice responsos. Conocí
(5) con la debida cortesía (que es la cosa que vence dejándose vencer)
(6) que, como dicen, el tiempo todo lo cura.
(7) ¿Doncellas hay aquí (dije yo, sin poner nombre á nadie)? ¡Tristes dellas! Y con razon.
(8) que son locos más fuertes y apasionados. Estaba una llorando (MS. Colombino.)
(9) locas furiosas, apasionadas y muy cerradas, que para esto no les vale—(sigue de la página 352, columna 2.ª, línea 12, hasta pena cuerdas). No eran estas las que hacian ménos locuras—(línea 10, hasta muy peligrosas). Estaba en aquel fuerte de la casa, una llorando de una soltera:
(10) y todo de mala letra, para que haya más ocasion de leerle más de espacio, y volverle á leer con meditaciones.
(11) y como tocar á vísperas para que acudiesen todos á escuchar la aficion
(12) Destas unas eran doncellas de casar y otras doncellas de servir.
(13) eran mujeres de escribanía, y así la mayor parte dellas estaban—(sigue desde la página 352, columna 2.ª, línea 16, hasta la 353, columna 1.ª, línea 11, era su mal incurable y insufrible).
Aquí no me atreví á detenerme mucho.
(14) á otras, (MS. Colombino.)

hacia sus mangas con dar labor fuera. Unas iban al baño y se manchaban, y otras al confesor, por encontrar al mártir. Algunas vengaban los pensamientos del marido con obras (1) propias, que como dice un apasionado (Juvenal, sátira 13):

vindictâ
Nemo magis gaudet, quàm fœmina.

Y el pagarse adelantado es para ellas la mayor venganza (2). (3) Cuál estaba melancólica por la dilacion de cierto efecto. A una muy amiga de su coche pregunté que por qué le queria tanto, que nunca salia dél, y me respondió que porque tenia cortinas que se corrian. Pudieran muy bien (dije yo) de que no se corre vuestro marido, y ella corriendo me dejó. Entre (4) toda esta máquina no estaban las que tenian los maridos en Indias, ó andaban en comisiones, (5) porque todas vivian al fuero de solteras, y como conjuradas, no eran tenidas por miembros desta república.

El siguiente cuarto era el de las reverendas viudas, (6) locas de ciencia y experiencia. Estas estaban (7) todas muy graves, esto es, pesadísimas, y cada una daba en su tema, mas á lo disimulado, pero no tanto que encubriesen el frenesí; porque á una dellas vi que juntamente lloraba por el marido y reia con el amigo; otra muy tocada de sus tocas, y más de la vanidad, hacer grandes presentes, sin acordarse de los pasados. Muchas sin tocas (8) ni monjil, discurrir por el cuarto tan compuestas, que disimularan fácilmente el ser simples con quien no las conociese; mas no faltó quien dijo eran viudas apóstatas, y que las tenia allí (á nuestro modo de hablar) la Inquisicion. Otras, de bien diferente humor, estaban apostando á quién más larga traia la toca; y en algunas destas advertí que pudieran ahorrar de saya entera (9). Vi que todas las viudas (10) pasantes eran las primeras que se enamoraban, por más puntos que tuviesen, y que las (11) más mozas no esperaban á ser visitadas. Andaban por allí muchas devotas, y devotas de muchos (12) con las cuentas en las manos, cuenta con los bienes ajenos (13). Estas eran herejes de amor, y las más estaban penitenciadas con perpetuos ayunos (que tambien tienen cuaresma los carnales). Otras traian tocas de (14) gasa y nevadas con repulgos gordos, y su poco de moño ó copete, como antiguamente

se decia. Estas ya se ve cuán ocasionadas estaban. Otras se ponian color, como si tuviesen vergüenza; y algunas se querian casar mil veces; y al fin, cada loca estaba con su tema. Eran estas, entre todas, las más insufribles; porque como habia pocas mozas, y todas habian sido señoras de su casa y lo eran, cada una queria mandar, y así tenia harto que hacer con ellas el enfermero.

Cansado de tan insufribles sabandijas, pasé adelante (15) y llegué al cuarto de las monjas, que no son las que hacen ménos locuras; y aunque de razon habian de ser fáciles de curar, habia hartas muy peligrosas. Estaban todas detras de fuertes rejas, que para esto no les vale la locura, aunque tal vez amor ha dado dispensacion; y ellas, que no conocen otro superior en cuanto les dura este mal, le obedecen sin reparar en que las ha de hacer la pena cuerdas. La mayor parte destas estaba escribiendo billetes (que su ordinario es muy ordinario), y todas jugando en ellos del vocablo, desde la cruz hasta el *Dios os guarde* y *sea de esos papeles por quien él es* (16). Todas las locas deste cuarto estaban hablando de noche y de dia sin cesar, y algunas pensando siempre que eran muy discretas. Unas andaban enamoradas de otras muy en forma, y las paseaban, festejaban y pedian celos. Estas eran tontas, y así andaban sueltas, por no las tener por locas de perjuicio; pero lo cierto es lo eran, aunque no se les conociese bien por entónces la enfermedad. Las que tenian más devociones eran las más pecadoras, y no eran pocas, porque ninguna se contentaba con dos. Todo esto nacia de la mucha ociosidad (17); donde la hay por fuerza ha de haber grande amor, como lo sintió el Petrarca en el *Triunfo del amor.*

Ei nacque d'otio, e di lascivia humana.

Y ántes que él, Séneca en su *Octavia* (a)

Amor est; juventâ gignitur; luxu, otio
Nutritur, inter laeta fortunæ bona.

Pero no se entiende mucho amor con muchos, como ordinariamente tienen estas locas, sin que tenga reparo esta treta. Habia aquí quien aceptaba más libranzas que un banco (18) ginoves, ó Fúcar, con solo el caudal de su sazonado dulce. Unas (19) hacian terceras de las de los bordones, y otras tenian por bordon hacerse primas de todos, si bien toda esta música era de falsas (20). Otras hacian lo que ellas llaman (21) *trabajos* (yo colacion) (22) para sus galanes; y me pareció que era bien pensado dar colacion á galanes ayunos. Unas deseaban que el que era visitador no las visitase, y otras que las visitase el que no era visitador. Las ménos locas se enamoraban del médico de casa (23). Estas andaban tras la (24) andadera,

(1) pias, como dice Juvenal (*MS.*)
(2) si bien todas sus venganzas son á traicion, á espaldas de sus maridos.
(3) A una que vi melancólica le pregunté la causa. Me respondió que la dilacion (*MS.*)
(4) estas no estaban las que tenian sus maridos (con la propiedad del vocablo) idos al mar y en Indias
(5) y que en lugar de volver con mas presteza que un ciervo, vuelven á paso de buey,
(6) las de ciencia (*Edic. de Pamplona*, 1631.)
(7) con blancos pechos de cisne, muy graves
(8) (para tener más desembarazados los oidos para oir y escuchar mejor cualquier casamiento) y sin monjil
(9) y con tanta toca me pareció eran tocadas y retocadas, y más tocadas que las demas. Parecian estas por defuera cuaresma, pero por dentro pascua alegre, y no florida, sino granada, y para dar fruto, si ya no le habian dado.
(10) pasantes eran (*Edic. de Bruselas, y de aquí todas.*)
(11) mozas no esperaban á ser viejas. (*Edic. de Pamplona y el MS.*)
(12) en son de primos carnales en sexto grado, y
(13) y no con los que tienen en su casa, ni con los que tienen que dar á Dios.
(14) holanda y copete. Estas ya se ve que estaban ocasionadas. Otras se ponian color (*MS.*)

(15) al cuarto de las solteras; y vi que todas andaban (*sigue ya desde la página 355, columna 1.ª, línea 12 en adelante.*)
(16) mayormente cuando despachan cartas de espadas para atravesar corazones y bolsas, para que los galanes respondan con cartas de oros y de copas de plata; y caso que tengan sus papeles gracias, serán de jubileo, que no se ganan sino satisfaciendo. Casi todas las locas
(17) y de tratar más con almas que con almohadas; y
(a) Verso 560, acto II.
(18) sin tener más caudal que dulce pariencia. La pariencia deja para otro mayor hablador, y el dulce tomo. (*MS.*)
(19) se
(20) y así todo su trato venia á ser de cuerda, y no de cuerdos.
(21) tráfagos, y yo colacion, (*MS.*)
(22) más amarga y picante al pagalla, que dulce al comella,
(23) á quien daban recetas y remedios para sus sordas faltriqueras y bolsas opiladas; ó del cirujano, á quien tambien sangraban, de la vena del arca, y no del cuerpo.
(24) mandadera (*MS.*)

y la hacian andar (como dicen) más que de paso. Aquellas buscaban siempre locutorios prestados, que pagaban los pobres devotos, y algunas habia tan rematadas, que les pedian á los suyos doseles y cera : cosa con que se suele quitar el amor mejor que con una ingratitud (1). Al fin tantas enfermas habia en este cuarto, que casi me dió compasion ; y aun el enfermero desesperaba de su salud, porque como todas estas eran amantes de anillo, que solo se mantenian de la esperanza (cosa que con el efeto muere al punto, el cual nunca las llegaba), era su mal incurable y insufrible (a).

Desde este cuarto pasé al de las solteras; y vi que todas andaban más sueltas que las demas (2). Eran pocas las furiosas, y esas fáciles de sanar, y me dijeron habia cada dia en este cuarto locas nuevas, y muchas convalecientes; y que en la *casa de los locos del interes* habia muchas más destas que en la *de los de amor* (3). Algunas vi allí que se hallaran muy mejor con el cuarto, si fuera real (4), otras que desnudaban al hombre más honrado (bandoleras de poblado) por vestir al más pícaro, como el tal hubiese ganado nombre de bravo y caudal para coleto de ante y daga (5) mayor de marca (6); y aunque es obra de misericordia vestir al desnudo, es obra de crueldad desnudar al vestido. Habia locas de extremado humor, perdidas por un poeta, (7) y si este era cómico, rematadas, porque por lo ménos las sacaba cada dia al tablado en estatua, y las hacia los cabellos de oro, los dientes de perlas, y todo el cuerpo de piedras preciosas; y que tenian por gusto verse en un romance en hábitos de pastoras, y acompañar así á los muchachos que iban al mercado (8). Las perdidas por los que el mundo neciamente llama señores me cansaron grandemente, por ver no escarmentaban en tantas como infamaban cada dia por preciarse mucho de publicar sus empleos, y cuán arrastradas andaban de ordinario, ya en poder de la justicia (9), ya desterradas, ya emparedadas en las galeras, ya perseguidas de las propias mujeres; y que cuando más bien medraban, paraban en un convento contra toda (10) su voluntad. Unas daban en comer barro por adelgazar, y adelgazaban tanto que se quebraban. Andaban estas más amarillas que las otras; pero ninguna como un oro. Muchas se quitaban años (11), y se daban buenos dias y

aun mejores noches (12) si solo pueden ser las tales. Una vi que iba á un astrólogo á que la levantase una figura, y él la levantaba más de dos testimonios; otra se levantaba á ella la figura, pero con crecer los chapines. Cuál por parecer bien daba en afeitarse : esta era notable locura, pues desengañaba con lo que pensaba engañar (13). Cuál se enrubiaba algunos dias, y tal vez tanto que se la podia decir muy bien el epigrama de nuestro Baltasar de Alcázar :

> Tus cabellos, estimados
> Por oro contra razon,
> Bien se sabe, Ines, que son
> De plata sobredorados.

¡Qué dellas se ponian cabelleras ó moños, como ellas las llaman! (14) ¡Cuántas dientes, sebillos y mudas, aunque no tan mudas, que no decian á todos lo que eran! Y en efeto, algunas habia tan vestidas de plumas ajenas (que se precian de pelar), que si las despojaran dellas, quedaran tan ridiculas como la corneja de Horacio. Muchas tenian (15) una madre vieja (16), aunque nunca lo hubieran sido, que mandaba hasta en la voluntad de la hija. La madre llamaba, y la hija escogia, y muy pocas destas guardaban la ley de amor, que ó las corrompia el interes ó el vicio (17). (18) Dijolo gala-

(1) Las más locas eran las que estaban asentadas en su estrado, presidiendo á la chusma emperrada y faldera, haciendo fiestas á unos perrillos lisonjeros y juguetones y halagüeños más que sus amas, adornándolos de gargantillas, cascabeles y tafetanes , con más colores que banderas de campo ó norla de aldea. •Bueno fuera , dije yo , para estas llevar un saludador , para librarnos así de tanto perro, como de damas tan aperreadas ó aperreadoras.•

(a) Véase la *adicion* 15 de la página 551.

(2) y qué de puro sueltas y resueltas, habian dado en solteras.

(3) porque estas no son las que dan el placer, sino que se venden y hacen mecánico, y ellas se pasan á mercaderes y mequetrefes del deleite de Vénus.

(4) y con el ducado de doce reales, que con el de mayor nobleza y pompa ; y en resolucion, estas á todos los hombres quieren que sean del tribu de Dan, hidalgos en dar algo, Platoues en hacerles de ordinario buenos platos. Otras sí que desnudaban

(5) de ganchos, y aunque es obra (*MS.*)

(6) y ser á su sombra respetada y temida de todos y de todos :

(7) aunque pobre y con más tardas que mujer preñada ;

(8) y dar con que ganar á los ciegos.

(9) (cuya sombra, con ser tan pequeña como lo es la de una vara tan delgada, espanta mucho, causa grande inquietud y afrenta en la honra y menoscabo en la bolsa)

(10) voluntad, hechas esclavas ó fregonas de monasterio.

(11) y se hacian herejes dellos, sin jamas confesarlos

(12) Estas, de puro viejas, por más que andaban sin tocas, frunciendo la boca y bruñendo y estirando el rostro, para encubrir las quiebras (que llaman perigallos) , parecian mochuelos, asaduras de rastro ó modelos de alabastro, difuntas embalsamadas, muerte del apetito, y carne hedionda de puro manida ; y solo de puro vellosas podian ser alabadas de bellas. Alguna vi que con ser ya muy figura, iban á un astrólogo, bachiller planetario, tendero de los planetas y espiador de los movimientos celestiales, para que le levantase una figura, y él la levantaba más de dos testimonios. Otras iban á que lea esplase y descubriese la vergüenza que perdieron años habia ; y él, hablando un poco en jerigonza astrológica, les respondia que tres cosas se cobraban tarde, mal y nunca : el dinero tarde, la salud mal, y la vergüenza nunca. Otra vi que se levantaba á ella la figura, pero con crecer los chapines, porque eran mayores que banqueta de zapatero. Cuál por parecer bien daba en afeitarse

(13) y mostraba ser muy mentirosa , pues mentia no solo por la barba , sino por toda la cara ; y como tan mala , daba á entender, con los venenosos colores y afeites del soliman , que queria matar más con veneno que con su hermosura. Estas, como tan pintadas , deben ser conocidas de todos por la pinta.

(14) encubridoras de la ancianidad y de la calva, que siendo su cabeza española, tiene su origen frances! ¡Cuántas se ponian dientes

(15) entre bruja y Celestina,

(16) que con tocas de viuda parecia tortuga en blancas tocas, y servia de especia de la vergüenza , y aunque nunca hubiese sido madre, mandaba

(17) y así eran tenidas de todas las otras por herejes, y que se hacian locas por librarse. Salí de aquí, y hallé á los hombres muy cerca de las mujeres, que la mayor locura que tenian era no querer apartarse dellas; y esto procuraba con mucho cuidado el administrador, porque le parecia que era el primer remedio que les habia de aplicar ; (MS.)

(18) y así eran de todas las otras tenidas por herejes, y que se hacian locas por librarse. El amor destas era á lo gatesco , pues á todo dinero decian mio.

En este mismo cuarto estaban las que no mereciendo el nombre de damas, tienen el de fregonas : ninfas fregatricas y de gusto fregonil. Y segun algunos soplones del amor, iban estas afeitadas solo con el tizne de las ollas, pintadas al natural , en cuerpo, sin el manto soplonesco, sin el garbo y el tranzado garbin, desgreñadas, con las madejas al descuido, ojos socarrones, calzados á lo bellaco, la boca torcida á lo pícaro. Trala una un sayuelo pardo, señal de que sus esperanzas pararon en trabajos; una manga de lana tan justa , que me espanté que siendolo tanto viniese bien á brazos tan pecadores ; un mandil, no blanco (que era enemigo deste color quien habia sido un tiempo blanco de muchos, y ahora habia quedado en blanco y sin blanca), sino de varios colores, señal de sus miserias é inconstancia. Iba en

namente un lucido poeta desta edad, y no poco conoci-do de todos :

> Ella dice que es virgen, y no miente,
> Que el deleite de amor aun no ha probado,
> Y si remeda el gusto, no le siente;
> Que el interés (1), de una alma apoderado,
> Adormece del cuerpo las acciones
> Y tiene al apetito encarcelado.

Por esta causa pues eran de todas las otras tenidas por herejes, y que se hacian locas por librarse. Salí de aquí, y hallé á los hombres muy cerca de las mujeres (pared en medio como dicen); y esta era su mayor locu-ra, no querer apartarse dellas, aunque con particular cuidado lo procuraba el administrador, por parecerle ser este el primer remedio que se les habia de aplicar; mas ellos despreciaban médico y medecina, y querian más su enfermedad que su salud, que como siente cierto acuchillado (Propercio, lib. 1) (a) :

> *Solus amor morbi non amat artificem.*

Y así obstinados en este error, acababan en semejante mal, y pensaban que hacian bien; y otros que (aunque es peor) vian lo que hacian, y lo hacian. Así lo confiesa de sí un lisiado desta dolencia, Petrarca, en una can-cion :

> *Quel, ch'i fo veggio, e non m' inganna il vero*
> *Mal conosciuto, anzi mi aforza Amore.*

Y pegósele de otro que dijo de sí lo mesmo : Ovidio, 7, *Metamorph.* (b) :

> *Quid faciam video : nec me ignorantia veri*
> *Decipiet, sed amor.*

No estaban los locos en cuartos diferentes, porque las acciones de cada uno decian á quien atentamente los mirase, su inclinacion, su tema y su locura. ¡Cuán-tos vi muy galanes y sin camisa! Cuántos con caballos para pasear y sin un cuarto para comer (2)! Cuántos que no teniau pan y los tentaba la carne! Uno iba á un discreto á que le notase los papeles, y otro le notaba que era un gran majadero. Otro queria enamorar por lindo, muy preciado de tufos y guedejas, manos blan-cas y piés chicos (3), siendo un Lucifer en la cara y con esfuerzo en el talle (c), sin saber que siempre quieren ellas ser las lindas de casa (4). Otro por lo valiente (gran

personaje del trago y la tabaquera), no considerando que las más son (5) medrosas. Unos vi que salian de noche á no más que á salir de noche (6); y otros que se enamoraban porque vian á otros enamorados. Este iba á todas las fiestas á enamorarse, luciéndolas dias de trabajo, y aquel andaba de casa en casa, como pieza de ajedrez, sin poder nunca coger la dama. Unos decian más que sentian, y otros sentian y no decian palabra. A estos locos mudos tuve gran lástima, y les aconsejara y que se enamoraran de (7) unos adevinos; mas como los locos nunca oyen (8), no les dije nada. Los desvaneci-dos (9) se enamoraban de personas tan altas, que nunca las alcanzaban. Destos hay muchos en palacio, galanes obligados á enamorar las mejores damas, sin más cau-dal que sus cuerpos gentiles (10), y cual á cual faltilla personal que se les ve á tiro de arcabuz. Los descon-fiados (gente de juicio y seso, y por la mayor parte ne-cesitados) se pagaban de mujeres tan bajas, que los dejaban alcanzados. Vi á los liberales, que hacian todos los dias larguezas, que no las daban ni aun gusto; y á los lacerados, que hacian todos los dias de guardar, sin dejar holgar ninguno.

Los casados andaban todos con esposas; pero pocos por eso ménos furiosos. Unos destos, huyendo de sus mujeres, daban en las ajenas, y otros se hacian bravos porque los sufriesen; si bien algunas veces se hallaban engañados, y en lugar de leones fieros quedaban he-chos mansos corderos (11); otros tenian por amigas las

freno, los traia á las estrellas, y el sombrero con la falda grande le servia como de dosel. Casi todos andaban á con platillos y re-lonas al uso y azules, con que parecian sus cabezas y caras imá-genes de milagro presentadas en un plato azul, y como hombres de vidro metidos todos dentro de valon, jubon y mangas, todo muy algodonado; y algunos destos iban tan disformes, que parecian preñados. Los más se acogian al sagrado de la pobreza, que es el vestido de bayeta, que como tan valiente no admite guarniciones, cuchilladas ni prensaduras. Uno destos habia que me dio gana de reir, porque siendo un Narciso enamorado de sí mismo, y tanto que á veces, despues de haberse bien mirado (que era como gozarse á sí mismo) se volvia á querer abrazar su misma sombra; y así, co-mo casado consigo mismo, decia que no tenia que casarse con mu-jer ninguna : imaginábase tal, que le parecia que hasta las aves se paraban á lo mejor de su vuelo á mirarle, de puro enamorado dél; y porque pasando un dia por una calle, encontrando se con una mula de un doctor que mascaba el freno, babeando y echan-do espuma, gruñendo y orejeando volvió la cabeza él, dije á su criado : «¡No has advertido cómo hasta las mulas me miran con rostro y ojos tiernos y alegres!» Otros habia que querian ena-morar por lo valiente, grandes personas del trago y tabaquera?

(5) melindrosas, y que celebrando cuando mucho ellas las cuchilla-das desde las ventanas, ellas se quedan con las espadas, y ellas con los oros y escudos. Muchos destos traian sombrero alzora (que ellos llaman gabion de la cabeza) con faldas grandes, encubridoras de los chirlos dados en la cara más que en otra parte; que á quien dan no escoge. Uno destos vi, que queriéndole otro obligar á reñir, dijo que tenia devocion de no reñir tres dias en la semana, sin señalar cuál; y así, volviendo la espalda, dijo que tenia por cólera para poder reñir el dia que no contradijese al de su de-vocion.

(6) hechos unos murciélagos ó un traslado de brujos; si bien otros, conformándose con la noche, que llena de lunares y pecas era por su escuridad perosa, en ella salian no más que á pesar. Otros vi que se enamoraban

(7) unas adivinas (MS.)

(8) mayormente consejos

(9) sintiendo que el amor es como rayo, que hiere á lo más alto,

(10) y no paganos,

(11) y se consolaban con decir que el marido debe ser de su mu-jer amado más que temido. Destos habia muchos que hacian todo lo que querian sus mujeres, y ellas tomaban de aquí ocasion y li-cencia de no hacer cosa que sus maridos deseasen. Decian estos que la mujer es como la paja, que si la dejan en el campo y con el

---

zapatillos, sacando al pisar airoso y menudico, por bajo del fal-dellin, los piés tan medidos como los de Virgilio; y así eran para causar envidia á toda la musa poética. Verdad sea que los za-patos no eran, aunque pulidos, muy pequeños, porque hacen callos, y sienten las mujeres que ni aun por los piés las hagan ca-llar. Estas son las que en oyendo en las puertas basura, dan es-puertas; y saliendo por las calles con su sayuelo y corpiño, por hablar con su deleite, dejarán llorar un niño todo el dia; y entre puertas y mujer, bajan al rio á lavar más gualdrapas que un escla-vo, haciendo de la muñeca barreno, cantando como un carro de bueyes bien cargado en el estio.

Consideré todas las deste cuarto; y temiendo no me sucediese lo que á los jugadores de ajedrez, que á veces les dan mate de ca-ballos, me salí de aquí casi huyendo. Y hallé á los hombres muy cerca de las mujeres (pared en medio

(1) del gusto apoderado, (*Edic. de Sancha*, 1791.)
(a) Lib. II, elegia 1, vers. 60.
(b) Vers. 92.
(2) y despreciados de sus damas por no poder acertar á darles gusto, andando con tantas herraduras y locuras, que destos se podia decir : ¡Nó hay hombre cuerdo á caballo!
(3) con zapatos romos, grandes encubridores de juanetes y so-brehuesos, teniendo ellos más que un mal casado,
(c) Acaso en el original diria : *y un escuerzo en el talle.*
(4) Destos uno vi que de puro haber tenido los bigotes en pena y enfrenados toda la noche con su bigotera, como si fuera braqui-llo ó gozque, y siendo peor que macho, que este no duerme con

amigas de sus mujeres, y algunos por comadres á las madres de sus hijos (1).

natural, en los pajares, se conserva con agua y con los vientos; pero si en algun aposento quieren estrecharla, rompe las paredes; y así, que no habian de sacar dellas más de aquel zumo que quieren dar de sí, como la naranja, ó ha de amargar sin ser de provecho.

(1) Uno, que debia de ser mal casado, decis que «no habia cosa más cansada que mujer á todas horas, puntos y momentos; y así era peor que la enfermedad: que esta se quita á veces con medicina, y aquella solo con la muerte. Yo estoy bien con los que llaman al casar velar, y al marido velado; porque no hay cosa que tanto desvele y quite el sueño como la carga del matrimonio, que yo tengo por carretata. Un lugar hay en Castilla que se llama el Casar, que solo por el nombre nunca quise pasar por él; porque quien pasa por el casar pasará por todo.» Gusto me daba el oir á este, considerando lo que pasa entre maridos y mujeres; y no pude dejar de decirle que considerase que los miembros de los cuerpos de los casados son los mismos de la Iglesia, cuya cabeza es Cristo, y is de la mujer el marido; y que su estado le carga Dios sobre sus hombros, dándole allí una compañera que le ayude á sustentar aquel grande peso. Y en resolucion, no se multiplicara el mundo si no fuera por la mujer, y que lo propio siempre se ha de amar más que lo ajeno, y es muy grande locura sembrar en tierras ajenas. Los gustos de la propia mujer son como los de Midas, que cuanto tocaba se le convertia en oro, y jamas el oro enfadó á nadie ni dió disgusto. Ademas que si los hombres sufren á un amigo necio, un grave dolor y una perpetua enfermedad, ¿harán mucho en sufrir una mujer, que viene de la mano de Dios, y que será buena si la escoge más el oido que la vista? Mayormente que hoy dia el ser malas algunas es por culpa de los maridos, que no les dan lo que han menester conforme á su estado, y mujer pobre y necesitada dice el refran que es media conquistada; y marido que no provee su casa, desprovee su honra; y quien su marido amancebado, se atreve á su mujer como á casa desierta. Verdad es que muchos toman el matrimonio hoy dia para profanar el sacramento, y se dejan tirar la carga para cargarse con la soga y ahorcarse con ella. Pocos he visto que hayan tenido la reverencia que se debe á tan alto misterio, que sus voluntades sean unas, como la carne; iguales en sí, unánimes en el no; tan sabrosos el uno al otro en los trabajos como lo están en los gustos, tomando ásidero que son desiguales por la calidad, cantidad y verdad. De donde saco (hablando con el decoro debido á los privilegios deste sacramento, humillándome á la correccion de nuestra madre la Iglesia) que los matrimonios que hoy se usan son un contrato de venta real, pues no se trata en ellos otra cosa que de venderse, y comprar el marido á la mujer ó la mujer al marido, para que despues ella vuelva á vender, y engañar el uno al otro, quedando despues de casados como pared sin tapiz, mostrando cada uno las faltas, defectos y fealdades. Y así fué gracioso el caso que sucedió á dos novios, que diciendo él al acostarse: «Mi alma, ya somos uno los dos: la verdad es que estos dientes que traigo son postizos;» respondió ella muy ufana y contenta : «Mis ojos, no importa, que tambien traigo esta cabellera postiza.» Todo lo dicho se entiende donde no hubiere verdad ni contento; que como es instrumento para defenderse del sol, para hacerse lunas (a), formase con él la destruicion de la casa, la diminucion de la honra y fama con aumento de gustos y contrapeso de disgustos. Y como el mundo esté lleno de uno y otro, pásase todo, y llevamos no solo las personas, pero aun los sesos, como á mal sazonados. Y así estoy yo bien con mis juveniles años, y esos apartados de compañia perpetua y apesarada; que cuando quiera gustar con mi poca gracia y cuerpo de lo que gozan uno y otro los que viven sin este yugo, no tengo miedo de mi cabeza, aiuo de mi alma; que lo uno se cura con el cura en la confesion y en vida, y lo otro con sola la muerte propia, ó extremaunciou de la ajena. No quiero mujeres de mucha vida ni de muchos dias, porque son de la piel del diablo, y la más simple della engañará un colegio de Catones. ¿Quién me mete á que con la señal de la paz del cielo siga del suelo la guerra? Porque son de tal calidad de codiciou, que ni os las amais, os tienen por necio; si al contrario, por liviano; si las dejais, por cobarde; si las seguis, por perdido; si las servis, no lo estiman; si las estimais, os aborrecen; si las quereis, os no quieren; si no las quereis, os persiguen; si las frecuentais á menudo, os infaman; si no las frecuentais, sois ménos que hombres. Mas digo, que por lo que hoy se pasa, más vale el humilde titulo de esclavo que la borla de marido. ¿Quereialo ver? Mirad lo que cuenta un

(a) Gongorismo insoportable de Vánder Hámmen.

Los viudos, escarmentados de la tempestad pasada, buscaban puerto á la puerta de quien los queria acoger, y muchos se casaban por el tiempo de su voluntad (2).

Los solteros acudian á todas partes (3). Aquí se enamoraban, allí (4) pedian celos, aquí se los daban, allí se los quitaban. Mil pelones vi con pluma y mil desdichados con venturones. Unos concertaban mil desconciertos, y otros (5) iban á la casa de la gula y á la de la lujuria (6). Entre tantos, lo que me admiró fué que ningrave autor, de una pregunta hecha de un sabio á otro : que cuándo era bien casar el hombre. Le respondió que cuando era mozo era temprano, y que cuando viejo era tarde. Otro dijo mejor, que cuando vió una buena mujer fué cuando la vió ahorcada de un árbol de manzanas, porque le pareció entónces buena fruta, y que pagaba bien y en breve el mal que de tan largo tiempo tenemos. ¡Pesia tal con las tales ó con el mundo que las austenta! ¡En qué ley cabe seguir tantas sinrazones, que siendo fea la tenga de aborrecer; si rica, de sufrir; si pobre, de mantener; si hermosa, de guardar, porque no sabe tener modo en el smar ni dar fin al aborrecer? Y así, no me maravillo de aquellos dos divinos filósofos, cargados de años, ciencia y experiencia, diciendo el uno que no se queria casar temprano, porque debia esperar á que supiese más del mundo; y otro le respondió que se engañaba, porque si conociese qué es la mujer, nunca se casaria. Dejo mil sextaciones y comparaciones, y no quiero más de lo que dijo Piston haciendo plato á un su amigo : que la mujer era como la yedra, que arrimada al tronco se sustenta verde y fresca, y apartada se seca. Más dijo, que corrompe y arranca la pared que scarica y abraza. Perdone todo el estado mujeriego desta humilde comparacion y de las otras. Y porque no desee el fin de mi vida y de las que haré adelante con ella y ellas, digo, por no dejarlas con disgusto, que no hay regla sin excepciou (b); y de las susodichas siempre se hallarán algunas, y muy pocas, que siendo dulces el sí y cuerpo, digan como la mujer de Marco Aurelio : «La que es de buena vida no ha de temer al hombre de mala lengua;» ofreciéndome en penitencia cerrar la mia á las suyas, porque mordiéndola, no digan dos veces esta sentencia. Volví la cabeza, y vi los viudos y muchos dellos, escarmentados

(2) Otros habia que, sacando los cuerpos vestidos de requiem enlutado, tenian las almas llenas de alegría selinyada; y estando aun caliente la cama y no enterrada la mujer, tenian concertada otra, ó á la que ántes habia sido su amiga; que de puro arada y arada, deseaba serlo con él); y como dolor de mujer muerta dura hasta la puerta, y aun no tanta, el dia siguiente amaneció otra vez casado con una viña de oro ó doncellidueña, más festejada de noche que de dia, y en secreto para tenerla en público. De oro digo, pues la tomó más en cuenta deste metal que de mujer, pensando le serviria de Indias, sucediendo tan al revés, que ántes de su desposorio se gastó lo que ni fué, ni nunca pudo ser, ni será. Destos diria yo que más aborrecen que aman ; que habiendo huido una vez de la muerte, vuelven á ella (que tal es el matrimonio, pues solo con la muerte se deshace); que las matan en vida con las armas de Moiseu, ó darles fin á los extremos de la suya con los de la luna, ó hacer como á los ladrones, que les cortan las orejas la primera vez, para volviendo á hurtar, sean sin más informacion ahorcados. Lo mismo habia de hacerse con los viudos otra vez casados, pues al cabo una buena cabra, una buena mula y una mala mujer son tres malas bestias.

(3) y eran de gusto, más estragados de Ginebra, y como otro Galaor, que dicen que no veia mujer que no le agradase, excepto las pintadas.

(4) se aborrecian y sculíi

(5) andaban de la casa de la gula á la de la lujuria, y ninguno negaba que estaba loco. (MS.)

(6) Estos más me pareeian bestias que hombres ; y así andaban los más dellos con muletas y á cuatro piés, y de puro carnales habian quedado sin carne, flacos, macilentos, medio muertos, unos rostros como pimientos, y sin varices como figuras de mármol muy antiguas ; si fea, hediondos y podridos y hechos un Lázaro en la sepultura ; y así se pudiera muy bien preguntar á las mujeres : «¿Dónde los habeis puesto, que tan desfigurados están?» Y solo, como tan apestados, podian servir para echados en el mar á dar ponzoña á los peces.

(b) Efectivamente, si todo el discurso estuviese escrito así, tenia razon don Nicolás Antonio : en nada se pareceria al genio ó ingenio de Quevedo.

guno negaba que estaba loco, y no por eso lo dejaba de estar.

Los más músicos gastaban sus cuerdas con muchas locas (1). Los más poetas (2) hacian sus coplas á quien les hacia la copla. (3) Los más gentilhombres hacian sus diosas á quién eran odiosos, y los más discretos decian sus dichos á quien publicaba sus desdichas.

Andaban los aficionados por doncellas rondando calles de dia, contemplando ventanas de noche; unos hablando criadas porque los entendiesen por criados, otros cohechando dueñas porque los hiciesen dueños; llenas las faltriqueras de papeles, y los sombreros con más cordones de cabellos, cintas y anillos de azabache que tiene un buhonero. Loco habia destos que no habia hablado á su señora palabra, ni la podia ver sino tal y tal fiesta del año, conviene á saber, noche de Navidad, de Juéves Santo, de San Juan y la Porciúncula. (4) A unos los entretenia una criada seis años con papeles de su letra, sin que ellos entendiesen la letra, valiendo con ellos como si fuera de cambio (5).

(a) Los locos de casadas se preciaban de recatados, mas no por eso hacian ménos locuras. Los más eran amigos de los maridos, y los ménos se guardaban mucho dellos, ó porque ellos no vian, ó no querian ver; y así, raros eran los que morian deste mal. Estos, ó daban meriendas en huertas, ó prestaban coches ó aposentos de

(1) y en cantar romances con estribos, como si anduvieran de camino; y lo más era siempre cantar mal y porfiar; y basta un músico pobre á hacer huir á las mismas estrellas del cielo, mayormente si es enfadoso en el templar; que quien tal sufre, sufrirá primero diez melecinas sin haberlas de menester.

(2) locos tambien dos veces

(3) Destos habia muchas sectas. Andaban casi todos, de puro hambrientos, comiéndose las uñas; y finalmente, de puro pobres en todo, daban en ser poetas de rapiña, invocando por momentos las musas para consonantes, y ellas á gente tan pobre ni aun querian escucharla, cuanto más responderles. Otros habia que muy en forma se ponian á vituperar cuantos versos sabian de los mejores y más celebrados poetas. A uno oí que haciendo mofa de aquellas tan celebradas liras:

Aquí lloró sentado tristemente;

decia:

Poeta impertinente,
¿Qué hombre hay que llore alegremente?

No pude detenerme á escuchar más, porque hedia por allí terriblemente á meados, y era porque, yendo unos destos á beber á la fuente del Parnaso, las musas, pensando hacerles algun favor, se orinaron en ella cuando estaban con su asquerosa regla. Y así, me divertí á mirar los más gentiles hombres, que hacian sus diosas á quien eran odiosos, y los más decian sus dichos á quien publicaba sus desdichas.

(4) Y el que más podia alcanzar era hablar por señas como si fuera mudo; y mascando una esperanza escabechada, estaba como bestia enfrenada en el pesebre, con la comida delante y amanecido con solo su deseo.

(5) Entre estos vi uno más triste que un pinar cuando anochece; y con razon mostraba haberlo sido boquirubio y poco ó nada curtido, porque teniendo cierta ocasion de poder tener por suya la que y era de otro, parando en ciertos respetos, y temiendo no diese ella voces, (1) lo dejó ella por un asno enalbardado (que el silla merecia); se envió á decir que bien podia, al no fuera tan necio, haber advertido, al preguntarla de su salud, que le dijo estaba rones y que no la oirian de aquí allí. No habia cómo consolarle, porque al bien le dije que el remedio era olvidar, decia que era verdad, pero que luego se le olvidaba el remedio. Tenia este ocasion de estar triste, pero no razon, porque se tuvo la culpa.

(a) El párrafo de los locos de monjas se halla antepuesto al de los locos de casadas y de viudas, en la edicion de 1648, y de allí en todas las posteriores.

(1) Faltan algunas palabras para completar el sentido. Pudiera fijarse de este modo: y temiendo no diese ella voces, la dejó; y ella ó el por un asno, etc.

comedia, que para el señor marido no faltaba una amiga que (6) las llevase; y siempre ellos eran unos buenos hombres y lo creian todo.

De locos de viudas habia dos géneros: ó que eran queridos, ó que no lo eran. Estos libremente pretendian cautivarse, y aquellos tenian amor sin temor, si no era, cuando mucho, de (7) cualquier pariente ó hermano. Pasaban su carrera á rienda suelta, y eran locos desenfrenados.

Los (8) de monjas tenian mucho de necios ó algun poco de virtuosos, pero á unos y á otros los llamaban los demás (9), zánganos de amor. Unos estaban muy de véras enamorados, y otros iban siempre á misa á la iglesia del tal monasterio, que es lo que hay que desear en género de locura. Todos pasaban grandes desdichas, ya agradando á las viejas de casa, (10) ó á las freilas sargentas ó donadas que las servian, ya sufriendo una cruel tornera, ya en el torno la espuerta de las lechugas, las alcuzas del aceite y la cesta de los jarabes y purgas. A uno vi (11) señalados los hierros del locutorio, y otro aquí tan perdido, que se pudiera decir dél, lo de Abenhámar:

A los hierros de una reja
La turbada mano asida.

Todos los locos de solteras eran muy apasionados desta enfermedad, aunque algunos de otras que suelen doler más, y aun hacer astrólogos á sus dueños. Los más destos eran mocitos, hijos de vecino, cascabelillos, y luego se metian á pendencieros. Otros conquistaban con amor y dinero, y estos raras veces dejaban de vencer, porque peleaban con armas dobles, y para estas señoras las armas más fuertes y poderosas son las de (12) Felipe, rey de España (13). Los extranjeros gastaban sus haciendas, por no temer quedarse en cueros; los naturales se reian dellos, y ellas de unos y otros.

Con este último género de locos rematé las diferencias que pude ver por entónces, y cuando más descuidado caminaba para otro cuarto, me hallé sin pensar en el primer patio, donde vi nuevas maravillas. Vi que por horas se aumentaba el número de los locos. Vi al Tiempo ponerse en medio de algunos amantes, y que ellos se iban mejorando. Vi á los Zelos castigar á los más confiados. Vi á la Memoria renovando llagas viejas, al Entendimiento encerrado en un aposento escuro, y la Razon con una venda en los ojos. Divertime algun tanto en esto; mas cansada la vista de tanta atencion, volví á un lado, y vi un postigo muy pequeño, que apénas se podia salir por él, y que la Ingratitud y Sinrazon daban por allí libertad á algunos. Yo, por gozar de la ocasion, apresuré el paso, pretendiendo ser de los primeros, á tiempo que mi criado estaba á grandes voces llamándome, porque era ya muy entrado el dia. Con esto volví en mí y me hallé en mi cama, pero con algun pesar de haberme quedado en la casa de los locos, si bien con gran conocimiento de que amor y sus vasallos es todo locura; y confieso á vuesa merced que por lo que

(6) lo llevase;
(7) algun pariente, hermano ó primos. Passaban
(8) locos
(9) los locos zánganos
(10) ya á las mozas que las sirven, ya sufriendo una cruel
(11) la frente señalada con los hierros de un locutorio;
(12) Filipo (MS. Colombino.)
(13) y los mejores vestidos son los de seda, porque se da á ellas

ahora veo más despierto, doy crédito á lo que entónces vi. Toda esta locura conocieron maravillosamente los antiguos, y muy bien Plauto cuando dijo *in prolog. Merc.*:

> *Sed amori accedunt etiam hæc, quæ dixi minus,*
> *Insomnia, ærumna, error, terror, et fuga,*
> *Ineptia, stultitiaque adeò, et temeritas,*
> *Incogitantia, excors immodestia,*
> *Petulantia, cupiditas et malevolentia;*

y Séneca:

> *Amor formæ rationis oblivio est, et insaniæ proximus;*

y (1) muchos más, que vuesamerced habrá leido y sabrá

(1) otros

(a) Restituido el texto á su sér primitivo, ¿podrá ya desconocerse y confundirse qué es de Quevedo, y qué de ajena pluma? Las reflexiones escolásticas, las adiciones pedantescas é importunas, los soeces chistes, la confusion que el trastorno de períodos y párrafos enteros introdujo en el discurso, han desaparecido. Ahora se muestra el plan claro, lógico y desembarazado: los caractéres

mejor; con que se puede confirmar por cierta la imaginacion de mi fantasía.

De vuesamerced servidor y amigo. — *El doctor Cebrian de Amocete* (a).

ostentan valiente dibujo, libres de los churriguerescos adornos con que los estropeó Vánder Hámmen; y á la vez que serán siempre inagotable minero para los ingenios que cultivan con generoso ardor el arte dramático, presentarán un testimonio eterno de que es en todos siglos y regiones el mismo el corazon humano.

En lo añadido vense alguns vez pinceladas brillantes, felices pensamientos, retratos de maravilloso parecido: á otras obras de don Francisco pertenecen, á buenos romances, á comedias de aquel tiempo. Las fregonas, descritas con peregrina ligereza, verdad y gracia; los lindos y galanceies; el oro de estos versos:

> Siendo el remedio olvidar,
> Se me olvidaba el remedio;

la pintura de la condicion de las mujeres, los inconvenientes del matrimonio, y otros rasgos, no confrontan con las sandeces de las musas y poetas, y se salen de los indigestos períodos que los rodean.

FIN DE LOS SUEÑOS.

EL ENTREMETIDO
Y LA DUEÑA Y EL SOPLON[a].

DISCURSO DEL CHILINDRON LEGITIMO DEL ENFADO, AHORA DE DON FRANCISCO DE QUEVEDO VILLEGAS, CABALLERO DE LA ÓRDEN DE SANTIAGO; Y LIMPIO DE MANCHAS DE TRASLADOS Y DESCUIDOS DE IMPRESORES, Y AÑADIDAS MUCHAS COSAS QUE FALTABAN.

DELANTAL DEL LIBRO,

Y SÉASE PRÓLOGO, Ó PROEMIO QUIEN QUISIERE.

Estos primeros renglones, que suelen, como alabarderos de los discursos, ir delante haciendo lugar con sus letores al hombro, pios, cándidos, benévolos ó benignos, aquí descansan deste trabajo, y dejan de ser lacayos de molde y remudan el apellido, que por lo ménos es limpieza. Y á Dios y á ventura, sea vuesamerced quien fuere, que soy el primer prólogo sin tú y bien criado

(a) Opúsculo enigmático y figurativo, como le llamó su autor (1). Más que satírico-moral, es de profunda filosofía política. Nació del hermoso libro de la *Política de Dios y gobierno de Cristo*, y sugirió á QUEVEDO el pensamiento de escribir la *Vida de Marco Bruto*. Tiene pues con ambas obras íntimo parentesco, y podria considerarse como el engaste de ambas.

Retrata el estado moral y político de España, consolidado ya el gobierno de Felipe IV.

Fue escrito en 1627.

Se dió á la estampa en Gerona en 1628, rotulándose: *Discurso de todos los diablos, ó infierno enmendado.* Fray Ramon Roviroll suscribió la censura, elogió la importancia del discurso; y aun cuando recelo que álguien pudiera escandalizarse, dejó correr el título. Reimprimióse en Valencia por el mes de setiembre de 1629.

Volvióse á imprimir en Zaragoza por noviembre del mismo año de 1629, autorizado con la aprobacion del doctor Virto de Vera. Hé aquí la portada de este ejemplar, distinta de la del de Gerona y Valencia: *El peor escondrijo de la muerte. Discurso de todos los dañados y malos. Para que unos no lo sean, y otros lo dejen de ser.* El epígrafe interior: *Discurso de todos los diablos*, y se repite en cada plana, añadiendo: *ó infierno enmendado.*

El impresor del reino de Navarra, Cárlos de Labáyen, tuvo esta edicion de Zaragoza presente, y la reprodujo con exactitud en 1631, junto con los demas escritos del Juvenal español, deseoso de que apareciesen tales como salieron de aquella saladísima pluma, sin las enmiendas, retoques y alteraciones de una censura siempre sabia y desapasionada.

Quiso, en el verano de 1629, sacar á luz el señor de la Torre de Juan Abad una coleccion de sus rasgos satírico-morales (bajo el nombre de *Juguetes de la niñez y travesuras del ingenio*), y entre ellos el presente discurso. Pasó á la censura el ejemplar de Gerona, y cupo examinarlo al padre maestro fray Diego Niseno, provincial del monasterio de San Basilio de Madrid. El religioso, nada afecto á DON FRANCISCO, aprovecho tan favorable coyuntura para satisfacer su enemiga (II). Juzgó con saña el tratado, lo calificó de libelo sedicioso, escandaloso é inmoral; le llamó relaciones entremesadas en lengua vulgar y civil estilo; y presentó á su autor por hombre desalmado, que torpe lisonjea y atrevido satiriza. En fin, duramente condenó el título, calamidad inseparable de todas las obras de tan desenfadado ingenio. Capitulada la presente, hubo que revisarla, rehacerla y retocarla, comenzando por darle nombre nuevo, propio en verdad y oportuno sobremanera.

Llamóse *El Entremetido y la Dueña y el Soplon : discurso del chilindron legítimo del enfado*; en el cual desapareció cuanto podia ofender á oidos piadosos y causar desabrimiento á próceres y ministros, eliminándose ademas los lugares de la Sagrada Escritura, que si hacian al ánimo y objeto del filósofo, no tenian entrada en el argumento festivo del discurso. Cuando con tanta escrupulosidad se expurgaba así el texto, la censura no puso reparo ninguno á frases y pensamientos que sacan los colores al rostro. De este modo pues se permitió la impresion en Madrid en el verano de 1629.

En esta primera coleccion de los *Juguetes* incluyó QUEVEDO, entre las cartas del *Caballero de la Tenaza* y el *Libro de todas las cosas y otras muchas más*, una obrilla que intituló *La Caldera de Pero Gotero*, refundida muy pronto en *El Entremetido y la Dueña y el Soplon*. Cuándo, no he podido averiguarlo; pero hablando de la *Caldera* y del *Entremetido* como de cosas distintas los autores del *Tribunal de la justa venganza*, no pudo ser la refundicion anterior al año de 1635 (III).

Adoptamos por texto el autorizado de los *Juguetes de la niñez*, con presencia de la reimpresion de Barcelona, 1635. Cotejándola con la de Valencia de 1629 y con la de Cárlos Labayen (Pamplona, 1651), sacamos al pié y en su lugar oportuno las supresiones y variantes.

(I) Así lo afirma el padre Niseno en censura que nunca se ha impreso.

(II) Poseo original la censura del padre Niseno, y la considero como piedra fundamental de la guerra que estalló entre QUEVEDO, Niseno y Montalvan, en la que tocó al último la *Perinola*, algunas cuchilladas al segundo, y al primero los insultos del *Tribunal de la justa venganza.*

En este libro está incrustada textualmente, con perífrasis y comentario, la censura del padre Provincial.

(III) Pág. 228 y 280.—No debe alucinarnos la aprobacion del padre fray Diego del Campo, suscrita en San Felipe de Madrid á 25 de agosto de 1629, tal como aparece en la edicion de Barcelona de 1635. Allí se lee : *El Entremetido y la Dueña*, con la *Caldera de Pedro Gotero*; lo que parece suponer que ya estaban juntos en 1629 ambos tratados. Sin embargo, todos se ven trastrocados, y no hay noticia de la *Caldera*, en la misma aprobacion, tal como la imprimió la edicion de Sevilla de 1641. Los impresores variaban pues el catálogo incluso en esta censura, segun las novedades que introducian en el libro.

que se ha visto, ó lea, ó oiga leer. Este (1) es el discurso del *Entremetido y la Dueña* : si le pareciere que son una propia cosa, sea en buen hora; que ya sabemos que no hay entremetimiento sin dueña ni dueña sin entremetimiento. Ni se detenga vuesamerced en examinar qué género de animal es la triste figura de los estrados; y avergüéncese, pues en cosa tan menuda se atollan tan reverendas hopalandas y un grado tan iluminado y una barba tan rasa (*a*). Esta es de mis obras la quinta demonia (*b*), como la quinta esencia. No se escandalice del titulo; créame y hártese (2) de dueña vuesa merced, que podria ser diligencia para (3) excusarla. Si le espantare, conjúrela y no la lea ni la dé á los diablos; que suya es. Si le fueren de entretenimiento, buen provecho le hagan; que aquel sabe medicina que de los venenos hace remedios; y agradézcame vuesa merced que por mi le enseñan (4) las dueñas, que chian y tientan. Si vuesa merced fuese murmurador, seria otro tanto oro que á puras contradiciones y advertencias me daria á conocer, y no ha de haber Zoilo, ni envidia, ni mordaz, ni maldiciente, que son el Sodoma y Gomorra, Datan y Aviron de la paulina de los autores. Y si fuere título quien leyere estos renglones, tráguese la merced, y haga cuenta que topó con un señor de lugares por madurar, ó con un hermano segundo que no pide prestado; que suelen rapar á navaja las señorías.

CHISTE A LOS BELLACOS PICAROS CON QUIEN HABLO.

Tacaños, bergantes, embusteros, perversos y abominables, todo lo escrito en este discurso habla con vuestras vidas, muertes, costumbres y memorias : no hay que rempujar nada hácia los buenos. Lo que han de hacer es no tomarlo ninguno por sí, sino unos por otros; y con esto ellos quedarán por quien son, y mi libro será bienquisto de los propios que abrasa y persigue; y porque no me antuvie alguno, tomo por mi lo que me toca, que no es poco ni bueno. Dios los confunda, si perseveran.

(1) tratado es de todos los diablos; su titulo *El infierno enmendado*. No se canse vuesa merced en averiguar lo uno ni en disputar lo otro; que ya oigo á los pelmazos graduados el no puede ser, que enmendarse *sumitur in bonam partem*, y el infierno... *ergo remitto* la solucion á Lucifer, que él dará cuenta de sí, pues en cosa tan menuda se atollan etc. (*Edic. de Valencia*, 1629, *y de Pamplona*, 1631. —En la censura MS. del padre Niseno se lee *absolucion* y no *solucion*.)

(*a*) Léese con motivo de este periodo, en la censura manuscrita del padre Niseno : «El prólogo, que llama (QUEVEDO) delante del libro, habla con menosprecio indecente de los doctores y sabios que califican las proposiciones arrojadas y licenciosas, escarneciéndolos porque las califican. Debe de ser sentimiento de las que le condenaron en otro librillo semejante á este, que intituló : *Política de Dios y tiranía de Satanás.*»

(*b*) Alguno ha interpretado esta frase expresiva de ser el presente opúsculo el quinto de los *Sueños*. Si el sentido literal no desvaneciese tal aprension, basta recordar que el mismo QUEVEDO lo colocó aparte en los *Juguetes de la niñez*, intercalando entre él y los *Sueños* otras obras criticas y festivas.

(2) del infierno vuesa merced (*Edic. de Valencia y Pamplona.*)
(3) excusarle. Si le espantare, conjúrele y no le lea, ni le dé á los diablos; que suyo es. (*Id.*)
(4) los demonios que á todos tientan. (*Id.*)

EL ENTREMETIDO

Y LA DUEÑA Y EL SOPLON.

Soltaronse en (1) la caldera de (2) Pero Gotero un soplon, una dueña y un entremetido, chilindron legitimo del embuste; y con ser la casa de suyo confusa, revuelta y desesperada y donde *nullus est ordo*, los demonios no se conocian ni se podian averiguar consigo mismos : los (3) malditos se daban otra vez á los diablos; no habia cosa con cosa, todo ardia de chismes, los unos se metian en las penas de los otros. Mirad quién son entremetidos, dueñas y soplones, que pudieron añadir tormento á los condenados, malicia á los diablos y confusion al infierno. (4) Pluton daba gritos, y andaba por todas partes pidiendo minutas y juntando cartapeles. Todo estaba mezclado, unos andaban tras otros, nadie atendia á su oficio, todos atónitos. El soplon le dijo que habia muchos diablos que no salian al mundo y se estaban mano sobre mano, y que otros no habian vuelto mucho tiempo habia. La dueña por otra parte andaba con un manto de hollin y unas tocas de ceniza, de oreja en oreja, metiendo cizaña. Decia que mirase por sí Pluton (a), que habia conjura para quitarle el diablazgo, y que entraban en ella dos tiranos, tres aduladores, médicos y letrados, (5) y mitad y mitad, y casi un ermitaño. No le quedó color al gran demonio cuando oyó decir el casi ermitaño. Parecióme á mí que lo daba todo por perdido. Calló un rato, y luego dijo: «¿Ermitaño, letrados, médicos, tiranos? ¡qué confeccion para reventar una resma de infiernos con una onza!» En esto que iba á visitar su reino, vió venir á sí el Entremetido. «Esto me faltaba, dijo. ¿Qué quieres contra mí?» Y empezó á mosquearse dél con toda su persona; mas él venía vaciándose de palabras y chorreando embustes. Dijole muy allá de lo que algunos trataban de huirse del infierno, y que unos otros querian dar puerta franca para que entrasen unos mohatreros y hipócritas, con que el mundo estaba rogando á los demonios, y otras cosas, que si no se huye por no le sufrir, lo anega en embelecos y en cláusulas. El, viendo el alboroto forastero de su imperio, y advertido destos peligros, con su guarda y acompañamiento (que le sobran tudescos y alemanes

para ella despues que Lutero y Calvino ladraron las almas de los ultramontanos) empezó la visita de todas sus mazmorras, para reconocer prisiones, presos y ministros. Iba delante el Soplon haciendo aire, que atizaba y encendia sin alumbrar. La Dueña en zancos de fuego (6) se seguia, atisbando (como dicen los pícaros) todo lo que pasaba. El Entremetido, mirando á todas partes, no dejaba ánima sin gesto y reverencia. A cuál decia: «Bésoos las manos.» A cuál: «¿Es menester algo?» (7) Voseábase con los precitos, llamábase de tú con los verdugos y los dañados; á cada cortesía de las suyas decian : Oxte, más recio que á la llamarada. Más quiero fuego, decia una, otra le llamaba *añadidura á las penas*, otra *sobrehueso del castigo*. Estaba un testigo falso entre infinita caterva dellos, en lugar más preeminente que todos, hecho maestro de falsos testimonios como de capilla. Llevábales el dicho como al compas, y todos juraban á un son. Tenian los ojos en las faltriqueras, mirando lo que no veian, y en la cara por ojos dos bolsas de fuego. Y así como vió al Entremetido, dijo el maestro: «Por no verte me vine al infierno; y si advirtiera en que uno este habia de venir acá, fuera bueno, no por salvarme, sino por ir donde no podia entrar.» En esto estábamos, cuando oímos gran tumulto de voces, armas, golpes y llantos mezclados con injurias y quejas. Tirábanse unos á otros por falta de lanzas los miembros ardiendo, arrojábanse á sí mismos encendidos con los cuerpos, y se fulminaban con las propias personas. No se puede representar tan rigurosa batalla. Uno andaba disparándose á todos; parecia emperador : la cabeza tenia coronada de laurel, el cuerpo lleno de heridas, el cuello lleno (8) de senadores, que con almaradas afiladas (9) mal se defendian de su rabiosa furia y cruél enojo. Llegó á él Pluton, y dando un trueno que hizo temblar todo el infierno, le dijo: «¿Quién eres, alma, aun aquí presumida?» «Yo soy (le respondió) el gran Julio César, y despues que se desbarató y mezcló tu reino, dí con Bruto y Casio, los que me mataron á puñaladas con pretexto de la libertad, siendo persuasion de la envidia y cudicia propia destos perros, el uno hijo y el otro confidente. No aborrecieron estos infames el imperio, sino el emperador. Matáronme porque fundé la monarquía ; no la derribaron, ántes apresuradamente ellos instituyeron la sucesion della. Mayor delito fué quitarme á mí la vida que quitar yo el dominio á los (10) senadores, pues yo quedé emperador y ellos

(1) el infierno un soplon (*Edic. de Valencia y Pamplona.*)
(2) Perobotello (*Edic. de Barcelona*).
(3) condenados se daban (*Edic. de Valenc. y Pamp.*)
(4) Lucifer daba (*Id.*)
(a) En vez de las palabras *Lucifer y Satanás* sustituyó Quevedo en 1629 *Pluton*, como constantemente se ve en el texto. En este pasaje advirtió la censura que «Satanás no es nombre particular de Lucifer, sino comun á hombres y á demonios : quiere decir, *el que contradice*. Y aunque en nuestro vulgar está recibido llamar así á todo demonio, nótase para que se vea que erró este autor en todo». Lo mismo reprodujo el padre Niseno en el *Tribunal de la justa venganza*, páginas 167 y 188.
(5) y mitad y mitad (*Edic. de Valencia.*)—mitad y mitad. No le quedó color al gran demonio cuando tal oyó decir : parecióme á mí que le daba todo (*La de Barcelona.*)

(6) le siguia (*Edic. de Valenc.*)
(7) Vozeábase (*Edic. de Valenc. y Pamp.*)
(8) consejeros que (*Id.*)
(9) en leyes (*Id.*)
(10) letrados, pues (*Id.*)

traidores; yo fuí adorado del pueblo en muriendo, y ellos fuéron justiciados en matándome. Perros (decia la grande alma de Julio César), ¿estaba mejor el gobierno en muchos senadores que lo supieron perder, que en un capitan que lo mereció ganar? ¿Es más digno de corona quien preside en la calumnia y es docto en la acusacion, que el soldado, gloria de su patria y miedo de los enemigos? Es más digno de imperio el que sabe leyes, que el que las defiende? Este merece hacellas, y los otros estudiallas. ¿Libertad es obedecer la discordia de muchos, y servidumbre atender al dominio de uno? ¿A muchas cudicias y ambiciones juntas llamais padres, y al valor de uno tiranía? ¡Cuánta más gloria será al pueblo romano haber tenido un hijo que la hizo señora del mundo, que unos padres que la hicieron con guerras civiles madrastra de sus hijos! Malditos, mirad cuál era el gobierno de los senadores, que habiendo gustado el pueblo (1) de la monarquía, quisieron ántes Nerones, Tiberios, Calígulas y Eliogábalos que (2) senadores.» En esto Bruto con voz turbada y rostro avergonzado dijo á gritos: «¡Ah senadores! ¿no oís á César? ¿Esa maldad añadis á las otras contra el Príncipe, siendo autores de la maldad: culpar á quien os creyó? Hablad, responded (3); con vosotros habla el divino Julio. Tales sois, que yo y Casio fuimos traidores porque os creimos (4). Y si en las repúblicas multiplicando dominios ejercistes la soberanía, la codicia de repetir la primera dignidad os (5) hizo negociar (6) y no regir, ó la consideracion de la suerte alternativa os amedrentó, para disgustar al que pudo tener alguno capaz del mismo puesto por pariente ó amigo. (7) ¿Qué pretendistes con vuestro engaño (8) ó nuestra traicion? Responded á César; que nosotros padecemos castigo en nuestras afrentas.» Uno de los senadores (9) con sobrecejo severo, muy ponderado de facciones, con voz desmayada y trémula dijo: «¿Qué hablais los príncipes, si Ptolomeo rey mató vilmente al gran Pompeyo por tu causa, á quien debia el reino que tenia? Qué delito fué en los senadores matarte á tí para cobrar los reinos que nos arrebataste? ¿Desquitar á Pompeyo es maldad? Júzguenlo los diablos. Achillas mató al Magno por mandado de su rey, y era un bergante que comia de sus delitos. Más infame fuiste tú, que viendo la cabeza de Pompeyo lloraste; más traidor fué tu llanto que su espada; sentimiento mandado fué el tuyo; de la piedad hiciste venganza; más atroz fuiste mirándole muerto que venciéndole vivo: ojos hipócritas no han de estar en la primera cabeza del mundo: nosotros empezamos la restauracion con tu muerte; no apresuramos la venida de Neron; el pueblo no supo escoger. Tal fuiste, tirano, que de tu sangre salieron, como de imperio hidra, de una cabeza cortada doce.» Tornáronse á embes-

tir si Lucifer no mandara con amenazas que César se fuera á padecer los castigos de su confianza, despreciadora de avisos y advertencias, y á Bruto y Casio envió á que fuesen escándalo de las almas políticas, y á los senadores repartió entre Mínos y Radamanto (10). Y nombrando infinitos buenos consejeros en todos tiempos, los atormentaban, y cada letra de sus nombres era un tizon para aquellos malditos senadores (11). Cuando entendieron que todo estaba acabado, asomaron por un cerro unos hombres corriendo tras unas mujeres; ellas gritaban que las socorriesen, y ellos decian: «Ténganlas.» Mandólos Pluton asir. «¿Qué es esto?» preguntó; y uno dellos, muy asustado, dijo: «Somos los padres sin hijos, y estas bellacas»... Díjole un diablo (12) que hablase más bien criado y verdad, que padres sin hijos no podia ser. El replicó: «Pues todos nosotros somos padres, que fuimos en el mundo casados, hombres de recato, de los de en mi casa me como, y otras hidalguías celosas, cartujos de alojamiento, atusados de visitas, calvos de amigas, que son todos los calzadores con que una frente calza el cuerno que le revienta en las sienes. Con esto nos echámos á dormir; cada año nos nacen hijos que criamos, por sustentarlos rozamos nuestras almas, y á pura condenacion arañamos qué dejarlos. Y ahora habiendo muerto ellas, se ha sabido que los hijos fuéron concebidos á escote entre los criados y los amigos, y algunas concibieron como comadrejas por el oído.» En esto salió un maridillo que parecia cabo de hombre como de hacha, muy cercenado de carnes, con unas barbas de orozuz mascado, la habla entre ladrido y anfonia (a), que parecia que habia comido gozques, y dijo: «Voto á tal, infame, que me has de desempadrar. Yo he sido ayo del hijo de mi negro; un real sobre otro me han de volver mi legítima. Y yo, que nunca entendí que hiciera la infame pecados (13) tintos, teniendo tanto mozuelo moscatel en que escoger, (14) le decia: Domingo, no entiendo á tu ama. Y él luego riéndose con una geta de un palmo, me respondia: Mi alma con la suya. Y esto sonaba alabanza, y era pulla.» «Bien mirado, bueno es, decian todos los padres güeros, que un hombre pasase su vida sufriendo una preñada, regalando una parida, tragando un niño, pagando un bautismo, sufriendo amas, oyendo taita, llorando de risa por las barbas abajo de que dijo coco, mama; y desto estamos corridos, que andábamos contando por las casas, mi hijo dijo hoy: petenor pare. ¡Hay tal cosa! Ha de ser grande hombre. Y vive Dios, que pareciéndose á bulto nuestros hijos á sus

(1) de la invencion de la monarquía (Edic. de Valenc. y Pamp.)
(2) leyes y (Id.)
(3) consejeros, (Id.)
(4) ignorando que vosotros siempre anhelais á que vuestro ceño y vuestras barbas y lo prolijo de vuestras togas tenga la obediencia y el mando, y el príncipe el peligro. Si en las repúblicas (Id.)
(5) hace... amedrenta... al que puede (Id.)
(6) con las leyes (Id.)
(7) Si asistis á príncipe, de tal manera empinais vuestro oficio, y tanto autorizais vuestra vanidad, que el viene á ser más peligroso al monarca no obedeceros, que al vasallo no obedecer al monarca. (Id.)
(8) y vuestra traicion? (Id.)
(9) que sepultado en ascuas enfadaba las penas, (Id.)

(10) para que fuesen asesores de los demonios. (Ediciones de Valencia y Pamplona.)
(11) serpientes que, á imitacion de Lucifer, dan á los codiciosos lo que Dios les vedó y la ley les niega; y dividió en chancillerías el infierno. (Id.)
(12) sumiller dellas (Id.)
(a) Debe sustituirse sinfonía, y se leeria así en el original. El impresor formó de las dos primeras letras es una a. De este instrumento músico, especie de zampoña, habla el arcipreste de Hita cuando pinta el recibimiento que tuvo don Amor:

Dulcema et azabeba, el finchado albogon
Cinfonía et baldosa en esta fiesta son.

(13) tontos, teniendo (Edic. de Valenc. y Pamp.)
(14) y echaba la culpa á los frailes, de que estoy arrepentido. Y era que la bellaca, para encantusarme, todos los dias se iba al convento: decia que á confesar. Yo me volvia loco, y al mismo negro le decia: «Domingos, voto á N., que yo no sé dónde peca tu ama esto que confiesa cada dia, ni con quién lo peca.» Y el negro, riéndose con una geta (Id.)

padres, nos decian las malditas: A fe que no niegue á su padre. Hijo de padre si lloraba, hijo de padre si reia. Y nosotros, la boca abierta y el moco tan largo, comprando babadores y dijes, y ahora nos hallamos en los infiernos condenados cuquillos. No ha de pasar así.» Fuéles mandado que se retirasen á padecer su credulidad; lleváronlos al Jarama del infierno.

Gran revolucion se via en una sima muy honda de almas y diablos. Paróse la visita á entender lo que era; no se vió tal cosa jamas. Estaban atormentándose unos presumidos y otros vengativos y algunos envidiosos: «así yo volviera á nacer; si yo volviera á la vida; si muriera de dos veces.» Los demonios estaban tan enfadados de oirlo, que les decian: «Ladrones, embusteros, infames, que estáis quebrándonos las cabezas con si volviérades á nacer,—si volviérades á nacer mil veces, cada vez tornárades á morir peor, y á palos no os podrémos echar de aquí. Mas para que se vea quién sois, ya tenemos órden para que volvais á nacer. Ea, picaños, alto á nacer, alto á nacer.» Cosa extraña, que los malditos que tanto lo blasonaban, así como oyeron decir alto á nacer se consumieron, y afligidos y tristes se sepultaron en un silencio medroso. Uno dellos, que parecia más entendido, con mucho espacio, suspenso de cejas empezó á decir: «Si me han de engendrar bastardo,—hay pecado y concierto y paga y alcahueta y tercera parte como casa. Si he de ser de legitimo matrimonio,—ha de haber casamentero y mentiras y dote, que son epítetos, y no dos cosas. Yo he de estar aposentado en unos riñones, y dellos, con más vergüenza que gusto, diciendo que se hagan allá á los orines, he de ir á ser vecino de la necesaria; nueve meses he de alimentarme del asco de los meses; y la regla, que es la fregona de las mujeres, que vacia sus inmundicias, será (1) mi despensera; andaré sin saber lo que me hago; ántes de ver, lleno de antojos; para nacer traeré más dolores que el mal frances; saldré revuelto en la sábana de la posada, como quien da madrugon; lloraré porque nací, viviré sin saber qué es vida, empezaré á morir sin saber qué es muerte, envolveráme la comadre en mantillas, que me la jurarán de mortaja; enjugaré los pechos de un ama. Aquí entra lo de tener la leche en los labios; pónenme en una cuna; si lloro llaman el coco, si duermo me cantan

Con la grande polvareda (a).

La mú llaman al sueño las mujeres, y el mú al que se duerme; pónenme un babador, cuélganme dijes, nácenme los dientes. Voto á tal por no aguardar eso, y unas viruelas y el palomino muerto, y que no me rasque: *ay el angelico*, y á *ro, ro*, me esté en los infiernos siempre jamas. ¡Pues qué, si paso del sarampion, y ya mayor voy á la escuela en invierno, con un alambique por nariz, tomados todos los cabos del cuerpo con sabañones, dos por arracadas, uno á la gineta en el pico de la nariz, dos convidados á comer y cenar en los zancajos, llamando señor al maestro; y si tardo me toman á cuestas, y como si el culo aprendiera algo ó le encomendaran la licion, le abren á azotes! Maldito sea quien tal quiere volver á nacer.

»Pues consideráos mancebos, acechados de la lujuria

de las mujeres en toda parte y sitiados de su apetito, haciendo vuestras vidas y vuestras almas alimento de su desórden. ¿Ahora habia yo de volver allá á calzar justo y andar mirándome á la sombra, tratando con los ojos las azuteas y los terrados, suspirando de noche, hecho mal agüero en competencia de las lechuzas, abrigando esquinas, recogiendo canales, adorando cabellos, y dando mi patrimonio por la cinta de un zapato, y llamar favor que me pidan lo que no tengo? ¡Oh maldito sea, sobre maldito, quien tal quiere volver á repasar! ¡Pues qué, ya hombre, cargado de cuidados entre arrepentimientos y desengaños, empezando á sentir el monton de las enfermedades que la mocedad acaudaló, haciendo el noviciado para viejo, mandando entresacar canas al barbero, que mejor se puede llamar canario, introduciendo en jordan la navaja, diciendo que son lunares y achacándoselas á los trabajos, negando años á pesar de la jaqueca y dolor de muelas y ijada! ¡Pues qué se compara con haber de ser forzosamente hipócrita de miembros, y decir, cayéndome á pedazos: Nunca estuve para más; yo lo haré; aquí me las tengo; y otras cosas que cuestan caro á los que las dicen! Mas todo es burla con haber de estar enamorado y solicitar en competencia de los muchachos, retar á toda una mujer entera, y dejarla más amagada que harta, habiendo gastado la noche en achaques y en disculpas y en requiebros vacios, y ser forzoso ponerme colorado de que me digan: Dias há que nos conocemos, amigo viejo;—y otras cosas así. Quien por esto pasare dos veces, puede echar á diablos con cuantos lo son. ¡Pues qué si la vida adrede porfia hasta que uno envejezca, y le labra de calavera, con calva de pié de cruz, cáscara de nuez por pellejo, jiba de *requiem*, muletilla que vaya llamando á las sepulturas, sueño en pié, vejiga empedrada, y el músico de braguero que se sigue luego, que canta pronósticos, astrólogo de orinal; espiado de herederos, rondado de responsos, heredad de médicos, ocupacion de barberos y alegron de boticarios, llamándome tio los labradores, agüelo los muchachos! Infierno vale más una vez que barriga dos. ¡Pues la gentecilla que hay en la vida y las costumbres! Para ser rico habeis de ser ladron, y no como quiera, sino que hurteis para el que os ha de envidiar el hurto, para el que os ha de prender, para el que os ha de sentenciar y para que os quede á vos. Si quereis ser honrado, habeis de ser adulador y mentiroso y entremetido. Si quereis medrar, habeis de sufrir y ser infame. Si os quereis casar, habeis de ser cornudo. Si no lo quereis ser, lo seréis (si os descuidais) sin parte, y donde se pudiere. Para ser valiente, habeis de ser traidor y borracho y blásfemo. Si sois pobre, nadie os conocerá; si sois rico, no conoceréis á nadie. Si uno vive poco, dicen que se malogra; si vive mucho, que no lo siente. Para ser bien quisto, habeis de ser mal hablado y pródigo. Si se confiesa cada dia, es hipócrita; si no se confiesa, es hereje; si es alegre, dicen que es bufon; si triste, que es enfadoso. Si es cortés le llaman zalamero y figura; si descortés, desvergonzado. ¡Válate el diablo por vida y por vivo! No volviera á nacer por cuanto tiene el mundo (2). Renegados precitos, habién-

(1) (como se dice) (*Edic. de Barcelona*, 1655.)
(a)   Perdímos á don Beltran.
Son estos dos versos del romance caballeresco de don Beltran, que comienza:

Cuando de Francia partimos.

(2) renegados preceptos. Habiéndome (*Ediciones de Valencia, Pamplona, Barcelona y Madrid*, 1648.)
— (Adoptamos la enmienda que introdujo la edicion de Bruselas de 1660, y todas las posteriores han aceptado.)

dome oido, ¿hay alguno de vosotros que quiera volver al nacer por donde vino, y recular la vida hasta el vientre de su madre?» «Nones, nones, decian todos : infierno, y no mama; diablos, y no comadres.» Solo uno, mal encarado, barbinegro, cara salpicada y zurdo, dijo : «Yo quiero volver, no por tornar á vivir, sino porque me estoy atormentando aqui con la memoria de los pícaros y mentirosos y enredadores, que en la vida me contaban mentiras, y yo de puro cortés callaba, y ellos quedaban muy ufanos de que yo los habia creido. Y voto á tal, que no creí á nadie nada, y piensan los bribones guiñapos que los creí. Don Fulano, que me dijo muy estirado de cejas : Por la misericordia de Dios, señor mio, puedo decir que en mi vida he pedido nada á nadie;—y el ladron decia verdad, porque pedia algo; que nada no se pide; y porque él no pedia, sino tomaba, era una demanda con don y tenia más deudas que Eva, y nadie le prestó dineros que no prestase paciencia, y era á puras trampas ratonera, y decia que no. Pues la muchacha que me dijo que era doncella, habiendo tenido más barrigas que un corro de pasteleros, y habiendo parido la procesion de las amas, y me queria hacer creer que era virgo (1), siendo ella cáncer y yo escorpion! Y el tenderéte, vendiéndome fidalguía, más grave que mil quintales, y más cansado que yo dél, me decia que todos los otros eran judíos, y sé yo que su padre se murió de asco de un torrezno, y que su merced anda de mala con la pascua de Resurreccion, y que en los caniculares echa en remojo toda su casa porque no se le encienda (2); y voto á tal, que sé yo que guarda su dinero y la ley de Moisen. El dice que espera un hábito, yo digo que al Mesías. Pues el bellaco, pícaro, chancero, que con su á Dios gracias por empuñadura, muy entornado de ojos, con su cabeza torcida remedando su intencion, me decia : «Yo, señor, me como tres mil ducados de renta limpios de polvo y paja, estos sin joyas y menaje y algun contantejo, y todo es de mis amigos; que á mí no me engorda sino lo que doy; que si hoy cobrase lo que me deben... mas al fin...» Y entre chillido y suspiro remata sacudiendo los huesos á manera de temblor. Pensó el mohatrero ganapan que yo lo entendí así; y otros mil infiernos padezca yo si cuando me lo estaba diciendo no me daban vuelcos de susto los reales que tenia en la faltriquera, de miedo de sus embestiduras, y que me rezumaba de mientes por los ojos. Sé yo que si le prestan las espadas todas, no tendrán vuelta con decir que no hay ninguna sin ella, y aun el dia de San Anton en su poder no tendrá vuelta lo que le dan : aunque sea viejo, nunca es traido, sino llevado. El no paga nada, mas todo lo pagará con las setenas. Vendióseme el picarillo muy acicalado de facciones, muy enjuto de talle, muy recoleto de traje, pisador de lengua, haciendo gambetas con las palabras y corvetas con las cejas, cara bulliciosa de gestos y misteriosa de ceño, por gran ministro, hombre severo, y de lo que llaman do adentro, plático de arriba. Decíame : «¿Qué hay de nuevo por este lugar?» porque yo dijese : «¿Quién lo sabe como vuesa merced?» Y al punto muy esparrancado de ojos decia : «No hay

sino dejar correr, Dios lo remedie, que tal y cual, lo del camino carretero : sí por sí, no por no; » y al decir ello dirá, ponia una boquita escarolada como le dé Dios la salud, y zurcíame un embuste á la oreja cada dia. «Harto estoy de decirlo; mi parecer dije, y con eso cumplo, lo demás Dios lo haga; pues esto no es nada; presto se verán grandes cosas. » Y hablaba unas palabras con la barriga á la boca de puro preñadas. Yo las oia en figura de comadre, y con tanto se despedia de mi, diciendo: «Si algo se ofreciere, amigos tenemos arriba; ya vuesa merced sabe qué sabe Caratulilla (3), matachin de palacio, titere de arriba como Caramanchel. » Lo que yo sabia era que andabas remedando privanzas, y contrahaciendo validos, y copiando ministros, pasando á escuras favores chanflones entre pretendientes y pleiteantes, imitando lisiones por lisonjear, y todo el año trasladando de los poderosos y validos ajes, barbas, meneos, tonillos, figuritas y escorzados, apareciéndote por las escaleras, entrándote en las audiencias, y siendo para todo el lugar fin de paulina. » Este tengo en los huesos; que no me le sacarán con unciones. Déjenme volver al mundo, andaréme tras este muñeco hecho de andrajos de toda vision, diciendo á gritos á los que se llegan á él : «Ox, que no pica; y no lo dejen por decir, que siendo condenado no he de ir á hacer tan buena obra á todos; que yo no lo hago sino por hacérsela muy mala á él y derrengalle la hipocresía.»

Entretenidos tuvo esta gente á todos. Estábase Pluton embobado oyéndolos. Vino el soplon, abanico del infierno, resuello de las culpas, y dijo á Pluton señalándosele : «Aquel demonio que allí va despeado acaba de llegar del mundo, y há veinte años que no ha venido.» Mandóle llamar; llegó muy congojado. «¿Cómo te has atrevido (le preguntó) á faltar de aquí tanto tiempo sin venir á dar cuenta, ni traer alma alguna ni avisar de nada, y diablo me soy?» El diablo le dijo que no le reprendiese ántes de oirle; que quien condena no oyendo la parte, puede hacer justicia, mas no ser justo. «Oigame vuesa diablencia, decia. Señor, yo recibí en guarda un mercader : los diez años le estuve persuadiendo que hurtase, los otros diez que no restituyese.» Dióse Pluton una gran palmada en la frente, y dijo : «¡Miren qué traza de diablo esta! Ya no es el infierno lo que solia, y los demonios no valen sus orejas llenas de agua.» Y volviéndose al diablillo, le dijo : «Mentecato, con los mercaderes hase de gastar el tiempo, y ese muy poco, en persuadirles á que hurten; pero en hurtando, ellos se tienen cuidado de no restituir. Este es tonto y no sabe lo que se diabla.» Llamó un ministro, y dijo : «Lleva ese demonio, y ponle pupilo de algun mal juez, donde aprenda á condenar; que este se debe haber alquilado en los autos para diablo. »

Grande rumor y vocería se oyó algo apartada : parecia que se porfiaba entre muchos sin órden y con enojo. Estaban en diferentes corrillos; en algunos eran modestas las réplicas, en otros se mezclaban injurias y afrentas. Habia quien, encendiendo la pasion, acompañaba con armas sus razones. Vianse golpes, heridas,

(1) diciendo era cáncer (*Ediciones de Valencia, Pamplona y Barcelona.*)

(2) y que clava una espina á diez pasos en un Ecce-Homo, y él piensa que se le pueden dar paternostres molidos; (*Ediciones de Valencia y Pamplona.*)

(3) de matachin (*Edic. de Barcelona.*)
—(Este Caratulilla seria al estilo de otro Mendocilla, bufon célebre y que hacia las coplas á los ciegos, que fué desterrado á cuarenta leguas de la corte en 8 de octubre de 1625, segun se vé en los *Avisos MSS. de la Biblioteca Nacional.*)

y cuanto más se llegaba la visita, más de cerca se conocian los movimientos precipitados del enojo. Esto puso más cuidado en los pasos, mas no fué tan apresurado, que cuando llegámos ya la ira lo habia mezclado todo, y sin órden se despedazaban unos á otros. Las personas eran diferentes en estado, mas todos gente preeminente y grande : emperadores y magistrados y capitanes generales. Suspendiólos la voz del príncipe de las tinieblas; volvieron todos á él, padeciendo tormento en no ejecutar unos el odio y otros la venganza. El primero que allí habló fué un hombre señalado con grandes heridas, y alzando la voz dijo : «Yo soy Clito.» «Más honrado soy, dijo otro que estaba á su lado, y he de hablar primero. Oye al emperador Alejandro, hijo de Dios, señor de los mundos, miedo de las gentes, magno y máximo», y no acabara de ensartar epítetos y blasones de su locura si no le dijera el fiscal que callase ; que ya aquel papel le habia representado en la vida, y que acababa la comedia del mundo era ya reo acusado. «Hable Clito;» y él, que tenia gana, despejando mal la risa de su sentimiento, dijo : «Yo, señor, fuí gran privado deste emperador, que para ver cuán poco caso hacen los dioses de las monarquías de la tierra, basta ver á quién se las dan. Hicieron á este maldito insensato, de quien la soberbia aprendió furores, señor de todo, con título de rey de los reyes. Persuadióse que era hijo de Dios; á Júpiter Ammon llamaba padre, y por autorizarse con el sello de Júpiter se introdujo en testa de carnero y se rizó de cuernos, y no falta sino torearle en las monedas y llamarse Alejandro morueco. En balde porfiaban en él las pasiones naturales, tan doctas en desengañar la presuncion humana : dióle lo que tuvo la fiereza, hízole grande la temeridad, creció el robo, no era capaz de advertencia. Presento por testigo al filósofo envasado, vecino de una tinaja, que le tuvo por bufon y se rió de verlo, y para la vuelta le dijo, estorbándole el sol que le calentaba : No me quites lo que no me puedes dar. Yo le serví en lo que me mandaba, y no me dió la privanza mi obediencia diligente, sino el no entender él que yo seria participe de sus insultos, séquito de sus locuras y aumento de sus adulaciones. Yo (¡desdichado de mí!) quise tener lástima dél ; atrevíme á ser leal al tirano (esto que no es nada), y viéndole desacreditar las cosas de su padre Filipo y desnacerse, con la lengua y las obras, de tan gran príncipe que le dió el sér, desengañábale de la divinidad. Traté de que descornase su descendencia; referíale los esclarecidos hechos y virtudes de su padre, entre muchos que adorándole con incienso, le decian que era hijo de Dios; y habia adulador que le aseguraba de vista la generacion divina, y consejero que por línea recta de varon le hallaba mayorazgo del cielo y heredero forzoso del rayo y el trueno (a). Yo le hacia tales recuerdos de las cosas de su gran padre, que le desecia : Poco le falta á esta descendencia para divina. Pues para ver quién fué este desatinado tirano y cuál su violencia, por testigo de su grandeza, por voz de las alabanzas de su padre, con sus propias manos me mató á puñaladas, mas él murió en la mesa y vivió en la guerra. Concertadme estas medidas. Su maestro, de quien no quiso aprender á vivir, enseñó con qué le matasen, y una uña de asno disimuló el veneno, y él se quedó cornudo, sin Dios, sin reino y sin vida. A mí me dió el fin que he dicho por lo que habeis oido, y á Abdolonymo, monda-pozos, estándolos mondando le hizo rey de Sidonia, no por ensalzar la virtud, sino por mortificar con afrenta la soberbia de los nobles de Persia despues de la muerte de Darío. Topéme aquí con él, porque los privados que ha habido en el mundo nos juntamos á tomar satisfaccion de nuestros príncipes, y díjele que dónde habia dejado lo de Dios, y que si estaba desengañado; y en razon desto nos ásimos cuando llegaste. Matóme porque alabé á su padre. Mira tú que es delito digno de muerte en un tirano, siéndolo solo en el padre haberle engendrado. A Parmenion y Filótas, sus privados, tambien los mandó matar, aunque le adoraban y tenian por hijo de Júpiter. A Amyntas, su prima, y á su madrastra y hermano, y á Callisthenes, su privado, mandó matar. De suerte, oh Pluton, que el delito es ser privado, no ser malo ni bueno, y es como lo que pasa en la vida humana, que todos mueren de hombres, y no de enfermos; que ese es achaque.» «¿Ahora sabes, dijo Pluton, que la privanza es tropezon y todo príncipe zancadilla; que los tiranos lo aborrecen todo : á lo bueno porque no es malo, y á lo malo porque no es peor? ¿Qué privado han hecho que no le hayan precipitado? Qué digo? Acuérdeseos de la emblema de la esponja : todos sois esponjas de los príncipes; déjan-os chupar hasta que estáis hinchados, y luego os exprimen y sacan el zumo para sí.» A estas razones se oyó grande alarido, y llegándose á Lucifer un hombre blanquecino, desangrado, viejo, y venerable y digno de respeto, dijo : «Parece que hablan conmigo esas razones de la esponja, por los muchos tesoros y riquezas que tuve. Yo soy Séneca, español, maestro y privado de Neron. Los desperdicios de su grandeza cargaron mi ánimo, no le llenaron. En recibir lo que me dió sin pretenderlo no fuí codicioso, sino obediente. Quiere el príncipe en honras y haciendas mostrarse magnánimo, generoso y agradecido con un privado. Contradecir al príncipe tales demostraciones es desamor y atencion á la utilidad propia ; pues rehusarlas es querer que el acto de virtud sea el suyo, y preferir la admiracion de la modestia y templanza del criado á la esclarecida generosidad del príncipe. Recibir el valido lo que el príncipe le da es querer que se vea su grandeza ántes que la virtud y humildad propia, y dar luz á la virtud del príncipe es el más reconocido vasallaje que puede darle un vasallo. Dióme Neron cuanto es decente á tal príncipe : el precio y mérito desto fué la enseñanza; permitia tantos bienes la demostracion de premio, no la presuncion de hacienda ni el desvanecimiento de patrimonio; no emperezó el tesoro darme conocimiento del séquito que tiene forzoso en la envi-

(a) QUEVEDO, que es muy alusivo en todas sus obras, debió (en duda en esta ocasion dirigir sus dardos al libro del granadino Diego Matute de Peñafiel Contreras, canónigo de Baza, que se intitula : *Prosapia de Christo*, impreso en esta ciudad en 1614, y dedicado al duque de Lerma. Tiene por apéndice *Un discurso y digresion de la segunda edad del mundo*, de *Sem hijo de Noé, Cham y Japhet*, y *origen de los linajes del mundo*; donde se ve el árbol genealógico del rey Felipe III y del duque su privado, tomada la descendencia ab ovo, nada ménos que desde Adan y Eva, pasándola por Hércules hasta Tros rey de Troya, abuelo comun del monarca español y de su valido. En cierto veintitantas generaciones que el bueno del canónigo cuenta despues, con red barredera hace á todas los héroes fabulosos, capitanes y príncipes ilustres abuelos, por arte de birli birloque, de su mecenas, quien al fin aceptó la dedicatoria, aun cuando tan baja adulacion le sacó al primer golpe los colores al rostro.

dia, que ejecutiva me procesaba por las calles, afirmando que persuadia á otros el desprecio de los tesoros por desembarazar de competidores la sed mia de riquezas. Yo vi adolecer mi opinion y enfermar mi buena dicha, no mi culpa, sino mi crecimiento, porque el escándalo no está en el que priva, sino en todos los que no privan; y nunca puede ser bienquisto de todos quien tiene puesto que los que son como él desean para sí, y los que no, para otro en quien tengan más afianzada la medra. Determiné, adestrado con estas consideraciones, desembarazar mi ánimo y descansar de todos estos odios: fuime al Príncipe, y volvíle cuanto me habia dado; y porque la restitucion fuese cortés y no grosera, la acompañé con palabras que Tácito refiere y mejora, persuadiéndole á que en darme tanto caudal se mostró espléndido, y en recibirlo prudente, pues mostraba que lo habia dado al benemérito, pues lo sabia despreciar. Yo tuve tan grande amor al Príncipe, que no acobardaron mi buen celo las amenazas de su condicion; batalla, no comunicacion era conmigo la suya, segun las grandes contradiciones con que siempre le disgustaba. No acallaron mi verdad su locura ni su fuerza, ni ménos derramó sangre que á mi reprension se adelantase el desvelo de la conciencia. Mató á su madre, quemó á Roma este que despobló todo el imperio de beneméritos con el cuchillo; y estas cosas pudieron persuadir á Pison la conjuracion, que se llamó de su mismo nombre pisoniana, muy bien propuesta, pero mal callada, donde murieron los mismos que habian de matar. Son pasos de la Providencia el guardar al tirano del peligro de la vida, por no venir colmado de las muchas afrentas y desesperacion que merecia. Aseguróse el Príncipe destos, pero no de sus vicios, y luego al punto mandó matar á Lucano porque era mejor poeta que él, y á mí tambien me dió á escoger muerte; mas eso no lo hizo por piedad, ántes bien fué fuerza mañosa, pareciéndole á él que la padeceria muchas veces repetida en la eleccion della, y que padeceria la que escogiese con el efecto, y las que dejase con el miedo que las rehusaba. Yo, metido en un baño, cortadas las venas, me despaché para este puesto que hoy tengo, donde este maldito aun no se harta de crueldades y lee cátedra de martirios á los diablos. En el Senado, cuando mató á su madre, hicieron votos y sacrificios públicos, y osaron adularle con las aras y los templos; y cuando se difirió de la conjura de Pison, hicieron lo mismo por la salud del Príncipe, y mandaron que el mes de abril en honra suya le llamasen Neron. ¡Mirad qué senadores, que luego le sentenciaron á muerte ellos propios siendo su príncipe, y le hicieron morir como merecia porque los creyó! Mas los senadores malos muchas veces aconsejan al Príncipe lo que le pueden acusar:

Carus erit Verri, qui Verrem tempore, quo vult,
Accusare potest (a).

Y hubo alguno que en viendo propuesta alguna gran maldad, deseaba que todos sus compañeros fuesen justos y santos, solo porque su bellaquería fuese única y su iniquidad el apoyo de la perdicion. Levantáronse Quinto Haterio y Marco Escauro diciendo: «Y á esos que tú acusas, ¿bastaron á profanar tantos grandes senadores cuyo ánimo nunca temió los peligros de la verdad ni las ame-

nazas de los príncipes? Los malos ministros se escriben, y se cuentan, y se maldicen: todo para imitarlos. De los buenos nadie hace memoria, porque el bien no se aprende, y el mal se pega, de la manera que un enfermo pega el mal á veinte sanos, y mil sanos no pegaron jamas salud á un doliente.» Neron, ceñudo y con los ojos en el suelo, la voz delgada y temerosa, dijo: «Saber más que el príncipe el privado y maestro es necesario, y conveniente disimularlo con el respeto. Presumir con el cipe esta ventaja es delito: pues ¿qué será porfiar á convencer el criado á su señor á que sabe más que él? En tanto que me enseñaste á mí con lo más que sabias, te preferí en todo, y fué estimacion de tu prudencia mi imperio; y llegó á escándalo del mundo. Luego pasaste á enseñar á todos que sabias más que yo: cosa que debiste excusar, y aquí fué mi enojo; y quiero ántes sufrir lo que padezco, que privado que hace caudal de mi descrédito; y si no, díganlo todos esos príncipes.» Y dió voces: «¡Ah reyes! ¿ha pasado algun privado vuestro más adelante, en llegando á presumir en sí suficiencia y discurso superior al vuestro? En tanto que los pueblos creen que el príncipe tiene talento y que obra por sí se sustenta el privado que lo persuade; más en desarrebozándose la verdad y en desmayando el engaño, muere súpito todo valimiento. Decid si esto es así,» y á una voz dijeron todos: «No, no, ni pasará adelante de aquí á la fin del mundo; que así dejamos tomada la palabra á nuestros sucesores y encargada esa acusacion á la envidia.» «¿Qué tengo yo que ver con eso, dijo Seyano, que supe y disimulé ménos que Tiberio, y habiéndole obligado con mis servicios, me mandó adorar y me hizo estatuas y las concedió privilegios sagrados? Fué mi nombre aclamacion del pueblo romano, mi felicidad lisonja de todo el imperio; mi salud voto de las gentes y ruego comun; y siendo el privado de mayor dominio en el alma de su señor, este maldito y siempre abominable Tiberio me hizo prender y despedazar, siendo mérito en el furor de los amotinados traer en los chuzos algun pedazo de mi cuerpo. Con garfios me arrastraron de las quijadas por las calles, y la crueldad infanda no se detuvo en la sepultura: más allá pasó; que á mis hijos hizo morir afrentosamente, y una hija, que por el privilegio de la virginidad no podia morir justiciada, mandó que el verdugo la violase primero y que luego la degollase. Testigos tengo de mi abono: Veleyo Patérculo encarece mi valor, mi ingenio, mi maña y mi asistencia; y Tácito, que con la malicia se hizo bienquisto de los lectores á costa de los difuntos, él tampoco me niega las alabanzas. Nadie me dijo verdad; y con ser tantos los que acababan con mi caida, nadie se dolió de mí ni tampoco me osó enojar. Mi ruina empezó desde que quise prevenir todos los hados, quitar á la fortuna el poder, burlar sus diligencias á la providencia de Dios. Entónces, más sacrílego que prudente, me fortalecí contra la maña de los hombres, haciendo morir los buenos y los atentos, desterrando á los ociosos y advertidos, y provoqué por enemigo al cielo, á quien quise excluir de mi causa. Tambien es verdad que yo me valí y acompañé de gente ruin: del médico para los venenos, del sedicioso para la venganza, del testigo falso y del mal ministro ventero de las leyes; mas no fué eleccion de mi voluntad, fué necesidad de mi puesto. Yo usaba de los que son siempre trastos del poder; y como sabia que en cayendo así me habian de faltar los malos como los buenos, usaba de los malos como de cómplices, huia de los justos como de acusacion. Cada virtuoso para el que puede es un dedo á la márgen, y cada entendido un espía y un testigo en buen lenguaje, que si habla, persigue, y si calla, culpa. No inventé la tiranía, ni sus malas costumbres Tiberio las aprendió de mí, que más las padecí aprobándolas lisonjero, que en las cárceles y el cuchillo los sentenciados. Si dicen que yo le aconsejé crueldades para quitarle el amor del pueblo y disponer mi levantamiento, ¿quién le aconsejó las que hizo conmigo? El caso es, Pluton, que los príncipes tienen por disculpa de lo que permiten, la ruina del medio que para ello escogieron, y que nuestra culpa es ser solamente la suficiente satisfaccion de los odios nuestras muertes; y al cabo, reyes, la nota cae sobre vosotros y vuestra inconstancia, y la lástima sobre nuestros castigos. Las historias, contando nuestras caidas, dicen siempre: Este fin tienen los que se llegan al favor de los reyes y príncipes; y nuestra desdicha en cada corónica es advertencia de un mal paso. Hacer un privado poderoso, rico, es mostrar el poder; conservarle es acreditar el juicio que dél hiciste y tu eleccion; deshacerle es desdecirte y darte á partido con los mal contentos. Mirad, mirad lo que somos.» Y volviendo, jugaban á la pelota Santabareno (a), favorecido del emperador Leon, á quien mandó sacar los ojos; y Patricio, favorecido de Diocleciano, á quien hizo pedazos. Decia Santabareno, tomando la pelota: «Este es el poderoso lunchado de viento. Pone el príncipe toda su fuerza en levantarlo de un voleo, y anda en el aire, mas siempre bamboleando; y miéntras le dan dura en lo alto, y en no le dando cae, y en descuidándose se pierde; y si le dan muy recio revienta, y en lo alto se sustenta á puros golpes.» Mas Plauciano (b), favorecido que fué de Severo, á quien despeñó por una (1) ventana para que fuese espectáculo del pueblo, decia: «Fuí cohete, subí aprisa, y ardiendo llevé conmigo siempre un cuchillo con el fin de socorrer á su padrastro en los azares de la caza; y á Basilio infundió sospechas de que Leon queria arrebatarle á la vida; mi luces en humo y ceniza.» Fausto, favorecido de Pirro, rey de los epirotas; y Perenne y Cleandro, favorecidos de Cómmodo (c); y

Cincinato, favorecido de Vitellio (d) emperador; y Rufo, favorecido de Domiciano, y Amproniaso, de Hadriano (e), estaban oyendo la voz temerosa y venerable del grande Belisario, favorecido de Justiniano, que ciego, habiendo dado con el bordon dos golpes y meneado la cabeza en torno para prevenir silencio, dijo: «¿Es posible, príncipes, que todos vuestros validos han sido malos? Peor es en vosotros ser verdugos de los yerros de vuestra eleccion que nuestras desgracias. Yo serví á príncipe cristiano y justo y que enseñó qué era justicia y hacerla, y debiendo á mi valor el imperio, despojos, y monarquía y triunfos, me hizo cegar (f), y me dejó pidiendo por las esquinas el sustento con los miserables; y el nombre que se oia animando los estandartes y espantando los enemigos, y que valió por ejército apellidado, andaba por las plazas y calles pidiendo sin saber á quién. El favor de los príncipes es azogue, cosa que no sabe sosegar, que se va de entre los dedos, que en queriendo fijarle se va en humo: cuanto más le subliman es más venenoso, y de favor pasa á solimau; manoseándolo se mete en los huesos, y el que mucho le comunica y trabaja por sacarle, queda siempre temblando, y anda temblando hasta que muere, y muere dél.» Siguieron luego á estas palabras quejas lastimosas y terribles alaridos, señalando todos con ¡ay! donde (2) tenian el azogue del favor, y empezaron todos á temblar; que parecia familia del Almaden. Mas Belisario tornó otra vez á hablar, y todos atendieron: «Ved la infamia de Justiniano, que acobardados sus premios del exceso de mis méritos y servicios, me cegó; y mi virtud tan solamente me negoció la desdicha. Y habiendo de dejarme, temió mi razon y acabó

(a) En vez de Santabareno se lee Sararcno en todas las antiguas y modernas ediciones de Quevedo.

Basilio Macedónico designó para que le sucediese en el imperio al hijo de su mujer Eudoxia, Leon sexto en número, llamado el Filósofo. A este no agradaba Santabareno, favorito del Emperador; mas el privado le le vendió por amigo para lograr su ruina. Aconsejóle llevase consigo siempre un cuchillo con el fin de socorrer á su padrastro en los azares de la caza; y á Basilio infundió sospechas de que Leon queria arrebatarle á la vida. Mandan prenderlo, hallan el puñal, instiga el valido porque pereza el traidor, todo el pueblo intercede por él, y Leon se salva y justifica. Habiendo en 886 ocupado el solio imperial, buscó á Santabareno, le entregó á los jueces, quienes le hicieron azotar, sacar los ojos y condenaron á perpetuo destierro.

(b) Prefecto del pretorio. Ejercia sobre Septimio Severo el mismo ascendiente que Seyano sobre Tiberio. Asi es que logró casar á su hija Plautilla con Caracalla, hijo de Severo; mas estas bodas, que tanto acercaban al solio á Plauciano precipitaron su caida. Suegro y yerno se aborrecian mortalmente, y el uno indisponia al otro para con el Emperador. Resfriada la ciega amistad de estos por con el favorito, le acusó Caracalla de traicion; y sin dejarle justificar, y viendo que su padre se oponia á que le diese de puñaladas, hizo que le degollase un soldado. Severo no contrarió tal resolucion. El cuerpo del valido cayó por una ventana á la calle y fué objeto de los insultos del populacho: año 205 de Jesucristo.

(1) alta (Edic. de Barcelona.)

(c) Alejó de sus consejos á los amigos de su padre, y dió el mando de los pretorianos á Perenne, quien halagando las pasio-

nes del Emperador, ganó su valimiento. Aprovechó Perenne la noticia de una conspiracion para hacer morir á cuantos podian ser rivales suyos, y dueño de la voluntad del Príncipe, aspiro entonces á serlo del imperio, contando el favorito con que su hijo mandaba las tropas de Iliria. Descubiertas sus tramas, padre é hijo perecieron miserablemente.

Logró despues el favor de Cómmodo un esclavo frigio llamado Cleandro, quien llevó su tiranía hasta la locura. Llenó de libertos el Senado, en solo un año nombró veinte y cinco cónsules, y se atrajo el odio de todo el pueblo romano, que le imputaba cuantas calamidades padecia. Sublevada la plebe, pidió al Emperador se creyó perdido como no sacrificase al Ministro, y asi no vaciló en mandarle cortar la cabeza, enviándola al pueblo, que se apaciguó en un instante.

(d) Todos los ejemplares antiguos y modernos conforman en decir Britilo emperador, que es error manifiesto.

(e) Quevedo, que sacaba jugo de cuanto leia, se valió para aumentar en su discurso el número de los favoritos de los príncipes, de lo que halló en el Libro llamado Aviso de privados y doctrina de cortesanos, obra del palaciano don Antonio de Guevara, obispo de Mondoñedo, gran inventor de sucesos y personajes. Dice asi en el capítulo xv, el cual trata: que los privados de los príncipes no deben confiar en la mucha privanza y gran prosperidad desta vida. «Y porque debajo de pocas palabras comprendamos muchas historias, es de saber que el magno Alejandro mató á su querido Crathero, y Pirro, rey de los epirotas, mató á Fausto, su secretario, y el emperador Bitilio mató á Cincinato, su cordial amigo; Domiciano mató á Rufo, su camarero; Adriano mató á Amproniaco, su único privado; Diocleciano mató á Patricio, al cual siempre llamaba amigo y compañero; Diadumeno mató á Pamphileon, su pretor del erario, despues de la muerte del cual pensó tornarse loco del grandísimo pesar que tomó de auerle muerto. Todos los sobredichos, y otros infinitos con ellos, fueron los unos amos y los otros criados, los unos reyes y los otros privados.»

(f) Es falso que Justiniano le hubiese privado de la vista. Los poetas han hecho casi histórica una tradicion apócrifa, desmentida por el silencio de los historiadores contemporáneos. El primero que extendió esta noticia fué Tzetzes, escritor de poco mérito del siglo xii. Belisario murió en 565.

(2) tenia (Edic. de Valencia, Pamplona y Barcelona.)

conmigo. Y todos vosotros lo habeis hecho de la misma suerte, y en vuestras corónicas somos manchas coloradas de vuestra reputacion.» Y un afligido, que no se dió á conocer, dijo : «No estéis ufanos de la miseria de los que os creen y pueden con vosotros; que príncipes ha habido constantes, y privados firmes : esto es echaros el agraz en el ojo. Josef en las sagradas letras; Eleázaro, conde y príncipe, fué privado de Roberto, rey de Francia, y ni tropezó ni resbaló ni cayó, ni otros muchos cuya alabanza vivió igual hasta su fin, cuyo aplauso no descaeció, cuya dicha nunca la enfermaron los envidiosos, y vivos y muertos y escritos fuéron exaltacion de sus reyes, como nosotros acusacion y escándalo y queja.» (1)

(1) En esto se oyó una voz de un espíritu, que decia estas palabras de Habacuc, profeta, hablando con los poderosos :

Quare respicis super iniqua agentes, et taces devorante impio justiorem se?

Et facies homines quasi pisces maris, et quasi reptile non habens principem.

Et factum est judicium, et contradictio potentior.

Propter hoc lacerata est lex, et non pervenit usque ad finem judicium.

«¡ Despedazóse la ley, no llegó el juicio al fin!» repetian todas aquellas almas; cuando el espíritu, para consolarlos desta nulidad que alegaban en el otro mundo contra los que los atropellaron, dijo con el mismo profeta, cap. II : «Como el vino engaña al que bebe, así sucederá al varon soberbio, y no será ensalzado el que extendió su alma como el infierno; y él mismo, como la muerte, no se harta, y congregó á sí todas las gentes, y aunóse con todos los pueblos.»

«¿Por ventura todos estos no tomarán parábola contra él y habillas de sus enigmas; y se dirá : Desdichado de aquel que multiplica lo que no es suyo? ¡Hasta cuándo agravará contra sí lodo pegajoso!

«¿Por ventura de repente no se levantarán los que te han de morder, y despertarán los que te han de hacer pedazos, y serás su despojo?

«Porque tú despojaste muchas ciudades, te despojarán todos los demas que quedaren de los pueblos, por la sangre del hombre, y la maldad de la ciudad de la tierra y de todos los que en ella habitan.

«Pensaste confusion á tu casa, acabaste muchos pueblos y pecó tu ánima.

«Por lo cual la piedra de la pared dará voces, y el madero que está entre las junturas de los edificios responderá, ó el escarabajo de la madera lo parlará.—

«Yo, dijo el espíritu, no os pondero las amenazas del Profeta, solo os advierto que no hace Dios tanto caso de vosotros, que remita el castigo de los tiranos á grandes príncipes, ni á sucesos prodigiosos, ni á mayores fuerzas : el castigo está en las cosas de que no hacéis caso. Mirad con qué gente hace Dios liga contra vuestras prevenciones, soberbias y vanidades : con la piedra de la pared, y el escarabajo de la madera, y el leño podrido que está entre las junturas de los edificios, Artillería de Dios es la carcoma, y el gusano, y la mosca, y la rana, y otra infinidad de sabandijas. La palabra de Dios, malditos, es aquí mancuerda de todos vuestros oídos.»

Hondos gemidos daban los monarcas, y alaridos bestiales y espantosos. Tornáronse á mezclar con amenazas y heridas ; mas Lucifer mandó que los privados se fuesen al cuartel de la perlesía, y los príncipes, reyes y monarcas entre las mujeres hermosas, hasta en tanto que se averigüe quién escoge peor y es más mudable y más desagradecido. Todos aplaudian ; mas ejecutóse sin embargo. Los perláticos decian : «Nosotros tenemos cura ; lleven á los privados, por temblones, con la hoja en el árbol.» Las mujeres gritaban «que llevasen á los monarcas con la lobs ; que ellas en el escoger tenian disculpa, pues en vida huian de los señores hácia los mercaderes.» Y en ninguna parte los querian, y unos á otros se despedazaban.

«Maldito sea yo, decia un testador, que me veo desta suerte, etc.» (*Edicion de Valencia, 1629.*—La de Pampiona de 1631, reproduciendo sin duda la de Zaragoza, dos años más antigua, en vez de este último párrafo, que comienza : *Hondos gemidos*, tiene el que vamos á poner á continuacion.)

«¡Qué gloriosamente entre otros muchos reyes y monarcas, oyeran (á ser posible) estas voces nuestros Alfonsos, nuestros Fernandos y nuestros Filipos, con tantas vitorias de los enemigos del alma como del cuerpo, y en aquellas palabras del Profeta, que eran

(*a*) En esto estaban ocupados todos, cuando vimos un hombre que en las insignias parecia herrador ; con un silencio podrido estaba embolsado en sí propio, muy cerrado de campiña : conocíase en la atencion y los gestos que hablaban allá dentro dél. «¿Quién eres, dijo el fiscal, con ese yunque y ese martillo y esos clavos?» El con voz de grito por azote, en tono de ox dijo : *Yo me entiendo.* Saltó la dueña hecha otra dueña, por no decir un rejalgar, y dijo : «Entendido para tí mismo : habla claro ; que aunque no te entienda, te chismaré todo. Di tu nombre, y qué hierras aquí, donde no hay bestias ; y dilo luego, que si no lo dices luego te pondré otra dueña buida á los pechos hasta que lo digas.» El pobre, que entendió que estaba ya en los profundos de la dueña, dijo : «En esto conoceréis que yo me entiendo solo, pues preguntándome quién soy y mi oficio y habiéndolo dicho claro, no me habeis entendido. Yo soy aquel desdichado *Yo me entiendo* que anda en el mundo paladeando confiados, disculpando necios y entreteniendo bellacos. Si me reprenden los vicios, digo que *Yo me entiendo* ; si me aconsejan en los peligros, *Yo me entiendo* ; si me tienen lástima en los castigos, siempre soy *Yo me entiendo.* Yo soy el coloquio entre cuero y carne y el porfiado entre sí ; y como yo me entiendo y no quiero entender á otro, ni que me entienda nadie, todo lo yerro, y este es mi oficio. Y la dueña no sabe lo que se dueña, pues dice que no hay bestias donde hay *Yo me entiendo*, que es todos los ares y joes con capa negra.» No hubo acabado, cuando otro hombre muy enojado dijo : «¿Quién fué el maldito que juntó á éste entendido á escuras conmigo, que soy *Nadie me entiende?*» Aquí se revistió de sí mismo el entremetido, y dijo : «Dígote culto, y si apelas dígote benemérito.» «Pues no soy, dijo el tal figura, sino casamentero. Soy sastre de hombres y mujeres, que zurzo y junto, y miento en todo y hurto la mitad. Y soy embelecador de por vida, inducidor de divorcios ; vivo de engordar dotes flacos, añado haciendas, remiendo abuelos, abulto apellidos, pongo virtudes postizas como caballeras ; confito condiciones y desmocho de años á los novios. Tengo una relacion Jordan que remoza las bodas. En mi boca los.partos y los preñados son doncellas, y no hay hombre tan callado (2) en hijos, pues acomodo abuelas por nietas. Al fin, yo hago suegros y suegras, que no hay más que hacer. Y llámome *Nadie me entiende*, porque si me entendiera el marido cuando le doy más dote con lo que miento que la novia con el que lleva, cuando le doy virtud con lo que callo, calidad con lo que

á los tiranos martirio, reconocieran lo grande de sus prerogativas ! Pues como para decatruir á esotros se confedera Dios con los gusanos y la carcoma, para engrandecer á estos se suma con ellos, peleando en sus huestes, y venciendo sus batallas : pues en nuestra España es donde Dios ha ejercicio ha tenido en Dios el nombre de Dios de los ejércitos. El primer Filipe nos dejó imperio el que le dimos reino ; y si le dimos corona de rey, es el invencible Cárlos nos la mejoró de emperador. Cárlos nos dió en el segundo Filipe un monarca tan digno de serlo, que obligó á Cárlos á renunciarle el señorío del mundo ; y así reinó electo por su padre y no por la muerte. Filipe II, para reconocer á su padre la dádiva, y al reino el amor, nos dejó al santo, al grande, al siempre glorioso Filipe III, que como santo mereció de Dios por sucesor á Filipe IV, nuestro señor, desempeño soberano de finezas, que en tal sugeto apostaron las maravillas á sus ascendientes.»

«Maldito sea yo, decis un testador etc.

(*a*) Este párrafo sustituyó Quevedo, en la coleccion de los *Juguetes de la niñez* (Madrid, 1629), á los que acabamos de sacar al pié, de las ediciones de Valencia, Zaragoza y Pamplona.

(2) de hijos (*Edic. de Madrid, 1648*, y todas las posteriores.)

finjo, hermosura con lo que encarezco, ninguna boda se concertara. Y si la esposita me entendiera : *El es un pino de oro, más aplicado que otro tanto ; jugar, ni por sueños; otros vicios, ni por lumbre; en la condicion es hecho de cera; muy rico ; ya se ve*, con el etcétera de las espectativas (que es la hojarasca que gastamos los casamenteros, y todo pára en *pino de oro, ni por sueños, ni por lumbre y ya se ve*, hojaldre de vergantes),—ántes la triste diera con su doncellez en unas tocas que embodarse. ¡Pues verme prometer infinito y no traer nada, diciendo muy flechado de cejas : Señor, vuesamerced no repare en hacienda, pues Dios se la ha dado; calidad, harta sobra á vuesamerced. Pues hermosura, en las mujeres propias ántes es cuidado y peligro. Cierre vuesamerced los ojos y déjese gobernar; que yo le digo lo que le conviene!» «¿Hay ladron como este? dijo el soplon. Pues demonio, ¿qué me traes, si ni tiene calidad ni hacienda ni hermosura, y quieres que cierre los ojos?» Embistiera con él, sino que la dueña se puso en medio, diciendo : «No hay tal, hombre : por otra relacion como esta me tragó á mí por mujer quien se casó conmigo.»

«Maldito sea yo, decia un testador, que me veo desta suerte por mi culpa. Voto á tal, decia (y llamaba á todos), que si sé hacer testamento, que estoy vivo ahora, y que no me ha condenado. La enfermedad más peligrosa, despues del dotor, es el testamento : más han muerto porque hicieron testamento, que porque enfermaron. ¡Ah vivos! gritaba, sabed hacer testamento, y viviréis como cuervos. Desdichado de mí, que enfermé de mi esceso y peligré de mi dotor y espiré de mi testamento! Dejáronme los médicos, mandándome prevenir; yo con mucha devocion y mesura ordené mi testamento con mi *In Dei nomine, Amen*, lo de su entero juicio, el cuerpo á la tierra y las demas cláusulas del boquear; y luego (nunca yo lo dijera) empecé los *Item más* : A mi hijo dejo por heredero. Item, á mi mujer dejo esto y esto. Item más, á Fulano, mi criado, tanto y cuanto. Item más, á Fulana, mi criada, esto y el otro. Item más, á Fulano, mi amigo, porque se acuerde de mí, un vestido. Item más (si muriere), dejo libre á Mostafá, mi esclavo. Mando al señor dotor Fulano una taza de plata que tengo dorada, por el cuidado con que me ha curado ;—y al instante que firmé el testamento, la tierra, á quien mandé el cuerpo, tuvo gana de comer, mi hijo de heredar, mi mujer de monjil, mi criado de lágrimas y vestido, mi amigo de acordarse; y todos andaban dados al diablo. Si yo pedia la pócima, mi mujer respondia tocas; el criado, ropilla; el esclavo, horro Mahoma. Por darme confortativos me daban zupia. El dotor, desde allí adelante, cuando venia me pedia la taza por pedir el pulso , y de mala gana tomaba uno por otro. Si le preguntaba cómo ha de ser la cena, decia que pesada y honda. Si daba un grito, decia mi hijo : ya espiró; mi mujer, descuelguen; el criado, daca ; el amigo, veamos; el esclavo, vaya. Y como nada de lo que mandaba se podia cumplir sin mi muerte, en mandar á todos algo, mandé que me matasen todos. Si yo volviera á la vida, este fuera mi testamento : Item, mando á mi hijo heredero, que mal provecho le haga cuanto comiere, y que mi maldicion le caiga, y que cuanto le (1) dejo es de mala gana y por no poder más. A él y á ello se

los lleve el diablo; y á mi mujer, que mala pestilencia le dé Dios, y duelos y quebrantos. Y á Fulano, mi criado, si yo muriere, mando que le persigan y se gaste mi hacienda en destruirle ; y si viviere, le daré dos vestidos. Y á Fulano, mi amigo, si falleciere, mando que no le dejen parar á sol ni á sombra, y que declaro que es un perro. Item más, si me muero, niego todas mis deudas :—y solo considerad, demonios, cuáles andarian los mohatreros por resucitarme á mí. Al esclavo, si muero, mando que cada dia le pringuen tres veces. Al dotor que me curó, que mi mujer se muestre parte y le pida mi muerte. Y á mi heredero, que haga tasar lo que justamente vale el haber acabado conmigo, porque me ha encarecido el ser calavera, como si yo se lo rogara, y me lo ha hecho desear, y pido á todos que lo apedreen.—Y voto á tal, que solo estoy sentido aquí del dotor, que no solamente me persiguió sano, me mató enfermo, sino que pasa la ojeriza de la sepultura ; y en espirando uno, por disculparse dicen dél mil infamias :—Dios le perdone; que el mucho beber le acabó; ¿cómo le habiamos de curar si era desordenado? Él era insensato, estaba loco, no obedecia á la medicina, estaba podrido, era un hospital ; él vivió de suerte, que le ha sido mejor; esto le convenia (¡miren qué convenia esta á mi costa!): llegó su hora;—pues tomen el dicho á la hora de todos los difuntos, y ella dirá que ellos la llevan y la arrastran, y que ella no se llega. ¡Oh ladrones! ¿No basta matar á uno y hacerle que pague su muerte, costumbre de los verdugos, sino tener la disculpa de la ignorancia en la deshonra del pobre difunto? Aprended á saber hacer testamento, y llegaréis los mozos á viejos, y los viejos á decrépitos, y moriréis todos hartos de vida, y no os podarán en flor las hoces graduadas y el dotor Guadaña.»

Tales palabras dijo aquel difunto por madurar, que Pluton y sus ministros á gritos dijeron : «No dice mal este condenado ; mas si le oyen y le creen, á los médicos y á los diablos (el ruin delante) los ha de destruir.» Mandáronle tapar la boca, y á pocos pasos que anduvieron fué tal el alarido y la grita, que con prevencion y susto se pusieron en defensa. Habia gran número de gente de todos estados. «Ellos son, decian ; sáquenlos. ¿Habiamos de dar con ellos? ¡Oh infame mujer ! ¡Oh maldito pícaro! Aquí le tengo ;» y otras palabras tan alborozadas como estas. Unos se asian de otros, y apénas se vian sino dos bultos : uno con un manto, señas de mujer; y otro hecho pedazos y lleno de alcuzas y jarros y trastos. «¿Qué es esto?» dijo la guarda. Llegó la ronda, bien ordenado el tribunal; respondieron : «Señor, aquí hemos hallado escondida la disculpa de muchos chismes y la averiguacion de muchas insolencias.» «Aquí están,» decian con gran alegría, «aquí los tenemos.» Pedian albricias á Lucifer : «aquí están, señor, *la mujer tapada* que dice todas las cosas, y *el poeta de los pícaros*.» No se puede explicar la demostracion que Pluton hizo de haber hallado en su reino estas dos figuras tan perniciosas. Mandó sacar á *la mujer tapada* : estaba hecha un ovillo, liada con su manto; dió grandísimos gritos, diciendo que no la destapasen porque se perderia el mundo. «Déjenme, basta que estoy aquí solo porque me tapé; yo tengo infinitas caras, y muchos me acusan

<hr>

(1) dejo, de mala gana y por no poder más, á él y á ellos se los

lleve el diablo. Y á mi mujer (*Ediciones de Valencia, Pamplona, Barcelona, y Madrid de 1648.*)

que debajo deste manto tienen la suya; mi delito es mi manto. Yo, la pobre *mujer tapada*, dije al Rey pasando un chiste, y á la Reina otro: yo dije á los privados, yo á los ministros, yo á los señores, yo á los clérigos, yo á los frailes, yo á los obispos; y este negro manto ha sido de lenguas, y no de soplillo. No tengo yo la culpa, sino bellacos, que como me ven tapada, se me meten debajo del manto, y dicen lo que quieren, y luego no hay sino: una mujer tapada dicen que dijo. ¿Saben vuesas mercedes lo que dijo una mujer tapada? Cuentan que una mujer dió tal memorial; y yo, pobre de mi, soy una tonta que apénas sé pedir siendo mujer. Si fuera yo este bellaco pícaro que está á mi lado...» Y él respondió: «¿Qué culpa es la mia, mala hembra?» «¿Qué culpa? (dijo un demonio? Ser tú peor que todos nosotros: ¿tú no eres el *poeta de los pícaros*, que has llenado el mundo de disparates y locuras (a)? ¿Quién inventó el *tengue ten-*

(a) La plebe tiene su poesía y sus poetas. Gustar del placer que ofrecen los sonidos de las palabras artificiosamente concertados no es privilegio de las altas clases de la sociedad. Pero el vulgo y los próceres indistintamente más precian en no pocas ocasiones lo material del sonido, que lo útil y bello de la idea que se engalana con aquel hechizo para llevar al alma saludable medicina. De aquí los dicharachos y greguería que en todos tiempos han formado los estribillos de los cantos populares. Tales estribillos en verdad no tienen significacion ninguna, á no ser que al apacentarse el espíritu en los más peregrinos acentos de la música anhele oir la palabra humana á través de ellos, sin que la significacion de esta y el pensamiento que envolver debe la distraigan y prevalezcan sobre la armonía del instrumento y de la voz.

Ya en los ditirambos griegos, á vueltas de metáforas atrevidas y repentinas transiciones, se introducía este tropel de palabras nuevas, inusitadas, incomprensibles y compuestas de tal número de sílabas, que oprimian y fatigaban el oido; y entónces Aristófanes, como ahora QUEVEDO, ridiculizaba la extravagancia de los músicos y el desatino de los poetas.

En todos tiempos el pueblo ha tenido sus trovadores. La memoria de ellos ha pasado como la sombra de las nubes, pero como estas los campos, su ingenio ha fecundizado los verjeles de la poesía. El rudo pero expresivo canto de un juglar, las desaliñadas coplas de un ciego, los motes y letras con que un villano ha querido decir su secreto á voces, expresando entre los ecos de la guitarra sus celos, sus amores y sus quejas, han encerrado el gérmen de fecundos pensamientos poéticos y musicales, que han desarrollado despues, y de que han sacado útil pulidos y elegantes ingenios. De este modo los cantares del pueblo pasaron á la iglesia y al teatro, constituyendo la savia de los autos y villancicos, de los saraos, bailes y entremeses. El maestro José de Valdivielso, Simon Aguado, el inmortal autor del *Quijote*, el licenciado Luis de Benavente, Cáncer, Moreto y otros muchos trasplantaron estas rústicas flores al boato de la escena, al esplendor de los palacios y á la majestad de los templos.

Pocas veces han estado en nuestra península más unidas con las musas populares, las sagradas, las de los alcázares y coliseos, que durante la dinastía austriaca, especialmente en los tiempos del tercero y cuarto Felipe. Esta familiaridad causaba desabrimiento á escritores pulcros y atildados, y pretendieron que el estro fuese patrimonio exclusivo del artificio, del trabajo y del estudio, convirtiendo en misterios eleusinos las inspiraciones poéticas, y ahuyentando de Helicona al vulgo profano. Es todo extremos el hombre, y desdeñando la poesía civil no podia satisfacerle otra que la culta, á que dió Góngora vuelo, y autorizó y entronizó el conde-duque de Olivares, monarca verdadero de las Españas. Cuando se escribió el *Discurso de todos los diablos* estaba empeñada la lucha entre los *cultos* y los *patos del aguachirle castellana*, como los apodaba el cisne cordobés; y QUEVEDO, gustoso de pelear siempre en el bando contrario, enzarzó á unos y otros en el presente opúsculo, bien que los dardos más agudos iban disparados contra Góngora y sus prosélitos los vates de roncon y terremoto.

No pudo ser exterminado en esta guerra literaria el *poeta de los pícaros*, el autor de tanto caprichoso estribillo. Sus inspiraciones habian logrado autoridad en el teatro, donde reunido mucho pueblo, tomábalas de memoria la multitud, que luego entretenia con ellas á toda hora las faenas domésticas. Fué antigua costumbre aderezar y dilatar las comedias con dos ó tres entremeses repre-

que y don golondron, y pisaré yo el polvillo (b), *zarabanda y dura (c)*, *y vámonos á chacona (d)*, y qué es sentados ó cantados, ó con bailes donde se danzaba, cantaba y representaba, al modo de los ditirambos griegos, y de los cuales segun el memorioso Cervántes, fué un Alonso Martinez el primer inventor entre nosotros. Pues todos estos pequeños poemas terminaban generalmente con villancicos; pero no siempre era su estribillo un mote, un chiste, un pensamiento regalado; y si, por el contrario, un dicharacho y ridícula algarabía: circunstancia que se advierte en la literatura de todos los pueblos y de todos los siglos. Si Luis de Benavente concluia en 1630 su precioso entremes cantado *La dueña* (traducido del opúsculo que llena estas páginas), con tan descomunales coplas:

—En la calle de Atocha, *liton*,
Litoque, *vitoque*, que vive mi dama:
Yo me llamo Bartolo, *liton*,
Litoque, *vitoque*, y ella Catalina.
—En la Puerta Cerrada, *liton*,
Que vive la risa;
Y las malas comedias, *liton*,
Litoque, *vitoque*, que, y en la de Silva;

si deste modo finalizaba el entremes cantado *Los planetas*

Pues, porque no nos entiendan
Los hombres, en cifra hablemos.
Y dice la luna:
—Zúribi, trapigo, róstripi suna.
Y el sol la responde:
—Trópico, líbico, zas, pirilonde, etc.
—¿Que junta y que lengua es esta?
—Ni es romance, ni es latin.
—Las juntas de los doctores
Yo entiendo que son así.
—¿Para qué le hablan los dioses?
—Solo para hacer reir;

¿mejores estribillos escuchamos hoy por ventura en los gustos vulgares? Las canciones patrióticas de este siglo ¿los han desdeñado? Acicaladísimos poetas, melifluos y escrupulosos ¿no les han rendido parias?

(b) Cervántes introdujo esta tonada en el entremes de los *Alcaldes de Daganzo*.

Pisaré yo el polaico,
A tan menudico;
Pisaré yo el polvo,
A tan menudo.
Pisaré yo la tierra,
Por más que este dura,
Puesto que me abra en ella
Amor sepultura,
Pues ya mi ventura
Amor la piso,
A tan menudo.
Pisaré yo lozana
El más duro suelo,
Si en él acaso pisas
El mal que recelo.
Mi bien se ha pasado en vuelo,
Y el polvo dejo
A tan menudo.

(c) Lascito, alegre, alborotado el baile de la *zarabanda*, no dejaba sosegar un punto los brazos y las castañuelas, girandolos en gratos y voluptuosos ademanes. El asunto de sus coplas era el amor, expresado en rústicos y sencillos conceptos, mezclados de sátira contra los circunstantes, picante y jocosa; y cantabanse, por ser liricas, en las bodas y en los regocijados banquetes.

A este baile atribuyen fabulosa antigüedad escritores nacionales y extranjeros. Quien dice que de Cádiz lo inventaron y usó en Roma en tiempo de los Césares; y quién le da por cuna la Persia, hallándole descrito en sus historias y señalado en los vestigios de su antigua lengua. Por esto derivan unos la palabra *zarabanda* de *zarba* (desluciéndola de la raiz oriental *taraba*: alegrar y alegrarse mucho), cuyo nombre tuvieron en aquel pais ciertas mujeres que en los festines cantaban y tañian. Otros de *sérena*, que en persiano vale cantiga. Otros de la radical hebrea *zara*, que significa cerner, esparcir, andar á la redonda, caractéres especiales de esta danza. Y otros, en fin, notan estrecha afinidad entre la voz castellana *zambra* y *zarabanda*, como que ambas se etimologizan de la hebrea *zamar*, que corresponde al *psallere* latino (?) Todo esto no deja duda acerca del origen oriental del baile, y debió pasar de aquellas regiones á nuestra Andalucía durante la dominacion agarena, como pasaron el gusto arquitectónico, los trajes persianos, las costumbres y la literatura (1).

(d) A principios del siglo XVII iba ya en decadencia la *zarabanda*

(1) Palmerio, en sus notas á Estrabon. Hadriano Relando, De-

aquello que relumbra, madre mia, la gatatumba, y naqueracuza? ¿Qué es naqueracuza, infame? Qué quiere
decir gandi; y hurruá, que en la ventana está (a); y ay,

porque la desprivó su prima la *Chacona*. Oigamos con qué viveza
la describe Cervántes:

> El baile de la Chacona
> Encierra la vida bona.
> Háílase allí el ejercicio
> Que la salud acomoda,
> Sacudiendo de los miembros
> A la pereza poltrona.
> Bulle la risa en el pecho
> De quien baila y de quien toca,
> Del que mira y del que escucha
> Baile y música sonora.
> Vierten azogue los piés,
> Derrítese la persona,
> Y con gusto de sus dueños
> Las mulillas se descorchan.
> El brio y la ligereza
> En los viejos se remoza,
> Y en los mancebos se ensalza,
> Y sobre todo se entona.
> El baile de la Chacona
> Encierra la vida bona.
> ¡ Qué de veces ha intentado
> Aquesta noble señora,
> Con la alegre Zarabanda,
> El Pésame, y Perra mora,
> Entrarse por los resquicios
> De las casas religiosas,
> A inquietar la houestidad
> Que en las santas celdas mora!
> ¡ Cuántas fué vituperada
> De los mismos que la adoran,
> Porque imagina el lascivo
> Y al más necio se le antoja
> Que el baile de la Chacona
> Encierra la vida bona.
> Esta indiana amulatada,
> De quien la fama pregona
> Que ha hecho más sacrilegios
> E insultos que hizo Aroba;
> Esta á quien es tributaria
> La turba de las fregonas,
> La caterva de los pajes
> Y de lacayos las tropas,
> Dice, jura, y no revienta,
> Que á pesar de la persona
> Del soberbio zambapalo,
> Ella es la flor de la olla;
> Y que solo la Chacona
> Encierra la vida bona.

Simon Aguado, granadino, escribió con motivo de las soberbias bodas de Felipe III en Valencia, año de 1599, el lindo entremes (inédito) del *Platillo*, en el cual danzan la *Chacona*, y se
advierte la procedencia americana de este baile. La letra comienza así:

> Chiqui, chiqui, morena mia,
> Si es de noche ó si es de dia
> Vámonos, vida, á Tampico,
> Antes que lo entienda el mico;
> Que alguien mira la *Chacona*
> Que ba de quedar hecho mona.

Bernardo Lopez del Campo compuso la mojiganga (inédita) del
Zarambeque, baile muy aplaudido en la mitad del siglo XVII. Con
el *Zarambeque* alterna la *Chacona*, que cantan unos estudiantes de
este modo:

> ¡Oh, bien haya nuestro padre
> Retor, que en la vida holgona
> No nos manda tener duelos,
> Penas, cuidados, ni honra!
> —¡ Vita bona, vita bona!
> ¡La Chacona, la Chacona!
> Cuando el dómine Miguel
> Va á pedir con prosa escasa,
> Suele limpiar una casa
> Si se descuidan con él;
> Mas si le cogen Infiel,
> Hace al punto la temblona.
> —¡Vita bona, etc.

(a) A pesar del anatema de QUEVEDO, concluyó el ugier de sa-
leta de la reina doña Mariana de Austria, don Vicente Suarez de

sertacion sobre los vestigios de la lengua pérsica.—M. Menage, *Eti-*
mológico frances. — Covarrubias, *Tesoro de la lengua castellana.*—
El benedictino fray Martin Sarmiento.

---

ay, ay (b) (y traer todo el pueblo en un grito); y *ejecutor*
de la vara, y *daca á ejecutor de la vara; y señor botica-*
rio, deme una cala; y *válate Barrabás el pollo;* y *guiri-*
guirigay (c), y otras cosas que sin entenderlas tú ni el
que las canta, ni el que las oye, al són de las alcuzas y
de los jarros y de los platos las cantan los muchachos y
mozas de fregar con tonillos de aceite y vinagre, y dos
de queso, y pella y pastel, que tú compones, y no hay
recado que no chilles, ni calle que no aturdas, obligando á que se enfurezcan las repúblicas, y con pregones
restañen tus letrillas y *hues* y *ayes* y *arrorros*, *cuzas* y
pipiritilandos? Nadie está en los infiernos con tanta
causa ni con tan sucia causa (d).»

Deza con el *hurruá*, la mojiganga del *Mundi nuevo* que se representó en el coliseo del Retiro cuando el nacimiento de Cárlos II,
en 1661:

> **Música.** Urruá, urruá.
> **Indios.** A rufá y fá.
> **Valencianos.** Bache, bache de chire.
> **Negros.** Y gua, gua, guá.

Despues de treinta y dos años que estaba anatematizado *el poe-*
ta de los picaros, daba buenas muestras de enmendarse.

(b) Cantóse en el famoso baile de Benavente titulado *El mise-*
rable y el doctor, y en el inédito, de autor desconocido, *La boda*
de pobres. (Bib. Nacional, M. 194. pág. 65.)

(c) Sancha y los modernos han impreso *guirigui*, *guirigay.*

(d) Del modo con que la música de estos canticios populares y
truhanescos habia llegado á figurar en las solemnidades de la Iglesia, nos ha conservado una muestra Valdivielso en la siguiente
ingeniosa

Letra de Natividad, descubierto el Santísimo Sacramento.

> Al parto de la zagala
> Treinta zagales vinieron,
> Y bailaron y tañeron;
> Pero Anton llevó la gala.
> Trajo un salterio Pascual,
> Un caramillo Llorente,
> Una bandurria Clemente,
> Y una flauta Fuencarral.
> Y en el portal
> Bailó Anton
> El dongolondron,
> Y Blas gañan
> La cebolla con el pan,
> Y Cantueso
> El rabanico con queso.
> Gil en todo se señala;
> Pero Anton llevó la gala.
> Anton con gracioso aliño
> Con el pellico abrigó
> Al Niño, que pareció
> Un clavel entre un armiño.
> Rióse el Niño,
> Cantó Antona
> Mi vida bona,
> Val-de-estacas
> Danzó guárdame mis vacas;
> Martin danzó
> Matachin, que no te di yo,
> Con gala, y fué Martingala;
> Pero Anton, etc.
> El escolar Caribarto
> Por la parida apostaba
> Que despues del parto estaba
> Virgen como ántes del parto.
> Danzó Esparto,
> Como mona,
> Canaria bona;
> Pabró Ensancha
> Déjame, Periquito de Sancha;
> Y Marina
> A la gala de Medina,
> Que hasta allá llegó su gala;
> Pero Anton, etc.
> Mingo, que mira en el heno
> Aquel Grano soberano,
> Dijo: Con solo este Grano
> Ha de ser el año bueno.
> Cantó Moreno,
> Viendo el pan,
> Al villano se lo dan;
> Y Andrés de Cubas
> Peranton, comé de mis ubas,

El pobre *poeta de los pícaros,* que no pudo negarse y se vió descubierto y conocido, pidió que le diesen licencia para hablar. Fuéle concedida y dijo : ¿Es mejor lo que hacen los poetas de los honrados? ¿Está mejor ocupado un ingenio en gastar doce pliegos de papel de entradas y salidas y marañas para casar un lacayo sin amonestaciones (*a*), que yo, que con un cantarcillo y un *cachumba, cachumba,* y un *¡oh qué lindito!* al muchacho que trae un pastel á su amo, le embarazo la boca con el tonillo para que no dé un bocado al plato, y al jarro un sorbo? Más sisas excusé con el *zambapalo* y con la *marigarulleta,* que letras tienen mis cantares (*b*). ¿Con qué me pagarán que á la niña que trae el cuarto de mondongo la embarace la garganta con el *naqueracuza,* y no con una morcilla? ¿Fuera mejor matar de hambre á todos los graciosos, hacer gallinas á todos los lacayos, y en los entremeses deshonrando mujeres, afrentando maridos, y tachando costumbres, y entreteniendo con la malicia, acabando con palos ó con músicos, que es peor? ¿Es mejor hacer autos, y andar dando que decir á Satanás, y pidiendo el alma, y lloviendo ángeles á pura nube, y tener á vuesa merced quejoso siempre (dijo mirando á Pluton), y que no deba á un poeta una ánima, que siempre se la lleva el buen pastor? ¿Es mejor andar sacando los pecados propios y mis amancebamientos á la gineta, en los romances, de garganta en garganta, y que canten todos lo que yo habia de llorar; y que si Dóris escupe, ande su gargajo de boca en boca? Es mejor que *Gil* y *Pascual* anden siempre en los villancicos, el uno con *mil,* y el otro con *portal,* tirando las navidades, envueltos en consonantes sin pelo? Es mejor andar gastando auroras en mejillas y perlas en lágrimas, como si se hallasen detrás de la puerta; y estando España sin un real de plata, gastalla en fuentes (*c*) y en cuellos torneados, valiendo á setenta por ciento, y sin que se vea una onza gastada en lámparas por los poetas, teniendo repartidos millones en orejas y testuces? ¡Pues lo que hacen con el oro! A carretadas lo echan en cabellos, como si fuera paja, donde no aprovecha á nadie: y llámanme á mí poeta de pícaros, porque sin gasto ni daño alegro y entretengo barato y brioso

Y Bras Taray
Dijo al Niño el *ay, ay, ay,*
Con que le alegra y regala;
Pero Anton llevó la gala.

(*a*) Dícelo por las comedias de Lope de Vega.
(*b*) La alegría de estos cantares y el atractivo de sus danzas pondéralos Cervántes en el entremes del *Rufian viudo :*

¡Oh qué desmayar de manos,
Oh qué huir y qué juntar,
Oh qué nuevos laberintos
Donde hay salir y hay entrar!
Muden el baile á su gusto,
Que yo le sabré tocar
El canario, ó las gambetas,
O al villano se lo dan;
Zarabanda, ó zambapalo,
El pésame de ello, y más
El rey don Alonso el Bueno,
Gloria de la antigüedad.
Escarraman. El canario, si le tocan,
A solas quiero bailar.
Músico. Tocaréle yo de plata,
Tú de oro te bailarás. (*Baila Escarraman.*)
Escarraman. Vaya el villano, á lo burdo,
Con la cebolla y el pan.

(*c*) QUEVEDO no pierde ripio. Esta flecha de dos filos va disparada contra el gobierno del privado, que en fuentes, estanques y espectáculos disipaba las rentas públicas, agoviando al pueblo con sisas y derramas.

con *vengo de* (1) *Panamá,* y *de qué tienes dulce el dedo,* y *don don camaleon* (*d*), y otras letrillas traviesas de són y comederas? No, sino escribiré *coruscos, lustros, jóven,* construyendo, *adunco, poro,* con *trisulca, alcasa, naqueracusa; y libando, aljófar,* con si *bien, erigiendo piras canoro concento de liras.*

Zarabullí, ay bullí, bullí, de zarabullí.
Bullí cuz cuz
De la Veracruz :
Yo me bullo y me meneo,
Me baño, me zangoteo,
Me refocilo y recreo
Por medio maravedí :
Zarabullí.

»Júzguenlo los diablos cuánto es mejor *zarabullí* que *adunco,* y *cuz cuz* que *poro,* y *meneo* que *pira,* y *zangoteo* que *lustro,* y *refocilo* que *trisulca :* lo uno es culto y lo otro pimienta. Cuál hará mejor caldo dígalo un cocinero. Ello bien puedo yo ser el poeta de los pícaros, mas ellos son los pícaros poetas ; y por lo ménos á mí no me veda la Inquisicion ni tengo examinadores ; y mireseme bien mi causa, que yo soy el mejor de todos; y Dios me haga bien con mis seguidillas y jacarandinas, que no me entiendo con octavas ni con esotras historias, ni se hallará que haya dicho mal de otro poeta.» El culto se iba á embestir con él, armado de *cede* en jóven como de punta en blanco. Mandóle Satanas detener, y reconociéndole, hallaron que llevaba escondidas y embainadas dos *paludes* buidas y un *adolescente* de chispa. Mandó Pluton que pues cada uno de por sí bastaba á revolver el mundo, que entre sí tuviesen paz, y que se repartiesen el uno á ser confusion de lenguas y el otro sousonete. El culto, con dos *piras* de ayuda entre *construyes* y *eriges,* se fué á matar candelas, digo las luces de todos los escritos de España, y á enseñar á discurrir á buenas noches ; y desde entónces llaman al culto, como á vuestra diabledad, príncipe de las tinieblas (*e*). El poeta de los pícaros se fué comiendo de chistes á festejar la boca de noche y el miedo de los niños, y á revestirse en el cuerpo de los poetas mecánicos, ingenios cantoneros y musas de alquiler como mulas.

Con gran risa quedó la visita ; mas sucedióla no menor espanto en la tabaola (así la llaman los contracultos) que se oyó. Todo era voces y gritos : los que los daban parecian gente de cuenta y puesto, diferentes en los trajes y en las edades. Unos andaban encima de otros ; víase una batalla desigual : los unos herian con puñales desnudos ; los otros, viejos y caidos, se adargaban con libros y cuadernos. «Tenéos,» dijo un ministro. Suspendieron su ejecucion violenta, no sin enojo, y la obediencia no disimuló el motin, respondiendo : «Si

(1) *panamar* (*Edic. de Valencia, Pamplona, Barcelona,* y *Madrid,* 1848).
(*d*) Hácia los años de 1630 escribió Luis de Benavente el entremes famoso del *Borracho,* que terminaba con el canto vulgar

Don, don, don, don, camaleon :
Como lo bulle, lo bulle,
Lo bulle, lo bulle, mi corazon.

(*e*) En el entremes anónimo de los *Amantes á escuras* se introduce un crítico, ó séase culto, y dice de él uno de los interlocutores esta epigramática sentencia, cuya aplicacion no es sola del siglo de Góngora y Calderon :

Una de las locuras deste mundo
Es esta de querer hablar profundo.

supiérades quién somos y la causa y razon que tenemos, sin duda os añadiérades al castigo.» Y cuando ménos vi á Nino y á Yugurta y á Pirro y á Darío, todos reyes (1); y siendo infinitos, todos eran majestades y altezas. Iba Lucifer á satisfacerlos, cuando se levantó un hombre viejo, y con él otros muchos, que arrastrados de los príncipes, tenian el suelo lleno de canas y de sangre. «Yo soy, dijo, Solon; aquellos los Siete sabios; aquel que maja allí aquel tirano Nicocreonte, es Anaxarco (a); este, Sócrates; aquel pobre cojo y esclavo, Epíteto; Aristóteles, el que detrás de todos saca la cabeza con temor; Platon, aquel que no puede echar la habla del cuerpo; Sócrates, el que no ha vuelto en sí y tiene, como veis, dudosa vida. Los que veis arrinconados son otros muchos que (como nosotros) han escrito políticas y advertimientos, diciendo en libros cómo han de ser los príncipes y cómo han de gobernar, que amen la justicia, que premien la virtud, que honren los soldados, que se sirvan de los doctos, que se escondan á los aduladores, que busquen los ministros severos, que castiguen y premien con igualdad, que su oficio es ser vicarios de Dios en la tierra y representarle; y por esto, sin nombrar á ninguno te ellos, nos tenemos en el estado que veis, porque los servimos de guia y de camino. Aquellos gloriosos reyes y emperadores en quien estudiamos esta doctrina, diferente patria tienen que vosotros. Numa está entre los dioses, Tarquino ti- zon ahuma; Sardanápalo diferente memoria tiene que Augusto, y Neron que Trajano.» Y otro detras dél dijo: «Acerca más el discurso á los tiempos de ahora: don Fernando el Santo y don Fernando el Católico y Cárlos V tienen corónica; Rodrigo y don Pedro paulina con sobrescrito de historia. La mitra en fray Francisco Jimenez es diadema, y en Olpas coroza.»

«Mientes, infame filósofo, dijo Dionisio el Siciliano y Fálaris (b) á voces, y con ellos Juliano Apóstata y otros muchos: mientes por todos; que vosotros sois causa de nuestras infamias y acusaciones y deshonras y muertes violentas y ruinas; pues por mentir en vuestros escritos, y hablar de lo que no teneis noticia, y dar preceptos en lo que no sabeis, estamos los más, disfamados en muerte y perseguidos en vida.» ¿Cómo, señor, dijo Juliano Apóstata mirando á Pluton, que un hombre de estos, sopon y mendigo, que pasa su vida con las sobras de las tabernas y vive de la liberalidad de los bodegoneros, despreciado en el traje, solo en la dotrina, sin comunicacion ni ejercicio, haciendo de lo vaga-

mundo mérito y de la desvergüenza constancia, sin saber qué es reino, ni rey, escriban cómo han de ser reyes y reinos, y pretendan que su dotrina los elija y su opinion los deponga, y que en su imaginacion esté lo durable de las coronas? ¿Puede todo el infierno dar mayor cuartana al poder, ni más asquerosa mortificacion á la grandeza del mundo, que rascándose uno destos bribones, con una cara emboscada en su barba, y unos ojos reculados hácia el cogote, con habla mal mantenida diga: Quien mira por sí es tirano, quien mira por los otros es rey? Pues, ladron, sí el rey mira por los otros y no por sí, ¿quién ha de mirar por él? No, sino aborrecerémonos como á nuestros enemigos; tendrémos odio con (2) nosotros, y nuestra enemistad no pasará de nuestra persona, y la guerra nos tendrá por límite. Perros, decid la verdad y escribid de dia y de noche: no escribais lo que habia de ser, que esa es dotrina del deseo; no lo que debia ser, que esa es licion de la prudencia; sino lo que puede ser. ¿Y es posible, respondedme, podrá uno ser monarca y tenerlo todo sin quitárselo á muchos? ¿Podrá ser superior y soberano, y subordinarse á consejo? ¿Podrá ser todopoderoso, y no vengar su enojo, ni llenar su codicia, ni satisfacer su lujuria? ¿Podrá para hacer estas cosas servirse de buenos y dejar los malos? No; porque eso tiene lo malo peor, que necesita de ruines para su efeto y ejecucion. ¿Podrá premiar los méritos quien en ellos tiene su acusacion y su temor? ¿Podrá dejar de rogar á los mentirosos y entremetidos y facinorosos con las dignidades y consulados, si tiene su abrigo en sus demasías, su calidad en su imitacion, su disculpa en su exceso? No. Pues, picarones barbudos, ¿por qué no escribis la verdad? ¿Seria buena dotrina si uno dijese que el buen carnicero engorda las ovejas y que el desollarlas las pone pellejo, y que el buen barbero cuando sangra cierra las venas? Pues lo mismo es decir que los tiranos han de guardar palabra, ser justos y verdaderos y humildes. Y como decis esto que habia de ser, y nosotros somos lo que se usa, y no puede ser ménos en los tiranos, todos nos aborrecen por hombres que no cumplimos con nuestro oficio. Decid y escribid lo que han de ser todos los que quisieren para sí solos lo que es de todos, inobedientes á la ley de los dioses, y nadie se quejará de nosotros y reinarémos en paz; y si no, callad todos, y hable y escriba del gobierno solo Photino (c): oidle.» Y en esto un bellaconazo todo bermejo, con mucha cara y poca barba, cabeza con acometimientos de calvo, hácia vizco, con resabios de zurdo, propio para persuadir maldades, y mejor para conocer los tiranos, abriendo la

---

(1) yendo infinitos: (*Edic. de Valencia, Pamplona, Barcelona, y Madrid*, 1648.)

(a) He corregido el texto sin vacilar. Todos los impresos dicen *Anaxágoras* en lugar de *Anaxarco*, abderita, discipulo de Dio médes de Esmirna. Floreció en la olimpiada 110 (356 años ántes de Jesucristo), y tuvo por enemigo al tirano de Chipre, Nicocreonte. Como asistiesen ambos á un convite magnífico de Alejandro, esto le preguntó al filósofo qué sentia de aquella cena. «Espléndida, respondió; pero entre manjares tan exquisitos falta la cabeza de un sátrapa»; y fijó Anaxarco sus miradas en Nicocreonte. Ya no vaciló en perderle el tirano, y muerto Alejandro, le sorprendió en una nave, condújolo á Chipre, le echó en un mortero de piedra, y con mazas de hierro mandó que le acabasen la vida, no sin que ántes le cortasen la lengua. Entonces gritó el sabio: «Haz polvo el pellejo de Anaxarco, ya que no puedes hacer polvo á Anaxarco.» El mismo se cortó con los dientes la lengua y la escupió al rostro del tirano. (*Diogen. Laert.*)

(b) Tirano de Agrigento, célebre por el toro de Perilo. Floreció 556 años ántes de Jesucrist

(2) otros (*Edic. de Valencia, Pamplona y Madrid*),—los otros (*Barcelona*), — nosotros (*Bruselas*).

(c) Parece que lo mira Quevedo, y bien pudo, entre el estrépito de las cortes y en los paises que recorrió durante los más floridos años de su vida, hallar alguna buena copia de aquel curioso original.

Son los versos parte del razonamiento que pone el cantor de la *Farsalia* (lib. viii, v. 484) en boca de Fotino para decidir á Tolomeo á dar muerte á Pompeyo. Vencido este recto y moderado capitan, quien al padre de Tolomeo colmó de favores y restituyó al trono, pensaba encontrar hospitalidad en Egipto y refugióse en aquel país despues de su derrota. Hallábase la que fué corte de los Faraones gobernada por eunucos y por griegos mercenarios, que no ponian la mira en el honor del amo, sino en conservar su valimiento; y por antojo y órden de un consejo de esclavos fué condenado á muerte el hombre de más valor y entereza, tres veces cónsul y tres veces triunfador.

sima de las injurias por boca, y ladrando, pronunció este veneno razonado : (1)

«Lo lícito y lo justo á muchos hacen,
Tolemeo, delincuentes, y padece
Castigos la fe honesta y verdadera
Cuando defiende gente perseguida
De la fortuna. Llégate á los hados
Y á los dioses, y asiste á los dichosos :
Huye los miserables. Como el fuego
Dista del mar, y el cielo de la tierra,
Asi dista lo útil de lo bueno.
Toda la fuerza de los cetros muere
En empezando á obrar justificado ;
Y el mirar á lo honesto desbarata
Las escuadras : el reino aborrecido
Sola la libertad de los delitos
Le defiende, y el dar licencia al hierro.
Hacer todas las cosas con (2) fiereza
No es lícito sin pena, sino, solo
Cuando las haces. Salga de palacio
Quien quisiere ser pio: no se juntan
La suma potestad y las virtudes.
Quien tuviere vergüenza de ser malo,
Siempre estará temblando y temeroso.»

No hubo fulminado esta postrer ponzoña, cuando levantándose Crysippo, dijo : «Por eso no quise yo ser rey, y respondí á los que me lo preguntaron con estas palabras : Si gobierno mal, enojo á los dioses ; y si gobierno bien, á los hombres. No quiero oficio que de todas maneras se yerra.»

Galba, que estaba limpiándose unas babas, muy aterido, con gran melancolía, dijo : «Algo de la licion se verifica en mí. Estábame yo, cuando se ardia el mundo, con tanta flema como devocion sacrificando á los dioses, y Othon saqueando á Roma y usurpándome el imperio: yo asistia á la religion para ser emperador, él al robo vino por el atajo, y siguió la verdad del oficio; yo acabé, como se ha leido, con mas desprecio que sentimiento; él se quedó monarca, y yo babera.» Hízole callar Domiciano, que traia arrastrando por una pierna al miserable Suetonio Tranquilo, y á grandes voces decia : «¡Cuánto peores son estos infames historiadores y coronistas, que aguardaban detrás de la vida de un emperador, y con su deshonra hacen lisonja á sus descendientes!» «Ahí se ve quién sois vosotros, decia Suetonio con sollozos mal formados, que os es sabrosa la ignominia de vuestros antecesores, como si para la vuestra no diera licencia el aplauso que haceis á la ajena.» «Señor, decia Domiciano, estos malditos coronistas no dejan vivir su vida á los reyes, y les hacen tornar á vivir entre su malicia y su pluma, como le conviene al lucimiento de su malicia. Este traidor insolente escribiendo la vida de que en la mayor parte él fué el delincuente, en la diferencia doce, tratando de mi pobreza y de que yo procuré socorrerme aliviando gastos y de mis vasallos, echa este contrapunto : (3)

(1) Jus, et fas multos faciunt, Ptolemaee, nocentes.
Dat poenas laudata fides, quum sustinet, inquit,
Quos Fortuna premit. fatis accede, Detisque,
Et cole felices, miseros fuge, sidera terrâ
Ut distant, ut flamma mari, sic utile recto.
Sceptrorum vis tota perit, si pendere justa
Incipit : evertitque arces respectus honesti.
Libertas scelerum est, quae regna invisa tuetur,
Sublatusque modus gladiis, facere omnia saevè,
Non impune licet, nisi dum facis. exeat aulâ,
Qui vult esse pius, virtus, et summa potestas
Non coëunt; semper metuet, quem sacvo pudebunt.

(2) Oneta (Todos los impresos.)

(3) Exhaustus operum ac munerum impensis, stipendioque, quod adjecerat; tentavit quidem, ad relevandos castrenses sumptus, militum

»Habiendo empobrecido con gastos en obras y en dádivas, y en los sueldos que habia crecido (¿Pues en qué ha de gastar un príncipe sino en dar, edificar y mantener la milicia con premios?), intentó, para aliviar los gastos militares, disminuir el número de los soldados; mas conociendo que por esto venia á ser enojoso á los extranjeros, desenfrenadamente sin reparar en algo, dió en robar de todas maneras.

»(¿Este es modo de hablar de los príncipes? ¿Qué se dirá de los infames ladrones? ¿No es bellaquería usar de un mismo vocabulario con el cetro y con la ganzúa?)

»Los bienes de los vivos y de los muertos, en todas partes y de todas maneras, por cualquier delito y acusador se agarraban; bastaba alegar algun dicho ó hecho contra la majestad del príncipe. Confiscábanse heredades remotas y ajenas de la acusacion, con solo un que dijese que habia oido al difunto cuando vivia que César era su heredero.

» Y es tan grande bellaco que escribiendo en mi tiempo osa decir estas palabras : (4)

»Siendo yo niño me acuerdo que por el procurador frecuentemente, y por el concilio, se miró si un viejo de noventa años estaba circuncidado.

»¿Qué culpa tenia yo del exceso de los ministros inferiores y de la demasía, y que me sucedan príncipes que consientan tal libro contra mí, que gasté mi tesoro y mi caudal y el tiempo en reparar las librerías que se me quemaron?» No lo hubo dicho, cuando con voz casi enterrada y acentos desmayados dijo Suetonio : «Si eso fué bueno, tambien lo dije. Mas ¿qué replicas tú, que dictando una carta para dar una órden, dijiste de tí propio : ¿Vuestro señor y Dios lo manda así? ¿Del divino Augusto y del grande Julio y de Trajano, qué virtud callé? ¿qué accion no encarecí? Si fuistes pestes coronadas, ¿qué pecado es acordaros vuestras (5) maldades? De vosotros teneis horror y asco, y no quereis ser contados los que fuistes padecidos.»

«Nadie se puede quejar dese verdugo de monarcas sino yo,» dijo un hombre de mala cara, feo, calvo y espeluznado, zancas delgadas y mal puestas, color pálida, talle perverso; y por las señas fué conocido por Calígula. «¿Qué maldad, qué sacrilegio, qué crueldad, qué locura no escribió de mí, las mas increibles? Que estudiaba gestos para hacerme feroz. Mira si haria esto quien inventó los calzadillos para disimular las malas piernas (a); que porque no me viesen la calva era delito de muerte mirar desde arriba cuando yo pasaba, y decir cabra.» Por eso dijo Pisistrato : «Conociendo yo el pe-

numerum diminuere. Sed cum obnoxium se barbaris per hoc animadverteret : neque eo secius in explicandis oneribus omnibus haereret: nihil pensi habuit quin praedaretur omni modo bona rerorum et mortuorum usquequaque, quolibet et accusatore et crimine corripiebatur. Satis erat objici qualecumque factum dictumque adversum majestatem principis. Confiscabantur aliemissimae haereditates : vel existente uno, qui diceret, audisse se ex defuncto cum viveret, haeredem ipsi Caesarem esse. (Lib. viii, cap. 12.)

(4) Interfuisse me adolescentulum memini, cum à procuratore, frequentissimoque concilio inspiceretur nonagenarius senex, an circumsectus esset.

(5) obras? (Edic. de Valencia y Pamplona.)—acordaros las vuestras? (La de Barcelona.)—acordaros vuestras? (La de Madrid, 1648.) —Con la de Bruselas nos hemos conformado.

(a) ¿Querria tal vez Quevedo hacer caer al lector en que tambien el duque de Lerma introdujo los zapatos cuadrados para disimular los grandes juanetes que tenia?

ligro que tenemos los tiranos en los que piensan y discurren sobre las vidas ajenas, en los doctos que se juntan, en los maliciosos que se pasean, (1) á los que en las plazas via pasear ociosos les preguntaba que por qué no asistian á alguna ocupacion, y les decia : Si á tí se te murieron los bueyes con que arabas, toma de mi hacienda y compra otros, y vete á trabajar; y si eres mendigo y pobre de semilla, yo te la compraré, y siembra; temiendo que la ociosidad destos no me dispusiese aseclianzas.

»Principes, al que no tiene que hacer compradle la ocupacion, y con eso compraréis vuestra quietud ; temed al que no tiene otra cosa que hacer sino imaginar y escribir. No es á propósito desterrarlos ni prenderlos; que calificais el sugeto, y va con recomendacion su malicia para los malcontentos. Caudal hacen y pompa los maldicientes de la persecucion de los príncipes, y es precio de sus escritos vuestro enojo. Imitadme á mi, que á costa de mi patrimonio los ocupaba y divertia sus inclinaciones.»

Un condenado venia furioso, más que los otros, diciendo á voces : «¿Qué es esto? Llámome á engaño : ¿unos diablos tientan y condenan, y otros atormentan? Todo el infierno he revuelto, y no veo algun demonio de los que me tienen aqui. Dénme mis demonios ; ¿qué es de mis demonios? dónde están mis demonios?» No se ha visto tal demanda : ¡demonios buscaba en el infierno, donde se dan con ellos! Hundiase todo de alaridos, iba á decir de risa. Detúvole la dueña diciéndole : «Anima desdichada, si aqui te faltan diablos, ¿qué harás por allá fuera? Hártate de demonios.» Él abrió los ojos, y conociéndola, dijo : «¡Oh sobrescrito de Bercebús, pinta de satanases, recovera de condenaciones, encañutadora de personas, y enflautadora de miembros, encuadernadora de vicios, endilgadora de pecados, guisandera de los placeres, lucero de los diablos mundanos, que vienes siempre delante y amaneces las lujurias! Tú sí que eres proemio de embusteros y prólogo de arremangos. ¿Dónde has dejado los diablos y las diablas que me trajeron; que yo no soy tan bobo que me dejase engañar ni traer destos demonios con colas y cornudos y alumados, con tetas de cochinos y alas de morciélagos (2)? Mala municion es fereza para tentar apetitos : una madre flechando hijas enherboladas, una tia disparando sobrinas como chispas, una niña con ojos en ristre, una moza asestando meneos, una vieja armada de moños en naguas, como de punta en blanco; un adulador, que es sí perpetuo de todo lo que se quiere, y amen de á letra vista; un chismoso, que es polilla de la quietud, y por cada maravedí da un cuento; que vive de llevar y traer como arriero, traginador de mentiras, que dice lo que no oye y afirma lo que no sabe, y jura lo que no cree; un malidiente, picaza de las honras, que solo se sienta en las mataduras; un hipócrita, que haciendo morti-

(1) Pisistratus cum in regnum esset erectus, accersi jubebat eos, qui in foro (deambulando, atque otiando) tempus tererent: et interrogavit, num quae causa esset ipsis in foro oberrandi? simulque dicebat: Si tibi boves aratores mortui sunt, de meo cape rursus años, atque ad labores te confer: sin egenus et inops sic seminum, de meo dentur tibi: veritus, ne horum otium insidias aliquas pararet. (Aelano: Variae histor. lib. IX, cap. 25.)

(2) mala municion: Es fiereza para tentar apetitos una madre (Edic. de Barcelona).—municion. Es fiereza (La de Valencia y Madrid, 1648, Bruselas y todas las posteriores.)

ficacion la comodidad, y éxtasis los ahitos, y penitencia los mofletes, y revelaciones los chismes, y oratorios las mesas, y desiertos los estrados, y milagros las curas, adivinando lo que le dijeron, y resucitando los vivos y haciéndose bobo para el trabajo, negociando con (3) Deogratias y empreñando con la sombra, vive á costa de todos, y muere á la de Dios ; pues pierde su parte en un (4) pícaro destos conventuales de la calle, que tienen por superior al vicio, la obediencia entre las sábanas, la castidad entre los manteles, la pobreza en el entendimiento. Dicen que dejan lo que tienen por Dios, y no es mal trueque, pues es para tener lo que todos poseen por el diablo. Este es (5) el diablo y estos son los diablos que me condenaron ; y tú, maldita vieja, me los has de dar, que con esas tocas eres epílogo de demonios.» No habia desengañarle de la dueña, hasta que le mandaron callar, diciéndole el entremetido, de parte de Pluton, que se le habian subido las penas á la cabeza , pues las colas y los cuernos y las tetas y el humo y el hedor de los diablos no le sabían á madre y á hijas, y á tia y á sobrina, y á adulador y á hipócrita.

No bien acabó estas palabras, cuando se oyó gran ruido de quicios y gran rumor de gente en infinita cantidad. Venian delante unas mujeres muy afeitadas, presumidas, habladoras y melindrosas, riéndose y mostrando gran contento. Acusólas el soplon de que pasaban la alegría hasta la jurisdicion del infierno : túvose á gran delito. Fuéles hecho cargo y preguntado que cómo venian entretenidas, y no llorando á la condenacion. Una dellas, vieja y flaca, pellejo en zancos, dijo por todas : « Señor, nosotras veniamos tan tristes como se puede creer de mujeres traidas, á quien no han quedado sobre los huesos sino excrementos de los años y (6) lacras del tiempo; y condenadas (7)

(3) ser sucio, y empreñando (Edic. de Barcelona, 1655.)

(4) picarazo (Id.)

(5) diablo (Edic. de Valencia y Pamplona.)

(6) la cara del tiempo, y condenadas. (Ediciones de Valencia, Pamplona y Bruselas.)—la cara del tiempo, y condenadas á beber (La de Barcelona y la de Madrid, 1648.—Las ediciones modernas dicen cara unas, caza otras. Creemos que la errata es manifiesta, y no nos hemos detenido en corregirla.)

(7) En la pila nos bautizamos, y el libro del bautismo nos hizo desbautizar; pero como vimos al pregonero que está á la puerta decir á gritos, señalando este reino: Ibi erit fletus, et stridor dentium: Allí será el lloro y el rechinar de los dientes.—dijo yo: Buenas nuevas! que esto no se dice por nosotras, que no los tenemos, ni muelas.» «¿Han quedado raigones, dijo la dueña? Pues eso basta, y la parte se toma por el todo, y desengáñense las de la boca desempedrada, que no las ha de valer esta vez.» Fuéron arrebatadas para yesca y encender con ellas de puro secas; y daban las niñas á narices como humo (1).

Mucho fué de ver, al irse á entrar, gran diversidad de gentes de todos los estados y oficios y dignidades : se les pusieron delante muchos licenciados con bonetes de pez y sotanas de humo, arrebozados con manteos de hostia hasta los piés, de manera que se echaba de ver que escondian algo. Era una clerecía de tinieblas y un acompañamiento del humero. Detúvolos la novedad y el horror, y ellos muy cabizbajos, con voces muy agraz, dijeron : «¡Ah, caballeros! ¿quién trae libranza de misas? Diganlo primero que pise el umbral.» Un hombrecillo, tan chico que parecia cabo de hombre, con una cara anegada en barbas, y unos ojos buzanos de vello, que apénas podian salir á nado de la avenida de bigotes y cejas, dijo á los demas : «¿Misas piden aqui? A buen lugar venimos : purgatorio me fecit.» Todos empezaron á repetirlo, cuando un dolor en cisco de los de la carda, dijo : «No pargatorien, que este es el infierno, y esotra casa se les queda ahí á máno dere-

(1) El texto debe de estar truncado. Acaso diria : y daban las tales niñas á las narices como humo.

(a) á heder de nuestra cosecha y á oler de acarreo: somos como niñas de ojos, que siempre son niñas aunque tengan cien años. Decimos que las canes son de una pesadumbre, las arrugas de una enfermedad; que estamos sin dientes de un corrimiento, y es verdad, pues lo estamos de años que han corrido por nosotras (b). Hémonos hecho reacias en los treinta años, y no hay pasar de allí en la cuenta; y en apretándonos, decimos: Aquí del moño, como aquí de la carda.» «¿Han quedado raigones? dijo la dueña: pues eso basta, y la parte se toma por el todo, y desengáñense las de la boca desempedrada, que no las ha de valer esta vez.» Fuéron arrebatadas para el Simancas de los muertos por auténticas. Vióse (1) allí cerca un hom-

^{cha.} «¿«Pues cómo, si es el infierno, piden misas aquí?» «Yo se lo diré (dijo muy corto de razones uno de los padres vizcaínos de tizne). ¿Viene ahí algún ladron?» Sí (dijeron más de ochocientos)» «Pues oigan. Cuando contaban los hurtos que hacian, ¿no se los reprendieron muchas veces, y ellos respondian: Qué hemos de hacer? ¿Aguardar que se nos venga á casa lo que todos guardan? ¿Cómo se puede un hombre pasear, y tener amiga y dineros, y juego y vicio, sin servir ni oficio?» «Y á esto que les decia el bien intencionado que los reprenda, decíanos (dijo uno dellos): Allá se lo dirán de misas.» «Pues, hidalgos, esas misas son las que se dicen aquí. El infame que en casa de su amigo le paga la confianza (1) solicitándole su mujer, y reprendiéndoselo respondia: ¿Qué he de hacer? ¡He de ir donde me aguardan con un lanzon á la puerta, sino donde me la abren y me estiman, y me regalan, y me llaman, y se fían de mí?—Cuando respondia esto, ¿no le dijeron: Allá se lo dirán de misas? Pues aquí es allá, y tenemos aceptadas las misas.»

«Canalla descomulgada, ¿hay entre vosotros algun hombre sin pecados, que no teniendo hacienda bastante para sustentar su mujer y sus hijos se andaba de puta en puta, y de alcagüeta en alcagüeta, pagando á costa de su familia los adulterios, y cuando le decian: Acudid á vuestra mujer, mirad por vuestros hijos y familia,—replicaba: Mi mujer de casa es, y á mis hijos y á los demas no les faltará la merced de nuestro Señor; quiero holgarme? ¿No le dijeron: Allá se lo dirán de misas; y perseveró? Pues ea, malditos, entren, que es hora.» Y diciendo esto, sacando tizones, empezaron á oficiar sobre ellos una paliza de difuntos, y en tanto que ellos se quejaban, sirviendo de órgano los alaridos de sus blasfemias, acompañado (II) de un tenor de un cuerno, un hombre gordo, cantando tiples desde un coro de fuego, decia:

Allá se lo dirán de misas.

Respondia una lechuza vestida de monacillo, con unos traneos de garganta por pasos, entre sorber aceite y cantar; y luego toda la capilla de horno, en tono de carretas de bueyes, con regüeldos por ajos, y gangosos por chirimías, dijo:

Que estas son nuestras misas, y sus penas.

Fué tal la armonía de palos, y gritos y cuernos y ronquidos, que parecia hundirse toda la fábrica maldita de los reinos dañados.» Gozando de la ocasion y del divertimiento, etc. (*Ediciones de Valencia y Pamplona.*)

(a) Todo cuanto sigue hasta concluir este largo párrafo sustituyó QUEVEDO en una de las ediciones de los *Juguetes de la niñez*, á lo que acabamos de copiar al pié. En lo suprimido quiso rivalizar con los pintores J. Fratelli Orgagna, Jerónimo Bosco y Santiago Callot, pero cuerdamente conoció que no es esta la arena donde debe lozanear el ingenio y la travesura.

(b) Benavente en 1651 tradujo así estos mismos pensamientos en el galano y profundo entremes cantado *El tiempo:*

> ¡Válgate Dios por tiempo variable,
> Pasando sin sentir, que mal que haces?
> —Duelos me hicieron vieja;
> Que yo moza me era.
> —Penas me hicieron cano;
> Que no muchos años.
> —No me hundió la boca el tiempo,
> Sino corrimientos.
> —No es de vejez tanta arruga,
> Sino de una muda.

(1) Víase (*Edic. de Madrid*, 1648.) — Veíase (*La de Bruselas, y desde entonces todas.*)

(I) solicitarle su mujer (*Edic. de Valencia y Pamplona.*)
(II) del tenor (*Edic. de Pamplona.*)

bron muy magro, cercado de mucha gente, atenta á muletas, traspiés y tropezones y casi pínicos. Estaba gobernando los hervores de una gran caldera (c). «¿Quién eres (preguntó el entremetido), pupilero de achaques, sobrestante de tizones, guisandero frison?» «Yo soy, dijo, *Pero Gotero*: esa es mi caldera, tan famosa entre los cuentos y los muchachos; estos que me asisten son los gotosos, aquella mi caldera, y aunque es grande, habré de ensancharla; que son muchos los que vienen á la caldera de *Pero Gotero* y muchos los que hay en ella. Unos se tiñen como los viejos, á quien acá llamamos los tiñosos de la edad; otros se cuecen, otros se guisan, otros se frien.» En esto dió tres ó cuatro borbotones la caldera, que casi se salia, y el buen *Pero Gotero* agarró por cucharon un esquife y empezó á espumar. Daba saltos en medio un bulto grande. «¿Quién es aquel, preguntó la dueña, que me ha llenado el ojo?» «Aquel, dijo el buen *Gotero*, es el *Punto crudo*, que há mil siglos que gasto con él lumbre y carbon, y nunca se ha empezado á calentar.» «¡Válate la mala ventura por *Punto crudo*, dijo el Soplon, y qué duro eres y qué maldito! ¡qué de veces te he topado yendo á pedir dineros, y me responden: Vuesamerced me perdone; que ha llegado á punto crudo! Si yo los debia, y venian á cobrar (2), y suplicaba me aguardasen, respondia el acreedor: Señor, el venir á cobrar ha sido tan á punto crudo, que no lo puedo suspender. Si pretendia algo, lo daban á otro y me decian: Si vuesamerced aguarda á hablar á punto crudo, ¿de qué se queja? Si solicitaba algun favor de alguna dama, me decia: Señor, vuesa merced llega á un punto tan crudo, que me ejecutan por dos mil reales. ¡Válate el diablo por punto crudo, que toda la vida me has atosigado con tus crudezas! Señor *Gotero*, cuézale vuesa merced hasta que se deshaga; y si no, ásele, y tenga asador como tiene caldera.» En esto empezó á alborotarse la caldera y á hacer espuma; víase un figuron danzando entre el caldo, y chirriando. Asió el cucharon, y encajándole en el brodio, dijo: «Aun no está en su punto.» Dióle con él dos empellones, y zabullóse dando fieros gritos. «¿Quién es ese?» le preguntó la dueña. Y él respondió: «Este es un *Bienquisto*, que está el más desabrido del mundo, y no le puedo guisar con ninguna cosa.» Y ello era así, porque de lo hondo de la caldera daba unos gritos temerosos, y decia: «Yo soy el más necio, maldito y desdichado hombre del mundo. Puedo enseñar á majadero á un preguntador, y estoy por decir á un porfiado. ¡Que creyese yo que toda mi felicidad era ser bienquisto, cosa que aconsejan siempre los bribones y emprestilladores! Yo convidaba por ser bienquisto, y gastaba en tragos y bocados mi patrimonio con alabanceros meridianos, que alaban al paso que mascan. Yo prestaba cuanto me pedian sobre la nota de un billete sacabocados, por ser bienquisto. Yo pagaba por todos por ser bienquisto. En alabándome la espada, la gala, la presea, la daba por ser bienquisto; y entre la hojarasca de esos bienquistos, todos sino es vuesa merced son piojosos; y las dolencias de caballero badea, llamando despensero al lacayo, y cocinero á la ama, y mayordomo á un pícaro que

(c) Hé aquí *La caldera de Pero Gotero* de que hemos hablado en la nota preliminar del presente discurso.
(2) de mí (*Edic. de Madrid*, 1648, y de ella todas las posteriores.)

me servía con mesura de compañero;—solo por ser bienquisto vine á quedar sin hacienda, sin qué comer, y hecho andrajos por ser bienquisto. Hombres del mundo,
no presteis, no convideis, no déis: pedid y agarrad, y
ande el mogollon; que ser quisto no es tan bueno como
ser guardoso, y ser rico es mejor que quistarse con los
pidones. No hay cosa tan cara como ser bienquisto, ni
de tanta comodidad y ahorro como ser malquisto. No lleven y gruñan, no coman y murmuren: ser caballero de
ayuno es gran cosa; que alabanzas pasadas por hospital
peores son que un vituperio por ahorro.»—Atajóle otra
legumbre de la caldera, que nadaba entremetido con
todo, bien descubierto; y sabido su nombre, era el *Pero*,
fruta de los achaques y de la malicia, de quien se hace
los postres á cuanto oye la calumnia: el *Pero* que no
deja madurar ninguna honra ni crédito.—Doncella es,
pero amiga de ventana; hidalgo es, (1) pero no sé qué
me he oido; hombre de bien es, pero muy soberbio.—
Y este *Pero* no hay lengua que no (2) se lleve, y los hay de
invierno y de verano. Y oyendo esto, dijo *Golero*: «Es
tan agro el diablo, que me tiene hecha un vinagre la caldera, y él se está tan verde como al principio.» En esto
arremetió á la caldera con un cobertor, y tapóla. Preguntáronle la causa, y dijo: «Están hirviendo ahí *Penseque*, aquel maldito que es discreto despues, y advertido sin tiempo, y otro picaron que da mal sabor á toda
la caldera y me tiene aturdido; que ni sabe lo que se hace
ni lo que se dice ni lo que se caldera, y siempre responde que *él ata bien su dedo* y solo trata de atar su dedo;
y que como él ate bien su dedo le basta, y sería mejor
que por loco le atase su dedo á él. Esto hace peor caldo
que los mojigaticos que ahí estan.»

Gozando de la ocasion y el divertimiento, se entraron gran cantidad de gente de rondon, sin que nadie
les dijera nada. Preguntó á un portero el soplon que
cómo se entraban aquellos sin dar razon, y respondió:
«Estos son los de *mi alma con la suya*, y así vienen en
racimos: gente que se ofrece al infierno en vida, (3) sin
saber cómo ni cuándo; y engañados de los embustes de

(1) pero muy soberbio (Falta lo demas en la *edic. de Madrid*,
1648, *y de aquí en todas las posteriores.*)

(2) le lleve (*La misma edicion y todas las posteriores.*)

(3) y en viendo uno con la cabeza torcida, con un tarazon de disciplina, seguido de muchachos aunque sea mulato, hocicado de
viejas aunque sea judío, obedecido de beatas aunque sea puto,
luego dicen: *Mi alma con la suya* (a); (*Edic. de Valenc. y Pamp.*)

(a) Que todo el discurso es por demas alusivo, confírmalo con
ocasion de estas lineas el *Tribunal de la justa venganza.* Sus autores fingieron que escribian en Sevilla, y zahieren por ellas de esta
manera á QUEVEDO:

«¿Cuándo, desengañados de aquel buen concepto que hicieron
por lo que habian visto, aquellos ilos que creen en la santidad de
los hipócritas? á quien está mordiendo *con la historia que toca y
sabemos todos*; cuando otra vez desengañados *en el segundo caso
que tácitamente refiere*, uno y otro de los dos Manueles, que conoció esta ciudad y otros pueblos de Castilla,—vió él que los obe-
decieron ni comunicaron? Pues si cuando parecian buenos no les
era lícito juzgarlos por malos; y en probándoles judicialmente ser
malos, abominaron sus deilios, ¿por qué los condena?»

La historia á que se alude es la que en el año de 1627 refiere
Ortiz de Zúñiga (*Anales eclesiásticos y seculares de la ciudad de
Sevilla*: el descubrimiento de la secta de los alumbrados, hombres
y mujeres que ejercian, con capa de santidad, muchos vicios. La
inquisicion sevillana penitenció el último dia de febrero de aquel
año, entre otros principales embelecadores, al maestro Juan de
Villalpando, sacerdote, natural de Garachico, en la isla de Tene-
rife, y á la madre Catalina, beata carmelita.

Por entonces tambien ocurrió la ruidosa causa de San Plácido, en
Madrid, de cuyas resultas y por el mismo delito de alumbramiento
fuéron castigados el vicario y la priora de aquel monasterio de benitas.

la hipocresía, luego dicen: *Mi alma con la suya*. Con-
cédeseles la peticion, y vienen aquí en romería, asidos
unos de otros.

Maniatado y asido, con grande alarido y empellones,
que llama el Calepino de los corchetes, traian muchos
espíritus malos al *diablo de los ladrones*: grandemente acriminaban su delito. Pluton se mesuró, y un relator dijo: «Señor, este diablo no sabe lo que se diabla, ni vale un diablo, y es vergüenza que sea diablo,
porque no trata sino de hacer que se salven los hombres (4).» Estremecióse todo el tribunal en oyendo la
palabra *salven*. Refrescáronse las llagas, mordiéronse
los labios, y dijo el supremo maldito: «¿Y eso es cierto?» Y replicó el fiscal: «Señor, este no gasta el tiempo sino en hacer que roben y hurten los hombres: llévanlos á la cárcel, ahórcanlos, ó si son monederos falsos, quémanlos: predícanlos, previénenlos, confiésan-
se; sálvanse. Y este no pensaba que la horca y por el
fuego se podia ir al cielo, y en ahorcados y quemados ha
usurpado infinito patrimonio á los tormentos.» «No hay
que aguardar: eso no tiene respuesta,» dijo el presidente; mas el pobre diablo (que por este se dijo) replicó pidiendo que le oyesen. «Oiganme, dijo á grandes gritos,
que aunque dicen: El diablo sea sordo, no se dice por
vuesa (5) diabledad.» Callaron entónces todos, y él dijo:
«Señor, yo confieso que se me salvan los ahorcados; mas
recíbanseme en cuenta los otros que se condenan por condenar á estos, y no á sus compañeros ni á sus ministros.
Yo con un ladron que me ahorcan y se me salva, condeno
al alguacil que le prendió, y se suelta á sí; al escribano
que escribe contra el que hurtó á uno, y no contra sí que
hurta á todos; al procurador que le defiende ménos que
le imita; y al otro que le condena no, porque no haya
ladrones, sino porque no haya otro, no porque no haya
muchos, sino por quedar solo á la república, que por
quitar los ladrones, trae muchos otros. Sucede lo mismo que al que por limpiarse de ratones trae gatos, que si
el ruton le roia un mendrugo de pan, un arca vieja, un
poco de madera, un pergamino,—viene el gatazo, y hoy
le come la olla y mañana la cena, y esotro dia las perdices; y en poco tiempo suspira por sus ratones. A mí se
me debe esta treta, y yo trueco un ahorcado á docientos ahorcadores y á tres mil viejas hechiceras que van
por soga y muelas; y mal entendido y peor agradecido.
Yo estoy cansado; encomiéndenlo á otro, que yo me
quiero retirar á un pretendiente.» Diósele toda satisfacion y fradiabla como fraterna á los acusadores, y díjé-
ronle que no cesase, que no era tiempo de retirarse; fuera de que á un pretendiente ántes era tahona que alivio.

«Yo obedeceré, mas yo me entiendo, que con un pretendiente un diablo se está mano sobre mano y la boca
abierta aprendiendo diabluras dél, sin ser menester para
nada. (6) Es ir á recreacion asistir á uno, y á la escuela
de diablo, pues enseñan estos la cartilla de demonios á
todos nosotros, y allí no hay sino aprender y callar.

Allí llegaron el diablo del *tabaco*, y el diablo del
chocolate, que aunque yo los sospechaba, nunca los
tuve por diablos del todo. Estos dijeron que ellos ha-

(4) siendo otra su intencion (*Edic. de Barcelona*, 1655.)

(5) majestad. (*Edic. de Valencia y Pamplona.*)

(6) ¡Pues qué, así es pretendiente de obispado, cosa que dicen
los cánones y Padres que no se deben dar á los pretendientes *et nihil tale cogitantes!* (*Edic. de Valencia y Pamplona.*)

bian vengado á las Indias de España, pues habian hecho más mal en meter acá los polvos y el humo y jícaras y molinillos, que el Rey Católico á Colon y á Córtés y á Almagro y á Pizarro; cuanto era mejor y más limpio y más glorioso ser muertos á mosquetazos y á lanzadas, que á moquitas y estornudos y á regüeldos y á vaguidos y á tabardillos; siendo los chocolateros idólatras del sorbo, que se elevan y le adoran y se arroban; y los tabacanos, como luteranos, si le toman en humo, haciendo el noviciado para el infierno; si en polvo, para el romadizo.

Detras destos dos venía el diablo del *cohecho*, y este diablo tenia linda cara y talle: cosa que no vi en otro, y era como un oro, y me parece que le he visto en mil diferentes partes, en unas arrebozado, en otras descubierto, llamándose unas veces niñería, otras regalo, otras presente; otras limosna, otras paga, otras restitucion, y nunca le vi con su nombre propio; y me acuerdo de haberle visto llamar herencia, ganancia, barato, patrimonio, reconocimiento y nada; y le he conocido en unas partes dotor, en muchas licenciado, entre mujeres bachiller, entre escribanos derechos, y entre confesores limosna.

Este venía con grande séquito, pretendiendo título de diablo máximo; mas se lo contradijo con notable satisfacion el diablo de la *consecuencia*, diciendo: «Yo soy el enredo político y la fullería de los príncipes y el achaque de los indignos y la disculpa de los tiranos. Yo soy tintorero de las bellaquerías, que las doy color, y lo atropello y tengo el mundo confuso y revuelto. Yo he desterrado la razon y hecho mérito la porfia y poderoso el ejemplo, y he dado fuerza de ley al suceso y autoridad á la bellaquería, y acreditado la insolencia.

»Para alcanzar un bellaco lo que á otro dió la iniquidad, en alegando: con otro se hizo,—dé un tapaboca á las consultas y á las advertencias, y á lo imposible saca de quicio; y miéntras yo durare en el mundo, no hay que temer virtud ni justicia ni buen gobierno. Y ese diablo del *cohecho*, si no le arrebozo, ¿con qué cara se entrará por unas uñas graduadas y por unas hopalandas magníficas? Calle el pícaro; que el título de máximo diablo solo es mio.»

«¿Y yo, dijo otro, mondo virtudes como níspolas? ¿Soy de los diablos de mala muerte que se hallan detras de la puerta? ¿Conténtome con niñerías? ¿Valgo yo de embelecos de á ciento en libra? Yo soy demonio de pocas palabras: cuatro razones diré, y hable quien se atreviere. Yo el tal diablo he hecho honra el ser cornudos, gracia el ser putas, oficio el ser ladron, ladrones los oficios.» Y entre tantos no hubo quien tomase la mano: todos callaron dando lugar á un diablazo, que asido de un hablador y de un vano y lisonjero, decia: «Déjenme entrar, que traigo...» «¿Qué traes?» dijo el entremetido. Respondió: «Estos dos.» «¿Quién son?» «Un hablador y un lisonjero y vano: son piezas de rey, y por eso los traigo al nuestro.» Viólos Lucifer con asco, y dijo: «¿Y cómo si son piezas de reyes! Mas aunque rey diablo, y diablo y archidiablo, no gusto desta gente.»

Desde léjos un demoñuelo decia: «Príncipe, seis años há qué ando tras un ruin, y es tan ruin, que no sé cómo lo acabe de destruir, porque de puro ruin no es para nada ni bueno ni malo. ¿Eso dudas?» dijo la dueña. Si es ruin ponle con honra, y acabarás con él, y él con el mundo. ¿Dijera más el diablo?» dijo el soplon. Respon-

dióle el entremetido: «Pues ¿qué le falta á la dueña?»

El soplon, que andaba en ferma de cañuto aventando culpas, dió en un rincon con un haz de diablos viejos, y llenos de telarañas y mohosos: dió cuenta dello; no los podian despertar. Preguntáronles qué demonios eran y á quién estaban repartidos y cómo no hacian su oficio, y respondieron bostezando que eran los diablos de los enamorados; y que desde que el dinero cayó más en gracia á las mujeres que su honor ni los requiebros, se habian venido allí, porque la moneda suplia sus faltas, y que ántes embarazaban, pues una tentacion de talego vale por mil de diablo, y caen mucho ántes en una dádiva que en una tentacion, y ántes consienten en un toma que en un pensamiento (1).

«Yo soy el diablo de los *juzga-mundos*, de unos bellacos acechones, que tintos en politicos, son el pero de todo lo que se ordena. Bien fué mandarlo, pero se debia mirar. Bien mereció el oficio, pero... Gente que siempre acaba en peros lo que discurre. Son unos envidiosos de buena capa, y una carcoma confitada en estado. Y como estos para condenarse no aguardan sino que los príncipes manden algo, sus validos lo propongan, ó los consejos lo determinen, fiado en su maldita contradicion á cuanto no ordena su malicia, me duermo, y los aguardo y los recibo, porque ellos no se duermen en venirse y en sonsacar á otros para que vengan. Gente tan infame, que para ser bienquistos dicen mal de todos, y para tener buenos dias desean á todos mal; pues como son más las desdichas que los gustos, siempre andan recibiendo parabienes de ruinas y desgracias.»

Bien le pareció á Pluton esta advertencia, y por remediarlo todo y prevenir los mayores aumentos de su dominio, mandó juntar las comunidades, repartimientos de sus prisiones; y obedeciendo á su señor, se vió junta una gran suma de espíritus infames. Entónces abriendo por boca una sima, aulló este razonamiento:

«Union desesperada, pueblos precitos, los que cobrasteis en muerte los estipendios del pecado, aquí se ha pretendido entre tres demonios el título de máximo. No lo he dado á ninguno, porque entre vosotros hay una diabla que lo merece mejor que todos.» Miráronse unos á otros; empezaron á discurrir con murmurio. «No os canseis, dijo, llamadme á la Buena dicha, que por otro nombre se llama la diabla Prosperidad.» Y luego de lo último de todo el conclave salió ella muy presumida y descuidada. Púsose delante, y en viéndola el re-

(1) Otro demonio estaba roncando, y el ruido propio le sacó. Asiéronle y preguntando cómo dormia sueño de cornudo, dijo: «Tres dias há que me acosté. Yo soy el diablo de las *monjas*, y quedan eligiendo abadesa. Y en tratándose deso no hay sino descansar, que todas son diablos; y en el torno se hilan, y en las redes se ciernen; y ántes estorbara yo, porque las ambiciosas tienen por punta de honra el diablo presuma en este tiempo de hábil. Cuando acá falte desórden y alboroto y parcialidades y bando, y si la paz se aventurare alguna vez á asomarse acá, no hay sino arrimar al infierno una eleccion de superiora, y no nos conocerémos todos.»

Bien le pareció á Lucifer esta advertencia, y por remediarlo todo, etc. — (*Edic. de Valencia*, reproduciendo la de *Gerona*.— En la de Zaragoza de 1629 suprimió QUEVEDO el párrafo del diablo de las *monjas*, y lo sustituyó con el del diablo de los *juzga-mundos* que queda inserto arriba. Por ello aquel no parece, y si este en su lugar, en la reimpresion de *Pamplona*, 1631.)

—(A pesar de que en la impresion, puede llamarse oficial, de los *Juguetes de la niñez* no figuró el diablo de las *monjas*, los autores del *Tribunal de la justa venganza* hicieron por él cargos á DON FRANCISCO.)

belde serafin, el lucero amotinado, dijo: «Mando que todos vosotros tengais á la Prosperidad por diabla máxima, superior y superlativa, pues todos vosotros juntos no traeis la tercera parte de gentes (1) á la sima que ella sola trae. Esta es la que olvida á los hombres de Dios y de sí y de sus prójimos. Esta los confia de las riquezas, los enlaza con la vanidad, los ciega con el gozo, los carga con los tesoros, los entierra con los oficios. ¿En qué tragedia no reparte todos los papeles? Qué cordura, en llegando á ella, no se resbala? Qué locura no crece? Qué advertencia tiene lugar? Qué consejo se logra? Qué castigo se teme? Y ¿cuál no se merece? Ella alimenta de sucesos los escándalos, de escarmientos las historias, de venganzas á los tiranos, y de sangre á los verdugos. ¡Cuántos ánimos tuvo la miseria y el apocamiento canonizados, que en poder de la prosperidad fuéron insolentes y formidables! ¡Ah ministros! Reverenciadla y introducidla; y las almas que se mantuvieren humildes á prueba de prosperidad, no hay perder tiempo con ellas. Escarmentad en aquel diablo necio, que para tentar á Job pidió licencia á Dios para perseguirle, empobrecerle y plagarle. ¡Gentil maña, debiendo pedir licencia para aumentarle los bienes y el descanso y la salud! Que en el mundo el que alcanza todo lo que quiere, como no echa ménos á Dios para nada, aun para jurarle le olvida. Demonios, dijo empinando el aullido, publíquense desde hoy los trabajos y la persecucion por enemigos mortales del infierno: son milicia de Dios y medicina de su sabiduría y dádiva de su mano. El rico dice: Hay que comer y que guardar y que gozar. Y el pobre: ¡Ay Dios mio! ¡Dios me remedie! Y pide con Dios, y come por Dios; y al uno le llaman pordiosero, y al otro hombre sin Dios. Trabajos délos el sumo Señor; descanso y buena ventura y felicidad, vosotros.

»Item más, para encaminar el buen gobierno os mando que ningun demonio pierda tiempo en las audiencias, tribunales y palacios, que los pretendientes y pleiteantes y aduladores y envidiosos mejor saben venirse acá y traerse unos á otros, que vosotros traerlos.

»Ningun demonio se me arreboce con otra capa sino la de la comodidad, que es el calzador con que entrará á pocos estirones en la conciencia más estrecha.

»Al dinero, en todas las partes que lo toparen los demonios, sin exceptar ninguno, se levanten y le dén su lugar, que importa: la causa es secreta, no nos oigan las faltriqueras.

»La guerra se ha de estorbar por todos mis ministros en todas partes, que ejercita los ánimos, premia los virtuosos, ampara los valientes, aniquila el ocio nuestro amigo, y acuerda de los santos y de los votos. Diablos, en todo el mundo meted paz; que con ella viene el descuido, la lujuria, la gula, la murmuracion; los viciosos medran, los mentirosos se oyen, los alcahuetes se admiten, las putas, la negociacion; y los méritos se caen de su estado. Y no os fatigueis mucho en enredar los hombres en amancebamientos y gustos de mujer; que no hay pecado tan traidor como este, que apunta al infierno y da en el arrepentimiento cada vez; y las mujeres se dan mucha priesa á desengañar de sí, y los que no se arrepienten se hartan.

»Hijos diablos, asistid á mohatreros y á usuras, á venganzas, á pretensiones, á envidias, y sobre todo os encomiendo la hipocresía, que es lazo de todas las cosas y de todos los sentidos y potencias; que no se siente ni se conoce ni se rehusa, y se premia y se adora.

»Y sobre todo, acreditadme los chismes con los poderosos, y veréis lo que hacen y lo que padecen, y cuál ponen el mundo, y adónde van á parar.

»Y esos emperadores y esos ministros no se junten más, y cada uno pene para sí mismo.

»Los filósofos y los tiranos estén donde se oigan y se atosiguen, los unos con oprobios y los otros con sentencias.

»Los soplones sirvan de fuelles, y no de abanicos; aticen y no refresquen.

»Los entremetidos sean piojos del infierno y coman á quien los cria, y hagan ronchas en quien los sustenta.»

Y mirando á la dueña, dijo: «Dueñas, déselas Dios á quien las desea: mirando estoy adónde las echaré (a).»

Los demonios y condenados que le vieron determinado á ruciarlos de dueñas, empezaron todos á decir: «Por allá, por acullá; dueña, y no por mi casa.» Escondíanse todos, y bajaban las cabezas viéndose amagar de dueñas (b). Viendo este alboroto y temor, dijo: «Ahora esténse así, y juro por mí y por mi corona, que al diablo que se descuidare en lo que he mandado, y al condenado que más despreciare mis órdenes, que le he de condenar á dueña sin sueldo. Esténse baradas en ese zalhurdon, y condenaré á los diablos á dueñas como á galeras.»

Con esto desaparecieron todos, atemorizados del castigo, y Pluton se retiró á su antigua noche, dejando á su familia horror, á sus estados leyes, y á los hombres advertencia, que si la logramos, podrémos decir (2) que tal vez es medicina el veneno.

(a) Esta pragmática es el primitivo pensamiento que sugirió á Quevedo para su obra el título de *Infierno enmendado*. Nunca fué su ánimo que se entendiese aqui por infierno otro que el que la humana sociedad se labra en vida con el olvido de las divinas leyes y el desencadenamiento de los vicios y de las pasiones.

(b) Pesadilla perpetua de Quevedo y de Cervántes eran las dueñas, y esto en algun accidente de la vida de ambos ingenios pudo tener origen; bien que ni Mateo Aleman, ni Luis Vélez de Guevara ni otros muchos les eran más aficionados.

Decia el autor de *Arrestos de amor:* «que la chismosa dueña fuese quemada, ó á lo ménos que le trazasen la lengua con un hierro ardiente, á fin que las otras tomasen ejemplo.»

El autor de *Guzman de Alfarache:* «Suelen ser las tales ministros de Satanás, con que mina y postra las fuertes torres de las mas castas mujeres; que por mejorarse de monjiles y mantos, y tener en sus cajas otras de mermelada, no habrá traicion que no intenten, fealdad que no soliciten, castidad que no manchen, maldad con que no salgan.»

Sancho Panza, bajo la fe de un boticario toledano, afirmaba: «que donde interviniesen dueñas, no podia suceder cosa buena; que todas son enfadosas é impertinentes, de cualquier calidad y condicion que sean;» opinando tambien el buen escudero que: «debia ser más propio y natural de las dueñas pensar jumentos que autorizar las salas.»

Véase con qué las compara, despues de llamarlas demonias hembras, Luis Vélez en el *Diablo cojuelo:* «Aquellas que vienen con tocas largas y antojos sobre minotauros, son la Usura, la Simonía, la Mohatra, la Chisme, la Baraja, la Soberbia, la Invencion, la Hazañería, dueñas de la Fortuna.»

(2) *Salutem ex inimicis nostris, et de manu omnium qui oderunt nos.* Fix. (Edic. de Pamplona.)

(1) al infierno, que ella sola trae. (Edic. de Valenc. y Pamp.)

LA HORA DE TODOS,

Y LA FORTUNA CON SESO[(a)].

A DON ALVARO DE MONSALVE,

canónigo de la santa iglesia de Toledo, primada de las Españas.

Este libro tiene parentesco con vuesa merced, por tener su origen de una palabra que le oí. A vuesa merced debe el nacimiento; á mí el crecer. Su comunicacion es estudio para el bien atento, pues con pocas letras que pronuncia, ocasiona discursos. Tal es la genealogía deste. Dóyle lo que es suyo en la sustancia, y lo que es mio en la estatura y bulto. Su título es : *La Hora de todos, y la Fortuna con seso.* Todos me deberán una hora por lo ménos, y la Fortuna sacarla de los orates;

(a) Obra póstuma. Escrita en 1635; concluida en el año siguiente (1).
Se ha impreso siempre con el título de : *La Fortuna con seso, y la hora de todos. — Fantasia moral.*
Los negocios públicos y de gobierno iban con los años de tal punto encadenando la atencion del señor de la Torre de Juan Abad, que se ve progresivamente dilatarse y crecer en todos sus rasgos posteriores á 1624 el elemento político, amenguándose en la misma proporcion el envidiable raudal de sus agudezas satírico-morales.
El presente libro, dedicado al canónigo de la primada de las Españas don Alvaro de Monsalve, amigo y favorecedor de Quevedo en las persecuciones que le suscitó en 1628 la defensa del único patronato de Santiago, comienza á desarrebozar la ojeriza que tomó entónces al conde-duque de Olivares, y que le empeñó al fin en una lucha á brazo partido. Con el mismo don Alvaro se habia estremado ya consagrándole, en el verano de 1635, el discurso de la *Pobreza*, uno de los ocho que componen el libro de la *Virtud militante.*
Es una coleccion de valientes cuadros políticos y de costumbres de la cuarta década del siglo XVII, á la manera de aquellos que, para presentar á un golpe de vista el estado del arte en su tiempo, trazaba David Teniers con seductor colorido, copiando en el lienzo ó en el cobre la magnífica galería de pinturas del archiduque Alberto.
Las alusiones punzantes contra ministros y próceres, que esmaltan á cada paso el discurso, retrajeron al autor de darlo á la estampa, y se contentó con que corriese manuscrito, escociendo á los zaheridos en él y preparando su descrédito.
Empeñado ya en una guerra abierta contra el vanidoso Atlante de la monarquía y los hombres á él unidos para traficar odiosa y abusivamente con la suerte y la libertad de los ciudadanos, y monopolizar, fiando en la imbecilidad del príncipe, los destinos de un gran pueblo, escribió por los años de 1639 *La Isla de los monopantos*, esto es, de aquellos hombres que, pocos en número, hablanse erigido en dueños y árbitros de todo. Este desenfado satírico desapareció cuando, preso don Francisco en diciembre de aquel año, fuéron entrados á saco, por curiosidad ó por malicia, todos sus papeles, y tiene el núm. 8 en una memoria que formó nuestro caballero de los que le habian ocultado en el tiempo de sus prisiones. Alcanzada la libertad en 1643, caido el privado, triunfante el escritor público, y consagrado á reunir, completar y retocar sus obras para sacar á luz una coleccion completa de todas ellas (II), creyó que tenia su verdadero sitio *La Isla de los monopantos* en *La hora de todos y la Fortuna con seso*, incluyéndola en el capítulo 39 de este libro, que acabó de atildar y pulir hácia el año de 1644, é hizo copiar á su amanuense el inmediato de 1645 (III).
Cómo vino á parar copia tan importante á la biblioteca de los duques de Frias, no he podido averiguarlo, á no ser

(I) La fecha que resulta del capítulo XIV, y que al editor de la coleccion de Bruselas, 1660, hizo creer habia sido escrito el libro en 1645, no debe alucinarnos. Es precisamente la del año en que se ponia en limpio el discurso correcto y atildado.
(II) Debia esta coleccion, que preparó don Francisco, titularse *Obras varias*, y en junio de 1644 fué censurada por don Diego de Córdoba y el doctor don Antonio Calderon, arzobispo electo de Granada, habiendo para la impresion concedido el Ordinario la oportuna licencia : consta así de la *Primera parte de las obras en prosa*, que sacó á luz en 1658 el mercader de libros Mateo de la Bastida, bajo la proteccion del duque de Medinaceli y Alcalá.
(III) Anda en manos de los curiosos un opusculillo no publicado hasta ahora, con el nombre : *Los Monopantos. Sueño político que dejó manuescripto don Francisco de Quevedo y Villegas. Refiere en él lo que subcedia en el gobierno del conde-duque de Olivares, sus máscimas*, etc. etc.
Anda tambien el mismo opúsculo redactado con más elegancia, aumentado con nuevos pensamientos, y dispuesto en más agradable forma. Pero el refundidor le mudó, cerró y recortó el título, dejándolo en solo : *Monopantos.*
Ni de uno ni de otro ejemplar hay copia antigua.—El primero fué invencion de don Diego de Torres Villaroel (que hasta en el apellido remedaba á Quevedo), quien lo hilvanó á mediados del siglo XVIII, en cuya época se buscaba con ahinco y se pagaba á peso de oro el menor rasgo de la pluma de este ingenio. Solamente la irreflexion y la ignorancia pudo aceptar por legítimo lo que á todas luces confesaba el fraude. Torres turció su cartapel en el capítulo XXXIX de *La hora de todos*, con poner en desaliñada prosa los hermosos tercetos que escribió caballero de Santiago, deseoso de la reformacion de los trajes y ejercicios de la nobleza española, consagró en 1624 al Conde-Duque, y utilizando algunas noticias de la vida que el valido escribió el conde de la Roca. Torres Villaroel, sin embargo, confesó en 1733 ser la aventura de *El ermitaño y Torres* que eran suyos más de dos tomos que por España corrian con el falso título de obras póstumas (inéditas) de Quevedo.—Confeccionó en 1820 el otro acicalado ejemplar uno de nuestros publicistas para autorizar la parte literaria de un periódico. Mi amigo el señor don Augusto de Búrgos, que hoy le posee, me ha proporcionado examinar este curioso trabajo.

que lo más ha vivido entre locos. El tratadillo, burla burlando, es de véras. Tiene cosas de las cosquillas, pues hace reir con enfado y desesperacion. Extravagante reloj, que dando una hora sola, no hay cosa que no señale con la mano. Bien sé que le han de leer unos para otros, y nadie para sí. Hagan lo que mandaren, y reciban unos y otros mi buena voluntad. Si no agradare lo que digo, bien se le puede perdonar á un hombre ser necio una hora, cuando hay tantos que no lo dejan de ser una hora en toda su vida. Vuesa merced, señor don Alvaro, sabe empeñarse por los amigos y desempeñarlos. Encárguese desta defensa; que no será la primera que le deberé. Guarde Dios á vuesa merced, como deseo. Hoy 12 de marzo de 1656(a).

(1)

obsequio de los de Medinaceli, herederos de todos los papeles del autor de *Los sueños*. Al actual señor Duque, generoso cultivador de las musas españolas, y que en el moderno Parnaso ocupa distinguido puesto, debo la señalada fineza de disfrutar el códice, y la satisfaccion de poderle ofrecer por texto á nuestros lectores, tan limpio, tan completo como el nombre de QUEVEDO reclamaba.

El señor Castellanos me dice que en cierta ocasion le mostró don Alberto Lista un al parecer borrador de *La hora de todos*, del cual sacó algunas variantes, que me ha franqueado y pongo en su lugar oportuno.

Por último, entre los manuscritos de la Biblioteca Nacional, T. 153, pág. 250, hay tres pliegos con este epígrafe : *Fortuna con seso y hora de todos. Adiciones del original á lo impreso, erratas, y índice de los asuntos que contiene.* — *Es obra de don Francisco de Quevedo ciertamente.* — Ocioso parecerá advertir que los he leido y estudiado.

Resta hablar de alguna de las impresiones de este libro. Hízose la primera en Zaragoza, mediado abril de 1650. Por la holgura y libertad que otorgaba al pensamiento el gobierno de Aragon, logró aquella ciudad el lauro de adelantarse siempre á dar á conocer las obras del gran político, y como otras suyas, costeó la impresion el mercader Roberto de Uport, dedicándola á don Vincencio Juan de Lastanosa, ornamento de nuestras antigüedades y buenas letras. Hé aquí el título de este no comun ejemplar :

La Fortuna con seso, y la hora de todos : fantasía moral. Autor Rifroscrancot Viveque Vasgel Duacense (1). *Traducido de latin en español por don Estéban Pluvianes del Padron, natural de la villa de Cuerva Pilona.*

El fingido traductor ó la censura truncaron pensamientos, y suprimieron párrafos y capítulos. En cambio, no pusieron el menor cuidado en reproducir con exactitud las palabras y los conceptos ingeniosos de QUEVEDO.

Creo que la primera coleccion en que se incluyó la *Fortuna con seso* fue la de Madrid de 1658.

El colector de Bruselas (1660) logró copias de casi todo lo que habia suprimido y alterado el editor de Zaragoza, y lo insertó en su lugar oportuno. Pero como no se cuidó de otra cosa, crecieron prodigiosamente las erratas y absurdos que afean los ejemplares españoles. Nuestras prensas no obstante desdeñaron las adiciones que publicó el belga, ya porque las mirasen con prevencion, ya porque no fuesen gratas á una caprichosa censura.

(a) Esta importante dedicatoria ha sido hasta hoy completamente desconocida del público y de los estudiosos. No habia de ella la menor noticia.

(1) PROLOGO.

Si eres idólatra ó pagano, que vale tanto, no te escandalices, oh amigo lector, porque llame á tus dioses á concejo á son de cuerno de Baco; que cuernos dieron á Júpiter, por lo que le llamaron *Cornupeta* y *Ammon*, como quien de carnero le topa, y ya ves qué honrados debieron ser los cuernos cuando coronar debieron la cabeza del padre de los dioses; mas si, como presumo, fueses jordanesco de casta y te hubiese caido el rocío del cielo sobre la crisma (que Dios te liberte de maleficios), détese una higa de que enseñe con dioses falsos ó verdaderos; que como tú te enmiendes de lo que pecar sueles, tanto vale el hisopo como el tridente, si es que no te gustan más los pinchonazos del uno que los asperges del otro; que á tal gusto, con ellos te queda, que á mí me basta con el aspersilo, mas que sea de sotana raida y de bonete torcido. No te rias porque se ria el libro; que este lo hace de tí viéndote panarra ó inocente que no le entiendes, ó pícaro que te apartas del consejo; y cuida que aunque cuando despues de cerrado y dado al Leteo, que es el que lleva lo bueno y lo malo al estanque sucio del olvido, se esconde dentro de los pliegues de la conciencia para roerlas á sabor suyo cuando mejor le viene, y tú no puedas evitarlo.

A todos llega la hora siempre temprano, porque es dama muy madrugona y nada perezosa; y así, cuando veas la del vecino, no te creas lejano de la tuya, que te está echando la zarpa y entretejiendo el lazo con que ha de abogarte. Si te amarga la verdad escrita, échate un pedacito de enmienda al alma y la endulzarás; porque si no, ha de avinagrarse y causarte indigestion de muerte, que es la peor y para la que no alcanzan las drogas de acá abajo, porque los boticarios de lameton no han dado todavia con la píldora de la vida, siendo así que calzan borla de doctores en las de la muerte.

No te fies en que no te ha nevado la edad del cabello; que hay canas que van tras los años, y años que atraen las canas, y que la vida pasa cuando te place al del ojo grande, sin que necesite poner mojones de aviso ni llamar con campanillas; que hay soplos que matan lo que no mata un terremoto.

Si te amoscas porque te sorprenda en tus cálculos, peor para tí si no los das de mano; que yo cumplo con descubrirlos á tu conciencia, que se alegra de ello tanto como tú lo lloras. Vierte lágrimas, pero sin asemejarte al cocodrilo; recógelas, que tu alma las necesita para la *hora*, si son de arrepentido; mira que á los rayos de Júpiter nada se esconde, y que el fuego de Vulcano todo lo abrasa; dirígete á Apolo, y te escudará en su carro si fervorizante le pides. Y porque más has de ver de lo que yo te diga y mi libro te enseñe, léelo con la mano en el seno, y ráscate cuando te pique; que para sermon de lego ya es bastante sin licencia del prior. (*MS. de Lista.*)

(1) Debe decir, segun los pliegos manuscritos de la Biblioteca Nacional, T. 153, pág. 240 : *Nifroscrancod Direque Vasgello*, anagrama de DON FRANCISCO DE QUEVEDO VILLEGAS.

TABLA DE LOS SUCESOS[a]

(a) En el MS. del señor duque de Frias son árabes los números de cada uno de ellos, y están pospuestos al suceso respectivo.

Los asuntos de esta obra se anotan al márgen de la correspondiente plana en la edicion de Zaragoza de 1650, en la siguiente forma : «Médicos, alguaciles, escribanos, boticarios, mujeres afeitadas, gangosos, teñidos, adinerado ladron de hidalguia postiza, mohatrero, hablador, senadores, casamentero, poeta culto, buscona, galan con pantorrillas postizas, calvos y teñidos (1), mujer afeitada, dueña, doncellita, visita de cárcel; damas que encubren años, á pié, en coches, en sillas de manos; lisonjeros de señores y potentados, embusteros y tramposos, arbitristas, cobradores y ejecutores, alcahuetas y chillonas, dueñas, letrado, abogado, pasante, procurador, escribano, relator, taberneros, pretendientes, envestidores que piden prestado, Italia, Roma, Saboya, España, Francia, Italia, Venecia, Nápoles, duque de Osuna, virey de Nápoles, rufianes ahorcados, médicos, tributos, fullero y tramposo, Holanda, romanos, gran duque de Florencia, alquimista, miserable, carbonero, franceses, español, Venecia, Italia, privado, alemanes, el Gran Turco, duque de Osuna, España y españoles, artillería, emprenta, holandeses en Chile, negros, Inglaterra, sinagoga y judios, monopantos, oro y plata, triaca, varias naciones y malcontentos, duque de Saboya, ginovés, contra el gobierno repúblico, legisladores y mujeres, nota, frances y italiano, valido, tiranos, de qué se ha de cuidar en una república, consejeros, premios, jueces, pastores.»

En igual forma se encuentran en casi todas las impresiones anteriores á la de Bruselas, 1660, donde los asuntos se sacan al pié con llamadas. En las españolas del siglo pasado se pusieron como epígrafes al principio de cada capítulo.

(1) Criado de señor endemoniado. (MS. de la Bib. nacional, T. 155, pág. 240, v.)

LA HORA DE TODOS, Y LA FORTUNA CON SESO.

(1) Júpiter, hecho de hieles, se desgañitaba poniendo los gritos en la tierra; porque ponerlos en el cielo, donde asiste, no era encarecimiento á propósito. Mandó que luego á consejo viniesen todos los dioses trompicando. Marte, don Quijote de las deidades, entró con sus armas y capacete, y la insignia de viñadero enristrada, echando chuzos, y á su lado el panarra de los dioses, Baco, con su cabellera de pámpanos, remostada la vista, y en la boca por lagar vendimias de retorno derramadas; la palabra bebida, el paso trastornado, y todo el celebro en poder de las uvas. Por otra parte asomó con piés descabalados Saturno, el dios marimanta, come-niños, engulléndose sus hijos á bocados. Con él llegó hecho una sopa Neptuno, el dios aguanoso, con su quijada de vieja por cetro (que eso es tres dientes en romance), lleno de cazcarrias, y devanado en ovas, oliendo á viérnes y vigilias, haciendo lodos con sus vertientes en el cisco de Pluton, que venía en su seguimiento; dios dado á los diablos, con una cara afeitada con hollin y pez, bien zahumado con alcrebite y pólvora, vestido de cultos tan escuros, que no le amanecia todo el buchorno del sol, que venia en su seguimiento con su cara de azófar y sus barbas de oropel; planeta bermejo y andante, devanador de vidas; dios dado á la barbería, muy preciado de guitarrilla y pasacalles, ocupado en ensartar un dia tras otro, y en engazar años y siglos, mancomunado con las cenas (2) para fabricar calaveras. Entró Vénus haciendo rechinar los coluros con el ruedo del guardainfante, empalagando de faldas á las cinco zonas, á medio afeitar la geta, y el moño, que la encorozaba de pelambre la cholla, no bien encasquetado, por la prisa. Venía tras ella la Luna, con su cara en rebanadas, estrella en mala moneda, luz en cuartos, doncella de ronda, y ahorro de lanternas y candelillas. Entró con gran zurrido el dios Pan, resollando con dos grandes piaras de númenes, faunos, pelicabros y paubueyes. Hervia todo el cielo de manes y lemures (3) y penatillos y otros diosecillos bahunos. Todos se repantigaron en sillas, y las diosas se rellanaron; y asestando las getas á Júpiter con atencion reverente, Marte se levantó sonando á choque de cazos y sartenes, y con ademanes de la carda dijo: «Pésia tu hígado, oh grande Coime, que pisas el alto claro, abre esa boca y garla; que parece que sornas.» Júpiter, que se vió salpicar de jacarandinas los oídos, y estaba, siendo verano y asándose el mundo, con su rayo en la mano haciéndose chispas, cuando fuera mejor hacerse aire con un abanico, con voz muy corpulenta dijo: «Vusted envaine, y llámeme á Mercurio; el cual con su (4) varita de jugador de manos y sus zancajos pajaritos, y su sombrerillo hecho en horma de hongo, en un santiamen y en volandas se le puso delante. Júpiter le dijo: «Dios virote (a), dispárate al mundo, y tráeme aquí en un cerrar y abrir de ojos á la Fortuna asida de los arrapiezos.» Luego el chisme del olimpo, calzándose dos cernícalos por acicates, se despareció, que ni fué oido ni visto, con tal velocidad, que verle partir y volver fué una misma accion de la vista. Volvió hecho mozo de ciego, y lazarillo adestrando á la Fortuna, que con un bordon en la una mano venía tentando, y de la otra tiraba de la cuerda, que servia de freno á un perrillo. Traia por chapines una bola, sobre que venía de puntillas, y hecha pepita de una rueda, que la cercaba como á centro, encordelada de hilos y trenzas y cintas y cordeles y sogas, que con sus vueltas se tejian y destejian. Detras venía, como fregona, la Ocasion, gallega de coram vobis, muy gótica de facciones, cabeza de contramoño, cholla bañada de calva de espejuelo, y en la cumbre de la frente un solo mechon, en que apénas habia pelo para un bigote. Era este más resbaladizo que anguila; culebreaba deslizándose (5) al resuello de las palabras. Echábasele de ver en las manos que vivia de fregar y barrer (6) y de fregar los arcaduces, y de vaciar los que la Fortuna llevaba. Todos los dioses mostraron mohina de ver á la Fortuna, y algunos dieron señal de asco, cuando ella con chillido desentonado, hablando á tiento, dijo: «Por tener los ojos acostados y la vista á buenas noches, no atisbo quién sois los que asistis á este acto; empero, seais quien fuéredes, con todos hablo, y primero contigo, oh Jove, que acompañas las toses de

(1) Pintan á las *Horas* alegres y llenas de luz y hermosura los poetas, sin que hayan visto las tales doncellas, ni en cueros ni vestidas, más que en los delirios de Homero, que debió pasarlas muy buenas en sus deliquios, y esto á fe que no pudo hacerse sin locura: pues que si hay horas buenas y felices, estas son pocas, y das malas muchas. Y puesto que no contaron las malas, bueno será que sepades que son viejas carcomidas del vicio y de la desventura, que arrojan venablos por la boca, punzan con sus garños y esparcen tinieblas y espanto por el que pasan. Tales son las de los malos que una hora buena se echan acuestas las doce hermanas del infierno, cuyo sol es Pluton, que las va pasando una á una, y al llegar á la última la desgarra y martiriza para que, fénix de su propia rabia, renazca cien veces de sí misma para martirio de las almas. Mas como en asamblea se junten los dioses para juzgarlas, abre Júpiter el cáos con sus ardientes rayos y con voz de trueno (que trueno y gordo es él mismo), y todo tiembla como esperando el juicio de la muerte, que es el peor de los juicios para quien no fué tan arreglado como debiera á sus leyes. (*MS. de Lista*.)

(2) y los pesares (*Edic. de Zaragoza de 1650 y todas las posteriores*.)

(3) lares y panades y otros diosecillos (*Edic. de Zaragoza y todas las posteriores*.)

(4) baraja de jugador (*MS del señor duque de Frias*.)

(a) Esto es, Dios velocísimo, como el *virote*, especie de saeta delgada y muy aguda. Viene del latin *verutum*. Aplicábase tambien esta palabra en aquel tiempo al mozo soltero, desocupado, maleante, y con ínfulas de lindo.

(5) el resuello (*MS. del señor duque de Frias*.)

(6) y variar los arcaduces que la Fortuna (*Edic. de Zaragoza*.)—llenaba (*Edic. de Bruselas y la de Sancha*.)

las nubes con gargajo trisulco. Dime, ¿qué se te antojó ahora de llamarme, habiendo tantos siglos que de mí no te acuerdas? Puede ser que se te haya olvidado á tí, y á esotro vulgo de diosecillos lo que yo puedo, y que así he jugado contigo y con ellos como con los hombres.» Júpiter, muy prepotente, la respondió: «Borracha, tus locuras, tus disparates y maldades son tales, que persuaden á la gente mortal, que pues no te vamos á la mano, que no hay dioses, que el cielo está vacío, y que soy un dios de mala muerte. Quéjanse que das á los delitos lo que se debe á los méritos, y los premios de la virtud al pecado; que encaramas en los tribunales á los que habias de subir á la horca; que das las dignidades á quien habias de quitar las orejas, y que empobreces y abates á quien debieras enriquecer.» La Fortuna, demudada y colérica, dijo: «Yo soy cuerda y sé lo que hago, y en todas mis acciones ando pié con bola. Tú, que me llamas inconsiderada y borracha, acuérdate que hablaste por boca de ganso en Leda, que te derramaste en lluvia de bolsa por Dánae, que bramaste y fuiste *Inde toro pater* por Europa, que has hecho otras cien mil picardías y locuras, y que todos esos y esas que están contigo han sido avechuchos, hurracas y grajos; cosas que no se dirán de mí. Si hay beneméritos arrinconados y virtuosos sin premios, no toda la culpa es mia: á muchos se los ofrezco que los desprecian, y de su templanza fabricais mi culpa. Otros, por no alargar la mano á tomar lo que les doy, lo dejan pasar á otros, que me lo arrebatan sin dárselo. Más son los que me hacen fuerza que los que yo hago ricos; más son los que me hurtan lo que les niego que los que tienen lo que les doy. Muchos reciben de mí lo que no saben conservar: piérdenlo ellos, y dicen que yo se lo quito. Muchos me acusan por mal dados en otros lo que estuviera peor en ellos. No hay dichoso sin invidia de muchos; no hay desdichado sin desprecio de todos. Esta criada me ha servido perpetuamente; yo no he dado paso sin ella: su nombre es la Ocasion; oidla, aprended á juzgar de una fregona.» Y desatando la taravilla por no perderse á sí misma, dijo: «Yo soy una hembra que me ofrezco á todos: muchos me hallan, pocos me gozan; soy Sansona femenina, que tengo la fuerza en el cabello. Quien sabe asirse á mis crines sabe defenderse de los corcovos de mi ama. Yo la dispongo, yo la reparto, y de lo que los hombres no saben recoger y gozar, me acusan. Tiene repartidas la necedad por los hombres estas infernales cláusulas: «Quién dijera, no pensaba, no miré en ello, no sabía, bien está, qué importa, qué va no viene, mañana se hará, tiempo hay, no faltará ocasion, descuidéme, yo me entiendo, no soy bobo, déjese deso, yo me lo pasaré, ríase de todo, no lo crea, salir tengo con la mia, no faltará, Dios lo ha de proveer, más dias hay que longanizas, donde una puerta se cierra otra se abre, bueno está eso, qué le va á él, paréceme á mí, no es posible, no me diga nada, ya estoy al cabo, ello dirá, ande el mundo, una muerte debo á Dios, bonito soy yo para eso, sí por cierto, diga quien dijere, preso por mil y quinientos, no es posible, todo se me alcanza, mi alma en mi palma, ver veamos, diz que, y pero, y quizas.» Y el tema de los porfiados: «Dé dónde diere.» Estas necedades hacen á los hombres presumidos, perezosos y descuidados. Estas son el hielo en que yo me deslizo: en estas se tras-

torna la rueda de mi ama, y trompica la bola que la sirve de chapin. Pues si los tontos me dejan pasar, ¿qué culpa tengo yo de haber pasado? Si á la rueda de mi ama son tropezones y barrancos, ¿por qué se quejan de sus vaivenes? Si saben que es rueda, y que sube y baja, y que por esta razon baja para subir, y sube para bajar, ¿para qué se devanan en ella? El sol se ha parado; la rueda de la Fortuna nunca. Quien más seguro pensó haberla fijado el clavo, no hizo otra cosa que alentar con nuevo peso el vuelo de su torbellino. Su movimiento digiere las felicidades y miserias, como el del tiempo las vidas del mundo, y el mundo mismo poco á poco. Esto es verdad, Júpiter; responda quien supiere.»

La Fortuna con nuevo aliento, bamboleándose con remedos de veleta y acciones de (1) barrena, dijo: «La Ocasion ha declarado la ocasion injusta de la acusacion que se me pone; empero yo quiero de mi parte satisfacerte á tí, supremo (2) atronador, y á todos esotros que te acompañan, sorbedores de ambrosía y néctar, no obstante que en vosotros he tenido, tengo y tendré imperio, como le tengo en la canalla más soez del mundo. Y yo espero ver vuestro endiosamiento muerto de hambre por falta de víctimas, y de frio, sin que alcanceis una morcilla por sacrificio, ocupados en solo abultar poemas y poblar coplones, gastados en consonantes y en apodos amorosos, sirviendo de municion á los chistes y á las pullas.»

«Malas nuevas tengas de cuanto deseas, dijo el Sol, que con tan insolentes palabras blasfemas de nuestro poder. Si me fuera lícito, pues soy el sol, te friyera en caniculares, y te asara en buchornos, y te desatinara á modorras.» «Véte á enjugar lodazales, dijo la Fortuna, á madurar pepinos y á proveer de tercianas á los médicos, y á adestrar las uñas de los que se espulgan á tus rayos; que ya te he visto yo guardar vacas, y correr tras una mozuela, que siendo sol, te dejó á escuras. Acuérdate que eres padre de un quemado; cósete la boca, y (3) deja de hablar, y hable quien le toca.»

Entónces Júpiter severo pronunció estas razones: «(4) En muchas de las que tú y esa picarona que te sirve habeis dicho, teneis razon; empero para satisfacion de las gentes está decretado (5) irrevocablemente que en el mundo, en un dia y en una propia hora, se hallen de repente todos los hombres con lo que cada uno merece. Esto ha de ser: señala hora y dia.»

La Fortuna respondió: «Lo que se ha de hacer, ¿de qué sirve dilatarlo? Hágase hoy: sepamos qué hora es.» El Sol, jefe de relojeros, respondió: «Hoy son 20 de junio (a), y la hora las tres de la tarde y tres cuartos y diez minutos.» «Pues en dando las cuatro, dijo la Fortuna, veréis lo que pasa en la tierra;» y diciendo y haciendo, empezó á untar el eje de su rueda, y encajar manijas, mudar clavos, enredar cuerdas, aflojar unas y estirar otras, cuando el Sol, dando un grito, dijo: «Las cuatro son, ni más ni ménos; que ahora acabo de dorar la cuarta sombra posmeridiana de las narices de los relojes de sol.»

(1) barrenco dijo (*Edic. de Zaragoza y todas las siguientes.*)
(2) atronado (*El MS.*)
(3) déjale hablar á quien le toca (*Los impresos todos.*)
(4) Fortuna, en muchas cosas de las que tú (*Id.*)
(5) inviolablemente (*Id.*)
(a) De 1635.

En diciendo estas palabras, la Fortuna, como quien toca sinfonía, empezó á desatar su rueda, que arrebatada en huracanes y vueltas, mezcló en nunca vista confusion todas las cosas del mundo; y dando un grande aullido, dijo : «Ande la rueda, y coz con ella. »

I. En aquel propio instante, yéndose á ojeo de calenturas paso entre paso un médico en su mula, le cogió la *hora*, y se halló de verdugo, perneando sobre un enfermo, diciendo *credo*, en lugar de *récipe*, con aforismo escurridizo.

II. Por la misma calle poco detrás venía un azotado, con la palabra del verdugo delante chillando, y con las mariposas del *sepan cuantos* detras (a), y el susodicho en un borrico, desnudo de medio arriba, como nadador de rebenque. Cogióle lo *hora*; y derramando un rocin al alguacil que llevaba, y el borrico al azotado, el rocin se puso debajo del azotado, y el borrico debajo del alguacil; y mudando lugares, empezó á recibir los pencazos el que acompañaba al que los recibia, y el que los recibia á acompañar al que le acompañaba. (1)

III. Atravesaban por otra calle unos chirriones de basura, y llegando en frente de una botica, los cogió la *hora*, y empezó á rebosar la basura y salirse de los chirriones, y entrarse en la botica, de donde saltaban los botes y redomas, zampándose en los chirriones con un ruido y admiracion increible; y como se encontraban al salir y al entrar los botes y la basura, se notó que la basura muy melindrosa decia á los botes : «Háganse allá. » Los basureros andaban con escobas y palas traspalando en los chirriones mujeres afeitadas, y gangosos y teñidos, sin poder nadie remediarlo. (2)

IV. Habia hecho un bellaco una casa de grande ostentacion con resabios de palacio, y portada sobreescrita de grandes genealogías de piedra. Su dueño era un ladron, que por debajo de su oficio habia robado el caudal con que la habia hecho : estaba dentro, y tenia cédula á la puerta para alquilar tres cuartos. Cogióle la *hora*. ¡Oh inmenso Dios, quién podrá referir tal portento! Pues piedra por piedra y ladrillo por ladrillo se empezó á deshacer, y las tejas, unas se iban á unos tejados y otras á otros. Veianse vigas, puertas y ventanas entrar por diferentes casas con espanto de los dueños, que la restitucion tuvieron á terremoto y á fin del mundo. Iban las (3) rejas y las celosías buscando sus dueños de calle en calle. Las armas de la portada partieron como rayos á restituirse á la montaña á una casa de

(a)   Con chilladores delante
                   Y envaramiento detras ,
que de Escarraman dijo allá nuestro poeta.
(1) El escribano se apeó para remediarlo; y sacando la pluma, le cogió la *hora*, y se la alargó en remo; y empezó á bogar cuando queria escribir (t). (*Edic. de Zaragoza y todas las posteriores.*)
(2) Y como se acabase la barredera, llegó Satanas con una espuerta de patas feas y lagañosas, diciendo : «Aguarden los rufianes, que allá va ese emplasto de ungüentos á volverse á sus botes; y pónganles á recaudo, no se reviertan, que es género que se liquida fácilmente.» (*MS. de Lista.*)
(3) tejas y las celosías (*MS. de Frias.*)
(t) Asíéndole por las narices un diablo de uñas largas, le cargó á la espalda, y corriendo decia : «Abrase el averno y toquen chirimias, que hoy es dia de gracia; dénme plácemes, que traigo un tesoro de mentiras y un apóstata á la fe : alegria, y llevan plumas, que hay pez gordo en el banquete.» (*MS. de Lista.*)

solar, á quien este maldito habia achacado su pícaro nacimiento. Quedó desnudo de paredes y en cueros de edificio, y solo en una esquina quedó la cédula de alquiler que tenia puesta, tan mudada por la fuerza de la *hora*, que donde decia : «Quien quisiere alquilar esta casa vacía, entre; que dentro vive su dueño;» se leia : «Quien quisiere alquilar este ladron, que está vacío de su casa, entre sin llamar, pues la casa no lo estorba.»

V. Vivia enfrente deste un mohatrero que prestaba sobre prendas, y viendo afufarse la casa de su vecino, quiso prevenirse, diciendo : «¿Las casas se mudan de los dueños? ¡Mala invencion!» Y por presto que quiso ponerse en salvo, cogido de la *hora*, un escritorio y una colgadura y un bufete de plata, que tenia cautivos de intereses argeles, con tanta violencia se desclavaron de las paredes y se desasieron, que al irse á salir por la ventana un tapiz, le cogió en el camino, y revolviéndosele al cuerpo, amortajado en figurones, le arrancó y llevó en el aire más de cien pasos, donde desliado, cayó en un tejado, no sin crujido del costillaje; desde donde con desesperacion vió pasar cuanto tenia en boca de sus dueños, y detras de todo una ejecutoria, sobre la cual por dos meses habia prestado á su dueño doscientos reales, con ribete de cincuenta más. Esta (¡oh extraña maravilla!) al pasar le dijo : «Morato arraez de prendas, si mi amo por mí no puede ser preso por deudas, ¿qué razon hay para que tú por deudas me tengas presa (4) (b)?» Y diciendo esto, se zampó en un bodegon, donde el hidalgo estaba disimulando ganas de comer, con el estómago de rebozo, acechando unas tajadas que so el poder de otras muelas rechinaban.

VI. Un hablador plenario, que de lo que le sobra de palabras, á dos leguas pueden moler otros diez habladores, estaba anegando en prosa su barrio, desatada la taravilla en diluvios de conversacion. Cogióle la *hora*, y quedó tartamudo y tan zancajoso de pronunciacion, que á cada letra que pronunciaba, se ahorcaba en pujos de *be a ba*, y como el pobre padecia, paró la lluvia. Con la retencion empezó á rebosar charla por los ojos y por los oidos.

VII. Estaban unos senadores votando un pleito. Uno dellos, de puro maldito, estaba pensando cómo podria condenar á entrambas partes. Otro incapaz, que no entendia la justicia de ninguno de los dos litigantes, estaba determinando su voto por aquellos dos textos de los idiotas: «Dios se la depare buena» y «dé donde diere.» Otro caduco, que se habia dormido en la relacion (discípulo de la mujer de Pilátos en alegar sueño), estaba trazando á cuál de sus compañeros seguiria sentenciando á trochimoche. Otro, que era docto y virtuoso juez, estaba como vendido al lado de otro, que estaba comprado, senador brujo untado. Este alegó leyes torcidas, que pudieran arder en un candil, trujo á su voto al dormido y al tonto y al malvado. Y habiendo hecho sentencia, al pronunciarla, los cogió la *hora*; y

(4) á mí (*Edic. de Zaragoza y todas las siguientes*).
(b) Fué Morato Raez *Maltrapillo* un renegado murciano, amigo íntimo del rey de Argel Azan, y á sus oficios debió la vida el grande autor del *Quijote*, que por romper el cautiverio no hubo empresa aventurada que no tratase de acometer.

en lugar de decir : «Fallamos que debemos condenar y condenamos,» dijeron : « Fallamos que debemos condenarnos, y nos condenamos.» «Ese sea tu nombre,» dijo una voz ; y al instante se les volvieron las togas pellejos de culebras, y arremetiendo los unos á los otros, se trataban de monederos falsos de la verdad. Y de tal suerte se repelaron, que las barbas de los unos se vian en las manos de los otros, quedando las caras lampiñas y las uñas barbadas, en señal de que juzgaban con ellas (1); por lo cual les competia la zalea jurisconsulta.

VIII. Un casamentero estaba emponzoñando el juicio de un buen hombre, que no sabiendo qué se hacer de su sosiego, hacienda y quietud, trataba de casarse. Proponíale una picarona, y guisábala con prosa eficaz, diciéndole : Señor, *de nobleza* no digo nada, porque, gloria á Dios, á vuesa merced le sobra para prestar. *Hacienda*, vuesa merced no la ha menester; en las mujeres propias ántes se debe huir, por peligro; *entendimiento*, vuesa merced la ha de gobernar, y no la quiere para letrado; *condicion*, no la tiene; los *años que tiene* son pocos (y decia entre sí : «por vivir»). Lo demas es á pedir de boca.» El pobre hombre furioso diciendo : «Demonio, ¿qué será lo demas si ni es noble, ni rica, ni hermosa ni discreta? Lo que tiene solo es lo que no tiene, que es condicion.» En esto los cogió la *hora*, cuando el maldito casamentero, sastre de bodas, que hurta, y miente, y engaña, y remienda, y añade, se halló desposado con la fantasma que pretendia pegar al otro ; y hundiéndose á voces sobre: «Quién sois vos; qué trujistes vos; no mereceis descalzarme;» se fuéron comiendo á bocados.

IX. Estaba un poeta en un corrillo leyendo una cancion cultísima, tan atestada de latines y tapida de jerigonzas, tan zabucada de cláusulas, tan cortada de paréntesis, que el auditorio (2) pudiera comulgar de puro en ayunas que estaba. Cogióle la *hora* en la cuarta estancia, y á la obscuridad de la obra (que era tanta, que no se via la mano) acudieron lechuzas y murciélagos; y los oyentes, encendiendo lanternas y candelillas, oian de ronda á la musa, á quien llaman :

> la enemiga del dia,
> Que el negro manto descoge.

Llegóse uno tanto con un cabo de vela al poeta (noche de invierno, de las que llaman boca de lobo), que se encendió el papel por en medio. Dábase el autor á los diablos, de ver quemada su obra, cuando el que la pegó fuego le dijo : «Estos versos no pueden ser claros y tener luz si no los queman : más resplandecen luminaria que cancion.» (3)

X. Salia de su casa una buscona piramidal, (4) habiendo hecho sudar la gota tan gorda á su portada, dando paso á un inmenso contorno de faldas, y tan abultadas, que pudiera ir por debajo rellena de ganapanes, como

(1) y para ellas (*Todos los impresos*.)
(2) quedó en ayunas. Cogióle la *hora* (*Ménos las belgas*, todas las ediciones.)
(3) A este grito acudieron multitud de copleros á encender sus coplas, y entre ellos iba cierto conductor (con) un mamotreto de ellas; y como lo viese una vieja gritaba : «Tate, malandrin, y no las enciendas; que si apagadas queman, encendidas han de abrasar el mundo.» (*MS. de Lista.*)
(4) con espetera de zancajos viejos y barri(*zales*)de sobaco, (*Id.*)

la tarasca. Arrempujaba con el ruedo las dos aceras de una plazuela (a). Cogióla la *hora*, y volviéndose del revés las faldas del guardainfante, y arboladas, la sorbieron en campana vuelta del revés, con faciones de tolva, y descubrióse que para abultar de caderas, entre diferentes legajos de arrapiezos que traia, iba un repostero plegado, y la barriga en figura de taberna, y al un lado un medio tapiz; y lo más notable fué que se via un Holo-

(a) Con los mismos términos ridiculizó en el año anterior de 1634 aquella moda ingrata y desapacible de las mujeres el licenciado Luis de Benavente, en el entremes cantado *El guardainfante* (parte primera). Un alguacil dice al alcalde (papel que hacia el regocijadísimo Juan Rana):

> Presa os traigo una falduda
> Porque, entrando por la plaza,
> Hasta que pasó estuvieron
> Detenidas cien mil almas.

ALCALDE.
¿Es muy gorda?

ALGUACIL.
Una sardina.

ALCALDE.
¿Iba sola?

ALGUACIL.
Ella y sus faldas.

ALCALDE.
No es mala la añadidura ;
Ménos ocupa la guarda.

Sacan atada con una maroma á la Falduda, admírase el concejo, y espántase el Alcalde.

TODOS. (*Cantando*.)
> Por sus condiciones y por sus usos
> Ya no caben las hembras dentro del mundo.

ALCALDE.
Jesu Cristo : ola, ¿es mujer?

ALGUACIL.
Pues ¿qué ha de ser

ALCALDE.
La tarasca,
> Que ya sale por el Córpus
> Medio sierpe y medio dama.

LA FALDUDA. (*Cantando y bailando, le responde.*)
> Lo que se usa, señor Alcaldito,
> Gracioso y bonito,
> Dice el refrancito
> Que nunca se excusa ;
> Y por solo hacer lo que vemos,
> Las hembras traemos,
> Aunque reventemos,
> Tanta garatusa, tusa, tusa.

ALCALDE.
> Si por ver lo que se han ensanchado,
> El padre ó velado
> A ojo cerrado
> Les diera una tunda .
> Vive Cristo que el toldo bajaran,
> Y aunque regañaran
> Ellas aborraran
> De tal baraunda, nada, nada.

Benavente aprovecha, para arrojar todo el ridículo sobre tales faldas, la circunstancia de armarse con ballenas, aros de hierro, paja y esparto, disponiendo que los pescadores, los mozos de mulas y el invierno en cuerpo y alma les reclamen lo que es suyo. Pero la tiranía de la moda búrlase de la sátira de los poetas cuando hasta desoye las prescripciones de las leyes. Por pregon se mandó en Madrid, á 13 de abril de 1639, que excepto las mujeres públicas, ninguna pudiera traer guardainfante ni otro vestido que se la asemejase, pena de perder el traje y por la primera vez veinte mil maravedís. Pellicer, en sus avisos de 26 de julio del mismo año, habla de la risa que en aquel dia causó en la corte ver colgados de los balcones de la cárcel más de cien guardainfantes quitados á mujeres. Pero el mismo Pellicer refiere cómo en 18 de setiembre del año siguiente de 1640 se alborotó Madrid porque el nuevo presidente quiso llevar adelante la extincion de aquella moda, abolida nada ménos que por una pragmática.

En una coleccion de *Romances varios de diversos autores*, que este mismo año de 1640 imprimió en Zaragoza Pedro Lanaja, se encuentra el siguiente rasgo:

> Guardainfante era, y ya estoy
> Tan otro del que me vi,
> Que aprender podeis de mí

fórnes degollado, porque la colgadura debia de ser de aquella historia. Hundíase la calle á silvos y gritos. Ella aullaba, y como estaba sumida en dos estados de carcavueso (a) que formaban los espartos del ruedo, que se habia erizado, oíanse las voces como de lo profundo de una sima, donde yacia con pinta de carantamaula. Ahogárase en la caterva que concurrió, si no sucediera que viniendo por la calle rebosando narcisos uno con pantorrillas postizas y tres dientes, y dos teñidos, y tres calvos con sus cabelleras, los cogió la *hora* de piés á cabeza, y él de las pantorrillas empezó á desangrarse de lana; y sintiendo mal acostadas, por falta de los colchones, las canillas, y queriendo decir: «Quién me despierna;» se le desempedró la boca al primer bullicio de la lengua. Los teñidos quedaron con requesones por barbas, y no se conocian unos á otros. A los calvos se les huyeron las cabelleras, con los sombreros en grupa,

Lo que va de ayer á hoy.
Hoy risa del pueblo soy,
Ayer fui todo su vicio,
Pues, frustrado mi ejercicio,
Dicen á mi poca medra :
«Escollo armado de yedra,
Yo te conocí edificio.»
Siempre pienso dónde voy,
Cómo me veo y me vi ;
Que ayer maravilla fui,
Y hoy sombra mia no soy.
Galas, vivo ejemplo os doy,
Pues por salir de mis quicios
Os muestro en claros indicios
Mi mal, que á todos excede,
Ejemplo de lo que puede
La carrera de los vicios.
Acuérdome que tenia,
Por gala de tan buen aire,
Valentía en el donaire,
Donaire en la valentía ;
Pero ya ha llegado el dia
En que estoy tan desvalido,
Que las damas que he servido
Me dicen al fin postrero :
«¿De lo que fuiste primero
Estás tan desconocido!»
Aplauso que el mundo da,
Por mi gala merecido,
¿Quién como yo te ha tenido?
Quién como yo le tendrá?
Dicha que se pasó ya,
Hoy es de penas abismo;
Y así deste silogismo
Quedo tan desengañado,
Que de mí mismo olvidado,
No me acuerdo de mí mismo.
Pendiente me vi colgado
Junto al lugar más dichoso,
Yo de ninguno envidioso,
Y de todos envidiado;
Mas ¡ay desdichas del hado!
Cuánto acabas, cuánto puedes !
Pues araña entre las redes,
Me cuelgan como de almenas
En un retrete que apénas
Se divisan las paredes.
Por mí se puede cantar,
Cuando mis desdichas loco :
«Mundo loco, mundo loco,
Nadie debe en ti fiar.»
En pobre y solo lugar
Me han puesto mis vanidades,
Pues del tiempo las crueldades
Me traen á aquestos retiros
Aquí, donde mis suspiros
Pueblan estas soledades.

(a) *Carcabueço* dicen con *b* y con *cedilla* el manuscrito de Frias y la edicion de Zaragoza. Escrita del propio modo se ve en *La culta latiniparla* y en otros manuscritos y libros antiguos. El *Diccionario* de la Academia no se acuerda de esta palabra, como ni de otras muchas. He aceptado la ortografía de Terreros porque, significando *carcavueso* lo mismo que *carcavon* (aumentativo de *cárcava*) una zanja ú hoyo grande para sepultar muchos muertos juntos ó arrojar sus *huesos*, parece que no tiene lugar en esta voz la *z*, cuya letra, aunque entra en los aumentativos, se combina de otra manera.

y quedaron melones con bigotes, con una cortesía de (f) *memento homo*.

XI. Era muy favorecido de un señor un criado suyo: este le engañaba hasta el sueño, y á este un criado que tenia, y á este criado un mozo suyo, y á este mozo un amigo, y á este amigo su amiga, y á esta el diablo. Pues cógelos la *hora*; y el diablo, que estaba al parecer tan léjos del señor, revístese en la puta, la puta en su amigo, el amigo en el mozo, el mozo en el criado, el criado en el amo, el amo en el señor. Y como el demonio llegó á él destilado por puta y rufian, y mozo de mozo de criado de señor, endemoniado por pasadizo y hecho un infierno, embistió con su siervo, este con su criado, el criado con su mozo, el mozo con su amigo, el amigo con su amiga, esta con todos; y chocando los arcaduces del diablo, unos con otros se hicieron pedazos, se deshizo la sarta de embustes, y Satanás, que enflautado en la cotorrera (b) se paseaba sin ser sentido, rezumándose de mano en mano, los cobró á todos de contado (c).

XII. Estábase afeitando una mujer casada y rica. Cubria con hopalandas de soliman unas arrugas jaspeadas de pecas; jalbegaba, como puerta de alojería, lo rancio de la tez; estábase guisando las cejas con humo, como chorizos; acompañaba lo mortecino de sus labios con municion de lanternas á poder de cerillas; iluminábase de vergüenza postiza con dedadas de salserilla de color. Asistíala como asesor de cachivaches una dueña, calavera confitada en untos (d). Estaba de rodillas sobre sus chapines, con un moñazo imperial en las dos manos, y á su lado una doncellita, platicanta de botes, con unas costillas de borrenas, para que su ama lanaplenase (e) las concavidades que le resultaban de un par

(1) los polvos del miércoles corvillo.
Estábase afeitando una mujer casada y rica. (*Edic. de Zaragoza y siguientes, ménos las de Bruselas.*)
(b) Tampoco se ve en el *Diccionario* de la Academia este sentido, metafórico, y muy comun en el siglo XVII, de la palabra *cotorrera*. Si es sinónima de hurraca y de la hembra del papagayo, y se aplica á la mujer habladora, tambien significa la prostituta, ya porque vaguea como la hurraca, ó porque cotorrea ó cotarrea, segun dicen algunos ; esto es, anda de cotarro en cotarro, ó de una casa sospechosa en otra.
En junio de 1609 escribió QUEVEDO una saladísima *Pragmática de las cotorreras*, leyes y constituciones contra las damas cortesanas.
(c) En todas las impresiones españolas que he manejado, falta este capítulo de *El criado favorecido y el amo*.
(d) Del achaque de martirizar su rostro las dueñas con mil suertes de menjurges y mudas se burló varias veces el autor del *Quijote*. En la comedia de *La casa de los celos* dirige á Angélica estas razones la Dueña :

¿Cuándo, señora, verémos
El fin de nuestros caminos?
Cuándo de estos desatinos
A buen acuerdo saldrémos?
Cuándo me veré ¡ay de mí!
Con mi almohadilla sentada,
En estrado y descansada,
Como algun tiempo me vi?
Cuándo de mis redomillas
Veré los blancos afeites,
Las *unturas*, los aceites,
Las adobadas pasillas?
Cuándo me daré un buen rato
En reposo y sin sospecha ;
Que traigo esta cara hecha
Una suela de zapato?

(e) Así dice el manuscrito de Frias, y así debia decir. En la primera edicion de Zaragoza imprimieron *apionase*, y aquí todas. *Lanaplenar* es una voz compuesta por DON FRANCISCO, y significa llenar, embutir de lana cualquier cosa.

de jibas que la trompicaban el talle. Estándose pues la tal señora dando pesadumbre y asco á su espejo, cogida de la *hora*, se confundió en manotadas; y dándose con el soliman en los cabellos, y con el humo en los dientes, y con la cerilla en las cejas, y con la color en (1) todas las mejillas, y encajándose el moño en las quijadas, y atacándose las borrenas al revés, quedó cana y cisco, y Anton Pintado y Anton Colorado (*a*), y barbada de rizos, y hecha abrojo; con cuatro corcovas, vuelta vision, y cochino de San Anton. La dueña, entendiendo que se habia vuelto loca, echó á correr con los audularios de (2) *requiem* en las manos. La muchacha se desmayó, como si viera al diablo. Ella salió tras la dueña, hecha un infierno, chorreando pantasmas. Al ruido salió el marido, y viéndola, creyó que eran espíritus que se le habian revestido, y partió de carrera á llamar quien la conjurase.

XIII. Un gran señor fué á visitar la cárcel de su corte, porque le dijeron servia de heredad y bolsa á los que la tenian á cargo, que de los delitos hacian mercancía, y de los delincuentes tienda, trocando los ladrones en oro, y los homicidas en buena moneda. Mandó que sacasen á visita los encarcelados, y halló que los habian preso por los delitos que habian cometido, y que los tenian presos por los que su codicia cometia con ellos. Supo que á los unos contaban lo que habian hurtado y podido hurtar, y á otros lo que tenian y podian tener; y que duraba la causa todo el tiempo que duraba el caudal, y que precisamente el dia del postrero maravedí era el dia del castigo; y que los prendian por el mal que habian hecho, y los justiciaban porque ya no tenian. Saliéronse á visitar dos que habian de ahorcar otro dia: al uno, porque le habia perdonado la parte, le tenian como libre; al otro por hurtos ahorcaban, habiendo tres años que estaba preso, en los cuales le habian comido los hurtos y su hacienda, y la de su padre y su mujer, en quien tenia dos hijos. Cogió la *hora* al gran señor en esta visita, y demudado de color, dijo: «A este que librais porque perdonó la parte, ahorcaréis mañana; porque si esto se hace, es instituir mercado público de vidas, y hacer que por el dinero del concierto con que se compra el perdon, sea mercancía la vida del marido para la mujer, y la del hijo para el padre, y la del padre para el hijo; y en puniéndose los perdones de muertes en venta, las vidas de todos están en almoneda pública, y el dinero inhibe en la justicia el escarmiento, por ser muy fácil de persuadir á las partes que les serán más útil mil escudos ó quinientos que un ahorcado. Dos partes hay en todas las culpas públicas: la ofendida y la justicia; y es tan conveniente que esta castigue lo que le pertenece, como que aquella perdone lo que le toca.

»Este ladron, que despues de tres años de prision quereis ahorcar, echaréis á galeras; porque, como tres años há estuviera justamente ahorcado, hoy será injusticia muy cruel, pues será ahorcar con el que pecó, á su padre, á sus hijos y á su mujer, que son inocentes, á quien habeis vosotros comido y hurtado con la dilacion las haciendas.

(1) la frente, y encajándose (*Los impresos.*—Y es mejor leccion.)

(*a*) Juego de muchachos, pesado y poco limpio, que aun se conserva en algunos pueblos.

(2) la muerte en las manos (*Edic. de Zaragoza y siguientes.*)

»Acuérdome del cuento del que, enfadado de que los ratones le roian papelillos y mendrugos de pan, y cortezas de queso, y los zapatos viejos, trujo gatos que le cazasen los ratones; y viendo que los gatos se comian los ratones, y juntamente un dia le sacaban la carne de la olla, otro se la desensartaban del asador; que ya le cogian una paloma, ya una pierna de carnero, mató los gatos, y dijo: Vuelvan los ratones. Aplicad vosotros este chiste, pues como gatazos, en lugar de limpiar la república, cazais y (3) correis los ladrones ratoncillos que cortan una bolsa, agarran un pañizuelo, quitan una capa y corren un sombrero; y juntamente os engullis el reino, robais las haciendas y asolais las familias. Infames, ratones quiero, y no gatos.» Diciendo esto, mandó soltar todos los presos, y prender todos los ministros de la cárcel. Armóse una herrería y confusion espantosa: trocaban unos con otros quejas y alaridos; los que teniau los grillos y las cadenas, se las echaban á los que se las mandaron echar, y se las echaron.

XIV. Iban diferentes mujeres por la calle, las unas á pié; y aunque algunas dellas se tomaban ya de los años, iban gorjeándose de andadura y (4) desviviéndose de ponleví y enaguas. Otras iban embolsadas en coches, desantañándose (*b*) de navidades con melindres y manoteado de cortinas; (5) otras, tocadas de gorgoritas y (*c*)(6) vestidas de *noli me tangere*, iban en figura de camarines, en una alhacena de cristal, con resabios de hornos de vidrio, romaneadas por dos moros, ó cuando mejor por dos picaros. Llevan las tales transparentes los ojos, en muy estrecha vecindad con las nalgas del mozo delantero, y las narices molestadas del zumo de sus piés, que como no pasa por escarpines, se perfuma de Fregenal (*d*). Unas y otras iban reciennaciéndose, arrulladas de galas y con niña postiza, callando la vieja como la caca, pasando á la (7) arismética de los ojos los ataudes por las cunas. Cogiólas la *hora*, y topándolas Estoflerino y Magino y Origano y Argolo (*e*), con sus efemérides desenvainadas, embistieron con ellas á ponerlas á todas las

(3) comeis los ladrones (*Edic. de Zaragoza y posteriores.*)

(4) desvaneciéndose de ponleví y naguas. (*Id.*)

(*b*) Palabra compuesta por QUEVEDO del adverbio de tiempo muy remoto *antaño*. De ella no hizo caso la Academia española.

(5) otras en palanquillas tocadas de adentro y recatadas de afuera, eclipsaban el ojo para ser eclipsadas y eclipsar, que los eclipses son su fuerte; (*MS. de Lista.*)

(*c*) *Gorgoritas* son los quiebros que, especialmente en el canto, se hacen con la voz en la garganta.

(6) vestidos de *noli me tangere*, (*MS. de Frias.*)

(*d*) A los extremeños toca explicar esta frase.

(7) perspectiva ó arismética (*Los impresos.*)

(*e*) *Estoflerino*, latinizado el nombre. Juan *Stoffler* ó *Stoeffler*, célebre astrónomo suavo, nació en Justingen por los años de 1452. Continuó las efemérides de Regiomontano (*Müller*) desde 1482. En 1499 presentó unas nuevas, calculadas para los veinte años siguientes, al senado de Ulma, que le dieron grande reputacion. Publicó otras para 1524, anunciando que por efecto de la conjuncion de los grandes planetas habria el 20 de febrero una inundacion tan grande que trastornaria la superficie del globo. Grande terror produjo esto y pusilanimidad en las gentes, que buscaron asilo en las altas montañas, y prepararon barcas para salvarse con su familia. El mes de febrero llegó, y fué, á pesar de la conjuncion, muy seco: *Stoffler* se apresuró á explicar las causas que desconcertaron sus predicciones, y sus cálculos continuaron siendo muy buscados. Murió en Viena el año de 1531.

Magino. Maximo dice el original manuscrito. *Máximo* la edicion de Zaragoza y todas las posteriores, hasta la de Sancha, en que se lee *Maximio*. No he vacilado en adoptar arriba la verdadera leccion. Conozco las siguientes obras de este célebre astrónomo: *Ephemerides coelestium motuum* Io. Antonii Magini, *patavini, ab*

fechas de sus vidas con dia, mes y año, hora, minutos y segundos. Decian con voces descompuestas : «Demonios, reconocé vuestra fecha, como vuestra sentencia. Cuarenta y dos años tienes, dos meses, cinco dias, seis horas, nueve minutos y veinte segundos.» ¡Oh inmenso Dios, quién podrá decir el desaforado zurrido que se levantó! No se oía otra cosa que «mentises; no hay tal; no he cumplido quince ; ¡Jesus! ¿quién tal dice? aun no he entrado en diez y ocho ; en trece estoy ; ayer nací ; no tengo ningun año; miente el tiempo. » Y una, á quien Origano estaba sobreescribiendo como escritura : «Fué fecha y otorgada esta mujer el año de 1578 (a),»— viendo ella que se le averiguaban sesenta y siete años (1), entigrecida y enserpentada, dijo : «Yo no le nacido, legalizador de la muerte ; aun no me han salido los dientes.» «Antigualla, mamotreto de siglos, no salen sobre raigones ; tente á la fecha.» «No conozco fecha ;» y arremetiendo el uno al otro, se confundió todo en una resistencia espantosa.

XV. Estaba un potentado despues de comer arrullando su desvanecimiento con lisonjas (2) arpadas en los picos de sus criados. Oíase el rugir de las tripas galopines, que en la cocina de su barriga no se podian averiguar con la carniceria que habia devorado. Estaba espumando en salivas por la boca los hervores de las azumbres ;

anno 1598 usque ad annum 1610, secundum Copernici observationes accuratissime supputatae et correctae ; ad longitudinem inclitae Venetiarum urbis. Venetiis, apud Damianum Zenarium, 1599. —
Tabulae secundorum mobilium coelestium. Authore Io. Antonio Magino, patavino, philosophiae, ac mathematicarum professore. Cum privilegiis. Venetiis, M.D.LXXXV. Ex officina Damiani Zenari.
El afamado matemático paduano Juan Antonio Magin murió el año de 1617.
Esta obra de Origano tengo á la vista :
Aureorum priorum 30 incipientium ab anno Christi 1595, et desinentium in annum 1624, Ephemerides Brandenburgicae coelestium motuum et temporum ; summa diligentia in luminaribus calculo duplici Tychonico et Prutenico, in reliqua planetis Prutenico seu Copernicaeo elaboratae, a Davide Origano glacense germano, mathematico in Academia electorali Brandenburgica professore publico et ordinario. Typis excrcipsit Joannes Eichorn. Anno 1609. Apud Davidem Reichardum bibliopolam stetinensem.
Andréas Argoli nació en el reino de Nápoles en 1570. Dedicado á la filosofía y á la medicina con aprovechamiento singular, no se libró de caer en los sueños de los astrólogos. Perseguido por sus émulos, se retrajo á Venecia. El Senado le acogió favorablemente, le proveyó de instrumentos para sus observaciones, y le nombró matemático de la universidad de Padua, y en 1640 caballero de San Márcos. Murió en 1653. Escribió : De diebus critica. — Primi mobilis tabulae. — Observaciones sobre el cometa de 1653, y por último los Efemérides. Tengo á la mano las primeras ediciones de estas obras. Hé aquí sus portadas :
Andreae Argoli á Tallacozzo. Norae coelestium motuum Ephemerides. Ad longitudinem Almae Urbis. Ab anno 1620 ad 1640 ex ejusdem Auctoris tabulis supputatae, quae congruunt cum Donicis, Rodulphinis, et Tychonis Brahae è Coelo deductis observationibus. Romae. Ex Typographia Guillelmi Facciotti. M.DC.XXIX.
Andreae Argoli Medici, Philosophi, ac in celeberrima Patavino Gymnasio mathematicos profitentis, Ephemerides annorum t. inxta Tychonis hypotheses, et accurate è Coelo deductas observationes. Ab anno 1650 ad annum 1680. Cum privilegiis. Venetiis 1658.
He puesto Argolo en el texto, en vez de Argotio que dicen los ejemplares de La hora de todos, manuscritos ó impresos.
(a) Dejó de primera intencion el amanuense de QUEVEDO la fecha en blanco, y la llenó despues con tinta más negra, fijando el año que corresponde al en que se pensaba publicar el libro : propósito que desbarató la prolija enfermedad y muerte de DON FRANCISCO.
Esta pequeña circunstancia del manuscrito es de sumo interes para fijar la cronologia.
(1) Escribió QUEVEDO este libro año de 1645. (Nota absurda de la edicion de Bruselas.)
(2) bestiales del sitio de sus criados. Oíase (MS. de Frias.)

todo el coram vobis iluminado de panarras, con arreboles de brindis. A cada disparate y necedad que decia, se desatinaban en los encarecimientos y alabanzas los circunstantes. Unos decian : «¡Admirable discurso!» Otros : «No hay más que decir. ¡Grandes y preciosísimas palabras!» Y un lisonjero, que procuraba pujar á los otros la adulacion, mintiendo de puntillas, dijo : «Oyéndote ha desfallecido pasmada la admiracion y la doctrina.» El tal señor, encantusado, y dando dos ronquidos, parleros del aliento, con promesas de vómito, derramó con zollipo estas palabras : «Afligido me tiene la pérdida de las dos naves mias.» En oyéndolo, se afilaron los lisonjeros de embeleco ; y revistiéndoseles la mesma mentira, dijeron unos que «ántes la pérdida le habia sido de autoridad y á pedir de boca, y que por útil debiera haber deseádola, pues le ocasionaba causa justa para romper con los amigos y vecinos que le habian robado, y que por dos les tomaria ducientos, y que esto él se obligaba á disponerlo (b).» Salpicó el detestable adulador este enredo de ejemplos. Otros dijeron habia sido la pérdida glorioso suceso y lleno de majestad, porque aquel era gran príncipe que tenia más que perder, y que en eso se conocia su grandeza, y no en ganar y adquirir ; que es mendiguez propia de piratas y ladrones ;» y añadió que «aquesta pérdida habia de ser su remedio ;» y luego empezó á granizarle de aforismos y autores, ensartando á Tácito y á Salustio, á Polibio y Tucídides, embutiendo las grandes pérdidas de los romanos y griegos, y otra grande cáfila de dislates ; y como el glotonazo no buscaba sino disculpas de su flojedad, alegró la pérdida con el engaño. No hiciera más el diablo. En esto, á persuasion de las crudezas, por el mal despacho de la digestion, disparó un regüeldo. No le hubieron oido cuando los malvados lisonjeros, (3) hincando con suma veneracion la rodilla, por hacerle creer habia estornudado, dijeron : «Dios le ayude.» Pues cógele la hora ; y revestido de furias infernales, aullando dijo : «Infames, pues me quereis hacer en creyentes que es estornudo el regüeldo, estando mi boca á los umbrales de mis narices, ¿qué hareis de lo que ni veo ni güelo?» Y dándose de manotadas en las orejas, y mosqueándose de mentiras, arremetió con ellos y los derramó á coces de su palacio, diciendo : «Príncipes, si me cogen acatarrado, me destruyen. Por un sentido que me dejaron libre se perdieron : no hay cosa como oler. »

XVI. Los codiciosos, escarmentados, se apartaron de los tramposos ; y los tramposos, por no pagar de balde el embuste, se embistieron unos á otros, disimulándose en las palabras y dándose un falso exterior de simplicidad. Decianse el un embustero al otro : «Señor mio, escarmentado de tratar con tramposos, que me tienen destruido, vengo á que, pues sabeis mi puntualidad, me presteis tres mil reales en vellon, de que os daré letra acetada á dos meses, que se pagará en plata, en persona tan abonada, que es como tenerlos en la bolsa, y que no es menester más de llegar y contar ;» y era este en quien daba la letra, la misma trampa. Mas el tramposo, que en

(b) Cuadro copiado del natural con verdad prodigiosa. La real cámara de Felipe IV, el Conde-Duque, en 1635 y en 1640, y todos los suyos no pueden estar retratados con pincel más valiente.
(3) por hacerle creer habia estornudado, le saludaron con la frase acostumbrada. Pues cógele la hora (Edic. de Zaragoza y siguientes.)

al otro tramposo que le abonaba al tercer tramposo, disimulando el conocerlos, y adargándose del trampantojo, con lamentacion ponderada le dijo que él andaba á buscar cuatro mil reales sobre prenda que valia ocho, y que á ese efecto habia salido de su casa. Andaban chocando los unos con los otros con cadenas de alquimia, hipócritas del oro, y letras falsas acetadas, y con fiadores fallidos, y escrituras falsas, y hipotecas ajenas, y plata que habian pedido prestada para un banquete, y migajas de piés de tazas de vidrio, y claveques con apellido de diamantes. Era admirable la prosa que gastaban. Uno decia : «Yo profeso verdad, y se ha de hallar en mí si se perdiere; no profeso sino pan por pan y vino por vino, ántes moriré de hambre, pegada la boca á la pared, que hacer ruindad; no quiero sino crédito; no hay tal como poder traer la cara descubierta : esto me enseñaron mis padres.» Respondia el otro tramposo: «No hay cosa como la puntualidad; sí por sí y no por no. Por malos medios no quiero hacienda; toda mi vida he tenido esta condicion; no quiero tener que restituir; lo que importa es el alma; no haria una trampa por los haberes del mundo; más quiero mi conciencia que cuanto tiene la tierra.» En esto estaban las ratoneras vivas, arrebozando de cláusulas justificadas las intenciones cardas, cuando los cogió de medio á medio la hora; y creyéndose los unos tramposos á los otros, se destruyeron. El de la cadena de alquimia la daba por la letra falsa, y el de los diamantes claveques tomaba por ellos la plata prestada. Los tres partieron al contraste; el otro á verificar la letra y asegurarla y perder la mitad, porque se la pagasen ántes que se averiguase el cadenon de hierro viejo. Llegó volando á la casa del hombre en cuyo nombre estaba acetada, el cual le dijo que aquella letra no era suya ni conocia tal hombre, y envióle noramala. El se salió letra entre piernas, diciendo: «¡Oh ladron! ¡Cuál me la habias pegado si la cadena no fuera de trozos de jeringa!» El de los claveques decia, estando vendiendo la plata á un platero, (1) sin hechura y por ménos del peso: «Bien se la pegué con mendrugos de vidrio!» En esto llegó el dueño y conociendo su plata, que andaba dando cosetadas en el peso, llamó á un alguacil, y hizo prender al tramposo por ladron. Empelazgáronse (2) (a) : al ruido salió el de los diamantes falsos dando gritos. El que vendia la plata dijo : «Ese infame me la vendió.» El otro decia : «Miente; que ese me la ha hurtado.» El platero decia : «Ese maulero me traia chinas por diamantes.» El dueño de la plata requería que los prendiesen á entrambos; el escribano decia que á todos tres hasta que se averiguase. El alguacil, poniéndose la vara en la boca, y asiendo á los dos tramposos con las dos manos, y el escribano de la capa al dueño de la plata, despues de haberse desgarrado (3) las getas unos á otros, con gran séquito de picaros fuéron entregados en la cárcel al guardajoyas del verdugo.

XVII. En Dinamarca habia un señor de una isla poblada con cinco lugares. Estaba muy pobre, más por

la ansia de ser más rico que por lo que le faltaba. Castigó el cielo á los vecinos y naturales desta isla con inclinacion casi universal á ser arbitristas. En este nombre hay mucha diferencia en los manuscritos : en unos se lee *arbitristes*; en otros, *arbatristes*, y en los más, *armachismes*. Cada uno enmiende la leccion como mejor le pareciere á sus acontecimientos. Por esta causa esta tierra era habitada de tantas plagas como personas. Todos los circunvecinos se guardaban de las gentes desta isla como de pestes andantes, pues de solo el contagio del aire que pasado por ella los tocaba, se les consumian con sus caudales, se les secaban las haciendas, se les desacreditaba el dinero y se les asuraba la negociacion. Era tan inmensa la arbitrería que producia aquella tierra, que los niños en naciendo decian *arbitrio* por decir *taita*. Era una poblacion de laberintos, porque las mujeres con sus maridos, los padres con los hijos, los hijos con los padres, y los vecinos unos con otros, andaban á dacar mis arbitrios y toma los tuyos; y todos se tomaban del arbitrio como del vino. Pues este buen señor en las partes de allende, convencido de la codicia, que es uno de los peores demonios que esgrimen cizaña en el mundo, mandó tocar á arbitrios. Juntáronse legiones de arbitrianos en el (4) teatro del palacio, empapeladas las pretinas, y asaeteadas de legajos de discursos las aberturas de los sayos. Díjoles su necesidad, pidióles el remedio; todos á un tiempo echando mano á sus discursos, y con cuadernos en ristre, embistieron en *turba multa*, y ahogándose unos (5) en otros por cuál llegaria ántes, nevaron cuatro bufetes de cartapeles. Sosegó el ruinruin que tenian, y empezó á leer el primer arbitrio. Decia así: «Arbitrio para tener inmensa cantidad de oro y plata sin pedirla ni tomarla á nadie.» Durillo se me hace, dijo el señor. Segundo : «Para tener inmensas riquezas en un dia, quitando á todos cuanto tienen, y enriqueciéndolos con quitárselo.» La primera parte de quitar á todos me agrada; la segunda do enriquecerlos quitándoselo tengo por dudosa; mas allá se avengan. Tercero : «Arbitrio fácil y gustoso y justificado para tener gran suma de millones, porque los que los han de pagar no lo han de sentir; ántes han de creer que se los dan.» Me place, dejando esta persuasion por cuenta del arbitrista, dijo el señor. Cuarto arbitrio : «Ofrece hacer que lo que falta sobre, sin añadir nada ni alterar cosa alguna, y sin queja de nadie.» Arbitrio tan bien quisto no puede ser verdadero. Quinto : «en que se ofrece cuanto se desea. Hase de tomar y quitar y pedir á todos, y todos se darán á los diablos.» Este arbitrio con lo endemoniado asegura lo platicable. Animado con la aprobacion, el autor, dijo : «Y añado que los que se cobraren serán consuelo para los que le han de padecer.» (b) ¿Quién fuiste

(1) con inmensa marbolla, (*Edic. de Zaragoza y todas las posteriores.*) — En vez de *marbolla* quisieron tal vez decir *barbulla.*
(2) Empelotáronse : (*Desde la edic. de Zaragoza, todas.*)
(a) Sale *empelazgarse* de *pelazga*, pendencia, riña, disputa. La Academia española no hizo mencion de este verbo en su *Diccionario.*
(3) los gatos unos con otros, con grande séquito (*Edic. de Zaragoza, y de allí todas.*)

(4) patio de palacio (*Edic. de Zaragoza, y de allí todas.*)
(5) con otros sobre cuál llegaria primero, nevaron (*Id.*)
(b) Recuérdese los impertinentes *advertimientos al Príncipe* que de aquellas calendas se ven impresos; téngase en cuenta el fin principal y de importancia suma á que tiraba el castellano Lipsio; no se pierda jamas de vista que le era forzoso remedar y traducir aquí los desatinos de los áulicos y curanderos políticos, y entónces no nos parecerán ménos ridículos é ingeniosos, que los que habia dejado por modelos el rey de los escritores españoles, los arbitristas de Dinamarca. Por lo bien dibujados rivalizan con Don Quijote, deseando aconsejen al monarca junte en la corte y en un dia señalado á cuantos caballeros andantes vagan por la Península, que tal podria venir entre ellos que, solo

tú que tal dijiste? Alza Dios su ira, y emborrúllanse en remolinos furiosos los arbitristas, chasqueando barbulla (a), llamándole de borracho y perro. Decíanle: «Bergante, ¿propusiera Satanas el consuelo en los cobradores, siendo ellos la enfermedad de todos los remedios?» Llamábanse de hidearbitristas (1), contradiciéndose los arbitrios los unos á los otros, y cada uno solo aprobaba el suyo. Pues estando encendidos en esta brega, entraron de repente muchos criados, dando voces, desatinados, que se abrasaba el palacio por tres partes, y que el aire era grande. Coge la hora en este susto al señor y á los arbitristas. El humo era grande y crecia por instantes. No sabia el pobre señor qué hacerse. Los arbitristas le dijeron se estuviese quedo, que ellos lo remediarian en un instante; y saliendo del teatro á borbotones, los unos agarraron de cuanto habia en palacio, y arrojando por las ventanas los camarines y la recámara, hicieron pedazos cuantas cosas tenia de precio. Los otros con picos derribaron una torre; otros, diciendo que el fuego en respirando se moria, deshicieron gran parte de los tejados, arruinando los techos y asolándolo todo; y ninguno de los arbitristas acudió á matar el fuego, y todos atendieron á matar la casa y cuanto habia en ella (b). Salió el señor, viendo el humo casi aplacado, y halló que los vasallos y gente popular y la justicia habian ya apagado el fuego; y vió que los arbitristas daban tras los cimientos, y que le habian derribado su casa y hecho pedazos cuanto tenia; y desatinado con la maldad, y hecho una sierpe, decia: «Infames, vosotros sois el fuego; todos vuestros arbitrios son desta manera; más quisiera, y me fuera más barato, haberme quemado que haberos creido; todos vuestros remedios son desta suerte: derribar toda una casa porque no se caiga un rincon. Llamais defender la hacienda echarla en la calle, y socorrer el rematar. Dais de comer á los príncipes sus piés y sus manos y sus miembros, y decís que le sustentais cuando le haceis que se coma á bocados á sí propio. Si la cabeza se come todo su cuerpo, quedará cáncer de sí misma, y no persona. Perros, el fuego venia con harta razon á quemarme á mí porque os junté y os consiento; y como me vió en

poder de arbitristas, cesó y me dió por quemado. El más piadoso arbitrista es el fuego: él se ataja con el agua; vosotros creceis con ella y con todos los elementos, y contra todos. El Anticristo ha de ser arbitrista. A todos os (2) he de quemar vivos, y guardar vuestra ceniza para hacer della cernada, y colar las manchas de todas las repúblicas. Los príncipes pueden ser pobres; mas en tratando con arbitristas para dejar de ser pobres, dejan de ser príncipes.»

XVIII. Las alcahuetas y las chillonas estaban juntas en parlamento nefando: hablaban muy bellacamente en ausencia de las bolsas, y roian al dinero los zancajos. La más antigua de las alcahuetas, mal asistida de dientes y mamona de pronunciacion, tableteando con las encias, dijo: «El mundo está para dar un estallido; mirad qué gentil dádiva: el tiempo hace hambre; todo está eu un tris; las ferias y los aguinaldos dias há que pudren; las albricias contadlas con los muertos; el dinero está tan trocado, que no se conoce; con los premios (c) se ha desvanecido, como ruin en honra: un real de á ocho se enseña á dos cuartos como un elefante; de los doblones se dice lo que de los infantes de Aragon:

¿Qué se hicieron? (d)

Yo daré hace los papeles de toma. Item: fie vues merced de mi palabra es mataperros; libranza es que mortecino; mancebito de piernas con guedejas y sienes con ligas, son ganas de comer y un ayuno barbiponiente. Hijas, lo que conviene es tengamos y tengamos, y encomendaros al contante y al antemano. (3) Yo administro unos hombres á medio podrir, entre (4) vivos y muertos, que traen bien aliñada pantasma, y tratan de que los herede su apetito, y pagan en

que de accidentes saca conjeturas, juntó los tres de estos años, diciendo que eu el uno habia dado en agua, en el otro en aire, y en este en fuego; que solo faltaba que diese en tierra, y que se dió con la caida del Conde-Duque, que presto sucedió. Fue el daño de medio millon. Reparóse tan presto, que por pascua de Resurreccion estaba acabado.» (Leon Pinelo, *Historia de Madrid*, MS.)

Retocada *La hora de todos* en 1645, pudo muy bien aludir Quevedo á ambos acontecimientos. Los que Pinelo refiere en agua y en aire, son el de haberse roto la noche de San Juan de 1639 un estanque del Retiro, más alto que la cámara real, que pudo poner á Monarca en grave riesgo; y haber al año siguiente un furioso torbellino de viento desbaratado el teatro, maravilloso en luces, toldos, máquinas y tramoyas, levantado sobre barcas en el estanque grande de aquel sitio.

(2) ha de quemar (*Desde la impresion de Zaragoza, todas.*)

(c) La vuelta y demasía que se pagaba en los cambios, segun se hacian estos en oro, plata ó calderilla, por la baja que salió en aquellos tiempos la moneda de cobre.

(d) Quevedo, en *El chiton de las taravillas*, escribió que al comenzar el año de 1630 se hablaba del doblon y del real de á ocho como de los difuntos, y se decia: «El oro que pudre, la plata que Dios tenga.» Aquí en 1636 se acuerda de ellos como Jorge Manrique se acordaba de los sucesos de su juventud, en la copla XVI:

¿Qué se hizo el rey don Juan?
Los infantes de Aragon
¿Qué se hicieron?

De modo que habiendo tocado á gloria nuestro escritor en el primer discurso, abrigando la esperanza de que habian desaparecido para siempre los males ocasionados al reino por las desertadas leyes del trueco de la plata, tuvo que referirse su gozo cuando vió (trascurridos seis años) que el Gobierno era impotente para restaurar la hacienda de España, cancerada desde los tiempos de Felipe II.

(3) No fieis la tajada al gato, que os ha de pagar con arañazos. Y si gustan del pescado en las Indigetas despues el bolso, se usa de hartadizos, echando ventosas. (*MS. de Lista.*)

(4) viejos y muertos (*Los impresos todos.*)

bastase á destruir toda la potestad del turco. En lo extravagante se igualan casi al arbitrista del hospital de la Resurreccion en Valladolid, proponiendo se mande á todos los vasallos de su majestad ayunar una vez en el mes á pan y agua, reduciéndose á dinero el gasto de aquel dia para que con provecho de sus cuerpos y de sus almas tuviesen el lauro de desempeñar en veinte años las cargas del tesoro: ocurrencias feticísimas y muy difíciles de superar.

El autor del *Diablo cojuelo* queda muy inferior á Cervantes y Quevedo burlándose de estos abejarucos políticos.

Los arbitristas no fuéron una plaga del reinado de los Felipes; abundaron en todos los siglos: hoy tienen más decente nombre.

(a) Esto es, haciendo que la algazara y griteria de todos que hablaban á un tiempo, como que diese de latigazos en los oidos del último arbitrista. Giros tales, concisos y pintorescos, son hoy griego para nosotros.

(1) como hideputas, (*La impresion de Zaragoza y siguientes.*)

(b) «1634.—Miércoles 29 de noviembre.—Por descuido de unos mozos se encendió fuego en lo accesorio de las caballerizas del Rey, y sin poderlo remediar, se quemaron cuarenta y dos caballos de coches con la casa en que estaban, que es distante de la principal de los caballos regalados.

1640.—Por Carnestolendas se prendió fuego en el cuarto principal del Retiro, que cae hacia San Jerónimo, y sin poderlo remediar se quemó mucho con dos torres principales y la mayor parte del cuarto que mira á Madrid, y por librar las alhajas, que eran entónces muy ricas, se quebraron y maltrataron muchas y de mucho precio. Volvióse á reformar todo con diligencia. El pueblo,

buena moneda lo roñoso de su estantigua. Niñas, la codicia quita el asco : cerrad los ojos y tapad las narices, como quien toma purga. Beber lo amargo por el provecho es medicina : haced cuenta que quemais franjas viejas para sacarlas el oro, ó que chupais huesos para sacar la médula. Yo tengo para cada una de vosotras media docena de carroños, amantes pasas, arrugados, que gargajean mejicanos. Yo no quiero tercera parte : con (1) un porte moderado que se me pague estoy contenta, para conservar esta negra honra de que me he preciado toda mi vida.» (2) Acabó de mamullar estas razones, y juntando la nariz con la barbilla, á manera de garra, las hizo un gesto de la impresion del grifo. Una de las pidonas y (3) tomascas, arrebatiña en naguas, moño rapante, la respondió : «Agüela, endilgadora de refocilos, (4) engarzadora de cuerpos, eslabonadora de gentes, enflautadora de personas (a), tejedora de caras, has de advertir que somos muy mozas para vendernos á la (5) pu barbada y á los caza-siglos (6). Gasta esa municion en dueñas, que son mayas de los difuntos y mariposas del aquí yace. Tia, la sangre que bulle, más quiere tararira que dineros, y gusto que dádivas : toma otro oficio; que los coches se han alzado á mayores con la coroza, y espero verlos tirar pepinazos por alcahuetes.» No hubo la buscona acabado estas palabras, cuando á todas las cogió la hora, y entrando una bocanada de acreedores, embistieron con ellas. Uno por el alquiler de la casa las embargaba los trastos y la cama; otro porque eran suyos, desde las almohadas á la guitarra, las asia de los vestidos por los alquileres, y asía de todo; y de palabra en palabra, el uno al otro se empujaron las caras con los puños cerrados. Hundia la vecindad á gritos un ropero por unos guardainfantes : las mancebitas de la sonsaca formaban una capilla de chillidos, diciendo que qué término era aquel, y que para esta y para aquella, y no creo en Dios, y bonitas somos nosotras, y lo del negro, á quien apelan las venganzas de las andorras. La maldita vieja se santiguaba á manotadas, y no cesaba de clamar : «¡Jesus (7), y en Jesus !» cuando á la tabaola entró el amigo de la una de las busconas, y sacando la espada, sin prólogo de razonamiento embistió con los cobradores, llamándolos pícaros y ladrones. Sacaron las espadas y tirándose unos á otros, hicieron pedazos cuanto habia en la casa. Las busconas á las ventanas desgañitándose pregonaban el que se matan, y ¿no hay justicia? Al ruido subió un alguacil con todos sus arrabales, con el favor al Rey, ténganse á la justicia. (8)

(1) una parte moderada (Los impresos.)
(2) Y no lo hago de codicia, sino de generosa, que por haberlo sido desportillé mi honra á golpe de dragon y á son de calderilla : no la abolieis vosotras tan pobremente; que alhaja mal apreciada deja de á rio.» (MS. de Lista.)
(3) tomasas (constantemente se ha impreso.) — Ambas voces pueden subsistir como formadas del verbo tomar por el genio suelto y desenfadado del autor de La hora de todos.
(4) tejedora de caras, has de advertir ect. (Edic. de Zaragoza.)
(a) Lo mismo habia dicho Quevedo en el Discurso de todos los diablos, por otro título El Entremetido y la dueña y el soplon, su obra de más ingenio, de más novedad y lozanía, la más perfecta en el género satírico-moral y festivo.
(5) podre barbada (Edic. de Zaragoza, 1650; pobre barbada (La de Bruselas y todas las posteriores.)
(6) que años aflojan y no dan provecho. (MS. de Lista.)
(7) mi Jesus ! cuando (Todos los impresos.)
(8) Y como viera tanta carne y tuviera hambre, se arrojó á las tablas para hartarse de piltrafas. (MS. de Lista.)

Emburujáronse (9) todos en la escalera; salieron á la calle, unos heridos y otros desgarrados. El rufian, abierta la media cabeza, y la otra media (á lo que sospecho) no bien cerrada; sin capa y sombrero se fué á una iglesia. El alguacil entró en la casa, y en viendo á la buena vieja, embistió con ella, diciendo : «¿Aquí estás, bellaca, despues de desterrada tres veces? Tú tienes la culpa de todo;» y asiéndola, y á las demas todas, y embargando lo que hallaron, las llevaron en racimo á la cárcel, desnudas y remesadas, acompañadas del vayan las pícaras, pronunciado por toda la vecindad.

XIX. Un letrado bien frondoso de mejillas, de aquellos que con barba negra y bigotes de buces traen la boca con sotana y manteo, estaba en una pieza atestada de cuerpos tan sin alma como el suyo; revolvia ménos los autores que las partes; tan preciado de rica librería, siendo idiota, que se puede decir que en los libros no sabe lo que se tiene. Habia adquirido fama, por lo sonoro de la voz, lo eficaz de los gestos, la inmensa corriente de las palabras, con que anegaba á los otros abogados. No cabian en su estudio los litigantes de piés, cada uno en su proceso como en su palo, en aquel peralvillo de las bolsas (b). El salpicaba de leyes á todos : no se le oia otra cosa sino «ya estoy al cabo; bien visto lo tengo; su justicia de vuesa merced no es dubitable; ley hay en propios términos; no es tan claro el dia; este no es pleito, es caso juzgado; todo el derecho habla en nuestro favor; no tiene muchos lances; buenos jueces tenemos; no alega el contrario cosa de provecho; lo actuado está lleno de nulidades; es fuerza que se revoque la sentencia dada; déjese vuesa merced gobernar.» Y con esto, á unos ordenaba peticiones, á otros querellas, á otros interrogatorios, á otros protestas, á otros súplicas, y á otros requerimientos. Andaban al retortero los Bártulos, los Baldos, los Abades, los Surdos, los Farinacios, los Tuscos, los Cujacios, los Fabros, los Ancharanos, el señor presidente Covarrubias, Clasaneo, Oldrado, Mascardo; y tras la ley del reino, Montalvo y Gregorio Lopez, y otros inumerables (c), burrajeados de párrafos, con sus dos corcovas

(9) Embarujáronse (El MS. de Frias.) Enmarañáronse todos (Los impresos.)
(b) En 1476 crearon los reyes católicos don Fernando y doña Isabel un severo tribunal, llamado la Santa Hermandad, para perseguir, juzgar y castigar los delitos cometidos en despoblado, y á 7 de julio de 1486 le dieron ordenanzas.
Segun estas leyes, eran asaeteados los malhechores, atados á un palo, quedando allí expuestos los cadáveres para escarmiento; pena que frecuentemente se ejecutaba en Peralvillo, lugar inmediato á Cindad-Real, camino de Toledo.
La metáfora de Quevedo ha de resolverse pues en el sentido de que así como los ladrones tenian su fin en Peralvillo, las bolsas lo tenian en el estudio de aquel letrado garduña.
(c) Hay pocas obras de Quevedo tan plagadas de pensamientos y rasgos de otras suyas como La hora de todos. Casi íntegro se encuentra el presente párrafo en la Visita de los chistes, y así por tanto hallará el lector noticia de los más de estos autores de derecho. Sin embargo, sobre los nuevos que se citan, nos cumple indicar lo siguiente.
Bártulo es uno de los más célebres jurisconsultos de los tiempos modernos. Hácia el año 1313 nació en Sasso-Ferrato, ciudad de la Umbría. Estudió en Bolonia el derecho, y lo enseñó despues en las universidades de Pisa y Perusa, explicando y comentando con maravilloso acierto las leyes romanas; pues en el lenguaje y en las ideas se resienten sus obras, que hoy nadie lee, de la barbarie de su época. Los más de los pueblos, no obstante, han mirado como leyes sus escritos, sirviendo de base para las sentencias de los tribunales, de apoyo á la costumbre, y de razon á

de la *ce* abreviatura, y de la *efe* preñada con grande prole de números, y su *ibi* á las ancas(*a*). La nota de la petición pedia dineros, el (1) platicante la pitanza de escribirla, el procurador la de presentarla; el escribano de (2) la cámara la de su oficio; el relator la de su relacion. En estos dacas los cogió la *hora*, cuando los pleiteantes dijeron á una voz: «Señor Licenciado, en los pleitos lo más barato es *la parte contraria*; porque ella pide lo que pretende que la dén, y lo pide á su costa; y vuesa merced por la defensa pide y cobra á la nuestra; el procurador lo que le dan, el escribano y el relator lo que le pagan. El contrario aguarda la sentencia de vista y revista; y vuesa merced y sus secuaces sentencian para sí, sin apelacion. En el pleito podrá ser que nos condenen ó nos absuelvan; y en seguirle no podemos dejar de ser condenados cinco veces cada dia. Al cabo

los legisladores. Bártulo murió en Perusa á los cuarenta y cuatro años de su edad, en 1356.

Discípulo suyo fué Pedro *Baldo*, natural de esta misma poblacion y famoso jurisconsulto. Enseñó en su patria, en Padua y en Pavía, y murió de setenta y seis años, en 1400. Sus obras componen tres tomos en folio.

Domingo Toschi ó *Tuschi* nació de una familia muy pobre en Castellarann, obispado de Regio, y con suma fatiga, teniendo que ganar la subsistencia, estudió en Roma. Llegó con su celo y perseverencia á ser nombrado obispo de Tívoli en 1595; de allí paso al gobierno de la capital del mundo; fué cuatro años despues honrado con la púrpura, y esluvo á punto, en 1605, de ceñir la tiara. El cardenal Baronio desconcertó los deseos del Cónclave, diciendo que eran los modales de Toschi tan sencillos, que publicaban lo bajo de su estirpe. Murió en 1620.

Pedro de *Ancharano*, boloñés, de la ilustre familia de los Farneslos, nació en 1330. Estudió el derecho con Baldo, y se dió á conocer por su profundo saber, elocuencia y manejo en los negocios. Enseñó en Padua, Bolonia, Siena y Ferrara, asistió al concilio de Pisa, escribió comentarios á las Decretales, á las Clementinas y al Digesto, y otras obras del mismo genero. Murió de edad octogenaria, á principios del siglo xv.

Don Diego de *Covarrubias* y Leiva, toledano, hijo de un célebre arquitecto de la primada de las Españas, nació en 1512. Consagróse con el mayor ardor al estudio del derecho civil y canónico; llegó á ser obispo de Segovia en 1565, mereció que Felipe II, rey que supo buscar y hallar siempre hombres útiles y de verdadero mérito, le nombrase en 1572 presidente de Castilla. Escribió unas observaciones al *Fuero Juzgo*, curiosas notas al Concilio tridentino, y diferentes obras en ambos derechos, muy respetada por los tribunales en todo el siglo xvii. Murió el año de 1577, y yace en Segovia.

Oldrado á Olrado nació en Lodi; estudió el derecho romano con Dynus, y lo enseñó en Bolonia y Padua. El papa Juan XX lo llevó consigo á Aviñon para que difundiese allí sus conocimientos, y despues á Roma; pero un disgusto con el Pontífice hizo al jurisconsulto volver á Aviñon, donde murió en 1335. Fué llamado el padre de las leyes, y sus consultas (*Consilia*) muy respetadas en toda Italia. Grande amigo del Petrarca, trabajó con él, aunque afortunadamente en vano, por retenerlo en la carrera de la jurisprudencia.

Los *Mascardi* fueron dos hermanos, Alderano y José, naturales de Sarzana, en el Genovesado, ambos discípulos del seminario de Roma, y peritos ambos en los derechos civil y canónico. Sus obras están impresas en Ferrara y Turin, 1608 y 1624.

El insigne doctor Alonso Diaz de *Montalvo* floreció en los reinados de don Juan II, Enrique IV y don Fernando y doña Isabel, ocupando en la magistratura y en el consejo de estos monarcas aventajado puesto, habiendose ántes ganado merecido nombre de sabio maestro, letrado conciliador y juez íntegro. Glosó el *Fuero real* y *Las siete Partidas*; compiló todas las leyes de Castilla, y escribió diversos tratados, muy apreciables todos.

El licenciado *Gregorio Lopez de Tovar* fué natural de Guadalupe, en Extremadura, y por su pericia en ambos derechos llegó á sentarse en el real consejo de Indias. Adquirió ilustre fama por su restauracion y glosas de *Las siete Partidas*, que publicó en Salamanca, año de 1555.

(*a*) La *C.* para significar *Código*, y las *ff. Digesto.*

(1) *plaante* pedia la pitanza (*Edic. de Zaragoza y las posteriores.*)

(2) cámara (*Id.*)

nosotros podemos tener justicia, mas no dinero. Todos esos autores, textos y decisiones y consejos no harán que no sea abominable necedad gastar lo que tengo por alcanzar lo que otro tiene, y puede ser que no alcance. Más queremos una *parte contraria* que cinco. Cuando nosotros ganemos el pleito, el pleito nos ha perdido á nosotros. Los letrados defienden á los litigantes en los pleitos como los pilotos en las borrascas los navíos, sacándoles cuanto tienen en el cuerpo, para que si Dios fuere servido, lleguen vacíos y despojados á la orilla. Señor mio, el mejor jurisconsulto es la concordia, que nos da lo que vuesa merced nos quita. Todos corriendo nos vamos á concertar con nuestros contrarios; á vuesa merced le (3) vacan las rentas y tributos que tiene situados sobre nuestra terquedad y porfía; y cuando por la conveniencia perdamos cuanto pretendemos, ganamos cuanto vuesa merced pierde. Vuesa merced ponga cédula de alquiler en sus textos; que buenos pareceres los dan con más comodidad las cantoneras; y pues ha vivido de revolver caldos, acomódese á cocinero y profese de cucharon.»

XX. Los taberneros, de quien cuando más encarecen el vino, no se puede decir que lo suben á la nubes, ántes que bajan las nubes al vino, segun llueven(*b*), gente más pedigüeña del agua que los labradores; aguadores de cuero, que desmienten con el piezgo los cántaros,—estaban con un grande auditorio de lacayos, esportilleros y mozos de sillas y algunos escuderos, bebiendo de rebozo seis ó siete dellos en maridaje de mozas gallegas, haciendo sed bailando, para bailar bebiendo. Dábanse de rato en rato grandes cimbronazos de vino: andaba la taza de mano en mano sobre los dos dedos en figura de gavilan. Uno dellos, que reconoció el pantano mezclado, dijo: «¡Rico vino!» á un picarazo á quien brindó. El otro, que por lo aguanoso esperaba ántes pescar en la copa ranas, que soplar mosquitos, dijo: «Este es verdaderamente rico vino, y (4) no otros vinos pobretones; que no llueve Dios sobre cosa suya.» El tabernero, sentido de los remoquetes (c), dijo: «Beban y callen los borrachos.» «Beban y naden, ha de decir» replicó, un escudero. Pues cógelos á todos la *hora*, y amotinados, tirándole las tazas y jarros, le decian: «Diluvio de la sed, ¿por qué llamas borrachos á los anegados? ¿Vendes por azumbres lo que llueves á cántaros, y llamas zorras á los que haces patos? Mas son menester fieltros y botas de baqueta para beber en tu casa que para caminar en invierno, infame falsificador de las viñas.» El tabernero, convencido de Neptuno, diciendo: «Agua Dios, agua;» con el pellejo en brazos se subió á una ventana, y empezó á gritar derramando el vino: «Agua va; que vacio;» y los que iban por la calle respondian: «Aguarda, fregona de las uvas.»

XXI. Estaba un enjambre de treinta y dos pretendientes de un mismo oficio aguardando al señor que habia de proveerle. Cada uno hallaba en sí tantos méritos como faltas en todos los demás. Estábanse santiguando mentalmente unos de otros. Cada uno decia entre sí que eran locos y desvergonzados los otros en pretender

(3) valen las rentas (*Edic. de Zaragoza y las posteriores.*)

(*b*) Como personal activo úsase aquí el verbo *llover*, que pertenece á cuantas clases de verbos hay en castellano.

(4) nosotros pobretones; (*Los impresos todos.*)

(c) De las pullas.

lo que merecia él solo. Mirábanse con un odio infernal, tenian los corazones rellenos de víboras, prevenianse afrentas y infamias para calumniarse, mostraban los semblantes aciagos y las coyunturas azogadas de reverencias y sumisiones; á cada movimiento de la puerta se estremecian de acatamientos, bamboleándose con alferecía solícita; tenian ajadas las caras con la frecuencia de gestos meritorios, flechados de obediencia, con las espaldas en jiba, entre pisarse el ranzal y pelícanos (a). No pasaba paje á quien no llamasen mi rey, frunciendo las jetas en requiebros. Pasó el secretario con andadura de flecha. Aquí fué ella, que desapareciéndose de estatura y gandujando sus cuerpos en cincos de guarismo, le sitiaron de adoracion en cuclillas. El con un «perdonen vuesas mercedes, que voy deprisa», trotado (b) en la pronunciacion, se entró con miradura de novia. Pidió el señor la caja; oyóse una voz que dijo: «Venga el servicio.» «Yo soy,» dijo uno de los pretendientes. Otro: «Ya entro.» Otro: «Aquí estoy.» Apretábanse con la puerta hasta sacarse zumo. El pobre señor, que supo la tabaola que le aguardaba de plegarias, y columbró á los malditos pretendientes terciando contra él los memoriales enherbolados (c), no sabía qué se hacer de sus orejas. Dábase á los demonios entre sí mismo, diciendo que el tener que dar era la cosa mejor del mundo si no hubiera quien lo pretendiera; y que las mercedes, para no ser persecucion del que las hace, habian de ser recibidas, y no solicitadas. Los quebrantahuesos, que veian se dilataba su despacho, se carcomian, considerando que el oficio era uno, y ellos muchos. Atollábaseles la arismética en decir: «Un oficio entre treinta y dos, ¿á cómo les cabe?» Y restaban: «Recibir uno y pagar treinta y dos no puede ser;» y todos se hacian el *uno*, y encajaban á los otros en el *no puede ser.* El señor decia: «Fuerza es que yo deje uno premiado, y treinta y uno quejosos;» mas al fin se determinó, por limpiarse dellos, á que entrasen. Dióse un baño de piedra mármol, y revistióse en estatua para mesurarse de audiencia. Embocáronse en manada y rebaño; y viendo empezaban á quererle informar en bulla, les dijo: «El oficio es uno, vosotros muchos; y yo deseo dar á uno el oficio, y dejaros (1) contentos.» Estando diciendo esto, los cogió la *hora*; y el señor, haciendo (2) á uno la merced, empezó á eusartarlos á todos en futura sucesion de futuras sucesiones perdurables, que nunca se acaban (d). Los pobres (3) futurados empezaron á desearse la muerte, invocar garrotillos, pleuritis, pestes, tabardillos, muertes repentinas, apoplejías, disenterias y puñaladas. Y no habiendo un instante que lo dijo, les parecia á los futuros

sucesores que habian vivido ya sus antecesores diez Matusalenes (4) en retahila. Y siendo así que el décimo reculaba en su futura en quinientos años venideros, todos acetaron la posmuerte de su antecesor: solo el treinta y uno, que halló, hecha bien la cuenta, que llegaba su plazo (5) horas con horas con la fin del mundo, allende del Antecristo, dijo: (6) «Yo vengo á poseer entre las cañitas y el fuego. ¡Bien haré yo mi oficio, quemado! El dia del juicio, ¿quién hará que me paguen mis gajes las calaveras? (e) Por mi viva muchos años el treinta futuro; que cuando á él le llegue la tanda estará el mundo dando arcadas. El señor los dejó sobreviviéndose y trasmatándose unos á otros, y se fué podrido de ver que se arrempujaban las (7) edades hácia el *saeculum per ignem*, y que pretendian emparejar con *saecula saeculorum.* El que pescó el oficio estaba atónito viéndose con tan larga retahila de herederos : fuése tomándose el pulso, y proponiendo de no cenar y guardarse de soles. Los demás se miraban como venenos eslabonados; y anatematizándose las vidas, se iban levantando achaques, y añadiéndose años, y amenazándose de ataudes; y zahiriéndose la buena disposicion, y enfermando de la salud de sus precedentes, y dándose á médicos como á perros (f).

XXII. Unos hombres que piden prestado, á imitacion del dia que pasó para no volver, discipulos de las arañas en cazar la mosca, se estaban en la cama al anochecer por tener las carnes á letra vista. Habian gastado entre todos eu oblea, tinta y pluma y papel ocho reales, que habian juntado á escote, y todo lo consumieron en billetes, bacinicas de demanda, con nota rematada y cláusulas de extrema necesidad, «por ser negocio de honra, en que les iba la vida;» con el fiador de que «se volveria con toda brevedad; que seria echarlos una S y un clavo». Y por si faltaba el dinero, remataban con la plegaria que es las mil y quinientas de la bribia, diciendo que si no se hallasen con algun contante, se sirviesen de enviar una prenda, que los buscarian sobre

---

(a) Ver en uno de estos la cachaza del asno que se pisa el ronzal, y la gallardía con que el pelícano, segun fabulizan, se abre el pecho para alimentar á sus hijos, es ocurrencia felicísima por lo ridículo del contraste.

(b) Destinadamente imprimieron *trocado* en la edicion de Zaragoza, y hasta hoy lo han reproducido todas; pero en la de Bruselas y en el manuscrito original se lee, como no podia ménos de leerse, *trotado.*

(c) Esto es, inficionados, emponzoñados. En la edicion primera, y de allí en todas, se estampó *enarbolados*, levantados en alto. Una y otra leccion son buenas; pero sigo el original.

(1) á todos (*Los impresos.*)

(2) al uno (*MS. original.*)

(d) Sobre este desatino del gobierno de Felipe III y Felipe IV discurrió con novedad QUEVEDO en los *Anales de quince dias*, página 245.

(5) fistulados empezaron (*Los impresos.*)

(4) en retahila; y siendo así que el décimo regulaba su futura á quinientos años venideros. Todos aceptaron la postmuerte (*Edic. de Zaragoza.* — La de Sancha estropeó más el periodo diciendo *acertaron* en vez de *aceptaron*, y todas hasta hoy lo han reproducido.)

(5) ras con ras con la fin del mundo (*Todos los impresos.*)

(6) Por mi viva muchos años el treinta futuro; (*Edic. de Zaragoza y las primeras del siglo* XVIII.)

(e) En 1660 habia publicado de Bruselas lo suprimido, estampando *canitas* en lugar de *cañitas.* Sancha lo enmendó, sustituyendo de propia autoridad *cenizas*; y ocioso es repetir que todas las publicaciones que han venido despues han dicho lo mismo.

QUEVEDO alude á la especie que entónces corria entre el vulgo, y ha llegado hasta nosotros, de que uno de los tormentos con que el Antecristo estrechará á los que no le sigan ha de ser introducir hastillas de caña entre las uñas de los dedos : especie que provino de los árabes.

Luis del Mármol copió en la *Historia del rebelion de los moriscos* un jofor ó pronóstico del año 1567, donde algo de aquella especie se encuentra : «El mundo se ha de acabar... Cuando parecieren en esta generacion estas maldades, sujetarlos ha Dios poderoso á gente peor que ellos, que les dará á gustas crueliísimos tormentos, y enviará Dios sóbre ellos quien no se compadezca del menor ni haga cortesía al mayor... Los tomarán sus haciendas... hacerlos han cautivos, mataránlos... los atormentarán *hasta hacerles echar la leche que mamaron por las puntas de las uñas de los dedos.*» (Lib. III, cap. 5.)

(7) edades. El que pescó el oficio etc. (*Edic. de Zaragoza.*)

(f) El cuadro de los pretendientes y el de los emprestilladores que sigue, son de mano maestra. No tiene QUEVEDO nada mejor

ella (a), y se guardaria como los ojos de la cara; con su contera de que: «Perdone el atrevimiento;» y «que no se avergonzaran á otra persona». Habian pues flechado cien papeles destos, rociando (1) de estafa todo el lugar. Llevábalos un compañero panza al trote, insigne clamista, que con una barba de cola de pescado y una capa larga pintada en platicante de médico. Quedó el nido de emprestillones haciendo la cuenta de cuánto dinero traeria; y sobre si serían seiscientos ó cuatrocientos reales, armaron una zalagarda del diablo. Llegaron á reñir y á desmentirse sobre lo que se habia de hacer de lo que pillasen; y tanto se enfurecieron, que saltaron de las camas, con tal dieta de camisas las partes bajas, que era más fácil darse de azotes que de sopapos. Entró en este punto la estafeta de los enredos con tufo de «no hay, no tengo, Dios los provea». Traia las dos manos descubiertas, sin codo mauco: señal de desembarazo. Víanse las dos barajas de billetes. Quedáronse transidos viendo que su fábrica pintaba en solas respuestas de retorno; y con prosa (2) salida de voz dijeron: «¿Qué tenemos?» «Que no tienen,» respondió el sacatrapos; «entreténganse vustedes un leer, ya que no pueden contar.» Empezaron á abrir billetes. El primero decia: «No he sentido en mi vida cosa tanto como no poder servir á vuesa merced con esta niñería.» Pues socorriérame, y lo sintiera más. El segundo: «Señor mio, si ayer recibiera su papel de vuesa merced, le pudiera servir con mil gustos.» ¡Válgate el diablo por ayer, que te andas cada dia tras los embestidores! El tercero: «El tiempo está de manera...» ¡Oh maldito caballero almanac! ¿Pidente dinero, y das pronóstico? El cuarto: «No siente vuesa merced tanto su necesidad, como yo no poder socorrerla.» ¿Quién te lo dijo, demonio? ¿Profeta te haces, miserable? ¿Cuando te piden, adivinas? No hay más que leer, dijeron todos; y alzando un zurrido infernal, dijeron: «Ya es de noche; desquitémonos de lo gastado reyendo las obleas de los sellos, á falta de cena, y juntemos estos billetes con otros dos cahízes que tenemos, y véndanse á un confitero, que por lo ménos dará por ellos cuatro reales para amortajar especias, y encorozar confites, y hacer mantellinas al azúcar de las pellas, y calzar los bizcochos.» «Esto de pedir prestado, decia bostezando el andadero, diez años há que murió súpito; ya no hay qué prestar sino paciencia. Por no ver los gestos y garambainas que hacen con las caras los embestidos, puede uno darles lo que les pide; y hecha la cuenta, se gasta más en secretaría y trotes, que se cobra. Caballeros de la arrebatiña, no hay sino ojo avizor.» En esto estaban los pescadores de papel, cuando los cogió la hora; y dijo el más desembainado de persona: «Mucho se nos hacen de rogar los bienes ajenos, y si aguardamos á que se nos vengan á casa, pereceremos en la calle. No es buena ganzúa la oratoria, y la prosa se entra por los oidos y no por las faltriqueras. Dar audiencia al que pide cuartos, es dar al diablo; más fácil es tomar que pedir; cuando todos guardan no hay que aguardar; lo que conviene es hurtar de boga arrancada y con consideracion: quiero decir, considerando que se ha de hurtar de suerte que haya hurto para el que acusa, para el que

escribe, para el que prende, para el que procura, para el que aboga, para el que solicita, para el que relata y para el que juzga, y que sóbre algo; porque donde el hurto se acaba, el verdugo empieza. Amigos, si nos desterraren es mejor que si nos enterrasen: los pregones por un oído se entran y por otro se salen; si nos sacan á la vergüenza, es saca que no escuece, y yo no sé quién tiene la vergüenza adonde nos han de sacar; si nos azotaren, á quien dan no escoge; y por lo ménos oye un hombre alabar sus carnes, y en apeándose un jubon cubre otro. En el tormento no tenemos riesgo los mentirosos, pues toda su tema es que digan la verdad, y (3) con hágome sastre se asegura la persona. Irá galera es servir al Rey y volverse lampiños: los galeotes son candiles que sirven á falta de velas. Si nos ahorcan, que es el finibus terrae, tal dia hizo un año; y por lo ménos no hay ahorcado que no honre á sus padres, diciendo los ignorantes que los deshonran, pues no pueden otra cosa, aunque el ahorcado sea un pícaro, sino que es muy bien nacido y hijo de buenos padres. Y aunque no sea sino por morirse uno dejando de la agalla á la botica y al médico, no le está mal la enfermedad de esparto. Caballeros, no hay sino manos á la obra.» No lo hubo dicho, cuando revolviéndose las sábanas de las camas al cuerpo, y engulliéndose el candil en el balsopeto, se descolgaron por una manta á la calle desde una ventana, y partieron como rayos á sofaldar cofres, y retozar (4) pestillos, y manosear faltriqueras (b).

XXIII. La imperial Italia, á quien solo quedó lo augusto del nombre, viendo gastada su monarquia en pedazos, con que añadieron tan diferentes principes sus dominios, y ocupada su jurisdiccion en remendar señoríos, poco ántes desarrapados; desengañada de que si pudo con dicha quitar ella sola á todos lo que poseia, habia sido fácil quitarla á ella todos lo que sola les habia quitado; hallándose pobre y sumamente ligera, por haber dejado el peso de tantas provincias, ido en volatin, y por falta de suelo, andaba en la maroma, con admiracion de todo el mundo. Fijó los ejes de su cuerda en Roma y en Saboya. Eran auditorio y aplauso España del un lado, y Francia del otro. Estaban cuidadosos estos dos grandes reyes, aguardando hácia dónde se inclinaba en las mudanzas y vueltas que hacia, para si por descuido cayese, recogerla cada (5) una. Italia, advertida de la prevencion del auditorio, para tenerse firme y pasear segura tan estrecha senda, tomó por baston la señoría de Venecia en los brazos; y equilibrando sus movimientos, hacia saltos y vueltas maravillosas, unas veces fingiendo caer hácia España, otras hácia Francia; teniendo por entretenimiento la ansia con que una y otra extendian los brazos á recogerla, y siendo fiesta á todos la burla que restituyéndose en su firmeza les hacia. Pues estando entretenidos en esto, cógelos la hora; y el rey de Francia, desconfiado de su arrebatiña, para que diese (6) zaparrazo á su lado empeñó á falsear el asiento del eje de la maroma, que estaba afir-

---

(a) Los buscarian sobre ella. Se sobreentiende los dineros.
(1) de estafeta á todo el lugar. (Desde la edic. de Zaragoza hasta hoy todas.)
(2) salida de voz (Id.)

(3) nosotros jamás la decimos. Con hágome (Edic. de Zaragoza y todas las posteriores.)
(4) retocar (Id. ménos la de Bruselas.)
(b) Todos los ejemplares del siglo anterior y del presente se hallan plagados de erratas y desatinos en este capítulo.
(5) uno (La impresion de Zaragoza y todas las siguientes.)
(6) zapatazo (Id.)

mado en Saboya. El monarca de España, que lo entendió, le añadia por puntales el estado de Milan y el reino de Nápoles y á Sicilia. Italia, que andaba volando, echó de ver que el baston de Venecia, que trayéndole en las manos la servia de equilibrio, por otra parte la tenia crucificada, le arrojó, y asiéndose á la maroma con las manos, dijo : « Basta de volatin; que mal podré volar si los que me miran desean que caiga; y quien me (1) bilanza y contrapesa me crucifica;» y con sospecha de los puntales de Saboya, se pasó á los de Roma, diciendo : «Pues todos me quieren prender, Iglesia me llamo, donde si cayere habrá quien me absuelva.» El rey de Francia se fué llegando á Roma con piel de cardenal por no ser conocido; empero el rey de España, que penetró la maula de disfrazar el monsiur en monseñor, haciéndole al pasar cortesía, le obligó á que quitándose el capello, descubriese lo calvino de su cabeza (a).

XXIV. El caballo de Nápoles, á quien algunos han hurtado la cebada, otros ayudado á comer la paja, algunos le han hecho rocin, otros posta azotándole, otros yegua; viendo que en poder del duque de Osuna, incomparable virey, invencible capitan general, juntó pareja con el famoso y leal caballo que es timbre de sus armas, y que le enjaezó con las granas de las dos mahonas de Venecia (b) y con el tesoro de la nave de Bríndis; que le hizo caballo marino con tantas y tan gloriosas batallas navales; que le dió verde en Chipre, y de beber en el Tenedo (c) cuando se trujo á las ancas la nave poderosa de la Sultana, y de Salónique (d), para que le almohazase (e), al capitan de aquellas galeras con su capitana; por lo cual Neptuno le reconoció por su primogénito, el que produjo en competencia de Minerva;—acordábase que el grande Giron le habia hecho gastar por herraduras las medias lunas del turco, y que con ellas fuéron sus coces sacamuelas de los leones venecianos en la prodigiosa batalla sobre Raguza, donde con quince velas les desbarató ochenta, obligándolos á retirarse vergonzosamente, con pérdida de muchas galeras y galeazas, y de la mayor y mejor parte de la gente. Cuando se acordaba destos triunfos, se via sin manta y con mataduras y muermo, que le procedia de plumas de gallina que le echaban en el pesebre. Víase ocupado en tirar un coche quien fué tan áspero, que nunca supieron (con ser buenos bridones) los franceses tenerse encima dél, habiéndolo intentado muchas veces. Ocasionóle el miserable estado en que se via tal tristeza y desesperacion, que enfurecido, y relinchando clarines, y resollando fuego, quiso ser caballo de Troya y á corcovos y manotadas asolar la ciudad (f). Al ruido entraron los sexos

de Nápoles, y arrojándole una toga en la cara, le taparon los ojos, y con halagos, hablándole calabrés cerrado, le pusieron maneotas y cabestro. Y estándole atando á un aldabon del establo, cógeles la hora; (g) y dos de los sexos dijeron que convenia y era más barato dar á Roma de una vez el caballo, que cada año una hacanea con dote (h), y quitarse de ruidos, pues segun le miraban, se podia temer que le matasen de ojo los nepotes (i). A esto, demudados, respondieron los otros que el rey de España le aseguraba de tal enfermedad con tres castillos que le tenia puestos en la frente por texon, y que primero le cortarian las piernas que verle servir de mula y escondido en hopalandas. Los dos replicaron que parecia lenguaje de herejes no querer ser papistas, y que ninguna silla le podia estar tan bien como la de san Pedro. A esto dijeron coléricos los demas que para que los herejes no hiciesen al Pontífice perder los estribos en aquella silla, convenia que solo el rey de España se sirviese deste caballo. Unos decian bonete, otros corona; y de una palabra en otra se envedijaron de suerte, que si no entra el electo del pueblo, se hacen pedazos; el cual sabiendo dellos la ocasion de la pendencia, les dijo : «Este caballo, con ser desbocado, ha tenido muchos amos, y las más veces se ha ido él por su pié, que dejádose llevar del ranzal. Lo que conviene es guardarle con cuidado; que anda en Italia mucha gente de á pié que busca bagaje, y cuatreros con botas y espuelas; y el gitano trueca borricas que le ha hurtado otras veces, y ahora tiene puerta falsa á la estala (f); y no conviene que le almohace ningun mozo de caballos franceses, que le hacen cosquillas en lugar de limpiarle; y tanto ojo con los monsiures, que se visten manteo y sotana para echarle la pierna encima.»

XXV. Estaban ahorcando dos rufianes por media do-

ballo escribe Pandolfo Colenucio en su *Historia del reino de Nápoles*, lib. 4, cap. 14. Refiriendo cómo el rey de Alemaña, Conrado, tomó por fuerza de armas la ciudad en 1253, derribó sus muros y asoló muchos palacios de próceres rebeldes, «fué (dice) despues á la iglesia mayor, y en medio de la plaza della estaba *un caballo de bronce* sin freno, estatua antigua guardada allí para ornamento, y por ventura por armas de la ciudad. Conrado le hizo poner sobre las riendas estos dos versos esculpidos :

Hactenus effrenis, domini nunc paret habenis :
Rex domat hunc aequus Parthenopensis equum.»

(g) Aquí hubo de cortar la censura ó el que preparó la edicion de Zaragoza, suprimiendo lo que sigue hasta el fin, y estropeando un capítulo como este de tal importancia política. Hasta ahora pues no ha visto completo la luz pública en impresion española.

(h) El reino de Nápoles fué desde lo antiguo feudo de la Iglesia, y tenian sus reyes que recibir la investidura de los romanos Pontífices, que los consideraban como censatarios. A Cárlos de Anjou y á su mujer Beatriz les impuso el papa Clemente IV, cuando en 1265 los coronó reyes de Sicilia, un tributo de cuarenta y ocho mil ducados cada un año para la Sede apostólica. En el códice H. 50 de la Biblioteca Nacional hay noticia de haberse presentado al Papa el embajador de España, conde de Castro, miércoles 29 de junio de 1611, con acompañamiento de quinientos de á caballo para hacer el feudo acostumbrado en el dia de San Pedro, por el reino de Nápoles, entregando la hacanea blanca y una póliza de siete mil escudos.

(i) Desde la baja latinidad se dá el nombre de *nepotes* á los sobrinos de los papas, ya por la autoridad que suelen tener, ya por la mano que toman en los públicos negocios. De aquí ha nacido entre los italianos la voz *nepotismo*, para significar el afan con que los hombres, aun á veces ministros de la religion de la verdad, de la fraternidad y de la justicia, menospreciando el mérito y hollando la razon, patrocinan y encumbran con riquezas y dignidades solo á estúpidos parientes, á inmorales parásitos, á indignos aduladores.

(f) Esto es al puerto.

(1) balanza (*Todos los impresos.*)

(a) Falta este último párrafo en la edicion de Zaragoza, y no ha sido impreso nunca en España. Hállase en la de Bruselas.

(b) En las páginas 182 y siguientes, y en las notas que al pié sirven de ilustracion, encontrará el curioso noticia de estos sucesos.

(c) *Tenédos*, isla de la Natolia, célebre por sus vinos, sobre la costa de Adin-Zic, al sudeste de Lémnos y cercana al estrecho de Gallipoli.

(d) Esto es, *desde Salónica ó Thesalónica*, antigua y famosa ciudad de la Turquía europea, capital de la Macedonia, con un buen puerto y muchas fuertes.

(e) *Para que se almorzase al capitan* imprimieron en Zaragoza, este desatino ha venido sin excepcion reproduciéndose hasta hoy, con más el de concluir el período en *Minerva*, dejando colgado el sentido.

(f) No será impertinente copiar aquí lo que acerca de este ca-

cena de muertes (a): el uno estaba ya hecho badajo de la *ene* de palo, el otro acababa de sentarse en el poyo donde se pone á caballo el jinete de gaznates. Entre la multitud de gente que los miraba, pasando en alcance de unos tabardillos, se pararon dos médicos, y viéndolos, empezaron á llorar como unas criaturas, y con tantas lágrimas, que unos tratantes que estaban junto á ellos los preguntaron si eran sus hijos los ajusticiados; á lo cual respondieron que no los conocian, empero que sus lágrimas eran de ver morir dos hombres sin pagar nada á la facultad. En esto los cogió á todos la *hora*; y columbrando el ahorcado á los médicos, dijo: «¡Ah señores dotores! aquí tienen vuestedes lugar, si son servidos, pues por los que han muerto merecen el mio, y por lo que saben despachar, el del verdugo. Algun entierro ha de haber sin galeno, y tambien presume de aforismo el esparto. En lo que tienen encima, y en los malos pasos sus mulas de vuestedes son escaleras de la horca de pelo negro. Tiempo es de verdades. Si yo hubiera usado de receta, como de daga, no estuviera aquí, aunque hubiera asesinado á cuantos me ven. Una docena de misas les pido, pues les es fácil acomodarlas en uno de los infinitos codicillos á que dan prisa.»

XXVI. El gran duque de Moscovia, fatigado con las guerras y robos de los tártaros, y con frecuentes invasiones de los turcos, se vió obligado á imponer nuevos tributos en sus estados y señorios. Juntó sus favorecidos y criados, ministros y consejeros, y el pueblo de su corte, y díjoles: «Ya los constaba de la necesidad extrema en que le tenian los gastos de sus ejércitos para defenderlos de la invidia de sus vecinos y enemigos, y que no podian las repúblicas y monarquias mantenerse sin tributos; que siempre eran justificados los forzosos y suaves, pues se convierten en la defensa de los que los pagan, redimiendo la paz y la hacienda y las vidas de todos aquella pequeña y casi insensible porcion que da cada uno al repartimiento, bienquisto por igual y moderado; que él los juntaba para su mesmo negocio; que le respondiesen como en remedio y comodidad propia.» Hablaron primero los allegados y ministros, diciendo que la propuesta era tan santa y ajustada, que ella se era respuesta y concesion; que todo era debido á la necesidad del Príncipe y defensa de la patria; que así podia arbitrar conforme á su gusto en imponer todos y cualesquier tributos que fuese servido á sus vasallos, pues cuanto diesen (1) pagaban á su útil y descanso, y que cuanto mayores fuesen las cargas, mostraria más la grande satisfacion que tenia de su lealtad, honrándolos con ella (b). Oyólos con gusto el Duque,

mas no sin sospecha, y así mandó que el pueblo le respondiese por sí; el cual, en tanto que razonaban los magistrados, habia susurrádose en conferencia callada. Eligieron uno que hablase por ellos conforme al sentir de todos. Este, saliendo á lugar desembarazado, dijo: «Muy poderoso señor, vuestros buenos vasallos por mí os besan con suma reverencia la mano por el cuidado que mostrais de su amparo y defensa; y como pueblo que en vuestra sujecion nació, y vive con amor con heredado, confiesan que son vuestros á toda vuestra voluntad con ciega obediencia, y os hacen recuerdo que su blason es haberlo mostrado así en todo el tiempo de vuestro imperio, que Dios prospere. Conocen que su proteccion es vuestro cuidado, y que esa congoja se baja de príncipe soberano de todos y en todo, á padre de cada uno: amor y benignidad que inestimablemente aprecian. Saben las urgentes y nuevas ocasiones que os acrecientan gastos inexcusables, que por ellos y por vos no podeis evitar, y entienden que por vuestra pobreza no los podeis atender. Yo en nombre de todos os ofrezco, sin exceptar algo, cuanto todos tienen; empero pongo á vuestro celo dos cosas en consideracion: la una, que si tomais todo lo que tienen (2) vuestros vasallos, agotaréis el manantial que perpetuamente ha de socorreros á vos y á vuestra sucesion; y si vos, señor, los acabais, haceis lo que temeis que hagan vuestros enemigos, tanto más en vuestro daño, cuanto en ellos es dudosa la ruina, y en vos cierta; y quien os aconseja que os asoleis porque no os asuelen, ántes es municion de vuestros contrarios que consejero vuestro. Acordáos del labrador á quien Júpiter, segun Isopo, concedió una pájara, que para su alimento le ponia cada dia un guevo de oro; el cual, vencido de la codicia, se persuadió á que ave que cada dia le daba un huevo de oro, tenia ricas minas de aquel metal en el cuerpo, y que era mejor tomárselo todo de una vez que recibirlo continuamente poco á poco y como Dios lo habia dispuesto. Mató la pájara, y quedó sin ella y sin el huevo de oro. Señor, no hagais verdad esta que fué fábula en el filósofo; que os haréis fábula de vuestro pueblo. Ser príncipe de pueblo pobre, más es ser pobre y pobreza que príncipe. El que enriquece los súbditos tiene tantos tesoros como vasallos; el que los empobrece, otros tantos hospitales y tantos temores como hombres, y ménos hombres que enemigos y miedos. La riqueza se puede dejar cuando se quiere, la pobreza no. Aquella pocas veces se quiere dejar, esta siempre.—La otra es, que debeis considerar que vuestra ultimada presente nace de dos causas: la una, de lo mucho que os han robado y usurpado los que os asisten; la otra, de

---

(a) Era anejo del oficio de *rufian* el robo, el encubrir ladrones, lo alcahuete, valenton, espadachin de alquiler y asesino. Reunianse en cofradias, sin que pudiesen las justicias exterminar estos desalmados, cuya vida y costumbres retrató prodigiosamente Cervántes en la gallarda novela de *Rinconete* y *Cortadillo*, de donde trasladó algunos buenos rasgos á la comedia del *Rufian dichoso*. El licenciado Cristóbal de Chaves escribió en 1598 una *Relacion de la cárcel de Sevilla*, curiosísima por las noticias que da acerca de los rufos ó germanes, y de su lengua y crímenes, que no bastaban á extirpar los más bravos castigos. «Hay semana de diez y ocho azotados y ahorcados, y en galeras de cincuenta en cincuenta; y si todo se apurase no creo habria nadie sin pena y castigo.» (*Bib. Colombina*, An. 141, 4, folio 155.)

(1) se pagaban (*MS. original.*)

(b) Fuerza es confesarlo: valieron siempre ménos las córtes de Castilla que las de Aragon, y cuando escribia el autor de *La hora*

de todos habia muerto el espíritu de generosa abnegacion, de patriotismo, y ¿para qué es callarlo? de honradez en los más de cuantos se ufanaban con el título de procuradores de Córtes. Ambiciosos de escalar los primeros puestos del Estado, pretendientes ridículos de hábitos, compradores de acostamientos, traidores á su ministros venteros de las leyes, ponian la mira en todo ménos en libertar á los pueblos de gabelas injustas, de derramas impías, de vejaciones insolentes. El honroso cargo de representante de una gran ciudad ó un reino habia ido viniendo á ser patrimonio de la jauria de familiares necios, de viciosos ó desalmados que formaban el cortejo de un favorito Quevedo, patrocinando á los débiles contra los tiranos y contra procuradores y consejeros pérfidos, es un gran figura en el presente capítulo, en el cual se hallan muchos pensamientos de los que realzan la segunda parte de la *Política de Dios y gobierno de Cristo*.

(2) hoy (*Edic. de Zaragoza y todas las demas.*)

las obligaciones que hoy se os añaden. No hay duda que aquella es la primera; si es tambien la mayor, á vos os toca elaveriguarlo. Repartid pues vuestro socorro como mejor os pareciere entre restituciones de los usurpadores y tributos de los vasallos; y solo podrá quejarse quien os fuere traidor.» En estas palabras los cogió la *hora*; y el duque levantándose en pié, dijo: «Dénme lo que me falta de lo que tenia, los que me lo han quitado, y páguenme lo demas que hubiere menester mis pueblos. Y porque no se dilate, todos vosotros y los vuestros, que desde léjos con la esponja de la intercesion me habeis chupado el patrimonio y tesoro, quedaréis solamente con lo que trujistes á mi servicio, descontados los sueldos.» Fué tan grande y tan universal el gozo de los inferiores, viendo la justa y piadosa resolucion del Duque, que aclamándole Augusto, y los más de rodillas, dijeron: «Queremos en agradecimiento, despues de servir con lo que nos repartieres, pagar otro tanto más, y que esta parte quede por servicio perpetuo para todas las veces que cobrares lo que te tomaren; de que resultará que los codiciosos aun tendrán escrúpulo de recibir lo que les dieres.»

XXVII. Un fullero, con más flores que mayo en la baraja, y más gatos que enero en las uñas, estaba jugando con un tramposo sobre tantos, persuadido de que se pierde más largo que con el dinero delante. Concedíale la trocada y la derecha, y la derecha como la queria, porque retirando las cartas, la derecha se la volvia zurda y la trocada se la cobraba con premio. Las suertes del fullero eran unos Apéles en pintar, y las del tramposo boqueaban de tabardillo á puras pintas; las suertes del maullon (a) siempre eran veinte y cuatro, con licencia del cabildo de Sevilla; las del tramposo se andaban tras el mediodia sin pasar de la una. Pues cógelos la *hora*, y contando el fullero los tantos, dijo: «Vuesa merced me debe dos mil reales.» El tramposo respondió, despues de haberlos vuelto á contar, como si pensara pagarlos: «Señor mio, á su ramillete de vuesa merced le falta mi flor, que es perde r y no pagar. Vuesa merced se la añada, y no tendrá que invidiar á Daraja. Haga vuesa merced cuenta que ha jugado con un saúco, cuya flor es ahorcar bolsas (b): lo que aqui se ha perdido es el tiempo, que tampoco lo cobrará vuesa merced como yo.»

XXVIII. Los holandeses, que por merced del mar pisan la tierra en unos andrajos de suelo que la hurtan por detras de unos montones de arena que llaman diques (1), rebeldes á Dios en la fe, y á su rey en el vasallaje, amasando su discordia en un comercio (2) político, despues de haberse con el robo constituido en libertad y soberanía delincuente, y crecido en territorio por la traicion bien armada y atenta, y adquirido con prósperos sucesos opinion belicosa y caudal opulento; presumiendo de hijos primogénitos del Oceano, y persuadidos á que el mar, que les dió la tierra que cubria para habitacion, no les negaria la que le rodeaba, — se determinaron,

escondiéndole en naves y poblándole de cosarios, á pellizcar y roer por diferentes partes el occidente y el oriente. Van por oro y plata á nuestras flotas, como nuestras flotas van por él á las Indias. Tienen por ahorro y atajo tomarlo de quien lo trae, y no sacarlo de quien lo cria. Dales más barato los millones el descuido de un general ó el descamino de una borrasca, que las minas. Para esto los ha sido aplauso, confederacion y socorro la invidia que todos los reyes de Eurora tienen á la suprema grandeza de la monarquia de España. Animados pues con tan numerosa asistencia, han establecido tráfago en la India de Portugal, introduciendo en el Japon su comercio; y cayendo y levantando con porfia providente, se han apoderado de la mejor parte del Brasil, donde no solo tienen el mando y el palo, como dicen, sino el tabaco y el azúcar, cuyos ingenios, si no hacen doctos, los hacen ricos, dejándonos sin ellos rudos y amargos. En este paraje, que es garganta de las dos Indias, asisten tarascas con hambre peligrosa de flotas y naves, dando qué pensar á Lima y á Potosí (por afirmar la geografía) que pueden paso entre paso, sin mojarse los piés, ir á rondar aquellos cerros, cuando enfadados de navegar, (3) no quieran resbalarse por el rio de la Plata, ó irse, en forma de cáncer mordiendo la costa por Buenos-Aires (4), y fortificarse trampantojos del pasaje. Estábase muy despacio aquel senado de hambrones del mundo sobre un globo terrestre y una carta de (5) marear, con un compas, brincando climas y puertos, y escogiendo provincias ajenas; y el príncipe de Orange con unas tijeras en la mano, para encaminar el corte en el mapa por el rumbo que determinase su albedrio. En esta accion los cogió la *hora*; y tomándole un viejo ya quebrantado de sus años las tijeras, dijo: «Los glotones de provincias siempre han muerto de ahito: no hay peor replecion que la de dominios. Los romanos desde el pequeño circulo de un surco que no cabia medio celemin de siembra, se engulleron todas sus vecindades; y derramando su codicia, pusieron á todo el mundo debajo del yugo de su primer arado. Y como sea cierto que quien se vierte se desperdicia tanto como se extiende, luego que tuvieron mucho que perder empezaron á perder mucho; porque la ambicion llega para adquirir más allá de donde alcanza la fuerza para conservar. En tanto que fuéron pobres conquistaron á los ricos; los cuales, haciéndolos ricos y quedando pobres con las mismas costumbres de la pobreza, pegándoles las del oro y las de los deleites, los destruyeron, y con las riquezas que les dieron tomaron de ellos venganza. Cadáveras son que nos amonestan los asirios, los griegos y los romanos: más nos convienen los cadáveres de sus monarquías por escarmiento que por imitacion. Cuanto más quisiéremos encaramar nuestro poco peso, y llegarle en la romana del poder á la gran carga que se quiere contrastar, tanto ménos valor tendrémos; y cuanto más le retiráremos en ella, nuestra pequeña porcion sola contrastará los inmensos quintales que equilibra; y si á nuestra última linea los retiráremos, uno nuestro valdrá mil. Trajano Bocalino apuntó este secreto en el peso de su *Piedra del parangon*: verifi-

---

(a) *Maullon* es el gato que maulla mucho. Aplicase aquí al fullero, por lo que trabaja con las uñas y por la algazara que mueve para marear á su compañero.

(b) Alude á la especie muy válida entre el vulgo, de que fué un saúco de donde se ahorcó Júdas.

(1) fugitivos á Dios (*Edic. de Zaragoza.*) — fugitivos y rebeldes á Dios (*La de Bruselas.*)

(2) publico, despues (*Id.*)

(3) quieran (*MS. original.*)

(4) á las Canarias (*Id.*)

(5) navegar (*Edic. de Zaragoza y todas las demas.*)

cándose en la monarquía de España, de quien pretendemos quitar peso, que juntándole al nuestro, nos le des-
minuia con el aumento (a). Hacernos libres de sujetos
fué prodigio; conservar este prodigio es ocupacion para
que nos habemos menester todos. Francia y Ingalaterra, que nos han ayudado á limar á España de su señorío la parte con que las era formidable vecino, por la
propia razon no consentirán que nos aumentemos en
señorío que puedan temer. La segur que se añade con
todo lo que corta del árbol, nadie la tendrá por instrumento, sino por estorbo. Consentirnos han en tanto
que tuviéremos necesidad dellos; y en presumiendo
de que ellos la tienen de nosotros, atenderán á nuestra
mortificacion y ruina. El que al pobre que dió limosna
le ve rico, ó cobra dél ó le pide. Nada adquirimos de
nuevo que no quieran para sí los príncipes que nos lo
ven adquirir; y por vecino, al paso que desprecian al
que pierde, temen al que gana; y nosotros desparramán-
doños, somos estratagema del rey de España contra
nosotros, pues cuando él por dividirnos y enflaquecer-
nos dejara perder adrede las tierras que le tomamos,
era treta y no pérdida; y nunca más fácilmente podrá
quitarnos lo que tenemos, que cuando más nos hubiere dejado tomar de lo que tiene tan léjos de sí como de
nosotros. Con el Brasil ántes se desangra y despuebla
Holanda, que se crece. (1) Ladrones somos: basta no restituir lo hurtado, sin hurtar siempre: ejercicio con que
ántes se llega á la horca que al trono.» El príncipe de
Orange, enfadado y cobrando las tijeras, dijo :«Si Roma
se perdió, Venecia se conserva y fué cicatera de lugares
al principio como nosotros. La horca que dices, más
se usa en los desdichados que en los ladrones, y en el
mundo el ladron grande condena al chico. Quien corta
bolsas, siempre es ladron; quien hurta provincias y
reinos, siempre fué rey. El derecho de los monarcas se
abrevia en *viva quien vence*. Engendrarse los unos de
la corrupcion de los otros es natural, y no violento:
causa es quien se corrompe de quien se engendra. El
cadáver no se queja de los gusanos que le comen, porque él los cria; cada uno mire que no se corrompa,
porque será padre de sus gusanos. Todo se acaba, y
más presto lo poco que lo mucho. Cuando nos tenga
miedo quien nos tuvo lástima, tendrémos lástima á
quien nos tuvo miedo; que es buen trueque. Seamos,
si podemos, lo que son los que fuéron lo que somos.
Todo lo que has apuntado es bueno no lo sepan el rey
de Ingalaterra y Francia; y acuérdalo adelante, que al
empezar es estorbo lo que en el mayor aumento es consejo.» Y diciendo y haciendo, echó la tijera á diestro y
á siniestro, trasquilando costas y golfos; y de las cer-
cenaduras del mundo se fabricó una corona, y se erigió
en majestad de carton.

XXIX. El gran duque de Florencia, que por cuatro letras más ó ménos del título de *gran* es malquisto de to-

dos los otros potentados, estaba cerrado en un camarin
con un criado, de quien liaba la comunicacion más re-
servada. Conferian la (2) grandeza de sus ciudades y la
hermosura de su estado, el comercio de Ligorna y las vitorias de sus galeras. Pasaron al grande esplendor con
que su sangre se habia mezclado con todos los monarcas y reyes de Europa en los repetidos casamientos con
Francia, pues por la linea materna eran sus descendientes los reyes Católicos, el Cristianísimo, y el de la
Gran Bretaña. En este cómputo los cogió la *hora*; y arrebatado della el criado, dijo: « Señor, vuesa alteza de
ciudadano vino á príncipe: *Memento homo*. En tanto
que se trató como potentado fué el más rico; hoy, que
se trata como suegro de reyes y yerno de emperador,
pulvis es; y si le alcanza la dicha de suegro con Francia, y las maldiciones de casamentero, *in pulverem re-
verteris*. El estado es fertilísimo, las ciudades opulen-
tas, los puertos ricos, las galeras fortunadas, los parentescos grandes, el dominio por todas (3) razones real;
empero ahora he visto en él notables manchas, que le
desaliñan y desautorizan, y son estas: la memoria que
conservan los vasallos de que fuéron compañeros; la república de Luca, que (4) cayó de medio á medio de todo;
los presidios de Toscana, que el rey de España tiene; y
el *gran* sobre *duque*, por la emulacion de los vecinos.»
El Duque, que en algunas cosas destas no habia reparado, dijo: «¿ Qué modo tendré para sacarme estas
manchas?» Replicó el criado: « Sacarlas segun están
reconcentradas es imposible sin cortar el pedazo; y es
mal remedio, porque es mejor andar manchado que roto. Y si las manchas que digo se sacan con el pedazo,
no le quedará pedazo á vuesa alteza, y vuesa alteza
quedará hecho pedazos: estas son manchas de tal calidad, que se limpian con meterse más adentro, y no
con sacarse. Use vuesa alteza de la saliva en ayunas
para esto, y vaya chupando para sí poco á poco. Y lo
que gasta en dotes de reinas, gástelo en tapar los oidos
á los atentos, porque no lo sientan chupar.»

XXX. Un alquimista hecho piezas, que parecia se habia distilado sus carnes y calcinado sus vestidos, estaba engarrafado de un miserable á la puerta de uno que
vendia carbon. Deciale: «Yo soy filósofo espagírico, alquimista : con la gracia de Dios he alcanzado el secreto
de la piedra filosofal, medicina de vida, y transmutacion
transcendente, infinitamente multiplicable; con cuyos
polvos (5) haciendo proyeccion, vuelvo en oro de mil
quilates y virtud que el natural, el azogue, el hierro,
el plomo, el estaño y la plata. Hago oro de yerbas, de
las cáscaras de güevos, de cabellos, de sangre humana, de la orina y de la basura : esto en pocos dias y con
ménos costa. No oso descubrirme á nadie, porque si (6) lo
supiese, los príncipes me engullirian en una cárcel,
para ahorrar los viajes de las Indias y poder dar dos hi-
gas á las minas y al Oriente. Sé que vuesa merced es
persona cuerda, principal y virtuosa; y he determinado liarle secreto tan importante y admirable : con que en

(a) *Rispose Lorenzo (Medici), che la sua stadera era giusta, ma
che non l'aggravavano napolitani, et milanesi tanto distratti dalla
forza della Spagna, et pieni di popoli, che con tanta mala volontà
sopportavano il dominio delle nationi straniere; et le Indie cuote
d'habitatori. Ma che la devotione, et la moltitudine de i sudditi, la fe-
condità et l'unione de i stati erano il grave peso che la facevano
traboccare. (Pietra del paragone politico, di Fraiano Boccalini.)*

(1) A los ladrones bástales no restituir lo hurtado, sin hurtar
(*Edic. de Zaragoza y siguientes.*)

(2) hermosura de sus ciudades y la grandeza de su estado, el
comercio de Liorna, (*Edic. de Zaragoza y las posteriores.*)

(3) estas (*Id.*)

(4) nació de medio á medio (*Id.*)

(5) vuelvo en oro (*Id. ménos la de Bruselas.*)

(6) lo supiesen los príncipes, (*Todos los impresos.*)

pocos dias no sabrá qué (1) hacer de los millones.» Ofale el mezquino con una atencion canina y lacerada, y tan encendido en codicia con la turbamulta de millones, que le tecleaban los dedos en ademan de contar. Habíale crecido tanto el ojo, que no le cabia en la cara. Tenia ya entre si condenadas á barras de oro las sartenes, asadores, y calderos y candiles. Preguntóle que cuánto seria menester para hacer la obra. El alquimista dijo que casi nada: que con solos seiscientos reales habia para (2) orecer y platificar todo el universo mundo, y que lo más se habia de gastar en alambiques y crisoles; porque el elixir que era el alma vivificante del oro no costaba nada, y era cosa que se hallaba de balde en todas partes; y que no se habia de gastar un cuarto en carbon, porque con cal y estiércol lo sublimaba y digeria y separaba y retificaba y circulaba; que aquello no era hablar, sino que delante dél y en su casa lo haria; y que solo le encargaba el secreto. Estaba oyendo este embuste el carbonero, dado á los demonios de que habia dicho no habia de gastar carbon. Pues cógelos la *hora*, y embistiendo (afeitado con cisco y oliendo á pastillas de diablo) con el alquimista, le dijo : «Vagamundo, picaro, sollastre, ¿para qué estas dando papilla de oro á ese buen hombre?» El alquimista, revestido de furias, respondió que mentia; y entre el mentis y un sopapo que le dió el carbonero no cupiera un cabello. Armóse una (3) pelaza entre los dos, de suerte que á cachetes el alquimista estaba hecho alambique de sangre de narices. No los podia despartir el miserable, que del miedo del tufo y de la tizne, no se osaba meter en medio. Andaban tan mezclados, que ya no se sabia cuál era el carbonero ni quién habia pegado la tizne al otro. La gente que pasaba los despartió : quedaron tales, que parecian bolas de lámpara, ó que venian de (4) visitarse con tijeras de despavilar. Decia el carbonero: «Oro dice el pringon que hará de la basura y del hierro viejo, ¡y está vestido de torcidas de candiles, y fardado de *daca la masa!* Yo conozco á estos, porque á otro vecino mio engañó otro tragamallas, y en solo carbon le hizo gastar en dos meses en mi casa mil ducados, diciendo que haria oro, y solo hizo humo y ceniza, y al cabo le robó cuanto tenia.» «Perro, replicó el alquimista, yo haré lo que digo ; y pues tú haces oro y plata del carbon y de los cantazos que vendes por tizos, y de la tierra y basura con que lo polvoreas, y de las maulas la romana, ¿por qué yo con la *Arte magna*, con Arnaldo, Géber y Avicena, Morieno, Roger, Hérmes, Theofrasto, Vistadio, Evónymo, Crollio, Libavio y la *Tabla smaragdina* de Hérmes (a), no he de hacer oro?» El carbonero replicó todo

(1) hacerse (*Edic. de Zaragoza y todas las demas.*)
(2) enorecer (*MS. original.*)
(3) peleona (*Todos los impresos.*)—pelarza, (*MS. original.*)
(4) afeitarse con tijeras (*Los impresos.*)
(a) *Géber, Avicena, Theofrasto Paracelso.* De ellos se ha dado ya noticia en las notas de las páginas 314 y 320.

Arnaldo de Villanueva. Cataluña, el Languedoc y la Provenza se disputan este famoso alquimista, médico y teólogo que floreció á fines del siglo XIII, y á quien se deben los descubrimientos de la química. Buscando la piedra filosofal, halló los tres ácidos, sulfúrico, muriático y nítrico; perfeccionó el arte de destilar, é inventó las mezclas de los olores con el espíritu de vino, que tanta aplicacion han tenido en el tocador y en la medicina. Recorrió la España y vivió mucho tiempo en Mompeller y en Paris, cuya universidad le suscitó fuerte persecucion por algunas proposiciones heréticas. Huyó á Sicilia y amparóle Federico de Aragon; pero llamado por el papa Clemente V, se embarcó para curarle, y pereció en un

Q-t.

engrifado : «Porque todos esos autores te hacen á tí loco; y tú á quien te cree, pobre. Y yo vendo el carbon, y tú

naufragio, á los setenta y seis años de edad, en 1314. Imprimiéronse reunidas sus obras por vez primera en Lion, 1504.

Morieno, eremita. Nació en Roma en el siglo XII, pasó á Egipto, donde aprendió con el árabe Adsar todo lo que se podia saber entónces de química y de física ; y terminados los estudios, retiróse á Jerusalem y habitó el yermo. Hallóse cuando murió Adsar, debajo de su cabeza, un manuscrito que contenia el secreto de la piedra filosofal; y de él y de todas sus obras apoderándose Calid sultan de Egipto, convocó á los sabios de aquellas comarcas para que descifrasen el libro del tesoro. No pareció Morieno en aquella junta, y en él se hallaban fijas las esperanzas de todos; pero al fin, con la de atraer al Sultan á la religion cristiana, fué al Cairo; y dice la historia que aun cuando no logró su generoso propósito, descubrió al Sultan el secreto de la alquimia. La conferencia de Morieno y Calid, escrita en árabe, ha sido vertida al latin, y al frances posteriormente, mas el anhelado secreto no parece en ella. Atribúyense á Morieno los siguientes tratados: *Liber de distinctione mercurii aquarum.—Liber de compositione alchemyae.—De re metallica, metallorum transmutatione, et occulta summaque antiquorum medicina libellus.* Nuestro rey el sabio don Alonso retrata á Adsar en el egipcio gran químico, filósofo y astrólogo que supone hizo venir de Alejandria para que le enseñase á hacer la piedra filosofal, año 1272.

Roger. El MS. dice *Roxer.* Los impresos *Roguer.*

Hérmes. «¿Quién fué (pregunta Andrés Libavio, en sus *Comentarios de la alquimia)?* Fué su inventor ó propagador en el Egipto, y dió nombre á la ciencia, que por él *arte hermético* se llama. Quién le tiene por Mercurio el tebano, quién por Moises; ambos contemporáneos. Una misma es la significacion de sus nombres : la del primero, *caduciferi,* el que lleva el caduceo; la del segundo, *ductor et baculi gestator,* capitan y que lleva la vara.»—Suponen pues que Hérmes ó Mercurio rey de Tebas, civilizador de los egipcios, ó quien dan el dictado de *Trismegisto,* que vale tanto como tres veces maestro, ó tres veces grande, se esmeró en la química y fijó sus grandes secretos. Y con este nombre los alquimistas y astrólogos pretendieron autorizar su ocupacion, haciéndola con tamaña antigüedad más misteriosa. El *arte ó filosofía hermética* quiere explicar los fenómenos naturales con solos tres principios activos, á saber, sal, azufre y mercurio, y dos pasivos, que son flema y tierra. Y la *física hermética* forma en la medicina el sistema de reducir á estos tres principios activos todas las causas de las enfermedades.

La *Tabla smaragdina de Hérmes* ha de considerarse, por tanto, escrita en los siglos medios. Tiene por título : *Hermetis Trismegisti Tabula smaragdina, qualis à majoribus nostris ad nos pervenit.* Hállase en la *Bibliotheca Chemica, contracta ex delectu et emendatione Nathanis Albinei D. M.,* Genevae, M.DC.LIII.—Los astrólogos poseen otro documento no ménos peregrino, y le he visto al folio 107 en la edicion de Venecia, 1519, del *Cl. Ptolomaei Pheludiensis Alexandrini quadripartitum,* etc. Helo aquí : *Incipit liber aforismorum Centum Hermetis.*

Vistadio. El MS. estampa *Vulstacio,* los impresos *Vulstadio.* Libavio le cuenta en la clase de médicos llamados *chymiatrores* que unieron al antiguo método la farmacia, la química y la alquimia; colocándolo despues de los pristinos árabes y sarracenos Avicena, Mesue, Rhases y Bulcasis, entre Alberto magno, Arnoldo ó Arnaldo de Villanueva y Raimundo Lull.

Evónymo. El MS. y los impresos dicen *Evonimo.* Suyo es un librito que se rotula: *Evonymus Philiastros. Tesaurus de remediis secretis. Lugduni: Apud Anton. Vincentium,* 1557, que no he podido examinar.

Crollio ó *Crolio,* como en los impresos y en el MS. se lee. Oswaldo Croll nació en Wéter en el Hesse. Las universidades de Heidelberg, Strasbourg y Ginebra le enseñaron la medicina y particularmente la química. Mostróse ciego entusiasta de Paracelso; recorrió dilatados paises, fué ayo del conde de Pappenheim, médico del principe cristiano de Anhalt, y murió en 1609. En este mismo año se imprimió en Francfort su *Basilica chymica,* obra á que debe más reputacion, y donde ideas útiles y de aplicacion verdadera hállanse envueltas en un cáos de delirios y de hipótesis ridículas. La version francesa tiene este título : *La Royale chimie de Crollius traduite en francois par J. Marcel de Boulene.*—Lion, 1627.

Andres *Libavio,* doctor en medicina, fué natural de Halle, en Sajonia, y dirigió la academia de Cobargo en la Franconia, donde murió por los años de 1616. Habló el primero de la transfusion de la sangre; idea que dice le sugirió el remozamiento de Eson. Sor-

le quemas : por lo cual yo le hago plata y oro, y tú hollin. Y la piedra filosofal verdadera es comprar barato y
vender caro, y váyanse noramala todos esos Fulanos y
Zutanos que nombras; que yo de mejor gana gastara mi
carbon en quemarte empapelado con sus obras que en
venderle. Y vuesa merced haga cuenta que hoy ha nacido
su dinero; y si quiere tener más, el trato es garañon de
la moneda, que empreña al doblon, y le hace parir otro
cada mes. Y si está enfadado con sus talegos, vácielos
en una necesaria; y cuando se arrepienta, los sacará
con más facilidad y más limpieza que de los fuelles y hornillos deste maldito, que siendo mina de arrapiezos, se
hace Indias de hoz y de coz, y amaga de Potosí. »

XXXI. Venian tres franceses por la montañas de Vizcaya á España : el uno con un carretoncillo de amolar
tijeras y cuchillos por babador; el otro con dos corcovas de fuelles y ratoneras; y el tercero con un cajon de
peines y alfileres. Topólos en lo más agrio de una cuesta descansando, un español que pasaba á Francia á pié
con su capa al hombro. Sentáronse á descansar á la
sombra de unos árboles; travaron conversacion : oíanse
tejidos en el *hui monsiur* con el *pesia tal*, y el *per ma fue*
con el *voto* (1) *á cristo*. Preguntado por ellos el español
dónde iba, respondió que á Francia, huyendo por no
dar en manos de la justicia, que le perseguia por algunas travesuras; que de allí pasaria á Flándes á desen-
ojar los jueces y desquitar su opinion, sirviendo á su rey;
porque los españoles no sabian servir á otra persona en
saliendo de su tierra. Preguntado cómo no llevaba oficio
ni ejercicio para sustentarse en (2) camino tan largo,
dijo que el oficio de los españoles era la guerra, y que
los hombres de bien pobres pedian prestado ó limosna
para caminar, y los ruines lo hurtaban, como los que
lo son en todas las naciones; y añadió que se admiraba del trabajo con que ellos caminaban desde Francia por tierras extrañas y partes tan ásperas y montuo-
sas, con mercancía, á riesgo de dar en manos de salteadores. Pidióles refiriesen qué ocasion los echaba de su

tierra, y qué ganancia se podian prometer de aquellos
trastos con que venian brumados, espantando con la vision mulas y rocines, y dando qué pensar á los caminantes desde léjos. El amolador, que hablaba el castellano
ménos zabucado de gabacho, dijo : «Nosotros somos gentilhombres malcontentos del rey de Francia; hémonos
perdido en los rumores, y yo he perdido más por haber
hecho tres viajes á España, donde con este carretoncillo
y esta muela sola he mascado á Castilla mucho y grande número de *pistolas*, que vosotros llamais doblones.»
Acedósele al español todo el gesto, y dijo : «Arrebócese
su sanar de lamparones el rey de Francia si sufre por malcontentos *mercan fuelles y peines y alfileres, y amoladores*.» Replicó el del carreton : «Vosotros debeis mirar á
los amoladores de tijeras como á flota terrestre, con
que vamos amolando y aguzando más vuestras barras
de oro que vuestros cuchillos. Mirad bien á la cara á
ese cantarillo quebrado, que se orina con estangurria;
que él nos ahorra, para traer la plata, de la tabaola del
Océano y de los peligros de una borrasca; y con una
rueda, de velas y pilotos. Y con este edificio de cuatro
trancas y esta piedra de amolar, y con los peines y alfileres derramados por todos los reinos, aguzamos, pei-
namos y sangramos poco á poco las venas de las Indias.
Y habeis de persuadiros que no es el menor miembro
del tesoro de Francia el que cazan las ratoneras y el que
soplan los fuelles.» «Voto á (3) Dios, dijo el español, que
sin saber yo eso, echaba de ver que con los fuelles nos
llevábades el dinero en el aire, y que las ratoneras ántes llenaban vuestros gatos que disminuian nuestros
ratones. Y he advertido que despues que vosotros vendeis fuelles, se gasta más carbon y se cuecen ménos las
ollas; y que despues que vendeis ratoneras, nos comemos de ratoneras y de ratones; y que despues que amo-
lais cuchillos, se nos toman, y se nos gastan y se nos
mellan, y se nos embotan (4) las herramientas; y que
amolando cuchillos, los gastais y echais á perder, para
que siempre tengamos necesidad de compraros los que
vendeis. Y ahora veo que los franceses sois los piojos que
comen á España por todas partes, y que venis á ella en
figura de bocas abiertas, con dientes de peines y muelas de aguzar; y creo que su comezon no se remedia
con rascarse, sino que ántes crece, haciéndose pedazos
con sus propios dedos. Yo espero en Dios he de volver
presto, y he de advertir que no tiene otro remedio su
comezon sino espulgarse de vosotros y condenaros á
muerte de uñas. Pues ¿qué diré de los peines, pues
con ellos nos habeis introducido las calvas, porque tu-
viésemos algo de Calvino sobre nuestras cabezas? la
haré que España sepa estimar sus ratones y su caspa y
su moho, para que vais á los infiernos á gastar fuelles
y ratoneras.» En esto los cogió la hora, y desatinándole
la cólera, dijo : «Los demonios me están retentando de
mataros á puñaladas, y abernardarme (a), y hacer Roncesvalles estos montes.» Los bugres (b), viéndole denun-
dado y colérico, se levantaron con un zurrido *monsiur*,

prendió al vulgo con este descubrimiento, presentándolo como el
gran preservativo contra las enfermedades y único medio de desconcertar los estragos de la vejez. Un benedictino hizo el ensayo
de la transfusion; y el anatómico ingles Lower y el médico frances Denis la perfeccionaron en 1668. La inmoralidad creció con
esto del modo más escandaloso, y fué necesario que á ello pusiese
coto con graves penas un decreto del Parlamento. A las obras de
quimira debió Libavio extraordinario crédito, y los farmacéuticos
aun conservan su nombre en el *licor fumante de Libavio*. A la altura de Jorge Agrícola llegó á ponerle su *Historia de los metá-
les*; pero los progresos que han hecho en estos últimos tiempos
la química y la metalurgia tienen hoy arrinconados sus volumi-
nosos escritos. Hé aquí algunos de ellos : *Tractatus duo physici,
prior de vulneribus, posterior de cruentatione cadaverum*. Francfort, 1594.—*Alchymia Andreæ Libavii, recognita, emendata, et au-
cta, tum dogmatibus et experimentis nonnullis ; tum commentario
medico, physico, chymico. Francofurti, excudebat Joannes Saurius
* 15.91—*Alchymia triumphans de injusta in se cotegii Galenici spu-
rii in Academia Parisiensia censura. Francfort, 1607. — Ars pro-
bandi mineralia.*

Como los alquimistas se valian de letras y de palabras nunca
vistas ni oidas, para entender sus libros era indispensable el siguiente, que hoy se ha hecho ya sumamente raro : *Lexicon Alche-
miæ, sive Dictionarium alchemisticum, cum obscuriorum verborum,
et rerum hermeticarum, tum Theophrast. Paracelsicarum phrasium
planam explicationem continens. Auctore Martino Rulando, Philo-
sophiæ, et Med. D. et Cæs. Maiest. Personæ SS. Medico.* Francfort, 1612.

(1) Voto á tal. (*Los impresos.)—*Voto á xpo (*El original.*)
(2) un tan largo camino. (*Los impresos.*)

(3) tal, dijo. (*Los impresos.*)
(4) todas. (*Id.*)
(a) Esto es, convertirme en un Bernardo del Carpio y hacer otra
de Roncesvalles : victoria que le atribuyen los antiguos cantares.
(b) En francés *bougre*. Vale, segun su propia significacion, *so-
domita*; pero sin idea semejante, y aun sin saber lo que significa,
aplícase por desprecio esta palabra en castellano á cualquier extranjero.

hablando galalones (a), pronunciando el *mondiu* en tropa, y la palabra *coquin*. En mal punto la dijeron, que el español, arrancando (1) la daga y arremetiendo al amolador, le obligó á soltar el carretoncillo, el cual con el golpe empezó á rodar por aquellas peñas abajo, haciéndose andrajos. En tanto por un lado el de las ratoneras le tiró un fuelle; mas embistiendo con él á puñaladas, se los hizo flautas, y astillas las ratoneras. El de los peines y alfileres, dejando el cajon en el suelo, tomó pedrisco. Empezaron todos tres contra el pobre español, y él contra todos tres, á descortezarse á pedradas: municion que á todos sobra en aquel sitio, aun para tropezar. De miedo de la daga, tiraban los gabachos desde léjos. El español, que se reparaba con la capa, dió un puntapié al cajon de alfileres, el cual á tres calabazadas que rodando se dió en unas peñas, empezó á sembrar peines y alfileres, y viéndole disparar puas de azofar, hecho erizo de madera, dijo: «Ya empiezo á servir á mi rey,» y viendo llegar (2) pasajeros de á mula que los despartieron, les pidió le diesen fe de aquella vitoria que á fuer de espulgo habia tenido contra las comezones de España. Riéronse los caminantes sabida la causa; y llevándose al español á las ancas de una mula, dejaron á los franceses ocupados en dar tapaboca á los fuelles, y bizmar las ratoneras, y remendar el carreton, y buscar los alfileres, que se habian sembrado por aquellos cerros. El español desde léjos, yendo caminando, les dijo á gritos: «Gabachos, si son malcontentos en su tierra, agradézcanme el no dejar de ser quien son en la mia.»

XXXII. La serenísima república de Venecia, que por su gran seso y prudencia en el cuerpo de Europa hace oficio de cerebro, miembro donde reside la corte del juicio, se juntó en la grande sala á consejo pleno. Estaba aquel consistorio encordado de diferentes voces, graves y leves, en viejos y en mozos; unos doctos por las noticias, otros por las experiencias: instrumento tan bien templado y de tan rara armonía, que al són suyo hacen mudanzas todos los señores del mundo. El Dux, príncipe coronado de aquella poderosa libertad, estaba en solio eminente con tres consejeros por banda: de la una parte un *capo* de cuarenta, de la otra dos (3). Asistian próximos los secretarios que cuentan las boletas, y en sus lugares en pié (3) los ministros que las llevan. El silencio desaparecia á los oidos de tan grande concurso, excediendo de tal manera al de un lugar desierto, que se persuadian los ojos era auditorio de escultura: tan sin voz estaban los achaques en los ancianos y el orgullo en los mancebos. Rompiendo esta atencion, dijo: «La malicia introduce la discordia (4), y la disimulacion hace bienquisto al que siembra la cizaña del propio que la padece. A nosotros nos ha dado la paz y las vitorias la guerra que habemos ocasionado á los amigos; no la que hemos hecho á los contrarios. Serémos libres en tanto que ocupáremos á

los demas en cautivarse. Nuestra luz nace de la disension: somos dicípulos de la centella que nace de la contienda del pedernal y del eslabon. Cuanto más se aporrean y más se descalabran los monarcas, más nos encendemos en resplandores. Italia, despues que falleció (5), es á la manera de una doncella rica y hermosa que, por haber muerto sus padres, quedó en poder de tutores y testamentarios con deseo de casarse; empero los testamentarios, como cada uno se le ha quedado con un pedazo, por no restituirla su dote y quedarse con lo que tienen en su poder, unos se la niegan y afean al rey de España, que la pretende; otros al rey de Francia, que la pide; poniendo en los maridos las faltas que estudian en sí. Estos tutores tramposos son los potentados, y entre ellos no se puede negar que nosotros no la hemos arrebatado grande parte de su patrimonio. Hoy aprietan la dificultad por casarse con ella estos dos pretensores. Del rey de Francia nos hemos valido para trampear esta novia al rey Católico, que por la vecindad de Milan y Nápoles la hace señas, y registra desde sus ventanas las suyas. El rey Cristianísimo, que por estar léjos no la podia rondar ni ver, y se valia de papeles, hoy con las tercerías de Saboya y Mantua y Parma, y llegándose á Piñarol, la acecha y galantea, nos obliga á que se la trampeemos á él (b). Esto es fácil, porque los franceses con ménos trabajo se arrojan que se traen; con su furia echan á los otros, y con su condicion á sí mismos. Empero conviene que se disponga esta zancadilla de suerte que, haciendo efectos de divorcio, cobremos caricias de casamenteros. Derramada tiene la atencion el rey Cristianísimo y delincuente la codicia en Lorena, y peligrosas en Alemania las armas, pobres sus vasallos. Tiene desacreditada la seguridad en el mundo: por esto temerosos en Italia los confidentes. Entradas son que no se apurarán nuestra sutileza para lograrlas, pues su propio ruido disimulará nuestros pasos. No hemos menester gastar sospecha en los que se han fiado dél; que sus arrepentimientos nos la aborran. Lo que me parece es que con alentarle á que prosiga en los hervores de su ambicioso y crédulo desvanecimiento, conquistarémos al rey de los franceses con Luis XIII. El esfuerzo último se ha de poner en conservar y crecer en su gracia á su privado. Este, que le quita cuanto (6) se añade, le disminuye al paso que crece. Miéntras el vasallo fuere señor de su rey, y el rey vasallo de su criado, aquel será aborrecido por traidor, y este despreciado por vil. Para decir *muera el Rey* en público, no solo sin castigo sino con premio, se consigue con decir *viva el privado.* Nó sé si le fué más aciago á su padre, Francisco Revellac que á él Richeleu (c); lo que sé es que entre los dos le han dejado huérfano: aquel sin

(a) Los libros de caballeria y las historias de Carlo-Magno y Morgante hacen señalada memoria del conde *Galalon* de Maganza, por cuya traicion cuentan que murieron los doce Pares de Francia.

(1) de la daga (*Los impresos.*)

(2) á pasajeros de á mula (*Id.*)

(3) dos ministros (*Id.*)

(4) en el mundo, y la astucia conserva al mundo en discordia, y la disimulacion etc. (*Id.*)

(5) el imperio (*Los impresos.*)

(b) Declarada entre España y Francia la guerra en junio de 1635, de Bellievre, embajador extraordinario cerca de los príncipes de Italia, hizo con ellos liga en el siguiente mes de julio para invadir el Milanesado y hostilizar duramente á los españoles. En ella entraron los duques de Mantua, Parma y Saboya, prometiendo aprontar armas y dinero, y componer, con el de Luis XIII, un ejército de veinte y cinco mil infantes y ocho mil y quinientos jinetes, á cuyo frente se debia poner al poderoso duque de Saboya, y en ausencia suya el mariscal de Crequi, general de las tropas francesas.

(6) á sí (*Los impresos.*)

(c) Asesinó *Ravaillac* en 14 de mayo de 1610 al magno Enrico de Francia; y pereció en 27 de aquel mes entre suplicios que los jueces imaginaron proporcionados al crimen.

padre, este sin madre. Dure Armando, que es como la enfermedad, que durando acaba ú se acaba. Por muy importante juzgo el pensar sobre la sucesion del rey Cristianísimo, la cual no se espera en descendientes (a); ántes que vuelva á su hermano, cuyo natural da buenas promesas á nuestro acecho. Es fuego que podrémos derramar á soplos, y de tal condicion, que se atiza á sí mismo; hombre quejoso del bien que recibe; por lo que tiene desobligado al rey de España, y atesorada discordia, que podrémos encaminar como nos convenga. Francia está sospechosa con la (1) descendencia real que el privado se achaca con genealogías compradas, y temerosa de ver agotados todos los cargos en su familia, y todas las fuerzas en poder de sus cómplices. Esles recuerdo Momoranci degollado (b), y tantos grandes señores y ministros ó en destierro ó en desprecio. Sospechan que en la sucesion ha de haber rebatiña, y no herencia. Las cosas de Alemania no admiten cura con el Palatino desposeido, y con el de Lorena, y los desinios del duque de Sajonia, y los protestantes por el imperio contra la casa de Austria. Italia está al parecer imposibilitada de paz por los presidios que los franceses tienen en ella. Al rey de España sobran ocupaciones y gastos con los olandeses, que en (2) Flándes le han tomado lo que tenia, y le quieren tomar lo que tiene; que se han apoderado en la mejor y mayor parte del Brasil, del palo, tabaco y azúcar, con que se aseguran flota; que se han fortificado en una isla de las de barlovento. Júntase á esto el cuidado de mantener al Emperador, la oposicion á los franceses por el estado de Milan. Nosotros, como las pesas en el reloj de faltriquera, hemos de mover cada hora y cada punto estas manos, sin ser vistos ni oidos, derramando el ruido á los otros, sin cesar ni volver atras. Nuestra razon de estado es vidriero, que con el soplo da las formas y hechuras á las cosas, y de lo que sembramos en la tierra á fuerza de fuego, fabricamos hielo.» En esto los cogió la *hora* (c), que apoderándose

(a) Tan claro, tau singular dato como el que estas líneas arrojan, ¿es posible no haya saltado á los ojos de ninguno de los editores que cuenta *La Fortuna con seso*? ¿No les hizo ver que debió ser escrita algunos años ántes de 1638, en el cual ya tuvo sucesor la corona de Francia? No parece sino que á nadie ha movido la curiosidad de leer el libro, cuando todos repiten la noticia de que fue compuesto en 1645, dada por el impresor de Bruselas, á quien aludió la fecha que resulta del capítulo xiv.

Francia y España diéronse mútuamente una reina en 18 de octubre de 1615. Luis XIII casó con la infanta doña Ana, hija del monarca español; pero fué estéril su tálamo por el largo espacio de veinte y tres años. Perdida ya toda la esperanza de un sucesor directo del trono, vacilantes los áulicos, encrudecidas las facciones, vino á desbaratar cálculos y á imprimir nuevo rumbo á los destinos de aquel reino un suceso que fué tenido por milagro, el nacimiento de Luis XIV á 5 de setiembre de 1638.

(1) Invencion de la (*Todos los impresos.*)

(b) Enrique, duque de *Montmorenci*, mariscal de Francia, nació en 1595. Fué padrino suyo en el bautismo Enrique IV, y desde entónces le llamó su hijo y distinguió con el más tierno cariño. Por su gallarda figura, por su valor y carácter generoso, era el mancebo más querido de la corte y de todo el reino. Peleó en el Languedoc contra los protestantes en 1622, 25 y 28; venció en el Piamonte en 1629, ganando la batalla de Veillane; quiso reconciliar á Luis XIII con su hermano Gaston de Orleans, y con su madre María de Médicis, y esto le empeñó en un hecho de armas, la batalla de Castelnaudari, donde quedó vencido y prisionero por el mariscal de Schomberg. Toda la Francia clamó por el perdon de aquel hombre ilustre; quien ballando inflexible al Rey por los consejos de Richelieu, murió degollado á 30 de octubre de 1632, á la edad de 58 años.

(2) Olanda le han tomado (*Los impresos.*)

(c) Lo que sigue hasta concluir el capítulo no se incluyó en la

del capricho de un republicon de los *Capidiechi*, le hizo razonar en esta manera: «Venécia es el mismo Pilátos. Pruébolo. Condenó al Justo y lavó sus manos: *ergo*. Pilátos soltó á Barrabas, que era la sedicion, y aprisionó á la paz, que era Jesus: *igitur*. Pilátos, constante (digo pertinaz) dijo: Lo que escribí, escribí: *tenet consequentia*. Pilátos entregó la salud y la paz del mundo á los alborotadores para que la crucificasen, *non potest negari*.» Alborotóse todo el consistorio en voces: el Dux con acuerdo de muchos y de los semblantes de todos, mandó poner en prisiones al republicon, y que se averiguase bien su genealogia; que sin duda por alguna parte decendia de alguno que decendia de otro, que tenia amistad con alguno que era conocido de alguno, que procedia de quien tuviese algo de español (d).

XXXIII. Juntó el preclaro é ilustrísimo dux de Génova todo aquel excelentísimo senado para oir al embajador del rey Cristianísimo, el cual razonó desta manera: «Serenísima República, el Rey mi señor, que siempre ha tenido las libertades de Italia en igual precio que la majestad de su corona, asistiendo á su conservacion con todo su poderío, celoso de vuestra paz, sin pretender otro aumento que el de los príncipes que en ella en division concorde poseen la mejor y más hermosa parte del mundo,—hoy me manda que en su nombre os haga recuerdo de que, como muy obediente hijo de la iglesia romana y seguro vecino de todos los potentados, desea justificar sus acciones en vuestros oidos, y desempeñar para con todos su afecto y benevolencia. Mejor sabeis vosotros lo que padeceis, que nosotros lo que oimos y vemos desde léjos. Muchos años han pasado por vosotros en guerras continuadas, introducidas por las desavenencias del duque de Saboya, cuyos confines siempre os fuéron sospechosos y molestos, á los cuales se opuso el rey Católico con nombre de árbitro(e). Habeis visto los campos anegados en sangre, y horribles con cuerpos muertos; las ciudades asoladas por sitios y por asaltos; el pais robado por los alojamientos; en vuestras tierras los alemanes, gente feroz: número á quien acompaña en las almas la herejía, en los cuerpos la hambre y la peste. No hallará vuestra advertencia culpado al Rey mi señor en alguna de estas calamidades, pues

primera edicion de Zaragoza, 1650. Hállase en la de Bruselas, 1667, con estas variantes: «de un capricho de un republicon de los *Capiduchi*... Pruébolo. *Pilátos por razon de estado* condenó al Justo... Pilátos, constante y *pertinaz*... para que *le* crucificasen *descendia* de alguno que *dependia* de otro.—Y de este modo ha venido imprimiéndose hasta hoy, bien que con la puntuacion mas desatinada que se puede imaginar, desconcertando el sentido y formando un bodrio miserable.

(d) Valientemente retrata la suspicacia inquisitorial de Venécia, acordándose QUEVEDO, ¿y cómo no? de los sucesos deplorables de 1618, en que por milagro salvó la vida cuando la supuesta conjuracion del marqués de Bedmar. Sépase por estos casos, y porque realmente execrase el gobierno de aquella señoría, siempre la censuró en sus escritos, procurando en la *Visita de los chistes* desacreditar su tesoro, que desde los tiempos del autor de *La Celestina* hasta los del *Quijote* pasaba entre los españoles por el verbigracia de las riquezas del mundo.

(e) Así que entró en Italia, en el verano de 1633, el infante cardenal don Fernando, deseó con grandes véras, para el sosiego de aquel hermoso territorio, componer las diferencias que había entre el duque de Saboya y la república de Génova; y teniendo órden y poder del rey de España, su hermano, se erigió medianero entre ambas partes y las concertó con maravilloso tino y extraordinaria prudencia, en julio del año siguiente de 1634.

solamente ha asistido al socorro de la parte más flaca, no con intento de que venciendo se aumentase, sino de que defendiéndose no dejase aumentar al contrario, para que el derecho de cada uno quedase sin ofensa y justificado; y el Monferrato, que ha sido vientre destas (1) disensiones, no fuese premio de alguna codicia. Con este fin ha sustentado grandes ejércitos, y alguna vez acompañádolos en persona, venciendo las fortificaciones del invierno en los Alpes, por abrir la puerta á vuestros socorros, volviendo triunfante con solo este útil. Hoy, que parece estar furioso el mundo, y que vuestra asistencia le ha solicitado odios poderosos en todas partes, se promete que esta serenísima república le tendrá por tan buen amigo en sus puertos como al rey de España, cuando con mantener con los dos neutralidad mostrará que conoce el santo celo del Rey mi señor, y la justificacion de sus armas.» El Dux, viendo que (2) el monsiur habia dado fin á su propuesta, respondió: «Damos gracias á Dios, que en asistir con amor y reverencia al rey Cristianísimo no tenemos qué ofrecer sino la continuacion de lo que hasta el dia de hoy se ha hecho. Hemos oido en vuestras palabras lo que hemos visto : fácil es persuadir á los testigos. Y si bien pudiera turbar nuestra confianza el haber abrigado vuestro rey con los socorros de la Digera (a) las discordias con que la alteza de Saboya pretendió destruir ó molestar esta república (que á no socorrerla el rey Católico, se viera en confusion); y asimismo pudiera escarmentarla el haber apoderádose las armas francesas de Susa y Piñarol y el Casal en Italia (b), á imitacion del que en achaque de meter paz en una pendencia se va con las capas de los que riñen; acrecentando con horror esta sospecha el haber la majestad Cristianísima hecho al duque de Lorena la vecindad del humo, que le echó (3) su casa llorando; — empero nosotros, no reparando en los semblantes destas acciones, somos y serémos siempre los más afectos á su corona. Esto cuanto dieren lugar las grandes obligaciones que esta señoría y todos sus particulares tienen, y conocen al monarca de las

(1) defensiones (Edic. de Zaragoza, y españolas del siglo XVII.)
(2) monsiur (MS. original.)
(a) Aidiguera estampa la edicion de Zaragoza : asi estropearon los castellanos el titulo de Francisco de Bonne, duque de Lesdiguieres. Natural del alto Delñado, fué uno de los generales que más contribuyeron para colocar á Enrique IV en el trono de Francia, defendiendo despues su poder contra los enemigos. La pobreza le habia obligado á dejar las letras por las armas, y desde simple archero, en 1562 llegó á ser uno de los jefes del partido hugonote. Gobernó el Delñado terminada la guerra civil, honróse con el nombre de mariscal en 1608, vió erigidas en ducado las tierras que poseia y se ufanó con la dignidad de par. General del ejército de Italia, conquistó la Saboya, abjuró del calvinismo para lograr el puesto de condestable, y murió el 28 de setiembre de 1626. La ambicion y la avaricia le hicieron siempre atropellar por todo; en él los vicios igualaron con el valor, pero siempre encontró de su lado á la fortuna.
(b) Susa, en el Piamonte, capital del marquesado de su título, es llamada llave de Italia y puerto de la guerra, por su situacion en la frontera de Francia, sobre el Doria, entre montes y agradables colinas. Conserva preciosas antigüedades.
Piñerol, en el mismo territorio, está sobre el rio Chisson, á la entrada del valle de Perusa, á siete leguas de Turin y á veinte del Casal. Fué tomada por los franceses el 27 de marzo de 1630, con lo que tavieron un paso abierto del Delñado al Piamonte. En 5 de mayo de 1632 fué por el duque de Saboya cedida definitivamente á la Francia.
Casal, con una fuerte ciudadela, es capital del Monferrato. Asienta sobre el Po, á quince leguas de Turin y veinte de Génova.
(3) al dueño de su casa (Edic. de Sancha.)

Españas, en cuyo poder estamos defendidos, con cuya grandeza ricos, en cuya verdad y religion descansamos seguros. Y asi, para resolver el punto de la neutralidad que se nos pide, es justo se llamen á este consejo todos los repúblicos, en cuyo caudal está la negociacion.» Pareció bien al Embajador y al Senado. Fué persona grave á llamarlos, con órden les dijese á qué fin, y que viniesen luego. Fué el diputado, y llegando á Banchi (c), donde los halló juntos, les dió su embajada y la razon della. En esto los cogió á todos la hora; y demudándose los nobilísimos ginoveses, dijeron al magnífico, que respondiese al serenísimo Dux, que «habiendo entendido la propuesta del rey de Francia, y queriendo ir á obedecer su mandato, se les habian pegado de suerte los asientos de España, que no se podian levantar. Y que fueran con los asientos arrastrando; mas no era posible arrancarlos, por estar clavados en Nápoles y Sicilia, y remachados con los juros de España. Que advertian á su serenidad que el rey de Francia caminaba (4) como galeote con las espaldas vueltas hácia donde quiere ir derecho (5) tirando para sí; y que abra los ojos: que aquella majestad ha sido inquisidor contra herejes, y hoy es hereje contra inquisidores.» Volvió el magnífico, y dió en alta voz esta respuesta. Quedó monsiur amostazado y confuso, con bullicio mal atacado, arrebañando una capa de estatura de mantellina, con cuello de garnacha. El Dux, por alargarle la saña, le dijo: «Decid al rey Cristianísimo que ya que esta república no puede servirle en lo que pide, le ofrece, si prosiguiere en venir á Italia, un aniversario perpetuo en altar de alma por los franceses que muriendo acompañaren á los que hicieron cimenterio el bosque de Pavía, empedrándole de calaveras; y de hacer á su majestad la costa todo el tiempo que estuviere preso en el estado de Milan; y desde luego le ofrecemos para su rescate cien mil ducados; y vos lleváos esa historia del emperador Cárlos V para entreteneros en el camino, y servirá de itinerario á vuestro gran rey.» El monsiur, ciego de cólera, dijo: «Vosotros habeis hablado como buenos y leales vasallos del rey Católico, á quien los propios asientos que me niegan la neutralidad han hecho gallegos de allende y ultramarinos.»

XXXIV. Los alemanes, herejes y protestantes, en quienes son tantas las herejías como los hombres, que se gastan en alimentar la tiranía de los suecos, las traiciones del duque de Sajonia, marqués de Brandenburg y Landtgrave de Hessen; hallándose corrompidos de mal frances, trataron de curarse de una vez, viendo que los sudores de tantos trabajos no habian aprovechado, ni las unciones que con ungüento de azogue los dieron en la estufa de Nortlingen (d), ni las copiosas sangrías, usque

(c) Léese Banqui en la impresion de Zaragoza y en todas las posteriores. ¿ Dictaría tal vez Quevedo Acqui, fuerte ciudad del Monferrato, en la ribera del Bormia, célebre por sus aguas hirvientes? ¿ó Voutry, ó Bardi, ó Bagni? Yo lo sospecho.
(4) con las espaldas vueltas (Las impresiones españolas, todas.)
(5) Volvió el magnífico, etc. (Id.)
(d) Dióse la memorable batalla de Nortling miércoles 6 de setiembre de 1634. Ganáronla el rey de Hungría, las tropas españolas mandadas por el cardenal infante don Fernando de Austria, y las de la liga católica por el duque Cárlos de Lorena, contra las aguerridas y veteranas del rey de Suecia, á cuyo frente se hallaban los valerosos capitanes duque Bernardo de Weymar, Gustavo

ad animi deliquium, de tantas rotas. Juntaron todos los mejores médicos racionales y espagíricos (a) que hallaron, y haciéndoles relacion de sus achaques, les pidieron remedio eficaz. Algunos fuéron de parecer que la medicina era purgarlos de todos los humores franceses que tenian en los huesos. Otros, afirmando que el mal estaba en las cabezas, ordenaron evacuaciones, descargándolas de opiniones crasas, con el tetrágono de Hipócrates, tan celebrado de Galeno, á que corresponde el tabaco en humo en la forma. Otros, supersticiosos y dados á las artes secretas, afirmaron que lo que padecian no eran enfermedades naturales, sino demonios que los agitaban, y que como endemoniados necesitaban de exorcismos y conjuros. En esta discordia estudiosa estaban cuando los cogió la *hora;* y alzando la voz un médico de Praga, dijo : «Los alemanes no tienen en su enfermedad remedio, porque sus dolencias y achaques solamente se curan con la *dieta* (b); y en tanto que estuvieren abiertas las tabernas de Lutero y Calvino, y ellos tuvieren gaznates y sed, y no se abstuvieren de los bodegones y burdeles de Francia, no tendrán la *dieta* de que necesitan.»

XXXV. El Gran Señor, que así se llama el emperador de los turcos, monarca, por los embustes de Mahoma, en la mayor grandeza unida que se conoce, mandó juntar todos los cadís, capitanes (1), beyes y visires de su Puerta, que llama excelsa, y con ellos todos los morabitos y personas de cargos preeminentes, capitanes generales y bajáes, todos, ó la mayor parte renegados ; y asimismo los esclavos cristianos que en perpetuo cautiverio padecen muerte viva en las torres de Constantinopla, sin esperanza de rescate, por la presuncion de aquella soberbia majestad, que tiene por indecente el precio por esclavos, y por plebeya la celestial virtud de la misericordia. Fué por esto grande el concurso y mayor la suspension de todos viendo un acto en aquella forma, sin ejemplar en la memoria de los más ancianos. El Gran Señor, que (2) juzga á desautoridad que sus vasallos

Hórren, Gratz y duque de Witenberg. El rey de Suecia habia muerto dos años ántes, el 16 de noviembre de 1632, en la batalla de Lutzen.

(a) Llamábanse *espagíricos* los médicos que se valian de la química y de preparaciones de minerales para curar á los enfermos.

(b) Juega del vocablo donosamente QUEVEDO, por significar la voz *dieta* la abstinencia de alimentos que se hace en órden á la salud, y al propio tiempo, la asamblea de los círculos del imperio y estados de Polonia para determinar acerca de los negocios públicos.

(1) reyes y visires (*Los impresos todos.*)
—(*Cadi* llaman los árabes al juez de causas civiles, y conoce en Africa de las de religion. Cervántes introduce en la jornada segunda de la comedia *La Gran Sultana* al Gran Cadí, advirtiendo que es juez obispo de los turcos, y le hace decir

De las sentencias que doy
No hay apelacion alguna.

—*Bey* equivale á *señor*, y se da el nombre de beyes (escríbese Begh ó Bek) á los gobernadores de ciertos territorios ó ciudades marítimas de Turquía.
—Es el *Gran Visir* primer ministro de Guerra y Estado en la corte otomana, empleo que instituyó Amurátes en 1370. Preside á otros seis visires inferiores, y llevan el peso de los negocios.
—Apellídanse *Morabitos* (religiosos) los sabios, santones y ermitaños que hacen profesion de la virtud y la sabiduría.
—Los *bajáes* son oficiales que ejercen el mando de una provincia.
(2) juzgaba á desautoridad que sus vasallos oian su voz (*Los impresos del siglo* XVII.)

oigan su voz y traten su persona aun con los ojos, estando en trono sublime, cubierto con velos que solo daban paso confuso á la vista, hizo seña muda para que oyesen á un morisco de los expulsos de España las novedades á que procuraba persuadirle. El morisco, postrado en el suelo á los piés del Emperador tirano, en adoracion sacrílega, y volviéndose á levantar, dijo : «Los verdaderos y constantes mahometanos, que en larga y trabajosa captividad en España por largas edades abrigamos oculta en nuestros corazones la ley del profeta descendiente de Agar, reconocidos á la benignidad con que el todo poderoso monarca del mundo, gran señor de los turcos, nos consintió lastimosas reliquias de expulsion dolorosa,—hemos determinado hacer á su grandeza y majestad algun considerable servicio, valiéndonos de la noticia que trujimos, por falta del caudal que con el despojo nos dejó número inútil. Y para que se consiga proponemos que, para gloria desta nacion, y (3) el premio de los invencibles capitanes y (4) beyes en las memorias de sus hazañas, conviene, á imitacion de Grecia y Roma y España, dotar universidades y estudios, señalar premios á las letras, pues por ellas, habiendo fallecido los monarcas y las monarquías, hoy viven triunfantes las lenguas griega y latina, y en ellas florecen, á pesar de la muerte, sus hazañas y virtudes y nombres, rescatándose del olvido de los sepulcros por el estudio que los enriqueció de noticias y sacó de bárbaras á sus gentes.

»Lo segundo, que se admita y platique el derecho y leyes de los romanos, en cuanto no fueren contra la nuestra, para que la policía crezca, las demasías se repriman, las virtudes se premien, se castiguen los vicios, y la justicia se administre por establecimientos que no admiten pasion ni enojo ni cohecho, con método seguro y estilo cierto y universal.

»Lo tercero, que para el mejor uso del rompimiento en las batallas, se dejen los alfanjes corvos, por las espadas de los españoles, pues en la ocasion son para la defensa y la ofensa más hábiles, ahorrando con las estocadas grandes rodeos de los movimientos circulares; por lo cual, llegando á las manos con los españoles, que siempre han usado (5) mejor que todas las naciones esta destreza, hemos padecido grandes estragos. Son las espadas mucho más descansadas al pulso y á la cinta.

»Lo cuarto, para conservar la salud, y cobrarla si se pierde, conviene alargar en todo y en todas maneras el uso del beber vino, por ser con moderacion el mejor vehículo del alimento y la más eficaz medicina, y para aumentar las rentas del Gran Señor y de sus vasallos con el (6) tráfico (el tesoro más numeroso) por ser las viñas artífices de muchos licores diferentes con sus frutos, y en todo el mundo mercancía forzosa; y para esforzar los espíritus al coraje de la guerra, y encender la sangre en hervores temerarios, más eficaces que el Anfion (c), y más racionales : á que no debe obstar la prohibicion de la ley, en que se ha empezado á dispensar. Y para

(3) premio (*Edic. de Zaragoza y todas hasta hoy.*)
(4) reyes en las memorias (*Id.*)
(5) mucho (*Id.*)
(6) tragino, el tesoro (*Id.*)
(c) Músico célebre, cuya voz y dulce lira, miente la fábula, hacian venir tras sí las piedras enormísimas, con que se labraron los muros de Tébas.

que se disponga, daráse interpretacion conveniente y ajustada.

»Y ofrecemos para la disposicion de todo lo referido arbitrios y artífices que lo dispongan sin costa ni inconveniente alguno, asegurando gloriosos aumentos y esplendor inestimable á todos los reinos del grande emperador de Constantinopla.»

Acabando de pronunciar esta palabra postrera, se levantó Sinan bey (1), renegado, y encendido en coraje rabioso, dijo: «Si todo el infierno se hubiera conjurado contra la monarquía de los turcos, no hubiera pronunciado cuatro pestes más nefandas que las que acaba de proponer este perro morisco, que entre cristianos fué mal moro, y entre moros quiere ser (2) mal cristiano. En España quisieron levantarse estos; aquí quieren derribarnos. No fué aquella mayor causa de expulsion que esta; justo será desquitarnos de quien nos los arrojó, con volvérselos. No pretendió con tan último fin don Juan de Austria acabar con nuestras fuerzas cuando en Lepanto, derramando las venas de tantos genízaros (a), hizo nadar (3) en sangre los peces, y á nuestra costa dió competidor al mar Bermejo; no con enemistad tan rabiosa el Persiano con turbante verde solicita la desolacion de nuestro imperio; no don Pedro Giron, duque de Osuna, virey de Sicilia y Nápoles, siendo terror del mundo procuró con tan eficaces medios, horrendo en galeras y naves y infantería armada, con su nombre formidable esconder en noche eterna nuestras lunas (que borró tantas veces, cuando de temor de sus bajeles se aseguraban las barcas desde Estambol á Pera) (b);—como tú, marrano infernal, con esas cuatro proposiciones que has ladrado. Perro, las monarquías con las costumbres que se fabrican se mantienen. Siempre las han adquirido capitanes, siempre las han corrompido (4) bachilleres. De su espada, no de su libro, dicen los reyes que tienen sus dominios; los ejércitos, no las universidades, ganan y defienden; victorias, y no disputas, los hacen grandes y formidables. Las batallas dan reinos y coronas, las letras grados y borlas. En empezando una república á señalar premios á las letras, se ruega con las dignidades á los ociosos, se honra la astucia, se autoriza la malignidad y se premia la negociacion; y es fuerza que dependa el vitorioso del graduado, y el valiente del dotor, y la espada de la pluma. En la ignorancia del pueblo está seguro el dominio

(1) Sinan rey (*Todos los impresos.*)

(2) cristiano. (*MS. original.*)

(*a*) Soldados de la guardia del Gran Señor, y tambien los de infantería entre los turcos. Sus armas son en tiempo de guerra un sable y un mosquete ó fusil; mas en tiempo de paz no llevan otra que un palo.

(3) sangre (*MS. original.*)

(*b*) Subida ponderacion del miedo que tenian los turcos al duque de Osuna.—

Estambol ó *Estambul* llaman á Constantinopla los turcos, estragando el antiguo nombre *Constantinópolis.* En la edicion de Zaragoza imprimieron *Estambor,* y así ha venido reproduciéndose.

Pera es uno de los arrabales de esta gran ciudad, y en él residen los embajadores de Europa.

(4) bachilleres, de su espada, no de su libro: dicen los reyes, que tienen sus dominios, los ejércitos, no las universidades, ganan, y defienden victorias, y no disputas, los hacen grandes, y formidables, las batallas, etc. (*Edic. de Zaragoza.* — La puntuacion en todos los impresos no es ménos absurda, desorientando al lector y embrollando las cláusulas. He seguido en el texto fielmente el manuscrito original, donde aparece como á todas luces pide el recto sentido.)

de los príncipes: el estudio que los advierte los amotina. Vasallos doctos más conspiran que obedecen, más examinan al señor que le respetan: en entendiéndole, osan despreciarle; en sabiendo qué es libertad, la desean; saben juzgar si merece reinar el que reina: y aquí empiezan á reinar sobre su príncipe (c). El estudio hace que se busque la paz, porque la ha menester; y la paz procurada induce la guerra más peligrosa. No hay peor guerra que la que padece el que se muestra codicioso de la paz: con las palabras y embajadas pide esta, y negocia con el temor de los ruegos la otra. En dándose una nacion á doctos y á escritores, el ganso pelado vale más que los mosquetes y lanzas, y la tinta escrita más que la sangre vertida; y al pliego de papel firmado no le resiste el peto fuerte, que se burla de las cóleras del fuego; y una mano cobarde por un cañon tajado se sorbe desde el tintero las honras, las rentas, los títulos y las grandezas. Mucha gente baja se ha vestido de negro en los tinteros; de muchos son los algodones solares; muchos títulos y estados decienden del burrajear (d). Roma, cuando desde un surco que no cabia dos celemines de sembradura se creció en república inmensa, no gastaba dotores ni libros, sino soldados y (5) astas. Todo fué ímpetu, nada estudio. Arrebataba las mujeres que habia menester, sujetaba lo que tenia cerca, buscaba lo que tenia léjos. Luego que Ciceron y Bruto y Hortensio y César introdujeron la parola y las declamaciones, ellos propios turbaron en sedicion, y con las conjuras se dieron muerte unos á otros, y otros á sí mismos; y siempre la república y los emperadores y el imperio fuéron deshechos, y por la ambicion de los elegantes, aprisionados. Hasta en las aves solo padecen prision y jaula las que hablan y chirrean; y cuanto mejor y más claro, más bien cerrada y cuidadosa. Entónces pues los estudios fuéron armerías contra las armas, las oraciones santificaban delitos y condenaban virtudes; y reinando la lengua, los triunfos yacian so el poder de las palabras. Los griegos padecieron la propia carcoma de las letras: siguieron la ambicion de las academias; estas fueron invidia de los ejércitos, y los filósofos persecucion de los capitanes. Juzgaba el ingenio á la valentía; halláronse ricos de libros y pobres de triunfos. Dices que hoy por sus grandes autores viven los varones grandes que tuvieron; que vive su lengua, ya que murió su monarquía. Lo mismo sucede al puñal que hiere al hombre, que él dura y el hombre acaba; y no es consuelo ni remedio al muerto. Más valiera que viviera la monarquía muda y sin lengua, que vivir la lengua sin la monarquía. Grecia y Roma quedaron ecos: fórmanse en lo hueco y vacío de su majestad, no voz entera, sino apénas cola de la ausencia de la palabra. (6) Esos escritores que la acabaron, quedaron despues de acabarla con vida, que les tasa el lector tan breve, que se

(*c*) Todos estos períodos anteriores, continuada ironía, sátira sangrienta contra los ministros de Felipe IV, deben contener tal vez las opiniones políticas, las máximas de alguno de ellos, á quien se puso el apodo de *Sinan bey*; y aquí se presentan como sentencias, como verdades incontrovertibles, para herir el ánimo del lector, despertar su juicio, y armarle en contra de doctrina tan desaforada.

(*d*) Disparatada la puntuacion en todos los impresos, hácelasele decir á Quevedo lo que no imaginó jamas.

(5) armas. (*Los impresos.*)

(6) Estos escritores que la alabaron, quedaron despues de alabarla (*Id.*)

regula en unos con el (1) entretenimiento, en otros con la curiosidad. España, cuya gente en los peligros siempre fué pródiga de la alma, ansiosa de morir, impaciente de mucha edad, despreciadora de la vejez (a); cuando con incomparable valentía se armó en su total ruina y vencimiento y poca ceniza derramada, se convocó en rayo, y de cadáver se animó en portento,—más atendia (2) á dar que á escribir; ántes á merecer alabanzas que á componerlas; por su coraje hablaban las cajas y las (3) trompas, y toda su prosa (4) gastaba en Sant Yago muchas veces repetido. Ellos admiraron el mundo con Viriato y Sertorio; dieron esclarecidas victorias á Anibal; y á César, que en todo el orbe de la tierra habia peleado por la honra, obligaron á pelear por la vida. Pasaron de lo posible los encarecimientos del valor y de la fortaleza en Numancia. Destas y de otras innumerables hazañas nada escribieron, todo lo escribieron los romanos. Serviase su valentía de ajenas plumas; tomaron para sí el obrar, dejaron á los latinos el (5) decir: en tanto que no supieron ser historiadores, supieron merecerlos. Inventóse poco (6) á poco la artillería contra las vidas seguras y apartadas, falseando el cal y canto á las murallas y dando más vitorias al certero que al valeroso. Empero luego se inventó la emprenta contra la artillería, plomo contra plomo, tinta contra pólvora, cañones contra cañones. La pólvora no hace efecto mojada: ¿quién duda que la moja la tinta por donde (7) pasan las órdenes que la aprestan y previenen? Quién duda que (8) falta el plomo para balas, despues que se gasta en moldes fundiendo letras, y el metal en láminas? (9) Perro, las batallas nos han dado el imperio, y las vitorias los soldados, y los soldados los premios. Estos se han de dar siempre á los que (10) nos han dado los triunfos. Quien llamó hermanas las letras y las armas poco sabía de sus aborlorios, pues no hay más diferentes linajes que hacer y decir. Nunca se juntó el cuchillo á la pluma, que este no la cortase; mas ella con las propias heridas que recibe del acero se venga dél. Vilísimo morisco, nosotros deseamos que entre nuestros contrarios haya muchos que sepan, y entre nosotros muchos que venzan; porque de los enemigos queremos la vitoria, y no la alabanza (b).

(1) entendimiento (Los impresos.)
(a) Pinta el carácter de los españoles traduciendo los siguientes versos del primer libro de las Guerras púnicas, de Silio Itálico:

Prodiga gens animae, et properare facillima mortem,
Namque ubi transcendit florentes viribus annos,
Impatiens aevi spernit novisse senectam.

(2) en dar que escribir, que en escribir; (Los impresos todos.)
(3) trompetas (Id.)
(4) Se gastaba (Id.)
(5) escribir (Id.)
(6) ha la artillería (Id.)
(7) bajan las órdenes (Id.—La puntuacion en ellos es desatinada.)
(8) la falta (MS. original.)
(9) Pero las batallas (Id.)
(10) siempre (Id.)
(b) En este capítulo renuévase aquella tan debatida y antigua disputa de las armas y las letras; pero no con el cortesano modo, sonoras cláusulas y corazon quieto y sencillo que treinta años ántes la agitó, para obsequiar á los huéspedes de la venta, el ingenioso hidalgo don Quijote. Grotescos y mal acompasados periodos, no encubierta ira, continuo sarcasmo, sátiras y alusiones desembozadas, rasgos y pensamientos sublimes, ya santa, ya perniciosa doctrina, todo junto se encuentra en el discurso de Sinan bey.
Cervántes y QUEVEDO escribian en circunstancias parecidas, y sin embargo, por el carácter peculiar de cada uno, se presentaban

» Lo segundo que propones es introducir las leyes de los romanos. Si esto consiguieras, acabado habias con todo. Dividiérase todo el imperio en confusion de actores y reos (11), jueces y sobre jueces; y en la ocupacion de abogados, pasantes, escribientes, relatores, procuradores, solicitadores, secretarios, escribanos, oficiales y alguaciles, se agotaran las gentes; y la guerra, que hoy escoge personas, será forzada á servirse de los inútiles y desechados del ocio contencioso. Habrá más pleitos, no porque habrá más razon, sino porque habrá más leyes. Con nuestro estilo tenemos la paz que habemos menester, y los demas la guerra que nosotros queremos que tengan: las leyes por sí buenas son y justificadas; mas habiendo legistas, todas son tontas y sin entendimiento. Esto no se puede negar, pues los mis-

en su imaginacion las cosas por diferentes aspectos. Aquel jubilaba recordando haber visto hombres que, de principios humildes y de estremada pobreza, como un don Gaspar de Quiroga, arzobispo de Toledo, llevados en vuelo de la favorable fortuna, llegaron á mandar y gobernar el mundo desde una silla, trocada su hambre en hartura, su frio en refrigerio, su desnudez en galas, su dormir en una estera en reposar en holandas y damascos. Este miraba con desabrimiento que mucha gente baja se vistan de negro en los tinteros, funden en los algodones su solar, se ensoberbecan logrando por ello dignidades y títulos, y con mano cobarde, por un cañon tajado se sorban desde el tintero las honras, los impuestos y las grandezas. Aquel estimaba tales repentinos cambios de la suerte como premios justamente merecidos de la virtud; este como trofeos de la maña, de la baja adulacion, de la intriga y del soborno.

El manco de Lepanto y el Aristarco madrileño eran idólatras de la libertad racional y del imperio de la justicia. Escribian ambos autores cuando, pervertidas las severas antiguas costumbres, hablanse la rapiña, el latrocinio y el cohecho apoderado de los jueces y ministros; cuando sin reboto se vendian los destinos públicos, se arrendaban las rentas reales con tratos ilícitos y secretos; cuando se dilapidaba el Tesoro, se desangraba con impias exacciones á los vasallos, y sin razon ni órden se buscaba, á los males que de aquí nacian, remedios empíricos y absurdos; cuando denunciar estos abusos fué suficiente delito para aborrecer y perseguir fieramente al Livio de nuestra historia, al juicioso Juan de Mariana, porque los señaló en alguno de los siete tratados impresos en Colonia por los años de 1609; cuando las sutilezas de Bártulo y Baldo y el estudio de las leyes romanas, cercenadoras y enemigas de las libertades populares, iban socabando nuestras costumbres, y socabando nuestros fueros y entronizando en la política y en los tribunales el cáos, el despotismo y la ignorancia. Sin embargo, la pluma del cautivo de Argel está pronta siempre á pintar con peregrino bulto y maravillosos colores los siglos de oro; y la del favorecido cortesano jamás describe otra edad que la de hierro. Esto no tiene explicacion difícil: cuando tan desastroso valimiento del duque de Lerma, era viejo el uno, el otro mozo. Aquel pertenecia enteramente al siglo XVI, de esplendente gloria, rico de ingenios inmortales por su virtud, por su pericia en las artes, en las ciencias y en el gobierno; y vivia con los recuerdos de la juventud en la sazon en que el alma se apacienta. Este, por el contrario, nutria la suya cuando la corrupcion se extendia por todas las clases de la sociedad; y aunque envuelto en el comun naufragio, contaba con suficiente juicio para conocer el mal, y con harto valor para execrarlo sin rebozo.

En fin, Cervántes que cifraba su mayor gloria en haber servido bajo las banderas del rayo de Austria, inclina la cuestion, hablando en la persona del loco más cuerdo, á favor de las armas.

QUEVEDO sorprende con el discurso de Sinan bey; pero colocándolo en boca del ministro de un gobierno que era en aquel tiempo el símbolo de la más bárbara tiranía, se complace en tirar mandobles á diestro y á siniestro, en desgarrar los vicios de los letrados, y en poner de bulto las tendencias del monarca, que desdeñan el nombre de padres por el de opresores de sus pueblos. No se crea pues ni por un momento que el escritor defiende el oscurantismo. Si hace gritar al turco: En la ignorancia del pueblo esto seguro el dominio de los príncipes; la Hora, sin embargo, á quien de la mano lleva el sabio, contesta en denigrativos términos: Pueblo idiota es seguridad de tirano.

(11) y jueces, y sobre jueces, y contra jueces. (Los impresos.)

mos jurisprudentes lo confiesan todas las veces que dan á la ley el entendimiento que quieren, presuponiendo que ella por sí no le tiene. No hay juez que no afirme que el entendimiento de la ley es el suyo; y con decir que se le dan suponen que no le tiene. Yo renegado soy, cristiano fuí, y depongo de vista que no hay ley civil ni criminal que no tenga tantos entendimientos como letrados y jueces, como glosadores y comentadores; y á fuerza de entendimientos que le achacan, le falta el que tiene, y queda mentecata. Por esto al que condenan en el pleito le condenan en lo que le pide el contrario y en lo que no le pide, pues se lo gasta la defensa; y nadie gana en el pleito sin perder en él todo lo que gasta en ganarle; y todos pierden, y en todo se pierde. Y cuando falta razon para quitar á uno lo que posee, sobran leyes que, torcidas ó interpretadas, inducen el pleito, y le padecen igualmente el que le busca y el que le huye. Véase qué dos proposiciones nos encaminaba el agradecimiento del morisco.

»La tercera fué que dejásemos los alfanjes por las espadas. En esto, como no habia muy considerable inconveniente, no hallo utilidad considerable para que se haga. Nuestro carácter es la media luna; ese esgrimimos en los alfanjes. Usar de los trajes y costumbres de los enemigos, ceremonia es de esclavos y traje de vencidos; y por lo ménos es (1) premisa de lo uno ú de lo otro. Si hemos de permanecer, arrimémonos al aforismo que dice : *Lo que siempre se hizo, siempre se haga*; (2) *lo que nunca se hizo , nunca se haga*, pues obedecido, preserva de novedades. Pique el cristiano y corte el turco; y á este morisco que arrojó aquel, este le empale.

»En cuanto al postrero punto, que toca en el uso de las viñas y del vino y del Alcoran. No es poco lo que en esto se permite dias há; empero advierto que si universalmente se da licencia al beber vino y á las tabernas, servirá de que paguemos la agua cara y bebamos á precio de lagares los pozos por azumbres. Mi parecer es, segun lo propuesto, que este malvado perro aborrece más á quien le acoge que á quien le expele.»

Oyeron todos con gran silencio. El morisco estaba muy trabajoso de semblante, toda la frente rociada de trasudores de miedo; cuando Halí, primero visir, que estaba más arrimado á las cortinas del Gran Señor, despues de haber consultado su semblante, dijo : «Esclavos cristianos, ¿qué decis de lo que habeis oido?» Ellos, viendo la ceguedad de aquella engañada nacion, y que amaban la barbaridad y ponian su conservacion en la tiranía y en la ignorancia, aborreciendo la gloria de las letras y la justicia de las leyes, hicieron que por todos respondiese un caballero español, de treinta años de prision, con tales palabras: «Nosotros españoles no hemos de aconsejaros cosa que os esté bien, que sería ser traidores á nuestro monarca y faltar á nuestra religion; ni os hemos de engañar, porque no necesitamos de engaños para nuestra defensa los cristianos : dispuestos estamos á aguardar la muerte en este silencio inculpable.» El Gran Señor, cogido de la *hora*, y corriendo las cortinas de su solio (cosa nunca vista) con voces enojadas dijo : «Esos cristianos sean libres; válgales por rescate su generosa bondad : vestidlos y su-

corridos para su navegacion con grande abundancia de las haciendas de todos los moriscos; y á ese perro quemaréis vivo, porque propuso novedades; y se publicará por irremisible la propia pena en los que le imitaren. Yo elijo ser llamado bárbaro vencedor, y renuncio que me llamen docto vencido : saber vencer ha de ser el saber nuestro; que pueblo idiota es seguridad del tirano. Y mando á todos los que habeis estado presentes, que os olvideis de lo que oistes al morisco. Obedezcan mis órdenes las potencias como los sentidos, y acobardad con mi enojo vuestras memorias.» Dió con esto la *hora* á todos lo que merecian : á los bárbaros infieles obstinacion en su ignorancia, á los cristianos libertad y premio, y al morisco castigo.

XXXVI. Dió una tormenta en un puerto de Chile con un navío de olandeses, que por su sedicion y robos son propiamente dádiva de las borrascas y de los furores del viento. Los indios de Chile, que asistian á la guarda de aquel puerto, como gente que en todo aquel mundo vencido guarda belicosamente su libertad para su condenacion en su idolatría, embistieron con armas á la gente de la nave, entendiendo eran españoles, cuyo imperio les es sitio y á cuyo dominio perseveran excepcion. El capitan del bajel los sosegó, diciendo eran olandeses, y que venian de parte de aquella república con embajada importante á sus caciques y principales; y acompañando estas razones con vino generoso, adobado con las estaciones del norte, y ablandándolos con butiro (a) y otros regalos, fuéron admitidos y agasajados. El indio que gobernaba á los demas fué á dar cuenta á los magistrados de la nueva gente y de su pretension. Juntáronse todos los más principales y mucho pueblo, bien en órden, con las armas en las manos. Es nacion tan atenta á lo posible y tan sospechosa de lo aparente, que reciben las embajadas con el propio aparato que á los ejércitos. Entró en la presencia de todos el capitan del navío, acompañado de otros cuatro soldados, y por un esclavo intérprete le preguntaron quién era, de dónde venia, y á qué, y en nombre de quién. Respondió (no sin recelo de la audiencia belicosa) : «Soy capitan olandes; vengo de Olanda, república en el último occidente, á ofreceros amistad y comercio. Nosotros vivimos en una tierra que la miran seca con indignacion debajo de sus olas los golfos; fuimos pocos años há vasallos y patrimonio del grande monarca de las Españas y Nuevo Mundo, donde sola vuestra valentía se ve fuera del cerco de su corona, que compite por todas partes con el que da el sol á la tierra. Pusimonos en libertad con grandes trabajos, porque el ánimo severo de Felipe II quiso más un castigo sangriento de dos señores (b) que tantas provincias y señorío. Armónos de valor la venganza (3) desta venganza, y con guerras de sesenta años y más, continuas, hemos sacrificado á estas dos vidas más de dos millones de hombres, siendo sepulcro universal de Europa las campañas y sitios de Flándes. Con las vitorias nos hemos hecho soberanos (4) señores de la mitad

(1) promesa de lo uno ú de lo otro. (*MS. original.*)
(2) pues obedecido, preserva etc. (*Los impresos.*)

(a) *Butiro* llamábase en lo antiguo á la manteca, conservando la palabra latina *butyrum*. La Academia Española no la incluyó en el *Diccionario*.
(b) Los condes de Egmont y Horne.
(3) y con guerras, etc. (*Los impresos.*)
(4) y en todas partes, de vasallos suyos nos hemos vuelto su inquietud. Hemos considerado, que no solo han ganado etc. (*Las impresiones españolas hasta fines del siglo* XVIII.)

de sus estados, y no contentos con esto, le hemos ganado en su país muchas plazas fuertes y muchas tierras, y en el Oriente hemos adquirido grande señorío, y ganádole en el Brasil á Pernambuco, la Parayba, y hecho nuestro el tesoro del palo, tabaco y azúcar; y en todas partes, de vasallos suyos, nos hemos vuelto su inquietud y sus competidores. Hemos considerado que no solo han ganado estas infinitas provincias los españoles, sino que en tan pocos años las han vaciado de tan inumerables poblaciones, y pobládolas de gente forastera, sin que de los naturales guarden aun los sepulcros memoria; y que sus grandes emperadores y reyes, caciques y señores, fuéron desparecidos y borrados en tan alto olvido, que casi los esconde con los que nunca fuéron. Vemos que vosotros solos, ó sea bien advertidos ó mejor escarmentados, os manteneis en libertad hereditaria, y que en vuestro coraje se defiende á la esclavitud la generacion americana. Y como es natural amar cada uno á su semejante, y vosotros y mi república sois tan parecidos en los sucesos, determinó enviarme por tan temerosos golfos y tan peligrosas distancias, á representaros su afecto, buena amistad y segura correspondencia; ofreciéndoos, como por mí os ofrece, para vuestra defensa ó pretensiones, navios y artillería, capitanes y soldados, á quienes alaba y admira la parte del mundo que no los teme; y para la mercancía, comercio en sus tierras y estados, con hermandad y alianza perpetua, pidiendo escala franca en vuestro dominio, y correspondencia igual en capitulaciones generales, con cláusula de amigos de amigos y enemigos de enemigos; y por más demonstracion, en su poder quedan os aseguran muchas repúblicas, reyes y príncipes confederados.» Los de Chile respondieron con agradecimiento, diciendo que para oir bastaba la atencion; mas para responder aguardaban las (1) prevenciones del Consejo; que á otro dia se les responderia á aquella hora.» Hizose así; y el olandes, conociendo la naturaleza de los indios, inclinada á juguetes y curiosidades, por (2) engañarles la voluntad, les presentó barriles de butiro, quesos y frasqueras de vino, espadas y sombreros y espejos, y últimamente un *cubo óptico*, que llaman antojo de larga vista. Encarecióles su uso, y con razon, diciendo que con él verian las naves que viniesen á diez y doce leguas de distancia, y conocerian por los trajes y banderas si eran de paz ó de guerra, y lo propio en la tierra; añadiendo que con él verian en el cielo estrellas que jamas se han visto, y que sin él no podrian verse; que advertirian distintas y claras las manchas que en la cara de la luna se mienten ojos y boca, y en el cerco del sol una mancha negra; y que obraba estas maravillas porque con aquellos dos vidrios traia al ojo las cosas que estaban léjos y apartadas en infinita distancia. Pidiósele el indio que entre todos tenia mejor lugar: alargósele el olandes en sus puntos, dotrinóle la vista para el uso, y diósele. El indio le aplicó al ojo derecho, y asestándole á unas montañas, dió un grande grito, que testificó su admiracion á los otros, diciendo habia visto á distancia de cuatro leguas ganados, aves y hombres, y las peñas y matas tan distintamente y tan cerca, que aparecian (3) en el vidrio postrero incomparablemente crecidas. Estando en esto los

cogió la *hora*, y zurriándose en su lenguaje al parecer razonamientos coléricos, el que tomó el antojo, con él en la mano izquierda, habló al olandes estas palabras: «Instrumento que halla mancha en el sol y averigua mentiras en la luna y descubre lo que el cielo esconde, es instrumento revoltoso, es chisme de vidrio, y no puede ser bienquisto del cielo. Traer á sí lo que está léjos es sospechoso para los que estamos léjos : con él debistes de vernos en esta grande distancia, y con él hemos visto nosotros la intencion que vosotros retirais tanto de vuestros ofrecimientos. Con este artificio espulgais los elementos, y os meteis de mogollon en la natura: vosotros vivis enjutos debajo del agua y sois tramposos del mar. No será nuestra tierra tan boba, que quiera por amigos los que son malos para vasallos, ni que fie su habitacion de quien usurpó la suya á los peces. Fuistes sujetos al rey de España, y levantándoos con su patrimonio, os preciais de rebeldes, y quereis que nosotros con necia confianza seamos alimento á vuestra traicion. Ni es verdad que nosotros somos vuestra semejanza; porque conservándonos en la patria que nos dió la naturaleza, defendemos lo que es nuestro, conservamos la libertad, no la (4) robamos. Ofrecisnos socorro contra el rey de España, cuando confesais le habeis quitado el Brasil, que era suyo. Si á quien nos quitó las Indias se las quitais, ¿ cuánta mayor razon será guardarnos de vosotros que dél? Pues advertid que América es una ramera rica y hermosa, y que pues fué adúltera á sus esposos, no será leal á sus rufianes. Los cristianos dicen que el cielo castigó á las Indias porque adoraban á los ídolos; y los indios decimos que el cielo ha de castigar á los cristianos porque adoran á las Indias. Pensais que llevais oro y plata, y llevais invidia de buen color y miseria preciosa. Quitaisnos para tener que os quiten : por lo que sois nuestros enemigos, sois enemigos unos de otros. Salid con término de dos horas deste puerto, y si habeis menester algo, decildo; y si nos quereis granjear, pues sois invencioneros, inventad instrumento que nos aparte muy léjos lo que tenemos cerca y delante de los ojos; que os damos palabra que con este que trae ú los ojos ú lo que está léjos, no miraremos jamas á vuestra tierra ni á España. Y lleváos esta espía de vidrio, soplon del firmamento; que pues con los ojos en vosotros vemos más de lo que quisiéramos, no le habemos menester. Y agradézcale el sol que con él le hallastes la mancha negra; que si no, por el color intentárades acuñarle, y de (5) planeta hacerle doblon.

XXXVII. Los negros se juntaron para tratar de su libertad : cosa que tantas veces han solicitado con véras. Convocáronse en numeroso concurso. Uno de los más principales, que entre los demas interlocutores bayetas era negro liniste (a), y habia propuesto esta pretension en la corte romana, dijo : «Para nuestra esclavitud no hay otra causa sino la color, y la color es accidente, y no delito : cierto es que no dan los que nos cautivan otra color á su tirania sino nuestro color, siendo efecto de la asistencia de la mayor hermosura, que es el sol. Ménos son causa de esclavitud cabezas de borlilla y pelo

---

(1) resoluciones del Consejo (*Los impresos.*)
(2) engañarlos la voluntad (*Id.*)
(5) con el vidrio (*Id.*)

(4) hurtamos. (*Los impresos.*)
(5) plata fina hacerle doblon. (*Id.*)
(a) *Liniste* es un paño que se fabrica en Segovia.

en burujones, narices despachurradas y hocicos góticos. Muchos blancos pudieran ser esclavos por estas tres cosas; y fuera más justo que lo fueran en todas partes los naricísimos, que traen las caras con proas y se suenan un peje espada, que nosotros, que traemos los catarros á gatas y somos contrasayones. ¿Por qué no consideran los blancos que siuno de nosotros es borron entre ellos, uno dellos será mancha entre nosotros? Si hicieran esclavos á los mulatos, aun tuvieran disculpa; que es canalla sin rey, hombres crepúsculos entre anochece y no anochece, la estraza de los blancos, y los borradores de los trigueños, y el casi casi de los negros, y el tris de la tizne. De nuestra tinta han florecido en todas las edades varones admirables en armas y letras, virtud y santidad. No necesita su noticia de que yo refiera su catálogo. Ni se puede negar la ventaja que hacemos á los blancos en no contradecir á la naturaleza la librea que dió á los pellejos de las personas. Entre ellos las mujeres, siendo negras ó morenas, blanquean con guisados de albayalde; y las que son blancas, sin hartarse de blancura, se nievan de soliman. Nuestras mujeres solas, contentas con su tez anochecida, saben ser hermosas á escuras; y en sus tinieblas, con la blancura de los dientes esforzada en lo tenebroso, imitan centelleando con la risa las gulas de la noche. Nosotros no desmentimos las verdades del tiempo, ni con embustes asquerosos somos reprehension de la pintura de los nueve meses. ¿Por qué pues padecemos desprecio y miserable castigo? Esto deseo que considereis, mirando cuál medio seguirá nuestra razon para nuestra libertad y sosiego.»—Cogiólos la *hora*; y levantándose un negro, en quien la tropelía de la vejez mostraba con las canas, contra el comun axioma, que sobre negro (1) hay tintura, dijo: «Despáchense luego embajadores á todos los reinos de Europa, los cuales propongan dos cosas: la primera, que si la color es causa de esclavitud, que se acuerden de los bermejos, á intercesion de Júdas, y se olviden de los negros, á (2) intercesion de uno de los tres reyes que vinieron á Belen; y que pues el refran manda que de aquel color no haya gato ni perro, más razon será que no haya hombre ni mujer; y ofrezcan de nuestra parte arbitrios para que en muy poco tiempo los bermejos con todos sus arrabales se consuman. La segunda, que tomen casta de nosotros, y aguando sus bodas en nuestro tinto, hagan casta aloque y empiecen á gastar gente prieta, escarmentados de blanquecinos y cenicientos, pues el ampo de los flamencos y alemanes tiene revuelto y perdido el mundo, coloradas con sangre las campañas, y hirviendo en traiciones y herejías tantas naciones; y en particular acordarán lo boquirubio de los franceses; y vayan advertidos los nuestros, si se estornudaren, de consolarse con el tabaco, y responder: Dios nos ayude; gastando en sí propios la plegaria.» (a)

XXXVIII. El serenísimo rey de Inglaterra (b), cuya isla es el mejor lunar que el Océano tiene en la cara, juntando

(1) no hay tintura, (*MS. original.*)
(2) imitacion de uno (*MS. de la Bib. nacional T.* 135, pág. 259.)
(a) Es ingenioso y tiene algo de profecía el haber colocado tras los negros que abogan por su emancipacion, á la humanitaria y traficante Inglaterra.
(b) Cárlos I. Subió al trono, por muerte de su padre Jacobo I, en 4 de abril de 1625; tuvo estipulado su matrimonio con María, in-

---

el Parlamento en su palacio de Lóndres, dijo: «Yo me hallo rey de unos estados que abraza sonoro el mar, que aprisionan y fortifican las borrascas; señor de unos reinos, públicamente de la religion reformada, secretamente católicos. Ingerí en rey lo sumo pontífice; soy corona bonete, y dos cabezas: seglar y eclesiástica (c). Sospecho, aunque no la veo, la division espiritual de mis vasallos; temo que (3) gasten mucha Roma sus corazones, y que aquella ciudad con las llaves de san Pedro se pasea por los retiramientos de Lóndres. Esto para mí es tanto más peligroso cuanto más oculto. Veo con ojos enconados crecer en muy poderosa república la rebelion de los olandeses. Conozco que mi invidia y la de mis ascendientes contra la grandeza de España, de menudo marisco los (4) abultó en estatura (como dice Juvenal) mayor que la ballena británica. (5) Véolos introducidos en cáncer de las dos Indias, y padezco los piojos que me comen porque los crié. Sé que de sus dominios hurtados tiene flotas los más años, y algunos las flotas enteras, ó buena parte de las que trae el rey Católico, y que les es copioso tesoro esta rebatiña. En la tierra son, por el ejercicio de tantos años, soldados con crédito de inumerables vitorias, á quienes hace la experiencia en el obedecer doctos y suficientes para mandar. Por el mar los cuento inumerables en bajeles, inimitables en fortuna, incontrastables en consejo, superiores en reputacion militar. Por otra parte, veo al rey de Francia, mi vecino (á quien por las pretensiones antiguas aborrezco), aspirar al imperio de Alemania y al de Roma; introducido en Italia, y en ella con puestos y ejércitos y séquito de algunos de los potentados, y acariciado al parecer de los buenos semblantes del Pontífice (d). Es mancebo nacido á las armas y crecido en ellas; que en edad que pudieron serle juguetes, le fuéron triunfos (e). Considérole con unido vasallaje por haber demolido todas las fortificaciones (hasta las inexpugnables) de los hugonotes, luteranos y calvinistas, y dejado el dominio y potestad en so-

---

fanta de España, hermana de Felipe IV; casó con Enriqueta María de Francia, hermana del rey Luis XIII; y hubo en Inglaterra una mano que en público cadalso, le descabezase á 9 de febrero de 1649.

(c) Este parrafillo, eliminado absurdamente de la edicion de Zaragoza, tampoco se ha impreso nunca en España. Hállase en el MS. original y en la coleccion de Bruselas, 1660.

(3) están afectos á Roma sus corazones, (*Los impresos todos.*)
(4) ha vuelto en estatura (*Id.*)
(5) Calgan de su grandeza, que si no, acabarán con la nuestra. (*MS. de Lista.*)

(d) Luis XIII, acudiendo él mismo en persona al socorro del Casal, sitiado por los españoles (quienes favorecian al duque de Saboya contra las pretensiones del de Mantua) forzó á 3 de marzo de 1629 el paso de Susa, obligando á que once dias despues levantasen los castellanos el sitio. El saboyano quiso recobrar por un rasgo de confianza la antigua amistad del monarca francés; vino al Casal; fué bien recibido, y firmaron solemnes estipulaciones. Pero faltando á ellas, envistió el cardenal de Richelieu, como general del ejército del Rey, en 20 de marzo de 1630; y tomó siete dias despues á Piñerol, una de las más importantes plazas del Duque y de todo el Piamonte, á la entrada del valle de Perusa, plaza que los franceses tuvieron en su poder sesenta y seis años. De este modo Luis XIII se hizo dueño de casi toda la Saboya en la primavera de 1630: sucesos que aceleraron la muerte del duque Cárlos Manuel, potentado el más revoltoso de Italia. A 26 de julio sucedióle su hijo Vítor Amadeo.

(e) Encuéntrase este mismo pensamiento al principio de la carta que en julio de 1635 escribió é imprimió Quevedo, arguyendo al rey de Francia Luis XIII por las nefandas acciones y sacrilegios que cometieron sus tropas al romper la guerra contra España.

La circunstancia de verse diseminadas por el presente libro, y con especialidad por este capítulo, todas las más importantes ideas

los católicos. No por esto le juzgo buen católico; ántes le presumo astuto político, y en su interior me persuado es conmodista, y que (1) tiene sus conveniencias por evangelios, y que cree en lo que desea, y no en lo que adora : religion que tienen muchos debajo del nombre de otra religion. Esto disimula, porque como su intento es tomar á Milan y á Nápoles, mañosamente ha asistido en su reino á los católicos, por ser sin comparacion la mayor parte : débenlo al número, no á la dotrina. Acompáñase del celo católico, por ser este título disposicion para distilar en Italia poco á poco su codicia de dominios; y deben su crecimiento tanto á su hipocresía como á su valor. En Alemania, llamando á los suecos y amotinando al de Sajonia y al de Brandemburg y al Lanzgrave, ha jurado *in verba Luteri*. Para (2) ocupar sus estados al duque de Lorena se aplicó á la conciencia de Calvino. Con esto es el Jano de la religion, que con una cara mira al turco y con otra al Papa, sirviéndole de calzador de púrpura para calzarse aquella corte el cardenal de Richeleu (a). Viendo esto, me crece arrugada en gran volúmen la nariz, considerando que para sus intentos no ha hecho caso de mi poder y afinidad, y se ha abrigado con la buena dicha de los olandeses, despreciando á Ingalaterra, como si tuviera en su mano otra doncella milagrosa Juana de Arc, á quien la mala traducion llamó *poncella*. Todas estas acciones son á mi paladar de tan mal sabor y de tau desabrida dentera, que me amarga el aire que respiro; y con el suceso de la isla de Res tengo la memoria con ascos (b). No halla la confederacion con quién juntar mis filos para ser tijera que cercene al uno y al otro, sino es con el rey de España. Inmenso monarca es y sumamente poderoso y rico, señor de las más belicosas naciones del mundo, príncipe en edad floreciente. Advierto, empero, que la restitucion del Palatinado me tiene empeñada la sangre y la reputacion; y esta no la debo esperar de los católicos, y por eso la puedo dudar de los españoles y de los imperiales, por la diferencia de religiones y el grande hastío que muestran los protestantes de más casa de Austria (c). Y por mí sospecho

que el rey de España no habrá olvidado mi ida á su corte, pues no olvido yo mi vuelta á la mia, de que es recuerdo la entrada de mis bajeles en Cádiz (d). Yo querria volver á cerrar en sus orillas al rey Cristianísimo, que con grande avenida ha salido de madre y esplayádose por toda Europa, y juntamente reducir á su principio los olandeses. Quiero me aconsejeis el mejor y más eficaz medio, advirtiendo estoy determinado no solo á salir en persona, sino codicioso de salir; porque creo que el príncipe que teniendo guerra forzosa no acompaña su gente, condena á soldados á sus vasallos, en vez de hacerlos soldados; y conducidos por este castigo, más padecen que hacen; y los obliga á que igualmente esperen su libertad y su venganza del ser vencidos que el ser vencedores. De llevar ejércitos á enviarlos va la diferencia que de véras á burlas : juicio es de los sucesos (e). Respondedme á la necesidad comun, sin hablar con mi descanso. Ni oiga yo en vuestro sentir fines particulares : informadme los oídos, no me los embaraceis.» Todos quedaron suspensos en silencio reverente y cuidadoso, confiriendo en secreto la resolucion, cuando el

---

de aquella carta, sería una buena prueba, si no hubiese otras más eficaces, de que *La hora de todos* fué bosquejada completamente en el verano de 1635, y que del trabajo en que á la sazon se ocupaba se utilizó el señor de Juan Abad para el opúsculo político dirigido al príncipe francés.

(1) mira solo á sus convenencias, y que cree en lo que desea (*Los impresos.*)

(2) usurpar sus estados (*MS. de la Bib. nacional* T. 153, *pág.* 239.)

(a) Este párrafo y el pequeño que le precede fué igualmente suprimido en la edicion de Zaragoza (1650). La de Bruselas (1660) lo incluyó ; pero las españolas no quisieron reproducirlo, y por ello en ninguna se encuentra.

(b) El castillo de la Rochela, situado sobre el mar Océano, en la última parte de la Gascuña occidental, llegó con el trato é industria á reducirse á ciudad; despues de varias revoluciones se levantó en república; y sus vecinos vinieron á hacerse hugonotes. Richelieu acometió la empresa de apoderarse de aquel fuerte, que demandó auxilio á Dinamarca, Holanda é Inglaterra. Guillermo, duque de Buckingham, arribó con un gran socorro de ingleses á 20 de julio de 1627, y asaltó la isla de Re, distante dos millas de la Rochela. Tres meses duró el cerco, y al fin huyó el inglés funesta y vergonzosamente, á 8 de noviembre, dejando en el campo, muertos á hierro y por la peste, ocho mil soldados y gran número de marineros.

(c) Federico V, llamado el *Constante*, príncipe palatino del Rhin, era yerno de Jacobo I de Inglaterra. Eligiéronle rey los bohemios herejes y coronáronle en Praga á 5 de setiembre de 1619, destruyendo la eleccion que ya tenían hecha en Ferdinando II, emperador de Alemania. Alarmados los príncipes católicos, se unieron contra Federico ; y apoderándose de las más im-

portantes plazas del Palatinado las tropas españolas mandadas por el valeroso Spinola, comenzaron las hostilidades. El duque de Baviera y el conde Bucquoi destrozaron en Praga el ejército del Palatino, quien despojado y vencido, se retiró á Holanda para vivir allí casi de pública limosna. En vano pretendieron sostener su causa el conde de Manafeld y el duque Cristiano de Brasswick de Alberstad : este fué desbaratado en los alrededores de Francfort el 20 de junio de 1622, y aquel en Fleurus el 30 de agosto, coronando una gran victoria el arrojo del capitan español don Gonzalo de Córdoba (1). En vano, en fin, le patrocinó el valiente rey de Suecia Gustavo Adolfo : con él, lleno de esperanzas, entró el 14 de abril de 1632 en Ausbourg, cuya grande, bella y famosa ciudad les abrió sus puertas. En 16 de noviembre quedó muerto Gustavo en la batalla de Lützen, y trece dias despues en Maguncia espiró el Palatino.

(d) Jacobo I, conociendo que sin la alianza de España era imposible la restitucion del Palatinado, concibió el proyecto de lograrla casando al príncipe de Gales, su hijo primogénito, con una hermana del monarca español. La diferente religion que ambos profesaban hacia difícil el intento ; pero imaginó que lo allanaria todo la nunca esperada y repentina aparicion del Príncipe en Madrid. Verificóse á 17 de marzo de 1623, y se consumaron seis meses en estipulaciones infructuosas y ajenas de sinceridad. A 12 de setiembre salió el Inglés para su Isla ; á 10 de noviembre del año siguiente, 1624, estipuló su matrimonio con Enriqueta María, hermana de Luis XIII, rey de Francia ; y habiendo subido al trono por abril de 1625, envió en fines de octubre una armada contra Cádiz al mando del conde de Lest, que tuvo al fin que retirarse vergonzosamente.

En 26 de setiembre de 1629, se alió de nuevo Inglaterra con Francia ; pero trató paces con España en 15 de diciembre de 1630.

(e) El consejo suena para el monarca Inglés, pero se queda en casa. Ya indirectamente, ya á lo descubierto, no solo en este, pero en otros muchos pasajes, recordó nuestro sabio político al príncipe castellano la obligacion y apremiante necesidad en que se hallaba de ponerse al frente de sus ejércitos. Hacíale ver las prolijas, antiguas y empeñadas guerras que desangraban su reino ; cómo su presencia infundiria valor incontrastable en las tropas, confianza en los pueblos apartados, desaliento en los enemigos, y habia de acelerar los prósperos sucesos. Advertíale, por último, que declinando el peso de las guerras sobre capitanes que raras veces tenian otro interés que el de prolongarlas, por deber á ellos su crecimiento y su medra, parecia no dolerse de los sacrificios inmensos de sus vasallos, de tantas haciendas deshechas, de tantas lágrimas vertidas, de tanta sangre derramada. Pero Felipe IV, acostumbrado á los conciertos de la música y de la poesía, al aroma de los saraos y á los regalos del ocio, no gastó nunca del estruendo de la artillería, del polvo de los combates y del dudoso trance de una batalla.

(1) Recuérdese que estos sucesos se hallan menudamente en el opúsculo ántes impreso : *Mundo caduco y desvarios de la edad.*

gran Presidente con estas palabras dió principio á la respuesta : «Vuestra majestad, serenísimo señor, ha sabido preguntar de manera que nos ha enseñado á saberle responder : arte de tanto precio en los reyes, que es artífice de todo buen conocimiento y desengaño. Señor, la verdad es una y sola y clara : pocas palabras la pronuncian, muchas la confunden : ella rompe poco silencio, y la mentira deja poco por romper. Todo lo que habeis considerado en el rey de Francia y en los olandeses es desvelo de la real providencia. El peligro inminente pide resolucion varonil y veloz. El rey de España es hoy para vuestros desinios vuestra sola confederacion, y sumamente eficaz si vos en persona asistis con él á la mortificacion destos dos malos vecinos. Y advertid que mandar y hacer son tan diferentes como obras y palabras. Confieso que vuestra sucesion es muy infante para dejada (a); empero es menor inconveniente dejarla tierna que siendo padre acompañarla niño.» No bien hubo pronunciado estas últimas palabras, cuando levantándose sobre su báculo un senador, marañado todo el seno con las canas de su barba, la cabeza en el pecho, y la corcova en que le habian los años doblado la espalda en lugar de la cabeza, dijo : «Mal puede disculparse de temerario el Consejo, de que su majestad salga en persona, cuando sus reinos están minados de católicos encubiertos, cuyo número es grande á lo que se sabe, infinito á lo que se sospecha, y verdaderamente formidable por el desprecio en que tienen la vida y el precio que se aseguran en la muerte. Los tormentos se han cansado en sus cuerpos, no sus cuerpos en los tormentos ; entre ellos, por su religion, los despedazados persuaden, no escarmientan. Esto saben las horcas, los cuchillos y las llamas, que buscaron ansiosos y padecieron constantes. Pues si en tierra por todas partes prisionera del mar, y en presencia de sus reyes, tantas veces han conspirado para (1) restituirse, ¿qué harán si sale y los desembaraza (2) su persona? Vasallos tiene vuesa majestad de quien poder fiar cualquiera empresa: enviad con pié de ejército de nuestra religion los más importantes de los que se entiende son católicos ; que con esto irá su intencion sujeta, y vuestros reinos con ménos enemigos dentro. No aventureis vuestra persona, en que se aventura todo y en que todo se restaura; que yo del parecer del Presidente colijo que maquina como católico, no que responde como ministro.» Alborotáronse, y en esta disension los cogió la fuerza de la hora; y demudándose de color el Rey, dijo : «Vosotros dos, en lugar de aconsejarme, me habeis desesperado. El uno dice que si no salgo, me quitarán el reino los enemigos; el otro que si salgo, me le quitarán los vasallos : de suerte que tú quieres que tema más á mis súbditos que á los

contrarios. Sumamente es miserable el estado en que me hallo : lo que resta es que cada uno de vosotros, con término de un dia natural, me diga quién y qué cosas me tienen reducido á esta desventura, nombrando las personas y las causas, sin perdonaros unos á otros, ó yo sospecharé sobre todos; porque la culpa no sale de los que me aconsejais; que yo estoy resuelto de atender á la direccion de mis conveniencias dentro y fuera de mis reinos. Sale el rey de Francia sin sucesion y sin esperanzas de ella que puedan entristecer á su hermano (b), y deja un reino por tantas causas dividido, y en parcialidades toda la nobleza, manchada con la sangre de Memoranci ; los herejes sujetos, mas no desenojados; los pueblos despojados de tributos, y todo el reino en opresion de las demasías de un privado;—y yo, que tengo sucesion, y menores y ménos sensibles inconvenientes, ¿estaré arrullando mis hijos y atendiendo á sus dijes y juguetes? Porque me he dejado en el ocio y porque no he salido, me son Francia y Olanda formidables : si no salgo, me serán ruina ; si me quedo por temor de mis vasallos, yo los (3) aliento á mi desprecio. Si mis enemigos se aseguran de que no puedo salir, no podré asegurarme de mis enemigos; y por lo ménos, si salgo y me pierdo, lograré la honra de la defensa y excusaré la infamia de la vileza. El rey que no asiste á su defensa, disculpa á los que no le asisten; contra razon castiga á quien le imita, y contra lo que fué maestro no puede ser juez, ni castigar lo que de su persona aprenden los que para desamparar su defensa le obedecen maestro. Idos luego todos y consultad con vuestras obligaciones mi real servicio, anteponiéndole á vuestras vidas y á mi descanso; que os aseguro hacer á vuestra verdad, cuanto más rigurosa, mejor recibimiento. Y no me embaraceis con el achaque de llevar toda la nobleza conmigo, pues los acontecimientos afirman que nadie la juntó en la guerra, que no la perdiese y se perdiese : los anillos que se midieron por hanegas en Cánnas, lo testifican con (4) lágrimas en Roma ; el bosque de Pavía, hecho sepulcro de toda la nobleza de Francia y de la libertad de su rey ; la armada española con que el duque de Medina-Sidonia, viniendo á invadir estos reinos, dejando en estos mares tan miserables despojos; el rey don Sebastian, que en Africa se perdió y sus reinos con su nobleza toda. Los nobles juntos inducen confusion y ocasionan ruina ; porque no sabiendo mandar, no quieren obedecer y estragan en presunciones desvanecidas la disciplina militar. Llevaré pocos, experimentados; los demás quedarán para freno de los hervores populares y triaca de los noveleros. Gente que piensa que me engaña en darme su vida por un real cada dia, es el aparato que me importa ; no aquella que agotándome (para que vaya) mi tesoro, pone demanda á mi patrimonio porque fué. Bueno fuera que toda la nobleza estuviera ejercitada, mas no seguro. Los particulares no han de dar las armas á los locos, ni los reyes á los nobles. Llevad esto entendido; y ahorra distraimientos vuestro discurso, y mi determinacion tiempo.»

(a) Enriqueta María de Francia, reina de Inglaterra, comenzó no muy tarde á mostrarse fecunda. En 8 de junio de 1630 dió á luz á Cárlos, que fué despues segundo de este nombre ; en 4 de noviembre de 1631, á la infanta María ; y en 24 de octubre de 1633 á Jacobo II, duque de York, rey de la Gran Bretaña.
Cuando se escribia pues La hora de todos contaba cinco años el príncipe de Gáles.
A la sazon tenia asegurada tambien la sucesion el monarca de España. Vivian el príncipe don Baltasar Cárlos, que habia nacido el 17 de octubre de 1629, y la infanta D.ª Mariana, nacida en enero de 1635.
(1) resistirse, (Los impresos.)
(2) de su persona. (Id.)

(b) Ya hemos dicho más adelante que fué estéril el regio tálamo desde el 25 de noviembre de 1615 hasta el 5 de setiembre de 1638, en que nació el delfin Luis XIV, rey de Francia y de Navarra.
(3) alimento (El MS. original.)
(4) las lágrimas de Roma ; (Los impresos.)

XXXIX. (1) (a) En Salónique, ciudad de Levante, que escondida en el último seno del golfo á que da nom-

(1) *Los Monopantones.* (Nota del márgen en el MS. original.)

(a) Hé aquí *La isla de los Monopantos*, opúsculo que nuestro autor señalaba como perdido, en una memoria de libros y papeles que le saquearon durante sus últimas prisiones. Pareció después, y entró á formar parte de *La hora de todos y la fortuna con seso*, por los años de 1644.

Sátira sangrienta y mal embozada es esta contra el conde-duque de Olivares, y los que oprimían con él y desmoralizaban al pueblo español; de quienes podía repetirse con lastimosa verdad aquel sonoro verso del autor de la *Propaladia*:

Su gloria es el mundo, su dios el dinero.

Muéstrase claro el sentido alegórico de la fábula; pero casi impenetrables los seudónimos y anagramas que disfrazan las figuras.

Pasa la escena en *Salónica*, la antigua capital de la Macedonia, ciudad donde no tienen cuento las mezquitas, las iglesias griegas y las sinagogas para los judíos, que allí son muchos. Se justifica la elección del paraje con la especie que entónces corría, de ser sumamente afecto el Conde-Duque á los judíos, de haberlos hecho venir de Salónica, y de que no pocos, en hábito y con nombre de cristianos, ocupaban altos puestos en la milicia, en los tribanales y consejos (1).

Los representantes de las sinagogas simbolizan algunos consejeros y negociantes de aquellas calendas (*banqueros* que hoy se dice), á quienes el texto califica de tramposos y revolvedores de Europa.

Los *monopantos* (esto es, hombres pocos en número, pero dueños y árbitros de todo) son el favorito y sus cómplices; España las islas situadas entre el mar Negro y la Moscovia, en los confines de la Tartaria.

Uniformes los hebreos y monopantones en medrar con la pública desolación y ruina, idólatras de la usura, de la plata y oro, y de cualquier animal de estos metales fabricado, aparecen en la pintura los unos como los judíos del antiguo, los otros como los del nuevo Testamento. Júntalos el político pintor á confeccionar malicias y engaños para engullirse á los reyes, repúblicas, magistrados y poderosos, cuyos vientres habían devorado ya, como al pez chico el grande, á los pobres y mendigos. Convienen monopantos y judíos en que los próceres se apelliden reyes, príncipes y señores de la tierra, con tal de ser príncipes, reyes y señores de todos ellos. Y se confederan, por último, para fundar la nueva secta del *dinerismo*, mudando el nombre de *ateístas* en *dineranos*.

Tas es el asunto del presente capítulo, reto de QUEVEDO al poder del vanidoso Atlaute de la monarquía, verdadero origen de sus persecuciones, lección útil para los príncipes generosos, y eterno sambenito de los hombres que contra la voluntad divina se levantan con los reyes y se afanan por llamarse privados.

Los personajes pues de la fábula son:

El conde duque de *Olivares*, bajo el anagrama de *Prágas Chincollos*, Gaspar Conchillos.

Sospéchase que el secretario *Juan Bautista Saenz y Navarrete*, con el seudónimo de *Philárgyros*, avaro.

Dicen que el secretario *don Antonio Carnero* con el de *Crysóstheos*, ídolo, becerro de oro.

El padre *Juan de Pineda*, de la compañía de Jesus, bajo el anagrama de *Danipe*, Pineda.

El protonotario de *Aragón*, don Jerónimo de Villanueva, bajo el de *Arpiotrotono*, protonotario.

(1) Así el Mago apostrofa á Olivares en *La cueva de Meliso:*

«Con alientos impíos
Busca luego el Talmud de los judíos;
Y su defensa toma
A tu cargo, burlándote de Roma;
Que fuera valer ménos
Habiendo introducido sarracenos.
Los judíos que hablo
Sean de aquellos que escribió San Pablo.
Búscales sinagoga,
Y en favor de ellos en consejo aboga;
Las mezquitas y templos
l'ermiteles hacer, y alega ejemplos.»

Cuyo pasaje explica el autor de estos versos con la siguiente nota:

«Defendió el Talmud, y comunicaba mucho con los judíos que hizo venir de Salónique. Pretendía que se diese un barrio de Madrid para vivir separados. Le repugnaron los consejos de Estado, Real y el de la Inquisicion.—Se fijaron pasquines diverso tiempo en Madrid, que decían: *Viva la ley de Moisen y muera la de Cristo.* El cardenal César Montí, nuncio apostólico, habló al Rey con valentía contra este proyecto del Conde, que no pudo llevarse á cabo.»

El licenciado *José Gonzales*, con el seudónimo de *Pácas Mazo*

El padre *Hernando de Salazar*, inventor del papel sellado en 1636, con el apodo de *Alkemiástos*, arbitrista ó alquimista, por haber convertido las resmas de papel bázo en ricos montones de oro.

Y varios hombres de negocios y consejeros á vueltas, encubiertos con el título de *robinos*.

Tienen todos los nombres con que se disfrazan los *monopantos* sonido griego, y algunos son realmente voces helénicas. Demos noticia de ellos y de los personajes que señalan.

La traducción literal de *monopantos* es *único de todo*. Μόνος vale uno, único, solo; y los poetas lo toman en la acepción de *privado*. Παντὸς genitivo de πᾶς significa de todo, absolutamente, de todas maneras.

En *Prágas Chincollos* (fuera de ser un anagrama perfecto) se advierte la singular coincidencia de tener parecido estas palabras con Πρᾶγος Κίνσωρος *embarazo del procónsul*, esto es, entorpecimiento del Príncipe; frase con que designó muchas veces Quevedo á don Gaspar de Guzman Acevedo, Zuñiga y Conchillos, tercer conde de Olivares, gran ministro de Felipe IV. El primer conde, su abuelo, casó con doña Francisca Conchillos, hija de Lope Conchillos, comendador de Monreal, primer secretario de estado de los Reyes Católicos.

Philárgyros, Φιλάργυρος *avaro*. Voz compuesta de φίλος amigo, amante; y ἄργυρος plata. — Del secretario Juan Bautista Saenz y Navarrete no tengo otra noticia sino la que hallo en Leon Pinelo (*Historia MS. de Madrid*), de habérsele ordenado en junio de 1643 á él, á don Antonio Carnero y al protonotario don Jerónimo de Villanueva, instrumentos y hechuras del ministro caído, que no subiesen más á despachar con el Monarca.

Chrysóstheos, Χρυσοσθεός *dios del oro*, ó *ídolo de oro*; palabra compuesta de χρυσεος áureo, y θεός dios. — Si se acepta el modo con que desde 1650 ha venido imprimiéndose, *Eárctheos*, Ἔρις χθυ θεός (*disputa—tierra—dios*), deberemos entender por este nombre á Erichthon, hijo de Vulcano (llamado así por haber nacido de la tierra), á quien rechazó Minerva, desdeñándole por esposo. La primera lección es, á no dudar, preferible.—Don Antonio Carnero fué en Nápoles criado del príncipe de Stiliano, caballero de Calatrava, ayuda de cámara del Rey en 1659, y secretario del consejo de Italia. Trujaman del favorito, vaciló á venir á tierra el coloso; privósele en 30 de junio de 1643 de despachar con su majestad; pero logró arrellanarse en la poltrona de secretario de la cámara de Castilla.

Danipe, anagrama de Pineda, tiene apariencia de vocablo griego; pero es ocioso acordarse de Δανειςτς *usurero*, ni de Δαπάνη *despensa, gasto*, usura. La doctrina y sabiduría que, segun don Nicolás Antonio, realzaban al jesuita sevillano Juan de Pineda, procurador en Madrid por los años de 1627, para la canonización de san Fernando, apartan del pensamiento la idea de que sea este ilustrado y septuagenario varon el mismo á quien nuestro escritor alude. Hay, sin embargo, la circunstancia de haberle encargado la Inquisicion formar el *Indice expurgatorio de libros* que vió la pública luz en 1640, donde no salieron bien paradas algunas obras del ingenio madrileño.

Arpiotrotono, perfecto anagrama de protonotario, ofrece extremada semejanza con Ἀρπη Τροθυνῶν (*milano de los cendales*), que metafóricamente se pudiera interpretar *milano de las bincas tocas*. La alusión es harto picante. Don Jerónimo de Villanueva, protonotario de Aragón, del consejo de Guerra é Indias, y secretario de Estado, fundó el convento de la Encarnación benita, *vulgo* de San Plácido (II); labró á su lado una casa princi-

(II) Hácia los años de 1620 prendió en sus amores á Villanueva una hermosa dama de diez y nueve abriles, doña Teresa Valle de la Cerda, quien en los instantes de entregarle su mano, arrebatada por un extraordinario pensamiento, redujo al galan á desistir de la boda, y á fundar con la hacienda de ambos un monasterio de benitas.

Púsose la primera piedra á 21 de noviembre de 1625, y por encanto, á 12 de mayo siguiente el edificio recibía en su seno á las fundadoras, Teresa profesaba, y era elegida priora de aquella comunidad. El diablo, que no duerme, quiso hacer de las suyas, y comenzando por una monja (setiembre de 1624), y acabando por veinte y cinco, de treinta que eran las benditas madres, las poseyó á todas de su infernal espíritu, convirtiendo un horno de ecergúmenos la dulce tranquilidad del claustro. Exorcizábalas á toda prisa el padre vicario fray Francisco García Calderon (monje de aquellos de mi alma con la suya), cuando el Santo Oficio, que tampoco se dormia, arrojó en sus cárceles secretas de Toledo al Vi-

bre, yace en el dominio del emperador de Constantino-

pal, donde vivia, y en union del Conde-Duque visitaba frecuentemente el monasterio. De aquí tomó pié la mordacidad para zaherirle, y el odio que le atrajo su avaricia, para perseguirle y calumniarle. En 28 de abril y 20 de junio de 1643 le apartó el Rey de los papeles de estado, bajo pretexto de que infundia su persona desconfianza á los catalanes rebelados; dióle plaza supernumeraria de capa y espada en el consejo real de las Indias; pero el santo oficio de la inquisicion de Toledo le arrastró á sus cárceles secretas el 31 de agosto de 1644, y tratándole con rigor extremo, le hizo abjurar de *levi*. Protestó Villanueva, recusó á los jueces, pidió proteccion al Monarca, acudió á Roma; todo fué inútil. No volvió más á Madrid.

Pácas Mazo, seudónimo desconocido de *José Gonzales* (i). Abogado de Valladolid, tuvo la suerte de defender y ganarle un pleito al conde-duque de Olivares, quien en pago le dió en el consejo real de Castilla el asiento que solo debian merecer las canas y los grandes méritos y servicios (abril de 1631.) Fue presidente de hacienda de Indias, comendador de la órden de Santiago, comisario general de Cruzada; y ganó tantas riquezas en estos destinos, que compró á Boadilla del Monte, fabricó allí soberbios jardines, un palacio engalanado con monstruosas alhajas, y fundó el convento de monjas. Escribió en octubre de 1640 contra la rebelion de Cataluña. Tuvo un hijo, don Juan Gonzalez de Valdés, fiscal de la Cárcel y despues de Indias, que casando con la sobrina del cardenal de Trejo, señora muy rica, emparentó con la más alta nobleza de la corte. Noticioso el Rey de la impureza de José Gonzalez, dió comision de su real mano (cosa nunca vista), en 1.° de setiembre de 1645, al fiscal de Guerra, para que le visitase y á cuantos ministros hubieren manejado dinero y hacienda real, así de ventas de oficios como por medios reprobados.

Alkemistos pudiera interpretarse en griego *arbitrista inicuo*. A'λκή, es auxilio, remedio, socorro, arbitrio; μ*ε*τρός ό μισαντος malvado, impuro, inicuo. Del padre Hernando de Salazar, consejero de la Inquisicion, inventor del papel sellado, decia el autor de *La cueva de Meliso* al Conde-Duque:

> Hallarás *arbitristas*
> Que adelanten en todo tus conquistas,
> Y hara que el modo entiendas
> De quitarles á todos sus haciendas.

Es indudable que á este religioso y al escribano Gil Canénéis, que imaginó el impuesto de las medias anatas, aludió QUEVEDO en el capítulo XVII de este libro (II).

El vulgo satírico y maleante llamaba *sinagoga* á la camarilla del favorito, compuesta de hombres de negocios, de ministros y consejeros. Viénense fácilmente á la imaginacion sus nombres; mas como falten seguros datos para señalarlos con el dedo, satisfágale al memorioso lector la traduccion literal de las voces hebreas, finera que debo al catedrático de esta universidad central el señor don Antonio María García Blanco.

Rabbi Saadias ר סַעַדִין Vale: *sustento de Dios*. Nombre compuesto de סְעַד *sustentar* y יָהּ un nombre de *Dios*.

Rabbi Isaac Abarbaniel ר יִצְחָק אֲבַרְבָנִל Vale: *padre mercario* y á la Priora (1628.) Impúsoles severos castigos; sentencia que oyeron penitenciados el 27 y 29 de abril de 1630. Sufriólos con resignacion Teresa y defendida con sagacidad y arte por la pluma de Rioja, su inocencia fué reconocida al fin en 2 de octubre de 1638.

La calumnia forjó entónces un cuento indigno; la prensa le ha dado publicidad hace poco, sin advertir que las contradicciones y los mas absurdos anacronismos confiesan la impostura.

Una hermana de Villanueva, llamada Cecilia, estuvo casada con otro hermano de sor Teresa: con don Pedro Valle de la Cerda, caballero del hábito de Calatrava, del consejo de Hacienda.

(i) En hebreo hay la palabra פָּקַע *Pacaj*, que significa *abrir los ojos, dar libertad*. Y en griego Μαζός *mazos*, equivale á *pezon del pecho*, y poéticamente, *nodriza*.

Gonzalez era natural de Arnedo, en la Rioja. A ello se refería *La cueva de Meliso*:

> Pues Gonzalez de Arnedo,
> En leyes fundará todo tu enredo.

(II) Véanse *Caida del conde-Duque*, papel atribuido al marqués de Grana; los *Avisos* de Pellicer, la *Historia de Madrid* de Pineto, etc., etc.

---

pla (hoy llamada (1) Estambol), convocados en aquella sinagoga los judíos de toda Europa por (2) Rabbi Saadías, y Rabbi Isaac (3) Abarbaniel, y Rabbi Salomon, y Rabbi (4) Nissin,—se juntaron por la sinagoga de Venecia Rabbi Samuel y Rabbi Maimon; por la de Raguza, Rabbi (5) Aben Ezra; por la de Constantinopla, Rabbi Jacob; por la de Roma, Rabbi (6) Chamaniel; (7) por la de Ligorna, Rabbi Gersomi; por la de Ruan, Rabbi (8) Gabirol; por la de Oran, Rabbi (9) Asepha; por tro de Dios, ó *sapientísimo*. Compuesto de אַב, וְרַבֵּן אֵל.

Rabbi Salomon ר שְׁלֹמֹה Vale: *íntegro, pacífico él*. Compuesto de שָׁלֵם y partícula afija de él.

Rabbi Nissin ר נִסִּים Vale: *banderas*, plural de נֵס.

Por Venecia. *Rabbi Samuel* ר שְׁמוּאֵל Vale: *nombre de Dios*, palabra compuesta de שֵׁם y אֵל *Dios*.

Rabbi Maimon ר מֹשֶׁה בֶּן מַיְמוֹן Vale: *diestro*, participio de hiphil del verbo יְמַן.

Por Raguza. *Rabbi Aben Ezra* (es *Rabbi Abraham hijo del iluminente Aben-Jezra*) ר אַבְרָהָם בֶּן מֵאִיר אָבֶן עֶזְרָא que significa *piedra de auxilio*. Compuesto de אָבֶן *piedra* y עֶזְרָא *auxilio*.

Por Constantinopla. *Rabbi Jacob* ר יַעֲקֹב Vale: *cogerá el talon, futuro del verbo עָקַב suplantar*.

Por Roma. *Rabbi Chamaniel* ר שְׁמִינִיאֵל Vale: *grucísimo*. Compuesto de שָׁמֵן y אֵל.

Por Liorna. *Rabbi Gersomi* ר גֵרְשׁוֹנִי (patronímico) *expulso*.

Por Ruan. *Rabbi Gabirol* ר גַבְרִיאֵל ó רִגְבִירוֹל *fortísimo*, compuesto de אֵל y גֶבֶר.

Por Oran. *Rabbi Asepha* ר אַסְפָא *congregacion, azafatería*.

Por Praga. *Rabbi Mosche* ר מֹשֶׁה *estractor*, participio del verbo מָשָׁה.

Por Viena. *Rabbi Berchäi (Barachias)* ר בְּרָכְתָה *bendicion de Dios*, compuesto de בָּרֵךְ y אֵל.

Por Amsterdam. *Rabbi Meir Armahah*..... ר מֵאִיר La palabra *Meir*, significa *iluminante*. La voz *Armahah* ó *Armaach* nos es desconocida; parece originaria de la hebrea עָרְמָה *astucia*, ó de la hebreo-arábiga הַרְמָה *altura*.

Rabbi David Bar Nachman ר דָּוִד בַּר נַחֲמָן *hijo de amenidad*.

(1) Estambor (*Los impresos*.)
(2) Rabi (*Estampa constantemente el MS. original*.)
(3) Nacabarbaniel, (*Los impresos*.)
(4) Nisin (*Id*.)
(5) Auenezra (*El MS. original*.)—Abenezra; (*Los impresos*.)
(6) Chaminiel (*Los impresos*.)
(7) Por la de Liorna, Rabbi Gersouni; (*Las ediciones españolas*.) — Por la de Livorna, Rabbi Cersoni; (*Las flamencas*.)
(8) Gavirol; (*Los impresos*.)
(9) Asapha; (*El MS. original*.)

la de Praga, Rabbi Mosche; por la de Viena, Rabbi Berchái; por la de Amsterdan, Rabbi (1) Meir Armabah; por los hebreos disimulados, y que (2) negocian de rebozo con traje y lengua de cristianos, Rabbi David (3) Bar Nachman; y con ellos los *Monopantos* (4), gente en república, habitadora de unas islas que entre el mar Negro y la Moscovia, confines de la Tartaria, se defienden sagaces de tan feroces vecindades, más con el ingenio que con las armas y fortificaciones. Son hombres de cuadruplicada malicia, de perfecta hipocresia, de extremada disimulacion, de tan equívoca apariencia, que todas las leyes y naciones los tienen por suyos. La negociacion les multiplica caras y los (5) muda los semblantes, y el interés los remuda las almas. Gobiérnalos un príncipe á quien llaman Prógas Chincollos (6). Vinieron por su mandado á este sanedrin (a) seis, los más doctos en carcomas y polillas del mundo: el uno se llamaba Philárgyros (7), y el otro (8) Chrysóstheos; el tercero Danipe (9); el cuarto (10) Arpiotrotono; el quinto (11) Pácas Mazo; el sexto (12) Alkemiústos (13). Sentáronse por sus dignidades respectivamente á la preeminencia de las sinagogas, dando el primer banco, por huéspedes, á los (14) *Monopantos*. Poseyólos (15) atento silencio, cuando Rabbi Saadías, despues de haber orado el psalmo *In exitu Israel*, dijo tales palabras: «Nosotros, primero linaje del mundo, que hoy somos desperdicio de las edades y multitud derramada que yace en esclavitud y vituperio congojoso, viendo arder en discordias el mundo, nos hemos juntado á prevenir advertencia desvelada en los presentes tumultos, para mejorar en la ruina de todos nuestro partido. Confieso que el captiverio y las plagas y la obstinacion en nosotros son hereditarias; la duda y la sospecha patrimonio de nuestros entendimientos; que siempre fuimos malcontentos de Dios, estimando (16) más al que hacíamos que al que nos hizo. Desde el primer principio nos cansó su gobierno, y seguimos contra

(1) Meir Armahad; (*E. MS. original.*)—Moir Armaach; (*Los ejemplares españoles.*)—Meir Armaach; (*Los belgas.*)
(2) negociaban (*Los impresos.*)
(3) Barnachman (*El MS. original.*)
(4) *Monopantos*, unos hombres que lo son todo. (*Nota de la coleccion de Bruselas.*)
(5) muda los semblantes. (*Los impresos.*)
(6) Gaspar Conchillos, conde-duque. (*Nota del MS. de la Biblioteca Nacional*, T. 153, *pág.* 240.)
(a) Consejo supremo de los judios, en que se decidian los negocios de estado y de la religion. El de Jerusalen componiase de setenta ancianos en los tiempos del Salvador, y los inferiores de veinte y tres.
(7) Amigo de oro. (*Nota de la coleccion de Bruselas.*)
(8) Ehrictotheos; (*Los impresos.*)—Dios de la tierra, hijo de Vulcano. (*Nota de la coleccion de Bruselas.*)
(9) Dice Donipeani de Vandes. Diga Juan de Pineda, de la compañía. (*Nota del MS. citado*, T. 153, *Bibliot. Nac.*)
(10) Arpiotrotono; (*El MS. original.*)—Arpia Trotono; (*Las publicaciones españolas.*) — Arpi Trotono; (*Los flamencas.*)
(11) Pacasmazo; (*Los impresos.*)
(12) Alkerriastos. (*Las colecciones españolas.*) — Daper Razalas. (*Las belgas.*)
(13) Se borre Pacas, mazo, Alkeriastos, Arpiatrotono; (*y en su lugar póngase*) *Jalzephez Nogos, Joseph Gonzalez; Ardanzo Ranfales, Fernando Salazar, de la Compañía; Arpitrotono, Protonotario.* (*Nota del MS.*, T. 153. *Bib. Nac.*—El *Daper Razalas* de la impresion belga, si fuera *Doper Razalas* habia de entenderse como anagrama de *Pedro Salazar.*)
(14) monopantones. (*Los impresos.*)
(15) á todos (*Id.*)
(16) en más el que hacíamos (*Id.*)

su ley la interpretacion del demonio. Cuando su omnipotencia nos gobernaba fuimos rebeldes; cuando nos dió gobernadores, inobedientes. Fuénos molesto Samuel, que en su nombre nos regía; y juntos en comunidad ingrata, siendo nuestro rey Dios, pedimos á Dios otro rey. Diónos á Saul con derecho de tirano, declarando haria esclavos nuestros hijos, nos quitaria las haciendas para dar á sus validos, y agravó este castigo con decir no nos le quitaria aunque se lo pidiésemos. El dijo á Samuel que á él le despreciábamos, no á Samuel ni á sus hijos. En cumplimiento desto nos dura aquel Saul siempre, y en todas partes, y con diferentes nombres. Desde entónces en todos los reinos y repúblicas nos oprime en vil y miserable captividad; y para nosotros, que dejamos á Dios por Saul, permite Dios que sea un Saul cada rey. Quedó nuestra nacion para con todos los hombres introducida en culpa, que unos la echan á otros, todos la tienen y todos se afrentan de tenella. No estamos en parte alguna, sin que primero nos echasen de otra; en ninguna residimos, que no deseen arrojarnos; y todas temen que seamos impelidos á ellas.

»Hemos reconocido que no tienen comercio nuestras obras y nuestras palabras y que nuestra boca y nuestro corazon nunca se aunaron á adorar un propio Dios. Aquella siempre aclamó al (17) Cielo, este siempre fué idólatra del oro y de la usura. Acaudillados de Moisen cuando subió por la Ley al monte, hicimos demostracion de que la religion de nuestras almas era el oro y cualquier animal que dél se fabricase: allí adoramos nuestras joyas en el becerro, y juró nuestra codicia por su deidad la semejanza de la niñez de las vacadas. No admitimos á dios en otra moneda, y en esta admitimos cualquiera sabandija por dios. Bien conocia la enfermedad de nuestra sed quien nos hizo beber el ídolo en polvos. Grande y ensangrentado castigo se siguió á este delito; empero degollando á muchos millares, escarmentó á pocos, pues haciendo despues Dios con nosotros cuanto le pedimos, nada hizo de que luego no nos enfadásemos. Extendió las nubes en toldo para que en el desierto nos escondiese á los incendios del dia. Esforzó con la coluna de fuego los descaecimientos de las estrellas y la luna, para que socorridas de su movimiento relumbrante, venciesen las tinieblas á la noche, contrahaciendo el sol en su ausencia. Mandó al viento que granizase nuestras cosechas, y dispuso en moliendas maravillosas las regiones del aire, derramando guisados en el maná nuestros mantenimientos, con todas las sazones que el apetito desea. Hizo que las codornices, descendiendo en lluvia, fuesen cazadores y caza todo junto, para nuestro regalo. Desató en fuga líquida la inmobilidad de las peñas, y que las fuentes naciesen aborto de los cerros, para lisonjear nuestra sed. Enjugó en (18) senda tratable á nuestros piés los profundos del mar, y colgó perpendiculares los golfos, arrollando sus llanuras en murallas líquidas, deteniendo en edificio seguro las olas y las borrascas, que á nuestros padres fueron vereda y á Faraon sepulcro, y tumba de su carro y ejército. Hizo su palabra levas de sabandijas, alistando por nosotros en su milicia ranas, mosquitos y langostas. No hay cosa tan débil de que Dios no componga huestes invencibles contra los tiranos. Debeló con tan pe-

(17) del cielo (*Los impresos.*)
(18) sendas tratables á nuestros piés lo profundo del mar. (*Id.*)

queños soldados los escuadrones enemigos, formidables y relucientes en las defensas del hierro, soberbios en los blasones de sus escudos, pomposos en las ruedas de sus penachos. A tan milagrosos beneficios, que nuestro rey y profeta David cantó en el psalmo, segun la division nuestra, 105, que empieza *Hodu la-Adonái* (a), respondió nuestra dureza é ingratitud con hastío y fastidio en el sustento; con olvido en el paseo abierto sobre las ondas del mar. Pocas veces quien recibe lo que no merece, agradece lo que recibe. Muchas veces castiga Dios con lo que da, y premia con lo que niega. Tales antepasados son genealogía delincuente de nuestra contumacia.

»Comunmente nos tienen por los porfiados de la esperanza sin fin, siendo en la censura de la verdad la gente más desesperada de la vida. Nada aborrecemos, y hemos aborrecido tanto los judíos como la esperanza. Nosotros somos el extremo de la incredulidad; y *esperanza* y *incredulidad* no son (1) compatibles : ni esperamos ni hay qué esperar de nosotros. Porque Moisen se detuvo un poco en el monte no quisimos esperarle, y pedimos dios á Aaron. La razon que dan de que somos tercos en esperanza perdurable es que aguardamos tantos siglos há al Mesías; empero nosotros ni le recibimos en Cristo ni le aguardamos en otro. El decir siempre que ha de venir no es porque le deseamos ni lo creemos : es por disimular con estas largas, que somos aquel ignorante, que empieza el psalmo 13, diciendo en su corazon : «No hay Dios» (b). Lo mismo dice quien niega al que ya vino y aguarda al que no ha de venir. Este lenguaje gasta nuestro corazon y bien considerado, es el *Quare* (del psalmo 2) *fremuerunt gentes, et populi meditati sunt innania.... adversús Dominum, et adversús Christum ejus?* De manera que nosotros decimos que esperamos siempre, por disimular que siempre desesperamos.

»De la ley de Moisen solo guardamos el nombre, sobrescribiendo con él y con ella las excepciones que los talmudistas han soñado, para desmentir las Escrituras, deslumbrar las profecías, y falsificar los preceptos, y habilitar las conciencias á la fábrica de la materia de estado; dotrinando para la vida civil nuestro ateismo en una política sediciosa, prohijándonos de hijos (2) de Israel á hijos del siglo. Cuando tuvimos ley no la guardábamos; hoy, que la guardamos, no es ley sino en la breve pronunciacion de las tres letras.

»Ha sido necesario decir lo que fuimos para disculpar lo que somos y encaminar lo que pretendemos ser, creciéndonos en estos delirios rabiosos, en que parece está frenético todo el orbe de la tierra, cuando no solamente los herejes toman contra los católicos las armas enemigas, sino los católicos unos mueven contra otros los escuadrones parientes. Los protestantes de Alemania há (3) muchos años que pretenden que el Emperador sea hereje. A esto los fomenta el rey Cris-

tianísimo, haciendo como que no lo es, y desentendiéndose de Calvino y Lutero. Opónese á todos el rey Católico, para mantener en la casa de Austria la suprema dignidad de las águilas de Roma. Los olandeses, animados con haber sido traidores dichosos, aspiran á que su traicion sea monarquía; y de vasallos rebeldes del gran rey de España, osan serle competidores. Robáronle lo que tenia en ellos, y prosiguen en usurparle lo que tan léjos dellos tiene, como son el Brasil y las Indias; destinando sus conquistas sobre (4) sus coronas. No hemos sido para todos estos robos la postrera disposicion nosotros, por medio de los cristianos postizos, que con lenguaje portugues le habemos aplicado para minas, con título de vasallos. Los potentados de Italia (si no todos, los más) han hospedado, en sus dominios, franceses, dando á entender han descifrado en este sentir (5) los semblantes del summo Pontífice; y la tolerancia muda han leido por *motu proprio*. El rey de Francia ha usado contra el monarca de los españoles estratagema nunca oida, disparándole por batería todo su linaje con achaque de malcontentos (6) y huidos, para que en sueldos y socorros y gastos consumiese las consignaciones de sus ejércitos. ¿Cuándo se vió un rey contra otro hacer municion de dientes y muelas de su madre y de su hermano, próximo heredero, para que se le comiesen á bocados? Ardid es mendicante, mas pernicioso. Militar con el mogollon (c), más tiene de lo ridículo que de lo serio. Nosotros tenemos sinagogas en los estados de todos estos príncipes, donde somos el principal elemento de la composicion desta cizaña. En Ruan somos la bolsa de Francia contra España, y juntamente de España contra Francia (7); y en España, con traje que sirve de máscara ú la circuncision (d), socorremos á aquel monarca con el caudal que tenemos en Amsterdam en poder de sus propios enemigos, á quienes importa más el mandar que le difiramos las letras, que á los españoles cobrarlas. ¡Extravagante tropelía, servir y arruinar con un propio dinero á amigos y á enemigos, y hacer que cobre los frutos de su intencion el que (8) los paga del que los cobra! Lo mismo hacemos con Alemania, Italia y Constantinopla; y todo este enredo ciego y belicoso causamos con haber tejido el socorro de cada uno en el arbitrio de su mayor contrario; porque nosotros socorremos como el que da con interes dineros al que juega y pierde, para que pierda más. No niego que los *Monopantos* son gariteros de la tabaola de Europa, que dan cartas y tantos, y entre lo que sacan de las barajas que meten y de luces, se quedan con todo el oro y la plata, no dejando á los jugadores sino voces y ruido, y perdicion, y ansia de desquitarse á que los inducen, porque su

---

(a) *Hora La Adonái* dice el MS. original. *Horula Adonai* todos los impresos. הוֹדוּ לַיהֹוָה, como fijamos arriba, se interpreta *Load à Jhowah.*

(1) incompatibles (*Las ediciones españolas hasta mediados del siglo* xviii.)

(b) *Dixit insipiens in corde suo : Non est Deus.*

(2) de hijos (*MS. original.*)

(3) ya muchos años (*Los impresos.*)

(4) su corona. (*Los impresos.*)

(5) sus semblantes. El rey de Francia, etc. (*Id. ménos las impresiones belgas.*)

(6) para que en sueldos, etc. (*Los impresos todos.*)

(c) *Mogollon*, entrometimiento de alguno para comer de balde á costa ajena donde no le llaman ni es convidado.

(7) socorremos á aquel monarca etc. (*Fuera de las ediciones de Bruselas, todas.*)

(d) Esta grave censura, que solamente se lee en el MS. original y en las colecciones flamencas, tiene dos sentidos : ó que realmente ocupaban altos puestos del estado hombres de sangre judáica, ó al ménos, que la avaricia y el desasosiego de sus almas no los haria diferenciar de los hebreos diseminados por todo el mundo.

(8) lo paga del que lo cobra. (*Los impresos.*)

garíto, que es (1) fin de todos, no tenga fin. En esto son perfecto remedo de nuestros anzuelos. Es verdad que para la introduccion nos llevan grande ventaja en ser los judios del Testamento Nuevo, como nosotros del Viejo, pues así como nosotros no creimos que Jesus era el Mesías que habia venido, ellos, creyendo que Jesus era el Mesías que vino, le dejan pasar por sus conciencias: de manera que parece que jamas (2) llegó para ellos ni por ellas. Los *Monopantos* le creen (como de nosotros dice que le esperamos un grave autor: *Auream et gemmatam Ilierusalem espectabant*) (3) en Hierusalen de oro y joyas. Ellos y nosotros, de diferentes principios y con diversos medios, vamos á un mesmo fin, que es á destruir, los unos la cristiandad que no quisimos, los otros la que ya no quieren; y por esto nos hemos juntado á confederar malicia y engaños.

»Ha considerado esta sinagoga que el oro y la plata son los verdaderos hijos de la tierra, que hacen guerra al cielo, no con cien manos solas, sino con tantas como los cavan, los funden, los acuñan, los juntan, los cuentan, los reciben y los hurtan. Son dos demonios subterráneos, empero bienquistos de todos los vivientes; dos metales que cuanto tienen más de cuerpo, tienen más de espíritu. No hay condicion que les sea desdeñosa, y si alguna ley los condena, los legistas é intérpretes della los absuelven. Quien se desprecia de cavarlos se precia de adquirirlos; quien de grave no los pide al que los tiene, de cortesano los recibe de quien los da; y el que tiene por trabajo el ganarlos, tiene el robarlos por habilidad; y hay en la retórica de juntarlos (4) un *no los quiero*, que obra *dénmelos;* y *nada recibo de nadie*, que es verdad, porque no es mentira *todo lo tomo.* Y como mentiria el mar si dijese que no mata su sed con tragarse los arroyuelos y fuentes, pues bebiéndose *todos* los rios que se los beben, en ellos se sorbe fuentes y arroyos; de la misma manera mienten los poderosos que dicen no reciben de los mendigos y pobres, cuando se engullen á los ricos, que devoran á los pobres y mendigos. Esto supuesto, conviene encaminar la batería de nuestros intereses á los reyes y repúblicas y ministros; en cuyos vientres son todos los demás replecion, que conmovida por nosotros, ó será letargo ó apoplejía en las cabezas. En el método de disponerlo sea el primer voto el de los señores *Monopantones.*»

Los cuales, habiéndose conficionado los unos con los chismes de los otros, determinaron que (5) Pácas Mazo (a), como más abundante de lengua y más caudaloso de palabras, hablase por todos; lo que hizo con tales razones:

«Los bienes del mundo son de los solícitos; su fortuna de los disimulados y violentos. Los señoríos y los reinos ántes se arrebatan y usurpan que se heredan y merecen. Quien en las medras temporales es el peor de los malos, es el benemérito sin competidor, y crece hasta que se deja exceder en la maldad; porque en las ambiciones lo justo y lo honesto hacen delincuentes á los tiranos. Estos en empezando á moderarse se deponen; si quieren durar en ser tiranos no han de consentir que salgan fuera las señas de que lo son. El fuego que quema la casa, con el humo que arroja fuera llama á que le maten con agua. Deste discurso cada uno tome lo que le pareciere á propósito. La moneda es la Circe, que todo lo que se le llega ó de ella se enamora, lo muda en varias formas: nosotros somos el *cerbi gratia.* El dinero es (6) un dios de rebozo, que en ninguna parte tiene altar público, y en todas tiene adoracion secreta; no tiene templo particular porque se introduce en los templos. Es la riqueza una seta universal, en que convienen los más espíritus del mundo; y la codicia un heresiarca bienquisto de (7) los discursos políticos, y el conciliador de todas las diferencias de opiniones y humores. Viendo pues nosotros que es el mágico y el (8) nigromante que más prodigios obra, hémosle jurado por norte de nuestros caminos y (9) por calamita (b) de nuestro norte, para no desvariar en los rumbos. Esto ejecutamos con tal arte, que le dejamos para tenerle, y le despreciamos para juntarle: lo que aprendimos de la hipocresía de la bomba, que con lo vacío se llena, y con lo que no tiene atrae lo que tienen otros, y sin trabajo sorbe, y agota lo lleno con su vacío. Somos remedos de la pólvora, que menuda, negra, junta y apretada, toma fuerza inmensa, y velocidad de la estrechura. Primero hacemos el daño que se oiga el ruido; y como (10) para apuntar cerramos un ojo y abrimos otro, lo conquistamos todo en un abrir y cerrar de ojos. Nuestras casas son cañones de arcabuz, que se disparan por las llaves y se cargan por las bocas. Siendo pues tales, tenemos costumbres y semblantes que convienen con todos, y por esto no parecemos forasteros en alguna seta ó nacion. Nuestro pelo le admite el turco por turbante, el cristiano por sombrero, y el moro por bonete, y vosotros por tocado. No tenemos ni admitimos nombre de reino ni de república, ni otro que el de *Monopantos:* dejamos los apellidos á las repúblicas y á los reyes, y tomámosles el poder limpio de la vanidad de aquellas palabras magníficas: encaminamos nuestra pretension á que ellos sean señores del mundo, y nosotros de ellos. Para fin tan lleno de majestad no hemos hallado con quien hacer confederacion igual, á pérdida y ganancia, sino con vosotros, que hoy sois los tramposos de toda Europa. Y solamente os falta nuestra calificacion para acabar de corromperlo todo; la cual os ofrecemos plenaria, en contagio y peste, por medio de una máquina infernal que contra los cristianos hemos fabricado los que estamos presentes. Esta es, que considerando que la triaca se fabrica sobre el veloz veneno de la víbora (por ser el humor que más aprisa y derecho va al corazon; á cuya causa (11) cargándola de muchos simples de eficacísima virtud, los lleva al corazon para que le defiendan de la ponzoña, que es lo que se pretende por la medicina), —así nosotros hemos inventado una contratriaca para encaminar al corazon los venenos, cargando sobre las

---

(1) el fin (*Los impresos.*)
(2) llega para ellos (*Id.*)
(3) una Jerusalem (*Id.*)
(4) *no los quiero,* (*MS. original.*)
(5) Pacasmazo (*Los impresos.*)
(a) El licenciado José Gonzalez, como *abogado* y por lo tanto de lengua expedita y afluente.

(6) una deidad de rebozo (*Los impresos.*)
(7) todos (*Id.*)
(8) necromante (*MS. original.*)
(9) calamita (*Los impresos.*)
(b) Piedra iman, brújula.
(10) á apuntar (*MS. original.*)
(11) cargándole (*Id.*)

virtudes y sacrificios, que se van derechos al corazon y al alma, los vicios y abominaciones y errores, que como vehículos (1) introducen en ella. Si os determinais á esta alianza, os darémos la receta con peso y número de ingredientes, y boticarios doctos en esta confacion, en que Danipe y Alkemiástos y yo (a) hemos sudado, y no debe nuestro sudor nada á los trociscos (b) de la víbora. Dejáos gobernar por nuestro Prágas (c), que no dejaréis de ser judíos y sabréis juntamente ser *Monopantos.*»

A raiz destas palabras los cogió la *hora*; y levantándose Rabbi Maimon, uno de los dos que vinieron por la sinagoga de Venecia, se llegó al oído de Rabbi Saadías, y rempujando con la mano estado y medio de pico de nariz, para podérsele llegar á la oreja, le dijo: «Rabbi, la palabrita *dejáos gobernar* á roña sabe; conviene abrir el ojo con estos, que me semejan Faraones caseros y mogigatos.» Saadías le respondió: «Ahora acabo de (2) reconocerlos por maná de dotrinas; que saben á todo lo que cada uno quiere: no hay sino callar, y como á ratones de las repúblicas, darles qué coman en la trampa.» Chrysóstheos (3) que vió el coloquio entre dientes, dijo á Philárgyros y á Danipe (d): «Yo atisbo la sospecha destos perversos judíos: todo *Monopanto* se dé un baño de becerro enjoyado, que ellos caerán de rodillas.» Recociéronse en lazos y embelecos unos contra otros; y para deslumbrar á los (4) *Monopantos* Rabbi Saadías dijo: «Nosotros os juzgamos exploradores de la tierra de promision y la seguridad de nuestros intentos; para que nos amásemos (5) en un compuesto rabioso, será bien se confiera el modo y las capitulaciones, y se concluyan y firmen en la primera junta, que señalamos de hoy en tres dias. (6) Pácas Mazo (e), compuniendo su rapiña en palomita, dijo que el término era bastante y la resolucion providente; empero que convenia que el secreto fuese ciego y mudo. Y sacando un libro encuadernado en pellejo de oveja, cogida con torzales de oro en varios labores la lana, se le dió á Saadías, diciendo: «Esta prenda os damos (7) por rehenes.» Tomóle, y preguntó: «*¿Cuyas son estas obras?*» Respondió (8) Pácas Mazo: «*De nuestras palabras.* El autor es Nicolas Machiavelo, que escribió el canto llano de nuestro contrapunto.» Mirándole con grande atencion los judíos, y particularmente la encuadernacion en pe-

llejo de oveja, Rabbi (9) Asepha, que asístia por Oran, dijo: «Esta lana es de la que dicen los españoles que vuelve trasquilado quien viene por ella.»

Con esto se apartaron, tratando unos y otros entre sí de juntarse, como pedernal y eslabon, á combatirse y aporrearse y hacerse pedazos hasta echar chispas con tra todo el mundo, para fundar la nueva seta del dinerismo, mudando el nombre de *ateistas* en *dineranos* (10).

XL. Los pueblos y súbditos á señores, príncipes, repúblicas y reyes y monarcas se juntaron en Lieja (f), pais neutral, á tratar de sus conveniencias y á remediar y á descansar sus quejas y malicias, y desahogar su sentir opreso en el temor de la soberanía. Habia gente de todas naciones, estados y calidades. Era tan grande el número, que parecia ejército, y no junta; por lo cual eligieron por sitio la campaña abierta. Por una parte admiraba la maravillosa diferencia de trajes y de aspectos; por otra confundia los oídos y burlaba la atencion la diferencia de lenguas. Parecia romperse el campo con las voces: resonaba á la manera que cuando el sol cuece las mieses, se oye importuno rechinar con la infatigable voz de las chicharras; el más sonoro alarido era el que encaramaban desgañitándose las mujeres con acciones frenéticas. Todo estaba mezclado en tumulto (11) ciego y discordia furiosa: los republicanos querian príncipes, los vasallos de los príncipes querian ser republicanos.

(12) Esta controversia empelazgaron un noble saboyano y un ginoves plebeyo (g). Decia el saboyano que su duque era el movimiento perpetuo (h) y que los consumia con guerras (13) continuas, por equilibrar su dominio, que se ve anegado entre las dos coronas de Francia y España; y que su conservacion la tenia en revolver, á costa de sus vasallos, los dos reyes, para que, ocupado el uno con el otro, no pueda el uno ni el otro tragárselo; viendo que sucesivamente entrambos príncipes, ya este, ya aquel, le conquistan y le defienden: lo cual pagan los súbditos, sin poder respirar en quietud. Cuando Francia le embiste, España le ayuda; y cuando España le acomete, Francia le defiende. Y como ninguno de los dos le ampara por conservarle, sino porque el otro no crezca con su estado, y le sea más formidable y próximo vecino, de la defensa resulta á sus pueblos tanto daño como de la

---

(1) se introducen (*Los impresos.*)

(a) Juan de Pineda y Hernando de Salazar, ambos de la compañía de Jesus; y José Gonzalez.

(b) Τροχίσκος voz griega que se usa en la farmacia, y significa *ruedecilla, rodaja.* Usase pues en la acepcion de *pastillos.* Hay troeiscos de muchas especies y composiciones, aperitivos, purgantes, alterantes y confortativos. Sus simples se hacen polvos, y se mezclan con algun licor proporcionado; y puestos á secar al aire y á la sombra léjos del fuego, se les da la figura que se quiere.

(c) *Gaspar* de Guzman, conde-duque de Olivares.

(2) conocerlos (*Los impresos.*)

(3) Chrisotheos (*El MS. original.*)—Chritoteos (*Los impresos.*)—Chritoteos, *Judices Deorum,* ó *Jueces de los Dioses.* Arriba puso *Ericthoteos,* y aquí *Chritoteos.* (*Nota de la impresion de Bruselas.*)

(d) Don Antonio Carnero, Juan Bautista Saenz Navarrete, y Juan de Pineda.

(4) monopantontos (*Los impresos.*)

(5) será bien se confiera (*Edic. de Zaragoza.*)

(6) Pacasmazo (*Los impresos.*)

(e) El licenciado José Gonzalez.

(7) en rehenes. (*Los impresos.*)

(8) Pacas-Mazo (*Id.*)

(9) Asapha (*El original y los impresos.*)

(10. ó en *dineristas.* (*Edic. de Bruselas.*)

(f) Antigua y grande ciudad libre é imperial de Alemania, en el circulo de Westfalia. Es una especie de república gobernada por el Obispo, por sus senadores y burgomaestres. Su universidad ha sido célebre. Yace la ciudad en un hermoso valle, y la divide el Mosa.

(11) fiero y en discordia (*Los impresos.*)

(12) Con esta controversia se envedijaron (*Id.*)

(g) *Pelasa* ó *pelazga* significa pendencia, riña ó disputa. Empelazgar una controversia es frase inventada por el escritor para encarecer la vehemencia del altercado.

(h) No lo dice QUEVEDO tanto por el que á la sazon poseia la Saboya, como por Cárlos Emanuel I, el más atrevido y emprendedor de todos los potentados de su tiempo. Espiró á 26 de julio de 1630, en los sesenta y nueve años de edad. Sucedióle Victor Amadeo, su hijo, príncipe del Piamonte, casado con Cristina de Francia, hermana de Luis XIII. Pero ni este ni su primogénito Luis Amadeo gozaron mucho los estados. Pasaron, muertos uno y otro, al hijo menor Cárlos Emanuel, segundo de este nombre, en el año de 1638.

(13) perpetuas, por equilibrar (*MS. original.*)

ofensa; y las más veces más (a). El duque recata en su corazon disimulada la pretension de libertador de Italia, blasonando, para tener propicia la Santa Sede, toda la historia de Amadeo, á quien llamaron *Pacífico* (b) (1), por haber sospechado algunos impiamente maliciosos que pensaba en reducir al sumo Pontífice á solo el caudal de las gracias y indulgencias. Padece el Duque achaques de rey de Chipre, y es molestado de recuerdos de señor de Ginebra, y adolece de soberanía desigual entre los demas potentados. Todas estas cosas son espuelas que se añaden á los alientos, que en él necesitan de freno; que por estas razones viene á tratar que la Saboya y el Piamonte se confederen en república, donde la justicia y el consejo mandan, y la libertad reina.» «¡Qué la libertad reina!» dijo dado á los diablos el ginoves. «Tú debes de estar loco, y como no has sido república, no sabes sus miserias y esclavitudes. No bastará toda la razon de estado á concertarnos. Yo, que soy ginoves, hijo de aquella república, que por la vecindad y emulacion os conoce á vosotros, vengo á persuadir á vuestro duque, con la asistencia de nosotros los plebeyos (c) se haga rey de Génova; y si él no lo aceta, he de ir á persuadir esta oferta al rey de España, y si no, al francés; de unos reyes en otros, hasta topar con alguno que se apiade de nosotros. Dime, malcontento del bien que Dios te hizo en que nacieses sujeto á príncipe, ¿has considerado cuánto mayor descanso es obedecer á uno solo que á muchos, juntos en una pieza y apartados, y diferentes en costumbres, naturales, opiniones y desinios? Perdido, ¿no adviertes que en las repúblicas, como es anuo y sucesivo por las familias el gobierno, es respectivo, y que la justicia carece de ejecucion, con temor de que los que otro año ú otro trienio mandarán se venguen de la que hizo el que gobernó? Si el senado repúblico se compone de muchos, es confusion; si de pocos, no sirve sino de corromper la firmeza y excelencia de la unidad: esta no se salva en el Dux, que, ó no tiene absoluto poder, ó es por tiempo limitado. Si mandan por igual nobles y plebeyos, es una junta de perros y gatos, que los unos proponen mordiscones con los dientes ladrando, y los otros responden con araños y uñas. Si es de pobres y ricos, (2) desprecian á los pobres los ricos, y á los ricos invidian los pobres. Mirá qué compuesto resultará de invidia y desprecio. Si el gobierno está en los plebeyos, ni los querrán sufrir los nobles, ni ellos podrán sufrir el no serlo. Pues si los nobles solos mandan, no hallo otra comparacion á los súbditos sino la de los condenados: y estos somos los plebeyos ginoveses; y si se pudiera sin error encarecerlo más, me pareciera haber dicho poco. Génova tiene tantas repúblicas como nobles, y

tantos miserables esclavos como plebeyos. Y todas estas repúblicas personales se juntan en un palacio á solo contar nuestro caudal y mercancias, para roérnosle ó bajando ó subiendo la moneda; y como malsines de nuestro caudal, atienden siempre á reducir á pobreza nuestra inteligencia. Usan de nosotros como de esponjas, enviándonos por el mundo á que empapándonos en la negociacion, chupemos hacienda; y en viéndonos abultados de caudal, nos exprimen para sí. Pues dime, maldito y descomulgado saboyano, ¿qué pretendes con tu traicion y tu infernal intento? ¿No conoces que nobles y plebeyos transfieren su poder en los reyes y príncipes, donde apartado de la (3) soberbia y poder de los unos, y de la humildad de los otros, compone una cabeza asistida de pacífica y desinteresada majestad, á quien ni la nobleza presume ni la plebe padece?»

Embistiéranse los dos si no los apartara el (4) mormullo de una manada de catredáticos, que venía retirándose de un escuadron de mujeres, que con las bocas abiertas los hundian á (5) chillidos y los amagaban de mordiscones. Una dellas, cuya hermosura era tan opulenta que se aumentaba con la disformidad de la ira, siendo afecto que en la suma fiereza de un leon halla fealdad que añadir, dijo: «Tiranos, ¿por cuál razon (siendo las mujeres de las dos partes del género humano la una, que constituye mitad) habeis hecho vosotros solos las leyes contra ellas, sin su consentimiento, á vuestro albedrío? Vosotros nos privais de los estudios, por invidia de que os excederémos; de las armas, por temor de que seréis vencimiento de nuestro enojo los que lo sois de nuestra risa. Habeisos constituido por árbitros de la paz y de la guerra, y nosotras padecemos vuestros delirios. El adulterio en nosotras es delito de muerte, y en vosotros entretenimiento de la vida. Queréisnos buenas para ser malos, honestas para ser distraidos. No hay sentido nuestro que por vosotros no esté encarcelado: teneis con grillos nuestros pasos, con llave nuestros ojos; si miramos, decis que somos desenvueltas; si somos miradas, peligrosas; y al fin, con achaque de honestidad, nos condenais á privacion de potencias y sentidos. Barbonazos, vuestra desconfianza, no nuestra flaqueza, las más veces nos persuade contra vosotros lo propio que cautelais en nosotras. Más aun las que haceis malas que las que lo son. Menguados, si todos sois contra nosotras *privaciones*, fuerza es que nos hagais todas *apetitos* contra vosotros. Infinitas entran en vuestro poder buenas, á quien forzais á ser malas; y ninguna entra tan mala, que los más de vosotros no hagan peor. Toda vuestra severidad se funda en lo frondoso y opaco de vuestras caras; y el que peina por barba más lomo de javalí, presume más suficiencia, como si el solar del seso fuera la pelambre prolongada, de quien ántes se prueba de cola que de juicio. Hoy es dia en que se ha de enmendar esto, ó con darnos parte en los estudios y puestos de gobierno, ó con oirnos, y desagraviarnos de las leyes establecidas, instituyendo algunas en nuestro favor, y derogando otras que (6) nos son perjudiciales.» Un dotor, á quien la barba le chorreaba hasta los tobi-

---

(a) Así sucedió en 17 de enero de 1628; que habiendo ido Cárlos Gonzaga, duque de Nevers, á tomar posesion de Mántua, la cual le fué disputada por el duque de Saboya, que pretendia el Monferrato, Cárlos se puso bajo proteccion de la Francia, y el Duque bajo la del Emperador, y por consiguiente de España.

(b) Amadeo I, duque de Saboya, cuarto abuelo de Cárlos Emanuel, era hijo de Amadeo, llamado el *Conde Rojo*, nieto de Amadeo, á quien decian el *Conde Verde*, y biznieto de Teodoro I Paleólogo, marqués del Monferrato.

(1) Padece el Duque achaques etc. (*Edic. de Zaragoza.*)

(c) Al márgen en la edicion de Zaragoza y al pié en la de Bruselas se lee: *Contra el gobierno repúblico.*

(2) los ricos desprecian á los pobres, los pobres envidian á los ricos. (*Los impresos.*)

(3) soberanía de los unos (*Los impresos.*)

(4) mormollo (*MS. original.*)

(5) gazpellidos y los amagaban (*Id.*)

(6) no son (*Edic. de Zaragoza y españolas del siglo XVII.*)

llos, que los vió juntas y determinadas, fiado en su elocuencia, intentó satisfacerlas con estas razones : «Con grande temor me opongo á vosotras, viendo que la razon frecuentemente es vencida de la hermosura ; que la retórica y dialéctica son rudas contra vuestra belleza. Decidme empero, ¿qué ley se os podrá fiar, si la primera mujer estrenó su sér quebrantando la de Dios? (a) ¿Qué armas se pondrán con disculpa en vuestras manos, si con una manzana descalabrastes toda la generacion de Adan, sin que se escapasen los que estaban escondidos en las distancias (1) de lo futuro? Decis que todas las leyes son contra vosotras ; fuera verdad si dijérades que vosotras (2) érades contra todas las leyes. ¿Qué poder se iguala al vuestro, pues si no juzgais con las leyes estudiándolas, juzgais á las leyes con los jueces, corrompiéndolos? Si nosotros hicimos las leyes, vosotras las deshaceis. Si los jueces gobiernan el mundo, y las mujeres á los jueces,—las mujeres gobiernan (3) el mundo y desgobiernan á los que le gobiernan ; porque puede más con muchos la mujer que aman que el texto que estudian. Más pudo con Adan lo que el diablo dijo á la mujer que lo que Dios le dijo (4). Con el corazon humano muy eficaz es el demonio si le pronuncia una de vosotras. Es la mujer regalo que se debe temer y amar, y es muy difícil temer y amar una propia cosa. Quien solamente la ama, se aborrece á sí ; quien solamente la aborrece, aborrece á la naturaleza. ¿Qué Bártulo no borran vuestras lágrimas? ¿De qué Baldo no se rie vuestra risa? (5) Si tenemos los cargos y los puestos, vosotras los gastais en galas y trajes. Un texto solo teneis, que es vuestra lindeza : ¿cuándo le alegastes, que no os valiese? ¿quién le vió, que no quedase (6) vencido? Si nos cohechamos, es para cohecharos ; si torcemos las leyes y la justicia, las más veces es porque seguimos la dotrina de vuestra belleza ; y de las maldades que nos mandais hacer cobrais los intereses, y nos dejais la infamia de jueces detestables. Invidiaisnos la asistencia y los cargos en la guerra, siendo ella á quien debeis el descanso de viudas, y nosotros el olvido de muertos. Quejaisos de que el adulterio es en vosotras delito capital, y no en nosotros. Demonios de buen (7) sabor, si una liviandad vuestra quita las honras á padres y bijos y afrenta toda una generacion, ¿por qué se os antoja rigurosó castigo la pena de muerte, siendo de tanto mayor estimacion la honra de muchos inocentes que la vida de un culpado? Estemos al aprecio que desto hacen vuestras propias obras. Vosotras, por infinitos, no podeis contar vuestros adulterios ; y nosotros, por raros, no tenemos qué (8) contar de los degüellos : el escarmiento sigue á la pena ; ¿dónde está este? Quejaros de que os guardamos es quejaros de que os estimemos : nadie (9) guardó lo que desprecia. Segun lo que he discurrido, de todo sois señoras, todo está sujeto á vos-

otras ; gozais la paz y ocasionais la guerra. Si habeis de pedir lo que os falta á muchas, pedid moderacion y seso.» ¿Seso dijiste? No lo hubo pronunciado, cuando todas juntas se dispararon contra el triste dotor en remolino de pellizcos y repelones, y con tal furia le mesaron, que le dejaron lampiño de la pelambre graduada ; que pudiera, por lo lampiño, pasar por vieja en otra parte. Ahogáranle si no acudiera mucha gente á la (10) pelazga y mormullo que habian (11) armado un francés monsiur y un italiano monseñor.

Habíanse ya pronunciado el enojo con alguno sopapos, y dádose sanctus en las jetas, con séquito de coces y bocados. El francés se carcomia de rabia, y el monseñor se (11) destrizaba de cólera. Concurrieron por una y otra parte italianos y bugres. Pusiéronse en medio los alemanes, y sosegándolos con harta dificultad, los preguntaron la causa. El francés arrebañándose con entrambas manos las bragas, que con la fuga se le habian bajado á las corvas, respondió : «Hoy hemos concurrido aquí todos los súbditos para tratar del alivio de nuestras quejas. Yo estaba comunicando con otros de mi nacion el miserable estado en que se halla Francia, mi patria, y la opresion de los franceses so el poder de Armando, cardenal de Richeleu. Ponderaba con la maña que llamaba servir al Rey lo que es degradarle ; cuánta raposa vestia de púrpura ; cómo con el ruido que inducia en la cristiandad, disimulaba el de su lima ; que agotaba en su astucia la confianza del Príncipe ; que habia puesto en manos de sus parientes y cómplices el mar y la tierra, fortalezas y gobiernos ; ejércitos y armadas, infamando los nobles y engrandeciendo los viles. Acordaba á los de mi nacion de las tajadas y pizcas en que resolvieron al mariscal de Ancre ; acordábalos de Luínes, y cómo nuestro rey no se limpiaba de privados ; y que este solo hacia bien á esotros dos, á quien acreditaba (b). Advertia que en Francia de pocos años á esta parte los traidores han dado en la agudeza más

(a) Nota se lee al márgen en la edicion de Zaragoza.
(1) del futuro? (MS. original.)
(2) sois contra (Los impresos.)
(3) y desgobiernan el mundo, y desgobiernan (Id.)
(4) á él. (Id.)
(5) ¿Quién es soberano y de qué, si no os huye? (MS. de Listo.)
(6) convencido? (Los impresos.)
(7) saber, si una libertad vuestra (Las impresiones españolas hasta fines del siglo XVIII)—sabor si una libertad (Las belgas.)
(8) contar. En los degüellos el escarmiento sigue á la pena ; (Los impresos.)
(9) guarda (Id.)

(10) pelarza y mormollo (MS. original.) — Pelanza y mormullo (Todos los impresos.)
—(Pelaza ó pelazga llámase á la paja de la caña de la cebada á medio trillar ; y por lo revuelto y mezclado que están unas aristas con otras, aplícase á la riña y quimera. Pelázga se lee casi siempre en el Quijote y en el Diablo Cojuelo de Luis Vélez.)
(11) armado. Un frances monsiur y un italiano monseñor habíanse ya pronunciado el enojo con algunos sopapos, con séquito de voces y bocados. (Los impresos.)
(12) destrozaba de cólera (Id.)
(b) Fué asesinado Conchino de Conchinini, mariscal d'Ancre, en el pórtico del Louvre, por mandato de Luis XIII, el 24 de abril de 1617, y despedazado bárbaramente. Llegó este florentin desde una humilde medianía á la mayor grandeza, casando con Galigaya, quien desde su niñez se habia criado con María de Médicis, amándose ambas como dos hermanas tiernísimas. Cuando María subió al tálamo de Enrique IV, llevó á Francia á Galigaya y Conchino. Muerto el Rey violentamente, y puesto el gobierno en manos de los dos esposos, creció su fortuna hasta el punto de comprar feudos, ocupar los primeros destinos de palacio, ascender á las más altas dignidades, y contemplarse ministros absolutos del reino. Un hombre veia con pena tanta prosperidad, la ambicionó, y comenzando por acompañar al Rey en la caza de cetrería, acabó por cazar á los dos privados y juntamente al Monarca. Hablábale mal de Ancre, ridiculizaba su vanidad, censuraba sus acciones, ponderaba su tiranía, hiriendo el amor propio de Luis XIII para que rechazase el ominoso yugo del favorito. Luínes, este malvado, cogió al fin el negro fruto de sus pérfidas artes : pisó la sangre del Mariscal y de Galigaya, arrojó sus cuerpos á la furia del populacho estúpido ; se vió dueño de las pingües haciendas y riquísimas joyas de aquellos desgraciados ; y como si esto pareciera poco, le dió el Rey por esposa á Misela de Vaudoma, hija bastarda del

perniciosa del infierno : pues viendo que levantarse con los reinos se llama traicion, y se castiga como traidor al que lo intenta,—para asegurar su maldad se levantan con los reyes, y se llaman privados; y en lugar de castigo de traidores, adquieren adoracion de reyes (1) de reyes. Proponia, y lo propongo, y lo propondré en la junta, que para la perpetuidad de la sucesion y de los reinos, y extirpar esta seta de traidores, se promulgue ley inviolable é irremisible, que ordenase que el rey que en Francia se sujetare á privado, *ipso jure* él y su sucesion perdiesen el derecho del reino, y que desde luego fuesen los súbditos absueltos del juramento de fidelidad; pues no previene tan manifiesto peligro la ley Sálica, que excluye las hembras, como esta, que excluye validos (*a*). Decia que juntamente se mandase que el vasallo que con tal nombre se atreviese á levantarse con su rey, muriese (2) infamemente y perdiese todas las honras y bienes que tuviese, quedando su apellido siempre maldito y condenado (3). Pues sin más consideracion, ese desatinado bergamasco (*b*), ni acordarme (4) de los nepotes de Roma, me llamó hereje (5) *pezente y mascalzon* : diciendo que en detestar (6) los privados, detestaba los nepotes, y que privado y nepote eran dos nombres y una cosa. Y no habiendo yo tomado en la boca disparate semejante, me embistió en la forma que nos hallastes.» Los alemanes quedaron con los demás oyentes suspensos y pensativos. Encamináronlos á cada uno á su puesto, no sin dificultad, y dispusieron en auditorio pacífico aquellas multitudes para la propuesta que en nombre de todos hacia un letrado bermejo, que á todos los habia revuelto y persuadido á pretensiones tan diferentes y desaforadas. Mandaron el silencio dos clarines, cuando él, sobre lugar (7) eminente que en el centro del concurso los miraba en iguales distancias, dijo :

«La pretension que todos tenemos es la libertad de todos, procurando que nuestra sujecion sea á lo justo, y no á lo violento; que nos mande la razon, no el albedrio; que seamos de quien nos hereda, no de quien nos arrebata; que seamos cuidado de los príncipes, no mercan-

cia; y en las repúblicas compañeros, no esclavos; miembros, y no trastos; cuerpo, y no sombra. Que el rico no estorbe al pobre que pueda ser rico, ni el pobre enriquezca con el robo del poderoso. Que el noble no desprecie al plebeyo, ni el plebeyo aborrezca al noble; y que todo el gobierno se ocupe en animar á que todos los pobres sean ricos, y honrados los virtuosos, y en estorbar que suceda lo contrario. Hase de obviar que ninguno pueda ni valga más que todos, porque quien excede á todos destruye la igualdad, y quien le permite que exceda le manda que conspire. La igualdad es armonía, en que está sonora la paz de la república, pues enturbándola particular exceso, disuena, y se oye rumor lo que fué música. Las repúblicas han de tener con los reyes la union que tiene la tierra (en quien ellas se representan) con el mar (que los representa á ellos). Siempre están abrazados, mas siempre esta se defiende de las insolencias de aquel con la orilla, y siempre aquel la amenaza, la va lamiendo y procurando anegarla y sorbérsela; y esta cobrar de sí por una parte tanto como él la esconde por otra. La tierra, siempre firme y sin movimiento, se opone al bullicio y perpetua discordia de su inconstancia; aquel con cualquier viento se enfurece; esta con todos se secunda. Aquel se enriquece de lo que esta le fia; esta con anzuelos y redes y lazos le pesca y le despuebla. Y de la manera que toda la seguridad del mar y el abrigo está en la tierra, que de los puertos, así en las repúblicas está el reparo de las borrascas y golfos de los reinos. Estas siempre han de militar con el seso, pocas veces con las armas; han de tener ejércitos y armadas prontas en la suficiencia del caudal, que es el *luego* que logra las ocasiones. Deben hacer la guerra á los unos reyes con los otros; porque los monarcas, aunque sean padres y hijos, hermanos y cuñados, son como el hierro y la lima, que siendo no solo parientes, sino una misma cosa y un propio metal, siempre la lima está cortando y adelgazando al hierro. Han de asistir las repúblicas á los príncipes temerarios lo que baste para que se despeñen; y á los reportados, para que sean temerarios. Harán nobilísima la mercancía, porque enriquece y lleva los hombres por el mundo ocupados en estudio práctico, que los hace doctos de experiencias, reconociendo puertos, costumbres, gobiernos y fortalezas, y espiando desinios. Serán meritorios al útil de la patria los estudios políticos y matemáticos, y á ninguna cosa se dará peor nombre que al ocio más ilustre y á la riqueza más vagamunda. Los juegos públicos se ordenarán del ejercicio de las armas (8), conforme á la disposicion de las batallas, porque sean juntamente de utilidad y entretenimiento, juntamente fiestas y estudios; y entónces será decente frecuentar los teatros cuando fueren academias. Hase de condenar, por infame (9), ostentacion en trajes; y solo ha de ser diferencia entre el pobre y el rico, que este dé el socorro, y aquel le reciba: y entre noble y plebeyo, la virtud y el valor; pues fueron principio de todas las noblezas que son. Aquí se me caerán unas palabrillas de Platon : quien las hubiere menester las recoja (*c*); que yo no sé á qué propósito las digo, mas no faltará quien sepa á qué propósito las dijo

grande Enrique, doncella nobilísima y que no tenia par en el palacio. Cuatro años duró en el valimiento el condestable de Luines ; pasólos entre contradicciones y borrascas, y murió no se sabe si de epidemia ó de veneno, y como es ley, con menor sentimiento del Príncipe de lo que prometian sus favores. Apénas espiró, cuando le desampararon sus amigos y familiares, desaparecieron sus alhajas, faltaron hachas, y ni hubo sábana con qué enterrarle. Richelieu fué el sucesor de estos dos privados.

(1) Proponia etc. (*Todos los impresos.*)

(*a*) Todo esto suena para *Francia*, y es á *España* á quien lo dice Quevedo, por los desastrosos valimientos del duque de Lerma, de don Rodrigo Calderon y del conde-duque de Olivares.

(2) Infame muerte (*Los impresos.*)

(3) Los alemanes quedaron con los demás oyentes suspensos y pensativos. Encamináronlos etc. (*Las impresiones españolas hasta fines del siglo XVIII.*)

(*b*) Natural de Bérgamo, grande y antigua ciudad de Italia, en los estados de Venecia, capital del Bergamasco, sufragánea de Milan.

(4) yo (*Las ediciones belgas, la de Sancha y siguientes, y el MS. de la Biblioteca nacional T. 153. folio 259. v.*)

(5) diciendo, etc. (*Las mismas.*)

—(Suprimieron aquellas dos palabras por no hallarles sentido en castellano. Efectivamente no le tienen: son italianas. *Pezzente* (viene de *pezzo*, pedazo de cosa sólida, como de pan, de madera) significa *pordiosero*, *mendigo*. *Mascalzone* quiere decir *bandido*, *salteador de caminos*.

(6) de los privados, detestaba los nepotes. (*El MS. que acaba de citarse de la Bib. nacional.*)

(7) preeminente (*Los impresos todos.*)

(8) de fuego y del manejo de todas armas (*Todos los impresos.*)

(9) la obstinacion en trajes; (*Id.*)

(*c*) ¿Y quién seria este? No hay duda que algun dignatario eclesiástico.

en el diálogo 3 *de Republica, vel de Justo.* Son estas : *Igitur rempublicam administrantibus praecipuè, si quibus aliis, mentiri licet, vel hostium, vel civium causa, ad communem civitatis utilitatem : reliquis autem à mendacio abstinendum est.* «Si á algunos es lícito mentir, principalmente es lícito á los que gobiernan las repúblicas, ó por causa de los enemigos, ó ciudadanos, para la comun utilidad de la ciudad : todos los demas se han de guardar de mentir.» Pondero que condenando la Iglesia católica esta doctrina de la república de Platon, hay quien se precia y blasona de ser su república.

» Pasemos á la propuesta de los súbditos de los reyes. Estos se quejan de que ya todos son electivos, porque los que son y nacen hereditarios, son electores de privados, que son reyes por su eleccion. Esto los desespera, porque dicen los franceses que los príncipes que para mejor gobernar sus reinos se entregan totalmente á validos, son como los galeotes, que caminan forzados volviendo las espaldas al puerto que buscan; y que los tales privados son como jugadores de manos, que cuanto más engañan, más entretienen, y cuanto mejor esconden el embuste á los ojos, y más burlas hacen á las potencias y sentidos, son más eminentes y alabados del que los paga los embelecos con que le divierten. La gracia está en hacerle creer que está lleno lo que está vacío; que hay algo donde no hay nada; que son heridas en otros lo que es mellas en sus armas; que arrojan con la mano lo que esconden en ella. Dicen que le dan dinero, y cuando lo descubre, se halla con una inmundicia ó la muela de un asno. Las comparaciones son viles; válense dellas á falta de otras : por esto afirman que igualmente son reprehensibles el rey que no quiere ser lo que el grande Dios quiso que fuese, y el que quiere ser lo que no quiso que fuese. Osan decir que el privado total introduce en el rey (como la muerte en el hombre *nova forma cadaveris*) *nueva forma de cadáver,* á que se sigue corrupcion y gusanos; (1) y que, conforme á la opinion de Aristóteles, en el príncipe *fit resolutio usque ad materiam primam;* quiere decir, *no queda alguna cosa de lo que fué, sino la representacion.* Esto baste.

»Pasemos á las quejas contra los tiranos y á la razon dellas. Yo no sé de quién hablo ni de quién no hablo; quien me entendiere me declare. Aristóteles dice *que es tirano quien mira más á su provecho particular que al comun.* Quien supiere de algunos que no se comprehendan en esta difinicion, lo venga diciendo, y le darán su hallazgo (a). (2) Quéjanse de los tiranos más los que reciben beneficios que los que padecen castigos : porque el beneficio del tirano constituye delincuentes y cómplices, y el castigo, vírtuosos y benemeritos : tales son, que la inocencia, para ser dichosa, ha de ser desdichada en sus dominios (b). El tirano, por miseria y

avaricia, es fiera; por soberbia, es demonio; por deleites y lujuria, todas las fieras y todos los demonios. Nadie se conjura contra el tirano primero que él mismo : por esto es más fácil matar al tirano que sufrirle. El beneficio del tirano siempre es funesto; á quien más favorece, el bien que le hace es tardarse en hacerle mal. Ejemplo de los tiranos fué Polifemo en Homero : favoreció á Ulises con hablar con él solo, y con preguntarle supo sus méritos; oyó sus ruegos, vió su necesidad; y el premio que le ofreció fué, que despues de haberse comido á sus compañeros, le comeria (3) el postrero. Del tirano que se come los que tiene debajo de su mano, no espere nadie otro favor sino ser comido del último. Y adviértase que, si bien el tirano lo concede por merced, el que ha de ser comido no lo juzga en la dilacion sino por aumento de crueldad. Quien te ha de comer despues de todos, te empieza á comer en todos los que come ántes; más tiempo te lamentas vianda del tirano, cuanto más tarda en comerte. Ulises duraba en su poder, manjar, y no huésped. Detenerle en la cueva para pasarle al estómago, más era sepultura que hospedaje. Ulises con el vino le adormeció; su veneno es el sueño. Pueblos, daldes sueño, tostad las hastas, sacadles los ojos; que despues ninguno hizo lo que todos desearon que se hiciese. Ninguno decia el tirano Polifemo que le habia cegado, porque Ulises con admirable astucia le dijo que se llamaba *Ninguno.* Nombrábale para su venganza, y defendíale con la equivocacion del nombre : ellos disculpan á quien los da muerte, á quien los ciega. Libróse Ulises, disimulado entre las ovejas que guardaba. Lo que más guarda el tirano, guarda contra él á quien le derriba.

» Esto supuesto, digo que hoy nos juntamos los sugetos á tratar de la defensa nuestra, contra el arbitrio de los que nos gobiernan mediata ó immediatamente (4). En las repúblicas y en los reinos, los puntos sustanciales que á mí se me ofrecen son (c) : que los consejeros sean perpetuos en sus consejos, sin poder tener ni pretender ascenso á otros; porque pretender uno y gobernar otro, no da lugar al estudio ni á la justicia; y la ambicion de pasar á tribunal diferente y superior, le tiene caminante, y no juez; y con lo que gobierna granjea lo que quiere gobernar; y distraido, no atiende á nada : á lo que tiene porque lo quiere dejar; y á lo que desea, porque aun no lo tiene. Cada uno es de provecho donde los años le han dado experiencia, y estorbo donde empieza la primera noticia; porque pasan de las materias que ya sabían á las que aun no saben. Las honras que se les hicieren, no han de salir del estado de su profesion, porque no se mezclen con las militares; y la toga y la espada (5) anden en ultraje; aquella embarazada y extraña, y esta quejosa y confundida.

» Que los premios sean indispensables; que no solo no se dén á los ociosos, sino que se permita que los pidan; porque si el premio de las virtudes se gasta en los vicios, el príncipe ó república quedará pobre de su ma-

---

(1) arte conforme á la opinion (*Los impresos todos.*)

(a) Estas frases van disparadas al conde de Olivares, *duque de Saulúcar,* don Gaspar de Guzman.

(2) Duque hay que aprendió tan de coro la aristotélica doctrina, que por hacerlo mejor que todos se excedió á sí mismo; y á él puedan acudir los que pretendan aventajarle, que les juro por mi vida no han de conseguirlo más que si tratasen de topar con la cuadratura del círculo. (*MS. de Lista.*)

(b) Lo dice Quevedo por sí mismo, acordándose de sus persecuciones. Este pensamiento ¿le sugeriria el de *La felicidad desdichada,* novela que escribió y que no he podido haber á las manos?

(3) á él el postrero. (*Los impresos.*)

(4) en las repúblicas y en los reinos. Los puntos sustanciales (*Todos los impresos.*)

(c) Hé aquí un programa de gobierno que hubiera seguido exactamente Quevedo á tomar parte, como deseaba el Monarca, en los públicos negocios.

(5) condenan el traje : aquella embaraza y extraña, y esta está quejosa (*Los impresos.*)

yor tesoro; y el metal del precio, vil y falsificado. No le han de aguardar el benemérito ni el indigno : aquel, porque se le han de dar luego; este, porque nunca se le han de dar. Ménos mal gastado sería el oro y los diamantes en grillos para aprisionar delincuentes, que una insignia militar y de honor en un vagamundo y vicioso. Roma entendió esto bien, que pagaba con un ramo de laurel ú de roble más heridas que daba hojas, vitorias de ciudades, provincias y reinos. Para consejeros de Guerra y Estado (1) solo sean suficientes y admitidos los valientes y experimentados : sea prerogativa la sangre ó vertida ó (2) aventurada ; no la presuntuosa en genealogias y antepasados. Para los cargos de la guerra se han de preferir los valientes y dichosos. Gran recomendacion es la de los bien afortunados sobre valientes : Lucano lo aconseja (a) :

> .... Fatis accede , Deisque ,
> Et cole felices , miseros fuge.

Siempre he leido esto de buena gana ; y á este admirable poeta (niégueselo quien quisiere (3) con atencion en lo politico y militar, preferida á todos, despues de Homero.

»Para las judicaturas se han de escoger los doctos y los desinteresados. Quien no es codicioso, á ningun vicio sirve ; porque los vicios inducen el interes, á que se venden. Sepan las leyes, empero no más que ellas; hagan que sean obedecidas, no obedientes. Este es el punto en que se salvan los tribunales. Yo he dicho. Vosotros diréis lo que se os ofrece , y propondréis los remedios más convenientes y platicables.»

Calló; y como era multitud diferente en naciones y lenguas, se armó un zurrido de gerigonzas tan confuso, que parecia haberse apeado allí la tabaola de la torre de Nembrot : ni los entendian ni se entendian. Ardiuse en sedicion y discordia el sitio, y en los visajes y acciones parecia junta de locos ú endemoniados; cuando el gremio de los pastores (que con ondas ceñian los pellejos de las ovejas, que les eran más acusacion que abrigo) dijeron que «los oyesen luego y los primeros, porque se les habian rebelado las ovejas, diciendo que ellos las guardaban de los lobos, que se las comian una á una, para trasquilarlas, desollarlas, matarlas y venderlas todas juntas de una vez ; y que pues los lobos, cuando mucho, se engullian una, ú dos, ú diez, ú veinte, pretendian que los lobos las guardasen de los pastores, y no los pastores de los lobos ; y que juzgaban más piadosa la hambre de sus enemigos que la codicia de sus mayorales, y que tenian hecha informacion contra nosotros con los mastines de ganado.» No quedó persona que no dijese : «Ya entendemos; no son bobas las ovejas si lo consiguen.» En esto los cogió la hora, y enfurecidos, unos decian : «Lobos queremos;» otros : «Todos son lobos;» otros : «Todo es uno;» otros : «Todo es malo.» Otros muchos contradecian á estos; y viendo los letrados que se mezclaban en pendencia, por sosegarlos dijeron que el caso pedia consideracion grande ; que lo difiriesen á otro dia, y entre tanto se acudiese por el acierto á los templos sagrados. Los franceses, en oyéndolo, dijeron : «En siendo necesario acudir á los templos, somos perdidos, y tememos (4) nos suceda lo que á la lechuza cuando estaba enferma, que consultando á la zorra (á quien juzgó por animal más graduado) su mal, juntamente con la picaza, á quien, por verla (5) sobre mulas matadas, juzgó por médico, la respondieron que no tenia remedio sino acudir á los templos ; la cual lechuza, en oyéndolo, dijo : «Pues yo soy muerta si mi remedio es acudir á los santuarios, pues mi sed los tiene á escuras por haberme bebido el aceite de las lámparas, y no hay retablo que no tenga sucio.» El monseñor, levantando la voz, dijo : «Monsiures lechuzas, se os otorga esa comparacion, y se os acuerda á vosotros y á cuantos comeis de lo sagrado lo que Homero refiere de los ratones cuando pelearon con las ranas, que acudiendo á los dioses que los favoreciesen, se excusaron todos, diciendo unos que les habian roido una mano, otros un pié, otros las insignias, otros las coronas, otros los picos de las narices; y ninguno hubo que en su imágen ó bulto no tuviese algo ménos, y señales de sus dientes. Aplicad ahora (6), ratones calvinistas, luteranos, hugonotes y reformados, y veréis en el cielo quién os ha de ayudar.» ¡Oh inmenso Dios! cuál (7) zacapella y turbamulta armaron los bugres con el monseñor. La discordia del campo de Agramante en su comparacion era un convento de vírgines vestales : para sosegarlos se vieron todos en peligro de perderse. En fin, detenidos, y no acallados, se fuéron todos quejosos de lo que cada uno pasaba, y rabiando cada uno por trocar su estado con el otro.

Cuando esto pasaba en la tierra, viéndolo con atencion los dioses, el Sol dijo : «La hora está boqueando, y yo tengo la sombra del (8) gnomon un tris de tocar con el número de las cinco. Gran padre de todos, determina si ha de continuar la Fortuna ántes que la hora se acabe, ú volver á voltear y rodar por donde solia.» Júpiter respondió : «He advertido que en esta hora, que ha dado á cada uno lo que merece, los que por verse despreciados y pobres eran humildes, se han desvanecido y endemoniado ; y los que eran reverenciados y ricos, que por serlo eran viciosos, tiranos, arrogantes y delincuentes, — viéndose pobres y abatidos, están con arrepentimiento y retiro y piedad : de lo que se ha seguido que los que eran hombres de bien se hayan hecho pícaros, y los que eran pícaros, hombres de bien. Para la satisfacion de las quejas de los mortales, que pocas veces saben lo que nos piden, basta este poco de tiempo, pues su flaqueza es tal, que el que hace mal cuando puede, le deja de hacer cuando no puede ; y esto no es arrepentimiento, sino dejar de ser malos á más no poder. El abatimiento y la miseria los encoge, no los enmienda; la honra y la prosperidad los hace hacer lo que si las hubieran alcanzado siempre hubieran hecho. La Fortuna encamine su rueda y su bola por las rodadas antiguas, y ocasione méritos en los cuerdos y castigo en los desatinados ; á que asistirá nuestra providencia infali-

---

(1) solamente sean admitidos (Los impresos.)
(2) aventajada ; no la presuntuosa (Id.)
(a) Libro VIII de la Farsalia, verso 486.
(3) que á mí no se me dará una higa dello ; basta que yo lo crea) (MS. de Luta.)
—(Este juicio de Lucano es muy interesante.)

(4) no nos suceda (Los impresos.)
(5) andar (Id.)
(6) la conseja, y veréis en el cielo etc. (Todas las ediciones españolas hasta fines del siglo XVIII.)
(7) escarapela (Todos los impresos.)
(8) nomon (MS original.)

ble y nuestra (1) presciencia soberana. Todos reciban lo que (2) les repartiere; que sus favores ú desdenes por si no son malos, pues sufriendo estos y despreciando aquellos, son tan (3) útiles los unos como los otros. Y aquel que recibe y hace culpa para sí lo que para sí toma, se queje de sí propio, y no de la Fortuna, que lo da con indiferencia y sin malicia. Y á ella la permitimos que se queje de los hombres, que usando mal de sus prosperidades ú trabajos, la disfaman y la maldicen.»

En esto dió la *hora* de las cinco, y se acabó *la de todos*; y la *Fortuna*, regocijada con las palabras de Júpiter, trocando las manos, volvió á engarbullar los cuidados del mundo y á desandar lo devanado; y afirmando la bola en las llanuras del aire, como quien se resbala por hielo, se deslizó hasta dar consigo en la tierra.

Vulcano, dios de bigornia y músico de martilladas, dijo : «Hambre hace, y con la prisa de obedecer dejé en la fragua tostando dos ristras de ajos para desayunarme con los cíclopes.» Júpiter prepotente mandó luego traer de comer; y instantáneamente aparecieron allí Iris (4) (5) y Hebe con néctar, y Ganimédes con un (6) velicómen de ambrosía. Juno, que le vió al lado de su marido, y que con los ojos bebia más del copero que del licor, (7) endragonida y enviperada, dijo: «O yo ó este bardaje (a) hemos de quedar en el Olimpo, ú he de pedir divorcio ante Himeneo;» y si el águila, en que el picarillo estaba á la jineta, no se (8) afufa con él, á pellizcos lo desmigaja. Júpiter empezó á soplar el rayo y ella le dijo : «Yo te le quitaré para quemar al pajecito nefando.»

Minerva, hija del cogote de Júpiter (diosa que si Júpiter fuera corito (b), estuviera por nacer) reportó con halagos á (9) Júnon; mas Vénus, hecha una sierpe, favoreciendo aquellos celos, daba gritos como una verdolera, y puso á Júpiter como un trapo,—cuando Mercurio, soltando la tarabilla, dijo que todo se remediaria, y que no turbasen el banquete celestial. Marte, viendo los bu-

caritos de ambrosía, como deidad de la carda y dios de la vida airada, dijo : «¿Bucaritos á mí? Bébaselos la luna y estas diosecitas;» y mezclando á Neptuno con Baco, se sorbió los dos dioses á tragos y chupones ; y agarrando de Pan, empezó á sacar dél rebanadas, y (10) á trinchar con la daga sus ganados, engulléndose los rebaños hechos jigote á hurgonazos (c). Saturno se merendó media docena de hijos. Mercurio, teniendo sombrerillo, se metió de gorra con Vénus, que estaba revolupando debajo de la nariz á puñadas rosquillas y confites. Pluton, de sus (11) bizazas sacó unas carbonadas (d) que Proserpina le dió para el camino ; y viéndolo Vulcano, que estaba á diente, se llegó andando con mareta, y con un mogollon muy cortés, á poder de reverencias, empezó á morder de todo y á (12) mascullar. El Sol, á quien toca el pasatiempo, sacando su lira, cantó un himno en alabanza de Júpiter con muchos pasos de garganta. Enfadados Vénus y Marte de la gravedad del tono y de las véras de la letra, él con dos tejuelas arrojó fuera de la nuez una jácara (13) aburdelada (e) de quejidos ; y Vénus aullando de dedos con castañetones de chasquido, se desgobernó en un rastreado (f), salpicando de cosquillas con sus bullicios los corazones de los dioses. Tal cizaña derramó en todos el baile, que parecian azogados. Júpiter, que atendiendo á la travesura de la diosa, se le caia la baba, dijo : «¡Esto es despedir á Ganimédes, y no reprehensiones!» (14) Diólos licencia, y hartos y contentos se afufaron, escurriendo la bola á puto el postre (g) : lugar que repartió el coperillo del avechucho (h).

(1) presencia soberana. (*Todos los impresos.*)
(2) los repartiere, que es favores ó desdenes : (*Id.*)
(3) viles los unos (*MS. original.*)
(4) mensajera de la diosa Juno con néctar, y Ganimédes con un taller de jícaras de ambrosía.
Minerva, hija del cogote de Júpiter, etc. (*Edic. de Zaragoza y las españolas hasta fines del siglo* XVIII.)
(5) (mensajera de la diosa Juno) con néctar, y Ganimédes (*Edicion de Bruselas y la de Sancha.*)
(6) belicómen (*MS. original.*)
(7) endragonada (*Edic. de Bruselas y la de Sancha.*)
(a) El francés dijo *bardache* y el italiano *bagascione*, á lo que el latino *cinoedus, puer meritorius*. Opónese á *bugre*.
(8) afufó con él (*Edic. de Bruselas y la de Sancha.*)
(b) Apodo con que se motejaba á los montañeses y vizcaínos, y que solo ha quedado ya para los asturianos.
(9) Juno, que se habia endragonado de ver al copero de Júpiter ; mas Vénus (*Edic. de Bruselas y la de Sancha.*)

(10) trinchar (*Edic. de Bruselas y la de Sancha.*)
(c) A estocadas.
(11) vizazas (*MS. original.*)—vivazas (*MS. de la Bib. Nac. T. 153, folio* 240.)— veazas (*Edic. de Zaragoza.*—Alforjas de baqueta, con una abertura entre alforja y alforja para llevarlas en el cuello el caminante, ó asegurarlas en el arzon de la silla.)
(d) Carne cocida y tostada despues.
(12) mascujar. (*Todos los impresos.*)
(13) de quejidos ; (*Id.*)
(e) A estilo de las que se cantaban en un burdel ó lupanar.
(f) Llamaban así á un paso de los bailes sobremanera lascivo.
(14) Y tronando de nuevo como al principio, riñó la inz con las tinieblas, y era de ver los dioses girando al rededor de su padre tan pronto patas arriba como hácia abajo, hasta que cayéndole Vénus en los brazos, le dejó caer los rayos ; y al estrépito de un beso que dió el barbudo Júpiter, se restableció la calma, y todos quedaron contentos aunque asustados. Dióles licencia, etc. (*Manuscrito de Lista.*)
(g) Aquí termina la edicion de Zaragoza y las españolas hasta fines del siglo XVIII.
(h) 1645. (*Al pié del MS. original.*)— Este es el año en que el libro se puso en limpio retocado y aciealado para la estampa. Sin embargo, no se gozó el público hasta 1650 ; y aun entónces el nombre del autor se envolvió con el anagrama de *Nifroscancod Divequt Vasgelio, duacense:* que para desorientar más se le dió patria en *Duay*, ciudad del Pais-Bajo en la Fländes francesa, pues no puede tener otra interpretacion la última palabra.

DISCURSOS FESTIVOS.

PREMÁTICAS Y ARANCELES GENERALES [a].

PREGMÁTICA QUE ESTE AÑO DE 1600 SE ORDENÓ

POR CIERTAS PERSONAS DESEOSAS DEL BIEN COMUN Y DE QUE PASE ADELANTE LA REPÚBLICA, SIN TROPEZAR NI USAR DE BORDONCILLOS INÚTILES, PUES SE PUEDE ANDAR SIN ELLOS Y POR CAMINO LLANO, EN LAS CONVERSACIONES Y EN EL ESCRIBIR DE CARTAS, CON QUE ALGUNOS TIENEN LA BUENA PROSA CORROMPIDA Y ENFADADO EL MUNDO (b).

A los cuales rogamos por cortesía, y si es importante, con imperio, que seis meses despues de dada esta nuestra carta y cédula, contando desde el dia que se notificare, no usen ni puedan usar de los vocablos y modos de decir que por esta se les veda; y haciendo lo contrario, se les agravarán y darán las penas merecidas. Y ninguno crea que por gracia ni curiosidad nos hemos puesto en semejante trabajo: que no es sino lástima de que no se conozca ya ni diferencie el ciudadano del rústico, ni el necio del discreto, por haber empezado el malo y urdinario lenguaje de unos á otros con intenciones supersticiosas.

Primeramente se quitan todos los refranes, y se manda que ni en secreto ni en palabra se aleguen, por gran necesidad que haya de alegarse (c). Quítanse las signifi-

caciones de las colores, que son muy enfadosas, y no hay para qué gasten sus dineros en vestir verde ó leonado, para así mostrar que están con esperanza cautivos y

sabios y filósofos : despojos espléndidos del ingenio humano, comparables al oro que acendra el fuego, quemadas franjas y paños de riquísima seda.

Sócrates llamaba á los adagios la filosofía más antigua y loada, y como reliquias de ella los estimaba Aristóteles.

Damos nombres á estos preciados frutos de la experiencia y del saber de las pasadas generaciones, explicando su popular y tradicional índole, como que de corrillo en corrillo, de boca en boca han venido sin otro autor que un *como dicen*, ni otra autoridad que la propia fuerza de su verdad é importancia. Antiguos *retraeres* (recuerdos) los apellidó el Arcipreste de Hita á principios del siglo XIV ; *palabra* y antiguos *proverbios* (palabra que anda de boca en boca) el infante don Juan Manuel por aquel mismo tiempo. *Refran* se etimologiza de *referendo*, por lo que de unos en otros se refiere y repite. *Adagio* era el nombre latino que ya se lee en Plauto ; vino de *circum agere*, andar á la redonda, de una en otra persona ; y entre nosotros lo entronizó el culteranismo.

No hay como la castellana otra lengua que de ellos posea mayor tesoro : tan breves, de tal solidez en la sentencia, en el concepto discretos, en la expresion desenfadados y graciosos.

Quien formó primero coleccion de estas como piedras preciosas, por exquisita vestidos salteadas, fué el marqués de Santillana don Iñigo Lopez de Mendoza, á ruego del rey don Juan II. Dióle por título *Refranes que dicen las viejas tras el fuego.*

El siglo XVI, de renacimiento y de cultura, se consagró á estudiar los proverbios populares, á interpretarlos, á clasificarlos, á desentrañar su filosofía y la causa de aquella novedad avisada que los quilata y avalora. Jugó con ellos combinándolos en centones, y abrió, en la puerta para que entrasen con verdadera utilidad y deleite en el estilo cómico, y fuesen la sal y regocijo de la novela.

En Toledo, año de 1510, publicó Dimas Capellan los *Refranes glosados:* libro que por lo malo de la glosa mereció no mucho despues la censura del autor del *Diálogo de las lenguas,* quien apreciaba tanto los refranes, como que en ellos solos veia la *pureza* del castellano.

Heman Nuñez de Guzman, el comendador griego, varon de peregrina literatura, catedrático de retórica y griego en la universidad de Salamanca, formó copiosa coleccion de adagios por los años de 1548, buscándolos con exquisita diligencia y aun pagándolos á gran precio.

Adelantándosele, ó tal vez utilizando su trabajo, un mossen Pedro Valles imprimió en Zaragoza, por setiembre de 1549, *Libro de refranes copilado por el órden del a, b, c,* en el cual se contienen cuatro mil y trescientos. Los del Comendador no salieron hasta 1555.

El sevillano Juan de Mal-Lara dió á la estampa en 1568 su *Filosofía vulgar,* comentando y explicando mil refranes con gran erudicion y ameno estilo. Obra ciertamente de estimacion y provecho.

Blasco de Garay, racionero de la santa iglesia de Toledo, publicó al año siguiente de 1569, debajo de título de *Amor profano,* sus dos *Cartas en refranes,* para mostrar cuánto nuestro idioma

---

(a) Esta denominacion dieron los autores del *Tribunal de la justa venganza* (páginas 25 y 57) al conjunto de los opúsculos que vamos á insertar. Aun cuando la lleva especialmente uno de ellos, no hay duda que se comprenden todos debajo de aquel nombre. Ningun título pudiera arriba ir más autorizado.

(b) Sin nombre de autor, y á vueltas de otros rasgos de nuestro caballero, encuéntrase en un códice de miscelánea de la biblioteca Colombina (Aa. 141, 4, desde el folio 11 á 141, de tan respetables canas de antigüedad, como que se remonta á la primera década del siglo XVII. *Premática burlesca* le llama el índice moderno que este libro peregrino tiene al frente.

Eran hasta hoy para los curiosos y para el público absolutamente desconocidas estas primicias del ingenio socarron y maleante de QUEVEDO, gérmen de sus dos ingeniosos y galanos discursos, bosquejados en edad madura, *La visita de los chistes* y el *Cuento de cuentos.*

Ya pues desde la edad de veinte años mostraba complacencia en ridiculizar los dicharachos, refranes y muletillas que forman una gran parte del caudal de nuestra conversacion, gustando de jugar con estos desperdicios de ella, combinándolos unas veces del modo que habia en sus cartas combinado los refranes Blasco de Garay, regocijando otras con tales gramatiquerías la escena dramática, y abriendo el camino para que le recorriesen agudos y lozanos ingenios.

No habria de ser fuera de propósito discurrir aquí acerca de la índole y naturaleza de tales inútiles bordoncillos. Otra obra, sin embargo, de mayor importancia y dimensiones, se lleva de suyo la preferencia de la anotacion : el *Cuento de cuentos.* Aquel sin duda el verdadero sitio de semejante curiosa tarea ; y allí la razon de que disfruten nuestros lectores unos lindos trabajos de mi estudioso y buen amigo el señor don Francisco de Paula Seijas y Patiño, á quien nunca se esconde la razon filosófica de nuestra hoy desdorada lengua castellana.

(c) Sentencias breves, acomodadas y á propósito traidas, recibidas de todos, y en el sentido y en la aplicacion múltiples, son los refranes el jugo de la sabiduría del viejo, de la experiencia de la anciana, de los satíricos destellos del esclavo, de las inspiraciones trágicas, de los arrebatos líricos, de los oráculos de los

congojados; que mucho mejor hablarán ellos, por mal que hablen, que sus vestidos. Quítanse tambien las letras de anillos ó cintillos.

En los poetas hay mucho que reformar, y lo mejor fuera quitarlos del todo; mas porque nos quede de quien hacer burla, se dispensa con ellos, de suerte que gastados los que hay no haya más poetillas. Y quedan con este concierto: que de aquí adelante no finjan rios sus ojos, porque no somos servidos de beber lagañas ni agua de cataratas: cada uno llore en su casa si tiene qué, y muera de su muerte natural sin echar la culpa á su dama; que hay á veces más muertes en una copla que hay en año de peste, y despues de habernos cansado, viven mill años más que por quien morian. Quitamos más: que no trazen (a) del carro de Apolo, la Aurora, Filomena, la Parca, Vénus, Cupido, ni se quejen de cabellos, ojos, boca de su dama, ni digan:

Ablanda aquese pecho endurecido;

que si es enfermedad y le tiene áspero, por eso se permiten médicos y cirujanos que remedien ese mal.

A los predicadores pedimos que se enmienden en pedirnos atencion, vayan (1) conmigo, dar palmadas, hablar con tonete, ni decir: «Acuérdome que he leido;» que se suelen acordar á tiempo que es hora de comer más que de averiguar memorias. «Dice Dios, y dice bien,» se les quita, porque ya sabemos que Dios no puede de errar.

Quitanse por nuestra premática los modos de decir siguientes: «Los dares y tomares; — lo que mis fuerzas alcanzaren; — en realidad de verdad; — ofrecer el alma en sacrificio; — serviré con muchas véras; — mi corta ventura; — una vez de agua; — á raiz del estómago; — á boca de noche; — de las tejas abajo; — de las tejas arriba; — á banderas desplegadas; — ni en burlas ni en véras; — la presente es para hacer saber; — la de vuesa merced recibí; — vuesa merced me la haga; — ea, ¿mándame algo?; — el dia de márras; — el estado de las cosas; — unos negozuelos; — unas tercianillas; — pelitos al mar; — vaya el diablo para puto; — tan amigo como de ántes; — diré lo que no querrá oir; — dar una puñada en el cielo; — el buey volar; — preguntar por Mahoma en Granada; — como volar;

es en ellos excelente y abundoso. Juntó con las suyas otras dos cartas anónimas de igual naturaleza; y dió así un testimonio de la aficion que se habia desarrollado á este género de centones.

En 1587 sacaron á luz las prensas de Salamanca el *Diccionario de vocablos castellanos aplicados á la propiedad latina*, obra de Alonso Sanchez de la Ballesta, en que declaró gran copia de adagios populares.

El maestro Fernando de Benavente redujo á versos latinos doscientos y cincuenta refranes castellanos. Y utilizando los vulgares y las sentencias de los antiguos y modernos vates y filósofos, escribió el segoviano Alfonso de Barros, con mayor fruto que deleite del lector, la *Perla de proverbios morales*, que Felipe II, enemigo acérrimo de la poesía, hizo, sin embargo, tomar de memoria á sus criados. Compuso unas concordancias al libro de Barros el maestro Bartolomé Jimenez Paton en 1615.

Por último, Juan Sorapan de Rieros, émulo del sevillano Mal-Lara, imprimió en Granada, mi patria, y en 1616, la *Medicina española contenida en proverbios vulgares de nuestra lengua*.

Tanto aprecio han merecido siempre las breves sentencias norte y calamita del humano entendimiento. ¡Qué ajeno pues, al proscribirlas QUEVEDO en la *Pragmática de 1600*, de que cinco años más adelante en boca de Sancho serian delicada y sabrosísima salsa del más ingenioso libro que vieron los pasados siglos, ni esperan ver los venideros!

(a) *Tracen*, pudiera leerse tambien en el MS.

(1) *comigo* (*Aquí y más adelante, el* MS.)

— como si nunca fuera; — eso y lo otro; — Fulano y Zutano; — una por una; — el mormullo; — la canalla; — el hilo de la gente; — la gente bajuna; — de cuando en cuando; — y tan y miéntras; — el colodrillo; — haberle dado del pié; — dar de mano á las cosas; — tomar negocios á pechos; — el hincapié; — echar el pié adelante; — la torre de Babilonia; — la de mazagatos (b); — la destruicion de Troya; — la obra de la iglesia mayor; — las uvas de mi majuelo; — la viña vendimiada; — más que comer soliman; — éntrome acá, que llueve; — no es buñuelo de freir; — hogaño es buen año; — no tarda si llega; — buenos son mis deseos; — y de ellos está lleno el infierno; — la gallardia; — el pundonor; — hombre de chapa; — ojos que tal ven; — oidos que tal oyen; — Oiránnos los sordos; — el descalzar de risa; — la fantasía; — no hay más Flándes; — ni más que ver ni oir; — hasta ahí pudo llegar; — deshízose como sal en el agua; — tiene los oidos dados á adobar; — hasta el regaton; — ultra desto; — con esta letura; — negocio liso; — cosa llana; — redonda como una redoma; — la hoja en el árbol; — dos cuerpos y un alma; — por curso de tiempo; — el gustos no hay disputa; — por punta de lanza; — los hierros de Santo Domingo; — el berrojo de las cuevas; — la toca de la hermandad; — desta agua no beberé; — santa de pajares; — ollas de Egipto; — los llamados y escogidos; — pueblos en Francia; — la dama de paramento; — en manos está el pandero; — perrillo de muchas bodas; — amor tronquero (c); — Maricastaña; — Perico en la horca; — el rey que rabió; — cuando más y mucho; — las Quinientas de Juan de Mena; — la honra y vergüenza; — honra y provecho no caben en un saco; — manta mojada; — agua y lana; — todo es agua de cerrajas; — no vale sus orejas llenas de agua; — no sabe lo que se pesca; — vale á peso de oro; — tañida la campana; — el tiempo doy por testigo; — hombre medio mujer; — (2) la más cuerda de mas; — quien ni se oyese ni viese; — beber con guindas; — lindo pico; — tiene garabato; — y un no sé qué; — túvome por los cabellos; — pertinaz; — nació en las malvas; — habló por boca de ganso; — y soy Marimarica; — la piedra en el rollo; — mis puntas y collar; — su tiempo hace; — las pajaritas que vuelan; — satírico; — diabólico; — como á los piés del confesor; — es predicar en desierto; — dar voces al aire; — con la de Calaynos; — buenos dias y noches; — para puto si fueras piñas; — oxe, polla (d); — el abolengo; — espetahilas; — émulos; — bien se pueden comer; — las tres mill leyes; — á las mill maravillas; — para un sábado; — ver por brújulas; — el portador de esta; — la capa en el hombro; — juega el sol ántes que sale; — no sabe lo que se tiene; — es un Alejandre; — un *mare magnum*; — esto peronía (e); — es como una dama; — es como

(b) Hubo una de *mazagatos* es frase para indicar la riña, disputa y pendencia extremadamente ruidosa. Tal vez tome su orígen en la maza que los muchachos ponen á los perros y otros animales, y aun con alfileres á mujeres y hombres por carnestolendas. Terreros, en su *Diccionario*, se acuerda de esta palabra que omitió en el suyo la Academia Española.

(c) El refran dice: *Amor trompero*, cuantas vee tantas quiere. *Trompero* vale *engañoso*, *falso*. Tambien se dice en lengua rufianesca: *Amor tronquero*, amor de manceba.

(2) las más cuerda (MS.)

(d) *Ox* se usa para espantar á las gallinas.

(e) Contraccion de *per omnia*.

unas nueces; — punto en boca; — callar como en misa; — la sangre de los brazos; — hacer de tripas corazon; — orejas de mercadel; — dar con la carga en tierra; — más sabe que las culebras; — allá voy y no hago mengua : á Roma por todos; — el pago que da el mundo; — escarmentar en cabeza ajena; — el corazon me quiebra; — la soga á la garganta, — tiéneme hasta aquí (*señalando la boca*); — no le debo ni aun esto (*tocando un diente con la uña*); — romper con todo; — la barba sobre el hombro; — la vida airada; — hasta matar candelas; — hacer la buz (*a*); — mojar la boca; — el postrer bocado; — no pega sus ojos; — no se desayuna; — á sabor de su paladar; — ni pena merece el amor; — sáquelo por conjetura; — ya tiene cuyo; — no hay qué fiar; — bien puede fiar; — puertas al campo; — quien no parece perece; — mátalas callando; — por sí ó por no, — tarde ó temprano; — estoy como si me hubiesen dado de palos; — tomar la mañana; — al reir del alba; — fresca como una lechuga; — no hay más mal en él que en casa caida; — á regaña-dientes; — á las que sabes mueras; — es un pelon; — parla como papagayo; — es paloma sin hiel; — pelarse las cejas; — hace hablar una vigüela; — las verdades amargan; — hace torres de viento; — sacaré vientre de mal año; — darse un buen verde; — aunque me voy, acá quedo; — si se muriere, enterralle; — Dios le guarde hasta el sábado en la tarde; — partir un cabello; — no le echarán dado falso; — quien tal hace, que tal pague; — pagar en la mesma moneda; — debajo de la capa del cielo; — sobre la capa del justo; — á qué quieres boca; — pese á quien pesare; — pintar como querer; — á propósito, fray Jarro; — no me entrará de los dientes adentro; — salvo el guante; — aspavientos; — servicio y muy pequeño; — como el pan de la boca; — si no lo ha por enojo; — manso como un cordero; — bravo como leon; — hará cera pábilo; — pagar justos por pecadores; — la paz de Júdas; — perdido, haré mate (*b*); — como Pedro por

(*a*) *Hacer el bus* se dice cuando un muchacho hincha el carrillo y se le da suavemente en él; ó cuando se le da en el cogote ó debajo de la barba, ó cuando se le hace cualquier gesto halagüeño. Aplícase tambien esta frase á cualquier rendimiento afectado.

(*b*) *Haré* ó *haré* : no está claro el MS. Ganaré el juego, perseguiré, arruinaré á los demas. Tómase de la voz y jugada particular del juego de ajedrez con que se acomete á la pieza que llaman rey.

demas; — alma de cántaro; — Juan de buen alma; — y el de Espera en Dios con sus cinco blancas(*c*); — el mando y el palo; — el cojijo; — las de Villadiego; — el pié á la francesa.»

Item salga de las comparaciones : «El rey don Felipe en su estado; — es un Alejandro; — los duques; — condes; — un triste zapatero de lo viejo; — por lo eclesiástico; — el arzobispo de Toledo; — el cura de la perroquia; — es una santa Catalina de Sena, — dar gato por liebre; — corrido como una mona; — la maza y la mona; — el cuerpo y el alma; — cerróse de campiña; — sudar como gato de Algalia; — pase eso, que ha comido cazuela; — harto ciego es quien no vee por tela de cedazo; — quebrar la hiel en el cuerpo; — el aire corrupto; — la razon no quiere fuerza; — comerse las manos tras ello; — cuando no me cato; — haga vuesa merced penitencia conmigo; — duelos y quebrantos; — apalabrósome la hierra (*d*).» Y lo demas que á ese tono dicen los graciosos: «todos á una mano; — dos al molino; — las mangas despues de pascua; — el camino carretero; — la piedra iman; — no tiene á nadie en lo que pisa; — el jubon de azotes; — con eso no llueve; — ruin sea por quien quedare; — echar piedras atras; — beber los vientos; — buena erais para retratada; — servidor de vuesa merced *usque ad mortem*; — por cierto y por su madre; etc.»

Con esta suma de recordacion estará mas tratable la gente si huyen estos modos de decir, de suerte que no dén nota de su mudanza de lenguaje, para lo cual damos dos meses de dispensacion y para que mejor aprendan á huirlos: quedando con esto los discretos más, y los nescios, aunque no dejen de serlo, enmendados algo. Tambien por esta prohibimos no culpen los autores, etc.

(*c*)

> Yo con mis *once de oveja*
> Y mis doce de cabron,
> Que por faltarme *las blancas*
> No soy Juan de Espera en Dios, etc.,

cantó allá nuestro poeta jacarandino.

(*d*) ¿Será tal vez la frase *Apalambróseme la hierra*, la tierra se me esta abogando de sed ó calor, muriendo de hambre? Entónces el sentido fuera: El mundo me viene estrecho, me ahogo en él, me niega el fuego y el agua. Los rufianes y graciosos alteraban notablemente las palabras, imitando muchas veces la pronunciacion de la gente de Sevilla, que decia *heria* (jeria) por *feria*, *hierra* por *tierra*, etc.

PREMÁTICAS CONTRA LAS COTORRERAS (*a*).

Nos el hermano mayor del regodeo, unánime y conforme con los cofrades de la carcajada y risa, salud y dineros y bobos.

A vosotras las busconas, damas de alquiler, niñas

(*a*) Escrita en Madrid á 1.º de junio de 1609.

Dos excelentes ejemplares de los años de 1620 á 1630, posee la biblioteca de las Córtes, L. 31 y L. 68.

De mediados del siglo XVII, y con algunas variantes, conserva otro la biblioteca Nacional (M. 6) con el título de *Pregmática que han de guardar las hermanas comunes*.

Y tengo á la vista una copia hecha por el bibliotecario don Tomas Antonio Sanchez, que lleva el epígrafe de *Pragmática de las cotorreras*, de DON FRANCISCO DE QUEVEDO : *relacion de las leyes de constituciones contra las damas cortesanas, fechas por el hermano mayor del regodeo y cofrades de la carcajada.*

Inédita permaneció hasta el año de 1845 en que don Benito

Maestre facilitó copia (estragada y malísima) para la *edicion ilustrada* de don Vicente Castelló. Tomo IV, pág. 405.

Este y otros rasgos que, segun confesion propia, dictaron á nuestro autor el apetito, la pasion ó la naturaleza, sacan los colores al rostro del mismo en quien excitan la risa.

Nunca debieran merecer los honores de la estampa. ¿Qué utilidad ó lo que nada enseña? ¿Qué apetecible deleite lo que ofende al pudor, escandaliza y avergüenza? ¿Qué ganaria el filósofo con una prueba más de los extravíos en que se enfangan los mayores in-

comunes del trabajo, sufridoras, mujeres al trote, hembras mortales, regatonas del gusto, ninfas del daca y

genios! Necesitaríala tal vez el biógrafo si careciese de otros datos para juzgar á su héroe; mas los tiene con exceso en todas sus obras : por desgracia, ni era de los que procuran encubrir lo humano el autor de *La cuna y la sepultura*, ni pudo reprimir nunca los ímpetus de su natural fogoso y libre. Si á los veinte y nueve años escribía las *Premáticas contra las cotorreras*, y la *Ta-*

toma, vinculadas en la lujuria, que traducido en castellano quiere decir cotorreras. Etc.

sa de la herramienta del gusto, y tres despues se confesaba arrepentido en sus obras ascéticas,—muy pronto, y aun á los cincuenta y cinco de su edad, volvia á desnudar la pluma del casto decoro, que en todo escritor es el lauro más envidiable.

No basta que pudiera decir y dijese QUEVEDO : « Lascivos son mis escritos, pero mi vida es buena. »

PREMÁTICA QUE SE HA DE GUARDAR

POR LOS DADIVOSOS A LAS MUJERES (a).

Primeramente la mujer tan alta como sea (que es como echarse con un alabardero) no vale nada.

(a) Escrita en Madrid en el verano de 1609.
Copia de ningun mérito, muy falta, de mediados del siglo XVII, que posee la biblioteca Nacional (ff. 43).
Otra tengo á la mano de letra moderna. Perteneció á don Tomas Antonio Sanchez, y es muy apreciable y completa : su título, más propio del asunto, aunque más desvergonzado : *Tasa de las hermanitas del pecar*. Hay error en este epígrafe, diciendo *hermanitas* en vez de *herramientas*.
El tratadillo en verdad es el mismo por que hizo un grave cargo á DON FRANCISCO el *Tribunal de la justa venganza*, cuyos autores aseguran llevaba por nombre *Tasa de la herramienta del gusto* (folio 23).

La blanca ó aguileña, conforme á lo que se usa, vale tres reales, etc.

Tal pues debe de ser el genuino título del opúsculo, y lo manifiesta que nunca logrará correr en letras de molde. Sin embargo, pocos rasgos de QUEVEDO (si pudiera prescindirse de lo moral y provechoso al apreciarlos) iguálansele en novedad, en gracejo, en soltura y en ocurrencias y comparaciones felices.
Imitando el estilo cancilleresco de los aranceles, diviértese el escritor poniendo á toda clase de mujeres precio y tasa, tan moderados como la escasez y apuros de aquellos tiempos lo prescribian.
No ha sido impreso nunca.

PREMÁTICAS Y ARANCELES GENERALES,

POR DON FRANCISCO DE QUEVEDO VILLEGAS, POETA DE CUATRO OJOS (a).

Nos la razon, absoluto señor, no conociendo superior

(a) Ignoro el año en que se escribieron. Háse de buscar entre los de 1610 y 1614, hácia cuyo tiempo, el autor por las invectivas que en este y otros rasgos hizo contra los poetas chirles, mereció de Cervántes elogios y aplausos lisonjeros.
La copia que ha servido para la impresion, y la sola que pude haber á las manos, fué del bibliotecario don Tomas Antonio Sanchez, sacada sin esmero, aunque de ejemplar antiguo, á últimos ya del siglo anterior.
Con el título de *Pragmática de aranceles generales* se ha impreso en 1845 (*Edicion ilustrada con grabados*) por un ejemplar aun mucho ménos apreciable que el mio.
El anticuario de la biblioteca Nacional me dice que en poder de don Luis Benegas, vecino de Huesca, vió un códice del siglo XVII donde se halla el tratadillo con el nombre de *Pregmática de aranceles generales que deben observar los doctos y los tontos, pues que para todos se escribe*. Tres variantes de este ejemplar van en su lugar correspondiente, así como tambien la de la impresion de 1845.
Resta decir que el presente opúsculo, de los que entre curiosos corrian manuscritos en vida de DON FRANCISCO DE QUEVEDO, fué honrado con una grave censura por el, mas que levítico, farisáico *Tribunal de la justa venganza*. Cítanlo sus autores en la página 23, y trasladan un trozo en la 57.
En 1628 lo mondó, limpió y acitaló nuestro caballero de San-

para (1) la reformacion y reparo de costumbres contra la perversa necedad y su porfía, que tanto se arraiga y multiplica en daño notorio nuestro y de todo el género humano : por evitar mayores daños y que la corrupcion de tan peligroso cáncer no pase adelante, acordamos mandamos dar, y dimos estas (2) nuestras leyes á todos los nacidos y que adelante nacieren, por via de hermandad y junta, para que como tales y por nos establecidas las guarden y cumplan en todo y por todo, segun en ellas se contiene y so las penas de ellas.

Otrosí, porque lo primero que se debe y conviene prevenir para la buena expedicion y ejecucion de justicia son oficiales de legalidad y confianza, tales cual convenga para negocio tan importante y grave, nombramos y señalamos por jueces á la Buena política, Curiosidad y Solicitud, nuestras legadas, para que con-

tiago, y lo dió en Barcelona á la estampa, retulándolo *Pregmática del tiempo*.
(1) reformacion (*Edicion de 1845*.)
(2) nuevas leyes (*MS. de Sanchez*.)

nos, y representando nuestra persona misma, puedan administrar justicia, mandando prender, soltando y castigando segun hallaren por derecho. Y nos desde aquí señalamos por hermanos mayores de esta liga á los que fueren celosos cada uno en su lugar, y al que lo fuere más que los (1) otros nuestro fiscal; será la Diligencia, mullidor de fama.

Primeramente á los que fueren andando y hablando por la calle consigo mesmos, y á solas en su casa lo hicieren, los condenamos á tres meses de necios, dentro de los cuales mandamos que se abstengan y reformen; y no lo haciendo, les volvemos á dar cumplimiento á tres términos perentorios, dentro de los cuales traigan certificacion de su enmienda, pena de ser tenidos por precitos. Y mandamos á los hermanos mayores los tengan por encomendados.

Los que paseándose por alguna pieza enladrillada ó losas de la calle, fueren asentando los piés por las hiladas (2) y ladrillos y por el órden de ellos, si con cuidado lo hicieren les condenamos en la mesma pena (3).

Los que yendo por la calle, por debajo de la capa sacaren la mano y fueren tocando con ella por las paredes, admítense por hermanos, y se les concede seis meses de aprobacion, en que se les manda se reformen; y si lo hicieren costumbre, luego el hermano mayor les dé su túnica y las demás insinias, y sea tenido por profeso.

Los que jugando á los bolos, si acaso se les tuerce la bola tuercen el cuerpo juntamente, pareciéndoles que asi como ellos lo hacen lo hará ella, declarámoslos por hermanos y profesos. Y lo mismo mandamos entender con los que semejantes visajes hacen derribándose alguna cosa; y con los que llevando máscara de matachines ó semejantes figuras, van por de dentro dellas haciendo gestos como si real y verdaderamente les pareciese que son vistos hacerlos por de fuera, no lo siendo; (4) y con los que contrahacen, (5) cortando con algunas malas tijeras ó trabajando con otro algun instrumento tuercen la boca ó sacan la lengua ó hacen visajes feos.

Los que cuando esperan al criado, habiéndolo inviado fuera, si acaso se tarda se ponen á las puertas y ventanas, pensando que por aquello se darán más priesa y llegarán más presto, condenamos á los tales á que se retraten y reconozcan su culpa, so pena que no lo haciendo se procederá contra ellos.

Los que brujulean los naipes mucho, sabiendo de cierto que no por aquello se les ha de (6) pintar ó despintar de otra manera que como les vinieren á las manos, les condenamos á lo mesmo. Y por causas que para (7) ello nos mueven, les damos licencia que sin que incurran en otra pena sigan su costumbre, con tal condicion que cada vez que vieren al hermano mayor ó pasare por su puerta, hagan reconocimiento con descubrir la cabeza.

Los que cuando están subidos en alto escupieren abajo, ya sea por ver si está el edificio á plomo, ya si le acierta con la saliva á alguna parte que señalan con la vista, los condenamos á que se retraten y reformen dentro de un breve término, pena de ser habidos por profesos (8).

Los que yendo caminando preguntan á los pasajeros cuánto queda hasta la venta ó si está léjos el pueblo, por parecerles que por aquello llegarán más presto, les condenamos en la misma pena, dándoles por penitencia la del camino que van haciendo con los mozos y las mulas y venteros : lo cual se ha de entender teniendo firme propósito de la enmienda.

Los que orinando hacen señas con (9) la orina, señalando en las paredes ó dibujando en el suelo, ó ya sea orinando á hoyuelo, se les da la misma pena ; y que si perseveraren, sean castigados de su juez y entregados al hermano mayor (10).

Los que cuando el reloj toca la hora preguntan cuántas da, siéndoles más fácil y decente contarlas, lo cual procede las más veces (11) de humor colérico abundante, mandamos á los tales que tengan mucha cuenta con su salud; y siendo pobres, que el hermano mayor los mande recoger al hospital, donde sean preparados con algunas guindas ó naranjas agrias, porque corren riesgo de ser muy presto modorros (a).

Los que habiendo poco que comer y muchos comedores, se divierten (12) á contar cuentos, gustando más de ser tenidos por (13) lenguazes, decidores y graciosos que quedarse hambrientos, — por ser tontos en lana y batanados, los remitimos con los incurables y mandamos se tenga mucha cuenta con ellos, porque están en siete grados y falta muy poco para recogerlos.

Los que por ser avarientos ó por otra cualquiera causa ó razon que sea, como no nazca de fuerza ó de necesidad (que no se deben guardar leyes en los tales casos) cuando van á la plaza compran de lo más malo por más barato, como si no fuera más caro un médico, (14) un boticario y un barbero todo el año en casa, curando las enfermedades que los malos mantenimientos causan, condenámoslos en desgracia general de si mismos, declarándolos, como los declaramos, por profesos; y los mandamos no lo hagan, ó que sean por ello castigados de los curas, sacristanes y sepultureros de su parroquia, más ó ménos, conforme al daño.

Los que las noches de verano y algunas (15) en el invierno se ponen con mucho espacio (16), pasean sus corredores y patios, en ventanas ó en algunas otras partes ensillados y enfrenados, y de las nubes y el aire fueren formando figuras de sierpes, de leones y de otros ani-

(1) otros; nuestro fiscal será la Diligencia, mullidor de la Fama. (*MS. de Sanchez.*)

(2) ó ladrillos (*La impresion de 1845.*)

(3) que gocen sobre el gozo de piés á cabeza que tan andantes y desocupados los hace. (*MS. de don Luis Benegas.*)

(4) y á los y con los que contrahacen (*Edic. de 1845.*)

(5) ó cortando (*MS. de Sanchez.*)

(6) juntar ó desjuntar (*El impreso.*)

(7) ellos (*El MS. de Sanchez y el impreso.*)

(8) ó de mandarles de plomada donde la saliva, para mejor acierto del nivel. (*MS. de don Luis Benegas.*)

(9) con los orines (*El impreso.*)

(10) para que los azote por desvergonzados meones y manoseadores del palillo de Vénus. (*MS. de don Luis Benegas.*)

(11) el humor (*El impreso.*)

(a) Contra las infinitas castas de necios que pueblan la redondez de la tierra esgrimió el Aristarco madrileño su tajante pluma, no solo en especiales, sino en casi todos sus escritos. Algunas páginas adelante hallará el lector los pocos fragmentos que restan de la *Genealogía de los modorros.*

(12) en contar (*El impreso.*)

(13) lenguajes (*El MS. de Sanchez.*) — lenguaraces (*El impreso.*)

(14) un cirujano y un barbero (*El impreso.*)

(15) del invierno (*Id.*)

(16) en ventanas ó en algunas, etc. (*Id.*)

males, los declaramos por hermanos. Empero si aquel entretenimiento no lo hicieren para dar en sus casas lugar ó tiempo á lo que algunos acostumbran por sus intereses (para ver el signo de Tauro, Aries y Capricornio, el cual torpísimo caso y feo condenamos), los que han sido tenidos por tales hermanos no gocen los privilegios de ellos, ni los admitan en los cabildos ni se les dé cera el dia de su fiesta.

Los que llevando zapatos negros ó blancos, ya sean de terciopelo de color, para quitarles el polvo que llevan, (1) para dar lustre, lo hicieren con la capa, (como si no fuera más (2) noble y de mejor condicion y costosa), por limpiarlos á ellos la dejan á ella sucia y polvorosa, los condenamos por necios de baqueta, y siendo (3) noble, por de terciopelo de dos pelos fondo en tonto.

Los que habiéndose pasado algunos dias que no han visto á sus conocidos, cuando acaso se hallan juntos en alguna parte, se dicen el uno al otro : «¿Vivo está vuesa merced?» «¿Y vuesa merced en la tierra?» no obstante que sea encarecimiento, los nombramos por hermanos, pues tienen otras más propias maneras de hablar, sin preguntar si está en la tierra vivo el que nunca fué al cielo y está presente. Y les mandamos poner á los tales una seña admirativa, y que no anden sin ella por el tiempo de nuestra voluntad.

Los que despues de haber oido misa, y cuando recen las Ave Marías, á la campana de alzar, ó á cualquiera al entrar en la iglesia, se hacen señal, en acabando las oraciones dicen «beso las manos de vuesa merced» (aunque se suponga se dén rendimiento de gracias, habiendo de dar la cabeza de ellos los buenos dias ó noches), los condenamos por hermanos. Y los condenamos que abjuren de la que siempre traerán consigo, siendo señalados con su necedad, pues en más estiman un beso las manos falso y mentiroso (que ni se las besarian aunque los viesen obispos, y más las de algunos, que las traen llenas de sarna ó lepra, y otros con uñas (4) caireladas, que ponen asco mirarlas), que no el Dios os dé buenas noches ó buenos dias. Y lo mismo les mandamos á los que responden con esta salva cuando estornuda alguno, pudiéndole decir «Dios os dé salud.»

Los que buscando á uno en su casa, y preguntando por él se les ha respondido no estar en ella, vuelven á preguntar : «¿Pues ha salido ya?» dámoslos por condenados en rebeldes, contumaces, pues repiten la pregunta que ya tienen satisfecha.

Los que habiéndose llevado medio pié, ó por mejor decir, los dedos dél en un canto, con mucha flema llenos de cólera vuelven á mirarle muy despacio, los condenamos en la misma pena ; y les mandamos que (5) le quiten ó no le miren, pena de que se les agravarán con otras mayores.

Los que sonándose las narices, en bajando el lienzo lo miran con mucho espacio como si les hubiera salido perlas por ellas y las quisieran poner en cobro, conde-

námoslos por hermanos, y que cada vez que incurrieren dén una limosna para el hospital de los incurables, porque nunca falte quien haga otro tanto por ellos.

Los que teniendo particular amistad con un amigo, cada vez que se ven, aunque sean en un dia tres veces, le preguntan : «¿Cómo está vuesa merced? Cómo le va?» les condenamos por necios de marca mayor, pues hasta que le pregunte cada semana una vez, y esto ha de ser no le viendo más en toda ella.

Los que estando enamorados, ora por ser bizarra su moza, ora por comunicar la alegría que tienen de tratar de ella y que la vean, llevaren á sus amigos á su casa ó los dejaren en ella solos ó en la cama, ó yéndose fuera del lugar, se la encomendaren y pidieren que la visiten, los condenamos á que cuando vuelvan de la jornada la hallen amancebada con ellos.

Los que topando una buscona en la calle y pidiéndoles luego que la dén algo lo hicieren, los condenamos á que se vayan con ella hasta su casa, y en ella en su presencia la dén á otro lo que ellos la han dado, y se vuelva sin uno ni otro.

Los que habiendo jugado á los naipes ú otros juegos, aunque hayan perdido, ora sea por mostrarse generosos, ora por complacer algunas damas, dieren barato, los declaramos por ya profesos ; y mandamos que se tenga particular cuenta con ellos, porque falta muy poco para echarlos en los incurables.

Los que escribiendo cartas ó billetes, por mostrar que tienen sútil ingenio escribieren palabras ó vocablos no usados, les condenamos á que en ellos enviaren á pedir alguna cosa de que tengan mucha necesidad de ella, no se la invien por no entendidos.

Los que yendo á caballo con espuelas calzadas, ora se quieran adelantar, ora por otra causa, dijeren arre, los condenamos á que se quiten las espuelas, y caminando sin ellas, no incurran en esta pena ; y lo mismo á los que, llevando la rienda en la mano, dijeren : «o, macho,» pues le pueden (6) tener con ella.

Los que habiéndose hallado en un punto con otro, ora sea con cólera, hora por deshonrarle, le llamaren cicatero, le condenamos que le llamen lo mismo , y sobre ello sea preso y llevado á las galeras por diez años, donde con los rebenques del (7) grumete hagan las amistades.

Los que habiendo menester una cosa, inviándosela á pedir prestada la dieren, los condenamos en desgracia de sí mismos, que nunca más la vean.

Los que habiendo oido misa y sermon, dijeren que se dijo en él cosa muy notable, y preguntando por algunas de ellas ó en particular, no supieren dar razon de ninguna, los condenamos de cabeza, pues de ella dicen lo que no saben ni alcanzan.

Los que estando en la cama con mujer, queriendo hacer su gusto, se lo piden, los condenamos á que ellas lo hagan sin pedírselo á ellos, por ser necios abatanados.

Los que estando en alguna conversacion de regocijo, dicen «No hay más Flándes», por encarecimiento de gusto, los condenamos á que sean desdichos en presencia del hermano mayor y hermandad, pues hasta ahora no hemos visto de aquellos estados cosa de en-

---

(1) ó para dar (El impreso.)
(2) notable y de mejor (Id.)
(3) notable , por de terciopelo (Id.)
(4) acanaladas (Id.)—caireladas (El MS. de Sanchez.)
—(Aquí es manifiesto yerro del amanuense, allí leccion arbitraria. Cairelar, echar caireles, significa guarnecer con flecos de hilos pendientes los extremos de las ropas, de donde toma el escritor la metáfora.)
(5) la quiten ó no la miren (El MS. de Sanchez.)

(6) detener (El impreso.)
(7) cómitre hagan (Id.)

tretenimiento, sino ojos sacados, tuertos, ó brazos quebrados y piernas.

Los que yendo (1) caminando, en las ventas ó mesones por donde pasaren hurtaren á los venteros ó mesoneros cualquier género de hurto, ó en la cuenta que hicieren les echaren de clavo alguna cantidad, los absolvemos, damos por libres y facultad para que lo puedan continuar sin que por ello incurran en pena alguna. Y asimismo absolvemos á los mismos venteros ó mesoneros de lo que ellos en cualquier manera hubieren hurtado en esta razon, aunque sea en mucha más cantidad de la que les hurtaron á ellos, por conmutacion que de ello (2) habemos.

Los que casaren con mujer que saben ha gozado otro, ora sea por su hermosura ó por su riqueza que tenga, los condenamos á que de ninguna cosa que vean en su casa puedan tener queja; á los cuales mandamos que cuando entraren en ella sean obligados á ir hablando recio para que haya lugar de ponerse cada uno en salvo.

Los que sirviendo á alguna dama, la llevaren en casa del mercader y mandaren que (3) se le dé todo cuanto pidiere, los mandamos remitir con los incurables, y mandamos se tenga mucha cuenta con ellos, porque corre muy gran riesgo su cabeza. Y juntamente absolvemos á los mercaderes de todo lo que en esta razon tomaren por modo de hurto ó latrocinio (a), con declaracion que hacemos que si despues no cobraren cantidad ninguna, no puedan pedir la mercadería en el estado que estuviere, como muchos han intentado. Y que este capítulo se fije y ponga (4) á la puerta de Guadalajara y en las demas partes donde vivieren mercaderes, para que venga á noticia de todos, y de ello no pretendan ignorancia (b).

Los que habiendo jugado á los naipes y perdido alguna cantidad, despues de haberse salido del juego publicaren que se lo ganaron con fullería (5) y naipes hechos, y no se hubieren quedado con ellos para averiguacion del caso, declaramos por necios pasados en cosa juzgada. Y absolvemos y damos por libres á los que los ganaron, y ponemos perpetuo silencio á los perdidosos para que en ningun tiempo les puedan pedir cosa en razon de ello.

Los que estando en el mismo juego, habiendo descubierto el contrario flux primera ó cincuenta, fueren con mucho cuidado á mirar la carta que les venía, y haciendo primera ó otra cosa de buen juego lo publicaren y fueren mirando, los declaramos por necios de cosa juzgada y por sospechosos en el pecado nefando, pues las traseras no valen sino en Italia.

Los que yendo por la calle les diere algun encuentro alguna bestia ó salpicare, y ellos con mucha cólera les dieren con armas, coz ó (6) puñete, de manera que la cabalgadura no pueda caminar con la carga, los condenamos á que luego nuestras justicias les compelan á que ellos mismos lleven la carga que la tal bestia llevaba.

Los que pasando por alguna calle, de las ventanas ó corredores les echaren alguna (7) bacinada, agua sucia ú otra cosa, y movidos de esto llamaren cornudos, putas ó otros nombres ignominiosos á los della, los absolvemos y damos por libres, por causas particulares que para ello nos mueven.

Item. Habiendo conocido la naturaleza ó inclinacion de los barberos á las guitarras, mandamos que para que mejor sean sus tiendas conocidas, y los que dellos tuvieren necesidad puedan saber cuáles son sus tiendas, en lugar de bacías ó cortinas se cuelgue una ó dos guitarras, con permision general que hacemos de que, sin embargo de las que estuvieren colgadas en la tienda, puedan tener para tocar ellos y sus amigos hasta dos docenas de ellas; sin que se entienda por esto el que se les prohibe el tener juego de ajedrez, damas ó otros entretenimientos.

Item. Habiendo visto la innumerable multitud de poetas que Dios ha enviado á España por castigo de nuestros pecados, mandamos que se gasten los que hay, dando término de dos años para que se consuman, y que ninguno lo pueda usar sin ser examinado por las personas que más eminentes sean en este arte; y no (8) haya más que los tales examinadores, so las penas contenidas en las ordenanzas que se han de hacer de la gente deste gremio (c), y de que se procederá contra ellos como contra la langosta; pues no han bastado otros muchos remedios que se han intentado, ántes cada dia hay poetas nuevos, sin ser conocidos ni sus versos en España.

Item. Habiendo visto las vanas presunciones de los medios hidalgos y de atrevidos hombrecillos que con poco temor se atreven á hurtar las ceremonias de los caballeros, hablando recio por la calle, haciendo mala letra en lo que escriben, tratando siempre de armas y caballos, pidiendo prestado, y haciendo otras muchas ceremonias y cosas que solo á los caballeros son lícitas, mandamos que á los tales, siendo como (9) va dicho, los llamen caballeros chanflones (d), motilones y donados de la nobleza, y hácia caballeros.

Item. Por cuanto nos ha sido hecha relacion (10) por nuestros vasallos que se han perdido los cuatro nombres más principales de la república, conviene á saber, hidalgos, estudiantes, arcabuces y escribanos, porque ya los hidalgos se llaman caballeros, los estudiantes

---

(1) camino (*El Tribunal de la justa venganza*, citando este párrafo, que califica de *proposicion herética!...*)
(2) hacemos. (*El impreso*.)
(3) le dé (*Id*.)
(a) Esta fué otra de las proposiciones que al padre Niseno escandalizaban á sus compañeros los autores del líbelo citado.
(4) en la puerta (*El impreso*.)
(b) Era la *puerta de Guadalajara* (como despues las gradas de San Felipe, y hoy la puerta del Sol) el mentidero de Madrid y el punto de reunion de la gente vaidía, ociosa, atildada y negociante, porque allí estaba la contratacion y el comercio. Tuvo su sitio en la calle Mayor, enfrente de la de Milaneses y de Santiago; existia ya en el siglo XIII; y habiéndose quemado el 2 de setiembre de 1582, fué á poco tiempo derrocada.
(5) ó naipes (*El impreso*.)

(6) puñada, (*El impreso*.)
(7) bañada, agua sucia, (*Id*.)
(8) hayan más que los examinadores (*Id*.)
(c) Son las mismas que insertamos á continuacion de estos *Aranceles generales*, escritas á fines de 1613.
Infiérese del texto que á la sazon aun no lo estaban; y de semejante dato hase de partir para fijar la época en que se bosquejó el presente opúsculo.
(9) hemos dicho, (*El impreso*.)
(d) *Chanflon*, moneda de un cuarto extendida á fuerza de golpes para que parezca de dos cuartos. No es menester, por tanto, encarecer lo oportuno y chistoso del epíteto que se da á los hácia caballeros de aquel y de todos los siglos.
(10) de nuestros (*El impreso*.)

licenciados, los arcabuces mosquetes, y los escribanos secretarios; y como á nos toca la reformacion y enmienda de esto, mandamos que, so pena la nuestra desgracia, cada uno tenga su título propio, con apercibimiento que se procederá contra ellos, como contra promovedores de escándalos en la república, con gran rigor. Y en esto encargamos y mandamos á nuestros ministros tengan muy particular cuidado de que se guarde y cumpla y ejecute, con apercibimiento que no lo haciendo, se procederá contra ellos como más haya lugar (1) de derecho, y se ejecutarán en ellos las penas que á los tales fueren impuestas.

Tambien, habiendo visto (2) la mucha desórden que hay en esto de las mujeres á quien ya por su edad las pueden llamar madres ó abuelas, mandamos que á todas las que fueren de treinta y ocho y cuarenta años el no reirse en las conversaciones, se entienda que no es por falta de alegría y contento, sino es de dientes.

Item. Sabiendo las varias disimulaciones de los hombres vagamundos que hay en nuestras repúblicas, mandamos, so pena de la nuestra merced y de que se procederá contra ellos con gran rigor, que ninguno llame picado (a) á lo que verdaderamente es roto.

Y porque se han quejado los (3) trabajos que á ellos les echan la culpa de las canas, malas caras y otras diminuciones en que los hombres y mujeres van cada dia, declaramos ser años; y mandamos que de aquí adelante, pena de que (4) serán castigados con graves penas por rebeldes contumaces, que ninguno sea osado á llamarlos trabajos, sino años, y no de ninguna otra manera.

Otrosí, por las muchas iras y enojos, escándalos, venganzas, muertes y traiciones que en bandos y parcialidades suelen suceder, vedamos todas las armas aventajadas y dañosas, como son pistolas, espadas, arcabuces y médicos.

Item. Porque todas las cosas son más perfectas cuando se hacen á ménos costa y con más órden, mandamos que siendo, como es, necesario el castigo en el mundo para los malos, en lugar de poetas y verdugos se use de necios.

Item. Mandamos que no haya seda sobre seda, y que algunas mujeres con el nombre de doncellas no sirvan de lo que no son.

Item. Mandamos que puedan cualesquier de nuestras justicias prender á cualesquier personas que (5) toparen de noche con garabato, escala, ó ganzúa, ó ginovés, por ser armas contra las haciendas guardadas.

Item. Mandamos que ninguno llame ayuno, devocion ó templanza lo que verdaderamente fuere hambre y no poder más.

(1) en derecho, que se ejecutarán (*El impreso*.)
(2) el mucho desórden (*Id.*)
(a) Eran gala entónces ropas labradas con picaduras y sutiles agujerillos, combinados vistosa y ordenadamente.
(3) trabajosos (*MS. de Sanchez*.)
(4) sean castigados (*El impreso*.)
(5) encontraren (*Id.*)

Item. Mandamos poner en los calendarios del mundo los caballeros por mártires.

Item. Asimismo mandamos que ninguna persona, de cualquier estado ó calidad que sea, pueda tener nombre de valiente si no fuere hijo de médico, ó lo pretendiere ser por línea de varon.

Item. Asimismo nos ha parecido ordenar y ordenamos que (6) no se casen mujeres grandes por la honra de los maridos, pues vemos que en la más pequeña mujer sobra para todo un barrio.

Otrosí, condenamos en los galanes de monjas los antecristos pensamientos, y teniendo consideracion á que ellos y los judíos se parecen en esperar sin fruto, los mandamos desterrar de nuestras repúblicas, por aguardadores y imitadores de los que creen en la ley de Moisen; y si reincidieren en su obstinacion y pertinacia, los condenamos en que coman en galeras los bizcochos que ántes comian en sus locutorios y rejas con las monjas (b).

Item habiendo advertido la multitud de dones que hay en nuestros reinos y repúblicas, y considerando el cáncer pernicioso que es, y cómo se va extendiendo, pues hasta el aire ha venido á tenerle y llamarse don-aire; y mirando que imitan el pecado original en no escaparse de él nadie sino es Jesucristo y su Madre, mandamos recoger los dones, dando término de tres dias despues de la notificacion á todos los oficiales para que se arrepientan de haberle tenido (c).

Item. Asimismo que los Mendozas, Enriquez, Guzmanes y otros apellidos semejantes que las putas y moriscos tienen usurpados, se entienda que son suyos, como la Marquesilla en las perras, Cordobilla en los caballos, y César en los extranjeros.

(6) se casasen (*El impreso.*)
(b) En la *Casa de locos de amor*, en la *Historia de la vida del Buscon* y en otros rasgos de prosa y verso, QUEVEDO zahirió vivamente á los devotos de monjas, escándalo de los piadosos, guerra de la paz santa del claustro, hombres de estragado y perverso corazon.
(c) QUEVEDO reprodujo despues esta censura en la *Visita de los chistes*. A nuestro reformador de costumbres habia, sin embargo, precedido el regocijadísimo escritor arábigo y manchego Cide Hamete Benengeli en condenar el abuso que hombres vanos, jactanciosos y de humilde alcurnia hacian de aquel título de honor, contraccion del *dominus* latino.
Dábase en los tiempos medios á los reyes, próceres y obispos, extendióse á los santos, á las deidades y héroes del paganismo, y los fabulizadores y poetas llegaron en burlas á llamar de *don* á las aves, animales, insectos y aun á séres inanimados.
Fué en el siglo XIV cuando más se comenzó á afectar este tratamiento, usurpándolo con cuidado los judíos, entónces dueños de las riquezas, y avaros por lo mismo de condecoraciones y honra. La plebe pretendió no ser ménos, y desde el más bajo oficial hasta la pública ramera vinieron con tal título á engalanarse.
Inútilmente quisieron los Reyes Católicos ennoblecerlo, incluyéndolo entre las mercedes y premios de la constancia, arrojo y fe del gran Cristóbal Colon; el vulgo, más poderoso que las leyes, se apoderó del tratamiento, haciendo preciso inventar los de señoría, ilustrísima, excelencia y cuantos ambiciona y ambicionará siempre la vanidad ridícula y la miserable pequeñez del hombre.

PREMÁTICAS DEL DESENGAÑO CONTRA LOS POETAS GÜEROS [a].

Nos, el Desengaño, etc. Por cuanto habemos sabido que la mayor parte del mundo, olvidada de nuestras verdades, ha dado en seguir la falsa seta de los poetas chirles y hebenes [b], por último y eficaz remedio de nuestros reinos nos plugo ordenar y ordenamos estas premáticas, y las mandamos guardar á todos, so las nuestras iras, y penalidad de nuestra desgracia.

1. Por lo cual, atendiendo á que este género de sabandijas que llaman poetas son [c] nuestros prójimos y cristianos, aunque malos, viendo que todo el año idolatran mujeres y hacen otros pecados más enormes, mandamos que la Semana Santa recojan á los poetas públicos y cantoneros, como á malas mujeres, y que los prediquen para convertirlos; y para esto señalamos casas de arrepentidos, que, segun es su dureza, no las estrenarán.

2. Item. Advirtiendo los grandes bochornos que hay en las caniculares coplas de los poetas del sol, como pasas á fuerza de los soles que gastan en hacerlas,—pone-

mos perpetuo silencio en las cosas del cielo, señalando meses vedados (como á la caza y pesca) á las musas, porque no se acaben con la priesa que las dan.

3. Item. Habiendo considerado que esta infernal seta de hombres condenados á perpetuo concepto, despedazadores y tahures de vocablos, han pegado la dicha roña de poesía á las mujeres,—declaramos que nos damos por desquitados con este mal que les han hecho del que nos hicieron en Adan.

4. Item. Por cuanto el siglo está pobre y necesitado de oro y plata, mandamos que se quemen las coplas de los poetas, como franjas viejas, para sacar el oro y plata que tienen, pues en sus versos hacen sus ninfas de todos metales como estatua de Nabuco.

5. Item. Advertimos que la mitad de lo que dicen lo deben á la pila del agua bendita por mentiroso, y que solo dicen verdad en decir mal unos de otros.

6. Item. Habiendo advertido que han remetido todos el juicio al valle de Josafat, mandamos que anden señalados en la república, y que á los furiosos los aten; concediéndoles los previlegios de los locos, para que en cualquiera travesura llamándose á poetas, como prueben que lo son, no solo no les castiguen por lo que hicieron, sino se agradezcan el no haber hecho más.

7. Item. Advirtiendo que despues que dejaron de ser moros (aunque guardan algunas reliquias), se metieron á pastores todos, por lo cual los ganados andan secos de beber sus lágrimas, la lana chamuscada del fuego de sus amores, y tan embebecidos en su música, que no pacen,—mandamos que dejen el tal oficio; y á los amigos de soledad les señalamos ermitas, y que los demás, por ser oficio alegre y de pullas, se acomoden en mozos de mulas [d].

8. Item. Por estorbar los insolentes hurtos que hacen, mandamos que no se puedan pasar coplas de Aragon á Castilla, ni de Italia á España, so pena de callar un mes el poeta que tal hiciere, y si reincidiere, de andar un dia limpio [e].

---

[a] Las supongo escritas en Madrid á fines de 1615.

Hame servido de original una copla hecha no muchos años despues, que perteneció á don Luis de Salazar y Castro, y se conserva en la biblioteca de las Cortes, códice L. 31.

A este rasgo aludió el gran Cervántes, diciendo de Quevedo:

> Ese es hijo de Apolo, ese es hijo
> De Calíope musa, no podemos
> Iroos sin él, y en esto estaré fijo.
> Es el *flagelo de poetas memos*,
> Y echará á puntillazos del Parnaso
> Los malos que esperamos y tememos.

Por tan grato elogio, ó porque el autor del *Quijote* adoptó alguno que otro pensamiento de estas *Premáticas*, al dictar los *Privilegios, ordenanzas y advertencias que Apolo envia á los poetas españoles*, tuvo nuestro don Francisco en tal estimacion su trabajo, que le incluyó más adelante en la *Historia de la vida del Buscon*, aun cuando (si á los hombres privilegiados no ciega tambien el amor propio) debió parecerle desaliñado, frio, descolorido y trivial, comparándola con la obra del inmortal ingenio complutense.

Sufrieron las *Premáticas*, al ser incluidas en el libro de la *Historia del Buscon*, mutilaciones y retoques de importancia.

Por lo mismo el *Tribunal de la justa venganza* las cita aparte de este libro, en la página 23.

Estima Cervántes la poesía «como una bellísima doncella, casta, honesta, discreta, aguda, retirada, y que se contiene en los límites de la discrecion mas alta. Es (dice) amiga de la soledad, las fuentes la entretienen, los prados la consuelan, los árboles la desenojan, las flores la alegran, y finalmente deleita y enseña á cuantos con ella comunican.

> Nunca se inclina ó sirve á la canalla
> Trovadora, maligna y trafalmeja,
> Que en lo que más ignora ménos calla».

Infortunadamente como (en la opinion de don Quijote) no hay poeta que no piense de sí que es el mayor del mundo, y su enfermedad sea pegadiza é incurable, nunca faltaron ni faltarán ociosos, atrevidos, ignorantes y trubanes que manosean la poesía, la ajan y prostituyen. Ciegos, sastres, zapateros y tundidores la perseguían al principiar el siglo XVII; al concluir el XVIII la encenagaban los Comellas, Niños y Monzines: ¿el movimiento literario de la era presente ha molido como cibera, y zarandeado estos poetastros granzones?

Cervántes y Quevedo se unieron para combatirlos; hoy la prensa es quien más los alienta y desvanece.

[b] *Chirle* se llama el estiércol del ganado lanar; *heben*, una especie de uvas blancas, gordas y bellosas; y en lo antiguo se aplica á la persona fútil y de poco meollo.

[c] La misma calificacion adoptó Cervántes.

«El que tiene providencia de sustentar (dice) las sabandijas de la tierra y los gusarapos del agua, la tendrá de alimentar á un poeta, por *sabandija* que sea.»

[d] Consagrados los vates, en toda la segunda mitad del siglo XVI, á pintar las costumbres moriscas y á ensalzar la civilizacion árabe en alas de populares cantos, despojaban de la severidad castellana al romance, y á fuerza de repetir unos mismos pensamientos, le hacian monótono y enfadoso. En manos esta poesía ideal y caballeresca de algunos mozalvetes ignorantes, se vió luego prostituida, y muy pronto acorralada por los dardos punzantes del ridículo que sobre ella arrojaron escritores burlones y no nada caritativos. Los romances, á tanta perfeccion y elegancia llevados por Salinas y Lope de Vega, vacilaron y cayeron á los golpes de aquellos otros

> Tanta Zaida y Adalifa,
> Tanta Draguta y Daraja, etc.
> ¡Valga al diablo tantos moros
> Como por momentos sacan, etc., etc.

Desautorizados, juntamente con los libros de caballería y con los cantos heróicos, se entronizó la novela pastoril y los romances pastoriles. Vino un diluvio de estas composiciones á anegar la memoria de las moriscas; pero no se libraron de la censura de Quevedo ni de el cautivo de Argel, quien hizo desvariar al Hidalgo manchego con los sueños de una segunda Arcadia.

[e] De los privilegios que Apolo envió á los poetas españoles (dijo Cervántes en la *Adjunta al Parnaso*), «es el primero, que algunos poetas sean conocidos tanto por el desaliño de sus personas, como por la fama de sus versos».

«Item, se advierte que no ha de ser tenido por ladron el poeta

9. Item. Declaramos y mandamos tener entre los desesperados que se ahorcan y despeñan, y como tales que no los entierren en sagrado, á las mujeres que se enamoran de poetas á secas. Demas de esto, advirtiendo la innumerable multitud de sonetos, redondillas, etc., que han manchado el papel, mandamos que los que por sus deméritos escaparen de las especerías vayan á las necesarias sin apelacion.

10. Pero advirtiendo con ojos de piedad que hay tres géneros de gentes en esta república tan sumamente miserables, que no pueden vivir sin los tales poetas, como son ciegos, farsantes y sacristanes,—permitimos que haya algunos oficiales desta (1) arte conocidos, los

que hurtare algun verso ajeno, y le encajare entre los suyos, como no sea todo el conceto y toda la copla entera, que en tal caso tan ladron es como Caco.»

(1) corte conocidos (Dice el MS.; pero es errata manifiesta.)

cuales tengan carta de exámen del cacique que fuere en aquellas partes; limitando á los de las comedias que no acaben en casamientos, ni hagan las trazas con papeles y bandos; y á los de ciegos, que no subordinen los casos en Tetuan, y que para decir la presente obra no digan zozobra; y á los de villancicos que no juegue del vocablo ni metan más en ellos á Gil, ni á Pascual porque se quejan; ni hagan pensamientos de (2) tornillo que, mudado el nombre se vuelvan á todas las fiestas. Y últimamente, á todos los poetas en comun les mandamos descartar de Apolo, Júpiter, Saturno y mas dioses, so pena que los ternán por abogados á la hora de su muerte.

Todas las cuales cosas mandamos guardar á nuestras justicias inviolablemente con el rigor acostumbrado.

(2) torvillo, mudado (Tambien, erradamente, el MS.)

PREMÁTICA DEL TIEMPO [a].

Nos el Tiempo, (1) mayor maestro del mundo, heredero universal de los hombres, señor de todo, el valenton de la muerte y de consejo de Estado, juez de residencia en lo seglar y eclesiástico, y en todo (2) asistente : Por cuanto estamos (3) constituido y puesto en este lugar por Dios nuestro Señor, y con este poder nos ha sido fecha relacion de los muchos y exorbitantes excesos que en diferentes cosas se cometen en (4)

la república del mundo ; por mostrar nuestro buen celo mandamos á todas nuestras justicias de (5) cualesquier partes, so las penas desta premática, que guarden, cumplan todo lo en ella contenido.

Primeramente, informado de los grandes robos y latrocinios que de ordinario se hacen en ventas, mandamos que nadie sea atrevido de aquí adelante á fiarmarlas ventas, sino (6) hurtos, pues en ellas hurtos (7) más que venden, so pena de que las haya menester el que á lo tal no obedeciere.

Item, porque sabemos hay algunos caminantes pelones y gorreros, hospedándose más de lo que (8) fuere razon en casa de sus amigos, declaramos que el (9) primero dia sean bien venidos, tratados con regocijo y hospedados con diligencia ; el segundo admitido con llaneza, y el tercero con descuido y enfado ; y tan mal detenidos (10) sean tenidos, ya no por amigos, sino por enemigos de casa y de la hacienda. Otrosi, mandamos generalmente desterrar de nuestra república á todos los estómagos aventureros.

Item, habiendo conocido la natural inclinacion de los barberos á guitarras, mandamos que para que mejor sean conocidas sus tiendas, en lugar de (11) cortinas

(a) Bosquejo y fundamento de esta composicion fuéron las Premáticas y aranceles generales, que ya van insertas, escritas, en mi sentir, á principios del año de 1613.

Cercenadas, retocadas y mejoradas sobre todo encarecimiento en 1628, aparecieron con el nombre de Premática del tiempo, al folio 152 del libro que se titula Desvelos soñolientos y discursos de verdades soñadas, impreso en Barcelona por febrero de 1629.

A mediados de este mismo año, y aburrido Quevedo por las grandes persecuciones que le suscitó la suspicacia del gobierno y la envidia de sus émulos, negó ser suyos todos los opúsculos que no apareciesen de la coleccion que hizo entónces en Madrid, y á la cual llamó Juguetes de la niñez y travesuras del ingenio. Esta suerte le cupo, juntamente con otros varios rasgos, á la Premática del tiempo (1); pero ni entónces ni despues ha habido quien pueda poner en duda su verdadero autor.

Con tal declaracion no volvieron los libreros á reimprimirla, hasta que el mercader Pedro Coello lo hizo por julio de 1648, en la Enseñanza entretenida y donairosa moralidad comprendida en el archivo ingenioso de las obras de don Francisco.

Foppens la incluyó tambien en su coleccion belga de 1660.

Despues ha corrido varia fortuna.

El texto va confrontado con la impresion de 1648.

Al pié resultan las variantes de un curioso manuscrito que fué de don Luis de Salazar y Castro, y pertenece hoy á la biblioteca de las Cortes (L. 31), cuyo papel y letra publican ser de los años de 1620 á 1628. Tiene por título Premáticas destos Reinos.

El señor Castellanos me ha facilitado otras variantes. Ni recuerda de dónde las tomó ni el aprecio que le mereciera el códice. Insértolas en su lugar correspondiente.

(1) heredero comun de los hombres, señor de todo, valenton de la muerte y su consejo de Estado, (MS. de Salazar.)

(2) asistente, etc. (Id.)—asistente, calumniador de la verdad y verdad en cueros, segur de filo eterno, y mano de hierro indestructible y destructora ; dios en la tierra por Dios, y su ministro ; pregonero sin voz, oido de todos y poco escuchado de nadie. Por cuanto, etc. (Variantes del señor Castellanos.)

(3) constituidos y puestos (MS. de Salazar.)

(4) las repúblicas (Id.)

(1) Véase lo que sobre esto queda estampado en la página 234.

(5) cualquier parte, género y condicion (que sean desempeño experiencias, consejos y castigos), manden ejecutar en todas cualesquiera personas de cualquiera estado, condicion y pre... las penas que en esta Premática por nos fueren impuestas si no guardaren las nuestras leyes, sanciones y establecimientos.

I. Primeramente, informados de los grandes robos y latrocinio que se hacen cada punto en las ventas. (MS. de Salazar.)

(6) hurtas (Id.)

(7) y no venden, so pena que las haya menester el que lo tal no obedeciere.

II. Otrosi, habiendo conocido la natural inclinacion de los barberos á las guitarras (Id.—Sigue en esta columna, lineas posteriores...

(8) es razon (Edicion de Sancha.)

(9) primer (La de Bruselas, 1660, y siguientes.)

(10) y sean tenidos (La de Madrid, 1648, y la de Bruselas.)

(11) la cortina ó bacias se cuelgue ó pinte una guitarra, ó mas, conforme al barreno del tal barbero.

III. Item, mandamos, sabiendo la innumerable multitud que Dios ha enviado de poetas á España para castigo de nuestros pecados que se gasten los que al presente hay, y que no haya más de... doles de término para que se gasten dos años, so pena que...

nas y bacías, cuelguen ó pinten una, dos, tres ó más guitarras, conforme el babero de tal barbero (a). Otrosí, porque vemos que la cosa más estimada en el hombre, que es la barba, la echan á la basura, mandamos que de aquí adelante la guarden para limpiadera de los papeles, pinturas y espejos que acostumbran á tener en sus tiendas; y que pues al quitar la barba llaman afeitar, y quitan por cada vez diez años, que es como pintar con lisonjas y regalo, mandamos que de aquí adelante no les llamen barberos, sino pintores. Asimismo, porque el dormir los hombres con bigoteras es como dormir con frenos (1), les declaramos por peores que machos, pues estos duermen sin ellos de noche, y aquellos no. Otrosí, porque sabemos que el pintar á los reyes y emperadores antiguos rapados como frailes, es porque, como eran coléricos, apénas sufrian los bigotes, declaramos por flemáticos pesados, por desocupados, ociosos y mujeriles á todos los que gastan la mayor parte del dia en hilarse los bigotes.

Item, porque los pintores son de suyo lisonjeros, y que tienen por oficio enmendar las faltas de la naturaleza, y viendo que en sus hijos é hijas pierden esa habilidad, pues lo hacen feos,—mandamos que, pues desto no han sabido dar razon concluyente, pinten con fidelidad las damas que retrataren y sin la mano sobre el pecho; porque haciéndolo, les declaramos por gente vana y que se alaban á sí mismos, pues es como decir qüe es la pintura de buena mano y buena en mi conciencia. Y y no guardándolo, mandamos les llamen lisonjeros y aduladores, y que no agrade el retrato á quien se lo mandare hacer.

Item, habiendo visto la multitud de poetas con varias sectas, que Dios ha permitido por el castigo de nuestros pecados, mandamos que se gasten los que hay, y que no haya más de aquí adelante, dando de término dos años para ello, so pena que se procederá contra ellos (2) como contra la langosta, conjurándolos, pues no basta otro remedio humano. Otrosí, declaramos por moros y turcos á todos los poetas, que, como renegando de su patria, disfrazan los nombres de damas, galanes y de sus amores con los de los turcos y moros, llamándoles Abencerrajes, Darajas, etc.

Item, porque piensan los astrólogos, poetas y retóricos que solo ellos saben alzar figuras para (3) escurecer sus enredos,—declaramos que sean tenidos por figuras los que á nadie quitan la gorra, y más si es de puro arrogantes; los que dicen mal de todo, hablando adrede, descuidados, ignorantes, para dar á entender están divertidos en negocios; los que, no teniendo ha-

cienda, blasonan de gastadores; los que en tiempo de lodos pisan menudico, saludan á cuantas mujeres encuentran, aunque sean viejas y feas; los que á las mañanas hacen traer el rosario al criado, y andan toda la tarde enfrenados con el palillo, y al tiempo de hablar, por el embarazo de la madera, babean y rocían las barbas de los circunstantes. Asimismo declaramos por figuras á todos los viejos que se remozan y dan en requebrar; ordenando que, pues siendo viejos se hacen niños, no les dejen salir de casa sino es con ayo. Y finalmente, declaramos por figuras á todas las mujeres que, siendo hermosas ó ya viejas, se pintan, y generalmente á todas las viudas que dan en lavar ropa blanca, aunque sea á gente grave y de autoridad. Mandamos sean comprendidas con estas y tenidas por figuras descorteses las mujeres que el dia que van en coche, más si es prestado, desconocen á quien más las conoce, dándose más á conocer con eso.

Item, ha parecido, habiendo visto las varias presunciones de medio escuderos y lacayos, atrevidos hombrecillos, que por verse que van delante y dejan atrás sus señores, como si fueran de más importancia, con poco temor se han atrevido á usurpar las ceremonias de los caballeros, hablando recio por las calles, haciendo mala letra, tratando siempre de armas y caballos, (4) y pidiendo prestado, no teniendo que prestar lienzo á sus carnes,—que á los tales les (5) llamen caballeros chanflones, (6) donados de la nobleza, (7) ó hácia caballeros ó bácia caballos, y cuando mucho, como lacayos; se queden con título de ayos de hacas flacas y viejas, y duerman siempre sobre pajas ó sobre lana hedionda.

Item, vista la ridícula figura de los criados cuando dan á beber á sus señores, haciendo el Coliseo, el Guineo, inclinando con notable peligro y asco todo el cuerpo demasiado; y que siendo mudos de boca, son habladores de piés de puro hacer desairadas reverencias, declaramos sea eso tenido por descortesía é irreverencia. Y mandamos á todos los criados que de aquí adelante hicieren semejantes servicios y cortesías, que en pago de eso se les dén la comida medio comida, y queden de puro hacer reverencias más corcovados que el diablo que traia sastres al infierno; y que estando delante de su señor y en presencia de muchos se les (8) caigan las calzas.

Item, declaramos y desengañamos á todos los reyes y señores deste mundo, que no piensen ser ellos los mayores de todos, porque este solo lo es el calor, delante de quien están ellos mismos, y todos descubiertos, y delante de los reyes se cubren los grandes.

Item, porque hemos visto que en esto del dar y pedir hay varias trazas,—para dar alivio á todas las bolsas, y fáciles respuestas para toda mujer buscona y pedigüeña, declaramos que de aquí adelante nadie dé

procederá contra ellos como contra las langostas, conjurándoles, pues no bastan otros remedios.

IV. Asimismo nos ha parecido, habiendo visto las vanas presunciones de medio escuderos y de atrevidos hombrecillos que con poco temor se atreven á usurpar las ceremonias (MS. de Salazar.—Pasa á la columna siguiente, linea 23.)

(a) «Todos ó los más son guitarristas y copleros», decia don Quijote. Los autores del Picaro Guzman de Alfarache y de la Picara Justina, y Quevedo, en Las zahurdas de Plutou y en la Visita de los chistes, ponderaron tan decidida aficion de los rapistas á las guitarras y á la poesía.

(b) Incrustó Vander Hammen este pensamiento en la refundicion que hizo de la Casa de locos de amor. (Véase la nota 4 de la página 334.)

(1) les declaramos (Edic. de Madrid de 1648, y la de Bruselas.)

(2) conforme contra la langosta (La impresion de Madrid.)

(3) oscurecer (La de Bruselas y siguientes.)

(4) pidiendo prestado y haciendo otras cosas, — que á los tales, siendo como he dicho, los llamen (MS. de Salazar.)

(5) llaman (Todos los impresos españoles.)

(6) motilones ó donados (MS. de Salazar.)

(7) ó hácia caballeros.

V. Item movidos á piedad de los ruegos de nuestros vassallos, damos licencia para que de aquí adelante haya doncellas.

VI. Y por cuanto nos ha sido fecha relacion (Id.—Sigue página 441, columna 2, linea 13.)

(8) caian (Edic. de 1648.)

sino buenos dias y buenas noches, besamanos, favor...
al que lo merece (con buenas palabras no más), lugar...
en las visitas y conversaciones, y al superior, y gusto...
«á todos en cuanto pudiere (a)». Asimismo declaramos
que no dé á ninguna mujer joya ninguna, so pena de
quedarse con el jó como bestia, sino solo darle palabras
fingidas, y dar á perros á todas las taimadas que piden
perrillos de faldas, y más si han de ser con collares y
cascabeles de plata. Y así á la que te pidiere un manteo
de raso, enséñale el del cielo azul y raso; si terciopelo,
aféitate tres veces; si (1) manto de soplillo, envíale los
soplos de tus suspiros; si banda, dale la de los tudescos, ó que en entregarse á tí la tendrás de tu banda;
si liga, la de Lepanto; si pasamanos de oro y plata,
que se vaya á casa de un platero á pasar las manos por
todo esto, á título de quererlo comprar, si tuviere dinero, ó tomarlo, si se lo dieren; si perlas, que ya ella
misma es una perla, y que con derramar lágrimas ver-
terá cuantas perlas quisiere; si una toca, tócala un laud
ó guitarra; si rosario de cocos, remítela á unas viejas
ensartadas en coche, que como parecen micos, esas le
harán cocos al vivo; si cadenas, envíala la de Marsella, que tiene gruesos eslabones, ó á una cárcel, ó galeras; si brincos, los (2) de un ademan; si lienzos, los
de un muro; si zapatillas, y más si son de ámbar, ex-
cúsate con que es presente en profecía, y que no sabes
cuántos puntos calza, y cuando mucho (para quitarte
de ruido) (3) envíale las de las espadas negras; si bocados, que se vaya á un alano; y si comida, envíale por
ante los de un coleto; capones, de un facistol; gallinas,
de hombres cobardes; y por postre, buñuelos de viento
y nueces de ballesta. Y caso que te vieres forzado á haber de dar algo, sea como la bebida, poco y muchas
veces, porque solicita cada vez y puede obligar de nuevo. Y declaramos que los que esto no cumplieren, se
queden para siempre rotos, enamorados, y sin mujer y
sin dineros.

Item, porque sabemos cuán lleno está el mundo de
cierto género de hombres entremetidos, negociantes,
enfadosos y sin vergüenza, mandamos que los priven
de todo cargo y oficio, y solo se les consienta, á falta
de otros, que puedan ser sacristanes y (4) muñidores
de cofradías, y para alivio de la república, y exone-
rarse dellos, se repartan por las montañas entre rústicos, y por las Astúrias, Navarra y Vizcaya, para que
estos pierdan alguna parte de su cortedad. Y á los que
quedaren mandamos poner á la vergüenza en el mismo
lugar y entre las mujeres vendederas y regatonas y de
peso falso; y que en lugar de potros y verdugos para
atormentarlos, los entreguen á los necios, mayormente que presumen de sabios.

Item, declaramos por locos todos los mercaderes que
en cuanto á los plazos de las pagas que les debieren,
hicieren, sin otro resguardo, confianza de la palabra

(a) Sistema que tradujo Martinez de la Rosa en estos versos :
    Aquí yace don Matías,
    Acusado de tacaño,
    Y daba grátis al año
    Pésames, pascuas y dias.
(1) manta (Edic. de Madrid, 1648.)
(2) de una dema. (Id.)
—(Tal vez deba leérse de una adema. Dase este nombre á los maderos que sirven para apuntalar las minas.)
(3) envíala (Edic. de Bruselas y siguientes.)
(4) muñidores (Edic. de 1648.)

de señores; y que sean comprendidos debajo del mismo
título los señores que no reparan en comprar á cualquier precio, fiados en que es largo el plazo de la paga;
(5) debiendo saber que no hay cosa que llegue más presto que el plazo de una deuda; y se cumpla con estos el
refran que dice : Todos somos locos, los unos y los
otros.

Item, porque vemos que ya hoy dia nadie dice: «si
lo calló fulano;» sino : «Así lo dijo fulano;» ordenamos
haya cátedra para callar, como las hay para hablar.

Item, mandamos (6) á cualesquier justicias, que prendan á todas y cualesquier personas que toparen de dia
ó de noche con garabato, escala, ganzúa ó genoví,
por ser armas contra las haciendas guardadas (7) (b).

Otrosí vedamos los dos extremos, de tener muchas
caras y el de no tener ninguna.

Item, por las muchas iras, (9) escándalos, destruc-
ciones, muertes y venganzas que en bandos y parcialidades se suelen hacer, vedamos todas las armas aventajadas y dañosas, como son, (10) espadas, pistoletes,
médicos, cirujanos, boticarios, necios, habladores y
porfiados. Y declaramos por tres enemigos del cuerpo
á los médicos, cirujanos y boticarios; y por tres enemigos de la bolsa á los escribanos, procuradores, cocheros ó gitanos.

Item, porque sabemos hay cierto linaje de valen-
tes matantes, que solo matan á quien se deja matar,
mandamos que no pueda tener nombre de valiente
quien no fuere ó pretendiere ser hijo de médico, cirujano ó boticario (b).

(11) Item, por los muchos desórdenes que hay en estas (12) castas de mujeres, á quien por su edad pueden
llamar madres, mandamos que todas las que fueren de
treinta y ocho (13) años á cuarenta, el no reírse en las
ocasiones de (14) gusto no se atribuya á falta de alegría,
sino de dientes; y que por modo de melindre, tan soli-

(5) habiendo de haber que no hay cosa (Edic. de 1648.)
(6) que puedan cualesquier justicias prender á cualesquier personas que toparen de noche (MS. de Salazar.)
(7) Item, prohibimos á las viejas andar á caza de gangas para
engancharlas en su garabato y llevarlas al comun del sexo. (Variantes de Castellanos.)'
(8) XVI. Item, mandamos poner en los calendarios del mundo
por mártires á todos los caballeros rojos.
XVII. También mandamos que no pueda tener nombre de valiente quien no fuere hijo de médico ó lo pretendiere ser.
XVIII. Asimismo pareció ordenar y ordenamos que no se crien
mujeres grandes (Id.—Sigue página 442, columna 1, línea 5.)
(9) enojos, escándalos, traiciones, venganzas y muertes que
en bandos (MS. de Salazar.)
(10) almaradas, pistoletes y espadas mayores de marca, arcabuces y médicos.
XII. Item, por cuanto todas las cosas son más perfetas cuanto
se hacen á ménos costa y con más órden ; y viendo cuán necesario es el castigo en el mundo para los malos, mandamos que para
atormentarlos de aquí adelante, en lugar de potro y verdugos, se
usen necios.
XIII. Asimismo vedamos seda sobre seda y marido sobre marido, (Id.— Sigue página 442, columna 1, línea 11.)
(b) Véase la nota 8.
(11) VIII. También por el mucho desórden que hay en estas casas de las mujeres á quien ya por su edad se pueden llamar madres, mandamos que en todas (MS. de Salazar.)
(12) casas de mujeres (Impresion de Madrid, 1648, y la de Bruselas.)
(13) ó cuarenta años arriba, el no reírse (MS. de Salazar.)
(14) risa, no se crea no ser falta de alegría sino de dientes.
IX. Item, sabiendo las malas y vanas disimulaciones de los
hombres vagamundos y pobres, mandamos (Id.—Sigue página 441,
columna 1, línea 6.)

mente se les (1) permite cuando rien el poner delante la boca el abanillo ó manguito. Asimismo ordenamos no se admita otro melindre que ese á la que pasare de veinte y cinco años.

Item, sabiendo las varias disoluciones de los hombres vagamundos, mandamos que ninguno llame picado á lo que es (2) roto, ni se pique nadie miéntras pierde en el juego, por celos de su mujer; ni porfiar sobre cosa alguna, mayormente si es de poca importancia, so pena que desto se le sigan grandes inquietudes y daños. Y así, establecemos una ley contra el picar que mande : «No te picarás en ningun tiempo por ninguna cosa.» Tambien mandamos que nadie llame ayuno, (3) devocion ó templanza (4) á lo que verdaderamente es hambre ó no poder más. Y asimismo, sabiendo que se dice ya por modo de refran en el mundo, que soles, penas y cenas son las tres cosas á cuyo cargo está despachar desta vida para la otra, declaramos que, si bien los soles matan algunos, las penas á otros pocos; pero que mueren más de no cenar que de (5) ninguna de las cosas dichas.

Item, porque se nos han quejado los trabajos de que les echan las culpas de muchas canas, se declara que son años; y mandamos que nadie los llame de otra manera. (6)

Item, habiendo advertido la multitud de dones que hay en el mundo (pues hasta el aire (7) le tiene), y considerando que imitan al pecado original en no escaparse dél entre todos (8), sino solo Cristo y su Madre, mandamos recoger los dones (9); y ya que los haya, sea en las manos, y no en los nombres. Y damos término de tres dias despues (10) de la notificacion, á todos los (11) oficiales, para que se arrepientan de (12) los haber tenido. Asimismo declaramos que los Mendozas, Enriquez, y Guzmanes y otros apellidos semejantes, que (13) las cotorreras y moriscos tienen usurpados, se entienda que son suyos, como (14) el de Marquesilla en las perras, Cordobilla en los caballos, y César en los extranjeros.

Item, porque hay grande falta de amigos verdaderos, y ya los más son como lunas con menguantes y crecientes, largos de palabras y breves de obras, declaramos que sean todos conocidos como dinero, cuyo valor se sabe ántes de haberlo menester (a).

(1) permita cuando rian (*Edic. de Sancha.*)
(2) verdaderamente roto.
X. Y por cuanto se han quejado los trabajos de que les echan culpa de muchas canas (*MS. de Salazar.* — *Sigue linea 25 de esta columna.*)
(3) y devocion (*MS. de Salazar.*)
(4) lo que verdaderamente es hambre y no poder más.
XV. Item mandamos que puedan cualesquier justicias (*Id.—Sigue en la nota 6 de la página* 440.)
(5) ningunas (*Las ediciones de Bruselas y siguientes.*)
(6) XI. Otrosi, por las muchas iras (*MS. de Salazar.—Sigue página* 440, *columna* 2, *linea* 17.)
(7) le ha venido á tener, como se ve en *don-aire*) ; y considerando (*Id.*)
(8) los nacidos, sino Cristo (*Id.*)
(9) Y damos de termino de tres dias (*Id.*)
(10) desta notificacion (*Id.*)
(11) oficios. (*Edic. de Bruselas y todas las posteriores.*)
(12) haberlos tenido. Asimismo mandamos que los Mendozas, Manriques y Guzmanes (*MS. de Salazar.*)
(13) las mujeres de mal vivir y los moriscos tienen usurpados (*Id.*)
(14) Marquesilla en las perras, Cordobilla en los caballos, y el César en los extranjeros. (*MS. de Salazar, que termina en este punto.*)
(a) No hay período en estas obras que no revele pasmoso conocimiento del corazon humano, y deje de ofrecer útil leccion y provechosísima medicina.

Otrosí, porque sabemos se dan muchos por agraviados de lo que no debieran, declaramos que no pueda agraviar ni lengua de juez ni de mujer, ni vara ó lengua de padre airado, ni palos de corcho enchapinados por una mujer, ni jineta de soldado, porque todo para ó en la debida autoridad ó respeto, ó en la naturaleza propia.

Asimismo mandamos que ninguno llame á nadie diciendo : «Ola hombre honrado;» porque nadie, miéntras esté vivo y sano, es honrado con ola, porque las honras se suelen hacer á un muerto, pero no á un oleado, que aun vive.

Y por cuanto (15) nos ha sido fecha relacion que se (16) ha perdido el nombre de los cuatro oficios más honrados de la república, conviene á saber : hidalgos, estudiantes, arcabuz y escribano; porque (17) los hidalgos se llaman caballeros, los estudiantes licenciados, los arcabuces mosquetes, y los escribanos ó escribas ó secretarios; mandamos, que pena de nuestra desgracia, cada uno tenga su titulo propio.

(18) Item, sabiendo lo que estima un galan que se le caiga á su dama un guante, para levantarle y tenerle por prenda, declaramos que no se le deja ella traer por hacerle favor, sino para que le compre otros mejores, ó para traerle (si no se los compra) como á pobre vergonzante, y darle un guante, para que (19) como tal pida limosna.

Otrosí, contemplando en los galanes de ciertas señoras, y atendiendo á que ellos y los judíos se parecen en el esperar sin fruto, los mandamos desterrar (20) por vagamundos; y si reincidieren, los condenamos á que (21) en lugar de los bizcochos blancos que habian de comer en sus casas, los coman en galeras, más duros que ánima de rico avariento. Asimismo, sabiendo las locuras y encarecimientos, y aun á veces herejías, que dicen los amantes tiernos á sus damas cuando las requiebran y alaban,—ordenamos que nadie alabe á ningun estado de (22) mujeres: no á las doncellas, sino que digan ellas mismas sus alabanzas, que lo saben mejor que nadie; ni á las casadas, que esas solo las ha de alabar su marido y á solas, porque en público seria señal que la tiene para vender; y ménos á las viudas, que desas solo lo sabe el marido difunto; y así, que aguarden vuelva del otro mundo, ó á otro marido, para que la alabe; ni tampoco á las solteras, que á ellas ninguna necesidad hay de alabarlas, porque de puro lavadas,

(15) se nos ha sido (*Coleccion de Madrid de* 1648.)
(16) han perdido los cuatro nombres más sonados de la república, conviene á saber : hidalgo, estudiante, (*MS. de Salazar.*)
(17) ya los hidalgos se llaman caballeros, y los estudiantes licenciados, y los arcabuces, por pequeños que sean, escopetas ó mosquetazos, y los escribanos secretarios, — mandamos, so pena (*Id.*)
(18) VII. Otrosi, mandamos desterrar de nuestras repúblicas todos los estómagos aventureros; y juntamente vedamos los dos extremos, así de tener muchas caras, como de no tener ninguna. (*Id. — Sigue la nota* 11 *de la página* 440.)
(19) como á tal (*Impresion de* 1648.)
(20) de las repúblicas; y si reincidieren (*MS. de Salazar.*)
(21) coman en galeras los bizcochos que ántes comian en los locutorios.
XX. Item, habiendo advertido la multitud de dones (*Id. —Vuelve á la columna* 1 *de esta página, linea* 26.)
(22) mujeres, ni á las doncellas (*Coleccion de Bruselas y los posteriores.*)

están harto alabadas para siempre. Y finalmente mandamos que nadie alabe á mujer alguna por ser grande, que tambien alabamos por grande una cuchillada, y vemos que ninguno la quiere. Y así, nos pareció ordenar que no se usen mujeres grandes, por la honra de los 'maridos, pues vemos que en la más pequeña (1) suele sobrar para todo un barrio; y solo se da licencia para alabar las pequeñas, porque hay ménos de mujer, y como dice el refran : Del mal el ménos (a).

Item, mandamos que no haya seda sobre seda ni marido sobre marido, y que algunas mujeres (2) en nombre de doncellas no (3) sirvan de lo que no son.

Item, para alivio de los presos de la cárcel y forzados de galera, declaramos que los mayores presos, y forzados son los mal casados.

Otrosí, sabiendo que esto de cornudo se va haciendo honra y granjería, y por no saberlo ser muchos de los que lo son, resultan grandes daños é inconvenientes en la república, por tanto ordenamos que se haga oficio, y que nadie sea admitido á él sin exámen y aprobacion, aunque sea comisario ó platicante.

Asimismo vedamos á todo marido sufrido el poder hacer testamento, porque no es justo tenga última voluntad en la muerte quien nunca la supo tener en vida. Y mandamos no le pongan despues de muerto piedra sobre su sepultura, porque marido que supo sufrir tanto, él mismo se servirá de piedra. (4)

Item, vedamos á todo hombre sin dientes el casarse, mayormente con mujer vieja ó flaca, porque las mujeres el dia de hoy son tan libres y soberbias, que aun á maridos que les muestran dientes no obedecen; y mal podrá roer (si ella es vieja ó flaca) tanto hueso un hombre sin dientes.

Item, porque es bien dar algun alivio á los maridos y hablar en abono de las mujeres, declaramos que dan estas á aquellos tres dias ó tres noches buenas, que es la del desposorio, la primera vez que paren y cuando se mueren. Y asimismo contra satíricos maldicientes, que tratan á las mujeres de mentirosas, declaramos que tres verdades dicen en su vida : la primera cuando dicen : «¡Ay qué loca me levanté desta cabeza !» La segunda, cuando al decir el marido en la cama : «Volvéos acá,» responde ella : «En eso estaba yo pensando ahora.» Y la

última no querer comer delante del marido, diciendo : «Harto harta y cansada me tienen vuestras cosas.»

Item, mandamos que el que matare corchete ó soplon (gozque de las regatonas, bufoncillo de los tenientes, trasto de la república, que embaraza y no sirve, y puñal del demonio) ó otro cualquiera ministro de los allegados á falso testimonio, le sea licito desollarle, y andar con el pellejo en las manos entre los pleiteantes, para que le dé cada uno un tanto, como lo hacen los que tienen ganado con el que mata el lobo : advirtiendo y mandando estrechamente á quien tal hiciere, que no diga viene de matar un hombre, sino de despabilar una vela de á dos, que ardia en daño de muchos y se consumia entre sí misma.

Otrosí, porque sabemos hay cierto género de letrados, que como mujeres comunes, admiten á todo litigante, y más si es apasionado, entreverando y añadiendo las letras de los escudos que ellos reciben, á las leyes, con que es fuerza mudarles las significaciones y (5) entendimientos, — declaramos á los tales por patrones alquilados, y por abogados de los pleitos, y no de los pleiteantes. Y damos por bienaventuradas las repúblicas que carecen dellos, de la manera que aquellos mares serán pacíficos que carecen de piratas. Asimismo, visto que la presuncion del vulgo bárbaro califica los estudios y ciencia con los años, mirando en los letrados, médicos y aun teólogos más en la barba que en la ciencia, — ordenamos que todos estos, ántes de ir á las universidades á graduarse de ciencia, vayan á casa de algun remendon de la naturaleza, ó á vivir algun tiempo entre los ermitaños, á graduarse de barbas. Solo les vedamos ir á casa de los barberos, porque estaría en sus manos dejarlos sin ciencia, con quitarles la barba y raspársela toda. (6)

Otrosí, damos por incapaces de razon á todos aquellos que, habiéndoles Dios hecho bien criados de personas, son mal criados de gorra; y deleitándose en ser descorteses, se consuelan á vivir malquistos. Y asimismo declaramos por regatones de cortesía y por ladrones, sisadores de excelencias, señorías y mercedes, á todos los que á los titulados dicen vuselencia, en lugar de vuesa excelencia; y vusia en lugar de vuesa señoria, y á todos los demas vuesarcé, en lugar de vuesa merced.

Finalmente, visto que de ordinario andan muchos poetas enfermizos por tener tan gruesas las venas y tener necesidad de sangrarlas, mandamos á todos los cirujanos sea esto con ballestilla, si no quieren gastar las lancetas y caer de nuestra gracia.

Todas las cuales cosas mandamos guardar á nuestras justicias irremisiblemente con el rigor acostumbrado (7).

Por mandado del consejo de la Gruta,
El Licenciado (8) *Cisca*, secretario.

---

(1) sobra mujer para todo un barrio.

XIX. Otrosí, considerando en los galanes de monjas los antecristos pensamientos, y teniendo consideracion á que ellos y los judios se parecen (*MS. de Salazar.* — Sigue en la línea 29 de la anterior columna.)

(a) Lo mismo, hablando de nuestro sexo, pone Breton de los Herreros en boca de Marcela :

Puesto que el hombre no es bueno,
Le prefiero chiquitin,
Porque en chico vaso al fin
No cabe mucho veneno.

(2) con el nombre de doncellas no sirvan de lo que no son.

XIV. Otrosí, mandamos que nadie llame ayuno (*MS. de Salazar.* — Arriba, página 441, columna 1, línea 15.)

(3) se sirvan (*Edic. de Madrid*, 1648.)

(4) Otrosí, mandamos que ninguna descosida se dé por cosida ante sastre de larga carrera, que ha de buscarla el hilo. (*Variantes del señor Castellanos.*)

(5) sentencias, — declaramos (*Edic. de Sancha.*)

(6) Item, mandamos á estos que no afeiten al prójimo con su charla, ni dén lancetada á doncella opilada, que si á las mas íntiman, matan al mundo futuro en las segundas. (*Las versias referidas del señor Castellanos.*)

(7) so pena de nuestra segur. (*Id.*)

(8) Cisa (*Edic de Sancha.*)

INVECTIVAS CONTRA LOS NECIOS [a].

GENEALOGÍA DE LOS MODORROS [b].

Para que más fácilmente se pueda tratar desta materia y darse mejor á entender, será necesario saber qué quiere decir genealogía, y de qué partes es compuesto, y qué quiere decir modorro. Es pues de saber que este vocablo *genealogía* está compuesto de dos nombres, el uno latino, y el otro griego; el latino es *genus*, que quiere decir en nuestro romance castellano, linaje, y el griego es *logos*, que quiere decir *sermo*; y de ahí vino á decirse genealogía, que quiere decir declaracion de linaje. Ahora resta de saber qué quiere decir *modorro*, y cuántas maneras de necios hay, y en qué concuerdan, y en qué difieren, para saber de dónde tuvo principio la necedad. Es pues de saber que hay diferencias de personas deste humor; los unos se llaman *necios*, los otros *majaderos ó mazacotes*, los otros *modorros*. En lo que estas tres personas concuerdan es en saber poco; en lo que difieren es en la significacion de los nombres. La primera persona, que es *necio*, es el hombre que es menester tratalle para entender dél lo que sabe, y meterle en algunas cosas delgadas para que descubra lo que sabe; porque al primer toque no se puede percibir de los semejantes lo que son. La segunda persona, que es *majadero* ó mazacote, es más clara de conocer, porque majadero ó mazacote se llama el hombre que no ha comenzado bien á hablar, cuando nos da á entender lo que es en las palabras que dice. La tercera persona, que es *modorro*, es tan fácil de conocer, que no es menester hablalle, sino poner los ojos en él y en su traje y talle para conocelle; y este último es el peor humor de todos. Sabido pues qué es genealogía y qué es modorro,—querrá decir genealogía de los modorros, declaracion de la descendencia y origen de los que poco sa-

ben; por donde se dará á entender de dónde tuvo principio la necedad, y qué hijos y descendientes tuvo. El primero deste linaje fué el *Tiempo bastardo y perdido*: este fué el que instituyó y fundó el mayorazgo y el que ganó el blason deste apellido. Con tal cabeza podeis conocer los miembros cuáles fuéron, especialmente teniendo obligacion de guardar las condiciones á que el tal fundador les obligó. Las cuales fuéron tan fáciles de cumplir, que no solamente fuéron cumplidas aquellas á que estaban obligados, pero aun mucho más, como se verá por el discurso desta historia. Los cuales, aunque no hicieran más de lo que les estaba mandado, fueran harto perdidos, porque el fundador les mandó que el que sucediese en sus bienes los pudiese vender, trocar, cambiar, enajenar, perder, jugar y hacer dellos todo lo que más útil fuese para que más fácilmente se gastasen en cosas que costasen mucho y valiesen poco, durasen poco y pareciesen bien, y que ninguno tomase parecer de nadie aunque le hubiese menester mucho, y que nunca le diese pena deber muchos dineros, aunque no tuviese de qué los pagar, y otras cosas ansi semejantes. Y porque parece que nos hemos divertido en cosas que por ventura no dan gusto á vuesa señoría, volvamos al *Tiempo perdido*, que fué el principio de nuestro tema, el cual fué casado con la *Ignorancia*, en lo cual se nos da á entender cómo los que tienen en poco la pérdida del tiempo es por falta de la consideracion, y así los hijos que deste matrimonio salen son palabras vanas, que aprovechan poco y dañan mucho, pues con decir *pensé que*, dan á entender á muchos lo que saben pocos.

Dice más el autor, que «la *Juventud moza* fué casada con el *Pecado*», lo cual es fácil de entender; y aunque en decir juventud pódia excusar decir moza, por exagerar el brio de la Juventud quiso dalle ese epíteto, como quien llama á la nieve blanca, no pudiendo ser de otro color. Y volviendo á nuestro propósito, digo que por la mayor parte, todos los mozos, pensando que tienen la vida por muchos dias, métense en ese miserable cáos sin rienda, y ninguna cosa aman más que á él : lo cual hacen por tener poca experiencia para gobernarse, y porque ninguna cosa ellos desean más que la libertad, y esta tienen todos los que siguen el pecado, y por la mayor parte los que la siguen son los mozos.

Dice el autor que la Juventud moza fué casada con el Pecado; dice el texto, «y tuvieron tres hijos que son *No sabia*, *No pensaba*, *No miraba* : bien parecen hijos de un padre y de una madre, pues así en el nombre como en la condicion se parecieron tanto los unos á

(*a*) Bajo esta denominacion reuno todos los escritos sueltos de un mismo género.

(*b*) El anticuario de la Biblioteca Nacional vió hace años un diálogo de Quevedo, en verso octosílabo asonantado, con el título de *Genealogía de los modorros*.

Este mismo epígrafe lleva el primer opúsculo del tan antiguo códice colombino (Aa. 141. 4); rasgo que con alguna repugnancia mia ocupa las presentes páginas.

Conviniendo personas competentes, cuyo voto he consultado, en que nuestro caballero trazó tambien en prosa una *Genealogía de los modorros*, estiman el MS. de la Colombina por su comentario y paráfrasis; pero de torpe y ajena pluma.

Otras, sin embargo, muy autorizadas liénenlo por embrion y destello de la niñez de DON FRANCISCO. El asunto, suyo indudablemente ; lo acompañado y largo de los períodos, carácter peculiar del siglo XVI; pero la imitacion servil de aquel estilo, el desaliño y la incorreccion de la obra, confiesan por autor de ella á un muchacho.

¿Las sombras y la claridad del alba no luchan ántes de que el sol llene con su luz el ámbito de la tierra? El ingenio tiene tambien sus tinieblas y su alborada.

los otros, como aquí se ve claramente.» Quiere pues darnos á entender el autor en figura destos tres hijos de la juventud, que los mozos cuando pretenden hacer alguna cosa, se siguen por su parecer y apetito, y rigiéndose por su voluntad, no consideran lo pasado, que es el no sabía; no atienden lo porvenir, que es el no pensaba; ni ven lo presente, que es el no miraba.

Dice más adelante el autor que «estos tres hijos de la Juventud se casaron sin licencia de sus padres, y hubieron por hijos á *Bien está, Tiempo hay, Mañana se hará*». Casarse sin licencia de sus padres no es otra cosa sino no aprovecharse en las cosas que los hombres mozos deste tiempo hacen, del uso de la razon de la cual nos habiamos de arrear mejor que de ninguna joya del mundo, y sin ella no habriamos libertad para nada. Y el no usar deste uso de la razon hace á los hombres engendrar hijos que les valdria más no haber nacido que tenellos; porque el hijo mayor, que se llama *Tiempo hay*, no es otra cosa sino dilatar todas las obras virtuosas con buenos deseos para la vejez; y el *Bien está* es cuando un buen cristiano quiere aconsejar al que no lo es que se enmiende, y lo convence con razones, el cual responde al que se las dice : «Bien está;» y si tras esto le importunan más, ciérrase, diciendo : «Mañana se hará.»

Dice más el texto : «este *Tiempo hay* fué casado con su hija *No pensaba*, y tuvieron por hijos á la *Necedad* y á *Qué me dirán? Descuídéme, Ya me lo sé.*» Ninguna cosa me espanta más que una persona como el tiempo (á quien los filósofos que algo entienden dan el renombre de sabio (a), y aun dicen algunos que á ninguno le compete con más razon este título) verle casado con una mujer necia, como *No pensaba*; pero quien yerra, y en lo que toca á su alma, no le pida nadie que acierte en lo demás, porque al fin lo contrario es la verdadera discrecion. El primer hijo que tuvieron fué la *Necedad*; de hombre tan inconsiderado en casarse y de una mujer tan poco avisada, ¿qué pudo salir sino necedad? El segundo hijo que tuvieron fué *Qué me dirán?* Esto es claro : cuando en algun pueblo principal se quiere hacer alguna fiesta ó regocijo, y algun caballero está tan empeñado, que no tiene de donde haber un real sino que venda su hacienda ó lo tome á cambio, dícele su mujer ó su pariente ó su amigo : «Señor, no lo hagais; mirad que os perderéis si os deshaceis de lo que teneis, porque estáis muy gastado;» y lo que responde á los que de sus propósitos le disuaden : «Eso, señor, no cumple con mi honra. Si no salgo allá, si no gasto como los otros, ¿qué me dirán?» De manera que tienen más escrúpulo de fama que de conciencia. El tercero hijo que! *Tiempo hay* tuvo fué *Descuídéme*, el cual viene tras *Qué me dirán*? Porque despues que uno en una fiesta como la pasada determina de agradar al mundo y agraviarse á sí, echa menos lo que ha gastado, y le vuelven á referir el yerro que ha hecho en gastar lo que gastó, parécele que da muy bastante disculpa con decir : «Descuídéme;» y cuando le aquejan más y le dan á entender la poca experiencia que tiene de las cosas, lo que responde es : «No me digais nada, no me déis consejo; que *ya me lo sé.*»

Dice más el autor, que «esta *Necedad* fué casada con

(a) Thales Milesio, uno de los siete de Grecia, preguntado si habia algun sabio, respondió que el tiempo.

Quizá, y tuvieron tres hijos : á la *Vanidad*, á *Quizá* si el chico, á *Quizá si el grande*. Casarse la *Necedad* con *Quizá* no es otra cosa sino abrazarse algunas personas con pensamientos que tienen más apariencia de vanos que de ciertos : con decir que el Rey me dará de comer, al Duque tengo de mi mano, favor tengo harto. Y el que eso dice no mira el poco merecimiento que tiene, y cómo no tiene vaso donde quepa un cargo como el que pretende; y así le sucede todo como hombre incogitado, y los hijos que destos pensamientos vanos salen, son vanidad. Hay otros que sin rienda gastan lo que tienen con decir : «No ha de faltar; que si el chico muere yo tendré de comer, y si no, el grande es mi deudo, no me lo podrá dejar de dar;» y todo pára en *quizá*. De manera que están muy contentos de sí con estas esperanzas inciertas. Decir «quizá si el chico, quizá si el grande» hallarán fácil el consuelo para sí, el cual otros que entienden más que ellos lo tendrian por dificultoso de hallar para nadie.

Va adelante el autor diciendo : «Esta *Vanidad* fué casada con su tio *Descuídéme*, y tuvieron por hijos *Aunque no querais*, y á *Galas quiero*.» Y en esto nos da á entender el autor la libertad que algunas mujeres tienen con sus maridos en la veneracion que son obligadas; pero yo no quiero tratar aquí de las semejantes, sino de aquellas que quieren gobernar á sus maridos no teniendo capacidad para gobernarse á sí. Las cuales son tan porfiadas en su necedad y en todo cuanto dicen y hacen, que aunque sus maridos les traigan mayores y más eficaces razones que podia traerles Aristóteles ó Platon, para estorbarles de hacer lo que pretenden, son tan poco bastantes para ellas, que á lo mejor no les decir ninguna; y si el pobre del marido viene á decir á su mujer, cansado de dar voces y de oirlas : «No quiero que hagais eso;» ha ya venido el mundo á tal extremo que les vienen á decir en sus ojos, *aunque no querais*. Pues, ¿si algun marido topa con alguna mujer galana de corazon? Allí es el trabajo, allí son los malos manteles, allí es el rezongar y andar rostrituerta, si no le matan aquella sed insaciable que tiene de vestidos para vestirse, y de tocados para tocarse, de joyas para echar de verse; á lo cual, si el marido no corresponde conforme al apetito de su mujer, no hay pertrecho ni tiro de artillería que suelte con más furia ni con más presteza que la mujer en tal tiempo suelta la lengua. Y si el marido le dice que está en necesidad, respóndele la mujer : *Galas quiero*; si la dice el marido que tiene muchos hijos, respóndele la mujer : *Galas quiero*; y no hay predicador ninguno, por recogido que ande en su sermon, que tantas veces vuelva al tema como ella. Y así acontece muchas veces medirla su marido la cabeza á puños, y las espaldas á varas, y despues venir él á tal término con ella, que como no la puede acallar con palabras, la viene á acallar como á los niños, con un brinquiño ó con una gala : y seriales harto mejor criar sus hijos, mirar por su casa y gobernar su familia, que no tratar de gastos á sus maridos por cosas que se podian excusar.

Dice más adelante el autor : «el *Desastre* fué casado con *No faltará*, y tuvieron por hijos á la *Desdicha* y á la (1) *Necedad*; y al *Desastre* habrá venido por los sucesores del fundador.» Pero con todo eso, ninguno dellos se

(1) *Necesidad*; (El MS.)

podrá persuadir á creer que le habia de faltar qué gastar; y así el *Desastre*, padre del último poseedor, vino á casarse con *No faltará*; y como la esperanza estribaba sobre tan mal cimiento, vinieron á haber por hijos á la *Desdicha* y á la *Necedad*, los cuales dieron cabo de sus padres. Esto acontece agora cada dia en nuestros tiempos, que ha crecido tanto la locura y vanidad del mundo, que no hay hombre, aunque no tenga sino una espada y una capa, que no quiera que ande su hijo como hijo de caballero y de señor; y los pecadores de los padres que tal hacen yerran claramente, porque mejor les seria criar sus hijos y dotrinalles y hacelles trabajar y entender en oficios virtuosos donde pudiesen aprovecharse, que no en consentilles con su pluma en la gorra y su espada en el lado, la contera en la cabeza, el seso en el calcañar. Los que no quisieren creer lo que digo, tomen lo que ganaren en hacer lo contrario, porque de hacello se vendrá á verificar en ellos lo que dice el autor, y podríanles decir con mucha razon que sus hijos son su *desdicha* y su *necedad*.

Dice más el autor que «esta *Desdicha* y *Necedad* se casaron con dispensacion». Esta dispensacion, aunque era entre personas de tanto deudo, se alcanzó fácilmente, por parecelles á los que la dieron que pues la *Desdicha* y la *Necedad* eran de una profesion y de una condicion, que les dicen verdad, (1) ó «bueno está eso», ó «qué le va á él,» como si cualquier hombre del mundo no estuviese obligado á desengañar á su prójimo viéndole ir errado. Mas hay tanta perdicion ya en él, que los más perdidos no quieran admitir consejo de nadie; ántes, no le teniendo para sí, le quieren ellos dar á otros, diciendo: «Paréceme á mí;» aunque si esta palabra pasase un poco más adelante, seria virtud diciendo: «Paréceme á mí que voy errado.» Pero es todo muy al reves, porque hay muy pocos que conozcan su yerro, y muy pocos que se atrevan á reprehender á nadie, y si se atreven una vez, no se atreven dos, porque las respuestas que les dan son decilles: «Déjese deso, no es posible, no me diga más;» y como son tan desabridas, no hay ninguno que las quiera oir otra vez. ¿Pues cuando un hombre se determina de perder el temor á Dios y la vergüenza á las gentes? Allí es la lástima de velle endurecido y obstinado en su error, y ver el mal rostro que pone á todos los que le dicen lo que le cumple. Hay otros hombres tan llenos de cólera, que por lo ménos les parece que hacen honra de la vida á todos aquellos con quien tratan: á estos, pocos se hallarian de su condicion, que serian para en uno, aunque (2) entendieran que habian de venir á morir de hambre; pero parecióles ménos inconveniente para tener una casa que no en dos (a).

«Los cuales hubieron por hijos á *Bueno está eso*, *Qué le va á él*, *Paréceme á mí*, *Déjese deso*, *No es pusible*, *No me diga más*, *Una muerte debo á Dios*, *Salir tengo con la mia*, *Ello se dirá*, *Verlo heis*, *A voluntad determinada excusado es consejo*, *Aunque no querais*, *No son lanzadas, que dineros son*, *Galas quiero*.» Todos los hombres que tienen poca cuenta con lo que les cumple así á su conciencia como á su descanso, les acontece, como á la desdicha y á la necedad, que si les dicen algo (procurando de apartalles del camino por donde

se guian, y poniéndoles los inconvenientes delante), no pueden persuadirse á creer que se atrevan á aconsejarlos; porque aunque les pongan delante el peligro que traen de perder la vida, muéstranse tan denodados los que tan semejante condicion tienen, que no pueden persuadirse á decir otra cosa, sino: «Una muerte debo á Dios, salir tengo con la mia.» Hay otros de otro humor, que tienen alguna flema y escuchan una razon y otra de aquellos que les aconsejan que se desvien del ruin propósito donde se inclinan; pero no creen nada de lo que les dicen; ántes piensan que ellos solos son los que aciertan, y que es grande magnificencia gastar sin órden lo que tienen, y por este camino han de ser tenidos en mayor veneracion y por de más suerte y de más hacienda. Y así dice á sus consejeros: «Ellos e dirá, verlo heis como, si más claramente veréis mis propósitos si salen vanos, veréis mis fines si van bien enderezados;» y no está tan léjos el plazo, adonde los remiten que muy brevemente no le puedan ver; sino que los tristes piensan que no ha de llegar: y como están tan ciegos en lo que hacen y en lo que dicen, aunque tienen el fin y el remate de sus propósitos delante de los ojos, no le ven. ¿Pues algunas mujeres de nuestros tiempos? No hay menos que decir dellas que de los hombres: digo de algunas; que otras hay de quien muchos podrian tomar consejo y mirarse en ellas. Pero yo ni he tratado ni trato aquí de las semejantes, sino de las que tienen necesidad de consejo ageno, por ser tan malo el suyo (a). Guárdele Dios á un hombre de topar con una mujer que tenga libertad y sea amiga della; que por cuerdo que sea, y aunque lo sea y aunque lo fuese tanto como Salomon, no seria bastante para rendir y sujetar á una mujer, si ella de su propia inclinacion y virtud no lo quiere hacer: porque son de tal condicion las mujeres, que aunque son variables por la mayor parte en las cosas que dicen y hacen, si toman un tema, no es bastante, sí solo Dios, á aquietallas; y están más pertinaces en ello que ningun hombre del mundo lo podrá estar, por animoso y fuerte que sea en cosa donde sea menester constancia. Y ni aprovecha atemorizallas, ni amenazallas, ni poner las manos en ellas; ántes entónces se endurecen más, y á trueque de salir con la suya, están determinadas de sufrir mil martirios ántes que desistir de lo que tienen comenzado. Y aunque toda la inmensidad de gente (3) sea á decilles su parecer, están tan sordas las que semejante condicion tienen, que ni tienen oidos para oir, ni ojos para ver, ni entendimiento para entender lo que les dicen; y así se podrá decir por ellas: *A voluntad determinada, excusado es consejo.* Y es así, que verdaderamente ni consejos ni razones no bastan á poner en razon una mujer cuando se determina á decir: *Aunque no querais.*

Pero dejemos eso, y tratemos de algunos hombres que tratan de casarse en nuestros tiempos, á los cuales veréis ántes de llegar á ese punto (4), determinados diciendo: «No me tengo de casar si no me dan mucho dote; la mujer que yo tomare me ha de sacar de necesidad» (y quien aquello le oyere tendrále por hombre que mira con cordura las cosas que le tocan); llegando al punto en que se casa con el dote que esperaba, (b) distribuir la

---

(1) y responden (*Parece que falta.*)
(2) entendian (*El MS.*)
(a) Está viciado el texto.

(a) Todo este trozo parece de la pluma de Vánder Hámmen.
(3) á decille (*El MS.*)
(4) determinado (id.)
(b) veréisle (*Se sobrecntiende.*)

mayor parte en galas para su mujer. Y aunque ella seria parte para estorbarle algunos gastos, no lo hace; ántes le persuade que haga más; y parécele al marido que si no lo hace ansi, que no cumple con su honra ni le tendrán por hombre generoso. Así que si mucho dote hubo con su mujer, á mucho se obligó. Tras esto vienen los consejos de los amigos y de los parientes, los cuales dicen al recien casado: «Señor, mirad que hay mañana, mirad lo que gastais, mirad que despues lo echaréis ménos; » y á lo cual responde: *No son lanzadas, que dineros son;* como si hubiese en el mundo lanzada que más lastime que la del dinero. Cuando el dote esté acabado me lo dirán; cuando las joyas sepan las casas y calles del lugar mejor que sus dueños, lo verán; entónces sentirán la llaga y no podrán remediar la herida.

Hay tambien algunas mujeres que ponen toda su felicidad en traerse y aderezarse, y paréceles que si dejan algun dia de andar hechas mayas, andan á la vergüenza. Por estas se podia decir:

> Sus arreos son tocarse,
> Su descanso ataviarse (a).

Y llega ya esto á tal extremo, que con ser las mujeres de su propia inclinacion amigas de andar y de ir á holgarse, si alguna llama á otra para ir á alguna estacion ó romería, si no está muy á punto para salir de casa, fuerza su mesma inclinacion y tiene por mejor quedarse que no salir sin aderezarse, puesto que no desea otra cosa más que salir á ver y á ser vista: pues, como tengo dicho, no tienen otro fin estas tales sino traerse y aderezarse, y están tan aficionadas á esto y tan embebecidas en no gastar el tiempo en otra cosa; y les parece que si en otras se ocupan diferentes desta, que le han gastado muy mal. Y no ha de ser nadie para decirles su parecer, y al que se lo dice, le tienen por enemigo, y toman con él tanto odio como si les hubiese hecho una muy grande afrenta; y las Ave-Marías que hallarán en las bocas de las tales son: *Galas quiero.* Y asi se huelgan cuando les alaban mucho sus galas y las hechuras de sus vestidos. Y ansi aconsejo á todos los que quisieren probar con ellas, alaben mucho lo que traen y la gracia con que lo ponen; porque esto es lo que quieren y lo que desean.

Dice más adelante el texto, «estos hijos faltaron á *Galas quiero* y á la *Necedad*» no es otra cosa sino echar ménos los consejos cuando se acaban los dineros. Dice más la letra: «Y gastaron su patrimonio.» Dijo el uno al otro: «Tened paciencia, que á censo tomarémos; dineros no han de faltar, seguirémos nuestro oficio; » y ansi lo hicieron. Y acabado el año, como no hubiese de qué pagar el censo que tomaron, lleváronlos á la cárcel.»—Esto todo es declaracion de la figura y cifra pasada, porque todos los disparates de que arriba se hace mencion, vienen á parar en esto; y porque cuando un hombre ha gastado lo que tiene y lo que no tiene, desesperado de verse pobre y que no tiene de dónde lo

haber, determina de vender su hacienda. Vendida su hacienda, vuélvese el marido á su mujer y dícele: «Pues no tenemos qué comer y no me habeis dado ménos ocasion de la que yo he tomado, gastaldo; tomémoslo á censo que no faltará quien nos lo dé.» Hecho ansí y llegado el término de la paga del censo, falta de qué pagar; y aunque algunos pueden, cuando llegan á este punto, ausentarse de sus casas y pueblos, como están criados á par del hogar, como gatos mansos, háceseles dificultoso el salir de cabe las faldas de sus mujeres, y así á estos por la mayor parte les acontece venir á prendellos la justicia dentro de sus casas cuando les parece que más descuidados están en ellas.

Dice más adelante el autor: «Puestos en la cárcel, fuéron visitados por *Dios hará merced*». Esto es cosa muy cierta: cuando un hombre está preso y cuenta sus cuentas á sus amigos que le van á ver y le dan ruines esperanzas de su libertad, consuélase él diciendo: «Dios hará merced.»

Dice más la letra: «La Pobreza llevólos al hospital, donde murieron.» Esto por nuestros pecados será visto en nuestros tiempos, que han venido hombres que tenian bien lo que habian menester (por no saber regirse y gobernarse y por no saber considerar que tras un dia viene otro), á perderse de manera, que puestos en la cárcel por deudas, han llegado á tanta pobreza, que sus acreedores han consentido que los suelten; y salidos de la cárcel, salen tales, que de compasion los llevan al hospital, donde mueren.

Dice más adelante el autor: «La autoridad de *Galas quiero* y *No miré en ello,* fuéronse al infierno con su abuela la *Necedad.*» Lo cual yo no lo tengo por dificultoso, porque un hombre que desde que tuvo uso de razon, á rienda suelta se metió en los vicios y pecados del mundo, en breve tiempo mal puede arrepentirse dellos; porque cuando á alguno de los semejantes le llevan al hospital, va ya tan al cabo, que nunca va por su pié, y parece que entónces no le dejan ya los pecados á él, y no él á los pecados (b). Y habiendo durado y permanecido en ellos toda su vida, muy gran contricion y arrepentimiento ha menester para salvarse; y porque esta sea con tanta dificultad, dice el autor que la autoridad de *Galas quiero* y *No miré en ello,* se fuéron al infierno con su bisabuela la *Necedad;* lo cual no tiene necesidad de glosa, porque estas palabras son su declaracion y glosa de todo lo que se ha dicho arriba.

Y considerado lo pasado y el principio, discurso y fin desta obra, cualquier hombre de entendimiento podrá tomar aviso en ello y mirar por sí; no le acontezca, por ser inconsiderado, lo que aconteció á los desta genealogía, que vinieron á dar ruin cobro de sí en esta vida, y muy peor en la otra: de manera que este ejemplo sea parte para sacar al malo de su ruin costumbre, para que ande camino derecho y dé espuelas al bueno para que siga su jornada, y pase más adelante en la virtud ó buen propósito. Amén, etc.

(a) Parodia el romance viejo:

> Mis arreos son las armas,
> Mi descanso el pelear.

(b) Este mismo pensamiento, con distintas formas, se halla en casi todos los escritos de QUEVEDO.

DESPOSORIO ENTRE EL CASAR Y LA JUVENTUD [a].

DE DON FRANCISCO DE QUEVEDO VILLEGAS.

El *Casar* se desposó con la *Juventud*, y de este matrimonio tuvieron dos hijos, que nacieron de un vientre: al primero llamaron *Contento*, y al (1) segundo *Arrepentir*; murió la madre de este parto. El *Contento* murió muy niño, pero su hermano *Arrepentir* vivió muchos años, el cual, de escarmentado por lo que habia visto en casa de sus padres, (2) no quiso tomar estado, y andúvose por el mundo sin dejar parte de él que no (3) visitase. Al cabo de algun tiempo dió en hacer el amor á doña *Viudez*, señora de tocas, la cual (4) habia muy pocos dias que enterró á *Sentimiento*, su marido; y (5) teniendo en su casa á *Cumplimiento* y *Soledad* por criados, se aficionó de *Cumplimiento*; pero duróle poco la aficion, porque luego se (6) lo llevaron á palacio para que sirviese al *Rey de engaños*. (7) Quedóse *Soledad* con su señora doña *Viudez*, y la acompañó una tarde, que fueron á una junta de dones, y encontró con tres amigas, con cuya conversacion se divirtió de manera, que cuando su ama (8) se quiso volver á casa no la acompañó la *Soledad*: las amigas fueron *Mirar de lado*, *Descubrir la mano* y *Pláticas excusadas*. Hallóse la *Soledad* muy afligida por verse sin su ama: invióla un recaudo para que la (9) recibiese, el cual dió *Pláticas excusadas*; y de lo que sirvió fué de que *Pláticas excusadas* se quedase en casa y á *Soledad* aun no la pagaron su salario.

En esta ocasion andaba *Placeres* muy amartelado de la señora doña *Viudez*, y dióle (10) los recaudos á *Pláticas excusadas*, por (11) cuya tercería se vinieron á querer mucho *Viudez* y *Placeres* (12). De la primera vez que se vieron quedó preñada la señora doña *Viudez* de un hijo, que llamaron *Errando* de propio nombre.

Este hijo confirmó tanto el amor (13) de *Viudez* y *Placeres*, que no fué posible conseguir que *Viudez* diese oidos á los recaudos con que la solicitaba *Arrepentir*; el cual despechado por esto, dió en un gran desbarro, que fué enamorarse de una ramera pública y de todos, (14) llamada doña *Esperanza*. (15) Con esta pues se amancebó, y tuvieron doce hijos, á los cuales llamaron con diversos nombres, sin que ninguno dellos perdiese el de la cepa de su padre. Al primero llamaron *Sufrir y llevar la carga*; al segundo, (16) *Mal infierno arda quien con vos me juntó*; al tercero, *Dios me dé paciencia*; al cuarto, *Dios me saque de con vos*; al quinto, *Si yo me* (17) *viese libre*; al sexto, (18) *En mi seso no estaba yo*; al sétimo, *Esta y no más*; al octavo, (19) llamaron, *Talega de sal*; al noveno, *Qué trajisteis vos?* al décimo, (20) *Otras se gozan y se hacen esponja*; al onceno, *Quién me lo dijera* (21) *á mí!* al doceno, *Más vale capuz que toca*. Dejo de decir otros dos hijos, (22) que por no saber cierto cúyos son, no los ha querido conocer por tales el *Arrepentir*: estos son *Celos* y *Mala condicion*.

Viéndose con tantos hijos el *Arrepentir* (23) trató de que se le dé la franqueza y exencion de que gozan los de la descendencia de los *Modorros*: á este pleito salió *Pensé que* con poder especial, y (24) dijo que no debia gozar de privilegios por ser los hijos no legítimos; á lo

(a) Escrito en 1.º de mayo de 1624.

Citanlo en 1635 los autores del *Tribunal de la justa venganza*, página 22; con lo que el verdadero autor de este rasgo no puede ponerse en duda.

Si no pertenece á Quevedo el anterior discurso, y ha de reputarse por comentario de pluma extraña á su *Genealogía de los modorros*, esta debia entónces parecerse en el corte y en la forma á los *Desposorios entre el casar y la juventud.*

Van cotejados con cinco ejemplares manuscritos: uno, del siglo XVII, existe en la Biblioteca Nacional, T. 153; los demás, del siglo siguiente, dos son de la misma oficina, H. 43 y M. 277; otro me le ha facilitado el señor consejero real don Antonio Lopez de Córdoba, y el último el señor don Agustin Duran, á quien tanto debe nuestro antiguo Parnaso.

Esta obrilla salió á pública luz el año de 1845, en el tomo IV de la *Edicion ilustrada* de don Vicente Castelló; pero la copia que se tuvo presente es muy defectuosa.

(1) otro llamaron *Arrepentimiento.* Murió (MS. M. 277, y el del señor Duran.)

(2) quiso. (MS. H. 43 y los anteriores.)

(3) anduviese. Dió en hacer el amor (Id.)

(4) habia muy pocos dias (MS. del señor Duran.)—habia pocos dias que habia enterrado (MS. T. 153.)

(5) como tuviese en su casa al *Cumplimiento* y *Soledad* por criados, se aficionó del *Cumplimiento*; pero duróle poco la aficion, porque se llevaron luego al *Cumplimiento* á palacio (MS. T. 153.)

(6) le llevaron (MS. M. 277 y el del señor Duran.)

(7) *Soledad* fué con su señora á una junta de dones (Los mismos y el MS. H. 43.)

(8) doña *Viudez* se quiso volver á casa, no la pudo acompañar la *Soledad*: estas tres amigas se llamaban (MS. T. 153.)

(9) volviese á recibir, y le llevó *Pláticas excusadas*; pero de lo que sirvió este recado fué, que *Pláticas excusadas*, su mensajero ó mediador, se quedase, y á *Soledad* aun no se le pagase su salario. (Id.)

(10) sus poderes á *Pláticas* (MS. T. 153.)

(11) la cual tercería (MS. H. 43.)

(12) y de la primera vez que se vieron quedó preñada la señora de un hijo (Id.)—... quedó preñada *Viudez* de un hijo, que llamaron *Diversiones*, en honra del nombre de su padre. (MS. T. 153.)

(13) que no fué posible que la dicha doña *Viudez* diese lugar á los recaudos de *Arrepentir*; el cual, de despechado, porque de sa ama no era recibido; se enamoró (MS. H. 43.—... de despechado porque su ama no le habia recibido, se enamoró (MS. M. 277.)

(14) que llamaban (MS. M. 277.)—que llaman (MS. H. 43.)

(15) Andando el tiempo se amancebó con ella (MSS. H. 43, M. 277.)

(16) *Mal infierno quien con vos* (MS. T. 153.)—*En mal infierno arda quien* (MS. M. 277.)

(17) *viera* (MSS. T. 153, M. 277.)

(18) ¿*En mi seso estaba yo*? (MS. H. 43.)—*Loco estaba yo* (MS. T. 153.)—*En mi seno estaba yo.* (MS. M. 277.)

(19) *Juzgué que era miel*, y era acíbar; al noveno (MS. T. 153.)

(20) *Otras se gozan*, etc. (MS. M. 277.)—*Otras se gozan y yo padezco*; (MS. T. 153.)—*Otras se gozan y parecen*; (MS. H. 43.)

(21) al doceno (MS. H. 43.)

(22) porque, sin embargo de haber nacido y criádose en su casa, no ha habido forma de que los quiera reconocer por tales el *Arrepentir*: (MS. T. 153.)

(23) trata (MSS. H. 43, M. 277.)

(24) lo contradijo, alegando no debia gozar (MS. T. 153.)

cual se replicó que sí lo eran, (1) y que desde mucho ántes del Concilio los habia habido y con palabras de casamiento, lo cual era verdadero matrimonio. Y estando el pleito concluso en el tribunal de la (2) *Experiencia*, se pronunció sentencia difinitiva y se despachó ejecutoria della, en que declararon al *Arrepentir* y á (3) su descendencia por libres y exemptos de todo

(1) por ser nacidos muchos años ántes de los concilios, y que los habia habido con palabras de casamiento, que en aquel tiempo, por no haber otro, equivalia á verdadero matrimonio. (*MS.* T. 155.)
(2) *Antigüedad*, presidiendo en el la *Experiencia*, (*Id.*)

bien y contento. (4) Y esto como ya ejecutoriado y guarda y observa inviolablemente (a). Porque venga á noticia de todos, etc. Dada en (5) la aldea del Buen gusto, á 1.º de mayo de 1624 años. — *Don Francisco Gomes de Quevedo.*

(3) toda su descendencia por libres y exemptos de congoja y alegria, gusto, contento y de todo bien. (*MS.* T. 155.)
(4) Esta se ha ejecutoriado y guardado inviolablemente porque venga etc. (*MSS.* H. 43. M. 277.)
(a) Aquí terminan los *MSS.* T. 155 y H. 43.
(5) el nuestra aldea del Buen Gusto á primero de mayo de seiscientos y veinte y cuatro. (*MS.* M. 277.)

ORIGEN Y DEFINICIONES DE LA NECEDAD,

CON ANOTACIONES Y ALGUNAS NECEDADES DE LAS QUE SE USAN (a).

SU AUTOR DON FRANCISCO DE QUEVEDO.

El *Confiado* de sí mesmo y la *Porfía*, al cabo de largo tiempo y de entrañable amor que el uno al otro se tuvo por inclinacion natural (amando cada cual su semejante), se casaron, y de este ayuntamiento tuvieron copia inumerable de hijos. Estos se juntaron unos con otros por dispensaciones del Tiempo, y no perdiéndole el producir, dió este grano ciento por uno, por cuya causa vino á ser infinito el número de los necios, y sus impertinencias y abusos sin enmienda ni reparo. Cada uno de por sí introdujo nuevo lenguaje y jerigonza, procurando que ni el olvido los sepultase ni el tiempo los consumiese; y así lograron sus designios, de suerte que con haber comenzado pocos años despues que el yerro de nuestros primeros padres, es grandísimo su número, y muy limitado y no conocido el de los discretos, á quienes la necedad aflige y persigue con las produciones que vemos.

Necedad se llama y es todo aquello que se hace ó dice en contra ó repugnando á las costumbres de cortesía ó lenguaje político.

Algunas necedades se apuntan en este breve discurso, como por él se verá, pues que todas sería intentar lo imposible, siendo, como es, tal y tanta su diversidad, calidades y muchedumbre, de que el hombre debe huir, como el navegante del peñasco ó bajío que le amenaza, y son las siguientes:

El ocupar uno lugar de donde le pueden decir que se quite, necedad á perfil.

El competir con persona poderosa quien no lo es, necedad á prueba de mosquete.

Sacar el lienzo y sonarse las narices habiendo comenzado algun discurso ó plática, necedad azafranada; y si alguna vez se divirtiere en la conversacion de recogerle, haciendo alarde y mirando la superfluidad del celebro que quedó en él, porquería y asquerosa resolucion.

(a) Feliz é ingeniosa ocurrencia que supongo escrita por el mismo tiempo que la anterior.
Llámanla únicamente *Origen y definiciones de la necedad* los sabidos autores del *Tribunal de la justa venganza.*
No he logrado otra copia que una, de muy escaso mérito, que perteneció á don Tomás Antonio Sanchez.
A luz pública sale hoy por vez primera.

El preguntar uno al otro cuando le entra á visitar, habiendo visto la ocupacion en que está: «¿Qué hace vuesa merced?» necedad aventajada.

El decir uno á otro cuando se ven en alguna parte: «¿Acá está vuesa merced?» necedad garrafal.

Tener un libro en la mano y quitárselo otro, necedad con capirote; y si este añade quitársele estando leyendo, necedad con falda, de que no releva la amistad; y si ya no es que el que leyese se le ofrece segunda vez. Lo mismo se entiende en un instrumento en que otro está tañendo; y si tras quitársele de la mano se pone á templar, dando á entender el defecto de que le tañia y su mal oido, queda declarado por necio de perdon y caldera.

Preguntar una persona á otra, viéndole con muestras de salud entera, que ¿cómo está?—superfluidad parece en medio de necedad; siendo más propio decir: «Huélgome de veros con salud.»

El sacudirse un hombre los piés del polvo ó lodo habiendo ya entrado á estancia ó pieza adonde está la persona á quien va á visitar, necedad con capuz.

El desollinarse y escombrarse uno con los dos dedos las narices estando en conversacion, necedad temperada; y si tuviere hormigos y fideos de lo verde y seco el remanente, declárese juntamente porquería de horno.

Repetir uno en un mismo dia y en una misma conversacion una misma cosa, por la primera vez se le atribuye á falta de memoria, y la segunda se declara por necedad venial, y la tercera reincidencia se confirma por necedad entera con bordon y esclavina y más falta de caudal.

Y si alguno apuntase alguna necedad con palabras significativas, llevándolo por lo perfilado y escuchándose, y la quisiere dejar en parte advertida (por no poder salir della, como de ordinario acontece), se le compela por todo rigor de razones picantes á que siga della como de pieza tocada, ó quede desde luego declarada por necedad con caparazon, y la segunda vez por necedad con gualdrapa.

Si alguno interrumpiere el discurso ó plática por alguno comenzada en conversacion, quede declarado por semitonto, por el *a b c* de la cortesía; la segunda vez por necio alcoholado en tinto, hablador de ventaja y sobresaliente de la baraja de los necios; y á la tercera sea acusado que ignora la puerta por donde se entra á los términos cortesanos. Declárese asimismo por necio el que se metiere en la conversacion, plática ó habla de otros, mayormente si en ella están dos solos; y si á esto se añade ver que se recatan de él ó muestran disgusto, y sin embargo perseverare, quede por necio de la China; y si diere su razon sin pedírsela, líbresele ejecutoria grátis para que allí y en toda parte use de su oficio, sin que se le pida otro de exámen ó recaudo.

Item. Se declara por necio de tres capas al que en visita ó conversacion de damas se pone á referir lo que con otra le ha pasado; de donde por lo ménos se saca dos partes de aborrecimiento y una de hablador, con un «Dios os provea por esta acera» á sus pretensiones. Y tambien por donados de la ignorancia á los que por entre negocio y falta de materia, de razones y caudal, lo cuentan de otros.

A los que, pasando de una vez, se arriman al comun bordoncillo del vituperio de los tiempos, si están frios ó cálidos, lluviosos ó secos, que son las ventas, mesones y paraderos perpetuos de la necedad,—se les declara tales de por vida.

Item. Se declara y confirma por necio de manga de armar al que, refiriendo las gracias de sus hijos, tapa y pone de lodo una conversacion, causa de desabridos bostezos en los circunstantes; y si á esto añadiere el estado de sus pleitos, hacienda y fábricas de sus casas, edificios, y designios de sus pretensiones,—quede por necio de tres altos y impertinente de veinte y dos quilates. Y se le echa calza para otras conversaciones, en las cuales sin nota alguna se le vuelvan las espaldas. Y cualquiera que le denunciare por tal sea creido por sola su palabra, sin otra prueba, averiguacion ni juramento, y se le libre titulo de quebrantahuesos.

Tambien se declara por necio gordal justísimamente, y por ignorante con más bastas que un colchon, el que difiere para mañana lo que hoy su fortuna le pone en las manos, sin alcanzar la excelencia de lo que aquel dia es, ni las dudas del que viene, ni la diferencia que hay de lo que es á lo que puede ser, y lo que hay del acto á la potencia; y se le ponga demas desto perpetuo silencio si reincidiere á las quejas que otros suelen formar de ella de los efectos de su signo.

Declárase por necio de peruil al que, entrando por una puerta que halló cerrada, la deja abierta; y si se le probare la inmemorial costumbre, se declara por necio perpetuo como censo irredimible.

Dásele una parte de necio de volatería y dos de desmemoriado, una de embelesado y tres de modorro, al que, refiriéndole otro un caso, al medio ó casi á lo último se le vuelve á hacer repetir, preguntándole: «¿Cómo es eso; que no he estado en ello.» Declárese en reincidencia por hombre que siente mal de las cosas de la loable discursiva y sus excelencias; y á la tercera se repele su asistencia de los lugares donde se tratare de tan alta materia, como á incapaz de ella.

Item. Se declara por caballero aventurero de la necedad el que yendo á caballo lleva los piés engargantados en los estribos, y los talones metidos en la jineta, fuera del uso comun y ordinario de andar; pues por lo

menos saca de semejantes actos nota de extremado, de que debe huir todo hombre.

Declárase por necio de primera tijera el que, siendo hombre de razonable hábito, va por la calle hablando con voz desentonada, descompuesta y alta, argumentando, lleno de incapacidad y de todo género de compostura interior, de que los exteriores dan verdadero y claro testimonio. Exclúyese al tal de ser ocupado en actos prudentes y cuerdos por el olor y cercanía que tiene con los temerarios.

Item. Se declara por necio de los de cuatro en pua al que va por la calle hablando consigo mismo á solas entre sí, y se pregunta y se responde; y si á esto añade efectos de rostro y manos, estiramiento de cejas y alzar de ojos, paradillas de en cuando en cuando, de trecho en trecho,—se declara juntamente por legítimo sucesor de aposento, jarro y vela de la casa del Nuncio de Toledo.

Item. Se declara por necio de tres suelas y por chueca á lo del pecho de azor al que tiene medido el trecho del levantar la mano al quitar el sombrero á otro, con más pausa que pulso de cuartanario en declinacion, y va con cuidado tanteando por la geometría del desvanecimiento si hay uno ó dos dedos de diferencia y dilacion en el acometimiento del otro á él ó dél al otro; se le añade sobre su necedad ó presuncion el esmalte de malquisto y aborrecible y el ser estafermo y dominguillo de todo género de lenguas, á que él mismo se condena; y débesele despachar ejecutoria de necio, de descomedido y ocasionado

Declárase por necio perdurable al que de la atencion, espacio, comedimiento y cortesía del otro hace obligacion precisa, queriéndole encabezar como arrendamiento de alcabalas, advirtiendo á sus hijos y sucesores desta costumbre como de fuero ó heredad vinculada para su posteridad y descendencia.

Declárase por necio frisado al que se llega á la persona que está leyendo ó escribiendo algun papel; y si á esto añadiese el mirar cúyo ó para quién es, declárase, demas de ser necio, por digno de jáquima, cincha y cola jumental.

Declárase por necio de la ijada al que se rie del que pregunta y aprende, procurando la especulacion de las cosas y su fin; pónesele ademas desto perpetuo silencio en el voto de ninguna dellas, por la poca estimacion que hace de su poco conocimiento, sin el cual es imposible dar á ninguna el lugar que pide y merece.

Declárase por necio bruñido y grosero en jerga al que en conversacion, y más de damas, empaña las manos en el costado de las calzas, juzga del uso de sus maneras y ocultos escondrijos, haciendo del ferreruelo antipara de su grosería, de donde no se espera suceso mejor que rascadura, fomentacion y diligencia ilícita, provocativa y escandalosa; condénese al tal á que en reincidencia le echen maneotas.

Asimismo se declara por necio en todas facultades al que, habiendo la noche cobijado el suelo, si está en su morada y estancia, abre la puerta della á quien no conoce, enseñándole la experiencia de casos siniestros lo contrario y cuán poca disculpa tiene el que hace su juez al que lo quisiere ser de su persona y casa.

Item. Se declara por necio y grosero enfadoso encalabriado al que en conversacion se corta las uñas; y si á esto añade alguna ventosidad mal lograda, expelida por la boca, echada con solemnidad y mondándose los dientes, paseándose, dásele ejecutoria de necio y majadero sin apelacion.

Declárase por necio de más quilates que el oro más subido de Tibar, y por ignorante con una punta de homicida de sí mismo al que teniendo el estómago á teja vana y el vientre vacío, convidándole á comer una y dos veces, dice que ya es despues.

Item. Se declara por necio anticipado como flor de almendro y fruta de la Vera (a) al que, habiendo subido de bajo estado á dignidad, no conserva, agasaja y da la mano á los amigos de aquel tiempo, para que el que se presente no sea, como dice el Sabio, pregonero de quien fué, de su bajeza y miseria, y se diga por él que los oficios mudan los hombres de poco valor.

Declárase por necio albar al que, yéndose paseando, aguarda á que el que está en algun puesto le hable, salude y quite el sombrero, no siendo para esto la diferencia del uno al otro notable por calidad ó preeminencia de oficio.

Item. Se declara y desde luego se da por necio de todos cuatro costados á el que por su lengua y autoridad quiere introducir nuevos modos de hablar y ser vocabulario de sus tiempos. Y si, lo que Dios no quiera, sobre esto diere en la flaqueza de melifluidad y afectacion escuchándose, y querer se sepa el autor de semejantes imprudencias y novedades, se le libre título de doncella seglar que, enjaulada entre monjas, guarda su remedio con la dote en el caudal de su lengua. Y si el tal, para bayetas ripios de la conversacion, usase de algunas difiniciones ó palabras latinas, arrimándose á ellas por faltarle las que en romance corren en la materia (mayormente si la conversacion ó la mayor parte es de romancistas y mujeres), se le libre plenísima ejecutoria de necio con flujo en la lengua infundida en el entendimiento, se le dé el grado con borla y capirote de incapaz en todo género de conversacion; y en caso que en alguna sea admitido, á cualquiera individuo della, aunque sea donado, se le prefiera en las proposiciones, discursos y cuentos; y si el tal hubiere comenzado alguno de su propia autoridad, se le pueda interrumpir y mover la cuestion que le diere gusto á cualquiera.

Declárase por necio de entre gallos y media noche y que siente mal de las leyes bucólicas al que, comiendo á mesa ajena, vitupera y pone tacha á los manjares que á ella vienen y se ponen; siendo más conforme á razon y buena cortesía comer y callar, pues no le cuesta nada.

Item. Se declara por necio acantarado, templado á unos sones con la groseria, al que, sin ser uno criado inferior y súbdito, le llama de vos y en voz ininteligible y alta, por el riesgo en que se pone de una mala respuesta y resolucion; y si á esto añadiere hinchar los carrillos en la pronunciacion y lo repitiere algunas veces menudeando como jarro en manos de mayordomo de cofradía, con el fin de que le oigan los circunstantes, y se ensayen algunos para ser mártires de aquella odiosa impertinencia, se le libre ejecutoria de majadero mejido y grosero pasado por agua.

Declárase por necio en la quinta esencia al que, pre-

guntándosele una cosa, responde otra, debiendo el tal hacerse capaz de la pregunta para prevenir y acudir con la respuesta; y si á eso añadiere el proseguir con su plática todavía, perseverando en la dilacion de la enmienda é impedir la comenzada, se le libre ejecutoria de necio de los de marca mayor.

Declárase por necio argentado al que, yendo por la calle, lleva su sombra por espejo ordinario, preguntando al sol los defectos de sus bigotes por junto á su sombrero, bajo sacadura de pescuezo y espada, y tiesura de cabello, con más continencias, mudanzas y pasas que un maestro de danzar.

Item. Se declara por necio colchado al que á la primera oferta y comedimiento toma el lugar, asiento, entrada de puerta ó paso estrecho sin respuesta ni cumplimiento alguno, no siéndole muy debido sin él.

Declárase por necio de solemnidad al que (ignorando la fuerza que tiene el negociar, y más las cosas de gracia) despues de haber comido, á quien se han de pedir se anticipa y lo remite á cuando el estómago del tal está vacío, y la naturaleza padeciendo con el deseo de satisfacerse, especialmente si el tal es hombre de negocios y viene de fuera y es hora de comer: de adonde es bien más ordinario resultar desabridas respuestas y mal digeridas resoluciones.

Asimismo se declara por necio alcanforado y enemigo de su salud al que en reino ó república extraña se pone á alabar la suya; y si á esto añade vituperar aquella en que se hallare, se le libre ejecutoria de ignorante y temerario, pues aventura no ménos que la vida, donde sin nota la podria conservar.

Declárase por necio cuatralbo y parroquiano de la ignorancia al que, ofreciéndole otro alguna cosa de su aumento y comodidad, se hace de rogar y usa de la vanidad del cumplimiento; segunda vez, líbrasele al tal ejecutoria de ignorante espiritual; y en reincidencia se proceda contra él hasta matar candelas.

Item. Se declara por necio inaugurable al que no deja cosa ni apellido de donde no corte un giron para su alcurnia hasta dejarla con más cuartos que una pelota francesa; y si á esto añadiese salir del propósito de que se trata en la conversacion por traer esto al suyo, como narices sacadas de vaso, desde luego, sin otra diligencia ni declaracion, se le añade el título de desvanecido, y se considera cualquiera de los circunstantes, sin incurrir en nota, que se pueda ausentar dejando el juego comenzado y al tal con la pelota en la mano.

Declárase por necio violado y que siente mal los términos de cortesía y políticos el que con afectos de piés, manos y rostro, movimiento de cuerpo, razones mal distintas y resueltas en el pecho y otros defectos, pensativo se quiere extremar de los otros con su presencia; y si á esto añadiere algunas mudanzas de piés, hechas sin son ni razon, desde luego quede declarado por preboste de la ignorancia; y si fuere persona grave y puesto en dignidad, se declara por incapaz del tal puesto; y si es conde, abrenuncio la reformacion de sus defectos, si es que ya no tenga título de beca ni donado con barba redonda y nunca rapada.

Item. Se declara por necio con verdugo en el celebro y campanario en la mollera al que juzga ajenos motivos desde su casa por imperfectos, y quiere gobernar la ajena; y si sobre esto cayere de traerlo dando perecer al que lo hace sin pedirle ó preceder grande amistad, se le libre ejecutoria de necio en siete lenguas y de impertinente en todas facultades.

Declárase por necio general al que de la causa ajena la hace tan propia, que la viene á echar sobre sus hombros, y los riesgos y dañosos efectos que della resultan y atan las manos en la cabeza, metiendo paz, como ignorante de las reglas de la caridad bien ordenada.

Item. Se declara por necio sayagués y regoldon al que en conversacion, fija y puesta la vista en alguno della, habla con otro en secreto; y si á esto añadiere efectos risueños ó de admiracion, quede declarado por inocente de campanilla y mentecato de gurupera, con permision á cualquiera circunstante de reprenderle públicamente.

Declárase por necio con facultad de sostituir al que, fuera del lenguaje ordinario que corriere en su era, se pusiere á referir sermon, comedias y cuentos, ó discurriendo por otros ó por el repetido de las últimas palabras, diciendo: «Y como pasó esto así;—que como digo.» Y si á esto añadiere lugares de viejas y bordoncillos viejos tragando saliva, tales como decir «¿Doyme á entender?—¿Están ustedes conmigo?—No quitando lo presente;—si no han por enojo;—y tal cual;—y hablando con poca crianza;» y otros vocablos desta suerte, se le impone perpetuo silencio en toda conversacion donde no haya comadres ni vecinos entre quien no gaste y corra este lenguaje.

Declárase por necio de participantes al que, yendo á casa ajena, se asoma á la ventana ántes de llamar á la puerta; y al que está dentro, que dejó la ventana ú hoja abierta, por la cual pueda ser visto (mayormente si está en acto ó cosa que requiera recato), se le dé título de necio alpargatado.

Item. Se declara por necio pascual al que, trayendo á conversacion méritos ajenos, hace alarde de los suyos, juzgándose digno de la provision en otros hecha, ignorando las demas circunstancias que se requieren, y luego que ha gastado su hacienda y tiempo, el desengaño le envia al carnero con los muchos. Y si á esto añadiera infructuosas quejas, se le libre ejecutoria de orates, y se remita á la Caridad con la venia y facultad para poder acudir á la sopa de cualquier convento como militante estropeado, y quede hábil para poder traer cualquiera demanda con insignia y bacinica.

Item. Se declara por necio con felpas y plumas de papagayo al que tirando de la gravedad como el zapatero del cordoban, habla en tono tan bajo y pausado y á lo ministro, que parece saludador, en cuya presencia, en vez de despacho y alivio, es confusion y desórden; buscando retazos de razones imperfectas, pega unas con otras con más sentidos y dificultades que un algebrista huesos de pierna ú brazo quebrado.

Hay ademas otros cien mil géneros de necedades que por diferentes modos se traen entre manos, hijas, nietas, biznietas y descendientes de los monstruos atras referidos: digno de entender y enmendar, cuya nota y conocimiento queda al discreto letor.

FIN DE LAS INVECTIVAS CONTRA LOS NECIOS.

COSAS QUE SE CUENTAN DE LA CORTE,

Y AUN DE FUERA DE ELLA [a].

CARTAS DEL CABALLERO DE LA TENAZA,

DONDE SE HALLAN MUCHOS Y SALUDABLES CONSEJOS PARA GUARDAR LA MOSCA
Y GASTAR LA PROSA (b).

A LOS DE LA GUARDA.

Habiendo considerado con discreta (1) miseria la sonsaca que corre, me ha parecido advertir á los des-cuidados de bolsa para que, leyendo mis escritos, res-tiñan las faltriqueras y que procuren ántes merecer el nombre de guardianes que el de datarios, y el dar sea en las mujeres, y no á las mujeres, para que así merez-

(a) Agrupo y distingo con este nombre aquellos rasgos de buen humor que, no señalándose por lo útil, profundo ó filosófico de la sátira, ridiculizan costumbres y vicios de los hombres.

(b) Su primitivo título El caballero de la Tenaza.
No fábula, en su origen son á mi ver históricas y verdaderas: chuscadas, mocedades y travesuras de QUEVEDO. Conozco de igual índole papeles suyos privados, sacudiéndose de embestidoras y busconas, y de ellos hubo que fué origen de irritacion y encru-decimiento en sus últimas persecuciones.

Comenzaron á dictar una y otra carta en 1600 los ímpetus de veinte abriles; comunicábalas con amigos y compañeros la natural franqueza de esta edad; copiólas juntas algun curioso; y así vino con el tiempo á correr de mano en mano aquel epistolario con gusto y entretenimiento de todos (I).

Su fama tomó vuelo, y su título del Caballero de la Tenaza acu-dó entre los palaciegos por mote galano del escritor, ántes con vanidad y regocijo que con desabrimiento suyo. Èl mismo se da semejante nombre al referir, por febrero de 1624, al marqués de Velada sus aventuras y las de los personajes que en el viaje de Andalucia acompañaban al rey Felipe IV.

Era ya universal la nombradía de la coleccion á principios de 1626 (II); y entiendo que salió por fin á luz en los moldes de Barcelona, y al punto en los de Valencia, juntamente con los Sue-ños, mediada la primavera de 1627; de cuyas impresiones hoy no se encuentran ningunos ejemplares (III).

Desde entónces y sin cesar reproducian aquí y allí las prensas

(I) Un traslado que en 1613 vino á poder de fray Benito Bernardo de Morales, monje conventual de Galicia, le sugirió el proyecto de disparar á nuestro caballero cierta epístola para san-grarle el bolsillo á toda fuerza y sin remedio alguno : ocurrencia que despertó en ambos el deseo de unirse con vínculos de acen-drada amistad. Dice así la epístola, que jamas se ha impreso completa :
» He leido las cartas que vuesa merced ha compuesto del Caba-»llero de la Tenaza, y las muchas razones y diferentes medios que »propone para que los hombres se libren de las embestiduras de »las mujeres ; pero no he hallado ninguno por donde vuesa mer-»ced se libre de pagar esos dos reales de porte. Afloje la bolsa y »añada un remedio más á su Caballero, que de lo contrario se le »quedará corta la tenaza. Dios guarde á vuesa merced el humor y »la salud largos y felices años, y á mí me deje verlo. — Doctor »fray Benito Bernardo de Morales. » — Al márgen : »San Bernar-»do, Santiago de Galicia, á 17 de enero de 1613. »

(II) Consta de la advertencia que puso el librero Duport en la edicion primera de la Historia de la vida del Buscon, llamado don Pablos, libro cuya traza dictaron estas mismas regocijadísimas cartas.

(III) ¡Qué extraño, cuando eran ya sumamente raros en 1648? Al hilvanar entónces don Cristóbal de Salazar Nardones la primera coleccion de obras en prosa del fecundísimo ingenio madrileño, dijo que para haber á sus manos el libro de El caballero de la Te-naza, se había casi valido, como gavilan, más de uñas que de dinero.»

Por un singular desatino de los impresores se ha conservado en

con grandes diferencias y alteraciones el epistolario (IV). Pero cuando se decidió QUEVEDO á revisar, expurgar y aliñar todas sus escritos satírico-morales y festivos, apareció con importantes mejoras, retoques y modificaciones en los Juguetes de la niñez y travesuras del ingenio, dados á la estampa en Madrid á últimos ya de 1629.

Todos los editores han considerado este como el más autoriza-do texto, y viene respetándose desde mediado el siglo XVII. Yo tambien le sigo en mi publicacion, con presencia del ejemplar de Barcelona, 1635, enriqueciéndole con algunas cartas inéditas, y numerosas variantes de impresos y manuscritos.

Han sido gérmen de sazonadísimos frutos en nuestra escena las Cartas del caballero de la Tenaza. Los entremeses del Talego, el Talego niño, y los Cuatro galanes, de Luis Quiñones de Beau-vente ; el mejor drama de La Hoz, y los figurones de Cañizares deben á ellas sus dichos más agudos.

Los franceses publicaron en 1662 una traduccion infelicísima hasta en el título (Le chevalier de l'Espargne, épargne que diga-mos) : no lo es así por cierto la alemana hecha en 1780 por Ge-rundo Zotes de Bertueb.

Manuscritos y ediciones que se han tenido á la vista para la pre-sente edicion, y signos con que se determinan en las variantes.

MS. —Un manuscrito de 1625, que comienza Del caballero de la Tenaza á los de la Guarda, prólogo. Perteneció en lo antiguo á don Vincencio Juan de Laatanoaa, y hoy á la Biblioteca Nacional (Aa, 167, folio 290). Mucho más apreciable que la impresion de Ruan, con la cual confronta en gran manera.

C. — Cartas del caballero de la Tenaza, que faltaron de impri-mir. Copia del amanuense de don Tomas Antonio Sanchez.

R. — La edicion de Ruan, marzo de 1629. Llevan las cartas por título El caballero de la Tenaza, donde se hallan muchos y saluda-bles consejos, etc., etc.

P. — La de Pamplona, 1631 con el mismo rótulo de la de Bar-celona que encabeza nuestra publicacion.

B. — La de Barcelona, 1635.

M. — La de Madrid, 1648.

F. — La de Foppens, Bruselas 1660.

(1) misericordia la sonsaca (R., y me parece la leccion verdadera.)

la página 350 de la Enseñanza entretenida, el curioso billete de Salazar y un fragmento del epistolario, tal como lo debieron pu-blicar las prensas de Barcelona y Valencia. Hé aquí su título : El Caballero de la Tenaza, de Don Francisco de Quevedo, donde se hallan saludables consejos para guardar la mosca y gastar la prosa. Dirigido á los cofrades de la Guarda.

(IV) El fragmento que se halla en la Enseñanza entretenida, el texto de las cartas en la impresion de Ruan de 1629, y el de la de Pamplona de 1631, se diferencian entre sí lo que no es decible.
En el Museo Británico existe un ejemplar de los Desvelos sobo-lientos, publicados en Barcelona por febrero de 1629, y al folio 88 está El caballero de la Tenaza. No he podido examinarlo.

can el nombre de cofrades (1) de la Tenaza de *Nihil-demus* ó *Neque-demus*, que hasta ahora se decia *Nicodemus* por el poco conocimiento desta materia. Y sea su nombre (2) de todo enamorado (3) *Avaro-Mathias* (llámese como se llamare, aunque no se llame Matías), y sea su abogado el ángel de la Guarda, que con razon se llaman dias de guardar los dias que son de fiesta, y todos son de fiesta para guardar.

(*a*) EJERCICIO CUOTIDIANO QUE HA DE HACER TODO CABALLERO (4) PARA SALVAR SU DINERO Á LA HORA DE LA DACA.

En levantándose, lo primero (5) conjurará su dinero porque no se lo pidan, y alegraráse que le han dejado amanecer, diciendo: «Yo me alegro, aunque soy caballero de la Tenaza, porque me han dejado dormir los embestidores y pedigones, y ofrezco firmemente de no dar, ni prestar ni prometer, por palabra, obra ni pensamiento.» Y luego dirá aquellas palabras:

Solamente un dar me agrada,
Que es el dar en no dar nada.

Al sentarse á comer mirará la mesa, y viéndola sin pegote, (6) moscon ni gorra, echará la bendicion, diciendo: «Bendito sea Dios, que me da comezon, y no comedores», considerando que los convidados en las mesas son cuchillos de los tenedores.

Al irse á acostar, ántes de dormir se llegará al talegon vacío que tendrá colgado á la cabecera de su cama por calavera de los perdidos, (7) con rótulo que diga:

Tú, que me miras á mí
Tan triste, mortal y feo,
Mira, talegon, por tí,
Que como (8) te ves me ví,
Y veráste cual me veo.

Y empezando á dormir dirá «Bendito seais vos, Señor, que habeis permitido que me desnude yo y que no me haya desnudado otro ántes». (9) Y no dormirá á sueño suelto porque no se le desperdicie nada.

(10) TRIACA DE EMBESTIMENTOS MASCULINOS.

Es cierto que piden tanto las barbas como las tocas, y ha parecido conveniente anticipar el remedio. ¡Oh

tú, caballero de la Tenaza! en viendo que te buscan ó te vienen á ver, sea quien fuere, ántes de los cumplimientos, á Dios y á la ventura dirás: «¡Oh señor mio! el mundo está para dar un estallido; no se halla un comedor:» y luego grandes ofrecimientos; que eso es desjarretar la bribia. Pero si de (11) antuvion te embistiere un pedidor de avenida y repentino, con la misma priesa has de decir: «Estaba agora (12) yo pensando en pedir á vuesa merced me socorriese con esa cantidad para cumplir una necesidad de honra.» Esto se llama atragantar embelecos. Y si te (13) alabaren (como se suele hacer) algunas prendas ó joyas, dirás que por esto la estimarás en un tesoro de (14) ahí adelante. Permítese dar pascuas, y no aguinaldo. Y en los dias de feria damos licencia que en las tiendas, Platería, calle Mayor, el verdadero caballero de la Tenaza amague, y (15) no dé. Y al fin ha de tener costumbre de reloj de sol, que muestra y no da. Y si se alargare y señalare, sea con la sombra y no con otra cosa. Y entre los dichos caballeros siempre se ha de jugar á (16) *tengamos y tengamos*; no se ha de jugar á los dados, ni se ha de leer en el Dante, ni se han de comer dátiles, ni han de saber otro refran sino «quien guarda halla». (17) Y con esto y con aquello, y sin dar nada, aquí tendrán y serán tenidos, y (18) allá será lo que Dios quisiere, como lo demás.

(*b*) EPÍSTOLAS DEL CABALLERO DE LA TENAZA.

I (*c*). La limosna es obra pia si se hace de dinero propio; mas si (lo que Dios no quiera) se hiciese de dinero ajeno, sería obra cruel. Yo, señora, con las palabras querria declarar mi voluntad, y no con la bolsa. El tiempo es santo, la demanda (19) justa, yo pecador; mal nos podemos concertar (*d*). No hay que dar, Dios la provea, vaya con Dios, cierto que no tengo (que son todos los modos de despedir picaronas vergantas). Madrid, todos los meses, y cada dia, y cada hora que me hablare.

(11) entuvion (*MS. R. P. B.*)—enturbion (*M. F.*)
(12) pensando (*MS. R. P. F.*)
(13) alabaren prenda ó joya, dirás (*Id.*)
(14) allí adelante (*B.*)
(15) no me dé. (*Id.*)
(16) ténganos y ténganos (*P. M.*)—ténganos y ténganos (*F.*)
(17) No han tener sarna ni sabañon, porque comen. Puedes dar buen ejemplo, no presten sino atencion y paciencia. Tengan, aunque sea secreto, la bolsa, la faldriquera y la llave con buenas guardas. Al pidiente, despidiente. Al peto, espaldar. No lo hallen mollar, que se lo demandarán mal y caramente. Dígase á si: «Tente bien, que bien los vales.» Deje el de la mano horadada para el rey don Alonso; y acuérdese de cuántos han muerto por falta de virtud retentiva, y que lo mismo es una pedidora que un peligro en la boca del estómago, que quita la habla. Al fin no acierta á dar en hablandole á la mano. Que con esto y aquello, y con todo, sin dar nada, aquí tendrán y serán tenidos, y allá será lo que Dios quisiere. (*R.*)
(18) ello será (*P.*)
(*b*) A este epígrafe sustituye en el manuscrito el de *Epístola primera*, que ademas se halla tambien al márgen en las impresiones de Ruan y de Pamplona.
En los *Juguetes de la niñez* suprimióse la numeracion de las cartas, y esto, que producia confusion, necesitaba corregirse. En cambio el traductor francés puso título á cada una de ellas impertinentes y frios.
(*c*) Hé aquí su título en la traduccion francesa, pag. 368: *A une fille de Venus, qui luy avoit envoyé demander de l'argent pour faire des aumosnes la semaine saincte.*
(19) injusta (*R.*) — injusta y yo pecador (*MS.*)
(*d*) Aquí termina la epístola en el manuscrito. El resto es parte de la XIII del mismo. — Véase la nota 22 de la página 456.

(1) de las Tenazas de Niquedemos, que hasta ahora se decia (*MS.*)
(2) del todo enamorado Avarimatias (*Id.*)
(3) Abarimatias (*R.*)—Avaromatias (*P. B. M. F.*)
(*a*) Falta en el manuscrito todo este gran párrafo, y sigue inmediatamente la *Triaca para los embestimentos masculinos.*
(4) COFRADE DE LA TENAZA, PARA SALVAR SU DINERO Á LA HORA DE LA DACA, QUE ES PEOR QUE LA DE LA MUERTE. (*R.*)
(5) persignará su dinero y santiguaráse de los que se lo pidieron, y dará gracias á nuestro Señor que le han dejado amanecer, diciendo: «Señor mio Jesucristo, yo te doy muchas gracias, aunque soy caballero de la Tenaza, porque has permitido que me hayan dejado dormir los embestidores y pedigones; y ofrezco firmemente de no dar, ni prestar ni prometer, por palabra, obra ni pensamiento.» Y luego dirá aquellas palabras del *Pater noster*: «El pan nuestro de cada dia dánosle hoy, Señor;» que es cláusula propia de los dichos caballeros.
Al sentarse á comer (*P.*)
(6) sin gorra ni mascon, echará (*R.*)
(7) con un rótulo que diga, hablando con otro talego lego, para su viso y consejo: (*Id.*)
(8) me ves, me ví, (*B.*)
(9) luego se dormirá á sueño suelto, si no le despiertan chinches ó mosquitos. Y porque piden tanto las barbas como las tocas, y ha parecido (*R.*)
(10) TRIACAS PARA LOS EMBESTIMENTOS (*MS.*)

II. Díceme vuesa merced que me quiere tanto, que querria que no tuviese pesadumbre. Señora mia, déjeme tener vuesa merced, y sea lo que fuere, que aun no querria que me quitase pesadumbres. Y persuádase vuesa merced que á mí y al Rey nos ha dado Dios dos ángeles de guarda: á él para que acierte, y á mí para que no dé. Dios dé á vuesa merced salud y vida (1).

III. Cuanto más me pide vuesa merced, más me enamora y ménos la doy. ¡Miren dónde fué á hallar que pedir pasteles hechizos! (2) Que aunque á mí me es fácil enviar los pasteles, y á vuesa merced hacer los hechizos, he querido suspenderlo por ahora. Vuesa merced muerda (3) de otro enamorado; que para mí peor es verme comido de mujeres que de gusanos: porque vuesa merced come los vivos, y ellos los muertos. Adios, (4) hija. Hoy dia de ayuno. De ninguna parte, porque los que no (5) envian, no están en ninguna parte; solo están en su juicio.

IV. ¿Ventanicas para ver toros y cañas, mi vida? ¿Qué más toros y cañas que vernos á tí pedir y á mí negar? Qué piensas que se saca de una fiesta destas? Cansancio (6) y modorra y falta de dinero al que paga los balcones. Dala al diablo; que es fiesta de gentiles, y (7) todo es ver morir hombres (8) que son como bestias, y bestias que son como maridos. Yo, por mí, bien te alquilara dos altos, mas mi dinero es el diablo. Quítate de ruidos, y haz cuenta que los has visto, y verás qué tarde (9) que nos pasamos, tú sin ventana y yo con dineros.

V. Hánme dicho, señora, que el otro dia hicieron (10) vuesa merced y su tia burla de mi miseria, y ha sido tanta la que mi mezquindad ha hecho de vuesa merced, que estamos pagados. Cuéntanme que (11) me hallaron mil faltas, y que todo se les fué en apodarme y reirse, y que decian que parecia esto y parecia estotro, y que parecia al otro. Yo confieso que lo parezco todo, como mi dinero no padezca. Hame caido en gracia lo que dijo con un diente y media muela la señora (12) Encina: ¡«Qué caraza de estudianton! ¡Y qué labia! Hiede á perros, y no se le caerá un real si le queman. (a)» ¡Y esto llama (13) heder la buena señora, lo que para mí es pebete y ámbar! Y si el no dar tiene por mal olor, procure estar acatarrada ó tápese las narices, porque la encalabriarán (14) los malos humores. Señoras mias, lo que vuesas mercedes llaman amores, no son sino pendencias, dares y tomares; yo soy pacífico y no quiero tener dares y tomares con nadie. Dios guarde á vuesa merced, y yo lo que tengo.

(15)

VI (16). Escríbeme vuesa merced que le envie de merendar y que guarde secreto; yo le guardaré de manera, que ni salga de mi boca ni entre en la de vuesa merced. (17) ¡Pesia tal! ¿No basta haberme comido y cenado, sino quererme merendar? Ayune vuesa merced un dia á sus servidores, si es servida. Dos meses, tres dias y seis horas há que vuesa merced y dos viejas, tres amigas, un paje y su (18) hermana me (19) pacen de dia y de noche; de que estoy desvaido y seco. Déjenme vuesas mercedes, si son servidas, y saque yo libre siquiera mi cuerpo, y comeránme á medias vuesa merced y la sepultura: que estaré en el purgatorio, y aun no seguro. De casa: entiéndalo vuesa merced por fecha, y no por oferta.

VII (20). Ríñeme vuesa merced porque no he vuelto á su casa; y es porque no he vuelto en mí de las visiones que vi el otro dia. Señora mia, por curiosidad se puede ir á su casa, mas no por amor, porque se ven en ella todas las naciones, lenguas y trajes del mundo. ¿Qué figura quiere vuesa merced que haga un estudianton entre Julios y Otavios, hablando dineros y escupiendo reales? Pues entre todas las naciones, solo el pobre es el extranjero, y há menester ser (21) un mohatron para que le entiendan esos señores. En conclusion, yo estaba como vendido y vuesa merced como comprada. Y aunque pienso que dejan holgar á vuesa merced por mis barrios, no me tengo por tan seguro en casa donde la sombra (22) de un extranjero se encaja encima.

VIII (23). Cuando no hubiera servido el no enviar á vuesa merced la telilla que tan innumerables veces me ha pedido, sino de ver el gran caudal que Dios la ha dado (pues una misma cosa me la ha sabido pedir cada dia, dos meses arreo, por ocho ó nueve billetes y por diferentes modos), era grande interés, y para dar gracias á nuestro Señor. Y si lo que vuesa merced ha gastado en papel y tinta lo hubiera empleado en la tela, sin duda hubiera ahorrado de dineros (24); mas tambien advierto á vuesa merced que el vestido

---

(1) por lo que yo no le doy. (R.)
(2) Y aunque á mí me es fácil enviar los pasteles y á vuesa merced los hechizos, (Id.)
(3) otro enamorado (MS.)
(4) Lisa. Hoy (R.)
(5) invian (Id.)
(6) y modorra y dineros (Id.) — y modorra y dinero (R.)
(7) toda (B.)
(8) como bestias (MS.)
(9) que nos papamos, tú sin ventana y yo con mi dinero (R.)
(10) vuesas mercedes (MS.)
(11) hallaron (M. F.)
(12) Encinas: (MS.)
(a) ¡No es este el retrato del estudiante pobre, corto de vista, de ojos malos, y de piés derrengados y torpes? ¿No echaban en cara tales defectos á QUEVEDO los autores del Tribunal de la justa venganza, páginas 165 y 173? Mírense las cartas como históricas, y no se hallará palabra que no venga á robustecer semejante pensamiento.
(13) hedor (R. P.)
(14) los más hombres (MS. R.) — los malos hombres (P. M. F.)

(15) VI. Es tanto lo que dicen de su caridad y virtud de vuesas mercedes, que me ha dado atrevimiento á pedirles algo de limosna. Yo soy un amante mendigo, envergonzante, que ni me está bien andar de casa en casa, ni puedo, porque en todas piden á cuatro cuartos: esme fuerza valerme de los buenos. Suplico á vuesa merced se duela de mi necesidad y trabajo; y si me hubiere de hacer caridad, sea á escuras y de noche. (Con leves diferencias R. P. C.)

VII. Vuesa merced perdone mi mucha cortedad y encogimiento en escribir este papel, y no haber arremetido á vuesa merced en medio de la calle; que segun lo bien que me ha parecido, en no apresurarme ha sido á la mano, porque se me han revestido los frailes en el cuerpo por hacerlo. Vuesa merced no se me haga de rogar si quiere gozarme, y no diga despues que no se lo dije. Dé Dios á vuesa merced por todos, y salud y vida, y lo que deseare desta casa. Entiéndalo vuesa merced por fecha, y no por oferta. (C.)

(16) VII. (MS. R. P.)
(17) ¡Cuerpo de mi! ¡No basta haberme comido (R. P.)
(18) hermano (MS. R.)
(19) pasean de dia (P.)
(20) VI. (MS.) — VIII. (R. P.)
(21) un mohatra para que le conozcan esos señores. (MS.)
(22) de un florentin se encaja (R. P.)
(23) IX. (Id.)
(24) y pesadumbres. (R.) .

que hubiera hecho estuviera roto, y la (1) alabanza de sus billetes (2) durará para siempre. No la envio con este, porque darla luego pareciera necedad, y poco despues locura, y ahora es ya frialdad, y se acabaria el entretenimiento de las demandas y respuestas. Guarde Dios, etc.

IX. (3) *De la atenazadora.* — Presto ha descubierto vuesa merced la hilaza y la condicion que tiene, como hombre al fin, y más mudable que todos. Si yo hubiera creido á mis tias, no me quejara de lo que vuesa merced hace; mas ya estoy determinada de correr con lo que se (4) usa, sirviéndome esto de escarmiento para adelante. Dícenme que está vuesa merced muy bien empleado, y conozco (5) á la dicha señora; cosa en que ha mostrado su buen (6) gusto. Así le guarde Dios que haga de las suyas, aunque esto no es menester encomendárselo. Dio le guarde.

X (7). (8) Diéronse vuesas mercedes tanta priesa á pelarme (9), que no solo mostré la hilaza pero los huesos. No puedo negar á vuesa merced lo de ser mudable, pues no he tenido cosa en mi casa que vuesa merced no me la haya mudado á la suya con la facilidad que sabe. Y ¡ojalá vuesa merced hubiera creido á sus tias, y yo no! Que pienso que me hubiera estado mejor. De aquí adelante, por estos parentescos, para enamorarme pienso mirar más en una mujer lo que (10) no tiene que lo que tiene; pues quiero más que tenga bubas que tia, y jiba que madre, que aquellos males se los tiene ella, y estos otros yo. Y si acaso los tuviere por mis pecados, no la hablaré hasta que le haga sacar las parientas como los espíritus. Vuesa merced me ha dejado de suerte, que solo para mí estoy de provecho, de bien escarmentado. Y no quiero amancebarme con linajes, sino con mujeres; que dormir con sola la (11) sobrina y sustentar todo el aborlorio lo tengo por enfado. A malas tias muera, que es peor que á malas lanzadas, cuando mudare de propósito. Noramaza (a) (12) empezaré á hacer de las mias, cuando estoy deshecho de las suyas. (13)

XI (14). Bien mio: Cuando pensé que éramos yo el amante y vuesa merced la querida, hallo que somos competidores de mi dinero, y galanes. Y no quiero dejar de advertir á vuesa merced que (15) há más que le quiero yo, y que hasta ahora no le he visto hacerme ningun desden. Señora mia, no hay persona con quien á mí me puedan dar más celos que con querer mi hacienda. Si vuesa merced me quiere á mí, ¿qué tengo (16) yo que ver con vestidos, joyas y dineros, que

(1) tela blanca de sus billetes dura para siempre. (R.)
(2) y modo de pidir durarán para siempre. No la invio con esta (MS.)
(3) X. (R. P. — Falta el epígrafe en la de Barcelona; el del manuscrito es *De la atenazadora.*)
(4) usa. Vale Dios que me servirá de escatimiento (MS.)
(5) á la mi señora (Id.)
(6) ingenio. Asi le guarde (B.)
(7) XI. *Respuesta.* (R. P.)
(8) Diéronme (MS. P.)
(9) y raerme (MS.)
(10) tiene que lo que no tiene (R. P.)
(11) la nieta y sustentar (MS. R.) — mitad y sustentar (P.)
(a) Así en impresos y manuscritos.
(12) que empezaré (P.)
(13) Guárdela Dios. (Id.)
(14) XII. (R. P.)
(15) más la quiero yo, (Id.)
(16) que ver con vestidos, ni jojas, ni monedas, que son (MS.)

son cosas mundanales (17) y de vanidad? Y si quiere (18) á mis doblones, ¿por qué no habla verdad? Y como en los papeles me llama mi vida, mi alma, mi corazon, mis ojos, (19) me llame mis reales, mis doblones, mis talegones, mis bolsas. Vuesa merced (20) crea que para mí no hay faccion buena si no es de balde; que aun (21) las más baratas las tengo apénas por razonables. Lo que cuesta es feo, y no hay donaire donde hay pedidura. Dejemos el dinero, como si tal no hubiera sido, y anden finezas y requiebros por alto; y si no, lo que conviene es que vuesa merced se quede con sus deseos, y yo con mis dineros. Guarde, etc.

(22)

(17) y vanidad? (MS. R. P.)
(18) á mis dineros, ¿por qué (MS.)
(19) y no me llama (MS.) — ¿no me llama (P.) — ¿no me llaman (R.)
(20) sepa que para mí (MS.)
(21) las baratas no las tengo aun por razonables. (Id.)
(22) XII. Poco dinero (el ruin delante) y mucho amor, hablando con perdon, Satanás solo lo pudo juntar.
Capítulo segundo: yo soy ese. Madrid, á 8 de octubre año 1600. Don ya se entiende.

XIII. *De la atenazadora.* Poco dinero no me basta, mucho amor ni le creo, ni le busco, ni se usa, ni lo he menester. (1)

Si es ese, yo soy ese, que con dos piernas digo que no. Vírese enhoramala; y pida limosna, y no favores. Y por si tomára mi consejo, allá vaya adelantado: no hay que dar, Dios le provea, vaya con Dios, cierto que no tengo (que son todos los modos de despedir (11) vergantes). Madrid, todos los meses, cada dia y hora que me hallare. (111) ¿Qué pensaba?

XIV. Diceme vuesa merced que en su casa no entran hombres, y entran frailes. Voto á Dios, que deseo saber quién le ha persuadido que los frailes no son hombres; porque ellos no tendrán esa culpa, que persuadirán á una serpiente que lo son. Querria que vuesa merced me dijese por qué género de animales los tiene, ó en qué otro nombre disfraza sus obras.

Los primeros dias que fuí á recibir merced, me daban zelo; porque eran tantos los compañeros que estaban por aquellos corredores, que preguntaba si habia difunto. Ahora sé que aunque no le haya vienen por cuerpo. No he visto en mi vida hija de tantos padres; y es la cosa peor del mundo para mi humor, que son amigo de huérfanos, y á Adan no le he cadiciado otra cosa sino que tuvo mujer sin madre; que quiero más tratar con la culebra y con el diablo.

Vuesa merced, si no está bien empleada, está bien ocupada; y pues pide iglesia, es razon que le valga; y hábitos de frailes en los muertos dan ménos cuidado que en los vivos. Deográcias. (MS. C.)

—XV. Si digo porqué entra en casa el padre fray predicador, me dice vuesa merced que así fueran todos; si el doctor Chaves, que es cosa segura; si don Bernardo, que es de casa; si el capitan, que es deudo; si el licenciado Paez, que es agua limpia y en alma de Dios; si el portugués, que viene á negociar con su estado; si Fabio Ricardo, que es amigo de su marido; si Squarzafiggo, que es su vecino. Deseo saber qué les dice vuesa merced á ellos cuando preguntan lo mismo de mí. Entendámonos, mi señora doña Isabel: todo lo sufriré; pero que me diga gritando y contra el fraile, que así fueran todos, eso no es de sufrir. Cuerpo de Cristo; ¿es decir que los quisiera frailes? Pues esas tiene vuesa merced de descansar; muy conventual es, hija; en cebándose con los motilones se comerá las manos tras ellos. Bien sé yo que vuesa merced me ha de responder que riño y pongo leyes como si gastara y diera: eso que habia de agradecérmelo la gracia es. Acertó: sin blanca. Esto es hablar claro y de una vez. Yo tengo celos, y no dineros; todos juntos somos moneda. Y más parece la lista de cofrades que de galanes. Si vuesa merced los quiere á ellos que á mí, yo quiero más que á vuesa merced mi dinero; y

(1) Capítulo segundo: si dije yo soy yo, que con dos letras digo no. Váyase enhoramala; y pida limosna (MS.)
(11) vergantes en Madrid, todos los meses y cada dia y cada hora (C.)
(111) ¶ ¿Qué pensaba la pidona, que le habia de dar lo que pedia? (Id.)
(iv) El pecador seglar. (Id.)

XII (1). No pagaré yo en mi vida á vuesa merced el buen concepto que de mí ha tenido (2) sin ton ni son; porque, segun las niñerías que por su papel me pide, sin duda me ha juzgado por (3) Fúcar (a). Siete cosas leí que aun no las he oido nombrar en mi vida. Merecia vuesa merced, por la honra que me ha hecho presumiendo de mí tanto caudal, que yo se las enviara, y yo tener con qué comprarlas; pero será fuerza que nos contentemos con estos merecimientos.

XIII (4). En las cosas que vuesa merced, mi bien, me ha pedido, ya que no ha tenido razon, ha tenido donaire. Y cuando su papel no me ha hecho liberal, me ha hecho contemplativo, considerando, por las muchas cosas que me pide, cuántas son las que su Divina Majestad ha sido servido de criar para que vuesa merced las codiciase y los mercaderes las vendiesen, miéntras yo le doy las gracias por todo. Y créame vuesa merced que si la buena voluntad hubiera caido en gracia á los tenderos, que la (5) hubiera procurado pasar por moneda en esta ocasion. Dios sabe lo que lo siento; pero las niñerías son tantas, que aun para tomadas de memoria son muchas; mire vuesa merced qué harán para tomadas por dineros. Y diceme vuesa merced que la lleve estas niñerías y la vaya á ver, y yo no hallo camino para llevar ni sé por dónde van los que llevan. Fecha en el otro mundo, porque ya me juzgo con los muertos. No pongo á cuántos, por no contar dias á quien aguarda dineros.

XIV (6). Seis dias há que besé á vuesa merced las manos, aunque indigno, y en este tiempo he recibido tres visitas, un recaudo, dos respuestas, cinco billetes, dos toses de noche y un (7) manoteado en San Filipe. He gastado parte de mi salud en un catarro con que esto y y un dolor de (8) muelas, este tiempo, y ocho reales que en cuatro veces he dado á Marina. Y teniendo yo ajustada mi cuenta, á mi parecer el recibo con el gasto me viene á encontrar disfrazado en figura de caricia, con la maldita palabra: «Envíeme cien ducados para pagar la casa.» No quisiera ser nacido cuando tal cosa leí. ¡Cien ducados! No los tuvo (9) Atabalipa ni Motezuma. Y pedirlos todos de una vez sin más ni más es para (10) espiritar un buscon. Mire vuesa merced desapasionadamente qué culpa tengo yo del alquiler de la casa; que por mí no se me da nada que vuesa merced viva por los campos; que por no oir estas palabras deseo topar con una dama

salvaje y campesina que habite por los montes y desiertos. Vuesa merced ó niegue la deuda, ó la pida en otra parte; porque si no, estos cien ducados me harán que, de miedo de los alquileres, del poblado me pase á ser amante del yermo.

XV (11). No es posible sino que cuando vuesa merced me empezó á querer me contó el dinero; porque á la propia hora que se acabó la bolsa espiraron las finezas. No me ha querido un real más (12) mi alma. ¡Honrado terminillo ha tenido! Y ya que el diablo le ha dicho á vuesa merced que se acabó la mosca, (b) quiérame sobre prendas, hasta que me deje en carnes, y favorézcame unos dias sobre la capa, calzones y el jubon.

(13)

XVI (14). Ahora es, y aun no acabo de santiguarme de la nota del billetico desta mañana. Mujer que tal piensa y tal escribe, ¿qué aguarda para asir de un garabato, y andarse á hurtar almas del peso de san Miguel? Concertadme esas razones. Despues de haberme mondado el cuerpo, y roídome los huesos, chupádome la bolsa, (15) desaparecídome la honra, desainádome la hacienda,—«el tiempo es santo, esto se habia de acabar algun dia, la vecindad tiene qué decir, mi tia gruñe (16) de dia y de noche; no puedo sufrir la soberbia de mi hermana; por vida tuya que excuses el verme y pasar por esta calle, y que démos á Dios alguna parte de nuestra vida.» A buen tiempo se arremangó Celestina á (17) remedar la nota de fray Luis! (c) (18) Infernal hembra, diabla afeitada, miéntras que tuve que dar y me duró el granillo, el tiempo fué pecador, no hubo vecinas, tu maldita y descomulgada tia, que agora gruñe de dia y de noche, entónces de dia me comia y de noche me cenaba; y con aquellos dos colmillos que sirven de muletas á sus quijadas, pedia casi tanto como tú con más dientes que treinta mastines. ¿Qué diré de la bendita de tu hermana? Que en viéndome se volvia campana, y no se le oia otra cosa que dan, dan. Bellaconas, ¿qué ha sido esto? Yo echo de ver que para convertiros no hay otra cosa como sacaros un gastado. Todas os habeis vuelto á Dios en viéndome sin blanca. Cosa devotísima debe de ser un pobre, y vuestra calavera es bolsa vacía. En gracia me cae lo de que démos á Dios parte de nuestra vida; ¡y qué vida, para dar parte della sino á Lucifer! Y (aun con vergüenza, y hablando con perdon) quitas á los hombres lo que han menester, y das á Dios lo que no es para su Divina Majestad! La (19) tomona

si vuesa merced me quiere más á mí que á ellos, tambien la quiero más que á ellos. Solo hallo un remedio, que es quererme sin dinero y sin competidores: y si así lo hiciere, Dios la ayude, y si no, se le demande. (C.)

(1) XIII. (R. P.) — XV. (MS.)
(2) sin don y sin son (MS.)—sin ton ni sin son (B.)
(3) un Fúcar. (MS. R. P.)
(a) El nombre de los Fuggers (ó Fúcares, que decimos nosotros), familia originaria de Constanza, ha parado en proverbio para significar una persona opulenta y adinerada.
Un rico artesano que vivia en el siglo XIV fué cabeza de este linaje, que llegó á poseer grandes estados, títulos y dignidades, haciéndose dueño en España, desde los tiempos de Cárlos I á los de Felipe IV, de los azogues, de las minas de plata y de toda la hacienda pública, donde dieron como en real de enemigos.
(4) XIV. (R. P.)—XVI. (MS.)
(5) hubieran (B.)
(6) XV. (R. P.) — XVII. (MS.)
(7) monteado en San Felipe. (Los impresos todos. Solo el manuscrito tiene la verdadera leccion.)
(8) muelas, el tiempo, y ocho reales (R.)
(9) Atabaliba (R. P. B M.)—Atabalibla (MS.)
(10) espirar (M.)

(11) XVI. (R. P.) — XVIII. (MS.)
(12) mi señora. Honrado terminillo (R.)
(b) «Esta voz mosca la introdujieron los pícaros, y quiere decir dinero. Y él (QUEVEDO), como tan versado en aquella lengua y en la rufianesca, usa de ambas con particular elegancia.» (Tribunal de la justa venganza.)
(13) XIX. Buena estuvo el otro dia la visita de toda licion: ciegos, cojos, tuertos, jibados; cortejo de imágen de devocion, y vuesa merced muy presumida de perfeccion. Y juro á Dios y á esta † que nos tiene vuesa merced desta manera á todos, y que ha sido plaga destos cuitados. No es nada el negocio: la vista de los cuerpos es gallarda; pero si nos viese las bolsas, no hay á qué comparar su desventura. (MS. C.)
(14) XVII. (R. P.) — XX. (MS.)
(15) desaparecídome (B.)
(16) dia y noche (Id.)
(17) remediar la nota de frailes! (MS.)
(c) Las santas razones de fray Luis de Granada.
(18) Infernn hembra (MS. R. P.)
(19) tacaña se quiere hacer (R.)

se quiere hacer dadivosa de la otra vida! Sin duda te pusieron á deprender conciencia en casa de algun sastre. Digo que no pasaré por tu calle, ni ménos por estafa tan desvergonzada, sino que nos convirtamos á medias: yo me arrepentiré de lo que te he dado, para salvarme, y tú me lo restituirás, para que Dios te perdone; lo demás sea pleito pendiente para el purgatorio, si (1) acaso vas; porque si vas al infierno, yo desisto, que no me está bien ponerte demanda en casa de tu tia.

XVII (2). Estando pensando qué respondería á las cosas que vuesa merced me pide, se me vinieron á la memoria aquellas inefables palabras, que á los pobres se dicen con lástima y á las mujeres con razon: «No hay que dar.» Señora mia (3), yo bien entendí que habia órdenes mendicantes, pero no niñas mendicantes sin órden. (4) Para mí una mujer pedigüeña es lo propio que un tejedor. Quien me quisiere hacer casto, pídame algo. Y si el diablo es tan interesado como la carne, no dude vuesa merced que me procuraré salvar de puro miserable. ¿Es posible que no se persuadirán á creer que, si no es dando y no pidiendo, no pueden ser bienquistas? Miren qué cara les hace un pobre hombre cuando oye : «Dame, tráeme, cómprame, envia, muestra.» Deje vuesa merced palabras mayores, y que en el duelo de la bolsa afrentan hasta el ánima. Estése quedo el pedir, y anden los billetes por alto; que yo ofrezco escribir más que el Tostado. Nuestro Señor la guarde á vuesa merced, aunque temo, que es tan enemiga de guardosos, que aun Dios no querrá que la guarde.

XVIII (5). Bueno me hallo yo, que habia escrito á mi tierra á un amigo cómo me habia encontrado mi ventura en Madrid con una muchacha tan hermosa y tan linda, que no habia más que pedir; y ahora he descubierto en su condicion (6) que cada dia hay que pedir mucho más! Yo, señora, me hallo tan bien con mi dinero, que no sé por dónde ni cómo echarle de mí; y me aplico más á tomar que á repartir. Advierta vuesa merced que lleva camino de sacarme de pecado, porque estoy resuelto ántes de salvarme de balde, que condenarme á puro dinero. Y bien mirado, todo el infierno no vale nada; y vuesa merced (7) lo encarece, como si faltaran demonios á quien los quisiere. Vuesa merced vuelva los dientes y las uñas á otra parte, porque yo tengo la castidad por logro, y soy pecador de lance. Y lo mio fuera suyo, si no tuviera una lujuria que se precia de (8) miserable. Doyme por respondido, y á más ver y ménos pedir.

XIX (9). Diceme vuesa merced que no me ensanche porque me pide, y se obliga y me trata como de casa. ¿Eso se teme vuesa merced, reina mia? ¿No aguardará á ver lo que hago? ¿Ensancharme tenia, mi bien? Ahora lo verá, que me he fruncido y reunido de manera, que puedo voltear en un cañuto de alfileres de puro angosto. Diceme vuesa merced que se obliga con pedirme; pero

yo hallo que es obligarse á tomar solamente. ¿Eso es tratarme como de casa ó como para su casa? No, hija: yo soy de los de la calle, y he conocido que si sus ojos de vuesa merced son el matadero de las ánimas, son el rastro de las bolsas. Todo se acaba, y el dinero más presto, si no se mira por él. Vuesa merced haga cuenta que no me ha pedido nada; que yo hago (10) la misma : porque no hallo otro camino de guardar los mandamientos y hacerlos guardar, sino guardando mi dinero de (11) vuesa merced. La bolsa sea sorda desde hoy en adelante.

XX (12). Peligroso debo de estar de honra y caudal, pues siendo la extremauncion de las pediduras (13) el casamiento, á falta de otra cosa me pide vuesa merced palabra de matrimonio. Dígame, reina, ¿qué paciencia ó sufrimiento me ha columbrado, que me codicia para marido? Yo tengo cara de soltero y condicion de viudo; que no me duran una semana dos pares de mujeres; y es imposible que no sea (14) género de venganza el quererse vuesa merced casar conmigo, conociéndose y conociéndome. Yo no quiero tomar mi matrimonio con mis manos, ni estoy cansado de mí ni enfadado con mis vicios; no quiero dar picon al diablo con vuesa merced (15). (16) Maride por otra parte; que yo he determinado morir ermitaño de mi rincon, donde son más apacibles telarañas que suegras. Y porque no me suceda (17) lo que á los que se casan, no quiero tener quien me suceda, y perseveraré en este humor hasta que haya órdenes de redimir casados como cautivos. Si vuesa merced me quiere para miéntras marida, ó como para marido, ó para entre marido, aquí me tiene corriente y moliente.

XXI (18). Docientos reales me envia vuesa merced á pedir sobre prendas para una necesidad; y aunque me los pidiera para dos, fuera lo mismo. Bien mio y mi señora, mi dinero se halla mejor debajo de llave que sobre prendas; que es humilde, y no es nada altanero ni amigo de andar sobre nada; que, como es de materia grave y no leve, su natural inclinacion es bajar y no subir. Vuesa merced (19) me crea, que yo no soy hombre de prendas, (a) y que estoy arrepentido de lo que he dado (20) en vuesa merced. ¡Mire qué aliño para animarme á dar sobre sus arracadas! Si vuesa merced da en pedir, yo daré en no dar; y con tanto darémos todos. (21) Guarde Dios á vuesa merced, y á mí de vuesa merced.

XXII (22). Diceme vuesa merced que está preñada, y

(1) si cuando desta vida vayas, se te hiciere camino por allí; porque si vas al infierno (MS. R. P.)

(2) XVIII. (R. P.) — XXI. (MS.)

(3) y mi bien, yo entendia que habia órdenes (MS.)

(4) Quien me quisiere hacer casto (R. P.)

(5) XIX. (R. P.) — XXII. (MS.)

(6) de vuesa merced (Id.)

(7) me lo encarece (P.) — me le encarece (R.)

(8) inefable. (Id.)

(9) XX. (R. P.) — XXIII. (MS.)

(10) lo mismo : (MS. R.)

(11) vuestra merced hasta la bolsa, y á mí desde allá en adelante. (MS.) — vuestra merced la bolsa, y no desde ella en adelante. (R.) — vuestra merced hasta la bolsa, y merced desde allá en adelante. (P.)

(12) XXI (R. P.) — XXIV (El MS.)

(13) el pedir casamiento. (R.)

(14) ajeno de venganza (La ed. edicion Sancha.)

(15) ni tener celosos mis pecados. Vuesa merced maride por otra parte; que por no ver un libro, que leido cansa y contado engaña, muy lleno de hojas y muy abultado de ringlones, que en el menlir son segunda parte del casamentero, — he determinado de morir ermitaño (MS.)

(16) Maridee (P.) — Marido (R.)

(17) lo que sucede (Id.)

(18) XXII. (R. P.) — XXV. (MS.)

(19) crea (R.)

(a) Hombre de piedra, leen los autores del Tribunal de la justa venganza en este punto.

(20) sobre vuesa merced (MS. R. P.)

(21) Y guarde Dios á vuesa merced. Madrid y la posada. (MS.)

(22) XXIII. (R. P.) — XXVI. (Id.)

lo creo, porque el ejercicio que vuesa merced tiene no es para ménos. Quisiera ser comadre para ofrecerme al parto; que compadres sobrarán en el bautismo mil. Dame vuesa merced á entender que tiene prendas mias en la barriga, y podria ser, si no ha digerido los dulces que me ha merendado; que el hijo yo se lo dejo todo entero á quien lo quisiere, no pudiendo ser todo entero de nadie. Señora mia, si yo quisiera ser padre, en mi mano ha estado hacerme fraile ó ermitaño; no soy yo ambicioso de crias. Y desengáñese vuesa merced, que yo no he de tragar este hijo, porque no como (1) hijos como

(1) niños, ni lo permita Dios (MS.)

Saturno, ni lo permita Dios; y ántes muera de hambre que tal trague. Lo que importa es (2) empreñarse á diestro y á siniestro, parir á troche y moche, y echarlo á Dios y á ventura. Vuesa merced dé con el muchacho en la (3) Piedad; que allí se le criará un capellan, que en los niños de la dotrina sirve de chirriar á las calaveras. Y alumbre Dios á vuesa merced con bien. Y si se le antojare algo, sea lo primero no acordarse de mí. (4)

(2) empeñarse (B.)
(3) Piedra, que alli (MS. R.)
(4) Fin del Caballero de la Tenaza y de sus epístolas. (P.)

CAPITULACIONES DE LA VIDA DE LA CORTE,

Y OFICIOS ENTRETENIDOS EN ELLA (a).

DEDICATORIA Á CUALQUIERA TITULO.

La mucha experiencia que tengo (1) de la corte, aunque en el discurso de juveniles años, me alienta á dar á entender lo que en ella he conocido. Hame importado buscar, como más obligado, (2) el modo de asegurar este tratadillo de (3) tanto murmurador como se usa; y me ha parecido darle tal defensor, que á su amparo pueda este mísero barquillo navegar el proceloso mar, y salir salvo á la orilla. Por tanto, fuera de la obligacion y aficion que tengo (4) á vuesa señoría (aunque no le conozco, ni sé quién es), y advirtiendo su valor,

claro ingenio, buen nombre, virtud y letras, en las cuales desde la tierna edad ha resplandecido,—fuera yo digno de reprension y (5) de ser argüido de ingrato si reconociera á otro fuera de vuesa señoría por Mecénas y defensor de mi curiosidad, que no la (6) quiero llamar obra. La cual, recibiéndola por propia, (7) defendiéndola y amparándola, suplirá los defetos que de mi parte tiene; los censuradores (8) quedarán temerosos para no morderme, los de buena intencion alumbrados, y yo con el fin que pretendo, que es servir (9) á vuesa señoría, y á todos. Guarde Dios á vuesa señoría cuanto desea.

(a) Escritas, confiesa QUEVEDO, en el discurso de juveniles años: al alborear del siglo XVII.
Ni la novedad del asunto ni la belleza y elegancia del estilo, sino el acierto con que se retratan hombres y vicios, recomiendan este rasgo. Es indisputablemente de la pluma del autor de los Sueños; y de ello el Tribunal de la justa venganza da testimonio, en cuyo libro (página 22) se ve citado con el título de Capitulaciones de la vida de la corte.
Por más de dos siglos permanecieron inéditas; y aun cuando en este medio tiempo han desaparecido los más autorizados y correctos ejemplares, desgracia fué de la edicion ilustrada de don Vicente Castelló (1845) elegir, al darlas por vez primera al público, un ejemplar arbitraria y acaso modernamente refundido por quien hubo de ver con sentimiento cuán estragadas eran las copias que han llegado á nosotros (1).
Ninguna en verdad me satisface. Diré las que he tenido presentes y los signos con que las distingo.
T.—Un manuscrito de la última década del siglo XVII que posee la Biblioteca Nacional, T. 153, folio 82. Lo estimo entre todos por el más completo, y en el giro y estilo de la frase el ménos extraño á lo que imagino seria el original; y así le sigo.
Con este conforma grandemente, mejorándole alguna vez, otro del excelentísimo señor don Antonio Lopez de Córdoba, que no pasa del reinado de Felipe V.
Cc.—Una muy antigua pero estragada copia, letra y papel de la segunda década del siglo XVII. Al márgen, en caractéres de la misma época, se lee : 3 de septiembre, 1611; fecha que parece no debe atribuirse al tiempo en que se compuso el tratadillo. Lleva

(1) Suelto, claro y fácil (como adobado á la moderna) corre el texto del señor Castelló; pero una palabra nueva, un anacronismo de vez en cuando le desautorizan completamente. En la dedicatoria del opúsculo, v. gr., dice el autor que escribia en el discurso de juveniles años, y casi á renglon seguido anuncia la Perinola y cierra contra Montalvan: sucesos tan ajenos á las bizarrías de la juventud como que se refieren al año de 1634, cuando entraba ya QUEVEDO en los cincuenta y cinco de su edad.

por único epígrafe Capitulaciones de la vida de la corte, el mismo que le señalan los autores del Tribunal de la justa venganza. Existe en la Biblioteca Nacional, Cc, 82, y sirvió de turquesa para todas las demas que se anotan á continuacion.
H.—Otra, de la misma oficina, H, 43, hecha á principios del siglo anterior.
M.—Otra, en la coleccion de don Juan Isidro Fajardo (1724), perteneciente al repetido establecimiento, M, 277.
D.—Y otra, que me ha facilitado el señor Duran, hecha por el bibliotecario don Tomas Antonio Sanchez.
En ningun ejemplar están atinadamente colocados los asuntos, y en esto difieren casi todos entre sí. Ofreciendo el autor tratar primero de las figuras y luego de las flores, se ven mezcladas flores y figuras. Un detenido estudio de la materia, y una apreciacion imparcial de los manuscritos, me han decidido á alterar la colocacion de muchos capítulos, para el mejor órden y claridad del discurso.
(1) de las cosas de la corte (Cc. H. M. D.)
(2) para asegurar el tratadillo de los murmuradores, un defensor, amparado del cual se anime un pequeño barquillo, para que de lo profundo del mar salga á salvamento. Por tanto (M.)
(3) los murmuradores, un defensor al amparo del cual se arrime, aun pequeño barquillo, en lo profundo del mar salga á salvamento. Por tanto (Cc. H. D.)
(4) á vuesa merced, conociendo su valor (Cc.)—vuesa señoría, conociendo su valor (H. M. D.)
(5) ser argüido de desagradecido, y si reconociera (Cc. H. M. D.)
(6) llamo obra. (Id.)
(7) defendiendo y amparando (Cc. H. D.)
(8) cesarán y los de buena intencion (Id.) — ... intencion quedarán alumbrados (M.)
(9) á vuesa merced, á quien suplico reciba este pequeño copioso de voluntad, y guarde nuestro Señor. (Cc.) — ... pequeño don copioso de voluntad, y guarde nuestro Señor felices años (H. M.) — ... voluntad. Guarde nuestro Señor á vuesa merced. De mi celda (D.)

PRÓLOGO.

Algunos autores buscan otros mejores ingenios que los suyos, á los cuales compran prólogos para en ellos dar muestras de su habilidad, y que los que compran sus obras les atribuyan lo que en ellas no hay (1); y con esta suficiencia y buen estilo engañan á los ignorantes y á veces á los que no lo son, llevados del cebo de aquel primer proemio, con que unos y otros sueltan su dinero, que es el fin principal de muchos que hoy escriben á bulto y manchan el papel á tiento. Yo, pues, no pretendo ganar nombre de autor, ni ménos enriquecerme con mis borrones: quien quisiere experimentar lo que contiene mi tratado léale, y juzgue lo que le pareciere; que yo confío no lo ha de reprobar por fabuloso. Solo ruego al benévolo lector (2) que repare es esto lo que pasa y sucede en la corte, y que solo vendo el trabajo que confío ha de tener algun merecimiento cerca de los hombres curiosos.

CARTA.

Amigo: Mucho me pesa (3) de que vuestra prudencia me tenga tanta inclinacion, no pudiéndola desempeñar con serviros; mas ya que vivis en la corte, porque en ningun tiempo podais formar de mí queja que no os doy aviso de la corrupcion de su trato, me ha parecido escribiros lo que dél he alcanzado (4). Por lo ménos por judicial empiezo, que son las figuras, y acabo con lo más pernicioso, que es la gente de flor.

Tengo por cierto que pocos se reservan de figuras, unos por naturaleza, y otros por arte. Los naturales son los enanos, agigantados, contrahechos, calvos, corcovados, zambos, y otros que tienen defetos corporales, á los cuales fuera inhumanidad y mal uso de razon censurar ni vituperar, (5) pues no adquirieron ni compraron su deformidad; exceptuando á los que de sus defetos hacen oficio, como en la corte se usa; pues el manco, (6) pudiendo aprender el de tejedor, y el cojo el de sastre, etcétera, compran muletas, estudian la lamentona y plañidera y otras acciones de pordioseros; (7) andándose de iglesia en iglesia, de casa en (8) casa, ya moviendo los ánimos con la lastimona, ya con la importuna. Tienen mucho de flor, pues con la licencia de pobres (9) suelen en las iglesias limpiar el lienzo ó la caja al que con más diversion oye la misa; y

entrándose en las casas tambien acostumbran, á falta de gente, desaparecer lo que hallan más á mano. Viven ordinariamente en los arrabales y partes más ocultas de la corte, donde se recogen de noche; el que tiene llaga la refresca y afeita para el dia siguiente; fianse los (10) conocidos unos de otros, y se ensayan como (11) los comediantes; y los novatones obedecen á los maestros, á quienes acuden con algun estipendio. Guardan antigüedad y decoro; aunque (12) por la mayor parte reina la envidia en esta gente: de quien no os quiero decir más por extenso (13) sus particularidades ó malicias, dejando á los ciegos, á quien todo se debe sufrir, pues carecen de un sentido tan importante. Y porque he dicho sumariamente de (14) las figuras naturales, dirémos de las artificiales, contra quien mi intento va dirigido (a).

I. *Figuras artificiales.*—Hay figuras artificiales que usan bálsamo y olor para los bigotes (15), jaboncillo para las manos, y pastilla de cera de oidos. Su conversacion hablar de damas, caballos, caza, (16) y alguna vez de poesía, á que se inclinan los enamorados, y no les satisface ménos talento que el de Lope de Vega ó don Luis de Góngora, por lo que han (17) oido alabarlos. A lo superior llaman bonito, á lo bueno razonable, y á lo mediano pésimo; nada les contenta: la causa (18) no la dan, porque no la saben. En todas las cosas hablan, y de ninguna entienden; andan juntos de tres arriba; usan de (19) valentía con el yesero que les ensució el ferreruelo, y con el chirrionero porque güele mal, con el aguador porque no hizo lugar; tratan ásperamente los miserables; y (20) solos traen la espada á la jineta, la daga á la brida con liston, de que usan tambien á falta de cadena, y es la accion más señoril de todas. Enamoran en la comedia, donde toman entre seis un (21) banco á escote, civil cosa para príncipes; en la iglesia donde hay concurso y fiesta (que no es gente que reser-

---

(1) y leidos consideren su suficiencia, buen estilo; con que engañan á los ignorantes que los leen, para comprar la obra. No pretendo ganar nombre de autor: quien quisiere experimentar (*Cc.*, y con alguna insignificante variacion, H. M. y D.)

(2) considere que es lo que hoy pasa y sucede (*Id.*)

(3) que la inclinacion y prudencia de que en todas ocasiones usais, y para que en ningun tiempo podais formar de mi queja que no os doy aviso (*Cc. H. D.*) — ... ocasiones usais, no la apliqueis al conocimiento del presente siglo; y para que en ningun tiempo, etc. (*M.*)

(4) por lo ménos perjudicial, que son las figuras, y acabando (*Cc. H. D.*) — empezando por lo ménos perjudicial, que son las figuras, y acabando (*M.*)

(5) pues no lo adquirieron ni compraron ecepto á los que de tal efeto hacen oficio como en la corte se ve, pues el manco (*Cc.*, y con poca alteracion H. M. y D.*)

(6) en vez de aprenderle á pié, como el sastre, tejedor y otros, compra una muleta, estudia (*Id.*)

(7) ándanse de iglesia, (*Id.*)

(8) casa. Y moviendo con la lastimosa ya con la importuna, tienen (*T.*)

(9) son cicaleros en las iglesias, y se entran por las casas,

donde á falta de gente se hacen guardaropas. Viven ordinariamente (*Cc. H. D.*,) — además de pobres son cicateros en las iglesias y se entran por las casas, donde á falta de gente guardan ropa. Viven ordinariamente (*M.*)

(10) muy conocidos (*Cc.*)

(11) comediantes y maestros de ceremonias. Para los novatones, á quien obedecen y acuden con algun estipendio, guardan (*Cc. H.*) — comediantes, y hay maestros para los novales, á quien obedecen, etc. (*M.*) — comediantes y maestros de ceremonias; se ostentan con los novatones quienes les obedecen y acuden, etc. (*D.*)

(12) reina la envidia (*Cc. H. M. D.*)

(13) ó sus particularidades y malicias, (*Id.*)

(14) los figuras (*Id.*)

(a) En todos los manuscritos siguen inmediatamente las *Capitulaciones matrimoniales* que inserto más adelante. En el muy antiguo de la Biblioteca Nacional, Cc, 82, entran tambien en este mismo sitio, pero sin epígrafe alguno.

(15) copete, guedejas y aladares, de que usan mucho; jaboncillo de manos, paletilla de cera de oidos. Su conversacion damas, caballos, (*Cc. H.*) — ... pelotilla de cera de oidos. Su conversacion es damas, caballos, (*M.*)

(16) vestir plático y airoso, degenerando de la plebe, y tal vez de poesía, á que se inclinan los enamorones, á quien no satisface (*Cc. H. D.*) — Visten y platican degenerando de la plebe, y tal vez se tientan de poesía, etc. (*M.*)

(17) oido decir. Lo superior llaman bonito, lo bueno razonablejo, lo razonable pésimo; (*Cc.*) — oido. Lo superior lo llaman bonito, lo bueno razonable, y lo malo pésimo. (*M.*)

(18) por qué, no la dan, por ser inferioridad. En todas las cosas hablan, y ninguna entienden; (*Cc. H.*)

(19) la valentía con el yesero que les ensucia (*H. M.*)

(20) todos traen (*M.*)

(21) balcon (*Id.*)

va (1) lugares sagrados, para dejar de tratar de la insolencia, que llaman bizarría), son gesteros (2) y afectados; no les mira mujer que no piensen se ha enamorado de sus gracias y buen talle. Rondan enjertos en señores, á quien quitan pelillos y dicen: «no crió Dios tan bizarro y valiente príncipe, ni de tan superiores gracias como (3) vuesa señoria.» Y con estas insolencias y lisonjas y sur alcagüetes adquieren estos tomajones el vestido, la gala (4) y el caballo prestado para bizarrear una tarde. Son grandes estadistas de la vida, cobardes en extremo; tienen rufianes que riñan sus pendencias y los saquen de afrentas; rinden vasallaje de miedo á los desalmados y zainos, sus fiscales; tratan (5) como matusalenas á sus amigas; son amigos de comer anis; juran á fe de hidalgo, á fe de quien soy, como quien soy; si acaso los quieren llevar á la cárcel, donde los tratan como merecen, dicen al alguacil: «Déjeme (6) voacé y váyase con Dios; que yo hago pleito homenaje á fe de caballero de (7) ir á casa del señor alcalde y acomodar esta causecilla; que tal vez será por (8) haber sotraido alguna pieza de plata de casa del señor donde entro (9).» Y lo pretenden disimular con que fué por descuido. Que todos estos daños y otros mayores trae (10) consigo querer sustentar mucha gala sin hacienda, y tener dama de asiento sin renta. Mucho más tenia que decir deste género de figuras; pero quiérolo diferir para otra ocasion.

II. (a) *Figuras lindas.*—Hay otras figuras lindas de menor cuantía, como son pajes (11) que usan de dones, mayormente si sirven á grandes. Conténtanse con (12) andar espetados y fingir valimientos de sus amos; traen grandes lienzos, ligas de rosetas, sombrero (13) muy bruñido, un liston atravesado, un palillo en la oreja; de dia enamoran, de noche se espulgan; comen poco, porque la racion se convierte en sustentar (14) golillas, medias y cintas, pero no el estómago, el cual se pasa los más de los dias en solo repasar un plato de la mesa de su amo; usan (15) camisas solo por el buen parecer.

(1) partes sagradas (*Cc. H. M.*)
(2) afectados (*T.*)
(3) vuesa excelencia. Con estas lisonjas (*Cc.*) — vuesa excelencia. Y con estas insolenceias y lisonjas (*H. M.*)
(4) el caballo prestado. Son grandes estadistas (*Cc. H. M.*)
(5) con matusalenas, á quien estafan; son amigos de olor, comen anis (*Cc. H. D.*)
(6) voacé (*Cc.*)
(7) ver al señor Alcaide (*Cc. H. M. D.*)
(8) haberse traido una pieza de plata (*Id.*)
(9) por descuido» : que todos estos daños (*Id.*)
(10) querer sustentar muchas galas sin hacienda, y ser hombrea sin renta. Mucho más tenia que decir (*Id.*)
(a) Siguen en los manuseritos *Cc. H. T.* los capítulos respectivos, á *rufianes de embeleco*, y á *estafadores*, que por el asunto coloco entre las *Flores.* Allí su verdadero lugar, y allí los vió en una copia antigua don Tomás Antonio Sanchez, como resulta de nota que tengo á la vista.
(11) segun á las pajadas en sus acciones. También usan de los dones (*Cc.*) — segun los pasados en sua acciones, etc. (*H. M.*) — signen á los pasados en sus acciones. Usan de los dones (*D.*)
(12) traer un azulado cuello abierto, repásame cada dia seis veces, puños grandes, ligas de roseta (*Cc. H. M. D.*)
(13) frances, un listoncillo atravesado, un palillo en la oreja, son tiernos de corazon, de dia enamoran (*Id.*)
(14) la golilla, y no el estómago, el cual se pasa los más dias con solo repasar (*Cc. H. D.*) — el cuello, y no el estómago (*M.*)
(15) pocas camisas por mortificacion. Es anejo (*Cc.*) — pocas camisas, y no por mortificacion. Es anejo (*D.*) — pues camisas por satisfaccion. Es anejo (*H. M.*)

Es anejo á esta gente las fregonas (16) y demas resaca de lacayos, entrando ellos en segundo lugar.

III. *Valientes de mentira.* — Otras figuras faltan no ménos ridículas, que son los accionistas de valentía. Estos por la mayor parte son gente plebeya, tratan más de parecer bravos que lindos, visten á lo rufianesco, media sobre media, sombrero de mucha falda y vuelta, (17) faldillas largas, coleto de ante, estoque largo y daga buida; comen en bodegon de vaca y menudo, bastimento (18) puerco, pero que engorda; beben á fuer de valientes, y dicen: «Quien bien bebe, bien riñe.» Sus acciones son á lo temerario; dejar caer la capa, calar el sombrero, alzar la falda, ponerse (19) embozados y abiertos de piernas, y mirar á lo zaino. Su plática es cuestiones de si le dió bien (20) ó mal ó de antubion, si es valiente ó si es gallina, si quedó agravinado ó no con lo que hizo; no hablan palabra que no sea con juramento, y entre ellos no hay más quilates de valentía que (21) los que tienen de blasfemos. Préciause mucho de rufianes; y andan de seis arriba (22); llaman á consejo á todos en ofreciéndose ocasion de pesadumbre (23) á uno; y dan entre diez una (24) cuchillada á un manco : desean tanto opinarse de bravos, que confiesan lo que no hicieron, (25) aunque sea en perjuicio suyo. Es gente movible porque andan de lugar en lugar con su ajuar en la faltriquera; (26); dicen voacé, so compadre, so camarada, (27) y llaman media janega á la media azumbre; y son grandes estudiantes de toda jerigonza. No quiero decir más destas figuras voraces, temiendo no se me pegue algo, ó que si los aprieto mucho, no falte quien diga: «¿Quién es tu enemigo? El de tu oficio.» Pero ya se sabe que, con ser mi barriga la misma esterilidad, no traigo peto.

FLORES DE CORTE (b).

IV. Hame parecido comenzar estas flores (28) de corte ó ardides de (29) mal vivir por el juego, como capi-

(16) resultas de lacayos, que son en primer lugar. (*Y termina aquí el manuscrito Cc. 82 de la Biblioteca Nacional. D.*) — resacas de lacayoa que son en primer lugar. (*H. M.*)
(17) ligas con puntas escarramanadas, valona francesa, todo el hierro á un lado; comen en un bodegon (*H. M. D.*)
(18) de provecho; beber á fuer de valientes (*H. M.*) — mantenimientos de provecho; beben á fuer de valientes (*D.*)
(19) embarados y abiertos de piernas, y miran zainos (*H. M.*)
(20) ó de antuvion, de si es valiente ó no es valiente (*H. M. D.*)
(21) la que lleven (*H. M.*)
(22) estos valientes de mentira. Llaman á consejo en ofreciéndose (*H. M. D.*)
(23) dan entre diez (*Id.*)
(24) una herida á un manco (*Id.*)
(25) en perjuicio de su vida y honra. Esta es gente movible, anda de lugar (*Id.*)
(26) hablan á lo sevillano : dicen vuecé (*Id.*)
(27) media hanega á la media azumbre : son grandes estudiantes de la jerigonza, (*H.*) — media janega, el jombre, jerida. Son grandes estudiantes de la jerigonza (*D.*)
(b) Ofreciéndose en la carta preliminar del presente tratado, se echan de ménos en el antiguo manuscrito de la Biblioteca Nacional, *Cc. 82*, las *Flores de corte.* No pueden considerarse como obra aparte de las *Capitulaciones de la vida de la corte*, sino como miembro suyo. La circunstancia de señalar aquel título uno de los discursos que perdió QUEVEDO en la época de sus últimas persecuciones (segun el índice que al escribir su vida nos dió á conocer Tarsis) es insuficiente para destruir una opinion que justifica el mismo contexto de la obra.
Este capítulo se retula en el manuscrito *M. 277* de la Biblioteca Nacional *Figuras de corte.*
(28) ó ardides de vivir ilícitamente por el juego (*M.*)
(29) vivir ilícitamente, por el juego (*H. D.*)

tau y caudillo de todos los vicios; en el cual (1) se atropella toda hacienda y toda honra sin distinguir de buenos ó malos sugetos, pues ninguno usa más de sus (2) potencias que lo que da de sí el lugar, la buena ó mala fortuna del naipe, ni se difiere más la perniciosa (3) traza que lo que dura el tener dinero ó forma de sacarle. Y porque en este diabólico gremio ó compañía se representan diferentes papeles, diré primero el de los que tienen por oficio ser gariteros, en (4) los cuales está recopilado todo género de cautela y tiranía; no tocando á los que por entretenimiento decente admiten juego en sus casas, ni á los que juegan únicamente por pasatiempo lícito.

V. *Gariteros.* — Estos gariteros son ordinariamente hombres de mucha experiencia en el juego, mediante lo cual se retiran á ver (5) cómo se pierden otros. Su modo de entablar la conversacion es mostrarse agradables con los tahures y darles con la lisonja (6); representan casa libre de justicia, (7) porque los favorece cierto gran señor, de quien están apadrinados; ostentan aposento con brasero bien proveido en invierno y su agua fresca en verano; dan á entender (8) cuán enemigos son de intereses, que solo desean la concurrencia y el juego por (9) divertir cierta melancolia que padecen, para cuyo remedio les aconsejan los médicos no estén (10) solos. Esto dicen á los buenos y sinceros, pero á los ciertos y fulleros, con quien tienen particular correspondencia, les avisan para que prevengan sus garrotes ó pongan en razon la flor que usan, y (11) les entregan las barajas para que las empapelen y disfracen de manera que parezca vienen de la tienda. Entablan la conversacion: los primeros días tratan únicamente de obligar á los jugadores con cortesías y lisonjas (12), dejando á su arbitrio lo que les han de dar por las barajas; dan naipes limpios, barren y riegan la sala, convidan con el traguillo de buen vino, con el bocadillo de conserva (13); piden silencio y quietud, que ninguno jure por la amor de Dios, porque en haciéndolo cerrarán su puerta; prestan dineros sobre prendas, las cuales vuelven con (14) su logro y usura. Y cuando se ven superiores á los tahures, por tener captivos sus vestidos y alhajas y (15) que ven que su casa tiene ya nombre y está acreditada, entónces usan de toda tiranía, sacan cada

mano su porcion, no dan jarro de agua que no cueste un ojo, significan la costa de los naipes y velas y la ocupacion de su casa, persona y criada, y sobresalto de la justicia, (16) porque ya aquel gran señor que los amparaba está enfadado con ellos, y ha levantado la mano de su proteccion; la inquietud, la descomodidad del comer, que tal vez es en el desvan por hacerles (17) gusto y dejarles desembarazado el cuarto. Con todas consideraciones los aburren y apremian á que sus pobres alhajas se las rematen; comprando siempre en veinte lo que vale ciento, con que los dejan aniquilados. Tienen tambien su parte cuando se desuella algun bueno, y ú este dicen: «Vuesa merced se consuele con que perdió su dinero con el mejor tahur del mundo (18), porque no hay otro que juegue con la limpieza y llaneza que él. Procure vuesa merced buscar dineros, que yo le encerraré en un aposento á solas, y (19) vuelva á probar la mano, que si tiene vuesa merced tantita fortuna, le podrá quitar muchos doblones; porque es hombre de (20) gran crédito y caudal, y yo le he visto perder grandes cantidades.» Con estas y otras flores en pocos días adquieren estos tiranos todo el dinero de la conversacion y se quedan con muchas (21) y muy buenas prendas; y cuando ya ven los míseros tahures afligidos y exhaustos de dinero, prendas y crédito, entónces cierran las puertas y dicen: « No quiero más pesadumbres y ocasiones de blasfemias ni juramentos en mi casa». Echan esta gente (22) ya perdida, y solicitan otra nueva, á la cual encierran y significan son amigos de hombres honrados y cuerdos, y no (23) de rufianes de embeleco, alborotadores y valientes. Tratan con estos de parecer bravos y mal sufridos porque se les tenga respeto y no haya peleonas; son (24) contadores de cuentos, y fraguadores de novedades, para divertir los concurrentes miéntras se arma el garito. Y por último, pelan á estos como á los otros, y así van repasando á todos los más que pueden.

VI. *Ciertos.* — Como he dicho arriba, los gariteros son los encubridores y sabidores de la flor de los ciertos, y tienen parte en lo que se gana; y así, no conderándose unos con otros, es dificultoso conservarse. Hay en cada cuadrilla tres interlocutores: el primero es el *cierto,* el cual anda siempre prevenido con naipes hechos unos por la barriguilla, otros por la ballestilla, otros por (25) morros, y otros por todas partes, (26) para que si el bueno no come de uno y se escalda, se le dé con el otro: de calidad que siempre se le haga la forzosa y se le quite el dinero. El segundo (27) es el *rufian*

(1) no hay alma, honra, ni hacienda que no se atropelle, sin distincion de buenos ó malos sugetos (*H. M. D.*)
(2) sentidos y potencias que lo que da lugar la buena (*Id.*)
(3) farsa que lo que dura (*H. T. M.*)
(4) que todo genero de cautela y tiranía está recopilado; no tocando á los que con serio juegan, ni á los que por entretenimiento admiten conversacion en su casa, examinando la gente que en ella entra; pues á los unos mueve la tentacion de jugar ó ver jugar, y á los otros quererse divertir.
Gariteros (*H. M. D.*)
(5) perderse otros. (*Id.*)
(6) y conversacion (*D.*)
(7) aposento con brasero en invierno, agua (*H. M. D.*)
(8) á los buenos (*Id.*)
(9) divertirse de una melancolía ó tristeza, para cuyo remedio (*Idem.*)
(10) solos; y á los fulleros ó ciertos, con quien tienen (*Id.*)
(11) le entreguen (*T. H. M. D.*)
(12) á que saquen, dejándolo á su albedrío : dan naipes limpios (*H. D.*)
(13) á los desmayones; (*Id.*)
(14) bilete ó logro. (*H. M.*) — ribetes ó logros (*D.*)
(15) su casa está acreditada, usan de la tiranía, sacan cada mano, no dan jarro (*H. M. D.*)

(16) la inquietud, la descomodidad del comer, etc. (*H. M. D.*)
(17) gusto. Tienen parte de juez cuando se desuella algun bueno, al cual dicen : «vuesa merced se puede consolar (*Id.*)
(18) y que con mayor llaneza juega. Procure (*Id.*)
(19) si tiene fortuna (*Id.*)
(20) mucho crédito y hacienda : yo le he visto perder gran suma. » Con estas flores y otras (*Id.*)
(21) prendas; y cuando ven los míseros tahures sus esclavos afligidos y sin crédito, cierran la puerta y dicen : (*Id.*)
(22) y procuran otra nueva (*Id.*)
(23) alborotadores ni valientes; tratan de parecer bravos (*Id.*)
(24) grandes contadores de cuentos, y dan con la estretenida miéntras se arma el garito.
Ciertos. (*Id.*)
(25) morro (*M.*) — medio (*D.*)
(26) que por si el bueno no come de uno y se escalda, dalle con otro. El segundo (*H.*) — ... darle con el otro. El segundo (*M. D.*)
(27) interlocutor es el *rufian,* valiente de esta cuadrilla : está

por cuya cuenta corre, que así como se acaba el juego se agarre de las barajas y las tome, para que no vayan á manos ajenas y se conozca la flor; y así está obligado, si acaso alguno la pretende, defenderla con braveza y en esta forma lo ejecutan. El tercero (1) es el *doble* (llamado por otro nombre enganchador); este tiene á su cargo buscar, solicitar y traer buenos con ardid y engaño para que los desuelle. Y es de entender que estos traidores no reservan á sus padres; topan con el amigo que les ha dado de comer y beber, y hecho buenas obras, y se le llevan al matadero. (2) Es ley inviolablemente guardada entre ellos, que cierto, rufian y doble nunca han de andar juntos, que han de entrar separados en el garito, y que en él se han de tratar como que no se conocen ni son tales camaradas. En acabando de jugar, coge el dinero el cierto, y lo primero, repara si en el auditorio hay algun entruchon (así llaman á los que son como ellos); llégase á él y le dice : «Tome vuesa merced esos ocho ú diez reales que le debo, perdone, y quédese con Dios;» y se va luego. El rufian se queda y dice : «Por Cristo, que es hombre de modo, buen tahur, y juega con garbo; pero es un miserable, que no ha dado nada de barato á unos hombres que ve aquí con barbas.» Y con esto se va haciendo del enfadado. El doble, mostrándose melancólico, dice : «Por vida de tal, que haya yo traido á mi camarada para que pierda su dinero! (Y volviéndose al tal procura consolarle.) Pero, amigo, paciencia, que si hoy se ha perdido, mañana se ganará.» Y se despide fingiendo un negocio, y escapa á cierto figon, donde se juntan todos tres, segun lo tienen de antemano prevenido. Allí lo primero se come y bebe amplísimamente, despues sacan lo que ha quedado y se reparte por iguales partes, con algun premio al autor (3). Duermen en posadas por gozar de la ocasion de gente nueva; tienen correspondencia unos con otros; (4) tratan sumision á los entruchones, porque no los desfloren. Hay muchos géneros de fulleros : unos son diestros por (5) garrote, otros por una ida y otros (6) muchos géneros semejantes; y llaman *águilas* á los que entienden de toda costura; gastan linda parola, son cortesísimos, y tienen un agrado aparente, con que atraen estos leones á los corderitos. Mudan vestidos muy á menudo por no ser conocidos de la justicia, que llaman *gura*, con quien son grandes estadistas; pero (7) de unos dias á esta parte,

no corre bien del todo su oficio, porque ya hay muchos que entienden si el naipe pica ó está limpio, y tambien hay señores que por curiosidad tratan de entenderlo. Y por último, está esto reducido á ser arte y ciencia : conque tengo por superfluo el detenerme en lo que ya entienden tantos. Y así lo dejo por temer que todo lo que en este punto he dicho sea cosa notoria.

VII. *Entretenidos.*—Hay en este maldito gremio otro género de gente de flor, que son los entretenidos (8) cerca de la persona del juego. (9) Acuden pues á los garitos, siéntanse en el mejor lugar, hacen buena acogida á los tahures, tratándolos con agrado; y si entra algun adinerado le convidan luego con su asiento, y le llaman y llenan de lisonjas, con que en la primera suerte les da una presa en pago. Son jugadores, (10) cuando hay mucha bulla, para quitar con esta confusion el dinero, aplicándose á sí todo lo mostrenco. Tienen manos de piedra iman, porque atraen (11) las monedas, las cuales echan en un instante por el pescuezo, pretina de los calzones, y otras partes; y siempre muestran las manos abiertas y limpias, con que se justifican de toda sospecha. Hácense á la parte que gana, y dícele : «Juege vuacé con gusto y gane, y déjeme á mi la cuenta.» Cuando ven que tiene ganado mucha parte del dinero, danle en el pié para que se levante; (12) sálense con él y dicenle : «¡Cuerpo de Dios! conténtese vuacé con lo bueno, y no quiera llevarse los clavos del bufete, que (13) ya entre los tahures no habia apénas veinte reales; y de aquí adelante gobiérnese (14) vuacé por los amigos : que los que no jugamos estamos más en (15) los lances que los que juegan.» El ganancioso tan agradecido como simple, saca un puñado de cuartos, se los da diciendo: «Vamos á tomar algo.» Pasan á un bodegon y comen y beben sin duelo, porque lo paga el otro. Son tambien tratantes en bolsillos, guantes (16), medias y ligas; que llevan al juego, y lo rifan por la mitad más de lo que costó; dan prestado á las manos, que es un logro cruel. Y con estas (17) infernales trazas, pasan su vida, y yo doy fin á las flores del juego.

entenderlo por curiosidad ; y está reducido á arte y ciencia. Y así parece superfluo lo que aqui digo, por ser cosa notoria. (*H. M. D.* con ligera diferencia.)

(8) ó entremetidos (M.)

(9) Estos acuden á los garitos, y son agentes de los gariteros. Llevan los tahures al que les hace mejor acogida ; siéntanse en buen lugar ; si entra algun adinerado convidanle con él con mucho agrado, y en la primera suerte (*H. M. D.*)

(10) y cuando hay mucha bulla, quitan el dinero y aplican para sí lo mostrenco. (*Id.*)

(11) la moneda, la cual dejan caer en el pescuezo, en la pretina ó los paños, con la justificando mostrando las manos limpias. Hácense á la parte que vence, y dicenle : (*Id.*)

(12) Si lo hace sálense con él y dicen : (*Id.*)

(13) no habia entre todos los tahures diez reales (*Id.*)

(14) vucé (*Id.*)

(15) las cosas que los que juegan.» Saca el ganancioso un puñado de cuartos, y dice : «Perdone vuecé, y vamos á comer.» Entran en el bodegon, preguntan si hay algo extraordinario, y comen con gusto. Son tratantes (*H. M.*)—las cosas ; excúsese de dar barato á nadie.» Y es por llevárselo todo.» Saca con esto el ganancioso un puñado de cuartos, y dicele : «Perdone vuecé, y vamos á comer al bodegon.» Entran ao él preguntando si hay algo caliente, y comen con gusto. Son tratantes (*D.*)

(16) y medias, lo cual llevan al juego, donde se rifa por la mitad más de lo que vale ; dan (*H. M. D.*)

(17) trazas, y los derechos de estruchones con los ciertos, y soplones con la justicia, pasan su vida, y yo acabo con las flores del juego. (*Id.*)

por su cuenta, luego que se acaba el juego, tomar los naipes porque no vayan á manos ajenas y se conozca la flor), y ampararlas con su braveza. (*H. M. D.*)

(1) con el *doble* está á su cargo traer buenos á quien desollar con ardid y engaño. Estos traidores (*Id.*)

(2) No entran juntos en el juego, ni le andan en público por no ser conocidos por camaradas. Acabando de ganar, coge el cierto el dinero, mira si hay algun entruchon, á el cual dice : « Tome vcé esos ocho reales que le debo, y perdone.» Y sálese. Queda el valiente diciendo : «Por Cristo, que es buen tahur, y hombre de bien, aunque pudiera dar alguna presa á los honrados.» Viénense á juntar al bodegon, donde lo primero se come y se bebe amplísimamente, y (*Id.*)

(3) el cual les da con la insolencia. (*H. M.*)— ... con la enciloma. (*D.*)

(4) hacen sumision á los estruchones (*H. M. D.*)

(5) una puñada, otros por un garrote, (*D.*)

(6) géneros de chanza, y les llaman águilas. Entienden de toda costura (*H. M.*)— ... géneros de chanzas. Y los que llaman águilas entienden toda costura. (*D.*)

(7) en este tiempo corre poco su oficio, porque no hay niño que no sepa si el naipe pica ó está limpio, ni señor que no trate de

VIII. (a) *Estafadores*. — Los estafadores (1) y superintendentes de (2) todos géneros de flor tienen particular noticia de todos, y por oficio inquirir y saber los hurtos que se han hecho, (3) para acudir á los agresores á cobrar el diezmo, so pena de que los descubran; tambien el averiguar los buenos que han desollado los ciertos (llaman *ciertos* á los fulleros, y *buenos* á los incautos); y asimismo las heridas ó muertes que se han dado ó hecho por dineros, para el mismo efeto. Estos desalmados acuden lo más (4) ordinario á los juegos, donde tiran gajes de todos; y cuando se juega con limpieza, amparan al gananciosó con su braveza, juzgan, con (5) su verdad ó sin ella, entre cuitados, diciendo: «Esto digo yo, y lo defenderé en campaña, donde quitaré con un cuerno los que tuviere el que lo (6) contradijere.» Y demudada la color, los ojos encarnizados, y empuñada la espada, salen á la calle, hasta que los míseros, amedrentados de (7) sus bravatas, y escandalizados de sus blasfemias, procuran mitigalle con halagos y promesas. El gananciosó porque le (8) ayudó, contribuye; y tambien el que ha perdido, de miedo de que no le sacuda; los demas por adquirir su amistad. Si el cierto es áspero, en vez de soltar, replica : «Voacé viene desalumbrado, esa flor guárdela para otro, no para mí que soy greno (b) (este nombre se dan los taimados unos á otros).» Responde el estafador : «Voacé perdone, que le tuve por Fulano, que ahora ha venido de gurapas (así llaman á las galeras), que tiene por camarada á Fulano, palmeado en (9) Madrid, Toledo y Sevilla (10).» El cierto, viendo que aquel hombre le conoce y sabe toda su vida y milagros, con estilo más suave y blando le dice : «Por las alas del ángel (11) de la Gabriela, que no os entendí, camarada, que me habiais conocido (12). ¿Cómo os va, amigo?» Responde el es-

tafador : «Con mil trabajos y miserias. Ahora acabo de salir de la cárcel, donde he estado dos cuaresmas por (13) cierta muertecilla; y pues sabeis de necesidades, no digo más.» (14) El cierto saca y le da su ayuda de costa, y le ofrece su persona, y no ve la hora de huir del que le conoce : y desta misma forma se portan con los demas malhechores. Si el sugeto á quien estafan es cobarde, no se contentan con ménos que con la mitad de la ganancia, y á veces casi todo. Tienen tambien por ganancias hacerse cobradores de (15) deudas ajenas. Cuando el deudor es cobarde ó tiene causas (16) para no reñir, llegan á él diciendo : «(17) Fulano tiene quien vuelva por su crédito, y castigue á los que con superchería se (18) quieren quedar con su hacienda; y asi pague voacé luego, sin dar lugar á que la (19) tienda ni haya pesadumbre, porque lo pagará con setenas.» Si el deudor es furioso, y responde : «¿Quién le mete en cobrar (20) dietas ajenas?» desafiale á campaña, y vase caminando y alargando al sitio más lejos. Si topa algunos amigos, (21) háceles de ojo, y haciendo el enojado, dice : «Ya se me ha acabado la flema.» Saca los trastos, pega con él, y tambien los otros; con que toma el otro, viéndose acosado, pagar su deuda por buen partido. Pero si no encuentra este socorro, se vuelve al desafiado, y le dice : «Por Cristo, que he venido considerando su buena persona de voacé; y del valor con que me ha seguido estoy (22) ciertamente pagado; y aun me persuado á que estoy mal informado y que aquel mandria me ha engañado y ha usado de ardid para que (23) se matasen los hombres de garbo, como somos los dos : pues, por dios, que no lo ha de lograr, pues ya no quiero con voacé pendencia, sino que me haya y tenga por camarada, y me ocupe en sus ocasiones; que voacé y yó, para ciento. Y déme licencia para castigar al menguado.» Con esto quedan muy amigos, y el acreedor sin (24) su dinero y sin la señal que dió de contado para que le cobrasen la deuda. Usan tambien de oficio de gorrones; (25) porque no hay almuerzo, merienda ni trago en que no se hailen; précianse de muy doctos en el alcoran de (26) valentía, llamado libro del duelo; son difinidores de los agravios, conciertan las

(a) En los manuscritos Cc. H. M. T. sigue este capítulo al de *Bufanes de embeleco*; en el del señor Duran está despues del de *Valientes de mentira*.

(1) ó superintendentes (Cc.)

(2) todo género (T.)

(3) los buenos que han desollado los ciertos, el que ha hecho la muerte ó dado cuchillada por dineros, el que sufre escandalosamente, y todo lo que se adquiere con trato ilícito y pernicioso. Estos desalmados acuden (Cc. H. M. D.)

(4) ordinario á los juegos, donde tiran gajes de entruchones con los ciertos; y cuando se juega con ilaneza, amparan (Cc. H. M.)— del tiempo á los juegos, etc. (D.)

(5) verdad (Cc.)

(6) contrario dijere (Id.)

(7) su braveza (Id.)

(8) ayudó, el agraviado porque no le mate, los demas por adquirir su amistad, todos escotan. Si topan con el jugador de la valenciana, flor ó traicion extraordinaria, danle el parabien de la ganancia del dia pasado, contando todo lo que pasó con la ganga. Si el cierto es áspero y replica : «Voacé viene desalumbrado. Esa flor no conmigo, que soy greno; » Vuelve diciendo : «Perdone voacé; que yo entendí que se llamaba Fulano, recien venido de las gurapas, y que tenia por camarada (Cc. H. M. D.) — ... no conmigo, que soy güeno; (M.)— ... que soy guyeno (D.)

(b) En lengua rufanesca significa *negro*, trastrocando las letras. «No hay cosa criada en este mundo (dice el licenciado Chaves) á que no tengan puesto los germanes otro nombre diferente; que es entre ellos afrenta nombrar las cosas por su propio nombre. Y cuando uno es principiante y yerra lo llaman *blanco*, que es como decirle necio, y al que dice bien le llaman *negro*, que es lo mesmo que *hábil*.»

(9) Toledo, Madrid y Sevilla.» (Cc.)

(10) por esta ciencia de Valenciana. (H. M. D.)—... de la Valenciana (Cc.)

(11) Gabriel (Id.)

(12) como un amigo. (Id.)

(13) unas muertecillas (Cc. H. M. D.)

(14) Saca el otro y dale una buena ayuda de costa, ofreciéndole lo demas que queda, y su persona; y de esta misma forma apercen con los demas malhechores, conforme á la disposicion de las cosas y á la persona á quien se estafa; porque si es cobarde, no se contentan ménos que con la mitad, ó se lo quitan todo. Tienen por trato é inteligencia hacerse cobradores (H. M. D.) — ... ó se lo quitan todo. (Cc. y concluye aquí el capítulo.)

(15) ditas ajenas. (H. D.)—delitos ó deudas ajenas. (M.)

(16) que le obliguen á no reñir, (H. M. D.)

(17) Mucho me pesa : Fulano tiene quien vuelva por su persona y castigue (Id.)

(18) le quieren (Id.)

(19) saque, ni haya pesadumbre.» Si el deudor es brioso, y responde : (Id.)

(20) ditas (Id.)

(21) dales de ojo, y si no, vase resfriando su cólera, y vuelto al desafiado le dice : «Por Cristo (Id.)

(22) mal informado, y me persuado á que aquel mandria (Id.)

(23) dos hombres de bien se maten. Ya no quiero con vos pendencia, sino que me hayala y tengais por camarada, ocupándome en vuestras ocasiones, dando licencia para castigar al menguado.» Quedan muy amigos (Id.)

(24) dineros y sin la señal que dió á buena cuenta. Usan (Id.)

(25) no hay merienda (Id.)

(26) Valencia, llamado (Id.)

pesadumbres y las (1) deben. En (2) conclusion y fin, esta gente pasa, como los curas, tirando el diezmo de las flores; hácense leones con los corderos, y corderos con los leones; (3) ampáranse de casas de embajadores, sagrado y boca de lobo (4) de todo género de pícaros.

IX. (a) *Sufridos.*—En segundo lugar quiero poner (5) á los sufridos, gente de gran prudencia y sagacidad y que con más comodidad y estimacion pasan su vida. Estos particularmente son haraganes y enemigos del trabajo; ríense de los (6) pulidos y censuradores, y tienen por ganancia ser amigos del prójimo. Cásanse con mujeres traidas de señores y gente poderosa; danles en dote alguna ocupacion de ausencia para que se entretengan (7) algunos meses fuera de la corte. Cuando están en ella tratan de irse á la casa de juego, comedia ó prado, para dar lugar al despacho. Si tienen mujer hermosa son conocidísimos: no hay persona de cuenta que no les quite el sombrero y agasaje y ofrezca su favor y amparo. Duermen, á fuer de príncipes, en cama aparte (8) (y esto les tiene cuenta); comen regaladamente, tienen honrados despenseros; y en casa usan de gran silencio por no inquietar al huésped (9) y espantar la caza. (10)

X. *Sufridos vanos.* — Hay otros sufridos vanos que (11) se encabezan con títulos y grandes; pero esto más es cosa de ruido que de provecho. (12)

XI. *Estadistas.*—(13) Otros sufridos son estadistas y acomodados á lo útil. Estos dicen (y así lo platican) que lo mejor es eclesiásticos que reservan parte de frutos para limpieza de sus cuerpos, el procurador del convento (14) que se precia de zapatos, el cajero del ginoves, el (15) mancebo del mercader poderoso que asiste poco y premia mucho; y su reputacion callan aunque vean visiones. Estos prudentísimos varones (16) sufridos estadistas se precian de muy honrados, son hipócritas del pundonor, de ordinario se van á las conversaciones á jugar cientos, juego muy acomodado para esta gente, pues habrá destos sufridos quien le esté jugando todo un dia sin comer, beber ni (17) orinar, que es más; si se ofrece tratar de su mujer, dicen que es una Magdalena (18) penitente, y que trae un áspero silicio á raiz de sus delicadísimas carnes (para que las apetezcan los que lo oyen), que no sale de tal iglesia (para que la busquen en ella), (19) que no es ventanera (para que (20) se entren en casa), que no es amiga de regalos (para que entiendan que la han de pagar en dinero). Y así van pintando y exagerando sus virtudes. (21)

XII. *Sufridos rateros.*—Hay otros sufridos rateros, que estos se llaman amigos de amigos: llévanlos á su casa, piden á su mujer que cante y baile; envian al huésped por colacion; va él propio por ella y (22) tárdase lo bastante. Forma un garitillo en su casa para que se diviertan todos; tienen sus fregonas de buena cara, para que ayuden á sus mujeres; y por último, por adocenado que sea el sufrido, tal como estos, come, pasea y viste bayeta. (b)

XIII (c). *Rufianes de embeleco.* — Hay rufianes de invencion, que por otro nombre llaman (23) pagotes: estos son administradores y amparo de las mujeres públicas, (24) dándoles documentos é instrucciones de la manera que se deben portar con todo género de (25) gentes para ganar más y conservarse en la corte. Unos son soplones de (26) los alguaciles y andan con ellos para amparar su flor. Otros son (27) paseantes con su poco de fulleros. Estánse á la mira para ver lo que sucede á su hembra: si la dan perro muerto ó hacen agravio, ella reclama, y él acude con la mano en la espada, terciada la capa; toma la razon, va en seguimiento del malhechor, que ordinariamente es su amigo, (28) y le prescribe se oculte por unos dias, que así conviene. Vuelve á la señora, y la dice que ya queda castigado y mal herido aquel vergante, que vea la órden que se ha de dar para poner los bultos en salvo. (29) La miserable se lo cree, y muy ufana de su venganza, y de que su respeto haya costado pendencia y sangre derramada,

---

(1) beben (*H. M. D.*)

(2) resolucion esta gente pasa su vida, tirando como curas el diezmo de las flores; (*Id.*)

(3) traen el hábito que los accionistas de la valentía; (*Id.*)

(4) de los malhechores. (*Id.*)

(a) Sigue al párrafo de los *entretenidos*, en los manuscritos H. M. T. D.

(5) los sufridos (*Id.*)

(6) pulidones y censurones, que tienen por ignominia ser amigos del prójimo. (*Id.*)

(7) el tiempo que están en la corte. Tratan de irse á la comedia, ó al juego, por desocupar la casa y dar lugar al despacho. (*Id.*)

(8) comen regaladamente (*Id.*)

(9) Sufridos vanos. (*H. M.*) — Esto es lo que pasa hoy. Sufridos vanos. (*D.*)

(10) Hay otros sufridos vanos (*T.*)

(11) no quieren agora sea título ó grande, cosa de más ruido que provecho. (*H. M.*)

(12) Otros sufridos son estadistas (*T.*)

(13) Los estadistas y acomodados á lo útil no tratan deso. Dicen que mejor gente es eclesiásticos que reserva (*H. M. D.*)

(14) que se precian de cautos, (*D.*)

(15) criado del mercader poderoso, que asisten poco y pagan mucho; (*H. M. D.*)

(16) préclanse de honrados, son hipócritas, vanse á las conversaciones de cientos, juego acomodado para esta gente; pues hay hombre que se está dos dias (*D.*)

(17) orinar; si se ofrece tratar (*Id.*)

(18) en penitencia, que trae silicio allegado á las bellísimas carnes, para que se sepa son buenas, y las apetezcan; no sale de la iglesia (*D.*)

(19) que no es amiga de regalos (*T.*)

(20) la busquen en casa; no es amiga de regalos para que la paguen en dinero. Sufridos rateros (*H. M. D.*)

(21) Hay otros sufridos rateros (*T.*)

(22) tárdase; forma un garitillo para aparroquiar su casa con los del naipe, guitarra, etcétera. Tienen todos fregonas de buena cara para entretenimiento del criado del huésped grave, á la cual pagan con dar libertad de conciencia. Y por adocenado cornudo que sea, come (*H. M. D.*)

(b) En los manuscritos T. H. M. y D. sigue el párrafo de los *valientes*, con que termina el tratado.

(c) Hállase despues de las *figuras artificiales* este capítulo en los manuscritos Cc. T. H. y M., titulándose en el segundo *Rufianes de invencion*. A continuacion de las *figuras lindas* se ve en el ejemplar del señor Duran.

(23) pegotes (*D.*)—pajotes (*T. H. M.*)

(24) danles documentos é instruccion (*Cc.*)

(25) gente (*Cc. H. M. D.*)

(26) justicia, y andan con ella (*Id.*)

(27) paseones con su poco (*Cc. H. M.*)—parrones con su poco (*D.*)

(28) fingen una cuestion de la cual saca el jayan una prenda de su amiga, y dice queda herido, que vea la órden que se ha de dar para poner los bultos (*Cc. H. D.*)—y dice queda herido etc. (*M.*)

(29) Saca la miserable el dinero que tiene, y (á falta) sus joyuelas: tómalas el lagarto y hácese antaño, que ellos llaman al entrarse en la iglesia (*M. D.*)— ... hácese cantano, etc. (*Cc. H.*)

saca el dinerillo que tiene, y á veces sus joyuelas ó plateja; tómalo el lagarto, y hácese antana, que así llaman ellos ponerse en la iglesia, y envia cada dia por los ocho ó diez reales. Y si desea irse fuera de la corte á Sevilla ó otra parte, vuelve dentro de pocos dias y dice que ya murió (1) aquel pícaro, que cojan los dos el martillado, que (2) así llaman el camino. (3) La pobreta lia su ropa; y con el dinerillo que nuevamente ha ganado desde la fingida pendencia parte con el redomado, que la lleva á Sevilla, Cádiz ó el Puerto (que siempre ha de ser ciudad de tráfago). Pone la nueva mercadera en aquel paraje su telonio, acuden marchantes á la forastera, que finge ser aquel hombre su marido, y que es desesperado de celoso, con lo cual encarece el pecado y sube el precio. Y el picaron, ya que se ha paseado y divertido de balde, cógela un mediano bolsillo, y dejándola á la luna se parte otra vez á la corte, donde vuelve á las andadas (a). Otras veces dice que sanó el herido y compuso la causa con la gura (que así llaman la justicia), y que le costó su hacienda. Si el perro muerto no es dado con estratagema, hace que le sigue y vuelve de (4) ahí un poco, demudada la color, la daga desnuda; y saca los derechos de su faltriquera, y se le los da diciendo: «Tome voucé ese dinero, y pórtese de aquí adelante de suerte que no andemos cada dia con el sacabuche en la mano.» Queda muy contenta, dale con la regalona y algun dinero; (5) y desta suerte se conservan estos bellacones, sin sacar la espada de veras. Aunque tambien hay (6) otros (pero pocos) que tratan con mujeres destas, que son (7) atufados y riñen cuando se les ofrece.

XIV. (b) *Valientes.*—La flor más cruel y inicua de todas, á mi parecer (8) (salvo los sufridos que van relatados), es la de los valientes que tienen por oficio el serlo, y comen dello. Los unos tienen más de aparentes que de temerarios: arrímanse á señores, debajo de (9) cuya capa cometen mil insolencias y maldades; salen con ellos de noche, usan mil estratagemas y ardides para opinarse de valientes con el señor: echan amigos que los acuchillen, y que despues huyan del rigor de

sus espadas, con que se admira su dueño, y confiesa que por Fulano tiene vida, y que es el más bizarro y valiente (10) mozo del mundo, y de mayor ley. Otros que ya están rematados, y por sus delitos no caben en el mundo, retráense en casas de embajadores y otras partes sagradas; tienen sus corredores ó inquisidores de agravios, con los cuales conciertan la muerte (11) de Fulano, el herir de Zutano por la cara, (12) y otros géneros de malos, alevosos é infames tratamientos, conforme al tamaño y á la calidad de la persona á quien se ha de maltratar, y el riesgo á que se (13) exponen, que todo se toma en cuenta. Tôdo se ajusta y se paga; espian al pobrete á quien han de sacudir; toman la razon de adónde acude, y avisan al bravo para que le dé su recado. Esto es, despues de haberse depositado la cantidad en (14) persona de quien tengan satisfaccion. (15) Ejecutada la maldad, se toma el dinero y se reparte entre todos los cómplices, graduando el trabajo del agresor principal, en primer lugar; en segundo, los acompañantes que fuéron de escolta; y en tercero, los corredores: y todos perciben, y todos comen; y vuelta al retraimiento hasta otra. Estos corredores de las vidas no reservan á nadie; son sagacísimos, zainos y astutos; traen buena capa; son correos con (16) los alguaciles para tenerlos gratos; llevan su parte de heridas (17) y muertes, como va dicho, y tambien son cirineos de los rufianes retraidos. Cobran (18) asimesmo el estipendio de la hija, y la administran; tienen arancel de los (19) preceptos y derechos de heridas y muertes, tirando su correduria de las partes que las han ejecutado conforme á la inteligencia que les parece tener de costa.

Los últimos valientes son nocturnos: quitan capas, escalan casas, (20) mas no quieren los tengan por ladrones, apropiándose el nombre de traviesos. Son muy apacibles, corteses, y á veces generosos con la gente que tratan de dia, (21) y dan con la calamitona, quejándose de su mala fortuna, por ser perseguidos de envidia de su valor, de testigos falsos y soplones, que los hacen andar arrastrados y fuera de sus casas, (22) sin poder atender á sus mujeres y hijos. Y en la realidad como viven tan ruinmente, siempre andan con gran zozobra y sobresalto, y casi todos vienen á parar (23) en presidios, ó en galeras, palmeados ántes, y no pocos en la horca.

Con que he dado fin á todas las flores y modos de vi-

---

(1) que cojan los del martillado (*Cc. H. M. D.*)

(2) que llaman al camino. (*Id.*)

(3) Otra veces dice que sanó, y compuso la causa con la gura y le costó su hacienda (*H. M. D.*) — ... con la bura, etc. (*Cc.*)

(a) El abogado sevillano Cristóbal de Chaves escribió á fines del siglo XVI la *Relacion de la cárcel de Sevilla*, muy discreta y curiosa, pero que nunca ha llegado á imprimirse. Allí cuenta la vida de un Fulano de Molina, rufian, que engañó una doncella y la puso en la calle del Agua, donde vivian otras mujeres como las del partido. Averiguaba si los galanes que entraban en la casa de esta, eran del alma, ó *contentos* (que es su propio nombre, y son aquellos á quien no llevan interes las mujeres), y para ello se ponia en la calleja frontero de la casa, y echando por cada hombre que pasaba del umbral adentro una china en la capilla de la capa, hacia la cuenta y razon á la mujerzuela, de donde le llamaron *Echa-chinas*. (*Biblioteca Colombina: MS. Aa.* 141, 4.º, *fol.* 175.)

(4) ahí á un poco, saca los derechos de su faltriquera, demudada la color, la daga desnuda, y dice: «Tome vuecé este dinero (*Cc. H. M. D.*)

(5) desta manera se conservan (*Id.*)

(6) otros que tratan (*Id.*)

(7) amaletados y riñen (*Cc. H. M.*) — amulatados y riñen (*D.*)

(b) En los manuscritos H. M. va á continuacion de los *Sufridos rateros.* En el ejemplar D. en seguida de los *Estafadores.*

(8) es la de los valientes (*H. M.*) — es la de los que tienen por oficio ser valientes, (*D.*)

(9) cuyo amparo hacen mil insultos y maldades (*H. M. D.*)

(10) del mundo, (*H.*)

(11) el chirlo por la cara, y otros géneros de heridas, conforme al tamaño y á la calidad de la persona á quien se ha de dar (*H. M. D.*)

(12) palos, (*D.*)

(13) exponen. Espian al agresor; toman la razon dónde acude (*H. M. D.*)

(14) poder de persona (*Id.*)

(15) Estos corredores de la parca, sagacísimos y zainos no reservan á nadie; traen buena capa; (*Id.*)

(16) la justicia para tenerla grata; (*Id.*)

(17) ó muerte; son tambien cirineos (*Id.*)

(18) el estipendio (*Id.*)

(19) preceptos de vidas y muertes; tiran su correduria de la parte, conforme á la inteligencia que les tiene (*H. M.*) — precios de muertes y heridas y tiran su correduria, etc. (*D.*)

(20) aunque son muy apacibles, corteses y generosos (*H. M. D.*)

(21) á quien dan con la justificona y humildona, quejándose de su mala fortuna, de testigos falsos (*Id.*)

(22) no gozando sus hijos y mujer. Viven con gran zozobra y sobresalto (*H. M.*)

(23) en la horca. (*H. M. D., y termina el capítulo en este punto.*)

vir de la corte, bien que referidos sucintamante, y solo de los que mi cortedad ha podido averiguar desde mi rincon. Y si Dios te librare de todos ellos, serás dichoso (a).

(a) Para retratar con prodigiosa verdad, valiente dibujo y delicioso colorido á los germanes, envalentados, bravos, rufos ó jayanes de popa (que era conocida por todos estos nombres aquella desalmada y perjudicialísima gente), la inimitable pluma de Cervántes buscó los originales en Sevilla, ciudad rica y opulenta, donde se amparaban de todo el mundo cuantos amigos de holgar y de vicios no cabian en los lugares en que nacieron. Con harta razon es reputada la novela de *Rinconete y Cortadillo*, famosos ladrones, cuyas aventuras se refieren al año de 1569, como el cuadro más perfecto que trazó el autor del *Quijote*.

Fuera ridículo llevar á una misma piedra de toque el mérito literario de tan lindo rasgo y el de estos apuntamientos ligerísimos de Quevedo, muy interesantes para conocer la corte de los Felipes. Reservo un estudio de ambas obras, de muchas que pintan á los germanes, y los curiosos datos históricos que abundan en la *Relacion* (inédita) *de la cárcel de Sevilla*, del licenciado Cristóbal de Chaves, para ilustracion de los romances de germanía y otros cuadros de costumbres populares, al publicar las *Musas castellanas*, que forman el tercero y último tomo de estas obras.

CAPITULACIONES MATRIMONIALES (a).

Juan, residente (1) en esta corte, estéril de cuerpo, seguro en Italia, hombre (2) de males, baldado de bienes, de buena ley con señores, mal pagado dellos, (3) censuron de figuras, escritor de flores, condenado á perpetua dieta y vestir bayeta, malquisto con las damas (4) porque no da, amigo de fregonas y (5) enemigo de galas por caras, enemigo de dueñas vírgenes y de vírgenes dueñas, de frailes (6) casamenteros, de beatas terceras de ermitaños y de toda gente hipocritona, de doncellas cecinas, de viejas afeitadas, de herreros por vecinos, de estudiantes azulados, de clérigos valientes, de ministros tomajones, de valientes (7) en cuadrilla, de entremetidos, de maridos mujeres y de mujeres maridos, de (8) sufridores sin provecho, de sacristanes y procuradores de conventos, (9) de mujeres en estrado sin tener estado, (10) de viejos niños y de niños viejos, de señoras (11) visitadoras, y de madres disimuladoras, etc.

Dice que, por cuanto está propuesto para marido, y por su parte no se ha dado memorial (12) de las que tiene, le ha parecido inviarle juntamente con la (13) inclinacion que va declarada tiene, para que en ningun tiempo la novia se pueda llamar á engaño, ni pedir divorcio aunque tenga vicario (14) por compadre, ni él le pedirá, cumpliéndose con las condiciones y (15) capitulaciones siguientes:

Primeramente pone por condicion que la dote prometida haya de ser (16) en dineros de contado, y no en trastos y alhajas tasadas (17), con hechuras de sastres, y mucho ménos en casas ni heredades, (18) porque es hombre movible.

Item, pone por condicion que si la tal novia, recibida á prueba, saliere traida, la pueda volver y quedar libre, ó se haya de (19) apreciar por un canónigo, ó por otra persona de ciencia y experiencia en razon de virginidad (20), el daño y menoscabo; y (21) lo que estos tasaren se le haya de dar y añadir (22) en contante á la cantidad prometida en dote.

Item, que no esté obligado á (23) recibir en su casa al antecesor, por cuanto la tal paga y restitucion (24) se ha de hacer por la razon dicha, y no con carga ni gravá-

(a) Véanse las notas (a) de las páginas 460 y 439.
Hallándose las *Capitulaciones matrimoniales* incluidas en los manuscritos que he manejado para publicar el opúsculo precedente, saco al pié sus diferencias señalándolas con los ya conocidos signos. A ellos deben unirse los dos que siguen, de otros tantos códices donde el presente rasgo se halla como obra independiente de la anterior:
M 13. — Copia de fines del siglo XVII, que existe en la Biblioteca Nacional.
M 80. — Otra de igual tiempo y de la propia oficina.
El severo censor que pretendia reformar las costumbres, ó hacer por lo ménos despreciables á los ojos de todos, los viciosos, desvergonzados y truhanes, jamas podia mirar con indiferencia el nudo que une al hombre y á la mujer, que labra en el secreto de la casa la felicidad ó la desventura de ámbos, y que produce frutos para conservar y engrandecer la sociedad, ó para envilecerla y destruirla.
Este juguete, desenfado de la primera juventud de Quevedo, sirvió de ensayo para la *Carta de las calidades de un casamiento*, y dispertó el ingenio del autor de la sátira contra los *riesgos del matrimonio*.
Hay una mala refundicion de don Diego de Torres Villarroel, nunca impresa.
(1) en corte (*Cc.* H. M 13. M 80. M. D.)
(2) lleno de males, baldio de bienes, (M 80.)
(3) censurador de figuras. (T.)
(4) por dar ménos, amigo de fregonas y gente mantenida, aborrecedor de faldellines y galas, por caras (*Cc.* H. M. D.) — por no dar, ménos amigo de fregonas, etc. (M 13 y 80.)
(5) aborrecedor de polleras y galas por caras, (M 80.)
(6) casamenteros y visitones, de beatas terceras y terceros mercaderes, de ermitañones y toda gente hipocritona, de calvos, de zurdos, de lindos, de antojones, de sastres duplicones, de doncellas cecinas, de necios porñones, de viejas afeitadas, de herreros por vecinos, de poetas acomodones, de adulones y lisonjeones, de taberneros, concubinos, de estudiantes azulados, (*Cc.* H. M 13. M 80. M. D.)
(7) cuadrillones, de entromelidos (*Id.*)

(8) sufridones (*Cc.* H. M 13. M 80. M. D.)
(9) de médicos y boticarios, (*Id.*)
(10) de venteros y despenseros, (*Id.*)
(11) visitonas, de madres disimulonas, etc. (*Id.*)
(12) de lo que tiene, (T. D. M.)
(13) declaracion que va hecha de su inclinacion, para que en ningun tiempo (*Cc.* H. M. D.)
(14) afecto, ni él le pidirá cumpliéndose (*Cr.*) — afectado, ni él le pedirá (H. M. D.)
(15) capítulos siguientes. (*Cc.* H.)
(16) y sea en dinero (*Cc.*) — en moneda (M 80.)
(17) de fuer de hechuras de sastres, y ménos (*Cc.* H. M. D.)
(18) por cuanto es hombre (*Id.*)
(19) preciar por un canónigo ó persona (*Cc.* H.)
(20) (fraile ó tal que cosa) (M 13.)
(21) lo que tasare (*Cc.* H. M. D.)
(22) á la cantidad (*Id.*)
(23) admitir en su casa (*Id.*)
(24) se le ha de hacer (*Cc.* H.)

men para adelante, porque se le ha de entregar la dicha
novia libre de censo, (1) carga, ni tributo alguno, ni
sucesion á estado ni mayorazgo.

Item, que si la dicha saliere con alguna tacha ó de-
feto, demas de los de arriba expresados, se haya de ver
por los (2) calificadores y personas entendidas en el arte
maridon; y si fueren tan graves y insufribles que no se
pueda pasar adelante con ellos, asimismo la pueda volver y repudiar (3) si quisiere. Y porque no es justo venir á
lo dicho pudiendo excusarlo, le ha parecido especificar
los que tiene por defetos insufribles, no poniendo por
tal la falta de virginidad, si (4) fuere bien pagada, mayormente que á un hombre de treinta años arriba, ántes
se le hace equidad y (5) conveniencia.

LOS DEFETOS INSUFRIBLES SON :

Lo primero, que no traiga consigo padre, madre,
(6) hermanos, ni parientes, pues su intento no es casarse con ellos (7), sino con solo la novia; y así se ha
de entender y no más.

Que no sea tan fea que espante, ni (8) tan hermosa que
acerque, ni tan flaca que mortifique, ni tan gorda que
empalague. Que traiga sus miembros cabales naturalmente y sin artificio, porque tiene por mejor (9) hallarse con una boca sin dientes que (10) besar los de un
asno ó rocin muerto, (11) y más quiere ver una mujer
sin narices propias, que (12) caerse las ajenas en la (13)
primera ocasion de placer; y apetece más una cara sin
sainetes, que no los lunares de tinta, con que tal vez
saldrá esclavo entrando libre; y más unas manos morenas que una sobre-vaina de sevillo; y unas cejas blancas, que negras á fuerza de betunes; (14) y más quiere
una pantorrilla ménos, que topar con un patron de cal-
cetero.

Item, que no sea enferma de mal de corazon natural
ni artificial, y (15) le dé con la desmayada y mortecina;
y si lo hiciere, que no pase de un cuarto de hora, porque hay hombre que entiende la flor y llama luego (16)
luego la parroquia : y así lo hará el capitulante.

Item, que no sea enferma de sangre lluvia, que es

(17) torpeza salir un hombre almagrado á fuer de oveja
ó carnero.

Item, que no sea (18) amiga de salir ni visitar, ni tenga correspondencia con frailes.

Que no sea tan necia y ignorante, que no tenga uso
de razon, ni tan bachillera, que quiera gobernar su
marido y mandarle.

Que no sea tan vana que desestime y vitupere á su
marido, y le pierda (19) en público el respeto.

Que no tenga tan mala condicion, que no la pueda
esperar un hombre gordo (20) y flemático.

Y por cuanto ninguna cosa le escandaliza y ofende
(21) tanto como pensar que puede haber mujer con aliento letrinal, pone por condicion que si la novia fuere (22)
destas hediondas, que sus capitulaciones no lleguen
á sus manos, (23) ni tengan por dichas, ni aquí escritas,
ni ménos se trate más del efeto del matrimonio; protestando querellarse de los (24) casamenteros, por haber
intentado echarle vivo en (25) un hediondo carnero. Y
pide y suplica á quien lo puede y debe remediar, mande que la gente contaminada desta contagiosa enfermedad se ponga en un hospital ó lugar (26) separado del
comercio, como se ha hecho siempre con los apestados.
(27) Y no teniendo la dicha novia los (28) defetos ó algunos
dellos, permite y tiene por bien pasar por los defetillos
(29) que aquí irán (30) *infra* insertos y expresados.

DEFETILLOS.

Lo primero, se le permite que siendo de catorce años
abajo, llore por su madre, si bien es indecente cosa para
casada, y que la dé quejas de su marido, aunque es
cruel juez una suegra.

Que siendo de dicha edad, traiga á casa maestro que
la enseñe á leer, como no sea barbado, que es civil cosa ver un zamarro diciendo, ba, be.

Item, se le permite que se ponga á la ventana, y sea
tentada de hablar y responder, como no sea con lindos
(31) ni poetas, que son publicadores de deshonras.

Item, se le permite que escriba, aunque para nada
(32) es bueno que tengan correspondencia las mujeres
casadas.

Que visite una vez en la semana, como no sea sábado, dia de limpieza.

(33) Se le permitirá tambien que coma barro y yeso !

---

(1) ni tributo alguno, ni sujecion (*Cc.*) — ... ni sucesion
(*H. M. D.*)

(2) calificones (*Cc. H. M* 13. *M* 80. *M. D.*)

(3) quiriendo. (*Id.*)

(4) sale bien pagada (*Id.*)

(5) y buena obra.

Defetos insufribles. (*Cc. H. M* 13. *M. D.*) — y beneficio. *Defetos
insufribles.* (*M.* 80.)

(6) hermano, ni pariente, (*Cc. H. M. D.*)

(7) Que no sea tan fea que espante, tan flaca que mortifique. (*Id.*)

(8) hermosa que admire, (*M* 13.)

(9) hallar una boca (*Cc. H. M. D.*)

(10) rozar los de un borrico ó rocin recien muerto. (*T.* 153.)

(11) y ver una mujer (*Cc. H. M. D.*)

(12) caérsele las ajenas (*H.*) — el que se le caigan la primera
ocasion (*T.*)

(13) primer ocasion de placer, y una cara sin sainetes y sin lunar de tinta, con que tal vez sale esclavo entrando libre; y una
mano morena (*Cc. H. M. D.*) — primera ocasion; y una cara sin sainetes, que un lunar de tinta, con que tal vez sale esclavo entrando libre; que una mano negra con una sobre-mano de Sevilla;
(*M* 13.) — ... tinta, que tal vez sale esclavo entrando libre, y una
mano morena y limpia, que con sobre-vaina de Sevilla; (*M* 80.)

(14) y una pantorrilla (*Cc. H. M. D.*)

(15) le dén con la desmayona. Y si lo hiciere, que no pase de media hora (*Id.* y *M* 13.)

(16) la parroquia (*Id.*)

(17) infamia salir un hourado almagrado (*Cc.*) — ... un hombre
almagrado (*H. M. D.*) — un marido honrado almagrado (*M* 13.)

(18) salidona ni visitona. Que no tenga (*Cc. H. M. D.*)

(19) el respeto en público. (*Id.*)

(20) y flemon. (*Id.*)

(21) como pensar hay mujer (*Id.*)

(22) de las tales, estas capitulaciones (*Id.*)

(23) ni se trate más del efeto (*Id.*)

(24) casamentones (*Cc.*) — besamentones, (*M* 13.)

(25) el hediondo (*Cc. H. M. D.*) — tan hediondo, (*M* 13.)

(26) apartado del comercio (*Id.*)

(27) Item, que pueda confesar las veces que quisiere, y con
quien quisiere, como no sea con teatinos, los cuales á título de
hija de confesion la visitan á menudo, y no es su confesor el acompañante que viene.

Defetillos. (*M* 80.)

(28) dichos defetos (*H. M.*)

(29) siguientes que se declaran, (*M* 13.)

(30) declarados. (*Cc. H. M. D.*)

(31) y poetas, publicones de deshonras. (*Cc. H. M* 13. *M. D.*) —
... platicones.. (*M* 80.)

(32) es buena la correspondencia de las mujeres casadas. (*Id. id.*)

(33) Permítesele que coma barro, yeso (*Id.*)

otras cosas dañosas; que seria disparate cuidar de la salud de quien se desea la muerte.

Item, se le permite que beba vino, con que no tenga (1) vaso reservado; cosa muy usada entre las melindrosas (2) y embusteras que hacen como que vomitan de solo olerlo cuando delante hay personas de cumplimiemto.

Que haga gestos delante de su marido tambien se le disimulará, como lo haya tenido por costumbre.

Item, se le permite que se (3) afeite, y barnice con tal que no sea de calidad que su marido la desconozca por la mañana.

Permítesele que (4) coma de todo, apetezca fiestas, galas é invenciones de trajes y usos nuevos, como todo lo sustente de su aguja.

Item, que vaya á (5) los sermones y frecuente las novenas, y haga juntas en las iglesias con sus amigas; pero que no murmure de su marido, que es inicua cosa que esté el (6) paciente esperándola para comer, y ella motejándole de impotente y defectuoso.

Item, se le permite (7) que hable alto no estando el marido en casa, porque es un acto indecente y mortificon, y solo puede pasar por él un sufrido, paseon y mantenido (a).

Item, si (lo que Dios no quiera ni permita) las enfermedades y indisposiciones del marido le hicieren incapaz del (8) ejercicio del matrimonio, (9) la novia pueda nombrar un teniente, con (10) tal que no sea estudiante, ni soldado, ni poeta, ni músico; porque los tales, no solo no son de provecho, (11) sino que se hacen polillas de un sufrido.

Y declara con juramento que es sano y entero de sus miembros, y que no ha tomado sudores ni unciones, ni usado de bragueros (12) ni de hilas ni de otros pertrechos asquerosos (13).

Y asimismo declara que no tiene dada palabra de casamiento, ni ha habido quien se la pida; excepto una viuda, la cual, habiendo pasado por todas las condiciones aqui referidas, (14) luego que llegó á la prohibicion de la correspondencia con frailes, quedó atónita y dijo: «Quítenme allá novio tan ignorante, que no sabe lo que importa á la conservacion del estado (15) marital el amparo de los benditos religiosos. ¡Cuán diferente lo entendió (16) mi malogrado, que en riñendo los dos, llamaba al padre procurador, que nos pusiese en paz, y á solas reprehendiese mi mala condicion: y él lo hacia con tanta gracia, que me dejaba contenta y pagada de haberme casado con tan prudente marido!»

Item, en esta conformidad tiene por bien haya efeto el matrimonio, y pide y suplica á la novia venga en él; y á los (17) casamenteros requiere sea oculta la boda, porque un novio en público es como un toro en el coso, y un casado notorio es el estafermo en que rompen lanzas los maldicientes y satíricos; (18) demás que se pierde mucho con las demás mujeres que le envian con la suya, cuando por no verla (19) se querria ir á la cárcel.

Y así lo dijo y otorgó en Madrid, centro de sufridores, (20) verdugo de (21) sirvientes y sepulcro de pretendientes.

(1) jarro reservado (Cc. H. M 13. M 80. M. D.)
(2) que vomitan de solo olerlo en público.
Que haga gestos delante su marido, (Id.)
(3) barnice, afeite, no siendo tanto que la desconozca su marido (Id.) — albarnice y afeite, etc. (M 80.)
(4) no coma de todo, apetezca fiestas, galas, invenciones, como lo sustente con su aguja y trabajo. (Id.)
(5) sermones y sea frecuentona de las iglesias, y haga juntas en ellas con sus amigas, con que no mormure de su marido, que es inica (Id.)
(6) pacienton (Id.)
(7) tome la bacinilla en la cama, no estando el marido en ella, porque es un rato de mortificacion; y solo puede pasar por él un sufrido y mantenido. (M 80.)
(a) Falta en el MS. T 155.
(8) ejercicio, la novia pueda (Cc. H. M. D.)
(9) se le concede á la novia (T.)
(10) con que no sea estudiante, soldado, escudero, ni paje, porque los tales (Cc.) — ... escudero, porque los tales (H. M. D.) — ... soldado, poeta ni escudero, porque, etc. (M 13.)
(11) pero ántes son polillas de un sufridon. (Cc. H. M. D.)
(12) frenos, hilas (Cc. M 13.)
(13) ni ha sido circuncidado. (Cc. H. M. M 13.)
(14) en llegando á la de la correspondencia de frailes (Id. y D.)
(15) maridon (Id.)
(16) el mi malogrado (M 13.)
(17) casamentones requiere la boda sea oculta, (Cc. H.)
(18) fuera de que se pierde (T.)
(19) se quisiera ir (Cc. H. M.)
(20) y sepulcro (M.)
(21) servientes, sepulcro (Cc.)

CARTA DE UN CORNUDO A OTRO, INTITULADA EL SIGLO DEL CUERNO [a].

Siempre fuí (1), señor licenciado, de opinion que á los hombres que se casan los habian de llevar á la iglesia con campanillas delante, como á los ahorcados, pidiendo por el (2) ánima del que sacan á (3) justiciar, y habian de llevar cristo delante y teatinos que los animasen. Mas despues que he visto esta (4) materia de los maridos cuán en su punto está, soy de parecer que es el mejor oficio que hay en la república, teniendo por acompañado el ser cornudo. Gracias á Dios, que nos ha dejado ver tiempo en que es calidad; y estoy (5) sentido y aun avergonzado de parte de los que lo son, (6) por haber sabido que vuesa merced anda escondiéndose, como (7) afrentado de serlo. No me espanto que agora es vuesa merced cornicantano, (8) como misacantano, y realmente se hallará atajado; aunque (9) se librará con los besamanos y el ofrecerse: vuesa merced (10) se hará á las armas, como todos, y se comerá las manos tras ello. Por estas yerbas

cumplo veinte y siete años (11) y siete dias de cornudo, y le prometo á vuesa merced, que mediante Dios, me ha dado mil vidas. Bien sé yo (12) lo que más sentirá vuesa merced, y es lo que quedarán diciendo cuando pase (13) por las calles: no se le dé un cuerno, aunque le sobren muchos; que si da en sentirlo, se (14) podrirá. Y así hágalo gracia, y si oyere tratar de (15) cuernos ó cornudos en algun corrillo, diga dellos peor y más mal que todos; que nosotros así lo hacemos, y engordamos. Y esté cierto que (16) nadie puede (que sea hombre de bien) decir mal de los cornudos, porque nadie dice mal de lo que hace. ¿Y debe de pensar vuesa merced que es solo cornudo en España? Pues ha de advertir que nos damos acá con ellos, (17) y que se trata que, como á oficio, se les señale cuartel aparte y calle: como hay lenceria y (18) judería haya cornudería; no sé si se hallará sitio (19) capaz para todos. Dichoso vuesa merced, que es cornudo solo en ese lugar, donde es fuerza que todos acudan; y no aquí, que nos quitamos la ganancia los unos á los otros, tanto que si no se hace saca de cornudos para otra parte, se ha de perder el lugar. ¿Cómo piensa que está (20) recibido esto del cornudar? Pues ya se hace inquisicion, para casarse uno, que despues (21) de darle el dote se obliga á hacelle cornudo (22) dentro de tanto tiempo; y el marido escoge el género de gente con quien mejor le está, (23) extranjeros, seglares ó eclesiásticos. Y ha de llegar tiempo en que ha de (24) ararse en España con maridos, y se ha de llamar (25) yunta de desposados, y vacadas los barrios; aunque, con la sobra de mujeres, se ha cogido tanto cornudo este (26) año, que valen á huevo. (27) Y es un gran borron de la profesion, que ántes cuando en una provincia habia dos cornudos se hundia el mundo, y ahora, (28) señor, no hay hombre bajo que no se meta á cornudo, que es vergüenza que lo sea ningun hombre

(a) El último párrafo de la *Visita de los chistes* (pág. 349) háceme sospechar fué la presente carta, á la vez que aquel discurso, escrita en 1622.

Dedicatoria parece de una obra retulada *El siglo del cuerno*, pero no debió llegar á bosquejarse siquiera, á juzgar por el silencio de los autores del *Tribunal de la justa venganza*. Los mismos, por el contrario, se desatan feramente contra la epístola, destinando para ello solo algunas páginas de su libelo (25 y 100 á 106). Hé aquí el nombre que le dan : *Carta de un cornudo á otro jubilado* ; pero hay en este epígrafe error, debiendo decir de un *jubilado á otro cornicantano*.

Si el estilo y gracejo que distingue á rasgo tan desenfadado no desvanecen la menor duda acerca de su verdadero autor, la autoridad y testimonio del *Tribunal de la justa venganza* lo harian incuestionable.

La carta salió por vez primera á luz en la *Edicion ilustrada* de don Vicente Castelló, Madrid, 1845.

Para mi impresion he tenido presentes

L. — Un manuscrito de la biblioteca de don Luis de Salazar y Castro, perteneciente hoy al Congreso de diputados, L. 31, pág. 200. En él se titula *Siglo del cuerno*.

H. — Otro de la Nacional, tambien antiguo, H. 43, folio 19.

T. — Otro de la misma oficina, T. 153.

M. — Otro idem, coleccion de don Juan Isidro Fajardo, M. 276, folio 294 v.

D. — Otro, letra del bibliotecario Sanchez, que me ha franqueado el señor don Agustin Duran.

B. — Uno que igualmente debo á la atencion del señor don Augusto de Búrgos.

Varios ejemplares de menor cuantía, y de que doy razon en el índice que precede á estas obras.

(1) de parecer, señor licenciado, que á los hombres (*M.*)

(2) alma de aquel hombre que sacan á justiciar, y habian de llevar cristos (*H.*) — ánima del que sacan á justiciar, y habian de llevar delante cristo y teatinos que los ayudasen. (*Tribunal de la justa venganza.*)

(3) ajusticiar, y habiendo de llevar teatinos que los animasen T.) — casar, y habian de llevar cristo, etc. (L).

(4) laceria de los maridos, (*B.*)

(5) corrido y avergonzado, de parte de los cornudos, de que vuestra merced anda escondiéndose como afrentado de serlo, No me espanto, que ahora es vuestra merced cornicantano, como misacantano. Y tras esto he oido decir el otro dia, que se trataba de hacer cornudos reales, como escribanos. (*Tribunal de la justa venganza.*)

(6) de ver que vuesa merced (*T.*)

(7) avergonzado y afrentado (*M.*)

(8) y realmente (*T.*)

(9) se cobrará con el besamanos y el ofrecer, (*H.*) — aliviará con los besamanos y el ofrecer. (*L. M.*)

(10) se haga á las armas (*H.*)

(11) y ocho dias (*L. H. B. M.*)

(12) que lo más que sentirá vuesa merced es lo que quedarán (*L. H.*)

(13) por la calle: (*L. H. M.*)

(14) podrirá en dos dias, y bágalo (*B.*) — podrirá. Hágalo (*H.*) — pudrirá. Y hágalo (*L.*)

(15) muchos en algun corrillo (*T.*) — cornudos en algun corrillo. (*H. B.*) — cuernos ó de cornudos etc. (*L.*)

(16) naide, etc. (*L.*) — naide que sea hombre de bien puede decir mal de los cornudos, (*H.*)

(17) y se trata de que como á oficio se les señale calle aparte, y que como hay lenceria haya cornudería ; (*Id.*)

(18) pescadería , haya (*T.*)

(19) para todos. Dichoso vuestra merced, que es solo cornudo en su lugar, (*L.*)

(20) reducido esto del encornudar, que ya se hace (*H.*) — recibido, etc. (*L.*)

(21) de la dote (*H.*) — de lo del dote (*L.*)

(22) de contado, dentro de tanto tiempo : (*L. H. M.*)

(23) extranjero, seglar, ó eclesiástico. (*L.*)

(24) usarse en España con-maridos, y se ha llamar junta de desposados (*T.*)

(25) la yunta de desposados, yunta de vacadas y bueyes. Con la sobra de mujeres (*H.*) — junta de desposadas y vacadas, aunque con la sobra de maridos se ha cogido (*L. M.*)

(26) estos años, (*L. H. M.*)

(27) Dice un gran señor de la profesion, que ántes cuando habia en una provincia dos cornudos (*H.*)

(28) no hay hombre (*Id.*)

de bien. Que es oficio que si anduviera el mundo como habia de andar, se habia de llevar por oposicion como cátreda y darse al más suficiente; (1) por lo ménos no habia de poder ser cornudo ninguno que no tuviese su carta de exámen, aprobada por los protocornudos y (2) amurcones generales (a) : harianse mejor las cosas y sabrian los tales cofrades del hueso lo que habian de hacer. No hay cosa más acomodada que ser cornudo, porque cabe en el marido, en el hermano, en el padre, en el amigo : (3) al letrado no le estorba el estudiar, ántes le da lugar á la (4) licion; ¿cómo curaria ni visitaria el médico si estuviese siempre sobre su mujer, y no diese lugar al cuerno? El da lugar á los oficiales para su trabajo, y á nadie estorba. Pues en cuanto á honra, ¿quién no se anda tras dél? Quién no visita su casa? Quién no le regala? Quién no le asienta á su mesa? Quién no le (5) presta ni le da? ¡Pues si miramos al provecho de la república! Si no hubiera cornudos, ¿qué hubiera de muertes, de escándalos y putos? Todo esto estorba uno de nosotros, á quien llaman hombres de buena masa. Y realmente nosotros, conforme á buena justicia, siempre tenemos razon para ser cornudos : porque si la mujer es buena, comunicarla con (6) los prójimos es caridad (7); y si es mala, es alivio propio. En otro tiempo eran menester razones, mas ya está tan negro, de calificado, esto, que son excusadas las autoridades. Por-

que, aunque es verdad que en el primitivo cuerno hubo alguna incomodidad y pesadumbre, agora está eso muy asentado; porque todas las cosas han hecho mudanza, y más esta, que hay agora casta de cornudos como de caballos: y está tan acreditado (8) este oficio, que verá vuesa merced que están aguardando á una puta ducientos dueños, para cogerla como arrebatiña, y alto á casar. (9) Oí decir el otro dia que se trataba de hacer (10) cornudos reales, como escribanos, y repartirlos por las calles, para el buen despacho, con su rótulo encima, como curiales, que diga : «Aquí se despacha para Roma, Génova, (11) Francia y otras partes.» No sé si se pasará adelante (12), como tambien la nueva institucion (13) de cornudos recoletos, que agora se instituye para moderar las sedas, cadenas, diamantes y cintillos que gastan. De todo avisaré á vuesa merced, como quien tan (14) á pecho toma nuestra estimacion (15). Vuesa merced se honre mucho, y coma de todo, y hable con todos, y disimule, y verá qué bendiciones me echa; y entre tanto, para entretenerse y aprovecharse, lea (16) ese discurso, intitulado *El siglo del cuerno*, y mándeme cosas de su servicio.

A nuestra mujer beso (17) las manos, en habiendo vacante.

(1) ó por lo ménos no habrà de ser (*H*.)
(2) marcones (*L*.)
(a) Llámase *amurcar* al dar el toro el golpe con las astas.
(3) el letrado no se estorba á estudiar, (*H. B*.) — al letrado no estorba el estudio, (*L*.)
(4) leccion de los libros. (*H*.)
(5) presta? Quién no le da? (*L*.)
(6) el projimo (*Tribunal de la justa venganza*.)
(7) nuestra aliviarnos y repartirla. (*H*.) — de nosotros aliviarla y repartirla. (*M*.) — de nosotros aliviarnos y repartirla. (*L*.)

(8) esto, que verá (*H. M*.)
(9) He oído decir desde el otro dia (*T*.)
(10) nuevos cornudos y repartirlos (*L. M. D*.)—arancel de nuevos cornudos y repartirlos (*H*.)
(11) y Flándes. No sé si para adelante habrà nueva instruccion de cornudos (*H*.)
(12) la nueva institucion (*M*.) — con la nueva instruccion (*L*.)
(13) que me acaban de decir se trata, para moderar las sedas, (*T*.)
(14) á pechos toma nuestra imitacion (*L. H. M*.)
(15) ó imitacion. (*T*.)
(16) este discurso (*T*.)
(17) las manos. (*L. H. M*., y *termina la carta*.)

MEMORIAL DE DON FRANCISCO DE QUEVEDO PIDIENDO PLAZA EN UNA ACADEMIA,

Y LAS INDULGENCIAS CONCEDIDAS A LOS DEVOTOS DE MONJAS,

QUE LE MANDARON ESCRIBIR ÍNTERIN VACABÁN MAYORES CARGOS (a).

MEMORIAL.

Don Francisco de Quevedo, hijo de sus obras y padrastro de las ajenas, dice : Que habiendo (1) venido á su noticia las constituciones del cabildo del regodeo, como (2) cofrade que ha sido y es de la Carcajada y Risa; atento á que es hombre de bien, nacido para mal, (3) hijo de algo (4) para ser hombre de muchas fuerzas y de otras tantas flaquezas; puesto en tal estado, que de no comer en alguno, se cae del suyo de hambre ; (5) persona que si se hubiera echado á dormir, no (6) le faltaran man-

(a) A imitacion de las de Italia, extendiéronse entre nosotros, reinando Cárlos I, las academias que despertaban con la emulacion el ingenio, y extendian y quilataban el gusto. Varios amenos discursos y picantes paradojas he visto en la biblioteca Colombina, que fuéron sabroso manjar de la academia que tuvo en Madrid Hernan Cortés, valeroso engrandecedor de la honra y del imperio de España.

Eran por lo general cuestiones poéticas, morales y científicas objeto de todas aquellas generosas reuniones, que sin embargo se despojaron más de una vez de su habitual moderacion y compostura, para entregarse en brazos de la confianza, y por diversion y esparcimiento, á los chistes, á las agudezas y burlas. De ello ofrece insigne muestra una larga carta que estimo por de Cervántes (y toma vuelo mi opinion con la tan juiciosa y respetable del señor don Juan Eugenio Hartzenbusch), en que se da cuenta á un amigo del torneo, comedia y juegos con que en alegre gira se solazó la cofradía literaria sevillana, de que era hermano mayor don Diego Jimenez y Enciso, escritor dramático apreciable, y entónces muy aplaudido.

Cayendo y levantando, divididas en sectas, abrumadas de competencias y porfías, monopolizadas y acedadas por los poetas (genus irritabile), atravesaron medio siglo las academias.

Sospecho que hubo de presentar Quevedo el Memorial que publicamos, en una llamada Selvaje, del nombre de su autor y presidente don Francisco de Silva, lúcido vate y esforzadísimo soldado, abierta en Madrid por los años de 1612, y donde concurrieron todos los floridos ingenios que engalanaban la corte ó en ella por aventura se encontraban.

El tema del discurso que se encomendó á nuestro autor fué oportuno y conveniente. Cuando la vanidad de pobres hidalgos, puntosos en el casar de sus hijas, llenaba de mujeres el claustro; cuando la piedad unas veces, la vanagloria otras, y en alguna ocasion los remordimientos de próceres y ministros avaros y tiranizadores (que cifraban en levantar casas piadosas la absolucion de sus crímenes), iban convirtiendo en monasterios y conventos las villas y ciudades ; y cuando los hombres ociosos, imprudentes y depravados tenian derecho para festejar á las religiosas á título de devocion, — acorralar con duras invectivas á estos desalentados galanes era un deber de todos los escritores, y mucho más de los satíricos.

En sus Avisos calificó Pellicer de abuso mal permitido en los reinos de España, y de escandalosa y mal consentida de ministros espirituales y temporales, esta clase de correspondencia, al referir los escalamientos, fugas y sacrílegos excesos que por ella sucedian á cada paso.

La censura de los escritores debia sin vacilar desatarse contra los devotos, contra los que perturbaban traidoramente la santa paz de aquellas venerables mansiones.

Cervántes los moteja con donosura en la carta citada arriba, diciendo que se permitió al licenciado Gayoso entrar en el torneo, « por méritos de ser tres años á esta parte devoto de una monja; y quien ha tenido paciencia para llevar esto, es cierto que la tendrá para sufrir los golpes de un mantenedor diestro y la sentencia de un juez ignorante. »

Góngora, en unas espinelas, no se sació de ridiculizar á los necios

Que pudiendo ir á caballo,
A pié se van al infierno ;

y alguna estrofa de la composicion es tan gallarda como esta :

Mal haya el hombre que quiere

Beber en taza penada,
Que al cabo no bebe nada,
Por más que de sed se muere.
Muérase de sed quien quiere,
Beba ó no beba á su gusto;
Que no quiero beber susto
Con melindres que me penen,
Mas con vasijas que llenen
Las medidas de mi gusto (1).

El teatro sacó estos rondadores á la vergüenza, retratándolos en la comedia de Lo que pasa en un torno de monjas.

Quevedo ni perdonó á los devotos, ni tampoco á las religiosas desenvueltas y aseglaradas, ridiculizándolos en la Casa de locos de amor, en la Historia de la vida del Buscon y en sus desenfados poéticos. Atribúyesele un soneto donde se compara con Tántalo al mísero galan

que á monja quiere ;
Pues de su agua y fruta tan cercano
Con hambre y sed rabiosa vive y muere ;
Y cuando mucho, tocale una mano.

Tiénesele tambien por autor de una larguísima composicion nombrada Exenciones concedidas á las monjas ; la cual empieza

Don Berenguer Sargento Mitridates,
De la casa de Orates,
Que resido en Toledo,
Ministro general por lo que-vedo
En partes eclesiásticas :
Salud y gracia á todas las monásticas.

Desnuda de correccion y de todo género de decencia, no basta que la recomiende un gran conocimiento del corazon humano, para merecer lugar entre las obras no indignas de don Francisco.

Resta añadir, volviendo al Memorial, que por los años de 1786 fué incluido en el Semanario erudito de Valladares : que las Indulgencias no han llegado á imprimirse ; y que de ellas hizo mencion con su acostumbrada censura el Tribunal de la justa venganza, pág. 22.

Para mi publicacion he tenido á la vista los siguientes manuscritos de la biblioteca Nacional :

M 198. — (Fáltanle las Indulgencias.)
H. 45.
T. 153.
M. — El primer tomo de la coleccion de don Juan Isidro Fajardo, M 276.

Tres copias del siglo anterior que me ha facilitado el señor Duran ; y otra del señor Lopez de Córdoba.

(1) llegado (M 198.)
(2) cofrade que es (T.) — cofrade que ha sido (H. M.)
(3) hijodalgo, que es lo mismo que no ser para nada sino para cometer flaquezas; puesto en tan buen estado (Semanario erudito.)
(4) por no ser hombre de muchas fuerzas, puesto en tan buen estado (T.) — pero no señor ; hombre de muchas fuerzas y otras tantas flaquezas ; puesto etc. (M 198.)
(5) hombre que se hubiera echado á dormir con la buena fama que tiene, si no le faltaran mantas ; y que ha echado el pecho al agua por no tener para vino ; (M 198.)
(6) faltaran (H. M.)

(1) Biblioteca Nacional, M R., pág. 104 v.

tas con la buena fama que tiene; que ha echado muchas veces (1) y en varias ocasiones el pecho al agua, por no tener vino; que es rico y tiene muchos juros, de por vida de Dios; señor del Valle de lágrimas; (2) que ha tenido y tiene, así en la corte como fuera della, muy grandes cargos de conciencia; dando de todos muy buenas cuentas, pero no rezándolas; ordenado de corona, pero no de vida; (3) que es de buen entendimiento, (4) pero de no buena memoria (5); que es corto de vista, como de ventura; hombre dado al diablo, y prestado al mundo (6) y encomendado á la carne; rasgado de ojos (7) y de conciencia, negro de cabello y de dicha, largo de frente y de razones, quebrado de (8) color y de piernas, blanco de cara y de todo, falto de piés y de juicio, mozo amostachado, y diestro en jugar (9) las armas, á los naipes y (10) á otros juegos; y poeta sobre todo, hablando con perdon, descompuesto, componedor de coplas, (11) señalado de la mano de Dios. Por todo lo cual, y atento á sus buenos deseos, pide á vuesas mercedes (12) (pudiéndolo hacer á la puerta de una iglesia, por cojo) le admitan en la dicha cofradía del Placer, dándole en ella alguna plaza muerta, aunque sea de hambre; que (13) en ello recibirá merced, y (14) hará cármen con los frailes.

Y habiendo leido su memorial el cabildo, determinó de ocupalle por ahora (en tanto que vacan mayores cargos) en componer un memorial de las indulgencias que el cabildo es bien conceda á los devotos de las monjas. Y en su cumplimiento lo ejecuto en la forma siguiente:

INDULGENCIAS CONCEDIDAS Á LOS DEVOTOS DE MONJAS.

Primeramente, todos aquellos que, descuidados de sí mismos, pusieren sus sentidos en la monja (15) devota que aman, y trayendo consigo la medalla ó insignia, hicieren exclamaciones solitarias, coplas ó sonetos en su alabanza, y las escribieren cartas contemplativas, — se

les concede quince años de boberia y otras tantas cuarentenas de tiempo perdido.

Item, á cualquier devoto que, llevado de su aficion, diere dineros, piezas de oro, plata ú otra cosa de valor, á su devota,—se le conceden veinte años de arrepentimiento, y otros tantos de bolsa vacía.

Item, á cualquier devoto que, por allegar á mayor merecimiento en tiempos de (16) aguas, nieve ó frio, ó calor, visitare la monja,—alcance todas las gracias que les están concedidas á aquellos que personalmente residen en la casa de los locos, y andan por las calles como tales.

Item, (17) al devoto que, trayendo esta medalla ó insignia, pusiere el pensamiento de noche en su devota y velare por su respeto, se le conceden tres dias de dolor de cabeza, y otros tantos de bostèzos.

Item, (18) á cualquier devoto que por año nuevo, Reyes ó Pascuas visitare el locutorio, y oyere cantar los años buenos, y (19) la colgare á la devota la vispera de su santo, se le conceden tres años de mofa y burla, y remision de todo cuanto llevare en la bolsa *per modum sufragii.*

Item, á cualquier devoto que fundare su esperanza en promesas de monjas, y diere crédito á sus palabras, teniendo consigo una destas medallas, se le concede absolucion de todo lo que le deben, y (20) se le permite que vuelva por estos medios al estado de la ignorancia.

Item, á cualquier devoto que, teniendo devota en (21) un monasterio, escribiere á otra del mismo hábito y la hablare (22) y regalare, y averiguado por la primera le riñere, se le concede quince años de pucheritos (23) y de disgustos, y nueve millones de revueltas.

Item, á aquellos que con firme esperanza pretenden galardon de sus servicios de la devota á quien sirven, se les concede por gracia particular que se hallen tan léjos della como la casa santa de Jerusalen está de (24) la ciudad de Roma.

Item, al que llegare á la hora de la muerte en este estado de devocion, se le concede remision de todos los bienes desta vida, y privilegio para no (25) llevarlos consigo á la otra.

Ultimamente, cualquier devoto que muriere con una destas medallas, y invocare en aquella (26) última hora el nombre de su devota, se le concede que, sin pasar por las penas del purgatorio, se vaya derecho al infierno (a). Y no más.

---

(1) el pecho (*H. M.*)

(2) ha tenido y siempre tiene (*M* 198.) — y que ha tenido y tiene mucha hacienda que ver y ninguna que gastar; que ha tenido y tiene, así en la corte (*Semanario.*)

(3) de medianísimo entendimiento, (*T.*)

(4) pero no de buena (*H. M.*) — y no de buena (*M* 198.)

(5) de lo que debe; (*Semanario.*)

(6) por ser encomendado á la carne (*T.*)

(7) como de conciencia (*M* 198.)

(8) facha y de piernas, blanco de color y de la fortuna; (*Semanario.*)

(9) armas, naipes y otros juegos, (*M* 198.)

(10) á las tabas, y así á otros juegos decentes; y sobre todo, y hablando con el debido respeto, poeta de trompon, componedor (*Semanario.*)

(11) hombre ilustre y señalado (*M* 198.)

(12) (pudiéndolo hacer) y atento á sus otras obras á la puerta de una iglesia, le admitan por cojo en dicha cofradía de placer (*Idem*.)

(13) recibirá merced y aun cármen sin ser fraile. (*Id.*)

(14) harás (*H. M.*)

(15) que aman, que trayendo (*M.*)

(16) agua ó frio (*M.*)

(17) á cualquiera devoto (*H. M.*)

(18) á cualquiera que por año nuevo (*Id.*)

(19) le colgaren la vispera (*T. H.*)

(20) vuelva por estos medios (*Id.*)

(21) monasterio (*Id.*)

(22) se le concede quince años (*Id.*)

(23) otros tantos de sollozos, y que sea tenido por mandilon ab soluto. (*Id.*)

(24) Roma (*Id.*)

(25) los llevar (*H.*)

(26) hora (*H. M.*)

(a) Terminan aquí los MSS *H.* y *M.*

CARTA A LA RETORA DEL COLEGIO DE LAS VÍRGENES [a].

Don Francisco de Quevedo Villegas, hijo de sus obras, padrastro de las ajenas, hombre de bien, nacido para mal, (1) hijo de algo, señor de nada, (2) cofrade de la Carcajada y hermano del Regodeo; (3) mozo dado al mundo, prestado al diablo y encomendado á la carne; que ha tenido y tiene, así en la corte como fuera della, (4) muchos cargos de conciencia; que desciende de la casa de los Quevedos, por lo cual es de casa de solar (5); de calzas atacadas; rasgado de ojos y de vestido, ancho de frente y de conciencia, negro de cabello y de ventura, falto de piés y de dicha, (6) raido de capa y de vergüenza, largo de (7) zancas y de razones, limpio de sangre y de bolsa, dice : Que su hermana doña Embuste (8) se halla con muy buen dote librado en el diablo, y que es mujer que tiene mucha vergüenza de ser su hermana. (9) Atento á lo cual á vuesa merced suplica, señora madre retora, se sirva admitirla en esa casa, alacena de doncellas en conserva, (10) para que así pueda conseguir la verdadera vocacion que tiene de llevar (cuando de este mundo salga) su virginidad fiambre y en cecina á la otra vida; que en ello recibirá merced y aun cármen. Etc.

RESPUESTA DE LA RETORA.

La señora retora, nieta de nada por (11) su padre Adan, cuya linea conserva, heredera de la hacienda de su abuela, nacida tantas veces cuantas se ha visto en peligro de la vida, señora de muchos lugares de Escritura, pretendiente (12) del marquesado de Puño-en-rostro, mujer de muchas más partes que las comedias de Lope de Vega, y que al punto que se entró en este colegio de las vírgenes locas la ha dejado el mundo y la ha embestido la carne; (13) respondiendo á su carta de vuesa merced digo : Que la señora doña Embuste (14), su hermana, tendrá en esta casa tal amparo, cuanto hay buena acogida de parientas suyas; donde podrá guardar intacta su virginidad hasta que el padre del Antecristo la tome para signo de su nacimiento; que en esto piensa hacer á vuesa merced servicio y aun orinal. Etc.

(a) Fundólo Felipe II, y la villa de Madrid dió muchas limosnas para su ereccion. Dijose la primera misa en su iglesia á 25 de marzo de 1581.

Es fama que la sátira de Quevedo contribuyó á que desapareciese la corrupcion que en aquel asilo se iba introduciendo.

La *Carta* presente no salió á pública luz hasta hace pocos años, en la *Edicion ilustrada* de 1845.

Para mi publicacion me he valido de los manuscritos de la Biblioteca Nacional

T. 153.
H. 43.
M. 276.
Uno del señor Duran.
Y otro del señor Lopez de Córdoba.

(1) hijodalgo, pero no señor; cofrade (*T.*) — señor de nada, (*M.*)
(2) cofadre (*H. M.*)
(3) hombre dado al mundo (*H. M. D.*)
(4) muy grandes cargos (*D.*)
(5) y calzar; rasgado (*M.*) — y cabrar ; (*D.*)
(6) largo de piernas y de razones; limpio de mano y de bolsa; (*T.*)
(7) calzas y de razones, (*H.*)
(8) tiene en muy buen dote al diablo, y es mujer (*H. D.*)

(9) Suplica á vuesa merced, señora madre retora, la admita (*H.*)
(10) atento que quiere llevar su virginidad fiambre (*H. M. D.*)
(11) la linea de Adan, su padre, heredera (*H. D.*)
(12) de los marquesados (*T.*) — de los marquesados de Caracena y Puño-en-rostro, (*H.*)
(13) respondo á la carta de vuestra merced, que la señora (*H.*) — responde, etc. (*M.*)
(14) tendrá en esta casa tal acogida, cuanto (*H. M.*)

COSAS MAS CORRIENTES DE MADRID, Y QUE MAS SE USAN :

POR ALFABETO (a).

A. *Alcahuetas*, más que picadores, al respecto de lo que se gasta más en su caballería.

Amigos como treguas, miéntras dura la comodidad.

Agravios limosneros, que siempre dan á pobres.

B. *Barbas* y cabellos dominicos : sobre blanco capas negras.

(a) De este, que pudiéramos llamar precioso registro de los asuntos contra que asestó su pluma el ingenioso autor de los *Sueños*, Tarsia nos dejó noticia al escribir su vida.

Viólo en manos de don Pedro Aldrete Carrillo, sobrino de Quevedo.

Hoy se creia perdido.

Mi amigo el excelente crítico y galano escritor don Manuel Cañete me ha proporcionado una buena copia.

Otra moderna existe en la biblioteca del señor duque de Osuna, con el título de *Cosas corrientes de la corte. Papel en orden alfabético, que escribió Quevedo para una academia.*

Banderas, por la razon de estado, sobre las almenas de la Galicia.

Barrigas como pantorrillas, nuevo modo de hidropesía.

C. *Caracoles* sin concha más que con ella.

Calvos, si no cabelleras.

Cuartos por plata, con cuatro por ciento, puestos á ciento por cuarto.

Cuellos y *Conciencia* de muchos anchos.

Cuentas hechas, porque se le acabó la gracia á la que lo hereda de perdon.

D. *Deseos* mártires y esperanzas vírgenes.

Doncellas sotanadas como casas.

Dones más huérfanos que niños expósitos.

E. *Escribanos*, cuya pluma pinta segun moja en la bolsa del pretendiente.

Estanque de coches en la calle Mayor á boca de noche, quizá porque en estanque siempre se pesca.

F. *Frailes* de entrambas sillas, y ménos jinetes en las del coro.

Favores con los remos de la estatua de Nabuco.

Faltriqueras en el brazo, por lo ménos para pañizuelos; que deben de ser á propósito los mocos para fuentes ó cicatrices de sangrías.

Fregonas con guardainfante arremangado.

G. *Grandes* como letras góticas, en mucho papel pocas razones.

Galanes y bolsas de bayeta (*a*).

Guantes de ante para ocultar las uñas.

H. *Hábitos*, de merced, más que buenas costumbres; y tantos, que ya son señas no traerlos para ser más conocidos.

Hacienda real sin tesoro.

Héticos de envidia, de achaques de ambicion.

Honras rotuladas, como vasijas de boticario; pero vacias, por quebradas.

Hablar y escribir gordo : testigos tan calificados, que pueden acreditar cualquiera ejecutoria.

I. *Impedimentos* por impedidos y pedidos.

Intereses, que la mucha devocion hizo como fiestas de precepto.

Intenciones doradas como píldoras, pero más amargas y ménos provechosas.

Ingerto de pobreza y vanidad, cuya fiesta son trampas y deudas.

J. *Jueces* en los tribunales, no en las leyes.

Judíos de crucifijo y sin Moisés.

Jorobados de conciencia.

L. *Ladrones* de privilegio, como son las despensas (*b*), á quien no se atreven alguaciles, si bien por serlo ellos de solar conocido, se les debe el primer lugar.

Lisonjas que pudieran, como gilguerillos, encerrarse en jaulas, á no haberlas menester los que las escuchan.

Leyes de calidad de maná, que saben á todo lo que los jueces quieren.

M. *Maridos* de anillo, como obispos, y que no ménos merecen mitra.

Madres que se comen sus hijas, ó el precio por que las venden, que es lo mismo.

Minas de diamantes, con nombres de asientos, para genoveses.

(*a*) Galanes y bolsas, pobres.

(*b*) De las despensas de privilegio da razon Pellicer en sus *Avisos* de 5 de noviembre de 1641, con estas palabras : «No hay otra novedad, salvo haberse pregonado con grandes penas, que ninguna persona entre á comprar en las *despensas* de los Embajadores; y que ninguno las pueda tener sino los de capilla» (los de potencias católicas, que tenian asiento en la Real Capilla, como el Nuncio, el de Venecia, el de Francia, etc.).

Mujeres hombres y hombres mujeres, en acciones y pelillos.

Muñecos vivos y andantes.

Muletas, de condicion que andan en dos piés y solas.

N. *Narcisos* ahogados en el agua de su propia estimacion.

Narices y estómagos á prueba de mondongo y más.

Necios con máscara de discretos, porque á su lado, como ceros, se acreditan.

O. *Oficio* de tantas ensanchas, que es mayor la circunstancia que el pecado.

Ojos engastados en soplillos; que ya enamoran las damas con ojos como puentes, y con dejarse pasar.

Obligados de novelas y mentiras, más seguros que las de Niseno (*c*).

P. *Pretendientes* paralíticos, que no sanan por no tener hombres, y algunos por no tener mujeres.

Poetas de diferentes estofas, pero todos envergonzantes.

Pintores de escoba y brocha gorda.

Putas, *ambigui generis*.

Q. *Quejosos*, maldicion forzosa, como bendicion de pobres, que nunca puede faltar.

R. *Rosario* de regadio, oraciones de soñoliento.

Relojes como tribunales, que se apela de unos á otros, aunque los más atrasados son los más finos fijos en la noche.

Resoluciones dudosas.

S. *Sastres* de vidas ajenas, que cortan con la imaginacion y cosen con almaradas.

Sobornos de procuradores, con que se asegura el buen despacho.

Sotanillas arremangadas como bigotes.

Sirenas de respigon y de bolsa, que cantan en la mano.

T. *Traspies*, mayormente en palacio.

Tardios y costosos desengaños.

Tomar siempre y por siempre, como mandamiento positivo.

V. *Vinos* con aguas, como chamelotes.

Valientes de guarda-mano, que fian más de la de los piés.

Vanidad con harapos de mendigo y cetro de caña.

Verdades como delincuentes retraidos en la iglesia, porque no se hallan sino es en los confesonarios.

Vergüenza perdida, y pocas veces hallada.

☩. El *Christus* se nos olvidó al principio del *A, B, C*, que no fuera nuevo estar entre ladrones.

(*c*) No halla, para los abastecedores de cuentos y embustes en los corrillos, otro punto de comparacion que el padre maestro fray Diego Niseno, quien, desde que murió Montalvan en 25 de junio de 1638, se habia desatado ciegamente en denostar y calumniar á QUEVEDO

DESENFADOS Y JUGUETES [a].

LIBRO DE TODAS LAS COSAS Y OTRAS MUCHAS MAS [b].

COMPUESTO POR EL DOCTO Y EXPERIMENTADO EN TODAS MATERIAS

EL ÚNICO MAESTRO MALSABIDILLO.

DIRIGIDO A LA CURIOSIDAD DE LOS ENTREMETIDOS, A LA TURBAMULTA
de los habladores, y á la sonsaca de las viejecitas.

PRIMER TRATADO.

SECRETOS ESPANTOSOS Y FORMIDABLES, EXPERIMENTADOS, TAN CIERTOS Y TAN EVIDENTES, QUE NO PUEDEN FALTAR JAMAS.

ADVERTENCIA AL LECTOR.

Curioso lector ó desaliñado, que no importa más lo uno que lo otro para el efeto de mi obra, esta primera página contiene las admirables y estupendas proposiciones, en que podrás escoger la maravilla que quisieres obrar, mirando el número que tiene delante, y buscándole en la siguiente página, donde está el modo de hacerlo. Y no te espante el prodigio que ofrece la pregunta; que todo lo hallarás fácil en viendo la respuesta.

TABLA DE PROPOSICIONES.

1. Para que se anden tras tí todas las mujeres hermosas; y si fueres mujer, los hombres ricos y galanes.
2. Para ser bien recibido donde quiera; y es infalible.

3. Para que cualquier mujer ó hombre que bien te pareciere, (1) seas hombre ó mujer, luego que te trate se muera por tí.
4. Para que con solo haber hablado á una mujer, te siga adonde quiera que fueres.
5. Para hacerte invisible, y que aunque entres entre mucha gente, ninguno te pueda ver. Y encomiéndote por el sumo Señor, que te hizo, tan alto secreto, por el daño que puede resultar si se divulgase en ladrones y adúlteros y presos y enemigos.
6. Para que hombres y mujeres te otorguen cuanto pidieres.
7. Para ser rico y tener dineros.
8. Para alcanzar (2) cualquiera mujer en un momento, y es certísimo.
9. Para que no se (3) te rompa ningun vestido que trujeres.
10. Para que no se te vaya el alcon, aunque le sueltes: y es probado.
11. Para no tener dolor de muelas jamas.
12. Para no encanecer ni envejecer nunca.

(a) ¿Con qué otro nombre podríamos acertadamente distinguir esta seccion? Dulcifiquemos, conservándole en todo lo posible, el que á las obras contenidas en ella dieron los contemporáneos de QUEVEDO.

(b) Es este uno de los rasgos de más intencion y profunda filosofía que, bajo la máscara de trivial y regocijado pasatiempo, trazó la siempre lozana pluma del escritor moralizador y político, mostrando la peregrina claridad de su ingenio y cuán superior era á las preocupaciones de su siglo.

Desconcertar las cavilaciones supersticiosas del vulgo, fomentadas por mentiras de quirománticos, fisonomistas y astrólogos y adivinos; ahuyentar de la educacion pública los restos de gótica rudeza; extirpar errores que afeaban muchas ciencias útiles; desarrebozar los abusos introducidos en la administracion de justicia, los vicios peculiares de ciertas profesiones, la petulancia y la vanidad de falsos eruditos y sabios, verdaderos charlatanes; y purificar, en fin, la clara lengua española de novedades peligrosas y del negro gongorismo que la hirió de muerte,—tal fué lo que burla burlando se propuso QUEVEDO. Por la forma es el Libro un juguete; por el alma un trabajo de gran importancia y estima. Reclamaba esta, para él, preferente lugar entre los discursos satírico-morales; aquella, que tan poderosas fuerzas tiene en los frutos del ingenio, aquí le da su sitio.

Los críticos sañudos y mezquinos censurones de aquel tiempo manifestaron muy distinta opinion de la nuestra, calificando la obra de pueril desahogo del autor para morder á traicion á sus enemigos; de burlesco y amuchachado su estilo; y toda ella, de desatinos fabricados despues de cena, tales, que para gracias son frias, para burlas muy triviales, para donaires enfadosos, y para repetidos impertinentes (1).

La posteridad, más justa, ha convertido en proverbios los dichos y agudezas que esmaltan el tratado; y cuando no sabe exprimir la para miel que este panal encierra, se regocija y esparce con las ocurrencias felices, y de ellas se vale aplicándolas á frecuentes sucesos de la vida.

El Libro de todas las cosas se imprimió por vez primera en Madrid el año de 1631, segun testimonio del Tribunal de la justa venganza, páginas 226, 227 y 228.

De él no he visto manuscritos ni antiguos ni modernos.

El texto va concordado por las ediciones de Barcelona, 1635; Madrid, 1648; y Bruselas, 1660.

(1) sea (Edicion de Barcelona, 1635.)
(2) cualquier (La de Madrid, 1648.)
(3) rompa (La de Barcelona.)

(1) Tribunal de la justa venganza, pág. 291.

13. Para tener hijos la más estéril mujer del mundo.

14. Para que no te hurten los sastres.

15. Para no morirse jamas.

16. Para no morir sin confesion.

17. Si quieres que el caballo que tuvieres revuelva á todas manos.

18. Para tener grandes cargos en la república.

19. Para verte en altos puestos en breve tiempo.

20. Para ser (1) tenido.

21. Para no envejecer, seas mujer ó hombre.

22. Para que aunque seas calvo, no lo puedas parecer, sin cabellera ni casquete.

23. Para que todos los pleitos salgan en tu favor.

24. Para que te duren poco las enfermedades.

25. Para que no te piquen las chinches de noche.

26. Si quieres ser bienquisto.

27. Para no confesar en el tormento : y es certísimo. No lo comuniques, por los ladrones y delincuentes.

28. Para quitarte los grillos y las prisiones en la cárcel, por grandes que sean.

TABLA DE SOLUCIONES.

1. Andate tú delante dellas.

2. Da donde quiera que entrares, y serás tan bien recibido, que te pese.

3. Sé el médico que la cures, y es probado, pues cada uno muere del médico que le da al tabardillo ó mal que le dió.

4. Húrtala lo que tuviere, y te seguirá hasta el cabo del mundo, sin dejarte á sol ni á sombra.

5. Sé entremetido, hablador, mentiroso, tramposo, miserable, y nadie te podrá ver más que al diablo.

6. Pídeles á ellas que te (2) quiten lo que tienes, y á ellos que no te dén nada, y te lo otorgarán todo.

7. Si los tienes, tenerlos; y si no, (3) no desearlos, y serás rico.

8. Aguija si anda, y corre si aguija, y vuela si corre, y la alcanzarás.

9. Rásgale tú primero, y es cierto.

10. Pélalo cañon á cañon, y lo verás claro.

11. No las tengas, y es un ahorro que parece muy mal á las quijadas.

12. Muérete cuando muchacho ó recien nacido.

13. Conciba, y pára, y críelos, y no los suelte, — y los tendrá.

14. No hagas de vestir con ellos, y no hay otro remedio.

15. No seas necio, que estos solos son los que se mueren; que á los desgraciados mátanlos las heridas, á los enfermos mátanlos los médicos; y los necios solo se mueren á sí mismos.

16. Haz delitos de muerte y confiésalos, y morirás confesado.

17. Ponle dos dias con un escribano, y revolverá á todas manos, y aun á todo el mundo.

18. Fuerza doncellas, hurta casadas, mata clérigos, roba iglesias; que no hay mayores cargos.

19. Andate de cuesta en cuesta y de cerro en cerro.

20. Déjate agarrar y asir.

(1) temido. (La de Barcelona.)
(2) quieren (Id.)
(3) desearlos (Id.)

21. Andate al sol en (4) el verano y al sereno en el invierno; no tengas paz con tus huesos; púdrete de todo; come fiambre y bebe agua; no descanses de dia ni de noche, por andar en lo que no te va ni te viene: que como esta no es vida para llegar á viejos, conseguirás el no serlo.

22. Ten sombrero perdurable y de por vida, y no te le quites aun para dormir; y si otro te quitare el sombrero, remítete á la (5) cabezada y á la reverencia; y si por esto te dijeren que eres descortés, di que más vale ser descortés que calvo; y si por descortés riñeren contigo y te mataren, tambien vale más ser muerto que calvo, y procura morir con tu sombrero como con tu habla.

23. No pagues al abogado, ni al procurador, ni á los oficiales; que eso es lo que se pierde siempre sin remedio, y en eso vas condenado cada dia y cada hora. Y si pagando á los susodichos tienes sentencia en tu favor, tienes dinero en contra; y si tienes sentencia en contra, tambien. Y advierte que ántes que se contesten las demandas, son los pleitos sobre si mi dinero es mio ó del otro; y en empezándose, es sobre que no sea del otro ni mio, sino de los que nos ayudan á entrambos.

24. Llama á tu médico cuando estás bueno, y dale (6) dineros porque no estás malo; que si tú le das dinero cuando estás malo, ¿cómo quieres que te dé una salud que no le vale nada, y te quite (7) un tabardillo que le da de comer?

25. Acuéstate de dia, y es probado.

26. Presta y no cobres; da, convida, sufre, padece, sirve, calla, y déjate engañar.

27. Negar (8) todo cuanto te preguntaren.

28. Págaselo muy bien al alcaide : y es probado.

TRATADO DE LA ADIVINACION POR QUIROMANCIA, FISONOMÍA Y ASTRONOMÍA.

Señales de agua : Ver llover, no tener para vino, ahogarse en ella.

Señales de sereno : Catarros á la mañana, reumas y dolor de muelas.

La Luna en los Peces significa que está de viérnes: menguará, y andarán linternas de noche.

Todas las veces que la luna está en el Toro, es cierto que entre los dos hay cuatro cuernos : saldrá el sol por la mañana.

Las Lunas viejas son las que hacen las malas noches en invierno, y se gastan en enseñar á gruñir los vientos y á murmurar á los vientecicos.

Júpiter en Libra parecerá tendero : denota invierno y verano en el año.

Vénus con Géminis, que es signo ungüente, es señal que tiene llagas : miren por sí los boticarios.

Júpiter en el Carnero estará como hueso de muerto : denota melancolía en los presos.

Saturno en Capricornio amenaza casados mollares.

Mercurio en el Leon parecerá medio ochavo : causará enfermedades, si hay melones y pepinos, y se bebe agua;

(4) verano (Edic. de Barcelona.)
(5) cabeza (Id.)
(6) dinero (Id.)
(7) el tabardillo (Id.)
(8) cuanto (La de Madrid y siguientes.)

y morirán los que enfermaren, (1) si los curan los médicos.

La Luna en la cabeza del Dragon significa que el Dragon tiene cabeza.

Luna llena no cabe nada más, y es aforismo de Hérmes (a).

Eclipse solar es eclipse hidalgo : promete escuridad miéntras durare, y mentiras de astrólogos, creidas de necios y temidas de poderosos y ricos.

Cometa con cola es cierto, si se llegan á ella, que se pegará. Denota muchas bocas abiertas, nueces de gaznates (2) empinadas, y ojos de puntillas para verla. Y si fuere crinita, morirán sin duda aquel año todos los reyes que Dios quisiere.

Conjuncion magna : habrá (3) encuentros de reyes en las barajas, jugando á la carteta; muchas muertes en los rosarios, y durarán sus efetos hasta que se rompan. Ptolomeo y Magino (b) y Origano.

CAPÍTULO DE LOS (4) AGÜEROS.

Si vas á comprar algo, y al ir á pagar no (5) hallas la bolsa adonde llevabas el dinero, es agüero malísimo, y no te sucederá bien la compra.

Si vas á reñir y se te cae la espada, es mejor que no si se te cayeran las narices. Pero si riñiendo se te cae y te rompen la cabeza, es mal agüero para tu salud, y bueno para el cirujano y alguacil.

Si al salir de tu casa vieres volar cuervos, déjalos volar, y mira tú dónde pones los piés.

El mártes es dia aciago para los que caminan á pié y para los que prenden.

Si se te derrama el salero, y no eres Mendoza, véngate del agüero, (6) y cómetele en los manjares. Y si lo eres, levántate sin comer, y ayuna el agüero como si fuera santo : que por eso se cumple en ellos el agüero de la sal, porque siempre sucede desgracia, pues lo es no comer.

Dias aciagos y horas menguadas son todos aquellos y aquellas en que topan al delincuente el alguacil, el deudor al acreedor, el tahur al fullero, el príncipe al adulador, y el mozo rico á la ramera (7) astuta.

Tres cosas las mejores del mundo aborrecen sumamente tres géneros de gentes : la salud los médicos, la paz los soldados, la verdad algunos escribanos y letrados.

CÓMO SE HAN DE HACER LAS COSAS Y EN QUÉ DIAS, PARA QUE TE SUCEDA BIEN.

Domingo reina el Sol; es dia á propósito para comer á costa ajena, y no hace mal, aunque sea algo más de lo ordinario; porque segun Hipócrates y Galeno, no son dañosos los ahítos de balde, y está el Sol en su casa, y tú en la del otro.

(1) si no los curan (La de Barcelona.)
(a) Veanse las notas de la página 401.
(2) empinado (Edic. de Barcelona.)
(3) encuentro (Id.)
(b) Todos los impresos estampan con error Maxinio. Del astrónomo paduano Juan Antonio Magino he dado noticia en las páginas 389 y 390; y de Origano allí tambien la encontrarán los lectores.
(4) ALGUACILES. (Edic. de Barcelona.)
(5) hallares (La de Bruselas y siguientes.)
(6) y cómetela (Las modernas.)
(7) altera. (La de Barcelona.)

Lúnes compra todo lo que hallares á ménos precio ó de balde.

Mártes toma todo lo que te dieren, y no repares en cumplimientos, que es dia de Marte; y si (8) lo haces, te mirará en el arrepentimiento de mal aspecto.

Miércoles pide á Dios y á ventura, que quizá toparás con alguno á quien Mercurio, tocado de la vanidad, incline á darte lo que tuviere.

Juéves es dia á propósito para no creer nada que te digan los aduladores.

Viérnes es buen dia para huir del acreedor, y de la ejecucion, y de la embestidura meridiana de (9) los panzas al trote.

Sábado es buen dia para levantarte tarde, andar despacio, comer caliente, hablar mucho y vestir ancho y calzar holgado; que es Saturno viejo y amigo de su comodidad, y tiene gota, como sale de Acuario y no se ha enjugado.

DE LA FISONOMIA.

Todo hombre que tuviere el cabello ensortijado, negro y recio, dará más que hacer á los barberos; y el que criare piojos, se rascará á menudo la cabeza.

Todo hombre calvo no tendrá pelo, y si tuviere alguno, no será en la calva (c). A estos, si son barbados, les reluce el casco, y parecen sus caras cabezas con el pelo, y sus cabezas caras sin él.

Todo hombre de frente chica y arrugada parecerá mono, y será ridiculo para los que le vieren.

El que tuviere la frente ancha, tendrá los ojos debajo de la frente, y vivirá todos los dias de su vida; y esto es sin duda.

Quien tuviere nariz muy larga, tendrá más que (10) sonar, y buen apodadero.

El de narices meñiques y romas, llamadas narigüetas, que hay algunos que las tienen tan pequeñas que apénas se las puede hallar en la cara el mal olor, son hombres aunque parecen otra cosa, y en vida empiezan á hacer diligencias para calaveras. No son coléricos, porque por milagro se les sube el humo á las narices, como no se las halla.

Boca grande de oreja á oreja significa tarasca ó alnafe, y mucha espuma sin freno. Y estos (11) paran bien, porque no solo no son desbocados, pero son boca todos.

Boca pequeña y fruncida, que hace bocico de huron y parece oido, denota escuridad en los dientes. y es como tener encías con saetera en lugar de ventana.

Boca en almibar con humedad de balsa, que habla con perdigones y razona con zumo, ondeada de jabonaduras, con la risa nadando en salivas, más necesidad tiene de enjugador que de requiebro.

El que tiene manos muy grandes tendrá grandes dedos, y diez uñas en entrambas; y el que tuviere mucha mano, privará; (12) y muchas manos, será valiente; y por el contrario.

Ojos vivos no huelen mal, y relucen; los pequeños tienen niñas, y los grandes mozas.

(8) no lo haces (Edic. de Sancha.)
(9) las panzas al trote (Edic. de Bruselas y siguientes.)
(c) ¿Por qué muestra QUEVEDO saña tan tenaz contra los desnudos de cholla y la pelambre?
(10) soñar (Ediciones de Barcelona y Madrid.)
(11) para bien (La de Barcelona.)
(12) el que muchas manos (La de Sancha.)

Ojos verdes y azules (1) parecen (2) pájaras, y no mujeres.

Ninguna mujer que tuviere buenos ojos y buena boca y buenas manos, puede ser hermosa ni dejar de ser una pantasma; porque en preciándose de ojos, tanto los duerme, y los arrulla, y los eleva, y los mece y los flecha, que no hay diablo que la pueda sufrir.

Si tiene buenas manos, tanto las esgrime y las galopea por el tocado, tecleando de araña el pelo y haciendo corvetas con los dedos por lo más fragoso del moño, que amohinará los difuntos. Pues considérame la de buenos dientes, arregazados los labios, con todas las muelas y dientes desenvainados, y en (3) púribus los colmillos, muy preciada de regaño de mastin, y á pique del alma condenada; y veréis cuánto mejor es un neguijon fruncido, y unos ojos rezmellados y una mano de mortero, contenta con ser mano, sin introducirse en (4) revoloteos, en sonajas, en pinzas y en taravilla de bullicios.

Mujer con cara podrida como olla, donde hay, con hocico de puerco y carne de vaca, de todo en la escarapela de facciones, más preciada de bien prendida que los que están en los calabozos; dama de la cárcel, muy presumida de los alfileres, pretendiendo pasar por lindeza lo bigarrado,—de puro bien prendida, merece que no la suelten las pascuas (a). Y pues todo su caudal es ser solamente bien prendida, es razon que la llamen doña Escariote, y que sea conocida por el prendimiento (5), como Júdas.

Mujer tarasca (6) y delincuente de cara, muy revesada de ojos, muy gótica de narices, muy ética de labios, muy penitente de mejillas, muy escura de encías, con dentadura de raja, y frente tan angosta que el cabello sirve de cejas,—si retrujere estas bellaquerías vivas en lo discreto, cuando pida se le ha de dar audiencia, y no joya; tenga cátedra, y no amante. Alábensele las cláusulas y las dotrinas, no el talle ni el rostro; tenga lugar en las librerías, y no en las voluntades. Y porque conviene que con ella se gaste muy poco tiempo, queremos que en las visitas, ya que no sea oida ni vista, sea solo oida, y la vista huida.

Unas viejas en duda, que se usan, que se toman de los años como del vino, y andan diciendo que la falta de dientes es corrimiento, y que las arrugas son herencia, y las canas disgustos, y los achaques pegados, (b) y por no parecer huérfanas de la edad, llaman mal de madre el que es mal de agüela,—decimos que se les dé para su sustento una plaza de dueñas; que con esto serán viejas, y no dejarán ser mozas á las niñas á puros chismes, y tendrán venganza, ya que no pueden remedio. Y las graduamos de mujeres de bacinica, que (7) piden para las otras.

Las mujeres que tienen las cejas en arco, y no ballesta, tendrán dos (8) pestañas en cada ojo, y serán bien miradas si las miran bien.

En viendo un tuerto, puedes juzgar por esta ciencia que le falta un ojo.

Los bizcos son tuertos en duda, que no se sabe de qué ojo lo son.

El hombre zurdo sabe poco, porque aun no sabe cuál es su mano derecha; pues la una lo es en el lugar, y la otra en el oficio. Es gente de mala manera, porque no (9) hace cosa á derechas.

Hombre corcovado no le trates, y júzgale por mal inclinado, pues lo anda con la corcova.

Capon, que ni es hombre ni mujer, y parece entrambas cosas, es gente intratable, que ni merece ser hombre ni se atreve á ser dueña.

Quien tuviere pequeño pié, (10) ese sin duda calzará ménos zapato, y tendrá ménos zancajos que le roan los maldicientes.

Pié grande, que los gallegos llaman pata, si el que le tuviere dice riñendo dice meterá á otro en un zapato, lo podrá cumplir sin ser valiente.

QUIROMANCÍA Ó ARTE DE ADIVINAR POR LAS RAYAS DE LAS MANOS, EN UN CAPÍTULO BREVE.

Todas las rayas que vieres en las manos, oh curioso lector, significan que la mano se dobla por la palma y no por arriba, y que se dobla por las junturas; y por eso están las grandes en las coyunturas, y desas, como es cuero delicado, resultan las otras menudas. Y para ver que esto es así, mira que en el pescuezo y frente, caderas, corvas y codos y sangraduras y nalgas, por donde se arruga el pellejo, y en las plantas de los piés hay rayas. Y así habia de haber, si fuera verdad (como hay quirománticos), (11) nalguimánticos, y frontimánticos, y codimánticos, y pescuecimánticos y (12) piedimánticos.

PARA SABER TODAS LAS CIENCIAS Y ARTES MECÁNICAS Y LIBERALES EN UN DIA.

Si quieres saber todas las lenguas, háblalas entre los que no las entienden, y está probado.

Si escribes comedias y eres poeta, sabrás guineo en volviendo las rr ll, y al contrario: como Francisco, Flansico; primo, plimo.

Si quieres (13) saber vizcaíno, trueca las primeras personas en segundas, con los verbos, y cátate vizcaíno: como (14) Juancho, quitas leguas, buenos andas vizcaíno; y de rato en rato su (15) Jaungoicoá.

Morisco hablarás casi con la misma adjetivacion, pronunciando muchas xx ó jj: como espadahan de jerro, boxanxé, (16) Xorriquela y Mondoxas, mera boxanxé; y así en todo (c).

Frances, en diciendo bu, como niño que hace el coco; y añadiendo bon (17) compere, y nombrando maca-

(1) parecerán (La de Barcelona.)
(2) pájaros (La de Bruselas.)
(3) pluribus (La de Barcelona.)
(4) revoloteos (Id., y la de Madrid.)
(a) Alude á la costumbre, que de los hebreos pasó á nosotros, de dar en la Pascua libertad á un preso.
(5) de Júdas. (Edic. de Barcelona.)
(6) que delincuente (Las de Madrid, Bruselas y siguientes.)
(b) Véase la nota (b) de la página 376.
(7) pidan (Las de Madrid, Bruselas y posteriores.)
(8) empestañas (La de Barcelona.—en pestañas (La de Madrid.)

(9) hacen (La de Bruselas y posteriores.)
(10) es sin duda (Las de Barcelona y Madrid.)—él sin duda (La de Bruselas.)
(11) ó nalguimánticos, (La de Barcelona.)
(12) predimánticos. (Id.)
(13) ser vizcaíno (Id.)
(14) Juanoho (Id.)
(15) Juangaycoa (Id.)—Juanguaycoa (La de Madrid y Bruselas.) — significa señor de arriba, Dios.
(16) Borriquela y Mondoxas (Todos los impresos.)
(c) Espadahan de jerro querrá decir espada de hierro; boxanxé, vuesarcé; Xorriquela, Orihuela; Mondoxas, Mendoza; mera boxanxé, mire vuesarcé.
(17) compare (Las de Barcelona y Madrid.)

relage (a), sin descuidarte de decir la *Francia*, (1) *musiur* y *madama*, está acabado.

Italiano es más fácil, pues con decir *vitela, signor si, corpo dil mondo*, y saber el refran de *pian pian si* (2) *fa lontan*, y pronunciando la ch, ce, y la ce, che, está sabida la lengua (b).

Aleman y flamenco es lengua breve, pues se aprende en un *brindis, gotis, guen*, (3) *garhaus* (4) *mempiat, menestiat* (c). Y para tratar de guerra, en diciendo *pais, duna* y *dique*, no hay más que desear.

La arábiga no es menester más (5) de ladrar, que es lengua de perros, y te entenderán al punto.

Griego y hebreo, como todos los que lo saben lo saben sobre su palabra, por solo que ellos dicen que le saben, dilo tú y sucederáte lo mismo.

Dejo de tratar de la jerigonza y germanía, por ser cosa que puedes aprender de los mozos de mulas.

Si quieres ser famoso médico, lo primero linda mula, sortijon de esmeralda en el pulgar, guantes doblados, ropilla larga, y en verano (6) sombrerazo de tafetan. Y en teniendo esto, aunque no hayas visto libro, curas y eres dotor; y si andas á pié, aunque seas Galeno, eres platicante. Oficio docto, que su ciencia consiste en la mula.

La ciencia es esta : dos refranes para entrar en casa ; el *qué tenemos* ordinario, *venga el pulso*, inclinar el oído, ¿*ha tenido frio?* Y si él dice que sí primero, decir luego : «Se echa de ver. ¿Duró mucho?» Y aguardar que diga cuánto, y luego decir : «Bien se conoce. Cene poquito, escarolitas ; una ayuda. » Y si dice que no la puede recebir, decir : «Pues haga (7) por recibilla.» Recetar lamedores, jarabes y purgas, para que tenga que vender el boticario, y que padecer el enfermo. Sangrarle y echarle ventosas ; y hecho esto una vez, si durare la enfermedad, tornarlo á hacer hasta que ó acabes con el enfermo ó con la enfermedad. Si vive y te pagan, di que llegó tu hora ; y si muere, di que llegó la suya. Pide orines, haz grandes meneos, míralos á lo claro, tuerce la boca. Y sobre todo advierte que traigas grande barba, porque no se usan médicos lampiños, y no ganarás un cuarto si no pareces limpiadera. Y á Dios y (8) á ventura, aunque uno esté malo de sabañones, mándale luego confesar, y haz devocion la ignorancia. Y para acreditarte de que visitas casas de señores, apéate á sus puertas, y éntrate en los zaguanes, y orina y tórnate á poner á caballo ; que el que te viere entrar y salir, no sabe si entraste á orinar ó no. Por las calles vé siempre

(a) *Bon compère*, buen compadre ; *macarelage*, alcahuetería.
(1) mosiur (La de Madrid.) — monsieur (La de Bruselas y posteriores.)
(2) va (La de Bruselas.)
(b) Equivalen aquellas voces á *ternera, sí, señor, ¡ cuerpo de tal ! Poco á poco va muy lejos.*
(3) caraos (Todas las impresiones españolas.)
(4) mempiart, menestiat (La de Barcelona.) — mempiart, menestiar (La de Madrid.)
(c) Brindis debe escribirse *bring Dir's*, yo te brindo. Gotis, guen *Göttingen*, la ciudad de Gottinga. *Garaus*, fin, remate, término de todo. Mempiat ha de ser *Mainz-Platz*, la plaza de Maguncia. Menestiat quizá sea lo mismo : *Mainz-Stadt*, la ciudad de Maguncia.
Esta nota y las tres anteriores son de mi entrañable amigo el señor Hartzenbusch.
(5) que ladrar (La de Bruselas y posteriores.)
(6) sombrero (La de Barcelona.)
(7) por mí recibilla (Id.)
(8) ventura (La Edic. de Barcelona.)
Q-1.

corriendo y á deshora, porque te juzguen por médico que te llaman para enfermedades de peligro. De noche haz á tus amigos que vengan de rato en rato á llamar á tu puerta en altas voces para que lo oiga la vecindad : «Al señor dotor que lo llama el duque ; que está mi señora la condesa muriéndose ; que le ha dado al señor obispo un accidente ;» y con esto visitarás más casas que una demanda, (9) y te verás acreditado, y tendrás horca y cuchillo sobre lo mejor del mundo.

Para ser caballero ó hidalgo, aunque seas judío y moro, haz mala letra, habla despacio y recio, anda á caballo, debe mucho y véte donde no te conozcan, y lo serás.

Si quieres ser letrado almendruco por madurar, que hagas mal á los pleitos, y tus alegaciones sepan á madera, — ten de memoria los títulos de los libros, dos párrafos y dos textos ; y esto acomoda á todas las cosas, aunque sea sin propósito. A todas las cosas que te dijeren, di que hay ley expresa, que habla en propios términos. Si abogares, da muchas voces, y porfía ; que en las leyes el que más porfía, tiene (si no más razon) más razones. A todos di que tienen justicia, por desatinos que pidan. Y sabe cierto que no hay hoy disparate en el mundo tan grande, que no tenga ley que lo apoye. Y mira si hay mayor disparate que no beber vino y no comer tocino, y tiene la ley de Mahoma que lo abone. Si no entendieres las relaciones que te hicieren de los pleitos, di que ya estás al cabo y harto de vocear el mismo caso en la chancillería. No te olvides de la ley del reino que está en romance, y ten en la memoria á Panormitano y Abad. Podrás alegar al *cierto jurisconsulto* y al *otro*, y algun refrancico ; que al fin son evangelios abreviados. Y sobre todo, tendrás en (10) tu estudio libros grandes, aunque sean de solfa ó caballerías, que hagan bulto ; y algunos procesos, aunque los compres de las (11) especerías y tiendas de aceite y vinagre. Si dijeres algo por auténtico, y te apretaren á decir en qué autor lo viste, di que en Carolo Molineo ántes que le vedaran ; que por estar vedado no se (12) podrá averiguar ; ó inventa un autor de *Consejos*, pues salen nuevos cada dia. Y no te olvides de traer chinelas, y gorra, y capa con capilla, por quien Dios es.

Si (13) quieres ser alquimista y hacer de las piedras, yerbas, estiércol y aguas oro, hazte boticario ó herbolario, y harás oro de todo lo que vendieres. Y guárdate de quemar metales y sacar quintas esencias ; que harás del oro estiércol, y no del estiércol oro.

Y si quisieres ser autor de libros de alquimia, haz lo que han hecho todos, que es fácil, escribiendo jerigonza : «Recibe el rubio y mátale, y resucítale en el negro. Item, tras el rubio toma lo de abajo y súbelo, y baja lo de arriba y júntalos, y tendrás lo de arriba.» Y para que veas si tiene dificultad el hacer la piedra filosofal, advierte que lo primero que has de hacer es tomar el sol, y esto es dificultoso, por estar tan lejos. Hazte mercader, y harás oro de la seda ; y tendero, y harásle del hilo, agujas y aceite y vinagre ; librero, y harás oro de papel ; ropero, del paño ; zapatero, del cuero y sue-

(9) con esto te verás (La de Barcelona.)
(10) un estudio (Id.)
(11) especierías (Id.)
(12) podria averiguar, ó inventar (Id.)
(13) quisieres (La de Madrid.)

las ; pastelero, del pan ; médico, de las cámaras harás oro, y de la inmundicia ; y barbero, y lo harás de la sangre y pelos. Y es cierto que solos los oficiales hacen hoy oro y son alquimistas, porque los demas ántes lo deshacen y gastan.

Para ser toreador sin desgracia ni gasto, lo primero caballo prestado, porque el susto toque al dueño, y no al toreador ; entrar con un lacayo solo, que por lo ménos dirán que es único de lacayo ; andarse por la plaza hecho (1) caballero antípoda del toro ; si le dijeren que cómo no hace suertes, diga que esto de suertes está vedado. Mire á las ventanas, que en eso no hay riesgo. Si hubiere socorro de caballero, no se dé por entendido. En viéndole desjarretado entre pícaros y mulas, haga puntería y salga diciendo siempre : «No me quieren;» y en secreto diga : «Pagados estamos.» Y con esto toreará sin toros y sin caballos.

Si quieres, aunque seas un pollo, ser respetado por valiente, anda con mareta, habla duro, agoviado de espaldas, zambo de piernas, trae barba de ganchos y bigotes de guardamano, y no levantes la habla de la cama sin vaharada del trago puro ; habla poco, que ya no tienen por valientes sino á los que callan. Di cuando estés vestido, que estás atravesado por mil partes. Brinda en los banquetes al ánima de Pantoja y á la honra de Escamilla y Roa. Sé cuerdo en las pendencias y loco en los banquetes, colérico en las paces y flemático en las véras ; y de cuando en cuando achácate haber los amigos un herido ó dos de los que otros mojaren. Y con esto no tendrá tanta opinion como tú ningun tabardillo.

AGUJA DE NAVEGAR CULTOS. CON LA RECETA PARA HACER SOLEDADES EN UN DIA : Y ES PROBADA. — CON LA ROPERÍA DE VIEJO DE ANOCHECERES Y AMANECERES, Y LA PLATERÍA DE LAS FACCIONES PARA REMENDAR ROMANCES (2) DESARRAPADOS.

RECETA.

Quien quisiere ser culto en solo un dia,
(3) La jeri (aprenderá) gonza siguiente :
Fúlgores, arrogar, jóven, presiente,
Candor, construye, métrica armonía ;
Poco mucho, si no, purpuracía,
Neutralidad, conculca, erige, mente,
(4) Pulsa, ostenta, (5) librar, adolescente,
Señas traslada, pira, (6) frustra, harpía.
Cede, impide, cisuras, petulante,
Palestra, liba, meta, (7) argenio, alterna,
Si bien, disuelve, émulo, canoro.
Use mucho de líquido y de errante,
Su poco de (8) nocturno y de carerna.
Anden listos liror, adunco, y poro ;
Que ya toda Castilla
Con sola esta cartilla
Se abrasa de poetas babitones.
Escribiendo sonetos confusiones ;
Y en la Mancha pastores y gañanes,
(9) Atestadas de ajos las barrigas,
Hacen ya cultedades como migas.

(1) antípoda del toro. (La de Bruxelas.)
(2) DESARRAPILLOS. (La de Barcelona.)
(3) La jerigonza aprenderá (siguiente) (Id.)
(4) Pulso ostenta librar (Id.)
(5) libar (La de Madrid, y posteriores.)
(6) frusta (Las de Barcelona y Madrid.)
(7) ergenio (La de Barcelona.)
(8) noturno (Id. y la de Madrid.)
(9) Atestadas (La de Barcelona.)

Jace cláusula de perlas,
(10) Sino rama de clavel,
liynasta de la belleza,
Que ya cataclysmo fué. —
Un tugurio de (11) pyropos,
Ojeriza de Zafé,
Poca porcion que (12) secuestra
Corusca facila al bien ;
Pórtico donde rubrica
Al múrice Tyrio el ver,
Tutelar padron del alma,
Aura genitiva en él.

Y despues que el aprendiz de culto se ha dado por vencido, y dicho que es la piedra filosofal, ó el fénix, ó la aurora, ó el pelicano, ó la carantamaula, — es un romance á la boca de una mujer en toda cultedad (a).

Esto es mas fácil que pedir prestado.

Pues siendo todo lo que escriben (los cultos tales, no los finos) anocheceres y amaneceres, — con irse á la ropería de los soles, se hallan auroras hechas, que les vienen como nacidas á cualquier mañanita, con sus nácares y ostros, leche y grana, y empañado el dia en mantillas de oro ; cunas rosadas, y llorares de perlas y de aljófar ;

Las flores salcas, búcaros las yerbas,
Que bebe el sol, que chupa, ó que la lame.
Anocheceres, lutos
De sombras y bayetas de la noche :
Cadáver de oro, y tumbas del ocaso
En ataud de fuego.
Exequias de la luz, y despavilos :
Capuces turquesados, y árgos de oro ;
Mundo viudo, huérfanas estrellas :
Triforme diosa, carros del silencio ;
Soñolienta deidad, émula á Febo.

En la platería de los cultos hay hechos cristales fugitivos para arroyos, y montes de cristal para las espumas, y campos de zafir para los mares, y márgen de esmeraldas para los praditos. Para las facciones de las mujeres hay gargantas de plata bruñida, y trenzas de oro para cabellos, y labios de coral y de rubíes para gestas y hocicos, y alientos de ámbar (como pomos) para resuellos, y manos de marfil para garras, pechos de diamantes para pechos, y estrellas coruscantes para ojos.

(10) Senorima (La de Barcelona.)
(11) pirotos (La de Madrid.)
(12) secreta (La de Barcelona y la de Bruselas.) — se cresta (La de Madrid.) — secreta (La de Sancha.)
(a) Probemos á descifrar aquella jerigonza culta, moneda corriente y enfermedad pegadiza de los siglos XVII y XVIII, que hoy pretende, bajo diversas formas, al amparo de la atrevida arrogancia y de ingenios desalentados, renacer entre nosotros.
Así, en la persona de un culto que anhela huir de palabras y pensamientos vulgares, canta el satírico y maleante escritor en boca de una dama :
«Osténtase periodo de perlas, ya que no se compare á dos versos aconsonantados de encendidos claveles, esa boca, reina de la hermosura, desolacion de mil enamorados corazones;
»Esa choza formada de carbunclos, envidia de la africana Zalé (1) ; reducido espacio que al logro de seguros bienes arroba la centella resplandeciente de esperanza ;
»Ese atrio que avergüenza al múrice de Tiro, por ver en él mal quilatado el aliento germinador, honroso padron de su existencia.»
Con tal gracejo se ridiculiza la extravagancia de los poetas babilones, lo exagerado y absurdo de sus encarecimientos, lo violento é impropio de sus metáforas, su afectado laconismo, y su total falta de tino, de juicio, de gusto y de inventiva.
Pero disparando QUEVEDO contra los culteranos su ejemplo her-

(1) Isla cerca de la costa de Nigricia, la más oriental de las de Cabo-Verde.

y infinito *nácar* para mejillas; aunque los poetas her-

mafrodita, ¿no asestó el dardo á tejado conocido? Derecho va contra el doctor Juan Perez de Montalvan, que á la sazon acababa de escribir el *Romance á una boca*. Helo aquí :

Clavel dividido en dos,
Tierna adulacion del aire,
Dulce olensa de la vida,
Breve concha, rojo esmalte;
  Puerta de carmin, por donde
El aliento en ámbar sale,
Y corto espacio al aljófar
Que se aposenta en granates;
  Depósito de albedrios,
Hermosa y purpúrea imágen
Del muriee, que en su concha
Guarda colores de sangre;
  Cinta de nácar, con quien
Tiro se muestra cobarde
Y aun sentida, porque el cielo
Más expuso en menos parte;
  Hello aplauso de los ojos,
Hermosa y pequeña cárcel,
Muerte disfrazada en grana,
Si hay muerte tan agradable ;
  Tiranía deliciosa,
Cuyo vergonzoso engasto
Es mudo hechizo á la vista
Siendo un imperio suave ;
  Guarnicion de rosa en plata,
Y de nieve entre corales,
Discreta envidia á las flores
Que un mayo miran constante;
  Y en fin, cifra de hermosura,
Si permitis que os alabe,
Decidme vos de vos misma,
Porque os sirva y no os agravie.
  Mas la empresa es infinita,
Yo muy vuestro; perdonadme,
Porque solo sé de vos
Que babeis sabido matarme (1).

La parodia no puede ser más ingeniosa, el desatino que se ridiculiza más evidente, ni la censura más justa.

Ahora ¿se descubre ya la pluma de Montalvan y del padre Niseno en la pág. 281 del *Tribunal de la justa venganza?* Afirmase allí que don Francisco mordió á traicion, en su *Aguja de navegar cultos*, «á los que contra sus barbaridades y detracciones han escrito cara á cara, sin atreverse á replicar contra lo que ingenuamente y con docta agudeza le dijeron.»

(1) *Poesías varias de grandes ingenios españoles, recogidas por Josef Alfay.* — Zaragoza, 1654, pág. 29.

telanos todo esto lo hacen de verduras, atestando los labios de *claveles*, las mejillas de *rosas y azucenas*, el aliento de *jazmines*. Otros poetas hay charquías (a), que todo lo hacen de nieve y de hielo, y están nevando de dia y de noche, y escriben una mujer puerto, que no se puede pasar sin trineo y sin guban y bota : maos, frente, cuello y pecho y brazos, todo es perpetuan ventisca y un Moncayo.

Con esto, y con gastar (1) mucho Calepino sin qué ni para qué, serás culto, y lo que (2) escribieres oculto, y lo que hablares lo hablarás á bulto. Y Dios tenga en el cielo el castellano y le perdone. Y Lope de Vega á los clarísimos nos tenga de su verso,

  Miéntras por preservar nuestros pegasos
  Del mal olor de culta jerigonza,
  Quemamos por pastillas Garcilasos. (b)

(a) Llámalos así adjetivando el nombre de Paulo *Charquías* ó Jarquías, barcelonés; quien, ya que no fué el inventor de los pozos de nieve y de resfriar con ella en garrafas de vidrio el agua, lo extendió y vulgarizó en los tiempos de Felipe III. Efectivamente, muchos años ántes, en 1576, Francisco Micon, médico de Vich, babia impreso en Barcelona un libro ponderando la necesidad de beber frio y refrescado con nieve ; y esto se conocia ya desde los tiempos del emperador Cárlos V, atribuyéndolo unos á su gentilhombre de boca del valenciano don Luis de Castelvi, otros al marqués del Basto, que dicen lo trajo de Italia. De cualquier modo, el privilegio del invento nadie se lo puede arrebatar á Neron, segun las terminantes palabras de la *Historia natural* de Plinio.

Góngora nos ha conservado en un romance la memoria de haber sido *Charquías* armado caballero; así como Pellicer, en sus *Avisos*, la de que una hija suya, doña Paula *Charquías*, murió á últimos de junio de 1642, habiéndose hecho famosa por los pozos de nieve, cuya obligada era, y en cuyo ejercicio enriqueció grandemente.

(1) nuevo Calepino (*Edic. de Bruselas y siguientes*.)
(2) hablares lo hablarás á bulto. (*La de Barcelona*.)
(b) En todos los impresos, por la extrema analogía que tiene con este último capítulo del *Libro*, va á continuacion *La culta latiniparla*. Yo la reservo, sin embargo, para los discursos crítico-literarios.

FIN DEL LIBRO DE TODAS LAS COSAS Y OTRAS MUCHAS MÁS.

ALABANZAS DE LA MONEDA (a).

El dinero para hermoso tiene blanco y amarillo, para galan tiene claridad y refulgencia, para enamorado tiene saetas como el dios Cupido, para avasallar las gentes tiene yugo y coyundas, para defensor tiene castillos; para noble, leon; para fuerte, colunas; para grave, coronas; y al fin, para honra y provecho lo tiene todo.

(a) Era costumbre en las academias y saraos ejercitarse en glosar de pronto un verso, escribir un romance á determinado asunto, definir en breve espacio y en prosa un objeto vulgar, haciendo alarde de imaginacion viva y de ingenio bizarro.

Destellos de esta clase de pasatiempos literarios fuéron los

El dinero tiene tres nombres : el uno por fuerte, el otro por útil, el otro por perfecto. Por fuerte se llama moneda, que quiere decir municion y fortaleza; por útil se llama pecunia, que quiere decir peguial ó granjería gananciosa; y por perfecto se llama dinero, tomando su apellido del número deceno que es el más perfecto.

dos rasgos que ocupan la presente página : lleno de novedad y gentileza el primero, de escasísimo mérito el segundo, encuéntranse en el códice L. 68., folio 46 v. (papel, letra y nota de la segunda década del siglo XVII), de la biblioteca de don Luis de Salazar y Castro, hoy de las Cortes. — No habia noticia de ellos.

CONFESION DE LOS MORISCOS [a].

Yo picador, macho herrado, macho galopeado, me confieso á Dios bardadero y á soneta María tampoco y al bien trobado san Miguelecajo y al bien trobado san Sanchez Batista, y á los sonetos apóstatas san Perro y san Palo, y á vos padre espertual, daca la culpa, toma la culpa. Vuélvome á confesiar á todos estos que quedan aquí detrás, y á vos padre espertual, que estás en lugar de Dios, me déis pestilencia de mis pescados, y me sorbais dellos, amén Jesus.

[a] Poco ántes de la expulsion eran blanco picaresco de los poetas los solecismos y barbarismos que cometian aquellos miserables restos de los árabes.

Si no determinase el códice de Salazar haberse este juguetillo escrito ántes de 1610, el contesto suyo no dejaría la menor duda acerca de la época.

GRACIAS Y DESGRACIAS DEL OJO DEL CULO,

DIRIGIDAS A DOÑA JUANA MUCHA, MONTON DE CARNE, MUJER GORDA POR ARROBAS.
ESCRIBIOLAS JUAN ..... [a].

Quien tanto se precia de servidor de vuestra merced,

¿que le podrá ofrecer sino cosas de ..... etc.

[a] Escritas en Madrid á 3 de mayo de 1620 [1].

El testimonio del malhadadamente célebre fray Luis de Aliaga y del *Tribunal de la justa venganza*, página 23, no dejan la menor duda acerca del autor de este opúsculo, rico en discreciones y saladísimos chistes, pero desvergonzado y sucio sobre todo encarecimiento.

De no darle cabida en nuestra coleccion (como jamás la tendrá en ninguna que aspire á merecer el aprecio del público) su solo título nos justifica.

Por los años de 1628 al escribir el padre Aliaga su *Venganza de*

[1] Así consta del ejemplar más antiguo de que tengo noticia : *Décimaséptima parte de las Misceláneas y Papeles curiosos manuscritos de don Juan Antonio de Valencia Idiaques, regidor perpetuo de la ciudad de Salamanca, año de 1662.*

Vino luego este libro á poder de don Fernando de Moscoso, y de allí á la librería del conde de Saceda.

la lengua española contra el autor del *Cuento de cuentos*, censuró con su acostumbrada saña haber el señor de Juan Abad comunicado en papeles á los ojos del mundo su inmunda obrilla de la *Excelencias y desgracias del culo*; pero estimó el no esperado recato con que la detenia entre sus borrones, sin reproducirla por medio de la prensa.

No quiso deber QUEVEDO alabanza ninguna al desterrado y mezquino confesor de Felipe III, y en dos pliegos de impresion, sin año ni lugar, dió á la estampa anónimo su discurso ; ejemplares que son rarísimos hoy.

De ellos existe uno en la biblioteca Nacional, y tambien tres copias manuscritas con variantes notables.

Una muy antigua, que fué de don Luis de Salazar y Castro, posee la biblioteca de las Cortes.

Otra me ha facilitado el señor Duran, de códice que perteneció al conde de Saceda.

FIN DE LOS DESENFADOS Y JUGUETES.

HISTORIA

DE LA

VIDA DEL BUSCON LLAMADO DON PABLOS,

EJEMPLO DE VAGAMUNDOS Y ESPEJO DE TACAÑOS (a).

LIBRO PRIMERO[b].

CAPITULO PRIMERO.

En que cuenta quién es y de dónde.

Yo, Señor, soy de Segovia, mi padre se llamó Cle-

(a) *Buscon* se llama al hombre que busca rateramente su vivir, y con malicioso artificio echa mano de sacaliñas, para estafar.

Vió esta novela en Zaragoza la pública luz en julio de 1626, por. Pedro Verges y á costa de Roberto Duport, mercader de libros, quien habia comprado al autor el manuscrito, y para imprimirlo por diez años obtenido privilegio del gobernador de Aragon don Juan Fernandez de Heredia (1).

Grande aplauso alcanzaba la obra, y vendíanse prodigiosamente los ejemplares, cuando contrahizo la edicion un librero de Madrid, Alonso Perez, padre del celebre doctor Perez de Montalban, codiciando sin desembolso tener su parte en la ganancia. Pero así él como la viuda de Alonso Martin, cuya imprenta sirvió de instrumento para el fraude, fuéron perseguidos, condenados y multados por la sala de justicia del Supremo Consejo de Castilla, en 16 de mayo de 1627.

En este mismo año autorizó Duport á Lorenzo Deu para dar á la estampa *El Buscon* en Barcelona.

Dos años más adelante, en marzo de 1629, siguiendo el ejemplo las prensas de Francia, hicieron en Ruan nueva publicacion.

Y en el de 1631, el impresor del reino de Navarra Cárlos de Labáyen lo reprodujo en Pamplona, juntamente con lo demas que á la sazon se conocia de Quevedo.

Tuvo nuestro escritor la complacencia de ver traducida su novela al francés y al italiano ; y aunque despiadadamente censurada por sus enemigos, puesta en opinion de muchos, al par de *Guzman de Alfarache*, y (exageracion apasionada) hombreando con *El Lazarillo de Tormes*, y aun con el ingenioso Caballero de la Mancha.

Largo (¿y cómo no?) pareció al vulgo el titulo del poema ; pero mondandolo, reduciendolo y cercenandolo, vino á dejarle tal,

(1) Desorientado por el *Manual del librero y bibliomano*, de Brunet, y no conociendo Tieknor esta edicion (*History of Spanish literature.*), ni acordandose que existe en el Museo Británico, estima que primera la de Barcelona de 1627 : perdió de vista que sus licencias, aprobaciones, prólogo y dedicatoria, siendo los del ejemplar de Zaragoza, dan cuenta segura, fija y clara de la publicacion primitiva, y que harto habla de ella el *Tribunal de la justa venganza*, páginas 37 y 41.

Puibusque (*Histoire comparée des littératures espagnole et française*, 1843) incurre en otra equivocacion, estampando en la página 519 : « Además del gran Tacaño, ó dígase *Historia de la vida del Buscon llamado don Pablos*, Valencia, 1627, escribió Quevedo la de otro ladron, con este epigrafe : *Historia de la vida del Buscon llamada Ruan*, 1629. La primera de estas dos novelas, del gusto picaresco, hace cabeza entre todos sus desenfados burlescos y festivos. » Tal buscon llamado Ruan no ha existido nunca. Por una distraccion el ilustrado escritor francés baraja el nombre de la fábula con el lugar de la impresion de 1629.

mente Pablo, natural del mismo pueblo (Dios le tenga en el cielo). Fué tal, como todos dicen, de oficio barbero, aunque eran tan altos sus pensamientos, que se corria le llamasen así, diciendo que él era tundidor de

que hallarse no podia otro ni más propio ni más conciso : *La historia y vida del gran Tacaño.*

Esto de alterar, contra la intencion y propósito de sus autores, los epigrafes de las obras, no era nuevo entre nosotros : el de *Atalaya de la vida*, en *El picaro Guzman de Alfarache* lo vió trasformado Mateo Aleman á poco de imprimir su libro, sin poderlo estorbar de modo alguno.

Las prensas no se atrevieron á tocar al de la fábula presente en vida del señor de Juan Abad. Pero ya muerto, y al reunir sus obras en prosa el mercader Pedro Coello, en 1648, formando un cuerpo con el título de *Enseñanza entretenida*, apareció de molde el rótulo de *Historia y vida del gran Tacaño*, consagrado por la voz popular, y desde entónces quedó vinculado en todos los ejemplares españoles y flamencos.

El vulgo, que lo formuló, se muestra en nuestros dias poco satisfecho de él, por parecerle impropio y violento. La razon es muy sencilla : olvida la primitiva y genuina acepcion de la voz *tacaño*, y ya la reduce á solo significar el hombre miserable, ruin y de ridículo y escaso ánimo.

Tacaño vale astuto, bellaco, picaro, y que engaña con sus ardides y embustes. Covarrubias atribuye solo tal acepcion á la palabra, y la etimologiza ya del griego κακός (*kakos*, malo), ya del hebreo תכך (*tacach*, *dolus*, *fraus*), por ser el tacaño engañoso y fraudulento. Para mi no tiene duda que esta es su verdadera raiz (u).

De aquel nombre habia usado ya por los años de 1517 el mantuano Merlin Cocayo (Teófilo Folengo), bizarro ingenio y poeta bufon, refiriendo en la *Macaronea* si nuevos ardides y travesuras del astuto Cingar :

Cingar id advertens non restat more Tacagni.

Y dice al márgen en las apostillas con que, bajo el seudónimo de maestro Acuario Lodola, salpicó su poema, que *Tacagnus fuit homo sceleratissimus amator.*

En igual sentido, y mediado el propio siglo XVI, emplea la palabra, en los *Morales* de Plutarco, Diego Gracian de Alderete : «Caton cuenta que dijo á un viejo *tacaño y malvado* : Dime, hombre, ¿por qué á la vejez le añades la vergüenza y fealdad de las maldades?»

Finalmente gozaba todavía de su acepcion principal esta voz en el último siglo, cuando escribió Cañizares la comedia entremesada que lleva el mismo título de la presente fábula, y cuando la

(u) Tambien la buscó en el hebreo, pero en la voz *catan* (pequeño, ruin, apocado), el doctor Francisco del Rosal, médico, natural de Cordoba, en su *Origen y etimología de la lengua castellana*, libro dispuesto para la estampa desde 1601, que inédita existe en la biblioteca Nacional.

mejillas y sastre de barbas. Dicen que era de muy buena cepa, y segun él (1) bebia, es cosa para creer. Estuvo casado con Aldonza Saturno de Rebollo, hija de Octavio de Rebollo Codillo, y nieta de Lépido Ziuraconte.

Sospechábase en el pueblo que no era cristiana vieja, aunque ella, por los nombres de sus pasados, esforzaba que descendia de los del triunvirato romano. Tuvo muy buen parecer, y fué tan celebrada, que en el tiempo que ella vivió (2) todos los copleros de España hacian cosas sobre ella. Padeció grandes trabajos recien casada, y aun despues, porque malas lenguas daban en decir que mi padre metia el dos de bastos por sacar el as de oros. Probósele que á todos los que hacia la barba á navaja, miéntras les daba con el agua, levántandoles la cara para el lavatorio, un mi hermano de siete años les sacaba muy á su salvo los tuétanos de las faldriqueras. Murió el angélico de unos azotes que le dieron en la cárcel. Sintiólo mucho mi padre, por ser tal, que robaba á todos las voluntades. Por estas y otras niñerías estuvo preso; aunque, segun á mí me han dicho despues, salió de la cárcel con tanta honra, que le acompañaron docientos cardenales, sino que á ninguno llamaban señoría. Las damas diz que salian por verle á las ventanas, que siempre pa-

reció bien mi padre, á pié y á caballo. No lo digo por vanagloria, que bien saben todos cuán ajeno soy della. Mi madre pues no tuvo calamidades. Un dia, alabándomela una vieja que me crió, decia que era tal su agrado, que hechizaba á todos cuantos la trataban; solo diz que le dijo no sé qué de un cabron; lo cual la puso cerca de que la diesen plumas, con lo que la hiciese en público. Hubo fama de que reedificaba doncellas, resucitaba cabellos, encubriendo canas. Unos la llamaban zurcidora de gustos, otros algebrista de voluntades desconcertadas, y por mal nombre alcagüeta y flux para los dineros de todos. Ver pues con la cara de risa que ella oia esto de todos, era para más atraerles sus voluntades. No me detendré en decir la penitencia (3) que hacia. Tenia su aposento, donde sola ella entraba (y algunas veces yo, que como (4) era chico podia), todo rodeado de calaveras, que ella decia eran para (5) memorias de la muerte; y otros, por vituperarla, (6) que para voluntades de la vida. Su cama estaba armada sobre sogas de ahorcado, y deciame á mí: ¿ Qué piensas? Con el recuerdo desto aconsejo á los que bien quiero que para que se libren dellas vivan con la barba sobre hombro; de suerte que ni aun con mínimos indicios se les (7) averigüe lo que hicieren. Hubo gran-

Real Academia Española publicó su gran *Diccionario de la lengua.* Equivale pues el epígrafe de *Vida del gran Tacaño,* á *Vida del famoso bellaco astuto y engañador;* y era conciso, y adecuado y significativo. No siendo, sin embargo, el que su autor puso á la obra, créome sin la menor autoridad para conservarlo al frente de ella.

Es el *Buscon* de los que más justa popularidad dentro y fuera de España han merecido; tanto, que pasan de cuarenta las impresiones de que tengo noticia.

Hay una traduccion italiana de Juan Pedro Franco ; Venecia, 1634.

Otra francesa de monsieur de la Genest ; Lyon y Paris, 1644. Otra inglesa ; Londres, 1654.

Y otra deben los alemanes á Gerundo Zotes de Bertuch, quien en 1780 aspiró á neutralizar con ella la influencia que á la sazon ejercian en la literatura los escritos de Young, Klopstock, Ossian y Goethe.

Por lo que toca á la presente publicacion, réstame advertir que va el texto concordado á vista del rarísimo ejemplar de Zaragoza, 1626; fineza que debo á la gallardía del excelentísimo señor don Joaquin Gomez de la Cortina, marqués de Morante, que tanto culto rinde á las ciencias, y en cuya preciosa biblioteca se custodian dignamente los más peregrinos tesoros literarios. Las variantes llevan esta señal. Z.

R — las de la edicion de Ruan, 1629.
P — las de Pamplona, 1631.
M — las de Madrid, 1648.
F — las de Bruselas, 1660.

Concluyamos copiando lo más interesante que se halla en los principios de las tres primeras impresiones :

« *A don fray Juan Agustin de Funes, caballero de la sagrada religion de San Juan Bautista de Jerusalen, en la castellania de Amposta, del reino de Aragon,*

«Hallándome lleno de obligaciones al favor que siempre he recebido de vuesa merced, y siendo mi caudal limitado para pagarlas, me ha parecido, en señal de agradecimiento, dedicarle este libro, émulo de *Guzman de Alfaracke,* y aun no sé si diga mayor, y tan agudo y gracioso como *Don Quijote,* aplauso general de todas las naciones. Y aunque vuesa merced mereceria mayores asuntos por su generosa sangre, iogenio lucido (pues la crónica de la religion de San Juan es hijo suyo, á quien podemos decir sin miedos *qualis pater talis filius),* porque tal vez suele divertirse el más cuerdo con los descuidos maliciosos de Marcial, aun con las sentencias de Seneca, le pongo en sus manos para que se recree con sus agudezas. Su autor dél es tan conocido, que lleva ganado de antemano deseos de verle ; y cuando no lo fuera, con su proteccion de vuesa merced perdiera los recelos de atreverse en público. Y yo quedare ufano consiguiendo el general

gusto que con él han de tener todos. — Humilde criado de vuesa merced, *Robcrto Duport.*»

AL LECTOR.

«¡ Qué deseoso te considero, lector ó oidor, que los ciegos no pueden leer, de registrar lo gracioso de don Pablos, príncipe de la vida buscona! Aquí hallarás en todo género de picardía de que pienso que los más gustan, sutilezas, engaños, invenciones y modos nacidos del ocio para vivir á la droga; y no poca fruto podrás sacar del si tienes atencion al escarmiento. Y cuando no lo hagas, aprovéchate de los sermones, que dudo nadie compre libro de burlas para apartarse de los incentivos de su natural depravado. Sea empero lo que quisieres, dale aplauso, que bien lo merece ; y cuando te rias de sus chistes, alaba el ingenio de quien sabe conocer que tiene más deleite saber vidas de pícaros descritas con gallardía, que otras invenciones de mayor ponderacion. Su autor ya le sabes, el precio del libro no le ignoras, pues ya le tienes en tu casa, sino es que en la feria te hojeas, cosa pesada para el, y que se habla de quitar con mucho rigor; que hay gorrones de libros como de almuerzos, y hombre que saca cuento leyendo á pedazos y en diversas veces, y luego la zurce ; y es gran lastima que tal se haga, porque este murmura sin costarle dineros, polironería bastarda y miseria no hallada del caballero de la Tenaza. Hijos te guarde de mal libro, de alguaciles, y de mujer rubia, pedigüeña y cariredonda.»

A DON FRANCISCO DE QUEVEDO

LUCIANO, SU AMIGO.

    Don Francisco, en igual peso
    Verás y burlas tratais,
    Acertado aconsejais,
    Y á don Pablo haceis travieso.
    Con la lenata confieso
    Que será Buscon de traza ;
    El llevaria no embaraza
    Para su conservacion,
    Que fuera espurio Buscou
    Si anduviera sin tenaza.

(b) Échase de ménos tal epígrafe en las ediciones de Zaragoza, Ruan y Pamplona; y va comprendido en el título de la de Madrid, 1648 de este modo : *Libro primero de la historia y vida del gran Tacaño. Capítulo primero.* Etc.
(1) se via, es cosa (*Z. R. P.*)
(2) con todos los copleros (*Id.*)
(3) áspera que (*M. F.*)
(4) chiquito (*Id.*)
(5) recuerdos y memorias (*Id.*)
(6) decian que (*Id.*)
(7) averigüen lo (*Z. R. P. y M.*)

des diferencias entre mis padres sobre á quién habia de imitar en el oficio; mas yo, que siempre tuve pensamientos de caballero desde chiquito, nunca me apliqué ni á uno ni á otro. Decíame mi padre : «Hijo, esto de ser ladron, no es arte mecánica, sino liberal»; y de allí á un rato, habiendo suspirado, decia de manos : «Quien no hurta en el mundo, no vive. ¿Por qué piensas que los alguaciles y alcaldes nos aborrecen tanto? Unas veces nos destierran, otras nos azotan y otras nos cuelgan, aunque nunca haya llegado el dia de nuestro santo? No lo puedo decir sin lágrimas :» (lloraba como un niño el buen viejo, (1) acordándose de las veces que le habian (2) bataneado las costillas) «porque no querrian que adonde están hubiese otros ladrones sino ellos y sus ministros; mas de todo nos libra la buena astucia. En (4) mi mocedad siempre andaba por las iglesias (y no (5) cierto de puro buen cristiano). Muchas veces me hubieran llevado (6) en el asno si hubiera cantado en el potro. Nunca confesé sino cuando lo manda la santa madre Iglesia; y así, con esto y mi oficio he sustentado á tu madre lo más honradamente que he podido.» «¿Cómo me habeis sustentado?» dijo ella con gran cólera (que le pesaba que yo no me aplicase á (7) brujo). «Yo he sustentado á vos y sacádoos de las cárceles con industria, y manteniéndo en ellas con dinero. Si no confesábades, ¿era por vuestro ánimo ó por las bebidas que os daba? Gracias á mis botes. Y si no temiera que me habian de oír en la calle, yo dijera lo de cuando entré por la (8) chiminea, y os saqué por el tejado.» Más dijera, segun se habia encolerizado, si con los golpes que daba no se le desensartara un rosario de muelas de difuntos, que tenia metidos en paz. (9) Yo les dije que queria aprender virtud, resueltamente, y ir con mis buenos pensamientos adelante; y así, que me pusiesen á la escuela, pues sin leer ni escribir no se podia hacer nada. Parecióles bien lo que yo decia, aunque lo gruñeron un rato entre los dos. Mi madre tornó á ocuparse en ensartar las muelas, y mi padre fué á rapar á uno (así lo dijo él), de la barba ó la bolsa : yo me quedé solo, dando gracias á Dios, que me hizo hijo de padres tan hábiles y celosos de mi bien.

CAPITULO II.

De cómo fui á la escuela y lo que en ella me sucedió.

A otro dia ya estaba comprada cartilla y hablado al maestro. Fuí, Señor, á la escuela; recibióme muy alegre, diciendo que tenia cara de hombre agudo y de buen entendimiento. Yo con esto, por no desmentirle, dí muy bien la licion aquella mañana. Sentábame el maestro junto á sí; ganaba la palmatoria los más dias por venir ántes, y íbame el postrero, por hacer algunos recaudos de señora (que así llamábamos á la mujer del maestro). Teníalos á todos con semejantes caricias obligados. Favoreciéronme demasiado, y con esto creció la (10) invidia entre los demas niños. Llegábame de todos á los hijos de

caballeros, y particularmente á un hijo de don Alonso Coronel de Zúñiga, con el cual juntaba meriendas. Ibame á su casa los dias de fiesta, y acompañábale cada dia. Los otros, ó que porque no les hablaba, ó que porque les parecia demasiado punto el mio, siempre andaban poniéndome nombres tocantes al oficio de mi padre. Unos me llamaban don Navaja, otros me llamaban don Ventosa; cuál decia, por (11) disculpar la envidia, que me queria mal porque mi madre le habia chupado dos hermanitas pequeñas de noche. Otro decia que á mi padre le habian llevado á su casa para que la limpiase de ratones, por llamarle gato. Otros me decian zape cuando pasaba, y otros miz. Cuál decia : «Yo le tiré dos (12) brengenas á su madre cuando fué obispa.» Al fin, con todo cuanto andaban royéndome los zancajos, nunca me faltaron, gloria á Dios. Y aunque yo me corria, disimulábalo, (13) todo lo sufria, hasta que un dia un muchacho se atrevió á decirme á voces hijo de una puta y hechicera; lo cual, como lo dijo tan claro (que aun si lo dijera turbio no me pesara), agarré una piedra y escalabréle. Fuíme á mi madre corriendo, que me escondiese, y contéla (14) el caso todo; á lo cual me dijo : «Muy bien hiciste; bien muestras quién eres; solo anduviste errado en no preguntarle quién se lo dijo.» Cuando yo oí esto (como siempre tuve altos pensamientos), volvíme á ella, y dije : «¡Ah madre! pésame solo de que algunos de los que allí se hallaron me dijeron no tenia que ofenderme por ello, y no les pregunté si era por la poca edad del que lo habia dicho.» Roguéle que me declarase si pudiera habelle desmentido con verdad, ó que me dijese si me habia concebido á escote entre muchos, ó si era hijo de mi padre. Rióse, y dijo : «¡Ah noramaza! ¿Eso sabes decir? No serás bobo; gracias tienes; muy bien hiciste en quebrarle la cabeza; que esas cosas, aunque sean verdad, no se han de decir.» Yo con esto quedé como muerto, determinado de coger lo que pudiese en breves dias, y salirme de casa mi padre : tanto pudo conmigo la vergüenza. Disimulé; fué mi padre, curó al muchacho, apacigúolo y volvíme á la escuela, adonde el maestro me recibió con ira, hasta que oyendo la causa de la riña, se le aplacó el enojo, considerando la razon que habia tenido. En todo esto, siempre me visitaba el hijo de don Alonso de Zúñiga, que se llamaba don Diego, porque me queria bien naturalmente; que yo trocaba con él los peones (si eran mejores los mios). Dábale de lo que almorzaba, y no le (15) pidia de lo que él comia; comprábale estampas, enseñábale á luchar, jugaba con él al toro, y entreteníale siempre. Así que, los más dias sus padres del caballerito, viendo cuánto le regocijaba mi compañía, rogaban á los mios que me dejasen con él á comer, cenar y aun dormir los más dias. Sucedió pues uno de los primeros que hubo escuela por navidad, que viniendo por la calle un hombre, que se llamaba Poncio de Aguirre (el cual tenia fama de consejero), que el don Diaguito me dijo : «Hola, llámale Poncio (16) Pilato, y hé á correr.» Yo, por darle gus-

(1) acordándosele de (Z. R. P.)
(2) ventaneado (R.)
(4) mis mocedades (M. F.)
(5) de puro cierto buen cristiano. (Z. R. P.)
(6) caballero en el asno (M. F.)
(7) braja. (Z. R. P. F.)
(8) cheminea, (R.) — chimenea, (F.)
(9) Diciendo que yo queria aprender (Z. R. P.)
(10) envidia (M.)

(11) disculpar (R. M.)
(12) berengenas (M F.)
(13) y todo (Id)
(14) todo el caso; (Id.)
(15) pedia (F.)
(16) Pilátos, y da á correr.» (M. F.)

to á mi amigo, lláméle Poncio Pilátos. Corrióse tanto el hombre, que dió á correr tras mí con un cuchillo desnudo para matarme; de suerte que fué forzoso meterme huyendo en casa (1) de mi maestro. Dando gritos entró el hombre tras mí, y defendiéndome el maestro, (2) asigurando que no me matase, (3) prometiéndole de castigarme. Y así luego, aunque la señora le rogó por mí (movida de lo que la servia), no aprovechó : mandóme desatacar, y azotándome, decia tras cada azote : «¿ Diréis más Poncio Pilátos?» Yo respondia : « No, señor ; » y respondílo dos veces á otros tantos azotes que me dió. Quedé tan escarmentado de decir Poncio Pilato, y con tal miedo que, mandándome el dia siguiente decir, como solia, las oraciones á los otros, llegando al Credo (advierta vuesa merced la inocente malicia), al tiempo de decir : «Padeció (4) so el poder de Poncio Pilato,» acordándome que no habia de decir más Pilátos, dije : «Padeció (5) so el poder de Poncio de Aguirre.» Dióle al maestro tanta risa de oir mi simplicidad, y de ver el miedo que le habia tenido, que me abrazó y me dió una firma, en que me perdonaba de azotes las dos primeras veces que los mereciese. Con esto fui yo muy contento. Llegó (por no enfadar) el tiempo de las Carnestolendas; y trazando el maestro de que se holgasen sus muchachos, ordenó que hubiese rey de gallos. Echámos (6) suerte entre doce señalados por él, y cúpome á mí. Avisé á mis padres que me buscasen galas. Llegó el dia, y salí en un caballo ético y mustio, el cual, más de manco que de bien criado, iba haciendo reverencias. Las ancas eran de mona, muy sin cola, el pescuezo de camello y más largo, la cara no tenia sino un ojo, aunque overo. Echábansele de ver las penitencias, ayunos y fullerias del que le tenia á cargo en el ganarle la racion. Yendo pues en él dando (7) vuelcos á un lado y otro, como fariseo en paso, y los demas niños todos (8) adrezados tras mi, pasamos por la plaza (aun de acordarme tengo miedo), y llegando cerca de las mesas de las (9) verdureras (Dios nos libre), agurró mi caballo un repollo á una, y ni fué visto ni oído, cuando lo despachó á las tripas, á las cuales, como iba rodando por el gaznate, (10) no llegó en mucho tiempo. La bercera (que siempre son desvergonzadas) empezó á dar voces. Llegáronse otras, y con ellas pícaros, y alzando (11) zanahorias garrofales, nabos frisones, (12) brengenas y otras legumbres, empiezan á dar tras el pobre rey. Yo, viendo que era batalla nabal, y que no se habia de hacer á caballo, quise apearme; mas tal golpe me dieron al caballo en la cara, que yendo á empinarse, cayó conmigo (hablando con perdon) en una privada : púseme cual vuesa merced puede imaginar. Ya mis muchachos se habian armado de piedras, y daban tras las (13) verdure-

ras, y escalabraron dos. Yo á todo esto, despues que caí en la privada, era la persona más necesaria de la riña. Vino la justicia, prendió á berceras y muchachos, mirando á todos qué armas tenian, y quitándoselas, porque habian sacado algunas dagas de las que traian por gala, y otros espadas pequeñas. Llegó á mi; y viendo que no tenia ningunas, porque me las habian quitado, y metidolas en una casa á secar con la capa y sombrero; pidióme, como digo, las armas, al cual respondi, todo sucio, que si no eran ofensivas contra las narices, que yo no tenia otras. Y de paso quiero confesar á vuesa merced que cuando me empezaron á tirar las (14) brengenas, nabos, etc., que, como llevaba plumas en el sombrero, entendí que me habian tenido por mi madre, y que la tiraban, como habian hecho otras veces; y así, como necio y muchacho, empecé á decir : «Hermanas, aunque llevo plumas, no soy Aldonza (15) Saturno de Rebollo, mi madre; como si ellas no (16) lo echaran de ver por el talle y rostro. El miedo me disculpa la ignorancia y el succederme la desgracia tan de repente. Pero volviendo al alguacil, quiso llevarme á la cárcel, y no me llevó porque no hallaba por dónde asirme (tal me habia puesto del lodo). Unos se fuéron por una parte, y otros por otra, y yo me vine á mi casa desde la plaza, martirizando cuantas narices topaba en el camino. Entré en ella, conté á mis padres el succeso, corriéronse tanto de verme de la manera que venia, que me quisieron maltratar. Yo echaba la culpa á las dos leguas de rocin exprimido que me dieron. Procuraba satisfacerlos; y viendo que no bastaba, salíme de su casa, y fuime á ver á mi amigo don Diego, al cual hallé en la suya descalabrado, y á sus padres resueltos por ello de no le (17) inviar más á la escuela. Allí tuve nuevas de cómo mi rocin, viéndose en aprieto, se esforzó á tirar dos coces, y de puro flaco se desgajaron las ancas, y se quedó en el lodo, bien cerca de acabar. Viéndome pues con una fiesta revuelta, un pueblo escandalizado, los padres corridos, mi amigo descalabrado, y el caballo muerto, determiné de no volver más á la escuela ni á casa de mis padres, sino de quedarme á servir á don Diego, ó por (18) decir mejor, en su compañia, y esto con gran gusto de sus padres, por el que daba mi amistad al niño. Escribí á mi casa que yo no habia menester ir más á la escuela, porque aunque no sabia bien escribir, para mi intento de ser caballero lo que se requeria era escribir mal; y así, desde luego renunciaba la escuela por no darles gasto, y su casa para ahorrarlos de pesadumbre. Avisé de dónde y cómo quedaba, y que hasta que me diesen licencia no los veria.

CAPITULO III.

De cómo fui á un pupilaje por criado de don Diego Coronel.

Determinó pues don Alonso de poner á su hijo en pupilaje : lo uno por apartarle de su regalo, y lo otro por ahorrar de cuidado. Supo que habia en Segovia un licenciado Cabra, que tenia por oficio (19) de criar hi-

---

(1) del maestro. Entró el hombre dando gritos tras mí, (M. F.)
(2) esturbando que no me matase, (R.)
(3) asegurándole de castigarme. (Z. R. P.)
(4—5) sobre el poder (M.)
(6) suertes (Id.)
(7) vuelcos (Z. R. P.) — vueltas (M. F.) — vuelcos (Las modernas.)
(8) aderezados (M. F.)
(9) verduleras (Id.)
(10) llegó en breve tiempo. (Id.)
(11) zanahorias (Id.)
(12) berengenas (Id.)
(13) verduleras. (Id.)

(14) berengenas, (M. F.)
(15) Saturna (Z. R. P.)
(16) le (Id.)
(17) enviar (M. F.)
(18) mejor decir, (Id.)
(19) criar (Id.)

jos de caballeros, y envió allá el suyo, y á mí para que le acompañase y sirviese (a). Entramos primer domingo despues de Cuaresma en poder de la hambre viva, porque tal laceria no admite encarecimiento. Él era un clérigo cerbatana, largo solo en el talle, una cabeza pequeña, pelo bermejo. No hay más que decir para quien (1) sabe el refran que dice, ni gato ni perro de aquella color. Los ojos (2) avecinados en el cogote, que parecia que miraba por cuévanos; tan hundidos y escuros, que era buen sitio el suyo para tiendas de mercaderes; la nariz entre Roma y Francia, porque se le habia comido de unas (3) buas de resfriado; que aun no fuéron de vicio, porque cuestan dinero; las barbas descoloridas de miedo de la boca vecina, que, de pura hambre, parecia que amenazaba á comérselas; los dientes le faltaban no sé cuántos, y pienso que por (4) holgazanos y vagamundos se los habian desterrado; el gaznate largo como avestruz, con una nuez tan salida, que parecia se iba á buscar de comer, forzada de la necesidad; los brazos secos; las manos como un manojo de sarmientos cada una. Mirado de media abajo, parecia tenedor, ó compas con dos piernas largas y flacas; su andar muy (5) de espacio; si se descomponia (6) algo, se sonaban los huesos como tablillas de san Lázaro (b); la habla ética; la barba grande, (7) por nunca se la cortar, por no gastar; y él decia que era tanto el asco que le daba ver las manos del barbero por su cara, que ántes se dejaria matar que tal permitiese; cortábale los cabellos un muchacho de los otros. Traia un bonete los dias de sol, ratonado con mil gateras, y guarniciones de grasa; era de cosa que fué paño, con los fondos de caspa. La sotana, segun decian algunos, era milagrosa, porque no se sabia de qué color era. Unos, viéndola tan sin pelo, la tenian de cuero de rana; otros decian que era ilusion; desde cerca parecia negra, y desde léjos entre azul; llevábala sin (8) ciñidor; no traia cuello ni puños; parecia, con los cabellos largos (9) y la sotana mísera y corta, lacayuelo de la muerte. Cada zapato podia ser tumba de un filisteo. Pues ¿su aposento? Aun arañas no habia en él: conjuraba los ratones, de miedo

(a) No es un personaje fantástico : existió realmente. Llamábase don Antonio Cabreriza. Así aparece de carta de Adan de la Parra á Quevedo, escrita en 1639 : «Amigo don Francisco : ya me teneis en Segovia, patria de vuestro Buscon y del frio; pues le hace tal, que se me helaron las palabras al saludar á doña Lorenza, á pesar del fuego con que me arrimé á ella. Decirte, Busconcillo, cuánto me reí al visitar al dómine Cabreriza, seria largo; porque recordando tu Buscon no pude hablar de risa a don Antonio en mucho tiempo. Bien lo retratastes; pero ahora es infiel vuestra pintura por estar el pobrete mucho peor y tan vecino á la muerte, que da lástima. No puede llevar en calma tu nombre desque le dijeron que él era el dómine de tu historia, y me dijo que fueras más caballero sin ser ingrato.

»Ya el pobre Cabreriza ni tiene discípulos ni dice misa; es un esqueleto que se mantiene con los ahorros de sus buenos tiempos.» (Copia moderna que posee el anticuario de la biblioteca Nacional.)

(1) se ve el refran (Z. P.)
(2) avecinados (M. F.)
(3) bubas (R. F.)
(4) holgazanes (Id.)
(5) espacio (Z. R.)
(6) sonaban (M. F.)
(b) Los lazarinos pedian limosna haciendo ruido con unas tablillas ó tejuelas.
(7) que nunca se la cortaba, por no gastar; (M. F.)
(8) ceñidor (Id.)
(9) la sotana mísera y corta y lacayuelo (M.)

que no le royesen algunos mendrugos que guardaba; la cama tenia en el suelo, y dormia siempre de un lado, por no gastar las sábanas; al fin, era archipobre y protomiseria. A poder pues deste vine, y en su poder estuve con don Diego; y la noche que llegamos nos señaló nuestro aposento y nos hizo una plática corta, que por no gastar tiempo no duró más. Díjonos lo que habiamos de hacer : estuvimos ocupados en esto hasta la hora del comer; fuimos allá : comian los amos primero, y serviamos los criados. El refitorio era un aposento como un medio celemin; sustentábanse á una mesa hasta cinco caballeros. Yo miré lo primero por los gatos; y como no los vi, pregunté que cómo no los habia á un criado antiguo, el cual, de flaco, estaba ya con la marca del pupilaje. Comenzó á enternecerse, y dijo : «¿Cómo gatos? Pues ¿quién os ha dicho á vos que los gatos son amigos de ayunos y penitencias? En lo gordo se os echa de ver que sois nuevo. Yo con esto me comencé á afligir, y más (10) me asusté cuando advertí que todos los que (11) de ántes vivian en el pupilaje estaban como (12) lesnas, con unas caras que parecian se afeitaban con diaquilon. Sentóse el licenciado Cabra y echó la bendicion : comieron una comida eterna, sin principio ni fin; trajeron caldo en unas escudillas de madera, tan claro, que en comer una dellas peligraba Narciso más que en la fuente. Noté con la ansia que los macilentos dedos se echaban á nado tras un garbanzo huérfano y solo que estaba en el suelo. Decia Cabra á cada sorbo : «Cierto que no hay tal cosa como la olla, digan lo que dijeren; todo lo demas es vicio y gula.» Acabando de decillo, echóse su escudilla á (13) pechos, diciendo : «Todo esto es salud y otro tanto ingenio.» ¡Mal ingenio te acabe! decia yo entre mí, cuando vi un mozo medio espíritu, y tan flaco; con un plato de carne en las manos, que parecia la habia quitado de sí mismo. Venía un nabo aventurero á vueltas, y dijo el maestro : «¿Nabos hay? No hay para mí perdiz que se (14) le iguale : coman; que me huelgo de vellos comer.» Repartió á cada uno tan poco carnero, que en lo que se le pegó á las uñas y se les quedó entre los dientes pienso que se consumió todo, dejando descomulgadas las tripas de participantes. Cabra los miraba, y decia : «Coman, que mozos son, y me huelgo de ver sus buenas ganas.» (Mire vuesa merced qué buen aliño para los que bostezaban de hambre.) Acabaron de comer, y quedaron unos mendrugos en la mesa, y en el plato unos (15) pellejos y unos huesos; y dijo el pupilero : «Quede esto para los criados; que tambien han de comer : no lo queramos todo.» «¡Mal te haga Dios y lo que has comido, lacerado, decia yo; que tal amenaza has hecho á mis tripas!» Echó la bendicion, y dijo : «Ea, démos lugar á los criados, y váyanse hasta las dos á hacer ejercicio; no les haga mal lo que han comido.» Entónces yo no pude tener la risa, abriendo toda la boca. Enojóse mucho, y díjome que aprendiese modestia, y tres ó cuatro sentencias viejas, y fuése. Sentámonos nosotros; y yo, que vi el negocio mal pa-

(10) me susté (Z. R. P.)
(11) ántes (M. F.)
(12) leznas (Todos los impresos antiguos.)
(13) pedos (Z. R. P.)
(14) lo iguale, coma, (M.)
(15) pellejos (Z. R. P.)

rado, y que mis tripas pedian justicia, como más cano y más fuerte que los otros, arremetí al plato, como arremetieron todos, y emboquéme de tres mendrugos los dos y el un pellejo. Comenzaron los otros á gruñir : (1) al ruido entró Cabra, diciendo : «Coman como hermanos, pues Dios les da con qué ; no riñan, que para todos hay. » Volvióse al sol, y dejónos solos. Certifico á vuesa merced que habia uno dellos que se llamaba Surre, vizcaíno, tan olvidado ya de cómo y por dónde se comia, que una cortecilla que le cupo la llevó dos veces á los ojos, y (2) de tres no la acertaba á encaminar de las manos á la boca. Y pedí yo de beber (que los otros por estar casi ayunos no lo hacian), y diéronme un vaso con agua ; y no le hube bien llegado á la boca, cuando, como si fuera lavatorio de comunion, me le quitó el mozo (3) espiritado que dije. Levantéme con grande dolor de mi ánima, viendo que estaba en casa donde se brindaba á las tripas, y no hacian la razon. Dióme gana de descomer (aunque no habia comido), digo, de proveerme, y pregunté por las necesarias á un antiguo, y dijome : «No lo sé ; en esta casa no las hay : para una vez que os proveeréis miéntras aquí estuviéredes, donde (4) quiera podeis ; que aquí estoy dos meses há, y no le hecho tal cosa sino el dia que entré, como vos (5) agora, de lo que cené en mi casa la noche ántes. » ¿Cómo encareceré yo mi tristeza y pena? Fué tanta, que considerando lo poco que habia de entrar en mi cuerpo, no osé (aunque tenia gana) echar nada dél. Entretuvimonos hasta la noche. Decíame don Diego que qué haria él para persuadir á las tripas que habian comido, porque no lo querian creer. Andaban vaguidos en aquella casa, como en otra ahítos. Llegó la hora (6) del cenar ; pasóse la merienda en blanco : cenamos mucho ménos, y no carnero, sino un poco del nombre del maestro, cabra asada. Mire vuesa merced si inventara el diablo tal cosa. (7) «Es cosa muy saludable y provechosa, decia, cenar poco para tener el estómago desocupado ; » y citaba una (8) retahila de médicos infernales. Decia alabanzas de la dieta, y que ahorraba un hombre sueños pesados ; sabiendo que en su casa no se podia soñar otra cosa sino que comian. Cenaron, y cenamos todos, y no cenó ninguno. Fuímonos á acostar, y en toda la noche yo ni don Diego pudimos dormir ; él trazando de quejarse á su padre y pedir que le sacase de allí, y yo aconsejándole que lo hiciese ; (9) aunque últimamente le dije : «Señor, ¿sabeis de cierto si estamos vivos? Porque yo imagino que en la pendencia de las berceras nos mataron, y que somos ánimas que estamos en el purgatorio ; y así, es por demas decir que nos saque vuestro padre si alguno no nos reza en alguna cuenta de perdones, y nos saca de penas con alguna misa en altar privilegiado.»

Entre estas pláticas y un poco que dormimos se llegó la hora del levantar : dieron las seis, y llamó Cabra á licion : fuimos, y oímosla todos. Ya mis espaldas y ijadas

nadaban en el jubon, y las piernas daban lugar á otras siete calzas ; los dientes sacaba con tobas amarillos, vestidos de desesperacion. Mandáronme leer el primer nominativo á los otros, y era de manera mi hambre, que me desayuné con la mitad de las razones, comiéndomelas. Y todo esto creerá quien supiere lo que me contó el mozo de Cabra, diciendo que él ha visto meter en casa, recien venido, dos frisones, y que á dos dias salieron caballos ligeros, que volaban por los aires ; y que vió meter mastines pesados, y á tres horas salir galgos corredores ; y que una cuaresma topó muchos hombres, unos metiendo los piés, otros las manos, y otros todo el cuerpo, en el portal de su casa (esto por muy gran rato), y mucha gente (10) que venia á solo aquello de fuera ; y preguntando un dia (11) que qué sería, porque Cabra se enojó de que se lo preguntase, respondió que los unos tenian sarna, y los otros sabañones, y que en metiéndolos en aquella casa morian de hambre ; de manera que no comian de allí adelante. Certificóme que era verdad. Yo, que conocí la casa, lo creo : dígolo porque no parezca encarecimiento lo que dije. Y volviendo á la licion, dióla, y decorámosla, y proseguí siempre en aquel modo de vivir que he contado. Solo añadió á la comida tocino en la olla, por no sé qué que le dijeron un dia de hidalguía allá fuera ; y así, tenia una (12) caja de hierro, toda agujerada como salvadera ; abríala, metia un pedazo de tocino en ella, que la llenase, y tornábala á cerrar, y metíala colgando de un cordel en la olla, para que la diese algun zumo por los agujeros, y quedase para otro dia el tocino. Parecióle despues que en esto se gastaba mucho, y dió en (13) solo asomar el tocino en la olla. Pasábamoslo con estas cosas como se puede imaginar. Don Diego y yo nos vimos tan al cabo, que ya que para comer no hallábamos remedio, pasado un mes le buscamos para no levantarnos de mañana ; y así, trazabamos de decir que teniamos algun mal : pero no dijimos calentura, porque no la teniendo, era fácil de conocer el enredo ; dolor de cabeza ó muelas era poco estorbo : dijimos al fin que nos dolian las tripas, y estábamos malos de achaque de no haber hecho de nuestras personas en tres dias, fiados en que á trueque de no gastar dos cuartos no buscaria remedio. Ordenólo el diablo de otra suerte, porque tenia una receta que habia heredado de su padre, que fué boticario. Supo el mal, y aderezó una melecina ; y llamando una vieja de setenta años, tia suya, que le servia de enfermera, dijo que nos echase sendas gaitas. Empezaron por don Diego : el desventurado atajóse, y la vieja, en vez de echársela dentro, disparósela por entre la camisa y (14) el espinazo, y dióle con ella en el cogote, y vino á servir por defuera guarnicion la que dentro habia de ser aforro. Quedó el mozo dando gritos : vino Cabra, y viéndolo, dijo que me echasen á mí la otra ; que luego (15) tornarian á don Diego. Yo me vestia ; pero (16) me valió poco, porque teniéndome Cabra y otros, me la echó la vieja, á la cual de retorno dí con ella en toda la cara. Enojóse Cabra conmigo, y dijo que él me echaria de

(1) entró Cabra al ruido, (M.)
(2) entre tres (Z. R. P.)
(3) esperitado (Id.)
(4) quiere (Id.)
(5) ahora, (M. F.)
(6) de cenar ; (Id.)
(7) Decia : «es muy saludable y provechosa el cenar poco, (Id.)
(8) receta , y la de médicos (R)
(9) y últimamente (M. F.)

(10) venia (M. F.)
(11) qué seria (Id.)
(12) ceja (Z. R. P. M.)
(13) asomar (M. F.)
(14) espinazo (Id.)
(15) tornaria (Id.)
(16) valióme (Id.)

su casa; que bien se echaba de ver que era (1) bellaquería todo; mas no lo quiso mi ventura. Quejámonos (2) nosotros á don Alonso, y el Cabra le hacía creer que lo hacíamos por no asistir al estudio. Con esto no nos valían plegarias. Metió en casa la vieja por ama, para que guisase, y sirviese á los pupilos, y despidió al criado, porque le halló el viérnes (3) á la mañana con unas migajas de pan en la ropilla. Lo que pasamos con la vieja Dios lo sabe: era tan sorda, que no oía nada; entendia por señas; ciega, y tan gran rezadera, que un dia se le desensartó el rosario sobre la olla, y nos la trujo con el caldo más devoto que jamas comí. Unos decian: «¿Garbanzos negros? Sin duda son de Etiopia.» Otros decian: «¿Garbanzos con luto? ¿Quién se les habrá muerto?» Mi amo fué el que se encajó una cuenta, y al mascarla se quebró un diente. Los viérnes nos solía enviar unos huevos, á fuerza de pelos y canas suyas, que podian pretender corregimiento ó abogacía. Pues meter el badil por el cucharon, (4) inviar una escudilla de caldo empedrada, era ordinario. Mil veces topé yo sabandijas, palos, y estopa de la que hilaba, en la olla; y todo lo metia para que hiciese presencia en las tripas y abultase. Pasamos este trabajo hasta la cuaresma que vino, y á la entrada della estuvo malo un compañero. Cabra, por no gastar, detuvo el llamar (5) médico, hasta que ya él pidia confesion más que otra cosa. Llamó entónces un platicante, el cual le tomó el pulso, y dijo que la hambre le habia ganado por la mano en matar aquel hombre. Diéronle el Sacramento, y el pobre cuando le vió (que habia un dia que no hablaba) dijo: «Señor mio Jesucristo, necesario ha sido el veros entrar en esta casa para persuadirme que no es el infierno.» Imprimiéronsele estas razones en el corazon: murió el pobre mozo, enterrámosle muy pobremente, por ser forastero, y quedamos todos asombrados. Divulgóse por el pueblo el caso atroz; llegó á oídos de don Alonso Coronel; y como no tenia otro hijo, desengañóse de las crueldades de Cabra, y comenzó á dar más crédito á las razones de dos sombras, que ya estábamos reducidos á tan miserable estado. Vino á sacarnos del pupilaje, y teniéndonos delante, nos preguntaba por nosotros; y tales nos vió, que sin aguardar (6) á más, trató muy mal de palabras al licenciado Vigilia. (7) Nos mandó llevar en dos sillas á casa: (8) despedímonos de los compañeros, que nos seguian con los deseos y con los ojos, haciendo las lástimas que hace el que queda en Argel viendo venir rescatados sus compañeros.

CAPITULO IV.

De la convalecencia y ida á estudiar á Alcalá de Henáres.

Entramos en casa de don Alonso, y echáronnos en dos camas con mucho tiento, porque no se nos (9) desparramasen los huesos de puro roidos del hambre. Trujeron exploradores que nos buscasen los ojos por toda la ca-

ra, y á mí, como habia sido mi trabajo mayor, y la hambre imperial (al fin me trataban como á criado), en buen rato no me los hallaron. Trajeron médicos, y mandaron que nos limpiasen con (10) zorras el polvo de las bocas, como á retablos; y bien lo éramos de duelos. Ordenaron que nos diesen sustancias y pistos. ¿Quién podrá contar á la primera almendrada y á la primera ave las luminarias que pusieron las tripas de contento? Todo les hacia novedad. Mandaron los (11) doctores que por nueve dias no hablase nadie recio en nuestro aposento, porque, como estaban huecos los estómagos, sonaba en ellos el eco de cualquier palabra. Con estas y otras prevenciones comenzamos á volver y cobrar algun aliento; pero nunca podian las quijadas desdoblarse, que estaban negras y alforzadas; y así, se dió órden que cada dia nos las ahormasen con la mano de un almirez. Levantámonos á hacer pinicos dentro de cuatro dias, y aun parecíamos sombras de otros hombres, y en lo amarillo y flaco, simiente de los padres (12) del hierno. Todo el dia gastábamos en dar gracias á Dios por habernos rescatado de la (13) captividad del fierísimo Cabra, y rogábamos al Señor que ningun cristiano cayese en sus (14) manos crueles. Si acaso comiendo alguna vez nos acordábamos de las mesas del mal pupilero, se nos aumentaba el hambre tanto, que acrecentábamos la costa aquel dia. Soliamos contar á don Alonso cómo al sentarse á la mesa nos decia males de la gula (no habiéndola él conocido en su vida), y reíase mucho cuando le contábamos que en el mandamiento de No matarás metia perdices y capones y todas las cosas que no queria darnos; y por el consiguiente la hambre, pues parecia que tenia por pecado, no solo el matarla, sino el criarla, segun recataba el comer. Pasáronsenos tres meses en esto, y al cabo trató don Alonso de (15) inviar á su hijo á Alcalá á estudiar lo que le faltaba de la gramática. Dijome á mí si queria ir, y yo, que no deseaba otra cosa sino salir de tierra donde se oyese el nombre de aquel malvado perseguidor de estómagos, ofrecí de servir á su hijo, como veria. Y con esto dióle un criado para mayordomo que le gobernase la casa y le tuviese cuenta del dinero del gasto, que nos daba remitido en cédulas para un hombre que se llamaba Julian Merluza. Pusimos el hato en el (16) carro de un Diego Monje: era una media camita, y otra de cordeles con ruedas, para metella debajo de la otra mia y del mayordomo, que se llamaba Aranda; cinco colchones y ocho sábanas, ocho almohadas, cuatro tapices, un cofre con ropa blanca y las demas zarandajas de casa. Nosotros nos metimos en un coche, salimos á la tardecita ántes de anochecer una hora, y llegamos á la media noche á la siempre maldita venta de Viveros (a). El ventero era morisco y la-

(1) todo bellaquería, (M. F.)
(2) á don Alonso, (Id.)
(3) de mañana. Id.)
(4) enviar (Id.)
(5) el médico, hasta que ya él pedia (Id.)
(6) más (Id.)
(7) Mandónos (Id.)
(8) despidímonos. (Z. R. P.)
(9) desparramasen (La edicion de Bruselas y todas las siguientes.)

(10) zorros (La de Saucha.)
(11) dotores (M.)
(12) del yermo (M. F.)—de hierno. (R.)
(13) cautividad (M. F.)
(14) crueles manos. (Id.)
(15) enviar (Id.)
(16) carro, y de un Diego Monge era una media (Z. R. P.)—... era media (M.)
(a) De ella canta Alarcon en la comedia de Las Paredes oyen:

Venta de Viveros,
dichoso sitio
si el ventero es cristiano
y es moro el vino!

dron (1) (que en mi vida vi perro y gato (a) juntos con la paz que aquel dia); hízonos gran fiesta, y como él y los ministros del carretero iban horros (que ya habian llegado tambien con el hato ántes, (2) que nosotros veniamos de espacio), pegóse al coche, dióme á mí la mano para salir del estribo, y díjome si iba á estudiar. Yo le respondí que sí. Metióme adentro, donde estaban dos rufianes con unas mujercillas, un cura rezando al olor, un viejo mercader y avariento procurando olvidarse de cenar, y dos estudiantes fregones de los de mantellina buscando trazas para engullir. Mi amo pues, como más nuevo (3) en la venta, y muchacho, dijo : «Señor huésped, déme lo que hubiere para mí y dos criados.» «Todos lo somos de vuesa merced, dijeron al punto los rufianes, y le hemos de servir. Hola huésped, (4) mirá que este caballero os agradecerá lo que hiciéredes; vaciad la (5) dispensa.» Y diciendo esto llegóse uno y quitóle la capa diciendo : «Descanse vuesa merced, mi señor;» y púsola en un poyo. Estaba yo con esto desvanecido y hecho dueño de la venta. Dijo una de las ninfas : «¡ Qué buen talle de caballero! ¡ Y va á estudiar? ¿Es vuesa merced su criado?» Yo respondí creyendo que era así como lo decian, que yo y el otro lo éramos. Preguntáronme su nombre, y no bien lo dije, cuando (6) el uno de los estudiantes se llegó á él, medio llorando, y dándole un abrazo apretadísimo, dijo : «¡Oh mi señor don Diego! ¡Quién me dijera á mí agora diez años que habia de ver (7) yo á vuesa merced desta manera! ¡Desdichado de mí, que estoy tal que no me conocerá vuesa merced!» El se quedó admirado y yo tambien, que juramos entrambos no habelle visto en nuestra vida. El otro compañero andaba mirando á don Diego á la cara, y dijo á su amigo : «¿Es este señor de cuyo padre me dijistes vos tantas cosas? ¡Gran dicha ha sido nuestra encontralle y conocelle, segun está de grande! Dios le guarde;» y empezó á santiguarse. ¿Quién no creyera que se habian criado con nosotros? Don Diego se le ofreció mucho, y preguntándole su nombre, salió el ventero y puso los manteles, y oliendo la estafa, dijo: «Dejen eso, que despues de cenar se hablará; que se enfría.» Llegó un rufian y puso asientos para todos, y una silla para don Diego, y el otro trujo un plato. Los estudiantes dijeron : «Cene vuesa merced; que entre tanto que á nosotros nos (8) adrezan lo que hubiere, le servirémos á la mesa.» «¡Jesus! dijo don Diego, vuesas mercedes se asienten si son servidos;» y á esto respondieron los rufianes (no hablando con ellos) : «Luego, mi señor, que aun no está todo á punto.» Yo cuando vi á los unos convidados y á los otros que se convidaban, afligíme y temí lo que sucedió, porque los estudiantes tomaron la ensalada, que era un razonable plato, y mirando á mi amo dijeron : «No es razon que donde está un caballero tan principal se queden estas damas por comer; mande vuesa merced que alcancen

un bocado.» El, haciendo del galan, convidólas : sentáronse, y entre los dos estudiantes y ellas no dejaron (9) en cuatro bocados sino un cogollo, el cual se comió don Diego; y al dárseleaquel maldito estudiante le dijo : «Un agüelo tuvo vuesa merced tio de mi padre, que en viendo lechugas se desmayaba ; ¡qué hombre era tan cabal!» Y diciendo esto, se puso un panecillo, y el otro otro. Pues las ninfas ya daban cuenta de un pan, y el que más comia era el cura con el mirar solo. Sentáronse los rufianes con medio cabrito asado, dos lonjas de tocino y un par de palominos cocidos, y dijeron : «Pues, padre, ¿ahí se está? Llegue y alcance; que mi señor don Diego nos hace merced á todos.» No bien se lo dijeron cuando se sentó : ya cuando vió mi amo que todos se le habian encajado, comenzóse á afligir. Repartiéronlo todo, y al don Diego dieron no sé qué huesos y alones; lo demas engulleron el cura y los otros. Decian los rufianes : «No coneis mucho, señor, que le hará mal;» y replicaba el maldito estudiante : «Y más que es menester hacerse á comer poco para la vida de Alcalá.» Yo y el otro (10) criado estábamos rogando á Dios que les pusiese en corazon que dejasen algo. Y ya que (11) lo hubieron comido todo, y que el cura repasaba los huesos de los otros, volvió (12) el un rufian y dijo : «¡Oh pecador de mí! No habemos dejado nada á los criados. Vengan aquí vuesas mercedes. Ah (13) señor huésped, déles todo lo que hubiere, vé aquí un doblon.» Tan presto saltó el descomulgado pariente de mi amo (digo el escolar), y dijo : «Aunque vuesa merced me perdone, señor hidalgo, debe saber poco de cortesia : ¿conoce por dicha á mi señor primo? El dará á sus criados y aun á los nuestros si los tuviéramos, como nos ha dado á nosotros.—No se enoje vuesa merced, que no le conocian.» Maldiciones le eché cuando vi tan (14) grande disimulacion, que no pensé acabar. Levantaron las mesas, y todos dijeron á don Diego que se acostase; él queria pagar la cena, y replicáronle que á la mañana habria lugar. Estuviéronse un rato parlando; (15) preguntóle su nombre al estudiante, y él dijo que se (16) llamaba don Tal Coronel. En malos infiernos arda el embustero en donde quiera que está. Vió (17) que dormia el avariento, y dijo : «¿Vuesa merced quiere reir? Pues hagamos alguna burla á este viejo, que no ha comido sino un pero en todo el camino, y es riquisimo.» Los rufianes dijeron : «Bien haya el licenciado; hágalo, que es razon.» Con esto se llegó y se có al pobre viejo que dormia, de debajo de los piés unas alforjas, y desenvolviéndolas halló una caja, y como si fuera de guerra, hizo gente. Llegáronse todos, y abriéndola, vió que era de alcorzas. Sacó cuantas habia, y en su lugar puso piedras, palos y lo que halló; luego se proveyó sobre lo dicho, y encima de la suciedad puso hasta una docena de yesones. Cerró la caja y dijo: «Pues aun no (18) basta ; que bota tiene.» (19) Sacóla el vino, y desenfundando una almohada de nuestro co-

---

(1) (y en mi vida (M. F.)
(a) Perro llamaban los cristianos á los moros; gato se dice del ladron.
(2) porque nosotros (M. F.)
(3) en venta, (Id.)
(4) mirad que (F.)
(5) despensa.» (Id.)
(6) uno (Id.)
(7) á vuesa merced (M. F.)
(8) aderezan (Id.)

(9) sino un cogollo en cuatro bocados, (Z. R. P.)
(10) estudiante estábamos (Id.)
(11) le hubieron (M.)
(12) el rufian (M. F.)
(13) seor huésped, (M.)
(14) gran (M. F.)
(15) y preguntóle (Id.)
(16) llama don Coronel (M.)
(17) el avariento que dormia, y dijo : (Z. R. P.)
(18) basta. Sacóla (R.)
(19) Sacóle el vino, y desfundando (M. F.)

che, despues de haber echado un poco vino debajo, se la llenó de lana y estopa y la cerró. Con esto se fuéron todos á acostar para una hora (1) que quedaba ó media, y el estudiante lo puso todo en las alforjas, y en la capilla del gaban echó una gran piedra, y fuése á dormir. Llegó la hora del caminar, despertaron todos, y el viejo todavía dormia. Llamáronle, y al levantarse no podia levantar la capilla del gaban; miró lo que era, y el (2) mesonero adrede le riñó diciendo : «Cuerpo de Dios, ¿no halló otra cosa que llevarse, padre, sino esta piedra? ¿Qué les parece á vuesas mercedes, si yo no lo hubiera visto? (3) Cosa es que estimo en más de cien ducados, porque es contra el dolor de estómago.» Juraba y perjuraba diciendo que (4) no habia metido él tal en la capilla.

Los rufianes hicieron la cuenta, y vino á montar sesenta reales, que no entendiera Juan de (5) Leganos la suma. Decian los estudiantes : «Como hemos de servir á vuesa merced en Alcalá, quedamos ajustados en el gasto.» Almorzámos un bocado, y el viejo tomó sus alforjas; y porque no viésemos lo que sacaba y no partir con nadie, desatólas á escuras debajo el gaban, y agarrando un yeson untado, echóselo en la boca, y (6) fuéle á hincar una muela y medio diente que tenia, y por poco los perdiera. Comenzó á escupir y hacer gestos de asco y de dolor. Llegámos todos á él, y el cura el primero, diciéndole qué tenia. Comenzóse á ofrecer á Satanás, dejó caer las alforjas, llegóse á él el estudiante, y dijo : «Arriedro vayas, Satan, cata la cruz.» Otro abrió un breviario, hiciéronle creer que estaba endemoniado, hasta que él mismo dijo lo que era, y pidió le dejasen (7) enjuagar la boca con un poco de vino que él traia en la bota. Dejáronle, y sacándola abrióla; y abocando en un vasito un poco de vino, salió con lana y estopa un vino salvaje, tan barbado y velloso, que no se podia beber ni colar. Entónces acabó de perder la paciencia el viejo, pero viendo las descompuestas carcajadas de risa, tuvo por bien el callar y subir en el carro con los rufianes y mujeres. Los estudiantes y el cura se ensartaron en un borrico, y nosotros nos pusimos en el coche; y aun no bien habia comenzado á caminar, cuando los unos y los otros nos comenzaron á dar vaya, declarando la burla. El ventero decia : «Señor nuevo, á pocas estrenas como esta envejecerá.» El cura decia : «Sacerdote soy, allá se lo (8) dirán de misas.» Y el estudiante maldito voceaba : «Señor primo, otra vez rásquese cuando le coma, y no despues.» El otro decia : «Sarna (9) dé á vuesa merced, señor don Diego.» Nosotros dímos en no hacer caso. Dios sabe cuán corridos íbamos.

Con estas y otras cosas llegamos á la villa; apeámonos (10) en meson, y en todo el dia (que llegamos á las nueve) acabamos de contar la cena pasada, y nunca podimos sacar en limpio el gasto.

(1) ó media que quedaba, (M. F.)
(2) ventero adrede (Id.)
(3) Cosa que (Id.)
(4) él no habia metido tal (Id.)
(5) Leganés (F.)—Léganus (La edicion de Sancha.)
(6) fué á hincarle (Id.)
(7) enjuagar (La edicion de Sancha.)
(8) diré (M. F.)
(9) de vuesa merced, (Z. R. P.)
(10) en un meson (M. F.)—en el meson (R.)

CAPITULO V.

De la entrada (11) de Alcalá, patente y burlas que me hicieron por nuevo.

Antes que anocheciese salimos del meson á la casa que nos tenian alquilada, que estaba fuera la puerta de Santiago, patio de estudiantes donde hay muchos juntos, aunque esta teniamos entre tres moradores diferentes no más. Era el dueño y huésped de los que creen en Dios por cortesía ó sobre falso : moriscos los llaman en el pueblo, que (12) hay muy grande cosecha desta gente y de la que tiene sobradas narices, y solo les faltan para oler tocino : digo esto, confesando la mucha nobleza que hay entre la gente principal, que cierto es mucha. Recibióme pues el huésped con peor cara que si yo fuera (13) el Santísimo Sacramento; ni sé si lo hizo porque le comenzásemos á tener respeto, ó por ser natural suyo dellos, que no es mucho tenga mala condicion quien no tiene buena ley. Pusimos nuestro hato, acomodámos las camas y lo demas, y dormimos aquella noche. Amaneció, y hélos aquí en camisa todos los estudiantes de la posada á pedir la patente á mi amo. Él, que no sabia lo que era, preguntóme que qué querian. Y yo entre tanto, por lo que podia suceder, me acomodé entre dos colchones, y sola tenia la media cabeza fuera, que parecia tortuga. Pidieron dos docenas de reales; diéronselos, y cantando comenzaron una grita del diablo, diciendo : «Viva el compañero, y sea admitido en nuestra amistad; goce de las preeminencias de antiguo; pueda tener sarna, andar manchado y padecer el hambre que todos.» Y con esto ¡ mire vuesa merced qué privilegios! volaron por la escalera, y al momento nos vestimos nosotros y tomamos el camino para escuelas. A mi amo apadrináronle unos colegiales conocidos de su padre, y entró en su general; pero yo, que habia de entraren otro diferente y fuí solo, comencé á temblar. Entré en el patio, y no hube metido bien el pié, cuando me encararon y empezaron á decir : «Nuevo.» Yo, por disimular, di en reir, como que no hacia caso, mas no bastó, porque llegándose á mí ocho ó nueve, comenzaron á reirse. Púseme colorado (nunca Dios lo permitiera), pues al instante se puso uno que estaba á mi lado sus manos en las narices, y apartándose dijo : «Por resucitar está este Lázaro, segun hiede;» y con esto todos se apartaron, tapándose las narices. Yo, que me pensé escapar, tambien me puse las manos y dije : «Vuesas mercedes tienen razon, que güele muy mal.» Dióles mucha risa, y apartándose, ya estaban juntos hasta ciento. Comenzaron á escarbar y tocar al arma, y en las toses y abrir y cerrar de las bocas, vi que se (14) me aparejaban gargajos. En esto un manchegazo acatarrado me hizo alarde de uno terrible, diciendo : «Esto hago.» Yo entónces, que me vi perdido, dije : «Juro á Dios que me la...» Iba á decirle, pero fué tal la batería y lluvia que cayó sobre mí, que no pude acabar la razon. Yo estaba cubierto el rostro con la capa, y tan blanco, que todos tiraban á mí, y era de ver sin duda cómo tomaban la puntería. Estaba ya nevado de piés á cabeza; pero un bellaco, viéndome cubierto y que no tenia en la cara cosa, arrancó hácia mí, diciendo

(11) en Alcalá, (M. F.)
(12) aun hay (Id.)
(13) cura , y le pidiera la cédula de confesion; ni sé (Id.)
(14) aparejaban (Id.)

con gran cólera : «Basta, no le mateis.» Yo, que segun me trataban, creí dellos que lo harian, destapé por ver lo que era, y al mismo tiempo el que daba las voces me (1) enclavó un gargajo entre los dos ojos. Aquí se han de considerar mis angustias : levantó la infernal gente una grita que me aturdieron; y yo, segun lo que echaron sobre mí de sus estómagos, pensé que por ahorrar de médicos y boticas aguardaban nuevos para purgarse. Quisieron tras esto darme de pescozones; pero no habia (2) dónde, sin llevarse en las manos la mitad del aceite de mi negra capa, ya blanca por mis pecados. Dejáronme ; y iba hecho (3) aljofaina de viejo á pura saliva; fuíme á casa, que aún era acerté á entrar en ella, y fué ventura el ser de mañana, porque solo topé dos ó tres muchachos (que debian ser bien inclinados) porque no me tiraron más de cuatro ó seis trapazos, y luego se fuéron. Entré en casa, y el morisco, que me vió, comenzó á reirse y hacer como que queria escupirme. Yo, que temí que lo hiciese, dije : «Tened, huésped, que no soy Ecce-Homo.» Nunca lo dijera, porque me dió dos libras de porrazos sobre los hombros con las pesas que tenia. Con esta ayuda de costa, medio (4) baldado, subí arriba, y en buscar por dónde asir la sotana y el manteo se pasó mucho rato; al fin le quité, y me eché en la cama, y colgué en una azotea. Vino mi amo, y como me halló durmiendo y no sabia la asquerosa aventura, enojóse y comenzóme á dar repelones con tanta priesa, que á dos más me despierta calvo. Levantéme dando voces y quejándome, y él con más cólera dijo : «¿Es buen modo de servir este, Pablos? Ya es otra vida.» Yo, cuando oí decir otra vida, entendí que era ya muerto, y dije : «Bien me anima vuesa merced en mis trabajos; vea cuál está aquella sotana y manteo, que ha servido de pañizuelos á las mayores narices que se han visto jamás en paso de Semana Santa; » y con esto empecé á llorar. El, viendo mi llanto, creyólo, y buscando la sotana y viéndola, compadecióse de mí y dijo : «(5) Pablos, abre el ojo, que asan carne; mira por tí, que aquí no tienes otro padre ni madre.» Contéle todo lo que habia pasado, y mandóme desnudar y llevar á mi aposento, que era donde dormian cuatro criados de los huéspedes de casa. Acostéme y dormí; y con esto á la noche, despues de haber comido y cenado bien, me hallé fuerte ya, como si no hubiera pasado nada por mí; pero cuando comienzan desgracias en (6) una, parece que nunca se han de acabar, que andan encadenadas, y unas traen á otras. Viniéronse á acostar los otros criados, y saludándome todos, me preguntaron si estaba malo, y cómo estaba en la cama. Yo les conté el caso, y al punto, como si en ellos no hubiera mal ninguno, se empezaron á santiguar diciendo : «No se hiciera entre luteranos.—¡Hay tal maldad!» Otro decia : «El Retor tiene la culpa en no poner remedio. ¿Conocerá los que eran?» Yo respondí que no, y agradecíles la merced que me mostraban hacer. Con esto se acabaron de desnudar, acostáronse, mataron la luz, y dormíme yo, que me pare-

cia estaba con mi padre y mis hermanos. Debian ser las doce, cuando el uno dellos me despertó á puros gritos, diciendo : «¡Ay, que me matan! ¡Ladrones!» Sonaban en su cama unas voces y golpes de látigo. Yo levanté la cabeza y dije : «¿Qué es eso?» y apénas me descubrí, cuando con una maroma me asentaron un azote con hijos en todas las espaldas. Comencé á quejarme, quíseme levantar; quejábase el otro tambien, y dábame á mí solo. Yo comencé á decir : «Justicia de Dios!» Pero menudeaban tanto los azotes sobre mí, que ya no me quedó (por haberme tirado las frazadas abajo) remedio sino el de meterme debajo de la cama. Hícelo así, y al punto los tres que dormian empezaron á dar gritos tambien; y como sonaban los azotes, se creí que alguno de afuera nos daba á todos. Entre tanto aquel maldito que estaba junto á mí se pasó á mi cama y proveyó en ella y cubrióla; y pasándose á la suya, cesaron los azotes, y levantáronse con grandes gritos todos cuatro diciendo : «Es gran bellaquería, y no ha de pasar así.» Yo todavía me estaba debajo de la cama, quejándome como perro cogido entre puertas, tan encogido, que parecia un galgo con calambre. Hicieron los otros que cerraban la puerta, y yo entónces salí de donde estaba, y subíme á mi cama, preguntando si acaso les habian hecho mal : todos se quejaban de muerte. Acostéme y cubríme, y torné á dormir; y como entre sueños me revolcase, cuando desperté halléme sucio hasta las trenzas. Levantáronse todos, y yo tomé por achaque los azotes para no vestirme; no habia diablos que me moviesen de un lado : estaba confuso considerando si acaso con el miedo y la turbacion, sin sentirlo, habia hecho aquella vileza, ó si entre sueños; al fin yo me hallaba inocente y culpado, y no sabia disculparme. Los compañeros se llegaron á mí quejándose y muy disimulados á preguntarme cómo estaba; y yo les dije que muy malo, porque me habian dado muchos azotes. Preguntábales yo qué podia haber sido, y ellos decian : «A fé que no se escape, que el matemático nos lo dirá. Pero dejando esto, veamos si estais herido, que os quejábades mucho;» y diciendo esto, fuéron á levantar la ropa con deseo de afrentarme. En esto mi amo entró diciendo : «¿Es posible, Pablos, que no he de poder contigo? Son las ocho, ¿y estáste en la cama? Levántate enhoramala.» Los otros, por asegurarme, contaron á don Diego el caso todo, y pidiéronle que me dejase dormir, y decia uno : «Y si vuesa merced no lo cree, levanta, amigo,» y agarraba de la ropa. Yo la tenia asida con los dientes por no mostrar la caca; y cuando ellos vieron que no habia remedio por aquel camino, dijo uno : «¡Cuerpo de (7) Dios, y cómo hiede!» Don Diego dijo lo mismo, porque era verdad; y luego tras él comenzaron todos á mirar si habia en el aposento algun servicio; decian que no se podia estar allí. Dijo uno : «Pues es muy bueno esto para haber de estudiar.» Miraron las camas, y quitáronlas para ver debajo, y dijeron : «Sin duda debajo de la de Pablos hay algo; pasémosle á una de las nuestras, y miremos debajo della.» Yo, que veia poco remedio en el negocio y que me iban á echar la garra, fingí que me habia dado mal de corazon; agarréme á los palos y hice visajes. Ellos, que sabian el misterio, apretaron conmigo,

(1) clavó (M. F.)
(2) en dónde (M.)
(3) aljofaina (Z. R. P.)
(4) vengado, subí (Id.)
(5) Pablo, (Z. P.)
(6) uno (M. F.)

(7) tal, (M. F.)

diciendo : «¡Gran lástima!» Don Diego me tomó el dedo del corazon, y al fin entre los cinco me levantaron; y al alzar las sábanas fué tanta la risa de todos, viendo los recientes, no ya palominos, sino palomos grandes, que se hundia el aposento. «Pobre dél», decian los grandísimos bellacos; yo hacia el desmayado. «Tírele vuesa merced mucho dese dedo del corazon;» y mi amo, entendiendo hacerme bien, tanto tiró, que me le desconcertó. Los otros tambien trataron de darme un garrote en los muslos, y decian: «El pobrecito agora sin duda se ensució cuando le dió el mal.» ¡Quién dirá lo que yo pasaba entre mí, lo uno con la vergüenza, descoyuntado un dedo, y á peligro de que me diesen garrote! Al fin, de miedo que me le diesen (que ya me tenian los cordeles en los muslos), hice que habia vuelto; y por presto que lo hice, como los bellacos iban con malicia, ya me habian hecho dos dedos de señal en cada pierna. Dejáronme diciendo : «¡Jesus, y qué (1) flaco sois!» Yo lloraba de enojo, y ellos decian adrede: «Más va en vuestra salud que (2) no sé el haberos ensuciado; callá;» y con esto me pusieron en la cama despues de haberme lavado, y se fuéron. Yo no hacia á solas sino considerar cómo casi era más lo que habia pasado en Alcalá en un dia que todo lo que me sucedió con Cabra. A mediodia me vestí, limpié la sotana lo mejor que pude (lavándola como gualdrapa), y aguardé á mi amo, que en llegando me preguntó cómo estaba. Comieron todos los de casa y yo, aunque poco y de mala gana ; y despues, juntándonos todos á parlar en el corredor, los otros criados, despues de darme vaya, declararon la burla. Riéronla todos; doblóseme mi afrenta; y dije entre mí : «Avison, Pablos, alerta.» Propuse de hacer nueva vida ; y con esto, hechos amigos, vivímos de allí adelante todos los de (3) la casa como hermanos, y en las escuelas y patios nadie me inquietó más.

CAPITULO VI.

De las crueldades del ama, y travesuras que yo hice.

«Haz como vieres» dice el refran, y dice bien. De puro considerar en él, vine á resolverme de ser bellaco con los bellacos, y más, si pudiese, que todos. No sé si salí con ello; pero yo aseguro á vuesa merced que hice todas las diligencias posibles. Lo primero, yo puse pena de la vida á todos los cochinos que se entrasen en casa, y los pollos del ama que del corral pasasen á mi aposento. Sucedió que un dia entraron dos puercos del mejor garbo que vi en mi vida; yo estaba jugando con los otros criados, y oílos gruñir y dije á uno : «Vaya, y vea quién gruñe en nuestra casa.» Fué, y dijo que dos marranos. Yo, que lo oí, me enojé tanto, que salí allá diciendo que era mucha bellaquería y atrevimiento venir á gruñir á casas ajenas ; y diciendo esto, envaséle á cada uno (á puerta cerrada) la espada por los pechos, y luego los acogotamos; y porque no se oyese el ruido que hacian, todos á la par dábamos grandísimos gritos como que cantábamos; y así espiraron en nuestras manos. Sacamos los vientres, recogimos la sangre, y á puros jergones los medio chamuscamos en el corral; de suerte que cuando vinieron los amos ya estaba hecho, aunque mal, sino eran los vientres, que no estaban

acabadas de hacer las morcillas, y no por falta de prisa, que en verdad (4) que por no detenernos (5) las habiamos dejado la mitad de lo que (6) ellos se tenian dentro. Supo pues don Diego y el mayordomo el caso, y enojáronse comnigo de manera, que obligaron á los huéspedes (que de risa no se podian valer) á volver por mí. Preguntábame don Diego qué habia de decir si me acusaban y me prendia la justicia. A lo cual respondi yo que me llamaria (7) á hambre, que es el sagrado de los estudiantes, y si no me valiese, diria : «Como se entraron sin llamar á la puerta, como en su casa, entendí que eran nuestros.» Riéronse todos de las disculpas. Dijo don Diego : «A fé, Pablos, que os haceis á las armas.» Era de notar ver á mi amo tan quieto y religioso, y á mí tan travieso, que el uno exageraba al otro ó la virtud ó el vicio.

No cabia el ama de contento, porque éramos los dos al molino : habíamonos conjurado contra la despensa. Yo era el despensero Júdas, que desde entónces heredé no sé qué amor á la sisa en este oficio. La carne no guardaba en manos del ama la órden retórica, porque siempre iba de más á ménos ; y la vez que podia echar cabra ó oveja, no echaba carnero ; y si habia huesos, no entraba cosa magra : y así hacia unas ollas tísicas, de puro flacas ; unos caldos, que á estar cuajados, se podian hacer sartas de cristal de las dos pascuas. Por diferenciar, para que estuviese gorda la olla, solia echar unos cabos de velas de sebo. Ella decia (cuando yo estaba delante) á mi amo : «Por cierto que no hay servicio como el de Pablicos, si él no fuese travieso ; consérvele vuesa merced, que bien se le puede sufrir el ser travieso por la fidelidad; lo mejor de la plaza trae.» Yo por el consiguiente, decia de ella lo mismo, y así teníamos engañada la casa. Si se compraba aceite de por junto, carbon ó tocino, escondiamos la (8) metad, y cuando nos parecia deciamos el ama y yo : «Modérense vuesas mercedes en el gasto ; que en verdad, si se dan tanta priesa, no baste la hacienda del Rey. Ya se ha acabado el aceite ó el carbon; pero tal priesa se han dado. Mande vuesa merced comprar más, y á fé que se ha de lucir de otra manera : déle dineros á Pablicos.» Dábanmelos, y vendíamosles la metad sisada, y de lo que comprábamos, la otra metad ; y esto era en todo. Y si alguna vez compraba yo algo en la plaza por lo que valia, reñiamos adrede el ama y yo. Ella decia como enojada : «No me digais á mí, Pablicos, que estos son dos cuartos de ensalada.» Yo hacia que lloraba, daba muchas voces, y ibame á quejar á mi señor, y apretábale para que enviase el mayordomo á saberlo, para que callase el ama, que adrede porfiaba. Iba, y sabíalo, y con esto asegurábamos al amo y al mayordomo, y quedaban agradecidos, en mí á las obras, y en el ama al celo de su bien. Decíale don Diego, muy satisfecho de mí : «Así fuese Pablicos aplicado á virtud, (9) como es de fiar : toda esta es la lealtad. ¿Qué me decis vos dél?» Tuvímoslos desta manera chupándolos como (10) sanguisuelas : yo apostaré que vuesa merced se espanta

(1) flojo sois!» (M. F.)
(2) en haberos ensuciado : callad;» (Id.)
(3) casa (B. M. F.)

(4) por no (M. F.)
(5) les (Id.)
(6) ellas (Z. R. P.)
(7) hambre, (M. F.)
(8) mitad, (R. F.)
(9) como es de fiar. Tuvímoslos desta manera (M. F.)
(10) sanguijuelas. (F.)

de la suma del dinero al cabo del año. Ello mucho debió de ser, pero no obligaba á restitucion, porque el ama (1) confesaba y comulgaba de (2) ocho á ocho dias, y nunca la vi rastro ni imaginacion de volver nada ni hacer escrúpulo, con ser, como digo, una santa. Traia un rosario al cuello siempre tan grande, que era más barato llevar un haz de leña á cuestas. Dél colgaban muchos manojos de imágenes, cruces y cuentas de perdones. En todas decia que rezaba cada noche por sus bienhechores. Contaba ciento y tantos santos (3) abogados suyos; y en verdad que habia menester todas estas ayudas para desquitarse de lo que pecaba. (4) Acostábase en un aposento encima del de mi amo, y rezaba más oraciones que un ciego. Entraba por el Justo Juez, y acababa con el Conquibules (que ella decia) y en la Salve Rehila. Decia las oraciones en latin adrede por fingirse inocente; de suerte que nos despedazábamos de risa todos. Tenia otras habilidades : era conquistadora de voluntades y corchete de gustos, que es lo mismo que alcahueta; pero disculpábase conmigo, diciendo que le venia de casta, como al rey de Francia curar lamparones. Pensará vuesa merced que siempre estuvimos en paz; pues ¿ quién ignora que dos amigos, como sean cudiciosos, si están juntos se han de procurar engañar el uno al otro? Sucedió que el ama criaba gallinas en el corral; yo tenia gana de comerla una : tenia doce ó trece pollos grandecitos; y un dia, estando dándoles de comer, comenzó á decir: «Pio, pio,» y esto muchas veces. Yo que oí el modo de llamar, comencé á dar voces y dije : « ¡ Oh cuerpo de (5) Dios, ama! ¿ No hubiérades muerto un hombre, ó hurtado moneda al Rey, cosa que yo pudiera callar, y no haber hecho lo que habeis hecho, que es imposible dejarlo de decir? ¡ Mal aventurado de mí y de vos!» Ella, como me vió hacer extremos con tantas véras, turbóse algun tanto y dijo: «Pues, Pablos, yo ¿qué he hecho? Si te burlas, no me aflijas más.» «¿Cómo burlas? ¡pesia tal! Yo no puedo dejar de dar parte á la Inquisicion, porque si no, estaré descomulgado.» «¿Inquisicion?» dijo ella, y empezó á temblar; «¿pues yo he hecho algo contra la fé?» «Eso es lo peor, decia yo: no os burleis con los inquisidores; decid que fuistes una boba y que os desdecis, y no negueis la blasfemia y desacato.» Ella con el miedo dijo: «Pues, Pablos, y si me desdigo, ¿castigaránme?» Respondile : «No, porque solo os absolverán.» «Pues yo me desdigo, dijo. Pero díme tú de qué; que no lo sé yo, así tengan buen siglo las ánimas de mis difuntos.» «¿Es posible que no advertisteis en qué? No sé cómo (6) lo diga; que el desacato es tal, que me acobarda. ¿No os acordais que dijisteis á los pollos, pio, pio, y es Pio nombre de los papas, vicarios de Dios y cabezas de la Iglesia? Papáos (7) el pecadillo.» Ella quedó como muerta, y dijo: «Pablos, yo lo dije, pero no me perdone Dios si fué con malicia. Yo me desdigo : mira si hay camino para que se pueda excusar el acusarme; que me moriré si me veo en la Inquisicion.» «Como vos jureis en una ara consagrada que no tuvisteis malicia, yo asegurado po-

dré dejar de acusaros; pero será necesario que esos dos pollos que comieron llamándoles con el santísimo nombre de los pontífices, me los déis para que yo los lleve á un familiar que los queme, porque están dañados; y tras esto habeis de jurar de no reincidir de ningun modo.» (8) Ella muy contenta dijo : « Pues llévatelos, Pablos, agora; que mañana juraré (9).» Yo, por más asegurarla, dije : «Lo peor es, Cepriana (que así se llamaba), que yo voy á riesgo, porque me dirá el familiar si soy yo, y entre tanto me podrá hacer vejacion. Llevadlas vos; que yo pardiez que temo.» «Pablos (decia cuando me oyó esto), por amor de Dios, que te duelas de mí y los lleves; que á tí no te puede suceder nada.» Dejéla que me lo rogase mucho, y al fin (que era lo que queria) determinéme, tomé los pollos, escondilos en mi aposento, hice que iba fuera, y volví diciendo : «Mejor se ha hecho que yo pensaba; queria el familiarcito venirse tras mí á ver la mujer, pero lindamente (10) te le he engañado y negociado.» Dióme mil abrazos y otro pollo para mí, y yo fuíme con él adonde habia dejado sus compañeros, y hice hacer en casa de un pastelero una cazuela, y comímelos con los demas criados. Supo el ama y don Diego la maraña, y toda la casa la celebró en extremo. El ama llegó tan al cabo de pena, (11) que por poco se moriera; y de enojo no estuvo (12) á dos dedos (á no tener por qué callar) de decir mis sisas. Yo, que me vi ya mal con el ama, y que no (13) la podia burlar, busqué nuevas trazas de holgarme, y dí en lo que llaman los estudiantes correr ó rebatar. En esto me sucedieron cosas graciosísimas, porque yendo una noche á las nueve (que ya anda poca gente) por la calle Mayor, vi una confiteria y en ella un cofin de pasas sobre el tablero; y tomando vuelo, vine, agarréle, dí á correr : el confitero dió tras mí y otros criados y vecinos. Yo como iba cargado, vi que nunque les llevaba ventaja, me habian de alcanzar, y al volver una esquina sentéme sobre él, y envolví la capa á la pierna de presto, y empecé á decir con la pierna en la mano. «¡ Ay! Dios se lo perdone, que me ha pisado.» Oyéronme esto, y en llegando empecé á decir : « Por tan alta señora, » y lo ordinario de la hora menguada y aire corruto. Ellos se venian (14) desgañifando, y dijéronme : «¿ Va por ahí un hombre, hermano? » «Ahí delaute, que aquí me pisó, loado sea el Señor.» Arrancaron con esto, y fuéronse : quedé solo, llevéme el cofin á casa, conté la burla, y no quisieran creer que habia sucedido así, aunque lo celebraron mucho, por lo cual los convidé para otra noche á verme correr cajas. Vinieron, y advirtiendo ellos que estaban las cajas dentro la tienda y que no las podia tomar con la mano, tuviéronlo por imposible, y más por estar el confitero (por lo que le sucedió al otro de las pasas) alerta. Vine pues, y metiendo doce pasos atras de la tienda mano á la espada, que era un estoque recio, parti corriendo, y en llegando á la tienda, dije : « Muera, » y tiré una estocada por delante el confitero : (15) él se dejó caer pidiendo confesion, y yo dí la estocada en una caja

(1) confesaba de ocho á ocho dias, (M. F.)
(2) á ocho á ocho (Z. R. P.)
(3) adbogados (M.)
(4) Acostábame (Id.)
(5) tal, ama ! (M. F.)
(6) me lo diga; (Id.)
(7) ese pecadillo. » (Id.)

(8) «Agora ; que mañana juraré yo.» Por más asegurarla (R.)
(9) yo.» Por más asegurarla (Z. R. P.)
(10) le he engañado (R. M. F.)
(11) por poco (Z. R. P.)
(12) dos dedos (Id.)
(13) le (Id.)
(14) desganifando (Id.)
(15) dejose caer (M. F.)

y la pasé y saqué en la espada y me fuí con ella. (1) Quedáronse espantados de ver la traza, y muertos de risa de que el confitero decia que le mirasen, que sin duda le habia herido, y que era un hombre con quien habia tenido palabras; pero volviendo los ojos, como quedaron desbaratadas al salir de la caja las que estaban al derredor, echó de ver la burla, y empezó á santiguarse, que no pensó acabar. Confieso que nunca me supo cosa tan bien. Decian los compañeros que yo solo podia sustentar la casa con lo que corria; que es lo mismo que hurtar en nombre revesado. Yo, como era muchacho y veia que me alababan el ingenio con que salia destas travesuras, animábame para hacer otras más. Cada dia traia la pretina de jarras de monjas, que les pedia para beber, y me venia con ellas; introduje que no diesen nada sin prenda primero. Y así, prometí á don Diego y á todos los compañeros de quitar una noche las espadas á la misma ronda. Señalóse cuál habia de ser, y fuímos juntos, yo delante; y en columbrar la (2) justicia lleguéme con otro de los criados de casa muy alborotado, y dije: «¿Justicia?» Respondieron: «Sí.» «¿Es el Corregidor?» Dijeron que sí. Hinquéme de rodillas y dije: «Señor, en sus manos de vuesa merced está mi remedio y mi venganza, y mucho provecho de la república; mande vuesa merced oirme dos palabras á solas, si quiere una gran prision.» Apartóse, y ya los corchetes estaban empuñando las espadas y los alguaciles poniendo mano á las varetas, y díjele: «Señor, yo he venido de Sevilla siguiendo seis hombres los más facinorosos del mundo, todos ladrones y matadores de hombres, y entre ellos viene uno que mató á mi madre y á un hermano mio por (3) robarlos, y le está probado esto; y vienen acompañando, según les (4) he oido decir, á una espia francesa; y aun sospecho, por lo que les (5) he oido, que es (y abajando más la voz dije) de Antonio Perez (a).» Con esto el Corregidor dió un salto hácia arriba y dijo: «¿Adónde están?» «Señor, en la casa pública; no se detenga vuesa merced, que las ánimas de mi madre y (6) hermanos se lo pagarán en oraciones, y (7) el Rey.» «Hácia Jesus. No nos detengamos; seguidme todos, dadme una rodela.» Yo le dije (tornándole á apartar): «Señor, perderse ha si vuesa merced hace eso; ántes importa que todos entren sin espadas y uno á uno; que ellos están en los aposentos y traen pistoletes, y en viendo entrar con espadas, como no la puede traer sino la justicia, dispararán. Con dagas es mejor, y cogerlos por detrás los brazos, que demasiados vamos.» Cuadróle al Corregidor la traza, con la codicia de la prision. En esto llegamos cerca, y el Corregidor, advertido, mandó que debajo de unas yerbas pusiesen (8) todos las espadas escondidas en un campo que está frente casi de la casa: pusiéronlas y caminaron. Yo, que habia avisado al otro que ellos dejarlas y él tomarlas y pescarse á casa fuese todo uno, hízolo así; y al entrar todos, quedéme atras el postrero, y en entrando ellos mezclados con otra gente que iba (9), dí cantonada, y emboquéme por una callejuela que va á dar (10) cerca la Vitoria, que no me alcanzara un galgo. Ellos, que entraron y no vieron nada, porque no habia sino estudiantes y pícaros, que es todo uno, comenzaron á buscarme; y no me hallando sospecharon lo que fué: yendo á buscar sus espadas, no hallaron media. ¿Quién contará las diligencias que hizo con el (11) Rector el Corregidor aquella noche? Anduvieron todos los patios reconociendo las camas. Llegaron á casa; y yo, porque no me conociesen, estaba echado en la cama con un tocador y con una vela en la mano, y un cristo en la otra, y un compañero clérigo ayudándome á morir; los demas rezando las letanias. Llegó el Rector y la justicia, y viendo el espectáculo, se salieron, no persuadiéndose que allí pudiera haber habido lugar para tal cosa. No miraron nada; ántes el Rector me dijo un responso. Preguntó si estaba ya sin habla, y dijéronle que sí; y con tanto se fuéron desesperados de hallar rastro, jurando el Rector de remitirle si le topasen, y el Corregidor de ahorcarle aunque fuese hijo de un grande. Levantéme de la cama, y hasta hoy no se ha acabado de solemnizar la burla en Alcalá (b). Y por no ser largo, dejo de contar cómo hacia monte la plaza del pueblo, pues de cajones de tundidores y plateros y mesas de fruteras (que nunca se me olvidará la afrenta de cuando fui rey de gallos) sustentaba la (12) chiminea de casa todo el año. Callo las pensiones que tenia sobre los habares, viñas y huertos en todo aquello (13) del alderredor. Con estas y otras cosas comencé á cobrar fama de travieso y agudo entre todos. Favorecíanmelos caballeros, y apénas me dejaban servir á don Diego, á quién siempre tuve el respecto que era razon, por el mucho amor que me tenia.

CAPITULO VII.

De la ida de don Diego, y nuevas de la muerte de mis padres, y la resolucion que tomé en mis cosas para adelante.

En este tiempo vino á don Diego una carta de su padre, en cuyo pliego venia otra de un tio mio llamado Alonso Ramplon, hombre allegado á toda virtud, y muy conocido en Segovia por lo que era allegado á la justicia, pues cuantas allí se habian hecho de cuatro años á esta parte han pasado por sus manos. Verdugo era, si va á decir la verdad, pero un águila en el oficio. Vérsele hacer daba gana de dejarse ahorcar. Este pues me escribió una carta á Alcalá desde Segovia, en esta forma:

CARTA.

«Hijo Pablos (que por el mucho amor que me tenia »me llamaba así): Las ocupaciones grandes desta pla- »za en que me tiene ocupado su majestad, no me han »dado lugar á hacer esto; que si algo tiene malo el ser-

(1) Admiráronse de ver la traza, muriéndose de risa (M. F.)
(2) me llegué (Id.)
(3) matarlos, y les está (Z. R. P.)
(4) oidó (Z. P.)
(5) oidó (Z. R. P.)
(a) ¿A quién son desconocidos la varia fortuna de este famoso varon, secretario de estado de Felipe II, su refugio en Zaragoza (que puso aquel reino en el último peligro), su violenta fuga á Francia en 1591, su muerte en 1611?
(6) hermano (F.)
(7) el Rey. Hacia, Jesus no nos detengamos, (Z. R. P.)—... Hacia, Jesus, no etc. (M. F.)
(8) todas (Z. M.)

(9) de cantonada, (R.)
(10) á la Vitoria, (M. F.)
(11) Retor (Id. Y lo mismo adelante.)
(b) «Puede presumirse y aun creerse haber sido verdad, y ser Quevedo quien la hizo.» Tribunal de la justa venganza, pág. 62.
(12) chiminea (R.)
(13) de alderredor. (F.)

»vir al Rey, es el trabajo, aunque le desquita con esta »negra honrilla de ser sus criados. Pésame de daros »nuevas de poco gusto. Vuestro padre murió ocho dias »há con el mayor valor que ha muerto hombre en el »mundo : dígolo como quien le guindó. Subió en el as- »no sin poner pié en el estribo ; veníale el sayo baquero »que parecia haberse hecho para él ; y como tenia aque- »lla presencia, nadie le veia con los cristos delante »que no lo juzgase por ahorcado. Iba con gran desen- »fado mirando á las ventanas y haciendo cortesias á los »que dejaban sus oficios por mirarle ; hízose dos veces »los bigotes ; mandaba descansar á los confesores, y »íbales alabando lo que decian bueno. Llegó á la de »palo, puso el un pié en la escalera, no subió á gatas ni »de espacio ; y viendo un escalon hendido, volvióse á la »justicia, y dijo que mandase adrezar aquel para otro ; »que no todos tenian su hígado. No sabré encarecer »cuán bien pareció á todos. Sentóse arriba y tiró las ar- »rugas de la ropa atras ; tomó la soga, y púsola en la »nuez ; y viendo que el teatino le queria predicar, vuelto »á él le dijo : « Padre, yo lo doy por predicado, y va- »ya un poco de Credo, (1) y acabemos presto ; que no »querria parecer prolijo.» Hízose (2) ansí : encomendó- »me que le pusiese la caperuza de lado y que le lim- »piase las babas : y lo hice así. Cayó sin encoger las »piernas ni hacer gestos ; quedó con una gravedad, que »no habia más que pedir. Hícele cuartos, y díle por se- »pultura los caminos : Dios sabe lo que á mí me pesa »de verle en ellos, haciendo mesa franca á los grajos; »pero yo entiendo que los pasteleros desta tierra nos »consolarán, acomodándole en los de á cuatro. De vues- »tra madre, aunque está viva agora, casi os puedo decir »lo mismo ; que está presa en la inquisicion de Toledo »porque desenterraba los muertos sin ser murmurado- »ra. Dícese que daba paz cada noche á un cabron en el »ojo que no tiene niña. Halláronla en su casa más pier- »nas, brazos y cabezas que á una capilla de milagros; »y lo ménos que (3) hacia era sobrevirgos y contraha- »cer doncellas. Dicen que representaba en un auto el »dia de la Trinidad, con cuatrocientos de muerte : pé- »same ; que nos deshonra á todos, y á mí principalmente, »que al fin soy ministro del Rey y me están mal estos »parentescos. Hijo, aquí ha quedado no sé qué hacien- »da escondida de vuestros padres ; será en todo hasta »cuatrocientos ducados : vuestro tio soy ; lo que (4) »tenga ha de ser para vos. Vista esta, os podréis venir »aquí ; que con lo que vos sabeis de latin y retórica se- »réis singular en el arte de verdugo. Respondedme »luego, y entre tanto Dios os guarde. (5) Etc.»

No puedo negar que sentí mucho la nueva afrenta; pero holguéme en parte (tanto pueden los vicios en los padres, que consuelan de sus desgracias, por grandes que sean, á los hijos.) Fuime corriendo á don Diego, que estaba leyendo la carta de su padre en que le mandaba que se fuese y no me llevase en su compañía, movido de las travesuras mias que habia oido decir. Díjome cómo se determinaba ír, y todo lo que le mandaba su padre, que á él le pesaba dejarme, y á mí más. Díjo-

(1) acabemos (M. F.)
(2) asi (Id.)
(3) hacia, sobrevirgos (Id.)
(4) tengo (R.)
(5) Segovia, etc. (M. F.)

me que me acomodaria con otro caballero amigo su- yo para que le sirviese. Yo en esto, riéndome, le dije : « Señor, yo soy otro, y otros mis pensamientos ; más alto pico y más autoridad me importa tener, porque si hasta ahora tenia, como cada cual, mi piedra en el ro- llo, ahora tengo mi padre.» Declaréle cómo habia muerto tan honradamente como el más estirado ; cómo le trin- charon é hicieron moneda, y cómo me habia escrito mi señor tio el verdugo desto y de la prisioncilla de mamá; que á él, como quien sabia quién yo soy, me pude des- cubrir sin vergüenza. Lastimóse mucho, y preguntóme qué pensaba hacer. Díle cuenta de mis determinacio- nes ; y con esto al otro dia él se fué á Segovia harto triste, y yo me quedé en la casa disimulando mi desven- tura. Quemé la carta, porque perdiéndoseme acaso no la leyese alguno, y comencé á disponer mi partida para Segovia con intencion de cobrar mi hacienda, y cono- cer mis parientes, para huir dellos.

CAPITULO VIII.

Del camino de Alcalá para Segovia, y lo que me sucedió en él hasta Rejas, donde dormi aquella noche.

Llegó el dia de apartarme de la mejor vida que hallo haber pasado. Dios sabe lo que sentí el dejar tantos ami- gos y apasionados, que eran sin número. Vendí lo poco que tenia, de secreto, para el camino, y con ayuda de unos embustes hice hasta seiscientos reales. Alquilé una mula y salíme de la posada, adonde no tenia qué sacar más de mi sombra. ¿Quién contará las angustias del zapatero por lo fiado, las solicitudes del ama por el salario, las voces del huésped (6) por la casa, por el ar- rendamiento? Uno decia : « Siempre me lo dijo el cora- zon.» Otro : « Bien me decian á mí que este (7) era un trampista.» Al fin yo salí tan bienquisto del pueblo, que dejé con mi ausencia (8) á la metad del llorando, y á la otra (9) metad riéndose de los que lloraban. Ibame en- treteniendo por el camino considerando en estas cosas, cuando, pasado Torote, encontré con un hombre en un macho de albarda, el cual iba hablando entre sí con muy gran prisa, y tan embebecido, que aun estando á su lado no me veia. Saludéle y saludóme ; preguntéle dónde iba, y despues que nos pagamos las respuestas, comenzámos á tratar de si bajaba el turco, y de las fuerzas del Rey (a). Comenzó á decir de qué manera se podia ganar la Tierra Santa, y cómo se ganaria Argel ; en los cuales discur- sos eché de ver que era loco republico y de gobierno. Proseguímos en la conversacion propia de picaros, y venímos á dar, de una cosa en otra, en Flándes. Aquí fué ello, que empezó á suspirar y decir : « Más me cues- tan á mí esos estados que al Rey, porque há catorce años que ando con un arbitrio, que si como es imposi- ble, no lo fuera, ya estuviera todo sosegado.» « ¿ Qué cosa puede ser (le dije), que conviniendo tanto, sea

(6) por el arrendamiento de la casa? (M. F.)
(7) era gran embustero y trampista.» (Id.)
(8) á la mitad (R. F.)
(9) mitad (Id.)
(a) Los recelos de que el Turco bajase con formidable escuadra eran ordinario asunto de los corrillos y de todas las conversacio- nes. Así, en El ingenioso Caballero se ve al Cura contar, entre otras nuevas, á don Quijote «que se tenia por cierto que el Turco bajaba con una poderosa armada, y que no se sabia su designio ni á dónde habia de descargar tan gran nublado ; y con este temor con que casi cada año nos toca arma, estaba puesta en ella toda la cristiandad».

imposible y no se puede hacer?» «¿Quién dice á vuesa merced (dijo luego) que no se puede hacer? Hacerse puede, que ser imposible es otra cosa. Y si no fuera por dar pesadumbre á vuesa merced, le contara lo que es; pero allá se verá; que (1) agora lo pienso imprimir con otros trabajillos, entre los cuales le doy al Rey modo de ganar á Ostende por dos caminos (a). Roguéle que los dijese, y sacándole de las faldriqueras, me mostró pintado el fuerte del enemigo y el nuestro, y dijo: «Bien ve vuesa merced que la dificultad de todo está en este pedazo de mar; pues yo doy órden de chuparle todo con esponjas, y quitarle de allí.» Di yo con este desatino, una gran risada; y él mirándome á la cara, me dijo: «A nadie se lo he dicho que no haya hecho otro tanto; que á todos les da gran contento.» «Ese tengo yo por cierto (le dije) de oir cosa tan nueva y tan bien fundada; pero advierta vuesa merced que ya que chupe el agua que hubiere entónces, tornará luego la mar á echar más.» «No hará la mar tal cosa; que lo tengo yo eso por muy apurado (me respondió); fuera de que yo tengo pensada una invencion para hundir la mar por aquella parte doce estados.» No le osé replicar, de miedo (2) que me dijese tenia arbitrio para tirar el cielo acá abajo: no vi en mi vida tan gran orate. Deciame que Juanelo no habia hecho nada; que él trazaba agora de subir toda el agua de Tajo á Toledo de otra manera más fácil: y sabido lo que era, dijo que por ensalmo. ¡Mire vuesa merced quién tal oyó en el mundo! Y al cabo me dijo: «Y no lo pienso poner en ejecucion si primero el Rey no me da una encomienda; que la puedo tener muy bien, y tengo una ejecutoria muy honrada.» Con estas pláticas y desconciertos llegamos á Torrejon, donde se quedó, que venia á ver una parienta suya. Yo pasé adelante, pereciéndome de risa de los arbitrios en que ocupaba el tiempo, cuando Dios (3) enhorabuena desde léjos vi una mula suelta, y un hombre (4) junto á ella á pié, que mirando un libro, hacia unas rayas que media con un compas. Daba vueltas y saltos á un lado (5) y otro, y de rato en rato, poniendo un dedo encima de otro, hacia mil cosas saltando. Yo confieso que entendí por gran rato (que me paré desde algo léjos á verlo) que era encantador, y casi no me determinaba á pasar. Al fin me determiné, y llegando cerca, sintióme; cerró el libro, y al poner el pié en el estribo, resbalósele y cayó. Levantéle, y díjome: «No tomé bien el medio de proporcion para hacer la circunferencia al subir.» Yo no entendí lo que me dijo, y luego temí lo que era, porque más desatinado hombre no ha nacido de las mujeres. Preguntóme si iba á Madrid por línea recta, ó si iba por camino circunflejo. Y yo, aunque no le entendí le dije que circunflejo. Preguntóme cúya era la espada que llevaba al lado; respondíle que mia, y mirándola dijo: «Esos gavilanes habian de ser más largos, para reparar los tajos que se forman sobre el centro de las estocadas;» y empezó á meter una

parola tan grande, que me forzó á preguntarle qué materia profesaba. Díjome que él era diestro verdadero, y que lo haria bueno en cualquiera parte (b). Yo, movido á risa, le dije: «Pues en verdad que por lo que yo vi hacer á vuesa merced en el campo, que más le tenia por encantador, viendo los círculos.» «Eso (me dijo) era que se me ofreció una treta por el cuarto círculo con el compas mayor (c), cautivando la espada para matar sin confesion al contrario, porque no diga quién lo hizo; » y estaba poniéndolo en términos de matemática. «¿Es posible (le dije yo) que hay matemática en eso?» Dijo: «No solamente matemática, mas teología, filosofía, música y (6) medicina (d).» «Esa postrera no lo dudo, pues se trata de matar en esa arte.» «No os burleis (me dijo); que ahora aprendeis la limpiadera contra la espada, haciendo los tajos mayores, que comprehendan en sí las espirales de la espada.» «No entiendo cosa de cuantas me decis, chica ni grande.» «Pues este libro las dice (me respondió), que se llama Grandezas de la espada, y es muy bueno y dice milagros (e). Y para que lo creais, en Rejas, que dormirémos esta noche, con dos asadores me veréis hacer maravillas; y no dudeis que cualquier que leyere en este libro matará todos los que quisiere.» «O ese libro enseña á hacer pestes á los hombres, ó le compuso (dije yo) algun doctor.» «Cómo doctor? Bien lo entiende (me dijo); es un gran sabio, y aun estoy por decir más.»

En estas pláticas llegámos á Rejas: apeámonos en

(1) ahora (M. F.)

(a) Puso á Ostende sitio el marqués de Espinola en julio de 1601 y despues de tres años de estrechar la plaza, la tomó por fin á 22 de setiembre de 1604. En la primavera de este año ó en la del anterior pasa, por lo tanto, la accion del presente capítulo.

(2) que no me dijese (M. F.)

(3) y enhorabuena (Id.)

(4) á pié junto á ella, (Id.)

(5) y á otro, (Id.)

(b) Cuando en España se tenia por ocupacion principal de los nobles é hidalgos el juego y ejercicio de las armas, llamábase antonomásticamente diestro al que lo era en el manejo de ellas, y destreza el arte y habilidad de esgrimir.

Muy pronto se quiso ajustar á reglas fijas y seguros compases los ciegos movimientos de la colera y de la venganza; y el primero que en ello se ocupó entre nosotros, y escribió y publicó libro, fué Pedro de la Torre en 1474. Siguióle en 1532 Francisco Roman; pero superó á todos el célebre comendador Jerónimo Sanchez de Carranza, natural de Sevilla, á quien tuvieron sus contemporáneos por primer inventor de esta ciencia cuando sacó á luz su Filosofía de las armas, en 1582. Habíanle, sin embargo, precedido, á más de Roman y la Torre, el mallorquin Jaime Ponz de Perpiñan, y los italianos Pedro Moncio, Achile Marozo, Camilo Agripa, Giacomo de Grasi y Joanes de la Agoche; y por último, el aleman Joaquin Meyer.

En los primeros dias del siglo XVII aspiró á eclipsar la gloria de Carranza don Luis Pacheco de Narvaez, caballero de Baeza, hombre presuntuoso y avalentado, que al fin vino á ser maestro de Felipe IV, y mayor en todos sus reinos. La audacia que mostraba la ambicion que mal encubria, el desden con que solia mirar los escritos de su famoso antecesor, ocasionáronle rivalidades, odios y acaloradas contiendas. Tuvo entre sus apasionados á Cristóbal Suares de Figueroa, historiador, filósofo y poeta, al ingenioso y galano Luis Velez de Guevara, y al profundo dramático don Juan Ruiz de Alarcon; entre sus adversarios, á don Luis Mendoza de Carmona, caballero de Ecija, defensor acérrimo de la doctrina de Carranza, y á DON FRANCISCO DE QUEVEDO.

(c) Los diestros señalaban tres diferentes heridas con los nombres de circulo entero, medio circulo, y cuarto circulo, segun la parte de él que describe la punta de la espada.

(6) medicina. (Z.)

(d) Fina y saladísima sátira contra don Luis Pacheco de Narvaez. En su libro de las Grandezas de la espada se hallan tales desatinos; particularmente en el Prólogo al lector, en el cual se prueba que la destreza de las armas que aquí se trata es ciencia.

(e) Por título lleva: Libro de las grandezas de la espada, en que se declaran muchos secretos del que compuso el comendador Jerónimo de Carranza. En el cual cada uno se podrá licionar y aprender á solas, sin tener necesidad de maestro que le enseñe. Dirigido á don Felipe III, rey de las Españas y de la mayor parte del mundo, nuestro señor. Compuesto por don Luis Pacheco de Narvaez, natural de la ciudad de Baeza, y vecino en la isla de Gran Canaria, y sargento mayor de la de Lanzarote. — Madrid, 1600.

una posada, y al apearnos me advirtió con grandes voces que hiciese un ángulo obtuso con las piernas, y que reduciéndolas á líneas paralelas, me pusiese perpendicular en el suelo. El huésped me vió reir y se rió. Preguntóme si era indio aquel caballero, que hablaba de aquella suerte (a). Pensé con esto perder el juicio. Llegóse luego al huésped, y díjole : «Señor, déme vuesa merced dos asadores para dos ó tres ángulos, que al momento se los volveré.» á ¡Jesus! (dijo el huésped) déne acá vuesa merced los ángulos, que mi mujer los asará, aunque aves son que no las he oido nombrar.» «Que no son aves (dijo volviéndose á mí). ¡Mire vuesa merced lo que es no saber! Déme los asadores, que no los quiero sino para esgrimir; que quizá le valdrá más lo que me viere hacer hoy que todo lo que ha ganado en su vida.» En fin, los asadores estaban ocupados, y hubimos de tomar dos cucharones. No se ha visto cosa tan digna de risa en el mundo. Daba un salto, y decía : «Con este compás alcanzo más, y gano los grados del perfil; ahora me aprovecho del movimiento remiso para matar el natural; esta habia de ser cuchillada, y (1) este tajo.» No llegaba á mí desde una legua, y andaba al derredor con el cucharon; y como yo no estaba quedo, pareciau trotas contra olla que se sale estando al fuego. Dijome : «Al fin esto es lo bueno, y no las borracheras que enseñan estos bellacos maestros de esgrima, que no saben sino beber !» No lo habia acabado de decir, cuando de un aposento salió un mulatazo mostrando las presas, con un sombrero engerto en guardasol, y un coleto de ante bajo de una ropilla suelta y llena de cintas, zambo de piernas á lo águila imperial; la cara con un *per signum crucis de inimicis suis;* la barba de ganchos con unos bigotes de guardamano, y una daga con más rejas que un locutorio de monjas; y mirando al suelo dijo : «Yo soy examinado y traigo la carta; y por el sol que calienta los panes, que haga pedazos á quien tratare mal á tanto buen hijo como (2) profesa la destreza (b).» Yo, que vi la ocasion, metíme en medio, y dije que no hablaba con él, y que así no tenia de qué picarse. «Meta mano á la blanca si la trae, y apuremos cuál es verdadera destreza, y déjese de cucharones.» El pobre de mi compañero abrió el libro, y dijo en altas voces: «Este libro lo dice, y está impreso con licencia del Rey, y yo sustentaré que es verdad lo

que dice, con el cucharon y sin el cucharon, aqui y en otra parte; y si no, midámoslo; » y sacó el compas y comenzó á decir : «Este ángulo es obtuso.» Y entónces el maestro sacó la daga y dijo : «Yo no sé quién es Angulo, ni Obtuso, ni en mi vida oi decir tales (3) hombres; pero con esta en la mano le haré pedazos.» Acometió al pobre diablo, el cual empezó á huir dando saltos por la casa, diciendo : «No me puede herir; que le he ganado los grados del perfil.» Metímoslos en paz el huésped y yo y otra gente que habia, aunque de risa no me podia mover.

Metieron al buen hombre en su aposento, y á mí con él; cenámos, y acostámonos todos los de la casa, y á á las dos de la mañana levántase en camisa, y empieza á andar á escuras por el aposento dando saltos y diciendo en lengua matemática mil disparates. Despertóme á mí; y no contento con esto, bajó al huésped para que le diese luz, diciendo que habia hallado cierto fijo á la estocada sagita por la cuerda. El huésped se daba á los diablos de que lo despertase; y tanto le molestó, que le llamó loco, y con esto se subió y me dijo que si me queria levantar veria la treta tan famosa que habia hallado contra el turco y sus alfanjes; y decia que luego se la queria ir á enseñar al Rey, por ser en favor de los católicos (c). En esto amaneció, vestimonos todos (4), pagamos la posada. Hiciéronlos amigos á él y al maestro (5), el cual se apartó diciendo que lo que alegaba mi compañero era bueno; pero que hacia más locos que diestros, porque los más por lo ménos no lo entendian.

CAPITULO IX.

De lo que me sucedió hasta llegar á Madrid, con un poeta.

Yo tomé mi camino para Madrid, y él se despidió de mí, por ir diferente jornada. Ya que estaba apartado, volvió con gran priesa, y llamándome á voces, estando en el campo, donde no nos oia nadie, me dijo al oido : «Por vida de vuesa merced que no diga nada de todos los altísimos secretos que le he comunicado en materia de destreza, y guárdelo para sí, pues tiene buen entendimiento.» Yo le prometí (6) hacerlo : tornóse á partir de mí, y yo empecé á reirme del secreto tan gracioso. Con esto caminé más de una legua que no topé persona. Iba yo pensando entre mí en las muchas dificultades que tenia para profesar honra y virtud, pues habia menester tapar primero la poca de mis padres, y luego tener tanta, que me desconociesen por ella. Y (7) parecianme á mi estos pensamientos honrados, que yo me los agradecia á mí mismo. Decia á solas : «Más se me ha de agradecer á mí, que no he tenido de quien aprender virtud, que al que la hereda de sus agüelos.» En estas razones y discursos iba, cuando topé un clérigo muy viejo en una mula, que iba camino de Madrid. Trabamos plática, y luego me preguntó que de adónde venia. Yo le dije que de Alcalá. Maldiga Dios (dijo él) tan mala gente,

(a) No tiene duda para mí que tal caballero es el mismo don Luis Pacheco, aludiendo á la calificacion de india que le da el huésped á su destino y vecindad en las islas Canarias. Tuvieron Pacheco y el autor del *Buscon,* ante los principales señores de la corte, un pesado lance en el año de 1608, en la casa del presidente de Castilla. Discurríase con motivo de las *Cien conclusiones* de la verdadera destreza, que don Luis acababa de publicar; impugnólas QUEVEDO, sostuvolas el maestro; no bastaron razones, se recurrió á la prueba, y al primer encuentro pegó DON FRANCISCO á Narvaez y derribóle el sombrero de la cabeza. Fuéron enemigos toda su vida. Dicen que Pacheco se unió á Montalvan y al padre Niseno para escribir en 1635 el *Tribunal de la justa venganza.*

(1) esta (Z. R. P.)

(2) profesaba destreza. « (Id.)

(b) Contaba por los años de 1601 muchos discípulos el maestro esgrimidor Francisco Hernandez el Mulato, de quien habia, tratándole mal, Pacheco de Narvaez en su *Engaño y desengaño de la destreza de las armas.* Bien pueden ser uno y otro los originales del presente capítulo.

Búrlase el novelista de la ciencia del diestro, que no habia servido para impedir que le santiguase mano airada el rostro con el *per signum crucis* pregonero de la irresistible cólera de un valiente contrario.

(3) nombres ; (R. F.)

(c) Continúa ridiculizando el *Libro de las grandezas de la espada.* Al folio 253 tiene un *Tratado particular en que se manifiesta cómo se afirman los turcos, y se avisa cómo se defenderá el que trajere espada, de un turco y su alfanje. Es punto muy importante y curioso.*

(4) y pagamos (M. F.)

(5) de armas, (Id.)

(6) de hacerlo : (Id.)

(7) parecíame (Id.)

pues faltaba entre tantos un hombre de discurso. Preguntéle que cómo ó por qué se podia decir tal del lugar donde asistian tantos (1) doctos varones; y él, muy enojado, dijo : «¿ Doctos? Yo le diré á vuesa merced qué tan doctos, que habiendo catorce años que hago yo en Majalahonda (a) (donde he sido sacristan) las chanzonetas al Córpus y al Nacimiento, no me premiaron en el cartel unos cantarcitos que, porque vea vuesa merced la sinrazon que me hicieron, se los he de leer (b).» Y comenzó desta manera :

> Pastores, ¿no es lindo chiste,
> Que es hoy el señor san Córpus Christe?
> Y es el dia de las danzas,
> En que el Cordero sin mancilla
> Tanto se humilla,
> Que visita nuestras panzas,
> Y entre estas bienaventuranzas
> Entra en el humano buche.
> Suene el lindo sacabuche,
> Pues nuestro bien consiste.
> Pastores, ¿no es lindo chiste, etc.

«¿ Qué pudiera decir más (me dijo) el mesmo inventor de los chistes? Mire qué misterios encierra aquella palabra *pastores;* más me costó de un mes de estudio.» Yo no pude con esto tener la risa, que á borbollones se me salia por los ojos y narices; y dando una gran carcajada dije : «¡Cosa admirable! pero solo reparo en que llama vuesa merced señor san Córpus (2) Christe; y Córpus Christi no es santo, sino el dia de la institucion del Santísimo Sacramento.» «¿ Qué lindo es eso! (me respondió haciendo burla) Yo le daré en el calendario; y está canonizado, y apostaré á ello la cabeza.» No pude porfiar, perdido de risa de ver la suma ignorancia; ántes le dije que eran dignas de (3) cualquier premio, y que no habia leido cosa tan graciosa en mi vida.» «¿No? (dijo al mismo punto). Pues oiga vuesa merced un pedacito de un librillo que tengo hecho á las once mil vírgenes, adonde á cada una he compuesto cincuenta octavas, cosa rica.» Yo, por excusarme de oir tanto millon de octavas, le supliqué no me dijese cosa á lo divino; y así me comenzó á recitar una comedia que tenia más jornadas que el camino de Jerusalen. Deciame : «Hícela en dos dias, y este es el borrador;» y seria hasta cinco manos de papel. El título era, *El arca de Noé* (c). Haciase toda entre gallos, ratones, jumentos, raposas y (4) jabalís, como fábulas de Hysopo. Yo se la alabé la traza y la (5) invencion; á lo cual me respondió : «Ello cosa mia es, pero no se ha hecho otra tal en el mundo, y la novedad es más que todo; y si yo salgo con hacerla representar, será cosa famosa.» «¿Cómo se podrá representar (le dije yo), si han de entrar los mismos animales, y ellos no hablan?» «Esa es la dificultad; que á no

(1) varones doctos; (M. F.)
(a) En lo antiguo *Majada-honda,* pueblo á tres leguas noroeste de Madrid, cuyos habitantes (como aparece de la segunda parte del *Quijote*) eran rudos y rudos por extremo.
(b) Resístome á creer que en este sacristan pensase ridiculizar QUEVEDO al cándido, sencillo y excelente poeta el maestro José de Valdivielso, capellan de la Muzárabe de Toledo, que en 1612 publicó su precioso *Romancero espiritual,* con sus letras, chanzonetas, *ensaladillas* y canciones al Santísimo Sacramento.
(2) Christi ; (F.)
(3) cualquiera (M. F.)
(c) Posee nuestro antiguo repertorio dramático una comedia con este mismo título, de tres ingenios : don Antonio Martinez, don Pedro Rosete Niño y don Jerónimo de Cáncer. Es posterior á la del poeta de Majalahonda.
(4) jabalíes, (*La edicion de Sancha.*)
(5) intencion ; (Z. P.)

haber esa, ¿ habia cosa más alta? Pero yo tengo pensado hacerla toda de papagayos, tordos y picazas, que hablan, y meter para el entremes monas.» «Por cierto, alta cosa es esa.» «Otras más altas he hecho yo (dijo) por una mujer á quien amo; y ve aquí novecientos y un soneto, y doce redondillas (que parece que contaba escudos por maravedís) hechos á las piernas de mi dama.» Yo le dije que si se las habia visto él; y respondióme que no habia hecho tal por las órdenes que tenia; pero que iban en profecía los conceptos. Yo confieso la verdad, que aunque me holgaba de oirle, tuve miedo á tantos versos malos; y así, comencé á echar la plática á otras cosas. Deciale que veia liebres; «pues empezaré por uno, donde las comparo á ese animal;» y empezaba luego. Yo por divertille le decia : «¿Ve vuesa merced aquella estrella que se ve de dia?» A lo cual dijo : «En acabando este le diré el soneto treinta, en que la llamo estrella, que no parece sino que sabe los intentos dellos.» Afligíme tanto con ver que no se podia nombrar cosa á que él no hubiese hecho algun disparate, que cuando vi que llegábamos á Madrid, no cabia de contento, entendiendo que de vergüenza callaria; pero fué al revés; que por mostrar lo que era, alzó la voz entrando por la calle. Yo le supliqué que le dejase, poniéndole por delante que si los niños olian poeta, no quedaria troncho que no se viniese tras nosotros, por estar declarados por locos en una premática que habia salido contra ellos, de uno que lo fué y se recogió á buen vivir. Pidióme (6) que la leyese si la tenia, muy congojado. Prometí de hacerlo en la posada. Fuímos á una, adonde él se acostumbraba apear, y hallamos á la puerta más de doce ciegos : unos le conocieron por el olor, y otros por la voz; diéronle una barbanca de bienvenido (d). Abrazólos á todos, y luego comenzaron unos á pedirle oracion para el Justo Juez en verso grave y sentencioso, tal que provocase á gestos; otros pidieron de las Animas, y por aquí discurrieron, recibiendo ocho reales de señal de cada uno. Despidiólos, y díjome : «Más me han de valer de trecientos reales los ciegos; y así, con licencia de vuesa merced me recogeré agora un poco para hacer alguna dellas, y en acabando de comer oirémos la premática.» ¡Oh vida miserable! Pues ninguna lo es más que la de los locos, que ganan de comer con los que lo son.

CAPITULO X.

De lo que hice en Madrid, y lo que me sucedió hasta llegar (7) en Cerecedilla, donde dormí.

Recogióse un rato á estudiar herejías y necedades para los ciegos. Entre tanto se hizo hora de comer ; comimos, y luego pidieron se leyese la premática. Yo por no haber otro qué hacer, la saqué y la leí; la cual pongo aquí, por haberme parecido aguda y (8) conveniente á lo que se quiso reprehender en ella. Decia desto tenor :

PREMÁTICA CONTRA LOS POETAS GÜEROS, CHIRLES Y HEBENES (e).

Dióle al sacristan la mayor risa del mundo, y dijo :

(6) muy congojado que la leyese, si la tenia. (M. F.)
(d) Lo mismo que vocería rociada, ó habia de muchos que dicen á un mismo tiempo una cosa, ó que se entiende confusamente, por no percibirse bien de ninguno. Es voz rústica. (*Diccionario de la lengua castellana* por la Real Academia Española, 1726.)
(7) á Cerecedilla, (M. F.)
(8) conveniente (F.)
(e) Recuérdese lo que estampamos á la página 457.

«Hablara yo para mañana. Por Dios, que entendí hablaba conmigo, y es solo contra los poetas hebenes (a).» Cayóme á mí muy en gracia oirle decir esto, como si él fuera muy albillo ó moscatel. Dejé el prólogo, y comencé el primer capítulo, que decia :

«Atendiendo á que este género de sabandijas que llaman poetas son nuestros prójimos y cristianos (aunque malos); viendo que todo el año adoran cejas, dientes, listones y zapatillas, haciendo otros pecados más inormes;—mandamos que la Semana Santa recojan á todos los poetas públicos y cantoneros, como á las malas mujeres, y que los desengañen del yerro en que andan, y procuren convertirlòs. Y para (1) esto señalamos casas de arrepentidos.

»Item, advirtiendo los grandes bochornos que hay en las caniculares y nunca anochecidas coplas de los poetas de sol, como pasas á fuerza de los soles y estrellas que gastan en hacerlas,—les ponemos perpetuo silencio en las cosas del cielo, señalando meses vedados á las musas, como á la caza y pesca, porque no se agoten con la prisa que les dan.

»Item, habiendo considerado que esta seta infernal de hombres condenados á perpetuo concepto, despedazadores de vocablos y volteadores de razones, ha pegado el dicho achaque de poesia á las mujeres;—declaramos que nos tenemos por desquitados con este mal que las hemos hecho del que nos hicieron al principio del mundo. Y porque aquel está pobre y necesitado, mandamos quemar las coplas de los poetas, como franjas viejas, para sacar el oro, plata y perlas, pues en los más versos hacen sus damas de todos metales.» Aquí no lo pudo sufrir el sacristan, y levantándose en pié, dijo : «Mas no, sino quitarnos las haciendas! No pase vuesa merced adelante; que de eso pienso apelar, y no con las mil y quinientas, sino á mi juez, por no causar perjuicio á mi hábito y dignidad; y en prosecucion della gastaré lo que tengo. Bueno es que (2) yo, siendo eclesiástico, hubiese de padecer ese agravio. Yo probaré que las coplas de poeta clérigo no están sujetas á tal premútica; y luego quiero irlo á averiguar ante la justicia.» En parte me dió gana de reir; pero por no detenerme (que se me hacia tarde) le dije : «Señor, esta premática es hecha por gracia; que no tiene fuerza ni apremia, por estar falta de (3) autoridad.» « ¡Oh pecador de mí! (dijo muy alborotado.) Avisara vuesa merced, que me hubiera ahorrado la mayor pesadumbre del mundo. ¿Sabe vuesa merced qué cosa es hallarse un hombre con ochocientas mil coplas de contado, y oir eso? Prosiga vuesa merced, y Dios se (4) lo perdone el susto que me (5) dió.» Proseguí, diciendo :

»Item, advirtiendo que despues que dejaron de ser moros (aunque todavia conservan algunas reliquias) se han metido á pastores, por lo cual andan los ganados flacos, de beber sus lágrimas, y chamuscados con sus ánimas encendidas, y tan embebecidos en su música, que no pacen,—mandamos que dejen el tal oficio, señalando ermitas á los amigos de soledad; y á los demás (por ser oficio alegre y de pullas) que se acomoden en mozos de mulas.» « Algun puto, cornudo, bujarron, judio ordenó tal cosa; y si supiera quién era, yo le hiciera una sátira que le pesara á él y á todos cuantos la vieran. ¡Miren qué bien le estaria à un hombre lampiño como yo la ermita! ¿Y un hombre vinagreso y sacristan ha de ser mozo de mulas? Ea señor, que son grandes pesadumbres esas.» « Ya le he dicho á vuesa merced (repliqué yo) que son burlas y que las oiga como tales.» Proseguí diciendo :

»Item, por estorbar los grandes hurtos, mandamos que no se pasen coplas de Aragon á Castilla, ni de Italia á España, so pena de andar bien vestido el poeta que tal hiciese, y si reincide, de andar limpio una hora.» Esto le cayó muy en gracia, porque traia él una sotana con canas, de puro vieja, y con tantas cazcarrias, que para enterrarse no era menester más de estregársela encima; el manteo, podianse con él estercolar dos heredades.

Y así, medio riéndome, le dije que mandaba tambien (6) « tener entre los desesperados que se ahorcan y despeñan (y que como à tales no les enterrasen en sagrado), á las mujeres que se enamoraseu de poeta á secas. Y que advirtiendo á la gran cosecha de redondillas, canciones y sonetos que habia habido estos años fértiles, mandamos que los legajos que por sus deméritos escapasen de las especerias, fuesen á las necesarias sin apelacion.» Y por acabar, llegué al postrer capítulo, que decia así :

«Pero advirtiendo con ojos de piedad que hay tres géneros de gentes en la república, tan sumamente miserables que no (7) pueden vivir sin tales poetas, como son farsantes, ciegos y sacristanes, — mandamos que pueda haber algunos oficiales (8) de esta arte, con tal que tengan carta de exámen de los caciques de los poetas que fueren en aquellas partes; limitando á los poetas de farsantes que no acaben los entremeses con palos ni diablos, ni las comedias en casamientos; y á los ciegos que no sucedan los casos en Tetuan, desterrándoles estos vocablos hermanal y pundonores, y mandámosles que para decir la presente obra, no digan zozobra; y á los sacristanes, que no hagan los villancicos con Gil ni Páscual, que no jueguen de vocablo, ni hagan los pensamientos de tornillo que, mudándoles el nombre, se (9) vuelvan á cada fiesta.

»Y finalmente, mandamos á todos los poetas, en comun, que se descarten de Júpiter, Vénus, Apolo y otros dioses, so pena que los tendrán por abogados en la hora de la muerte.»

A todos los que oyeron la premática pareció cuanto bien se puede decir , y todos me pidieron traslado della; solo el sacristanejo comenzó á jurar por vida de las vísperas solemnes, introibo y kiries, que era sátira contra él, por lo que decia de los ciegos, y que él sabia mejor lo que habia de hacer que nadie. Y últimamente dijo : «Hombre soy yo que he estado en una posada con Liñan, y he comido más de dos veces con Espinel;» y que habia estado en Madrid tan cerca de Lope de Vega como lo estaba de mí , y que habia visto á don Alonso

---

(a) «No hay poeta (decia don Quijote) que no sea arrogante y piense de sí que es el mayor poeta del mundo.»

(1) ello (M. F.)
(2) siendo yo (Id.)
(3) actoridad.» (M.)
(4) le (Id.)
(5) ha dado.» (M. F.)

(6) «poner entre (M. F.)
(7) puedan (Z. R. P.)
(8) á este arte, (M.)
(9) vuelven (M. F.)

de (1) Ercilla mil veces, y que tenia en su casa un retrato del divino Figueroa, y que habia comprado los gregüescos que dejó Padilla cuando se metió fraile, y que hoy dia los traia y malos. Enseñólos; y dióles esto á todos tanta risa, que no querian salir de la posada (a).

Al fin ya eran las dos, y como era forzoso el caminar, salímos de Madrid. Yo me (2) despedí dél, aunque me pesaba, y comencé á caminar para el puerto. Quiso Dios que porque no fuese pensando en mal, me topé con un soldado; luego trabamos plática : preguntóme que si venia de la corte. Dije que de paso habia estado en ella. «No está para más (dijo luego); que es pueblo para gente ruin : más quiero, voto á Cristo, estar en un sitio la nieve á la cinta, hecho un reloj, comiendo madera, que sufrir las supercherias que se hacen á un hombre de bien.» A esto le dije yo que advirtiese que en la corte habia de todo, y que estimaban mucho á cualquier hombre de suerte. «¡ Qué estimaban (dijo muy enojado), si he estado yo seis meses pretendiendo una bandera, tras veinte años de servicios y haber perdido mi sangre en servicio del Rey, como lo dicen estas heridas!» Y enseñóme una cuchillada de á palmo en las ingles, que asi era de incordio como el sol es claro; luego en los calcañares me enseñó otros dos señales, y dijo que eran balas; y yo saqué, por otras dos mias que tengo, que habian sido sabañones. Quitóse el sombrero, y mostróme el rostro : calzaba diez y seis puntos de cara; que tantos tenia en una cuchillada que le partia las nari-

(1) Arcilla (Z. R. P. M.)
(a) De Pedro Liñan de Riaza dice Lope de Vega su grande amigo, que fué contemporáneo de Góngora en Salamanca. Celébrale en la Jerusalen ; y con estos versos en el Laurel de Apolo :

Ciudades compitieron por Homero,
Y por Liñan ahora, pues le goza
Castilla, y le pretende Zaragoza,
Y el Ebro claro á quien vivio primero :
Ingenio raro y dulce, aunque severo,
Que jamas halló cosa que no fuese
O sentencia ó donaire...

El maestro Vicente Espinel, capellan del hospital real de la ciudad de Ronda, diestro músico é inspirado poeta, añadió la quinta cuerda á la guitarra, y fué autor de las décimas que por él se llaman espinelas. Compuso las Relaciones de la vida del escudero Marcos de Obregon, novela de invencion escasa, no muy rica en saladas agudezas, y por lo comun, de trivial filosofia. Tradujo el libro de Arte poética de Horacio; fué autor de pocos pero limpios y elegantes versos. Nadie le dió favor, debiéralo á su carácter socarron y maldiciente, ó á la desgracia que persigue á todo buen ingenio. Murió pobre, á los noventa años de edad, en Madrid, el de 1634.

Lope de Vega, el monstruo de la naturaleza, el fénix del moderno teatro, la mayor gloria, deleite y regocijo de las musas, nació en Madrid á 25 de noviembre de 1562, y murió á 27 de agosto de 1635.

Don Alonso de Ercilla y Zúñiga, caballero vizcaino del hábito de Santiago, sirvió á Cárlos I y Felipe II. Cantor de la sangrienta y porfiada guerra de Arauco,

Tomando ora la espada, ora la pluma,

levantó su nombre al lado de los más ilustres y célebres españoles.

Francisco de Figueroa, complutense, aventajado alumno de aquella universidad, soldado en Italia, poeta laureado en sus más famosas ciudades, que le dieron el nombre de divino, floreció hácia la segunda mitad del siglo XVI. Con el seudónimo de Tirsi es uno de los interlocutores de la Galatea de Cervántes.

El bachiller Pedro de Padilla, habilidad rara y única en decir de improviso, y á pocos inferior en escribir de pensado, fué natural de Linares, y tomó, hallándose en edad provecta, el hábito de los carmelitas calzados en Madrid, á 6 de agosto de 1585. Con harta justicia es reputado por uno de nuestros hablistas más puros y correctos. Las noticias de su vida alcanzan hasta el año de 1599.

(2) despedi (Z. R. P.)

ces. Tenia otros tres chirlos, que se la volvian mapa á puras lineas. «Estas (me dijo) me dieron en Paris en servicio de Dios y del Rey, por quien veo trinchado mi gesto, y no he recibido sino buenas palabras, que agora tienen lugar de malas obras. Lea estos papeles, por vida del licenciado, que no ha salido en campaña, voto á Cristo, hombre, vive Dios, tan señalada;» y decia verdad, porque lo estaba á puros golpes. Comenzó á sacar cañones de hoja de lata y á enseñarme papeles, que debian de ser de otro á quien habia tomado el nombre. Yo los leí, y dije mil cosas en su alabanza, y que el Cid ni Bernardo no habian hecho lo que él. Saltó en esto y dijo : «Cómo lo que yo? Voto á Dios, que ni García de Paredes, Julian Romero ni otros hombres de bien. ¡ Pese al diablo ! Sí, que entónces sí que no habia artillería. Voto á Dios, que no hubiera Bernardo para (3) una hora en este tiempo. Pregunte vuesa merced en Fláudes por la hazaña del Mellado, y verá lo que le dicen.» «Es vuesa merced acaso?» le dije yo; y él me respondió : «¿ Pues qué, otro? ¿No ve la mella que tengo en los dientes? No tratemos desto; que parece mal alabarse el hombrer.» Yendo en estas razones, topamos en un borrico un ermitaño con una barba tan larga, que hacia lodos con ella, macilento y vestido de paño pardo. Saludámosle con el Deo gratias acostumbrado, y empezó á alabar los trigos, y en ellos la misericordia del Señor. Saltó el soldado y dijo : «¡Ah Padre! mas espesas he visto yo las picas sobre mí; y voto á Cristo, que hice en el saco de Ambéres lo que pude; sí, juro á Dios (b).» El ermitaño le reprehendia que no jurase tanto. El soldado le respondia : «Bien se echa de ver, padre, que no ha sido soldado, pues me reprehende mi propio oficio.» Dióme á mí gran risa de ver en lo que ponia la soldadesca; y eché de ver era algun picaron, porque entre ellos no hay costumbre tan aborrecida de importancia (4), cuando no de todos. Llegámos á la falda del Puerto : el ermitaño rezando el rosario en una carga de leña hecha bolas de madera, que á cada Ave-Maria sonaba un cabe; (5) el soldado iba comparando las peñas á los castillos que habia visto, y mirando cuál lugar era fuerte, y adónde se habia de plantar la artillería. Yo los iba mirando; y tanto temia el rosario del ermitaño con las cuentas frisonas, como las mentiras del soldado. «¡ Oh, cómo voliaria yo con pólvora gran parte deste puerto, decia, y hiciera buena obra á los caminantes!»

En estas y otras conversaciones llegámos á Cercedilla : entrámos en la posada todos tres juntos ya anochecido; mandámos aderezar la cena, era viérnes, y entre tanto el ermitaño dijo : «Entretengámonos un rato, que la ociosidad es madre de los vicios; juguemos Ave-Marías;» y dejó caer de la manga el descuaderno. Dióme á mí gran risa ver aquello, considerando en las cuentas. El soldado dijo : «No, sino juguemos hasta cien reales que yo traigo, en amistad.» Yo, cudicioso, dije que jugaria otros tantos; y el ermitaño, por no

(3) un hora (M.)
(b) Fué el saco á 18 de noviembre de 1576. Apoderados de la ciudad los estados rebeldes, pero dueños todavia los españoles del castillo, saliendo de él como un torrente, se arrojaron sobre la poblacion, mandados, entre otros valerosos capitanes, por Julian Romero, é hicieron en los enemigos atroz matanza. El saco pasó de tres millones de oro.
(4) y estima, (M. F.)
(5) y el soldado (Id.)

hacer mal servicio „aceptó, y dijo que allí llevaba el aceite de la lámpara, (1) que eran hasta docientos reales. Yo confieso que pensé ser su lechuza y bebérselo; pero así le sucedan todos sus intentos al turco. Fué el juego al parar; y lo bueno fué que dijo que no sabia el juego, é hizo que se le enseñásemos. Dejónos el bien aventurado hacer dos manos, y luego nos la dió tal, que nos dejó blancos en la mesa. Heredónos en vida; retiróla el ladron con las ancas de la mano, que era lástima : perdia una sencilla, y acertaba doce maliciosas. El soldado echaba á cada suerte doce votos y otros tantos pesias, aforrados en porvidas. Yo me comí las uñas, miéntras el fraile ocupaba las suyas en mi moneda. No dejaba santo que no llamaba : acabó de pelarnos; quisímosle jugar sobre prendas; y él (tras haberme ganado á mí seiscientos reales, que era lo que llevaba, y al soldado los ciento) dijo que aquello era entretenimiento, y que éramos prójimos; que no había de tratar de otra cosa. « No juren (decia); que á mí porque me encomendaba á Dios me ha sucedido bien.» Y como nosotros no sabiamos la habilidad que tenia de los dedos á la muñeca, creimoslo; y el soldado juró de no jugar más, y yo de la misma suerte. «¡Pesia tal! decia el pobre alférez (que él me dijo entónces que lo era) : entre luteranos y moros me he visto, pero no he padecido tal despojo». El se reia á todo esto. Tornó á sacar el rosario para rezar; y yo, que no tenia ya blanca, pedíle que me diese de cenar, y que pagase hasta Segovia la posada por los dos que íbamos en púribus. Prometió hacerlo; metióse sesenta güevos. ¡No ví tal en mi vida! Dijo que se iba á acostar : dormimos todos en una sala, con otra gente que estaba allí, porque los aposentos estaban tomados para otros. Yu me acosté con harta tristeza, y el soldado llamó al huésped y le encomendó sus papeles con las cajas de lata que los traia (a), y un envoltorio de camisas jubiladas. Acostámonos; el padre se persinó, y nosotros nos santiguamos dél : durmió, y yo estuve desvelado, trazando cómo quitarle el dinero. El soldado hablaba entre sueños de los cien reales, como si no estuvieran sin remedio. Hízose hora de levantar; pidió luz muy aprisa; trajéronla, y el huésped el envoltorio al soldado, y olvidáronsele los papeles. El pobre alférez hundia la casa á gritos, pidiendo que le (2) diese los servicios. El huésped se turbó; y como todos deciamos que se los diese, fué corriendo, y trajo tres bacines, diciendo : «Hé ahí para cada uno el suyo. ¿Quieren más servicios?» entendiendo que nos habian dado cámaras. Aquí fué (3) ella, que se levantó el soldado con la espada tras el huésped, en camisa, jurando que le habia de matar porque hacia burla dél (que se habia hallado en la Naval, San Quintin y otras), trayéndole servicios en lugar de los papeles que le habia dado. Todos salimos tras él á tenerle, y aun no podiamos. Decia el huésped : «Señor, su merced pidió servicios; yo no estoy obligado á saber que en lengua soldadesca se llaman así los papeles de las hazañas.» (4) Apaciguámoslos, y tornamos al aposento. El ermitaño, receloso, se quedó en la cama, diciendo que le habia

hecho mal el susto. Pagó por nosotros, y salímos del pueblo para el puerto, enfadados del término del ermitaño, y de ver que no le habiamos podido quitar el dinero.

Topamos con un ginovés (digo destos antecristos de las monedas de España) que subia al puerto, con un paje detras, y él con su guardasol, muy á lo dineroso. Trabámos conversacion con él, y todo lo llevaba á materia de maravedís, que es gente que naturalmente nació para bolsas. Comenzó á nombrar á Visanzon, y si era bien dar dineros ó no á Visanzon; tanto, que el soldado y yo le preguntamos que quién era aquel caballero; á lo cual respondió riéndose : «Es un pueblo de Italia, donde se juntan los hombres de negocios, que acá llamamos fulleros de pluma, á poner los precios por donde se gobierna la moneda;» de lo cual sacamos que en (5) Visanzon se llevaba el compas á los músicos de uña. Entretúvonos el camino, contando que estaba perdido porque habia quebrado un cambio, que le tenia más de sesenta mil escudos; y todo lo juraba por su conciencia; aunque yo pienso que conciencia en mercaderes es como virgo en cotorrera, que se vende sin haberse. (6) Nadie casi tiene conciencia de todos los deste trato, porque como oyen decir que muerde por muy poco, han dado en dejarla con el ombligo en naciendo.

En estas pláticas vimos los muros de Segovia, y á mí se me alegraron los ojos, á pesar de la memoria que, con los sucesos de Cabra, me contradecia el contento. Llegué al pueblo, y á la entrada vi á mi padre en el camino aguardando. Enternecíme, y entré algo desconocido de como salí, con punta de barbas, (7) bien vestido. Dejé la compañía; y considerando en quién conociera á mi tio (fuera del rollo) mejor en el pueblo, no hallé nadie de quien echar mano. Lleguéme á mucha gente á preguntar por Alonso Ramplon, y nadie me daba (8) razon dél, diciendo que no le conocian. (9) Holguéme mucho de ver tantos hombres de bien en mi pueblo, cuando estando en esto oí al precursor de la pena hacer de garganta, y á mi tio de las suyas. Venia una procesion de desnudos, todos descaperuzados, delante de mi tio; y él, muy haciéndose de pencas, con una en la mano, tocando (10) un pasacalles públicas en las costillas de cinco laudes, sino que llevaban sogas por cuerdas (b). Yo, que estaba mirando esto con un hombre á quien habia dicho, preguntando por él, que era un gran caballero yo), veo á mi buen tio; y echando en mí los ojos (por pasar cerca), arremetió á abrazarme, llamándome sobrino. (11) Penséme morir de vergüenza; no volví á despedirme de aquel con quien estaba. Fuime con él, y díjome : «Aquí te podrás ir, mientras cumplo con esta gente; que ya vamos de vuelta, y hoy comerás

(1) y que (M. F.)
(a) En que los traia.
(2) diesen (M. F.)
(3) ello, (Id.)
(4) Apaciguámoslo, (R.)

(5) Vitanzon (Z. M. F.) — Vizanzon (R.)
(6) Nadie tiene (M. F.)
(7) y bien (Id.)
(8) razon, diciendo (Id.)
(9) Holguéme (Id.)
(10) unos pasacalles públicos (F.)
(b) Juega Quevedo con la voz pasacalles, que significa ciertos muy sonoros tañidos en el laud ó guitarra y otros instrumentos; voz que suena á la vez como el tránsito de los reos sacados á la vergüenza por las calles públicas,

Con chilladores delante
Y envaramiento detras.

(11) Pensé morirme de vergüenza; y no (M. F.)

conmigo.» Yo, que me vi á caballo, y que en aquella sarta pareceria punto ménos de azotado, dije que le aguardaria allí; y así, me aparté tan avergonzado, que á no depender dél la cobranza de mi hacienda, no le hablara más en mi vida ni pareciera entre gentes.

Acabó de repasarles las espaldas; volvió, y llevóme á su casa, donde me apeé y comimos.

CAPITULO XI.

Del hospedaje de mi tio, y visitas; (1) la cobranza de mi hacienda, y vuelta á la corte.

Tenia mi buen tio su alojamiento junto al matadero, en casa un aguador; entramos en ella, (2) y díjome: «No es alcázar la posada, pero yo os prometo, sobrino, que es á propósito para dar expediente á mis negocios.» Subímos por una escalera, que solo aguardé á ver lo que me sucedia en lo alto, para si se diferenciaba en algo de la de la horca. Entramos en un aposento tan bajo, que andábamos por él como quien recibe bendiciones, con las cabezas bajas. Colgó la penca en un clavo que estaba con otros, de que colgaban cordeles, lazos, cuchillos, escarpias y otras herramientas del oficio. Díjome por qué no me quitaba el manteo y me sentaba; y le respondí que no lo tenia de costumbre. ¡Dios sabe cuál estaba de ver la infamia de mi tio! Díjome que habia tenido ventura en topar con él en tan buena ocasion, porque comeria bien, y tenia convidados unos amigos. En esto entró por la puerta, con una ropa hasta los piés, morada, uno de los que piden para las ánimas, y haciendo són con la cajeta, dijo: «Tanto me han valido á mí las ánimas hoy como á tí los azotados; encaja (a).» Hiciéronse la mamona el uno al otro; arremangóse el desalmado animero el sayazo, y quedó con unas piernas zambas en greguescos de lienzo, y empezó á bailar y decir que si habia venido Clemente. Dijo mi tio que no, cuando Dios y en hora buena, (3) donde en un trapo y con unos zuecos entró un chirimia de la bellota, digo un porquero: conocílo por el (hablando con perdon) cuerno que traia en la mano, y para andar al uso solo (4) erró en no traelle encima de la cabeza. Saludónos á su manera, y tras él entró un mulato zurdo y bizco, con sombrero con más falda que un monte y más copa que un nogal, la espada con más gavilanes que la caza del Rey, (5) un coleto de ante. Traia la cara de punto, porque á puros chirlos la tenia toda hilvanada. Entró y sentóse, saludando á los de casa, y á mi tio le dijo: «A fe, Alonso, que lo han pagado bien el Romo y el Garroso.» Saltó el de las ánimas, y dijo: «Cuatro ducados dí yo á Flechilla, verdugo de Ocaña, porque aguijase el borrico y no llevase la penca de tres suelas, cuando me palmearon (6).» «Vive Dios (dijo el corchete), que se lo pagué yo sobrado á Lobrezno en Murcia; porque iba el borrico que remedaba el paso de la tortuga, y el bellacon me los asentó de manera, que no se levantaron sino ronchas.» Y el porquero, conociéndose, dijo: «Aun están con virgo mis espaldas.» «A cada puerco le viene su san Martin» (dijo el deman-

dador). «Alabarme puedo yo (dijo mi buen tio) entre cuantos manejan la zurriaga, que al que se me encomienda hago lo que debo: sesenta me dieron los de hoy, y llevaron unos azotes de amigo con penca sencilla.»

Yo, que vi cuán honrada gente era la que hablaba (7) mi tio, confieso que me puse colorado, de suerte que no pude disimular la vergüenza: echómelo de ver el corchete (8). «¿Es el padre el que padeció el otro dia, á quien se dieron ciertos empujones en el enves?» Yo dije que no era hombre que padecia como ellos. En esto se levantó mi tio, y dijo: «Es mi sobrino, maeso en Alcalá, gran supuesto.» Pidiéronme perdon, y ofreciéronme toda caricia. Yo rabiaba ya por comer y cobrar mi hacienda, y huir de mi tio. Pusieron las mesas, y por una soguilla en un sombrero, como suben la limosna los de la cárcel, subieron la comida de un bodegon que estaba á las espaldas de la casa, en unos mendrugos de platos y retajillos de cántaros y tinajas. No podrá nadie encarecer mi sentimiento y afrenta. Sentáronse á comer, en cabecera el demandador, y los demás sin orden. No quiero decir lo que comimos, solo que eran todas cosas para beber. Sorbióse el corchete tres de puro tinto. Viéndome á mí el porquero, me las cogia al vuelo, y hacia más razones que deciamos todos. No habia memoria de agua, y ménos voluntad della. Parecieron en la mesa cinco pasteles de á cuatro; y tomando un hisopo, despues de haber quitado las hojaldres, dijeron un responso todos, con su requiem aeternam, por el ánima del difunto cuyas eran aquellas carnes. Dijo mi tio: «Ya os acordais, sobrino, lo que os escribí de vuestro padre.» Vínoseme á la memoria: ellos comieron; pero yo pasé con los suelos solos, y quédeme con la costumbre; y así, siempre que como pasteles rezo una Ave-María por el que Dios haya. Menudeóse sobre dos jarros, y era de suerte lo que bebieron el corchete y el de las ánimas, que se pusieron las suyas tales, que trayendo un plato de salchichas, que parecian (9) de dedos de negro, dijo uno que para qué traian pebetes guisados. Ya mi tio estaba tal, que alargando la mano y asiendo una, dijo (con la voz algo áspera y ronca, el un ojo medio acosado, y el otro nadando en mosto): «Sobrino, por este pan de Dios, que crió á su imágen y semejanza, que no he comido en mi vida mejor carne tinta.» Yo, que vi al corchete, que alargando la mano tomó el salero, y dijo: «Caliente está este caldo;» y que el porquero se llenó el puño de sal, diciendo: «Bueno es el avisillo para beber;» y se lo echó todo en la boca;—comencé á reirme por una parte y rabiar por otra. Trajeron caldo, y el de las ánimas tomó con entrambas manos una escudilla, diciendo: «Dios bendijo la limpieza.» Para sorbérsela (10) á la boca se la puso en el carrillo, y volcándola, se asó en el caldo, y se puso todo de arriba abajo que era vergüenza. El, que se vió así, fuése á levantar; y como pesaba algo la cabeza, firmó sobre la mesa (que era destas movedizas); trastornóla, y manchó á los demas. Tras esto decia que el porquero le habia empujado. El porquero, que vió que el otro se le caia encima, levantóse, y alzando el

(1) y la cobranza (M. F.)
(2) díjome: (Id.)
(a) Aprieta esa mano.
(3) envuelto en un capucho, con unos zuecos (M. F.)
(4) lo erró (M.)
(5) y un coleto (M. F.)
(6) el enves. » (Id.)

(7) con (M. F.)
(8) y dijo: (B.)
(9) dedos (M. F.)
(10) en la boca (Id.)

instrumento de hueso, le dió con él una trompetada : asiéronse á (1) puños, y estando juntos los dos, y teniéndole el demandador mordido de un carrillo, con los vuelcos y alteracion el porquero vomitó cuanto habia comido en las barbas del de la demanda. Mi tio, que estaba más en juicio, decia que quién habia traido á su casa tantos clérigos. Yo, que vi que ya en suma multiplicaban, metí en paz la brega, desasí á los dos, y levanté al corchete del suelo, el cual estaba llorando con gran tristeza. Eché á mi tio en la cama, el cual hizo cortesía á un velador de palo que tenia, pensando que era convidado. Quité el cuerno al porquero, el cual, ya que dormian los otros, no habia hacerle callar, diciendo que le diesen su cuerno, porque no habia habido jamás quien supiese (2) en él más tonadas, y que él queria tañer con el órgano. Al fin, yo no no me aparté dellos hasta que vi que dormian. Salíme de casa, entretúveme en ver mi tierra toda la tarde, pasé por la casa de Cabra, tuve nueva de que era muerto, y no cuidé de preguntar de qué, sabiendo que hay hambre en el mundo (a).

Torné á casa á la noche, habiendo pasado cuatro horas, y hallé al uno despierto y que andaba á gatas por el aposento buscando la puerta, y diciendo que se les habia perdido la casa. Levantéle y dejé dormir á los demas hasta las once de la noche, que despertaron ; y esperezándose, preguntó uno (3) que qué hora era. Respondió el porquero (que aun no (4) la habia desollado), que no era nada, sino la siesta, y que hacia grandes bochornos. El demandador como pudo dijo que le diesen la capilla. «Mucho han holgado las ánimas para tener á su cargo mi sustento ; » y fuése, en lugar de ir á la puerta, á la ventana, y como vió estrellas, comenzó á llamar á los otros con grandes voces diciendo que el cielo estaba estrellado á mediodía, y que habia un grande eclipse. Santiguáronse todos y besaron la tierra. Yo, que vi la bellaquería del demandador, escandalicéme mucho y propuse de guardarme de semejantes hombres. Con estas (5) vilezas é infamias que veia yo, ya me crecia por puntos (6) el deseo de verme entre gente principal y caballeros. Despachélos á todos uno por uno, lo mejor que pude, y acosté á mi tio, que aunque no tenia zorra, tenia raposa ; y yo acomodéme sobre mis vestidos y algunas ropas de los que Dios tenga, que estaban por allí.

Pasamos desta manera la noche, y á la mañana traté con mi tio de reconocer mi hacienda y cobralla de presto, diciendo que estaba molido, y que no sabia de qué. Echó una pierna, levantóse, tratamos largo en mis cosas, y tuve harto trabajo por ser hombre tan borracho y rústico. Al fin lo reduje á que me diese noticia de parte de mi hacienda (aunque no de toda) ; y así, me la dió de unos trescientos ducados que mi buen padre habia ganado por sus puños, y dejádolos en confianza de una buena mujer, á cuya sombra se hurtaba diez leguas á la redonda. Por no cansar á vue-

sa merced digo que cobré y embolsé mi dinero, el cual mi tio no habia bebido ni gastado ; que fué harto para ser hombre de tan poca razon, porque pensaba que yo me graduaria con este, y que estudiando podria ser cardenal; que como estaba en su mano hacerlos, no lo tenia por dificultoso. Díjome, en viendo que los tenia : «Hijo Pablos, mucha culpa tendrás si no medras y eres bueno, pues tienes á quién parecer; dinero llevas, yo no te he de faltar ; que cuánto sirvo y cuanto tengo, para tí lo quiero.» Agradecíle mucho la oferta : gastamos el dia en pláticas desatinadas y en pagar las visitas á los personajes dichos. Pasaron la tarde en jugar á la taba mi tio y el porquero y demandador ; este jugaba misas como si fuera otra cosa. Era de ver cómo se barajaban la taba : cogiéndola en el aire (7) al que la echaba, y meciéndola con la muñeca, se la tornaban á dar. Sacaban de taba como de naipe, para la fábrica de la sed, porque habia siempre un jarro en medio. Vino la noche; ellos se fueron, acostámonos mi tio y yo, cada uno en su cama, que ya habia (8) proveido para mí un colchon. Amaneció, y ántes que él despertase yo me levanté y me fuí á una posada sin que me sintiese : torné á cerrar la puerta por defuera, y eché la llave por una gatera.

Como he dicho, me fuí á un meson á esconder y aguardar comodidad para ir á la corte. Dejéle en el aposento una carta cerrada que contenia mi ida y las causas, avisándole no me buscase, porque eternamente no (9) lo habia de ver.

CAPITULO XII.

De mi huida, y los sucesos en ella hasta la corte.

Partin aquella mañana del meson un arriero con cargas á la corte; llevaba un jumento : alquilómele, y salíme á aguardarle á la puerta fuera del lugar. Salió y espetéme en el dicho, y empecé mi jornada. Iba entre mí diciendo : «Allá quedarás, bellaco, deshonra buenos, jinete de gaznates.»

Consideraba yo que iba á la corte, donde nadie me conocia (que era la cosa que más me consolaba), y que habia de valerme por mi (10) habilidad. Allí propuse de colgar los hábitos en llegando, y sacar vestidos cortos al uso. Pero volvamos á las cosas que el dicho mi tio hacia, ofendido con la carta, que decia en esta forma :

CARTA.

«Señor Alonso Ramplon : Tras haberme (11) Dios hecho tan señaladas mercedes como quitarme delante á mi buen padre y tener mi madre en Toledo (donde, por lo ménos, sé que hará humo), no me faltaba sino ver hacer en vuesa merced lo que en otros hace. Yo pretendo ser uno de mi linaje, que dos es imposible, si no vengo á sus manos y trinchándome, como hace á otros. No pregunte por mí, que me importa negar la sangre que tenemos. Sirva al Rey y á Dios.»

No hay que encarecer las blasfemias y oprobios que diria contra mí. Volvamos á mi camino. Yo iba caballero en el rucio de la Mancha, y bien deseoso de no topar (1) nadie, cuando desde léjos vi venir un hidalgo de portante, con su capa puesta, espada ceñida, calzas atacadas y botas, y al parecer bien puesto; el cuello abierto; el sombrero de lado. Sospeché que era algun caballero que dejaba atras su coche; y así, emparejando, le saludé. Miróme y dijo : «Irá vuesa merced, señor licenciado, en ese borrico con harto más descanso que yo con todo mi aparato.» Yo, que entendí que lo decia por coche y criados que dejaba atras, dije : «En verdad, señor, que lo tengo por más apacible caminar que el del coche ; porque (aunque vuesa merced vendrá en el que trae dueñas con regalo) aquellos (2) vuelcos que da inquietan.» «¿Cuál coche detras?» dijo él muy alborotado; y al volver atras, como hizo fuerza, se le cayeron las calzas, porque se le rompió una agujeta que traia, la cual era tan sola, que tras verme tan muerto de risa de verle, me pidió una prestada. Yo, que vi que de la camisa no se veia sino una ceja, y que traia tapado el rabo de medio ojo, le dije : «Por Dios, señor, que si vuesa merced no aguarda á sus criados, yo no puedo socorrelle, porque vengo (3) tambien atacado únicamente.» «Si hace vuesa merced burla (dijo él con las chaondas (a) en la mano), vaya; porque no entiendo eso de los criados.» Y aclaróseme tanto (en materia de ser pobre), que me confesó, á media legua que anduvimos, que si no le hacia merced de (4) dejalle subir en el borrico un rato, no le era posible pasar á la corte, por ir cansado de caminar con las bragas en los puños. Y movido á compasion, me apeé; y como él no podia sacar las calzas, húbele yo de subir; y espantóme lo que descubrí en el tocamiento : porque por la parte de atras, que cubria la capa, traia las cuchilladas con entretelas de nalga prieta. El, que sintió lo que habia visto, como discreto, se previno diciendo : «Señor licenciado, no es oro todo lo que reluce; debióle parecer á vuesa merced en viendo el cuello abierto y mi presencia, que era un conde de Irlos (b). Como destos hojaldres cubren en el mundo lo que vuesa merced ha tentado.» Yo le dije que le aseguraba me habia persuadido á muy diferentes cosas de las que veia. «Pues aun no ha visto nada vuesa merced (replicó); que hay tanto que ver en mi como tengo, porque nada cubro. Veme aquí vuesa merced un hidalgo hecho y derecho, de casa y solar montañés, que, si como sustento la nobleza, me sustentara, no hubiera más que pedir; pero ya, señor licenciado, sin pan ni carne no se sustenta buena sangre; y por la misericordia de Dios todos la tienen colorada, y no puede ser hijo de algo el que no tiene nada. Ya he caido en la cuenta de ejecutorias, despues que hallándome en ayunas un dia, no quisieron dar sobre ella en un bodegon

dos tajadas. ¡Pues decir que no tienen letras de oro! Pero más valiera el oro en las píldoras que en las letras, y de más provecho es; y con todo, hay muy pocas letras con oro. He vendido hasta mi sepultura por no tener sobre qué caer muerto; que la hacienda de mi padre Toribio Rodriguez Vallejo Gomez de Ampuero (que todos estos nombres tenia) se perdió en una fianza; solo el don me ha quedado por vender, y soy tan desgraciado, que no hallo nadie con necesidad dél, pues quien no le tiene por ante, le tiene por postre, como el remendon, hazadon, (5) podon, baldon, bordon, y otros así.»

Confieso que, aunque iban mezcladas con risa, las calamidades del dicho hidalgo me entretuvieron. Preguntéle cómo se llamaba, y adónde iba y á qué. Dijo que todos los nombres de su padre : Don Toribio Rodriguez Vallejo Gomez de Ampuero y Jordan. No se vió jamás nombre tan campanudo, porque acababa en dan y empezaba en don, como son de badajo. Tras esto dijo que iba á la corte, porque un mayorazgo raido como él, en un pueblo corto olia mal á dos dias, y no se podia sustentar; y que por eso se iba á la patria comun, adonde caben todos, y adonde hay mesas francas para estómagos aventureros; y nunca cuando entro en ella me faltan cien reales en la bolsa, cama, de comer, y refocilo de lo vedado, porque la industria en la corte es piedra filosofal, que vuelve en oro cuanto toca. Yo vi el cielo abierto, y en son de entretenimiento para el camino, le rogué que me contase cómo y con quiénes viven en la corte los que no tenian, como él, porque me parecia dificultoso; que no solo se contenta cada uno con sus cosas, sino que aun solicitan las ajenas. «Muchos hay desos, hijo, y muchos destotros : es la lisonja llave maestra, que abre á todas voluntades en tales pueblos. Y porque no te se haga dificultoso lo que digo, oye mis sucesos y mis trazas, y te asegurarás de esa duda.»

CAPITULO XIII.

En que el hidalgo prosigue el camino y lo prometido de su vida y costumbres.

«Lo primero has de saber que en la corte hay siempre el más necio y el (6) más sabio, más rico y más pobre, y los extremos de todas las cosas; que disimula los malos y esconde los buenos, y que en ella hay unos géneros de gentes (como yo) que no se les conoce raíz ni mueble, ni otra cosa de la que decienden los tales (c). Entre nosotros nos diferenciamos con diferentes nombres: unos nos llamamos caballeros hebenes; otros güeros, chanflones, chirles, traspillados y (7) caninos. Es

---

(1) á nadie, (M. F.)
(2) vulcos (Z. R. P.)
— En el capítulo segundo estampan asimismo las tres primeras ediciones vulco por vuelco. Enriquez Gomez, en su Torre de Babilonia (donde parodió pobremente los Sueños de Quevedo), tuvo la ocurrencia de distribuir (al modo que Luis Vélez su Diablo cojuelo en trancos, y Espinel su Escudero Márcos de Obregon en descansos) todo el libro en vulcos; de suerte que era entónces indiferente decir vulco ó vuelco.
(3) atacado (M. F.)
(a) Lo mismo que cachondas, calzas acuchilladas.
(4) dejarle (M. F.)
(b) El conde Dirlos, hermano de Merian y de Durandarte, es uno de los héroes que cantan los romances de las crónicas caballerescas de Carlomagno y los Doce Pares de Francia.

(5) poadon, (Z. R. P.)
(6) más rico y más pobre, (M. F.)
(c) De la corte dice en una jácara el toledano Luis Quiñones de Benavente (sazonadísimo escritor de entremeses y bailes, que debe sus más graciosos chistes á las obras de Quevedo) :

Én ese mar de la corte,
Donde todo el mundo campa,
Toda engañifa se entretcha
Y toda moneda pasa;
Donde sin ser conocidos
Tantos jayanes del hampa,
Tiran gajes, censos cobran
De las hizas y las marcas;
Donde haciendo punto de honra
Esto de la vida ancha,
Andan como cazadores,
Viviendo de lo que matan; etc.

(7) caminos (Todos los impresos antiguos.)

nuestra abogada la industria; pasamos las más veces los estómagos de vacío, que es gran trabajo traer la comida en manos ajenas. Somos susto de los banquetes, polilla de los bodegones, y convidados por fuerza; sustentámonos así del aire, y andamos contentos. Somos gente que comemos un puerro, y representamos un capon : entrará uno á visitarnos en nuestras casas, y hallará nuestros aposentos llenos de huesos de carnero y aves, (1) mondaduras de frutas, la puerta embarazada con plumas y pellejos de gazapos; todo lo cual cogemos de parte de noche por el pueblo, para honrarnos con ello de dia. Reñimos en entrando al huésped : «¿Es posible que no he de ser yo poderoso para que barra esa moza? — Perdone vuesa merced, que han comido aquí unos amigos, y estos criados... » etc. Quien no nos conoce, cree que es así, y pasa por convite. Pues ¿qué diré del modo de comer en casas ajenas? En hablando á uno medía vez, sabemos su casa, y siempre á hora de mascar (que se sepa que está en la mesa) decimos que nos llevan sus amores, porque tal entendimiento no le hay en el mundo. Si nos pregunta si hemos comido, si ellos no han empezado decimos que no; si nos convidan, no aguardamos al segundo envite, porque destas aguardadas nos han sucedido grandes vigilias; si han empezado, decimos que sí; y aunque parta muy bien el ave, pan ó carne, ó lo que fuere, para tomar ocasion de engullir un bocado decimos : «Ahora deje vuesa merced, que le quiero servir de (2) mastresala; que solia, Dios le tenga en el cielo (y nombramos un señor muerto, duque ó conde), gustar más de verme partir que de comer.» Diciendo esto, tomamos el cuchillo, y partimos bocaditos, y al cabo decimos : «¡Oh qué bien güele! Cierto que haria agravio á la guisadera en no probarlo : ¡qué buena mano tiene! » Y diciendo y haciendo, va en prueba el medio plato; el nabo por ser nabo, el tocino por ser tocino, y todo por lo que es. Cuando esto nos (3) falta, ya tenemos sopa de algun convento aplazada; no la tomamos en público, sino á lo escondido, haciendo creer á los frailes que es más devocion que necesidad. Es de ver uno de nosotros en una casa de juego con el cuidado que sirve, y despabila las velas, trae orinales, cómo mete naipes y solemniza las cosas del que gana, (4) todo por un triste real de barato. Tenemos de memoria para lo que toca á vestirnos, toda la ropería vieja; y como en otras partes hay hora señalada para oracion, la tenemos nosotros para remendarnos. Son de ver las diversidades de cosas que sacamos : que como tenemos por enemigo declarado al sol, por cuanto nos descubre los remiendos, puntadas y trapos, nos ponemos abiertas las piernas á la mañana á su rayo, y en la sombra del suelo vemos las que hacen los andrajos y hilarachas de las entrepiernas, y con unas tijeras las hacemos la barba á las calzas; y como siempre se gastan tanto las entrepiernas, es de ver cómo quitamos cuchilladas de atras para poblar lo de adelante, y solemos traer la trásera tan pacífica de cuchilladas, que se queda en las puras bayetas : sábelo sola la capa, y guardámonos de dias de aire y de subir por escaleras claras ó á caballo. Estudiamos posturas contra

la luz, pues en dia claro andamos con las piernas muy juntas, y hacemos las reverencias con solos los (5) tobillos, porque si se abren las rodillas se verá el ventanaje. No hay cosa en todos nuestros cuerpos que no haya sido otra cosa y no tenga historia; *verbi gratia :* bien ve vuesa merced esta ropilla, pues primero fué gregüescos, nieta de una capa y bizuieta de un capuz, que fué en su principio, y ahora espera salir para soletas y otras muchas cosas. Los escarpines primero son pañizuelos, habiendo sido toallas, y ántes camisas, hijas de sábanas; y despues de esto nos aprovechamos para papel, y en el papel escribimos y despues hacemos dél polvos para resucitar los zapatos, que de incurables los he visto yo hacer revivir con semejantes medicamentos. Pues ¿qué diré del modo con que de noche nos apartamos de las luces porque no se vean los herreruelos calvos y las ropillas lampiñas? Que no hay más pelo en ellas que en un guijarro; que es Dios servido de dárnosle en la barba y quitárnosle en la capa. Y por no gastar en barberos prevenimos siempre de aguardar que otro de los nuestros tenga pelambre y entónces nos la quitamos el uno al otro, conforme lo del Evangelio : «Ayudáos como buenos hermanos.» Y tenemos cuenta (6) en no andar los unos por las casas de los otros, si sabemos (7) que alguno trata la misma gente que otro. Es de ver cómo andan los estómagos en celo. Estamos obligados á andar á caballo una vez cada mes, aunque sea en pollino, por las calles públicas, y á ir en coche una vez en el año, aunque sea en la arquilla ó trasera; pero si alguna vamos dentro del coche, es de considerar que siempre es en el estribo con todo *el pescuezo* defuera, haciendo cortesías porque nos vean todos, y hablando á los amigos y conocidos aunque miren á otra parte. Si nos come delante de algunas damas, tenemos traza para rascarnos en público sin que se vea : si es en el muslo, contamos que vimos un soldado atravesado desde tal parte, y señalamos con las manos aquellas que nos comen rascándonos en vez de enseñarlas; si es en la iglesia, y come en el pecho, nos damos (8) *sanctus* aunque sea en el *introibo;* levantámonos y arrimándonos á una esquina, en son de empinarnos para ver algo, nos rascamos. ¿Qué diré del mentir? Jamas se halla verdad en nuestra boca : encajamos duques y condes en las conversaciones, unos por amigos, otros por deudos; y advertimos que los tales señores ó estén muertos ó muy léjos. Y lo que más es de notar, que nunca nos enamoramos sino de *pane lucrando,* que veda la órden damas melindrosas, por lindas que sean; y así, siempre andamos en recuesta con una bodegonera por la comida, con la huéspeda por la posada, con la que abre los cuellos por el que trae el hombre; y aunque comiendo tan poco y bebiendo tan mal no se puede cumplir con tantas, por su (9) tanda todas están contentas. Quien ve estas botas mias, ¿cómo pensará que andan caballeras en las piernas en pelo, sin media ni otra cosa? Y quien viere este cuello, ¿por qué ha de pensar que no tengo camisa? Pues todo esto le puede faltar á un caballero, señor licenciado, pero cuello abierto y almi-

(1) y mondaduras (M. F.)
(2) maestresala; (R. F.)
(3) falte, (M. F.)
(4) y todo (R.)

(5) tobillos, (M. F.)
(6) no andar (Id.)
(7) alguno (M.)
(8) santus (Los impresos antiguos.)
(9) tanto todas estan (R.)

donado no. Lo uno porque así es gran ornato de la persona, y despues de haberle vuelto de una parte á otra, es de sustento porque se ceba el hombre en el almidon, chupándole con destreza. Y al fin, señor licenciado, un caballero de nosotros ha de tener más faltas que una preñada de nueve meses, y con esto vive en la corte. Ya se ve en prosperidad y con dineros, y ya se ve en el hospital; pero en fin se vive, y el que se sabe vadear es rey con poco que tenga.»

Tanto gusté de las extrañas maneras de vivir del hidalgo, y tanto me embebecí, que divertido con ellas y con otras, me llegué á pié hasta las Rozas, adonde nos quedamos aquella noche. Cenó conmigo el dicho hidalgo, que no traia blanca, y yo me hallaba obligado á sus avisos, porque con ellos abrí los ojos á mu-

chas cosas, inclinándome á la chirlería (a). Declaréle mis deseos ántes que nos acostásemos; abrazóme mil veces, diciendo que siempre esperó habian de hacer impresion sus razones en hombre de tan buen entendimiento. Ofrecióme favor (para introducirme en la corte con los demas cofrades del estafon) y posada en compañía de todos. Aceptéla, no declarándole que tenía los escudos que llevaba, sino hasta cien reales solos; los cuales bastaron, con la buena obra que le habia hecho y hacia, á obligarle á mi amistad.

Compréle del huésped tres agujetas, atacóse, dormímos aquella noche, madrugámos y dimos con nuestros cuerpos en Madrid.

(a) En lengua rufianesca vale *estafa* y *merodeo.*

LIBRO SEGUNDO DE LA (1) VIDA DEL BUSCON (a).

CAPITULO PRIMERO

De lo que me sucedió en la corte luego que llegué
hasta que anocheció.

A las diez de la mañana entramos en la corte: fuimonos á apear de conformidad en casa de los amigos de don Toribio. Llegamos á la puerta, y llamó; abrióle una vejezuela muy pobremente abrigada y muy vieja. Preguntó por los amigos, y respondió que habian ido á buscar: Estuvímos solos hasta que dieron las doce, pasando el tiempo, él en animarme á la profesion de la vida barata, y yo en atender á todo. A las doce y media entró por la puerta una estantigua vestida de bayeta hasta los piés, más raida que su vergüenza. Habláronse los dos en germanía, de lo cual resultó darme un abrazo y ofrecérseme. Hablamos un rato, y sacó un guante con diez y seis reales, y una carta, con la cual (diciendo que era licencia para (2) pidir para una pobre) los habia allegado: vació el guante y sacó otro, y doblólos á usanza de médico. Yo le pregunté que por qué no se los ponia, y dijo que por ser entrambos de una mano, que era treta para tener guantes. A todo esto noté que no se desarrebozaba, y pregunté (como nuevo, para saber) la causa de estar siempre envuelto en la capa; á lo cual respondió: «Hijo, tengo en las espaldas una gatera, acompañada de un remiendo de lanilla y de una mancha de aceite; este pedazo de rebozo la cubre, y así se puede andar.» Desarrebozóse, y hallé que debajo de la sotana traia gran bulto; yo pensé que eran calzas, porque eran á modo dellas, cuando él (para entrarse á espulgar (3) se arremangó, y vi que eran dos roda-

jas de carton, que traia atadas á la cintura y encajadas á los muslos, de suerte que hacian apariencias debajo del luto, porque el tal no traia camisa ni gregüescos; que apénas tenia que espulgar, segun andaba desnudo. Entró al espulgadero, y volvió una tablilla, como las que ponen en las sacristías, que decia: «Espulgador hay;» porque no entrase otro. Grandes gracias dí á Dios, viendo cuánto dió á los hombres en darles industria, ya que les quitase riquezas. «Yo (dijo mi buen amigo) vengo del camino con mal de calzas; y así, me habré de recoger á remendar.» Preguntó si habia algunos retazos; y la vieja (que recogia trapos dos dias en la semana por las calles, como las que tratan en papel, para curar incurables cosas de los caballeros) dijo que no, y que por falta de trapos se estaba quince dias habia en la cama, de mal de ropilla, don Lorenzo Iñiguez del Pedroso. En esto estábamos, cuando vino uno con sus botas de camino y su vestido pardo, con un sombrero prendidas las faldas por los dos lados: supo mi venida de los demas, y háblóme con mucho afecto; quitóse la capa, y traia (mire vuesa merced quién tal pensara) la ropilla de paño pardo la delantera, y la trasera de lienzo blanco, con sus fondos en sudor. No pude tener la risa; y él con gran disimulacion dijo: «Haráse á las armas, y no se reirá; yo apostaré que no sabe por qué traigo este sombrero con la falda presa arriba.» Yo dije que por galantería y por dar lugar á la vista. «Antes por estorbarla (dijo): sepa que es porque no tiene toquilla, y que así no lo echan de ver.» Y diciendo esto, sacó más de veinte cartas y otros tantos reales, diciendo que no habia podido dar aquellas. Traia cada una un real de porte, y eran hechas por él mismo; ponia la firma de quien le parecia; escribia nuevas que inventaba á las personas más honradas, y dábalas en aquel traje, cobrando los portes, y esto hacia cada mes; cosa que me espantó ver la novedad de la vida. Entraron luego otros dos, el uno con una ropilla de paño larga hasta medio valon, y su capa de lo mismo, levantado el cuello, porque no se viese el angeo, que estaba roto. Los valones eran de chamelote, mas no eran más de lo que se descubrian, y lo demas de bayeta colorada.

Este venia dando voces con el otro, que traia valona por no traer cuello, y unos frascos por no traer capa, y una muleta, con una pierna liada (1) en trapajos y pellejos, por no tener más de una calza. Hacíase soldado, y habíalo sido, pero malo y en partes quietas; contaba extraños servicios suyos, y á título de soldado entraba en cualquiera parte. Decia el de la ropilla y casi gregüescos: «La (2) metad me debeis, ó por lo ménos mucha parte. Si no me la dáis, juro á Dios...» «No juré á Dios (dijo el otro); que en llegando á casa no soy cojo, y os daré con esta muleta mil palos.» Si daréis, no daréis, y en los mentises acostumbrados, arremetió el uno al otro, y asiéndose, se salieron con los pedazos de los vestidos en las manos á los primeros estirones. Metímoslos en paz, y preguntamos la causa de la pendencia. Dijo el soldado: «¿A mí chanzas? No llevaréis ni medio. Han de saber vuesas mercedes que estando (3) en San Salvador llegó un niño á este pobrete, y le dijo que si era (4) yo el alférez Juan de Lorenzana, y dijo que sí, atento á que le vió no sé qué cosa que traia en las manos. Llevómele, y dijo (nombrándome alférez): «Mire vuesa merced qué le quiere este niño;» y como lo entendí, dije que yo era. Recibí el recado, y con él doce pañizuelos, y respondí á su madre, que los enviaba á (5) alguno de aquel nombre. Pídeme agora la mitad, y ántes me haré pedazos que tal dé; todos los han de romper mis narices.» Juzgóse la causa en su favor; solo se le contradijo el sonar en ellos, mandándole que los entregase á la vieja para honrar la comunidad, haciendo dellos unos remates de mangas que se viesen y representasen camisas: que el sonarse está vedado.

Llegó la noche; acostámonos tan juntos, que parecíamos herramienta en estuche. Pasóse la cena de claro en claro: no se desnudaron los más; que con acostarse como andaban de dia cumplieron con el precepto de dormir en cueros.

CAPITULO II.

En que se prosigue la materia comenzada y otros raros sucecsos.

Amaneció el Señor, y pusímonos todos en arma. Ya estaba yo tan hallado con ellos como si todos fuéramos hermanos (que esta facilidad y aparente dulzura se halla siempre en las cosas malas). Era de ver á uno ponerse la camisa de doce veces, dividida en doce trapos, diciendo una oracion á cada uno, como á sacerdote que se viste: á cuál se le perdia una pierna en los callejones de las calzas, y la venia á hallar adonde ménos convenia asomada; otro (6) pidia guia para ponerse el jubon, y en media hora no se podia averiguar con él. Acabado esto, que no fué poco de ver, todos empuñaron aguja y hilo para hacer un punteado en un rasgado y otro. Cual para culcusirse debajo del brazo, (7) estirándole se hacia L. Uno, hincado de rodillas, remedaba un S

de guarismo: socorria á los cañones. Otro, por plegar las entrepiernas, metiendo la cabeza entre ellas se hacia un ovillo. No pintó tan extrañas posturas Bosco como yo ví (a); porque ellos cosian, y la vieja les daba los materiales, trapos y arrapiezos de diferentes colores, los cuales habia traido el sábado. Acabóse la hora del remiendo (que así la llamaban ellos), y fuéronse mirando unos á otros lo que quedaba mal parado. Determinaron (8) de irse fuera, y yo dije que queria trazasen mi vestido, porque queria gastar los cien reales en uno, y quitarme la sotana. Eso no, dijeron ellos; el dinero se dé al depósito, y vistámosle de lo reservado luego, y señalémosle su diócesi en el pueblo, adonde él solo busque y apolille.

Parecióme bien: deposité el dinero, y en un instante, de la sotana me hicieron ropilla de luto de paño, y acortando el herreruelo, quedó bueno. Lo que sobró dél trocaron á un sombrero (9) viejo reteñido: pusiéronle por toquilla unos algodones de tintero muy bien puestos. El cuello y los valones me quitaron, y en su lugar me pusieron unas calzas atacadas con cuchilladas no más de por delante; que lados y traseras eran unas camuzas. Las medias calzas de seda aun no eran medias, porque no llegaban más de cuatro dedos más abajo de la rodilla, (10) los cuales cuatro dedos cubria una bota justa sobre la media colorada que se traia. El cuello estaba todo abierto, de puro roto; pusiéronmele, y dijeron: «El cuello está trabajoso por detras y por los lados. Vuesa merced, si le mirare uno, ha de ir volviéndose con él, como la flor del sol; si fueren dos y miraren por los lados, saque piés, y para los de atras traiga siempre el sombrero caido sobre el cogote; de suerte que la falda cubra el cuello y descubra toda la frente: y al que preguntare que por qué anda así, respóndale que porque puede andar la cara descubierta por todo el mundo. Diéronme una caja con hilo negro y blanco, seda, cordel y aguja, dedal, paño, lienzo, raso, y otros retacillos, y un cuchillo; pusiéronme una esquela en la pretina, yesca y eslabon en una bolsa de cuero, diciendo: «Con esta caja puede ir por todo el mundo, sin haber menester amigos ni deudos: en esta se encierra todo nuestro remedio; (11) tómela y guárdela.» Señaláronme por cuartel para buscar mi vida el de San Luis; y así empecé mi jornada, saliendo de casa con los otros; (12) aunque por ser nuevo me dieron (para empezar la estafa), como á misacantano, por padrino el mismo que me trajo y convirtió.

Salímos de casa con paso tardo, los rosarios en la mano; tomámos el camino para mi barrio señalado: á todos hacíamos cortesía; á los hombres quitábamos el sombrero, deseando hacer lo mismo á sus capas; á las mujeres hacíamos reverencias, que se huelgan con ellas, y las paternidades mucho más. A uno decia mi buen ayo: «Mañana me traen dineros;» á otro: «Aguár-

(1) en trapos y (M.) —entrambos y pellejos (F.)
(2) mitad (R. F.)
(3) yo en san Salvador (Z. R. P.)
(4) el alférez (Id.)
(5) algun hombre de aquel nombre. (Id.)
(6) pedia (M. F.)
(7) estirándose (R. P.)

(a) El holandes Jerónimo Bosch, que pasó en España la mayor parte de su vida, floreció en la mitad última del siglo XV. Fué muy dado á pintar caprichos fantásticos, y su pincel es hermano de la pluma de Quevedo.

(8) irse (M. F.)
(9) reteñido; (Id.)
(10) y estos cuatro dedos (Id.)
(11) tome, y guárdela.» (Id.)
(12) si bien por ser nuevo (Id.)

deme vuesa merced un dia, que me trae en palabras el banco.» Cuál le (1) pidia la capa, cuál le daba priesa por la pretina : en lo cual conocí que era tan amigo de sus amigos, que no tenia cosa suya. Andábamos haciendo culebra de una acera á otra, por no topar con casas de deudores. Ya le pedia uno el alquiler de la casa, otro el de la espada, y otro el de las sábanas y camisas : de manera que eché de ver que era caballero de alquiler, como mula. Sucedió pues que vió desde léjos un hombre que le sacaba los ojos (segun dijo) por una deuda, mas no podia el dinero ; y porque no le conociese soltó detras de las orejas el cabello, que traia recogido, y quedó nazareno entre (2) verónico y caballero lanudo ; plantóse un parche en un ojo, y púsose á hablar italiano conmigo. Esto pudo hacer miéntras el otro venia (que aun no le habia visto, por estar ocupado en chismes con una vieja). Digo de verdad que vi al hombre dar vueltas al rededor, como perro que se queria echar ; haciase más cruces que un ensalmador, y fuése diciendo : «¡Jesus! pensé que era él. A quien bueyes ha perdido...(a) etc.» (3) Yo moriame de risa de ver la figura de mi amigo ; entróse en un soportal á recoger la melena y el parche, y dijo : «Estos son los aderezos de negar deudas. Aprended, hermano ; que veréis mil cosas (4) destas en el pueblo.» Pasámos adelante, y en una esquina, por ser de mañana, tomámos dos tajadas de letuario, y aguardiente de una picarona ; que nos lo dió de gracia (despues de dar el bienvenido á mi adestrador). Y díjome : «Con esto vaya el hombre descuidado de comer hoy ; por lo ménos esto no puede faltar.» Afligime yo, considerando que aun teniamos en duda la comida ; y repliquéle, afligido por parte mi estómago. A lo cual respondió : «Poca fe (5) tienes con la religion y órden de los caminos. No falta el Señor á los cuervos ni á los grajos, ni aun á los escribanos, ¿y ha bia de faltar á los traspillados? Poco estómago (6) tienes.» (7) «Es verdad, dije, pero temo mucho tener ménos, y nada en él.» En esto estábamos, y dió un re loj las doce, y como yo era nuevo en el trato, no les cayó en gracia á mis tripas el letuario, y tenia hambre como si tal no hubiera comido. Renovada pues la memoria, volvíme al amigo, y dije : «Hermano, (8) este del hambre es recio noviciado. ¡Estaba hecho el hombre á comer más que un sabañon, y hanme metido á vigilias! Si vos no la teneis, no es mucho ; que criado con hambre desde niño (como el otro rey con (9) (b) parbona), os (10) sustentais ya con ella. No os veo hacer diligencia vehemente para mascar ; y así, yo determino (11) de hacer lo que pudiere.» «¡Cuerpo de Dios (replicó con vos! pues dan agora las doce, ¿y tanta priesa? Teneis

muy puntuales ganas (12) y ejecutivas, y han menester llevar en paciencia algunas pagas atrasadas. ¡No sino comer todo el dia! ¿Qué más hacen los animales? No se escribe que jamas caballero nuestro haya tenido cámaras ; que ántes de puro mal proveidos, no nos proveemos. Ya (13) os he dicho que á nadie falta Dios ; y si tanta priesa teneis, yo me voy á la sopa de San Jerónimo, adonde hay aquellos frailes de leche como capones, y allí haré el buche (c). Si vos quereis seguirme, venid ; si no, (14) cada uno á sus aventuras.» «Adios, dije yo, que no son tan cortas mis faltas, que se hayan de suplir con sobras de otros ; cada uno eche por su calle.» Mi amigo iba pisando tieso y mirándose á los piés ; sacó unas migajas de pan que traia para el efeto siempre en una cajuela, y derramóselas por la barba y vestidos : de suerte que parecia haber comido. Yo iba tosiendo y escarbando por disimular mi flaqueza, limpiándome los bigotes, arrebozado, y la capa sobre el hombro izquierdo, jugando con el decenario, que lo era por no tener más de diez cuentas. Todos los que me veian me juzgaban por comido ; y si fuera de piojos, no erraran.

Iba yo (15) fiado en mis escudillos, aunque me remordia la conciencia el ser contra la órden comer á sus costas quien vive de tripas horras en el mundo : ya iba determinado á quebrar el ayuno. Llegué con esto á la esquina de la calle de San Luis, adonde vivia un pastelero ; asomábase uno de á ocho tostado, y con el resuello del horno tropezóme en las narices, y al instante me quedé (del modo que andaba) como perro perdiguero : puestos en él los ojos, le miré con tanto ahinco, que se secó el pastel como un aojado. Allí eran de contemplar las trazas que yo daba para hurtarle ; resolvíame otra vez á pagarlo. En esto (16) me dió la una ; angustiéme de manera, que me determiné de zamparme en un bodegon. Yo, que iba haciendo punta á uno, Dios que lo quiso, (17) topo con un licenciado Flechilla, amigo mio, que venia haldeando por la calle abajo, con más barros que la cara de un sanguino, y tantos rabos, que parecia un chirrion : arremetió á mí en viéndome (18) (que segun estaba, fué mucho conocerme). Yo le abracé, preguntóme cómo estaba ; díjele luego : «Señor licenciado, ¡qué de cosas tengo que contarle! Solo me pesa que me he de ir esta noche.» «Eso me pesa á mí, y si no fuera tarde, y ir con prisa á comer, me detuviera, porque me aguarda una hermana casada y su marido.» ¿Qué aquí está mi señora Ana? Aunque lo deje todo, vamos, que quiero hacer lo que estoy obligado.»

Abrí los ojos en oyendo que no habia comido ; fuíme con él, y empecéle á contar que una mujercilla (que él habia querido mucho en Alcalá) sabía yo dónde estaba, y que le podia dar entrada en su casa. Pegósele luego al alma el envite ; que fué industria tratarle de cosas de gusto. Llegámos tratando en ello á su casa : entramos ; yo me ofrecí mucho á su cuñado y hermana ; y ellos,

(1) pedia (M. F.)
(2) verónica (Z. R. P.)
(a) cencerros se le antojan.
(5) Yo me moria (M. F.)
(4) de estas en este en el pueblo.» (Z. R. P.)
(5) tiene (M. F.)
(6) teneis.» (Id.)
(7) «Verdad es, dije, pero temo tener aun ménos, y nada en el.»
Estando en esto, dió (Id.)
(8) esto de la hambre (Z. R. P.) — esto del hambre (F.)
(9) cicuta), os sustenteis (F.)
(b) Ponzoña diria sin duda el original. Se alude á Mitrídates,
rey de Ponto, de quien es fama que niño lo criaron con veneno,
para que ninguno pudiera matarle.
(10) sustenteis (M.)
(11) hacer (M. F.)

(12) , y han menester (M. F.)
(13) los he dicho (Z. P.)
(c) «Es la mayor miseria del estudiante (decia don Quijote)
esto que entre ellos llaman andar á la sopa.»
(14) á sus aventuras cada uno.» (Z. P.)
(15) confiado (Id.)
(16) dió (Id.)
(17) topé (N.)
(18) (y segun (M. F.)

no persuadiéndose (1) á otra cosa sino á que yo venia (2) convidado, por venir á tal hora, comenzaron á decir que si lo supieran que habian de tener tan buen huésped, que hubieran prevenido algo. Yo cogí la ocasion, y convidéme, diciendo que era de casa y amigo viejo, y que se me hiciera agravio en tratarme con cumplimiento. Sentáronse, y sentéme; y porque el otro lo llevase mejor (que ni me babia convidado ni le pasaba por la imaginacion), de rato en rato le pegaba con la mozuela, diciendo que me habia preguntado por él, y que le tenia en el alma, y otras mentiras deste modo : con lo cual llevaba mejor el verme engullir; porque tal destrozo como yo hice en el ante, no lo hiciera una bala en el de un coleto. Vino la olla, y comímela en dos bocados casi toda sin malicia; pero con prisa tan fiera, que parecia que aun entre los dientes no la tenia bien segura. Dios es mi padre, que no come un cuerpo más presto el monton de la Antigua de Valladolid (que le deshace en veinte y cuatro horas), que yo despaché el ordinario, pues fué con más priesa que un extraordinario correo (a). Ellos bien debian notar los fieros tragos del caldo y el modo de agotar la escudilla, la persecucion de los huesos y el destrozo de la carne; y si va á decir (3) verdad, entre vuelta y juego empedré la faldriquera de mendrugos. Levantóse la mesa, apartámonos yo y el licenciado á hablar de la ida en casa de la dicha, la cual le facilité mucho; y estando hablando con él á una ventana, hice que me llamaban de la calle, y dije : «¿A mí, señor? Ya bajo.» (4) Pidíle licencia, diciendo que luego volveria : quedóme aguardando hasta hoy; que desparecí por lo del pan comido y la compañía deshecha. Topóme otras muchas veces, y disculpéme con él, contándole mil embustes, que no importan para el caso.

Fuíme por las calles de Dios, llegué á la puerta de Guadalajara, y sentéme en un banco de los que tienen á sus puertas los mercaderes : quiso Dios que llegaron á la tienda dos (de las que piden prestado sobre sus caras) tapadas de medio ojo, con su vieja y pajecillo. Preguntaron si habia algun terciopelo de labor extraordinaria : yo empecé luego (para trabar conversacion) á jugar del vocablo del tercio y pelado, y pelo, y apelo, y por peli, y no dejé hueso sano á la razon. Sentí que le habia dado mi libertad algun seguro de algo de la tienda; y como quien aventuraba á no perder nada, ofrecílas lo que quisiesen. Regatearon, diciendo que no tomaban de quien no conocian. Yo me aproveché de la ocasion, diciendo que habia sido atrevimiento ofrecerles nada; pero que me hiciesen merced de aceptar unas telas que me habian traido de Milan, que á la noche llevaria un paje (que les dije que era mio por estar enfrente aguardando á su amo, que estaba en otra tienda, por lo cual estaba descaperuzado). Y para que me tuviesen por hombre de partes y conocido, no hacia sino quitar el sombrero á todos los oidores y caballeros que pasaban; y sin conocer á nin-

guno, les hacia cortesía, como si los tratara familiarmente. Ellas juzgaron con esto, y con un escudo de oro que yo saqué de los que traia (con achaque de dar limosna á un pobre que me la pidió), que yo era un gran caballero. Parecióles irse, por ser ya tarde; y asi me pidieron licencia, advirtiéndome con el secreto que habia de ir el paje. Yo las pedí por favor, y como en gracia, un rosario engarzado en oro que llevaba la más bonita dellas, en prendas de que las habia de ver á otro dia sin falta. Regatearon dármele, yo les ofrecí en prenda los cien escudos, y dijéronme su casa; y con intento de estafarme en más, se fiaron de mí, y preguntáronme la posada, diciéndome que no podia entrar paje en la suya á todas horas, por ser gente principal. Yo las llevé por la calle Mayor, y al entrar en la de las Carretas escogí la casa que mejor y más grande me pareció, que tenia un coche sin caballos á la (5) puerta; y díjeles que aquella era, y que allí estaba ella, el coche y dueño para servirlas. Nombréme don Alvaro de Córdoba, y entréme por la puerta delante de sus ojos. Y acuérdome que cuando salímos de la tienda, llamé uno de los pajes (con grande autoridad) con la mano; hice que le decia que se quedasen todos, y que me aguardasen allí; y verdad es que le pregunté si era criado del Comendador mi tio. Dijo que no; y con tanto acomodé los criados ajenos como buen caballero.

Llegó la noche escura, y acogímonos á casa todos. Entré y hallé al soldado de los trapos con una hacha de cera que le dieron para que acompañase á un difunto, y se vino con ella. Llamábase este Magazo, que era natural de Olías; habia sido capitan en una comedia, y se habia combatido con moros en una danza. Cuando hablaba con los de Flándes, decia que habia estado en la China, y á los de la China en Flándes. Trataba de formar un campo, y nunca supo sino espulgarse en él; nombraba castillos, y apénas los habia visto en los ochavos. Celebraba mucho la memoria del señor don Juan (b), y oíle decir yo muchas veces de Luis Quijada que habia sido honra de amigos. Nombraba turcos, galeones y capitanes, todos los que habia leido en unas coplas que andaban desto; y como él no sabia nada de mar (porque no tenia nada de naval más de comer nabos), dijo, contando la batalla que habia tenido el señor don Juan en Lepanto, que aquel Lepanto fué un moro muy bravo. Como no sabia el pobrete que era nombre del mar, pasábamos con él lindos ratos. Entró luego mi compañero, deshechas las narices y toda la cabeza entrapajada, lleno de sangre y muy sucio. Preguntámosle la causa; y dijo que habia ido á la sopa de San Jerónimo, y que pidió porcion doblada, diciendo que era para unas personas honradas y pobres. Quitáronselo á los otros mendigos para dárselo; y ellos, con el enojo, siguiéronle, y vieron que en un rincon detras de la puerta estaba sorbiendo con gran valor. Sobre si era

---

(1) otra cosa (Z. R. P. M.)
(2) con cuidado (Id.)
(a) Es fundacion del conde don Pedro Ansúrez la parroquia de la Antigua, y fué reedificada por Alonso XI. Pasaba por moneda corriente en el vulgo que la tierra de su cementerio, suponiéndola traida de muy apartadas regiones, tenia la cualidad de deshacer los cadáveres en solo un dia.
(3) la verdad, (M. F.)
(4) Pedíle (Id. y R.)

(5) puerta. Dijeles (M. F.)
(b) Así tan respetuosamente nombraban los españoles á aquel hijo del rayo de la guerra, al pacificador del reino de Granada, triunfador en Lepanto, conquistador de Túnez, nunca bastantemente celebrado príncipe don Juan de Austria. Los griegos le ofrecieron la corona; otra le preparó el Pontífice en la costa de Africa; otra le brindaron los irlandeses; quiso con él partir la suya Isabel de Inglaterra : á todo se opuso el rey de España, su hermano. De treinta y tres años, en el de 1578, falleció junto á Namur el libertador del mediodía, sin tener de qué hacer testamento

bien hecho engañar por engullir, y quitar á otros para sí, se levantaron voces, y tras ellas palos, y tras los palos chichones y tolondrones en su pobre cabeza. Embistiéronle con los jarros, y el daño de las narices se le hizo uno con una escudilla de madera, que se la dió á oler con más priesa que convenia. Quitáronle la espada; á las voces salió el portero, y aun no los podia meter en paz. En fin, se vió en tanto peligro el pobre hermano, que decia: «Yo volveré lo que he comido;» y aun no bastaba, porque ya no reparaban sino en que pidia para otros y no se preciaba de sopon. «¡Miren el todo trapos, como muñeca de niños, más triste que pastelería en cuaresma, con más agujeros que una flauta, y más remiendos que una pia, y más manchas que un jaspe, y más puntos que un libro de música (decia un estudianton destos de la capacha, gorronazo); que hay hombre en la sopa del bendito santo, que puede ser obispo ó otra cualquier dignidad, y se afrenta un don Peluche de comer! Graduado soy de bachiller en artes por Sigüenza (a).» Metióse el portero de por medio, viendo que un vejezuelo que allí estaba decia que, aunque acudia al brodio, era descendiente del Gran Capitan, y que tenia deudos.

Aquí lo dejo, porque el compañero estaba ya fuera desaprensando los güesos.

CAPITULO III.

En que prosigue la misma materia, hasta dar con todos en la cárcel.

Entró Merlo Diaz, hecha la pretina una sarta de búcaros y vidrios, los cuales, pidiendo de beber en los tornos de las monjas, habia agarrado con poco temor de Dios. Mas sacóle de la puja don Lorenzo del Pedroso, el cual entró con una capa muy buena; la cual habia trocado en una mesa de trucos á la suya, que no se la cubria pelo al que la llevó, por ser desbarbada. Usaba este quitarse la capa, como que queria jugar, y ponerla con las otras; y luego (como que no hacia partido) iba por su capa, y tomaba la que mejor le parecia y salíase. Usábalo en los juegos de argolla y bolos. Mas todo fué nada para ver entrar á don Cosme cercado de muchachos con lamparones, cáncer y lepra, heridos y mancos; el cual se habia hecho ensalmador con unas santiguaderas y oraciones que habia aprendido de una vieja. Ganaba este por todos; porque si el que venia á curarse no traia bulto debajo de la capa, no sonaba dinero en la faldriquera ó no piaban algunos capones, no habia lugar. Tenia asolado medio reino; hacia creer cuanto queria, porque no ha nacido tal artífice en el mentir: tanto, que aun por descuido no decia verdad. Hablaba del niño Jesus, entraba en las casas con *Deo gratias;* decia lo del «Espíritu Santo sea con todos.» Traia todo su ajuar de hipócrita: un rosario con unas cuentas frisonas; al descuido hacia que se le viese por debajo la capa un trozo de disciplina salpicada con sangre de narices; hacia creer (concomiéndose) que los piojos eran silicios y que la hambre canina era ayuno voluntario; contaba tentaciones; en nombrando al demonio, decia: «Dios nos libre y nos guarde;» besaba la tierra al entrar en la iglesia; llamábase indigno; no levantaba los ojos á las mujeres, pero las faldas sí. Con estas cosas traia el pueblo tal, que se encomendaban á él, y era propriamente como encomendarse al diablo; porque á más de ser jugador, era *cierto* (así se (1) llama el que por mal nombre *fullero*). Juraba el nombre de Dios unas veces en vano y otras en vacío. Pues en lo que toca á mujeres, tenia sus hijos; y preñadas dos santeras. Al fin, de los mandamientos de Dios, los que no quebraba, hendia. Vino Polanco haciendo gran ruido, y pidió saco pardo, cruz grande, barba larga postiza, y campanilla. Andaba de noche desta suerte, diciendo: «Acordáos de la muerte, y haced bien (2) por las ánimas, etc.» Con esto cogia mucha limosna, y entrábase en las casas que veia abiertas; y si no habia testigos ni estorbo, robaba cuanto topaba; si le hallaban, tocaba la campanilla, y decia (con una voz que él fingia muy penitente): «Acordáos, hermanos, etc. (b)»

Todas estas trazas de hurtar y modos extraordinarios conocí por espacio de un mes en ellos. Volvamos agora á que les enseñé el rosario y conté el cuento. Celebraron mucho la traza, y recibióle la vieja por su cuenta y razon para venderle; la cual se iba por las casas, diciendo que era de una doncella pobre, y que se deshacia dél para comer: y ya tenia para cada cosa su embuste y su trapaza. Lloraba la vieja á cada paso, enclavijaba las manos y suspiraba de lo amargo; llamaba hijos á todos; traia (encima de muy buena camisa, jubon, ropa, saya y manteo) un saco de sayal roto, de un amigo ermitaño que tenia en las cuestas de Alcalá. Esta gobernaba el hato, aconsejaba y encubria. Quiso pues el diablo (que nunca está ocioso en cosas tocantes á sus siervos) que yendo á vender no sé qué ropa y otras cosillas á una casa, conoció uno no sé qué hacienda suya; trajo un alguacil, y agarráronme á la vieja, que se llamaba la madre Lebrusca. Y confesó luego todo el caso, y dijo cómo viviamos todos, y que éramos caballeros de rapiña.

Dejóla el alguacil en la cárcel, y vino á casa, y halló en ella á todos mis compañeros, y á mí con ellos. Traia media docena de corchetes (verdugos de á pié), y dió con todo el colegio buscon en la cárcel, adonde se vió en gran peligro la caballería.

CAPITULO IV.

En que se describe la cárcel y lo que sucedió en ella hasta salir la vieja azotada, los compañeros á la vergüenza, y yo en fiado.

(3) Echáronnos á cada uno en entrando dos pares de grillos, y (4) sumiéronnos en un calabozo. Yo, que me vi ir allá, aprovechéme del dinero que traia conmigo; y sacando un doblon, dije al carcelero: «Señor, óigame vuesa merced en secreto;» y para que lo hiciese dile escudo como cara, y en viéndolo me apartó. «Suplícole á vuesa merced, le dije, que se duela de un hombre de bien.» Busquéle las manos; y como sus palmas estaban hechas á llevar semejantes dátiles, cerró con los di-

---

(a) Tambien el cura del lugar de don Quijote era docto y graduado en Sigüenza. Este trónico general concepto presenta aquella universidad como una de tantas silvestres y campesinas, donde llevando los cursos probados y los puntos como bodoques en turquesa, cualquier estudianton se veia en dos por tres hecho y derecho todo un bachiller ó licenciado.

(1) llamaba (Z. R. P.)
(2) á las (M. F.)
(b) En las *Capitulaciones de la vida de la corte* reprodujo QUEVE-DO este mismo retrato, que en parte se encuentra tambien en el *Alguacil alguacilado.*
(3) A cada uno en entrando nos echaron dos pares (M. F.)
(4) metiéronnos (R.)

chos veinte y cuatro, diciendo : « Yo averiguaré la enfermedad, y si no es urgente, bajará al cepo. » Yo conocí la deshecha, y respondíle humilde. Dejóme fuera, y á los amigos descolgáronlos abajo. Dejo de contar la risa tan grande que en la cárcel y por las calles habia con nosotros ; porque, como nos traian atados y á empellones, unos sin capas, y otros con ellas arrastrando, eran de ver unos cuerpos pias remendados, y otros (1) aloques de tinto y blanco. Aquel, por asirle de alguna parte segura (por estar todo tan manido), le agarraba el corchete de las puras carnes, y aun no hallaba de qué asir, segun los tenia roidos la hambre. Otros iban dejando á los corchetes en las manos los pedazos de ropillas y gregüescos. Al quitar la soga en que venian ensartados, se salian pegados los andrajos. Al fin, yo fuí (llegada la noche) á dormir en la sala de los linajes. Diéronme mi camilla. Era de ver dormir algunos envainados, sin quitarse nada de lo que traian de dia; otros desnudarse de un golpe todo cuanto traian encima ; cuáles jugaban. Y al fin cerrados, se mató la luz.

Olvidámos todos los grillos ; estaba el servicio á mi becera, y á la media noche no hacian sino venir presos y soltar presos. Yo, que oí el ruido, al principio (pensando que eran truenos) empecé á (2) santiguarme y llamar á santa Bárbara ; mas viendo que olian mal, eché de ver que no eran truenos de buena casta. Olian tanto, que por fuerza detenia las narices en la cama : unos traian cámaras, y otros aposentos. Al fin, yo me vi forzado á decirles que mudasen á otra parte el vidriado ; y sobre si le viene muy ancho, ó no, tuvimos palabras. Usé el oficio de adelantado, que es mejor serlo de un cachete que de Castilla, y metile á uno media pretina en la cara. El, por levantarse aprisa, (3) derramóle, y al ruido despertó el concurso. Asábamonos allí á pretinazos á escuras, y era tanto el olor, que hubieron de levantarse todos. Con esto se alzaron grandes gritos ; y el alcaide, sospechando que se le iban dejando vasallos, subió corriendo, armado con toda su cuadrilla. (4) Llegó, abrió la sala, entró luz y informóse del caso. Condenáronme todos ; yo me (5) desculpaba con decir que en toda la noche (6) me habian dejado cerrar los ojos á puro abrir los suyos. El carcelero, pareciéndole que por no dejarme zabullir en el horado le daria otro doblon, asió del caso y mandóme bajar allá. Determinéme á consentir, ántes que á pellizcar el talego más de lo que estaba. Fui llevado abajo, donde me recibieron con (7) albórbola y placer (8) los amigos.

Dormí aquella noche algo desabrigado. Amaneció el Señor, y salimos del calabozo. Vímonos las caras ; y lo primero que nos fué notificando fué dar para la limpieza (y no de la Vírgen sin mancilla), so pena de culebrazo fino (a). Yo dí luego seis reales ; mis compañeros no tenian qué dar, y así quedaron remitidos para la noche. Habia en el calabozo un mozo tuerto, alto, abigotado,

mohino de cara, cargado de espaldas y de azotes en ellas ; traia más hierro que Vizcaya, dos pares de grillos y una cadena (9) de portada. Llamábanle el Jayan, decia que estaba preso por cosas de aire ; y así, sospeche yo era por (10) algunas fuelles, chirimías ó (11) abanicos. Y á los que le preguntaban si era por algo desto, respondia que no, sino por pecados de atras ; y pensé que por cosas viejas queria decir, y al fin averigué que por puto. Cuando el alcaide le reñia por alguna travesura, le llamaba (b) botiller del verdugo y depositario general de culpas. Otras veces le amenazaba, diciendo : «¿Qué te arriesgas, pobrete, con el que (12) ha de hacer humo? Dios (13) es Dios, que te vendimie de camino.» Habia confesado este, y era tan maldito, que traiamos todos con carlancas las traseras como mastines, y no habia quien osase ventosear de miedo de acordarle dónde tenia las asentaderas. Este hacia amistad con otro que llamaban Robledo, y por otro nombre el Trepado. Decia que estaba preso por liberalidades ; y apuradas eran de manos en pescar lo que topaba. Habia sido más azotado que postillon, porque todos los verdugos habian probado la mano en él. (14) Tenia la cara con tantas cuchilladas, que á descubrirse puntos, no le ganara un flux. Tenia nones las orejas y pegadas las narices, aunque no tan bien como la cuchillada que se las partia. A estos se llegaban otros cuatro hombres (rapantes como leones de armas) todos agrillados y condenados al hérmano de Rómulo. Decian ellos que presto podrian decir que habian servido á su rey por mar y por tierra. No se podia creer la notable alegría con que aguardaban su despacho.

Todos estos, mohinos de ver que mis compañeros no contribuian, ordenaron á la noche de darles culebrazo bravo con una soga dedicada al efecto. Vino la noche, (15) fuimos ahuchados á la postrera faldriquera de la casa ; mataron la luz ; yo metime luego debajo la tarima. Empezaron á silbar dos dellos, y otro á dar sogazos. Los buenos caballeros (que vieron el negocio de revuelta) se apretaron de manera las carnes (ayunas, cebadas, comidas y almorzadas de sarna y piojos), que cupieron todos en un resquicio de la tarima : estaban como liendres en cabellos, ó chinches en cama. Sonaban los golpes en la tabla, callaban los dichos. Los bellacos, viendo que no se quejaban, dejaron el dar azotes, y empezaron á tirar ladrillos, piedras y cascote que tenian recogido. Allí fué ella, que uno le halló el cogote á don Toribio, y le levantó una pantorrilla en él de dos dedos. Comenzó á dar voces que le mataban. Los bellacos, porque no se oyesen sus aullidos, cantaban todos juntos, y hacian ruido con las prisiones. El, por esconderse, asió de los otros para meterse debajo. Allí fué el ver cómo con la fuerza que hacian les sonaban los huesos como tablillas de san Lázaro. Acabaron su vida en las ropillas ; no quedaba andrajo en pié ; menudeaban tanto las piedras y cascotes, que dentro de poco tiempo tenia el dicho don Toribio más golpes en la cabeza que una ropilla abier-

(1) aloques (Z. R. P.)
(2) turbarme ; mas viendo que olian (M. F.)
(3) le derramó, (Id.)
(4) Abrió la sala, (Id.)
(5) disculpaba (Id.)
(6) no me (Id.)
(7) arbórbola (Z. R. P.) — mucha arbórbola (M. F.)
(8) los camaradas y amigos. (M. F.)
(a) Hablando de los velas ó vigías el licenciado Chaves, en la ya mencionada *Relacion de la cárcel de Sevilla*, dice : «El que se duerme, lleva *culebra*, que es lo mesmo que rebenque ó pretina.»

(9) deportada. (Z. R. P.)
(10) algunos (F.)
(11) abanillos. (M. F.)
(b) Al mismo alcaide.
(12) te ha de hacer (F.)
(13) que te vendimie (P.)
(14) La cara tenia con (M. P.)
(15) fuímonos (P.)

ta. Y no hallando ningun remedio contra el granizo que sobre él llovia, viéndose cerca de morir mártir (sin tener cosa de santidad ni aun de bondad), dijo que le dejasen salir; que él pagaria luego y daria sus vestidos en prendas. Consintiéronselo, y á pesar de los otros que se defendian con él, descalabrado y como pudo se levantó y pasó á mi lado. Los otros, por presto que acordaron á prometer lo mismo, ya tenian las chollas con más tejas que pelos. Ofrecieron, para pagar la patente, sus vestidos, haciendo cuenta que era mejor estarse en la cama desnudos que por heridos; y así, aquella noche los dejaron estar, y á la mañana les pidieron que se desnudasen. Desnudáronse, y se halló que de todos sus vestidos juntos no se podia hacer una mecha á un candil. Quedáronse en la cama, digo envueltos en una manta, la cual era la que (1) llaman ruana, que es donde se espulgan todos. Empezaron luego á sentir su abrigo, porque habia piojo con hambre canina, y otro que (2) en un bocado de uno dellos quebraba ayuno de ocho dias; habíalos frisones, y otros que se podian echar á la oreja de un toro. Pensaron aquella mañana ser almorzados dellos; quitáronse la manta, maldiciendo su fortuna, deshaciéndose á puras uñadas. Yo me salí del calabozo, diciendo que me perdonasen si no les hacia mucha compañía, porque me importaba el no hacérsela. Torné á (3) repasar las manos al carcelero con tres de á ocho; y sabiendo quién era el escribano de la causa, envíele á llamar con un picarillo. Vino, metile en un aposento, y empecéle á decir (despues de haber tratado de la causa) cómo yo tenia no sé qué dinero; supliquéle (4) que me lo guardase, y que en lo que hubiese lugar favoreciese la causa de un (5) hijodalgo desgraciado que por engaño habia incurrido en tal delito. «Crea vuesa merced, (dijo, despues de haber pescado la mosca), que en nosotros está todo el juego, y que si uno da en no ser hombre de bien, puede hacer mucho mal. Más tengo yo en galeras de balde por mi gusto, que hay letras en el proceso. Fíese de mí, y crea que le sacaré á paz y á salvo.»

Fuése con esto, y volvióse desde la puerta á pedirme algo para el buen Diego García el alguacil, que importaba (6) el acallarle con mordaza de plata; y apuntóme no sé qué del relator para ayuda de comerse cláusula entera. Dijo: «Un relator, señor, con arquear las cejas, levantar la voz, dar una patada para hacer atender al alcalde divertido (que las más veces lo están), hacer una accion, destruye un cristiano.» Díme por entendido, y añadí otros cincuenta reales; y en pago me dijo que enderezase el cuello de la capa, y dos remedios para el catarro que tenia de la frialdad de la cárcel; y últimamente me dijo: «Ahorre de pesadumbre, que con ocho reales que dé al alcaide, le aliviará; que esta es gente que no hace virtud sino (7) es por interés.» Cayóme en gracia la advertencia. Al fin él se fué, y yo dí al carcelero un escudo; quitóme los grillos, dejábame entrar en su casa. Tenia una ballena por mu-

jer, y dos hijas del diablo, feas y necias, y de la vida, á pesar de sus caras.

Sucedió que el carcelero (que se llamaba Tal Blandones de San Pablo, y la mujer doña Ana Moraez) vino á comer, estando yo allí, muy enojado y bufando; no quiso comer. La mujer, recelando alguna gran pesadumbre, se llegó á él, y le enfadó tanto con las acostumbradas importunidades, que dijo: «¿Qué ha de ser, si el bellaco ladron de Almendros el Aposentador me ha dicho (teniendo palabras con él sobre el arrendamiento) que vos no sois limpia?» «¿Tantos rabos me ha quitado el bellaco? dijo ella. Por el siglo de mi agüelo, que no sois hombre, pues no le pelastes las barbas. ¿Llamo yo á sus criados que me limpien?» Y volviéndose á mí, dijo: «Vale Dios que no me podrá decir judía como él, que de cuatro cuartos que tiene, los dos son de villano, y los otros ocho maravedís de hebreo. A fe, señor don Pablos, que si le oyera, que yo le acordara que tiene las espaldas en el aspa de san Andrés.» Entónces, muy afligido el alcaide, replicó: «¡Ay mujer! que callé porque dijo que en esa teníades vos dos ó tres madejas; que lo sucio no os lo dijo por lo puerco, sino por el no le comer.» «¿Luego judía dijo que era? ¿Y con esa paciencia lo decis, buenos tiempos? ¿Así sentis la honra de doña Ana Moraez, hija de Estefania Rubio y Juan de Madrid, que sabe Dios y todo el mundo?» «¿Cómo hija (dije yo) de Juan de Madrid?» «De Juan de Madrid (respondió ella) el de Auñon. Voto á N. que el bellaco que tal dijo es un judío, puto y cornudo.» Y volviéndome á ellas, dije: «Juan de Madrid, mi señor, que esté en el cielo, fué primo hermano de mi padre, y daré yo probanza de quien es y cómo, y esto me toca á mí; y si salgo de la cárcel, yo le haré desdecir cien veces al bellaco: ejecutoria tengo en el pueblo tocante á entrambos con letras de oro.» Alegráronse mucho todos con el nuevo pariente, y cobraron ánimo con lo de la ejecutoria; y ni yo la tenia ni sabía quiénes eran. Comenzó el marido á quererse informar del parentesco por menudo; y porque no me cogiese en mentira hice que me salia de enfado, votando y jurando. Tuviéronme, diciendo que no se tratase ni pensase más en ello. Yo de rato en rato salia muy al (8) descuido, diciendo: «¡Juan de Madrid! Burlando es la probanza que yo tengo suya.» Otras veces decia: «¡Juan de Madrid el mayor! Su padre de Juan de Madrid fué casado con Ana de Acebedo la gorda»; y callaba otro poco.

Al fin, con estas cosas el alcaide me daba de comer y cama en su casa; y el buen escribano (solicitado dél y cohechado con el dinero) lo hizo tan bien, que sacaron la vieja delante de todos en un palafren pardo á la brida, con un músico de culpas delante. Era el pregon este: «A esta mujer por ladrona.» Llevábale el compas en las costillas el verdugo, segun lo que le habian recitado los señores de los ropones. (9) Luego seguian todos mis compañeros en los overos de echar agua, sin sombreros y las caras descubiertas. Sacábanlos á la vergüenza, y cada uno, de puro roto, llevaba la suya de fuera. Desterráronlos por seis años; yo salí en fiado por virtud del escribano: y el relator no se descuidó, porque mudó tono, habló quedo, brincó razones y mascó cláusulas enteras.

(1) llamaban (M. F.)
(2) con un bocado (Id.)
(3) repasarle (Id.)
(4) me lo guardase, y en lo que hubiese (Id.)
(5) hidalgo (Id.)
(6) acallarle (Id.)
(7) por interés.» (Id.)

(8) descuidado, (Z. R. P.)
(9) Seguian luego (M. F.)

CAPITULO V.

De cómo tomé posada, y la desgracia que me sucedió en ella.

Salí de la cárcel, halléme solo y sin los amigos: aunque me avisaron que iban camino de Sevilla á costa de la caridad, no los quise seguir. Determinéme de ir á una posada donde hallé una moza rubia y blanca, miradora, alegre, á veces entremetida y á veces entresacada y salida. Ceceaba un poco, tenia miedo á los ratones, preciábase de manos; y por enseñarlas siempre despabilaba las velas; partia la comida en la mesa; en la iglesia siempre tenia puestas las manos; por las calles iba enseñando qué casa era de uno y cual de otro; en el estrado de contínuo tenia un alfiler que prender en el tocado; si se jugaba á algun juego, era siempre al de pizpirigaña, por ser cosa de mostrar manos; hacia que bostezaba adrede, sin tener gana, por mostrar los dientes y hacer cruces en la boca. Al fin, toda la casa tenia ya tan manoseada, que enfadaba ya á sus mismos padres. Hospedáronme muy bien en su casa, porque tenian trato de alquilarla, con muy buena ropa, á tres moradores. Fuí el uno yo, el otro un portugues, y un catalan. Hiciéronme muy buena acogida. A mí me pareció mal la moza para el deleite, y lo otro, la comodidad de hallármela en casa. Dí en poner en ella los ojos: contábales cuentos que yo tenia estudiados para entretener; traíales nuevas, aunque nunca las hubiese; servíales en todo lo que era de balde. Díjelas que sabía (1) encantamentos y que era nigromante, y que haria que pareciese que se hundia la casa y que se abrasaba, y otras cosas que ellas (como buenas creederas) tragaron. Granjeé una voluntad en todos agradecida, pero no enamorada; que como no estaba tan bien vestido como era razon (aunque ya me habia algo mejorado de ropa por medio del alcaide, á quien visitaba siempre, conservando la sangre á pura carne y pan que le comia), no hacian de mí el caso que era justo.

Dí, para acreditarme de rico que lo disimulaba, en enviar á mi casa ámigos á buscarme cuando no estaba en ella. Entró uno el primero preguntando por el señor don Ramiro de Guzman; que así dije que era mi nombre, porque los amigos me habian dicho que no era de costa el mudarse los nombres, ántes muy útil. Al fin preguntó por don Ramiro, un hombre de negocios, rico, que hizo agora dos asientos con el Rey. Desconociéronme en esto las huéspedas, y respondieron que allí no vivia sino un don Ramiro de Guzman, más roto que rico, pequeño de cuerpo, feo de cara y pobre. «Ese es (replicó) el que yo digo, y no quisiera más renta al servicio de Dios que la que tiene de más de dos mil ducados.» Contóles otros embustes: quedáronse espantadas, y él las dejó una cédula de cambio fingida que traia á cobrar en mí, de nueve mil escudos; díjoles que me la diesen para que la aceptase; y fuése. Creyeron la riqueza la niña y la madre, y acotáronme luego para marido. Vine yo con gran disimulacion, y en entrando me dieron la cédula, diciendo: «Dineros y amor mal se encubren, señor don Ramiro: ¿cómo que nos esconda vuesa merced quién es, debiéndonos tanta voluntad?» Yo hice como que me habia disgustado por el dejar de la cédula, y fuíme á mi aposento. Era de ver cómo, en

(1) encantamientos (R. M. F.)

creyendo que tenia dinero, me decian que todo me estaba bien. Celebraban mis palabras; no habia tal donaire como el mio. Yo, que las ví cebadas, declaré mi voluntad á la muchacha, y ella me oyó contentísima. diciéndome mil lisonjas. Apartámonos, y una noche (para confirmarlas más en mi riqueza) cerréme en mi aposento, que estaba dividido del suyo con un tabique muy delgado, y sacando cincuenta escudos, los contè tantas veces, que oyeron contar seis mil escudos. Fué esto (de verme con tanto dinero) para ellas todo lo que podia desear, porque se desvelaban (2) para regalarme y servirme.

El portugues se llamaba o señor Vasco de Meneses, caballero de la Cartilla, digo de Christus. Traia su capa de luto, botas, cuello pequeño y mostachos grandes. Ardia por doña Berenguela de Rebolledo (que así se llamaba); enamorábala sentándose á conversacion, y suspirando más que beata en sermon de cuaresma. Cantaba mal; y siempre andaba apuntado (3) con él el catalan, el cual era la criatura más triste y miserable que Dios crió. Comia á tercianas, de tres á tres dias, y el pan tan duro, que apénas le podiá morder un maldiciente. Pretendia por lo bravo, y si no en poner güevos, no le faltaba otra cosa para ser gallina, porque cacareaba notablemente. Como vieron los dos que yo iba tan adelante, dieron en decir mal de mí. El portugues decia que era un piojoso, pícaro, desarropado; el catalan me trataba de cobarde y vil. Yo lo sabía todo, y á veces lo oia; pero no me hallaba con ánimo para responder. Al fin la moza me hablaba y recibia mis billetes. Comenzaba por lo ordinario: «Este atrevimiento, su mucha hermosura de vuesa merced;» decia lo de me abraso, trataba de penar, ofrecíame por esclavo, firmaba el corazon con la saeta. Al fin llegamos á los túes; y yo (para alimentar más el crédito de mi calidad) salíme de casa y alquilé una mula, y arrebozado y mudando la voz vine á la posada, y pregunté por mí mismo, diciendo si vivia allí su merced del señor don Ramiro de Guzman, señor del Valcerrado y Vellorete. Aquí vive, respondió la niña, un caballero de ese nombre, pequeño de cuerpo. Y por las señas dije yo que era él, y le supliqué que le dijese que Diego de (4) Solórzano, su mayordomo que fué de las depositarías, pasaba á las cobranzas, y le habia venido á besar las manos. Con esto me fuí, y volví á casa de allí á un rato.

Recibiéronme con la mayor alegría del mundo, diciendo que para qué les tenia escondido el ser señor del Valcerrado y Vellorete; diéronme el recado. Con esto la muchacha se remató, codiciosa de marido tan rico, y trazó de que le fuese á hablar á la una de la noche por un corredor que caia á un tejado, donde estaba la ventana de su aposento. El diablo, que es agudo en todo, ordenó que venida la noche, (5) yo, deseoso de gozar de la ocasion, me subí al corredor; y por pasar desde él al tejado que habia de ser, vánseme los piés, y doy en el de un vecino escribano tan destinado golpe, que quebré todas las tejas y quedaron estampadas en (6)

(2) por regalarme. (R. M. F.)
(3) con el catalan (Id.)
(4) Solórzana, (Z. R. P.)
(5) y yo, deseoso (M. F.)
(6) mis costillas. (Id.)

las costillas. Al ruido despertó la media casa, y pensando que eran ladrones (que son antojadizos dellos los deste oficio), subieron al tejado. Yo, que vi esto, quíseme esconder detras de una chiminea, y fué aumentar la sospecha, porque el escribano y dos criados y un hermano me molieron á palos y me ataron á vista de mi dama, sin bastarme ninguna diligencia. Mas ella se reia mucho, porque como yo la habia dicho que sabía hacer burlas y (1) encantamentos, pensó que habia caido por gracia y nigromancía, y no hacia sino decirme que subiese, que bastaba ya. Con esto, y con los palos y puñadas que me dieron, daba aullidos; y era lo bueno que ella pensaba que todo era artificio, y no acababa de reir. Comenzó luego á hacer la causa; y porque me sonaron unas llaves en la faldriquera, dijo y escribió que eran ganzúas, aunque las vió, sin haber remedio de que no lo fuesen. Díjele que era don Ramiro de Guzman, y rióse mucho. Yo, triste (que me habia visto moler á palos delante de mi dama, y me vi llevar preso sin razon y con mal nombre), no sabía qué hacerme. Hincábame delante del escribano de rodillas, y rogábaselo por amor de Dios; y ni por esas ni por esotras bastaba con el escribano á que me dejase.

Todo esto pasaba en el tejado; que los tales aun de las tejas arriba levantan falsos testimonios. Dieron órden de bajarme abajo, y lo hicieron por una ventana que caia á una pieza que servia de cocina.

CAPITULO VI.

En que prosigue lo mismo, con otros varios sucesos:

No cerré los ojos en toda la noche, considerando mi desgracia, que no fué dar en el tejado, sino en las fieras y crueles manos del escribano; y cuando me acordaba de lo de las ganzúas que (2) me habian hallado en la faldriquera, y las hojas que habia escrito en la causa, echē de ver que no hay cosa que tanto crezca como culpa en poder de escribano. Pasé la noche en revolver trazas: unas veces me determinaba rogárselo por Jesucristo, y considerando lo que él pasó con ellos vivo, no me atrevia. Mil veces me quise desatar, pero sentíame luego, y levantábase á visitarme los ñudos; que más velaba él en cómo forjaria el embuste que yo en mi provecho. Madrugó al amanecer, y vistióse á tal hora, que en toda su casa no habia otros levantados sino él y los testimonios. Agarró la correa, y volvióme á repasar muy bien (3) las costillas; reprehendíóme el mal vicio de hurtar, como quien tan bien lo sabía. En esto estábamos, él dandome, y yo casi determinado de darle á él dineros (que es la sangre con que se (4) labran semejantes diamantes), cuando incitados y forzados de los (5) ruegos de mi querida, que me habia visto caer y apalear, desengañada de que no era encanto, sino desdicha, entraron el portugues y el catalan; y en viendo al escribano que me hablaban, desenvainando la pluma, los quiso espetar (6) por cómplices en el proceso.

El portugues no lo pudo sufrir, y tratóle algo mal de

palabras, diciéndole que él era caballero fidalgo de casa del Rey, y que yo era un home muito fidalgo, y que era bellaquería tenerme atado. Comenzóme á desatar, y al punto el escribano clamó (7) «¡resistencia!», y dos criados suyos (entre corchetes y ganapanes) pisaron las capas, (8) deshiciéronse los cuellos, como lo suelen hacer para representar las puñadas que no ha habido, y pedian favor al Rey. Los dos al fin me desataron; y viendo el escribano que no habia quien le ayudase, dijo: «Voto á (9) N., que esto no se puede hacer conmigo, y que á no ser vuesas mercedes quien son, les podria costar caro. Manden contentar estos testigos, y echen de ver que les sirvo sin interés. Yo vi luego la letra, saqué ocho reales y díselos, y aun estuve por volverle los palos que me habia dado; pero por no confesar que los habia recibido, lo dejé, y me fuí con ellos, dándoles las gracias de mi libertad y rescate, con la cara rozada de puros mojicones, y las espaldas algo mohinas de los varapalos. Reíase el catalan mucho, y decia á la niña que se casase conmigo para volver el refran al reves, que no fuese tras cornudo apaleado, sino tras apaleado cornudo. Tratábame de resuelto y sacudido por los palos. Traiame afrentado con estos equivocos. Si entraba á visitarlos, trataba luego de varear, otras veces de leña y madera. Yo, que (10) me vi corrido y afrentado, y que ya me iban dando en la flor de lo rico, comencé á tratar de salirme de casa; y para no pagar comida, cama ni posada, que montaba algunos reales, y sacar mi hato libre, traté con un licenciado Brandalagas, natural de Hornillos, y con otros dos amigos suyos, que me viniesen una noche á prender. Llegaron la señalada, y requirieron á la huéspeda que venian de parte del Santo Oficio, y que convenia secreto. Temblaron todos por lo que yo me habia hecho nigromántico con ellas. Al sacarme á mí callaron; pero al ver sacar el hato, pidieron embargo por la deuda; y respondieron que eran bienes de la Inquisicion. Con esto no (11) chistó alma terrena. Dejáronles salir, y quedaron diciendo que siempre lo temieron. Contaban al catalan y al portugues lo de aquellos que me venian á buscar, (12) que eran demonios, y que yo tenia familiar; y cuando les contaba del dinero que yo habia contado, decian que parecia dinero, pero que no lo era de ninguna suerte. Persuadiéronse á ello. Yo saqué mi ropa y comida horra.

Dí traza con los que me ayudaron de mudar de hábito y ponerme calza de obra y vestido al uso, cuellos grandes, y un lacayo en menudos dos lacayuelos, que entónces era uso. Animáronme á ello, poniéndome por delante el provecho que se me seguiria de casarme con la ostentacion á título de rico, y que era cosa que sucedia muchas veces en la corte; y aun añadieron que ellos me encaminarian parte conveniente y que me estuviese bien, y con algun arcaduz por donde se siguiese. Yo, negro, cudicioso de pescar mujer, determinéme. Visité no sé cuántas almonedas, y compré mi aderezo de casar; supe dónde se alquilaban caballos, y

(1) encantamiento, (R.) — encantamientos, (M. F.)
(2) decia haberme hallado (M. F.)
(3) las costillas; reprehendiéndome (Id.)
(4) labra la dureza de semejantes (Id.)
(5) amorosos ruegos (Id.)
(6) al punto por cómplices (Id.)

(7) con algazara «resistencia!» (M. F.)
(8) y deshiciéronse (Id.)
(9) tal, que eso no (Id.)
(10) muy corrido (Z. R. P.)
(11) chitó (Id.)
(12) y que eran (M. F.)

espetéme en uno el primer dia, y no hallé lacayo. Salíme á la calle Mayor, y púseme enfrente de una tienda de jaeces, como que concertaba alguno.

Llegáronse dos caballeros, cada cual (1) con su caballo; preguntáronme si concertaba uno de plata que tenia en las manos. Yo solté la presa, y con mil cortesías los detuve un rato. En fin, dijeron que se querian ir al Prado á bureo, y yo (que si no lo tenian á enfado) que los acompañaria. Dejé dicho al mercader que si venian allí mis pajes y un lacayo, que los encaminase al Prado; dí señas de la librea, (2) y metíme entre los dos, y camínámos. Yo iba considerando que á nadie que nos veia era posible el determinar y juzgar cúyos eran los pajes y lacayos, ni cuál era el que no (3) le llevaba. Empecé á hablar muy recio de las cañas de Talavera y de un caballo que tenia porcelana. Encareciles mucho el (4) roldaneso que esperaba que me habian de traer de Córdoba. En topando algun paje, caballo ó lacayo les hacia parar, y les preguntaba cúyo era, y tambien decia de las señales y si le querian vender. Hacíale dar dos vueltas en la calle; y aunque no la tuviese, le ponia una falta en el freno, y decia lo que habia de hacer para remediarlo; y quiso mi ventura que topé muchas ocasiones de hacer esto. Y porque los otros iban embelesados, y á mi parecer diciendo « quién será este tagarote escudero » (porque el uno llevaba un hábito en los pechos, y el otro una cadena de diamantes, que era hábito y encomienda todo junto), dije yo que andabe en busca de buenos caballos para mí y á otro primo mio que entrábamos en unas fiestas. Llegámos al Prado, y en entrando saqué el pié del estribo y puse el talon por defuera, y empecé á pasear. Llevaba la capa echada sobre el hombro y el sombrero en la mano. Mirábanme todos; cuál decia: « Este yo le he visto á pié; » otro: « Lindo va el buscon. » Yo hacia como que no oia nada, y paseaba.

Llegáronse á un coche de damas los dos y pidiéronme que picardease un rato. Dejéles la parte de las mozas, y tomé el estribo de madre y tia. Eran las vejezuelas alegres; la una de cincuenta y la otra punto ménos. Díjelas mil ternezas, y oíanme: que no hay mujer, por vieja que sea, que tenga tantos años como presuncion. Prometílas regalos, y preguntélas del estado de aquellas señoras, y respondieron que doncellas; y se les echaba de ver en la plática. Yo dije lo ordinario, que las viesen colocadas como merecian, y agradóles mucho la palabra colocadas. Preguntáronme tras esto que en qué me entretenia en la corte. Yo les dije en huir de un padre y madre que me querian casar contra mi voluntad con mujer fea y necia y mal nacida, por el mucho dote. « Y yo, señoras, quiero más una mujer limpia en cueros, que una judía poderosa; que por la bondad de Dios, mi mayorazgo vale al pié de cuarenta mil ducados de renta. Y si salgo con un pleito que traigo en buenos puntos, no habré menester nada. » Saltó tan presto la tia: « ¡ Ay señor, y cómo le quiero bien ! No se case sino con su gusto y mujer de casta; que le prometo que con (5) ser yo no muy rica no he

querido casar mi sobrina (con salirle ricos casamientos), por no ser de calidad. Ella pobre es, que no tiene sino seis mil ducados de dote; pero no debe nada á nadie en sangre. » « Eso creo yo muy bien (dije yo). » En esto las doncellitas rematáron la conversacion con pedir algo de merendar á mis amigos.

Mirábase el uno al otro,
Y á todos tiembla la barba.

Yo, que vi (6) ocasion, dije que echaba ménos mis pajes, por no tener con quién enviar á casa por unas cajas que tenia. Agradeciéromelo, y yo las supliqué se fuesen á la Casa del Campo al otro dia, y que yo las enviaria algo fiambre. Aceptaron luego; dijéronme su casa y preguntaron la mia; y con tanto se apartó el coche, y yo y los compañeros comenzámos á caminar á casa. Ellos, que me vieron largo en lo de la merienda, aficionáronseme; y por obligarme, me suplicaron cenase con ellos aquella noche. Híceme algo de rogar, aunque poco, y cené con ellos, haciendo bajar á buscar mis criados, y jurando de echarlos de casa. Dieron las diez, y yo dije que era plazo de cierto martelo, y que así me diesen licencia. Fuíme, quedando concertado de vernos á la tarde en la Casa del Campo.

Fuí á dar el caballo al alquilador, y desde allí á mi casa, donde hallé á los compañeros jugando quinolillas. Contéles el caso y el concierto hecho, y determinámos enviar la merienda sin falta, y gastar docientos reales en ella. Acostámonos con estas determinaciones. Yo confieso que no pude dormir en toda la noche, con el cuidado de lo que habia de hacer con el dote; y lo que más me tenia en duda era el hacer dél una casa ó darlo á censo; que no sabia yo qué sería mejor y de más provecho para mí.

CAPITULO VII.

En que se prosigue el cuento con otros sucesos
y desgracias notables.

Amaneció, y (7) despertámos á dar traza en los criados, plata y merienda. Al fin, como el dinero ha dado en mandarlo todo, y no hay quien le pierda el respeto, pagándosela á un repostero de un señor, me dió plata, y la sirvió él y tres criados. Púsose la mañana en aderezar lo necesario, y á la tarde ya yo tenia alquilado un caballico. Tomé el camino á la hora señalada para la Casa del Campo. Llevaba toda la pretina llena de papeles, como memoriales, y desabotonados seis botones de la ropilla, (8) y asomándose unos papeles. Llegué, y ya estaban allá las dichas y los caballeros y todo. Recibiéronme ellas con mucho amor, y ellos llamándome de vos, en señal de familiaridad. Habia dicho que me llamaba don Felipe Tristan; y en todo el dia (9) habia otra cosa sino don Felipe acá y don Felipe allá. Yo comencé á decir que me habia visto tan ocupado con negocios de su majestad y cuentas de mi mayorazgo, que habia temido el no poder cumplir; y que así, las apercibia á merienda de repente. En esto llegó el repostero con su jarcia, plata y mozos; los otros y ellas no hacian sino mirarme y callar. Mandéle que fuese al cenador; y que aderezase allí; que entre tanto nos íbamos á los estanques. Lle-

---

(1) en su caballo ; (M. F.)
(2) metíme (Id.)
(3) los llevaba. (Id.)
(4) roldanesco (Id.)
(5) no ser yo (La Impresion de Sancha.)

(6) la ocasion (Edicion de Sancha.)
(7) despertámonos (M. F.)
(8) asomándose algunos de ellos. (El ejemplar de Sancha.)
(9) no habia (id.)

gáronse á mí las viejas á hacerme regalos, y holguéme de ver descubiertas las niñas, porque no he visto desde que Dios me crió tan linda cosa como aquella (1) en quien yo tenia asestado mi matrimonio: blanca, rubia, colorada, boca pequeña, dientes menudos y espesos, buena nariz, ojos rasgados y verdes, alta de cuerpo, lindas manazas y (2) zazosita. La otra no era mala, pero tenia más desenvoltura, y dábame sospechas de hocicada. Fuímos á los estanques, vímosle todo, y en el discurso conocí que la mi desposada corria peligro en tiempo de Heródes por inocente: no sabia. Pero, como yo no quiero á las mujeres para consejeras ni bufonas, sino para acostarme con ellas; y si son feas y discretas, es lo mismo que acostarse con Aristóteles ó Séneca ó con un libro, — procúrolas de buenas partes para el arte de las ofensas: esto me consoló. Llegámos cerca del cenador, y al pasar de una enramada prendióseme en un árbol la guarnicion del cuello, y desgarróseme un poco. Llegó la niña, y prendiómelo con un alfiler de plata, y dijo la madre que enviase el cuello á su casa al otro dia, que allá le aderezaria doña Ana, que así se llamaba la niña. Estaba todo cumplidísimo, mucho que merendar, caliente y fiambre, frutas y dulces. Levantaron los manteles; y estando en esto vi venir un caballero con dos criados por la huerta adelante; y cuando ménos me cato, conozco á mi buen don Diego Coronel.

Acercóse á mí, y como estaba en aquel hábito, no hacia sino mirarme. Habló á las mujeres y tratólas de primas, y á todo esto no hacia sino volver á mirarme. Yo me estaba hablando con el repostero; y los otros dos, que eran sus amigos, estaban en gran conversacion con él. Preguntóles (segun se echó de ver despues) mi nombre, y ellos dijeron don Felipe Tristan, un caballero muy honrado y rico. (3) Víale yo santiguarse. Al fin, delante dellas y de todos se llegó á mí, y dijo: «Vuesa merced me perdone; que por Dios que le tenia, hasta que supe su nombre, por bien diferente de lo que es; que no he visto cosa tan parecida á un criado que tuve en Segovia, que se llamaba Pablillos, hijo de un barbero del mismo lugar.» Riéronse todos mucho, y yo me esforcé, para que no me desmintiese la color, y díjele que tenia deseo de ver aquel hombre, porque me habian dicho infinitos que le era parecidísimo. «¡Jesus! (hacia el don Diego) ¿Cómo parecido? El talle, la habla, los meneos, no he visto tal cosa. Digo, señor, que es admiracion grande, y que no he visto cosa tan parecida.» Entónces las viejas, tia y madre, dijeron que cómo era posible que un caballero tan principal se pareciese á un pícaro tan bajo como aquel; y porque no sospechase nada dellas, dijo la una: «Yo le conozco muy bien al señor don Felipe, que es el que nos hospedó por órden de mi marido en Ocaña.» Yo entendí la letra, y dije que mi voluntad era; y seria servirlas con mi poca posibilidad en todas partes. El don Diego se me ofreció, y pidió perdon del agravio que me habia hecho en tenerme por el hijo del barbero, y añadia: «No le creerá vuesa merced: su madre era hechicera, su padre ladron y su tio verdugo, y él el más ruin hombre y el más inclinado que Dios tiene en el mundo.» ¿Qué sentiria yo oyendo decir de mí en mi cara tan afrentosas cosas? Estaba

(aunque lo disimulaba) como en brasas. Tratámos de venirnos al lugar. Yo y los otros dos nos (4) despidimos, y don Diego se entró con ellas en el coche. Preguntólas que qué era la merienda y el estar conmigo; y la madre y tia dijeron cómo yo era un mayorazgo de tantos ducados de renta, y que me queria casar con Anica; que se informase, y veria (5) si era cosa, no solo acertada, sino de mucha honra para todo su linaje.

En esto pasaron el camino hasta su casa, que era en la calle del Arenal, á San Felipe. Nosotros nos fuímos á casa juntos como la otra noche. Pidiéronme que jugase, codiciosos de pelarme: yo entendíles la flor y sentéme; sacaron naipes (eran hechizos como pasteles); perdí una mano, dí en irme por abajo y ganéles cosa de trecientos reales, y con tanto me despedí y vine á mi casa. Topé á mis compañeros licenciado Brandalagas y Pero Lopez, los cuales estaban estudiando en unos dados tretas flamantes. En viéndome lo dejaron por preguntarme lo que me habia pasado; yo les dije más de que me habia visto en un grande aprieto. Contéles cómo me habia topado con don Diego, y lo que me habia sucedido; consoláronme, aconsejando que disimulase, y no desistiese de la pretension por ningun camino ni manera.

En esto supimos que se jugaba en casa de un vecino boticario juego de parar: entendialo yo entónces razonablemente, porque tenia más flores que un mayo y barajas hechas lindas. (6) Determinámonos de ir á darles un muerto (que así llaman (7) el enterrar una bolsa): envié los amigos delante, entraron en la pieza, y dijeron si gustarian de jugar con un fraile benito que acababa de llegar á curarse en casa de unas primas suyas, que venía enfermo y traia mucho del real de á ocho y escudo. Crecióles á todos el ojo, y clamaron: «Venga el fraile en hora buena.» «Es hombre (8) grave en la órden (replicó Pero Lopez), y como ha salido, se quiere entretener; que él más lo hace por la conversacion.» «Venga, y sea por lo que fuere.» «Por el recato...» dijo Brandalagas. «No hay tratar de más», respondió el huésped. Con esto ellos quedaron ciertos del caso, y creida la mentira. Vinieron los acólitos: ya yo estaba con un tocador en la cabeza, mi hábito de fraile benito (que en cierta ocasion vino á mi poder), unos antojos y (9) la barba, que por ser atusada no desayudaba. Entré muy humilde, sentéme, comenzóse el juego; ellos levantaban bien, y iban tres al molino; pero quedaron molinos los tres, porque yo, que sabía más que ellos, les dí tal gatada, que en espacio de tres horas me llevé más de mil y trecientos reales. Dí barato, y con mi «Loado sea nuestro Señor» me despedí, encargándoles que no recibiesen escándalo de verme jugar; que era entretenimiento, y no otra cosa.

Los otros (que habian perdido cuanto tenian) dábanse á mil diablos; despedíme, y salímonos fuera. Venímos á casa á la una y media, y acostámonos despues de haber partido la ganancia. Consoléme con esto algo de lo sucedido, y á la mañana me levanté á buscar mi caballo,

(1) que yo tenia (M.)
(2) zazositas. (Id.)
(3) Veiale (M. F.)

(4) despedimos, (M. F.)
(5) era cosa, (Id.)
(6) Determinamos (Id.)
(7) al enterrar (Id.)
(8) muy grave (Id.)
(9) una barba, (Z. R. P.)

y no hallé por alquilar ninguno; en lo cual conocí que habia otros muchos como yo, pues andar á pié parecia mal, y más entónces. Fuíme á San Felipe, y topéme con un lacayo de un letrado (que tenia un caballo y le guardaba), que se habia acabado de apear á oir misa; metíle cuatro reales en la mano porque miéntras su amo estaba en la iglesia me dejase dar dos vueltas en el caballo por la calle del Arenal, que era la de mi señora. Consintió; subí en él, y dí dos vueltas calle arriba y calle abajo, sin ver nada; y al dar la tercera asomóse doña Ana. Yo, que la ví, y no sabía las mañas del caballo ni era buen jinete, quise hacer (1) galantería; díle dos varazos, tiréle de la rienda; empínase, y tirando dos coces, aprieta á correr, y da conmigo por las orejas en un charco. Yo, que me ví así, y rodeado de niños que se habian llegado (y delante de mi dama), empece á decir : « ¡Oh hi de puta, mas fuérades vos Valenzuela ! Estas temeridades me han de acabar :. habianme dicho las mañas, y quise porfiar con él.» Traia el lacayo ya el caballo, que se paró luego; yo torné á subir, y al ruido se habia asomado don Diego Coronel, que vivia en la misma casa de sus primas. Yo, que le ví, me demudé. Preguntóme si habia sido algo; dije que no, aunque tenia estropeada una pierna. Dábame el lacayo priesa, que no saliese su amo y lo viese; que habia de ir á palacio. (2) Y soy tan desgraciado, que estándome diciendo que nos fuésemos, llega por detrás el letradillo, y conociendo su rocin, arremete al lacayo y empieza á darle de puñadas, diciendo en altas voces que qué bellaquería era dar su caballo á nadie; y lo peor fué que, volviéndose á mí, me dijo que me apease con Dios, muy enojado. Todo esto pasaba delante de mi dama y de don Diego. No se ha visto en tanta vergüenza ningun azotado. Estaba tristísimo, y con mucha razon, de ver dos desgracias tan grandes en un palmo de tierra. Al fin me hube de apear. Subió el letrado, y fuése, yo yo, por hacer la deshecha, quedé hablando desde la calle con don Diego, y dije : « En mi vida subí en tan mala bestia. Está ahí mi caballo overo en San Felipe, y es muy desbocado en la carrera y troton; dije cómo yo le corria y hacia parar; dijeron que allí estaba uno en que no lo haria (y era deste licenciado; quise probarlo : no se puede creer qué duro es de caderas, y con tan mala silla, que fué milagro no matarme.» «Sí fué, dijo don Diego; y con todo, parece que se siente vuesa merced de esa pierna.» « Sí siento, dije yo entónces; y me querria ir á tomar mi caballo y á casa.» La muchacha quedó en muy gran manera satisfecha, y con lástima y sentimiento (como se lo eché de ver) de mi caída; mas el don Diego cobró mala sospecha de lo del letrado y lo que habia pasado en la calle, y fué totalmente causa de mi desdicha, fuera de otras muchas que me sucedieron. Y la mayor y fundamento de las otras fué que cuando llegué á casa, y fuí á ver una arca, adonde tenia en una maleta todo el dinero que me habia quedado de mi herencia y de lo ganado al juego (ménos cien reales que yo traia conmigo), hallé que el buen licenciado Brandalagas y Pero Lopez habian cargado con ello y no parecian. Quedé como muerto, sin saber qué consejo tomar de mi remedio. Decia entre mí : « ¡Mal haya quien fia en

hacienda mal ganada, que se va como se viene ! ¡Triste de mí ! ¿qué haré ?» No sabía si ir á buscarlos, si dar parte á la justicia. Esto no me parecia bien, porque si los prendian, habian de achacar lo del hábito y otras cosas, y era morir en la horca; pues seguirlos, no sabia por dónde.

Al fin, por no perder tambien el casamiento (que ya yo me consideraba remediado con el dote), determiné de quedarme y apretarlo sumamente. Comí, y á la tarde alquilé mi caballico, y fuíme hácia (3) la calle de mi dama. Y como no llevaba lacayo, por no pasar sin él, aguardaba á la esquina, ántes de entrar, á que pasase algun hombre que lo pareciese, y en pasando partia detras dél, haciéndolo lacayo sin serlo; y en llegando al fin de la calle, metíame detrás, hasta que volviese otro que lo pareciese, y así daba otra vuelta. Yo no sé si fué la fuerza de la verdad de ser yo el mismo pícaro que sospechaba don Diego, ó si fué la sospecha del caballo y lacayo del letrado, ó qué se fué, que él se puso á inquirir quién era y de qué vivia, y me espiaba. En fin, tanto hizo, que por el más extraordinario camino del mundo supo la verdad; porque yo apretaba en lo del casamiento por papeles bravamente; y él, acosado dellas, que tenian gana de acabarlo, andando en mi busca, topó con el licenciado Flechilla (que fué el que me convidó á comer cuando yo estaba con los caballeros); y este, enojado de que yo no le habia vuelto á ver, hablando con don Diego, y sabiendo cómo yo habia sido su criado, le dijo de la suerte que me encontró cuando me llevó á comer, y que no habia dos dias que me habia topado á caballo muy bien puesto, y le habia contado cómo me casaba riquisimamente. No aguardó más don Diego; y volviéndose á su casa, encontró con los dos caballeros del hábito y la cadena amigos mios, junto á la Puerta del Sol, y contóles lo que pasaba; y dijoles que se aparejasen, y en viéndome á la noche en la calle, (4) que me magullasen los cascos, y que me conocerian en la capa que él traia, que la llevaria yo. Concertáronse, y en entrando en la calle, topáronme; y disimularon de suerte los tres, que jamas pensé que eran tan amigos mios como entónces. Estuvimos en conversacion tratando de lo que seria bien hacer á la noche hasta el Ave-María. Entónces (5) despidiéronse los dos, echaron hácia abajo, y yo y don Diego quedámos solos y echámos á San Felipe. Llegando á la entrada de la calle de la Paz dijo don Diego: « Por vida de don Felipe, que troquemos las capas, que me importa pasar por aquí y que no me conozcan.» « Sea en buen hora, dije yo.» Tomé la suya inocentemente, y díle la mia en mala : ofrecíle mi persona para hacerle espaldas; mas él (que tenia trazado el deshacerme las mias) dijo que le importaba ir solo; que me fuese.

No bien me aparté dél con su capa, cuando ordena el diablo que dos que lo aguardaban para (6) cintarearle, por una mujercilla, entendiendo por la capa que yo era don Diego: levantan, y empiezan una lluvia de espaldarazos sobre mí; dí voces; y en ellas y la cara conocieron que no era yo. Huyeron, y quedéme en la calle con los cintarazos; disimulé tres ó cuatro chichones que tenia, y detúveme un rato, que no osé entrar

---

(1) galanterías; (M. F.)
(2) Yo soy (R.)

(3) la calle ; y como no llevaba (Z. R. P.)
(4) me magulasen (M.) — me magullasen (F.)
(5) despidiéndose (M. F.)
(6) cinterearlo (R. Z. P.)

en la calle de miedo. En fin, á las doce, que era la hora que solia hablar (1) con ella, llegué á la puerta, y emparejando, cierra uno de los dos que me aguardaban por don Diego, con un garrote conmigo, y dame dos palos en las piernas y derríbame en el suelo; y llega el otro, y dame un trasquilon de oreja á oreja; (2) y quítanme la capa y déjanme en el suelo, diciendo : «Así pagan los pícaros embustidores mal nacidos.» Comencé á dar gritos y á pedir confesion; y como no sabia lo que era, aunque sospechaba por las palabras que acaso era el huésped de quien me habia salido con la traza de la Inquisicion, ó el carcelero burlado, ó mis compañeros huidos, y al fin yo esperaba de tantas partes la cuchillada, que no sabia á quién echársela; pero nunca sospeché en don Diego ni en lo que era,—daba voces : «A los capeadores.» A ellas vino la justicia : leventáronme, y viendo mi cara con una zanja de un palmo, y sin capa ni saber lo que era, asiéronme para llevarme á curar. Metiéronme en casa (3) de un barbero : curóme; preguntáronme dónde vivia, y lleváronme allá.

Acostéme, y quedé aquella noche confuso y pensativo, viendo mi cara partida en dos pedazos, (4) magulado el cuerpo, y tan lisiadas las piernas, de los palos, que no me podia tener en ellas ni las sentia. Yo quedé herido, robado, y de manera que ni podia seguir á los amigos ni tratar del casamiento, ni estar en la corte ni ir fuera.

CAPITULO VIII.

De mi cura y otros sucesos peregrinos:

Hé aquí á la mañana amanece á mi cabecera la huéspeda de casa, vieja de bien, edad de marzo, cincuenta y cinco (a), con su rosario grande, y su cara hecha en orejon ó cáscara de nuez, segun estaba arada. Tenia buena fama en el lugar, y echábase á dormir con ella y con cuantos querian; templaba gustos y careaba placeres. Llamábase Tal de la Guia, alquilaba su casa y era corredora para alquilar otras. En todo el año no se vaciaba la posada de gente. Era de ver cómo ensayaba una muchacha en el taparse, enseñándola lo primero cuáles cosas habia de descubrir de su cara. A la de buenos dientes, que riese siempre, hasta en los pésames; á la de buenas manos, se las enseñaba á esgrimir; á la rubia, un bamboleo de cabellos y un asomo de (5) vedejas por el manto y la toca; á buenos ojos, lindos bailes con las niñas, (6) ya dormidillos cerrándolos, ya elevaciones mirando arriba. Pues tratada en materia de afeites, cuervos entraban, y les corregia las (7) caras

(1) á mi dama, llegué á la puerta; y en emparejando, cierra conmigo uno de los dos que me aguardaban por don Diego, y con un garrote dame (M. y es mejor leccion.)
(2) quítanme (M. F.)
(3) un barbero (M.)
(4) magullado (F.)
(a) En el original se leeria por aventura edad de más de cincuenta y cinco.
(5) guedejas (R. F.)
(6) y á dormidillos cerrándolos, y á elevaciones (Los impresos todos.)
—Entiendo que dormidillos es sustantivo, como cernidillos y otras voces á este modo que se hallan en obras de Quevedo, particularmente en las obscenas. Si me equivoco y es adjetivo, hay que suponer entónces estragado el texto, y reformarle estampando : á buenos ojos, lindos bailes con las niñas, ya dormidillos cerrándolos, ya elevándolos mirando arriba.
(7) caras, que al entrar (M. F.)

de manera que al entrar en sus casas, de puro blancas no las conocian sus maridos; y en lo que ella era más extremada era en remendar virgos y adobar doncellas. En solos ocho dias que yo estuve en casa la vi hacer todo esto; y para remate de lo que era, enseñaba á pelar, y (8) refranes que dijesen, á las mujeres. Alli les decia cómo habian de (9) encajar la joya, las niñas por gracia, las mozas por deuda, y las viejas por respeto y obligacion. Enseñaba (10) pediduras para dinero seco, y (11) pediduras para cadenas y sortijas. Citaba á la Vidaña, su concurrente en Alcalá, y á la Planosa, en Búrgos; mujeres de todo embustir. Esto he dicho para que se me tenga lástima de ver á las manos que vine, y se ponderen mejor las razones que me dijo; y empezó por estas palabras (que siempre hablaba por refranes) : « De do sacan y no pon, hijo don Felipe, presto llegan al hondon; de tales polvos, tales lodos; de tales bodas, tales tortas. Yo no te entiendo ni sé tu manera de vivir; mozo eres, no me espanto que hagas algunas travesuras, sin mirar que durmiendo caminamos á la huesa. Yo, como monton de tierra, te lo puedo decir. ¿ Qué cosa es que me digan á mí que has despendido mucha hacienda sin saber cómo, y que te han visto aquí á estudiante, ya pícaro, ya caballero, y todo por las compañias? Dime con quién andas, hijo, y diréte quién eres; cada oveja con su pareja; sábete, hijo, que de la mano á la boca se pierde la sopa. Anda, bobillo; que si te inquietaban mujeres, bien sabes tú que soy yo fiel perpetuo en esta tierra de esa mercaderia, y que me sustento de las posturas así que enseño como que pongo, y quedámonos con ellas en casa; y no andarte con un pícaro y otro pícaro, tras una alcorzada y otra redomada, que gasta las faldas con quien hace sus mangas. Yo te juro que (12) te hubieras ahorrado muchos ducados si te hubieras encomendado á mí, porque no soy nada amiga de dineros. Y por mis entenados y difuntos, y así yo haya buen acabamiento, que aun los que me debes de la posada no te los pidiera agora, á no haberlos menester para unas candelicas y yerbas (que trataba en botes sin ser boticaria, y si la untaban las manos, se untaba, y salia de noche por la puerta del humo).

Yo, que ví que habia acabado la plática y sermon en pedirme (que con ser su tema, acabó en él, y no comenzó, como todos lo hacen), no me espanté de la visita; que no me la habia hecho otra vez miéntras habia sido su huésped, sino fué un dia que me vino á dar satisfacciones de que habia oido que me habian dicho no sé qué de hechizos, y que la quisieron prender, y escondió la calle y casa. Vínome á desengañar y á decir que era otra Guia; y no es de espantar que con tales guias vamos todos desencaminados. Yo (13) la conté su dinero; y estándoselo dando, la desventura, que nunca me olvida, y el diablo, que se acuerda de mí, trazó que la vinieron á prender por amancebada, y sabian que estaba el amigo en casa. Entraron en mi aposento; y como me vieron en la cama, y ella conmigo, cerraron conmigo y con ella, y diéronme cuatro ó seis empello-

(8) á las mujeres refranes que dijesen. (M. F.)
(9) encazar (M.) — engazar (F.)
(10), (11) perdiduras (M.)
(12) hubieras (M. F.)
(13) le conté (R.)

nes muy grandes, y arrastráronme fuera de la cama : á ella la tenian asida otros dos, tratándola de alcagüeta y bruja. ¡Quién tal pensara de una mujer que hacia la vida referida! A las voces que daba el alguacil, y mis grandes quejas, el amigo, que era un frutero que estaba en el aposento de adentro, dió á correr. Ellos, que lo vieron, y supieron (por lo que decia otro güésped de casa) que yo no lo era, arrancaron tras el pícaro y asiéronle, y dejáronme á mí repelado y apuñeteado; y con todo mi trabajo, me reia de lo que los picarones decian á la vieja, porque uno la miraba y decia : «¡Qué bien os estará una mitra, madre, y lo que me holgaré de veros consagrar tres mil nabos á vuestro servicio!» Otro: «Ya tienen escogidas plumas los señores alcaldes para que entreis bizarra.» Al fin (1) trujeron al picaron, y atáronlos á entrambos. Pidiéronme perdon y dejáronme solo. Yo quedé en algo aliviado de ver á mi buena huéspeda en el estado que tenia sus negocios; y así, no me quenaba otro cuidado sino el de levantarme á tiempo que la tirase mi naranja, aunque (segun las cosas que contaba una criada que quedó en casa) yo desconfié de su prision, porque me dijo no sé qué de volar, y otras cosas que no me sonaron bien. Estuve en la casa curándome ocho dias, y apénas podia salir, diéronme doce puntos en la cara y hube de ponerme muletas.

Halléme sin dinero, que los cien reales se consumieron en la cama, comida y posada ; y así, por no hacer más gasto, no teniendo dinero, determinéme de salir con dos muletas de la casa, á vender mi vestido, cuellos y jubones, que era todo muy bueno. Hícelo, y compré con lo que me dieron un coleto de cordoban viejo y un jubonazo de estopa famoso, mi gaban de pobre, remendado y largo, mis polainas y zapatazos grandes, la capilla del gaban en la cabeza ; un Cristo de bronce traia colgando del cuello, y un rosario. Impúsome, en la voz y frases doloridas de pedir, un pobre que entendia (2) del arte mucho ; y así, comencé luego á ejercitarlo por las calles. Cosíme sesenta reales, que me sobraron, en el jubon ; y con esto me (3) metí á pobre, fiado en mi buena prosa. Anduve ocho dias por las calles aullando en esta forma, con voz dolorida y reclamamiento de plegarias : «(4) Dalde, buen cristiano, siervo del Señor, al pobre lisiado y llagado ; que me veo y me deseo.» Esto decia los dias de trabajo ; pero los (5) de fiesta comenzaba con diferente voz, y decia : «Fieles cristianos y devotos del Señor, por tan alta princesa como la Reina de los ángeles, Madre de Dios, dadle (6) una limosna al pobre tullido y lastimado de la mano del Señor.» Y paraba un poco, que es de grande importancia, y luego añadia : «Un aire corruto, en hora menguada, trabajando en una viña, me trabó mis miembros : que me ví sano y bueno, como se ven y se vean, loado sea Dios.»

Venian con esto los ochavos trompicando, y ganaba mucho dinero ; y ganara más si no se me atravesara un moceton mal (7) encarado, manco de los

brazos y con una pierna ménos, que me rondaba las mismas calles en un carreton, y cogia más limosna con pedir mal criado. Decia con voz ronca, rematando en chillido : «Acordáos, siervos de Jesucristo, del castigo del Señor por mis pecados; (8) dalde al pobre lo que Dios reciba;» y añadia : «Por el buen Jesú ;» y ganaba que era un juicio. Yo advertí, y no dije más Jesus, (9) sino quitábale la s, y movia á más devocion. Al fin, yo mudé de frasecicas y cogia maravillosa mosca. Llevaba metidas entrambas piernas en una bolsa de cuero ; liadas, y mis dos muletas. Dormia en un portal de un cirujano con un pobre de canton (uno de los mayores bellacos que Dios crió) : estaba riquísimo, y era como nuestro rector ; ganaba más que todos ; tenia una potra muy grande, y atábase con un cordel el brazo por arriba, y parecia que tenia hinchada la mano y manca, y con calentura, todo junto. Poníase echado boca arriba en su puesto, y con la potra defuera, tan grande como una bola de puente, y decia : «¡Miren la pobreza y el regalo que hace el Señor al cristiano ! » Si pasaba mujer, decia : «Señora hermosa, sea Dios en su ánima ;» y las más, porque las llamase así, le daban limosna y pasaban por allí aunque no fuese camino para sus visitas. Si pasaba un soldadico, «¡ah, señor capitan!» (decia) ; y si otro hombre cualquiera, «¡ah, señor caballero!» Si iba alguno en coche, luego le llamaba señoría ; y si clérigo en mula, señor arcediano : en fin, él adulaba terriblemente. Tenia modo diferente para pedir los dias de los santos ; y vine á tener tanta amistad con él, que me descubrió un secreto, que en dos dias estuvimos ricos : y era que este tal pobre tenia tres muchachos pequeños, que recogian limosna por las calles y hurtaban lo que podian. Dábanle cuenta á él, y todo lo guardaba; iba á la parte con dos niños de cajeta en las sangrías que hacian de ellas.

Yo, con los consejos de tan buen maestro y con las liciones que me daba, tomé el mismo arbitrio, y me encamino la gentecilla á propósito. Halléme en ménos de un mes con más de docientos reales horros, y últimamente me declaró (con intento que nos fuésemos juntos) el mayor secreto y la más alta industria que cupo en mendigo, y la hicimos entrambos : y era que hurtábamos niños cada dia entre los dos cuatro ó cinco; pregonábanlos, y salíamos nosotros á preguntar las señas, y decíamos : «Por cierto, señor, que lo topé á tal hora, y que si no llego, que lo mata un carro ; en casa está.» Dábannos el hallazgo, y veníamos á enriquecer de manera, que me hallé yo con cincuenta escudos y ya sano de las piernas, aunque las traia entrapajadas (a).

Determiné de salirme de la corte y tomar mi camino para Toledo, donde ni conocia ni me conocia nadie. Al fin yo me determiné ; compré un vestido pardo, cuello y espada, y despedime de Valcázar (que era el

---

(1) trajeron (*M. F.*)
(2) bien del arte ; y así comencé (*Id.*)
(3) metia pobre (*Z. R. P.*)
(4) Dadle, (*M. F.*)
(5) dias de (*Id.*)
(6) limosna (*Id.*)
(7) carado, (*Id.*)

---

(8) dadle (*M. F.*)
(9) y quitábale (*Id.*)
(a) El insigne y famoso gobernador de la ínsula Barataria «hizo y creó un alguacil de pobres, no para que los persiguiese, sino para que los examinase si lo eran, porque, á la sombra de la manquedad fingida y de la llaga falsa, andan los brazos ladrones y la salud borracha».

Las ficciones, embustes y embelecos de los mendigos pordioseros en aquella época no tienen número, y pueden verse en los *Discursos del amparo de pobres y reducion de los fingidos*, del doctor Cristóbal Perez de Herrera.

pobre que dije), y busqué por los mesones en qué ir á Toledo.

CAPITULO IX.

En que me hago representante, poeta y galan de monjas, cuyas propriedades se descubren lindamente.

En una posada topé una compañía de farsantes, que iban á Toledo; llevaban tres carros, y quiso Dios que entre los compañeros iba uno que lo habia sido mio del estudio de Alcalá, y habia renegado y metídose al oficio. Díjele lo que me importaba el ir allá y salir de la corte; y apénas el hombre me conocia con la cuchillada, y no hacia sino santiguarse (1) de mi *per signum crucis*. Al fin me hizo amistad (por mi dinero) de alcanzar de los demas lugar para que yo fuese con ellos. Ibamos barajados hombres y mujeres, y una entre ellas, la bailarina, que tambien hacia las reinas y papeles graves en la comedia, me pareció extremada sabandija. Acertó á estar su marido á mi lado, y yo, sin pensar (2) á quién hablaba, llevado del deseo de amor y gozarla, díjele : «Esta mujer ¿por qué órden la podriamos hablar, para gastar con (3) su merced veinte escudos, que me ha parecido hermosa?» «No me está bien á mí el decirlo, que soy su marido (dijo el hombre), ni tratar de eso; pero sin pasion (que no me mueve ninguna) se puede gastar con ella cualquier dinero, porque tales carnes no tiene el suelo ni tal juguetoncita;» y diciendo esto saltó del carro y fuése al otro, segun pareció, por darme lugar á que la hablase. Cayóme en gracia la respuesta del hombre, y eché de ver que por estos se pudo decir que tienen mujeres como si no las tuviesen, torciendo la sentencia en malicia. Yo gocé de la ocasion, y preguntéme que adónde iba, y algo de mi hacienda y vida. Al fin dejámos, tras muchas palabras, para Toledo las obras : íbamos holgando por el camino mucho.

Yo (acaso) comencé á representar un pedazo de la comedia de San Alejo (a), que me acordaba de cuando muchacho, y representélo de suerte que les di codicia; y sabiendo, por lo que le dije á mi amigo que iba en la compañía, mis desgracias y descomodidades, dijome que si queria entrar en la danza con ellos. (4) Encareciéronme tanto la vida de la farándula, y yo, que tenia necesidad de arrimo y me habia parecido bien la moza, concertéme por dos años con el autor : hícele escritura de estar con él, y dióme mi racion y representaciones; y con tanto llegámos á Toledo. Diéronme que estudiase tres ó cuatro loas, y papeles de barba, que los acomodaba bien con mi voz (b). Yo puse cuidado en todo, y eché

(1) *per signum crucis.* (M. F.)
— De mi cuchillada.
(2) á quien me hablaba, (Id.)
(3) ella veinte (Id.)
(a) Una suelta, impresa en Valencia con este título, cita sin nombre de autor el índice formado en 1716 por don Juan Isidro Fajardo, que manuscrito posee la biblioteca Nacional. Muchos años adelante Moreto hubo de escribir otra de San Alejo.
(4) Encarecióme (M. F.)
(b) Comenzaban las representaciones dramáticas entre griegos y romanos por un *prólogo*, declarando el argumento de la fábula, ó prestando luz á lo futuro de la accion, ó respondiendo á maidiciente adversario, riadiendo gracias al pueblo, elogiando al autor y la obra.
Cuidadoso de acercarse á las formas antiguas, en los albores de nuestro teatro y del siglo xvi, aderezó el extremeño Bartolomé de Torres Naharro sus comedias con un *introito* y *argumento* en boca de zafio pastor, siempre gracioso , pero desvergonzado y lascivo. Lope de Rueda, varon insigne en la representacion y en el entendimiento, y su contemporáneo Juan de Timoneda, no desdeñaron

la primera loa en el lugar : era de una nave (de lo que son todas) que venia destrozada y sin provision; decia lo de : «Este es el puerto;» llamaba á la gente *senado;* pedia perdon de las faltas y silencio, y entréme. Hubo un vítor de rezado, y al fin parecí bien en el teatro. Representamos una comedia de un representante nuestro, que yo me admiré de que fuesen poetas, porque pensaba que el serlo era de hombres muy doctos y sabios, y no de gente tan sumamente lega (c); y está ya de manera esto, que no hay autor que no escriba comedias, ni representánte que no haga su farsa de moros y cristianos (d); que me acuerdo yo ántes, que si no eran comedias del buen Lope de Vega y Ramon, no habia otra cosa (e). Al fin, la comedia se hizo el primer dia, y no la entendió nadie; al segundo empezámosla, y quiso Dios que empezaba por una guerra, y salia yo armado y con rodela; que si no, á manos de mal membrillo, tronchos y badeas acabo. No se ha visto tal torbellino; y ello merecíalo la comedia, porque traia un rey de Nor-

ataviar del propio modo las suyas, dándole más oportunidad al intróito, mayor decencia, interes y movimiento escénico.
Vino con el tiempo á limitarse esta parte de la representacion á recomendar toda nueva compañía, entretener la curiosidad del público, ganarle con lisonjas, ó cautivarle con humildad y buen término : entónces se llamó *loa.* Ricas en buenos y fáciles versos y lozanas imágenes las escribió por los años de 1600 Agustin de Rojas, representante, y autor del *Viaje entretenido* ; pero reinando Felipe IV se llevó la palma el toledano Luis Quiñones de Benavente en la traza, amenidad y tersura de estos pequeños rasgos poéticos , y de los bailes y entremeses.
(c) No es ofuscamiento asegurar que de mano de los farsantes recibieron los doctos la comedia castellana, habiendo aquellos bosquejado el carácter y fisonomía por que se distingue, y adivinado la senda hermosa que debian allanar Juan de la Cueva, Cervántes, Mira de Mescua , Tárraga , Luis Vélez y cuantos ayudaron al gran Lope de Vega á levantar tan grande máquina.
El peregrino ejemplo de Lope de Rueda, que con la misma felicidad componia que representaba, deslumbró y cegó á ineptos farandueros, quienes presumieron en su frenesí competir y hombrear con el padre del teatro español. Los nombres de algunos de estos más ó ménos atinados ingenios, Agustin de Rojas nos ha conservado en uno de sus intróitos :

De los farsantes que han hecho
Farsas, loas, bailes, letras,
Son : *Alonso de Morales,*
Grajales, Zorita, Mesa,
Sanchez, Rios, Avendaño,
Juan de Vérgara , *Villegas,*
Pedro de Morales , Castro ,
Y el del hijo de la tierra ;
Caravajal , Claramonte,
Y otros que no se me acuerdan ,
Que componen y han compuesto
Comedias muchas y buenas.

De ellos fuéron *Alonso de Vega, Caspar Vazquez, Alonso de Cisneros, Juan Correa , Tomas de la Fuente , Gabriel de la Torre ,* y varios que se citan en el *Viaje entretenido,* y cuyas obras conserva en parte la biblioteca del señor duque de Osuna y del Infantado.
(d) Parece (segun el mismo Rojas) que ataviándolas con ropas y tunicelas, hubo de ser su inventor el licenciado Berrio. Fue este insigne letrado y muy conocido en los consejos del Rey.
(e) *Licenciado Ramon* le apellida Rojas; *maestro Ramon, sacerdote,* le nombra el Magistral de Villafranca Antonio Navarro que escribió á favor de las comedias; Cervántes el *doctor Ramon,* y afirma que sus trabajos fuéron los más despues de los del gran Lope. Atribúyensele entre otras, las comedias del *Sitio de Mons* por *el duque de Alba,* y *Las tres mujeres en una.*
Tan aplaudido poeta, que mereció tantos encomios del autor del *Quijote* en el prólogo de sus obras dramáticas y en el *Viaje del Parnaso ,* es el célebre fray Alonso Ramon, del territorio de Cuenca , que siendo ya doctor en teología tomó el hábito en los mercenarios : hombre de varia y amena doctrina , de mucha erudicion y de fácil ingenio, dispuesto para escribir en todas materias , y á quien debe el público la *Historia de la conquista de Nueva-España,* de Bernal Diaz del Castillo.

mandía sin propósito en hábito de ermitaño, y metia dos lacayos (1) por hacer reir, y al desatar de la maraña no habia más de casarse todos, y allá vas. Al fin tuvimos nuestro merecido. Tratámos mal al compañero poeta; y yo, diciéndole que mirase de la que nos habiamos escapado, y escarmentase, díjome que no era suyo nada de la comedia, sino que de un paso de uno y otro de otro habia hecho la capa de pobre de remiendo, y que el daño no habia estado sino en lo mal zurcido. Confesóme que los farsantes que hacian comedias, todo les obligaba á restitucion, porque se aprovechaban de cuanto habian representado, y que era muy fácil; y que el interes de sacar trecientos ó cuatrocientos reales les ponia á aquellos riesgos. Lo otro, que como andaban por esos lugares, y les leen los unos y otros comedias, tomábanlas para verlas, y hurtábanselas, y con añadir una necedad y quitar una cosa bien dicha, decian que era suya. Y declaróme cómo no habia habido farsantes jamas que supiesen hacer una copla de otra manera.

No me pareció mal la traza, y yo confieso que me incliné á ella, por hallarme con algun natural á la poesía, y más que tenia ya conocimiento con algunos poetas, y habia leido á Garcilaso: y así, determiné de dar en el arte. Y con esto y la farsanta, y representar, pasaba la vida; (a) que pasado un mes que habia que estábamos en Toledo haciendo muchas comedias buenas, y tambien enmendando el yerro pasado (que con esto ya yo tenia nombre, y habia (2) llegado á llamarme Alonsete, porque yo habia dicho llamarme Alonso; y por otro nombre me llamaban el Cruel, por serlo una figura que habia hecho con gran aceptacion de los mosqueteros y chusma vulgar),—tenia ya tres pares de vestidos, y autores que me pretendian sonsacar de la compañia. Hablaba ya de entender de la comedia, murmuraba de los (3) famosos, reprehendia los gestos á Pinedo, daba mi voto en el reposo natural de Sanchez, llamaba bonico á Morales, pediánme el parecer en el adorno de los teatros y trazar las apariencias (b). Si alguno

(1) para (M. F.)
(a) de modo que pasado un mes...
(2) dicho llamarme Alonso ; (R.)
(3) cómicos famosos, (M. F.)

(b) De Pinedo habla Lope de Vega al fin del Peregrino en su patria (1604), nombrándole entre los actores que habian con más acierto representado sus comedias. Cuéntalo entre los célebres, por los años de 1615, Cristóbal Suarez de Figueroa en su Plaza universal de ciencias y artes. Llámale famoso en el arte histriónica el licenciado Francisco Cascales, en la tercera de sus Tablas poéticas (1616); y el maestro Tirso de Molina, en La Villana de Vallecas (1620), puso este diálogo :

DON PEDRO.
¿Qué hay en Madrid de comedias?
DON GABRIEL.
Todo lo ha desazonado
La salud del Rey en duda;
No hay quien con gusto á ella acuda.
La corte habia alborotado
Con el Asombro Pinedo
De la limpia Concepcion;
Y fuera la devocion
Del nombre, afirmaros puedo
Que en este género llega
A ser la prima.
DON PEDRO.
Y ¿ de quién?
DON GABRIEL.
De Lope : que no estan bien
Tales musas sin tal Vega.

venía á leer comedia, yo era el que la oia. Al fin, animado con este aplauso, me desvirgué de poeta en un romancico, y luego hice un entremes, y no pareció mal.

Atrevíme á una comedia; y porque no escapase de ser divina cosa, la hice de Nuestra Señora del Rosario. Comenzaba por chirimías; habia sus ánimas de purgatorio y sus demonios, que se usaban entónces con su bu, bu al salir, y ri, ri al entrar. Caíale muy en gracia al lugar el nombre de Satan en las coplas, y el tratar luego de si cayó del cielo, y tal. En fin, mi comedia se hizo y pareció muy bien (c). No me daba manos á trabajar, porque acudian á mí enamorados, unos por coplas de cejas, y otros de ojos; cuál de manos, y cuál romancico para cabellos. Para cada cosa su precio; aunque como habia otras tiendas, porque acudiesen á la mia hacia barato. ¿Pues villancicos (4)? Hervia en sacristanes y demandaderas de monjas; ciegos me sustentaban á pura oracion (ocho reales de cada una); y me acuerdo que hice entónces la del Justo Juez, grave y sonorosa, que provocaba á gestos. Escribí para un ciego, que las sacó en su nombre, las famosas que empiezan :

Madre del Verbo humanal,
Hija del Padre divino,
Dame gracia virginal, etc.

Fuí el primero que introdujo acabar las coplas, como los sermones, con aquí gracia y despues gloria, en esta copla de un cautivo de Tetuan :

Pidámosle sin falacia
Al alto Rey sin escoria,
Pues ve nuestra pertinacia,
Que nos quiera dar su gracia,
Y despues allá la gloria. Amén.

Estaba viento en popa con estas cosas, rico y prós-

A Sanchez lo junta con Pinedo en el elogio Cristóbal Suarez de Figueroa. Representó la comedia de Tirso titulada Palabras y plumas.

El discreto, gracioso y liberal Pedro de Morales fué autor cómico y farsante. Cervántes, que le debió favores, dice de él las honrosas palabras, en su Viaje del Parnaso :

Este, que de las musas es recreo,
La gracia y el donaire y la cordura,
Que de la discrecion lleva el trofeo,
Es Pedro de Morales, propia hechura
Del gusto cortesano, y es asilo
Adonde se repara mi ventura.

Y más adelante :

El pecho, el alma, el corazon, la mano
Dí á Pedro de Morales, y un abrazo.

De él hizo memoria Lope, al fin del Peregrino, calificándole de cierto, adornado y afectuoso representante. Por último, á la Fama póstuma de Lope hizo Morales un soneto por los años de 1636.

(c) ¿Pues qué si venimos á las comedias divinas (decia, en El ingenioso hidalgo don Quijote, el canónigo de Toledo)? ¡Qué de milagros fingen en ellas, qué de cosas apócrifas y mal entendidas!... Todo esto en perjuicio de la verdad, en menoscabo de las historias, y aun en oprobio de los ingenios españoles.»

El autor del Viaje entretenido parece que indica haber sido Pedro y Alonso Diaz de los primeros que presentaron santos en el teatro :

Llegó el tiempo en que se usaron
Las comedias de apariencias,
De santos y de tramoyas,
Y, entre estas, farsas de guerra.
Hizo Pero Diaz entónces
La del Rosario, y fué buena;
San Antonio, Alonso Diaz;
Y al fin no quedó poeta
En Sevilla, que no hiciese
De algun santo su comedia.

Tales fuéron los abusos é irreverencias de los escritores, que al fin se hizo forzoso prohibir las comedias divinas.

(4) servia en sacristanes (Z. R. P. M. F.)

pero, y tal, que casi aspiraba ya á ser autor. Tenia mi casa muy bien aderezada, porque habia dado (para tener tapicería barata) en un arbitrio del diablo, y fué de comprar reposteros de tabernas, y colgarlos. Costáronme veinte y cinco ó treinta reales: eran más para ver que cuantos tiene el Rey, pues por estos se veia de puro rotos, y por (1) esos otros no se verá nada.

Sucedióme un dia la mejor cosa del mundo, que aunque es en mi afrenta, la he de contar. Yo me recogia en mi posada, el dia que escribia comedia, al desvan; y allí me estaba y allí comia: subia una moza con la vianda y dejábamela allí; yo tenia por costumbre escribir representando recio, como si lo hiciera en el tablado. Ordena el diablo que, á la hora y punto que la moza iba subiendo por la escalera (que era angosta y escura) con los platos (2) y olla, yo estaba en un paso de (3) una montería, y daba grandes gritos componiendo mi comedia, y decia:

Guarda el oso, guarda el oso,
Que me deja hecho pedazos,
Y baja tras ti furioso.

¿Qué entendió la moza (que era gallega) como oyó decir «baja tras tí y me deja?» Que era verdad y que la avisaba; va á huir, y con la turbacion pisase la saya y rueda toda la escalera; derrama la olla y quiebra los platos, y sale dando gritos á la calle, (4) diciendo que mataba un oso á un hombre. Y por presto que yo acudí, ya estaba toda la vecindad conmigo, preguntando por el oso; y aun contándoles yo cómo habia sido ignorancia de la moza (porque era lo que he referido de la comedia), aun no lo querian creer. No comí aquel dia: supiéronlo los compañeros, y fué celebrado el cuento en la ciudad; y destas cosas me sucedieron muchas miéntras perseveré en el oficio de poeta y no salí del mal estado.

Sucedió pues que mi autor (que siempre paran en esto), sabiendo que en Toledo le habia ido bien, le ejecutaron por no sé qué deudas, y le pusieron en la cárcel; con lo cual nos desmembramos todos, y echó cada uno por su parte. Yo (si va á decir verdad), aunque los compañeros me querian guiar á otras compañías, como no aspiraba á semejantes oficios, y el andar en ellos era por necesidad, viéndome con dineros y bien puesto, no traté más que de holgarme. Despedíme de todos; fuéronse; y yo, que entendí salir de mala vida con no ser farsante, si no lo ha vuesa merced por enojo, di en amante de red, como cofia, y por hablar más claro, en pretendiente de Antecristo, que es lo mismo que galan de monjas. Tuve ocasion para dar en esto, teniendo yo entendido que era la diosa Vénus una monja, á cuya peticion habia hecho muchos villancicos, que se me aficionó en un auto del Córpus, viéndome representar un san Juan Evangelista (a). Rega-

(1) esotros (M. F.)
(2) la olla, (Id.)
(3) montería (Id.)
(4) diciendo: «;que mata (Id.)
(a) Los autos sacramentales, pequeños dramas alegóricos á los misterios de nuestra santa religion, y con los cuales se solemnizaba el dia y la octava del Córpus, sazonados y aderezados con entremeses, cantares y bailes descompuestos, nada limpios ni reverentes, llegaron á representarse en todas las iglesias de los conventos de monjas. Contra este pestífero abuso levantó su autorizada voz el severo Juan de Mariana en su Tratado de espectáculos.

lábame la mujer con cuidado, y habíame dicho que solo sentia que fuese farsante (porque yo habia fingido que era hijo de un gran caballero), y dábala compasion. Al fin me determiné de escribirla el siguiente papel:

«Más por agradar á vuesa merced que por hacer lo »que me importaba, he dejado la compañía; que para »mí cualquiera sin la suya es soledad: ya seré tanto »más suyo cuanto soy más mio. Avíseme cuándo ha-»brá locutorio, y sabré juntamente cuándo tendré gus-»to, etc. »

Llevó el billete la andadera. No se podrá creer el grandísimo contento de la buena monja sabiendo mi nuevo estado. Respondióme desta manera:

RESPUESTA.

«De sus buenos sucesos ántes aguardo los parabie-»nes que los doy, y me pesara dello á no saber que mi »voluntad y su provecho es todo uno. Podemos decir »que ha vuelto en sí; no resta (5) agora sino perseve-»rancia que se mida con la que yo tendré. El locutorio »dudo por hoy; pero no deje de venirse vuesa merced »á visperas; que allí nos verémos, y luego por las vis-»tas, y quizá podré yo hacer alguna pandilla á la Aba-»desa. Y adios. »

Contentóme el papel; que realmente la mujer tenia buen entendimiento y era hermosa. Comí, y púseme el vestido con que solia hacer los galanes en (6) las comedias. Fuíme luego á la iglesia, recé, y luego empecé á repasar todos los lazos y agujeros de la red con los ojos para ver si parecia; cuando Dios y en hora buena (que más era diablo y en hora mala), oigo la seña antigua; comienzo á toser, y andaba una tosidura de Barrabás: remedábamos un catarro, y parecia que habian echado pimiento en la iglesia. Al fin yo estaba cansado de toser, cuando se me asoma á la red una vieja tosiendo, y echo de ver mi desventura, que es peligrosísima seña en los conventos; porque como es seña á las mozas, es costumbre en las viejas, y hay hombre que piensa que es reclamo de ruiseñor, y sale cual lechuza. Estuve gran rato en la iglesia, hasta que empezaron vísperas; oílas todas; que por esto llaman á los galanes de monjas solemnes enamorados, por lo que tienen de vísperas, y tienen tambien que nunca salen de vísperas del contento, porque no se les llega el dia jamas. No se creerá los pares de vísperas que yo oí; estaba con dos varas de gaznate más del que tenia cuando entré en los amores, á puro estirarme para ver. Fui gran compañero del sacristan y monacillo, y muy bien recebido del vicario, que era hombre de humor. Andaba tan tieso, que parecia que almorzaba asadores y que comia virotes.

Fuíme á las vistas, y allá (con ser una plazuela bien grande) era menester enviar á tomar lugar á las doce, como para comedia nueva; hervia en devotos. Al fin me puse donde pude, y podianse ir á ver por cosas raras las diferentes posturas de los amantes: cuál sin pestañear los ojos mirando; cuál, con su mano puesta en la espada y la otra en el rosario, estaba como figura de piedra sobre sepulcro; otró alzadas las manos y exten-

Cárlos III prohibió en 1765 la representacion de tales autos, que tuvieron su origen en los tiempos medios, y eran entónces desempeñados por los mismos clérigos y oficiales de la iglesia.
(5) ahora (M. F.)
(6) la comedia. (Id.)

didos los brazos á lo seráfico; cuál, con la boca más abierta que la de mujer pedigüeña, sin hablar palabra, la enseñaba á su querida las entrañas por el gaznate (a); otro, pegado á la pared, dando pesadumbre á los ladrillos, parecia medirse con la esquina; cuál se paseaba como si le hubieran de querer por el portante, como á macho; otro con una cartica en la mano, al uso de cazador con carne, parecia que llamaba al balcon. Los celosos era otra banda : estos unos estaban en corrillos riéndose y mirando á ellas; otros leyendo coplas y enseñándoselas; cuál, para dar picon, pasaba por el terrero con una mujer de la mano, y cuál hablaba con una criada echadiza, que le daba un recado. Esto era de la parte de abajo y nuestra, pero de la de arriba, adonde estaban las monjas, era cosa de ver tambien; porque las vistas era una torrecilla llena de (1) rendijas toda, y una pared con deshilados, que ya parecia salvadera, ya pomo de olor. Estaban todos los agujeros poblados de brújulas : allí se veia una pepitoria, una mano, y acullá un pié; en otra parte habia cosas de sábado, cabezas y lenguas, aunque faltaban sesos; á otro lado se mostraba buhonería; una enseñaba el rosario; cuál mecia el pañizuelo; en otra parte colgaba un guante; allí salia un liston verde; unas hablaban algo recio, otras tosian; cuál hacia la señal de los sombreros, como si sacara arañas ceceando. En verano es de ver cómo no solo se calientan al sol, sino se chamuscan; que es gran gusto verlas á ellas tan crudas y á ellos tan asados. En invierno acontece con la humedad nacerle á uno de nosotros berros y arboledas en el cuerpo. No hay nieve que se nos escape ni lluvia que se nos pase por alto; y todo esto al cabo es para ver una mujer por red y vidrieras, como güeso de santo; es como enamorarse de un tordo en jaula, si habla; y si calla, de un retrato. Los favores son todos toques, que nunca llegan á cabes, un paloteadico con los dedos; hincan las cabezas en las rejas y apúntanse los requiebros con las troneras. Aman al escondite. ¡Pues (2) verlas hablar quedito y (3) de rezado, sufrir una vieja que riñe, una portera que manda y una tornera que miente; y lo que mejor es, ver cómo nos piden celos de las de acá fuera, diciendo que el verdadero amor es el suyo, y las causas tan endemoniadas que hallan para probarlo! Al fin yo llamaba ya señora á la Abadesa, padre al Vicario, y hermano al sacristan : cosas todas que con el tiempo y el curso alcanza un desesperado. Empezáronme á enfadar las torneras con despedirme y las monjas con pedirme. Consideré cuán caro me costaba el infierno, que á otros se da tan

barato, y en esta vida por tan descaminados caminos. Veia que me condenaba á puñados, y que me iba al infierno por solo el sentido del tacto. Si hablaba, solia (porque no me oyesen los demas que estaban en las rejas) juntar tanto con ellas la cabeza, que por dos dias siguientes traia los hierros estampados en la frente, y hablaba tan bajo, que no me podia comprehender si no se valia de trompetilla. No me veia nadie que no decia : «Maldito seas, bellaco monjil;» y otras cosas peores.

Todo esto me tenia revolviendo pareceres y casi determinado á dejar la monja, aunque perdiese mi sustento, y determinéme el dia de San Juan Evangelista, porque acabé de conocer lo que son monjas. Y no quiera vuesa merced saber más de que las Bautistas todas enronquecieron adrede, y sacaron tales voces, que en vez de cantar la misa, la gimieron; no se lavaron las caras, y se vistieron de viejo; y los devotos de las Bautistas, por desautorizar la fiesta, trujeron banquetas en lugar de sillas á la iglesia, y muchos pícaros del rastro.

Cuando yo vi que las unas por el un santo, y las otras por el otro, trataban indecentemente dellos, —cogiéndola á la monja mia, con título de (4) rifárselos, cincuenta escudos de cosas de labor, medias de seda, bolsillos de ámbar y dulces, tomé mi camino para Sevilla, donde, como en tierra más ancha, quise probar ventura. Lo que (5) la monja hizo de sentimiento, más por lo que se llevaba que por mi, considérelo el pio lector.

CAPITULO X.

De lo que me sucedió en Sevilla hasta embarcarme á Indias.

Pasé el camino de Toledo á Sevilla prósperamente : porque como yo tenia ya mis principios de fullero, y llevaba dados (6) cargados con nueva pasta de mayor y menor, y tenia la mano derecha encubridora de un dado (pues preñada de cuatro, paria tres), —llevaba provision de cartones de lo ancho y de lo largo para hacer garrotes de moros y ballestilla; y así no se me escapaba dinero. Dejo de referir otras muchas flores; porque á decirlas todas, me tuvieran más por ramillete que por hombre, y tambien porque ántes fuera dar que imitar, que referir vicios de que huyan los hombres; mas quizá declarando yo algunas chanzas y modos de hablar, estarán más avisados los ignorantes, y los que leyeren mi libro serán engañados por su culpa.

No te fies, hombre, en dar tú la baraja, que te la trocarán al despabilar de una vela; guarda el naipe de tocamientos raspados ó bruñidos, cosa con que se conocen los azares. Y por si fueres pícaro, lector, advierte que en cocinas y caballerizas pican con un alfiler ó doblando los azares, para conocerlos por lo hendido. Y si tratares con gente honrada, guárdate del naipe, que desde la estampa fué concebido en pecado, y que con traer atravesado el papel, dice lo que viene. No te fies de naipe limpio, que al que da vista y retiene, lo más jabonado (7) es sucio. Advierte que á la carteta el que hace los naipes, que no doble más arqueadas las figuras, fuera de los reyes, que las demas cartas; porque el tal doblar es por tu dinero difunto. A la primera, mira no dén de arriba las que descarta el que da, y procura que no se pidan cartas ó

(a) Copió este mismo chiste, sin tropezar en barras, el autor anónimo que en pascuas de Navidad de 1658 dió á la escena el entremes de las Cuatro sobrinas, tarascas vivientes, á quienes un buen tio procura buscar marido, no dejando sosegar á los casamenteros. Preséntase un novio, amigo de bocas grandes; salen á vistas aquellos cuatro tiburones con faldas, desquijáranse por parecer bien, y pasa este coloquio :

VEJETE.

Vusted escoja aquí cualquiera dellas.

CASAMENTERO.

Todas son á lo antiguo estas doncellas,
Y son de buena entraña y buenas mañas.

GALAN.

Ya he visto por la boca sus entrañas.

(1) redendijas (Z. R. P. F.) — reendrijas (M.)
(2) verlos. (Z. R. P.)
(3) derezado (Z. R.) — aderezado (M.)

(4) rifarse los cincuenta (Z. R. P.)
(5) hizo la monja de sentimiento. (M. F.)
(6) cargos con nueva (Z. R.)
(7) el sucio. (Todos los antiguos impresos.)

por los dedos en el naipe ó por las primeras letras de las palabras. No quiero darte luz de más cosas; estas bastan para saber que has de vivir con cautela, pues es cierto que son infinitas las maulas que te callo. *Dar muerte* llaman quitar el dinero, y con propriedad; *revesa* llaman la treta contra el amigo, que de puro revesada no la entienden; *dobles* son los que acarrean sencillos, para que los desuellen estos (1) rastreros de bolsas; *blanco* llaman al sano de malicia y bueno como el pan, y *negro* al que deja en blanco sus diligencias.

Yo pues con este lenguaje y estas flores llegué á (2) Sevilla : con el dinero de (3) los camaradas gané el alquiler de las mulas, y la comida y dineros á los huéspedes de las posadas. Fuíme luego á apear al meson del Moro, donde me topó un condiscípulo mio de Alcalá, que se llamaba Mata, y agora (4) se decia (por parecerle nombre de poco ruido) Matorral. Trataba en vidas, y era tendero de cuchilladas, y no le iba mal. Traia la muestra dellas en su cara, y por las que le habian dado, (5) concertaba tamaño y hondura de las que habia de dar; decia : «No hay tal maestro como el bien acuchillado;» y tenia razon, porque la cara era una cuera y él un cuero. Dijome que me habia de ir á cenar con él y otros camaradas, y que ellos me volverian al meson.

Fuí, llegámos á su posada, y dijo : «Ea, quite la capa vucé, y parezca hombre; que verá esta noche todos los buenos hijos de Sevilla; y porque no lo tengan por maricon, abaje ese cuello y agobie de espaldas, la capa caida (que siempre andamos nosotros de capa caida), y ese hocico de tornillo, gestos á un lado y á otro; y haga vucé de la *g*, *h*, y de la *h*, *g*; y diga conmigo : gerida, mogino, (6) jumo, Paheria (a), mohar, habalí, y harro de vino.» Tomélo de memoria. Prestóme una daga, que en lo ancho era alfanje, y en lo largo no se llamaba espada, que bien podia. «Bébase (me dijo) esta media azumbre de vino puro; que si no da vaharada no parecerá valiente.» Estando en esto, y yo con lo bebido atolondrado, entraron cuatro dellos con cuatro zapatos de gotosos por caras, andando á lo columpio, no cubiertos con las capas, sino fajados por los lomos, los sombreros empinados sobre las frentes, altas las faldillas de delante, que parecian diademas, un par de herrerías enteras por guarniciones de dagas y espadas, las conteras en guarnicion, con los calcañares derechos, los ojos derribados, la vista fuerte, bigotes buidos á lo cuerno, y barbas turcas, como caballos. Hiciéronnos un gesto con la boca, y luego á mi amigo le dijeron (con voces mohinas, sisando palabras) : «Seidor.» «So compadre», respondió mi ayo. Sentáronse; y para preguntar quién era yo no hablaron palabra, sino el uno miró á Matorrales, y abriendo la boca y empujando hácia mí el labio de abajo, me señaló; á lo cual mi maestro de novicios satisfizo empuñando la barba y mirando hácia abajo; y con esto (7) con mucha alegría se levantaron todos, y me abrazaron y hicieron muchas fiestas,

y yo de la propria manera á ellos, que fué lo mesmo que si catara cuatro diferentes vinos. Llegó la hora de cenar; vinieron á servir á la mesa unos grandes pícaros, que los bravos llaman *cañones*. Sentámonos todos juntos á la mesa : aparecióse luego el alcaparron, y con esto empezaron (por bienvenido) á beber á mi honra, que yo de ninguna manera, hasta que la vi beber, no entendí que tenia tanta. Vino pescado y carne, y todo con apetitos de sed. Estaba una artesa en el suelo toda llena de vino, y allí se echaba de bruces el que queria hacer la razon. Contentóme la penadilla. A dos veces no hubo hombre que conociese al otro. Empezaron pláticas de guerra; menudeábanse los juramentos; murieron de bríndis á bríndis veinte ó treinta sin confesion. Recetáronsele al Asistente mil puñaladas; tratóse de la buena memoria de Domingo Tiznado (8) y Gayon; derramóse vino en cantidad al alma de (9) Escamilla (b). Los que las cogieron tristes lloraron tiernamente al malogrado Alonso Alvarez. Ya á mi compañero con estas cosas se le desconcertó el reloj de la cabeza, y dijo, algo ronco, tomando un pan con las dos manos y mirando á la luz : «Por esta, que es la cara de Dios, y por aquella luz que salió por la boca del ángel, que si vucedes quieren, que esta noche hemos de dar al corchete que siguió al pobre Tuerto.» Levantóse entre ellos (10) alarido disforme, y sacando las dagas, lo juraron (11), poniendo las manos cada uno en un borde de la artesa; y echándose sobre ella de hocicos, dijeron : «Asi como bebemos este vino, hemos de beber de la sangre (12) á todo acechador.» «¿Quién es este Alonso Alvarez, pregunté, que tanto se ha sentido su muerte?» «Mancebo, dijo el uno (13), lidiador ahigadado, mozo de manos y buen compañero. Vamos; que me retientan los demonios.» Con esto salímos de casa á montería de corchetes.

Yo, como iba entregado al vino, y habia renunciado en su poder mis sentidos, no (14) advertí al riesgo que me ponia. Llegámos á la calle de la Mar, donde encaró con nosotros la ronda. No bien la columbraron, cuando sacando las espadas, la (15) embistimos. Yo hice lo mismo, y limpiámos dos cuerpos de corchetes de sus malas (16) ánimas al primer encuentro. El alguacil pu-

(1) raetreros (Z. R. P.)
(2) Sevilla con el dinero de las camaradas, gané (*Las ediciones antiguas.*)
(3) las camaradas, (Z. R. P. M.)
(4) le decia (por parecerle nombre de poco ruido) Matorral. (Z. R. P.)
(5) decia : «No hay tal maestro (M. F. y *las modernas.*)
(6) gumo, (*Los antiguos ejemplares.*)
(a) Una calle de Sevilla.
(7) se levantaron todos con mucha alegría, (M.)

(8) Ygayon (Z. R. P.)
(9) Escanilla. (*Id.*)
(b) Su patria y nombres los ha conservado en la *Gatomaquia* Lope de Vega :

¿ Qué Ciplon , del africano estrago ?
Qué Aníbal de Cartago?
Qué fuerte *Pero Vazquez Escamilla* ,
El bravo de Sevilla ?

En el romance de *Los valientes y tomajones* refiere QUEVEDO el honroso fin de este jayan :

De enfermedad de cordel
Aquel blason de la espada ,
Pero Vazquez de Escamilla
Murió cercado de guardas.

Las novelas y farsas, y los romances de germanía que tan en boga estuvieron durante el siglo XVII, arrebataron á un completo olvido los nombres de infinitos desalmados rufianes, bárbaros héroes de la hez del pueblo, más célebres cuanto más atroces crímenes cometian.
(10) un alarido (M. F.)
(11) solemnemente, (*Id.*)
(12) de todo (*Id.*)
(13) dellos, (*Id.*)
(14) advertia (*Id.*)
(15) embestimos. (*Id.*)
(16) almas (*Id.*)

so la justicia en sus piés, y apeló por la calle arriba dando voces; no lo pudimos seguir, por haber cargado delantero. Y al fin nos acogimos á la iglesia Mayor, donde nos amparámos del rigor de la justicia, y dormímos lo necesario para espumar el vino que hervia en los cascos. Y vueltos ya en nuestro acuerdo, me espantaba yo de ver que hubiese perdido la justicia dos corchetes y huido el alguacil de un racimo de uva, que entónces lo éramos nosotros. Pasábamoslo en la iglesia notablemente, porque al olor de los retraidos vinieron ninfas, desnudándose por vestirnos. Aficionóseme la Grajales; vistióme de nuevo de sus colores; súpome bien y mejor que todas esta vida; y así, propuse de navegar en ansias con la Grajales hasta morir. Estudié la jacarandina, y á pocos dias era rabí de los otros ru-fianes. La justicia no se descuidaba de buscarnos; rondábanos la puerta; pero con todo, de media-noche abajo (1) rondábamos disfrazados.

Yo, que vi que duraba mucho este negocio, y más la fortuna en perseguirme, — no de escarmentado (que no soy tan cuerdo, sino de cansado, como obstinado pecador), determiné, consultándolo (2) lo primero con la (3) Grajales, de pasarme á Indias con ella, á ver si mudando mundo y tierra mejoraria mi suerte. Y fuéme peor, pues nunca mejora su estado quien muda solamente de lugar, y no de vida y cosumbres.

(1) rondamos (M.)
(2) primero (M. F.)
(3) Grajal. (Z. R. P.)

FIN DE LA HISTORIA DE LA VIDA DEL BUSCON LLAMADO DON PABLOS.

VARIANTES.

El primer número indica la página, el segundo la columna y el tercero la línea.

EL RÓMULO.

La *M.* significa las diferencias que se hallan en la edicion de Madrid de 1635.
La *F.* se refiere á las de la coleccion de Bruselas publicada por Foppens en 1670.
La *S.* á la de Madrid por Sancha en 1790.

112..1..39.. al provecho de lo porvenir. (F.)
114..1.. 4.. albanes. (M. F.)—albaucses. (S.)
   18.. estuprarla. (F.)
115..2..40.. le gozan. (M.)
   61.. deja ingar á la vergüenza. (id.)
116..2..21.. convocando el consejo, la educacion suya, el origen, como fueron
   depositados en el agua, cómo socorridos les refirió. (M. F.)
   54.. que necesitaba mostrarse sujeto, ó á ser ingrato. (id.)
117..1..38.. ántes edificar (M.)—ántes de edificar los muros. (F.)
   51.. mercancia, hace industriosos
   los mas timidos : (id.)
  2.. 4.. no merece discurso. (id.)
   25.. ni produce. (id.)
   44.. el Zelo es mayor. (F.—Es errata
   de que atinadamente carece la edicion principe.)
118..1..23.. al tiempo y á la ocasion. (id.)
  2..50.. mas nunca pueden ser dichosos.
   (M. F.)
   42.. cantidad..... è igual. (F.)
119..1..15.. y privarse para acabarle. (id.)
  ..54.. No es digna alabanza (M.)
  2.. 1.. otros tantos enemigos............
   En sus casas pueden entretenerse en hacer algo. (F.)
   37.. disgusto que les padres. (S.
   51.. junto con el Consejo. (F.)

120..1..44.. hasta que ha llegado. (F.)
   55.. perfeccion, no se puede esperar
   del tiempo sino la muerte, ó á lo
   ménos. (S.)
  2..11.. se prepara. (F.)
   20.. El renovar las cosas. (id.)
   24.. asi se puede decir. (M.)
   28.. reparo en el peligro que amenaza, y no alabo yo el enmendar los
   errores viejos, con los nuevos de
   la impaciencia. (F.)
   36.. y hacer mil. (M.)
   40.. si no se impiden. (S.)
   56.. no de despreciarse. (id.)
   57.. y uo tiene miedo. (id.)
121..1..18.. el matrimonio no es legitimo.
   (M. F.)
   25.. no le buscan jamás. (id.)
   53.. Cernenses y Crustamanos ; y los
   de Aptemna (id.)
  2.. 6.. que la mate (id.)
   50.. Campidolio (M.)
   50.. que lea. (S.)
   52.. reprehenderá aquellos. (M. F.)
   56.. aplaudir al consejo. (id.)
122..1..15.. Vencidos aquéllos (S.)
   50.. procede. (id.)
   51.. muros de la ciudad fuertes. (M.)
  2.. 6.. fortalezas. (M. F.)
   9.. enfrenar. (F. S.)
   13.. traspuestas, que luego (S.)

122..2..16.. sino compañeros. (S.)
   27.. se enfrenan (F.)
   los amigos, y porque. (M.)
   33.. ni se partirian. (id.)
   40.. en lugares. (M. F.)
   49.. del moverse. (M.)
   54.. de persuadir sino lo que ve. (id)
   60.. ofender la alteza. (M. F.)
123..1..15.. Campidolio. (M.)
   38.. está en el peligro. (F.)
   49.. podréis. (id.)
  2..16.. aviendo medida. (id.) [sas. (id.)
   18.. entre las dos partes peligro-
   54.. afecto para volver (id.)
   56.. si cada uno no lo impidiese. (id.)
124..1.. 5.. con la pérdida. (id.)
   7.. porque todos los que hacen. (M.)
   15.. pierden con la fuerza, á semejanza de las abejas, que quedan.(F.)
   50.. no porque lo es el. (id.)
  2..30.. la compañia del hermano. (id.)
   37.. aquella con el tenderse. (M. F.)
125..1..43.. afortunado. (F.)
   59.. á otra mas buena. (id.)
  2..12.. Rómulo en tanto que. (M. F.)
   35.. lo cree y se quieta. (F.)
   60.. si pasara. (M. F.)
126..1..12.. el caso gobernaba. (M.)
   19.. para nada. (F.)
   55.. porque se halla. (M. F.)
127..2..18.. acabar esta corta vida. (F.)

MARCO BRUTO.

M. Impresion de Madrid de 1644.   *F.* Bruselas, 1670.
II. La segunda de 1648.   *S.* Madrid, Sancha, 1790.

129.. 15 y siguientes.. V. Excelencia (M. II.)
130.. 35..) Sicilia (id.)
   43..)
133..1.. 6.. Campidolio. (M. II. S.)
134..1..43.. Hala.... (M. II. S.)
  2..17.. y en ellos : se fatigó. (F.)
136..2..55.. su hijo. (id.)
137..1.. 6.. permitiéndoles el Señor toda la
   riqueza. (id.)
   40.. tratar como fuego. (id.)
   45.. que se les juntan. (id.)
  2.. 4.. Cesar, quien. (S.)
   9.. se hubiese retirado. (id.)
   62.. Aquel se alienta. (id.)
138..1..31.. puede ser bueno. (id.)
139..1..54.. obedece del todo. (id.)— que ni
   obedece, ni con soberbia se resiste. (F.)
  2.. 9.. Despeñado y vertido en cenizas.
   (M. II. F.)
   40.. cuando alzó las nubes. (M. II. F.)
   47.. exceso de su luz (S.)
   51.. senor en que los ministros. (id.)
   55.. el mundo. (M.)

140..2..28.. pues haber quien (S.)— por haber quien. (M. II.)
141..1..47.. alimentos de su entendimiento
   (S.)
   58.. los desordenes. (id.)
  2..12.. que solo él sabia. (id.)
   14.. que era Bruto. (id.)
   29.. animoso y feroz (id.)
142..1..11.. reyes, las produce. (id.)
   15.. lo que hace aborrecible. (id.)
   36.. por esto. (II.)
   37.. aun en la relacion de otro niño. (id.)
   38.. y fué su natural. (id.)
   51.. los unos. (S.)
   52.. los otros. (S.)
  2..28.. disfrazaban los silencios. (S.)
   40.. mas oculto es el tósigo. (id.)—
   trasgo. (F.)
   44.. aborrecen, y á los que aborrecen. (S.)
143..1..50.. y se advierte. (id.)
   51.. su ruina de una diadema. (id.)
   60.. asistirian á su intento. (id.)

143..2..54.. que hasta tanto. (F.)
144..2.. 3 y siguientes.. Quinto Ligario. (M.
   II. F. S.)
   24.. se dilataria. (S.)
   26 y siguientes.. Estalio Epicureo. (II.
   M. F. S.)
   27 y siguientes.. Faonio. (id.)
145..2.. 9.. conocerá. (S.)
   50.. embarazará. (id.)
   62.. quieran. (id.)
146..1..24.. que se persuadiese. (F.)
   30.. por no padeceria. (M. II. S.)
   59.. señalado á su fin. (S.)
  2..16.. muchacha. Tenian un hijo. (M.II.
   F. S.)
   31.. no como las concubinas solamente para el (M. II.)
148..2..13.. las circunstantes. (M. II.)
   44.. No solo parecia. (M. II. F. S.)
149..1.. 7.. sus Deudores. (S.)
   11.. dió la gentilidad en las amenazas, por venir á las palabras (id.)
   18.. Marco Bruto. (M. II.)
   34.. Espurina. (id.)

149..1..37.. del nacimiento. (S.)
51.. afortunado. (id.)
2..52.. de casa de Bruto. (id.)
150..1..18.. riesgo que les representó. (id.)
25.. y se pasaba. (M. II.)
47.. Decio Bruto. (M. II. F. S.)
2..11 y siguientes.. Espurina. (M. II. S.)
18.. Matarse por morir. (S.)
61.. guarda de los españoles. (F.)
151..1..29.. Decio Bruto. (M. II. F. S.)
57 y siguientes.. Espurina. (M. II. S.)
58.. su vida y la olvida (id.)
152..2.. 1.. dar la muerte. (F.)
48.. dignidad y poder (M. II.)
153..1.. 9.. y luego Casca le dió (F.)
39.. de sus enemigos. (id.)
54.. porque esto está en su mano.(id.)
154..1..53.. convencidos de sus razones,(id.)
155..1..58.. y asiendo luego. (M. II.)
2..31.. repartía entre (F.)
157..1..11.. libr. 13. (M. II. F. S.)
2..49.. es muy peligroso. (F. S.)
50.. los que son malos. (id.)
51.. los que son buenos. (id.)
158..2..35.. sin consejo. (F. S.)

158..2..39.. desta manera ya disminuido. (F. S.)
159..1..16.. tan dolorosa. (id.)
51.. que matar (S.)
160..1..54.. han fabricado (M. II.)
2..56.. cargo y cuidado (F. S.)
60.. con mucha diligencia. (id.)
161..1..45.. recado (F.)
2..18.. recoger en Castel del Ferro. (F.)
19.. Castel de Ferro. (S.)
162..1..47.. victorias ya ajados (M. II. S.)
2.. 4.. Biote. (M. II.)
163..2..46 y siguientes.. Amalasunta. (F.)
61.. Avidio. (M.)
164..1.. 5.. con un solo capote. (F. S.)
6.. empleó. (M. II.)
32.. Q. Aterio. (id.)
32 y siguientes.. Cyro Marrillio Esernicio. (M. II. F.)
33.. Cornelio Hispano. Declama (id.)
47 y siguientes.. Gneo. (id.)
M. Caton. (id.)
2..12.. libro 13 de Quinto Curcio dijeron (id.)
40.. como le hubiese mandado. (S.)

163..1.. 4.. el regolpar, envilecerle con vómito. (M. II. F. S.)
2..48.. jubilacion con todo por una vía (M. II.) — jubilacion contando (F.)
166..1..23.. Aspernate. (M. II. F. S.)
32.. como te lo quitará (F.)
52.. me engañó la prision. (M. II. F. S.)
2..27.. ¿De qué protoraría la potenza de Sila, con la libertad, entre los principios de la adolescencia en tus niñeces? (id.)
167..1.. 3.. y aparejados (id.)
10.. el castigo sumo de Ciceron(id.)
36.. puede castigarle mas cruelmente (F. S.)
2.. 8.. mas quiero engañar (M. II. S.) — no quiero engañar. (R.)
57.. ellas no. (M. II. F.)
61.. lo que te pide. (F. S.)
168..1.. 7.. mis escritos á la vida (M. II. F.)
2..15.. No somos mas de uno. (F. S.)
169..1..12.. sola debo temer. (M. II.)
2.. 7.. para que se vean. (M. II. F.)
12.. Mesino. (M. II. F. S.)

CARTA DEL REY CATÓLICO.

S. Publicacion de Sancha, 1794.
A. Manuscrito de la Biblioteca Nacional, Aa. 167.
J. Otro de la misma, J. 140.
M. Otro de idem., M. 276.

X. Otro de la misma, X. 53.
D. Una copia del señor don Agustin Duran, hecha por el bibliotecario don Tomás Antonio Sanchez.

170.. 6.. Zúñiga y Acevedo. (D. M.)
9.. ringlones (A.)
11.. estarian peligrosas. (S.)
14.. en materia (M. D.)
21.. letura; mas temo (M. D. S.)
23.. hallará este papel la madurez (M. D.)
26.. acogimiento de las acciones (A.)
28.. lucimiento (A. S.)
171..1.. 8.. quedaros (D. M.)—debiera quedar allá (X. J.)
10 y siguientes.. micer Zoneh (dicen todos los manuscritos é impresos, ménos J. 140 y X. 53.)
11 y siguiente.. lo de la Cava (id.)
12.. recibido muy grande (J. X.)
15.. muy maravillados (Aa.)
18.. mis reinos. (D.)

171. 1..18.. nuestro reino. (S.)
24.. atajando y remediando (M. D.)
—atajándolo y remediándolo (S.)—atájenlo y remédienlo (X. J.)
26.. osan (M. D.)—mas se osan facer, otros, (X. J.)
35 y siguientes.. actos (A.)
40.. Roma sobre este negocio (S.)
2.. 2.. á los que ahí hicieron instancia sobre (S.)
4.. alguna cia (X.)
5.. y facedles (Aa.)
10.. soltarios. (S. D.)
22.. en lo facer (S.)
Y porque el duque (Aa.)
26.. dejar de facer. (id.)
27.. que si la dicha (S.)
32.. la dicha serenísima (id.)

171..2..45.. y á nuestro alcaide que así dejeis (A.)
172..2.. 3.. consideracion (id.)
10.. de un cursor apostólico. (S.)
19.. bizarreó (id.)
32.. principes valerosos valientes(id.)
173..1..11.. el no tener ejecucion (A.)
15.. obediencia. (id.)
61.. el que la corta, la acorta. (S.)
2.. 2.. para robarla él (id.)
5.. aspire á creher (A.)
21.. Castil novo en la porta de Vallello (id.)
34.. ringlon (id.)
174..1.. 5.. oir y castigar (S.)
7.. resfria (A.)
10.. con la saña (id.)
13.. parientas. (id.)

MUNDO CADUCO.

Variantes y yerros de pluma del manuscrito que puede considerarse original, que han desaparecido en nuestro texto.

176..1.. 1.. eleccion de temor
17.. Mas los reyes temiendo
2.. 9.. en Curso y la Historia
20.. y seguridad amiga, de suerte que como poco despues fá armada
35.. Veilia
39 y siguientes.. uscocus
51.. partenza del puerto de Justiniano Napolitano
177..1..20.. Miguel de Silva
26.. en la Ystoria
48.. Belfia
2..13.. Istoria
37.. mas tan inferior número
38.. que no tenemos
54.. escoros
178..1..28.. de César
29.. espidiente
2..16.. impusibilitase
23.. Bienna
29.. Bierna
48.. G13
uscocos hacia Durazo
de las dos y de sus compañeras
179..1..30.. pudo ser esta Corchula hasta donde se extiende
36.. no solo niega
46.. de fábula basta que venecianos
2.. 5.. queriéndose volver el Priucipe

179..2.. 8.. entre todos los sucesos de la paz
11 á 21.. con paz que habia alargádose
36.. Biendo
38.. le tienen y les pertenecen
40.. Biendo
41.. Scardiona
44 y siguientes.. Sansagino
49.. y dice que á 16 de marzo se determino en Padua
51.. Galiano de Fontana, Simon de Glancon y Antonio Calvo de Loban
54.. Bernardo Justiniato
180..1.. 2.. se lean estas palabras en el año 810:
8.. y á tiempo suyo
10.. Sansorino
11.. Giustiulago
18.. Justiniano Ypato
35.. desmienten y contradicen. La libertad el Sigonio escribe que el año 855 dió Ludovico á Pedro
39.. Goldiano
41.. Rodolfo
2.. 1.. Patatio
4.. una parte Ludovicos..... parte GRACIAS.
181..1.. 1.. poner olvido en las olvidadas enemistades

181..1..25.. Culabarino
41.. Balboda á corte de una legua
56.. favorable un limitada espacio
2.. 6.. un castillo que se llama Nuor
15.. todo Dios
41.. Cerbical
54.. y castelleria que trata Fabio Calvo
56.. y con mayor rencor y solas las salinas
182..1.. 1.. á las murallas de San Serra
22.. Cormana y Medea
52.. á su parecer aquellos consejeros.
2..24.. Saboya, y por recelos
183..2.. 2.. Asomaban la muerte en
20.. y á Bohemia al emperador Matías etc.
184..1.. 1.. muy de temer que estos distintos
6.. en el serenísimo Archiduque
16.. excepciones
21.. pedian actos arrebatados
185..1.. 1 y siguientes.. Fernando
5.. Cabeza de la Austria superior de su rey don Fernando
15 y siguientes.. Bacoy.
21.. Los ungaros asistieron al robo y despojo. Raíz etc.
25 y siguientes.. Blethen Gabor
2..31.. Dagamosla los lectores al hacer

mérito ypotecala la sucesion al dichoso el parto del imperio no el arbitrio el inconveniente etc.
185..2..45.. previrtiendo
196..1..20.. empezastes
41.. intento divertida casa de Austria
42.. donde cuarenta mil hombres,
56.. tenian pasar
57.. se retiraron y sentando
2.12.. muchas se declararon
13.. Holstein, de Bruns, Wlig
14.. Darmastad
16.. lector de Sajonia
42.. y todos los católicos :
187..1..6.. historias, advertianle de paso
11.. Avipach
17.. Betuna
28.. Frisa.
30.. á Cobienza
32.. Francafort
37.. Enrico Nasao
45.. inundando
49.. Dampier

187..1..51.. Betiem Gávar
54.. Preibert
57.. Obispos de Boruberga, Herpipoli
61.. Budweis
2.25.. hicieron, que del que apenas naciendo
188..1.. otra y estos la Providencia
10.. divina á ser vencidos
11.. merece voz con esta su ruina
17.. la leccion
52.. socorre
189..1.. 4.. dejó por gobernador
5.. Don Carlos Lich Lichtenstun y al conde de Biboy
23.. que se llamaron.
24.. y abrigados
26.. cuántos sirvieron
54.. acompañaban que de los del acompañamiento que del arrepentimiento
2.14.. Alberstad
18.. Anivers

189..2..22.. Mosa
25.. Manson.
32.. Dampulierst
37.. Sésar.
42.. Gois y Lafert
47.. Abonas
190..1.. 9.. Maneuse, alojándose en San E-mont
10.. Sambla
11.. Rinsalt
12.. Beasort, Donlers, Sanambin
13.. Bines
19.. y otros doblando
25.. el Mosa en Garet
26.. Fion y Meli
28.. le dijo
2.21.. de sus nudos
40.. Peruret
45.. Hamat
49.. Jliburgs
50.. Breva y de Boldue
51.. El obispo
191..2.. 3.. Baltelina.

GRANDES ANALES DE QUINCE DIAS.

O. Manuscrito que estimo como original, Biblioteca Nacional II. 43.
Ce. Otro de la misma, Cc. 55.
Ha. Otro id., H. 43.

IIb. Otro del propio establecimiento, H. 43.
I. Otro id., I. 98.
M. Otro id., M. 276.
T. Otro id., T. 153.

193.. 26.. ocasiones ; (I.)
194..1..18.. Murio padeciendo (en un desconsuelo religioso y lleno de verdadero dolor) purgatorio visisible y egemplar á los que le vieron, diligencia (id.)
2..13.. remediaba (id.)
14.. con su paciencia (id.)
195..1. 6.. tan desinteresada (id.)
22.. prevencion (id.)
61.. deseaban que hubiese algun levantamiento. (S.)
65.. y yo no hallo (id.)
2..19.. del poder prestados que en su atencion adormecida pasaban (id.)
27.. creerian de los vasalios que padecerian (Cc. T.)
196..1..17.. tan provechosos egemplos como congeturas; (id.)
2.. aliviarle de los odios. (id.)
2.. 1.. la prudencia de salir (O.)
5.. le esaminaban la insinuacion.
(Cc. H.-a. b.)
12.. padres y hijos : que quiero sabe despreciar el poder etc. (I. Cc. H.-a. b.)
16.. hablar mas en su presencia (H.-a. b.)
18.. el advertirlo. (I. Cc. H.-a. b.)
197..1. 1.. gozó la parte que le cupo (I. Cc. H.-a. b.)
10.. compitan : habiendo su magestad al parecer crecido mas de treinta años en tres dias que reinó. (O.)
2..19.. atormentado de la emulacion de los enemigos, (I. Cc. H.-a. b.)
12.. entretiene y engaña. (id.)
198..1.. 5.. Grimaldo. (O I.) — Primaldo.
(Cc. H.-a. b.)—Primado. (S.)
2.. 6.. respuesta. (I. Cc. H.-a. b.)
8.. Gaspar de Valiejo, del mismo consejo, y al regente Caimo, del consejo de Italia, Garci Perez de Araciel, y por fiscal (O. I. Cc. H.-a. b.)
23.. al duque se le imputaba. (O.)
Llevó tambien preso (I. Cc. H.-a. b.)
27.. Llevó tambien á Aparicio (id.)
47.. esaminase las causas.. (id.)
50.. setenta mil duecientos (id.)
199..1..11.. meter las manos (id.)
12.. y como sabian que habia sido (id.)
22.. peregrinando para la duquesa (O. H.-a. b.)
44.. retirados. (I. Cc. H.-a. b.)

199..1..47.. dándose crédito unos á otros.
(O.)
2.. 1.. lo que son con sospechas de (id.)
9.. pero descontiada (I.) — por desconfiada (Cc. H.-a. b.)
56.. y es mas desagraviar (O.)
56.. que en las religiones (I. Cc. H.-a. b.)
200..1.. 7.. entretenimiento. (Cc. H.-a. b.)
16.. este cuidado. (O.)
24.. por la privacion (I. H.-a. b.)
37.. Leense en el concilio de los Apostoles tales palabras, (O. I. Cc. H.-a. b.)
41.. en su decreto capitulo 15; el concilio Africano cau. 71:.... § Parecio (I. Cc. H.-a. b.)
2..47.. anivelándose. (I. Cc. T.-a.—nivelándote (S.)
201..1.. 21.. no se desalientase aquel celo.
(T. I.)
41.. y con los criados (I. Cc. T. H.-a. b.)
2.. 6.. Francisco de Garnica. (Cc. T. II.-a. b.)
9.. tres meses. (O.)
16.. á los gustos y fiestas (T. Cc. H.-a. b.)
202..1..18.. que descausársele, pues de su vireinato como si de su valimiento, por esa propia razon, no le puede ser de provecho para la licencia, ni aun sin dificultad y contradicion de merito á las cosas obediente y dichoso ; (O.)
2.. 5.. estado que se hallaba. (T. I. Cc. H.-a. b.)
203..1..15 que se retirase á su lugar. (O.)
23.. su elevacion á la presidencia
(I. T. Cc. H.-a. b.)
28.. ternura (id.)
204..2..40.. á festejarie (I. T. Cc. H.)
205..1..10.. y el mas reconocido le parece que se (O.)
33.. Don Fernando á las conveniencias de estado y al egemplo (id.)
206..2..47.. lo mereció la paciencia. (S.)
207..1..55.. para calificar las cabezas de este rumor, y expusion (O.)
208..1..12.. de lo robusto de aquellos gloriosos españoles. (id.)
21.. le habia hecho resistencia (id.)
49.. vireinato , y Olivares á costa de Filiberto y mediante la ignorancia del de Uceda, aseguró de si (I. Cc.)
50.. entretuvo la orden. Sacaron el palacio la azafate. (O.)

210..1.. 7.. y apenas el verdugo dió lugar á que le ayudasen á morir (M.)
29.. el verdugo á don Rodrigo (O.)
34.. que para su penitencia (id.)
44.. por lo que callaron (O. I. Cc. T. H.-a. b.) — por lo que los jueces callaron (M.)
59.. como decimas (I. Cc. T. II.)
211..2.. 9.. y que industria y que negociacion. (I.) — y que industria , negociacion. (T.) — ó industria que negociacion. (Cc.) — é industria , que negociacion. (H.-a. b.) — y mas industria que negociacion (M.)
20.. don Felipe el grande , el prudente (O.)
27.. desempeña. Murió y dejó (id.)
212..2..18.. providencias tan singulares (id.)
—providencia escarmentada (I. T. H.-a. b.)
38.. aplanso ni autorizado ni copioso. (O.)
213..1..18.. peligro forzoso, por el descanso del rey y por el alivio del reyno, ha sido el conde (id.)
20.. si no aventura su puesto (id.)
32.. fidelidad impaciente (id.)
216..1..14.. venció los reyes. (I. Cc.) — venció los reyes, desposeyó los tirano, (T. H.-a. b.)—despojó los tiranos,' Cc.)
15.. justificó los infieles , (T. Cc. H.-a. b.)
17.. desperdicios (I. Cc. M. H.-a. b.)
22.. en Felipe II, cuya imagen escribió (I. H.-a. b.)—cuya imagen escribo. (T. H.-b.)—se escribe. (M.)
29.. supo divertir la mocedad (T.)
35.. ejercitos su prudencia. (id.)
36.. bizanzo (I.)—vilanzo (T. M.)—vi la yo (H.-a. b.)
4.. 6.. ni la novedad que siguió (I. T. M.)
40.. defensas de sal. (I. T.)
50.. énojo; y con docilidad se aplicaba á lo que querian (I. Cc. T. H.-a. b.)
45.. ostentara (I. Cc. H.-a. b.)
51.. justicia. La voluntad no la tuvo, que se la tuvieron. Tuvo el entendimiento (M.)
217..1.. 6.. muestrala á quien se la merece; se la sirve ; y no se la engaña. (I.)
218..2.. 4.. facciones robustas , y en la religion mañosas, y en la privanza modestas : (Cc.)—molestas : (I.)
20.. y levantándose veñenos (I. Cc.)
27.. con la inocencia. (I. Cc. H.-b.)

MEMORIAL POR EL PATRONATO DE SANTIAGO.

B.   Manuscrito de la Biblioteca de San Juan de Barcelona.
M.   Edicion príncipe, Madrid 1628.
F. S. Las citadas de Foppens y Sancha.

221.. 17.. despojadas de las molestias, (B.)
222.. 5.. cap. 1 dijo : (id.)
223..1..12.. consideracion que la bala (F.)
  19.. Apostoli, vel, (M.) — Apostoll, etc. (F.)
  43.. abundandola. (M. F.)
2..13 á 15.. costumbre, un devoto de la santa pidió por diferentes (F. S.)
  26.. á novedad tan grande el dicho devoto, y no el reino (id.)
  51.. pedir estaba la primacía (M. F.)
224..1..11.. porque el reino cuando los devotos de la santa les pidio para ella (F. S.)
  12.. le pidió para (M.)
  14.. que los tales oyeran (F. S.)
  25.. Inglaterra (id.)
  27.. l.9 esp. 7..(M.)—lib. 2 cap. 7.(F.)
2.. 3.. por algun modo. A S. Ildefonso (M.)
  5.. nacido en España (S.)
  6.. San Melchiades (id.)
  7.. qué se debería conocer (M. F.)
  8.. á Santo Tomas de Villanueva, y á San Ramon Nonacido, que siendo redentor (id.)
  51.. los han empeñado los referidos devotos de la reforma. (F. S.)
225..1..13.. et precibus (M. F. S.)
  56.. y alegan sus devotos, es forzoso (F. S.)
2.. 3.. por parte de los dichos devotos se hicieron. (id.)
  19.. elegit (M. F. S.)
  21.. ¿cómo es que pretende (S.)
  24.. dice San Pablo que (id.)
  35.. Sin su perjuicio? Sin (M. F.)
  58.. que le toraba, y esto (id.)
  44.. sino dará á cada uno lo que le toca. (S.)
226..1.. 8.. ¡aquellos pocos cristianos (M.F.)
  10.. Sarracenos. Este nombre les fué muro ; y los (S.)
  26.. vnito y juntos pasamos (id.)
  41.. aparecer. (id.)
  53 y siguientes.. patronato (id.)
  56.. de todo? Un devoto en su Memorial (F. S.)
  63.. si pudiera ser, grandemente mortificarian (S.)
2.. 1.. Debiera el tal considerar (F. S.)
  11.. Pues no les hemos de imitar en esto ; que todo lo que (id.)
  18.. asesten (S.)
  22.. grandes envidias (F. S.)
  44.. 844. (M. F. S.)
  50.. 1.019. (id.)
  61.. no le rescate (S.)
227..1.. 7.. los reinos, las piedras (id.)
  17.. don Fernando II (id.)

227..1..19.. 1256. (M. F. S.)
  dice las tales (S.)
  49.. Quien dijera (id.)
  50.. de las infinitas (id.)
  51.. engañara. (id.)
  55.. los propios devotos (F. S.)
2.. 5.. El padre Pedro Mafeo atribuía (M. F. S.)
  12.. y que aquel glorioso (S.)
  14.. oro, perlas (id.)
  15.. y en el libro 12 dice preguntaban (F.)—y en el libro 12 que preguntaban (S.)
  39.. persona, dignidad (id.)
  47.. afecto de los devotos (F. S.)
  62.. responder los referidos devotos á quien (id.)
228..1..12.. apostólica no advierte. (S.)
  18.. malicia tan tersa (id.)—cerca (F.)
  24.. sino que á cada hora (S.)
  Dicen que no se le (id.)
  35.. temporal y espiritual (id.)
  34.. con Marcial español en el libro (F. S.)
  35.. lib.5. Epigramma 107 (M.F.S.)
2.. 2.. cap. 17. (id.)
  6.. y que piden les den inconvenientes. Donde (S.)
  15.. ella tenga dominio (id.)
229..1.. 7.. Iglesias, universidades (id.)
2.. 4.. magestad puerilidades (id.)
  16.. los devotos con santo celo (id.)
18 y 19.. de un reino, para que fuesen patron de el (id.)
  46.. quitando lo ageno? (M.)
  52.. único, grande (S.)
230..1..40.. Asia y Grecia, (id.)
  49.. á este gran patron. (id.)
  55.. Carlos V el primero? (id.)
  56.. grande, apostólico (id.)
2..18.. ordinare. (M. F. S.)
  21.. hay una, (M. F.)
  37.. peticion de los devotos. (F. S.)
  44.. á tan ejemplares varones; (id.)
46 y siguientes.. practicable (S.)
48 y 49.. se pidiera que la ciudad (F. S.)
  55.. su mismo esclavo, (S.)
  56.. cartas de honor (S.)—horror (F.)
  58.. del autor (S.)
  59.. Justa causa (id.)
  60.. de España á santa Teresa (id.)
231..1.. 4.. Los devotos de la santa le dan (F. S.)
  31.. años que no habrá (M. F. S.)
  32.. y la tratase (el autor (id.)
  34.. madre Agueda (M. F.)
  37.. oraciones, los votos (id.)
  44.. reyes, cap. 19 (M. F. S.)
  45.. Galaalitas (S.)
  48.. grande, santo (id.)

231..2.. 5.. guerra que los enemiga (S.)
  25.. reinos de infieles (S.)
  27.. lleg. cap. 10 (M. F. S.)
232..1.. 7.. Que cierto es (M. F.)
  19.. Primum Apostolon (M.)—Primus Apostolorum, (S.)
  37.. pidieron hoy los devotos, que Santa Teresa (F. S.)
  40.. contraria, y el Evangelio (M. F.)
  41.. circa plurima ; (M. F. S.)
  44.. No dirán que (F. S.)
  47.. lo dice ; y añade : Que (M. F. S.)
  49.. compañía; dice Christo; (id.)
  51.. demanda para los devotos, y cillo (F. S.)
2..10.. Clement. Rom. lib. 6. Const. Apost. cap. 27. (M. F. S.)
  57.. adonde (S.)
  59.. y al rey (id.)
  49.. Napoles y Sicilia (id.)
233..1..11.. en santos devotos (F. S.)
  12.. de su santa Madre (id.)
  18.. vel ab hostibus eripuit, et quid (M. F. S.)
  19.. nam merces (id.)
  20.. quod pro contemplatione (id.)
  25.. doctísimamente Pedro Sarlo (M. F. S.)
  29.. cap. 423 (S.)
  35.. Declano, const. 25, núm. 8 hasta 48 (M. F. S.)
  37.. et ad años spectet necessere. quod ipse praedecessori (S.)
  45.. Madrid el año de (F. S.)
  51.. de honra, perdida de alma (F. S.)
  52.. este padre y señor me saco que yo sabia pedir (id.)
  60.. les dió Dios (id.)
  62.. experiencia que se la dió para socorrer (id.)
2..14.. santal (M.)
  15.. no solo trata (M. F.)
  17.. procurará que sus devotos, y las demas (F. S.)
  24.. y la libró (S.)
  porque no pueda haber (F.)
  62.. que no sé que pueda (S.)
234..1.. 5.. y un Silo (M. F. S.)
  19.. Por esto (S.)
  25.. afecto, rendida obediencia (id.)
  28.. de Dios : cuán (id.)
  30.. cristiandad ; cuán (id.)
  31.. su nacimiento, su cuerpo (id.)
  52.. reliquias ; que es (id.)
  33.. y que no hay honra. (id.)
  50.. Un devoto, en el fol. (F.)
2.. 6.. bien leido es de otro devoto que como tengo (F. S.)
  47.. Salvo semper (S.)

LINCE DE ITALIA.

Ff. Coleccion inédita de don Juan Isidro Fajardo, que posee la Biblioteca Nacional, M. 276.
D. Manuscrito del señor don Agustin Durau.

235..1.. 2.. de Felipe IV. (D. Ff.)
  7.. in proemio de Mundo universo. (D.)
  12.. (si pudiese) (Ff.)
  15.. le han disfamado (D.)
  21.. ha con Italia (Ff.)
  52.. Sé que de todos (D.)
2..23.. y verá V. M. que con catorce viajes. (D. Ff.)
  24.. no sin fruto hechos (D.)
  29.. si vence á uno pierde á los demas (Ff.)
  32.. les hace parecer (id.)
  35.. las guerras (D.)
  37.. ya defensiva (F.)

236..1..18 y siguientes.. unionitas (D. Ff.)
  52 y siguientes.. Juan Gorgio (id.)
2.. 6.. con el conde de Aimon de Saboya (id.)
  24.. Chivazo, Branduro, Setimo, Aiocena (id.)
  49.. de su dote se puede ahora compensar los daños (id.)
  que no esceden (D.)
237..1..17.. en el interes de aquella corona (id.)
2.. 8.. tentar unos y reducir (Ff.)
  22.. el año de (id.)
  54.. en Antápoli (D. Ff.)
238..2..01.. decir mas ni mejor. V. M. con-

tiende con ellos : ¿qué mejores, ni mas decentes consejeros (F.)
239..1..20.. saben á parentesco; y no es menos maravilla (id.)
  37.. por sus intereses (D.)
  50.. esta promptitud. Justase (Ff.)
2..47.. negociacion de la habilidad, será (id.)
  53.. Antes, señor, se aventuran (id.)
240..1..10.. se previnieron ; astutos los romanos (id.)
  15.. con temor y desempeño (id.)
2..34.. y que vos solo no lo haceis (id.)
241..1..23.. Declaracion (id.)
  24.. que hoy, basta que él lo hace

en ella, se podis (*Ff.*)—que hoy (hasta que—él lo firmó en ella) se podia hallar (*D.*)
211..2..10.. Diez años habrá dichosamente (*D. Ff.*)
17.. iglesia romana (*Ff.*)
43.. declararse con la de las partes (*id.*)
48.. descartaran (*id.*)
55.. escarmiento que ys se habla (*D.*) —que se habia (*F.*)
57.. ann no se habian asentado las lágrimas (*Ff.*)
60.. y con él renunciarla (*D.*)

212..1..24.. magestad si el rey (*D.*)
26.. que precedan á esta reflexion (*Ff.*)
55.. de Francia y ac (*id.*)
2..57.. siempre procura (*id.*)
243..1..11 á 12.. en la maña (*id.*)
2..30.. que merece. (*id.*)
55.. poco se pueden (*id.*)
214..1..47.. se llevan ellos (*id.*)
2..15.. Sabioneta (*D.*)—Sabolooeta (*F.*)
17.. y en Sicilia. (*Ff.*)
51.. peltre, cuchillos, azofar, polvos, pellejos y medias (*id.*)

214..2..54.. estaño, lienzos y tejidos viles; (*Ff.*)
65.. Bocardino (*D.*)—Bocardino (*F.*)
215..1..34.. escoques (*D. Ff.*)
39.. Signia, (*D.*)—Segula, (*F.*)
53.. armada de los de Venecia afreutosamente (*Ff.*)
2.. 7.. y en las mas muy gloriosos aubeeoos; (*id.*)
50.. Ysocrates Philipo. Olds...(*D. Ff.*)

Nota. Todos los textos y citas se hallan en ambas copias disparatadisimos.

EL CHITON DE LAS TARABILLAS.

M. Y. H. Las colecciones de Madrid de 1648, 1650 y 1658.
F. S. Las de Foppens y Sancha.

247.. 1.. Tira la piedra y esconde la mano. (*Todas.*)
249..1..24.. De la segunda pedrada (*S.*)
38.. epist. 3.ª á Bergantino Atularico: si el (*M. Y. H. F.*)
42.. Señor Tire la piedra, (*Y. H. F.*)
46.. asi se llama Artífice destas cosas. (*M. Y. H.*)—el artifice (*F.*)
2.. 8.. estangurria dorada de Duero (*id.*)
54.. el Judas (*M. Y.*)—ventaja Judas el bote y el ungüento. (*H. F.*)
68.. La plática atufó (*Ff.*)—con las vozea (*H. F.*)
250..1..58.. amenazados (*F.*)
2.. 1.. se habia como de los difuntos (*Y. H. F.*)
31.. la desorden, introdujo (*H. F.*)
46.. Parece cosicosa (*S.*)
42.. y que no perdamos (*H. F. S.*)
251..1..65.. que no afirmo (*F. S.*)
2.. 4.. En esto presente (*id.*)
16.. que pesan mas de veinte. (*S.*)
19.. de este medio real (*M.*)

251..2..25.. intrínseco (*F. S.*)
26.. intrínsico (*id.*)
28.. extrínseco (*id.*)
30.. afinsa los metales (*F.*)
44.. que le pareceis (*S.*)
252..1..52.. matrimonio se pechabs (*id.*)
40.. La capitulacion (*F.*)
46.. en el Sinésio. (*id.*)
51.. donde era el palacio. (*id.*)
2..22.. la medians, (*H. F.*)
31.. año 1837 : (*M.*)
33.. Por mandado del rey, (*H. F.*)
37.. Enrique Tercero y las carestias (*S.*)
58.. cap. 5 su historia (*M. Y. H. F.*)
53.. se determinó vivir (*M. Y. H.*)— que determinó á vivir (*S.*)
59.. en las resultas (*id.*)
61.. y son sacadas (*S.*)
253..1.. 2.. y no pueden socorrer (*S.*)
51.. á esta calamidad (*id.*)— calamidad que por las guerras (*M. Y. H. F.*)
56.. milicia (*S.*)

253..2..12.. que los que ha nació? (*S.*)
17.. y ann acabar de nacer anciano. (*M. Y. H.*)
31.. no le puedes negar (*Y.*)
34.. cuando diez y siete á veinte y seis (*F. S.*)
58.. Tranza (*M. Y.*)
254..1.. 9.. Palatinado (*F.*)
15.. y cuando Francia le daba á los dos de España, (*S.*)
2.. 2.. Dignera (*M. Y.*)
19.. Arabes y moros (*H. S.*)
18.. cosarioa (*M. Y. H. F.*)
50.. templando con los muslos (*H. F. S.*)
255..1..63.. y obligacion en los (*S.*)
2.. 8.. carecerio á él (*Y.*)
13.. el conde de los bajeles (*id.*)
34.. lociusa, (*M. Y. H. S.*)
48.. y batia la ciudad Rafin (*M. Y.*)
256..1.. 3.. Y así, pues (*S.*)
2.. 3.. glorio (*Y.*) gloris (*M. F. S.*)

CARTA AL REY DE FRANCIA.

Diferencias del manuscrito original apostillado por el mismo Quevedo.

260..1..11.. ni en lo secreto
16.. ni tendrá contra mi imaginacion
27.. el grande Enrique
2.. 8.. el renombre
23.. que de su religion la tuviese
26.. tan generosos fines,
29.. á la poderosa invasion
36.. que os fuese duplicada nota
39.. y por el de la Reina nuestra señora,
41.. vuestro grande padre
45.. caro y amado
261..1.. 3.. Yo he querido (por la grande
8.. descrédito de vuestra soberania
40.. de su corazon real
43.. Polibio, en el principio de su libro 2.º : Erant tunc
49.. y de cuantos
2.. 4.. nobilísima y que lenia
18.. en su vida : Tóp
31.. rey mi señor la majestad (autógrafo.)
35.. si hoy os quejais (*id.*)
36.. aca queja (*id.*)
37.. y aquel os sabrá reverenciar que no la creyere (*id.*)
40.. mal contento, jadgaldo (*id.*)
41.. hermano vuestro (*id.*)
49.. revolved en vuestro pecho
51.. Deste que detesta la alma de Dios, debe detestar
262..1.. 8.. impresa, cap. 2
41.. agradecida á su esfuerzo (autógrafo.)
42.. Hierussien (*id.*)
No pretendo yo deslucir (*id.*)
43.. los franceses no las deslucirco (*id.*)

262..1..45.. tuvo muerto el cuerpo (autógrafo.)
2.. 2.. monumento del cuerpo y sangre de Cristo (*id.*)
4.. invidia (*id.*)
11.. el derecho á las armas, con que babeis ocupado piazas y fatigado la cristiandad
24.. para los dos tercios
29.. á trueque
56.. Terlimon
47.. y verdadero de Jesus, Dios y Hombre
55.. y la obra. Antes por mis obras perdí el olio.
263..1.. 3.. persuadirme que la gracia del
2.. vergüenza que con el múrice.
11.. en toda Francia por ella (autógrafo.)
25.. os escribirá en esta razon, cuyoa dedoa no os acuerden, oh rey, de la del Rey Baltasar?
53.. Dejad aiquiera en paz si que nos dejó la paz, ya que nos dejais en paz.
2.. 7.. generoso y de gala incomparable; hoy es Dichoso sobre todos y (si puede decirse) sagrado.
18.. desprecio, os suceda lo que á Faraon, pues lo habeia con el señor de quien entónces se dijo:
21.. Previno la Sagrada Escritura á los caballos
22.. Xatillon. Y la Iglesia cuando comparó los Evangelistas
30.. previniendo
264..1.. 1.. usos civiles.
8.. Oza. Aqul muere quien, vien-

dols trastornada la tiene, y vive el novillo que la trastorna
264..1..13.. delicto
47.. mostré que vencistes para vencer
48.. muestra la reportacion de vuestro poder y armas.
2..11.. deste caballo rojo ; que en eser de otro caballo rojo como este en perseguir católicos, estuvo *
44.. comprando (*Edicion principe.*)— comprada (*Edicion de Barcelona de 1635.*)
265..1..13.. si llamais paz (autógrafo.)
14.. Flandres (*id.*)
15.. arrevozado (*id.*)
18.. distintos (*id.*)
21.. no puede acusarls. Syre, el Rey mi señor (*id.*)
26.. nezesitan de ellos.
27.. Es tan fácil divulgar msulfestos (*id.*)
31.. El principal cargo
32.. causa
33.. Príncipe y elector del Sacro Imperio. Señor, á este cargo vos os respondeis con Xatillon
37.. este berege quien en Terlimon (*id.*)
40.. elector, y Xatillon enemigo de Jesucristo, quien se le niega, suéleseos le rescata (*id.*)
47.. franceses que buscan (*id.*)
51.. y el Cardenal contradixere esta proposicion, respondersie la irrefragable (*id.*)
54.. Francia con estas palabras (*id.*)
2.. 1.. caminantes contra su voluntad los fuerzan á que se detengan (*id.*)

265..2.. 7.. resolucion de las cosas grandes, por lo cual los es forzoso (*autógrafo.*)
  11.. nacimiento de las ocasiones de guerra en los franzeses que se buscan (*id.*)
  19.. mundo de que no ha introducido (*id.*)
  21.. y la serenísima reyna vuestra madre y hermano, porque en tanto con razon creerá el mundo
  24.. hijo de tan esclarecida (*id.*)
  25.. diferencia de dos cuñados. (*id.*) para echarlos
263..1..51.. De Roma echó
  53.. Flandres
  54.. Castilla. Y á todas las (bravatas)

prerogativas del moderno Floro Francisco, os oponemos del verdadero
268..2.. 4.. asi en el segundo
  11.. Tácito Analium XI
  13.. Julio Cesar en el terzero de la guerra de Francia contestar con Floro. Porque como (*autógrafo.*)
  24.. españoles irán á vos eon velocidad en declarándoos por muerte.
  26.. palabras ; Altera complebant Hispanae castra cohortes Prodiga...
  «Gente (dice) son los españoles facilmente se abalanza
  28.. Referiré bien ajustadas estas pa-

labras de Tomas Moro en su doctísima Utopia : *Super*
269..1..17.. magestad del Imperio como con anathema se asista con oro.
  31.. valerse dellos
  37.. dicen á vezes sus pareceres untos hombres
  2.. 6.. docto y santo varon dijo
  12.. triunfos son toda la ocupacion
  15.. naturaleza os fué en todo
  17.. serle el segundo
  19.. de vuestra piedad cristiana
  25.. espiritu efectos de
  30.. cuchillo de los verdaderamente
  32.. todo poderoso Dios de los
  37.. años de vida
  42.. de Quevedo y Villegas

COMPENDIO DE LOS SERVICIOS DEL DUQUE DE LERMA.

  Ff. Coleccion de Fajardo.
  D. Manuscrito autógrafo de don Tomás Antonio Sanchez, que posee el señor Durán.

270..1.. 9.. desdenes de la suerte (*Ff.*)
271..1..35.. Murio en su juicio (*id.*)
  41.. que asistió (*D.*)
  2..26.. con suma felicidad (*Ff.*)
  54.. me pueden (*id.*)

271..2..50.. marqués Spinola (*Ff.*)
  60.. que gobernasen (*D.*)
  65.. gran capitan que su bisabuelo (*Ff.*)
272..1..22.. maestres (*D.*)

272..2..19.. al que se la dió (*Ff.*)
  21.. de su alma. (*D.*)
  26.. os pido que me lleveis (*Ff.*)
273..2.. 8.. familia mi casa. (*D.*)

DESCÍFRASE EL ALEVOSO MANIFIESTO DEL DUQUE DE BERGANZA.

  Ff. Coleccion de Fajardo.
  D. Manuscrito autógrafo de don Tomás Antonio Sanchez, que posee el señor Durán.

274..1.. 2.. Agustin Marobel (*D.*)
  5.. año de 1589. (*id.*)
  7.. Cbronista (*Ff.*)
  9.. Descífrose (*id.*)
  18.. Empezamos (*D.*)
  21 *y siguientes.*. Verganza (*id.*)
  22.. Cardenal Duque; que le (*Ff.*)
  26 *y siguientes.*. don Christóbal de Mora (*id.*)
  28.. ejército; que no ofreció ni cumplió nada de lo que ofreció al Cardenal Rey (*id.*)
  2..16.. que se verá en sus cláusulas. Un año (*Ff. D.*)
  20.. libro de portugueses (*Ff.*)
  23.. don Juan el II (*id.*)
  25.. año de 1618 (*D.*)
  35.. en un pastelero, ya en un herrador, ya en (*Ff.*)
  58.. pues se han determinado (*id.*)
275..1.. 3.. amó con gran ternura ; (*id.*)
  9.. con todo el secreto (*D.*)
  13.. el convento ya cerrado (*Ff.*)
  23.. Mas priesa (*D.*)

275..1..51.. la intencion del autor ; (*Ff.*)
  57.. Rey Cardenal, volviendo de Setúbal (*Ff. D.*)
  2.. 1.. y hallándolo (*D.*) — y hablándole (*Ff.*)
  33.. como no le leia (*D.*)
  34.. Dávila lo aprobase (*Ff.*)
  36.. es lo que mas admira. (*D.*)
  43.. le sonaba en los oidos, (*Ff.*)
  52.. el de odio hechas las entrañas. (*D.*)
  60.. que tenia en su mano (*Ff.*)
276..1.. 1.. ofendiuo aquella magestad (*id.*)
  28.. se le vee la asadura. (*id.*)
  58.. corona de Portugal? Este fué (*id.*)
  39.. imprimió; el cual quiere (*id.*)
  41.. en verso arraneado (*D.*)
  2..16.. trae arrastrando como la soga Jil Gonzalez ; el ser castellano (*id.*)
  28.. Leon Henriquez, confesor de la compañia (*id.*)
  39.. pocos dias antes de (*id.*)
277..1.. 7.. mancomunados (*id.*)

277..1..22.. á este mismo, respecto (*D.*)
  39.. consideraban de gran poder (*id.*)
  53.. bruedad (*id.*)
  2.. 1.. pasándosela al cuerpo de un pastelero, al de un galeote, y al de un embaidor. (*Ff.*)
  8.. cardenal Riano (*id.*)—Riaño (*D.*)
  36.. primero dia en que pasaron (*Ff.*)
  40.. dominio, ó linages (*id.*)
  42.. nacion portuguesa , que apenas (*D.*)
278..1..34.. y secamente una cosa (*Ff.*)
  2..22.. apoyar á la casa (*id.*)
  24.. Y segun es el de D. Agustin (*D.*)
  27.. Castilla , por Barbosa (*Ff.*)
  43.. monarquia : al contrario (*D.*)
  47.. Francia y Holanda (*Ff.*)
  59.. alguno serálo en Lisboa (*D.*)
279..1..49.. disciplina por 80 años (*Ff. D.*)
  2..32.. el sembrar (*D.*)
  36.. mitra revoltosa (*Ff.*)
  48.. Imperios.» ¡Quien oye sin asco (*id.*)
280..2..41.. que todo lo abrase (*id.*)

LA REBELION DE BARCELONA.

  Ff. Coleccion de Fajardo.
  D. Manuscrito autógrafo de don Tomás Antonio Sanchez, que posee el señor Durán.
  X. Otro manuscrito mas moderno del mismo señor Durán.

281..1.. 8.. á la cual llaman. (*X.*)
  11.. y lo suave, varonil (*Ff.*)
  14.. y como la sombra (*id.*)
  2..15 *y siguientes.*. nuevo (*Ff. X.*)
  19.. envidia. (*id.*)
  22.. mal discurso (*id.*)
  34 *y siguientes.*. Rosellon. (*Ff.*)
  45.. tan justa (*id.*)
282..1.. 6.. Así se valen de los fueros (*X.*)
  3.. Roselton y Cerdania (*Ff. X.*)
  21.. contentaron de ser (*D.*)
  29.. los hizo (*Ff. X.*)

282..1..35.. gabachos, gascones, hereges (*Ff.*)
  40.. inormes (*X.*)
  51.. para deshacerse (*Ff.*)
  56.. nos lo ha de cobrar (*D. X.*)
  57.. nos lo quita (*id.*)
  2..19.. y apenas hay lodo (*X.*)
  24.. y perder muchas veces más, (*Ff. X.*)
  25.. sino la rebelion (*id.*)
  34.. son vasallos (*Ff.*)
  35.. y hasta (*id.*)
  55.. pregunto cuál (*id.*)

283..1..10.. El libro verde (*D.*)
  25.. ampara en la república : (*X.*)
  25.. es, y no proteccion. (*id.*)
  31.. al hombre le vinese (*Ff. X.*)
  32.. diciendo no podia (*id.*)
  44.. castigo. Esto (*id.*)
  56.. monesterios (*id.*)
  59.. católicos. Satyra xm al fin. (*D. X.*)
  2.. 5.. pusieron fuego al templo (*id.*)
  17.. castellano , aunque fuese loco sino (*Ff.*)
  28.. facinerosamente (*id.*)

283..2..45.. temerarios publican (*Ff.*)
284..1..36.. tan acérrimos (*id.*)
 54.. tan repartidamente (*D.*)
 56.. culpa, los que apartándose de su rey (*id.*)
 57.. lo que dicen (*id.*)

284..2.. 8.. monseteur (*D.*)
 38.. del oro (*Ff.*)
 41.. él ni el príncipe pueden (*id.*)
 63.. en él alguna (*id.*)
285..1..30.. todas las ocasiones (*D.*)
 35.. que nos han muerto dos emba-

jadores (*D.*)
285..2..13.. antes que sea gallo (*Ff.*)
 15.. aun que los deje (*id.*)
 20.. Y por ser la cosa que más á mano hay en Portugal raza suya (*id.*)
286..2.. 4.. por quien es (*id.*)

PANEGÍRICO AL REY NUESTRO SEÑOR.

O. Copia autógrafa de don Francisco de Oviedo.
A. Otra del amanuense de Quevedo.
D. Copia por don Tomás Antonio Sanchez, que posee el señor Durán.

X. Otra de la misma biblioteca de este señor, de letra moderna.
Ff. De la coleccion de Fajardo.

287..1..10 á 14.. que lo sean. Mas nos ha dado á todos (*O.*)
 11.. en vuestros señorios (*Ff. X.*)
 12.. señorios, ni tiene (*A. D.*)
 19.. por cuyos seños (*A.*)—ceños (*F.*) —ceños (*X.*)
 22.. (*á la pág.* 284, *lín.* 31.) que le esquivaron con sombras. Señor, cuando parecia á la malignidad ceñuda (*O.*)
 35.. redugisteis (*Ff. D. X.*)
2..12.. os hayan sido ministros de impedimento, (*Ff. X.*)
 14.. Pedro le nego (*id.*)
 15.. y æ dejaron todos, (*id.*)
 22.. y algunos ingratos, (*id.*)
 23.. que lo seais solo. (*id.*)

287..2..42.. doctor (*Ff. X.*)
288..1.. 6.. para que se conozcan (*X.*)
 20.. y enamorar (*id.*)
 27.. sentimientos, aclamaciones, (*Ff. X.*)
 30.. que á todo parece (*A.*)
 38 á 55.. vuestro vasallaje. Si cuando un príncipe heredero (*O.*)
 40.. y suele ser (*Ff. X.*)
 45.. La cantidad, el número (*id.*)
 48.. no lo debe (*id.*)
 50.. con las memorias que si dejaron (*A.*) — con las memorias que dejaron (*Ff. X.*)
 57.. ordenan joyas la gala (*A.*) — ordenan joyas y galas (*Ff. X.*)
2.. 4.. el sol (*id.*)

288..2.. 5.. las estrellas, admirando (*Ff. X.*)
 13.. que oyéndolos los premia, y hablándolos (*id.*)
 35.. que hicieron aquella (*Ff.*)
 36.. del orbe, sin saber (*X.*)
 41.. doscientos mill hombres de los bárbaros? (*Ff.*) — doscientos hombres de los bárbaros (*X.*)
 62.. hasta que hallen (*id.*)
 65.. que os verán, la salen (*Ff. X.*)
289..1.. 4.. el desorden. (*X.*)
 6.. cobdicia (*Ff.*)
 9.. con solo (*id.*)
2..19.. no pronunciada jamás la ignorancia (*Ff. X.*)
 21.. que conviene en el pueblo (*X.*)

SUEÑO DE LAS CALAVERAS.

C. Manuscrito contemporáneo de la Biblioteca Columbina.
A. Censura de fray Antolin Montojo.
P. Edicion de Pamplona de 1631.

B. La de Barcelona de 1635.
M. F. S. La coleccion de Madrid de 1648, y las de Foppens y Sancha.

295..2..19.. Yo á la santa Inquisicion (*P.*)
 22.. Y que habló con los demonios (*id.*)
 27.. El corazon y el alma. (*id.*)
 45.. Que si como aquestos (*id.*)
 48.. Y que no murmuren mas (*id.*)
296.. 1.. EL SUEÑO DEL JUICIO FINAL (*P.*).— Sueño de don Francisco de Quevedo. — Dirigido al conde de Lemus. (*C.*)
 2.. (*Falta la dedicatoria.*— C. B. M. F.)
 6.. Don Francisco Quevedo Villegas. (*P.*)
 26.. (*falta* Discurso.— B. M. F.)
1..28.. que se ha de creer (*P.*)—de creer que esto es asi cuando (*M.*)
 30.. ó los sueñan (*S.*) reyes ó grandes (*C.*)
 31.. Propercio : *Nec tu* (*id.*)
 34.. á propósito de que tengo (*id.*)
 35.. tuve en estas noches (*P.*)
 36.. con el libro del beato Hipólito (*del*) de la *Fin del mundo y segunda venida de Cristo*; lo cual fué causa de soñar (*yo*) que veia el Juicio final. Y aunque en casa de (*C. P.*)
 38.. de un poeta es cosa de juicio (aun por sueños) (*B.*)—poeta es dificultoso de creer (*C.*) — creer que haya juicio (aunque por sueños) (*P.*)
 40.. al segunda libro (*C.*)
 43.. Pretorio Arbitro (*P.*)
 48.. discurriendo el aire (*C.*)
 49.. afeando en parte con la fuerza su hermosura (*id.*)
2..27.. y oido (*P.*)
 29.. que andaban ya unos (*id.*)
 30.. Y pasado ya tiempo (aunque breve) (*C.*)—(aunque fuese breve) (*B.*)

298..2..32.. juzgándolo (*C.*)
 34.. celando (*C.*) rebato á los dados (*C.*)
 38.. que se persuadiese que era cosa de juicio. Despues (*C.*)
 39.. almas venian con asco, y otras con miedo hnian de sus antiguos (*P.*)
 41.. brazo, y á cual faltaba un ojo; y diome risa el ver (*C.*)
 42.. Y admiróme la providencia de Dios (*C. P.*)
 44.. miembros del vecino (*C.*)
 46.. destrozando cabezas, que vi (*P.*) —destrozando cabezas y piernas, y un escribano (*C.*)
299..1.. 4.. de sus propias manos (*B.*) Y volviendo (*C.*)
 5.. preguntando á otro (*S.*)
 7.. tripas no habian llegado (*P*) — porque aun no habian llegado, sí pues habian (*C.*)
 11.. andaba (*S.*)
 14.. que por descuido no fueron todos (*P.*)—no eran los mas (*M.*)
 15.. cuerpos de tres ó cuatro mercaderes (*C.*)
 16.. se habian calzado las almas al reves (*P.*)
 18.. Yo vi todo esto desde una cuesta (*C.*)
 19.. muy alta. Al punto que oigo (*P.*) — muy alta, cuando oi gordas voces (*C.*)
 21.. la cabeza (*S.*) llamándome de descortes (*C.*)
 24.. tales sin perder esta (*P.*)—y aun no pierden (*M.*) salieron fuera, y mostráronse muy alegres (*C.*)

299..1..25.. desnudas, y que tanta gente las viese; (*P.*)
 27.. ira, y viendo que su hermosura (*C.*)
 30.. todos sus maridos (*id.*)
 33.. dos muelas (*id.*) y volvia por detenerse ; (*id.*)
 35.. perder ; que daban gritos contra ella señalándola, que (*id.*)
 37.. pareciéndola (*S.*)
 39.. rio venia gran cantidad (*P.*) — venia gran cantidad de gente tras un médico (*B.*)
 41.. sentencia ; y eran (*C.*)
 42.. tiempo, por lo cual se habian condenado, y venian (*C. P.*)
 45.. vi á un Juez (*P.*)
 47.. Llegné (*C.*)
 49.. negocios le habian untado las manos (*id.*)
 50.. allí para no parecer (*id.*)
 51.. suerte en la universal (*id.*)
 52.. legion de demonios con (*P.*)—de espíritus malos con azotes y palos (*M.*)
 53.. traian por fuerza (*C.*)
 54.. zapateros y libreros (*id.*)
 57.. sacó al ruido (*C.*)
 58.. y respondiéronie : «Al justo juicio de Dios, que era llegado : (*P.*)—Respondió un diablo que al justo juicio de Dios, el cual era ya llegado. Respondió : Esto me ahorrare (*C.*)
 60.. mas ahondo dijo : (*P.*)
 65.. le dijo un demonio (*C. P.*)
2.. 1.. agua, no nos la vendais por (*P.*) — y que no nos la vendais (*X.*)
 4.. decir á los otros : « ¿Qué puede yo burlar (*C.*)

299..2.. 7.. con algunos (C.)
     8.. los unos de los otros (id.)
     9.. luego los diablos (C. P.)
    11.. sastres monteses (id.)
    12.. sobre de afrentarse (P.)
    17.. Andaban dos ó tres procurado-
       res cortándose (C.)
    19.. vivido tan descaradamente (id.)
    21.. era donde (P.)
    22.. Dios estaba vestido de sí mis-
       mo, hermoso para los santos, y
       enojado para los perdido (C. P.)
    23.. estaban el sol (C.)
    24.. de la boca, el viento quedo y
       mudo. (P.)
    26.. Toda la tierra y temerosa (C.)—
       temerosa en sus hijos; y cual ame-
       nazaba al que le enseñó con su mal
       peores costumbres. (id.)
    29.. Los justos en qué gracias da-
       rian á Dios, cómo (C. P.) — y có-
       mo (M.)
    30.. Andaban los angeles custodios
       mostrando (C. P.)—mostrando en
       los pasos (M.)
    33.. que tenian que dar; los demo-
       nios andaban repasando (C.)—y los
       demonios repasando (P.)
    34.. todos los defensores de allá de
       fuera. Estaban los diez manda-
       mientos por guarda á una puerta
       (id.)—de la de afuera. Estaban los
       diez (M.)
    39.. las pestes y las pesadumbres (C.)
    40.. con los médicos (B. M. F.)
    41.. ella habia heridolos (P.)—herido
       los hombres; pero que los médi-
       cos los habian (M.)
    42.. despachados (P.)
       Las pesadumbres decian (C.)
    43.. doctorea : las desgracias (id.)
    48.. alto, y en nombrando (id.)
    49.. la gente fuego, salió uno (B.)
    50.. donde estaban los sayones (P.)
       judios y filósofos, y decian (id.)
    51.. en silla (id.)
    52.. se aprovechan (id.)
       las papas de las narices (id.)
    53.. no vimos lo que traíamos entre
       las manos (id.)
    55.. catedral con mas peluca que
       perro lanudo , (A.)
    56.. baston campanilo (id.)
    57.. racioneros, sacristanes y domin-
       guillos (id.)
    58.. trinidad profana y profanadora
       (id.)
    60.. bien le viniese (id.)
300..1.. 1.. de ellos y decia : «Pasó ante mí
       (.)
     5.. pobres por la puerta en que me-
       dia docena de reyes tropezabas en
       las (id.)
     7.. sacerdotes sin detenerse (id.)—
       detenerle (B.)
     8.. un hombre de mal ceño y alar-
       gando (id.) — desaforado de ceño
       (P.)—ceño ; alargando (M.)
    10.. todos y digeron (P.)—todos ,
       preguntándole los porteros que
       quien era ; y en alta voz dijo : «Soy
       maestro (M.)
    13.. sacando otros papeles de un la-
       do , dijo (P.)
    16.. dos diablos y un alguacil, y él
       los levantó primero que los dia-
       blos. Llegó un angel y alargó el
       brazo (id.)
    20.. irreparable, y sí me quereis pro-
       bar , yo daré buena cuenta (id.)—
       que si me quieren probar (C.)
    24.. y un fiscal algo moreno (id.)
    27.. que se fuese por linea recta al
       infierno, á lo cual replicó diciendo:
       «Que debian de tenerlo por diestro
       del libro matemático; que él no
       sabia qué era línea recta.» Hicié-
       ronselo aprender y diciendo : (P.)
    28.. dispenseros (id.)
    31.. Sison ; dióles (C.)
    32.. le turbaron (B.)
    33.. mucho. Llego pidieron (C.)
    34.. abogado como á los demas; di-
       jo un diablo (id.) — Y dijo un dia-
       blo (P.)
    35.. descartado. Desque ellos vieron

esto volviéronse á un diablo, (C.)
300..1..56.. volviendose á otro diablo (P.)
    37.. señalar ojos (id.)
       y digeron (B.)
    38.. siglos de purgatorio.» El diablo,
       como (C.)
    39.. por Adan la cuenta , y para que
       (P.)
    40.. manzana se la pidieron tan ri-
       gurosa (id.)
    43.. Pasaron los primeros (id.)
    46.. con la mano al que San Juan
       con el dedo, y fué (id.)
    50.. las cabezas (id.)
    51.. conociendo en el Juez (aunque
       glorioso) ans iras , decia Pilatos :
       «Esto se merece quien quiso ser
       gobernador de judiguelos (id.)
    53.. no se querrán más fiar de mí los
       inocentes (id.)
    54.. tienen de los otros que despa-
       chó (id.)
    55.. que al fin (id.)
2.. 2.. y viendo ellos (B.)
     3.. echaron en la baraja. Pero ta-
       les (id.)
     4.. tras de un desventurado (id.)
     6.. cuartos ; pidiéndole (id.)
    10.. Digeronle que sí queria (id.)
    11.. y á ventura. A la primera (id.)
    12.. gato por conejo; y tanto de
       huesos , no (id.)—tanta (P.)
    13.. sino de advenedizos (C.)
       oveja, cabra y caballo (id.)
    15.. mas diferencia de animales (id.)
    17.. y dejóis á todos (id.)
    18.. los filósofos y era de ver (C.)
    19.. sus ciencias y entendimiento
       (id.)
    21.. poetas fué muy de ver (id.)—
       mucho de notar (id.)
       querian hacer creer á Dios que
       era Júpiter, y que por él decian
       ellas todas las cosas. Y Virgilio
       (C. P.)
    23.. nacimiento de Cristo (id.)
    24.. saltó un diablo (id.)
    26.. que no traia (C.)
    27.. y contó (S.)
       En fin (C.)
    31.. camino le acompañaron (id.)
    32 á 34.. fué preguntado, y respon-
       dió que en cosas de guardar (id.)
    35.. diciéndole que los diez manda-
       mientos guardaban (C.)
    35.. Leyó diablo (id.)
    38.. No jurar su nombre en vano :
       (P.)—su santo nombre (M.)
    42.. les he quitado (C.)
    44.. Comer. No fornicarás : en co-
       sas (C. P.)
    45.. y se escondia (P.) — y escondia
       yo (M.)
       dinero (S.)
       levantarás (id.)
    46.. «Aquí, dijo un diablo (P.)—dijo
       el demonio (C.)
    48.. y si no le confiesas (C.)
       te levantará á ti mesmo (B. S.)
       —te le levantas (M.)
    52.. salvárase (B.) — y salváronse
       entre ellos unos ahorcados. Fué
       (C.)
    54.. tomaron con esto (C.)
    56.. sentenciados. Tomóles á los dia-
       blos tanta risa que fué de ver (id.)
    57.. les tomó á los diablos muy gran
       risa de ver eso. (P.)
       Los angeles de la guarda comen-
       zaron á esforzarse á llamar por
       abogados los evangelistas (P. C.)
    59.. acusacion los demonios. (P.)—
       Comenzaron á hacer la acusacion
       los demonios (M.)
    60.. hacian con los procesos (C.)
    61.. sino que los acusaban con los
       (id.)
    62.. Lo primero digeron (id.)
    63.. Y ellos digeron (id.)
       algo) no somos sino (id.)
301..1.. 2.. Los angeles abogados (C. P.)—
       fueron mandados á dar (M.)
     3.. desargo uno decia : «Es bauti-
       zado y miembro de la iglesia. » Y
       no tuvieron muchos dellos que de-
       cir otra cosa. Al fin se salvaron (P.)

301..1.. 5.. les dijeron (C.)—los demonios:
       (M. P.)
       Mas ellos les hicieron del ojo
       que los dejasen, que importaba
       (C.)
     7.. Uno acusaba testigos. (B.)
    16.. y un boticario (P.)—parece jun-
       to con un boticario (M.)
       barbero , y en viendolos dijo un
       diablo que (C.)
    16 y siguientes.. dijo un diablo (P.)
    18 barbero y boticario (C.)
    20.. Alegó un angel por (C. P.)
       que daba recado de valde (C.)
    21.. dijo un demonio que habia
       por la cuenta (id.)
    25.. y con esto habian (S.)
       peste y destruyó (C.)
    27.. boticario fué condenado , y el
       medico y el barbero (intercedieron
       S. Cosme y S. Damian) se salvaron
       (C. P.)
       En esto dieron con muchos ta-
       berneros (lin. 25.—C.)
    30.. corvas (S.)—encorvado (M.)
       hombre que tras de este estaba
       (C.)
    31.. viesen fué preguntado qué gua-
       era , y respondió (id.)
    32.. pero un diablo muy enfada-
       dijo : (id.)
    33.. es el señor (S.)—«Fatandote
       y pudiera (C.)
    34.. esta venida (C.)
    35.. y fuese al infierno sobre (id.)
    40.. vino para las misas (id.)—vino
       puro para las misas ; pero (P.)
    41.. vestido jesuses, (P.)—niños je-
       suses (M.)
    42.. se esperaba. Fué condenado en
       abogado porque tenia (linea 28)
       nea 28) ..... fuese al infierno sobre
       su palabra. En esto llegaron unos
       cuatro (C.)
    43.. ginoveses ricos (C. P.)
    44 y siguientes.. dijo un diablo : (id.)
       — «Aun con nosotros piensan ga-
       nar ellos ? (M.)
    45.. eso es lo que los mata (C.)
    47.. Y volviéndose á Dios (P.)—Y
       volviéndose el diablo á Dios, dijo:
       «Todos (M.)
    51.. desaparecieron ; dando lugar á
       unas damas que comenzaron á ha-
       cer melindres (á la otra col. 2.ª, lí-
       nea 22. — C.)
    53.. todos, haciendo con la mano (id.)
    58.. Y viendo que por ser cristianos
       daban más pena (P.)
    60.. y así que los padrinos (id.)
    61.. Digo de verdad que vi á Judas
       tan cerca de atreverse á entrar en
       juicio, y á Mahoma y Lutero anima-
       dos de ver salvar á un escribano,
       que me espanté que no lo hicie-
       sen. Solo se lo estorbó aquel medi-
       co (id.)
2.. 1.. Traía á mi parecer (C.)
     2.. se echaba (id.)
     3.. de parte de Dios (C. P.)
       y el dijo (C.)
     5.. Rióse un demonio (id.)
     7.. que pretendia ; y dijo que (id.)
     8.. remitido á los diablos para que
       le moliesen , y solo reparó (id.)
    11.. y decia (id.)
    12.. á cuantos santos hay en el cie-
       lo (C.)—he sacudido el polvo. Y
       vino á ser un sacristan. Arostab
       con los retablos ; y ya con esto se
       habia ya puesto casi en salvo (M.)
    13.. ó un Neron (B.)
    16.. dijo un diablo que se comia el
       aceite (C.)
    17.. á unas lechuzas (id.)
    18.. muerto sin culpa; y que pelliz-
       caba los (id.)
    19.. vestirse y heredaba (id.)
    20.. y tomaba (id.)
       alforjas (C.)
       descargo dió que le enseñaron
       el camino de la izquierda. En esto
       que era todo acabado quedaron
       (mas abajo, lín. 55.—C.)
    22.. hacer grandes melindres (B.)
    24.. figuras de los demonios. Dijo un

ángel á Nuestra Señora que hablan
sido (P. C.)
501..2..26.. y replicó un diablo que hablan
sido enemigas (C.)
28.. la acusó diciendo (id.)
32.. que no hubiera oido misa los
dias de fiesta. (C. P.)—En esto, que
era todo scabado (P.)—Vino un caballero tan derecho que pareciá
querer competir con la justicia
(atrás á la col. 1.ª, lin. 51.— C.)
34.. Júdas, Lutero y Mahoma, preguntó un ministro que cual (id.)
35.. Júdas, y Lutero y Mahoma dijo (id.)
36.. Y rióse Júdas tanto que dijo:
Soy mucho mejor que estos, porque yo yendiéndoos á vos (id.)
41.. de delante. (S.) — delante; y un
ángel que (P.)

301..2..41.. un ángel que tenia (C.)
42.. copia dijo que faltaban por juzgar alguaciles y corchetes (id.)
44.. al puesto y dijeron si diablo
muy tristes : Aqui nos damos (id.)
45.. no es menester revolver nada
(id.)
47.. voces, diciendo (C.)
48.. ser aquel dia el juicio (C.)
50.. su movimiento, ni la trepidacion (id.)
el suyo. Volvió un diablo (C.P.)
51.. falta de cada uno solo (S.)—por
falta de uno solo, os iréis (C.)
53.. Ya vos trseis la loña, como (C.)
502..1.. 1.. cielo y Cristo subió (P.)—cielo,
y Cristo volvió consigo á descen-
sar, (C.) — y á los dichosos por su
pasion, y yo me quede (M. P.)
5.. en una cierra honda (C.)—(gar-

gants del infierno) (M. P.) — poner
á muchos. Allí ví á un letrado no
revolver tantas leyes (C.)
302..1.. 7.. caldo (B.)
y un escribano (C.)—escribano,
conociendo (P.)
8.. habia querido leer, todos ajus-
res del infierno. Y las ropas y tocados de los condenados estaban
presos con alguaciles : un avariento estaba contando duelos mas que
dineros. (C.)
2.. 4.. melecina. (C. P.)
risa de ver (B.)
7.. son estos Señor, que si duerme
vuesa excelencia los verá (C.) —
vuesa merced (B. M. F.)
8.. como las ve (C.)
10.. FIN DEL JUICIO FINAL. (P.)

EL ALGUACIL ALGUACILADO.

C. Manuscrito contemporáneo de la Biblioteca Columbina.
P. Edicion de Pamplona de 1631.

B. La de Barcelona de 1635.
M. F. S. La coleccion de Madrid de 1648, y
las de Foppens y Sancha.

502..1..10.. EL ALGUACIL ENDEMONIADO (C. P.)
11.. el marques de Villanueva del
Fresno y Barcarrota, señor de Moguer, etc. (C.)—A un amigo. (B.)
14.. Como dueño (P.)—como su dueño (C.)
cualquier temor. Guarde Dios á
V. S. De mi celda. - D. Francisco
de Quevedo. - Nota. - Esté advertido V. S. (id.)
15.. Alguacil endemoniado (P. C.)
17.. Esté advertido V. m. (B.)
17 y siguiente.. de vueseñoria (C.)
17.. vuestra merced (B.)
que tientan (C.)
18.. Psele (B.)
en el primer capítulo del libro
(C.)
19.. en los alguaciles malos (P.)
503..1.. 1.. Lesurios (B.)—llamo Lelaorio-
nes (C.)
2.. acustiles. (id.)—acuáticos (P. B.
F. S.)
2 y siguientes.. lucifregos (C.)
huyen de la cruz (id.)
De fuego son los criminales (id.)
3.. sangre y fuego (P.)
7.. Los subterraneos son los escudriñadores (C.)
11.. natural has heredado de Aenéas.
(P.)
12.. Y en agradecimiento (id.)— E-
neas. Y en agradecimiento (C.)
16.. y comiende (id.)
18.. mal de asda (id.)
19.. de lo bueno (id.)
20.. Sueño del Juicio, (C. P.)
22.. en su mano está que (C.)
23.. advertir (B.)
24.. es sola (P.)
el decoro á muchos (C.)
29.. clérigo de bonete (C. P.)
30.. medio celemin ; orillo por ceñil-
dor, y no muy apretado, puños de
Corinto (P.)—tres altos : orillo por
ceñidor, puños (C.)
32.. cuello : rossrio en mano, disciplina en cinto, zapato grande y
ramplon, hablante, penitente. (id.)
Muchlas en escaramuza (F.)
tiples, color (P.)
á partes encendidas (C.)
desaliño santidad , contaba revelaciones. (C. P.)
43.. Y este (C.)
de los que Cristo llamó sepulcros (C. P.)
2..29.. y gusanos. Era en romance (C.)
33.. que atadas las manos en el cín-
gulo y puesta la estola, descompuestamente (C. P.)
36.. espantado. • Un hombre ende-

moniado• dijo embebecido en su
flagellum daemonis, (C.)
303..2..37.. el espíritu que en él tiranizaba
la posesion á Dios , respondió (C.
P.)
38.. Mirá (C.)
40.. Y aasi he de advertir (id.)
44.. acetarme (P.) — scertar, me debeis llamar diablo alguacilado, (C.)
— demonio enalguacilado (F. S.)
tanto mejor (P.) — Y aviénense
mejor (F.)—y aveis os tanto mejor (C.)
49.. vicios en el mundo y pecados (C.)
50.. lo desean y procuran con mas
ahinco (C. P.)
304..1.. 6.. mas que Dios (C.)
7.. por ser menos (id.)
8.. Persuádele que el alguacil (P.)
todos somos de una órden, sino
que los alguaciles son diablos calzados, y nosotros diablos recoletos que hacemos áspera (id.)—
nosotros somos de una órden, sino
que los alguaciles son diablos calzados y nosotros alguaciles recoletos (C.)
10.. como corchetes (B. F.)
11.. Admiróme (B.)
12.. Revolvió sus libros (B. F.)
13.. enmudecer , y al echarle (C.)—
enmudecer, y al echarle agua bendita á enestas (P.)
13 á 18.. y no pudo. Decia : Yo no
traigo corchetes ni soplones, (B. F.)
17.. aborrezcan, pues en su nombre
que se llama (P.)
18 á 21.. una l. en medio. Y porque
acabeis de conocer quien son, y
quien y cuan poco (P.)
19.. quitame (B.)
22.. quien son, advertid (B.)
25 á 27.. llamarse alguaciles, y deblen-
do llamarse aguaciles , ban encajado la l por quitarse el agua , y
hacen bien. • Eso es muy insolente cosa (id.)
28.. oirte (id.)
29.. bellaquerias , y bien sé yo que
dice mal de la (C.)
33.. tu enemigo el que es de tu oficio (C. B.)
34.. de aqueste porque (B.) — deste
alguacil (C. P.)
37.. Yo te echaré hoy, dijo Calabres,
fuera de ese hombre (C.)
41.. sibricias , replicó el diablo, si
me sacas, y advierte (id.)
43.. vas por y su alma venimos (P.)
44.. andábamos (id.)
45.. mi bueno de conjurador (id.)—
mi buen conjurador (C.)

304..1..51.. maltratase tanto (B.)
55.. que entre en sus manos que no
quede (C.)
2.. 2.. por lo mucho que os sufrimos
en el infierno (id.)
8.. del noviclado (C.)
9.. quien lleva (C.)
10.. cree que ha de topar con Roda-
monte (id.)
11.. Acaron (id.)
14.. oyendo las obras (P.)—Oyendo
alabar las obras de otros. Hay poeta que tiene mil (B.)
16.. endechas (id.)
19.. no hay cerro en el infierno que
no hayan rodeado (C.)
20.. Fuñas. Estan allá algunos poetas de comedia (B.)
21.. son los poetas (C. P.)
24.. desiguales que han hecho en (P.)
—con las casamientos malos y desiguales que han hecho en los ñnes
de las comedias. No están entre
los demss , sino por cuanto tratan
siempre (C.)
27.. entre todos los demss (B.)
31.. aposentado con tal orden que
un (C. P.)
32.. queriendo él (C.)
33.. como al decir el oficio (id.)
34.. que hacer tiros, fué remitido (id.)
41.. y á los que por mentecatos (id.)
47.. A los malos ministros (id.)
47.. agua , fue llevado (id.)
50.. Al ñn todo el infierno está repartido en partes con esta cuenta
y razon.• Oíte (P.)—repartido en
esta cuenta y razon. (C.)
52.. denantes (id.)
cosa que me toca mas (le dijo)
gustaria (id.)
enamorados que lo toma todo,
respondió (id.)
55.. de su dinero. (id.)
56.. palabras , y algunos (id.)
57.. hay menos en el infierno que de
todos (id.)
59.. que con malos tratos , con ruindades , y malas correspondencias
(id.)
61.. dijo ya enterraba (P.)
62.. venian (id.)
505..1.. 2.. á los hombres cada dia. Y como
digo (C.)
3.. Alguno hay quien con zelos (id.)
4.. amortajado en deseos (id.)
6.. alacayados (B.) — alacayuelos
(id.)
7.. otros hay erinitos (id.)
8.. que con los billetes (id.)
10.. Son de ver los amantes de monjas con las bocas abiertas y las ma-

nos estendidas, condenados por tocar (C.)

305..1..14.. buscones (B.)
  los otros, metiendo y sacando los dedos por unas rejas, y en vísperas (C.)
  15.. y con título de pretendientes de Antecristo. (P.)
  16.. por el beso como Judas, (P.)
  18.. estan los adúlteros: estos son (C.)
  20.. y ellos lo gozan\. (P. B.)—gozan. Mas abajo en un (C.)
  26.. mala muger, ninguna cosa (id.)
  28.. viejas, todos atados con cadenas (id.)
  31.. bien guardada la trasera de ellos; y tales cuales somos (id.) tendra (F.)
  33.. Mas esto quiere decir (C.)
  37.. avechuchos (id.)
  en colas, habigndo (id.)
2..1.. que podemos ser corregidores. (B. F.)
  4.. dijo que porque (P.)
  8.. sastrecillo. El diablo no es sastre, (id.)
  9.. que nos damos con ellos en el infierno, y nos hacemos de rogar para recibirlos. También nos quejamos (id.)
  11 á 15.. nunca hacemos recibo. Tambien nos quejamos (B. F.)
  11.. malvezarnos (S.)
  17.. y enfadandoos (P.) luego decir : el diablo (C.)
  19.. y que no de todos hacemos caso. Dais á el diablo á un italiano (id.)
  22.. al diablo un extrangero, y (B. F. S.)
  25.. al diablo al que él se tiene : digo, nosotros (id.)
  26.. infierno? pregunté; satisfizo á mi duda (id.)
  27.. diciendo que todo el infierno estaba lleno de figuras (id.)
  28.. y hay muchos, porque (C. P.)
  30.. llegar (C.) viendose con la suma (id.)
  31.. de sus muchos vasallos (B.) opuestos (C. P.)
  52.. quieren que valga punto menos, y parezerles tienen muchos (C.)
  34.. por su mucha crueldad (B.)
  35.. es una grandeza coronada de vicios de sus vasallos y suyos, y una peste (P.—matando y desterrando los suyos es una ponzoña coronada, y una peste (C.)

305..2..36 á 39.. de sus reinos; y otros se van al infierno (B.)
  37.. almacenes sus (P.) haciendo amazonas sus villas (C.)
  41.. y es gusto verlos penar (C. P.)
  42.. en cualquier caso (C.)
  42 á 47.. cualquiera cosa. Los reyes como es gente honrada nunca vienen solos, aunque privado etc. (P.)
  44.. sino con pinta (C. P.)
  45.. á veces va el encaje (id.)
  46.. *gobiernan por ellos. Y en resolución los reyes muchos se van al infierno por el camino (C.)
  49.. pues en ellas nunca (B.)
306..1..4.. nos tiene empalagados (C.)
  7.. España los ministros de las cuentas (id.)—cuenta de los ginoveses son (C. P.)
  11.. del Tajo (C.)
  12.. Y al fin (C.)
  13.. asientos, que como significan traseros, no sabemos (id.)
  14.. nombralia (B.)
  15.. negociante, ni cuando á lo bujarron. (C.)
  17.. estanque (P.)
  19.. en ellos mucho. Estos ponemos al lado de los jueces que vivieron mal en la tierra. ¡Luego Jueces algunos (C.)
  26.. y mil negociantes, esto cada dia. (id.)
  29.. seis corchetes (id.)
  52.. rebelde á Dios y sugeto á sus ministros? (C. P.) ¡Cómo que no (C.)
  37.. desnuda, y la otra (id.)
  40.. audaba (id.)
  42.. y que usurpaban (C.)
  43.. y saliose (B.) determinó, de volverse (C.)
  45.. y donde (id.)
  46.. invió (P.)
  47.. requisitorias contra ella la malicia. Se ahuyentó mas de todo punto, y iba de casa (C.)
  51.. ¡Justicia, Justicia! ¡y por mi casa?... ansi no estuvo (C.)—Justicia! no por mi casa... asi no estuvo (C.)
  53.. que esto vian (id.)
  54.. con sus nombres (P.) algunas varas que fuera de las cruces arden algunas (C. P.)
  55.. y acá tienen (C.)
2..6.. las mas para vivir, las otras (id.) ¡No hurta con la voluntad la honra de la doncella el enamorado? ¡No hurta con la memoria etc.? ¡No

hurta con el entendimiento el letrado que le da malo y tuerce la ley? (C.)
306..2..14.. El cicatero con (id.)
  16.. Al fin (id.) una parte ó miembro (id.)
  20.. solo defiende (id.) — defiende á los hombres la Santa Iglesia romana, (P.)
  22.. dije yo que entre los (C.)
  25.. pues lo son (id.)
  24.. enfadados y á no haber (id.)
  26.. la habitacion del infierno. Daramos para que (P.) — habiamos de invierno. Dieramos porque no viudara el infierno mucho. Aunque una cosa sola tienen buena (C.)
  33.. que como no estan (B.)
  34.. ¿Cuales se condenan (C.)
  35.. porque como los pecados para conocerlos y aborrecerlos no es menester mas de hacerlos, y las hermosas haitan (id.)
  36.. pecados para cometerlos no es menester mas que admitirlos; (P.)
  41.. y despues que estan oginegros (id.)
  43.. mozas espiran (C.)
  45.. barro, y andaba por las opilaciones (id.)
  49.. atada (B. F. S.)
  50.. traia galas : pusimosla (C.)
  52.. se van al infierno con zapatos (id.)
  56.. replicó él. Hombres que no tienen (id.)
  59.. cómo se han de condenar? Por allá los libros (id.)
307..1..5.. Como un falso amigo, como (id.)
  13.. guarda (B.) — aguarda lo por venir como ellos? (C.)
2..1.. faltó quien os advirtiese; que en vuestros ojos conozco muchas (id.)
  3.. muchas de arrepentimiento (id.)
  5.. á vuestra voluntad (id.) aborrece (id.)
  6.. que muchos santos y santa hay hoy (P.) — santos y justos (C.)
  8.. deste hombre.* Uso de sus exorcismos, y sin poder yo con él, le apremió á que callase (C. P.)
  11.. Vuestra merced (B.) V. S. lea con curiosidad y atencion y no mire (C.)
  12.. á quien lo dijo; que llevedes profetizó, y por la boca (C. B.)
  15.. recebimos salud de nuestros enemigos y de mano de aquellos que nos aborrecen. - Fin del Alguacil endemoniado. (P.)

LAS ZAHURDAS DE PLUTON.

L. Manuscrito contemporáneo de la Biblioteca de las Córtes, coleccion de don Luis de Salazar y Castro, F. 3.
P. Edicion de Pamplona de 1631.

B. La de Barcelona de 1635.
M. F. S. La coleccion de Madrid de 1648, y las de Foppens y Sancha.

307..1..18.. SUEÑO DEL INFIERNO. (P.)
  20.. Invio (P.)
308..1..2.. vuesa merced comunique (B. F. S.)
  6.. FRANCISCO QUEVEDO (P.)
  17.. pureza de los vicios (id.)
  29.. Sueño del Juicio (id.) Alguacil endemoniado (id.)
  32.. y que el diablo nunca (id.)
  33.. justamente nos esconde Dios; (id.)
  34.. guiado del Angel de mi guarda (id.)
  35.. providencia de Dios (id.)
  41.. halló (B. F.)
2..55.. noten (P.)
  39.. me dijo : «San Pablo le dejó para dar el primer paso á esta senda.» Y miré (id.)
  43.. caminado por allí (id.)

309..1..13.. Volví (P.)
  20.. Y yo (id.) Dime con quien fueres y diréte cual eres (id.)
  24.. con el que habia (id.)
  37.. que en sus universidades (id.)
  48.. atrabajados (id.)
  58.. el ayuno, la mortificacion (id.)
  59.. mercancia es noviciado (B.)
  60.. Habia muchas (P.)
2..11.. buenos espíritus á quien debemos pedir favor con los santos y con Dios (id.)
  12.. de quien ántes se les ve la disciplina que la cara, (id.)
  27.. quitó van por un camino. Los (B.)
  29.. gobiernan (P.)
  52.. repúblicas. No faltaron en el camino muchos eclesiásticos, muchos teólogos. (id.)

309..2..33.. Senda, á fuerza de absoluciones y gracias, iban en hileras ordenados honradamente triunfando de su sangre (P.)
  34.. Pero los que nos supieron (id.)
  37.. famosos; estos iban muy denudos (id.)
510..1..8.. Coronan al que legitimamente peleare (id.)
  9.. las anticipadas (id.)
  24.. atentamente y corridos de lo que les decian, como unos leones se entraron en una taberna. Y las (id.)
  29.. camino del cielo (id.)
  57.. para que me diera (B.)
  41.. aconsolado (P.)
  43.. por el otro camino, y (F.)
  44.. grandisima (B.)
  45.. mugeres asidos de las (id.)

310..1.51.. para martir (P.)
57.. y imposible (id.)
60.. en estando (B.)
2.17.. que eran sastres, y dijo (P.)
18.. entender los sastres en (id.)
21.. respondió un demonio (id.)
22.. ¿Ciento? no pueden (B. F.)
23.. recebido (P.)
25.. son los sastres (id.)
30.. adonde (id.)
35.. reenero de sastres, Iba (id.)
39.. vómito de sastres (id.)
40.. infernal á traspalar (P. B.)
42.. inferno sastres. Pasé (P.)
45.. mismo nombre (S.)
46.. medroso (B. F. S.)
48.. que te daba pena y atormentaba (S.)
53.. eran de gente (P.)
54.. burlosos (id.)
55.. batido y cortado (S.)
57.. menos apetitos (B.)
58.. cosas; es (P.)
59.. todos los libreros (id.)
311..1..4.. de atormentar (id.)
5.. otros (B.)
8.. proprias (id.)
21.. porque nosotros (B.)
venimos por nuestros pasos contados (id.)
24.. facilitasteis en un oficio (S.)
26.. de un consejero (P.)
que les había (B.)
30.. cuellos bajos; por lo que parecíamos confesores en saber pecados, y supimos muchas cosas nosotros que no las supieron ellos. (P.)
31.. mugeres de los sastres en (id.)
33.. á dón, como á la pila santa catecúmena, que por tirar (id.)
35.. ánimas á los diablos. (id.)
43.. merezco yo eso por que llevé tullidos á misa (id.)
2.10.. respondieron: que como se condenan otros por no tener gracia, ellos se condenan por tenerla ó quererla tener (id.)
12.. como si fuera en su casa. (B.)
14.. los otros... muchos trabajos (id.) y asi por la mayor (id.)
22.. á dos derechos (P.)
37.. miserables, y destus (id.)
Balulu (B.)
45.. tranchetes (id.)
50.. por los suyos tambien (id.)
312..1..2.. ninguna en todo el sino fué en (id.)
4.. edificios que se hacen. (id.)
5.. Estabat casi (P.)
17.. pudieran lidiar (id.)
40.. Pensaron los ladronazos (id.)
41.. de medir hacer lo que Moisen con la vara de Dios, y sacar agua de las piedras? (id.)
2.. 2.. propriedades (id.)
14.. cuales y tales (id.)
27.. y paredlo (id.)

312..2.45.. y el caballero que deciende (P.)
56.. gastos estorba. (id.)
313..1.. 9.. y al otro la gloria. (id.)
36.. los hombres (id.)
58.. muy grande como el amor (S.)
62.. en dueñas (P.)
2.17.. me morí por no (S.)
sin remedio (B.—sin miedo (P.)
42.. pobre! ¡Oh quien hubiera confesado! Hui (P.)
50.. dijo el diablo (id.)
314..1.. 8.. pueden sino por sus méritos, y el hombre (id.)
17 y siguientes.. tintureros (id.)
2. 6.. Avicena, Hebreo, ni ftaimundo (id.)
315..2. 6.. Porcena (id.)
45.. váiame (id.)
316..1..14.. deciendo : ¿De qué sirve (B.)
26.. malas costumbres. Pero diome risa (id.)
49.. vergüenza que besara á Cristo para vendelle? (P.)
53.. muy cierto lo que manda la iglesia Romana; pero, en el infierno, capon (id.)
54.. pero en capon (B.)
61.. lo hacen (id.)—lo hacían los dispenseros (id.)
2. 6.. estremecían todos. Yo le dije (B.)
30.. en dar á Cristo por (P.)
26.. más malos (id.)
27.. conversación con Judas. Dices la verdad (id.)
317..1.. 3.. que el ser puta (B.) da (id.)
8.. respondíome un demonio : (P.)
42.. á sus amores (id.)
60.. pues es sarna (id.)
62.. copla (B.)
2.22.. feos y rudos (id.)
43.. de que ley son, porque son los pensamientos (id.)
48.. dije yo entre mí, podrá ser oir algo (id.)
50.. á los dioses. (id.)
64.. á mi hermano el mayor (id.)
318..1.. 3.. y dar de vestir seis (id.)
9.. y si llegais á estado de ser ricos por votos, decidme (si se puede preguntar) (id.)
10.. promesas los dioses, y qué (P.)
19.. ignorais que el que Dios recibe de vosotros es de la virtud, es moneda que aun Dios (si puede) (id.)
37 y 39.. Concediendo el peligro pedir. Pocos entendeis (id.)
41.. Quisieron á esto (id.)
2.25.. yo bajé á (id.)
35.. ahuyentando (id.)
37.. el humo. (P.)
48.. el estiercol (id.)
49.. escoria de oro (B.)
50.. Oh qué voces. (P.)
319..1..25.. ascendiente (B.)
27.. mi cuenta hallo que es imposible (id.)
38.. Pedro Albano (P. B.)

319..2. 3.. Estenografía (P. B.)
al abad (P.) — Trimenio (P. B.)
4.. Cardana, porque dijo (B.)
8.. le estaba (P.)
320..1. 2.. Artesio (B.)
4.. aves; y Misaldo muy triste (M. F. P.)
11.. de todos cuantos (B.)
14.. en Ginebra (F. L.)
2. 2.. fisonomías y Manor penando (L.) por los muchos hombres (B.)
7.. sino solo rostros (P. B.) caras de pinceles (B.)
9 y 10.. Estaba luego Cleardo Enbino con sus rostros en manos (P.)
12.. italiano no vi allá por... sino (id.)
321..1.. 1.. sus caras fueron soles (id.)
10.. la Justicia de Dios (id.)
18.. herejes. Estaban (B.)
23.. Abel. Estaba (id.)
21.. Dorileo (P.) — Dotileo (B.)
2.15.. Estaba luego Aspad, autor (P. B.)
16.. guardando (B.) — aguardando á Cristo (P.)
17.. Eliogaristas (P.)—Eliogarlstas, Divictiaticos, (B.)
20.. muscoritos (P. B.)
21.. adoraron á Mosca (B.)
25.. los de Astarot (P. B.)
322..1.. 1.. Moloch y Temphan (id.)
2.. pateoritas (id.)
5.. lloraba Shamar (id.)
8.. dathalitas (id.)
11.. Saturno (id.)
2.. 2.. Elion (P.) — Abion (B.)
2.. Valentiniano (P.)
7.. Prisca (P.) — Prisea (B.)
8.. Llamaronle (P. B.)
323..1.. 1.. á todos aquellos que no seguían á Arrio. (B.)
10.. de aqueste (id.)
14.. la ventaja (id.)
19.. y un grande ehirlo (id.)
27.. Picaron, ¿por qué (P. B.)
28.. y respondió (id.)
29.. les dejo (B.)
30.. al tocino (P.)
46.. á todos (B.)
2.. 3.. Lutero, hinchado (id.)
324..1.. 1.. estaba el miserable Lutero. (P.)
Estaba ahorcado penando Heijovano, este celebre (id.)
2.. Heijoheovano Hesso (B.)
6.. diablos (P. B.)
19.. muy curioso (P.)
2.. 5.. al infierno con dos virgos flambres (P.)
8.. piden para sus misas, y consumen ellos con vino, cuanto les dan (sin ser sacerdotes) (id.)
11.. aun suegras (id.)
12.. Sebastian Gortel (P. B.)
23.. Fresno, 31 de abril de 1608 (B.)
24.. sub correctione sanctæ Matris ecclesiæ. (P.)

EL MUNDO POR DE DENTRO.

A. Manuscrito de don Juan Vincencio de Lastanosa que posee la Biblioteca Nacional.
P. Edicion de Pamplona de 1631.

B. La de Barcelona de 1635.
M. F. S. La coleccion de Madrid de 1648, y las de Foppens y Sancha.

325.. 1.. Discurso del mundo por de dentro y por de fuera. (A.)
A D. Pedro Giron, Duque de Osuna y Conde de Ureña, de (id.) —A D. Pedro Giron Duque de Osuna. (P.)
depare (A.)
15.. En el mundo hay algunos que no saben nada (P. A.)
17.. buen deseo (A.)
18.. verdad quedan (id.)
20.. otros hay que no saben nada por que piensan (id.)

325.. 24.. y como gente que no sabe de letras y ciencias, no tienen qué perder, y creen que no hay con quien perder tampoco, (A.)
25.. no tiene que perder (P. B.)
326.. 1.. imprentas (A. P.)
2.. especerias (A.)
4.. haber soñado tanto, ahora salgo (B. M.)
haber endiablado (A.)
agora (P.)
5.. pareciese bueno (A.)
7.. epictetos. (B. S.)

326.. 8.. (Falta Discurso.—P. B.)
1..10.. á otras (A.)
11.. vanidad (id.)
14.. codicioso (A. B.)
19.. justamente (id.)
27.. acaricia mas (id.)
34.. heridos (id.)
40.. muy venerable en sus canas, muy maltratado y roto por muchas partes (B.)
42.. muy severo y digno de grande respeto. (id.)
44.. ancianos teneis por costumbre

aborrecer en los mozos (*B.*)
336..1..45.. no que los dejais (*id.*)
47.. y yo vengo (*id.*)
gozar del mundo. (*A.*)
48.. sonriéndose (*id.*)
No te estorbo (*B.*)
lo que deseo; (*P. B.*)
55.. has visto anci acá algunas (*A.*)
2..16.. lo viene á temer cuaudo lo (*P. B.*)
25.. malos deseos y fingidas esperanzas. (*A.*)
24.. aqui • le dije. «Mi habito y traje (respondió) (*id.*)
46.. de comer como oficial (*B.*)
50.. y parecerá poco á sastre (*P.*)
56.. Sirve solo de dispensarle (*B.*)
337..1..5.. con la mucha costa (*id.*)
9.. arremeda cosas de rey (*A.*)—discretas cosas (*P.*)
10.. ciego de cara (*id.*)
17.. niños y mancebos (*A.*)
21.. botero se llama (*B.*)
22.. mulas se llama (*id.*)
23.. el bodego se llama *En todos los demas tambien dice* se llama.—(*id.*)
33.. sino hipócritas (*A.*)
39.. cualquiera (*B.*)
40.. examineis (*B.*)
42.. y en ella acaban (*B.*)
48.. cuan bien (*A.*)
50.. voluntad quiere y apetece (*id.*)
2.. 9.. contra Dios y con Dios; pues le toman por instrumento para pecar; (*id.*)
16.. incitsado con las campanillas (*id.*)
22.. del difunto. (*id.*)

327..2..37.. eso todo es por fuerza y parece (*P. B.*)
39.. muñidores (*A.*)
328..1.. 1.. Alli va tierra de menos (*B.*)
4.. Paes no las atizan (*P.*)
10.. real ó dos. ¡Ves la tristeza (*P. A.*)
15.. á entierro, donde se ofrece (*B. M.*)
18.. pues allá solamente (*P. B. M.*)
20.. coste (*P.*)
29.. doblaria el capuz en poco tiempo. (*S.*)
63.. y por viuda (*id.*)
2.. 5.. lo mesmo (*P.*)
11.. qué dirán (*B.*)
17 *y siguientes*.. agora (*P.*)
35.. escapir, sonar, arremedar (*A.*)
329..1.. 6.. os acudió (*S.*)
14.. Y le hags (*id.*)
25.. con solo un tarazon de vara (*A.*)
37.. delicto (*P.*)
39.. haberle daño muchas puñaladas (*B.*)—haber dado (*P.*)—haberle (*M.*)
40.. alguna gente (*B.*)
43.. que sigue ladron (*id.*) — que sigue ladrando (*P. M.*)
50.. todo roto (*A.*)
58.. adelaste (*P.*)
2.. 6.. por vengarse (*A.*)—por vergüenza (*P.*)
7.. no dan en ser buenos (*S.*) por un año ó dos años, (*P. B. M.*)
15.. con un inocente (*S.*)
23.. han de menester (*P.*)
26.. en lo que fuere preguntado (*S.*)
56.. que fuera el eco (*P. B. M.*)
38.. detaviera (*S.*)
41.. parecian (*B. P. M.*)
42.. andaba. (*M.*)

329..2..60.. solo es (*M. S.*)
330..1..12.. y se diferencian en muy poco (*A. S.*)
13.. del otro de tal suerte, que el rico (*A.*)
15.. le lisongea. (*A. S.*)
19.. el rostro á todos (*B.*)
23.. atapada (*P.*)
26.. estando esparcidas por las hablos (*B.*)
33.. atras diciendo (*A.*)
40.. teniéndolo (*id.*)
41.. tan hermosos honestamente! (*P. B. M.*)
43.. aua alma (*P.*)
52.. haces lo mismo (*S.*)
56.. y luego la razon (*B.*)
2.. 7.. que no de negras (*id.*)
16.. á una fea (*P.*)
25.. con zapatillas (*A. S.*)
29.. y abejillas carretones (*S.*)
36.. más poderosas (*B.*)
37.. bien claros (*id.*)
55.. Yo no conocí á alguno. (*M. S.*)
58.. la copla. (*B.*)
331..1.. 9.. atufado (*id.*)
13.. trampas, perpetuo (*B. M.*)
22.. azuzando pendencias (*M. S.*)—alimentando cizañas (*id.*)
41.. ministerio (*B.*)
2..5.. y todo es sequito (*M. S.*)
21.. á la cabeza (*id.*)
26.. no se fien de mi y me niegues (*S.*)
28.. Quedé admirado (*M. S.*)
29.. y dige entre mi (*id.*)
37.. cuerda una linea (*id.*)
43.. á los que di halagos (*id.*)

VISITA DE LOS CHISTES.

A. Manuscrito de don Juan Vincencio de Lastanosa, que posee la Biblioteca Nacional.
P. Edicion de Pamplona de 1631.

B. La de Barcelona de 1635.
M. F. S. La coleccion de Madrid de 1648, y las de Foppens y Sancha.

332.. 3.. se le dedico porque (*A.*)
4.. me le smpare (*id.*)
liévosele (*A. P.*)
5.. porque el mayor designio desinteresado es el mio, (*P. B.*)
6.. fidelidad (*A.*)
333.. 1.. el estudio y la diligencia (*id.*)
he remitido á la censura (*A. P. B.*)
6.. mis desvarios, como (*A.*)
querrá Dios (*P. B.*)
7.. buena muerte. (*A.*)
el último tratado (*id.*)
31.. (*Falta Discurso.*—*A. P. B. y en todas las impresiones.*)
2.. 7.. me acompañaba luego esta coplita : Guerra (*B.*)
8.. propio, acompañabs luego el de ls que vimos diciendo (*P.*)
30.. á descubrirse en su labio (*A.*)
334..1..22.. y todos venian chorreando platicantes (*id.*)
24.. graduaron (*P. B.*)
2..22.. demonios : Rulpti, Talmus (*B.*)—Rupti, Talmus, (*P.*)—Bupthalmos, (*F.*)
23.. Opoponasch, (*B. P.*) — opoponax (*F.*)
Leon topelatum, (*B.*) — Leon, Tipelatam, (*P.*)
Tregoricsrum (*id.*) — Tragoricarum (*B.*)
Postamegotam, (*P.*) — Potamegotum. (*B.*)
24.. Seulpugino (*P. B.*) — Senae pagilium. (*L.*)
Petros Chinam. (*P. B.*)
Scilia (*P.*)
28.. decir quien (*B.*)
30.. Egiemalis (*P. B. F.*)
31.. Clistes (*P. B.*)
gles ó bolanos (*P. B. F.*)
32.. errhina (*P. F.*)—erthina, (*B.*)

334..2..37.. aquel emplasto que llaman de Guillen Cerven (*B.*)
45.. y luego á la orina (*id.*)
46.. llegan junto á la oreja (*id.*)
335..1.. 1.. su dieba (*P.*)
24.. que el que tuve (*B.*)
25.. tras de los dientes (*id.*)
26.. y luego pedir (*id.*)
28.. ¡Quien vendrá acompañando á tau maldita gente? (*A.*)
32.. y ellos (*B.*)
40.. que estaban (*P. B.*)—se estaban (*A.*)
42.. en plata y oro. (*id.*)
43.. sobajar una ralea (*id.*)
63.. haciendo muchos gestos (*B.*)
2..12.. negocio; solo paz de su ambicion (*P.*)—negocio ; solapas (*B.*)—solapos (*M. S.*)
25.. y el otro (*B.*)
28.. aprisa (*P.*)
maylejos (*P.*)
31.. cosi y cosa (*P. B.*)
32.. disparatads (*A.*)
34.. y dijome sin mas ni mas con una voz muy seca y delgada, (*id.*)
39.. No te mueras. (*P. B.*)
50.. dije : Ys se veo señas de la muerte porque á ells nos la pintan (*P.*)—Ya sé ; veo señales (*B.*)
336..1.. 8.. cosas estan llenas de muertes (*A.*)
10.. y todos, acompañandola y descomponiendola. (*S.*)
16.. Van mas cerca (*B.*)
19.. más mstan (*id.*)
26.. sino que murió (*id.*)
33.. con don, y todos tienen don de matar, y cuesta más don al despedirse (*P.*)—mas dan al despedirse (*A.*)
2.. 6.. le echen (*P.*)

336..2.. 8.. y remitesele (*B.*)
10.. dije yo (*id.*)
19.. adonde (*P.*)
337..1.. 1.. lugrtimiente (*P.*)
3.. de soberbios y odio (*P. B.*)
7.. andaba tods (*id.*)
16.. pues si no hubiera (*A.*)
20.. de otros diez. (*id.*)
32.. en ceniza (*B.*)
47.. enlodadando (*P.*)
49.. del sueño (*B.*)
2.. 9.. persuaden que son (*id.*)
15.. eso se rebulló en el suelo (*P. B.*)
338..1..10.. de Juan (*P.*)
23.. no lo dijera (*B.*)
25.. la Ave Maria (*P.*)
26.. Mirá (*id.*)
30.. que anduvo desnudo (*A.*)
34.. no quitar (*id.*)
37.. no quitaba (*P. B.*)
38.. era calvo. (*A.*)
2.. 2.. tan carcomida (*P.*)
22.. hechos de ella. Si un padre (*id.*)
38.. no tornar á nacer. (*id.*)
41.. á las mil (*P.*)
49.. que se rezumaba (*id.*) coyunturas (*A. B.*)
339..1.. 5.. bulla en un hervor (*A.*)
13.. nacido de un gigotado (*id.*)
24.. que eres (*P. B.*)
30.. que estais enterrado, mas hoy me he desengañado. Y ¿ que has venido (*P.*)
2..12.. dijome el Marqués (*A.*)
20.. Señor Marqués, replique (*id.*)
23.. empréstitos (*P. D.*) — empréstidos (*M.*)
340..1.. 3.. esta nueva honra (*P. B.*)
12.. mando. El diablo puede salir á vivir en ese mundecillo dijo el marqués. Considero yo (*A.*)
17.. decir putos y borrachos (*id.*)

540.1.56.. bale (.A)
2..10.. Putei in legem sextam, vol. (A. P.)
— in libro sexto, volumine hasta 55.
(B.)
12.. Inptis (A.)
Abatis (B.)
firuticarpin (P. D.)
Montoncanente (id.)
patricidio (B. D.)
541.1.. 2.. uno solo han de (P. B.)
17.. gorra y una capilla. (A.)
542.1.. 3.. ojos á lo sombrero (B.)
nos dijeron (A.)
2..47.. da el señor (quitando á los Profetas) (P.)
56.. y no siendo los artejos el peso, estan (B.)
60.. y no tenga (P. B.)
543.1.. 8.. vos mentis (B.)
34.. y hay muchos solteros (id.)
51.. Y porque en su dis (P.)
2..40.. desasnado (id.)
tiene en esto (B.)
544.1.. 7.. del sexo (P.)
13.. en las sepulturas (B.)
16.. plata de pie (id.)

544.1.18.. de grifo (B.)
22.. rosario muy largo (P.)
26.. pescando caballerías chicas. (B.)
36.. nariz cumpliéndose (P. B.)
2..50.. en el infierno (P.)
51.. nos aguardamos (B.)
43.. espavilar (P.)
44.. ocho velas (id.)
545.1..29.. Oh sustento de los banquetes (B.)
39.. pobre las carnes (id.)
41.. geomangis (P. B.)
2..13.. y á pedir (id.)
14.. y así siempre (B.)
22.. les pegue el hazadon (P.)
33.. cabelleros con cbirlos (id.)
47.. y á hacer (id.)
réplica (B.)
50 y siguientes.. cochitehermite (P.)
546.1.. 2.. cochihermite (id.)
10.. dia : Señora, tanto (id.)
2.. 7 y siguientes.. doña Fábula, (id.)
7.. enojóse (P.)
33.. sosegada en vuestro refran. (P.)
55.. todas las almas quiere y por todas las almas murió. (B.)
57.. como á todas las demas. (id.)

546.2.57.. no la hará (P.)—no le (B.)
57 y siguientes.. Urdemales (P.)
547.2.. 4.. Macarro (id.)
11.. tomillo del carro (P. B.)
16.. los santos (B.)
25.. le traiga (P.)
51.. carcomos. (id.)
548.2.. 4.. mozos (B.)
16.. es nada (id.)
voto á Dios (id.)
549.1.. 2.. Y el dijo : Pues no mejoraba (id.)
seso (id.)
33.. de los cuchillos y de los tinteros (id.)
2.. 3.. la grandísima bellsca (id.)
4.. docientas (id.)
7.. desmocharán las testas (P.)
10.. algunos poetas (B.)
genoveses (id.)
11.. algunos galancetes (id.)
27.. engirió (id.)
36.. con todo me pareció no despreciar esta vision, sino darle algun credito, porque los muertos (P.)

CASA DE LOCOS DE AMOR.

C. Manuscrito contemporáneo de la Biblioteca Columbina.

P. Edicion de Pamplona de 1631.

M. F. S. La coleccion de Madrid de 1648, y las de Foppens y Sancha.

550.1.. 1.. de los locos (M.)
3.. (Falta niscenso.— P. C. M.)
4.. destas de enero (C.)
2.. 8.. engaño (id.)
9.. tomó Virgilio (id.)
14.. enrsan (id.)
15.. pasan á las Indias (M.)— y luego pasan (C.)
17.. arroyuelos (M.)
18.. sonoroso (id.)
19.. que iban lisongeando los oidos de los que pasaban por su ribera : (C.)
22.. señas entendí que estaba en los jardines de Chipre (id.)
24.. adonde (id.)
26.. á que dió (id.)
28.. historia. Mas á esta sazon (M.)
35.. artificio (id.)
pedestrales (P.)
36.. bastas colunas (M.)
551.1.. 2.. capitel (P.)
6.. se le da el mejor (M.)
8.. y era (id.)
15.. que obligaba á amor (id.)—Esta á ninguno negaba el paso, y ninguno le pedia más licencia (C.)
17 á 20.. ciego, me entré tambien con esta licencia, y hallélos á todos tan trocados de lo que eran (y á mí (C.)
22.. malencolicos (id.)— todos melancólicos, pensativos, penados (que es el color (C.)
24.. Y así Ovidio en su Arte amandi, lib. 1. (C.)
27.. libro 3 dice (id.)
29.. Y el Camois (M.)— Camoes (P.)
Lusiadas. Allí (M.)
terceras, las criadas (id.)
33.. terceras, las terceras primas, (C.)
34.. y las señoras criadas (M.)
de los mas amigos (C.)
35.. de su muger. En esto atravesó un hombre muy astuto y de extraña forma, lleno de ojos y oidos, y gran preguntador. Y porque (id.)
39.. mano, me resolvi primero á preguntarle yo (M.)—yo preguntar primero (C.)
41.. á no conocerme, no estuviérades aquí dentro (id.)
44.. estos enfermos furiosos, soy (id.)
46.. saber las más de las (M.)—saber mas desta casa (C.)
50.. venerable viejo (id.)

551.1.51.. informará largamente (M.)
51.. conocí que era el tiempo. Pedíle que me mostrase los cuartos de aquella casa, que queria ver (C.)
2.. 3.. Y porque (id.)
4.. desde allí me los mostró (id.)
5.. dióme licencia (id.)
6.. andaban los locos barajados, sin (id.)
10.. como locas furiosas (M.)
11.. apasionadas. (P. M. C.)
12.. queriendo (M.)
13.. osarsele (id.)
escribiendo estaba na (C.)
16.. que dijese en el barrio á voces que la pretendia ; (id.)
17.. que no pretendiese della ni quisiese otra (M.)
18 y 19.. cosa ; él le decia que si haria, y ella lo creia. (C.)
19.. y así ella (M.)
por amores (id.)—por amor (C.)
otras querian (id.)
20.. estas estaban (M.)
las incurables. (id.)
23.. Aquí no ose parar mucho (C.)
24.. riesgo entre muchas deste cuarto ; y el que (M.)
30.. pensar que estaba (C.)
33.. la tema (id.)
34.. veces ; que otras (id.)
41.. que eran ramerias para (id.)
43.. no le fuese jamas á la mano, — y á ella no le fuese en nada á la mano ; otras que (C.)
552.1.. 1.. hacian sus mangas (id.)
4.. de los maridos (M.)
dijo (id.)
8.. era para ellas (id.)
10.. efeto. (id.)
A otra grande amigo de su coche (C.)
11.. tanto, qué renta salia dél ; (id.)
12.. le dijo) (id.)
14.. Entre estas no estaban (M.)
16.. á fuero (C.)
19.. era de las (M.)
En otro cuarto estaban las reverendas (C.)
20.. Estaban estas con blancos (M.)
21.. esto es muy pesadas, y daban todas en un tema (C.)
22.. porque una (M.)
24.. y otra (id.)
25.. presentes, y no acordarse (id.)

552.1..20.. de los pasados. Muchas vi sin (C.)
28.. disimulaban el ser (id.)
que eran (id.)
30.. y que las tenia así la Inquisicion. (id.)
32.. apostando quien (id.)
33 y 34.. loca, y algunas desta, vi que pudieran ahorrar de saya. Vi (id.)
39.. y cuenta con los bienes (id.)
herejas (id.)
41.. que pueden tener cuaresma los carnales), y otras (C.)
2.. 2 á 4.. vergüenza , y otras se querian casar otra vez ; y al fin estabs cada loca con su tema ; y eran estas las mas (id.)
7.. mandar ; y con todas tenia harto que hacer el enfermero (id.)
12.. todas tras de rejas (id.)
13.. dispensaciones (id.)
14.. otro papa en cuanto (id.)
15.. las ha obedecido en cuanto (id.)
16.. cuerda (id.)
19.. guarde : sea (id.)
de sus papeles (C. M.)
20.. casi todas (M.)
20 á 22.. hablando siempre , y siguen pensando eran muy discretas. Unas estaban enamoradas (C.)
23.. paseaban, y pedian celos. Estas todas eran (id.)
24 á 26.. sueltas y no las tenian por locas de perjuicio, aunque á la verdad lo eran y les conociesen la enfermedad. (id.)
26.. bien entonces (M.)
27.. devocion (id.)
las mayores pecadoras ; (C.)
28.. pero ninguna se contentaba con dos ; porque todas no tenian que hacer otra cosa, y donde hay mucha ociosidad, por fuerza ha de haber mucho amor ; que segun Petrarca (id.)
30.. haber mucha ociosidad. Así lo sintió (P.)
31.. Amor. Y ántes que él (M.)
33.. in Octavia. (P.)— Octavia. Pero (D.)— y de Séneca el trágico en la Octavia. (C.)
36.. mucho amor con muchos (id.)
37.. ningun reparo (id.)
39.. genoves (M.)

352.2 12. todos, y toda está música (M.)
47. trabajo (M.)
46. que el visitador no las viese (id.)
48. Esta andaba tras la mandadera y la hacia andar mua que de paso. (C.)
353.1. 1 y 2. Aquella buscaba locutorios prestados que pagaba el pobre devoto: y alguna habia tan rematada que pedia al suyo (id.)
2. buscaban lugares prestados (M.)
3. pobres galanes, y algunas (id.)
5 y 6. Ingratitud. Habia en este cuarto tantas enfermas (C.)
7. compasion; porque (id.)
8. salud; que como todas estas son amantes de anillo, y se mantienen de la esperanza, y esta muere con el efeto, el cual nunca les llegaba, es su mal (id.)
10. pareció era (M.)
les llegaba (id.)
11 y 12. Insufrible. § Pasé luego al siguiente cuarto que era el de las solteras; y asi andaban todas más sueltas que las demas; porque eran (C.)
14. que me dijeron (M.)
15. y me dijeron que habia en este cuarto, cada dia (C.)
17 á 19. en la de Amor; aunque habia algunas en aquel cuarto que si fuera real, estuvieran mejor en él. Y otras que desnudaran al más hombre honrado, por vestir (M.)
20. como bandoleras (M.)
21. el nombre (C.)
26. ménos decian que las sacaba (id.)
27. y les hacia (id.)
28. y si fuera necesario todo el cuerpo (id.)
29. gran gusto (M.)
romancito en habillo (id.)
31 á 39. mercado. Otras dahan en comer barro por adelgazar (id.)
32. llamaron (P.)
39. dahan en un convento (M.) ô
2. 1. noches. Una vi que iba á un astrólogo, que le levantase una figura, y él levantábale mas (C.)
4. se levantaba ella (id.)
5. Otras por parecer bien dahan (id.)
afeitarse: era (M.)
6. locura, porque desengañaban con lo que pensaban (M.)
7. Otras se enrubiaban (id.)
dias, y algunas tantos dias que se les pudiera (id.)
8. que le podia (M.)
11. cabelleras; qué de ellas dientes; cuántas sebillos; cuánta mudas (C.)
16. algunas tan vestidas (id.)
18. que si fuesen despojadas dellas, quedarian (id.)
21. lo hubiese sido, que mandaba aun hasta (id.)
22. La madre llamaba (id.)
23. escogia; y al fin muy pocas destas guardaban fielmente la ley (id.)

354.1.12. (pared y medio (P.)
16. medicina (M.)
17. salud, como lo sintió el acuchillado Propercio, libro 2.º Y asi (id.)
— salud y como siente Propercio (C.)
20. en su error, acababan en este mal y pensaban (id.)
22 á 31. bacian. Así lo confiesa de sí Francisco Petrarca en una cancion: Quel..... A la letra de Ovidio en el 7.º de las Transformaciones: Quid (id.)—hacian, como lo confiesa de sí el Petrarca en una cancion, lisiado desta dolencia. Y se le pegó de que dijo de sí mismo lo propio Ovidio 7 Metamorph. No estaban (M.)
31. diferentes, mas las acciones de cada uno decian á quien los mira- se con cuidado, su inclinacion (C.)
33. locura. ¡Qué dellos vi (M.)
35. pasear, y con caballos para comer! (id.)
37. discreto que (M.)
y otro revotaba (P.)
38. que era el un gran necio. Otro queria enamorar por lo lindo, sin ver que ellas quieren ser las liudas de casa. Otro por lo valiente, sin ver que hay muchas medrosas (M.)
2. 4. Estos iban (M.)—Otros que iban (C.)
5. enamorarse; y esto era hacer las fiestas trabajos. Unos habia que decian más que sentian y otros que sentian y no decian. A estos locos (id.)
6. Otros andaban de casa en casa como piezas de ajedrez, y nunca podian cogerla dama. Unos desvanecidos se enamoraban (M.)
10. adivinos (M.)
13. se pagan (id.)
20. larguezas no las daban (C.)—no las alcanzan; y otros descosidados de personas tan bajas, que las dejaban alcanzadas. A los liberales (id.)
21. guardar, no los dejaban holgar (C.)
23. Los casados todos con esposas viejas (id.)
24. furiosos; que unos huyendo (id.)
26. sufriesen; y algunas veces por eso los hacian mansos. Otros tenian por amigas á (id.)
20. andaban ya con rasillos (M.)
355.1.38. tenido la riqueza que se debe (id.)
2. 3. y otros se casaban (C.)
5. Así se enamoraban (id.)
6. y allí (id.)
9. y á la lujuria (M.)
356.1.1. por muchas (C.)
4. por quien (id.)
5. gentiles (id.)
7. á quien decian sus desdichas. (id.)
8. á doncellas, ó por mejor decir los locos de doncellas rodando (id.)
10. criadas para que (id.)

356.1.12. llenas de papeles las faldriqueras, los sombreros de cordones (C.)
13. azabache, más que un babero. (id.)
15. sino a tal (M.)
16. Navidad, Jueves Santo, noche de San Juan. (C.)
18. les entretenia (M.)
19. letra, y valiéndole á ellas mismas (C.)
22. pero no por eso (id.)
24. dellos, porque á ellas (id.)
25. Estos dahan (id.)
26. huertas, prestaban coches (id.)
2. 2. y siempre son unos bachilleres y lo creen (id.)
6. cautivarse, y tenian (id.)
7. sí no es (id.)
7 y 8. qualque pariente, ó herman que ninguno guarda como convi y aquellos pasaban su carrera (id.)
10. ó tenian (M.)
11. los llaman (M.)—les llamaban (C.)
12. demás locos (id.)
14. del monasterio (M.)
16. ya aguardando á los viejas el —desdichas, agrado (id.)
18. espuerta de las sardinas, y sus alcuzas (id.)
19. y las alcuzas del aceite hasta la frente (M.)
20. con la (frente señalada de los yerros (C.)
21. del como de Abenámar (M.)
22. mocitos, y luego se metian en cascabeles (M.)
31. vencer, que (C.)
dinero, y raras veces (B.)
32. mas fuertes son (C.)
34. porque no temian (id.)
35. y los naturales (id.)
36. otros. Salido de aqui, me halló en el patio primero, y vi que por horas (id.)
40. número de locos (M.)
el tiempo (C.)
42. ellos iban (id.)
45. renovar (M.)—renovando heridas viejas. (C.)
44. entendimiento en su aposento (M.)
45. ojos. Vi al lado un postigo un pequeño (C.)
y la sinrazon (id.)
46. Algunos. A este punto me entraron á decir que me levantase porque era tarde. Y con esto volví en mí (id.)
51. á voces (M.)
52. era muy (id.)
54. en casa de locos; y con gran (C.)
56. locura. Por lo que ahora di locura : que doy crédito á lo que allí vi por lo que agora veo los dispierto. (C.)
357.1. 1. antiguos, y Plauto, Séneca y otros muchos que vuesa merced (M.)—y Plauto in prol. (C.)
2. 3. fantasia. — (lin.) (M.)

EL ENTREMETIDO, LA DUEÑA Y EL SOPLON.

V. Edicion de Valencia de 1629.
P. Edicion de Pamplona de 1631.
B. La de Barcelona de 1635.

M. F. S. La coleccion de Madrid de 1648, y las de Foppens y Sancha.

359. 3. FRANCISCO QUEVEDO (B.)
7. se hace prologo. (V. P.)
360. 1. oya (B.)
3. entretenimiento..... entretenimiento... (id.)
5. sopalandas. (id.)
6. No escandalice (P.)
7. se espantare (B.)
8. fueren. (B. P.)
hagan (P.)

361. 1. DISCURSO DE TODOS LOS DIABLOS (P.)
1. 4. entretenido, chilindron (V.)
16. soplon dijo á Lucifer que (V. P.)
21. por sí Satanas; (P.)
30. dijo Lucifer. (V. P.)
34. clausulas. Viendo Lucifer el alboroto (id.)
2. 20. faldriqueras (id.)
26. tumulto de armas (P.)

361. 2. 28. lanzas los dedos ardiendo (V.)
34. Y estaba (B.)
36. á el Lucifer y dando (V. P.)
41. siendo solo persuasion (V.)
42. propia, estos perros (V. P. B.)
44. que se supieron (B.)
362.1. 4. bacerias y los otros entendimiento (V.)
13. de todo el mundo (B.)
15. mirad qué (id.)

362..1..26. egerceis (V. P.)
27. primer (P.)
28. hace (id.)
29. amedrenta (id.)
30. por amigo (B.)
31. y vuestra traicion (P.)
38. fué en los Consejeros matarte (V. P.)
2..8. para los malditos (id.)
12. Mandoles Lucifer asir (id.)
30. mascado y la habla (B.)
31 y 32. gozques, dijo : voto á N, infame, (V. B.)
36. yo le decia (B.)
43. niño, sufriendo (id.)
363..1..10. tal cosa en el infierno. Estaban (V. P.)
31. crines. (id.)
33. de todas las mugeres (B.)
37. como quien de madrugon (V.P.)
47. Voto á N. (V. B.)
2..5. volver (ó calzar) á calzar (V.P.)
5. azoteas (B.)
27. forzoso de que me (id.)
35. se siguió (id.)
36. esplado de herederos parasismos, heredad (id.)
38. abuelo (id.)
47. podriades ser cornudo (id.)
48. lo sereis sin parte (P.)
56. que se llama elogra (P. B.)
57. descortes dicen que es desvergonzado (B.)
364..1..10. Voto á N. (V. B.)
11. los muy bribones guiñapos que yo loa (B.)
14. vida no me acuerdo haber pedido (id.)
15. la verdad (id.)
18. dinero (id.)
30. voto á N. (V. B.)
31. entonado de ojos (B.)
35. Yo, señor, como (V. P.)
36. de paja (id.)
38. que si yo cobrase (B.)
44. faldriquera (id.)
45. le presentan las espadas (B.)
51. cervetas (V. P. B.)
2..14. poderosos, falidos (V. P.)
28. Estábase Satanas (P.)
30. dijo á Lucifer (id.)
32. acaba ahora (P.)
42. Diose Lucifer (V. P.)
48. Este tonto (id.)
50. de algun juez (id.)
365..1..18. en su vida (B.)
27. Amon (V. P. B.)
33. grande de la temeridad (V. P.)
40. participante (B.)
46. descoronase (P.)
deceucia (P. B.)
48. virtudes entre muchos (B.)
2..10. Abdolo Mino (V. P. B.)
21. Parmenou (V. P.) — Parmenon (B.)
Filota (V. P. B.)
23. Aminta (B.)
25. Ob Lucifer (P.)
28. Dijo ó Satanas (V. P.)
35. muy inchados (B.)
36. muy grande (id.)
42. privado suyo; (id.)
43. sin yo (id.)
45. muy magnánimo (id.)
49. pues rehusarlos (V. P.) — pues rehusar de admitirlos (B.)
366..1.. 3. de la sed (P.)
17. pues lo habia de despreciar (V. P.)
26. cosas que (V. P. B.)
27. Pissen (V.)— Pissen, maña muy bien (id.)
32. desesperaciones. (B.)
39. efeto (id.)

366..1..43. cátedra á los diablos (B.)
44. votos y sacrilegios públicos (id.)
45. y cuanto se dilirió (V.)
51. merecia ; mas los senadores (B.)
53. Y hay alguno (V. P.)
56. desea... sean (id.)
57. sea unica y su iniquidad sea el (id.)
60. bastan (id.)
2..5. pegarán (B.)
38. favor de los amotinados (id.)
45. Paterio (V.)
47. letores (B.)
63. tratos del poder (V. P.)
367..1.. 6. costumbres ; Tiberio (P. B.)
11. El caso es, Lucifer, (V. P.)
12. de los que permiten (B.)
14. es de (id.)
21. poderoso y rico (B. P.)
25 y siguientes.. Savareno. (V. P. B. M. F.)
31. alto, y en lo le dando (B.)
36. muy apriesa (id.)
37. ardiendo y con gran ruido (id.)
40. Pereno (V. P. B. M. F.)
2.. 1. Britilo Emperador (id.)
Cincinado (id.)
9. favorecido de Adriano (B.)
10. gran valor (id.)
11. monarquias (id.)
13. demas miserables (id.)
14. todos los estandartes (id.)
15. andábame (V. P.) — andábame yo (B.)
16. y por las calles (id.)
17. sabe tener sosiego (id.)
20. manoseándole (V. P.)
51. tenia (V. P. B.)
368..1.. 7. Elcearo (id.)
4. ya se ve en él, etc. De las espectativas (B.)
369..1..20. No hay tal hombre : (id.)
23. Voto á N. (V. B.)
24. testamento, estoy (P.)
28. Ay vivos (id.)
31. Dejaronme en este punto (B.)
41. dolor una taza (id.)
48. rocas ; (V.)—á tocas ; (B.)
2..12. Y al heredero (id.)
16. Voto á N. (V. B.)
36. que Lucifer y sus (V. P.)
41. grande (B.)
53. demostracion que Lucifer (V. P.)
59. que no la despertasen, porque (B.)
370..1.. 1. de aqueste (id.)
delicto (P.)
7. se atreven á meterse debajo del manto, y dicen todo aquello que quieren, (B.)
371..1.. 3. grandi (id.)
2.. 2. dacá (V.)
3. Válgate (id.)
muchachos, nuras (V. B.)
11. reian en tres letrillas (B.)—restañen tres letrillas (V.)
372..1..23. mirando á Lucifer (V. P.)
28. Dios eacupe (B.)
31. puerta, gastalla en fuentes (id.) —gastarla (V.)
construyendo nduncoporo, contrisuica, (V. P. B. D.)
2.. 5. librando (B.)
aljófar rompi bien (V. P. B.)
6. pitas (B.)
7. concente en lirds. (V. P.)
8. Zarabulli y bulli (B.)—de zarabulli (V.)
vera Cruz : (id.)
10. Me baibo (B.)
14. Zabulli. (id.)
16. Trieuleo ; (V. P. B. M.)
18. Eilo yo bien puedo ser (V. P. M.)
21. y mírese bien la causa (B.)

373..2..29. paludes viudas (P. B.)
29. Mando Lucifer (V. P.)
373..1.. 9. Nicorocreoute (P. B.) — Anaxágoras ; (V. P. B. M. F. S.)
26. doirina (B.)
29. Y otros detras del (id.)
30. á los tipos de ahora, (V.)
56. Phalarias (P.)
43. mirando á Satanas (V. P.)
45. y vive de la libertad (P.)
46 y siguientes.. dotrina (B.)
2..14. con otros (P.)—con los otros (B.)
18. ni lo que (id.)
19. posible (V. P.)
22. ¿Podrá ser poderoso (B.)
23. y no lleuar... y no satisfacer (id.)
26. que siempre necesita (id.)
eferto. (P.)
29. y á los entremetidos (B.)
30. si no tiene (id.)
y su calidad (id.)
31. y su disculpa (id.)
43. la ley de Dios (V. P.)
374..1.. 7. razonando. (P.)
4. Tolomeo (P. V.)
20. del palacio (B.)
2..14. cualquiera. (V. P.)—delicto (P.) y acusacion le (id.)—y acusador le (B.)
34. gran (V. P.)
divino Agustino (B.)
36. acordaros de la vuestra. De vosotros (B.)—vuestras maldades. De vosotros (S.)
41. palido (V.)
375..1.. 4. pasar (V. B.)
34. y enflanto (F.)
40. trageron aqui ? (id.)
42. morciégaios (V.) — murciégaios (P.)
46. asentando (id.)
moños en aguas como de puntal blanco. (V.)
2.. 2. oratorias (B.)
17. de parte de Lucifer (V. P.)
18. las cosas y los cuernos (B.)
24. unas mugeres, y afeitadas y presumidas y habladoras y melindrosas, y riéndose, y mostrando (V. P.)
27. harta jurisdicion (V. P.)
28. preguntando (id.)
31. excremento (V. P.)
34. caza del tiempo (P.)
376..1.. 3. deciamos (id.)
9. apartandonos (B.)
53. caballero de badeo (id.)
377..1.. 6. quitarse (id.)
29. atar bien (S.)
32. mojigatos (id.)
2.. 4. empeliones llamó el (P.)
7. acriminau (B.)
8. Lucifer se mesuró (P.)
12. refrescáronsele (V.)
29. que me ahorca (V. B.)
378..1.. 3. en meter á Colon (S.)
18. herencia, y ganancia y barato y patrimonio y recouocimiento (V. P.)
32. acreditada (V.)
42. nierpolas (V. P. D.)
46. dije (V. P. B.)
49. Y entre otros no (id.)
57. diablo archidiablo (V.)
2..31. á Lucifer (V. P.)
35. abrieron (B.)
379..1..10. no resbala ? (V.)
17. insolentes informidables? (V. P. B.)
18. Las almas que se mantuvieron (B.)
26. jurar se olvida. (id.)
2..15. amargar (B.)
33. y Lucifer (V. P.)
NOTA. Todos los textos latinos están en todas las ediciones llenos de absurdos.

LA HORA DE TODOS Y LA FORTUNA CON SESO.

MS. Manuscrito original.
Z.   Edicion príncipe, Zaragoza, 1650.

584.1.. 2.. desgañitaba (Z.)
6.. cuando Marte (id.)
9.. remostrada (id.)
10.. boca lagar y vendimias de (id.)
14.. engulliéndose (id.)
16.. tres diente (MS.)
18.. y oliendo (Z.)
22.. oscuros (id.)
33.. linternas (id.)
2.. 2.. pelicabras y patribueyes (id.)
14.. llamenos (id.)
18.. pajarillos (id.)
á horma (id.)
19.. mundo, tráeme (id.)
20.. arriplezos. (MS.)
22.. visto ni oido (id.)
24.. en la mano (id.)
29.. como centro (id.)
32.. faiciones (MS.)
585.1.. 7.. y sus maldades (Z.)
9.. dioses, y que el cielo (id.)
14.. dignidades á los que asi (id.)
21.. pasar; otros me lo arrebatan sin
darselo yo. (id.)
36.. ni hay (id.)
37.. y no he dado (id.)
45.. ni gozar (id.)
58.. quinientos, todo se (id.)
62.. y perezosos (id.)
2.. 2.. vela que le sirve (id.)
15.. quien quisiere. (id.)
20.. y tengo (id.)
22.. Yo espero (id.)
24.. sacrificios (id.)
39.. razones : «Fortuna, en muchas
(id.)
48.. diez y seis (id.)
50.. cuatro, vereis (id.)
55.. y mudar (id.)
586.1.. 4.. mundo. La Fortuna dió un (id.)
6.. Medicos. En (id.)
11.. Alguaciles, escribanos. Por (id.)
15.. derramado un rocin (id.)
26.. Boticarios, mugeres afeitadas,
gangosos, teñidos. Atravesaban (id.)
29.. basureros ayudaban con escopas
y palas, traspasando (id.)
32.. Admirado, ladron de hidalguia
postiza. Habia (id.)
una muchísima casa (id.)
35.. habia hurtado (id.)
36.. con que la edificó. Estaba (id.)
40.. unas saltaban á unos tejados (id.)
43.. sus dueños (id.)
al fin (id.)
44.. portalada (id.)
2.. 1.. achacado su ascendencia. El picaro quedó desnudo (id.)
10.. Mohatrero. Vivia (id.)
17.. al salirse por la ventana id.)
20.. desaliado (id.)
33.. Hablador. Un (id.)
41.. Senadores. Estaban (id.)
43.. ambas (id.)
49.. trazando cual (MS.)
50.. trochimochi. (Z.)
53.. y trujo (id.)
56.. les cogió (id.)
587.1.. 2.. su nombre (id.)
3.. unos con los otros (id.)
7.. veian (id.)
9.. jugaban (id.)
10.. las competia (id.)
11.. Casamentero. Un (id.)
14.. guisábasela (id.)
15.. la nobleza (id.)
32.. Poeta Culto.-Estaba (id.)
33.. tapiada (id.)
34.. y cortada (id.)
36.. morciegalos (id.)
39.. linternas (id.)
40.. De ronda la mosa (id.)
42.. encendia (MS.)
47.. le pegó fuego (id.)
50.. Buscona.-Salta (Z.)

587.2.. 4.. campana vuelta, con facciones
(Z.)
6.. arraplezos, traia un repostero
(id.)
588.2.. 21.. Muger afeitada.-Dueña.-Donce-
llita.-Estábase afeitando (id.)
25.. de los labios (id.)
26.. linternas (id.)
iluminábase de (id.)
32.. borrenes (id.)
33.. ama aplanase las concavidades
(id.)
la resaltaban (id.)
589.1.. 3.. manotadas, dandose (id.)
7.. borrenes (id.)
8.. caña (id.)
17.. Visita de carcel.-Un gran (id.)
18.. que le dijeron (id.)
19.. á su cargo (id.)
21.. á visitar (id.)
23.. y siguiente.. delictos (id.)
28.. del último maravedí (id.)
32.. al otro dia (id.)
41.. muger, y la del padre para el
hijo, y la del hijo para el padre; (id.)
45.. muerte (id.)
49.. la pertenece (id.)
2.. 12.. un reino (id.)
21.. Damas que cubren años.-A pié.
-En coche.-En sillas de manos.
Iban (id.)
28.. vidro (id.)
los moros (id.)
56.. Maximo. (id.)-Maxino (MS.)
590.1.. 3.. reconoced (Z.)
4.. y cinco dias, dos horas (id.)
11.. estaba escribiendo (id.)
31.. Lisonjeros de señores potentados.-Estaba (id.)
2.. 6.. pujarles (id.)
9.. doctrina. (id.)
16.. la ocasionaba (MS.)
21.. en la pérdida glorioso su celo y
lleno de magestad (id.)
25.. aquella (id.)
36.. Dios te ayude (MS.)
42.. á ellos (Z.)
46.. Embusteros y tramposos. Los codiciosos (id.)
47.. de los tramposos por no pagar
de balde el embuste, se vistieron
unos á otros (MS.)
49.. dandose un vacio esterior (id.)
53.. y siguientes.. aceptada (Z.)
56.. mas que llegar (id.)
591.1.. 2.. de trampantojo (id.)
7.. de oro (id.)
aceptadas (id.)
12.. y esa se ha de hallar (id.)
13.. pierde ; (id.)
22.. por todos los haberes de la tierra ; y mas quiero (id.)
23.. tiene el mundo. (id.)
25.. intenciones, cuando los cogió
(id.)
28.. letra fresca, y el de los diamantes (id.)
30.. asegurarla, perder (MS.)
37.. jeringas (Z.)
39.. se la pague con mendrugos (id.)
40.. puniéndose (MS.)
55.. Arbitristas. En Dinamarca (Z.)
2.. 2.. los circunstantes se guardaban
(id.)
11.. le tocaba (id.)
20.. de arbitrio (id.)
22.. codicia (id.)
32.. leer. El primer arbitrio decia
ausi : (id.)
33.. su pérdida, ni tomarla (id.)
35.. riquezas en vida, quitando (id.)
41.. lo han de pagar (id.)
42.. han de entender que se los dan.
(id.)
43.. arbitrista. Cuarto (id.)

591.2.. 45.. nada, al quitar cosa (Z.)
49.. diablos.» Animado (id.)
52.. lo han de padecer.» (id.)
592.1.. 1.. emborrullándose (id.)-embor-
llanse (MS.)
3.. le decian (Z.)
7.. arbitrarios los unos (id.)
10.. voces desatinadas, (id.)
11.. con este susto (id.)
14.. que se estuviere (id.)
19.. precio. Otros (id.)
26.. habia (id.)
29.. habian ya derribado (id.)
33.. derriba una casa (id.)
41.. os junto y os (id.)
2.. 5.. os ha (id.)
8.. mas en entrando con (id.)
10.. Alcahuetas y chillonas Dueñas.
Las (id.)
16.. miren qué gentil (id.)
18.. coutaldas (id.)
593.1.. 13.. garra, bizo (id.)
14.. Pinodas y Tomasas (id.)
15.. Abuela (id.)
32.. hundiendo la vecindad á gritos.
Un ropero (id.)
35.. diciendo qué termino (id.)
38.. somos nosotras. La maldita vieja (id.)
37.. y lo negro, á quien (MS.)
43.. no hay justicia. (id.)
2.. 10.. de vayan (id.)
12.. Letrado, abogado, pasante, procurador, escribano, relator.-Un letrado (Z.)
24.. cosa que : «ya estoy (id.)
26.. en los propios (id.)
34.. súplicas, á otros (id.)
37.. Ancarranos (id.)-Ancharranos
(MS.)
38.. Oldraldo (id.)
40.. Lopez, borrajeados (Z.)
con dos (id.)
594.1.. 9.. que le den, (id.)
10.. difensa (id.)
11.. pleito puede ser que nos con-
deven y nos (id.)
2.. 9.. los navios, (id.)
21.. Taberneros. Los (id.)
22.. que le (id.)
23.. esportilleros, moros (id.)
27.. dellos el maridage (id.)
30.. gallegas, que hacian sed (id.)
32.. Pretendientes. Estaba un (id.)
54.. de un oficio, aguardando ha-
blarle al señor (id.)
56.. en los demas. (id.)
58.. desvergonzados los demas en
(id.)
595.1.. 19.. Otros : «Aquí estoy.» (id.)
23.. que hacer (id.)
25.. era la mejor cosa (id.)
29.. considerando el oficio (id.)
33.. al uno (MS.)
44.. á todos en futuras sucesiones
de futuras sucesiones (Z.)
45.. Los pobres fistulados (Z. MS.)
46.. y invocar (Z.)
48.. que se lo dijo (id.)
595.2.. 17.. Anticristo (id.)
18.. edades. El que pescó (id.)
23.. enfermándose la salud (id.)
25.. Embestidores que piden prestado.
Unos (id.)
29.. y tinta (id.)
31.. echarles (id.)
596.1.. 1.. guardara (MS.)
sirviese (id.)
2.. y con su contera (Z.)
3.. con otra persona. (id.)
16.. tengo.» Traia (id.)
18.. Viansele dos barajas (id.)
31.. Almanaque (id.)
33.. dineros (id.)
44.. súbito (id.)

396. 1. 55.. faldriqueras : más facil es tomar que pedir ; (Z.)
2.. 4.. hurto acaba (id.)
5.. desterrasen (id.)
7.. si nos sacaren (id.)
9.. á quien le dan (id.)
10.. oye hombre (MS.)
15.. aborcaren (Z.)
25.. vaisopete (id.)
58.. faldriqueras (id.)
20.. Italia, Roma, Saboya, España, Francia.-La Venecia. (id.)
55.. todos (id.)
41.. de un lado (id.)
51.. la una y otra (id.)
recogeria, siendo (id.)
55.. los hacia (id.)
397. 1.. 4.. Milan, reinos de Nápoles y Sicilia (id.)
5.. le servia (id.)
9.. vrianza (MS.)
18.. Nápoles, duque de Osuna, virrey de Nápoles.-El caballo (Z.)
28.. le trujo (id.)
55.. venenciaciunos (MS.)
56.. Ragusa (Z.)
40.. veia (id.)
42.. Vejase (id.)
2.. 5.. Y dos de los lejos dijeron (MS.)
12.. le costaria las piernas (id.)
15.. mula escondido (id.)
15.. no podia estar mejor (id.)
27.. de ápié buscando bajague (id.)
28.. borricos que le han hurtado (id.)
51.. Rufianes ahorcados. Médicas.-Estaban (Z.)
á dos (id.)
398. 1.. 2.. de la N. de palo (MS.)
8.. les preguntaron (Z.)
15.. por los que saben (id.)
18.. pasos malos (id.)
25.. codicilos (id.)
24.. Tributos.-El gran (id.)
29.. les constaba (id.)
51.. envidia (id.)
56.. pequeña ó casi (id.)
44.. ansi podia arbitrar (id.)
2.. 5.. al lugar (MS.)
20.. todos ofrezco (Z.)
51.. Hisopo (MS.)
55.. se persuadió que cada dia (MS. Z.)
56.. recibirle (Z.)
47.. siempre. Letra es que debeis (MS.)
48.. última necesidad (Z.)
50.. usurpado y robado (id.)
399. 1.. 6.. esta palabra (id.)
7.. hubieren menester (id.)
15.. trugisteis (id.)
17.. y los demas de rodillas (id.)
18.. repartiésedes (id.)
20.. cobrásedes lo que os tomares (id.)
22.. diésedes. (id.)
25.. Fullero y tramposo.-Un (id.)
27.. trocado y la derecha como la queria (id.)
40.. envidiar (id.)
41.. Holanda. Romanos.-Los (id.)
2.. 6.. baratos (id.)
9.. envidia (id.)
12.. han establecido tragino en (id.)
7.. Lima y Potosí (id.)
55.. les cogió la hora; (id.)
54.. de los años (id.)
40.. primero arado. (id.)
50.. valdrá por mil. (id.)
Boliano (MS.)
400. 1.. 2.. disminuya (Z.)
4.. ocupacion en que bos hemos menester (id.)
5 y siguientes.. Inglaterra (id.)
7.. les era formidable (id.)
9.. que pueden temer. (id.)
14.. limosna vê rico, (id.)
18.. esparramándonos (MS.)
25.. hubiera dejado (Z.)
41.. á quien tuvimos miedo. (id.)
trueco. (id.)
55.. Gran Duque de Florencia.-El (id.)
2.. 1.. de todos los potentados (id.)
2.. príncipe. En tanto (id.)
26.. El Duque que no habia reparado en algunas cosas destas (id.)
51.. roto. Si las (id.)
52.. y quedará vuesa alteza (id.)

400. 2. 39.. Alquimista. Miserable. Carbonete. - Un (Z.)
42.. spaxárico (MS.)
45.. de cascaras (Z.)
401. 2.. 2.. pobre ; yo vendo (id.)
7.. asadores, calderos, (id.)
19.. de que decia no habia de gastar carbon. (id.)
27.. el alquimista á cachetes (id.)
59.. meses dentro de mi casa (id.)
42.. Pero replicó (id.)
46.. con á Rnaldo. (id.) — con Arnaldo Jever, (MS.)
47.. Morieno, Morieno (id.)
Vulstadio, (Z.)
48.. Libabio (id.)
402. 1.. 3.. enhoramala (id.)
4.. zutanos, que yo (id.)
5.. tus obras (id.)
6.. se ha nacido (id.)
14.. Francesa. Español. Venian (id.)
15.. con carretoncillo de amolar cuchillos y tijeras (id.)
19.. cuesta un español (id.)
25.. al español (id.)
54.. todas naciones (id.)
58.. les echaba (id.)
2.. 4.. hablaba castellano (id.)
6.. gentiles hombres (id.)
15.. mercafuelles, peines y alfileres y amuelan cuchillos. (Z. MS.)
29.. en los fuelles (Z.)
57.. y los echais (id.)
47.. uña, (id.)
52.. les cogió (id.)
54.. puñaladas, de abernardarme (id.)
403. 1.. 1.. y pronunciando (id.)
12.. sobraba (id.)
2.. sabiendo la causa (id.)
51.. Venecia. Italia. Privado. La Serenísima (id.)
55.. celebro (id.)
56.. y mozos ; (MS.)
45.. oidos tan grande (id.)
46.. en tal manera (Z.)
52.. victorias la guerra que hemos (id.)
2.. 2.. captivarse. (id.)
5.. y el eslabon. (id.)
16.. nosotros le hemos arrebatado gran (id.)
17.. dificultad de casarse (id.)
20.. le hace (id.)
54.. mundo, y por esto (id.)
58.. le ahorran. (id.)
404. 1.. 2.. ú se acaba (MS.)
3.. juzgo pensar (id.)
15.. Memoransi (id.)
17.. arrebatiña (id.)
19.. designios (id.)
51.. relox de faldriquera (id.)
2.. 52.. han pasado que vosotros (id.)
número en quien (id.)
405. 1.. 2.. Venciéndose (id.)
5.. acompañadoles (id.)
8.. está furioso (id.)
25.. de la Aldignera (id.)
50.. y Casal (id.)
54.. de humo (MS.)
2.. 2.. con cuya verdad (Z.)
5.. ansi (id.)
8.. Banqui (id.)
10.. los cogió la hora ; (id.)
21.. queria ir derecho (id.)
29.. con lo que pide (id.)
45.. Alemanes.- Los (id.)
49.. Brandemburgh. Lansgrave de Hessen (MS.)-Lantgrave de Hessen (Z.)
50.. les dieron (id.)
51.. Norlinguen (Z. MS.)
406. 1.. 18.. todos los médicos (id.)
2.. expaxiricos (MS.)
8.. tetragrono (Z.)
25.. El Gran Turco. Duque de Osuna. España y Españoles. Artillería. Emprenta. El gran (id.)
21.. moravitos (id.)
58.. juzgaba (id.)
2.. 1.. oian (id.)
7.. sacrilega, volviéndose (id.)
19.. y el premio (MS.)
25.. Grecia, Roma (Z.)
24.. y en ella florecen (MS.)
29.. pratique (Z.)
55.. vicios, la justicia (id.)

406. 2. 38.. de españoles, pues son en la ocasion (Z.)
44.. Y con las espadas (id.)
49.. la renta (id.)
54.. Amphion (MS.)
407. 1.. 1.. se dará (Z.)
57.. defienden victoria, (id.)
45.. victorioso (id.)
2. 12.. y escritores (id.)
15.. escrita que la sangre (id.)
18.. negro ; en los tinteros de muchos (id.)
20.. títulos, estados (id. descienden (Z.)
25.. doctores (id.)
26.. Ciceron, Bruto, Hortencio (id.)
40.. envidia (id.)
47.. y remedio (id.)
55.. los tasa (id.)
408. 1.. 3.. del alma (id.)
10.. Santiago (Z.)
12.. vitorias (id.)
25.. de las murallas (id.)
2. 12.. menester y la guerra (id.)
409. 1.. 4.. es suyo ; (id.)
6.. soy, y cristiano (id.)
8.. letrados, como glosadores, comentadores y jueces. (id.)
9.. la falta (id.)
11.. en lo que pide (MS.)-en lo que se pide (Z.)
15.. ganó pleito (id.)
20.. Lo tercero (id.)
25.. hagan. (MS.)
20.. á de lo otro. (Z.)
51.. y este morisco (id.)
56.. al agua (id.)
41.. Oyéronle (id.)
48.. la conservacion (id.)
61.. Valgate su generosa bondad por rescate (id.)
2.. 1.. socorredlos (id.)
15.. Olandeses en Chile. Dió (id.)
19.. que en aquel mundo (id.)
55.. muy en orden (id.)
42.. ofrecer (id.)
410. 1.. 2.. de innumerables (id.)
12.. emperadores, reyes (id.)
16.. en la libertad (id.)
18.. America; (id.)
19.. uno su semejante (id.)
21.. golpes y tan peligrosas (id.)
24.. y pretensiones (id.)
25.. á quien alaba (id.)
26.. en su tierra (id.)
52.. príncipes y reyes (id.)
56.. ansi (id.)
50.. los presentó (id.)
41.. Obtico (MS.)
42.. Encareciéndoles (Z.)
45.. añadieron (id.)
46.. que con ella verian (MS.)
se habian visto (id.)
49.. á los ojos (id.)
2.. 1.. les cogió (id.)
12.. elementos, metelsos (id.)
25.. dió naturaleza (id.)
55.. envidia (id.)
45.. no le hemos (id.)
49.. Negros.- Los (id.)
50.. cosa que han solicitado tantas veces con veres (MS.)
57.. efeto (Z.)
411. 1.. 1.. borujones (id.)-burugones (MS.)
11.. todas edades (Z.)
22.. desprecios (id.)
50.. y pues el refran (id.)
45.. con nuestro tinto (id.)
55.. Inglaterra. El serenísimo (id.)
56.. Oceeano (Z.)
2.. 13.. envidia (id.)
18.. en la edad que le pudieron ser juguetes (id.)
412. 1.. 1.. comodista (id.)
11.. Brandemburgh (id.)-Brandemburg (MS.)
Lansgrave (MS. Z.) verbo (Z.)
25.. Inglaterra, como si tuviese (id.)
25.. llama poncella. (id.)
51.. España, inmenso monarca y sumamente (id.)
54.. Palatinato (MS.)
56.. no lo puedo esperar (Z.)
2.. 2.. á los holandeses (id.)
11.. soldados sus vasallos, (id.)

419 2 18. oya (Z.)
415 1 10. de real (id.)
　1.. pero (id.)
　25.. en el lugar (id.)
　52.. y no escarmientan. (id.)
　38.. quien puede fiar (id.)
　51.. à mis contrarios. (id.)
2.. 9.. mi reino. (id.)
　11.. à un reino (id.)
　dividido, en parcialidades (id.)
　35.. ajuntó (id.)
　37.. fanegas (id.)
　Cánas (MS.)
　48.. por freno (Z.)
414 1 1. Sinagoga y Judíos. - Monupan-
　tos. - En Salónique (id.)
415 2 1. Estambor (id.)
　2 y siguientes.. Rabi (MS.)
　5. Ragusa (Z.)
　6.. Avenezra; (MS.)
　8. Liorna (Z.)
416 1 2. Ambsterdam, (id.)
　5.. Sauhedrin (MS.)
　18.. el otro (Z.)
　25.. primer (id.)
　27.. que somos (id.)
　32.. primero principio (id.)
2 10. Samuel y á sus hijos. (MS.)
　13.. con vil y miserable (Z.)
　18.. tenerla (id.)
　36.. degollando muchos (id.)
　53.. deteniendo (id.)
417 1 6.. en que empieza (id.)
　7.. y ingratitud (id.)
　17.. y habemos aborrecido (id.)
　25.. guardamos; (id.)
2 21.. sueldos, socorros (id.)
　35.. se vió hacer (id.)
　52.. y hermano (MS.)
　53.. Ambsterdam (Z.)
　56.. y enemigos (id.)
418 1 5.. ansí (id.)
　1.° Oro y plata. Triaca lla consi-
　derado (id.)
　23.. mas cuerpo (id.)
　26.. y intérpretes (id.)

418 2 7.. ó de ella (Z.)
　29.. todo en un cerrar y abrir de
　ojos. (id.)
　51.. secta (id.)
　11.. y á ganancia (id.)
　52.. apriesa (id.)
　53.. cargándole (MS.)
419 1 2.. vicios, abominaciones (Z.)
　5.. confección (id.)
　12 y siguiente.. Rabi (MS.)
　15.. del pico de nariz (Z.)
　20.. saben á lo que (id.)
　54.. componiendo (id.)
2 7.. secta (id.)
　10.. Varias naciones y malcontentos.-
　lingue de Saboya. - Ginotes. - Con-
　tra el gobierno republico. - Legis-
　ladores y mugeres - Nota. - Fran-
　ces y Italiano. - Valido. - Tiranos.-
　De qué se ha de cuidar en una re-
　pública - Consejeros. - Premios. -
　Jueces-Pastores.-Los pueblos (id.)
　11.. repúblicas, reyes (id.)
　15.. y descansar (id.)
　19.. y aspectos (id.)
　24.. encaramaban las mugeres des-
　gañitandose con (id.)
　38.. ambos príncipes (id.)
　40.. se embiste (id.)
420 1 15.. ¿Qué libertad reina? (id.)
　22.. no acepta (id.)
　24.. mandaren (id.)
　42.. con los araños (id.)
　44.. Mirad (id.)
　envidia (id.)
　47.. solo mandan (id.)
　49.. y si pudiera (id.)
2 18.. murmullo (id.)
　cathedráticos (id.)
　27.. y á vuestro albedrío? (id.)
　51.. envidia (id.)
　51.. constituido en árbitros (id.)
　55.. destraídos. (MS.)
421 1 8.. leí le os podrá fiar? Primera mu-
　ger (Z.)
　16.. corrompiéndolas? (id.)

421 1 51.. alegasteis (Z.)
　57.. Envidiaisnos (id.)
2 4.. doctor (id.)
　8.. pelanza (id.—pelarra (MS.)
　9.. murmullo (Z.)
　17.. les preguntaron (id.)
　18.. con ambas manos (id.)
　24.. Richelieu (id.)
　35.. el mariscal (id.)
　54.. Lumes (id.)
422 1 8.. secta (id.)
　14.. se promulgase ley (id.)
　40.. sugetase (MS.)
　27.. Encamináronlos ao sin efecto
　lad á cada uno á su puesta (Z)
2 1.. y no esclavos; (id.)
　4.. se enriqueza (id.)
　11.. han de tener en los reyes sa
　31.. el hierro. (id.)
423 1 5.. alguno (id.)
　26.. y que hay algo donde hacer?.
　(id.)
　28.. con ella (id.)
　30.. ó muela de un asno. (id.)
　47.. definicion (id.)
　2 25.. dadles (id.)
　58.. en los consejos (id.)
424 1 5.. que á una insignia (id.)
　8.. o sobre mas heridas (id.)
　victorias (id.)
　50.. practicables. (id.)
　26.. o endemoniados (id.)
　42.. y desollarlas (id.)
　46.. que se juzgaban (MS.)
　51.. y en tanto (Z.)
2 18.. los habían roído (id.)
　46.. Para satisfacion (id.)
　55.. les hace hacer (id.)
425 1 2.. que es favores (id.)
　2.. le permitimos (id.)
　9.. o trabajos (id.)
2 5.. verdulera (id.)
　5.. y trinchar (id.)
　27.. Dioles (id.)

CARTAS DEL CABALLERO DE LA TENAZA.

A. Manuscrito de Lastanosa. Biblioteca Na-
　cional, A. 167.
R. Impresion de Ruan, 1629.
P. Edicion de Pamplona de 1631.

B. La de Barcelona de 1635.
M. F. S. La coleccion de Madrid de 1648, y
　las de Foppens y Sancha.

435 1 6.. A los de la Guarda. (P.)—Dirigi-
　do á los cofrades de la Guarda. (R.)
2 7.. estriñan (id.)
　9.. y el darse en las mugeres (id.)
　porque así merezcan (M.)
454 1 2.. Niquedeimos (R.)
　1.. Abarimatias, (id.)
　5 á 21.. mi dinero. Y luego dirá del
　Pater noster aquella palabra : Da-
　nosle hoy, que es causula propia
　de los desta cofradia. Tras esto en-
　comendandose al Angel de la Guar-
　da, que ha de ser siempre su prin-
　cipal abogado, se irá á la iglesia,
　oirá misa, sabiendo tiene obliga-
　cion de oirla en cualquier dia, aun-
　que sea el peor de la semana, por-
　que todos para él han de ser fiestas
　de guardar; y ninguno ha de juz-
　gar de trabajo, sino riñ que le obli-
　garen á dar algo. Si hubiere cuenta
　de anima, sáquela enhorabuena,
　que es obra barata, y al fin se sa-
　ca. Vuelto á casa, al sentarse á co-
　mer (id.)
　11.. ha dejado amanecer con él. Di-
　ciéndole : Beudigaute los ángeles
　porque bas permitido me hayan
　dejado dormir los embestidores y
　pedigones. Ofrezco (id.)
　21.. y no comedor : (id.)
　26.. acostar, se llegará al talego va-
　cio (id.)
　53.. Empezándose á desnudar dirá
　(id.)

454 1 40.. conviniente (M.)
2 5.. Dios á ventura, dirás : Señor (id.)
　7.. priesa (B.)
　9.. socorriera en esa cantidad (M.)
　11.. embelecos. Si te alabaren (id.)
　11.. dias de fiesta damos licencia (id.)
　19.. Y entre caballeros dichos (R.)
　20.. Ténganos y tengamos (id.)
　21.. no se ha de jugar... no... no...
　no... (M.)
　24.. aquello y con todo, sin dar (id.)
　27.. Epístola 1.ª (M. R. P.)
　28.. Dios no quiere (R.)
　29.. Señora querría con las palabras
　(M.)
　54.. Madrid, etc. (R.)
455 1 2.. V. m. sea lo que fuere (M.)
　4.. pesadumbre. Persuadase (id.)
　7.. De Dios á V. m. (id.)
　11.. á mí es fácil el inviar (id.)
　16.. A Dios, Lisa. (R.)
　22.. gentiles y bestias (id.)
　26.. pero mi dinero es el diablo (M.)
　—mas dinero es el diablo. (R.)
　30.. dicho que ese otro dia (M.)
　52.. mezquindad (A. R.)
　55.. parecia esto, y aquello otro. Yo
　lo confieso (M.)
　39.. estudiantino, y qué le habrá he-
　dido a perros, no se le caírá un
　real (id.)
　45.. no dar es mal olor (id.)
　eucatarrada (id.)
　atápese las narices (M.)
　44.. encarcabinaran los más hom-

　bres. (id.)—encalabriarán los en-
　los bombres. (P.)— los mas bom-
　bres. (R.)
455 1 46.. Y vo suy pacifico (P.)
2 2.. y Dios guarde (M.)
　son servidas, pues solo Cris-
　to (A. R. P.)
　4.. la envie (F.)—invie (M. R.)
　7.. ¡Cuerpo de Dios! No bastaba (A.)
　—¡Cuerpo de mí! (R. P.)
　9.. meses y tres dias (M.)
　10.. viejas, y tres amigas, y su papa
　y su hermano (id.)
　12.. estoy destruído y seco (A. R.)
　15.. es el que se ha de comer á sí
　mismo. Saque yo libre-se dá á co-
　mer (A.)
　15.. estará en el purgatorio y no es
　sigura. De su casa. (T conchup-
　id.)
　19.. porque no sabe que no te vuel-
　to en mí (M. R.)
　20.. por curiosidad puede ser irá en
　casa de V. m. no por amor, porque
　en ella se ven todas las naciones,
　y lenguas (A.)
　25.. quiere que haga un estudiante
　(id.)
　50.. barbios (R.)
　no tengo por siguro desacrar-
　me en casa donde la sombra de un
　floreutin se me encaxe encima (M.)
　55.. el no haber inviado á V. m. (id.)
　55 y siguientes.. pidido que
　la ha dado (R. P. B.)

455..2..59.. y si V. m. lo que ha gastado en
papel y tinta lo gastare en la tela
hubiera ahorrado dineros. (M.)
456..1.. 1.. roto, y la tela blanca de sus billetes (R.)
4.. y agora si ya frialdad (P.)
5.. Nuestro Señor guarde á V. m.
(M.)
8.. bilarza de la condicion (A.)—bilarza y la condicion (R.)
9.. mudable que otros. (A.)
11.. mas yo estoy determinada á correr (A. B.)
13.. Dícenme que V. m. está (M.)
18.. Guárdele Dios. (id.)
18.. prisa (id.)
19.. bilarza , (M. R.)
20.. de mas mudable (A. R.)
22.. en la suya (R.)—tia y madre (id.)
20.. tienen ellas y esotros yo ; (M.)
31.. como espíritus. (P. R.)
42.. competidores y galanes de mi
dinero (M.)
44.. le quiero yo, y hasta ahora no
le he visto hacer ningun (id.)
2..12.. deseos , yo con mis dineros.
Guarde Dios á V. m. (id.)
457..1.. 1.. á V. m. en mi vida (A.)
3.. por sus papeles (id.)
4.. Por siete cosas (M. R.)
5.. nombrar, merecia V. m. (id.)
7.. enviara , á tener con que comprarlas. (M.)
13.. cudiciase (P. R.)—cudicie (A.)
16.. en gracia á los mercaderes (M.)
21.. por dinero. Yo no hallo camino
para llevar, ni por donde van los

que llevan. (R. P.) — dinero. En lo
que V. m. dice que lo lleve y la vaya á ver, yo no hallo (A.)
457..1..20.. porque me juzgo con los muer-
los. (id.)
32.. parte de mi hacienda con un catarro en que estoy (M.)
37.. de envieme cien ducados (A.)
39.. Atabaliba (id.)
41.. desapasionadamente el alquiler
de la casa ; pues por mi (R.)
45.. que V. m. suba por los campos
(id.)
2..1.. salvage que habite (M.)
3.. V. m. ó trueque la deuda ó lo
pida en otra , porque (id.)
4.. miedo del poblado (id.)
6.. Voto á Dios que no es posible
sino que V. m. me contó el dinero
(id.)
9.. mi alma terminillo cuerpo de (id.)
10.. Cristo. Ya que el diablo (id.)
13.. capa y el jubon (id.)
15.. Ahora es y no arabo (id.)
18.. á quitar almas (id.)
20.. y roidome (M. P. R.)
21.. desaparecidome (B.)
23.. gruñe dia y noche (id.)
24.. sufrir las sobrebarbadas de mi
hermana (id.)
26.. de nuestras almas. (R.)
28.. á remediar la nota de Frailes.
(M. R.)
29.. luve qué gastar y me duró (M.)
36.. se vovia zampoña y no se le oia
otra cosa que dan dan. Putas, ¡qué
ha sido (id.)

458..1..15.. sin orden. Quien me quisiere
hacer (R. P.)
pero no niñas. Extraña cosa es
que para mi una muger pedigueña
es lo mismo que un tejedor (M.)
31.. habia encontrado aqui en Madrid con mi ventura una muchacha
(id.)
41.. me lo encarece (id.)
42.. á quien los quiere (id.)
45.. y lo mismo fuera lo suyo (id.)
47.. pedir. Guarde N. S. á V. m. (id.)
2..5.. que los ojos de V. m. si son
(M. R.)
7.. lo que hago. Diceme v. m. que
se obliga con pedirme. Pedir yo
hallo (M.)—yo hago lo mismo (M. R.)
12.. Peligrosísimo debo de estar (M.)
17.. porque yo tengo cara (id.)
18.. duraran (id.)
ageno de venganza (id.)
21.. tomar matrimonio (id.)
26.. suegros. (id.)
30.. para mientras marido ó como
marido aqui me tiene (id.)
31.. moliente. Guarde Dios á v. m.
(M. R.)
32.. Docientos (M. P.)
37.. á 59.. andar sobre nada. V. m. me
crea que yo no soy hombre (A. M.)
41.. para dar sobre sus arracadas (M.)
459..1..2.. ofrecerme para el parto (id.)
3.. no soy yo ambicioso (B.)
2..4.. y á la ventura (R.)
6.. criar á las calaveras (P. R.)
8.. el no acordarse de mi. (B.)

CAPITULACIONES MATRIMONIALES.

Adiciones que se hallan en un fragmento del siglo anterior que posee el señor don Agustin Durán.

468..2..12.. Que haga la cruz, como pudiera
al malo, á los que respirando mar-
quesadas siendo unos pobres echa-
cuervos, comen anis y aeitron por
oler á lo grande , y jura á fe de
quien soy, á fe de hombre de bien,
á ley de caballero; y que á la gente humilde tratan de impersonal,
como ¿qué zapatos medrae? ¿costó
él este vestido? Vaya con Dios, sro
Pedro ; y dando bastio á quien los ve, á quien
los oye , y aun á los ciegos, y á los
sordos que sacan por el tufo una
alimaña destos, como los lobos los
perros de caza.
Item que por cuanto ninguna cosa le
escandaliza.
19.. por la pretension de echarle á
la hediondez del carnero, antes de
su muerte natural.
20.. mande con apremio rigorosísi-
mo que á todos los pestilentes de
respiracion , que les huele peor la
boca que á ventana el cierzo en el
mes de diciembre, se ponga en un
hospital.
21.. apestados; aunque por tal suerte
de contagio aun no suelen servir
diez cuarentenas.
23.. por bien hacer la vista gorda y
oidos de mercader en tolerarla, sin
el menor cargo ni al principio, ni
al medio, ni por siempre jamás, los
siguientes Defectillos.
24.. siendo de diez y seis años abajo
31.. de ba ; y se puede persuadir un
cristiano á que es otra cosa, sien-

do hombre, como oveja, cabra ó
carnero.
468..2..35.. Ventana, balcon, reja , ó boar-
dilla ó lo que hubiere, que hable
y responda, no siendo con mugeres que venden prendas, amoladores de tigeras, ni tunantes, porque
es la peor gente que come pan.
Podrá escribir, si sabe,
41.. No se les impedirá que tenga
sus visitas, á lo menos una vez á
la semana, como haya de ser el
trato con llaneza, sin haber merienda ni cosa que la valga, ni sea
en sábado, dia de limpieza para la
casa y ropa.
43.. barro, yeso, sal , ceniza y chismes á este modo,
469..1.. 8.. por costumbre; pero si por informacion auténtica constare que
es vicio reciente , se le reformará
la gesteria.
19.. aguja ó rueca. No se le prohibe
que tenga miedo á los difuntos, ni
se meta debajo de la cama, cuando
pase algun entierro, como ella no
finja apariciones y traiga al retortero á la vecindad.
Podrá igualmente asustarse de truenos, y alborotar el barrio, encender cirios y candelicas, y si la tempestad dura no quererse acostar
hasta que le diere la gana.
Iten se le concede que á su tiempo
pida ferias á sus padres, gibe las
pascuas por el aguinaldo, que los
moleste el dia de su santo por las
cuelgas, como destas cargas con-

cejiles deje libre al marido.
470..1..15.. sermones, y que hable recio , y
grite y riña , no estando el marido
en casa, porque ya se sabe que
cuando reside en el gallinero el
gallo más gallina, solo él entonce
los compases del quiquiriqui.
2..1.. como no sea soldado, escudero,
ni estudiante; pero pueden sostituir
á estos unas figuras liudas que hay
de poco valor, como los pages
que sirven á señores que de dia
enamoran y de noche se espulgan,
comen poco, si no los dan plato;
nsan de camisas solo por ceremonia , y rabian por fregatrices que
vienen á ser resaca de los lacayos.
4.. sano como una manzana, entero
y cabal en todo, que no conoce á
mercurio sino en los reportorios,
ni ha usado de parches de parche de Galvano, ni las demas chu-
cherias que afeminan los hombres
de razon.
16.. cuando los dos reñiamos, que
era á cada hora, llamaba al padre
Procurador, para que hordiese
mi mal genio , y á solas me decia
tantas cosas buenas, que nos dejaba
como ángeles á mi Pedro y á mi.
25.. Rompen las lanzas de sus lenguas satíricos y maldicientes; no
hay vieja barbuda que en tono de
alabanza no saque las faltas á la
esposa, diciendo las que tuvo ántes de ser casada.
29.. Y así lo dijo y otorgó.
50.. verdugo de escribientes.

FIN DEL TOMO PRIMERO DE LAS OBRAS DE DON FRANCISCO DE QUÉVEDO VILLEGAS.

INDICE.

CPSIA information can be obtained
at www.ICGtesting.com
Printed in the USA
LVHW102057060522
717864LV00009B/18

9 783368 101817